吉川幸次郎全集

別巻　総合索引

筑摩書房

吉川幸次郎全集　総合索引

凡　　例

1．この総合索引は、「吉川幸次郎全集」全27巻所収の著作を対象とした。すなわち、日本語（翻訳を含む）と漢文（訓読訳のあるものは訓読訳）で書かれた著作の序跋・本文・自注・補記ほか（引用文を含む）、各巻自跋である。「元曲選釈」第一集〜第四集、「洛中書問」「二都詩問」の大山定一・福原麟太郎両氏の書簡、内藤湖南氏「意園懐旧録」の翻訳は対象としなかった。「詩経国風」、「尚書正義」及び「読尚書注疏記」、「漱石詩注」、「知非集」については、それぞれの本文の索引を別個に作成したが、「引用句索引」「欧語論文固有名詞事項索引」とともに、頁数の関係から割愛せざるを得なかった。「論語」本文の索引は第四巻に付載されている。
2．この総合索引は、「固有名詞事項索引」「欧語固有名詞事項索引」「自著言及索引」から成る。
　①「固有名詞事項索引」　すべての固有名詞を採録し、事項・語彙・語句は著者によって注釈・議論されているものに限った。
　　ａ．人名　姓・名を見出し語とし、字・号・職名・本貫等・諡を付記した。ただし、尊称や字・号で通用している者はそれを見出し語とした。また、特定の人物や組織との関係（家系・家族・交友・后妃・臣下・教授・研究員等）のみで記載されている人名は、その特定の人物や組織の項にまとめた。作中人物はその作品に付載した。特に、難読の人名には（　）内に読みがなを付した。
　　ｂ．著作名　「　」を付して、可能な限り作者の項にまとめた。
　　ｃ．地名　なるべく国別・省別（中国）・大都市別にまとめた。
　　ｄ．頻出するものは大・中・小の項目を立て、内容を細分した。また、まとめた人名・著作名・地名のうち、頻出するものは独立させ、→印によって示した（→印はすべて参照を示す）。
　②「欧語固有名詞事項索引」　日本語による著作中の、アルファベット表記の欧語と中国語を対象とした。人名は姓を見出し語として名を（　）内に記し、著作名は作者の項にまとめた。
　③「自著言及索引」　参照の指示など、著作中で言及されている著者自身の他の著述・書名・講義などを対象とし、出版社と版本の別は無視した。
3．配列　①③は、第一字の一般的な読み方によって五十音順に配列し（清音の次に濁音・半濁音を配し、ヲはオの項に入れた）、各音ごとに、仮名表記のものを最初に、アルファベット表記のもの（ローマ字を含む）を最後に配した。漢字の音・訓は現代仮名遣いにより、同音・同訓の場合は画数順、同画の場合は部首順とし、第二字以下もこれに準じた。なお、促音は区別せず、世・大・十等の漢音・呉音・慣用音の別も煩瑣になるので無視した。②はアルファベット順に配列した。
4．字体　原則として著者の表記に従ったが、新旧両様がある場合は新字体とした。一部、編者の判断で旧字体を新字体に改めた部分がある。

　　　　　固有名詞事項索引 …………………………5
　　　　　欧語固有名詞事項索引 ……………………712
　　　　　自著言及索引 ………………………………722
　　　　　校訂表 ………………………………………738
　　　　　補遺 …………………………………………747

固有名詞事項索引

あ

アーウィン教授…⑲241, 242
アート…②518, 519
アーノルド（マシュウ）…⑲457, ㉗378
アイオワ…㉔128, 158, 160, 162
　アイオワシティ・アイオワリヴァー…㉔160
アイシンギョロ・ヌルハチ（愛親覚羅努爾哈赤）…⑮531, ⑯17, ⑲225, ㉓172, 173→太祖高皇帝（清）
　〜とゲンタイシ…㉓176
　〜の撫順占領…⑮541
アイスキュロス…⑲53
アイゼンハウァー…⑱424, ⑲265, 268, 272（アイク…⑲298）
アイヌ族…⑪461
アウグスティヌス…⑲14, 17　「告白（コンフェッション）」…⑱363, ⑲12, 13
アガトン…⑳222
あがり（騰）…㉗56, 57
アキナ（阿其那）→雍正帝
アグイ（阿桂・阿文成公）…②439
アクタ（阿骨打）…㉒100→太祖（金）
アクトン（阿克敦・阿文勤公）…②440
アコスタ（ホセ・デ）…㉔130, 131, 163-168, 170, 171
　「新大陸自然文化史」→その項
「アサヒグラフ」…⑱331, ㉔157
アジア…⑰10, 14, ⑱31, ㉓247
　〜と欧米　アジアとヨーロッパの中間地域に発生したキリスト教…⑲60　アジアとルソー…⑳225　アメリカ…⑥419　アメリカとのさけめ…⑲289　十九世紀西洋の勢力…⑰204
　〜と宗教…⑳489
　〜と中国…⑲233
　〜の人民の統治能力…⑲233
　〜の中心としての唐帝国…⑪167
　アジア最大の都会（長安）…⑪330, ㉕404　アジアの西の果てから唐への留学生…⑪167
　〜の中の日本　アジアからの脱離（福沢諭吉）…㉓561　アジアの孤児…㉕421　外国の生活を価値の基準とする態度…⑰13　外国文学の読者を広汎にもつ国…⑰9　外国文明に敏感な国・自国の文化的伝統に自信を持たぬ国…⑰8
　〜の西の果てをこえる蒙古の暴風…⑮373
　〜の歴史とアジア人・アジア史研究と日本人…⑲458
　〜の歴史の興亡…⑥413
アジア・アフリカ会議…⑲458
アジア・アフリカ諸地域の独立…⑲372, 375
アジア学会…⑲439　会長…⑲247
アジア協会北シナ支部…㉓604→王立アジア協会ノース・チャイナ・ブランチ
アジア人　アジア人・ウズベク人・日本人の容貌…⑲378　アジア人相互間のさけめ…⑲289
アジア的停滞性…⑲234
「アジアとアフリカに関する書物」…⑲323
「アジアの文化遺産とアメリカの生活」…⑰489, ⑲209
「アジア歴史事典」第一巻　刊行のことば…②553
　項目　晏幾道・晏殊…②554　韋安石・韋渠牟・韋后・韋承慶・韋済・韋待価・韋鼎…②553　移剌履…②554　員半千・于謹・塢・閲世篇・袁朗…②553
アシャーニン…⑲373
アステカ帝国…㉔137, 152, 163
あっぱれ…㉗85
アヅマ・カブキ…⑯587
あづまや（食堂）…⑰295
アテナイ…⑤4
アテネ（雅典）…①556, ㉔172, 173, 178, 181
アテネ空港…㉔145
アナクレオン…⑰393
アハマド／アホマ（阿合馬）…⑮300, 310, ⑯536
あはれ…⑰199, ㉗84-86, 88, 89, 206, 212, 223-227
アフガニスタン領…⑥93
アフリカ…①462, 467, ②553, ⑯539, ⑲372, 375, 458, ㉔136, 139, 151, 197, ㉕98
アポロ月面着陸…⑳149
アム川…⑥93
アムステルダム…⑲353, ㉔145
アムステルダム・アヴェニュー…⑲450, 451, 454
アメリカ・合衆国・米国…②193, 194, ⑭380, ⑲319, ⑳359, ㉔192, ㉖416, 450
　〜一の高物価（ハワイ）…㉔192
　〜を支えるもの…㉔160
　〜から欧州への旅行者…⑲364, 365, ㉔177, 182
　〜紀行…⑳398
　〜とアジア人・東洋人…⑲287-291, 323
　アジア人学生…⑲288　インド農林省技師…⑲292, 293　カンボヂアの文部大臣・シンガポールの国会議員・大東亜共栄圏…⑲291　チャイナ・タウン…⑲293, 294　東洋人への親近感…⑲343　ハワイの日系市民…㉔192
　〜とアジア・東洋…⑥419, ⑲242, 324
　アジア政策・アジアとのさけめ…⑲289　外交政策と極東…⑲439　極東駐留の経験…⑲444

極東への関心の増大…⑲324, 444, 446　朝鮮への関心…⑲446　東洋美術…⑲300
〜とアジア・東洋に関する学問
極東学…⑲441, 446-448
極東学と近東学…⑲307, 327　極東学の盛況…⑲444　極東学の地歩の確立…⑲446　極東研究…⑲307, 444, 447, 448　極東文明と西洋文明の対比…⑲448
中国学…①624, 628, ⑰132, 133, 456, ⑲204-207, 332
中国学者…⑲204, 205（孔子学説への態度…⑲224　中国研究の態度…⑲206　中国原典の読み方…⑲441　中国人の性格に関する説…⑲223　中国哲学史教授…⑥419）
中国留学…⑰456, ⑲205-207　読書人研究…⑲226　日本留学…⑥250, ⑲204　フランスの中国学との比較…⑲206, 207
東洋学…⑲217, 322-324, 331, 438-441, ㉗386
研究態度…⑲439　東洋学界から日本への働きかけ…㉗386　東洋学研究機関（アドレス…⑲333　日本の書籍…⑲333, ⑳443）　東洋学者の増加…⑲412　日本・中国を総合的に研究する態度…⑲447, 448
〜とヴェネゼラ…㉔151
〜と進化論…⑯609
〜と中国…㉒438
アメリカ経由の新教宣教師の中国来航…⑲229
アメリカと過去の中国との比較（漢帝国…⑥415, 416, 419, 427　斉国〔春秋戦国〕…⑤155, 158, 171, ⑲49, ㉕414　唐帝国…⑪131）
アメリカの実証主義哲学と中国…②346, ⑰465
義和団事件…①177
地形・地理的条件（アメリカ・カナダと中国・シベリア／アメリカ・メキシコと中国・仏印・ビルマ…⑲220　国土の面積の比較…⑥414　地形の酷似…⑲220, 336　地形の相違・川と海…⑲220）
中国政策…⑲233（中華民国への関心…⑲445　協力…⑲323　中華人民共和国との対立…⑤211, ⑲63, 65, 323, 332, 445, 459）
中国文化への尊敬…①622, ⑲323（「楽府詩集」索引の計画…㉑20　中国画…②515　中国詩愛好…⑲212）
中国への学術代表団派遣…㉕444
中国への関心…⑲444-446
“China, A Short History” の読者…⑲219
〜と中国人…⑲221, 222
アメリカ帰りのヤング・チャイニーズ…①212, ㉒446, ㉖478　アメリカ嫌いの亡命中国人学者…⑳466　アメリカ的ユーモアと中国人・誠実と不誠実…⑲221　非大陸系の中国紳士…㉒446
アメリカ文化と中国人…②560, 564　胡適…①54, ⑯282, 284, 326, 327, 430, 431, 609　朱自清…㉖474　蔣彝…㉖504　沈尹默の女弟子…⑲242, ㉒329
〜と日中の学問の社会的基盤…⑰214
〜と日本…⑰480, ⑲175, 248, 253
アヅマ・カブキの人気…⑯587, ⑲324　アメリカの生活水準と日本の社会主義の未来像…⑲433　伊藤仁斎評価…⑤216　「源氏物語」成立に関する指摘…⑱8　「国体の本義」英訳の出版…⑳330　対日援助策…⑲233　日中戦争への認識…⑲230, 231　日本研究…⑲332, 335, ㉒436, 471　日本との戦争…⑲29, ㉔188　日本の中国研究の評価…⑲247, 448　日本文学への関心…⑲445, ㉑141　日本への関心…⑲444-446, ㉑141
〜と日本人…②596
アメリカからの日本留学生…⑥250, ⑲254, 302（日本の大学入試英語問題…⑳431　日本の反米的空気…㉒372）
アメリカ占領下のパンパン英語…㉕387　右派の人人にとってのアメリカ…⑰13　近衛文麿…②193　福原麟太郎…⑱354　松岡洋右…②193
〜とヨーロッパの比較…⑲339, 340, 353
異邦人であることを感じさせる欧州…⑲340-343, ㉔172, 180　黒人のあり方…⑲341　東洋を内在するかしないか…⑲341, 343　東洋学の研究態度…⑲439, 446　東洋人への親近感・冷たさ…⑲343, ㉔178-180　富の蓄積の形…⑲345, 360　夏の暑さと服装の差異…⑲340
〜と列強の中国進出…⑲229
〜における外国人学者・知識人　ウィリアム・エムプソン…⑲264-267（アメリカ批判…⑲265, 320　エンプソン講演への聴衆の反応…⑲265, 266）　エリセフ…⑲217　銭鍾書の講演…㉕444, 471　ミュンヘン大学教授の出張講義…㉔252
〜におけるキリスト教…⑲65, 300, ⑳489
神様のいる文明…⑲3, 5, 6, 13, ㉗433
キリスト教会…⑲297, 300（カソリック教会／クリスチャン・サイエンス・マザー・チャーチ…⑲299　国民長老教会…⑲298　黒人の教会…㉔185　摩天楼建築の教会版…⑲297　リバーサイド・チャーチ…⑲297, 298）
キリスト教美術…⑲300
〜による併合　ハワイ併合…㉔132, 191, 200　ヴァージン群島の三島買収…㉔134, 141
〜のインテリと市民…⑲275
〜の宇治川…⑥412
〜の過去の生活の伝承と変革…⑳175
〜の懐疑の地盤の乏しさ…⑥417（不安…⑥419）
〜の外国語教育…⑲193, 195
〜の学者…⑰312
学者への金持ちの援助…⑳318　東洋の個性に対する認識…⑲443, 446　日本語中国語の語学力…⑲441, 447　日本の出版物・「大漢和辞典」

…⑳443　貧乏…⑥418, ⑲249
学者の国際東洋学者会議への参加…⑲371（アメリカの学者とソ連の学者…⑲373　アメリカの学者と中国…⑲372　アメリカの学者の発表…⑲374, 376　十七世紀中国思想研究会…㉒557, ㉔128, 172, 175, 206　中国伝統文学批評研究会…㉔128, 141, 206-208）
～の言論の自由…⑲267
～の古蹟…⑥412, 413（古都…⑲304）
～の孤立…⑥419
～の好色本屋…㉔159
～の航空会社…㉔143
～の興行師の詐欺…㉔148
～の国会図書館…⑲332, ㉒437, ㉓161
東方部…⑲326, 327, 332
～の国防の第一線…⑲207
～の暦…②546
～の混合文化…⑰61-62, 106, ⑱32
～のサイト・シーイングの仕事…⑲241
～の自然…⑥407, 409, 417, 418, ㉔162
雨…⑥417, ⑲395　川…⑥408, 410, 413, ⑲277, 306, 308, 395　雲…⑥417　山岳…⑥411, 413
野と芳草…⑲349-350　野山…⑥408, 409, 412
ワシントンの暑さ…⑲256
～の自殺者…⑥419
～の庶民　サラリーマンの夫人…⑲252　市民の共産主義嫌悪…⑲65, 255, 278　タクシー運転手…⑲275　若妻とレムブラント…⑲245
～の女性による会話レッスン…⑲202
～の女流作家の東洋への愛…⑲237, ㉗382
「郷土」（パール・バック）→その項
～の女流詩人の中国詩翻訳…①4, 5, ⑪108, ⑲208, 209, 212, ㉕100, ㉖176
～の新聞…⑲65
～の人口…⑥414
～の人物辞典の記述　沈尹黙…㉒330　李漁…⑯140
～の生活…⑥418, ㉗382
汽車…⑥407, ⑲294, 346, ㉔183（車掌…⑲258, 274, 294, 348）　郊外電車…⑲251　市民の哀歓…⑲249, 253　自動車…⑳469　商店…⑲355
スーツの値段…⑲278　ナイター…⑲276　百貨店…⑳492（売り子…⑲258, 294, 296）　墓参…⑲281, 285
～の青年との会話…⑲202
～の政治と公約…⑲272
～の大学…⑲301, 330, ⑳316, ㉔251, ㉖484, ㉗382
学生…⑲237, 301（アルバイト…⑲302, ⑳130
思想…⑲303　奨学金…⑲302　大学生と共産主義…⑲255　ヨーロッパ旅行…⑲368）
教授　生活…⑥418, ⑲250-254　多忙…⑲438
講座　自国文学…⑰10　中国学…⑲207　東洋学…⑲324, 325, 413, 439, 440（教授の日本語中国語の兼修…⑲447　中西部の大学…⑲328　東部の大学…⑲325-327, 413　東洋文明概説講座の開設…⑲418, 440　西海岸の大学…⑲328, 329, 413）
私立大学の権威…⑲301
施設　学生食堂…⑲254, 301　学生寮…⑲301
図書館…㉒443　礼拝堂…⑲5, ㉗372
大学の財政難…⑲325, 332
～の大学教授によるアンケート調査「日本における医学教育」…㉗371
～の大住宅と中国の中流階級の住宅…②416
～の第二次大戦参戦…⑲444, 445
～の地誌（新大陸自然文化史）…㉔165
～の地大物博…⑥415
～の地方　西部…⑥413, 417　中部…⑥409, 413
東部…⑥409, 410, 412, 413, 417　西海岸…⑥407, 411, 413, 417, ⑲267, ㉔173　東海岸…⑥407
東半分の地形と山…⑥410
～の知識人　自然科学者…⑲258　歯科医…⑲342, ㉑81　大統領…⑤211, ㉓522, 523, ㉔166, ㉗375　弁護士…⑲342-343
～の中国語表記・美…②194
～の都市との比較　ストックホルムの高層建築…⑲391　ソ連の高層建築…⑲386, 391
～の道路…㉔253
～の独立…⑲311, ⑳225（独立宣言…㉔132, 148）
英王の虐政…⑲310, 311
独立戦争…⑥412
～の花…⑥417, 418, ⑳466
～の班女…⑲245
～の彼岸…⑲285
～の美術館…⑥416, ⑲300
～の富強…⑥419, ⑲360
～の文学・文学者　イマジスト…⑰489, ⑲208, 209　詩人…⑥411　小説…⑲432, ⑳27　ニュー・クリティシズムに係わる指摘…⑳358　列挙の文学…⑥416
～の本の文章の読みやすさ…⑳118
～のミッションの学校・燕京大学…㉒393, ㉕471
～の文部省…⑲471
～の友人…⑥412, ⑲248, 294, 449, ㉗265
～の歴史…⑥411-413, 417, 418
～のロックフェラー財団所有のヴィラ・セルベローニ…㉔175, 206
～本土…㉔187
～問題…②596, ㉗440
～留学…⑯467, ⑰133, ㉒428
留学試験（中国）…⑯426, 427
～領ヴァージン群島…㉒557, ㉔128, 134, 207
アメリカインディアン…⑥408, ⑰482, ㉔220
アメリカ映画…①352, ㉒318, 347
アメリカ学…⑲107
アメリカ教育使節団…⑱402

アメリカ軍・米軍…②193, 194
　海軍空軍基地（セント・ジョン…㉔134　ハワイ…㉔191）
　語学教育・語学将校の養成…⑲324, 444　中国国民党援助…⑲231　東京進駐…②194　ハワイ日系人部隊…㉔192　美術将校…②515　米軍ビラへの叱責（福原麟太郎）…⑱353
アメリカ語への嫌悪…⑱354
アメリカ国務省…⑥407, ⑯435
アメリカ史…㉔139
アメリカ州（南北アメリカ）…⑲319, ⑳239, ㉑669, ㉔130
アメリカ人…⑥412, ⑲296, 319, 320, 342, 471, ㉔148, 202, 206, ㉕141, ㉗261, 382
　〜からの名刺…⑲274
　〜とカソリック…⑲299, 411
　〜と中国人…⑲221, 222, ㉕444
　　中国風人道主義…⑤212
　〜と日本人の隔たり…⑲222, 255, ⑳176
　〜とヨーロッパ商品…㉔135
　〜による敦煌壁画の窃盗…㉗418
　〜の医学者夫妻…㉔142
　〜の燕京大学学長…㉒474
　〜の極東に対する関心…⑲444
　　日本の経済成長への関心…⑲445
　〜の宣教師団のハワイ渡来…㉔194, 195
　　宣教師とカアフマヌ太后…㉔203
　〜の率直な気質…⑲439, ㉑81
　　気さくさ…⑲366　幸福追求…⑥418　親切…⑲258, 294　力への愛好…⑥416
　〜の日常…⑲239
　〜の Venezuela through its History…㉔220
　〜の服装…⑲340, 492
　〜の旅行者…㉔177, 253
アメリカ人文科学顧問団…⑳307, 310
アメリカ大使…㉖474
アメリカ東洋学会…⑱59
アメリカ内務省…㉔134
アメリカ訛り…⑱354
アメリカニズム…⑲211
アメリカ発見（コロンブス）…㉔130, 132
アメリカ文学の影響と文学革命…①278
アメリカ文明　柔軟さ…⑲323　中国文明との対比…⑲63, 323　ヨーロッパの伝統への態度…⑲323
アメリカ旅行（吉川幸次郎）…②202, ⑪481, ⑯436, ⑲335, 337, 338, 369, 428, ⑳217, 466, ㉔127, 261, ㉕129, 141
　アメリカ国内汽車旅行の印象…⑥407（シャスタ山麓汽車旅行…⑥411, 413, ⑳20）　アメリカで作った俳句…⑲331　アメリカの家庭への訪問…⑲278, ㉕129, 141　アメリカの旅と中国古典選「論語」…①270, 271, ④735, 736　アメリカ土産の文章…⑥430　アメリカ旅行記…⑲337, 422, 471　イ

ンド人紳士との会話…⑲292, 356　講演・講義…⑪480, ⑰32, ⑲61, ㉖484　鈴木豹軒へのいとまごい…⑰304　中国研究者との交流…⑲413　入国の最初の日…⑲242（第一印象…⑲248, 429）　Herbert Read の声…⑱105
アメリカン・セミナー…⑳332
アモイ（廈門）…⑯348, 614
アユルシリダラ（愛猷識理達臘）…⑮234, 289-290, 312→昭宗（北元）
　〜の御書　経訓・眉寿…⑮291　麟鳳…⑮290
アユルバリパトラ（愛育黎抜力八達）…⑮238, 321, 433, 447, 454, ㉒119 →仁宗（元）
アラキチンタ（阿剌吉酒）…㉓486
あらそひといふもの（本居宣長）…㉗232
アラバマ…⑥409
アラビア…⑯224, ㉔155, 183
アラビア馬…①494, ⑥198, ㉖29
アラブ・ゲリラ…㉔176
「アララギ」…㉓26
アラル海…⑥132
アラワク族…㉔136, 138, 139
アラン…㉗348
アリストテレス…⑥242, ⑫627, ⑲54, 57, 58, ㉑124, 140, 161, ㉔18, ㉗300
　〜的批評基準…㉑150, ㉖480
　〜と荘周…①629
　〜の「詩学」（ポエティカ）…㉑122, ㉗300
　　虚構の重視…㉖480, ㉗367
　　詩と歴史・詩の役割…①175, 190, ⑲53
　〜の著述の亡佚…㉕225
　〜の哲学の伝統…⑲13
　〜の熱帯についての学説…㉔130, 163
アリストファネス…⑲46, 48, 53
「女の平和」…⑲45
アリナミン…⑱540, 541
アリハイヤ（阿里海涯）…⑭161-163, 206, ⑮101, 299, 310, 317, 321
アリヨシ副知事…㉔191
アリンテムル（阿璘帖木児）…⑮253, 254
アルスター湖…⑲351, 400
アルゼンチン…㉔156
アルト（阿魯図）…⑮286
アルド（デュ）「支那悲劇集」…⑯309
アル（軋犖）の山の神…⑫58
アルファベット…①288, ②471, 562
アルプス…⑲368, ㉒367, ㉔175, 178
アルプス（日本）…㉔261, 263
アルペン…①558
アレキサンダー…⑤3, 4, ⑥92, 130
アレクセフ（V. M.）…⑰266, 279, 285, ⑲415, ㉓596
アン・アーバー…⑲303
アングロ・サクソン人…⑯389

アングロ・サクソン文学と以後の英文学…㉔76
アンデス…㉔154
アンデルセン…㉖509
アントニウス帝…①556
アンドレーフ…⑱127
アントン（安童）…⑮241, 299
アンビギュアス…⑫690, 691, ㉖112, 175, 176, ㉗323, 324
アンビギュイティ…⑫689-692, ㉖112, 174, 176, 184, ㉗322-325
安芸…㉗122, 180→芸州
安積澹泊・覚・澹泊斎…⑲97, ㉓268
　～と「資治通鑑」…⑰145
　～の学問の態度　史学…⑰144, 145, ⑲97　中国語学習…⑰32, 143-145
　～の神主（位牌）に関する質問…㉓389
　～の説　酒顚童子に関する説…⑪549　将無見敗の解釈…⑦493, ⑰145, 146　天子に対する聖人の語の使用に関する指摘…②326
　～の著述「湖亭涉筆」…⑦493, ⑪549, ⑰142, 143, 145, 147　「新安手簡」…⑰142, 143　「澹泊斎文集」「澹泊史論」…⑰142
　～の文章…⑰142, 143
　～への書簡　新井白石→その項　荻生徂徠…⑰48, ㉓317, 327, 353, 371, 378, 389, 390, 402, 419, ㉗164, 174, 182
安曇野…㉔262
安宅産業…㉖482
安倍貞任（さだとう）…⑬11
安倍仲麻呂→阿倍仲麻呂
安倍能成（よししげ）…㉔93, 300, 302
「戦後の自叙伝」…⑰97
安部晴之助…㉗310
安部健夫…②391, ⑭359, ⑮556, ㉔297
「元代史の研究」「元代知識人と科挙」…㉒119
安部俊夫…⑱538, 539
安房…②60, ㉓296
亜東図書館…⑯331, ⑳251, ㉒317, 364, 367, 493
　～の鉛印石印本…①512
　～出版書籍「四十自述」…⑯329　「嘗試集」…㉒317　「宋人話本七種」「宋人話本八種」→各項　「草児」「冬夜」…㉒317, 320　標点本「紅楼夢」…⑳251, ㉒319
　～の通信販売…①512, ⑳251, 252, ㉒317, 364, 493
「亜東文化」…①634
「吾妻鏡」…②76　林羅山刊本…②590
吾妻徳穂…⑲324, ㉔215
足立巻一…㉓516
足立原八束…⑰406　「中国戯曲の選本『楽府歌舞台』の考察」…①625　「南曲琵琶記の演変点滴」…①631　「劉晨・阮肇故事の演変」…①634
阿…⑤192, ⑰372, ㉗103-105
阿英「屈原及其詩篇在美術上的反映」…①637
阿栄・存初…⑮261, 269, 320
阿閣…⑰599
阿監…⑪255
阿吉剌…⑮281
「阿Q正伝」…①54, 55, 79, 112, 613, 631, 635, ②406, ⑤127, ⑰409, ⑳121, ㉕310
　阿Q…①54, 55, 112, ⑯318　シャオディー（小D）・銭の屋敷…①112　趙太爺…⑳121
阿兄・阿奴…㉗103
『阿忽令』…⑭69
阿姉…㉗102-105
阿是…⑰372
「阿詩瑪」…⑪461
阿爾頻→アルペン
阿誰…⑪104
阿蘇山…②586, ⑮533
阿知吉師（あちきし）…⑳448
阿的・阿堵・阿堵物…⑭439
阿童…⑬129
阿難…⑦516, ㉓581, ㉖443, ㉗47
阿比留…㉓151→西山順泰
阿倍仲麻呂…②340, ⑫42, ⑬12, ㉓363, ㉕485→晁阿→晁衡→朝衡
　～と安禄山の乱…㉗22
　～と長安文化界…②586, ⑪131, ㉗19, 22
　～と杜甫…⑫720, ㉗18, 20
　～の交遊　王維…⑫720, ㉓363, ㉗18, 20, 21　崔日知…㉗21　儲光義…㉗20, 21　李白…⑪76, 131, 175, ⑫720, ㉓363, ㉗17, 18, 20
　～の死亡の噂…⑪131, 175, ㉗17
　安南における事蹟…②587, ㉗22　生還…⑪132, 175, ㉗17, 22
　～の詩歌…㉓418　「あまのはら」の歌…㉗17（その注…㉗20）「命を銜みて国に還る作」…㉖498, ㉗20
　～の資料…㉗19, 20
　～の事蹟の考証…②586-587
　～の芝居…㉗17
　～の渡唐…⑪131, 167, ㉒15, ㉗19, 20
　唐滞在…㉗18, 19　唐朝廷における仲麻呂…②586, ⑪131, 168, 554, ⑫546, ㉗19-23
阿部秋生（あきお）…⑰176
阿部研究員（東京研究所）…⑱536
阿部コレクション・阿部氏爽籟館…⑮258, ⑳287
阿部次郎…⑰335, ⑲121, ㉓620
阿部知二…㉔23　「桃源」…⑱409
阿部吉雄…⑯256, ⑱538
阿部隆一…㉕285　「中国訪書志」…㉕287
阿部櫟斎「聯珠詩格名物図考」…⑮427
阿片戦争…①289, 501, ②464, ⑲229, ⑳226, ㉓246, ㉔140
　～以後の中国…①55, 71, ②560, 562, ⑬550, ⑯284
　西洋の圧力…①71, ⑯284　中華主義の後退…②

443, 560, ⑯607　文学革命の遠因…⑯284
阿房宮…⑪520, ⑲363
「阿弥陀経」…㉗45
阿弥陀仏…⑮80, ⑱460
阿蒙…⑮287, 325
阿与…⑮161, ㉕48
阿羅漢…㉗45
阿剌蒲坦…㉓275
阿里西瑛…⑭385
阿魯温（あろうん）…⑭71
阿波…⑱432, 433
粟生津（新潟）…⑰309
粟生津小学校体育館…⑰313
愛宕山（仙台）…⑥248
網代木…㉕166
鵶頭の襪…⑪126
相い識る無し…⑬224
「会津短大学報」…①630, 633
会津八一…⑱72
合気道…㉕300
哀王髆（漢）…⑥162, 168
哀姜…⑦254
哀公（春秋・魯）…⑤93, 112, 258, ⑦178, ㉗258
～十四年（「春秋」の終り）…㉓105
～と田饒…⑫223
哀策…⑮211
哀宗（金）…⑭57, 78, 94, 95, 145, 146, ⑮329, 374, 387→ニン・キアスー
開封脱出…⑮389, 391　自殺…⑮378, 391
謀臣白華…⑭92
哀痛の詔…①533
哀帝（漢）…②550, ㉕151
哀平（哀帝・平帝）…⑥33, ⑦554
哀帝（東晋）…⑦378, 479
哀帝（唐）…⑬595
哀慟…㉗8, 9
哎呀…⑳92
哎喲…⑳92, 93
相浦杲（あきら）…㉒11
相沢中佐事件…⑱326
埃及→エジプト
間狂言…⑭474, 480, ㉔272
愛…⑬558
愛河…㉖492, 493, 497
愛奇…㉕197, 198
愛幸…②141, 142, 152
愛国詩人（陸游）…⑬159
「愛日精盧蔵書志」…⑯238
愛汝玉山…⑫304
愛情の義務…⑤139, 212, 263, 264
愛親覚羅氏…⑰349, ㉓46, 181, ㉔54
～玄燁→康熙帝→聖祖
～弘暦→乾隆帝→高宗
～努爾哈赤→アイシンギョロ・ヌルハチ
～溥儀…⑫315, ⑯634, ㉖469, 470→宣統帝
東京裁判での証言・満州国皇帝…⑯606
「わが前半生」…⑰611, 613㉓180
愛知教育大学…㉔257　岡崎分校…⑱545
「愛知女子短期大学紀要」…①620, 622
愛之理…⑬558
愛蓮道人…⑯142
噯呀…⑮161
曖昧…㉖114, 133, 174, 178-181, 184
靄園…⑯270
靄峇崒…⑫252
青木晦蔵…㉓490
青木勝三郎…⑱540, 542, 544
青木治輔…⑰586
青木正児（まさる）・君雅・迷陽…⑭378, 600, 604, ⑯637, ⑰335, 337, ⑳255, 262, ㉒346, 351, 352, 355, ㉓611-613, ㉗391, 440（拙道人…㉓622-623）
～教授　京都大学…①611, ⑭602, 610, ⑰335, ㉓616, 622, ㉖251　東北大学…⑭602, ⑰333, 335, 401, ㉓620, ㉗273　山口大学…⑰336, ㉓623　立命館大学…⑰336
～と王夢曽「中国文学史」…⑥429, ㉓626
～と旧漢学からの脱皮…㉒316, ㉓629
「本邦支那学革新の第一歩」…⑯636, ㉒316, 318, ㉓614
～と考槃社…②508
～と「冊府」…㉓625, 626
～と「支那学」→その項
～と銭謙益…⑯105, ㉖449
～と「荘子」…㉓627
～と「東光」…⑫733, ㉓623
～日本学士院会員…⑰336, ㉓624
～の字と号の由来…㉓625, 627
～の一番首の説…㉒59, ㉓624
～の桜桃に関する説…⑫497
～の学風…⑰337, 338
～の漢文直読論…⑯636, ⑳255, ㉒318, 339, 346, 347, 350, ㉓614　「漢文直読論」…⑰344
～の戯曲研究…⑭597, 604, ⑰333, 338, 417, ㉗280
演劇関係著述　「元曲の遺響」…⑮170　「元曲の研究」…⑭597　「元代雑劇の創始者関漢卿」…⑰333　「元人雑劇」…⑭598　「元人雑劇序説」「支那近世戯曲史」→各項　「瀟湘雨」雑劇訳…⑭598　「北曲の遺響」…⑭32, ⑮170　「訳注元人雑劇」…⑰338　「劉知遠諸宮調考」…⑫263, ⑭567
解釈・学説　「児女団円」と「老生児」の関係考証…⑭264　諸宮調の定義…⑭566　像生に関する説…⑮15　東方文化研究所の元曲注釈…①621, ②223, ⑭357, 374, 555, 563, 602, ⑮228, ㉓622, ㉖251, 252（「元曲選釈第二集」題簽…㉒556）「柳毅伝」と諸宮調に関する考証…⑭208

～の「吉右衛門の手」（吉川）への評価…㉔93
～の業績…⑰337-339, ⑳285
～の交遊　小笹喜三…⑯636, ㉒318, 340　小島祐馬…⑰324　呉虞…㉒352　沈尹黙…㉒328　藤井乙男…⑳285　本田成之…②509, ㉓625
～の江南旅行…㉒355, ㉓617, 618
江南・西湖の風景…①704, ⑯547, ㉑239, ㉒355, ㉓619, 620　揚子江の柳…⑯619, ㉒355, ㉓618
～の死…⑰335, ㉓624　戒名・雅陽院正法守拙居士…㉓624, 625　墓…㉓628
～の師（京都大学）狩野直喜…⑭597, ⑰239, 240, 322, 335, 337, ㉒352, 353, ㉓592, 627, ㉗270, 280　鈴木虎雄…⑰335, 337, 338　松本文三郎…㉔270, 271
～の守拙蓬廬・守拙廬…②508, 509, ㉒317, 318, ㉓615, 625-627
～の儒家嫌い…⑧506, ⑰335, ㉑192, ㉒316, 352, 353, ㉓622, ㉗271
蘇東坡嫌い…⑬624
道学・道学的文学観嫌い…⑰338
～の「儒林外史」推奨…㉒318
～の「尚書正義」訳（吉川）への評価…⑧506
～の性格…⑰337, 338, ㉓627
～の中国現代文学研究…⑰335, 339, 409, ㉒316, 337, ㉔312
「覚醒せんとする支那文学」…⑰339　胡適評…㉓612-613「胡適を中心に渦いてゐる文学革命」→その項「嘗試集」評…㉒316, 317, ㉔312　文学革命紹介…⑯326, ㉒315, 316, 337, 352, ㉓615「呉虞文録を読む」（呉虞の儒教破壊論）…㉒352　魯迅評…㉓613　魯迅への関心…㉓613, ㉔312
～の中国古代文学研究…⑰339
采詩の官否定…③37（「詩教発展の径路より見て采詩の官を疑う」…⑰333, ㉓629）
楚辞研究…③19（「新訳楚辞」…⑰339, ㉑42「離騒」への愛情…㉓626）
～の中国の書画音楽の研究…⑰338
海塩腔に関する説…⑭177　金冬心を中心とする乾隆期文人の書画詩文への関心…⑯641　詩画一致に関する説…⑳67　清人の書法への関心…⑯641
関係著述「燕楽二十八調考」…⑰333「解衣般礴の芸術」…⑰333, 339「楽律溯源」…⑰333「顔真卿の書学」…㉓624「金冬心之芸術」…→その項「琴棋書画」…㉓623「後漢の書学」…㉓624「徐青藤の芸術」…⑰334「石濤の画と画論と」…⑰334, ㉓611「宋人趣味生活の二典型。…㉓624「中華文人画談」…⑰339「中華文人の生活」（隠逸生活）…㉓623「文房趣味」…㉓623
～の中国の食品と器物の研究…⑰339
「花甲寿辰家筵菜単」…㉓622「華国風味」…⑰339, ㉓622「中華飲酒詩選」…⑰339「中華茶書」…⑬41, ⑰339「中華名物考」「抱樽酒話」…⑰339
～の中国文学と日本の関係についての研究「国文学と支那文学」…⑰339, 412「支那文学研究における邦人の立場」…㉓621「中国文学の日本文学に及ぼした影響」華訳…②594
～の中国文学の文学史的研究「後漢の詩に現れたる無常観と来世思想」…⑰333「支那小説の溯源と神仙説」…⑰333「詞格の長短句発達の原因に就て」…⑰333
～の中国文学の本質に関する研究「支那文芸に溢れたる高踏的気味」…⑰333「和声の芸術と旋律の芸術」…⑰333, 336, ㉒317, 346, ㉓614
～の著述（研究分野別に記載したものは省く）「青木正児全集」…⑳359, ㉓582, 611, 616, 618, 619, 629, 630, ㉖365（雑纂…㉓616, 621, 625「出雲路橋に立って」…㉓626「冊府より」…㉓625「支那童話集」訳〔世界童話大系〕…⑰402「北京風俗図譜」序とあとがき…㉓621「明治大正間京都の漢籍店」…㉓625）「書抄」（かきぬき）…㉓624「琴棋書画」「江南春」「支那文学概説」「支那文学芸術考」「支那文学思想史」「支那文学論籔」→各項「清代文学評論史」…①613, ⑯105, ⑰338, ㉓622, ㉖449
～の張景桓紹介による中国語学習…⑯636, ⑳103, 256, 390, ㉒319, 339, 340, ㉗391
～の沈思洞…㉓627
～の通信販売利用による書籍購入…⑪563, ⑫727, ⑯636, ⑳251, 390, ㉒317, 364
～の夫人・青木艶子…㉓624, 629
～の文学評論史の業績…⑫594, ⑰338
～の北京留学…㉓620
～の李白詩注…㉗335
～への周作人の書簡…㉒328
青森…⑫541, ⑲449
青森行急行…⑲295
青柳氏の助字解説…㉒318
青山清・澄斎…②498, ⑫359, ⑰273, 563
青山家…㉔44
青山延于「皇朝史略」・青山延寿…㉔22
青山書院…⑰588
青山秀夫…①472, 473, ⑥428, ⑲297, ㉓632
「マクス・ウエバー」…⑮568, ⑰84
赤城…⑰585, 586
赤城山…㉕20, 27
赤染衛門…㉓420
赤塚忠「古代における歌舞の詩の系譜」…①624
赤羽寿（あかば・ひさし）…㉓630
赤松俊秀…㉓5, 14, ㉔46
赤松智城の巫俗考証…①540
赤松連城…㉒115
明石海峡…⑪211, ⑱534

明石藩…⑰79
明仁親王…⑱523
秋田…⑰216, ⑲449, ㉓587, ㉕436
秋田雨雀…㉗283
秋田屋書店…⑫360, ⑮639, ⑰342, ⑲470, ⑳365, ㉔67-69, ㉗331
秋津嶋…㉕61
秋の神…⑤118
秋吉先生（神戸第一中学校教諭）…㉔325, 327
秋吉先生（諏訪山小学校訓導）…㉔325
悪…㉒304, ㉓68, ㉔9, 10
　～と文学…㉔9-11
悪（ハックスレイ）…②367, 368
悪（六極）…⑤111
悪左府頼長・宇治の～…⑤135, ⑥247, ⑦378, ⑰20, ⑱468, ㉕278, 284, ㉗67→藤原頼長
悪心…㉗279
悪党…⑮338
芥川竜之介…①344, ⑭601, ⑯636, ⑱350, ⑳255, ㉑24
　～と久米正雄への夏目漱石の書簡…⑱122
　～と中国　漢文愛好…②56　金冬心の梅…㉓619　中国小説愛好…⑰399　「芭蕉雑記」における杜甫…⑫558, 712
　～の作品　「芥川龍之介全集」…⑫558　「開化の殺人」…⑰386　「支那遊記」…㉒346（辜鴻銘…⑯272　章炳麟…①382）「杜子春」…⑬549　丸善での歌…㉗414
　～の作品の中国訳…㉒434
　～の亜流とする中島敦評…⑱368
揚尾駅…⑰205
赤穂（播磨）…⑱540, 542
　赤穂四十七士…㉓297　赤穂線（国鉄）…⑱542　赤穂浪士…㉗34
浅野侯…㉗122, 165, 168（安芸侯…㉗80　芸侯…㉗122　広島侯…㉗174）
浅野内匠頭…⑪404
浅間温泉…㉔261
浅見絅斎…②356　「靖献遺言」→その項
浅見徹…⑦350
朝川教授（Yale Univ.）…⑲326
朝野鹿取…⑰70
「朝日ジャーナル」…②426, ⑮557, 619, ⑲423, 446
「朝日出版月報」…①582, ⑱398, ⑳253
朝日賞…③536, ⑳443, ㉗17, 340
「朝日新聞」「大阪朝日新聞」…⑬629, ⑮564, ⑰398, 520, ⑲423, ㉒449, 475, 494, 495, ㉔206, 268, ㉕107, 254, ㉗404
　～の郭沫若寄稿「芽生えの二葉」…㉒320, ㉖490, 491
　～の吉村公三郎病中日記…㉕408
朝日新聞社・大阪朝日新聞社…①270, ②267, ④735, ⑥246, ⑲214, 423, ⑳404, ㉑90, 111, ㉒320, 333, ㉔330, ㉗269
　～講堂…②267, ㉑141
　～首脳部　主筆…⑱120　創業者…④644　論説委員…①398
　～出版局…④735, ⑯436, ⑳404, ㉑115
　～出版物　「契沖全集」…㉓25　「新訂中国古典選」…①266, ④736　「中国紀行30日」…㉒332　「中国古典選」「中国文明選」→各項　「日本古典全書」…②162　「日本書紀」六国史本…⑰146, ㉓24　「ファウスト」訳森鷗外・注大山定一…㉗332, 333　「六国史」…⑰146
　～に関係する人物　池辺三山…①471, ⑱120　上野精一…④644, ㉗313　上野理一…④644, ㉒332　狩野直喜…㉓592　鈴川ワシントン支局長…⑲245　内藤虎次郎…①398, ⑱476, ㉒333, ㉓580　夏目漱石…①471, ⑱122, ⑳275, ㉔269　西村天囚…⑥246, ⑰298, ㉗269
　～の新体制国民講座…②267
　～の Japan Quarterly…⑰660
朝日ゼミナール…㉑90
「朝日選書」…㉗340
「朝日評論」…⑱398
朝比奈宗源…②195
字…②439, ⑤121, 142, ⑦46, 47, ⑳479
一柱騰宮…㉗58, 59, 61, 62→足一騰宮
足上（拝田村）…㉗61
足利→足利学校
足利（地名）…⑰584-589, ⑱57, 539, ⑳192, ㉗67, 68, 73
足利惇氏…⑰341, 342, ㉔67, ㉗43
足利衍述「鎌倉室町時代之儒学」…⑩461
足利学校…⑤124, ⑦286, ㉒431, ㉗271, 272
　～所蔵テクスト…⑩443, 448, ⑱57, 468, ㉗73, 272　古写本…⑩448, ⑰56, ㉓328, ㉕284, ㉗73　古版本…⑰56, ㉓328
　～所蔵本　「周礼」…⑰589　「十三経注疏」…⑩453, 454, ㉗70　「春秋伝」…⑰587　「論語集解」…⑰589
　写本　「周易正義」…⑰586　「礼記」（足利古本・清原家本・室町時代写本経注本）…⑩441-444　「礼記正義」…⑰584　「論語義疏」…④7, ⑰358, 589, ㉕191, 283, ㉗97, 271
　宋版本…⑰587, ⑱549, ㉗69, 73
　「経伝集解」…⑰587　「五経正義」…⑰584, 587, ⑱58, ㉗67　「周易正義」…⑰586　「尚書正義」…⑨483-484　「礼記正義」…⑰584
　～との関わり　根本遜志…④7, ⑰358, 584, ⑱57, ㉕191, 283, ㉗97, 271　林羅山…⑩447, ⑰57, ㉗69　山井鼎…⑨483, ⑩441, 443, 447-448, ⑰56, 583-589, ⑱57-59, 468, 549, ㉓328, 481, ㉕284, ㉗70, 73, 272（足利の一本・足利本…⑰587, 588）
足利学校遺蹟図書館…⑱539
　～所蔵旧写本　「杜詩抄」…㉒59　「毛詩」経注本（足利本甲・乙）（古本・山井鼎）…⑩459, ⑫

476　「礼記」…⑦555
〜所蔵宋刊十行経注疏附釈音本「毛詩正義」（足利学正徳本・山井鼎）…⑩453, 454
〜所蔵宋淳煕刊注疏本（足利八行本）「尚書正義」…⑧26, 510
足利古本…⑩441-444, ⑰583
足利氏…⑳192, ㉓367, 417, 422, 423, 425, 478, ㉕200
→室町氏
　尊氏…⑰52, ㉓420　義高…㉔137　義稙（よしたね）…⑮570（義材〔よしき〕…㉔137）　義政…⑮570, ㉔137（東山の主父…㉓421）　義満…②155, ⑰31　義持…⑮570
足利市…⑧510
足利時代…⑳122, ㉑54, ㉕282, 296
　〜と「童子教」…⑰96
　〜と明時代…⑮562
　〜に仮託した歌舞伎劇…⑪192, 233, ⑮191
　〜の画…㉓421
　〜の漢学の回復…㉓563
　　学問の中心…⑰22　公卿の儒者清原宣賢…㉔154
　　僧侶による中国学…⑰26（五山の禅僧→五山〔京都〕　禅僧と李白・杜甫・蘇軾・黄山谷…①143　僧侶による朱子学講義…⑰28）
　　中国文明への関心…⑰21, 22（博多版漢籍…①401　兪良甫による韓柳の文集の覆刻…⑰31）
　　李白・杜甫…①143, ⑱39（杜詩…⑫721, ㉑133）
　〜の「日本書紀」の学…⑰634
　〜の幕府と大名の関係…⑤147, 176, 237
　〜の文化否定…⑰483（文明の堕落…㉓422）
　〜の文学と「古今集」…⑰617
　〜の倭寇…②565, ⑮493
足利時代初期　禅僧の中国留学…⑮468
足利時代中期…⑮570
足利時代末期…⑮493-494（将軍…⑤63, 176, ⑦7, 186, ㉑245　西洋の書物…㉕410）
足利政権の本拠…㉕200
足一騰宮…㉗56-59, 61-63, 76, 77, 80→一柱騰宮
芦田茂幸…①631　「中国的近代意識」…①635
芦の湖…㉔175
芦屋…⑰310, ㉔319
芦屋病院…⑰304, 305
「排芦小船」…⑳18, ㉗230
　〜の歌論…㉓501-503, 505, 513, ㉗231
　　歌の徳の神秘の説…㉗81　"三木三鳥の伝授"批判…⑳193　「詩経」への許与…㉗228　和歌の漢詩への優越…㉗230
　〜の"てにをは"論…②8, ⑱98, 115, 392, ⑲197, ㉓144, 513, 556, ㉕45, ㉗248
　〜の"めめしさ"の価値の賞揚…㉗213, 215, 216
　〜のもののあはれの論…㉗84, 208, 222
　　"物に感ずる"の論…㉗222, 226
東快量「支那小説訳解」…⑰395

「東鑑」…①177, ㉗123
熱海（伊豆）…⑬215, 216, ㉔186
新しい楽観の成立（蘇東坡）…①110
新敷学派（新井白石）…㉓139
新しさを価値基準とする思想…⑳476
軋車・軋棉…⑯216
猰貐…⑥34
遏密…㉓417
幹担挑籮…⑮108
跡見女学校…⑪478
姉崎嘲風・正治…㉔17
姉崎村（上総国市原）の市兵衛…㉓297, ㉗34
天照大（太）神・天照大御神・天照皇大神…㉓451, ㉔248, ㉗102, 106, 152, 156, 157, 218, 219
　〜を太陽とする説（本居宣長）…㉓511, ㉗234
　〜のお札…⑰613
　〜の誕生…⑰195, ㉓496, 540
天の香具山…㉖72
天の川…①485, ⑥284, ⑪78, 256, ⑫215, 220, 476-478, 578, 600, ㉒483, ㉔6, ㉕405, ㉖111
天の瓊矛…②90
天野貞祐…⑯206, ⑰496, ⑱404, 405, ⑳318
　「学生に与ふる書」…⑯583　「道理の感覚」…⑱477
奄美大島…③480
網祐次…㉗286　「賦中心より詩中心へ」…①620　「文体の変遷」…①633
天児屋根尊（あめのこやねのみこと）…⑱495
天御中主神（あめのみなかぬしのかみ）…⑳265, 283, ㉑110, ㉓539
天之御柱…㉗195
雨の詩（中国）…㉖158
雨森（あめのもり）精翁…⑥245
雨森芳州…⑲99, ㉓151-153, 419, 425（雨伯陽…㉗179）
　科挙批判…②4, ⑰610　「たはれぐさ」…⑲95　やまと心…⑲101
荒井公廉…⑰389
荒井健…㉒369, 425
　解説・吉川「唐代の詩と散文」…㉗432　共訳・内藤湖南「近世文学史論」…㉓587　「黄庭堅」…①136　「李賀」…①132, 141, ㉑53
荒勝博士…⑳424
荒木見悟…㉔206, 207
荒木貞夫…⑰76
荒木田守武…㉑129
荒木村重…⑳236, 237
新井白石・璵・君美・筑後守…⑰414, 547, ㉓112, 135, 209, 252, 278, 359, 470, 701, 703, ㉔150, ㉕505
→源君美→新堪→白石源公
　〜と伊藤仁斎→その項
　〜と荻生徂徠…㉓136, 144, 291, 315, 353, 359, 360, 362, 365, 368, 709

両者が中国生まれであれば…②405, 436
両者の学問　訓読否定論…㉓129, 142, 143　語学力と博学…㉓311　中国語学者としての共通性…㉓142
両者の関係　政敵関係…㉓136, 137　年齢の差…㉓136, 311
両者の詩との比較　王士禛…㉓242　七子…㉓239, 242
白石の徂徠への言及…㉓137（蘐園の学への嫌悪…㉓139　徂徠古文辞への批判…㉓360, ㉗173　徂徠反朱子学への非難…㉓137）
白石への徂徠の言及…㉓137, 359, 362（韓使接遇措置への非難…㉓137, 363, 364　唐詩風の漢詩人としての竜挙…㉓131, 132　有職故実の幕府移入への反撥…㉕201）
～と賀茂真淵と本居宣長…㉓146
～と韓使…㉓122, 151, 153, 158, 232, 272, 363, 364
白石以前以後の韓使との交渉の記録…㉓150
～と近衛家　近衛家熙…㉓227, 229, 232, 233, 235, ㉕201　近衛家へ（献上詩…㉓233, 235　書簡…㉓232, 233）　近衛基熙…㉓232, 233, ㉕201
～と中国人　王安石批判（古今第一等の小人）…㉓137, 138　魏裔魯の詩…㉓251　銭謙益…㉓241, 244　張鵬翮諫争…㉓274
～と唐音…㉓143, 149
～と同時代人　安積澹泊への書簡…㉓137, 140, 144, 244, 253, 266, 268, 274, 277, 280　雨森芳州…㉓151, 152　木下順庵→その項　高玄岱…㉓154, 155　佐久間洞巌→その項　Sidottig…㉔8　戸田忠利…㉓144　土肥源四郎…㉓126　西山順泰…㉓151　松浦霞沼…㉓152　室鳩巣…㉓153, 155, 251, 252　吉田藤八郎…㉓144
～と日本古代の研究…㉓146
邪馬台国論争…②585
～との関わり　「韻会」…㉓145　「元曲選」…⑭142, 374, 592, ⑮169, 228　「字彙」…㉑75, ㉓145　「清百家詩選」…㉓253, 254, 265　「論語」暗誦…⑤129
～と明末の事態…㉓139
～における学文…㉓139
～のオランダ癖…㉓484
～の王朝文明への憧憬…㉓129
有職故実…㉓227, 233, 423-425, ㉕201
～の家系　子孫・新井清…㉓158　次子・宣卿…㉓123　次男・明卿（大亮）…㉓248
～の海外の知己…㉓196, 199, 232, 236
～の官名（勘解由）…㉓155
～の漢詩…㉓113, 120, 131, 145, 152, 153, 155, 159, 192, 567
意景相合せ候…㉓116　木下順庵を弔う詩…㉓114, 116, 120　古文辞の影響…㉓119, 239-242
作品　「癸卯中秋有感」…㉓123　「金煙管」…㉓243　「繋馬柳辺」…㉓117　「甲午歳九月十一日前摂政大相国藤公…」…㉓234　「自鳴鐘」…㉓114, 243　「諸親送余到三条橋」…㉓147　「長信宮中草」…㉓116, 120　「冬景即事」…㉓145　「八居」…㉓248-250　「丙子上日」…㉓117　「丙申八月三日和登州藤正邦感旧作」…㉓121　「又和八居韻」…㉓250　「容奇」…㉓113, 146　「和清人魏惟度八居詩韻」…㉓244, 245, 248-252, 265
詩才…㉓112, 149　格調…㉓120　精工…㉓112-114, 116, 120, 124, 130, 131, 145, 146　退屈…㉓120　敏警…㉓113　富麗…㉓117, 120
失意の詩…㉓120-124
唐詩への傾倒…㉓240, 353（典型の再現と唐詩の模擬…㉓118-120）
～の漢詩文…⑰623, ⑲95, ㉓144
漢詩文実作と哲学の古典の理解…㉓127-130, 145, 146　漢詩文実作の学的修練としての重要性…㉓127, 128　徂徠・宣長と共通する主張…㉓127-129　和習なき漢詩文への抱負…㉓124-127, 130
～の詩集　「陶情詩集」…㉓151　「白石詩草」…㉓112-114, 116, 151, 153, 154, 158, 243（朝鮮人の序跋…㉓151-153, 161, 238　編集者高玄岱…㉓154）「白石先生余稿」→その項
朝鮮での普及…㉓158
～の実務実学尊重…㉓203
～の助字とリズムに関する説…㉓140-144
～の清朝に関する知識…㉓160, 161, 172
康熙帝の偽善性の看破…㉓245, 266, 276（白石と康熙帝の年齢…㉓268　耳にした康熙帝の風聞…㉓269-275）
～の生没　死…㉓160, 164, 165, 171, 199, 235, 706　誕生…㉓179, 241
～の「大日本史」への不満…㉓146
～の著述　「新井白石全集」…㉓112, 116, 151, 158, 253, 266（「白石先生手簡」…㉓112, 268）「折たく柴の記」→その項　「采覧異言」…㉓485　「朝鮮聘礼事」…㉓152　「読史余論」…⑲39, ㉖480　「俳優考」→その項　「白石先生遺文」…㉗44　「白石先生紳書」…㉓244
～の登用・失脚　家継による登用…㉓132, 266, 291, 315　家宣による登用…㉓132, 136, 144, 163, 197, 266, 291, 315, 359, 368　吉宗による失脚…㉓120, 121, 158, 165, 315, 375, 376
～の日本人の優秀性の主張…㉓126, 127
～の認識と「東華録」との無縁…㉓266
～の博学…㉓243, 311, 473
～の博覧…㉓138, 141
～の和文の美しさ…⑰623, ⑲95
～への哲学者の無関心…⑰11, ⑲38
新井白石展…㉓709
新井白石二百年記念の会…㉓232
在原業平・在中将…⑰622, ⑱25, ㉓239, 460, ㉗357

～の歌…㉑106, 125
「伊勢物語」との関係…㉓348, 459, 460　契沖の
解・辞世の歌の解…㉓25　「古今和歌集・仮名
序」の評…㉕116　思夢の歌…⑱17, 24, ⑳223
人生を老いに近づく時間と見る悲哀…⑰620, ㉑
219　推移の悲哀…⑰620, ㉑217, 219, ㉕115
「ちはやぶる神代もきかず」の解…㉓27　「月や
あらぬ春や昔」の歌…㉕114, 119, 125, 128, 129,
131（伊勢物語の叙述…㉕114）
解釈（各時代・各書）　江戸時代の解釈の分裂…
㉕116　言語の音声の姿…㉕121, 126-128, 131-
133　「古今余材抄」「古今和歌集打聴」…㉕117
「古今和歌集」詞書き…㉕114　「古今和歌集遠
鏡」「玉かつま」…㉕116　「古来風体抄」評…
㉕115　「続万葉論」説…㉕118　「筑波問答」説
…㉕114, 118, 119, 125, 128　土居光知説…㉕145
在原元方…⑰621
有明山…㉔262
有賀先生（諏訪山小学校訓導）…㉔324, 325
有賀鉄太郎…⑰88, ⑲31, 297, ㉔48
有島武郎「お末の死」「小さき者へ」…㉒434　「ホ
イットマン年譜」…⑲312　訳・ホイットマン
「草の葉」…⑲308, 309
有栖川宮…㉔291
有田音松…㉓428
有馬…⑰589
有馬兵庫頭氏倫…㉓401
淡路島…㉔134, 186
粟田真人（まひと）…⑰162, ㉗19, 20
安（助字）…②175
安覚…②588
安期生…⑥139
安徽（省）…⑥78, ⑪100, ⑫307, ⑮496, ⑯186, ㉕91,
㉖476
～湖北地方と京劇…⑯587
～江蘇浙江江西山東の文学生産（近世）…①77
～江蘇浙江江西の作詩人口増大（近世）…⑮366
～江蘇浙江地方　学者（清）…⑯3　詩人と「清
百家詩選」…㉓258　読書人増加（明以後）…
②429　富民の子弟教育…⑮567
～江蘇地方（江南）　江南学政…㉓210, ㉓278　視
学長官…㉓705　文明の高さ（清）…㉓211
～江蘇地方への玄宗の政治力…⑫330
～江蘇地方へ古書買い出し（孫麻子）…⑯561
～地方　後漢時代の人物地理…⑦46　曹操の進軍
…⑦80
～との関わり　憨山徳清…①532　胡適…⑯433
梅尭臣…①445
～南部と揚州地方…⑯8
～の穎州府阜陽県訓導…⑯354
～の沿革…②554
～の学（清）…⑯5, 7-9, 60
学者（清）…⑯3, 8　学術の衰退（清末）…⑯
10　礼の学問…⑯10
～の太子会の祭り…⑯347
～の地名　穎州…⑬74, 107, 110　皖…①413　貴
池…㉕434　徽州→その項　休寧県…⑯7, 151,
229, ㉗116　涇県…③43, ⑪109, ⑯261, 262, 264
敬亭山…⑪102, 171　広徳…⑯337　黄山…⑪
129, ⑳20, ㉔276　寿県…⑭98　寿州…⑬116,
206, 207　寿春…⑭98, ㉒104　滁州…⑬66, 67,
70　歙県・鍾離県・譙→各項　新安…⑬184,
318　斉安…⑬269　宣城県…⑪95, 102, ⑬75,
208, 209, ㉓263　銭谿…⑦382　潜山県…①413
全椒…⑪223, ⑯42　太平県…⑭385, ⑱550　池
州…⑪123, ⑬33, 269, ⑮352　定遠県…②140
当塗…⑭99　東城…⑥8, 9　桐城…①427, ⑯
174, 208, 261　寧国…⑯337　沛→その項　亳県
…⑦45, 76　亳州…⑬229, ⑭57　婺源…⑬318,
⑯7　鳳陽…⑭57, ⑮458　無為県…㉖396　六安
…⑭99, 102　霊壁県…⑥3
～の知事　欧陽修（滁州…⑬63　亳州…⑬229）
蘇軾（穎州…⑬102）
安徽巡撫…①521, ㉓222
安徽人…⑯433
「安徽俗話報」…⑯405
「安徽白話報」…⑯404, 405
安郷…⑦128, ⑯191
安敬思…㉖418→李存孝
安慶…⑦326
安慶恩…⑫367
安慶緒・晋王…⑫367, 368, ㉖98
安慶宗…⑫364
安康郡公…⑦548
安国少季…⑥134
安塞県…⑫204
安山県（徐州）…⑭252, 253
安史の乱…⑪222, ㉒83, ㉖63→安禄山
安車蒲輪…⑥54
安守忠…⑫328, 366
安州知事（湖北）…⑬242, 250
安重根…⑰611
安粛…⑮374
安慎徽…㉓36
「安世」（漢の音楽）…㉓411
安西…⑪150
安西将軍…⑫359
安西都護…⑫126
安西都護府…⑪150, ⑫126
安政の大地震…⑰613
安禅…⑪142
安蔵…⑮328
安息…⑥94, 131, 132→パルティヤ→ペルシャ
安帝（後漢）…②550, ⑥372, ⑦47, 49
乳母王聖・皇后と一族閻氏…⑦48　皇太后鄧氏…
⑦47, 48　皇太子劉保…⑦47, 49

安帝（東晋）…⑦345, 364, 488, ㉗130
安東省庵・守約…㉓318 「三忠伝」…⑰142, 147
「省庵文集」…⑰142
安童…⑬518
安童→アントン
安藤昌益…②495, ⑰625, ㉓561
安藤東野・東壁…㉓290, 313, 358, 361, 370（滕東壁…㉓415 藤東野…⑰54）
～から荻生徂徠への書簡…㉓362
～と古文辞…㉓324, 358, 362, 380
～と太宰春台・山井鼎の鎌倉旅行…⑱56
～の遺稿出版と本多忠統の違約…㉕194, 199
～の死…㉓376
～の中国風の名乗り…⑰54, ㉓415
～の肺病…㉓379
～の文章 「蘐園随筆」序…㉓369, 435, 437 「香州律師の嶼に遊ぶを送る序」…㉓380 徂徠五十歳を祝う文章…㉓371 「東野遺稿」…㉓371, 380, ㉕198
～へ徂徠からの書簡…㉓360-362, 364, 365, 367
安藤広重「東海道五十三次」…㉔186
安得…㉖130
安徳…⑯246
安中藩主…㉗44
安南…①90, ②565, ③22, ⑫547, ⑭113, ㉓708
～における阿倍仲麻呂…②587, ㉗22, 23
安南防衛…㉗22 仲麻呂漂着…㉗17, 22, 23
～における綿花の手紡…⑯209
～の文学と中国文学…①286, ㉔78
杜甫の文学…⑫586
～の貿易船…⑯614
～の黎字…㉓306
「安南志略」…㉗22
安南都護…㉗19, 23
安然「童子教」…⑰96
安福派…㉒315, ㉔256
安平…⑦92, ⑭294
安平（台湾）…⑯348
安平塞…㉖391
安保（日米安全保障条約）…㉔171
安楽…⑮482
安楽公主（唐）…⑫9, 11, 15, 165, 274, 318
安楽侯昉…⑦543
安陵と竜陽…⑦216, 236
安禄山…①26, 82, ⑫57, 319, ⑲404, ㉒83, 84
～との関わり 安慶緒…⑫367, ㉖98 哥舒翰…⑫172, 241, 259, ㉒23 高力士…⑫318 楊国忠…⑪244, ⑫59, 60, 170, 171, 240, 261, 262, 281, ㉒21 李猪児…⑫368
～と契丹族…⑫368
～と玄宗と楊貴妃…⑫263, 271, 272, 549
玄宗…⑪244, 245, ⑫53, 58, 59, 170, 171, 174, 237, 240, 241, 260, 569, ㉒20, ㉕48
謀叛の相に関する皇太子の進言…⑫313 李亀年による物真似…⑮161, ㉕50, 51 驪山温泉における賜浴…⑫368 禄山異心の噂…⑫59, 170, 174, ㉒20, 24 禄山処刑に対する特赦…⑫58 禄山猪竜の姿…⑫238 禄山への下賜の品…⑫59, 189, 237, ㉒29
楊貴妃…⑫237, 261, 262, 268, 269, 272
楊貴妃と金蝦蟆…⑫227, 229, 236-238, 274（郭給事の詩…⑫227, 238, 239）
楊貴妃との噂…⑪555, ⑫59, 237, 260-262, 264, 266, 267, 274, 276 楊貴妃の養子…⑫59, 237, 260, 261（禄児という呼称…⑫260）
楊貴妃への拝礼…⑫58, 237
文学・史書・野史等の記述
元雑劇…⑭149（「梧桐雨」→その項 「梧桐葉」…⑭395）
史書・野史・小説等 「安禄山事蹟」…⑫237, 238, 260-262 「資治通鑑」「長恨歌伝」→各項 「長生殿伝記」…⑪555, ⑫237, 271 「天宝遺事」 諸宮調→その項 「唐紀」…⑫262 「楊太真外伝」→その項 「驪山記」…⑫261, 262, ⑭395
日本文学・映画 「唐物語」…⑫281, 272 「今昔物語」「俊頼髄脳」…⑫281 「太平記」…⑫268, 272, 280-282 映画「楊貴妃」…⑪558-561
～と楊国忠の反目・安禄山謀叛の予言…⑫59, 170, 240, 262, 281, ㉒21 楊国忠の策謀・挑発…⑫170, 171, 240, 261, ㉒21
～と李林甫…①524, ⑫59, 60, 261, ㉕48, 50
阿与，我死也…㉕48-52, 54, 59 李林甫・安禄山・楊貴妃楊国忠三勢力の三つ巴…⑫59, 60
～の山東省支配…⑪179
～の事蹟の記録…⑫57
～の抬頭…⑫58, 549 平盧范陽河東節度使の兼任…⑫58, 171, 240, ㉒20, 21
～の特徴・性格 外国語能力…⑫170, ㉒20 機知…⑫58 腫物と失明…⑫367 肥満…⑫58, 368, ㉒20 容貌…⑫58, 170, ㉒20
～の跋扈への諷刺…⑫156
～の反乱…⑪232, 245, 554, ⑫170, 240, 278, 551, 568, 569, ㉒21, ㉖48
挙兵の年…⑪245, ⑫170, 171, 240, ㉒20, 21, 92, ㉕405, ㉖10, 43, 48, ㉗22
動機に関する説 安禄山忠臣説…⑫281 身辺の不平の徒の求め…⑪245, ⑫171, 549 楊貴妃への思慕…⑫261, 262 楊国忠排除の目的…⑪244, ⑫171, 240, 261, 281, ㉒21
～の反乱・洛陽占拠…⑪245, ⑫172, 240, 242, 320, 326, 369, 569, ㉒21, ㉖48, 136, ㉗22
安禄山殺害…⑪251, ⑫367-369, 411, 572, ㉖64, 150 哥舒翰の対峙…⑫173, ㉒23 偽首都・洛陽…⑫302, 308, 331, 343, 364 宮廷関係者の大量捕捉と洛陽護送…⑫364 凝碧池の悲劇…⑫304, 415 国号僭称大燕…⑫173, 241, ㉒23 新

年号僭称聖武…⑫241, 306　帝位僭称雄武皇帝…⑫173, 241, 331, 343, 364, ㉒23　范陽洛陽長安を結ぶ三角地帯占拠…⑫308, 329　封常清出撃…⑫171, ㉒21
～の反乱・河北河南　河北一帯の軍政長官…⑪244　河北から河南へ進撃…⑪245　河北河南山西地方占拠…⑫241　河北河南陝西地方占拠…⑫308　河北河南の失地を安禄山から回復…⑫382　河北山東地方の支配…⑫59
顔真卿の抵抗…⑫308　史思明の盤踞…⑫437
張巡・許遠の抵抗と苦戦…⑫330
～の反乱・王維　反乱軍による拘禁…⑫295, 298, 304, 364, ㉒89（仕官強要…⑫299, 415, ㉗22）
安禄山政府の任命…⑫415（給事中任命説…⑫303　顧炎武の王維批判…⑯125　洛陽護送…⑫303, 304, 364, ㉒89）
対敵協力裁判…⑫304, 415, 416（弁護資料となった詩…⑫304, 415　弁明の機会…⑫305, 415, 416）
～の反乱・玄宗と楊貴妃　長安脱出…①177, ⑪42, 245, 246, 556, 561, ⑫10, 174, 241, 309, 323, 365, 498, 551, ㉑94, ㉒24, ㉖48, 136, ㉗22
近衛兵の楊氏一族殺害　韓国秦国夫人殺害…⑪247, ⑫175, ㉒25　反乱後楊貴妃の遺骸改葬…⑫270, 271　楊貴妃殺害…⑪232, 247, 248, 251, 554, 556, 558, ⑫174-176, 241, 261, 262, 264, 268, 274, 278, 280, 281, 283, 309, 323, 371, 372, 551, ⑮215, ㉒24, 26, ㉖48　楊国忠殺害…⑪247, ⑫175, 268, 280, 323, 372, ㉒25
～の反乱・玄宗の楊貴妃亡後　成都亡命…⑪249-251, ⑫177, 204, 241, 301, 309, 319, 329, 331, 343, 365, 371, 498, 569, ㉒27, 89, ㉖48, 136, 137, ㉗22（蜀山の青…⑳462　成都での政治力…⑫329, 330）
孫孝哲の長安残留家族・皇族虐殺…⑫364（杜甫「哀王孫」…⑫364, 365）
乱後長安帰還…⑪252, ⑫401, 415, 498, ㉖136（隠居・軟禁…⑪253, 254, ⑫322, 325　老年・寂寥…⑪232, 254, 255　杜甫の義憤…⑯119, ⑰252）
～の反乱・社会的影響　安南…㉗22　宮廷の楽人たち…⑫304, 415　「資治通鑑」の記述…⑫240, 331　銭謙益の意識…⑫305
人人への影響　阿倍仲麻呂…㉗22-23　王昌齢…⑪189　顔杲卿…⑫308, ⑮411　許遠…⑫330, ⑯347　儲光羲…㉗22　張均・張垍…⑪42　張巡…⑫330, 411, ⑯347　鄭虔…⑫410, 411, 415, 417　南八…⑮423　李白…⑪86, 178, 179, ⑫330, 680, ㉖116, 117
～の反乱・杜甫…①82, ⑫5, 170, 178, 195, 212, 241, 242, 255, 410, 531, 551, 568, 569, 680, ㉒20, 28, 30, ㉕486, ㉖10, 48, 63, 64, 116, 129, 136　ウイグル族の援軍への危惧…㉖77　家族友人との訣別…⑫681　華山への幻想…⑫253, 254　漢王朝中興の典故…㉖63, 64　危機への予感…⑪242, ⑫189, 212, 213, 222, 226, 239, 549, 582, ㉒482, ㉕405, ㉖43, 44
詩作品→杜詩
賊中の詩…⑪58, ⑫283, 286, 289, 292, 294, 299, 300, 303, 305, 306, 343, 364, 456, 569, 582, ㉒32, 33, 59, ㉕485, 486, ㉖49, 56（安禄山の没落と燃臍の比喩…⑫413　反乱による烽火…⑪59　長安における拘禁…⑫204, 283, 410, 531, 569, 582, 598, ㉖49, 56, ㉗22）
長安の拘禁から脱出…⑫283, 374, 389, 393, 415, 531, 551, 582, ㉒32, ㉕486, ㉖56, 65, 81（左拾遺任用…⑫389, 393, 551, 583, ㉕486, ㉖65, 81, 89, 97）
反乱以前の詩…⑫212, 213, 301, 343, 555, ㉒28, ㉕447, 448, 455, 473, 486, 502, ㉖43
反乱直前の奉先県への旅…⑫179, 241（反乱直前の右衛率府冑曹参軍任用…⑫178, 242, ㉒28, ㉕452, 459, 478, ㉖10）
反乱平定後の詩…⑫301, 343, 552, 674（反乱末期からの飢餓と放浪…⑫437, 486, 674, ㉕463, ㉖136, 137　李亀年とのめぐり会い…⑪53, 55）
～の反乱軍…㉖148, 150, 153
厳荘…⑫308, 367　高尚…⑫308　孫孝哲…⑫364　張通儒…⑫295
挙兵後　一年余の情勢…⑫308　曲江…㉖92
情勢と初月衆星の詩句…㉖145　節度使の軍閥化…⑫571, ⑬595　八カ月間の変転…⑫241
勢力範囲…⑫241, 308, 327, 329, 367, ㉒21
占領下の長安…⑫331, 343, 364, 367（安慶宗処刑への報復…⑫364　安禄山長安入城の虚構…⑫270, 364）
～の反乱前の長安…㉖194
鄭虔の地位…⑫402
～の反乱による変化　混乱へ急転…⑪53, 59, 232, ⑫5, 10, 241, 278, 305, 410, 551, ㉕463, 486, ㉖10, 43, 48　唐社会の転機…⑪229, 419, ⑫170, 241, 571, ㉖48
～の父母…⑫58, 172, 255, ㉒23
「安禄山事蹟」…⑫57, 237, 238, 260-262, 367, ㉒83-84
安和署…⑭66
行宮…⑪250
行在（天津）…㉓180
行在臨安府…⑬141, 504→臨安府
按察使…②470, ⑭100, 184, ㉓199
晏駕…⑫240
晏幾道…②554, ⑯146
晏公（臨淄）…⑦174
晏子・晏嬰・平仲…①157, 158, ⑤82, 84, 85, 89, 91, 162, ⑦175, 519, ㉕349-352
～と景公…⑤78, 84, 89, 162, ⑦175

廐の番人の処刑…㉕349　瘧疾の祈禱…⑤80　刑罰に関する指摘…⑤79　死について…⑤82　彗星と祈禱…⑤79　調和と同調…⑤81, 82　東海の赤い水…㉕350　礼の起源…⑦519
～と荘公弑逆事件…⑤67-69
司馬遷の晏嬰批判…⑤68
～と陳氏対欒氏高氏の抗争…⑤84
～の言行の記録…⑤78
～の孔子への反撥…⑤87, 88, 162
～の私生活の質素…⑤78, 88
～の斉国の主権の推移に関する予想…⑤83
～への孔子の敬意…⑤63, 67, 87
「晏子春秋」…①158, ②482, 483, 485, ③10, ⑤78, ㉓350, ㉕349
晏殊・元献公…②554, ⑬250, 255　「類要」…⑦150
晏叔原『虞美人』「散る花も…」…⑬382
案…⑮41
暗…㉖112, 114, 115
『暗香』　朱竹垞…⑯150
暗誦…㉗397
暗淡…⑭341, 342
暗地裏…⑭321, ㉖112
闇斎学…②488
～派と「世説」…㉗136
～派の儒者の講義…⑱466
'Aki no Omoi' …⑱329→劉禹錫「秋思」

い

イイ（ジョン・パパ）…㉔202　「歴史（ハワイ史）の断片」…㉔195, 201
イーデン…⑱424
イエーツ（W. B.）…⑰617, ⑲457
イエス→キリスト
イギリス・英国…②193, ⑪167, ⑰312, ⑱445, ⑲37, 404, ⑳25, ㉔204, ㉕362, ㉗368
国際東洋学者会議への参加者…⑲371, 376（「源氏物語」の研究発表…⑲374）
十七世紀中国思想研究会への参加者…㉔175
中国伝統文学批評研究会への参加者…㉔208
～を含む八国連合軍の北京占領…①177
～的良識…㉔21
～におけるヒストリ・オヴ・アイディアの国際会議…⑲338
～の医師の人口比…⑲377
～の議会とウェストミンスター寺院…⑲5
～の霧…㉔189
～の言語の表記法…⑱437
～の国鉄…⑲346
～の詩と哲学…㉑246
～の詩人の公開講演（エンプソン）…⑲264
～の詩人の提唱するイマジスト運動…⑰489
～の辞書の Humanism の定義…㉗370
～の社会体制…⑲379
～の大学の自国文学の講座…⑰10, ⑱8
～の探検隊の敦煌文書発見…⑰266, 278, 417, ㉒335, ㉕227, 285
～の東方研究　アジア協会北シナ支部…㉓604　外交官と東洋学（サンソム）…⑲214　功利主義に基づく儒者批判…⑰390　中国文学史研究…⑲414　東方研究者数の増加…⑲412　東洋語研究と教育…⑲195
東方文学紹介（「源氏物語」…⑱31, ⑲415　中国詩…①4, ⑱9, ⑲208, 209, 415　「枕草子」…⑲415）
～の東方進出　インド統治…⑰9, ⑲393　英国商船と厦門（十七世紀）…⑯614　香港統治…⑲391
～の批評家の詩の言語に関する言葉…⑰630
～の福祉…⑳492
～の水と紅茶・日本茶…⑲406
イギリス映画…⑯532
イギリス学…⑲107
イギリス学士院長…㉖480
イギリス議会の死刑廃止決議…⑤315
イギリス国教の総本山…⑲5
イギリス小説…㉗286
イギリス人…②564, ㉔132, ㉕108
～医師のソ連医療設備報告…⑲377-379
～教授…⑮558, ⑲405
～とアルファベット…②562
～と機械…⑲80
～とセント・クロア島…㉔138
～と敦煌文書…⑤296, ㉗259, 268
～の友人…⑲405
～のような感覚…㉒422
～の老儒（Arthur Waley）…①623
～の「論語」解釈…㉕362
イギリス政府と EEC 加盟…㉔182
イギリス留学…⑯467
辜鴻銘…⑯272　末松謙澄…⑰389　夏目漱石…⑱122, ㉒422　羽田亨…㉒335　浜田耕作…⑳213　福原麟太郎…㉔121
イギリス旅客機…㉔172
イギリス旅行　狩野直喜…⑰285, 417　康有為…①551　蔣彝…㉖504　吉川幸次郎…⑲377, 404, 426, ㉔171
イギリス連邦…㉔149
イクサノハジメ（1931年）…㉖478
イサベラ女王…㉔135
イサヨフ…㉕166
いさよふ月…㉔7
イスタンブール…㉓633
イスラム…⑰8, ⑲440, 458
信者…⑬508　イスラム世界…㉗298
イスラワシンキ（亦思剌瓦性吉）…⑮280

イスンテムル（也孫鉄木児）…⑮245, 435, 454, 456
→泰定帝（元）
「イソップ」…①184
イタリア…⑲69, ㉒557, ㉓276, ㉔128, 151, 206
～と外国語…⑲194
哲学者の英文…㉕139
～と中国　イタリア大使館（北京）…㉒464　イタリア駐在中国公使…⑯550, ⑱50　イタリアの印象と江南の印象…㉒367　“イタリア”の中国語表記…②194　新版百科全書・中国文学の項…①610　東方研究者数の増加…⑲412　八国連合軍北京占領…①177
～と日本　イタリアフランスの経済や文学と日本…⑱44　歌舞伎公演…㉗284　日独伊三国同盟…②193, ⑱324, 326
～の古画と古刹…⑱323
～の国鉄特急券売場…㉔183
～の作家ダンヌンチオ…㉓626
～の女流画家・Sheri Martinelli…⑲472
～の町内会団体旅行…㉔172, 173
～の統一・カブール…①555
～の風土　空…⑲357, 407-409　田園…①558
～へのヨーロッパ人の意識…⑫708
～旅行　狩野直喜…⑰266, 279　康有為…①551　宮崎市定…㉓171　吉川幸次郎…⑲407, 426, ㉒367, 413, ㉔128, 171, 179
イタリア系アメリカ人…⑲365
イタリア語…①279, ⑰456, ⑲66, 68-70, 199, 365, 366, ㉔172, 173
～における言葉の繰り返し…⑭501
「イタリア詩選」（ペンギン文庫）…㉔174
イタリア社会党本部…㉔173
イタリア人…㉒463, ㉔172
～の乗客…⑲365, ㉔172
いちれつ会館…⑱518
イデアの世界とギリシャ…①5
いふかひなき物…㉗209
イプセン…⑯318, 319, ⑱127
「人形の家」…⑳227（ノラ…①521）
イベリヤ半島…⑦27, ⑲337
イマジスト…①606, ⑰489, ⑲208, 209, 211, 457
イメージの移動…㉔110, 113, 114
イラン…⑥94, ⑳489
イラン人…⑪330, 337
イリンチンバラ（懿璘質班）…⑮276→寧宗（元）
インカ帝国…㉔137, 151, 152, 163, 197
「インターナショナル」…㉕442→「国際歌歌詞」
インターナショナル・コングレス・オブ・オリエンタリスツ…㉓633
インターナショナル・ハウス…⑲240, 288, 289
インツーリスト（ソ連国営）…⑲378, 379, 387, 388
インディア…⑥95→インド
インディアナ州政府…⑲265
インディアナ大学経済学部…⑲264
インディアン…㉔152, 160, 220
インディアン語…㉔162
インディオ…㉔130, 131, 147, 148, 151, 152, 154, 163-167
インディペンデンス・ホール…⑲307, 310→独立閣
インテンシティ…⑫686, ㉗319
インド…①254, ⑫586, ⑰7, 8, ⑲37, 214, 233, 279, 293, 313, 322, 469, ㉑117→身毒→天竺
～から国際東洋学者会議への参加者…⑲371
～学　インド哲学…①379, ⑲81, ㉗373　インド史…㉑92（インド史研究と歴史記録の貧弱…㉑91, 92　哲学史…⑰11, ㉔268　文明史…⑰7）
西洋人・日本人の研究…⑲36
～と宗教…⑲458, ⑳489
宗教儀式…③562　仏教…①284, ②323, ⑰7, ㉑95（仏経の偈頌…㉕180　仏典の原文…㉗44）
～と中国　インド音韻学と中国…②203
中国の関心…⑰6, ⑲458（漢武帝　交通開発の試み…⑥95　探検隊派遣…⑥131-132）
中国への仏教伝来…①238, 284, ②376, ⑫588, ⑰6, ⑱32, 446（伝来後の流行…①238, 284, ②376, ⑱447, ⑲61　仏教経典輸入…①277）
仏典の漢訳…⑪167, ㉕387, ㉗44, 46（渡来僧の翻訳・講義…⑪167, 330　菩薩名の訳としての観世音…⑲77-78）
～と日本…⑱31, ⑲80-82, 347, ㉑95
インド詩人の日本への関心…⑲80, 81　インド仏教と親鸞の言葉…㉑102, ㉔9　中国を経て日本への仏教伝来…㉑101　日本のインドへの関心…⑲81（インド研究…⑲36, 81　長尾雅人…㉒441　松本文三郎…㉔268, 273）
～における国際東洋学者会議の開催…⑲376
～に対する第一次大戦後の関心…⑰490
～のカスト…⑰32
～の過去の生活の伝承と変革…⑳175
～の学生…⑲288, 368
～の古蹟…①556
～の衰弱…①71, 285, ⑰6
～の大学のヒンドゥー語による講義…⑲292
～の秘密・支那の礼義・日本の趣味…㉓583
～の糞雑衣…㉕195
～の山と富士山…㉓433
～の理想主義…⑰17
～文化…①262, ②376
～文学…⑱15, ⑲52, 442
古典…①245, ③505, ⑰492, 495, ⑲46, 440
古代文学の叙事詩・劇詩…①73, 182, 183　神話…①174　「ラーマーヤナ」…⑲81
外国の意識・態度　アメリカの大学教養課程の講義…⑲323, 440　中国のインド文学への意識…①285, 286　日本（インド文学序説の企画…⑰341　大学の講座…⑰9　翻訳…⑲191, 192）

～文明…②555, ⑤11, ⑱31, 445, ㉑90, 92, ㉗379
インド文明の中断の歴史…⑰7　中国の実とインドの空…㉗379　中国文明との差異…㉑90-92, 95　日本人とインド文明…⑰60
～への学習（平安初期の僧）…⑰17
～への旅行　玄奘三蔵…①47, ㉒483　康有為…①551　吉川幸次郎…⑱541, ⑲392, 426, ㉔171, 172
～への西洋の侵略…⑮401
イギリスの統治…⑰9, ⑲80, 393　独立…⑲80
インド航空…㉔172
インド国境…⑲366
インドシナ…⑥134, ⑯616
インド人…⑲74, 80, 367, 393, ㉒493
～と日本人…⑰3, ⑲80
～の戒殺…⑲393
～の観光団とクレーヴの銅像…⑲362
～の空想…⑲74
空想尊重の伝統…㉑90　古代文明における空想の尊重…①182, 183　自国の歴史記録の貧弱…㉑90-92　歴史軽蔑の意識…①175, ㉑90, 92
～の自国文明に対する自信…⑰3, 8
～の中国史への冷淡…⑲458
～の農林技師との会話…⑲292
インドネシア…⑰491, ⑲354, ㉑95, ㉔133
～華僑…⑯602
已…②70, 71, 192
已矣乎…⑤244, ㉑178
已往…⑦392
已乎・已虖…⑪387, 388
已死之鬼（録鬼簿）…⑭85
已新…㉖60
已発…㉓75, 76
已老…㉖133
五十嵐洋子…㉗360
五十狭茅天皇の皇后…㉗218
五百木元（はじめ）…㉗361
井口駒北堂　漢詩注釈…⑰392
井島勉…㉔67
井出黒潮「姑娘進上」…⑯582
井戸と釣瓶のたとえ…⑮46
井波律子…㉗24
井上馨…㉓582
井上毅（こわし）…⑥246
井上進・紅梅「金瓶梅　支那の社会状態」…⑰402, ㉓316　訳「阿Q正伝」…⑰409
井上智勇…⑤60, ㉗334
井上哲次郎・巽軒…⑳275, ㉒435, ㉓701, ㉗293
～との関わり　狩野直喜…⑰265, 277, ㉒350, ㉓596, ㉗244, 268　島田重礼…㉗293　内藤虎次郎…㉗268　西田幾多郎…㉒334
～の「日本古学派之哲学」→その項　「蘐園談余」の著者に関する論…㉗159, 160
井上通泰…㉗14
井上翠…②227, ⑬511, ⑳58, 61, 104, ㉒318
～の辞典の刊行…㉑75（「支那語辞典」…⑭510, 585, ⑮67, 79, 144, ㉖384）
井上八千代…⑯596, ⑳437, 442
井上靖…㉗435　「姨捨」「胡桃林」「夏の雲」「俘囚」…⑱365
井原西鶴…②439, ⑰37, 133, ⑱34, ㉔150, ㉖385
～と伊藤氏父子　仁斎…④9, ⑤161, ⑰24, 78, 120, 129　東涯…⑰129, 130
～と日本人…⑰4, 5, ⑳500
～につらなる日本文学の系譜…①114
明治以後の文学史…㉔170　明治の作家…⑯608
～の小説…⑱11, 43
「好色一代男」…⑯139, ⑳452　「好色五人女」…⑱79（おせん…⑱78, 79　久米…⑱79）「西鶴織留」諸芸をたんれんする事…⑰129
～の文学と外国人の関心　アメリカの大学における講義…⑲322　西洋人の研究者…⑱44, ⑲292, 327　中国への紹介…②352, 596, ㉑141, ㉒437　董康…⑳452
～の文学と京大阪の市民…⑱478
～の文学と恋愛…㉒440, 470
～の文体…①268, ⑱78, 415, 416
以…②97, 111, 130, ⑰433, ㉗248
以為…②87, 142
以経証経…㉕166
以文会→京大以文会
伊…㉕19
伊…②193, 194→イタリア
伊尹…⑬432, ㉓173, ㉕151
「伊尹説」…①182
伊加保…⑰205
伊賀…⑫710
伊賀上野…㉒277
伊邪那岐（いざなき）…⑰195, 196, 632, ㉑110, 111, ㉓496, 497, 503, 540, ㉗92
伊邪那美…⑰632, ㉑110, ㉓496, 540, ㉗92, 217
伊周（伊尹・周公）…⑬439
伊豆大島…㉓297, ㉔186, ㉗34
伊水…⑥335, ⑬144
伊勢…①432, ②439, ⑪191, ⑮475, ⑰197, ⑲348, 402, ㉓516, ㉗24, 116, 182, 183, 233
伊勢神宮…⑲5
伊勢貞丈…⑦5
伊勢御息所（みやすどころ）…㉗149, 150
伊勢平氏…⑫21
「伊勢物語」…⑱4, 11, ㉕114, 118
～と近世の学者　荻生徂徠…㉓304, 306, 348, 459-462, 487, ㉔8, 13, ㉗34　契沖…㉓463　斎藤拙堂…⑪549　本居宣長…⑰180
～の説話と業平の歌の関係…㉓348, 459, 460, ㉔13
「伊勢物語」に取材する謡曲…⑰617　虚構性…㉓461-463　詩序との対比…㉓348, 460-462, ㉔

13
～の注釈評論…⑱467
～の文体と明治以後の文体…⑱419
「伊勢物語」（テクスト）…⑱467
～仮名本・真名本…㉕228
伊丹空港…㉕436, 470
伊稺斜…⑥86
伊地智善継…⑰376
伊鳥（伊藤東涯・鳥山芝軒）…㉓131, 132
伊東静雄「伊東静雄詩集」…㉔41　「夏花」…㉔41（「若死」…㉔41）「春のいそぎ」…㉔42（「山村遊行」「夏の終」…㉔42）
伊藤左千夫…⑰303
伊藤氏（仁斎・東涯の学派）…㉗24, 172, 175, 182
伊藤莘野・祐之…㉓252
伊藤仁斎・維楨（これえだ）・源佐（げんすけ）・敬斎・古義堂・古学先生…⑰414, ㉑115, ㉓31, 48, 69, 88, 139, 140, 541, 569, ㉔150, ㉕505, ㉗266（伊仁斎…㉓319　藤維楨…⑰135）
～以下歴代の原稿・版木・蔵書…⑰126, ㉓494
伊藤家遺書の購入（天理）…㉓556　伊藤家の蔵書…⑰122, 126, 130, 148　旧蔵宋版「欧陽文忠公集」…⑰126, ㉖467
～以下歴代の墓…⑰126, 128, ㉓48
～と新井白石…㉓139, 144, 149
仁斎・白石と荻生徂徠…⑰11, ㉓144
仁斎・白石・徂徠と本居宣長…⑲38, 39
～とうらない…㉓85, 87
～と荻生徂徠…⑤297, ⑰41, 57, 106, 119, 133, ⑲188, ⑳9, 216, ㉑112, ㉒58, ㉓404, 557, 564, 702, 703
両者と契沖…㉕176, 179
両者と契沖・本居宣長…㉓701
両者と後人　太田錦城…㉗262　狩野直喜…㉒347, ㉓597, 605　武内義雄…㉗269　富永仲基…⑰231　内藤虎次郎…㉒347, ㉓597　中井履軒…⑰231　中江兆民…①273　南川維遷…㉗24
両者と山陽の文体…⑱419, 436, ㉑108, ㉓564
両者と太宰春台…㉕196
両者と戴震　銭太昕…㉔221
両者と本居宣長…⑰113, 114, 195, 659, ⑱447, ㉓44, 404, 515, 553, 556, 558, 703, ㉕246, 462, 505, ㉗198（江戸時代最高の学者…④9, ⑰57, 122　完全善の存在の修正・否定…㉑79, ㉓540, 545-547, 560, ㉗205　言語によって人間を知ろうとする学問…⑰189, 194, 195, ㉓548　古典の言語の重視…㉓45　個別的言語の重視…⑰195　現世肯定…⑰82）
三家の学　学問の方法…⑳216, ㉓702　寛容主義の哲学…㉑29　極東思想史と三家の説…㉓558　朱子・宋儒への反撥…⑬319, ㉓45, ㉕179　聖人…㉓547　中国の学問と三家の学…㉑135, ㉓552　注釈の学と三家の学…㉓552
両者への宣長の反撥…⑰195, ㉓45, 515, 539, 552
パトスへの郷愁…⑰116
両者と本居宣長と福沢諭吉…⑰127
両者における日本人の秀才性…⑰56
両者についての研究…㉓553
両者の学　経書解釈…⑰213　古典の読み方についての先見…⑰56　儒学の規範…⑰43, 113
両者の学説の一致…④11, ⑰139, 140, ㉓372（運動こそ心の本来とする説…㉑79, 137, ㉓372　寛容主義…⑤215, ⑰50, 61, 100, ⑳9, ㉑115, 138　感情の尊重…⑰136, ㉑79, 115, ㉓514　言語重視…⑰47, 189, ㉓45　現世肯定…⑰82　厳格主義否定…⑰100, 623, ⑳9, ㉑115, 137　古学提唱…⑦562　古注への態度…㉓29　個別的言語の重視…⑰194　孔子観…④11, ⑰136-137, 139, 140, ㉓392, 397, 547　生命の充実の主張…⑰86, 136, ⑳10　即物主義…⑳329　道徳と政治…㉓391　日本的演繹反対…⑰100　欲望肯定…④11, ⑤301, ⑰136, ㉑79, 115, ㉓483, 514, 535）
両者の学説の差異…④11, ⑰140, ㉓372（鬼神への態度…④11, ⑰140, ㉓538　辞と物…㉓45　「尚書」偽篇への態度…㉓346　性善説と性悪説…⑰140　先王之道の解釈…⑰42　人間平等思想と身分的区別肯定…㉓537　六経への態度…⑰43）
両者の学説の体系的叙述…⑰115, ⑳329
両者の漢文…②56, ⑰50, ⑱436, ⑳218, ㉑112, ㉓38, 144, 468, 477, 564
両者の思想的変遷の不明晰…⑰115
両者の資料とした中国書…㉓554
両者の選集…㉗436
両者の宋儒への反撥…⑰49, ⑳329, ㉑137（朱子学批判→朱子学）
両者の中国語学力…⑲188, ㉑108, ㉓37, 311（中国書読解力…⑳218）
両者の唐詩祖述と「文選」無視…⑦562
両者の博学…⑰50, ㉓37, 311
両者の仏教批判…㉓47
両者と「論語」→「論語」
両者ら寛容派による歪曲…⑰61
仁斎への徂徠の書簡…⑤216, ⑰41, 141, ㉓44, 288, 300, 317-319, 323, 357, 371, 372, 536, ㉗175
仁斎へ徂徠の尊敬…④10, ⑤216, ⑰41, 141, ㉓45, 288, 300, 317-319, 371, 375, 446, 536, 537, ㉗175
仁斎へ徂徠の反撥…④10, 11, ⑤216, 217, ⑰41, 42, 49, 139-141, ㉑112, 115, 175, 194, ㉓42, 45, 288, 300, 302, 318, 319, 371-374, 446, 447, 450, 472, 475, 536, 537, 709, ㉕200-202, ㉗172, 175, 177
～と京都朝廷…⑰126（年号撰定…⑰126, ㉓33, 34）
～と契沖…㉓45, ㉕159, 176, 179（子在川上章の

解釈…㉕171, 175, 210, 215, 249-251）
～と古注疏…㉓29, 32-33
～と五経（六経）…⑰43, ㉓85
「易」…⑰129, ㉓68, 85, ㉕32（十翼…㉓85, 349, 476, ㉕33）「儀礼」…㉓85　「詩」…⑰79, 129, 164, ㉓85, 348　「周礼」…㉓85, 86　「尚書」…㉓85（以義制事の引用…㉓403　偽篇の指摘…㉓46, 78, 79, 346, 475, 476　「大禹謨」人心・道心への疑問…㉓78, 79）「礼記」…⑰140, ㉓78, 85（「楽記」…㉓72, 78）
六経は画，「論語」「孟子」は画法…㉓80, 85
～と四書…㉓86
「大学」…⑰47, 125, ㉓32, 78, 79, 86, 349, 476, 493, 551（朱子注批判・正心説批判…㉓73, 74　治国平天下章へ感動…⑰123, ㉓75）
「中庸」…⑰125, 140, ㉓41, 52-56, 60-63, 70, 71, 76, 476（君子之道…㉓71　修道之謂教解釈…㉓63　率性之謂道解釈…㉓59, 60　中と未発…㉓75, 76　天命之謂性解釈…㉓54, 55　乱丁の指摘…㉓75, 76, 79, 86, 493）
「孟子」…⑰125, ㉓31-33, 84, 288, 316, ㉕190, 215, 250（四端之説…㉓39-42, 54, 61, 65, 66　知皆拡而充之矣…㉓65　非人也…㉓58）
学問の基準…㉓84（「孟子」は画法…㉓80, 85, 86　「孟子」編集に関する説…㉓85）
「論語」→その項
～と字書…㉓40, 42
～と清朝漢学…⑰39, 623, 627, ㉓46
閻若璩…㉓46, 78, 79　王引之…⑳12　黄宗羲…㉓79　戴震…②184, ⑯229, ⑰39, 40, 144, 207-209, 213, 220, ⑳10, ㉑115, 116, 137, ㉓46, 57, 58, 88, 535, 564, 570, ㉔221, ㉖246
～と赤貧…⑰38, 117, ㉓35
～と近松門左衛門…⑰129
～と中国の先人　王陽明…㉓86　許衡…②356, ⑮432　杜甫…㉓86　白居易…㉓71
～と仏教…⑰35, 36, 123, ㉓31-33, 42, 47, 60, 71, 87, 373（儒家と仏老の差違…㉓373　禅批判…⑰35, ㉓33, 86, 87）
～と本居宣長…⑰33, ㉗152, 229
～と山崎闇斎…⑰40, 79, ㉑138, ㉓34
～と老荘…⑰35, 36, ㉓31, 33, 42, 60, 69, 71, 373
～・東涯父子…⑰37, 148, 258, ㉓47, 89, ㉕254
学塾→古義堂
父子と白石…㉓139, 140, 144, 149
父子と徂徠…⑰41, 383, ㉓544, 555, ㉔19, ㉕160（語学力・博学…㉓37, 311　心知其意…⑰430　父子への徂徠の反撥…㉓319, 363, 427, ㉕201, ㉗175　父子への徂徠の評価…㉓375, ㉗175　賦の文学…①564, ⑰201　「論語」の暗誦…⑤129）
父子・徂徠と宣長…①706, ㉓145, 544, ㉗152
父子・徂徠と真淵・宣長…⑰207, ㉓465, 701（自己の学説を集約的に説く著書…⑰209, 210, ㉓463）
父子と徂徠の儒学と戴震・段玉裁・王念孫の儒学…⑰207
父子と五常説…㉓90
父子と堀景山…㉗172, 175
父子の学問…⑰122, 126, 152, 153, 156, 161, ⑱478, ㉓89（仁斎の祖述者としての東涯…⑰38, 39, 41, 120, 128, 130, 149, 158, 161, 214, ㉓35, 89, 90　父子の学問と「易」…㉓349, ㉕33　父子の学問と京大阪の市民…⑱478　父子の学問と福沢諭吉…⑰60, ⑱447）
父子の読書…⑰126, 130
父子の文章…⑰258, 259, ㉓470, 551
～における語彙・事項・概念規定　学…㉓63-66, 79, 84　気…㉓67　義…㉓50-52　君主への忠…⑰37, 52, 100, ㉑115, ㉓34　渾淪と精微…㉓373　渾淪と通徹…㉓49　自然の過失…⑰138, ㉓83　情…㉓72, 73　心…㉓72　仁…㉓49-52, 76, 391, 570　仁・義…㉓50, 51　仁・義・礼・智…㉓50, 59, 65, 84　静止…㉓67, 68, 372　端…㉓39-41　治道の要…㉓479　中…㉓76, 77　中庸…㉓77　忠信…㉓52　直・非直…⑰140　天…㉓54, 55　天子の事…㉓110　天の霊…㉓322　文…⑱532　未発・已発…㉓75, 76　命…⑤300, 309, 313, ㉓55　欲…㉓72, 73　礼…㉓52
～における性・道・教…㉓52, 53, 55, 63
教…㉓62, 63, 79-81, 84（教と学…㉓63　教の基準…㉓74, 79, 80）
性と運動…㉓53, 54, 72　性と天…㉓54, 55, 59, 63　性と道…㉓52, 55, 59-63, 69　性と道と学問…㉓64-66, 69, 79　性と徳…㉓64　性と欲と情…㉓72, 78　性の一様性…㉓53, 55, 56　性の限界…㉓64　性の属性…㉓54　性の多様性…㉓55-57　性はうまれつき…㉓52-54　性は生の質…㉓53, 56　性は人間の活動の原型…㉓52
道…⑰42, 43, 118, ㉓59-63, 68-71, 79, 84（人外無道道外無人…⑰158, ㉓60-62, 70, 71, 76　道と教…㉓52, 55, 59, 63, 79　道と徳…㉓64, 74　道と人と学問…㉓69-71　道の普遍妥当性…㉓60-61）
～における聖人…㉓81-83, 373, 395, 397, 560
孔子以前の聖人…㉓81, 82　聖人等質説の是正…㉓82, 83　聖人無謬説の否定…⑰138, 140, ㉓44, 82, 83, 547
～における読むという行為（言語の音声と話者の心理）…⑳95, 96
～に対する譏摘者…㉓44
～に対する日本人の理解…⑤216, ⑰119, 133, 134, ㉑116, ㉓88（日本の学者の知識…⑲38）
～に対する細川氏の招聘…⑰119, ㉓34, 46
～の江戸時代封建制への抵抗…⑤216
～の書き入れ本「字彙」…㉓40

～の学問…⑰37, 119, 414, ⑳216, ㉑112, 113, ㉓34, 375, 570, 571
隠遁の否定…㉓46, 47, 88（経世済民の主張…㉓46）
運動こそが存在とする哲学…⑤300, ㉑79, 114, 137, ㉓53, 57, 60, 66-68, 72, 82, 372, 534, 553, 558, ㉕250（拡充の説…㉓66, 75, 84　生命の哲学…⑤300, ⑰86, 125, 133, 623, 628, ⑳10, ㉑114, ㉓534, 570, ㉕250　天地は一大活物…⑰34, ㉓67, 372, 385, 397　人は活物である…⑰34, ㉑79, ㉓67, 372, 397）
寛容主義…⑤215, 300, ⑰39, 50, 61, 100, ⑳9, ㉑29, 138, ㉓570（感情の尊重…⑰136, ㉑79, 115, ㉓71-76, 514　欲望肯定…④11, ⑤301, ⑰136, ㉑79, 115, ㉓71-73, 90, 483, 514, 534, 535, 570）
救済不能の悪人の存在の主張…㉑79, ㉓58, 59, 341, 547, 553（先儒未了の公案…㉓59, 547, 553　類似の説〔中国〕…㉓547）
言語重視…⑰47, 189, ㉓39, 551
古学…⑦562, ㉓45, 465（古義の主張…⑰38, 124, ㉓32, 33, 39, 534　合理主義…⑰38, 128　実証主義…⑰35, 36, 108, 127, ㉓473　即物主義…⑰39, ⑳329）→古義学
孔子孟子の言のみを真実とする説…㉔9（学問の家法無し…㉓33, 35）
史学重視…⑰161, 164, ㉓86（歴史書を読む効用…⑰79, ㉓86）
儒学への覚醒…⑰123
出発点　古義重視…⑰47　四端の説…㉓50　性善説…⑰140, ㉓54
天人相関・万物一体的言語と天道・人道の直線的連続の否定…⑰115
日常的なものの重視…⑰124, ㉓70, ㉗229（現世肯定…⑰82　常識の尊重…⑰36, 124　俗の重視…㉓71　卑近な事物の重視…⑰158, ㉓70, 71, 79, 80, 87）
博学尊重…⑰36, 40, 50, 152, ⑳216, ㉓36, 37, 85, 311, 473（多学否定…⑰36, ㉓86）
武の否定…⑰37, ㉓34, 479
文学論…㉓86（文学の道徳に対する関係…⑰78）
無神論哲学…⑰11, ㉓87, 446, 447, 538（鬼神非実在説…④11, ⑰140, 628, ㉓87, 538, ㉗155　神秘の排斥…⑰140, ㉓394, ㉗155）
野史稗説・詞曲雑劇…⑰78, 129-131, 164, ㉓86
～の学問と異学の禁…㉓34
～の活動した時代…⑰41
～の漢文…②56, 184, ⑰37, 50, 154, ⑱419, 436, ⑲95, 189, ⑳218, 220, ㉓36, 88, 564
啓蒙期儒者の漢文と画期…⑰37, 116, ㉓38, 468（中国語のリズムの駆使…⑰116, 623, ㉑108, ㉓38, 149, 477　文章の余裕…㉓38　文法の正確さ…⑰623　論理的明晰さ…㉑112）
徂徠による語学的誤りの指摘…㉓38, 42, 374
白石・徂徠の文との比較…㉓144
「文選」唐宋八家明代古文辞との関係…㉓469
～の興味の広さ…㉓36
～の研究・ヨーロッパ人…⑰116, 128, 133, 134
仁斎に関する冷たい戦争…⑰134　スパア神父→その項　ソ連での評価…⑤301　ツァトロフスキー→その項
～の古義堂の教育→古義堂
～の古文献弁別力…⑰47, ㉓476, 493
～の孔子観…㉓49, 80-84, 87→孔子
～の後世の知己…㉓44
～の号　敬斎…㉓69　仁斎…㉓52, 65　棠（桜）隠居士…㉓47
～の子供と子孫（すべて伊藤姓）…②435, ⑰24, 37, 119, 120, 122, ㉓48
長男東涯・次男梅宇・五男蘭嵎→各項　三男介亭・四男竹里…㉓35, 47　孫東所→その項　玄孫輶斎（重光）…㉓48, 490, 491　顧也（こなり）…㉓490　重和…⑰126
～の思想史上の地位　儒学思想発展史上…㉓45　日本思想史上…②184, ⑰120, 122, 128, 623
～の詩…⑰78
「癸酉正月作」…⑰168　「古学先生詩集」…⑰168, 169, ㉓32
「古学先生和歌集」…㉓32, 36, 47, 48, 518, ㉗44
～の世界観…②183
～の星星之火可以燎原…㉒445, ㉓66, 372
～の政治への言及…⑰117, ㉓570, 571
～の宋学批判…⑰36, 37, 49, 133, 152, ⑳329, ㉑137, ㉓31-33, 42-46, 288, 317, 319, 371, 372, 514, ㉕179, 250, ㉗155
一旦豁然の論批判…㉓86　感情否定への批判…⑰136, ㉑79, ㉓72-76, 514　喜怒哀楽未発説批判…㉓75, 76　厳格主義批判…④10, ⑤300, ⑬319, ⑰36, 39, 623, ⑳9, ㉑115, 137, ㉓57, 570, ㉗141（荻生徂徠への啓示…⑰50）　古代無謬史観への批判…㉓82, 88, 546　仁の解釈への批判…㉓50　性・道・教の解釈への批判…㉓52-62, 66　精微の説への批判…㉓373　「大学」尊重批判…㉓73, 74　中の解釈への批判…㉓76, 77　天理人欲説批判…⑰33-35, ㉓77, 570　卑近なものの無視への批判…⑰158, ㉓71, 80　用語の陰鬱な語感への嫌悪…㉓42, 551　欲望否定批判…⑤301, ⑰136, ㉓73-75, 77, 514, 534, 570　理批判…⑰36, 37, 208, ⑲174, 175, ㉑114, 116, 137, ㉓39, 42, 46, 68, 69, 446　「論語」解釈の批判…㉓80　朱子学批判→朱子学
～の宋学への造詣…㉓37
～の足跡…㉓36
～の中国語学力…⑲188, ㉑108, ㉓36-38, 149, 311
「朱子語類」…⑰123, 126, ㉓38, 149　中国古代語の知識…④10, ⑰47, ㉓42, 551

〜の中国人の文章の添削…㉓38
〜の著述…⑰34, 119, ⑳216, ㉓318
「古学先生文集」…㉓32-34, 36, 38, 86, 374　「語孟字義」→その項　「私議策問」…㉓33　「仁斎日礼」…㉗44　「摂州に遊ぶ記」…㉓36　「大学定本」…㉓32, 42, 45, 74, 317　「中庸発揮」…㉓32, 53-56, 60, 62, 63, 76, 78, 82　「通鑑綱目」評…⑰51　「同志会筆記」…㉓33　「白氏文集」の跋…⑪434　「浮屠道香師を送る序」…㉓36「山口勝隆を送る序」…㉓34
主著…④10-11, ⑰135, 210, 628, ⑳10, ㉓32, 465（「孟子古義」「論語古義」→各項）
抽象論の著述…⑳329（「童子問」→その項）
〜の町人の身分…②435, ⑤264, ⑰37, ㉑115, ㉓33, 46, 479（井戸がえ…⑰108　鶴屋七右衛門…⑪115, ㉓48）
〜の伝記…⑰116, ㉓318
「先府君古学先生行状」→伊藤東涯　謚・古学先生…⑰161, ㉓48　死…⑰41, 119, 125, 129, ㉓35, 45, 318, 534　生誕…⑰122, 129, ㉓45
〜の読書力…⑳218, 220, ㉓37
〜の年譜（日本思想大系）…㉕249
〜の人柄…⑰119, 141, ㉓36
〜の「孟子」注→「孟子古義」
〜の門弟（聴講者）…④9, ⑤161, 264, ⑰24, 37, 117, 119, 120, 126, 133, ㉓33, 570
井原西鶴→その項　小野寺十内…⑰24, 78, 120, 134, ㉓33, ㉗429　大石主税…㉓33　大石良雄（蔵之助）…④9, ⑤161, ㉗429　太宰春台…㉕203　山井鼎…㉓362
〜の門弟と「文会雑記」…㉓492
〜の「論語」注→「論語古義」
伊藤武雄…㉒335
伊藤竹東…㉓520
伊藤東涯・長胤・源（原）蔵・紹述先生…⑰119, 122, 148, 155, 161, 165, 169, 170, 184, 440, ㉓89, 139, 140, 252, 490, 556, ㉗24（伊原蔵…㉓375, ㉗179）
〜と伊藤仁斎…⑰37, 149, 161, ㉓35, 37, 47, 149 →伊藤仁斎
〜と伊藤仁斎の謚…㉓48
〜と伊藤蘭嵎…㉓490, 493, 494
〜と荻生徂徠…⑰41, 440, ㉓89, 229, 309, 319, 363, 375, 401, 403, 480, ㉗175
語学力・博学…㉓37, 311　先王の道の解釈の差異…㉓92　中国法制の研究…㉔19　東涯の徂徠評…㉓468, 469
〜と関東の学風…⑰141
〜と儒家古典　「易」…㉓89, 349, ㉕33　「周礼」…②316, ⑰555, ㉓85, ㉕347, 348　「論語」暗誦…⑤129
〜と清朝…②552, ㉓160, 161, 247
同時代の中国への関心…⑰157, ㉓229, 230, ㉔19
〜と同時代人　雨森芳洲…㉗179　新井白石…㉓139, 140, 142　井原西鶴→その項　近衛家熙…㉓229, 280　鳥山芝軒…㉓132　平田篤胤…⑰155, 165, 440, ㉓89　堀景山…㉗172, 179　室鳩巣…㉗179
〜と賦…①564, ⑰201
〜と本居宣長…⑰157, 166, ㉗152
〜における語彙・事項　院本雑劇…⑭593, ⑰131, 561, ㉗279　給事中…⑫303　経の定義…⑰554　瓊林の宴…⑭403　警迹人…⑭457　左拾遺…⑫390　三代の制…⑰163, 164, 166　酒望…⑮97　周の学制…⑰166　重交単拆…⑭492　省睡…㉖425　将無同…⑦469, 486-488, 492, ⑰146　心・性…⑰158, ㉓54　心知其意…⑰430　先王の道…㉓92, 387　挿宮花…⑭403　箒秆…⑮96　太子校書…⑪386　杜甫の字…⑫7　不亦乎…⑳12, ㉔308　方檁…⑦477　本朝之制と唐之制…②551, ⑰162, 163, 166　本朝之制への関心…⑰161, 162　道…㉓91, 92, 387
〜の伊藤仁斎遺著編刊…㉓32
「古学先生詩集」「古学先生文集」…㉓32　「論語古義」…④10, ㉕249
〜の学問…⑰125
正確さ…⑰150-153, 166（五常説批判…㉓90）
多面性・博学…⑰39, 148-152, 159, 165, 440, ㉓89, 311, 473（言語の学問…⑰149, 150, ㉓311　古義学…⑰149, ⑱447, ㉓465　制度の学問…⑰149, 162-165, ㉔19　朝鮮語…㉓89）
方法…⑰156-159（近世の言語の研究…⑰157　近世の事柄の重視…⑰156　尚古主義の否定…⑰166　宋以後の制度の研究…⑰157　卑近な事物の重視…⑰158, 159）
著述…⑰39, 126, 143, 149, 150, 153, 155, 159, 165
「訓幼字義」→その項　「古今学変」…⑰39, ⑳172, ㉓86, 89　「盍簪録」…⑲95, ㉓33　「周易経翼通解」…⑰149, ㉓89, ㉕33　「助辞考」…⑰150　「鄒魯大旨」…⑰209, ㉓465　「制度通」→その項　「先府君古学先生行状」…⑰122, 125, ㉓35, 36, 47, 75, 469　「操觚字訣」…⑰150, 151, 155, 631, ㉓89　「杜律評叢」「唐官鈔」→各項「復性弁」…㉓90　「秉燭譚」「名物六帖」「用字格」→各項
〜の漢文…⑰143, 154, 259, ⑲95, ㉓140, 142, 143, 375, 551
〜の魏惟度の詩への次韻…㉓245, 265
「水居」…㉓252, 253
〜の古義堂門人に関する言及…㉓33
〜の俗語資料…⑰130
〜の中国人の生活への理解…⑰165
〜の哲学と京大阪の市民…⑱478
〜の墓→伊藤仁斎
〜の人柄…⑰152, 161, 164
〜の歴史への態度…⑰153, 161, 163, 164, ㉓90

～の和文の随筆…⑲95
伊藤東所・善韶…⑰128, 167
～序「紹衣稿」…㉓490, 492, 494
伊藤梅宇…⑰129, ㉓35, 47　「見聞談叢」…⑰130
伊藤博文…②441, ⑪439, ⑭595, ⑰611, ⑱56, ㉓582
伊藤正文…①624, ㉒8
「阮籍」…①624　「事実主義文学序説」…①635　「盛唐詩人と前代の詩人」…⑰67　「曹植」→その項　「唐詩選」解説…㉒8　「歴史における個人の発見―游侠列伝をめぐる―」…①633　「魯迅序論」…①626
伊藤蘭嵎・長堅・才蔵…㉓35, 47, 490, 493
～と「大学」…㉓493（「大学是正序」…㉓493-494）
～の著述　「易憲章」…㉓494　「喜怒哀楽の未だ発せざる章の説」…㉓493　「詩古言」「春秋聖旨」「書反正」…㉓494　「紹衣稿」…㉓490, 492, 494（「題老子巻首」「老子是正後序」「老子是正跋」…㉓492）「読礼記」…㉓494　「明詩大観」…㉓494
～の「老子」偽書説…㉓48, 490, 492, 493
～は紀州藩儒…㉓47, 494
～への称讃・堀川の首尾蔵…㉓490
伊物二子（伊藤仁斎・物茂卿）…①706, ⑰267, 279, ㉓556, ㉗238
伊秉綬…⑯245, 246, 257
伊凡「魯迅先生的『故事新編』」…①637
伊優…⑬133
伊予もん…⑱432, 433
伊良湖崎…㉕406
伊洛（伊水・洛水）…⑦129, ⑬144, ㉖78
伊洛諸儒の書…⑮279
伊洛の学…㉓43
夷…㉓270, 409, 442, 450, 485
～の語…㉓307, 408, 409, 485
夷鬼…②186
夷堅…①550
夷言鬼語…⑯76
夷人…㉓270, 377, 406, 407, 442, 443
夷人物茂卿…⑰54, ㉓377, 405-407, 428, 443, 489
夷斉の行い…⑬258
夷則（六律）…㉗86
夷狄…②588, ⑤248, ⑥75, 76, 82, 374, 375, ⑯39, ㉓407, 408, 415
～と支那の暦法…②347
～との境界…①279, 282
～と武帝（漢）…⑥76, 128, 182
～に対する蔑視…②443, 471, ⑯607
夷狄と人と禽獣…②586, ⑯607　夷狄の楽…⑤89, 224　夷狄の風習…①476, ②586, ㉒100　夷狄の亡霊（仏）…②187　夷狄の有君…⑤247, 248, ㉒106, ㉕192, ㉗272
～の国（金）…⑮375, ㉒105
小堯舜…⑮100
～の朝廷（清）…⑤249, ㉓167, ㉔280, 281, ㉗272
清朝廷と衍聖公…㉓271
夷貊…⑬13
夷吏…①564
夷陵県令…⑬63
衣…②118, 152
衣赭衣…②152
衣裳…⑪162, 262, ㉖142
「衣服雑字」…⑭295, 296
壱岐…㉓33
矣…②97, 109, 118, 123, 143, ㉓550, ㉖223, ㉗248
矣と已…②192　矣のおき字…②88, 89, 109　限定の強調…㉑178, ㉓468, 550
医家（四部分類・子部）…⑯225, ⑰560
医学…㉗371
依稀…⑮451
委…㉕450, 457
委是的・委実地…⑭321
居…⑰189
易識…㉖214, 219
威加海内…⑥40
威順王（元）…⑭72, 188→コァンチョブホァ
威勢廃…⑥11
威烈王（周）…②391, ⑰558
胆駒山…②161-163
迤邐…⑪262
韋応物・江州・蘇州…⑪189, 212, 226, 552, ⑲140, ㉓156, 161
～の詩　自然美…⑬48　清冽…⑪222, 223, 225　「詠玉」…⑪225　「寄釈子良史酒」「寄全椒山中道士」…⑪223　「重寄」「答釈子良史送酒瓢」…⑪224
～の伝記…⑪222（任地…⑪212, 222）
韋謏…⑫176, ㉒26
韋君宜「従児童文学作品中看到的幾個問題」…①637
韋見素…①177, ⑫66, 174, 176, 328, 330, ㉒24, 26
韋堅…⑫312
韋玄成…⑬557
韋孝寛…②553
韋述…⑪17, 37, ⑫371
韋昭　注「国語」…⑥40, ⑰558
韋姓の官僚（唐）…②553
韋済…②553, ⑫66, 74, 75, 82, 244, ㉔101（韋左丞丈…⑫74）
伯父承慶…②553, ⑫74　祖父思謙・父嗣立…⑫74
夫人…⑫273
韋荘…⑯151, ⑰372　「江南好」…㉒366
韋続…⑫523
韋逞の母宋氏…㉕341
韋倜（てき）…①178
韋班…⑫523

韋編三絶…⑳207, 214, 215
韋孟（韋応物・孟浩然）…⑰349, ㉓156, 238
韋倫…㉕398
為…②114
為寇…⑮146
為人太俗…②236
為仁之本…㉗259
為甚麽…⑭321
為他傍𢞩・迤逗…⑭484
倚…㉖165, 206
唯…②112, 174, ⑤192, ㉔274
尉…⑫250
尉氏県（陳留）…⑦112, 180, ㉗133
尉佗…㉔194, 199, 200
帷…①532, ⑳354
惟…②112, 174, ⑰462
惟中…⑮279→ドルヂバラ
「猗蘭琴譜」…㉓411
異…㉔258, 260
異域…②155, ⑯186
「異苑」…①191, ⑦455, 550, ⑪544, ⑭9
異学の禁…㉓34
異義（許慎）…⑥378
異義公羊説…⑥370, 371
異之…②178
異趣…⑬305
異書…㉕379, 380
異人…⑫326
異族統治と読書人優位（元）…②430
異代の制…㉕337
異代の礼…㉓389
異端…②476, 487, 488, 491, ㉕273
異糞…⑭477
異文明への冷淡（中華主義）…㉕386
「異聞総録」…⑬523
異母妹への愛…㉓29
異本…㉕275
移…⑮82
移宮の案…⑯25
移山・移山書屋…㉓627
移時…㉖75
移剌履…②554, ⑮399→耶律履
「偉大なる道」…⑦378
揖斐川…⑰365
渭河…㉒484→渭水
渭橋…㉖426
渭州…㉒93
渭上の村居…⑪437
渭城…⑪147, 149, 150, 465, ⑮204, 208, ㉖159
渭水…⑥102, ⑪29, 249, 252, 483, 530, ⑬57
　～と夸父の渇き…⑦439
　～と涇水…⑫191, 221, 460, ⑬216, ㉖46
　～と杜詩…⑫83, 230, 372, 373, ㉒29, 484, ㉕405
　　渭北…㉒86, ㉖413　咸陽橋…⑫97　羌童看渭水…⑫446　涇渭…⑫190, 215, 217, 221, 222, ㉖46　清渭無情極…⑫458-460
　～の周辺の地域　渭城→その項　咸陽県…⑫328　上流地方…⑥89　雍県…⑥137
　～の浜に釣りするもの…⑦34, 85
渭南の尉…⑪499
貽貝…㉗75, 101
逶迤…⑥320
「彙刻書目」…⑭39, 40
彙文堂…⑭480, ⑯594, ⑰178, ⑳315, 316, ㉒7, 317, 320, 364, ㉓618, 625, 626, ㉕286, ㉗420
意…②179, ⑦349
意（格・意・趣）…⑮468
意（書・言・意）…②11-14, 17, 18, 134, 135, ㉕28, 35
意（徂徠説）…㉓307, 328, 352, 353, 440, ㉗234
意園…⑯659
意遠…⑫105
意気…⑬26, 224
意境…⑰349, 350
意語…㉓352
意思のリズム…③520
意地はり大臣（拗相公）…⑬433, 437, 440, 444, 448, 453, 518→王安石
意内言外…⑰350
意に任す…⑥370
意標文字…①318
意符…⑳77
意味のリズム…③519, 520, ④737, ㉕247, 248, 256, 462, ㉗248, 249
違…㉖214
維…㉕19
維揚…①529, ⑭99, 164, ⑯604
維揚書院…⑯99, 100
飴餳…⑬158
慰問…⑰426
遺愛寺…①33, 35, ⑪320, ㉑50
「遺山先生文集」…⑭56, 63, 78, 133, 282, 294, 298, ⑮329, ㉒109
　金朝の学術への回顧…㉒107　朱子への言及…㉒102　蘇東坡への嚮往…㉒108　南人の詩に対する自負…⑮384, ㉒104, 107
　～の文章　王若虚のための墓表…㉔250-251　元遺山と白氏一家の交遊を示す文…⑭92, 93, 97　胡祗遹の家世に関する文…⑭372　商衛に関する文…⑭120　杜仁傑に関する文…⑭119　東平府学に関する文…⑭117　不誠無物の論…⑯115, ㉖451→元好問　毛氏に関する文…⑭97
遺秉滞穂…⑯214
遺民（明王朝の）…㉒287, 288, ㉔281
「遺民詩」（清朝への抵抗詩）…㉓265
遺老（清朝の）…⑯266, 268

遺漏…⑬506
頤和園…㉒442, 449, 495
緯候…⑦554
緯書…⑤116, 118, 119, ⑥33, ⑦275, ⑰556, ㉕125, ㉗421
闈…⑫333, ㉒36
黟県…⑯384
懿州…⑭65
懿宗（唐）…②551
飯島忠夫…③511
飯田（信濃）…㉕194
飯田覚兵衛…㉓409, 410
飯田武郷（たけさと）「日本書紀通釈」→その項
飯田利行…⑨182, ㉑670
飯田吉郎…①621　「儒林外史における諷刺…」「董西廂の構成」…①634
飯塚朗　訳・巴金「家」…①613　同「滅亡」…①621　共訳・孔厥／袁静「抗日自衛隊」…①621
飯塚浩二「地理学批判」…①290
家柄の権威の尊重（六朝）と失墜（唐末以後）…①298, 300
重日足姫（いかしひたらしひめ）…㉗218
斑鳩（奈良県）…②538
生島遼一…①707, ⑰296, ⑳256, ㉒357, ㉔66
アナトール・フランスの中国文学観…⑯310　「源氏物語」読了…㉔13　能…㉗55　パリ近郊の森…⑲25　「フランス小説の『探究』」…㉔43　訳「パルムの僧院」…㉔175, 176
育王山…⑬306, 307
郁達夫「沈淪」…①512, ⑳252, 256, ㉒319　「わが夢わが青春」…①613
隩州…⑭93, 96
鬻…㉖225
「鬻子」…②485
「鬻子説」…①182
生け花…㉗376→花道
池島信平…⑥253
池田亀鑑「古典の批判的処置に関する研究」…⑱467
池田金太郎…㉗282
池田源太…㉓638
池田才次郎…㉓314
池田大伍・銀次郎…㉗278-283, 285
「池田大伍戯曲選集」…㉗282　「茨木屋幸斎」「雨華庵軼事」…㉗285　「元曲五種」…㉗278　「元曲五種の後に」…㉗282　「西郷と豚姫」「親友」…㉗285　編「新訳支那童話集」…⑰402　「盛衰記上総之巻」…㉗282　「滝口時頼」…㉗283, 285　「南方女児園」「名月八幡祭」…㉗285　「妖婦」…㉗278, 285　訳「老生児」雑劇…⑭233, 598, ㉗280　「老婆禅」…㉗282
池田勇人…②468, ⑲369
池田不二男「詩経に現れたる赤色好尚について」…①624
池田弥三郎…⑭598, ㉗281, 282
池田竜潤…⑱493
池坊大学…㉗110
池辺三山…①471, ⑱120, 125
石川梅次郎…㉗40
石川近江守総茂…㉗168
石川県…㉔269
「石川国文学会誌」…①626
石川之清・大凡（石叔潭）…⑰585, 586, ㉓344
石川淳・夷斎居士…㉔240, 241, 245, 273, 400, ㉗435
～の中国訪問…㉒442, 444, 459-461, 475, 495, ㉗440
～の著述　「夷斎饒舌」…⑱358　「夷斎筆談」…⑱356（技術について…⑱357　風景について…⑱356）「夷斎俚言」…⑱358　「石川淳全集」…⑯141, ⑱358　「おとしばなし堯舜」…⑱358　「文学大概」…⑱358
石川丈山…㉒477, ㉓146, 150
石川啄木…①715, ②56, 64, 568-569, ⑫723
「一握の砂」…⑱333　「啄木全集」…⑱334
石川達三…⑱346, 348
石川徹「平安朝の小説が受けた中国文学の影響」…①636
石川雅望（まさもち）「ねざめのすさび」…㉗205
石崎又造「近世日本に於ける支那俗語文学史」→その項
石田一郎…㉗251, 359, 361
石田英一郎…㉗435
石田武夫「中国現代史」…㉑59
石田梅巌「都鄙問答」…⑳413
石田幹之助…⑮262, ㉔295　「長安汲古」…⑪411　「長安の春」…⑪330
石田三成…㉔283
石谷林平…㉔324
石橋湛山…㉗374, 375
石浜純太郎…⑫432, 433, 436
「石浜先生古稀記念東洋学論叢」…⑦538, ⑳393
石原慎太郎…⑱347　「太陽の季節」…⑳495
石原道博…②592
石山福治…⑳104, ㉒318　「華日大辞典」…㉑74　「支那語大辞典」…⑭511
出雲の神…⑭481
何処にか在る…⑬278
「和泉式部集」…⑩459
泉井久之助…①707, ⑪447, ⑲19, 24, 105, ㉔48, 67, ㉗316
泉鏡花…①132, ⑱358
「石上私淑言」…⑰191, ⑳18, ㉗49, 55
～中の事項　あらそひの否定…㉗232　感情への評価…㉓500　周代中期以後の文明への批判…㉗228　総括的叙述としての評価…⑰192　総じていふと別していふ…㉗85, 89　中国詩への優

越…㉗208, 227　日本国優越の主張…㉗234　めめしさへの評価…⑰188, ㉓503, ㉗215, 220　もののあはれ…㉗84, 206, 208, 222, 225, 227　物ニ感ズルこと…㉗222, 224-226　恋愛歌の重視…㉓502
〜文化刊本に不記載の部分…㉗220
磯御殿…㉔254
板垣退助…㉓582
板倉勝明（安中城主）…㉓339, 347　「甘雨亭叢書」→その項　「春台太宰先生伝」…㉗44　「徂徠荻生先生伝」…㉓402
板倉氏の故城…㉗31
一陰一陽…⑰172, 173
一韻到底…㉔79, 87, 92
一王による統治…⑥173, 174, 179, 194
一下裏・一回家…⑭321
一華学士…⑰584
一堝児…⑮184
一窩風・一窩蜂…㉖421
一会価…⑭320
一海知義…⑰99, ㉒354
〜・田中謙二「史記」…①271, ②139
〜と「王維詩索引」…⑪188
〜と「中国文学報」…⑥427
〜の著述　「陶淵明」→その項　「陶淵明伝」（吉川）解説…⑦598-604　「陸游」→その項
〜の陶淵明詩の真の語の指摘…⑦344, 349, 604
一貫鈔…⑮111
一簡…㉕104, 106, 112
一麾…㉕475
一九三一年の予言…⑯652, ㉒370
一休「狂雲集」…㉒63
一行法師…⑦282, ⑪513
一軍…⑤230
一元…②183
「一個極其重要的政策」…㉖474
一甲一名…②441
一向宗…㉓340
一毫…㉓49
『一斛珠』　欧陽修…⑬380
一切…②212-215, ㉗45
「一切経」黄檗版・高麗版…⑱549
「一切経音義」…⑯238, 240, 256, ㉒303
慧琳…㉒301　玄（元）応・史崇…㉒301, 303
「一切道経音義」（史崇）…㉒303→「一切経音義」
序玄宗・妙門由起…㉒303
一冊の本…⑰186-188
一山一寧…⑰21
一剗的…②222, ⑭321
一餐…⑦246
一字一訓…②88, 89
一字多義…㉓466
一字の単語…②86
一字の褒貶…㉑160
一時…㉗45
「一時間文庫」…⑤319
一樹鉛華…⑭413
一就…㉖425
一条兼良…㉗252　「日本紀纂疏」→その項
一条天皇…①33
一場家…⑭321
一色…㉖384
一恁他…⑭541
一声之転…⑮23
一線（人名）…㉓708
一祖…⑮426
一帯三間…㉖418
一大鴻溝…㉓337
一代の宗匠…㉗301
一脱気…⑮93
一旦豁然の論…㉓86
一簞…⑦297, ⑬162
一地裏…②222
一致と殊途…⑰368, 369
一柱観…㉗57, 59-62
一柱殿…㉗60
一張一弛…⑳503, ㉔205, ㉕145
一張川弩…㉖417
一定・必定・定…⑦474, 481
一帝一号…㉓247
一廛の地…⑬124
一と分裂…②367
一沓子信紙…㉔399
一東…②203
「一統志」…⑬306
一統時代（元）…⑭163
一道…⑬514
一の日…⑫185, ㉒29
一戸務　訳・周作人「苦茶随筆」…⑰411
一の宮の御息所…㉓420
一般骨頂…⑭60, ㉒123
一番首…㉓624
一筆都勾…⑭290
一瓢…⑦297
一品香（ホテル）…㉒491
一不做二不休…㉗279
一副勧盃…⑬506
一謎裏…②222, ⑭321
一壁廂…⑭321
一方の任…㉓215
一本足の学者…⑱126
一万田尚登（いちまだ・ひさと）…⑳425
一面…㉖416
一湧性…②222
一様…②212
一里（中国）…⑪141

一力…㉖417
一弄児…⑭321
市井三郎…㉔246
市川（千葉県）…㉒327, 478, ㉖489, 490
市川右団次…㉔283
市川猿之助…⑯587, 588
　～一座…②593, ⑯587
市川左団次…②66, ㉗278（松莚子…②65, 66）
　～一座のソ連・ヨーロッパ公演…㉗284
市川松蔦（しょうちょう）…⑯588
市川多門…㉓514, ㉗232　「末賀乃比礼」…㉗145
市川団十郎　九代目…⑯590, ⑳129　初代…㉓35
市川安司（やすし）…⑪476
市河寛斎「全唐詩逸」…⑰348
市河三陽「爔録」…⑱324
市河米庵…⑰58
市古宙三「太平天国の讃美詩」…①625
市古貞次…㉗246
市橋下総守…⑰231
市原姉崎村（上総）…㉓297, ㉗34
市原亨吉…⑧351, ⑱51, ㉑670
市振の関…⑱54
市兵衛（姉崎村小作）…㉓297, ㉗34
市村羽左衛門…㉔269
市村慶三…⑱510, 530
市村瓚次郎…⑥246, ⑰298
五瀬命（いつせのみこと）…②162, 163, ㉗56
聿…⑱454
佚書…①708
佚存書…㉕282-286
「佚存叢書」…⑬578, ⑮457, ㉕283
壱不…②53
迭配…⑮15, 140
逸興…⑪95
「逸周書」…⑦553（諡法解…⑫391　時訓解…⑦554
　宝典解序…⑦553）
逸民…㉓457
逸話を記録した小説…①191-193
厳島（広島）…㉗381
出沢万紀人「中国の童話」…①631
出（いで）隆…⑱371
稲垣氏（烏山侯）…㉕195
稲葉常楠…㉔324
古之遺語（鄭玄）…②241, 246
古之人…②240, 251, 254
犬養毅・木堂…①398, ⑳288, ㉒361, ㉓428, 580
犬吠崎（千葉県）…㉗36
犬山（愛知県）…⑲347
猪熊兼繁…⑱451, 454
猪俣庄八…①611
茨城県…⑬210, ㉔232, ㉗330
今井清…⑱51
今井邦子…㉓709
今川氏真…②165
今川義元…⑱545
今関天彭・寿麿（としまろ）…㉗41
　「清代及び現代の詩文界」「清代及び現代の詩余駢文界」…⑰409　「東京市内先儒墓田録」…㉗40
　「明清詩風の影響」…①636
今鷹真　共訳「唐詩選」…㉒7　訳・吉川「杜詩在日本」…⑫723　ワトソン「司馬遷」…①160, ②137
今中寛司（ひろし）…㉓135　「徂徠学の基礎的研究」…㉓554
今西正立・春芳…㉓252
今村重光…④643
諱…⑩430, ⑰469
弥永（いやなが）昌吉…㉗440
入江若水・兼通…㉓252（江若水…㉓132, 136）
　～の近衛家熙に関する報知…㉓424
　～の詩集の序（荻生徂徠）…㉓132, 353, 418, 425
　～の詩の評論（同上）…㉓136
　～の「訳文筌蹄」出版への尽力…㉓363, 365
　～への書簡（荻生徂徠）…㉓328, 352, 363, 365, 366, 410, 416, 424
入谷仙介…①137, ⑮462, 465, 466　共訳「唐詩選」…㉒7　「古詩選」…①271　「高啓」→その項
入矢義高…①140, ⑭5, 104, ⑲118, ㉒324
　～と汪精衛詩…㉖461
　～と元雑劇研究…⑭602, ⑰404, ㉖251, 252
　　会読…⑭374（「金銭記」…⑭378　「酷寒亭」…⑮11　「陳搏高臥」…⑭602, ㉖252）
　　「元曲辞典」編纂…②223, ⑭5, 374, ⑰404, ㉖251
　　「元曲選釈」作製…①621, 631, ⑭357, 555, 603, ⑮228（「殺狗勧夫雑劇注」吉川入矢田中共注…①298, 621）
　　成語成句に関する調査…⑭298-300, 304（占いの言葉の紋切型…⑭491　雲陽…⑮166　関鍵…⑭571　鬼門関…⑮156　客多愁…⑭433　脚底蓮花歩歩生…⑮24　警迹人…⑭457　決杖二十…⑮33　公門中好修行…⑮24　兀的…⑭439　作撻…⑮55　四頭児…⑭581　酒如油…⑭498　水泄般不漏…⑭483　箒秆…⑮96　槽房…⑮145　打孩歌…⑮123　吊稍…⑭511　調罨子…⑭510　定場詩の出典…⑮21　抵多少家流出桃花片…⑭441　嫡親…⑮24　禿禿馬失…⑮103　馬蝗釘住鷺鷥脚…⑮86　巫山窈窕娘…⑭515　風流罪過…⑮47　文章可立身…⑭527　別了…⑭542　捕巡軍…⑮135　旁州例…⑮89　木驢…⑮135-136　楊家一捻紅…⑭395-396　梨花月上来…⑮148）
　　調査資料　「玉照新志」…⑭475　「山居新話」…⑮138　「風憲忠告」…⑮45
　～と小説研究　「京本通俗小説」…⑬524　「水滸伝」…㉖374, 376
　～と「尚書正義」会読…⑧354, ⑨181, ⑩81
　～と「東洋と現代の詩」…⑰489

〜の助字押韻評…⑮150
〜の著述 「雨窓欹枕集」訳…⑬523, 549, ⑭419, 542, ⑯578, 581, ⑰408 「袁宏道」「寒山」→各項 「詩帰について」…①614 「通俗編直語補証恒言録方言藻邇言総合索引」…⑯231 「東京夢華録の文章」…①621 「シナの文学論と文学史」…①619 「洛陽三怪記」訳…①612, ⑬523
〜の転蓬に関する所見…⑫505
〜の北京留学…⑫504, ⑭603, ⑰364
岩井氏（東洋文庫）…⑱536
岩井武俊…⑯659
岩井半四郎…⑯588
岩城秀夫…⑳359 「戯曲評論の発生」…①625 「荊釵記はいかに改作されているか」…⑭371
岩崎男爵…⑩428, 458
岩崎文庫…⑱536
岩田正三…㉔287, 289
岩田隆…㉗203
岩渓裳川…②66
岩波茂雄…⑧503, ⑱122, 130, ㉔270, ㉗308
岩波書店…①527, ⑱336, 337, ⑲12, 13, 16, ㉗38, 112, 337
〜出版物 岩波講座…⑲18, ㉔259（「現代教育学」…⑲201 「世界歴史」中世１・中世ヨーロッパ世界Ｉ…㉔284 「日本文学史」…⑰63 「倫理学」…⑬572, 627） 「鷗外全集」…㉓403, ㉔17, 218 「覚書幕末の水戸藩」…㉔22, 44 「荷風全集」…⑱322, ㉗242 「契沖全集」→その項 「原典中国近代思想史」…㉗236 「古語辞典」…㉓486 「国書総目録」→その項 「支那学研究法」…⑦596 「支那文学思想史」「清代文学評論史」→各項 「漱石全集」…⑱119, 129 「続日本思想史研究」…㉓553, ㉕245, ㉗198 「大航海時代叢書」→その項 「中国古鏡の研究」…①372 「中国詩人選集」「中国詩人選集二集」「中国哲学史」（狩野直喜）→各項 「中国文学に現れた自然と自然観」…㉕383 「日本古典文学大系」→その項 「日本思想史研究第三」…㉓555, ㉗198 「日本思想大系」→その項 「万葉代匠記」…㉕165 「本居宣長」…⑰192, 195, ㉗198 「魯迅選集」→その項 「露伴全集」…⑭595 「論語之研究」…㉗258, 273 「論語の新研究」…㉗274, 276 「和辻哲郎全集」…㉗273, 309（吉川関係は省略，以下同）
〜のスタッフ 浅見以久子…①457, 581 大家明子…①142 小林勇…①141 竹田行之…㉓558（Ｔ君…㉗38-40） 布川角左衛門…⑩85, ⑭356, 605, ㉑671 堀江鈴子…①142, 457, 581 森静夫…⑩85, ㉗112 吉野源三郎→その項
〜発行の雑誌 「思想」「世界」「図書」→各項 「文学」…①622, ⑤126
〜編集部…⑪164, ㉗159
「岩波新書」…⑥428, ⑳228
〜編集部…⑲236
〜本 「引力」…①626 「埋もれた金印」…②585 「柿本人麻呂」…㉕172 「支那のユーモア」…⑰411 「新釈詩経」…㉑40 「世界史における日本」…⑲214 「白楽天」…⑪439 「マクス・ウエバー」…⑮568, ⑰84 「雍正帝」→宮崎市定 「魯迅評論集」…①635, ⑦12 「私の信条」…②72, ⑳65, ㉑75
「岩波全書」「漢文入門」…②90
「岩波文庫」…⑲13, 53, 190, ⑳227, 260, ㉕281
創刊二十五年 記念講演会…①263 記念パンフレット…①247
〜の品切れ・絶版…⑲13
〜の中国関係書…⑰530
中国詩訳注…⑰407 杜詩の訳…⑰530
〜本 「イエス伝」…⑤120 「うひ山ぶみ」…⑦595, ⑰177, ⑳18, ㉗49, 184, 193 「魏志倭人伝」…②592 「玉台新詠集」…①633, ⑥262, ⑰307, 314 「基督抹殺論」…㉗421 「元史日本伝」…②592 「古史徴開題記」…⑰165, ㉓89 「紅楼夢」…①47, 612, 621, ⑰408 「告白」…⑲12, 13 「告白」要約…⑲12 「三国志」…①414, 417, 634, ⑦8 「制度通」…②552, ⑰39, 167, 561, ㉓89, 556 「玉勝間」…⑱465, 468, ㉗185, 193 「中国小説史」…①48, ⑦9 「杜詩」（漆山又四郎）…①30, ⑰305, 530 「杜詩」（鈴木虎雄）…⑰305 「童子問」…㉓32-34, 42-44, 47, 49, 50, 52, 57, 59, 62, 63, 67, 68, 70, 71, 73, 77, 78, 80, 82, 85-87, 391, 403, ㉗141 「日本書紀」…⑰146 「パルムの僧院」…㉔175, 176 「萩原朔太郎詩集」…⑱336-338 「文学に現はれたる我が国民思想の研究」…㉗309, 421 「碧巌録」…②195, 196, ⑭532 「毛詩抄」…①11, ⑩461 「遊仙窟」…①612 「李太白詩選」…①32 「ローマ帝国衰亡史」…⑤4 「魯迅選集」…①56, ⑰409 「論語」…④737, ㉗276, 277
岩橋遵成…㉗33, 161 「徂徠研究」→その項
岩船…⑰584, ⑱58
岩村忍「ヴォルテール作『シナの孤児』の源流」…①626 「モンゴル社会経済史の研究」…㉒123, ㉔220 訳・シャヴァンヌ「史記著作考」（仏訳「史記」序）…③14, ⑥44, 158
岩元禎…㉕371
岩本裕…⑰286 「仏教聖典選」…㉔65
岩和田村（上総）…㉗32
巌谷小波「世界お伽噺」…⑳254, ㉒343 「日本お伽噺」…㉒343
祝い歌（頌）…③33
所謂…②87
允恭太子（金）…⑬601, ㉒106→ホトワ
允恭天皇…②550
匀円…⑫501, 503
尹会一・尹継善…㉓168

尹元凱…⑪20
尹洙・師魯…⑪545, ⑬244, ㉖433
尹常売…⑭203
尹文子…㉕293
「尹文子」…①323, ②485, ㉕293（大道…①323）
引…②257
引申の義…②210-212
引得…②222, 223
引盃…⑫150, ㉖24, 28
印度→インド
因…②149, 160
因果…⑯400, 401, 403
因此上…⑭282, 321, 540, ⑮344
因此来・因甚上…⑭321
因是子の静座法…⑯508
因州（日本）…⑭492
因柱清…⑦540
「因話録」…⑦508
姻…③482, ㉔322
音書…①467
員外…⑮24, 25
員外散騎常侍…⑫662
員外郎…⑦550, ㉒86
員半千…②553, ⑪20
殷（王朝・帝国）…②436, 549, ③16, ㉗87→商
　～王室と周　周の大王の抵抗…㉓341　周の文王…⑦87, ㉓426
　～王朝の始祖・契…③548, ⑤117, ㉔265, ㉕229
　～王朝の創始者・湯…②289, 549, ③16
　漢石経「堯曰」の異文…㉗277　聖人・先王の一人…②384, ㉓19, 282, 386, 447　仲虺の進言…㉓384　亳への帰還…㉗87　武力革命のときの言葉…⑤315　容貌と「帝王世紀」の記述…㉕151
　～から武帝時代（漢）までの年月…⑥195
　～と夏…㉓425, ㉖78→二代
　～と夏と周→夏殷周→三代
　～の王たちの在位…⑤112, ⑩477
　～の賢人…⑤110
　～の言語の記録…②290, ⑨479, ㉑156（殷の古典の不確実…②290, ③4　甲骨文…①386, 707, ③4, ⑯277, ㉗269　祭祀の歌…③4, ㉑157　政令…③4）
　～の質…⑦254
　～の実在…②289, ③4, 18, 533, ⑥176, 179（殷虚書契…③554, ⑲306, ㉕332, 333, ㉗297　城あとからの発掘物・河南…①386, ③4, ⑯277）
　～の制度…㉕337（官名…②242　喪…⑦254　柩のおき場所…⑤9　礼…㉓389）
　～の青銅器…⑯277, ㉖483
　～の頽廃…③16, 18
　～の盤…⑰599
　～の“道”…㉓450
　～の滅亡…②549, ⑤159, ⑥13, 179, ⑦97
　～の歴史…㉔199
　～人…②290, ⑤9, ㉓450→商人
　～文化と日本文化…⑯610
　～文明と周文明…③550
　～文明の特質と弊害…㉓450
殷殷…⑫252
「殷芸小説」…⑭493, ㉔242
殷鑑…⑲88
殷后…⑬579→妲己
殷浩…⑦478, 482, ㉑245, 246, ㉔237
殷周…㉕63（革命…⑤159, ⑥13, 179, ⑨479, 482, ⑬224, ㉓341　金文…①707　古銅器…②522, ㉗269　体制…⑥179）
殷周夏…⑭579
殷仲堪…⑦362-364, 366, 482, 489, 491
殷仲文…⑦428, 482
殷同…⑯208
殷謀…⑫666
殷侑…⑬580, 581
茵蔯…⑫163
院…㉔112
院家…⑬514
院君…⑮25
院子…㉒377
院政…㉔303
院本（金）…⑭8, 30, 57, 78, 127, 201, 215, 379, 554, 566, 593, 608, ⑮169, ㉖414（脚本…⑭8, 10, 274　句欄…⑭55, 57　作者…⑮170）
　～と初期蒙古時代…⑭62
　～と章宗の宮廷…⑭64
　～の雑劇への進化…⑭55, ⑮170（ストーリーと雑劇…⑮180　題材と雑劇…⑭201）
　～の発達段階…⑭8
　～の名目…⑭8, 201
院落…⑬5
寅…㉕411
淫邪貨…⑮132
淫奔の詩…㉕18
陰…⑰172, ㉑158, ㉖184
陰火…⑫231
陰何（陰鏗・何遜）…⑫654, 655, 671
陰姫…㉕87
陰鏗（いんこう）・子堅…②553, ⑫29, 653-663, 665-671
　「陰鏗集」…⑫656, 662　「陰常侍集」…⑫655, 669　「宴に侍して夾池の竹を賦し得たり」「故章県を罷む」…⑫662　「侯司空の宅にて妓を詠ず」…⑫664　「侯司空の楼に登りて郷を望むに和す」…⑫663　「始興王を送り奉る」「蜀道難」…⑫662　「新城安楽宮」…⑫660-662, 665　「鎮南府司馬陰鏗集」「班婕妤怨」…⑫662
陰子春・梁州…⑫658, 667-671, ㉒80

陰氏（武威）…⑫658, 667, 670
陰時中…①325, ⑭511, ⑮11, 83, 84, 90, 122
陰隲の思想…⑮40
陰柔の文…⑪380
陰平・陽平・上・去…⑭19
陰法魯「唐宋大曲之来源及其組織」…①627
陰陽…⑥311, ⑮414, 498, ㉓513
陰陽家…②314, 315, ㉔258
陰陽学正…⑭172
陰陽説…②332
陰陽二気…①198
陰陽暦の並存（中国）…⑯495, 496
陰暦の新年…⑯490, 495
陰陵…②140, ㉖419
喑約…②221, ⑭312
飲器…⑥90, ⑮490
飲血…㉕378
「飲酒二十首」…⑦201, 340, 342, ⑮394
　～の詩句　羲農去我久（第二十首）…⑦344, 357
　　結廬在人境（第五首）…①21, ⑦337, 341, ⑫613, ⑳17, ㉔227　在昔曽遠遊（第十首）…⑦369　秋菊有佳色（第七首）…⑦355, 356, ㉔273
　　衰栄無定在（第一首）…⑦424, ㉑43-44　青松在東園（第八首）…⑦336　栖栖失群鳥（第四首）…⑦354　疇昔苦長飢（第十九首）…⑦406
　　道喪向千載（第三首）…⑬125
　～の序…⑦423
飲中八仙…⑭529, 530, ㉕477
筠軒司徒…⑮242
筠沖臥蘭的亜…㉓485
筠籠…⑫499
瘖薬…②148
窨約…②221
隠…⑪196, ㉖84
隠逸人…㉔219
隠逸の詩人…②410
隠君子…㉗286, 288
隠元…②594, ⑰31, ㉓160, 267
隠語…⑭76, 88, 178
隠公（春秋・魯）…①157, ⑮32, ⑯90, ㉓105, 106
隠者…⑤204, ⑦440, 441
　隠者（漢）…①198, ㉔315　隠者の精神…㉒424
隠昭陽…⑪196, 197
隠遁…①118, 119, ③473, ⑤32, ⑦441, 443, ㉔219
　隠遁思想…㉔315, 316　隠遁詩人…①22　隠遁者…①119, 260, 388, ③466, ④3, ⑤28, 29, 202, ㉔316, 317, 319　隠遁文学…①118
隠約…㉕157
隠淪…⑫79
韻…㉔81
「韻会」…⑯238, ㉓145
韻脚→脚韻
「韻鏡」…②204
「韻語陽秋」…⑦150, 159, 166, ㉑237
韻書…②203, ㉔80
韻書の学…②203
「韻府群玉」…㉗105
韻文…①123-126, 595, ③32, ㉑5, ㉔79, 92, ㉖36

う

「ウア・ファウスト」…㉓105
ヴァージニア…⑥409
ヴァチカン・シティ…⑲5, 410
ヴァレリ（ポール）…⑦560, ⑯314, ⑰25, 109, ⑲115, ⑳429
　ヴァレリと権謀…⑪439　ヴァレリの翻訳…⑰543, ⑲191　ヴァレリ全集…⑲191, ⑳453
ヴァンドリエス…⑭372 「言語」…⑭371
ウィーン…①558, ⑲366, 368, 426, ㉒357, ㉗349
ウィーン・フィルハーモニー…⑯597, ⑳437
ヴィクトリア朝　ヴィクトリア女皇…⑲215　ヴィクトリア朝人…⑳279　ヴィクトリア朝中期の文体…⑯273
ウイグル（畏吾・回紇・回鶻・欝吾）
　ウイグル王…⑫326, ⑭59, 497　ウイグル語…⑮444　ウイグル字…⑮232, 233, 289, 290, 297, 299, 300, 302, 309, 310　ウイグル自治区トルファン県アスタナ墓地…㉕226　ウイグル人…⑮101, 279
　ウイグル人の高利を規制（耶律楚材）…⑮400
　ウイグル族の粛宗政府への援助…⑪251, ⑫326, 366, 399, 414, ㉖76, 77
ウィスコンシン大学…㉖453
ウィットフォーゲル教授…⑲226, ㉗387
ヴィニー…⑯308
ヴィヨン（フランソワ）…⑳42
ヴィラ・セルベローニ…㉔175→セルベローニ山荘
ウィリス（オレゴン大学教授）…⑲268
ウィンド・ウォード（オアフ島）…㉔186
ウェーキ島…⑯435-437, ⑲240, 428
ウェード式…②225
ウェーバー（マクス）…②418, 432, 434, ⑮568, ㉕292, 305
ヴェスヴィオ（晊蘇晊）…①551, 552, 554, ⑲364
ウェストミンスター・アベ（寺院）…⑲5, 360, 410
ヴェトナム…⑲190, ㉑95, ㉔133
　～とアメリカ…⑲439
　　ヴェトナム戦争…⑤211, ⑲63
　～と阿倍仲麻呂…㉗22
　～と中国人の歴史意識…①170
　　中国風歴史書…①177, ②161
　～と夜郎の位置関係…㉖117
　～とローマ字表記…②228, ⑤206
　～の古名・占城…②156
　～の儒学…㉑147（「論語」…①248, ④6, 643, ⑤138, 139, 206, ㉑147）

～の蒙古への降伏…⑬173
～の留学生…㉖211
～は漢字地域…④6, ⑤138, 139, 206
漢文の読み方…㉖114, 211　漢文家の文体…②74, ㉗242
ヴェトナム語…⑤206, ㉖217
ヴェニス…⑲408, 409, 426, ㉔151
ヴェネゼラ…⑳359, ㉑669, ㉔128, 130, 131, 133, 142-145, 147, 149-158, 208, 220
ヴェネゼラ人…㉔143　国営航空…㉔143, 145　国立科学研究所…㉔157　国立中央大学…㉔155-157　国立歴史研究所…㉔148　独立戦争…㉔154
ヴェネチア…㉔173, 176, 177, 181（ヴェネチア人…⑬6）
ヴェラモン（凡拉蒙）…⑯525
ヴェルサイユ…⑲360, 362
ウェルシュ…⑲275
ヴェルレーヌ…⑲396
ウェレー（アーサー）…⑱44→ Waley（Arthur）
～による伝・評伝　袁枚…⑲415, ㉓192　玄奘法師…⑰17, ⑱32　白居易・李白…⑲415
～の英訳した作品　「源氏物語」…①180, ⑤296, ⑱31, 44, 430, ⑲210, 415, 446, ㉑121, ㉒436, ㉔13, ㉕463　「詩経」…㉑162　「楚辞九歌」…⑲415　能…⑲446　「枕草子」…⑤296, ⑲415, 446「論語」…④643, ⑤175, 296, ㉑162, ㉕362
～の著述　「古今詩賦」…⑲209（序説「中国文学の限界」…⑲209）「松花箋」批評…⑲210　中国詩翻訳…⑲212, 414, 415　「白居易の生涯と時代」…⑪328, 566
ウォーズウォース…⑱27
ウォーター（フランス人・魚田）…①422, 425
ウォーナー…⑲218
ヴォルテール…⑯308, ㉔132, 150, 183
「カンディッド」…⑯314　「シナ（中国）の孤児」…①45, ⑯309, ⑲413, ㉖367
ウォング（アンナ・メイ）…⑳255, ㉒318, 347
ウクライナ・ホテル…⑲382, 383, 386, 391, 433
うしろみの方…㉗210, 211
ウズベック共和国…⑲378, 406
ウズベック人…⑲378
ウップー（吾睹補）…⑮386, ㉒117→宣宗（金）
ウニカフル…㉓402
うはべをかざる偽…⑰198
「うひ山ぶみ」…㉗196, 230
～との出会い（吉川幸次郎）…⑦595, ⑰177, 187, 188, ⑳18, ㉓516, 555, ㉕160, ㉗49, 117, 193
～の主張　歌集を読むことの奨励…⑰619　学問の方法…①709, ⑰178, 187, 210, ⑳18, 213, ㉗50, 184　言語観…⑰187, ⑳18　「古今」「新古今」評…⑰619, ㉗199, 356　語源穿鑿不要論…⑰631, ㉗185-186　心言事の論…⑰636, ⑲90, ⑳18, ㉓516, 539, ㉗184, 193, 204　作歌の奨励…⑰619, ⑲94, ㉓127, ㉗53, 193　初学の心得…①712, ⑰212, ⑲90　多読の奨励…⑰187　読書と著述の説…⑲96　「爾比末奈妣」との対立…㉗217　学びやうの次第…⑰214　道の重視…㉗199　理性による総合への警戒…㉗52
～の集約的総合的叙述→本居宣長
～の叙述展開の方法（総論と各論）…⑱447
注ホ．百五六十年以来は，かの仏道によれる説の非なることをば…㉓499　道は此二典にしるされたる，神代のもろもろの事跡のうへに…㉓496, 498
注ヘ．初学のともがら，いかほど力を用ふとも，二典の本文を…㉓499　まづ速に道の大意を心得んとするに，のり長が書共をおきて外に…㉓512
注ラ．古言をしらでは古意はしられず…⑲90, ㉓502　言と事と心とは其さま相かなへるもの…⑲90, ㉓509, ㉗204　儒仏などの，善悪是非をこちたくさだせる…㉓502, ㉗51　万葉集をよくまなぶべし…⑲90
注ム．そもそも歌は，思ふ心をいひのぶるわざ…㉓505　みづからよむになりては，我事なる故に心を用ること格別…㉓506
注ノ．歌は思ふ心をいひのぶるわざ…㉓505　後世を悪しとすべきにもあらず…㉓506　後世風は…染めたる衣のごとし…㉓504-505
注オ．歌の真盛は古今集…㉓504, ㉗356
注ヤ．然るに世間の物学びする人々のやうを見渡すに…㉓129, 510, ㉗53　古をしたひたふとむとならば，かならずまずそのもとたる道をこそ…㉓510　漢流の議論理屈にのみかゝづらひて…㉓510, ㉗53　たゞ風流のすぢにのみまつはれて…㉗52　道に心をよすることなく…㉓498, ㉗52　雅の趣をしらでは有るべからず…㉓501
～の方法論　「古事記伝」との繋がり…①709, ⑰191, 192, 210, 628, ㉓465, ㉗49, 55　西方の思索との相似…⑲39　徂徠の古文辞の方法との繋がり…⑰48　中国の学問の方法…㉓552, ㉗184, 193, 356, 431　明治の学者の理解…⑰628
ウラル・アルタイ系　言語…㉓173　文学…⑱16
ウル（烏祿）…⑮377, 381, ㉒100, 106, 109, 116, 117→世宗（金）
于…②83, 85, 89
于季子（唐）…⑪20
于九思・有卿…⑭187, 385
于謹…②553, ⑦544
于慶児…⑭63
于時…㉗8
于小穀…⑭40
于済「聯珠詩格」…⑮427
于巽仲…⑬321
于党…⑦92
于伯淵…⑭137

于武陵…⑬288
「于祐之金水題紅怨」雑劇…⑭87
卯年うまれ…⑳234
右近の橘…㉖84
宇佐川・宇沙川・菟狭川…㉗56, 58, 61
宇佐神宮…㉔16, ㉗59
宇佐都比古・菟狭津彦／宇佐都比売・菟狭津媛…㉗56, 57, 59
宇佐美寛爾…⑯583
宇佐美灊水・子迪…㉓482 「古文矩」序…㉓323, ㉗27 「読荀子」序…㉗28
宇佐美辰雄…⑱413
宇沙…㉗56
宇治（京都府）…⑰296, ㉓364, 431, ㉕183
宇治市…⑱453
　宇治川…⑱453, 454, ㉕165, 167, 171, 177, 183, 188-190　宇治市長・宇治市役所…⑱455　宇治橋…⑱454-456, ㉑217
宇治山田…⑰365, ⑲402
宇田礼　共訳・草明「原動力」…①621
宇多天皇…⑥246, ⑬575, ㉕34, 268
宇宙…⑰103, 118
　～の善意・秩序…⑤109
「宇宙風」（雑誌）…⑯538
「宇津保物語」…⑱467, 469, ㉕275
　初秋…⑮213, 214
宇都宮清吉「世説新語の時代」…⑦595
宇都宮遯庵・由的…㉓301, 311, 574
経史子集の標注…㉓299 「杜律五言集解」跋…⑫710
宇野勘左衛門…⑰135
宇野浩二…⑱405 「クマバチとしやうにん」…⑱404
宇野哲人…㉒120, 335, ㉓609, 610, 632, ㉗250
　注「論語」…⑤297
宇野明霞（于士新）…㉓424
宇文憚・清河王…⑥304
宇文貴…⑦539
宇文虚中…㉒108 「己酉歳書懐」…⑮379
宇文周…②550→周（北朝）→北周
　～の皇帝　宇文毓（明帝）…⑦532　宇文覚（孝閔帝）…⑦531　宇文泰（太祖・文祖）…⑦528, 530-532, 534-536, 539, ⑫25　宇文邕（武帝）…⑦532　宇文融…⑪35, 36, 41
有智子内親王…⑰347
羽（音階）…㉕104
羽檄…⑬183
羽山…①224, 225
羽林…⑫187
呉淞…⑯417, 421
迂愚…㉓237
迂儒…②445, 446, ㉗55
迂疏…①477
迂腐の識見…㉓216
「雨窓欹枕集」…⑬523, 549, ⑭208, ⑯578, 579, 581, ⑰408, ⑱518→「清平山堂話本」
　「花灯轎記」…⑭419, 542
『雨霖鈴』　玄宗…⑪251　柳永…⑭372
禹…①225, ⑦274, ⑧353, 508, ⑩471, ㉓109, ㉗344
　～を含む古代の聖人たち　→堯舜禹＋湯＋文武周公＋孔子＋孟子
　～を祭る神社…㉓452, ㉗180, 201
　～と「禹貢」…⑯223
　～と堯の記録…⑧11
　～と上上の聖人（古今人表）…⑩467
　～と伏羲神農黄帝堯舜湯→伏羲
　～湯文武周公孔子…②384-385, ③16, ㉓545
　～の夏王朝…②289, 384, 549, ③16, ⑧507, ㉓19, 282, 386, 447, ㉕151
　～の恭倹…㉓396
　～の治水…①224, ⑯82, ⑳6, ㉓108
　～の墓…⑦22
　～の孟津開鑿…⑭532
　～の容貌…㉕151
禹域…⑪447, ⑰282, 563, ⑱34, ㉒477, 494, ㉓609
　～における「玉燭寶典」…⑦552, 555
　～の戯曲小説と富岡文庫…㉒279
　～の校勘の業に関する説…㉑201
　～の史の古鈔本…⑦539
　～の詩…⑱337
　　詩史…㉖248　詩話…㉔126　大詩人…㉒97
　～の小説史…㉖370, 371
　　小説史と「水滸伝」…㉖370, 373
　～の正統思想における倫理と史実…㉖370
　～の説話文学…⑬501
　　近世庶民の精神と話本…⑬514
　　最古の口語小説…⑬501
　～の年中行事の書…⑦552
　～の人と天人相関説…⑦553
　～の文学の意識…㉖373
　～の文風…①512, ⑳252
　～の民俗…⑦554
　～の名士の京都訪問者…⑰244
　　学者の京都亡命（清末民初）…⑰279
　～の乱…⑳390
「禹貢図」…⑧354
「禹跡図」…⑧354, 511
禹封…㉓578
「禹本紀」…①179, 189, ⑥230, 231
禹門・登竜門…⑭532→竜門
禹門一躍…⑭531, 532
烏衣…⑬181
烏丸族…②585, ⑦106
烏江…⑥8, ⑬308, 309, 311
烏号…①179
烏孫…⑥92, 129, 130, 132

「烏孫公主の歌」…⑥132, 274　烏孫国王…⑥130, 132　張騫隊の烏孫人通訳…⑥130
烏丹城の碑…⑮268
烏夜村…⑯154, 155, 158-161, ㉓242
『烏夜啼』…⑭185, ⑮131 「漢宮秋」…⑮200 「酷寒亭」…⑮129, 131　李煜…①126
烏騅…⑯222, 224
烏㯶…⑦478, ㉔399
烏禄→ウル→世宗（金）
菟道稚郎児（うじのわかいらつこ）…⑳448
瑀…⑳658
鵜飼…②586
鵜飼石斎・石庵…⑰31, ㉒48, 51, ㉓574, ㉕504（鵜信之…㉒48）
～和訓本「杜少陵先生詩分類集注」…㉒48, 50, 51, ㉕504 「李元賓墓銘」…②5, ⑪389, 390 「魯斎全書」…⑮327
上杉謙信…②165, ⑰52, ㉔150
上杉氏（米沢侯）…㉕371
上杉憲実（のりざね）…⑧510, ⑩447, ⑰584, 587, ⑱57, ㉗67, 69
上杉鷹山…⑳227
上田秋成…⑳284, ㉔150
～と海外の文化　中国短編小説…①47, ⑭591, ⑰60, ㉑119, 120（話本…⑬512, ⑯548）　朝鮮外交使節…⑰59, ㉓150, 151
～の著述 「雨月物語」…①47, ⑬512, ⑰60, ㉑119（菊花の約…㉑120　蛇性の淫…⑬512, ⑯548, ㉑119, 120） 「胆大小心録」…⑰59, ㉓150
上田万年（かずとし）…⑰265, 277, ⑲217, 333, ㉓518, ㉗350, 351
上田先生（諏訪山小学校訓導）…㉔325
上田敏…⑰286, ⑱476, ⑳275, 276, 278, 279, ㉒334 「海潮音」…⑦560
上田正昭…㉔237
上野（東京）…⑫371, 602
～の芸術院の会議…⑰285
～の施設・旧跡　上野駅…㉔143　上野公園…⑫551, 612　寛永寺…⑫371, 602, ㉒483, ㉖95　徳川将軍の廟…㉒377　博物館…㉑243, ㉓148, 710, ㉔290, ㉖483　美術学校…㉗359
～の山…㉒14
上野奨学資金…⑯643, ⑳291, 344, ㉒332, 371
上野精一…①141, ③469, ④644, ㉒332, ㉗313
上野理一…④644
～の上野コレクション（美術）…⑳287
上原淳道（あつみち）共訳・郭沫若「中国古代の思想家たち」…⑰4
上村幸次…①230 「中国古佚の二つの笑話集について」…①621
上山春平…㉔237, ㉕323, 348, 484
植木野…⑰584, 585, ⑱58
我們…㉓37, 148
浮世絵…②568, 571, ㉔5
「浮世風呂」…①227
丑年うまれ…⑳234
牛を解き輪を斲る者…⑬248
臼井書房…⑳261
臼井二尚（じしょう）…⑤57, ㉔46
薄井恭一…㉖386
歌の文学…㉓501-506, 508
歌の真盛…㉓504
内田穣吉「巴里より巴里へ」…㉗349
内田泉之助　共著「支那文学史綱要」…⑰406 「唐詩の解説と鑑賞」…①633
内田智雄…⑨181, ⑩81, ㉔43
内田道夫…㉒357 「捜神記の世界」…①620 「北京風俗図譜」解説…㉓621
内田良平…㉔303
内の中州…㉓415
内野研究員（東京研究所）…⑱536
内野皎亭・内野晋（すすむ）…⑦286
内は淳至…㉗135
内村鑑三…⑤132, ⑰610, 614 「代表的日本人」…⑳221, 227
内村直也…㉒442, 444, 475, ㉗440
内村鱸香…⑥245
内モンゴル自治区…㉖196
内山完造…⑱536
内山書店　上海…㉒492　東京…⑱536
内山生（柳川）…㉓346, 441
内山知也「杜子春伝の無表情について」…①620 「唐代小説杜子春伝の説話的構成について」…①634
打かへす辞…㉕118
尉遅迥（うっちけい）…①178, ②158
尉遅敬徳…⑮62, ㉓173
尉繚…㉕149
「尉繚子」…②485
鬱鬱…⑥294, 315
移らず…㉓20
畝傍山（畝火山）…⑰189, ⑱390, ㉑221, ㉔247
馬の相…㉖31
厩戸皇子…⑦493, ⑰145→聖徳太子
生まれ年と人間の性質…⑫234
海についての意識　西洋…⑲20　中国…⑲20-27
梅園正珉（せいびん）文石…㉓252
梅田和男「丁玲小論」…①626
梅原慧運…⑧351, ⑨181, ㉑670
梅原末治・子嘉…⑯278, 280, ⑰600, ⑳475, ㉒337, ㉔46
～との関わり　アメリカの支那学者…⑲204　水野清一…㉓636　楽浪漢匧図像…⑥395, 397, 431
梅原猛…⑰622, ⑳400, 401, ㉑95, ㉔28, ㉗15, 306, 419 「美学におけるナショナリズム」…⑰623 「水底の歌」…㉔21, ㉕190

卜部兼方「釈日本紀」…㉓5, 499
浦廉一　校訂「華夷変態」…㉓269
浦和の安倍氏…⑩451
裏切りの精神と文学…⑳40, 41
トいの予言…①186
占の方法…②298
漆山又四郎…①32, 527, ⑫712, 713, ⑰407
「杜詩」…①30, ⑰305, 530　訳「遊仙窟」…①612
「李太白詩選」…①30
云…③545, ㉖223
惲格・寿平・南田…①496, ②515, ⑳237, ㉒285
「甌香館集」…①495　花卉の絵…①495, ②514
「古意」…①498　「雑感」…①497　「春夜の作」
…①495　「後の雑感」…①497
惲敬「大雲山房雑記」…⑮55
惲日初…①496
「運使復斎郭公言行録」…⑭368, 369
「運斗樞」…⑥375
運動が存在…㉓372, 385, 553, 558, ㉕250, ㉗365, 366
雲…③545
雲間（地名）…⑯17, 18
雲間詩社…⑮440
雲鬢…⑫337, 338, ⑬53, ⑭412, ㉒38, 52
雲貴総督…㉓182, 184, 185
雲笈…①550
「雲笈七籤」…㉒89, 292, 293, 297, 306
「雲渓友議」…⑪55, ⑭446
雲経寺…⑫370
「雲合奇蹤」…①154
雲谷…⑬170
雲際山大定寺…⑫124
雲樹…㉖413
雲州…⑦546
雲棲袾宏…⑯40, 41, 45-48, 52→蓮池袾宏
雲雪岡…⑫46, 47
「雲窗夢」雑劇…⑭440
雲台（後漢）…②530
雲台二十八将（山車）…⑱550
雲杜県…⑰588
雲南（省）…⑲220
～貴州四川湖南地方の攻略・康熙帝…⑯178
昆明陥落…⑯197
～貴州地方の関索信仰…㉖402, 403
～貴州地方の経略・漢武帝…⑥79, 80, 95, 96, 133
昆明国攻略と昆明池開鑿…⑥133
～チベット・ヴェトナム地方の征服（蒙古）…⑬173
～地方の攻略（唐玄宗）…⑪299-302
～の地名　河西県…⑫178, 179, ㉒28　瀘水…⑪300, 302
～への明政権の亡命…⑯170
呉三桂と査容…⑯184　呉三桂の反乱…⑯178
雲南人…②154
雲飛揚…⑥31, 32, 35-37
雲表…⑱454
雲物…⑫618
雲母の屛風…①485
雲夢の狩猟地…⑥211, 212, 215
雲夢の台…⑱22
雲霧…㉗102, 103, 105, 106
雲門…⑫161
雲門宗…⑬306, 309
雲陽…⑭521, 551, ⑮141, 142, 165, 166
～之市…⑮165
雲和…⑪193-195, 566
雲和琴瑟…⑪193, 194　雲和瑟…①303　雲和箏・雲和琵琶…⑪194
雲和署…⑭66, 67, 69, 101
慍…⑤304
鄖国・鄖城…⑰588
篔簹…①417
蘊真…㉒76, 77

え

エーテル（以太児）…⑳164
エール大学…⑬631, ⑱59, ⑲257, 258, 314, 322, 330, ㉔252
エクアドル…㉔153
エジプト…①556, ⑲225
エジプト駐在中国大使…㉒462
エスカフ（フロレンス）…①4, 5, ⑪108, ⑲208-212, ㉕100, ㉖176
共訳「松花箋」→その項
エスキモー…⑮556
エスダル（也速解児）…⑮299, 310→テムル
エスパニョーラ島…㉔135, 149
エチオピア皇帝…⑥409
エッセー…㉕298
エディ（メリー）…⑲299
えと…⑳234, 235
エマヌエル一世…①557
エミール…㉔153
エムパイアステイト・ビルディング…⑥415, ⑲248
エムプソン（ウィリアム）…⑲265-267, ⑳358
「詩的曖昧の七つの型」…⑲264, 266, ㉖112
エリート…㉓384, ㉕288-292, 296-298, 300-303, 305-307
エリオット（T. S.）…⑰25, ⑱354, 480, ⑲281, ⑳24, 429
「詩の用途と批評の用途」…⑳25
エリザベス…㉔203→カアフマヌ
エリザベス女王（イギリス）…㉔150
エリセエフ（セルゲ）…⑰132, ⑲217, 315, 331, ㉓632, ㉗351　「中国研究に対する日本人の貢献について」…⑲247

エルマーティンガア…⑲122
エルミタージュ博物館…⑲397
エレウシス祭・エレウシスの神殿…⑤4
エロシェンコ（愛羅先珂）…②200, 201
エロス…⑳222-224
エンゲルス…㉒457, ㉕417, 442
エンジャンブメント…㉖55
「えんじゅ」…①582
エンテムル（燕鉄木児）…⑮247, 253, 254, 272, 282
江上波夫…⑯650, ⑱538, ㉓635, 636
「ユウラシア古代北方文化」…⑥70
江口渙…㉒434
江副研究員（東京研究所）…⑱536
江田三郎…⑲369, 433
江戸…㉓233, 550, ㉕203, ㉖146, ㉗40, 41, 116→江都→東都
～を東京にする経過…⑲49, 455
～から伊加保への安井息軒の旅…⑰205, 206
～から伊藤東涯に添削を乞うた漢文…㉓140
～から水戸へ岡井仲錫の赴任…㉗30
～開府…⑲49, 455
～大風水害…⑰205
～と上方　江戸の学風と伊藤東涯…⑰141　営利出版…⑰26　両者の差違…①282
～との関わり　荻生徂徠→その項　松尾芭蕉…⑫710　山井鼎の帰還（足利より）…⑰588, 589, ⑱58
～における外国人　シドチ…㉓197, ㉔8　朝鮮使節…㉓151, 152, 363
～における唐音学習の便宜…㉓310
～の男伊達…㉓340
～の学者…⑩428, ⑰41, 586, 595, ㉔251, ㉗33
漢学私塾…⑰24
儒者…㉓281, 311, 357, 571, ㉗32
～の新年風景（新井白石）…㉓118
～の地名・施設など　青山…⑰588　青山海蔵寺…㉓310　赤城…㉓370, 408　池上本門寺…㉓115　市が谷…㉓370　入谷の鬼子母神…㉕59　上野→その項　牛込…㉓369, 370, 379, 408, 414　萱（茅）場町（日本橋）…㉓361, 367-369, 414, 433　小石川（きりしたむ屋敷…㉓197　紫芝園…㉕194）　麹町六番町…㉓394　品川…⑪102, ⑰54　不忍池と寛永寺の塔…㉒483, ㉖95　芝…⑰54, ㉓309, ㉗37（白金瑞聖寺…㉓310, 313, 361, 431　増上寺…㉓301, 302, 362, 408, ㉗34, 37　徳川将軍の廟…㉒377）　芝浦…㉕202　二番町…㉓293, ㉗37　浜御殿…㉓402　深川…㉖149（海福寺…㉓310）　本郷弓町…⑰108　目黒羅漢寺…㉓310　矢口の渡し…㉓115　湯島…⑤129, ⑰23　吉原…㉗279
～版　刊本「毛詩名物図説」…③43, ⑦31　私版本「語孟字義」…㉓32
江戸学術史…㉓544, ㉕249
漢詩史…㉓150　国学史…㉓587　思想史…㉓541（仁斎東涯・徂徠・宣長…㉓539-542, 544）
儒学史…㉓587, ㉕171, 249　哲学史…㉓541
江戸時代・徳川時代…⑤145, ⑥412, ⑮634, ㉑56, 96, ㉓543, 578, ㉗246
～以前の　正月…②546　日本漢学史…㉓701　文学…⑱30（小説の総量…⑱464）
～以来の　書店・秋田屋…㉔67　中国語教授法…②224　日本人における中国古典…㉑85
～から明治時代へ転移…⑬52, 112, 206, ⑰60, 415
アメリカの研究者の関心…⑰112
孔子批判…㉓561
～初期のころのセント・クロア島…㉔138
～人…㉓701
江戸時代人と中国の思考…㉓702　言語観…㉓541, 542　中国現代史への認識不足…㉓247　著者の心理に対する研究能力…㉓543
～における字引と注釈…⑰630, 631, ㉓542
～における「歎異鈔」…㉓455
～における中国詩…⑱39
袁宏道の文学の伝来（初期）…⑮538　詩人で政治家の江戸人（新井白石）…㉓567　宋詩…①134, ⑬170, ⑮427, ⑱39（宋詩と荻生徂徠…㉓289, 353, 421, 440　宋詩の権威…㉓292）
宋詩愛好（末期）…①134, ⑬170, ⑮427（范成大…①407, ⑬170　文天祥…⑮423　陸游…①134, ⑬170）
唐詩…①134, 143, 144, ⑦562（杜詩…⑫721　杜甫評価…㉑134　唐詩尊重への反発…⑬170　反徂徠派と「唐詩選」…㉒5）
～における月やあらぬの解釈…㉕116
～の花魁と元曲の行首…⑮49
～の学者…④9, ⑤129, 213, 296, ⑰220, 221, ⑳288, ㉓575, 703, ㉕246, 401, 471
伊藤仁斎・荻生徂徠の位置…⑰56, 57, 61, ⑲188, ㉓557　荻生徂徠の役割…⑰55, 57, 60, ㉓482　学者の肖像…㉗200, 236
経学者…⑰231
巨人…㉓248　経書研究の主流…⑰238　代表者…⑤129　独創的な学者…⑰33　鎖国による障害…⑰220　儒者の伝統…⑲112　日本にのみ遺存する資料への着眼…⑰57　反朱子の学者…⑬319　明治以後の学者との比較…⑰415, 416
～の学術・学問…⑳203, 204, ㉓564, 702, ㉔18
漢学→その項（江戸期）　京都の学問…㉓569, 571　古文辞尊重（中期）…⑮525　古文辞への反撥（末期）…⑮540　孔子批判…㉓560
国学→その項（日本）　朱子学→その項
儒学・儒者→各項（江戸期）
儒流の仕事…㉗238　儒林…㉓520　宋学・宋儒学（元明からの継承）…⑬604　道学…⑬314　諸子学…②475, 480, 483, 495　折衷学（古注新注の混淆）…㉗262　説文学…㉗92, 294　「説

文」研究・山梨稲川…㉓579　羅山の朱子学…㉓533, ㉔231
清朝学への接近…㉓604, ㉔303
江戸末期の儒者の関心…㉗268　文献学の萌芽…㉓604
中国学…⑰23, 28, 33, 57
中国系学問の普及…⑰27　中国語学…⑤307, ⑰143, 412　中国正史の校勘…㉖473　注釈家…㉗428　満州語研究…㉓191　明朝の学と江戸の固陋…②601
中国文学研究→その項（江戸期）
中国戯曲小説文学研究史…⑰412
東洋史学…㉓572
「日本書紀」研究…⑰174, 634, ㉓23
～の言論統制の緩やかさ（初期）…㉑115
～の口語…㉕38, 46
～の公家…㉕425
～の国定教科書…④8, ⑤297, 298, ㉓98
～の思想家　現代日本人との関係…⑰128　三大思想家…⑰122　思考における悪・不幸の必然…㉓541　思想の変遷…⑰114　政治思想の封建制是認…⑰113　明治の思想家との関係…⑰112
～の宗教政策…㉗373
～の書物…㉕412
学問の書物…⑤297, ⑰39　西洋書…㉕410
中国書「水滸伝」テクスト…㉖372　「世説新語補」…㉑235, ㉗138, 140　「世説」注…㉗144　「戦国策」…②135　「通俗三国志」…①414　「白氏文集」…㉓575
中国書古典…①236, 244, 271, ⑰640, ㉗375-376　「史記」…⑥247　「論語」…④5, ⑤127-129, 132, 134, 137, 140, 296, 313　朱子注…④8, ⑤297, 298, ㉓98, ㉕173　「論語」注釈の双璧（仁斎・徂徠）…㉓99
中国書覆刻→和刻本
中国書輸入…⑰24-26, ⑱38, ⑳429, ㉑119, ㉕278, 279, 281, 282（唐本流布状況…㉗24）
版本（日本書）…㉕275（ベストセラーズ…⑰26, 414, ㉒5, 6, ㉓400, 479, 530, 564, 571）
～の生活…㉕364（庶民生活…①209）
～の体制…②435, 443, ㉕366
鎖国…②566, 590, ⑰467, ㉔18, 19
大名…②127（大名の収奪…㉕279　大名と幕府の関係…⑤147, 176）
旗本…②436　ヒエラルキー社会…⑤299
封建制…⑤216（君臣関係…㉑172　世襲制…①209, 298, ②403, 405, 430, 435, ⑤299, ㉕304　浪人…㉓566）
身分制…⑤264, ㉕422（町人…①209, 210, 298, ②403, 405　武士…①209, 210, 298, ②403, 405, 429, 430, 455）
～の中国文明への関心…⑰15, 23, 57, 60, 414, 608, ⑲188, ㉑96, 134, ㉓247, 482, 564
漢詩のまずさ…㉓565, ㉔78
漢文愛好…②56　漢文制作能力…⑰623, 625, ㉓564, 598（一流の漢文…⑰50, ㉓468, 477　美と真の一致…⑰623, 624, 626　名文家・頼山陽…②166　和習…⑰221）
漢文読解力…⑳218, 219, ㉓572, 575, ㉕281
中国系芸術…⑰220（書画と和習…㉑98）
中国語翻訳…⑰546（訓点…④12, ⑰528, ㉖173, 174　誤解による訓読…㉖378　校点者の漢文読解力…㉓572　講史の翻訳…①122, 154　中国小説の翻訳…②603, ⑰59, 390, 398, 546, ㉓606）
中国文化輸入…②572（中国通俗文学伝来史…⑰131　末梢的中国崇拝〔末期〕…⑰59）
～の長期の平和…㉗378
～の寺子屋の教科書…⑤168, ⑰96, ㉓527, ㉕365
～の読書の雰囲気…㉗315
必読書…①244　武士の読書（初期）…⑥52
～の日本と清朝…㉓246
～の農民政策…②461（百姓の娘の身売り・役所への小作市兵衛の嘆願…㉓297）
～の藩校…㉓582
～の仏像観…②528
～の文学…⑰338, ⑲217, ㉓588
江戸文学史…⑰234
庶民文学…①209（江戸文芸と中国通俗文学…⑰334　下行の文学…㉓588　歌舞伎の時代設定…⑮191　軽文学…⑱30　俳諧中衰の時期…⑰55, 624）
随筆…②413
「万葉集」尊重…⑰618, 619, 624
～の文明…㉓559
一茶・北斎の地位…⑮605-606　江戸文明と永井荷風…⑱325, ㉔25　江戸文明と武士道…㉒6
～のめめしさ・をゝしさ観…㉗217
～の賄賂…㉒454
～末期以来の日本と元好問の詩…⑮397
～末期の日本への西洋の暴風…⑮401
江戸時代史…⑰126, ㉗31
江戸城…⑲363, ㉑173, ㉓328, 364
江戸っ子…㉓295, 582
江戸幕府・徳川幕府…⑤176, ⑰33, ㉓515, ㉗39
～の医官…㉗167, 174, 243（荻生方庵追放…㉗38）
～のキリシタン書禁遏…㉕272
～の国立大学…⑤129, ㉓564, ㉕280
～の儒学奨励…㉕278
官学・朱子学…⑬318, ⑰86, 120, ㉒119, ㉓31, 34, 472, 512, 532, ㉕179, ㉗33, 369　儒臣としての林羅山…㉓37　昌平黌の中国書購入…⑰24, ㉕279
～の書庫の継承者（内閣文庫）…㉕283
～の清国情報蒐集…㉓269
～の政治…⑤137, ⑳425
軍人政治…⑰134　役人…⑲215　茶坊主と宦官

…⑫316
～の滅亡…⑰57
～の楓山文庫…⑧509, ⑰344, ⑳429
～への有職故実の移入…㉕201
江戸弁…㉗35
江戸屋亭…㉗122
江馬細香（馬細香）…㉓520
江村如圭「詩経名物弁解」…③43
江村北海・綬「楽府類解」…⑥345　「授業編」…㉗159
画の地位（近世）…②335
恵洪上人「冷斎夜話」…⑬259, ⑭515
恵南禅師…⑬308
恵美押勝…㉖81→藤原仲麻呂
「淮南子」…②253, 478, ③10, ⑫232, ⑰559, ㉓345
～と王念孫・銭大昕・銭塘…②482
～との関わり　「荘子」…⑦316　「文心雕竜」…②485　「列子」…⑦316
～の事項　開闢伝説…②374, ⑰484　気…⑦295, 296　生と死…⑦316　桑楡…㉖141　天地未剖…㉓6　悲秋…⑫347　溟涬…⑫622　濛鴻…⑫231
～の著述方針…⑳658
～の道蔵本からの覆刻…②479, ㉒292
「淮南子」（注釈）
許慎…③514（本経訓…⑥34）　高誘…③514（時則訓・孟春…③514　俶務訓…⑥337　本経訓…⑥34）
「淮南子」（テクスト）
袁氏五硯楼道蔵本…㉒302　今本…③514　荘逵吉復刻道蔵本…②479, ㉒292, 302
「淮南子」（篇名・項目）
原道訓…②252　時則訓…⑦554　俶務訓…⑥325　俶真訓…⑦316　精神訓…②237, 253, ⑦316　説林訓…②494, ⑳166　泰族訓…㉖452　天文訓…②482, ⑰484　跋・黄丕烈…㉒302　繆称訓…⑫347　本経訓…②263, ⑥33-34　要略訓…⑳658
「淮南子万畢術」…㉒307
「淮南内経」…②483
慧苑（えおん）…⑯243　「華厳経音義」→その項
慧遠…⑯615
「無量寿経義疏」…㉓456-457　「廬山略記」…⑦326
～と陶淵明…⑦317, 326, 603, 604, ⑲17
慧可…⑫620
慧業…㉗344
慧琳（唐）「一切経音義」…㉒301
慧琳（南朝宋）…⑦490, 491
穎原退蔵…⑰341, 342, 660, ㉔67, ㉗331
蝦夷征伐…㉖82
衛湖原（彙文堂手代）…⑰178
衛藤瀋吉…㉒471, ㉗440
永…②211
永安寺…⑮299, 310
永王璘（唐）…⑪86, 179, ⑫330, 680, ㉖117
永嘉…⑬175, ⑭182, ⑮445, ㉕434
永嘉学派…⑬177
永嘉の四霊…⑬175, 177, 181, 182, ⑮424, 434, 435
永懐…㉗8
永懐堂本…⑰587, 588
『永遇楽』　銭謙益…㉖453　白仁甫…⑭99
永慶寺…㉓313
永訣…⑫425
永巷…②145
永興…⑦490
永日…⑬178
永州（元時代）…⑮321
永州司馬…①465
永定河道…⑯247, 574
永平…⑭158
永平寺（日本・越前）…㉓708
永平路撫寧県…⑮166, 350
永明詩壇における新・旧・折衷三派の動向…①633
永楽銭…②155
「永楽大典」…⑭58, 88, 283, 567, ⑰591
～の「戯文」…⑭58, 88, ⑭567, ⑮18, ㉖414
～との関わり　「四庫全書」…②480, ⑯226, 227　「柴山大全集」…⑭65, 570　「聚珍版叢書」…㉕53　「春秋釈例」引用…⑨480
永楽帝（明）・朱棣・燕王…⑮573, 579, ㉓274（文皇帝…⑯78）→成祖（明）
簒奪…②155, ⑮476
出版事業　「永楽大典」編纂…⑮18　「五経大全」編定…⑯78, ㉗66　「四書大全」編定…㉗66　「神僧伝」…㉖400
側近　軍師道衍→その項　侍医劉溥…⑮579　秘書陳経…573, 578　文学者への苛酷…⑮476
永暦帝（南明）…⑯175, 179, ㉒490
「泳言薬言」…⑯584
英王の虐政…⑲310, 311
英語…②130, 576, ㉔77, 88, 113, 114, 282, ㉕54, 108, 139, 141, 291, 300, ㉗370
～と日本の歌謡曲…㉖201
～と中国語…②81, ㉕42, 106
構造の共通性…⑲199　是とbe動詞…㉖17　単語数の違い…㉗392　変化の速度の違い…㉗392, 393　欲とwillとかwould…㉖16
～と日本語…②81, ㉔104
変化の速さ…㉗393　立つ・さりの訳語…㉔7
～と日本人　狩野直喜…①422　佐久間象山…①562　夏目漱石…②57　日本の外交官…②564　松本文三郎…㉔268
日本の外国語教育…⑲199（久米先生〔神戸一中〕…㉔327　発音重視〔同〕…㉔326）
～にいう文学…②57
～による“医は仁術なり”…㉗371

～によるヴェネゼラ航空の放送…㉔145
～による会話　ヴェネゼラ紳士との会話…㉔143　ギリシャの老人との会話…㉔172　ハワイでの会話…㉔192, 193
～による中国文学通史…①623
～による中国文学の討論…㉔141, 207
～による杜詩翻訳…㉖175, 176
～によるミュンヘン観光案内…㉔253
～の言語的特徴　アルファベット…②562　数のかぞえ方…②75　常用語彙…②71, ㉑67, 68　他動詞…②98　単綴性…㉔92　文法の簡易性…⑲199　リズム…②97-98, ㉕106（外国人の英文のリズム…㉕139　散文のリズム…㉕139, 141）
～の詩…⑲44, ㉖55
「英語教育事典」…㉔122
英語国の知識人…②596
英語国民…②137, ㉕422
「英語青年」（雑誌）…㉗431
「英語文学世界」（雑誌）…㉕107
英国→イギリス
英詩…㉔77, 114
～の技法…㉑67
英宗（元）…⑭72, 184, ⑮243, 245, 260, 279→シトバラ
～朝の宰相パイヂュ→その項
～と唐詩…⑮244, 271
～の漢字能力…⑮243, 245（漢文能力…⑮236, 244, 245, 325　書…⑮234, 235, 240-243, 245）
～の五華山～の幸…⑮241
～の読書秀才（貫酸斎）…⑮321, 325
～の読書…⑮244, 245
英宗（宋）…②551, ⑬63, 74, 93, 100, 228, 229, 291, 439, 585
英宗（明）…②552, ⑮476, 477, 570, 580-583→正統帝
英仏語…㉓189
英仏連合軍の円明園焼き討ち…⑯226
英文学…⑱354, 355, ㉒72, 422, ㉔76, 122
～関係の雑誌…㉔111, 121
～とアングロサクソン文学…㉔76
～と Sir Herbert Read…㉕139
～と中国文学…㉓595
～と陳世驤…㉔161
～のエセイ…⑱355
～の大家…③536, ⑫684, ㉖174, ㉗314-315, 317
英文学科…②57
英文学者（日本）…㉔122
池田大伍…㉗283　斎藤勇…③536, ⑫684, ㉖174, ㉗314-315, 317　中野好夫…㉕291　夏目漱石…②56, ㉑33, ㉒422, 423（英文学と漢文…②57, ㉑33, ㉓595）　福原麟太郎…⑱352-354, ㉔122
「英文学叢書」…㉔121
英文法…㉔308
英米…②562, ⑯314, ⑲372
～との戦争の始まった日…⑯605
～の Imagist の詩人…㉔5
～の批評家…㉗431
英米依存（中国）…②346, 560
英米詩…㉒64
英米文学研究者を含む訪中団…㉒441
英訳中国文学　「詩」…③44, ⑲261, 413, 417, ㉑162　陶淵明詩…①632
「英雄記」…㉒90
英領ヴァージン群島…㉔134
英連邦→イギリス連邦
拽後門…⑮134
映…⑪127
映画　「赤い靴」…⑳46　「偽れる盛装」…⑪559　「清宮秘史」…⑪560　「セールスマンの死」…①352　「大仏開眼」…⑪560　「天国への階段」…⑯532, ⑳46　「白夫人の妖恋」…⑳46　「文化果つるところ」…⑪561　「宗方姉妹」…⑳125　「木蘭従軍」…②48　「楊貴妃」…⑪558, 560, ⑳46（描写の弱さ…⑪560, 561）「夜の河」…⑳46-48
栄華…⑬74, ㉖215
栄啓期…⑦296, 297, 304, ⑪326, 327, ⑫348, 349
栄西の入宋…②588, ⑰21
栄達…⑥308, 323, 326
栄宝斎文具店…㉒474
栄名…⑥325, 326
盈盈…⑥294, ⑪113
営室（星）…③512
営州の雑胡…⑫58
営料高…⑬510
「詠歌疑条」…㉗212
人ノ形に感ずる事…㉗213　物のあはれ・物の哀ニ感ずる事…㉗212
「詠懐古蹟」（杜甫）…⑫583, 634, ㉕441, ㉖195, 198, 204, 213, 234
～における王昭君…⑫637, ⑮212, ㉖195, 197, 199
～の語彙事項　疑…⑪204　月色…⑫637　宋玉への弔意…⑪204, ⑫347　野寺…⑫458　庾信…⑫655
「詠懐詩」（阮籍・作品の第一句を以て示す）
猗歟上世士…⑦231　一日復一夕…⑦213　炎暑惟茲夏…⑦210　夸談快憤懣…⑦246　嘉樹下成蹊…⑦205, 240　駕言発魏都…⑦208　開秋兆涼気…⑦211　洪生資制度…⑦224　混元生両儀…⑦203　儒者通六芸…⑦232　周鄭天下交…⑦206　秋駕安可学…⑦228　修途馳軒車…⑦221　出門望佳人…⑦243　人知結交易…⑦224　世務何繽紛…⑦212　西方有美人…⑦234　昔日繁華子…⑦216　昔年十四五…⑦243　昔聞東陵瓜…⑦227　昔有神仙士…⑦239　壮士何慷慨…⑦233　丹心失恩沢…⑦217　湛湛長江水…⑦222　儔物終始殊…⑦235　天馬出西北…⑦202　天網弥四野…⑦241　東南有射山…

⑦230　登高臨四野…⑦214　独座空堂上…①16, ⑦196　咄嗟行至老…⑦219　二妃遊江浜…⑦215　徘徊蓬池上…⑦226　抜剣臨白刃・平昼整衣冠…⑦218　歩出上東門…⑦240　北里多奇舞…⑦223　木槿栄丘墓…⑦207　夜中不能寐…⑦191, 193
「詠懐詩」（注）
沈約…⑦241　李善…⑥309
「詠懐詩」（テクスト）
「古詩紀」所収…⑦192, 193, 196　朱子儋家蔵旧本・存余堂刊本…⑦192　「文選」所収…⑦192, 193, 196, 205, 594
詠史詩…⑥263, 264
詠物詩…⑮209
「詠物詩選」…㉑11
睿宗（唐）・太上皇帝…②171, 551, ⑦538, ⑪14, 28, 399, ⑫8-10, 74, 241, ㉒30
睿哲惟宰…⑦526
瘞…②189
瘞硯銘…⑪385
影の比喩…①439, 440, ⑫387
影印本…㉔311
影射…㉖399
穎…⑪359
穎州知事（蘇軾）…⑬102
穎州府阜陽県訓導…⑯354
穎水…⑪489, 510
穎川太守…⑮47
叡山…⑦445, ⑪347, ⑮164, ⑱61, ㉕201, 413, 439
～の僧…⑤298（悪僧・荒法師…⑲4, 410　回峯の行者…⑪223）
嬴嬴…⑥294
嬴公…⑥369
璟興「連義述文賛」…㉓457
衛（国名・春秋）…③34, 36, ⑤228, ⑥404, ㉓349
～・陳・曹・宋・蔡・葉の歴訪（孔子）…⑤122
～と孔子…⑤33, 35, 36, 50, 52, 91, 228, 238, 241, 242, 255, 256, ⑦255
～と周王室・魯…⑤64
～に関する詩　人民の恨みの詩（撃鼓）…②319　夫人が妾の僭上を憤る詩（緑衣）…②317　亡国の際の詩（載馳）…③36
～のお家騒動…⑤47-52, 63, 94, 175-176, 184, 262　王（霊公）の無能…⑤228, 238　王妃・南子…⑤33, 35-37, 49（宋朝との恋愛…⑤48, 241）　州吁に関する事件…㉕185, 186　太子・蒯聵…⑤48-52
～の館人の喪…⑤6
～の国都…⑤36, 51
～の重臣…⑤50, 51（王孫賈…⑤27　蘧伯玉…⑤14, 33, 36）
衛尉卿…⑦552, ㉗22
衛尉少卿…⑦553
衛賈（衛宏・賈逵）…②243
衛玠…⑦462, ⑱23
衛瓘…㉑89
衛宏…②243, 244, ⑦267, ⑯232, ㉓460
衛皇后（漢）…⑥45, 70, 124, 150, 162→衛子夫
～と巫蠱の妖術…⑥164
～と李夫人…⑥153, 154
～の死…⑥159, 167
～の地位の安定…⑥101, 122
衛子夫…⑥59, 124, 174→衛皇后
～と武帝の出会い…⑥58, ⑪206
寵愛…⑥59, 62　皇后冊立…⑥70, 105, 201　皇子出産…⑥70, 85, 159　皇女出産…⑥59, 61　立身のはじめ…⑥59
～と平陽公主…⑥58, 278
～の一族…⑥62, 87, 101, 124, 162
姉・少児…⑥87, ⑫275　甥・霍去病…⑥87, 163, 170　弟・衛青…⑥61, 62, 70, 84, 87　母・衛媼…⑥58, 62, 87
衛紹王永済（金）…⑭96, 133, ⑮223, 386, ㉒114, 117
衛生…①391
衛青…⑥61, 96, 102, 113, 123, 125, 154, 155, 162, 170
～と関係する人物　汲黯…⑥101　霍去病…⑥88, 96, 99-102, 120, 121, 125, 198, ⑫189　公孫弘…⑥110, 120, 121　平陽公主…⑥123, 124
～のインテリへの態度…⑥100
～の官位　車騎将軍…⑥85, 86　大司馬…⑥99　大将軍…⑥87, 98, 110, 113, 120, 124, 162　長平侯…⑥86
～の匈奴征伐→匈奴
～の伝記…⑥121
死…⑥162　囚人の予言…⑥86　母…⑥87
～の捕縛と奪還・抜擢…⑥62
衛（戦国）の家老…⑥113
衛の主文（駐屯軍書記）…⑮627
衛夫人（李矩の妻）…㉑83, 89（衛鑠〔しゃく〕・茂猗…㉑83）
～の書…㉑89
衛文仲…㉒108
衛包…⑧27
嬰孩…⑦304
嬰斉…⑱21
翳翳…㉖141
「瀛奎律髓」…⑫426, ⑬50, 185, 202, ⑰561, ㉒89
～題材による分類配列　懐古…⑮426　月…⑫339　節序…⑫301, 343, 580　朝省・登覧…⑮426　梅…⑬179
～方回の編・批評…⑮426
瀛州…⑭464, 466, ⑲25, ㉕163
瀛陲…㉔287
癭陶…⑦92
亦…②146, ⑦469, 470（不亦～乎の解…⑤102, ⑳11, ㉔305, 306, 308, ㉗275, 395）
亦思剌瓦性吉→イスラワシンキ

「易」(易経・周易)…①63, 223, 236, 267, ②103, 270, 297, 307, ③21, ⑤122, ⑪33, 513, ⑭490, 491, ⑯237, ⑰169, ⑱47, ⑲45, 46, ㉑153, ㉕29, 30, ㉗70
～と「金銭記」雑劇…⑭267, 506, 507, 527
～と元の国号…⑮402
～と孔子→孔子
～と新儒学…㉕35
～と政治…①115
～と清談…⑦188, 468
～と蘇軾の循環の哲学…⑬107, 110
～と「太玄経」…⑥254
～と張玄陽(伝奇作中人物)…⑪513
～と道教…㉒295, 296
～と日本人…②574
伊藤仁斎…⑰129, ㉓68, 85, 349, 476, ㉕32, 33　伊藤東涯…⑭492, ⑰149, ㉓89, 349, ㉕33　荻生徂徠…㉓338, 349, 398, 399　狩野直喜…⑰249, 260　聖徳太子…㉔241　徳川綱吉…㉓317　奈良朝の大学…⑰16　夏目漱石…⑱118　本居宣長…㉗115, 126, 127　山井鼎…⑰583, 586, ㉗73
～と文王(周)…㉕157
～における語句・事項　以言者尚其辞…㉓336　一陰一陽…⑫256, ⑰172, 173, ⑳440　一致而百慮…①273, ②490, ⑰368, ⑳406, 474, ㉑155　陰陽…②489, ⑰172, ⑲45, ㉑153-155, ㉕30→この項(～の卦・図形の陰と陽)　嘉遯貞吉…⑮582　貫魚・寒暑相推而歳成焉…㉑155　観意自求口実…㉕31　観我生進退…⑲78　観国之光利用賓于王…⑫77　鬼神…①198, ⑲7　闚其戸闃其无人…⑫623　擬議以成其変化…⑮515, ㉓344　窮理尽性…㉕35　苦節不可貞…⑳506　君子以言有物而行有恒…⑯108, ㉖451　君子得輿…㉑155　形而下者謂之器・形而上者謂之道…㉕35　繫辞以尽其言…㉓26　闃…⑫246　乾と坤…⑰171　乾道変化各正性命…㉓56　元亨利貞…㉑154　言不尽意…②11-13, 44, 134, ⑭274, ⑰430, ⑳96, ㉓26, ㉕28, 33-35, 40, 242　言有物…⑯108, 109, ㉖434　亢竜有悔…㉑154　后以裁成天地之道…㉓374　盍簪…㉗361　困于石拠于蒺藜…⑤66　再三瀆瀆則不告…㉕31　山下有雷頤…㉕32　時乗六竜以御天…⑥370　日月相推而明生焉…㉑155　修辞立其誠…①477, ⑯108, 109, ㉓335, ㉖451　書契決断…⑦525　書不尽言…①319, ②11, 13, 44, 134, ⑦465, ⑭274, ⑰430, ⑳96, ㉓347, ㉕28, 33-36, 39, 40, 45, 46, 52, 58　小人剝廬…㉑155　神而民之存乎其人…⑰497　神馬の予言…⑥129　聖人以神道設教…⑰102, ㉓399, 449, 452, ㉗152, 153　聖人之情見乎辞矣…⑦520, 522　尺蠖之屈…⑫81　碩果不食…㉑155　積善之家必有余慶…㉓285, 286　潜竜勿用…㉑154　前言往行と君子…①178, 240, ②251, 301, 345, ⑰442, ⑲77, ⑳110, ㉓473　束帛戔戔…⑯217　朶頤…①547　兌と艮…②265　太極…②282　泰小往大来…㉕29　男女構精万物化生…⑲46, ㉑155　鼎折足覆公餗…⑫321　天尊地卑…⑰171, ㉓238, 239, 241, 245, ㉔238, 241, 245　天地之心…㉓398　天地之大徳曰生…⑤62, ㉓68　同帰而殊塗…①273, ②490, ⑰368, ⑳406, 474, ㉑155　同心之言其臭如蘭・二人同心其利断金…⑯381　入于其宮不見其妻…⑤66, 71　白賁…⑯217　剝牀以膚…㉑155　抜茅茹以其彙…㉕30　肥遁…⑦304　匪我求童蒙童蒙来求我…㉕31　不事王侯高尚其事…⑳346　不利有攸往…㉑154　物以群分…㉕184　文章昭晰…⑦525　方以類聚…㉕184　包蒙…⑦620　道…㉓392　幽人…㉕448, 456, 474, 475　幽人貞吉…㉕448, 456, 474　楽天知命…⑦300　利渉大川…⑱454　利幽人之貞…㉕448, 456, 474　理…⑬560　履霜堅氷至…⑰499　麗沢朋友相講習…㉗360　竜戦于野…⑲426
～の占い…②103, 298, ⑤66, ⑭491, ㉑153, ㉕30, 31
～の卦…②103, ㉑154
卦気爻辰(漢)…⑦256　卦辞…㉑154, 155, ㉓89　卦の変化…㉕31-33(八卦…②299, ㉕29　変化の形の総数…㉕32　六十四卦…②11, 103, 299, 301, ⑭490, 491, ⑰554, ㉕29-33　六十四卦の数の要素…㉕322)
図形と象徴…②103, 297, 299, ㉑154, ㉔238, ㉕29
図形の陰と陽…②103, 298, 299-300, ⑭491, ⑰172, ㉑153-155, ㉕30-33(少陰・少陽・老陰・老陽…㉕30-32)
～の学者・読者　王安石父子…㉒112　王弼…⑮295　王済・王湛…⑦497, 498　王弼…⑦257, ⑯87, ㉔242, ㉕34　欧陽修…㉕32, 33　郭郁…⑭105, 368　管東翁・韓康伯…⑯87　韓愈…⑬555, ㉑148　京・孟・鄭…⑦257　恵棟…㉒295　元の皇帝…⑮237　胡適…⑬565, ⑯354, 360, 381　侯正卿…⑭105, 107, 142, 368　司馬遷…⑲55, 56　朱子…⑬559, ㉕34　鄭玄…②316　銭謙益…⑯87, 108, 109　荘子…②489　曽国藩…㉑156　程頤…㉕34　兪琰・熊過・李卓吾…⑯87　李鼎祚…⑯87, ㉕34
～の学問…②574
学問の歴史…㉒295　漢魏人の解釈…㉒295
官学(漢)…②316, ㉕335　今文派…㉕335
～の考え…⑭491
～の経文…②299, 301, ⑰554, ㉓349, ㉕32
世祖と「易」の経文…⑮301, 311
～の言語…②299, 302, ㉕475
脚韻…③7, ㉑155, ㉕32　対偶…③493, 504(「易」の句による対句…⑦525)　比喩…③7　叙述の断片性…㉓464　神秘性…㉑151, 153, 155, ㉔242
～の古典性…①273
～の爻…②299, ⑭491, ㉑153-155
九三…②300　九二…②300, 301　初九…②104,

300, 301, ㉑154, ㉕30　初六…㉑155　上九…②300, ⑯217, ㉑155　上六…②104　拆・単…⑭491　六五・六四…②300, ㉑55　六二…②104, ㉑155　爻辞…㉑154, 155, ㉓89　重爻単拆…⑭492　六爻…㉑154
～の作者…②301, ㉑154, 156, ㉓89, ㉕32
「十翼」の作者に関する説…㉕33
～の四象…⑦525
～の使用字数…⑱420
～の思想　階級観…㉔245　言語不信の思想…㉕28　否泰の説…⑰173　不斉一許容の思想…⑰171, 368　自然哲学…⑲54, 55　自然の法則と人間の法則の対応…①236, 273, ③6, ⑤122, ⑳203, ㉑155, ㉔238, 240, ㉕29　数字…②343, ㉕322, 323　大衍之数…②298, 344　地の数・天の数…②344　変易…㉑153, ㉔245, ㉕32　変動の理論…⑲56, ㉑153, ㉒44, ㉕32
～の時代の文語と口語の乖離…⑭274
～の「周易」という呼称…②316, ⑰554
～の書の現在の形…㉕34, ㉗266
～の正義…⑰555
～の総字数…②407, 444, ⑱420, ㉕65
～の伝の文章…⑦525
～の黙読暗誦法…⑬564
～「老子」「荘子」…⑦324, 468→三玄
「易」（注釈）…⑱466, ㉕34, 35, ㉗26
義　馬王（馬融・王粛）…⑯244
古注…㉔239, 242
疏　孔穎達→「周易正義」
注　王弼…⑬552, ㉔242, 243, ㉕34, 65, 340, ㉗64
干宝…㉒295　韓康伯…㉕34, 36, ㉗64（繫辞伝…㉔239）　虞翻…㉒295, ㉕34, 448, 456, 475　朱子→「周易本義」　荀爽…㉒295　鄭玄…②316, ㉔242, ㉕34, 336, 339（繫辞伝…㉔241, 243, 245）　程子…㉓292
「易」（テクスト）…㉕34, 332, ㉗266
王弼韓康伯注本…㉕34, 36　朱子本義本…⑯354
藤原惺窩点本…㉗128
「易」（篇名・項目）
八卦　坎…②299, ㉕29　乾…②11, 299, ㉕29　坤…②11, 299, ㉕29　艮…②299, ㉕29　震・巽・兑…②299, ㉕29　離…②299, ㉕29
六十四卦　頤…㉕31, 32（卦辞象伝…㉕31）　家人・象辞…⑯108, ㉖451　革…⑰554　観・彖伝…㉓399, 449, ㉗153　帰妹…㉕448, 456, 474（象伝…㉕474）　乾…⑭490, ⑮301, 311, ⑱524, ㉑154, ㉔238, ㉕29（卦辞爻辞…㉑154　文言伝…㉓335, ㉖451）　謙…⑰586　恒・象辞…⑥320　困・爻辞…⑤66　坤…⑭490, ⑱524, ⑲426, ㉔238（文言伝…㉓285）　大過…⑤66　大畜…②299, 301, ⑳110（卦辞…②299　爻辞…②300　象伝…①178, ②301, 345　彖伝…②301）　泰…㉕29（卦辞…㉕29　爻辞…㉕30　象伝…㉓374）　中孚…⑲394　鼎…⑫321　天地否…⑭490, 491→否　屯…⑭490　遯…⑦304, ⑮582　剝…㉑154（卦辞…㉑154　爻辞…㉑154, 155）　否…㉕29→天地否　賁・爻辞象伝…⑯217　復…②103（卦辞…②103, 104　爻辞…②104　彖伝…㉓398, 399）　蒙…⑭490, ㉕31, 32（卦辞…㉕31）　豫…⑰586　履…㉕448, 456, 474（象伝…㉕474）
十翼…②301, ③9, ⑤122, ⑰554, ㉓85, 89, 338, 349, 399, 476, ㉕32, 33
繫辞伝…②11, 44, 134, 301, 490, ③493, 504, ⑦300, 520, 525, ⑫256, ⑮515, ⑯381, ⑰171, 368, 554, 586, ⑲46, ⑳406, 474, ㉑155, 156, ㉓26, 336, 344, 347, 386, 392, ㉔238-240, 245, ㉕28, 33-36, 39, 40, 45, 46, 52, 184　雑卦伝…②301, ㉓349　序卦伝…②301, ⑦519, ㉓349　象伝…①178, ②301, ㉑155, ㉕31, 32, 474　説卦伝…②301, ⑦525, ㉑155, ㉕35
彖伝…②301, ㉑155, ㉓399, ㉕31　文言伝…②301, ③504, ⑯108, ㉓285, 335, ㉖451
「易」（本田済）…①271
易緯…⑰556（注・鄭玄…⑦520）
「易漢学」…⑯118, ㉒295, 297
易書詩礼楽春秋…⑤122, ⑥103, ⑰554, ⑲54, 56, ㉓80, 284, 349, 390, ㉔244→六経→六芸
易書詩礼春秋→五経
易象…⑦253
易姓革命…②297
「易疏」…㉗65→「周易正義」「周易疏」
「易通卦験」…⑥33
奕訢→恭親王奕訢
益…⑪404, 405
益（人名）…⑩469, 471
益延寿館…⑥146, 415
益師…㉓106
益州…⑦463, 477, ⑬245
益州刺史…⑦53
益都…⑭117, 137
益都路（元）…⑮346, 347
掖垣…㉖84
駅樹…㉒86
曰…㉕80, 81
曰若稽古…②250, 258, ⑦275
粤…㉕328
粤海関監督…㉕398
粤東…⑯240, 248
越（国名・春秋）…⑤94
越（南方の蛮）…①467, ⑦220
～の巫…⑥146
越王元常…㉑167
越王勾践・鳩浅…⑭404, ㉑167→勾践
越王の二女（漢鏡図像）…⑥394
越吟…㉖438
越郡（漢）…㉔194
越賈…⑬12

「越絶書」張宗祥校定本…㉑167
越中富山の薬売り…①357
越調（雑劇の音階）…⑭20, ⑮74
『越調闘鵪鶉』「酷寒亭」…⑮74 「単鞭奪槊」…⑭49 「柳毅伝書」…⑭221 「老生児」…⑭235
越南→ヴェトナム
越南人と漢文…②76
　越南の漢文家の文体…②74
越発・越法…㉖407
説…②76, 114, ⑤304, ⑳11
『謁金門』 陳子高…⑬376, 524
「謁槊崔護」諸宮調…⑭208, 575
榎本中衛（なかえ）…⑯206-211
榎氏（東洋文庫）…⑳359
円…②286
「円覚経」…㉒112
円丘…⑪400
円爾（えんじ）…⑱511
円地文子 「ある江戸っ子の話」…㉗350 「愛情の系譜」…㉗351（藍子…㉗351）「円地文子全集」…㉗351 「彩霧」「紙魚のゆめ」「なまみこ物語」「谷中清水町」…㉗350 訳「源氏物語」…㉔14, ㉗350
円頓寺…㉗32
円仁→慈覚大師円仁
円封…⑬181
円明園…⑯225, 226
円融天皇…②587
奄忽…②192, ⑥307, 325, 327
奄蔡…⑥131, 132
宛…⑥313, 314→南陽
宛丘…⑬108, 109, ⑭111-115→陳州
宛転蛾眉…⑪248
宛馬…①494
宛洛の少年…⑥314
延安…⑫196, 204, 333, 569, ㉖49, 51, 56, 66
　～との関わり エドガア・スノウ…⑫196, ㉖66 抗日軍政大学…㉒458 鍾楓…㉒445, 487 新華書店…㉖475 武帝（漢）…⑥144 毛沢東…①569, ②519, ⑫535
延安府…⑬334, 378
延英舎…㉒377, 379, 390, ㉓635, 638
延喜天皇…㉗149→醍醐天皇
延州…⑬334
延秋門…①177, ⑫174, 365, ㉒24
延津の戦い…⑦37, 38, ⑬288
延篤…⑥405 注「左伝」…⑥403
延平…⑭188
延陵（日本・延岡）…㉓416
延陵の季子…⑥260, 263, ⑦321→季札
炎帝の娘…⑦437, ⑮435
炎方…⑫279
炎劉…㉔174
兗州府駅（津浦鉄路）…㉒462
弇山園…⑮522, 524, ㉓370
怨…⑮71
「怨曠思惟歌」…⑮212
怨毒…⑦215, 219, 224, 238
怨誹…㉖444
衍聖公…②425, 426, ⑭117, ㉓270, 271
爰…⑱454
苑…㉒278, ㉖92
冤有る者…㉕456, 474, 475
剡子…⑦551
宴…⑪240, 241
宴慰…㉒87, ㉕482
捐生…㉗8, 10
捐納の人員…㉓221
烟花…⑮54, 159
烟芽…⑭576
胭脂…⑬60
袁凱・景文・白燕…②553 「白燕」…⑮469
袁桷・伯長・清容居士…⑭84, ⑮245, 453
　～と郭郁…⑭105
　～の周密評…⑮427
　～の著述 「英廟御書開経偈賛」…⑮242 「徽宗扇面」「皇姑魯国大長公主図画奉教題」…⑮260 「詩友淵源録」…⑮427 「舟中雑詠」…⑮448, 454 「上京雑詠」…⑮449 「仁廟御書除官賛」…⑮240 「清容居士集」…⑭93, 104, 105, ⑮239, 242, 260, 427 「大易通義」序…⑭104, 369 「列朝大夫…白公神道碑銘」…⑭93, 97, 100, 101, 103 「定武蘭亭」…⑮260 「有元故贈大夫…郭公神道碑」…⑭105 「魯国大長公主図画記」…⑮260
　～の北京宮廷への出仕…⑭159, ⑮448
袁祈年・田祖…⑯69, 70
袁鈞「鄭氏佚書」…㉓101, ㉕226
袁褧（けい）・謝湖…㉒300
　「楓窓小牘」…⑬523
袁宏…⑰284
　詠史詩…⑥263 「後漢紀」…②161, ⑦96
袁宏道・中郎・石公…⑮534, 636, ⑯102, ⑰79, 355, 356, ㉓301
　～と李卓吾…⑯98, 99
　～の古文辞批判…⑮526, 534, 537, ⑯56, ㉓322, 323, 343
　～の死…⑮537
　～の詩と深草の元政…⑮538, ㉓322
　～の著述 「袁中郎集」…⑮538 「漸漸の詩」…⑮535, 559 「二月十一日，崇国寺に月を踏む」…⑮534 都北隅の寺に遊ぶ七律…⑮536 「瓶史」…①137, ⑮538, ㉓322
　～への荻生徂徠の評価…㉓353, 440
「袁宏道」（入矢義高）…①137
袁克家…①627

袁采「袁氏世範」…⑬567
袁犀…⑯303　「貝殻」「森林的寂寞」…⑯301（靳済光…⑯302）
袁山松「後漢書」…⑱466, ㉕380
袁氏兄弟（宗道・宏道・中道）…⑯98, 99, ㉖430, 454→公安三袁→三袁
袁思芸…⑫175, ㉒25
袁州…⑬523
袁淑「整情の賦」…⑦452
袁術・公路…⑦87, ⑱314
袁尚…⑦105
袁紹…⑦41, ⑬579, ㉒71
　～と同時代人　何進…⑦55, 56, 102　公孫瓚…⑦104　孔融…⑦94, 95　鄭玄…㉒71, ㉔242　曹操…⑦7, 10, 28, 37, 38, 40, 41, 55, 56, 78, 79, 87, 95, 96, 103-105　董卓…⑦104　秘書（陳琳）…⑦40, 56, 104-108
　～の家系…⑦57
　　いとこ袁遺・伯業…⑦77, 78
　～の宦者虐殺…⑦56, 103
　～の本拠地の陥落…⑦96, 105
　～の息子袁熙の妻…⑦96, 132
　～の滅亡…⑦40, 56, 105
袁枢「通鑑紀事本末」…⑬588, 625
袁世凱・慰亭・項城…①572, ②472, ⑰613, ㉒315, ㉖469
袁静　共著「抗日自衛隊」…①621
袁宗道・伯修…⑯70, 102, 103
　～の書斎（白蘇斎）…⑮534
袁太道…⑭566
袁袠（ちつ）胥台…㉒300
袁中道・小修…⑮534, 536, ⑯54, 69, 102
　～と銭謙益・李卓吾…⑯98, 99
　～の著述　「詠懐」…⑮537, ㉑56　日記…①169「游居録」…⑮268
袁忠徹「皇明文衡」紀瀛国公事実…⑮288
袁著…⑦52
袁廷檮（ていとう）・綬階・又愷・漁隠小圃…②554, ⑯237, 240, 242, 243, 245, ㉒300
　～と道蔵…㉒294, 300, 302
　～の交遊　顧広圻・黄丕烈…㉒302　銭大昕…㉒300, 301
　～の書斎の号…㉒300, 302
　～の蔵書…㉒300（散佚…㉒302, 303）
　～の著述　「漁隠小圃文飲記」…⑯237, 238, 240
袁天綱…⑭491
袁枚・随園…①48, 76, ⑲414, ㉓520, ㉔150, ㉖449
　～との関わり　オルタイ…㉓193, 194　裘曰修・史貽直…㉓193　鄒泰和…㉓192, 193　趙翼…㉓196
　～と性霊派…①52, ㉓195
　～と清書…㉓189-194, 196
　～の著述　裘曰修を送る七古…㉓193　「散館紀恩」…㉓194　「小倉山房文集」…㉓193, 194　「随園三十八種」…㉓192　「随園詩話」…㉓192, 195, ㉔230, ㉗301　「随園食単」…㉓195　知県の任に赴く際の七律…㉓194　白雲寺を詠じた作…㉓192　「武英殿大学士大博鄂文端公行略」…㉓194　「文淵閣大学士史文靖公神道碑」…㉓193
　～の住居　小倉山房・随園…㉓195
　～の評伝（Arthur Waley）…⑲415, ㉓192
　～の墓誌銘…㉓190
袁彬…⑬290
袁励準…①141, ⑯267
偃王（徐）…②259, ⑦97
「偃城県史」…⑰595
「寃家債主」雑劇・「崔府君断～」…⑭46, 217
掩映…⑭312
掩心…㉖384
掩冉…⑬126
「淵鑑類函」…㉑11（楽部琵琶…⑮224）
焉…②88, 89, 97, 123, 175, ⑤306, 307, 311, 326, ㉕264, ㉗248
焉耳矣…②109
掾…⑭112, 113, ㉒86, ㉗133
掾史…⑭162, ⑮456
腌臢…⑭313
「郾城県志」…⑰595
園林…㉒278
「煙画東堂小品」…⑬500, 504
煙塵…⑳353
「煙中怨」…⑭81
煙氛…⑫252, 253
猿之助一座…②593
鋋…㉒40
遠悪の軍州…⑮140
遠州高園（日本）…㉓125
遠東…⑰489
遠東学会…⑯437, ㉗386→極東学会→Far Eastern Association
遠道…⑥291
遠藤（並木）弘子…㉗360
遠藤元男「日本女性の生活と文化」…⑯583
遠藤嘉基（よしもと）…⑲383, 384, ㉔46, 67
遠藤隆吉…㉖507
鉛印本…㉔311
塩山の向嶽寺（甲斐）…㉓412
塩州…⑦546
塩商…⑪308
塩商の家（明）…㉔278
塩鉄尚書…⑪309
「塩鉄論」…⑭551, ⑮166, ⑰559
　毀学…⑮165　未通…⑥274
塩梅…⑨482, ㉓228
塩冶高貞…㉓420

厭…⑤242
厭冠…⑳301
厭世…㉓583
演楽胡同（北京）…⑯642, 643, 649, 650, ㉒377, 473, ㉓634, 635, ㉗289
「演義三国志」…⑦185, ㉗348→「三国演義」
演芸　（中国・近世）…①154, ⑭15
「演芸画報」…⑳244
演劇（中国）…①44, ②356, 519, ⑭528, ㉖485→支那劇
　～の歌劇としての性質…⑮171
　～の近世の特徴…①154, ⑭15, 62, 90
　元…①42, ②356, 528, ⑮169, ㉖485
　　演劇の結実…②356, 528, ⑬603, ⑯536, ㉒119　演劇の流行…⑭143　元時代の歌劇…⑭6, 373　元初以来の雑劇作者と作品…⑭33　元初の句欄のもよう…⑭55, 119　元初の雑劇…⑮453　三国史に取材した芝居…⑦9　元末の戯文…⑭32, 58　元末宮廷と演劇…⑭69　元末の詩文集の演劇や俳優に関する文章…⑭84　元末社会と演劇…⑭84, 185, 268　元末社会の伝統尊重と雑劇の伝統固定…⑭270　雑劇脚本の白話文…②195　雑劇作者と俳優の関係・雑劇テクスト…⑭231　雑劇と能楽…⑭17　定場詩の歌い方…⑭391　日本語訳（池田大伍）…㉗278→戯曲（元）→元劇→雑劇（元曲）
　～の最古の脚本…⑭7, 8, 379
　～の最高のもの…⑭13, ⑮169
　～の白と口語性…⑭285
　　京劇…㉖485　雑劇・伝奇…⑭285
　～の発生…⑭7, 75
　　最初のいとなみ…⑭256　成立…⑭8
　～の文学…⑭89
　　北楽府…⑭554　蒙古の天子の嗜好…⑭62
「演劇百科大辞典」…㉗284
演劇無名会…㉗283, 285
「演孔図」…⑥376
演奏の芸術…②505, 506, 529, 531, 532, 534-536
蜿蜒…⑭465
鄢の戦い…②83, 85, 89, 105, 305, ㉑157, ㉓106
鄢郢…⑯189
鄢陵の戦い…③525, 526, ㉑34, 161
「縁縁堂随筆」…②594, ⑯441, ⑰518, 519
　阿慶（アチン）…⑯465　元草…452-455　大漢…⑯465　鄭徳菱…⑯458-460　林先生…⑯477-483　豊華瞻（瞻瞻）…⑯442, 460, 462, 522-526, 528, 529　豊陳宝（アポ・阿宝・宝姉さん）…⑯442, 460-462, 522-524, 528, 529　豊寧馨（軟軟）…⑯442, 463, 523, 524, 528　李叔同（弘一法師）…⑯442
縁情の靡…⑫454
縁辺…⑫463-465, 573
燕…②155, ⑯176, ⑳391, ㉓262→燕京
燕（国名・国号）　安禄山の国号…⑫241　「周礼」考工記…㉕328　春秋…⑥405　戦国…①281, ②110, 549, ⑥71, ⑫685, ㉗318
燕雲十六州…⑬3, 599
燕楽…⑭82
燕許大手筆…⑪17
燕京（金）（中都…⑭57）
　～の楽声…⑭57
　～の宮範を詠じた詩…㉒107
燕京（元）…⑮220, 293, 294, 402（燕城…⑭101　大都→その項）
　～の楽籍の名家…⑭101
　～の教楽行への課税（フトフ）…⑮222
　～の口喧嘩…⑮56, 57
　～の田氏「千字文」献上…⑮280
燕京（清）…㉓270, 271, 273（燕…⑯176, ㉓262　燕塞…⑮418　燕市…㉖462）
燕京（民国）…⑯142, 566（燕…⑳391　燕都…㉓618）
「燕京学報」…①617, 627, ⑭87, 356, ⑮18, ㉗385
燕京大学…⑭92, 146, ⑮18, ⑯611, ⑲325, ㉒393, 394, 403, 414, 474, ㉕471, ㉗385
　～刊「杜詩引得」→その項　～引得編纂処…⑲326
「燕青博魚」雑劇・「同楽院～」…⑭42, 101, 117, 203, 217, 336, 343, ㉖371
　～の燕青…⑳93　燕大…⑭336
　～の『油葫蘆』…⑭336, 343
燕斉の方士…⑥139, 146
「燕石十種」…⑳244
燕趙（国名・戦国）…⑬579
燕趙の佳人…⑥319, 322　奇士…⑥164
燕趙女…⑮516
燕鉄木児→エンテムル
「燕鉄木児世家」…⑮254
「燕鉄木児伝」…⑮276
燕南芝庵「唱論」…⑭64
閹人…⑫315
閹党…⑯100
閻禹錫（うしゃく）…⑮629
閻詠…⑦406　「左汾近稿」…⑫26
閻簡弼「香奩集与韓偓」…①617
閻錫山…㉒395
閻若璩・百詩・徴君…②602, ⑯232, 248
　～と伊藤仁斎…㉓46, 78, 79, 475
　～と清初の学術…②481, ⑯13, 61
　　王夫之…②481, ⑯13, 61　顧炎武…⑯13, 121　黄宗羲…⑯13, 121, 125, ㉓79　銭謙益…⑬271, ⑯13, 59, 120-122, 125　「日知録」…②553
　～と杜詩　「潜邱箚記」…㉕489　「読書堂杜詩注解」序…㉒90
　～と雍正帝…㉓165, 166
　～の家系　祖父世科・父修齢…⑯121

～の学風…㉓165, 166
座右銘…⑳346 「尚書」偽篇の考証…⑧25, ⑨481, ⑯91, ㉓46, 78, 79, 165, 467, 475, ㉔285
～の死・年譜…㉓166
～の著述 「古文尚書疏証」…⑯91, 121, 236 「四書釈地」…⑯121 「潜丘箚記」…㉕489（南雷黄氏哀辞…⑯121 戴唐器に与うる書…⑯121, 125）
閻仲章・仲璋・志璉・山泉道人…⑭101
閻朝隠…⑪20, 37
閻珍・載之…⑭77
閻復・子静・静軒…⑭75, 103, 130, 185
閻魔大王…⑮123, ⑯372
閻魔の庁…⑬366
閻羅…⑮123
閻立本「歴代帝后像」…②530
閼氏…㉕387
鴛鴦…①356
鴛鴦瓦…⑪256
鴛鴦湖…①443
『鴛鴦煞』…⑮161 「梧桐雨」…⑮216 「酷寒亭」…⑮159, 161
鴛鴦灘…⑭98
「鴛鴦被」雑劇・「玉清庵錯送～」…⑭42, 217, 415
鴛鴦宝鏡…⑬491, 493, 496, 498, 499
轅駒…①505
轅固生…⑥53, 54, ⑦471
簷馬児…⑭487
艶…①618, ⑥344
艶詩…①482, 630
艶体の詩…⑮541
艶段…①618
灩澦堆…⑪120, 122, ㉕438
AA 諸国の文学…⑯539
F総長（談所謂「大内檔案」）…㉖467
M教授（北京大学）…①490, 491, ⑲203
NHK…①149, ⑳450, 471, ㉑32, ㉖96, 135, ㉗354
～の解説者…㉕415
～の番組 「えり子とともに」…⑳125 FM放送古典講座…㉑188 貝塚茂樹の発言…㉗297 「勝海舟」…㉓523 銀河テレビ小説「風のなかの女」…㉔222 「今週の明星」…⑳125 大学講座「杜甫詩抄」テキスト…㉖5, ㉗424 テレビ教養番組「儒学と国学」…㉔237 文化講座…①57, ⑳471 「陽気な喫茶店」…⑳125
NHK 交響楽団（N響）…㉔209, 215

お

オイラート族…⑮476
オースティン（J.）…㉓520
オーストラリア…㉔197
オーストリア…①559, ⑰266, 279, ⑲376, 426, ㉔171
～独・露・和蘭四国公使（洪鈞）…②442, 443
～ほか八国の連合軍…①177
オー・ヘンリー「紐育物語」…⑯583
オールド・ゴールド…⑲273
ををしさ…㉗213, 217, 218, 220
おかし…㉗85, 88
お菊（皿屋敷）…⑲71
オクソスの川…⑥93
オゴタイ（窩闊台）…①308, ⑬173, 602, ⑮220, 222, 374, 392, 401, ㉒99→太宗（元）
～と耶律楚材…⑮399, 400, ㉒115
オスィポフ…㉕107
「お茶の水女子大学人文科学紀要」…①633
オックスフォード…⑲405, 413, 418, 426
「オックスフォード」（辞書）…⑳60
オックスフォード英語…⑱354
オックスフォード大学…⑳265, 283, ㉒338
おでんや商売の注意…⑳434
オナン河…⑬602
おやさとやかた…⑰599
オランダ…⑰266, 279, ⑲197, 351, 354, 397, 426, ㉔171
～駐在日本大使館…⑲351
～と江戸期の学者 新井白石…㉓484 荻生徂徠…㉓286, 306, 484, 486 本居宣長…㉓486
～ドイツ・ロシア・オーストリア四国公使（洪鈞）…②442, 443
～渡来の酒…㉓486
～における英語…⑲194
～の自動車の運転手と外国語…⑲196, 351, 355
～の書店…⑲196, 355
～の東方研究者…⑲412
～の道路…⑲353, 359
オランダ語 通事…㉓484 書物…⑲196, 354, 355
～と日本人 佐久間象山…①562 本居宣長…⑱392, ⑲197
オランダ人…㉔138
～と中国…⑲229
～の台湾からの追放（鄭成功）…⑯614
オリエンタリスト…③534, ⑥90
オリエントの詩…⑳43
オリノコ河…㉔148, 149
オリノコ地帯…㉔136
オリンピック…⑲340, 410, ⑳463, 464, 485, 500
オルタイ（鄂爾泰）…㉓193, 194
オルドス…⑥85, 91, ⑪33, ⑫241, ㉖48
オレゴン州…⑲6, 267
オレゴン州政府…⑲269
オレゴン大学…⑲267
オロシヤ…⑱437, ㉗194→ロシア
オロス（俄羅斯）…①177, 515→ロシア
大給氏…㉓437→荻生氏
大仏次郎…㉔21 「帰郷」…⑲445 「天皇の世紀」

…㉔20
大仏次郎賞…㉔20, 21, ㉗352
小笠懸…②166
小笠原某（小倉藩家老）…㉓414
小川修…⑲235
小川貫道「漢学者伝記及著述集覧」…㉗166
小川茂樹…⑭601, ⑯642, ⑳291, ㉒374→貝塚茂樹
小川昭一「唐の叙事詩」…①620 「南北朝の民歌」…①623
小川琢治・如舟…②510, ⑰262, 293, ㉗297
～所蔵作品 「禹跡図」…⑧354 郭忠恕「輞川図」…②513 沈石田の蟹…②510
～と狩野直喜…⑰243, 265, 275, 278, 296, ㉓597, ㉗297
～の子 小川環樹・貝塚茂樹・湯川秀樹→各項
～の敦煌文書調査…⑰243 「支那歴史地理研究」…⑧354
小川環樹…①611, ⑰293, 310, 598, ㉒349, ㉔243, ㉗345
～と上野奨学資金…㉒332
～と「京都大学文学部五十周年記念論集」編集…㉔48
～と古文辞…⑮557
～と小説 「三国演義」と関索…㉖402 「水滸伝」（胥吏による著作の説…①625, ⑮362, ㉖385 「水滸伝」の成長・堆積への予想…㉖380 直娘賊の語・南方方言の散見…㉖380, 381）
～と「尚書正義」会読…⑧17, 351, ⑨181, ㉑670
～と宋詩…⑬630
宋詩と道教の関係…⑬188 自然の擬人化…⑬49
～と「中国古典選」…①266, 271
～と「中国詩人選集」…①139, 140, ㉕11
「蘇軾」→その項 「杜甫」上冊跋…⑫698 「唐詩概説」…①133, ⑬8, ⑮364, ㉑38 「白居易」上冊跋…⑪431 「李白」校閲…①523, 524, ⑪185
～と「中国文学報」…⑥427
～（兄弟）と「有朋堂文庫」…㉒343
～における「国風」「十九首」の自然観…⑥268
～の語彙・詩句に関する見解 安得猛士兮守四方…⑥39 是物と底物…⑦508 浮雲蔽白日…⑥276, 277 流例…②220
～の助字に関する見解…⑭371
～の宋以後の詩への見解・中国文学史五区分説・中国文学の源流への見解…①609
～の著述 「風と雲—感傷文学の起原—」…①614, ⑥39, 268, 276 「三国演義に於ける仏教と道教」…①621 「三国志演義のもとづいた歴史書について」…①625 「人文科学を学ぶために・中国文学」…①619 「水滸伝の作者について」…①625 「世界大百科事典・中国文学の項」…①605, 606, 609
共著・共編・共訳 「漢文入門」…②90 「近世文学史論」口語訳…㉓587 「蘇詩佚注」…⑬287, ㉕493 「唐詩選」…㉒7 「毛詩抄」校訂…①11, ⑩461
翻訳 「呉船録」…①612, ⑬163 「三国志」…①414, 417, 634, ⑦8
小川彦九郎…⑰135
小川平四郎…㉒478, ㉖491
小倉弘毅…⑦286, ⑧17, 351, 352, ⑩85, ㉑670
小倉正恒・簡斎…⑱512
小栗英一…⑳42, ㉕482 「元好問」→その項
小古曽（四日市）…⑰322
小山内薫…㉗278
小笹喜三 吉川と共に中国語学習…⑯636, ⑳104, 252, 256, ㉒318, 319, 340
小沢某「老子是正」…㉓493
小沢正夫「六朝時代句題詩の成立」…①622 「六朝における詠物と題詠」…①633
小塩力（つとむ）…⑱514, 515
小島祐馬（すけま）・抱甕…③554, ⑬320, ⑯206, 653, ㉔66, ㉗306
～と延英舎…㉓635
～と狩野直喜…⑰239, 240, 322, ㉒352, 353 「中国哲学史」ノート…⑰264
～と漢籍 「困学紀聞」…㉕323 所蔵旧鈔単疏本「毛詩正義」…⑩450 敦煌本撮影「毛詩正義」…⑩457, 598
～と「京都帝国大学文学部景印旧鈔本」…⑯278
～と公羊学…⑯635
～と黄宗羲・章炳麟・廖平…㉒360
～と雑誌発行 「冊府」…㉓626 「支那学」…⑭598, ⑰319, 322, 323, 335, 381, ⑳255, ㉑192, ㉒315, 316, 346, 353, 360, ㉓612, 617, 623, 626, ㉗270
～と鄭玄「易」注…㉔241-243
～と大学の自治…⑱477
～と文学革命…㉒316
～とマルキシズム…⑯635, ㉒316, 336, 351, ㉗271
～の学問のあり方についての主張…①708
～の漢文直読論反対…㉒347, 351
～の交遊 青木正児…⑭598, ⑰322, 324, 335, 381, ⑳255, ㉑192, ㉒315, 316, 346, 353, ㉓612, 617, 623, 626, ㉗270 貝塚茂樹…⑰323, 325 河上肇…⑰324, 325, ⑱312, 313, ㉗271（河上「自叙伝」跋…⑰325 河上の読書…⑳213） 桑原武夫…⑰322, 323, 325 内藤虎次郎…⑰322, ⑳288, ㉒353, ㉓580-582 本田成之…⑭598, ⑰322, 335, 381, ⑳255, ㉒315, 316, 346, 353, ㉓612, 617, 626, ㉗270 安田次郎…⑰360, 361
～の高知隠棲…⑰321, 322, ⑱313
～の三高における指導…㉒351, ㉔43, 246
～の死…⑰322（一周忌…⑱432）
～の「銭謙益と清朝経学」への讃辞…⑯656

～の著述　「『易』に現われた階級思想」…㉔240, 245　「公羊家の三科九旨説に就いて」…⑰323, ㉓612　「古代支那研究」→その項　「章炳麟の非黄を読む」…㉒360　「政論雑筆」…㉔43　「中国の社会思想」…㉔240, 245　「燉煌遺書所見録」…⑩457, 458
～の留学　中国…㉒332, 335　フランス…㉒335, 336
～の論文の書き方…⑳415
小瀬復庵…㉓146
小関魯庵…⑱61
小田嶽夫　訳・茅盾「大過渡期」…⑰410　共訳・林語堂「北京好日」…⑰411　「魯迅伝」…①634, ⑰409
小田原…⑲70
小田原城…㉔163
小竹文夫「阿Q的性格」…①634
小樽商大「人文研究」…①622, 634-635
小津家（松阪）…㉒279
小野和子…⑳360, ㉓203, 222　「東林派とその政治思想」…⑯20　訳・梁啓超「清代学術概論」…㉓474-475
小野勝年…②587, ⑰500, 507, 530, ㉓556
小野湖山…⑰389
小野忍　共訳「金瓶梅」…①47, 612, ㉖382, 385　訳・趙樹理「登記」…①635
小野信爾…㉒492
小野竹喬…⑳237
小野妹子・因高（いもこ）…⑰162
小野小町…⑰620, ⑱55, ⑳223, ㉑106, 125, 217, ㉔282, ㉖195, 199
夢の歌…⑱17, 20, 22, 25, 28
夢の歌と中国の詩…⑱20-25
小野篁（野篁）…㉓133, 418
小野道風…②501, ㉒13, ㉔290, ㉗149, 150
小野蘭山　和訓「毛詩名物図説」…③43, ⑦31
小畑氏　英訳・李白詩（馮友蘭協力）…㉒495
小畠啓邦　サリンジャー推薦…⑲432
小尾郊一…⑭378, ⑮11, ㉕375, 376, 382
「制度通」校訂…⑰167, ㉓556　「中国文学に現れた自然と自然観」…㉕383　「文選」…㉑250, 251, 253, ㉕389
「小尾郊一博士退休記念中国文学論集」…㉕385, ㉗10
小柳司気太（しげた）「sssss曲園の哲学」…①380
汚隆…㉓331
尾坂徳司　訳「金瓶梅」…①612　共訳「丁玲作品集」…①635
尾崎士郎…⑱546
尾崎（清水）雄二郎…③504, ④643, ⑪188, ⑳659, ㉒302, 384, ㉕281
～解説　「詩経国風・書経」…⑧507　「中国の知恵」…⑤319, 325
～書評　「魯迅選集」…㉒322
～と中国古典選「論語」…④12, 16, 642, 735, 736
～の「説文」川部・侃の説解の指摘…㉕221, 222, 224
～の「日本書紀」の“字”の訓の指摘…㉗94
～訳・吉川「私の好きな中国の詩人」…①152
尾上菊五郎…①329, ⑳129
尾上梅幸・尾上松助…㉔269
尾張…⑱501, 547, ㉓260, ㉗84
尾張藩…⑰175, 176, ㉓486, ㉕283
「尾張名所図絵」…㉓517
於…②83
於邑…⑮497
於陵子の妻…⑦397
洿池…②113, 114
魚返（おがえり）善雄　「新訳西遊記」…⑥621　「日本文学と中国文学」…①626　訳・Jones「広東語の発音」…⑭480　辜鴻銘「支那人の精神」…⑯274　劉麟生「中国文学入門（中国文学ABC）」…①619　「遊仙窟」…①612　共訳・老舎「四世同堂」…①621, 626
御家流…㉓227
御輿員三（かずぞう）…⑯657, ㉑67　「イギリス文学―案内と文献」…㉔77
越智勇一…㉗440
緒方元真の宴席…㉓37, 149
織田武雄…㉔48
織田・豊臣氏…⑲311, 407
織田信長…⑦379, ⑱459, ㉔150
織田万（よろず）・鶴陰…⑰266, 275, 278
京大構内の胸像…⑱313
老いと死への嘆き…③467
王…②118, ㉓284, ㉗87, 88
王安石・介甫・半山・荊公・文公…⑲225, ㉕421, 422
～を巡る不評・非難…⑬88, 91, 126, 257, 258, 518, 519, ㉓107, ㉕234, 428
王莽との比較による非難…⑬430, 431, ⑳454, ㉓137, 138
書物に取り上げたもの　「河南邵氏聞見前録」…⑬257, 518, 519　「香祖筆記」…⑬519　「石林燕語」…⑬519　「涑水記聞」…㉕253　「孫公談圃」…⑬519　帛勒の鷵刑…⑬443, 519　「泊宅編」…⑬519
小説「拗相公」の描写…⑬431-453, 518（王安石を謗る詩…⑬523　王安石と葉濤…⑬447, 452　新法への怨嗟…⑬433, 434, 437, 443, 444, 447, 448, 450, 453）
～王雱父子　金の孔子廟の従祀…㉒106　著書の不伝…㉕239　二程子の対立者…㉒112　「論語」解釈…㉕239, 240
～と金王朝…㉒110
～と古文…①75, 162, 243, ②177, ⑬9, ㉕234

～と後人　朱子…㉒108　中華人民共和国の評価…⑳454, ㉒457, ㉕234, 239, 414, 429, 430, ㉖473　張居正…⑮331　趙秉文…㉒114　陳善…㉕234, 235, 239　湯義仍…⑯107　楊万里…⑬164, 165　理宗（南宋）…⑬172　陸游…⑬159
～と先人　韓愈…⑬93-95　杜甫…⑪3, ⑫585, 721, ⑬46, 47, 94, 95, 124, 130, ㉒65, ㉕414, 421, 431（「四家詩選」における杜詩…⑬95, ㉕501　杜詩注…㉕494）　李商隠…⑪450, ⑬95, ⑳51　李白…⑬95
～と蘇軾…②177, ⑬17, 88, 99, 257, 598, ⑳455, ㉒116, ㉓128, 138
生没と進士及第の年…⑬99　政治的立場の相違…⑬102, 598, ⑳455, ㉓138, ㉕240, 428　「蘇子瞻酔写赤壁賦」の描写…⑭207, ㉒109　蘇軾追放…①424　蘇軾の詩への畳韻…⑬44, 101　蘇軾の新法嫌悪…⑬101, 245　対照的人柄…⑬102, 122　民衆的人気の差異…⑬126　両者相互の尊敬…⑬101
～と唐詩…⑪3, ⑬165
唐詩の抒情性への関心…⑬95, ⑮452
～と同時代人　育王の常坦…⑬306, 307　欧陽修…⑬74, 88, 91, 93-95, 99, 305, 432, 598　韓維…⑬85, 432　韓琦…⑬93, 432, 433, 519　参寥…⑬126, 127　司馬光…②401, ⑬87, 245, 257, 518, 519, 598, ⑳455-457, ㉓138, ㉕253, 428, 429　邵雍…⑬439, 519, ㉓137, 138　沈括…㉖474　神宗（北宋）→その項　蘇洵…⑬91, 258, 432, 441　蘇轍…⑬107　孫覚…⑬309　富弼…⑬93　李承之…⑬432, 441, 519　呂恵卿…⑬96, 101, 433, 447, 519
～と日本人　新井白石…㉓137, 138　荻生徂徠…㉓137　宮崎市定…㉕428
～と八股文…①311
～と仏教…㉕235
～における人耦…⑬216
～における旋風…⑬260
～に対する学界の評価…⑬88, 258, 518, 519, ⑳454, 456, ㉓107, 137, ㉕234, 428
王の学問に対する銭謙益の非難…⑯77（三不足の説…⑯78「周礼」に仮託した恣意的学説…⑯77「春秋」を断爛朝報としたこと…⑯78）
～の隠退…⑬96, 101, 434
隠退以後の新法党…⑬101, 102, 139, 588, ⑳455, 456, ㉕428　残党…①308, ㉓138, ㉕235　晩年の失意…⑬98
～の科挙改革…①307-310, 316, ⑬101, 518, ㉑10, ㉒116, ㉓128, 138, ㉕426
王安石派没落後の科挙…㉑11
～の鬼神否定…⑬262
～の鄞県知県…⑬306, 432, 441
～の潔癖…⑬95, 98, 102, 139, ⑳455
宴会拒否…⑬91, ⑳172
～の兼并排除…⑬89, ⑳454, ㉕426
～の子王雱の夙慧…㉗138
～の号の由来…⑬96
～の三不足の説…⑬433, 441, ⑯78
～の詞…⑬9
～の詩…⑬74, 98, ㉒495
山水詩…⑬96（自然の擬人化…⑬49）
詩の贈与…⑬76, 305, 306, 307, 311
社会的関心…⑬23, 24（政治批判…⑬213）
集句…⑬45　抒情性…⑬74, 95, 98, ⑮452, ⑳455（悲哀の抑制…⑬98, 137）
日常生活の描写…⑬17, 18, 21, ⑳172（農民生活の描写…⑬97）
遺された詩の総数…⑬9
作品「雨過偶書」…⑬96「歌元豊」…⑬97「韓氏」…⑬93「寄育王大覚禅師」…⑬306「戯贈育王虚白長老」…⑬307「強起」…⑬23「月晦夜有感」…⑬17「兼并」…⑬89, 93「黄菊有至性」…⑬90「次韻呉季野再見寄」…⑬89「書湖陰先生壁」…⑬49「省中」…⑬21「清明」…⑬97「送契丹使還次韻答浄因長老」…⑬306「歎息行」…⑬213「杜甫画像」…⑬94　鄧子儀に与えた七律…⑬92「破塚」…⑬260「梅花」…⑬98　梅堯臣への挽詩…⑬76「発廩」…⑬89, 93「春の日の春風…」…⑬330「半山即事」…⑬96「芳草」…⑬98「奉使道中寄育王山長老常坦」…⑬305, 306, 311「楊柳」…⑬97「旅思」…⑬94
～の詩人の立場…⑬88, ⑳51, 455, ㉓138, ㉕234
詩人の立場と学者の立場…②401, 409, ⑬8, 142
政治家の立場…①61, 80, ②401, 409, ⑬8, 88, 95, 203, 213, 598, ⑮365, 441, 606, ⑯34, ⑳51　哲学者の立場…⑬25, ⑮441
～の時代の宋の社会…㉕426
～の儒学…②401, ⑬25　経書注…⑬25, ㉕346　新法と「周礼」…⑬555, 598, ㉕345「春秋」批判…⑯78, ㉑160, ㉓107
～の周辺の詩人…⑬127
～の女婿…⑬139, ㉕428
～の焦燥と孤独…⑬92
～の進士及第…⑬88, 99, 583
～の新法と中国近世社会…⑬518
～の新法による改革…①307, ⑬74, 87, 93, 101, 229, 245, 257, 518, 598, ⑳454, 455, ㉕234, 426, 427　均輸法…⑬433, 444, ㉕427　差役法…⑳454　市易法…⑬433, ㉕345, 427　助役法…⑬444, 448　水利法…⑬433　青苗法…⑬309, 433, 434, 444, 447, ⑳454, ㉕345, 427　農田法…⑬433　保甲法…⑬433, 444, ㉕427　保馬法…⑬433, 444　方田法…⑬433　免役法…⑬433, 448, ㉕235　免行法…⑬433
～の仁宗末年の政治への不満…⑬24
～の生活と意見…⑳173, 454

～の生没…⑬99（死…⑬98, 102, ⑳456　生誕…⑬88　生没の日…②542）
～の著述…㉕234, 239, 346, 429
「王荆公集」宋版（北京図書館蔵）…㉒495, ㉕430, ㉖474　「王文公文集」…⑬307, ㉖473（宮内庁書院部蔵・金沢文庫旧蔵宋本…⑬305）　三経新義…⑦272, ㉕234, 235（「詩経新義」…㉕234　「周礼新義」…㉕234, 346　「書経新義」…㉕234）「四家詩選」…⑬95, ㉕501　「字説」…㉕234, 235　「張刑部詩序」…⑬93　「唐百家詩選」…⑪3, ⑬95　万言の書…⑬92, ⑮5　「伴送北朝人使詩序」…⑬306　李壁注本…⑬305-307　「臨川先生文集」…⑬88, 305-307, ㉕234（嘉靖刊本…⑬305　文革後の校訂復刻㉕…239）「老子解」…㉕234　「論語解」…㉕234, 239, 240
～の妻・呉国夫人…⑬434, 447, 451, 452
～の人間尊重…⑬96, 259
～の抜擢から北宋帝国の滅亡まで…⑳456
～の揚州僉判…⑬432
～の「李鄴侯家伝」愛読…⑫327
～の遼への奉使…⑬306
「王安石」（清水茂）…①135, ⑬49, 89, 93
王以道…⑭135
王倚…㉒66-68
王惟倹・損仲・京兆…⑯71, 95
王偉…㉒80
王維・摩詰・給事・右丞…②514, ⑫7, 294, ⑬279, ⑭76, 220㉖64
～的人格（豊子愷）…⑯441
～と安禄山の反乱→安禄山
～と音楽…⑪137
～と後人　荻生徂徠…㉓363, 367, 431　顧炎武…⑪187, ⑯125　銭謙益…⑫305　蘇軾…②525
～と自然…⑪138, 149, ⑬48
山水への愛…⑪137, 138　静寂美への愛…⑪142
遊山…⑪141
～と謝霊運…⑪137, 187, ⑯125
～と同時代人　阿倍仲麻呂…②586, ⑪131, ⑫720, ㉗18, 19（王維主宰の送別宴…㉗18, 19　生年の共通…㉗20　送別の詩…㉗18, 19, 21）　韋応物…⑪223, ⑲140　崔円…⑫416　薛據と共に科挙及第…⑪398　杜甫…⑫296, 303, 416, 720　裴迪…⑪143, ⑫304　孟浩然…⑪153, 552（王孟韋柳…⑪223　王孟と儲光羲…㉗20　王孟と杜甫…⑫279　王孟と李杜…㉖432　王孟の詩の注釈・近藤元粋…⑰392）　李杜…①74, ⑪147, 164　李杜高適岑参…⑫122
～と「唐詩品彙」…⑮474
～と仏教…⑪137, 138, 187, ⑫298
～における絵画…②526
王維の画…②513, 525, ⑳67　「袁安高臥図」…⑭221　「江山雪霽図巻」…②513　「伏生授経図」…②530　輞川の別荘の画…②513, ⑪137, ⑫298　山水画…⑪137　水墨画…②525, ⑬595
南宗画　の開祖…⑫298, ⑳67
～の兄弟思い…⑪152
弟・王縉…⑫274, 321
～の経歴…⑫296
官職…⑪137, ⑫303, 346, 546
～の号の由来…⑪137
～の死後五十年ごろの日本の漢詩…⑰71
～の使用字数…⑱420
～の詩…⑯619
ゴーチェによる翻訳…⑰489
作品　「華子岡」…⑪144　「過香積寺」…⑪140　「観猟」…⑪147, 150　「既蒙宥罪旋復拝官伏感聖恩」…㉒91　「九月九日憶山東兄弟」…⑪151　「崔濮陽兄季重前山興」…㉒90　「山居秋暝」…⑪139　「従斤竹澗越嶺渓行」…⑪187　「辛夷塢」…⑪146　「石壁精舎還湖中」…⑪187　「早朝大明宮」…㉒481, ㉓118　「送元二使安西」（陽関三畳）…⑪149-151, ⑭76　「送秘書晁監還日本国」…㉗18　「送別」…⑪148　「竹里館」…⑪144　「入山寄城中故人」…⑪137　「菩提寺禁裴廸来相者…」…⑫304, 305, 415-416　「孟城坳」…⑪142　「輞川別業」…⑪47　「臨高台」…⑫379　「鹿柴」…⑪144
詩画一致…⑳67
「送別」とマーラー・ベトゥゲ訳…㉔214
題材　自然詩…①129, ⑪136, 137, 149, 552, ⑬48, ⑰71（山水詩…⑪187　自然詩と人民性…⑪465）登高の詩…⑪152, ⑫356　輞川の別荘における詩…⑪138, 140, 143, ⑫296, 298　李亀年と王維の詩…⑪55, 56
注釈…㉑73　強い詩…⑪147, 149　点景人物…⑪140, 142, 146, 149　遺した詩の総数…⑬9
～の詩の語彙・詩句　雨…㉖159　空山・空林・空潭…⑦558　相…⑫379　長河落日円…㉓179　日色冷青松…⑪141, 142　白雲無尽時…㉔215　返景…⑳54　欲然…⑪47, ㉖18　落日…⑦558
～の時代　絵画の地位…②524, 525　中国詩の画期…①74, ㉗18　非宮廷的詩人の勢力…①74, ⑪14, ㉗18
～の全集…㉗18（和刻本…㉕280）
～の輞川荘…⑫295, 345, 346, ㉒90, 485
「王維」（都留春雄）…①131, ⑪164
「王維詩索引」…①630, ⑱420
王懿栄・廉生…⑯306
王逸　注「楚辞」…⑥273, 320, ⑬318, ㉑164
「九歌」「少司命」…⑥273　「九章」（「哀郢」…㉔267　「懐沙」…⑥310　「渉江」…⑥19, ㉔267　「悲回風」…⑥324）「九歎」…⑥320　「九弁」…⑥277　「七諫」「怨世」…⑥328　「離騒」…②545
～注における語彙・語句　惟庚寅吾以降…②545　逶移・逶蛇…⑥320　皇天…⑥19, ㉔267　軺軥…⑥328　悲莫悲兮生別離…⑥273　浮雲…⑥

277　芒芒…⑥324　杳杳…⑥310　楽莫楽兮新相知…⑥273
～の「荔枝の賦」における宛洛の少年…⑥314
～本「楚辞」…㉕161
王逸塘「逸塘詩存」…⑳420
王引之…⑯243, 244, 247, 260, 576, ⑰214, ㉗249
～と念孫→王念孫父子
～と「詩経」…③41
～による解釈　壱不…②53　不亦～乎…⑳12, 18, ㉗275　幽人…㉕448, 456, 475
～のあだ名・袖珍大人…⑯547
～の官職と故宅…⑯574
～の故里と後裔…⑯573
～の生誕…⑯574
～の「臧礼堂小伝」…⑯240
王隠…⑬574　「晋書」…⑦184, ⑬575
王禹偁・元之・黄州…⑬58, 222, ㉒110, ㉖433
「小畜集」…⑬59, 60　「村の行」…⑬59　「流亡に感ず」…⑬59, 218
王惲・仲謀・文定公…⑭80, 158, 573, ⑮428
～と教坊の技芸…⑭78, 80, 81　雑劇…⑭81, 82
～と胥吏…⑮359
～の官・翰林学士…⑭80
～の交遊　胡祇遹…⑭80　史九散僊…⑭108-110　史天沢…⑭95　曹錦秀…⑭81, 573　杜仁傑…⑭120, 134　馬寅…⑭124　白仁甫…⑭100　李治…⑭76, 568
～の詩文…⑮428
「楽籍曹氏の詩の引」…⑭81, 573　「楽籍の殷氏に醵金する疏」…⑭82　『浣渓沙』（朱簾繡に贈る）…⑭81　『喜遷鶯』（己丑の秋八月廿六日…）…⑭80　「九公子画像賛」…⑭108-110　「九万戸に贈る」「史九万戸を挽す」…⑭109　「紫渓嶺」…⑭134　『鷓鴣引』（楽籍の張恵英の為に賦す）…⑭80　（馭説高秀英に贈る）…⑭81, 573　（丁亥上巳の日，諸君と林氏の花圃に宴す…）…⑭80-81　「珠簾繡の序の後に題す」…⑭81　「秋澗先生大全文集」…⑭76, 95, 108, 109, 120, 124, 133, 135, 568, 573, ⑮428（四部叢刊本…⑭78）「春渓小猟行」…⑭110　『水竜吟』（郭宣徽善甫宴を開きて…）…⑭80　「泰和の名臣碑の後に題す」…⑭132　「忠武史公家伝」…⑭95, 109, 130　「杜止軒徴君を挽す」…⑭120　「度曲説」…⑭76, 568　「銅台阿丑石氏の疏」…⑭82　「碑陰先友記」…⑭124　『木蘭花慢』（河内の人焦其氏なる者…）…⑭80　「夢を紀す」…⑭82
～の生没…⑭80
王雲五…②222, ⑯416, ㉖418-419
王棫「燕翼貽謀録」…⑰558
王越…⑦77
王延寿「魯の霊光殿の賦」…②523, ⑥395, ㉑8
王弇州…⑮518, ⑯12, 55, 110, ㉓289, 321→王世貞
王衍・夷甫…②51, ⑦469, 484, 486, 503, ⑬589, ⑭439, ㉗137
王応麟・伯厚…⑥42, ⑯243
～と日本人　小島祐馬…㉕323　狩野直喜…②601, ⑰221, 251, 267, 279, 282, ㉕323　内藤虎次郎…②601, ㉕323
～の交遊　袁桷…⑮448　文天祥…⑮404
～の著述　「漢制考」…②247, ㉕339　「玉海」…⑰560, ㉗300　「困学紀聞」→その項　「詩考」…⑯250
王屋山…⑮498
王何…⑤72, 74
王過…㉒101, 102
王恢…⑥81-84
王闓運…⑦563, 594, ⑰307
王翯…⑭116, 369, ⑮301
王翰…⑪33, 37, ⑫78, ㉒56
王簡栖「頭陀寺の碑」…㉒11
王観復…㉗299-300
王岩叟『蝶恋花』「風を怨み」…⑬334
王気…㉓424
王圻「三才図会」…⑰560　「続文献通考」…⑰558
王沂「伊浜集」…⑮328
王沂孫…⑯146, 147, 152
王芑孫…①394
王季思　注「西廂記」雑劇…㉖418
王季烈…⑭37　編「孤本元明雑劇」→その項
王基…⑯244
王喜…①510
王琦　注・李賀と李白の詩…⑪447, ㉓575
王琪・君玉…㉕499
～版本「杜工部集」→杜詩（テクスト）
王禕…⑮439, 465, ⑰557
王驥徳…⑭365　「曲律」→その項
～における古の優人と今の戯子…⑭7
～の雑劇に関する説　「元曲選」批判…⑭36-38　雑劇作者の詩文の教養に関する説…⑭126　雑劇作者は歌辞のみを作ったとする説…⑭226, 227, 230-232　雑劇中の時代錯誤に関する説…⑭220　雑劇の使用言語に関する説…⑭280　雑劇の筋書きの模倣に関する説…⑭271　襯字に関する説…⑭318, 323
～編「古雑劇」顧曲斎刊本…⑭365→「顧曲斎元人雑劇選」
王羲之・逸少・右軍…②536, ㉑237→書聖→大王
～と後人　玄宗…⑳242　趙孟頫…⑮447　陳伯茂…⑫660　杜審言…⑫18　ナランシンド…㉓178　李煜…⑪457　李白…⑬579
～と書の芸術…①193, ②284, 285, 504, ㉑98, ㉕300　父子（羲之・献之）の書…②524, ㉗147
～と先人　左思…㉑240　鍾繇…㉒13, ㉗255, 256
～と蘭亭会・「蘭亭序」→各項
～の一族…㉗133

一族の地位…①192,⑫28,㉑244,246 一族の墓の発掘…㉑243 天師道信仰と息子（凝之）の死…⑦368,㉑248 墓誌の書体…㉑243 息子（献之）と盗賊…㉗147
～の会稽の別荘…㉑239
～の交遊 殷浩…㉑245 謝安…②494,⑦290,㉔234,235 謝万評（晋書）…⑥256-257
～の言葉 快雪時晴，佳想安善…⑱463 後之視今亦猶今之視昔…㉔56
～の自然の風景への敏感…①155,⑦591
～の時代 仏教…㉑247 絵画の地位…②524 暮春の月の祭り…㉑238
～の書…⑦289,377,⑫28,⑯615,⑲116,㉔235,㉗132 「楽毅論」…⑦289,㉑88,89,㉔235,236 「孔侍中帖」「喪乱帖」…㉑243 「東方先生像賛」…⑦289,⑪440,㉒322,㉔235
学習…⑯641,㉓344,㉕100 気品…㉑244 源流（衛夫人）…㉑82,89 蕭散簡遠…㉗256 伯琦模本の石刻…⑮285 臨書…②529,531（光明皇后・聖武天皇…㉑88）
～の政治的地位…㉑245,246
～の肉親知友の死への追悼…㉔234
王吉…⑫82
王九思…⑮503,511,529 「杜子美遊春（曲江池）」雑劇…⑮509,㉙94
王漁洋→王士禛
王恭…⑥325,⑦363,364,367,493,591,⑪210
王玉蓮…⑭385
王欽若…㉒304
王君九…⑳295
王荆公→王安石
「王荆公詩注」宋版（北京図書館蔵）…㉒495,㉕430,㉖474
「王荆公年譜」「王荆公年譜考略」…⑬306
王敬之…⑬311
王景弘…②155
王綮・王瓊…⑫666
王杰・文端公…②439,440
王結…①617,⑭70,367 「訓俗要義」…①319,⑭297 「善俗要義」（遊惰を戒む）…⑭57 「通制条格」→その項 「文忠集」…⑭57,297
父実甫…①617,⑭367
王傑…⑦545,547
王建…⑯151,㉒110
王倹…⑥351,⑯128 「王文憲集」…㉑253 「今書七志」…⑦149,⑯244 「褚淵の碑文」…㉕174
王献之・子敬…②51,⑯127,⑰502,㉗147→小王
王謙…⑦549
王元節・元朗…⑭148,299 「青塚」…⑭298
王元鼎…⑭71
王元宝…⑫61,80,548
王元亮…㉗596→「唐律疏義」
王玄翼…⑫62
王言…⑤10,㉕243
王彦泓（げんおう）・次回「疑雨集」「即事」…⑮541
王古魯 訳・青木正児「支那近世戯曲史」…⑰338 注「初刻拍案驚奇」…㉖401
王胡之…⑦478
王公…②461,㉕327,328
王公貴人の挽歌…①362
王弘…①297,⑦441-443,㉓28,㉕212
王孝慈旧蔵本元曲…⑭39-41,48
王鉷（こう）…⑫323
王鴻儒「筆語」…⑰560
王鏊（ごう）・震沢…⑮570,⑯124,㉑202
王克敏…⑰452
王国維・静安（庵）…⑭598,⑯280,322,585,⑰244,⑳286,㉑237,㉒401
～所蔵本「江氏音学十書」の景印…⑰592
～と清華大学…㉒399
～と日本人 青木正児…⑯280,⑰338,404 狩野直喜…①386,②601,⑯277,634,㉑237,㉒337,359,㉓605（狩野の経書研究への尊敬…㉖507 京都亡命への援助…⑭599,⑯277,281,⑰244,266,279,㉑237,㉒337,㉓605 雑劇研究の友人…⑯280,⑰238,㉓606,㉗280 敦煌文書共同研究…㉓604-605,㉕285） 富岡謙蔵…①386,⑯277 内藤虎次郎…①386,②601,⑯277,634,⑳286,㉑237,㉒337,㉓605（京都亡命への援助…狩野に同じ 敦煌文書共同研究…㉓605,㉕285）
日本の学者への知名度…㉒401
～と「毛詩正義」傅増湘所蔵本…⑩453
～と「蒙韃備録」考証…⑳22
～と羅振玉…⑯277,281,㉒360
～と李煜の詞…⑪462
～と「令義解・序」称賛…②172,㉑111
～の学問…⑳287,㉒420
演劇研究 院本研究…⑭201
雑劇研究…①386,⑭599,600,604,⑰238,338 「戯曲考源」…⑭7 「元刊雑劇三十種叙録」…⑭212 「元曲選」評価…⑭53 「古劇脚色考」における鮑老の説…㉖388 「小張屠焚児救母」の素材…⑭212 「楚昭王疎者下船」対校…⑭53 「宋元戯曲史」→その項 「優語録」…⑭7 「録鬼簿校注」…⑭86,101,120 「録曲余談」…⑭53,90,115,168
雑劇作者の研究…⑭85,90,91,138,145,146,150,151,163,164,168,170（商正叔…⑭120 趙天錫…⑭114,115）
諸宮調研究…⑭566
大曲研究・「唐宋大曲考」…⑭7
近世口語文学史研究…①386,⑯280
金末科挙の学の評価…⑭139
古代史学…③554,555,⑭598,600,604,⑯280（甲骨文字研究…①386,⑯281）

古典学…㉒360
漢魏以来の注釈への評価…③555-556（熹平石経…⑤328，⑥371「詩経」…③554，555「春秋公羊伝」…⑥371「書経」…③554，555）
敦煌文書研究…①386，㉓604，㉕285
～の京都亡命…①386，⑯277，634，⑰218，244，266，279，⑳286，㉒337，㉓605
百万遍の僑居…②602，⑭599，㉒338「十三経注疏」亡命中の熟読…②602「宋元戯曲史」の完成…⑭599　大正癸丑蘭亭会出席…㉑237　日本の学者との交流…①386
～の自殺…①387，⑭601，⑯280，281，⑳287，㉒399
狩野直喜の弔詩…⑰252　静安学社の追悼会…⑯280　袋中庵における法要…⑯281
～の出身地…⑯10，168
～の性格…①456（誠実…①386，③555）
～の蔵書の整理…⑳288
～の著述（演劇関係を除く）「海上にて日本の内藤博士を送る」…①386，⑳287（安期先生…⑳287）「観堂集林」→その項「癸丑の三月三日京都の蘭亭会の詩」…①386「紅葉を観る」…①386　校注「長春真人西遊記」…㉒299「富岡君撝を哭す」…①386「日本狩野博士の欧洲に遊ぶを送る」…①386，⑰218，221，244，282，⑳287，㉓607，608，㉗262「人間詞話」…①456，㉓177，179，㉖456
～の伝記…⑭599
～のナランシンド称賛…㉓177，179
「王国維年譜」…⑭599
王艮・心斎…⑯100，101
王瑳…⑫666
王宰…㉗18
王際真…⑲313，327
王察忽都→ワンチャフド
王山史…⑳269
王粲・仲宣…⑦91，92，102，109，⑫640，⑭444，453，⑯183
～との関係　応璩…⑦148　曹丕曹植兄弟…⑦127
～と魏文帝「正情の賦」…⑦452
～に対する態度　鍾嶸…⑦110　陳寿…⑦101
～の語彙・事項　人生実難…⑦600　登臨…⑫219
～の詩「詠史詩」…⑥263，⑦172　五言詩…⑦138，200「蔡子篤に贈る詩」…⑦600「雑詩」…②220，⑥327　士孫文始に贈る詩…⑥280「七哀」…⑦200「従軍行」…⑦144，200
～の賦…⑦120「寡婦の賦」…⑦116「閑邪の賦」…⑦452「登楼の賦」…⑫219，㉑9
「王粲登楼」雑劇・「酔思郷～」…⑭45，186，203，217，270
王瓚「雑詩」…⑥292
王士熙・継学…⑭75，184
王士禛・漁洋・士禛・阮亭・漁洋山人…①48，137，⑯153，545，㉑148，㉓243，㉔150
～朱彝尊…①442，②482，602，⑯144，151，167，639，⑰349，㉓242，243，259，⑳390→漁洋竹垞→南朱北王
～朱彝尊と銭謙益・呉偉業…⑯11，166→銭呉朱王
～と恵棟…㉒310
～と高郵…⑯574-576
～と「三国演義」…①207
～と「詩経」…㉑148
～と銭謙益…①76，⑮383，491，⑯12
～と日本人　狩野直喜…①443，⑯638，⑰253　鈴木虎雄…⑯638　高階暘谷…⑰108　内藤虎次郎・長尾雨山…⑯639
～における親試華清第二湯…㉒484
～に関する講義（吉川幸次郎）…⑯656
～に対する評価…⑯164
一代の正宗…⑯153，164，165，⑲154　一代の宗工…㉓241　王愛好…㉓242　時代の文学的尺度…①322　清初第一の詩人…㉑148，㉓242
～の官職　刑部尚書…②410，⑯153，㉑148，㉓242　揚州府推官…⑯154，575
～の結婚と陸嘉淑…⑯172
～の江西詩派考証…⑬142
～の査慎行第一詩集の序…⑯173，197，198
～の詩…⑯164，167，637-639，⑲154，⑳390
技巧・詩風　詩の音調…⑯163（故郷の音調…⑯160）神韻の説…①51，⑯164，㉓196，㉖449（翁方綱による祖述…㉓196）対句…⑯162　典故…⑯158，159　唯美的な詩…㉔175　用典の拙…⑯165
作品　今体詩…⑯163「蚕詞」…⑯637「秋柳詩」…⑯153-165，⑲153，⑳270，㉓241，242「真州絶句」…⑯638「秦郵雑詩」…⑯576「秦郵の曲」…⑯575「秦淮雑詩」…⑯185，637「早過天寧寺」…㉑56　妻におくる詩…⑲404　龐統を弔う詩…①207「茅山進香曲」…⑯638
～の「秋柳詩」と夏泉…⑳270
～の杜甫批判と関索の考証（池北偶談）…㉕478，㉖403
～の文章「菜根堂集序」…⑯153，154
～の編著書「倚声初集」…⑰349「感旧集」…⑬275，⑯12，639「漁洋山人精華録」…⑯12，153，545「漁洋詩話」…㉗301「漁洋集」…⑯153「香祖筆記」…⑬519「池北偶談」→その項
～の「拗相公」の話と盧多遜貶謫の話との関連の指摘…⑬519
「王士禛」（高橋和巳）…①137，㉓242
王士菁「魯迅」…①637
王子安→王勃
「王子安集注」…②31
「王子安年譜」…⑰379
王子喬…⑥316，317，⑦223，229，230，347
王子晋…⑦202，203，205，230

王子猷（しゆう）…②51
王之渙…①458, 581, ⑪211, 465 「鸛鵲楼に登る」…①459
王之春…⑯384
王氏（南朝の貴族）…①192, ⑦367, 489, 590, ⑫28, ㉑244, 248, ㉕425, ㉗147
王氏兄弟（王世貞・王世懋）…㉗138
王四十郎…⑬174
王志堅・弱生…⑯54, 129
王嗣奭（しせき）…⑫32, ㉒56 「杜臆」…㉒494, ㉕487
王式通…㉒387
王室（京都）…㉓293, 411, 417, 419, 422-427, 478
王質夫…⑪275
王実甫・徳信…⑭90, 126, 137, 367, 370
～と王結…①617, ⑭367
～と田漢「関漢卿」…⑯536
～の雑劇作品 「于公高門」…⑭209 「韓彩雲糸竹芙蓉亭」…⑭467, 470 「麗春堂」→その項 「進梅諫」…⑭209 「西廂記」→その項 「破窰記」…⑭210, 516 「販茶船」…⑭209
王者…⑤259, ㉓406
～の服…㉓406
王謝（南朝の王氏謝氏）…⑫42, 43, ⑬551, ⑮469, ㉓235
王灼「碧鶏漫志」…⑭565
王若虚・滹南…⑦490, ㉔249
～と接触した人物 厳実・崔立…㉔250 史天沢…⑭95
～と蘇軾「論語解」…㉕240
～の語句解釈 将不…⑦489 将無…⑦488, 489, 493 不譲於師…㉑182
～の死に方…㉔249-251
～の著述 「滹南遺老集」…⑦488, 493, ㉒104, 117, ㉕53, 240 「孟子弁惑」…㉒104 「論語弁惑」…㉑182, ㉒104
王主敬…㉒87-88
王守仁・陽明・姚江・文成公…⑯85, 124, 132, ⑱512, 513, ⑳279, 280, ㉑85
～と古文辞…⑦120, ⑮503, 510, ㉓471
李夢陽…⑮503, 510
～と後人 胡適…⑯391, 392 ド・ベリ…㉔159
李紱…㉓220
～と浙東の学…⑯9
～と先人 朱子…⑬319, 568, ⑯127 陸象山…⑬569
～と銭謙益…⑯67, 85, 88, 89, 97, 113
王陽明と傅新徳…⑯103, 104 季本・郝敬批判…⑯89, 90 講経と講道…⑯80 泰州学派の弁護…⑯101, 103 陽明学をよき劇薬とする説…⑯99, 100, 102 陽明学発生の原因…⑯100 陽明学への寛容な態度…⑯97 陽明の末流への攻撃…⑯89, 97 陽明への反撥…⑯97, 113 良知の説への見解…⑯88, 89, 100, 101
～と道学…⑦120
～と日本人 伊藤仁斎…㉓82, 86 大塩中斎…⑰438 荻生徂徠…㉓440, 471 狩野直喜…⑳282, ㉗260 安田二郎…⑰370
～と武力…②401, 402, ㉓479
～と文革後の中国…㉕429
～における五経…⑳7
経への復帰の理想に対する懐疑…⑬568, 569
～における詩言志…⑯113
～における哲学と文学と政治…①61, ②401, 409
～の学問…⑬568, ⑳282, ㉒282
主観主義…⑯9 主情主義…⑮503 心学…⑮460, ⑯88 心性の議論…⑰158 聖人等質説への不安…㉓82 知行合一説…⑰461 知識軽視の態度…②363, ㉓86 仏説との関係…⑯104 明の学問の中心…②331, ⑮460, ㉒282, ㉓479, 603 孟子解釈…㉗260 唯心主義…⑯36 陽明学と清朝経学…②332, ⑬569, ⑯61 陽明学における講道…⑯80 陽明学における理…⑬568, 570, ㉔137 陽明学の市民への普及…⑬606 陽明学の直観への信頼…⑯133 陽明の現実尊重…⑬570 理学…㉒287 陸象山の祖述…⑬569 良知の説…⑯88, 89, 100, 101
～の戯曲評価…⑬569, 570
～の古文…⑯124
「瘞旅文」…⑮612, ⑳480 「王文成全書」…㉒282 「徐禎卿墓誌」…⑮508 「節庵方公墓表」…⑱512, 550
～の語録「伝習録」→その項
～の詩 「海に泛びて」・李白祠にもうでる五律…⑮510
明治後期の注釈…⑰392 明治前期の研究…⑰389
～の時代と世界史…㉔137, 150, 221
～の肖像…㉗237
～の生没の日…②542
～の弟子…⑯89, 100
王守澄…⑫320, 322
王洙・原叔…⑬253, ㉒92, ㉕492, 498
～校定本「杜工部集」→その項
～注・杜詩→杜詩（注釈）
～に偽托された杜詩注…㉕492, 494, 497
～の死…㉕499
～の杜工部集校定…㉒74, ㉕492, 498, 500
編次法…㉕502
～の梅堯臣訪問…⑬79
王樹枏（じゅなん）…⑯267, ⑰250, ㉒387, 388
王拾遺「白居易関於農民的詩」…①637
王十朋・亀齢…㉕434
「王状元集注分類東坡先生詩」・王注…⑬288
「王状元集百家注編年杜陵詩史」…㉕434
王充…㉒457, ㉓101 「論衡」→その項

王 戎…②236, 240, ⑦184, 188, 484, 486, 489-491, ⑭475, ㉕209
王柔卿…⑭384
王重民「千頃堂書目考」…①627 「巴黎敦煌残巻叙録」…⑪21
王叔孫…⑦541, 542
王淑明「白毛女奠定了中国新歌劇的基礎」…①628
王粛…⑦177, ⑯253, ⑰282, ㉔286
～と馬融→馬王
～と馬融と鄭玄→馬鄭王
～の学風…⑦270
～の経書注 「易」…⑯244 「儀礼」(士虞礼…⑰283 喪服…⑯244) 「左伝」「詩」…⑯244 「尚書」…⑦270, 271, 275-276, ⑧15, ⑯244 「礼記」…⑯244, 251 「論語」…④7
～の「孔子家語」偽作…⑦178, ㉔285, 286
王粛の序文・孔子による死刑の強調…⑦178
自説の補強「聖証論」…⑦178, ⑯253
荻生徂徠の見解…㉓350
～の鄭玄攻撃…⑦177, 268, ⑯130, ⑰282, ㉕340
婚礼の季節…⑦178
三年の喪・帝王の先祖の廟数…⑰283
～の三つの矛盾…⑦179
～派と「古文尚書孔氏伝」…⑦269, 270
～本「尚書」…⑦276, 277
「孔氏伝」テクストとの比較…⑦276
使用字体…⑦277
王述・藍田…⑦476, 477
王恂…⑮233, 237 母・劉氏…⑭294
王珣…⑦489, 491
王処厚…⑬406, 527, 528
王曙…⑬75
王汝翰…⑯237, 238
王恕…㉔250
王昌齢・少伯・江寧…⑪158, 161, 189, 195, 552, ⑮474, ⑳369
～と江寧(南京)…⑪211, 212
江寧への赴任…⑪213, 218, 219
～と後人 新井白石…㉓117, 130 李夢陽…⑮499
～と鎮江…⑪214
～と万歳楼…⑪211
～の官職…⑪189, 211, 212
～の交遊 王之渙…⑪211 常建…⑪154 岑参…⑪212, 213 辛漸…⑪211, 213, 214 孟浩然…⑪158 李白…⑪158, 159, 209
洛陽の親友…⑪210, 218, 220
～の殺害…⑪189
～の詩…①713, ⑪198, 199, 381
歌謡曲向きの作品…⑪158 宮廷人の悲哀をうつす詩…⑪115, 192 閨怨の詩…⑪158, 159, 209 思夢の詩…⑱25 七言絶句…⑪158, 159, 189, 209 評言(緒微而思清…⑪189, 198 緒密而思清・縝密而思清…⑪198)
作品 韋十二兵曹を送る詩…⑪213, 214, 216 岳陽にて李十七越賓に別るる詩…⑪216 「閨怨」…⑪159 「西宮秋怨」…⑪191 「西宮春怨」…⑪189-191, 198, 200 「長信秋詞」…⑪200, 216, ㉕90 「東京府県諸公…相送至白馬寺宿」…⑪218 「芙蓉楼送辛漸」…①592, ⑪209, 210, 217, ⑫85 「別辛漸」…⑪211, 217 「李浦の京に之くを送る」…⑪212 「劉十五の郡に之くを送る」…⑪216
～の詩句・語彙 玉顔…㉕90 斜抱雲和深見月…⑪193-195 氷心…⑪220 赴郡府…⑪214 分明複道奉恩時…⑪205-207, ⑫470 平明…⑪216
～の詩集…⑪196
～の出身地…⑪158, 211, 212
～の伝記…⑪189, 211
王昭儀(南宋の宮女)…⑮418
王昭君…⑫276, ⑮190, ㉖196→昭君→明妃
～伝説を題材とする文学…⑮212, ㉖195, 202
胡語の使用…⑮222, ㉖200, 201 昭君の悲しみ…⑮212 敦煌出土資料…㉖197, 201, 202
～伝説と日本文学…⑫282, ⑮226, ㉖195
韓邪将の幽霊…⑮218 元帝の悲しみ…⑮212, 213 昭君の悲しみ…⑮213
～伝説にちなむ琴曲と元帝の悲しみ…⑮214
～伝説にちなむ琵琶の曲…㉖200, 201
～と杜甫…⑫637, ⑮212, ⑰471, ㉖195, 197-202
～の絵姿…㉖201 出身地…㉖197, 199
墓…㉖196, 197 琵琶…⑮224, 225, ㉖202
王昭君(漢宮秋)…⑭16, 23-25, 298, ⑮171, 176, 177, 189-192, 219, ㉖197
～をツレとする構成…⑮214
～と南宋の帝后宮人の北京護送…⑮225
～に対する元帝の愛の歌…⑮197
元帝との出会い…⑭28-30, ⑮173, 189, 195 昭君を失った元帝の悲しみ…⑫272, 282, ⑭215, 337, ⑮190, 201-203, 206, 212, 214 昭君の匈奴行きを求める大臣への怒りの歌…⑮84, 199, 200
～の自殺…⑮177, 190, 217 自殺と呼韓邪単于…⑮218 自殺と毛延寿送還…⑮218, 221
～の名字 名は嬙, 字は昭君…⑭23-25
～の亡霊…⑭215, 216, ⑮207, 208
「王昭君変文」…⑮212, ㉖201
王昭之「孝子伝讃」…⑦550
王相…⑥6
王祥…⑦489-491, 551, ㉑172
王商…⑰198
王紹徽「東林点将録」…⑯31
王勝之…⑬587
王象晋…⑯32, 222 「群芳譜」…⑯223
王照円…①577, ㉓520
王脩(しょう)・脩然・大尹…⑭204-206
王忱…⑦493
王辰爾…㉗94

おう　王　57

王晋卿…⑬114
王紳「中隠堂詩」…⑬288
王慎中・晋江…⑯124
王訣（しん）…⑭206, 207, ㉒103, 109
王崇簡…㉔255
王崇文・叔武…⑮502, 620-622
王世貞・元美・弇山…①48, 76, ⑮513, ㉓299, 321, 377, ㉔150, ㉗27（王鳳州…⑮518）→王弇州
　〜を「金瓶梅」の作者とする説…⑮529
　〜を中心とする古文辞…①525, ⑯126
　　王世貞と李攀竜→李王　後七子の仲間…⑮512
　〜兄弟の「世説新語補」…㉗138, 139
　　王世貞の序…㉗137
　〜と関わりを持った人物　臧晋叔…⑭35, 364　趙用賢…⑯25　李贄…㉓458
　　批判者　帰有光…⑮526, ⑯126　徐渭…⑮526　銭謙益…⑯12, 25, 55, 65, 71, 106, 110　湯顕祖…⑮526, ⑯108
　〜と「語林」…㉗138, 139
　〜と諸子…②484
　〜と宋学・宋詩　宋詩嫌悪…⑬272　宋儒嫌悪…㉗139
　〜と頼山陽の比較（譚献）…①562, ②164
　〜の客　遊び人の訪客…⑮529　弇山園の賓客…㉓370
　〜の弟・王世懋→その項
　〜の科挙及第…⑮512
　〜の楽府古辞の模擬…⑥344
　〜の詞…⑯144
　〜の「周礼・考工記」評…㉕328, 346
　〜の曹操評価…⑦25
　〜の父・王忬…⑮518, 519, ㉓479
　　刑死…⑮519, 527
　〜の著述　「宛委余編」…⑫7　「弇山堂別集」…⑮521, ⑯129　「弇州山人四部稿」…⑮521, 524, 525, ⑯110, 112, 113, ㉓323, 324, 358, ㉖434　「弇州山人四部続稿」…②484, ⑮521, ㉓324　「弇州史料」…⑮521, ⑰558　「艶異編」…⑭121（十二巻明刊本朱墨套印本…⑲317）「王氏書画苑」…⑮521　「王氏法書苑」…⑰560　「芸苑卮言」→その項　「世説新語補」序…㉗139　「戚将軍より宝剣を贈らる」…⑮524　「孫太初の墓に酹す」…⑮523　「筆に信せて雑体を為る」…⑮524　「宝刀の歌」…⑮519　「墨子を読む」…②484　「乱後初めて呉に入り舎弟と小酌す」…⑮522　「李于鱗の射るを観ての歌」…⑮517　「李氏山蔵集」序…⑮519　李攀竜を訪れての七律…⑮521　李攀竜に贈る五古…⑮519　「梁伯竜に贈る」…⑮523
　〜の武人的雰囲気…⑮518, ㉓479
　〜の没年…㉔166
王世懋（せいぼう）…⑮514, 519, ㉗138　「芸圃擷余」…㉓344

王済…⑦495, 497
王靖宇…㉔207
王聖与…⑳77
王錫爵・荊石…⑮522, ⑯124
王縯・無功…⑪5　「三月三日賦」…㉒78
王仙音…⑫261
王先謙「漢書補注」…⑰276　「漢鐃歌釈文箋正」…⑥345　「荀子集解」…②483, ㉓562　「荘子集解」…②483　「続古文辞類纂」…⑯635
王双蓮…⑭566
王曾・文正公…⑬244
王僧虔…⑥351, ㉑16, ㉗381
王僧孺「陳居士に与うる書」…⑳342
王臧…⑥56, 104
王孫…②66, ⑪140
王孫圉…⑰355, 356
王大均…㉒339, 341
王大槙・芃生…①499, 500, ⑯641, 642, 650, ⑳238, 268-271, 390, ㉗394
　〜夫人…⑳271
王大隆…⑳294
王坦之・文度・中郎…⑦476, 477, 505　「廃荘論」…⑦280
王湛・処沖…⑦495, 497
王仲元…⑭167, 173, 367
王仲文…⑭137, 162, 367, 370
　雑劇「救孝子」→その項　「石守信」…⑭209
王忠愨（ちゅうかく）「曲録」…⑯142, 143
王忠嗣…⑫313
王著…⑮536
王長文…⑬574
王昶（ちょう）…⑯237, 238, 241
　「湖海文伝」…⑰359　「明詞綜」序…⑮151
王朝の始祖の出生伝説…⑤117, 118, ㉔265, 266
王朝文学と円地文子…㉗351
王朝文明と新井白石…㉓129
王沈…⑦38　「魏書」→その項
王鎮悪…⑬358, 360, 510
王通・文中子…⑯84　「中説」…⑯128　「文中子」…②478, ⑥39（周公篇…⑥38）
王廷鈞…①521
王廷秀…⑭117, 137, 367　「細柳営」雑劇…⑭117, 209
王廷相…⑮503
王廷璧　双白居士…⑯50
王定保…⑰274　「唐摭言」…⑫674, 675
王貞白…⑬177
「王鼎臣風雪漁樵記」…⑮43
王適…⑪20
王嚞（てつ）重陽真人…⑬516　「全真集」…㉒299
王天鐸…⑭124
王度…⑪482, 488, 546　「古鏡記」→その項
王道…②116, ⑰439, ㉓46, 391

王道焜…㉗28
王導…①192, ②494, ⑦367
王得臣・彦輔…㉕434 「麈史」…⑫19
王徳毅「王国維年譜」…⑭599
王徳昭…①627, 628
王敦・大将軍…⑦462, 481, ⑬311, 580
王二十四郎「客を送る」…⑬174
王念孫・懐祖・石臞…⑯243-245, 247, 254, 259, 260, ㉕159, ㉗116
～手挍本「宋本十三経注疏併経典釈文挍勘記」…⑰591
～と江永戴震段玉裁…②77, 601, ⑯7, 645, ⑲416
～と戴震段玉裁…⑯7, 60, ⑰207, 210, 211, 213
～と段玉裁…⑳75, 77
～の解釈　駉駉牡馬…⑰591　習俗…②237　不亦乎…㉔308　幽人…㉕475
～の学問　安徽の学…⑯7, 8　音義相関の説…⑳75, 77　経学…㉕245, ㉗195　古代言語学研究…②77, 204, 211, 482, 496, ③41, ⑯7, ⑲416　考証学…⑯60　儒家経典の把握…⑳44　諸子研究…②482, 496　無証の語の拒否…⑯118　揚州の学…⑯8, 9
～の官職…⑯574, 576
～の師と弟子　戴震（師）…②482, ⑯8　陳奐（弟子）…⑯261
～の「尚書某氏伝」という扱い…⑦282
～の生日…⑯574
～の父・王安国…⑯574, ㉓168, ㉗116
～の著述「王石臞先生遺文」…⑯253 「経義述聞通説」…②204 「拝経日記」序…⑯243, 247, 253
～の読書力…⑳220, ㉕16
～の末裔…⑯573, 574, ㉒415
～父子（念孫・引之）…⑯574, ⑰214
故郷と故宅…⑯7, 8, 254, 573, 574, 576, ⑰591, ㉒415
父子の学問　古典学と楡樾…⑯265 「詩経」研究…③41　助字の説…㉗249
父子の著述…⑯573, 576 「経義述聞」「経伝釈詞」「広雅疏証」→各項 「広陵図経」…⑯245 「読書雑志」…②237, ⑯573, ㉕160（荀子…②237 「読書雑志」の資料・景祐本「漢書」…㉕371, 372）
王佩諍…⑳294
王伯成…⑭137 「天宝遺事」諸宮調→その項 「李太白貶夜郎」雑劇…⑫263, ⑭225
王伯良　校注「西廂記」→その項（注釈）
王博文…⑭93-95, 98
王万慶…⑮328
王磐…⑭130, 158
王弥（び）…㉗130
王弼・輔嗣…⑦148, 188, 257, ⑯87, ⑰282, ㉕340
韓康伯合注本「易」→その項（テキスト）
注「易」→その項（注釈）
王彪之（ひゅうし）…⑦253
王府尹（金銭記）…⑮21
～と賀知章の問答　韓飛卿救出…⑭458-462, 464, 467, 473　韓飛卿入朝の命…⑭518, 519　第三折の弔場…⑭525, 526
～と韓飛卿宴の問答…⑭494-497, 499, 500, 502-504, 506
～と韓飛卿の出会い…⑭446-449
出会いの後の問答…⑭451-454, 458　王府尹へ言い訳の泥棒の歌…⑭454-457
～の家へ韓飛卿の婿入り…⑭531, 542, 543
王府尹と韓飛卿の問答…⑭543-545
王府尹のむすめの抛繡毬…⑭533, 534
～の金貨発見と韓飛卿詰責の経過…⑭267, 506-508, 512, 513, 527
王府尹の仕打ちを恨む歌…⑭520, 521, 523
王府尹の乱下風雹…⑭535
～の従者張千…⑭436
～のせがれ王正…⑭294, 295, 474, 475
～の定場詩…⑭390
～のむすめ柳眉児との問答　楊家一捻紅の花見…⑭396, 397　金銭を韓飛卿へ与えたことへの叱責…⑭513, 514
王符「潜夫論」…②485
王武子…㉗226
王夫之・船山…⑦66, ㉑148, ㉔141, 175, 207, 208
～と顧炎武と黄宗羲…②481, ㉓471→国初の三大家→清初三大儒
～と顧・黄と閻若璩と銭謙益…②481, ⑯13, 61
～と清初の学術…②481, ⑯13, 61
～における雑佩（「詩経稗疏」）…⑳658
～の詩文集…㉓471
～の「詩訳」の説…㉑148
～の詩話…㉓471
～の曹植評…⑦71
～の曹丕「大牆上蒿行」評…⑦66
～の唯物主義…㉒495, ㉖473
王風…㉓421
王文誥「蘇海識余」「蘇文忠公詩編註集成」…⑬269
王炳南…㉖483
王闢之「澠水燕談録」…⑬523
王補…⑭278
王母…⑮41
王母…⑪111, 236-238, 275, 664→西王母
王逢「倹徳堂の懐寄」…⑭167, 168 「梧渓集」…⑭96, 167, 168, 174, 181, 182, ⑯220 「郄仲義進士が澄江旧稿に寄題するを謝す」…⑭181 「白寓斎の詩を読む」…⑭96
王雱・元沢…⑬433-435, 451, 519, ㉒106, 112, ㉗138 「論語口義」…㉕239
王鳳…⑥393
王褒（漢）…⑥221, 222, 225, ⑦551, ⑫81 「聖主の

賢臣を得たまう頌」…⑫81　「洞簫の賦」…②523
王褒（北周）…⑦532, 535
王鵬運・半塘…⑰350, ㉒489, 490
王夢曽…㉓626　「中国文学史」…⑥429
王楙（ぼう）「野客叢書」→その項
王朴…⑬252
王勃・子安…⑯151, ⑰71, ⑱361
〜と沈周…⑮579
〜と奈良時代の日本…⑱38
〜における三月…⑪60, ㉒93
〜の死…⑫15
〜の詩文　「秋の日に洪府の滕王閣に登りて餞別する序」…②24, 42　「王勃集」残巻（正倉院蔵）…⑱361　「上巳のひに江に浮かびて宴し…」…⑫493　「仲春郊外」…⑪60, ㉒93
〜の時代における四六文の爛熟…②32
〜の時代の口語…②31
〜の文章における出典…②30
〜・楊烱・盧照隣・駱賓王…⑪14, 15, 552, ⑫14, ⑮468→初唐四傑
王梵志…⑦173
王民の版籍…①447
王無競…⑪20
王明清「揮麈余話」…⑫656　「揮麈録」…⑬626
「玉照新志」…⑭325, 475, ⑰594
王鳴盛…⑬577, 578, ⑯237
〜の偽古文「尚書」作者に関する研究…⑨483
狩野直喜の評…⑰282
〜の出身地…㉒443, 491
〜の著書　「十七史商権」→その項　「尚書後案」…⑨483, ⑯234, ㉒491
〜の柳仲郢評…⑬580
王孟（王維・孟浩然）…⑪153, 552
〜と盛唐詩人　儲光羲…㉗20　杜甫…⑫279　李杜…㉖432
〜の詩注釈（近藤元粋）…⑰392
王孟韋柳（王維・孟浩然・韋応物・柳宗元）…⑪223
〜の山水詩と宋詩…⑬48
王莽…㉕334（王巨君…⑬430）
〜と安禄山の対比（杜甫）…⑫385
〜と王安石…⑬430-431, ㉓137, 138
〜と「周礼」…㉓138, ㉕333
〜との関わり　龔勝…⑮423　揚雄…⑥254, ㉕219, ㉗293　劉歆…㉕333
〜の謙恭…⑬429, 430, ㉓138
〜の簒奪…②550, ⑥254, ⑦43, ㉓137, ㉕219, 333, ㉖64
〜の「大誥」と蘇綽…⑦529
王蒙・黄鶴山人…⑬604, ⑮442
王濛・盛徳…⑦289, 458, 494
王冶秋…㉒464, 465, ㉓710, ㉖483
王約・彦博…⑭150
王右軍→王羲之
「王右軍年譜」…㉑248
王右丞→王維
「王右丞集箋注」…⑫299, 304, ㉒90
王由礼…⑫665
王佑…⑫27
王猷定・于一…⑯95
王雄・胡布頭・忠公…⑦539, 548, 549
王融・元長…㉑253　「永明九年、秀才を策する文」…⑥259　「三月三日曲水詩の序」…⑳131
王陽明→王守仁
王瑤…①637, ⑫673, ㉒475　「中古文学史論」…①616　「中国新文学史稿」上冊…①627　「晩清詩人黄遵憲」…①618　「李白」…⑫672　編「陶淵明集」…㉔228
王曄（よう）・日華…⑭168, 172, 174, 367, 370　「双漸小卿問答」…⑭581　「優戯録」…⑭167
王利器「水滸英雄の綽号」…㉖403　「水滸全伝の版本と校訂について」…㉖404　「文心雕竜新書」…㉗299
王李（王世貞と李攀竜）→李王
王力…⑦472　「中国文法中的繫辞」…⑦471
王立アジア協会ノース・チャイナ・ブランチ…⑲208, ㉓604
王立之「王直方詩話」…㉗299
王留…⑮125, 126, 129
王劉（王粲・劉楨）…㉗131
王琳…⑫663
王令…⑬127
王朗…⑦102, 108, 177, 455-457, 464
王臘梅（雑劇中の妓女）…⑮25
王崙…⑦548
王和卿…⑭123, ⑯536
央…⑭393
応（伴奏）…㉓315, 316
応援の態度…⑳436, 464
「応瑗集」（新旧唐志）…⑦150, 162
応璩・休璉…⑦124, 142, 147, 148
〜以前の人間批判の詩…⑦171, 172
〜との関わり　何晏…⑦172　裴秀…⑦175
〜における古典…①235
〜の死…⑦148
〜の「指事」…⑦167
〜の詩　応璩詩と嵆康詩…⑦169　官箴の文学を五言詩に移入…⑦173　偽作（龔壮）…⑦165　建安の詩との相違…⑦143-148, 170, 171　弛緩…⑦145-147, 171　「設論」の主題を五言詩に移入…⑦144-145, 173　曹丕の詩を祖襲…⑦168, 169　陶淵明詩の源…⑦142, 169, 170, 176
〜の時代の黄沙の獄…⑦153
〜の書簡…⑦142, 167, 176（対句使用…⑦167）
〜の著述　「応璩集」→次項「応璩百一詩」「応璩書林」…⑦167　「魏衛尉卿応璩集十巻」…⑦

150 「指事」…⑦167
～の伝記 兄・応瑒→その項 子・応貞…⑦147 死…⑦148
応璩詩…⑦146, 150
「応璩百一詩」…⑦151, 161, 162, 174, 176
～を引用する書物 「韻語陽秋」…⑦150 「匡謬正俗」…⑦146, 162 「芸文類聚」…⑦149, 155-158, 160, 162 「古詩紀」…⑦150 「初学記」…⑦149, 150, 157, 159, 161 「尚書正義」…⑦150, ⑨480 「宋書」楽志…⑦150, 164 「太平御覧」…⑦149, 150, 152-155, 158, 159, 160-164 「北堂書鈔」…⑦149-153, 157-159, 162-164 「野客叢書」…①161
～注・応貞「百一詩八巻」…⑦149, 150
～と勧世詩…⑦173
～と阮籍の詠懐詩…⑦171-173, 199, 200
連作の詩の総題をつけること…⑦172, 200
～と「文選」(下流不可処の詩)…⑦142, 147, 149, 151, 155, 165, 176
～における詩句 済済今日所…⑦168, 169 積念発狂痴…⑦150, ⑨480 文章不経国…⑦143, 146, 166 用等称才学…⑦143, 146
～における自嘲…⑦144, 145
～に対する批評・評価 「韻語陽秋」…⑦159 「翰林論」…⑦151 「古詩帰」…⑦156 「詩品」…⑦142, 151, 168-170, 176 「晋陽秋」…⑦151 「楚国先賢伝」…⑦151, 159 「肘後百一方・序」…⑦166 「文章叙録」…⑦147-148, 150, 170 「文心雕竜」…⑦151
～の遺文…⑦165
～の様々な呼称 「応瑗雑詩」…⑦161 「応瑗詩」…⑦146, 162 「応璩」…⑦153 「応璩詩」…⑦153, 160 「応璩集」…⑦149, 150, 162 「応璩新語」…⑦152 「応璩新詩」…⑦149, 170, 172, 174-176, 200 「応璩新論」…⑦152, 164 「魏応璩雑詩」…⑦155, 156, 161 「魏応璩新詩」…⑦154, 155, 162 「魏応璩百一詩」…⑦158 「魏侍中応璩詩」…⑦168 「雑体詩」…⑦150 「百一詩」…⑦142-176, 199, ⑨480
～の三人の翁の詩…⑦160, 173, 174
～の詩序…⑦149, 164
～の詩の性質…⑦150, 165, 166, 170, 199
一般的政治論…⑦151, 155 諧謔性…⑦166 諧合…⑦170 政治批評…⑦150, 151 人間生活の種種相の描写…⑦151, 161 人間へのいましめ…⑦151, 158
～の少壮面目沢の詩…⑦162, 173
～の曹爽諷刺の詩…⑦148, 149
～の総数…⑦149
～の俗語使用…⑦146, 166
～の対句使用への冷淡…⑦166, 167
～の百一の名義の由来…⑦149
応劭…⑦124 注「漢書」→その項(注釈)「風俗通(義)」…⑥391, ⑦513
応鐘(六呂)…㉗86
応神天皇…⑦141→品陀和気命
～期以来の中国書普及…⑰437, ㉑96
～期の伝来物・渡来者 須須許里の渡来…⑳448 「千字文」伝来説…⑤134, ⑰413, ⑳448, 449, ㉑95-96, ㉓563, ㉕276 卓素・西素の渡来…⑳448 「論語」伝来説…④5, ⑤133, 134 ⑰413, ⑳448, 449, ㉑95-96, ㉓563, ㉕276, 277
～の実在への疑問…㉕277
応制…⑬254
応貞…⑦147, 149, 150
応当…⑦515, 516, ㉗45
応仁の乱…②404, ⑮570, ⑱465, ㉕272
応門…㉗361
応瑒(よう)・徳璉…⑦91, 92, 102, 109, 119, 124, 126, 147, 148, 174, 176 「正情の賦」…⑦452
応曜…⑥387
汪…②131
汪栄宝…⑯267 「法言義疏」…㉔255-257, ㉕220 「法言疏証」…㉔255
汪琬・苕文…⑯59, 122, 144 「堯峰文鈔」「鳴道集説の序」…㉒111
汪遠之…⑭547
汪汪…⑮84
汪輝祖「夢痕録餘」…⑯242
汪景祺…㉓215 「読書堂西征随筆」…㉓212
汪元浩…㉓178
汪元量・大有・水雲「湖州歌」…⑭370, ⑮403, 417, 418
汪蛟門…⑰253
汪士鍾…⑭40
汪氏振綺堂…⑯250
汪森…⑯151
汪精衛…⑰424, 433, 452, 458, 461, 529, ㉓395, ㉖463
詩集(黒根祥作訳)…㉖461 「小休集」…㉖461(自序…㉖462)「双照楼詩詞稿」「掃葉集」…㉖461 「即事」…㉖462 「重九に西石巌に遊びて」…㉖461 「被逮口占」…㉖462
汪精衛政権…⑳249, 250 政府顧問・小倉正恒…⑱512
汪沢民「南康県新建三皇廟記」「奉賡即事」…⑭370
汪沢民…⑭137 「糊突包待制」雑劇…⑭370
汪中・容甫…⑯646, 652, ⑰250, 251, 267, 279
～と銭謙益…⑬274
～のあだ名・墨者汪中…②483, 491
～の諸子研究…②483
～の著述 「感旧集を検して作る有り」…⑬274 「旧苑を経て馬守真を弔う文」…⑯633 「荀卿子通論」「墨子序」…②483 「容甫先生遺詩」…⑬274
～の駢文尊重…②172, ⑯36, ㉕382, ㉗255
汪道昆・伯玉・天都外臣…㉒291 「太函集」…㉓

324　序刻本「水滸伝」…㉖407, 419, 420, 423
汪徳鉞（とくえつ）…⑯245, 「四一居士文鈔」「七経餘記」…⑯247
汪徳夏…㉓148
汪文台…⑰591　「十三経注疏校勘記識語」…⑩462
汪鳳藻…②467
汪本釗（ほんあ）…⑯98-99
汪鳴鑾（めいらん）柳門…②467
汪由敦…㉓168
汪倫…⑪109, 110, 172
近江（日本）…⑳29, ㉓36, ㉕165, 171, 172→淡海の国
～路の風景…①408
～と中国　近江と山西省…①212
長浜と長干…⑪121
～の人…⑳29, 30, 33, 34, ㉗144
近江商人…⑪121
～の都…㉑221, ㉕172, 183
近江源氏…⑫21
近江聖人…⑰383, 384, ㉑99, 100→中江藤樹
近江奈良朝廷の中国文物輸入…⑥246
往…㉕208, 231
往常間・往常個…⑭321
往常時…⑭284, 290, 291, 321
往亡…⑦429
押…⑮142
押韻…①125, 126, ②302, ㉔87-89
押禁…㉖405
押後掠陣…㉖421
押床…㉖409, 410
押番…⑬510
枉…⑦33
枉法の銭…⑭391
欧化主義…㉔18
欧州…①555, 560, ⑬275, ⑯185, 306, ⑰285, 286, ⑳392, ㉓247→ヨーロッパ
～巡遊（池田大伍・市川左団次）…㉗284
～の支那学…⑰238
欧州語…②67→ヨーロッパ語
欧人…①560→ヨーロッパ人
欧美…㉓578→欧米
～の道路…㉔253
欧風美雨…⑯609
欧米…⑯328, ㉒496, ㉗129
～的なもの…㉕314
～の学界の業績…①638
～の中国研究…①622, 629, 632
～の中国学者・中国文化への尊敬・中国文学への関心…①622
欧冶子…㉑167
欧陽炯（けい）…⑭568
欧陽玄…⑭159, ⑮450, 453
～にアユルシリダラ「経訓」二字を与う…⑮291
～の雑劇への冷淡…⑭84, 174
～の南宋遺民の詩文の生活への指摘…⑭139, 179
～の文章…⑮307
英宗御題の手巻の跋…⑮241, 242　「御賜石刻千文搨本後題」…⑮280　「御書九霄賛」…⑮277　「圭斎文集」→その項　「掲文安公墓誌銘」…⑮247, 259, 270　「元故翰林学士…貫公神道碑」…⑭161, ⑮320, 323, 325
トクタ「白麟渓」の跋…⑮282　「眉寿二大字跋」⑮291　「羅舜美詩序」…⑭139　「李宏謨詩序」…⑭139　「麟鳳二大字賛」…⑮290
～・李好文・黄溍・許有壬と宣文閣…⑮284
欧陽行周…⑰341
欧陽氏（漢の三家）…②243
欧陽師の死…⑬66
欧陽修・永叔・酔翁・廬陵・六一居士・文忠公…⑪372, ⑬63, 109, 379, 386, ㉔141, 208, ㉖248, 433
～・王安石・蘇軾…①75, 162, 243, ⑬9, 202, ⑮365, 441, 606, ⑯34
～・王安石・蘇軾・司馬光…⑬598
～・韓愈・柳宗元・蘇軾…②447, 492, ⑪429, ⑬266, ⑯70, ㉗241, 254
～・蘇軾…②177, 404, 456, ⑪13, ⑬7, 88, 99-103, 110, 266, 282
欧蘇の古文…②447, ㉗241, 254
欧蘇の詩文…①48, ㉗241（荻生徂徠の批判…㉓289, 293, 324, 332, 338, 362, 371, 440, ㉗169, 178〔欧の文批判…㉓335, ㉗171〕）
～・蘇軾・曽鞏の散文と日本人　江戸期朱子学者…㉓292　五山以来の漢文家…㉓289
～・宋祁の「新唐書」…⑬582, ㉕47, 65
「新唐書」「旧唐書」の文章…㉕47, 52, 58
「新唐書」「旧唐書」「資治通鑑」の文章…㉕15, 54, 57, 252, 253　「新唐書」礼楽志への朱子の評と古無文人論…㉗172, 202（「制度通」における引用・伊藤東涯…⑰557）
～と金の宮廷…㉒110
～と後人　銭謙益…⑯47, 77, ㉖441-444, 452
陳善「捫蝨新話」…㉕235　李夢陽…⑮495
～と書の芸術…⑬599
～と先人　韓愈→韓欧　杜甫…⑬74, 94, 95, ㉒65
李白…⑬74, 95　林逋「山園小梅」…⑬55-56
～と日本人　狩野直喜…⑰250-251　桑原隲蔵…⑰291
～の画像…⑬188
～の学問　古典学者としての業績…⑬61, 75（「易」周公作者説否定…㉕32　「十翼」孔子作者説の否定…㉕33　「詩」…⑬324, 325）　考古学者としての業績…⑬61, 75　儒学の権威の確立…⑬62, 312, 598　章句の学重視…⑯77　哲学者としての業績…⑬25　歴史家としての業績…⑬61, 75
～の子欧陽棐…⑬64

～の交遊　王安石→その項　韓維…⑬85　韓琦…⑬82, 555　蘇舜欽…⑬75, 80　曽鞏…⑬282（擬議欧曽…㉖444）　梅堯臣→その項
～の詞…⑬9　『一斛珠』「春にいためる」…⑬380　『蝶恋花』「月明在梨花上」…⑮148　「簾幕の春風」…⑬386　『踏莎行』「候館梅残」…⑬9
～の詩…⑬64, 71, 74, 79, 81, 197, ㉒64
「欧陽文忠公全集」詩の総数…⑬64
詩句　翰林風月三千首…⑭498　月明正在梨花上…⑮148
宋の新詩風の創始者…⑬11, 16, 61, 64, 65, 74, 75　詩を歌う態度の拡張…⑬64　詩と学問…⑬142　詩の題材の拡張・詩の平静さ…⑬64, 71　詩は窮して後に工…㉕157, ㉖441, 442
題材・詩風　医者に贈る詩…⑬209, 210　科挙試験場の詩…⑬7, 283, 284　器物を題材とする詩…⑬64, 71　叙述的な詩…⑬11, 14, 64, 65, 71, 93, 103, 144　政治への関心を内容とする詩…⑬71　悲哀を抑制した詩…⑬64, 65, 104　悲哀の詩…⑬65　筆の詩…⑬208　友情の詩…⑬71　論理的な詩…⑬64, 67, 93
作品　「慧勤の餘杭に帰るを送る」「学詩の僧惟晤に酬ゆ」…⑬305　「学書」…⑬73　江州での七絶…⑬65　「書に代えて」…⑬65　「滁州の酔翁亭に題す」…⑬69　「食糟民」…⑬71　「水谷の夜の行より子美と聖兪に寄す」…⑬41　「智蟾上人南岳に遊ぶ」…⑬305　「遠き山」…⑬74　「曇穎の廬山に帰るを送る」…⑬305　「日本刀の歌」…⑬11, 64, 71, ㉖28　梅堯臣に寄せる七言長律…⑬65　「白髪，女の師を喪いて」…⑬66　「暮春に感有り」…⑬67　「奉使の道中より坦師に寄す」…⑬303　「豊楽亭小飲」…⑬70
注釈・近藤元粋…⑰392
福祉への関心…⑬23
～の詩話…①454, 455, ⑬79, 185, ㉗300, 301
～の時代における文明の意識の変革…⑬61, ㉕60
欧陽修の指導的地位…⑬61, 62, 87, 227, 598
南北朝唐の貴族文化の否定…⑬598
～の社と康熙帝…㉓270
～の釈氏の徒に与えた詩文…⑬305
～の政治的地位…①61, ②463, ⑪13, ⑬63, 75, 203, 585, ⑮365, 441, 606, ⑯34
宰相…②456, ⑬8, 61, 63, 74, 75, 228, 229, ㉕61
政界引退…⑬74, 110, 229　名臣…⑬62
～の遷謫…⑬228
夷陵…⑬8, 63, 65　滁州…⑬63, 66, 67
～の著述　「夷陵県の至喜堂の記」…⑬65　「尹師魯墓誌」…⑯47　「于役志」…①169　「易童子問」…⑬75, ㉕33　「欧陽文忠公全集」→その項
「翰林侍読侍講学士王公洙墓誌銘」…㉒92, ㉕498　「帰田録」…⑬226-228, 284, 562, 626, ⑱443（序…⑬226, 227, 229）「居士集」…⑬305, ㉕498　「詩譜」…⑬324　「詩本義」…③40, ⑬75　「釈惟儼文集の序」「釈秘演詩集の序」…⑬305　「秋声賦」…㉑11　「集古録」…⑬75（六朝石刻の跋…⑬585）「新五代史」「新唐書」→各項　「薛簡粛公文集の序」…㉕157　桑懌の伝記…①164　「昼錦堂記」…㉓140　「梅聖兪墓誌銘」…㉕157, ㉖452　「筆説」…⑬74　「朋党論」…㉗171, 179　「本論」…㉗170, 179　「洛陽牡丹記」…⑭396, ⑯220, ㉖452　「李白杜甫詩優劣説」…⑬74　「六一詩話」…⑬79, 185⑭297
～の伝記…⑬306
嘉祐二年の進士試験委員長…⑬7, 282-284　死…②541, ⑬74, 100, 110　出身…②404, 456, 463, ⑪13, ⑬63　出身地…⑮404　進士及第…⑬63　生没の日…②541　知制誥任命…⑬231
～の日本認識…⑬12
～の文学史上の位置…⑬226
文学的地位…①61, ⑪13, ⑬8, 87, 203, ⑮365, 441, 606, ⑯34
～の文章…⑪379, 380, ⑬75, ⑱34, ㉒290, ㉓335, 440
「新唐書」の「上表」…㉕63
「新唐書」の文章…⑬543
陰柔の文…⑪380, ⑰251
江戸期の漢文の模範…⑬62, 227, ㉓292
散文制作の直接的典型…②492, ⑬62
～の文章の意識の変革…㉕59
欧陽修の指導的地位…⑬62, 63, ㉕59
四六駢儷文の排撃…㉕59, 62
古文…①75, 162, 243, ②447, ⑬9, 75, 266, ㉓43, ㉕61, ㉗241
古文完成…①68, 454, ⑬598, ㉗254　古文の首唱…②177　古文の祖述と経への復帰…⑬555, ⑯70　唐宋八家…①243, ②177, ⑪429, ⑬227
～の牡丹の比喩…㉖442
～の遼への使者…⑬304, 305
欧陽詢…⑫656, 670, ㉑17, 98, ㉕100
「九成宮醴泉銘」…②498, ㉕100　「芸文類聚」→その項
欧陽詹（せん）…①344, ⑪351, 553
「欧陽文忠公全集」…⑬64, 227（宋版…㉒431, ㉖467〔伊藤仁斎旧蔵本…⑰126, ㉖467〕天順本…㉒432）
外集…⑬303, 305, ㉖452
欧陽凡海「無辜者」…①631
欧陽予倩（よせん）…⑯421, 593
欧羅巴→欧州→ヨーロッパ
欧駱南交仏斉爪哇渤泥の諸夷…㉓485
殃人貨…⑮132
皇侃（おうがん）…④7
～語句解釈　逝者如斯乎…㉕192, 231, 232, 238　不亦説乎…⑳12
～の「孝経」読誦の日課…②325, ⑬552
～の「論語義疏」→その項

桜山文庫…㉒48
桜桃…①330, ⑫498, 504
桜桃忌…②544
翁学士…⑰591
翁巻・霊舒…⑬175, 186
翁広平「吾妻鏡補」…㉓247
翁氏（常熟の翁氏）…⑬288
翁同龢（どうわ）・松禅相国…②467, 469, ㉓598, 640
「画蘭」…①519 寒鴉枯樹画に題する五絶…①520 「瓶廬詩稿」…①518
翁方綱・覃谿…①426, ⑮390, ⑯544, ⑰589, ㉓617
「蘇詩補注」…①426 「復初斎文集」…⑯544
「復初斎詩集」「課余存稿」「復初斎集外詩」…㉓196 満州語訳「桃花源の詩」…㉓181
～の印・書…㉓617
淡海の国…⑱390, ㉕171→近江
黄金台…⑬579, ⑮431
「黄金台」雑劇…⑭383
黄金の罍…㉗78, 80
黄檗…㉓47, 267, 312, 363-364, 367, 431, 489, 707
～門前…⑰363
黄檗山…㉓160, 313, 361, 536
黄檗宗…㉓310, 313
黄檗禅・黄檗派の法事…㉓410 黄檗版「一切経」…⑱549
奥蝦…①432
奥義…㉕246, 247
蓊鬱…⑱454
横禍非災…⑮158
横逆の詩 （杜甫）…①150, ㉕407
横江…①523, ⑪98, 99
横行…㉖33
横吹曲…⑦13
墺→オーストリア
「甌北詩話」…⑬197, ⑯166, 167, ⑱25
韓昌黎詩・元遺山詩・呉梅村詩・高青邱詩・査初白詩・蘇東坡詩・杜少陵詩・白香山詩・李青蓮詩・陸放翁詩…⑯166
王士禛・朱丈垞評…⑯167 査慎行推奨…⑯166, 167 陸游評…⑫148, 197, ⑱25
鴨河…㉓148→鴨川
鴨緑江…①352, ⑰76
～流域…⑥135
鞝鞋…㉖405
「鶯鶯伝」…①197, ⑪547, ⑭208, ⑰395, ㉗386
扇が谷（鎌倉）…⑱57
大石一党…⑱542
大石光之助…⑥252
大分県…⑳429
大内熊耳「四先生文選」…㉒291
大江朝綱「男女婚姻賦」…⑰74
大江公朝（きんとも）…⑩459
大江健三郎「われらの狂気を生き延びる道を教えよ」…㉔104
大江維時（これとき）「千載佳句」…㉕404, 484
大江定基・寂照法師…⑳221
大江氏…㉓143
大江匡房（まさふさ）…㉗67
大江又三郎…㉔15, 282
大江山…⑬491
大岡越前守…①44
大岡昇平…⑲72 「花影」…⑲70（葉子…⑲71）
大賀順治「支那奇談集」…⑰395
「大鏡」…①176, ⑳167
大垣…⑰365
大川周明「日本文明概説」…⑯584
大河原栄之助…⑥252
大来（おおきた）佐武郎…㉖508
大久保佐渡守常春…㉗168
大久保正…㉗84, 104, 140, 143, 144, 146
大久保彦左衛門…㉗437
大国主（おおくにぬし）…㉗75, 81, 83
大窪愿二…⑲214
大窪詩仏…⑬184, ⑮427
大隈言道（ことみち）…①52, ⑮368
大隈重信…⑱56, ㉓582
大隈内閣…㉔255
大倉組…⑰94, 95
大蔵省（日本）…②272, ㉓198
大坂夏の陣…⑨482
大阪…⑥252, ⑮639, ⑱541, ⑲344, ⑳236, 468, ㉒459, ㉓152, ㉔164, 254
～北浜の適塾…⑯280
～・京都・江戸の営利出版（元禄以後）…⑰26
～・京都間の風景…⑳52, 464
～・京都の町人…⑰117, ⑱478, ㉓33
～と伊藤仁斎…㉓36
～道修町の花房…⑱413
～・東京の忙しさ…⑳499
～の市川右団次…㉔283
～の上野精一…③469
～の懐徳堂→その項
～の紙すき…㉓413
～の国際芸術祭…⑯604
～の財界との繋がり
内藤虎次郎…㉓583 西村天囚…㉗269
～の市会議員…⑳317
～の書肆 秋田屋…⑲470, ㉔67→秋田屋書店 河内屋（種玉堂）…①527 松雲堂主人鹿田静七…①397, 401, ㉑60
～の新聞の汪精衛講演誤訳…⑰434
～の舎密局…⑱492
～の天神祭…㉔177
～の原田梧郎（骨董商）…㉒337
～の反徂徠派…㉓444（五井蘭州…㉓444 中井竹山…㉓468, ㉔251, ㉗269）

～の御堂…⑰59, ㉓151　北御堂…㉔254
「大阪朝日新聞」→「朝日新聞」
大阪朝日新聞社→朝日新聞社
大阪ガス…⑳137
大阪外国語専門学校…⑰403
大阪外国語大学…①626, 635, ⑰420, ⑳450
大阪外大中国文芸研究会…①631
「大阪学芸大学紀要」…①633, ㉑20
大阪漢学大会…②55, ⑳368
大阪教育大学…㉑18
大阪財界…㉗269
大阪市東住吉区平野大念仏寺…③44, ⑩458→大念仏寺
大阪市立大学…①611, ⑰420, ⑳317
　～文学部中国語文学研究室…㉖411
「大阪市立大学人文研究」…⑦170
大阪市立美術館…②537, ⑩458, ⑮258, 262, 562, ⑳287
「大阪女子大文学」…①620
大阪商船…⑯642, 643, ㉒374, ㉔178
大阪大学…⑰420, ⑲330, ⑳359, ㉔252, 258
大阪府立図書館…㉓618, ㉗269
大阪文学…㉓588
大阪弁の漫才…⑳484
「大阪毎日新聞」→「毎日新聞」
大阪毎日新聞社→毎日新聞社
大阪屋亭…㉗120
大阪蘭亭記念会…㉑249
大雀（おおさざき）の命…⑦293→仁徳天皇
大塩中斎…⑰438, ㉗260
大芝孝　「現代中国文学の環境」…①622　「人民文学の発展」「中国文学における最近の諸問題」…①635
大島五郎…㉒317, 320, ㉗420
大島忠藏…⑱537
大島友直…㉓618, 625, 626
大島康正…⑰8
大隅俊雄「（池田）大伍先生小伝」…㉗282
大田錦城…㉒361, ㉗262
大谷瑩誠（えいじょう）…㉔272
大谷光瑞…⑯277, ㉕227, ㉗418
大谷大学…⑦605, ㉗286, 288
「大谷大学研究年報」…①621
大津…⑪90
大津の宮…⑱390, ㉕171, 172
大塚先生（諏訪山小学校訓導）…㉔325
大塚恒雄　共訳・傑克「改造太太」…①635
大槻文彦…⑰629　「言海」…⑱382　「大言海」…㉗354
「大手鑑」…㉓227
大友皇子…㉑103, ㉓400, 419
大伴…②220→淳和天皇
大伴郎女（いらつめ）…㉗13
大伴黒主…⑤92, 257
大伴古麻呂…㉒14
大伴旅人…㉕282
　～と契沖　松浦河の歌…⑱45, 46, 48, ㉓26　吉田宜の書簡…⑱45-48, ㉑136, ㉓25, 26　「讃酒歌」…㉕164
　～の時代における禍…㉗12, 13
　～の「大宰帥大伴卿報凶問歌一首」の漢文の序…㉕384, ㉗5, 7, 8, 14
　　和習の有無…㉗10, 11, 13
　～の妻の死…⑱47
大伴家持…㉓239, ㉗14
　～と契沖の注釈　愛人の死を哀しむ歌…⑰619　坂上大嬢に贈る歌…⑱18, 19, ㉕163
　～と杜甫…㉒45, ㉕437, ㉖43, ㉗14
　～と「遊仙窟」…⑱18, 19, 20, 25, ㉕164
　～の歌と夢…⑱20, 22, 26
　～の歌の総数…㉖11
　～の「家持家集」…㉑222
大沼枕山…②65, ㉓243
大野実之助「唐代試詩の性格」…①634　「李白年歳考」…①633
大野庄介・大野庄兵衛…㉗32
大野晋（すすむ）「古事記伝」解説…㉗70, 100, 101, 106, 107
大野伴睦…⑳318, 331
大原総一郎…⑱542, ㉔254
大原女…⑲290
大平正芳…㉖508
大淵慧真…⑯563, 564, 643, 650, ㉒390, 403, ㉓636
大町桂月・芳衛…⑰394, 398
大御神…㉗106→天照大神
大晦日…⑯490
大峰入・大峰山…㉔164
大神神社…㉔248
大本教…㉒370
大森停車場…㉓491
大矢根文次郎　「永明文学の流派とその人々」…①633　「陶淵明の形影神三首について」…①620
大山巌…①38, 39, ⑪409, 412
大山要　共訳・孔厥／袁静「抗日自衛隊」…①621
大山定一…①707, ⑲122, 154, 178, ㉔33, 66, ㉖465
　～と各国文学序説叢書…⑰341, 342, ㉔67
　～と学位請求…㉗335
　～と京大破防法反対闘争…⑤60, ㉗334
　～とドイツ文学…㉔66, ㉗331, 335
　　ゲーテ…⑲105, ㉔33, 35, 69, ㉗331
　　Auf dem See・「ゲーテ詩集」…㉗331　鷗外訳「ファウスト」の後記…㉗332, 333　「ゲーテ詩抄」…㉗332　ゲーテのオリエント詩評…⑳43, ㉔36　「ゲーテの自然感情について」…㉗332　ゲーテの詩の朗読…㉔33, ㉗331　「湖上について」…㉗332　「旅人の夜の歌」…⑲118, ㉔68

「ファウスト」のAch!…㉗395　「文学ノート」…㉗332　訳「ファウスト」・解説「ゲーテについて」…㉗332, 333
～と読杜会…⑫730, ㉒47, ㉔67, ㉗316, 331-332
～と中山正善…⑱517
～と芭蕉に関する座談会…⑰342, ㉔67, ㉗331
～における人間的欠陥への敏感…㉗332, 333
～における文学研究…⑲176
～の死…㉔33
～の娘千紗子の死…⑱522
～・吉川幸次郎「洛中書問」…①614, ⑲470, ⑳363, 413, ㉔66, 68, 122
王漁洋の詩…⑲177　「漁洋山人の秋柳詩について」評…㉔68　極東・西欧の古典注釈の差違…㉔69, 399, ㉕246, ㉗186, 332, 431　言語論…⑳63, ㉕244, 254, ㉗395　詩の定義…⑲177　成立に至る経過…㉔67-69　翻訳論…㉔99
「大山定一」(創樹社)…㉗335
大山正春「初期白話小説に就いて」…①621
大倭国上宮王…㉓10→聖徳太子
太田進…⑪188
太田辰夫…②223, ⑬511
太田兵三郎「六朝詩論と古今集序」…①622
太安万侶…㉗246
～の「古事記」序…②26, 171, ㉑110
凡河内躬恒(おおしこうちのみつね)…㉗149
鳳書院…㉗244
岡井孝先・仲錫…㉓295, ㉗30, 33, 233(岡仲錫…㉓295)
岡井慎吾「漢字の訓解と校勘の学」…㉓430
岡潔…㉔168
岡倉天心…⑲81
岡倉由三郎…⑱353, ㉔121
岡崎(愛知県)…⑱546
岡崎公会堂(京都)…⑱518
岡崎侯(水野忠之)…㉓433
岡崎俊夫…⑰408
～の著述　「現代文学十二講」「中国の人民文学」…①622　「文芸報と人民文学」「魯迅―小説と雑文―」…①635
～の翻訳　李広田「引力」…①626　郭沫若「海濤―亡命十年―」…①635　丁玲「霞村にいた時」…①621　巴金「寒夜」(共訳)…①252, 626, ⑯534　同「憩園」…①635　丁玲「文学と生活」…①626　「老残遊記」…⑰408　郁達夫「わが夢わが青春」…①613
岡崎文夫…⑰335, ㉓620, ㉗270, 273　「司馬遷」…⑥158　「南北朝における社会経済制度」…①297
岡崎義恵(よしえ)…㉖138　「日本文芸学」…⑫536
岡島泳舟・献太郎　訳「西廂記」…⑰390, 391
岡島冠山…⑰390
～と荻生徂徠…⑤307, ⑭596, ⑰49, 624, ⑱57, ⑲189, ㉑108, ㉓286, 536
冠山の著書の序文…㉓366　訳社の講師…㉓365
～と「水滸伝」…㉖374
訓点本「水滸伝」・滲瀬の解…㉖377　訳「水滸伝」→その項(翻訳)
～の師　国思靖…㉓485　林大学頭…㉓365
～の「唐話纂要」…㉓286
岡田挺之(ていし)・新川先生…㉓252
「孝経」鄭玄注を「群書治要」より抽出…⑰175
「常語藪」…⑰74, 175, ⑱443　「物数称謂」…⑰175　「秉穂録」…㉓260, 261
岡田正之…⑥246, ⑰411㉗252　「近江奈良朝の漢文学」…⑰412　「日本漢文学史」→その項
岡寺…㉔248
岡白駒…⑥247, ⑰390　「小説精言」…⑬503, 521
「世説新語補觿」…⑦454, ㉗144
岡村繁　「沈約郊居賦雷張同箋補正」…①624
岡村千秋・岡本一平…㉗283
岡本綺堂…㉗278
岡本先生(神戸第一中学校教諭)…㉔327
岡本武徳　訳「官場現形記」…⑰408
岡本雅文　「支那発音字典」…①422
岡本道雄…㉗419
岡本芳雄…⑳373
岡本隆三「老舎覚書」…①626　訳「儒林外史」…⑰409　共訳「丁玲作品集」…①635
岡山…⑤124, ⑭602, ⑱540, 542, ㉖489, ㉗333
岡山市の人口…㉗246
岡山大学…⑮323, ⑲330
岡山林叟…㉓131, 132
息長足姫(おきながたらしひめ)…㉗218→神功皇后
置き字…②88, 89, ㉔326
沖森書店…㉒277
荻生敬一…㉗42
荻生玄覧・北渓…㉓365, ㉗39→物観
荻生氏(徂徠の学派)…㉗24, 182
荻生姓(千葉県本納村)…㉗41
荻生徂徠・物茂卿・双松(なべまつ)・茂卿(しげのり)・宗(惣・総)右衛門…④10, ⑰41, 58, 135, 213, 414, ㉒355, ㉓145, 293, 314, 320, 321, 404, ㉕160, 255→物徂徠→物部茂卿
～以前の「論語」解釈書…⑰135
～を頂点とする江戸期の中国系学問の上昇…⑰57
～研究…㉗181
研究家…②495, ㉓135, 443, 487, ㉗178　研究資料…㉑171　研究書…㉓404, ㉗55, 154, 155
～志村楨幹訓点元禄刻本「晋書」→その項(テキスト)
～志村楨幹点本「晋書」「宋書」「南斉書」「梁書」「陳書」→各項(テキスト)
～注「大明律」…⑰55→「明律国字解」
「明律国字解」の由来…⑰55, ㉓402, 428, 429

〜点「宋書」…⑰608
〜と禹を祭る神社…㉓452, ㉗180
〜と江戸…㉓89, 361, 564, ㉗24
江戸を東都とする呼び方…㉓415
江戸から伊藤仁斎への敬意…④10, ⑤216, ㉓44
江戸から甲斐への旅（どんぐりの土産…㉓296）→「峡中紀行」
江戸市民と徂徠…㉓401
江戸自慢…㉓426, 427, ㉕201, ㉗233（江戸礼讃・対蹠としての京都への侮蔑…㉓426, 427, ㉕201　中国の都市への優越…㉗233　繁華…㉓295, 427, ㉕201, ㉗33）
江戸における学問伯仲の相手…㉓311
江戸における引っ越し…㉓364, 414（赤城へ…㉓370, 408　市ヶ谷へ…㉓370　牛込へ…㉓369, 370, 414　萱場町へ…㉓361, 368, 433）
江戸の興王への評価…㉓417（江戸独自の勲等の主張…㉓426　将軍を日本の君主とする見方…㉓416, 426　徳川王朝への態度…㉓416, 417, 425-427, 437, 441, ㉕201）
江戸の諸悪…㉓295, 427, 546, ㉗33
〜と「蘐園談余」　抄録・本居宣長…㉗156, 161-163　著者非徂徠説…㉗154, 159-161　著者山県周南説…㉗159, 163
〜と元雑劇…⑭374, 592, ㉓414, ㉗279
元雑劇と謡曲に関する説…①42, ⑭17, 379-380, 592, ㉓413
〜と古文辞→その項→古文辞学→李王
〜と五山文学…㉓353
〜と後人　有田音松…㉓428　犬養木堂…㉓423　今中寛司…㉓135, 554　狩野直喜→その項　内藤虎次郎…㉓403, 487　中井竹山…㉓38, 468, ㉔251　夏目漱石→その項　西周…⑰57, ⑱447, ㉓403, 487　丸山真男…㉓135, 482, 489, 539, 544　本居宣長→その項　劉宝楠…④11
〜と後人・本居宣長→その項
〜と先人　阿倍仲麻呂…㉓363　袁宏道…㉓353, 440　王安石…㉓137　王陽明…㉓471　韓柳…㉓319, 320, 333, 335, 337, 356, 365, 400, 440, ㉕471　堯舜→その項　子思…㉓453　司馬相如…㉓357　七子（明）…㉒291, ㉓301　鍾惺…㉓440　銭謙益…㉓353, 358, 440, ㉖429　曽参…㉓453　孟子→その項　李攀竜…㉒5, ㉓400
〜と先人・李攀竜と王世貞→李王
〜と宋学　宋学尊重未脱却…㉓291, 293, 299, 315, 317, 319, 322, 323, 331, 332, 371（朱子の文章の尊重…㉓305-307, 331　朱子の礼楽刑政説への同調…㉓373　程朱の学尊重…㉓291, 293, 332, 371）
宋学脱却…㉓322, 327, 328, 375（朱子学批判→朱子学　宋学嫌悪…㉓289, 294　道学先生嫌悪…⑰51）
宋学批判…㉓288, 317, 337, 353, 387-389, 391, 392, 448, 471, ㉕179（気質変化説否定…㉓396, 446, ㉕199, 230　議論否定…㉓333, 453　敬天説による批判…㉓393）
宋儒の解釈への批判…㉓377, 392, 443, ㉗178（宋儒「論語」注批判…㉓441, ㉗71, 72　程朱の学批判…㉓439　人間個性の分裂の主張…㉓396, 446, ㉗177　仏説剽窃の指摘…㉓388, 472, 473　本然の性斉一論への批判…㉓395　理学批判…㉓439）
〜と宋文学（宋人ぎらい…㉓129）
宋文学尊重の段階…㉓291, 319, 324（欧蘇の詩文尊重…㉓293, 324, 332）
宋文学脱却の段階…㉓322, 356, 375（宋以後の詩への批判…㉓440　宋以後の文章への批判…㉑251, ㉓440）
宋文学批判…㉓289, 440, 448（欧蘇曽の詩文排撃…㉓289　欧蘇の散文批判…㉓338, 362, ㉗178　議論の批判…㉓336, 453, ㉗178　助字多用の批判…㉓333　蘇軾詩批判・宋詩嫌悪…㉓353　宋人散文の排斥…㉗180）
〜と中国書　「五経正義」…㉓482　「孔子家語」…㉓350, 475　「孝経」…㉓350　「三体詩」…㉓305, 306　「十三経注疏」…㉗69, 71, 72, 74　「晋書」…㉗135　「世説新語」…⑦454, 593, ㉗136, 137, 142　「世説新語補」…㉗138-140　「大学諺解」…㉓298, ㉗33, 37, 38　「唐詩訓解」…㉓300, 301, 323, 324　「唐詩選」…㉓479, ㉗236　「論語義疏」…㉗97
〜と中国書・四書…㉓288
「大学」…㉓287, 314, 348, 392, 453, 466　「中庸」…㉓287, 348, 387, 396　「孟子」…㉓289, ㉗73　「論語」→その項
〜と中国書・六経（五経）　解釈…㉓332, 489　尊重…⑰43-45, 61, ㉑99, 181, ㉓284-286, 337, 346, 383, 385, 489, ㉗155, 172　世による層次…㉓346　「易」…㉓338, 349, 398, 399　「楽」…㉓347, 349　「詩」…⑤327, ⑱532, ㉓289, 294, 347, 348, 353, 354, 462, 464, 470, ㉗228　「春秋」…㉓349（「左伝」…㉓286, 332, 349, 369, 376　人心之不同　如其面焉…⑰51, ⑳406, ㉑26, ㉓395, ㉕259, ㉗176-179, 183, 230）「書」…㉓346, 347（「古文尚書孔氏伝」への態度・「書序」への態度…㉓347　「書」の偽篇への態度…㉓346, 347, 403, 467, 475）「礼」…㉓347, 348（「礼記」…㉓348, 384-386, 450）
〜と朝鮮の使者…㉓363, 364, 431
〜と天主教…㉓485
〜と同時代人　新井白石・伊藤仁斎・伊藤東涯→各項　お染の方…㉗41　木下順庵→その項　熊沢蕃山…㉓375　契沖…㉕176, 179　桂昌院…㉓315　五井蘭州…㉓444　徳川綱吉…㉓136, 290, 291, 296, 314-317, 321, 356, 357, 359, 368, 392, 416, 432, ㉗37, 38　徳川吉宗…㉓136, 291, 296,

302, 315, 375, 376, 401, 402, 409, 428, ㉗166　細川氏（肥後侯）…㉕195
～と同時代人の交遊　安積澹泊→その項　板倉勝明…㉓339, 347, 402, ㉗44　宇都宮遯庵…㉓299, 301, 311, 574　宇野明霞…㉓424　悦峰道章…㉓313, 361, 364, 367, 431, 433, 458　朽木土佐守玄綱…㉓296, 359　黒田豊前守直邦…㉓376, 449, 554, ㉗162, 163　香国禅師…㉓312, 376, 379　左沕真…㉓420, 435　佐久間洞巌…㉓375, 376, 379, 400　住江滄浪…㉓344, 412　僧義空…㉓486　僧香州…㉓313, 353, 380, 457　田中省吾…㉓296, 313, 320, 369, 370, 377, 378, 407, 442　竹田春庵…㉓330, 386, 423, 434　東玄意…㉓433　中野撝謙…㉓427, 428, 433　疋田進修…㉓376, 438, ㉕204　鳳潭僧濬…⑱550　本多忠統…㉓324, 368, 369, 376, 379, 410, 439, 554, ㉕194　水野元朗…㉓376, 438, ㉕204
～と同時代人の交遊・岡島冠山→その項
国思靖（冠山の師）への賛辞…㉓485　「唐話纂要」と徂徠の中国語学習…㉓286　訳社の講師（冠山）…㉓365
～と同時代人の交遊・堀景山→その項
～と琵琶湖…㉓431
～と富士山…㉓290, 363, 364, 370, 430-437, 445, 489, ㉗169
峨嵋山と富士山…㉓369, 437　泰山と富士山…㉓437
～と賦…①564, ⑰201
～と仏教…⑰52, 53, ㉓47, 294, 315, 370, 444, 452-458, 473, 480
釈迦・輪廻転生説と聖人の道…⑰44, ㉓438, 455
儒仏の差異…⑤32, 213, ㉓403　儒仏老の差異…㉓373, 388　禅宗への嫌悪…㉓410, 423　僧侶厚遇への憤り…㉓473　黄檗禅への好意…㉓410
漢訳仏典の文体批判…㉓458, ㉔65, ㉗46（六朝隋唐の仏典の訓詁への態度…㉓457, 482　「楞厳経」「維摩経」の文章への評価…㉕236）
「歎異鈔」と信頼の哲学…㉓454, 455
～と柳沢吉里…㉓367
～と柳沢吉保…㉓136, 290, 291, 310-315, 317, 320, 321, 357, 359-361, 392, 401, 426, 432, ㉕202, ㉗38, 135, 166
「永慶公を祭る文」（代作）…㉓312
甲斐出張…㉑109, ㉓296, 313, 412, 434, 435, ㉗31（「隠隠山霊台寺の碑」の解説…㉓320　「峡中紀行」〔「風流使者記」〕→その項　柳沢の祖先の城址の調査…㉓313　霊台寺検分…㉓313）
生類憐れみの令…㉓368, 369　徂徠の感謝と不満…㉓392　徂徠の中国語学力への期待…㉓311, 312　「勅賜護法常応録」編集…㉓312, 315
百石加増の遺言…㉓368
柳沢藩邸居住…㉓312, 359, 362, 432（唐音学習…㉓310, 313, 365）
柳沢藩邸退去…㉓356, 368, 433, 443（市中居住の指示と激励…㉓360, 361, 401　藩邸への出張講義…㉓365, 367　禄米支給遅延…㉓367）
柳沢藩邸と朱子学…㉓317
～と謡曲…㉓315, 316, 367, 413, 423
～における音楽…㉗163　音楽の和・応・節…㉓315　東方の楽…㉓410　日本の雅楽…㉓290, 349, 366, 389, 410, 412, 471　日本の琴曲…㉓411
～における語彙　夷人…㉓377, 405-407, 428, 442, 443, 489　夷狄…㉓415　意・意語…㉓352　内の中州…㉓415　王室…㉓417, 422-426, 478　格…㉓352　格物致知…㉓284, 344, 345　鬼神…④11, ㉓393, 399, 446, 447, 449, 450, 453, 475, 514, 538, ㉗155　棄物…㉓392　莒…㉓442　共主…㉓417, 422, 424-427, ㉕200　狂奴…㉓359　今言…㉓330, 331, 377　空言…㉓384　君子…㉓283, 383-385, 483　刑…㉓391　経…㉓309　敬…㉓467　言…㉓333-336, 549-551, ㉗234　古…㉓342, 343　古義…㉓381, 474, 549, 553, ㉗155　古言…④11, ㉓128, 330, 331, 377, 381, 385, 386, 474, 549, 553, ㉗155　語…㉓352, 353　行事…㉓356　孝…㉓383, 465　孝悌忠信…㉓383　皇和…㉓430　興王…㉓417, 427　今…㉓342, 343　四術…㉓283, 384, 385, 388　詞…㉓307　事と言…㉓551　事と心…㉓549　辞…㉓347-349　辞と意…㉓307, 335　儒…㉓342　修古…㉓358　修辞…㉓335-337, 345, 355　小…㉓282, 380, 383　小人…㉓283, 383, 385, 483　情…㉓352, 397　情語…㉓352　心…㉓549　仁…㉓391, 465　仁智孝悌忠信恕誠中庸…㉓382　聖人…㉓307, 342, 343, 346, 386, 387, 395-397, 406, 408, 409, 438, 449, 454, 455, 467, 478, 480, 484, 514, 538, 539, 547, 550　斥跪之士…㉓358, 359　折枝…㉓339　争・争心…㉗232　外の中州…㉓415　大…㉓282, 380, 383　大意・大心・大体…㉓372　大知…㉓372, 373　大和…㉓429　達意…㉓335, 337　中庸…㉓383　朝廷…㉓485　徴…㉓474　調…㉓352　悌…㉓383, 465　適莫…㉓376, 456, 457　天…㉓281, 374, 393, 398, 446, 447, 449, 450, 453, 475, 489　天の寵霊…⑮530, ⑰48, ㉓119, 289, 290, 321-323, 327, 377, 440, 444, ㉗28　天命…㉓378, 380, 398, 446, 481, 483　東夷の人…㉓377, 407, 408, 441-443　徳→先王の道　日出づる邦…㉓443　不佞…㉓293, 407　物…㉓283, 284, 332, 339, 340, 344, 355, 380, 384, 385, 398, 553, ㉕347, ㉗231　棼緼…㉓397　文…㉓335-337, 388　無信・無知…㉓372　命…㉓398, 399, 483　礼・礼楽→各項　列聖…㉓425
～における先王…㉓282, 386, 387, 406, 480, 483
先王（聖人）の道→その項
～に対する不評（明治大正昭和）…㉓405
～による六朝の史書の訓点…⑰608
～の今の尊重…㉔56

～の家族　兄・荻生理庵（春竹）…㉗37, 39, 41　弟・荻生玄覧→その項　後妻・佐佐氏…㉓369, 371　先妻・三宅氏…㉓323, 379　祖父・荻生玄甫…㉓298, ㉗33　父・荻生方庵→その項　母・児島氏（実父は鳥居氏）…㉗37-41（戒名・朝雲院高岩春貞大姉…㉗39, 40）　息子・熊／娘・増…㉓323　養子・荻生三十郎（物金谷・兄の子）…㉗39
～の学説・学問…②495, ⑰41, 55, 384, ㉓120, 281, 375, 445, 536, 537, 557, 564, ㉗173
学説の完成…㉓291
学説の宗教性…㉓44
鬼神の肯定…④11, ⑰628　敬天の説…㉓380, 393, 399, 444-447, 449-451, ㉗154, 155　古代中国の礼と日本神道…㉗162, 163　神道説…㉓399, 417, 444, 445, 447, 449-452, 458, 555, ㉗152, 153, 156-158, 161-163　超自然への敬虔…㉓447, 452, 453, 475, 489, 514, 538, 539　日本の神への尊敬…㉗155, 156, 162
学風　学問の態度…④11　学問の方法…⑮529-530, ⑰47-49, 624, ㉗164　学問は模倣…㉓389　徂徠学と仁斎学…㉓544　湯浅常山評…⑰258
学問論…⑤327
活物の説…㉓281, 282, 372, 385, 392, 396, 397, 446, 447（集合体として存在を見る視点…㉓282, 372, 373, 382, 383, ㉗34　存在は運動を属性とする説…㉓281, 372, 385　存在は体験によってのみ把握されるとする態度…㉓294, 296）
完全善の社会の否定…㉑79, ㉓340, 341, 482, 540, 546, 560, ㉗205（殷周革命の際の不可避の悪に関する説…㉓341, 546）
寛容主義…⑰50, 53, 60, 628, ㉑115, 138, 139, ㉓464, 470, ㉕199（感性の尊重…㉓483, 535　欲望の肯定…㉑79, ㉓483, 514, 535, 571→伊藤仁斎）
経学と史学・子学・詩文学の重要性…㉓307（こはくるしき経学を批判…⑰46, ㉓354, 550　史の重視…㉓343, 551〔学問は歴史に極まる…㉗234〕　諸子研究…②474, 478, 495, 496, ㉓289, 317, 351, 702, ㉖507〔古文辞の資料としての諸子…㉓345, 350, 380, 474　徂徠以後の諸子学の盛況…②483, ㉒356, ㉓474　徂徠のころの諸子のテクスト…②480　徂徠の法家研究…㉓562　道家…㉓374　列禦寇・荘周の文章…㉗45〕　文学尊重…②495, ⑰79, 623, 624, ㉑79, ㉓470, 514〔虚構の文学の尊重…㉓458, 459, 462, 464〕）
蘐園の学…㉓139
言語重視の思想…⑰44-47, 49（言語そのものを人間の事実とする思考…㉓514, 539, 540, ㉕20, ㉗205　言語と事実は密着した関係にあるとする反省…㉕20　言語における美真共存の主張…⑰623-625　言語に密着した精神の重視…㉓542, 535）
古注疏の評価…㉗70-72（漢人古注への態度…㉓328　孔穎達疏への冷淡…㉓329）
古典を読む事の意味…㉓306（実証的古典研究…㉓473, 481, 482）
古文献の弁別へのおろそか…㉓475, 476
米は米，豆は豆…㉓281, 282, 396, 446, ㉔15, ㉕199, ㉗173, 230
事実の尊重…㉓332, 356（古代の事実の含蓄に関する説…㉓339-342　事・辞・物…㉓332, 355）
儒学説と文学説…㉓345, 355, 356, 400
信頼の哲学…㉓283, 285, 289, 333, 452-456, 475, 476（日本仏教からの啓示…㉓444）
生命の哲学…⑳10
政治重視…⑤32, ㉓282, 372, 391-393, 399, 469, 551, ㉗34, 158
政治の道徳への優先…㉓382, 387, 391
徂徠の儒学の日本的性質…②354, ㉓444, 445, 452, 458, 464（学説体系の集約的著書…⑰209, 210, ㉓465　学説体系の日本的極端…㉓469, 470-472　学説体系の日本的整然…㉓464-466, 468, 481）
人間の事実は時空を隔てて連続する…㉓306, 342, 448, 478, 550-551, 553, ㉗35
文化主義…⑰50
満州語研究…㉓89, 191, 403
水戸学との関係…㉓484
明の学問の祖述…㉒348
訳文の学…㉓143, 304, 305, 308, 310, 342（訓読論…⑧18, ⑰49, 513, 514, ㉓129, 142, 143, 303, 304, 380, 549　助字の訳法…㉓309）
～の学説の抑圧（松平定信）…⑰57
～の感性の限界…㉓476, 479, 551
～の漢詩…⑱125, ㉑104, ㉓120, 401
漢詩を読み作るいとなみ…⑰55〔漢魏の詩の模倣…㉓289, 351, 353　作詩の重視…⑰46, 624
盛唐詩祖述…⑦562, ⑬48, ⑮475, ㉓136, 239, 418→盛唐詩）
盛唐詩評・中晩唐詩評…㉓352
漢詩文実作を学的修練とする主張…⑰45, 46, ㉓127-129, 288-289, 409
～の漢文…⑰49, 50, 143, 154, 624, ⑱125, ㉓401, 468, 437, 556, 564, ㉕139, 140, ㉗154, 176
議論文と叙述文…㉑109, ㉓333, ㉗123　文章論・装飾の重視…㉗176, 178
～の魏晋愛好…⑦593
～の議論否定…㉓283, 287-289, 333, 385, 389, 453, 455, 489, ㉗173, 177, 232
～の京都観・京都論→京都
～の愚老が懺悔物語…㉑76, ㉓316
～の蘐園派と七子の詩風…㉓239
～の現在の中国への関心…⑰157, 220
～の孤証による判断…㉓466, 467, 474

～の孔子画像賛の署名…⑰54, ㉓377, 405, 406, 408, 430, 443, 489
～の孔子観→孔子
～の好奇の癖…㉕196-198, 207
～の後裔…㉗42
～の講釈批判…㉓302, 427, 472, ㉕201, 202
～の購書…㉗28 蔵書家の書の一括購入…㉓323, ㉗26, 27 中国書の値段・年間購書費…㉗25, 26 中国書輸入…㉗24, 25
～の茶道への評価…㉓421
～の史観 日本絵画史観…㉓420
日本史観…㉓367, 417, 478（足利氏の世における堕落…㉓422, 423, 478, ㉕200 後醍醐帝の建武の中興失敗…㉓367, 419 女性と武士の関係…㉓419, 420 寧平の際…㉓417, 418, 423 平安朝の政治…㉓420 北条氏による中国風文明の中断…㉓419, 420, 423, 478）
日本政治史に関する見解…㉓132, 136 日本文明史観…㉓417, 437, 478
～の思考方法…㉓404, 445
～の詩と散文の区別…㉓352
～の自負…㉓442, 443, 529
～の時代 漢詩人輩出に対する解釈…㉓135 漢文作者を数える…㉗179 詩を言うの時に非ずとする判断…㉓134, 135 同時代のヴェネゼラの状況…㉔150 俳諧中衰…⑰55, 624
～の社会的地位…⑰55, 624, ㉓401, 571, ㉗166
日本思想史上の地位…㉓481, 482, 539, 541
～の人格への太宰春台の発言…㉕198, 199
～の人性論…⑤327
～の西洋への関心…㉓484
～の政論の書…㉓135
～の選集…㉗436
～の中国語…②60, ⑤307, ⑭596, ⑰49, 184, 624, ⑲188, 189, ㉑108, 109, ㉓286, 311, 313
古代中国語の知識…④11（精通の方法…⑰45, 46）
中国音直読の主張…⑰143, ㉓142, 143, 285, 303, 305, 380, 409, 448, 536, 549, 556, ㉕140, ㉗153
中国音の美しさへの感動…㉓313, 431（中国語のリズム重視…⑰143, 624, ⑱57, ⑲189, ㉓142, 285, 365, ㉕139, 176）
中国語単綴説…㉓307, 310, 408（中国語の優越性…㉓306, 307, 374, 409, 415 唐話・唐音の知識…㉓310, 313, 314）
～の中国尊重…⑰55, 60, 384, ⑱3, ㉑98, 100, 105, 109, ㉓281, 374, 409, 415, 417, 429, 480, ㉔8, 18, ㉗158（書画・彫刻・文房具…㉓412, 480）
聖人は中国にのみ出たとする説…⑰44, 384, ㉑99, 115, ㉓286, 306, 363, 399, 408, 480, 484, 538, 539（聖人の国の古典の優秀性…㉓306）
徂徠の好む中国…㉒355 中国尊重と日本社会の現実…⑰56, ㉓91, 134, 135 中国尊重の滑稽…⑰54, ㉑100, ㉓414 中国尊重の目的・仁と礼楽で日本人を矯正…⑰54 中国の軍隊への評価…㉓409, 410, 480 中国の古楽…㉓411, 480 中国の日本への優越・日本の中国への優越…㉓428, 437, 441, 445, 480
～の著述…⑰42, 132, 210, 628, ⑲189, ⑳10, ㉑116, ㉓465, ㉗55
「学寮了簡」…㉓302, 314, 402 「楽書」…㉓366 「楽制篇」…㉓412 「楽律考」…㉓366, 412 「経子史要覧」…㉓451 「鈐録」…㉓410, 479 「憲廟実録」編集…㉓368, 369, 426 「古文矩」…㉓323, ㉗27 「孝経識」…㉓350 「皇朝正声」…㉓400, 419 「興復勝覚寺釈迦堂弁四天王像縁起」…㉓300 「四家雋」→その項 「荀子」序…㉗28 「尚書学」…㉓347 「水滸伝解」…㉖377, 394 「絶句解」…㉓400, 456 「絶句解拾遺」…㉓400 「孫子国字解」…㉓479 「大学解」…㉓344, 349, 376, 466, 472 「太平策」…㉓290, 402 「中庸解」…㉓349, 376, ㉗159 「度量衡考」…㉓295 「唐後詩」…㉓400, 418（本邦…㉓400, 418, 419）「読韓非子」…②474, ㉓317, 562 「読荀子」…②474, 478, ㉓317, 562, 702, ㉗28 「読呂氏春秋」…②475, ㉓317 「風流使者記」…㉓313, 319-321, 332, 356, 357, ㉗31 「文戒」…㉓366, 374 「文罫」…㉓366 「文変」…㉗27 「明律国字解」→その項 「孟子識」…㉓339, 442 「由緒書」…㉓312, 314, 315, 360 「六諭衍義」訳…㉓401, ㉗166 「論語弁書」…㉓316 「論四十七士事」…㉓297 「和歌世詁」…㉗471
「学則（徂徠先生学則）」「峡中紀行」「訓訳示蒙」「蘐園十筆」「蘐園随筆」「蘐園談余」「政談」「徂徠集」「徂徠集拾遺」「徂徠集補」「徂徠先生答問書」「南留別志」「弁道」「弁名」「訳文筌蹄」「論語徴」→各項
～の張良画像賛の署名…㉓430
～のテクストクリティクへの着眼…⑰56, ㉓482
国文学からの示唆…⑱59, 60
日本に遺存する資料への着眼…⑰57, ⑱57
仏教者からの示唆…⑱549
～の弟子 朝比奈玄州（晁玄州）…㉓377, 407 安東東野→その項 伊藤南昌（維迪・滕元啓）…㉗164, 174, 182 入江若水・宇佐美灊水→各項 宇野士朗（士茹・于季子）…㉓402, 422, 424, 427, ㉕200, 201 岡井孝先（仲錫・岡仲錫）…㉓295, ㉗30, 33, 233 僧玄海…㉓433, 458, ㉔65, ㉗47 僧天教…㉓305 藪震庵…㉓379, 380, 410 太宰春台・根本遜志・服部南郭・平野金華→各項 松崎子允…㉓402 松平頼寛…⑰135, ㉗140 三浦義質（竹渓・平義質・平子彬）…㉓336, 451, ㉗164, 174, 181, 182, 201, 202 水足博泉（水神堂）…㉑181, ㉓336, 438, ㉗182 山県周南→その項 山田正方（菅李陰）…㉗

167-169, 174, 176　山田正朝・山井鼎→各項　吉田有隣…㉑305　湯浅常山（又弟子）…⑰258, ㉓477, 492
～の伝記…㉓290, 404, 702
生没…㉓529（死…②479, ⑰57, ㉓402, 529, ㉔251, ㉗74, 174　生誕…㉗37　生誕の奇瑞…㉓293）
読書速度…㉗25
本能村への流罪…㉓295, ㉗30（江戸への帰還…㉓295, 301, 317, ㉗37　南総での生活…㉓295, 296, 298, 457, ㉗30-34, 41, 42〔上総訛り…㉗34, 35　独学時代…㉓309, 323, 328, ㉗34　読書…㉗34　日記の体験…㉓294　農民の生活への認識…㉓296-298　法印覚眼の親切…㉓300, 310, 457, ㉗32　流謫の地…㉗36, 37〕　娘の死…㉓378, 379, 394）
～の唐詩祖述に対する反動（江戸後期）…⑬48, 170, ⑮540, ㉒5
～の唐宋の文章排斥…㉓168, 170, 176, 177
韓欧の文章排斥…㉗169-171　韓愈以後の文章の積字成句…㉓338, 339　唐宋八家批判…㉓333
～の名乗り…⑰54, ㉓293-295, 406, 415
徂徠の号の由来…㉓293
～の長崎礼讃と中華癖…㉓427, 428
～の日本人の過度の潔癖への批判…⑰87
～の日本人の聡慧への評価…㉓459, 462
「伊勢物語」…㉓459-463, ㉔8, ㉗34　「源氏物語」…⑱446, ㉓462, ㉔8, 13, ㉗34, 183
～の日本人の中国文明への関心の喚起…㉓482
～の日本の儒者の地位の低さへの皮肉…㉗179
～の日本風景論…㉓414
～の日本文学とのかかわり…㉓463
日本詩史に関する見解…㉓132, 136（日中詩歌の比較…㉓477）
～の日本優越論…㉓428, 437, 441, 445, ㉗233
日本経済の中国への優越…㉗233
～の博学…⑰50, ㉓311, 473, 474
～の病気…㉓379
～の武士道批判…⑰51, 52, 86, ㉓374, 408, 419, 451, 478
君臣関係…㉑172　自己犠牲による君主への献身の否定…⑰52, ㉑115　妾婦の道…⑰52, ㉕207
武と文の価値を同等とする認識…㉓479　文武二道の語を俗説とする見解…㉓478
～の無器用…㉓477
～の封建制評価…㉓287, 288, 373, 377, 438, 439, 448, 453, 483, 538
郡県制批判…㉓287, 438, 439, 448, 483
世襲的身分制度…㉓134, 537
～の門生と「十三経注疏」…㉗72, 73
～の門生と唐人の疏…⑰259
～の門生による儒家経典の校定…②590, ⑱549
業績の中国への逆輸出…⑰56, 57, ⑱58, 468, ㉓160, 328, 329, 481, ㉕191, 283, 284, ㉗73, 97, 271, 272（太宰春台「古文孝経孔氏伝」・根本遜志「論語義疏」・山井鼎「七経孟子考文補遺」→各項）
～の門生による文学書出版　大内熊耳「四先生文選」…㉒291　服部南郭「唐詩選」→その項
～の門生の逸話集…㉓492
～の門生の中国語…⑰49, ⑱57, ㉑108, ㉗98
～の訳社…㉓365
「荻生徂徠全集」第一巻（河出版）…㉗435-436
「蘐園九筆」「蘐園五筆」「蘐園七筆」「蘐園十筆」「蘐園随筆」「蘐園二筆」「蘐園六筆」→各項
～の訓読…㉓459, 554
「荻生徂徠全集」第一巻・第二巻（みすず版）…㉓489, ㉗165, 435
「訓訳示蒙」→その項　「経子史要覧」…㉓451
「徂徠先生答問書」「訳文筌蹄」→各項
荻生徂徠勉学之地…㉗37, 39
荻生方庵…㉓293, 294, ㉗32, 41, 176
～との関わり　徳川綱吉…㉓359, ㉗30, 37　法印覚眼…㉓300, 457, ㉗32　堀杏庵…㉗176, 180
～の妻…㉗39
～の流罪…㉓295, 457, ㉗30, 37, 38, 41
江戸帰還…㉗37
荻原井泉水…⑱64
沃（地名）…③477
奥田東（あずま）…㉕288
奥田三角　「紹明先生碣銘」…㉓494
奥殷（敦）周…⑭101
奥野信太郎…①611, ⑰386, ㉗330
～と「現代支那文学全集」…⑰410
～と森鷗外…⑰387
～の死…⑰355
～の著述　「おもちゃの風景」…⑰356　「疑雨集について」…⑰355　「中国文学十二話」…⑰357　「はるかなる女たち」…⑰385（てい子…⑰386）「町恋いの記」…⑰356　訳・老舎「趙子曰」…⑰411
奥村伊九良…⑫504, ⑯650, 659, ㉓636
奥山宇七…㉗77, 203
『憶王孫』　納蘭性徳…㉓177
憶良→山上憶良
謚…⑬231, 236, 237, 241
忍山温泉（上州）…⑰587, 589, ⑱58
落合太郎…⑭358, ⑯429, ⑰256, 261, ㉓597, ㉔66, ㉗306, 308
乙女茶屋…⑳263
男山…㉑218
橘姫（おとたちばなひめ）…㉗218
磤馭盧（おのころ）島…㉓429
己に克つ…⑤105
以為ラク…②87
折口信夫…①619→釈超空

「折たく柴の記」…⑭142, ⑮228, ㉑76, ㉓144, 145, 151　家宣の能楽耽溺への戒め…⑭592, ⑰24　伝奇・雑劇・散楽に関する説…⑭592, ㉓414, ㉗279　和文の美しさ…⑰623, ⑲95
織姫…⑬391, 408
頑かなる銅…⑬81
終ワリヲ慎ム…⑳302
音…㉔244
音韻学　インド…②203　中国…②203-204, ㉒399　中国・南北朝…②203
音韻の天成…㉕105, 106, 112
「音学五書」…②204, ⑯6, 117, 118, 646, ㉗97, 98, 194　易音・音論・古音表・詩本音・唐音正…㉗98
「音学十書」・音学大師…②204
音楽（中国）…①60, ②504, 505, 527, ③21, 22, ⑰485　～の尊重…②520-522, ③21, ⑤156, ⑰485
音楽史…⑥25
音楽史家…⑥346, 351
音楽的言語の重視…㉕6
音義相関の説…⑳75, 77-80
音響一何悲…⑥302
音似の言語…⑳70-75
「音釈」…⑮73, 79, 95, 127, 128, 147
音声のリズム→言語
音調…㉗238
音文（朝鮮）…㉓306
音容…⑪264, ⑰262
恩愛…⑪264, ⑬109
恩科（科挙）…㉓181, 196
恩幸…⑪303
恩錫…⑯156
恩田仲任「世説音釈」…⑦454
恩沢…⑪238, ㉓416
恩銘…①521
温嶠・太真…⑯34, ㉗138
温州…⑥76, 77, ⑦540, 541, ⑬175, 357, 360, 362, ⑮406, 419
温水…⑪355, 356
温体仁…⑯15-17
温庭筠…⑪553, 563, ⑱25　「鶏鳴埭曲」「湖陰詞」「謝公墅歌」「蔣侯神歌」「斉宮」「台城暁朝曲」「雉場歌」「張静婉采蓮曲」「陳宮」…⑬580
温敦七十五（左宣徽使）…⑭57
温飛卿…⑭399
温良恭倹譲…⑤236
穏情取…⑭321, 505
穏歩前進…⑳441

か

カーソン（ジョージ）…⑲269, 270
カアフマヌ…㉔190, 195, 196, 201, 203
カーペンターズ・ホール…⑲311
カールグレン（ベルンハルト）…③554　古代音音値の研究…②204, ㉖506　古代代名詞論…㉗275　古代中国語研究…②333, ⑲416
カイアナ…㉔201
カイザア（愷撒）・カイザル…①556, ⑬627→シーザー
カイロ…⑲411, ㉔172, 173
カサン…⑥156
ガスの思い出…⑳137
カスケード山脈…⑥413
カスト…⑰32
かぞえ歌（賦）…③33, ⑥416
カソリシズム…⑯652, ㉗255
カソリック…①260, ⑰128, 134, 660, ⑱524, ⑲104, ㉔151, 156, ㉗374　カソリック学者…⑲104　カソリック教会…⑪365, ㉔154
かたそばぞかし…㉑121
カタルシス…⑫692, ㉗325
ガテマラ…㉔133
カナカ…㉔199
カナダ…①551, ⑥407, ⑰625, ⑲220, 342, 366, 373, 376, 432
カナダ人…②495, ⑲342, 343　商業写真家…⑲342　コック…⑲366
カナダ駐在日本大使…㉒380
かなづかい…⑱376-379, 402-404, 406, 409, 411-423, 425, 436, 437
カナリヤ群島…㉔136
カニヌホイ…㉔201
カブール…①554, 555
ガフーロフ…⑲382
カフカ…⑱480
かみのみふみ（神典）…㉗112
カミュ…⑯600, ⑱481, ⑳500
カメハメハ王朝…㉔132, 189, 220　カメハメハ大王…㉔132, 190, 191, 193, 195, 196, 200, 201　カメハメハ二世…㉔203
から（唐）…㉗227
カラカス…㉑669, ㉔128, 130, 131, 143-148, 152, 154, 158, 208　カラカス空港…㉔145　カラカス国立中央大学…㉔155-157
からくに（漢国）…㉗110, 111　からくにびと（漢国人）…㉗111　からくれなゐ…㉓28　からごころ（漢意）…①704, ㉗61, 62, 154, 188　からなづみ（漢泥）…⑳449　からぶみ（漢籍）…㉗57, 62, 187, 195, 196　からぶみ（漢文）…㉗110
カリグラフィー…㉕300
カリフォルニア…⑥414, ⑲220, 323, ㉔191, 218
カリフォルニア大学…⑰112, ⑲241, 301, ㉒557, ㉔

48, 160, ㉖450→加州大学
～と神戸大学…⑲330, ㉔252
～の東洋部…⑲241, 322
東洋部予算…⑲332　日本部門…⑰112, ⑲329
カリブ海…㉔128, 133, 160, 162, 163
～とコロンブス…㉔136, 137, 149, 207, 220
～とヴェネゼラ…㉔128, 131, 133, 144, 145, 148
～の黒人反乱…㉔148, 218
～の島…㉔130, 131, 137, 138, 223
ヴァージン諸島／セント・クロア→各項　セントジョン／セントトマス…㉔134
～の島における学会…㉒557, ㉔128, 134, 161, 206, 207, ㉖450
～の西北のマイアミ市…㉔142
マイアミ空港…㉔143, 144
カリブ族…㉔133, 136, 138, 139
カルーソー…⑪53
カルヴィン…㉔150
カルタゴ…⑱363
カルダン…㉕444
カルピス…㉗312, 313
ガルペリン（A. L.）…⑲374, 375, 382-384, 386
「徳川初期における日本の統一と孤立についての諸問題」…⑲374, 382
カルメン…⑲295
ガロバ（噶囉吧）…㉓708
カロライナ…⑥409, ⑲220
カンサス…⑥410, 418
カンサス・シティ…⑲255, 319, 330
カンサス・シティ美術館…⑥415
「ガンジー伝」…①254
「カンタベリー物語」…㉗393
カント…①560, ⑯281, ⑰7, ⑲106, 115, 191, ㉒403, ㉔150, ㉕291, ㉗422
永久平和論…⑰616　同時代人…㉔220, 221
カンニバリズム…㉔134
ガンの治療…⑳135, 150
カンボジア国の文部大臣…⑲291
カンマン…⑲304, 305
下…⑭309, 313
下官…⑭311
下愚…⑩466-472, 478-480, ㉓20-22, 58, 59, 547
下県・下州…⑪397
下行する者…㉓588
下降史観…⑥231
下溠城…⑦540
下相人…㉕75-77, 79
下的是…⑭320
下馬陵…⑪284, ㉓115, 116
下博…⑦92
下半截…⑮47
下邳太守…⑦379
下盂…㉓85
下隣…㉖384
化…⑥325, ⑦404
化子…㉓340
化日…⑬7
戈宙「半樹斎集」…㉒300
火経…⑪520
火失海牙鉄木児不花…⑭69
火州…⑫128
火性…⑭290
火腿…㉔19
火箭…⑯378
加…⑥40
加賀栄治「文心雕竜に於ける文の概念」…①620
加地伸行…㉕348
加州大学…⑲329→カリフォルニア大学
加上説…②252
加藤九祚（きゅうぞう）「天の蛇―ネフスキーの生涯―」…㉗352
加藤清正…㉓409
加藤繁…⑰266, 278, ㉓599　「中国史学の日本史学に及ぼした影響」…②594
加藤周一…㉗418
加藤常賢…⑯268, 650, ㉒390, 399, ㉓636
加藤平八…⑮617
加奈之…㉗15
加辣…㉖394
可…⑭310, 439, 443, ㉗248
可以…②117
可兀的…⑭420, 439
可作…⑭287-289, 555
可是…⑰372
可是麽…⑭321
可怎生…⑭322
可甚麽…⑭321, 451
可憎…⑭416, ⑮114
「可読書斎校書譜」…①582
可奈何…⑥7, 42
可念…⑪411
可能の哲学…①67
可比何…②69
可丕丕…⑮121
可頻氏…⑦548
可不的…⑭321
可不道…⑭301, 321
可便似…⑭422
可又早…⑭408, 409
可憐…⑭391, 392, ⑮206
甲斐…㉑109, ㉓296, 313, 319, 320, 357, 364, 371, 412, 435, ㉗123, 163
仮…㉖394
仮借…①288, 289
仮惺惺…⑭405
仮想の文学（中国）…⑭9, 274

淵源…⑭11→変文　成立・結晶…⑭11, 12, 15→雑劇（元）　六朝の神怪談…⑭9
～の発生…⑭9-11→院本（金）→講談（南宋）→雑劇（南北宋）→諸宮調（宋金）
～の発生の第一段階…⑭10→伝奇（唐）
仮託の問答による文学…⑥214
仮名・仮字…②561, 562, 568, ㉔166, ㉗89, 94
仮名の文学…②568
仮楽の君子…⑥13
夸父（かほ）…⑦208, 439, 440
瓜子大王…⑯445, 448
瓜州…⑪499
瓜皮の船…⑯547
瓜歩…⑬436
何…②130, ⑦499-501, 506, 507, ㉗248
何晏…④7, ⑤296, ㉕190, 225
～注「論語」→「論語集解」
何注「論語」の補説の書…④7, 9, ㉕191, 231
何注にもとづく訓点…④12
～との関わり　王衍…⑬589　王弼…⑦188, ⑰282, ㉕340（正始の玄言…⑦148）
応璩「百一詩」…⑦151
～の「景福殿賦」…⑥336
～の死…⑦188, 219
～の詩…⑦172
何為…⑪390
何栄祖…⑮300, 310
何延之　「蘭亭記」…㉒82
何楷　「古周易訂詁」「詩経世本古義」…㉓600
何其芳…①637　「屈原和他的作品」…①636　「実践論と文芸創作」…①621
何義門…⑯544
何休・邵公…⑥365, 366, 368, 370, 372, 378, ⑰590, ㉕345, ㉗65
～注　「孝経」「論語」…⑥369　「春秋公羊解詁」→「公羊伝」（注釈）「公羊文諡例」…⑥375
～注の再解釈…㉗65→「公羊疏」
～と「周礼」…㉕345
～との関わり　鄭玄…⑲153　戴宏…⑥377
～の解釈・語彙・事項　荆と楚…⑥374, 375　扳…⑮32　范文子の死…③526　逢丑父…⑥373
～のころの左氏家と范文子の死・「左氏膏肓」……③526
～本「公羊伝」…⑥371
何許…⑪118
何喬遠・晋江…⑯94　「名山蔵」…⑯95, ⑰557（序・銭謙益…⑯95）
何景明・仲黙・大復…⑮503, 632, ⑯56
～を含む前七子→李夢陽
～と辺貢への李夢陽の詩…⑮615
～の死…⑮511
～の詩の俊逸…⑮508
～の夫婦愛の尊重・「明月篇」…⑮504
「名月篇序」…③24, ⑮504, 508, ㉗219
～の恋愛感情尊重…⑮528
何元錫（げんせき）…⑯250
何煌…⑭40
何之元…⑫657
何焯（しゃく）…⑥292, ⑦227, ⑯59　「義門読書記」…⑥291
何如…②112, ⑦501
何如璋…⑦556
何将軍…⑫154, 409
山林…⑫287, 466, ⑳69　伝記…⑫151　別墅…⑫151, 152, 154, 165, 414
何紹基…⑯560
何心…㉖402, 417→陸滄安
何心隠…⑯101
何進…⑦55, 56, 94, 102, 103
何仙姑（八仙）…⑮109
何遜…⑫656, 671　「聊か百一の体を為す」…⑦166
～と陰鏗…⑫654, 655→陰何
何長寿…㉒81
何鏜（とう）「修攘通考」…⑰559
何得…⑫252
何培忠…㉕470
何物…⑦502-509
魏晋…⑦502, 507　魏晋以前…⑦506
何孟春…㉒51　注「陶淵明集」…⑦452
何也…②111, 112　⑦501
何邕…⑫523
何李（何景明・李夢陽）…⑮503
何良俊…⑭32, 34, ⑮170　編「語林」…㉗138, 139（序・文徴明…㉗139）
花…㉕100
花衣…⑯217
花一攢錦一簇…⑭470
花雲…㉖501
花蕚楼…⑫40, ⑭407-409
花冠…⑪239
花間四友…⑭423, 425
「花間集」…⑭298, ⑯145, ⑲296, 317
花卉画の大家…①496
花橋…㉒486
花谿竜尾山（海寧県）…⑯168
花光…⑰520
花栲栳児…⑬518
花腔・花腔鼓・花腔児…㉖389
花栽子…⑫523
花山（地名）…⑯47
花児…㉖422
花燭…⑭530
花神廟…⑯219
花石綱…⑬139, ㉖402
花草（花間集・草堂詩余）…⑯544
花台子弟…⑭593

花鳥…㉒91, 92
花鳥風月…①129, 145, 258, 261, 447, ㉑131
花鈿…⑪248
花桃…⑯214
花道…②501, ㉔170, ㉕229→生け花
花発東墻…⑭505
花門山…⑫366
花李郎…⑭88, 122, 124, 125, 146, 218, ⑮10 「酷寒亭」雑劇→その項
花裡神仙…⑭448
価…⑮50, 56
価値基準を時間に置く思想…②251, 252, 260, 262
価値による差別の否定（老荘）…①272, ⑤191-192, 195, 201
価値の序列の尊重（儒家）…①272, 273
佳士…㉕252, 253
佳史…⑬585
佳人才子小説…①600
和氏…⑦123→卞和
和尚廟…②370
和璧…⑥135
果…⑦483, 484
果州流渓県丞…②15, ⑪396, 397
果然道…⑭301, 321
果報輪廻説…⑯375
河→黄河
河間献王（漢）…⑥47, ⑳64, ㉕330, 331, 464→劉徳
河間国…⑦52
「河間七篇本」…㉗274, 275
河間の相…㉕223
河間府の宦者供給（明）…⑦46
河間路（元）…⑮343, 344
河漢…⑥284, 294, ⑫217, 220, ㉒451, 483, ㉕256, 259, ㉖109-111, 113, 231
河曲…⑭93, ㉒93
河・江・川…②70
河湟…⑪499
河朔…⑦537, 538, ⑧25, ⑫73
河上の東荘…㉓233
河水瀰瀰…㉓460
河西…⑬240, 241, ⑭72→西夏
　～の参仏曲…⑭72
河西県尉…⑫178, 179, ㉒28
河西道節度使…⑪499, ⑫178
河内…②109, 110, ⑥36, 390, 391, ⑭80
河内郡司功…⑫19
河中…⑭135
河中府（元・サマルカンド）…⑮400
河中府（唐）…①459, 461
河童忌…②544
河図…㉒307, ㉓98, 99
河東…②109, 110, ⑪15, 483, 492, ⑫27, 38, 171, ⑬235
河東従事…⑪17
河東節度使…⑫58, 240, ㉒20, 21
河豚…①545
河南（省）…⑥125, 144, ⑪485, ⑬144, ⑭451, 452
　河南河北山西間の太行山脈と曹操・河南河北を根拠地とした曹操…⑦16
　河南河北山東地方の総称としての山東…⑪152
　河南陝西境の太華山…⑫380
　～と安禄山→その項
　～と杜甫→その項
　～の殷の遺跡…①386, ③4, ⑯277, ⑲223, 306
　～の学務長官鄒升恒（清）…㉓192
　～の後漢時代の人物地理…⑦45
　～の侯国の歴訪（孔子）…⑤33, 122, 202
　～の黄河流域…⑲223（洪水…⑫38）
　～の蔡州における哀宗（金）の自殺…⑬378, 391
　～の汝南淮泗における顔（漢代）…㉕91
　～の地域・地名　安陽県…③4　安陽市…㉖98　伊闕…⑦130　伊洛の流域…⑬144　渮陽…⑥392　潁川…⑦45, 540, ⑫669, ㉒80　衛輝県…㉓264　衛（春秋）→その項　衛州汲県…⑭80, 158　宛・宛丘→各項　偃師県…⑦261, ⑫17　郾城県…⑫36, 37, ㉗20　開封→その項　官渡…⑦38, 96, 108　轘轅…⑦130　儀封…⑮503　許・許州…⑦95, ⑭124　匡・鞏県→各項　鄴→その項　鄴郡内黄…㉒86　虞城…⑬483, 486, 487, 522　荊山…①179　滎沢…⑭93　滎陽…⑫27, 430　湖県…⑥167, 168（泉鳩里…⑥167）　蔡（春秋）→その項　蔡州…⑮391　三郷県…⑮386　寿安…⑫38　汝南→その項　汝陽城…⑬294　葉県…⑬292, 294　葉（春秋）→その項　上蔡→その項　穣川…⑬220　信陽…⑮503　新安…⑫38　成皐県…⑦5　宋（春秋）→その項　宋州（商丘）…⑫47　曹（春秋）…⑤122　中牟…①43, ⑤185, ⑬143　陳（春秋）→その項　陳州・陳留→各項　鎮平…⑮387　鄭（春秋）・鄭州→各項　内郷県…⑮387　南京（金・元）→開封　南京路（元）…⑮351　南陽→その項　福昌県…⑮383　澠池…⑪517, ⑫38　方ロ…①341　孟県…⑪404　豫州…⑦544, ⑫34, 35　陽武…⑫75, ㉕75-77　陽翟…⑬243　洛・洛陽→その項　竜門…②527　淮陽…⑤76, ⑥387, ⑬436　淮陽国…⑰593
　～の北部…②108, 110→河内
　　北部の地方長官…⑪30→相州刺史
　～の竜門の石仏…②527
河南尹…⑫66, 74
河南王卜憐吉歹（元）…⑭115
河南官書局…⑭65, 570
「河南郡図経」…⑥309
河南行省　左丞相…⑮288　参知政事…⑭111-113, 181
河南左布政使…①208-209
河南巡撫…㉓220

「河南邵氏聞見録」…⑬51→「邵氏聞見後（前）録」
「聞見後録」…㉕474　「聞見前録」…⑬257, 518, 519
河南省人…⑦45, ⑯396
河南道・河南府…⑫35
河南道採訪使…⑪499
河南府同知…⑭58
河南平原…⑦45, 46, 180
河の湄…㉓228
河浜…㉑181
河不出図…⑤254, ㉓93-105, 109, 245, ㉔217, ㉕367
河汾…⑯84
「河汾諸老詩集」…⑮399
河北（省）…⑥81, 85, 98, ⑦7, 28, 37, ⑪487
～・河南・山東地方の総称としての山東…⑪152
～・河南と山西間の太行山脈と曹操・曹操の根拠地河北・河南…⑦16
～・山東地方…⑫59
斉燕…⑥139　斉魏…㉖371　斉趙…⑫45, 47
～と安禄山→その項
～南部の飢饉時の農民生活（清末民初）…㉒492
～における地震予知（文革後）…㉒442-443
～に散居せしめた工匠儒釈道医（元）…⑭64
～の詩の衰退…⑮432
～の大旱魃（慶暦九年）…⑬241
～の地域・地名　易州…⑮431, ㉗270　易州城…⑦104　易台…⑮431　宛平…⑭157　燕・燕京→各項　燕山…⑭158, ㉒106　燕台…㉒101　㉖462, 463　燕南…⑭158　河間…⑥168, ⑦46, 52, ⑭167, ㉕223　邯鄲→その項　冀県…②419　冀州…⑦104, ⑭155, ⑯220, 222　居庸関→その項　鉅鹿…⑦92, ⑫27　曲陽県…⑦552　邢州…⑮514, 521, ⑯222→順徳　邢台県…⑭57, ⑯223　薊州漁陽県…⑫269　滹陽…⑭94, 95　弘州襄陰…㉒111　広川…⑥369　藁城…⑮391　山海関…⑥72, 144, ㉓162, 167, 172　順天…⑭97, 99（順天府…⑭56, 282）→保定　順天路（祁州深沢県…⑮351　束鹿県…⑭61）　順徳…⑮513, 514, 521→邢州　順徳路…⑭57　常山…⑫308, ⑮411　真定→その項　深州…⑯220, 222　清河→その項　石家荘…⑭56, 93, 365, ⑮393, ㉔250　滄県…⑯223　滄州…⑯222　叢台…⑫46, 47　大名…⑬297, ⑭34, ㉓264　大名開州…⑭156, 160　中山…⑥150, ⑪529→定県　趙郡…⑪514　趙県…⑯223　趙州…⑯220, 222　趙州賛皇…⑪393　鎮州定県…⑥150, ⑯220, 222→中山　南宮県…②419, ⑮318, ⑯206　貝州…⑯222　柏郷…㉓251, 263　保定→その項　保定県…⑯208→順天　保定容城…⑭158, ⑮428　欒城→真定　臨漳県…⑦79
～の農家の子（楊継盛）…②463
～の農村出身の友人（陳済川）…⑯207, 211
～の農村の診療所…⑲238
～の風俗…⑯214
～の方言・打呵喝…⑮122
～の棉産地…⑯206
～北部・山西北部の契丹族による占拠…⑬3
～北部の韓詩学派（漢）…③38
河北人…⑪487
河北南道巡行勧農官の申文…⑭61
河陽…⑪80, 81, 412, ㉖100-102, 147, 148, 150
～を詠じた詩（潘岳）…⑱453
～の韓氏の墓…②189
河陽軍…②16, ⑪396, 404
河陽軍節度使…⑪404
河洛…⑦537, ㉒76
～の学…⑦254
河漏子…㉖399
科…⑭17
科学技術行政協議会…㉗407
科学時代…⑳151
科学振興…⑳186
科儀符籙…㉒301
科挙…①61, 300, 301, ②3, 428, 450, ⑤297, ⑭130, ⑮317, 567, ㉕55, ㉗179
～を不受験の市民…②429, 438-439, ⑮478, 576
～と近世社会…②335, ⑬550, 562, 563, 565-568
士・庶の社会…①291, 301, ②405, 437, 460-462, 470, ⑬566, ⑳120, ㉕304
庶からの士の選別…①301, 302, ②405
～と書法…②409, 455
～と西洋…⑳120, ㉕423
～と武事…①321, ②455
～と法律…②455, 458, 459
～における不正行為→科挙（宗）
～における文学能力尊重…①61, 291, 300, 302, 303, 317, 318, ②3, 4, 405
科挙以前における文学能力尊重…①317, 318
言語能力…②455, 470　作文作詩能力…②409, 428, 444, 446, 452, 456, ⑫546, ⑰81, ⑳120
～の及第者…①301, ⑬563, ㉔288-289
一甲一名…②441　状元…②441, ⑭530
及第者との関係　市民の詩の指導…⑮365-366, 435　試験委員との関係…②442, 469, ⑮487　官と胥吏の関係…②459, ⑮31　曲江の祝賀宴…㉖95
及第者の出身　及第者の子弟…⑬591　庶民の子弟…②441, ⑬562, 591　富裕な市民の子弟…①320, ②430, ⑬591, ⑮636, ⑳121, 122
北宋～明の及第者…②463（王禹偁…⑬222　欧陽修…②456, 463, ⑬598　蘇軾…②430, 456, ⑬282, ⑮366　范仲淹…⑬562, 591, ⑳121　楊維楨…⑮435　楊継盛…②463　李東陽…②463, ⑮487　李攀竜…②463, ⑮512　李夢陽…②463　呂蒙正…②463, ⑬591）
～の国定教科書…⑤297, 298

～の三段階の試験…②405, 437, 456
第一段階・生員→その項
第二段階・郷試…②438, 442, ㉓162, 169, 278, 704, ㉕320　挙人→その項
第三段階　会試…②438, 441, 442, ㉒116, ㉓162, ㉕320　殿試…②438, 441, ⑬234, ㉒116, ㉕320
～の試験委員…②442, 468, 469, ⑯31
試験委員長…①305, 307, ②442, ⑮487
～の試験科目・課題…②335, 405, 428, ⑬563, 629
基本的三科目（経義・論策・詩賦）…①302, 308, 309, ②452, 456, ㉒116, ㉕423
経義…①302, ②452, ⑧510, ⑭131, ⑯360, 382, 383, ㉕423
経義の基準　朱子注…②465「書経集伝」「尚書正義」…⑧510
経義批判（銭謙益）…⑯72, 75, 81
五経義…①316　五経題…㉕320
四書義…①310, 316（挙業…①310　四書文…①310, ⑬563　時文…①310, 317, ②454　制義…①310, ②454　制芸…①310　八股文→科挙〔明清〕）
四書題の八股文…②452, ㉕320
帖書（帖経）…①304, 306, 307
詩賦…①302, 310, 316, 317, ②203, 452, ⑭131, ㉓128→科挙（各時代）
試帖詩…②454
賦…②454　律賦…㉑10, 11→科挙（金）
論策…①302, 307-309, ②452, ⑬101, ⑭131, ㉒116
策・論…①307　策論…①302, 305, ②455, 456, 468, ⑯360, ㉑10, 11　時務策…①305, 306
～の受験教育…②462, ⑬563, 564
受験者の必読書…②455, 456, ⑧501, ㉓472, ㉔306, ㉕34, 234, ㉗64　儒家古典の暗誦…①307, ②407, 437, 444, 454, 462, ㉕320　対句・試帖詩の練習…②454　八股文の練習…②454, 462　歴史書の学習…②407, 455
～の制度と読書の家の固定化…②463, 468, ⑬563
～の制度の形成→科挙（唐）
～の制度の整備→科挙（宋）
～の体制のささえた文明…②456, 457
～の体制の非特権者の疎外…②457
貧窮層合格の可能性…②463, ⑬562, 591, ⑳121
門戸を閉ざされた人々…㉕423（下僕・俳優…⑮607　胥吏その子弟…⑮9, 359）
落第者　処士…②429　雑劇作者…⑭175　小説作者…①207, ⑭175
～の中心・儒家哲学…②405
経の尊重…②335, 336, ⑬571　経への復帰の倫理…⑬568, 569
～の答案の観念論…⑥110
～の廃止→科挙（元）→科挙（清）
～の萌芽（漢）…①61, 300, ⑥104
～の門戸開放と日本の世襲身分制社会…㉓134, ㉕422, 423
～の歴史の研究…①302, ②468
～批判・雨森芳州…②4, ⑲100, 101
科挙（金）…①308, ⑮376, 378, ㉒105, 116, 119
～出身者への抑圧…⑭133
～と金の諸帝…⑮377, ㉒106
～の学…⑭131, 134, 138-140, ㉒117-119
試験科目…①308, ㉒116（経義…①308, ㉒105, 116, 118　詩賦…①308, ⑮376, ㉒105, 116　律賦の重視…⑭95, 134, ㉑11, ㉒116-118〔出題例…㉒116〕）
科挙への熱心…⑮376, 378, ㉒116（科挙重視の名残り…⑭95）
科目の学…⑭138
科挙（元）…①308-310, ㉕321
～と王安石の主張…①308, 309
経義論策重視・詩賦軽視…①309
～と朱子学…①309, ㉒119
～と胥吏…⑮9, 359
～に代わる仕進の方法…⑭130
～の再開…⑬603, ⑭607, ⑮9, 240, 283, 287, 293, 433, 449
再開拒否（世祖）…①309, ⑭131, 183, ⑮402, ㉒119　再開と旧倫理への復帰…⑭184　再開と後期の雑劇…⑭268　再開と雑劇作者の社会的地位…⑭174, 175　再開と内容改革…①309, ㉒119　再開と南方士人…⑭179　再開と南北詩文の盛衰…⑭159　再開と蒙古人の漢化…⑭184　再開の年…①309, ⑮449, ㉒119　明清における元の科挙の祖述…①309-310, ⑭363, ㉕321
～の試験科目に雑劇を含むとする説…⑭138, 230
～の廃止…①300, ②336, 428, ⑮378, 416, 424, 426, ㉑11, ㉒105-106, 118
科挙へ郷愁・まねごと（南方）…⑮426
士人の不遇…⑬602, ⑭130, 141, 369, 607（胥吏の地位の向上…⑮9　知識人的文化の停頓…⑬602, 603　南方の士人の反応…⑭139, 179）
伝統によらぬ生活への興味…⑭140（科挙の学への反省…②356　廃止と雑劇勃興…①309, ②356, ⑬603, ⑭138, 141, 175, 178, 607　文学尊重の否定…⑭130, 140, 141　倫理の転換の促進…⑭141, 178）
廃止後の律賦の勉強（白仁甫）…⑭95, 134　廃止とバヤン…⑮282　廃止に対する不平…②355
廃止の期間…①308
科挙（元明清）…①310, ㉑11, ㉕321
～における「春秋」…⑭363, ㉕321
～における「礼」…㉕321
～は元の制度の祖述…①310, ㉕321
経義重視…①310　指定書…①310, ④8, ㉓472, ㉕34　朱子学…①310, ⑭363, ㉒119, ㉓472
科挙（五代宋初）と詩賦…①307
科挙（清）…②463, 468, ⑯360, ㉓162, ㉕320, 321→

科挙（明清）
～と査慎行…⑯175
～と西洋勢力の渡来…②336
～と潘家の対応…②405
～に関する講義（狩野直喜）…⑯633
～の及第者　清末（洪鈞…②441　蔡元培…⑳121　曽国藩・李鴻章…②441）　正途出身…①301　生員（秀才）・挙人・進士…①301,②468,㉕320
～の最初の科挙…㉓162,254
～の試験科目…②454,468
経義…②454（答案の字数制限…①316）　五言八韻の律詩…①317,②452　策論の「公羊伝」出題…②468　詩賦…②454
～の截搭題…①315
～の答案の助字指定…①316
～の二回目の科挙…㉓255
～の廃止…①300,310,⑬282,283,550,⑯456,㉑11
最後の年…②450
科挙（隋）…①303,⑬281
科挙（隋唐）…①300,302,303,㉓350
科挙（宋）…①307,②456,⑬7,562,590
～における不正行為…⑬282,㉕424
不正行為防止…⑬281,㉕424（糊名…⑬281,282　鎖院…⑬283　謄録…⑬282）
～の改革（王安石）…①307,⑬518,㉓128,㉕426
経義改革…①307,308,316　経義・論策重視…①307,308,310,⑬101,㉓128　詩賦廃止…①307,308,310,316,⑬101,㉒116,㉓128,138,㉕426
～の経義の不合理な出題批判（朱子）…①315
～の研究者（Chicago大学）…⑲328
～の試験科目…①307,308
経義の重視（宋末）…⑬563
詩賦の復活…①308,㉕496
～の制度の整備・確立…①61,300,②336,456,⑬7,222,562,591,㉕425
科挙中心の体制の始まり…⑬591
～の南廟の試…⑬583
科挙（宋以後）…①76,②336,428,456,⑦590,⑬550,⑮5,6
～と誕生日の記録…②542
～の基盤…①68,162,
～の試験科目…②428,452,㉑11
科挙（唐）…①303,305,306,⑬591,㉗64
～及第者と任子党の対立…㉔288,㉕450,457,476
～と「易」王弼韓康伯注…㉕34
～と日本の律令時代…㉓133
～との関わり　権徳輿の問題提起…①305,307,308　杜甫…⑫546,547,㉖8　李徳裕の反感…①306
～の課程・試験科目…⑬580
学綜古今科・賢良方正科…⑪18　三伝の科・史科…⑬581　進士科…①303-306,⑬580,㉗64（経義・帖書…①304-306　策論・時務策…①305,306　詩賦…①303-306,316,⑬580,㉕476）　風雅古調科…⑪398　明経科…①303,308,㉗64
～の経書の注釈書の指定…㉕274,㉗64
～の試験科目状況　策論・上官儀の答案…①305　史学軽視…⑬580（一史・三史の不振…⑬580）　詩賦…①303-306,316,⑬580,㉕476（五言六韻の律詩…①303　銭起の答案…①303,304　八韻の賦…①304　律賦…㉑10）
詩賦廃止…①305,306
～の制度の形成…①300,302,317,⑫546
～の文献…①303
科挙（唐宋）…①307,316
科挙（明）…⑭363,⑮512
～の簡易化…②463,468,⑮459,477
～の経義…⑬563（答案の字数制限…①316）
～の八股文重視と朱元璋…⑮459,476
作詩の廃止…⑮459　作文力重視…①310
科挙（明清）…①300,②405
～と朱子学…①310
～の元の科挙制度祖述…①309-310,⑭363,㉕321
～の試験問題と答案…②468
～の八股文…①315,②462,⑬571,㉕320→八股文
社会的評価…①317,②454　文献…①311　萌芽…①310　遊戯的性質…⑬572
八股文と経義（明清の科挙）…①310,311,316,317,②452,⑬563,㉕320（出題…①310,②452,⑬563,㉕320）
八股文と詩賦（唐宋の科挙）…①316
八股文との関わり（仇兆鰲…㉕489　胡董人…⑯359　胡適…⑯360　査慎行…⑯175　沈周…⑮578　李正…⑮628）
八股文と律賦（唐）…㉑10
八股文の形式…①310-314,316,②452,⑬563（固定化…①310,311,315,⑬563）
科道（官名）…㉓221
架空談…①204,212,226-229
～の誇張の面白さ…①227
枷…⑮135
柯焜（いく）…⑯151
柯九思・敬仲…⑮256,258,259
～と掲傒斯…⑮258
～と文宗…⑮255,258,259
～の著述「春直奎章閣」「退直贈月」…⑮274「宮詞」…⑮248,252,260,275（自注…⑮249,252,260）「丹邱生集」…⑮249,256,259,260,274
～の墨竹…⑮258,262
柯劭忞（しょうびん）…⑭93,⑰244,㉒387,㉖466
柯崇樸・寓匏…⑯144
柯逢時…⑮258
狩野教授還暦記念会…⑩428,㉓597

「狩野教授還暦記念支那学論叢」…⑮233, ⑰291, 297, ㉓597, ㉗277（著作年表…㉗257）
「狩野君山先生文集」「君山文」…⑰269, 273, 275, ㉓598「近衛公墓志」…②192, ⑰270　他項→⑰269, 270
狩野家…⑳264, ㉗311
　～と西田家…⑳282
　～と西田家と内藤家…⑳266
狩野直方…①141, ⑪566
狩野直喜・子温・君山・半農人・葵園…⑯579, ⑰238, 239, 243, 247, 265, 277, 290, 323, ㉒390, ㉕254, 462, ㉗290
　～からの聞き書き　足利家へ細川家からの養子の話…㉗43　旧中国の学問するものへの尊敬…⑰94　西園寺公望と「資治通鑑」…②157　島田重礼（莽大夫楊雄死訳・レクチュア）…㉗293　張之洞の話…⑰94, 95, 243　那珂通世と「二十二史考異」…⑰212　長尾甲と黎庶昌…⑰218　日本人スパイの話…②471　山崎闇斎の話…⑰79　ロダンの話…⑰286
　～・倉石武四郎・吉川幸次郎のアメリカ人支那学者との会見…⑲205
　～・鈴木虎雄…⑰265, 275, 277, 278, 293, 294, 305, 354, ⑳256, 259, 390, ㉒345, ㉓593
　王漁洋に対する好悪…⑯638　漢文直読論への態度…㉒350, 351　胡適の講演会…⑯432　宋代嫌悪…⑬624, 626　卒業論文（吉川）…㉗401　明に対する好悪…⑮557　両教授と青木正児…⑰335, 337, ㉓629　両教授と三木克己…㉗286
　～と王国維…⑯277, ⑰221, ㉖507
　王国維追悼の詩…①387, ⑰252　京都への亡命と親交…①386, 387, ⑭599, ⑯281, ⑰244, 266, ⑳286, ㉑237, ㉒359　元曲の研究…⑭599, 600, ⑯280, ⑰238, ㉓606, ㉗280「令義解」序の評価…②172
　～と京都帝国大学文科大学　支那語学支那文学講座の講義の開始…⑰266, 278, 396, ㉓589　創設委員…⑰239, 240, 266, 278, ⑱476, ㉓580, 592, ㉔269, ㉗267　文科大学長…⑳279, 280
　～と江南の風景…㉒367
　～と Société asiatique…⑰267, 279
　～と中国の先人　金人　元遺山…⑰252
　清人　王漁洋…⑯638, ⑰253　王鳴盛…⑰282　汪蛟門…⑰253　汪中…⑰250, 251, 267, 279, ㉗255　翁同龢・恵棟…㉓598　顧炎武…①377, 474, ⑰221, 251, 267, 279, 282, ㉒361, ㉓598, ㉕400　洪亮吉…⑰251, ㉗255　康有為…㉒361　黄仲則…⑬253　朱竹垞…①443, ⑯639, ⑰251　銭謙益…⑰253　曽国藩…⑰251, 267, 279　張船山…①499, ⑰253　丁晏・程廷祚…⑰282　劉壙…㉓598
　宋人　王応麟…⑰221, 267, 279, 282　欧陽修…⑰250-251　蘇軾…①421-426, ⑰251, 252, ⑳17　曽南豊…⑰250　范石湖…⑰252
　唐人　賈公彦…⑰267, 279　韓愈…⑰250, 267, 279　孔穎達…⑰267, 279　柳宗元…⑰250
　明人　王陽明…⑳282
　～と中国料理…㉒364
　～と「帝国文学」…⑰275
　～と「唐代の詩と散文」…⑪472
　～と読杜会…⑫730, 736, ⑰252, 255, ㉔67, ㉗316, 332
　「杜少陵先生詩分類集注」…㉒47
　～と夏目漱石…⑰253, 255, 265, 278
　～と日本漢学…⑮557, ⑰251, 297, ⑳280, 281, 287, ㉓581, 593, 594, ㉗394
　伊藤仁斎…⑰258, 267, 279, ㉓556, 605　荻生徂徠…⑭596, ⑰258, 267, 279, ㉓482, 556, 593, 605, ㉗259　海保漁村…㉗244, 245
　～と服部宇之吉…⑳289, 291
　義和団の変…①518, ⑰239-240, 243, 265, 275, 278, 286, ⑳289, ㉒335, 376, ㉓592（最初の文部省中国留学生…㉒334, ㉓592）
　東方文化事業総委員会委員（対支文化事業委員）…⑭601, ⑯642, ⑰244, 250, 267, 279, ⑳289-291, ㉒374, 375, 387, 389, ㉕271（済南事変…⑭601, ⑯642, ㉒374, 389「続四庫全書提要」編纂…⑯642, ⑰267, 279, ⑳289, ㉒374, ㉕271）
　東方文化学院研究所所長…⑳290
　～と仏学…⑰253
　～と文部省…㉓580
　～と「劉知遠諸宮調」…⑭567
　～と「論語」暗誦…④736, ⑤296
　～と Royal Asiatic Society…⑭596, ⑰257, 266, 278, ㉓596, 604
　～・内藤湖南…⑰275, 295, 351, 381, ⑲217, ㉒342, ㉓580, 581, 631, ㉔268, ㉗255, 266, 269, 348
　小川（貝塚）茂樹に関する話題…㉗297　王国維追悼法要…①387, ⑯281　郭沫若訪日における墓参…㉖490　漢学と家庭環境…㉒350　漢詩文の名手…⑰217, 221, ㉒348-349　気体堅剛…⑰295
　京都支那学…⑰239, 323, ⑳286, 289
　両者の学風と北京の学風…⑯646
　清朝漢学…⑰218, 228, ㉒347, 348, ㉔303, ㉗268, 294（汪中の尊重…⑯646, ㉗255　洪亮吉を日本へ紹介…㉗255　清朝の学と西洋の学問…㉒348　清朝通…⑯634　清人の詩文の提唱…⑰259, ㉒361-362）
　東京大学批判…㉗269（啓蒙的学者の安易さへの反撥…㉗268, 269）
　明学との訣別…⑯634, ㉒348
　交遊　両者・小川琢治・長尾雨山の楽羣社…⑰275　両者・桑原隲蔵の中国研究…⑰240, 293, 329, ⑳257, ㉓606, ㉖478, ㉗250　両者・鈴木虎雄…⑦594, ⑰284, ㉓593（卒業論文〔吉川〕審

査…⑬623, ⑳390, ㉗402）
両者・長尾雨山…⑰216-218, 220-223（書風…⑰221　中国人との交遊…⑰218, 220）
陳宝琛…㉖469
亡命中国人学者への援助…⑭599, ⑯281, ⑰244, 266, 279, ⑳286, ㉑237, ㉒337, 359
王国維との親交…①386, 387, ⑳286-287　羅振玉・王国維との学問的交流…⑯281, ㉓604-605, ㉕285　羅振玉・王国維・董康との交遊…⑯277, 634, ⑰266, 279, ㉒337, ㉓605　羅振玉・日本遺存古写本の写真版複製の依頼…⑯278, ⑰238, ㉒337, ㉕286
「困学紀聞」愛好…㉕323
支那学社への関心…㉓625（「支那学」からの批判…㉒353）
武内義雄への影響…㉗266, 268
中国研究…⑰217, 220-222, ⑳287, ㉒333, 337, ㉓605（漢文直読論への態度…㉒347　現代中国への関心…㉒359　敦煌文書の調査・研究…⑰243-244, 266, 278, ㉓604-605, ㉕285, ㉗268）
日本漢学への態度…⑯634, ⑳287, ㉒333, 347, ㉔303（江戸期漢学への反撥…⑰221, 222　仁斎・徂徠への評価…㉒347）
博学…②601, ⑰217, ㉒362　文献学的知識の充実…㉓604　文人趣味嫌悪…㉒350
～における事項・語彙・語句に関する見解　緯書…⑤116　儒…⑲78, ⑳379, 383, 384, ㉗236　儒雅…㉓594　不亦説乎…⑳18　風神…⑰250, ㉓594, 600　悠然望南山…⑰248, ⑳17
～による題簽（尚書正義訳）…⑧354, 503, ㉑670
～・西田幾多郎…⑰256, 265, 278, ⑳265, 266, 282-284, ㉓597, ㉔268, ㉗276, 348
河上肇の救援…⑳265, 283, ㉓598
～の遺稿刊行…㉗257
～の英語…⑰255, ㉓597
～の家族　子・狩野直方…①141, ⑪566　夫人・池辺氏／福島氏…㉑83　孫・狩野直禎→その項
～の華甲記念…⑰242
～の課本…⑳281
～の学生…⑰239, 240
～の学問　漢代経学…⑰276（鄭玄評価…⑰258, 267, 279, 282, ㉓603　前漢後漢の間の画期の指摘…⑥429, ⑰281）
漢唐の学…⑬624　魏晋の経学の研究…⑰283（魏晋の経学と文学への興味…⑦594, ⑰283, 284　魏晋の経学の変遷…⑰282, 283　老荘思想と礼の尊重…⑰283）
清朝…⑯634, ㉓592, 605
清朝経学の重視…⑬624, ⑭596, ⑯657, ㉓594, 603, ㉗294（公羊学…⑰258, ⑳282, ㉓604　呉派の学問…㉒415　「皇清経解」の移入…㉒361）
清朝学の継承者…⑮557, ⑰187, 238-240, 266, 279, 396, ㉓604, ㉗243（提唱者…①704　輸入者…⑭596, ⑰259, 282, 297, ㉒47, 348, 361）
清朝の遺老との交際…㉒387, 388
清朝文学…⑯633, ㉓594, 605（清朝人の詩…⑰253, ㉓605　清朝人の詩文の提唱…⑰251, 259, ㉒361-362　清朝文献学…⑳281）
清朝法制研究…⑰238
宋代嫌い…①705, ⑬624, 626
宋儒の学…⑬624, 626, ㉓594, 603, ㉔303（朱子の「詩経」解釈に疑問…㉓600　朱子の詩文への評価…⑰251　「朱子語類」への白眼…①705　宋人の文への態度…⑰250　南宋人の議論文…⑰251）
中国古代宗教思想…③562
中国哲学…①379, 380, ㉗267（孔子評…㉓593　中国のゾレンとザイン…⑳281, ㉕322）
中国哲学・文学の主知性の尊重…㉓593
中国の虚構の文学の研究…㉓605-606
元曲研究…⑭555, 596, 597, 600, 602, ⑰238-240, 253, 257-259, 266, 279（狩野・幸田露伴・王国維の研究…⑰338　元曲研究の動機…⑭596　雑劇勃興の理由に関する着眼…⑭139, 143, 276　蒙古人と西域文化に関する指摘…⑮294, 305　元曲の正確な訓詁…⑭375, 596, ㉗280　近い時代の詩句の引用の指摘…⑭298　フランス人の研究参照…⑰396　歪剌骨に関する指摘…⑮92）
中国小説…⑰254, ㉓606
中国法制史への興味…㉓599
中国歴代の文　漢魏六朝の美文…㉓593　秦漢の文…⑰249　唐以前の文…㉓605　唐人の文…⑰250
杜甫…⑰251, 255
「喜達行在所」…⑫732　「九日藍田崔氏荘」…⑫359　玄宗粛宗の感情の阻隔と杜詩…⑰252　出題・非宋人学杜杜学宋人…㉒65, 66　敦煌文書研究…⑰221, 238, 239, ㉓604-605, ㉕285, ㉗268
敦煌文書調査　パリ…⑰266, 279, 286, 417, ㉓596, 604（「論語」鄭玄注鑑定…⑤296, ⑰266, 279, 286, ㉓102, 604, ㉕226）
北京…⑭600, ⑰243-244, 266, 278, ㉓604, ㉕285
ロンドン…⑰266, 279, 417, ㉒47, 348, ㉓596, ㉓604
明…⑮557, ⑯634, ⑳281, ㉓594, 603, 605
明人の戯曲…⑭600, ⑰254　明人の詩文…⑰251　明人の小説…⑮557
六朝の文学…㉓593, 594, 599
魏晋の文学の研究…⑰283, 284　魏晋の文学の評価…⑰284　晋宋と斉梁の違い…⑰249
「文選」尊重…⑦594, ⑰284, ㉓605
～の学問の方法…⑪473, ⑫729, ⑳17, 18, 64, 280, ㉗191, 430, 431
経書研究…⑰217, ㉓599, ㉖507（「易」研究…⑰249, 260　「儀礼」研究…⑰249　「詩」古注・新

注の特質…㉓594 「礼」の研究…⑰249, 258, 259, 267, 279, ㉓599, 604〔「礼記」檀弓評…⑰250〕）
儒家古典を中国文明史の資料として扱う態度…㉓603（心得の学…⑰282-284, ㉓591, 595, 599）
中国現代語…⑭596, ⑰217, 399, 416, ㉒347, ㉓592, 605, 606
中国人の考え方・方法による…⑳232, ㉒333, 337, ㉓581, 605（中国自体の論理と美学による中国研究…⑳280, 287 中国の価値基準…㉓593, 595）
中国文明史の学問の創始…㉓606（中国文明の感性の尊重…⑳287, ㉓594 中国文明の即物性の重視…⑳280, 287 中国文明の特殊性の価値の認識…㉓595, 596 中国文明への尊敬…㉓606）
注疏の尊重…②602, ㉓594, 603, ㉗294（唐人の疏の尊重…⑰259, ㉓594, 603）
読書…⑰187, 267, 279, ⑲424, ⑳282, ㉓591, 607, ㉗291
思弁と読書…⑳280, 281 中国の古書を読むことの難しさ…⑤323
中国文学研究と読書…⑰247, ⑳17, 213, ㉒352（「漢書」…⑰249, ㉓599, ㉕371 「五経正義」…①705, ③559, ⑪473, ⑰259, ㉗191 「香祖筆記」…⑬519 「困学紀聞」…⑰251, 282, ㉕323 「史記」…⑰249 「資治通鑑」…⑰252, ㉓599 「殿中少監馬君墓誌」…⑪414, ⑰250 「日知録」…①377, 474, ⑰251, 282, ㉓598, ㉗294 「老子」…㉓599, ㉗272）
不誤不漏…⑰282
文学と不可分 経学と文学…⑰277, 283, ⑲106 哲学と文学…㉒362, ㉓594, 589, 605, ㉗259, 270
ヨーロッパ支那学…⑰238-240, 266, 278, ⑲417, ㉓596, 604, ㉗268（西洋の方法と中国の方法…⑰217, ⑳281, ㉒348 フランス支那学…⑰238, ㉗268）
～の漢詩文…⑰247, 267, 273, ㉓591
漢文…①562, ②192, 472, ⑰271, ㉒348
詩…①377, 421, 474, ⑰275（乙丑歳暮の詩…①378, 421, 472）
～の揮毫における禁忌…①377, ⑲425, ㉗359
～の教師の著述活動を否定する主張…⑳277, ㉓589, 602, 607
～の銀髪…①398
～の交遊 アレクセフ…⑰266, 279, 285, ⑲415, ㉓596 安達謙蔵…⑰265, 277 池辺三山…①471 石井菊次郎…①518, ⑰265, 278, 286 大野熊雄…㉔61 加藤繁…⑰266, 278, ㉓599 古城貞吉→その項 西園寺公望…①377, ⑲425 シャバンヌ…⑰266, 279 滝川亀太郎…⑥245 鳥居赫雄（素川）…⑰265, 277, ㉓592, ㉗349 長尾雨山…⑰223, 253, 275 西村時彦…⑰275, 398 藤田豊八…⑰265, 277 仏人ウォーター…①422 ペリオ…⑤296, ⑰238, 266, 279, ㉓604, ㉕285
京都大学学生 青木正児→その項 青山澄斎…⑫359, ⑰273 小島祐馬…⑰322, ㉒352 貝塚茂樹→その項 倉石武四郎…⑯642, ㉒377, ㉗290, 293-295 桑原武夫…㉒350, ㉓597, 598, ㉗348 田中美知太郎…㉗263 武内義雄→その項 難波準平…㉒362 本田成之…⑰240, 322, 381, ㉒353, ㉓625, ㉗262, 270 水野清一…㉓638, ㉔273
京都大学教授…⑱476, ⑳260, 276-279
足利惇氏…㉗43 荒木寅三郎（鳳岡）…⑰275, ⑱497, 498 上田敏…⑱476 内田銀蔵…⑰265, 278, ㉓597 小川琢治→その項 織田万…⑰266, 275, 278 落合太郎…㉓597 狩野亨吉…⑰266, 278, ⑱476, ㉔269 河上肇…㉓598, ㉗405 木下広次…㉓581 桑木厳翼…⑰266, 278, ㉔269 桑原隲蔵→その項 佐々木惣一（笹舟）…㉗405 坂口昂二…⑰293 阪倉篤太郎…㉗310 高瀬武次郎…⑰265, 277, 278, 293, ㉓597 谷本富…⑰266, 278, ⑱476, ㉔269 近重真澄（物庵）…⑰275 富岡謙蔵…①386, ⑯277, ⑰243-244, 266, 278 羽田亨…⑰332, ⑱477, ⑲217, ㉓631 浜田耕作…⑰243, ⑱477 原勝郎…⑰265, 278, ⑱476, ⑳276, 277, ㉓597 深田康算…⑳276, ㉔268 藤井乙男・藤代禎輔・松本文三郎→各項 松本亦太郎…㉔269 三浦周行…⑳276, 277 矢野仁一…⑰293, ㉓597
師 井上哲次郎→その項 上田万年・黒川真頼・ケーベル…⑰265, 277 島田重礼→その項 竹添進一郎・根本通明・ブッセ…⑰265, 277
中国人 王樹枏…⑰250, ㉒387, 388 夏泉…⑳269, 270 胡適…⑯431, 432 周作人・徐枋…⑰244 沈曽植…⑰243 端方…⑰244 張之洞→その項 張鳳挙…⑯642, ㉒377 陳毅・鄭孝胥…⑰243 董康…⑰244, 266, 279, ⑳452 馬巽…⑯579 白堅…②513 北京大学の諸教授…⑯648, ⑰244, ㉒389 宝熙…⑰244 楊鍾義…②538 羅振玉→その項 梁鴻志…⑰244
～の好奇心…⑰257, 259, 260
～の講義・演習…㉓604, 605
講義の底稿…⑰267, 276, 280, 281, ㉓589, 590
講義の難しさ…⑳259, ㉒362, ㉗393, 404 「儀礼疏」演習…⑭601, ⑳281, ㉓607, ㉗294 元曲演習…㉓607 元曲講義…⑭596, 597, 601, 607, ⑰395, ⑳259, ㉓606, ㉗279-280, 294（功名について…⑭526 「酷寒亭」講読…⑮11 打死平人について…⑮28 「風光好」講義…⑭600 六房について…⑮21）
講義題目（「魏晋学術考」…⑭601, ⑰281, 284, ㉓602 「支那戯曲史」「支那小説史」…㉓590 「支那哲学史」…㉓589, 590, 602, ㉕322, ㉗263, 267, 272 「支那文学史」…㉓589, 590, 602 「清朝制度と文学」…⑭601, ⑯633 「清朝文学史」

…⑯633, ⑰240, ㉒362, ㉓590, 605 「孟子研究」…㉗257 「両漢学術考」…⑥429, ⑭601, ⑰276, 281, ⑳259, ㉒362, ㉓602 「両漢文学考」…⑰276, 284, ㉓602 「論語研究」…㉗257, 267, 269）
作詩文…㉖465
～の指示による碑文…⑯641
～の指導方針…①705, ⑤295, ⑯432
細かに本を読む…⑰247, ⑳17, ㉒352（清朝的方法…⑰187　日本人の漢学を読むな…①705, ⑤295, ⑰297, ㉒58　別集を読むことの勧め…⑯639, ⑰248）
作詩文の指導…⑯633, 640, ⑰247, ⑲153, ⑳390, ㉖465（辞書の使い方…⑳60　世風の説〔顧炎武〕…㉓598）
中国の総てを知る…㉒362, 363（総てを中国風に…①705, ⑤295, ⑰297, ㉗394　中国留学の勧め…⑯642, ⑳291, 391, ㉒374）
俳句的趣味からの脱却…⑰296　文学研究の方法…⑰247, 248, ⑳17, 18
～の主治医…㉔297
～の書…①377, ⑫730, ⑰267, 660（吉川雅弟属書直喜…①421）
～の奨学金支給への配慮…⑯643
～の硯…⑱360
～の生没　死…⑪469, 472, ⑰238, 246, 261, 262, 267, 280, ⑳286, 391, ㉓589, 602　生誕…⑰238　墓…⑰238, 267, 280, ㉑83
～の粗獷なるものへの嫌悪…⑰249
～の退官…⑭601, ⑯431, ⑰244, 267, 275, 276, 279, 297, ⑳280, ㉒374, ㉓597, 602, ㉗294
狩野・鈴木虎雄・塩谷温らの退官…⑰418
～の中国研究志向の動機…㉒349, ㉓596
～の中国人の前朝への悪口癖に関する指摘…⑮298, 306
～の中国留学…⑰94, 238, 239, ㉒337, ㉓595, 596, 604
上海留学…⑭596, ⑰243, 257, 265, 275, 278, ㉓592, 596, 604　北京留学…①518, 691, ⑭596, ⑰239, 243, 265, 275, 278, ⑳289, ㉒334, ㉓592
～の著述　岩崎本「毛詩」経注本跋…⑩458 「王静安君を憶ふ」…㉓606 「狩野君山先生文集」→その項　狩野蔵「周易正義」旧鈔本の跋…⑰589, 590 「海蔵楼詩を読む」…㉓605 「漢書補注補」…⑰276, ㉕88 「魏晋学術考」→その項「君山詩草」…⑰275, ㉓598 「元曲の由来と白仁甫の梧桐雨」→その項 「古今雑劇三十種」跋…⑰257, 258 「孔子と管仲」…㉓607 「孔子の伝記に就きて」…㉗258 「支那学文藪」→その項 「支那研究に就て」…㉓606 「支那上代の巫」「支那の竈神」…⑰401 「支那文学史」→その項 「儒の意義」…⑳384, ㉓604, ㉗236「清国行政法」…⑰240, 258, 266, 278, ㉓599「水滸伝と支那戯曲」→その項 「続狗尾録」…㉓605 「中国哲学史」→その項 「唐鈔古本尚書釈文考」…㉓605 「唐鈔本文選注残巻跋」…⑰269 「道教の道徳に就きて」…㉓604 「読曲瑣言」…⑭298, ⑮92 「読書纂餘」…②587, ⑰239, 240, 267, 280, ㉓602 「琵琶行を材料としたる支那戯曲について」…⑰398 「方望渓の軼事に就いて」…㉓605 「山井鼎と七経孟子考文補遺」→その項 「楊雄と法言」…⑥255, ㉓607「両漢学術考」→その項 「論語研究の方法に就いて」「論語孟子研究」→各項 「我朝に於ける唐制の模倣と祭天の礼」…②587
～の澄心堂紙…⑪566
～のディレッタンティズム嫌悪…⑰253, ㉒349, ㉓600, 606
～の添削…㉗345
～の時計修理と北京の時計屋…㉒463
～の東方文化学院京都研究所長（東方文化研究所長）…⑭601, 602, ⑯579, 651, ⑰238-240, 244, 260, 267, 279, ⑳280, 290, 391
「東方文化研究所漢籍分類目録」編纂…⑰563
陶湘コレクションの購入…㉓640
水野清一の所長評…㉓638, ㉔273
～の東方文化研究所長事務取扱…⑰288, ㉔272
～の「日本国現在書目録」解説…⑬575
～の入浴ぎらい…⑳281
～の八十の寿…⑪414, 469
～のフォークロア研究…⑰401
～のフランスびいき…⑰255, ⑳281
～の風貌…⑳276, 279, 280
～の文学的味覚…⑰254, 255, 259, 260
～の梅蘭芳観劇記…⑯594
～の山井鼎評…⑱59
～のヨーロッパ旅行…⑤296, ⑰266, 278, 279, 285, 417, ㉓596, 604, 605, ㉕226
～の幼名・百熊…①377, ⑰275
～の楊柳青（駅名）に関する記憶…㉒376
～の陸象先に関する指摘…⑭550
～の略歴…⑰238-240, 265, 277
～覆刻元曲テクスト（京都帝国大学文化大学叢書）…⑭596
覆刻「古今雑劇三十種」→「元刊古今雑劇三十種」
～への評　黄季剛…⑯568　楊蓮生教授（ハーバード）…⑲315
狩野直禎…⑦594, ⑰264, 277, 284, ㉓191, 601, 602, ㉗263
狩野亨吉…⑰266, 278, 625, ⑱476, ㉔269
狩野派の絵画…㉓421
珂…⑮109
神奈川県藤沢市…㉔319
迦葉…㉓472
香川景樹（かげき）…⑬56
香川秀庵…㉓494

香具山…㉔247, ㉖72
香取秀真（ほづま）…⑰303
哥哥…⑭311
哥舒翰・相公…⑫172, 173, 241, 253, ㉒22, 23, 83
官職…⑫254 杜甫の期待…⑫66, 196, 241, 254, 257, 365, ㉒30, 31 潼関の敗北…⑫173, 196, 241, 259, 365, ㉒23, 24, 31, ㉕440
夏（王朝）…㉓449, ㉔199
王朝存在の不確認…②289, ③4, 18, 533, 553, ⑧507 王朝の啓が兵士に告げる言葉…⑤315 王朝の始祖…②289, 384, 549, ③16, ㉓19, 282, 386, 447, ㉕151 王朝の伝説と漢の武帝の時代…⑥176, 195 夏の政令・「夏書」…③3-4 夏の琱戈…㉓422 夏の天子世襲…②436, 549 夏の道・祭政一致…㉓450 夏の礼（柩のおき場所…⑤9 服喪期間…㉓389）
～の訓・有窮后羿…⑱86
～の滅亡…②549, ⑤315, ⑦97
夏（国名・五胡）…㉗130
夏（北方中国）…㉕36, 341
夏煜…⑮459
夏殷…㉓425, ㉖78（二代…㉓425）
夏殷周…②549, ③553, ⑰18, ㉓346, 366, 425, 441→三王→三代
～以前の書物…⑬554
～と現代の共通性（荻生徂徠）…㉓340
～における呼称 王…㉗87, 88 文…㉗98
～の官名と司馬・大尉…②242
～の聖人の時代…⑰163
君主の言語の記録…㉑156 政治…⑬89 創業者…②549, ㉓346, 545 道統…㉓292 文章（荻生徂徠）…㉓345 礼（同）…㉗157
夏禹の法…⑦553
夏姫…⑲46, ㉑161
夏敬観…⑯412, 413 「漢短簫鐃歌注」…⑥345
夏敬渠「野叟曝言」…②589
夏口…⑯188, 191, ㉓618
夏后…⑦208
夏侯氏…⑦43, ⑯236
夏侯始昌…⑥148
夏侯太妃（東晋）…㉕380
夏侯湛・孝若…⑦505 「昆弟誥」…㉖455 「東方先生像賛」…⑪440, ㉒322, ㉔235
夏侯珍洽（ちんこう）…⑦543
夏黄公…⑥387
夏之芳…㉓168
夏志清…㉔207, ㉖416→ Hsia（C. T.）
夏州…⑦546
夏州都督…㉒86
夏小曽「朝野僉言」…⑰594
夏竦（しょう）・英公…⑬250, 251
夏正…③482
夏泉・渠園・溥斎…⑫731, ⑯641, 642, 650, ⑰297, ⑳271, 390, ㉒486, ㉓605, ㉗394
～と内藤虎次郎…⑯639, ⑳268, 269
～の忠告…⑫731-732, ⑬624
夏壮勇公…⑳268
夏巣…㉕378
夏と楚の音…㉕341
夏と楚の言…⑭274, ㉕36
夏伯和・雪蓑漁隠…⑭101
「青楼集」→その項
夏暦…⑥288
家…⑭440, ⑮55, 56
家縁・家火・家活・家計…⑭312
家私…⑭312, ⑮51
家室…㉖67
家書…⑪59
家生子…⑮610
家中…㉖205
家庭生活の法則…⑤149, 195, 299, 302
家当…⑭312
家法…㉕229
家令主簿…②16, ⑪396, 401
「家礼儀節」「家礼補注」…⑰556
荷花生日…②544
「荷花舞」…⑯604
華…②258
華夷…㉔161
「華夷変態」…㉓269, 274
「華夷訳語」…①287
華域…㉓440
「華英初階」…⑯381, 383
華屋…㉖143, 144, 146
華音…㉗98
華夏…⑯66, ㉒310, ㉓152, 708
華蓋の星…⑬357, 510
華覈（かく）…⑦480
華嶽碑…㉓619
「華僑文化」…①622, 626, 631, 634, 635
華嶠…⑱466
華歆…⑦455-457, 464
華元…⑥404
「華甲閒話」…㉓622, 623
華国峰…㉕307
華山（陝西）…①391, 476, ⑫253, 254, 381, 435, ⑮595, 596, ㉖98, 137→西岳→太華山
～と孫一元…⑮523
～と富士山（荻生徂徠）…㉓364, 431
～の祭り 漢・武帝…⑥144 唐・玄宗…⑫63
華山府君…⑪483
華粲「北来の倡優を観る」…⑭176
華州…⑪530, 534, 538
～と華山…⑫435, ㉖97-98, 137
～と杜甫→杜詩→杜甫
～の飢饉…⑫437, 482, 572, ㉖108, 137

華州別駕…⑪530
華人…㉓375, 415
　～の字（書法）…㉓412
華清宮…⑪237, ⑫56, 261, 327, 390, ⑭407, 409
華清池…⑪237, 269, ㉒484, ㉔80
華清の第二湯…㉒484
華捽…㉑167
華亭…⑭34, ㉗132
華童公学…⑯421, 424, 426
華南…⑥78
華髪…①469, ⑮514
華表…⑮523
華不注…⑮514
「華文毎日」…⑯584
華北…⑯615, ⑳421, ㉒118
　～人の常食・焼餅…⑮111
　～における日本の不法行為…⑲231
　～の曹操による支配…⑦3
　～の風物　秋空…⑫355　空を渡る風…⑥65　地平線・夜空…⑫149
　～の棉作…⑯209
　～の蒙古による支配…①308, ⑮328, ㉒118
　　土豪の蒙古への服従…⑬602
華北交通会社…⑯582, 586
華北棉産改進会…⑯207, 208, 224
華容…⑯191
華陽…⑦208
華陽県（成都府）…⑬406, 527, 528
「華陽国志」…⑥393, ㉓28
勘解由…㉓155
笳…②169, ⑥347, 348→葭
貨…⑮132
貨郎児…⑮16
「貨郎旦」雑劇・「風雨像生～」…②240, ⑭37, 48, 211, 247, 594, ⑮67　題目「抛家産業李彦和」…⑮15
鹿児島…⑱432, ㉔253, 254
　鹿児島市立美術館…㉔253　鹿児島本線…㉕254
鹿田静七…①397, 401, ㉑60
鹿地亘…①626, 635, ⑰409
堝…⑮116
賀茂真淵…②405, ⑰172, ㉔150, ㉗198, 245
　～と契沖と本居宣長…⑰618, ⑱449, ㉓25, 473, 499, 512, 552
　～と「万葉集」…⑰171, 172, ⑲90, ㉓502, ㉕411
　～と本居宣長…⑫736, ⑰213, 659, ⑳204, ㉓501, ㉕411
　　真淵の古言・古意の説の引用…⑲90, ㉓128, 502, 507　両者と新井白石…㉓146　両者と戴震・段玉裁…⑰207, ㉓25　両者と日本の古学の系列…㉓465　両者の学問と乾嘉の学問…㉕413　真淵への宣長の誓約書…⑳193　真淵への宣長の反駁・批判…⑰189, ⑳193, ㉓512, ㉕339, ㉗62
　　松阪の宿の対面…㉗219
　～の天照大御神像…㉗218, 219
　～のををしさの評価…⑰171, ㉗217
　～の「源氏物語」論…㉗219
　～の著述　「古今和歌集打聴」…㉕117　「国意考」…⑰209, ㉓465　「続万葉論」…㉕118　「にひまなび」…⑰171, ㉗217, 219　「万葉考」序…⑰618
　～の「月やあらぬ」の歌の解釈…㉕117, 118
　～の和文…㉗187
過…㉓77, 308
過雨…㉔189
過去の事実の尊重（中国文明）…①183
過去の時代の難解さ…⑳426
過去の中国　言語生活の理念…①204　宗教…①206　精神…①206　文盲の数…①319, 320
　～の社会　古典主義…①214　国外文化受容…①285　庶民の生活…①206, 209　政治形態と胥吏…①295　二重性…①205　理念と現実…①207
　～の中国人　地理知識…①245　外国語への意識…①287
　～の文学…①291
　　小説　小説の精神…①221　小説の中心…①223　知識階級の小説蔑視…①41, 203　政治への関心…①120
過失（七殺）…⑮30
過剰の生活…⑦222-225, 227, 229, 236
　過剰な欲望の対象…⑦222, 224　過剰の追求…⑦221, 236, 237　過剰への誘惑…⑦221, 222　過剰への欲望…⑦223, 224
過棟…㉒53
過不及…㉓76, 77
廈門→アモイ
瑕丘（山陽）・瑕丘令…⑥392
瑕丘江公…⑥123
禍…㉗13
　禍故…㉕384, ㉗8, 11-13　禍端…㉓41
賈逵（き）・景伯…⑥378, ⑯93, ㉕335
　～・鄭衆…⑥404, 405, ㉕335
　～と「古文尚書」…②243, 244
　～と「左伝」…⑥365, 367, 368, 374, 403-405, ⑦255
　　賈逵・服虔と「左伝」…⑥377（賈服「左伝」注…⑥403-405　士燮の死に関する説…③526）
　～における成王（周）の名の由来…②243
　～における俗儒…②243
　～の古文経書研究…⑦267, ㉔264, ㉕335
　～の注釈　「国語」…⑰558　「左伝」…⑥403-405, ⑯244　「尚書」…②243, ⑦275
　～の著述　「左氏長義」…⑥367, 374　「春秋左氏解詁」「春秋左氏長経」…⑥403
　～・馬融…⑧25
　　賈馬と衛宏…②244, ⑦267　賈馬と王粛…㉕340

賈馬と鄭玄…②242　賈馬の学…㉕335（周公作月令説…②242　神秘思想への冷淡…㉔264）
賈誼…⑥224, 404, ⑪514, ⑫427, ⑭454, 455, ㉓345
～と屈原…⑫45
～と辞賦…⑥214, 224, 225　「惜誓」…㉕161, 179
～の漢帝国の文化的貧困への批判…⑥54, 177, 196　郡・国併存への批判…⑥174, 193
～の呼称・洛陽の才子…⑥193, ⑭455
～の死…⑥227
～の「新書」…②485
～の文…⑥222, ⑬270
賈固・伯堅・維揚…⑭75, 385　「珠砂濆玉鼎慶元貞」…⑭187
賈公彦…⑦255, ⑯237, ㉕342, 344, 347
「儀礼疏」→「儀礼」（注釈）「周礼疏」→「周礼」（注釈）
～「儀礼疏」と倉石武四郎…㉗497
～疏と狩野直喜…⑰267, 279
～における当為・読為・読若…㉕338
「賈子」…②483
賈至…⑪100, ⑫502, ㉒481　「早朝大明宮」…㉓118
賈似道・秋壑…⑬173-175, 180, ⑮300, 311, 401, 402
賈充…⑦591, ⑭453, 455, 456, 521
妻・郭氏／李氏…⑦503, 504
賈昌朝・侍中…⑬246, 247　「群経音辨」…⑯237
賈仲明・仲名…⑭64, 150, 219, 349
～と羅貫中…㉖372
～の雑劇「金安寿」「籲淑蘭」「対玉梳」→各項
～の挽詞（「録鬼簿」の『凌波仙』）…⑭86, 106, 108, 116, 125, 146, 150, 162, 224, 228
挽詞の資料的価値…⑭150
～の批評態度…⑭225
評語…⑫263, ⑭213, ⑮176
賈島…①344, ⑪7, 351, 553, ⑬38, 186, ⑭278, ⑮382, ㉒110
賈佩蘭…⑥26
賈謐…⑳41
賈辺…㉑182
賈方叔…⑭80
賈魯…⑭363
賈浪仙…⑭83
嘉議大夫…⑭102, ⑮239
掌礼儀院太卿…⑭92, 102　太常卿儀院太卿…⑭89, 102　太常礼儀院大卿…⑭102
嘉業堂…⑩451, ⑲329
嘉慶刊本　「雁門集」…①538　「蔡氏月礼章句」…⑯251　「十三経注疏校勘記」…⑰209　「杜詩双声畳韻譜括略」…㉕435　「六芸論」…⑯252
嘉慶帝（清）…②440, ⑯208, ㉓180, 181
嘉慶道光時代（嘉道）…⑯261, 265
～の詩…⑯641
嘉言懿行…㉗129
嘉興県の知事…⑭204
「嘉興蔵」…⑯48
嘉興路の吏…⑭172
嘉州刺史…⑪212
嘉靖の陶器…⑯639
嘉靖刊本　「尚書正義」…⑨483　「水滸伝」→その項　「臨川先生文集」…⑬305
嘉靖帝（明）…⑮493, 519→世宗
嘉善（浙江）…⑩447, ⑯30, 84, 144-146, 151
嘉定県（江蘇）…①547, 549, ⑯6, ㉒297-299, 304, 310, 443, 490, 491
～県城…㉒491
嘉陵江…⑪249, 252, 397, ㉕437, ㉖15, 16
嘉礼（五礼）…②304
夥計…①358
寡人…②108, ⑮206
歌緩緩帰…⑰527
歌曲の旋律（中国）…⑭18, 566
歌劇（中国）…⑭6, 18
歌行…①275, ㉖223→行
歌道…㉕300
歌舞伎…③557, ⑮634, ⑱43, ⑳428, ㉓588, ㉔170, 282, 284
～と悪の文学…㉔9
～と京劇…⑯587, 588, 596-599
隈取り…⑯588, 595　大衆性…⑯588, 596-598
～の演目と登場人物　「一谷嫩軍記」…⑯587　お富・蝙蝠安・三与郎（世話情浮名横櫛）…㉔269　「大森彦七」…⑯587　「仮名手本忠臣蔵」…⑪192, 233, ⑳428（足利家…⑪233　大里由良之助…⑳428）「勧進帳」…⑯588　「天衣紛（くもいにまごう）上野初花」…⑭382（丈賀・直侍・三千歳…㉔269）　「車ひき」…⑳244　「楼門（さんもん）五三桐」…⑯587　「しばらく」…⑳109　「時雨の炬燵」…㉔231　「助六所縁江戸桜」…⑭382　「娘道成寺」…①329, ⑯588　「伽羅（めいぼく）先代萩」…⑳225　「椀久」…㉔283（松山大夫…㉔284　椀屋久兵衛…㉔283, 284）
～の型…①328
～の時代と風俗制度のずれ…⑪192, 233, ⑮191
～のソ連公演…㉗284
～の中国公演…②591, ⑯587, 588
～のつらね…⑭455
～役者…①327, 328
歌舞伎座…②65
歌論…㉔126
窩闊台→オゴタイ
窩児…⑮10
裹…㉖163
裹合…㉖417
撵車弩…㉖409
稼穡…㉗31
蝸髻…㉓189

蝸廬…⑳266, 288, ㉓579, 581-583
蝌斗…㉓193
課…②67
課背撩牙…⑭290
霞山公…②192, 193
「誶范叔」雑劇・「須賈大夫～」…⑭46, 202, 217, 220, 270, 446
　～の『叨叨令』…⑭466
騂騮…⑫114
牙籤…①381
牙拍…⑭573
瓦棺寺…⑫44
瓦舎衆伎…⑭565
瓦剌・瓦剌姑…⑮92
呀…⑭310
我…⑯433, 434, ㉗275
我見他…⑭423
我只道…⑭290
我死也…⑮161, ㉕49-52
我這裏…⑭345
我如今…⑭320
我則見…⑭408, 409
我不曽…⑭493
我不道的…⑭525
我与你…⑭445, ⑮126
画閣蘭堂…⑭510
画師…②525
画省…⑮513
画像石…⑤196
画図…㉖199, 201
画堂…⑬150
画板…⑬518
画木…⑭578
画竜点睛…②524
臥褥香炉…⑯540
迓…⑩435, 436
俄延…⑭312
俄国→ロシア　俄羅斯→オロス
娥娥…⑥294
峨冠…⑬222
峩眉…⑰168
峨嵋山…⑪249, 271, ㉓352, 369, 437
賀懐智…⑪244
賀撝（き）…⑫27, 43
賀循…⑫665
『賀新郎』「漢宮秋」…⑭148, 298, 344, ⑮200　「酷寒亭」…⑮112
賀知章・季真…⑪33
　～と「飲中八仙歌」…⑫118, ⑭498, 530
　～と李白…⑪90, 175, ⑭398, 530
　～の草書…⑭398
賀知章（金銭記雑劇）…⑭350, 399, 429, 437, 467, 523, 524, 529-531, 543-545
　～・韓飛卿の曲白相生…⑭431-435, 533-537
　～・韓飛卿・梅香の曲白相生…⑭537-539
　～と王府尹の弔場…⑭473, 525, 526
　～と李白…⑭399, 400, 530, 550
　～の韓飛卿救援…⑭458-465, 518, 519, 521
　～の弔場…⑭435
　～の登場と名乗り…⑭398
賀徹…⑫665
賀抜岳…⑦548
賀方回「東山楽府別集」…⑭568
賀蘭銛（せん）…⑫177, ㉒27
賀蓮青（筆屋）…㉒411
啎日…①488
啎門…⑭425
雅…②375, ⑳123, 124, 126, ㉓366, 594, 628, ㉗46
雅（六義）…②257, ③33, ㉓348
　～と風と頌→風
雅楽…⑬252, ㉓290, 349, 366-369, 389, 410, 413, 471
雅曲…⑮396
雅古・雅琥→ヤク
雅斎元帥・万戸…⑭187, 385
雅儒…②238-240
雅頌…⑤255, 256, ⑮621, 622, ㉒80
雅俗…⑮621
雅典→アテネ
「雅友」（雑誌）…①636
楽府（北楽府）…⑭64, ⑮169→雑劇（元曲）
楽府…⑭289→散曲
楽府…㉑13, 14, 17, 20, ㉓177
　～研究…①633, 637, ㉑16
　　虚構性…㉑8, 20, 21　類型性…⑫102
　～という言葉…⑦13, ㉑13
　～と胡適…⑯406
　～と宋代詩人…㉑18
　～の詩形…⑦14（リズム…⑦14, ㉑14）
　～の包括的総集…⑥344, ㉑18, 19
　～への態度　「詩品」「文心雕竜」…㉑17　「文選」…㉑16
楽府（漢）・楽府古辞・古楽府…①351, 608, ⑥332, ⑦13, 174, ⑮435, ㉑8, 13-21
　～と漢の文人の関心…⑦13, 14
　～と契沖…⑱19, ㉕164
　～と古詩…①362, ⑥332, 338, ⑦68, ㉑14
　　衣帯日已緩…⑥275　棄置勿復道…⑥278　推移の悲哀…⑥338　生年不満百…⑥317, 318　昔為倡家女…⑥291　浮雲蔽白日…⑥276
　～の作品　「飲馬長城窟行」…⑥291, ⑦110, ⑫102, ⑯406, ㉕164　「艶歌行」…①357, ⑥336, ㉑13, 14（古艶歌行…⑥337）「薤露」…①360, 362, ㉑41, 214　「関山月」…⑦641　漢鼓吹鐃歌→その項　「杞梁妻」…⑥303　「孔雀東南飛」…①608, ㉑21　「箜篌引」…①352　「孤児行」…⑦13, ㉑14, 19, 21　「江南」…①352　「蒿里」

…①362, ㉑15 「従軍行」…⑫102 「古歩出東門行」…⑥272, ⑦237 「古楊柳行」…⑥276 「妾薄命」…⑪201 「婕妤怨」…⑪198 「上留田行」…①371 「善哉行」…⑦237 「相逢行」…①354, 357, ⑥291, ㉑13, 14, 16, 17, 21, ㉔320 「短歌行」…㉑15 短簫鐃歌…⑥340, 345, 346, 350 「東武吟」…⑥334 「東門行」…⑲408 鐃歌…①374, 610, ⑥350, 354 「陌上桑」…⑦13, 164, ⑫109, ⑯159（秦氏…⑫109）「班婕妤」…⑪197 「悲歌」…①367 「婦病行」…⑥278, ⑦13 「木蘭辞（詩）」…⑫641, ⑯406, ㉑21 「陽叛児」…⑪118
～の主題…①65 行商人の悲しみ…①357, ⑦18 仙界への思慕…⑦20, 237
～のソヴィエトの翻訳…⑲417
～の特質・事項 杞梁の妻の縁起…⑥303 作詞者…⑦13, ㉑13 時間の推移…⑥272 夢…⑱19
～の難解…⑥344
～の伴奏…⑥26, ⑦13, ㉑13, 16
楽府（三国六朝）…⑮435, ㉑15-17, 19, 21
～替え歌制作…⑥350, ㉑15, 16
～と魏の諸帝…㉑21
～と「玉台新詠」…㉑16
～と建安七子…⑦14
陳琳擬作「飲馬長城窟行」…⑦110, ⑫102
～と曹操父子 曹植…⑦14, ㉑15 曹操…⑦13-15, 28, 59, ㉑15 曹丕…⑦14, 59-62, 66
曹操擬作 「却東西門行」…⑦15 「苦寒行」…⑥272, ⑦16 「蒿里」…㉑15 「秋胡行」…⑦22, 237 「精列」…⑦20 「対酒」…⑦18 「短歌行」…①108, ⑥311, ⑦28, 29, 36, ⑮132, ㉑15, ㉒76 「歩出東西門行」…⑦25
曹丕擬作 「秋胡行」…⑦61 「十五」…⑦59 「上留田」…⑦60 「善哉行」…⑥313 「大牆上蒿行」…⑦62
～と鮑照擬作「東武吟」…⑥334
～と梁陳の文学者・魏晋人の擬作の記録…㉑16
～と梁の諸帝…㉑21
楽府（中世）…㉑17
楽府（唐）…⑪118, ㉑17, 19
杜甫…㉑17, 21（兎糸附松柏…㉖99） 李白…⑪118, ㉑17, 21
楽府（唐以前）…①124, ⑮435
楽府（明）…⑥344
李東陽「擬古楽府」…⑮490 李夢陽の楽府体の詩…⑮623
楽府（六朝末期）…㉑16
「楽府雅詞」…⑬524, ⑭325, ⑯147
「楽府解題」…⑫641, ㉑17
「楽府群玉」散曲叢刊本…⑭581
楽府語…⑭287, 288, 555
「楽府詩集」…①367, ⑥344, 347, 350, 354, ⑪198, ⑫102, 656, ㉑18, 19
燕射歌辞…㉑19 横吹曲辞…⑫641, ㉑13 琴曲歌辞…⑥10, 26, 27 鼓吹曲辞…⑥346 郊廟歌辞…㉑19 相和歌辞…⑥26, ㉑13-15 相和歌辞瑟調曲…⑥317（「新城安楽宮」の項…⑫661）
「楽府新編陽春白雪」…⑮320→「陽春白雪」
楽府体…⑮623, ㉖97
「楽府補題」…⑯151
餓莩…②119
駕言…⑥324
駕部員外郎…⑪513
噶囉吧→ガロバ
鵝…①515
鵝湖…㉖444
鵞湖頂…⑬347
丐客…⑬184
介休県主簿…⑪16
介冑…㉗139
介甫の学…⑯78
介立旦…⑯53
会虚…⑯262
会稽…⑥77, 106, 107, ⑪490, ⑫118, ⑭568, ⑯91, 93, 103, 250, ㉑239
～との関わり 王凝之の死…⑦368, ㉑248 僧支遁…㉑247-248 杜甫…⑫27, 43
～の故事…⑫43
東山（謝安…⑦290, 491 李白…⑪98） 墳丘…⑦21, 22 蘭亭…㉑236, 240, 243
～の比屋…⑫625, ㉒78
～の暮春の季節…㉑238
会稽王（東晋）…⑦367, ㉔237, ㉗144, 148→司馬太傅
会稽山…⑦274, ㉔234, 236
会稽大守…⑥106, 107, ⑭177
～の印（朱売臣）…⑥108
「会稽典録」…⑥399
「会試録」…㉓162
～コレクション・コロンビア大学所蔵…㉓162
会甄…⑥23
会通観…⑭184, 185
「会典」…⑰558→「大明会典」
会寧府…⑭63, ㉒101
回教…②285, 445 回回…⑮348→ホイホイ 回回の暦法…㉒299 回教国の新月…⑲411 回教徒…⑮102, 103, 455, ⑲378
回紇→ウイグル
回思…②192
回買…㉖424
回避の制度…②429
回風…①462
回楽峰…①434
「灰闌記」雑劇・「包待制智賺～」…⑭37, 46, 204, 217, 417, ⑮8, 10, 53
～と「瀟湘雨」…⑭270

～の『酷葫蘆么篇』（第二折）…⑭330
快（賭場用語）…㉖393
『快活三』「漁樵記」…⑭292
快人快著…㉔77
快楽…⑥308, 312, 314, 316-318, 321, 323, 326, 332
改…㉓308
改元…⑥122, ⑬239-241
「改造」（雑誌）…①470, ⑫520, ⑰518, ⑳337
改造社…㉓493
貝塚茂樹…②391, 476, 477, 513, ㉓638, ㉔29, 272
～所蔵郭忠恕模本「輞川図」…②513, ⑫298
～の学風…③534
学説・業績　朝日賞受賞…③536, ㉗17　「アジア歴史事典」編集…②554　殷周文明の対照…③550　孔子の出身に関する説…⑤18　銭大昕の如夫人の説…㉔231, 232　宋学成立と諸子疎外に関する説…②476, 486, 487　注「論語」…⑤297, ㉓561
古代文献の分析…③549, 550, 554　甲骨研究の発源…⑯281　釈古…③534
中国研究の立場・人間の研究…③537, ㉗297
～の師・友人　小島祐馬…⑰323, 325　狩野直喜…㉗297（北京への随行…⑭601, ⑯642, ⑳291, ㉒374, 375, 380）　内藤虎次郎…⑰323, ㉓583, ㉗297　三好達治…⑫359, 730
～の著述　「貝塚茂樹著作集」…㉗297　「古代の精神」…③537, 541　「孔子・孟子」…④738, ⑤125　「儒教的精神の勝利」…③537　「中国古代史学の発展」…③4　「中国古代のこころ」…③533-535　「中国の歴史」…㉗297　「中国文化の起源」（放送）…③536　「不朽」…③537　編「古代殷帝国」…㉓450
～の父・小川琢治→その項
貝原益軒…⑰113, ㉓434, ㉔275
「格物余話」…㉗44　「漢事始」…㉕125
怪…①233, ⑬568
怪巧…⑬40
怪不得…⑭321
怪力乱神…②354, 372, 373, ⑤27, 28, 120, 147, 210, 271, 272, ⑰139, 140
芥徽卿　点「古学苑抄」…⑥345
廻鶻…㉖76, 77→ウイグル
廻車…⑥324
廻馬嶺…㉔250
海印…⑯41→憨山徳清
海雨…⑭573
海雲寺…㉓708
海塩（浙江）…⑦379, ⑭162, 163, 177, ⑯144, ⑳298, ㉒384, ㉕499
『海塩腔』…⑭177
海外（海南島）…㉔129
海源閣…㉑165, ㉒495, ㉕415, 430, ㉖474
「海国図志」…②566, 591, ㉓160, 247（定本…㉓247）
海山→ハイサン
海山仙館…㉒312
「海山仙館叢書」…㉒312, 313, ㉗420
「海上花」…⑰375
海西…㉓379, 414→九州（日本）
海鮮…⑮104
海蔵寺…㉓310
海賊ホテル…㉔142→ホテル・バッカニーア
海大魚…⑱85
海内…⑥27, 28, ⑮513, 514
「海内珠英」…⑪20→「三教珠英」
海天…①466
海東青…①515, ㉓43, 46, 364
海棠…①577, ⑭409
～の花…②417, ⑬37
海棠（人名）…⑫27
海棠嬌…⑭345
海南島…⑯222, 531
崖州…⑬242, ⑯219　瓊州・儋州…⑬103　村塾（北宋）…⑬6
～における蘇軾…⑬114, 123, 125
流罪…⑬6, 8, 102, 103, 117, ⑳456, ㉓566, ㉔129
赦免…⑬29, 102, 114, 118, 138
海寧県（浙江）…⑯10, 168, 170, 172, 173, 177, 183, 184, 186, 197, 200, 204, ㉓168, 232
海寧県学…⑯175
海寧陳鱣観…⑰597
海派の文人…⑯441
海彼…㉗414
海福寺…㉓310
海保元備・漁村…⑦534, ㉓604, ㉗238, 242　「学を論ずる書」「看楓記」…㉗245　「漁村文話」→その項　「経籍訪古志序」「香山竹塢に与うる書」「渋江抽斎墓碣銘」…㉗245　「周易漢注考」「周易古占法」「尚書漢注考」…㉗243　「性命弁」…㉗245　「大学鄭氏義」「中庸鄭氏義」…㉗243　「伝経廬文鈔」…㉗244, 245　「読朱筆記」…㉗244　「文章軌範補注」…㉗245
海保青陵…㉓576　「稽古談」…㉕348
海迷失皇后…⑭56
海門…⑮406
海来道人（路恵期）「鴛鴦絳」…⑯142
海竜王の供灯…㉓395
海陵王（金）…⑭31, 298, ⑮381, ㉒114, 116→完顔亮→デグナイ
暗殺・科挙審査…⑮377　漢詩文の能力…⑮376, ㉒106　岐国王…⑭63　倖臣・張仲軻…⑭63, 202　南宋遠征…⑭63, ⑮376, ㉒100
「海録軒文選集評」…⑥291
晦…⑲20-24
絵画…②504, 507, 508
絵画（西洋）…②530-533
絵画（中国）…①495, ②507-511, 513-516, 525-536,

539, 540, ㉕302
漢…②523　清…②514　宋以後…②413, 527, 528, 530, 534　唐…②524, 526　唐以前…②527, 530　北宋…②526　明清…②510　六朝…②524　六朝以後…③562
～を素材とした詩…②525, 526
～の画材…②529, 531-534
～の地位…①60, ②522-525
芸術の確定…②413, 526
～の"倣う"…②532
開…⑫381, 382
開科・開呵…㉖391
開豁…㉖394
「開経偈」…⑮242
開元（年号・唐）…⑫10, 564, ⑬240
～の宰相・宋璟…⑪303
～の時代　杜甫…⑫31　杜詩…⑫213, 564　唐王朝…⑫546-547　唐詩…⑫177
～の世　秩序…⑫59　天宝の世への変化…⑫60, 96
～までの唐詩…⑮467
～末以後　玄宗の弛緩…⑫52　宰相李林甫…⑫51, 52
開元官裏…⑭408
開元寺（東平府）…⑭234, 235
開元寺（漳州）…⑬308
開元通宝…⑭267, 394, 425, 426, 430-432, 506-508, 517, 548
開元天宝…②513, ⑪159, 398, ⑫16, 177, ⑳412, ㉒27, ㉗22（開天…㉓351）
「開元天宝遺事」…⑫61, 80, 548
開悟…㉕379, 380, 384
開水の犀角…⑪524
開成石経…㉒480
開端…㉓41
開智学校…㉔263
開府（官名）…⑦545, 547
開府儀同三司（官名）…⑦548, ⑮278
開平…⑮393, 448→上都→ドロンノール
開宝寺の塔…⑬230
開宝の銭…⑬238→宋通元宝
開封（金の南京・汴京・汴梁）…⑭57, 396, ⑮389
～での范成大の感慨（相国寺の縁日）…⑬162
～の雅名…⑮398→梁園
～の消費生活（元夕のにぎわい）…⑮377
～の蒙古による陥落…⑭64, ⑮375, 378, 391, 399, ㉔249（元遺山・白仁甫の脱出…⑭94　崔立クーデターと開城・文化人技術者の開封退去…⑮390）
～への金の遷都…⑬172, 602, ⑮373, 377, 382, 386, ㉕53
開封（元の南京・汴梁）…⑭112, ⑮49
～を舞台とする雑劇「合汗衫」…⑭246, 247　「殺狗勧夫」…⑭258
～と趙天錫…⑭112
開封（五代の首都・汴京・汴梁）…②551
開封（戦国・魏の首都・大梁）…②108
開封（北宋の首都・東京・汴京・汴梁）…⑬3, 143, 223, 457, ⑭491, ㉕422, ㉖390, 421
～を舞台とする物語…②20, ⑬517, 529
～時代の詞と南渡以後の詞（朱竹垞）…⑯145
～政府の詩人による「西崑酬唱集」…⑬52
～と杭州（臨安）…⑬141, 457
～における人士　王安石（金陵への船旅…⑬435　少年の死刑判決に無罪要求…⑬519　冬の夜の詩…⑬17　汴京退去…⑬518　汴京の春雪と悪路をうたう…⑬21）
欧陽修詩（科挙試験場の詩…⑬7, 283　汴京の筆屋…⑬209　汴京への出張…⑬65）
呉充…⑬17　鄒放…⑬210　薛簡粛公…⑬245
蘇軾（科挙受験…⑬282　開封から杭州への赴任の詩…⑬204　湖州から汴京の獄へ護送…⑬101, ㉔129　春宵の詩…⑬5　上元節の詩…⑬4）
奝然…②587　趙明誠…①575
梅堯臣（欧陽修との友情…⑬71　冬の夜の鯉料理の詩…⑬223　汴京からの帰省・陳州への赴任…①445　汴京の生活の現実を歌う詩…⑬79　汴京への転任…①447）
李煜の軟禁・毒殺…⑪456
～の易者と受験生（夢渓筆談）…⑬261
～の官吏の生活…⑬21
～の金による陥落…⑬6, 140, 313, 482, 521, 600, ⑮375, ⑳456, ㉕233
杭州への遷都…⑬6, 140, 161, 581, 600, ㉕233
～の元宵節（上元節）…⑬4, 517
～の語の発音と杭州の発音…⑯546
～の雑劇…⑭8, 10
～の師匠の口伝（京師老郎伝流）…⑬547, ⑭202
～の人口（北宋末）…⑬4
～の地名・建造物　界身の通り…⑬407, 517, 530　金明池…⑬79, 425　正陽門…⑭90, 129, 220, ⑮191　相国寺…①575, ⑬79, 162, 209, 229, 583, ⑭247, 249　潘楼街…⑬517　竜徳宮…⑭396
～の繁昌記…⑬4, 140, ㉖422→「東京夢華録」
句欄…⑭56　香糖果子…㉖416　芸人・講釈の名人…①199, 211　盛り場の演芸小屋…①42, 199, ⑬517, 601, ⑭10　諸宮調…⑭565　新酒の売出し風景…⑮108
開封（明）…⑮494, 497-499, 629（汴…⑮498, 633）
開封白沙鎮出土の画像石…⑥388
開封府…⑬141, 209, 245, 261, 407, 517, 519, 529, 530, ⑭491, ㉖421
開封府尹…⑭204-206, 244　開封府公人…⑮10
開封府左軍巡院…⑬420, 422, 426, 534
～への訴人…⑭258　包待制の裁き…⑭223
開明書店…⑯518, 519, ㉖450

刊行物 「中学生」(雑誌)…⑯519 「縁々堂随筆」「縁々堂再筆」…⑯441 「子愷漫画」…⑯518 「詩言志弁」…⑯113
開明堂(浜松)…⑥249
開話…⑬540
階…⑪254, ⑬98
階級による秩序の肯定(儒家)…①294, ②445, ⑰99, ㉓532
階道…㉗46
解頤…⑰600
解を領す…⑮482
「解疑論」…⑥365-368, 371-373, 375(序…⑥375, 376)
「解誼」→「左氏伝解誼」
「解詁」→「公羊伝解詁」
解語花…⑭415
解子…⑮142
解試(科挙)…㉒116
解識…⑮499
解釈学…②399, 412
解縉・春雨…⑮476, ⑯124
解水…⑫165
「解説世界名著百選第一集」…⑫579
解村…⑮347
「解体新書」…㉕387
『解珮令』 朱竹垞…⑯148
解放革命…㉒327
解放地区の文学…⑯531
塊然…⑪93
楷書…㉕442-444
詯…⑭360, 555
隗(かい)→郭隗
隗炤…⑪511
魁星…⑯238
槐市…⑳353
槐里府果毅尉…⑪508
蒯聵(かいかい)…⑤48-55, 262→荘公(衛) 姉・孔伯姫…⑤50-52 太子…⑤53, 54 母・南子…⑤48, 49, 262
蒯叔平…①627
誨…㉑193, 194
誨言…⑰139
噦噦…㉖413
噲(燕王)…⑦97
懐(地名)…⑭158
懐王…⑮256→文宗(元)
懐王(戦国・楚)…⑬579
懐王閎(漢)…⑥162, 168
懐疑の精神…⑥416
懐慶路総管…⑮264
懐人書屋…①511
懐翟…⑱48
懐徳堂…②55, ⑪476, ⑰24, 58, ⑱512, 513, ⑳368, ㉓618, ㉗269-272
中井竹山履軒兄弟の学塾…㉗269
懐徳堂記念会…⑱512, ㉗257
「懐風藻」…⑰16, 18, 63, 413, ⑱125, ㉑103, 104, 127, 133, ㉓563, 565, ㉔78
～時代の日本漢文…㉑110, ㉓563
～注・小島憲之…⑰70, 73
～との関わり 荻生徂徠の評…㉓418 初唐の模倣…⑰71, 72 盛唐との距離…⑰71 天平歌壇への影響…①626 梁容若の論…②594
～の特性 慷慨の志の乏しさ…⑰73 中国語としての特殊さ…⑰73
～の序の書かれた年…⑰71
濊(東夷)…②585
諧音格…⑭107
諧合…⑦170
諧声…①288, 289
膾…⑬223
邂逅…⑫424, ⑬26, 90, 132, ㉔29, 30
翽翽…㉖413
蟹黄…⑬20
鱠…⑪92
外 (元曲)…⑭16, 17, 398, ⑮4, 22, 171
外夷…②445
外学…②376
外教…①284, ②376, ⑦590, ⑬552
外庫…㉓583
外交総長…㉒391
外国語の翻訳の難しさ…㉗44
外国人の漢文…②36, ㉕140
「外国伝」…⑬568
外国文学…㉔328
「外国文学評論」(雑誌)…㉖509
外史(官名・周)…㉗96
外日…㉖401
外寿宮…⑦175
外甥の国…⑫448
外戚…⑦43, 44
外戚伝…㉗150
外地…㉒479
外盃…⑬506
外務省(日本)…⑥249, ㉒374, 459, 467, ㉓631, 632, 638, ㉔255, 271, 272, ㉗361
外務省留学生…㉒379, 380, ㉓635 在支特別研究員…⑰374 文化事業部…⑱538
外務大臣(宮沢喜一)…㉒439
外野…⑦195
艾(地名)…⑦311
艾青「歌劇梁山伯与祝英台」…①637 「談四進士」…①618
「艾張の曲」(南朝鼓吹鐃歌)…⑥351
艾南英・千子…⑯124
咳咽・咳呀・咳也…⑭311

哎…⑭522
哎也…⑭311　哎呀…⑭311, ⑳92　哎喲…⑭311, 443, ⑳92, 93
垓下…②139, ⑥3, 9, ⑪8, ㉖419
「垓下歌」「垓下帳中之歌」…⑥3-5, ⑦597, ㉑36, ㉖452, 453→「力抜山操」
～との対照　「詩経」…⑥12, 13, 17　楚辞…⑥18, 21　「大風歌」…⑥23, 34, 41, 299, ⑦205, ㉑214, ㉖447
～の特質　偶然の支配…⑦205　時間の流れの起伏への不安…⑥6, 299, ㉑214　時不利…①93, ⑥6, 20　天の恣意…⑥6-11, 17, 20, 34, 41　悲観…①93, ⑥6, 7　不安…⑥21, 22, 299
～の異文…⑥10, 251, ㉒59
孩児…⑭311, 313
害…㉗90
害則害…⑭484
害怕…⑭312
豈弟…㉓554
豈弟の君子…⑥13
捱光…㉖399
凱旋門（パリ）…⑲362
街談巷語…①182
街坊…⑮71
慨慷…⑦30, ⑮520
愷悌…㉓554
該…⑮142
蓋…㉗248
蓋合…⑮127
蓋世…⑥5
各務（かがみ）支考「笈日記」「東華集」…⑫558, 711　「俳諧十論」…⑤3
垣本氏（雄渾社）…⑳402
柿本人麻呂…⑫536, ㉓239, ㉕161, 163, 166, 167, 437
～との関わり　梅原猛…㉔21, ㉕190　斎藤茂吉…⑫706
～における推移への歓喜…㉑223
～の歌　宇治川の歌…㉕165-168, 171, 172, 177, 183, 190, 248　「詠天」の歌と中国詩…㉔6　近江の荒れたる都の長歌…⑱71, 390, 396, ㉑127, 221, ㉕171, 172
～の地統女帝近江行幸への随従…㉕172
「柿本人麻呂歌集」…㉔6, 7
柿村重松…⑱63　「本朝文粋注釈」…⑰412, ㉒65　「列子疏証」…⑦316, ㉒65, ㉗276
柿本猨（さる）…㉔21
各国文学序説叢書…㉔67
各剌剌…⑭413
角（爵）…㉗89
角弓…⑪147
『角調定風波』「劉知遠」諸宮調…⑭568
角抵…⑫277
角門児…⑭445
拡…㉗191
拡充の説…㉓66-68, 75, 84
革職…㉓221
革争…㉖393
革の卦…⑰554
革命…②595
革命委員会…㉒441, 442, 455, 456, 485, 490, 491
革命党…⑯393, 395, 397, 420, 570
革令…㉓34
核研究の三原則（日本学術会議）…㉓11
格…⑮427, ㉓284, 344, 393
格・意・趣…⑮468
格競…㉗10
格致…⑯392
「格致読本」（The Science Readers）…⑯391
格調…⑮468, ㉓120, 352
格調派…①52
格物窮理…⑯369
格物致知…㉑78, ㉓73, 284, 288, 344, 345, 393, 446, 475, ㉔137, ㉗54
郝懿行（いこう）…①577, ②239, ⑭594, ⑯247　「証俗文」…⑭560　「蜂衙小記」…⑭425
郝経…⑭158, ⑮402, 430, ㉒109　「新館感秋」…⑮403
郝敬・楚望…⑯89　「九経解」…⑯90
郭…⑮135
郭郁・文卿…⑭105, 368
郭解…⑥226, ⑳269
郭隗…⑬579, ⑳125
郭貫…⑮239, 240
郭熙…⑳68　「林泉高致」…⑳67
郭給事…⑫227, 238, 239　「滌水曲」…㉒79
郭巨…⑦551
郭虚中　漢訳・青木正児「支那文学概説」…⑰337
郭銀匠…⑬523
郭虞…㉒78
郭勛（くん）・武定侯　校刊「水滸伝」…㉖412
郭慶藩「荘子集釈」…②483
郭元釪（げんう）「全金詩」…⑮372, 383
郭元振…㉗21
郭源明…㉑18
郭子儀…②402, ⑫308, 325, 326, 329, 399, 414
郭子昭…⑭185
郭守敬…⑭141, 363, ㉕442　「授時暦」…㉓397
郭従謹…⑫174, ㉒24
郭松齢の戦役…⑯329
郭紹虞…⑰306　「宋詩話輯佚」…㉗301
郭象　注「荘子」→その項（注釈）
郭仙…②514→郭忠恕
郭宣徽・善甫…⑭80
郭太・林宗…⑦54, 55
郭知達…㉒75　「九家集注杜詩」→その項
郭仲礼…⑭80

郭忠恕「輞川図」…②513, 514, ⑫298
郭訥（とつ）…⑦262, 263, ㉑235
郭配…⑦503
郭璞…⑦592, ⑪545, ㉓639
注「爾雅」→その項（注釈）「江賦」…⑫250, ㉑9
郭畀（ひ）・天錫・祐之…⑭161「客杭日記」…⑭180
郭文・文挙…㉗138
郭芳卿・順卿（芸名・順時秀）…⑭71
郭邦彦「毛詩を読む」…㉒118
郭北の墓…⑥309
郭沫若・鼎堂…①609, ⑯558, 559, ⑳421, ㉓566, ㉕416, ㉗348
～と学術文化訪中使節団…㉒443, 445, 449, 475, 477, 478, ㉖471, 490, 494
～と先人　王鵬運…㉒489, 490　孔子…⑤124, ⑰4, ㉒320, ㉖490　杜甫…㉒72, 477, 478, ㉕404, 416, 419, 420, 430, 437, 441, 454, 464, ㉖12　李白…㉒477, ㉕404, 419, 420, 441, ㉖12, 491
～と創造社…⑯535「創造季刊」…①512, ㉖490
～と日本「朝日新聞」への投稿…㉒320, ㉖490　九州大学医学部…⑯535, ㉖489　第六高等学校…㉖489　博多…㉒468　千葉県市川での亡命生活…㉖489, 490　中日友好協会名誉会長…㉖491　東方文化研究所訪問…㉒478, ㉖490　日本脱出…㉒327, ㉖489
～と文学　郭沫若・胡適・魯迅らの文学と清末の文学…⑯266　ゲーテ愛好…⑰10, ㉖489　詩人としての出発…㉒327　小説と戯曲…①154
～と北伐…㉖489
～と森鷗外との類似点…㉖489
～と「論語」暗誦…⑤137
～の機械的西欧崇拝批判…㉖489
～の古代史研究…③554
～の交遊　胡適…⑯327, 332　趙樸初…㉖493, 494　田漢…⑯535, 536
～の自伝…⑫286, ⑯332, ⑰540
～の書風…㉒436
～の中国科学院院長…㉒442, 464, ㉕416, ㉖489
～の著述「海濤」…⑱518, ㉒327（文求堂書店の描写）
屈原研究…①636-637, ⑰10, ㉕416（「屈原簡述」…①636「屈原賦今訳」…①637「古代中国の愛国詩人屈原」…①636「離騒」現代語訳…㉕416）
「黒猫」…⑰540, 542「虎符」…①635
詩…㉒326, 327, 445, 449, 450, 476, 477, 557, ㉔398（「西江月」詞…㉒445, 475, 476, ㉖487, 490『満江紅』「桂林にて蘆笛岩に遊ぶ」…㉒485, 486, 488「読売新聞」に寄せた七律…㉒325, 326, 445, 477）
「秋瑾史跡」序…①521「十批判書」…②475, ⑤124, ⑰4「女神」…㉒326, 327, 477, ㉖489
「創造十年」…㉒328「卜辞通纂」…㉖490
「芽生えの二葉」…㉖491「由王謝墓出土論蘭亭序真偽」…㉑249「邕漓行」…㉒485, 489（附注…㉒486, 488, 489）「李白と杜甫」→その項「両周金文辞大系」…㉖490
歴史劇…㉒327, ㉖489（「屈原」…①626, ㉒327, ㉕416, ㉖489「蔡文姫」「武則天」…㉒327）
～の風貌…⑰541
～の訪日学術代表団団長…㉒438, 478, ㉖490　狩野直喜内藤虎次郎の墓への参拝…㉖490
～の「蘭亭序」偽作説…㉑242, 243
～の「六書音均表」暗誦…㉖490
郭万金…⑫61, 80, 548
郭茂倩（もせん）…㉑18, 20
～の引用書…㉑20
～の「楽府詩集」→その項
～の「雑体詩」…⑦150, ㉑18
～の博覧…㉑18
郭門…⑥329
郭麐（りん）…⑯152
郭蓮児…⑭385
覚眼…㉓300, ㉗32, 34→法印覚眼
覚後疑…⑪203
覚範…⑰348
覚羅桂菖…⑯244
覚羅桂芳…⑯244, 255
覚羅桂葆…⑯255
隔雲山天一涯…⑭428
隔句対…②26
「隔江闘智」雑劇・「両軍師～」…⑭46, 202, 217, 219, 470, ⑮79, 111
隔昭陽…⑪197
『隔尾』「漢宮秋」…⑮199「陳州糶米」…⑭302
隔夜…㉖419
榷場…㉒103-105
榷利…⑬72
赫連勃勃…㉗130
閣…⑮82
閣訟…⑯15, 19
閣道…⑥146, ⑪206
閣板…⑮82
確庵上座…⑯50→僧鑒曉青
虢国夫人（唐）…⑪241, ⑫55-57, 106, 108, 109, 174, 273, ㉒24, 78
獲嘉県の県令…⑫19
獲麟説話…⑤35, 115, 123, 259, ⑥376, ㉑160
霍王元軌（唐）…⑦485
霍去病…⑥87, 88, 99, 100, 155, 261, 263
～との関わり　衛青→その項　張湯…⑥120, 121
～の甘粛の匈奴征伐…⑥88, 96-99, 101, 102, 114, 128, 139
甘粛遠征と張騫報告…⑥96　渾邪王の降伏…⑥

97, 98 戦利品・祭天の金人…⑥97, 146
～の官職 大司馬…⑥99 票騎将軍…⑥97, 121
～の死…⑥101, 102, 121, 125, 130, 162（墓…⑥102）
～の伝記…⑥121
～の肉親 弟・霍光…⑥170, 198 子・霍子侯…⑥143 両親・霍某と少児…⑥87-88, 100
霍国長公主（唐）…⑫364
霍山…②241
霍四究…⑭203
「霍小玉伝」…①197, 432, 434, ⑪534, 549
韋夏卿・延先公主…⑪540 営十一娘…⑪543 桜桃…⑪537 霍王…①433, ⑪535, 539 霍小玉（鄭氏）…①433, 435, 483, ⑪535-542 浣紗…⑪537, 539 桂子…⑪535, 537, 侯景先…⑪539 崔久明…⑪540 秋鴻・尚公…⑪535 浄持…⑪535, 536 鮑十一娘…①433, ⑪535-537 李益（李十郎）…①432-435, ⑪534-543 盧氏…⑪538-540, 542, 543
霍里子高…①352
嚇魂台…⑮50
濩落…⑫181
矍相の圃…⑤4
「鶴林玉露」…㉔310
詩興…㉒91 天集…⑪251 日本国僧…②588
攪蛆扒…⑮53
学 伊藤仁斎…㉓63-66, 79, 84 荻生徂徠…⑤327
「論語」孔子…②216, 386, ⑤38-40, 288, 303-307
学と思…①237, 238, ②251, 291, ⑤39, 40, 47, 289, 305, ㉕263 学と仁…⑤121 学と読書…①237, ②291, 386, ⑤121, 124, 288, 289, 303, ⑳11, 202, ㉕263, 265 学における「詩」…⑤41, 122 学の鍛錬の欠如による偏向…⑤44, 45
～と教…②363, 387
「学苑」（昭和女子大学光葉会）…①625, 634
「学海」（雑誌）…⑲130, 139, 154, 171, 178, 187, 470, ㉔67, 68
学官…⑭156, 160, 172
学究…⑭297
「学芸」（雑誌）…⑯440
「学原」（雑誌）…①617
「学古録」→「道園学古録」
学語…⑫287
学士…⑪16
学士院（金）…㉒110
学士院（元）…⑮304（鑒書博士…⑮258）
学士院（日本）…㉔295
恩賜賞…㉓229 学士院会員…①430 学士院賞…①622
学士院（フランス）…㉔295
学士家の言…⑮628
「学士会月報」…㉒375, 458, 479
学士会館（日本）…㉗336
学士大夫…㉒112
学詩の説…㉖449
学者と清貧…⑳317, 331
学習院大学…⑲258
学術研究会議・現代中国研究班（文部省）…⑯274
学術文化訪中使節団…㉒439, 441, 442, 448, 452, 459, 466, 471, ㉖471, 483, 488
団長…㉒439, 448, ㉖471, 490, 497, ㉗439
郭沫若からの詞…㉖475, 476, 487, 490
「学津討原」…㉒313
学人の詩（清）…①499, 501
学生処分と反対闘争…⑤56-62
学生のストライキ…⑤56, 57, 59, 61
学生の貧乏…⑳130
学政（官名）…②470, ㉓198, 210, 211, 218, ㉖467
「学則」…㉓290, 376, 380, 408, ㉗180, 201, 202→「徂徠先生学則」
～第一則 聖人は中国にのみ出たとする説…⑰43, 384, ㉓306, 398, 408, 443, 484 中国音読と和訓の論…㉓380
～第二則 時代による言語の変遷の説…㉓300, 331, ㉕140 諸子・儒家以外の書の価値…㉓350, 380
～第三則 議論否定…㉓333 六経は物なりとする説…㉓332, 380, 385
～第四則 学は必ず古とする説…㉓386 古の価値と今の尊重…㉔56 史書（志）の重視…㉓307, 343, 380, 551 聖人は古代にのみ出たとする説…㉓343
～第五則 政治・教育における大と小の関係…㉓380
～第六則 孔穎達疏への冷淡・古注の評価…㉓329 政治・教育における大と小の関係…㉓380 天地万物桊縕交結の説…㉓397
～第七則 大生と小生…㉓383, 386 天命を知ることの必要…㉓380, 398 道学先生否定…⑰51 人間性の不斉一の説…㉓396
～の刊行…㉗174, 182
～の付録…㉓327, 336, ㉗165, 181, 182
「答安澹泊書」…㉓327, ㉗174, 182 「答屈景山書」…㉓327, ㉗165, 174 「復水神童」…㉗182 「与平子彬書」…㉓336, ㉗181, 202, 202
～の文章…㉗123
学潮…㉑88
学灯社…㉔278
学部図書館（清）…㉒426
学文…㉓139
学問…②582, ⑥103, ㉑31, 69, 70, ㉓63-66, ㉗50-53, 312
～と実践（中国）…㉒394, 396, 424
～と政治…⑳134-136
～と読書…⑳4, 13, 16, 17, 203-205
～の運命・使命…⑳192, 193
～ノ筋…㉗141

～のための学問…②464, 465
～の対象としての少数…⑳134-136
～の第一段階…⑳192
～の独立性（京都）…㉒358
～の任務…⑳134
～の方法…⑤39, ⑰360-362, ⑳4, 13, 16, 17, 191, 193, 204, ㉕20, 71, 412, 413
～の方法についての信条…⑳57, 62, 64
～は受動の摂受であるとする態度…⑳192, 193
学問・思想の自由委員会（日本学術会議）…⑳200
岳…②70
岳珂「愧郯録」…⑰559　「程史」…⑬523, 626, 594（金陵無名詩…⑬523）　岳本　九経三伝（「詩毛氏伝」経注本）…⑩458, 460
岳州刺史…⑪30
岳伯川…⑭137　「鉄拐李」雑劇…⑭516
岳飛・武穆…⑬140, 492, 497, ⑰317, ⑲225, ㉓270
岳飛廟…㉓270
岳陽楼…⑪100, ㉕438
「岳陽楼」雑劇・「呂洞賓三酔～」…⑭44, 149, 207, 217, 220, 466, ⑮145
『寄生草』…⑭220　『混江竜』（第一折）…⑭149
『叨叨令』…⑭466
愕夢…⑱22-24, 26, ㉖125
鄂（江夏）…⑫359
鄂爾泰→オルタイ
鄂州総管府…⑭206
鄂羅斯→オロシヤ
楽…⑳353, ㉓283, 349, 448, 470, ㉔244, ㉕200, 302
～と荻生徂徠…㉓315
日本の雅楽…㉓290, 349, 389, 410, 471
～と孔子…⑤42, 43, 291, 302, ㉓349
楽の整理…③34, ⑤256　詩と楽…⑤40, 104　詩と礼と楽の教養の順序…③34, ⑤43, 156, 291, 302, 307
～と詩と書と礼→詩書礼楽　楽と礼→礼楽
～の制定（周公）…②291, 306, ㉑159
～の調和の原理…㉔244-246
「楽」（経）…②306, ③11, ⑤122, ⑥103, ⑰554, ⑲54, 56, ㉑148, ㉓80, 284, 290, 390
～と「楽記」…②306, ㉓349, ㉔244
～の落丁の「中庸」への混入…㉓76, 493
楽禹…⑦92
楽毅…⑥239, ⑯289, 290
楽広…⑱23, ㉗137
楽史「太平寰宇記」「楊太真外伝」→各項
「楽章集」…⑭568
楽正（官名）…㉓384
楽棚…⑭56, 579
頷額…㉕91
掛け香炉…⑯333-334
掛け取り（中国の大晦日）…⑯490
影佐機関・影佐少将…㉒379
影山三郎　共訳・曹禺「雷雨」…⑰411　訳「雷雨」…①635
筧香（かけいかおる）…⑪550, 565
筧文生（ふみお）…㉒330　共訳「唐詩選」…㉒7　「梅堯臣」→その項
笠置…⑫558, 711
笠郷村船附…⑰365
笠原仲二…⑰563
風間書房…⑧507
風巻景次郎…㉔29-31　「風巻景次郎全集」…㉔30-32
橿原…⑱390, ㉑221
近鉄橿原神宮行急行…㉔247　橿原宮…⑰189
梶井基次郎「城のある町にて」…㉓517
春日明　訳・周而復「八路軍」…①621
春日野…⑱27
春日山…⑱463
粕谷興紀（おきのり）「捜神記の受容」…㉑187
上総…㉓296, 300-302, 310, 311, 317, 323, 328, 343, 372, 463, ㉗35, 38, 42, 243
一の袋村…㉗41　市原県姉崎村…㉓297, ㉗34　長生郡本納町…㉗41　長柄郡二宮庄本能村…㉓295, 457, ㉗30, 35　武射郡山辺荘南郷松谷村…㉗32
本納郷…㉗40
上総訛り…㉗34, 35
上総の介…②163, 164
片野東四郎…⑰175
片山先生（神戸第一中学校教諭）…㉔326
片山哲「白楽天」…⑪439
克明（かつあきら）親王…㉗147
「括罟旦」雑劇・「像生番語～」…⑮16
題目「風雪当站兀剌赤」…⑮15
曷鼻…㉕93, 94, 150
活撥…⑮113, 114
活字・死字…㉓68
活物…㉓281, 282, 372, 385, 392, 396, 397, 446, 447
割遣・割捨…⑭312
勝海舟…㉓523
勝沼（武州）…⑰584
勝野領事（サンフランシスコ駐在）…⑲241
勝藤猛「元代の士と吏」…⑭359　「モンゴルの西征」…㉒278, ㉔220
勝村哲也…㉖492
戛撃搏拊琴瑟…㉗81
聒気・聒噪…⑮87
滑且柔…⑫235
葛彊…⑫46
葛巾…⑪66
葛元哲…⑭182
葛洪・抱朴子…⑰110　「抱朴子」→その項
葛飾北斎…⑦5, 8, ⑮597, 605
葛勝仲…㉑237　「丹陽集」…⑦452
葛邏禄迺賢（カルルクないけん）→納新

「河朔訪古記」…⑭56　「南城詠古」…⑭471
葛立方「韻語陽秋」→その項
葛嶺…⑬173
蝎…⑫434
噎語…⑭287, 288, 555
濶…㉖178
「鶡冠子」…②485, ㉒302
「月令章句」…⑥346, ⑦554（葉徳輝輯本…③517）
葛原親王…②163, 164
金井保三　共訳「西廂歌劇」…⑭598, ⑰398
金沢（加賀）…②192, 193, ⑲402, ㉕279
金沢（相州）…㉗67
「金沢大学法文学論集文学篇」…①635-636, ⑮226
金沢文庫…⑧509, ⑰21, ⑱538, ㉒431, ㉕284, ㉗67
所蔵宋版本　「王文公文集」…⑬305　「五経正義」…⑧509, ⑰584, ㉗67　「尚書正義」…⑧509, ㉗67
単疏本「毛詩正義」…⑩450, ㉗67
所蔵本「文選集注」…⑥260
金築新蔵…①605, 606
金谷治…⑯647, ㉕222, 224, 227　「荻生徂徠集」…⑤327, 「孟子」→その項　「論語の世界」…㉔220
金山平三…⑳237
要書房…㉗309
称わず…⑬80
金子二郎「丁玲の文学」…①626
金子銓太郎（三高校長）…㉒344
金子彦二郎…②587　「平安時代文学と白氏文集」…⑪229, ⑰412
金子光晴「絶望の精神史」…⑰615
金子元臣「万葉集評釈」…⑱48
兼明（かねあきら）親王『憶亀山』…⑰347
兼重寛九郎…⑳201
鐘の鋳造（宋）…⑬252
鐘紡…⑳262
壁のみ立つ…⑮524
鎌倉…⑮378, ⑱56, 57, 538, ⑳278, ㉑108, ㉒466, ㉗67, 68
鎌倉時代…⑰182, ⑳122, ㉓563, ㉔242, 303
～以後の武家の制度…⑰162
～における京都と関東…①282
～人と中国　「史記」…⑥247　中国書覆刻…⑰607　中国新文明への関心…⑰20, 21　中国の禅への関心…⑰21　中国への関心の薄さ…⑰19, 20　「論語集解」…④7
～の文化否定の傾向…⑰483
鎌倉幕府…⑪369
蒲郡…⑱547
竈の祭り…⑥139
竈迎え…⑯490, 492, 494
上方…①282, ㉓415, 426
上方方言…㉔7
上司小剣…㉗283
神…②396, ㉗367, 368
～の存在肯定…②379, 380, ⑤120, ⑲3, 6, 17, ㉔170
神の存在論証…㉔259　神の存在への敏感…㉔169　神への期待…①707
～の存在否定…①117, ②360, 369, 373, 376-378, 445, ⑲3, 6, 17, 18, ㉑27
神の非存在の論証…㉔259
～の道（本居宣長）…㉓502
神代の神秘…㉗81　神代ノ道…㉗200
～ノ代（荻生徂徠）…㉗156, 157
神皇産霊神（かみむすびのかみ）…㉑110
神谷衡平「支那短篇小説萃選」…⑬519
神谷順治…⑱545
髪を被る…⑮538
上野（かむつけの）峯雄…㉑225
神日本磐余彦（かむやまといわれひこ）天皇…②161→神武天皇
神倭伊波礼毘古命…㉗56→同上
神倭天皇…㉕61→同上
亀…⑬280
亀井勝一郎…⑰75, 77, 637
亀井孝…㉒59
亀末広…㉗118
亀田鵬斎…⑮383
鴨川・加茂川…⑯656, ⑰325, ⑱459, ⑲277, ㉓228, 620, ㉗339
鴨君足人（たりひと）…㉕164
鴨長明…②410
鴨山…㉔21
茅誠司…②468, ㉒442-444, 459, 491, ㉖471, ㉗440
辛島市長（熊本）…⑱503
辛島驍（たけし）「中国の新劇」…①613
唐金興隆・垂裕主人…㉓252
唐木順三…⑰637
唐櫃…⑱451
「唐物語」…⑫272, 281, ⑮213
漢意→からごころ　漢泥→からなずみ
烏江駅（養老線）…⑰365
烏森…⑱358
烏山侯…㉕195
鴉の尾…⑮478, 561
狩谷棭斎・望之…⑩428, 450, 452, ㉓604, ㉔303, ㉗295
軽井沢…⑬84, ㉑239
川勝義雄…㉕505　「江戸時代における世説研究の一面」…㉗144
川上久寿（ひさとし）「両地書にみる魯迅精神」…①626　「魯迅における主奴の考察」…①634　「魯迅の雑文」…①622　「魯迅文学の根源的なもの」…①631
川口久雄…⑮226　「源氏物語における中国伝奇小説の影響」…①636　「芭蕉における中国と日本における杜甫の問題について」…①635　「本朝麗藻の諸本とその特質」…①626

川崎…⑱538
川崎造船所…⑳237
川田茂一…㉔232, 233, ㉗329
川田順…⑱72, 331
川の流れと時間の推移…⑪68
川野重任（しげとう）…㉗440
川端康成…⑯600, ㉒440, ㉔9, 10, 23, 27
～と内藤湖南…㉔26, 27
～とノーベル賞…㉔25, 183, 298
～の作品　「伊豆の踊り子」「化粧と口笛」…㉔23　「川端康成全集」…㉔24, 25　「再会」…⑳73, 91（富士子・祐三…⑳73, 91）「死体紹介人」…㉔23　「自慢十話」…⑳21　「千羽鶴」…㉔23　「たんぽぽ」…㉔10　「眠れる美女」「日も月も」（木崎老人・松子…㉔24）…㉔24　「山の音」…㉔23
～の作品の欧訳…⑱44, ㉑141　「雪国」訳（アメリカ）…⑲445
～の死…㉔26
川辺信一・舞津老隠「真暦不審考」…㉗233
川俣温泉…⑰206
川俣監督官…⑱413
川村芳衛…⑲364, 365
河井継之助…㉔20
河合栄治郎「書斎の窓から」…⑯583
河合曾良…①255, ⑫535, ㉖11, 137
河上徹太郎…⑫732, ㉔30　「戦時下の道徳的反省」…⑲469
河上肇…⑰234, ⑱312, 313, 319
～における実事求是…⑱315
～の経済学…⑳260, ㉒357, ㉓569
～の交遊　小島祐馬…⑰324, 325, ⑱312, ㉒351, ㉗271　狩野直喜…⑳265, 283, ㉓598, ㉗405
～の「支那学」発行所斡旋…㉓626
～の詩歌　「偉人レーニンを思うこと頻なり」…⑱318　「一九三六年歳暮の歌」…⑦27　「雑詠」「わかき人たちの詩」…⑱321　「わが詩」…⑱318, 320
～の漢詩　「夏涼」「自画像」「洛北法然院十韻」…⑱320
～の著述　「河上肇著作集」…⑱319, 321（書簡篇…⑰325）「自叙伝」…⑰324, 325
～の釈放運動…⑳265, 283
～の中国への関心　「閑人詩話」…⑱319　曹操「歩して東西の門を出づる行」…⑦25-27　中国尊重…㉒358　陸游…①134, 404, ②410, ⑱316, 317, ㉗264　「陸放翁鑑賞」→その項
～の読書法…⑳213
～の夫人…⑰324
～への難波大助の面会申込み…⑰324
河田嗣郎（つぐお）…⑱320
河竹黙阿弥…②26, ⑳245, 246, ㉕418
河出市民文庫　「新訳西遊記」…①62　「中国古代のこころ」…③533-535　「中国新文学事典」…㉒330　「北京好日」…①621
河出書房…⑪471, ⑬627, ⑱335
出版物　「荻生徂徠全集」→その項　「現代詩大系」…⑱335　「高橋和己著作集」…㉑252　「中国文学論集」…㉑252, ㉕105
河村秀根（ひでね）…⑰174
～と岡田挺之…⑰175
～と谷川士清…⑰174, 634, ⑱63, ㉗48, 104
～の漢文…⑰634, ㉕384, 471
～の伝記…⑰176
～の「日本書紀」研究…㉓6, 23, ㉗102
「書紀集解」→その項
語句の注釈　阿…㉗103　一柱騰宮…㉗60　雲霧…㉗105, 106　厳顔…㉗103, 104　厳勅…㉗103　跋渉…㉗103
中国社会科学院文学研究所への贈呈…㉕471
六朝時代の史書の調査…⑰175, ㉕384, ㉗60
河盛好蔵…①707, ⑯325, 638, ⑳259, ㉗401, 402
～桑原武夫・生島遼一…⑳256, ㉒357
～桑原・生島・吉村正一郎…⑰296, ㉔66
～と「新風土」…㉓555, ㉗185, 196
～と「中国古典選」…①270, ④735
～に借りた「月に吠える」…⑱336
～の著述　「アメリカ論」…⑲469　「パリの憂愁」…㉗354　訳・モーロア「精神の哲学」…⑱409
～の母の戦災死…⑯606
～・三好達治…⑱337
河原崎長十郎（前進座）…㉗17, 19, 20
河原左大臣…㉕162, 181
干…⑪121
干羽…㉔25（干戚羽旄…㉔244）
干謁…⑫184
干戈…①82, ㉒326
干将…㉑168, ㉕293
干纇…⑬514, 515, 524
干宝…⑬574, ⑰284
「晋紀」…①191, 193, ⑦183　「捜神記」→その項
注「易」…㉒295
丱…⑬12
広東（省）…①515, ⑥79, 91, ⑦429, ⑯3, 170, 195, 241, 531, ⑰461, 462, ㉕457
～広州順徳の梁有誉（後七子）…⑮512
～高要県知事楊雍建と朱竹垞（清初）…⑯178
～で猿の脳髄を食った話…㉑82
～における海外貿易（唐）…㉕397-399
広東の利権…㉓398　物資の長安への輸入…⑪242, ⑫548　市舶使の宦官任用・呂太一の反乱…㉕398, 399
～における市民詩の盛況（明初）…⑮475
～における曹溶と朱竹垞…⑯145
～における南宋の抵抗…⑬173
潮陽にて文天祥囚虜…⑮406

北京への文天祥護送…⑮408
～の産物・輸入品・風習　枸醬（前漢）…⑥79, 80, 95　雞卜（前漢）…⑥146　香料…⑯190　茘枝…⑪242, ⑫279, 548, ⑮500
～の失陥（支那事変）…⑲231
～の地名・河　広東市…⑥79, 95, ⑬522, ㉒488　欽州…⑪23, 27　恵州…⑬102, 117　高要県…⑫420, ⑯178　始興…⑫664　珠江…①466, ㉒488　順徳…⑮512　端州…⑪24　潮州→その項　潮陽…⑮406, ⑯384　封州…①467, ⑬495, 498, 522　封川県…⑬522　陽山県…⑪414, 423, ⑫417　雷州…⑬242　雷陽…⑯42
～の抵抗詩人屈大均（清）…㉔280
～の南越国（前漢）…⑥76, 77, 95, 133→南越　中国文化圏編入…⑥134　武帝による平定・併呑…⑥133, 134, 146　夜郎国との関係…⑥80, 95
～の富豪潘仕成（清末）…㉒312, 313
～の木版本（清）…㉒314
～派遣の始皇帝の地方官…⑥134
～風の生活…⑯522, ⑲293
～へ帰る藍袍の紳士…⑱535
～への赴任・王砅（唐）…⑫202
～への流罪　憨山徳清（雷陽）…①532, ⑯42, 43　韓愈→その項　魏元忠（高要）…⑫420　冦準（雷州）…⑬242　蘇軾→その項　張羽…⑮468　張説（欽州）…⑪23, 27, 28
広東官書処…㉒313
広東語…①279, 280, ②337, ⑰456, ㉒344
im の韻…㉖188　広東音…㉖155, 188　等我という表現…⑭478
「広東語の発音」…⑭480
広東照磨（官職）…⑮269
広東人…⑯396, 522, ㉒413
「広東通志」…⑰595
「甘雨亭叢書」…㉓339, 347, 350, 402, 442, 458, ㉗44
甘甘…⑮115
甘輝…⑯614, ㉔231
甘州…⑥89, ⑮288
甘粛（省）…⑥89, 96, 130
～から山海関に至る長城完成（秦）…⑥72
～から新疆　新疆経由大宛への遠征（李広利）…⑥155　新疆への交通路整備（漢）…⑥88, 133　新疆への関所（陽関）…⑪151
～からの移動　烏孫族の移動…⑥129　月氏族の移動…⑥74, 89, 92, 129
～と陝西を隔てる山脈…⑫439
～と杜甫→その項
～との関わり　安禄山軍…⑫367　隗囂…⑫458　漢武帝の巡幸…⑥143　張騫の横断旅行…⑥90, 91　粛宗（唐）…⑫308, 327, 330, 374　班彪…⑫607
～における匈奴…⑥74, 88-91, 96, 97
漢による平定…⑥98　衛青…⑥85　霍去病…⑥88, 96, 97, 101, 114, 128　李広利…⑥157-159
～にむけての徴兵（唐）…⑫101
～の地名　河西…⑫22, 23　鞏昌…⑯89　慶陽県…⑫327, 374, ⑮494, 625, 630　酒泉…⑫118　順化県…⑫327, 374, 391　秦州→その項　成県…⑫453, 496, ㉖126　成州…⑫496, ⑯119　天水県→その項　天水市…㉕464, ㉖10, 108　同谷県→その項・敦煌→各項　寧県…⑫327, 374　馬邑州…⑯118-119　武威…⑫658, 662, 667　彭原県…⑫327, 374　両当県…⑫245, ㉒45　隴西→その項
～の南使の役所…㉕473
～の葡萄酒…⑭497
甘城→カンサス・シティ
甘心児…⑭484
「甘水仙源録」…⑬516（真静崔真人伝・道蔵洞神部…⑭119）
甘泉宮…⑥140, 141, 144, 146, 163, 165-167, 169, 415
甘泉山…⑥140, 141, 254
甘棠…⑱511
甘陵…⑯22
甘露…⑫235
甘露寺…⑪211
甘露台…⑰599
甘露堂（瑞聖寺）…㉓313
甘露の変…㉒13, ㉔288-290, 292
汗青…⑮407
汗漫…⑮513
坎坎…⑬18
完（人名）…㉕185
完顔氏（金の君主）…㉒98, 118
完顔璹（じゅ）…㉒107
完顔福興…⑮223, 224
完顔瑜…㉒107
完顔亮…⑬141, ⑭63, ⑮376, ㉒100→海陵王（金）
完全善…㉓540, 545-548, 560
完全な政治（中国古典の主張）…㉖8
罕…⑤308
侃…㉕221
函購…㉒317, 318, 493
函谷関…②142, ⑥144
官…①296, ⑬183, ⑮4-9, 19, 31, 42, ㉔246
官家…⑭437
官雞…⑫72
官衫帔子…⑮41
「官場現形記」…⑯266, 307, 511, ⑰408
官箴…②460, ⑦173
官人…⑮106
官版（昌平黌）…⑪447, ⑰26, 608, ⑳219, ㉓574, 575, ㉕280, 281
官本（暦）…⑯345
官吏（中国）…⑮4
官吏となる道…①301　致富の道…①300, 301

官吏（日本）…⑮4
　～の特権意識…⑳117
官裏…⑭408
官話…⑭279, ⑰371, ㉖469
邯鄲（河北）…①354, 355, 511, 559, ②450, ⑥164, 291, ⑧27, ⑪498, 500
邯鄲淳…①230
冠を掛ける…⑮525
冠蓋…㉖123
冠裳…㉓421
巻（地名）…㉕76, 77
巻子（答案）…⑭398
咸安郡王…⑬334-338, 340, 342, 344-350, 352-356, 506→韓世忠
「咸淳臨安志」…⑬509
咸不…②53
咸豊帝（清）…⑯457, ㉓180→文宗
咸陽…①177, ⑫46, 50, 61, 69, 174, 210, ⑭277, 337, 338, ⑮165, 202, ㉒24
咸陽橋…⑫96, 97, 130
姦雄…⑦82, 94
宦官・宦者…①297, 321, 532, ②154, 155, ⑦42-49, 51-57, ⑫315-322, ㉒314, ㉔288, 289, ㉕398-400
「宦官列伝」「宦者列伝」…⑫316, 320-323
宦跡…⑮513
「宦門子弟錯立身」戯文…⑭58, 88, 135（完顔某の子息延寿馬・王金榜…⑭58）
洹水…①187
看…⑪48, ㉖16, 18, 19, 92, 157
看雲…㉖153, 154
看管・看顧・看覷…⑭312
看剣…⑫150, ㉖24, 28
看書…⑰425
看承…⑮54, 80
「看銭奴」雑劇・「～買寃家債主」…⑭48, 217, 392
神田喜一郎・鬯盦…①141, 611, ②516, ⑯659, ⑰344, 346-349, 351, 418, 600, 602
　～所蔵本　「古文尚書孔氏伝」…⑦286　「世説新書」…⑦454　「説文解字」汲古閣本…㉒300　「毛詩正義」大念仏寺本写真…⑩459　「毛詩正義」敦煌本写真…⑩458　「論語」北野宮寺学堂本…④12
　～と中国人学者　王国維…⑯280　董康…⑳452, 453　羅振玉の来日…⑯278, ㉒337
　～と清詩…⑯641
　～と臧晋叔…⑭387
　～と読杜会…㉔67
　～に送った歳暮懐人の詩…⑳325
　～の「西遊録」（耶律楚材）発見…⑮400
　～の説・指摘　雲陽之市の典故の指摘…⑮165　「懐風藻」評価…⑰63　「薩天錫妙選稿」における「天満宮」偽作附加説…⑮457　繡仏に関する説…⑫119　「唐詩選国字解」撰者に関する説…⑪215　山井鼎の事業と仏教者の示唆に関する指摘…⑱549
　～の祖父・神田香巌…⑯641, ㉒337
　～の著述　「『牛のよだれ』抄」…㉑60　「元の文宗の風流について」…⑮639　「敦煌学五十年」…㉒337　「日本書紀古訓考証」…①614, ㉖406　「日本における中国文学」Ⅰ→その項　「鳳潭・闇斎・徂徠」…㉓458　「目睹書譚」序…①397
　～の父君の死去…⑱376
神田信夫…㉓173
「神田博士還暦記念書誌学論集」…⑥265, ⑳393
神田竜一…㉗288
竿…⑮480
桓伊…①494
桓栄…⑦46, ⑱498
桓温…⑦359, ⑫359, ⑯34
　～桓玄父子　桓温の死と桓玄…⑦361, 362　父子と東晋の歴史…⑦359　父子と陶淵明…⑦359-361, 406
　～との関わり　王羲之…⑥257, ㉑246　顧愷之…⑦359　謝安…⑦291　孟嘉…⑦360, 361, ⑫351, 359, 360　妖術使いの尼…⑦360
　～の北方経略…⑦359, 429, ㉑246
　～の本拠地…⑦359, 362, 366
　～の野心…⑦291, 359, 361, 372, ㉑246
桓寛「塩鉄論」→その項
桓景…⑫344
桓玄…⑦362, 373, 377, 378, 430, 433
　～征討の命令…⑦372
　～との関わり　殷仲堪…⑦363, 364, 366, 482　桓温→その項　魏詠之…⑦380　陶淵明…⑦345, 361, 362, 370, 406, 602　劉裕…⑦380, 381　劉牢之…⑦372
　～の詩作と鼓吹…⑥350
　～の新政の失敗…⑦376, 377, 380
　～の南郡公襲爵…⑦362
　～の没落…⑦381-383
　～の本拠地…⑦345, 366, 381
　～の野心…⑦361, 362, 369, 377
　建康占領…⑦372, 379　反乱の企て…⑦345, 369, 370　帝位簒奪…⑦372, 375, 377, 382, 488
桓公（春秋・斉）…①157, 184, 185, ⑤65, 76, ⑥139, ⑦34, ㉓111
桓公（春秋・魯）…①157, ⑦501
桓弘…⑦381
桓脩…⑦379, 381
桓春卿…⑰236
桓魋…⑤16, 23, 113, 240, 249, ⑦306, ㉗275
桓譚…⑦46　「新論」…②258
桓沖…⑦362
桓帝（後漢）…②550, ⑥322, ⑦51-54, 164→蠡吾侯
桓武天皇…②163, 164, ⑱496, ㉓411, 417, 420
桓和…⑦541

浣花渓…⑪65, ⑫496, 512, 523, 557, 583, ㉕437, ㉖148, 149, 152, 153, 160, 161
浣花草堂→杜甫草堂
『浣渓沙』 王惲…⑭81　邵復儒…⑭169　趙長卿…⑮148　李刀自…⑬378
「浣紗記」伝奇（明）…⑭285, ⑮523
浣女…⑪140
乾顙…⑬515
乾糧児…⑮118
勘亭流…⑳245, 246
「勘頭巾」雑劇・「河南府張鼎〜」…⑭44, 205, 206, 217, 219, 270, 429, ⑮8, 79
〜の作中人物　完顔女直人氏…⑭206　張鼎（平叔）…⑭205, 206
〜の『梁州第七』（第二折）…⑭346
患気…⑪65
涵演…⑬40
涵芬楼景印本　紹興本「後漢書」…⑰593　宋本「杜工部集」…㉒75
「涵芬楼秘笈」…⑭148, 283, ⑯237
貫…⑪299
貫酸斎・雲石・蘆花道人・文靖公…⑭162, ⑮317, 319, 322→小雲石海涯
〜と書法・仏学…⑮323
〜との関わり　雑劇の女優…⑭75　姚燧…⑮317, 321, 325　楊梓…⑭163
〜の「孝経直解」→その項
〜の杭州居住…⑭161, 384
〜の詩文…⑮320, 455
「楽府新編陽春白雪序」…⑮320　漁父に与えた七律…⑮322　「神州にて友に寄す」…⑮320　「初めて江南に至り暑を鳳凰山に休む」…⑮321　「琵琶詞」…⑭180
散曲…⑮317, 319, 320　酸斎の詩余の韻法への南人の批評…⑭180　小令套数…⑭90　『酔高歌帯過喜春来』「題情」…⑭512, ⑮319
貫只哥・楚国忠恵公…⑭75, ⑮317
馬（かん）…⑳100
寒…㉒38
寒雨…⑪215
寒雲色…⑫163
寒花…②190-192
寒暄…⑬20
寒更…⑬18
寒山…⑦173, ⑪453, 454, ⑰295, ㉓579
〜拾得…⑬93
「寒山」（入矢義高）…①131, ⑦447, ⑪453, 454
寒山（地名）…⑯95
寒山寺…⑭281, ⑰253
寒士…⑳478
寒食節…⑪506, ⑫538, ⑬376, 377
〜と蘇軾…⑬37, 276, ㉒97
寒門…⑫668
寒露の節…㉒42
換韻…①125, ㉔80
敢…⑦463, 483, 484, ⑭309, 310, 313
敢是…⑦463, ⑭309, 313　敢是他…⑦483　敢則是…⑭321
皖派…⑯5, 7, 9, 60, ㉕346
「菅家万葉」…㉕162
菅公・菅相公…①564, ⑩458, ⑱323→菅原道真
菅江（菅原氏・大江氏）…㉓143
酣燈社学生文庫…①621
間…②148
間隔法…③525, ㉑34, 161
間関…⑪282
間気…㉖452
間深裡…㉖425
間投詞…⑭284, 285, 309, 311, ⑳15, 16
間道…㉖58
間別…⑭312
間遊…⑬114
閒…②67, ⑮109
閒漢…㉖398, 402
閒炒刺…⑮79
閑…⑯506-509, 514
閑散…㉓321
閑肆…⑬40
閑書…⑰107
閑情…⑦448
閑淡…⑬154
閑適・閑適詩（白居易）…㉔287-289, 292
閑適の境界…⑱128
閑堂…⑪338
閑坊…⑬15
「勧学篇」…②563, ⑬569, ⑯607, ⑰459
勧世詩…⑦173
勧盃…⑬505, 506
寛綽綽…⑭413
寛柔…㉗236
寛政異学の禁…㉒350
「寛政重修諸家譜」山田氏正朝の条…㉗167, 168
寛政の三博士…㉓487
寛徹不花→コァンチョブホァ→威順王
寛容主義…㉓470
寛容の精神…①272
幹辨…⑬510
感…⑤116, ㉗206, 222, 223, 226
感応の説…㉒311
感覚の尊重…②17, 251, 254, 274, 276
感覚を越えた世界への冷淡…②282, 307, 309　感覚に信頼する民族…②309　感覚の世界への執着…②264, 277
感業寺…⑫11
『感皇恩』「酷寒亭」…⑮120　「殺狗勧夫」…⑭260
〜の三鎗のきまり…⑮121

感時…㉒91
感時花…㉒92
感生帝説…⑤117, ㉔265
感性…㉗52-55, 63
感嘆詞…⑳15, 16, 91, 92
漢（王朝・帝国）…①195, ②391, ⑥396, 420, ㉖59, ㉗71→両漢
～以後　音楽…⑰485　漢以後の諸子（文心雕竜）…②485　漢以後の歴史事実の研究・清…②481　中国と儒学…①193, ③520, ㉒351（経の注釈の範囲内での思索…⑧10　五経の多様な解釈…②309　生活の原理…①280-281, ②486, ③559, ⑧14　無聖人時代…③17）
文学　諸芸術の中心…②520, 523　対偶の技法…③502　中国文明と文学の地位…③20, 21
文学と詩…①37（漢・三国・西晋・東晋から謝霊運に至る詩の変遷…㉕103　五言詩・七言詩…㉑36　詩の伝統〔人間のもつ限定〕…①102, ③466）
文献の語彙語法の安定…③20
～以前　文学的未分化…②210, ⑥221（漢初までの辞賦の文学…⑥214　小説…①182）
文献の引申の義…②210, 211
文章の否定形…②52-54
～以来の　書家…㉗132　知識人の精神史と阮籍…⑦189
～王室　皇帝…⑥78, 130, 131, ㉔200, ㉖72（後漢皇帝の夭折…⑦50　後漢最後の皇帝…⑦128, 185-186）
皇帝の権威…⑥181（上林の狩猟…⑥212　封禅の儀…⑥142）
歴代の皇帝…②550
～王朝（前漢）
前漢王朝の滅亡…②151, ㉖63（王朝再興…②550, ㉖59, 63　王朝の簒奪者〔王莽〕…②550, ㉕333　漢の社稷中興…㉖62, 63）
前漢王朝へ司馬遷の尊敬と嫌悪…㉕80, 152, 153（田舎臭さ…㉕80　大帝国への尊敬…㉕153）
～王朝の崩壊（後漢）…①15, 190, 281, ⑦94, 185, ㉑15, ㉕228
宦官勢力の崩壊…⑦56　衰微の始まり…⑦51　曹騰の役割…⑦45　揚子江以南への急激な膨張…⑲227　老荘思想の盛行…⑦188, ⑱447
～王朝の滅亡（後漢）…②524, 550, ⑦186, ⑬551, ⑰282, ⑲225, ㉒86（何進の宦官除去失敗…⑦102　漢の統制の雰囲気の崩壊…①192　黄巾の乱…⑦55, 94　人々の不安と新しい文学…①15, 65）
後漢王室との関わり　袁紹…⑦94　曹操…⑦3, 27, 35, 88, 94（皇帝の無力化と曹操・曹操の魏王任命・曹操の魏公任命…⑦186）　曹丕…⑦3（天子への曹丕による退位強制と譲位…⑦128, 186）　劉備…⑦3
～綱既絶の後の「尚書孔氏伝」…②173, ⑧25
～興の瑞…⑥376, ㉕154
～初の道家の優勢…③538
～代通行の文字（隷書）…③39
～代と五経…⑬574, ㉓99（六経…②306）
五経を規範とする生活…②296　五経の注釈…㉔302　テクスト（古文・今文）…㉒405, ㉕228, 332-334　礼記・漢代に集成された古典…㉕24　「月令」の月名への常識…③515
～代と悲哀の歴史の堆積…⑥416
～代における寓言への冷淡…⑦279
～代における語彙・語句・故事　災・異…㉔258, 260　“字”は古代語で“名”…㉕25, ㉗95-98　地不愛宝…㉔155　南山四晧と応曜…⑥387　日巳・日趨…⑥275　飛雁の故事…①517
～代における北方部族の潜入…①283
～代における歴史的伝説の成立…⑥176, 194, 196
～代の遺跡　古墓（朝鮮楽浪）…②512, ⑥395
～代の遺物　画像石…⑤196, ⑥66, 332　高層建築の模造（副葬品）…⑥415　銅器具…⑥416（鏡…①372, 373, ⑥393, 416　銅弩…⑰599）
～代の緯書…⑤116, 119, ㉕124-125
讖緯の書…㉕151
～代の隠者の筆頭…㉔315
～代の宴席のならわしと香爐…⑥338
～代の科挙の萌芽…①61
～代の学者…③37, 468, ⑤5, 10, ㉓109, ㉔276, ㉕219, 230
詩経学者…⑥14　儒者→漢儒　漢制による経の説明（鄭玄）…②247, ㉕338, 339
～代の学問…㉔241
経学→その項（漢）　師承重視…⑬554, ⑯68
儒学→その項（漢）　春秋学…⑦256　神秘思想と今文家・古文家…㉔264, 265　専門服習…⑯68
～代の学問の祖述　漢・北朝・唐への学問芸術の流れ…㉕344（漢唐の学…⑯68, ㉗63）
清朝漢学…①400, ㉔303, ㉗63, 249（漢学尊重・銭謙益…⑯62, 63, 84　鄭玄学を出発点とする清朝漢学…②333）
～代の芸術…②522, 523
音楽…②523, ⑥346, ㉓411（漢王朝の音楽…㉓411　漢楽と西域音楽…⑥347　漢楽の分類…⑥346　班壱の鼓吹…⑥347　軍楽…①374, ⑥345）
絵画…②523, ⑥395　建築・書の芸術の萌芽…②523　美術品…⑥415
～代の古文辞…㉓350
～代の孝順の雑伝の劉向と題されるもの…⑦550
～代の雑事の小説的記録（西京雑記）…①485
～代の思夢…⑱23
～代の倡家…⑥291
～代の人口…⑥414, 415

～代の節操を尊ぶ美俗…⑦86
～代の前半期と後半期…②315, ㉓99→後漢→前漢
文化的な相違…⑥429
～代の知識人の虚構への反撥…①189
～代の統治者の考え・被統治者の考え…③550
～代の内親王の権力…⑥48
～代の馬車の形…⑥66
～代の文学…①608, ③20, ⑬594, ㉑151
漢代文学の研究（1953年）…①633
儒学振興と文学結実の並行…③539, ⑥223, 225, 226
人間は時間の流れに支配されるとする感情…⑥298　悲観…①65, 93, 106, ⑥427, ㉑41, 42
文学定立…①64, ②523, ⑥223-226, 331（小説…①182, 192　楚辞と賦…①14, ⑥199　美文…①64, ②522, 523, ㉕6, 7）
賦の文学…①14, 15, 64, 65, ⑥199, 224, 416, ⑦138, 172, ㉑7-9（漢人の賦と契沖…㉕162　作者名を明確にする分野…⑦138　賦は漢代文学の中心…⑥331, 416, ㉑14-15）→漢賦
歴史叙述の完成（史記）…①64, ⑥430
～代の文学・詩…③19, ⑥270, 273, ⑦562, 597
古詩→その項（漢）　五言詩→その項（漢）
漢の詩と「詩経」の詩…③466, ⑥268, 273
「古歌」「古詩」「古絶句」と題する詩…①364, 369（「古詩十九首」の制作年代…⑥266　市民・民衆の歌…⑥332, ⑦194）
七言詩…①65, ⑥145, 331, ⑦138, ⑫130, ㉑8, 9
抒情詩…①65, ⑥331, 332, 338（懐疑・不安…①65, ⑥21, 22, 418, 419　熾烈な感情…⑥351-354　悲哀…①65, 93-95, 106, 107, 361, ⑥267, 268, 338, 427, ⑦204, 205, ㉑41, 42　無名詩人の抒情詩…①364, ⑥269, 331, 332, 338, ⑱6）
中期以後の詩の体の変化…②257
リズム…⑥268, 331, ㉑14
～代の文学・詩・歌謡民謡…①352, 362, ⑥317, 331, 354, 431, ⑦138
楽府→その項（漢）　楽府は宮廷の雅楽寮…⑦13
漢代民謡と聞一多…⑰10
漢代民謡の幸福の歌・不安の歌…⑥418, 419（夫に棄てられた若妻の嘆き…⑱5, ㉔320　三人の嫁の歌…⑥418, ㉔320　腸中車輪転で結ぶ歌…①367-369　挽歌…①94, 96, 107, 360, 362）
鐃歌の歌辞の記録・古辞の演奏…⑥350
～代の文学史的特徴　中国文学史第二期の開始（中国文学史の正式開幕）…①73, ②522, ⑥172, 191, 331, 429, ㉕6, 7
漢帝国の崩壊と重なる文学史的転機…㉑9, 15
～代の文献…㉕213
横被四表の引用…㉗191　文献に残る匈奴語…㉕387　文献の語彙語法の安定…③20　文献の著者名の明確化…③19
～代の文体…⑦513, ㉗254
～代の封建制…⑥174
漢の封侯と明治大正の華族…⑥86　郡と国との併存…⑥174　侯国の弱体化…⑥174, 194　中央集権化…⑥174, 175, 194　帝国の郡の新設…⑥86, 95　封建から郡県へ…⑥193
～代の民間説話…②512
杞梁妻説話…⑥303　孔子説話→孔子　丁蘭説話…②512, ⑥390-392
～代の民衆と公輸魯班…⑥336, 337
～代の「論語」解釈…㉓99-101, ㉕191
漢以後のテクストの歴史…㉗273
漢以後の「論語」注釈…④7, 736, ㉗273
逝者如斯夫，不舎昼夜の解釈　悲観説…㉕170, 175, 193, 210, 225, 227-230, 232, 233, 239　楽観説…㉕213, 215-224, 230, 232, 233, 238
鳳鳥不至，河不出図の解釈…㉓99-105
「論語」「孝経」尊重…②308, 317, 328, ④5
～帝国とアメリカ合衆国…⑥415, 419, 427
～帝国と匈奴→匈奴
～帝国と西南夷…⑥79, 95, 133, ㉒93
貴州雲南へ郡の開設・夜郎との交渉…⑥95
～帝国と西方諸地域…⑥88, 92-94, 127-133, 156, 419, 420
烏孫との交渉…⑥130　漢の使者と弐師の馬…⑥154　月氏国との交渉…⑥92, 93
～帝国と唐帝国…㉕63
両帝国の出現と中国のみを文明地帯とする意識…①70
～帝国と南方諸国…⑥76-78, 133, 134
東甌…⑥76, 77　南越…⑥77-79, 133, 134, 144, ㉔200　閩越…⑥76-78　閩越膺懲…⑥78
～帝国の安定と繁栄…①65, ⑥173, 177, 193
安定と文化的欲求の増大…⑥177, 196　帝国の上昇の極…⑥242, 430　繁栄と懐疑・不安…①65, ⑥418, 419, 430
～帝国の首都…①353, ⑥75, 89
～帝国の人材　漢初の三傑…①159, ⑭456, ⑮114, ㉕187　創業期…⑥51, 54, 195, 227　武帝時代…⑥198
～帝国の成立初期における班壱…⑥347
～帝国の成立までの実権者項羽…②139
～帝国の政治と秦帝国の政治…①281, ②296, ③13, ⑥51, 174, 181, 193, 195
～帝国の政治への批評（漢書）…⑥184, 194
～帝国の勢力範囲（武帝）…⑥85, 91, 98, 155, ㉑93
～帝国の創業…②151, ⑥51, 173
創業百年後における叙事の文章の確立…②136
～帝国の創業者…②140, ⑥227, ㉖479
出身に関する司馬遷の記載…㉕72-76, 78-80
創業者を赤帝の子とする説…⑤117, 118, 147, ㉕

81, 83 創業者と白蛇斬殺の伝説…⑤117, ⑦97 人相に関する司馬遷の記載…㉕83, 148
～帝国の統一…①63, 73, 281, ②296, 313, 550, ⑥74, 174, 193
漢統一と三代の王者…⑥39 漢の統一と六朝の分裂…①193, ②318, 322, ⑦468, 589
～帝国の富強…⑥175, 176, 194-196, 419
富強と大建築…⑥148 富強と文化的貧弱…⑥176, 195, 196 富強の藩属国・諸民族への誇示…⑥130, 148
～に対する大漢の呼称…㉓429
～の宮廷と実事求是…⑳64, ㉕467
～の後宮 後宮の女性の怨み…⑪190, 192 女性の伝記…①179 後宮の女性への同情の詩…⑪197
～の制度の書…⑰558
～の制度の洗練充実の要望…⑥52, 196
～の隊商…⑥154
～の文明 帰結者・鄭玄…㉕228 代表者・司馬遷…①189
～の遊女…⑥335
～の世の道戒…㉒305, 307
～の暦法…⑥288 暦法改正（武帝）…⑥172, 184
～の淮陰太守…㉕186
漢（五代）…②551, ⑬595
漢（楚漢時代）…②139-141, 151, ⑥3, 4, 8, 9
漢苑…⑫384, ㉖57-59
漢音…⑤142
漢家…⑪261, 273, ㉓357, ㉔194
「漢学」（雑誌・東大漢学科）…⑰391, 408
漢学（中国） 以経証経…㉕166 漢学の日本輸入…⑥246 類書…㉗105
漢学（中国・漢）→漢（～代の学問）
漢学（中国・清）…①400, ⑳216, ㉑79, ㉓46, ㉔303-305, ㉕232, 446, 454, ㉗63, 69, 255
～と学者 閻若璩・王夫之・顧炎武…②481 黄生…㉔276 黄宗羲…②481 銭謙益…②481, ⑯59, 61, 62, 76, 117, ㉖429 銭大昕…⑰211 戴震…⑯229, ⑰39, ㉓46, 88, ㉖246
～と校勘之学…㉗73
～と実証・博覧…⑳216
～と儒家古典…①705, ②479, 481, ⑯60, ㉓552
蔡氏月令輯本…⑦554 「論語」注釈…㉕220, 231
～と十七世紀中国文学…㉔175-176
～と諸子…②475, 479, 481, 482, ㉓350
～と宋学…②332, 333, 479, 481, 490, ⑯60, 76, ㉓46, ㉔303, ㉕382, ㉖246, ㉗69
漢学・宋学・俗学…⑯61 漢学と宋学の相違点…①400, ⑯61, ㉔304, 305 宋儒の近代精神の展開…⑯4
～と読書…⑯76
～と日本 伊藤仁斎の学…⑰39 江戸期の国学…㉓25 荻生徂徠…㉓328, 444 狩野直喜…㉒361, ㉓603, ㉔303, ㉗255 狩谷棭斎…㉔303 小島宝素…㉔304 渋江抽斎…㉔304 内藤虎次郎…①400, ㉔303
～と名物の学…㉗63
～の開拓者…②481, ⑯61, ㉗98
～の学派継続の困難…⑰213
～の漢注の重視…②481, ⑯4, 60, ㉑79, ㉓328, 603, ㉔276, ㉕231, ㉗66
鄭玄学の重視…②333
～の起源…⑯131
～の訓詁学…②333, ㉔305, ㉕255, 462
汪栄宝の学…㉔255, 256, ㉕220
古代言語学…②333, 479, 481, 482, ⑯60, ㉕231
「説文解字」…㉓42, ㉕222
～の乾嘉の学…②482, ⑯60, 130
最盛期…②482, ⑯60, 63, 117
「道蔵」への関心…㉒292, 293
～の乾隆の学…㉕255
～の三省偏在…⑯4, 5
～の集部の業の閑却…⑯60, 61
～の「正義」の尊重…⑧510
～の中世主義…㉕382
～の特徴…②332, ⑯60, 61
意識の中心…②333 方法…①705, 710, ⑰627, ⑳18, ㉓552, ㉗184, 309
～は古い儒学の復興…⑯61, ㉗63
～派（清）…㉓42
漢学（中国・明）…㉗394
漢学（日本）…②570, ⑤295, ⑬623, ⑰310, 659, ⑳358, ㉒58, ㉔303, ㉗148, 315, 391
～と「韓非子」…②493, ㉓474
～と京都大学 青木正児…㉓613, 614, 625, 629 狩野直喜…⑳281, 287, ㉒333, 347, ㉓593, 594, ㉗279, 394（儒学への尊崇・護教性との訣別…㉗268 ディレッタンティズムへの反撥…㉒349 日本漢学と明学への冷淡…②601, ⑮557, ⑯634, ⑰251, ⑳281, ㉒348, ㉓594 日本漢学の歪曲への嫌悪…⑰297, ⑳280, ㉓581 日本人の漢学を読むな…①705, ⑤295, ⑰297, ㉒58）
内藤虎次郎…②601, ⑯634, ⑳287, ㉒333, 334, 347, ㉗268
目標・方法 江戸期以来の日本漢学からの脱却…⑰293, ㉓555-556 清朝考証学とヨーロッパ東洋学…⑰396
～と国学者・国文学者…⑰660
～と「支那学」同人…⑰381, ㉒316, 346
東京の大家たちへの批判…㉓625
～と儒教…⑰381
～と中国人…㉒437, ㉓229
章炳麟…①382 清国公使館の侮蔑…⑰218
～との絶縁（中国文学研究会）…⑰408
～と明治の知識人 夏目漱石…②57 福沢諭吉…

②556, ⑤132　森鷗外…㉒423
～と「礼」…㉓604
～にいう文学と英語にいう文学…②57
～における語彙の理解　紈袴…㉔102　士大夫のよみ…②434　子曰の訓読…⑰464
～の江戸漢学と現代の漢学…⑳218, 219
江戸漢学への反省…⑰395, 408
漢学の教養の希薄化…⑰469, 470
～の閑却した書物…㉓593
「儀礼」…⑳281　宋以後の雑書…⑳357
～の軽視したもの　中国文明の感性…㉓594　中国文明の主知性…㉓593
～の常識とアメリカ学会での反応…⑲247
～の尊重した部分　韓愈・欧陽修…㉗169　宋の散文・唐詩…⑰284　日本の漢詩文…㉓593
～の知識による中国観…②496, ⑯328, ⑰441, 442
～の伝統…⑳13, 17, ㉕310
～の方法と文学研究…⑰302
～の翻訳法…⑰513
～の歴史…⑰216, ㉓565
漢学（日本・足利期）…⑥247, ㉕200　五山…⑥247, ⑰22
漢学（日本・江戸期）…⑰203, 220, 414, 468, 470, ⑱3, ㉓561, 564, 701, ㉕312, ㉗99, 238
～と諱の常識…⑰470
～と元雑劇…㉗279
～と国学…㉗186
漢学国学の争い（幕末）…㉒358
～と崔瑗の「座右銘」…㉕222
～と詩文の制作…⑱120, ㉓564
漢詩の不振…㉓565
～と諸子…②271, 456, 474, 475, 480, 483, 495, 605, ⑳357, ㉒356, ㉓474
～と昌平黌…⑤129, ㉓564
～と宋学…①705, ⑦593, ㉓31, 427, 513, 560, 594, 604, ㉔303, ㉗68
～と谷川士清…㉗103-105
～と唐宋の文章…㉗176
～と藩校…⑤129, ㉓564
～と明学…②601, ⑮557, ⑯634, ⑳281, ㉒289, 347, 348, ㉓604, 605, ㉗394
～と明文学…⑮557, ⑰251, ⑳281, ㉓594, 605
～と本居宣長…㉗68, 83, 99-111, 125, 129, 140, 152, 186, 233（漢学から出発…⑤129, ⑰659, ㉗83, 99　漢学の師…㉗114, 116, 168, 174, 200　漢学への反発…⑤129, ㉓512, 513, ㉗148）
～と「論語」の暗誦…⑤129, 132, 296
漢学の出発点…⑤132
～における助字の研究…㉗249
～の最盛期…②480, ⑥247, ⑰175
～の主流…①704, 706, ⑦593, ㉓560
創始者…⑰623　代表者…⑤129, ⑰414
～の中国文明への態度…①704, ⑰414
思想への興味…②495　儒学祖述の方向…①273
尊重した書物…⑳281, ㉓593（先秦の古代書尊重…③557, ㉕310-311　中国古典への態度…㉓603, ㉗266　読んできた中国書…②497）　中国に対する日本的解釈…㉒333, 334
～の中国への逆影響…⑤249, ⑰175
～の文学への態度…②495, ㉒72
虚構の文学軽視…㉗279　中国詩への態度（詩吟と剣舞）…①704　美文の文学の無視…㉓593
漢学（日本・鎌倉期）…⑥247　大正期…⑰397　奈良平安期…⑤135
漢学（日本・明治以後）…①273, ②67, ⑥245, 246, ⑰388-391
～と江戸期の漢学…⑰388-391, 415
江戸漢学からの脱離と新体系の確立…㉗250
東京大学…⑰396, 400（漢学科国学科の争い…㉒358　朱子学の伝統…㉔303）　長尾甲・内藤虎次郎・狩野直喜…⑰221
～の戯曲紹介…⑰391, 395
「漢学会雑誌」（東大）…①612, ⑭567, ⑰408
漢学居…①400
漢学者（日本）…①602, ②467, ⑤19, ⑰440, 441, ㉕291, 415, ㉗104, 262, 269
漢文の祖・韓愈…㉑147　古文・擬古文…①595, 596, ㉗242　著述の中国覆刻本…⑥244, 245, ㉓229
必読書…②106, 107　賦の制作…①563
～と中国の資料…㉗268
～の文学史研究法…①594
漢学者（日本・江戸期）…⑯619, ⑰203, ㉗242
～としての伊藤長胤…⑰155, 165, 440, ㉓89
～と諸子…②475
～と明治の学者の条件…⑰416
～の漢詩文の制作…㉗99, 100
和習の除去…②167
～の所説の抜き書き（本居宣長）…㉗140
～の蔵書…㉕279
～の中国中世語の理解…㉕384
～の日本への悪口…⑱3
漢学者（日本・現代）…⑰438-440, 442, 447
漢学者（日本・明治期）…②61, ⑰390, 415, 416, ㉒350
漢学塾の「史記」会読…㉗135
漢学書生（日本）…㉗148, 154, 197, 242
漢学先生…①603, ②381, 580
漢学大会（東京大学）…⑪476, ⑭603
「漢学堂叢書」…㉓101, ㉕226
「漢学論叢」（巴黎大学北京漢学研究所）…①617
「漢紀」…②161, ⑥4, 27, ⑱11, ㉕77, 78
「漢儀注」…⑰558
漢魏…⑥429, ⑦597
漢魏の儒…㉗72　詔誥…⑦533　道戒…㉒305
～以来の諸大師…③555
～以来の注釈…③555, 556, 560

～の古注…㉓29, 594, 603, ㉕453, 459, 496, 497, ㉗71, 73（古義…㉕220　「左伝」注解…⑥404）
～の詩…①455, ㉖444（漢魏以後の詩の押韻法…⑭324　詩人…㉓351, 353, ㉖438　李攀竜の模擬…⑮515）
～風の賦…㉑11
漢魏三唐…㉓264
漢魏晋盛唐の詩…㉖439
～と古文辞…⑮492, 526-528, 614, ㉓289, 322
～と後人　荻生徂徠…㉓289, 322, 351, 353, 354, 356　厳羽…⑬186, ⑮474, ㉖439　高啓…⑮467　高棅…⑮474　李夢陽…⑮618, 631
～と「詩経」…㉓354
漢魏人　「易」の解釈…㉒295　儒書注釈…㉓328（五経注…⑩446　「論語」注釈…④8）
漢魏六朝　詩…①328, ⑫599, 606, ⑬203　詩文…⑥340, ⑦146　哲学…㉓20　美文集…②487
「漢魏六朝詩論叢」…①637, ⑥336
「漢魏六朝百三名家集」…⑦150, 164
「漢旧儀」…⑰558
「漢宮秋」雑劇・「破幽夢孤雁～」…⑫272, ⑭22, 42, ⑮176, 178, 189, ㉖197
～をめぐる論争（徐朔方・孟周）…⑮192
～との関連・比較　「梧桐雨」雑劇…⑮215, 217　「昭君出塞」…⑭149　「弔昭君」…⑭148
～と昭君の琵琶…⑮224
～と蒙古人統治…⑮217, 218, 225
～における蒙古語…⑮221, 222
～の動きのない一幕…⑭215, 216, ⑮208
～の歌い手…⑭16, ⑮171, 190
～の曲の押韻…①126
～の曲目　『烏夜啼』（第二折）…⑮200　『賀新郎』（第二折）…⑭148, 298, 344, ⑮200　『隔尾』（第二折）…⑮199　『叫声』（第四折）…⑮207　『堯民歌』（第四折）…⑭291　『金盞児』（第一折・我看你眉掃黛鬢堆鴉）…⑭30, ⑮175, 196（第一折・你便晨挑菜夜看瓜）…⑭30, ⑮175, 191　『哭皇天』（第二折）…⑮200　『混江竜』（第一折）…⑭26, ⑮173, 175　『三煞』（第二折）…⑮200　『上小楼』（第四折）…⑮207　『酔中天』（第一折）…⑭30, ⑮175　『酔扶帰』（第一折）…⑭30, ⑮175　『随煞』（第四折）…⑮208　『川撥棹』（第三折）…⑮204　『仙呂賞花時』（楔子）…⑭22, ⑮219　『仙呂点絳唇』（第一折）…⑭25, 26, ⑮173, 177　『賺煞』（第一折）…⑭30, 50, ⑮175　『中呂粉蝶児』（第四折）…⑮206　『駐馬聴』（第三折）…⑭50, ⑮203　『天下楽』（第一折）…⑭29, ⑮175　『闘蝦蟆』（第二折）…⑭344, ⑮200　『南呂一枝花』（第二折）…⑮197　『二煞』（第二折）…⑮201　『梅花酒』（第三折）…⑭337, 344, ⑮201　『白鶴子』（第四折）…⑮207, 209　『牧羊関』（第二折）…⑮199　『満庭方』（第四折）…⑭51, 52, 300　『蔓青菜』（第四折）…⑮207　『油葫蘆』（第一折）…⑭28, ⑮175, 195　『落梅風』（第三折）…⑮205　『梁州第七』（第二折）…⑭327, 328, ⑮198
～の語句の解釈　刷選…⑮218-220　睡些…⑭284　毎有甚麽殺父母寃讎…⑮84　也波…⑭291
～の構成の素朴さ…⑮176-178
～の時代的距離の無視…⑭90, 220, ⑮190, 191
～の修辞　近時代の詩詞の引用…⑭298　三句対…⑭328　同語を一句中に反復する修辞・同語を句首に畳む修辞…⑭344　両韻対…⑭327
～の筋書きと宮廷女性の人身御供…⑮223, 224
～の楔子…⑭22, 217, ⑮43, 177, 189, 218
漢王朝宮廷の場（楔子）…⑮189
～の大要…⑮177, 190
～の題目正名…⑭322
～の定場の詩…⑭23, 126
「漢宮秋」雑劇（注釈）　塩谷温…⑭471, 597　東方文化研究所…①621, ⑭603　童斐…⑭471
「漢宮秋」雑劇（テクスト）
～旧本…⑭300
顧曲斎刊本…⑭50, 51, 126, 217, ⑮43　「詞謔」…⑭50　「詞林摘艶」「盛世新声」「雍熙楽府」…⑭50, 51　酹江集本…⑭50
～臧晋叔「元曲選」本…⑭50-52, 126, 217, 300, ⑮43, 189, 222
漢医図像の考証…⑥431
漢鏡の銘…①372, 373, ⑥416
～の真の字…⑥393
漢京…⑯593
「漢鼓吹鐃歌三首」（選詩補注）…⑥344
「漢鼓吹鐃歌十八曲」（宋書）…⑥340, 344, 346, 350　「遠如期」…⑥340, 351, 354　「艾如張」…⑥340, 344　「君馬黄」…⑥340, 344, 350　「思悲翁」…⑥340, 344, 349　「朱鷺」…⑥340, 344　「将進酒」…⑥340　「上之回」…⑥340, 344, 354　「上邪」…①374, ⑥340, 343, 351, 352　「上陵」…⑥340, 343, 354　「聖人出」…⑥340, 354　「石留」…⑥340, 341, 354　「戦場南」…⑥340, 344, 350, 352, 354　「雉子班」…⑥340, 344　「巫山高」…⑥340, 350, 354　「芳樹」…⑥340, 350　「有所思」…⑥340, 341, 351, 352　「擁離」…⑥340　「臨高台」…⑥340, 344, 349, 354
漢語…⑰423, 639
漢語と組織を異にする言語…①287　漢語による作詩の意義…⑰316　漢語の音声的効果…⑱434　性質…⑱124　文学…㉔78, ㉗100
「漢語詞典」…㉖402, 407-410, 413, 417, 418, 421, 422, 424, 425
「漢語文典叢書」…㉗248
漢口（湖北）…⑪100, ⑯190, 191, 382, 415, 612, 615, ⑲231, ㉓213, 217
漢江…①350, ⑯188, 190, 191
漢皇…①33, ⑪233, ㉔80

「漢高祖歌」…⑥27, 29, 38
漢三国の万物無常の感慨…⑦80
漢子…⑮30
「漢志」→「漢書」芸文志
漢使…㉒93
漢詩…②69, ⑮364, ㉑104
　〜と外国人　田中角栄…㉑163　ホーチミン…⑤206
　〜における飛躍と熟慮…⑱125
　〜の助字…㉗249
漢詩（漢）→漢（〜代の文学・詩／歌謡民謡）
漢詩（日本）…⑰297, ⑱125, 126, ㉑103, 104, 106, 117, ㉓126, 477, 563, 565, 567, ㉔78　太平洋戦争期…⑱123　奈良期…㉔78　奈良平安期…⑱125, ㉓400, 418　室町期…⑱125　明治期…①470, ②465, ⑰351, ⑱120, 126, ㉔78
　〜に対する謝无量の批評…①470
　〜の歴史の総括（荻生徂徠）…㉓418
　〜の夏目漱石の作品…①470, ⑱123, 126, ㉑104, 105, ㉓567, ㉔78
　〜の広瀬武夫の作品…⑱123
　〜の無内容…⑰228
漢詩（日本・江戸期）…①561, 562, ⑱125, 126, ㉑104, ㉓567, ㉔78
　〜と中国の詩風　清朝の詩風…㉓239　李攀竜の詩風…㉓241　李邦彦の批評…㉓153
　〜の和習と新井白石…㉓124, 125, 127
漢詩人（日本）…①455, ②60, ⑰302
　江戸期…㉕461　明治期…①470, ②465, ⑱118, 120, 126, 130, ㉕461
漢字…①318, ②70, 71, 91, 92, 228, 446, 561, 562, 572, ㉔165-167
　漢字制限…⑱416　漢字節減…②67　漢字ノイローゼ…②70, 71　漢字の書物…⑤206　漢字の中国的な使い方と日本的な使い方…②577, 597　漢字の不便…②228
　漢字の性質…㉕37（漢字の形…②228　漢字のない単語…㉕39　訓の分裂と連関…㉓41　総字数…②71, 219　同義字…②71　発音…②229）
　漢字文化の及ぶ極東地域…④6, ⑤138, 139, 206
漢字音（日本）…②94, 114, ㉗7
　〜と「詩経」の脚韻…③43
漢児…⑮106
漢時の功…㉖190-192
漢儒…⑥368, ⑦252, 254-256, ⑯234, ㉓116, ㉕196, 216
　〜と陰陽家…②314
　〜と漢の宮廷…⑥52-54, 56, 227
　　漢初の政治と儒家…③538, ⑥51, 195　高祖の儒者嫌い…③538, ⑥51, 113, 195　高祖の儒者任用…③538　竇太后の儒者嫌い…⑥52, 53, 137　武帝側近の儒者…⑥76, 104-106, 142, 148, 161, ㉓103
　〜と儒家古典　「詩経」注釈…⑥14　「尚書」注釈…⑦275, 276（孔氏伝と漢儒…⑦281）
　「礼記」…㉔244（月令篇…⑦553）
　漢儒の解経…⑥405, ㉒74
　漢儒の経学→経学（漢）
　〜における語彙・語句の解釈　祈死…③527　四端の説…㉓41　仁義礼智信と五行…㉓90　性…㉓56　逝者如斯夫不舎昼夜…㉕169, 170, 216-220, 231, 239　天…㉔266, 267　鳳鳥不至，河不出図…㉓103
　〜の講経…⑯80, 127
　漢儒の即物性…⑯78, 79
　宋儒に対する漢儒の優位（銭謙益）…⑯127
　〜の人間観…①389
漢書…⑥247, ㉗269→漢籍
漢女…⑫124→漢水の女神
「漢書」…⑭245, ⑯239→「前漢書」
　〜と「後漢書」…⑮190→「前後漢書」「両漢書」
　〜と「史記」…②151, 157, 482, ⑥127, ⑯87, ⑰174, 187, ⑳357, ㉓573
　左国史漢…①595, ②56, 57, 127, 135, 137, 151, ㉑33, ㉓345
　士人の教養と史書…②407, 456, 458, 486
　司馬遷の人間研究の方法の継承…①75, 153, 241（列伝のモンタージュによって歴史を描く方法…⑪374）
　「史記」「漢書」「漢紀」…㉕77
　「史記」「漢書」「後漢書」（馬遷・班・范の史）…⑬574-579, 581, ⑯96, ㉕371→三史
　「史記」「漢書」「後漢書」「三国志」…⑪374, ⑬576, 577, ⑯584, ㉑73, 93, ㉕326→三史三国
　「史記」「漢書」「東観漢記」…⑥246
　杜甫の読書範囲…㉕483　日本所伝の古写本…⑦539, ⑬575, 576, ㉖473　両書の注釈…㉕84, 85, 88, 90, 371　両書の評価…㉕84, 85, 371
　〜と「史記」の記載　海に関する神秘…⑲25　「貨殖列伝」と「遊俠列伝」…①161　垓下の文章…⑥3, 4　霍去病の甘粛遠征…⑥96　神と祀り…②371, ⑥197　漢高祖の出生に関する説話…⑤117, 118, ㉕81, 89　漢高祖の大蛇殺害の説話…⑤117　漢高祖の容貌…㉕83-86, 88　匈奴…⑥70, 89　孔安国の「尚書」テクスト校合…⑦269　司馬相如と卓文君…⑭522　司馬相如の作品…⑥206, 210, ㉗12　周王朝の旧都の人間への批判…㉓427, ㉕201　「周礼」…㉕330　商山四皓…①198, ⑥387　西方諸国の貨幣…⑥128　戚夫人と後継者問題…②142, 143, 151, 152, ⑥26　「大風歌」…⑥24-28　長城から外の古代の形勢…⑥89　陳皇后と長門宮…⑥68　緹縈の発憤…⑥259　武帝の私生活…⑥45, 46　武帝の神仙信仰批判…⑥147
　〜と「史記」の使用語彙と用法…㉕91
　縁辺…⑫463　顔…㉕89-91　匈奴語…㉕387

口語史の資料となる言の混入…㉕47　控弦…㉓419　実事求是…㉕464　助字の使い方…⑦456, 459, 467, 483　唐詩の典故となった言葉…⑬579　用語における引申の義の研究書…②211　竜顔…㉕89-95　隆準…㉕83, 86-89, 92-95
「漢書」の語彙・助字　危…⑭523　虖…⑪387　横門…⑫129　岑岑…㉓361　馬邑…⑯118　風俗の解釈…②238
～と「史記」の文章…①75, ②143, 151-154, 158, 493, ⑦456, ⑰184, ㉕84, 85
委曲な文字…⑬543　荻生徂徠の評価…㉓332　記述の厳密さ…②585　五言詩の断片の引用…⑥430, 431, ㉑215　史観…⑥299　班馬を学ぶ…⑭401　美的文辞への志向…①599, 600　文士の重要作品の全文列挙で列伝とする方法…⑥204　文章の比較…②142, 143, 151-153, ⑦471（「高祖本紀」と「高帝紀」…㉕81, 82, 90　「史記」の文章の踏襲…②142, 151, 153, ㉕84　人物の性格描写と事件中心の記述…①610）
歴史記述の古典…①204, ②57　列伝の文章と韓愈…②17
～と「史記補」・趙倢伃処刑…⑥169
～と「周礼」…㉕330, 331
～と孫鉱の文章批判…⑯91
～と日本人　伊藤東涯…⑰557　岩元禎…㉕371　狩野直喜…⑰249, 276, ㉓599, ㉕371　契沖…㉕164　島田篁村…⑰249, ㉕371　頼山陽「日本外史」…⑰468, ⑱39
～と北斉の博士たち…⑬577
～の完成の時期…㉕84
～の記載事項　王昭君…⑮190, 212　漢王朝評…⑥175, 194, 415（元帝批判…⑳495, ㉗236　武帝評…⑥184-185）　厳君平…㉔316　孔子の地位…⑩467, ㉓20, 390　采詩の官…③37　人口統計…⑥414　絶対の愚者の存在の主張…㉓20　宗廟の制…⑬577　月の運行周期測定値の論証…②343　賦の定義…⑥216, 331, ㉑5, 6　武帝即位当時の国庫充実…⑥175, 194　武帝の出題と董仲舒の答案…⑥103　武帝の李夫人を悼む賦…⑥153, 201, ⑮211　遊侠の気風…⑥226　揚雄の美文作品…⑥255　李陵の悲劇…⑥157（人生如朝露…①107, ⑥311, ⑦600）
～の講釈の彭越…⑬461
～の注釈家の説…㉕85-91
～の著者…⑭401, ㉗287　五言詩…⑥256　著者の祖先…⑥347　著者の賦の文学…⑥224
～の文学性・列伝の対話体…㉗287
～の文章…⑦471
古典的語法…⑦471　「漢書」後半の文章…②154　「漢書」の文章と中島敦…⑥157, ⑱369　新語法の不採用・四字句の使用…⑦472
～の撰売と蘇頌…⑬583, 584
～の「論語」に関する説…④4, ⑤101, ㉑180
～は断代の歴史の始まり…②151, 154
「漢書」（注釈）…⑥30, ⑫129, ⑬575, ㉑73, ㉕84, 85, 88, 90, 91
応劭…⑰557, ㉕85-88, 91, 371　顔師古「漢書注」…⑥6, 7, ⑭523, ⑯240, ⑰557, ㉕85（王莽伝…⑦253　高帝紀…㉕86, 88, 90, 91　叙伝…⑥337　食貨志…㉗226　晁錯伝…⑪197　張良伝…⑥387　王貢両龔鮑伝・序…⑥393　李広蘇建伝…⑥311）　荀悦…㉕371　晋灼…㉕87, 88　張晏…⑰557　服虔…㉕84-86, 88, 371　文穎…㉕86, 88, 90, 91　李斐…㉕86, 88
「漢書」（テクスト）
江戸時代覆刻本…⑰608　江戸初期刊行活字本…⑱518　景祐改刊本…⑬582, ⑱518, ㉕371, 372　慶元版…㉕371　十七史本…⑰557　淳化版本…⑬581　浙本…⑥399　浙本中字本…⑬583　中華書局校点本…㉕371　敦煌写本（残巻）…⑬575　百衲本…⑬582, ㉕371, 372　評林本（漢書評林）…⑰557　平安朝古写本（残巻）…⑬576　北宋版本…⑬583, 584
「漢書」（篇名・項目）
志　刑法志…⑥259　芸文志…①182, ③37, ⑥216, 331, 390, ㉑5, 6, ㉕34, 267, 275（詩賦略／歌詩二十八家・高祖歌詩二篇…⑥42　詩賦百六家・司馬相如賦二十九篇…⑥206　諸子略／小説家…①182, 190　六芸略／「易」…㉕34　「楽」…㉕331　「周官経」「周官伝」…㉕330　「春秋公羊伝」注記…⑥365　「論語」解題…④4, ⑤101, ㉑180）　五行志…⑥33　郊祀志…②371, ⑥147, 197, ⑲25　食貨志…③37, ⑥194, ⑰557, ㉗226　地理志…②238, ⑥204, 414, ⑰557, ㉓427　律暦志…②343, 344, ③515, ⑥195, ⑰557　礼楽志…⑥25, 26, 210, 224, ⑦203（天馬の歌…⑦203）
表　古今人表…⑩466, ㉓20, 390　百官公卿表…⑰557
本紀…②151
景帝紀賛…⑥194　元帝紀賛…⑳495, ㉗236　高紀第一（景祐本）…㉕372　高帝紀…⑥24, 27, ㉕81, 85, 90, 372　武帝紀賛…⑥192, 196
列伝…①160, ②17, ⑥428
韋玄成伝…⑬577　王貢両龔鮑伝・序…⑥393　王莽伝…⑦253　河間献王徳伝…㉕464　貨殖伝…①161, ⑰557　賈誼伝…⑥196　賈捐之伝…⑰557　外戚伝…⑥45, 197, 428, ⑬543, ⑭523, ⑯293（衛子夫〔孝武衛皇后伝〕…⑥58, ⑪206　許皇后〔孝宣許皇后伝〕…㉓361　趙昭儀〔孝成趙皇后伝〕…⑪195　趙飛燕〔孝成趙皇后伝〕…⑪190, 195　田蚡〔孝景王皇后伝〕…⑥224　班婕妤〔孝成班婕妤伝〕…⑪190　李夫人〔孝武李夫人伝〕…⑥201, ⑮211　呂后〔高祖呂皇后伝〕…②151）　霍光伝…①160, ⑦156　汲黯伝…⑥227　匈奴伝…①287, ⑥70, ⑫463　匈奴伝賛…①279, ⑲33　厳助伝…⑥200　孔孫弘伝賛…⑥197, 299　江充伝…⑥

166　皇子伝…⑥47　西域伝…⑥274, ⑫444　西域伝賛…⑥134, 198　司馬相如伝…⑥201, 204, 206, 210, ㉗12　司馬遷伝…㉕158　司馬遷伝賛…㉕78　朱買臣伝…⑥108　儒林伝…⑥367, 369, ⑦471　循吏伝…⑥204　叙伝…⑥347　宣元六王伝…⑭523　蘇武伝…⑦600　晁錯伝…⑪197　張良伝…⑥387　陳勝項籍列伝…⑥3　陳勝項籍伝賛…⑥9　陳湯伝…⑰557　翟方進伝…⑦529　東方朔伝…⑥69　佞幸伝・李延年伝…⑥210　枚乗伝…⑥200　卜式伝…⑳303　遊俠伝…①161, ⑥226　楊惲伝…⑦600　李広蘇建伝…⑥311　李陵伝…⑱369　劉向伝…⑦513　戻太子伝…⑥168
漢書庶吉士…㉓172, 180, 181
漢湘…⑭161
「漢鍾離度脱藍采和」雑劇…⑭56, 87, ㉖413
　『油葫蘆』…⑭87　藍彩和…⑭87
漢晋の学・漢晋の孔孟の学…㉓33
漢人（漢民族）…②436, 437, 440, 455, ⑥70, 71, 134, ㉓216, ㉔200, ㉕386, ㉖48
　～雑文の法…⑳391
　～出身の王室・漢人勢力の浸透・漢人朝廷への親近感（南越王室）…⑥134
　～と元王朝　漢人軍閥…㉕53　漢人社会の慣習の否定…①308, 355　漢人臣僚の勢力の増大…①309　漢人の生活…②355, 357　漢人の蒙古人への信頼…②356, 357　漢人文化への理解力…①309
　～と清王朝　漢人化した満人…㉓216　漢人と清書（満州語）…㉓172, 174, 185　漢人の学術志向…②481　漢人の官僚…㉓170, 178, 220　漢人の軍事からの遮断…②463　漢人の軍隊（清末）…②455　漢人の士人…②436, 437, 455　漢人の重臣（清初）…㉓254　漢人の政治参与の制限…②464, 481　漢人の風気に染まざる納蘭容若…㉓179　漢人の文臣…㉓169　漢人の陋習…㉓216　漢人への猜疑・反感…㉓165, 167, 220, 221
　～との妥協の政権（北朝）と漢人の朝廷（南朝）…①283
　～の拙なるもの（荻生徂徠）…㉓488
　～風の文明（金）…㉔249
漢水…⑮469, ㉑46, 72, ㉓206
　～の女神…③39, ⑦107, ⑫612→漢女
漢隋志（漢書芸文志・隋書経籍志）…⑥390
「漢制考」…②247, ㉕339
漢石経…㉔270
　「公羊伝」…⑥371　「魯詩」…③481
漢籍…㉕281, ㉗24, 26→漢書
　～と日本人　河村秀根…㉗60, 102, 104, 106　谷川士清…②220, ㉗59-61, 102, 104　夏目漱石…②56, 57, 74　平田篤胤…㉗421
　～と本居宣長…㉗100, 102, 106, 146, 150, 214→本居宣長
　漢籍解釈学との方法的類似…㉗107　漢籍の抜き書き…㉗140, 143, 148　漢籍の排撃…㉗51, 148　「古事記伝」における漢籍との連関…㉗107　青年期の漢籍への親炙…㉗107, 108　宣長所蔵漢籍の散佚…㉗75　堀塾における漢籍学習…㉗107, 113, 115, 118, 119, 126, 129, 221　物の哀を知る説と感於物の説…㉗221-223, 227　幼時の漢籍学習…㉗108
「漢籍国字解全書」…⑥31, ⑰396, ⑳212, 232, 255
「漢籍分類目録」（京大人文科学研）…㉕266, 271
「漢楚軍談」…⑭457
漢族…⑥90, 134
　～による異民族の記録（漢）…⑥89
　～の勢力と異民族の勢力…⑥89
　漢族王朝による北方部族追放（明）…⑲228
　漢族非漢族妥協の国家（漢・南方）…⑥76
　匈奴…⑥71, 74（漢族の居住地包囲復仇〔冒頓単于〕…⑥74　漢族の姫君と匈奴の結婚〔漢〕…⑥75）
　西南夷の国（前漢）…⑥80
漢代清代の学術史文学史と安徽地方…②554
漢地の四の万戸…⑭56, 77, 95-97, ⑮391, 395, ㉔250
漢帝と李将軍（李白・悲歌行）…㉔217
漢鼎…㉖453
漢土…㉓91, 92, 114, ㉕161, 162, 166, 179-181, ㉗145, 153, 154, 157, 158
漢東…⑦543
漢唐斎…⑰594
漢唐時代…①73
　～と五経…①238（古注…⑧510, ㉗26, 262）
　～の人物への評価（内藤湖南）…㉗254
　～の文学…①37, 73, 74, ⑬47　絶望の歌…①95
漢唐章句の学…⑯78
漢唐宋初の儒家古典注釈…㉓32
漢唐の学・漢唐訓詁の学…㉒301, ㉓552, ㉗63, 64
　～と狩野直喜…⑬624
漢碑…⑦92
漢人（漢代の人）…㉕337
　～と五経の言語…②314
　～の思考　漢の詩の選択（古詩十九首）…⑥270　幸福追求…⑥416, 418　詩に達詁無し…③485　人生は朝露の如し…⑥311　天人相関説…㉔258, 260　天の神と天子…⑤118
　～の詩　漢人擬作の楚辞の時溷濁…⑥20　去者日以疎…㉕209　距離表現…⑥273　胡馬依北風越鳥巣南枝の類似句…⑥274　時間の流れへの感情…⑥299　心思不能言腸中車輪転…⑥330　斗酒の用例…⑥314
　～の「詩」古注と清朝学者…③41
　～の文献の語彙語法の安定…③20
　～の「論語」注釈　漢注の佚文…㉓101　逝者如斯夫…㉕208, 218-221, 227, 228　鳳鳥不至河不出図吾已矣夫…㉓100-102
　～編集の書（礼記）…㉓85, 348

漢浜…⑦541
漢賦…⑭599
　～唐詩宋文元曲…㉑9
　　楚騒漢賦六代駢語唐詩宋詞元曲…⑭599
　～ノ中ノ板重ナル字法…㉕381
漢武…①570→武帝（漢）
「漢武故事」…⑥46, 47
「漢武帝内伝」…⑪549, ⑫275, ⑳359
漢文…②69, 498, 571, ⑰492, 494, ㉑122, 123, ㉒351
　～を読む心得…②69, 72, 97, 102, 111, ㉑123
　　読むための直観…②72, 74, 111, 123
　　読むための前後関係の把握…②72
　～組版の「史記会注考証」出版…⑥249, 250
　～中の俳句…②83
　～と日本語の差違…⑦595, ㉗248
　～ノイローゼ…①268, ②69, ⑱544
　　漢字ノイローゼ…②70, 71
　　漢文文法ノイローゼ…②72
　～の学力…①269, ②69
　～の数のかぞえ方…②75
　～の訓読→訓読
　～の支那と支那語の支那…⑰514
　～の史書の文章の古典（左国史漢）…②57
　～の使用字数…②71
　～の種類…②102, 194
　　最古の文章…②103, 106, 133　戦国時代の文章…②107　文言と白話…㉑70　文体…②107, 171, 181, ㉗279
　～の授業（鈴木虎雄）…㉒344, 345, ㉓189
　～の心理描写…㉒345, ㉓189
　～の性質…②102
　～の祖（韓愈）…㉑147
　～の手紙…①705, ㉒317, 364
　～の定義…②76
　～の独習可能性…①268, 269
　　字引…②71, 72, 227, ㉑74, 123
　～の美…㉗248
　　簡潔美…②93　文気の美・意味と音声のリズム…㉗248, 249　リズムの美…②94, 95
　～の文法…②72-75
　　助字…②83-86, 88, 95, 97, 113, 122, ㉗248
　　他動詞…②132
　～のリズム…②61, 94-102, 109, 115, 116, 119, 122, 123, 132, 133, 158, ㉑108
　　句法…㉓142　視覚的リズム…㉕96, 100　発語の辞…②98
漢文（科目）…②273, 277, 576, ⑰491, 492, 497
　～科教育廃止案…⑰395
　～教育…②571, 575, ⑰491, 494, 496-498
　　教科書…②61, ⑰496, ⑱129（教材と柳宗元…㉒468　教材の構成…⑦466, ⑰494）
　～の時間のふりあい…②75
　～の必修…⑰496-498
漢文（漢）…⑭554
　漢文晋字唐詩宋理学元北楽府…⑭554
　漢文唐詩宋詞元曲…⑭13, 125, 597
　漢文唐詩宋理学元詞曲…⑭13
漢文（日本）…②564, ㉓477, 563, ㉗9, 171, 178
　～と平田篤胤「皇典文彙」…㉑111
　～の最古のもの…㉓14
　～の分野　議論文…②171, 181, ㉑109-111
　　叙述文…㉑109　賦の作品…①563-564
　～の文体…②74
　　文体と四六駢儷文…②171
　　文体と中国戦国時代の文体…②107
　～の和習…①561, ㉓38, 124, 125, ㉗153, 272
　　中国・朝鮮人のそしり…㉓124, 125（章太炎の批判…②564）
漢文（日本・江戸期）…①561, 562, ②56, 181, ㉑107, 108, 110, ㉓38, 564
　～と漢文家…㉗179
　　新井白石…㉓124, 125, 142　伊藤仁斎…②56, 184, ㉑108, 112, ㉓37, 38, 88, 477, 551, 564　伊藤東涯…②551　荻生徂徠…②56, ㉑108-110, 112, ㉓38, 142, 477, 564, ㉗178　佐久間象山…①561-564, ㉒349　林羅山…①561, ㉓37　頼山陽…①561, 562, ㉑109, ㉓564
　～の碑誌伝状…②192
　～の文体…②181, ⑦466, ㉗7
　～の論理的明晰…㉑112
漢文（日本・上古　中古期）…㉑110, ㉓563　奈良期…②171　平安期…②171, 172, ㉓563, ㉕384　大和期…②171
　～と「万葉集」…㉗5-9
漢文（日本・大正昭和期）　芥川龍之介…②56　永井荷風…②56, 67, 74
漢文（日本・幕末明治）…①562
　中村敬宇・中江兆民…①562, ㉒349　福沢諭吉…①562
漢文（日本・室町期）…㉓563
　五山以来の漢文家と宋代散文…㉓289
漢文（日本・明治期）…①474, ②61, ⑱130
　石川啄木…②56　狩野直喜…①562, ⑤295, ㉒348-349, ㉓598　幸田露伴…②56, 61　島崎藤村・田山花袋…②56　内藤虎次郎…㉒348-349　夏目漱石…①562, ②56, 57, 74, 95　正岡子規…②67, 69　森鷗外…②56, 61
漢文家（越南・朝鮮・日本）…②74
「漢文学会会報」（国学院大学）…①624
「漢文学会会報」（東京文理大学）…①634
漢文学学生への講義（和辻哲郎）…㉗309
漢文学の基礎的事項…①630
「漢文教室」（雑誌）…⑦331
漢文訓読法→訓読
「漢文大系」…②480, ㉒356
「漢文大系」（冨山房）…㉗245

漢文直読論…①705, ㉒318, 340, 350, ㉓142, ㉗153
漢文明保存の努力（耶律楚材）…⑮400
漢沔…⑦540
漢法尊重（元・文宗）…⑮251
漢末魏初の文学…⑦12, 13
漢訳「聖書」…⑲28, ㉓112（呉語訳…⑰375）
漢訳仏典…①70, ②170, ⑦510, 511, 517, ㉑75, 146, ㉔65, ㉕277, 381, ㉗44, 46
　漢末六朝唐宋初の間の仏典翻訳…①286
「漢訳万葉集選」…②597, ⑰68, ⑱49, ㉒434, ㉔7
漢六朝時代　古注…㉗68　詩…①100, 103, 582, ③24, 466, ⑦562, ⑬28, 35, 47　伝記…①166　「論語」解釈…㉕170
漢六朝唐時代→漢唐時代
漢六朝唐宋文学史…⑮369
漢六朝文学の悲観…⑥427, 430
漢和辞典・文言のための字引…②227
鉗…②152
管晏老列（管子・晏子春秋・老子・列子）…㉓350
管子・管仲…①157, 184, 185, ②490, ⑫209
「管子」…①72, 184, ②107, ③10, 21, ⑯246, ㉗29
　～と中国人　清人　王念孫…②482　戴望…②483
　　方苞…②490, 491, 493　兪樾…②483
　　六朝人　蕭統…②485　劉勰…②485
　～と日本人　伊藤東涯…⑰559　荻生徂徠…㉓350, 474, ㉗28　聖徳太子…㉔231, 239　谷川士清…㉔239　日本の朱子学者…②476　安井息軒…⑰203, ⑳218
　～の清時代における流布状況…②481
　～の著者…③13
　～の日本における流布…②478
「管子」（篇名）
　覇形…①184　明法解…㉔239
「管子纂詁」…②164, 475, ⑰203, 204, ㉓562
管叔…②311, ⑩467, ⑬430, ⑰138
管情取…⑭321
管同…⑯246, 247
管道昇…⑮448, ㉑83
管寧…⑮411
管孟（管子・孟子）の流…②485, ③11
銜…②160
関羽…①154, ⑦4, ⑯318, ㉖136, 402, 403→関帝
　関羽征討と曹植…⑦128　関羽・張飛と劉備…⑦3, 9　関羽と顔良…⑦38, ⑬565
　～の碑文（魯貞撰）…①207
　～の廟…②370, ⑦4
関王馬鄭（関漢卿・王実甫・馬致遠・鄭徳輝）…⑭90
関漢卿・已斎・已斎叟…⑭226, 406, 554, 558, ⑯536
　～を含む四大家…⑭218, ⑮11, 189→関白馬鄭
　　「元曲選」の選択…⑮227
　～を含む十二詩人…①514, 637
　～と杜仁傑・白仁甫…⑭123, 136, 138, 146
　～との関わり　アホマ…⑯536　馬致遠→その項　楊顕之…⑮13, ⑯536　梁進（退）之…⑭116
　～に関する記述　「堯山堂外紀」…⑭144, 146　「元史類編」…⑭89　「太和正音譜」…⑭122, 124, 144, 210, ⑮176
　～に対する銭謙益の評価…㉖454
　～による元雑劇の創始…①276, ⑭30, 68, 144, 353, ⑮424, ⑯536
　雑劇作者の代表…⑭124
　専門的雑劇作家…⑭14, 124, 179
　～の「玉鏡台」の『煞尾』と「金銭記」…⑭471, 472
　～の言葉の外面的調和への関心…⑭353, 354
　～の作品　「伊尹扶湯」…⑭68, 144, 366　「救風塵」「玉鏡台」「金線池」→各項　「元帝哭昭君」…⑮214　「胡蝶夢」→その項　「詐妮子調風月」…⑭434　「謝天香」→その項　「大徳歌」（小令）…⑭145　「担水澆花旦」…⑭210　「鄧夫人苦痛哭存孝」…㉖414, 418　「竇娥寃」→その項　「破窰記」…⑭210　「緋衣夢」…⑭204（銭大尹…⑭204）「望江亭」…⑭220, 595
　～の作品数…⑭88, 124
　～の作品の特色　歌辞と構成の巧拙…⑭229　歌辞と事件の進行…⑮178, 179　歌辞への関心…⑮179　構成の巧妙…㉕178　心理描写と雑劇の形式…⑭260　俗語への積極性…⑭286, ⑮184　歴史ある言葉の尊重…⑭346, 353, ⑮184
　～の作品の詞への批評…⑮176
　～の旦本…⑭220
　～の伝記…⑭123, ⑯536
　生年…⑭30　録鬼簿の略伝…⑭89, 123, 136　年代の推定…⑭144-148（活動の時期…⑭147, 148　金の遺民とする説…⑭123, 144-146　胡適の説…⑭145-147　年代とダンテ…㉗384）
　～の『南呂一枝花』「杭州景」…⑭162
　～の文学と外国文化…①277
　～の文学の覆刻・注釈・研究…⑰4
　～の身分…⑭123, 124
　太医院尹…⑭124, 136, 144, 146
関関…②8, 9, 14, 216
関鍵…⑭571, 572
関西（日本）…⑰614, 615, ⑱478, ㉔54, ㉖500, ㉗269
　京都大学の創業…⑰329, ⑱476, ㉒333
　同志社・立命館…⑰24
　～の儒学と関東の儒学…⑰141
　～文運の説…⑰234
「関西中研連月報」…①640
関西経済連合会…⑳189
関西財界…㉓633
関西人…⑰330
関西大学…⑫432, ⑰69, 420, ㉓320
関西大水害（昭和十三年）…⑦595, ⑰177, ㉗49
関西日印文化協会…⑲81

関索…㉖402, 403
関索石…㉖403
関山…⑫476, 641, ㉖111
「関雎」(詩・周南)…①7, ②9, ⑥321, ⑭466, ⑱524(「関雎五章章四句」…⑫602)
〜とエズラ・パウンド…⑲261
〜と孔子…③35
〜における人間生活の日常性…①78, 79
〜の音楽の演奏(儀礼)…③36
〜の特色 暗示性…②7 押韻…①125, ②302, ③31 興の技法…③32, 476 四字句…①13, ②217, 302, ③29, 30 リズム…①13, ③30
〜の二字の連語…②216, 217, ③30(展転…⑪333)
〜の毛伝…⑳78
関情…⑬150, 178
関人…⑪118
関西(陝西)…⑫100, 101, ⑬334, 344, 353, 488, ㉕484
関西学院大学…①624, ⑲241
「関西学院大学人文論究」…①622
関中(陝西)…⑥24, ⑫23, ⑭277
関中(日本)…㉓427, 432→江戸
「関中金石記」…㉒461
「説文遍旁字原幷自序及郭忠恕答書」「仏頂尊勝陀羅尼経」…㉒303
関中八川(陝西)…㉒482
関帝…⑯404→関羽
関帝廟…②370, ⑦4
関東(中国)…②142, 151
関東(日本)…①282, 432, ⑰141, ㉓414, 422, 433, ㉕114, 200, ㉗44, 67, 355
関東軍(日本)…⑯652-653, ⑱414, ㉓189
関東大震災…⑰324, ⑱324, 493, ⑳278, 288, ㉒377, ㉓580, ㉕280, ㉗278
関唐斎…⑰594
関内(陝西)…⑫241
関内侯…⑥87
関内道…㉒81, 82
関白…②566, 575, 589, ㉓228
関白馬(関漢卿・白仁甫・馬致遠)…⑭554, ⑮424
関白馬鄭(関漢卿・白仁甫・馬致遠・鄭徳輝)…⑭118, 218, ⑮11, 189
〜と喬孟符…⑮227
関白木秀(野叟曝言)・関白平秀吉…②589→豊臣秀吉
関八州(日本)…㉓433
関平…⑦4
関輔…⑬220
関目…⑭224, 225, 228, 571, 572, ⑮176
関門トンネル…⑱534
関了…⑭310, 313
歓喜…㉗46
澉川楊氏…⑭162, 163
澗水空山の道…㉒37
監…㉒93
監国…⑪28
監察御史…⑪362, 499, ⑭74
監書博士…⑮249
監牧…㉒93
「監本附音春秋公羊註疏」十行本…⑰590
「監本附音春秋穀梁伝註疏」十行本…⑰591
監利県…⑯191
「緩緩帰」…⑰525, 526
寰球中国学生会…⑯414
寰球の孤本…⑧509, 510
憨山徳清・大師清公…①532, ⑯42, ㉔175, 207→海印
〜紫柏真可・雲棲袾宏・万暦の三大和尚…⑯40, 41, 52
〜紫柏真可・蓮池袾宏・雪浪洪恩…①532, ⑯41→四高僧
〜と銭謙益…⑬265, ⑯40-45, 49, 53
憨山の全集の刊定…⑯53 憨山の弟子と銭謙益…⑯48 「曹渓肉身記」の序…⑯53 臨済禅・曹洞禅との関係…⑯50-52
〜の新しい仏学…㉔167
〜の交遊 漢月法蔵…⑯43, 49 紫柏真可…⑯41, 44, 45 蕭雲挙…⑯45 雪浪洪恩…①534, ⑯42 無明慧経…⑯52
〜の死…⑯43
遺集の編集…⑯44, 52 憨山転生と称するもの…⑯44
〜の著述 「五乳峰塔銘」…⑯43 「春秋左氏心法」…⑯45 「銭太史受之に寄す」…⑯43 「曹渓肉身記」…⑯53 「夢遊集」…⑯44(序・銭謙益…⑯44, 45 銭謙益編刻本・嶺南編刻本…⑯44)
撼頓…②188
橄欖…⑬41
翰苑…⑭105, ㉓155, 163
「翰苑」太宰府本(京都帝大文学部景印)…㉕286
翰詹の大考…②455
翰藻…㉑252
翰文斎(韓氏)…⑯561
翰墨…⑬80
翰林院 金…⑮32, 381-383, ㉒111 元…⑮304, 433, 446-448, 453, ㉕53 清…①502, ㉓191, 198, 237(袁枚…㉓190, 192, 193, 196 呉振棫…㉓182, 185, 186 査嗣庭・銭栄世…㉓167, 168 曽国藩…②448, 449, 465 鄭任鑰…㉓154, 155, 163, 167, 171, 180, 185, 197, 198, 210, 236, 237, 704 李鴻章…②470 呂葆中…㉓167) 明…⑯19, ㉕236
〜と麟徳殿(唐)…㉒481
〜に入る進士及第者・庶吉士(清)…②442, 455, 470, ㉓162, 163, 167, 172, 191
秀才…㉓186 職務…②442, 470 人名録…㉓162, 192

翰林院庶吉士（清）…⑯37, 103, ㉓172, 182, 186, 191, 192
任用者　袁枚…㉓189-193　王崇簡…㉓255　王念孫…⑯576　裘曰修…㉓193　胡承珙…⑯263　呉振棫…㉓182　査嗣庭…㉓168　張問陶…①501, 503　鄭任鑰…㉓180, 182, 704　李紱…㉓220
身分…㉓163, 172（学習内容…㉓172, 192　期間…㉓163, 172　教育方針…㉓182）
散館試験…㉓163, 181, 190, 193, 196, 197（問題例…㉓181　試験結果と正式任用者…㉓163）
翰林院漢書庶吉士（清）…㉓172
翰林院清書庶吉士（清）…㉓163, 172, 180, 185, 196, 197, 236
清書庶吉士の設置理由…㉓175　廃止…㉓181
任用者（袁枚…㉓189, 192, 193, 196　翁方綱…㉓181, 196　呉振棫…㉓185, 186, 196　鄒升恒…㉓193　鄭任鑰…㉓157, 159, 163, 171, 172, 180, 196, 197, 236, 708, 709）
学習開始…㉓175　学習内容…㉓163, 172, 186-189　学習形骸化…㉓175, 180, 181
学習不足による翰林院追放（袁枚）…㉓181, 189-192, 194
指導教官（史貽直…㉓193　鄒泰和…㉓192）
翰林院編修…㉓161, 163
元曲中　賈浪仙と孟浩然（青衫泪）…⑭83
清　胡承珙…⑯263　呉士鑑・呉振棫…㉓182　査嗣庭…㉓168　鄭任鑰…㉓153, 157, 159, 163, 164, 170, 171, 197, 236, 704, 708　李紱…㉓220　呂葆中…㉓169
明　銭謙益…⑯14, 15, 43
翰林院諭徳　明　銭謙益…⑯74
翰林応奉文字（金）…⑭92
翰林学士　金　楊雲翼…⑭133
元　王惲…⑭80　王元鼎…⑭71　虞集…⑮257　朶爾直班…⑮278, 304　姚燧…⑭117
宋…⑬238, 247（王安石…⑬432　王禹偁…⑬218　盛度…⑬247　蘇軾…⑬114　陶穀…⑬239）
～と杜甫（杜子美遊春雑劇）…㉖94
翰林学士修国史（金）…⑮329
翰林学士承旨　金　宇文虚中…⑮379
元　阿璘帖木児…⑮254　安蔵…⑮328　閻復…⑭103　王鶚…⑭369　押夫花塔失海牙…⑮253　夔夔・康里…⑮304　哈剌抜都児…⑮265, 268　忽都魯都児迷失…⑮247　扎剌爾公…⑮278　腆哈…⑮283　杜仁傑…⑭119
翰林学士中奉大夫知制浩同修国史（金）…⑮325
翰林検討…①503, 505, ㉓163
翰林国史院（元）…⑮253
翰林侍講学士　元　袁桷…⑮245
清　王漁洋…⑯173　呉士鑑…㉓182　鄒升恒…㉓193　銭名世…㉓167　鄭任鑰…㉓197, 198, 210, 211, 278, 704, 708
翰林侍読学士…㉓197
元　貫酸斎…⑮317, 321
宋　欧陽修…⑬305　田況…⑬238
「翰林珠玉」…⑰602, 606→「新編翰林珠玉六巻」
翰林修撰…㉓163, 197
翰林待詔（明）…⑮483
翰林待制（金）…⑮380
翰林大学士（清）…㉓274
翰林直学士　金　王若虚…㉔250　元　亦思剌瓦性吉…⑮280　虞集…⑮247　掲傒斯…⑮283
翰林の官の名誉とする職務…②442
「翰林論」…⑦149, 151
諫官…⑫616
諫議大夫…⑫616, ⑬580
諫言…⑰53
還…㉖225
還（助字）…⑫352, 434
「還魂記」…②467, ⑰402
還城楽…⑪523
「還牢旦」雑劇・「鎮山夫人～」…⑭211
題目「月下朱公大報恩」…⑮18
「還牢末」雑劇・「都孔目風雨～」…⑭48, 205, 211, 217, 247, ⑮18, ㉖371
～と他作品　「還牢旦」…⑮17-18　「合汗衫」の年紀小的打那年紀老的…⑮32　「酷寒亭」の筋書き…⑮17, 25, 143（僧住と賽娘…⑮25　李逵と宋彬の詩…⑮143）「水滸伝」…⑭203
～の語彙・語句　『後庭花』一枝起一層皮…⑮47　大古是…⑭451
～の胥吏の生活…⑮8（胥吏と博徒…⑮29）
館…⑪99
館陶県…⑮345
館陶長公主…⑥45-49, 55, 60, 61, 63, 64, 68, 69
環眼…㉖403
環堵…㉖39
環珮…㉖200
艱虞…⑬137
艱難…⑪75
鍰…②243
韓（国名・戦国）…①281, ②110, 549, ㉕75-77
韓（東夷）…②585
韓偓（あく）…①617, ⑬95, ⑮541, ⑯151
「香奩集」…⑮438
韓安国…⑥81, 82, 197
韓維・持国…⑬85, 432
韓嬰…③38, 39, ⑯244, 248, ㉗79
韓王殿…⑭438-441
韓欧（韓愈・欧陽修）…⑪379, ⑬63, 93, ㉗171, 173
～と仏教…⑬305
～の古文を好む者…㉓43
～の古文・欧陽修による祖述…⑪372, ⑬63, 64, 266, 555, ㉕61
伊藤仁斎の比喩…㉓43　荻生徂徠による排斥…

㉗169-171, 179　古文の文体の継承改革…⑪379-380, ⑬75, 266, 598　文体の対比…⑪379　文の陽剛と陰柔…⑪380　堀景山による尊重…㉗169-171, 173, 179　李夢陽による否定…⑮495
～の詩・欧陽修による祖述…⑬46, 63, 64, 74　叙述的な詩・悲哀の抑制…⑬64
～への王安石の批評…⑬94
韓億…⑬85
韓幹…⑫277
韓琦・稚圭・魏（国）公・忠献公…⑬62, 63, 81, 82, 85, 449
～「陳州糶米」作中人物…⑭243
～と王安石…⑬93, 432, 433, 445, 519
～の詩…⑬82, 85
「韓熙載夜宴図」…㉒465
韓客…㉓150, 161, 363
韓厥…⑥374, ⑭270, ㉖366, 367
韓康伯…⑯87　注「易」→その項（注釈）
韓絳…⑬79, 85
韓国（朝鮮・現代）…⑳321, ㉔399, ㉖7, 97, 114, 188, 189
～人…㉔127
韓国夫人（唐）…⑪241, 247, ⑫55, 174, 175, ㉒24, 25, 79
韓子…⑪358, ㉖436, 451→韓愈
韓使（朝鮮通信使）…㉓150, 151, 153, 363, 364
韓人と林羅山の筆談…㉓148, 150
「韓詩外伝」…③39, ⑤10, ⑥237, 274, 314, ⑦229, 397, ⑫223, ㉗89
～のテキストに内伝の断片の混入…①629
「韓詩説」…㉗79, 80
「韓詩内伝」…①629
韓詩学派…③38, 39, ㉗79
韓寿…⑭453, 455, 456, 520, 521
韓寿偸香…⑭456
韓相北伐の謀を排した策（南宋）…⑬323
韓湘・韓湘子（八仙）…⑪366-369, ⑬278, ⑮109
韓常…⑰317
韓信・元帥・淮陰侯…⑭453, ㉓173, ㉕76, 79, 186-188
～と張良・蕭何…⑮114→漢初の三傑
～と白起の奇策…⑦10
～の伝記…①159, ㉕76, 79, 186
西瓜泥棒…⑭455-457　誅殺…①159, ⑥39, ㉕187　老婆への報恩…①18, ⑦419, 420, ⑫84, ㉕186
～の性格…㉕187, 188
居候・物乞い…㉕186　智謀と弱気…①159, ㉕188　股くぐり…①159, ㉕187
～に対する司馬遷の賛…㉕187
韓世忠・蘄王…⑬492-494, 506, 521, 522→咸安郡王
韓性…⑮259
韓宣子…⑦253
韓僉事…⑭62
韓拏（だ）…②185, 186, 188, 189, 605
韓侂冑…⑬172, 174, 320, 321, 323, ⑮386, ㉒98, 102
韓杜（韓愈・杜甫）…㉖454
韓邪将の幽霊…⑮218
韓白（韓愈・白居易）…①36, 344, ⑪328-330
～を読むべき年齢…㉔329
～と空海「文鏡秘府論」のずれ…⑫585, ⑰72
～と弟子…①344, 351
～と杜甫…⑫585, 704
杜詩の論理性誇張…⑯288　杜甫の衛星…①243
～に対する態度　厳羽の批評…⑬186, ⑮474　宋人の尊重…⑬46　「唐詩品彙」の評価…⑮474
～の官僚としての地位…①61, 339, ⑪7, 13, 328, 419, 454, ⑫320, ⑮365
～の権謀への態度…⑪439
～の詩　叙述…⑬14, 32　饒舌…⑪431, 432, ㉒6　生活への密着…⑬32, 45　政治と倫理への関心…①74, 114　人間愛…⑪329　人間の事実の直写・文明批評…①75　人間の微小への敏感の清算…①66　平凡ならざるものの中の詩（韓）と平凡の中の詩（白）…①339, ⑪329, 430, 431, 553, ㉑50　李攀竜による排除…㉒6　理屈っぽさ…⑪329
～の時代と李杜の時代（転換期）…⑪419
韓白の李杜の詩への認識…⑪552, ⑬203　中唐を代表する詩人…①339, ⑪228, 415, 429, 552, ⑮365
～の老人の戒め…⑪438
韓非子・韓非…①37, ②340, ⑰394, ㉕157（韓子…⑥325）
～・申子と伊藤仁斎・戴震の比喩…㉓57, 58
～・申子と諸葛孔明…㉗254
～における実と言…⑥222
「韓非子」…②107, 478, ③10, 21, ㉒356
～と日本人　伊藤東涯…⑮96, 97　江戸期の漢学…②456, 474-476　小島祐馬の講義…㉒351　荻生徂徠…㉒356, ㉓474（古文辞の資料…㉓289, 345, 362, 474　成句の転用・古文辞…㉓362）　日本の漢学…㉒356, ㉓474
～との関わり　「夷斎筆談」…⑱356　現代中国…㉒457, ㉕429, ㉖473　士人の読書…②456, 474, 476, 481, ㉒356　「文心雕竜」…②485　兪樾…②483　李善の引用…⑥325
～における事項　懸幟甚高…⑮96, 97　子貢と子夏の問答…㉔316
～の思想の特殊性…①270, ②253
～の主張の原理（法律の権威）…①63, 281, ⑥180　快楽否定…③12　権力による政治の主張…①184　儒家批判…②294, 295　世界帝国統一の方法…①63, 72
～の説話・寓言…②494, ⑥237（笑話…①230）
～の文章への評価（日中の差異）…②493

～の和刻本…㉕280
～は古典たりえず…①270, ②270
「韓非子」(注釈)…㉓562
王先慎「韓非子集解」…②483, ㉓562　太田全斎「韓非子翼毳」・津田鳳卿「韓非子解詁全書」…②475, ㉓562
「韓非子」(篇名・項目)
五蠹…②251　説難…㉕157　説林…①184　存韓…⑥325　内外儲説…②494, ⑥237
韓飛卿・翃(金銭記)…⑭399, 437, 474, 547
～と王府尹…⑭494-496, 499, 519
王府尹邸侵入…⑭444-448, 458, 461　王府尹の家庭教師…⑭462-464, 467, 473　王府尹の金銭発見と詰問…⑭267, 507, 508, 517, 527　韓飛卿の婚礼…⑭525, 531, 543, 545
～と温飛卿との連想…⑭399
～と賀知章…⑭398, 399, 467, 473
王府尹邸侵入と賀知章のとりなし…⑭458, 461-464　賀知章の九竜池での忠告…⑭429, 435, 437　韓飛卿状元及第…⑭530, 531　韓飛卿入朝と金銭事件…⑭518, 519　韓飛卿の婚礼…⑭525, 531, 533-539, 543, 545
～と腰元…⑭537-539
～と李白…⑭399, 529, 530, 542, 543, 546
～と柳眉児…⑭267, 416, 417, 419, 437, 472, 485, 534-536, 543, 545
花間四友への願い…⑭423
～の歌う『混江竜』…⑭350
～の占い…⑭267, 490, 494
～の唾手也似前程結姻眷…⑭472
韓彭(韓信・彭越)…⑥39
韓愈・退之・吏部・侍郎・昌黎・文公…①151, 339, ⑪328, 370, 383, 384, 386, 387, 429, 438, ⑰251, 341, ㉒8, ㉕467, ㉖435→韓子
～以後　古文運動と前後七子…⑮617　古文の平仄…②35, 38　散文上昇と詩下降…⑪378
～以前　詩中心の中国文学…①37　唐代の文体改革…⑪371, 372
～以前の文章　漢代史家の文…②17　史書の人間描写…⑪374　唐代古文家の文章…②35, ⑪392　六朝唐初の美文…①37, 162, ⑪370　六朝碑誌の文…⑪373
～を含む唐宋八家…①85, 243, 601, ②177, 190, ⑪429, ㉓292, 319, 333, 365
～ごのみの風景…⑪347
～と近世中国…⑪377
金の宮廷の扱い…㉒110　宋詩人による尊重…⑬46, ㉑53, ㉒65(宋人の哲学…⑪376, 426, 430)　中国近世散文の始祖…①37, ②49, ⑪328, 370, 380, 429, 553, ⑬550, ㉑147　中国近世思想の先駆者…⑬553, 554
～と経の尊重…⑬553, 555, 571
「儀礼」尊重…⑪403　経を中心とする古代言語への復帰…⑬555　古文の栄養源「易書詩春秋」…⑬555, ㉑148　「爾雅」評…⑦473, ⑯568　「書」評…⑬555, ㉑147-148, 156
～と現代中国…㉒489, ㉖474
韓愈の文学の覆刻(文革以前)…㉕417
韓愈の文章と民国の文章…②21, 46, 49
～と後人　王安石…⑬93-95　欧陽修→韓欧　帰有光…⑥240, ㉖436　銭謙益…⑬271, ⑯87, ㉖432, 433, 444　蘇軾…②458, ⑬121, 122, 266, 278, ㉑33, ㉕375, 376, 382, ㉗254　方苞…㉕382　毛沢東…⑪421　姚燧…⑭82, ㉖433　陸游…⑬26
～と諸子…②484, 489
～と杜甫の文学改革…②411, ③15
～と「唐詩選」選者…⑪329
～と日本人　伊藤東涯…⑰560　荻生徂徠…㉓337, 338, 381, 441, ㉗169-171　狩野直喜…⑪414, ⑰250, 267, 279　森鷗外…①485
～と馬燧・馬氏一族…①38, 39, ⑪410-414
～と「明文案」序…㉒290
～と李杜…⑪424, ㉕465, ㉗256
～における語彙・詩句　僅…②208, 211　潜徳ノ幽光…⑰231　陳言…㉖436　定…⑦473　展転…⑪333　伯楽…②176　物不得其平則鳴…⑬26, ㉗287　謀計…⑪333
～についての関係書…⑱467(注釈書…㉑73)
～の音に関する見解…⑬26, ㉗287
～の官職　監察御史…⑪362　御史大夫…⑪419　刑部侍郎…②186, 187, ⑪364, 420　京兆尹…②189, ⑪419　国子祭酒…①487, ⑪369　国子博士…⑪412　少秋官…②186　太子庶子…①492　潮州刺史…⑪365　都官員外郎…⑪412　兵部侍郎…⑪369　陽山県令…⑪364　吏部侍郎…⑪369, 419, 429
～の古文の文学…①41, 75, 322, ③15, ⑪379, ⑯290, ㉑150→～の散文
虚構への興味…①196
自然描写の散文の欠如…⑪375
宋元明清における祖述…①48(北宋における祖述…①41, 75, 162, 243, ⑪372　唐末の中断…⑬9　日常身辺の叙述…㉑150)
人間探究の文学…⑪375, 376, ⑯290(人間全体への懐疑を托する文章…⑪408　人間描写…⑪375, 376　人間への興味…①85, ⑪372, 373, 375, 376)
文学史的意義…⑪378, ㉕376(近世古文の祖…②35, ⑪553　蘇軾による評価…㉕375, 376, 382, ㉗254　中国の文章の装飾拒絶の第一歩…②46　文学の尺度としての韓愈…①204, 205, 322)
～の古文の文学の創始…①166, 195, 243, ②185, ⑪553, ⑬9, ㉑147
議論の古文…②173, ⑪429(論弁の文…⑪375)
個人の伝記…①166, ②17, ⑪429, ⑯290, ㉑33(無

名人の伝記…①195）
行状…①166,②185　碑誌…⑪373,374,382,395,408　墓誌…①37,166,②185,⑯290　墓誌の序…⑪387　墓碑…①37,166,⑪429,⑯290（諛墓の文…①163,⑪351）
碑誌伝状の文…①163,166,②185,190,⑥238,240（人間の類型としての個人の伝記…①163）
書・序の文…⑪375,429
詩の時代から散文の時代へ転換…①41,⑪377,378,380
～の古文の文章の特徴…①488,②17,③15,⑪395
暗示性…②4,5,7,21,45,⑪395（意の象徴としての言…②14-15,17　指摘の技術…②4,⑪395,㉗241　象徴的事件の描写による全体像の暗示…⑪395-396,408）
散文の典型…②492（重々しさ…⑪379　客観的描写と感情表現…②189　詩的凝集の文体…⑪380-382　詩的要素の併存…⑪380）
饒舌の意欲…⑪402,403（饒舌の意欲と表現の簡潔…⑪379,381,395,409）
独創的表現の尊重…②32（装飾性…②34　描写力…⑪380　文章の句読…②35　文の儒学に本づく者…⑬271）
陽剛の文…⑪379,380（文章の気魄…⑪379）
～の古文の文体…①59,275,②19,32,173,⑪372,415,553,⑬75,556,598
江戸期の儒者の文体…②177,⑪415,㉑147
極東の普遍的文体…②177
句形とリズム…②34,35,41,49,177,⑪392（四字句の忌避…②102,177）
古文辞派による全面否定…⑮495
古文の文体と古代の文体「漢書」…②17「史記」…②17,24,⑪374　諸子…②173　先秦・秦漢の文章の復活…①195,276,②253,⑦466,⑪553　復古への自信…⑬555　六経の文…②253,335
古文の文体と文学革命…②46,⑪370,376,471,565,⑫6,560,㉗431
唐宋以後の祖述…②17（宋元明清における祖述…②32　北宋における祖述…①162,②177,⑪372,⑬598）
～の古文の文体の創始…①37,75,162,195,243,275,276,②4,24,32,46,173,185,⑪328,372,420,429,⑬75,555,㉑147
文章の素材の内面的転換…⑪372
文体創始期の孤立…②177,⑬598,㉕61,㉗241
文体創始と散文の語彙の濾過…②218
文体創始と唐代伝奇…①196
～の交遊　欧陽詹・賈島…①344,⑪351,553　侯喜…①487,488,⑪356　皇甫湜…①344,⑪39,351,553　薛公達…②15,⑪396　張籍…①344,489-492,494,⑪351,553　董晋…⑪401　孟郊…①344,⑪331,351,553,⑬26　李賀…①197,344,⑪351,553　李漢…⑪369,382　李観…②4-6,⑪391-393,㉖433　李翺…①344,⑪351,553　劉師服…①488,⑪364　盧仝…①344,⑪351,553
～の合理主義に対する反撥…⑪368
～の山寺訪問…⑪346
～の散文…①36-38,41,85,⑪429,⑱104→～の古文の文学
作品「原人」…⑯607「原道」→その項「国子助教河東薛君墓誌銘」…②15,⑪396「雑説」…②102,173,㉗239「女挐壙銘」…②185「進学解」…⑬555,㉑147,㉓337「石鼎聯句詩序」…①196,488「争臣論」…㉗170,179「張中丞伝後序」…②208,⑫331「殿中少監馬君墓誌」…①38,⑪408,⑰250「読儀礼」…②484,⑪403「読鶡冠子」「読荀子」…②484「読墨子」…②484,489「李元賓墓銘」…②4,5,14,⑪382,395,407,409「論仏骨表」…②187,⑪364,414,420,430,㉗170,179
～の散文精神の衰退（晩唐）…⑪553
～の死を弔う長詩（張籍）…①344
～の思想的立場　儒学尊重…②253,⑪430,⑬553　尚古思想…②253,⑬553-555,571　性三品の説…㉗260　仏教排撃…②490,⑪328,364,419,430,⑬305　仏舎利批判…②185,187,⑪364,420,430,⑫418
～の詩…①132,339,341,607,⑪7,415,429,⑬278,⑱329→韓白
韓愈詩と宋詩…⑪430,⑬14,32,42,43,45
現実の反映・生活への密着…⑬32,45（散文の手法による作詩…⑪415　写実性…⑪346　叙述の詩…⑬14,32,45,64）
思想性…⑪5　饒舌…①195,⑪426,431,432　新詩風…⑰71　青年への愛…⑪329　積極性…⑪7　全詩数…⑪422,⑬9,198　早春賛歌…⑪428　俗物性…⑪426
闘いあう力のエネルギッシュな美…⑪342,417,419　闘いの犠牲となるものへの悲しみ…⑪344
張籍の住居の詩…①490,491,494
ドイツ語訳…①629,632
悲哀の忌避抑制…①110,⑪7,422,424-426,⑫704,⑬64（涙という字の使用の抑制…⑪424）
表現の奇怪…⑬42　表現の硬語…⑬43　平凡ならざる表現→韓白　理屈っぽさ…⑪329,430
～の詩（作品）「感春」…㉑51「琴操」…⑪424,⑰71　桂林の詩…㉒489「県斎有懐」…⑪423　皇甫湜に与えた詩…⑦473「左遷至藍関示姪孫湘」…⑪365「山石」…①339,⑪345,㉔247「示児」…⑪426「秋懐」…⑪348,349,422-425,⑬260,⑰71「重雲」…⑪393「出門」…⑪335「酔客」…①339,⑪339「石鼓歌」…⑬64,⑰71「送侯喜」…①487「贈侯喜」…①488,⑪355「題張十八居所」…①490「雉帯箭」…⑪342,417「長安交遊者贈孟郊」…⑪

329 「東方半明」…①340, 516, ⑪341 「南山」…⑪4 「馬厭穀」…⑪334 「伯夷頌」…㉖474 「剝啄行」…⑪351, 355 「暮行河隄上」…⑪332 「北極贈李観」…⑪392, 422 「盆池」…①341-343 「夜歌」…⑪338 「落歯」…⑪360, 364 「竜移」…⑪344
～の詩文集における碑誌の比率…⑪373
～の詩文の講義と鎌倉幕府打倒の謀議…⑪369
～の詩文の非美文性と宋人…⑬46, 63
～の政治と文学への情熱…⑪421
～の雪擁藍関の山車…⑱550
～の全集…①487, ②185, 187, ⑬63
朱子による校訂…⑬171, 318-319
～の著書 「韓昌黎集」…⑰361 「韓文」…⑰560 「昌黎先生集」…⑪369, 373, 382, 384, 385, 393, 430（東雅堂本…⑪382） 「論語筆解」…㉓441
～の追求する幸福…㉑50
～の伝記…⑪369
進士及第…⑪386, 412 生没…⑪370 父と兄・韓会の死…⑪410 命日…①347
～の闘志…⑪328, 342, 364, 365, 419, 420
～の南八評価…⑮423
～の歯の悪さ…⑪362, ⑳306
～の娘・韓挐の死…②185, 186, 188, 189
韓氏の墓への改葬…②189 韓愈の流罪と娘の退去先…②188, 605
～のユーモア…⑪355
～の呼び名・昌黎は本籍地…⑪328, 429
～の来客忌避…⑪352
～の流罪…⑪426, ⑬278
潮州流罪…②185, 187, ⑪365, 369, 414, 420, 430, ⑫418, ⑬121 潮州流罪と「太平記」「酉陽雑俎」…⑪368 陽山県流罪…⑪364, 414, 423, ⑫417
～白居易→韓白
～・白居易・欧陽修・蘇軾…⑪13
～・白居易と杜甫→杜詩
～風の古文…②21, 32, 34, 38, 177, ⑪375-376, 471, ⑫6, ㉕44
古文と元以後の口語小説…①76, ⑪375, 376
民国文人の不満…⑪381, 471
～風の散文文学…①48, 53
～・李白・杜甫・白居易→李杜
～・柳宗元→韓柳
～・柳宗元・欧陽修・蘇軾→韓柳欧陽蘇氏
「韓愈」（清水茂）…①132, 487, ⑫704, ⑬64, ㉑51
韓柳（韓愈・柳宗元）…①462, ⑪429, ⑭116, ㉖432, 433, 444
～以後の古文と秦漢の文（漢文教材）…⑦466
～以後北宋までの古文の歴史…㉗243
～以前の文体改革の試み…㉗241, 243
李延寿の文体と古文…㉕379
～を含む唐宋八家…①601, ②177, ⑪429, ㉓292, 319, 333, 365
～と現代中国…㉒489, ㉖474
～と自然描写…⑪375
～と銭謙益…⑯87, ㉖432, 433, 444
～と日本人 新井白石…㉓365 荻生徂徠…㉓319, 320, 333, 335, 337, 356, 365, 440（韓柳と李王・四家雋…㉓337, 400, ㉕471）
狩野直喜の評価…⑰250
～の古文の文学…①67, ⑦466, ㉑148, ㉓440, ㉕46
韓柳の傾向と伝奇…⑪546 韓柳の古文の栄養源…㉑148 古文復興の提唱…⑪546, 553, ⑬592, ㉗240 個人の伝記への関心…①153, 163
唐代の評価…②177, ㉗241 文章が言語の発達に逆行する現象…⑦471 北宋時代における画期…②177, ㉗241 北宋初期の評価…⑬59 リズムと句切り…㉗241
～の諸子への関心…②484
～の文集 鵜飼石斎訓点本…⑰31
兪良甫覆刻本…⑰31, 607
～の文章と李杜の詩…㉑168
韓柳欧陽蘇氏（韓愈・柳宗元・欧陽修・蘇軾）…②447, 492, ⑪429, ⑬266, ⑯70, ㉗241, 254
韓麟…⑮295, 308
簡…⑮221
簡公（春秋・斉）…⑤257, 258
簡札…⑤70
簡体字…㉕442-444
簡狄…⑬325
簡野道明「白詩新釈」…⑪328
簡文帝（東晋）…⑦290, 482, 505
簡文帝（南朝・梁）…①438, ⑦592, ⑫490, 661→蕭綱
簡編…⑮485
「簡明中国哲学史」…㉑194, ㉖475
観海寺…㉓487
観古堂刊本「金主亮荒淫」…⑬500, 501 「静惕堂宋元人集書目」…⑯145 「曝書亭刪餘詞」…⑯148
観国の賓…⑫77
観察（官名）…㉓264
「観世音経」「観音経」…②324, 325, ⑬552, ⑲76
「観世音修行香山記」…㉖368
観世音菩薩・観音菩薩…⑯371, ⑲76-78→観音
観世左近・元滋…㉔282
観相術…㉕93, 150, 151, ㉖403
観潮楼…①344, ⑪351, 369, ⑰387
観濤閣…⑰135
「観堂集林」…⑩453, ⑯584, 585, ㉓608
「旧刊本毛詩法疏残葉跋」…⑩453 「春秋公羊伝解詁の後に著す」…⑥371 「友人に与えて詩と書の中の成語を論ずる書」…③555
観音…⑯370, ⑲77, ㉖400→観世音菩薩
「観音さま出家」…⑯370
観音奴…⑮280

観音柳…⑭524
観文殿大学士…⑬238
轗軻…⑥327
闞彦挙（闞挙）…⑭106
灌園耐得翁「都城紀勝」→その項
鑒書博士…⑮248, 255, 258
驩…⑳100
鑑…②281
鑑戒之資…①214
鑑湖…⑬151, ⑰310→鏡湖
「鑑賞日本古典文学」・「万葉集」…㉗15
鑑賞者と実作者の一致…②520, 527
鬟…㉖52
鸛…⑪129
讙兜（かんとう）…⑩467, ㉓20
驩州…⑪500
鸛鵲楼…①459-461
丸嵩…㉓433
元日…⑯493
　～の詩…㉕461
含元殿（唐・長安）…⑫416, ㉒14, 15, 465, 481, ㉖80
含糊…⑭313
含光渠…⑯47
含真…⑦348
含蓄…㉓338, 339, 343, 351, 355, 356, 398
含風殿（玉華宮）・含風殿（翠微宮）…㉒82
玩物喪志…②517, 518, 604
紈袴…⑫76, ㉔102, 103
紈素…⑥312
眼見…⑫512
眼見的…⑭408, 409, ⑮60
眼見得…⑫512, ⑭321, 345
『眼児媚』「碾玉観音」…⑬336
眼梢児…⑭422
眼睜睜…⑮51
眼睛…⑭312
眼穿…⑫377
眼中人…⑭493
眼脳…⑭312
「雁門関」雑劇…⑮116
「雁門関に存孝虎を打つ」…㉖401
頑…㉓21
頑涎…⑭465
翫月…⑫642
『鴈児落』「金銭記」…⑭544　「老生児」…⑭237
『鴈児落帯過清江引碧玉簫』　趙天錫…⑭115
鴈台…㉖413
顔…㉕89-93, 111, 112
顔安楽…⑥367, 369, 370
顔延之・延年…⑯128　「還至梁城作」…⑥292　「五君詠」…⑦195　「赭白馬賦」…⑫132, 608, ㉖34　「陶徴士誄」…⑦443　「拝陵廟作」…㉕448, 455, 474
　阮籍評…⑦195　死…㉑252　陶淵明評…⑦443
顔淵・顔回…④3, ⑤112, 122, 189, 250, ⑥372, ㉓390
　～を九品の上中とする説・上哲とする説…⑦521
　～と一箪一瓢の生活…⑦297, ⑪225, ⑳317
　～と孔子の匡における法難…⑤250
　～と泥棒（金銭記・浪繡毬）…⑭453-456
　～と閔子騫…⑭455, 456
　～の位牌（胡適の聖廟造り）…⑯371-372
　～の好学…②88, ⑤112, 278, ⑥234
　～の死…②88, ⑤112, 278, ⑭456
　　孔子と葬式・父親の申し出の拒絶…⑤284
　　孔子の慟哭…①106, ③521, ⑤113, 208, 278-280, ⑨480, ㉕367, ㉗9, 275（天への楽観の動揺…⑤113, 208, 279, 280　慟哭と伊藤仁斎の古義…㉓74）
　　司馬遷の懐疑…⑥231
　～の質問　問為邦…㉑177, ㉓390　問仁…⑤189
　～へ孔子の評　三月不違仁…⑤26, ㉓389　不遷怒…⑤112, ㉓74　用之則行，舎之則蔵…⑤230, 231
顔厳（顔安楽・厳彭祖）→厳顔
　～の学…⑥369
　～の春秋…⑥367
顔杲卿（こうけい）・常山…⑫308, ⑮410, 411
顔晃…⑫657
顔山農…⑯101→梁汝元
顔之推…⑰110　「顔氏家訓」…②51, 324, 378, ⑬552, 563（勉学…⑬577）
顔氏（春秋公羊学派）…⑥371, ㉕229
　～の三世説（公羊伝）…⑥370
　～本「公羊伝」…⑥371
「顔氏春秋」…⑥367-369
顔師古…⑬575, ㉕85
　～の「漢書注」→「漢書」（注釈）
　　語彙事項の注釈　顔…㉕91　危…⑭523　公輸と魯班…⑥337　若…⑥7　商山四皓…⑥387　雖…⑥6　朝露…⑥311　鄭樸…⑥393　備者典策…⑦253　蒙蘢…⑪197　隆準…㉕86, 88
　～の「匡謬正俗」…⑦146, 162, ㉗299
　　“等”の解説…⑦146
　～の校定したテキスト・定本…②244
顔真卿・魯公…⑮282, 419, ㉕300, ㉖433
　～と浅見絅斎…⑮415
　～の安禄山との戦い…⑫173, 308, ㉒23
　～の書　顔真卿を学んだ清人の書…⑯641　顔真卿風の書風…①519, ⑲403　顔真卿・柳公権の書…㉗256　書と言語…②506　書と個性の表現…⑬594　書のきびしさ…㉔235
　～の鮮于仲通の神道碑…㉕459
　～の杜済の墓誌と碑…⑫86
　～の平原太守…⑫173, 308, ㉒23, ㉔235
顔閔（顔回・閔子騫）…⑦243
顔貌…㉕90, 91

顔柳（顔真卿・柳公権）…㉒13, ㉗255, 256
顔良…⑦38, ⑬565
巌居…㉓248
巌幽…⑫232
鑑真・真公…㉒14, ㉖81, 498, 499

き

キーツ…⑲211
キーン（ドナルド）…⑲442, 445, ㉔159, 231, ㉖509
　「日本の文学」…⑲448　「日本文学詞華集」…⑲446
キケロ…②496
キサガヒヒメ…㉗75, 101
キッシンジャー…㉔166
キットシタル…㉗213, 215
キトー…⑮558
きぬかさ（蓋）…㉕161
ギボン…①171, ㉕273　「ローマ帝国衰亡史」…⑤3, ㉑94
キャッスル・ロック…⑲268
キューバ…㉔130, 133-135, 143, 184
「キュリー夫人伝」…⑯583
キョルネル（Karl Theodor）「伝奇トーニー」…㉔218
キリシタン…㉓485, ㉕410
　キリシタン書禁遏…㉕272　キリシタン文書研究（新村出）…⑰301
ギリシャ…⑲262, 337, 366, 453, ㉔128, 179, 181, 206, ㉗367
　認識方法…⑲41　批評基準…㉑150
　～以来の西洋　人文の概説…⑲440　著作…⑳217　文学説…㉔208
　～以来の伝統への尊敬…⑲420
　～を把握することと「論語」…⑰487
　～とアルファベット…②562
　～とイデアの世界…①5
　～と中国…⑰453, ⑲45, ㉑145
　　アリストテレスと司馬遷…①175, ⑲57, 58, ㉑122, 124　エレウシスの祭と射の儀式…⑤4　エロスへの態度…⑲45, 46, ⑳222, ㉑156　ギリシャ的なものと中国古典…①246　ギリシャ的なものと中国文学…①261, ㉔208　ギリシャの古史と「史記」…⑲442　ギリシャの史家と司馬遷…⑲57-59　戯曲の発生の差違…⑲47　虚構への態度…①182, 183, ⑲53, 59, ⑳222, ㉑150, 151, ㉗367　誕生日の扱い…②545　彫刻への態度…②522　人間以外の世界の予想…⑱15　美術思想…③562
　～と日本…⑤3
　　アリストテレスと紫式部…①175, 176, ⑱34, ㉑122, 124　日本人のギリシャ研究…㉑31
　～の愛国志士の話…⑯359
　～の軍人政権…㉔181
　～のコーヒー…㉔183
　～の古典…①245, 268, ③505, ⑰492, 495
　　エロス…⑲45, 46, ⑳222
　　ギリシャ古典の読み方の二派…⑳265, 283
　～の故事と西洋の詩…㉖60
　～の国粋主義…㉔173
　～の宗教儀式…③562
　～の彫刻…㉔270
　～の名作の翻訳とルネッサンス…⑯313
　～・ラテン・キリスト教…⑲103, 104
ギリシャ劇…②105, ③505, ⑳223, ㉖485, ㉗279
　～の喜劇…⑲45
ギリシャ建築…②538
　遺蹟…⑲407　ミケーネ古城とハワイのププケア遺蹟…㉔197
ギリシャ語…①270, ⑰47, ⑲116, ㉑31, ㉕291, 361
ギリシャ史…⑰638
ギリシャ詩　ギリシャ詩とイマジスト…⑲209（エイミー・ロウエル…⑲209, 211）
　ギリシャ詩と「詩経」…㉑157, ㉒19（「詩経・大雅」の叙事性…⑲54, ㉑145　ホメーロスと「詩経」…①79, ③22, 29, ⑯291）
　ギリシャ詩の抒情詩と推移の悲哀…㉑227
　ギリシャ詩の叙事詩…①79, 144, 153, 182, 183, ③23, 29, ⑫586, ⑯291, ⑲53, 54, ㉒19, ㉕297, ㉗367
ギリシャ神話…①88, 174, ③548, 562, 563, ⑰638, ⑱40
ギリシャ人…⑥93, 128, ㉔172
　ギリシャ人団体旅行客…㉔172, 173　ギリシャ人と科学…⑳163　ギリシャ人と詩人の任務…①175, ⑲53, ㉑122　ギリシャ人と中国人…③562, ⑤4, 5, ㉑145　ギリシャ人と日本人…⑤3　熱帯観…㉔130, 163　フィロソフィ強調…⑤307　雄弁・テレビとギリシャ人…⑲41, 42
ギリシャ哲学…⑰47, 363, ⑲13, ㉑113, ㉒441
　～に始まる西洋哲学史の講座…⑰11
　～の翻訳の二派…⑳265, 283
ギリシャ文学…①4, ⑮558, ㉑150, ㉔173, ㉕296-297
　周作人の修得…⑰10　日本語訳…⑲191, 192
ギリシャ文明…①286, ⑥93, 94, 128, 130, ⑲53
　神…⑲3　キリスト教文明との結合…⑲13, 17
キリスト（イエス）…⑪462, ⑲113, ㉔203, ㉖481→クライスト（ジーザス）
　～像の描き方・黒人として描く教会…㉔185
　～誕生　キリスト誕生と孔子誕生…①269, ⑤144, ⑰110　処女懐胎伝説…⑤146　誕生の日…㉔159　東方の博士たち…⑱459
　～と「聖書」…⑤12, ⑰102
　　奇蹟…⑲106　四福音書…㉓112
　～と新島襄…⑱487
　～の最後の晩餐…⑰492
　～の死　孔子の死との違い…⑤261　復活…⑤114

～の受難…㉒44, 45
～の血…⑤313（キリストの血と西洋美術…②533）
～の母と孔子の母…⑤146
キリスト教（基督教）…⑤207, ⑱516, ⑲28, 115, ㉓548, ㉔43→ヤソ教
～国…②540, ⑤114, 207, ⑯437, ⑰104, ⑳500, ㉑28, ㉓529, ㉔10, ㉕367
～思想…㉔207
～信仰　アメリカとヨーロッパ…⑲65
～神学…⑰88, ㉗367
～地域と非キリスト教地域…⑤114, ⑫693, ⑲26, ⑳489, ㉗326, 367
大学構内の礼拝堂…㉗372
～的思考を含むヨーロッパ的思考と中国文学…①261
～的思考における人間の所業…⑳358
～的人道主義…㉔204
～的世界と中国的世界…⑰110, ⑲26
キリスト教者の「詩経」翻訳（レッグの旧訳）…⑲261　キリスト教的人生観と極東の人生観…⑲438　キリスト教と儒学…⑰86, ⑲105, 106　キリスト教と「論語」…⑤207, 208　原罪説と性善説…⑲438, ㉗110　思考…㉕314　世界観…⑲64　罪の意識…⑰86　人間観…①259, 260, 262, ⑤208, ⑲64, ㉗376
～的な機関…⑰88
～的有神論哲学…⑰11
～とインディオの宗教（アコスタ）…㉔164
～と共産主義・マルキシズム…⑰61, ⑲65
～と“鶏虫の得失”…㉖210
～と西洋…⑰12
西洋社会…⑳489　西洋人…⑤114, 211, 212　西洋人の生活…⑲105　西洋の中世…㉑94　西洋文学…⑲103
～と西洋文明…⑰61, 110, ⑱448, ⑲105
キリスト教と自然科学と小説…⑲28-29, 105, 106, ㉗378
～と他の宗教との差違…⑳226
～と中国…②388, ⑳165, ㉒403
キリスト教会…②388, ⑪167, 330（信者…②389, ㉗375　貧民救済…②389）
キリスト教と洪秀全…②423（長髪賊…②389）
キリスト教への民国文化の冷淡…②363
～と中国人…⑤114, 211, 212
知識階級の反感…②389, ㉒403
～と日本…⑱448
キリスト教禁止・信者の処刑…㉗373
キリスト教の輸入（明治）…⑰88
信者…②388, ⑰104
日本的歪曲…⑰88
日本の宗教（アコスタ）…㉔164, 165
～と日本人…⑳488, ㉓548, ㉗372
河上肇…⑱317　永井荷風…⑱326, 327　和辻哲郎…㉔259, ㉗307
キリスト教の学問の冷遇…⑲421
西洋文学研究とキリスト教…⑲103, 106, 116
日本の宗教学者の理論とキリスト教…⑰104
～とハワイ…㉔194
カアフマヌの信仰…㉔190, 203
カメハメハ王朝の改宗…㉔132, 197
ジョン・パパ・イイの信仰…㉔195, 196
～と仏教…⑳489, ㉗372, 373
～とホーチミン…⑤207
～における悪魔…⑲26, ㉔9
～におけるカソリック…①260, ⑰128, 134, 660, ⑱524, ⑲104, ㉔151, 156, ㉗374
カソリシズム…⑯652, ㉗255　カソリック学者…⑲104　カソリック教会…⑪365, ㉔154
～における神…②379, ⑲26, ㉓529
神の説き方…②379, ㉗367
～におけるプロテスタント…㉓531, ㉗255
プロテスタンティズム…⑯652
～における理想世界…②369
孔子の教説との差違…②373　死後の生活…②369, 373
～の犯した罪悪…㉑94
～の学校…⑰88
大学…㉒403, ㉗372
～の「聖書」の呉語訳…⑰375
～の精神…⑲105
～の布教とアコスタ…㉔163
～のヨーロッパ支配…⑫586-587
～美術…⑲300
キリスト教会…②388, 389, ⑪167, ⑰88, ㉓611
キリスト教青年会…⑯564
キリスト教徒・キリスト者…⑤69, 132, ⑱323, ⑳156, 159, 338, ㉒490, ㉓583, ㉔137, 195, 196, 249, ㉗373, 375
キリスト教文明…⑤114, ㉔9
～とギリシャ・ローマ文明…⑲13
～と儒学文明…⑱326
～と中国文明…⑤114, ⑰110, ⑲469
キリンビアホール…⑱539
几硯…⑬169
几杖…㉖212, 215
己氏の部落…⑤55
气…③544
木方真（きかた・まこと）…⑰563
木崎湖…⑫436
木曽・岐嶾・岐蘇…②67, 68, ⑲347, ㉓434
木曽川…⑲347　木曽谷…⑥413, ⑪70, ⑫577, ㉖153, 183, 195　木曽のかけはし…⑪249
木曽福島…㉖11
木曽義仲…②68, ⑦5, 56, ㉓420
木下順庵・錦里…㉓115, 132, 135

～との関わり　新井白石…㉓131, 136, 152, 353（順庵への白石の弔詩…㉓114, 116, 120　綱豊への白石推薦…㉓144）
　　雨森芳洲・松浦霞沼…㉓152
　　荻生徂徠…㉓131, 132, 135, 136, 353, 370
～と七子の説…㉓119, 131
　　唐詩尊重…㉓131, 132, 353
～と周辺の人人…㉓136, 370
～の死…㉓116
木下順二「おんにょろ盛衰記」…㉖409
木下孝則…⑰170
木下杢太郎…⑰399, ㉗418
木原均…⑲292
木村英一…⑰324, ⑳359, ㉒332, ㉔258
木村嘉平…㉕496
木村熊二…②63
木村彰一　訳・トルストイ「アンナ・カレーニナ」…㉔222
木村博士（京大化学研究所）…⑳424
木村三四吾「西荘文庫の馬琴書簡の二, 二十回本平妖伝のこと」…㉒279
卉服…⑯223
危…⑭523
危階…⑫248
危檣…㉖173, 180
危素…⑮491　「圭斎先生欧陽公行状」…⑮291
吉備真備（きびのまきび）…㉒15, ㉗71
吉良（地名）…⑱546
吉良上野介・別駕公…⑱546, 547
吉良竜夫　共著「中国の作物目録」…㉖386
気…③543, 544, ⑰102, ㉓620
～の原義…③544
気　伊藤仁斎…㉓67　「淮南子」…⑦295
気（宋学）…②380, 381, ⑮408, 412, ⑰103, ㉗366
～と理…②18, 329, 368, ⑬318, 557-560, ⑯369, ⑳164, ㉑113, ㉖241-245
気　荘子…⑦313　堀景山…㉗170, 171, 176, 182　孟子…③543, ⑬560, 561, ⑮409　列子…⑦295, ⑬560
気韻…㉓624
気韻生動…②524
「気英布」雑劇・「漢高皇濯足～」…⑭37, 46, 126, 202, 219, ㉗282
～の「罵玉郎」（第二折）…⑭292
気死…⑮59, 66
気質の性…⑬557-559, 561, ㉓395, 396
気質変化の説…㉕199, ㉗230
気棲…⑮497
気節の士…⑦42
気喘狼藉…⑮76
気の読法…㉖446
気理相関の哲学…㉖245
肌理…⑫106
岐王（唐）…⑪52-54

岐国王（金）…⑭63
岐山…⑫377, ⑬288
岐山県…⑪248
岐山令…⑭96
岐州刺史…⑦548
岐周…⑱546, ㉓442
岐伯…⑥345, 347
岐陽…⑫376, 377, ㉖61, 62
希望…①102, 103, 151, ⑯316
希臘→ギリシャ
庪閣…⑮252
杞良…⑥303
杞梁…⑥302, 303
～の妻…⑥273, 300-303, 322, ⑦194
汽車…⑰471
其…②176, ⑱114, 115, ㉕19, ㉗248
奇…⑪400, 401, ㉕197, 198, 207
奇渥温氏…⑮291
奇士…㉕57, 58, 252, 253
奇字を問う…①491
奇跡…⑬15
奇男児…㉓625, ㉕253
祈借…㉕379, 383
祈禱…⑤79-81
祈年…⑮500
「季刊文芸学」…⑳98, ㉔69
季桓子…⑤90, 91, 179, 180, 189, 234, 235, ㉗261
季康子…⑤46, 113, 189, 190, 193, 224, 226, 227, 254, 282, 316, 317
季札…③36, ㉓115, 270→延陵の季子
季氏（魯の大夫）…⑤85, 87, 150, 153, 154, 160, 235, ⑪388, ㉑172（季孫氏…⑤23, 176, 179, 226）
季辛吉→キッシンジャー
季羨林…㉕479
季蒼葦…⑰589
季前…⑤82
季潭宗泐（そうろく）・泐潭…⑯40, 41, 44, 52
季鎮淮…⑥243　「司馬遷と彼の史記」…⑥242
季冬…㉖144
季冬之月…③512, 515
季武子…⑫488
季文子…③36
季平子…③527
季本…⑯89, 93　「易学四同」「詩説解頤」「春秋私考」「廟制考義」…⑯90
季孟（季孫氏・孟孫氏）…⑤160
季路…①188, ②101, ⑤16, ⑱13, ⑲29, ㉓97→子路
祁寯藻（しゅんそう）…②464, ⑯267, 656, ㉓184
祁承㸁（しょうかん）…⑭34
祁連山…⑥97, 102
城戸幡太郎（まんたろう）…⑯476
城戸融正（あきまさ）…⑰563
城の崎…⑲267

「癸辛雑識」…⑮377, ⑰466, 559
「続集」…⑭132, 203　「別集」…⑭103, 107, 177, 282, ⑮27, 427
癸丑…㉑237
紀…②161
紀伊…㉑221→紀州
紀伊徳川侯…⑰583→紀州徳川氏
紀昀・暁嵐…①234, ⑫340, 426, ⑯226, ㉒419
紀季…⑥374
紀君祥…⑭137　雑劇「曹伯明錯勘贓」…⑭210「趙氏孤児」→その項「販茶船」…⑭209
紀元節…⑭582
紀事本末…⑰558
紀州（日本）…⑬12, ⑰585, ⑱56, 58, ⑲314, 453, ㉓120, 315, ㉗36→紀伊→紀府
紀州侯…㉓512, ㉗235
紀州徳川氏…㉓494→紀伊徳川侯
紀州藩…⑳236, ㉓47, 375
紀州藩儒…㉓494
紀伝体…①168, ②151, 154, 157, 162, ⑥171, 243, ⑯290, ⑰557, 558, ㉗130, 132
紀貫之…⑱28, 390, ㉑125, 218, ㉓239, ㉗149
～と正岡子規…⑰620
～と「礼記」月令…⑳354
～の著述「古今和歌集」序…③28, 33→「古今和歌集」仮名序「土佐日記」…⑱467, 469, ㉕275（青谿書屋本と定家自筆本における冒頭の文…⑱467）「袖ひじて」の歌…⑱99, 387（推移への歓喜…㉑225）
紀友則…⑳29, ㉑218
紀府…⑰586, 588→紀州
「紀聞」…㉒86
紀容舒「玉台新詠考異」…⑥262
「紀録彙編」…⑮557
虺蛇…⑱530
姫鬟…⑮537
姫氏（周王室）…②549
姫周…②549, ㉓228→周（王朝）
姫妾…⑮536
姫文…⑦174→文王（周）
既…②70, 71, 112, 187, 188, ⑩430, ⑰504
既已…⑮343
既然…⑭313
既不呵・既不沙…⑭321
既～又～…②188
帰…㉑68, ㉖101
帰休…⑬123
帰去来…⑦390, 604, ⑬176
帰去来館趾…⑦331
「帰去来辞」…①19, ⑦385, 389, 405, 407-411, 428, 602, ⑪454, ⑮394
～以後の陶淵明…⑦358, 385, 416, 440
～以前の陶淵明…⑦358
～注・李善…⑥314
～と宋人　朱子…⑦331　蘇東坡…⑦593　李格非…⑦405
～と仏教…⑦604
～と松…⑦398
～の歌い出し…⑦390
～の語句　雲無心以出岫…⑦351, ⑫248, ㉔228　鳥倦飛而知還…⑦351, 352, ㉔228
～の序…⑦385, 389, 406
～の達観…⑦427
～の夏目漱石書…㉗305
『帰塞北么』「天宝遺事」諸宮調…⑫265
帰州…⑯191
帰昌世…⑯126
帰綏…⑥87
「帰潜志」…⑭31, 138, 140, 205, 299, 396, 547, ⑮32, ㉒104, 113, 114, 117, 118
～知不足斎叢書本…㉒111, 112
帰宗寺…⑦329
帰荘…⑯125, 126「難壬」…⑯56
帰寧…㉗134
帰有光・熙甫・震川…①48, 49, ⑥240, ⑯124
～と黄宗羲…⑯124
～と銭謙益…⑯124, 126-128, ㉖431
～における講経・講道…⑯80, 128
～における陳言…㉖436, 451
～のきょうだい　姉淑静…①49　妹淑順・三弟有功…①50　次弟有尚…①49
～の経学論…⑯127
～の妻・魏氏…②190-192
～の詩…⑮533
～の母・周氏…①48
母の肖像のモデル…①50, ②530
～の文章…①48, ②190, ⑮533
作品「王子敬の任に建寧に之くを送る序」「応制論, 諸生課試の作」「何氏の二子を送る」…⑯127「寒花葬志」…②190「計博士を送る序」「経叙録序」「周孺亨の墓誌銘」…⑯127「諸子彙函」…②605「浙省策問対」…⑯127「先妣事略」…①48-50, ②190, 530「潘子実に与うる書」…⑯127
唐宋の古文の祖述…⑮526, ⑯126　反古文辞の先駆…⑯126, ㉖436（王世貞批判…⑮526）
碑誌伝状…①164, ②190　明代一の散文家…⑮526
「帰来の篇」…⑦330→「帰去来辞」
帰来望思の台…⑥168
耆婆天（きばてん）…㉕237
記…①162, 166, ②18, 181, ㉑159, ㉓348
記憶の保持…㉕20
記紀（古事記・日本書紀）…⑰180, 640, ⑳448, ㉗61
～歌謡…③29, ㉑164, 227, ㉓239, 508
～と日本文学史…⑱11

～の神代の巻…⑰636, ⑱11
～万葉…②270, ⑯585, 586, ㉓508
記載言語…①90, 280, 291, ②92, 94, 199, 409-414
～と口頭言語との乖離…①319, ②92, 202, 446, 606
→文語と口語の乖離
～の約束…①319
記載の能力…①318, 320, ②409, 414
「記纂淵海」…⑪18
記室…⑦106, ⑫665, ⑮521
記注…⑰538→「礼記」注・鄭玄
「記伝」…㉗61, 76→「古事記伝」
豈…②159, ㉖179, ㉗248
豈不…⑦488
起義…②441
起居舎人…⑪499
起承転結…⑬541, ㉔111
起来…⑭309, 313
鬼…①233, ②371, ⑦320, ⑫101, ㉓97, 450, ㉗285
鬼怪…①233, 234
鬼界が島…⑬510, ⑯435, ⑲428
「鬼谷子」…②485
鬼谷先師…⑭491
鬼才…①132, 197, ㉕405→李賀
『鬼三台』「老生児」…⑭236
鬼子母神…㉕59
「鬼趣図」…②515
鬼神…㉓393, 449, 450, 538
～に関する記載　孔子以前の書…㉓87　「礼記」…⑰140, ㉓87
～の肯定　荻生徂徠→その項　墨子…②379, 380
～の否定　伊藤仁斎→その項　朱子…⑰464, ㉓446　宋学…②362, 380, 381, ㉓446, ㉗155
～への態度　孔子・子路→各項　宋儒の解釈…①198, ㉔259　孟子…㉓87
～の祀り…②371
～否定の戒律・近世中国…②381
「鬼董」…⑭123（樊生の話…⑬523）
鬼頭刀・鬼頭靶…㉖403
鬼頭有一　「玉台新詠」論…①630
鬼門関…⑮155, 156
基辛格→キッシンジャー
寄…②178, ⑬113
『寄生草』　岳陽楼…⑭220　「金銭記」…⑭414　「薦福碑」…⑭296　「老生児」…⑭234
寄禅上人…⑯527→八指頭陀
寄藤書屋…⑯263
崎陽…㉓416→長崎
崎陽の学…㉓303, 305, 400, 549
規矩…⑦524
規矩準縄…㉑181
規林（地名）…⑦445
黄表紙…①209, ㉕46
亀甲獣骨文…⑯277
亀山（山名）…㉔129
亀山（山名・魯）…⑤91
亀茲（国名）…㉒85
喜入虎太郎　訳・林語堂「支那の知性」…⑰411
喜雨…㉖159
『喜江南』「漁樵記」…⑭292　「張天師」…⑭299
喜春来（人名）…⑭231
『喜遷鶯』　王惲…⑭80
喜怒哀楽…㉓75
喜怒哀楽愛悪欲…㉓352, ㉕260
喜塔拉氏→シタラ氏
喜夢…⑱22
幾…②143, 208, 212
幾下裏・幾回家…⑭321
幾何学…①286
幾諫…⑤166
幾個…⑬106
幾社…⑮542
幾樹鉛華…⑭413
幾成…⑪201
幾曽…⑭313
揮斥…①574
期頤…㉗344
棊…⑬255, 256
琪樹…⑪129
稀罕…⑭312
稀姓…⑬249
稀土…⑳150
貴山城…⑥156
貴耳賤目…②258
貴州（省）…⑯3, 170, 192-194
～雲南地方の関索信仰…㉖402, 403
貴州の関索石…㉖403
～雲南地方の経略・漢武帝…⑥79, 80, 95, 96, 133
インドへの交通路…⑥95　広東への交通路…⑥79, 80, 95　広東への進撃…⑥134
～雲南地方の反乱　呉三桂呉世璠…⑯176-178
清軍の攻撃…⑯192-196
～出身の学者（清）…⑯3, ⑰341
～と査初白…⑯176-179, 193-196
～の地名　遵義県…⑥80, ⑰341　桐梓県…⑥80
銅仁…⑯192, 194-196　竜場…⑮612
～への流罪・李白…⑫330, 680, ㉖117
貴州巡撫…⑯176-178, 194, 195
貴州提督…⑯196
貴赤衛…⑭62
貴賤…㉔239, ㉖224
貴族（中国・春秋）…⑤63
貴族（中国・中世）…②425, ㉕422, ㉗147
～政治の時代…①66, 192, ②246, 260, 322, 425, ⑦589, ㉑244, 246, ㉕8, 425, ㉖8
貴族の合議政治（東晋）…⑦376, ㉑244
貴族の実権の安定と天子の権力の微弱…②322,

326, ⑦590
～による知識階級…②323
読書人の地位の世襲…②322
～の勢いの低下と天子の権力の強化…②326
貴族以外からの官僚の選抜…②247, 326, 327
～の消滅…①198, ②425, ㉕304, 305, 422, 425, 426
王安石の改革…㉕426
没落とその結果（五代の大乱…②406, ㉕425
庶民の進出…②247　政治・文化の担当者の交替…㉕8, 9　仏教の没落…②383）
～の条件…①320, 321
～の生活と規範への意識…②323
五経への意識…②323　仏教への関心…②323, 324, ⑦590　老荘の哲学の流行…⑦590, ㉑246
～の生活の伝承による維持…②246, 260
～の生活の煩瑣…②325, 327
～の生活の文化性…②338
貴族の書…㉑244
美の価値の確立…①192, ⑦590, 591
～の文学…①66, ㉕8
美文の完成…②338, ⑦591　小説…①192
貴族院　議員…⑫321, ㉓631　副議長…㉓491
貴妃の位…⑫54
貴陽（貴筑）…⑩459, ⑯195, 196→黔陽
棄婦の歌…⑥21
棄物…㉓392
熙宗（金）…⑮376, ㉒106→ハラ
熙寧　新法…⑬139　変法…⑬453
葵…⑯214
僖宗（唐）…②551, ⑫674
旗人…②436, 437, 440, ㉒381, 382, ㉓223, 607, ㉗289
箕（星）…⑥286, 289
箕潁…⑪359
箕山…⑦119, ⑪489
箕子…⑤110, ㉔217
綺襦…㉔103
綺襦紈袴…㉔102
綺里季…⑥387
綦毋（きぶ）潜「題沈東美員外山池」…㉒86
器・道…㉓370
器玩…⑬12
嘻着賊臉…⑭480
嬀のくにの後…⑤77
毅宗（明）…⑮531, ㉒288→崇禎帝
輝煌…⑱454
曁…⑥405
機神…⑦524
機先（人名）…㉓400
熹宗（明）…②552, ⑮531, ⑯15, 16, 25, ⑰122→天啓帝
熹平石経　「易」「書」「詩」「礼」「春秋」「公羊伝」「論語」…⑤328
羲（き）…⑦344, 357→羲皇→伏羲
羲和（きか）…⑦212, ⑫220
羲皇…⑫406, ㉔199→羲
徽…⑱510
徽（琴の目印）…⑪157
徽州（安徽・民国より歙県）…⑮269, ⑯5, 337, 348, 400, 408
～のカルタ…⑯354
徽州語…⑯396
徽州人…⑯378
「徽州府志」黄生小伝…㉔280, 281
徽宗（宋）…②542, 551, ㉕503→趙佶
～・欽宗の北方拉致…⑬6, 140, 482, 521, 600, ⑮490, ⑳456, ㉕233
～時代　「二郎神話本」…⑭202　詩賦廃止…①308　全国の戸数人口…⑬4　宋江ら謀叛…⑬140, ㉖371
～と陳与義…⑬143
～と李師師…⑬139
～の皇子の南渡…⑬6, 140, 482, 521, ㉕233
～の死…⑬140, ⑮490
～の政治的無能…⑬600, ⑮385
～の即位…⑬289
建中靖国の年号…⑬102, ⑳456
建中靖国から崇寧への改元…⑬139
～は風流天子…⑬596, 600, ⑮385
画…⑬139, ⑮285　音楽…⑬139, ⑭64
作詩…⑬140　「宮詞」…⑬139
書（痩金体）…⑬139, 162（徽宗の手勅と英宗〔元〕…⑮241　徽宗の書とアユルシリダラ…⑮291）
書画骨董…⑬139, ⑮252　大庭園造営…⑬139, ㉖402（花石綱の徴発…⑬139, ㉖402）
徽宗と章宗（金）…⑬596, ⑭64, 132, ⑮289, 377, 385, ㉒106　徽宗と文宗（元）…⑮260
徽宗と李煜…⑬596
竜徳宮創建…⑭396
虧殺…⑭313
虧負…⑦515
覬豁…⑫181
騎馬遊牧民族としての匈奴…⑥71
騏…⑳100
譏誚語…⑭287, 288, 555
麒麟…⑤35, 115, 259, 261, ⑪136, ㉓394, ㉖92
麒麟閣…②530
驥…⑳100
夔（き）…⑮396, ㉓221, ㉗81
夔州（四川）…⑪70, ⑫5, 577, ㉔188, ㉖11, 183, 195
～と杜詩→その項
～の白帝城…⑪70, ㉔189, ㉖186→白帝城
～の歴史遺跡…㉖195
～は四川省奉節県…㉕438, 464, ㉖171, 183
羈旅…㉖145
羈絏…⑬18

巙巙・巙巙子山…⑭74, ⑮233, 237, 268, 269, 283, 284, 287, 304, 320→康里子山
驥…⑮413
乂…㉖393
乂袋…㉖397
沂泗…㉓607
宜…②132, 187, ㉕103
宜君県…㉒82, 84
宜人…⑪66
宜兆熊…㉓220, 221
祇園…㉗118→八坂神社
祇園会…㉗118, 119
祇園祭…⑯553, ⑱459, 550, ㉗117
祇園南海…㉑107, ㉓119, 470
祇樹給孤独園…㉗45
偽…②482, ㉔318, ㉗259
「偽イシドール教令集」…㉔285
偽学…⑬172, 318, ㉓138
偽学の禁…⑬172　偽学の党…㉓138, ㉖241
偽古典主義…㉕471, ㉖429
偽古文「尚書」→「尚書」
偽孔伝→「尚書」(注釈)
偽孔本・孔安国本・孔氏伝本…⑦276, 277, 535-538, ㉗191
「偽左氏伝」…㉒394, 414, ㉕333
「偽周礼」…㉕333
偽蜀（五代）…⑬239
偽善への反抗（阮籍）…①118, ⑦224
偽禅…⑯46
偽蘇東坡注・杜詩…㉒75, 82, ㉕483, 492, 494, 495→「東坡杜詩事実」「老杜事実」
偽文書（西洋中世）…⑨483, ㉔285
偽満…㉒394→満州国
欺圧・欺侮…⑭312
欺負…⑦515, ⑭312
義…⑮468, ㉓50, ㉗258
～と伊藤仁斎　義の端（朱子説）…㉓39　義は君臣の道…㉓60, 70　義礼忠信と仁…㉓52　仏教は義の放棄…㉓51
～と荻生徂徠　義と辞…㉓336, 337　義と道…㉓381, 384, 391, 465-467　義と礼…㉑172, ㉓346, 349, 385, 391, 465-467　義の府（左伝）…㉓384, 467　義の原義…㉓385, 391, 403, 466
～と仁（仁義）…⑬106, ⑳15, ㉓50, 51, 346, 385, 466
仁義道徳…⑬553　仁義礼智…②344, 345, ⑬558, 570, ㉓39-41, 50, 54, 59, 65, 70, 84, 91　仁義礼智信…⑬558, ㉓90
～と勇（孔子）…⑤229, 233
～への愛と奇への愛…㉕197
義…②194→イタリア
義（注釈）…⑧4, 5, 8, ㉗64→疏
義（文字の意味）…㉓307
義学沙門…㉒112
「義士銘々伝」…㉖379
義児…⑬567
義象…㉔278
義疏…⑧7, 511, ⑬547
義堂周信…⑰22, ⑱125, 126
「義府」…㉔276-278, 280, 281（四庫全書本…㉔277, 281）
義利の弁…⑫309
義理の学…㉒114
義和拳…①203, ⑰435→義和団→拳匪
義和団…①515, 516, ⑰351, 435, ⑲229, ㉓592→義和拳
～時のドイツによる天文機器略奪…㉒463
～時の日本公使館籠城…①518, ⑰265, 278, 286, ⑳289, ㉒335, 376, ㉓592
石井菊次郎…①518, ⑰265, 278, 286　狩野直喜・古城貞吉・服部宇之吉→各項
～と剛毅（煽動者）…⑰435
～と清国政府の西安への逃避…①515
西太后の北京退去…①170
～と清国政府の黙認…①515-518
～と日本第五師団の出動…①518　八国連合軍…①515
～に関する中国人学者の意見　翁同龢…①519　黄遵憲…①138, 515, 516　皮錫瑞…①203
～の外交官（杉山書記生・ドイツ公使）殺害…①515, 517, ⑳289
～の賠償金…⑰244, ⑳289, ㉓374
疑…⑪203, 204
疑古の学…③548, ㉒414, ㉕324, 336, ㉗188-190
疑古派…③534, ㉒414, ㉓97, 98, 108, 491, 492, ㉔241, ㉕330, ㉗189, 191
「疑年録」…⑬320, 321, 324, ⑭165-166
儀（地名）…⑤252
儀王（唐）…㉗21→李璲
～の友…㉗19, 21
儀同三司（官名）…⑦548
儀同三司の母…⑱28
儀父（ぎほ）…㉓106
儀鳳司…⑭66, 69, 73, 74
「儀礼」…②316, ⑯245, ⑰95, 243, 555, ㉑158, ㉓348
～「周礼」「礼記」→三礼
～と日本　推古・奈良朝と「儀礼」の学…⑰16
～と日本人　伊藤仁斎…㉓85　狩野直喜…⑰95, 243, 249, ⑳281, ㉓604　倉石武四郎…㉗294　山井鼎…⑰583
～と胡培翬「儀礼正義」…⑯263, ㉕347
～と「礼記」…①166, ②317, ③10, ㉑159, ㉕24
～の語彙・事項　郊労…㉒462　策…㉕25　重交単拆…⑭492　中月而禫…⑰283　韍…㉗93　方・百名・名…㉕25
～の会（服部南郭）…⑰259, ㉗72, 73

〜の学問と各時代　前漢…㉕331　南朝…⑳335, ㉕340, 344　北朝…⑳335, ㉕344
〜の記録された時期…③7, 10
〜の詩に対する言及…③36
〜の制定者…②316, ③36, 505, ⑰555, ㉑158, ㉕329, ㉗70
〜の宋版本注疏…①394
黄丕烈蔵書…①394, 396
〜の総字数…②407, 444
〜の服喪の制度…②273
〜の文章…③7, 556, ⑪403, ㉑158
韓愈と「儀礼」…②484, ⑪403　叙述の精細…㉖484
〜の翻訳…㉑162
〜の黙読暗誦…⑬564
「儀礼」(注釈)…①166
訓　林羅山の弟子…㉓576, ㉗69　古注…㉗66
新疏　清人…㉕347
疏　賈公彦「儀礼疏」…⑦254, ⑮181, ㉕329, 342-344, 347, ㉗65, 69, 73(既夕礼・乃反哭の条…⑦254　士冠礼…⑭492, ㉗89　序…㉕343)　黄慶・李孟悊…㉕343
注　王粛(士虞礼…⑰283　喪服…⑯244)　鄭玄…㉔241, ㉕25, 225, 229, 329, 336, 339, 342, ㉗65, 69, 73, 96(士冠礼…⑫7, ⑭492, ㉗89　士虞礼…⑰283　聘礼…㉕25, ㉗96)　馬融(喪服…⑯244)
「儀礼」(テクスト)…㉑159
寛永和刻本…㉓576　熹平石経…⑤328　今文テクスト…㉕229, 332　古文テクスト…⑦267, ㉕229, 332　宋版…①394, 396
「儀礼」(篇名・項目)
燕礼…③36　既夕礼…⑩433, 434(乃反哭の条…⑦254)　郷飲酒礼…③36, 483, ㉓385　郷射礼…③36, ㉓385　士冠礼…②304, ㉓385, ㉗89　士虞礼…②312, ⑰283　士婚礼…②105, 304, ③505, ㉓385　士喪礼…⑩433, 434　少牢饋食礼…②304　喪服…②273, ⑦524, 525, ⑮59, ⑰555, ⑳335, ㉕340　大射…③36, ㉓385　特牲饋食礼…②304　聘礼…㉕25, ㉗96
戯曲・ギリシャ…②105, ③505, ⑳223, ㉖485, ㉗279
〜の喜劇…⑲45
戯曲・西洋…㉖484
〜の地位…①290, ⑯310
戯曲・中国…①44, 45, 48, 594, 598, 600, 706→演劇(中国)
〜・小説の作者…⑭175
〜と胡応麟…①216
〜の歌辞を中心とする性質…①124, ⑭591-592
〜の虚構性…①58, 69
〜の研究　日本…⑭591, 595-599(新井白石・荻生徂徠…①42, ⑭592, ㉓414　江戸期の儒者…⑭591, ㉓414)
フランス人による研究…⑭594-596
〜の古代文学における欠如…①58, 73, ㉖484, 485
〜の資料…①615
〜の辞書…②221
〜の出現…①41, 42, 58, 62, 85, 165, 175, 609, ②406, 411, ⑭591, ㉕9, 418, ㉖485
〜の生活の古典…①205
〜の体の沿革の研究…①601
〜の地位…①69, 165, 297
文学の主流たりえなかった原因…①321
〜のばからしさ…①216
〜の復刻…㉕418→「古本戯曲叢刊」
〜の用語…①59, 69, ⑭591
戯曲(中国・元)…①42, 76, 179, ②603, ⑬605→雑劇(元曲)
〜研究者　王国維…①386　狩野直喜…㉓606, 607　黄生…㉔276
〜における王昭君…㉖197
〜の言語史資料的価値…①265
〜の全集の注釈…⑭357
〜の創始(関漢卿)…①276
〜の注釈(東方文化研究所)…㉒556
〜の中の蒙古語…㉕387
大辣酥…㉖383
〜の用語・口語…①69, ㉑74
用語と「水滸伝」…㉖375, 379, 380
〜の文学的価値…①265
古典としての地位…①205, ㉑140　写実性…⑯595　素材・虚構性…①69
〜文学と小説の文学…①45, 69
〜文学の成立…①42, ⑱10, ㉑91, 120, 146, ㉕418
〜への関心の高まり(大正期)…⑭591, ㉒72
戯曲(中国・宋以後)…①48, 69, 76, 297, ②221, 406, 411, 412, 487
〜の戯曲史(陳世驤)…①608
〜の言語…②221
戯曲(中国・明)…①598, ②278, 603, ⑮460, 509, ⑯439, 595, ⑰254, ㉗384
〜の美…①598
〜末期の戯曲・劇壇　劇壇の特殊な空気…⑭230　劇本…㉖367　南曲の白…⑭230　文辞…㉖367
戯曲(明清)…①634, ⑰408
〜の研究(青木正児)…⑭498, ⑰335, 338
戯曲家　元→雑劇(元曲)　元末明初…㉖372　明…①525
戯馬台…⑬34
戯文(元末・明)…⑭32, 58, 88, 259, 260, 263, 264, ㉖365, 414→伝奇・南戯・南曲
戯文(南宋)…⑭32, 209, 215, 379, ⑮18, 169, 185
戯陽速…⑤48, 49
擬音語…⑳72-75, 80-88, 90, 91
〜は言語の故郷…⑳85
擬古文(中国)…①595-598, ㉕8, 10
魏(三国)…②550, ⑦135, 223, ㉒86, ㉕376, ㉖136,

㉗255
～呉蜀…②550, 585, ⑦3, 185, 589, ⑬551, ㉖136
～呉晋宋の短簫鐃歌の替え歌…⑥350
～の学者の「論語」注釈…④7
～の偽造書…㉔285
～の刑政…⑦153
～の興亡と阮籍…⑦187
～の支配地域…②550, ⑦3, ㉖136
～の詩…⑦143, 146, 170, 171
五言詩…⑦170-172
～の丞相の掾…㉗133
～の曹丕への漢の譲位…⑦186
～の帝室の衰弱…⑦186
魏の短命とその評判…⑦12
～の帝室の本籍地…⑦46
～の帝室への司馬氏の下剋上…⑦186, 195, 201
魏の社稷の簒奪…⑦127
魏の天子の司馬炎への譲位…⑦186
～の敵国…⑦10
呉蜀の敵対…①412, ⑦7　蜀の滅亡…⑦480
～の文人…⑦142, 289
～の名臣（王朗）…⑦102, 177
～の滅亡…⑦186
～の邪馬台国への使者…②584
魏への朝貢…②586
～の歴史…②585
魏（戦国）…①281, ②108, 110, 549, ⑭220→梁
魏（北朝）…②550, ㉗381→北魏
～帝の廟…⑦528
～の統一…②550
魏（北朝）…⑦531, 542→西魏
～の宇文覚への譲位…⑦531
魏裔介…㉓251, 254, 262-265
魏裔魯・竟甫…㉓251, 252
「魏王奏事」…⑥315
魏禧（魏の叔子）…⑯122
魏建功…㉒442, 449, 475, ㉖476
魏献子…⑫259
魏憲・惟度…㉓245, 248-262, 264, 265, 267
「御製昇平嘉宴の詩の序」…㉓264　「鼓山の絶頂にて大王父観察公の韻に和す」…㉓262　「孔心一の書来たり…」…㉓264　「皇清百名家詩」→その項　「周櫟園先生より招飲せられ…」…㉓262　「人日の社集，雲間の諸知己に留別す…」…㉓263-264　「枕江楼集」…㉓257, 261, 265（枕江堂集…㉓259）「友と同に白雲堂に宿る」…㉓257, 260　「八居」…㉓248, 251, 265, 267　「芙蓉屏伝奇」…㉓265　「富陽県を過ぎる」…㉓262　「補石倉詩選」…㉓263
曽祖父・魏文焲→その項　父・魏汝為…㉓262
魏元忠…⑪22, 23, ⑫420　「封事」…⑬589
～弁護事件…⑪22, 42
魏元祐…⑮422
魏源…㉗199　「海国図志」→その項　「詩古微」…⑯263
魏絳…⑱86
魏興…⑦548
「魏志倭人伝」…②565, 584, 585, 591, 592
魏収…⑦165, ⑬575, 577, ㉓261, 411, ㉖453
「魏書」（王沈）…⑦11, 37, 78
「魏書」（魏収）…①177, ②154, ⑬575, 582, 585, ㉑93, ㉓411, ㉕274
音楽志…㉓444　賨李雄伝…⑦165　李彪伝…⑦537
「魏書」（陳寿）→「三国志」魏志
魏少游…⑫325
魏上瑜…⑫27
魏晋…⑦268, 530
～以後　社会…⑦275　文学の隆盛…②256　倫理政治思想の依拠…㉑157　「論語」注…㉕225
～以後唐初　史実の穿鑿への緩慢・論理への敏感…⑦279　経学…⑧5→その項（六朝）
～以前　学問…⑧6　擬作・柏梁台詩…①627　以前の寓言への冷淡・以後の寓言流行…⑦279　道家の学…㉒296
～以来の高風絶塵…㉗256
～と荻生徂徠…⑦593
～の楽…㉓366
～の貴公子の不俗の生活…②248
～の経学…⑦256, 273, ⑧5, ⑰282-284
漢魏晋の古注…㉕496（魏晋までの伝・注…⑧5）
鄭玄攻撃…⑦268
注釈…⑦272（「尚書」の注釈…⑧4）
～の故事と典故…㉑252
～の詩…⑮621, ㉒13
～の時代思潮…⑦273, 454
儒学の後退…㉔286, 287
哲学重視・歴史主義の後退…㉔287
～の風度…㉗136, 142
～の仏典漢訳…㉗46
～の文の語彙　居然…⑰510　古典…①235
～の文の口語愛好…②55
～の文の否定の強調…②51, 53, 55
～の文献偽造者…㉔286
尚書の偽作…②518, ⑦535, ⑯246-247, ㉑157, ㉓346, 391, 467, 475
～の名士…②240, 262, ⑦180, 289, 454, ㉗136
～までに発生した帝王の異相伝説…㉕151
～までの経学の完成…⑧5
「魏晋学術考」…⑦594, ⑰281, ㉓589, 602, ㉗257
魏晋逓禅の日…②173, ⑧25
魏晋南北朝…⑦589
～唐における短簫鐃歌…⑥345
～の文章…⑦465, 471
史家の文章…⑦455

～の民俗…⑦554
魏晋人…⑯246-247, ㉒295, 311
～の偽作添加した偽古文…⑨480, 482, 483
～の孔安国に仮託した偽篇…⑧15, 501
～の詩文…㉕212
「魏晋風土及文章与薬及酒之関係」…①616, ⑦12, 187
魏晋文学…⑰284
～におけるジャンルの交代…①620
魏晋六代之君…㉒86
魏晋六朝時代　文弱の価値…㉗235　仏典漢訳…㉓458　文章における都不・都無…②51
魏晋六朝人の藻麗の俳語…㉕381
魏澹（せん）「後魏書」…⑬575, 576
魏知古…⑪20
魏坤・孝廉…⑯145, 146
魏忠賢…⑯15, 19, 23, 25-27, 33, 100
「東林党人榜」…⑯20, 26, 31, 32
魏徴…②182, ⑭393, ⑰557, ⑲34, ㉕39, 65
「群書治要」→その項
魏廷珍…㉓222
魏都…⑦208
魏湯…②512, ⑥388, 389, 396, ⑦551
魏塘…⑯144, 145
魏伯陽「周易参同契」…㉒295
魏夫人『捲珠簾』「げにその時は」…⑬383
魏敷訓…①621, ⑫362, 363, ⑭374, 550, 555, 563, 584, 602, ⑰363
魏武…㉗43, 346→武帝（魏）→曹操
魏文焲（ぶんえき）・徳章「石室私鈔」…㉓261, 262
魏方進…①177, ⑫174, 175, ㉒24, 25
「魏名臣奏」…⑦154
魏野…⑭220「友人の屋壁に書す」…⑬54
「魏略」…㉗103, 105
魏了翁・鶴山・文靖公…⑩452, ⑬320, ⑰602, 603
「鶴山先生大全文集」…⑬320, 321, 323「九経要義」…⑩452, ⑬323-325「古今考」…⑬320「師友雅言」…⑬323「朱子語孟集注序」「朱文公五書問答の序」「朱文公年譜の序」「小学之書の後序」…⑬321「銭氏詩集伝の序」「程氏東坡詩譜の序」…⑬324「毛詩要義」→その項「呂氏読詩後の序」…⑬324
魏郎…⑥263
「蟻術詞選」…⑭169
『賀新郎』…⑭180『氐州第一』…⑭166『渡江雲』…⑭181『風入松』…⑭103
議論…㉓283-289, 332-334, 338, 345, 350, 389, 453, 489, ㉖440
議論の文章（唐宋以後）…②173, 177, 181, 184, 199
議論之文・叙事之文（荻生徂徠）…㉓320, 332, 333
聞く所の世（三世）…⑰616
菊地三郎「現代中国短篇集」…①626
菊地雄二…㉒557, ㉓557
菊池耕斎…㉓150
菊池寛…⑯299, ⑱477, ㉒434「ある敵討の話」…㉒434「話の屑籠」…⑰424「三浦右衛門の最後」…㉒434
菊亭大納言…㉓420
「菊と刀」…㉑27
菊の節句…㉗122
菊間の千光院…㉗32
麯院…⑬401
麴芳嶺…⑪490
象潟…⑱53, ⑳225
岸勇夫…⑰75
岸江元仲…㉗109, 110
岸春風楼　訳「紅楼夢」…⑰398
岸田吟香…⑰389
岸信介（のぶすけ）…⑲369
岸辺成雄（しげお）…㉑95
北アメリカ…㉔130, 155→北米
北回帰線…㉔129, 142, 184
北垣先生（神戸第一中学校教諭）…㉔327
北川桃雄…①495「追憶」…⑱409
北支那…②324→北中国
北朝期の変遷　擾乱（五胡の乱）・統一（北魏・北周）…②550
北中国…①364, ②157, ⑯642, ㉒367→北支那
～の歌…①11
～の義和拳の動乱…①519, 520
～の農村…④5
農村の窮状…②419
～の覇者（春秋）…⑤65
～の冬の風景…①571
～の山…①466
北中国文明…㉕53
北ドイツ…㉔253
北野正男…㉑98
北畠親房…㉕348, ㉗353「神皇正統記」…⑰21
北原白秋…⑱337「北原白秋集」…㉗358「桐の花」…㉗357
北村沢吉「五山文学史稿」…⑰412
北村透谷…㉓581
北村可昌（よしまさ）…⑫432
北山茂夫…㉕183「柿本人麻呂」…㉕172
吉祥天女像…⑫337
乞巧…㉖403
乞丟磕塔…⑭343
吉温…⑫171, ㉒21
吉川（きっかわ）幸次郎（医学士）…㉗418
吉川幸次郎（西陣の名士）…㉗417
吉凶賓軍嘉…②304→五礼
吉金…⑱455
吉貝…⑯221
吉礼…②303

吃緊的…⑭321, ⑮155
忔查…⑰317
契丹…㉒106
　～国母の生辰を賀する使…⑬305
　～人…⑮399
　～族…②551, ⑫240, 368, ⑬3, 240, 599, ⑭278
　～の諱…⑬240
橘州先生…㉓252
「君が代」…⑰639
却下…⑪116
却回・却去…㉒55
客…⑪128, ⑫90, ⑬157, 219
「客を送る」（酒屋の王氏）…⑬174
客観唯心主義者…⑬319, ㉖246
客観唯心論…㉗366
客子…⑬150
客死…⑪394
客多愁…⑭433
脚韻…③32, 501, ㉔87, 90, 92, ㉖36
　～と「易」…③7, ㉕32
　～と元雑劇…③501
　～と詩賦（科挙）…①316, ②203, 452
　～と西洋の詩…㉔87, 92, ㉖36
　～と中国の詩…①123, 129, 606, 607, ②449, ㉔90, 92, ㉖36
　一韻到底…㉔87, 90, 92　韻文と脚韻…①123, ㉖36　脚韻の変化…③32　五言絶句と脚韻…②450　「詩経」と脚韻…①59, 114, 123, ③6, 31, ㉖36　次韻の詩…②450　七言律詩と脚韻…②60, 451　戚夫人の歌の脚韻…②153　賦と脚韻…⑥105
　～と「礼記」…③508
　～と「老子」…③490, 501
脚登弩…㉖409
逆奄の党…⑯26, 30
逆志…⑰306
逆説…③500, 501
逆封建…⑳428
瘧…⑬153, ㉗143, 144
瘧疾…⑤80
謔語…⑭287, 288, 555
九夷…㉑175, ㉓450
九夷八狄七戎六蛮…⑲21, 23
九域…㉒451
九・一八…㉒370
九嬰…⑥34
「九家集注杜詩」…⑫223, 239, 248, 585, 655, ㉒50, 83-85, 88, 89, 92, ㉕459, 483, 495, 501（自序…㉕494）
　～と王洙本…㉕500
　～における「元日寄韋氏妹」…⑫307
　～における「貧交行」…⑫210
　～の九家…㉕494
「九家集注杜詩」（テクスト）
　聚珍版…㉒74, ㉕495　清刻本…㉕495　静嘉堂文庫蔵宋版…⑫206, ㉕495　宋版…㉕495　ハーヴァード燕京学社版…㉒74, ㉕494, 495
「九丘」…㉗47
九経…⑬581, ⑮328, ⑯74, 86, ㉒304, ㉕319
九経三史…⑭517, ⑯90
「九経要義」…⑩452, ⑬323-325
九卿…㉓221
九月九日…⑪73, 75, 152, ⑫344, ⑬33
九原…㉓115, 116
九江（江西）…①17, 333, ⑦326, 329, ⑪276-278, ⑭98, 100, ⑯355, ㉖390, 396
九江太守…⑥403
九日…⑫292, 344, ⑬33, ⑮385
九錫…⑥371
九錫の礼…⑦432
九州（中国）…①16, 96, ⑦196, 197, 246, 274, ⑫231, ⑮420, ㉒445, 469, ㉓91
　～の外側…⑲23, ㉓91, 153
　～の人間…⑲21
　～の伯…⑦362
九州（日本）…②565, ⑰25, ⑱430, 534, ⑳483, ㉓379, 422, 434, ㉕200, 436
　～と邪馬台国…②585
　～の太宰府の「翰苑」…㉕286
　～の地理と風景・荻生徂徠…㉓414, 415
　～の博多版漢籍…①401
　～への明の雕師の渡航…①401
　～への流罪・菅原道真…⑤213
九州大学…①611, ⑬187, ⑯588, ⑰420, ⑱500, ⑲330, ㉒390, ㉔252
　～医学部…⑯535, ㉒327, ㉖489
「九州大学文学研究」…①620
九州帝国大学…⑰401, 403, 418
九州文学会…①624, 633
「九章」（数学書）…⑪491
九霄…㉖85
九数…㉕260
九成宮…㉒84
九筵…⑩434
九泉…①449
九奏…㉗82, 83
九嵕山…㉕439
九僧の詩…⑬56
九疇…⑤110, 111
九重の城闕…⑪245, 366
九重の天…⑪366
九鼎…②424
九点の青煙…㉒461
九伯…⑮132
「九尾亀」…⑰375
九百・九伯…⑮132
九品官を守るもの…⑪40

九品中正法…⑩479
九峰…㉓262
九幽…①499
九里松…⑬395, 401
九流…㉖438, 439
九竜池…⑭350, 394-399, 406, 407, 411, 414, 429, 430, 437, 512, 513, 529, 530
　〜と元雑劇…⑭395
九竜池（驪山）…㉒484
九黎…⑩467
久…⑪202, 203
久以後…⑮56
久之…②179
久不作…⑪134
久離別…⑥281
及…②132, 141
及春…㉔246
仇英…㉓407
仇遠・山村…⑭84, 107, 174, 369, ⑮426, ㉒305
　〜「太上感応篇附注」跋…㉒305
仇彦中…⑭161
仇済…⑮264
仇士良…㉔289
仇従仁…㉒305
仇兆鰲（ちょうごう）…⑫585, ㉒74, 84, ㉕494
　〜の受験指導技術・父へ黄宗羲の苦言…㉕489
　〜の「杜詩詳注」→その項
　〜の杜甫の系図の整理…⑫21
丘字の禁忌…㉒106
丘濬（しゅん）「大学衍義補」…⑰559
丘処機…⑭59, 497→長春真人
　「長春子藁」…㉒299
丘（邱）紹周…⑯572, ⑳297
旧悪…㉓341, 546
旧学（元末明初）の伝統の失墜…⑯75
旧漢字との訣別…㉗270
旧規の遵守…⑬245
旧業…⑬57
旧劇…①44
「旧五代史」…①177, ②154, ㉑94, ㉖401
　〜の宋版…㉒413
旧支那的体制…⑯304
旧史…㉒87
旧詩…①70
「旧書」…㉕66→「旧唐書」
旧書雅記…②247
旧小説…①205, 634, ⑯288, 290, 291
　〜の技巧…①618
旧鈔本（日本所伝）…⑩459
旧制高等学校…⑳116, 117, 502, ㉔51, ㉕288, 289, 307
旧俗・庸主…㉒85
旧体制の中国…②433
　〜の社会…②434
　〜の生活の全面否定…⑮612
　〜の文人と下僕…⑮611
旧法…⑬102, 139, 518, ⑳456, 457, ㉕428
旧法党…⑬98, 102, 174, 518, 588, 598, ⑳455, 456, ㉒65, ㉓138, ㉕235, 240, 345, 428, 429
　〜の追放者名簿の碑…⑬139
旧法派…㉕345
「旧約聖書」…⑥232, ⑰43, ⑱326, 327, ⑲31, ㉗329
休・休推莫側…⑮147
休屠…⑥293
休明…⑫257
伋（衛の宣公の王子）…㉓460
求→冉求
求古楼…⑩450, 452
汲黯（あん）…⑥100, 101, 111-117, 119, 120, 127, 182, 197, 227, ㉗297
汲郡の古墓…⑦277
汲県（衛州）…⑭80, 158
汲古閣・虞山毛氏汲古閣…④14, ⑯132, ㉒75, ㉔54, ㉕499, ㉖503
　〜刊本　「元人十種詩」…⑭67　「史記索隠」単行索隠本…⑥25　「十三経注疏」→その項（テキスト）　十七史→その項　「尚書注疏」…⑧510　「鍾評左伝」…⑯92　「津逮秘書」…㉒313　「説文解字」…⑰592, ㉒300, ㉔54　「宋六十名家詞」…⑬623, ⑯145　「毛詩正義」…⑩453, 454　「文選」李善注…⑥30　「論語」正平版…④14, 15, ㉖503
　〜蔵本　「艮斎詩集」元刻本…⑭105　「左氏音義之六」宋版…⑯237, 238　「杜工部集」宋版…㉕499, 500
汲古書院（東京）　一般出版物　「楽府詩集の研究」…㉑8　「中国訪書志」…㉕287　「和刻本漢籍分類目録」…㉕281, 287
　〜覆刻和刻本…㉓575, ㉕280
　「文選」六臣注…㉓28, 576, ㉕252　「和刻漢籍随筆集」…㉕239（「困学紀聞」…㉓576, ㉕239）「和刻本経書集成」…㉓710（「周礼」…㉕347）「和刻本諸子大成」…㉗28　「和刻本正史」…㉑248, ㉓572, 576, ㉖473（「五代史記」「新唐書」…㉖473）　和刻本五史…㉓312, 572（「晋書」…㉑248, ㉓312, 572, ㉖473, ㉗131　「宋書」…㉓312, 572, ㉖473　「陳書」…㉓312, 572, ㉖473　「南斉書」…㉓312, 572, ㉖473　「梁書」…㉓312, 572, ㉖473）
汲冢の竹書…⑬288
穹廬…①517
急急煎煎…⑭448
「急就章」…⑦47
「急就篇」（宮島大八）…⑯636, ⑳103, 104, 256, ㉒319, 340, 341
「急就篇」宋本…⑯238
急切裏・急節裏…⑭321

急留骨碌…⑭343
糾合…⑮344, ㉖417
宮（音階）…㉕104
宮怨の文学…⑥208
宮花…⑭352
　～を挿す…⑭403
宮刑…⑳8
宮市…⑪306
宮車…⑮456
宮体の詩文…⑦533
宮中講書始め…①87
宮調（音階）…⑭400, 566
宮調（歌曲）…⑭177
宮調（諸宮調）…⑭568
宮天挺・大用…⑭151, 153, 156, 160, 170-172
　雑劇「七里灘」…⑭186, 269　「范張鶏黍」→その項
宮帽側…⑭532
躬耕…⑬123
躬桑…⑱511
「救苦忠孝薬王宝巻」…⑲319
「救孝子」雑劇・「～賢母不認屍」…⑭37, 44, 204, 205, 217, ⑮113
　～の曲目『三煞』（第二折）…⑭335『天下楽』（第一折）…⑮360『叨叨令』…⑭466
　～の作中人物　王脩・脩然…⑭204, 205　楊謝祖…⑮360
　～の令史になることへの母の戒め…⑮9, 360
「救風塵」雑劇・「趙盼児風月～」…⑭42, 220, 595, ⑮171, ⑳421, ㉖388
　～の構成…⑮178
　～の作中人物　周舎…⑮178　趙盼児…⑮171, 178
　～のテクスト　元曲選本・古名家雑劇本…⑭52
給事…⑫303→給事中
給事中…②15, 16, ⑪391, 396-398, 406, ⑫227, 303, ㉒86
裘曰修…㉓193
裘開明…⑲315, 326
裘馬…⑫47
窮…⑬118
窮石…⑱86
窮措大…㉑176
窮理…⑬559, ㉖243, 244
窮理者…②234
牛（星座）…⑪77
牛山…②494, ⑬34, 632, 633
牛妳子焼餅…⑮104
牛斗（星座）…⑪77, ⑫578
牛門の居…㉓369
牛李の争い…⑥113, ㉕450, 457
去…⑦390, 414, ⑭309, 313
去一遭…⑭281
去者…⑥329
去声…②27, 28, 37, 38, ⑭19, ⑳88, ㉕104, ㉖221
去了…⑭310
巨肩…㉕93, 94
巨公…①61, ⑮487, 494, 526, ㉓583
巨鎮…⑯190
佉楼…㉕387
居…②149
居延山…⑪499
居延沢…⑥97
「居家必用事類全集」…⑰560（史学指南…⑮29）
居歆…⑱510
居敬…㉖243
居仁堂…⑪443
居然…⑰509-512, ㉒59
居民…⑮489
居庸関…⑥85, ⑮499, 500, ㉑55, ㉒472
抝…⑭506, 578
抾…②241
挙…⑳301
「挙案斉眉」雑劇・「孟徳耀～」…①298, ⑭37, 45, 220, ㉖420
　～の作中人物　張員外・馬舎人…⑭220
　～の『禿厮児』…⑮84
挙業…①310
挙口…㉖398
挙子・挙子党・挙子派…⑥114, ㉔289, ㉕450-452, 457-459, 476-478
挙人…①301, 394, ②438, 439, 441, 463, 466, 468, ⑯456, ㉓704, 707, ㉕320, ㉗116
　～と会試…②438, 441, ㉓162, ㉕320
　～と郷試…②438, 441, ㉓162, 704, ㉕320
　～に及第した范進（儒林外史）…㉔296
挙目…⑱381
据を失う…⑥366
清石天基「成功之路」「伝家宝」…⑯584
清浦奎吾…㉓582
清沢満之（みつゆき）…㉓455
清野謙次…⑯206, 653
清野邸…⑰256
清原枝賢…⑦550
清原家古写本…㉗68, 260
清原氏…②89, 90, ⑦550, ⑩441, 456, ⑰146, ⑱59, 468, ㉔301, ㉗68, 95, 128
　～家伝経注本「毛詩」（京大本）…⑩460, 461
　　清原宣賢奥書…⑩460
　～家伝経注本「礼記」（足利古本）…⑩441
清原宣賢（のぶかた）・環翠軒・宗尤…⑦462, 550, ⑩460, 461, ㉒58, ㉔154
　「尚書抄」…㉒58　「毛詩聴塵」…⑩461
　「毛詩」経注本　手校奥書（静嘉堂本）・手鈔（古梓堂文庫蔵）…⑩461
　「礼記」手鈔（宮内省図書寮蔵）…⑱536
清水寺…㉖492, 497

～の舞台…㉕405
莒（国名・春秋）…⑤67, ⑥302
虚・虚見…⑰35
虚丘…②190, 191
虚幌…⑫339, 571, ㉒38, ㉖52
虚構…①58, 76, 165, 186-189, 194-200, 251, 706
～の価値の自覚…⑮371
～の言語…①58, 71, 182-184, 190, 194
～の才能…①196
～の散文…①190, 195
～の排斥…①198, 199, ⑮211
虚構の文学　空想力による文学…①41, 69, 195-197, 309→フィクションの文学
虚構の文学（西洋）…①165, ⑭594, 595, ⑲52, ㉖480, ㉗357, 367, 426
アリストテレスと虚構の文学…⑲53, ㉑150, 151, ㉖480, ㉗367　神への期待と虚構の文学…①707, ㉗367　塩谷温と虚構の文学…⑭597　ホメーロスに始まる虚構の文学…⑮370, 371, ㉑91
虚構の文学（中国）…①45, 706, ⑮212, 369, 370, 372, ㉒72, ㉔11, ㉕298, 299
～と元時代…①45, ②528, ⑮211, 424, 453, ㉑91
～と現代…①77, 165, ②536, ⑭598, ㉓462
～と口語…①59, 69, 76, 77, ⑮370, ㉗279
～としての唐の伝奇…①195, 196, ⑮369
～と史書の文学性…⑥430
～と日常の尊重…①69, 76, 86
～と日本　江戸漢学…㉗279　狩野直喜…㉓605　明治時代…㉗279
～と非虚構の文学…⑮371, 446, 453, 491, 510, 564, ⑲53, ㉔170
～と明代中期…⑮477, 491
～と明の古文辞…⑮529
～の軽視…②448, 520, ⑮211, 370, ㉑33, ㉓458, 462, ㉖480, ㉗280
軽視の理由…①69, 165
～の主人公…①85
～の伝統…①85
～の特権…⑮212, 215, ㉔20
～の発生…①58, 69, 75, 76, 195, ⑮369, 564, ㉗426
発生の遅れ…①85, ②534, ㉑33, 91, 92, 150, ㉕296, ㉗278, 368, 425
～への興味…①196, 199
虚構の文学（日本）…①87, ⑲53, ㉑121, ㉓459, ㉔170, ㉗133, 357, 369
尊重（荻生徂徠）…㉓458, 459, 462
虚翼…⑭313
虚字…㉓55, ㉗248
虚室…⑳341
虚と実…⑬185, 202, ⑮426
虚堂…⑱118
虚白（江戸期の俳人）…⑳342
虚脾…⑭290
虚飄飄…⑭413
虚文…㉓221
虚無…⑪259, ⑮449
虚無恬澹無為自化の説…㉓81
虚名…⑥289
許永新…⑭70
許遠…⑫330, ⑯347
許玠孚（かいふ）…⑯18
許学…⑯544
許及之…㉒102
許堯佐…①196, ⑪514　「柳氏伝」→その項
許敬宗…㉕66
許謙…⑭84, 173　「許白雲先生文集」「跋趙閑閑注心経」…⑭93
「許彦周詩話」…⑦604
許亨…⑫657
許皇后（漢）…㉓361
許衡・文正公…⑭131, 363, ⑮428, ㉒118, 119, ㉕53
～と元の科挙制度…①309, ㉒119
～と「皇図大訓」…⑮254
～と世祖…⑭132, 278, ⑮254, 326, 402, 428, ㉒119, ㉕53
蒙古人子弟教育の委任…②356-357, ㉒119　奏疏の「防欺」の条…⑭204
～における語彙　因此上…⑭540　恰便似…⑭291　這其間…⑮36　這的…⑭282
～の交遊　卜憐吉歹…⑭115　劉因…⑮428
～の国子祭酒…⑮402
～の詩文…⑭158
～の奏疏における包拯の逸話…⑭204
～の著述　「許文正公遺書」…⑭278, ⑮318, 326, 327　「孝経直解」…⑮327　「大学直解」「大学要略」→「大学」（注釈）　「中庸直解」→その項
～の蒙古人評…②356-357
～への評価　浅見絅斎・伊藤仁斎…②356, ⑮432
許国…⑯24
許渾…⑬49, 95
許士柔…⑯107
許師敬…⑮254
許自昌刊本　「杜詩千家注」…⑱360　「分類補註李太白詩」…㉓575
許十一…⑫619, 620, 623-625, ㉕259
許重熙・治生…⑯107, 111
許淑・恵卿…⑥403, 405
～注「左伝」…⑥403, 405
許詢・玄度…⑦289, 290, 458, 482, 490, 494
許汝霖…⑯172
許慎・叔重・洨長…①400, ⑥370, 378, ㉓261, ㉕221, 222
～における読書…⑲93
～の字義説明の態度…②210
～の著述　注「淮南子」…③514, ⑥34

「五経異義」「説文解字」→各項
～の「子在川上章」解釈…㉕218, 221, 224, 228
許世英…⑳271
許世瑛「枚乗七発与其摹擬者」…①636
許政揚　注「古今小説」…㉖402, 404, 407, 411
許宗彦…⑯253　「杭太史別伝」…⑰594
許沖…⑯241
許鄭（許慎・鄭玄）…⑰344, ㉕222
許南容…⑥396
許文雨「文論講疏」…⑦169
許某（岑参　詩を托す）…⑪213
許由…①479, ⑦119, ⑫184, ㉕23
許有壬…⑭84, 159, 174, ⑮284, 450
～と元の諸帝の書　英宗の書の跋…⑮243, 245
順帝の書の跋…⑮276　文宗の書法の評…⑮263
～の参議中書省事任用…⑮267
～の著述　「賈伯堅右司が寄せ来たれる韻に次す」…⑭187　「恭題仇公度所蔵奎章閣記賜本」…⑮264　「恭題胡震宦所蔵今上御書」…⑮276　「恭題至治御書」…⑮243　「恭題太師秦王奎章閣記賜本」…⑮263　「恭題太師秦王所蔵手詔」…⑮266　「斎正夫の蔵せる元裕之ら諸公の手簡の跋」…⑭135　「至正集」…⑭135, 187, 276, ⑮243, 263, 264, 266, 276, 280　「勅賜経筵題名の碑」…⑭276　「跋検討鄭取新刻千文賜本」「跋戸部主事観音奴新刻千文賜本」…⑮280
琚…⑳658
鄦斎叢書本「蔡氏月令章句」…⑯251　「三礼目録」「六芸論」…⑯252　「盧氏礼記解詁」…⑯251
蘧伯玉…⑤14, 33, 36, 286, ⑦393, ⑳391, ㉔316
魚海（チベット）…⑫445
魚豢（かん）「典略」…⑦112-114
魚朝恩…①297, ⑫321
魚腸の剣…㉑167
魚鮍（枕）…⑬268
魚鮍（枕）冠…⑬267-269
魚頭…⑬236
魚鼈…②113, 114
魚竜…⑫439
御…⑩435, 436
御戯監…⑭36, 53
御史…⑥103, ⑪483, 487, ⑫13, ⑬233, 249, ⑯263
～の驄…⑫139
御史大夫…⑥56, 57, 110, 116-118, 121, 125, 126, ⑪35, 419, 499, ⑫175, 416, ⑭74, 128, 176, ⑮281, ㉒25
御史台…①451, ⑫392, ⑬101, 113, 249, 273, 625, ⑭72, ㉔129, 246
御史中丞…⑪35, 499, 517, ㉗23
御酒…⑭352
御正中大夫…⑦545
御厨…⑫107
御榻…⑫187
「御批通鑑輯覧」…⑯373
馭説…⑭573
「漁隠叢話」…⑳67
漁翁…㉖193
「漁光曲」…⑯465, 466
「漁樵記」雑劇・「朱太守風雪～」…④5, ⑭45, 52, 217, 219, 295, 296, ⑮111
～の『快活三』『喜江南』…⑭292
～の作中人物　王学究…⑭296　劉二公…⑭296, 297
「漁村海保府君年譜」「漁村先生著述書目」…㉗244
「漁村文話」…㉗238, 242, 244, 245
緩急…㉗242　簡疎…㉗243　声響…㉗242　続…⑦534, ㉗241, 243　段落・命意…㉗243
漁父…㉖221
漁洋山人→王士禛
「漁洋山人精華録箋注」…⑯637
漁洋竹垞…⑯639, 643, 644
漁陽…⑪245, 270, ⑫262, 267, 269, 281, ⑭161
漁陽節度使…⑫262
凶短折（六極）…⑤111, ⑪388
凶問…㉕384, ㉗8, 11, 14
凶礼…②303, 304
兄弟愛の詩…㉖151
邛山の竹の杖…⑥94
共…⑬56
共鳴（お）「晩景」…⑯296
共工…②265, ⑩467, ⑰484, ㉓20
共産軍…㉒396
共産主義者…⑤212
共産主義とキリスト教…⑰61
共産中国…⑲255, 265
共主…④3, ⑥180, 193, ㉓293, 417, 422, 424, 426, 427, ㉕200, 201
共食…⑰92
共和党（米国）…⑲268, 270-272, 274, ㉔160, 191
匈奴…⑥70, 71, 89, 94, ⑦516, ⑰6, ㉖196→フン族
～化した漢人…⑥85
～研究…⑥70
～と烏孫…⑥129, 132
～と王昭君…㉖196, 197, 199, 200, 202→匈奴（漢宮秋）
～と漢帝国の対立…①283, ⑥74, 75, 89, 90, ⑫463, 470
漢初の匈奴の勢力範囲…⑥74, 89, 90
漢初の平城の敗戦…⑥74, 75, 82（呂后への恫喝…⑥74, 75）
漢の匈奴懐柔策…⑥75（宮廷女性の人身御供…⑮177, 223, ㉖196　皇族の姫君の匈奴との結婚…⑥75, ⑭22）
漢の武帝…⑥76, 81, 82, 86, 90, 91, 95-98, 115, 118, 125, 128, 136, 142, 157, 196, ㉕154
武帝即位当時までの形勢…⑥89, 90
匈奴征伐　衛青→その項　王恢・聶壱の馬邑の

作戦失敗…⑥83, 84　霍去病の死と遠征の中断…⑥102　霍去病の討伐戦…⑥88, 96-99, 102（甘粛征伐…⑥96, 97, 114）　朔方郡設立…⑥86, 91　李広利の討伐戦…⑥157-160
匈奴の王（渾邪）帰順…⑥97, 98, 114, 118, 126
匈奴の王帰順後　匈奴の王子金日磾への信頼…⑥170　匈奴帰順者…⑥98, 114, 118, 126, ㉕154
匈奴の習俗の影響…⑥146　祭天金人…⑥97, 146
匈奴の本拠地壊滅作戦…⑥98, 99（漠北への遁走…⑥99, 133）
匈奴への使者（公孫弘）…⑥109
匈奴への示威の巡幸…⑥144（匈奴から奪った土地への巡幸…⑥143）
～と漢の宣帝　匈奴の降伏…⑥196
～との関わり　秦の繆公…⑥82　蘇武…①517, 518, ⑫413, 427, ⑮410　張騫…⑥91-93（匈奴人妻…⑥91, 93　匈奴征伐従軍…⑥129）　李陵…⑥157, 160, 311, ㉕158
～との対立　月氏国…⑥74, 89, 90, 92, 129　代の国…⑥82
～の呼延…⑮500
～の朔漠の地…㉖199
～の使者と曹操…⑦41
～の祖先…①283
～の統治　伊稺斜単于の統治…⑥86
軍臣単于…⑥76（死…⑥86, 93）
冒頓単于…⑥72（漢族へ復仇…⑥74　月氏追放…⑥74, 89　東胡支配…⑥73, 74　死…⑥75）
～の本拠…⑥85, 96, 98, ⑮500
～への防備　始皇帝…⑥71, 72　戦国時代…⑥71
匈奴（漢宮秋）…⑭337, ⑮190, 194, 207, 218, ㉖197
～と漢の国境での王昭君の自殺…⑮190, 217
～と漢の大臣たち…⑮190, 194, 199, 204, 218
～と蒙古人の統治への感情…⑮218, 220-222
～の単于…⑭16, 17, 22, ⑮171, 177, 189, 218, 221
呼韓邪単于…⑮171, 177, 189, 218
～の使者…⑮177, 190, 199, 204, 205
～の毛延寿送還…⑮190, 209, 218, 221
～へ毛延寿の亡命…⑮177, 190, 219
匈奴語…①287, ⑥72, ㉕387
匡（河南）…⑤21, 22, 33, 238-240, 249, 250, 270, ⑳132
匡衡…⑭453, 455, 456, ⑰600
匡人…⑤21, 22, 46, 113, 239, 250, 270, ⑳132, ㉗275
匡廬…①36, ⑦341, ⑪320, 321, ㉑50
叫延灼…㉖420
『叫声』「漢宮秋」…⑮207
邛山の竹の杖…⑥94
夾巷…⑥315
夾七夾八・夾七帯八…㉖400
夾鐘（六呂）…⑬252, ㉗86
杏花…⑮398
狂…⑤45, ⑩468-470, ㉓22
狂歌…㉓588
狂簡…㉑229, 230
狂言…⑭379, 436, ㉖375
言語…㉕38　中国語訳・周作人…②593, ㉒434
「狂言記」…㉕46
狂禅…⑯46, 48
狂草…②535, ⑮480
狂奴…㉓296, 359
狂落保…⑭536
亨…②129
享保時代…⑰41, ㉓487
～以後　古典解釈学…㉕412　儒者の漢文…⑰143
～の学界の最高権威…⑰624
京…㉓33, 140, ㉗70, 116, 125, 183→京都
～大阪の市民…⑱478
京極為兼…㉓239
京儒…㉗175
京大以文会…⑳198, ㉔46
京大倶楽部…⑳198
京大能…㉔16
京都…①258, ③527, ⑧352, ⑫491, ⑬511, 626, ⑯301, 444, 554, ⑰200, 352, 354, ⑱321, ⑲71, 251, ⑳291, ㉑168, ㉒291, 320, 438, 451, ㉓92, ㉔27, 126, ㉕33, 389, ㉖477, 509, ㉗23, 36, 48, 277, 289, 306, 313, 417, 439→京→京洛→平安京→洛
～大阪間の風景…⑳52, 464
～から杜蹟訪問の旅…㉕461, 470
～から東北大学への赴任　青木正児→その項　岡崎文夫…⑰335, ㉓620, ㉗273　武内義雄…⑰335, ㉓620, ㉗273　村上哲見…㉕255
～から名古屋間と南京から鎮江間…⑪211
～からの鉄道　東京へ（新幹線…⑳463, ㉗330　三等寝台…⑳438）　山陰への鉄道…⑥410　米子への急行だいせん…⑱540
～刊行の雑誌「学海」…⑲470
～とアメリカの若者…⑲325
～とウォーナー…⑲218
～と宇治…⑱453, 454
～と荻生徂徠…㉓318, ㉗175
京都からの弟子…㉓362, 422, 424, ㉕200（宇野士朗→その項　太宰春台…㉕203→その項　服部南郭…㉕201, 203→その項　山井鼎→その項）
京都の医者の質問…㉓319
京都の住民…㉕201（儒者…㉕201, 202　女性と武士…㉓419, 420）
京都は内の中州中国は外の中州・京都は洛江戸は東都…㉓415
京都批判江戸賞賛…㉓426, 427, ㉕200, 201
足利氏の京都支配批判…㉓422, 423, ㉕200
官位授与（江戸は江戸で勲等を作れとする議論…㉓426）
京都堂上の儒学への嫌悪…㉗72

京都の衰弱と江戸の豪勢…㉓427
京都の天皇と江戸の将軍…㉓416, 417（天皇への態度　王室・共主…㉓422-424, 427, 478, ㉕200, 201）
「訳文筌蹄」刊行の経過…㉓362
〜と外国　ボストン・ケンブリッジ…⑲277
雍州…⑱453　ローマ・抹香臭さの違い…⑲5
〜と関東の差（鎌倉期）…①282
〜と中国の古都　開封（金）…⑮378　建康（南朝）…⑦381　西安…㉕436　長安（唐）…①489, ⑪166, 167, ㉒15　洛陽…⑫563
〜と東京における東方学会…㉓642
東方学会創立…㉓631, 632
東方学会総会（京都）…㉗361
〜と東京の中国覆刻古書専門店…⑮635
〜と日本文学…⑯538
〜と文化…⑳112, 115
〜と平安京の地域のずれ…⑫216, ㉒15
〜と「明暗」…⑱130
〜奈良の景物と西湖の景物（青木正児）…㉓620
〜における学者…㉓569, 571, ㉗280
青木正児→その項　鵜飼石庵…㉒48　小島祐馬…⑰318, 322, 325, ⑱312, 313　狩野直喜・河上肇→各項　倉石武四郎…㉗290, 291, 294　角倉了以→その項　太宰春台…㉕203　高倉正三…⑰377　高田三郎…㉔233　内藤虎次郎・西田幾多郎・堀景山→各項　三木克己…㉗286　水野清一…㉓638　安田二郎…⑰364　山崎闇斎…⑰40, 79, ㉓34　頼山陽…㉓571
〜における「屈原」上演…㉗17
〜における古書即売会（陳済川）…⑯557
〜における「古典への道」対談…㉗339, 340, 435
〜におけるジュリアン賞受賞祝賀会…㉔295
〜における中国語学習…⑯636, ⑳103, 252, ㉒318, 340, 381, ㉗391
〜における追悼会　王国維…①387　佐久間象山暗殺・佐久間象山追悼会…①561, ⑰201　鈴木虎雄教室葬…⑰304　明治天皇大葬…⑰612
〜における東京大学漢学大会…⑭603
〜における日本文化研究国際会議…㉗281
〜における蘭亭会（大正癸丑）…㉑237
〜の伊藤氏の学派と南川維遷…㉔24
〜の伊藤仁斎→その項
京都の外への足跡…㉓36　古義堂→その項
〜の伊藤東涯→その項
江戸から京都への添削依頼…㉓140
〜の彙文堂…⑥429, ㉒7, 364, ㉓625, ㉕286, ㉗420→彙文堂
〜の維新前後の世相…⑰613
〜の遺蹟表示…㉗115
〜の禹を祭る神社…㉗180
〜の大江又三郎（能楽師）…㉔282
〜の学界と清朝の学者…㉒361
中国人学者の亡命…⑯277-279, 281, ㉒359
〜の学界における青木正児・小島祐馬・本田成之…㉗270
〜の学界における鈔本評価…⑩445
〜の学問…㉒47, 357, 414, ㉓569, 571, ㉕200
学風…㉒333, 337　学問の独立性…㉒358
〜の神田氏山田氏所蔵本「世説新書」…⑦454
〜の韓国人…⑳449
〜のキリスト教の大学…㉒403
〜の祇園祭（祇園会）…⑱459, ㉗118, 119
〜の旧制高等学校…⑳237, ㉗357→第三高等学校
〜の教授たち…②510, ⑬624, ⑯432, ㉗266, 350
ヨーロッパ留学…㉒335
〜の公卿…㉓340, 433, ㉕201, 425
〜の元曲研究と池田大伍・塩谷温…⑭597
〜の五山…⑫721, ㉗67→五山（京都）
〜の弘文堂…㉔67→弘文堂
〜の後輩の学者と中野重治…㉗340
〜の国立大学…㉔48, ㉗371
〜の「支那学」…㉒316, ㉓612, ㉗270→「支那学」（雑誌）
〜の支那学社…⑰322, ㉓612, ㉗270→その項
〜の地震（寛文二年）…⑰123
〜の社会科学…㉓569, 570
〜の儒者…③469, ⑤161, ⑰40, ㉑112, ㉒48, ㉕201, 202→京儒
〜の新緑…⑳338
〜の人文科学研究所…㉕261→京都大学人文科学研究所
〜の神社仏閣…㉗374
〜の住友家所蔵の罍…③44
〜の大学と北京の大学…㉒393
京都の学風と北京の学風…⑯646, 647　京都の教授たちと北京大学の諸教授…⑳292, ㉖478
〜の第三高等学校…⑳251, 390, ㉒315, 339, ㉓189, 612, ㉔52, ㉗306→その項
〜の平元珪の「皇和通暦」…㉓430
〜の高谷伸（演劇人）…㉗280
〜の地名と寺…⑲4
〜の中華料理屋…㉒340, 363
〜の中国研究の基礎…⑰298
〜の中文出版社…㉕226, 346
〜の東方学会事務局・倉貫孝正…㉗361
〜の東方文化学院…⑰244, 403, 404, ⑳290, 391→東方文化学院京都研究所→東方文化研究所
〜の東方文化協会…㉓632
〜の東洋学…㉓631
東洋学界とライシャワー…⑲219
東洋史研究会…⑮68, ㉒103
〜の同僚とニューヨーク…⑰88, ⑲449
〜の読杜会…㉗316→その項
海外版…㉔193
〜の富岡文庫…⑱518, ㉒279

蔵本「周易正義」…⑰589　滝沢馬琴旧蔵明版「三遂平妖伝」…⑱518, ㉒279
～の長尾甲・内藤虎次郎・狩野直喜…⑰216-223
～の日仏学館…⑳281
～の「颹風」…㉒445, 478, ㉖491
～の藤井有鄰館…㉕506
～の藤浪鑑教授と広島県深安郡…⑱500, 501
～の文科大学の創設…⑰243, 265, 278, 322, 416, ㉓592, ㉔48, ㉗267
文科は京都…⑱477
～の町の夕暮れ…⑳53
～の丸善…⑲208
～の村田伊兵衛の店…㉗114
～の守屋氏所蔵本「陳書」沈衆伝…⑦539
～の八百屋の娘…㉓315→桂昌院
～の陽明文庫→その項
～のラジオ（1945.8.15）…⑳300
～の羅生門（平安朝）…⑪118
～の竜安寺と萩原朔太郎…⑱345
～の若い学者たちの明への関心…㉒47
～発の新幹線…㉕136
～版本…⑰26
「古学先生碣銘行状」文会堂刊本…㉓318　「五経」安田安昌刊和点本…㉓710, ㉗127　「江南春」弘文堂刊本…㉓616　「詩経名物弁解」…③43　「小説精言」風月庄左衛門刊本…⑬503　「世説新語補」林九兵衛刊本…㉗140　「蘇詩佚注」…㉕493　「中国史研究」…㉖417　「中国文学報」…⑬119　「通徳遺書所見録」中文出版社新印本…㉕226　「杜律評叢」瀬尾源兵衛刊本…⑫432　「白氏文集」立野春節点本…㉓575　「八居題詠」瀬尾源兵衛刊本…㉓251　「毛詩正義」清家正本…⑩461　「訳文筌蹄」…㉓363　「六部成語」東洋史研究会覆刻本…⑮68　柳宗元の全集…㉒470　「礼書綱目」中文出版社影印本…㉕346　「論語古義」→その項
～への帰途の「うひ山ぶみ」…⑦595, ⑰177, ⑳18, ㉗49, 184
～への帰途の空襲…⑫383
～への帰途の暴風…⑦445
～亡命　王国維→その項　王大楨…⑯641, ⑳268, 390, ㉗394　夏泉・董康・羅振玉→各項
～遊学　中野撝謙…㉓427　本居宣長・山田正朝→各項
～来訪者及び滞在者　アメリカ人　支那学者…⑲205　アメリカ人文科学顧問団…⑳177, 310　国務省のH氏…⑲281, 282　シックマン…②515　ホークス…㉒338　ボールディンガー…⑲267　マーティン…⑳177
アメリカ人の友人…⑲449（エリセフ…⑲218, ㉓632　ワトソン…③562, ⑬630）
朝日新聞社・古典選依頼…①270
海保元備・小島宝素…㉗245
中国作家代表団・老舎団長…⑯538, ㉒435
中国書家の代表団…㉒435（京都の書道家の数への代表団長の関心…㉒436）
中国人　張群…㉓632　張鳳挙…②515　白堅…②513　梅蘭芳…⑯589, 594, 597　李済之…②515
中国人学者…㉓605（郭沫若…㉒438, 478, ㉖490　胡適…⑯431　C教授…⑯552, 553　沈尹默…㉒328　陳世驤…㉔161　傅芸子…②538, ⑯540　楊覚勇…㉔127　楊雪橋…②538）
中国仏教代表団・趙樸初団長…㉕467
中国・北京大学社会科学代表団…㉓560
日本の友人　吾妻徳穂…㉔215　小川環樹（東北大教授時代）…⑮557　斎藤勇…㉗316　武田泰淳…㉗336　中野重治…㉗339, 340　中山正善…㉖464, 465　水沢利忠…⑥252　山根対助…㉔30, 31　吉野源三郎…①139
フランスの支那学の大家…⑲205
～留学　アメリカ人支那学者…⑲204（バクスター…⑦595　アメリカ人東洋語学者H氏…⑲276）
イギリス人学者…⑲406
中国人留学生…㉒338-340
京都（地名関係）→京都市
粟生…㉗286　愛宕山…⑳262, ㉕201　姉小路…㉗118　綾小路通…㉗114, 115, 117, 181（新町東入…㉗221　室町北上…㉗116　室町西入…㉗114, 115, 118, 129, 135, 164, 172）　嵐山…⑫716　出雲路橋…㉓620, 627　今出川通り…⑳339, ㉔67　小倉山二尊院…⑰126, 128, ㉓48　御室仁和寺…㉗296　大宮頭…⑳285　賀茂…⑫86　烏丸通…㉗114（三条西入…①489　四条…㉗115　二条…㉓611）　河原町…㉒340, ㉗333（二条…㉓228, 233　仏光寺…⑯538, ㉒319）　祇園…⑪284, ⑫730, ㉗417　北山…⑳52　銀閣寺道…㉗416　黒谷…⑰238, 267, 280, ㉑83（文殊塔…⑰238, 267, 280）　小山…㉔68　五条…㉗118, 149　嵯峨…⑫153, ⑮470, ⑰31, 601, 607, ㉒470, ㉓48, ㉕201　三条…㉗114, 119（三条駅〔京阪三条〕…⑰363　三条大橋…⑰201　三条木屋町…①561, ⑰201　三条万里小路…㉗119　三条柳馬場…㉗115）　四条…㉗114, 117, 119（四条大宮駅…⑰171　四条河原…⑭520, ㉓36, ㉗119　四条境町…㉗119　四条坊門…㉗118）　塩小路…㉔291　七条…⑯278　下京…㉔147　下鳥羽の民家…⑱462　修学院…⑳261　白川…⑳264（白川街道…⑳261-263, 338, ㉗416　白川通り…㉗416）　真如堂…㉔50, ㉗306, 308　新京極…㉗114　墨染…㉑226　高雄…①387, ⑰296, ㉗245　鷹が峰源光庵…㉓707, 708　宝が池…㉖500　出町橋…⑰256, 297　寺町…⑭480, ⑯639, ⑰142, ⑲28, ㉒58（寺町今出川上ル東側…㉓628　寺町四条下町…⑫710　寺町丸太町…㉒317, 364）　塔の段…⑰291, 297, 298, ⑲107, ⑳548, ㉕400　中京…㉗117　長岡…⑳

539　二条通…㉗118　西陣…㉓427, ㉖158, ㉗417　西陣京極…㉒363　西山…⑫153, ⑳52, 351　東洞院通夷川上町…㉗140　東山…①387, ⑫153, ⑯593, 594, ⑰219, 223, 471, ⑳52, 53, ㉑83, 237, ㉓51（東山五条…⑯281　東山三条…⑰363　東山通り…⑰294）　深草…㉑226, ㉓322　堀川…②435, ④9, ⑰33, 148, 161, ㉓139, 144, 569, ㉕173（西堀川…⑰40, 79, ㉑138, ㉓34　東堀川…⑰40, 79, 124, ㉓48　東堀川近衛南…⑰122　東堀川出水…⑤161, ⑰24, 119, 120, 126, 128, 133, ㉑138, ㉓33, 570, ㉗172　堀川下立売上ル…㉓491）　万里小路通…⑳264, 266　松原通…㉒115, ㉗118　円山…⑰341, ⑱312, ㉔67, 268　三宅はちまん道…⑳261　無動寺道…⑮164　向日町…⑳359　室町通…㉗114, 115（室町通綾小路…㉗114, 116）　八瀬…⑲218, 281　八瀬大原…㉔203　柳馬場三条北町…㉗114　山崎…⑳464　山中越…⑮164　吉田山…㉒338, 345, ㉓189, ㉔50
京都駅　近鉄…㉔247　国鉄…⑰599, ⑱536, 539, ㉒314, ㉗115, 420
京都会館…⑳163
京都宮廷…⑱59, ㉓424→京都朝廷
　儒者の家…㉗68　蔵書（平安中期）…⑦154
京都刑務所…②157
京都芸術大学…㉗419
京都御所…⑤161, ⑥254, ⑬47, ⑱457
京都工芸繊維大学…⑳103, ㉒339, ㉗392
京都高等工芸専門学校…⑳103, 249, 256, ㉒318, 339, 340, ㉗392
京都国際会議場…㉕363
京都国立博物館…④644, ⑳287, ㉑243
　～館長…⑰602
京都支那学→支那学（京都）
京都市…⑯279, ⑱453, ⑳473, ㉒15, ㉕320→京都（地名関係）
　～右京区宇多野…㉓230
　～上京区東堀川出水下ル…⑰119
　～左京区…⑯572, ⑱347
　　一乗寺…⑱61
　　大原…⑥413, ㉒472
　　北白川…⑯652, ⑱437, ㉒75, ㉔68
　　　守拙廬→青木正児　進々堂…⑳261, 263, ㉕290　箋杜室・唐学斎→吉川幸次郎　東方文化学院京都研究所…⑳290→東方文化研究所
　　～の東方文化研究所…㉑669, ㉔66-68, 268, ㉗295, 307, 316, 332, 417
　　　北白川小学校…⑳262, ㉓618
　　　小倉町…⑧355, ⑱331, ⑳338, 377　小倉町五〇…⑯651, ⑳262, 263　追分町…⑳261　西町…⑳338　東小倉町七九…⑯651　別当町…㉓615, 620
　　鹿が谷⑱512, 513, 549, ㉒285
　　下鴨…㉗402
　　　一本松…⑬624, ㉒320　下河原町…㉓616, 620-622, 624-626
　　浄土寺　石橋町…⑰377　西田町…⑯277, 278, ㉕286　馬場町…㉒338
　　田中…⑯277, ⑳249
　　　飛鳥井町…⑳266, 282, ㉒319　大堰町…①379, ⑭600, ⑰244-245, 247, 267, 280, ⑳266, 269, 280, 282, ㉓605　野神町…⑰234, ⑳266, 268, 288, ㉓579, 605　百万遍…①472, ②602, ⑭599, ⑯636, ⑲248, ⑳103, 247, 248, 261, 262, 264, 268, ㉒319, 338, 340, ㉔33, ㉗331
　　吉田　神楽が丘…㉔50　上阿達…㉗287　近衛通…⑰294　二本松…⑰324, ⑱493　本町…⑯579, 651
京都市美術館…⑳444
京都市文化局…⑫579, 580, 732
京都市民…⑯277, ⑱459
京都所司代…㉓433, ㉗116
京都書房（享保年間）…㉖377
「京都女子大国文」…㉗10, 15
「京都新聞」…⑳214
京都人…㉓424, 427, 430, ㉕201→洛人
　～と予楽院さん…㉓227
京都正陽門外西河沿九間楼対門発兌…㉓231
「京都叢書」…⑱453
京都大学…①513, ⑦596, ⑰660, ⑱313, 483, ㉒423, 446
　～学生　青木正児…⑰335, ㉓621, 625, ㉔270, 271　生島遼一…⑰296, ⑳256, ㉒357, ㉔66　大野熊雄…㉔61　大山定一…㉔66, ㉖465　河盛好蔵…⑰296, ⑱336, ⑳256, 259, ㉒357, ㉔66, ㉗401, 402　桑原武夫…⑰296, ⑳256, ㉒357, ㉔66　小島吉雄…⑳259　佐藤通次…⑳259, ㉔66, ㉗401　斯波六郎…⑳259, ㉑250　高橋道男…㉖465　武内義雄…㉗267　都留春雄…⑱361　富永牧太…㉖465, 466　西田直二郎…㉗268　三木克己…㉗286　水野清一…㉓634　森鹿三…㉓634　吉村正一郎…⑰296, ㉔66
　～学生・吉川幸次郎…⑳257, 275, ㉓634, ㉔52, ㉕454, ㉖478, ㉗244, 404
　　狩野直喜の辞書の教訓…⑳60　河上肇の記憶…⑱313　「魏晋学術考」講義の記憶…⑰284　「近代詩鈔」購入の記憶…⑯267　「酷寒亭」講読の記憶…⑮11　「殿中少監馬君墓誌」講義の記憶…⑪414　富永牧太の記憶…㉖465　内藤虎次郎邸訪問の記憶…⑰294, ㉓579　長尾雨山に関わる記憶…⑰223　文学部の友人…⑰296, ㉔66　明への冷淡…⑮557　「礼記」の記憶…③508　「論語」の記憶…⑤19, ㉗428
　～学長（新制大学）…⑤57-60
　～教授…⑰615, ㉔47
　　青木正児→その項　赤松俊秀…㉓14, ㉔46　足利惇氏…⑰341, 342, ㉔67, ㉗43　荒木寅三郎

（医）…⑰275,⑱498　有賀鉄太郎…⑰88,⑲31,
297,㉔48　井上智勇…⑤60,㉗334　泉井久之助
…㉔48　猪熊兼繁（法）…⑱451,454　上田敏
…⑱476,⑳275,276,279,㉒334　臼井二尚…⑤
57,㉔46　内田銀蔵…⑰265,278,⑳276,㉓597
梅原末治→その項　穎原退蔵…⑰341,342,660,
㉔67,㉗331　遠藤嘉基…⑲383,384,㉔46,67
小川琢治・小川環樹・小島祐馬→各項　御輿員
三…⑯657,㉑67,㉔77　織田武雄…㉔48　織田
万…⑰275,⑱313　大山定一→その項　落合太
郎…⑭358,⑯429,⑰256,261,㉓597,㉔66,㉗306
狩野直喜・河上肇（経）→各項　九鬼周造…⑱
389,⑲66　倉石武四郎…①611,②224,⑭610
厨川白村…⑳260,278,279　桑木厳翼…㉔269
桑原隲蔵→その項　桑原武夫…⑰341,㉓597
小西重直…㉔66　小葉田淳…㉔46　幸田露伴…
⑳275　佐々木惣一（法）…㉗405　坂口昂二…
⑰293　榊亮三郎…㉔66,㉗43　重沢俊郎…㉔48
新村出…⑰300　鈴木虎雄→その項　田中秀央
…㉔66　高瀬武次郎…⑰265,278,293,㉓590,
597,㉗273　高田三郎…⑤60,⑲12,㉔46,㉗329,
334　谷本富→その項　近重真澄…⑰275　辻寛
治（医）…⑯643,㉓635　礪波護…㉕400　富岡
謙蔵・内藤虎次郎→各項　中西信太郎…㉔48
長尾雅人…㉔48,268　西田幾多郎→その項　西
谷啓治…⑳284　野上素一…㉔48　羽田亨・浜
田耕作・原勝郎→各項　深田康算…⑳276,㉔
268　日比野丈夫…⑳359　藤井乙男→その項
藤井健治郎…⑳284　藤代禎輔→その項　松尾
義海…㉔268　松本文三郎→その項　松本亦太
郎…㉔269,270　三浦周行…⑳276,277　宮崎市
定→その項　矢野仁一…⑰293,300,⑳286,㉓
597
吉川幸次郎…①611,⑯545,⑰310,⑱34,⑳346,㉕
255,422,㉗417,426
文学部教授就任…③559,⑥428,⑦596,⑪471,⑫
732,⑮557,⑯654,㉑22　就任後の学生…㉗404
就任後の詩作…⑳391　就任と仁斎・徂徠・宣
長の学…㉓557　就任以前…⑭603,㉗281,316
教授末期…㉔30　文学部の同僚…①707,⑯657,
⑳346,㉔77,㉕428,㉗43,329
～教授会…⑤58,⑭605,㉔268,㉗273,334,335
～校長岡本道雄…㉗419
～講義・演習…㉒407
狩野直喜→その項
クナウス講師　現代ドイツ哲学の主要な問題と
方向…⑱480
倉石武四郎「毛詩正義」講読…㉓634
厨川白村　英文学史…⑳278
徐東泰　中国語会話…⑳104,㉒319
新村出　言語学の講義…⑰300,⑳260
鈴木虎雄→その項
太宰施門　仏文学…⑳260
辻村講師　ハイデッガー…⑱480
朝永三十郎　西洋哲学史…㉗308
西田幾多郎　哲学概論…㉗308
野田又夫　西洋哲学史…㉗405
野間光辰　日本文学史…⑱480
藤井乙男　国文学…⑳260
藤代禎輔　文学概論…⑳260,279
吉川幸次郎　漢魏詩史…⑥427,430,⑦133,597
「漢書」列伝…⑥428　漢代の詩…⑳496　漢六
朝の詩…⑮557　三国西晋の詩…⑳496　対偶法
研究…⑦597　中国哲学史専攻者の為の講読…
⑰359　中国文学史…③559,⑥428,429,⑦596,
⑪471,⑫732,⑬187,⑯654,⑱480,㉑22,㉕376,
㉗427　杜甫研究…⑫732　文学概論…⑱105,㉔
30「文心雕竜」研究…⑦596　明清詩…①582,
⑮557,⑯167,655,⑳496
吉沢義則　国語学…⑳260
～講師…㉔47
小島祐馬（経）…⑰323　大山定一…㉔66　清
水茂…㉖390　鄭兆麟…⑭478　傅芸子…②538,
⑯540,605　柳田国男…㉓638　吉川幸次郎…⑦
595,⑯654,㉔66,㉗306
～助教授…㉔47
小島祐馬…㉒335　大山定一…⑰342,㉗335　岸
俊男…㉔46　倉石武四郎…㉒336,㉓634,㉗294
佐藤長…㉔46　鈴木虎雄…㉓590　高瀬武次郎
…㉓590　野田又夫…㉗405　羽田亨…㉒335
和辻哲郎…㉔66,㉗273,306
～卒業生…㉒331
青木正児…⑯635,⑰335,381,⑳285,㉑192,㉓
612,620,㉔270　英紹唐…⑱34　小川環樹…㉒
332　小倉光夫…㉔157　小島祐馬…⑯635,⑰
335,381,㉑192,㉒332,㉓612　岡崎文夫…㉓620
川田茂一…㉔232,㉗329　木村英一…㉒332　興
膳広…㉕388　佐藤広治…㉒332　斯波六郎…⑦
596　周仏海…⑳249　杉村邦彦…㉔233　田村
実造…㉒332　武内義雄…㉓620　張鳳挙…⑯
642,㉒328,330　本田成之…⑰381,㉓612　松浦
嘉三郎…㉓621　水野清一…㉒332　安田二郎…
⑰359　吉川幸次郎…㉒336,㉗350,404
～卒業生による支那学社…⑰400→支那学社
～卒業生の清朝文明への関心…⑯634
～卒業論文　青木正児…⑭597　高倉正三…⑰379
安田二郎…⑰359-360　吉川幸次郎…㉗401
～退官　青木正児…⑰336,㉓622,623　狩野直喜
→その項　幸田露伴…⑳276　鈴木虎雄→その
項　高瀬武次郎…㉗273　谷本富…⑰615,⑳276
松本文三郎…㉔268　吉川幸次郎…①57,⑥399,
㉑22,㉓557,㉔31,㉗405,418
～大学院生　阿辻哲次…㉖450　岩田兵三…⑰360
金文京…㉖7　倉石武四郎…㉖465,㉗289,294,
295　清水雄二郎…③504　羽田亨…⑰330　水
野清一…㉓634　矢守一彦…㉔48　安田二郎…

⑰359, 360　吉川幸次郎…⑪475, ⑯431, ⑰297, ㉒371, ㉓634, ㉕400　ワトソン…⑭356
～大学院生との読杜会…㉕506
～・天皇事件…⑤57
～と「支那学」…⑰381, ㉒316, ㉓612
～と宗教施設…⑲5
～と沈尹默…㉒328, 330
～と先人　上野奨学金…⑯643, ⑳291, 344, ㉒332, 371　西園寺公望→その項　三島海雲…㉗313　富田鉄之助・昌平黌版木の寄贈…㉕280
～と東京大学…⑰293, ⑱483, ⑳198, ㉒333, 334, ㉓580, 582, ㉔48, ㉗269, 350, 404
江戸漢学への態度…⑦594, ⑰293, ㉒334, ㉓581, 625, ㉔303　外国文学教授採用の原則…⑱476, ⑳279, ㉒334　講座研究費…㉗407　実証主義と啓蒙主義…⑱476, ⑳275, ㉓581　受動的西洋受容への反撥…⑱476　儒学への態度…㉒353　新制大学院設置…㉗406　卒業生の中国文学研究の業績（昭和前期）…⑰403　大学の権威…㉒389　中国文学研究の学風…⑰396, 400, 401, ㉗315　東洋学の創始者たち…㉗250-251
～と日本思想史講座の欠如…㉓525
～とハーヴァード大学…⑲330, ㉔252
京大裏交差点とハーヴァードスクエア…⑲248
～とミシガン州立大学…⑲302
～における「女史箴図」模本展示と福井利吉郎講演会…②509
～における大学教授連合近畿支部総会…㉗406
～入学（吉川幸次郎）…⑦593, ⑭600, ⑯633, 634, ⑳390, ㉒319, 332, ㉗289
入学前の上海旅行…⑫727, ⑯546, 636, ㉒331
入学のころの教授陣…⑰293, 294, ⑳275-276
入学のころの中国戯曲研究…⑭591
～の医学生へのアンケート…㉗371
～の学者と羅振玉王国維グループの交流…⑯281
～の学風・学問→京都大学文学部
～の教育…⑳257
～の「芸文」…②513, ⑭203, ⑰395
～の「国語・国文」…①625, 626, 636, ⑬517, 548, ⑱95, 101, 379, 417, ⑳368
～の支那学→～の中国研究→支那学（京都）
～の支那学会…⑯431, ⑰229, 294, 381, ㉓634
～の史学研究会…⑮557
～の師たちの博通…②601
もっとも見識ある学者…⑰221
～の受験生に望むこと…⑱483, 484
～の乗用車の数…㉗408
～のストライキ禁止…⑤56
～の全盛期…㉒357
～の創業と呉帝国の創業…⑰329
～の蔵書　「査浦詩鈔」…⑯174　「四書直解」…⑮329　周憲王の雑劇…⑭231　「春秋公羊経何氏釈例」…⑯255　沈石田の詩文集…⑮570
～の中国学…㉔239, ㉖490
～の中国研究…①611, ⑰293, ⑳257, 286, ㉒357, ㉓606, ㉖478, ㉗315
漢魏六朝の美文の評価…㉓593　元曲研究…⑭596, 597, ㉗279　孔子批判…⑤19, ㉑192, ㉒353　清朝学祖述…⑰266, 279, 396, ㉗243→清（王朝）　中国文学理論の研究…⑰400　敦煌文書の研究…㉓604, ㉕285
～の中国文学の講座→京都大学文学部
中国語教育…㉒350, ㉗294
中国語志望者…⑰490　中国尊重…㉒358
～の中国留学制度…㉒331, 332, 335, ㉕416
～の東洋学…⑯277, ㉒357
～の「東洋史研究」→その項
～の文献学的知識の充実…㉓604
～の北京大学社会科学代表団招聘…㉓560
～の名物講義…⑭596, ⑳260, ㉒357
～不文の伝統…⑳311
～へ東方文科研究所の移管の話…㉔271, 272
～へ夏目漱石招聘案…⑳275, ㉔269
～名誉教授…㉔268
狩野直喜…⑰267, 279　佐々木惣一…㉗405　新村出…㉔48　鈴木虎雄…㉔46　野田又夫…㉗405　羽渓了諦…㉔268　水野清一…㉔273　吉川幸次郎…㉗371
～留学生…⑳249, ㉒340
魏敷訓…⑭602　中国人留学生…⑯432　傅中濤…①472　ワトソン…①714
京都大学医学部…①378, ㉗418, 437
京都大学景印旧鈔本→京都帝国大学文学部景印旧鈔本
京都大学化学研究所…⑳424
「京都大学漢籍善本叢書」…㉖396
京都大学教育学部…㉔47
京都大学教養部…⑳103, ㉔46, 47
～の中国語の課程…⑳103, 104
京都大学経済学部…①472, ⑱313
～東洋経済思想史…⑰323
京都大学最終講義（吉川幸次郎）…㉒557
京都大学人文科学研究所…⑦596, ㉑670, ㉓631, ㉔233, ㉗290
～教授・所員　安部健夫…⑭359　小野和子…⑳360　古原宏伸…⑦605, ⑱360　河野健二…㉒332　田中謙二…㉗282　長広敏雄…②539, ⑦605　日比野丈夫…⑯659, ㉕506　深沢一幸…㉖7　福永光司…⑱545　水野清一…②539
～出版　「京都大学人文科学研究所漢籍分類目録」…㉕266, 271　「京都大学人文科学研究所紀要」…①627　「京都大学人文科学研究所所報」…⑰263　「元曲選釈」→その項　日本の古書における中国古書の佚文の蒐集…㉓101　「文選索引」…㉑76, ㉕164
～所蔵資料　「禹跡図」内藤虎次郎旧蔵…⑧355,

511 「皇清百名家詩」…㉓254, 258, 264 「十三経注疏」山井鼎手校本…⑨484, ⑰583, ⑱58, ㉗73-74 「貞観政要」仮名抄…㉒59 「通志堂集」…㉓178 「天文正義」写本「天文図」…⑧511 「杜工部詩通」…㉒56 「杜詩抄」建仁寺両足院所蔵写本の写真…㉒59 「杜少陵先生詩分類集注」…㉒47 「毛詩正義」定本・校勘記・翻訳粗稿…⑩480 「モンゴル社会経済史の研究」…㉒123 雷峰塔写真・岩井武俊撮影…⑯659 「洛神賦図」写真伝顧愷之筆…⑦133-134 「論語」熹平石経残石拓本…⑤328
～創設…⑰332
～と京都大学文学部…㉔47
～の元曲の協同研究…①611, ⑭357, 603, ⑰404, ㉒556, ㉖251
～の敦煌文書研究…㉕285
～文学研究室…⑭555
京都大学人文科学研究所東方部…②391, ⑧502, ⑰267, 279, ㉔271-272, ㉕348
京都大学人文科学研究所東洋学文献センター…㉕261, 280, 287
京都大学創立記念祭…⑳442
京都大学懲戒委員会…⑤57, 58, 60-62
京都大学東洋史研究会…㉓182
京都大学農学部…㉔67, ㉖211
～西門…⑳268
京都大学附属図書館
館長…⑪447 「昌平叢書」刊行…㉕280
蔵書 「金渓雑話」写本…㉓464, ㉗24, 34, 182 「屈物書翰」写本…㉗165, 168, 173-175, 180-182, 200-202 「蘐園咄」写本…㉗27, 181, 201 「孝経述議」…⑦550, ㉗68 「孝子伝」清原枝賢本…⑦550 「孝子伝」清原枝賢本景印本…⑦550, 551 「四家雋」写本…㉓400-401, 456 「七経孟子考文」…⑱58 「周礼疏」賈公彦単疏本古写本…㉕347, ㉗68 「縉紳全書」近衛家熙旧蔵本…㉓227 蔵書と近衛家陽明文庫…㉓227, 230
～の中国書…②570
～の舟橋家蔵書の寄贈本…⑦550, ㉕347, ㉗68
京都大学附属病院…⑰364, ㉓633, 635, ㉗418, 424
京都大学覆刻元刊本雑劇テクスト…⑭34, 39, 231, 232, 365, 388, 562, 596
～「元刊古今雑劇三十種」→その項
～「趙氏孤児」雑劇…⑭216
京都大学文学部…⑥427, ⑰359, 361, ⑳103, 280, ㉗437
史学科…⑤59, ⑰293, 294, ⑱480, ⑳198, ㉔47（史学研究室…⑲249）
考古学科…⑳451, ㉒390
国史学科…⑱480, ⑳276, ㉓597
人文地理学科…⑰293, ㉓597
西洋史学科…⑰293, ⑳276, ㉒358, ㉓597
東洋史学科…①396, ②601, ⑥90, ⑰294, 330, ㉓634, ㉔233
講義題目…⑱480 三講座制…⑰293 卒業生の中国留学…㉒331 唐宋の間の中国史の画期…㉕301
哲学科…⑤59, ⑰293, 294, ⑱389, ⑲66, ⑳198, ㉔47, ㉗329, 417
印度哲学史学科…⑲81, ㉓597, ㉔268
教育学講座…㉔47
社会学科…⑱480
宗教学科…㉓618
キリスト教学…⑱480 神道史講座…㉓638
心理学科…㉔270
西洋哲学科…㉗263
中国哲学史学科…⑰293, 322, 323, 359, ㉒331
支那哲学史学科…②601, ㉒331, ㉓634
支那哲学史研究室…①625
哲学科哲学…⑱480, ㉓597（純哲…⑰359）
倫理学科…㉗273, 306
文学科…⑤59, 60, ⑰293, 294, ⑱480, ⑲66, ⑳198, 259, ㉓634, ㉔47, 270, ㉗306
イタリア文学科…⑱480
英文学科…⑱480, ⑳260, 275, 278, ㉒328, ㉔269, 270（大学院英文学科…㉔114）
言語学科…㉔270
国文学科…⑫362, ⑱479, ⑳259, ㉒358, ㉓597, ㉔42, 270, 312（大学院国文学科…⑱481）
西洋古典文学…⑱480
中国語学中国文学科…⑯272, ⑰360, 418, 420, ⑱361, ㉒345, ㉔66, ㉖478, ㉗286（支那語学支那文学科…②601, ⑰293, ㉒331, ㉓634, ㉔270, ㉗294）
会話の時間…⑳104, ㉒319
学生・卒業生と老舎・張光年・杜宣との座談会…⑯538 講義題目…⑱480, ⑳259 「作詩文」の時間…㉖465 卒業生の中国留学…㉒331, 332 二講座制…⑰293 入学の動機（吉川幸次郎）…⑳231, 254, ㉒342
中国語学中国文学教室…①430
中国語学中国文学研究室…④16, ⑦551, ⑭356, ⑯231, ⑰269, ⑱51, ㉓521（「王維詩索引」…①630 「詩紀考証」の調査…⑫656 「中国文学報」…⑳386, ㉑206 天理図書館訪問…⑰598）
中国語学中国文学第一講座…⑳310
ドイツ文学科…⑱480, ⑳259, 278, ㉒353, 362, ㉓597, ㉔66, 209, 270, ㉖465
フランス文学科…⑰296, ⑱480, 481, ⑳259, ㉒353, ㉓597, ㉔66, ㉗306
梵文学…⑱480（インドの古典文学と哲学の講座…⑲81）
～学生…⑰660, ⑳347, ㉗404→京都大学
学生大会…⑤56, 58 天皇事件による停学処分者…⑤57 ハンガー・ストライキ…⑤56-62, ㉗334 破壊活動防止法反対のストライキ…⑤56,

57, 59
～教授会…⑤57-61, ㉗333, 417
～助手…⑰361, ㉗24
～創設期の教授→京都帝国大学文科大学
～陳列館…㉓634, ㉔47
～でなければ出来ない研究…⑱479
～では出来ない研究…⑱479, 481
～と京大阪の市民…⑱478
～と近現代の研究…⑱479-481
～と高倉テルの小説…⑳277
～における教師批判…㉒353, ㉗244
～における教師団の中国尊重…㉒358
～に学位請求論文提出（吉川幸次郎）…⑭605
～の戒律…⑳279
～の学問…⑦594, ⑳257
学風…⑰240, 332, ⑳257, 258, ㉒358, 362, ㉓555, ㉗393
～の教授任用の内規…㉗335
～の「研究」…⑥427
～の研究室…①142, ④735, ⑳373, ㉑74
～の講義→京都大学
講義題目（1955年度）…⑱480
～の講座数…⑱477, ㉔47
～の習慣・文学概論の交替担当…⑲66
～の書庫…⑲67
～の蔵書　「九家集注杜詩」清刻本…㉕495　「元史紀事本末」…⑭362-364　「杜詩説」…㉔277　「杜詩通」…㉒56　「明文授読」…⑯124, ㉒289　「毛詩正義」毛氏汲古閣刊本・「毛詩要義」遵義唐氏光緒刊本…⑩463　「木犀軒叢書」…㉖467　「論語集解」汲古閣影写日本正平版本…④15, ㉖503
～の電報・鈴木虎雄逝去…⑰304
～の歴史の刊行…㉔45
～東館増築…㉗43
～部長…⑤57, ⑰238, 360, ⑳276, ㉔45, 46, 48, 49, ㉗43, 417
「京都大学文学部研究紀要」…③520, ⑯135, 621, 656, ⑳345, 404
「京都大学文学部五十周年記念論集」…⑦173, 176, 597, ⑱477, ⑳386, ㉔45, 47
～編集委員会…㉔48
「京都大学文学部五十年史」…㉔45, 47
～編纂委員会…㉔46
京都大学文学部創立五十周年…⑳258, ㉔45, 47
～における講座総数…㉔47
京都大学文学部創立三十周年…⑳450
京都大学法学部…⑱313, ㉗405
～法制史…⑱451
京都大学楽友会館…㉕506
京都大学理学部…⑰294, ⑳261
京都大学魯迅祭…⑯320
京都朝廷…⑦368, ⑰126, ㉓33, 227, 228, 293, ㉔301, ㉕201→京都宮廷
京都帝国大学…⑰242, ⑱496, ㉒330, ㉓592
～を中心とする中国文学研究の業績（昭和前期）…⑰404
～学生→京都大学
～創設…⑰238
～総長…⑱485
鳥養利三郎…⑱491　羽田亨→その項　浜田耕作…⑰326　松井元興…⑱474
～総長事務取扱・平野正雄…⑰327
～と東京帝国大学→京都大学
～の蔵書　「孝経鄭氏解」昌平黌覆刻知不足斎本版木…⑯252
～覆刻「元刊雑劇三十種」…⑭39
京都帝国大学医科大学…⑱497, 498, 500, ⑳275
～学長…⑱497
京都帝国大学瀬戸臨海実験所…⑱485
京都帝国大学図書館…⑩460-462
京都帝国大学農学部…⑯206
作物学研究室…⑯210
京都帝国大学文科大学…⑰266, 279, 323, ⑱477, ㉓599, 602
～史学科…㉗267, 270
考古学科…⑰326, ⑱477　西洋史学科…⑱476　東洋史学科…⑰400, 416, ⑱476
～哲学科…⑰266, 278, ㉓589, ㉗267, 268, 270
印度哲学史学科・教育学科…⑱476　支那哲学史学科…⑭596, ⑰238, 240, 266, 278, 285, 322, 323, 400, 416　哲学科哲学・倫理学科…⑱476
～文学科…⑰266, 278, 335, 396, ㉓589, ㉗270
英文学科…⑱476, ⑳275, 278　国文学科…⑱476　支那語学支那文学科…⑭596, ⑰238, 240, 266, 278, 285, 397, 400, 416, ⑱476（学風…⑰396　第一回の学生…⑰335）　ドイツ文学科…⑱476　文学科普通講義…㉓589, 590
～学長…⑳279, 280, ㉔269-271
～講座数…⑱477, ㉔47
～創設…⑭596, ⑰266, 278, ⑱476, ⑳198, ㉓592, ㉔45, 47, 48, ㉗267
創設時の学生…⑰322, 335
～創設委員…⑰239, 240, 266, 278, ⑱476, ㉓580, 592, ㉔269, ㉗267
～創設期の教授…⑰293, 300, ⑱476, ⑳275-277, ㉔268, 272, ㉗43, 297, 350, 404
～叢書…⑭596, ㉖252
～特殊講義…㉓590, ㉗257, 267
～普通講義…⑰264, ㉓589, 590
京都帝国大学文学部…⑭356, ⑯206, 210, ⑰266, 279, ⑱477
～支那語学支那文学科…⑰373
第一講座・第二講座…⑭610
～東洋史学第一講座…⑭610
～部長…⑭610

「京都帝国大学文学部景印旧鈔本」…③44, ⑩458, ⑯278, ㉕286
　～の「景印唐鈔本第一集」…⑩450, 458
　　狩野直喜・跋…⑰269
　～の刊行と羅振玉…⑯278, ㉕286
「京都帝国大学文学部三十周年史」…㉔45
京都帝国大学法科大学…⑰323
京都帝国大学法学部…②339, 340
京都堂上の古注の学…㉒119
京都堂上の儒学…㉗68, 72
京都派（明治）…㉗351
京都府…⑱453
　～相楽郡瓶の原村…①397
京都府教育報国団…⑱496
京都府警察本部…㉗418
京都府立第一中学校…⑰323, ㉒353
京都府立農林学校・京都府立農林専門学校…⑱494
京都弁…㉕201
京都ホテル…⑳360, ㉔28
京マチ子…⑪558, 559
京洛…㉓422→京都
供奉学士…⑮250, 283
協弁大学士…②440
協理大学士事尚書…㉓167
協律都尉…⑥152
協律郎…②16, ⑪396, 404
況周頤（しゅうい）…⑭102
況周儀…⑯152
羌（南宋の金への蔑称）…⑮375
羌女…⑫440, 441
羌童…⑫446
羌の嵐山…⑦154
俠…⑥178, 179, 226
　～と儒…⑥178, 226
姜夔（き）・尭章・石帚・白石…⑬179, ⑯145-147
姜嫄…⑤125, ⑬325→后稷
姜垸…⑯143
姜詩…⑦551
姜実節・学在…⑯143
姜太公…⑮296, 308→太公望
姜張（姜夔・張炎）…⑯152
姜のくに…⑤77
姜亮夫「歴代名人生卒年表」…⑰231, ㉒300
「峡中紀行」…㉑109, ㉓296, 313, 320, 357, 364, 369, 412, 434, ㉗31, 33, 34, 123
狭中小量…㉕199
狭路…⑦223, 224
恐嚇…⑮338
恐懼…㉓73, 74
恐怕…⑭312
恭…⑤236
恭敬…㉗46
恭譲…②34
恭親王奕訢（清）…②440
恭帝（五代・周）…⑰558
恭帝（南宋）…②551, ⑮288　祖母・謝氏…⑮403, 412　母・全氏…⑮403, 417, 418
恭帝（南朝・東晋）…⑦488, ㉗130
恭帝（北朝・西魏）…⑦531, 537, 543, 548
挾書の禁…⑥195, ㉕334
羗→羌
胸膛・胸脯…⑭312
強…⑬144
強（四十歳）…㉗166
強自寛…②493
強汝詢「求益斎文集」…⑩452
強慝…②218
強半…⑬150
教 … ②363, 386, 387, ㉑193, 194, ㉓52, 53, 55, 62, 63, 74, 79-81, 84
教（助字）…㉒57, ㉖213
教育委員会制度改正政府案…⑳433
教育課程審議会…⑱427
教育総長…㉒391, ㉖467
教科書制度改正政府案…⑳433
教会学校…㉒403
教学行…⑮222
教官という呼称…⑳117
教授（中国・府学）…②462
教宗（仏教）…㉓340
教習…㉓708
教匪…②389, 390, 422, 423
教坊…⑪285
教坊腔子…⑭128, 176
教坊司…⑭60, 66, 69, 72-74
教坊司副使…⑭73
教坊使…⑭70
教諭（中国・県学）…②462
教養…⑥103
教養人…②427
郷歌…㉖12
郷誼…㉓226
郷原…⑯86
郷校…⑤152
「郷試録」（皇慶三年）…⑭230
郷紳…②459, 460, 470, ⑳121
「郷土」（パール・バック）…⑲237, ㉗382
　作中人物　玉美…㉗383　ジェームス梁…⑲237, 238, ㉗382, 383　陶叔父…⑲238　メリー梁…⑲238, ㉗382　劉真…㉗382　梁文華…⑲237, ㉗382　ルイゼ梁…⑲237, ㉗383
郷党…⑤217
竟…②179, 187, ⑦484, ⑪390
竟陵…⑦542, 545, ⑮539, ⑯91, 191, ㉒51
竟陵郡守…⑦541
竟陵県公…⑦547

竟陵派…①152, ⑮539, 541, ⑯91, 161, 163-165
　～の反古文辞…⑮526, 539, 540, ⑯57, 69, 71, 92, 102, 161, ㉖441
　～の流行…⑮539-541
　～排撃（銭謙益）…⑯49, 74, 91, 102, 104, ㉖430, 441
　　夷言鬼語…⑯76　無学…⑯69, 71, 92
喬玄…①413
『喬牌児』「金銭記」…⑭535　「酷寒亭」…⑮151
喬夫人…⑭97
喬夢符・吉・吉甫・笙鶴翁・惺惺道人…⑭172, 226, 382, 383, 387, 516, 558→喬孟符
　～の原本と臧晋叔本…⑭412
　～の交遊　阿里西瑛…⑭385　妓女との接触…⑭75, 383-385　高克礼…⑭167, 385　徐徳可…⑭385　大官との接触…⑭187, 188, 385
　～の作詞の心得…⑭387, 527
　～の作品　奇を求める傾向…⑭266, 267, 528　奇に対する論証・説明…⑭267　歴史ある言葉の頻用…⑭349, 350, 353, 354
　～の雑劇…⑭383
　　「黄金台」…⑭383　「九竜廟」…⑭383, 395　「金銭記」→その項　「荊公遺妾」「賢孝婦」「節婦牌」「托妻寄子」「認玉釵」「馬光祖勘風塵」…⑭383　「揚州夢」「両世姻縁」→各項
　～の散曲…⑭187　「環珮」「天気風」「撫掌」…⑭383　「喬夢符小令」…⑭167, 383-385, 387　『梧葉児』…⑭383, 384　『酒旗児』（雅斎万戸に陪して仙都洞天に遊ぶ）…⑭187　『水仙子』（手帕，賈伯堅に呈す）（紹興の于侯より索められて賦す）（席上にて李楚儀の歌を賦し…）…⑭187　（展転秋思京門賦）…⑭385　『春閨怨』「不繫雕鞍門前柳」…⑭512　『折桂令』（賈侯の席上にて李楚儀に贈る）…⑭187　（高敬臣病む）（秋日，高敬臣胡善甫輩と湖に飲みての即事）…⑭167　（苕渓の七夕の飲会に崔秀卿に贈る…）…⑭187　（丙子遊越懐古）…⑭385　『天香引』（安渓の半江亭にて雅斎元師に陪して飲む）…⑭187　『緑么遍』（自述）…⑭385
　～の時代の涼州…⑭497
　～の大家としての側面…⑭484, 528
　～の伝記…⑭382
　　「録鬼簿」の記載…⑭154, 160, 383-385
　　喬夢符の死…⑭154, 164, 383
　～の南方移住…⑭384
　　杭州…⑭419
　～の遊踪…⑭385
喬木…㉔261
喬孟符…⑭381, 382, 387, 388, 439, 595, ⑮227→喬夢符
硤州刺史…⑫25
蛩…⑮20
蛺蝶…⑬68
境界のある詞…㉖456
境遇の激変への感動…⑥34, 35
嬌娃…⑮51
嬌鴉…①494
嬌鶯…⑭573
嬌滴滴・嬌欲流…⑭409
嬌無力…⑪238
鞏県…⑫16, 17, 19, 25, 27, 35, 38, 563, 581, ㉕436
橋陵…㉒30, 81
興（六義）…②257, ③478, 479, 481, ⑥290, ⑮621, ⑰357, ⑱12, ㉒91
　興と主文の関係…③476, 479　興による「詩」の新古の層の弁別・松本雅明…③476, 477　動植物の隠喩…③25
　興の定義…③32（「古今和歌集」序…③33　朱子説…①619, ③484　鄭玄説…③483　松本雅明…③476, 484）
　興・賦・比…③32, 33, 37, ㉓348
興感の作…㉕209
興来…⑫350
襁負…⑬221
頬権…㉕86, 87
嚮…㉖422
鏡湖…⑬151
競業学会…⑯397
「競業旬報」…⑯397-401, 403-405, 416
競業旬報社…⑯406, 415
響亮…⑯275
驕…⑭532
龔自珍・定庵…①137, ⑯36, 656, ㉑161, ㉖474, ㉗199, 421　「居庸関を説く」…⑯633
「龔自珍」（田中謙二）…①137
龔勝…⑮422, 423
龔翔麟…⑯152
龔壮…⑦165
龔勅使…⑪511, 512
龔鼎孳・宗伯…㉓255, 263, 264
行商人…①357
行状…①163, 166, ②18, 185
尭…①179, ⑩467, ㉓397, 550, ㉕23
　～と洪水…①224, ⑧11, ⑩474, ⑪521, ⑳6, ㉓108
　～と禹　禹の登用…⑳6　「虞書」の記録…⑧11
　～と鯀　鯀追放…⑩474　鯀の登用…①224, ⑩474
　～と舜　尭の後継者…⑩471　尭の譲位…⑦187, ⑪101, ⑫184, ⑳6, ㉓76　尭の娘との結婚…⑩472, ⑯532, ⑰98　舜の登用…⑩471, 472, ⑳6
　～に対する評　益の賛辞…⑩469　孔子の評…①157, ⑤311, 312, 314, ⑳8　朱子の説・尭と道…②364-365
　～の国…②549
　～の敬虔さ…②33, 34, 42
　～の稽古…②258, ⑦275, ⑬554
　～の行動の分析…⑩474

～の時代　隠者…⑫184　怪物…⑥34　十の太陽…②263　中星の位置…②261　老農の歌…㉑174
～の実在非実在…㉗191, 192
～の調和の行動の能力…⑧11, ⑩474, 475
～の徳…②365, ㉗191, 192
～の人相…㉕151
堯舜…⑤155, 174, ⑫221, ⑮272, ⑰383, ㉔231, ㉕196→唐虞
～以後は劣る時代…②445
～を意志的な英雄と見ない態度…⑧11
～を歌う詩　伊藤仁斎…⑰168　楚辞…③16, ⑥19　杜甫…①99, ⑫79, 178, 182, 214, 390, 547, 582, ㉒28「拗相公」作中の詩…⑬439　李白…⑪135
～を含む古代の帝王　太昊神農黄帝顓頊堯舜…②549　伏羲神農黄帝堯舜…㉑177, 178, ㉓387, 467　伏羲神農黄帝堯舜禹湯…㉑177, ㉓386　伏羲神農黄帝堯舜と三代…㉓292
～を含む五帝…①189, ②289, ③16, 533, ⑥176, 196, ⑰637, ㉕152→五帝
黄帝顓頊帝嚳堯舜…②374
～を含む五帝時代の書…㉓81→五典
～三代…③16, 17, ⑦533, ㉓340, 345
～実在説…⑳6-8, 14　非実在説…①266, ③4, 18, 533, 553, ⑧507, ⑳6-8, ㉖507, ㉗188
～と下愚…⑩470, 472, ㉓20, 21
～と桀紂…⑦316
～と孔子…⑰383, 638, ⑳6, ㉓82, 84, 87, ㉗365
～と世宗（金）…㉒100
～に関する論及　伊藤仁斎…㉓56, 82, 84, 87（堯舜と孔子…㉓82, 84, 87　古代無謬説否定・聖人等質説否定…㉓82）　王陽明…㉓82　荻生徂徠…㉓340, 345, 346, 386（堯舜以下の聖人による道の設定…㉓386, 387, 550　堯舜以前の帝王…㉑177, 178, ㉓386, 467　堯舜の時代と現代…㉑79, ㉓340, 341, 482, 546　七人の先王…⑤32, ㉑177-178, ㉓282, 346, 386, 390, 438, 447, 467, 550）　韓非子…②294　汲黯の武帝批判…⑥113　孔子…③550, ⑤31, ⑳8, 9, ㉕325　司馬遷…①189, ③533, ⑳8, ㉕152, 324　宋儒…⑩470, 472（朱子…㉒100, ㉖243　道統の説と堯舜以前の時代…㉓387）　中江兆民…③17, ⑳7, 8　毛沢東…㉕306　孟子…①294, ②255, 461, ⑩470, ⑯86, ㉓82, 84, 545, ㉕303, 306, ㉖243, ㉗367　本居宣長…㉓540, ㉗205　列子…⑦316
～の記録　言語の記録…②302, ⑳14, ㉑156　事蹟の記録…①186, 189, ③3, 18, ⑰637
～の時代…②294, 445, ③16, 533, ⑥160, 176
完全な善意の社会説…㉓540　時代に関する歴史記述…③18　太平…⑰640, ㉓98
～の書…㉓81
～の性格…⑧11
～の治…⑪135, ⑲63, 64, ⑳7, ㉓98
～の朝廷の賢臣…⑫181, ㉓221
～の伝説…⑥179, 180, ⑰637, 638, ㉕324
～の道…⑬432, ⑯86, ㉒100, ㉓450
～の世…⑥81, ⑬88, ⑯532, ㉑79, ㉓82, 135, 482, 545, 560
～への復帰…②445
堯舜禹…①183, ②252, 289, 549, ⑧11, ⑩472, ⑳6, 488
堯舜禹湯…⑦523, ⑮232, 328
堯舜禹湯文周公孔子の個性…㉓396
堯舜禹湯文武…㉒111, ㉓387
～と孔子…㉓81, 82, 406
堯舜禹湯文武周公…①88, ③16
～作者七人…㉑178, ㉓282, 386, 438, 447, 467, 550
～と孔子…⑤32, 121, ㉑99, ㉓19, 545, ㉕196, 303, ㉖243　孔子孟子…⑬553, ㉓438, ㉗253
堯舜夏殷の道…㉓450
堯舜夏殷の礼…㉗157, 162
堯舜周孔…⑰39, ㉓92
堯舜以後の堯舜…㉓165, 176→康熙帝
堯婆…⑮113
堯封…⑳379, 383, ㉒310, ㉕469, ㉖502
『堯民歌』「漢宮秋」…⑭291
業…⑮489
業種…⑮83, 113
澆…⑮70
凝光殿…⑪523, 524
凝思…⑪202
凝脂…⑪237
凝碧宮…⑪523
凝碧池…⑫304, 305, 415, 416
鄴（河南）…①412, ⑦79, 81, 89, 96, 105, 106, 121, 553, ⑫28, ⑮384
驍騰…⑫567, ㉖33
曲…①126, 127, ②260→詞余
曲阿…⑦365
曲を識る…⑥327
「曲海総目提要」…⑭395, 399
曲学…㉓139
曲江…⑫274, 371, 372, 551, 602, 609, 630, 724, ㉒77, ㉖88, 92, 94
～と不忍池の比較…⑫371, 602, ㉒14, 483, ㉖95
～と他の施設　慈恩寺の塔…⑫216, 371, 602, 613, ㉒483, ㉖95　芙蓉苑…⑫371　楽遊園…⑫602, 612, ㉒14, 483
～の遊賞　科挙及第者の祝賀宴…㉖95　九月九日…⑫371, 602, ㉖95　三月三日…⑫105, 371, 602, ㉖95　正月晦日…⑫371, ㉖95
～の遺跡…㉒14, 483, ㉖95
～の季節外れの風景…⑫602, 603
～の楼台の復興…㉔288, 289
「曲江池」雑劇・「李亜仙花酒～」…⑭43, 207, 217, 219, 389, ⑮116, ㉖391
曲砕…⑦274

曲子…⑯147
曲城…⑦244
曲仁里（楚苦県厲郷）…②83, 85, ㉕79
曲水…㉒78
曲鮮→クサン
曲亭馬琴…①227, ㉖377, 385
曲突…⑦156
曲牌…②467, ⑭18-21, 31, 227, 400
曲阜（山東）…⑤121, 181, 219, 235
　～の矍相の圃…⑤4
　～の孔子廟…⑰425, ⑱436, ⑳295, ㉒106, ㉓271
　　孔子の子孫…⑤37, ㉓264, 271　孔宙の碑…⑦92
　～の東の石門山…⑫679
　～への李白杜甫の放浪…⑫679
曲阜県開国子臣孔穎達…⑱537
曲名…⑭227
曲律…⑮95
「曲律」…⑭318, 323
　雑論…⑭7, 36-38, 220, 226, 271, 280　論須読書…⑭126　論賓白…⑭280
曲呂…⑮349
局束…⑪348
局促…⑥321, ⑮538, ㉖123
局票…⑯421
棘樹…⑫163
棘針門…⑮191
極則…⑬271
極端…㉓469-473
極東…⑲448, 459, ㉕422, ㉖8, ㉗431
　～一の出版社…㉕499
　～から西洋的学問芸術へ参加（明治）…⑰216
　～研究…⑲446
　　極東人による研究…⑲447
　　西洋人による研究…⑲447, 448
　～最高の理想主義の書…⑤139
　～とアメリカ→その項
　～と西方　極東諸国が非白人地帯であり得た理由…㉔223　人生観の差違（人間への信頼と神への信仰）…⑲438, ㉔169　生活への好奇心…⑲447　精神的伝統の差違…㉕246　注釈の仕事と評論の仕事…㉕246
　～における儀式の次第の脚本（礼）…②105
　～における読書の学…㉕246
　～の経学の方法…㉗431
　～の詩…③22, ㉒19
　　最古の詩集…①90, 130, ③22, 28, ㉑38, 157
　　最古の詩の定義…①123
　～の政治情勢と現代文学…①622
　～の普遍な文体としての古文…②177
極東学会…⑲246→遠東学会
極東学者…⑲218, 446
極東思想史と仁斎・徂徠・宣長…㉓558
極東思想史と本居宣長…㉓546, ㉗198, 205
極東人…⑲446-448
極東地域と「論語」…④6, ⑤138
極東文学…①87
　～とアーサー・ウェイレイ…㉕463
　～と西方文学…⑫586, 587, ⑲52
　　詩の差違…㉒19　文学史の差違…⑲52, ㉗384
極東文明…⑲446-448
　神よりも人間を信ずる伝統…㉔169
　事実の尊重の伝統・文学尊重の伝統…㉔56
　～の総合的研究…⑲447
　～の担当者としての日中…㉖479
極楽…㉖214
玉…⑪225, 281
玉衣…㉒85
玉珂…㉖85
玉華宮…㉒82, 84, 85, ㉕487
玉海青…⑭69
玉海堂…㉕434
玉階…⑪115
「玉函」…⑬211
「玉函山房輯佚書」…⑥371, ㉓101
玉関…⑯154, 159, 160, ㉓242
「玉鏡台」雑劇・「温太真～」…⑭42, 345
　第一折　『賺煞尾』…⑭338, 344
　第二折　『煞尾』…⑭471　『四塊玉』…⑭333
　～の作中人物　温太真…⑭338
玉琴…⑪157
玉壺…㉓486
　～の氷…⑪220
「玉壺春」雑劇・「李素蘭風月～」…⑬567, ⑭37, 43, 52, 217, ㉖418
　～の作中人物　張素蘭・李素蘭…㉖418
玉皇大帝…⑮65
玉皇殿下…⑬391
「玉盒記」雑劇・「呂雲英風月～」…⑭225, 226
「玉盒記」伝奇（明）…⑭285
玉衡（星）…⑥286, 288
玉山…⑦230, ⑫293-295, 302, 342, 345, 355, 356, 358, 360, 473, ㉒89
玉山草堂…⑫473, ⑮445
『玉耳墜金環』　白仁甫…⑭97
玉筍…①580
「玉照新志」…⑭325, 475, ⑰594
玉漿…⑬84
「玉燭宝典」…⑥285, ⑦552-556, 596, ⑫344, ㉒78（四月孟夏…⑦554）
「玉燭宝典」（テクスト）
　巻子本…⑬575　古逸叢書本…⑦556, ⑱536　図書寮本…⑦556, ⑱536　尊経閣文庫本…⑦552, 556, 596, ⑫344, ⑱537　楓山官庫本…⑦556
玉宸院…⑭66
玉宸楽院使…⑭69
玉井…⑪489

玉石の文理…㉓68
玉泉…⑫232, ⑬395
玉繊…⑭573
玉驄…⑭532
玉束納藤箱子…⑭433
「玉台新詠」…⑥290, 307, ㉒92（序…⑦533, ⑪371）
～と鈴木虎雄…⑰307, 310
～の作品　「陰梁州の雑怨に和す」鄧鏗…⑫669　「飲馬長城窟行」陳琳…⑦110　「古楽府詩」六首…㉑16　「古詩」八首…⑥269, 282, 296, 300, 332　「雑詩」枚乗→枚乗　「室思」徐幹…⑦120　「春日詩」聞人倩…㉒92　「同声の歌」張衡…㉕223　「劉勲の妻なる王氏に代りての雑詩二首」曹丕…⑦168
～の晋宋小楽府…㉑19
～の曹植の楽府擬作・梁武帝の楽府擬作…㉑16
～の傅玄の詩…①438, ⑥261
～の劉鑠の「古詩」擬作…⑥269
「玉台新詠」（テクスト）
宋本…⑥261　覆宋本…⑥333
「玉台新詠集」（訳解）…①633, ⑥262, ⑰307, 314
玉潭…⑪129
「玉堂閑話」…⑫483
玉納…⑭434
玉帛…㉒326
玉妃太真院…⑪260
玉臂…⑫337, 338, ㉒38, ㉖52
「玉篇」…②209, ⑮95
玉峯…㉒89
玉茗堂…⑯107
玉髩…⑭576
玉門関…⑥89, 155, 156
玉塁…⑬198, 199
「玉暦鈔伝」…⑯370, 372, ⑲414
玉露…㉖183
玉漏…⑰386
切幡村（大和）…㉓517
桐田熙と森鷗外…⑱413
桐壺…㉔112
「基督教文化」（雑誌）…⑱514
切れ字…⑱70, 88, 91, 100, ㉔113
巾…⑫108
「巾舞」…⑯603
今韻…②204
今言…㉓330, 331, 377
「今古奇観」…⑬503, ⑮482, ㉒320
今俗人…②242, 246
今体詩→近体詩
今文（漢・隷書）テクスト…㉒362
漢の国立大学の教科書…㉒405, ㉕228, 332-334　五経…㉕228　三家詩…③38, 39　「詩」…㉕229　「尚書」→「今文尚書」「斉論」「魯論」…㉕229
今文家…②361, ⑦268, ⑯645, ㉔264-266, ㉕345, ㉗421
今文学…⑥367, ㉕335
「今文尚書」…②243, ⑦265-270, 276, ⑯360
今文説…⑦266-268, 276, ㉔265, 266, ㉕229, 334, 336
今文派　漢…③38, ㉒394, ㉕229, 334, 335　清末…⑰282　北京大学…㉒394, ㉕333
斤…②114
斤斤…②217
斤竹嶺…⑪145
均州観察使…㉒102
近…②208
近畿…⑳177
近畿日鉄…㉔247
「近畿日本叢書」…⑦549
「近五年来所獲之戯曲珍籍」…⑭41
「近思録」…⑯391, 404, ⑰559, ㉓42, 292, ㉖245, ㉗245
近儒…⑥365, 371, ㉓101
近新来…⑭321
近世…②334
近世（中国）…②262, 323, 360, 381, 404, ⑬550
～からの転換…⑬550
～初頭の改革…②323, 325
～における工部…②272
～の学術の進歩…⑯227
～の学問の正統…⑬561
～の士大夫の典型…②382, 404
～の史実の尊重…①212
～の思想…②249, ⑬551, 553, 554
鬼神の否定…②360, 381　経を規範とする生活…②323, 327, 333　経への復帰…⑬551, 553, 556, 561, 565-570　経への復帰の絶望…⑬570　市民社会の実践哲学…⑬557　諸子の疎外…②485　“俗”の否定…②246, 247, 249　復古思想…②260, 261, ⑬553, 554
～の字（書法）…㉗256
～の社会…②247, ⑬561, 570
経と乖離する現実…⑬565-568　自縄自縛と安定感…②334　庶民の進出…②247, 334　生活の窮屈さ…②260, 329, 333, 334　読書人と市民の交流…⑬566, 567　不俗の指針…②249
～の書物…㉗191
最も読まれた書物…⑬565
～の性格…②261
～の政治…②335, ⑬561
政治の危機…⑬572
～の精神…①226, 228
精神上の変革…②246
～の絶望感…②261
～の哲学（理学）…②233
～の天子…②326, 327
～の読書人…②249, 335
読書人の生活…②335, 338, 339

～の仏教衰落…②383
～の文学…①48, 213, ⑬543
詩…②335, 355, ㉕9, ㉗256
詩余・詞余…②260
小説…②260, ⑬525, 565, 566（異姓の子を養子にする話・奴隷が主家の養子になる話…⑬567
小説の発展…②334）
小説史…⑬527
通俗文学…②240
～の文献…㉕382
～の文章…①228, 275, 307, ②4, 35, 335, 338
士大夫の文章…⑬543
～の倫理…⑬551, 553, 561-563, 565
倫理の危機…⑬571, 572
～への転換…⑬550, ㉗255
近世（ヨーロッパ）…②381
近世支那社会史・近世支那精神史…⑭3
「近世日本に於ける支那俗語文学史」…⑰59, 412, ㉓310, 313
近世日本の学問の方法…㉓45
近世の俗学（銭謙益）…⑯83, 88, 97
近体詩・今体詩…①74, ⑬8, ㉑37, ㉒83-85, 88, 94, ㉔399
～と古体詩…①123, 610
～と杜甫…①204, ⑭13, ㉖370
近体詩の最初の作者…⑮170　近体詩の古典…①204, ㉖370
～の盛唐模倣（荻生徂徠）…㉓322, 351, 352
開天は至れり・大暦以還を取らず…㉓351
～の特徴　音律…①127, ㉑37, ㉔114, ㉖42, 168
抒情…①123　同字不使用…㉖168
近体の文章の古典…①204
近代…㉗384
～の詩の自覚…㉕490
～風の歴史家…②280
近代語近代文学国際連合…⑲338
「近代詩鈔」…⑯267, 268, 656, ㉓184
近代小説…①251, ⑥243, ⑳26
西洋…①241, ⑥236, 237, ⑰464, ㉖373　中国…①55, 276　日本…⑰464
近代デモクラシイ…③546
近代の経学の鑿空杜撰（明）…⑯90
近代の儒者（明）…⑯80, 89
近代の諸公（宋）…⑪3
近代の新門（百家類例）…⑪17
近代文学…①159
西洋…⑥238, ㉔161, ㉗287
中国…①246
戦争文学の比重…①122　開祖（魯迅）…㉒434
文体…②199
近東…⑰489, ⑲218, 323
～研究の盛んなアメリカの大学…⑲307, 327, 328
～の発掘品…⑲305
径山寺…⑲99
金（国名・王朝）…①283, ②551, ⑬323, 601, ⑮373, 375, ㉒98, 388, ㉓187
～から元がひきついだ北方民族…⑮106
～から元に伝わる北方講釈の流れ…⑭202
～からの新到の雁…⑬151
～時代と演劇　異族統治と演劇への関心…⑭143
院本…⑭8　句欄…⑭57　雑劇の旋律胚胎の可能性…⑭32　雑劇発生説…⑭8, 30, 144, 145, 147
散曲…⑭31, 32　士人の演劇への関心…⑭143, 175, 176　諸宮調…⑭566　俳優…⑭59
～時代に取材した後世の作品
戯文…⑭58　雑劇…⑭147
～帝頌禱の歌辞…⑭145, 147
～と清王朝…㉒107
～と南宋との対峙…①136, 282, 308, ②587, ⑬6, 516, 600, ⑮377, ⑳22, ㉒99
海陵王の南宋遠征…⑭63
韓侂冑の北伐…⑬172, 320, 323, ㉒98（金への韓侂冑の首の送付…⑬172, 323）
金と戦った南宋の武将…⑬492, 506, ㉓270
金と南宋　鉄のカーテン…⑮377, ㉒98-101　金から南宋への帰投者の情報…㉒100　金の捕虜だった人物の帰朝報告…㉒99　出版物の阻隔…㉒103, 105　貿易と書物…㉒103
平和条約…⑬140, 172, 600
金の杭州侵入と「資治通鑑」版木略奪…⑬586
金への南宋の使節…⑬162, ⑭278, ⑮377, 380, ㉒99（明昌四年南宋からの使者…㉒102）
金への南宋の賠償…⑮377
～と南宋人　高宗・孝宗の態度…⑬147
朱子…㉒100-103（金の世宗への称賛…㉒100
金の年号への称賛…㉒101）
南宋人の関心…㉒100　南宋人の無知…⑬149, 172, ㉒101
陸游…⑬148, 150, 159, ⑮375, 420（金への抗戦の主張…①136, ⑬148, 159　金への使者…⑬162
金への進攻の夢…⑬148　金への無知…⑬149, ㉒101）
～と北宋　北宋侵略…①576, ⑬483, 489, 522, 581, ⑮375, 379, ㉕428（徽宗欽宗の満州拉致…⑬6, 140, 482, 483, 521, ⑮377, 490, ⑳456, ㉕233　首都汴京陥落…⑬6, 140, 313, 482, 521, ⑮375, ⑳456, ㉕233）
北宋との同盟…②551, ⑬140, 600　北宋文化の祖述…⑬601（蘇学…⑮376, ㉒108-110, 116　蘇東坡に関する小説…⑭207）
～と蒙古…⑳22
蒙古来襲…⑬172, ⑮223, 373-375, 382, 416
金征服時と南宋平定時の統治の差…⑭178
金の俳優の接収…⑭64
蒙古への宮廷女性の人身御供…⑮223, 224
～と遼→遼金

金による遼の滅亡…⑬6, 140
～における全真教…⑬516, 604
～の遺臣・遺老…⑭95, 176　科挙復活の提議…⑭131　詩作品集…⑮399　悲歌…⑬173　遺臣の保護者…㉒115
～の遺民…⑭104, 123, 144-146, 396, ㉕53
馬致遠・白仁甫の態度…⑮224
～の裔孫…㉓270
～の科挙→科挙（金）
～の学問　学術（元好問の回顧）…㉒106
思弁の学…㉒110（義理の学…㉒114　性理の学・理性の学…㉒110, 114-116）
「資治通鑑」の学…㉒107　朱子学と金の学問…㉒98, 99, 103, 105, 107, 115, 116
儒学尊重…㉒105（経義のテクスト…㉒118　経書の「直解」…⑮329）
～の漢文化への同化…①284, ⑬601, 602, ⑮312, 376, ㉔249
金朝百年の治世と中国伝統の学術…㉒106　君主の漢文化への同化…⑮376, 377, ㉒106　中国文献翻訳…①286　朝廷の漢化抑制運動…⑮301
～の宮苑の花の四民への公開…⑭396
～の君主の世系…㉒100（君主中もっとも文化的人物…⑮385　最後の天子→哀宗）
～の孔子廟の従祀者…㉒106
～の国都…⑬172, 601, ⑮224, 377, 380, ㉕53
国都（汴梁）陥落…⑭64, ⑮375, 378, 390, 391, 399, ㉔249　中都陥落…⑮373, 386, 399
南渡　汴梁（開封）へ遷都…⑬172, 602, ⑭59, 133, ⑮373, 377, 382, 386, ㉒117, ㉕53
～の士大夫の政事に著名なる者…⑭205
～の詩人…①136, 243, ⑮379, 382, 384, ㉖434
元好問以前の詩人（十二世紀初期の詩人…⑮379　中期・後半の詩人…⑮381　十三世紀の詩人…⑮382）
詩人と和陶詩…㉒109　第一の詩人…㉒102
～の詩壇の中心・翰林…⑮382
～の辞賦の余習…⑭134
～の女真字の制定…①283, ⑬601, ⑮376, ㉓187
女真語を記載した文献…㉓187
～の省掾・耶律楚材…㉒115
～の世臣…⑭104
金王朝第一の名臣…㉒109
～の政治の記録…⑮391, 392
～の太医院…⑭146
～の朝廷の文学の愛重…㉒110
演劇愛好…⑭63, 64
講談師…⑭371, ㉒109→説話待詔
～の統治の安定（世宗）…⑬149, 600, ㉒101
～の版図…㉖381
～の文化人の保護…⑮390, 391
～の文化と元の文化…⑬603, ㉒105
～の文学…㉔250
口語文学…⑭128（口語文書の盛行と口語文学…⑭278　士人の口語文学への関心…⑭128）
文運の絶頂期…⑮386　文学の巨人・元好問…㉒104　文学の結実…⑭133　文学のはじめをなした人人…㉒108　文壇の巨公趙秉文…⑮382, ㉒114
～の文献の亡佚…㉒107
～の文治主義…⑭132
～の文明…⑮378, 379, 391, ㉒103, 105, 107, 108, 116, 118
金文明と南宋文明…⑮377, ㉒107　文明の軸は詩・文学…㉒108（金文明の記録・中州集…⑮384, 391-392, 542, ㉒102）
文明の爛熟…㉕53　律賦偏重の弊害…㉒117
～の滅亡…②551, ⑬173, 323, 602, ⑭6, 384, ⑮169, 373, 374, ㉒99
哀宗自殺…⑮378, 391　「漢宮秋」への影射…⑮224, 225　儒を以て滅ぶ…⑭132　中国風文明の扼殺（蒙古）…㉔249-250
滅亡後の事象　科挙廃止…①308, ⑬602, ⑭130, ⑮378, ㉒118（再開…㉒119）→科挙（元）
士人（斉魯の士と科挙の学…⑭134　不遇と軍閥…⑭130　北人の亡国の哀しみ…⑮225　北人の蒙古への感情…⑮428　杜仁傑…⑭119, 135　李治…⑭75, ㉒117, ㉖53）
虚構の文学の盛況…⑮424（士人と雑劇作者…⑭129, 138, 139　南宋併呑まで雑劇勃興期とする説…⑭30, 379）
滅亡前後南宋人の著述の流入…㉒103, 104
滅亡前の事象（皇女の人身御供…⑮224　文学の士の黄金時代…⑭133　李純甫の死…㉒111　劉祁の嘆き…㉒117）
滅亡と元好問…⑬173, 601, ⑮373, 384（滅亡後の元好問…⑭119, ⑮390-393, ㉒102, 106　金詩の総集編纂…⑮379, ㉒104）
滅亡当時滅亡後の人物の記録（王若虚…㉔249, 250　関漢卿…⑭144-146　商衡…⑭120　白華…⑭92, 94, 95　白仁甫…⑭94, 102, 134, 145, 146）
滅亡の年の事象（九経の直釈・亳州の優楽…⑭57　「鳴道集説」序・耶律楚材…㉒115）
～の領土こそ中州（元好問）…⑮379
～版本　「尚書正義」…㉒118　平水刊本「尚書注疏」…⑩453　平陽刊本「尚書注疏」…⑭116　「毛詩正義」…⑩453, ㉒118　「劉知遠諸宮調」…⑭11, 128, 567
～末元初に　生まれた雑劇作者…⑭151　作品を提供した雑劇作者…⑭144
～末元初の　学者…㉒104, ㉕52　南北対峙・文学…⑮181　「蒙求」の普及…⑭294
～末に　生まれた雑劇作者…⑭30, 145, 146
～末の　学風と李治…㉕53　軍事と白賁・白華…⑭96　古学…㉒117, 118　社会の文弱…⑭

132（士人と文学…⑭133　政治の文学尊重…⑭132）　儒林の長老…⑮329　天子達と女真語…①284
「金安寿」雑劇・「鉄拐李度金童玉女」…⑭46, ⑮147
～の作中人物　玉女（夾谷氏）・金童（金安寿）・西王母…⑭64
金毓黻（いくふつ）「羣書会元截江網与続通鑑長編」…①627
金禹民…㉓710
金屋…⑥46, 146, ⑪113, 241
金華の学…⑯68
金蝦蟆…⑫227, 229, 236, 237
金解禁政策…⑯647
「金匱」…⑬211
金牛座（星座）…⑥67
金魚…⑫160
「金渓雑話」…㉓464, ㉕281, ㉗24, 34, 182, 203
金闕…⑪315
金元…⑯66
～革命…⑭84
社会の変動…⑭133, 141　文士の不遇…⑭138
～詩…①151, ⑮556
～時代　士人の状態…⑭369　詞曲小説…⑰393
胥吏…①296　全真教…⑬516
～の再評価（銭謙益）…⑯57
～における北方刻書の中心地…⑭116
～の楽…⑮620
～の創業の君主の出身…⑮458
～の文学の顕彰（銭謙益）…⑯57, 68, 120
～の文明の再評価（銭謙益）…⑯68
～の北音の入声欠落…⑭326
～人の詩文集…⑮556
金元明清の注疏本の出版…⑧510
金源…㉖433
金吾元帥…⑭108
金吾将軍…⑪510
金鰲玉蝀の橋…⑪443
金谷…⑬429
金谷園…⑦262, ⑭451, 453
金沙院…⑭247
金沙江…⑪300
『金盞児』「漢宮秋」…⑭30, ⑮175, 191, 196「金銭記」…⑭416, 423「酷寒亭」…⑮63「薦福碑」…⑭584「任風子」…⑭332
金山…⑪210, 211, ⑭113, ⑮498
金山の銭熙祚…㉒313
金山寺…⑬49, ⑭580, 581
「金史」…⑮377, ⑰594, ⑳357, ㉒113, ㉓187
～と二十四史…①177, ②154, ㉑94
～における女真語…㉓187
～の文章…②603, ⑮392
～の編定…⑮392
「金史」（篇名・項目）
志　楽志…⑭57　食貨志…㉒103　選挙志…㉒109, 116（右職吏員雑選…⑭371）
表　交聘表…㉒99, 102
本紀　章宗本紀…⑭63（明昌三年十一月丙子の条…㉒106　明昌二年四月己亥の条…㉒110）　世宗本紀…⑭57, 63　宣宗本紀（賛…⑭133　貞祐二年の条…⑮223）
列伝…①161
王脩伝…⑭205　完顔素蘭伝賛…⑭133　赤盞暉伝…⑬586　佞幸伝…⑭63, 202　白華伝…⑭92, 93
文芸伝（王若虚伝…㉔251　李純甫伝…㉒111）
金史研究（清）…㉒107
「金史補」…⑰594
「玉照新志」「五代史」「三朝北盟会編」「松漠記聞」「斉東野話」「宋史」「宋史記事本末」「大金国志」「老学庵筆記」→各項　他項→⑰594
金志甫「東窓事犯」雑劇…⑭209, 210
金紫光禄大夫…⑦548
金詩…⑮383, 384
～と南宋詩…⑮384
～と明の剽窃…㉒107
～の金開国の際の詩…⑮379
～の選集…⑭132, 176
～の総集…②527, ⑮379, ㉒104
～の伝統…⑮378
金文明の軸…㉒108　清勁…⑬601, ⑮382
晩唐詩・李商隠の祖述…⑮382, 386
～の末期の充実…①69, 76, 136, ⑬173, 601, ⑭133, ⑮382
～の歴史についての元好問の見解…⑮379
「金詩選」江戸末期覆刻本…⑮383
金雀…⑪248
金州城…⑰76
金閶の袁氏…㉒302→袁廷檮
「金城学院大学論集」…①630
金城県…⑪246, 508, ⑫175, ㉒25, 67, 69
金城県令…⑫175, ㉒25
金仁傑…⑭170, 172　雑劇「蔡琰還朝」…⑭210「周公旦抱子設朝」…⑭231
金井…⑬150
金声（人名）…⑯52
金星台…㉔324
金星洞…⑫62
金聖歎…㉓260
～の「水滸伝」の文章の批評…①599, ㉖376
～七十回本「水滸伝」→その項（テキスト）
金石…⑥308, 325
金石学…①513, ②405, 511, ㉒305, ㉓181, 196, 617
金石糸竹革木土匏…㉕103
金石文…②466, 467
「金石録」…①575
あとがき…①576　日本国譜…①575
金銭…⑬517, ⑭395, ⑳411-413

「金銭記」雑劇・「李太白匹配～」（喬夢符）…⑤322, ⑭42, 380, 382, 383, ⑮3, 11, ⑳411, ㉗280
～における孩幼の書　「百家姓」「蒙求」…⑭294　「幼童詩」…⑭296
～の占いの条…⑭494
～の過度の奇と論証の努力…⑭266, 267
～の歌唱者…⑭379
～の会読（東方文化研究所）…⑭378
～の曲白相生…⑭228, 433
～の曲目　第一折　『寄生草』…⑭414　『金盞児』（紫燕児画簷外謾嘈雑）…⑭423　（這嬌娃）…⑭416　『後庭花』…⑭420　『混江竜』…⑭327, 328, 350, 402　『鵲踏枝』…⑭52, 412　『酔中天』…⑭425　『酔扶帰』…⑭420, 422　『仙呂点絳唇』…⑭400, ⑮48　『賺煞尾』…⑭430　『天下楽』…⑭52, 291, 292, 409, ⑮55　『那吒令』…⑭52, 411　『油葫蘆』…⑭407
第二折　『滾繡毬』（俺両個廝顧恋）…⑭441　（你着我怎動転）…⑭446　（那裏有刺了臂的王仲宣）…⑭453　『煞尾』…⑭302, 467　『倘秀才』（謝你個賀知章挙賢的這薦賢）…⑭463　（莫不是酔撞入深宅也那大院）…⑭444　『酔太平』…⑭449　『正宮端正好』…⑭438, 441　『叨叨令』…⑭293, 464　『呆骨朶』…⑭451
第三折　『迎仙客』…⑭485　『紅繡鞋』…⑭492, 494　『耍孩児』…⑭520　『煞尾』…⑭523　『上小楼』…⑭329, 502, 505　『上小楼么篇』…⑭328, 503, 505　『酔春風』…⑭19, 20, 481, 484　『石榴花』…⑭495　『中呂粉蝶児』…⑭481　『闘鵪鶉』…⑭499　『白鶴子』…⑭486　『白鶴子么篇』…⑭486, 487　『普天楽』…⑭488　『満庭芳』…⑭506
第四折　『雁児落』…⑭544　『喬牌児』…⑭535　『沽美酒』…⑭547　『水仙子』…⑭537　『双調新水令』…⑭531　『太平令』…⑭147, 548, 549　『沈酔東風』…⑭533　『得勝令』…⑭544, 546
～の語彙　我与你…⑮126　話欄…⑭425, 428, ⑮70
～の作者…⑭388, 389
～の作中人物　王正…⑭294, 295, 474　王輔（公弼）…⑭392, ⑮21, ⑳412→王府尹　賀知章→その項　韓翃（飛卿）…⑭399, 423→韓飛卿　馬求…⑭294, 474, 475　馬推官…⑭474　柳眉児…⑭267, 394-397, 466, 472, 479, 480, 484, 485, 512, 524, 543, 546
～の紹介（幸田露伴）…⑭595
～の第一折における空間の転換…⑮60
～の題目正名…⑭381, 388, 389, 549
～の沖末の名…⑮21
～の読書人的世界…⑮9
言葉に溺れる傾向…⑮10
「金銭記」雑劇（テクスト）
「元曲選釈」第一集本…①621, ⑭603　「元明雑劇」…⑭380　「古名家雑劇」…⑭52　顧曲斎刊本…⑭380　呉興本…⑭539→臧晋叔本　「詞諺」→その項　上海世界書局活版本…⑭541　「新続古名家雑劇」→その項　臧晋叔（元曲選）本…⑭52, 380, 387, 388, 412, 434, 441, 448, 456, 457, 471, 523, 539, 546　「雍熙楽府」→その項　「新鐫古今名劇柳枝集」…⑭380, 401, 433, 434, 444, 448, 450, 456, 472, 477, 509, 525, 539, 550
「金線池」雑劇・「杜蘂娘智賞～」…①631, ⑭46, 217, 220, 603
～の『仙呂点絳唇』（第一折）…⑭401
金粟如来…⑪91
金田一京助…⑰639
「金佗粋編」…⑭169
金帯…①332
金台什→ゲンタイシ
金丹…①476
金檀「高青邱詩注」…⑭71
金狄…㉒460
金天羽・松岑…⑯267　「写情小説の新社会に於ける関係を論ず」「天放楼文言」…⑳295
金斗郡四望郷老児村…⑭243, 244, 580
金斗名娃…⑭580
金徒…㉒461
金冬心・粥飯僧・農・心出家盦…②508, 509, ⑯635, 641, ⑰335, 339, ㉓619, 620
梅の絵…㉓619　竹の絵…②529, ㉓619
「金冬心之芸術」…②508, ⑯635, ⑰339, ⑳68, ㉓617-619
金日成…⑲191
金の品（七青・八黄・九紫・十赤）…⑭498
金人と南宋人　蒙古統治下の差異…⑭178
南宋への無知…㉒101
金人と文学　金人の詞余の句の雑劇歌辞への引用…⑭300　詩文集の不伝…㉒112　説公案（王翛然…⑭204-206　張鼎…⑭205, 206）
別集の遺存するもの…㉒114
律賦…㉑11, ㉒116, 117
金平浄瑠璃…⑯599
金平点…⑮327
金文（殷周時代）…①707
「金文雅」…⑭59
金文京　「杜甫詩抄」の協力…㉖5, 7, 11-13, 229, 236
金文質「嬌紅記」雑劇…⑭210
「金瓶梅」…①48, 76, 246, ⑪547, ⑮369, ⑯288, ⑲351, ㉒363, ㉓304, ㉔10, 150（原本…㉕283）
～的中国を中国全体とする誤認…㉒440
～とエロス…⑲47, 48
人間生活と肉欲への態度…⑥237
～と古文辞の盛況…⑮491, 529
～と天海僧正…㉕283
～と中野好夫…⑳255, ㉒363
～における語句・事項　金勒馬嘶芳草地…⑲350,

351　笑楽院本…㉖414
～の作者…⑭593　作者のマンネリズム…㉗288
王世貞の匿名の作とする説…⑮529
～の作中人物　西門慶…①47, ⑲350, ㉔11　陳経済・孟玉楼…⑲350
～の作品の重点…⑥236
～の作品の声価と論証の興味…①221
～の出現の遅さ…⑲47
～の奴隷が主家の養子となる例…⑬567
～の評価（人民共和国）…㉕418
～の描写　写実性…①47（市民の日常の描写…①47, 69　対話の直写性…⑭286）描写の興味…①223　露骨…①231
～の文体…②199
「金瓶梅」（翻訳）
～日本語訳　池田桃川…㉒316　江戸期の翻訳…②603　小野忍・千田九一…①47, 612, ㉖382, 385　尾坂徳司…①612　有朋堂文庫本…②603
～満州語訳（清）…①286
「金瓶梅詞話」…⑯322
金榜…⑭453, 532
金梵貝葉…㉗46
金鑰…㉖85
金輿…㉒82
金罍…㉗78-80
金鑾殿…⑭450, 529, 530
金陵…⑪220, 526, ⑯208, 235, ⑰592, ㉖365, 459
～刊本　陳氏刊本継志斎本…⑭41
陳宗彝覆刻蜀石経「毛詩正義」…⑩458
～に関わる人々　王安石の退隠…⑬101, 434-436, 451, 519　虞集…⑮256, 257　朱元璋の兵…⑭169　銭謙益の入獄…⑯51　銭大昕…㉒297, 298　白仁甫…⑭99, 100, 104　文宗（元）…⑮256, 257, 270
～の三山街…㉖368
～の詩社（王四十郎　二十四郎・陳二叔）…⑬174
『金縷』…⑭82, 145
『金縷曲』　朱竹垞…⑯149
金和…⑯656
觔斗雲…①227
衾帷…①532
衾裯…㉖75
勤…⑪340, ㉗344
欽宗（宋）…②551, ⑬6, 140, 482, 521, 600, ⑮490
「欽定義疏」…⑦272
「欽定四庫全書総目提要」…㉓253
「欽定授衣広訓」…⑯208
「欽定二十四史」…㉒298
琴…⑪157
琴棋詩酒の客…⑬184
「琴棊書画」…⑰339, ㉓616
「隠逸生活」…㉓623　「花甲孝辰家筵菜単」（署・拙道人）…㉓622　「顔真卿の書学」「虚字考」…㉓624　「京都帝大教官時代の露伴先生」…㉓621, 623　「玉山雅集」…㉓624　「琴棊書画」…㉓623　「鼓東隠居」…㉓623　「五味の説」…㉓621　「後漢の書学」・自序…㉓623　「宋人趣味の二典型」…㉓624　「中華文人の生活」…㉓623　「辻聴花先生の思ひ出（聴花語るに足らず）」…㉓621　「文房趣味」…㉓623　「夜裏香の花」…㉓621, 624
「琴操」（晋人）…⑮212
琴張…⑥405, ㉑181, 182, ㉓350
筋骨膏薬・筋重膏・筋重膏薬…㉖391
筋頭…㉖415
僅…②208, 209, 211, 212
禁持…⑮92
禁酒令（アメリカ）…㉔141
禁書　清朝…㉕272, 283, ㉗272　南宋…㉕234
禁不得…⑭321
禁欲の思想…②387
禽獣…⑮375
錦鞍韉…㉖419
錦衣衛…⑮496
錦衣衛指揮…⑭35-36
錦官…⑫490, ㉖158
錦官城…⑪31, ⑫490, 491, ㉖155-157, 160→成都
錦江…⑬198, 199
錦江飯店…㉒449, 452, 490, 491
錦江湾…㉔254
錦州…⑭278
「錦繡段」…㉓158
錦水…⑯193, 194
錦銭…⑮421
錦被の故事…㉑253
錦袍…㉒107
襟懐…⑬151
釁端…㉓41
鄞…⑥399
鄞知県…⑬306, 432, 441
銀花（人名）…⑭177
銀夏の間…⑦547
銀河…⑫477, 478, ㉗18
銀閣寺…⑮570, ⑳263
銀漢…⑪76, 77, ⑫578, ㉓235
銀魚金帯…①332
銀青栄禄大夫…⑮281
銀台…⑪315
銀鋪…㉖384
銀瀾使者…①522
嚚…㉓21

く

クイーン・メリ（セント・クロア島反乱指導者）…㉔141

グーテンベルク…⑮570
クーヴラール　仏訳「詩経」…③44, ⑲413
クエート…㉔148
グエン・ハオ…㉖211, 216, 220
クサン（曲鮮）…⑮241
　～人…⑮286
「くずばな」…㉓135, 495, 505, 513, 514, ㉗145, 146, 203, 205, 232
クック…㉔132, 190, 200
クッチャ（庫車）…⑮241
クラーク（エドワード）…⑲67, ⑳279
クライスト（ジーザス）…⑲274→キリスト
クライスト（Heinrich Von）「悪因縁」…㉔218
クラシカル・アルージョン…⑫154, ㉖60
クラシック（フランス文学）…⑯308
グラックス兄弟…⑥43
グラネー（マーセル）…③475, 479, 482, 554, ⑱351
　～批判・松本雅明…①619, ③475, 479, 482
クラフト（バーバラ）…⑬630, ⑮569
「クランフォード」（ギャスケル）…⑯314
クリーヴス教授…⑲249, 315, 316, 331, ㉓173
クリスチャン…②389, ㉖209
クリスチャンサイエンスのマザーチャーチ…⑲299
クリスチャンステッド…㉔140, 141
クリスティ…⑲209
クリスマス…⑥412, ㉔146, 157-159, 233
グリニチ・ヴィレジ…⑲436
クリモト上院議員暗殺…㉔191
グルーベ（ヴィルヘルム）…⑰416　共著「中国文学史」…⑲414
クルチウス…㉔208
グルッセ（ルネ）「歴史と人間」…⑱351
クレイター…⑲316
クレーヴの銅像…⑲362
クレオパトラの鼻…①412
クレムリン…⑲361, 362, 383-386, 395, ㉑81
クロポトキン…①252
九鬼周造…⑱390　「情緒の系譜」…⑱72　「文芸論」…⑱389, ⑲66
九十九里（千葉県）…㉗31, 36
九条家本　「古文尚書孔氏伝」…⑦286　「毛詩」経注本…⑩459　「文選」原本…⑥29, 32, 266, 274, 294, 296, 304, ⑦350
九条道秀…⑥29, ⑩459
久我順…㉓707
久保愛…②239, 475, ㉓562　「荀子増注」→「荀子」（注釈）
久保田万太郎…⑱440
久保天随・得二…⑪369, ⑰392, ㉓590
　「支那戯曲研究」…⑰395, 406（序・「西廂記」「琵琶記」研究…⑰395）「支那文学史」…⑰394　訳「水滸伝」…⑳255
久米先生（神戸第一中学校教諭）…㉔327
久米正雄…⑯299, ⑱122
久留米藩…㉓47
公羊学…②467, ⑰258, ㉓604, ㉕333, ㉗199, 261
公羊学派…⑥161
公羊敢・公羊寿・公羊地…⑥375
「公羊厳氏春秋」…⑥367, 369
公羊高…⑥375, 376, ㉓111
公羊説…⑥370, 371, 373, 374, 378
「公羊疏」…㉗65
「公羊伝」（公羊春秋）…②317, ⑥76, 365, ⑦255, 256, ⑰591, 555, ㉑160, ㉓104, 111, 112
　～と科挙…②468, ㉕321
　～と今文派…⑥367, ㉒394, ㉕335
　　経説と厳顔二氏…⑥367, 369
　～と古文辞派…㉓338
　～と孔子　獲麟説話…⑤35, 115, 259, 261, ㉑160
　　孔子を素王とする思想…㉓104, 105, 112　孔子生日…②545, ⑤144　孔子の歴史哲学…⑥103, 123
　～と戴宏「解疑論」…⑥365-368（二創…⑥366）
　～と日本人　小島祐馬…⑯635, ㉒360　狩野直喜…⑳282, ㉓604　西田幾多郎…⑳282　山井鼎…⑰583
　～と武帝（漢）…⑥76, 128
　　公羊学と皇太子…⑥123, 159, 161
　～に関わる学者　何休…⑥365, 368　賈逵…⑥365, 367　胡母子都…⑥369, 375　康有為…㉑161, ㉓391, ㉗261　章炳麟…㉒394　董仲舒…⑥103, 369, 375, ㉓105　馬裕藻…⑳292, 293, ㉒396　廖平…㉒360
　～の解釈史…⑥431
　～の旧義における王者と諸侯…⑥378
　～の経伝と周王天囚…⑥370
　～の語句・事項　何…⑦500, 501　逆・御…⑩435, 436　雲…⑪139　伍子胥…⑥377, 378　三世…⑰616　諸夏・夷狄…⑥76　乃…⑫487　母以子貴…⑥105　逢丑父…⑥370, 373, 374　陽貨の反乱…⑤180
　～の興廃…⑥367
　　公羊相承の業の後退（後漢）…⑥367　公羊尊重（清末）…②466　公羊独尊（前漢）…⑥368, ㉓105, 111, ㉕331　公羊の経師の怨望…⑥367
　～の思想…②253, ⑦469
　～の先師の説と孔穎達「曲礼」疏…⑥371
　～の総字数…②407, 444
　～のテクストの変遷…⑩436
　～の日本語訳…㉑162
　～の微言大義…②466, ⑦469, ㉓105, ㉗199
　～の文章…㉑161
　～の萌芽…③9-10
「公羊伝」（注釈）
　「漢書芸文志」記載の注記（外伝・顔氏記・雑

記・章句）…⑥365
訓・林羅山…㉗69
疏・徐彦「春秋公羊伝疏」…⑥365, 366, 368, 369, ㉗69
隠公…⑥370, 375, 376　序（解詁）…⑥365, 369, 370, 374-376, 399　昭公…㉒76　襄公…⑥371　成公…⑥373　荘公…⑥371, 374　文公…⑥371
注・何休「春秋公羊伝解詁」…⑥365, ㉕345, ㉗65
隠公…⑥370, 375, ⑮32　序…⑥365, 369, 375　昭公…⑥405　襄公…⑥370　成公…⑥372, 373, 375　宣公…③37　荘公…⑥371, 374　定公…⑥377　文公…⑥371
「公羊伝」（テクスト）
何休本・漢石経・顔氏本…⑥371　熹平石経…⑤328　孔穎達本…⑩436　厳氏本…⑥371　鄭玄本…⑩436　馬輯本…⑥376
「公羊伝」（篇名・項目）
隠公…⑥370, ⑮32　昭公…㉒76　襄公…②545, ⑤144　荘公…⑥371, 374　定公…⑥377　閔公…②54
公羊平…⑥375, 376
孔舎衛坂…②162, 163
「孔叢子」…⑬287, 288
孔穎達・沖遠…③516, ⑥403, 404, ⑦252-254, ⑧3, ⑯87, 237, ⑱537, ㉗93
～以後の経注の校改…⑩455
～依拠の経注…⑩437, 455, 456→～正義本
～原本「正義」…⑩448, 449, 455　原本「尚書正義」…⑧21　原本「毛詩正義」…⑩450　原本「礼記正義」…⑩431, 434, 436, 438, 439
～正義・疏…③516, ⑩455, ⑰267, 279, 556, ㉓328, 329, ㉗81
「五経正義」→その項　五経正義編定…⑦271-272, ⑧3, 4, 20, 501, ⑩427, 446, ㉗64
正義のみを記す本…⑩449→単疏本　正義本「毛詩」…㉒77　正義本「礼記」…⑦555, ⑩437, 439-441
疏　「左伝」→「春秋正義」「周易」「尚書」「毛詩」「礼記」→各「正義」
疏に対する宋人の無理解…⑩433
～の時代の特徴的事項　書の文章…㉕44　聖人の肯定・「大禹謨」への認識…⑩470　中国口語…㉕38, 39, 43, 44
～の「尚書」演繹の正否…⑧505
～の「尚書正義」編定…⑦272, ⑧4, 7, 20, 26, 501, ⑩446
～の見た「公羊伝」テクスト…⑩436
功徳…㉗46
功徳女・功徳大天…⑮536, 559
句梳…①400
句中韻…⑭329
「旧事紀」…㉓146, 451→「旧事本紀」
「旧事本紀」…㉓449, 451, ㉗162→「旧事紀」
「旧事本紀解序」…㉑176, ㉓399, 417, 449, 450, 555, ㉗161-163
「旧唐書」「唐書」…⑪391, ⑭245, ⑯584, ⑳357, 359, ㉕49, 58, 195, 488
～と「新唐書」…㉕47, 65, 82
巻数…㉕47, 65（列伝　総字数…㉕65　巻数…①161, ㉕65）
文章・文体…⑬543, ㉕51, 52, 58, 59, 67, 70（我死也と我且死…㉕48-52, 59　「旧唐書」批判…㉕62-64　「旧唐書」列伝に見えぬ事件挿話…㉕65-67　好漢と奇士…㉕54-58, 252, 253　四六駢儷文…㉕67　新旧「唐書」と「資治通鑑」…㉕15, 54, 57, 252, 253　唐王朝の公文の扱い…㉕67　文体と記載事項数…㉕64-67　駱賓王の檄文…㉕68-70）
～と「制度通」…⑰557
～と唐の「国史」…㉕62, 63
～と二十四史…①177, ②154, ㉑93
～の校定・開版…⑬581
～の事件・事項　安禄山と楊貴妃…⑫261　安禄山と李林甫…⑮161, ㉕48, 50, 51　上層の男女関係…⑫274　張説文学評…⑪39　狄仁傑の張東之推薦…㉕54-56, 59, 252　馬嵬坡の訣別…⑫311　呂太一の反乱…㉕398
～の清楽の部…⑪194
～の著者…⑫321, ⑬581, ⑰557, ㉕47, 48, 50, 52, 54, 58, 65, ㉖401
「旧唐書」（テクスト）
北宋国子監本…⑬581
「旧唐書」（篇名・項目）
志　音楽志…⑪195　経籍志…⑦150, 162, ㉗10（子部・雑家…⑦555）　職官志…⑫404, ㉒93, ㉕449, 456, 473　地理志…⑪214, 397, ⑫417, ⑮156, ㉒81
本紀　玄宗本紀…①177, ⑫16, 38　高宗本紀…㉒54　粛宗本紀…⑫314, 392　太宗本紀…㉒82　代宗本紀…㉕398　文宗本紀…㉔288
列伝…①161, ㉕65
安禄山伝…⑫57, 367, ⑮161, ㉒89, ㉕47, 48, 50-52, 59　韋見素伝…⑫323　韋思謙伝…⑫74, 75　韋嗣立伝…⑫74　韋述伝…⑪37　韋済伝…⑫74　韋倫伝…㉕398　宦官伝…⑫321（李輔国伝…①524, ⑫322, 323）　魏元忠伝…⑪22, ⑬589　孔穎達伝…⑧3　后妃伝…⑫53, 266, 271, 324, ㉒82　朱敬則伝…⑪22　儒学伝・賈公彦伝…㉕342　徐敬業伝…㉕68, 70　徐堅伝…⑪20　薛播伝…⑪398, 399　宋璟伝…⑪22　張易之・昌宗伝…⑪20　張説伝…⑪15, 18, 19, 22, 36, 40-42　張九齢伝…⑪35　張鎬伝…⑫392　狄仁傑伝…⑲34, ㉕54, 55, 57, ㉖401　東夷伝（日本伝…②587, ⑰466, ㉗19-21, 23　倭国伝…②587, ⑰466）　馬燧伝…⑪411　馬暢伝…⑪414　文苑伝…⑪37（王維伝…⑫299, 303, 304, ㉒89　王翰伝…⑫78　王昌齢伝…⑪189, 198, 211, 213　杜

審言伝…⑫18, 30, ㉒87, 88　杜甫伝…⑫8, 16, 17, 19, 585, ㉕502　李邕伝…⑫78)　僕固懐恩伝…㉒55　李元紘伝…⑪36　李勣伝…㉕68　李泌伝…㉕326　李勉伝…㉕398　陸元方伝・陸象先伝…⑭550　柳亨伝…⑦538　柳仲郢伝…⑬580　盧奐伝…㉕399

呼…②192, ⑰181, ㉓552
供養…㉗46
苦…②159
苦心…⑥321, ⑮395
苦竹…⑪289
枸…⑥80
枸肆語…⑭287, 288, 555
枸醬・枸の味噌…⑥79, 80, 95, 134
俱…⑦457
俱知安駅…⑱334
宮内省（庁）…①38
　図書頭…㉗19　図書寮…⑦556, ⑩459, 460, ⑱536, 537, ⑳431, ㉖267
　〜書陵部…⑰24, 25, 28
　　所蔵本 「西遊録」…⑮400　宋版単疏本「五経正義」…⑧509, ㉗67　宋版単疏本「尚書正義」…⑧508-510, ㉗64　宋本「王文公文集」…⑬305
　　楓山文庫…⑧509, ⑰344, ⑳429
恭仁山荘…①397-400, ⑰603
鳩摩羅什…②519, ⑲152, ㉔65, ㉗45, 47
駆・駆丁…⑮102
駒…⑳100
瞿家金源の刻（尚書注疏）…⑧26
瞿氏（常熟）…⑯238
瞿氏鉄琴銅剣楼所蔵本…⑯238
　金刊本「尚書注疏」…⑧26, ⑩453　宋刊巾箱本「毛詩正義」…⑩460　明嘉靖刊本「李開先改定元賢伝奇六種」…⑭39　明活字本「太平楽府」…⑭574
瞿式耜（しきし）…⑮570, ⑯131, ㉒490, ㉖430
瞿汝稷（じょしょく）・元立…⑯54, 93, 131, 132
瞿中溶…①395, ⑯237, 238, 240　「古泉山館詩集」…①396
瞿塘峡…⑪120, 122, ㉖184
瞿曇…①551, ㉒293→釈迦
瞿麦…㉒493
瞿佑…①618, ⑬524
　「剪燈新話」→その項
驅老…⑭312
懼夢…⑱22
衢州…⑬342
「鸜鴿の歌」…㉖453
「弘明集」…②378, ⑯374
供奉官…㉗21, 22
具体の尊重…①703, 704
「具注暦」…㉑160

具陳…⑥327
具文…㉓180
愚…③468, ⑤44, 286, ⑩479, ㉓17-20, ㉗46
愚公…㉓627
愚人…⑩466, 467
愚痴…㉗46
愚老…㉕195
虞…②140, ⑥3, 4, 7, 11, 251, ⑦600, ㉑36→虞美人
虞…㉓340→舜
　〜帝…㉓467
　〜と唐→唐虞→堯舜
虞（舜の国）…②549
虞淵…⑦439
虞夏…⑦530
虞夏商周…㉓449
虞郷…⑭135
虞卿…㉕157　「虞氏春秋」…㉔317
虞揭柳黄（虞集・揭傒斯・柳貫・黃溍）…⑭173, ⑮452→儒林の四傑
虞候…⑬510
虞山（江蘇）…⑮585, 590, ⑯96
　錢遵王…⑬500　東塔…⑯48
虞山…⑯19, 26-28→錢謙益
　〜後学銭謙益…⑯83, 111
　〜蒙叟…⑫305, ⑯12, 544, ⑰344
虞山瞿氏鉄琴銅剣楼→瞿氏鉄琴銅剣楼
虞山銭氏旧蔵本雑劇テクスト…⑭380
虞山毛氏汲古閣→汲古閣
虞集・伯生・道園・邵庵・文靖公…①151, ⑭75, 113, ⑮231, 232, 450, ㉗252
　〜・揭傒斯・柳貫・黃溍…⑭173, ⑮452→虞揭柳黄
　〜・楊載・范梈・揭傒斯…⑭159, 173, ⑮231, 256, 258, 452→虞楊范揭
　〜と薩都刺の生年…⑮455
　〜と順時秀…⑭71
　〜の元朝廷への参加…⑬603, ⑮231
　　仁宗…⑬603, ⑮231　文宗…⑭71, ⑮247, 250, 255-257, 261, 314, 450
　　奎章閣…⑮247, 450（奎章閣の印記…⑮262　書画の鑑賞…⑮255, 314　「経世大典」纂修…⑮231, 235, 253）
　　皇姑魯国大長公主の封号…⑮254-255
　〜のころの南人の登用…⑮259, 314
　　虞集・揭傒斯・柯九思…⑮255, 258
　〜の散文と黄宗羲…㉒290
　〜の詩…⑮475, ㉑54
　　新しい素材・現実…⑮451, 453　骨格の整然…⑮450　宋詩からの離脱…⑮452　唐詩の祖述…⑮450, 452, 453, 473
　〜の詩人としての地位…⑮256, 450
　　錢謙益の評…⑯70（虞集と李東陽…⑮491）
　〜の詩文…①76

「蘊能羅漢図」「燕文貴小景」「応制題王朏画呉王納涼図」…⑮256 「冠を治る者に贈る」…⑮451 「韓幹馬」「韓晋公士星像」「徽宗画梨花青禽図」…⑮256 「奎章閣記」代作→その項 「奎章閣銘」…⑮273 「経世大典序録」→その項 「胡虔取水蕃部図」…⑮256 「皇図大訓序」…⑮254 「次匀筠軒司徒足成旦公所蔵英宗御題之句」…⑮242 「新編翰林珠玉六巻」…⑰601, 602 「奏開奎章閣疏」…⑮272 「送朱万初之広東照磨」…⑮269 「送道士趙虚一帰金陵」序…⑮257 「曹覇下槽馬」…⑮256 「贈芸監小吏」…⑮273 「贈朱万初」…⑮269 「退直同柯敬仲博士賦」…⑮273 「題御書奎章閣記後」…⑮261 「題周怡臨韓幹明皇出游図」…⑮256 「題孫来学士所蔵御書後」…⑮266 「題長江畳嶂図」…⑮450 「題東平王与盛熙明手巻」…⑮241 「中書平章政事蔡国張公墓誌銘」…⑭70 「趙学士簡が経筵奏議の後に書す」…⑭276 「趙千里出峡図」「趙千里小景」…⑮256 「趙中丞画像賛」…⑮269 「陳閎画中宗射鹿図」…⑮256 「田氏先友翰墨の序」…⑭118, 135, 150 「董元夏景山口待渡図」「滕昌祐懐香睡鵝図」…⑮256 「同閣学士賦金鴨焼香」…⑮273 「道園学古録」→その項 「二十五日即事呈閣老諸学士」…⑮273 「白楽天重屏図」…⑮256 「八月八日有感題視草堂壁」…⑮273 「飛竜亭記」…⑮256, 257, 268 「明皇出游図」「羅漢図」…⑮256 「劉正奉の塑の記」…②528
～の詩文集と演劇演芸…⑭84
～の書・治亭の匾額…⑮256, 257
～の文章…⑮307
～の墨技…⑮256
虞舜…⑫215, 217, 221, 222, 550→舜
「虞初志」…⑪549, ⑲317
「虞初周説」…①182, 183
「虞初新志」…⑯359, 360
虞世南…㉑98
虞徳升「品字箋」…⑰556
虞溥…⑬574
虞翻（はん）…⑪416　注「易」→「易」（注釈）
虞美人…②140, ⑥4, 11, ⑦600, ⑬263, ㉖453→虞
～の項羽に和する歌…⑥4, 5
『虞美人』　晏叔原…⑬382
「虞美人曲」…⑬262, 263
虞美人草…⑬262, 263
「虞美人操」（曲名）…⑬263
虞放…⑦53
虞預…⑬574
「虞陽説苑」…⑯33
虞楊范掲（虞集・楊仲弘・范椁・掲傒斯）…⑭159, 173, ⑮231, 256, 258, 452
颶風…①469
颶母…①468
空…㉖115, 231, 232
空（仏教）…⑰35, ㉓60, 71, ㉗379
空仮…㉓473
空海・弘法大師…②594, ⑱63, ㉑102, ㉒326
～と最澄…㉔290
～と中国の学者・詩人　韓愈…⑪330, ⑰72　杜甫へ無関心…⑫585, ㉑133, ㉕404, 421　白居易…㉔290　劉希夷…①143　劉勰の声律論…㉗299
～と「論語」…⑤135
～の死…㉔290
～の書法…②501, 597, ㉓583, ㉔290
～の中国語学力…⑲188, 189
漢文力…⑰17, ⑲189, ㉓563
～の中国書請来…㉕270, 278, ㉖233
～の中国留学…②587, 594, ⑪167, 330, ⑬13, ⑰72, ⑲189, ㉒15, ㉕420, 421, ㉗18
～の著述 「三教指帰」…⑲189 「風信帖」…㉔290 「文鏡秘府論」→その項
～の文学への関心…⑪327, ㉕420
空濶…㉖32, 33
空言…⑥238, 239, ⑯289, ㉑124, ㉓384, ㉕182, 185, 186, 188, 189
空山…⑪77
空自知…⑪138
空桑…⑤116, 119
空想的社会主義…①100
空想の非倫理性…①203
空想のふくらみと仏教…①285
空同子…⑮622→李夢陽
「空同子」…⑮501
化理・物理…⑮501　論学上篇…⑮618, 622
「空同子集」…⑮561, 619, 622, 623, 632
詩類五言古…⑮616　七言律贈酬…⑮615　文類族譜…⑮494, 625, 630, 631（家伝第三・世系第二…⑮625　大伝第四…⑮625, 627　例義第一…⑮625）
空同駿公（李空同・呉駿公）…⑰310
空門…㉖447
空裏…⑫252
崆峒山…⑫190, 191, 253
偶語…⑦168, 169
偶合…⑥234
偶然…⑱524, 525
寓言…⑥237, ㉕22, 23
寓人・寓馬…⑮70
藕益智旭…⑯40, 44, 52, 53→素華禅師
「藕香零拾」…⑭76, 88, ㉕53
藕糸児…⑭472
探湯…②586
陸羯南（くが・かつなん）…㉗353
日下部（くさかべ）査軒…⑰349
草艸紙…㉓588
楠木正成…⑰40, 52, 470
楠木正行（まさつら）…⑰470

楠本正継…⑯650, ㉒390, ㉓636
百済…④5, ⑤133, ⑰162, ⑳448, 449, ㉕276, ㉖82
口の津（島原）…㉔164
屈賈（屈原・賈誼）…⑫45
「屈君燕に復する書」…㉗173, 175→「屈景山に答う」
屈景山…㉗164, 176, 181, 182, 201→堀景山
「屈景山に答う」…㉓322, 326, 337, 343-344, ㉗164, 173, 180, 200, 202
「屈景山に答うる書」…㉗165, 173, 174, 181→「屈景山に答う」
～における争心…㉗232
～における夫人心如面…㉓395
屈原・屈平…①11, ③26, ⑥222, 415, ⑬579, ⑳328, ㉑45, ㉕446, 454
～以後の辞賦の文学の継承…⑥199, 213-214
～一派の騒人…⑪135
～を弔う詩文…⑮512
～を祭る粽…⑬360, 374, 509
～と菊…⑦338
～と現代中国…⑰4
屈原研究…①636, ⑪455　「祖国十二詩人」…①514, 637
～と後人　新井白石…㉓121　賈誼…⑫45　郭沫若…①636, 637, ⑰10, ㉕416　司馬相如…①242, ⑥213-216　朱熹…㉑164　昭明太子…⑰535　陶淵明…⑦405　班固…⑰68, ㉑5　藤野岩友…③488　文懐沙…①618, 637　揚雄…⑥254　林庚…⑳478
～と「靖献遺言」…⑮415, ⑰40
～と宋玉…③12, ⑪72, ⑫250, 406, ⑱22, ㉑212, ㉖195
杜審言の広言…⑫18
～と宋玉・揚雄・司馬相如（屈宋揚馬）…㉓345
～と中国文学批評研究会（セントクロア）…㉔141
～と月…⑳50
～と「文学史大綱」…⑰394
～・杜甫の文学と中国人…⑰5, ㉑140, ㉕414-416
～・杜甫の文学と李煜の文学…⑪465
～・杜甫・白居易の文学と政治…⑪456
～の作品における語句　下幽晦以多雨…⑥417　皇天不純命兮…⑥19　湘君…⑪101　生別離…⑥272, 273　新相知…⑥273　世溷濁…⑥20　漱正陽而含朝霞…㉒327　帝子降兮北渚…②30　突梯…⑭343　路漫漫其修遠…㉗434
～の死と王国維…①387
～の時代　湖南の山野の状況…⑥414　国際情勢…③26, ㉑163, ㉕414　中国の人口…⑥414
～の辞令…㉒444, 472
～の楚辞…⑥199, ㉒325
異性への思慕の表現…⑥273, ⑦452　懐疑と絶望…③26（主題・憂愁…③12, 26, ⑥18, 19, 216）
希望を裏切るものへの憤り…⑥19, ⑱326（時間の推移への憤り…㉑211）
虚構性…㉑8（神話…③563　超自然の世界…①12, ③25, 27　天上の旅…①12, ㉕161）
屈原の作とする伝説への疑問…③19, 488　古代的なわかりにくさ…①27, 149　項羽の歌との比較…⑥18, 20, 21　作者名の記録…③13, ⑦138
作品「遠遊」…⑥277, ㉒327　「九歌」…⑫239, ㉒79（「国殤」…⑥354　「山鬼」…⑥313　「少司命」…⑥272, ㉒306　「湘夫人」…㉒76　「大司命」…㉒306）「九章」（「哀郢」…㉔267　「懐沙」…⑥20, 310, ⑰40　「橘頌」…㉒326　「思美人」…⑥19, 277　「渉江」…⑥18-20, ㉑40, ㉔267　「惜往日」…⑥20　「惜誦」…⑥18, ⑱21　「悲回風」…⑥277, 293, 315, 324）「漁父」…⑥214, ㉖452　「天問」…①179, 188, ③19, 488, 489, ⑥21, 215-216, ㉑6, 208　「卜居」…⑥20, 214, ⑭343　「離騒」→その項
「詩経」との比較…①12, 94, 242, ③12, 25, 26, ⑥18, ⑱21　「詩経」の継承…⑯70　修辞性…①13, ③12, 25, ⑥214（句形…③25, ⑥215, ㉑5, 7　畳字の連用…⑥293）
政治思想の主張…①64, ③12, 26, ⑪456　代表作（離騒）の憂愁の反復…⑥216　天の原則への信頼…⑥18-20（幸福から不幸への転移の原因…⑥20　天の原則の妨害者…⑥19, 20）
人間観…①93, ③26（人間の持つ限定に対する感情…①94　楽観の動揺…㉑40）
夢への言及…⑱21　列挙の形式…⑥215-216
～の“騒”…②257
～の像（陳老蓮画）…㉓613
～の伝記…③488
死…①11, 92, ③26, ⑮380, ⑯169, ⑱326, ㉑163, ㉓565-566, ㉕414　生日…②545, ⑯169　追放…①11, 92, ③26, ㉓121, ㉔217, ㉕157, 414, 415　放浪…⑪72, ㉕414
～の文学の原動力…⑥19（寒士の文学…⑳478）
～の酔い潰れ（金銭記）…⑭350, 351, 402, 403, 405
～は中国最初の文学者…㉓565
～非実在説…①265, ③13
「屈原」（郭沫若）の前進座上演…㉕416, ㉗17
屈原研究特輯（新華月報）…①636
屈左以下の書と六経…⑯71
屈子敬…⑭167, 172
屈膝…㉖406
屈戌…①419, ㉖406
屈正超…㉗165, 168, 169→堀景山
屈先生…㉗176→堀杏庵
屈宋（屈原・宋玉）…⑫406
屈宋揚馬（屈原・宋玉・揚雄・司馬相如）…㉓345
屈大均…㉔280
屈晌…⑯222, 224

屈復…⑯157
屈物（屈景山・物茂卿）…㉗182, 202
「屈物書翰　完」京都大学付属図書館所蔵写本…㉗165, 168, 174, 175, 180-182, 200-203
「屈物書翰　全」静嘉堂文庫本「別幅」…㉗201
窟宅…⑫250
窟籠…⑭312
邦仁（くにひと）…②220→後嵯峨天皇
国定忠次…㉕55
神代（くましろ）氏…⑲244
熊沢蕃山…⑰659, ㉑108, ㉓375, ㉔150, ㉗160
「蕃山先生和歌」…㉗44
熊本…①377, 471, ⑤129, ⑮559, ⑱503, ㉓34, ㉔61, ㉗43
狩野直喜…①377, 471, ⑰216, 238, 239, 265, 277, ㉓592　夏目漱石…⑱122
「熊本大学論叢」…①619
熊本藩…㉓595
熊本藩士…㉒350
雲…㉖151, 153
雲助…⑰205
雲と居…⑰189
雲村文庫…⑩458
「倉石先生と中国語」（追悼座談会）…㉗293
倉石武四郎・士桓…①611, ⑦286, ⑭610, ⑯579
～小川環樹校定の「毛詩抄」…①11, ⑩461
～狩野直喜・吉川幸次郎のアメリカ人中国学者応対…⑲205
～蔵本　「警世通言」…⑬526　和珅の詩集…⑲206
～と入矢義高…㉖251
～と狩野直喜…⑯642, ⑰239, 240, ㉒376, ㉓601, ㉖465, ㉗290, 293-295
「支那学文藪」装幀…㉓602　島田重礼の「通鑑綱目」訳…㉗293　「両漢学術考」整理稿作成…⑰277
～と「支那学」（雑誌）…㉓614
～と水野清一…㉓634
～における有朋自遠方来…⑤126
～の京都大学大学院への移籍…㉗289, 294, 295
～の研究　「儀礼疏」…㉗294　黄承吉紹介…㉔278　「天宝遺事諸宮調」輯本作成…⑫263, ⑭567
～の胡適講演会司会…⑯433
～の語学重視の主張…⑰418
中国語教育（京都大学）…㉒350, 351, ㉗294
～の講読（京都大学）「説文段注」…㉗294　「毛詩正義」…㉓634
～の死…㉗292
～の字引作りへの情熱…㉗290
～の昭和初期の活動…⑰418
～の清朝学重視…⑯647, ㉗294
清朝小学の紹介…㉒361, ㉗294, 295（「説文段注」における双声の研究…⑰211　「説文段注」に関する語録…㉗295）
～の存書の研究重視…①708
～の中国語テクスト読解の正確さ…㉗291
～の著述　「帰って来た老舎」…①622　「黄承吉とその学問」…⑳78　「支那語教育の理論と実際」…㉗293　「支那語読本」…⑬519　「中国語辞典」…②227　「中国語初級教本」…②224　「中国新文学の問題」…①622　「中国文学史」…㉑38　「中国文学はどこへ行くか」…①622　注「拗相公」…⑬519　訳・謝冰心「をとめの旅より子どもの国の皆さまへ」…⑰411　訳・同「中国文学をどう鑑賞するか」…①614　訳「論語」…㉕365　「礼疏校譌」…㉗294
～の東方文化研究所研究員…㉓640, ㉗294
～の北京留学…①705, ⑫523, ⑭601, ⑯580, 642, 650, ㉒332, 376, 390, ㉓636
延英舎の下宿…㉒377, 378, 473, ㉓634, 635, ㉗289　奚待園の中国語レッスン…⑯650, ㉒381, ㉗289　胡適訪問…⑯433, 644　孫人和宅の下宿…⑯643, 645, ㉒400, ㉓635　中国留学と文部省…㉒336　時計修理（亨得利時計店）…㉒463　陶湘コレクション購入交渉…㉓640　北京大学文学院旁聴生…⑳292, ㉒383, 389, 390　北京における劇的な時代…⑳291　「法言疏証」の借用…㉔255　李盛鐸訪問…㉖468　魯迅訪問…㉒402
～吉川幸次郎の京師図書館蔵宋元版撮影…⑱519
～吉川の内藤虎次郎邸訪問…⑳288
～吉川らの会読　「尚書正義」「説文解字」段玉裁注・「毛詩正義」…㉗290
～吉川らの事業　「尚書正義定本」作成…⑧17, 351, ⑨181, ⑩81, ㉑670　「中国新文学大系」翻訳…⑰410　「東方文化研究所漢籍分類目録」編纂事業…⑰563, ㉓641
倉敷…⑰300, ⑱542
倉田淳之助…⑬287, 288, ⑰563, 564, ㉕493, ㉖252
「弾詞攷」…①625
倉貫孝正…㉗361
鞍岡元昌…㉓314
鞍馬寺…㉒61
鞍馬天狗…①417
鞍馬山（京大文科教授団）…⑰293, ⑱477, ⑳277, 278
栗田直躬「中国上代思想の研究」（学と教との観念・上代シナ典籍に於ける物の観念・上代シナ典籍に見えたる気の観念・心と神）…③542
「栗田寛全集」…⑯585
厨川白村…⑱476, ⑳260, 279, ㉒434, ㉗310
「英詩鑑賞」「近代文学十講」「苦悶の象徴」「象牙の塔を出て」…⑳278
呉（広島）…⑭602
呉七郎　共訳・馮雪峰「魯迅回想」…①635

呉中学校…㉖251
呉橋川…㉗59
「紅萌ゆる丘の花　第三高等学校八十年史」…㉔51
黒江一郎…⑰206　編「息軒先生遺文集」「続編」…⑰203
黒川洋一…㉕439, 441, 470
〜の「千曲川旅情の歌」に関する考証…②64
〜の「杜甫」→その項
〜の銭謙益本杜詩テクストと呉若本に関する考証…㉒49
〜の芭蕉と杜甫に関する指摘…⑫711-714
〜の吉川幸次郎「中国文学史講義」の整理…㉑22, 23, ㉕376, ㉗427
黒木・井上・仲木の三将官…⑱413
黒田清輝（せいき）…㉔253
黒田豊前守直邦・琴鶴丹侯・下館侯…㉓376, 449, 554, ㉗162, 163
黒根祥作　訳・汪精衛詩集…㉖461
黒部峡谷…⑥416
桑木厳翼…⑰266, 278, ⑳276, ㉔269
桑島信一　訳・徐光耀「平原烈火」…①626　共訳・老舎「四世同堂」…①621
桑田静…⑱501
桑名…⑰365
桑名藩…㉗144
桑野鋭「支那俗語小説字林」…⑰395
桑原家の正堂…⑰298
桑原隲蔵…⑪564, ⑰291, 294-298, ⑳286, ㉗348
〜と狩野直喜…⑰265, 277, 278, 289, 290, 292-295, 297, ㉓597, ㉕400, ㉗348
〜と狩野直喜と内藤虎次郎→狩野直喜
〜と白鳥庫吉と服部宇之吉…⑰217
〜と西洋支那学…⑲417
〜と中国人学者　王安石…㉕428　司馬光…⑰291　陳垣…㉒413, ㉖507　梁啓超…㉒361
〜と内藤虎次郎と矢野仁一…⑰293
〜の支那学会講演「中古支那に移住せし西域人について」…⑰294-296
〜の史学…②281, ⑰289-292
貿易史研究…㉖507
〜の「資治通鑑」推薦…②280, 281, 603, ⑬624, ⑰291, 299
〜の説　貴山城コージェント説…⑥156　匈奴に関する説…⑥90　中国文学を治める者は中国史を治めよ…⑰291, ⑲107　張騫鑿空の経路…⑥93　唐宋の間は中国史の画期…㉕301　唐代の夜間外出禁止…⑪62　米芾・米友仁は西域人…⑰295
〜の著述「桑原隲蔵全集」…⑬589, ⑰292, 294, 299, ㉕400「シナに於ける食人肉の風習」…㉔196「支那の孝道」…⑰297-298「支那法制史論叢」…⑰289「『十八史略』解題」…⑬589「隋唐時代に支那に在住した西域人について」…⑰294「宋代の市舶司及び市舶条例」評…㉕400「東洋史説苑」…⑰294「蒲寿庚の事蹟」…⑬508, ⑰292, 294, ㉕399, 400
桑原武夫…①707, ⑲29, 106, 176, ㉔68, 154, ㉕400
〜河盛好蔵・生島遼一…⑳256, ㉒357
〜河盛好蔵・生島遼一・吉村正一郎…⑰296, ㉔66
〜と各国文学序説叢書…⑰341, 342, ㉔67
〜と中国「漁洋山人の秋柳詩について」への感想…⑯654　孔子について中国の哲学者への質問…㉑140「講座中国」シンポジウム…②476, 477「三国演義」…①411, 412, ㉒343, ㉕438「新唐詩選続篇」執筆…⑪227　成都の盆栽…㉒486　中国文学研究者訪華団副団長…㉕438, 470　日本の中国文学研究に対する評価…㉒423　吉川幸次郎との中国文学対談…㉗435「論語」…㉓561
〜と「東洋学の創始者たち」出版…㉗251
〜と中野重治と吉川幸次郎…⑱363
〜との関わり　伊東静雄…㉔41　小島祐馬…⑰322, 323, 325　大山定一評…㉗334　狩野直喜評…㉓600（書への感想…㉓598）　内藤虎次郎の風貌のたとえ…⑰230　萩原朔太郎と竜安寺…⑱345
〜と芭蕉に関する座談会…㉔67
〜と「有朋堂文庫」…㉒343
〜の新井白石の漢詩に関する質問…㉓112
〜の「外国研究の意義と方法」への注文…⑲102
〜の「現代随想全集　三好・吉川・大山集」解説…⑲471, ㉔68
〜の指摘　大学生と角帽…⑰108　フェルミエ・ゼネラアルと明の糧長の類似…⑮574　フランス語における同一語の反復…⑭501, 502
〜の父→桑原隲蔵
〜の著述「旧友の文章」…⑲470「桑原武夫全集」…⑱367, ⑲470, ㉓597, ㉗348「君山先生」…㉒350, ㉓597, 600「現代フランス・ヒューマニズム」…⑲469「項羽の垓下歌について」「漢の高祖の大風歌について」評…⑥427, 428「新唐詩選続編」（共同執筆）…⑪227「西洋文学研究における孤立化について」…⑲470「第二芸術論」…⑱367「杜詩鑑賞―贈衛八処士について―」…①634「フランス印象記」…㉗348「フランス的ということ」…⑥427-428「反訳について―吉川・大山両氏の『洛中書問』について―」…⑲470「文学入門」…㉗348
〜の翻訳批評…⑰543
〜への「芻議一篇」…⑰298, ⑲470
「芻議一篇」への回答…⑲470
桑山竜平…㉕124, 125, 150
鍬方先生（神戸第一中学校教諭）…㉔327
君王行…⑭523
君山老人…⑮436, 437
君子…②217, ⑥373, ㉒457, ㉕302, 303

～と漢子（元曲）…⑮30
～と士…①294, 297
～と小人…①294, 297, ⑤267, ㉓283, 303, 383, 385, 483
～と小人と封建制（荻生徂徠）…㉓287
～に対する教育制度（周）…㉓384
～の政治の方法と先王の道（荻生徂徠）…㉓283, 383-385, 483
～の定義…⑤13, 266, 267, 274, 286, ⑱531
君子の資格…⑤30, 281　任務…②251, ⑤31
～の道の基本（端）…㉓41
君子人…⑤20
「君子は思う所有り」…㉕163
君氏…②106
君臣…㉔241, 243, 245, 304
～関係と天尊地卑…㉔231, 238-241, 243, 245
～の間…⑬236
君長…②156
君不聞・君不見…⑫99, 116
訓…㉓303, 304, 308, 309
訓誨指示…㉓209
訓詁学…②203, 321, 322, 341, 342, 399, ㉔305, 309, ㉕334, ㉗274
訓詁学　清…②333, ㉔255, 256, 305, ㉕220, 255, 462
六朝…②333
訓導（州学）…②462
訓読…①709, ②76, 78, 87, 90, 97, 575, 576, ⑩82, 83, ⑰505, 543, 552, ㉑33, ㉗195
～を切り捨てない理由…⑰553
～書き流し体…⑰501, 502, 505
～と荻生徂徠…⑰49, ㉓285, 328, 549
～と「古事記伝」…㉗195
～の欠点…⑰432
訓読の不便…⑰431-433, 512　速成法としての便利さと限界…⑰433
～のための処置…②79（一字の単語の訓読…②86
音と訓の使い分け…②86, 87　語序の変更…②79　語尾の附加…②86　テニヲハの添加…②81, 86　二字の連語の音読…②87）
処置の背後の原則…②87（一字一訓…②88, 89
全語の訳…②87）
処置の背後の原則の例外…②88（おき字…②88, 89　一字一訓の例外・助字異読…②89, 90）
～の対象とならぬ白話文…②195-197, 199-201
～の対象となる文章…②91, 194, 199
古文…②173, 177, 184, 185　四六駢儷文…②167-170　文章語のリズムと助字…②95-97, 109, 121, 122　文章語のリズムと二字熟語…②114
文章語のリズムと四字句…②125, 133, 158
～の日本語…①709, ②88, ⑧18, ⑰432, 512
～の日本語のリズム…②121
～のみを支那語の翻訳法とする認識…⑰518, 552
～への不満…⑧18, ⑰551
訓読否定論…㉓129, 614
「訓訳示蒙」…㉓304-309, 341, 342, 408, 478, 556, ㉗249
漢文直読論…㉗153
訓読否定論…⑰49, 501, 505, ㉓143, 304
～と「物夫子著述書目記」…㉓305, 331, 408, ㉗159
「訓幼字義」…⑰38, 149, 209, 212, 213, ㉓90, 465, 486
天道…㉓90　道…㉓91
勛陽府…㉓203
裙帯…⑮63
軍医総監…㉔295
軍機処…②439, 440, 468　軍機大臣…②464, 467
軍資庫…⑮45
軍州…⑮140
軍臣単于…⑥76, 86, 93
軍民・市戸…⑭395
軍旅の事…⑤228
「軍礼」（五礼）…②303, 304
「軍礼」（劉瓛）…⑥347
郡県制…③20, ⑥173, 175, 192, 193, ㉓287, 373, 438, 439, 448, 483
郡斎…⑪223, ㉕494
「郡斎読書志」…⑪196, ⑫662, ⑬582, ㉒74, ㉕268, 492, 497, 503（総集類…⑪20-21）
郡と国との併存（漢）…⑥174
郡府に赴く…⑪214
郡望…⑪212, ⑫16
群…㉕184
群威…⑬91
羣英所編雑劇…⑭122
群戯…⑭73
群兇…⑥30, 31, 34, 35
羣玉署…⑮248
羣玉内司…⑮247-249
「群書治要」…⑰26, 175, 608, ㉕283
「群書類従」…⑱476, ⑳276, ㉔312（和歌部…㉗20）
「羣談採餘」…⑰560
群碧楼…①396
群牧判官…⑬91
「群馬大学紀要」…①620
群雄…⑥30, 31, 34, 35
Kuriyagawa Haxon…⑳278→厨川白村

け

ケイムデン市…⑲307
ゲーテ…①247, ⑯636, ⑰5, ⑲140, ㉑140, ㉔67, 150, ㉕246, ㉗377
～カントの栄光とビスマルク…㉗422
～シラーと郭沫若・田漢…⑯535
～シラーと塩谷温…⑭597
～ダンテの叙事詩…①144

〜と大山定一→その項
〜と郭沫若…⑰10, ㉖489
〜と蘇軾…㉒97
〜と民国文学革命…⑯442
〜のオリエント詩評…⑳43-45, 369, ㉔36
〜の作品 「西東詩集」…㉔179 「旅びとの夜の歌」…⑲118, ㉔68 「ファウスト」…①272, ㉓175, ㉕246, ㉗332, 333, 395（ファウスト…⑲177, ㉔11, ㉗332 メフィストフェレス…㉔11）「ローマにおけるシナ人」…㉔179 「若きエルテルの悩み」…⑳225
〜の詩と古典の言葉…⑲105, 120
〜の詩における allen…⑲147, 148
〜の全集…⑰25, ㉕282
日本語訳…⑲191
〜の東洋への冷淡…㉔179
ケーベル…⑰265, 277, ㉗309
ゲオルゲ…⑲154
ケットレル公使（ドイツ）…⑳289
ケネー…㉒336
ケネディ…⑳506
ケラウォリ夫人…⑲343
ケルン…⑲347, 402, 410, 426
ケルン駅…⑲347, 348 ケルン大学…⑲347, ㉔252
ゲンタイシ（金台什）…㉓176
ケンデバル（健篤班）…⑮267
ケンブリッジ（アメリカ）…⑲277, 287, 315
ケンブリッジ（イギリス）…⑲338, 404, 405, 426, ㉗349
ケンブリッジ大学…⑲67
毛馬内（秋田）…㉓587
華光蔵教主…㉖394
「華厳経」…⑬267, 268, 271, ㉑173, ㉒112, ㉓456
「華厳経音義」…⑯238, 257, ㉑173, ㉓456
〜西蔵本・北蔵板…⑯239
華厳宗…⑱549
華蔵寺…⑱546
蹴上発電所…⑳424
下下の人物…⑩446, 447, ㉓20, 21
下剋上…⑤64, 85, 234, 263
夏至…①435
解行…㉓473
兮…③25, ⑥25, 29, ⑦390, ㉖128
兄弟…③481, 482, ⑭311
刑…㉓391
刑部…②186, 272, 436, ⑬283, ⑮21, 512, 513, 518, ㉕348
〜の獄…⑯201, 203
刑部侍郎…②186, 187, ⑪364
刑部尚書…②410, ⑪229, 419, ⑯153, ㉑148, ㉓193, 242, 566
刑法の知識…②408
刑房…⑮21
刑名…㉓469
圭…⑬211
「圭斎文集」…⑭139, ⑮242, 259, 280, 290, 291, 320
圭峰禅師…㉒112
形（形影・傅玄）…①439
形（形性・朱子）…⑩480
「形影神」…①388, ⑦402, 603
影答形…①391 形贈影…①388 神釈…①394, ②208, ⑦485, 490
形音義相関説…⑳75
形似…②524, 526, 527
形声…⑳77
形迹…⑦392
形天…⑦437, 438, 440
邢允恭…⑭158
邢渠…⑥396, ⑦551
父・邢仲への孝養…⑥388
邢子才…㉖453
邢澍…⑯244
邢振鐸 共訳・曹禺「雷雨」…⑰411
「邢疏」…④8, 642→「論語正義」「論語疏」
邢台総管…⑭57
邢璹（ちゅう）…⑰586
邢昺…④7-9, ㉓98, 99, ㉕191-193, 231, 232, 238, ㉗72
「孝経注疏」…㉗65, 77 「爾雅疏」釈魚…㉗65, 75, 101 「論語正義」→その項
京華…㉖123
京漢線（鉄道）…⑤152, ⑫17, 35, ⑮21
京劇…⑭13, ⑯539, 587, 590, 591, 595, 596, ㉖409, 485
〜と元曲のリアリズム…⑮185
〜と中国民衆…⑯588
〜と田漢…⑯535
〜と日本 歌舞伎…⑯596, 598 能…②597, ⑯598
〜と歴史小説…①154
〜における曹操…⑦8, 9
〜の演目 「貴姫酔酒」…⑯590, 593 「撃鼓罵曹」…⑦8 「空城計」…⑯588, ㉒454 「三岔口」…⑯593, 599 「四郎探母」…㉒454 「除三害」…㉖409 「翠屏山」…⑯333（潘巧雲…⑯333, ⑰523）「捉放曹」…⑦8, 11 「長坂坡」…⑯333（甘糜二夫人…⑯333, ⑰520）「覇王別姫」…⑯590 「洛神」…⑯589, 590, 592
〜の歌辞…①124
〜の改革とその台本…㉔79
〜の脚本…⑯590, 595
〜のくまどり…⑯588, 595
〜の軽視・蔑視…⑯588, 589, ㉕309
〜の劇本…㉖485
〜の現代化…⑯539
〜の唱本…⑭39
〜の尊重…⑯588, 589, ㉕309
〜の丑…⑮95, ⑯595
〜の長所…⑯595

～の倫理…①618
京闕…⑮406
京・湖…⑬324
京口…⑦363, 365, 378, 379, 381, ⑯185, 237, 238
「京口記」…⑪210
「京口山水志」…⑪211
京国…⑬21
京師大学堂…⑳290, ㉒386
京師図書館…⑱519, ㉒426
京師老郎…⑬547, ⑭201
京城帝国大学…⑭283, ⑮292, ⑰403, 418, ㉒390
京城の変（金・汴京陥落）…⑭94
京兆（唐）…⑪212, ⑫16, 21, 27, ㉒88
京兆尹…②189, ⑪419, 499, ⑭391, ㉕452, 459, ㉗21
京兆郡公…⑮317
京兆県…㉒89
京兆少尹…⑪510
京兆の韋氏…②16, ⑪396, 406
京兆府…⑫269
京兆府司録…②16, ⑪396, 406, 513, ⑫176, ㉒26
京兆府万年県少陵原…②16, ⑪396, 406
京邸…②469
京阪の地…⑱478
京阪訪書旅行（水沢利忠）…⑥252, 253
京本…⑬501
「京本春秋左伝」宋版本…⑬502
「京本通俗小説」…①200, ⑬356, 375, 405, 428, 453, 480, 499, 502, 627, ⑭201, 283
～所収の作品　「錯斬崔寧」「志誠張主管」「西山一窟鬼」「碾玉観音」「馮玉梅団円」「菩薩蛮」「拗相公」→各項
～と「警世通言」…⑬502, 526, 527, 536
～の健康さ…⑬513
～の残存部分　「金主亮荒淫」（「京本通俗小説」第二十一巻）…⑬500（葉徳輝刊本…⑬500, 501）「定州三怪」…⑬500
～の手法　事件の真相を終まで伏せておく…⑬515
亡霊を亡霊と知らさぬ…⑬538
～の跋・繆荃孫…⑬500, 501, 526
～の覆刻…⑬500, 501, 504, 526
～の文体…⑱518
～の編輯時期…①618, ⑬512, 526, 527
～は最古の口語小説…⑬501
「京本通俗小説」（テクスト）
亜東図書館本「宋人話本八種」…⑬501　繆荃孫覆刻本…⑬500, 501, 504　葉徳輝覆刻本…⑬500, 501
京孟鄭（京房・孟喜・鄭玄）…⑦257
京洛…㉓422→京都
京洛…⑬141, 143→汴京
径…⑫488, ⑭310
径往…⑭310
径路…②158
契沖…⑰659, ⑱449, ㉔150, ㉕160, 246, ㉗198, 356
～と江戸期の学者　伊藤仁斎…㉓45, 701, ㉕159, 176, 179　荻生徂徠…㉓701, ㉕176, 179　本居宣長…⑰199, ㉑137, ㉓25, 45, 512
～と賀茂真淵と本居宣長…⑰618, ⑱449, ㉓25, 473, 499, 512, 552
～と漢籍　「史記」…㉕178　「春秋」…㉕177, 178　「文選」…⑱19, 20, ㉑136, 250, ㉓27, 575, ㉕168, 174, 210, 212, 251　「遊仙窟」…⑱18-20, ㉕164　「論語義疏」根本氏刊本…㉕193　「論語古義」…㉕171, 175, 249
～と古注・新注…㉓29
～と江永…㉓25
～と宋儒…㉓29, ㉕179, 182, 210
～と中国文学…⑰618, ㉑135, 136, ㉕162
～の解釈　在原業平…⑰199, ㉓25, 27, ㉕117, 118「伊勢物語」…㉓463（異母妹への愛…㉓29）大伴旅人…㉕164, 384, ㉗11, 12, 14　大伴家持…⑱18, 19, ㉕163　柿本人麿…㉕161-163, 179（八十氏河の歌…㉕165-168, 171, 172, 177, 183, 189, 248）
逝川之嘆…㉓29, ㉕166-172, 174, 175, 227, 249-251
契沖と共通　皇侃…㉕192, 231, 232, 238　邢昺…㉕191, 192, 231, 232　徂徠…㉕171, 173, 175, 190, 193, 243　徂徠・春台…㉕208, 210, 212-214, 219, 221, 224, 238, 248, 250　鄭玄…㉕193, 227-233, 238　陳祥道…㉕241　陳善…㉕235, 236, 238, 239
契沖と対立　伊藤仁斎…㉕171, 175, 210, 215, 249-251　許慎…㉕218, 221, 222, 224, 228　崔瑗…㉕218, 222-224, 228　朱子…㉕169, 170, 173, 178, 233, 238, 248　趙岐…㉕215, 216, 219　程子…㉕170, 233, 238　董仲舒…㉕216, 218-220, 224, 228, 230-232, 238　「孟子」離婁…㉕170, 214, 248-251　揚雄…㉕218-220, 224, 228, 230-232, 238　劉宝楠…㉕231
逝者如斯夫の詠嘆のリズムの指摘…㉕171, 176-178, 214, 243
～における思夢についての分析…⑱18-20, 23, ㉑135, ㉕163, 164
～における「万葉集」と「古今」…㉕182
～における「万葉集」と「古今」「新古今」「毛詩」…⑰618
～における游夏の輩…㉕177, 178
～における吉田宜の書簡に関する説…⑱45-48, ㉑136, ㉓25, 26
～の価値基準…⑰618, 619
～の漢籍引用…㉓26, 28, ㉕160, 162, 164, 179-181
自然の合符の追求…㉕180, 181
比較文学者の態度との相違…㉓28, ㉕180
「文選」の引用…⑱19, ㉓25, 575, ㉕164,

389（「羽猟賦序」…㉕163　「益州志」「華陽国志」…㉓28　「寡婦の賦」…⑱19, ㉑135, ㉕164　「九弁」…㉓28　「古楽府」…⑱19, ㉕164　「秋興賦」「蜀都賦」…㉓28　「代君子有所思詩」…㉕163　「長門の賦」…⑱19, 23, ㉕164）
～の死…㉕249
～の注釈…⑰627, ㉑75, ㉓25, ㉕162
～の著述　「契沖全集」…㉓25-28, 30, ㉕160, 162, 247, 249　「古今余材抄」→その項　「勢語臆断」…㉓25, 28, 29, 463　「百人一首改観抄」…㉓27　「万葉代匠記」→その項
～の博学…㉕164, 177, 179
～のリズムによる読書…㉕176, 177
～本「文選」和刻本…㉓28, 575, 576, ㉕251
奎章閣…⑭71, ⑮231, 234, 246-248, 250-265, 267, 269-270, 272, 273, 275, 276, 281-285, 296
～印記　奎章閣宝…⑮262
～に関わる官職　奎章閣学士…⑭71, ⑮251, 253, 261, 283　奎章閣鑒書博士…⑮258　奎章閣供奉学士…⑮283　奎章閣侍書学士…⑮271　奎章閣授経郎…⑮247, 274　奎章閣承制学士…⑮259　奎章閣大学士…⑮254, 255, 281, 283　奎章閣大学士領学士院太史院回回漢人司天監事…⑮281　奎章閣捧案官…⑮264
奎章閣学士院…⑮247-249, 253, 254, 314, 450
「奎章閣記」…⑮250-252, 261-264, 293
「奎章政要」…⑮255
奎文…⑬162
奎文館…㉓251, 252
計然…②340
計有功…⑪196, 211-212　「唐詩紀事」→その項
奚契丹部族…⑫58
奚霫…㉒106
奚待園…⑮305, ⑯650, ㉒381, 382, ㉗289
奚部族…⑫240
恵…②186
恵愛…⑦386
恵王（戦国・魏）→梁の恵王
恵公（春秋・魯）…㉓106
恵洪（恵棟・洪亮吉）…⑦252
恵済院…⑬308-310
恵山（無錫）…⑮446, ㉒51
恵士奇…㉓598　「礼説」…㉕346
恵施・恵子…②494, ⑦313, ⑫154, ⑬90, ⑰344, ㉔217
恵戴（恵棟・戴震）…⑯260
恵帝（漢）・孝恵帝…②152, 550, ⑥195, 196, 387, 399, ⑬566
恵帝（晋）…⑮411
恵帝（明）…②155, 552→建文帝
恵棟・定宇・松厓…⑯248, ㉒294, 311, ㉓598, ㉕346
～と呉派…⑯6, 60, 63, ㉒294, ㉕346
～と考証学…⑯60
～と銭大昕…㉒294, 295, 297, 303-307
～と蘇州…⑯63, ⑳294
～における三台・北斗・司命・竈神…㉒305, 306
～における幽人の考証…㉕448, 456, 475
～の学…⑯6, ㉒294, 295, 297, 310
漢魏「易」解釈の研究…㉒295　漢儒経説の研究…⑯6, 60　漢儒の祖述…⑯6　経学史の業績…⑯7
～の死…㉒294
～の「尚書」偽古文の実証…⑨481, 483
～の「太上感応篇」に対する態度…㉒304, 307
～の著述　「易漢学」…⑯118, ㉒295, 297　「九経古義」…⑯264　「古文尚書考」…⑨483　「後漢書補注」…㉒297, 307　「周易述」→その項　「松崖筆記」（正一平炁・太上感応篇八巻・張道陵の各条）…㉒297　「精華録訓纂」…⑯157　「太上感応篇箋注」→その項
～の道教への関心…㉒295, 297
「易」と道・儒と道…㉒296
「道蔵」への関心…㉒293, 294, 297, 303
恵文王（戦国・秦）…②549
恵養…⑫127
桂海碑林…㉒487
桂州…㉒489
桂昌院…㉓315, 473
桂水…㉖154
桂魄…⑬53
桂馥…⑪478, ⑰591, 592　「説文解字義証」…⑪476　「晩学集」「北史の蘇綽伝の後に書す」…⑦533
桂林（広西）…⑪492, ⑮276, ㉒487, ㉗386
～との関わり　郭沫若…㉒485, 486　韓愈…㉒489　瞿式耜…㉒490　洪秀全…㉒468　黄山谷…㉒461　范成大…㉒461, 468, 485, 486　柳宗元…㉒468, 489
～の好風景…㉒468（山水…㉒485, 486, 489）
～の旅・学術文化訪中使節団…㉒439, 443, 448, 456, 468, 479, ㉓641, ㉖471
花橋の盆栽…㉒486　七星岩…㉒443, 486　鍾楓…㉒445, 485　榕湖飯店…㉒449, 452, 486　漓江…㉒443, 449, 488　蘆笛洞…㉒443, 449, 486
桂林空港…㉒485, 490
涇渭（涇水・渭水）…⑫190, 215, 217, 222, ⑬216
涇州刺史…⑦546, 548
涇州摠管五州諸軍事…⑦548
涇水…⑪521, 522, 524, 526, ⑫191, 397, ㉖69, 70
～の濁と渭水の清…⑫221, 460, ⑬216, ㉖46
涇幽塩霊雲顕六州諸軍事摠管…⑦546
涇陽…⑪518, 522
涇里…⑯22
涇陵…⑪522
荆…⑥374, 375→楚（国名・春秋）
荆（楚木）…⑥375
荆軻…⑥230, ⑦436, 437, 440, ㉗9
荆湖…㉖397

荊衡（荊州・衡州）…㉗131
荊谿家塾…⑩460
「荊釵記」（戯文）…⑭259, 371, ㉖365
荊山の玉…⑭558, ⑮397
荊州（湖北）…⑦36, 79, 80, 98, 370, 379, ⑬289-291, ⑯191, ㉓203
荊州（九州）…⑥374
荊州長史…㉕252
荊舒の新学…⑯78
荊襄両淮…⑬323
荊榛…⑪135
「荊楚歳時記」…⑫344, ㉖403
荊土…⑱475
荊劉拝殺（荊釵記・白兎記・拝月亭・殺狗記）…㉖365, 367
陘領…⑦546
啓（夏）…⑤315, 317
啓文社…㉗77
掲陽…②187
渓老…⑮480
経（経書）…②475, 497, ⑦526, ⑧4, 20, ⑰554, ⑳13, ㉑201, ㉓348, 349, 354, ㉔244, ㉕319, ㉗65, 97→五経→六経
～以来の伝統と司馬遷杜甫の文学…⑯73
～を資料とする古代史研究…③556, 558, 561, ⑧14, ㉕321
礼の古代民俗資料への利用…③561
～を中心とする古代言語へ復帰・韓愈…⑬555
～を中心とする古代生活…②247, 260, ⑬553, 555
～をめぐる中国人の思索…⑧10
経を道理の象徴とする意識…⑰445　経を読み実践するという人間の任務…②385, ⑮4　経と思索の一致を求める傾向…②343, ⑬563　聖人の発見した人間の法則の記載…②385　中国人の常識…⑬570　中国人の生活の規範…②268, 270
～という語の意味…①223, 238, ③17, ⑤122, 256
経という呼び名の始まり…②293
～と夷狄…②471, ⑬568
～と科挙…①303, 304, 307, 308, 310, ②336, 452, ⑦272, ⑯81, ㉔306
～と過去尊重（現実回避）…⑬570
経験尊重と独断…⑬571
～と各時代
漢代　経の地位の確定…㉓99
後漢　知識の対象として扱う態度…⑧5
前漢　実際政治の原理として扱う…⑧5, 9　経の政治利用…⑦266, ⑧5, 9　呪術的要素・天人相関思想…⑦266
近世中国…⑬551, 570
経からの離反（明）…⑯4, 132
経と政治・政治に支えられる倫理…⑬571
経の社会と近世社会…⑬565（経の束縛の厳格化と庶民の進出との矛盾…②334, 338　経の思想と小説…②334, ⑬565-567）
経の生活と西洋勢力渡来による激変…②336, 347, ⑬569, 570
経への復帰・経の生活への復帰…②334, 336, ⑬551, 555, 556, 561, 565-570（経の権威失墜…⑬551　経の生活と現実との乖離…⑬565-568　復帰に失望…⑬568, 570）
銭謙益→その項
中世中国（六朝時代）…⑧9, ⑬551, 552
経に現在の文章の起源を求める思想（文選序）…②257　経の教養と中世貴族・経の束縛の緩やかさ…②322　経の時代と六朝時代…⑧9, 10
「文心雕竜」の説く経の尊重…③7
～と雑劇の成語成句…⑭297, 349
～と士の資格　経を中心とする古典の体験的把握と実践…①291, 299, 300　経を読むことを任務とする読書人…②385, ⑬571, ㉕319
～と「十三経注疏」（徂徠・宣長）…㉗71, 72, 78
～と諸子…②211, 293, 294
墨家…②294　老荘による解釈…⑬552
～と宋詩（戴復古）…⑬181
～と典と常…②271, 336
～と無縁な胥吏…②458
～における語彙・事項　異姓の養子の禁止…⑬567　楽関係の記載…②306　鬼神…②370, 371　笏…㉖464　死刑執行の季節…②273　仁義道徳…⑬553　仁義礼智…②344　宗廟の制度…⑬577　大畜の説明…②299, 301　天人相関思想…⑦266　服喪の制度…②273　有物無物…㉖434　理一分殊の思想…⑬560　礼の記述…②304　礼の法則…⑦268
～における数という要素…㉕322, 323
～における多様性への敏感…②277
～に準ずる書…②317, ⑰555
～に対する態度　伊藤仁斎…⑰153　王念孫…⑳44　昭明太子…②257, ㉑149　曽国藩…㉑149　段玉裁…⑬569, 571, ⑯657　陳善…㉕233
～についての思索の方向（中国・日本）…②353
～に附随する緯書…⑰556, ㉕124
孔子生誕説話の記載…⑤116
～に附随する辞書…⑰555, 556
～に見えた育児法…㉔231, 273
～に見える制度と荻生徂徠の神道説…㉗152
～の暗誦…①307, 308, ②335, 338, 407, 412, 427, 434, 437, 444-446, 450, 454, 462, 474, ⑧509, ㉕319, 320
～の引得…②222
～の演繹についての苦悩と発展…③557
～の会読（堀塾）と本居宣長…㉗77
～の解釈書→経書解釈書
～の解題（経典釈文）…㉕331
～の確解定論の部分の少なさ（張之洞）…⑬569

～の学問→経学
～の記載の虚構性…②371, ㉕324, 325
　孔子の死に関する説話…⑤8, 10, 115
～の研究　狩野直喜…㉓599（古注疏尊重…②602, ⑰259, ㉓594, 603）
　京都大学と北京大学の学風…⑯646
～の言語…②346, ③9, 556
　経の言語の支持を求める中国人の性格…②343
　経の言語の美的感動の要素…③7
～の原意への接近（孔氏伝）…⑦281
～の古典としての権威・思無邪…③7
～の校勘…㉑201
　経・注の校勘　山井鼎…㉗73
～の講義（許衡）…⑭540
～の歳遍（五経歳遍）…㉔243
～の字数…㉕65
～の時代の引申の義…②212
～の実践倫理への統一（韓愈）…⑬553
～の修辞・瑤池の瓊泉（荻生徂徠）…㉓338
～の小学校での教授の提案（中国）…⑬570
～の説話としての面白さと世祖（元）…⑮308
～の尊重…②292, 293, ③7, 558, ⑯63-65, 104, 116, 117, 135
　経の言葉の尊重…②341, ⑯59, ㉗184　経の尊崇と正義の論証…⑧12　経の呈示する事実の尊重…②341　古代の尊重…②251, 293, 294　孔子の選定によるとする記載…②292
～の著作の意図…㉕321
～のテクスト　今文テクスト…⑦276, ㉕332　古文テクスト…⑦277, ㉕332-335　五代国史監本…⑩455　単疏本（経・伝を記載せず）…⑧508, 509, ⑩437, 438　注疏本（経・伝を付載）…⑧4, 18, 509, ⑩438　和刻本…㉓576
～のテクストを伝える家（漢）…②316
～の哲学…㉓127
　経の歴史哲学における皇・帝・王…㉗87
～の同姓不婚の規定と現実…⑬567
～の読解の困難…③9, ⑬569
～の読誦…②325, ⑬552
～の文学性…⑯134, ㉓599, 600
　典故…㉕327　文学的語彙の供給源…㉕326, 327
　文学としての価値…㉓599
～の文章…②602, ③7, ⑥219, ⑦525, ㉕329
　経の文章を模倣した文体…②273, 335, 336, 338, ⑬563, 566→古文　経の文章のパトス的把握…⑯134　散文の祖先としての要素…③7　文章としての価値…㉓599
～の文法…⑬556
～の編纂…②292, ⑤122, ⑧6
　編者…⑧6　篇の配列…㉕323
～の読み方…㉕329
～は事実によって道理を示す書…㉕322
　実践の規範…㉕321, 322　道理の依帰…②332, 333　倫理の基礎…①299
～への閑却（竟陵派）…⑯69
～への宗教的尊崇の揚棄（現代の学問）…③558
～への忘却（古文辞）…⑯63, 65, 69, 76
経（四部）→経史子集→経部
経（助字）…⑩431, ㉓309
経に反る（孟子）…⑯82
経営…㉗360
経筵…⑮640
経筵講官…㉓232
経学…②268, ⑩440, ⑪564, ⑯122, 267, ⑳13, ㉖464
　経の解釈…②338, 452, ⑩437, 438, ㉓594, ㉕245, 496　解釈と呪術的要素…⑦266, 268, 269, 275　解釈と俗人の説…②241　解釈の一定化…⑦272　経の名物の解釈…㉗63　言語の解釈からの出発…⑧6, ⑰556　言語の矛盾無き説明をする立場…㉕330　絶対的解釈を追求する態度…③558, ⑧9, 14, ⑯6　標準的解釈（古注・新注）…⑰556「詩」の解釈…③8「春秋」の解釈の扱い（三伝）…②317「書」の解釈例…②311
　経の注釈　経・注と正義の矛盾（宋版本）…⑩437-440　経・伝の考定…⑧21, 26　経と注釈との関係…③556　経の注疏への関心…③556, 558　注釈と社会の生活理念…③559, ⑧14　注釈における論証の興味…①223, ⑧9, 12（経の記載の実在性の論証…①223, 224）
　注釈の価値（経の注釈としての価値と思想史資料的価値…⑧10　中国人の思考形式の記述としての価値…⑧10, 11）
　注釈の研究の意味…③556　注釈の重要性…③558, ⑧14　注釈の熟読からの出発…③559, ⑧5　注釈の注釈・正義・疏…⑧4
～以前の中国詩…㉗227
～的読書態度…⑳15, 16
～と荻生徂徠…㉓307
　経学と雑書…㉓308　経学と史学・文学…㉓307　古注と荻生徂徠…㉓329, ㉗71, 72
～と狩野直喜…⑰217, ⑳18（経学は鄭玄…⑰258）
～と国学者の方法…㉕245
　契沖・経学の業績と「万葉代匠記」…㉕245
　本居宣長…㉕245, ㉗184, 186, 193, 194（経学のイデオローグ…⑳18, ㉗193, 204　経学の業績と「古事記伝」…㉔399, ㉕245）
～との関連　史学…⑳13, 15　文学…⑰283　理学…⑳15
～の経書に対する立場…㉕330
～の研究（吉川）…③556, ⑫729, ⑭602
～の講義（呉承仕・馬裕藻）…⑯645
～の資料「経典釈文」…㉕331
～の書…⑳334, ㉗191, 192, 430
　引得の制作…②222
　経学の書「禹貢」正義…⑧353
～は中国学術の中心…⑥171, ㉕245

三頂点　後漢末・唐初・清朝…⑳14
方法…⑳18, ㉕245, ㉗184, 186, 190, 194, 204, 430（経学の方法とニュークリティシズムの方法…⑳14, 15, ㉗431　経学の方法の意義と価値…㉗193）
経学（漢）…②314, 315, ⑥171, 431, ⑦266, ⑧5, ⑰276, 281, 532, ⑳14, ㉕333, 341
～と胡適の「十三経注疏」の学習…⑯427
～と清朝経学→経学（清）
～における経書の価値の確認…㉓99
～の今文派と古文派…㉒394, ㉔264, ㉕333, 334
今文派…⑦266（官学の講義…②316, ⑦266, 267, ㉕229　経に即さぬ抽象論・今文派…㉕334）
古文派…②315（字句に即した訓詁の学…㉕334）
～の経の解釈…㉔264
経書解釈の御前会議議事録（白虎通）…⑤119
経の統一的解釈（鄭玄）…②316-318, ⑦177, 268, 273, 274, ㉕336, 337（各々の経の成立過程の相違と鄭玄の誤算…②318　経の相互の矛盾と鄭玄の対処…㉕337　言語の法則の確立による解釈…⑦268）
後漢の古文の学問による解釈・前漢の陰陽説による解釈…②314-315, 332
～の経の注釈…㉓99, 100, ㉔302, 304, ㉗64, 71→漢注→古注
漢の制度で経を説く態度…②247, ㉕338, 339
「詩経」の注釈…③38-40, 42（天・上帝の注釈…⑥14, ㉔266, 267）
「周礼」の学…㉕344（「周礼」を疑う議論…㉕345）
春秋学…②305, ⑦256（「春秋」解釈書…㉓111「春秋公羊伝」の博士の業…⑥365）
「尚書」注釈…⑦275, 276, ㉗345（「孔氏伝」と漢儒…⑦281）
～の師承の尊重…⑬554, ⑯68
～の集大成者（鄭玄）…②315, ⑦177, ⑰282, ㉑229, ㉔241, ㉕225, 228, 230, 335, 341
鄭玄注における先儒説の尊重…㉕339
～の専門服習…⑯68
～の発足（武帝時代）…⑥171
経学による政治（武帝）…①306
～の歴史…⑰276
経学（金）…㉒107
経学（清）…①705, ⑬569, ⑭594, ⑯544, 647, ⑳14, ㉒313, ㉕346, ㉗195, 431
～と狩野直喜…①705, ⑰239, 258, 259, ㉒361, ㉓594, ㉗261, 294
～と漢代経学…②481, ⑦281, ⑯4, 60, 126, 130, ㉓328, ㉕231
皖派…⑯8, 60　恵棟…⑯6　古注尊重…⑯4, 60, 652　呉派…⑯8, 60　講道と講経…⑯80, 127, 128　三省の学…⑯4　銭謙益…⑯60, 62-67, 78, 83, 84, 88, 104, 116, 117
～と小学…②211, ⑯4, 60
経の字句に即した経学…⑯133
～と清儒…⑯62, 117
閻若璩…⑯121　帰有光…⑯80, 127, 128　顧炎武…⑯121, ㉑201　呉承仕…⑯645　査慎行…⑯174
～と銭謙益→その項
～と宋学（道学）…⑬569, ⑯4, 62, 63
新注への反撥…⑯652
～と水野清一…㉓637
～の公羊学…㉗261
～の経の解釈…②332, ⑧6
経の訓詁学的研究（阮元）…⑯9　経の研究の黄金時代…㉕346　経の言語の解明資料（漢儒の古注…⑯60　経書以外の秦漢の文献…②211）
経の言語の検討・研究…②332, ⑧6, ⑯4, 59　経の原意の探究…⑬569　経の思想内容の解釈学…⑯134　経の小学の知識を利用した読み直し（皖派）…⑯8
～の経の注釈（清）…㉔279
古代言語の慣用例の解明…②332
～の経書研究「儀礼」…㉕347「詩」…㉕346「周礼」…㉕346, 347「尚書」…㉕346
～の古代言語学研究…⑬569
～の個個の言語の検証と綜合…⑯119
～の時代に基づく分け方
乾嘉の学…⑯60, 63, 118, 119, ㉒361, ㉔279, ㉕346, 347（経学と諸子…②482, ㉒292　経学と道蔵…㉒292　経学の最盛期…②482, ⑯60, 63, 118, ㉕346, 347）
道光咸豊以後の学…㉕160
～の尊重・清儒と銭謙益との相違…⑯62
～の大家…⑯121, 328
～の地域に基づく分け方　皖派…⑯5-9, 60, ㉔276, ㉕346　呉派…⑯5-9, 60, 63, ㉒287, 294, 414, 415, ㉕346　江北の学…⑯5　三省の学…⑯3-5　浙東の学…⑯5, 9, 10, ㉒287
～の文学性への傾斜…⑯134
～の方法…⑯117, 133, 654, ㉕245
New Criticism の方法との類似…⑯134, ㉗431
Leavis の方法との類似…⑲67
～の陽明学否定…⑬569
～は清文明の主流…⑯13, 59, 133
経学（宋）
経の解釈…⑧6, ⑯65, ㉓594
王安石と経学（銭謙益）…⑯77
朱子…②332, ⑬571, ㉗71（経と「小学」…㉗111　経と理気の説…②330, ⑬559, 560, 568　経に道理のすべてを託す…⑬571　経の価値…⑬554　経の所説の変更…⑬561〔経の所説の一方的延長…⑬560　経の政治説の閑却…⑬560-561

経の選択・四書…⑬560〕）
経と道学…⑬556, 563, 569
経の如く言う（古文）…⑬563, 566　経の如く考える…⑬563　経の思想の探究…⑬555, 556
経の訓詁と音義相関（黄承吉）…⑳78
経の古注否定（宋）・古注再検討（清）…⑯4
経学（宋明）
経の解釈　宋明儒者の解釈…②332, ⑰207
経の注釈　注釈による経の思想の再現　王陽明…②332　朱子…②332, ⑬559-561
宋儒の伝注への反抗・理学による新注…⑧5（教化を目的として書かれた注釈…⑧9）
注釈の著述を持つ諸家　王安石…⑬25, ㉕346　欧陽修…③40, ⑬25　朱子…③40, 41　蘇軾・楊万里…⑬25
経学（中世）…②318, 319, 321, 322, ⑦271, 594, ⑰284, ㉕446, 454, 462, ㉗63
経の解釈　経の合理的常識的解釈　王粛派…⑦269, 270　孔氏伝…⑦270, 272, 273, 275
経の解釈　五経正義…②321, ⑧6, ㉗63, 71　賈公彦の「周礼疏」と「儀礼疏」…㉕342, 343（経を結び合わせて分析する馬鹿力…㉕344, 347）
言語の検討…②321, ⑩447　煩瑣な分析…⑩82
経・伝の思考経過の追跡（正義）…⑧12　経の解釈と正義の価値・正義による原意の歪曲への関心…⑩447
経・伝の偽作・偽篇…⑦270, 271, 280, 282, 283, ⑧15, 16, 21, 501
経・伝の心理解釈と中国人の思考形式…⑧13
経と経との矛盾の解決…②319, 321
経の解釈の安定・洗練と堆積…⑧8, ⑩446
思索の落ち着き…⑧7-9, ⑬515
経の訓詁と名理…⑧505
経の注釈　言語解釈から出発する注釈…⑦281
漢魏の古注と宋清の新注…㉕453, 496-497
漢魏の古注のエネルギー…㉕459, 496, 497
漢儒の注釈を重んずる態度…⑬554
鄭玄の注釈と七世紀の疏家…㉗80
注釈としての「孔氏伝」の価値…⑦281, 282
研究法…⑧5, 6, 9
後漢魏晋…②241, ⑧5
魏晋…⑦256, 273, ⑰282-284
後漢…②315, 332, ⑦255, 267, 268, ㉒405, ㉕332, 334-336, 340
三国・晋…⑰281
唐…㉕344, 462, ㉗431　「易」注釈書…㉕34　経注…⑩456　「詩経」テクスト…㉖113　「周礼」の学…㉕344　「論語」…⑤136
南北朝…⑬554, ⑳335
経の研究の北朝における継承…⑳335　南朝…㉕340, 341　北朝…⑮181, ㉕341
六朝…⑤321, ⑧5, 6, 9, ⑯652, ㉕462（解釈法…⑬552　講釈法…⑧8）
経の注釈　後漢魏晋の伝・注の研究…⑧5, 9（鄭玄派非鄭玄派の争い…⑦271　論証自体への興味…⑧9）
博士…⑬577　北方の学…⑮181
六朝人の義疏と近世小説の成立過程…⑬547
六朝人の義疏と仏教…⑬552
経学（日本）…⑰149, ㉓304, 307, 308
経学（明）…⑯89, 90
～を閑却した明の文学者…⑯112
～者　顧大韶…⑯131　卓爾康…⑯83, 131
経学家と周公の制礼作楽…㉕330
経学史…⑥14, 16, ㉕341
経学昌明…㉒313
「経学歴史」…①203, ⑯645, ⑰282, ㉒360, 394, 405
経義→科挙
「経義考」…⑭104, ⑮317, 327, ⑯544
「経義雑記」…⑯234, 237, 239-241, 247, 257（題辞・阮元…⑯241, 248）
「経義雑記叙録」…⑯241, 253
「経義述聞」…②482, ⑯118, 245, 573, ㉕160, 448, 456, 475
経業…①379
「経国集」…㉓418
「経国美談」…⑯359
経済…⑮451, ㉓46
経済学者…⑥179, 428
経史…⑰164
経史語…⑭287, 288, 555
経史子集…①606, ②475, 601, ⑮485, ⑯225, ⑰554, ㉑149, ㉓299, ㉕326, ㉗360
「経史百家雑鈔」…㉑149, 156
詞賦・書牘・論著…㉑149　序跋…㉑149, 156
経師…①399, ⑬577, ⑯10
経儒先生（朱子）…㉗139
経術…⑯85
～の学…⑯132
経書→経
経書解釈学…②268, ⑥171→経学
漢…②314　乾隆嘉慶期・元禄享保期…⑰207
～の歴史的変遷…⑰282, 283
経書解釈書…⑰556, ㉒313
経書解釈変遷史…①203, ⑯645
経牀…⑯218
「経世大典」…②528, ⑮231, 235, 250, 253, 259, 314
秋官憲典…⑮270　序録…⑮229, 236, 238, 270, 292（礼典序録・御書…⑮235）
経生…㉓340　奈良朝…⑥246　南宋…㉗139
「経籍籑詁」…②211, ⑯239-242, 259（後序・臧在東…⑯240）
経籍所…⑭116
「経籍訪古志」…⑦556, ⑩450, 452, ⑰255, 589, ⑱519（序・海保漁村…㉗245）
経説…⑯6

経注…⑩437, 438, 441-443, 451, 452, 455, 456
経注疏附釈音本…⑩452, 453, 455
経注疏本…⑩451, 452, 455
経典…㉗64, 65, 188, 189
「経典釈文」…⑯234, 236, 237, 248, ⑰556, 589, ㉒303, 415, ㉕331→「釈文」
～を附載した経注疏本…⑩452
～と「老子」「荘子」…②480
～の“重”の音義…㉑670
「経典釈文」（テクスト）
京都帝国大学文学部景印旧鈔本…㉕286　興福寺本…㉕286
「経典釈文」（篇名・項目）
「古文尚書音義」…②243　「春秋穀梁音義」…⑯569, ㉒399, ㉖459　「春秋左氏音義」…⑰588　「序録」…⑯645, ㉕229, 331　「荘子音義」…㉒304　「毛詩音義」邶風・終風…②241　「論語音義」…④737, ⑱531, ㉑229, 231
「経典釈文坿有挍勘記」四部叢刊本…⑯237
「経伝集解」足利学校所蔵宋版本…⑰587
「経伝釈詞」…②53, 482, ⑯573, ⑳12, ㉔308, ㉗249, 275
経部…②475, ⑯120, 225, ⑰554, ㉕492
～と清儒…⑯63, 117, 118, ㉕488, 489, 492
銭謙益…⑯61, 63, 116, 117　乾嘉の儒…⑯118
～の解題（戴震）…⑯229
～の研究（清）…②481, ⑯60, 117, 118
～の書…②603, ⑰556
～の書の校勘（中国）…⑳452, ㉗73
～の書のみによる引証（五経正義）…⑬577
～の書の重視と集部の軽視（中国）…㉕488
頃…⑫122, 155
頃公（春秋・斉）…⑥372, 373
頃歳…㉒300, 301
頃襄王（戦国・楚）…⑥354
頃年…⑬211
卿…②304, ㉓184
卿相…㉖133
嵆阮（嵆康・阮籍）…⑫428
嵆康…①120, ⑦289, 590, 592, ⑬132, ⑮515, ㉔174
～と「世説新語」…①193, ⑦454
～と竹林の七賢…①118, ②169, ⑦188, 454, ㉗133
王戎…㉕209　向秀との養生の討論…⑦239
～における政治批判…①118, 119
～に対する鍾嶸の評…⑦169
～の句　阿都志力開悟…㉕380　臨清流賦新詩の句と陶淵明…⑦404
～の四言詩…㉓354
～の死…⑥310, ⑦190, 219, ㉑252, ㉓639, ㉕209
～の著述　「嵆康集」…⑯323　「嵆中散集」…⑦468-469　山濤への「絶交書」…①118, 119, ②169　「与呂長悌絶交書」…㉕380　「養生論」…⑥312
嵆紹…⑮411
惸惸…⑬219
敬…⑤300, 301, ㉒311, ㉓69, 393, 399, 450, 467
敬鬼神の説…㉓393, 447, 449, 451
敬授民時の説…⑦553
敬宗（唐）…②551, ⑫320, ㉔288
敬題…㉓406
敬鼎臣…㉒115
敬天の説…㉓380, 393, 399, 417, 444-447, 449, 451, 467, ㉗154, 155
景王（周・春秋）…⑰659
景教…㉓708
景公（春秋・晋）…①186, 187, 233, 250, ⑱21
景公（春秋・斉）…⑤169, 228
～と晏嬰→その項
～と孔子→その項
～と魯の定公との会見…⑤89, 90, 224, 225
～の牛山における涙…②494
～の後継者…⑤92, 257
後継者に対する弒逆…⑤93, 257, 262
～の在位年数…⑤78, 91, 158, 171, 172, 257
～の死…⑤91, 92, 158
～の即位…⑤69, 171, 172
～の凡庸…⑤78, 84, 158-160, 194, 257
景差…⑥199, 225
景山…⑦130
景山の松…⑦236
景氏（浙江・余姚）…②479
景巡公…㉔278
景泰帝（明）・景帝…②552, ⑮476, 570
景帝（漢）・孝景帝…②550, ⑥46, 47, 113, 196, 204, 375, ㉕331
～と関わりを持つ人々　轅固生…⑥53, 54　館陶長公主…⑥46, 47, 55　胡母生…⑥369　庚姫…⑦97　司馬相如…⑥202　儒者…⑥53　中山靖王…⑦3　竇太后…⑥50, 52, 55　栗姫…⑥46, 47　梁孝王…⑥199, 202　淮南王安…⑥78, 199
～と「老子」…⑥52
～の死…⑥47, 50, 193, 198
～の時代　南方諸王の反乱…⑥48, 174, 194→呉楚七国の乱　反儒学的空気…③538　遊侠の気風…⑥227
～の治世…⑥175, 181, 184, 185, 194
匈奴懐柔策・内治主義…⑥75
名君の評価…⑥50, 52
～の文化に対する冷淡…⑥196
景と情…①155-156, ⑬185, 202, ⑮426, ㉓116, ㉔208, ㉖18, 19, 184
景徳鎮…⑪287, ⑯639
「景徳伝灯録」…⑭12, ㉔271
景霊宮…⑬401
軽孝…⑮59
軽糸糸…⑭413

軽塵…⑪150
軽薄…⑫519
傾蓋…㉕437
傾国…⑪233
傾命…㉗10, 11
継儒…㉓411, 444
継昌…㉒293
閨…⑪159
閨怨…⑪158
閨閣…㉓421
閨中…⑫333, ㉒36, ㉖50, 51
慶応義塾大学…⑤307, 314, ⑰24, ㉔294, ㉕285, 400, ㉗281, 330, 371
　漢学…㉔303　小泉信三記念講座…⑤326, 327　中国文学研究…⑰403　中国文学講座…①611, ⑰420
慶応義塾大学文学会…①633
慶応幼稚舎…⑯550
慶義…②5, ⑪382, 383, 386
慶元の理官…⑭167
慶元府鄞県の知事…⑬432
慶氏父子（慶封・慶舎）…⑤72, 73
　慶舎…⑤72-75　慶封…⑤69-76, 173
「慶祝蔡元培先生六十五歳論文集」…⑳78
慶祥里（相而近路）…⑯414, 415
稽古…②165, 250, 258, ⑦275, ⑬554
稽胡…⑦547
稽首…⑮536
磬…⑪156
蕙草…⑥338
檠…㉗93
薊子訓…㉒460
瓊林…⑭350, 352, 402, 403, 464, 465
瓊楼…⑮490
警官職務執行法改正案…⑳201
警巡院判…⑭116, 137
「警世通言」…⑬502-504, 519
　～校注本・作家出版社編輯部注…㉖402
　～と「京本通俗小説」…⑬502, 526, 527, 536
　～の語彙・語句　乾纇…⑬515　左右做我不着…⑬524　吊梢…⑭511
　～の作品　「一窟鬼癩道人除怪」…⑬502, 516　「計押番金鰻産物禍」…⑬515　「崔待詔生死冤家」…⑬502, 504, 507　「三現身包竜図断冤」…⑬521, ⑭204　「小夫人金銭贈年少」…⑬502, 517, 526　「趙春児重旺曹家荘」…⑭511　「陳可常端陽仙化」…⑬502, 508　「范鰍児双鏡重円」…⑬503, 521（順哥・呂忠翊…⑬521）「拗相公飲恨半山堂」…⑬503, ㉓138
　～の宋の説話の筆録…⑭201, 204
警迹人…⑭455, 457, 458, ㉒123
鶏三号…⑪216
鶏跖…⑦156
「鶏窓叢話」…⑯172
鶏豚狗彘…②117
鶏卜…⑥146
鶏鳴…⑪216
鶏鳴風雨…⑫369
馨香…②213-215
驚心…⑪59, ㉒91, 92
児寛…⑥126, 127, 161, 197, 225, 299
芸…⑦119
「芸苑卮言」…①455, ⑭597, ⑮528, ⑯112, 145, ⑳259, ㉓324, 369, ㉗301
「芸概」…⑭527
芸州…㉗165, 168, 181→安芸
　藩…㉗165, 168, 169　藩儒…㉗122
芸術…②518, 519, 536
芸術（四部分類・子部）…⑯225, ⑰560
芸術（中国）…①3, 60, ②518, 520, 526, 533-536, 539, 540
　～と都市の生活…②417
　～の性質…②518
　　芸術という中国語…②518, 519
　　素材の固定化…②529, 531, 534, 536
　～否認の思想…②522
　～への意識の歴史…②526-529, 539, ⑬593-595
芸術（中国・宋以後）…②527
芸術院（中国）…②519→中国芸術院
芸術院（日本）…②519, ⑰285, ㉔295, ㉗350
　～会員…㉔24, 231
芸術史家…②518, 526, 533
芸術性（中国語）…②519
「芸術列伝」…②519
「芸文」（京都大学）…②513, ⑭203, ⑰395
「芸文」（芸文社・北京）…⑭41, ⑯294, 297, 301, ⑱389
「芸文」（満州文芸春秋社）…⑭605
芸文印書館…⑭611
　～本「十三経注疏」…㉕334
芸文監…⑮249, 274, 284, 285
芸文監参検校書籍事…⑮259
「芸文研究」（慶応義塾大学文学会）…①633
「芸文類聚」…⑥259, 336, 338, ⑬578, ㉑11
　～における引用　「応璩詩」（古有行道人）…⑦160　「応璩百一詩」…⑦149, 174　（年歳在桑楡…⑦158）「魏応璩雑詩」（細微可不慎）…⑦155　（散騎常師友）…⑦156, 157　「魏応璩新詩」（少壮面目沢）…⑦162　「月令章句」…⑥346　史書…⑬576　曹丕の詩文の断片…⑦78-80　（「述征賦」「感物賦」…⑦79　「浮淮賦」…⑦80）
　～の桓玄と鼓吹曲の挿話…⑥350
　～の詩賦　陰鏗…⑫655, 656, 670　漢高祖「大風歌」…⑥27　阮瑀…⑦199　「古詩詠香爐詩」…⑥333　司馬相如「長門賦」「美人賦」…⑥210　摯虞「文章流別論」…⑥216　曹植「神亀の賦」

…⑦108-109　陳琳（「応譏」…⑦104　「神女賦」…⑦107　「神武賦」…⑦106　「武軍賦」…⑦104）　班固「竹扇詩」…⑥264　陸機「鼓吹の賦」…⑥348　劉向「熏鑪銘」…⑥334, 335　梁元帝「蕩婦秋思賦」…⑥292
「芸文類聚」（テクスト）
吉川幸次郎蔵明晋府版本…⑯561, ⑱519, ㉗440
「芸文類聚」（篇名・項目）
歌部…⑥27　楽部・楽府…㉑17　鑒戒…⑦155　居処部・宮…⑫661　月部…⑫640　人部・閨情…⑥291-292　桑部…⑤119　総載百官…⑦156　諷…⑦158　服飾部・香爐…⑥333, 334　老…⑦160, 162, 199
「芸林閒歩」（雑誌）…⑬503, 506, 508, ㉗430
芸林庫・広成局…⑮249
『迎仙客』「金銭記」…⑭485
迎頭児…⑭321, 540
羿…①486, ②263-265, ⑥34, ⑩467, ⑫36, ⑬450, ⑱86
倪淵…⑭115
倪海曙「唐詩的翻訳」…①401, 402, 404
倪元璐…⑯640
倪瓚・元鎮・雲林…②531, ⑭75, 174, ⑮442
～・王蒙・呉鎮・黄公望…⑬604, ⑮442→元（王朝）
～の交遊　高啓…⑮465　楊維楨…⑮443, 445, 480, 502
～の詩　自画に題する五絶二首…⑮442, 443　「述懐」…⑮444　「西湖竹枝歌」…⑮443, 444　「六月五日偶成」…⑮443
～の自称　倪迂・嬾瓚…⑮442
「霓裳羽衣の曲」…⑪244, 245, 257, 270, 281, 293, ⑫266, ⑭408
～の復原…⑪457
「霓裳羽衣の舞」…⑪263, 274, ⑭407, 408
藝芸精舎…⑳571
鯨鯢…⑪312
黥布・淮南王…⑥23, 37
逆旅…⑦294, ⑬167
逆鱗…⑬92
屐…⑪126
郤克・郤献子・郤子…⑥372, 374
郤至…③35
劇県（北海郡）…⑦118
「劇語審訳」…⑭375, 593, ⑰391, ㉗279
劇詩（インド・ギリシャ）…①182, 183
劇詩とアリストテレス…①190
劇辛…⑬579
「劇本」（雑誌）…⑯536
「撃壌の歌」…㉑174
撃賊の笏…⑮411
激激…⑪348
闃…⑫246
血脈の言語…㉓476
血模糊…⑭354, ⑮183, 184
血涙相和流…⑪248
決撒…⑬518
決杖六十…⑮33
決明…㉖45
契濶…⑦33, ⑫181
桀王（夏）…②549
桀紂（桀王・紂王）…⑦316, ⑩468
桀溺…⑤202, 203, 251, ⑦418, ⑮471, ㉓386, ㉔315, 317→溺
掲傒斯・曼碩・秋宜…⑭84, ⑮224, 226, 247, 255, 258-259, 283
～と虞集・楊載・范梈…⑭159, 173, ⑮231, 256, 258, 452→虞楊范掲
～と虞集・柳貫・黄溍…⑭173, ⑮452→虞掲柳黄
～による柯九思追い出し…⑮258
～の奎章閣への出勤…⑮274
～の詩文・著述　「憶昨四首」…⑮274　「御書雪林二字賜趙中丞応制」…⑮268　「経世大典」秋官憲典…⑮270　「掲文安公集」…⑮224, 249, 268, 274　「十月十八日夜南郊斎宿」…⑮275　「送張都事序」…⑮249　「太平政要」…⑮270　「題胡虔汲水蕃部図応制」「題辛澄蓮華観音像応制」「題内府画四首応制」（韓幹馬・韓滉土星像・宋徽宗成平殿曲宴蔡京図御画御記・曹将軍下槽馬図）「題明皇出游図応制」…⑮256　「李宮人琵琶引」…⑮226
～の墓誌銘「掲文安公墓誌銘」…⑮270
結弌廬蔵書印…⑰597
結婚の時期（孔子家語）…⑦178
結束…⑬19
結不解…⑥282
結磨・結末…⑮120
傑克「改造太太」…①635
「傑僧卍山」…㉓707
歇後の語…⑱86
歇浪線鋪…⑬517
碣（文章）…②257
碣石山…⑫50, 159, 160, ㉖78
月（月令）・月（太陰暦）…③512-514
月華山…⑪210
月姫…⑬408
月黒夜…⑳49
月支（西域）…⑫156
月舟（人名）…㉓708
月皎皎…㉖153
月氏…⑥74, 89-93, 129, 130
～の女王…⑥92
月児…⑭309, 310, 313
月終…㉖425
月食…㉕359
月世界伝説…⑳150
「月泉吟社」…⑮425, 435

「月夜」（杜甫）…⑫284-286, 303, 332, 335, 371, 375, 535, 569, 570, ㉒35, 36, ㉖47, 49, 50, 53
家族への情愛…⑫333, 343, ㉒35　月色の凄涼…⑫637　詩の背景…㉖47, 55, 56　対句…⑫382, 334, ㉖51, 55, 230, 231　杜甫の名作の最初…⑫289　悲痛…⑫292, 303
月湧…㉖180
「孽海花」…②443, 466, 469, ⑯306-308, 315, ⑳295
易縁常・汪蓮孫…⑯306　匡次芳…②467　姜剣雲…⑯306, 308　龔平…②467　金汋（雯青）…②466, 467, ⑯306　荀子珮・成伯怡…⑯306　銭端敏（唐卿）…②467　荘小燕…⑯306, 307　段扈橋…⑯306　貝効亭・潘宗蔭…②467　潘八瀛・聞韻高・米筱亭…⑯306　傅彩雲…②467, ⑯306　李純客・黎石農…⑯306
欠伸…①531
犬豕…⑮375
犬戎…③480
犬台宮…⑥164
犬羊…⑮375, 377, ㉒105
見（助字）…②160, 178
巻巻…⑪350
「巻施閣集」…⑳421
巻子本…⑬575, ㉕278
咺（けん）…㉓106
建安（年号・後漢）…⑦14, 136, ⑪95, 135
～の骨…⑦136, ⑪95
～の文学…⑦90, 136
詩…⑦143-147, 171, 172, 199, 201, 202, 204, 237, ⑮467（五言詩…⑦172, 201, 202, 204, ⑪135）
詩人…⑦14, 25, 136, 144, 148, 167, 171, 194, 198, 200, 237
建安七子…⑦14, 92, 101, 106, 112, 117, 127, 147, 148, 176, 199, 591
～という選択の根拠…⑦91
～と五言詩…⑦194
～と鍾嶸…⑦110, 114, 120
～と曹丕の「典論」…⑦91, 101, 114, 120
～と明の七子…⑮493
～の詩・民謡形式と古典用語…①610
建威将軍…⑦379
建業…⑪212, ⑮524
建康…⑦363, 364, 366, 369, 372, 378, 384, 430, 432, 480, ⑪211, ⑬522, ⑭98
～を国都とする六王朝…⑦359, ⑪102, ⑫28, ⑬580
～支配・桓玄…⑦372, 377, 379
東晋の天子の国都追放…⑦376
～支配・劉裕…⑦381
東晋の天子の国都帰還…⑦381, 382
南燕の天子の国都への護送・処刑…⑦429
姚泓の国都への護送・処刑…⑦432
「建康実録」…⑬578
建康城夜亭丘…㉔234
建康崇寧務官…⑭172
建康府…⑬338, 347-350, 484, 485, 487, 488
建康府学…㉕500
建国記念の日…⑰189
建州（福建）…⑬246, 318, 488-490, 494, 497, 522
建州城…⑬489, 490, 492, 493, 495
建昚…㉓43, 46
建昌…⑭159, ⑮300
建章宮（漢）…⑥61, 62, 146-149, 167, ㉕163
建章宮（元）…⑭70
建章門…⑮456
建築…①60, ②412, 523, 527, 534, 536, 539
建築史…㉕329
建仁寺…⑭366, ⑱549, ㉒59, ㉓563
建寧王倓（唐）…⑫309, 314, 324
建文帝（明）…⑮476（建文の遜国…⑮289）→恵帝
建武以後（日本）…㉓419, 422, 426
建武の中興…㉓419
建隆（広陵）…⑬308
畎畝…⑬157
研究社…⑫732, ㉒330, ㉔77, 121
研数専門学校…㉗284
「研六室文鈔」…㉒311
祆廟…⑭440
県…②458
県尉の官等…㉒28
県尹…⑭116, 136, 172
県学…②462, ㉓211
県官…⑥261, ⑫101
県君…⑮24, 25
県試（科挙）…㉕320
県丞…⑥371
倹…⑤236
兼天…⑫473
剣…⑭401
剣外…㉖147, 148, 150, 153
剣閣山…①404, 405, ⑪249, 252, 271, ⑫371-373, ㉕437, 463, ㉖137, 138, 148, 170
剣器渾脱の舞い…⑫36, ㉗20
剣建（剣州・建州）…⑬246
剣池…⑫42
剣道…②501, ㉔61, ㉕300
剣南節度使…⑫174, ㉒24
剣南道…㉖170, 171
剣南李宗諤…⑱360
剣舞…②500
剣門…①405, ⑪250
拳を打つ遊び…⑯509-511
拳匪…①515→義和団
拳毛騧…⑲305
涓滴…①81
虔州…⑮543
「軒轅黄帝伝」…㉒292

軒轅弥明（びめい）…①196
軒車…⑥298
軒車駟馬…⑭352
軒中…⑥58, 153
軒亭ロ…①521
軒冕…①478
乾嘉（乾隆・嘉慶）…②482, ⑯60, 63, ㉕411, 412
～以還の詞学…⑯545
～と乾嘉以前の儒の注釈の態度…⑯118
～の学…⑰344, ⑳391, ㉒292, 293, 361, ㉓9, 328, ㉕413, ㉗199
学者…②601, ④10, ⑩448, ⑯6, ㉒293, ㉕411, 413, ㉗51　学風…㉕411　漢学…②482, ⑯60, 63, 117, 130, ㉒293　経学→経学（清）　経注…⑧26　古典学…①395, ㉕411　考証学…②465, 482, ⑯60　儒の注釈の態度…⑯118　諸子学…②482 「論語集注」是正…④9
～の考拠家の文…⑮307
～の二流の学者…⑯61
～の樸学…㉑229
乾嘉道光期の古代語研究…③41
乾元寺…⑭57
乾紅…⑬524
乾坤…②263, ⑪225, ⑮406, 480
乾明（高郵）…⑬308, 311
乾隆以後　学問ある文人…⑯646　清朝学術…⑯227　著作出版活動…㉕271　発見された古書…⑯227
乾隆御覧之宝…⑳444, 445
乾隆三大家…㉓196
乾隆時代…⑥412
学問的価値判断…⑯228　経義試験…①316　実証学…⑯643　文人の書画・詩文…⑯641　揚州の盛事…⑯604
乾隆帝（清）…②439, ⑯223, ㉒298→愛親覚羅弘暦→高宗
正式称号　法天隆運至誠先覚体天立極敷文奮武欽明孝慈神聖純皇帝…②439
～勅撰 「金史国語解」…㉓187 「明史」…㉒288
勅版 「曽茶山集」…①527
～勅編 「四庫全書」…②480, ⑯225, 226, 229, ⑰236, ⑱471, ⑳225, 289, ㉓180, ㉕268, 387 「義府」…㉔277, 281 「古文孝経孝子伝」…⑯225, ⑱471 「字詁」…㉔277, 281 「七経孟子考文」…⑯225, ⑱59, 471, ㉓160, 329, ㉗74 「世宗憲皇帝硃批諭旨」…㉓202 「杜詩説」…㉔281 「明文授読」…㉔399 「捫蝨新話」…㉕235 「論語義疏」…㉗271
禁書…㉔280, 281　批判的文書の検閲と焚書…㉔280, ㉕272
～勅編 「聚珍版叢書」…㉕53 「九家集注杜詩」…㉕495 「敬斎古今黈」…㉕53
～とジャイルズ「中国文学史」…⑲414
～と「清文鑑」増補…㉓188
～の漢文の能力…⑮236
漢文が読めなかったとする説…⑮298, 306
～の御製の詩（棉花図）…⑯208, 211
～の宮廷の澄心堂紙仿製…⑪566
～の宮廷の根本遜志本「論語義疏」覆刻…④7, ⑤248, ㉗97, 271
夷狄之有君章の改竄…⑤249
～の三希堂…㉒465
～の巡幸　直隷省巡幸…⑯208　南巡…㉗116
～の「清詩別裁集」重訂…㉖472
～の銭謙益禁遏…②481, ⑬274, ⑯12, 20, 37, 54, 58, 59, 167, ㉖429
乾隆の官儒と銭謙益…⑯90
～の曾孫…②440
～の母の慈寧宮…㉒465
～の名臣…⑯209　翁方綱…㉓181, 196　福敏…㉓212　方観承…⑯208
～の六十年の治世…⑥198
乾隆文化…㉓618, 624　乾隆文明…㉗312
健児…⑳353
健淒激梟…⑮146
健篤班→ケンデバル
健歩…㉒40
捲…⑪193
『捲珠簾』 魏夫人…⑬383
牽牛星…⑥284, 286, 289, 294, ⑪266, ⑫478, ㉔7
険・険也…⑭522
険艱…⑮429
険些個…⑭321
険些児…⑭321, 522
険路…⑦224
喧譁・喧也波譁…⑭410, ⑮55
喧卑…⑪66
堅坐…⑬160
堅白の弁…㉓442
検閲法…⑱346, 348
検校尚書金部員外郎兼御史…⑪517
検書…⑫150, ㉖24, 28
鄄城…⑦128
暄…⑯223, 224
犍…⑭585
献公（春秋・晋）…⑦311
献帝（後漢）…②550, ⑦82, 148, 185, 194, ㉔241
遣…②145, ㉒81
遣画…㉒81
遣興…㉒81
遣唐使…②573, ㉑119, ㉒445, 475, ㉕270, 278, ㉖487, 488, 490, ㉗17, 19
捧…⑭396
権…①378, ㉓77, ㉕86, 87
権宜の説…②378, 380
権乾祐…㉒83, 84→崔乾祐
権衡「庚申外史」→その項

権侙（しょく）…㉓150
権徳輿・礼部…①305, 307, ㉖433 「権載之文集」…①306, 308
権力意思（法家）…①281
憲宗（元）…⑬173, ⑭62, 93, 97, 98, 205, ⑮393, 401 →メンゲ
憲宗（唐）…①465, ②551, ⑪233, 378, 437, 552, ⑰71
　〜と仏舎利…②185, ⑪364, 419, 430, ⑫418
　　韓愈の潮州流罪…②185, ⑪365, 414, 420, 430, ⑫418
　〜による国子監の学風の粛正…⑪405
　〜の死（殺害）…⑪369, ⑫320
憲宗（明）…②542, 552, ⑭34, ⑮477, 487, 489, 570, 585, 601→成化帝
憲徳…㉓217, 221, 222
憲廟・常憲院…㉓290, 296, 315, 316, 321, 359-361, 368, 416, 417, ㉗33→徳川綱吉
「憲廟実録」…㉓368, 369, 426
憲法記念日…⑳423
賢…⑮64
賢（酒）…⑫119
賢慧…⑭313, ⑮64
賢聖…㉓15
賢大夫…㉕156
賢達…⑮64
賢良の士・賢良文学の士…⑥109
黔（地名）…⑯193, 194
黔首…⑬222
黔陽…⑯191, 195→貴陽
黔黎…㉔199
黔婁の嫁…⑪323
騆…⑳100
顕…⑩83
顕州…⑦546
顕昭「古今集注」…㉗23
顕謨閣学士…㉒102
懸崖勒馬…⑳271
懸圃…①499
蘐園…㉓290, 361, 367, 370, 414, ㉗27, 182
　〜の学…㉓139
　〜の諸子…㉓239
　〜の徒…㉓456
「蘐園九筆」…㉓349
「蘐園五筆」…㉑178, ㉓468
「蘐園雑話」…㉓305, 306, 317, 323, 336, 362
　東大図書館所蔵写本…㉓293, ㉗27, 161, 181
　〜の記載事項　荻生方庵…㉗32　上総での作品…㉓300 「蘐園談余」刊行…㉗160, 161　生類憐れみの令…㉓368　徂徠購書…㉗27　徂徠死去…㉓402, 480　徂徠生誕の奇瑞…㉓293　徂徠豆腐…㉓301 「与平子彬書」について…㉗181, 201, 202
「蘐園七筆」…㉓339
「蘐園十筆」…⑱121, 446, ㉓348, 349, 403, 459, 487, 554, ㉔13
「蘐園随筆」…㉓299, 341, 366, 437
　〜序・安藤東野…㉓369, 435, 437
　〜の記載事項　伊藤仁斎批判…㉓319, 371, 372, ㉗177（仁斎の漢文への批判…㉓38）　活物の説…㉓372, 392　講釈の盛行への批判…㉓302　事実と含蓄に関する主張…㉓339　叙事について…㉓332　宋儒擁護…㉓371, 375, 380　中華崇拝…㉓415　天主教への言及…㉓485　日本人の厳粛主義…⑰53　仏教・僧について…㉓370, 457
　〜の出版…㉓369
「蘐園談余」…㉓399, 451, ㉗152, 154, 156, 158-163
　神道…㉓451
「蘐園二筆」…㉓348, 381, 392, 459, 461-463, 466, ㉔8, ㉗34, 183
「蘐園咄」京大付属図書館所蔵写本…㉗27, 181, 201
「蘐園六筆」…㉓381, 466
騫…⑰597
玁狁…①283
甗…㉕86, 87
元（王朝・帝国）…②326, 588, ㉒107, 388, ㉓274→勝国→大元
　〜以後の中国絵画史…⑮606
　〜以後の文学の研究…⑮371
　　虚構の文学…⑮369-371　非虚構文学軽視の傾向…⑮370, 371　非虚構文学重視の主張…⑮371
　〜以前の「道蔵」の佚亡…㉒294
　〜以来の紙毬の遊び…⑭584
　〜が金からひきついだもの　北方講釈の流れ…⑭202　北方民族…⑮106
　〜初・元末へ社会の雰囲気の変遷…⑭84, 183, 268
　〜初の時代の文献の乏しさ…⑭118, 357
　　在野の文人の伝記…⑭118
　　文人の事蹟の不明確…⑭118, 150
　〜初の社会の文学軽視…⑭132
　　多数の文学の士の存在…⑭132, 133　文学の士の冷遇…⑭132　北人の文学活動…⑭158（散曲制作…⑭118-120, 184　詩文の巨公…⑭158　諸宮調制作…⑭120）
　〜初の政治の強烈さ…⑭183
　　科挙廃止→科挙（元）　伝統的観念の否定…⑭255　伝統に束縛されぬ清新な雰囲気…⑭254, 268, 607, 608　武断的政治力…①309　倫理の転換を促す雰囲気…⑭140, 141, 183
　〜初の名士…⑭135
　　元好問と北方の名士…⑭103　二大名士…⑭76, 176→元李
　〜と南宋　南宋との対峙…①282, ⑬6　南宋併呑…⑬6, 603, ⑭6, 32, 139→南宋滅亡
　〜と明→元明　元と明と清→元明清
　〜における外国との接触…①277, 287
　〜における蒙古人の誠実…②356

～による金の滅亡→金（王朝）
～の異族統治…①70, 283, ㉕9
異族統治の現実…⑮453　演劇…⑭143　外国語への関心…①287, ㉕386, 387　漢人の政治参与の制限…⑮365, 442　漢人の精神生活…⑭3　新文学誕生…⑮441, 442, ⑯586　伝統遮断…⑮434
文人の生き方…⑮442　蒙古人の中国文化への冷淡…①284, 298, 308, ⑬102, 103, 603, ⑮232, 314, 375, 378, 416, ㉒118
～の科挙制度　王安石の主張…①308, 309
雑劇を課題としたとする説…⑭138, 227, 230
～の学問　朱子学国定…①309, ⑬604, ㉒119, ㉕53, ㉗68「周礼」の地位…㉕346
～の宮廷　所蔵の書画…⑮255　大膳頭…⑮103
琵琶・昭君の琵琶…⑮224
～の国号の出典…⑮301, 402
皇元の美称…㉓430
～の士人　元初の士人の不遇…⑭130　士人の生き方…⑭385, ⑮428
～の士人と雑劇…⑭75, 83, 142
元初の士人と金の士人の雑劇への関心…⑭176
元初の士人の雑劇制作…⑭128
元初北方の士人の雑劇への関心…⑭83
元前半期の士人の雑劇への関心…⑭84
元末の士人の演劇への冷淡…⑭84, 175, 185
士人と歌妓…⑭75-83, 142（名妓の列伝…⑭71, 75）
大儒名士と雑劇…⑭142, 143
～の市民社会…②426, 430
市民的文化の発展…⑬604
～の時代（蒙古族統治の期間）…⑭6
元代を資料とする支那精神史研究…⑮312
元代海外貿易の研究…㉕399
元代の芸術に対する意識…②528（元画の四大家…⑬604, ⑭103, ⑮442, 606　彫刻への意識…②528）
元代の口語…⑮325, 326, ㉗279（我死也…㉕49, 50　会話教科書…⑭203）
口語公文書の盛行…⑭276（雑劇勃興との関係…⑭143, 276　蒙古語への翻訳との関係…⑭276）
口語文献…⑭276, ⑮318, 325, ㉕49（聖旨碑…⑭276, 555, ㉓187）
社会史→元代社会史
従来の文化への冷淡…⑬604
熟視の精神…⑭255, 348
出版活動…⑬593（注疏本出版…⑧510）
生活…②355-357（高麗婦人の召使…⑮109　胥吏…⑮9, 361　奴隷…⑮101, 168　農民子弟と四書…①319　北方の漢人の意識…⑮428, 431）
全真教の勢力確立…⑬604
中国文献翻訳（蒙古訳）…①286, ⑮308, 309（「貞観政要」…①286, ⑮308　中国文語文献の中国口語訳…⑭276, 278　蒙古語・漢文併記の文書碑文…①287）
北京語の地位…①280, ⑭279
歴史的動揺…⑭4
～の時代への興味…⑮246
～の笑話集…①231
～の政治への抵抗…⑮426
～の素朴主義…⑮331
元末漢人の素朴主義…⑬603
～の創業の君主の出身…⑮458
～の中国統一…②552, ⑬603
～の中国統治に対する態度　張居正の評価…⑮331, 332, 460　馬致遠…⑮224　白仁甫…⑭103-104, ⑮224　劉因…⑮428
～の朝廷と漢化…⑮295, 306, 312
漢人登用…⑬603, ⑮428, 434, 446, 448, 449（袁桷…⑮448, 449　王惲…⑮428　許衡・虞集→各項　掲傒斯・黄溍…⑮452　商挺…⑭120　趙孟頫…⑭103, ⑮447, 448　范梈…⑮452　楊載…⑮452　李冶…⑭75　柳貫…⑮452　劉秉忠…⑮428）
元末の翰林の文臣…⑮450（元詩の四大家・儒林の四傑…⑮452）
元末の朝廷の漢化の可能性…⑮295
～の朝廷と西域文化…⑮306
～の天子…⑮306
最後の天子…⑮418, 433, 458
天子と演劇…72（初期の天子と演劇…⑭62, 63　末期の天子の演劇愛好…⑭69）
天子の漢化…⑮293, 297, 306, 307, 309, 312（漢文の能力…⑮232, 233, 301　書法…⑮234　天子の中国文化への冷淡…⑮232）
～の日本への関心…②588
～の版図…㉖381
～の文化…⑬603
～の文学…⑮231, 307　演劇→演劇（中国・元）
戯曲→戯曲（中国・元）→雑劇（元曲）
宮廷の文学…⑮307, 446　古文の文学…⑮229
雑劇と詩の盛衰…⑮372
散曲…⑭31, 555（元初の散曲作者…⑭118, 119　散曲集…⑭118）→散曲
詩文の文学…⑭255, ⑮229（詩文作家の代表・元好問…①48　南北詩文の盛衰…⑭159　文学の代表としての戯曲…⑭13, ⑮169）
元末の文学…⑮259（名士と散曲…⑭184　古文…⑮453　唐詩祖述…⑮434, 446, 447, 453, 473　南方の市民詩の成長…⑮434　文運…⑮454, 455）
元末明初　雑劇作者と作品…⑭33　詩・戯曲小説の盛…⑮475（南方の詩…⑮468）「水滸」形成…㉖372（元時代の小水滸伝の堆積…⑭203）
～の文章の清新な気分…②356
散文の写実的精神…⑭255

～の文体…②32（詔勅の文体…⑬604, ⑭276）
～の滅亡…①309, ②552, ⑭32, 75
～の文字…①283, ㉓187→バスパ文字
～の最も太平の時代…⑭150
～の歴史の教訓…②357
～末の戯文における杜善夫…⑭135
～末の京師の風物…⑭71
～末の支那的伝統の復活…⑬603, ⑭268-270
～末の紛乱…⑮433, 461, 463
元の政治力の衰微…①309, ②357
～末の文人…⑮441, 442, 444, 445, 480, 502
元遺山→元好問
「元遺山詩集箋注」…⑭77, 97
元王（漢）…⑥195, ⑫69
元応「一切経音義」…㉒303
元応芳…㉓221
「元刊古今雑劇三十種」…⑭181, 365, ⑰247
京都帝国大学覆刻本…⑫263, ⑭34, 212, 388, 562, 567, 596（歌辞のみを記録する形式…⑭231, 232 原本…⑭39, 365）
所収作品 「諸宮調風月紫雲庭」…⑭567 「小張屠焚児救母」…⑭212 「蕭何追韓信」…⑭34 「趙氏孤児」…㉖367 「陳摶高臥」…㉖252 「李太白貶夜郎」…⑫263
跋・狩野直喜…⑰257, 258
元刊雑劇テクスト…⑭34, 39, 51-53, 232, 388, ㉖252
虞山銭氏旧蔵本…⑭380
元希声…⑪20
元曲→雑劇（元曲）
「元曲家考略」…⑭356, 367, 370, 371
後記…⑭367 正篇…①617 続編…①617, ⑭356
～の上海上雑出版社本…⑭356, 367
「元曲選」（元人百種曲）…⑭34, 35, 38, 380, 555, 560, 601, 604, ⑮169, 227, ㉗279
～所収の作品 「寃家債主」「燕青博魚」「鴛鴦被」「王粲登楼」「貨郎旦」「誶范叔」「灰闌記」「隔江闘智」「岳陽楼」「看銭奴」「勘頭巾」「漢宮秋」「還牢末」「気英布」「救孝子」「救風塵」「挙案斉眉」「漁樵記」「曲江池」「玉鏡台」「玉壺春」「金安寿」「金銭記」「金線池」「虎頭牌」「蝴蝶夢」「伍員吹簫」「悞入桃源」「梧桐雨」「梧桐葉」「昊天塔」「後庭花」「紅梨花」「黄粱夢」「合汗衫」「合同文字」「黒旋風」「酷寒亭」「殺狗勧夫」「児女団円」「謝金吾」「謝天香」「硃砂担」「㑳梅香」「秋胡戯妻」「小尉遅」「墻頭馬上」「蕭淑蘭」「瀟湘雨」「城南柳」「神奴児」「任風子」「生金閣」「青衫泪」「薛仁貴」「倩女離魂」「薦福碑」「楚昭公」「争報恩」「対玉梳」「単鞭奪槊」「賺蒯通」「竹塢聴琴」「竹葉舟」「張生煮海」「張天師」「趙氏孤児」「趙礼譲肥」「陳州糶米」「陳摶高臥」「鉄拐李」「度柳翠」「東堂老」「東坡夢」「凍蘇秦」「桃花女」「竇娥寃」「忍字記」「馬陵道」「范張鶏黍」「百花亭」「風光好」「馮玉蘭」「碧桃花」「抱粧盒」「望江亭」「盆児鬼」「魔合羅」「揚州夢」「羅李郎」「来生債」「李逵負荊」「柳毅伝書」「留鞋記」「劉行首」「両世姻縁」「麗春堂」「連環計」「魯斎郎」「老生児」→各項
～所収の作品の作者 王実甫・王仲文・花李郎・賈仲名・岳伯川・関漢卿・紀君祥・宮天挺・喬夢符・呉昌齢・紅字李二・高文秀・康進之・尚仲賢・秦簡夫・石君宝・石子章・孫仲章・戴善夫・張国賓・張寿卿・趙公輔・鄭廷玉・鄭徳輝・馬致遠・白仁甫・武漢臣→各項 無名氏…⑭91, 158, 218, 219, 230, 243, 270 孟漢卿・楊景賢・楊顕之・楊文奎・李好古・李行甫・李時中・李寿卿・李致遠・李直夫・李文蔚・劉君錫→各項
～所収の作品の素材…⑭201, 202, 207, 208, 211, 212, 214
軍談…⑭202, 203 裁判物語…⑭204, 205 仙人に関する講釈・唐人の伝奇…⑭207 文人に関する講釈…⑭206 「蒙求」「烈女伝」…⑭208 梁山泊講談…⑭203, ㉖371
～所収の作品の特徴 歌辞と構成の巧拙の一致…⑭229 歌者が途中で替わる曲…⑭218, 219 空間の転換…⑮59, 60 主役が女子であるもの…⑭220 主役の人物の変わるもの…⑭218
～と日本 新井白石…⑭142, 374, 592, ⑮169, 228, ㉓414, ㉗279 池田大伍…㉗281 荻生徂徠…⑭592, ㉓414, ㉗279 書物の日本輸入…㉓414
～における語句 花台子弟…⑭593 我与你…⑮126 光棍・渾家・做子弟的下場頭…⑭593 刷選…⑮220 紙鼈子…⑭584 洗剝…⑮73 走南瞭北…⑮75 年紀小的打那年紀老的…⑮32 把都児・哈喇…⑮222 没羅…⑮128 有便治無便棄…⑮67 老婆…⑭593
～における旦本末本の数…⑭220
～に対する疑惑・非難の当否…⑭36, 38, 412, 606, ⑮222, 227
改竄の疑惑…⑭38, 53, 387, 388
校改…⑭49, 51, 52, 388, 457, 546, ⑮38, 39, 222（押韻…⑭49, 50 校改の失敗…⑭51 対句…⑭50）
選択の当否…⑭36 選択の見識…⑭37, 38
他本との得失…⑭54, 388（元刊本との距離…⑭51-53, 387, 388 「古名家雑劇」…⑭49, 52, ⑮43, 102 「詞謔」…⑭50, 448, 464-466, 550 「盛世新声」…⑭50-52 「雍熙楽府」…⑭50-53, 380, 401, 408, 410, 412, 433, 434）
独り世に行われた理由…⑭36, 53
～の歌辞と白は作者を異にする説…⑭226, 227
～の刊行にさきだつ詩・書簡…⑭361, 362
～の巻頭の作品…⑮189
～の concordance…②223, ⑭374, 602, ㉖251, 375
～の雑劇に頻用される詩…⑮99（酒屋の詩…⑮

97）
～の北京での販売…⑭361, 362
～の編者の事蹟…⑭35, 360, 387
編刊に関する叙述…⑭360
編刻の経過・動機…⑭36, 360, 361, ⑮227
～の目録…⑭41
～の用語　雑劇のなかで定着した成語成句…⑭302, 303　清朝小学家の関心…⑭594　南方語を用いた例…⑭281　蒙古語（漢宮秋）…⑮221, 222
～評・王季烈…⑭37
「元曲選」（注釈）
注釈　東方文化研究所…⑭357, 555, 560
訳注　塩谷温…⑮228, ⑰406　宮原民平…⑮228
「元曲選」（テクスト）
原本…⑭381, ⑮227　上海商務印書館石印本…⑮227, ㉗281　上海世界書局活版本…⑮227-228
「元曲選」（篇名・項目）
已集…⑮3　自序…⑭13, 35, 53, 138, 226, 287, 360, 361, ⑮227　後集序…⑭361
「元曲選釈」…①611, ⑭357, 554, 555, ⑮12, 192, 196, 204, 209, 221-224, 228, ⑲97
第一集…⑭553, 557, ⑮187（「漢宮秋」「金銭記」…①621, ⑭603　「殺狗勧夫」…①298, 621, ⑭603）
第二集…⑮187（「金線池」「虎頭牌」「瀟湘雨」…①631, ⑭603）
「元曲の由来と白仁甫の梧桐雨」…⑭91, 92, 138, 143, 276, ⑮294, 305
元劇…⑭360, ⑮189, 190, 220→戯曲（中国・元）→雑劇（元曲）
元結・容州…⑪552, ⑮388, ㉖433
元好問・裕之・遺山…①48, 136, 151, ⑬601, ⑮221, 385, 399, 432, 556, ㉒102, 290
～以前の金詩…⑮378, 382-384
元好問のための堆積…⑮383, 384
～と開封の元夕の賑わい…⑮377, 378
～と元初北方の名士…⑭103
～と後人　狩野直喜…⑰252　虞集…⑮231, ㉑54　査初白…⑯198　銭謙益…⑯114, 115, ㉖434
～と崔立頌徳碑…⑮390
～と雑劇…⑭78
～と先人　朱子…㉒102　秦観…⑬138　蘇軾…⑮394, ㉒108, ㉖433　杜甫…⑮385, 386, 388, 397　陶淵明…⑮394, 397
～と南宋の戦争挑発…⑮386
～と南宋人の詩…⑮384, ㉒104, 105
～と白氏一家との交渉…⑭97
白華…⑭92, 94, 95　白敬甫…⑭97, 103　白仁甫…⑭94, 95, 97, 98, 102, 103　白賁…⑭96
～とフビライ…⑮393
～と「文学史大綱」（藤田豊八）…⑰394
～と蒙古の侵攻・兄元好古の虐殺・一家の三郷県避難・出身地の陥落…⑮386　聊城県軟禁…⑮390, 399　聊城軟禁解放後の生活…⑮391
～に次ぐ北方詩人（劉因）…⑮429
～の家の先祖…⑮388
～の生まれ育った風土…⑮385
～の冠氏居住の時期…⑭97
～の「金史」の原稿…①161, ②603, ⑮392
～の金の詩史に関する見解…⑮379, 381, 384
～の作品・著述　兄の墓銘…⑮386 「囲城の病中に文挙相い過ぎらる」…⑭92 「遺山集」…⑭97, ⑰252 「遺山先生楽府」…⑭77, ㉒105 「遺山先生新楽府」…⑭77 「遺山先生文集」→その項 「乙卯十一月鎮州に往く」…⑮393 「歌を聞きて京師の旧友を懐う」…⑭77, ⑮398　開封元夕の七絶…⑮378 「閑閑公墓銘」…⑮329 「己亥のとしの元日」…⑮392 「岐陽」…⑮374, 389 「癸巳の歳中書耶律公に寄する書」…⑭119 「琴弁の引」…⑭63 「欽叔内翰を送り并せて劉達卿郎中と白文挙編修に寄す」…⑭92 「元遺山集」…⑭119, 370 「故金尚書右丞耶律公神道碑」…⑭206, ㉒109, 110 「故帥閻侯墓表」「雑著」…⑭77　四十六歳春の五律…⑮390 「十七史蒙求序」…⑭294, 476 「順天府営建記」…⑭56 「承天鎮の懸泉に遊ぶ」…⑮398 「新軒楽府の引」…⑭298 「壬辰十二月車駕東狩して後の即事」…⑮389 『青玉案』（代わりて欽叔の親しめる楽府鄆生に贈る）…⑭77 「雪香亭雑詠」…⑭298 「絶芸杜生に贈る」…⑭76 「善人白公墓表」…⑭93, 95, 96 「曹南商氏千秋録」…⑭120 「即事」…⑮389 「続夷堅志」…㉒104 「中州集の後に題す」…⑮384, ㉒104　張弘略に与える五古…⑮395 「張主簿の草堂にて大雨を賦う」…⑮389 「朝散大夫同知東平府事胡公神道碑」…⑭372　趙宜之に和す五古…⑮394 「鎮州にて文挙と百一と飲む」…⑭92 「杜子を送る」…⑭135 「杜詩学」…⑮386 「杜生絶芸」…⑭76 「東坡楽府集選の引」…㉒108 「東坡詩雅」…⑮386 「東坡詩雅の引」…㉒108 「東坡の移居を学ぶ」…⑮392, ㉒108 「東平府新学記」…⑭117 「内翰馮公神道碑」…⑭133 「内郷の県斎にて事を書す」…⑮388 「南陽県太君墓誌銘」…⑭93, 96 「白兄と同に餅中の玉簪を賦す」「白枢判に和す」…⑭92 「白誠甫に示す」…⑭97　晩年の古詩…⑮385 「并州の少年の行」…⑮385 「麻杜張諸人の詩の評」…⑭119 「毛氏家訓の跋語」…⑭97 「野菊」…⑮386 「与枢判白兄書」…⑭92, 282, ⑮27 「楊叔能が小亨集の引」…⑮397, ⑯115, ㉖451 「陸氏通鑑詳節の引」…㉒106 「劉寿之，南中の山水画障を買いしに…」…㉒102 「潞州録事毛君が墓表」…⑭97 「論詩絶句三十首」…⑮386, 393, ⑳41, 42, 337
～の詩…①243, ⑮378, 384, 385, 397, 398
杏花の詩・登山の詩…⑮398　金滅亡の悲歌…

⑬173, 601, ⑮373, 374, 385 後世の評価…⑮397 熟視…⑮385, 387, 390, 391（熟視による新しい自然…⑮389 熟視による新しい題材・熟視による詩語の再生…⑮388, 389）
熟慮…⑮385, 387, 389, 395, 397（重厚…⑮385 誠実…⑮397）
総数…⑮393 南方の詩に対する自負…⑮384, ㉒104, 107 馬致遠の雑劇の典故としての引用…⑭298, 299 民族の危機における緊張…①76
～の詩句・引用句 滄海横流要此身…⑮390 短長亭是断腸亭…⑳399 不誠無物…③520, ⑮397, ⑯115, ㉖434, 435, 451 野蔓有情縈戦骨…①136, ⑮374
～の生没 生年…⑮385 没年…⑮393
～の性格…⑮385
～の先輩・友人・後輩等 閻珍…⑭77 王惲…⑭80 王若虚…㉔250, 251 郝経…⑮402, 403 紀子正…⑮399 厳実…⑭97, ⑮391 史天澤…⑭95 商衡…⑭120 商衜…⑭120, 136 辛愿…⑮383 張弘略…⑮395, 407 張柔…⑭97, ⑮391 張徳輝…⑮393 趙宜之…⑮394 趙天錫…⑮391 趙秉文…⑮381, 382, 386, ㉒114 陳庚…⑭135 杜仁傑…⑭77, 119, 135, ⑮387, 398 麻革…⑭77, ⑮387, 398 毛端卿…⑭97 耶律楚材…⑭119, ⑮390, 399 楊叔能・楊飛卿…⑮397 李献能（欽叔）…⑭77 李献甫（欽用）…⑭77, ⑮398 李純甫…㉒113 李治…⑭76, 176, ㉕53 →元李
～の前代の詩の評論…⑮393
～の地方官時代…⑮387
～の「中州集」編纂→「中州集」
～の文…⑮556
～の文学論…⑳42
「元好問」（小栗英一）…①136, ⑮374, 386, 389, 392, 393
元寇…②588, 592, ⑮373, 422, ⑯536, ⑰20, 466, ㉗67
～に関する記載…②588, 592
元克己…⑱111
「元西域人華化考」…⑮323, 455（文学篇…⑮320）
元載…⑫321
元雑劇→雑劇（元曲）
元史…⑮246, 302, ㉔252
～研究における胥吏の問題…⑮9
～への関心（清末）…②466
～への見解（臧晋叔）…⑭362, 363
「元史」…⑭3, 142, 146, ⑳357
～と雑劇作者…⑭89, 137
～と「制度通」…⑰557
～と二十四史…①177, ②154, ㉑94, ㉒298
～における儒林の四傑…⑮452
～の元末の記事…⑮289
～の資料の乏しさ…⑭118
～の疎略…⑭118, 137, ㉒298
～の疎略と明初の朝廷…⑮298, 307
～の日本に関する記述…②588, 592, ⑰466
～の編集と高啓…⑮466, 467
「元史」（篇名・項目）
志 楽志…⑭117 刑法志・禁令…⑭61 選挙志…⑭230（科目…⑭369） 百官志…⑭66, 72, 73, 102, ⑮239, 246, 248, 249, 314
本紀…⑭357, ⑮294
英宗本紀…⑭74 順帝本紀…⑭123, ⑮281, 285-289 世祖本紀…⑭66, 99, 116, 118, 206, ⑮101, 232 武宗本紀…⑭69 文宗本紀…⑭72, ⑮247, 248, 251, 258, 260, 271, 314 明宗本紀…⑮248, 271
列伝…①161, ⑭118, 130, 357
阿里海涯伝…⑮101 阿魯図伝…⑮286 王惲伝…⑭80 王鶚伝…⑮295 王結伝…⑭70, 367 王恂伝…⑭294 王約伝…⑭70, 150 賀勝伝…⑭67 郭貫伝…⑮239, 240 巎巎伝…⑭74, ⑮236, 237, 284, 292 許有壬伝…⑮267 掲傒斯伝…⑮259 元明善伝…⑮245 胡祗遹伝…⑭78, 569 公主列伝…⑮260 儒学伝…㉒99, 118 周伯琦伝…⑮285 徐世隆伝…⑮328 小雲石海涯伝…⑮317, 320, 323 星吉伝…⑭72 曹鑑伝…⑭157 曹元用伝…⑭159 達識帖睦邇伝…⑭169, ⑮283 張弘略伝…⑭161 張思明伝…⑮300, 310 張徳輝伝…⑭132 張雄飛伝…⑮101 趙阿哥潘伝…⑮301, 311 趙天錫伝…⑭115 陳思謙伝…⑭73 鉄哥伝…⑮299, 310 程鉅夫伝…⑮300, 311 朶児只伝…⑮262 朶爾直班伝…⑭73, ⑮279, 304 董文忠伝…⑭131 鄧文原伝…⑭156 脱脱伝…⑮282, 284, 288 嚢加歹伝…⑮296, 307 日本伝…②588 拜住伝…⑭73 木華黎伝…⑭64 耶律楚材伝…⑮221, 328 姚燧伝…⑭82 楊恭懿伝…⑭131 李洞伝…⑮259 李治伝…⑭76, 568, ㉕52 李孟伝…⑮239 劉敏中伝…⑭120
「元史紀事本末」
臧晋叔補訂本…⑭362, 364 京都大学文学部所蔵本…⑭362-364
序（徐申…⑭363 臧晋叔…⑭362, 363 陳邦瞻…⑭364） 律令之定…⑭35
「元史氏族表」…㉒298（部族無攷者…⑮265）
「元史訳文証補」…②442, 443, ⑯306
元始…㉕377, 378
元詞…⑭555
元詩…①75, 151, ⑮230, 450, 453, 556-558, ⑳22
～と日本人…⑱39
～の詩人の出身…⑮365（非漢族の詩人…⑮455）
～の選集…⑮457
～の大家…⑭173, ⑮450
四大家…⑭159, ⑮256, 452→虞楊范掲
～の末期の詩…⑮453
宋詩から離脱…⑮452 唐詩祖述…⑮452, 453
「元詩選」…⑭174, ⑮230, 285, 292, 446, 457, ⑯135, ⑰347, ㉓258

～の寓斎を白賁の号とする説…⑭96
「元詩選」（篇名・項目）
貫酸斎小伝…⑮322　癸集…⑭95, 112, 167, 168, ⑮230, 457　三集…⑮230, 457　初集…⑮230, 457　二集…⑮230, 239, 320, 457　丙集…⑭157
元二…⑪150
元次山…⑬295
元寿…⑦545
元儒の尊重（銭謙益）…⑯68
「元秋宜集」…⑮224
元正天皇…⑪131, ⑳242, ㉗20
元相国…⑭82
元宵節…①542, ⑬4, 418, 420, 517, 533, ⑯196, 379, ⑳295, ㉖366
「元人雑劇序説」…⑭379, 598, ⑮228, ⑰338, ㉓617
元雑劇の解題と考証…⑰404　「酷寒亭」旦末二本の解釈…⑮17　題目正名に関する説…⑭382
「元人十種詩」汲古閣刊本…⑭67
「元人百種曲」→「元曲選」
元稹・微之…②211, ⑪314-317, 378, ㉖496
～と白居易…①197, ⑪553, ㉓156, 161, ㉖432, 494→元白
友情…⑪314, 315, 317, ⑬168（元稹の白居易全集の序…⑪230　元稹の白居易への詩…⑪317　元稹〔元九〕への白居易の詩…⑪26, 314, 317, 433　元稹への白居易の書簡…⑪229, 230, 276, 297, 318, ㉗226　相互の次韻…⑬44）
律賦の名手…㉑10
～と楊万里…⑬168
～の著述　「鶯鶯伝」→その項　「元氏長慶集」…⑬168
～の杜甫評価…⑫585
杜甫の墓誌銘・「唐故検校工部員外郎杜君墓係銘」…⑫8, 17, 195, ㉒30
元帥…⑦545
元政上人…⑮538, ㉓322
元夕…⑮377
元夕舞隊…⑮16
元宗簡…㉖496
元叟…⑯40
元僧…②509, ㉓413, 420
元蔵の全真教の道蔵…㉒301
元代社会史…⑭3, ⑮4
元代政治史…⑭359
元丹丘・逸人…⑫109, 112
「元朝秘史」…①286, ⑮295, 307
元貞大徳時代と雑劇…⑭146-148, 150, 151, 159
元帝（漢）…②550, ⑦513, ⑫276, ⑭220, ⑳495
～と王昭君…⑮190, ㉖196
～と王昭君を題材とする文学　「詠懐古蹟」「怨曠思惟歌」「王明君の辞」「昭君変文」…⑮212
日本文学における伝承…⑮212（「唐物語」…⑮213　「源氏物語」…⑫282, ⑮213　「今昔物語」…⑫282, ⑮212　「昭君」…⑮218　「曽我物語」…⑮213）
～の悲しみを伝える琴曲…⑮214
元帝（漢宮秋）…⑭16, ⑮171, 208, 226
～を正末にしたことの効果…⑮214
～と王昭君の劇に関する徐朔方孟周論争…⑮192
～と王昭君の劇のあらすじ…⑮176, 177, 189, 190
～と王昭君の出会い…⑭25, 30, ⑮173, 177, 189, 195, 196, 224
～と匈奴…⑮218
～と刷選…⑮218-221
～と大臣たち…⑮84, 190, 199-201, 204, 218
～と毛延寿…⑭22, ⑮177, 189, 218
～の王昭君への愛と天子の地位の束縛…⑮197, 201　愛人喪失の悲哀告白…⑫272, 282, ⑭215, 337, ⑮203, 211, 214, 216
～の心情　雁の不幸への感傷…⑮209　喜怒哀楽…⑭264　極限状況…⑮193, 194, 210, 215　恋愛感情の普遍の確認…⑮203, 205, 210, 215　恋愛の真実の主張…⑮193, 194, 198
～への憐憫…⑮215
元帝（魏）…⑦195
元帝（東晋）…①230, ⑫23, 24, ㉕380
元帝（南朝・梁）…⑦542, 543, ⑬577→蕭繹
～の宮廷文庫の焼失…㉕272
～の作品『関山月』…⑫641　「金楼子」…⑮523（雑記篇…㉖401）「江上望月」…⑫643　「蕩婦秋思賦」…⑥292　「納涼」…⑫493
～の湘東王時代の臣　陰鏗…⑫659　杜崱…⑫24
～の都・江陵…⑫668（江陵陥落…⑰506, ㉕272）
「元典章」…⑭230, ⑮333, 339
～以後の吏牘・以前の吏牘…⑮363
～における事件・記録　子供を生贄にする事件…⑭212　「十六天魔」禁止…⑭72　胥吏と人妻の密通事件…⑮166　素人芝居の禁止…⑭61　俳優と一般人との結婚の禁止…⑭60, 73　継子いじめの記録…⑮166, 350
～における常用語彙・事項　因此上…⑭540　往常時…⑭284, 291　駆丁…⑮102　警迹人・刺了臂…⑭457
～の口語的語彙の頻用…⑮334, 335, 342, 345, 347, 348
会話そのままの記録…⑮348, 356
口語的語彙の特殊なもの…342, 343
～の正式名称　「大元聖政国朝典章」（正集）…⑮333　「新集至治条例」（新集）…⑮333, 337
～の文体…⑮363
漢文吏牘の文体…⑮336, 337, 340, 358, 362, 363（特殊な語彙…⑮341, 342　二字の連語…⑮340, 341　古文体の文書…⑮337, 338　口語文書…⑭275, 276, 283, 284, ⑮318　蒙古語直訳体…⑮333, 334, 336　吏牘の文の規格…⑮344）
「元典章」（テクスト）

故宮博物院所蔵元刊本…⑮333
「元典章」（篇名・項目）
国典「今上皇帝登宝位詔」…⑮337　詔令「皇帝登宝位詔」…⑮336-337
刑部…⑭284, ⑮348, 356
過失殺「馬ヲ走ラセテ人ヲ撞キ死セシコト」…⑮346（燕家・下二・喬令史・元倩・谷乞驢・朱阿郭・田快活・楊林・李三丑）「奸ニ因リテ人ヲ殺ス」…⑮354「寝ネシ婦ヲ盗ミ奸セシ奸夫ヲ殺死ス」…⑮354（王師姑・張記住・楊長二）「強奸シテ未マダ成ラザル奸夫ヲ打死ス」…⑮353（阿耿・邵県令の夫人・陳宝童…⑭284, ⑮353　張令史…⑮354　李松…⑭284, ⑮353）「定婚夫ヲ打死シテ還タ活ク」…⑮354（慈不揪・孫歪頭・蘄留住）
戯殺「船辺ニ戯ヲ作シテ渰死セルコト」…⑮345（王狗児・焦大・翟二）
禁例「風聞ノ公事ヲ禁治ス」…⑮337
誤殺「誤ッテ人ヲ打死ス」…⑮342（王大・張二・李在）
強窃盗賊通例…⑭457
豪覇ヲ禁ズ…⑮337
殺親属「妻ヲ殺死ス」…⑮352（霍牛児・岳仙・常三姐）「壻ヲ打死ス」…⑮352（孫重二・劉聚・劉全）
殺奴婢娼佃「有罪ノ駆ヲ殴死ス」…⑮353（乞赤斤・咬瓦失・昔剌）
雑禁…⑭61, 212
雑例「人ヲ碾キ死シテ屍ヲ移セシコト」…⑮334, 355（殷定僧…⑮334-336, 355　閻喜僧…⑮334, 335　崔中山…⑮334-336　周家・李鎮換…⑮334, 335）
主奴奸「品官ノ妻ノ従人ト通奸セルコト」…⑮355（趙海棠・鄧海・鄧四・劉阿孫・劉五提挙）
内乱「翁ガ男ノ婦ヲ奸シテ已ニ成レル」…⑮351（魏忠・張痩姑）
品官相殴「録事ガ経歴ヲ殴リシコト」…⑮355（孫良佐・劉世忠）
不獲賊「馬県尉ノ即チニ賊ヲ拏エザリシコト」…⑮356（侯澄・馬県尉）
不義「前妻ノ児女ヲ焼烙セルコト」…⑮166, 350（郝千驢・郝丑哥…⑮166, 350　郝罵児…⑮166　韓端哥…⑮166, 350　馮哇頭…⑮350）「妻ノ父ヲ打殺ス」…⑮343（郭百戸・呉招撫・張羔児）
謀殺「奸ニ因リテ本夫ヲ謀殺ス」…⑮351（阿陳・何阿安・何饅頭・李政・劉天璋）
謀反「乱リニ平民ガ歹シキコトヲ作セリト言エル」…⑮348（阿藍沙…⑮350　小甲…⑮349　馬三…⑭284, ⑮348, 349　木八剌…⑭284, ⑮348-350　欄十…⑮349）
戸部…⑮356
嫁娶「胡元一ガ兄妹ニテ婚ヲ為セルコト」…⑮356, 358（阿張・元七娘・胡元一・胡千七・胡大挙）
婚姻…⑭60
収継「田長宜ノ強イテ嫂ヲ収メシコト」…⑮357（田阿段・田千羊・田長宜）
房屋「官吏ノ房屋ヲ買ウヲ禁ズ」…⑮333
礼部　礼制「婚礼・嫁娶ニハ邀攔ヲ禁約セヨ」…⑮343
「元統元年進士録」…⑮102
元和（地名）…⑩462, ⑯250
元和偃武（日本）…⑨482
「元和姓纂」…⑫19, 21-24, ㉒86
元白（元好問・白文挙）…⑭94, 95
元白（元稹・白居易）…㉓156, 238, ㉖432, 433, 439→元稹
「元白詩箋證稿」…①616, ⑯268
艶体及悼亡詩・古題楽府・新楽府・「長恨歌」「琵琶引」・附論・連昌宮詞…①616
元版…㉒426, ㉕410, 430
希覯本…㉑165, ㉕266「史記」…㉑202「中州集」…⑬273「杜詩黄鶴注」…㉕504「杜詩千家注」…㉒74, ㉕493　朱子の著述…㉑165
元弼…㉕452, 459, 478
元人　散曲の語彙…⑭289　詩文…⑰560（詩集…⑬187, 197　詩文集…⑭357　文集…②592）写実的精神…⑭255　諸劇…⑭226　文章…②356
～の生没の日…②542
～の蔵経目録…㉒301
～の伝記資料の乏しさ…⑭118
元文…㉓187
「元文類」…①713, 714, ⑮220, 229, ⑯123, ⑰561→「国朝文類」
～四部叢刊本・西湖書院本…⑮229
元明　唐詩祖述…⑬174　貴族と評話…㉖368　鄭玄の権威…㉗98　套…⑭561
～の関係　元追放による明の建国…⑭362　元の政治制度の継承…⑭362, ⑮331　元の素朴の継承…⑮331　明人の元に対する認識…⑮306
「元明以来雑劇総録」…⑭13, 41
「元明雑劇」陳氏万暦刊本・継志斎本…⑭41, 365　南京図書館影印本…⑭39, 56, 87, 181, 207, 380, ⑮4
元明清…⑦589
～と宋→宋以後
～と唐・宋→唐宋元明清
～の科挙制度→科挙（元明清）
～の楽…⑭593
～の虚構の文学…⑮369, 564
戯曲小説…⑮370-372, 564
文学革命における尊重…⑮370, 371
～の国定教科書…④8
～の詩…⑮368-372
過去の文学を祖述…⑮366, 367, 370, 393（宋詩の祖述…⑬47, ⑮367　唐詩の祖述…⑬47, ⑮

366, 367）
元明清詩概説…⑮364, ㉕11
詩人…①110, ⑬174, 605, ⑮365, 366, ㉕11（作詩人口の増大…⑮366, 367　多作の傾向…⑮372）
周辺民族・西洋の圧迫への抵抗詩…⑮368, 369
題材の面白さと新しさ・悲哀の抑制…⑮368
文学革命における軽視…⑮370
～の詩話…①455
～の新儒学…㉗66
朱子学…㉖245　哲学への市民の参加…⑬606
～の非虚構の散文…⑮370, 371（碑誌伝状…②190）
～の律賦…㉑11
「元明清戯曲研究論文集」…⑮192
元明人…②489
～の雑劇→雑劇（元明）
元明善…⑭159, ⑮232, 245
元明天皇…⑫8, ㉖8
元祐党籍碑・元祐の姦党の学術…⑬139
元祐の名臣…⑬147
元李（元好問・李治）…⑭76, ㉕53
元禄時代とルネサンス…⑱355
元淮「金淵（困）集」…⑭148, 370　「試墨」…⑭148　「昭君出塞」「西風」…⑭149　「弔昭君」…⑭148　「予暇日には書画を観るを喜ぶ…」「楊妃入蜀」…⑭149
玄…⑦526, 527
玄慧…⑪369
玄（元）応「一切経音義」…㉒301, 303
玄界灘…㉒327
玄学…②170
玄黄…㉕103-106
玄沙…⑭366
玄酒…⑦238
玄珠閣…⑪520
玄奘三蔵…①47, ⑫216, ⑬359, ⑰17, ⑱32, 326, ㉒11, 483, ㉔65, ㉖400, ㉗47
玄宗（唐）・神武皇帝…⑪168, 189, 222, 398, 499, ⑫9, 165, 195, 571, ⑬240, 576, 578, ⑲397, ㉒30, 85, ㉕463→明皇→李隆基
～を含む唐王朝の天子…②551
～下賜の“金銭”…⑳412
～序「一切道経音義」…㉒303
～注「孝経」…⑫38, ㉗65
～勅撰「大唐六典」…⑨481, ⑰558, ㉓227, ㉕344
～と安禄山→その項
～と音楽…⑪53, 168, 243, 244, ⑫36, 563, ⑭64
作曲　「雨霖鈴」…⑪251　「霓裳羽衣の曲」…⑪244, 257
梨園の弟子…⑪53, 168, 254, 255, 257, ⑫38, 52（賀懐智…⑪244　公孫大娘…⑫36　張野狐…⑪244　馬仙期…⑪244　李亀年…⑪53, 244, ⑮161, ㉕50, 51）
～と皇太子（粛宗）…⑫309, 312-314, 318, 319, 391, 392, ⑯119, ⑰252, ㉗22
馬嵬駅の父子訣別…⑪251, ⑫177, 309-311, 314, 322-324, ㉒27
霊武での新帝即位…⑪251, ⑫177, 203, 204, 241, 309, 319, 323, 329, 330, 366, 569, ㉒27, ㉖48, 49, 56（簒奪とする批判…⑫309, 311, 312　司馬光の粛宗弁護…⑫310, 311）
～と日本の遣唐使…㉒14, 15
～と楊貴妃…①24, ⑪45, 112, 177, 234, 235, 246, 260, 275, 313, ⑫53, 54, 227, 236-238, 260, 318, 325, 371, 549, 568
馬嵬駅で玄宗の追憶…⑪252, 253, ⑫270, 271
馬嵬駅の悲劇…⑪247, 248, 556, ⑫175, 176, 260-262, 274, 323, 371, 372, 551, ⑮215, ㉒24-26, 60, ㉖48
文学における扱い
雑劇　「金銭記」…⑭408, 409　「梧桐雨」…⑭215, ⑮215-217, 226　「梧桐葉」…⑭395　九竜池と玄宗・楊貴妃…⑭395, 408, 409　玄宗の亡き楊貴妃への哀傷…⑭215, ⑮215-217　牡丹・楊家一捻紅…⑭395, 396
詩　「長恨歌」→その項　長生殿の語らい…⑪266　鈿合金釵…⑪265　臨江の道士…⑪257, 556
杜詩の言及…⑫279　「哀江頭」…⑪273, ⑫274, 371, 372, 582　「解悶」…⑫279　「宿昔」…⑫274, 275　「同諸公登慈恩寺塔」…⑫222, 549, ㉕404, 405　「奉同郭給事湯東霊湫作」…⑫227　「北征」…㉒60
諸宮調　「天宝遺事諸宮調」…⑫263-272, 281, ⑮226
小説　「驪山記」…⑫261, 262, ⑭395
日本文学・映画　映画「楊貴妃」…⑪558, 561　「唐物語」「俊頼髄脳」「今昔物語」…⑫281　「太平記」…⑫280, 281　謡曲「楊貴妃」…⑪557
楊氏一族の権勢と富…⑪241-243, ⑫53, 55, 103, 273, ㉕477
「楊太真外伝」→その項
～と楊国忠→その項
～と凌波池の竜女…⑭395
～における是勿児得人憐…⑦508
～に対する「資治通鑑」の記述　玄宗の禁酒への否定的評価…①172, 178　長安脱出…①170, 177, ⑪246, ⑫174, ㉒24　馬嵬駅事件…⑪248, ⑫174-177, 241, 310, 311, ㉒24
～に連なる人々　王室の人々
兄の子（李瑀…⑫65　李璡…⑫65, 118）　皇子（永王璘…⑪86, 179, 330, ㉖117　瑛…⑫312　儀王璲…㉗21　寿王…⑪235, 260, ⑫54）　弟（岐王…⑪53　寧王…⑪244）　皇太子の妃・張氏…⑫324, 325, 392　祖母・則天武后…⑪236, ⑫8,

11, 318　誅殺した女性（韋皇后・安楽公主…⑫9, 16, 318　太平公主…⑪28, 30, ⑫10）　配偶の女性（元献皇后…⑪234　武恵妃…⑪42, 234, ⑫54）　婿（崔恵童…⑫65　張垍…⑪17, 42, ⑫66, 313, ㉕451, 452, 458, 459　鄭潜耀…⑫65, 403, 411）
外国人の将軍任用…⑪168, 178, 569
安禄山→その項　哥舒翰…⑫172, 173, 241, ㉒23　高仙芝…⑫171, 172, ㉒21　封常清・高仙芝の処刑…⑫172, ㉒22
後宮の女性数…⑫318
側近の宦官　高力士…⑪35, ⑫40, 49, 52, 53, 313, 318-320, 323, 325, 329, ㉒26
太子の旧友　李泌…⑫326
廷臣　阿倍仲麻呂・韋見素→各項　韋抗…⑪33　宇文融…⑪35, 36, 41　袁暉・王翰・王光庭…⑪33　王毛仲…⑪42　賈曾…⑪33　賀知章…⑪33, 175　韓休・許景先…⑪33　源乾曜…⑪33, 35, 36, 41　厳挺之…⑫51, ㉕451, 458　崔隠甫…⑪35　崔禹錫・崔日用・徐堅・徐知仁…⑪33　蕭嵩…⑪33, 36　席預…⑪33　蘇晋…⑪33, 36　蘇頲…⑪32, 33　宋璟…⑪32, 33, 36, 303, ⑫38　張説→その項　張嘉貞…⑪33　張九齢→その項　趙冬曦…⑪33, 37　陳希烈…⑫418, ㉖37　鄭虔…⑫402-404　裴光庭…⑪36, ⑫273　裴崔…⑪33　房琯・姚崇→各項　李元紘…⑪33, 36　李暠…⑪33　李邕…⑫51　李林甫→その項　陸堅…⑪33, 40, 41　劉昇・盧従愿…⑪33　李白…⑪86, 175, 177, ⑫49, 120, 319, ㉖116（「宮中行楽詞」「清平調詞」→李白詩　流罪…⑪86, 179, ⑫330, ㉖117）
～の睿宗擁立…⑪28, ⑫9
～の科挙の詩賦重視…①303, 305
銭起の詩（天宝10）…①304
～の宮廷所蔵の名筆の整理…⑳242
～の孔子への王号追贈…㉓406
～の在位年数…⑥198, ⑪168, 232, ⑫10, 546, 563, ㉕476, ㉖10
～の三郎の呼称…①524, ⑪168, 251
～の時代以後の音階の変化…㉓411
～の時代以後の中国史の画期…⑥191, ⑬550
五経の地位の強化…②323
世襲貴族勢力の後退…②326
～の時代と杜甫→杜甫
～の時代における唐詩の転換…⑪14, 169, 552, ⑰71, ㉓351
張説…⑪14, 15, 28-31, 38, 39, 552, ⑫492
～の集賢殿設立…⑪33, 37, ⑫52
～の重色…⑪233, 234
～の昭陵参拝…㉕474
～の生日・千秋節…⑫40
～の成都亡命→安禄山
～の積極的性格…①24
外国征伐好き…①24, ⑪299, ⑫96, 99, 213, 563, 582, ㉕403　贅沢と国家的危機…①24, ⑥149, ⑪242, ⑫60
～の即位…⑪28, ⑫10, 16
杜甫の生年…⑫8, 10, 16, 31, 546, 563, 581, 588, ㉒28, ㉕476, ㉖8　人人の期待…⑫8, 10, 16
～の治世…⑫31, 38, 40, 546, 568, ⑳412
開元の治…⑪303, ⑫60, 229, 547（開元期の戸数・人口…⑫40, 59）
宦官の跋扈…⑫40-41, ㉒22
挙子・任子の争い…㉕450, 457, 476
天宝改元後の頽廃…⑫51-53, 59, 60, 67, 151, 213, 548, 549, 568（神秘愛好…⑥147, ⑫52, 62　政治への倦怠…⑫52, 548, 568）
天宝末二年間の転変…㉒20（天宝十三載秋の長雨…㉖37, 43　天宝末の戸数…⑫177, ㉒27　長安の人口…㉖37）
李林甫・楊氏一族・安禄山の跋扈…⑫51-60, 548, 549
～の張説の詩への「墨令の答賛」…⑪30
～の張説の集賢殿書院知院事就任祝賀の宴…⑪33
諸臣の詩の賛…⑪34
～の張説のための神道碑…⑪42
～の勅命で「孔氏伝」字体の書き改め…⑦277, 288
～の唐詩人における人気…⑪234
～の封禅の儀…⑪34, 37, 42, ⑫39
～の遊月宮…⑳150
山車（安徽省太平県）…⑱550
～の驪山避寒…⑪237, ⑫56, 171, 185, 213, 227, 229, 231, 233, ㉒21, 29
～の楼閣・施設　花蕚楼…⑭409　華清宮…⑪237, ⑫327, 390　含元殿…㉒14, 15　興慶宮…㉒24　紫宸殿・宣政殿・太極殿…㉒15　大明宮…㉒24　沈香亭…㉕436　芙蓉苑…⑫371
玄紞…⑱510
玄談…⑦289, ⑫390
玄都観…㉒460
玄都壇…⑫110
玄貝…㉗75, 101
玄風…㉕377, 378
玄圃（崑崙山）…⑪533
玄妙…⑰18
玄洋…㉒326, 327
沅江…⑯192, 193
沅湘…㉕209
言…④4, ㉑201, ㉓333, 334
元雑劇の直写…㉕49　史書への混入…㉕47
～と意…②12-14, 17, ㉗234
～と辞（荻生徂徠）…㉑179, 180, ㉓336, 350, ㉕255
～と書…㉕36, 37, 39, 40, 43-47, 50, 54, 59
言と書と意…②11, 13, 134, 135, ㉕35, 36, 70

言と書と心…②12
～と助字…㉕44, 45
～と文…⑥218, 219, ㉓336
言と文と志…②43, 134, 135, ㉓335
言と文との乖離…①319
～の煩砕…㉕37, 39, 40, 43-47
言（古代君主の言語）・言の記録…①157, ㉑156
言（詩経の語）…⑯435
言（文の字数）…㉓200
言偃…④3→子游
言を乞う…㉕327
言官詞林…⑯19, 24
言語…⑱75, ⑳191, 217, ㉕244, 259
～軽視の思想…㉕26
～行動と法則性…⑳158, 159
～そのものに内在する諸条件の熟視…㉕462
～そのものへの愛着…⑳19
～という中国語…⑰423
～と事実…⑳5, ㉕19, 20, 71, 82, 83, 132, 143, ㉗190
言語を生むための素材としての諸事実…㉕462, ㉗190, 396　言語と事実尊重の結果としての情緒への敏感…②342　事実を伝達する手段と見る立場…⑥218, ㉓539, 542, 543, ㉕16-18, 72, 142, ㉗190　事実に到達する過程とする立場…㉕16, 26, 462, ㉗396　事実の刺激に反応する意識の所産とする立場…㉕73　事実の従者とする思想…㉕22, 26　両者を密着した関係にあるとする反省…㉕20　両者の間の距離を大きく見る意識…㉕17, 21→本項・～不信の思想　両者は形而上のものの象徴とする思考…②341, 342
～と人間　言語を資料とする人間学…②321, 342, ㉕242, ㉗190
言語を著者の心と密着した事実とする思考…㉓542, 548, ㉕73, 242（言語での事実の伝達と著者…㉕83, 142, 147, 148）
言語を人間の事実とする思考…⑰181, ⑳5, ㉓539, 548, ㉕73, 159, 242, ㉗190, 204
言語を最も的確に把握しうる人間の事実とする思考…㉗192（言語による事実の伝達も人間の事実とする反省…㉕20　言語を人間の精神の象徴とする意識…②342　言語を人間の精神の直接的表現とする思考…㉓542　言語そのものによる人間の精神の発掘…㉓542）
～と文学…⑱75
～に対する執着の希薄…㉕17
～による頂点の指摘…㉗239
～の音楽的調和への意識…⑥218
言語表現の音楽美…③11
～の音似…⑳70-75
音似と擬音語…⑳72-74
～の音声…㉓535, ㉕82, 101, 118, 247
音声の効果…㉕129, 130, 160　音声の事態の吸収…⑳81-85　音声の事態への追随…⑳70, 72-75, 79, 82-85, 87, 90, 97, 98
音声の姿…㉕121, 126-128（音声の連なり方の姿…㉕121, 126, 128-133）
音声の流れ…㉕92, 96, 105, 129, 142（流れと気分との繫がり…㉕113, 119　流れの旋律と事実との繫がり…㉕107）
音声の流れのリズム…㉕96-99, 136, 138, 141-144（流れのリズムと意味のリズム…③519, ④737, ㉕247, 248, 462, ㉗248, 249　流れのリズムと事実との繫がり…㉕141, 142　流れのリズムの調節…㉕136-140）
音声の美…㉕102, 103, 105, 130　音声の様相…㉕148, ㉗431　音声の抑揚頓挫…⑳95　音声の連続の効果…㉕129
音声の話者の心理への追随…⑳95
～の音調への顧慮…②47, ㉗238
～の絵画的性質…⑳70, 86, 96, 98
～の感性による検証…②230
～の擬音性…⑳72-75, 80-88, 90, 91
～の擬音としての意識を低める契機…⑳86
建築的均斉への意識…⑥218
～の事実…㉕92, 94, 95, ㉗395, 398
～の条件への順応と反発…⑱75
～の装飾性…②47, 48
～の尊重…②341, 342, 581
言語表現の特別な尊重…①60
～の同母音の反覆…㉕121-123, 127
～の背後にあるものの探究（訓詁学）…②341
～の不自由さ…㉕243, 244, ㉗239
単語の有限…㉕244, 259
～の包有する未分化なもの…㉕243
～の忘却…㉕18, 20, 27, 28, 72
～の模写的性格と象徴的性格…⑪380, 381, ㉗431
～のリズム…㉓14, ㉕101, 106, 145, 176-178, ㉗397
～能力の尊重…②470, 471
～は事態の符牒…⑳67, 70, 89, 98
～不信の思想…㉕21, 27, 28
言語音楽説…㉕101, 105, 106
言語科学…②581, 582
言語学…㉗274
言語学（中国）…②203
言語学者…④10, ⑥254
言語美…㉕6, 7
言志の文学と載道の文学・言志派…①603
言有物…⑯108, 109, 112
言游…⑬572→子游
阮逸　注「文中子」…⑥38
阮蔭曽…⑯245
阮瑀・元瑜…⑦91, 102, 106, 109, 110, 112-117, 124, 180, 194, 198, 199, ㉗133
「為曹公作書与孫権…⑦114　「止欲賦」…⑦452　「七哀」…⑦114　「与曹公牋」…⑦113
阮咸・仲容…⑦180, 181, 188, 189, 475, ⑫413

阮元・儀徴…②404,⑯238-242,245,259,⑲414,㉑202,㉗312
～蔵宋刊十行本「毛詩正義」…⑩454
～と音義相関説…⑳77
～の菊花無恙桂成叢…⑲119
～の詁経精舎…⑯9,241,242,㉗360
～の校勘の業績…⑧26,⑩443,444,448
十三経の校勘…⑯242
～の浙江学政…⑯239
～の浙江巡撫…⑯241,㉒307
～の著述「経義雑記題辞」…⑯241,248「経籍籑詁」…②211,⑯239-242,259「揅経室集」…⑯242,⑳363「孝経鄭氏解輯本」題辞…⑯232「四庫未収書目提要」…⑭368,㉒299,㉕283「釈矢」…⑳75,76,85「儒林伝稿」…⑯256「十三経注疏挍勘記」→その項「小滄浪筆談」…⑯238「宋本十三経注疏併経典釈文挍勘記」…⑰591「臧拝経別伝」…⑯232,234,237-239,242,244-250,254-256「定香亭筆談」…⑯232,248「武進臧布衣伝」…⑯232-234「両浙輶軒録」…⑯184
～の駢文尊重…⑯36
～の「文選」尊重…⑯652
～覆刻本「七経孟子考文」…㉓329,㉗74「毛詩正義」…⑩454
～本「春秋公羊伝注疏」…⑥399
阮亨…⑯245
阮孝緒「七録」→その項
阮常生…⑯245
阮籍・嗣宗・歩兵…①15,⑦180,289,⑪5,⑫428,616,⑰335,⑲263,317,㉗133,148
～を含む竹林の七賢…①15,118,⑦117,180,188,454,475,⑲15,㉗133,137
王戎…②236,240,⑦184,㉕209
～と江淹…①96
～と老荘思想…⑦188,208,238,244,590,⑲15,㉗133
～における偽善への憎悪…⑦224
～における政治と文学…①120,121
～に対する批評　顔延之…⑦195　呉淇…⑦196　司馬昭…⑦187,190　鍾嶸…⑦200,201　李善…⑦201
～の家の富裕…⑦180,181
～の「詠懐詩」→その項
永遠の生活の主張…⑦226-228,234,236,237,245
過剰なき生活…⑦237,239　憔悴の生活…⑦227　常の生活…⑦226,227,235,236　神仙の生活…⑦228,230-232,237-239　誠実な生き方…⑦232,233
永遠の生活の主張の矛盾…⑦238,243-245
時代への絶望…⑦240
神仙の生活の可能への懐疑…⑦239,241（酒の字の不在…⑦237）
詩句・詩材　夸談快憤懣…⑦246　死…⑦220,245　召平の瓜作り…⑦228,245　千秋万歳後…⑦321　天馬出西北…㉒93　明月…⑫641　夕陽…⑳53
従来の五言詩からの画期…⑦193,200
重い主題…⑦200　孤独感…⑦196-198,227　視野の広さ…⑦171,194-201　発言の態度…⑦193,201　連作としての一貫性…⑦200,201
従来の五言詩との繋がり・隔たり　応璩の詩…⑦171-173,199,200　漢代の古詩…⑰194,197-199,201-205,209,214,237　建安の詩…⑦171,194,199-202,204,235
従来の五言詩の感情の相続と深化…⑦214,247
絶望の哲学…①65,108,⑦117,㉑43　人間の幸福の脆さ…⑦202-204,209　人間の不安…①15,⑦171,172　悲哀…⑦202
従来の詩に見られぬか，乏しかった感情…⑦214
過剰への欲望による不幸…⑦221-225,227,229,236　幸福の喪失は人間の必然…⑦204-209,212　死への恐れの後退…⑦220　時間の推移を嫌悪する感情…⑦209-213　人間同士の悪意の重視…⑦214,215,217-219
唐詩人との繋がり　陳子昂「感遇」…⑫94　杜甫「壮遊」…⑫34
～の記事「晋紀」…⑦183「晋書」…㉗134,142「晋書」（王隠）…⑦184
～の近親者　甥・阮咸→その項　子・阮渾…⑦189　父・阮瑀→その項　母…⑦116
～の賦「元父の賦」…㉑9「清思の賦」…⑦234
～の散文…⑦244
幸不幸の転移の論理…⑦245
作品「大人先生伝」…⑦244,246,247「達荘論」…⑦244,245
死生をひとしくする説…⑦245,⑲15
斉物の哲学…⑦245,246,⑲15
～の時代の欺瞞と偽善…⑦185-187,201,219
～の時代の江南地方…⑦223
～の慎重…⑦187,190
～の「世説新語」の記事…①193,②236,240,⑦182,454,㉗136,137,142
飲酒…⑦181,187　青白眼…①118,⑦181,⑯262　母の死…①118,⑦182　隣家の美人の内儀…⑦184,㉗134
～の袋小路での慟哭…⑦191,⑫616
～の歩兵尉…⑭405
～の役人の地位…①120
東平知事…⑦182　歩兵校尉…⑦181,190
～の礼俗無視…①118,⑦181
兄嫁の里帰り…⑦189,㉗134,142,146　裴楷の弔問…⑦190　美少女の死…⑦184,㉗134
阮瞻（せん）…⑦469,484-486,493,⑰146
阮倉（蒼）「列仙図」…⑥396
阮卓…⑫657,659,665

阮肇…⑭446
阮孚・遥集…⑦475
阮福…⑩454
阮文業…㉗133
原罪説…㉗110
原州…㉒93
原泉…㉕214
「原典中国近代思想史」…㉗236
原典批判…㉗267, 270-273, 276
原道…⑬553
「原道」…②253, 490, ⑪375, 376, 430, ⑬553, ㉓381
眩人…⑥131
現在の生活…②254-257, 260, 261, 284, 294
～の尊重…②258-260
～の否定…②251, 252, 256
現在の文章と古代の文章（文選序）…②256-258
現実の尊重…①284, ②268, ③546
現状維持の思想…②260
現代かなづかい…㉗351
現代京劇…㉒443, 444, 454
「現代支那文学全集」（東成社）…⑰410
「現代支那文学叢刊」（伊藤書店）…⑰410
「現代詩大系」…⑱335
「現代随想全集」二十一巻「三好達治・吉川幸次郎・大山定一集」（創元社）…⑬187, ⑯559, ⑲470, ㉔68
現代中国…②268, 336, 398, 400, 555
～と旧中国の連続・非連続…㉒322, 446, 450
～と宗教…②363
～と「論語」…④5, ⑤137, 140
～における実名の扱い…⑤142
～の改革…⑬607
～の言語生活…②199
～の指導者と孔子…⑤124
～の小説家…②348
～の政治重視と孔子…⑤186, 193
～の僧侶…②383
～の直面する困難…②346
～の哲学…⑯609
～の農村の勢力と都市の勢力・農民…②423
～の文章…②21, 22, 45, 199, 201
～への関心…㉒359, 360
「現代中国研究」（大阪外大）…①635
現代中国語のローマ字化…①402
「現代中国小説集―車ひきの石不爛―」…①635
「現代中国文学全集」…⑯305
現代天文学…③511
「現代日本評論選」「自由について・儒者の言葉」…⑳383
現代の学問…㉕17, 20
「現代の随想」…㉗400
現代文学（中国）→中国文学（現代）
絃索…⑭576
「絃索西廂」…⑭566, 576→「董西廂」
減却…㉖91
源君美…㉓131, 132, 135, 136→新井白石
源光庵…㉓707, 708
源氏の源の発音…⑱377
「源氏物語」…①254, ⑤313, ⑰552, ⑱482, ⑲39, 53, ⑳18, 204, ㉑135, ㉓555, 703→五十四帖
～を歌学の書とする態度…⑱11
～を服飾史資料とする態度…㉕321, 397
～と英語国民…㉑140
～と王昭君の故事…⑫282, ⑮213
～と現代中国…⑳437, ㉖509
中国作家代表団…⑯538, ㉑140, ㉒435
中国人の知識…⑯587, ⑲459, ㉑140
～と現代の生活環境…①146, ㉓306
～と琴…㉓411
～と日本人の態度…⑰4, 5, ⑳500, ㉑121, ㉔13
荻生徂徠…⑱446, ㉓304, 306, 462, 463, 487, ㉔13, ㉗34, 182, 183, 203　賀茂真淵…㉗219　阪倉篤太郎…⑱429, 431, ㉗310　堀景山…㉓463, ㉗34, 182, 183, 203　本居宣長→その項
～と日本の支那学者…②570
～と日本文学の系譜…①114
～と長谷寺…㉔247
～と謡曲…⑰617
謡曲「楊貴妃」…⑪556, 557
～におけるあはれ…㉗85
うしろみの方の物のあはれ…㉗210, 211
“物のあはれを知る”説…㉓507, ㉗207-212
～におけるめめしさへの評価…㉗215-217
～の異本への注意・校合…⑱59
古版本…②571
～の生き霊…㉖120
～の教養部講義（アメリカ）…⑲440
～の閨閣脂粉猥褻の語…㉓304
～の言語…⑱52, 415, 430, 431, ㉔13, ㉕38, 46, ㉗393
～の古典としての評価…②270, ⑱30, 431, ㉕38
～の作中人物　葵の上…㉖120　右大臣・朧月夜・女三の宮・柏木…㉗207　左馬頭…㉗210　玉鬘姫…①175, 176, ⑱11, 430, ㉑121, 122, ㉓507, ㉔10, 247　光源氏→その項　藤壺…㉗207　紫の上…㉗207, 209　夕顔…㉒435　夕霧…⑥247
～の作中人物の性格…㉔9
作中人物における物のあはれを知る人…㉗207
～の索引…⑳34, ㉗212
～の主題としての恋愛…㉒440
～の出現したころの西洋…⑱42, ㉗369, 384
～の出現したころの中国…①175, ②161, ⑫588, ⑬225, ⑰464, ⑱34, 41, 42, 429, 445, 446, ⑲60, ㉖482, ㉗369
～の出現と虚構の文学の地位…①87, ⑬225, ⑮

371, ⑱11, 429, 446, ㉑33, ㉗133, 369
～の出現と「水滸」の出現…①58, 85, 87, ②161, 596, ⑬225, ⑯587, ⑱8, 11, 34, 41, 42, 415, 446, ㉓462, ㉔8, 13, ㉕296, ㉖482, ㉗183
～の叙述のしとけなさ…㉗215
～の小説としての価値…㉓462
世界最古の散文小説…⑱31　世界最初の心理小説…⑱42, 430, ㉑30, ㉒470
～の西洋の学者による研究…⑱44, ⑲374
～の素材…㉓507
～の中国への紹介…②352, 354, 355, 568, 597, ⑯550, ㉑141
～の注釈…㉔13, ㉕38
～の著者の中国文明への反撥…⑱52, 446, ㉑125, 127, 128
歴史への小説の優位の主張…①175, ⑱11, 34, 52, 429, 430, 446, ⑲60, ㉑121
「論語」への無関心…⑤136
～の読解と中国書の読解　「水滸伝」…⑱415　蘇軾の詩文…⑱431　「論語」…①268, ②72, ⑱395, 415
～の読者…⑱31
～の文章…①59, ⑱78
～の文体…①268, ⑱419
～の洋装本…㉔312
～への中国書の影響…⑤135, ㉑118
「史記」…⑤135, ⑥247, ⑱446, ㉑125　中国伝奇小説の影響説…①636, ⑪549　白居易…①129（「長恨歌」の影響…①34, ⑪556, ㉑118）
「源氏物語」（テクスト）
青表紙本・河内本…⑯323　日本古典文学大系本…⑮213
「源氏物語」（篇名）
葵…⑪256　宇治十帖…⑲374　少女…⑥247　桐壺…⑪556　須磨…⑫282, ⑮213, ⑱429, 431, ㉗310　帚木・雨夜の品定め…㉗210, 211　蛍…⑱11, 52, 430, 446, ⑲60, ㉑121, 122, 124, ㉓507, ㉔10, 247, ㉗216, 226, 229　夕顔…⑯538, ㉔14　夕霧…㉗209　若菜…㉗86
「源氏物語絵巻」…⑲298, ㉒470
「源氏物語玉の小櫛」…⑳18, ㉗51, 210, 211, 229
～における語彙・事項　いふかひなき物…㉗209　めめしさの価値…㉗217　物語の価値と性質（桜の比喩）…⑰188, ⑱430, ㉓507, ㉗193　物のあはれ…㉗206-208, 226　恋愛論…⑰465
～の実証的心理的注釈法…⑲97
源出眉山…⑬275
源平…㉓478
～の戦い…⑬6
諺解…㉓299
厳安楽…⑥369
厳羽・儀卿・滄浪…⑪4, ⑬185, ㉓639, ㉖440
「滄浪詩話」→その項
厳可均…⑥265, 348, 350, ⑯233, 238, 242, 244
「全漢文」…⑥337　「全三国文」…⑦167　「全上古三代秦漢三国六朝文」→その項　「全梁文」…⑦166　「臧和貴別伝」…⑯233, 238, 242, 244　「唐石経校文」…⑩456
厳顔…㉗102-105
～師説…⑥368
～の学・旧説…⑥373→顔厳
～の辞…⑥370
～の顓門の業…⑥368
厳忌…⑥202
厳亀の食経…①547
厳景高・伯修…⑯246
厳杰（けつ）…⑩454, ⑯240, 252
厳元照…⑯241, 253　「悔庵学文」…⑯240　「書盧抱経先生札記後」…⑯235　「奉少詹事銭竹汀先生書」「与臧在東書」…⑯240
厳沆…㉓264
厳氏（春秋公羊学派）…㉕229
「厳氏春秋」…⑥367, 369
厳実…⑭77, 95, 97, 117, 119, 130, ⑮391, ㉔250
厳柔済…⑭97
厳遵・君平…⑥393, ⑦399, ㉔315, 317
厳助…⑥77-79, 105-107, 109, 127, 197, 200
厳紹璗…㉒474
厳嵩（すう）…⑮518, 519, ⑯169
厳青翟（せいてき）…⑥120, 125
厳荘…⑫308, 367, 368
厳葱奇（そうき）…⑥200
厳忠済…⑭117
厳勅…㉗102, 103
厳廟・厳有院…㉓293, 416→徳川将軍
厳武…⑫51, 531, 554, 583, 633, ㉓554, ㉕66, 451, 458, ㉖160
厳復…⑯386　訳「羣己権界論」（On Liberty）…⑯387　「天演論」…⑯545
厳文井…㉒442, 495
厳彭祖…⑥367, 369, 371
儼然…㉓406

こ

コァンチョプホァ（寛徹不花）…⑭72, 188→威順王
「コウベ・クロニクル」…㉔326
コーカシアン…㉔223
ゴーゴリ…①276, 277, ⑯285, 319, ㉒434
コージェント（Khojent）…⑥156
ゴーチェ「宝玉詩集」…⑰489
コーネル大学…⑲322
「コーラン」…②285, ㉗246
ゴキ…㉔164
ココノール湖…⑫101
コズロフ探検隊…⑫263, ⑭11, ⑲376, 416

コタンスキ…⑲374
ゴットシェット…㉗333
コティの香水…⑪242
コナンドイル…⑯311
コニー・アイランド…⑫603, ⑲222
ゴビ沙漠…⑥99, 133
ゴブラン織…⑱459
コペルニクス…⑰204
コペンハーゲン…⑲342, 355, 400, 426, ㉔121
コマーシャル・メッセージ…⑳437
コマロフ…⑲383, 384
ゴメツ将軍…㉔154, 155
「ゴメツ記念号」…㉔157
コモ（Como）湖…㉒557, ㉔128, 171, 175, 176, 178, 179, 206, 207
ゴランツ教授…㉔87
コリャオ…㉔165
コリント殺害事件（義和団）…①515
ゴルキー…⑱127
コルテス…㉔137
コレッジ・ド・フランス…⑳347
コローの画…㉓626
コロシアム…㉔173, 179
コロチコフ…⑲373
コロラド…⑥418, ⑲323
コロン（クリストーバル）…㉔135→コロンブス
コロンバン咖啡店…⑱539
コロンビア（共和国）…㉔152, 153
コロンビア大学…④736, ⑮558, ⑰308, ⑲297, 301, 313, 451, ⑳398, ㉔127, ㉖504
〜客員教授時代の助手…①714
〜教授　王際真…⑲313　キーン…㉔159　グッドリッチ…⑲313　清水治…⑲287　角田柳作…⑲313　ド・ベリ…⑲440, ㉒557, ㉔128, 158, 206　ワトソン…⑭611, ㉒557, ㉓558
〜蔵本　「会試録」コレクション…㉓162　「古楽府」左克明・嘉靖刊本…⑲313, 315
〜でのセミナー…⑲436-438
〜とウィットフォーゲルの読書人研究…⑲226
〜と胡適…⑯327
〜とサー・ジョージ・サンソム…⑲214
〜と日本人の中国研究の業績…⑲448
〜と早稲田大学…⑲330, 451, ㉔251
〜の改革委員会…㉔159
〜の学部・学科　英文学講座…⑰10　新聞学部…⑲287　中国史科…㉗387　中国日本学部…⑲431　東洋学…⑲322　東洋部の図書費…⑲332　日本文学専攻学生の数…⑲439
〜の施設　学生宿舎…⑲287, 301　ケント・ホール…⑲452　講堂…⑲438　バトラー・ホール…⑲449, 450, 453　附属宿舎…⑲431
コロンビア大学前（地下鉄）…⑲454
コロンブス…⑮570, ㉔137, 162, 220, 221→コロン
〜のアメリカ発見…㉔130, 132
〜の寄航地…㉔131, 148, 149, 220
ヴェネゼラ…㉔147-150　セント・クロア島…㉔135-138, 207, 220　トリニダド…㉔149　ハイチ島…㉔135, 149
〜の航海　第一回…㉔135, 163　第二回…㉔135, 137　第三回…㉔137, 149　第四回…㉔137
〜の船団の船医…㉔134, 136
コングレス・ハイツ（ワシントン）…⑲257
コングレス・ライブラリー（アメリカ）…⑲332→国会図書館（アメリカ）
コンゴ…⑲354
コント（オーギュスト）…㉒392
コンラッド（ジョセフ）…㉕139
子煩悩…⑯443
小泉策太郎・三申…㉓583
小泉信三記念講座…⑤326
小泉八雲「神国日本」…⑯583
小海村（長野県南佐久郡）…㉔59
小倉…⑱413, ㉖489
小倉師団…㉔17
小倉町大字鍛治町八十七番地…⑱413
小倉藩…㉓414
小島昌太郎…⑫460, ⑱544, ㉔231
「小島の春」…⑯583
小島憲之（のりゆき）…⑰70, 73, ㉗14, 16
「天平歌壇の流れ」…①626
小島吉雄…⑳259
小嶋宝素…㉔304, ㉗245
小塚新一郎…⑲93, ⑳453, ㉕259
小寺謙吉…㉔325
小西謙…②267
小西重直…㉔66
小西甚一…㉗440　「拾遺集時代と白詩の表現」…①626　「中世表現意識と宋代詩論」「文鏡秘府論考」…①622
小葉田淳（こばた・あつし）…㉔46
小林（植木野）…⑰585, 586
小林一茶…⑮605
小林延年・歳仲…㉕205→須原屋新兵衛
小林新兵衛・文由…㉕203
小林多喜二…②597, ㉑140, ㉒434, 435
小林太市郎…⑪137, ⑫304
小林健志「宋代の叙情詩詞」…①631
小林忠治郎…⑯278, ㉒337
小林俊雄「文選注引劉煕本孟子考」…①620
小林信明…⑨181
小林博士（物理学）…⑲330
小林秀雄「本居宣長」…㉗209
小原育夫…㉒469, 472
小原正太郎…㉒369, 425
小町産湯の井戸…㉖199
小松左京…㉕288　「日本沈没」…㉕299

小松茂美…㉔291 「平安朝伝来の白氏文集と三蹟の研究」…⑪440, ㉔290
小南一郎…⑩465, ⑳359, 360, ㉒338, ㉕439, 470, 482
～尾崎雄二郎の「書経」解説…⑧507
～の「尚書孔氏伝」訓読訳…⑧504, ⑨479
小宮豊隆…①203, ⑰335, ⑲217, ㉓620, ㉔93
小諸義塾…②63
戸（七祀）…㉒306
戸に当って…⑥322
戸部…②186, 272, 436, ⑮21
戸部侍郎…⑫175, ㉒25
戸部尚書…⑪499, ⑬21, ⑭176, ㉓167, 232, 254
戸部郎中…⑪510, 513, ⑮264
戸房…⑮21
戸牖郷（陽武）…㉕75-77
木花之開耶姫（このはなのさくやひめ）…①563, ㉗218
乎…㉗248
古…②250, 259
古　荻生徂徠…㉓342, 343, ㉗181　唐以前…①205　筆法…㉒401
古意…㉓502, 507
「古逸叢書」…⑦556, ㉕285, 496
「玉燭宝典」…⑦556, ⑱536 「杜工部草堂詩箋」…⑫300, ㉒74, ㉕434, 496 「杜工部草堂詩箋補遺」…㉕434
古韻の学…②204, ③44
「古韻標準」…②204, ⑯118, ㉒406
「古歌」…①369
「古歌」（秋風蕭蕭愁殺人）…①368, ⑥275, 329
古賀峯一…②500, ⑰76
古楽府→楽府（漢）
「古楽府」（左克明）…㉑20
コロンビア大学所蔵・嘉靖刊本…⑲313, 315
ハーヴァード大学所蔵・明本…⑲315
「古楽府」（呉勉学校刊）…⑲314
古雅…⑬60
古怪な服装…㉓613
古学…⑥365, 367→古文の学（後漢）
古学（伊藤仁斎）…⑦562, ㉓45, 465
古学（金）…㉒117, 118
古学（銭謙益）…⑯65, 85, 88, ㉖452
～の友…⑯83, 129
古学（明）…㉖454
古学（本居宣長）…⑰180, ㉓45, 465
古学先生→伊藤仁斎
「古学先生碣銘行状」…㉓318
古学派（仁斎・徂徠）…㉓701
～の儒学と国学…⑰207
古楽…㉓411
「古楽苑抄」…⑥345
「古楽経」…㉓76, 493
古嶽（人名）…㉓708
古義…②496, ④10, 11, ⑤215, 300, ⑰38, ㉓32, 33, 39, 381, 474, 549, 551, 553
古義学（伊藤仁斎）…⑰158, ㉓33, 48, ㉗175
～と清朝漢学…㉗69（戴震の説…⑰220）
～と福沢諭吉…⑰60, ⑱447
～の朱子学への反撥…⑰78, 133
～の生命の充実の主張…⑰133
～の積極主義・実証主義…⑰127
～の大成者（伊藤東涯）…⑰149
～の立場・昔と今の非連続…⑰156
～の中国古典の原義に立ち返った理解…⑰124, 133, 149, 152, 156, ㉓39
中国古代語への態度…⑰47, ㉓39, 551
古義堂…⑰37, 58, 119, 120, 122, 124, 126, 128, 161, ㉓48, 490
～と「金渓雑話」…㉗182
～との関わり　伊藤蘭嵎…㉓494　荻生徂徠…㉓319, ㉗175　懐徳堂…⑰24　堀景山塾…㉗172
～における伊藤仁斎の学説…⑰37, 124
～における伊藤仁斎の教育…㉓33, 58
講義法…㉓33
～の所在地…⑰24, 119, 120, 126, 128, ㉑138, ㉓33, 48, 570, ㉗172
～の書庫…⑰130
～の地位…⑰24
～の保存…⑰119, 120, 126, ㉓48
～の門弟…④9, ⑰24, 37, 119, 120, 126, ㉓33, 570
門人帳…⑰126
～の歴史…⑰24, 119, ㉓48
古義堂遺書…⑰167
古義堂文庫…⑰122, 131
「古義堂文庫目録」…㉓494
「古鏡記」…⑪482, 546
王家…⑪486　王勣…⑪486, 488, 489　鸚鵡…⑪483, 484　許旌陽・許蔵秘…⑪491　侯家…⑪486　侯先生…⑪482, 483　柴華…⑪483　山公…⑪489　紫珍…⑪488　薛俠…⑪485　蘇賓…⑪492　張珂・張始鸞…⑪490　張竜駒…⑪487, 488　趙丹・陳永…⑪491　陳思恭・程雄…⑪483　豹生・苗季子…⑪485, 486　李旡傲…⑪483　李敬慎…⑪491
古鏡銘…①372-374
「古今集」→「古今和歌集」
古今伝授…⑰617
「古今余材抄」…㉓25, 28, ㉕117, 162, 181, 182（仮名序・抄…㉕180）
「古今和歌集」…②464, ③29, ⑱482, ㉑85, 117, 141, 227, ㉒437, ㉔30, ㉗356
～と外国文学…⑱27, 28, 42, ㉗384
～と日本人　梅原猛…⑰622-623　荻生徂徠…㉓463　賀茂真淵…⑰172, ㉕118　契沖…⑰618, 619, ㉓28, ㉕162, 182　国学者…⑳204　土岐善麿…⑱332　正岡子規…⑰620, 621　松尾芭蕉…⑱55　本居宣長…⑰187, 199, 619, 622, 630, ㉓

504, ㉗53, 225, 227, 356
～と比喩…⑱28
恋の歌の比喩の使用…⑱27, 28
四時風景の歌の比喩の稀少…⑱28
～と「万葉集」 霧の歌…㉕181-182　両者の差異…⑰620, ㉑216, 220, 225, 226
～と謡曲…⑰617
～と「礼記」月令…⑳354
～の異本校合…⑱59
～の一センテンスの歌…⑪480, ⑱42, ㉑125, 127, ㉔9
紀貫之の「春立ちける日よめる」歌…⑪480, ⑱387
～の感情　哀切…⑱42, ㉓567, ㉖482, ㉗357　きめこまかさ…⑰621　推移の悲哀…⑰620, ㉑216-220, 225　推移への歓喜…㉑225　絶望の歌…⑳223
～の軽視（明治）…⑰617, 618, 620, 622, 623
～の言語と今日の日本語…⑱415
～の古学のともがらによる軽視…⑰619, 620
～の三木三鳥の伝授…⑳192
～の選者の「万葉」評価…⑰618
～の注釈…㉕118, 162
～の部立て…⑰620, ⑱12, ㉑220, ㉔6
～の文学　虚構性…㉗357　古典としての地位…⑮367, ⑰617, ⑱55　情操文学としての優秀性…⑱125　日常的性格…⑫588　非虚構性…⑲53, ㉔170　まっすぐな抒情…㉑125, ㉓566-567, ㉔9, ㉖236　無常感…⑰620, ⑱55
～の理屈っぽさ…⑰621
～の恋愛の主題…㉒440, 470, ㉓567
恋人の夢の歌…⑱17, 28
「古今和歌集」（注釈）…㉕118, 162
賀茂真淵「月やあらぬ」の歌の注釈…㉕118
注契沖…㉕162
「古今和歌集」（テクスト）
天理図書館所蔵写本…㉕410
「古今和歌集」（篇名・項目）
哀傷歌…⑰619, ⑱12, ㉑218, 225　秋歌…⑰620, ⑱12, ㉑220, ㉓28, ㉔6　賀歌…⑱12（君が代の歌…⑰639）　羈旅歌…⑰617, ⑱12, ㉗20　恋歌…⑱12, ㉑217, 218（「月やあらぬ」の歌…㉕114）　序…①14, ③23, 28, 33, ⑥416, ⑰618, ⑱15, ㉗80, 225（仮名序…㉑219, 223, ㉕116, 181, ㉗227　真名序…㉗227）　雑歌…⑰617, ⑱12, ㉑218, 219　夏歌…⑰620, ⑱12, ㉑220, ㉔6　春歌…⑰620, ⑱12, ㉑217, 220, ㉔6　冬歌…⑰620, ⑱12, ㉑220, ㉔6　物名・離別歌…⑱12
「古今和歌集遠鏡」…⑰630, ⑱74, 437, ㉕116, 117
古訓…②250, ㉕198
古剣妙快「戯劇を看る」「了幻集」…⑭366
古賢聖に対す…①530
古言…㉓385, 386
～と伊藤仁斎…㉓551
～と荻生徂徠…②496, ④11, ㉓377, 381, 474, 549, 551, 553
古言と今言…㉓330, 331, 377, 381　古言としての原義（義…㉓385　作者…㉓386　折枝…㉓339）
～と賀茂真淵…㉓502, 507
～と宋儒…377
～と本居宣長…㉓502, 507, 509
古語…⑦169
「古杭才人新編」…⑭58, 88
古今…⑰19
「古今学変」…⑰39, ⑳172, ㉓86, 89
「古今楽録」…⑥344, 350
「玄雲」「黄爵」「釣竿」「務成」の曲…⑥350
「古今雑劇」（趙琦美校）…⑭39
趙琦美写本…⑭40, 41, 365　脈望館鈔校本…⑭365
「古今雑劇三十種」→「元刊古今雑劇三十種」
「古今雑劇選」→「雑劇選」「息機子古今雑劇選」
～序…⑭13
「古今詩刪」…⑥345, ⑮530, 540, ⑯113
～序・王世貞…⑯113
「古今詩話」…⑫27
「古今小説」…②589, ⑬504, 506, 538, ⑰130
「史弘肇竜虎風雲会」…⑬507, 515　「宋四公大鬧禁魂張」…㉖411　「楊思温燕山逢故人」…⑪538　「臨安里銭婆留初跡」…⑮26
「古今小説」（テクスト）…②589
校注本…㉖402　人民文学出版社版…㉖404, 407, 411　尊経閣文庫本・中国覆刻本…②589　内閣文庫本…②589, ⑮26
「古今小説」注・許政揚…㉖402, 404, 407, 411
古今小品書籍印行会…⑭58
「古今説海」…⑪549
「古今注」…①360, 362, ⑥303
「古今著聞集」偸盗の巻…㉗146
「古今図書集成」…㉓226
「古今同姓名録」…㉗419
「古今名劇合選」崇禎刊本…⑭365→「新鐫古今名劇」
「古今類書纂要」…⑮73
「古雑劇」（王驥徳編・顧曲斎刊本）…⑭365→「顧曲斎元人雑劇選」
「古史考」…⑰593
「古史徴開題記」…⑰155, 165, ㉓89, ㉗199
古市…①372
古梓堂文庫…⑩461
古詩・古体詩…⑦562, ㉑36, 37, ㉔90, 233, ㉖220
～と荻生徂徠…㉓351, 352
～と今体詩…①127
古体詩は思想表現，今体詩は叙情…①123
～と唐人…①610
杜甫…①132, ㉒82, ㉖30, 135, 161, 220

〜の擬作　李攀竜…⑮515, 516　陸機→その項　劉鑠…⑥269
〜の制作年代…⑥339
漢魏・太康以還…㉓351
古詩（漢）…①362, ⑥317, 318, 325, 330, 332, ⑦69, 364, ㉑8, 205, 220
〜と楽府古辞…①362, ⑥332, 338, ㉑14
〜における語句・事項　杞梁の妻…⑥301-303　人生如寄…⑬115　離別された妻の嘆き…①362
〜の換韻…①125-126, ⑥318
〜の五言…①127
〜の詩人の悲哀…⑦198
〜の人生への態度　自己の誠実による不幸克服…⑦238　人生への懐疑…①65　推移の悲哀…①107, ⑥338→「古詩十九首」
〜の制作年代…⑥257, 339
〜の篇数…⑥269
〜のもっとも優れた句…⑥325
〜のもっとも優れた作品群…⑥270
〜のリズム…㉑14
古詩　漢魏…㉓322, 351　漢六朝…⑦562　「詩」…⑥224　宋…⑬42, 47　唐…①74, ⑪4, ⑬8　唐以前…⑦561, 562
「古詩」…①369
〜を題名とする作品（第一句を示す）
行行随道…①371　高田種小麦…①370　四坐且莫諠…①364, ⑥332, 333（「詠香爐詩」…⑥333）　上山採蘼蕪…①362　莵糸従長風…①370　里中有啼児…①371（「上留田行」）
〜と「玉台新詠」…⑥269, 282, 296, 300, 332
〜と「詩品」…⑥269, ⑦200
〜と「文選」…⑥269, ⑦562
「古詩紀」→「詩紀」
「古詩帰」…①438, 439, ⑥39, ⑦156, 561, ⑮540
「古詩源」…⑥39, ⑦561, ⑰407（「大風歌」評…⑥39）
「古詩三首」（詩紀）…⑥280
「古詩四首」（蘇武）…⑥273-274, 276, 292, 304
「古詩十九首」…①608, ⑥269, 332, ⑦597, ㉑214, ㉖444, 445
〜と五言詩…⑥266, 270, 305, ⑦194, 202, ㉑205, 208, 210
〜と「詩経」の不連続…⑥330, ㉑213, 216, 226　「詩」国風との不連続…⑥268　「蟋蟀」（唐風）・「晨風」（秦風）…⑥321
〜と「楚辞」の不連続…⑥330, ㉑213
〜と日本人　「古今集」の推移の悲哀…㉑216-220　「百人一首」の恋との比較…⑱5　「万葉集」の推移の悲哀…㉑205, 220
〜との関わり　阮籍「詠懐詩」との隔たり…⑦194, 197, 198, 202, 203, 205, 209-210, 214, 220, 237　胡適…⑯406　杜甫…⑫525, 600, ㉖145（月光…⑫599, 641）　枚乗…⑥269　李白「擬古」…⑪93
〜と仏教思想…⑰333
〜における語句・事項　季節の推移…⑥287, 288　金石…⑥308, 325, ⑦203　蟋蟀傷局促…⑥321　秋草萋已緑…⑥320　愁思当告誰…⑦198　倡家・蕩子…⑥291　晨風懐苦心…⑥321　人生天地間…⑥330, ㉑213　西北有高楼…⑥301, 304　東風揺百草…⑥324, ㉑219　日已・日以・日趨…⑥275　盤石の固…⑥289, 305, 308　浮雲…⑥275-277, 302　服食求神仙…⑥312　夕陽の欠落…⑳53
〜の大げさな表現…⑥268, 273
〜の訓詁…⑥269
〜の作者…⑥289
作者と「列子」…⑥288
〜の作品（第一句を示す）　廻車駕言邁…⑥267, 323, ㉑208　客従遠方来…⑥267, 280, 282, ㉑209　去者以日疎…⑥267, 328, ㉕209　駆車上東門…①107, ⑥267, 307, 308, ㉑207, 209　行行重行行…⑥267, 270, ⑱4, ㉑204, 206　今日良宴会…⑥267, 323, 326, ㉑209　渉江采芙蓉…⑥267, 278, 279, ㉑36　生年不満百…⑥267, 308, 315　西北有高楼…⑥267, 300, 304, 322　青青河畔草…⑥267, 290, ⑮516, ㉑207　青青陵上柏…⑥267, 307, 308, 312　冉冉孤生竹…⑥267, 278, 296, ㉑209　迢迢牽牛星…⑥267, 283, 284　庭中有奇樹…⑥267, 278, ㉑206　東城高且長…⑥267, 296, 307, 318　明月何皎皎…⑥267, 283, ⑦197　明月皎夜光…①107, ⑥267, 283, 286, 287, ㉑207　孟冬寒気至…⑥267, 280　凜凜歳云暮…⑥267, 295, ⑱23
〜の思夢…⑱23
〜の視野の広狭…⑦172, 194, 197, 198
人寿有限…⑦172, 199
〜の詩形の特徴　換韻…①125-126, ⑥318　最長の詩…⑥296　畳字の連用…⑥293, 294　リズム…⑥266, 268, ㉑204　連語…⑥294
〜の主題…⑥267, 284, 285, 298, 305, 306, 330, ㉑204, 205, 208, 210
逐臣棄婦の詩…⑥21, ⑦202
人間の善意への信頼…⑦214
〜の推移の悲哀…⑥267, 277, 283, 285, 330, ㉑205, 206, 208, 210, 213, 215-217
幸福から不幸への転移…⑥21, 267, 268, 285, 287, 291, 293, 304, 306, ㉑206, 217
自然の推移…⑥281, 287, 320, 325
時間の推移　死後の時間の推移と死者…⑥328, 329　死に至る時間の推移…①107, ⑥267, 268, 306-308, 312, ⑦210, ㉑207, 218（死に至る時間の推移の速さ…⑥307, 321）
推移を感じさせる風景…⑥275, 277, 279, 296
推移の上に堆積する不幸…⑥272, 275, 281
推移の起伏とその支配…⑥298, 299

推移への嫌悪…⑦209-210
推移への悲哀…①107, ⑥267, 278, 285, 299, 305, 328, ⑫600, ㉑204, 205
不幸な時間の持続…①107, ⑥267, 270, 279, 280, 283, 285, 296, 298, 306, ㉑206, 217
未来の不幸への危惧…⑥298
～の素直さ…㉑215
～の「青青河畔草」の引用　「初学記」「北堂書鈔」…⑥292　李攀竜の擬作…⑮516
～の製作年代…⑥257, 266, 269, 288, 330, 430, ㉑213, 215
～の選択（文選）…⑥270, ㉑205
～の悲哀…⑦202
現在の事態のみを悲しむ詩…⑥301, 302　幸福の喪失の必然…⑦205　幸福のもろさ…⑦202-204　人間は不安定な存在とする感情…⑥21
～の悲哀救済　栄達…⑥323, 326, ㉑209　快楽…⑥308, 312, 314, 316-318, 321, 323, 326, ⑦237, ㉑209　高節…⑥300, 305, 306, ㉑208（時間の流れに超然とした不変の誠実…⑥305-307, ㉑208　その時点における誠実の高潮…⑥305）
～の最も絶望的な詩…⑥308
～評釈・著述　朱筠・朱自清・隋樹森・銭大昕・張玉穀・馬茂元・李攀竜→各項
「古詩所」…⑭362
「古詩選」（入谷仙介）…①274, ⑦563
古詩の賦と今の賦（文章流別論）…⑥216
「古詩八首」（玉台新詠）…⑥269, 282, 296, 300, 332
「古事記」…②352, ⑯583, ⑰190, 192, 200, ㉓555
～とアメリカの大学…⑲440
～と荻生徂徠…㉓451
～と「旧事本紀」…㉓451
～と国学者…⑳204
～と周作人…②568
～と上代の口語…㉕46
～と「東国通鑑」…⑳449
～と「日本書紀」…⑱63, ㉓496, 498, 509, ㉕277→記紀
歌謡…③29, ㉓146→記紀　賀茂真淵の主張…⑲90, ㉓502　書き方…㉗106　神代の巻の記載…⑱11　河村秀根…㉗60　漢籍渡来記載の差違…⑳448, ㉕276
～と「日本書紀」と「万葉集」…②270, ㉓509→記紀万葉
～と本居宣長…⑧511, ⑰192, 194, ㉑29, ㉓498, 503, ㉕277, ㉗102, 152, 155
「古事記」を読むための博学の勧め…⑰187, 624, ⑲90, ㉓502
「古事記」と「日本書紀」の地位逆転と宣長…⑱63（皇国言による叙述の尊重…㉗102）
「古事記」の拡張解釈…㉗205
「古事記」の神神…㉓514, 539
「古事記」の訓…⑦462, 595, ⑰189, ㉓556, ㉗195（都不…⑦462）
「古事記」の言・辞…⑰195, ㉗194
「古事記」の注釈…⑫243, ⑰191, 192, 194, 195, ㉕347, 412, 413, ㉗55, 75, 194（注釈の態度・方法…⑰628, ㉕413　倭建命に関する注釈…⑰197-199）
～の記載と歴史事実…⑤134
漢籍渡来の記事…⑤133, 134, ⑳448, 449, ㉑95, ㉓563, ㉕276　技術者渡来の記事…⑳448
～の偽書説…㉗70
～の古代的環境…①268
～の古典としての価値…②270
～の神話…①88, ②374, ③18, ⑱39, 40, ㉓496, ㉗194
神への関心…①104　禍津日神…㉗205
～の性に関する叙述…㉒440
～の表記…②76, ㉗94
表記の発音…㉓95
～の文体と現代の日本人…①268
「古事記」（テクスト）
寛永本…㉗195　真福寺本…⑦293　日本古典文学大系本…㉗61　延佳本…㉗57, 59, 62, 92, 195
「古事記」（篇名・項目）
応神天皇の巻…⑤133　大雀の命の崩御…⑦293　神代の巻…⑤316, ⑰171, 196, 636, ⑱11　序…②26, 171, 172, ㉑110, ㉓563, ㉕61, 384, ㉗70　人皇の巻…⑤316　品陀和気の命の条…⑳448, ㉕276　三貴子誕生の条…⑰195
「古事記伝」…⑰177, 178, 200, 210, ⑲97, ⑳18, ㉒73, ㉕412, ㉗55, 185→「記伝」
～以前以後の記紀注釈家の説…㉗61
～著作のころの世界…㉔190, 221
～と漢籍　「五経正義」…①709, ㉓552, ㉕245, ㉗81, 186, 194　「爾雅」…㉗101　「十三経注疏」…㉗77, 83, 89, 91　段玉裁の著…①709, ⑪473, ㉕413
～と西洋…㉑75, ㉔399, ㉗186, 332
「ファウスト」の注釈家の方向…㉕246
～と中国語和訳の方法…㉗195
～と「直毘霊」…㉓514
～との関わり　仁斎・徂徠の主張…⑰195　服部中庸…㉗199, 200　南川維遷…㉗203
～と「万葉代匠記」…⑤297, ⑰627, ㉕245, 482
～と「論語古義」「論語徴」…⑤297, ⑰627, 629, ㉓465, 515, 542, 552
～における語句・事項の解説　足一騰宮…㉗56-58, 61, 62, 76, 80　伊美那…⑰470　仮字…㉗94　キサガヒヒメ…㉗75, 101　其鼠子等皆喫也…㉗76, 81　如先…㉗195　殿騰戸…㉗92, 101　幽契…㉗196　夜さり…㉔7
～における序文の訓読…②171
～における説　賀茂真淵への反論…⑰189, ⑳193, ㉓512, ㉕339　国語の純粋でない語法の指摘…

⑩83, ⑰188, ㉓556, ㉗195, 196　神秘の容認…⑰628　神武天皇即位に関する論駁…⑰189　てにをはと助字の説…②10, 85, ⑦595, ⑱98, 115, ⑲197, ㉓144, 556, ㉕45（膠着語と孤立語の差違…⑱76, ㉗197　中国語の暗示性と国語の分明…⑱391-392）　皇国言の意と漢字の義に関する指摘…⑰503　道の議論…㉓512　吉事・凶事に関する説…⑤327, ⑰195, 196, ㉓496, 497, 540, 541, 560, ㉗205
～に対する冷淡…⑰191, 192, 260, 629, ㉗49, 55
～の漢籍引用…⑳218, ㉗100, 102, 106, 107
～の漢籍からの影響…㉗99, 101, 107
～の言語重視…㉓509, 510, 515, ㉗234
個別的言語の尊重…①709, ⑰194-196, 198
語源の穿鑿の否定…⑰631
～の「古事記」注釈の権威…⑫243, ⑰191, 192, ㉕347, 412, 413
「古事記伝」の価値と「古事記」…⑰190
～の出版の計画…㉗60
～の注釈による思想記述…⑰628, ㉓515
～の「日本書紀」引用…⑱63, ㉓556, ㉗195
～の「日本書紀」批判…⑳448-449, ㉕276
～の宣長の主著としての位置…⑰199, 200, 625, 628, ㉓465, ㉗49, 55, 194
～の方法と杜詩の注…㉗186
「古事記伝」（篇名・項目）
古記典等総論…㉓509　文体の事…㉗89, 94　白檮原宮上巻…㉗55　神代四之巻…㉗91, 101　神代八之巻…㉗75, 81, 101　総論…⑰192, ㉗94　諸冉二尊の条…㉗195　天孫降臨の条…㉗235　日代宮二之巻…⑰196　三貴子誕生の条…⑰195, ㉗196　訓法の事…㉓509, 556, ㉗196, 197
「古事談」（江戸期の書）…㉗146, 147, 149
「古事類苑」…⑰560
古辞…⑫641
古写本（日本所伝）
経注…⑩456　「史記」→その項（テクスト）「左伝」…①396, 401　正史…㉖473　「論語」→その項（テクスト）
～と楊守敬…⑰218
古書（中国）…①288, ②263, 538, ④6, ⑤12, 20, 323, ㉔322, ㉗45
～の口語体による翻訳…⑧507
～の天象記事…③511
～の復刻　現代中国…⑮634, 635, ㉖472-474　台湾…⑮635
～の篇名…⑤12, 188
古書（秦漢）…㉓330
～における俗…②236
～の引申の義…②211
～の句の自己の文への利用…㉕197
～の孔子説話…⑤10
～の対偶使用…③493
～の文章…㉓330
古書之言…㉗46
古小説という言葉…①205
「古尚書」諸宮調…⑭203, 572, 579
古城貞吉…㉗294, 295
～と狩野直喜…①377, ⑰265, 277
北京公使館籠城…①518, ⑰265, 278, ㉒335
～の著述　「狩野君と私」…⑰393　「支那文学史」→その項
古浄瑠璃…⑮634
古人…②250→古之人
『古水仙子』…⑭344
古聖賢の学…㉒304
古籍書店…㉖493
「古絶句」…①369
古先…⑫236
古体詩→古詩
古代…③541
～の陰惨…③524
～のおそろしさ…⑤316-318
～の思想家…⑥241
～の生活…⑥170
古代（西洋）…㉑145, ㉖484
～の叙事詩…⑥331
古代（中国）…③535, 547, ㉗267
～から日本の古代への価値基準の転換（国学者）…㉓560
～思想…②253, 522, ④11, ⑤302, ⑥223, ㉕293
宗教思想の特質…③562　政治否定…⑤191
～社会の文化担当者…①294
～生活…②254, 260, 445
古代生活を理想とする思考…②294, ③533（古代生活に対立する俗の生活…②240, 247　古代生活の延長としての俗の生活…②246, 247, 256-258　古代生活への復帰…②252-254, 260, 261, 445）
古代生活と五経…②270
～政治と殺人…⑤90
～尊重…②240, 250-259, 262, 294, ③533
～的楽観…①97, 99, 109, 110
～と西洋の古代…㉑145, ㉖484
～と美術…③562, ㉖484
彫刻…㉖484
～と文学…⑤289-290
戯曲・叙事詩…㉖484　古代詩…①27, ③33, 474, 482　古代の詩集…③472　古代の文学史…③559　祭礼と詩歌…③475, 480, 482　祭礼の舞踏歌…③479
～における記載のいとなみ…②92
古代に関する記載への信頼…③533
古代の原典と注釈…㉓328
～における「性」の語意…㉗260
～における地上の日常生活の熟視…㉑145

～のエロティシズム…⑥153
～の英雄の伝記（司馬遷）…⑥239
～の王…㉔196, 200
聖王…②294, ⑥144　聖王の容貌…㉕150　聖帝…⑤85　帝王…㉗87（帝王の言語の記録…②270, 302, ⑤40, 122　帝王の出生説話…⑤147）
～の音韻体系…②204, ③43-44
音声の研究…㉗268　古代に去声無し…③545
古代の韻文の押韻法…②204
～の快楽の時間（昼間）…⑥316
～の儀式の次第（礼）…②105, ㉖484
結婚式…③506, 507
～の寓言…⑥237
～の君主のための哲学…㉗254
～の光栄（孟子まで）…㉗253
～の行為における強い意思（左伝）…⑤18
～の洪水伝説…③548
～の思想家・孔子…⑤121, 124
～の儒家思想と江戸期の日本朱子学…㉔245
～の書物…②12, ④6, ⑤314, ㉕147, ㉗429
江戸期日本漢学の古代書尊重…③557
書物における言語と事実…③561
～の食事…②445
～の神道（荻生徂徠説）…㉓399, ㉗158, 162
政教一致…㉗162
～の世界国家伝説…⑥180
～の世襲制と日本…②164
～の制度…②272, ⑥56
～の精神（詩経と楚辞）…③26
～の哲学書の虚構…①186
～の天象記事…③475, 511
～の伝統の復活（朱子）…㉗366
～の同族不婚の禁忌…㉔322
～の復活（北宋）…㉗253, 254
～の文献　疑古派と釈古派…③534　神話的伝説的部分…③549　流血の記述…⑤315
～の文章…②492, ㉕378, ㉗8, 177
古代の文章と現在の文章（文選序）…②256, 257
古代の文章の虎賁中郎（頼襄）…②164
文章語…②91, 92, ㉗35（“気”…㉗170　硬性の美…㉗9　作者〔無文人〕…㉗170, 172　中世の文章との用語の断層〔中世的新意の充入…㉗9〕…㉕384, ㉗9, 12　文学性…㉓550〔対句の萌芽…②100, 124, 170〕）
文体…②167, ㉗179（議論の文体…②167, 173　古代の文体の復活…②173, 181, ㉗240）
文法…②181　もっとも明晰なもの・礼…②105
～の無謬性の否定（伊藤仁斎）…㉓82, 88, 546
～の最も繁華な町…①559
～の礼制と鄭玄注…㉔241
～の暦法…③482
～の歴史書…①186
古代の史家の蛮夷伝…②586
～への関心の抑制…③557
～への思考の抑制…③556
古代（日本）…㉓497, 560
～の女性のををしさ…㉗217
～の同族婚…㉔322
～の研究…㉓146
古代音楽…⑤155, 158, 174, ㉕302
古代言語（中国）…③554, 556
「詩経」…③38, 42, 473, 555　「尚書」…⑤317　「論語」…④6, ⑤305（宋儒の解釈…㉗259）
～と後世の注釈（荻生徂徠）…㉓328
～の音声の研究（宋明清）…③43-44, ㉗268
～の音調…②34
～の使用例…②332, ④11, ㉓551
股…㉕84　名…㉕24, ㉗95
～の習慣…⑤215
～の男女の別…㉔274
～の選択編定・五経（孔子）…⑤122
～の知識　「尚書正義」の時代…⑧7　清…②333（乾嘉…②465, 482, ③41, ④10　雍正…④11）
日本　伊藤仁斎…④10　荻生徂徠…④11, ⑤302
～の用法…⑤214, ㉕91, ㉗9
古代言語学（中国）…㉒392, 419
～の知識の不足…②332, ③41, ④8
古代言語学（中国・清）…①499, ②333, 479, ㉒361, ㉔276→小学
～と荻生徂徠…④11
～とカールグレン…②333, ㉖506
～と研究対象　古代音…②77, ㉗268, 275　古代言語法則…②465, 481　「詩経」…③41, 473　諸子…②479, 480　「論語」…㉕231
～と西法研究の方法…①285
～と伝・注の古語解釈…⑧6
～と六朝訓詁学…②333
～の意識の中心（経）…②333, 465
～の最高峰の書物と引申の義…②211
～の集大成者・章炳麟…①382
～の水準…②333
～の大家…①395, ②482, ⑯229, 573, ㉕88
～の知識による新解釈…④9
古代言語学者　「方言」研究…㉗275
竜顔の解…㉕91　隆準の解…㉕86-88
～清…②481, 482, ③41, 43, ㉒361, ㉔276
段玉裁…②482, ㉖490（隆準の解釈…㉕88）
「古代支那研究」…⑰318（「支那古代の社会経済思想」…⑰318　「支那における刑罰の起源について」…⑰319　「支那の学問の固定性と漢代以後の社会」…⑰320　「支那文学の訓詁に於ける矛盾の統一」…⑰320, 321）
古代史（中国）→中国古代史
古代史家と古代の記録…②11, ㉗192
古代人（中国）…①264, 607, ③7, ⑤79, 109

～と古文辞…㉗35
～の意識…㉑145, ㉗192
～の感情…③7
～の記録の生活…②270
感情生活の記録…①10, ②270 作法の記録・思索生活の記録・政治生活の記録…②270
～の言語…①246
～の洞察…①244, 245
～の文化的生活の心得…㉔274
～の歴史記述…①153
古代天文学（中国）…③511
古代同音の字の表記の異…㉗191
古代文学（中国） 孔子の死に関する説話の美（檀弓）…⑤10 善意の可能性への確信（詩経）…③468 通俗化のこころみ（「唐詩的翻訳」倪海曙）…①404
古代文学の叙事詩・劇詩（インド）…①73, 182, 183
古代民俗研究資料…③561
古代ローマの遺蹟…⑲357
古注…⑰358, 555, 556, ㉓329, ㉔302, ㉕190, 231, 459, ㉗65, 71, 72
～と朱子…㉗244
～と清儒 再認識…⑯4, ㉗66 尊重…⑯77, 652, ㉓328, 329, 603, ㉔303, 304, ㉗72
～と新注…㉕453, 496, 497, ㉗65, 68
古注と新注の混淆…㉗262
～と銭謙益…⑯77
～と日本人…㉗66
伊藤仁斎…㉓29, ㉗69 荻生徂徠…㉓29, 328, 329, ㉗69, 71, 72 狩野直喜…㉓594, 603, ㉗262 京都堂上の儒学…㉗68, 72 契沖…㉓29 五山の学僧…㉗67 山井鼎の注疏の校訂…㉓328, 329, ㉗73
～と仏典の訓詁…㉓457
～による清原氏の五経訓点本…㉗128
～の刊行 太宰春台…⑤165, ㉓329 根本遜志…㉓329, ㉕191, 193 毛晋…⑯77
～の簡約…㉕191
～の叢書の刊行…⑯77, ㉗66
～の注釈（唐）…⑰555, ㉓329, 603→正義→疏
～の煩雑…㉗68
～の否定（宋明）…⑯4
古注 「易」…㉔239, 242→その項（注釈）
「儀礼」「左伝」…㉗66
「詩経」…③40, 42, 43, 473→「詩」（注釈）
朱子の新注との対比…③40, ㉓594
清朝学者による古注再解釈…③41
「周礼」…㉗66→その項（注釈）
「尚書」…⑧510, ⑰555→その項（注釈）
古注の価値の再認識（清）・古注への反発（宋）…⑧510
「礼記」→その項（注釈）
「論語」→その項（注釈）
鄭玄の注→「論語」（注釈） 補説の書…㉕191
古注疏…㉒118, ㉗69, 70, 72
伊藤仁斎…㉓32-33, 40
古注派の解釈学…㉗107
古直…⑦358, 365, 370, 384, 604 「鍾記室詩品箋」…⑦169
古丁「新生」…⑳421
古典…①264, ②269, 287, ⑫706, ⑰492, 495, 497, ⑱30, ⑳146, 147, ㉔41
中国語における原義…①235 日本語ではクラシックの訳…①235, 269, ⑰640
～を道理のよき投影とする考え方…②271
～としてのエネルギー…①245, ⑰493
～における古代的直観と洞察…①244
～のもつ新しさ…㉗397
～の文章…①246
古典（インド）…①245, ③505, ⑰492, 495, ⑲46, 440
古典（ギリシャ）…①245, 268, ③505, ⑰492, 495
～とエロス…⑲45, 46, ⑳222
～の読み方の二派…⑳265, 283
古典（世界）…①270, ⑰492, 494-496, ⑱32
古典（西洋）…①270, ③17, ⑲103
～の研究とドイツ語…⑲218
古典（中国）…①235, 245, 249, 263, 264, 266, 270, 551, ③560, ⑰492, 495, ㉓306
～を規範とする生活態度…②269, 279, 289-291, 293-295, 337, ③553, ⑲103
古典を生活の規範として設定…①204, 236
古典と生活の一致…①204, ②272-274
生活全般の規範…①204, 238, ②270（行政官庁・制度の分野…②272 文学の分野…①242〔戯曲の分野…①205 近体の詩の分野・文章の分野…①204, 243〕 歴史記述の分野…①204, 241）
～を資料とする形而上学の再構築（北宋）…④8
～を道理そのものとする意識…②271
～を読むことの重視…①236, ②291
古典を読まない人間…①236
古典を読む人間…①236, 238, ②291
～という言葉…①205, 235, 236, 238, 269, ③17
～と戯曲…③505
～と現代中国…①244
～として評価される経典・作者・作品 「易」…①267, 273 「漢書」…①204 韓愈…①204, 243 元曲…①205 五経…①204, 236, 238-240, ②106, 270, 287, 296, 337, ③17, 505, ⑲103 司馬相如…①242 「史記」…①204, 241, 264 四書…①239, 240, ⑲103 「詩経」…③23, 468, ⑤245 楚辞…①242 「荘子」…①264 曹植…①242 杜甫…①204, 243 唐詩…①243, 264 唐宋八家…①243, 264, 267 陶淵明…①242 「孟子」…①264, ⑰493 「文選」…①242 「礼」…③505 「論語」…①264, 267, 274, ⑤113, 313, ⑰493

～と新文学の創始…①276
～と西洋の古典…①270
～と日本人…①246, 264, 268, 272
漢文教育…⑰491, 494, 496　日本人の解釈…④643　日本での保存…⑬13　読むことの重視（荻生徂徠）…㉓306（言語の音声の重視・思想的把握を目指す読み方への批判…㉓535, 539）
～における古代人の感情…③7
～における太平…⑰640
～の暗誦…②427
～の引用…①268
～の演繹の発展…③557
～の解釈…③559
解釈能力の高まる時期（日本・中国）…㉕412
～の漢魏・宋の注釈…④8
～の言語のリズム…①274, ③561
～の現代的意義…①244
～の再検討…③554
～の制作年代の否定…①265
～の設定を欠く小説の文学…①205
～の設問・注釈の答案…③556
～の尊重→古典尊重
～の注釈とその熟読…③559, 560
詳注の叢書…④7
～の日常性重視…①248, 251, 268, 269
～の人間肯定の思想…①240, 246
～の非虚構性…①251
～の文章…①246, 273, 274
～の文法へのおそれ（漢文ノイローゼ）…②72
～の編集（孔子）…⑤245
古典（日本）…①245, 263, ②270, ⑰496, ⑱30-32
～という言葉…①235, 269, ⑰492, 640, ⑱30
～という言葉を生んだ時代…⑰640
～としての「文選」…①242
古典　ヘブライ…①245, ⑰492, 495　ペルシャ…⑲440　ローマ…①245, ⑰492
古典学…㉖113
～の方法…⑰156, ㉕362, 462
～の三つの態度…㉗274
古典学（後漢）…③40
～の集大成者…⑦177
～の古曰名今曰字…㉗95
古典学（清）…①395, 499, 704, ②465, 590, ⑥248, ⑯229, ㉒348, ㉗270
～と古韻の学…②204
～の創始者…②544
～の方法…①705, ⑰627, ㉗268
古典学（清末民初）…㉒360
古典学（宋）…⑤136
古典学（日本）　古典学の方法と古文辞・荻生徂徠…㉗178　衰退期…⑰640
古典学者…②436, ㉕362, 363
～（中国）…㉗95
漢…①399, ⑦268　現代…②347, ㉗288
「古典劇大系」支那露西亜篇…⑰402
古典言語学…㉗191
古典言語学者（清）…㉕86
古典詩（中国）…①609
～の選集…①254
古典時代の芸術…②520
古典主義（明）とその反対運動…①525
古典主義的諦念…㉔41
古典小説という言葉（中国）…①205
古典尊重…①236, 237, ②271, 289, 290, 293-296, 346, 350, ③555
～の理論としての理気説…②329
古典注釈の学問…㉕413
古典復刻（文革以前）…㉒456
古典文学　インド…⑲81　中華人民共和国…⑰419　日本…⑱30, ㉗310
古典文学出版社…①514, ④15, ⑮634
古塘山観音菩薩・古塘山参拝…⑯371
古道…⑰180, ㉓507
古貝…⑯221
古林喜楽…㉔252
古風の歌…㉓504, 506
古文（中国近世の文体）…②181, ⑥428, ⑪472, ㉓14, ㉕10, 375
～を正統とする近世の文…②4, 172, 447, ⑦466, ⑪553, ⑬555, 592, ㉑147, ㉕8, ㉗7
極東の普遍な文体…②177, 181, ㉗242
～と江戸期の儒者…②177, 181, ⑦466, ⑪553, ⑰632, ㉑147, ㉕384, ㉗7, 242
伊藤仁斎…②184（「童子問」…②181）
海保元備…㉗238, 242, 243（「漁村文話」…㉗238, 242, 244　「伝経廬文鈔」…㉗245）
本居宣長…㉗242
～と夏泉…⑳268-270
古文を作る法…⑳269
～と韓愈→その項
～と韓愈・柳宗元→韓柳
～と韓愈・柳宗元・欧陽修・蘇軾…②447, ⑬266, ㉗241, 254
～と元末の文運…⑮453
～と胥吏…⑮7, 8, 361
～と叙情詩と唐文学史…①195
～と叙情詩の研究と小説の研究…①214
～と叙情詩の時代（宋以後）…①69, 162, ㉗241
古文と詩の制作と科挙…①68, 76
古文と詩の制作の参与者…①68, 75
民族の危機と詩文の文学の緊張…①69, 76
～と「世説新語」の文章…⑦466
～と宋人　王安石…①75, 162, 243, ②177　欧陽修→その項　司馬光…㉗13　蘇洵…②177　蘇軾→その項　蘇轍・曽鞏…②177
～と唐宋八家…①243, 595, ②177

関係の遠いものを関係させる面白さ…⑬541
元曲との比較…①265
～と復古思想…②253, 260, ⑬555
経への復帰…⑬555, 563, 566, ㉑148 現実との調和…⑬556 俗の排斥…②247
～と明人 帰有光…⑮526 湯顕祖…⑯111
～と清人 桐城派…①595 方苞…㉓220, ㉕381, 382 李紱…㉓220
～と理勝時代…⑥429
～における励精図治…㉕380
～に混入を禁じた語…㉕381-382
～の暗示性…②4, 45
頂点の指摘…②4, ㉗241, 243
～の厭棄（汪中・洪亮吉・阮元）…⑯652
～の完成・普及（北宋）…①68, ②177, ㉕59, ㉗239
～の芸術的緊張…⑮338-340
～の成立と六朝の連語の濾過…②218, ㉕381, 382
～の成立の前史…㉗241, 243
～の選本 「唐宋八家文」…㉕8, ㉗239 「文章軌範」…⑮423, ㉗239
～の素材…①68, 69, 76, ㉑150, ㉗239
～の内容…①162, ②181
記…①162, ②181 書…①162, 243, ②181 書後…②181 序…①162, ②181 送序・跋…②181
～の内容・議論の文章…②181, 184
説…②181 弁…②181 論…①162, ②181
～の内容・個人の伝記…①68, 153, 162-164, 166, 195, ②184, 185, ⑯290
行状・行述…①163, 166, ②185 神道碑…②185
伝…①163, 166, 243, ②185 碑…①162, 166 碑誌…①163 碑誌伝状…①163, 164, ②181, 185
墓碣・墓表…①162, ②185 墓誌銘…①162, 166, 243, ②185
～の否定 西洋文明との接触…①70 文学革命…①71, ⑦466, ⑪471, ㉕10 李夢陽…⑮495
～の文学の秘訣に関する著述…㉗242
～の文体と「元典章」の文体…⑮334, 335, 338
漢文吏牘の文体…⑮336-340, 344, 348, 361（用語…⑮341-345, 348 リズム…⑮339, 341, 344）
詔勅の文体…⑮337
～の文体と言…㉕46
～の文体と四六文排斥…①67, 75, 162, 195, ②32, 34, ⑪553, ⑮341, ㉕59
自由な表現の要求…②173, ㉗240 正確・的確な把握の要求…㉗241 文体の改革と文学の変革…①68, 162, ㉕8
～の文体の装飾性…②34, 36, 46
一句の字数…②34 音律の調和…②36, ㉗241
対句の使用…②36, ㉕377 典故の使用…②36
平仄の配置…②35, 38 リズム…②35, 36, 41, 102, ㉕382, ㉗241
～の文体の法則性…②181
～の雄深雅健…㉕382
古文（中国古代の字体）…②315, ③39, ⑬13
～の学・経学（後漢）…②315, 332, ⑦255, 268, ㉕334-336, 340
～の学者（後漢）…⑦267, 268, ㉕335
～の経の呪術的解釈（鄭玄）…⑦268, 269
～の経の統一的解釈（同）…⑦267, 268
～のテクスト…⑦267, 268, ㉒362, ㉕228, 229, 332, 333
～のテクストを主張した劉歆…㉒405, ㉕332
古文（中国古代の文体）…①595-599, ⑥428, ㉕59, 375-377, ㉗44, 254
古文（日本の文体）の文法…②72-73
「古文苑」…⑥208, 255, ㉑11, ㉕222
古文家（漢）…㉔264-266
古文家（近世）…②21, 35, ⑮335-341, 343-345, 348, 358, 359, 361
～の剽窃嫌悪…②153
古文家（北宋）…①608
「古文孝経孔氏伝」…⑰99, ㉔301
～と日本…⑤165, ⑰100, ㉔301, ㉕365
～における君不君，臣不可不臣…⑤164, 165, ⑰99, ㉔301, ㉕365
～の偽作…⑤164, ⑰99, ㉔301, ㉕365
～の校定（太宰春台）…②590, ⑥244
～の消滅（中国）…⑤165, ⑰100, ㉔301, ㉕283, 365
「古文孝経孔氏伝」（テクスト）
四庫全書本…⑥244, ⑯225, ⑱471, ㉕283 清朝復刻本…⑥244, ⑰467, ㉓329 太宰春台復刻本…②590, ⑤165, ⑰467, ⑱471, ㉓329, ㉕283
古文辞（明）…⑮492, 519, 533, 541, 614, ⑯56, 85, ⑰47, 305
～運動の社会史的意義…⑮529
台閣体批判…⑮617, 618
文学の簡素化（素朴への復帰）…⑮529, 631
～運動の発生と李東陽への反撥…⑮491, 494
～と戯曲家…⑮529
～と江蘇地方…⑮518, 521
～と銭謙益 古文辞追随…⑯64, 65, 107, ㉓358, ㉖431, 450-451 追随者のころの詩文…⑯65, ㉓358, ㉖431 古文辞追随から脱却…⑯64, 65, 107, ㉓358, ㉖431
銭氏の古文辞批判…⑬265, 272, ⑮526, 527, 542, ⑯11, 56, 57, 64, 71-73, 75, 102, 124, ㉒291, ㉓244, 325, 343, 353, 440, ㉖441, 450, 451（偽古典主義…⑯73, 76, ㉖429 経の軽視批判…⑯63, 65, 69, 73, 75, 76, 104 黄宗羲の紹述…⑯124, ㉒291 耳傭目僦…⑯110, ㉖431 僦剽奴…㉖451
推奨する反古文辞家…⑮533 宋詩評価…⑬272-273, ⑯57 剿襲伝訛…⑯75 批判の完成・とどめ…①525, ⑮526, ⑯37, 56, 57, ㉓241, 323, ㉖429 批判の全容…⑮526-527 剽族…⑯110

無物の文学…⑯65, 106, 110 「列朝詩集」と古文辞批判…⑮543, ⑯57, ㉒51, ㉓494, ㉖430）
～との関係　王守仁…⑮503, 510, ㉓471　汪道昆…㉓324　高啓…⑮467　徐中行…㉓325　徐禎卿…⑮508　宗臣…㉓456　茅盾…⑮617　梁辰魚…⑮523
～と悲哀の心理…⑮527
～と明代の自由な風気…⑯36
直情径行主義…⑮557
文学至上主義…⑮502, 511, 528, 529, ⑯104, 133, ㉗139
明の主情主義…⑯133
～の忌避したもの　蘇軾…⑬272-273, ⑮527, 534　宋詩…⑬272, ⑮527, 615　白居易…⑮524
～の権威…㉒291, ㉓322
～の功績…⑮527-529
「史記」の流布への寄与…⑮529
～の指導者…⑮511, 512, 518, ⑯64, 65
改革の情熱…⑮618　感情の尊重…⑮502　激情…⑮501, 518　最初の提唱者・李夢陽…⑮494, 511, 614　庶民性…⑮630
～の主張…⑮492, 494, 512, 614, ⑯56, 57, 72, ㉓119, 131, 322, 344, 351
詩言志論の欠落…⑯113　詩の本質に関する議論（李夢陽）…⑮528　詩は必ず盛唐…⑮494, 495, 512, 528, 614, 631　主張の修正…⑮542　宋以後の散文否定…⑮495　宋詩排撃…⑬47, 272, ⑮495, 615　唐以後の書を読まず…⑮494　文は必ず秦漢…⑮494, 495, 512, 526, 528, 614, 631
～の書（左伝・史記）に記載する悪…㉓286
～の盛行…⑮491, 511, 512, 526, 614, ⑯133, ㉓322
市民詩の膨張…⑮531　小説・戯曲の盛行…⑮491, 529　盛行の時代と元好問…⑯115
～の尊重したもの　過去の文学への評価…⑮528　漢魏詩…⑮492, ㉓322　秦漢の文章…⑮492, 528, ㉓322　唐詩（盛唐）…⑬47, ⑮367, 467, 492, 493, 495, 526-528, 530, ㉓322（白居易以下の唐詩否定…⑮495）
～の難解さ…㉓456
～の日本での資料…㉒291
～の日本への波及…⑮529, 530, ㉒291, ㉓119, 131
古文辞への反撥（江戸末期）…⑮540
日本での尊重…⑮525
～の方法…㉕197, ㉗28, 166, 178
選定された典型への密着接近…⑮496, 498, 515
模倣の主張…⑮515, ㉓344
～の方法と定家の和歌の門庭…㉔13
～批判　偽古典主義…⑯73, 76, ㉓476, ㉕471, ㉖429　空疎…⑮615, ⑯11, 160　現実遊離…⑮527, 615　鉤棘の辞…㉓469　生呑活剝…⑮526　千篇一律…⑮498, 527, 614　退屈…⑮614　典型の制限…⑮527, ⑯133, ㉓322　糞雑衣…㉕195　模擬剽窃…㉓343, 344, ㉗178　優孟の衣冠…⑮526, 617, ㉒291, ㉓476, ㉗170
～批判者・反古文辞派…⑮525-527, 533, ㉓476, ㉗170
王志堅…⑯129　帰有光…⑮526, 533, ⑯126　竟陵派…⑮526, 539-541, ⑯57, 69, 71, 74, 92, 102, 161（鍾惺…⑮526, 540, ⑯56, 69, 71, 102, ㉒51, 52, ㉓440　譚元春…⑮526, 540, ⑯56, 69, 102）
公安派（袁氏）…⑮526, 533, 534, 537, 541, ⑯56, 69, 98, 102, 161, ㉓322, 323, 343, 353, 440　黄輝…⑯103　黄宗羲…⑯124, ㉒291　徐渭…⑮526, 533　太宰春台…㉕196　程嘉燧…㉒51, 52　唐順之…⑯69, 94　陶望齢…⑯103　湯顕祖…①525, ⑮526, 533, ⑯107　堀景山…㉗169, 170, 178, 180
古文辞（徂徠の文学論）…㉓322→李王
～との邂逅・方法の発端…⑮530, ⑰48, ㉓119, 289, 321-324, 327, 332, 356, 377, 394, ㉗26-28
邂逅以前の徂徠…㉓293, 301（邂逅以前の詩…㉓301, 357, ㉗38　遷謫時代の知識…㉓301, 323, 324）
古文辞の難解…㉓325-327, 356, ㉗27, 28（難解の秘密…㉓325-327）
～の詩・散文の資料…㉓325, 345, 350, 351, 356, 380
漢魏の古詩…㉓289, 322, 351, 353, 354, 356 「左氏春秋」…㉓325, 349, 376 「史記」…㉓289, 325, 350, 376, 403　諸子の文章…㉓289, 345, 474　秦漢の散文…㉓289, 322, 330, 335, 345, 351, 356　後漢以後の文章排除…㉓327　盛唐開天の詩…㉓289, 322, 351, 353, 354, 356　前漢の賦…㉓351 「孟子」の文章…㉓289　六経…㉓284, 289, 345, 346, 489, 550, ㉗177 「論語」…㉓288, 289, 345, 350, 378
～の実作の主張…㉓285, 294, 343, 549, ㉗178
古文辞による漢詩文の実作…⑰55, ㉓290, 326, 327, 343, 351, 354　実作による古文辞の獲得…㉓294, 326, 354, 549, ㉕139, 197, ㉗35, 178
～の修辞…㉓335-338
古文辞の“辞”…㉓307
～の提唱…⑮525, ㉓291, 322, 356, ㉗168, 169, 171
信頼の哲学…㉑179, ㉓285, 289, 333, 456, 476（議論否定…㉓287, 289, 333）
典型の模倣…㉓289, 322, 343, 344, ㉗178（秦漢の文・漢魏盛唐の詩の模倣…㉓289, 322, 351, 356）
提唱のはじまりの時期…㉓357, 358, 378, 422, ㉗27, 28（古文辞と安藤東野…㉓324, 358, 362）
提唱への反撥・批判…㉗173, 175（新井白石…㉓360, 362, ㉗173　江戸末期の反撥…⑮540　太宰春台…㉕195-198, 200　堀景山…㉗168-171, 173, 175, 180）
～の文学論へ共鳴…⑰48, ㉓119, 240, 289, 291, 440
詩の典型に関する主張…㉓351（「詩経」を典型

とせぬ理由・四言詩の失敗…㉓353, 354　詩則漢魏盛唐…㉓351, 353　盛唐詩を典型…㉓119, 239, 240）
李王の詩への評価…㉓358, 418（詩文集の体裁の模倣…㉓357, 358　李王の絶句の注釈…㉓456）
～の方法による文学…⑮530, ⑰47, 48, 55, ㉓119, 289, 291, 301, 322, 327, 343, 371, 377, 355, 380, 440, 470, 494, 550, ㉗163, 166, 178
一世風靡…⑰624, ㉓291, 359, 362, 369, 375, 530
古文辞の文体の徂徠の文章…⑰49, ㉓145, 310, 320, 360, 380, ㉕139, 195, ㉗176（「徂徠集」の詩文…㉓357）
文学説としての主張と実践…㉓355, 356, ㉕197
李王と藤原定家の比較…㉓463
李王の文章に施した訓点…㉒291
李王の文と「史記」の文との比較…㉓325, 326
李王の文と徂徠の漢文…㉓468, 477, 479, ㉗178
～の文体による仏典改訳への興味…㉓458
～風の徂徠の一人称（不佞）…㉓293, 407
～風の南総の呼び方（南予章）…㉗31
～への傾倒…㉒291, ㉓442, ㉕197, 198, 471, ㉗139, 168, 171
明文学尊重…㉓594
李王を神とし欧蘇を敵とする学説…㉓371
李王の言語の緊迫への感動…㉓324
李王の文体を尊重…㉗169-171, 176-178（修辞…㉓335, 338, ㉗177　叙事…㉓332, ㉗177　唐宋の文章排斥…㉗170, 171, 176, 177）
李王の歴史叙述への関心…⑰48, ㉓378
古文辞学（荻生徂徠）…⑮525, ⑰47, 220, ㉓286, 360, 376, 422, 443, 489, ㉕200, ㉗35, 69, 169, 179
～学説の完成…㉓291
～の主張の確立…㉓342, 358
～の主張の重点…②495, ⑰47, ㉓326, 549
古文辞と後世の中国文の非連続…㉓328, 330, 331, 377, 381, 448, 449, 478, 549
古文辞の含蓄…㉓338, 339, 342, 355, 356, 398
古文辞の成句の把握転用…㉓338, 343, 361, 362
古文辞の人間の事実の確認…㉓287, 306, 342, 550-551, ㉗35（古文辞尊重と事実の尊重…㉓332, 356　古文辞の修辞による事実との密着…㉓334, 335, 337, 355）
古文辞の文体の尊重の理由…㉗176, 177
古文辞の優越の理由…㉓332, 334, 338（修辞…㉓335-339, 355　修辞と達意…㉓335　叙事の尊重…㉓332, 333）
～の盛況…㉓291, 359, 362, 369, 375, 422, ㉕200
～の疎放…㉗48
～の中心…㉓351
～の著書…㉓297, 381
～の方法…⑰45, 48, ㉓343, 442, 443, ㉗28, 166, 174
古文辞研究からの出発…㉓339, 342
経学への応用…⑮530, ⑰45, 47, 48, ㉓119, 289, 290, 322, 370, 375-378, 440, 443, 448, 470, ㉕198, ㉗28, 166, 178（実作を古典解釈学の方法論とすること…㉗35, 178　李王の文章の方法で実作による原典把握…㉓326, 327, ㉗178　李王は文章の士…㉓376, 377〔李王の器と徂徠の器・道…㉓370〕　六経の古文辞の獲得…㉓284, 285, ㉗177　六経の修辞法による実作…㉓285, 489）
儒学説としての主張と実践…㉓355, 356（文学説から新儒学説へ…⑮530, ⑰48, ㉓289, 326, 377, 378, 440, 470, ㉕198, ㉗28, 163, 166）
～の目的…㉓287, 342, 550, 553
古言の研究…㉓381
古と今のパイプ…㉓287, 343, 376, ㉗35
古文辞で六経研究…㉓284, 285, 377, 378, ㉕198
古文辞の文体の体得…㉓550, ㉗35（古文辞学の方法と格物致知…㉓344）
先王の道の獲得…㉓284, 290, 337, 449
～は後代の注釈を否定…㉓285, 328
「古文尚書」…⑦265, 277, 516
～と漢儒　衛宏…②244, ⑦267　賈逵…②243, 244, ⑦267　孔安国…⑦269　鄭玄…⑦268　馬融…②244, ⑦267　劉歆…㉒405
～と「今文尚書」…⑦267, 269, 270, ⑯360
～と「古文尚書孔氏伝」の経…⑦270
～と後漢の学問・今文テクストの作成・字体への興味…⑦267
～の発見…⑦265, 269
～の篇数…⑦267
「古文尚書」（注）　鄭玄…⑦268
「古文尚書」（テクスト）
王粛本・鄭玄本・馬融本…⑦276, 277
「古文尚書」（偽孔本）…⑦537, ㉓78, 79, 165→「孔氏伝」
変造…⑦269, ㉔285　変造者…⑦270, ㉔286
「古文尚書」（偽孔本）（篇名・項目）
五子之歌…㉔154
「古文尚書」家…②244
「古文尚書勤王師」…㉔285
「古文尚書孔氏伝」→「孔氏伝」
「古文尚書撰異」…①709, ②603, ⑪473, ⑯236, 652, 657, ⑳14, ㉕160, 256, ㉗192
～と「尚書集注音疏」…㉕346
～と「中国小説史略」…⑯322
～における俗儒の解釈…②243
「古文尚書疏証」…⑯91, 121, 236
「古文真宝」…⑭296, ⑰392, ㉓292
後集・前集…㉓292
古文の学（漢）…㉕334-336, 340
古文説…㉔265　古文派…㉒394, ㉕229, 335, 339
古文派（中国大学）…㉒394
「古文礼」…⑦267
古汴…⑭152, 156

「古本戯曲叢刊」…⑭364, 365, ⑮634, ⑱464, ㉔313, ㉕418, ㉖365, 368, 472（編集委員会…⑭364）
「古名家雑劇」（陳与郊編）…⑭39-41, 49, 52, 217, 232, 365, 380, 562, ⑮43, 102, 227
新安徐氏万暦刊本…⑭39, 365　南京図書館影印本→「元明雑劇」　北平図書館蔵本→「新続古名家雑劇」
古薬洲…⑯24
古礼…㉕331
「古論」（古文「論語」テクスト）…㉕229
巨勢金岡（こせのかなおか）…㉓420
巨勢識人（しきひと）…⑰70
夸談…⑦246
児島献吉郎「支那大文学史」古代篇・「支那文学史綱」…⑰394　「支那文学考」…⑰400
児島助左衛門・正朝…㉗39-41
呼延（匈奴の王）…⑮500, ㉑55
呼韓邪単于…⑭126, ⑮171, 177, 189, 218
呱吽…⑭425
固（助字）…⑦469
固哥相公…㉒106
固家窪…⑫198
固窮…⑦376
固陋…②409
姑孰…⑭99
姑胥…⑯175, 176, 180
姑嫜…㉖101
姑洗（六律）…㉗86
姑蘇…⑫42, ⑭180, 281, 385
姑蘇郡守…㉕499
姑臧…⑫667
居士…㉒403
居士仏教…⑯36, ㉖492
『沽美酒』「金銭記」…⑭547
狐子犯…⑦513
股…㉕84, 135
苦県厲郷曲仁里…②83, 85, ㉕79
虎関師錬「元亨釈書」…⑱63　「済北集」…⑰22, ㉒58, ㉓563
「虎邱綴英志略」…⑯143
虎形…㉖397
虎磕脳…㉖414　虎皮磕脳…㉖414
虎頭…①498
虎頭山…⑮543
「虎頭牌」雑劇・「便宜行事～」…①631, ⑭37, 43, 219, 343, 603, ⑮47, 118
～の『得勝令』（第三折）…⑭343, ⑮47
虎賁中郎…②164
孤懐…⑬160
孤虚…⑥6
孤鴻…⑦195
孤舟…㉖185
孤証…㉓466, 467, 474
孤生竹…⑥297
孤塗…①287
孤灯…⑪255
孤帆…⑬100
孤平…㉖150
「孤本元明雑劇」…⑭37, 41, 111, ⑮103, ㉖401
～序・王季烈…⑭37
孤立語…①63, ②92, ⑪480, ⑱80, ㉕41, 446, ㉗197, 248
故…②250, ⑦465
故園…⑬220, 221
故宮…⑯226, ㉒392
故宮博物院　台北…㉓202　北京…⑮635, ㉒396, 464, ㉓167, 710, ㉖471
「故宮名画三百種」…⑮584
故元省奏…⑭158, 181
故枝…⑬150
故事…㉕68
故事成語への愛着…⑭406
故書…㉕229
故章県令…⑫662
故人…⑪63, 151, ⑬116, ㉖120
故俗語…②247
故復…⑦465
故林…⑪69, ⑫525
枯宅…⑦231
枯淡…⑮395
胡…⑮375, ㉒105, ㉕328, ㉖78
胡越…⑦220　胡児…⑫441
胡（助字）…②130
胡亜夫…⑥158
胡安国…⑯66, ⑰556, ㉓109, 270, 292
「春秋伝」→「春秋」（注釈）
胡雲翼「宋詞研究」→その項
胡王（胡祗遹・王惲）…⑭82
胡応麟…①216, 227
～と詩言志…⑯113
～における書物の十厄…⑱465
～の楽府の難解の指摘…⑥344
～の著述　「詩藪」→その項　「少室山房筆叢」…⑪545　「荘嶽委譚」…①216　「二酉綴遺」…⑭10
～の伝奇の構成に関する説…⑪545, ⑭10
～の杜詩「登高」評価…⑪73
胡笳…⑥347, ⑫384, ㉖57
胡羯…⑫255, ⑮411
胡雁…㉖38-40
胡忌「宋金雑劇考」…㉖414
胡騎…㉖147, 148, 150, 153
胡弓…⑯464-466
胡匡衷「儀礼釈官」…⑯328
胡喬木…㉕470, ㉖506
胡景崧…⑭372

胡景孟…⑯262→胡承珙
胡元の侵略…②166
胡元の制…⑮332
胡語…㉖198, 200
胡公（黄山の胡公）…⑪129
胡広…⑦51
胡光煒・小石…⑯568, ㉒400, 401, ㉕490
胡浩然…⑯147
胡国…㉓306
胡三省…⑬587, ⑮423
　～注「資治通鑑」…⑪15, ⑮23, ⑰558
胡子転（雑劇中の悪人）…⑭258, ⑮25
胡仔「苕渓漁隠叢話」→その項
胡祗遹（しいつ）・紹開（聞）・紫山・文靖公…⑭158, 184, 185
　～の家世…⑭372
　～の教坊に関する詩文…⑭569
　　演芸を題目とする七絶…⑭65, 66, 569
　～の交遊　王惲…⑭80, 100, 573　歌妓との交際…⑭75, 78, 80, 142　侯正卿…⑭106
　～の「紫山大全集」…⑭65, 569, 570, ⑮556
　　雑劇に関する記事…⑭78, 554
　　「四庫提要」における批評…⑭83, 569
　～の詩文作品　「迓鼓」…⑭65, 569　「黄氏詩巻序」…⑭79, 570, 582　「使棒」…⑭65, 569　「諸宮調」…⑭569　「小児爬竿」…⑭570　「宋氏に贈る序」…⑭78, 101, 148, ⑮556　「相朴」…⑭65, 569　「太平鼓板」「闘蝦蟆」…⑭570　『木蘭花慢』「贈歌妓」…⑭572　「優伶趙文益が詩の序」…⑭79, 367　「伶人趙文益に贈る」…⑭79, 367
胡澍…⑯256
『胡十八』「梧桐雨」…⑮216
胡恕之「孝経直解」…⑮328
胡床…⑬169
胡承珙・景孟・墨荘…②543
　「儀礼古今文疏義」…⑯264　「求是堂詩集」（哀蟬集…⑯262　結秀集・東瀛集…⑯263）「求是堂詩文集」「爾雅古義」「小爾雅義証」「彰化道中」…⑯264　「毛詩後箋」→その項
　～における青白眼…⑦181, ⑯262
　～の子　先翰・先頖…⑯264
　～の毛伝尊重…⑯262
胡震宦（しんい）…⑮276
胡震亨…⑬215　「杜詩通」…㉒56　「唐音癸籤」…⑭343　「読書雑録」…⑭230
胡人…⑫255
　～の彫刻…②523
胡人立像…⑱461
胡塵…㉖72, 129
胡正臣…⑭153
胡青驄…⑫126
胡静夫…⑯119
胡銓（せん）…㉗171
胡曽「詠史詩」…①630　「李斯を詠ず」…⑮166
胡宗憲…⑮533
胡僧…㉓420
胡僧祐…⑫670
胡族…㉒106, ㉓440, ㉕47, ㉗60
　～の反乱（東晋）…⑦428
胡存…⑦173, ㉒60
胡大后（北魏）…㉔202
胡旦…⑬256
胡長孺「吾子行文冢銘」…⑭114
胡蝶の夢…⑱22
胡通判…⑭112, 114
胡適・適之…①609, ②389, ⑯329, 332, 438
　～とアメリカ　アメリカ婦人との進化論に関する論争…⑯609　アメリカ留学…⑯284, 327, 426　駐米大使…⑯435
　～と青木正児…⑰334, ㉒336-337, ㉓612
　　胡適主義の弊害の予測…㉓613
　～とウェーキ島空港…⑯436, 437, ⑲240
　～と極東学会…⑯437, ⑲247
　～と古体詩…⑯406
　～と上海→その項
　～とシェンノート…⑲240
　～と小説…⑯358-361
　　「紅楼夢」…⑯359, 360　「三国演義」…⑦4, 358　「儒林外史」…⑯359, 360, ㉒317　「水滸伝」…⑯357, 358　「聊斎志異」…⑯359, 361
　　旧小説の解説…⑳251
　　旧小説の新式標点…⑳251, ㉒317
　　「西山一窟鬼」の原形に関する説…⑬516
　　「碾玉観音」上下篇分離に関する説…⑬507
　～と西洋…②578
　～と曽樸の往復書簡…①277, ⑯307, 312, 314
　　西洋名作翻訳への期待…⑯314
　～と「天演論」…⑯386
　～と東西哲学者会議…⑰8
　～と文学革命…①54, ②199, ⑭598, ⑮370, ⑯282, 312, 326, 431, 438, 644, ㉒315
　　主張の要点…⑯284（中国のルネッサンスとする説…⑲35　白話運動…⑯406, ㉕314〔陳独秀への書簡…⑯282〕）
　～と楊千里…⑯386
　～と律詩…⑯409, 410, 418
　～と梁啓超…⑯330, 383, 387-391
　～に対する胡博士・胡聖人の呼称…⑯327, ⑰383
　～の生い立ち…⑯327
　～の学説・旧文学否定　現代中国における反撥…⑮634, ⑳478　古文の文学…㉗431　清朝文学…⑯166, 266（「秋柳詩」批判…⑯155-156　清朝末期の詩…⑯266）
　　宋以後の文学に関する説…⑬628, ⑮564
　　杜詩的文学への評価…⑫729

～の学説・見解　関漢卿の時代に関する説…⑭145-147　疑古の学…㉗188　屈原実在への疑問…③13　胡適の思想と中国伝統思想…⑯328（無神論…②388, 578, ⑯328, 372, 401）　孔子批判…②48, ㉒320　「録鬼簿」上巻の作者の時代に関する説…⑭145-148, 150　話本の留文に関する説…⑬544
～の京都来訪…⑯431, 432
～の語調…⑯437
～の詩　「秋の柳」…⑯411　「棄父行」…⑯408　「軍人の夢」「酒醒」「秋日故居に返ると夢む」…⑯410　「十月新校の記念撮影に題す…」「十月再び新校教員撮影に題す」…⑯418　「女優陸菊芬『紡棉花』を演ず」…⑯411
～の自叙伝…②388, 578, ⑯327, 328, 331, 431, 433, ㉗195→「四十自述」
～の政治的立場と現代中国…⑳478
～の中国語の古今の変化の少なさの指摘…⑱395, 415
～の著述　亜東図書館版の著述…⑳251, ㉒317, 364　英文の著述…⑲111
作品名　「胡適文存」…①290, ⑯307　「苟且」…⑯403　「国語文学史」（白話文学史改題）…⑯285→「白話文学史」「再談関漢卿的時代」…⑭146　「四十自述」→その項　「嘗試集」…⑯283, ㉒316, 317, ㉔312　「真如島」→その項「宋人和本八種」序…⑬501, 507　「蔵暉室札記」…⑯609　「中国哲学史大綱」…②475, ⑯391「謹んで日本国民に告ぐ」…⑯466, 476　「不朽, わが宗教」…⑯405　「文学改良芻議」→その項「無鬼叢話」…⑯401-403　「養子の人情に近からざるを論ず」…⑯404　「論翻訳」…①290
～の夫人…⑯438
～の文章…⑯329
我の多用…433, 434
～のペンネーム…⑯387, 428
～の北京大学校長（第二次大戦後）…⑯430
～の北京大学辞任（上海居住）…⑯644, ⑳292, ㉒388
～批判…⑯438（郭沫若…㉒320）
～・魯迅以後の文学と旧文学の断絶…⑯283
～・魯迅・郭沫若らの新文学と清末の詩…⑯266
～・魯迅と逍遥・二葉亭…①636
～・魯迅・兪平伯・陳独秀…㉒336-337
「胡適を中心に渦いてゐる文学革命」…⑰339, 409, ㉒315, 346, ㉓612, 619
胡念貽（ねんい）「西遊記に見えた鬼神の問題について」…⑪461
胡馬…㉓364, ㉖29-31, 36
胡培翬（ばいき）…⑯262-264, ㉒311　「儀礼正義」…⑯328, ㉕347　「姚鏡塘先生行略」…㉓311
胡婦…㉒106
胡服…㉓174, 176
胡文…㉓306
胡文英「呉下方言考」…⑮34
胡母子都・胡母生…⑥369, 375
胡母班…⑪544
胡虜…⑮377
胡暦…⑮375
個…㉕183-185, 188, 189
個（助字）…⑭309
個人の年譜（宋以後）…①166
個性の不可変…㉗173
個別的言語…⑰192-196, 198
個別による普遍の示唆…①703, 704, 706, 709, 710
庫車→クッチャ
庫府院経歴…⑭188
罟…②113, ㉖224
虖…⑪387
袴…㉔102, 274
壺遂…㉕153, 156
湖（地方）…⑬324
湖海楼…⑯249
「湖月抄」…②570, ㉗213
湖口…⑦393
湖広…㉓213, 218, 220, 232, 279
湖広行省平章政事…⑭72
湖広総管…㉓272-273
湖広総督…⑯238, 239, ⑰94, ㉓205, 207, 212, 217, 219, 223, 238, 279, 705, 707
湖広等処承宣布政使司布政使…㉓232
湖山堂…㉒305
湖州（浙江）…⑪90, ⑬27, ㉔129
～長興の徐中行…⑮512
～の荘氏の史獄…⑯174, ㉒312
湖州歌…㉖391
湖州司馬…⑪91
湖州知事（知湖州）…⑬101, 111, ㉔128
湖州知府…⑯143
湖心亭…⑯548
湖南（省・地方）…⑬144, ⑯3
～から南越への進攻（漢）…⑥79, 134
～・湖北→湖北
～出身の人物　王大均…㉒339, 341　王大楨…⑳268, 270　何紹基…⑯560　曽国藩…②440　張鳴善…⑭167, 168, ⑯393　陳天華…⑯393　田漢…⑯535　傅君剣…⑯406-407　姚弘業…⑯394　李東陽…⑮487, 489
～と杜甫→その項
～との関わり　逆賊謝録正…㉓279, 705, 707　陳宝箴…⑯268　鄭任鑰…㉓197, 198, 210, 223, 279, 705, 707
～の戡定（フビライ）…⑭99, 100
～の漁撈…⑮489
～の山野と屈原…⑥414
～の湘夫人の祠堂…⑫239, ㉒79

〜の戦雲・呉世璠平定（清初）…⑯178, 190, 191
湖南省西部への進出（楊雍建）…⑯193
〜の地名　永州…①462, 465, ⑬130, ⑱112　益陽…⑯394　岳州…⑪30, 32, 100, ㉕465　岳州府平江県…⑫389　橘州…①572　沅州…⑯192, 193　衡山…⑬170　衡州…⑪496, 497, ⑬242, ㉗131　衡陽…⑮465, ⑳390　芷江県…⑯193　湘水→その項　湘潭…⑬344　瀟湘…⑬199, ㉑46, ㉓250, ㉖221-223　常徳…⑭439, ⑯191　潭州…⑬342-346, 348, 349　茶陵…⑮487　長沙→その項　道州…⑬242　巴陵…⑪32, ⑭98, 100, ㉗18　麻陽…⑯192-194　竜陽県…⑯191　醴陵県…⑯397
〜の農民と四書（清末）…①319
湖南巡撫…②511
湖南人…⑳268, ㉒429
〜と中国公学…㉖396
湖南等処布政使司布政使…㉓708, 709
湖南布政使…㉓197, 198, 210, 211, 223, 232, 279, 705, 706
湖南布政使司布政使…㉓210
湖南文山　訳「通俗三国志」→その項
湖藩の大参…⑭183
湖浜精舎…⑯576
湖辺蕭瑟…⑬151
湖北（省・地方）…⑫330, ⑬144, 173
〜・安徽地方と京劇…⑯587
〜を中心とする楚国（戦国）…①11, ⑪70
〜湖南地方の総称（楚）…⑪217, ⑯176, 190, ㉖225
〜・湖南地方へ楊雍建の進攻…⑯190, 191
〜・湖南両省総轄の官…㉓205, 212, 213, 705
〜・湖南両省の苗族猺族の地帯…㉓217, 218
湖北湖南の人人と莫傜族…㉖225
〜出身の人物　呉国倫…⑮512　楊溥…⑮476　劉延伯…⑭35　劉表…⑦7
〜と荊湖…㉖397
〜との関わり　桓温…⑦359, 362　桓玄…⑦362, 381　査慎行…⑯176, 188, 191　張問陶…①501, 510　鄭任鑰…㉓164, 170, 171, 204, 205, 210-213, 217, 222, 223, 279, 705, 706　杜甫→その項
〜の黄州太守…①349
〜の水害治水工事（清・雍正）…㉓222, 223, 705
〜の地名　安州…⑬242, 250　安陸…⑦541, 542, ⑬250, ㉓203　夷陵県…⑬8, 65　嘉魚県…㉓223, 705, 707　漢口→その項　漢陽…①510, ⑯191, 256, ㉓203　宜昌…⑫25, ⑬63　宜都県の荊門…⑪96, 97, ㉖197-199, 202　荊州→その項　公安県…⑮534, 539, ⑯98, 99, 191　江陵→その項　黄州…①101, ⑦36, ⑬37, 101, 268, 276, 277, ⑭35, 53, ㉒97　沙市…①501　襄陽→その項　西塞山…①510　赤壁→その項　天門県竟陵…⑮539　南平…⑫668　武昌→その項　沔陽…①510　蒲圻県…㉓223　麻城…⑭35, 360, 361, ⑯99
〜の民生軍事長官…㉓164, 171, 198, 210, 212, 213
湖北官書局…②480
湖北巡撫…㉓164, 198, 212
憲徳…㉓217　鄭任鑰→その項　馬会伯…㉓238
湖北人…㉒401
湖北崇文書局　「小学集解」…㉒329
「湖北通志」職官…㉓211, 232
湖北布政使…㉓210-212, 227, 232, 279, 705
菰米…㉔192-194
觚…㉗89
鈲…㉑167
詁…②245
詁経精舎…①382, ⑯9, 241, 242, ㉗360
辜較…⑦517
辜鴻銘…⑯272-275, 408　「支那人の精神」…⑯274　訳「中庸」「論語」…⑯409
榾梯…㉖422
葫蘆架…⑭405
葫蘆提…⑭321
跨鳳楼…⑭520-522
鈷鉧潭…⑱110, 112
鼓…②111, ⑥348, 349
鼓角…⑫462-469, 573, 574
鼓吹…⑥346-348, 350, 351
鼓吹曲…⑦13
鼓吹曲辞…㉑13
鼓吹鐃歌の歌辞…⑥351
鼓板…⑭176, 578
鼓盆の興…㉓600
鼓翼…㉒461
滹沱河…⑭95
滬杭鉄路…⑥408
滬上…⑰219→上海
滬寧鉄路…①513, ⑥408, ⑫727
箇（助字）…⑭313
糊名…⑬281, 282
「蝴蝶夢」雑劇・「包待制三勘〜」…⑭44, 417
〜を含む関漢卿の旦本…⑭220
〜を含む楔子を有する雑劇…⑭217
〜を含む包拯にからむ裁判劇…⑭204
〜における語句　黄甘甘面色如金紙…⑮116　前家児…⑮113　布衣走上黄金殿…⑭450
〜のあらすじ…①42, 44
〜の歌　『朝天子』（第三折）…⑭292　『油葫蘆』（第一折）…⑭334, 345, 353, ⑮182
褲・褲子…㉔102
瞽史（官名・周）…㉗96
瞽瞍…⑩470-473
顧…㉗361
顧雲鴻…⑯27
顧栄・彦先…⑦496-498
顧瑛・徳輝・仲瑛…⑮445, 572

顧炎武・寧人・亭林…①152, ②472, ⑰187, ㉑85, ㉔54, ㉗194, 237
～を含む十二聖人…⑯121-122
～を含む「祖国十二詩人」…①514, 637, ⑳426
～黄宗羲…⑯170, ㉒287, ㉓165, 459, 474, ㉔150
～黄宗羲・王夫之…②481, ㉓471→国初の三大家（清）
～黄宗羲・王夫之・閻若璩…②481, ⑯13, 61
～黄宗羲・銭謙益…⑬271, ⑯13, 121
～黄宗羲・戴震・康有為…㉑194
～と杜詩…㉕489
「行次昭陵」制作時期に関する説…㉒84, 85, ㉕448, 455, 473
～と日本人　狩野直喜…①377, 474, ②601, ⑰221, 251, 267, 279, 282, ⑳280, ㉒361, ㉓598, ㉕400　桑原隲蔵…㉕399, 400　本居宣長…㉗97, 98, 194
～との関わり
後人（ジャイルズ…⑲414　楊栄国…㉑194）
同時代人（閻若璩…②553, 602, ⑯121, 122　銭謙益…⑯59, 62, 92, 97, 125, 126, 134　張弨…⑲305　李笠翁…⑯140）
～と仏教…⑯37
～における語彙・事項　阿…㉗105　経学と理学…⑳213, ㉑201　字と文…㉗98　写…⑫505　胥吏…⑮6　真…⑦349　平旦…⑪216
～の学説・見解　杞梁妻説話の演変の考証…⑥303　詩不必人人皆作の説…①377, 474　畳字と詩に関する説…⑥293　世風の説…㉓598　生日の礼に関する考証…②544　曹操の人材登用法への批判…⑦86
～の詩…①475, 476, 499, ⑮542
詩の説…①377, 474
～の時代の作詩の弊風…①474
～の清朝への抵抗…①475, 476, ⑳426, ㉒287
博学鴻詞科受験拒否…①476
～の人物評・弾劾　王維評…⑪187, ⑯125　王守仁排撃…⑯97　謝霊運評…⑪187, ⑯125　李贄弾劾…㉓459
～の生没の日…②542（生日の祭り…②544）
～の著述　「音学五書」→その項　「関中雑詩」…㉑57　「詩不必人人皆作」…①474　「春雨」…①476　「皂帽」…①475, 476　「亭林詩集」…①475　「亭林文集」…①480　「日知録」→その項　「人に与うる書」…①480
～の博学…②601, ⑯7, ㉓474
～の文…㉒287
～の「抱朴子」の引用…②475
～は清朝学の祖…①475, ②544, ⑯61, 170, 646, ⑳426, ㉒287, 361, ㉓459, ㉕399, ㉗98
漢学…②481　古代言語学…②77, 204, ⑯6, 645, ⑲416　呉派の学…⑯6, 7　史学…⑯7　浙西の学…㉒287
顧愷之（がいし）・虎頭…①498, ②510, 524, ⑭439
～と桓温…⑦359
～の絵と東晋の文化…⑦377, ⑯615
～の詩文の句　千巖競秀…㉔254　冬嶺に孤松秀ず…⑦604　布帆無恙…⑪97
～の作品　「女史箴図」…②509　「洛神賦図」…②515, 531, ⑦133, 139
顧学頡　注「醒世恒言」…㉖408
顧観音…⑭384
顧観生…⑯17, 18
顧起元「客座贅語」…⑭438　「爾雅堂家蔵詩説」…⑲317
「顧曲斎元人雑劇選」…⑭232, 380, 562→「古雑劇」
～のテクスト　王孝慈旧蔵本…⑭40　塩谷温蔵本…⑭40, 49, 50, 126, ⑮43　孫楷第校本・北平図書館本…⑭40　万暦刊本…⑭40, 52, 365
～本…⑭52, 232, 388
「漢宮秋」…⑭50, 51, 126, 217, ⑮43　「金銭記」…⑭380　「梧桐葉」…⑭217, ⑮43
顧奎光「金詩選」…⑮383
顧頡剛…③554, ⑯359, 647, ㉗188　「古史弁」…㉒414
顧憲成・叔時・吏部・端文公…⑯19-24, 27, ㉔175
夫人・朱氏…⑯22, 23
顧広圻・千里…⑩462, ⑯236, 237, 240, 242, 250, ⑰598
～と「道蔵」…㉒292, 293, 302
～の「思適斎集」「壊室読書図の序」…⑯61
顧之逵（しき）…⑯237
顧嗣立・俠君…⑬287, 288, ⑰346　「元詩選」→その項
顧宸…㉔279
顧清…㉒51
「顧先生祠会祭題名」…②544
顧大韶・仲恭…⑯30, 124, 130　「竹籤伝」「炳燭斎随筆」「又後虱賦」…⑯131
顧仲清…⑭137, 146, 162
顧亭林→顧炎武
「顧亭林先生年譜」…⑯125
顧貞観・梁汾・典籍…⑯122, 144-146, ㉓178
顧棟高「王荊公年譜」…⑬306　「春秋大事表」…㉗258
顧夢麟「詩経説約」…⑰556
顧命…②166
顧明…⑯235-237
顧野王…⑫657, 666　「玉篇」…②209, ⑮95
顧璘…⑮486
顧苓「塔影園集」…⑯34
蠱…⑬84
五井純禎・蘭州…㉓252　「非物篇」…㉓444
五・一五事件…⑳506, ㉕290
五雲閣…①539, ⑮463
五雲山竜興寺…㉓708
五花誥…⑭532

五家の儒…㉕334
五華山…⑮241
五岳…①476, ②241, ⑥144, 411, ⑪488, 525, ⑫380, 435, ⑮409, ㉑45
五岳真形の図…⑲321
五月…⑯168, 169
五月五日生まれ…⑬360, 509, ⑯169
五官将文学…⑦118, 119, 124
五官中郎将…⑦80, 118
五弓雪窓「事実文編」…②192
五経（易書詩礼春秋）…①6, 183, 236, ②103, 270, 292, 297-306, 316-317, ③5-8, 38, 505, ④5, 8, ⑤135, 151, ⑥103, ⑧501, ⑰186, 188, 554, 587, ⑲54, 56, ⑳203, ㉑146, ㉓106, 107, ㉕24, 25, ㉗70, 246→「易」「詩」「春秋」「尚書」「礼」（「儀礼」「周礼」「礼記」）の各項
～以外の書物と五経…②285-287, ③17, 553
五経に準ずる書…②273, 308, 309, 317, 554, ④5, ⑤135, ⑰555, ㉑146　五経につぐ書…⑥246, ⑬574, ⑰79　諸子の書と五経…①183, ②270, 271, ③549, ㉑152（韓愈…②484, 489　五経の補助文献…②287　主題…⑥205, ㉑7　「文心雕竜」…②485, 489　柳宗元…②484-485, 492）
～を規範とする事…②283, 285, 287, 313, 332, ③9, 553, ⑤256, ⑥171, ⑰80, 113, ㉑99, ㉕303
漢以後文学革命・民国革命に至る生活原理…①280, ②297, 313（生活全般の規範…①204　倫理の規範とする事…①323, ㉑147, 151）
個別的事実の提示…②307-309（教訓的文字の乏しさ…②307, 308）
読書人と庶民…②338
～を規範とする生活…②284, 296, 309, 313, 314, 336, 348, ㉑147
近世の生活…②323（五経を規範とする思想の強化…②323, 327, 328, 330, 331, 333, 334　孔子尊重への切替え…②328, ⑤124, 136, ⑬318, ㉑161, ㉖244　四書の提唱…②328, ⑬318, 593, ㉖244, 245）
中世の生活…②313, 323, 333（五経と仏教…②323, 324　五経の必読と解釈学の発展…②314　生活の煩瑣…②325, 327）
～を規範とする生活の弱点…②342, 350
異質の生活への冷淡…②346　思索生活の発展の限界…②342（五経の言葉との一致までの思索…②342-346）　人間の将来への悲観…②348, 349
～を規範とする生活の長所…②337, 338, 342
言語と事実の尊重…②341, 342　情緒への敏感…②342　生活の安定感…②338　天下の統一の紐帯…②337, 338
～を必読書とする事…①236, 238, 293, ②106, 271, 314, 322, 342, ④5, ⑳203, ㉑146, 147, ㉓106, ㉕273
五経を読む能力…②458　五経と四書と史書と文学書を読む生活…①243, 244, ②407　五経と読書人…②287, 288, 338, 398, 410, 427　役人の必読書…①238
～歳遍…⑰186, ㉔243
～・四書→四書五経
～尊重…②287, 342, ⑤124, 136, ㉑146, ㉖244　五経・「論語」の尊重の軽重…④5, 8, ㉓80, 85, 86「詩」尊重…①72, 73, ③11, 539, ⑰77, ㉕6, 7「尚書」尊重…⑦265
～尊重と西洋文明渡来…②336, 346
～尊重と先例尊重…②279, 281, 283, 284, 286, 345
先例尊重と尚古主義…②285
～尊重の理気説による強化…②329, 330
～と科挙…②335, 336, ⑬564, ㉓704, ㉕320, 321
五経題の八股文…㉕320　五経と四書の経義の試験…①302, 309, ②452　五経の経義の試験…①302　注釈の指定…①309, ㉕274
～と古代史研究…㉕397
～と古典時代…①608
～と「史記」　悪人の記載…㉔10, 11　司馬遷の五経評価と「史記」…⑲56　「孔子世家」の記載…②292, ③33　范升の評価…㉑202
～と真の字…⑦349
～と聖人…②290-292, 385, ㉑99, ㉔397, ㉕273, ㉗366
五経の権威の前提…②284
～と知識人の知識教養の方向…②410
知識教養の規格…②410（五経による思索…②411）　知識人の知識独占…②411（知識の煩瑣な形態・特殊な知識教養の閑却…②412　非知識人からの乖離…②411）
～と道理…②271, 284, 286, 323, 331-336, 338, 344, 346-348, 350, 351, 387, ⑬573
～と日本儒学…㉑147
江戸期における注釈書…㉓292　奈良平安期の日本漢学…⑤135（経生と五経…⑥246）
～と日本人　伊藤仁斎・五経と「論語」…㉓80, 85, 86, ㉗172　荻生徂徠…②354, ㉑99, ㉓309, 349, ㉔10, ㉗155, 172　契沖…㉕164　五山の僧…㉓353　菅原道真…⑰18　堀景山…㉗172　堀景山塾…㉗119, 126, 127　本居宣長…㉗128, 129　山井鼎の校訂…⑱57, ㉗73　山上憶良…⑰67
～との関わり（中国）　王陽明…②331, 332, ⑳7　宦者…⑫315　朱子…②283, 330, 332, 386, 387, 411, ④8, ⑤136, ⑬318, ㉑113, ㉖244, ㉗366　庶民…②288, 338　諸子百家…②294　徐幹…⑦118　鄭玄…②315, 316, ㉕225, 228, 229　銭謙益…⑯66　曹丕…⑦78　董仲舒…⑥103　武帝（漢）…②296, 297, 314, ④5, ⑤123, ⑥103　柳宗元…②484-485, ㉑148
～と文学…㉑147-150, ㉕326
五経の暗誦…㉕326, 482, 483

五経の文学性…㉑150, 153, ㉕397
詩人（韓愈…㉑147, 150　蘇軾…㉑148　杜甫…㉑150　李白…㉑150　柳宗元…②485）
「七略」における分類…㉑149
前文学史的存在…③8, 21, ㉑151
曽国藩の「経史百家雑鈔」…㉑149
「文心雕竜」…㉑147　「文選」…㉑149
～と六経・六芸…②306, 307, ③11, ⑤122, ⑥103, ⑰554, ⑲54, 56, ㉑148, ㉓80, ㉔244
～における語彙・事項　性表現…㉑156　太極…②282　男女の情愛…⑥205　天…②282, 307, ⑲54　道…㉓467　名…㉔24, 25
～の引得…②222
～の解釈学…②314, 322, 412, ⑳13→経学
陰陽家の解釈…②314, 315, 332　漢魏以来の解釈…③555, ⑩446, ⑰555　漢の官学の解釈学…②316, ㉕331　漢武帝前後の解釈学…②314, ⑥103-104, ㉕331-332　五経解釈の多様…②309, 313　五経の言語に基づく解釈…②315　後漢の解釈学…②315, 332→経学（漢）　周末から漢初にかけての注釈…③9　鄭玄の解釈学…②315-318, 333　清朝の漢学…②332, 333　中世の解釈学…②318, 319, 322　六朝の正義の学問…②333
～の言語…②310-311, 314, 315, 342, 344, ③6-10, 15, 20, 554, ㉑147
孔子以前の言語…①237, ②103, ③5, 8, ④8, ⑤122, 135, ㉑145, 146
～の言語と著者の態度…㉕147
～の呼称の意味…①238, ㉑146
～の讖緯書…㉕151
～の絶対性の否定…②330
～の総字数…②407, 444
～の束縛…②322, 338
～の地位…②270, 271, 285, 287, 335, ㉓99, 106
漢から唐まで…①238　孔子時代…②287　絶対に肯定さるべき存在…②490　宋以後…①238, ②335
～の内容…①236, ②270, 297, 305, 307, ③6, ⑤122
占いの書…②103（人事・自然現象に対する思索…②297）
政治と倫理の書…①72, ㉑151, ㉕5（宣言の記録…①72, 157, ②104, 302, ㉑156）
文学の書…①72, 78, 242, 318, ②105, 302, ⑰77
礼の書…①394, ②105, 303
歴史叙述の書…①72, 157, 241, ⑰79, ㉑92, ㉕5（年代記〔編年史〕…①168, 186, ②105, 305）
～の内容（記載事項）…②307, 309
意識せざる空想の記載…①183, 186　意識的空想の拒否…①183, 203, ㉑150　感覚を超えた世界の記載の乏しさ…②307, 309　教訓的抽象的文字の乏しさ…②307, 309　事実の記載…①157, ②307-309, 328, ⑲54, ㉑151, 156
～の日本語訳…㉑147
～の日本所蔵資料…⑰25
～の人間肯定の思想…①240
人間に対する楽観…⑤109
～の発生期…③553
～の反映する支那人の性癖…②307, 309
～の副読本…⑤135
～の文章…②106, ③11, ㉑162
文体…㉗6, 35　名文性…㉑151, 152
～編纂　「易」…②292, ⑤122　「詩」…①6, 237, ②292, 303, ③17, 38, ⑤122, 256, ㉑157　「春秋」…②292, 305, ⑤122, ㉑159, ㉓107　「書」…①237, ②292, 302, ⑤122, ⑲54, ㉑157
～編纂者孔子説…①72, 157, 237, ②103, 297, 305, 306, ③17, 33, 38, ④8, ⑤122, 135, 151, ⑧501, ㉑99, 159, ㉓80, ㉕29, 273
五経編纂の時期…③15, ⑤122, 254-256　孔子の刪述と李白…⑪136　人間の規範として編纂・選定…④5, ⑤135, ㉑145, ㉕5
～編纂者孔子説の否定…①237, 265, ②103, 292, 297, 305, 306, ⑤5, 122, ㉑146
五経（解釈）…②309, 313, 411, ⑰556, ㉓99
朱子…②411, ⑰556
五経（注釈）…②407, ③9, 554, 555, ㉑73, ㉔302, ㉕274
古注…⑰555, 556, ㉔302　新注…⑰556（朱子・宋儒…②479, ⑰556, ㉓292）　大全…⑰556
注（漢魏人…⑩446, ⑰555　鄭玄…㉕225）
正義…⑩446, ⑰555, ㉕342（孔穎達…⑧26, 501, ⑰556）
五経（テクスト）…②315, ㉕228, ㉕275
熹平石経…⑤328　清原氏訓点本…㉗128　今文テクスト…㉕228　古文テクスト…②315, ㉕228　写本・巻子本…⑬575　林道春点本…㉗93　藤原惺窩点本…㉗127-129　安田安昌刊和点本…㉓710, ㉗127
「五経異義」…⑥378, ㉑183, ㉗79（公羊説…⑥373）
五経義→科挙
「五経正義」…①705, 709, ②241, 319, ③557, ⑩479, ⑪472, ⑱104, ㉗64
「儀礼疏」「周易正義」「周礼疏」「春秋正義」「尚書正義」「毛詩正義」「礼記正義」→各項
～以外の疏…㉗65
～以後の解釈…⑩446
～と漢唐の学・唐代の科挙…㉗64
～と近世の読書人…⑬563
～と「五経大全」…㉗66
～と「十三経注疏」…㉗65, 66
～と「尚書孔氏伝」…⑦272
～と清朝儒学…⑰259
～と中世の学問…②319, 321, ⑬552, 592
六朝人の討論の集積…⑧3, ⑬577, ㉕343
～と日本　国学・神道…㉗104　日本儒学…⑰259, ㉗66

～と日本人 伊藤仁斎…㉓552 一条兼良…⑰634, ㉗104 荻生徂徠…㉓482, 552 狩野直喜…①705, ③559, ⑪473, ⑰259, ㉗191 河村秀根…⑰634 契沖…㉕245 谷川士清…⑰634 藤原頼長…⑩428, ⑱468, ㉗67 本居宣長…㉓552, ㉔399, ㉕245, ㉗63, 184, 186, 194
～との関わり 賈公彦…㉕342 孔穎達…⑧3, 501, ⑩446, ㉕343, ㉗64 朱子…⑧22
～における語句・事項 非其理也…②321 非義勢也・非文勢也…②322 辟…②321
～の価値…⑩446, 447
言語に関する資料価値…⑩447
支那精神史の資料としての価値…⑩446, 447
～の経解釈…⑩446, 447
解釈法の煩瑣…②325, ⑬592 経の矛盾解決の努力…②319 「撃鼓」の論証…②319, 320, 322
言語の象徴性の追跡…⑩447
～の校訂 阮元…⑩448 斉召南…⑩447 東方文化研究所…⑲97 林羅山・浦鐙…⑩447 山井鼎→その項
～の最初の版本の体裁…⑧509
～の思考法…②320, 321
～の鄭玄「論語」注の引用…㉓101
～の俗本・定本…②244, 245
～の編定…⑦271-272, ⑧3, 4, 20, 501, ⑩427, 446, ㉗64
～の名物の解釈…㉗63
「五経正義」(テクスト)
足利学校所蔵宋版本…⑰584, 587, ⑱58, ㉗67 金沢文庫所蔵宋版本…⑧509, ⑰584, ㉗67 宮内庁書陵部所蔵宋版単疏本…⑧509, ㉗67 宋以後の版本…⑩427, 428 宋版…⑩427-429, ⑱468, ㉗67 (淳熙版注疏本…⑧509 紹熙版単疏本…⑧509, ⑩427, 428 北宋国子監本・端拱版単疏本…⑧509, ⑩427, 428)
「五経疏」…⑧22
「五経大全」…⑯78, ⑳281, ㉓329, ㉗66
「五経註疏」旧唐本…⑩447, ㉗69
五経博士…⑥103-104
五行…②261, ⑥6, ㉓90, 513
五行家…㉔258 五行説…⑦553
『五供養』「殺狗記戯文」…⑭260
五渓…㉕463
五剣山…⑫254
五硯楼…㉒300, 302
五原…⑥158
五原朔方…⑰593
「五虎平西」…⑯359
五胡十六国…⑦429, ㉑245, ㉕341
五胡十六国の乱…②550, ⑫22
五湖…⑭404, ㉔217
五湖の長…⑦362
「五侯宴」雑劇…⑭393
五国城…⑬140
五誥…⑨182
五穀…⑤95
五言古詩…㉖145
五言詩…①15, 127, ⑥221, 257, ⑫141, ㉑35
～が文学の主流となった経緯…①633, ⑦14
起源…⑫130 興起…⑥264 ジャンルの成立…⑥264, 431 始祖…⑥266, 305, ㉑205, 208, 210
～との関わり 陶淵明・李杜…⑦14
～の視野の狭い詩…⑦171, 172, 194, 198, 200, 201
～の視野の広い詩…⑦171, 172, 194, 195, 198-201
～の詩形…①15, 17, ⑥256, 257, 264, ⑦14
詩形と知識人…⑦14, 138, 171, 194, 199, 247
～の悲哀…⑦202
幸福の喪失…⑦204, 205, 209 幸福のもろさ…⑦202-205, 209 人寿有限…⑦199 人間の不安…⑦172
～の修辞偏重…⑥221
～の対句使用…⑦167
～の評論(鍾嶸・詩品)…⑥256, ⑦73
～の叙情詩としての韻律…⑫130
脚韻…⑫129 リズム…①17, 362, ②268, ③8, 30, ⑥268, 331, ⑦14, ⑫129, ㉑14
～の連作…⑦172, 200, 201
五言詩(漢)…⑥256, 257, 331, ⑦171, ㉑36→古詩
～と阮籍の詩…⑦198, 201-205, 237
～の歌謡曲としての存在…⑥264
～の漢初の存在に関する説…⑥5, 430
～の代表作…⑥270, ⑦194, 202
～の断片の引用(史記漢書)…⑥430, 431, ㉑215
～の逐臣棄婦の歌…⑥21, ⑦202
～の発生…①15, ⑦138, 194, ㉑215
～の悲哀の感情…⑦201-202
時間の推移への嫌悪…⑦209, 210
人間の偶然による支配…⑦205
五言詩(魏)…⑦170, 171
～と阮籍→その項
～の知識人の表現形式としての確立…⑦138, 171, 194, 199, 200
～の人間観察・批判の視点…⑦171, 172
～への賦・散文文学の主題移入…⑦172, 173, 200
五言詩(魏初・建安)…⑥221, 256, 264, ⑦14, 143-147, 171, 172, 194, 199-202
～との関わり 応璩の詩…⑦146, 147, 199, 200
曹植…①15, 65, 74, 242, ⑦14, 59, 68, 138, 194, ㉑9 曹操…①65, ⑦14, 59, 138, ㉑9 曹丕…①65, ⑦59, 68, 138, 198
～の完成期…⑪135
～の最盛期…⑥256, ⑦147
～の友情の主題…①65, 74, ⑦137, 171, 194
～の連作…⑦200
五言詩(後漢)…⑥256, 257, 263, 431
五言詩史と後漢時代…⑥257 作者…㉑8 地位…

⑥264, ㉑8　班固の作品…⑥256, 257, 263, 264, ⑦172, 199
五言詩（三国）…①65, 74, 242, ⑥221, ㉑9, ㉕7
五言詩（西晋）…①74
　～と陸機…①65, 74
五言詩（東晋）…㉑236
五言詩（南北朝）…①17, 275, ㉕7
　～と陰鏗・阮卓・張正見…⑫659
　～の言語美への敏感…㉕7
　～の地位（末期）…⑫659
五言詩人の三等区分…⑥256
五言八韻の律詩（科挙）…①317
五言律詩…⑫129, 133, 141, ㉖161
　韻律…⑫143　対句…㉖23, 25, 33, 110, 170　平仄…⑫130, ㉖25, 33, 36, 108, 170
五柞宮…⑥170
五・三〇…㉒395
五山…⑪521→五岳
五山（京都）…⑫721, ㉓563, ㉖499
　～以来「古文真宝」の普及…㉓292「三体詩」の普及…⑬185, ㉓292　宋詩尊重…㉓289, 353
　　宋の散文尊重…㉓289
　～中期学界の消息…㉒54
　～の漢学…⑥247, ⑰22, 348, ㉓563
　～の僧…⑫721, ⑰22, 414, ⑱63
　　漢詩文の実作…㉓147（詩作…⑰22, 414, ⑱125　漢文…⑰22, 328　評論…⑰22, 414）
　　漢籍（「黄山谷詩集」講義…⑰511「史記」…⑥11「四書集注」和訓…⑰30「中州集」…⑮383　南宋版「史記」「漢書」「後漢書」輸入…㉕371）
　　元散文　宋濂…⑮470
　　元詩　四大家…⑮452　薩天錫詩の偽作…⑮457
　　儒家古典新旧注への対処…㉗67
　　宋詩…⑦562（蘇軾・黄庭堅…⑫585, ⑬48, 133, ⑰22, ㉓353, ㉗67　趙次公蘇詩注の引用…㉕493）
　～の僧と塡詞…⑰348
　～の僧と杜甫…⑫585, 721, ㉑133, ㉒63
　　雪嶺永瑾の「杜詩抄」…㉒54-56, 59, ㉕491
　～の僧の仮名の抄…㉒58
　～の禿子…㉓353
　～版本…⑰348, 600-602, 607-609, ㉑133
　　「中州集」…⑮383, ⑳452「杜詩抄」…㉑134
　　「杜詩千家注」…㉕493「毛詩」経注本…⑩460
　～文学…①134, ⑦562, ⑬287, ⑰22, 63, ⑱126, ㉑134, ㉒58, 119, ㉓353, 563, 576
「五山文学全集」…⑭366
五四運動…㉒391, 395
　～以後の中国文学と青木正児…⑰335, 339
　～以後の文学発展史…①627
　～以来　古代中国研究…⑳6　抗日排日…⑯649
　～直後　全盤西化…㉕444　日本文学紹介…㉒433
　～と張作霖…㉒383, 387
　～と北京大学…⑯648, ㉒389, 392, 396
　　五四以後の北京大学…㉒383, 386, 387
　～の過去の文学哲学の排撃…㉑192, ㉕479
　　孔子批判…㉑192　典故の否定…㉖60
五時…⑥138, 140, 141, 143
「五十四帖」…㉕397→「源氏物語」
五十凡例（左伝）…⑦252, 256
五十歩百歩…②108, 113
五丈原…㉕439
五条のきさい…㉕114→藤原順子
五常…㉓90
五常侍…⑦54
五情…⑳301
五色…㉕103-105
五色花花鬼…⑮90
五臣…⑥31
　～注「文選」→その項（注釈）
五世医業…⑰595
五声六律七音八風九歌…㉖438
五聖人…㉒111
五臓…㉖407
五荘観…⑮134
五内…⑳299
五内分崩…⑳299, 300
五代…②551, ⑬234, 562, 567, 590, 595-597, 599, ㉕47, 58, 62, 63
　～国子監本経注…⑩455, 456, 458, 460
　　「毛詩」…⑩456, 458, 460「礼記」…⑩437, 438
　～における印刷術の始まり…⑬581
　　儒家経典の刊行…⑬581, 596
　～における貴族勢力滅亡…⑬562, 596, 597
　～の詩人…①133
　～の文官を代表する人物…⑬596
　～の乱…①160, ②404, 406, 551
「五代史」…②493, ⑯584, ⑰594→「五代史記」
「五代史」（軍談）…⑬461, ⑭203, ㉖395
「五代史記」…⑬582, ㉖473→「五代史」「新五代史」
　唐六臣伝・論…⑳320　列伝…①160, 161（李存孝伝…㉖401　伶官伝…①160）
「五代史」諸宮調…⑭203, 572, 579
「五代史平話」…⑭283, ㉖395
五代十国…②551, ⑬596
五代宋　軍談…⑭202　市民出身官僚の無学・無節操…⑬562
五台山文殊院…①46
五通神…⑬339
五帝…②289, 384, ③16, ⑥176, 195, 196, ㉕73, ㉗88
　～趣…②252
　～と三王…③16, ⑬553, ㉗87
　～と三皇…②289, 301, 549, ⑥213, ⑬553, ㉗87
　～の数え方…②549
　　五帝の最後…②289, 302, 549, ⑥176

五帝のはじめ…⑥176, 195
～の時代を伝説とする認識…③533, ⑰637
～の時代の書物…㉓81
～の世繫…⑯130
～の記載（史記）…①174, 179, 189, ②275, 374, 375, ⑥230, 242, ⑰637, ㉑93
五帝の肉体的条件への言及の拒否…㉕152
黄帝顓頊帝嚳堯舜…②374
～の容貌の伝説…㉕125, 151
五天帝・天帝の子…⑤118
五典…㉓81
五島（長崎県）…⑰341
五島美術館…㉖135, 143, 146, 152, 160
「五燈会元」…⑬306
五道明神…⑯319
五南…⑭243, 244
五伯…②252
五番街（ニューヨーク）…⑲432, 445
五百字詩（王偉）…㉒80
五百の島民（田横の部下）…①518
五品…⑮24, ㉕450, 457, 475-476
五福六極…⑤111
五畝の宅…②117
五朋…⑯362
五峯…⑭119
五明…㉖420
五葉…⑯96
五楊（楊氏一族）…⑫56
五柳館趾…⑦331
五竜氏…⑥396
五陵…⑪37, 285, 294
五陵人…⑭290
五礼…②304
五例（春秋）…⑦525
五嶺…①279, 466, ㉒487
五鹿…⑦513
互郷…⑤265
「伍員吹簫」雑劇・「説鱄諸～」…⑭37, 44, 202, 217
～『闘鵪鶉』（第三折）…⑭501
伍子胥…⑥18, 374, 377, 378, 394, ㉑167
～の伝記（史記）…①173, 174, ⑥239, ⑪374, ⑯289, 290
～の復讐…①173, ⑤94
「伍子胥変文」…⑭372
伍昭扆（しょうい）訳・ギャスケル「クランフォード」…⑯314
伍崇曜「粤雅堂叢書」…㉒295, 310
呉（国名・春秋）…⑤75, 94, 154, ⑥374, 375, ⑰136
～の干…㉓422
呉（三国）…②585, ⑦3, 108, 185, 589
～と蜀…⑦480
～東晋宋斉梁陳…②551→六朝
～における曹操の評判記…⑦10, 41
～による曹操への敵対…①412, ⑦7
～の献上した象の重さの測定…⑦39
～の支配地域…②550, ⑦3, 223, ㉖136
～の人物に対する「三国演義」の描写…⑦4
～の創業…⑰329
～の短簫鐃歌の替え歌…⑥350
～の名臣（張紘）…⑦102
呉（蘇州）…⑪213, 214, ⑭114, ⑯107, ㉖401
呉（地方）…⑪125, 214, 215, 510, ⑬299, ⑯191, 243, ㉓250, ㉖25
～出身者　王世貞…⑮519　会稽出身の厳助・朱買臣…⑥106　曹元弼…⑯252　張翰…⑪97
呉偉業・梅村…①137, ⑯54, 656, ㉓183, ㉔175, ㉖429, 448, 454
～講義・吉川幸次郎…⑯656
～と鈴木虎雄…⑯167, 638（講義…⑯634, ⑰310）
～と内藤虎次郎…⑯639, ⑳269
～との関わり　魏憲…㉓256, 263　江左三大家…㉓255　査初白…⑯167　朱竹垞…①443　銭謙益…㉓259（「梅村家蔵藁」序・書簡…⑯12, ㉖453　「梅村先生詩集」序…㉖447-448）　銭呉朱王…⑯11, 166　李笠翁…⑯140
～と復社…⑮542
～の著述　「永和宮詞」…⑮211　「呉梅村詩」…⑱130　「梅村家蔵稿」…⑯12, ㉓256, ㉖453　「梅村詩集」「武林の李笠翁に贈る」…⑯140
～の明滅亡の際の作品…①76
「呉偉業」（福本雅一）…①137, ⑯178
呉渭・潜斎…⑮425, 426
呉棫…②204
呉郁…㉒45
呉聿（いつ）…⑮47
呉筠（いん）…⑯128
呉詠…⑫151, ㉖22, 25, 27, 438
呉越（五代十国）…②551
～王家の後裔銭惟演…⑬53, 251
～王銭鏐…⑰525
～王妃の雷峰塔創建…⑯547
～国王孫・廃王銭倧…⑭204
呉越（地方）…⑮439
「呉越春秋」…㉑167
呉越浙閩…㉓414
呉越の事（春秋）…⑥394
呉王（漢筐・鏡図像）…⑥394
呉王闔閭…㉑167→闔閭
呉王夫差…⑥183, ⑩467
呉応箕「東林本末」…⑯20
呉応麒…⑯192
呉音（音楽）…⑬263
呉音（発音）…⑤142
呉下…⑭184, 185
呉下の旧阿蒙…⑮325

呉可「蔵海詩話」…⑬174
呉歌…⑬481, 522, ㉖28
呉歌西曲…①627
呉会…⑯43
呉玠…⑬492
呉烜…⑯247
呉琯「古今逸史」…㉗61
呉寛・匏庵…⑮563, 577, 590, 606, ⑯124
「隆池阡表」…⑮574
呉季野…⑬89, 90
呉其彦…⑯244, 247
呉淇「選詩定論」→その項
呉綺・薗次・紅豆詞人…⑯125 「秦楼月伝奇序」「陳素素詩集序」「林蕙堂集」…⑯143
呉乞買…㉒116→太宗（金）
呉兢…⑦174, ㉑17 「楽府古題要解」…⑥344 「則天実録」…⑪42
呉玉搢…⑰591
呉均「続斉諧記」→その項
呉虞…⑰334 「顧曲塵録」…⑭145 「呉虞文録」…㉒352
呉郡…①407, ㉒277
「呉郡志」…㉕499
呉圭…⑬79
呉渓西…⑭185
呉敬梓…①299, 634 「儒林外史」→その項
呉激…⑭51, 300, ⑮379, ㉒108 「瀟湘の図に題す」…⑮380
呉県簿…㉖392
呉騫…⑰596, 597
呉彦暉（げんき）…⑭113
呉湖帆…②511, ⑳294
呉語…⑰372-375, 378, ㉒366, 413
呉光清…⑲316, 327
呉興（浙江）…①537, ⑭22, 36, 159, 381, 387, ⑮12, 442, 447, ⑯143
呉興県令…⑦502
呉興知事…㉕475
呉衡照「蓮子居詞話」…⑯151
呉国倫…⑮512, 522
呉三桂…⑯176-179, 184, ㉔231
呉山…⑭181, ㉒292
呉士鑑・絅斎…⑯267, ㉓182-185
「九鐘精舎金石跋尾」…㉓183（乙編…⑫30）
呉士模「拝経堂文集序」…⑯248, 256
呉子（春秋）…⑥377
呉子…⑥88, 100, 222, ⑦37, 57
「呉子」…②107, 476, ㉓289, ㉕280
呉之振…⑬188, ⑯125, 135 「宋詩鈔」→その項
「呉志」「呉書」→「三国志」呉志
呉思斉…⑮426
呉自牧「夢粱録」→その項
呉児…⑪125
呉七郡王（南宋）…⑬357-374, 508, ㉖380
呉質…②168, ⑦92, 109, 114, 119, 127, 212, 497
呉若・季海…⑫299-301, 305, ㉕500, 501
～本「杜工部集」…⑫74, 299, 300, 302, 303, 305, 343, ㉒49, 75, 84, 89, ㉕500, 501（後記…㉕500, 501）
呉守礼…⑰563, ㉖252
呉充「月の晦の夜に感有り」…⑬17
呉処厚「青箱雑記」…⑬51, ⑭297, 298
呉汝綸…⑯386, 406, ㉖466
呉承仕・検斎…⑯568, ㉒394, 397, 414, 449
「公羊徐疏考」…⑥366 「経典釈文序録」講義…⑯645 「経典釈文序録疏証」…㉕331 「三礼名物」（講義）…⑯645, ㉒395
呉昌碩…②535
呉昌齢…⑭137 雑劇「貨郎末泥」…⑭211 「西遊記」…⑭207 「張天師」「東坡夢」→各項
呉振棫・再翁…㉓181-188 「花宜館詩鈔」…㉓183, 185, 186 「追憶」…㉓183 「灯下に内子の梅村集を読むを聴く」…㉓183 「保安寺に寓して国書を習い…」…㉓186 「養吉斎叢録」→その項
呉縝「新唐書糾謬」…⑬582
呉人愚…⑯6
呉人の山歌…⑬522
呉仁卿・弘道・克斎…⑭152, 155, 156, 166, 172
呉仁傑…㉕78 「両漢刊誤補遺」…㉕77
呉崇梁…⑯263
呉世璠（せいはん）…⑯178, 197
呉正子…⑪447, ㉓575
呉清源…㉔8
呉倩（せん）「評路翎的短編小説集『平原』」…①631-632
呉全節…⑮279
呉組緗（そしょう）…⑱480
呉楚…⑯33, 638
呉楚王后の像（漢筺図像）…⑥394
呉楚七国の乱…⑥174, 194, 199
呉曽「能改斎漫録」→その項
呉大澂…②511, ⑳294
呉稚暉（ちき）…②471, ⑳121
呉中…⑮468, 481, 519, ⑯47
～の舟歌…⑬522
～の老宿…㉒294
呉中経学…㉒310
呉中四傑…⑮468
呉中四才子…⑮508
呉中七子…㉗193
呉兆騫…㉓178
呉澄…⑭84, 159, ⑮326, ㉓78 「呉文正公集」…⑭276
呉直方…⑮282
呉鎮・梅花道人…⑬604, ⑮442
呉廷華…㉓168

呉道子…②524, 525, ⑬79, ⑯371
呉徳遠…⑭364
呉の太伯…⑫42, ㉓270
呉儂…⑮384, ㉒104, 105
呉派…㉒414, 415→江蘇派
～と皖派の対照…⑯7, 8
～と浙派…⑬161, ㉒414, 415
～の学…⑯5→蘇州
呉派の学と江北の学…⑯9　呉派の学の慎重さ…⑯6　呉派の漢学と道蔵（恵棟・銭大昕）…㉒293, 294　呉派の経学の創始者（恵棟）…㉒294　呉派の経学の中心（蘇州）…⑯63　史学…⑯7　博学…⑯7, 8, ㉒294-295
～の漢儒尊崇…⑯8, 60
漢儒尊崇と銭謙益…⑯84
～の代表者（顧炎武・銭大昕・恵棟）…⑯5-6
巨頭（恵棟）…㉒294, ㉕346
驍将（銭大昕）…⑯8
～の法則嫌い…⑯6
呉梅・瞿庵…⑭600, 601, ⑯570, 571, ⑳294, ㉒415
「奢摩他室曲叢」…⑰376
呉梅村→呉偉業
「呉梅村詩箋注」…⑯572
呉復…⑮435
呉文英…⑬10, ⑯146, 147, 152, ㉒105
呉文藻…㉗385
呉猛…⑦551
呉門…⑯143, 239-241, ㉒297, 298
呉有訓（中国科学院副院長）…㉒442, 457, 464
呉祐…⑥371, 372
呉揚の訓…⑥375
呉翌鳳「呉梅村詩箋注」…⑯572
呉萊・淵穎…⑭84, ⑮282, ⑯68, 70
呉陵…⑭169
呉璘…⑬492
呉六奇…⑯175
吾衍・子行…⑭84, 114, 115, 174　「閒居録」…⑭172
吾・我…㉗275
吾睹補→ウップー→宣宗（金）
吾当…⑭311
吾党之小子…㉑230
後宇多天皇…②220, 552, ⑭6→世仁
後柏原天皇…㉔137
後漢（王朝・帝国）…①477, ②550, ㉖64, ㉗255→東漢→東京（漢）
～以後を中世とする説…㉓599, ㉕60, 376
～以後　古代聖王の容貌に関する説…㉕151　司馬相如の文学の祖述…③14　書籍数の増加…㉕267　文学形式…②256　隆準の解釈…㉕86, 88
～以後の文章…㉕376
荻生徂徠の見解…㉓327, 335, 345
美文・四六駢儷…②32, ㉕61, 375, ㉗6, 254
美文の爛熟と沈約…㉕105
～以前の文章の否定形…②52
～と前漢…⑥429, ⑦43, 44, 46, ⑰281, ㉓99, 599, ㉖59, ㉗255
漢魏の漢と秦漢の漢…⑥429　経学…⑧5, ⑰281, ㉓99, 100, ㉕224　遊俠の後退（後漢）…⑥227
～に対する正史…①241
～の学問…②315
解釈学…②315→古文の学（後漢）
学者のテクスト…②315, ㉕333　今文の学・古文の学…②315, ㉕334, 335　初期の古文派…㉕339→古文の学（漢）　流布本・今文尚書…②243
経を知識の対象として扱う態度…⑧5（「周礼」の学…㉕339　「尚書」注…⑦266）
経書解釈の異説の集録…㉗79
語源辞書「説文解字」…㉕221, 411
儒学の普及…⑦42-44（儒教主義…⑦38, 40, 42）
大学の学問…②315, ㉕333, 335
大儒…㉕222（許慎…㉕221, 222, 411　鄭玄…㉕222, 225, 335）
反左氏の有力者・何休…③526
「論語」注釈…㉓100（不舎昼夜解釈〔許慎…㉕221, 224　崔瑗…㉕222-224　鄭玄…㉕227　趙岐…㉕216, 219〕鳳鳥不至章の解釈…㉓100）
～の宦者…⑦42-44, 46
宦者と字…⑦47　宦者と外戚…⑦43, 44　宦者と対立する勢力…⑦44
～の享楽の中心地…⑥314, 315
～の首都…⑥309, ⑦45
～の人物地理…⑦45
河南平野…⑦45　沛国…⑦46　沛国譙…⑦45, 46
～の生活の非能率と曹操の反撥…⑦38, 42
～の政治…⑦38, 266
～の創業の君主…⑦43, ㉕230, ㉖59　功臣…⑥263
～の大学のマロニエ並木…⑳353
～の帝室の性格…⑦43
皇后たち…②523　天子…⑦43, 49, 50, 73, 76, 95
～の服喪…⑦40
～の仏典漢訳…㉕387
～の文学　歌…㉑213-215　詩…⑥266, 288, 307, 309, 314, 330, 339　賦…㉑7
～の文章…②32, ⑦471, 472
文章の擬古的傾向…②55
～の文明…㉕222
文化の過剰…⑦40
～の名士…⑦44
～の滅亡・崩壊…⑦45, 55, 94, 102, ⑬551, ⑰281, 282→漢（王朝）
～末以後の「漢書」注釈…㉕84, 85
～末の宴席での歌謡曲の演奏…⑦13
～末の気節の士…⑦42

～末の風気…⑦98
～末の紛乱…⑥430
～末の文化人…⑦98
～末の文体の四字句…⑦513
～末の「孟子」解釈（趙岐）…㉕215, 219
「後漢紀」…②161, ⑦96
後漢魏晋の経の注釈…⑧5
～における俗人の説…②241
後漢魏晋の伝・注の研究…⑧5
「後漢」諸宮調…⑭203, 572, 579
「後漢書」…⑬574, ⑱466
「後漢書」（袁山松）…⑱466, ㉕380
「後漢書」（范曄）…⑬576, ⑭53, ⑯584, ⑰592, ⑱466, 469, ⑳354, 355, ㉑93
～を含む二十五史…①177, ②154
～を含む二十四史…①177, ②154, ㉑93
科挙受験…②407
～と「三国志演義」…①625
～と「史記」…①241, ⑪374
～と「史記」「漢書」（馬・班・范の史）…⑬574-579, 581, ⑯96, ㉕371→三史
北宋における校定・出版…⑬581
～と典故…㉕326
～と日本の宮廷文庫…⑬575
～における王昭君物語の原型…⑮190
～における語彙・事項・人名　厳勅…㉗103　清議…⑳354　曹騰…⑦45, 52, 53　大樹…⑱546　抵突…⑦516　等道…⑦508　挽歌…⑳354
～の列伝中の人物の出身地…⑦45
「後漢書」（注）…㉑73
章懐太子…⑰592, ㉑168, ㉒310（王充伝…㉕380　郭太伝…⑰593　呉祐伝…⑥372　禰衡伝…⑦508）
「後漢書」（テクスト）
涵芬楼景印紹興本・蔡氏一経堂本…⑰593　淳化版本…⑬581　東方文化研究所所蔵宋版…⑰592　大徳本…⑰593　劉元起・黄善夫刊本…㉕371
「後漢書」（篇名・項目）
后紀…②523
光烈陰皇后…⑫658　順烈梁皇后・和熹鄧皇后…㉑89
志　輿服志…⑰557　律歴志…⑰593
帝紀　桓帝紀…⑰593　献帝紀…⑦98　光武紀…⑫385, ⑰593　順帝紀…⑰593　章帝紀…⑥367　明帝紀・和帝紀…⑰593（和帝紀・賛…②218）
列伝　陰識・陰興伝…⑫658　延篤伝…⑥405, ⑯235　何進伝…⑦103　賈逵伝…⑥374　郭林宗伝…⑰593　宦者伝…⑦47, ⑫316（曹騰伝…⑦45, 53）　呉祐伝…⑥371　孔融伝…⑦92, 94, 101, 489　光武十王伝・阜陵質王延伝…⑰593　皇甫嵩伝…⑦499　崔篆崔駰崔瑗崔寔伝・論…㉕222　蔡邕伝…②164　儒林伝…①235, ⑥183, 367-369, ㉕229（鐘興伝…⑥367　張玄伝…㉕229　包咸伝…㉕230）　鄭玄伝…⑰593, ㉑201, ㉔242, ㉕229　申屠蟠伝…①478　清河王蒜伝…⑦45　張奐伝…⑥310　張衡伝…㉕223　張覇伝…⑥367　陳蕃伝…㉗103　東夷伝・倭…②586　党錮伝…⑦45, 53　鄧隲伝…⑰593　独行伝…⑥392（范冉伝…⑰67）　馬援伝…⑯194　樊儵伝…⑥367　伏湛伝…⑯235　文苑伝（賛…①629　趙壱伝…㉒307　禰衡伝…⑦508）　方術伝（薊子訓伝…㉒460　樊英伝…⑰557）　李固伝・梁商伝…⑦45
「後漢書」九十巻附「続漢志」三十巻…①177, ⑬582, ⑰592
後漢南北朝の注釈家…②241
後漢南北朝唐・後漢六朝唐…⑥172, 428→中世（中国）
～の特徴　古代尊重思想の弱化…②256　士の身分…②404　“俗”の尊重…②246
～の文学…③14-15, ⑥221
～の文章の二字の連語…②218→二字の連語
～の文体…②167, 170, ⑥428, ㉕61, ㉗6, 254
後漢人　詩…⑥256　生別離の解釈…⑥273
後漢人之祀…㉒78
後小松天皇…㉕114
後光明天皇…②552
後嵯峨天皇…②220→邦仁
後三条天皇…⑥247
後七子（明）…①152, ⑮493, 512, 614, 632, ⑯160, ㉓119, 322, ㉖450
～と前七子→前後七子
～と臧晋叔…⑭364
後白河院…㉖241
「後撰集」…⑱63, ㉕162, 181
後醍醐天皇…⑰21, ㉓367, 417, 419, 420, ㉕114, ㉗66
後土御門天皇…㉔137, 149
後鳥羽院・後鳥羽上皇…㉓420, 567
後奈良天皇…㉔138
後二条天皇陵…⑳261, 263
後水尾天皇…⑰26, 122, 608, ㉔310
後村上天皇…②552, ④14, ⑦556, ⑭383
後桃園天皇…㉔132
後陽成天皇…⑰26, 608
唔咿…㉓378
悟空寺…⑬309
「悞入桃源」雑劇・「劉晨阮肇～」…⑭47, 217
晤…㉗203
晤言…⑦197
梧桐…⑬150, 152
「梧桐雨」雑劇・「唐明皇秋夜～」…⑫269, ⑭43, 92, 217, ⑮215, 217
～と他の文学作品　「漢宮秋」…⑭215, ⑮215, 217　元淮の詩（西風・楊妃入蜀）…⑭149　「天宝遺事」諸宮調…⑫262, 266, ⑮226
～の曲目　『鴛鴦煞』（第三折）…⑮216　『胡十八』（第三折）…⑮216　『粉蝶児』（第二折）…⑭149　『満庭芳』（第二折）…⑮216

～のクライマックス…⑪555
～の主題…⑮215
～の筋立て・表現　玄宗の遊月宮…⑫266　楊貴妃と安禄山…⑪555, ⑫262　楊貴妃と海棠…⑭409
「梧桐葉」雑劇・「李雲英風送～」…⑭37, 46, 215, 217, 268, 395, ⑮43（李氏…⑭215）
顧曲斎本…⑭217, ⑮43　塩谷温蔵本…⑮43
『梧葉児』　喬夢符…⑭383, 384
「御撰晋書」…㉗130→「晋書」
碁…㉔8
寤夢…⑱22
語…②354, ④4, ⑤272, ⑰139, 140, ㉑180
語・意…㉓352, 353
語学の研究と文学の研究…②606
語感…⑱380-385, 410-413, 421, 423, 550
語戯…⑱53, 86, 87
語言・語言学…⑰423
「語絲」（雑誌）…㉒434
語辞…⑥25
語渋・語粗・語嫩・語病…⑭287
語孟（論語・孟子）…㉓42, 143, 322
語孟詩書（論語・孟子・詩経・書経）…⑰164
「語孟字義」…⑰124, 149, 213, ㉓32, 39, 88, 90
～と荻生徂徠…㉓45, 317, 318, 374, 381
～と戴震「孟子字義疏証」…⑰144, 208, ㉑115, ㉓46
～の画法の比喩…㉓80, 85
～の語彙・事項　「易」…㉓85　学…㉓64, 65　鬼神…㉓87　義…㉓50　権…㉓77　四端の心…㉓42　「詩」…㉓85　「書」…㉓78　情・欲…㉓72, 78　仁…㉓49　仁義…㉓50　仁義礼智…㉓403　性…㉓53, 55-57　星星之火の比喩…㉓66　総論四経…㉓80　端…㉓40, 41　天道…㉓62, 66, 68, 381　天命…㉓88　天命謂之性…㉓55　道…㉓60, 61　徳…㉓64　理…㉓69, 78
～の「尚書」の偽篇に関する説…㉓78
～の世界観方法論の集約的叙述…⑰115, 209, ㉓465
～の比重…⑰210, 628, ㉓32, 465
～の冒頭の語…⑰125
～の六義に関する説…㉓85
「語孟字義」（テクスト）　江戸私版本…㉓32
「語孟字義」（篇名）
自序…⑰209, ㉓32　附録（「堯舜既に没して邪説暴行又た作るを論ず」…㉓81, 87　「大学は孔子の遺書に非ざるの弁」…㉓32, 79, 476〔その十証…㉓74, 75〕）
「語孟集注」　魏了翁刊本・趙汝愚成都刊本・閩浙刊本…⑬321
語余の辞…⑭291
語理…㉓365
語録…②195, 196, ⑯72
～の中の語…㉓464, ㉕381, 382
～の文章…②196
誤（七殺）…⑮30
誤傷人命…⑮29
護軍…⑮317
護持院大僧正…㉓315, 473
護照…㉒416
護頭…㉖425
恋の音取…㉔282
口…②117
口語（中国）…⑭591, 592→白話
～と荻生徂徠…㉓308, ㉗279
～と狩野直喜…⑭596
～と文語の差異…⑭339
～と文語の乖離…①59, 319, ②13, 19, 54, 91, 92, 133-135, 202, 446, 573, 606, ⑳418, ㉕37-41
～の的という助字…㉕41
～の特徴…⑭284
～の表記の技術…②91, 446, ⑭274-276
～文献…⑭284
口語（中国・元）…㉗279
～文と蒙古文翻訳・口語文書の盛行…⑭276
口語（中国・唐）…㉕38
口語文（中国）…①204, 212, ②194, 195
～の訓読…②195, 196, 199-201
～の発生…⑭12
～の二つの源…⑭12
口語文学（中国）…⑭15, 274, ㉗279→白話文学
～と士人の作者…⑭143-144
～の最初の資料…⑭11, 274
～の辞書…②221
～の成熟…⑭12
～の発生…⑭11, 12
口語文学（中国・金）…⑭128
口語文学（雑劇以前）…⑭12, 127, 128, 274
～の幼稚さ…⑭127
口語文学（宋以後）　戯曲…①69, ②195, 221, 412, ㉑74, ㉖375　小説…①69, 76, 199, 200, 211, 213, ②19, 20, 195, 221, 412, ⑬504, 505
口号…⑭477
口債…⑮145
口脂…⑫401
口実…㉔316
口嘍囉…⑮116
「工師之律身処世」…⑯584
工農兵の文学…①71
工部…②186, 272, 436, 604, ⑮21, ㉕348
～の職掌…②268, 272
工部員外郎…⑫7, 581, 583, ⑬199, ㉖178, 179
工部局…㉒493
工部侍郎…⑪28
工部尚書…②405, 467, 511, ⑯574, 640, ㉓255
工房…⑭21

亢主簿…⑮226
公…②131
公安三袁…⑮534, ⑯69, 102→三袁
公安派…①152, ⑮526, 533, 534, 539, 541, ⑯56, 69, 98, 99, 102, 161, 163-165, ㉖430
公宴の詩…⑦144, 194
公義油店…⑯382
公共図書館の便利さ…⑳345
公慶…㉓707
公鶏…⑮123
公子遂（春秋・魯）…⑥371
公私の逋負…⑬301
公主皇后…⑮223
公輸与魯班…①366, ⑥333, 336, 337
公人…⑮159
公西華…⑤17, 26, ㉑177, ㉓475
公孫嬰斉…①187→子叔声伯
公孫衍…㉗242
公孫賀…⑥162, 163, 165
公孫卿…①179, ⑥140, 141, 145
公孫弘…①299, 300, 306, ②403, ⑥116, 117, 125, 197, 369, ㉗297
　～と儒学…⑥109, 112, 114, 171
　～に対する評　新井白石…㉓139　司馬遷の評…⑥112（陰険…⑥112　オポチュニスト…⑥111　偽善…⑥112　遇時…①95, ⑥234）　班固…⑥299
　～の死…⑥115, 121
　～と他の廷臣　衛青…⑥110, 120, 121　汲黯…⑥111-114　児寛…⑥126, 127　張湯…⑥115, 116, 120, 121
　～の伝記…⑥121
　～の東閤…⑥111, 112
　～の略歴…⑥109, 110
公孫敖…⑥62
公孫瓚…⑦104, 105
公孫杵臼…⑭271, ㉖366, 367
公孫繞（じょう）…⑦104
公孫大娘…⑫36, ⑳442, ㉗20
公孫丑…㉗261
「公孫竜子」…②485
公伯寮…⑤23, 24
公弼…⑮21
公務員試験制度…㉕423, 476
公門…⑮23
公冶長…⑤143, ⑭7
勾践…⑭404, ㉑167, 168→越王勾践
勾当皇城司…㉖417
勾欄…⑭121
孔安国…⑦269, ㉔301, ㉖444
　～伝「孝経」（偽）→その項（注釈）
　～伝「尚書」（偽）→その項（注釈）→偽孔伝→「孔氏伝」
　～伝「論語」…④7, ㉑231, ㉓100, 101
　学而…㉗71　子罕…㉓101, 102
　～と児寛…⑥161
　～と鄭徳輝…⑭90
　～の「古文尚書」テクストの校合…⑦269
　～本「古文尚書」…⑦537, 538
孔維…⑩427, 429, 438
孔毓埏（いくえん）…㉓271
孔衍樾・心一…㉓255, 264, 265
孔家店…⑤124, ⑰3-4, ㉑192, ㉒320→孔子
孔悝（かい）…⑤51, 52
孔丘…⑤121, 142, 152, ㉖241→孔子
　～の徒…⑤29, 203
　～の名と尼丘…⑤116, 119, 145, 146
　～の名の丘を禁忌とする規制…㉒106
孔僅…⑥119
孔珪…⑯128
孔厥…①621
孔元措…⑭117
孔広森…②204, ⑲416
孔広林…㉓101, ㉕226
孔三伝…⑭565
孔子・孔丘・仲尼…⑤121, 142, 319-321, 323, 324, ⑮324, ㉗428→孔丘→孔夫子→仲尼
　～以後漢までの経の尊重…⑧5, ㉓106
　漢代の「春秋」の地位…㉓106, 111
　～以後唐末までの編年史…②280
　～以後の言語　玩物喪志…②518　三公・将軍・仁義…㉓492
　～以後の「詩経」風叙情詩の中断…①64, ③24
　～以後の儒学の神秘主義的傾向…⑥137
　～以後の戦国時代…②293-295
　孔子を含む思想家輩出時代の議論文…①37, 157
　散文の最初の開花期…③9, 10
　戦国時代の文体…②107
　～以後の「礼」の整理　「儀礼」…③7, 10, 36, ㉓348　「周礼」…③10, 36, 37　「礼記」…③10, ㉓348, ㉗70
　～以前における「詩」「詩経」の原形…③36「詩」の引用…㉑157　「詩」の尊重…③35, 37「詩」への言及…③35-37
　～以前の言語…①237, ②43, 44, 134, ③5, 9, ㉑152, 229
　～以前の時代の邪説暴行…㉓81
　～以前の世界観・人間観…⑤279, 280
　～以前の趙盾と霊輒の故事…⑮37
　～以前の銅器…②522
　～以前の文明の体制と「儀礼」「周礼」…③36
　～を境とする前後一千年間の言語…③5, 9
　～が帝王たらんとしたとする説…⑤34, ㉓102-105
　孔子を素王とする尊崇…⑤35, 118-120, 123, 260, ㉓105, 109, 111, 112
　～説話…⑤10, 11, 116, 260

獲麟説話…⑤34, 35, 115, 123, 259, 261, ⑥376, ⑪136, ㉑160, ㉓394, ㉗258　神の子とする説話…⑤115, 116, 118-120, 146, 147, ㉑187　漢代発生の説話…⑤115, 116, 119, 146, 147, 261　死に関する説話…⑤8-10, 114, 115, 118, 260, 261　生誕説話…⑤115, 116, 118, 119, 144-147
～という称呼…⑤121, 142, ㉖241
～と伊藤仁斎…⑤161, 204, 264, ⑰124, ⑳12, 95, ㉑113, 138, 193, ㉓476, ㉔9, ㉕33
鬼神否定…㉓87, 538　孔子その人を規範とする態度…⑰43　孔子と怒り・慟哭…㉓74　孔子の教育法…㉓58　孔子の好学…㉓64, 65　孔子の仁と義の相補…㉓50, 51　孔子の道…㉓43, 60, 69（理との矛盾…⑰33, ㉓68, 69）
孔子の歴史的位置…㉓80, 81　孔子本来の考え方…⑰34, 38, 119, 623, ㉓31, 534（運動こそ存在… ⑰34, ㉑114, 137, ㉓69, 82, 84, 372, 570　寛容…⑤300, ㉓533, 534, 570）
孔子は人類最大の偉人…⑰34, ㉓49, 80-82, 84, 87（異端の完全な失脚…㉓82　孔子以前の聖人の教の整頓…㉓80, 81　聖人等質説是正…㉓82）
孔子も一個の人間とする主張…④11, ⑰136-140, ㉓44, 83, 84（聖人無謬説是正…㉓83, 547）
「春秋」評価…㉓110　「大学」批判…⑰125, ㉓74, 78, 349　「論語」の言語への評価…⑰36, 194, ㉓79, 372, 551, ㉗229
～と伊藤東涯…㉓89, ㉕33
孔子以前の儒学の未熟…㉓89
宋儒による孔子の歪曲…㉓89
～と隠遁者…①249, ⑤28, 29, 201-205, 251, ⑦403, 418, ㉔317
～と厩火事…⑤131, 220
～と衛の国…⑤33, 47, 91, 238
衛国退去…⑤228　衛の王妃…⑤33, 35-37, 48, 49, 241-244, 262　衛の館人の喪…⑤6　蒯聵の亡命と抗争…⑤49, 50, 262　霊公との接触…⑤228, 241, 243, 244, 262
～と「易」…①238, ②292, 301, ⑤122, 135, ⑳207, 214, ㉓89, 284, 349, 390, ㉕29
韋編三絶…⑳207, 214
孔子以後の言語…㉕33
孔子以前の言語…①237, ㉕29, 32, 33
孔子の言葉…①240, ②11, 44, 134, 301, ⑦465, ㉓26, 336, 398, ㉕31, 33
孔子編纂説…②292, ③33, 37, 38, ④5, 8, ⑤122, 135, 151, ⑧501, ㉕29（孔子の跋文…㉑156）
孔子編纂説否定…①237, ②292, ③37, ⑤122, ㉑146
「十翼」孔子制作説否定…②301, ③9, ㉓85, 89, 349, 476, ㉕33
彖伝・象伝…㉑155, ㉕31, 32
～と荻生徂徠…⑤221, 222, 326, 327, ⑲8, ㉑137, 172, 174-178, 180, 194, ㉓379, 380, 482, 535, 593, ㉔9, ㉕208
音声を通じての理解…㉓535, 536
孔子を革命家とする説…⑤204, ⑳359, ㉑177, ㉓390, 391, 471, 476　孔子を聖人とする理由…㉑99, 181, ㉓284, 346, 390, 406, 539　孔子と漢儒の阻隔…㉗72　孔子と釈迦の差異…⑤32, 213, ㉓388　孔子と先王の道…⑤32, ㉑181, ㉓284, 287, 346, 382, 388, 438, 443, 448-450, ㉕198, 205, ㉗70　孔子と利命仁…⑤210, 309, ⑳230, ㉑175, ㉕206, 207　孔子と老荘の差異…㉓388　孔子の音楽愛好の継承…㉓471　孔子の寛容と文化主義…⑤300-303, ⑱532, ㉑138, 139　孔子の規範を規範とする態度…⑰43, ㉑99, 181　孔子の継承者という自負…㉓443, 489, ㉕196, 205, ㉗72, 166（自らを孔子以後の孔子とする思考…㉓443）
孔子の言と辞…㉑179, ㉓336（作者七人の解釈…㉑177, 178, ㉓386, 390, 438, 447, 448, 467, 468　朝聞道章は詩的誇張…㉓354）
孔子の「詩」刪潤…㉓348, ㉗228　孔子の達意と修辞…㉓335　孔子の知命への比擬…㉓378, 399, 444　孔子の長ずる所は学…㉓396　孔子没後の中華への批判…㉓377, 382, 438, 441, 443, 448　孔子も一個の人間とする主張…④11, ⑰136, 139, 140, ㉓342, 397, 547　「春秋左氏伝」を経とする説…㉓349　「書序」孔子著作説否定…㉓347　信頼の哲学と議論否定…㉓334, 453　聖人同質説是正…㉓396, 397　聖人の完全無欠性否定…㉓395, 396　宋学を通じての孔子理解…㉓293, 332　「中庸」「孟子」は孔子不信者の説得…㉓334　微生高へのユーモア…㉓355　「礼記」評…㉓348, 349
～と「楽経」…③11, ⑤122, ⑥103, ⑲54, ㉓80, 284, 349, 390
～と関羽よりダーウィンとイプセン…⑯318-319
～と儀の封人…⑤252
～と九夷…㉑175, ㉓450
～と五経…④5, ⑤123, 135, ⑬318, 593, ⑳203, ㉑99, 161, ㉓99, 106
孔子以前の言語…①237, ②103, 305, ③5, 8, 9, 17, ④8, ⑤122, 135, ㉑145, 146, ㉕29　孔子以前の事迹…①239, ②361　孔子編纂説…①72, 78, 157, ③15, 17, 33, 38, ④8, ⑤135, 151, 245, 254-256, ⑧501, ⑪136, ⑲54, ㉑145, ㉓80, ㉕29, 273, ㉖244, ㉗376　孔子編纂否定…①237, 265, ②103, 292, 297, 305, 306, ③5, ⑤122, ㉑146
～と互郷の童子…⑤265
～と「孝経」…②273, 274, 308, ⑤164, ⑰555, ㉕364
～と後人　王充…㉓100　王粛…⑦178, 179, ㉔285　王陽明…㉓82, ㉕429　欧陽修…㉕33　郭沫若…⑤124, ⑰4, ㉒320, ㉖490　康有為…⑤183, 184, ⑳168, 169, ㉓391, 471　司馬光…①172, ⑥239, ⑬598, ⑳167　章宗（金）…㉒106　宋儒…⑰

33, ㉓31, 89, 533　荘子…⑤194　曹植…㉕178　戴震…㉓535　杜甫…⑪63, ⑫409, ㉒45　陶淵明…⑦293, 300, 374, 403　董仲舒…⑥103, 104, 192, ㉓102-105, 109　墨子…②379, 489, ⑤156, 227, 290　毛沢東…⑤141, ㉕240, 361　揚雄…⑥225, ㉕197　李白…⑪136　劉勰…⑦526
〜と蜡の祭り…⑳502
〜と司馬遷…⑤123, 157, 160, 161, ⑥233, ⑲59, ㉕78, 79, 197
行事の記述…①171, 178, ⑥238, 239, ⑯289, ⑲56, ⑳168, ㉑124, ㉕182, 185, 186
「春秋」と「史記」…①172, ⑥229, 238, 239, ⑯289, ⑰79, ⑲56, ㉕153, 156, 186
〜と死刑…⑤90, 191, 225-227, 233, 316-318, ⑦178
〜と「詩経」…②293, 521, ③11, 22, 34, 35, ⑤41, 122, 245, 290, 302, ㉑146
「詩経」をイデオロギーに奉仕させんとする部分…①64, ⑤41
「詩経」評…①13, ③7, 34, 35, ⑤42, 290
「詩序」著作説…㉓460
編纂…①10, 11, 237, 238, ②292, 303, ③17, 19, 22, 24, 33, 37, 38, ⑤122, 123, 135, 245, 256, ⑮624, ⑯91, 113, ⑱9, ⑲427, ㉑158, ㉓348, ㉗227, 376（孔子以前の歌謡の収録…①6, ③33, ㉑157　編纂説への疑問…②303, ③33）
〜と詩書執礼重視…②292, 293, ③34, ⑤123, ㉑146, 159, ㉓107
〜と詩書尊崇…⑬570, ㉑158
〜と詩書礼楽…⑤40, ⑰42, ⑱532, ㉑99, 159, 180, 181, ㉓388, 390, 438
詩書礼楽と文化主義…⑤302, ⑥223, ⑰483
〜と尼丘…⑤116, 119, 145
〜と朱子…④8, ⑤302, ⑰137, ㉑113, 114, ㉓560, 570, ㉕429, ㉖244, 246, ㉗366, 367
厳格主義…⑰33, 623, ㉓534, 535, 570
孔子その人を規範とする態度…④8, ⑤123, 136, ㉑137, ㉖244
孔孟の比較…②365, 366, ⑤18, 19
〜と周王朝…③533
〜と周公…②291, 292, 294, ⑤182, ⑦22, 522, 523, 525, 526, ⑳8→周孔
周公の夢…②292, ⑤182, 183, ⑱26, ⑳9, ㉖125
〜と「春秋」…⑥157, ⑥103, ⑬598, ⑯288, ㉓107, 349
編纂説…⑤135, 151, ⑦254, 255, ⑯82, ⑰555, ㉑159, ㉓394, ㉕157
記載された期間…②549, ㉑159, ㉓105（冒頭の記述…②83　最終の記述…⑤35, ⑪136）　記述の簡約…①157, ②305, ⑥239, ㉓106, 111, 349, ㉕186　言語の厳密・寓意・褒貶…②305, 308, ㉑160, ㉓105, ㉕177, 178　孔子以前の「不修春秋」…㉓105　孔子の結論の書…㉓107, 109　事実の叙述…①157　邪説暴行の規制…⑥376, ⑯82, ㉑160, ㉓81, 108　著述の経過…②292, ㉓110, 111, ㉕178　著述の抱負…⑥239, ⑯289, ⑳167, 168, ㉕153, 185　天子の事・礼楽征伐…㉓108-110
年代記（編年体）…①168, 172, ②305, ㉓105
歴史哲学…⑤122, ⑥229, 238, ⑯289, ⑳167, 168, ㉑124（孔子による批判…①236, ㉑159, ㉓105, 106, ㉕153, 156）
編纂説否定…②292, 305, ③37, ⑤122, 151, ㉑146, ㉓107, 108
〜と「書経」…②293, 302, ③34, ⑤40, 123, 302, ㉑159, ㉓347
原本「書経」の篇数…②302, ⑦267, ⑨483, ⑬13, ㉑157, ㉓346, ㉔286
孔子故宅の壁中の書…⑦265, 269, 277
孔子にとっての古代の言葉…⑤317
孔子の「序」…㉑157, ㉗87
地位の定着…②290-291
編纂…①37, 237, ②292, 302, 395, ⑤279, 315-317, ⑦265, 267, ⑧4, 20, 501, ⑯91, ㉗376（教科書としての重視…①237, 238, ②292, ⑤135, 317, ㉑146, ㉓107　「孔子世家」の説…②292, ⑤122　編纂説への疑問…③5, ⑱40　礼楽の記載…㉓386）
〜と斉国…⑤64, 65, 72, 76, 84-88, 121, 155, 158, 169, 173, ㉓341
景公との接触…⑤85-87, 159-163, 170, 172, 189, 262（孔子の景公評…⑤91, 158, 159, 194, 224　景公の孔子への執心と気まぐれ…⑤87, 160）　斉国退去…⑤87, 161, 162, 177　陳恒の弑逆事件への態度…⑤93, 257, 258, 262, ㉗258
魯国の孔子登用と斉国の策謀…⑤88, 89, 234（夾谷の会談…⑤89, 224, 225　孔子の辞任…⑤90, 235　魯国執政の堕落…⑤90, 234, 235）
〜と斉魯の野…⑥411, 412
〜と石門の晨門…⑤251…⑤251
〜と戦争…⑤227, 228, 233
〜と泰山→その項
〜と「大学」…⑮330, ⑰47, ㉓74
〜と聃…②340→〜と老子
〜と中国文学批評研究会（カリブ）…㉔141, 208
〜と中国文明の伝統とマルクス・レーニン…⑰4, 7, ⑱447, ㉑140
〜と東京大学…㉒353
〜と盗跖は塵埃…⑫408, 409
〜と同時代人　哀公（魯）…⑤112　晏嬰…⑤63, 67, 87, 88, 162　栄啓期…⑦296, 297, ⑫348, 349　桓魋…⑤23, 240, 249, ⑦306　季康子・蘧伯玉→各項　原壌…⑭456　公山弗擾…⑤181-185, ㉗261　孔文子…⑤50　高昭子…⑤85, 92　子産・子思→各項　子桑戸・孟子反・子琴張…⑦311, 312　子服景伯…⑤23　史魚…⑤286, ㉔316　師冕…⑤281, 282, ㉕359, 360　孺悲…⑤17, 179　叔向…⑤63　昭公（魯）…⑰136, 137　葉公…

⑤20, 106, 169　楚狂接輿…⑤205, 206, 251, ⑦393, ㉓627　郯子…②340　陳司敗…⑰136, 137, ㉓44, 83　陳文子…⑤44　甯武子…①157, ⑤286　伯魚…③35, ⑤41, ㉑182, 183　微生高…⑤107, 129-131, 283, ㉓354, 355　仏肸…⑤185, 186　陽貨（陽虎）…⑤17, 21, 177-181　令尹子文…⑤43
～と虎の害に哭く女（礼記）…⑤7, ㉒354
～と日本人…⑰38, ㉑139, ㉓593, ㉖481
狩野直喜…㉒353, ㉓593, ㉗258-261, 268　菅原道真…⑤213, 234, ⑰18　太宰春台…㉕205-208　武内義雄…㉗266, 271, 272　内藤虎次郎…㉓582, ㉗268　中江藤樹…⑰384, ㉑99　西周…㉓403　林羅山…㉓533　山鹿素行…㉓534
～と伯夷叔斉…①157, ⑤91, 159, 194, ⑥232-234
～と文王…⑤22, 183, 239
～と文王武王の道…②291, ⑳503, ㉕145
～と水辺の少女…⑤10
～と孟子…⑬271, ㉔9→孔孟
孔子の祖述者孟子…①239, ②107, ⑤18, ⑥180, ㉓50, 80, 84, ㉕250, ㉖244（意識的拡張解釈…㉗259「春秋」の評価…㉑160, ㉓81, 107-111　人類最大の偉人とする評価…②255, ㉓80-82, 84　性善の主張…⑤24, 207, ㉓287, 489）
孔子の道喪失者孟子（荻生徂徠）…㉓448, ㉕196, 198, 214, ㉗72, 166, 228（議論ゆえの誤謬…㉓287, 334, 438, 453, 454, 489, ㉗177, 232）
孔子の道と楊墨の道（孟子）…㉓43
～と文部省の俗吏…⑱476, ㉓580
～とラティモア…⑲224
～と六経…⑰42, 43, 181, ㉓80, 284, 329, 346, 378, 390
六芸を必須とする主張（董仲舒）…⑥103, 192
～と礼楽…②292, 522, ㉓385, 390
～と「礼経」…②292, ⑤122, ㉑146
～と老子…①266, 559, 560, ⑤192-199, ⑥52, ⑦93, 486, ⑮520, ⑰146
孔老会見伝説…⑤193, 195-197, ⑫672, ㉓491
老子は孔子より後の人物…①265, ㉗266, 272
～と老子・孟子・荘子・仏如来…㉒111
～と「論語」→その項
～における夏殷の歴史と文献不足…㉔199
～における怪力乱神…②354, 372, 373, ⑤28, 35, 114, 120, 147, 210, 271, 272, ⑰139, 140, 443, ⑲8, 59, ㉓97, ㉔258, ㉖245
鬼怪の存在…①234　鬼神…②371, 373, 378, ⑤16, 26, 28, 121, 211, 272, 273, ⑰110, ⑲8, ㉑27, ㉓87, 97, 538, ㉔258, 259　超自然への関心の抑制…⑤121, 147, 273, ⑱12
～における語彙・事項・思考態度　愛義…㉕197　王言…⑤10, ㉕243　休息…⑦306　教と誨…㉑193, 194　君子…⑤30, 31　芸術の価値…②522　孝…⑤165, 166　死…②274, 362, 373, ⑤16, 28, 272, ⑦310, ⑲7, 8　自然…⑤311, ⑱13　辞…㉑179　恕・思いやりの哲学…㉕356, 359-362　色…⑤244, 245　信…㉓334, 453　仁…②372, ⑤25, 26, 39, 43, 103, 104, 121, 122, 165, 192, 207, 211, 287, 307-310, 324, ⑰118, ㉓50, 51　知…②371, 372, ⑤13, 15, 16, 43, 185, 273, ⑰110, ㉔258　知仁勇…⑤43, 229, 232　中庸…⑤282, 283, ㉓77　忠恕…①273, ㉗259　東家…⑫159　文…⑱532, ⑳132　褒貶…②308　水…㉕213, 217, 250, 251　道…㉓60　命…⑤209, 210, 274-276, 308, 313　勇…⑤229-233　利命仁…⑤209, 210, 308, 309, ㉑175, ㉕206, 207
～における象徴の言語の評価…①64
～における天…⑤27, 113, 208-210, 253, 270, 271, 275, 276, 279, 280, 311, 312, ㉑193
天への禱り…⑤27, 273　天命…⑤97, 149, 184, 209, 210, 275, 276, ㉓378, ㉗367
～における伝記の知識…①157
～における文語と口語…②135
～における法と人情…⑤107
～に関する記載の弁偽…⑰637
～による集大成…⑬271, ㉓292, ㉗253
～の衣服の生活…⑤221, 223
～の禱り…⑤27, 273
～の生まれるまでの所見の世（顔安楽）…⑥370
～の教え…①567, ②296, 373, ⑤30, 39, 98, ⑥51, ⑮400, ⑰34, 118
愛情と思慮と知識…⑤30, 38, 44-46, 104, 324
音楽重視…③11, 34, ⑤42, 43, 155, 156, 256, 291, 302, ⑰485, ㉓471, ㉕302（演奏への参加…②521, ⑤43, 281　音楽と詩…②521, 522, ③22, ⑤40, 104　子夏・子張の琴…⑳304　韶への感動…②521, ⑤42, 85, 155, 158, 174　武への批評…⑤42）
価値の序列の尊重…①272, 273（秩序尊重…⑤162　低位の価値への配慮…①273）
学・読書の尊重…①237, 238, ②291, 386, ⑤30, 121, 122, 257, 264, 286-289, 303-305, 307, ⑥51, ⑳11, 12, 202, 207, ㉓64, 593, ㉔306, 307, ㉕262, 265（学問と思索…①237, 238, 585, ②291, ⑤39, 40, 47, 289, ㉕263, 264　学問と誠実…①584, ⑤39　学問論…⑤128, 165, 288, 307　好学…①584, ②88, 89, 97, ⑤38, 39, 44, 288, 306, 307, 326, ㉑173　知識の尊重…②386, ⑤30, 38, 46, 47, 104, 324, ⑥51　不好学の弊害…⑤44）
虚構拒否…①188, 189　現実尊重…⑤103, 178
古典を規範とする生活…②291, 293, 295, 296（規範とすべき時代の指定…②291, 292, 294　規範とすべき先例の選択…②292, 293, 361）
合理主義…②372, ⑥51, 137
実証主義…⑤47
政治重視…①10, ⑤30-35, 38, 40, 41, 104, 121, 186, 187, 191, 193, 289, 324, ㉓403

人間尊重…①10, 249, ⑤30, 131, 211, 220, 324, ⑥51, 137（人本主義…⑤29　人間観の深化…⑤280　人間の限定への認識…⑤96, 98, 271, 272, 276, 278, 280, 287　人間の使命と運命…⑤280　人間の進歩への確信…⑤98）
人間の教養の過程…③34, ⑤43, 156, 291, 302
人間への信頼…②373, ⑤26, 28（可能性への信頼…⑤211, 263, 266, 267, 270, 271, 274, 278, 280　善意への信頼…①281, ⑤21, 24, 26, 28, 46, 47, 96, 100, 104, 324, ⑥51　能力への信頼…⑤24, 26, 28, 31　人間への楽観…⑤21-24, 240, 253, 278, 310-312　凡人重視…①249, 250）
文化主義…⑤46, 104, 192, 291, 301, 303, 324, ⑥51, 161
文学尊重…①156, ②526, ③22, 37, ⑤41, 47, 104, 122, 123, 289, 290（詩の尊重…①10, ②521, 522, ③11, 33-35, ⑤40, 104, 122, 123, 245, 290, 302　文学と政治…①10, ⑤40, 123）
礼の尊重…②292, 293, 521, 522, ③34, ⑤43, 104, 148, 302, ⑥51（親の喪に泣きわめく者…①322, ⑳494, ㉕294　秩序と調和の尊重…⑤104　直情径行の否定…⑤304　人間の善意の美的表現…⑤40　無礼への戒め…⑤45）
～の家庭生活…⑤220
～の飼犬の死…⑤8
～の学説と祖先の祭祀・権宜の説の論…②377-378
～の学説と仏教流行…②376
～の学説の国教化（漢）…①238, ②107, 293, 296, ③38, ④5, ⑤123, ⑥44, ㉑146, 193, ㉓99, 103-105, 111
～の学団の教科書…①6, 10, 237, ②103, ⑤135, 245, 254, ㉑146, ㉓107
～の学派（戦国時代）…②293
～の学派と「礼記」…⑤5, ㉑159
～の学派の五経尊重…①238, ②296, ③9, ⑤124, 135, ⑬318, 593, ⑲18
孔子の規範を規範とする…①239, ②328, 361, ④5, 8, ⑤134-136, ㉑161, ㉖244
先例を規範とする主張…②293, 295, 328
～の学派の四書尊重…①239, ②107, ⑤136, ⑬318, 593, ⑲18, ⑳203
孔子を規範とする…①239, ②328, 329, 361, ④8, ⑤124, 136, ⑬318, ㉑161, ㉖244
～の学派の文献の人民の知恵の評価…㉒456-457
～の危篤…⑤15, 27, 272
～の強靭…⑤96
～の教育の対象…㉑194
～の郷党における生活…⑤217, 220, 223
～の履が所蔵されているという伝聞…⑮224
～の校書…㉑201
～の言葉…⑤56, 101, 128, 169, 180, 274, ⑰491, ⑱12, ㉑176, ㉓84, 372, ㉕177, 178
哀哉…⑤10, ㉕243　哀而不傷…①13, ③35　哀則哀矣而難為継也…①322　愛之欲其生…㉑28　愛人…④13, ⑤25　晏平仲善与人交…①157, ⑤67, 87　已矣乎…⑤244, ㉑178　以言者尚其辞…㉓336　以吾従大夫之後不敢不告也…⑤258　以思…①237, 585, ②291, ⑤39, 289, 305, ㉕262, 263　以是観之…③529, ⑤153　以蓄其徳…①240, ⑰442, ⑲77　以直報怨以徳報徳…⑤108, 200, 207　以不教民戦是謂棄之…㉑194　夷狄之楽何為於此…⑤224　夷狄之有君…⑤247, 248, ㉕192, ㉗272　衣敝縕袍…⑤14, 184　依於仁…③496　為之猶賢乎已…①273, 587, ⑤285, ⑰53, 85, ㉕296　為政以徳…⑤12, 33, 187, 191, 220　為埋狗也・為埋馬也…⑤8　為礼不敬…㉓393　畏聖人之言・畏大人…⑤275　畏天命…⑤275, 276　唯何甚…⑤265-266　唯女子与小人為難養也…⑤247, ㉑189, ㉕366　唯松柏独也…⑥313　唯上知与下愚不移…⑦521, ⑩466, 468, ㉓20, 58, 59, 547　唯天為大唯堯則之…①157, ⑤311, 314, ⑳8　惟我与爾有是夫…⑤230, 231　惟仁者能好人…①585　噫天喪予…③521, ⑤113, 208, 279, 280, ⑨480, ㉕367　噫斗筲之人何足算也…㉑189　郁郁乎文哉…㉓425　一言以蔽之…③34, ⑤42, 290, ㉑158　一則以喜一則以懼…②83, 84, 94, 96-98, 100, 101, ⑤166　一箪食一瓢飲在陋巷…⑳317　一致而百慮…②490, ⑰368　一張一弛文武之道也…⑳503, ㉕145　殷因於夏礼…⑳168　亦可以弗畔矣夫…⑱531　亦与之席…⑤8　繹如也以成…⑤42, 157　怨是用希…①157, ⑥233, ㉓341　焉知死…①188, ②274, 362, 373, ⑤16, 28, 272, ⑦310, ⑱13, ⑲8, 29, 84　焉知来者之不如今也…⑤270, 310, ⑳129　焉得仁…⑤44　焉能繫而不食…⑤186, 238　焉能事鬼…①188, ②101, 373, ⑤16, 28, 272, ⑱13, ⑲7, 29, ㉓97, 452　焉用殺…⑤191, 227, 317　遠之事君…③34, ⑤123　遠之則怨…⑤247, ㉑189, ㉕366　於我如浮雲…⑤105, 170, 175, 324, ⑥277, ⑳317　於其封也…⑤8　悪之欲其死…㉑28　悪似而非者…⑯82　悪不仁者…⑤328
下学而上達…⑤253, ⑬560, ⑰212　化於陰陽象形而発謂之生…⑦404　可以観可以羣可以怨…③34, ⑤123, 290, ⑯113　可以語上也…⑦521, ⑩466, ㉓20, 58　可謂孝矣…⑰80, ⑱93, ㉑171, ㉗71　可謂知矣…②371, ⑤28, 273, ⑱13, ⑲29, ㉓97　可妻也…⑤143　何以報徳…⑤108, 200, 207　何為不去也…⑤8　何事於仁…⑳8　何傷乎亦各言其志也…㉑176　何莫由斯道也…⑤263　何有於我哉…㉑174, 176　河不出図…③521, ⑤96, 254, ⑰640, ㉓93-96, 99, 100, 103-105, 109, 245, ㉕367　苛政猛於虎也…⑤8　過則勿憚改…㉓285, 286, 302, 303, ㉕139, 358　我待賈者也…⑤34, 37, 237, 238　我知之矣…③521　我非生而知之者…⑤288, ㉓64　我未見好仁者悪不仁者…⑤

328　我未見力不足者・我未之見也…⑤25　我無是也…⑤40, 46, 288　我欲載之空言…①171, 178, ⑥238, 239, 376, ⑯289, ⑲56, ⑳167, ㉑123, 125, ㉕182, 185　我欲仁斯仁至矣…⑤25, 26, 207, 208, 211, 240, 263, 264, 267, 274, 309, 310, 327, ⑳222, ㉑174, ㉕365　雅頌各得其所…③34, ⑤255, 256　回也其心三月不違仁…㉓389　回也不改其楽…⑳317　戒之在色…⑤245, 246　戒之在闘…⑤245　戒之在得…⑤245, ㉔248　絵事後素…㉗359　階也…⑤282, ㉕359, 360　誨女知之乎…⑤13, 15, 184　誨人不倦…㉑174, 194　蓋有之矣…⑤25　蓋有不知而作之者…⑤40, 46, 288　獲罪於天無所禱也…⑤27　学而時習之…①248, ②76, 77, 80, 82, 84, 86, 87, 89, 93, 215, 216, 444, 452, ③492, ④739, ⑤11, 12, 95, 102, 125, 126, 128, 140, 165, 187, 220, 288, 304, 314, 327, ⑱93, 400, ⑳10, 11, 142, 143, 202, ㉑108, ㉓389, 536, ㉔305, 307, ㉕295, ㉗189, 259, 395　学而不厭…㉑174　学而不思則罔…①237, ③492, ⑤40, 289, 305, ㉕263　楽其可知也…⑤42, 156　桓魋其如予何…⑤23, 113, 240, ㉗275　患其不能也…⑤26, 269　患不知人也…⑤13, 26, 95, 267, 268, ⑱93　患不知也…⑤268　管仲之器小哉…①157　関雎之乱・関雎楽而不淫…③35　観過斯知仁矣…①221, ⑤216, ⑰138, 141, ⑱393　観其所由…②102　己所不欲勿施於人…⑰80, ㉕356-358　己欲達而達人…⑰497　危言危行・危行言孫…⑤18, 286　危邦不入…⑤95　其為人也発憤忘食…⑤20, 170　其為仁矣…⑤328　其義則丘竊取之矣…㉓111　其愚不可及也…①157, ⑤286　其至矣乎…⑤283, ㉓77　其終也已…⑤271　其恕乎…㉕356, 357　其身正・其身不正…⑤33　其争也君子…㉕202　其知可及也…①157, ⑤286　其不善者而改之…⑤265　其蔽也狂…⑤45　其蔽也愚・其蔽也絞・其蔽也賊・其蔽也蕩・其蔽也乱…⑤44　其由也乎…⑤14, 184　其由与…⑤16, 231, 232　其猶正牆面而立也与…⑤41　其或継周者…⑳168　帰与帰与…㉑229, 230　鬼神之為徳其盛矣乎…㉔259　義之与比…㉓456　久矣…②292, ⑤182, 183, ⑱26, ⑳9, ㉖125　久而敬之…⑤67, 87　及其壮也血気方剛…⑤245　及其老也血気既衰…⑤245, ㉔248　丘亦恥之…⑤108, 151, 152, ㉗189　丘之禱久矣…⑤27, 273　丘不与易也…⑤204　丘未達…⑤224, 227　丘也幸…⑰137, ㉓44, 83　丘也東西南北之人也…㉑71　丘也貧無蓋…⑤8　求為可知也…⑤100, 269　求仁而得仁…⑥233　求也退故進之…⑤17　居之無倦…⑤189　拠於徳…③496　匡人其如予何…⑤21, 46, 113, 239, 250, 270, ⑳132, ㉗275　恭而無礼則労…⑤45　皦如也…⑤42, 157　堯舜其猶病諸…⑤31, ⑳8, ㉕325　曲肱而枕之…⑤170, ⑳317　近之則不孫…⑤247, ㉑189, ㉕366　謹而信…②98, 99, ⑤95, 166, ⑱93　愚者不及也…③521

遇於一哀而出涕…⑤7　君曰告夫三子者…⑤258　君君臣臣…⑤86, 159, 162, 163, 170, 172, 175, 189, 262　君子以多識前言往行…①240, ②251, ⑰442, ⑲77　君子義以為上…⑤233　君子求諸己小人求諸人…⑤267, ㉕366　君子居之何陋之有…㉑175　君子固窮…④5, ⑤250, ⑦376, ⑭297　君子哉蘧伯玉…⑤286, ㉔316　君子之於天下也…㉑173, ㉓456　君子之徳風…⑤191, 227　君子疾没世而名不称焉…⑤13, 20, 105, 237, 238, 271, 325, ⑰85, ㉕365　君子周急不継富…⑤283　君子成人之美…⑤266, ⑱355, ㉑30, ㉓57　君子多乎哉不多也…⑤154　君子博学於文…①240, ⑱531　君子病無能焉…⑤26, 269　君子不入也…⑤185　君子不憂不懼…⑤13, 16, 274　君子無所争…㉕202　君子有三畏…⑤275, 276　君子有三戒…⑤245　君子有勇而無義為乱…⑤233　君子憂道不憂貧…⑦374　君使臣以礼…③492　軍旅之事…⑤228　奚其為為政…㉕260　敬鬼神而遠之…①188, 269, ②371, ⑤28, 121, 210, 273, ⑱13, ⑲29, ㉑101, ㉓97, 452, ㉔258　敬事而信…㉓393, ㉕208　繋辞焉以尽其言…②11, ㉓26　血気既衰…⑤245, ㉔248　血気方剛…⑤245　見危授命…㉓392　見義不為無勇也…⑤229, 233, ⑰80, ㉑28　見志不従…⑤167　賢哉回也…⑳317　賢者過之…③521　言以足志…②43, 44, 133, 134, ③11, ㉑152, ㉓335　言寡尤…③495　言之無文行而不遠…②43, 48, 134, ③11, ⑥218, 219, 223, ⑦466, ⑰429, 446, 625, ㉑152, ㉓335　言必信行必果…㉒326　言不尽意…②11-14, 20-23, 44, 134, ⑰430, ㉓26, 28, ㉕28, 33-35, 40, 73, 242　固相師之道也…⑤282, ㉕360　沽之哉沽之哉…⑤34, 37, 237, 238　故哭踊有節…①322　故進之・故退之…⑤17　故多能鄙事…⑤154　五十而知天命…⑤97, 122, 149, 180, 184, 195, 212, 213, 233, 249, 275, 276, ⑫694, ㉓378, 399, 444, ㉗327　吾已矣夫…③521, ⑤96, 254, ⑰640, ㉓93-96, 98-105, 109, 245, ㉕367　吾以女為死矣…⑤250　吾王言其不出而死乎…⑤10, ⑳363, ㉕243　吾豈匏瓜也哉…⑤186, 238, ⑭401　吾其為東周乎…⑤182, 183　吾自衛反魯…③34, ⑤255, 256　吾十有五而志于学…⑤76, 97, 121, 149-151, 153, 173, ㉓378　吾従衆…㉓71　吾少也賤…⑤154　吾嘗終日而思矣…⑤39, 289　吾嘗終日不食…①237, 585, ②291, ⑤39, 289, 305, ㉕262, 263　吾党之小子狂簡…㉑229-231　吾党之直者異於是…⑤106　吾道一以貫之…①273, ㉓472, ㉗259　吾道窮矣…⑤35, 115　吾非斯人之徒与而誰与…①156, 249, ⑤29, 31, 204, 205, 211, ⑫693, 695, ⑲84, 108, ㉗326, 327　吾不信也…③529, ⑤153　吾不復夢見周公…②292, ⑤182, 183, ⑱26, ⑳9, ㉖125　吾不与也…⑤230, 231　吾聞之也…⑤8, 283　吾未見好徳如好色者也…①585, ④644, ⑤36, 243, 244, 246, ㉑176, 178, ㉕366　吾与点也…㉑176,

㉗259　吾両君為好会…⑤224　公伯寮其如命何…⑤23　巧言令色足恭…⑤108, 151, ⑪38　巧言令色鮮矣仁…⑤11, 128, 244　好古敏以求之者也…⑤288, ㉓64　好剛不好学…⑤45　好信不好学…⑤44　好仁者…⑤328　好仁不好学・好知不好学・好直不好学…⑤44　好謀而成者也…⑤45, 231, 328　好勇不好学…⑤44　行寡悔…③495　行之以忠…⑤189　行有余力則以学文…②98, 99, 101, ⑤95, 166, ⑱91, 93, ㉑172　攻乎異端…②287, 491　幸而免…⑤47, 55, 94, 208, 263, 310, ㉕365　後死者不得与於斯文也…⑤21, 239, 270　後世雖有作者虞帝弗可及也矣…㉓467　後生可畏…③485, ⑤270, 310, ⑳129, 428, ㉔180　苟子之不欲…⑤190　苟有過人必知之…⑰137, ㉓44, 83　郊社之礼…㉓449　殺以降命…㉓399, 449　興於詩…③34, ⑤43, 156, 291, 302, 303, 307, ⑰485　克己復礼為仁…⑤105, 325, ⑰80, ㉓90　乞諸其鄰而与之…⑤107, 129, 130, ㉓355　今也則亡…⑤112
左丘明恥之…⑤108, 151, 152, ⑪38, ㉗189　才難…⑯301　在冬夏常青青…⑥313　罪我者其惟春秋乎…㉓108, 110　作者七人矣…①307, ㉑177, 178, ㉓386, 467, 468, 550　察其所安…②102　三以天下譲…①157　三十而立…⑤97, 121, 149, 153, 154, 158, 176, ⑬572, ㉓378　三人行必有我師焉…⑤265, ⑱544　三年無改於父之道…⑰80, ⑱93, ㉑171, ㉗71　山川其舎諸…⑤269　士志於道…⑤328, ⑳317　子為政…⑤191, 227, 317　子為父隠…⑤106　子子…⑤86, 159, 162, 163, 170, 173, 175, 189, 262, ⑰97　子帥以正…⑤190　子欲善而民善矣…⑤191, 227　四時行焉…⑤253, 279, 311, 314, ⑱13, ㉖134, 207　四十五十而無聞焉…⑤270, ⑪76　四十而不惑…⑤97, 121, 149, 158, 177, 179, ㉓378　死之日…⑤91, 158, 194, 224　死而無悔者…⑤230, 231　志於道…③496　志有之言以足志…②43, 44, 134, 135, ③11, ㉑152　使於四方…③34, ⑱481, ⑲37　使乎使乎…⑤14　使民以時…⑤126, ㉕208　始作翕如也…⑤42, 157　思而不学則殆…①237, ③492, ⑤40, 289, 305, ㉕263　思無邪…③7, 34, ⑤42, 290, ⑰306, ㉑158　是亦為政奚其為為政…㉕260　是可忍也孰不可忍也…㉑172　是故悪夫佞者…①237, ㉕264, 265　是故夫政必本於天…㉓399, 449　是知也…②372, ⑤13, 15, 16, 184, 185　是礼也…⑤141, 282　是惑也…㉑28　師摯之始…③35　視其所以…②102　斯亦不足畏也已…⑤270, 271, ⑪76　斯害也已…②287, 491　斯人也而有斯疾也…⑤275, 276, ㉕361　斯仁至矣…⑤25, 26, 207, 208, 211, 240, 263, 264, 267, 274, 309, 310, 327, ⑳222, ㉑174　詩云匪兕匪虎率彼曠野…⑤33, 122, 238, 249, ⑥411　詩可以興…③34, ⑤123, 290, ⑯113　詩三百…③34, ⑤42, 290, ㉑158　賜也賢乎哉…⑤19　而豈徒哉…⑤182　而丘也殷人也…⑤9　而衆星共之…⑤33, 187, 191　而恥悪衣悪食者…⑳317　而天下其孰能宗予…⑤9　而難為継也…①322, ㉕294　而不恥者…⑤14, 184　而有宋朝之美…⑤241　事君尽礼人以為諂也…㉑172　事父母幾諫…⑤166, 167　辞達而已矣…㉑178, 179, ㉓335　邇之事父…③34, ⑤123　七十而従心所欲…⑤97, 122, 150, 249　舎之則蔵…⑤230, 231　若聖与仁則吾豈敢…⑤26　若由也不得其死然…⑤15, 47, 52, 184　守死善道…⑤95, ⑰80　受命於地…⑥313　授之以政…③34　周因於殷礼…⑳168　周監於二代郁郁乎文哉…㉓425　修己以安人…⑤31, ㉓388　修己以安百姓…⑤31, ㉓47　修己以敬…⑤30, ㉓393　修辞立其誠…㉓335　終夜不寝…①237, 585, ②291, ⑤39, 289, 305, ㉕262, 263　習相遠也…⑤264, ⑩466, ㉓537　衆生必死死必帰土此之謂鬼…⑦320　十室之邑…①584, ②88, 89, 92, 97, ⑤38, 142, 288, 305, 307, 326, ㉑173　従我者其由与…⑤16, 231, 232　従之純如也…⑤42, 157　孰謂微生高直…⑤107, 129, 130, 283, ㉓354　孰為来哉孰為来哉…⑤259　孰敢不正…⑤190　孰不可忍也…㉑172　出則事公卿…④644, ㉑176　出則弟…②98-100, ⑤95, 166, ⑱93　述而不作…②154, ④643, ⑤121, 123, 197, 288, ㉑159, ㉓105　所損益可知也…⑳168　書不尽言…②11, 13, 23, 44, 134, ⑦465, ⑰430, ㉓347, ㉕28, 33-36, 39, 40, 45, 46, 50, 52, 58, 70　女安則為之…⑤38　女為周南召南矣乎…⑤41　女奚不曰…⑤20, 170　如楽何…①593, ③495　如有用我者…⑤182　如礼何…①593, ③495　小子何莫学夫詩…③34, ⑤290　小子行之…⑤7　小子識之苛政猛於虎也…⑤8　小人求諸人…⑤267, ㉕366　小人窮斯濫矣…⑤250　小人之徳草…⑤191, 227　小人反是…⑤266, ㉑30　小人不知天命而不畏也…⑤275　小人有勇而無義為盗…⑤233　少之時血気未定…⑤245　傷人乎…⑤131, 220　誦詩三百…③34, ⑱481, ⑲37　乗桴浮于海…⑤16, 231, 232　臣事君以忠…③492　臣臣…⑤86, 159, 162, 163, 170, 172, 175, 189, 262　参乎…㉓472　信而好古…④643, ⑤121, 197, 288, ㉓329　晋文公譎而不正…①157　慎言其余・慎行其余…③495　慎而無礼則葸…⑤45　親於其身為不善者…⑤185　人以為諂也…㉑172　人謂子産不仁…③529, ⑤153　人焉廋哉…②102　人潔己以進…⑤266　人之為道而遠人…①269, ②396, ⑫687, ㉓60, ㉕295, 296, ㉗320　人之過也各於其党…⑰138　人之生也直…⑤47, 55, 94, 208, 263, 274, 310, ㉕365　人而不為周南召南…⑤41　人而不仁…①593, ③495　人而無信…㉑179, ㉓334, 453　人能弘道…⑤266-268　人莫不飲食也…③521　人不堪其憂…⑳317　人不知而不慍…①248, ②80, 82, 84, 86, ③492, ⑤11, 95, 102, 128, 140, 268, 304, 314, ⑱93, 400, ⑳10, 12, ㉑108, ㉔305, 309　仁遠乎哉

…⑤25, 207, 208, 211, 240, 263, 267, 274, 309, 310, 327, ⑳222, ㉑174, ㉕365　仁者己欲立而立人…⑰497　仁者寿…⑤43, ㉓610　仁者静…⑤43　仁者必有勇勇者不必有仁…⑤229　仁者不憂…⑤43, 229, 232　仁者楽山…⑤43　尽美矣…⑤42, 43　甚矣吾衰也…②292, ⑤182, 183, ⑱26, ⑳9, ㉖125　甚於水火…⑤263, 264　水火吾見蹈而死者矣…⑤264　誰能出不由戸…⑤263　雖在縲絏之中…⑤143　雖賞之不竊…⑤190　雖多亦奚以為…③34, ⑱481, ⑲37　雖百世可知也…⑳168　雖欲勿用…⑤269　雖令不従…⑤33　成於楽…③34, ⑤43, 156, 291, 302, 307, ⑰485　性相近也…⑤264, ⑩466, ㉓57, 537　斉一変至於魯…⑤65, 88　斉桓公正而不譎…①157　斉景公有馬千駟…⑤91, 158, 194　斉之以刑…⑤32, 188　斉之以礼…⑤33, 188-189　政者正也…⑤190, 317　逝者如斯夫…①245, 274, 361, ②353, ⑤97, 98, 276-278, 291, ⑪68, ⑰484, 485, 493, ⑳222, ㉑212, ㉓29, ㉕166-173, 175-178, 184, 190, 192, 199, 205, 208, 212, 215-219, 222, 223, 227, 229, 230, 236, 238-241, 243, 248, 249, 367, ㉖496　聖人以神道設教而天下服矣（「易」観・彖）…㉓399, 449　聖人立象以尽意…②11　請討之…⑤93, 258　席也…⑤282, ㉕360　窃比我於老彭…②490, ⑤197, 198　設卦以尽情偽…②11　節用而愛人…㉕208　鮮能知味也…③521　善乎能自寛者也…⑫349　然…⑤185, 282, ㉕360　然後楽正…③34, ⑤255, 256　然則聖人之意其不可見乎…㉕33, 35, 36　俎豆之事則嘗聞之矣…⑤228　草上之風必偃…⑤191, 227　喪事不敢不勉…㉑176　足食足兵民信之矣…⑱494　則寡悔・則寡尤…③495　則吾豈敢…⑤26　賊夫人之子…㉕264

多見闕殆…③495　多識於鳥獣草木之名…③34, ⑫587　多聞闕疑…③495　泰山其頽乎…⑤8, 260　泰伯其可謂至徳也已矣…①157　大哉堯之為君也…⑳8　択其善者而従之…⑤265　諸吾将仕矣…⑤178　知我者其惟春秋乎…㉓108, 110　知我者其天乎…⑤253, 254　知之為知之…②372, ⑤13, 15, 16, 184, 185　知者過之…③521　知者動…⑤43　知者不惑…⑤43, 229, 232　知者楽・知者楽水…⑤43　知礼…⑰137　治国其如示諸掌乎…㉓449　中人以下不可以語上也…⑩466, ㉓20, 58　中人以上可以語上也…⑦521, ⑩466, ㉓20, 58　中庸之為徳也其至矣乎…⑤283, ㉓77　鳥獣不可与同群…①156, 249, ⑤29, 31, 204, 205, 211, ⑲108　朝聞道夕死可矣…②73, 74, 88, 93-95, ⑤13, 15, ⑪23, ㉑229, 231, ㉓354, ㉕320, ㉗6　直哉史魚…⑤286, ㉔316　直在其中矣…⑤106　直而無礼則絞…⑤45　陳恒弑其君請討之…⑤93, 258　弟子入則孝出則弟…②98-100, ⑤95, 166, ⑱93　禘嘗之義…㉓449　哲人其萎乎…⑤9, 260　涅而不緇…⑤186　天厭之…⑤36, 242　天下何思何慮・天下同帰而殊塗…②490, ⑰368　天下有道丘不与易也…⑤204　天下有道則見…⑤95, ㉔316　天下有道則庶人不議・天下有道則礼楽征伐自天子出…㉓110　天何言哉…⑤253, 279, 311, 314, ⑱13, ㉖134, 207　天之将喪斯文也…⑤21, 22, 27, 239, 270　天之未喪斯文也…⑤21, 22, 27, 46, 113, 239, 250, 270, ⑳132, ㉕379　天生徳於予…⑤23, 113, 240, ㉗275　天喪予…①106, ③521, ⑤113, 208, 279, 280, ⑨480, ㉕367, ㉗275　天地之心（「易」復・彖）…㉓398　点爾何如…㉑176　諂也…⑤229　斗筲…⑭404　当仁不譲於師…⑤168, ㉑182, ㉓493　道其不行矣夫…③521　道之以政・道之以徳…⑤32, 188　道之将行也与・道之将廃也与…⑤23　道之不行也・道之不明也…③521　道千乗之国…㉕208　道不遠人…①269, 273, 325, ②396, ⑫687, ⑱12, ㉓60, 76, ㉕295, 296, ㉗320　道不行…⑤16, 231, 232　匿怨而友其人…⑤108, 151, ㉗189　徳不孤必有隣…⑤266　篤信好学守死善道…⑤95

内省不疚…⑤13, 16, 274　難矣哉…①273, 587, ⑤285, ⑰85, ㉕296　難乎免於今之世矣…⑤241　入則事父兄…㉑176　甯武子邦有道則知…①157, ⑤286　年四十而見悪焉…⑤271　能以礼譲為国乎…⑤328　能好人能悪人…①585

伯夷叔斉餓于首陽之下…⑤91, 159, 194　伯夷叔斉不念旧悪…①157, ⑥233, ㉓341　博奕…⑰53　博学於文…⑱531-533　莫我知也夫…⑤253　八佾舞於庭…㉑172　発憤忘食…⑤20, 170　汎愛衆而親仁…②98, 99, ⑤95, 166, ⑱93　飯疏食飲水…⑤170, ⑳317　非其鬼而祭之…⑤229　非其罪也…⑤143　非先王之徳行不敢行・非先王之法言不敢道・非先王之法服不敢服…②274　非道弘人…⑤266-268, ㉓63　非夫人之為慟而誰為…⑤279　斐然成章…㉑230, 231　譬如北辰居其所…⑤33, 187, 191　匹夫不可奪志也…⑪488　必世而後仁…②230　必也正名乎…⑤50, ㉕26, ㉗97　必也聖乎…⑳8　必也臨事而懼…⑤230-231, 328　必有我師焉…⑤265, ⑱544　必有忠信如丘者焉…①584, ②88, 89, 97, ⑤38, 142, 288, 305-307, 326, ㉑173　必有隣…⑤266　百物生焉…⑤253, 279, 311, 314, ⑱13, ㉖134, 207　敏而好学…⑤50, ㉕223　不以人廃言…㉗208　不為酒困…㉑176　不亦説乎…①248, ②76, 77, 80, 86, 93, 114, 215, 444, ③492, ⑤11, 12, 95, 102, 125, 128, 140, 288, 304, 314, 327, ⑱93, 400, ⑳10, 11, 18, 142, 143, 202, ㉑108, ㉓536, ㉔305, 306, 308, 309, ㉕295, ㉗189, 190, 275, 395　不亦君子乎…①248, ②80, 86, ③492, ⑤11, 95, 102, 128, 140, 268, 304, 314, ⑱93, 400, ⑳10, 12, ㉑108, ㉔305, 306, ㉗275　不亦楽乎…①248, ②80, 86, ③492, ④738, ⑤11, 95, 102, 128, 133, 140, 304, 314, ⑱93, 400, ⑳10, 12, ㉑108, ㉔305, 306, ㉗275　不曰

堅乎・不曰白乎…⑤186　不怨天不尤人…⑤253　不可…⑤178　不可以為道…①269, ②396, ⑫687, ㉓60, ㉕295, 296, ㉗320　不可以語上也…⑩466, ㉓20, 58　不可使知之…③557, ⑤215-217, ⑰141, ⑳425　不可不知也…②83, 84, 94, 96, 98, ⑤166　不学詩無以言…③35　不患人之不己知…⑤13, 26, 95, 267-269, ⑱93　不患莫己知…⑤100, 268　不敢不告也…⑤258　不義而富且貴…⑤105, 170, 175, 324, ⑥277, ⑳317　不言誰知其志…②43, 134, ㉑152, ㉓335　不幸短命死矣…②88, ⑤112, 278, ⑭456　不在其位…②101　不弐過…⑤112　不舎昼夜…①245, 274, 361, ②353, ⑤97, 98, 276-278, 291, ⑪68, ⑰484, 485, 493, ⑳222, ㉑212, ㉕166-170, 172, 173, 177, 184, 190, 192, 208, 209, 212-215, 217, 219-221, 223, 227, 236, 238, 243, 248-250, 367, ㉖496　不如学也…①237, 585, ②291, ⑤39, 289, 305, ㉕262, 263　不如丘之好学也…①584, ②88, 89, 97, ⑤38, 142, 288, 305-307, 326, ㉑173　不如見之於行事之深切著名也…①171, 178, ⑥238, 239, 376, ⑯289, ⑲56, ⑳167, ㉑123, 125, ㉕182, 185　不如須臾之所学也…⑤39, 289　不如諸夏之亡也…⑤247, 248, ㉕192, ㉗272　不肖者不及也…③521　不成人之悪…⑤266, ⑱355, ㉑30, ㉓57　不遷怒…⑤112, ㉓74　不達…③34　不知為不知…②372, ⑤13, 15, 16, 184, 185　不知其可也…㉑179, ㉓334, 453　不知言…⑤12, 128, 140　不知所以裁之…㉑230　不知命…⑤12, 128, 140, 280, ㉓398, 483, 537　不知礼…⑤12, 128, 140　不知老之将至云爾…⑤20, 170　不恥下問…⑤50, ⑰300　不図為楽之至於斯也…②521, ⑤42, 85, 86, 155, 158, 174　不得其死然…⑤15, 47, 52　不念旧悪…①157, ⑥233, ⑭263, ㉓341　不能専対…③34, ⑱481, ⑲37　不病人之不己知也…⑤26, 269　不憤不啓不悱不発…㉓385　不保其往也…⑤266　不謀其政…②101　不踰矩…⑤97, 122, 150, 249　不有祝鮀之佞…⑤241　不有博弈者乎…①273, 587, ⑤285, ⑰85, ㉕296　不与其退也…⑤265　不令而行…⑤33　夫哀莫大於心死…⑫378　夫何遠之有…⑤246, 290　夫何憂何懼…⑤13, 16, 274　夫我則不暇…⑤19　夫子何為…⑤14　夫召我者而豈徒哉…⑤182　夫水大徧与諸生而無為也似徳…㉕217　夫明王不興…⑤9　夫礼為可伝也為可継也…①322, ㉕294　父為子隠…⑤106　父在観其志父没観其行…⑱93　父父子子…⑤86, 159, 162, 163, 170, 173, 175, 189, 262, ⑰97　父母之年…②83, 84, 89, 92, 94, 96, 98, 101, ⑤166　毋使其首陥焉…⑤8　文以足言…②43, 44, 46, 133, 134, ③11, ㉑152, ㉓335, 336, ㉗178　文王既没文不在茲乎…⑤21, 183, 239, 270, ⑰483, ⑳132　文質彬彬…㉗111　敝帷不弃為埋馬也・敝蓋不弃為埋狗也…⑤8　邦無道危行言孫…⑤18, 286　邦無道如矢・邦無道則可巻而懐之…⑤286　邦無道則愚…①157, ⑤286　邦無道富且貴焉恥也…⑤32, 95, 285, ⑳317, ㉔316, ㉕366　邦無道免於刑戮…⑤143　邦有道危言危行…⑤18, 286　邦有道如矢・邦有道則仕…⑤286　邦有道則知…①157, ⑤286　邦有道貧且賤焉恥也…⑤32, 95, 285, ⑦119, ⑳317, ㉔315, 316, ㉕365-366　邦有道不廃…⑤143　飽食終日…①273, 587, ⑤285, ⑰85, ㉕296　鳳鳥不至…③521, ⑤96, 254, ⑰640, ㉓93-96, 99, 100, 103-105, 109, 245, ㉕367　亡之…⑤275, ㉕362, 363　某在斯…⑤282, ㉕360　暴虎馮河…⑤45, 230, 231

磨而不磷…⑤186　未見蹈仁而死者也…⑤264　未之学也…⑤228　未之思也…⑤246, 290　未尽善也…⑤43　未足与議也…⑳317　未知焉得仁…⑤44　未知生…①188, ②274, 362, ⑤16, 28, 272, ⑦310, ⑱13, ⑲8, 29, 84　未能事人…①188, ②101, ⑤16, 28, 272, ⑱13, ⑲7, 29, ㉓97, 452　未聞好学者也…⑤112　民可使由之…③557, ⑤215-217, ⑰141, ⑳425　民之於仁也甚於水火…⑤263, 264　民鮮久矣…⑤283　民到于今称之…⑤91, 159, 194　民無得而称焉…①157, ⑤158, 159, 194, 224　民無徳而称焉…⑤91　民免而無恥…⑤32, 188　務民之義…①188, 269, ②371, ⑤28, 273, ⑱13, ⑲29, ㉓97　無以為君子也…⑤12, 128, 140, 280, ㉓398, 483, 537　無以尚之…⑤328　無以知人也・無以立也…⑤12, 128, 140　無益…①237, 585, ②291, ⑤39, 289, 305, ㉕262, 263　無所取材…⑤16, 232　無所禱也…⑤27　無所用心…①273, 587, ⑤285, ⑰85, ㉕296　無適也無莫也…㉑173, ㉓376, 456, 457, 482　無道則隠…⑤95, ㉔316　夢坐奠於両楹之間…⑤9　命矣夫…⑤275, 276, ㉕361　命也…⑤23, 24　明王不興而天下其孰能宗予…⑤261　罔之生也…⑤47, 55, 94, 208, 263, 310, ㉕365　黙而識之…㉑174

野哉由也…㉗97　約之以礼…⑱531, 533　又何怨…⑥233　又敬不違…⑤167　又尽善也…⑤42　由誨女知之乎…⑤13, 15, 184　由也兼人故退之…⑤17　由也好勇過我…⑤16, 232　有顔回者好学…②88, ⑤112　有教無類…⑤264, ㉑193, 194, ㉓392, 537　有言者不必有徳…⑤229　有殺身以成仁…㉑29　有是言也…⑤185　有諸…⑤273　有恥且格…⑤33, 189　有慟乎…⑤279　有徳者必有言…⑤229　有能一日用其力於仁矣乎…⑤25　有朋自遠方来…①248, ②80, 86, 90, 215, 216, ③492, ④737-739, ⑤11, 95, 102, 126, 128, 133, 140, 304, 314, ⑱93, 400, ⑳10, 12, ㉑108, ㉔305, 306, 308, 309, ㉗276　勇而無礼則乱…⑤45　勇者不懼…⑤43, 229, 232　勇者不必有仁…⑤229　游於芸…③496　与衣狐貉者立…⑤14, 184　与其進也不与其退也…⑤265　予悪夫涕之無従也・予嚮者入而哭之…⑤7　予所否者…⑤36, 242　予殆将死也…⑤10　予疇昔之夜…⑤9　予欲無言…⑤252, 311, 314, ⑱13　用之則行…⑤

230, 231　洋洋乎盈耳哉…③35　楽以忘憂…⑤20, 170　楽亦在其中矣…⑤170, ⑳317　楽而不淫…①13, ③35　雒不出書…㉓97　乱邦不居…⑤95　里仁為美…㉑173　犂牛之子騂且角…⑤269　鯉也死有棺而無椁…㉑182　立於礼…③34, ⑤43, 156, 291, 302, 303, 307, ⑰485　梁木其壊乎…⑤8, 260　臨事而懼…⑤45　礼壊楽崩…㉒474　礼失而求諸野…⑮620　魯一変至於道…⑤65, 88　魯衛之政兄弟也…⑤64　老子其猶竜邪…⑤196　老而不死…⑭456　労而不怨…⑤167　六十而耳順…⑤97, 122, 149, 249　禄在其中矣…③495　或乞醯焉…⑤107, 129, 130, ㉓355
～の言葉について
孔子の特殊な場合の言葉とする解釈…②309
後世中国人の生活への影響…②44
民国初期における批判…②48
孟子の言葉との比較…②366
「論語」以外の文献の語の不確かさ…②134
話者としての心理の追及…①704
～の事ごとに問う態度…⑤141, 282
～の子孫…②425, ㉓271, 513
孔安国…㉔301　孔猛…⑦178　孔融…⑦35, 92, 93, 96, 97
～の子孫の林語堂提訴…⑤37
～の死…③17, ⑤10, 52, 94, 114, 255, 257, 260, ⑦293, ㉓105
～の思想…⑤192, 320, 324, 325, ⑰4, 7, 485, ㉓31
～の時代とアリストファネースの時代…⑲45
～の時代と為政者の指導…⑳503
～の時代と怪力乱神…②372, 373
～の時代と学問…⑤287, ㉔307
～の時代とホメーロスの時代…③15, 22, ⑱9
～の時代と礼…⑱532
～の時代の音楽…⑤42, 156, ⑰485
～の時代の下下の人物…⑩467
～の時代の古典教科書における時の用法…⑤125
～の時代の史書…⑤18, 152, 175, 316
「左伝」と「論語」…⑤95, 312
～の時代の字体…⑦267, ⑬13
～の時代の政治体制…④3, ⑤63, 94, 147, 176, 213, 237, ㉓287, ㉕357
～の時代の政治否定の学派…⑤191, 193, 195, 200
～の時代の中国語の発音…②77, ㉓95
～の時代の中国社会…⑤18, 37, 63, 64, 94, 169-171, 175, 227, 262, 312, ㉓94
中国統一への機運…②295, ⑤37, 63, ⑥180
～の実名を禁忌とする規制（金）…㉒106
～の狩猟の生活…㉓50
～の受難…⑪64, ㉒45
匡における法難…⑤21, 33, 238-240, 249, 250, 270, ⑳132　削跡…⑪63　陳蔡の厄…㉕157　陳における絶糧…⑤251
～の周への留学…⑤85, 195
～の女性観…⑤247, ㉑189, ㉕366
～の食生活…⑤221-223
～の人物批評と伝記の知識…①157
～の生年・生日…②545, ⑤144, 145
出生地…㉕75, 78　生没年…③17
～の性格…㉑194
温良恭倹譲…⑤236　苦労人的側面…⑤17, 178, 179　思慮…⑤38, 45, 46, 178, 179, 224, 281, 282, 287　慎重さ…⑤224, 282　節度の感覚…⑤282, 284　大胆さ…⑤143
～の逝川の嘆…①361, ⑤98, 278, ⑪68, ⑫125, 508, ⑰484, ⑱436, ㉕184, 188, 214, 243
中国人の説　王応麟…㉕239　皇侃…㉕192, 231, 232, 238　許慎…㉕221, 224, 228　邢昺…㉕191-193, 231, 232, 238　江熙…㉕192　崔瑗…㉕222-224, 228　司馬彪…㉕168, 169, 174, 210　朱子・宋儒…②353, ⑤97, 276, 277, ㉓29, ㉕169, 170, 173, 175-178, 190, 210, 213, 231, 233, 238, 248, 250　鄭玄…㉕193, 227-232, 238　蘇東坡の言及…㉕240　孫綽…㉕192, 193　中国中世の解釈…②353, ⑤277, ㉕174, 177, 190, 210, 227　趙岐…㉕215-217, 219, 220　陳祥道…㉕241　陳善…㉕235, 236, 238, 239　董仲舒→その項　包咸…⑤98, ㉕191, 208, 230-232　孟子…㉕170, 171, 175, 190, 213-215, 238, 248-251　揚雄…㉕219, 224, 228, 230-232, 238
日本人の説　伊藤仁斎…②353, ⑤97, 277, ㉕171, 175, 190, 210, 213, 215, 249-251　荻生徂徠→「論語」　契沖・太宰春台→各項
～の絶望…⑤96, 252-254, ㉓98
～の祖国…②127, ⑤94, 121, 144, 180, 263, 316
君主が先祖を祀る時の歌…②303
公山弗擾の反乱…⑤181
三桓の専横…⑤176, 213, 219, 234
昭公の国外亡命…⑤85, 176
陽貨の専横・反乱…⑤177, 179-181
魯国と衛国…⑤64
魯国と周王朝…⑤64, 147, 176
魯国と斉国…⑤64, 85, 88, 89, 234, 235
魯国における晩年の孔子…⑤254-256
魯国の下級士族…⑤144, 147, 148
魯国の季氏につぐ待遇…⑤87, 160
魯国の始祖…⑤64
魯国の政治と孔子…⑤84, 88, 89, 122, 131, 212, 214, 219, 233
閣僚在任中の言行…⑤217-220, 224, 225　執政辞任と魯国退去…⑤90, 91, 122, 213, 219, 235　射の儀式…⑤4, 5　重臣たちとの対立…⑤90, 122, 213, 219, 234　宗廟朝廷における態度…⑤217, 220　大司寇就任…⑤33, 219　中都の宰就任・司空就任…⑤219
魯国の大廟…⑤141

魯国の年代記…①236, ②105, 292, 305, ⑤122, ⑰555, ⑳203, ㉑159, ㉓105
魯国の名山…④645, ⑤9, 144
魯国の礼楽の伝統…⑤64, 88
～の尊称　孔聖…⑥311, ㉕169, 210　尼父…⑯91, ㉕178　宣尼…㉒305
～の像　荻生徂徠による画像賛…⑰54, ㉓377, 405, 406, 408, 430, 443, 489　呉道子筆…⑯371　佐久間象山による画像賛…①567　「聖蹟図」の孔子の風貌のイメージ…④15　ミュンヘン博物館展示…①559, 560
～の男女の愛情に対する態度…⑤244-246
～の地位の変遷…⑦526, ㉖481, 482
～の忠信…①584, ②88, 89, 97, ⑤38, 39, 288, 305-307, 326, ㉑173
～の弟子…④3, ⑤47, 123, 128, 135, 252, ⑦521, ㉑181, 194
顔淵→その項　琴張…⑥405, ㉑181, 182, ㉓350　原憲（原思）…⑫82, ㉑181, 182, ㉓350　公西華…⑤17, 26, ㉑177, ㉓475　公伯寮…⑤23, 24　高柴…⑤51, 52　左丘明→その項　宰我（宰予）…⑲46, ㉓390, 472, ㉔204　子夏→その項　子華…⑤283　子羔…㉕264, 265　子貢→その項　子張・子游・子路→各項　司馬牛…⑥644, ⑤13, 16, 274, ⑲21　七十子…⑥405, ㉓329, 334, 453, ㉗71　七十二弟子…⑤47, 123　十大弟子…⑤154, 181, 189, 209, 214　冉有・曽参・曽点→各項　仲弓…④643, ⑤269, 270　伯牛…⑤274-276, ㉕361　樊遅・閔子騫→各項　巫馬期…⑰136, 137, ㉓83　有若→その項
～の伝記…⑤47, 95, 142, 145, 148, 157, 169, 170, 212, 233, 259, 320, ⑳171, ㉕75
絵伝「聖蹟図」…④15
孔子の精神の成長史の自叙…⑤97, 149, 150, 153, 158, ㉓378
最古の伝記…②292, ③33
青年期の言行…⑤150, 151, 153, 154
俎豆の遊び…⑤148
伝記資料…③34, ⑤5, 95, 158, 160, ㉓107, ㉗258
～の徒…⑤30, 38, 46
～の八歳のころ季札の魯国訪問…③36
～の発凡…⑦254, 255
～の人人に対する態度…⑤265, ⑰494
～の百川東注意識…①245, 246, ⑰484, 493, ㉕184
～の貧…⑤8
～の父母…⑤116, 119, 145, 146, ㉑187
父・叔梁紇…⑤116, 119, 144-146, 148, ㉑187
母・顔徴在…⑤116, 119, 145-147, ㉑187
父母の死と墓…⑤148, 149
～の文章…⑦520-522, 525, 526, ㉗170, 189
判決文の合議…㉕178
文章の装飾性の重視…②43, 48, ㉗178
～の鳳鳥・河図への想念…㉓97-105, 109, 245
～の祭り…⑬393
孔子の像を祭ることの忌避…②462
～の婿選び…⑤143
～の遊説…⑤33, 34, 50, 91, 122, 202, 235-238, ⑥411, ⑦403, ⑪514, ⑮464, ㉑71
喪家の狗…⑤33, 122, 237, 249　遊説した君主数…⑤235, 237　遊説失敗と帰国…⑤34, 122, 189, 245, 254, 256, ⑦255
～の理想…⑤88, 159, 179, 180, 182, 212, 237, 251, 252, 302, ⑰485, ㉑124, ㉓111
理想とする時代…②291, ⑤96, 182, 183
～は殷人…⑤9
～は豪士（呂氏春秋）…⑰385
～は上智・上哲…⑦521, ⑩467
～は聖人…①250, ②284, 291, 361, ⑰383, ⑲18, ㉑181, ㉓342, 406, 560, ㉕262
孔子を含む古代の聖人…①89, ②361, 384, 385, ⑩467, ㉓346, 539（堯舜禹湯文武周公と孔子…⑤32, 121, ㉑99, ㉓19, 545, ㉕196, 303, ㉖243　堯舜と孔子…③550, ⑤31, ⑰383, 638, ⑳6, 8, 9, ㉓82, 84, 87, ㉕325, ㉗365　孔子以前の聖人…③16, ⑤121, ㉓80-82, 87, 346, 386, 387, 438, 467　最後の聖人…①89, ②12, ③17, ㉓19, 20, 284, 545）
～は東西南北の人…㉑71
～は木鐸…⑥376
～批判…㉑192-194→批孔
王安石…㉕239　五四運動・魯迅…㉑192　任継愈…㉖475　唐暁文…㉑193, 194
日本における批判…㉓560-562（青木正児…㉒353, ㉗271　安藤昌益…㉓561　京都大学…⑤19, ㉑192　「支那学」…㉑192　大正デモクラシー・津田左右吉…㉓561　福沢諭吉…⑤124, ㉑189, ㉓561　本居宣長…⑤130, 131, 220, 283, ⑰198, ㉓513, 547, 560, ㉕367, ㉗228〔「詩経」編纂への尊敬…㉗227, 228〕）
文革以後…㉑193, 194, ㉒457, ㉔28, ㉕262, 265, 272, 429, ㉖471, 481, ㉗366
文学革命…⑤124, ⑰4, ㉒352（胡適…②48　呉虞…㉒352）
蔑称　孔家店→その項　孔二先生…⑤124　孔老二…㉒457, 474, ㉕429
楊栄国…㉑194, ㉖475　李斯…㉑252
～への王号・文宣王追贈（玄宗）…㉓406
「孔子改制考」…⑤183, ㉓471
孔子教…②192
「孔子家語」…⑦178, 404, ⑰26, ㉓350, 475, 476, ㉔285, 286, ㉕218
三恕…㉕217　七十二弟子解…㉑177
「孔子年表」…⑯244, 255（～自序…⑯244）
孔子廟…⑯372, 573, ㉒106
曲阜…⑤181, ⑰425, ⑱436, ⑳295, ㉒106, ㉓270, 271　日本…②462（湯島聖堂…㉓301）

「孔子，老子に問うの図」…⑤196
孔氏（孔子）…⑤251
　～の遺書…⑰125, ㉓74, 75, 78, 86, 349, 493, 551
　～の徒と「周礼」…㉓450
「孔氏伝」（古文尚書孔氏伝・孔伝・尚書孔氏伝）…②173, ⑧22, 25, 354, 502, 508, 509→偽孔伝→「尚書」（注釈）
　～と王念孫…⑦282　段玉裁…⑦282, ㉗191
　～と荻生徂徠…㉓347　狩野直樹…⑦282
　～と「五経正義」編定…⑦272,
　　「尚書正義」…⑦278-280, ⑧4, 5, 8, 9, 501, ⑨182
　　孔穎達の方法…⑧505
　～と朱子…⑦270, 276, 278, 282, ⑧15
　～と鄭玄注…⑦271, 273, 275, 276, 281, ⑧15
　　呪術的態度…⑦275　煩瑣…⑦274, 275
　～と馬融王粛注…⑦271, 275, 276, ⑧15
　～における後昆…⑱455
　～の偽作…⑦270, 271, 280, 282, 535, ⑧15, 21, 25, 501, ㉔285, ㉗191（偽作者…⑦269, 270, ⑧15, 501, ⑰282）
　～の訓読訳…⑧504, 506
　～の経の字体…⑦277, 278
　～の「序」（孔安国）…⑦269, 270, 535, ⑧15, 17, 21
　～の常識性…⑦276
　～の注釈　惟聖罔念作狂惟狂克念作聖…⑩468, 469　曰若稽古帝堯…⑦275　我之弗辟…⑦276　今天其命哲命吉凶命歴年…⑩477　瞽子父頑母嚚象傲克諧以孝…⑩471　光被四表格于上下…㉗191　至于衡漳…⑦275　若爾三王是有丕子之責于天以旦大某之身…⑩473, 476　周公作無逸…⑩467　簫韶九成鳳皇来儀…㉗82　鳥獣蹌蹌…⑦275, ㉗82　朕宅帝位三十有三才耄期倦于勤…㉗343　帝初于歴山往于田日号泣于旻于父母…⑩471　万邦黎献共惟帝臣…⑦273
　～の注釈の生き残りえた理由…⑦271, 272, 276-281, ⑭53, ㉔242, ㉕274
　～の注釈の特色…⑦270-272, 279, 281
　　言語解釈…⑦281
　　最古の「尚書」注釈…⑦281, ⑧5, 501
　　集注的性格…⑦276, ㉗345
　　「尚書」らしい注釈…⑦281, 282
　　常識的性格…⑦272, 273, 275, 276, 282
　　逐字訳…⑦273, 282, ⑨182
　～の伝来の曖昧さ…⑦278, 280
　～の北伝…⑳336
「孔氏伝」（テクスト）…⑦276, 277, 535, ⑧15
　岩崎本…⑦286　内野本…⑦286, 537　神田本・九条家本・静嘉堂本…⑦286　薛士竜本…⑦287　宋版…⑦286, 288　唐写本…⑦277, 286-288（敦煌本…⑦277, 286, 287, ⑧21）　六朝写本…⑦277
孔至「百家類例」…⑪17
孔周翰…⑦474
孔淳之…⑦490
孔尚任…①514, 637
孔心一…㉓264
孔疏…②466, ⑰556→孔穎達正義→孔穎達疏
孔巣父…⑭530
孔宙…⑦92
「孔伝」→「孔氏伝」
孔寶…㉑187
孔範…⑫665
孔夫子…⑤121, ⑮324, 330, ⑯371, 372, ⑲71, 308→孔子
孔文卿…⑭137, 210, 367, 370　「東窓事犯」雑劇…⑭209, 231
孔褒…⑦93
孔墨（孔子・墨子）…②489
孔孟（孔子・孟子）…⑭131, ⑯309, ㉓33, 78, 312
　～と伊藤仁斎…⑰149, 152, 156, ㉑113, 114, ㉓31-33, 39, 44, 78, 79, 316, 476
　　孔孟の正学に志す者…㉓43
　～と宋儒…⑰156, ㉓33
　　朱子…⑰123, 124, ㉑113, 114, ㉓31, ㉗366, 367
　～と吉田松陰…⑰100
　～における理…㉑114, ㉓42, 43
　～の学への注家の厄…㉓33
　～の詩尊重…⑰306
　～の世界知識…⑰493
孔孟老荘…⑱322, ㉓33
　～浮屠の合一…㉒111
孔猛…⑦178
孔目…⑮23
孔門…②182, ㉓50, 51, 329, 389, 463
孔愉…⑱48
孔融・文挙・北海…⑦35, 91-102, 489, 491, ㉑252
孔鯉・伯魚…⑤284, ㉑182, 183
孔老（孔子・老子）…⑦486, ⑬258, 270
功…㉖191
功曹…⑫359
功夫…⑮396
功名…⑬5, 26, ⑭526
句道興「捜神記」…⑥391
句欄…⑭55-57
巧言令色足恭…⑤151
「広韻」…⑥387, ⑪383, 387, ⑫334, ⑭279, ⑮38, 40, 127, 128, ㉑670, ㉒36, ㉗223
　～と黄侃…㉒400
　～と銭玄同…㉒385
　～と杜詩における勤の韻…㉗345
　～の韻の分かち方…⑰372
　～の改定版となる韻書…②203
　～の官定書としての編纂出版…②204
　～の内容…②203
　～の明朝宦官による出版…㉒314
「広雅」…⑥314, ⑯239, ⑰210, ⑳349, ㉒77

釈訓…⑥294
「広雅疏証」…②211, ⑯8, 573, 576, ⑰210, 211, ⑳75, ㉕160
広寒清虚之府…⑳150
広恵王・広恵真人…㉖419
広原…⑫233, ㉒79
広固城…⑦429
広五子（明）…⑮522
「広黄帝本行記」…㉒292
「広志」…⑥338
広州…⑦12, ⑬498, 522, ㉒321
　～市舶使呂太一の叛乱…㉕398, 399
　～の伝令（馮玉梅団円）…⑬495-497
広州順徳…⑮512
広州長史…⑦553
広成局…⑮249
広西按察司使…㉓261
広西巡撫…㉓220
広川…⑥369
広南船…㉓275
広寧…⑭64
広文館…⑫152, 403, 404, 406
広文館博士…⑫403, 405
「広文庫」…⑰560
広文書局…㉕434
広楽園…⑭72
広楽庫…⑭66
広陵…⑦91, 102, 381, ⑪490, 526, 543, ⑬308, ⑯143, 246, 257
広陵…㉓416→広島（日本）
『広陵散』（琴曲）…⑯603, 604
「広陵図経」…⑯245
広陵の厲王胥（漢）…⑥162, 168
弘慶門…⑮275
弘光帝（明）…⑯16, 57
弘正四傑…⑮503
弘治中の学者…⑯72, 73
弘治帝（明）…⑮477, 493→孝宗
弘道館（水戸）…⑤129
弘文堂…⑪432, 469, 565, ⑬517, 521, ⑰341, 342, ⑳118, 371, ㉔67
　～主…①430, ⑰382, ㉓617
　～の復活…①57, ⑪473
　～発行「支那学」…⑰382, ㉓617, 626
　～版新書・文庫　「アテネ新書」…②185, ⑪470, 472, ⑳371, ㉑59　「アテネ文庫」…①56, 57, 619, 626, ②190, ⑳395, ㉑38　「教養文庫」…①612, ⑪414, 468, 469, 472, ⑫470, ⑳369, 371, ㉗430　「世界文庫」…①612
　～版図書　「華国風味」…㉓622　「近世日本に於ける支那俗語文学史」…㉓310　「元人雑劇序説」…⑭598, ㉓617　「江南春」…㉓616, 617　「支那学文藪」…㉓602　「支那近世戯曲史」…㉓617　「支那上古史」…㉗269　「支那文学概説」…㉓617　「支那文学芸術考」…㉓622　「支那文芸論藪」…⑭597, ㉓617　「蘇州日記」…⑰379, 380　「白楽天詩解」…⑰306, 314　「豹軒退休集」…①430　「洛陽三怪記」…①612　「陸放翁詩解」…⑰314, ㉗265　「論語叢説」…㉓481, ㉗429
弘文堂書房…①57, ⑰382
弘法大師→空海
甲…②112
甲午の役…②441→日清戦争
甲骨文…①707, ③4, ㉗269
甲骨文字…①386
甲坂徳子　訳・謝冰瑩「女兵」…⑰411
甲子の歳…㉓34
甲第…⑫406
甲馬…㉖392
甲府…㉓313, 320, 434, ㉗31
甲府侯綱豊…㉓144→徳川将軍（家宣）
甲陽園（夙川）…㉕467, ㉖500
交加…⑮70
交河（火州）…⑫127, 128
交銭…⑭492
交趾…㉓485
交通大学（上海）…㉒378
　～電信管理系…㉒492
交游…⑬90
交流…㉒76, 77
交竜…⑤117, ㉕81, 82
光…⑮45, ⑰520, ㉗191
光雲海如（かいにょ）…㉔248
光悦寺…㉓707
光棍…⑭593
光緒帝（清）…①519, 520, ②440, ⑯308, ⑰611, 613, ⑳296, ㉓180→徳宗
「光緒武進陽湖県志」…⑯248, 251, 252
光説不行…⑰520
光宗（南宋）…②551, ⑧509, ⑬147, 148, 164, 172, 509, ㉒102, ㉖241
光宗（明）…②552, ⑯15, 25
光着眼…㉖391
光仁天皇…㉖220
光武帝（後漢）…②261, 550, ⑥367, 392, ⑪512, ㉑168, ㉖79→世祖→劉秀
　～との関わり　隗囂…⑫457, 458　桓譚…⑦46　厳光…⑮418　朱浮…⑦46　馬援…⑯194　包咸…㉕230
　～と杜詩…⑫385, ㉖59, 63, 64
　～の後漢帝国の創業…⑦43, ㉕230, ㉖59, 60, 63, 64
　～の皇后・陰麗華と兄弟陰興・陰識…⑫658
　～の皇太子の儒学の師…⑦46, ㉕230
　～の司隷校尉…⑫385, ㉖59
　～の儒学好き…⑦43

〜の出身地・挙兵の地…⑦45, ⑫385, ㉖59, 60
光風館…㉔277
光風社書店（東京）…㉕491, 504
光復…㉒388
光復会…①521
光文（予定された年号・日本）…⑳505
光明…㉗46
光明院天皇…⑦556
光明皇后…⑰15, ㉑88, ㉖167→藤三娘
光明寺（粟生）…㉗286
「光明日報」…①636, ⑥242, ㉑192, 193, ㉒452, ㉕234, 419, ㉖479
〜の「史学」…⑥241
光禄四行…⑥371
光禄大夫…㉗23
向…⑬56
向嶽寺…㉓412
向愚「東京帝大学生生活」…⑯467, 476
向時人…①535
向達「西征小記」…①627
后稷…⑤125, ⑫587, ㉑145, ㉔265, 266, ㉕229
〜の母…⑤117, ⑬325, ㉔265, ㉕229→姜嫄
后土…⑥140, 143, ⑫92, ㉖41
后妃伝…㉗150
好一似…⑭321
好雨…㉖159
好漢…㉕54-58, 252, 253
『好観音』「天宝遺事」諸宮調…⑫265
好奇…㉕197
〜の癖…㉕196-198, 207
好逑…②217
好箇…⑭313
好日子…②543
好色…⑤244, ㉖444
好滲瀬…㉖377
好生…⑭313
好楽…㉓73, 74
江…②70, ⑪47, ㉖15, 19
江陰…⑦192, ⑬500, ⑭181, 385, ⑯27, 29
江雲…⑭384
江永…⑯7, ㉓25
〜の著述「古韻標準」…②204, ⑯118, ㉒406「周礼疑義挙要」…㉕346　集注本「小学」…⑯353「礼書綱目」…⑯118, ㉕346
〜・戴震・段玉裁・王念孫…②77, 601, ⑯7, 645, ⑲416→乾嘉の学者
江淹・文通…⑯128, ㉒77, ㉖77, 439, 445「擬殷東陽輿矚」…㉒76「効阮公」…①96「恨賦」…⑥310, ㉑9「詣建平王上書」…㉑253「雑体詩」…⑥257「別賦」…㉑9「望荊山」…⑥284
江夏…⑫359, 427, ⑰588, ㉓223
江海…⑬116, 204
江海之士…㉓623
江晦叔…⑬118
江革…⑦551, ㉑172
江漢書院…㉓707
江漢の二妃…⑦215
江漢流域の商業都市を背景とする呉歌西曲…①627
江瀚…⑯267, ㉒387
江姫…㉕87
江熙…㉕192
江休復…⑬79
江郷園…⑭188
江郷深処…⑮572
江湖…①347, ⑪96, ⑬177, 179, ⑮581, ㉓259
「江湖詩集」（陳起刊）…⑬177-179, 185
江湖派…①610, ⑬177, 186, 606, ⑮384, 424, 434, 435, 442
江浩然「曝書亭詩録箋注」…⑯641
江左（地方）…⑫669, ⑬287, ⑮508, ⑯144, ㉒80, ㉗139
江左（南宋）…㉒107, 115, ㉗139
江左（南朝）…⑦534, 537, 538, ⑧25, ⑬125, 126, ⑯603, ㉗139
江左三大家…㉓255
江之浙…㉖454
江汜…⑱454
江似孫…⑯40
江州…⑦366, 487, 540, ⑪277, ⑬65, 324, ㉖390, 393, 396
〜と白居易→その項
江州司馬…⑦329, ⑪276, 291, 296, 317
江州刺史…⑪212, 222
江州車…㉖399
江州城外白竜廟…㉖397
江州知府・江州府…⑮159
江州別駕…⑫359
江州路…⑮355
江州路瑞昌県尹…⑭101, 117, 137, 162
江上…㉖92
江城…㉓115→江戸城
江津（地名）…⑦544
江西（省）…②423, ⑦508, ⑪100, ⑬96, 290, 292, ⑮406, 450, 476, ⑯89, 170, 188, 263, 355, ㉒487
〜からの南越侵攻（漢）…⑥134
〜からの閩越侵攻（漢）…⑥78, 79
〜・広東の地形　五嶺山脈…①466　漓江→その項
〜における呂太一の誅滅…㉕398
〜における杜審言…⑫30
〜の学術…⑯5
〜の地名　鬱孤台…⑬114　応山…⑯25　葛渓…⑪543　貴渓県（広信府）…⑯399, 400, ㉖504　宜州…⑬130, 291　義寧…⑯268　吉州…⑬158, ⑮404　吉水…⑬158, 163, 169, ⑯25　九江・桂林→各項　景徳鎮…⑪287, ⑯639　広信府…⑯

399　洪州双井…⑬246, 299　洪州分寧…⑬298　洪都・洪府…②24, ㉖397　修水県…⑬298　信州…⑦540, ⑪543, ⑬342, 497, ⑮422　新建…⑯85　瑞金…⑫535, ⑯649, ㉒445　井崗山…⑯649, ㉒487　西江…⑪306, 308　静江…⑮276, 277　双井…⑬246, 299　泰和…⑮167　藤州…⑬29　徳化県…⑯254, ㉖467　南安路…⑮166　南康・南康軍…⑦329, ⑬318　南昌…②24, ⑬127, ⑯95, ㉕186, ㉖397　馬平県…①465　鄱陽…⑬209, ⑮427　浮梁…⑪287, 294, ⑭368　武夷…⑬170　分寧…⑬298　萍郷…⑯397　彭沢…⑦387, 394　豫章→その項　柳江…①466　柳州…①467, 469, ⑬39, ㉒468　竜虎山…⑭67, ⑰598, ㉓271, ㉖504　臨川・廬山→各項　廬陵…①209, ⑫18, ⑬229, 598, ⑮404, 408
～の督学官…②442
～の南康の知事…⑬318
～の文学（南宋以後）…①77, ⑮366
～の平野の陰暦九月…⑦294
～への巡幸（武帝・漢）…⑥144
～への遷謫・流罪　トゴンテムル（静江）…⑮276, 277　黄庭堅（宜州）…⑬130, 291　柳宗元（柳州）…①465, 467, ⑬39
江西按察使提学副使…⑮632
江西戡定（フビライ）…⑭99, 100, ⑮101
～と江西人の奴隷…⑮100, 101, 167, 168
江西郷試…⑯200, ㉓169, 278, 704, 706
～大主考…㉓708
江西行省　江州路…⑮355　泰和…⑮167　南安路…⑮166　竜行路司獄・臨江路新喩州…⑮356
江西詩派…①610, ⑬127, 141, 142, 313
江西社…⑯145
江西巡撫…⑩454, ⑯384, ㉓220
江西荘族自治区…㉒468
「江西通志」…⑰595
江西の体…⑬164
江西布政使…㉓220
江西竜派…㉒62, 63
広西歴史学会…㉒485
江声「尚書集注音疏」…②603, ㉕346
江青…㉑82
江浙（江蘇・浙江）…①600, ⑭157, 160, ⑮449, 630, ⑯3, 17, 177, ⑰372
江浙行省　左丞相…⑭169　照磨…⑭111-113　都事…⑭105　平章政事・平章政事兼同知行枢密事…⑭169
江浙行中書省参知政事…⑭182
江浙省考試官…⑭181
江浙省務提挙…⑭89, 124, 136, 162
江浙提学…⑭168
江蘇（省）…②420, ⑪161, 456, 457, ⑯185, 349, ⑳426, ㉖25, 131
～安徽…⑫330, ⑯561, ㉓210, 211, 278, 705
～人…⑯7, 30, 31, 645, ㉒414
～浙江…⑥106, 408, ⑮439, 475, 585, ⑯168, 396, ㉒414, ㉓617, ㉖402
穀倉…①442　放浪（杜甫）…⑫41
～浙江安徽…㉓258
学術…⑯3-10　読書人…②429, ⑮567
～浙江安徽江西の文学（南宋以後）…①77, ⑮366
～浙江福建の風景…㉓414
～と呉…⑪125, 214
～の考拠の学…⑯653
～の言葉…㉒366→江蘇語
～の地名　唯亭…⑮577　嘉定県→その項　宜興…⑭385, ⑯146, 152, ㉓178　夾谷…⑤89　金壇県…⑬182, ⑮541, ⑯7, 236, ㉗116　金陵→その項　琴川…⑭385　虞山（常熟）・京口→各項　荊渓…⑭385　姑蘇…⑫42, ⑭180, 281, 385　呉江…⑭154, 168, 385, ⑯152, ㉓178　広陵・江陰→各項　江都…⑦98, ⑪391, ⑯143, 256　高淳県…⑬161, 162　高郵県→その項　興化…⑮512　崑山・上海→各項　潤州…①426　徐州・松江→各項　焦山…⑪210, ㉗270　常州・常熟・蘇州・太倉→各項　泰和…⑯100　丹陽…①373　澄江…⑭385　鎮江・南京→各項　沛県…⑥23　毗陵…⑭385　武進・宝応→各項　彭城…⑬134, 302　望亭…①535, ⑯42　無錫・揚州→各項　陽城湖…⑮570　淮安・淮陰→各項
～の東海岸への脱出（文天祥）…⑮405, 406
江蘇語…⑰456
江蘇巡撫…⑯347
江蘇書局…⑩452
江蘇省立国学図書館…⑰594
江蘇派…⑬161, ⑯60→呉派
江総…⑫653, 655, 657, 665, 669, ⑰344, ⑳342
「宮城に登る」…⑫669, ㉒80　「山庭春日」「内殿にて賦せる新詩」…⑫493
「江総の白猿伝を補って」…⑪492
～の作中人物　欧陽紇…⑪492-494, 496　江総…⑪496　李師古・藺欽…⑪492
江亭…⑪68, ⑫512
江都（日本）…㉕203→江戸
江都の相（漢）…⑥369
江東…②5, ⑦528, ⑪384, 385, ⑫665, ㉒86, ㉖413
江東の諸謝…⑮384
江頭…⑪277
江徳藻…⑫657
江南…①475, ⑪218, 490, ⑭113, 211, ⑮508, ⑯34, 208, 232, ⑰595, ⑳296, ㉓617
～巡幸・康熙帝…㉓270
～第一の享楽都市（元代）…⑭161
～とイタリー…㉒367
～と関わりを持つ人々
漢人　製鉄業者孔僅…⑥119

魏人（三国） 阮籍の詩と江南…⑦223 曹操の野望…⑦28
元人 貫酸斎…⑮317 薩都刺…①539 董君瑞の隠語楽府…⑭155 白仁甫…⑭99
呉人 三国 若き英雄・周瑜…①413
清人 袁随園の江南知県…㉓191 魏維度…㉓263 江南第一の蔵書家・黄丕烈…㉒302, ㉔54 鄭任鑰財務官…㉓279, 706, 707
楚人（戦国） 屈原の江南追放…㉓121
唐人 杜甫…⑪52, 54-56, ⑫41, 164, 681, ㉖117, 118, 120, 121 杜甫と李亀年…⑪52-55 李観…⑪384 李白…①352, 353, ⑫680-683, ㉖116
～と北方語…⑭279
～と北方中国…⑯642, ㉒367
～と木綿…①409
～における諸将幕僚の田宅購入（元代）…⑭100, 161（官吏の田宅購入の禁止…⑮333, 334）
～における清朝への抵抗…⑯170
～における仏教…⑯37, 375
～の烏夜村…⑯155, 158, 159
～の海鮮…⑮104
～の学者たち（民国）…⑯570, ⑳294, ㉒399, 400
～の『虞美人操』演奏…⑬263
～の屐…⑪126
～の士の登庸（文宗・元）…⑮259
～の詩句 一段江南好風景（祝允明）…⑮481 永懐往在江南日（黄庭堅）…⑬293 解作江南断腸曲（元好問）…⑭76 近日江南新涝後（鍾惺）…⑮540 江南可採蓮（李白）…①352, 353 江南豈有別疆封（海陵王）…⑮376 江南景致実堪誇（酷寒亭雑劇）…⑮100, 104 江南三月最多風（厲鶚）…㉑56 江南春水碧於酒（呉激）…⑮380 江南瘴癘地（杜甫）…⑫681, ㉖117, 118, 120, 121 江南万山川（楊万里）…⑬166 粲粲江南万玉妃（陳与義）…⑬143 似謂江南尚有人（文天祥）…⑮405 秋尽江南草未凋（杜牧）…①444 春風自緑江南岸（王安石）…①135 鐘鼓江南岸（蘇軾）…⑬118 正是江南好風景（杜甫）…⑪52, 54, 55 正是江南好風景（吉川幸次郎）…㉒494 草長江南鶯乱飛（蘇軾）…①425 繁華一去江南遠（高明）…⑮446 夢遠江南烏夜村（王士禎）…⑯154, 155, 158, ㉓242 又見江南月上弦（汪元量）…⑮417
～の商人地主たちの伝記（董其昌）…⑮636
～の人文地理の豊富さ…㉒367
～の大乱（元末）…⑭168, ⑮442
～の読書の家…⑮636, ⑯262
～の南宋理宗の墓…⑮490, 491
～の風景…①408, 443, ⑦223, ⑪54, 55, ⑫682, ⑳19, ㉑239, ㉒355, 366, ㉓618, 620
江南の野とアメリカの風景…⑥408
～の風土の温暖…①532, ⑯42
～の文学（元以後）…⑮432, 446
江南の文人群…⑮445
～の文明の中心地…⑳294
～の方言…㉒413
～の名妓…⑭69
～の「毛詩」学者（嘉慶道光）…⑯261
～の網羅…⑮207
～の陸羣圭と銭謙益…⑯96
～半壁の天…⑭518
～平定（元）…⑭139, ⑮403
蒙古軍将領の奴隷私有…⑮101, 102
～併呑以前の北方と朱子学…⑭369
～旅行 青木正児…㉒355, ㉓617-620 狩野直喜…⑰265, 275, 278 胡承珙…⑯263
～旅行（吉川幸次郎）…⑯653, ⑲340, ⑳270
大学入学前…⑯567, 637, 650, 651, ㉒331, 365-367, 413, 493
北京留学後…⑯267, 651, ⑳294, 295, 391, ㉒331, 413, 415, 491, ㉓637, 638（邱紹周訪問…⑯572, ⑳297 金松岑との晩餐…⑳295 呉士鑑訪問…㉓182 江南の雪…⑯567 高郵県訪問…⑯573 黄侃訪問…⑯568-571, ⑳293, 294, ㉒399-401, 415, ㉖459 張菊生訪問…⑳296, ㉒493 鄭振鐸訪問…㉒493 南京の首都建設…㉒412 潘明訓訪問…⑳297, ㉒493 劉宝楠の故宅訪問…④9, ⑯576, ㉒415 旅費…⑳344）
江南学政…㉓210, 211, 218, 237, 278, 704, 706, 708
江南郷試…②441, ⑯27, 42, 48, 186, 235, 263
江南行台の掾史…⑭100
江南三省の学術（清）…⑯3-10
「江南春」…②589, ⑰339, ㉒355, ㉓616, 622
「姑蘇城外」…㉓620 「湖畔夜興」…㉓618 「江南春」…㉓617, 618 「杭州花信」…㉓619, 620, 624 「支那かぶれ」…㉓619, 621 「支那の鼻煙」（煙塩閑話）…㉓620-621 「支那文学研究に於ける邦人の立場」…㉓621 自序…㉓617, 620, 621, 623 「春聯から春灯まで」…㉓620 「内藤湖南先生遺事」…㉓582, 625 「見た燕京物語」「揚州夢華」…㉓620 「礼楽と政教」…㉓622
江南諸道行御史台掾史…⑮456
江南浙西道提刑按察使…⑭78
江南の才子…⑮484→桑悦
江寧…⑪213, 214, ⑫43, 44, ⑬434, 437, ⑯235, 242, 243, ⑰595, 596, ㉓190, 191
～との関わり 王安石…⑬96, 434, 451, 518 王昌齢…⑪211-213, 219 杜甫…⑫43, 44
江寧郷試…⑯242
江寧県丞…⑪211, 212
江寧県令…⑪212
江寧知県…㉓190
江寧府太守…②538
江寧府長官…⑬247
江寧府の顧問…⑬434, 450
江寧府の知事…⑬432

江畔…㉖161
江表の地…⑰329
「江表伝」…①412
江標・建霞…⑯250, 306, 308
江風…⑭573
江辺…㉖153
江北…⑮73, ⑯572
江北人…⑯466
江北の学…⑯5, 8→揚州の学
江実（ごうみのる）…⑯430
江右…⑯124
江有誥…③44, ⑲416 「音学十書」…②204, ⑰592 「詩経韻読」…③43 「先秦韻読」…③490
江陵（湖北）…⑦544, ⑮247, 523, ㉒80, 90
〜陥落と元帝（梁）…⑰506
宮廷文庫焼失…㉕272
〜出土の剣…㉑168
〜との関わり　アリハイヤ…⑮299, 310　陰子春…⑫668　永王璘（唐）…⑫330　桓温…⑦359, 362　桓玄…⑦345, 362, 370　元稹…⑪314, 316, 317　曹操…⑦36
〜の気候…⑪316
〜の松滋…⑭161
江陵松滋の一柱観…㉗57, 59, 60
〜の風景…⑪316
〜への旅行・陶淵明…⑦345, 370
江淮…⑭188, ⑯34, 347, 638
江淮京湖…⑬324
江淮諸翼軍馬経略使…⑭98
江淮租庸使…⑫330
考…⑮387
考拠家（清）…⑯561, 645, 647, 652, ㉒117, ㉕53
考拠の学（清）…⑯643, 645-647, 651-653, 657, ⑳216, ㉑18, ㉖466, 468
考拠の学（北宋）…㉑20
考拠の書…⑯647, 651
「考古」（雑誌）…㉖472
考古学…②289, ⑥176, ⑳204, ㉒390, ㉕17, 329, ㉖484
〜的遺物…③533, 549, 554
考古学（新中国）…㉒482
〜の雑誌・出版物…㉖472, 475
考古学者…⑥333, ㉗419
〜との関わり　孔子以前の銅器…②522　孔子老子会見の画像石…⑤196　「太平御覧」…㉕341　朝鮮漢墓発掘…②512, ⑥431　罍…③44
考工…⑱511
「考工記図」…⑯118, ㉕347, 464
考功員外郎…⑪500, ⑫45
考功の試…⑫61
考終命（五福）…⑤111
考証家（清）…⑦270
考証学（清）…⑯4, ㉒404, 419, ㉓641, ㉔205
〜啓蒙期の学者の軽率…⑥318
〜と王陽明の学…㉒282
〜と顧炎武…㉒361, ㉕399
〜と黄生…㉔276
〜と「周礼」…㉕346
〜と諸子の書の覆刻…②479
〜と日本人　安積澹泊・伊藤仁斎・戴震・山井鼎…⑰144　狩野直喜…⑰218, 240, ㉒361　日本の古学…㉓465　明治期の漢学…⑰218, 396　安井息軒…⑰203, 205
〜と博学…②366
〜における発明…㉒420, 421
〜の極盛期…⑯60
〜の担い手…⑳336
〜の不誤不漏…②604
〜の方法…㉒420
〜の「論語」注釈の集大成…㉕220
考証学（清・乾嘉）…②465, 482, ⑯60
考証学（清初）…㉓165
〜の集部における開拓…⑯134
考証学者　元…㉕59　清…⑤116, ㉔278
考槃社…②509
行…②70, ⑫379, ⑰508, 509
行…㉖203, 223→歌行
行雲…⑭483
行家生活…⑭121, 122
行軍司馬…⑦474
行軍司馬参将…⑭181
行事…⑥238-240, ⑯289, ㉑124, ㉕182, 185-189
〜と荻生徂徠…㉓356
行・事・弁・勇…㉕293
行実…②185
行首…⑮49
行述…①163
行処…㉖95
行食…㉖397
行人…①517
行蔵…①378
行纏…⑬166
行と文…③11, ⑥219
亨…②104
匣子…⑮62
匣床…㉖410
匣中…⑮521
坑儒…②295, ③13
孝…②309, ⑤165, 166, ⑮59, 61, 62, ㉑172, ㉒110, ㉓282, 283, 383, 465
孝懿皇后徒単氏（金）…⑭63
孝王（梁の孝王・漢）…⑥49, 199, 202, 208, ⑫48
「孝経」…⑥377, ⑫708, ⑰583, ㉕364
〜での児童教育…⑦47, ⑬564, ⑭297, ⑮277, ⑯353
〜と貫酸斎…⑮320, 321, 323
〜と元の皇帝　世祖…⑮295　順帝…⑮277, 278　裕宗…⑮233, 237, 238

～と胡適…⑬564, ⑯353
～と五経…②273, 308, 317, 328, ⑰555
～と孔子…②273, 308, ⑤164
～と至徳の年号…⑫320
～と日本…⑰469
伊藤東涯…㉓89, ㉕33　荻生徂徠…㉓350, 369　推古・奈良朝の大学…⑰16　永井荷風…⑱322　林秀一…⑮323, ⑰358　山井鼎…⑱57, ㉗73
～における語彙・事項　移風易俗…②237　身体髪膚…㉕364　先例尊重…②274　父子の道…⑦537　立身…⑥325, 326
～の総字数…②444
～の注釈…⑤164, ⑥369, ㉔301
～の読誦・皇侃…②325, ⑬552
～の人間を中心とする思想…⑨482
～は昭晰…⑦526
「孝経」（注釈）…㉔301, ㉗26
何休注…⑥369　邢昺疏…㉗65, 77　玄宗注…⑫38, ㉗65　孔安国注…⑤164, ⑰16, 99, ㉓329, ㉔301, ㉕283, 365　鄭玄注…⑰16, 175, ㉕336
「孝経」（テクスト）
草書・賀知章…⑭398　勅版・後陽成天皇…⑰26, 608
「孝経援神契」…⑥376
「孝経緯鉤命決」…②252
「孝経刊誤」…⑬564
「孝経大全」…⑭283
「孝経直解」（貫酸斎）…⑭283, ⑮317, 320, 321, 323, 325, 640
「孝経直解」（無名氏）…⑭283
「孝経直解」（酌中志・内板経書紀略）…⑮329
「孝経鄭氏解」…⑯242, 252（題辞・阮元…⑯232, 242）
上海古書流通処景印本・昌平黌刊本・曹元弼刊本・知不足斎叢書本…⑯252
孝謙天皇…①81, ⑥246, ⑪131, ⑰15, 71, ⑱457, ㉒14, 20, ㉕405, ㉖81, 97, 220, ㉗19
孝元天皇…②550
孝公（秦）…②549
孝子…⑮59
孝子図…②512, ⑥396, ⑦550
「孝子伝」…⑥388, 390, 392, 396, 397
「孝子伝」（テクスト）
京都大学付属図書館所蔵・清原枝賢本…⑦550（京都大学付属図書館景印…⑦550, 551）　敦煌本・陽明文庫本…⑦551
「孝子伝」（劉向）…①166, ②512, ⑥390, 396, 397
「孝子伝略」…⑦550
孝順…⑮80
孝昭帝（北斉）…⑦553
孝宗（南宋）…②551, ⑬25, 148, 163, 164, 179, 320, ⑮375, ㉒101, 431
～と憲聖慈烈皇后…⑬508
～と朱子…⑰37, ㉓391, ㉖241
～と世宗（金）…⑬600, ⑮377
～と唐人の絶句…⑬165
～の金への態度…⑬147
使節・范成大派遣…⑬162, ⑭365, ⑮377, ㉒99
使節・楼鑰派遣…㉒99
～の光宗への譲位…⑬147
～の時代と宋詩の頂点…⑬147
～の淳熙年間刊行「尚書正義」注疏本…⑧509
～の蘇軾への諡…⑬99, 147
～の母舅…⑬509
～の陵墓の発掘（元）…⑮490
～への譲位（高宗）…⑬141, 147
孝宗（明）…②552, ⑮477, 482, 487, 493, 494, 496, 570, 601, ㉔137, 149→弘治帝
孝沖皇帝（後漢）…⑦50
孝弟…⑤165, ㉗259
孝悌…㉓382
孝堂…⑮61, 62
孝徳天皇…⑱454
孝閔帝（北周）…⑦532, 544, 548→宇文覚
孝武帝（東晋）…⑦367
孝武帝（南朝・宋）…⑪13
孝武帝（北魏）…⑦548
孝服…⑮59
孝文帝（北魏）…⑦537, ⑮236
孝明天皇…⑰613
孝霊天皇…②550
孝廉…⑥256, ⑦86, 152, ⑪497
孝廉の士…⑥109
孝論（孝経・論語）…⑦526
抗髒…⑬133
抗日軍政大学…㉒458
抗日戦線…㉖489
抗日戦争…②393, ㉒327, 444
抗日排日運動…⑯649
更秉燭…㉒63
幸…②141, 158, ⑤310, ㉓710
「幸蜀記」…①178
幸田露伴・成行…⑬149, ⑮476, ㉖112, ㉗288
～と漢文…②56, 61
「国訳漢文大成」文学部…⑰401　「水滸伝」…②197, ⑰391, ㉓606, ㉖374（「国訳忠義水滸全書」…㉖377　滲瀬の解釈…㉖377, 378）　中国戯曲…⑰338, 395, 397, 398, ㉓606, ㉗279（訳「忍字記」雑劇・「元時代の雑劇」…⑭595）
～と京都大学…⑱476, ⑳275, 276
～の著述　「運命」…⑮476　「露団団」…㉖112　「幽秘記」…⑬149　「露伴全集」…⑭595
幸徳事件…⑰611, 612, ㉖489
幸徳秋水…㉔295　「基督抹殺論」「帝国主義」…㉗421
幸若舞…⑮634, ㉕418

庚寅…⑯168, 169
庚子・辛丑の大恥辱…⑯386→北清事変
「庚申外史」…⑭62, 72, ⑮277, 284, 288-291
　野史断曰の条…⑮288
昊天…⑥14, 15
昊天上帝…⑫39
「昊天塔」雑劇・「～孟良盗骨」…⑭37, 45, 202, 219
　～の『煞尾』(第三折)…⑭292, 319
　～の『闘鵪鶉』(第二折)…⑭501
杭州…①513, ⑫727, ⑯546-549, 637, 651, 659, ⑱534, ⑳391, ㉒345, 368, ㉓182, 185
　～の西湖…⑪322, ⑫727, ⑬140, ⑭384, ⑮437, ⑯483, 485-487, ㉓313
　　西湖の風景への愛(青木正児…①704, ㉓619, 620　喬夢符…⑭383, 384　白仁甫…⑭99)
　　西湖の岳飛廟…㉓270
　　西湖の孤山…⑬55, ⑮437
　　西湖の南高峰・北高峰…⑮437
　　西湖の夕焼け…⑲396
　～の地名・旧跡　呉山…㉒292　皐亭山…⑮404　太乙宮…⑭160, 383　天竺山…⑪322　伝法寺…⑬509　南山路・北山路…⑫153　北関…⑯201　睦親坊…⑬177　臨平…⑬212, ⑯201　霊隠寺…①496, ⑬509
杭州(元時代)…⑭161
　～を中心とする　雑劇…⑭32, 56, 157, 176, 279, 379, 607　雑劇作者…⑭151, 155, 160, 174
　～との関わり　貫酸斎…⑭161, 384, ⑮322　喬夢符…⑭160, 383, 384, 419　侯正卿…⑭369　睢景臣…⑭164　徐寿輝…⑭168　鍾嗣成…⑭151, 152, 156, 160　鮮于枢…⑭161, 384　曹鑑…⑭156　タシチムール…⑭169　張士誠…⑭169　趙良弼…⑭160, 172　陳無妄…⑭160　鄧文原…⑭156, 164　方回…⑮426　楊維楨…⑮437, 439　李顕卿…⑭160　劉濩…⑭156, 157
　～の逸民…⑭174
　～の戯文…⑭58
　～の群盗…⑭168
　～の句欄…⑭56
　～の清吟社の羅公福…⑮425
　～の内裏あとに埋めた皇帝の遺骨…⑮419
　～の道士・馬臻…⑭67
　～の兵火…⑭169, 170
　～への北人移住…⑭160, 161, 384
杭州(清末民初以後)
　～とシカゴ…⑲319
　～と豊子愷…⑯457, 483, 485-487
　　喫茶店の西瓜の種…⑯446　西湖の船…⑯483-489　浙江第一師範入学…⑯442　入学試験…⑯500, 503, 505
　～の学者の邸宅…②417
　～旅行・胡適…⑯407
杭州(唐・北宋時代)
　～と蘇軾…①424, 426, ⑬43, 100-102, 107, 109, 122, 204
　～と白居易…⑪321
　～における史書開版…⑬581, 584
　「資治通鑑」国子監版杭州刊本…②161, ⑬586
　～の名妓…①426
杭州(南宋の首都)…②551, ⑬140, 141, 173, 504, 600, ⑭384, ⑮377, 381
　～を中心とする市民詩…⑮401
　～と火事…⑬178
　～との関わり　汪元量…⑮417　魏了翁…⑬320, 324　黄子邁・戴復古…⑬180　趙師秀…⑬176　陳与義…⑬144　マルコ・ポーロ…⑬6, 504, ⑭161, 384　林逋…⑬55
　～における一春長費買花銭の故事…⑭518
　～の行在…⑬141
　～の演劇…⑭8, 176(句欄…⑭56)
　～の建築…⑲359
　～の講釈…⑬526, ⑭202
　杭州の講談と「水滸伝」…㉖371, 380, 381
　講釈の小屋…⑬502, 504
　話本…⑬511, 520, 526, ⑭202, 419
　～の市民と南宋亡国…⑬186
　～の地誌…⑬509→「咸淳臨安志」
　～の朝廷…⑬324, ⑮403, 406, 417
　～の陳起刊「江湖詩集」…⑬177
　～の繁栄と虚構の技術の伸長…①200
　繁昌記…①199, 211, ⑬6, 173, 504→「夢粱録」
　～の寄席の技芸…①200, ⑭565
　諸色技芸人・諸宮調…⑭565
　～への金軍侵入…⑬586
　～への遷都…①200, ⑬6, 140, 161, 581, ⑭8
　～への蒙古侵攻…⑮401
　杭州陥落…⑬6, 173, 184, ⑮403, 417, 432
杭州(明・清時代)…⑯171, 242, 244, 246
　～との関わり　阮元…㉒307　康熙帝の南巡…㉓270　査慎行…⑯176, 185　銭謙益の旅…⑯46　銭大昕…㉒307　陳堅附注の石刻…㉒307　鄭任鑰の死…㉓706, 707　年羹堯捕縛…㉓212　福敏…㉓212　兪樾…①382, ⑯265
　～の詁経精舎…①382, ⑯9
　～の聖可…⑯44
　～の道蔵(呉山)…㉒292
　～の鮑氏「知不足斎叢書」…㉒313, ㉗271
　～の厲鶚の墓…⑯637
　～への「四庫全書」分置…⑯225, 226
杭州市…⑯168
杭州刺史…⑪321, 323
杭州人の隠語…⑭510
杭州知事(蘇軾)…⑬102
杭州通判…⑬43, 100, 101, 107, 122, 204
「杭州白話報」…⑯405
杭州府…⑯168

杭州路儒学正…⑭156
杭州路総管…⑭163, 180
杭州路の吏…⑭160, 172
杭州湾…⑯168, 170, 442
杭世駿…⑯241 「金史補」…⑰594 「榕城詩話」→その項
河内山宗俊…⑫316
河野一郎…⑳425
河野多麻…⑮214
河野与一…㉔243
狎客…⑫665
肯分的…⑭289
侯（語辞）…⑥25
侯安都（人名）…⑫662-665, 670
侯官県（福建省・福州府）…㉓155, 162, 223, 224, 226, 232, 262, 704, ㉖469
「侯官県志」…㉓280
侯喜・叔記…①487, 488, ⑪355, 356, 358, 359
侯瑾「箏の賦」…⑥322
侯景…②186, 187, ⑥36, ⑦540, ⑫660, ㉒80
侯国（漢）…⑥174
侯正卿・艮斎・克中…⑭115, 119, 137, 162, 172, 174, 179, 188, 367-369
「燕子楼」…⑭104, 106, 142 「久客」「金台の諸友と別る」「杭州火の後に連りに雨」…⑭106 『黄鍾酔花陰』「良夜迢迢露華冷」…⑭104 「鰲山の早発」…⑭106 「艮斎詩集」汲古閣旧蔵元刻本…⑭105 「艮斎先生酬倡詩」…⑭368 「自笑」「自憐」…⑭107 「授鞭和袖挽糸韁」…⑭104 「書懐」「諸相と西湖に宴す」「青草湖にて風に阻まる」「銭唐の客懐」「銭唐の春日」「銭唐の即事」…⑭106 『双調風入松』「暮雲楼閣景蕭疎」…⑭104 「大易通義」…⑭104, 105, 368（序・袁桷…⑭104, 369）「潭州の病後に天慶観の閣に登る」…⑭106 「白敬甫経歴に閩中の行あり」「白仁甫に答う」…⑭107 「汴梁元日に親を懐う…」「汴梁の即事」…⑭106 『菩薩蛮』「客中寄情」…⑭104 「予の姑蘇に客たるや…」「姚翰林端甫，姑蘇を過ぎて予を訪う」…⑭106
侯に封ぜられること（漢代）…⑥86, 87, 129
侯莫陳順…⑦539
侯方域…⑯186
厚徳富…⑯580
厚薄…㉖206
厚風里（西州高昌県寧昌郷）…㉕226
咬虫…㉖415, 416
哈華「日本兵」…①626
哈剌火…⑭497
巷…⑬176
後王…②239, 253-255, 259
　～思想…②255
後花園…⑭436, 437
後魏…②550→北魏
後宮…②158
後宮三千人…㉖196
後堯婆…⑮113
後五子…⑮522
後昆…⑱455
後山（裏台湾）…⑯348
後主（南唐）…⑭64
後儒…⑥405, ㉓355, 393, 403
後周の皇帝…㉖417
後蜀（五代）…⑬596
後晋（五代）…㉕47, 58
後進之翹楚…⑭94
「後水滸」…⑰391→「水滸後伝」
後世…⑥317
後世風の歌…㉓504-506
後聖…②255
後村の人々と太子会…⑯333
後代之常法…②251
後段（詞）…㉖488
『後庭花』「還牢末」…⑮47 「金銭記」…⑭420 「酷寒亭」…⑮60 「老生児」…⑭234
「後庭花」雑劇・「包竜図智勘～」…⑭45, 204, 219, 495, ⑮8
後鄭…㉕326, 327, 339→鄭玄
後梁（国名・南朝）…⑳336
恒河…㉕237, ㉖495, 496
恒居…⑮253
恒碣（恒山・碣石山）…㉖78
恒有呉服店…⑯333
恰恰…㉖168
恰渾似…⑭321
恰纔…⑭345
恰纔家…⑭321
恰便似…⑭289, 291, 321, 404
恍惚…⑦229, 239
洨県（沛）…⑦46
洪飴孫…⑯263
洪頤煊・筠軒…⑯259, ㉒293
「筠軒文鈔」…⑯241, 246 「史記天官書補証」…⑯246 校刊「黄帝竜首経」「穆天子伝」…㉒292
洪适…⑬171 「隷釈」…⑤328
洪熙帝（明）…⑮476→仁宗
洪業・煨蓮…①632, ⑲315, 326, 331, ㉕489, 494, ㉗344
洪鈞・文卿…②441, 462, 466-468, ⑳295
「元史訳文証補」…②442, 443, ⑯306
洪駒父…㉒74, ㉕492, 497
洪恵英…⑭177, 568
洪皓…㉒99
洪州双井の白芽…⑬246
洪秀全…②423, 438, 441, ㉑148, ㉒468
洪遵「泉志」…⑰560
洪昇「長生殿伝奇」→その項

洪震煊…⑯241
洪水伝説…③548
洪世泰…㉓151
洪洞県丞…⑪16
洪武帝（明）…⑮298, 476, ㉒282→朱元璋→太祖
洪楩…⑬520, ⑭201
洪邁…⑬171, 179, ㉒104
　～と怪談…①550
　～と洪恵英…⑭177, ⑭568
　～と胥吏の文章…⑮363
　～の著述　「夷堅乙志」…⑭326　「夷堅支庚」…⑭547　「夷堅志」…⑭177, 568, ㉒105　「夷堅志補」…⑬523　「夷堅丙志」契丹の誦詩…⑭278　「万首唐人絶句」…⑪196, 200, 207, ⑬165　「容斎五筆」…⑪296　「容斎三筆」…⑫277　「容斎四筆」…㉑10　「容斎随筆」…③483, ⑫360, ⑮362　「容斎続筆」…⑪233, ⑮96　「吏文可笑」…⑮362
洪流…⑱453
洪亮吉・北江…②603, ⑦5, ⑯652, ⑰251, ⑳421, ㉕382, ㉗255
　「更生斎文甲集」…⑦6, ⑯254　「復臧文学鏞堂問通俗文書」…⑯254　「与盧学士文弨論束修書」…⑯235
皇…㉗87, 88
皇元…㉓430→元（王朝）
「皇元風雅」…⑭168
皇姑屯…⑳291, ㉒388
皇姑魯国大長公主…⑮254, 259, 260, 275→シャンゲギラ
皇国精神…㉗196
皇国と唐土…㉗233
皇子陂…⑫427
「皇室典範」…⑥246
皇州…⑫221
皇城（官名）…㉖417
皇城（長安）…㉒14
皇城司・皇城使…㉖417
「皇清経解」…⑩454, 462, 463, ⑯250, 253, 257, ㉒361, ㉓637, ㉗269
「皇清百家詩選」…㉓256→「皇清百名家詩」
　～福建巡撫採進本…㉓257
「皇清百名家詩」「清百家詩選」…㉓244, 245, 251, 253-255, 258-261, 263-265→「詩持広集」
　王煕・王士禛・王崇簡…㉓255　魏惟度…㉓256, 262, 264　魏裔介…㉓254（小引…㉓254, 262）　魏裔魯…㉓265　龔鼎孳…㉓255（小引…㉓263）　厳沆小引…㉓264　呉偉業…㉓255（小引…㉓256）　孔衍樾…㉓265（小引…㉓264）　施閏章…㉓255　釈大依・釈読徹…㉓256　周体観…㉓264　小引…㉓256, 257, 259, 262-264　申涵光…㉓255（小引…㉓263）　銭謙益…㉓255（小引…㉓262）　宋琬…㉓255　曹玉珂小引…㉓263　曹申吉…㉓256　曹溶…㉓255　孫郁…㉓263　戴其員…㉓265　張鴻儀小引・張鴻儒小引…㉓264　趙威…㉓265　程雲小引…㉓261　程可則小引…㉓263　佟鳳彩…㉓256（小引…㉓262）　毛師柱小引…㉓264　楊輝斗…㉓265　李霨…㉓254（小引…㉓255）　李賛元小引…㉓263, 264　李袁燦小引・梁清寛…㉓264　梁清標…㉓255
「皇疏」…④642→「論語義疏」
皇宋…㉓430→宋（王朝）
皇宋通宝…⑬239
皇太女…⑫9
「皇朝経解」…⑯255
皇天…⑥19, ㉔267
皇天上帝…⑮423
皇天の寵霊…㉓378
「皇図大訓」…⑮233（序・虞集…⑮254）
皇甫規…⑦54
皇甫湜（しょく）…①344, ②35, ⑦473, ⑪351, 553
　「諭業」…⑪39
皇甫嵩・義真…⑦499
皇甫謐…②602, ⑦270, 516, ㉕152, 380
　～の「高士伝」…①166, ②240, ⑥393, ㉔316
　～の「帝王世紀」…⑯255, ㉕125, 151
皇甫汸兄弟…⑮518
皇明…㉓430→明（王朝）
「皇明英烈伝」…㉓173
皇明光日月…㉑103
皇和…㉓430
神戸…⑯185, ⑰377, ⑱534, ⑳237, ㉒318, ㉓618, ㉔319, ㉗117, 414
　～・天津間の快速船…⑯642, ㉒374
　～と中国人…㉗391
　　紙毬…⑭584　チャイナ・タウン…⑳255
　　南京町…⑯139, ㉒318, 344, 363
　～における伊藤博文暗殺のニュース映画…⑰611
　～におけるガスの普及…⑳138
　～の生田区…㉔401　生田神社…⑳236
　～の外国人商館…⑳236
　～の関西学院大学とカリフォルニア大学…⑲241
　～の故宅（吉川幸次郎）…⑫362, 728, ⑳237（花隈町…⑳236-238, ㉔401）
　～の小学校…㉒338, ㉔324
　　あだな・シナジン…⑳231, 254, ㉗391　御大葬…⑰612
　～の中学…㉒344
　～のドン山…⑳238　六甲山…⑪561, ㉑500, ㉗412
　～の夕陽…⑳21
神戸一中…㉔325, ㉗413, 414
神戸ガス…⑳138
神戸外国語大学…⑰420
「神戸外大論叢」…①622, 635
神戸高等学校…㉗414
神戸高等学校創立八十年記念会…㉗413

神戸高等学校創立六十八周年記念式典…⑳30, 38
神戸高等商業学校…⑯650, ⑳104, ㉒319, 381
神戸大学…⑲242, 330, ㉔252
神戸第一高等女学校…⑰341, ㉗414
「神戸文学」…①635
神戸丸…⑰377
紅…⑫498, ㉖394
紅衛兵…②595, ㉕306
紅牙声…⑭408
紅海…①551
紅旗（自動車）…㉒457, 480
「紅旗」…㉒454, ㉕419
紅字李二…⑭88, 122, 124, 125, 218
紅湿…㉖158
『紅芍薬』「酷寒亭」…⑮114
『紅繡鞋』「金銭記」…⑭492, 494　張可久…⑭166
紅串…㉖392
「紅灯記」…㉔79, 80（鳩山憲兵隊長…㉔79, 80　李玉和…㉔79）
紅豆…⑪55
紅豆三世の経学…㉒310
「紅梨花」雑劇・「謝金蓮詩酒～」…⑭46, 219, 270, 408, ⑮21
「紅楼夢」…①48, 211, ②603, ⑯633, ⑰4, ㉒444, 458, ㉔141, 150, ㉗151
～と「源氏物語」…⑱41
～とジャイルズの文学史…⑲414
～と中国人　胡適…②199, ⑯166, 359, 360, 644　蔡元培の解釈…⑯155　巴金…⑯586
～と中国人の読み方…⑰474
～と杜詩的な文学…⑫729
～と日本人　狩野直喜…⑰254　「国訳漢文大成」文学部…⑰401-402　大正期日本の研究者…㉒72　内藤虎次郎…㉓583
～と文学革命…①213, ②21, ⑫560, ⑭598, ⑯644, ㉒71
～とリチャードソンの「パメラ」…①606
～に至る旧小説　起源…⑪547, ⑯290　系列…①246, ⑮369, ⑯288, 291　動機と主張…⑥236
～に至る旧小説との関係
四書…①205　伝奇…⑪547　話本…⑬512
～における事項・語彙　虚構による人間の探究…①76　笑話…①232　心理描写…①47　誕生日の祝…②543　奴隷…②419　日常の尊重…①69　人間への興味…⑪375　描写の興味…①223　扶攙…⑮156　恋愛至上思想…⑥237　論証の興味…①223
～のいじけたところ…②276
～の面白さと八家文の面白さ…①601
～の作中人物　賈大君…⑯580　金陵十二釵…①221　来旺・来富…②419
～の後半の作者と張問陶…①512
～の辞典…②223
～の声価の根拠…①221
～の対話…⑭286
～の文章・文体…①53, 213, ②19, 21, 199
～のモデル…⑯199
～の幽霊…⑰519
～の用語…①53, ⑳58, 104
～のレッスン　奚待園…⑯650, ㉒381, 382, 405, 410, ㉗289　張景桓…⑯636, ⑳104, 249, 256, ㉒319, 341
～批評・李希凡…㉒443, ㉖474
「紅楼夢」（テクスト）
亜東図書館標点本…⑳251, ㉒319　脂硯斎本…①618, ⑯438
苟晞…⑦487
荒鼓板…⑭578
荒場…⑭578, 579
郊原…⑬7
「郊祀の歌」…⑥224, 273
郊社の礼…㉓449
郊の祭祀…⑤91, ⑬240
～による改元…⑬240
郊廟神霊…⑥346
郊労…㉒462
香気…㉓624, 628, 630
香港→ホンコン
香さげ…⑯334
香坂順一　共訳・老舎「竜鬚溝」…①626
香山の永安寺…⑮299, 310
香山静宜園…㉒495
香山の曲…⑭107
香積院…⑬310
香積寺…⑪140, 141
香亭…⑮70
香糖果子…㉖416
香馥馥…⑭413
香霧…⑫337
香綿・香綿襖…㉖422
香羅帕…⑭415
香奩…①419
香炉峰…①33, 36, ⑦326, 327, ⑪320, 321, ㉑50
校勘…⑳452
校勘学…㉖507
校勘学（清）…㉓481, ㉕284, ㉗73, 272
校事官…①438
校書…⑪95, ㉗20-22
校書郎…⑪189, 398
校定…⑩448
浩虚舟「陶母の髪を截りし賦」…㉑10
浩浩…⑮498
浩然（人名）…㉒443, 495
浩然之気…⑬560, ⑮409
浩湯…⑫613, ⑬13, 18, ⑮451, ㉕407, 490
盍簪…㉗361

耿耿…⑪256, ⑮414
貢院…⑬401, ⑭453
貢禹…⑫82
降福宮…⑮350
高安（地名）…⑭364
高安道…⑭153, 168 『哨遍』「淡行院」…⑭55, 155
「皮匠説謊」…⑭577
高頴（えい）…①178, ②159, 160
高奕「新伝奇品」…⑯143
高遠…㉓70, 87
高可通…⑭153, 155, 157, 168
高華…⑬289, ㉒5, 6
高鶚…①512
高歓…⑥36, ⑦528, 530, 533
高簡…⑫390
高観国…⑯145, 146
高琪…⑭133, ⑮223
高句麗・百済・新羅…㉖82
高啓・季迪・青丘…①76, ⑮461-463, 475, 606, ⑯144, ㉖448
～との関わり　朱元璋…⑮459, 461, 466　銭謙益…㉖430　張士誠…⑮464　楊維楨…⑮465
～と日本人…①539（明治時代の評釈…⑰389, 392　森鷗外…①137, 539）
～と楊基・張羽・徐賁…⑮468→呉中四傑
～の刑死…⑮459, 461, 466, 606
～の交遊　倪瓚…⑮465　饒介…⑮464　道衍…⑮476
～の作品「教坊の旧妓郭芳卿の弟子陳氏の歌を聴く」…⑭70「京に赴く道中にて郷の友に逢う」…⑮466「孤雁」…⑮465「歳暮」…⑮464「秋風」…⑮463「青邱子の歌」…①137, 539, ⑮462, 467「悲歌」…⑮462「里巫行」…①539-542「我が悲しみ」…⑮462
～の詩集「青邱詩集」…⑭70「缶鳴集」「婁江吟稿」…⑮465
～の詩と漢魏の詩…⑮467
～の詩と盛唐の詩…⑮467, 473
～の詩と劉基の詩…⑮470, 473, ㉓494, ㉖430
～の詩論・格意趣…⑮468
～訳・森鷗外…①134, 539
「高啓」（入谷仙介）…①137, ⑮462, 465, 466
高闕（地名）…⑥86, 87
高肩担児…⑬505
高憲…㉒108
高玄岱…㉓154, 155, 162
高彦休・参寥子…㉖398
高彦敬…⑭161
高孝璹（こうちゅう）…⑬140
高岡…㉖443
高紅十…㉒442, 475
高山冠…①383
「高士伝」…①166, ②240, ⑥393, ㉔316
高士坊（揚州江都県）…⑦98
高氏（春秋斉の貴族）…⑤83, 84
「高氏小史」…⑬578, 584, 585
高次の言語…⑳366, 367
高似孫・疎寮…⑭177「子略」…②484
高若訥（じゃくとつ）…⑬238
高且長…⑥319
高恕…⑭203
高尚…⑫308
高承「事物起源」…⑰560
高昌県寧昌郷厚風里（西州）…㉕226
高昌国…⑯222, 224
高岑（高適・岑参）…㉖432
高辛氏…㉓708, ㉔265
高成（酷寒亭）…⑮4, 44-47, 50, 154, 159, ㉕50
～の最期…⑮160, 162, ㉕49
～の復讐…⑮141, 153, ㉕49
～の密通…⑮131, 136, 137, ㉕49
高青邱→高啓
「高青邱詩注」…⑭71
高適（せき）…⑫122, ⑮474, ⑱94, ㉕490
～と慈恩寺の塔…⑫218, 220, 549
～の永王の乱鎮定…⑫330
～の甥（高式顔）…⑪63
～の交遊　薛據…⑫218　李白・杜甫…⑪63, ⑫47-50, 210, 218, 330, 402, 549, 581, 678, ㉕490　梁九少府…⑱85
～の詩「淇上にて薛三據に酬い兼ねて郭少府微に寄す」…⑫224「高常侍集」…⑫223, 224「同諸公登慈恩寺塔」…⑫223
～の宋州流寓…⑫49
高節…⑥300
高仙之・都護…⑫126, 171-173, ㉒21-23
高戩（せん）…⑪22-24, 26
高祖（漢）・高皇帝…②182, 550, ⑥157, ⑭277, 278, ⑮205→劉邦
～と子・隠王（趙王）如意…②141-143, 145-148, 151-153, ⑥26
～と皇太子（恵帝）…②141, 142, 144, 151, ⑥42　商山四皓…①198, ⑥399
～と項羽…①159, ②139, 296, ⑥3, 23, 41, ㉕75, 76, 150, ㉖419
～と朱元璋…①296, ②422, ⑮458
～と戚夫人（戚姫・如意の母）…②141-146, 148, 149, 151-153, 496, ⑥26, 41
～と田横…①360
～と呂后…②140, 141, 143, 144, 151, 496→その項　高祖死後の実力者…②140, 144, ㉖479
～と魯の父兄…③540
～における漢王の地位…②141
～における沛公の地位…⑥24
～に関する「史記」の記述…⑤117, ㉕72, 74-83「漢書」の描写との比較…㉕81, 82, 85　人相…

㉕83-98, 109-113, 119, 122, 124, 134-136, 138, 143-145, 148, 149, 158　左股の七十二黒子…㉕83, 85, 95, 97, 134-136, 138, 143-145, 148, 149, 158　劉邦という名乗りへの態度…㉕80
～の兄の子・呉王濞…②31, ⑥194, 199, 218
～の大奥の女中・竇太后…⑥50, 52
～の弟・楚元王交…⑥195, ⑦378
～の危篤…⑥37
～の匈奴との戦い…⑥74, 82
～の黥布の反乱撃破…⑥23, 37
～の功臣たち…①296, ⑥51, 54, 195, 227
韓信→その項　周昌…②146　周勃・蕭何・曹参・張良・陳平→各項　樊噲…⑦46　彭越…⑥39, ⑬461　豊沛の子弟…⑦46　陸賈…③538
酈食其…②496, ③538, ⑮97
重臣の殺害…①159, ②144, ⑥39, ㉕187
劉姓の授与…⑬567
～の「鴻鵠歌」…⑥41, 42, ⑫222
～の死…②144, 152
臨終の言葉…㉖479
～の事蹟引用・ヌルハチの書簡…㉓173
～の儒者嫌い…③538, ⑥51, 113, 195, ⑦43, ⑮97, 458
～の儒者登用…③538
～の出身…②422, ⑥51, 195, ⑮458, ㉕80
出生地…⑥23-25, ⑦46, ㉕72, 74, 76-78, 81
父・太公・劉太公…⑤117, ㉕72, 76, 80-83
母・劉媼…⑤117, ㉕72, 76, 80-83, 89
～の出生説話…⑤117, 147, ㉕81-83, 89
赤帝の子…⑤117, 118, 147
白帝の子を斬る…⑤117, ⑦97, ⑮224
～の肖像画…㉕148, 149
～の政治…②296, ⑥174, 181
封建郡県両制度の併用…⑥174, 193
～の創業後百年の漢帝国…②136, ㉑214, ㉕153, 154
武帝即位までの漢帝国…⑥52, 173
～の「大風歌」…⑥11, 23-41, 299, ⑦205, 597, ㉑214, ㉖453
異文…⑥27-29　境遇の激変への感動…⑥34, 35, 40　戚夫人への愛と「大風歌」…⑥26　天の恣意の支配に対する感情…①107, ⑥34-39, ⑦205　沛宮の合唱団…⑥23-26　不安…⑥39, 40, ㉑214　猛士への思い…⑥38, 39　遊子悲故郷のつぶやき…⑥24, 430
比喩…⑥30, 33, 35, 36（小川環樹説…⑥39　王通評…⑥38　榊原篁州説…⑥31　朱子評…⑥38, 39　鐘惺評…⑥39　沈徳潜評…⑥39　李善説…⑥30-36　李周翰説…⑥31-34, 36　陸善経説…⑥32-34）
別称（「過沛詩」…⑥25　「三侯之章」…⑥25, 26, 29, ㉖447, 452　「大風起」…⑥26　「大風詩」…⑥26, 27　「風起之詩」…⑥25, 26）
～の中国統一…②144, 296, ⑥51, 72, 74, 174, 184
～の天命への認識…⑥37, 42
～の廟…⑥24, 25, 182
高祖（五代漢）…⑭567→劉知遠
高祖（唐）…②24, 551, ⑪14, ⑫10, 26→李淵
高祖（南朝・晋）・宣皇帝…㉗130→司馬懿
高祖（南朝・宋）…⑦369, 378, 454, 488, ⑫23→武帝→劉裕
高祖（南朝・陳）…⑫660, 662→陳覇先→武帝
高祖（北周）…⑦546, 547
高宗（殷）…⑤111, 112, ⑩477→武丁
高宗（清）純皇帝…②439, ⑥198, ⑮236, ⑯60, 574, ⑰57, ㉓202, ㉔132, 221, ㉕194, ㉗246→乾隆帝
高宗（唐）…②551, ⑪14, 40, ⑫18, 74, ⑮277, ㉕69
～の諱…⑫189
～の宰相・薛振…⑪399
～の生誕説話…㉒54
～の大慈恩寺建立…⑫216, 221, ㉒54, 482
～の妻…⑪236, ⑫11, ㉕65, 68→則天武后
～のはじめの皇后・王氏…⑫11　母・長孫氏…㉒482
高宗（南宋）…①217, ②542, 551, ⑬357, 457, 488, 511, ⑮380, ㉕233, 278→趙構→康王
～と徽宗・欽宗…⑬141
～と兪国宝の故事…⑭518
～の完顔亮撃退…⑬141, ㉒101
～の金に対する態度…⑬147
～の皇后・憲聖慈烈皇后（寿聖皇太后）…⑬508, 509
その弟（呉益〔太寧郡王〕…⑬508, ㉖380　呉蓋〔新興郡王〕…⑮508, ㉖381）
～の時代初めて南北朝正史刊行とする説…⑬582
～の時代の文学史…⑬141, 147
～の書…⑬140　「毛詩唐風図巻」（画・馬和之）…③469
～の譲位…⑬141
～の政府と陳与義…⑬144
～の南渡…⑬6, 140, 484, ㉕233, ㉖241
泥馬渡江…⑬482, 521, 522
～の范汝為討伐命令…⑬492
～の養子…⑬141, 147, 509→孝宗
～ら南宋諸帝の陵の発掘…⑮490
高宗（南朝・陳）…⑫665, 667→宣帝
「高僧伝」…⑦455, ⑬311, ⑰132, ㉕381
高足…⑥327
高駄細馬…⑮70
高台寺…㉗120
高知…⑰322, ⑱432, 433
高澄…⑦534
高津春繁…⑲45
高廷礼…⑪197
高唐王府…⑯561
高等学校教員検定試験…㉒65

高等師範学校（日本）…㉗393
高師秋・高師直…㉓420
高禖…⑱510
高攀竜・忠憲公…⑯19, 23, 31, 32, ㉔175
高飛卿…⑭82
高備…⑪20
高文秀…⑭124, 126, 137→小漢卿
雑劇「害夫人」…⑭209, 211　「黒旋風」→その項　「泗州大聖水母を領す」…㉖400　「趙元遇上皇」…⑭127, ⑮97, 145　「班超投筆」…⑭210　「潘安擲果」…⑭521　「麗春堂」→その項
～の作品数…⑭88
～の略伝…⑭89, 116
高丙謀「秋柳詩釈」…⑯155
高平県（潞州）…⑭222, 223
高棅…㉖439　「唐詩正声」「唐詩品彙」→各項
高峰…⑯40
高馬三良「山海経原始」…①619
高密孫氏・高密令…㉒90
高夢旦…⑯330, ㉒493
高明・則誠　恵山の孟宗振に贈る七絶…⑮446　「琵琶記」雑劇→その項
高茂卿「両団円」雑劇・「翠紅郷児女～」…⑭210
題目「鴛鴦村夫妻双拆散」…⑭158, 264
高野山…⑥141, ⑬263, ⑳452
高郵王氏…⑩462, ⑰591
「高郵王氏父子年譜」…⑯574
高郵県（江蘇）…②417, ⑬210, ⑯573, 576, 651, ⑳297, ㉒415, 416
～との関わり　王安国…⑯574　王引之…⑯573, 574, 576　王士禛…⑯574, 575　王念孫→その項　乾明院の昭慶…⑬308, 309, 311　秦観…⑬19, 137, 210, 309　孫覚…⑬309　梅堯臣の妻の死…①445, 447
～の西郭門…⑬309
高郵県城・高郵湖…⑯573
高郵路管理処…⑮355
高誘…③514, 515
注　「淮南子」「呂氏春秋」→各項（注釈）
高陽…②545, ㉑5, 14, ㉓708
高陽の公子…⑮96, 130, 131
高陽の酒徒…⑮97
高陽の孫承宗…⑯31
高楊張徐（高啓・楊基・張羽・徐賁）…⑮468
高麗…㉒85, ㉗94
～版　「一切経」…⑱549　「大蔵経」…⑯438　「杜工部草堂詩箋」…㉕496
「高麗史」…①177, ②161
高麗陣…㉓409
高麗婦人の召使（元）…⑮106, 107, 109, 110
高力士…①178, ⑪255, 501, ⑫175, 325, ⑭395
～との関わり　安禄山…⑫318, 319　皇太子（粛宗）…⑫313, 318-320, 329　張説…⑪35, 42　楊貴妃…⑪234, 235, 247, ⑫54, 176, 261, 266, 267, 316, 318, 319, 323, 372, ㉒26　楊国忠…⑫318, 319　李白…⑪177, 178, ⑫49, 120, 319　李輔国…⑫323　李林甫…⑫52, 53, 313, 318, 319
～とひげ…⑪561
～の位階勲等…⑫319
～の行為の限度への心得…⑫319, 320
～の「新唐書」の記載…⑫321
～の勢力…⑫40, 318, 319
～の本姓・馮氏…⑪42
「高力士外伝」…①618
高郎婦…⑭566
寇準・司戸・萊公・忠愍公…①300, ⑬56, 58, 253
「春日に楼に登りて帰らんことを懐う」…⑬57
～丁謂を逆う…⑬242
～の燭法…⑬253
～の南遷…⑬241, 242, 254
～の北征…⑳303
寇宗奭（そうせき）「本草衍義」…⑫497
康王（南宋）…⑬482, 521, 522→高宗→趙構
康海・対山…⑮503, 508
「酒を醸して」…⑮509　「史記を刻するの序」…⑮529, ㉑202　「中山狼」雑劇…⑮509, 622
康楽…⑤234
「康熙辞典」…②210, 211, ⑱444, ㉑11, 68, 74, ㉓40, 176, 229, ㉕221, ㉗223
～の字数…①318, ②71, 209-210, ㉑67
康熙朝…㉓236, 254, 704
～の寵臣…⑬287
康熙朝宰輔…㉓254
康熙帝（清）…②552, ㉓154, 165-167, 176→愛親覚羅玄燁→聖祖
～勅編　「清文鑑」…㉓188　「全唐詩」「佩文韻府」→各項　「佩文斎書画譜」…㉓176　「駢字類編」…㉓176
～と新井白石…㉓268, 269, 271
康熙帝の偽善性への認識…㉓245, 266, 271-274, 276, 277　「唐船風説書」…㉓269, 274
～と岳飛廟…㉓270
～とジャイルズ「中国文学史」…⑲414
～と朱子…㉓472
～との関わり　胤禵（第十四皇子）…㉓166, 275　衍聖公…㉗270, 271　王漁洋…⑯173　黃生…㉔280, 281　查慎行…⑯169, 199　徐元夢（蝶園）…㉓167, 216　張鵬翮…㉓274　董其昌…㉓270　納蘭性徳…㉓176, 178, 179　明珠…㉓264　楊雍建…⑯177　李霨…㉓265　勒徳洪…㉓264
～と仏教…②384
～の漢文の能力…⑮298, 306, ㉓176, 179, 180
～の呉三桂らの反乱の鎮圧…⑯177, 178
～の孔子廟参拝…㉓270, 271
～の皇太子廃嫡…㉓170, 273, 274
～の在位年数…㉓165, 176, 197, 268, 269

〜の死…⑯200, ㉓198, 268, 269, 275, 705
〜の時代と諸子…②482
〜の時代の詩文…⑯643
〜の時代の清書庶吉士…㉖180
〜の時代の杜詩研究…㉔279
〜の時代の日本に関する記載…㉓246
〜の生誕…㉓268
〜の「聖諭」…②384, 390
〜の南巡…㉓270, 271
〜の母の忌日・北巡の扈従…⑯199
〜の「松の賦」…㉓179 「木棉賦」…⑯211, 223
〜へ台湾王鄭氏の降伏…⑯615
康居（国名・西域）…⑥92, 94, 130
康橋…⑲315→ケムブリッジ
康叔…②243
康申帝（元）…⑮234→順帝
康進之…⑭137 「李逵負荊」雑劇→その項
康僧鎧　訳「仏説無量寿経」…②170, ⑦511-512, ⑲74
康徳→カント
康寧（五福）…⑤111
康白情「草児」…㉒317, 320
康伯可…⑬384
康駢「劇談録」…⑫371, ㉒15
康有為…①554, ⑤183, ⑰383
〜と狩野直喜…㉒361, ㉗261
〜と公羊学…㉕333, ㉗199
「公羊伝」…㉑161, ㉓391
〜と楊栄国「簡明中国哲学史」…㉑194
〜のあだな・康聖人…⑰383
〜の孔子観…⑤183, ⑳168, 169, ㉓471
〜の詩集…①551, ㉓471
〜の作品・著述 「孔子改制考」…⑤183, ㉓471 「新学偽経考」…㉒361 「大同書」…⑰81, ⑲51, 216 「南海先生詩集」(「免恨京三詠」及び自注）…㉔252
〜の杜詩暗誦…⑫728, ⑳215
〜の戊戌の変法…①519, ⑯308, ⑳296
運動の失敗とその影響（翁同龢…①519 張菊生…⑳296 皮錫瑞…①203 六君子の処刑…⑳296）
亡命中の詩…①551（イタリーの田園地帯…①557, 558 ウィーン…①558, 559 カブール…①554, 555 シーザー…①556 スイス…①558 ナポリ…①551, 554 パリ・ベルリン・ロンドン…①559 ミュンヘン…①559 ローマ…①556〔「古物」〕)
〜のヨーロッパへの感想…①556, 557, 560
康里子山…⑭74, ⑮268, 269, 304→巎巎
控…⑱454
控弦…㉓419
控地頭可汗…⑦546
皐亭山…⑮403, 404
皐比…①379
皐陶（よう）…⑧508, ⑬432, ⑮278, ㉓221
皎皎…⑥294
皎皎たる孤懐…⑬160
皎然（こうねん）…⑬311
黄以周…⑯10
黄永武…㉕434
黄衛国…⑯192
黄易・叔暘「花菴詞選」…⑯145
黄花…⑬149
「黄花峪」雑劇…⑭502, ⑮97
黄河・河…⑪483, 486, ⑫309, ⑬435, 454, ⑭246, 247, ⑮390, ⑯222, ㉑229
〜以南の地への退去（金）…⑮373, 382
〜以北の地と安禄山…⑫171
〜以北の地の奪取（蒙古）…⑮373, 382, 386
〜を渡った金軍の侵入…⑬453, 489
〜を渡った晋軍（鄢陵の戦い）…③525
〜からの図の出現…⑤96, 254, ㉓94, 97, 98, 245
〜水瀰瀰…㉓460
〜天洗…㉒326, 327, 476, 477
〜と韓愈「暮行河隄上」…⑪332, 334
〜と鸛鵲楼…①459, 460
〜と五岳…⑮409
〜と漳水…⑦275
〜と汴河…⑬223
〜と毛沢東『沁春園』「雪」…①571
〜と揚子江…①11, 279, 281
東流…②265, 349, ⑰493
〜におけるチベットの防禦…⑫98
〜入海流…①458-461
〜の河口…①461
〜の河道…①460, 461
〜の神様…⑯368
〜の上流の甘粛地方と匈奴…⑥89, 97
〜の上流と長城の間に朔方郡開設…⑥86
〜の新台と衛の宣公…㉓460
〜の治水…⑭363, ⑯368
〜の東方の后土の神の社（漢）…⑥140, 143
〜の東方へ屈折する場所…①459, 461, ⑫241
〜の中州に鳴く雎鳩…①7, ③6, 476
〜の南岸の鞏県…⑫17, 38
〜の北岸にせまる安禄山軍…⑫171, 172, ㉒21
南岸の洛陽占領…㉖48
〜の北岸の高闕…⑥87
〜の北部河内地方…②110
〜の水と夸父…⑦439
〜の水と李白「将進酒」…①97, 98, ㉔210
〜の源…①189, ⑫447
〜の竜門の故事…⑭532
〜不出図…⑤254, ㉓93-105, 109, 245, ㉔217, ㉕367
〜流域下流地帯支配（五代梁・朱全忠）…⑬595
黄河における貴族の虐殺…⑬596

～流域と異なる文学の発生…③12
～流域と朱子学（金・元初）…㉒98, 99, ㉕53
～流域と唐の詩人…①74
～流域と揚子江流域との政権分裂…⑦589, ⑯616
黄河沿岸の北朝人の意識…⑳335
黄河流域の北朝文化…①281
～流域に発生した文化の波及…①279, ㉕5
下流地帯に発生の文明の拡張発展…⑲227, 235
～流域の歌（詩経）…①11, ③25, 28, 32
～流域の国国（古代）…③28, ⑤94
衛の国…⑤228, 238
下流地帯への周王朝移動…⑲224
～流域の古代文明…①72
亀甲獣骨の文字の発見…⑲223
～流域の支配（金）…⑬600, ⑮376, ㉒98
～流域の支配（三国魏・曹操）…⑦3
袁紹との対峙…⑦37, 38, 56, 104
～流域の失地回復の課題（東晋）…⑦428, ㉑245
桓温…⑦359　劉裕…⑦429, 432
～流域の放浪（杜甫）…⑫581
黄海の西…⑯607, 608
『黄鶴』…⑮436, 437
黄鶴　杜詩注…㉒56, ㉕434, 503, 504
～の「蛍火」を宦者の比喩とする説…⑫317, 318
～の杜詩製作期に関する説　「九日藍田崔氏荘」…⑫300, 301, 343, ㉒88, 89　「行次昭陵」…㉒83　「崔氏東山草堂」…⑫301　「春夜喜雨」…⑫486　奉先の地名を含む詩…⑫243
～の「唐故万年県君京兆杜氏墓誌」注…⑫38
～の烽火連三月に関する説…㉒93
～の呂太一の乱平定に関する考証…㉕398
黄鶴楼…⑮459
黄甘甘…⑭354, ⑮115, 116, 183, 184
黄侃（かん）季剛…⑯569, ⑳293, ㉒407, 413, 420, ㉖459, 460
～と古韻の学の流れ…②204, ⑲416
～と同時代人　胡光煒（小石）…⑯568, ㉒401　呉梅…⑭601, ⑯570, 571, ⑳294, ㉒415　章太炎…⑯568, 570, ㉒399, 401　北京の学者…⑯568, ㉒400
～の「広韻」暗記…㉒400
～の指摘　済済今日所への見解…⑦169　中国之学在於発明…①708, ㉒420　凌虐古人欺騙今人…㉒401
～の「清史稿」禁書批判…⑯570
～の蘇州の名士への紹介状…⑳294, ㉒415
～の著述　「三礼講義」…㉖460　「日知録校記」…⑯92
～へ質問・「経典釈文」穀梁伝…⑯569, ㉒399
黄幹「通解続録」…⑯237
黄希…㉕503
黄輝・昭素…⑯103
黄巾の賊…②421, ⑦12, 55, 75, 76, 82, 87, 94, 185
黄慶　注「儀礼」…㉕343
黄峴峰…㉔250
黄公の壚…㉓249
黄公紹…⑬175
黄公店…⑬310
黄公望・子久・大癡・一峯…②531, ⑬604, ⑭103, 153, 165, ⑮442
黄光昇「昭代典則」…⑯129　「明右史略」…⑯129-130
黄孝先・子思…㉒13, ㉗256
黄香…⑦551
黄興…⑰613
黄谷柳「蝦球伝」…⑯531（蝦球〈シア・チウ〉…⑯531）「春節」…⑯532
黄鵠…⑫222, 223, ⑮540
黄焜…㉓223
黄佐…⑰595
黄沙の獄…⑦153
黄山白岳…㉔276
黄子羽…⑯54
黄子邁…⑬180
「黄氏士礼居叢書」…①395→「士礼居叢書」
黄四娘…㉖167
黄四娘家…㉖167, 168
黄師…㉖164, 165
黄州安陸徳安荊州襄陽勛陽の六府…㉓203
黄州流罪（蘇軾）…①101, ⑬101, 104, 113, 114, 117, 200, 268
～以後の蘇軾と仏教…⑬270, 271
～以前の蘇軾と老荘…⑬271
～から汝州へ移動…⑬269
～中の出来事　三度めの寒食節…⑬36-38, 276, ㉒97　赤壁の舟遊び…⑦36　禅智寺宿泊…⑬279　蘇安節の来訪…⑬277　東坡の耕作…⑬123
黄州太守…①349
黄淑卿…⑭566
黄遵憲・公度…①76, 152, 514-518, ⑯656, ⑱68, ㉑57
～と陳三立…⑯268
～に対する論評　「祖国十二詩人」…①514, 637
～の作品・著述　「再述」…①516　「人境廬詩草」…①514, 518　「人力車」…⑰525, 526　「日本国志」…①514, 517, ㉓247（学術史…⑱50）「日本雑事詩」…①138, 514, ⑰525, ⑱50　「夜起」…①514-516, ㉑58
「黄遵憲」（島田久美子）…①138
黄庶「伐檀集」…⑬291
黄承吉…㉔276, 280, 281
「字詁義府合按」…㉔277（後序…㉔278）「字の義は右の旁の声に起こる説」…㉔277, 278　「夢陔堂詩集」「夢陔堂文集」「夢陔堂文説」…㉔277
黄鐘（雑劇の音階）…⑭20, 270
黄鐘（六律）…⑪194, 195, 512, ⑬252, ⑭188, ㉗86
黄鐘（人名）…㉒298, 299

『黄鐘酔花陰』　侯正卿…⑭104
『黄鍾尾』…⑭327, ⑮135
「酷寒亭」…⑮132　「抱粧盒」…⑭319　「李逵負荊」…⑭303
黄溍…⑭84, 159, 173, ⑮294, 307, 359, 450, 452, ⑯68, 70
「恭跋御賜永懐二字」…⑮268　「恭跋御書奎章閣記石刻」…⑮261　「恭跋御書慶寿二大字」「恭跋御書明良二大字」…⑮278　「恭跋賜名哈剌抜都児御書」「恭跋命哈剌抜都児充捧案官御筆」…⑮265「元故中奉大夫湖南道宣慰使于公行状」…⑭187「黄学士文集」…⑭187　「（金華）黄先生文集」…⑭115, ⑮245, 259, 261, 265, 268, 274, 278, 284, 297, 299, 310　「承務郎富陽県尹致仕倪公墓誌銘」…⑭115　鄧文原神道碑…⑭156　拝住神道碑…⑮245　抜実神道碑…⑮284, 297　「文安掲公神道碑」…⑮259, 274　也速解児神道碑…⑮299, 310
黄正位…⑭40, 365　編「陽春奏」→その項
黄生・扶孟・白山学人…㉒84, ㉔276-281
～の著述　「一木堂外稿」「一木堂詩稿」「一木堂字書」「一木堂集」「一木堂内稿」…㉔280　「一木堂文稿」…㉔281　「義府」→その項　「経世名文」「古文正始」…㉔280　「三礼会篇」「三伝会篇」…㉔281　「四部雑書」「詩筏」…㉔280「字詁」「杜詩説」→各項　「文筏」…㉔280
～の子・黄呂（鳳六山人）…㉔280　族従玄孫・黄承吉→その項
黄省曽…⑮518
黄奭「漢学堂叢書」…㉓101, ㉕226　「黄氏逸書考」…㉓101
黄節…⑦594, ⑯267
黄泉…①445, ⑥309, 310
黄瞻（せん）…⑬298
黄善夫…㉕371
黄宗羲・太沖・梨州・南雷先生…②472, ㉒287, ㉔150
～を東洋のルソーとする評価…⑯170, ㉒290
～を含む十二聖人…⑯121-122
～と関わりを持つ人々　閻若璩…⑯121, 125, ㉓79, 165　査慎行…⑯174, 177, 186, 195, 198　査崧継…⑯170-172　銭謙益…⑯12, 19, 20, 28, 39, 43, 49, 55, 56, 62, 116, 120, 122-125, ㉒289, ㉖429　陸嘉淑…⑯172　劉宗周…㉒288
～と顧炎武と王夫之…②481, ⑯170, ㉓471→国初の三大家
～と顧炎武と王夫之と閻若璩…②481, ⑯13, 61
～と顧炎武と銭謙益…⑬271, ⑯13, 62, 121,
～と後人　小島祐馬・章炳麟…㉒360　楊栄国…㉑194
～と小説…①208, ㉓459
～と秦淮の花街…⑯186
～と浙東の学…⑯9, 10, ㉒287
～と「宋詩鈔」編集…⑯125
～と李笠翁…⑯140
～の古文辞排撃…⑯124, ㉒291
～の死…⑯121
～の清朝への抵抗…⑯56, 122, 170, 177, ㉒287
～の家族　弟・黄宗炎…⑯195, 197, 198　父・黄尊素→その項
～の著述　「易学象数論」…⑯174　「仇公路先生八十寿序」…㉕489　査崧継墓誌銘…⑯170, 171, 174-176　「思旧録」…⑯12, 19, 39, 43, 55, 62, 116, 122, ⑰660, ㉒289　「尚書古文疏証」序…㉓79　「南雷文案」…⑯124　「南雷文定」…⑯49, ㉒290　「南雷文約」…㉒290　「明儒学案」「明文案」「明文海」「明文授読」「明夷待訪録」→各項
～の博学…㉒287, ㉓474
～の明代史研究…⑯122
黄巣…㉖395
黄驄曲…⑯154, 155, 158-161, ㉓242
黄尊素・忠端公…①208, ⑯30-32, 55, 122, ㉒288
黄沢…⑯116
黄仲昭が閩書…⑰559
黄仲則…⑰253
黄兆傑…㉔207
黄陳（黄庭堅・陳師道）…⑬134
黄鎮文化部長…㉖508
黄貞父…⑭361
黄帝・軒皇…②365, 549, ㉓292, 387, ㉕161→有熊氏
～からの年月　漢代まで・昭帝まで…⑥176, 195
～顓頊帝嚳堯舜…②374, ⑥176, ㉕152→五帝
～と「漢書」古今人表…⑩467
～と作者七人…㉑177, 178, ㉓386, 467
～と司馬遷…①179, ②136, 374, ⑥229, 230, ⑲55, ㉕152
～と武帝（漢）…⑥140, 141, 144
～と明庭…⑥140
～による百物の命名…⑳82, 83, ㉕24
～の画像（楽浪出土漢医図像）…⑥394, 396
～の鏡…⑪482
～の鼎…⑥140
～の時代…⑥176, 229
岐伯の短簫鐃歌製作の伝説…⑥345, 347
統一国家の伝説…⑥179
～の製漏…㉓114
～の日角竜顔…㉕125, 151
～の不死の説…⑥139, 141
昇天説…①179, ⑥140, 141
墓との矛盾…⑥141, 144
～老子の術…⑥52
～老子の書…⑥52, 114→黄老
黄帝（天帝）・黄帝含枢紐…⑤118, ⑥138
「黄帝説」…①182
「黄帝竜首経」…㉒292
「黄庭経」…㉓178

黄庭堅・山谷・魯直・涪翁・豫章先生…①136,⑬197,142,161,187,299,㉕100
　～を含む二十四孝…⑦551
　～蘇軾…①136,②426,⑬127,131,144,289,㉕469,㉗300
　　参禅…⑬25,129　詩…⑰21,⑱34,445,㉒117,㉓29（観察と思索…①75　散文性の追求…⑬599　題材の拡張…①328　杜甫との繋がり…①117,328,⑬144,599　理知的…⑬137）　出身階層…②426,427,㉑244　書…⑮447,㉑244,㉕300　抵抗の哲学…⑬132　日本人への影響…①143,⑰21,⑱39（五山文学…①134,143,⑫585,⑬48,133,⑰22,㉑134,㉓353,㉗67　芭蕉…⑬133　和刻本…㉓576,㉕280）
　～蘇軾王安石の杜甫評価…⑪3,⑫585,721,⑬130
　～蘇軾王安石陸游の杜甫評価…⑬46,47
　～蘇軾陳師道…⑬137,142,302,㉒64
　～蘇軾陳与義と杜甫…⑬144
　～と関わりを持った人々　王立之…㉗299　黄友諒…⑬290　秦観…⑬138　曽幾…①527　陳師道→その項　富弼…⑬294　楊万里…⑬164　呂本中…⑬141,142,313
　～と薬屋…②426,⑬289-291,㉑244
　～と江西詩派…⑬141,142
　～と陳師道と陳与義…⑮426→三宗
　～と杜甫…⑫584,⑬130,144,⑮495,㉒65,㉕407
　　黄庭堅注と「九家集注杜詩」…㉕494
　　黄庭堅の杜詩テクスト…㉕501
　～と「文心雕竜」…㉗299,300
　～に関する討論（中国伝統文学批評研究会）…㉔141,208
　～の故郷…⑬298（黄氏の旧宅…⑬299）
　～の作品・著述　「家に還りて伯氏に呈す」…⑬292　「寅庵に次韻す四首」…⑬298　「宜州家乗」…㉒461　「薬の説を書して，族弟の友諒に遺る」…⑬289,290　「古風二首上蘇子瞻」…⑬127　「山谷題跋」…⑬289　司馬温公の死を悼む詩…⑰510　「書磨崖碑後」…⑬130　崇徳君の琴を聴いての作…⑬128　「大雅堂の記」…⑬130　「題竹石牧牛」…⑬129　「陳留の市隠」…⑬131　「杜子美の巴蜀の詩を刻する序」…⑬130　「自ずから書せし巻の後に題す」…⑬291　「豫章黄先生文集」…⑬289（題跋の部…⑬289,291）　楊明叔の餞別詩への次韻…⑬132　「劉道原墓志」…⑬586　「臘梅」…⑬133
　～の詞…⑯146,147
　　黄庭堅と朱竹垞…⑯148　「西江月」…⑱86,94　『搗練子』「梅は白粉をおとし」…⑱385
　～の詩　晦渋…⑬144　逆説性…⑬130,131　苦楝狂　風寒徹骨…⑬300,634　硬語…⑫584,⑬43,142,201　詩の抄の江戸初期刊本…㉒58,59　誠実…①151　小さな波動への熟視…⑬129,130,133,142　注釈…㉑73　日常生活への密着…①136,⑬133,⑰21,⑱445　発想と措辞…⑬129
　～の詩集　「内集と外集」…⑬292,298
　～の「資治通鑑」校正…⑬586
　～の周辺の市民への愛情…⑬131
　～の生没…②542（没年…⑬139）
　～の政治家としての地位…②426
　～の長兄・黄大臨（元明・寅庵）…⑬292,297-301
　～の追放（元祐党）…⑬139
　～の同郷人・陳三立（清人）…⑯268,271
　～の内攻的性格…⑬128,129
　～の貧乏…⑬290,291,293,295
　～の文学者としての地位…②426
　～の流罪　宜州流罪…⑬130,291,㉒461　四川流罪…⑬130,289,290
「黄庭堅」（荒井健）…①136
黄泥岡…㉖399
黄天沢…⑭153
黄渡人民公社…㉒443,490,491
黄湯…⑮110
黄滔「館娃宮の賦」「魏侍中の猟を諫めし賦」「景陽井の賦」「黄御史文集」「陳皇后の賦に因りて寵を復せし賦」「明星の賀を廻らして馬嵬を経し賦」…㉑10
黄道周・石斎…⑯32,124　「漳浦集」…⑯33　「銭某に与うる書」…⑯13　「博物典彙」…⑰560
黄道婆…⑯219,220
黄徳潤…⑭154
黄独…㉖128
黄伯思「校定杜子美集序」…㉕503　「東観余論」…⑫656
黄半仙…⑯456,457
黄板橋（上海新靶子路）…⑯393
黄丕烈…①396,⑱86,㉒302,㉔54,㉖466→百宋一廛
　～写本「青瑣高議」…⑫261
　～と「趙琦美写本」…⑭40
　～と「道蔵」…㉒302
　～の交遊　袁廷檮…㉒302,303　顧広圻…㉒302
　～の宋版覆刻「士礼居叢書」…①395,㉒313,㉔54
　～の蔵書…①394,⑰598,㉒312
　～の「穆天子伝」校正…㉒303
　～版天聖明道本「国語」…㉔54
黄百家「仇滄柱が時義稿の序」…㉕489
黄夫人『鷓鴣天』「春の光はや…」…⑬330
黄文暘「曲海目」…⑯143
黄宝実「釈詩匏有苦葉『深則厲』」…①636
黄茆岡…⑬116,204,206
黄門…⑫107
黄門侍郎…②512,⑥396,⑦505
黄門郎…⑫665
黄梨州→黄宗羲
「黄梨州先生年譜」…⑯125
黄竜…⑬308

黄竜府…⑰317
「黄粱夢」雑劇・「邯鄲道省悟～」…⑭44, 79, 595, ⑮49, 79, 80
　～と「枕中記」…⑭207
　～の合作・四人の作者…⑭124, 125
　～の正末（院公・樵夫・邦老）…⑭218
　～の楔子…⑭217
　～の『叨叨令』…⑭466
黄老（黄帝・老子）…②487, ⑥114, ㉕78, ㉗254
　～の学・書…⑥114
喉舌…⑦156
惶恐灘…⑮407
皓月…⑫640
硬語…⑬43, 142, ㉒64, 70
窖…⑮108
絞…⑤44, 45
絳雲…⑬275
絳雲楼…⑬271, ⑯120, 123, 237
蛟…①468
蛟虯…⑪312
蛟竜…⑤117, ㉕81-83, ㉖121, 124, 132
項安世「項氏家説」…⑭293, 294
項羽・籍・西楚の覇王…①159, ㉕75, 79→項王
　～と虞美人…②140, ⑥4, 7, 11, ⑬263, ㉖453
　～と司馬遷…②139, ⑥8, ㉕76, 77, 150
　　項羽の失敗の原因…⑥8, 9　項羽の重瞳…㉕150
　　項羽の伝記の特徴…⑥10
　～と田父…②140
　～と劉邦…②139, ⑥23, 42, ㉕76, 150
　　四面楚歌…②139, ⑥3　項羽の戦死の時…⑥4
　　項羽の敗北…②140, 296, ⑥3, 8, 9, ㉖419
　～における天…⑥6-13, 17, 20, 21, 34, 35
　～の「垓下歌」…①93, 106, ②140, ⑥3-7, 11, 23, 427, ⑦600, ㉑36, ㉖447, 452, 453
　　他の作品との比較（漢代の詩歌…⑥21, 22　「詩経」…⑥12, 13, 17　「楚辞」…⑥18-21　「大風歌」…⑥34, 35, 41, 299, ⑦205, ㉑214）
　　日本の古本の一行増加の伝承…⑥10, 251, ㉒59
　～の戯馬台…⑬34
　～の故国…②139
　～の祠…⑬310
項王…②139, 140, ⑥3, 4, 8, 11→項羽
幌…㉖52
幌子…⑮97
煌煌…⑪340
煌煌たる王言…⑮5
䑟…⑬153
䑟船…①351
鉱物学…②561
閘…⑮587
慷…⑦30
慷慨…⑰72
「綱鑑易知録」…⑯373
綱常…⑮423
膏肓…①187, 233
蒿里…①362
閤…②160, ⑥111
横と光…㉗191
横門（西安）…⑫128, 129
稿料をもらう著者…①606
膠葛…⑫187
膠着語…⑪480, ⑱76, 77, ㉕41, ㉗197
膠東…⑥372
膠東侯の相…⑥371
褡脳児…㉖414
靠背…㉖413
篝灯…㉓188
「興亜」（雑誌）…⑯582, 583
興安県…㉒488
興王…㉓417
　～の地…㉓427
興慶宮…⑪253, 254, ⑫174, 371, ㉒24
興県…㉓704
興国（湖北武昌）…⑮512
興城郡公…⑦547
興聖宮…⑮247, 252, 275
興膳宏…⑱545, ㉕388, ㉗427
　訳　「晋書」王羲之伝…㉑248, ㉔237　「文心雕竜」…㉑147, ㉕157, 388
興宗（遼）…⑬305
興徳宮…⑭57
興福寺…⑩428, ㉕286, ㉖95
興亡得失の故…⑮251
興和（地名・蒙古）…⑮167, 168
興和署…⑭66, 69
衡圭…⑬211
衡州副使…⑬242
衡茅…⑦346
衡門…⑦346, ㉖39
礦…㉓217
澋瀑…㉒76
講学…⑯88, ㉕471
講義（中国の大学の講義要綱プリント）…㉒384
講義と著述…⑳347, 348
講経…⑯80, 127, 128
「講座中国」　II「旧体制の中国」…②473, 474, 486, 487, ㉕309, 311　V「日本と中国」…②497（「日本の中国受容」…②475）
「講座比較文学」…㉑670, ㉕115
講史…①122, ⑭572
講史書…⑬502
講釈（儒書の講義）…⑯356, 357, ㉓285, 302, 303, 305
講談（中国）…①414
　効用…①215　盛行…①199, 200　筆録…①200, 204

講談社…㉒368, ㉗251
「学術文庫」…㉕356, ㉗263, 421, 425（編集部…㉗425, 428）「哲学入門」…㉗263 「明代劇作家研究」…⑭360
講道…⑯80, 127, 128
講論堂（国子監・唐）…⑩456
鴻荒…⑮482
鴻儒碩士騒人墨客の作…⑭122
鴻都の客…⑪257, 272, 557
鴻池（日本豪商）…㉖481
鴻門…⑮165
鴻門の会…㉗9
壙…②185
簧…⑮134
「闔門忠孝記」…⑯32
闔閭（廬）…⑥377, ⑫42, ㉑167, 168→呉王闔閭
餱糧…⑬123
曠…⑮396
曠原…⑫227, 232, 233, ㉒79
曠士…⑫218, 219
号…②144
号帯…㉖424
合…⑬56, ㉖421
「合汗衫」雑劇・「相国寺公孫～」…⑭37, 42, 252, ⑮25, 32, 56
～の曲目 『酔春風』第三折…⑭19, 20 『賺煞尾』第一折…⑭319
～の作中人物 張員外…⑭246, 247, 251, 253 張孝友…⑭246, 247, 249, 250, 253 趙興孫…⑭246-249, 252, 253 陳虎…⑭246-249 陳豹…⑭247 李玉娥…⑭246, 247
～のフランス語訳…⑭594
～の不合理…⑭246, 252, 267
合如此底…⑬557
合生…⑬502
合同文字…⑭222
「合同文字記」話本…⑭222, 257
王氏…⑭22 張学究・李社長…⑭222, 223 劉安住…⑭222-224 劉添祥・劉添瑞…⑭222, 223
「合同文字」雑劇・「包竜図智賺～」…⑭43, 204, 217, 219, 247
～と「合同文字」話本…⑭222, 257
～の『天下楽』…⑮59
合撲地…⑭320
合淝県尹…⑭137, 162
合剌・哈喇→ハラ
合理主義…⑥137
哈華…①626
哈仏燕京学社→ハーヴァード燕京学社
哈喇抜都児→ハラバトル
恒河…①164, ⑯39
剛簡…⑬236, 237
剛毅（人名）…⑰435
剛県…⑥372
剛健…㉔327
剛善剛悪柔善柔悪不剛不柔にして中なる者…㉓56
剛則是…⑭321
剛直…㉕221
毫髪…⑫618
毫厘…⑮397
豪牛…⑫236
豪傑…㉒40, ㉓319, ㉕196, 198-200
豪士…⑰385
濠梁…⑫154
鰲頭…⑭466, 505
郡山（大和）…㉗35, 74
克…②305
克己…⑤105, 325
告帰…㉖123
告朔の餼羊…㉓180, 186
告子…⑯392
谷永…㉗254
谷応泰「明史紀事本末」…⑰558
谷口…⑥393, ⑫152, 154, 409, ⑬298
刻画人情…①214
刻酷…⑤130
国（首都）…①463
「国音常用字彙」…②219, ⑱395
国家予算の報道…⑳430
国画創作協会…⑳237
国会図書館（アメリカ）…⑲332, ㉒437, ㉓161
～東方部…⑲326, 327, 332
国会図書館（日本）…⑫510, ㉓487
国学（中国）…⑯3, ㉒395, 412
国学（日本）…⑤129, ⑰177, 178, ㉑29, ㉓127, 514, ㉗104, 116, 149, 354
～・漢学と東京帝国大学…⑥246, ㉒358
～・漢学の争い…㉒358
～と国語学…㉓517
～と儒学（江戸期）…⑰172, 207, ⑳204, ㉕179, ㉗186
～と清朝漢学…㉓25
～の学派形成の困難…⑰213
～の伝統と上田万年…㉗351
～の勃興（江戸中期）…⑳204
～の本居宣長の方法…⑰177, 178, 207
～の歴史と内藤虎次郎…㉓587, 588
国学（菅家遺誡）…⑰18
「国学院雑誌」…①624, 636
「国学季刊」（北京大学）…㉒386, ㉕472
「国学基本叢書」（中国）…⑭574, 575, ㉖477
国学者（中国）…⑯10
国学者（日本）…⑤129, ㉓702, ㉗308
～と漢学…⑰660, ㉗233
～と中国中世語…㉕384
～と読書…⑳204

～にとっての「記」「紀」…⑰640
～の朱子学批判…㉓560
～の集約的著述…⑰209
～の中国への反発…㉓702
～の注釈…㉕245
～の方法…㉓701, ㉕245
「国学叢刊」（北平師範大学）…⑥366
国学大師…①382, ⑯644→章炳麟
国共内戦…㉒492
国故整理…①615, 616, 619, ⑯432
「国語」…②135, 485, 493, ③11, ㉕157, ㉗168, 170
～における対句の技巧…③10
～における四字句…⑦513
～における理論的対話の記録…③10
～の制作年代の算定…③511
～「左伝」「史記」「漢書」…②57, ㉓345→左国史漢
～「左伝」「戦国策」…①72, ②135, ③10, 11, 18
～「左伝」「孟子」「荘子」と文学史…①599
～「世本」…⑰558
「国語」（注）
韋昭…⑰558（周語…⑥40）　賈逵…⑰558
「国語」（テクスト）…㉕275
旧宋版（宋公序本）…⑱519　天聖明道本黄丕烈刊本…㉔54
「国語」（篇名）
周語…⑥40, ⑨484　晋語…⑦513
国語学…⑰637, ㉔53, ㉗86
国語学史…㉗249
「国語学辞典」（東京堂）…⑱444
国語学者…②85, ㉔104, ㉗196, 197, 249
国語教科書の鸛鵲楼詩の挿絵…①461
国語研究所（日本）…⑳119, ㉔53
国語の性質の研究…㉔53
「国語・国文」（京都大学）…①625, 626, 636, ⑬517, ⑱101, 417, ⑳368
国語史…㉗94
「国語辞典」（中華民国）…②221, ⑬506, ㉖376, 387-389, 397, 399, 402
～の京都大学への寄贈…㉗385
「国語週刊」…⑭439
国語審議会…⑱330, 331, 417, 420, ⑳119, ㉒358, ㉔170
国語政策の会…㉗338
「国語通信」（雑誌）…㉕71
国語統一（中国）…㉒383-385
国語・官話・北京語…⑯398, ⑰371
「国語のために」…⑱417
国語羅馬字（中国）…②225
国行（七祀）…㉒306
国佐（人名）…⑥372
「国際歌歌詞」…㉕442
国際会館（神戸）…⑳30
国際観光局…⑯584
国際芸術祭（大阪）…⑯604
国際哲学人文科学連合…①176, ②160, ⑱429→ICPHS
国際東方学者会議…㉓642
国際東洋学者会議（モスコウ）…⑬630, ⑲337, 371, 375, 381, 386, ㉔171, 252
～アフリカ学部会・エジプト学部会…⑲375
～シナ学部会（中国文献学部会…⑲375, 376, 382　中国史部会…⑲376, 382）
～朝鮮部会…⑲376
～日本部会…⑲374, 376, 382
～蒙古部会…⑲376
国際飯店…㉒491, 494
「国際評論」（日本国際協会）…⑯584
国際文化会館…⑲35
国際歴史会議…⑲371
国子学・大学・四門学…⑪405
国子監　金…⑭207, ㉒109　清…②462　唐…⑩456, ⑪405, ⑫321　北宋…⑧509
国子監主簿…①487
国子監本（北宋）…⑬593, ⑱468
「五経正義」…⑧509　「資治通鑑」…⑬586　正史…⑬581, 582
国子祭酒…①487, ⑦553, ⑧3, ⑪369, 405, ⑮402, ㉒118, ㉓21, ㉗64
国子司業…⑪405, ⑫405, ㉒98
「国子司業鄭善之の文卿知州の浮梁の任に赴くを送る序」…⑭368
国子助教…①489, 490, ②16, ⑪396, 405, ㉕340
国子博士…⑪412, ㉑260
国史（唐）…㉕62, 63, ㉗20, 21, 23
国史家（日本）…㉕274, ㉖82
「国史大系」…⑰146, ㉒442
国思靖…㉓485
国手…⑬255, ⑮395
国初の三大家（清）…②481
国書…㉓186, 190, 191, 193, 194→清書
国書刊行会　「新井白石全集」…㉓112, 151, 158, 253, 266, 268　「事実文編」…②192
「国書総目録」…⑱464, 465, 467, 469, 471, 472, ㉗163, 246（著者別索引…㉗246）
「国粋学報」…㉖456
国是…㉓37, 149
国清寺（天台山）…①131
国姓爺…⑯614, ㉓244→鄭成功
「国蔵善本叢刊」…⑯228
「国体の本義」…⑳330
「国朝画識」…⑯143
国朝（宋）宮殿の植木…⑬42
「国朝詩別裁集」…⑱130, ㉓254, ㉖472→「清詩別裁集」
王熙…㉓255　査容…⑯184　銭謙益…⑯12　李蔚

…㉓255
「国朝文類」…⑭64, 206, ⑮229, 235, 270, 300, 328, 453, ㉒109→「元文類」
「国朝名臣事略」…⑭76, 120, 568, ⑮229, ㉕52
国鉄鹿児島駅…㉔253
国鉄本納駅…㉗38
国典（日本書紀）…②162
国と郡との併存（漢）…⑥174
国土…㉗46
国破山河在…⑪58
国府→国民政府
国分青厓…⑱120, 121, 125
国文科の地位（日本の大学）…⑯644, ⑰9-11
国文学…①633, ㉕162, 276, 384-386, ㉗8, 309
　～と中国文学…㉒358
「国文学研究」（早稲田大学）…①620, 634
国文学史…㉓530
国文学者…①622, ㉔30, ㉕275, 384, 401, ㉖11, 138, 509, ㉗9, 104, 185, 249, 252
国文系の地位（中国の大学）…⑯644, ⑰10
国文法…㉗310
国変（明清の変革）…㉔280
「国宝藤原行成筆寛仁本白詩巻」東京国立博物館蔵…㉔291
国民革命軍…⑯611
国民政府…⑯531, ⑲231, ㉒428
　教育部…㉒389　軍…⑯611, ⑳291, 292（北伐軍…⑯612, 648）　主席…㉖461　首都…⑯648, ⑳293, 412　成立…㉒412　駐米大使…⑯431　旗…⑫498, ⑯611, 648
　～と王大楨…⑳271
　～と張群…㉓632
　～と北京大学…㉒395
　～の旧正月行事禁止…⑯567
　～の国語統一…㉒383
　～の重慶避難…㉗385
　～の「清史稿」禁書…⑯570
　～の台湾避難…⑯615
　　国府の地帯からの学術書…⑯618
　～の対日宥和政策…⑯649, ㉒372
　～の統治時代と古典文学研究…⑪455, ㉕309, 418
　～の統治時代の教科書と李煜の詞…⑪461
　～の南京撤退…⑯612
　～の北平への改称…⑯648
国民党→中国国民党
国民党時代…㉖472
国民の祝日…⑳423
「国民白話日報」…⑯405
国民文庫刊行会…⑭597
国務省…⑲243
国門（七祀）…㉒306
「国訳漢文大成」…⑪563, ⑳255
　～と諸子…②480
　～と河上肇…⑱312
「国訳漢文大成」（篇名）
　「漢宮秋」…⑭597　「水滸伝」…②198, ㉖374　文学部…⑰401
「国立台湾大学文史哲学報」…①617, 627
国立中央研究院・歴史語言研究所…㉗385
国立中央図書館（台北）…⑮636
「国立北京大学国学季刊」…①627
「国立北京図書館館刊」…㉖410
「国立北平図書館月刊」…㉖414
国連の公用語…㉗354
『哭皇天』「漢宮秋」…⑮200　「酷寒亭」…⑮125　「瀟湘雨」…⑭346
斛律名月…⑦545, 549
黒暗女…⑮536, 559
黒黯黯…⑭318, 320, 341, 342, 371
黒窟籠…⑭478
黒殺天神…㉖394
黒山…⑯33
黒子…㉕135, 143
黒神丸（風薬）…⑬249
黒人奴隷…㉔139, 140
黒人の反乱（カリブ海）…㉔139-141, 218
黒水の故城…⑫263, ⑭11
「黒旋風」雑劇・「～双献功」…⑭37, 44, 127, 203, 217, 247, ⑮8, 23, 29, 99, ⑳92, ㉖371, 417
「黒韃事略」…⑮222
黒帝…⑤116, 118, ⑥138, ㉑187→黒帝叶光紀
　～の使者…⑤116, 119
　～の子…⑤118, ㉑187
黒帝叶光紀…⑤118→黒帝
黒甜の郷…①531
黒竜…⑤147
　黒竜の子…⑤147　黒竜の精…⑤116, 119, 147
黒竜江…⑮190, 217, ⑯208, ㉒487
黒嘍嘍…⑭405
穀雨…⑯212
穀梁学…⑥161
穀梁赤…㉓111
「穀梁伝」（穀梁・穀梁春秋・春秋穀梁伝）…②317, ⑦255, 256, ⑩436, ⑰555, ㉑160, ㉓111, ㉕335
　～「公羊伝」「左伝」と「四福音書」…㉓112
　～と荻生徂徠…㉓338
　～と科挙…㉕321
　～と武帝（漢）の皇太子…⑥123, 159
　～と山井鼎…⑰583
　～と柳宗元…②485, 492
　～における語彙・事項　曁…⑥405　御…⑩435　伍子胥…⑥377　孔子生日…②545
　～の隠公四年の釈文…⑯569, 570, ㉒399
　～の総字数…②407, 444
　～の萌芽…③9-10
「穀梁伝」（注釈）

訓・林羅山…㉗69　疏・楊士勛「春秋穀梁疏」…⑥365, 377, ⑰591, ㉗65, 69（定公…⑥377）　注・范甯…㉗65
「穀梁伝」（テクスト）
十行本…⑥377　唐石経…⑰583
「穀梁伝」（篇名・項目）
昭公・定公…⑥377
酷…㉒70
「酷寒亭」雑劇・「像生蠻子～」（花李郎）…⑭211, ⑮14-18
「酷寒亭」雑劇・「鄭孔目風雪～」（現行）…⑭45, 203, 211, ⑮3, 12-14, 17, 18, 163, ㉕49
～における三簧鎖納合…⑮134, 135
～における胥吏の生活…⑮4, 8, 11
～における臧晋叔の改悪…⑮38, 39
～の曲目　『烏夜啼』第三折…⑮129, 131　『越調鬪鵪鶉』第二折…⑮74, 75　『鴛鴦煞』第四折…⑮159, 161　『賀新郎』第三折…⑮112　『感皇恩』第三折…⑮120　『喬牌児』第四折…⑮151　『金盞児』第一折…⑮63　『後庭花』第一折…⑮60　『紅芍薬』第三折…⑮114　『黄鍾尾』第三折…⑮132　『哭皇天』第三折…⑮125　『混江竜』第一折…⑮49　『採茶歌』第三折…⑮121, 122　『寨児令』第二折…⑮82, 90　『寨児令么編』第二折…⑭302, ⑮82, 91　『紫花児序』第二折…⑮74, 76, 94　『七弟兄』第四折…⑮155　『収江南』第四折…⑮158　『収尾』第二折…⑭302, ⑮82, 93　『小桃紅』第二折…⑮77, 82　『酔中天』第一折…⑮56　『聖薬王』第二折…⑮82, 85　『川撥棹』第四折…⑮153, 154　『仙呂賞花時』楔子…⑮35, 36　『仙呂賞花時么篇』楔子…⑮35-37　『仙呂点絳唇』第一折…⑮47, 49　『双調新水令』第四折…⑮143　『賺煞尾』第一折…⑮69　『調笑令』第二折…⑮80, 82　『沈酔東風』第四折…⑮146　『天下楽』第一折…⑮54, 97　『天浄沙』第二折…⑮80, 82, 83　『禿厮児』第二折…⑮82-84　『南呂一枝花』第三折…⑮105　『罵玉郎』第三折…⑮46, 118　『梅花酒』第四折…⑮157　『菩薩梁州』第三折…⑮116, 117　『油葫蘆』第一折…⑮51　『落梅風』第四折…⑮149, 150　『梁州第七』第三折…⑮106
～の幸田露伴による紹介…⑭595
～の作者…⑮10, 13-17
～の作中人物　高成→その項　賽娘…⑮22, 25, 47, 48, 77, 78, 121, 122, 151, 152　蕭娥…⑮40-42, 44, 45, 47, 48, 53, 60, 123, 124　蕭県君…⑮13, 14, 17, 22, 24, 47, 48, 59, 60　宋彬（宋兵・護橋竜～）…⑮11, 15, 27-31, 33-36, 39, 47, 142, 143, 149, 150, 157　僧住…⑮22, 25, 47, 48, 77, 78, 121, 122, 151, 152　趙用…⑮4, 40, 47-58, 61-65, 67-71, 73-94　鄭嵩（孔目）…⑭220, ⑮4, 13, 22-62, 65-72, 87-89, 93, 98, 99, 100-114, 118, 121-134, 136, 137, 139-141, 149-160, ㉕49　李公弼（府尹）…⑮19, 21, 27, 28, 30, 31, 41, 42, 137-141
～の市井生活の描写…⑮9
～の主役…⑭219, 220, ⑮11, 17
～の楔子…⑭217, ⑮12, 82
楔子と第一折の合併…⑮43
楔子の幕における胥吏…⑮8
～の第四折の不合理な再会…⑭247, ⑮11
～の題目正名…⑮13-15, 17, 163
～の鄙俗な味わい…⑮10, 11, 18, 144, 148
「酷寒亭」雑劇（現行・テクスト）…⑮4
元明雑劇本（南京図書館覆刻）…⑮4　古名家雑劇本…⑮102　臧晋叔（元曲選）本…⑭219, ⑮3, 4, 10, 13, 43, 53, 82, 150, 151　新続古名家雑劇本…⑮13, 30, 38, 43, 53, 55, 73, 82, 92, 94, 102, 119, 142, 144, 147, 150, 151, 153, 154
「酷寒亭」雑劇・「鄭孔目風雪～」（楊顕之）天一閣本「録鬼簿」……⑮14, 17
「酷寒亭」雑劇・「蕭県君風雪～」（楊顕之）流布本「録鬼簿」…②210, 211, ⑮13, 17
酷吏…⑥115
觳觫…⑬129
鵠…⑪412, ⑫222
極楽…㉗46
極楽寺（鎌倉）…②166
極楽寺（北京）…⑯98
苔寺…⑳125
心（本居宣長）…⑰182
～ある人…㉓501, ㉗86
～をわきまへしる…㉓500
～・言…⑰179, 182, ㉓509, 516, 549, ㉗204
～・言・事…⑰178-180, 182, ㉓45, 508-510, 539, 548, ㉗184, 185, 193, 204
～と歌…㉓509, 550
～なき人…㉗86
～のさま…⑰179
～・事…㉓549
「心」（雑誌）…②587
忽思慧「飲膳正要」…⑭497, ⑮103
忽復…⑥288
忽律…㉖396
紇梯紇榻…⑭343
笏叅…⑰594
骨気…⑯273
骨鯁…㉔233-235, 237
骨都…⑭444
骨肉匀…⑫106
欻然…⑫81
兀…⑫71
兀的…⑭439
兀的不…⑭423
兀剌骨…⑮92
事を言う…⑳659

事ごとに問う…⑤141
言葉の繰り返し…⑭500-502
言（本居宣長）…⑰182, ㉓509, 510, 549-551, ㉗185, 193, 194, 198, 199, 204, 234
〜・心→心
〜と歌…⑰180, 182, ㉓508, 549
〜と史…⑰179, 181, ㉓509
〜と文学…⑰180, ㉓549
〜のさま…⑰181, 182, 545, ㉗184, 185, 194, 204, 343
〜・事…⑰181, ㉓509, 551, ㉗204, 234
〜・事・心→心
理（在原業平「月やあらぬ…」）…㉕115
斯の道（何莫由斯道也）…⑤263
近衛家熙（いえひろ）・予楽院…㉓227
〜と新井白石…㉓227, 232, 233, 235, ㉕201
近衛家熙へ贈与の詩…㉓233-235, 240
〜と伊藤東涯…㉓229, 280
〜と荻生徂徠…㉓424, ㉕201
〜と徳川家宣夫人…㉓233
〜の「大手鑑」編集…㉓227
〜の「槐記」…㉓280
〜の蔵書…㉓230, 232, ㉕279
〜の「大唐六典」校定…㉓227, 229, 233
新井白石蔵本への跋文…㉓233　刊行…㉓235
「大唐六典」校定本自序…㉓227, 229, 280
〜の同時代中国への関心…㉓230
近衛家…㉓227, 230, 232, 233, 235
近衛氏…④9, ⑦551, ⑰130
近衛文隆…②193, 194
近衛文麿…②192, 193, ⑱495, ㉓230
母・前田氏…②192, 193　夫人・毛利氏…②193, 194
近衛通隆…②193, 194
近衛基熙（もとひろ）…㉓232, 233, ㉕201
狛近寛（こま・ちかひろ）…㉓411
駒井和愛（かずちか）…⑪443, ⑯650, ㉒390　「中国古鏡の研究」…①372
米騒動…⑳505
米の花…⑯491, 492
菰野町（三重県）…㉗203
菰野藩儒…㉗24, 182
暦の基本（端）…㉓41
今義…⑤215
「今昔物語集」…⑫281, 282, ⑮213, ㉖195, ㉗149
「今昔物語集」（篇名・項目）
「震旦付国史，漢ノ前帝ノ后王昭君，行胡国語第五」…⑮212　「唐ノ玄宗ノ后楊貴妃，依皇寵被煞語」…⑫281
今春…㉖16
今朝…①559
今と古…①205, ㉓342, 343, ㉗181
今東光…㉔24
今日裏…⑭320
今野達「陽明文庫蔵孝子伝と日本説話文学の交渉」…①636
今日出海…㉔325
困…㉖165, 167
「困学紀聞」…②601, 603, ⑬563, ㉕323, ㉖453
〜「資治通鑑注」「文献通考」…⑮423
〜と京都大学の学者　小島祐馬…㉕323　狩野直喜…⑰251, 282, ㉕323　内藤虎次郎…㉕323
〜の安禄山の乱による兵禍の指摘…⑫177, ㉒27
〜の応璩百一詩の注…⑦158
〜の虞美人の歌に関する論…⑥5
〜の黄庭堅詩評…⑬133
〜の詩言志演繹…⑯113
〜の「周礼」への言及…㉕323, 325, 328
〜の逝者如斯夫不舎昼夜演繹…㉕239
〜の蘇綽「大誥」評…⑦529
〜の蘇軾詩評…⑬119, 133
〜の注釈家…⑦529
〜の杜詩評…⑫66, ㉒78, ㉕452, 459, 478, 489
〜の「文心雕竜」尊重…㉗300
〜の和刻本…㉓576
「困学紀聞」（篇名・項目）　諸子…②484
近藤元粋　漢詩注釈シリーズ…⑰392
近藤信行「小島烏水―山の風流使者伝」…㉗353
近藤春雄　「現代支那の文学」…⑰411　「現代中国の作家と作品」…①613　「中国の竜宮譚」…①620　「民国以後支那文学の展望」…⑰411
近藤弘代（神戸一中教諭）…㉔326
昏…②345, ③511, 512
昆夷…⑬11
昆吾…⑤54
昆弟…①517
昆明…⑯197, ㉒28, ㉗385, 386
昆明（国名・漢）…⑥80, 133
昆明湖（北京）…①387, ⑭601, ⑯281, ㉒399
昆明池（長安郊外）…⑥133, 135, ⑫165, ㉕163, ㉖191-193
金剛巌…㉗55
「金色夜叉」…⑳49
金地院伝長老…⑰27
金堂（法隆寺）…②539
金福寺…⑱61
恨不的…⑮57
恨別…㉒91
恨別鳥…㉒92
婚…③482
婚姻…③481, ㉔322
〜の年齢…③483
婚礼の季節…⑦178
崑曲…⑳295, ㉖485
崑曲劇…⑯590
崑腔…⑯333, 362

崑山（江蘇）の人士　延英舎主人唐氏…㉓634　王志堅…⑯129　帰有光…⑮533, ⑯124, 126　顧瑛…⑮445　顧炎武…⑯6, ㉒287　節庵方鱗…⑱512
崑山州吏…⑭172
崑奴…㉔89-91
崑崙…①391, ⑦20, 21, ⑫215, 217, 253, 446, 654
～を黄河の源とする空想（禹本紀）…①189, ⑥230
～の玄圃の鞅韉宝…⑪533
～の曠原…⑫233, ㉒79
～の西王母と穆王への空想…⑫221, 232, 233, ㉒79
～の仙人…⑦23, 24
～の高さ（禹本紀）…①189, ⑥230
～の東…⑯607, 608
～の閬風…⑫233, ⑬84, ㉒79→閬風山
「崑崙」（天理大学）…①635
混…⑰523
『混江竜』…⑭18, 21, 402, ⑮49
「岳陽楼」…⑭149　「漢宮秋」…⑭26, ⑮173, 175　「金銭記」…⑭327, 350, 402　「酷寒亭」…⑮49　「児女団円」…⑭297　「謝天香」…⑭295　「羅李郎」…⑭345　「老生児」…⑭234, 253
混合文化…⑰106
混沌…⑦218, 232
衮衮…⑮471
衮師…①415, 416
渾…⑪60
渾一似…⑭321
渾家…⑭593, ⑮24, 71, 113
渾源の雷膺…⑭158
渾天儀…㉕223, 224
渾沌…㉓6
渾邪王（匈奴）…⑥97, 98, 114, 115, 118, 126
渾良夫…⑤50, 51, 53, 54
渾淪…㉓49, 373
髠鉗…②152
緄翻…⑭404
滾滾…⑪75
『滾繡毬』「金銭記」…⑭441, 446, 453　「殺狗勧夫」…⑭315, 317, 324　「陳州糶米」…⑭244, 245　「陳摶高臥」…⑭300　「老生児」…⑭235
緄…㉗93
魂…③545, ㉖120, 445
魂亭…⑮70
魂魄…⑪256
鯀…①224, 225, ⑩467, 474, 475, ㉓20
鯤…①184, ②494, ⑦510
鶤絃…⑬53

さ

サイクロトロン…⑳424
サイデンステッカー…⑲446
ザイン…㉕324
～とゾレン…⑳281, ㉕294, 322, 324
さかしら…㉗145, 146
「さくらの国」（レヴュー）…⑲324
サディ（沙的・伶官）…⑭69, 74
サディ（撒迪・奎章閣学士など）…⑭74, ⑮247, 251, 254, 271, 281
サトビゴト（俗言）…㉗85, 86
サニ（撒尼）族…⑪461
ザ・ピーナッツ…⑳36
サマルカンド…⑮400, ㉒278
さり・さる・されば…㉔7
サリンジャー（J. D.）…⑲432
サルトル（J. P.）…⑰11, ⑳500　「壁」…㉔328　「文学とは何か」…⑳24
サンガ（僧伽）…㉖400
サングウ（桑哥）…⑮138, 139
「サンケイ新聞」…㉔206
サンゲノトコロ…㉔164, 167, 170
サン・シモン…⑯310
サンスクリット…㉕387, ㉗373
サンソム（ジョージ）…⑲216, ㉖509
「世界史における日本」…⑲214　「西洋世界と日本」…㉓523（鎖国の終末…㉓523）
サンタ・マルタ…㉔153
サンタヤナ（ジョージ）…⑪555, ㉕139
サントリー…⑳471
サン・フランシスコ…⑥407, 411, ⑲240-242, 296, 302, 321, 322, 391, ㉔160, 161
サン・フランシスコ空港…⑯437, ⑲240
サンボリスト，サンボリスム…⑰489
サン・マルコ寺院…⑲408
サン・マルコ広場…㉔176
サン・ユーベール…⑲352
乂・快…㉖393
叉牙…⑪362
左阿弥（円山）…⑰341, ㉔67
左禹錫（うせき）…⑰563
左衛将軍…⑫658
左延年「秦女休行」…⑥262
「左匯」の序…⑯78
左納素…⑦259, 261
左丘明…①401, ⑦255, 256, ㉕157
「国語」…②135, ㉕157　「左伝」…①157, 186, ⑤55, 151, 152, ⑦255, ⑯116, ㉓111（編者不明説…②126　盲史…①401）
～と孔子…①157, ②126, ⑤55, 108, 151, ㉗189　耻とするもの…⑤107, 108, 151, 152, ⑪37, 38, ㉗189　李樊竜の失言…⑮520
～と司馬遷…⑯70, ㉖432, ㉗47
左軍巡院…⑬422, 426
左賢王（匈奴）…⑥293
左原…⑰593

左股…㉕135, 143
左克明「古楽府」…⑲313, 314, ㉑20
左国史漢…①595, ②56, 57, 127, 135, 137, 151, ㉑33, ㉓345
左近の桜…㉖84
左散騎常侍…②15, ⑪396-398, ㉗19, 23
左氏（唐代）…⑫148
「左氏」「左氏春秋」「左氏伝」→「左伝」
左氏家…③526, ⑥374, 405, ⑦255
左氏説…⑥378
左氏の荘…⑫148, 151, 158, ㉖21, 32
左史（官職）…⑪23, ㉑201
左思・太沖…⑦260, ⑲318, ㉑8
　～の作品　詠史詩…⑥263, 264, ⑦172, 258, 594　「嬌女の詩」…①583, ⑦258（評・鍾惺…⑦260　「三都賦」…⑦258, ㉑9, ㉔123, ㉖136（「魏都賦」「呉都賦」…㉖136　「蜀都賦」…⑫625, ㉒76, 78, ㉓28, ㉕482, ㉖136）「招隠詩」…㉑240, ㉕389
　～の家族　妹・左芬…⑦261　娘・左紈素…⑦259, 261　娘・左蕙芳…260, 261
左侍郎…㉓168
左拾遺…⑪510, ⑫389, 390, 393, ㉖65, 80, 81
　～と杜甫→その項
左省…⑫390, ㉖80-82→門下省
左丞…⑫74, ⑭150
左丞相…⑪35, 36, ⑫119
左襄…⑪500
左宣徽使…⑭57
左宣徳郎律学博士…⑰596
左側…⑭313
「左伝」（左氏・左氏春秋・左氏伝・春秋左氏伝）…①166, 186, 241, ②317, ③21, ⑥365-368, 374, 377, 404, ⑦254-257, 505, ⑯244, ⑰555, ㉑160, ㉓111, 112, ㉗65
　～「国語」「史記」「漢書」→左国史漢
　～「国語」「戦国策」…①72, ②135
　～「国語」「戦国策」「晏子春秋」「史記」…③10
　～「国語」「孟子」「荘子」と文学史…①599
　～「史記」との関係　古文辞派…㉒291, ㉓325, 362, ㉕197, ㉗170　釈玄海…㉗46　俗学…⑯96
　～「史記」における悪…㉑161, ㉓286
　～と運命論…㉑161
　～とエロス…⑲46
　～と科挙…㉕321
　～と今文派…㉒394
　「左伝」偽書説…㉒394, 405, 414, ㉕333
　～と古文派…㉒394
　～と「春秋」…①241, ②126-128, ⑤152, ⑰555, ㉑160, 161
　～と章宗（金）・耶律履…㉒110
　～と戦争…①122
　～と中国人　憨山徳清…⑯45　韓愈の古文…⑬555
　胡適…⑯381　紫柏真可…⑯45　章炳麟…⑳292, ㉒394　杜叔毘…⑫25　李純甫…㉒113　劉歆…㉒405　呂祖謙…㉒112
～と日本人　荻生徂徠…㉓286, 332, 349, 369, 376（人心之不同如其面焉…⑰51, ⑳406, ㉑26, ㉓395, ㉕259, ㉗176-179, 183, 230）　奈良時代の大学…⑰16　堀景山塾…㉗118, 127　本居宣長…㉑26, ㉗177, 183, 230, 231　山田正朝…㉗168　山井鼎による校正…⑰587, 588, ⑱58, ㉗73　頼襄…①561, ②164
～と「論語」の距離…⑤95, 175
～における語彙・事件・事項　晏嬰と斉景公…⑤78, 82　雲物…⑫618　衛荘公の死…⑤55　杞梁妻説話…⑥302, 303　祈死…③525-527　鯨鯢…⑲25, 26　孔子…⑤151　周穆王の放漫…⑫232　遂…②130, 149　斉景公の牛山での落涙の故事…②494　斉国の内乱…⑤83　斉魯の夾谷会議…⑤90　葬の掟…⑪394　端…㉓41　男女の事柄…⑥205　鄭の子産と郷校の故事…⑤152　同族不婚の理由…㉔322　読…⑲93　人間の悪意…⑤94, 312, 316, 317　人間の複雑さ…⑤18　悲哀…㉕212　法律観…②231　竜の話…③528　霊輒説話…⑮37, ㉖367　魯の公族の毒殺…③524
～における孔子の「春秋」著作の態度…㉓105
～における「詩」…②292
　「詩」の引用記事…②290, ③35, ㉑157, ㉖451
　「詩」の演奏記事…③35, 36
～の掟…⑪394
～の外編「国語」…⑰558
～の漢代における勢力…㉓111-112
～の空想のふくらみ…①188
　鬼怪…①186, 233, 234, 250
　幽霊…①186, 234, ㉖245
～の激情と現実主義…⑤95
～の講義と諸侯淫乱の省略・賈昌朝…⑬246
～の言葉…⑨482
　已乎已乎非吾党之士乎…⑪388　鸜鵒之羽公在外野…⑦195　見有礼於其君者事之如孝子之養父母也…①307　吾浅之為丈夫也…㉗242　公矢魚于棠…⑳76　孔子の言葉…②43, 133-135, ③11, ⑤153, ⑥218, ⑦466, ㉑152, ㉒91, ㉓335, 336　国君含垢…⑳445　今壱不免其身以棄社稷不亦惑乎…②53　祭仲専鄭伯患之…②128　志有之言以足志文以足言…②43, 133, ㉑152, ㉓335　師及斉師戦于炊鼻…⑱81　詩書義之府也礼楽徳之則也…㉓349, 384, 467　社稷無常奉君臣無常位自古以然…㉔239　如百穀之仰膏雨焉…⑫488　人謂子産不仁吾不信也…⑤153　人心之不同如其面焉…①240, 589, ②277, ⑱531, ⑳36, 406, ㉓395, ㉗176, 230　人生実難…①590　数典而忘祖…②181, ⑰659, ⑱3, ⑳9　天之愛民甚矣豈其使

一人肆於民上…㉔239　天道遠人道邇…⑲64　冬十月辛酉昭子斎於其寝使祝宗祈死…③527　非我族類其心必異…⑲86　美先尽矣…㉔322　不及黄泉無相見也…⑥310　不殯于廟則弗致也…⑦254　凡諸侯同盟於是称名…⑦252　民生在勤勤則不匱…①589　有窮后羿…⑱86　有酒如淮・有酒如澠…⑮150　礼之可以為国也久矣与天地並…⑦519, 520　老将知而耄及之…⑳352
～の制作年代…③511
～の総字数…②407, 444
～の注釈者…②131
最古の注解（杜預）…⑫20
六朝人の旧疏と唐人の正義…㉕343
～の著者…①186, 401, ②126, 135, ⑤79, 151, 152, ㉗189
～の凡例…⑦252
～の文学性…㉑160
小説の萌芽（Baxter）…①606
～の文章…①561, ②131, 132, 134, 493, 606, ⑱81, ㉓349, ㉕46
委曲と簡潔…②127, 128　過剰の休止…⑱87　間隔法…③525, ㉑34, 161　古文の典型としての「左伝」「礼記」…②492, ㉕327　詳細な叙述…①157, 158　対話体…㉗287　名文性…②126, ㉑161, ㉓332, ㉕328　リズムの整理…②132-134
～の文体…②256, ③11, ㉓458, ㉔65, 196
助字…⑦456　対偶…③492　四字句…②102, 133, ⑦513　連語…②217
～の夢の記事…①186, ⑱21, ㉑161
～の礼についての語と六朝人…⑦519
～の歴史叙述…①64, 153, 241, ⑤316, ⑲45
後代の歴史散文との関係…①73, ⑱10, ㉑33　小説的ふくらみ…③18, ⑤82, ⑯291, ㉑151　編年体…①168, ②135, 157　歴史の始まり…⑯288
～批評（鍾惺）…⑯81, 92
「左伝」（注釈）…㉗66
漢注…⑥403, 405　旧疏…⑥403, 404　旧注・古注…③526, ㉗66
正義・孔穎達「春秋正義」→その項
箋・竹添井井…⑰351
注・穎容…⑥403, ⑦255　延篤…⑥403　王粛…⑯244　賈逵「春秋左氏解詁」…⑥403-405, ⑯244　許淑…⑥403, 405　鄭玄…㉕336　鄭衆「春秋左氏伝条例」…⑥403（昭公…⑥405）　杜預…②43, ⑦253, 255-257, 282, ⑫20, ⑭53, ⑰282, 283, 590, 601, ㉗64（隠公…⑦252　昭公…③527, ⑦519, ⑪216, 388　襄公…②43, ⑱86　成公…③526　宣公…⑲26）　馬融…⑥403-405　服虔「春秋左氏伝解誼」…③526, ⑥403-405, 431, ⑦253-255, ⑯244（隠公…⑥310　昭公…⑥404, 405, ⑪388）　彭汪…⑥403, 404　劉歆…⑥403
「左伝」（テクスト）
古写本…①396, 401　古文…⑦267, ㉒405　宋版不全本…⑯241　相台岳氏本…㉔254　博多版…①401　秦鼎校本…㉗89　武英殿勅版本…㉔254　山井鼎・山井璞助手校本…⑰583
「左伝」（篇名・項目）
隠公…⑥310, ⑦252, ⑳76
桓公・鄭国の御家騒動の条…②128
僖公…⑦254, ㉓349, 384, 467
昭公…③35, 528, ⑥405, ⑦519, ⑪387, ⑰659, ⑳352, ㉔239, 322（魏献子の大夫三軼の条…⑫259　叔孫昭子の祈死の条…③527　昭公亡命予言の童謡の条…⑦195, ㉖453　斉魯の炊鼻の戦の条…⑱81, 87）
襄公…①589, ②43, 53, 133, ③35, 36, ⑤153, ⑥302, 404, ⑱86, 531, ㉑152, ㉓335, 395, ㉔239, ㉖451, ㉗176, 230
成公…①186, 187, 590, ③35, 525, ⑥374（鄢陵の戦いの条…③525, 526, ㉑34, 157, 161）
宣公…①589, ⑥404, ⑲25, 362, ㉖367
定公…⑦253
文公…①307, ③35, 36, ㉓41
「左伝旧疏考正」…②244, ⑥403, 404, ㉕343
左伝史漢…⑯239
「左伝正義」…⑱58→「春秋正義」
左内史…⑥110
左馬（左伝・司馬遷）…⑯96
左馬荘韓（左伝・史記・荘子・韓非子）…㉓362
左馮翊…⑫203, ㉒32
左副都御史…㉓164, 165, 217, 222
左沕真（ぶつしん）…㉓420, 435
左辺的…㉖399
左補闕…⑪19, ⑫390, ㉗19, 21, 22
左僕射…⑪516
左民部…⑫665
左右衛府の冑曹参軍事…㉒28
些…⑬107, ⑭310, 313
佐伯有義…⑰146
佐伯侯…⑦556
佐伯市（大分県）…⑰25, ⑳429
佐伯彰一…㉒441-443, 458, 475, ㉗440
佐伯定胤…②538, ⑯281, ㉓10, 11
佐伯富（とみ）「宋代の皇城司について」…㉖417
佐伯文庫…⑳429
佐久節「漢詩大観」…⑰407　「白楽天詩集」…⑪328
佐久間象山…①566, 567, ⑰202, ⑲189, ㉓522, ㉗433
～とフォード大統領…㉓522, 523
～の暗殺…①561, ⑰201, 202
～の語学力…①561, 562, ⑰201
～の孔子画像賛…①567
～の西洋学…⑰201
～の著述　秋をうたう七絶…①565　「御側頭に呈する書」…①563　「岳を望む賦」…①563　「桜の賦」…①563, ⑰201, 202　「象山全集」…①

561, ⑰201 「上書の稿に題す」…①564 「省𠎝録」…㉓522, 523 東洋道徳西洋芸の七絶・幽閉中の五古…①566
佐久間象山追悼会…①561
佐久間洞巌（佐子厳…㉓376, 379, 400）
～と新井白石 白石からの書簡…㉓116, 118, 124, 138, 142, 146, 157-159, 238, 240, 244, 709 白石の贈った詩…㉓243 白石への「多胡国造碑」釈文依頼…㉓124
～への荻生徂徠からの書簡…㉓375, 379
佐久間洋行…㉗40, 41
佐々木竹柏園…⑱361
佐々木信綱…⑥246, ⑩451, ⑱51, ㉒434
佐佐氏（荻生徂徠夫人）…㉓369
佐佐（さっさ）十竹「足利将軍伝」…㉗44
佐佐友房…⑰265, 277
佐渡…⑫578, 714, ⑳225, ㉑132, ㉓33
佐藤一斎…①564, ⑯584, ⑰201, 659, ⑲283, ㉗245
～の「論語」訓点…④12
佐藤一郎「叙事文学として見た史記と作者の位置」…①633
佐藤栄作…㉑141, 142
佐藤長「京都大学文学部五十年史」…㉔46
佐藤匡玄…⑭380, ⑰377
～と「元人百種曲」辞典作り…⑭602
～と「尚書正義」校定…⑧17, 351, ⑨181, 182, ⑩81, ⑭602, ㉑670
佐藤広治…⑰264, ㉒332, 344
佐藤剛斎「韞蔵録」…㉗44
佐藤武敏「長安」…㉒14 共訳・郭沫若「古代中国の思想家たち」（十批判書）…⑰4
佐藤通次…⑳359, ㉔66, ㉗401
佐藤春夫…⑯299, 636, ㉑24
～の著述 「玉簪花」…⑰399 「車塵集」…㉕402 「釈迦堂物語」…②587 「殉情詩集」…⑦560
～の小説…⑭601, ㉒347
～訳 「新訳水滸伝」…①634 共訳「魯迅選集」…①56, ⑰409
佐藤博 共訳・老舎「竜鬚溝」…①626
佐藤亮一 訳・林語堂「北京好日」…①621
佐保の邸（長屋王）…㉖498
佐保山…⑰619
佐村八郎「国書解題」…㉕269
沙苑監…㉒93
沙翁・沙氏→シェイクスピア
沙鷗…㉖181
沙丘の平台…①177
沙的（伶官）…⑭69, 74
沙徳潤…⑭180
沙刺班・敬臣・山斎…⑮279→北庭文定王
咱…⑭309, 360, 555, ⑮57
咱毎…⑮350
査遺・嵩継・逸遠…⑯169-171, 174-176, 179, 186 「澄清堂集」…⑯172
査氏…⑯169
～の家風…⑯178
査嗣庭（珽）・潤木…⑯167, 179, 200-202, ㉓167-170, 232
～の子・査克上…⑯201, 202
～の不敬事件…⑯167, 200, ㉓167-169
査嗣瑮…⑯168, 179, 183 「査浦詩鈔」…⑯174
査慎行・初白・嗣璉・夏重・悔餘…⑬288, ⑯166-168, 179
～との関わり 王漁洋…⑯197 康熙帝…⑯199 黄宗炎…⑯195, 197, 198 黄宗羲…⑯174, 177, 195, 198 朱竹垞…⑯178 徐乾学…⑯199 趙翼…⑯166 明珠…⑯199 楊雍建…⑯176-178, 191-198 李光地…⑯199 陸嘉淑…⑯172-174, 183, 195, 198
～の作品・著述 「燕に遊ばんとして果さず…」…⑯176 「家居」…⑯168 「漢口」「漢江舟夜」…⑯188 「金陵雑詠」「金陵の報恩寺の塔に登る二十四韻」…⑯185 「苦水舗にて午飯す」…⑯204 「敬業堂詩集」…⑯174-176, 199 「敬業堂詩続集」…⑯167, 174, 201 「詣獄集」…⑯201 「黔陽踏灯詞」…⑯197 「沅州より麻陽に抵る」…⑯193 「三弟の潤木を哭す」…⑯201 「周易玩辞集解」…⑯174 「秋懐詩」…⑯195 「十一月十九日，雪後，舟にて北関を発す」…⑯201 「慎旃集」…⑯197 「蘇詩補注」→蘇東坡詩注 「仲弟の徳尹に留別す」…⑯183 「枕上偶拈，七月廿四日の早」…⑯204 「得樹楼雑鈔」…⑭300 「挽詩二章」…⑯173 「蕪湖関」…⑯186 「敝裘集」…⑯202
～の家系…⑯169
弟・査嗣瑮→その項 子・査克建…⑯179-181, 195 査克承…⑯179, 195 祖父・査大緯…⑯169, 171 父・査遺／同族の兄・査容／六世の祖・査秉彝→各項 外曽孫・陳敬璋／外孫・沈廷芳…⑯168
～の受難 遠縁のおじ・査継佐の事件…⑯174, 175 弟・査嗣庭の事件→その項 趙執信の事件…⑯198
～の慎行・悔餘への改名…⑯199
～の生日…⑯169
～の西南への旅…⑯184-197
～の壮志…⑯180
～の「佩文韻府」編集…⑯199, ㉑76, ㉕383
「査他山（初白）先生年譜」…⑯168
査仲本…⑦485
査阜西…⑯603
査秉彝（へいい）・性甫・近川…⑯169「覚庵稿」
査容・韜荒…⑯185, 191 「弾箏集」…⑯184
「狭衣物語」…⑱467, 469
『要孩児』「金銭記」…⑭520 杜仁傑…⑭55 楊立斎…⑭121, 574, 577

『要孩児么篇』 楊立斎…⑭577, 578
要笑院本…㉖414
「茶花女遺事」…⑯311→「椿姫」
「茶経」…⑱455
茶道…②501, ㉓421, ㉔170, ㉕229, 300, ㉗376
「茶道古典全集」…⑱455
吵吵…⑭579
差使…㉓211, 217
差排…⑭313
差発・差法…⑮192
桫湖…㉒486
渣…⑮116
詐馬宴…⑭65
傻角…㉔276
嗟嗟…⑪334
嵯峨さん…㉒54
嵯峨天皇…②501, ⑰71, ㉕56 「雑言漁歌」…②347
槎枒…⑬100
槎客…⑰597
『瑣南枝』…㉖454
瑣非復初…⑭188
蜡…⑳502
踖…⑮140
鎖…⑮135
鎖院…⑬283
鎖国…⑰467, ㉔18, 19
坐車児…⑭434
坐地…⑮345
座主…⑯31
才…⑰435
才子佳人小説…①600
才人…⑭76, 86-88, 163-165, 178, 179, 187, 188, 268
　～の隠語…⑭76, 88, 178
才能…⑰424, 425
才は管楽に膺る科…⑫35
才流…⑥256, 257
再長爺娘…⑮34
西域…①179, 284, ⑥149, 196, ⑭188, ⑮297, ⑯222, ⑰331, ㉓708, ㉖36→西方諸国（漢）
　～音楽と漢楽…⑥347
　～音楽の受容（南北朝末・唐）…①285
　　西域伝来の楽器…⑥347
　～原産の植物…⑫156
　～と蒙古の交渉…⑮294, 295, 306, 307
　　西域文化と蒙古人…⑮294, 305, 307, 375
　～の汗血の名馬…⑫128
　～の言語による文献…㉒335
　～の沙漠…⑫127
　～の衰弱…①285
　～の説話…⑮307
　～の鎮台…⑫126
　～の道里風俗…⑭59, ㉒299
　～の物資と漢武帝…⑥136
　～の瑪瑙…⑦108
　～の文字…①288
　～の来貢…㉕154
　～仏教の僧木波講師…⑮418
　～への街道の基点…⑫129
　～への使者…㉑76, ㉕456
西域史と羽田亨…⑰329, 331
西域人…①538, ⑦52, ⑫140, ⑭385, ⑮102, 138, 320, 416, 433, 449, 457, ⑰295
西域探険隊…㉗418
「西域文化史」…⑥93, 428, ⑰328, 329, 331
西域文学…①286
　～の存在についての中国の意識…①285
「西域聞見録」…㉗194
西園寺公望…②157, ⑪137, 439, ⑰76, ㉓557
　～と京都帝大…⑰293, ⑱476, ㉒333, ㉓581, ㉗404
　～と古義堂…⑰24, 120, 126, ㉓48, 490
　～と「老子」偽書説…㉓48, 490-492
　～の額（内藤邸）…⑳266, 288, ㉓579
　～の揮毫の禁忌…①377, ⑲425
　～の中江丑吉援助…㉒391, ㉔256
西京大学…①625, 630
西行法師…①114, 118, 119, ②68, 410, ⑫709, ⑲108
　～の庵…⑪284
西郷隆盛…①38, 39, ⑪412, ⑳227, ㉔254
西郷信綱「万葉私記」…⑰66
西国の教え…⑯49
西条…②590
西条侯…⑰585, ⑱56, 58
西素…⑳448
「西遊記」…①47, 76, 246, ⑮369, ⑰395, ⑲47, ㉒458, ㉕418, ㉗287
　～と鍛冶屋のギルド…⑰357
　～と胡適…⑯402
　～と三教合一の思想…⑥237
　～と野性の賛美…①45
　　孫悟空（斉天大聖）…①45, 47, 227, ⑮215, ⑳206, 207, ㉖401（那吒太子との戦い…⑮65　人参果を盗み五荘観幽閉…⑮134）
　～の語彙・語句　挿上一把双簧銅鎖…⑮134　僧伽…㉖400　展背舒身…⑮157　撞天婚…㉖418　芭欖…㉒278
　～の作者の不明確…⑭593
　～の三蔵法師…⑮157
　～の唐太宗と鬼門関…⑮156
　～の非日常的面白さの方向…②276
　　超自然の世界の空想…①69, ⑳206
　～の文体…②199
「西遊記」（テクスト）
　～作家出版社版編輯部付注…㉖401, 405
　～の最も早いテクスト…⑮24
「西遊記」翻訳　有朋堂文庫…②603, ㉒343, ㉗391
「西遊録」…⑮400

災…㉔258, 260
災異…②314
災猶降…㉒85
妻子…⑭311, ㉖100
妻児…⑮62
采詩の官…③37
采石磯…⑪179
『采桑子』 納蘭性徳…㉓177
哉…㉗248
柴桑（潯陽）…⑦326-328, 382, 387, 393, 394
　～の人…⑦326, ⑮387
柴沢民…㉒441, 444, 445, 449, 462-464, 466, 496
「砕金」…⑭434
砌末…㉖413
宰執…⑮404
宰相の寡聞を嘆く…⑬239
豺虎…①533
崔慰祖…㉕379
崔駰…㉕222 「達旨」…⑦145
崔円…⑫416
崔瑗・子玉…㉕218, 224, 228 「河間の相なる張平子の碑」…㉕222, 223 「座右銘」…㉕222, 255, 389 「南陽文学官志」…㉕222
　～の家系と文学…㉕222
崔嵬…⑥334, 336
崔涯…⑭343
崔季重…㉒90
崔器…⑫416
崔徽…⑭176
崔乾祐…⑫173, ㉒23, 83, 84
崔弘礼…②5, 6, ⑪382, 383, 386, 395
崔郊…⑭446
崔国輔「怨詞」…⑪161 「長楽少年行」…⑪162
崔氏（北朝の名族）…⑦590, ⑪17
崔氏（藍田県）…⑫299, 346, 351
　～の山荘…⑫292, 295, 298, 343, 345, 350
　～の東山草堂…⑫473, 635
崔日知…㉗21
崔需…⑪510
崔秀卿…⑭384
崔戢（しゅう）…⑫369
崔述・東壁…㉓493 「崔東述遺書」…㉓492 「洙泗考信録」…㉓48, 490-492, ㉗276
崔少府十九翁…⑫243, ㉒30→崔のおじ
崔寔（しょく）…㉕222 「客議」…⑦145 「四民月令」…⑦554 「政論」…②485
崔湜（しょく）…⑪20
崔信…⑪530
崔信明…⑯169
崔譔　注「荘子」…⑳342
崔中山…⑮334-336
崔杼（ちょ）…⑤65-72, 171-174, ⑮410
　～の夫人…⑤66, 67, 171-173
　～の乱…⑤67, 84, 172, 173
崔貞慎…⑫420
崔滌（でき）…⑪52-54
崔篆…㉕222
「崔韜逢雌虎」諸宮調…⑭575
崔のおじ（杜甫の母方）…⑫195, 245, 249→崔少府十九翁
崔豹…⑥303 「古今注」…①360, 362
崔府君の廟…⑬522
崔融…⑪21, 37, ⑫18
崔蘭…⑭176
崔立…⑮390, ㉔250
崔林義…㉔275
崔霊恩…②241, ⑩432, 433, ⑰237, 344 「三礼義宗」…㉕341
彩楼…⑭526, 531
『採茶歌』…⑮122
「酷寒亭」…⑮121 「殺狗勧夫」…⑭261
『採蓮』（宋・大曲）…⑭326
済南（山東）…⑦86, ⑭135, 159, ⑮259, 511, 514, ⑯153, 155, 238, 243, ⑳291, ㉓241
済南事変…⑭601, ⑯642, 648, 649, ⑲230, ⑳291, ㉒374, 389, 449
済南人…⑭233, 264, 280
済南太守…⑫79
済南府…⑮352
済南路…⑮342, 354
済寧…⑯243
済北…⑥371
「済北先賢伝」…⑥372
猜…⑮156
祭尸…㉓604
祭酒…㉓636
祭書…①395
祭仲…②128-131, 133, ⑥373, 374
　妻…②129　娘…②129, 130
祭天の金人…⑥97, 146
祭伯（春秋）…㉓106
斎…⑤222
斎戒…②381
斎藤秋男「断片―倪煥之と田舎教師」…①635
斎藤惇生（あつお）…㉕439, 470
斎藤拙堂・正謙…⑪549, ⑰467, ⑱129, ㉓493
　伊勢版「資治通鑑」序…⑰81 「拙堂文話」…⑪549, ㉗244 「月瀬記勝」…⑱129
斎藤勇（たけし）…㉗314, 316, 317
　「英国宗教詩解説」…⑲44 「斎藤勇著作集」日本・中国文学論集…㉗314, 316 「杜甫」→その項
齋藤茂吉…⑫706, ⑬263, ⑯585, ⑱72, 362, 425, ㉗357, 358 「滞欧随筆」…⑬263
細雨梅花…⑬200
細細…㉖169
細膩…⑫106

細写…⑫500, 503
細糖果子…㉖416
細部の重視（本居宣長）…㉗53, 54
菜甲…⑪67
「菜根譚」…⑯583
最…②145
最古の書・最古の道の尊重…②253
最上至極宇宙第一之書…④10, ⑤161, ⑰34, 36, 43, 47, 118-119, 125, 194, ㉑181, ㉓52, 79, 84, 372, 463, 551, ㉗172, 229
最澄…⑰17, ㉔290→伝教大師
裁詩…⑪69
催科…⑮387
歳…②122
歳晏…㉖223
歳差…②261, 349, ㉓397
「歳時広記」…⑦554, 555
歳星…⑱510, ㉑236, 237
歳幣…⑬62
歳暮懐人絶句…㉕461
歳暮の詩…①451
載…②131, 132
載道の文学と言志の文学…①603
『棄児令』「酷寒亭」…⑮82, 90
『棄児令么篇』「酷寒亭」…⑭302, ⑮82, 91
蔡（国名・春秋）…②128, ⑤91, 122, ⑥374
蔡（地方）…⑭57
蔡毓栄（いくえい）…⑯192, 195
蔡詠…⑦479, 480
蔡瑩（えい）「元劇聯套述例」…⑭21
蔡琰…⑦515
蔡寛夫…㉒84　「蔡寛夫詩話」…⑬95, ㉒83
蔡姫…⑮517
蔡凝…⑫657, 665
蔡京…⑬139, ㉕235, ㉖396
蔡珪…⑮381, ㉒107
蔡元培…①299, 521, ②389, ⑯155, 330, ⑳121, ㉒392, 402
蔡侯…⑥377
蔡侯献舞（人名）…⑥374
蔡興宗…㉕503
蔡氏（藍袍の紳士）…⑱535
「蔡氏月令章句」…⑯241, 247, 251
　～嘉慶本・郋斎叢書本・東方文化学院京都研究所景嘉慶本・文芸斎刊本（上海）…⑯251
　～葉徳輝輯本…③517
蔡叔…⑩467, ⑬430
蔡順…⑦551
蔡松年…⑮381
蔡上翔…⑬306
蔡襄…㉖396　「四賢一不肖」…⑬63
蔡正孫「闌に凭りて」…⑮427　「詩林広記」…⑫27, ⑮427　増訂「聯珠詩格」…⑮427
蔡沢…⑥222, ㉕149, 150
蔡沈（ちょう）・九峰先生…⑧510, ⑯223, ⑰556, 604, 605, ㉓141, 292, ㉗191
蔡絛（とう）「鉄囲山叢談」…⑬626
蔡豹…⑥303
蔡文姫「胡笳十八拍」…⑫384
蔡卞…⑬139, ⑳456, ㉕235
蔡方炳「広治平略」…⑰560
蔡夢弼…⑫343, ㉒74, 88, ㉕434　「杜工部草堂詩箋」→その項
蔡邕・中郎…⑥222, 238, ⑦452, 554, ⑭516, ⑰344, ㉕380, ㉖432
　～と徐幹の賦…⑦120
　～との関わり　阮瑀…⑦112　孔融…⑦98
　～の漢音楽の四分類…⑥346
　～の熹平石経建立の発議…⑤328
　～の鼓吹の起源の説…⑥347
　～の作品・著述　「飲馬長城窟行」（称蔡邕作）…⑫102　「月令章句」…⑥346, ⑦554→「蔡氏月令章句」「琴操」…⑤91, ⑥26, 273, 303　「検逸賦」…⑦452　「釈誨」…⑦145　「静情賦」…⑦451, 452　「独断」…⑥392, ⑰559　「礼儀志」…⑥345
蔡倫・敬仲…⑦47
儕…②155
賽…⑮26
賽金花…②443, 467, ⑯306
賽娘（雑劇中の女の子）…⑮25, 26
賽竜図（雑劇中の名判官）…⑮26
纔…⑰434, 435
纔離了…⑭290
在…⑪58, ⑭310, ⑰434
在英日本学生会…⑰389
在逃…㉖416
在洛浪人…㉓625, 626
材…②176
材幹…⑰425
材能…②212
財賦副総管…⑭114
罪也夫…㉕157
坂口安吾…㉕463　「フシギな女」…⑱409
坂上大嬢（おおいらつめ）…⑱18, ㉕163
坂上是則（これのり）…㉑217
阪井徳三…①621
阪倉篤太郎…⑱377, 429, 431, ㉗310
阪本釤之助（せんのすけ）…⑱326
阪本徳松　共著「魯迅研究」…①613
阪本勝　訳・林語堂「生活の発見」…⑰411
酒井健次郎…⑰105, ⑲423
酒井藩（出羽庄内）…㉕204
酒屋の看板…⑮95, 108
酒匂川…㉓452
相模…㉓452, ㉕284

相模太郎…②166→北条時宗
堺…④14, ⑯606, ㉖503
堺浦…㉕65
境部連石積（さかいべのむらじいわつみ）…㉗95
榊原篁州「古文真宝前集諺解大成」…⑥31
榊原仟（しげる）…㉒442, ㉗440
榊亮三郎…⑰285-286, ㉔66, ㉗43
「弘法大師とその時代」…②587
作…⑮343, 345, ㉗45
「作家作品論」…①632
作家出版社…㉖396-398, 405, 406, 408
付注本 「警世通言」…㉖402 「西遊記」…㉖401, 405 「水滸伝」→その項 「醒世恒言」…㉖408
作家の伝記（文学史の資料）…①615, ②206, 223
作耍…⑮335
作者…㉓386, 390
作者七人…①307, ㉑177, 178, ㉓386, 467, 468, 550
作藉…⑮55
作践…⑭312, ⑮55
作撻・作獺・作塌・作蹋…⑮55
作杯…㉖382
作品の言語（文学史の資料）…②206
作宝楼…㉖498
削跡…⑪63
昨…⑳422
昨日…⑳422, 423
朔…③515
朔鳥…⑦195
朔漠…㉖199
朔方郡…⑥86, 87, 91, 158, ⑪33
朔方郡節度大使…⑪33
朔方の健児…⑫365
索…⑭534
索引機…⑳161, 427
索寞…①464
做子弟的下場頭…⑭593, ㉗279
做主…⑮29
策…㉕25
策問…①300
策論→科挙
策立…㉖389
擲包児…⑭510
数・数罟…②113, 114
蒴…⑯213, 214
「錯斬崔寧」…①216, ⑬503, 520, 546, ⑳368, ㉖388
～における瓦罐不離井上破…⑮90
～における中国風合理主義…⑬520
～の作中人物 王氏…⑬458, 480 王じじい…⑬458, 475-477, 479, 521 王長者…⑬459, 469, 471, 473, 475 魏鵬挙（沖霄）…⑬455-457 崔寧…①217, ⑬470, 471, 473, 474, 479, 480, 524（処刑の弁解…①220, 224, 225） 朱三郎…⑬463, 465, 466, 468-470 静山大山…⑬475, 480, 521 陳ねえや…⑬458, 471, 474, 480 劉貴（君薦）…①217-220, 222, 224, 225, ⑬457-466, 469, 471, 472, 475, 479, 520, 521
～の真相を終末まで伏せておく手法…⑬515
～の描写の興味…①222
～の弁解と「尚書正義」の弁解の態度…①225
～の枕になる話…⑬540
～の論証の興味…①216, 218, 220, 221
鑿歯…⑥34
桜児…㉗5, 7
桜島…㉔254
桜田一郎…㉒459, ㉗440
桜田四十七士…㉓603
桜の花…⑳466
桜町天皇…⑰161
桜屋町（松阪）…㉗114
笹川臨風・種郎…⑰400, ㉓590 「支那小説戯曲小史」…⑰393 「支那文学史」…⑰394
篠籠峠…㉓434
貞保親王…⑮214
扎掙…⑭312
「冊府」（雑誌）…㉓625, 626
「冊府元亀」…⑬597, ⑮634, ㉖472
札記…⑭377
札幌…㉔29
刷…⑮220
刷紗…⑯219
刷選…⑮218-220
殺・殺下…⑭309, 313
「殺狗勧夫」雑劇・「楊氏女～」…⑭37, 42, 204, 205, 217, 603
題目「孫虫児挺身認罪」…⑭322
～と「殺狗記」…⑭257-260, 371, ⑮185
～のあらすじ…⑭258
～の押韻法…⑭324, 327, 328
～の曲目 『感皇恩』第三折…⑭260 『滾繡毬』第二折…⑭315, 317, 324 『採茶歌』第三折…⑭261 『煞尾』第三折…⑭303 『倘秀才』第二折…⑭297, 316, 317, 324 『正宮端正好』第二折…⑭315, 317, 324, 341
～の作中人物 胡子転…⑭258, ⑮25 孫大…⑭258, 260-263, 305, 307 孫二…⑭258, 260, 263, 307, 315, 341 保児…⑭305 楊氏…⑭258, 263 柳隆卿…⑭258
～の楔子…⑭307
～の用語 三字の連語…⑭320, 322 新語…⑭341 襯字…⑭315 成句成語…⑭297, 303 二字の連語…⑭311, 314
「殺狗勧夫雑劇注」（吉川幸次郎・入矢義高・田中謙二）…①298, 621
「殺狗記戯文」…⑭257-260, 263, 267, 371, ⑮185, ㉖365

～の看書苦諫」の場…⑭263
～の曲目 『五供養』…⑭260 『縷縷金』…⑭262
～の土地顕化の場…⑭259
殺人と「罪と罰」…⑳145-146
煞…⑭313, ⑮30
『煞』（楊立斎）…⑭121, 574
煞是…⑮30
『煞尾』…⑭327
「玉鏡台」…⑭471 「金銭記」…⑭302, 467, 523 「昊天塔」…⑭292, 319 「殺狗勧夫」…⑭303 「秋胡戯妻」…⑭303, ⑮94 「任風子」…⑭303 「桃花女」…⑭319 「老生児」…⑭235
察察…⑬89, 90
颯露紫…⑲305
撒只瓦の安南奉使…⑭113
撒鏝…⑮45
撒刺児（伶官）の官位…⑭72, 74
擦条…⑯217
薩州…㉓276
薩長…㉓582, 588
薩都刺（さつとら）・天錫…⑭184, ⑮233, 453, ⑱39
「雁門集」…①537-539, ⑮455, 457（嘉慶本…①538 南北朝覆刻和刻本…⑮457）「客中九日」…⑮455 「宮詞（秋詞）」…⑮456 「薩天錫妙選稿」江戸初期刊本…⑮457 「手帕」…⑮456 「天満宮」…⑮475 「繡いせる鞋」「美人の紗の帯」…⑮456 「病中雑詠」…①538, 539, ⑮455
薩摩…⑬56, ⑰30, ㉔254
「薩摩字書」…㉔254
薩摩藩邸…㉓154
薩摩正重…㉗127
雑…②220, ⑳406, 657, 658
雑家（四部分類・子部）…⑰559
雑戯…①211
雑劇（金）…⑭8, 274, 566→院本
雑劇（元曲）…①76, 179, ⑦263, ⑭6, 374, 379, 558, 601, 604, ⑮169, 231, ⑯536, ⑳62, 243, ㉓414, ㉕446, 454, 462, ㉗279→楽府（元）→元劇→大元楽府→北楽府→北曲
～以外の元の文学…⑮307, 370
～以前の演芸…①76, ⑭12, 31, 55, 128, 201, 274, 348, 379, ⑮169
宮廷の道化師…⑭7, ⑮161, ㉕51 雑劇以前の俗間文学の作者・鑑賞者…⑭15 雑劇と似た形のもの…⑭31 諸宮調→その項 唐宋宮廷の大曲…⑭7, 554 唐の演芸の台本…⑭8 変文…⑭15, 127, 274 北宋南宋の演芸…⑭10, 176, 201-203
～以前の演劇…⑭7, 8, 12, 201, 274, 379, ⑮169
院本→その項（金） 宋の雑劇…⑭274, 554（南宋…⑭8, 10, 176 北宋…⑭8, 10）
北方系演劇…⑭30
～以前の仮想の文学…⑭9-12
～以前の口語文学…⑭12, 127, 128, 274
雑劇への飛躍的充実（元初）…⑭128
～以前の口語文献…⑭127, 275
～以来の戯曲史…⑭595
～を詠じた詩（元淮）…⑭148, 149
～を資料とする研究 社会史研究…⑮8 俗語研究（清）…⑭33 民俗学…⑭596
～が科挙の試験科目とする説…⑭138, 227, 230
～が北曲であるとする意識…⑭279
～「酷寒亭」の地位…⑮3
～「殺狗勧夫」と南戯「殺狗記」…⑭257-280, 371, ⑮185
～と漢文唐詩宋詞→漢文唐詩宋詞元曲
～と士人…⑭75, 78, 80, 82, 83, 128, 129, 179, 180, 184, 185, 607
雑劇の聴衆としての士人…⑭15, 74, 79, 83, 129, 141, 175, 178
雑劇への関心（金）…⑭143, 175, 176
雑劇への関心（元代前半期）…⑭78, 79, 84, 143, 175, 176, 607（元好問…⑭76-78, 176 姚燧…⑭82, 117 楊梓…⑭162, 163 李治…⑭75, 76, 78, 88, 176）
雑劇への関心の冷却（元代後半期）…⑭84, 175, 184, 185（元末の蒙古の統治と社会的雰囲気…⑭184, 185 南方の士人と雑劇作者…⑭179 南方の士人と蒙古人の統治…⑭178, 179 南方の士人の雑劇への反感…⑭175, 176, 180 南方の士人の北客への反感…⑭179）
士人と金元革命…⑭138, 178（科挙廃止…⑭130, 138-141, 175, 183, 369, 607, ⑮9）
士人の雑劇作者…⑭14, 83, 90, 91, 115-117, 134, 140-143, 178, 607（雑劇作者で吏となった者…⑭137, ⑮9 士人の参加と雑劇文学の飛躍…⑭128, 129, 143, 275, ⑮170）
士人の女優との接触…⑭75, 78, 80-83（鄆生…⑭77 高秀英…⑭81 珠簾秀…⑭80, 81 順時秀…⑭71 宋六嫂…⑭77, 78 曹錦秀…⑭81, 573 張怡雲…⑭75 杜生…⑭76 李蘭英…⑭81 梁園秀…⑭75）
士人の著述中の雑劇関連の記事…⑭75, 76-81（王惲…⑭81, 82 胡祇遹→その項 楊維楨…⑭84）
清の士人の雑劇への言及…⑭594（王鳴盛…⑭33, 555 銭謙益…㉖454 段玉裁…⑭360, 555 翟灝・李光地…⑭33）
～と「詞謔」における引用…⑭441
～と「十六天魔」…⑭72
～と西方諸国…⑲413
ヨーロッパへの紹介…①44, 45, ⑭594, ⑲413
L'Orphelin de la Chine tragedie…①627
～と他の文芸・芸能 戯文（南戯）…⑭32, 88, 215, 257-260, 263, 264, 379 口語長編小説…⑭11 散曲…⑭31, 118, 119（套数の曲牌と雑劇の

曲牌…⑭31）　説話…⑭214, 215　伝奇（明）…⑮185
日本との関係（猿楽…⑭366, 380　浄瑠璃…⑭373, 374　能・謡曲…①42, ⑭17, 303, 373, 374, 379, 592, 593, ⑮59, 171, ㉓413, ㉗279）
〜と中国文学の伝統…⑭4, 354
唐宋八家との比較…①265
〜と文学革命…①165, ⑰417, ㉒71
〜と蒙古人の統治…⑭140, 178, 183, 255, 359, ⑮182, ⑯586
公文書の俗語使用…⑭143
倫理転換…⑭140-143, 178, 183, 186, ⑮182
〜と蒙古朝廷…⑭62, 63, 66-75, 83, 143, 606, ⑮170, 308
口語訳文書の必要性…⑭275, 276, ⑮325, 326
許馬宴と雑劇…⑭65　武宗の雑劇愛好…⑭69, 606　文宗の雑劇愛好…⑭70, 71　伶官の地位の高さ…⑭72-74, 606
〜におけるエロス…⑲47
〜における登場人物・話題の人物　蕭何…⑮114　鄭元和…㉖391　楊貴妃…⑫262　李存孝…㉖401　陸象先…⑭400, 550　魯義姑…⑮114
〜における同姓不婚…⑬567
〜に対する経書の言語解釈法の適用…⑫729
〜によって啓発された戯曲への興味…⑮8
〜の面白さ…⑮180, 181
〜の歌曲…⑭226, 228, 229, 231, 243, 494, 505, 527, ⑮48, 99, 100, 171, 172
基礎の成立…⑭64　組み合わせの規則…⑮173
作法…⑭13
歌曲の旋律…⑭18-20, 32, 323, 505, ⑮172, 180（音階…⑭20　宮調…⑭400　曲牌…⑭18, 20, 21, 31, 400　曲牌の目録…⑭18　曲律と臧晋叔…⑭606）
楔子の『仙呂賞花時』『幺篇』…⑮36
第一折『混江竜』…⑭21, 402, ⑮49
第一折『仙呂点絳唇』…⑭21, 400, 402, ⑮48, 49
第四折終の『太平令』…⑭147
〜の歌劇性…⑭16, 243, 246, ⑮171, 175
〜の歌辞…①124, ⑭286, 288, 326, 352, 608
歌辞と詩余の差異…⑭19, 315
歌辞と白…⑭18, 215, 494, ⑮171, 172（歌辞と白は作者を別にする説…⑭226-228, 231, 433　雑劇の曲白相生…⑭215, 228, 433, 527, 537, 539）
歌辞の韻法…⑭49, 323, 327, 401, 609, ⑮175, 179（押韻の頻繁さ…③501, ⑭324, 347, 609　歌辞の活発化への効果…⑭326, 327　助字押韻…⑮150　『聖薬王』の同一字による押韻…⑮86　大曲・諸宮調の韻法との比較…⑭325, 326　入声の欠落…⑭180, 279, 326　平仄通押…⑭21, 31, 324-327, 347, 609）
歌辞の改変…⑭232
歌辞の形式…⑭314, 318, 319, 325（上三下四の句形…⑭322, 372　長短句…⑭314, 319　四字句を基調とした歌辞…⑮76　六字三韻語…⑭329, 549, 555）
歌辞の言語…⑭83, 281, 286, 291, 340（歌辞における踏襲の語…⑭231　歌辞にのみ専用の語…⑭291, 292　歌辞に頻見する語…⑭289, 291　楽府語・嗑語・譏誚語・謔語・枸肆語・経史語…⑭288, 555　口語の語脈…⑭286, 608　市語・書生語…⑭288, 555　全句語…⑭288, 293, 555　俗語…⑭288, 555, ⑮180　張打油語・天下通語・蛮語・方語…⑭288, 555）
歌辞の語彙の自由さ・積極性…⑭287, 289, 340, 344, 349（雅語の取り入れ…⑭286, 353　俗語の取り入れ…⑭286, 340-344　俗語の持つ新しい調和の追求…⑮180, 183　美辞麗句への愛着…⑭406　歴史ある言葉の使用…⑭344-346, 352, 353, 406, ⑮184　歴史なき言葉の使用…⑭344, 346, ⑮184）
歌辞の四声（平仄）の配置…⑭342, ⑮172, 179
歌辞の写実力…⑭330, 333, 337, 342, 344-346（異常な情景の描写…⑭333　庶民生活の描写…⑭332　特殊な職業の人間が経験する生活…⑭335）→〜の文章
歌辞の襯字…⑭19, 20, 318, 409, 443, 609, ⑮76（歌辞の流動性…⑭314, 315, 318-320, 322, 323, 609〔諸宮調南戯伝奇の歌辞と比較…⑭323〕　外国語の挿入…⑭342　句首に置く三音の語…⑭289, 320-322, 401, 423, 483, 608, 609〔形容語…⑭320　複合の助字…⑭301, 320, 321〕　句首に同語を畳む修辞…⑭344　句中に同語を反復する修辞…⑭344, 500　口語の波動の高さ…⑭318, 322, 323, 609　四音の形容語…⑭343　襯字としての助字の挿入…⑭318, 319　襯字と文章の写実性…⑭342　襯字の音数…⑭315　襯字の添加と句の長さ…⑭315, 317-319, 609）
歌辞の対句…⑭328, ⑮122, 131, 175（三句の対…⑭328, 329, 347, ⑮121　両韻対…⑭327, 328）
歌辞の約束…⑭379, ⑮180
歌辞の流動…⑭347, 609（句の長さの不斉一…⑭319　写実力と流動…⑭347, 609　上三下四の句形と流動…⑭322　襯字→〜の歌辞　二音の複合語による波動→〜の言語）
区切って唄う修辞…⑭329
〜の歌辞と構成への関心…⑭229, 230
歌辞への関心…⑭273, ⑮176（歌辞への批評…⑭213, 214, 224, 273, ⑮176　作者の関心…⑭214, 224, 273, 354, ⑮175, 176, 178-180, 184　聴衆の関心…⑭214, 224, 273, ⑮176）
構成への関心…⑭224, 228, 273, ⑮176, 184（構成への批評…⑭224, 225, 228, ⑮176　作者の関心…⑭224, 273, 354, ⑮176-180, 184　聴衆の関心…⑭224-226, 273）
〜の脚本集…㉗279

～の愚直さ…⑭250, 252-254, 256, 285, 608, ⑮10
日常の口語の追跡の愚直さ…⑭285　真実から離れえない愚直さ…⑭242, 243, 250, 252, 255, 266, 267, 528　不合理を率直に発生させる愚直さ…⑭250-252, 267, ⑮11, 151
～の外題…⑭227, 322, 381, 382, 476, 549, ⑮15
歌舞伎の外題との関係…⑭382
～の系譜…⑭32
～の劇場…⑭55-57, 119, 155
～の傑作…⑭37, 38, ⑮189
最大の名作…⑭38, 201
～の研究　中国…⑭593, 598, ⑰417
日本…⑭593, 599（現代…⑳218　大正…⑭598, 599, ⑰398, 417, ㉗280　明治…⑭595, ⑰391, 398, ㉗279　明治以前…⑭593, ⑳218）
京都大学…⑭591, ⑰396, ㉗280　東京大学…⑰391, 406
東方文化研…⑦596, ⑬503, ⑮187, 246, ⑰247, 253, 361, ⑳391, ㉗281, 282（研究の共同者…①621, ②223, ⑭374, 563, 602, ⑰404, ㉓622, ㉖251, 252　元曲辞典編纂…①611, 612, ②223, ⑭5, 374, 602, ⑰404, ㉖251　「元曲選釈」→その項「陳摶高臥」会読…⑭602, ㉖252　「読元曲選記」…⑭603）
～の研究者・アメリカ　Crump…⑲320
～の研究者・中国　王国維…⑭598-599, 604, ㉗280　魏敷訓…①621, ⑭374, 602　臧晋叔・孫楷第→各項　鄭振鐸…⑭41
～の研究者・日本
江戸期以前入元の日本僧の見聞…⑭366, 591
江戸期の儒者たちの認識…⑭374, 591, 593, ㉗279（新井白石…⑭142, 374, 592, ⑮169, 228, ⑰24, ㉓414, ㉗279〔元曲と謡曲…①42, ⑭17, 379-380, 592　元曲勃興の原因…⑭142　武宗の好劇の指摘…⑭69〕　伊藤東涯…⑭593, ⑰131　荻生徂徠→その項）
明治以後の研究者・狩野直喜…⑭596, 597, 602, ⑰254, 258, 259, ㉗279, 280, 294（王国維の元曲研究との関係…⑭599, ㉓606　元曲研究創始・開拓…⑰238-240, 253, 266, 279　元曲講義→その項　元曲と明曲…⑭600, ⑰254）
明治以後の研究者（青木正児→その項　池田大伍…⑭233, 598, ㉗278-283, 285　入矢義高→その項　金井保三…⑭598, ⑰398　神田喜一郎…⑮165, 166　幸田露伴・塩谷温・田中謙二→各項　宮原民平…⑭598, 602, ⑮228, ⑰398, 402　森槐南…⑭595, ⑰391, 398）
～の言語…⑭272, 273, 279, 281, 340, 378, 555, 608, ⑮161, 179, 180
外国語の挿入…⑭342, ⑮222　「京本通俗小説」の言語との近さ…⑬501, 503　言語音調の美…⑭375, 376　「国語辞典」（中国大辞典編纂処）…②221　雑劇専用の言葉…⑮55　「中山大辞典一字長編」…②222
雑劇の口語…⑮187, 325, ㉗279（口語の直写…⑭14, 273, 274, 284, 285, 608, ㉗279　口語の俗っぽさ…⑭89　口語表記技術…⑭275, 608　口語表記力と口語文書の盛行…⑭275, 276, 278　雑劇の口語と「水滸伝」…⑭284, ㉖374, 426, ㉗279　雑劇の口語と非蒙古語直訳体の口語…⑮336　雑劇の口語と蒙古語直訳体の口語…⑮326　俗語の使用…⑭55, 83, 230, ⑮180, 182, 183　白話資料的価値…⑮318　北方の口語…⑭279-281）
死滅した言語…⑭126, ㉗279　助字…②222, ⑭308-311, 313　新語の使用…⑭340, 341　白の言語→～の白　南方語を用いた例…⑭281　二音の複合語による波動…⑭311-314　文語的言辞…⑭126　北京語以外の北方語に生きている雑劇用語…⑭280　用語の訓詁…⑭594, ㉖252　用語の二方向…⑭304
～の原文についての札記…⑭376, 377
～の原文の音調…⑭375, 376
～の源流の研究…⑭599
～の構成…⑭200, 241, 246, 608, ⑮178
構成と作者…⑭226　構成の逞しさ…⑭254, 347, 348　構成の妙味…⑭254
構成の面からの雑劇の特徴…⑭232, 233, 243（過度の奇の発生と率直さ…⑭267　奇と真実の共在…⑭243, 256　奇の合理性…⑭233　奇の要素と緊張感…⑭233, 237, 241-243　事件の推移の合理性…⑭232, 233, 237, 241-243, 246, 252, 600, 608　第三折の波瀾…⑭527, ⑮203　第四折の不合理の許容…⑭247, ⑮11　不合理頻発の例…⑭246, 247, 250）
構成の面での弛緩（後期）…⑭270, 352（過度の奇の発生と論証癖…⑭267　事件の既存の物語への依存…⑭201, 257, 271, 273, 608　素材の説話の筋の変更…⑭221, 224）
～の婚礼における上演…⑭62
～のさわり集…⑭380, 390
～の作者…⑭14, 54, 85, 120, 200, 220, 232, 255, 593, 610
王実甫・関漢卿・喬夢符・侯正卿・馬致遠・白仁甫→各項
講談（説話）の作者を兼ねたもの…⑭208
才人という呼び方…⑭86-88→才人
作者と既存の言葉への依存…⑭542　作者と稿料…①606　作者と作品の目録…⑭32, 33, 68, 85, 382, ⑮13, 214
作者と説話…⑭201, 208（雲陽之市の典故…⑭521, ⑮165-166　趙盾・霊輒の故事…⑮37）
作者と銭謙益…㉖454
作者と大官の庇護…⑭136
作者と俳優の関係…⑭125, 231
作者による筋の不合理の発生…⑭259

作者による素材の筋の変更…⑭221, 224
作者による同一題材の作り直し…⑭389
作者の歌辞の言語への意欲…⑭286-287
作者の脚色の工夫…⑭220, 224
作者の研究…⑭85, 610
作者の語彙に対する積極性…⑭286, 293
作者の口語・俗語に対する興味…⑭348, ⑮183
作者の興隆衰落の因…⑭608
作者の写実力…⑭256, 347
作者の熟視の精神…⑭255, 348, ⑮182
作者の熟視の精神の衰退…⑭269, 352, 608
作者の生活…⑯536
作者の伝記…①617, ⑭89, 118, 356, 367, 382, 608（伝記資料の乏しさ…⑭118）
作者の標準とする音尾の種類…⑭21
作者の身分教養…⑭90, 91, 123, 125, 128, 138, 172, 356, 607（官歴の低さ…⑭136, 137　下賤なものとする予想…⑭89-91, 118, 125, 138〔「元史」不記載…⑭89, 137〕　鴻儒碩士騒人墨客とする説…⑭122　士人ならぬ作者…⑭15, 90, 129, ⑮10, 11, 18, 132〔胥吏の作者…⑮362　女直人の作者…⑭88　俳優で作者を兼ねたもの…⑭88, 91, 122, 129, 252, 253, ⑮10, 18〕　士人の作者→～と士人　詩文の教養…⑭126, 128　名位あるもの…⑭367）
作者の目標…⑮180
雑劇作者と散曲作者…⑭118, 119
専門家の作者…⑭14, 15, 124, 179
無名氏の作…⑭253
～の作者（後期）…⑭68, 84, 86, 152-154, 165, 170, 257, 270, 528
後期・南方の作者…⑫32, 155, 157, 159, 264, 607
後期の作者と至正後半期杭州混乱…⑭168, 170
後期の作者と詩文家…⑭173, 174, 179
後期の作者と大官の庇護…⑭187, 188
後期の作者の精神の弛緩…⑭268, 269, 353
後期の作者の特殊化…⑭186
後期の作者の年代…⑭163（一統時代の作者…⑭163　至元末～至正初の作者…⑭170　至正以前の作者…⑭165, 168　至正の作者…⑭164, 165, 170）
後期の作者の身分教養…⑭171（官歴…⑭172　社会的地位低下…⑭171, 173-175, 183, 185, 269, 607　社会的地位低下の因…⑭175, 185〔科挙復活…⑭174, 175, 179, 607　南宋平定後の社会的雰囲気…⑭175, 178, 607　北方の歌曲・事物への違和感…⑭179, 180〕　社会的地位・名位あるもの…⑭179, 180, 181, 183, 185　専門家的雑劇作者…⑭14, 179, 186　素質の低下…⑭175, 185, 186, 268, 352, 607　読書人の生活への興味…⑭186, 269, 608, ⑮9）
後期・北方の作者…⑭155, 157, 158, 183（南方移住…⑭156, 160, 162）
～の作者（初期）…⑭14, 59, 84, 125, 128, 135, 175, 264, 266, 406, 528, 607, 608
元初の四大家…⑭218　元初の二大家…⑭123
～の作者（前期）…⑭86, 88, 91, 123, 155, 156, 186, 233, 246, 264, 267
前期作者と元貞大徳時代…⑭146-148, 150, 151
前期作者の年代…⑭144, 147, 148, 150, 151（王国維説…⑭145, 146, 150, 151　胡適説…⑭145-147, 150）
～の作者と作品の目録…⑭32, 33, 68, 85, ⑮13, ㉗285
作者の名簿…⑭32, 33, 85　作品の目録…⑮16
～の作品総数…⑭33
～の作風…⑭86, 257
～の市井生活の描写…①76, ⑮8, 9, 227
顔色の悪さの比喩…⑮116　酒の注文…⑮110　胥吏の生活…⑮4, 7-11（胥吏と博徒…⑮29）　非読書人の生活…⑮8（新興市民層の描写…①70, 76）　名僧の登場…㉗344
～の市井的言語への興味の喪失（後期）…⑭349
～の市井的生活への興味の喪失（後期）…⑭186, 269, 349, 608, ⑮9
～の市井的な趣味・感情…⑭89-91, 129, 186, 220, 264, 269, 608, ⑮9, 227
～の詞…⑮87-90
～の時代及びその前後の口語文献…⑭275, 283
～の時代の演劇に対する直観的把握…⑭256
～の時代の奴隷の状況…⑮101, 167
～の時代の標準音…⑭19, ⑮172
～の写実性…⑭215, 216
～の社会史資料的価値…⑮8
～の主役の変わる作品…⑭218, 219, 230
～の酒宴の唄に見る逞しさ…⑮144, 148
～の初期作品…⑭353, 406, 484, 528
作品の清新明朗健康の基盤…⑭144
作品の評価…⑭125, 380
～の所蔵者…⑭34
王孝慈…⑭39-41, 48　何良俊・祁承爜・孫爌・晁瑮・湯顕祖・明宮廷・李開先…⑭34
～の唱片…⑭563
～の上演…⑭122
行家生活と戻家把戯…⑭121, 122
～の素人による上演の禁止…⑭61, 62
～の針線之密…⑭528
～の成語・常套語　阿弥陀仏…⑮80　一貫鈔買一個大焼餅…⑮110, 111　一剗的…②222　一脱気…⑮93, 94　一地裏…②222　一頓拷下你下半截…⑮47　一謎裏・一湧性…②222　因此上…⑭282, 321, 540, ⑮344　員外・院君…⑮25　昏夜入人家非姦即盗…⑭454　雲陽…⑭521, 551, ⑮142, 165, 166　往常時…⑭290, 321　下的是…⑭320　可兀的…⑭420, 439　可丕丕…⑮121　可又早…⑭408, 409　花一攢錦一簇…⑭470　我一

下起你一層皮…⑮47　我死也…⑮161　我如今…⑭320　我則見…⑭408, 409　孩児行動些…⑮49　各刺刺…⑭413　隔雲山天一涯…⑭428　隔蓬萊弱水三千…⑭443　喝攂廂…⑮137, 138　看有甚麽人来…⑮97　寛綽綽…⑭413　歓来不似今朝喜来那逢今日…⑭531　翰林風月三千首吏部文章二百年…⑭498　眼見的…⑭408, 409, ⑮60　眼見得…⑭321, 345　眼梢児斜抹…⑭422　気喘狼藉…⑮76　九竜池…⑭395　久以後無根椽和片瓦…⑮56　急急煎煎…⑭448　去一遭…⑭281　抝…⑭506, 578　虚飄飄…⑭413　嬌娃…⑮51　金贈有恩人…⑮39　禁持…⑮92　軽呵軽君子，重呵重小人…⑭429　軽軽的素放了你…⑭302, 303　軽糸糸…⑭413　迎頭児…⑭540　月明千里故人来…⑮159　県君…⑮24, 25　拳頭上無眼…⑮28　険些児…⑭522　賢達・賢慧…⑮64　誤傷人命の言い訳…⑮29, 31　功名…⑭526　肯分的…⑭289　侯門深似海…⑭446　恰便似…⑭289, 321, 404　香馥馥…⑭413　香綿襖…㉖422　靠背…㉖413　合撲地…⑭320　黒黯黯…⑭318, 320, 341, 342, 371　黒窟籠…⑭478　兀的…⑭439　今日可便輪到我粧么…⑭539, 542　今日不知来日事…⑭345　咱…⑭360, 555　在衙人馬平安擡書案…⑮139　三世無犯法之男五世無再婚之女…⑭514　剗的・剗地…⑭483　攂過巻子…⑭398　攂廂（箱）…⑮138　攢造文書…⑮5, 68　司房・私房…⑮28　只落的…⑭320, 321　四季に託する未来の睦言…⑭471　使命…㉖420　紙鼗子…⑭584　色胆大如天…⑭446　疾忙…⑮156　這其間…⑭321, ⑮36　這場冷…⑭320　這的…⑭282　酒酔春風散客愁…⑭502　須索走一遭去…⑮27　十三把…⑮66　十年勤苦無人問，一挙成名天下知…⑭547　重生父母再長爺娘…⑮34　出姓…㉖418　女豔嬌…⑭535　少柴無米…⑮80　少東無西…⑮75, 76　省可裏…⑭502　悄促促…⑭320　笑呷呷…⑭413　梢…⑭422　笙歌引至画堂前…⑭451　情是人間何物…⑭435　身死…⑮344　怎知俺…⑭320　水泄般不漏…⑭483　吹筒粘竿…㉖417　睡些…⑭284　誰説起…⑭320　誰不知…⑭409　井落在吊桶裏…⑮46　生各支・生扢察…⑭320　清風一万古…⑮244　赤緊的…⑭33, 321, 555, ⑮155　積趲得黄金盛打磨的剣光新…⑭38　積漸的…⑭483　顫欽欽…⑮121　疏剌剌…⑭318, 320, 341, 342, 371-372　走一遭…⑭281, ⑮27　走南暸北…⑮75, 76　掃愁箒釣詩鈎…⑭498　喪門…⑮89　即漸的…⑭483　則我這…⑭401　則他那…⑭409　則被你弔殺我也丈人，則被你傲殺我也女婿…⑭544　則落的這一声喘…⑭302, 472　他道是…⑭320　多虧…⑮34　打閙処赸過…⑮127　大古是…⑭451　大古来…⑭450, 451　大廝八…⑭578　太歳…⑮89　搭殺不成団…⑭579　煖溶溶…⑭413　竹林寺…⑮467, 468, 470, 471　跳出那七代先霊也…⑭303　暢道…⑮161　趙貞女の故事…⑭516　直吃的…⑮145, 147　低多少…⑭289, 320, 321, 440, 451　定然…⑦474　的這…⑭292, 464　滴溜撲…⑭320　天也…⑮80　店小二…⑮95　吐吐麻食と禿禿茶食…⑮103　当権若不行方便，如入宝山空手回…⑮39, 40　投至得…⑭409　凍的我…⑭320　閙炒炒…⑭413　頭頂軍資庫脚踏万年倉…⑮45　頭踏…⑮70　得這…⑭292　那其間…⑭321, ⑮36　恁と您…⑭534　能行快走的解子…⑮142　把…⑮72-73　把筆司吏…⑮26　波波…⑮79　怕不…⑮155　買売帰来汗未消　上牀猶自想来朝…⑮98-100　撲簌簌…⑮121　撲騰騰…⑭413　半空裏…⑭320　眉児淡了教誰画…⑭415　美人図…⑭418　不知他…⑭320　不道的素放了你…⑮94　布衣走上黄金殿…⑭450, 451　巫山窈窕娘…⑭515　坌…⑭475　碧茸茸…⑭413　碧桃花下鳳鸞交…⑭540　憋…⑭541　便是喪門逢太歳…⑮89　包待制…⑭417, 580　包弾…⑭417　亡化…⑮48　旁州例・傍州例…⑮89　饜饜…⑮79　抹…⑭422　無那活的人也…⑮60　也這・也則…⑭292　也那…⑭292, 410, 446, 464　也波…⑭291-293, 410, ⑮55, 84, 85　也波哥…⑭293, 466　也麽…⑭292, 293, ⑮85　也麽哥…⑭293, 466　有那等…⑭320　有便治無便棄…⑮67　来来来…⑭302, ⑮92　涙不住行児下…⑮64　令史…⑮9, 10　路見不平…⑮28　蠟…⑮116　歪剌骨…⑮92

～の成語成句…⑭293, 296, 303, 473, 608

成語成句の頻用…⑭304, 353, 354, 406, 473, 542, 608

成語成句の来源…⑭293, 302, 304（諺…⑥317, ⑭293, 300, 301　雑劇自体が定着させた成句成語…⑭302-304, 345, 349, 353　しゃれ…㉖388　前人の詩詞…⑭293, 297-300　俗間演芸で定着した成語成句…⑭304　俗間の教訓書…⑭293-296　「論語」…⑭296, 297）

～の成立…⑬603, ⑭4, 607

～の盛衰…⑭4, 32, 603, ⑮372, 453

鬱起の時代（胡適説）…⑭146, 150

極盛期…⑭150, 159（盛況と南人詩文の不振…⑭159）

衰微…⑮170（衰微の原因…⑭268-272）

成熟…⑬604, ⑭32, 79, 148, ⑮556, ㉒119（盛衰と現実の反映…⑮453）

～の楔子…⑭16, 18, 22, 217, 219, 234, ⑮13, 36, 39, 43, 177, 195

～の白…⑭18, ⑮190

白と歌辞とのつながり…⑭228, 494, 527, ⑮171, 172, 178（作者は別とする説…⑭226-228, 231, 433　白の優人制作説…⑭226-228, 231　優人による改変…⑭231, 232）

白と科とのからみ…⑭229

白と伝奇の白…⑭285

白における所除～之職…⑭292-293
白における「太公家教」の句…⑭296
白による筋の構成…⑭18, 226, ⑮171, 178
白の異同の原因…⑭232
白の言語…⑭281-284（句首の三音の語…⑭322　口語性…⑭284-286, 306, 309, 314, ⑮190, 336, 358, ㉕49　同一語の繰り返し…⑭252, 253, 303）
白の言語と他の口語資料の会話（「金瓶梅」…⑭286　「元典章」…⑭284　「紅楼夢」…⑭286　「水滸伝」…⑭285）
白の言語と今日の北語…⑭281, 282
白の言語と「朴通事諺解」…⑭283
白の写実力…⑭330
白の助字・間投詞…⑭284, 285, 309
白の俗語…⑭230, ⑮180→～の言語　白の鄙俚踏襲…⑭227, 230　白の猥鄙俚褻…⑭226, 230
白の流動…⑭314, 347（助字の頻用…⑭308-311, 313　二音の複合語…⑭311　長句による波動…⑭307, 314　長短の句の不揃い…⑭314　名乗りの白…⑭392）
～の選本…⑭34, 36-38, ⑮189, 227, ㉗279→～のテクスト
～の前期と後期の作品比較…⑭185, 186, 349, 380
～の素朴と真実さ…⑮227
～の題材（素材）…⑭200, 201, 208, 211, 212, 214, 257, 269, 608, ⑮180, ㉖371
新しい題材…⑭211, ⑮179（社会現象からの取材…⑭212）
院本の題材…⑭201, 608, ⑮180
戯文の題材…⑭209
行商人を題材とする作品…①357
講釈…⑭201, 204, 207-209, 608, ⑮18, 180（教訓書…⑭208　金元の北方講釈の流れ…⑭202　軍談…⑭203　三国関係の作品…①154, ⑦9　水滸の講釈…⑭203　説公案…⑭204, 205　伝奇の講釈…⑭207, 208　南方の講釈…⑭202　文人に関する講釈…⑭206, 207）
諸宮調の題材…⑭201, 203, 208, 608
題材に対する変化潤色…⑭214-216, 221-224（史上の事件を現代の条件で描く…⑭220, 221, ⑮190, 191）
同一題材の複数の劇化…⑭209, 389, ⑮17→次本
恋愛感情の普遍さを題材とする作品…⑮201, 210, 215
～の題目正名…⑭381, 382, 389, 549, ⑮14, 163
題目正名における像生…⑮15, 16
始めの三字の語…⑭322
～の逞しさ…⑭254-257, 260, 264, 269, 528, 608, ⑮10
諧謔…⑭268　構成の逞しさ→～の構成　市井の生活に取材…⑭264, 269, ⑮182　題材が既存の物語からの借用…⑭257, 260
～の逞しさの喪失（後期）…⑭264, 268-270, 608
過度の奇の追求…⑭266, 267, 528　諧謔の喪失…⑭268, 269　愚直さの喪失…⑭267　元末社会の変貌…⑭268, 269, 352, 608, 609　雑劇成立条件の分析的反省…⑭269　「児女団円」と「老生児」比較…⑭264　熟視能力の衰退…⑭269, 352, 608　題材の変遷…⑭269
～の地位の確立した時期…⑭148
～の中心地杭州…⑭32, 56, 155, 168, 174, 279, 379
～の中心地大都…⑭32, 56, 155, 279, 379, 380
～の聴衆…⑭15, 54, 74, 83, 129, 200, 226, 241, 606
士人→～と士人　民衆…⑭55, 62, 75, 83, 90, 606
蒙古朝廷→～と蒙古朝廷
～のテクスト…①42
異文・異本…⑭562, ㉖252　一折分の歌辞のみを抜粋した選本…⑭49（「詞謔」「詞林摘艶」「盛世新声」「雍熙楽府」→各項）　刊行者の無知による更改…⑭53　形式（歌辞のみのテクスト・曲白双全のテクスト）…⑭231　元刻の版本…⑭34, 52, 562, ㉖252　原作から遠ざかったテクスト…⑭388　写本によるもの…⑭34　白の異同…⑭232　テクストの発見…⑭38　読書の対象としての関心…⑭32, 33　俳優による恣意的更改…⑭53, 231, 232　版本をもつもの…⑭34　明の版本…⑭34, 52, ⑮227
～のテクスト…⑭34, 38-41, 388, ⑮169
「元刊古今雑劇三十種」「元曲選」「元明雑劇」「古今雑劇」「古本戯曲叢刊」「古名家雑劇」「孤本元明雑劇」「顧曲斉元人雑劇選」「新鐫古今名劇」「新続古名家雑劇」「息機子古今雑劇選」→各項　趙琦美写本…⑭40, 41, 111, 365　童雲野本…⑭40　「陽春奏」…⑭40, 365, 380　「李開先改定元賢伝奇六種」…⑭39　劉延伯所蔵本…⑭360, 361
～の体裁…①42, ⑭16→～の約束
～の伝奇という呼称…⑭232, 256
～の登場人物名…⑮25
悪人の名前…⑮25　官僚の名前…⑮21　妓女の名前…⑮25　従者の名前…⑭436　息子・娘の名前…⑮25, 26　邏卒・良吏の名前…⑮25
～の南進…⑭32, 162, 176, 379, 607
雑劇の中心の南方移動…⑭155, 159, 175, 202, 209, 279, 379, 607
～の背景…⑭3, 54, 140-144, 174, 175, 178, 179, 183-186, 254, 268, 347, 607
～の俳優…⑭53, 57, 59, 73, 75, 78, 91, 231, 232
女優…⑭57, 58, 60, 75　宋氏…⑭78, 101　俳優と作者…⑭125, 231　俳優の結婚に関する禁令…⑭60　俳優の衝州撞府…⑭58-60
～の配役の名称…⑭16, 17
～の発生…⑭90, 213, 593
発生の過程…⑭30, 32　発生の時期…⑭30, 32, 66　発生の地…⑭30
～の文学史的意義…①165, ⑭7, 9, 11-16, 256, 606,

⑮187
脚本を現存する最古の演劇…①42, ⑭7-9, 379, 606, ⑮169, 187, ㉕49
虚構の文学…①309, ⑭376, ⑮211, 212, 215, 424（現存する最古の虚構の文学…⑭9, 11, 274, 606, ⑮187, 211）
元の文学の代表…⑭13, ⑮169
口語文学の最古の資料…⑬603, ⑭11, 12, 127, 274, 606, ⑮187
中国演劇史的意義（戯曲の古典…①205, ⑭13　最高のもの…⑭13, 44, 256, 379, 606, ⑮169-170, ㉗279　最初の充実…①44, 85, ②356, ⑬603, ⑭9, 13, 256, 554, ⑮170, 369, 434, ⑯536）
中国最初の士人以外を鑑賞者とする文学…⑭15
中国最初の専門家の制作による文学…⑭14, 15
～の文学的価値…⑮8, ⑰259
～の文学的性格…①612, ⑭3-4, 54, 75, 83, 129, 200, 272, 273, 608
非読書人の文字の面白さ…⑮10, 11
～の文章…⑭4, 295, 554, 608-610
文章の活発…⑭304, 330, 347-349, 609, ⑮187
文章の弛緩（後期）…⑭349, 350, 352, 353, 609（語彙の拘束…⑭349, 352　語彙の積極性の喪失…⑭349　写実力の弛緩…⑭269, 352, 609　文章を成立させる条件の反省・流動力の喪失…⑭352　歴史ある言葉の偏重…⑭349-353, 406）
文章の写実力…⑭305, 330, 339, 342, 344, 347, 348, 609（口語による写実力…⑭339, 348, 609　口語の語彙の自由さ…⑭340, 342, 344, 345, 609　新語の写実力…⑭340, 341　新語は過去の使用例から自由…⑭341, 342　襯字の寄与…⑭342, 609　文章の素材とする言語…⑭304, 348, 354）
文章の鍛練・充実…⑭125-127（作者の詩文の教養…⑭126, 128　雑劇以前の口語文学の鍛練…⑭127）
文章の流動…⑭304, 314, 318-320, 322, 323, 342, 347, 348, 609（歌辞の流動→～の歌辞　口語であることによる流動…⑭305, 306, 347, 348, 609　長い句による流動…⑭307〔長い句による心理的・音声的波動…⑭307, 308, 609　助字の使用による波動…⑭308-311, 313, 609〕）
～の母胎…⑭31, 66, 120, 201, 326, 567, ⑮170
～の勃興期…⑭30, 146, 379, ⑮3
勃興期の作品…⑭380
勃興の原因…⑭75, 138, 139, 143, 175, 276, 607, ⑮424（元初社会の雰囲気…⑭140, 141, 182, 186, 254, 255, 268, 347, 607, 608　写実主義の精神…⑭255　民衆勢力の伸張…⑭143, 255〔宋遼金における堆積…⑭143〕　蒙古人の統治→～と蒙古人の統治→～と蒙古朝廷）
～の幕切れ…⑳225
～の明代における流伝…⑭34
雑劇の刊行…⑭34, 39　雑劇の収蔵…⑭34
～の名作→～の傑作
～の摸倣（後期）…⑭270, 271, 608
～の摸倣（前期）…⑭257, 270, 271
～の約束…⑭17, 216, 218, 379, 527, ⑮13, 171, 190, 379
四折…①42, ⑭16, 33, 216-218, 259, 260, 379, 527, ⑮13, 171, 185, 203, 227（一折という単位…⑭216）　主役のみ歌う…⑭16, 260, 379, ⑮171, 185, 190, ㉗282　主役は一人（歌者は一人）で通す…⑭31, 216, 218, 219, ⑮11　定場詩…⑭17, 23, 126, 391, 392, ⑮20-22, 97
～のリアリズム…⑮181-185
構成に過度の関心を払わぬ結果…⑮184　時代の雰囲気と熟視の態度…⑮182　俗語の使用…⑮183→～の歌辞→～の言語　北方人の気風…⑮181
～への耽溺…⑭57, 58
雑劇　元明…⑭39, 40, 364　宋…⑭274, 554　南宋…⑭8, 10, 176　北宋…⑭8, 10
雑劇（明）…⑭34, 280, ⑮621, 622, 624→伝奇（明）
初期…⑭32　中期…⑭32, ⑮477
「雑劇選」息機子編・万暦刊本…⑭365→「息機子古今雑劇選」
雑史…⑰558
雑説…⑳363
雑佩…⑳406, 657, 658
雑班局分…⑭371
雑筆…㉕233, ㉗421
雑文…㉔28
雑文（青木正児）…㉓616, 617, 622-624
雑文（魯迅）…㉗291
里見弴…②569, ⑱440, ⑳416
真田幸教（ゆきのり）…⑰201
真田幸村…⑦4
讃岐…⑫254, ⑰216
実藤（さねとう）恵秀…⑳252　訳・欧陽凡海「無辜者」…①631　共訳・老舎「四世同堂」…①621, 626
侍の道…㉓305, 408, 478
猿楽・散楽…⑭142, 366, 380, 592, ㉓314, ㉕200
猿沢の池…㉖95
猿田…⑰584
猿飛佐助…㉒343
沢口剛雄「漢代文学研究第一編」…①633
沢田あい子…㉖251
沢田一齋…㉖425
沢田瑞穂「泰山香税考」…⑳359
沢村宗十郎…⑳244
三畏…⑤275
三院…⑬249
三袁…⑮538, 539, ⑯69→公安三袁
三淵…⑬128
三王…②252, ③16, 553, ⑥258, 260, ⑬553, ㉓292,

545, 546→三王朝→三代
～の官…②242
～の容貌…㉕151
～の礼…⑦254
三王朝…㉓292, 340, ㉔10→三王→三代
～の書物…㉔10
三下裏…⑭321
三家（漢）…②243, 244
三家詩…③38, 39, 41
「三家村札記」…㉒456
三が根山…⑱547
三河…⑦215
三害…㉖409
三角形の内角の和…⑳191, 205
三月…㉒93（三月晦日…⑬38）
三月三日…⑫105, ㉒78
三桓…⑤176, 226, 234
三間…㉖418
三韓（金）…⑮380
三韓（朝鮮）…㉓363
三危山…⑦440
三宮…⑮404
「三俠五義」…①299
三峡…①150, ⑫583, ⑬65, 99, ㉕438, 441, 447, 463, 465, ㉖183, 213, 502
険…⑫5, 577　舟下り…㉕464　水…⑫114
三峡の詩（杜甫）…㉔194
「三教源流聖帝仏師捜神大全」…㉖400
五聖始末…㉖419
三教合一…⑥237, ㉒111
「三教珠英」…⑪19-21, 40
三経…㉓10
「三経義疏」…㉓10, 11, 21, ㉕277, ㉗414
「三経新義」…⑦272, ㉕234, 235
三軍…⑤230, 231
三荆…⑦540
三玄（易・老子・荘子）…⑦324
三言（古今小説・警世通言・醒世恒言）…⑬504
三言八字…②257
三鼓…㉓201
三呉…⑯34
三語掾…⑦484, 486
三公…⑥120, 370, 371, ⑪501, ⑰166, ㉓492
三公郎…⑫665
三光…㉕169
三后…③17, ⑥19, 396
三江…⑱475
三更…⑪57, ⑮589
三皇…②252, 289, 301, 549, ⑥213, ⑬553, ㉕124, 151, ㉗87, 88
～の時代の書物…㉓81
～の世の無謬…㉓82
三皇五帝…②301, 549, ㉓277
三皇五帝伝説…㉗267
三高対一高野球戦…㉔52
三綱…⑮412
三簧…⑮134
三国（魏呉蜀）…②391, 550, ⑦3, 589, 597, ⑬551, ㉕103, 456, ㉖136
～以後の仏典漢訳…㉕387
～以後の文学…③20
詩…③19, 29, ⑥332
～における美文への志向…③14, ⑦591
～における老荘哲学…⑦590
～に取材する文学
演劇（元雑劇）…①154, ⑦9, ⑭202　講談…①414, 417, ⑦9, 37, ⑭202　小説…①207, ⑦3
～の英雄…①131, ⑭561, ㉖195
～の詩…⑥332, 339
五言詩…①74, 242　叙情詩…①65　絶望の歌…①95
～の詩人…①15, 65, 74
～の統一…②550, ⑬551
～の筆蹟…②524
～の歴史…①160, ②585, ⑦10, 11
史官…⑦45　史実と「三国演義」…①207　正史…①160, 241（動乱の時代と陳寿…①160）
「三国演義」…①211, ⑦35→「演義三国志」「三国志通俗演義」
～「水滸伝」…①196, 205, ㉖370
エロスの乏しさ…⑲47
元雑劇の語彙語法との比較…⑭283, 591, ㉗279
原形の宋代寄席での上演…①200, 211（講釈の筆録…①211, ⑪547, ⑬565, ⑯290, ㉖371　章回小説形式と南宋小説…⑬507）
「源氏物語」の出現時期との比較…①58, 85, ⑱41, 42, 446
作中の英雄像…①639
堆積円熟の経過…③516, ⑬547（小説への結晶の時期…①76, ⑭11, ⑮475）
中華人民共和国成立後の研究…⑪455, ⑰4
中国小説史開幕…①45, 58, 69, 85, 165, 180, 200, 275, ⑬225, ⑮369, 475, ⑱42, ㉖370
日本の翻訳紹介…⑭591, ⑰398, 408, ㉓606
魯迅の研究…⑯322
～「水滸伝」以後の小説（三国・水滸・西遊記・金瓶梅・紅楼夢系列）…①76, 246, ⑮369, ⑯288
各国語への翻訳紹介…⑲417
韓愈の文学との関連・対比…⑪375-376
作者名確定の困難…⑭593
思想性の弱体・事件性への興味…⑥236, 237
思想性の相対的増加傾向…⑥237
庶民の娯楽として発生…⑪375, ㉖373
小説の地位…①165, 246, ⑯283, 291
西洋の近代小説との相違…⑥236, 237, ⑯288
中国人の読書と小説…①205, 211, ⑰474, ㉗398

（読書人と小説…⑬565, 567, ㉖373）
テクスト　亜東図書館新式標点入り版本…⑳251（新印本〔文革後〕…㉒458　復刻本〔人民共和国成立後〕…㉕418）
唐宋の伝奇との関連…⑪547
日本（大正期の関心…⑫729, ㉒72　明治期の研究…⑰391, 395）
文学革命における評価…①165, 213, ⑫729, ⑯431, 644, ⑰417, ㉒71（文体…①76, ②199, ⑯283）
～と戦争…①122, 154
～と日本人…①154
桑原武夫…①411, 412, ㉕438　野田又夫…①411, 412　森鷗外…⑦5
～と日本の軍談…①122
～との関わり　胡適…⑫729, ⑯358, 360, 431, 644, ⑳251　謝在杭…①216　清朝宮廷…㉓174　陳寿「三国志」…①625, ⑤11, ⑥240, ⑦11
～と明宮廷の宦者…㉒314
～と「論語」…⑤140
～における一湧性…②222
～における気死…⑮59
～の関羽の活躍…①154, ②370, ⑦38
関帝廟…②370
～の関索と「水滸」の病関索楊雄…㉖402
～の三国史観…⑦11
～の士大夫への浸透・史実との混同…①207
～の成立…①154
～の赤壁の戦い…①412, 413, ⑦36
横槊賦詩…⑦28, 36, ㉑15
～の曹植の詩（煮豆燃豆萁）…⑦74
～の登場人物像　周君…①207, ⑦4　曹操…⑦3, 4, 12, 27, 57　張飛…①47, 417　鄧艾…①417　劉備…⑦3, 4, ⑧11　呂布（温侯）…㉖389
～の母胎…①200, 211, 414, ⑭202
元雑劇との関係…⑭202, 203　「説三分」との関係…⑬565　蘇軾「赤壁の賦」との関係…⑦36, 37　杜牧「赤壁」の詩との関係…①414　李商隠「驕児」の詩との関係…①417
～の野性の讃美…①45, 46
～の劉備の馬…㉖32
～の呂布と「水滸」の呂方…㉖389
「三国演義」（テクスト）
亜東図書館本…⑳251　弘治本…⑬520, ⑭282, ㉖402
「三国演義」（篇名・項目）
関羽延津に文醜を斬る　関羽白馬に顔良を刺す…⑦38　孔明は智を以って周瑜を激らせ，孫権は計を用いて曹操を破る…①414　曹操槊を横たえて詩を賦す（湖南文山訳）…⑦27
「三国演義」（翻訳）
～日本訳…⑦5, ⑰398, 408, ㉓606
小川環樹訳「三国志」…①414, 417, 634, ⑦8
湖南文山訳→「通俗三国志」
帝国文庫本…⑦5
月乃舎秋里訳「通俗絵本三国志」…⑰390
永井徳鄰訳「通俗演義三国志」…⑰390
村上知行訳「三国志」…②565
有朋堂文庫本…②603, ⑦5
～満州語訳（清）…⑦4, ㉓174
「三国史記」（朝鮮）…①177, ②161
「三国志」（小説）→「三国演義」
「三国志」（陳寿）…⑦10, 92, 140, 594, ⑬577, ⑯584, ㉗105
～を含む二十四史…①153, 177, ②154, ㉑93
～と「三国演義」…①625, ⑤11, ⑥240, ⑦11
～と「史記」「漢書」…①75, ⑰187
～と「史記」「漢書」「後漢書」…①241, ⑬575, 576
三史三国以下の正史のいとなみ…⑪374　三史三国による典故…㉕326　三史三国の注釈…㉑73　三史三国の唐以前の流布…⑬577
～と「唐韻」…⑬576
～と李白の詩…⑬579
～における七子の記述…⑦101
王粲…⑦101　阮瑀…⑦112　徐幹…⑦117　陳琳…⑦102, 103, 106-108, 112
～における曹操とその一族に関する記事
延津の戦い…⑦37　韓遂への策略…⑦82　旧友殺害…⑦36　赤壁の戦い…①412, ⑦36　曹植伝…⑦82, 83　曹操評…⑦10, 36, 40　曹操父子の伝記…⑦11　曹丕曹植対立の経過…⑦75, 127
～の著者の執筆態度
「呉志」の人物と「魏志」の人物…⑰329　慎重公平…⑦10　臧洪の記事の扱い…⑦107, 108
日本記述の冷淡…②585, 586
～の著者の出身地…②513
～の裴松之注の引用書…⑬576
～の文章…①75（方包の評価…②493）
～の劉備の馬…㉖32
「三国志」（注）…㉑73
裴松之…①600, ②585, ⑦10, 11, ⑬576
魏志…⑦74
王粲伝…⑦497（応瑒…⑦147, 170　阮瑀…⑦114　徐幹…⑦119　陳琳…⑦107）　公孫瓚伝…⑦104　蘇則伝…⑦499　曹純伝…㉒90　張魯伝…㉗103, 105　董卓伝…⑦498　武帝紀…⑦10, 11, 36, 37, 76, 95, 103　文帝紀…⑦76, 78　邴原伝…⑦140　虞翻伝…⑥399
呉志　周瑜伝…①412
「三国志」（テクスト）
宋国子監本…⑬581　日本古写本残葉…㉖473
「三国志」（篇名・項目）
魏志（魏書）…②585, 586, ⑦74, ⑰329
烏丸鮮卑東夷伝…②585（烏丸伝・鮮卑伝…②585　東夷伝…②585〔濊伝・韓伝〈辰韓伝・馬韓伝・

弁韓伝・弁辰伝〉・高句麗伝・東沃沮伝・夫余伝・挹婁伝…②585　倭人伝…②565, 584, 585, 591〕）　王粲伝…⑦101, 147（応璩・応瑒…⑦147　阮瑀…⑦112　徐幹…⑦117　陳琳…⑦101-103）　王脩伝…⑫287, ㉒90　王粛伝…⑦179　何夔伝・賈詡伝…⑦127　許褚伝…⑦35　邢顒伝…⑦127　崔琰伝…⑦36, 95, 127　蔣済伝…⑥29　臧洪伝…⑦107　張魯伝…㉗105　陳思王植伝…⑦82, 127（程暁の条…①438）　典韋伝…⑦35　鄧哀王沖伝…⑦88　武帝紀…⑦10, 34, 37, 38, 76, 106（評…⑦10, 40）　武文世王公伝…⑦74　文帝紀…⑦75, 76, 78（評…⑦78）　邴原伝…⑦140　（方技伝・朱建平の条…⑦148）　毛玠伝…⑦127
呉志（呉書）…⑰329
華覈伝…⑦480　是儀伝…⑦99　周瑜伝…①413　張昭伝…⑦102
蜀志（蜀書）
諸葛亮伝…①160　秦宓伝…⑥204
列伝…①160, ⑦140
「三国志演義」→「三国演義」
「三国志」諸宮調…⑭203, 572, 579
三国志小説…⑦37
「三国志注」（裴松之）→「三国志」（注）
「三国志通俗演義」…㉒314→「三国演義」
「三国志平話」…①630, ㉖414
三国同盟（日独伊）…②193
三国南北朝
～の分裂…①73, ㉕6
～の作家と文学批評…①608
～の詩…①74, ㉑42, ㉕7
三国六朝…②313
～の学問…②318
「漢書」注釈…㉕85　五経注釈…㉗64
～の鼓吹…⑥348
～の口語資料…⑦515
～の政治史の特長・分裂期・貴族政治…⑦589
～の文学…⑦593
楽府…㉑15-19, 21　詩…①65, 108, ⑥304　詩文…㉕213　美文…①65, 66, ②167
～の文学の意識の確定…⑭11
三国六朝唐の詩の悲哀…㉑215
三才…㉑103
「三才図会」…⑰560
『三煞』「漢宮秋」…⑮200　「救孝子」…⑭335
三山（海中の三神山）…⑮436, 437
三山（地名）…⑭157
三山街（金陵）…㉖368
三山聚義…㉖390
三山老人…⑫222
三子…⑤258→三桓
三尸神…㉒307
三司…⑫392
三史→科挙
三史（史記・漢書・後漢書）…⑥171, ⑬577, 580
～三国…⑬576
～の出版（北宋）…⑬584
三史（史記・漢書・東観漢記）…⑥246
「三字経」…⑯351, 353
「三字訓」…⑭293, 294
三事…㉓492
「三十三種清代伝記綜合引得」…㉓253
三十日取り（遊戯）…⑯513
三十六行…⑱550
「三十六人集」…②597
三叔征討（周公）…⑦276
三俊（元明善・曹元用・張養浩）…⑭159
三女…㉒78, 79
三省の学術（清）…⑯3-5, 8, 9
三省の実証学（清）…⑯4, 5
三象…⑮499
三上庚…⑪512
三条市（新潟）…㉔287
三条西実隆（さねたか）…⑳276
三条行…⑳247, 248
三沈（士遠・尹黙・兼士）…㉒329, 330→沈氏兄弟
三辰の法…㉕338
三神山…⑮437
「三遂平妖伝」…⑬510
滝沢馬琴旧蔵明版二十巻本…⑱517　天理図書館善本…⑱519
三世（公羊伝）…⑰616
三世異辞・顔氏の三世の説…⑥370
三世転生の説…②525
三世の諸仏…②195
三青鳥…⑦439, 440
三川県（陝西・鄜州）…⑫204, 284, 336, 343, 394, 395, 398, 399, ㉒32, 35, 37
三楚…⑦222
三宗…⑮426
三倉…⑯96
三鎗…⑮121
「三体詩」…①274, ⑪563, ⑰392, 397, 407, ㉓158, ㉕165
～と荻生徂徠…㉓305, 306
～と五山の詩僧…⑬48
五山以後の普及…⑬185, ㉓292
～と唐詩の情と景の相生…⑪10
～の虚・実…⑬185, 202, ⑮426, ㉓116
～の詩の排列の原則…⑬185
～の序（方回）…㉓38
～の杜牧の「九日」…⑬633
～の杜牧の「赤壁」…①411
～の李商隠の詩…⑪448
～編纂の時代的雰囲気…⑬185
作詩教本の役割…⑬185, ⑮426
「三体詩」（村上哲見）…①271, ⑬633

三大和尚（憨山・紫柏・雲棲）…⑯40, 41, 45, 46
三大師…⑯48→三大和尚
三代（夏殷周）…②549, ③16, ⑥225, ㉓292, ㉖248→三王→三王朝
～以上は文，秦以後は字（顧炎武）…㉗98
～以前と三代以後（朱子）…⑬571, ㉓82
三代以下の文献には得失…⑬571
三代以前の書の貴重・六経…②253, ⑬554, 571
三代を完全善の社会とする態度…㉓545
三代の王者に劣る漢の統一…⑥39
三代の創業者を聖人とする信仰…㉓545
～を理想の時代とする儒家の態度…⑰163, 166
～と後王（荀子）…②253, 255
～に対する荻生徂徠の態度…㉓340, 341
三代以後に対する態度…㉓441　三代の楽と日本の雅楽…㉓366　三代の礼と日本の神道…㉗157
～の君主の言語の記録・「書」…㉑156
～の古書（諸子を含む）…③17
～の正経と日本の政治（菅原道真）…⑰18
～の制と伊藤東涯…⑰163, 164, 166
～の存在に関する認識の変化…③18, 553
「三代実録」…⑥247
三台…㉒305, 306
三台北斗神君…㉒306
三台北斗の説…㉒307
三知己…⑮383
三岔口…⑯593, 599
三張（道術者）…㉗105
三朝…⑬164
「三朝北盟会編」…⑭343, ⑰594
三停…㉖424
三伝…⑯81, 93, 116, 237, ⑰555, ㉑160→春秋三伝
～の黙読暗誦…⑬564
「三伝会篇」…㉔281
三伝の科→科挙の課程
三洞四部の書（道蔵）…㉒304
三島…㉒326, 327
三等寝台…⑳438
三難・三善の説（銭謙益）…⑯95
三二載…⑮158
「三人行」…⑰519
三年の喪…⑰283, ㉓390
三農…⑯215, 216
三巴…⑪120, 123
三馬三沈…㉒329, 330
三藩の反乱…⑲197
三筆（日本）…㉖499
三百篇…⑯245, ㉒63, 78, ㉓244, ㉗368→「詩」
～と極東の詩…㉒19
～と孔子…⑤41
三百篇尊重…②521　三百篇編定…②303
思無邪…⑤42
～と銭謙益…㉖445
三百篇と楚辞と古詩十九首…⑥330, ㉖444
詩の祖…⑯70, ㉖440
～と唐詩（元好問）…⑯115, ㉖451
～と日本人　伊藤仁斎・三百篇の俗…⑪434　荻生徂徠…㉓347, 348, ㉗228　堀景山…㉗170　本居宣長…㉗227, 228
～の遺風…㉓156, 238
～の押韻…⑭325, ㉔79, ㉖36
～の温柔敦厚…㉓440
～の後裔…㉓238, 239
～の序…㉓462
～の善意の人間の勝利への確信…⑥13
～の疏…㉗78
～の天の意思への信頼…⑥17
～の伝統…㉓154, 159
～の風雅の伝…㉓154
三苗…⑩467, ㉓20
三不足の説（王安石）…⑬433, 441, ⑯78
三伏…①435, ⑬82
三副…⑬209
三仏斉…㉓394, 485
「三墳」…㉓81
「三輔決録」…⑥393, ⑰559
「三輔故事」…⑭422
「三輔黄図」…⑪191, ⑰559
三保太監…②154→鄭和
「三保太監下西洋」…②154
三宝の奴…①284, ⑮265, ⑰15, ⑱457
三峰の禅…⑯49
三木三鳥の伝授…⑳192
三民主義…①118, ②336, 342, 343, ⑯443
三眠…⑭422
三門亭…⑯376-379
三余…⑰477
三楊（楊士奇・楊栄・楊溥）…⑮476, 487, 618
三礼（儀礼・周礼・礼記）…②317, ③10, ⑰186, 555, ㉓348, 451, 604, ㉕326, 341, ㉗70, 157
～と元以後の科挙…㉕320, 321
～と鄭玄注…㉔241, 242, ㉕225, 336, 340
～と日本人　伊藤仁斎…㉓85　伊藤東涯…⑰555　荻生徂徠…㉗152, 157　狩野直喜…⑰258　山井鼎の校勘…⑰583
～の学問…⑳335, ㉗294
三礼（注釈）
解・季本…⑯89, 90, 93　注・鄭玄…②318, ㉔241, 242, ㉕225, 336, 337, 339
三礼三伝…⑯237
「三礼図」…⑥346
「三籟集」（元の三和尚の山居詩と四居詩）洛京書林田氏道住刊…㉓267（序・隠元…㉓267）
三劉…⑯240
三弄…⑯160

三郎郎当…⑪251
山…②70
山陰（浙江）…⑬150, ⑭34, ⑮496, 523, 533, ㉑236, 240, 243
山陰（日本）…⑥410, ⑲267
山陰線…⑲295
山園…⑫483
山歌…⑬522, ⑱49
山河在…㉒91
山海関…⑥72, 144, ㉓162, 167, 172
山海の図…⑦423
山閣…㉖206
山簡…⑫165, ⑬82, 579
山鬼…㉒79
山居…㉓248
「山居新話」…⑭74, 100, 439, ⑮138, 224, 250, 251, 279, 287, 288
山月詞（李白）…⑰168
山光…㉔184
山谷之士…㉓623
山根…㉖403, 404
山左…⑯238, 239, 245, ㉓261
山齋…⑮279
山重鼎印…⑰583
山椒大夫…②413
山椒に在り…①383
山人・無官の自由人（唐）…⑫327
山人・遊行の市民詩人（明末）…⑮532
山水画…②515, 529, 531, 533, 535
山水詩（謝霊運）…①155, ㉔233
山水詩人…⑬48
山水の美への覚醒（三国六朝）…⑦590
山西（省）…②145, 152, ⑦16, ⑫241, ⑮432, ⑯19, 145
～五台山における憨山徳清…①532, ⑯42
～西南隅の鸛鵲楼…①459, 460
～地方の安禄山軍への抵抗…⑫308, 325
～地方の国　晋（春秋）…⑤66, 185
趙（戦国・漢）…②143, ⑥71
～地方の万里の長城…⑥71, 72, 85
～南部（戦国・魏）…②108, 110
～の地名・遺跡　雲崗の石仏…②527, 539　雲中…⑥85　永済県の鸛鵲楼…①459　河中府河東県…①459, 461　雁門…⑥85, 347, ⑮455, ⑯118, ⑱475　忻州…⑮385, 386, 391, 392　五台山…①532, ⑫620, ⑯42, ㉓176　朔県…⑥84　上艾…⑦119　大同…⑥74, 84, ⑬599　太原→その項　太和…⑪489　代…⑥50, 82, 98, 347, ㉖390　定襄…⑥87, 98　馬邑…⑥81, 83, 84, 97, ⑯118　汾陰県…⑥140, 142, 143, 254, ⑪482　平陽→その項　楼煩（雁門）…⑥347
～の土地柄と近江の土地柄…①212
～北部…⑥50, 74, 85, 347, ⑬3
山西盆地…⑫308
山精…⑫163
山尊…㉗79
山中宰相…㉓365
山長…①382, ⑯265, ㉒298
山鼎之印…⑰583
山東…⑥500, 541, ⑬308
～の遺黎…⑯34
～の沂州の人…⑭187, 385
山東（省）…⑥135, ⑪152, 327, ⑫362, ⑯3, ㉓231
～・安徽・江西と近世文学…①77
～から蜀への移民（漢）…⑥202
～・河南の諸侯国歴訪（孔子）…⑤33
～泰山における封禅（漢武帝）…⑥142, 144
～地方の国　斉（春秋）…②521, ③26, ⑤64, 85, 155, ㉕349　南燕（東晋）…⑦429　魯（春秋）…②292, ⑤64, 85, 121
～中部…③523
～との関わり　安禄山…⑪179　元好問…⑭97, ⑮390, 391　厳実…⑮391　公山弗擾…⑤181　洪鈞の郷試委員長…②442　宋江…⑬140, ㉖371　陳師道…⑬136　東郭咸陽…⑥119　范隠者…⑫679　李杜の放浪…⑫653, 679, ㉖116　李白…⑪179, ⑭530
出身者　王禹偁…⑬58　王士禛…⑯160　児寛…⑥126　孔毓埏…㉓271　孔子…⑤121, ㉓271　孔孫弘…②403, ⑥109　孔宙…⑦92　謝榛…⑮512　周子晟…⑰595　徐幹…⑦118　鄭玄…㉑229, ㉕228, 335, 338　曹植…⑦128　晁冲之・晁補之…⑬137-138　辺貢…⑮503　李樊竜…⑮511
知事　東平知事・阮籍…⑦182　密州知事・蘇軾…⑬17, 101, 214, ⑳351
～東部…⑤158
～南部の縦断…⑥411
～南部の学派…③38
～の音…⑯160
～の語気…⑦120
～の巡幸（漢武帝）…⑥144
～の地名・遺跡　鄆城県…⑮46, ㉖390　益都県…⑦429　兗州…⑫653　冠県…⑭97　冠氏県…⑭97, 115, ⑮354　沂州…⑭187, 385　鉅野…⑬58, 138　曲阜→その項　曲阜県…⑤181, ⑦92　済南→その項　菑川国…⑥109　寿光県…⑦118　鄒県の魯王朱檀の墓…㉒56, ㉕504　長白山…⑮514, 515　棣州…⑬136, ⑮354　東莞…⑯232, 255, 256　東平→その項　徳州…⑮512　費…⑤181, 183, 185, ㉕264, ㉗261　武梁祠の石刻…⑦551　蓬莱県…⑬510, ⑮32　密州…⑬17, 101, 214, ⑳351　楽安…⑪511, ⑰595　梁山泊→その項　聊城県…⑮390, 399, ㉑165　臨淄…⑦128, 174, ㉕351　臨清…⑮512　歴城…⑮503
～の踢毽子（遊び）…⑭585

～の人間は不実…⑥111
～の方言における顇（漢）…㉕91
～の方言における不善（現代）…⑭550
～の某先生（夏泉）…⑯160, 642
山東の名士…⑰297, ⑳268
～の名港（芝罘）とナポリ…①553
～の名山　徂徠山…⑫679, ⑭530, ㉓293　泰山…⑤7, 143, ⑥142, ⑫435　東蒙峰…⑫111
～の棉花布種…⑯212
～の流民（漢）…⑥161
～北部…⑦94
～北部の学派（前漢）…③38
山東（唐代の称）…⑪152, ⑫99
～の二百州…⑫99, 129
山東運河道…⑯243
山東河南地方…⑫563, 581, 679
山東河北地方…⑥139, ⑫45, 47, 59, ㉖371
山東九左衛門…㉓314
山東軍閥…⑳268, ㉒486
山東巡撫…⑯238
山東省人…①203, ㉓261
山東省民政署長…⑳268
山東西道廉訪使の申文…⑭212
山東僉憲…⑭187, 385
山東督糧道…⑯246
山東平野…⑤143
山濤…①118, ②169, ⑦188, 503, ㉕168, 210
『山坡羊』　張可久…⑭166
「山木」…㉖447, 452
山門…⑫458
山陽（中国）…⑥392, ⑦91
「山陽公載記」…⑦499
山陽本線…⑱542, ⑳492
山罍…㉗79
山竜藻火の裳…㉓225
刪述…⑪136
刪潤…㉓348
参議（日本）…㉓129
参議中書省事…⑮266, 267
参軍…①418
参倣…㉖413
参従…②169
参知政事…⑬63, 93, 144, 161, 228, 246, 247, ⑭72, 82, 206
参寥…⑬138, 309, ⑰348, ㉖398→道潜
「秋の日の西湖」…⑬212　「帰宋の道中」…⑬22　「参寥子詩集」…⑬210, 311, ㉖398　「秋江」…⑬211　「鄒医に贈る」…⑬210　「定林寺を過ぎて荆公の画像に題す」「東坡先生挽詞」…⑬126　「臨平の道中」「淮のかわの上」…⑬212
珊瑚の筆格…⑬251
剗草除根…⑭290
剗地…⑭483, ⑮57
剗的…⑭483
狻猊磕脳…㉖414
赸…⑮126, 127
惨澹…⑫527
散（盃）…㉗89
散関…⑦22, ⑪249
散館…㉓163, 181, 190, 193, 196, 197
散騎常侍…⑦148, ⑲204, 205
散曲…①124, ⑭180, 184, 555, ⑮621
～と詩詞文学…⑭31
～と雑劇の歌曲…⑭31, 64, 118, ⑮621
～と銭謙益…㉖454
～と李夢陽…⑮622, 624
～の作者…⑭83, 118, 119, 140, 142, 174, 184
阿里西瑛…⑭385　王九思…⑮509　王士熙…⑭184　王庸…⑭167　汪勉之…⑭153, 167　郝天挺（新庵）…⑭184　貫酸斎…⑭161　関漢卿…⑭123　喬夢符…⑭187, 383, 384, 387　胡紫山…⑭100　顧徳潤・呉朴…⑭167　侯正卿…⑭107　高安道…⑭55　高克礼（敬臣）…⑭167, 385　康海…⑮509, 622　黄公望…⑭165　薩都剌…⑭184　史九散仙…⑭111　徐再思…⑭166　銭霖…⑭166, 174　曹鑑…⑭184　曹元用…⑭101, 184　曹明善…⑭167　張小山…⑭166, 174　趙天錫…⑭115　趙樸初…㉖494　杜仁傑…⑭55, 119, 120　馬昂夫・班惟志（恕斎）・馮雪芳…⑭184　姚守中…⑭117, 119　楊果…⑭100　楊立斎…⑭572, 574, 575, 577, 578, 582　李泂・劉時中…⑭184　劉廷信…⑭182, 183　劉秉忠…⑭118, 140　盧摯…⑭100
～の作者の記録・考証　「元曲家考略」…①617, ⑭367　「録鬼簿」…⑭85, 100, 111, 118, 119, 165
～の作品→「太平楽府」
～の種類　小令…⑭31　套数…⑭31, 32
～の盛行…⑭31, ⑮619
～の選集　「喬夢符小令」…⑭167, 187, 383, 384, 385, 387　「元人小令集」…⑭115　「太平楽府」→その項　「陽春白雪」…⑭166
～の他人の口吻に真似た体裁のもの…⑭119
～の発生の時期…⑭31
～の平仄通押…⑭32
～の用語…⑭289
周徳清の説…⑭287-289
「散曲叢刊」…⑮320
「楽府群玉」…⑭581　「陽春白雪」…⑭168
散氏盤…㉖269
散職…㉓321
散套…⑭32, 567
散髪…⑪96
散文…㉗88→文を散ずれば
散文（西洋）…①165
散文（中国）…①48, 595, 607, ②18→中国の文章
～と文学革命…①113-114, 165

〜の韻律…①73, 113, 275, ③9-11
　散文のリズムの基礎…⑦512
〜の非虚構…①58, 60, 165, ②18, 471
　散文の典型（史記）…①75, 84
　歴史的散文…①37, 75, 80, 84, 85, 520, ㉓572
　歴史的随筆的散文…①60, 62
〜の美文化の経過（漢武帝以後）…①631
〜の文学…①48, 60, 75, 84, 128, ②448, 492, ㉓572, ㉕299
　荻生徂徠の評価…㉓440　開祖（韓愈）…①36-38, 195　完成（欧陽修）…①68　虚構の文学の散文…①53, 59, 195, 275, ②19　経とのつながり…①115, ③7　正統…①53, 165　発展（宋）…①41, 75　用語…①53
〜の文体　特殊な規格ある文体…①59, 60　非口語的性格…①59　文体の確立（戦国）…③10-12　文体の三変…⑥428
〜の歴史…①37, 275
　漢代の散文…①37, 275, ⑥221　古代の散文…①37, 73, 275, ③5-7, 9（連語の少なさ…②217）
　戦国時代の散文…①37, ③5, 10, 11, 20（散文の最初の開花期…③9　先秦の散文と「荘子」…㉕27）
　中唐以後の散文…①48, 53, 59, 75, 275（韓愈の散文…①37, 41, 48, 59, 75, 195　近世の散文の細やかさ…①51　元代散文の聚集書…①713　散文の古典…①243　清代散文の聚集書…㉓190　唐宋八家の散文…①85, ②487）
　六朝の美文…①59, 73, 75, 275, ②26, ⑥221（自然の風景への敏感…①155　二字の連語…②217）
散文（日本）…②26
　〜の音調への無神経…㉗238
散文のリズム…㉕136-141
　英語…㉕139, 141　荻生徂徠…㉕139, 140
散木…①550, ⑫421
滻河…㉒484
滻水…㉒482-484
「算経」…③517
算法（四部分類・子部）…⑰560
贊上人…⑫370, 438, 451, ㉒43
贊善…①331
贊寧…⑬229, 230, ㉖400
糝盆…⑬505, 524
攙入…㉓76
攛…⑭398, ⑮139
攛廂…⑮138
攛箱…⑮138, 139
攢造文書…⑮68
讃…②257
讃嘆…㉗46
趲…⑮38, 82
残照西風…⑯157

残石…⑤328
残僧…⑫483
残忍刻薄…㉓49, 57, 90
「斬蛟記」…②589
慚愧…⑪309
暫嵌義歯…⑳306
暫時人…⑫384, ㉖58
巉絶…⑫254
懺悔…㉗46

し

シアトル…⑥407, 411, 418, ⑲295
　大学…⑲325, ⑳443　日本領事…⑲325
シーザー（カール）…①714, 715
シーザー（ジュリアス）…①556, ⑥43→カイザア
ジイドの全集…⑳125
シェイクスピア（ウィリアム）…⑰83, ⑳224
　〜劇の力学…⑱355
　〜と英米の若者…⑳500
　〜と古典の言葉との連関…⑲105
　〜と近松…㉔487, 170
　〜と中国人…㉑140
　　杜甫…①247, ⑰496, ⑳210　湯顕祖…㉔166
　〜と日本の英文学者…⑰5
　〜のいない中国…①71, ②536, ⑯442, ㉔398, ㉖480, ㉗368
　〜のいない東洋…⑲459, ㉗377
　〜の戯曲の中国訳…⑯314
　〜の作品と作中人物　「オセロウ」…⑳224, 225（オセロウ…⑳225）オフェリア…⑪96　「ジュリアス・シーザー」…⑰255（ブルータス…⑰255）「ソネット24」…㉔113　フォルスタフ…㉒20　「マクベス」…㉕108, 110, 113, 118（マクベス夫人…㉔11）「リヤ王」…⑳500　「ロメオとジュリエット」…㉔87, 88（ジュリエット…㉔487　ロメオ…㉔87, 88　ロメオの歌…①341）
　〜の詩の押韻…㉔87, 92
　〜の時代のヴェネゼラ地域の歴史…㉔150
　〜の全集…⑰25, ㉕282
　〜の没年…①527, ㉗384
　〜の myriad minded…⑳110, 225
　〜批評史…⑰312
ジェーン台風…⑳314
シエナ…⑲69
ジェファソン…㉔139
シェリ…⑫692, ⑲457, ㉗325
シェンノート将軍…⑲240
シカゴ…⑥409-411, 418, ⑲256, 295, 319, 320, 340, ㉔143, 160
シカゴ大学…⑲307, 319, 322, 330, ㉔252
シタラ（喜塔拉）氏…㉓223

シックマン…⑲319
シドケナサ…㉗213-215, 228
シドチ（ジョバンニ・バッティスタ）…㉓197
シドニイ大学…⑬632
シトバラ（碩徳八剌）…⑮240, 321→英宗（元）
しな（本居宣長）…㉗52
シナ…㉗306→支那→中国
〜の字書…㉗100, 101
シナ学…㉖506, ㉗263→支那学
シナ思想…③545
シナ人…⑳231, ㉔179→支那人→中国人
学問…㉔166　故人を祭る日…②544　伝記…②541, 542
“し”の用法（万葉集）…㉗15
シノローグ…⑲447
シノロジー…⑲415, 417, 439, ㉗368
シヒゴト（強事）…㉗148
シベリア…⑥71, ⑫572, ⑰266, 278, ⑲220
出兵…⑳505　撤兵…⑲230
シャーマニズム…①540
ジャイルズ（ハーバート・A.）共著「中国文学史」…⑲414
シャヴァンヌ…①171, ⑥80, 134, ⑰266, 279, ⑲416
仏訳「史記」…③14, ⑥44, 158
ジャズ…⑤224
シャスタ山…⑥411, 413, 417, 418, ⑳20
シャティン（沙汀）…㉕471
ジャバ（爪哇）…㉓485
征伐（元）…⑭163, 180　歌曲…⑭63
ジャパン…⑲344
シャマブシ…㉔164
シャム…⑯614, 616
シャリアピン…⑪53
シャルル…②439
シャンゲギラ（祥哥吉剌）…⑮260→皇姑魯国大長公主→魯国大長公主
シャンゼリゼ…㉔173
シャンド（上都）…⑮265
ジャンヌ・ダルク…⑮570
シュールレアリズム…㉖194
シュニッツラア「ギリシャの踊子」…⑬515
ジュネーブ　空港…㉔179　大学教授…⑲352
シュプランガア…⑲93, ⑳453, ㉕259
シュペングラー…⑲419
シュムロ（舒穆祿）氏…㉓216
ジュリアン（スタニスラス）仏訳・雑劇「灰闌記」「西廂記」「趙氏孤児」…⑭594, ⑲413　「玉嬌李」「両女才子」…⑯309
ジュリアン堂…㉔295
シュワルツ教授…⑲212
ジョイス（ジェイムズ）…⑫197, ㉖66
ショウ（バーナード）…⑱127　「イプセン論」…⑪461
ショウペンハウエル…⑭599, ⑯281, ㉔268
ジョージァ…⑥409
ジョージ・ワシントン橋…⑲453→ワシントン・ブリッジ
ショルテン（ピーター・フォン）…㉔140
ジョン・ジェイ・ホール…⑲287
ジョンソン大統領…⑤211, ⑲65, ⑳506
シラー…⑭597, ⑯535
しらぎのくに…⑱78
シリア…⑥132
シルク・ロード…㉕472, 473
シルト（西魯特）氏…㉓222
シンガポール…㉔166
〜の国会議員…⑲291
ジンギス汗（成吉思汗）→チンギス汗
士・士人…②3, 387, 401, 434, 450, 468, 474, ⑪335, ⑮485, ⑳127, ㉕9→士大夫→知識人→読書人
〜を多く出す温床…①298
近世における士人を出す地盤…②404, 427
〜と科挙…①76, 300-302, 321, ②3, 405, 437-439, ⑬563, ㉕304
言語能力重視の試験…②452, 454, ⑳120（五言八韻の律詩…①317, ②452　八股文・言語表現…①317, ②452　洪鈞の場合…②441）
〜と孔穎達「正義」（清末）…②466
〜と雑劇→その項
〜と胥吏…①295, 296, ②455, 458-460, ⑮4-7, 9, 358, 359
士人の文体と胥吏の文体…⑮361
〜と庶→士庶
〜と諸子…②456, 474, 478, 481, 484, 492-494, 497
〜と辛亥革命…㉕305
〜と大夫の区別…①295, ②304, ③505
〜と武人…②402, 455, ⑳122
〜の家の条件…①298, ②463, 468, ⑳121, 122
士人の子の官吏となる可能性…②437, ㉕304
〜の下層の者…②470
〜の義務・職掌…①121, 295, 296, ⑭14
政治参与の責任…①121, 293, ②400, 402, ⑭14
文化維持の責任…①293, ②402, 443　文学の制作…①121, ⑭14　礼の実践…①294
〜の言語能力…②452, 454-456, 460, 470, 471, ⑮5
記載語…②448　記載能力…①318, 320, ②409
書簡…②447
〜の思想…②445
士人の支配を秩序の源泉とする思想…②445
中華思想…②471　無神論の思想…②382, 445
〜の詩文集（清）…②454
〜の資格…①301, ②468
家庭を治める能力…②408　完全な言語生活の能力…②382　政治と倫理への能力…①76, 296, ②409, 410, 434　読書の能力…①293, ②382, 434
文化への能力…①296, ②434

～の資格の獲得…②454, 474
個人の能力による獲得…①298, ②383, 434, 435
資格を得た者の生活と心理…②435　資格を得るための教育…②444, 462, ⑬564, ⑳121　対句八股文律詩の習練…②454, 462
～の資格の尺度…①121, 291, 299, 300, 318, 321-324→身分決定の尺度
画の能力…②409
経書の把握・実践…①291, 299, 300, ②407, 427
経書の暗誦…①307, 308, ②335, 338, 407, 412, 427, 434, 437, 444-446, 450, 454, 462, 474, ⑧509, ㉕319, 320
書法の能力…②409, 455
文学の能力…①300, 302, 317, 318, 320-322, ②456, 487, ⑳120（詩文制作の能力…①76, 291, 292, ②408, 427, 437, 434, 444, 446-449, 452, 471, 492, ⑭14, ⑳120, ㉕304, ㉖480　資格の尺度と文学の停滞…①121, 324, ⑬628　政治的情熱を純粋化するもの…①121　「文選」・唐宋人詩文集への通暁…②487）
歴史書への通暁…②407, 455, 474, 486, 487, 494
～の食客…②469
～の生活…②458, 466, 469
～の葬式と宗教…②382
～の総帥たる能力（清朝皇帝）…②437
～の尊重…②403
武帝（漢）時代における画期…②403, ⑥172, 192
～の尊重への冷淡（元）…①298
～の知識教養の内容…②407, 410
～の知識教養の方向…②410
学問の煩瑣（清末）…②465, 466
詩の煩瑣（清末）…②465
～の哲学…②456
哲学の能力…②427
～の典型…①299, ②382, 383
～の特権…①121, 295-298
官吏となる特権…①295　講学の特権…①297　政治批評の特権…①296　文化への発言権…①297　法律の特別な保護…①297
～の特権意識…②470
～の特権の母胎としての知識…⑳123
～の読書…②455, 487, 494
蔵書…②478, 481　必読書…②455, 474, 487, 494
～の日本人観…②472
～の身分…①295, 296, 298-300, ②437, 459, 461, ⑳121, 126, ㉕304
～の身分の世襲（六朝）…①298, 317, ②404
～の娘の文盲率…②457
～の畳…㉗79
～の礼…②304
親を埋葬したあと魂を祭る礼…②312→「儀礼」士虞礼
元服の礼→「儀礼」士冠礼
婚礼→「儀礼」士昏礼
父を祭る礼→「儀礼」特牲饋食礼
士庶…①291, 293-299, ②382, 402, 435, ⑳126, 127, ㉕304, 305, ㉖480
士人となる機会…①298, 299, 301, ②403-406, 435, 461, ⑳121, ㉕304, ㉖480
士人による政治と文化に対して抗争するもの…①296, ②406
士人の文化と庶の文化…②406
～の区別…①295, 297, ②382, 400, 411, 447, 461, ⑳120
家による区別（中世）…②404, 405　科挙への縁の有無…①301, 302　記載能力の有無…②409　作文作詩能力の有無…②444　士庶の区別の消滅への志向…①121, ㉖481　道義政治文化への能力発言権の有無…①291, 293, 298, ②460, ⑥172
～の断層…②472
～の身分と世襲制…①298, ②403, 404
士爕（しょう）…③526→范文子
士族…⑳121
士大夫…①293, ②3, 382, 401, 434, ⑥172, ㉔247→士・士人
～以外の階級…①206
～庶人の挽歌…①362
～と「周礼」考工記の記述…②461, ㉕327, 328
～と小説…①201, 204-209
士大夫の作る小説…①207, 208
～と都市の文化…②418
～の義務・資格…①204, ⑭14
～の生活と庶民の生活…①209, 210
～の心理…⑳172
～の典型・司馬光…②382, 383
～の文章…②19
～の召使…②418
士大夫（宋）…⑭185
士農工商…②426, 427, ⑰32, 56, ㉓134, 340, 483, 532, ㉖480, ㉗68, 246
士類…②401
士礼居…①394, 396, ⑬506, ⑲22
「士礼居叢書」（刊・黄丕烈）…①395, ㉒313, ㉔54
子（経史子集）…②475, ⑮485, ⑯225, ⑰554, 559, ㉑149
子（助字）…⑭313
子（尊称）…②107, 130, ⑤121, 142, ㉓93, ㉔305, ㉖128
子雲投閣…⑥255
子曰…⑱531, ㉓93
子淵捷…⑱81-83→子車
子花…⑯216
子夏…④3, ⑥375, 376, ⑯244, ㉑179, ㉔316→卜商
～と子游の能文…⑦523, ㉕177, 178

～と荘子の学…②490
～の親の喪明けと弾琴…⑳303, 304
～の言葉…①182, ②33, ⑤214, 247, ⑦310, ⑬572, ⑲21, ㉓334, 383, 453, ㉕207
～の「詩序」著作説…③39, 468, ⑫617, ㉓348, 460
～の失明…㉓124
子家（しか）…③36
子学…㉓307→諸子学
子規…⑯195
子規山房…⑪351
子公…①157
子貢…④3, ⑤8, 10, 47, ⑥411, ⑯83, 93, ㉔316→端木賜
～と孔子…⑤154, 236, 252, 311, 314, ⑦305, ⑱13　孔子が見た死の夢…⑤9, 115, 260　孔子と政治について…⑤236　孔子の言葉について（文章・性・天道）…⑤24, 209, 271　孔子への抗議・香奠の贈り物…⑤6　孔子への質問…⑤253, ⑦305, ㉑189, ㉕356, 357（仁…⑳8　水…㉕217　政…⑱494　美玉の比喩…⑤34, 236, 238）　蜡の祭り・一張一弛…⑳502, ㉕145　方人…⑤19
～と子夏…㉔316　子禽…⑤235, 236
～と「斉論語七篇」…㉗274
～と孟子反・子琴張・子桑戸…⑦311, 312
～の言葉・君子之過…㉕358
～の言葉・賢者と不賢者…㉓383
～への質問…⑤154, 235, 236, 328, ⑳502
「子貢詩伝」…⑯83, 93
子産…③528, 529, ⑤63, 150, 152, 153
～と法律…②231-233, ⑲100
～の合理主義…③528
～の言葉…①188, 269, ③529, ㉓395, ㉗176
～の文章…②43, 133
子思…①269, ㉓453
～の著…①280, ⑤24, ㉓52, 287, 348, ㉖244
子車…⑱81, 83→子淵捷
子叔声伯…①187→公孫嬰斉
子桑戸…⑦311, 315
子張…③495, ④3, ⑤43, ⑥405, ⑳303, 304→顓孫師
～の質問…④14, ⑤189, 282, ⑳168, ㉕360
～の風…⑳304
～への批判…⑳423
子弟…②189
「子弟収心」…⑮53, 63
子弟門庭…㉖415
子都…③485
子莫…㉓76
子部（四部分類）…⑰554, 559, 560, ㉓299, ㉕326
「子夜四時歌」夏歌（晋宋小楽府）…㉑19
子游…④3, ⑦523, ⑳494, ㉕178→言偃→言游
～の著…㉓348
～の能文…㉕177, 178
～への批判…⑬572
子路…④3, ⑤4, 7, 26, 47, 122, ⑥411, ⑯371, ㉕203, ㉗97→季路→仲由
～と隠者の問答…①249, ⑤28, 29, 202-204, 251, ⑦418, ㉓47
～と晨門の問答…⑤251
～に対する公伯寮の誣告…⑤23
～の祈禱の願い出…⑤27, 272, 273
～の抗弁…①237, ㉕264, 265
～の戦死…⑤51, 52, 184
～の孔子への質問　衛君待子而為政…⑤50, ㉕26, ㉗97　君子亦有窮乎…⑤250　君子尚勇乎…⑤233　行三軍則誰与…⑤15, 230, 231　子之往也如之何…⑤185　聞斯行諸…⑤17　問君子…⑤30, 31　問死…②274, 373, ⑤16, 28, 272, ⑦310, ⑱13, ⑲7, 8, 14　問事鬼神…②373, ⑤16, 28, 272, ⑱13, ⑲7, ㉓97　問津…⑤28, 29, 202-204, ⑦418　問知…②372, ⑤13, 15, 16, 185
～の出身・性格…⑤15-17, 184, 185, 232, ㉕264
～の虎退治伝説…㉖401
～の不可知の世界への興味…②274, 373, ⑤16, 28, 272, ⑲7, 8, 14, ㉓97
～の不満と怒り…⑤36, 90, 181, 182, 184, 185, 230, 241, 242, 250
～の抱負…㉑177, ㉓475
～への孔子の言葉…⑤185, 186
衣敝縕袍与衣狐貉者立而不恥其由也乎…⑤14, 184　君子義以為上…⑤233　君子固窮…⑤250　君子有勇而無義為乱…⑤233　是故悪夫佞者…㉕264, 265　若由也不得其死然…⑤15, 47, 184　従我者其由与…⑤16, 231, 232　女奚不曰其為人也発奮忘食楽以忘憂…⑤20, 170　小人窮斯濫矣…⑤250　小人有勇而無義為盗…⑤233　親於其身為不善者君子不入也…⑤185　賊夫人之子…㉕264　知之為知之不知為不知是知也…⑤13, 15, 16, 184, 185　必也正名乎…㉕26, ㉗97　暴虎馮河…⑤45, 230, 231　未知生焉知死…⑤16, 28, ⑦310, ⑲8　未能事人焉能事鬼…⑤16, 28　野哉由也…㉗97　由誨女知之乎…⑤13, 15, 184　由也好勇過我無所取材…⑤16, 232　六言六弊…⑤44
～への質問…⑤20, 27, 169, 251, 273
尸…②131
「尸子」…②485, ⑥313, 320, 321, ⑦376, ⑯256
尸首…⑮57
之　助字…②82-84, 89, 90, 92, 111, 176, ㉗197, 248
動詞…②142
之於…②129
之子…②217
～之～也…②109
支干…⑥6
支考→各務支考
支床石…②465

支対…⑮80
支撑…⑭312
支遁・道林…⑦289, 290, 458, 459, 461, 494, 505, ㉑248
支那…②193, 268, 288, 289, 336, 337, 340, 341, 572, 579, ⑲470, ㉒315
～最初の専門家による文学…⑭14
～社会と儒教…②296-297
～社会における既存の観念重視…⑭255
～社会に浮動する現代の諺語…⑭300
～と宗教…⑤120
～と日本　易の学問と礼の学問…②574　支那に対する日本の文化政策…②570　支那に対する日本の無関心…⑰530　支那にない種類の日本の文化…②568　支那の教育制度と日本の教育制度…②560　支那の幻影を描く日本人の支那観…②579, 580　支那の現在と過去を切り離す日本人の考え方…②577-579　支那の現実に疎い日本人の支那観…②578　支那の事象の歴史的説明を求めぬ日本人の態度…②578, 579　支那の日本学…②569, 580（支那における日本の書物…②569, 570）　支那の日本への影響…②561, 562, 564（支那の尺度による計測…②564　支那の直訳とする考え…②558, 561, 562, 570, 580）　支那への日本の協力…②350, 351（支那の新文化建設への日本の助力…⑯586）　日支を同一文化とする考え…②571, 572, 577-580, 582　日支の交通の不便…②565　日支の文化的共通性の喪失…②576, 577
～における古典と生活…②271, 272
　五経以外の書…②285, 286　天子と五経…②297
　統一の保持と五経…②337, 338
～における絶対悪…②286, 287
～における文の概念…⑭354
～における民衆のいとなみと士人の力…⑭129
～の歌（「詩」）…②302
～の英米依存…②346, 560
～の演劇→演劇（中国）→支那劇
～の音楽…⑯469
　歌曲のメロディと作詞…②278, ⑮172
　歌劇…⑮171, 172
～の革新派（清末）…②563
～の学界…②564
～の学者…②570, ㉗270
　学人の雑文に対する愛惜…⑳363, 376
～の学問…②333
　唐宋の間における転機…⑯3
　博学の尊重…②287
　「礼」と「易」…②574
～の官僚と読書人…②288
～の行政官庁の機構（唐以後）…②272
～の言語…⑧13
　言語と表現の技巧…②581
　支那の口語→口語（中国）
　支那の文語…⑭276, 340, 354→文言
　標準語としての北語の地位（元末）…⑭279
～の言語科学…②581, 582
～の現代文学→中国文学（現代）
～の古器物…②570
～の古礼の敗戦の儀式…⑳301
～の古礼の服喪…⑳302
～の史学のロマンチシスム…⑮289
～の詩人…⑫687-689, ㉗320-322
～の書物…②287, 570, 576, 577
　古書…②570（最古の韻文…②302　最古の生活記録…②285　最古の地理書…⑧352）
　知識階級と読書…⑯586
～の小説→小説（中国）
～の進歩の道と中華思想の抑制…②569
～の哲学の振興…②350, 351
～の哲学の不振…②581, ⑰465
　倫理思想の弱点…②286
～の二大学者（鄭玄・朱子）…②327
～の分裂状態と諸子百家…②295
～の文章…②304, 571, 573, 577
　散文の描写力…⑯443
　中国の友人からの手紙…②339
～の文字…②561
～の暦術…②347
～の暦法家の子弟…②347
～の歴史…②289, 306, 360
　歴史を動かした主体…②288, 289
　歴史時代の始まり…②289, 549
　歴史の時代区分…②261
支那　近世→近世（中国）　現代…②336→現代中国　太古…②549　中世→中世（中国）
支那韻文史と雑劇の韻法…⑭21
「支那及支那語」（雑誌）…⑰376, 379
「支那絵画史」…②514, ③469, ⑳277
支那学　アメリカ…⑰456　西欧…⑯238-240, ⑰240, 266, 278, 532　中国…⑯3
支那学（日本）…①614, ⑰444, 445, 451, 476, 544, 545, ⑲107, ㉒335, ㉔43
～界への危惧…⑩82, 83
　学界の弱点…⑰500, 507　支那学の欠陥…⑰437, 438, 448, 450
～革新…⑯636, ⑳255
～・説明の学…⑰450, 452
～と江戸期儒学…⑰438, 450
～と王道論者…⑰439
～と支那語学…⑰446, 448
　支那語と漢文…⑰444, 455, 514
～と西洋の方法…⑰444, 450, 453
～における文学の定義…①595
～のかんどころ…⑰447
～の研究対象と扱方…①595

今昔支那の総合的研究…⑰441-443, 450, 454-456, 459　独自の研究法…①594, 595, 597
～の世界史的意義…⑰453
～の精華…⑰458
～の任務…③558, ⑧14, ⑰453, 459
～の必要性…②580
～の歴史主義…⑫728
支那学（京都）…⑯634, ⑰239, 298, 323, ⑳257, 286, 289, ㉒332, 334, 364, ㉗188
支那学（明治以来）…⑰458, 531-534, 537, 540, 543
～の大雑把な読書…⑰532, 533, 534, 539
～の単語偏重…⑰533, 540, 543
～の著者の心理の掩蔽…⑰539
～の不振…⑰462
支那学（フランス）…⑰238, ⑲206
「支那学」（雑誌）…⑥402, 431, ⑬327, ⑭203, 583, 605, ⑯152, ⑰321, 334, 401, ㉒318, 337, 340, 351, ㉓627, ㉖456, ㉗391
～掲載論文・随筆　「華甲閒話」…㉓622, 623　「漢文直読論」…⑰334　「書抄」…㉓624　「公羊家の三科九旨説について」…㉓612　「胡適を中心に渦いている文学革命」→その項　「呉虞文録を読む」…㉒352　「江南春」…㉓618　「朱子の存在論における理の性質について」…⑰363　「尚書孔伝の研究」…⑦275　「章炳麟の非黄を読む」…㉒360　「盛伯羲祭酒」「盛伯羲遺事」…⑯659　「石濤の画と画論と」…⑰334, ㉓611　「陳白沙の学問」…⑰363　「読曲瑣言」…⑭298　「本邦支那学革新の第一歩」…⑯636, ㉒316, 318, ㉓614　「陸善経の事蹟について」…⑥32　「和声の芸術と旋律の芸術」…⑰333, ㉒317, 346, ㉓614
～とアメリカ支那学…⑲207
～と倉石武四郎…㉓614
～と呉虞…㉒352
～と弘文堂…㉓617, 626
～と「支那文芸論藪」…⑰333, 334
～の狩野・内藤批判の要素…㉒353
～の刊行…⑰322, ㉓614
～の後継誌…①612, ⑫733, ㉓623
～の主張…⑰381, 400, ㉑192, ㉒316
～の終刊…①612, ⑰381
～の創刊…⑭598, ⑰323, 335, 381, 400, ⑳255, ㉒315, 346, ㉓612, ㉗270
～の創始者（青木正児・小島祐馬・本田成之）…⑭598, ⑰335, 381, ⑳255, ㉒315, 316, 353, ㉓612, 625, 626, ㉗270
三同人と八坂浅次郎・浅太郎…㉓617　三同人への占い…⑰322　非専門家の読者を予想した努力…⑰319　毎号の寄稿活動…㉒346, ㉓614
～の編集会議…⑰322
～の廖平紹介…㉒360
「支那学」特集号　青木正児博士還暦記念号…⑥240, ㉓622　終刊の辞…㉓623　新刊紹介…⑯143　創刊号…⑰323, ㉒315, 316, ㉓612　発刊の辞…⑰381, ㉒315, ㉗270　本田小島二博士還暦記念号…②262（序…⑰269）
支那学会（京都大学）…⑯431, ⑰229, 294, 381, ㉓634
「支那学研究」（広島支那学会）…①620, ⑰353
支那学社…⑰322, 381, 400, ㉓612, ㉗270
支那学者（日本）…②570, ⑰440, 441, 443, 444, 447, 507, 544
～の義務・特権…⑩445
「支那学入門叢書」…⑰405
「支那学文藪」…⑬519, 575, ⑰238-240, 267, 280, 404, ㉓602, ㉗257, 262, 340
「王静安君を懐ふ」…㉓606　「海蔵楼詩を読む」…㉓605　「元曲の由来と白仁甫の梧桐雨」→その項　「古今雑劇三十種」跋…⑰257, 258　「孔子と管仲」…㉓607　「孔子の伝記に就きて」…㉗258　「支那研究に就て」…㉓606　「支那上代の巫」「支那の竈神」…⑰401　自序…㉓602　「儒の意義」…⑳384, ㉓604, ㉗236　「水滸伝と支那戯曲」…⑭203, ⑰395, ㉓606, ㉖379　「続狗尾録」「唐鈔古本尚書釈文考」…㉓605　「道教の道徳に就きて」…㉓604　「読曲瑣言」…⑭298, ⑮92　「方望渓の軼事に就いて」…㉓605　「山井鼎と七経孟子考文補遺」→その項　「楊雄と法言」…⑥255, ㉓607　「論語研究の方法に就いて」…㉓605, 607, ㉗258, 260
「支那学論叢」…⑰297
「支那近世戯曲史」…⑭139, ⑯280, 588, ⑰404, ㉓617, 624, 627, 630
～における明清戯曲研究…⑭598, ⑰335, 338, 404
戯曲の高潮と古文辞の高潮（明）…⑮529　京劇の研究…㉖485　「殺狗記」作者の疑問…⑭257　雑劇の制作上演に関する考証…⑭32　沈氏四種の蘇州語…⑰376　「趙氏孤児記」と荊劉拝殺…⑭257, ㉖365, 369　明代戯曲史研究の先鞭…㉖507　明末以後の北曲上演断絶…⑭32
～の漢訳・王古魯…⑥245, ⑰338
～の第二章「南北曲の起源」…⑭8
支那劇…⑭16, 55, ㉗285→演劇（中国）
～の定場詩…⑭17, 391
支那刑法史…⑰244
支那研究家…⑰440-444, 446, 447
支那言語地理…⑭279
支那古代史…②275
～の研究…②306, ③558
～の研究資料…③558
「支那古代史」…⑰229, ⑳277, ㉗267, 268
支那語…②236, 310, 314, 345, 562, 573, 575, ⑭572, ⑱434→中国語
～と品詞性…⑰517
～の曖昧性…②310, 311, 313, 314

～の音声区分…⑭325
音声の構成要素…⑭326　四声…⑭19
～の語感…⑲177
～の叙事詩的性質…⑱434
～の性質…⑭306, 308
単語の同音意義…②310, ⑰509
単綴語…②310, 345, ⑭19, ⑰508, 509
～の単語数…②310
～の法則…⑰534, 536
音調の調和…⑰534-538
言葉の慣習的使用法…⑰536, 538
～の翻訳…⑰500, 511-513, 518, 525, 528, 529, 540, 542, 545, 552
江戸時代の翻訳…⑰546　漢文訓読法…⑰511, 512, 518, 551-553　漢文と支那語…⑰514　作者の心理…⑰539, 540, 542, 543　支那語の心理…⑰511　支那語の法則と翻訳…⑰527, 528　支那の詩の翻訳…⑰526, 527, 548, 552, 553　支那文化の紹介…⑰547　助詞と翻訳…⑰517　直訳と意訳…⑰515-518　典故と翻訳…⑰526
～の流動性…⑰508, 509, 511
支那語学…②333, ⑭280, ⑰446, 448
支那語教育…⑰444, 455, 514
「支那語辞典」…⑭510, 585, ⑮67, 79, 144, ㉖384
「支那語文化」（雑誌）…⑪471, ⑳78, ㉗430
「支那史学史」…⑬573, ⑰233, ⑳277
支那思想史の資料としての“正義”…③558, ⑧10
支那詩→詩（中国）
「支那詩論史」…⑥245, ⑫594, ⑮543, ⑯162, ⑰302, 306, 312, 314, 401, ㉗301
支那事変…②569, ⑰452, ⑲83-85, 97, 231
支那社会史…①600
支那浄瑠璃…⑭373, 374
支那人…②290, 350, 351→中国人
～と俗…②249
～による自己の弱点への反省…②351
～の外国語能力と外国書理解力…②347, 561
～の覚醒と日本文化…②352
～の学問の方法…②287
帰納と演繹…②345
経書の文句に付随する瑣細な分析…⑩82
～の「月令」の月名への常識…③515
～の感情と人心之不同如其面焉の感覚…②277
～の考え方…②286, 320, 321, 341, 342, 346, 560
形而下の尊重…⑯442　現状肯定思想…②256
古代尊重思想…②240, 250-259, 262, 294, ③533（過去の生活の尊重…②250　歳差…②349）　古典主義…⑰442　支那独尊の思想…②560　思考形式と牽強附会…⑧13　思考形式と「尚書正義」…③558, ⑧12　思索と経…②342, 343, ⑧10
～の気質…②558, 559
外国への冷淡…②559-561, 567
始皇帝の方法への反撥…②295
～の郷土の観念の強烈…⑯5
～の経に関する思索の落ちつき（正義）…⑧7, 8
～の経の尊崇…②251, 336, 337, 346
五経に関する信念…②306, 346
～の言語…⑩447, ⑭377
言語生活と古典…②273, 277　言語尊重…②581
言語と思考の間の距離…⑧13　思想の象徴としての言語の性格…⑩449　習用する言葉…②252
発音しうる音の種類…②310, ⑰509
～の思想…②250, 559, ⑧11, 506→中国思想
思想と「尚書正義」…⑧11-13（思想の研究者と「尚書正義」…⑧13, 506）
思想の面白さ…⑧12（思想の性格…⑩449　思想の類型…⑧11）
～の慎重さ…②581
～の生活…②269, 277, 279, 296, 309, 313, 322, 340, 342, 351, 357, 559, 573
異質の生活への態度…②346, 348, 357（西洋の取り入れ方…②346, 347, 560-563　蒙古人から受けた刺激…②355, 356）
生活感情…②332
生活態度…②289, 293-295, 297, 336, 348（近世の変化…②260　清末の激変…②336）
～の生活における情緒の重視…②358
美的文辞の連鎖…①599
～の生活の長所短所…②357
生活の弱点…②342, 346, 348, 350
生活の長所…②337, 338, 341, 342, 358
～の生活の道理…②308
生活と古典…②269, 271, 272, 274, 289, 322
生活の規範…②285, 348　生活の法則…②277
生活理念…②338
～の性癖…②254, 274, 279, 282, 283, 289, 293, 296, 307, 309, 324
感覚の世界への信頼執着…②276, 277　死後の世界への冷淡…②275　先例尊重…②268, 276-279, 281, 284-286, 288, 293, 358　多様性への敏感…②277
～の精神…②286, 287, ⑩85, 447, 449
精神生活…②342, ⑯442
精神の特質・中心…②274
～の精神と「尚書正義」の論証…⑧14, 20, 352-354, ⑩82
～の精神の成熟（漢武帝時代）…③14
～の精神の変革（中世と近世）…②246
～のナポリ来遊者…①554
～の日本観…②558, 559, 561-564, 567, 569-571, 580
支那へ紹介すべき日本文化…②354
日本への関心と無関心…②563-568（文献における日本の記載…②565）
日本蔑視…②564, 565, 580
～の日本研究…②567-569

～の日本留学…②563, 564, 567
～の文化生活…②340
～の文学→支那文学→中国文学
～の文学理念…⑮170
重要視した文学…①594
～の文集…⑳363, 376
～の文章…②277, 340
美的と感じた文章…①596 名と実…⑰446
～の無常観…⑯443
～の唯物論・無神論…②578
～の歴史書…②281
～の歴史学の方法…②279-281, 582
～の「論語」解釈…②309, 353, 354
支那精神史…⑧5, ⑩446, ⑭4, 272
支那精神史研究…②363, ⑭3
「支那俗語小説字林」…⑰395
支那俗語文学の最初の結晶…⑭128
「支那大文学史」(古代篇)…⑰394
支那大陸…⑰315
支那通…②579-581, ⑰456, ㉒453
「支那通史」…⑥245, ⑰212
支那哲学史と胡適…⑯326
「支那哲文雑誌」…⑰408
支那天文学史の学…③511
「支那の夜」…⑰477
支那ハイカラ…⑰221
「支那発音字典」…①422
「支那プロレタリア小説集」第一編…⑰409
支那風俗史…①600, 601
支那服…㉓174
支那仏教→仏教(中国)
支那文化…②358, 559, 560, 569, 579, ⑧12, 13, ⑩84→中国文化
～と日本文化…②352
支那文化の影響…②352, 559, 561 支那文化の紹介と翻訳…⑰547 支那文化の輸入…②572-574, 577 日本人の支那文化と西洋文化の比較…⑰426 日本的消化…②559, 575-577
～における仮想の文学・口語の文学…⑭15
～における美的文辞…①597
～の研究者…⑧13
支那文化の研究と“正義”…⑧10
支那文化の包括的研究…③558, ⑧14
～の宗教否定…②360, 362, 363, 369, ㉑101
～の発展の歴史…㉗267
支那文学…①596, ⑭5, 377, ㉓595→中国文学
～と元雑劇…⑭4
～と支那人の精神…⑭376, 377
～と西洋文学の標準…①594, ㉓595
文学の観念の相違…⑰388
～における現代の散文文学の正統は随筆…⑯442
～の研究…⑰247, 291
研究者と“正義”…⑧13, 505
～の言志派と載道派…①603
～の成句成語…⑭293, 302, 473
～の性質(狩野直喜)…㉓595
～の伝統 既存の物語への依存…⑭212 事柄より言葉の重視…⑭213, 272, 273, 354, 375 最初の結晶の地位…⑭13 文章論的興味…⑭4
～の範囲…①595, ㉓595
古文・擬古文…①595, 596
文辞の美…①597, 601(香気〔青木正児〕…㉓624)
～の弊害劣所…㉓612
～の翻訳…⑭375
「支那文学概説」…⑬531, ⑭566, ⑰337, 405, ㉓617, 630
～漢訳・郭虚中…⑰337 「戯曲小説学」…⑬530
自序…⑰337
「支那文学概論講話」…⑭597, ⑰400, 405
「支那文学芸術考」…⑫263, ⑭567, ⑰338, 339, 405, 412, ㉓622
「支那文学研究」…①303, ⑰314, 401, 404
支那文学史…①597, 598, 600-603, ⑭4
～における元雑劇の意義…⑭7, 9, 11-13, 15
脚本を現存する支那最古の演劇…⑭7
近世支那に発生現存する最古の仮想文学…⑭9
最高の支那演劇・元の文学の代表…⑭13
最初の口語文学…⑭11, 274
最初の士人以外の階級が鑑賞者の文学…⑭15
最初の専門家による文学…⑭14
～の最大の課題…①601
～の対象…①595-597, 599, 600
擬古文…①596 対象の扱方…①595, 600, 601
～の通則(典型の模倣)…⑭186
～の任務…①596
～の方法論…①594, ⑭3
「支那文学史」(狩野直喜)…㉓589, 602, ㉗257, 261
「支那文学の範囲」…㉓590, 595
「支那文学史」(古城貞吉)…⑰393, 405, 416, ⑲414, ㉓590, ㉖507
支那文学史論…①603
「支那文学思想史」…①613, ⑰338, 405, ㉓622
支那文学青年…①603
「支那文学大観」…⑰401
「支那文学評釈全書」…⑰392
支那文学論…①603
「支那文芸論藪」…③37, ⑭597, ⑰333, 338, 339, 404, ㉓617(自序…㉓618, 625, 626)
支那文献の翻訳…⑰500
～の新翻訳法…⑧18, ⑩82
支那民族…⑫684, ㉗317
～の性癖と随筆…⑯442
支那留学(日本)…②340
支那倫理思想史…①600, 601, ⑬572
支那暦…③512

支離…⑬151
支稜…⑯219
止…②112　㉓466
氏（是）儀…⑦99
仕女（画材）…②529
仕立屋の裁断の秘訣…⑳435
仕舞…㉓314, 315
仔細看…⑫357, 362
司過の神…㉒306
司空…⑤219, ⑦102, 117, 495
司空軍謀祭酒…⑦106, 112
司空軍謀祭酒掾属…⑦117
司空西閤祭酒…⑦552
司空図・表聖「極浦に与うる書」…㉖453　「二十四詩品」…①608, ⑲415
司経局校書…㉗20
司戸参軍…⑫417
司功参軍…㉕458, ㉖97, 108, 126
司州刺史…⑦541
司籍郎…⑮248
司徒…①39, ⑪408, 409, ㉖147, 148, 150
司徒戸曹…⑦552
司徒右長史…⑫23
司農…㉕348
司馬（官名）…①36, ②242, ⑪321, ㉑50, ㉕56, 352, ㉖394
司馬懿（い）…①417, ⑦127, 148, 177, 186, ㉗130→高祖（晋）
司馬炎…⑦177, 186, 187
司馬喜…㉕87, 93
司馬光・温公…②401, ⑬445, 449, ⑱443
　～注「法言」…㉔255
　～と関わりを持つ人々　王安石→その項　欧陽修…⑬245, 598　韓維…⑬85　蘇軾…⑬265, 598, ㉕429　二程子…㉓317　范祖禹…⑫312
　～と桑原隲蔵…⑰291, 299
　～と「童蒙訓」…⑬313
　～と宮崎市定…㉕429
　～と洛陽…⑬87, ⑳455
　～の家訓…⑯372
　～の旧法党首領…⑬518, 598, ⑳455-457, ㉓138, ㉕428
　　宰相就任…②401, ⑬102, ⑳455, ㉕428　新法反対…⑬87, 257, 598（新法停止…⑬98, ⑳455, ㉕428）
　～の呼称　迂叟…㉒111　温国公…㉒92　相公…⑳456
　～の史学…⑰532, ⑱34, ⑲97→「資治通鑑」
　　史観…②392, 393（人類の運命に対する希望と不安…⑥239　史実非史実を峻別する態度…①174, 198, 226, ②157, 280, 392, ⑥239, ⑬555, 566　程頤との問答・二程外書…⑫311, 312）
　～の詩集…⑬87
　～の「資治通鑑」執筆　完成…②161, ⑬87, 585, 586, ⑳455　著作の意図・読者に関する嘆き…⑬587　普及の過程…⑬588　編修の助手…⑫312
　～の「資治通鑑」注…①174, 199→「資治通鑑考異」
　～の生没の日…②541
　　死…②161, ⑬102, 586, ⑳456　薨去を悼む詩（黄山谷）…⑰510
　～の「続詩話」…①454, ㉗300, 301
　　「春望」詩解…㉒91, 92
　～の地獄論…⑯372, 374, 375, 401
　～の著述　「温国文正公文集」…⑬582　「劉道原に与うる書」…⑬582, 584　「疑孟」…㉓314, 317　「孝経指解」…㉒110　「黄庭堅が同じく資治通鑑を…」…⑬586　「資治通鑑」「資治通鑑考異」→各項　「資治通鑑目録」…①177, ㉓350　「書儀」…③507, ㉗13（「父母亡セシトキ人ニ答ウル状」…⑳299）　「涑水紀聞」…㉕253　「続詩話」…①454, ㉒91
　～の追放…⑬139, ⑳456
　～の伝記…⑬265, ⑳456
　～の読書法…⑳213
　～の人柄…⑬87, ㉓138, ㉕429
　　温厚…⑫311　潔癖…㉕253, 254　士大夫の典型としての尊敬…②382, 383　誠実…②157, ⑬586　仏教嫌い…②383, ㉒111
　～の文体…㉕253, ㉗13
　～の無神論…②388, 578, ⑬262, ⑯328, 373, 401
　～の孟子批判…㉓314, 317
　～への批評…⑬588, ㉕429
司馬康…⑬586
司馬氏（三国魏の家老）…⑦186, 195, 201, 219
司馬師…⑦186
司馬紫微「天地宮府図」…㉒89
司馬承禎…⑫111
司馬昌明…⑦432→孝武帝（東晋）
司馬昭…⑦177, 186, 187, 190, 482
司馬相如・長卿…⑥127, 201, ⑰394, ⑲316
　～以後の文学…⑥171, 221
　　以後の美文の歴史説述（狩野直喜）…㉓593
　　次の時代の作家…⑥221
　～以前の美文の萌芽…⑥218, 220
　～・司馬遷・董仲舒と揚雄…㉕219, 222
　～と新井白石…㉓121
　～と王褒・揚雄…⑥221, 222
　～と荻生徂徠…㉓345, 351, 357, 416
　～と屈原と宋玉と揚雄…㉓345→屈宋揚馬
　～と卓文君…⑥202, ⑭467, 470, 472, 522, 535, 536, ⑮524
　　昇仙橋の別れ…⑭520, 522
　　卓文君が夫の心変わりを口ずさむ歌…㉑71
　　臨邛の居酒屋開業…⑥64, 203, ⑭520-522

恋愛の中国最初の記録…⑥205
～と中国文学史の開幕…①64, ②522, ③15, ⑥171, 220, 221, 223, 331, 429, ㉑7, ㉕7
相如に始まる美文の極盛期（三国六朝）…① 65, ⑥221
唐以前における文学の尺度…①322, ③14, ⑥221
～と同時代の辞賦家…⑥220, 221
～と武帝…③14, ⑥64, 127, 197, 200, 203, 225, ⑪13, ⑭522, ㉑7, ㉕7, 219
荻生徂徠「正月十日作」の比擬…㉓357, 416
「子虚の賦」と楊得意の推薦…⑥203　辞賦の文学の公認…⑥201, 221　朝廷の式楽歌の制作…⑥210, 224　武帝初期の時代の雰囲気と司馬相如…⑥158　武帝の狩猟へのいましめ…⑥203, 219　武帝の儒学の定立と文学の定立…③539, ⑥147, 148, 171, 223, 225, 226　武帝の淮南王宛の書簡の点検…⑥78　封禅の進言…⑥142, 204
～と文翁…⑥204
～における過故…㉗12
～における関中八川…㉒482
～に対する鄒陽の讒言…⑥208
～に対する批評　左思…㉑8　司馬遷…⑥219, 225　朱子…③15, ⑥221-222, 224　裴子野…⑥222
～の「郊祀の歌」製作への参加…⑥224
～の才…⑯182, 183
司馬の才禰衡の傲…⑭461, 462
～の作品・著述…⑥204-206, 210, 214
「子虚の賦」…③14, ⑥202, 203, 206, 210-214, 216, 219, 220, 224, 331, ㉑7, 8（斉王の狩猟…⑥211, 212　楚王の使者と狩猟地…⑥211　楚王の狩猟…⑥212）「上書諫猟」…⑥206, ㉗12 「上林の賦」…③14, ⑥238, 331, ㉑7, 8, ㉒76 「蜀の父老を難ず」…③14, ⑥203, 206 「大人の賦」…⑥203, 206 「長門の賦」…⑥64, 68, 105, 201, 206-210, ⑱19, 23, ㉕164 「二世を哀しむ賦」…⑥203, 206 「巴蜀に喩す檄」…③14, ⑥105, 203, 206, 217, 219, ⑯183 「美人の賦」…⑥208, 210, ㉑9 「封禅文」…⑥204, 206, ㉕154 「凡将篇」…㉑7
～の「子虚」「上林」両賦の作中人物　烏有先生…⑥211-214, 237, ⑬506, ㉑8　子虚…⑥211, 213, 214, ㉑8　亡是公…⑥211-214
～の伝記…⑥201, 204, ㉗297
仕官と不遇…⑥202　儒学的教養の記録…⑥224
出身地…⑥201, 202, 204　長安留学の説…⑥204
～の文学…③14, 15, ⑥205, 210, 214, 218, 221
新しい価値の定立…⑥220, 221
画期性…②522, ⑥217
漢代の代表的作者…①15
考察の対象となる確実な資料…⑥210
修辞性…③14, ⑥214-216, 218, 220, 227
出身地との関係…⑥204
中世文学の典型…③14-15, ⑥221
美的快感を目標とする言語…③14, ⑥219, 220
美文・言語による美の創造…①64, 74, ②522, ⑥171, 172
遊侠の気風…⑥201, 227
～の文学・散文…③14, ⑥95, 217, 218
散文の美の完成…③14
散文の文体…①64, ⑥217, 218
～の文学・賦…①64, ③14, ⑥105, 201, 205, 206, 219, 331, ⑦138, ⑪12, ㉑7, ㉕7
エロスへの関心…㉑9
工芸的性質…⑥220
叙述の文学…①64, 74（虚構…⑥237, ㉑8　饒舌…⑥215, 216, 220）
政治的意欲…⑥219
楚辞と賦…①74, 242, ③14, ⑥205, 213-216, ㉕7
賦に対する陳琳の自負…⑦109
賦の技能と美文体の創始…⑥217（韻律の美…①64　句形…③14, ⑥215　措辞と形式…③14　列挙の形式…⑥215, 216, 331, ㉑7, ㉕7）
～の没年…⑥204
～のロマンティシズムと司馬遷のリアリズム…⑥158
～風の修辞を儒学的実践とする考え…⑥148, 223-225
班固の主張…⑥224
儒学的実践とする主張への疑義…⑥225
～・揚雄…⑥221, 254, ⑪135, ㉓189, 351, ㉕197→揚馬
韓愈と揚馬…⑬555
相如に対する揚雄の批評…⑥219, 225
相如の後継者揚雄…⑥225, ㉑7, ㉕219
相如風の賦への反省…⑥220, 222, 225, 254, ㉑7
揚馬の後継者張衡…㉕223
E. R. Hughes の論文…①629
～・揚雄・班固の賦…①74
～・揚雄・班固・張衡の賦…⑥331
司馬消難…⑦544
司馬政…⑬265
司馬遷・子長…⑥244, ⑭453-455, ⑰394, ㉑201, 202, ㉓578→史公→太史公
～以後の孔子説話の発生…⑤116
～以後の史家と司馬遷の精神…①191, 241, ⑪374, ㉑93, ㉒288
～以後の史家と司馬遷の方法…①153, 160, 173, 174, 241, ⑪374, ⑯288, 290
～以後の文献の神話不記載…②276
～を尺度とする文学批評…①205
～と韓愈…①37, 85, ②17, ⑪374, ⑯290
～と空言・行事→「史記」
～と挫折者…⑥231, 232
～と周王朝の創業…③3
～と西人　アリストテレス…⑲58, ㉑122, 124, 125　ツキジデス…⑲58, 59　ヘロドトス…⑥229　ホ

メーロス…㉗433
～と先人・先人の時代
堯舜…⑳6, 8, ㉕324　始皇帝の時代…⑳477　戦国時代…⑥231, ⑳477　伯夷…⑥231-233
～と讖緯の説…㉕151
～と銭謙益…⑯87, ㉖443
司馬遷と左氏…⑯70, 96, ㉖432
～と日本人　小島祐馬…⑰320　荻生徂徠…㉔56, ㉕197, 198→「史記」　貝塚茂樹…㉗297　頼襄…②163
～と班固…①160, ②154, ⑥256, ⑭401, ⑯87, ㉕81, 84
司馬遷・班固・范曄の史…⑬577, ⑯96
班固の司馬遷評…②487, ㉕78
～と武帝…⑥44, 197, 242
腐刑…②136, ⑥158, 232, 243, ⑳8, ㉕156, 158
腐刑と為政者批判の困難…③483　腐刑による発憤と「史記」著述…⑥158　武帝の政治への不満と「史記」…⑥182　武帝政府の史官…①171, 177　武帝末年の雰囲気と司馬遷…⑥158
～と淮南王劉安と司馬相如への揚雄の評…㉕197
～・杜甫を持たぬ西洋…①71, ②536, ㉔398, ㉖480, ㉗368
～・杜甫・韓愈・白居易・「水滸」と連なる系譜…①114
～・杜甫と古文辞派…⑯72-74
～・董仲舒・司馬相如と揚雄…㉕219, 222
～に至るまでの中国文体史（文学史第一期）…㉗6, 254
～に対するソ連の評価…⑥241
～の愛奇…㉕197, 198
好奇…①199　司馬遷の好奇と欧陽修…①164
～の旧記抽繹…⑲93
～の言と実…⑥222
～の「史記」著述の態度→「史記」
～の自叙伝（太史公自序）…⑲55, ㉑124
～の時代…②375
悪人の栄達と長寿…⑥231　神の祀り…②371
偶合・偶時の指摘…①95, ⑥234, 299　中国語の発音…㉕72
～の主張（太史公自序）…⑲55-57, ㉕153, 158
～の肖像…㉗236
～の常識の暴力への抵抗…⑥232-234, ㉕155
漢王朝への尊敬と嫌悪…㉕80, 82, 152, 153, 159
天・天道と人間…①241, ⑥232, 234
～の「任少卿に与うる書」…②136, ⑥431, ⑲253, ㉕158
～の生誕二千百年記念…⑥241-243
～の人間描写→「史記」
～の呪い…①273
～の発憤著書の説…⑰234, ㉔316-317, ㉕157
～の文学性・文章→「史記」
～のむすめ…⑦412
～のモットー好学深思心知其意…⑰430, 447, ⑳9
～のリアリズム…⑥158, 242
～の李陵弁護…②136, ⑥157, 232, 243, ㉕156, 158
～の旅行…⑥242, ⑲57
知見にふれた空間…②136, ⑲55
～の歴史家の任務…①159, ⑥234, ㉕154, 155
～の歴史記述→「史記」
～の歴史哲学と「五帝本紀」…⑳8, ㉕324
～風の懐疑と批判…⑪374
司馬遷生誕二千一百年記念…⑥241
司馬太傅・道子…㉗144→会稽王
司馬談…㉕156
司馬貞「史記索隠」→「史記」（注釈）
司馬彪・紹統…⑬574, ㉕174
「荘子」注…⑳341, ㉒304　「九州春秋」…⑦95　「山濤に贈る」…⑥292, 311, ㉕168, 174, 210　「続漢志」（続志）…⑬582, ⑰592
司馬門…⑦128
司馬槱（ゆう）『蝶恋花』「わたしは銭塘川べりそだち」…⑬333, 524
司敗…⑰136
司房…⑮28
司命（七祀）…①186, ㉒305-307
司命の神…㉒306
司門員外郎…⑪513
司吏…⑮21
司礼監（明）…⑮329, 330
司礼丞…⑪22
司隷…㉖57, 59-61, 63
司隷校尉・司隷の章…⑫385, ㉖59
史　荻生徂徠…㉓343　経史子集→史部　本居宣長…⑰179, 181
史阿…⑦77
史貽直（いちょく）…㉓193
史可法…⑯17
史科→科挙の課程
史家…⑥172, 238→歴史家
～の祖…⑥243
～の文章…②17
史学…㉕94
史学（中国）…②399, ⑥171, ⑳13-15, ㉓307, ㉕461, ㉗386
～と儒学…⑰79, 80
～の三謬（銭謙益）…⑯93-95
～の書の引得…②222
史学（中国・清）…①499, ⑯60, 645
～と内藤虎次郎…㉒361, ㉗294
～の第一人者…①201, 395, 545, 549, ②482, ⑯6, ㉑201, ㉒293, 491, ㉓459, ㉔232
「史学雑誌」…①630, ⑮629, ㉕400
史学者→歴史学者
史官…②54, 154, ⑤69, 70, 173, 174, ⑮410, ㉕156
～の文学…①609

〜の末事…①194, ⑪545
史漢（史記・漢書）…⑦78
〜の学…㉒107
〜の文章…⑦459, 460, 463
史館…⑮446, 452
「史記」…⑦255, ⑯239, 244, 246, 584, ⑰187, 593, ⑳223, ㉓578, ㉗336→「太史公書」
〜以後韓愈までの中国文学…①37
〜以後の史書…⑬574, 575, ⑳167, ㉑150, ㉓564
三史・十七史・二十六史…⑥171, ⑰557
正史の蓄積・二十四史…①160, ②154, 279, 407, ⑥171, ⑳357, ㉑93, ㉕279
〜以後の正史の伝統…①160, 171, ②279, ③19, ⑥158, ⑪374, 375, ⑯288, ㉑93
紀伝体の歴史記述…①168, ②151, ⑥171, 243, ⑰557, ㉕75
人間の事実の詳述による問題提示…①75
列伝巻末の評論…㉕102
列伝重視…①160, 272, ㉕75, ㉗132
〜以後の中国の事実と叙述の形態…㉑85
〜以前の古典文学とエロス…⑲46
〜以前の文章と以後の文章…㉗8, 9
〜以前の文体と口語…㉗6
〜以来の史書の研究（史学）…⑯60
〜以来の史書の検討（司馬光）…②157
〜以来の史書の校訂本…㉒457
〜以来の史書の文体…①75, ②154, 161, 170
〜をテーマとした文学研究…①633
〜「漢書」…①610, ②17, 142-143, 151-154, ⑯87, ㉕81, 82, 85
神に関する記述…②371　小学の資料文献…②211　注釈…㉕84, 85, 371　「唐韻」の資料文献…⑬576　人は時間の起伏の支配下にあるとする史観…⑥299　文章の踏襲（漢書）…②142, 151, 153, ㉕81, 84, 85　文章の比較…②143, 151, 152, 154, ⑦471, ㉕81
〜「漢書」「後漢書」…⑬575, 577, 578, 581, ㉕371→三史
〜「漢書」「後漢書」「三国志」…⑪374, ⑬576, 577, ⑯584, ㉑73, ㉕326→三史三国
〜「漢書」「資治通鑑」と士人…②458
〜・五経と士人…⑬574, 587
〜・五経・四書・「通鑑」と士人…⑳203
〜「左伝」「国語」「漢書」…②57, 151, ㉓345→左国史漢
〜「左伝」と釈玄海…㉗46
〜「左伝」の歴史叙述…㉑33, 161
〜「資治通鑑」…⑬587, ⑳170
〜「尚書孔氏伝」…⑦276
〜「戦国策」…㉓350
〜とアメリカの大学…⑲207, 440, 441
〜とエロス…⑲46
〜と空言・行事…①171, 178, ⑥238, ⑯289, ⑳167, ㉑123-125, ㉕185-189
空言と虚構…⑲57　行事による人生と世界への批判…⑥239, ⑯290, ㉕186　行事の叙述の哲学への優越…㉕182, 188　春秋緯の文…⑥376　普遍と個別の関係…⑲56, ㉕187
〜と古文辞派…⑮492, 493, 495, 631, ㉓289, 325, 350, 376, ㉕328
「史記」の成句の転用…㉓325, 326, 362, ㉕197
「史記」普及への寄与…⑮529
「史記」まがいの奇怪な文体…⑮527
〜と後人　王念孫…②482　銭謙益…⑯87　陳世驤…①608　杜甫…㉕483　李夢陽…⑮494, 495, 527
〜と「水滸伝」…①599, ⑤11, ㉔8, ㉖373
〜と西人　ツキヂデス…⑤316　ヘロドタス…⑤316, ㉑85
〜と戦争…①122, 273
〜と日本人…①244, ②137, 139, ⑥11, 246, 247, ⑰174, ⑳167
江戸時代…⑥247, ⑰79, ⑳204, ㉑85, ㉓564（荻生徂徠…㉓289, 345, 348, 350, 376, 403, ㉔10, 11, ㉗170　契沖…㉕164　頼山陽による祖述「日本外史」…①561, 562, ②163, 164）
鎌倉時代…⑥247
漢文の教材…⑰494, ㉒344
近・現代…③557, ㉓573（小川環樹…①610　狩野直喜…⑰249　貝塚茂樹…㉗297　内藤虎次郎…①396, ㉓403）
文章の評価…②137, 139, ⑥247（平安朝…⑥246〔悪左府頼長…⑥247　紫式部…⑤135, ⑥247, ⑱446, ㉑122, 124, 125, ㉔8, 10, 11　平安朝宮廷蔵書…⑥246, ⑬575　本文古注釈の校訂・滝川亀太郎・水沢利忠…⑥248, 251, 252〕　室町時代…⑥247〔桃源瑞仙…⑥11〕）
〜と「プルターク」…⑥242, ⑲55, ㉗368
〜と文学史三区分説…㉗254
〜と「論語」とトルストイ…①247
〜における語彙　縁辺…⑫463　顔…㉕91　好徳如好色…⑤244　控弦…㉓419　妃匹の愛…㉓520　竜顔…㉕124, 125
〜に始まる著者名の明確化…③19, ⑥172, ⑲55, ㉕147, 153
〜に基づく典故…⑬579, ㉕326
昇仙橋の故事…⑭522
〜による史学の開幕…⑥171, ⑱10
紀伝体の始まり…①160, 168, ②151, ⑥171, 243, ⑰557, ㉕75　正史の始まり…①160, 171, ②279, ⑥158, ⑪374, ⑯288, ㉑93　歴史学の最初の結晶…㉖370　歴史書の第一…①241, ②374　歴史の全貌の提示…⑬574, 587
〜の悪の記録…㉓286, ㉔10, 11
サディズム…⑰357　残虐記載…②496, ③557　流血…⑤316

～の完成した時代…②136, ⑥158, ㉑92
～の記載内容の範囲…②136, ⑲55, ㉑93
～の研究　中国…⑥247-249　日本…⑥246-249　Burton Watson…⑲442
～の言語…⑰184, ㉕72, 82
言語の事実…㉕73, ㉗395　外国語…㉕387　その時代の中国語…㉕91, ㉗393
～の五言詩の引用…⑥430, 431, ㉑215
～の叙述…①189, ②151
各時代の叙述（漢初部分…⑥4　始皇以後…③19　周王朝旧都の人間への批判…㉕201　先秦部分…③18, 19, ⑥4　戦国部分…③18）
自覚せざる虚構…①189, ⑳6
～の人物等に関する記事・人物評　晏嬰…⑤68, 87, 162　霍去病…⑥96　韓信…①159, ㉕76, 79, 186-188　汲黯…⑥113　匈奴…⑥70, 89　堯舜…③18, ⑳6, 8, ㉕324　虞卿…㉕157　月氏…⑥89　伍子胥…①173, 174, 179, ⑪374　公孫弘…①95, ⑥112, 234　孔安国…⑦269
孔子…⑤88-90, 148-150, 153, 158, 160-162, 224, 234, 235
河不出図…㉓97　五経（六経）編定…②292, ③33, ⑤122, 255, 256, ㉓348, ㉕33, 178　孔子と死刑…⑤89, 90, 224-226, 233　死に関する記載…⑤115-116, 255　周都への旅行…⑤195　出身地…⑤144, ㉕75, 78　出生記載…⑤144-146　出生記載の生誕説話不採用…⑤116, 146　諸国歴訪…⑤33, 34, 91, 235, 238, 249　諸国歴訪と桓魋の迫害…⑤240, 249　諸国歴訪と匡の受難…⑤239, 240, 249　諸国歴訪と南子との接触…⑤36, 37, 241, 243, 244　陳成子弑逆事件への対処の不採用…⑤258, 259　晩年の事件の不採用のもの…⑤259　父母の結婚…⑤146　魯国政府入閣…⑤88, 213, 219, 224, 225, 233　魯国政府離脱…⑤90, 91, 213, 235　老子と会見の伝説…⑤195, 196, 199, ㉓491
孔子への敬意…⑤123, 157, ⑥229, ㉕78, 79
高祖（漢）…⑥23-28, 37, 41, 42, ㉕79, ㉖479
出身地…㉕72-74, 76-78, 81　出生の秘密…⑤117, 118, ㉕81, 83, 89　戚姫愛幸…②141-143, ⑥26　父母…㉕72, 76, 80-82　容貌…㉕83-100, 109-113, 119, 134-136, 138, 143-145, 148-150
容貌描写の心理…㉕93, 152, 159
黄帝…①179　項羽…②139, 140, ⑥3-5, 8-11, 42, 251, ㉕75-77, 79, 150, 152　蔡沢…㉕93, 149, 150　司馬相如…⑥201-206, 210, 219, 225　始皇帝…①177, ㉕87, 93, 149, 150, 152　周勃…㉕75-77, ㉖479　舜の父母弟…⑩471　商山四皓…①198　蕭何…㉕75-77, 79　曹参…㉕75-77　張騫…⑥128　張湯…⑥116　張良…㉕75-77, 148, 149　陳皇后（漢）…⑥68　陳平…㉕75-77　伯夷…①85, ⑥231-233　范雎…⑥233　范蠡の故事…⑭404　武帝（漢）…⑥44-46, 147, 182　武帝の外戚…⑥45　優孟…⑭7　李斯…②137, 138　呂后…②140-151, 496, ③557　梁恵王…②108　藺相如…⑪374　廉頗…⑪374　老子…②83, ⑤195, 196, ㉕79
～の世界と宋以後の中国…㉕311
～の総字数…⑥231, 234, 242, ⑲54, ㉕65, 74
～の中心部分…②136, ⑤157
～の著者を除く宦者による著書…㉒314
～の著者の受刑と為政者批判の困難…③483
～の著者の立場…①171, 177, ㉕153
～の著述資料となった文献…③10, 18, 533, ㉑92
～の著述の意図…⑥239, ⑯289, 290, ㉑124
古今の変を通ずる…⑲253　行事による人生と世界への批判…⑥239, ⑯289, 290　人間の運命に関する提示…①241　人間の事実による未来の人間への示唆…①159, ㉑160-161
～のテクスト…⑥11, ㉕371
最古の版本…①397　三注の合刻（南宋）…㉑201　残巻…⑬575, 576
～の人間描写…①610, ㉓350
英雄の描き方・限界を持つ人間…①639　懐疑…①65, 241　人間描写による問題提示…①75, 84, 153, 172, 241, 250, ②150, ⑪374　人間描写の始祖…⑪374　悲観…①94, ⑥231
～の反儒学的要素…②487
～の不遇者への態度…⑥243, ㉕155
～の文学性…①159, 160, 166, ②137, ⑥243, 430
委曲な文字…⑬543　史伝の文学の開始…①275, ⑥238, 243, ㉑150, ㉖373　小説的ふくらみ…③18, 19, ⑤37, 88, 90, 226, 234, 235, 241, ⑳6（項羽本紀…⑥4, 10　刺客列伝…①189）　非虚構の文学…㉔170　歴史的真実と文学的真実…⑳170
～の文章…①37, 59, 599, ②17, 32, 142, ⑥197, ⑳306, ㉕78, ㉗47
「漢書」との比較→～「漢書」
「高祖本紀」の文章…㉕79, 81, 85, 88
叙事の文章の確立…②136, 137
正史の文章の規範…②154
美的文辞の研究…①599, 600
文章の研究（清）…⑥247-248
文章の手本…①241, ②17, 154
文章の特色（迂闊さ…②142, 146-147, 152, 155, ㉕85　簡古さ…②147　原始的構造…⑦459　古怪な句法…⑰249　口語的表現…⑭11, ㉕47　妙処…②145　読みにくさ…⑰249　読みやすさ…①269　リズム…㉕95-100, 135, 138, 144, 145）
文章の評論（明）…⑥247
文章模倣・七子…⑮494, 527, 631, ㉒291, ㉓325
文体…②23, 157, ⑪374, ⑮527, ⑰174, ㉓458, ㉔65　文法…②144, ⑬555（助字…②146, 158, ⑦456, 467, 481-483）
名文…②137, 139, 151, ⑥243, 247, ㉓332, ㉕328

～の容貌・人相への言及…㉕93, 109, 119, 124, 148-150
容貌・人相への冷淡…㉕149, 150, 152
帝王異相伝説への反発…㉕150, 152
～の流布…⑬575, ⑮529
～の歴史記述と古文の文学…①68
～の歴史記述の大成…①64, 250, ⑥242
～の歴史記述の態度…①84, 85, 153, 172, ②375, ⑲54, 55
虚構の排斥…①84, 159, 189, ⑤226, ⑲53, 54, 57, ㉑92（意識せざる虚構の扱い…①189, ⑲57）
言語と著者の意識態度…㉕73-76, 94, 147-149
史実非史実の峻別…①158, 179, ②137, ⑥230, ⑱10, ⑳6, ㉑93
事実の尊重…①84, 191, ②137, ⑱10, ⑲54, 55, ㉑122, 124, 125（常識と事実の尊重…①189, 191, ㉑122　人間の事実のすべてを熟視…⑥229, 230　人間の事実の直写…①75）
「春秋」の継承…①172, ⑥229, 238, ⑯289, ⑲56, ㉓578, ㉕186
尚古主義否定…⑥231, ⑳477, ㉔56
神話拒否…①175, 179, ②137, 276, ③19, ⑤144, ⑱40, ㉑92, ㉗369（鬼怪の排除…①179, 189, 234　孔子の不語怪力乱神の延長…①234, ⑲59　平凡な人間世界の記述…②375）
政治への関心…㉒440
著述の目的…①241, ⑥239, ⑲253, 441, ㉕153（歴史叙述の抱負…①250, 251, ⑥229）
年代記載のあり方…③533
不朽の書たる確信…⑥249, ⑲55, 59（総字数の明記…㉕64-65, 74　後世の知己への期待…⑲59, ㉕74）
不合理拒否…①174, 179, ②275, 375, ③19, ㉑93
歴史の始まり…②136, 275, 289, 374-375, ③533, ⑥176, 229, ㉕73, ㉗297
～の歴史記述の方法…①64, 84, 153, ②167, ⑪374
～の列伝重視…①84, 158, 160, 173, ②137, ⑤157, ⑥229
個人の伝記と人間の追及…①84-85, 166, 241, ⑥239, ⑪374, ⑯289, 290, ㉑160-161, ㉗240（多様な人間の姿…①37, 64, 173, 178　人間研究・人間批判…①153, ⑬588　人間の類型への関心…①153, 163, 159, 173, ⑥243）
個人の伝記のモンタージュによる歴史記録…①158, ②17, 150, ⑪374, ㉕75（出生地記述に始まる伝記形式…㉕75, 76, 78　挿話の点綴…①159, ②14, 138　反体制の人物・強烈な人物への関心…①159, 161, 164）
同時代人の伝記の厳密…②585, ⑥239, ⑯290
列伝に採用しなかった閣僚たち…⑥127
～の恋愛記載…⑥205
～風の文体（韓愈）…②24
～風の歴史書の文学性の喪失…①153
～への評価…⑥241
散文の典型（北宋古文作家）…①75, ②57, 136, 137, 493
散文の典型（古文辞派）→～と古文辞派
史書の古典…①204, 241, ②57, 487, ⑥246, 247, ⑭13, 256, ⑮170, ㉖370
人生の知恵を増す古典…①241, 264
東方の歴史の祖先…⑥229
必読文献…①241, ②456, 486-487, ⑬574, ⑰79, ⑳203
歴史記述の古典…①204, 205
「史記」（注釈）…⑥30, 244, 247, 251, ⑬575, ㉑73, ㉓326, ㉕84, 85
三注（裴駰・司馬貞・張守節）…⑥244, 248, ㉑201, ㉓578
正義・張守節「史記正義」…⑥244, ㉑201, 202, ㉕85（屈原賈生列伝…⑬509　中国の流布本…⑥248）
注・司馬貞「史記索隠」…⑥244, 248, 376, 387, ⑬506, ㉕85, 86, 90, ㉖452（高祖本紀述賛…⑥28　汲古閣刊単行索隠本…⑥25）　徐広…⑥204（暦書…⑪216）　裴駰「史記集解」…⑥244, 248, ㉕85, 91　早稲田大学「史記国字解」…⑳212, 232, 255, ㉒344, ㉗391
「史記」（テクスト）
江戸時代覆刻本…⑰608　旧鈔本（日本所伝）…㉑202→古写本（日本所伝）　今本…⑥10　巻子写本テクスト…⑬575　元版本…㉑202　古刊本（日本所伝）…⑥248, 251　古写本（唐以前）…⑬575　古写本（日本所伝）…⑥244, 248, 251, ⑦539, ㉖473　東北大学蔵古写本…⑥247　平安朝古写本残巻…⑬576　古本（日本所伝）…⑥10, 11　康海刊本…⑮529　宋版本…①396-398, ㉑60, 202（南宋版…①397〔紹興刊本…㉑60　劉元起黄善夫刊本…㉕371〕）　北宋以来の刊本…⑥244（北宋版…①397, ㉑202〔淳化版本…⑬581〕）　滝川亀太郎「史記会注考証」…⑥243, 245, 246, 248-251, ⑮635, ㉑201, ㉓578（中華人民共和国覆印本…⑥243, 244, 250, 253　東京刊本…⑥243）　敦煌本残巻…⑬575　明清本…㉑202
「史記」（篇名・項目）
世家…①179, ②163, ⑤157, ㉕75, 76（三十世家…⑥242, ㉕149）
外戚世家…①179, ⑥45, 278, ⑲55, ㉕150　孔子世家…⑤33, 34, 145, 146, 153, 157, 158, 213, 219, 225, 233, 235, 238, 240, 249, 258, ⑯244, ㉑230, ㉓97, 348, ㉕33, 178（賛…㉕78　衛国滞在…⑤33, 36, 37, 241-243　五経編定…②292, ③33, 122, ⑤255　孔子の死…⑤115-116, 255　斉景公との最初の会見…⑤85　斉景公と魯定公会見…⑤224-226, 233　斉国滞在…⑤158, 160, 161　斉の女楽…⑤90, 91, 234, 235　俎豆の遊び…⑤76　伯魚の死…㉑183　冒頭の書き出し…㉕75, 78, 79　老子との会見…⑤

195, ㉓491) 絳侯周勃世家・蕭相国世家…㉕75, 76 斉太公世家…⑤65 宋世家…⑦481 曹相国世家…㉕75, 76 趙世家…⑦481, ㉖367 陳丞相世家…㉕75, 76 留侯世家…⑥41, 387, ㉕75, 76 (贊…㉕148)
太史公自序…①159, 178, ⑥229, 238, 376, ⑯289, ⑲55, 56, ⑳64, 167, ㉑123, 124, ㉔316, ㉕64, 73, 153, 156, 158, 182
年表…⑥242, ㉓350
十二諸侯年表序・秦楚之際月表序…⑲93 六国年表…②108, ⑥231 (序…⑲93, ⑳477, ㉔56)
八書…⑥242
楽書…⑥25, ㉖452 天官書…⑲55, ㉒306 平準書…⑥242, ⑰557 封禅書…①179, ②371, ⑥147, ⑬506, ⑲25, ㉒306, ㉓158 暦書…②347, ⑪216
本紀…②136, 138, 139, 163, ⑥242, ㉕75 (十二本紀…㉕149)
殷本紀・夏本紀…㉕152 五帝本紀…②275, 374, 375, 384, ⑯130, ⑰637, ⑱40, ㉕152, 324, ㉗297 (贊…①179, 189, ②275, 375, ③19, ⑥230, ⑱10, ⑲57, ㉕152 堯舜…⑳6, 8, ㉕324 黄帝…①179, ㉓114)
高祖本紀…⑤117, ⑥37, ⑮626, ㉕75, 83, 90, 113, 134, 149, 150, 152, 158 (「大風歌」…⑥23, 24, 26-28 冒頭の書き出し…㉕72, 74, 76, 78, 79) 項羽本紀…①122, ②140, ⑥5, 8, 247, ㉕75, 76, 152 (贊…⑥9, ㉕150 垓下の戦い…②139, ⑥3, 8, 10 抜山蓋世の歌…②140, ⑥3-5, 10, 251, ㉑202, ㉒59)
周本紀…⑫238, ㉕152 秦始皇本紀…①177, ㉕87, 93, 149, 152, 443 秦本紀…⑰557, ㉕152 呂后本紀…②140, 144, 151, 496, ③557 (贊…②150)
列伝…①84, 85, 153, 158, 166, 178, 241, ②17, 137-139, 163, 185, ⑤157, ⑥242, ⑪374, ⑯289, ㉔8, ㉕75, 76, 155, ㉗240 (七十列伝…①173, ⑤196, ⑥229, 231, 234, ㉕149)
貨殖列伝…①159, 161, 179, ⑲55, ㉓427 楽毅列伝…⑥239, ⑯289 管晏列伝…⑤68 亀策列伝…①179 匈奴列伝…①287, ⑥70, ⑫463, ⑲55 屈原賈生列伝…①178 伍子胥列伝…①173, ⑪374, ⑥239, ⑯289, ㉓90 (贊…①173, 179, ⑦215) 公孫弘列伝贊…①95, ⑥234 酷吏列伝…⑥149 滑稽列伝…①179 蔡沢列伝…㉕93, 149 司馬相如列伝…①178-179, ⑥201, 203, 204, 206, 210, ㉗12 (贊…⑥219, 225) 主父偃列伝…㉓325, 326 儒林列伝…①179 (轅固生伝…⑦471) 商君列伝…㉕380 鄒衍列伝…㉒81 刺客列伝…①159, 179, 189, ⑤316, ⑦436, 471, 472, ⑲55, ㉗9 (贊…①189, ⑥230, ⑲57) 蘇秦列伝贊…①158, 179, 189, ③19, ⑥230, ⑱10, ⑲57 大宛列伝…㉑93 (贊…①179, 189, ③19, ⑥230, ⑱10, ⑲57, ㉑93) 張耳陳余列伝…㉓325, 326 日者列伝…①179 佞幸列伝…①159, 179, ⑥229, 230, ⑲55 伯夷列伝…①84, 241, ⑥231-234, 239, ⑯289, ㉕155 (贊…①85) 范雎蔡沢列伝贊…⑥233, 299 樊噲列伝…㉗9 平原君虞卿列伝贊…㉔317, ㉕157 扁鵲倉公列伝…①179, ⑥259, ⑦501 孟嘗君列伝…⑬509, ⑯169, ⑳312 遊俠列伝…①159, 161, 179, ⑲55 (贊・序…⑥326) 李斯列伝…②137, 138, ⑮165 (贊…②138) 廉頗藺相如列伝…⑪374 魯仲連伝…⑯565 老子韓非列伝…②83, ⑤196, ㉓491 淮陰侯列伝…①159, ⑰248, ㉕76, 186 (贊…㉕187)
「史記」(田中謙二・一海知義)…①271, ②139
史記会読(堀塾)…㉗118, 119, 121, 122, 126, 127, 129, 130, 135, 136
「史記会注考証校補」…⑥252, ㉑202
史記会注考証校補刊行会…⑥253
「史記鈔」 五山講釈筆記…⑥247 桃源瑞仙…⑥6, 11, ㉒59 藤原英房…㉑202
史九散仙(僊)・散人…⑭109, 110, 115, 117, 137, 140, 147, 172→史樟 「荘周夢」雑劇→その項
史公…①599, ⑥239, ⑯290→司馬遷
史浩「鄮峯真隠漫録」…⑭326
「史綱評要」…㉖473
史子明…⑭110
史思明…⑫437, 486, ㉖98, 150, 153
史粛・舜元…㉒114
史書…⑰164
史書(習字)…②523
史炤「資治通鑑釈文」…⑬588
史樟…⑭108-110, 367→史九散仙
史繩祖「学斎佔畢公年譜」…㉑175
史崇「一切経音義」…㉒301, 303
史善長「弇山畢公年譜」…⑯238, 239
史達祖…⑯145-147, 149
史朝義…㉖150
「史通」…⑬576
～に関する黄庭堅の評価…㉗299
～の史書から神怪談追放の主張…①226, ⑪546
～の主張 史学の淵源「尚書」「春秋」…⑬553
～の「周書」評…⑦530
～の正史における装飾的文体浸潤の指摘…⑪374
～の蘇綽の文に対する批評…⑦530
～の「文心雕竜」への言及…㉗299
～の編年・紀伝両体の得失の論…①168
～の六朝史書の会話部分の口語の指摘…⑭12
「史通」(篇名・項目)
雑説上…㉒91 雑説中…⑭12 (「周書」の条…⑦529-530) 申左…⑦256
史天澤・開府・丞相・総帥…⑭75, 95, 100, 111, ⑮391
～の居城…⑭56
～の交遊 侯正卿…⑭106 史九散仙…⑭108, 109, 111 白仁甫…⑭93, 95, 98, 100, 103, 130
～の推薦した名士…⑭130
～の南宋制圧…⑭98
史伝の文学…①275, ⑥238, ㉖373, 385
史弥遠…⑬172, 173, 178, 179, 323, ⑰604, 605

史部（官職）…㉓273
史部（四部分類）…②475, 481, ⑮485, ⑯225, ⑰554, 557-559, ㉑149, ㉓299, ㉕326, 488, 489, 492, ㉖432
　～の書と校勘…⑳453
史文恭…⑯362
史炳「杜詩瑣証」句倹山房刊本…㉕435
史補…②280
史良…⑯169
「史林」（雑誌）…⑮607, ㉓310
只…②112, 174, ⑫333, ㉒36, ㉓309, ㉖50, 54
只管…㉖51, 54
只管裏・只古裏…⑭321
只好・只得・只独…㉖54
只独看…⑫333, ㉒36
只落的…⑭320, 321
四夷…①279, ⑥135
四韋陀…⑯96
四遠裏…⑭321
四王呉惲…①495, ②514
四下裏…⑭321
四科（論語）…㉗137
四家詩…⑯253
「四家雋」…㉒291, ㉓337, 400, 456, ㉕471
　韓柳雋・李王雋…㉓400
「四家雋」（テクスト）
　京都大学付属図書館所蔵写本…㉓400-401, 456
四海…⑤95, ⑥27, ⑲21, ㉒88, ㉓65, ㉕66, 170, 213, 250, 257, ㉖45, 46
　～と海内…⑥28
　～と四荒と四極…⑲23
　～の内…㉓103
　～の語と李夢陽…⑮499, 500
　～の赤子…⑮489
　～の外…㉓153
『四塊玉』「玉鏡台」…⑭333
四岳…⑩470
四季の黄鐘…⑭188
四虚…⑬185
四教（詩書礼楽）…㉓349
四極…⑲23
四句全対格…⑮427
四君子…②529
四股（八股文）…①313
四庫…⑯225
四庫館…⑰596, ㉓258, ㉕269
「四庫全書」…⑯225, 227, ⑰236, ⑲121, ⑳225, ㉒313, 427, ㉓180, ㉔190, ㉕387
　～以後の書物…㉕271
　～と黄生の著書…㉔280, 281
　～に収める書籍　「易」の注釈…㉕35　書籍の総数…⑯225, ㉕268, 269　書籍の総巻数…⑯225　諸子…②480　日本書…②590, ⑥244, ⑯225, ⑱59, 468, ㉓160, 329, ㉕284, ㉗74, 271
　～に漏れた本の書目…㉕283→「四庫未収書目」
　～の解題（経部）…⑯229
　～の刊行…⑯227, 228
　～の採用と改竄…㉗272
　～の採用の基準…⑯228
　～の底本…⑯226, 227
　～の保管場所…⑯225
　～の編集者…⑯226, ㉒419
　～の編集と禁書の指定…㉔280, ㉕272
　～の目録…㉕268
　　解題のみを記す本の書目…㉓253
「四庫全書」（テクスト）…⑯227
　円明園本・文淵閣本…⑯226　文津閣本…⑯226, ㉒426　文溯閣本…⑯226　文宗閣本…㉔277　文瀾閣本…⑯226, 547
「四庫全書」（分類）…⑯225, ㉑149
　経部・子部・史部・集部…⑯225, ㉑149, ㉒427
「四庫全書総目提要」…①208, ⑯227, ⑳289, ㉕269→「欽定四庫全書総目提要」
　～と「国書総目録」…⑱471, 472
　～の季本の書の解題…⑯90
　～の権威の理由…⑱469
　～の「元史紀事本末」の記事…⑭35
　～の「西北有高楼」の記事…⑥304
　～の批評・批判・評価
　　魏憲の詩の批評…㉓260, 261　「庚申外史」評…⑮289　侯正卿の詩の評価…⑭107　「皇清百名家詩」批判…㉓254, 256-259　「紫山大全集」評…⑭83, 569　朱子批判…㉓472, ㉗244　曽幾評…①527　白仁甫の詩余の評価…⑭103　周伯琦の詩の評価…⑮285
「四庫全書総目提要」（篇名・項目）
　経部・五経総義類存目孫月峯評経解題…⑯91　春秋類存目一・鍾評左伝三十巻…⑯92
　子部・雑家類存目…㉒111, ㉕235　小説家類・山海経…㉒302
　集部・総集類存目…㉔399　別集類存目四・石室秘抄…㉓262
「四庫全書総目提要」続篇…⑯228, ⑳289, 290, ㉒374, 399
「四庫全書珍本三集」…㉕241
「四庫全書珍本初集」…⑩462, ⑭57, 105, 110, ⑮328, ⑯227
四庫全書本　「義府」…㉔277, 281　「僑呉集」…⑭114　「艮斎詩集」…⑭105　「紫山大全集」…⑭570　「字詁」…㉔277, 281　「十三経注疏正字」…⑩462　「世宗憲皇帝硃批諭旨」…㉓202　「折獄亀鑑」…⑭204　「論語全解」…㉕240, 241
「四庫著録」…㉕268, 269
「四庫提要」→「四庫全書総目提要」
「四庫附存書目」…㉔281
「四庫未収書目提要」…⑭368, ㉒299, ㉕283
四顧…⑥324, 325

四公子…⑯186
四荒…⑲23
四高僧…⑯41, 46
四皓…⑥387, 399→商山四皓→南山四皓
四国（日本）…⑫254, ⑱331, ㉔397
「四国旦」雑劇・「十様配像生～」…⑮16
　題目「八十知風流五変粧」…⑮15
「四国朝」…⑮16
四言…③6, 10, 12, 25, 29, 30→四字句
　～のリズム…①13, ③30, ⑥268, 331
四言詩…①13, 65, 127, 275, ㉑35, 236
四始…⑥222
四時…⑤253, 311, ⑫486
四七二三…㉓472-473
四実…⑬185
四周星…⑮407
「四十自述」（胡適の自伝）…②578, ⑬564, ⑯331, 431-433, ⑰509, 510, 519, ⑳421
　上海亜東図書館本…⑯329
　本人　実名・嗣穈…⑯350, 357, 361, 362, 376, 377　上海遊学時の名・洪騂…⑯387, 428　遊学時の号・希彊…⑯398　同筆名・期自勝生…⑯398（「地理学」…⑯398）　鉄児…⑯400
　家系（続柄は胡適との関係。父方は胡姓，母方は馮姓。母方のみに姓を付す）
　禹臣先生（観象・遠縁の従兄）…⑯354-357, 361, 371, 373（妹・広菊・多菊…⑯361）　映基叔父…⑯354　介如叔父（玠）…⑯347, 348, 351, 354（子・巧菊…⑯361　嗣秫…⑯354, 355）　玉英叔母（母の妹）…⑯364　近仁叔父（堇人）…⑯331, 332, 359, 372, 373, 408　燦（母のおば）…⑯335, 336, 345, 346　嗣稼（長兄）…⑯349, 358　嗣秬（紹之・次兄）…⑯347, 348, 387, 426　嗣秠（振之・三兄）…⑯347, 387　守煥叔父…⑯358　守瓚叔父…⑯355（子・嗣逵…⑯355　嗣昭…⑯355, 356）　周紹瑾（三番目の姉の夫）…⑯358　祝封叔父…⑯354, 361（子・杏仙…⑯361）　章硯香（上の姉の子）…⑯371, 376, 377　翠蘋（遠縁の姪）…⑯361　星五伯母（父の伯母）…⑯339-343, 345, 346, 370　星五先生…⑯339（子・珍伯父…⑯354, 405〔妻・珍伯母…⑯348〕　瑜叔父・叔母…⑯354）　節甫先生（遠縁の大叔父）…⑯426, 427　曹玉環（父の二度目の妻、兄姉の母）…⑯340, 349　定嬌（遠縁の姪）…⑯361
　鉄花先生（三先生・父）…⑯333-335, 339-346, 351, 361, ⑰521（「原学」…⑯352, 369　「鄭工合竜紀事詩」…⑯368　「人たるを学ぶ詩」…⑯351, 359〔五倫…⑯352〕）
　馮金灶（金灶官・祖父）…⑯335-343, 345, 346　馮氏（父の最初の妻）…⑯349　馮順弟（母）…⑯334-347　馮誠厚（母の弟）…⑯335　明達大叔父・茂張叔父…⑯354
　上海遊学時の交友と関わり
　郁耀卿…⑯385　袁海観…⑯384　王雲五→その項　王言…⑯383, 384　王仙華…⑯396　王敬芳（搏沙）…⑯419　欧陽予倩→その項　何徳梅…⑯420　夏敬観→その項　葛祖蘭…⑯331, 386　許怡蓀…⑯421, 426, 427　龔従竜…⑯396　厳荘（敬斎）…⑯416　胡梓方（詩廬）…⑯397, 408, 409　辜鴻銘→その項　顧先生…⑯381　呉汝綸→その項　謝寅杰…⑯397　謝昌煕…⑯385　朱経（経農）…⑯394, 408, 413, 414, 417, 419　朱紱華…⑯413, 417　周烈忠…⑯394, 413　徐医師…⑯426　小喜禄…⑯421　松堂先生…⑯426　章一山…⑯384　章希呂…⑯421　鍾文恢（古愚・翳子）…⑯397, 398　饒毓泰（樹人）…⑯416　沈翔雲…⑯396　沈先生…⑯381, 382　沈翼孫（燕謀）・石一参…⑯408　薛伝斌…⑯417　宋躍如…⑯396　曹錫爵…⑯386　孫競存…⑯387, 394　孫粋存…⑯394　大武「官話を学ぶことの長所を論ず」…⑯398　但懋辛（怒剛）…⑯394, 395, 420　譚心休…⑯394　張煥綸（経甫）…⑯380　張鏡人…⑯385　張奚若（耘）…⑯416, 417　張謇…⑯412　張在貞…⑯383　張蜀川…⑯421　張丹斧…⑯405-406　張邦傑（俊生）…⑯417　趙詒璹（碩南）…⑯380　陳炯明（競存）…⑯387　陳三立…⑯413　陳詩豪…⑯385　陳天華→その項　丁洪海…⑯397　程楽亭…⑯421, 426　鄭孝胥→その項　鄭璋（仲誠）…⑯383, 384, 421　鄭鉄如…⑯421, 425　唐桂梁（蟒）…⑯420, 421　唐才常…⑯420　湯昭（保民）・任鴻雋（叔永）…⑯408　馬君武…⑯394　白振民…⑯384, 392, 393　范鴻仙…⑯405　傅君剣（鈍根）…⑯397, 400, 405-407（「適之に留別し即ち送別の作に和す」…⑯407）　文之孝…⑯413　彭施滌…⑯394　熊希齢…⑯330, 412　姚弘業…⑯394, 396　姚康侯…⑯408, 409, 416　葉成忠…⑯384　葉徳争…⑯406　楊景蘇（志洵）…⑯426, 427　楊千里（天驥）…⑯386, 408　楊銓（杏仏）…⑯416　楊卓林…⑯397　楊天択…⑯387　羅君毅…⑯413, 414, 419　李琴鶴…⑯394, 414, 415　李莘伯…⑯404, 405　李駿…⑯394　李平書…⑯417　林君墨（恕）…⑯420, 421　老彭（胡適の下男）…⑯422
　上海遊学時の演説・作文・試験の題
　「古の関を設くるは…今の関を設くるは…」（梅渓学堂）…⑯382　「規矩を以ってせざれば…」（米国留学）…⑯427　「志を言う」（中国公学）…⑯394　「性を論ず」（澄衷学堂）…⑯391, 392　「日本の強き理由を求む」（梅渓学堂）…⑯382　「物競いて天択ぶ…」（澄衷学堂）…⑯386
　その他　月吉先生…⑯335, 336, 345, 346　士祥…⑯356　度おばさん・立大おばさん…⑯366
四術（詩書礼楽）…㉓283, 284, 349, 384, 385, 388
四書…⑭114, 131, 479, ⑯357, ⑰186, ⑱322, ㉑69, 159, ㉓298, ㉕294, ㉗271
　～と科挙…①302, 309, 310, ②452, ⑮459, ⑯200, ㉕320→四書題

四書義→科挙
受験教育と四書…⑬563, 564
～と五経→四書五経
～と朱子…①239, ④8　⑤136, ⑬318, 560, ㉖244
～と小説…①205, 213, ⑰474
～と日本人…①244, ⑰469
新井白石…㉓145　伊藤仁斎…⑰125, ㉓32, 73, 75, 86　荻生徂徠…㉓288, 317, 348　契沖…㉓29
徳川綱吉…㉓317　本居宣長…㉗112, 113
大学を四書の第一とする評価…㉓75
～の言葉と誤解された言葉…㉕364
～の字数…②407
～の素読…⑯356, 650, ㉒381
～の直解…⑮329, 330
～の読者の範囲…①319, ⑭297
村塾の教育（元）…⑭297
～の内容…①239, ②328, ④8, ⑬560, ⑰556, ⑳203, ㉖244（簡易と合理性…㉖245）
～の筆頭（論語）…②328, ④8, ⑤136, 137, ㉓80
四書（注釈）
～注・宋儒…②479
朱子注→「四書集注」 程子注…㉓317
～点・道春点…⑰30, ㉗69
四書五経…①239, ②602, ⑰77, 80, 186, ⑳203, ㉓569
～以外の書への関心（宋以後）…②486
～と科挙…①302, 309, ②452, ⑬564, ㉕320
暗誦…②407, 427, 434, 437, 444, 462, 474, ⑮578, ⑲103, 104　経義の重視・宋儒の注釈書の指定（元）…①309
～と君臣父子…⑰97, ㉔301
～と乾嘉の学…㉕411
～と史書…②486, 487, ⑳203
文学の典故…②494, ㉕326
～と詩文の文学…②487, 492-494, ⑲103, ㉓591
～と朱子…②479, ⑤136, ㉖244-246
五経四書を規範とする生活習慣…②328, ㉕303
四書への転換…①239, ②328, ④8, ⑬318, 593, ㉖244, 245
～と順帝（元）…⑮284
～と諸子…②474, 487, 488, 492-494
江戸期漢学者…②475　清朝漢学…②479
補助的存在とする論理…②488
～と宋儒の態度…②107, 328, ⑤136
新約旧約の地位…①239, ②107　宋儒の注釈への疑問（清朝漢学）…②479　天理人欲…㉓533, 570　理気説…②283, 329-331, 334, ⑬593, ㉑113, ㉖245
～と中国演劇との背反…㉖485
～と永井荷風…⑱322
～と日本の江戸期儒学…⑰80, 414, 640, ⑳203
新井白石…㉓145　荻生徂徠…㉓309　林羅山…㉓148, 533
昌平黌・藩校の教課…⑰23, ㉓564
日本儒学の基礎…㉓527
和刻本…⑰26, 608, ㉓148, 564, ㉕280（注釈書の和刻本…⑰608）
～と日本の中国語学…㉖508
～と日本明治以来の東洋史学…⑰637
～の権威と聖人…⑲18
～の素読の教師（荻生徂徠）…㉓316
～の総字数…②407, 444
～の対話体…㉗287
～の注釈書…②407, ㉑73
～の人間肯定の思想…①240
～の必読…①239, 243, ⑳203
読書人…②407, 427
民国知識階級の読書…⑯584, 585（胡適…⑯354, 356, 390）
～の文章…②492, 493
～の弁偽の学…⑰637
四書五経（翻訳）
満州語訳…①286　ヨーロッパ語訳…⑰631
「四書集注」…①309, 310, ②479, 602, 603, ⑬318, ⑭363, 369, ⑯353, 354, ⑰360, 556, ㉓292, 317, ㉖244, 246, ㉗69
～と小説…①209, 211, ⑬565, 567, ㉖373
～と日本人　海保元備…㉗244　五山僧の訓点本…⑰30　和刻本…⑰26
～とノートル・ダム…⑲358
～と李治…㉕53
～と理気説…⑬557
～による受験勉強…⑬564
～の「逝川」解釈…㉕173, 233
～の禅荘の語…㉓42
～の読者の範囲…⑬566
～の孟子政治説への冷淡…⑬561
「四書大全」…㉓329, ㉗66
四書題の八股文（科挙）…②452, ㉕320
「四書註釈全書」…㉓84
「四書直解」…⑮329, 330, ⑲317
京都大学所蔵本…⑮329
「四書直解」（篇名・項目）
「大学」「中庸」「孟子」…⑮329, 330　「論語」…⑮329
四書文→科挙
四象…⑦525
四条天皇…②551, ⑭6
四娘…㉖167
四声…⑮172, ⑳87, 95, ㉕97, 137
～と沈約…㉕102, 104
～の陰平陽平上去…⑭19, ⑮172
入声の消滅…⑭19, 326
～の語群の韻書における整理…②203
～の斉梁期における分類…⑦591
～の平上去入…②27, 37, ⑭19, ⑳88
～の平仄通押の韻法…⑭21, 325, 326

～の平仄と配置…①126, ②28, ⑮172, ㉕104
～の平仄に基づく韻法…⑭325, 326
四声八病の説…㉕102
四折→雑劇
四千里…㉖150
四川（省）…②37, ⑬134, 239, ⑯195, 396
～人…⑯396, 420, ㉕420
王昭君…⑮189　郭沫若…㉕420, 464　司馬相如…⑥95, 201-204　医者・徐氏…⑯426　蘇軾…②178-179, ⑬99　趙次公…㉕493　白堅…②513　傅増湘…㉖466　文同…⑬21, 138　揚雄…⑥254　李宗諤…⑱360　李白…⑪86, 90, 169, ⑫29, ㉕420
～での長征のコース（毛沢東）…⑫535, ㉕463
～と関わりを持つ人々　桓温の四川平定…⑦359　呉世璠…⑯178　黄庭堅の流罪…⑬130, 289, 290　鮮于仲通…⑫56, ㉕452, 459, 478　段玉裁…㉗193　張問陶の帰省…①501　范成大…⑬161, 163　楊貴妃の生家…⑫56　楊国忠…⑫56, ㉕477, 478　李白…⑪169, 170, ㉕420　臨邛の道士…⑪257
～と湖北省との境（夔州）…⑪70, ⑫531
～と杜詩→その項
～と杜甫→その項
～と陸游…⑬154, 156
地方官時代…⑬25, 148, 150, 152, 159, 161
栄州知事心得…①404　新定県知事…㉗137
～に立国した蜀（三国）…㉖136
劉備の支配…⑦3
～に立国した前蜀後蜀（五代）…⑬596
～のいし弓…㉖417
～の北の国境地帯…①404
～の古寺の壁画…⑬14
～の呉服屋…②426, 456, ⑬23, ㉑244
～の三巴という呼称…⑪123
～の自然…㉕447, 463, 464
川の色…⑪250, ㉕463　竹…㉖149　土の色…㉕440　山の色…⑪250, ⑳462, ㉕463　四つの川…㉖15, 135
～の首都…㉕463, ㉖126, 135, 136, 143, 152, 170→成都
～の酋長の反乱（明）…①533
～の蜀郡太守と曹騰…⑦53
～の紳士たちの不満（漢）…⑥95, 105
～の小都市の市民の教養（唐）…④5, ⑤136
～の節度使　厳武…㉕66, 451, 458　章仇兼瓊…⑫56　楊国忠…⑫57　柳仲郢…⑬580, ㉒10
～の地誌「華陽国志」…㉓28
～の地名　雲安県…②178, ㉖171　雲陽県…㉖171　永安…⑱360　栄州…①404　夔州→その項　剣州…⑪249, ⑬246　黔州…⑬130　江安県…㉖466　秭帰県（成都）…⑭23-25, ⑮189　梓州…⑬138, 580　戎州…⑬130, 132, 290　重慶→その項　彰明県…⑪169　新定県…㉗137　井研県…⑬273　成都→その項　西充県…②513　西蜀…②513, ⑫498, ⑳562　西川…⑬406, 527, 528, ⑭98, ⑱314　大邑県…⑬154　忠県…㉕440, 441, ㉖17　忠万…②178　東蜀…⑫498　潼川府…⑬321, ㉒10　南充県…⑪397, ⑯103　眉山県…②426, ⑬99, 277, 278, ㉖248　奉節県…㉕438, 464, ㉖171, 183　臨邛→その項　閬州…⑪249, ㉕459, ㉖15
～の虎…②178
～の南方の諸国（漢）…⑥80→西南夷
～の人夫徴発（漢）…⑥95
～の物産の豊富…㉖136
茘枝…⑫279
～の物産の密輸出（漢）…⑥80, 94
枸の味噌…⑥80, 95
～の物産の輸入（唐）…⑫548
～への移民（漢）…⑥202, 415
～への行商（長干行）…⑪122
～への進軍・フビライ…⑬173
～への玄宗の蒙塵→安禄山
四川郷試…①315
四川語…⑯396
四川山脈…⑪250
四川大学…㉕438, 439, 441
四川盆地…⑪249
四体…㉓58, 65
四端…㉓39-41, 50, 54, 58, 61, 65-68
四天王寺…㉓24, 36
四という数（朱子）…②345
四頭児…⑭581
四部（経史子集）…⑦78, ㉓299
～の学…②601
「四部叢刊」（上海商務印書館）…⑯228, ⑳296, ㉔311-312, ㉕495, ㉖467, 476
「四部叢刊三編」…②603, ⑬626, ⑮166
「四部叢刊続編」…②603, ⑬581, 583, 626, ㉓278
四部叢刊本　「遺山集」…⑰252　「詠史詩」（胡曽）…⑮166　「鶴山先生大全文集」…⑬320　「揮塵録」…⑬626　「経典釈文坿有挍勘記」…⑯237　「敬業堂詩集」「敬業堂詩集続集」…⑯167　「掲文安公全集」…⑮224　「元文類」…⑮229　「秋澗先生大全文集」…⑭78　「丞相魏公譚訓」…⑬583　「惜抱軒文集」…㉓190　「大清一統志」…㉓278　「朝野新声太平楽府」…⑭574　「程史」…⑬626　「白氏長慶集」…㉖496　「曝書亭集」…⑯641, ㉗420　「分門集註杜工部詩」…㉒53, 74, ㉕483, 495, 504　「分類補註李太白詩」…㉓575　「毛詩」経注本…⑩460　「有学集補」…⑯38　「豫章黄先生文集」…⑬289　「麟台故事」…⑬581
四部分類法…①606, 607, ㉑149
「四福音書」…⑤114, 119, ㉓112
四方の楽…⑤89

四方の事…⑦386
四望郷（金斗郡）…⑭243, 244, 580
四品（日本）…②163, 164
四民…㉓134, 340, 341, 483
四面楚歌…②139
四門学（唐）…⑪405
四郎左衛門…㉓298
四六文…①275, ②170, ⑪371, 372, 400, ⑬563, ⑭12, ⑰536, ⑳416, ㉕138
～以外の文章の装飾性…②32, 34, 36
四字句の基調…②32-34, 39, 40, 48, 170, ㉕377
対句の萌芽…②34, 170
抑揚の調子の萌芽…②34
～と貴族社会…⑬592, ㉕7-8
～と近世読書人…②338
王禹偁…⑬58
～と唐の歴史家の文章…㉕61, 62
「晋書論」の文章…㉗131
北宋文化人の認識…㉕62（「新唐書」著述の動機…㉕59, 62）
李延寿の文章…㉕379
～と二字の連語…②40, 217, ⑮341, ⑰535, 536, ㉕377-379, ㉗8
～と「文選」序…②256
～の書簡の例…②339
～の盛行した時代…①65-66, 193, ②23, 26, 167, ㉕7, 61（濫觴・爛熟の時期…②32）
～の選集→「文選」
～の装飾…②30-32
音律的装飾の欲求…②36, 37　出典…②30, 31, 36, 340　対句…②25, 26, 41, 101, 167, 168, 170, 325, ⑮341, ㉕59, 377　平仄の配置…②27-30, 38, ㉕104　リズム…②25, 41, 168, 325, ㉕59, 377
～の対句と話本…⑭418
～の唐の文章…⑪552, ㉕61, 67
四六の公文への「新唐書」の態度…㉕67, 68
～の日本の古い文章への影響…②26, ㉕61
「古事記」序…②26, ㉕61　奈良平安の漢文…②26 「日本書紀」…⑰632, ㉓6, ㉕61, 62　日本の歴史家の文体…㉕62 「万葉」の漢文…㉗7
～の排斥と古文の提唱…①75, 162, 195, ⑪399, 429, ⑬592, ㉕8, 59, 61, 62, ㉗240, 241
装飾の排除（韓愈）…②32, 34-36, ⑪370, 372（新しい平仄の配置…②35, 39　新しいリズム…②35, 41, 49, 177　四六のリズムからの解放…②173）
～の煩瑣…②32, 325, ⑬552
～の非口語性…②31, ㉕46
四六駢儷文→四六文
市戸…⑭395
市語…⑭287, 288, 555
市人小説…①211
市声…⑬178
市舶使…㉕398-400
市舶提挙…⑬181
市民の詩（宋以後）…⑬174, ⑮367, 373, 401, 434, 462, 572, 601
～からの離脱（楊維楨）…⑮439
～の指導者…⑮366, 426, 435
～の成熟…⑮434
～の盛況…⑮383, 424, 440, 475
～の絶頂…⑮463
～の中心地…⑮469
～の晩唐詩祖述…⑮382, 435
～の不振（明）…⑮476, 477
～の膨張（明末）…⑮531
市民の詩人…⑮367, 428, 440, 462, 463
～の数の増大…⑮366
～のための作詩教本…⑮426
市民の文学…①68, 134, ⑮439, 445, 563
～の中心地…⑮468, 477, 518
市民の文明の発展…⑮480
此日…⑫504
此等之人…⑮338, 342
示…②371
示意図…㉒494
死…①234, ⑤82, ⑯372, ⑰248, ㉓68, ㉖245, ㉗366
～に対するおそれ…①107
～に近づくもの…⑤195
～の問題への態度 「淮南子」…⑦316　阮籍…⑲15　孔子…②274, 362, 373, ⑤16, 28, 272, ⑦310, ⑲7, 8　荘子…⑦310-315, 401　陶淵明…⑦315, 317-319, 401, 402, 404, ⑲14, 15　列子…⑦316
死刑執行の季節…②273
死刑廃止…⑤315, 318
死後の生活…②274, 275, 360, 362, 369, 373, 376, 378, 380
死屍…⑭313
死字…㉓68
死者の世界…①608
死生…㉖33
死に方…㉔249-251
死魄…⑦276
汜…⑱454
汜水…⑯239
糸…①483
糸竹相和…⑥26
自然…①22, 74, 84, 155, ⑤300, 311, ⑱13, ㉒19, ㉖214, 215
～と芸術…②540
～と詩…①67, 100, ⑱14, ㉑128-132
～と人間…①83, 96, 107, 156, 261, ⑤301, ⑫150, ⑱14
～と文学…①22
～の意思…⑤22
～の推移→推移の悲哀

～の善意…①83, 281, ⑤24, ⑥180, ⑫150
～の秩序…①23, 261, ⑤300, 301, ㉖18, 19, 71, 95, 105, 130, 134, 159
～の発見…①100
～の変異と人間…⑤79
～の法則…①273
自然科学…②350, 351, ⑳187, 195, 424, ㉕355, ㉖5, ㉗313
～的思考…②21
～と書物…⑳184, 204, 214
～と人文科学…⑳151-154, 157, 158, 166, 184, 185, 439
自然科学への協力…⑳162, 166
人文科学への協力…⑳160-162
～による帰納…②351
～の教室の研究費…⑳184, 439
研究人員…⑳185
～の講義と僧侶…㉗373
～の振興…⑳186, 439
～の日中交流…㉒471, ㉖508
～の花形…⑳135, 162
～の法則…⑳158, 214
自然科学（西洋）…㉗378, 434
自然科学（中国）…①245, ②347, 561, 581, ⑤287, ㉕307, ㉖244, ㉗368
～の振興…②350, 351
～の不振…②234, 266, 343-347, 366, 399, 412, ⑰465
～の不成功…⑬570, ⑱391
自然科学研究所（上海）…⑳289, ㉒374
自然科学史…③517
自然科学史（西洋・中国）…㉗368
自然科学思想史…③517
自然科学者…㉒471, ㉕442, ㉖508, ㉗190, 307
自然詩（西洋）…①5
自然詩（中国）…①5, 100, ⑰357
自然の合符…㉕180, 181
自然派（フランス文学）…⑯308
自然美の表現…①607
自然美への敏感…①74
至…②385, ㉓344
至元一統以前・以後の雑劇作者…⑭146
至日…㉖384
至昌の万戸…⑭108, 137
「至正直記」…⑮455
至正珍秘…⑮285
至性…⑬91
至聖…⑤123, ㉕79
至治…⑫188
至文堂…㉓151, 158
至理…⑫188, ⑰181
志…①123, 629, ②43, 134, 135, ⑯133, ㉖234
志　紀伝体の篇名…⑰557, ㉓343, 551, ㉗130　古書…②43, 134　誌…②190
「志延舎文庫」…①631
志賀重昂（しげたか）…⑲347
志賀直哉…⑯600, ⑱419, 425, ㉑140
「暗夜行路」…⑳146
志賀正年「作家と筆名―魯迅の横顔―」…①634　「中国新文学の断相」…①622　「中国新文芸の現段階」…①635　「中国における翻訳文学序説」…①627
志怪書…⑬568
志怪小説…①190, 192-194
志格…⑬89
志学…⑦421
志気…⑪339, ⑭313
志貴皇子…㉑223
志誠…⑬517, 531, ⑭312
「志誠張主管」…⑬502, 515, 517, 526, 527, 547, ⑳368　王二郎（二哥）…⑬419-421, 533, 534, 537　王招宣…⑬419, 427, 533, 535, 539（～から暇を出されたお妾…⑬410, 411, 425, 531, 535）　張士廉（員外・長者）…⑬407, 413, 415, 417-420, 422, 425, 427, 530, 531, 533-535, 538, 539, 541, 544（～の糸屋の場所…⑬517）　張勝（主管・小長者）…②20, 21, ⑬413-418, 531-539, 542-544, 546　張ばあさん（張媒）…⑬408-411, 530, 541　李慶…②20, 21, ⑬413-417, 531, 532, 542, 543　李ばあさん（李媒）…⑬408-410, 530, 541
志村楨幹（さだもと）・三左衛門…⑥345, ⑳219, ㉓312, 314, 572, 574, ㉖473, ㉗133
点本「晋書」「宋書」→各項（注釈）（テクスト）
孜孜…⑮113
私下裏…⑭321
私語…⑪281
私小説…①253, 258
私房…⑮28
「芝庵先生唱論」…⑭77
芝草…⑫111
芝罘→チーフー
使…②116, 128, 145, 147
使喚…⑭311
使持節…⑦549
使長…⑮102, 103
使道児…㉖418
使命…㉖420
侈言蔓辞…⑬60
侈張…⑳79
刺史…⑪210, 321, 397
刺配…⑮32
刺了臂…⑭457
始…②189
始皇帝（秦）・政…②293, ③5, ⑥347, ⑦424, ⑲225, ㉔174→秦王→秦皇
～以後に関する「史記」の叙述…③19

し　自一是　285

〜以後の郡県制度…③19, 20, ⑥193
　中国の先王の道喪失（荻生徂徠）…㉓287, 437, 438, 448
〜以後の歴史叙述…③19
〜以前の三王朝…㉓441
〜以前の封建制…③20
〜以来の政治改革（人民共和国）…②228
〜と南方諸国…⑥77, 134
〜との関わり　荊軻…⑦436　徐福…⑬12, ⑲25　張良…⑮410　李斯…②137, 138, ⑥218
〜と羽柴秀吉…②182
〜の王朝の欠点を強調する傾向…⑦12
〜の死…①170, 177
　死後の国家崩壊…②295, 550, ⑥174, 181
　死後の李斯の刑死…②138
〜の時代に対する学者の軽視…⑳477
〜の儒学弾圧…②295, ⑤123, ⑥51
　焚書坑儒…②295, ③13, ⑱465, ㉕272, ㉗70（焚書以前の書の日本渡来伝説…⑬13　焚書と室町氏の禍…㉓423　焚書により失った「周礼」…㉕330, 331, 334　焚書により失った「尚書」諸篇…⑨483, ㉑157, ㉓346, ㉔286　文化否定…⑥51, 195　文革以後の評価…㉑193, ㉕272）
〜の政治…②295, ③19, 20, ⑥115, 173, 195, ⑦290
　漢字統一…②228　匈奴対策…⑥71, 72, 74, 303, ⑫102　郡県の体制…③19-20, ⑥173, ㉓438
　始皇の方法と中国人の気質…②295, 296
　丞相李斯の帰化人放逐を諫める文書…⑥218
　土木工事　運河開鑿…㉒488　馳道…⑲358　長城構築…⑥71, 303, ⑫102　驪山陵工事…⑤117
　ファシズム…⑥51, 71, ⑪135
　法家の主張による政治…②295, ③13
　理想社会の可能性の遮断…③17
〜の天下統一…①281, ②136, 295, 550, ③9, ⑤63, ⑥173, 180, ⑲224
　天下統一と殺人…③532, ⑲215
　文学の抑圧…③13
〜の統一以前の時期…③16, 18, 549, 553→先秦
　音楽の尊重…②520, ③21
　言語史的特殊性…③20, 554
　政治形態…③19, 20
　政治と倫理への関心…①157
　前文学史の時期…①72, 157, ③20, ㉕5
　文献…①63, 72, ③19, 21, 549, 553-555, ㉕5
　文体…㉕8
　歴史記述の不完全…③18
〜の二世皇帝…②550, ⑥193, ⑭277
〜の封禅…⑥411, 412
〜の容貌…㉕149, 150
〜評　伊藤仁斎…②182　現代中国…㉕272　毛沢東…①571
〜までに成立した文体…②107
始皇陵出土の美術品…㉖484

始興王府…⑫660
枝…⑮480
枝節児…⑭581
枝撐…⑫220
泗州大聖…㉖400
泗水…⑫679
泗水秋風…㉖448, 453
泗水の村…⑤117
俟…②180
咫尺…⑬109
屍首…⑭313
思…②251, ⑤39, 40, 47, ⑦132
思考・言語・文章…②44
思索（元曲・複合語）…⑭312
思索と読書…㉕263, 264
思索の価値…⑤39, 40
思子宮…⑥168
思悄然…⑪255
思宗（明）…②552→毅宗→崇禎帝
「思想」（雑誌）…①622, ⑬520, 565, ⑳368
思想家の文章…③542
思想史家…②604, ㉗353
思想・伝統・社会などの新語（明治）…①235
思婦の詩…⑥271, 273, 276
思文閣…⑬313
思無邪と五経…③7
思夢の文学…⑱22-26, ㉖125
指尖…⑮122
指陳…㉖440
指導者…⑳506, 507
　〜意識…⑳116, 117
指麾…㉒84
施均美…⑭154
施愚山…⑰108
施恵…⑭153
施国祁…⑮390　「吉貝居雑記」…㉒107　「金史詳校」…㉒116　「元遺山詩集箋注」…⑭77, 97
施之勉　「枚乗諫呉王書非composition仮託辯」「揚雄奏甘泉羽猟二賦在成帝永始三年考」…①628
施閏章…㉓263
施耐庵…①203, ㉖372, 404
施徳初父子…⑬287, 288
「施注蘇詩」→蘇東坡詩注　「東坡年譜」…⑬288
施武子…⑬287, 288
施文慶…⑫658
施友忠…⑲321, 328
是…②9, 116, 117, 123, ⑰184, ㉖17, ㉗197
　〜と時…⑤125, 126, ⑪206
　〜と底…⑦508, 509
　〜の元雑劇における用法…⑭308, 309, 313
　〜の「史記」における用例…⑦471, 472
　〜の六朝風の文における用法…⑦462, 469
　「世説新語」における用法…⑦461, 463

二音複合語の形成…⑦465, 468
四字句六字句の形成…⑦470
是使民…②116
是処…⑦508
是人…⑬517
是甚麼…⑭322
是必…⑭290
是勿・是勿児…⑦508
是物…⑦508, 509
是物児・是麽・是末…⑦508
師…㉑182
師尹・民瞻　杜詩注…㉕434, 494
師覚授「孝子伝」…⑦550
「師曠」…①182
師子驄…⑫13
師摯…③35
師資…㉕468
師儒…①400, ㉓340
師承…⑯68, 72
師法…㉕229
師法非古…⑯72
祗…②112, 174
祗候…⑮45
祠部郎中…⑫34
紙毬…⑭584
紙鷂子…⑭584, 585
紙銭…①541
紙馬花…⑮65
紙馬鋪…㉖384
「脂硯斎評紅楼夢」…㉔208
茲…⑥317
蚩尤…⑩467, ㉒29, ㉕161
蚩尤（旗）…⑫187
厠…②138, 149
厠中の鼠…②138
梓宮…⑮490
淄水…⑥303
淄青…⑪516
淄青節度使…⑪515
淄川…⑭150
清水治…⑲287, 313
清水吉太郎（清童子）…㉗128
清水市…⑥252
清水茂…④736, ⑧504, ⑩465, ⑬634, ⑯268, ⑳359, 659, ㉔401
～の指摘　伊藤仁斎の「仲虺之誥」引用…㉓403　ウェレー「白居易の生涯と時代」・楽器雲和について…⑪566　「魏書」陳仲儒弾瑟の法…㉓444　「掲文安公全集」李宮人の記事…⑮226　「四庫全書総目提要」の道蔵の記事…㉒302　「尚書正義」梓材の伝の正義…⑨484　蘇東坡の生年丙子…⑬280　中国語の昨日…⑳422　中秋翫月詩は杜詩に始まる説…⑫642　長安街西について…①493　鄭任鑰の伝記資料…㉓704　潘岳「秋興賦」について…⑪566　明末の諸子への関心…②605　山上憶良と陶淵明…⑰69
～の「水滸伝」研究・翻訳…㉖390, 400, 426
～の中国文学研究者訪華団…㉕439, 470
～の著述　「王安石」「韓愈」「唐宋八家文」「童子問」校注→各項
～の提言　諸孫の解（杜詩）について…㉕484
清水書院…㉑248
清水次郎長…㉕55
清水武郎…⑫559
清水澄（とおる）…⑦596
清水平作…⑲425, 427
清水康志…④643, ⑳659, ㉔400, ㉗423
清水雄二郎→尾崎雄二郎
清水凱夫（よしお・青木正児全集校正）…㉓630
紫衣…⑮456
紫媛→紫式部
紫花…⑯214
『紫花児序』…⑮76
「酷寒亭」…⑮74, 76, 94　「老生児」…⑭236
『紫花序』「老生児」…⑭235
紫宮…㉓234, 240
紫金…⑭498
紫禁城…⑪315, ⑯634, ⑰611, ⑲363, ㉒392, ㉓202
～とルーブル…⑲407
～における殿試…②438, ㉕320
～の石畳…⑲358
～の額に併記された満州文字…㉓175
～の樹木の欠如…㉒465
～の西華門…㉓164
～の前門…㉒372
～の黄昏…⑥416
～の南薫殿…㉓164
紫毫…⑬208
「紫釵記」臧晋叔評本…⑲318
「紫山大全集」…⑭65, 78, 569, 570, 572, ⑮556
河南官書局本…⑭65, 570　元時原本…⑭570　四庫全書本…⑭570
～評・四庫提要…⑭83, 569
「紫芝園後稿」…㉔65, ㉕194-199, 202, 203
「紫芝園前後稿」…㉕200
紫宸殿（京都御所）…⑬48, ㉒15, ㉖84
紫宸殿（唐・長安）…㉒15, 465, 481, ㉖80, 84
紫台…㉖198, 199, 202
紫庭…⑦154
紫柏真可・大師可公・尊者…①532, ⑯40, 41, 44, 45, 48, 50, 52, 54, 98→達観真可
「密蔵遺集」…⑯53
紫微…⑪113
紫薇…⑬168
紫府の豊後の僧…⑰584
「紫文要領」…㉗208-212, 215-217, 219, 226, 228, 229

（自跋…㉗208）
紫鳳…⑫398
紫鸞…⑫623
紫騮…⑪127
絁其…⑯569
斯…②123,⑤86,㉕192,208
斯波六郎…①611,㉗286
～と鈴木虎雄の演習・講読 「芸苑卮言」…⑳259 「文心雕竜」…⑦596 「文選」…㉑250
～の著述 「陶淵明詩訳注」…①23,620,⑦341 「文心雕竜札記」…⑦518,㉒400（原道篇…⑦518）「文心雕竜范注補正」…①630 「文選索引」→その項 「李善文選注引文義例考」…①620
～の典故に関する見解…㉑252
～の「文選」研究…①708,⑦596,⑰307,354,㉓27,㉕389
斯文…⑫34,㉕377-380,384
「斯文」…①612,⑰408
斯文会…⑰408,㉔293
滋賀県…⑲406
「滋賀大学学芸学部研究論叢」…①636
滋賀の山…㉓113
詞…⑯108,㉓307
詞（雑劇のなかの韻文）…⑮87
詞（話本のきまり）…⑬531,544,545
詞・詩余…①75,275,568,608,②260,⑬9,10,42,624,631,⑭323,575,576,⑰351,⑳270,㉓177,㉖487,㉗48
～を専門とする詩人…⑬10
～と王国維…①456,㉓177
～と狩野直喜…⑰247,254,267,279,㉗401
～と金人…⑭300
～と現代中国…㉗426
～と雑劇の歌辞…⑭19,314,315
～と雑劇の成語成句…⑭297,300
～と宋人…⑬631,632,⑭12,13
宋人別集…①607 南宋の士人…⑭176
～と卒業論文（吉川幸次郎）…⑬623,⑰247,⑳390,㉗401,403
～と纏令…⑭178
～における語彙・事項
思夢…⑱25 悲哀…⑬631,632 憀頼…⑦515
～における口語…⑭12
～における連続性…⑱88,90,101
～の形式・押韻・平仄 一行の長短…①127,568,⑬9 押韻法…①126,⑭324,325 字数と旋律…⑭19,315 上三下四の句形…⑭322 平仄…①126,127,568
～の研究者 小林健志…①631 胡雲翼…⑬326 鈴木虎雄…⑬623,㉗401 中田勇次郎…⑰405
～の作者 王安石…⑬9 王惲…⑭80,573 王大楨…⑯641-642,⑳270,390 王鵬運…⑰350 欧陽修…⑬9 郭沫若…㉖487 元遺山…⑭77 胡祇遹…⑭572 顧貞観…㉓178 呉文英…⑬10 朱祖謀…⑰350,351 周邦彦・辛棄疾…⑬10 秦観…⑬138,624,631,⑱88 蘇軾…⑬9,10,633,⑭207 張炎…⑭177 陳維崧…⑰350,㉓178 納蘭性徳…㉓177-179 白仁甫…⑭103 馮子振…⑭80 毛沢東…①568,569,㉗426 楊立斎…⑭121,574 李煜…①132 李清照…①576 陸游…⑬9 柳永…⑬10 和凝…⑬597
～の『十六字令』…①569
～の選本の流布…⑭298
～の誕生…⑬605
～の地位…②260,⑬10
～の『定風波』曲…⑭568
～の評論…①456
～の偏重…⑬10,632
～の萌芽…⑬9
～は歌唱される詩…①124
詞垣…㉓191
「詞苑叢談」…⑯143
詞客…②525
「詞謔」…⑭34,49,50,380,389,390,396,441,448,457,464-466,472,550
～上海版覆製本…⑭441
詞曲雑劇…⑰129,131
「詞源」…⑭177,⑯147
詞章家…⑯645,646
詞勝時代…⑥429
「詞綜」…⑬524,⑯151,544,545,㉖472
「詞綜発凡」…⑯145,147
詞藻…⑬12
詞賦と清書（呉振棫）…㉓189
詞余…②260→曲
「詞余叢話」…⑭38,311,⑳92
詞林と言官…⑯19,24
「詞林輯略」…㉓162,164,165,167,192,193,278
「詞林摘艶」…⑭49-51,104,562
詞話…⑭61,209
肆…⑬144
葸…⑤45
試・試看…⑭310
試験制度と不正防止（中国）…⑬281→科挙
試帖詩…②454
試太子通事舎人…②16,⑪396,406
詩…①17,259,713,②508,⑤294,㉔115,㉖449
～と散文…⑪449
～と論理…①123,713,714,⑪199,⑯287
～の研究の方法…㉗430
～の字の語源解釈…①629
～の任務…①67,㉕490
～は直観の言語…⑱124
詩（ギリシャ）…③23
詩（西洋）…①6,127,⑲118,㉒64,㉔110,115,㉖

235, ㉗357, 368, 377
～と中国人（清末）…①290, ⑯310
～と比喩…⑱27
～のイメージの移動…㉔113
～の韻律　脚韻…①59, ③32, ⑰621, ㉔79-81, 87, 92, ㉖36　頭韻…㉖36　抑揚の整合…⑰621
～の叙事詩の伝統…①4, 144, ㉒19
～の象徴詩の方法…①619
～の題材…①5, 129, ㉒45
社会批評…㉖236　恋愛詩…①5, ㉖54
～の日常との隔離・背反…①144
～の悲哀…㉑227
詩（中国）…①123, 128, 329, ②257, ⑪227, ⑲119, ⑳369, ㉖160, ㉗426
～と科挙…①303, 304, 317→科挙
～とゲーテのオリエント詩評…⑳43, 369
～と世界文学…㉖236
～と西洋　英訳…①4　研究（欧米）…①638
西洋詩…①6, 59, 127, 129, 144, 290, ③32, ⑲118, ㉔110, 113, 114, ㉖36
イマジストの関心（フレッチャー）…⑰489, ⑱14　自然の写し方…①5, ⑱14　社会批評・主張…㉖235-236, ㉗377　抒情詩と叙事詩…①4, 58, 144, ③15　トレヴェリアンの批評…⑱15　比喩使用の頻度…⑱27, 29　非虚構と虚構…①79, ㉗377　友情詩…①5　恋愛詩…①5, ㉖54
～と日本詩→詩（日本）
～と日本人…①32, 33, 139-141, 143-146, ⑦562, ⑰70, ㉑133
新井白石…㉓112-131　鈴木虎雄…⑰306, ㉗265
中国詩訓読…②87　中国詩に対する見方…㉔103, ㉕402　万葉歌人に影響…⑰63, 66, ㉔6, 7
荻生徂徠…㉓304, 344, 353, 354（詩の罪人の指摘〔蘇軾以後〕…㉓353, 440　詩の典型の選択…㉓351, 352　詩は情語文は意語…㉓352）
～と日本文学史…①129, 134
～における minor poet…⑳44, 369
～に関する沈約の議論…㉕102, 103, 105
～に関する李夢陽と王崇文の議論…⑮620
～のイメージの移動…㉔110-113
～のイメージの性質…①414
～の extreme…⑫692, ㉗325
～の可能性の実現者…①27, 339
王者（李杜）…①131, ⑪169
完成者（杜甫）…①115, ⑪4, ㉕7
杜詩…⑫684, ㉕288, ㉖12, ㉗317（詩的技巧の大成者…①28, 29, 116, ㉖12, 13　詩の道理と杜甫…②284　唐代詩壇の常識と杜詩…㉖9）
李白・正しい詩復活への抱負…⑪132, 136, 174
～の歌唱されたもの…①124, ⑪158, 161, ㉑157
～の神・聖人
曹植　神…⑦73, 135, ㉑15　聖人…⑦71
杜甫　神…①23, ⑦135, ⑬605, ㉑15　聖人…①116, ⑦71
～の形式…①133, ②26, 256, ③29
古詩・律詩・絶句…⑮364, ㉖65
五言詩→その項
七言歌行→その項→七言古詩
中心的詩形…①62, 65, 145
～の激烈な詩
楚辞…①13, 14, 73　短簫鐃歌…⑥351-354
～の言語…①60, 129, ③25, ⑦146, ⑱391
音声の美を詩の核心とする説…㉕102, 103, 105
言語の流れ…㉕103　言語の非日常性…①59
先秦時代の言語の難解…③20　俗語…㉖166
～の古典…①204, 242, 243
～の作者名の明確化（三国以後）…③19
～の詩的技巧　対句…①123, 129, ③502, ⑦167, ⑪5, ⑰621, ⑱7, ㉑37, ㉔92, ㉖13, 20　典故…②493, 494, ⑲119, ㉕326, 327, ㉖60　リズム…①13, 14, 17, ③6, 25, 30, ⑥266, ㉑14, 35, ㉖12
～の詩的技巧・韻律…①28, ⑪4, 5
押韻…①125, 126, 133, 607（一韻到底…㉔79, 90, 92　換韻…①125, ㉔80, 90　脚韻…①59, 114, 123, 129, 606, ③6, 31, 32, ⑪207, ⑯408, ⑰621, ㉑36, ㉔79, 80, ㉖36, 188　有韻之文…㉔79）
畳韻…㉕121　双声…㉕133
平仄の配置…①59, 123, 126, 127, 133, ⑰621, ㉑35, 36, ㉖19, 36
名句の音韻…㉕104, 106
～の詩風　曖昧さ…⑫689, 692, ㉖174, 178, 180, ㉗322, 325　現実認識の厳しさ…㉖235　慷慨の志…⑰72, 73　思想性・思索性…①123, ⑪5, 6, ㉑105, 126, 127　写実性・倫理性…⑯292　積極性…⑪6, 7, ⑳369　戦争否定…①122, ⑪79, 303　濃厚さ…①145　無限定なものへの接触…①67, 68, 123-124, ㉒8, 9, 555, ㉓353, ㉗426　論理的精密さ…⑪199, ⑯287, 288
～の詩風・政治的関心…①113-115, 120, 145, 565, ③15, ⑪439, ⑯286, 287
「詩経」…①72, 145, ③23, ⑫702, ⑯286　社会的連帯感…⑰413　「楚辞」…①73, ③26　蘇軾…⑯287　杜甫→杜詩　陶淵明…①119, 121, 145, ⑯286　梅堯臣…①447　白居易…①145, ⑪439, ⑯286　毛沢東…①565　李白…①145, ⑪86, ⑯286
～の消極面・積極面…⑳369
～の推移の感覚→その項
～の staccato…㉔113
～の制作の周中期以後の中断…⑥199
～の制作へ市民の参加…㉕300-302
～の素材…①60, 67, 129, 196, 328, 447
家族への愛…①116, 129　孤独者の独語…③464
合歓のよろこび…㉕223　思夢の詩…⑱24, 25, ㉖125　神仙世界への憧れ…⑦237　妻への抒情…㉖54　日常性…①5, 10, 36, 58, 59, 73, 78, 80,

84, 124, 144, 251, ③23, ⑪453, ⑫585, 687, ⑳47, ㉕297, ㉖12, 211, ㉗320, 377　悲哀・悲傷…①361, ⑥305, ⑦202　別離…⑪151　友情…①5, 65, 74, 129, 144, 606, ⑦137, 171, 194, ⑯286　恋愛詩…①5, ⑱4　恋愛の寡少…①5, 74, 120, 129, 439, ③24, ⑯286, ⑰73
〜の素材・自然…①5, 58, 124, 155, ⑦137, 590, ⑪136, ⑬48, ㉑130, ㉖105, ㉗377
王維詩…①74, 129, ⑦558, ⑪136, 137, 142, 149　謝霊運詩→その項　杜詩…①74, 83, 100, 116, 129, 243, ⑦558, ⑪10, 49, ㉑130　唐詩…①67, 74, 155, ⑦558, ⑪10　陶淵明詩→その項　李白詩…①74, 129
素材となった自然物　雨・霧…①102　花鳥風月…①129, 145, 261, ㉑131, ㉓566（風…①67　月…①67, 102, 261, ⑫599, ⑳50, 51, ㉔6, 7　鳥…⑦350-355, ㉖17, 84, 87, 105, 130　花…①331）
夕陽…①67, 102, ⑦558, ⑳53
季節の推移…⑦203, ㉖19
自然と人生…㉔211, ㉖18（自然の完全と人間の不完全…⑪49）
〜のための詩…⑰202
〜の他のアジア諸国での読み方
ヴェトナム…㉖114, 211　韓国…㉖113, 114, 188
〜の地位…①4, 11, 60, 124, 128, 133, ③20, 21, ⑪474, ⑯292
地位の変化（漢帝国崩壊以後）…㉑15
〜の中国研究資料的価値…㉖236
〜の中国史研究資料的価値…㉕397
〜の定義…①123, ③6, ⑫131
言志…①62, 123, ㉖234, 435（言志と載道…①603　言志と叙述…㉖234）
詩の起原…⑦519
〜の伝統…①10, 79, 144, 455, ⑦561, ⑯286, ㉖17, 105
抒情詩の伝統…①5, 53, 58, 62, 65, 73, 80, 123, 144, ③5, 23, ⑥331, 332, ⑦138
ますらおぶりと李杜…⑪415
〜の人間観…①92, 93, 104, ⑥12
限定を持つ存在…①94, 107, ③466, 467　幸福の喪失の必然…⑦204, 205, 209, 212　死による限定…①94, 96, 107, 108, ③467, ⑥306, ⑦172, 193, 199　時間の推移への嫌悪…⑦209-212　人生を流転と見る態度…⑬203　人生への懐疑…①65, ③26, ⑪6, ㉑44　人生への絶望…①65, 95, 109, ③26, 466, ⑪6, ㉑44　人生への不安…①15, ⑥40, ⑦172　天の原則への信頼…⑥15-20　天の恣意の支配…⑥11, 21, 22, 34-39, 42　人間観の変化（漢）…⑥12　人間に対する忠実…①21, 22, 24, 129, 258, ⑪87　人間の悪意の重視…⑦214, 219, 220　人間の幸福の脆さ…⑦202-205　人間の善意への信頼…⑦214, ⑫703, ⑬207　人間の能力への信頼…①110　人間の微小さへの悲観…①65, 66, 93, 97, 106-108, ③24, ⑪6　人間への自信の強烈…③24　楽観的人間観…①89, 90, 97, 99, 100, 105, 106, 109, ③468, ⑥13, 17, 19, ㉑44
〜の発生…③482, ㉑5
朱子の論…㉗224, 225
〜の文学史的研究…⑮555
画期…①67, 74, ⑥351
最古の作品…①6, 78, 89, 114, 128, ③22, 28, 472, ⑪134, ㉕11（詩の流れの最初に位置する歌…①58, 64, ③5, 29〔流れの方向…③22, 23〕　抒情詩の始祖…③6, 23, ⑦138　風と雅…③482, ㉕11）
最盛期…①23, 80, 242, ③29, ⑪12, 169, ㉓118, 351, ㉔6, ㉕7, 10（黄金時代…①66, 74, 195, ②410, ⑦561, ⑬605, ⑱24, ⑳53, ㉔215　最高頂・珠玉…⑪3, 189）
ジャンルの増加…①275
前文学史時代…③12, 13
停滞期（唐の後）…⑬605, 606
〜の理（理気説）…⑬560
詩（中国・近世）…①48, 75, 133, 134, 141, 582, 608, 609
〜と銭謙益…㉖431, 436-449, 454
〜のおとろえ…①32, 36
詩から散文への転換…①32, 68, 69, 74, 75
反省期…①454
〜の市民の詩→市民の詩（宋以後）
〜の朱彝尊・王士禛を宗師とする時期…㉓243
〜の諸派　格調派…①52　江湖派・江西詩派・神韻派→各項　性霊派…①52, ㉓195
〜の性質と意義…①135
懐疑の後退…①68　現実的詩風…①134, 135　新素材の開拓…①68, 76, 501　生活へ密着…①134　悲哀を超えた楽観…①101-103, 110　悲哀の抑制…㉗426
〜の大家…①48, 76, 243
〜の杜甫の祖述…①48, 117, ⑪3, ⑬605
詩（中国・中世）…⑳17, ㉗256
詩（日本）…①145, 455, ㉔113, ㉖42, 151
〜と花鳥風月…㉑131
〜と西洋詩（比喩）…⑱27
〜と中国詩…①104, 145, 146, ⑱7, ㉑127, ㉒355, ㉔6, 7, 110, 113, ㉖151
抒情詩の伝統…①144, ③23, ⑱11, ㉑33　題材の日常性…①144, ③23, ⑱11　短歌と中国詩…①87　男性的強さ…㉖66　天平歌壇と中国詩の修辞…①626　同母音の反復…㉕121　奈良・平安朝人の漢詩…⑰70　日本人の漢詩と政治性の比較…①565, 567, 581　俳句と中国詩…①87, ㉔8, 113, ㉗377　非戯曲的性格…⑱12　フレッチャーの評価…⑰489　本居宣長の論…㉗208, 213, 221, 227　legato と staccato…㉔8, 113, 115, ㉗357　朗詠に適する句…①32

～と日本語…⑱100, ㉔113, 115, ㉗357
～と「百人一首」…㉒6
～の季節感…㉔6
～の精神…①145
～の定型詩…⑰621
短歌俳句…①70, 145, ③23
～の伝統…①144, ㉔8, 42, ㉖135
～の歴史…㉓132, 136, 471
「詩」（詩経・毛詩）…①6, 236, 242, 318, ②105, 270, 302, ⑪33, ⑭466, ⑯237, ⑰445, 554, ⑲306, 413, ㉑157, ㉒62, 482, ㉔55→三百篇→詩三百
～以後の友情の歌…⑦137, ⑯286
～以来の伝統…①79, 80, 145, ⑫589, ㉓154, 159, 289, ㉗368
時間の推移の表象…⑥281 初唐四傑と伝統…⑮504 叙情詩の伝統…③23, ⑥331, ⑱10, ㉑33, ㉕297 不幸な人人の悩みを歌う…⑮597 不合理な現実を歌う…⑪456
～研究・アメリカ…⑲413
～注釈の態度（吉川幸次郎）…③42, 561, 562
～的人間観…③468
人間の死への恐れ…①107, ③467
人間の善意への信頼…①105, 106, ③463-465, 468, ⑫702, 703, ⑬28
人間の能力への楽観…⑳496, 497, ㉑38
人間の微小…①106
人間の不幸に関する思考…①93, ③466, 467, ⑥12, 13, ⑪424, 425
人間の不幸の幸福への転移…⑥304
人間の法則は人間のなかから…㉕295
人間は運命の枠による限定の中にあるとする意識…③466-468
人間への確信…①106, 111, ③24, ⑤109, ⑥12, 13, 17, ㉑38, 46
～とエロス…⑲45
好色の詩…①477, ㉑158
～と易書礼楽春秋→易書詩礼楽春秋→六経→六芸
～と易書礼春秋→五経
～と科挙…⑬564
～と感生帝説…㉔265
～と極東文学…⑫587, 588
極東最古の詩集…③22, 28, ⑫587, ㉑157, ㉗376
～と孔子…②290, 291, ③17, 22, 36, 38, ㉑157, ㉓80
教団の教科書…①6, 10, 237, 238, 292, ②292, ③33, 34, ㉑146, ㉓107
詩を学ぶ効用…③34, 35, ⑤41, 123, 290
詩と楽…⑤40, 42, 104
詩と書→詩書
詩と書と礼…②293, ③34, ⑤123, 290, ㉑146, ㉓107
詩と礼と楽…③34, ⑤43, 156, 291, 302, 307
詩の政治への効用を求める態度…①64, ⑤41
詩の尊重…①10, ②521, ③11, 33, 35, 37, ⑤122, 245, 290, 302, ⑬570
批評…③7, 34, 35, ⑤42, 290, ㉑157
編定…①6, 10, 11, 73, 78, 89, 237, ②292, 303, ③5, 19, 22, 24, 33, 37, 38, ⑤122, 123, 245, 256, ⑯91, ⑱9, ㉗376（編定説への疑問…②303, ③33）
～と後代の人々
漢 楚元王…⑥195 孔融（後漢）…⑦98
金 元好問…⑯115
三国 曹丕…⑦78
清朝学者…③41（王国維…③554, 555 王士禛…㉑148 阮元…⑯239, ⑰591 胡承珙…③41, 43, ⑯261, 262 銭謙益…㉖440, 442 陳奐…③41, 43, ⑯261, 263 馬瑞辰…③41, ⑯261, 263）
宋 欧陽修…③40 朱子の評…㉓347
中華人民共和国…①128, ⑰4
唐 韓愈…⑬555, ㉑148 白居易…③23
民国 胡適…⑬564, ⑯353, 354, 360, 381 聞一多…⑰10
明 何景明…③24 孫鉱…⑯91
～と後代の文学との非連続…③468
漢魏六朝の詩との断層…⑳496, 497（短簫鐃歌…⑥351, 352, 354）
「詩経」的文化の中断…⑥224
抒情詩の制作の中断…①64, ③12, 24
～と後代の文学との連続…③467
漢の抒情詩…①65, ⑥331, 332, ⑦138, ㉑213（「古詩十九首」…⑥21, 268, 304, 321, 330, ㉑213, 216, 226, 268, 273）
漢の賦の文学との繋がり…⑥224（唐詩…①80, ⑪4, ⑮397, ⑯115, ㉑148 六朝詩〔王夫之〕…㉑148）
～と「書」→詩書
～と書礼楽→詩書礼楽
～と戦争…①122, ⑥353
～と「楚辞」…①92, ⑥21, ⑦562, ⑪10, ㉕103
漢代抒情詩との落差…㉑213 肯定的楽観的人間観…①93, 106, ③26 死への恐れ…①107 時間の推移への敏感…㉑211, 212 抒情詩の始祖…①64, ㉑164 先秦時代の韻文…①73 前文学史的状況下の文学…③5, 21, 26 夕陽を歌わぬ…⑳53
～と「楚辞」の対比…①242, ③24, 488, ⑥19, ⑱21, ㉑164
穏和な感情と激烈な感情…①11-13, ③25 歌唱と朗誦…①11, ③25, ㉑5 懐疑と絶望の萌芽…①106, ③26, ⑥18, ㉑40 作者名…③12, 13, ③488, ⑦138 題材…①11, ③26 短詩と長詩…①12, ③12, 25, ㉑5 発生地…①11, ③12, 25 比喩…③25 用語…①11, 13, ③12, 25 リズム…①13, ③12, 25, ㉑5
～と杜甫…③23, 468, ⑫95, 103, 588-590
「詩」のイメージの復活…⑫606 「詩」の詩と杜詩…①27, 149 「詩」の精神の復活…⑫103

「詩経」風の詩題…⑫95, 274, 601, 602, ㉕397
～と日本・日本人　新井白石詩（鄭任鑰評）…㉓156, 238, 239, 244　伊藤仁斎…⑰79, 129, 164, ㉓85, 348　荻生徂徠…⑤327, ⑱532, ㉓289, 294, 347, 348, 353, 354, 462, 464, 470, ㉗228　清原宣賢の講義…⑩461　契沖…⑰618　推古・奈良期の大学…⑰16　徳川綱吉…㉓314, 317　堀景山…㉗126, 170, 172　松本雅明…①619, ③475　本居宣長…㉗126, 227, 228, 236　山田大助…㉗168
～と日本の詩歌　記紀歌謡…③29, ㉑164　「万葉集」（契沖）…⑰618
～とハワイの歌…㉔196
～とホメーロス…①58, 79, ③22, 29, ⑱9, ㉔79, ㉗377
～と夢…⑱20, 21, ㉖125
～と連帯感…⑬22
～とロゴス…㉖449
～と若者たち（日本）…⑳500
～における事項・表現　英雄…⑫587　遠距離の表現…⑥273　孤独者の独語…③464　土木工事と兵役…②319, 320　白石のイメージ…⑫605, 606　北方部族…①283　呼びかけ…③463-465, 467
～に対する子夏の評…③468
～に対する辞書（爾雅）…②217
～に達詁無し…③485, 486
～の一カプレット…⑱91
～の引用・言及…③35, 36, ㉓349
婚姻の祝辞（孽海花）…②467　「儀礼」の言及…③36　「左伝」の引用…②290, ③35, ㉑157　「周礼」の言及…③37　曽子（論語）の引用…⑦512　曹操「短歌行」…⑦31, 32
～の演奏（儀礼・左伝・周礼）…②521, ③35-37, ㉓524, ㉖451
～の押韻…①125, ②204
脚韻…①59, 114, ②302, ③6, 31, 32, 43, ㉑5, 157, ㉔79, ㉖36　脚韻と日本の漢字音…③43　句中韻…⑭329　用韻法研究…③44
～の温柔敦厚…③468, ㉓347, 439-440
～の解と讖緯…⑬325
～の関係書の数…⑱467
～の教官（漢の官学）…②316, ③38
～の言語…①11, 242, ②217, 293, ③9, 25, 38, ⑥214, ㉓348
音楽性…㉕6　孔子以前の言語…①237, ③5　その時代の発音…③43　難解…①149, 239, 242, ②106, ③20, 42, 555
～の古代尊重…②250
～の五際六情…⑦256
～の語句・事項　一之日…㉒29　殷…⑫252　邂逅…㉔29　害澣害否…㉗90　雷…㉔176　虺蛇…⑱530　居然…⑰510　局促・苦心…⑥321　鷄鳴風雨…⑫369　言…⑯435　昆夷…⑬11　雑佩…⑳406, 657, 658　子…⑳657　止…㉓466　鴟鴞…㉔203　時…⑤125, 126　蟋蟀…⑫479, ㉑211　茹…③485　蕭蕭…⑫103　上帝…㉔265, 266　秦山…⑫220　青衿…⑦31　緀兮斐兮…㉗90　徂徠…㉓293　曽不・曽莫…②54, 55　息…③485　大風…⑥33　綢繆…⑭493　月…⑳50　露…㉒42, ㉖112　帝…㉔265　嚔…②241, ㉕338　天…①105, ②307, 362, ③465, 466, ⑤109, ⑥12-15, 35, ㉔265-267　彤管…㉗361　道…㉓392　跋渉…㉗103-105　觱発…⑲452　栗烈…⑭342, ⑲452　鄰鄰…⑫103　老馬為駒…㉒70
～の詩　暗示性…①239, ②7, ㉓464　規範性…②290, 292, 308, ㉕322
明るい歌…①90
生まれた時代…①79, 278, ③20, ㉕296
古代資料としての位置…③475, 561
作者の不明…①6, ③12, 19, 26, ⑦138, ㉕6, ㉗170
四言のリズム…①13, 127, 275, ③6, 25, 29, ㉑5, 35, 157（「詩経」以後の断絶…③9, ㉓353　退屈なリズム…①13, 17, ③8, 12, 30, ⑥214, 268, 331, ㉑14　二字の連語の積み重ね…②216, 217, ③30）
自然への関心…①22, 155, 156, ⑪136, ⑫587, 590, ⑯269, ㉗377
詩形…③12, 25, 29（短篇の詩…③479　長篇の詩…③25, 479, 480）
自分を善の立場におく歌…③468
抒情詩…①190, ③23, ⑦138, ㉑150, ㉒19
叙事詩…①73, 190, ③23, ㉑145, ㉖484
新古の層の弁別…①624, 630, ③29, 475-477, 479-481（最古の詩…①37, ③3, 479　最新の詩…③12, 480　西周時代の歌・東周時代の歌…③29, 480）
推移の悲哀…㉑210-212, 226（時間の推移への敏感と快楽への誘い…㉑211）
推移への歓喜…㉑226
政治への関心…①114, 115, 145, ③8, 23, ⑯286, ㉒440, 470, ㉕5（政治・倫理への寄与…①64, 72, ③8, ⑥106, 199, ⑪456）
素材の日常性…①58, 79, ③26, ⑫587, 589, ⑬20, ⑲52, ㉑33, ㉗368, 376（素材の現実性…①11, 79　非虚構的性質…①79, ㉑91）
素朴さ…①242, ②335, ③29, 30, 33（反覆表現…③30, 31, ㉕180）
総数…③22, 28
題のつけ方…⑫602
悲哀の詩…①90, 92, 94, 105, 129, 361, ⑥268, ⑬28, 111（絶望の詩…③466, 467　憂愁…③464, 465, 468）
理想・調和…①13
～の詩人…⑥352, ⑦32, ⑪333, ⑫169, ⑭342, ㉖245
詩人の任務…㉕404
自己の不幸を天の作用とする見方…⑥12, 16

人生の安定性合理性への信頼…③468
絶望せず呼びかけ継続…③467
天の原則の実現困難の認識…⑥18, 19
天の原則への信頼…⑥16, 18
人間の能力の可能性への信頼…⑳496
不幸の幸福への転移の喜び…⑥304
夢想が裏切られたための悲憤…⑬111
〜の字数　使用字数…⑱420　総字数…②407, 444, ⑱420
〜の時代の祭礼…③480
〜の時代の農村生活…㉑214
〜の修辞法…③32, 33, ⑯268
興…③25, 32, 33, 476-479, 483, 484, ⑥290, ⑰357, ⑱12　比・賦…③32, 33
〜の「商頌」への史家の疑問…③4
〜の衰亡と「春秋」…㉓110
〜の成立時期…③36, 37
〜の草木鳥獣虫魚の和訓…③43
〜の尊重…⑰618
孔子以前…③35-37　儒家…①73, ②522, ③11, 38, 539, ⑤123, ⑰77, ㉖6, 7　尊重と伝播の速度を示す資料…③36
〜の大家…⑥56
〜の地位…③29, 38
〜の注釈　古注と新注…③43, 472, ㉓594（古注と朱子の距離…③43　古注の再解釈〔清〕…③41　最古の注釈…③6, 8, 42　新注の弱点…③41）　鄭玄注「詩」と「礼」の解釈統一…㉕336, 337　注釈の歴史・注釈書…③42　毛伝鄭箋の再注釈…③43
〜の次の古代文学…①11, 92, 106
〜の特殊な方向…③23, 24
〜の内容・分類…①6, ②302, ③28, 29, 33, ⑤256, ⑫587, ⑯286, ㉑38
いきどおりの詩…①92, 105, 129, ⑥17, ⑬111, ㉕157　饗宴の歌…③479　吟遊詩人の語り歌…③480　祭礼を離れた歌…③479　祭礼の歌…③475, 479, 480　祝婚歌…①115, ⑱524　祝頌歌…③479　出征兵士の歌…①8, ⑦18　諸国の歌謡…①130　逐臣棄婦の詩…⑥21　夫婦愛の詩…⑥205, ⑮504　亡国悲傷の詩…③479, 482　恋愛詩…①5, 115, 120, ②355, ③24, 477, 479, 482, ⑤245, ⑥351, 352, ⑯286, ⑲945, ㉒440
〜の博士…⑥53, 54
〜の発語の辞…㉕18-20
〜の発生の地帯…①11, ③25
〜の比喩…③25, 32, ⑪237, ⑱29
鼠…⑬279
〜の否定強調の表現…②54
〜の風雅の道の失墜…⑪38
〜の文学…①80, ③6, 27, ⑳496
前文学史的様相…③5, 8, 21, ㉑151
〜の文献史上の位置…③4

文献的性質…③480-481
〜の編次…③36, 482, ㉕323
〜の法則と後世の詩人…⑰618
〜の誠…⑯115
〜の民俗学的方法による研究…③43
〜の「毛詩」の呼称…②316, ③39, ⑰554
〜の用例からくる拘束（二字の連語）…②217, ⑫620
〜の六義…②257, ③33, 37, 39→六義
〜は五経の一…①6, 78, 242, ③17, 42, 472, ⑰554, ⑲413, ㉑145
感情の生活の尊重…③11　読誦の対象…⑥199　必読の至高の書…③38　文学尊重…①318, ③539, ⑥104, 223, ⑰77
〜は詩の祖…①80, ③6, ⑯70, ㉑158, ㉓347, ㉕11, ㉗377
詩歌の故郷…③8　叙情詩の始祖…①64, ③6, 23, ⑦138, ⑱9　中国最古の詩集…①6, 78, 128, 133, ②7, ③21, 22, 28, 29, 472, ⑪134, ⑫587
〜は中国文学の祖…①89, ⑯291, ⑱9, ㉑149
「詩」（解釈）…③8, 40, 485, ⑯83, 155, ⑳78, ㉔265, ㉕346
今文家（漢）・古文家（漢）…㉔265　朱子…③8, 40, ⑥14, 15, 17, ㉓461, 600
「詩」（注釈）…①399, ③38-42, 473, 474, ⑰4, 603, ⑳14, ㉑164, ㉓554, ㉗26
漢…①399, ③38, 39, 42, ⑥14, ㉔266　清…③41, 43, ㉕346　宋…④40　唐…①399, ③43, ⑳14
解・季本「詩説解頤」…⑯90, 93
旧注…③485, ⑬325
古注…③39-43, 473, ㉓594
釈文　邶風「終風」…②241
新注・朱子「詩集伝」「詩経集伝」…③40, 41, 43, ⑬171, 318, 324, 564, ⑭363, ⑰556, ㉑164, ㉓292, 317, 461, 552, 594, ㉕225, ㉖244, ㉗93（魏風「十畝之間」…③473　序…㉗222, 224-226　小雅「伐木」…⑯130　王風「揚之水」…③478, 481　鄭風「揚之水」…③481, 482）　戴震…⑯229
正義・孔穎達→「毛詩正義」
箋・胡承珙→「毛詩後箋」　竹添井井…⑰351
疏・陳奐「詩毛氏伝疏」…②603, ③41, 43, ⑩462, ⑯261, ⑳658, ㉕346　唐人…⑬325
注・三家詩学派…③38, 39, 41（韓詩学派…③38, 39　斉詩学派…③38　魯詩学派…③38, 39）　程子…㉓317
鄭箋…①399, ②316, 318, ③40-43, 475, ⑥14, 19, ⑬324, 325, ⑯130, 262, ⑳337, ㉒118, ㉓183, ㉔266, ㉕225, 336, 339, ㉗64
周南「関雎」…②8　大雅「巻阿」…㉖413, 452
周南「巻耳」…㉗78　商頌「玄鳥」…⑬325, ㉔266, ㉕229　衛風「考槃」…⑦197　邶風「終風」…②241, 246, ㉕338　大雅「生民」…⑬325, ㉔266, ㉕229　邶風「泉水」…⑥314, ⑫526

大雅「桑柔」…⑥33 召南「草虫」…⑲45 小雅「天保」…②244 唐風「鴇羽」…⑥17 鄭風「揚之水」…③481 邶風「緑衣」…②317, ㉕336
点・藤原惺窩…㉓309, 310（「車舝」…㉓309）
伝・毛氏→「毛伝」
「詩」（テクスト）…②316, ③38-40, ㉕332
熹平石経…⑤328 今時版本…⑫476 今文テクスト…⑯360 孔穎達正義本…⑦555, ⑩456, ㉒77
経刻本・唐石経…⑩455, 456
経注本…⑩455
足利学校遺蹟図書館所蔵旧写本（足利本甲・乙／古本・山井鼎）…⑩459, ⑫476
岩崎本…⑩458
清原氏家伝本（京大本）…⑩460, 461
清原宣賢手校本（静嘉堂本）・清原宣賢手鈔本（古梓堂文庫所蔵本）…⑩461
京都帝国大学図書館所蔵清原氏所伝本…⑩460
京都帝国大学図書館所蔵慶長活字本…⑩461
京都帝国大学文学部景印（旧鈔本経注本〔大念仏字本〕・唐鈔本経注本〔岩崎本〕…⑩458）
九条本…⑩459
慶長活字本・古梓堂文庫所蔵清原宣賢手校本…⑩461
五山版…⑩460
五代国子監本…⑩455, 456, 458, 460
皇朝旧刊本…⑩460
蜀石経（経注）・「蜀石経残字」（陳宗彝）…⑩458
静嘉堂文庫所蔵清原宣賢手校本経注本…⑩461
宋版経注本…⑩458, 461（岳本…⑩458, 460 岳本武英殿覆刻本・宋刊巾箱本 四部叢刊影印虞山瞿氏鉄琴銅剣楼蔵本・宋国子監本…⑩460）
大念仏寺本…⑩458
陳矩本（存古書局復刻本）…⑩459
敦煌本…⑩456, 458, ⑫476, ㉒77
ビブリオテク・ナショナル本…⑩456（小島祐馬手抄撮影本・武内義雄撮影本…⑩457） ブリティッシュ・ミュジアム本（武内義雄撮影本）…⑩457 羅振玉「鳴沙石室古籍叢残」本…⑩457
南宋刊経注本→上記の宋刊巾箱本
秘府本…⑩459
竜谷大学図書館所蔵室町写本…⑩451, 460
現行本…㉗90 古写本（日本所伝）…㉖112 古文テクスト…③39, 40, ⑦267, ⑯360 朱子集伝本…⑯354 菅原道真自筆本…③44 単疏本…①399 唐石経…⑩455, 456 唐代テクスト…㉒77, ㉖113 藤原惺窩点本…㉗128 明版テクスト…㉒493 毛伝本…㉗90
「詩」（篇名・項目）
雅…①123, ③6, 28, 29, 33, 37, 480, 482, ⑤256, ⑬46, ⑮620, ⑯113, ㉑38, ㉕11
雅頌…③34, ⑤255, 256, ⑬128, ⑮621, ⑯93
国風…①6, ②302, 303, ③21-23, 28, 29, 31, 463, 468, 475, 479, 480, 482, ⑥268, ⑦200, ⑫587, 622, ⑬279, ⑲427, ㉑157, ㉕323, ㉖435, 444＝十五国風
衛風…①477 「河広」…②54 「考槃」…③464, ⑦197 「碩人」…⑥293, ⑰555 「竹竿」…⑥324 「伯兮」…③463 「氓」…③23, 32, 464, 466, 480, ⑥21, 352, ⑱453 「有狐」…③465
王風…⑩451, 459, ⑪133, 134 「君子于役」…③463 「黍離」…③465, ⑥15, 324, ⑮622, ⑳379, 383 「中谷有蓷」…①155, ③464, 466 「兎爰」…③464, 466 「揚之水」…③463, 477-479, 481
魏風…⑩457 「園有桃」…③465, 467 「十畝之間」…③473 「碩鼠」…③467 「陟岵」…①8, ③463 「伐檀」…㉓294
周南…③35, 464, ⑤41, ⑥16, ⑲427, ㉒77 「関雎」→その項 「葛覃」…③36, ㉗90 「漢広」…③39 「樛木」…⑥13, ⑩457 「巻耳」…③30, 36, 44, 463, ⑤41, ⑫602, ㉗78 「螽斯」…⑩457 「汝墳」…③467 「兎罝」…③35 「桃夭」…①90, 155, ③30-32, ㉑35, ㉓460（序…㉓460, 461） 「麟之趾」…⑩457
召南…③35, 464, ⑤41, ⑥16, 304, ⑮454, ⑲427 「殷其雷」…⑫252, ㉔176 「甘棠」…⑱497, 498 「江有汜」…⑩458-459, ⑱454 「采蘩」「采蘋」…③37 「鵲巣」…③37, ⑩458 「小星」…③466, ⑥12, 15 「騶虞」…③37 「草虫」…①115, ③467, ⑲45, ㉑38 「摽有梅」…⑩458, ㉓142 「野有死麕」…⑩459
秦風…⑩459 「蒹葭」…⑥274, ⑩450 「権輿」…⑥21 「黄鳥」…③465, 466, ⑥15 「駟驖」…⑤125 「車鄰」…③467, ⑫103 「小戎」…③463, 469, ⑩450, ㉗92 「晨風」…⑥321
斉風…⑩457, ㉓29 「猗嗟」…⑯261 「雞鳴」…⑬24, ⑱20
曹風 「候人」…①155 「蜉蝣」…③465
陳風 「宛丘」…⑩457, ⑰599 「月出」…⑳50 「沢陂」「株林」…③12 「東門之池」…⑦197
鄭風…①477, ⑩479 「狡童」…③485 「羔裘」…③466 「山有扶蘇」…③485 「女曰鶏鳴」…⑳657, 658 「溱洧」…㉕18 「風雨」…⑫369 「野有蔓草」…⑫476, ㉑158 「揚之水」…③478, 481
唐風…⑩457 「葛生」…③464, ⑥352 「山有枢」…③467, ㉑211 「蟋蟀」…③467, 468, 469, ⑥287, 321, ⑩458, ㉑210 「鴇羽」…③465, ⑥17, ⑩458 「揚之水」…③477, 478, 481, ⑫605, ㉒77
邶風…③464, 468, ⑥16, ⑩458 「燕燕」…㉑148, ㉕180 「撃鼓」…②319, 320, 322, ③463 「谷風」…③23, 32, 464, 480, ⑥21, 352, ⑩453 「日月」…③465, ㉑39 「終風」…②241, 246, ㉕338 「新台」…㉓460（序…㉓461） 「泉水」…⑥314, 324, ⑫526 「柏舟」…①91, ③464, 485, ⑰67, ㉑158 「匏有苦葉」…⑦555, ⑩457, ⑯245 「北風」…⑥289 「北門」…②58, 105, ③466, ⑥12, 16 「緑衣」…①

92,②250,317,③464,465,467,⑥16,320,㉑148,㉕336
邠風…⑦525＝豳風
豳風…①511,⑬159,⑯602,㉒29,㉔263 「九罭」…⑩457 「鴟鴞」…⑩457,⑯245 「七月」…③25,⑥281,287,296,⑩457,⑫185,479,⑭342,㉑226,㉒29 「東山」…⑥304
鄘風 「君子偕老」…③465 「載馳」…③36,467,㉗105 「相鼠」…③464,㉓347 「牆有茨」…⑲92 「定之方中」…③23,㉑6,㉓134 「蝃蝀」…③466 「柏舟」…③465
十五国風…③464,475,⑲427＝国風
序→毛伝
小雅…①6,②303,③22,23,28,37,464,479,480,483,⑥13,16,268,⑦200,⑬77,㉑157,㉕323,㉖435,444
魚藻之什…⑩459 「菀柳」…⑥14 「角弓」…㉖444 「采菽」…⑥13 「黍苗」…⑥324 「苕之華」…㉓347
鴻鴈之什 「鴻鴈」…③36 「斯干」…⑱20,㉓293 「白駒」…㉖444 「無羊」…⑱20
谷風之什 「四月」…③36,⑥12 「小明」…⑥320 「大東」…⑥289 「北山」…⑥12 「蓼莪」…⑥12,㉖398
節南山之什 「雨無正」…⑥14,㉓348 「巧言」…⑥14,15 「何人斯」…⑫413 「巷伯」…②444,⑥15,㉑40,㉗90 「十月之交」…③475,⑥14,15 「小旻」…⑥14,⑩457 「小弁」…⑥12,15,16,278,280 「正月」…⑥14,16,⑰67 「節南山」…⑥13
南有嘉魚之什 「車攻」…①122,⑫103,⑯91 「青青者莪」…⑩457 「蓼蕭」…⑱511
甫田之什 「車舝」…㉓309 「瞻彼洛矣」…⑩457 「大田」…⑯214 「甫田」…㉕326
鹿鳴之什…⑩457 「采薇」…③36 「出車」…⑩457 「天保」…⑫220,㉓293 「鹿鳴」…⑦31,㉒479 「伐木」…⑯130
頌…①6,②303,③6,22,29,31,33,34,36,37,480,482,⑤255,256,⑬128,⑯93,113,㉑38,157,㉕323
周頌…②303,⑫231,⑯360 「時邁」…⑤125
商頌…②303,③4 「玄鳥」…⑤117,⑬325,㉔265,㉕229
魯頌…②303 「駉」…③34 「泮水」…⑥324,⑯264,⑱455 「閟宮」…③25,⑥376,㉓293,341
正雅…⑥16,17,㉑158,㉕323
正風…③464,⑥16,㉕323
正風正雅…⑥16,17,㉑158
大雅…①6,105,190,②303,③22,23,28,464,480,⑥268,⑪133,134,⑬77,⑯224,360,⑱9,⑲54,393,㉑145,157,㉔266,㉕323,㉖484
生民之什…⑩459 「仮楽」…⑥13 「巻阿」…⑯245,㉖413,443,452 「公劉」…⑩459 「生民」…⑤117,125,⑬325,⑱510,㉔265,㉕229 「板」…②54,⑥14,35,㉔266
蕩之什…⑩459 「雲漢」…⑥14,15 「韓奕」「江漢」…⑩451 「召旻」…②54,⑥14,⑩457 「烝民」…②250,⑤109-110,⑯108,㉖451 「瞻卬」…①114,⑥14,16,⑫238 「桑柔」…⑥14,16,33,35 「蕩」…⑥14 「抑」…③25,⑥14
文王之什…⑩457 「旱麓」…⑥13,⑩457 「皇矣」「大明」…⑥13 「文王」…⑫488 「霊台」…㉕326
二南…⑩458,⑲427
風…①123,③6,28,29,482,⑤256,⑬46,⑮620,⑯113,㉑38,㉕11＝国風
変雅…⑥12,16,17,㉑158,㉕323
変風…③464,468,⑥16,17,㉕323
変風変雅…⑥12,16,17,㉑158
「詩緯推度災」…⑰556-557
詩韻…⑯407,408
「詩韻合璧」…⑯407
詩縁情…①629
詩歌中の雋語…㉕381
詩画一致…⑳67,68
詩学…㉓305,344,㉖440,444
詩学士…㉔288
「詩刊」（雑誌）…①568
「詩紀」「古詩紀」…⑦561,⑮528
～と「全漢三国晋南北朝詩」…⑥265
～の陰鏗の条…⑫655,661,662
～の所収作品 「詠懐詩」阮籍…⑦192,193,196 「詠史詩」班固…⑥258,259 「垓下歌」項羽…⑥10 「古歌」（秋風蕭蕭愁殺人）…①368,⑥275,329 古詩（漢無名氏）…⑥269,332 「古詩三首」…⑥280 「蜀道難」…⑫662 「新成安楽宮」…⑫661,662 「班婕妤怨」…⑫662 「百一詩」応璩…⑦150
～の陳の後主の項…⑫666
～の不完全さ…⑥265
～の六朝詩の総としての性質…⑫655
「詩紀考証」…⑫656,661
詩義…⑫616,617,619,623
「詩経」→「詩」
詩経学…㉕225,㉗79
魏鶴山…⑬324　馮復京…⑯129
「詩経集註序」…㉗226→「詩集伝」序
「詩経集伝」→「詩集伝」
「詩経輯録」…⑰556
「詩経諸篇の成立に関する研究」…③475 「古代祭礼の復原」…③475 序説…③480 「年代推定の資料」…③475
「詩経小学」…⑩462,⑯236,257
「詩経小学録」…⑯241,250,257
詩経箋（鄭玄）…㉕229→「詩」鄭箋
詩経注釈史…③42
詩吟と剣舞…①704

詩言志…①629, ⑯112-114, ㉖234
「詩古言」…㉓494
「詩古微」…⑯263
詩三百…③34, 563, ⑤42, 290, ⑱481, ⑲37, ㉒63, ㉓440, ㉕157→「詩」
詩史（汪元量詩）…⑮418
詩史（杜甫詩）…①212, ⑫131, 366, 674, ⑮418, ㉕397
「詩詞曲語辞匯釈」…⑦146, ㉖420
「詩持」…㉓255, 259, 263
「詩持広集」…㉓259→「皇清百名家詩」
詩社…⑬174
「詩集伝」「詩経集伝」→「詩」（注釈）
　～と銭謙益…⑯129, 130, ㉖452
　～における属目の興…③478
詩書（詩経・書経）…①378, ②547, ⑥185, ⑦233, 243, 357, ⑯93, ㉒112, ㉓353
　～と王国維…③554-555
　～と荻生徂徠…㉓289, 332, 336, 349, 366, 385
　～と雅儒（荀子説）…②239
　～と漢の賦の文学…⑥224
　～と孔子…①237, ②290, 292, 293, ⑤303, ⑬570, ㉑158, 159
　～と儒家…②293
　～と銭太昕…①550, 551
　～における時（助字）…⑤125, 126
　～に始まる中国文学史…㉑149
　～の引用…②290, ㉓349
　～の世家…⑮630-631
　～の前文学史的様相…③5
　～の著者の不明…③12
　～は義の府…㉓349, 384, 467
詩書春秋…⑰164
詩書礼楽…㉕302→先王の道
　～と孔子…⑤40, 302, ⑥223, ⑰483, ㉑181
　～と荻生徂徠→先王の道
　～と武帝（漢）…⑥223, 224
「詩序」→「毛伝」小序・大序
詩人（西洋）…①272
詩人（中国）…①130, 149, ⑪454, ㉖55, 234, 235
　～とアンビギュイティ…㉖112
　～と長詩形…①145
　～と月…㉔6
　～と典故→詩（中国）
　～の主題　家族愛・友情…①129
　～の代表的詩人…㉕414-416, 420
　　第一の詩人…①23, 28, 115, 131, 243　二大詩人…㉖116　最も複雑な詩人…①131
　～の伝統　現実主義的精神…①129　政治への関心…①20, 117, 145, 348, 565, 566, ㉗264　悲傷…①361　人人のために歌う…①129, 455　不幸な人人の悩みを歌う…⑮597
　～の任務　新しい自然の造型…㉕447　時代の良心たるべき任務…㉕403, 404
詩人（日本）…①113, ㉖11, 235, ㉗377
「詩人玉屑」…⑬133, 185, ⑭298, ⑮426
詩人の任務（アリストテレス）…①175
詩人の賦と辞人の賦…⑥222, 225
詩聖…①116, 131, 132, ②284, ⑫560, 561, 585, 629, 721, ㉖13→杜甫
詩仙…①116, ⑫120→李白
詩僧（室町時代）…㉗242
「詩藪」…①455, ⑥344, ⑮529, ⑯112
詩敵（劉因「秋郊」）…⑮430
詩による清朝史…①455
「詩品」…①624, ⑥256, ㉑17, ㉗299
　～と七子…⑦110
　～の詩・詩人の批評…⑥256, ⑦71, 73
　　王粲…⑦110　応璩…⑦142, 151, 168, 169, 176　何晏…⑦172　嵇康…⑦169　阮瑀…⑦110, 114　阮籍…⑦200, 201　古詩…⑥268-270, 332, ⑦200, ㉖445　徐幹…⑦110, 120　曹植…⑦71, 73, 135, 138, 168, 200　曹操…⑦71, 73, 114　曹丕…⑦71, 73, 168, 169　陶淵明…⑦142, 169, 170　班固「詠史」…⑥256, 257　陸機擬作古詩…⑥270　劉楨…⑦73, 110
　～の序…⑥256, ⑫670, ㉑253
詩賦→科挙
詩賦の空言…⑭131
詩文の文学…①165, 321, 322, 329, 612, ②487, 539, 540, ⑬628, 629, ㉓307, ㉕174, 175
　～をつくる能力…①76, ②487, 492, ㉕304
　～の idiom…②221
　～の面白さ…①329
　～の型…①328, 329, ②411
　～の作家の条件…①328
　～の作者…⑬628, 629
　～の世界観…②492
　～の素材の定型化と表現方法の変遷…⑰113
　～の題材と視点の拡充（宋以後）…①76, 328
　～の典故…②493, 494
　～の発生時期の資料…①615
　～の普遍化（宋以後）…①75, 76, ㉕301
詩文の学…㉓307
「詩文評」…⑰561
「詩毛氏伝」→「毛伝」
詩余→詞
詩話…①454, 455, ⑫595, ⑰392, ㉔126, ㉕233, ㉖429, 430, ㉗242, 300, 301
　王夫之…㉓471　洪駒父…㉒74, ㉕492, 497
「詩話総亀」…⑬185
資源委員会…㉒492
資政殿学士…①407
資善大夫…⑮304
「資治通鑑」…②280, 391, 392, 458, ⑬624, ⑯584, ⑰187, ⑳212, 215-217, 359, ㉑249

～という題名…①172, 204, ②281, ⑬587, ⑳167
～と金の学問…㉒107
　金軍の杭州侵入・版木略奪…⑬586
～と胡適…⑯373
～と「高氏小史」…⑬585
～と司馬遷の伝統…①173, ⑯290
～と中国知識人…⑬573, 588
　暗誦…②407　科挙…②407, 456, ⑬564　必読書…①242, ②407, 486, ⑬588, ⑳203
～と日本人…①244, ⑰79, 82, ⑳204, ㉕279
　安積澹泊…⑰144, 145　伊藤東涯「制度通」…⑰558　狩野直喜…⑰252, ㉓599　桑原隲蔵→その項　西園寺公望…②157　中井正一…②157, ㉗349　紫式部「源氏物語」の成立…②161, ⑱42, 445, ㉖482, ㉗369
～と毛沢東…①242, ②157
～と蒙古朝廷…⑮287, 296, 308
　進講草案…⑭276, 277, ⑮326
～における記事・事項・評言
　安禄山の乱…⑫240, 331, 367, 418（哥舒翰投降…⑫259　玄宗の亡命…⑪246, 248, ⑫174, ㉒24　玄宗の没落…①172　陳陶斜の戦い…⑫366　馬嵬坡の訣別…⑫311）
　王羲之の殷浩宛書簡…㉑245
　粛宗・張妃…⑫324（粛宗即位への態度…⑫310, 311）
　隋文帝・独孤后…①173, 178, ②157, 160
　則天武后評…⑫13
　太宗の死…㉒82
　張説…⑪22, 23, 30, 32, 35, 41, 42（魏元忠弁護事件…⑪22, 23, 42）
　狄仁傑の張柬之推薦…㉕54, 57, 252
　唐王室の父子による女性共有の記録…⑪236
　范縝「神滅論」…⑯373, 374
　文宗（唐）…㉔288
　楊貴妃…⑪236, 246, 248, ⑫54, 174, ㉒24
　楊国忠政府の人事…㉕452, 459
　李林甫と皇太子…⑫313
　呂太一の反乱…㉕398
～における得無の語…⑦488
～のおもしろさ…⑤11, ⑥239
　行事による人生と世界への批判…⑥239, ⑯290
　文学性…①153（歴史的真実と文学的真実…⑳170）
～の完成の地（洛陽）…⑬87, ⑳455
～の教訓的事例…①172
～の史学…①212
　根拠とした文献…①628（資料修改の迹の研究…①628　中世史書の再検討…⑬555）
　史観…②392
　正史の再整理…①172, 198, 242, ②157, 280, ㉑18（史実の選択・採用…①172, 173, ②392, ⑲441-442　史実非史実の峻別…①174, 198, 226, ②157, 280, 392, ⑥239, ⑬555, 566）
　通鑑の方法と考拠の学…②280, 392, ㉑18, 20
　人間の多様さと類型…①172, 173
　歴史の事実と方法の再認識…㉑85
～の出現…⑬573, 585
　校正・出版…⑬586　出現前後の状態…⑬589
～の進講草案（明）…⑮330
～の善本…①396
～の総巻数…①172, ②157, 391, 407, ⑬87, 586, ⑱445, ⑳43, 215
～の著者…①174, ②401, ⑫324, ⑬584, 598, ⑳213, ㉕428, ㉗13
　著作の動機…⑳43
～の取り扱う時代…①172, ②157, 280, 391, ⑰558
～の煩瑣…②412
～の文章…②157, 603
　両「唐書」との差違…㉕15, 54, 57, 252, 253
～の編修助手・范祖禹…⑫312
～の編年体…①168, ②157, 280, 391, ⑰558
～への反発と同調（道学）…⑬587, 588
「資治通鑑」（注釈）…㉑73
　胡三省「資治通鑑注」…⑪15, ⑮423, ⑰558（唐紀・天宝十載…⑮23）
「資治通鑑」（テクスト）
　伊勢版（藤堂藩刊本）…②391, ⑰81　浙江杭州版…②161　宋国子監刊本…⑬586
「資治通鑑」（篇名・項目）
　後晋紀…⑭366
　序（伊勢版）齋藤拙堂・藤堂高猷…⑰81
　晋紀・咸康五年の条…⑦165
　隋唐の部分…②391
　　隋紀・高祖文皇帝…①178, ②157, 160
　　唐紀…⑬587（玄宗至道大聖大明孝皇帝・開元九年の条…⑪42　天宝十載の条…⑫62　粛宗文明武徳大聖大宣孝皇帝…①177　則天順聖皇后〔久視元年の条…㉕252　神功元年の条…⑲34　長安三年の条…⑪22〕）
　陳紀…⑦549
　梁紀　大同三年の条…⑦533　四年の条…⑦534
「資治通鑑考異」…①174, ⑪41, 42, ⑫270, 364, 366
　～の玄宗皇帝の禁酒の記事…①172, 178
　～の商山四皓の記事…①198, ⑬566
　～の張妃の記事…⑫324
「資治通鑑綱目」→「通鑑綱目」
資本主義と社会主義…⑲379, ⑳457-460
資本主義の不振（中国）…⑰465
雌伏…⑫81
厮罵…⑮57
緇衣…①385
緇徒…㉗43
著…②298, ㉑153
誌…②257
嘴骨都…⑭444

摯…③35
摯虞「文章志」…⑦112, 113　「文章流別論」…⑥216
賜→端木賜
駛月…㉔7
駟…⑤234
髭鬚・髭髯…⑭312
熾烈な歌…⑥351-354
諮議参軍…⑫360
諡…⑬231, 236, 237
鴟鴞…㉔203
觶…㉗89
鷙鳥…⑫114
尓乃…㉗8
尼丘…⑤116, 119, 145
地蔵王菩薩…⑯373
字…㉕25, ㉗94-99
字あまり…㉕121
「字彙」…②209, ⑦477, ⑰556, ㉑75, ㉓40, 42, 145
字義…㉓41, 42, 45, 302
「字詁」…㉔276-278, 280, 281
字書（中国）…②210-212, ㉓40, 42
字典（中国）…②210
字引き…②71, 72, ⑲148, ㉑65-68, 70, 72-75, 123, 124, ㉓542, ㉗290, 291, 392
「字宝砕金」…⑮128
「字林」…⑥313
寺人…⑫315
次韻…⑬43-45, 125
次本…⑭209, 210
「次柳氏旧聞」…①178
次郎兵衛（姉崎村庄屋）…㉓297, ㉗34
而…②82, 84, 87, 89, 120-122, 145, ⑤304, ㉗248
而已…②130, 192
而立…⑤153
耳…②109, 130
耳語…⑳434
耳順…⑤150
「耳食録」…⑯635
耳朶…⑭312
耳備目僃…⑯110
自…②90, 158, 216, ⑥320, ⑦467, 469, 470, ⑫498, ⑰512
自衛隊…㉖480
自家…⑭311
自寛…⑫348, 349
自挟…②148
自古道…⑭321
自裁…③526
自私…⑪68
自是…⑯85, 86
自若…②179
自従…②216, ⑭313
自鋤…⑪67
自託…⑦467
自当（人名）…⑮320
自動索引機…⑳161, 427
自動車…⑳468
自反…⑯86, 87
自分の著書…⑳408-410
自分の文章…⑳409
自由の定義…㉗353
自由の女神…⑥415
自由民主党…⑳438, 455
自力更生…㉒457, 458
弐師将軍…⑥152, 154-158
弐師城…⑥154, 155
似錦繡榻…⑭408
你…⑭417, 446
你看那…⑭422
你放心…⑮57
児…⑭309, 313
「児女英雄伝」…②223, ㉗337
「児女団円」雑劇・「翠紅郷児女両団円」…⑭43, 158, 217, 219, 247
～と「老生児」…⑭212, 264-266, 270
～の梗概…⑭265
～の『混江竜』（第一折）…⑭297　『七弟兄』（第四折）…⑭299
～の作中人物　王獣医…⑭265-267　韓弘道・春梅…⑭264-267　張氏…⑭264, 265, 267　添添…⑭265, 266　兪循礼…⑭265-267
児童…⑬109
事…㉑201, ㉓320, 468
～と辞…㉓283, 332, 336, 384, 385, ㉗177
～と道…⑳658
～と物…⑦506, ㉑178
～の記録…㉑156
事（動詞）…②191
事因・事幹…⑭312
事環…㉖389
事件…㉖407
事功…㉒287, 288
事実に密着する言語（中国）…㉒448
事実と常識の尊重…①188, 189, 191, 198, 199, ②341, 342, ㉔56
事蹟（記紀）…㉓496, 498
事頭…⑭312
「事物紺珠」夷食類…⑮103
事物当行の理…㉓448
事務…⑭312
「事林広記」…⑭525, ⑰560（庚集・綺語門…⑬506）
侍宴…⑪240
侍儀舎人…⑮300, 310
侍御史…⑪500, ⑫119, ⑮247, 267, ㉒45
侍香玉女…⑬391

侍講…⑯169, 199, ㉓278, 704, 706
侍講学士…⑭131, ㉓182, 197
侍児…⑪238, ⑮439
侍書学士…⑮247, 250, 255, 257, 261, 266
侍生…㉗314
侍中…⑥367, 403, ⑦147, 148, 176, 548, ⑪499, ⑫273
侍中大将軍長史…⑦148
侍長…⑮102
侍読…⑪28, 35, ㉓212
侍読学士…⑭131, ⑮258, ⑯15, 144
侍郎…①355, ②436
侍郎（漢簇図像）…②512, ⑥388, 389, 393, 394
持敬…㉓473
持続の感覚…②393
持続への愛…⑦559
持統天皇…㉕172
持論…⑥366
時…②115, 216, ⑤125, 126, ⑪59, 206, 207, ⑳11
時間の芸術…②504
時間の推移…①255, 361, ⑥6, 267, 272, 279, 281-285, 291, 293, 301, 324, ㉑205
　〜を印象づける風景…⑥272, 275, 277, 279, 287, 296, 304, ⑦451
　〜における不幸の堆積…⑥272, 281, 306, ㉑206
　〜に超然たる存在…⑥289, 305, 308
　　推移に影響されない生活…⑦226
　〜による幸福…㉑223
　〜による幸福の失墜…⑥285, 287, 291, 304, 306, ⑦209, 213, ㉑206, 217, ㉕115
　〜による悲劇の回避…⑦211
　〜の速度…⑥307, 321
　〜の停止への願い…⑦212
　〜のはての死…⑥306-308, 321, ⑦210, 213
　〜のはての死の後…⑥328, 329
　〜への感覚（万葉・古今）…㉑216
　〜への嫌悪感…⑦209, 210, 212
　　憤り…㉑211　警告…⑦211
　〜への悲哀…⑥267, 272, 278, 279, 285, 305, 306, 328, ⑦211, ㉑204, 214, 221, ㉕115
　　悲哀と快楽の要求…⑥308, 318, 321, ㉑209, 211
　　悲哀の堆積…⑥275　悲哀への抵抗…㉑208
　〜への敏感…⑥278, ㉑212
時間の流れ…①83, 107, 361, ⑥298-300, 305
時溷濁…⑥20
時事…㉕192
時日…⑥6
時習館…⑤129
時新…⑬162
時仁…㉑229
時節…⑫486, ㉖156
時節柄…⑳303
時徳…②218
時不利…⑥6, 20

時文…①310, 317, ②454
「時報」…⑯384
時務策→科挙
時有…⑫658
茲…⑥317
滋水…⑪513
慈雲尊者…⑰230　「梵学津梁」…⑰232
慈恩寺…⑫216, 233, 405, 602, ㉒482
　〜の縁起…㉒54
　〜の塔…⑫214, 216, 226, 371, 549, 613, ㉒482, 483, ㉕404, 406, 407, ㉖44, 95→大雁塔
慈覚大師円仁…②594, ⑰466, ㉕270, 278, 301
　〜の日記…②587, ⑰17, 73, ㉒15→「入唐求法巡礼行記」
慈谿…⑦379
辞…②257, ⑥214, 344, ⑰195
辞（徂徠学）…⑰194, ㉑178, 179, ㉓355, 448, 468, 474, ㉕255, ㉗177
　〜と義…㉓336, 337
　〜と経　「易」…㉓349　「詩」…㉓347, 348　「詩」「書」…㉓283, 332, 347, 384, 385　「礼記」…㉓348, 349　「論語」…㉑180, ㉓350
　〜と言…㉑179, 180, ㉓336
　〜と詞…㉓307
　〜と事の総括としての物…㉓283, 332
　〜と聖人の道…㉓331
　〜と宋代の文章…㉓453
　〜において道を求む…㉓336
　〜の道の汚隆…㉓331
「辞海」…②209, 219, ㉑74, ㉖476
「辞源」…⑮86, ⑳105, 251, ㉑75, ㉗392
　上海商務印書館版…②219, ⑳251, ㉑74, ㉒317, ㉔312
　〜の収載語数…②219, ㉑74
辞功…⑦524
辞書（中国）…②206, 207, 209, 210, 219, 221
辞譲の心…㉓39, 40, 54, 58
辞人の賦…⑥222, 225
辞典…⑰508
　〜の学…①708-710, ⑰629, 637
辞賦…①595, ⑥199-202→賦（漢）
　〜の詩形…⑥214, 215
　〜の文学の公認…⑥201
　〜の文学の修辞性…⑥214
辞賦家…⑥200, 221, 224
　〜の伝記…⑥224
「爾雅」…⑯237, 241, 568, ⑰555, 556, 583, ㉒304, ㉓42, 338, ㉗101, 102
　〜の作者…⑦473, 482
　〜の総字数…②444
　〜の注釈家の伝統…⑲23
　〜は中国最古の辞書…②209
「爾雅」（注釈）…㉗26

疏・邢昺「爾雅疏」…㉗65, 77（釈魚…㉗75, 101）
注・郭璞「爾雅注」…⑯235, ㉗65（釈魚…㉗75, 101　釈山…②241　釈草…⑯262, ㉒304　釈虫…⑥287, ⑮20　釈天…⑫487〔風雨の条…⑥327〕釈木…⑱455）
舎人・李巡（釈地・四海注…⑲23）
「爾雅」（テクスト）
雪牕書院本…⑯240, 241　宋版…⑯257　宋版単疏本…⑯241　南宋版…⑯240
「爾雅」（篇名・項目）
釈宮…⑫333, ㉒36　釈魚…⑦473, ㉗101　釈訓…②217　釈言・釈詁…②209, 217　釈草…㉒304　釈地…⑱453, ⑲23　釈虫…⑦473　釈天…⑦553, ⑫487, ⑰555（風雨の条…⑥327）
「爾雅漢注」「爾雅古注」…⑯235, 236, 243, 254（序・盧文弨…⑯254）
「爾雅注疏」…㉗75
爾時…㉗45
爾朱敏…⑦545
磁州武安の人…⑭78, 569
邇英閣…⑬246
椎名悦三郎…⑳447, 449, 450
椎名麟三「ある不幸な報告書」…⑱409
塩を裹む…⑬159
塩釜…⑲399
塩の河（セント・クロア）…㉔136
塩谷温…⑰396, 399, 416, 418, ⑳317, ㉓629
〜所蔵本「顧曲斎元人雑劇選」…⑭40, 49, 50, 126, ⑮43　顧曲斎本「漢宮秋」雑劇…⑭50, 126, ⑮43
〜と「国訳漢文大成」…⑰401
〜と「支那文学大観」…⑰401-402
〜と西方支那学…⑲417
〜と葉徳輝…㉒334, 396
〜の元雑劇研究…⑭597, 602, 604, ⑰406, ㉗280
「元曲概説」…⑭379　「国訳元曲選」…⑰406　注「漢宮秋雑劇」…⑭471, 597　訳「西廂記」…①612（跋…⑰391）　訳注「元曲選」…⑮228, ⑰406　元曲講義（東大）…⑰395（「西廂記」…⑰391）
〜の「支那文学概論講話」…⑰400, 405
塩谷青山…⑭597
塩谷宕陰（とういん）…⑭597, ⑳317
塩見畯（松江）…㉓578
潮岬…⑲453, ㉗36
鹿田静七…①397, ㉑60
式観…㉕378
「式古堂書画彙考」…⑭174, 182
式部卿（日本）…②163, 164
色彩映画…⑳46
色情…㉔24
色目人…⑭74, 188, ⑮102, 268, 284, 287, 449
軾…⑤7
敷島（煙草）…㉔271
敷田年治「古事記標注」…㉗76　「日本紀標注」…㉗61
識…㉖200
識曲…⑥327
直裰…㉖406
竺法源…⑬311
軸轤…⑯219
重沢俊郎…⑧17, 351, ⑨181, ⑩81, ㉑670, ㉔48
重野安繹（やすつぐ）…㉔22, 44
重光葵（まもる）…⑳425
滋野貞主…⑰70, 347
閑谷黌…⑤124
閑谷黌中学校…㉖252
七経…⑥204, ⑨484, ⑰583, ㉗73
「七経孟子考文補遺」…⑩443, 444, 447, 462, ⑱57, 58, ㉑202, ㉓160, ㉗70, 73, 74
〜と足利学校…⑩443, 448, ⑰56, ⑱57, 468, 549, ㉓328, 481, ㉕284, ㉗70, 272
足利学の正徳本…⑩453
古本…⑩441, 443, 459, ⑰590
〜と荻生徂徠…⑰56, ⑱59, ㉓482, ㉗70
孔穎達疏の校勘への冷淡…㉓329, 482
「序」…⑰209, ⑱58, ㉓329, ㉗70, 72, 74
〜と徳川吉宗…⑱58, ㉓328, 481, ㉕284, ㉗73, 74
〜の学術史的意義…⑩462
〜の古書校勘の知恵の源…⑱59, 60, 549, 550, ㉓482
〜の校訂した経書「左伝正義」「周易正義」…⑱58「尚書正義」…⑧26, ⑨483, ⑱58「毛詩正義」「礼記正義」…⑱58
〜の最初の原稿…⑩454
〜の出版…⑰56, ⑱58, ㉓328, ㉗73, 74
〜の中国輸出…⑰56, ⑱58, 468, ㉓328, 481, ㉕284, ㉗73, 74, 272
〜の中国への影響…②594, ⑩443, 448, ⑰56, ㉑202, ㉕284, ㉗272
足利古本への認識…⑩441
阮元「十三経注疏校勘記」→その項
阮元復刻本…⑥244, ⑱59, ㉓329, ㉗74
「四庫全書」収録…②590, ⑥244, ⑯225, ⑱59, 468, 471, ㉓160, 329, ㉕284, ㉗74
盧文弨…⑧21, ⑯235
「七経孟子考文補遺」（テクスト）
享保刊本…⑩462, ㉗74　精写本…⑩462　底本…⑰583
「七剣十三俠」…⑯358
七絃…⑦299
七校…⑫387
「七国」諸宮調…⑭203
「七国春秋平話」…⑮159
七国の軍談…⑭202
七言歌行…⑫129, 130, 131, 133→七言古詩

七言古詩…㉖203→七言歌行
七言詩…①127, 608, ③8, 30, ⑫130, ㉑35, 36
　歌謡性・起源…⑫130　第五字…⑪202, 203　リズム…⑪202, ⑫129　恋愛の歌…⑫130
七言詩（漢）→漢（～代の文学）
七言絶句…②66, ㉖166
　～と唐詩人　王昌齢…⑪189, 209　杜甫…㉖161, 166　李白…⑪209, ㉖161
　～の押韻…②66
七言律詩…②60, 451, ⑫129, 133, 141, ㉖88, 90, 91, 147, 149, 161, 188, 203
　韻律…⑫143　平仄…⑫130
七才子…㉓358→七子（明）
「七才子詩解」…㉓301
七殺…⑮29
『七煞』　楊立斎（散曲）…⑭577-581
七子（建安）…⑮493→建安七子
七子（明）…⑮366, 493, ⑯164→後七子→七才子→前後七子→前七子
　～及び公安・竟陵への失望…⑯161
　～と王漁洋…⑯161, ㉓242
　～と黄宗羲の冷淡…㉒291
　～と銭謙益…⑬265, 272, ⑮526, ㉒51, 291, ㉓241, 244, ㉖429-431, 441
　～と日本人　新井白石…㉓119, 131, 239, 240, 242　荻生徂徠…⑬48, ㉒291, ㉓119, 239, 242, 301　木下順庵…㉓119, 131　祇園南海…㉓119　蘐園派…㉓239　木門の諸子…㉓239
　～と「文選」…⑦563
　～の亜流（胡応麟）…⑥344
　～の偽古典主義…⑥344, ㉖429
　～の強大な勢力…㉒5, 291
　～の個性抹殺…㉖430
　～の功績…⑮527-529
　「史記」普及…⑮529
　～の載道の文学…①603
　～の詩…⑮509, 614, ⑯160, 164, ㉓119, 239-241, 301, ㉖430
　題材の取り方…⑯163
　～の詩への反動…㉓241
　～の詩論書…⑮528
　～の主張…⑯160, ㉓239, ㉕196, ㉖430
　～の宋詩嫌悪…⑬47, ⑮614
　蘇軾…⑮525, ㉖434
　～の唐詩尊重…⑪4, ⑬47, ⑮527, 528, 614, ㉖431
　～の日本における資料…㉒291
　～の文学…①625, ⑮510, 633, ㉖429, 451
　～の文章は優孟の衣冠…㉒291
七子八棉…⑯216
七祀（「礼記」祭法）…㉒306
七十五長亭…①349
七十子（孔門）…㉓329, 334, 453, ㉗71
　～の伝…⑥405
七十二黒子…㉕84, 135, 136, 143, 144, 148, 149
七十二福地…㉒89
七戎六蛮九夷八狄…⑲22, 23
七星岩…㉒443, 486
七聖人・七人の先王…㉓282, 284, 346, 386, 438, 442, 447, 467
七中已…⑪512
『七弟兄』…⑮156
　「酷寒亭」…⑮155　「児女団円」…⑭299
七都…⑯340, 347
七等（州国氏人名字子）…⑥374, 375
七投げ（遊戯）…⑯516
七盤山…⑬220, 221
七品官…㉓259
七福神…⑪369, ⑮109
「七分」（六日七分）…⑥369
七宝池…㉗46
七友（南斉）…⑦591
七陽の韻…㉔92
七里重恵「謡曲と元曲」…⑰402, 411
「七略」…⑯244, ㉑149
「七略別録」…②512, ⑥396
「七録」…⑯244, 256, ⑰237
失却…①535
失乳児…②465
失配…⑮15
室…②130
室韋族…⑫240
室思の詞…⑥271
室女…⑮220
疾（六極）…⑤111
疾快…⑭312
疾快忙…⑭320
疾忙…⑭312, ⑮156
執金吾…⑥167
悉抹羅（しつまら）…⑪499
湿…㉒38, ㉖52
集注…⑧8, ⑬515
瑟瑟…⑪277
漆拌弩…㉖409
質帝（後漢）・孝質皇帝…②550, ⑦50
質と文…⑳132, 133
蟋蟀…⑥287, ⑫479, ⑬150, 152, ⑮20
隰朋…①184, 185
日月星辰…③465, ⑤109, ㉗365
日月長…㉖143
日月の末光…㉓416
実…㉗379
　～と虚（周弼）…⑬185, 202, ⑮426
　～と文…⑥222
実川延二郎・延若…㉔283
「実語教」…⑤168, 298
実字…⑦456, 459, 460, ㉓55, ㉗248

実事求是…⑰203,⑱314-316,⑳64,㉔48,㉕464,467
実証学（中国）…①399
実証学（漢）…①400
　～の遠祖…①399
実証学（清）…⑯3,645,㉑18,㉕488,㉗138
　～と荻生徂徠…㉓464,472,474,481
　～の開祖…㉒287,288
　　創始者と三省…⑯5
　～の祖述（狩野直喜）→清（～朝と日本）
　～の最も実証を重んずる学派…⑯7
　～の最も実証的な古代言語研究…⑯645
　～の最も方法に慎重な学派…⑯6
実証学（清・乾隆期）…⑯643
実証学（清・三省地方）…⑯3,4
　～の受入れを拒否した地方…⑯5
実証学（北京大学）…⑯645,㉕472
実証学者…②466,㉗244
実証史学（中国・近世）…②280
実証主義　アメリカ…②346　中国…⑤47
実証的儒学…②404
実践女子大学…㉓610
実践中学（東京・青山）…①521
実践の規範としての経書…㉕321,322,325
実名…⑤142
実名敬避…⑰469
実落・実牢…㉖387
「実録」（唐）…㉕398
拾得（じっとく）…⑬93,⑰295
隲…⑳100
幣原（しではら）喜重郎…⑯649
信濃…②63,㉔59
「信濃教育」…①631
信濃教育会…①561,⑰201
篠崎小竹…㉓487
篠田一士（はじめ）…㉔69　「詩的言語」…㉔68,100
不忍池…⑫371,602,㉒14,483,㉖95
芝居…①325
柴五郎…①518
柴四朗…⑲310→東海散士
柴田院長（学士院）…㉔295
柴田勝家…⑫458,⑯612
柴田天馬　訳「聊斎志異」…①634,⑰398
渋江抽斎・全善（かねよし）…⑦556,⑰626,㉑189,㉓604,㉔304
　～の「経籍訪古志」→その項
　～の号の由来…⑰626,627,㉕256
　～の墓碣銘…㉗245
渋川玄耳…㉔13
島崎藤村…②56,64,⑫585,723,⑰397
　「新生」…㉒434　「千曲川のスケッチ」「千曲川旅情の歌」「杜子美」…②63　「藤村詩集」…⑱423
　「桃の雫」…②63
島田翰…⑥245,⑦288,556,⑯265
　「古文旧書考」…⑦287,557
島田久美子…⑮558　「黄遵憲」…①138
島田虔次…⑭602,⑮7,636,㉒120,332,㉔68,㉕128
　～の指摘　黄宗羲と小説…①208　「宋元学案」に関して…⑬315　中江兆民について…①562,⑳8
　～の「大学・中庸」…①271
島田重礼・篁村…②467,⑥245
　～と狩野直喜…⑰239,249,265,275,277,㉓595,596,604,㉗244,293,294
　～と海保漁村…㉓604,㉗244
　～と清朝学…㉓596
　～と滝川亀太郎…⑥245
　～の「漢書」愛好…⑰249,㉕371
　～の三礼の学問…㉗294
　～の塾…⑥245,246
島田政雄「中国革命と中国文学」…①622　「中国新文学入門」…①625　訳・何其芳「実践論と文芸創作」・周而復「医師バッーン」…①621
島津氏（薩摩藩主）…㉔254
島津忠秀…②193,194
島津斉彬（なりあきら）…㉔254
島根大学…⑰420
「島根大学論集人文科学」…①624
島の前なる大伽藍…㉔204→洋上の大伽藍
島原（九州）…㉔164
島村民蔵…㉗283
島村抱月・滝太郎…㉔17
島本四郎右衛門…⑱413
嶌静子　共訳・巴金「寒夜」…①626
下（被治者）…㉓511
下総（日本）…㉓296
下定雅弘…⑳359,㉕482,506
下田歌子…⑯553
下田来航（ペルリ）…㉔193
下野（日本）…④7,⑤124,⑨483,⑰56,⑱57,468,㉕195,283,284,㉗70→野州
下関（日本）…①460,②441,⑰335,㉓623
写実主義…⑫338
写真（宋以後）…②530,534
写真館…⑯496,498-500
写本…㉕284-286,㉗67→書本
写本時代（中国）…㉕269-273,275,277,278
佘（しゃ）育…⑮496,633
佘存修…⑮633
扯…⑮57
沙…⑮102
沙州…⑪499
沙門島…⑬372,510,⑭246,253,⑮31,32,141,142,149,151,152,157
社会（明治の新語）…①235
社会科学…⑳165,166,183,184,214,439,455,457,460,㉕17,292,425

社会科学（中国）…㉕438, 461, ㉖506
社会科学院→中国社会科学院
社会科学研究会（京大）…⑳260
社会科学者…㉔254, ㉕305, ㉖481, ㉗54
社会史…②206
社会史家…③485
社会主義…⑯560, ⑲378, ⑳457-460, ㉕444
　～と資本主義…⑲379, ⑳457-460
「社会主義の分析」…⑯584
社会生活の法則…⑤148, 195, 302
社会大衆党（日本）…㉗417
社会の歓迎する文学…⑯154
社会不朽…⑯405
社稷…㉕265
　～の臣…⑥113
社倉…㉓219, 220
車胤…⑫481, ⑰198
車家…㉖387
車騎将軍…⑥85, 86
車橋…⑬334, 335
車師国…⑥132
舎…②130
舎衛国…㉕99, ㉗45
舎人　注「爾雅」…⑲23
舎人の草制…⑬247
舎利…㉓394
舎利弗（しゃりほつ）…㉗46
者…②83, 85, 141, 143, ㉕79
柘黄…⑮376
『柘枝令』「董西廂」…⑭575
洒家…⑭311
洒落本…②348, ㉓588, ㉕38, 46
借問…⑪105
射…②148
射工…①468
射山…⑦230, 239
射の儀式…⑤4
射陽…⑥395
紗帽…⑮629
斜橋…⑯457
斜谷関…⑦53
斜日…⑫664
斜抱雲和…⑪193-195
這…⑭309, 310
這一交…⑭308, 310
這堝児・這堝裏…⑭321
這其間…⑭321, ⑮36
這其中…⑭321
這些…⑭313
這廝…⑭309, 310
這廝毎…⑭309, 322
這場冷…⑭320
這早晩…⑭310, 322
這的…⑭282
這搭児・這搭裏・這壁廂…⑭321
這裏…⑭309, 310
這裏毎…⑭321
釈迦・釈迦牟尼・釈尊…①551, ⑥408, ⑪462, ⑰518, ㉓539→瞿曇→世尊→仏陀
　～降誕の日…⑲437
　～と荻生徂徠…⑤32, 213, ⑰44, ㉓388, 438, 455, 457, 539
　～と韓愈…⑪364
　～と孔子の違い…⑤32, 213, 261
　　釈迦と孔子の死…⑤261
　～の教え…⑤32, 213
　～の草衣木宿…㉓457
　～の誕生…⑤144
釈迦堂（満徳山勝覚寺）…㉓298, ㉗32
遮莫…⑭313
遮莫殺・遮莫的…⑭321
赭衣…②152
謝安・安石・太傅…⑦289, 455, ⑬580, ㉔236
　～と関わりを持つ人々　王羲之→その項　王濛…⑦289, 458, 494　許詢…⑦289, 290, 458, 494　支遁…⑦289, 290, 458, 459, 494　謝奕…㉗103　謝玄…⑦429　孫綽…⑦491, ㉑239　郗超…⑰366　劉惔…⑦291, 492
　～と蘭亭の会…㉑239, 240
　～の家柄…①192, ⑦590, ㉑244→謝氏
　～の黒嘍嘍…⑭350, 351, 402, 403, 405
　～の「荘子」論評…⑦289, 458, 459, 494
　～と博奕…⑦492
　～の東山での高臥…⑭405
　～の舟遊び…⑦491
　～の姪…⑪442→謝家
　～の陸機陸雲評…⑦504
謝晦…⑦486, 488
謝赫（かく）「古画品録」…②524
謝希深…①447
謝伋…⑬269
「謝金吾」雑劇・「～詐拆清風府」…⑭37, 44, 202, 217, 219, ⑮92
　～の『収尾』（第三折）…⑭303, ⑮94
　～の『聖薬王』（第三折）…⑭302
謝恵連…⑦452　「古冢を祭る文」…⑫234, 524　「雪の賦」…⑥322
謝景初・師厚…⑬78
謝玄…⑦429
謝家（しゃこ）・道蘊…⑪442
　～の柳絮…⑪442, 443, 446
謝翶・皐羽・晞髪子…⑮418, 426, ⑯171
　「西台に登りて慟哭する記」…⑮419　「冬青の引, 唐玉潜に別る」…⑮420
謝国楨「明清之際党社運動考」…⑯20
謝在杭「五雑組」…①216, 217

謝察微「算経」…⑰560
謝三郎…⑭366
謝氏（南朝の貴族）…①192, ⑦590, ⑫28, ㉑244, ㉕425
謝氏の小学…⑯544
謝重・景重…㉗144, 148
謝承…⑥392, ⑱466
謝伸…⑫666
謝榛…⑮512, 513 「四溟詩話」…⑮528, ⑯112
謝瞻（せん）・宣遠「王撫軍庾西陽集別作」…㉕174, 212 「月の賦」…⑫639, 640
謝荘…⑫639, ⑮211
謝朓・玄暉…⑦592, ㉑252, ㉓639→小謝
～と謝霊運（大謝）…⑪95, ⑫654, ㉓179→二謝
～と唐詩…㉔242
杜甫…㉒70　李白…⑪95, ⑬579
謝肇淛（ちょうせつ）…㉓243
謝沈…⑬574
「謝天香」雑劇・「銭大尹智寵～」…⑪57, ⑭42, 204, 206, 217, 220, 433, 568
～の曲白相生…⑭228
～の曲目　『混江竜』（第一折）…⑭295　『倘秀才』（第三折）…⑭228　『中呂粉蝶児』（第四折）…⑭331　『天下楽』（第一折）…⑭295
～の作中人物　謝天香…⑭228, 229　銭大尹（可・可道）…⑭204, 228, 229, ⑮21
～の定場詩…⑮21
謝冰瑩「女兵」…⑰411
謝冰心…⑰411, ㉒442, 443, 495
「中国文学をどう鑑賞するか」…①614
謝枋得・君直・畳山…⑮422, 427, 432, 447　「文章規範」→その項
謝万…⑥257
謝无量「中国大文学史」「中国婦女文学史」…①470
謝幼輿…⑦462
謝墉…②478, 479
謝良佐・上蔡…㉒111
謝霊運・謝客…⑦485, ⑮384, ㉖433→大謝
～と楽府の替え歌制作…㉑16
～と後人　王維…⑪137, 187, ⑯125　謝朓（小謝）→その項　沈約…㉕102, 103
～と晋宋の美文…①66
～と陶淵明…①74, 108, ⑦559, 591, ⑪137, ⑫622, ⑳54, ㉓566, ㉖433, ㉗256
～の曲柄笠…⑦490
～の航海の詩…⑫613
～の死…⑦592, ㉑252, ㉓566, 639
～の自然詩…①65, 108, 155, ⑦559, 591, ⑪137, 187, ⑫148, 601, ⑬48, ㉓179, ㉔233
自然美への敏感…①74, ⑫603　夕陽…⑳54
～の詩における語彙・事項
蘊真…㉒76, 77　掛帆拾海…㉗91　層巓…㉒43
～の十世の孫…⑬311
～の著作　「祭古塚文」…⑫234, 524　「初発石首城」…⑫613　「登江中孤嶼詩」…㉒76　「游赤石進帆海」…㉗91
謝録正…㉓279, 705, 707
『鷓鴣引』　王惲…⑭80, 81, 573
『鷓鴣天』　黄夫人…⑬330　「碾玉観音」…⑬329　馮子振…⑭80　楊立斎…⑭120, 121, 574-576　劉錡…⑬344
邪説暴行…㉓81
勺の舞い…㉔275
「石橋」（長唄）…⑳221（寂照法師…⑳221→大江定基）
借対…①498, ㉓116, 124
「酌中志」…⑦4, ⑫315, ⑮329, ㉒314, ㉗420
釈（仏教）…①201, 202, ⑦554, ㉒112, 293
釈氏…⑭131　釈氏の徒…㉗44
釈氏の書と蘇東坡…⑬270, 271
釈家（四部分類・子部）…⑯225, ⑰560
釈教に通ずる文…⑬271
釈古派…③534
釈書…㉒303
釈宗印・鉄牛…⑬509→「菩薩蛮」の印鉄牛
釈大典…⑦454→大典禅師
釈迢空…⑱72→折口信夫
釈典…㉓26, ㉗44, 45
釈奠の礼…㉒106
釈道…①202→仏道
～の二蔵…㉒295, 297
「釈名」…⑥58, 216, 346, ⑰556, ⑲20, 22, ㉑8
校本・畢沅…⑲22　釈言語…②238
「釈文」…②241, ⑰556→「経典釈文」
「釈文序録」…⑥403, ㉕331→「経典釈文」序録
釈老の学・道…②365→仏道
綽空…⑱511
綽約…⑪259
爵（官階）…⑮240
爵（盃）…㉗89
若…②123, 258, ⑥7, ⑬554
若下春（酒）…⑪108
若得来…⑭423
若不沙…⑭321
弱…⑤308
弱（六極）…⑤111
弱水…⑫253, 645, 646, ⑭441-444
弱水三千…⑭443, 444
弱木…①534
寂光院…⑥413, ㉔303
寂照…⑯40
『鵲踏枝』「金銭記」…⑭52, 412
上海…⑥407, ⑦379, ⑭380, ⑯615, 651, ⑰462, 517, ㉒416, ㉖131, 412, ㉗386
～から送られてきた雑誌の日本観…②561
～から九江（潯陽）まで…⑦326

～からスエズへの旅…⑲428, 429
～から武進県（常州）まで…①423
～とエスカフ（フローレンス）…⑲208, 209
～と関わりを持つ人々　王国維…⑭600（蔵書整理…⑳288）　朱永嘉…㉒461, 491　徐景賢…㉒443, 445, 490, 491, 492, 494　徐乃昌…⑯267　曽樸…⑯308（「孽海花」の舞台…⑯307）　張菊生…⑫233, ⑳296, ㉒493, ㉕499　丁福保…㉔256　鄭振鐸…㉒493　巴金…⑯644　潘明訓…⑳297, ㉒493　豊子愷…⑯442, 444, 457, 483, 523, 524　茅盾…⑯644　羅振玉による周憲王の雑劇景印…⑭231　魯迅…⑯644
～と学術文化訪中使節団…㉒439, 443, 445, 448, 452, 456, 459, 468, 479, ㉖471
　上海における郊労…㉒461, 462
　上海における三日間…㉒490-494
～と胡適…⑯348, 349, 351, 360, 361, 373, 379, 419, 427, 433, 644
　脚気療養…⑯406, 408
　兄弟の関係する店　姉の夫の店…⑯358　三兄の店…⑯382　次兄の店…⑯415
　「競業旬報」…⑯398-401, 403-405, 415
　胡適の誕生…⑯327, 347
　上海における就学…⑯351（中国公学…⑯379, 393-396, 406-408, 414, 416, 418, 420, 434　中国新公学…⑯379, 411, 414-420　澄衷学堂…⑯379, 384, 386, 392, 393, 396, 404　梅渓学堂…⑯379, 380, 383, 386）
　父の上海赴任…⑯347, 349
～と日本人　青木正児…㉓618　内山書店跡…㉒492　上海駐在の新聞記者…㉒316　長崎から上海行きの急行船…⑯636-637, ⑱535, ㉒365　偏見…②579　留学（狩野直喜）→その項　旅行（吉川幸次郎）…①513, ⑯636, 637, ⑱534, ㉒331, 345, 365-369, ㉗392（亜東図書館…⑳251, ㉒317, 367, 493　商務印書館…⑳251, 493　第一印象…⑳251　雷峰塔・杭州…⑯546-548）
～とパール・バック「郷土」…⑲237
～における「創造季刊」刊行…㉖490
～の王立アジア協会ノース・チャイナ・ブランチ…⑲208, ㉓604
～の織物工場…⑲232
～の学校の講義の使用言語…⑯395
～の北駅…⑲246
～の競業学会…⑯397
　「競業旬報」…⑯397, 416→～と胡適
　「競業旬報社」…⑯415
～の古書肆…①513, ㉔277, ㉖477
～の自然科学研究所…⑳289, ㉒374
～の詩社のはじまり…⑰219
～の書肆がえらんだ清朝散文…㉓190
～の書店の通信販売…⑪563, ⑫727, ⑯635-637, ⑳390, ㉒318, ㉕286, ㉗393
　亜東図書館との接触…⑳251, ㉒317, 364, 493
～の小家庭の子供…⑯528
～の小品文雑誌…⑯273
～の生活…⑯521, 522
～の蔵書家…⑳297
～の中国公学・中国新公学の対立…⑯417
～のホテル…㉒452, 453, 491
　錦江飯店…㉒449, 452, 490, 491
　国際飯店…㉒491, 494
～の紡績事業の統計…⑰457
～のロシア憎悪と日露戦争…⑯383, 384
　上海の新聞論調…⑯383, 384
～・北京からの脱出（日中戦争）…⑫415, ㉗385
上海（地名関係）　愛而近路慶祥里…⑯414, 415　イクステンション地域…⑳296, ㉒493　英租界…①513, ㉒493　雅叙園…⑯421　海寧路…⑯423, 424　漢口路…①513　棋盤街…㉒317, 367, 493, ㉖477　共同租界…㉒493　黄浦灘…⑯384　閘北…⑯653, ⑳297, ㉔256　周浦…⑯358　十字街西…①512　新靶子路黄板橋…⑯393　旌徳…⑯347, 429　租界…⑯268, ⑳296, ㉗385　大東門…⑯347　南市…⑯382, 406　日本租界…㉒493　フランス租界…㉒490, 493　北四川路厚福里…⑯397
上海亜東図書館→亜東図書館
上海音…⑯444
上海開明書店→開明書店
上海空港…㉒455, 461, 462, 490
上海古書流通処　景印本「孝経鄭氏解」…⑯252
上海古典文学出版社→古典出版社
上海語…⑯380, 381, 395, 396, ㉒413
上海語教科書…⑰373
上海工部局…⑳297, ㉒493
上海交通大学…㉒378→交通大学
上海号（自動車）…㉒457
上海四聯出版社　「宋元話本集」…⑬523
上海市革命委員会…㉒443, 461, 490, 491
上海事変…⑯653, ⑱536, ⑳298
上海書画社…㉖476
上海商務印書館→商務印書館
上海上雑出版社　「元曲家考略」…⑭356, 367
上海新華書店→新華書店
上海世界書局　活版本「元曲選」…⑮227-228　「金銭記」雑劇…⑭541
上海掃葉山房版石印本…㉔311
上海大厦…㉒493
上海中華書局→中華書局
上海天馬書店　「随筆二十篇」…⑯441
上海図書館…㉕499, ㉖233
上海東方書店　「唐詩的翻訳」…①401, 404
上海同文書局　石印本「文選」…㉖476
上海道…⑯383, 384
上海派の文人…⑯441→海派
上海博古斎書店　景印本「宋六十名家詞」…⑬623

上海博物館…㉒492　館長…㉒399
上海版「刲中得書続記」…㉖412「小説詞語匯釈」…㉖417, 421, 423「水滸研究」何心…㉖402, 417「西廂記」注・王季思…㉖418「続古文辞類纂」活版本…⑯635「中国人名大辞典」…⑳251, ㉔312「中国文学簡史」…⑳478「日本的古学及陽明学」…㉒435
覆製本・惲南田画集…②514「越絶書」…㉑167「江氏音学十書」…⑰592「詞謔」…⑭441「東萊先生詩集」…⑬313
上海版中国○○史の類…⑰445
上海良友図書公司「車廂社会」…⑯441
上海魯迅記念館…㉒465, 492, ㉖471
手栽喬木…㉓148
手心…⑮122
手板…⑬294
手筆…⑯56
主管…⑬517
主観的時間の意識（楚辞）…㉔208
主人…①359
主静…㉖243
主簿…⑥372, ⑦102
主腰…㉖384
守…②180
守宮…⑮438
「守山閣叢書」（刊・銭熙祚）…㉒313（子部…⑫505）
守拙…㉓626
守蔵室の史…㉕79
守文持論…⑥366
守辺…㉖100
朱阿嬌…⑭384
朱安世…⑥163, 178
朱飲山…⑫558「詩法纂論」…⑰389
朱筠…⑯226「古詩十九首説」（序・銭大昕）…⑥318
朱永嘉…㉒461, 491
朱炎…⑫245
朱桜…⑫279, 497
朱火青煙…⑥337
朱家郭解…⑥226, ⑳269
朱嘉徴「楽府広序」…⑥345
朱凱…⑭167, 172「録鬼簿」序→その項
朱鶴齢…㉕489「杜工部詩集輯注」→その項
朱乾「楽府正義」…⑥345
朱希真「ほととぎす鳴けば…」…⑬332
朱希祖・逖先…㉒384, 385, 387, 407
～の愛称　朱大鬍子…㉒384　朱鬍子…⑳292
～の史学の方法…⑯647
～の浙江弁…⑯650, ⑳292, ㉒384, 413
～の中国文学史講義…⑯645, ㉒383
～の排斥運動…⑳292, ㉒384
～の北伐軍歓迎文…⑯612, ㉒388
朱記栄…⑯254
朱起鳳「辞通」…②219
朱熹→朱子
朱珪…⑯244
朱経・仲誼…⑭181, 182, 367→郝経
雑劇「鴛鴦塚」「鬼推門」「三塔記」…⑭181「青楼集」序→その項「録鬼簿」題詞…⑭164
朱敬則…⑪22
朱建平…⑦148
朱健「治平略」…⑰560
朱権…⑭387, ⑮288→寧献王（明）
「太和正音譜」→その項
朱謙之…㉒437「日本的古学及陽明学」…㉒435「日本的朱子学」…⑰22, ㉒435
朱元璋…⑮458, 460, 493, 570→洪武帝→太祖（明）
～と杭州…⑭169
～と蘇州地方…⑮466, 477, 478, 574, 576
～と文学者…⑮440, 458, 459, 461, 466, 468
～と明文明の簡素…②463, ⑮458-460, 476
～の出身・教匪…②422
～の出身・農民…②422, 463, ⑬603, ⑮458
～の創業…⑬603, ⑮458
～の農村重視…⑮471
朱厳…⑬59
朱孔彰「李文忠公別伝」…②451
朱光潛…①627
朱黄…⑬154
朱国楨・南潯…⑯94, 95, 174
「大政記」…⑯95「湧幢小品」…⑰560
朱三…㉓169
朱子・朱熹・元晦・仲晦・晦庵・晦翁・考亭・紫陽・遯翁・文公…⑧26, ⑬318, 320, 323-325, 369, ⑭105, ⑮377, ㉒112, ㉓461, ㉖241, 246→武威→老朱子
～以後の古典解釈…⑰123
～以後の「孔氏伝」偽経の論証…⑦282, ⑧16, 21, 25, ⑨481, ㉓78, 79, ㉔285
～以後の思索…⑬606
～以後の心性の議論…⑰158
～以前の四端の説の注釈…㉓40
～以前の「大学」…㉓78
～以前の「論語」の普及…⑤136
～的認識とハックスレイ…②368
～と王安石に対する評価…⑯78, ㉓138, ㉕234, 346
～と音楽…㉓471
～と金人…㉒102
学問の北伝（著書の北伝…㉒98-99, 103, 104, 105, 118　名声の北伝…㉒101-103）→朱子学
金の情報…㉒99-101
朱子の詩の賛のある山水画…㉒103
～と古注本…㉗74, 244
～と古無文人論…㉗172, 202
～と後人　王世貞…㉗139　王陽明…②409, ⑬

568, 606, ⑯127, ㉓220, 471　魏了翁…⑬320, 321　現代中国…⑬319, ㉕429, ㉖246, ㉗366　胡適…⑯369　清朝漢学…②479, ⑯60, ㉓464, 472, ㉕231（銭謙益…⑯72, 78, 131　戴震…㉑137, ㉓535, 570, ㉖246）
～と後人の書　「三体詩」序…㉓38　「宋史」道学伝…⑯75　「中州集」…㉒113　「鳴道集説」…㉒111, ㉔104
～と三代以前・以後…㉓82
～と諸子…②484, 488
老荘…②489　老荘仏…㉓62
～と鄭玄…②318, ③40, ⑦268, ㉑229, ㉔241
～と先人の書　「資治通鑑」…⑬588　「世説新語」…㉗136, 140
～と先人の文学　韓愈の全集の校訂…⑬171, 318-319　司馬相如…③15, ⑥221, 222, 224　蘇東坡…㉗244　唐詩…⑬171（陳子昂…⑬171　杜甫…①150, ⑫522, ⑬31, 32, 171, ㉕407, 489, ㉖219　李白…⑬171）　陶淵明…①21, 119, 388, ⑦329-332, 437, 599, ⑬46, 319, ⑲16, ㉗254（「帰去来辞」評…⑦405　南康軍知事…⑦329, ⑬318）「文選」…⑦593
～と天地の比喩…㉔231, 238, 239
～とトマス…①606, ④643, ⑰110, ⑲11, 12, ㉑164, ㉔259, ㉖241, ㉗369, 433
～と門人の対話録…②364, ⑦329, ⑬42, 319, ㉒465, ㉓37, 464, ㉖246→「朱子語類」
～における俗学…②236
～に関する従来の解釈…⑰363
～による批評　「周易正義」「尚書正義」…⑧22　「新唐書」礼楽志…㉗172　「大風歌」…⑥38　盗賊…⑬140　文学批評…⑬171　揚雄…⑥254, ㉗293　「論語意源」…㉒102
～による「論語」の総章数…⑤128
～の夷狄観…⑬568, ⑯607, ㉒100
～の従父・朱弁→その項
～の学→朱子学
～の活動時期…㉕233
～の興の定義…①619
～の苦悶…⑬571
～の君臣観…㉔304
～の訓詁と六朝隋唐の仏典の訓詁…㉓457
～の経義問題批判…①315
～の経の再現を不可能とする意見…⑬561
復古への絶望感…②261, 349
～の嫌悪する人物…㉒108
～の原籍地と故郷・新安…⑬318, ⑯7, 127, 132
～の現実尊重…⑬570
～の功…⑬321
～の歳差への意識…②261, 349
～の罪人…㉗255
～の四の数への認識…②344, 345, ⑬570
～の死への認識…①234, ②380, 381
～の思想の淵源…⑬560
～の思弁的態度…④10
～の詩を教訓として見る態度…㉗225
～の詩の発生に関する議論…㉗224, 225
自然の音響節族…㉗225
～の詩文…①61, ⑰251, 360
～の実証主義…⑯7
実証学者的側面…㉗244
～の手写の原稿…④643
～の書法…④644, ⑰604
～の肖像…㉗237
～の常平倉制度…⑯131, 132
～の進歩的側面…㉓461
～の新注…①309, 310, ②465, 466, 479, ④8, ⑬318, ⑭363, ⑯353, 354, ⑰21, 556, ㉓29, 292, 317, 338, ㉔303, ㉕190, ㉖244, ㉗69, 243
新注と足利学校…㉗68　新注と古注との距離…③43（古注尊重者的側面…㉗244）　新注の欠点…③41, ④8, 10, ㉗66　新注の再解釈（明）…㉗66
～の生没の年…⑬318, ⑲11, ㉖241
没年…④643, ⑤136, 297, ⑬320, 606, ⑲358, ⑳16, ㉑229, ㉒98, ㉔241, ㉕225, 335, ㉗369
～の生没の日…②542
～の多面性…㉑138, ㉗244
～の断定的ないい方…㉗111
～の父・朱松…⑬146, 170, 319, ㉖241
～の著述　詩…⑬170, 171, 319（「酔うて祝融峰を下る」「蓮沼」…⑬170　「廬山雑詠」…⑦330）
著書…㉑165
「韓文考異」…⑪413, ⑬318　「儀礼経伝通解」…⑬318, ⑯237　「近思録」（編）・「四書集注」→各項　「四書或問」…⑬322, 564　「詩集伝」→その項　「朱子家礼」（文公家礼）…⑯129, ⑰556, ㉓323　「朱子語類」→その項　「朱子大全集」…①316, ③15, ⑬319, ㉒103, 111　「朱子文集」…⑦329, ⑰560　「朱文公文集」…⑦329, 330, ㉕492　「朱文公別集」…㉕492　「周易本義」「小学」→各項　「楚辞後語」…⑥10, 27, 38, 39　「楚辞集注」「中庸章句」→各項　「中庸大学章句」…⑬322　「中庸或問」…⑰556　「通鑑綱目」→その項　「孟子集注」…㉒104, ㉓39, 53, 72　「論語集注」…㉒104, ㉕169, 170　「論孟集注」（語孟集注）…⑬321, 322
文章…㉓305-307, 331
「学校貢挙私議」…①309, 315　「顔魯公が栗里の詩の跋」…⑦329　「鞏仲至に与うる書」…⑬171　「詩集伝」序…㉗224　「詩序弁」…㉓461　「小学」序…㉗108, 109　「小学題辞」…㉗109, 111　「大学章句」序…㉒101, ㉓387　「中庸章句」序→その項　「読唐志」…③15, 562, ⑥222, ㉗172　「呂伯恭に与うる書」…⑦329
～の著書と科挙…㉓472

～の著書の印象…㉓470
～の著書のエディション…㉑165
～の著書への自評…㉗244
～の朝廷への推薦…②409, ⑰116, ㉓471
～の弟子…②282, ⑰604, ㉓292, 320
～の唐宋王朝の殿庭の評…⑬42, ㉒465, ㉖84
～の同県人・江永…⑯7
～の同時代人…㉒108, 109
辛棄疾…㉒100　陳亮…㉖473　増・蔡沈→その項　葉適…⑯127　陸象山…⑯127, ⑰362, ㉓220, ㉖241　陸游…①631, ⑬25, 171, ㉖241　劉子翬…⑬146
～の読書重視…⑬568
読書の戒め…⑬565　読書法…⑳15　歴史書を必読とする態度…②486, ⑬588
～の博学…②484, ㉓474, ㉗136
博学尊重…②330, 366, 386
～の文学史三区分の認識…㉗254
文学時代への移行期に関する見解…⑥221, 222
～は唐以後の中国第一の学者…③40
～は南宋文化の代表者…⑬600
南宋の学問の中心…⑯72
～風の儒学…⑤298
～風の倫理説…⑯102
～流の理窟…㉓474
朱子学…②588, ⑤298, ⑬561, 600, 606, ⑰20-21, ⑳164, ㉑112-114, ㉓31, 531, 532, ㉔241, ㉗366
～弾圧・偽学の禁…⑬172, 318, ㉒98, ㉓138, ㉖241
～と各王朝　金王朝…㉒107, 115-117（李順甫…㉒111, 112　朱子学北伝…⑭78, 132, 297, 369, 569, ㉒99, 103, ㉕53）
清朝…㉓220, 472, ㉗66（康熙帝…㉓472　孫嘉淦…㉓704　揚州の学…⑯8　李光地…㉓226, 704）
南宋…㉒98, ㉓138
明王朝…⑯78, ㉗66
蒙古人の統治（元）…⑭141, ㉒99（許衡…⑮402, 428, ㉕53　国教化…㉒119, ㉕53, ㉗66, 68　劉因…⑮428）
～と罪の意識…⑰86
～と日本（江戸期漢学）…③41, ④8, ⑤124, ⑰113, ㉑79, ㉓560, ㉕366, ㉖246
「易」…㉕34
官学化…⑤298, ⑬318, ⑰86, 120, ⑳164, ㉓34, 472, 512, 560, ㉗33, 369
元王朝と江戸時代…㉒119, ㉕53, ㉗68
君臣関係…㉔238, 245
厳格主義的祖述…②484, 488, ⑤299, 300, ⑬320, ㉑78, 164, ㉔304, ㉕366
～と日本（近世以前）　足利期漢学…⑰21, 28　熊本藩…㉓595　朱子学渡来以前の博士家の学…㉗266　平田派国学…㉒358　柳沢藩邸…㉓317
～と日本（明治以後）　京都大学の中国学…㉔239, 303　東京大学の漢学…㉒358, ㉔303　明治維新…⑱447
～と日本人…⑰21, 363, ㉑164, ㉓374, 594, ㉔304, ㉗108
学者・政治家　狩野直喜…⑰238, ㉓594, 600, 603　海保元備…㉗243, 244　契沖…㉓29, ㉕169, 170, 173, 175, 176, 179　島田重礼…㉗293　徳川家康…⑤137, 138, ⑰27, 29, 30, ㉑113, ㉒119, ㉓31, 532, ㉗68　林羅山・藤原惺窩→各項　堀景山…㉗172　松平定信…⑰57, ㉓34　室鳩巣…⑰78, ㉓401　本居宣長…⑬319, ㉓512, 560, ㉕179, ㉗68, 141, 143　安田二郎…⑰360, 362, 363, 370　山崎闇斎…②488, ⑰36, 231, ㉑138, ㉓34-35, 470, ㉗135
～と日本人・伊藤仁斎…⑰78, 120, 123, ㉓31, 34, 79, ㉕173
合理主義追求…⑰38, ㉓538　四書への疑問…㉓86　思弁的態度への批判…④10　正心誠意の説批判…⑰37, ㉓73, 74, 391　「大学」批判…㉓73, 74　端の解釈への反論…㉓40-42　道の説批判…㉓62　仏説や老荘説による歪曲批判…㉓31, 33, 42, 57-58, 62, ㉖246　無神論の立場…④11, ㉓446, 538　用語の陰鬱な語感への嫌悪…㉓42, 551　理・性の説否定…㉓39, 40, 42, 53, 72　「論語」解釈批判…㉓534, 570
～と日本人・伊藤仁斎と荻生徂徠…④10-11, ⑤300-301, ⑳15, ㉑79, 112-115, ㉓29, 288, 514, 558, ㉕179, ㉖246, ㉗69, 269
完全善の否定…㉑79, ㉓540, 546, 547, 560, ㉗205（徂徠…㉓482）　厳粛主義批判…⑤214-215, 300-301, ⑬319, ⑰623, ⑳9-10, ㉑79, 137, ㉓57, 514（仁斎…④10, ⑰36-37, ㉓570, ㉗141　徂徠…⑰51, ㉓288）　逝者如斯夫の解釈（仁斎…㉕175, 249-251　徂徠…⑤277, ㉕173, 175）　聖人無欠説否定…⑰136-139　「通鑑綱目」批判…⑰51　天人相関説との距離…⑰115　天理人欲説否定…⑰136（仁斎…⑤300, ⑰33, 35, ㉓534, 570）　欲望肯定…④11, ⑤301, ⑰136, ㉑79, 115, ㉓514, 534-535, 570-571　「論語集注」への反撥…④8, 10-11, ⑰49
～と日本人・荻生徂徠…⑤302, ㉓137, 317, 472, ㉗33, 71, 139, 142
気質変化説否定…㉓446　莒の解釈…㉓442　古代中国語無理解への批判…⑤302, ⑰46, ㉓339, 377　古文辞と朱子の注釈…㉓338　個人的道徳向上より政治重視…㉗34　作者七人の解釈…㉓386　詩序廃棄批判…㉓348, 461, 464　「詩」の評価…㉓347　朱子学未脱離期…㉓291, 293, 299, 305, 306, 317, 319, 331, 371　朱子の自説に引き寄せた解釈…㉓392　神秘存在の肯定…④11, ㉓394, 446, 447, 538, ㉗155, 229　人智の限界の指摘…㉗229　先王の道の喪失…㉓448　天道と人道の直線的連続の否定…㉓482　道統の説

批判…㉓387　人間の性質の斉一の否定…㉗177　風雅文采の放棄…㉓471　文化主義否定への批判…⑤302　無神論批判…㉓446, 475　理学否定…㉓439　六朝唐宋の仏典の訓詁と朱子の経注…㉓457　礼楽刑政の語と朱子…㉓373, 391
～における喜怒哀楽の未発状態…㉓75
～における言の尊重…⑰181
言語の理想的状態…③15
～における語彙・事項　下学而上達…⑬560　下愚…⑩480, ㉓59　格物致知…②330, ㉑78, ㉓288　気…②368, ⑬557-560, ⑳164, ㉑113, ㉖241, ㉗366　莒…㉓442　敬…⑤300, 301　作者七人…㉓386　情…㉓72　人心・道心…㉓78　人欲…⑤300, 301, ⑰35, 86, 136, 363, ㉓77, 78, 82, 531, 533, 534, 570　気質之性…⑬557-559　正心誠意…⑰37, ㉑78, ㉓391　性…㉑113, 114, ㉓53, 62, 72, 315, ㉔304　逝者如斯夫…②353, ⑤97, 276, 277, ㉕169, 170, 173, 175, 176, 190, 220, 233, 248　静…⑤300, 301, ㉑113　切磋琢磨…㉓42　折枝…㉓339　即物窮理…⑬570, 571　天…⑥14, 15, 17, ㉓570, ㉔267, ㉗367　天理…②253, ⑤300, 301, ⑰86, 363, ㉓77, 78, 82, 531, 533, 534, 570　顚撲不破…⑬215　卑高・貴賤…㉔239　分裂…②368　本然之性…⑬558, 559　道…㉓62　明徳…㉓74　理…②282, 283, 330, 368, ⑬557-560, 568, ㉑113-115, 137, ㉓288, ㉔304, ㉖241　理一分殊…②365, ⑬559, 560　礼楽刑政…㉓373, 391
～の階級肯定…㉓532
～の五経（六経）への態度…②253, 283, 386, 387, 411, ⑬554, 560, 571, ㉖244
「詩」（三百篇の評価…㉓347　「小序」否定…⑯130, ㉓348, 461, 464）
「尚書」（偽篇の指摘…⑧25, ⑨481, ㉑157, ㉓78, 475, ㉔285　「尚書孔氏伝」批判…⑦270, 276, 278, ⑧15　「尚書」の間投詞への敏感…⑬571, ⑰181, ⑳15, 16, ㉓552）
～の主張の矛盾…㉖246
～の新儒学としての学説…⑬318
原子論的物理説…②380, 387　古典学改革…⑤136, 137　性命の学…⑬318　性理の学…②364, 486, ⑬25, ㉒98, 110, ㉓291, 373, 472
宋学…①284, ②380, 484, 486, ⑬318, ⑮367, ㉓288, 603, ㉗65
道学…①227, ②236, 327, 486, ④8, ⑦593, ⑪376, ⑬25, 318, 557, 588, 600, ㉕238, 239, ㉗136, 366
理学…②266, 327, ④8, ⑤136, ⑪376, ⑬25, 600, ⑯369, 608, ⑰532, ⑳15, ㉓439
理気説…②329, 332, ⑬318, 560, ㉕179, ㉗71
～の新儒学としての態度…②484, ⑤123, ⑬600
学問の任務…②318
義利の弁…⑫309-310（粛宗即位批判…⑫310, 312）
教条主義…㉕53, ㉗177（厳格主義…②476, ④10, ⑤214, ㉓470, 594, ㉔304）
経書解釈…②332, 411, ③40, ⑰149, 556, ㉗71（経書の所説の変更…⑬560, 561　経書への復帰と現実…⑬570）
経書尊重…②331, 332, 387, ⑬571, ⑰181
孔子その人の尊重…②328, ④8, ⑤124, 136, ⑬318
合理主義…⑰28, ㉓538（鬼神への態度…①234, ②380, 381, ⑰464, ⑲10, ㉓446, ㉔259, ㉗155　無神論…②388, 578, ⑯328, ⑰110, 464, ⑲9, 12, 358, ㉔259, ㉗367, 369, 433　唯物主義的側面…㉖246）
四書の選定…①239, ②328, ④8, ⑤136, ⑬318, ㉓73, 288（「大学」…㉓32, 73, 74　「中庸」…㉓75　「孟子」…⑤18, 19, ⑬560, 561, ㉓317　「論語」尊重…④8, ⑤18, 19, 136, 137）
四端の説…㉓39-41
儒学の優位の主張…②484
性善説…㉓545, 546, 560（完全善の主張…㉓560）
政治革命説への冷淡…⑬561
清言（清談）非難…㉗139
仏教への態度…②380, ⑬318, ㉒111, ㉓472, ㉕235, ㉗366, 369
～の祖述者…②484, ⑯7, ㉑138, ㉔238, ㉗136, 172
後裔の学（安徽の学）…⑯7
銭塘江以西の学問（清）…⑯9
～の哲学…⑬606, ⑲9, ⑳164, ㉗366
古代哲学と乖離…⑰123, ㉓535　倫理学…⑲358
～の法則性の追求…⑰445, ⑳15
断片的言語による提示…⑰445, ㉓464
道理の多面性の主張…⑬571
人間自体の合理性の主張…㉑85
～の名物の学への不得意…㉗63
～の六朝時代否定…㉓317
～の歴史観…㉓292, 545
朱子学者（中国）…①309, ⑭142, ㉒51
朱子学者（日本）…②476, ⑤299, ㉓312, ㉔303, ㉗129, 140, 141, 172
朱子学派（中国）…⑭363, ㉓552
朱子学派（日本）…⑰113, ㉑29, ㉕366, ㉗135, 137, 142, 243
「朱子語類」…②603, ⑬320, 323, 626, ⑰104, 187, 360, 559, ⑳15, 456, ㉒111, ㉓474, ㉕382, 462
～と魏鶴山…⑬322, 323
～と三国講釈…⑬565
～と日本人　伊藤仁斎…⑰126, 130, 131, ㉓38, 149　狩野直喜…①705　林羅山…㉓148　三浦国雄…㉖246　安田二郎…⑰361, 363
～における王安石・蘇軾への嫌悪…㉒108
～における語彙・事項　気…⑳164　四という数字…⑬570　仁・義…⑳15　全不…②50　荘子…②489　俗学…②236　中星の歳差…②261

唐宋の殿庭の比較…⑬42, ㉒465　道…②365
不成…⑳63　理一分殊…②365　理気説…⑬557
～における孔子と孟子の比較…⑤19
～の夷狄観…⑬568, ⑯607
～の三代以前の書の尊重…②253, ⑬554
「尚書孔氏伝」批判…⑦276
文章の間投詞まで重視…⑬571
文章の口語性への言及…⑭11, ㉑156
～の史学重視の主張…⑬588
～の四書選択の主張…⑬560
～の詩文の評論…⑬171, 319
陳与義「墨梅」…⑬143
杜詩…①150, ⑫522, ⑬42, 171, ㉕489
～の政治における経への復帰の回避…⑬561
「孟子」の政治説への冷淡…⑬561
～の陳師道への言及…⑬134, 137
～の盗賊の批評…⑬140
～の文体（口語）…⑬566, ⑭12, 283
～の用語…⑰123, 372, 373
「朱子語類」（篇名・項目）
鬼神…⑰464　朱子・外任・潭州…㉒101　戦国漢唐諸子…⑯128　本朝・夷狄…㉒100　歴代…㉗254　老荘…②484　論文上…㉗254
朱子埅・封丘温和王（明）…⑮629
朱氏の家の温泉（湯泉山）…⑬310
朱自清…①616, ⑥272, 274, ㉖435, 474
「古詩十九首釈」…⑥269　「詩言志弁」…⑯113, ㉖450　「詩多義挙例」…⑥278　「朱自清文集」…⑥269, 278, 314, ⑯113
朱寿昌…⑦551
朱舜水・之瑜…⑯619, ⑰31-33, 56, ⑳224, ㉓269
～と安積澹泊…⑰143
～の「大日本史」の漢文指導…②162
～の著述　「舜水朱氏談綺」…⑰32, ㉔19　「舜水文集」「陽九述略」…⑰142
～の伝記・梁容若…②594
朱駿声…⑥40　「説文通訓定声」…②211
朱汝珍「詞林輯略」→その項
朱承爵・子儋「存余堂詩話」…⑦192
朱㰘…⑮629→周定王（明）
「元宮詞」…⑭68, 72
朱宸濠・寧王…⑮483, ㉓479
朱翠英…⑭384
朱姓と陳姓…㉔320
朱泚（せい）…⑮411
朱錫庚…㉒310
朱偰（せつ）「元大都宮殿図考」…⑮247, 275
朱全忠…⑬595, 596, ㉕425→太祖（五代・梁）
朱祖謀・彊村…⑯152　「庚子秋詞」…⑰346, 350, 351
朱素臣…⑯143
朱琦…⑯263
朱沢民…⑮586
朱檀・魯王…㉒56, ㉕504
朱竹画…②510, 527, 535
朱竹垞・彝尊・錫鬯…①442, ⑯122, 639, ⑰349
～を含む十二聖人（閻若璩）…⑯121-122
～と狩野直喜…①443, ⑯639, ⑰251
～と「楽府補題」…⑯151
～と日下部査軒…⑰349
～と「清百家詩選」…㉓256, 259
～と浙派の詞…⑯144, 152
浙西六家…⑯152
～と銭謙益と呉偉業と王士禛…⑯11, 166
～と宋元の詞・詩…⑯145
南宋の詞…⑯145-147, 544（姜夔…⑯145, 147, 148, 151　「絶妙好詞」…⑯151　張炎〔玉田〕…⑯147-149, 151）
北宋の詞…⑯145-147
～のあだ名と別号　朱貪多…⑯151, ㉓242　小長蘆釣師…⑯151, 152, 544, 545
～の姫人・徐氏の手抄本…⑯148
～の故郷…①442, 443
～の交遊…⑯148
王士禛→その項　顧嗣立…⑮230　査初白…⑯178　曹溶…⑯145, 148　楊雍建…⑯177, 178
～の作品・著述
詞…⑯148, 151
『暗香』「紅豆」…⑯150　『解珮令』「十年磨剣…」…⑯148　『金縷局』「初夏」…⑯149　『春風裊娜』「游糸」…⑯150　『霜天暁角』「晩次東阿」…⑯149　『天仙子』「惜春」…⑯151　『搗練子』「煙娟娟…」…⑯150　『売花声』「雨花台」…⑯149　『百字令』「度居庸関」…⑯148　『卜算子』…⑯152　『満江紅』…⑯148　『無悶』「雨夜」…⑯150
詩…①444, 499, ⑯144, 151, 167, 639
「雨後の即事」…①441　「馬の草の行」…①442　「再過倪尚書宅題池上壁」…⑯640　「南湖にて夜る歌者の歌を聞く」…①443　「人を捉うる行」…①442
著書・編書　「経義考」→その項　「江湖載酒集」…⑯148　「詞綜」「詞綜発凡」→各項　「集外稿」（編・馮登府）…㉓259　「静志居琴趣」…⑯148, 149, 152　「竹垞外集」…⑯148　「茶煙閣体物集」…⑯148, 150-152　「曝書亭集」→その項　「蕃錦集」…⑯148, 150　「明詞綜」…⑯151, 544　「明詩綜」→その項
文…①443, ⑯144, 639, 640
「吾妻鏡」跋…②590, ⑰467, ㉓246　「海東諸国記」跋…㉓246　「感旧集」序…⑯639　「魚計荘詞」序…⑯146　「玉台新詠の後に書す」…⑥318　「群雅集」序・「黒蝶斎詩余」序…⑯147　「書東田詞巻後」…⑯146　邵宝詩評…㉒52　「振雅堂詞」序…⑯144　「水村琴趣」序…⑯145　「天籟集」序…⑭99　楊雍建の神道碑…⑯194

〜の死…㉓243
〜の詞論…⑯145-147
〜の詩と典故…⑯639
〜の従弟・査嗣庭の文字の獄…㉓168
〜の断魂の人…⑯149
〜の日本史への関心…㉓246
〜の博学…⑯151, 639, ㉓242
〜の博学鴻詞科応召…⑯150, 178
〜評　翁覃谿…⑯544　何義門…⑯544
「朱竹垞先生年譜」…⑯148
朱鳥（星座）…㉔142, 198
朱超「舟中望月」…⑫643
朱陳村…㉔320, 321
「朱陳村詞」…⑯148
朱庭玉「妓門庭」…㉖415
朱東潤「述銭牧斎之文学批評」…⑯105, ㉖449
朱耷（とう）…㉒285→八大山人
朱徳…⑦4, 378, ㉕300, 437, ㉗398
朱買臣…⑥106-108, 119, 120, 127, 197, 200, ⑦298
朱白民…⑯54
朱万初…⑮269
朱弁・少章…⑫643, ⑬267, 269　「曲洧旧聞」…⑫642, ⑬268　「風月堂詩話」…⑬268
朱放…⑪510
朱褒…②278
朱妙端「甲を染めて」「静庵集」…①579
朱明…㉔54→明（王朝）
朱由崧（ゆうすう）…⑯14
朱有燉…⑮477→周憲王（明）
雑劇「香嚢怨」…⑭225, 226, ⑮176（王安…⑭225, 226　劉盼春…⑭225）「恵禅師三度小桃紅」…⑭72　「題橋記」…⑭571, 572（司馬相如…⑭571）
朱用純…⑲414
朱翌「猗覚寮雑記」…⑬115
朱（珠）簾秀・簾繡・娘娘…⑭80, 81, ⑯536
「周礼」（周官・周官経）…②272, 316, 317, 370, 602, ③10, 37, ⑦255, 256, 274, ⑪194, ⑯77, ⑰16, 555, ⑱22, ㉓348, ㉕319, 321-335, 340-342, 345, 348, ㉗65, 66, 70, 157
〜を疑う議論…㉕330, 333, 345, 346, 348
〜と科挙…㉕320, 321
〜と学者・政治家　王安石…⑬555, 598, ⑯77, ㉕345　王莽…㉓138, ㉕333　賈逵…㉕335　管子…②490　顧大韶…⑯130　崔霊恩…㉕341　鄭玄…⑰537, ㉕338, 339　沈峻…㉕341　清末公羊学派…㉕333　杜子春…㉕335　劉歆…㉕332, 333
〜と「大唐六典」…㉕344, 347
〜と日本人　伊藤仁斎…㉓85　伊藤東涯→その項　荻生徂徠…㉕347　狩野直喜…㉓604　海保青陵…㉓576, ㉕348　公家…㉕347, 348　山井鼎…⑰583, 589
〜と「礼書綱目」…㉕346-347
〜における語彙・事項　雲物…⑫618　雲和の琴瑟…⑪193, 194　歌舞…⑭7　鬼神示…②371　教…㉕325　郊労…㉒462　財…㉕325　三農…⑯216　司徒・司馬…㉕325　実践の規範…㉕321, 322, 325　胥…⑮361　政…㉕325　穜稑…⑱530　布絲縷紵…⑯221, 223　婦容…㉕150　兵…㉕325　夢…⑱22, ㉖125　鋝…②243
〜に基づく典故…㉕326
〜の延長…⑬598
〜の学問…㉕339, 344
〜の学問の継承…⑳335, ㉕344
〜の虚構…㉕324
〜の行政の六部局…②186, 272, ㉕319, 323
〜の訓詁…㉕341
〜の作者…②316, ③36, ⑰555, ㉓85-86, ㉕329, 330, 345, 348, ㉗70
〜の「詩」への言及…③36, 37
〜の主題・政治…㉕325
〜の政治思想…②370, ㉕322, 325
〜の総官数…⑱22, ㉕323
〜の総字数…②407, 444
〜の地位　元明・清…㉕346　前漢…㉕331　宋以後…㉕321　南朝…㉕340, 341, 344　日本…㉕347　北周…㉕342　北朝…㉕341, 344　六朝…㉕340, 341
〜の天地春夏秋冬の六篇…②272, ㉕323, 331
〜の文章…㉕326-328
「考工記」の文章…㉕327-329
〜の黙読暗誦の法…⑬564
〜の読み方…㉕329
〜の歴史…㉕329, 334
〜への復帰…⑬555
「周礼」（注釈）
旧疏（六朝人）…㉕343
訓・林羅山の弟子…㉗69
古注…㉗66
鄭玄…⑥404, ⑰555, ㉑201, ㉔241, ㉕25, 225, 229, 329, 336, 338-340, 342, 344, ㉗65, 69, 82, 96, 98（外史…㉕25, ㉗96　司尊彝…㉗79　春官…㉕338　筮人…⑩432, 434, 435　占夢…⑱22, 23　大行人…㉕25, ㉗96　大宰・八柄…㉓710　大司徒・十二教…②237）
鄭衆（喪祝…⑦254）
新疏・清人…㉕347　孫詒譲「周礼正義」…㉕346, 347
疏・賈公彦「周礼疏」→その項　北朝…㉕344
注・王安石「周礼新義」「周官新義」…㉕234, 346
「周礼」（テクスト）
足利学校所蔵本…⑰589　古文テクスト…⑦267, ㉕229, 332　芸文印書館版本…㉕334　故書テクスト…㉕229　十三経注疏本…㉕334　和刻本…㉓576, ㉗69

「周礼」（篇名・項目）
夏官…②186, ㉕319, 323
司馬…㉕325　大司馬…㉕319, 348
考工記…②461, ㉓114, ㉕319, 327-329, 331, 334, 346, 464
桌氏…㉕327
秋官…②186, ㉕319, 323, 345
蟈氏…㉕346　赤犮氏…㉕346　翦氏…㉕346　大行人…㉗96　大司寇…㉕319, 348　硩蔟氏…㉕346
春官…②186, ㉕319, 323, 338
外史…㉗96　司尊彝…㉗79　司服…⑰555　鍾師…③37　筮人…⑩432（九筮…⑩434）　占夢…⑱22　喪祝…③37, ⑦254　大司楽…⑪193, ㉕331　大師…③37　大宗伯…②370, 371, ㉕319, 331, ㉗157　籥章…⑯70
地官…②186, ㉕319, 323, 329
郷大夫…㉓553　戸部…㉕348　司徒…㉕325　掌節…⑰555　泉府…㉕345　大司徒…㉓553, ㉕319（十二教…②237）
天官…②186, ㉕319, 323
大宰…㉕348（八柄…㉓710）　冢宰…㉕319, 329　典枲・典婦功…⑯221
冬官…②186, ㉕319, 323, 331, 334
考工…㉕348　大司空…㉕319
「周礼疏」…⑦280, ⑯251, ㉒306, ㉕329, 338, 342, 344, ㉗65, 69, 78
序…㉕334, 343　序周礼廃興…㉕334, 345　喪祝…⑦254, 255　大司楽…②241
「周礼疏」（テクスト）
清原家蔵単疏古写本…㉕347, ㉗68　摺本…㉕348
姝…⑰550
洙泗…⑦357, ⑯128
「洙泗考信録」…㉓491, 492
邾経・仲誼（義）・観夢道士・西清居士…⑭181, 371→朱経
首山…①179
首陽山…⑤91, 159, 194, ⑥309, ⑦129, 241, ⑫17
「首楞厳経」…⑯38
「首楞厳三昧経」（梵本）…㉕236
修験者…㉓340, 452
修験道の本山…⑲4
修善寺（伊豆）…①471, 472, ⑱120, 122, 124, 127, 128, ㉓487, ㉔13
殊域…㉗360
殊途…⑰368, 369
珠…⑪281, ⑫106
「珠英学士集」…⑪21
珠崖二義の事（列女伝）…⑥389
珠玉…⑦222, ⑬132
珠江…①466, ⑥95, ㉒488
珠簾…⑪192
茱萸…⑫356-362, ⑳408, ㉔103
茱萸の湾（江蘇）…⑯638
酒媼…⑬184
酒旆・酒旗…⑮96
『酒旗児』　喬夢符…⑭187
酒肆…⑬233
酒如泉…⑮150
酒漿…⑮110
酒泉大守…⑥372
酒疸…㉒113
酒顛童子…⑪549
酒望子…⑮97
酒幔・酒帘…⑮96
「硃砂担」雑劇・「～滴水浮漚記」…①357, ⑭37, 43, 217, 219, 270, 393, 394, ⑮76, 99
硃批…㉓199, 202-209, 212, 214, 215, 222
「硃批諭旨」…㉓199, 202, 203, 209, 218, 237, 246→「世宗憲皇帝硃批諭旨」
魏廷珍の条…㉓222　邁柱の条…㉓223　福敏の条…㉓212, 217
「㑳梅香」雑劇・「～騙翰林風月」…⑭46, 90, 217, 266, 515, 540, 542
～の『駐馬聴』（第四折）…⑭299
須索…⑭313
須是…⑮53
須觜…㉕84, 135, 143
須不是・須不曽…⑭321
須弥優曇鉢…㉓433
趣（格意趣）…⑮468
戍籍…⑮487
寿（五福）…⑤111, ⑪388
寿王（唐）…⑪235, 260, ⑫54
寿岳文章…⑱313
寿序…②543
寿聖寺…⑬310
寿命…㉗46
受験…⑯500
受降城…①434
受命…②448, 449
授経郎…⑮247, 255, 259, 280, 285, 314
授経楼珍蔵秘极之印…⑰595
「授時通考」…⑯222
「授時暦」…㉓397
需…㉗236
儒…⑱512, 513, ㉓342
～という呼称…⑳379, 383, 384, ㉗236
～と俠…⑥178, 226
儒家…③12, ㉔176, ㉕222
～以外の書の価値（荻生徂徠）…㉓380
～嫌い　青木正児・漢高祖→各項　「支那学」同人…㉒316
～的題材の文章の仏教色・銭謙益…⑯38
～とエリート…㉕302, 303
～と君臣関係…㉔231, 237, 238, 245

～と四部分類　経部・子部…⑯225, ⑰559
～と釈老→～と仏老
～と諸子…②107, 270, 476, 482-491, ③10, ⑥180, 205, ⑰559, ㉓340
管子…②490
荀子…②239, 253, 478, 490, 493, ③9, ⑤39, ⑰559, ㉓545, ㉕217, 218, 329
諸子の書の出版…②479, 482, 491, ㉒292, 457, ㉕429, ㉖473
道家・老荘…①63, 122, 265, 281, 323, ②237, 252, 253, 489, 490, ③538-540, ⑤123, 191, ⑥180, 223, ⑦188, 310, 484, 590, ⑰483, 559, ⑱447, ㉒296, ㉓373, 388, ㉕294, 302
法家…①63, 281, ②253, 294, 295, 490, ③12, 538-540, ⑤123, ⑥180, 223, ⑰559, ㉒351, ㉓562, ㉕234, 429, ㉖471, 473
墨家…①63, 281, ②294, 379, 482, 483, 489, 491, 522, ③11, 22, 539, 540, ⑤123, 156, 227, 228, 290, ⑥223, ⑰110, ⑳302, ㉕329
～と仏教…①198, 284, 285, ②376, 380-382, ⑤168-169, 300, ⑬62, 593, ⑯36, 37, 104, ⑰52, 102, ㉓47, 455, ㉔259
儒家と仏教者…②378, ⑤299, ⑰35, ⑳154, ㉓454, 458　儒家と仏教書…⑤300, ㉔65
～と仏老…①193, ②365, 386, ⑦188, 590, ⑬62, ⑱447, ㉒293, 295, ㉓31, 46, 340, 373, 388, ㉕60
～の経伝と「太上感応篇」…㉒296
～の言語文字軽視の一派…㉓26
～の語録…②195, 196, 447, ⑭12, 275, ㉕43
～の言葉・非儒家の言葉　君則天之，臣則地之…㉔231　三尺下って師の影を踏まず…⑤168, 298, 299, ⑰89, 93, 96, 100, ㉓526, 527, ㉕364　七年男女不同席…⑤167, 298, 299, ⑰85, 89-93, 100, ㉓526, ㉔302, ㉕364　身体髪膚，受之父母…㉕364　天尊地卑，君臣定矣…㉔245　父不父子不可不子，君不君臣不可不臣…㉔300-302, ㉕364, 365
～の支配的地位…②107, 251, 411, 484, ③538, 539, 540, ⑥192, ⑬88, ㉓545, ㉕60, 329
一尊…②256, 489, ③538, ④5
思想界主流への成長…②251, ③38, 520
～の主張
愛情の義務…③521, ⑤139, 212, 263, 264
価値の序列・階級秩序の肯定…①272, 273, 294, ②445, ⑰99, ㉓532
感情の生活の尊重…③11, ㉕6
賢人政治…②401, 403, ⑥104, 110, ⑬61, ㉕60（選良制度…①294, 295, ⑥172, 192　地位と教養の一致…⑥192）
現世肯定・欲望肯定…⑰82, 83
古代尊重…②251-253, 255, 256, 259, 294, 392, ③533
古典尊重…①236, 237, ②251, 271, 293, 294, 296, 346, 350, 486, ③38, 533, 555, ㉖244（五経を規範とする生活→五経）
孝の尊重…②309, ⑤165, 166
合理主義…⑥51, 137, ⑰19, ㉗307
常識と事実の尊重…①183, 188, 189, 191, 193, 198, 199（地上の人生の尊重…①608, ②284, 286, 361, 532, 536, ⑥137　日常生活との密着…②388　卑近な事物の重視…⑰159）
政治重視…②410, ⑤30-32, 38, 40, 104, 121, 186, 193, 201, ㉓391, 469（政治説の独善性…⑰141　政治と文化の一致…㉕9）
節度の哲学…⑱324, 325
先例を規範とする…②293
戦争否定…①122, ⑰81
調和の哲学…②488
天下統一の希求…②295, ⑥193
文化主義…①294, ③539, 540, ⑤46, 87, 88, ⑥51, 76, 104, 115, 148, 223-225, 227, ⑰482, 483（音楽尊重…②521, 522, ③11, 21, ⑤42, 43, 155, 156, 291, 302, ⑰485, ㉕302　文学尊重…②409, 526, ③539, 540, ⑤47, 122, 123, 290, ⑥104, 223, ⑰77-81, 305, 414　礼尊重…②292, 521, 522, ⑤104, 148, 302, ㉑159, ㉗261）
無神論…①234, ②421, 445, 555, ⑤6, 300, ⑱515, ⑳156, ㉔249（宋学以後…①198, ②380-382, ⑥148, ⑰102, 103, ㉔259）
理想主義…③540, ⑥50-52, 76, ⑫408, ⑬110, ⑰305
歴史重視…②486, ⑰77, 79-81, 83, ⑳167, ㉔287
～の人間観…①89, 389, ㉗198
原罪思想の欠如…⑰83, 84, 86, ⑳490
自然と人間…⑫150
性善説…㉑79, ㉓540, 545, ㉗110, 198, 205
絶対の悪人の存在…㉓547
人間の善意への信頼…①281, ②393, 408, ③465, ⑤21, 24, 26, 28, 46, 47, 100, 104, 324, ⑥51, 180, ⑰85, 102, 120, ⑳488, ㉓529
人間の法則は人間のなかから…㉕294, 295
～の分岐（儒林・道学）…⑯84, 85
～の文章…②107, 493, 602, ③9, 520, ⑥223, ⑱322, ㉗189, 194
古典解釈学の文章…⑦594　儒学的文化と文章…⑥225　用字用典の煩…⑫688, ㉗321
～の法律軽視…②408
～の道（韓愈）…②253
～の理想…①273, ②428, ⑪38
理想社会…②294, 392, 445, ③533（堯舜時代…②294, 445, ⑥180, ㉓340, 540, 545, ㉔231　周公の時代…②294　三代…⑥225, ⑰163, 166, ㉓340, 545　統一国家伝説…⑥179, 180）
～への始皇帝の抑圧…②295, ⑤123, ⑥51
儒家（宋元）の列伝体思想史…⑬315
儒家経典・儒家古典…①236-239, ②251, 457, 480,

602, ③556, 561, ⑦349, ⑧3, ⑬570, ⑮361, 485, ⑯82, ⑲103, ㉔305, ㉕319→経書→四書五経
～尊崇…②251, ③558, ⑧14
～と狩野直喜…⑰217, 239, 276, 281, ㉓603
～と「古事記」…㉗194
～と古文辞…②495, ⑯104, ㉓354, 378, 550, ㉗166
～と五経蔵遍…⑰186, ㉔243
～と実際的な掟…②445
～と清儒の経学…①705, ②465, 479, 481-483, ⑭596, ⑯59, 60, 134, ㉔221, ㉗191
乾嘉期儒学の業績…⑰207, ㉔279, ㉕411　銭謙益の文学論…⑯62, 69, 105, 107, ㉖429, 434, 450　テクスト校訂…②590
～と隋唐時代の解釈法…⑬552
～と宋学…⑬593
～と宋の新文化…⑬598
～と曹操…⑦41
～と中国旧体制下の士人…②445, 446, 460, 494, ⑮566
経書と清朝期の士人…②478
経書への通暁…②407（暗誦…①307, 308, ②335, 338, 407, 412, 427, 434, 437, 444-446, 450, 454, 462, 474, ⑧509, ㉕319, 320　必読…②294, ⑰77）
経書マスターに要する年月…⑳44
～とド・ベリ…㉔159
～と読誦…②445
皇侃の読誦…②325
～と日本漢学…㉓603, ㉗66
江戸期の儒者…②446, 475, ⑰414, 640, ㉑112（新井白石…㉓129, 130　伊藤仁斎…⑰129, 133, 149, 153, ㉓32, 39, 79　伊藤東涯…⑰149　荻生徂徠…②495, ⑰624, ㉓307, 354, 378, 465, 550, ㉕198, ㉗166　荻生徂徠門下のテクスト校訂…②590, ⑰56　海保元備…㉗243　元禄享保期儒学の業績…⑰207　宗教的尊厳に傾く演繹…⑰80　安井息軒…⑰203）
江戸期の日本…⑰25（和刻本出版…⑰608）
五山の学僧…㉗67
菅原道真…⑰18, 19
～と蛮夷…②471, ⑥78
～と文学…②489, 492, ⑥223, ⑯69, ㉓354, 550, 591
～と「文心雕竜」…②489
～と六朝時代…①193
魏晋の経学…⑰281　南北朝儒学…⑬592
～と歴史学…㉕397, ㉗188
疑古の学…③533, ㉕324, ㉗189
～と歴史書…②487, 494
～における奇跡記述の皆無…㉕294
～における言語不信の思想…㉕28
～の解釈…⑧501, ㉓603, ㉔221
解釈史即哲学史…②471
解釈の方法…㉕245（漢代経学史…⑰276　宋元人の解釈の叢書…㉓178）
～の研究の謬り…⑯93
～の言語の分析…㉗191
～の思想史的研究法…⑯134
～の出版　五代…⑬581, 596　宋以後…⑬593
～の世界観…②492
～の聖賢の言行録…⑤6
～の総字数…②444
～の注釈…③558, ⑱466, ㉑112, ㉓32, 334, ㉔279, 302, ㉕34, 190, ㉗430
漢魏の古注…㉓328, 457, ㉕496, 497（漢儒の注釈…㉔302, ㉕190　鄭玄…㉔241　古注釈の叢書〔汲古閣〕…⑯77, ㉗26）
朱子の新注…②465, ㉔303, ㉕190
～のテクスト…⑤328
～の喪の定め…⑦182
～は政治の書（荻生徂徠説）…㉑176
～への中国学術の傾斜…㉕401, 488
儒雅…㉓594, ㉗236
儒雅風流…②409
儒学…②401, ⑰186, 305, ㉒301, 353, 354, ㉓75, 341, 455, 580, ㉔300, ㉗37
～を生み出した風土…⑰86
～的生き方の長所と短所…⑳490
～的教条への反撥…①118, ㉗142, 145
～的仁政…㉒100
～と科挙…②405, 455, ⑮459, ㉓128, ㉕423, ㉗64
～と韓愈の文章…⑬271
～と現代中国…⑰442, ㉓562, ㉕234, 429, ㉖246, 471
～と五経・四書…⑰77, 80, ㉓569, ㉖244→五経→四書五経
～と五経・「論語」尊重…㉑146, 147
～と徐幹「中論」…⑦119
～と超自然への関心…①198
～と日本人　荻生徂徠による儒学の罪人…㉓440　小島祐馬…㉒351, ㉔43　鈴木虎雄…⑰305　永井荷風…⑱322, 324-327
～と百姓一揆…②421
～における王安石評価…㉓137
～における漢学と宋学…㉔302-303
～における自然と杜甫…⑫150
～における自然の秩序と人間の秩序…㉔238
～における聖人→聖人
～の寛容性・非寛容性…⑰80-82
寛容派…②518　厳格派…②518, ㉑28
～の芸術主義…⑥51
～の世界主義…⑰81
～の知識主義・読書尊重…⑥51, ⑰186
～のパトスへの執着…⑰116
～の非宗教性…②360-363, 384-388, 421
～の文学観…⑭591
儒学（漢）…⑥50-52, 55, 56, 60, 114, 118, 161

～思想は秩序の源泉…⑦188
～的実践としての上雍…⑥138
～的文化主義と大建築…⑥148
～と元帝の優游不断…㉗236
～と公孫弘…⑥109, 112
～と清儒の漢学…㉔303
～と武帝…②296, 297, ⑥52, 64, 113, 137, 147, 192, 223, 227
五経博士…⑥103　皇太子教育…⑥122, 159　巡幸…⑥144, 145　神仙嗜好…①189, ⑥137, 138, 147　側近の学者・文学の士…⑥104, 105　反儒学的雰囲気の転換…③538　封禅の儀…⑥143　六経の顕彰…⑥184, ⑱466
～と遊侠…⑥226, 227
～における五経と「論語」…㉓80
～における天子…⑥138
～の国教化…①73, 189, 238, 281, 295, ②256, 293, 296, 403, 493, ③38, 537-540, ④5, ⑤123, ⑥44, 106, 147, 148, 161, 171, 184, 429, 430, ⑦43, ㉓99, 104, ㉕7, 8, 216
士人の地位の確立…⑥192（儒学による立身…⑥109, 114　儒学の士の採用…⑥60, 80-81, 104, 116, 126）
文学…③539, ⑥104, 223, 225, 429, 430, ⑳418（儒学的実践としての美文製作…①74, ⑥53, 64, 105, 148, 223-225, 429　儒学の振興と文学の結実の並行…③539, ⑥223, 225, 226）
～の宗教性…②361
今文家の聖人観…②361　神秘との習合…⑥137, 148　天人相関説…㉔258, 260
～の政治を中心とする倫理効果の重視…⑦590
儒学（金）…⑭132, 133, ㉒105, 110, ㉕53
儒学（元）…⑬604, ⑭131-133, ⑮251, ⑯68
儒学（孔子以前）…㉓89
儒学（清）…②404, ⑬588, ⑰213, 259, ㉑79, ㉒292, 348, ㉓596
～と辜鴻銘…⑯272, 273
～と康熙帝…㉓176
～と日本儒学→儒学（日本・江戸期）
～と日本人　狩野直喜…⑰238-240, ㉒347, 348, ㉓604, 607　内藤虎次郎…㉒347, 348　安井息軒…⑰205
～の乾嘉の学…⑰207, ㉒292, 293
～の方法…⑰186
儒学　宋→宋学　宋以後→新儒学
儒学（宋明）…⑰207, ㉓604→宋明の学
～への嫌悪（銭謙益）…⑯64
儒学（中国・中世）…㉕53, ㉗63
儒学と五経…⑬318
～魏晋…⑦40, 188, 590, ⑱447, ㉔286, 287
～後漢…⑥227, ⑦42-44, 48, 177
儒学主義的政治の煩瑣非能率…⑦38
儒学の教養を持つ者と党錮…⑦54, 55
～東晋以後…⑦590
～六朝…①284, ②361, ⑦593, 594
経の講じ方…⑧8
儒学の後退と仏老の学…⑦188, 590, ⑱447（内教と外教…①284）
礼と阮籍…㉗142
～六朝唐…①193, 284, ②376, ⑬592, 604, ㉔241, ㉕60, ㉖244
儒学（南宋）…㉒112, ㉓288, 291
～における北宋以前の伝統の衰微…⑯75
儒学（明）…⑯88, ㉒347, 348
～と俗学（銭謙益）…⑯61, 62, 88, 96
～の簡易率直…⑮460
～の結社…⑮532
～の恣意性…⑯61, 62
儒学（明清）…②431
儒学（魯）…⑦97
儒学（朝鮮）…㉑147
儒学（日本）…①89, ⑰383, ㉑102, ㉓444, 473, ㉔302
～的方法と記紀の読書…㉓499
～と五経…③553-554, ㉑146-147
～と「五経正義」…⑰259, ㉗66
～と新注…③41, ㉗66
～と日本人…②555, ⑰75, 77, 80, 83, 85, 89, ⑳490
性善説…㉓546, 548, ㉗110
性善説否定…㉑79, ㉓540, 546, 547, ㉗198, 205
～の王安石評価…⑬88, ㉓137
～の紹介…②352, ㉒435
～の先秦認識…③16, 17
～の歴史…⑰83, ㉔259, ㉗66, 164
儒学（足利期）…⑤136, ㉗67
儒学（江戸期）…⑰123, 153, 254, ⑱56, ㉓530, 588, ㉗24
～と江戸幕府…⑤137, ⑰86, 120, 607, ㉕278
徳川綱吉…㉓301, 321, 359　松平定信の異学の禁…⑰57, 58, ㉒350
～と楽の原理…㉔246
～と古文辞…⑮529
～と国学…⑰81, 172, 207, ㉓701
賀茂真淵…⑰207, 209
契沖→その項
本居宣長…⑰209, ㉑29, ㉓495, 552, ㉕179, ㉗140, 164, 228, 236（国学の古学と儒の古学…⑰207, ㉓45　儒学への反発…㉓505, 512-515, 539, ㉗140, 141　性善説…㉓546, ㉗110, 198, 205　聖人の道・聖人の世…㉓513　宣長学と徂徠学…⑰114, ㉓514, 539　物のあはれと儒…㉗205, 207, 211）
～と諸子…②456, 474, 495, ㉒356
～と中国儒学…②352, 353, ⑰144, 220, 231, ⑲153, ㉔19, 245
階級固定と階級秩序肯定…㉓532
観念的傾向と実証主義…⑳177

君臣関係…⑰100, ㉔231, 238, 245
護教的傾向…⑰381, ㉗268（儒学経典の宗教的権威…⑰80）
純粋培養的一途さ…㉔9, 302
世界主義…⑰81
生命の積極的充実の主張…⑰82, 86
戦争否定の思想…⑰81
宋学…②183, ⑦593, ⑬604, 624, ⑮530, ⑰240, ⑳329, ㉑29, 78, 79, 161, ㉓31, 533, ㉕53, 366, ㉗108
中国思想への興味…②446, 495, ⑰450
道徳の基礎を中国に求める態度…⑰438, 458
日本的歪曲…②427, ⑤163, ⑰89, 90, 93, 100, ㉓527, ㉔275, ㉕322, 365, 366
非寛容の増幅・リゴリズム…⑰80, 81, 90, ㉓470, 526, ㉔238, 302
武士道…⑤164, ⑰36, 75, 77, 80, 82, 83
文学・史学の教養の随伴…②410, ⑰77, 79-83
明学の祖述…㉒347, 348
楽観的人間観…⑰84, ㉓529, 541
六経・聖人を規範…⑰113, ㉑28, 147
「資治通鑑」重視…⑬588
～と中国・清朝儒学…⑰115, 205, 209, 213
学派成立の困難…⑰213, 214
元禄享保の儒学と乾嘉の儒学…⑰207, 209
儒学の覚醒…⑰208, 209
理論的集約的叙述…⑰115, 209
～と「文選」…⑦593, ⑰307
～の下降期…⑰57, 58
～の各藩の学問…⑰206, ㉕279
～の寛容派と厳格派…⑰99-100, ㉑29, 137, 138, ㉓470
寛容主義…⑮530, ⑰80, 82　厳格主義…②183, 431, ③539, ⑤163, 164, 300, ⑮530, ⑰36, 80-82, 85, 87, 93, ㉑28, ㉓484, ㉔238, 302
～の関西と関東の気風の違い…⑰141
～の三巨人（仁斎・徂徠・白石）…㉓144
～の二巨人（仁斎・徂徠）…⑰119, 133, 220, ㉑79, 112, ㉒347, ㉔19, ㉗269
崎陽の学と訳文の学…㉓305
古学派…⑰207, ㉓45, 701
聖人等質説の否定…㉓82, 83, 396
～の発展…㉔175
～の文学軽視…⑰305, ㉗286
～の理解した中国…⑰438
～の六朝否定…⑦593
～の歴史…⑰307, ㉓587, ㉕179
伊藤仁斎の存在…⑰134, ㉓45
～への反撥と京都大学…⑦594
儒学　京都…⑤161, ㉓427, 569, ㉕200　奈良平安期…③40, ⑤135　平安期…㉕34, ㉗95
儒学（明治以後）…⑱326, ㉑29
～の没落…⑫684, ⑰75-77, 83, ⑱325, ㉗317
儒学（ヴェトナム）…㉑147
儒学経典→儒家経典・儒家古典
「儒学警悟」…㉕234
儒学提挙…⑭116, 136, 172
儒冠…⑫77
儒緩…㉗236
儒教…③538, ⑰86, ⑱317, ㉓26→儒学
～人の強制移住（蒙古）…⑮390
～的世界観…㉖207, 218
～的精神の勝利…③540
～的ヒューマニズム…②419
～的理性と文学…㉓594
～的倫理観…㉖208
～という呼称…②361, 363, 386, 387, ⑮393
～・仏教・道教→儒仏道
儒教（日本）…②352, ⑰75, ⑱325, 326, ⑳447, ㉑28, 29, ㉖54, 481
儒教大宗師…⑮393
儒業…②448, 449
儒言…㉒310
儒戸…①298, ⑭220
儒士を重んず（宋太祖）…⑬239
儒者…①202, ②588, ⑮400, ㉒304, ㉓65, 89, 377, 381, ㉔242, ㉕234, ㉗228
～と異端…②476, 491
～と狩野直喜…⑰242, 257, 260, 267, 279
～と釈道→儒家
～と聖人→聖人
～の一元…②183
～の雅なるもの…②239, 240
～の古代無謬説…㉓82, 88, 340, 546
～の常言…㉗183, 231
～の責務…⑰153
～の俗なるもの…②236, 238-240, 246
～の立場…⑤321
～の本務…㉓46
～の未了の公案…㉓58, 59
～の道…⑰162
儒者（漢）→漢儒
儒者（魏晋）…⑦257
～と阮籍…⑦232, 238
儒者　金…㉒114　元…⑯75, ㉕53　秦…②295　清→清儒　宋→宋儒
儒者（宋以後・近世）…⑰559
～の講学…⑯88
～の思想…②332
～の対話の記録…②447
～への伊藤仁斎の批判…⑰33, 34
儒者　宋元…⑰556　宋明…⑰207　南斉…⑥347　南宋…㉓288, ㉗139
儒者（明）…⑯83, 132
講道…⑯80, 127　良知の学批判…⑯101
～（明初）…⑯75
儒者（六朝）…②324, ④7, ㉕169, 170, 239

儒者（日本）…①561, ㉒435, ㉓112, 423, 526, 578, 605, ㉔300
～と腐儒・陋儒…㉕322
～と無神論…㉔259
～の漢文…㉓38, ㉕384
～の古代無謬説継承…㉓82
～の文学的読書…㉓591
儒者（足利期）…㉔154
儒者（江戸期）…⑰58, 153, 347, 383, ㉒347, ㉓31, 37, 281, 314, 357, 394, 443, 582, ㉗32, 37, 39, 89, 115, 165, 168, 176, 244, 269, 308, 421
～と医師…㉓294
～と吉利支丹…㉓485
～と現代の漢学者…⑰438-440
～と古写本・古版本…⑰57
～と古典→儒家経典
～と孔子の教え…⑤32
孔子観…⑤220, ㉓593
～と講釈…㉓427, ㉕201, 202
～と作詩文…⑰78, 414, ㉑96-97, ㉓147, 150, 288, 292, 470
漢詩…⑱125, ㉑97, 104, ㉓146　漢文…⑰116, 143, 154, 632, ⑱381, 436, ㉑112, ㉓38, 468, ㉗48
漢文の文体…②177, 181, ⑦466, ⑪415, ㉗242
作詩文能力…⑰439, ㉓149, 591
～と雑劇…⑭591, ㉓414
～と字引き…㉑75
～と「周礼」…②316, ㉕347
～と諸子…②495, ㉓317
～と清朝古典学…⑰144, 145, ㉒361, ㉗268
～と「世説新語」…⑦454
～と「大学」…㉓32, 75
～と朝鮮使節…⑰59, ㉓150
～と日本思想史…㉓528
～と仏教…②381, ㉓457, 473
～と本居宣長…⑰58, ㉓539, ㉗143, 231, 233
～と「論語」…④736, ⑤302
「論語」訓点…④12
～についての研究（ヨーロッパ）…⑰133
～の逸話・伝記の記録…⑰107, ㉗24
出身身分…⑰108
～の価値の重点…㉓290
～の業績…⑰230, 414
～の原典研究…⑰414, 440
～の個別的言語の注釈…⑰194
～の合理主義的思考…⑰206
～の最高の人物…⑰155, 165
～の生命の積極的充実の主張…⑰86
～の地位の低さ…㉗179
～の中国理解…⑰142-143, 438, 610, ㉑96
宋文明の評価…⑬62, ㉓291-293, 319
中国歴史への無知…⑰163, 166
～の著述…⑰112, 142, 164, ㉗153
集約的叙述…⑰115, 209, 210, ⑳329
～の読書力…⑰439, ㉓311, 312, ㉕281, ㉗102
訓点…㉕281　訓読依存…㉓382, 536, ㉕139　助字研究…㉗249　注釈…③560, ㉓542, ㉗35
～の日本的演繹…②446, ⑰100, 101
～批判・荻生徂徠…⑰194, ㉓354, 384, 385, 388, 391, 441, 448, 454
～批判・本居宣長…㉓504, 546
～夫妻の墓の形式…㉑83
儒者（江戸期・京都）…⑤161, ㉓427, 569, ㉕201, 202, ㉗176
儒者（日本・現代）…⑤302, ⑰102, ⑱512, ⑳154, 156, 159, ㉔300
儒者（日本・中古以後）
～の京都朝廷づきの家…㉔301, ㉕347, ㉗68
～の訓読…②89
儒者（明治以後）…⑰83, 390
～批判・鈴木虎雄…⑰306　西周…㉓403
儒書…②107, 478, ⑦596, ㉒11, ㉓281, 483, 498, ㉔301, ㉗34, 211
～講釈…㉓302
徳川綱吉…㉓314, 315　柳沢吉保…㉓311
～と君臣関係…㉔239, 240
～と神秘…㉗80
～と性記述…㉒440
～と道書…㉒296, 297
七祀・司命…㉒306, 307
世俗の否定…②237
先王の道…㉓387
万人に追随され得べきもの…①323, ㉕294
～と道蔵…㉒300-302
～と仏典…㉓334, ㉕235
～と「老子」「荘子」（六朝）…①193
～における鬼…⑦320
～における死…⑦310
～における絶望の語…③521
～の漢音読み…⑤142
～の古本…㉒294, 310
～の節度の哲学…⑱324
～の中国口語による注釈…㉓299
儒臣…⑥77, ㉓37, 105, 151, 313, 401, ㉗64-66, 165, 168, 169, 272
儒生…㉔61, 218, ㉖133, ㉗159
儒宗…⑥372, ⑯104, 130
儒道（儒の道）…⑯84, ⑰27, ㉓303-305, 408, 478, 485, 513
儒風…㉒310
儒仏・儒釈…②362, 386, 387, ⑦554, ㉒112
～の奥義（契沖）…㉕246
～の教とものゝあはれ（本居宣長）…㉗211
～の差異（荻生徂徠）…⑤32, 213, ㉓373, 455
～の書と記紀（本居宣長）…㉓498, 499, 503
～の方法批判（本居宣長）…㉓499

～の道（本居宣長）…㉓502,㉗51
儒仏　金…㉒110-114　清…⑯36　宋…①284,285,②362,363,386,⑯36
儒仏（中世）…②361,363,376,377,⑦590,㉖244
～の一致…①284
～の併存による混乱…②260,324,325,327
～の論争…②378
儒仏　南宋…㉒112,㉖244-246　明…⑯36-38
儒仏道・儒釈道・儒仏老…①201,202,②360,363,387,388,⑦603,⑪16,㉓91,373
～と形影神（陶淵明）…⑦603
～の三教人の強制移住（蒙古）…⑮390
～の併存…⑬551-552,⑱447
儒門…⑰236,㉒86
儒流（中国）…⑰129
儒流（日本）…㉗238
儒林…⑯76,81,㉒311
～と道学の分岐…⑯75-77,80,81,84,85,127
「儒林外史」…①69,299,⑥237,⑪375,⑯166,315,608,⑳58,㉒318,㉔296,298
～亜東図書館本…⑳251,㉒317
～と胡適…⑯359,360,⑳251
～の作中人物・范進…㉔296,298
～の庶が士たらんとするカリカチュア…①299
儒林伝…⑲141,142,144
～と道学伝…⑯75
「儒林伝稿」…⑯248-251,253,255,256
儒林の四傑（元）…⑮452
樹羽…⑫231
樹色…⑪197
孺子の牛…⑤92
孺人…①346,②190
濡…㉗236
臑…㉗236
襦…㉔103,㉗236
収…⑫238
収科・収呵…㉖391
『収江南』「酷寒亭」…⑮158
収買…㉖421
『収尾』「酷寒亭」…⑭302,⑮82,93　「謝金吾」…⑭303,⑮94　「老生児」…⑭236
収令史…⑮166
州…⑮89,140
州学…②462,㉓211
州橋…⑬387,401,㉖426
州吁（しゅうく）…㉕185,186
州都…⑦153
州府…⑬181
舟山列島…⑯170
舟楫…㉖123
秀才…㉓340
秀才（科挙）…⑯359,㉕320
秀州…⑭204
秀水…⑭230,⑯144-146,152
周（王朝）…②549,⑤152,⑥184,194,376,㉓228,㉕63
～以前の文章…㉗170,172
～以前の文明…㉗172
～以来の同姓不婚…㉑83
～王朝初期の理想社会…①90,③17,⑤182,183,⑥176
初期の生活…②291,292　初期の聖人…②290,303,③16,36,⑤182　初期の太平…⑰640,㉓98
初期の歴史…②312,⑦276
～王朝創業…③3,4,18,22,⑤64,121,⑥176,179
創業者…②385,③3,16,⑤22,110,112,239,⑨479,⑬430,⑳503,㉑154,158,㉓19,282,386,447,545,㉕151,329,330
～王朝中期…⑥173,176,180
中期に出現した最後の聖人…③17,㉓390（周の国へ孔子の留学…⑤85　周の頽廃と孔子…㉓108　周の礼楽の革命…㉓390）
中期の社会と古典…②290
中期の年代記…⑤316
天下統一の希望…⑥180
本居宣長の批判…㉗228
～王朝と諸侯の関係…③20,⑤147,176,237,⑥173
周王室を共主とする制度…④3,⑥180,193,193,㉓106,417（封建制…⑥193）
周王室と魯国…⑤176
～王朝と徳川氏（荻生徂徠）…㉓425
～王朝の史…㉗96
～王朝の先祖…③548,㉑145,㉕229
旧悪…㉓341,546
始祖后稷に関する感生帝の説…㉔265,266
～王朝の大行人の職掌…㉗96
～王朝の土地の神の社の御神体…㉔203
～王朝の東遷…③29→西周
～王朝の道の文献…㉓449,450
～王朝への抵抗…⑤159
周の粟の拒絶…⑮423
～と夏と殷→夏殷周→三代
～の歌…②303,③6,28,482
后妃の淑徳…㉓460　祭祀の歌…③6,㉑157　善意の勝利への確信…⑥13　知識人の歌…③6
王朝初期の「詩」…①7,79,90,③3,4,⑱9（陝西時代の歌…③29→西周）
王朝中期以後の「詩」…⑥199（歌集…⑰554）
東遷以後の歌…③29→東周
～の王たる所以…⑦253
～の王の言葉…②104,302
君主の言語の記録…㉑156
～の王（文王）の在位…⑩477
～の音楽（武）…㉓411
～の旧典礼経…⑦253
～の史記…⑥376

～の守蔵室の史…⑤195, ㉕79
～の諸侯の言葉…②302
～の制度…②272, ⑥56, ⑰157, 163, 537, ㉕331, 337
官制…②272, 316, 370, ③37, ⑯223, ⑰555, ⑱22, ㉕150, 319, 323, ㉗157　教育制度…⑰166, ㉓354
政府組織…㉓348
～の青銅器…⑯277
鼎…⑰599
～の政治…⑤22, ㉕325
～の天子…②106, ⑤63-65
天子の姓…②549
～の土地の美…⑯224
～の文…⑦254
～の文化…⑤22
文化の設定者…⑤64
～の文献…①72, 278, ②290, ③533, ⑨479
「月令」に関する説…②242
「尚書」…③3, 4, ⑧507
～の文明…③550
文明の基礎…㉕330
～の都…②293, ⑤195, ㉓491
旧都の人間…㉕201
洛陽と京都（荻生徂徠）…㉓427
～の滅亡…②293, ⑥376
～の礼…⑦253, 255, ㉓389, 424, 450, ㉕25, ㉗96, 162
各階級の吉凶の儀式…⑰555
喪…⑦254（柩の置き場所…⑤9）
礼楽…㉑177
～末漢初時代　五経の注釈及び附加…③9, 10　「詩経」的文化の中絶…⑥224　儒者のノート（礼記）…⑰555　文章…㉓289, 345
～末戦国の世の推步の術…⑦553
～末戦国の紛乱…②347, ⑥193
七国の対立…①281
～末の規矩…⑯427
～末の思想家たちの主張…⑥193
～末の社会の希求…⑥193
周（五代）…②551, ⑬595, 597
～の楽律…⑬252
周（北朝）…②550, ⑦534→宇文周→北周
周一良…㉒442, 445, 472, 495, ㉖471, 476
周乙良「論仏典翻訳文学」…①636
「周易」→「易」
「周易経翼通解」…⑰149, ㉓89, ㉕33
「周易述」…㉒295, 297, ㉕448, 456, 475
「周易正義」「易疏」「周易疏」…②319, ⑧4, 20, ⑬577, ㉕34, 36, ㉗64, 65
～以前の「易」の注釈書…⑱466
～における疏　言不尽意…②12　言有物…⑯108　書不尽言…①319, ⑭274, ⑱407, ㉕36, 39, 40, 45, 46　不事王侯, 高尚其事疏…⑳349
～のころの中国口語…㉕38
～の校合（山井鼎）…⑱58
～の総論八篇の文体…⑰634
～の編定…⑧4, 20, ㉗64
「周易正義」（テクスト）
足利学校所蔵写本…⑰586　足利学校所蔵宋版本…⑰586　旧鈔本…⑰589, ⑱537　旧富岡本…⑰589　双鑑楼蔵本…⑰589　東方文科研究所蔵本…⑰689　北京人文科学研究所刊本…⑰589
「周易正義」（篇名・項目）
家人卦・象辞…⑯108　序…⑰583, 586　総論八篇…⑰634
「周易本義」…⑬318, 322, ⑭363, ⑰556, 590, ⑲358, ㉓292, ㉕34, ㉖244（繫辞伝…⑭239）
周延儒…⑯17
周王室…③28
～が祖先を祀る時の歌…②303
神楽歌…③22, 29
～の歌…②303, ③22, 28, 29
～の歌謡採集機関…③37
～の衰微…②549, ⑤63, 121, 237
周王天囚…⑥370
周王の伝…⑦423→「穆天子伝」
周恩来…⑤137, 206, ⑦4, ㉑82
周家窪…⑫198, 201, ㉒31
「周官」「周官経」→「周礼」
「周官伝」…㉕330
周漢…㉖79
～の音…㉓366
周漢魏晋六朝の賦…㉑11
周季鳳「山谷先生別伝」…⑬292, 298
周宜…⑭384-385
周顗…⑱381
周郡公…⑦547
周瓊英…⑭582
周建人…㉑192
周憲王（明）…⑭72, 225, 349, ⑮176, 477→朱有燉
～の雑劇のテクスト　京都大学所蔵本・宣徳刊本・羅振玉景印本…⑭231　也是園本…⑭571
周元翁…⑦174
周原膴膴…⑯223
周公・姫旦…②290, ⑤121, ⑦22, 71, 96, 135, 138, 149, 252-254, 256, 522, 525, 526, 553, ⑬430, ⑯82, ⑰198, ㉓109, ㉕334, ㉗253
～を始祖とする国…⑤64
～関係の「書経」諸篇…③3, ⑤126, ⑨479, ㉑156
～と経書　「易」…②301, ㉑154, ㉓89, ㉕32　「月令」…②242, ⑫487　「儀礼」…②316, ③36, ⑰555, ㉑158, 159, ㉕329, ㉗70　「周礼」…②316, ③36, ⑦255, ⑯223, ⑰555, ㉓86, ㉕329-331, 345, 346, 348, ㉗70
～と原道…⑬553
～と孔子　思慕・夢…②292, ⑤182, 183, ⑱26, ⑳8, 9, ㉖125　礼楽の主張…②292

～と作者七人…㉑178, ㉓282, 386, 438, 447, 467, 550
～と先王の道…㉓282, 438, 447, 467
～における祈り…⑩473, 474, ⑬430
～における聖と狂…⑩468
～の過ち…⑰138
～の生まれ変わり…⑬432
～の旧制…⑦256
垂法…⑦252, 253　法…⑦254, 255
～の詩…㉔203
～の時代…②294
歌…①90　生活…②291, 292
～の制礼作楽…②291, ⑤182, ⑰640, ㉑158-159, ㉕330
作楽…②306　制礼…②292, 303, 304, 316, ③505, ⑦252, 523, ㉓389
～の性格と“辟”の行動の解釈…②311, 312, 321, ⑦276, ⑬430
～の聖人たるゆえん…①88, ②284, 385, ③16, ⑤32, ⑩467, 473, 475, ㉑99, 178, ㉓19, 282, 467, 545, ㉕303, 330, ㉖243
～の摂政就任…②311
～の全智…⑩473, 474
～の多材多芸…㉓396
～の吐哺握髪…⑦34
～の徳…⑦253
～の無逸の教訓…⑤112, ⑩467, 477
～への流言…②311, ⑬429, 430, 520
周公孔老（周公・孔子・老子）…⑥395
「周公摂政」雑劇…⑭186, 269, 349
～の『太平令』（第四折）…⑭329
周孔（周公・孔子）…⑦21, 22, 71, 135, 138, 525, 526, ⑰39, ㉓92
～を祭る日…⑫321
～と曹植…⑦71, 135, 138
～の趣旨に合致する詩（黄山谷）…⑬292
周孔老荘（周公・孔子・老子・荘子）…⑦485
「周考」…①182
周誥殷盤…㉗170
周国文…㉒475
周済…⑯152　「宋四家詞選序論」…㉖456
周作人・知堂…①208, 227, ⑯300, 331, ⑰143, ⑱536, ㉒320, 402, 434
～と「越諺」…⑮23
～と狩野直喜…⑰244
～と子煩悩という言葉…⑯324, 443
～と支那人の生活理念…②288
～と章炳麟…①384
～との会見（吉川幸次郎）…⑯324, 443, 653, ⑲83
～と八股文…①596, 598
～の講演の筆記…①603
～の購書依頼…⑰142, 147
～の支那文学史論…①603
～の死…②598
～の儒学観…⑤5-6
～の書簡（青木正児宛）…㉒328, 329
～の随筆…⑯585, ⑰472, ㉒411
～の著述　「瓜豆集」「雷について」…⑤3　「苦雨斎序跋文」…⑭129　「苦竹雑記」…⑰473, ⑱537　「苦茶随筆」「結縁豆」「周作人随筆集」「周作人文芸随筆抄」…⑰411　「重刊霓裳続譜の序」…⑭129　「知堂回想録」…㉒330　「中国之思想問題」…㉒324　「中国新文学的源流」…①603, 629, ⑬572, ⑰407, ⑲139　「中国文学上的両種思想」…⑯294　訳・「狂言十番」…②597, ⑱50, ㉒434　「古事記」…㉒434　「薬堂雑文」…㉒324
～の日本研究…⑲84, 85, ㉒434, ㉖509
狂言翻訳…②593　日本人観…⑤3　日本文化への関心…②567, 568, ⑱50　日本文明批評の文章…㉒434　日本留学…②567
～のパスカル解釈…⑯324-325
～の文学の定義…⑲139
～の北京大学国文系での講座…⑰10, ⑱8
～の北京大学日文組での講座…②568, 569
周策縦…㉔207　「論詩小札」…㉖453
周子…②366, 486→周敦頤
周子晟…⑰595
周子文…㉒53
周氏（春秋・鄭の臣）…②131
周紫芝「竹坡詩話」…⑬43
周嗣明・晦之…㉒114
周而復「医師バッーン」「八路軍」…①621
周式「論語集解弁誤」…㉑182
周社…㉔203
周遮…⑪438
周錫瓚…⑯237
周樹人…①384→魯迅
周春「杜詩双声畳韻譜」…⑫145, ⑭425　「杜詩双声畳韻括略」…㉕435
周処…⑦483, ㉖409　「風土記」…①481
「周書」…①177, ⑦530, 539, ⑬575, ㉑93→「北周書」
～の残葉（日本）…㉖473
「周書」（テクスト）
宋版…⑦540, 548（北宋版…⑦539）
百衲本…⑦540, ⑬582　武英殿本…⑦540, 548
大和大神神社旧鈔本…⑦539, ⑬576
「周書」（篇名・項目）
本紀…⑦530, 532, 539
武帝紀…⑪16
列伝…⑦539
宇文貴伝…⑦539　王褒庾信伝…⑦530　王雄伝…⑦539, 548（史臣賛…⑦539）　孝義伝…⑫24　侯莫陳順伝…⑦539　蕭詧伝…⑫24　蘇綽伝…⑦528, 531　達奚武伝…⑦539　杜叔毘伝…⑫23　豆盧寧伝…⑦539　楊忠伝…⑦539, 540, 548　柳虯伝

…⑦532　柳慶伝…⑦534
周汝昌「真本石頭記之脂硯斎評」…①617
周昌・建平侯…②146, 153
周韶…①426
周霄…㉓47
周爕…⑫666
周忱…⑮574, 575
周振甫…①568
周秦漢の古書の引申の義…②211
周秦諸子の書…⑯391
周正（暦法）…③482, 515
周生…㉕150
周生有…⑯384
周晟…⑰595
周祖譔…⑥304
周祚…⑮496
周体観…㉓264
周沢…⑥368
周緻…⑬182
周中孚「鄭堂読書記」…⑯248, 255　「鄭堂札記」…㉒303
周仲宏…⑭211, 212
周仲彬「教女兵」雑劇…⑭210
周定王（明）…⑭68, 72, ⑮629→朱橚
周程の学…㉒114
周陶（周密・陶宗儀）…⑭554
周道…②254
周徳清…⑭288, 289, 293, 555　「中原音韻」→その項
周敦頤・濂渓…⑬25, 318, ㉓270, ㉖245→周子
　～が始祖　新儒学・道学…⑬550, 555, 599, ⑯79
　～と不伝の学…⑯79, ㉗253
　～の学の分明…②366
　～の「通書」…㉓464
　～の人の性の五区分…㉓56
　～の闢仏の語…㉒111
周曇「詠史詩」…①630
周培源…㉒441-443, 456, 474, 479, ㉕471
周伯琦「夏日閣中入直」「紀恩三十韻」…⑮285　「近光集」…⑮285. 289　「扈従詩」…⑮285　「詐馬行」…⑭65　「説文字原」「宣文下直」「六書正譌」…⑮285
周髀九章…⑪491
「周髀算経」…③517, ⑯427
周美成『滴滴金』「梅花のもらす」…⑬385
周必大…⑬171
周弼「三体詩」→その項
周人と古典…②290
周人の殯…⑦254
周仏海…⑳249, 250
周文質…⑭153, 154, 170-172
「周辺」（雑誌）…㉒56, ㉕491, 504, ㉗342
周邦彦…⑬10, 139, ⑯146
周勃・絳侯…⑦46, ㉕75-77, ㉖479
周密…⑭159, 174, 370, ⑮427, ⑯146, 147, 151, 152, ⑳466
　～における北客…⑭179
　～の著述　「癸辛雑識」「癸辛雑識続集」「癸辛雑識別集」「斉東野語」→各項　「絶妙好詞」…⑯151　「武林旧事」→その項
周孟中…⑰596
周瑜・周郎…①411-414, ⑦4, 36, ⑬339, ⑮59, ⑰330, ㉓173
　～の妻…①412, 413
周有光…⑰595
周容…⑳435
周立波「暴風驟雨的写作過程」…①628
周亮工・元亮…⑯93, 95, ㉓262, ㉖435
宗 教 … ①639, ②360, 362, 369, 384, 386-389, ㉑101, 135, ㉗372-375
　～と一揆…②421
　～の否定（中国）…②360, 362, 363, 369, ㉑101
　～への冷淡（中国）…㉖481
宗教改革…㉔150
宗教学者（日本）…⑰104
宗教史（中国）…㉖506
「宗教文化」（雑誌）…⑦604
拾遺…⑪510
「拾遺集」…⑱63, ㉗85
秋駕…⑦229
秋官侍郎…㉕56, 253
秋興…⑬205
「秋興八首」（杜甫）…①150, ⑫583, ⑭502, ㉕441, ㉖179, 182, 183, 187, 188, 190, 193, 195, 204, 211, 213
　～と酒…⑫634
　～と日本人　新井白石…㉓116　島崎藤村…②63, 64　正岡子規の短歌訳…⑪481　松尾芭蕉…⑫558, 712
　～における語彙・事項　魚竜…⑫439　雲の黒…⑫489　兼天…⑫473　故飛飛…⑫611　請看…⑫610　月…⑫643　蓬萊宮…㉒481
　～の第三首の尾聯…⑫610, ⑬205
秋瑾…①522, 575, ㉖462　「精衛石」…①521
「秋瑾史跡」（序・郭沫若）…①521
秋月（人名）…⑰59, ㉓151
秋胡…⑥261-263
「秋胡戯妻」雑劇・「魯大夫～」…⑭44, 202, 208
　～の『正宮叨叨令』（第二折）…⑭292, 466
　～の『煞尾』（第二折）…⑭303, ⑮94
秋千…⑬97
「秋風引」（琴曲）…⑳270
秋風吹…㉖212, 215
秋分…㉖115
秋浦…⑪182
「秋蘭詩鈔」…⑯156
臭韭…⑮103
臭虫…⑯204

修学院…⑳261
修学院村…㉓626
修己…㉓470
修古…㉓358
修行…⑮23
「修刪阿弥陀経」…㉓458,㉔65,㉗44
自序…㉗44,45　凡例…㉗44-46　後序…㉔65
修史学士…⑪40
修辞…①477,㉓335-338,345
修蛇…⑥34
修身斉家治国平天下…⑮402
修竹…㉒76
修文館直学士…⑫18
「修文殿御覧」…⑪20,⑬576,⑱443
修夜…⑥310
修容…⑦229
「袖中抄」…㉕167
終…②150,179,187,⑩431
終軍…⑥200,⑯182,183
終戦（十五年戦争）…①569,②267,515,⑥245,250,252,⑲469,㉔30,31,33,39,209,㉖376,㉗17,112,117,197,286,309,314,316,404,417,430
～の大詔…⑳299
～の日の記憶…⑯606
終南山…①26,⑥334,⑪138,398,⑫83,123,165,194,213,345,⑬404,516,⑱84,94,㉒14,30,82,㉕405→秦山→南山
終南山脈…⑪141,305,⑫122,124,220,㉒481,483
羞悪の心…㉓39,40,54,58
習…②216,237
習合神道…②382
習鑿歯…⑬574
習俗…②237
脩脯…⑬84
「週刊朝日」…⑫730,732
啾啾…㉖84
崷崒…⑫252,253
就…⑦461,463
就児裏・就地裏…⑭321
就与茶…⑭580
揪扯…⑮57
衆安橋…⑬357
衆議院…㉗417
～法務委員会…⑳446
衆星…⑤187
集（文集）…⑳363,376
「集韻」…②203
集句…②278,⑬45,⑮415
集賢院…⑪37,40,⑫63,㉕485
集賢院学士…⑪36,⑭398,⑮317
集賢院待制…⑫63
集賢院知院事…⑪33,40
集賢大学士…⑮247
「集賢注記」…⑪41,㉖482
集賢殿…⑫52,63
集賢殿書院…⑪33,⑫63→集賢院
集合体…㉓372,373,382,383,387,388
集・雑…⑳658
「集成曲譜」…⑭563
集仙殿…⑪33,⑫52,63
集大成…⑬271
集部（四部分類）…②475,⑮485,⑯225,⑰554,㉑149,㉒313,㉓299,㉕326
～と銭謙益…⑯61-63,117,120,134
～における杜詩…㉕488
～の書と「制度通」…⑰560,561
～の書の軽視…⑯60,61,㉕488
愁殺…①369,⑮437
搊…⑭576
「搊弾西廂」…⑭566,576→「董西廂」
僦剽奴…㉖451
聚英旅舎…①513,⑫727,⑯546
「聚学軒叢書」光緒刊本…㉗420
聚訟の府（的）…⑰472,㉕116,384
「聚珍版叢書」…⑭76,㉕53,495
「九家集注杜詩」…㉒74,㉕495
「敬斎先生古今黈」…⑭76,㉕53
聚斂…⑫188
輯佚…㉕226
鞦…①494
鞦韆…⑬5,97
繡艶…⑭409
「繡谷春容」（赤心子）万暦刊本…⑲317
「繡襦記」…⑰130
繡仏…⑫119
鏽渋…⑬13
驟雨（茶壺）…㉓421
十戒…㉔203
十九世紀清朝…②464,474
十行本…⑰590
「監本附音春秋公羊註疏」…⑰590
「監本附音春秋穀梁伝註疏」…⑰591
「附釈音春秋左伝註疏」…⑰590
「毛詩正義」…⑩453
十五州諸軍事…⑦540
十ロ…①452
十国…②551,⑬596→五代十国
十才子…⑮461→北郭の十友
十三経…②478,⑯223,237,241,242,⑰93,584,㉔54,㉕319,㉗77,96,97
～の暗誦…⑯96
～の伝注箋解義疏…⑯77
～の疏のテクスト…⑩425,426
「十三経注疏」…②602,④7,⑯427,⑳212,㉕231,㉗26,65,68,69,74
～的古注派解釈学…㉗107

～と国学・神道…㉗104
～と本居宣長…㉗75, 77, 80, 83, 84, 87, 89, 91, 93, 107
～における散文…㉗89
～における対文…㉗89
～に対する徂徠の弟子の操作…㉗72, 73
～の汲古閣本の序（銭謙益）…⑯77, 79, 83, 132→「新刻十三経注疏の序」
～の校合　林羅山…㉗69　山井鼎…㉗70
～の尊重（荻生徂徠）…㉗71, 72
～の内容…㉗71
～の値段（江戸期）…㉗25, 26
～の名物の考証…㉗69, 78
～の歴史…㉗66
～の論証法…㉗87
～への朱点（林羅山）…㉗68
～本永懐堂本…⑰587
「十三経注疏」（テクスト）…⑰358
足利学校所蔵本…⑩453, 454, ㉗70　嘉靖中福建刊本（山井鼎・璞助手校，京都大学人文科学研究所蔵）…⑰583, ㉗73　汲古閣刊本…②478, ⑯77, 79, 132, ㉒313, ㉗26　芸文印書館本…㉕334　石印本…⑩454　宋刊十行本…⑩453, 454　定本（東方文化研究所）…⑩425　明版本…㉗70
「十三経注疏校勘記」…②244, ⑧21, ⑩443, 448, ⑰144, 583, ⑱59, ⑲97, ㉑201, 202, ㉓329, 482, ㉕233, ㉗272
「公羊伝注疏挍勘記」…⑥373, ⑯243　「爾雅注疏挍勘記」…⑯243　「周礼注疏挍勘記」…⑯242　「毛詩注疏挍勘記」…⑩454
～高郵王氏旧蔵本…⑩462
～の刊行…⑰209, ㉗74
～の序…⑯243
「十三経注疏正字」…⑧20, ⑩447, 461, ⑯235
四庫全書本…⑩462
十三省代表全大会…⑯393
十三把…⑮66
十三陵…㉒442, 449, 472
十字軍…②426
十七史…①149, ②478, ⑥171, ⑦539, ⑰557, ㉔54, ㉗130
～以外の紀伝体の史書…⑰557
～汲古閣毛氏刊本…②478, ⑯132, ⑰557, ㉒313, ㉔54（序・銭謙益…⑯132）
～本「漢書」…⑰557
「十七史商権」…⑬576, 582, ㉒491
～における赤緊的…⑭33, 555, ⑮155
「十七史詳節」…①625
「十七条憲法」・聖徳太子憲法…⑰15, 16, ㉓24, ㉕277
～と「史記」…⑥246
～と上智下愚の哲学…⑧506, ⑩478, ㉓19-22, 547
～における君臣の関係…㉔231, 239, 241, ㉗11
～の文章…㉓11, 15, 16, 23, 24, ㉕277
実際の著者…㉓9
文体…㉓12, 14, 23, ㉕277, ㉗11
十七世紀中国思想研究会…㉒557, ㉔128, 171-172, 206
十七世紀中国知識人と日朝の識別…④15
十七世紀日本の哲学…②184
十室之邑…⑤288, 305
十州…⑮499
十成…⑪201
「十探子」雑劇…⑮103
「十竹斎箋譜」…㉒355
十殿閻魔王…⑯372
十二烏珠…㉓193
十二紀…⑦553
十二元会…㉓473
十二支…⑳234
十二諸侯…⑤147, 152
十二聖人…⑯121
十二本紀（史記）…㉕149
十二律…㉗86, 87
十八学士…⑪14, 552
「十八史略」…㉗25
十八世紀中国の学問…①706, ②184, 465, ㉓9, 10, ㉗55, 99
『十六字令』　毛沢東…①568, 569
「十六天魔」の舞…⑭72
「十論七難」…㉕345
什貢…⑦545
什麼…⑦508
戎…⑮375
戎昱「登楼望月」…⑫643
戎王子（植物名）…⑫156
戎行…㉖103
戎事…②165
戎狄…㉓441
～の道…⑤304, ⑳494
戎馬…⑫413
柔…⑤308
柔道…②501, ㉕300
重…㉖227
重慶（四川）…①252, 253, 256, 569, ⑪170, ⑯534, ⑱315, ㉕241, 436, 438, 441, ㉖135, 171, ㉗424
～の土の色…㉕440
重慶側（日中戦争時）…⑬317
～とシェンノート…⑲240
～の雑誌…②561
～の宣伝部長・郭鼎堂…⑰542
～の駐米大使…⑯326
～への疎開…⑭380, ⑯534, ㉗385, 386
～への脱出…⑫415, 569
重慶兵…②566
重交単拆…⑭492
重孝…⑮59

重三…⑪512
重生父母…⑮34
重銭…⑭492
重鼎之印…⑰583
重農主義…㉒336
従…②158
従一品…⑫319
従九品下…㉒28, ㉗20
従五品…㉓197, ㉗21
従三品…①487, ⑪397, 398, ⑮249, ㉗19, 21-23
従四品…㉓197
従七品…①487, ⑮271, ㉓163, ㉗21
従孫…⑫84
従二品…㉓164, 197, 198, 207, ㉗23
従八品…⑪398, ⑫389, 390, ⑮271
従良・従良文書…⑮105
従六品…⑪405, ⑮249, 250, ㉓163, 197
洂（宋詩）…⑬201
洂語（宋詩）…㉒64
夙川…⑦595, ⑰177, ⑳18, ㉕467, ㉗49, 184
夙川駅（阪急）…⑦595, ⑰177
夙昔…⑮415
叔雲…⑪95
叔向…②231-233, ⑤63, 83
叔術…⑥374
叔牂…⑥404
叔世…②231
叔斉…①157, ⑤91, 159, 194, ⑥231, 233, 234, ⑬224, ㉓341, ㉔103, ㉖216
叔孫氏（魯の公族）…③524, ⑤176, 180
叔孫昭子…③527
祝允明・希哲・枝山…⑮480, 502, 508, 518, 601, 607, 613, 619
「三月の初め峡山の道中にて」…⑮481　「春日酔臥して戯れに太白に効う」…⑮482、「暮春の山行」…⑮481
祝簡…⑯119, ㉕492
祝家店…㉑192
祝家荘…㉖408
祝鮀…⑤241
～の佞…⑤48, 241
祝穆「方輿勝覧」…⑫483
祝融峰…⑬170
倏忽…⑬222
宿（国名）…㉓106
宿阿弥…㉓51
宿昔…⑫275, ㉖133
宿白…㉒474
淑且真…⑫105
淑女…②8, 216, 217
淑と善…⑳78, 79
淑浦…⑯192
粛州…⑥89
粛親王（清）…㉖462
粛宗（唐）…①81, ②551, ⑪409, ⑫170, 241, 301, 308, 312, 325, 327, 343, 364, 374, 389, 391, 482, 486, 496, 630, ㉒20, 480, ㉖88, 97, 126, ㉗19→宣皇帝
～という廟号…⑫314, 391
～との関わり　高力士（太子時代）…⑫313, 318, 319　楊国忠（同前）…⑫57, 313, 328　李泌…⑫326　李輔国…⑫322-325　李林甫（同前）…⑫57, 312, 313, 318, 323, 328
の妃・韋氏…⑫324　張氏（張妃・張良娣・淑妃）…⑫324-326, 392
～の乾元三年の戸数…⑫177, ㉒27
～の玄宗との阻隔…⑫314, 322, 329
玄宗との阻隔と杜甫…⑯119, ⑰252
～の光武皇帝への比喩…⑫385, ㉖59
～の皇太子への選定…⑫312, 319
～の至徳という元号…⑫319
～の新政府…⑫306, ㉖59
順化県…⑫327, 391　彭原県…⑫327　鳳翔…⑫283, 327, 389, 415, ㉕486, ㉖56, 65, 81　霊武…⑫204, 309, 325, 327, 569, ㉖48, 49
ウイグル族の協力…㉖77　永王璘の謀叛と李白流罪…⑪86, 179, ⑫330, 680, ㉖117　杜甫の参加…⑫204, 283, 389, 390, 392, 393, 397, 415, 551, 569, 582, ㉒32, ㉕486, ㉖10, 49, 56, 65, 81　房琯の参加…⑫327, 328, 390-392, ㉕451, 458
～の性格…⑫313, 314, 391
～の即位…⑫177, 204, 241, 283, 309, 314, 319, 323, 325, 327, 329, 366, ㉒27
即位批判…⑫309-312　即位弁護…⑫310, 311
～の長安帰還…⑫325, 343, 399, 414, 437, ㉖10, 81
～の馬嵬陂残留（太子時代）…⑫176, 177, 309, 310, 312, 314, 322-324, ㉒27
～の反乱平定…㉗22
粛寧…⑯220
「鷫鸘裘」雑劇…⑭154
蹙金…⑫106
蹴踏…⑫187
孰…②129
熟滑…⑭581
出…②132, ⑰301
出公（春秋・衛）…⑤49
出豁…㉖394
出笏…⑬517
出色…㉖388
出人…㉖397
出翠華…⑭410
出姓…㉖418
出尖…㉖391
出典…②30-32, 36, 215→典故
出頭…⑬514
「出版社雑談」…㉔255
出風頭…㉖391

出没…㉖397
「述也是園旧蔵古今雑劇」…⑭34, 36, 39, 40, 571
術…㉓282, 337, 349, 374
術士…㉒295, 296
俊逸の詩…⑮508
俊寛僧都…⑲428
「俊頼髄脳」…⑫281
春怨…⑪191, 192, 198
『春閨怨』 喬夢符…⑭512
春恨長…⑪192, 193, 198
春秋（時代）…②164, ③5
～の歌…③480
～の使臣…㉓524
～の秦と晋の重縁…⑭530
～の青銅器…㉖483
～の時…②549
～の年を越しての即位…⑨479
～の殯に奠をしての即位…⑨479
～の世の諸侯の殯…⑦254
～の列国の歴史（国語）…⑰555
「春秋」（春秋経）…①166, ③10, 515, ⑥303, 367, 369, 373, 375, 378, ⑦252-257, 525, ⑩435, ⑰555, 587, ⑲261
～を知る意義…⑥376
～を含む五経…①183, 241, ②103, 292, 297, 485, ③5, 33, 38, 505, ④5, 8, ⑤122, 135, 151, ⑥103, ⑧501, ⑰554, ㉓106, 107, ㉔243, 244, ㉗127
六経（六芸）…⑤122, ⑥103, ⑰554, ㉔244
～と科挙…⑬564, ⑭112, 245, ㉕320, 321
～と孔子→その項
～と後人　王安石…⑯78, ㉑160, ㉓107　韓愈…⑬555, ㉑148　公孫弘と春秋雑説…⑥109　朱買臣の講義…⑥107　銭謙益…⑯66, 116　荘子…②489　杜台卿の講義…⑦552　孟子…⑥376, ⑦255, ⑮620, ㉓107-111
～と後世散文の文学…①115
～と「史記」…⑥229, 238, ⑯288, 289, ⑰79, ⑲56, ⑳167, ㉓578, ㉕153, 156, 186
～と「資治通鑑」…⑬555, 598, ⑰79
～と「書・周書」…㉑156
～と政治への寄与…①72, 115
～と日本人　伊藤仁斎…⑰129, 164, ㉓80, 110　荻生徂徠…㉓349, ㉗70　永井荷風…⑱322　堀景山塾…㉗127　山井鼎の校勘…⑱57
～と歴史主義・歴史重視…⑳167, ㉑92
～と「論語」…㉓107, ㉕177, 178
～における争い…⑤63
～における詩…㉖435, 451
～における弑せられた君主…⑥376
～における斉襄公…⑥157
～における亡びた国…⑥376
～の解釈…①186, ②126, 127, 290, 317, 485, ⑯66, 288, ⑰555, ㉑160, 161, ㉒394, ㉓104, 105, 111, 112, ㉗65, 127→三伝→春秋三伝
～の学（漢）…⑥123, ⑦256
張玄…㉕229　劉賈許潁の学…⑦257　劉歆…㉕334
官学…②316, ㉕229, 331
今文派と古文派…㉕335
専攻者の書記官採用…⑥118
～の学（晋）杜預→「左伝」（注釈）
～の原形となるもの…①168, ㉓105, 110
～の婚姻の重視…⑱524
～の三世異辞…⑥370
～の史官…②54, ㉑156, ㉓105
～の車戦の法…⑫391
～の石経（漢）…⑤328
～の文章…②126, 127, ③6, 7, ㉑160, ㉓106, 111, ㉗127
一字の褒貶…㉑160　記載の簡約…①157, ②105, 305, 317, ⑥239, ⑯289, ㉑156, 160, ㉓106, 111, ㉕186　措辞の厳密さ…㉕177, 178
～の歴史記述…①72, 241, ②270, 308, 549, ③6, ⑰79, 445, ⑳167, ㉑270, 290
記述の最後…②105, 549, ⑤35, ㉓105（西狩獲麟…⑤115, ⑥376, ⑪136, ㉑160, ㉓394, ㉗258）
記述の最初の年…②83, 105, 549, ㉓105
記述の中心…②127
記述の体裁（編年体）…①168, 169, 186, ②105, 157, ㉕185
古代人の記録の生活…②270
事を記す…①157, 275, ㉑156, 201
歴史書の淵源…①241, ⑬553, ⑯288, ⑰79, ㉑92, 150
～の魯の十二公…⑨479, ㉑159, ㉓105
「春秋」（注釈）
正義→「春秋正義」
注・鄭玄…②317
伝・公羊高→「公羊伝」　胡安国「春秋伝」…⑭363, ⑯66, ⑰556, ㉓292（足利学校所蔵本…⑰587）
穀梁赤→「穀梁伝」　左丘明→「左伝」
「春秋」（テクスト）
藤原惺窩点本…㉗128
「春秋」（篇名・項目）
哀公…⑥370, ㉑160　隠公…②106, 126, ㉑160　桓公…②127　昭公…⑥370, 405　襄公…⑥370　成公…⑥375　宣公…⑥370　荘公…⑦554　定公…⑥370　文公…⑥371
春秋緯…⑥376
「春秋演孔図」…⑤119, ㉖452→「春秋孔演図」
「春秋外伝」…②135
「春秋経」→「春秋」
「春秋公羊伝解詁」→「公羊伝」（注釈）
「春秋公羊伝注疏」…⑥374
旧鈔単疏本・阮元本・宋刻単疏景印本…⑥399
馬輯本…⑥376　毛本…⑥399

「春秋経伝集解」…⑫20, ⑰601
　序…②251, ⑥404, ⑦252, 253, 255
「春秋元命包」…㉕124, 125, 150, 151
「春秋孔演図」…⑤116, 117, 119→「春秋演孔図」
「春秋穀梁伝」→「穀梁伝」
「春秋左氏伝」→「左伝」
「春秋左伝正義」→「春秋正義」
「春秋左伝注疏」…⑯643, ⑰590→「春秋正義」
春秋三伝…②493, ⑰186, ㉓112→三伝
　～の使用字数…⑱420
春秋社…⑭598, ㉓622, 624, 630, ㉖365, ㉗288
「春秋釈例」「杜氏釈例」…⑥403, ⑦255, 256, ⑨480
「春秋正義」「春秋左伝正義」…②232, 319, ⑥403, 405, ⑧4, 20, ㉗64
　～における疏　已乎已乎…⑪388　昭二十六年…⑦519　荘十年…⑥375　美先尽矣…㉔322　備物典策…⑦253　与天地並…⑦519　六月戊辰士燮卒…③526, 527
　～の引用する「左伝」漢注…⑥403
　～の唐写本（敦煌出土）断片…⑩426
　～の編定…⑧4, 20, ㉗64
「春秋正義」（篇名・項目）
　哀公…⑥403, ⑦255　隠公…⑥403, ⑦252　僖公…⑥403, 405　春秋経伝集解序…⑥404, ⑦252, 255　序…⑥403　昭公…③527, ⑥403, 405, ⑦519, ⑪388, ㉔322　襄公…⑥403, 404　成公…③526　宣公…⑥404　荘公…⑥375　定公…⑥403, ⑦253
「春秋説題辞」…⑥376
春秋戦国時代…①609
　～の学者…③475
　～の歴史…②163
春秋伝（元雑劇における引用）…⑭263
春秋伝（鄭玄による引用）…⑦274, ⑩435, 436
春秋の時…②549
「春秋繁露」…②483, ⑥374, ⑯67, ㉕217, 218
　山川の頌…㉕216, 218　深察名号…⑯67　竹林…⑥373
「春秋繁露」（テクスト）
　金陵本・錫山安氏活字本・宋版…⑯66
「春秋命暦序」…⑥33, ⑯130
『春従天上来』　呉激…⑭51, 300　白仁甫…⑭98
春申君（楚）…⑭450
　～をそしる歌…⑥354
春申江…①512, ⑳252
春織…⑭415
春天樹…㉒86
春風…⑬472, ㉑72
『春風裊娜』　朱竹垞…⑯150
春風の面…㉖199, 200
春分の星座…②349
春坊…㉗21
「春望」（杜甫）…⑪57, ⑫283, 411, 582, ㉑48, ㉒33, 34, ㉖56, 234, 235, ㉗399
　～第二聯の主格…⑪59, 565, ⑳16, ㉒59, 90, ㉗397
　～の押韻…①125
　～の対句…⑫696, 697
　～の悲痛…⑫292, 371
　～は名作の最初…⑫289
春無価…⑭433
春令…③514
春聯…②547, ⑭382
逡巡…⑬224
皴…㉑76, ㉖127
舜…②252, 365, ⑩83, ⑮278, ㉑181, ㉓340, 442→虞→虞舜
　～を含む古代の聖人…①88, ⑤121, ⑦523, ⑩467, ⑬553, ⑮232, 328, ⑳488, ㉒111, ㉓19, 92, 292, 387, 396, ㉕303, ㉖243, ㉗253, 365
　伊藤仁斎説…㉓81, 82　荻生徂徠・七聖人説…㉑178, ㉓282, 386, 387, 406, 438, 447, 467　張載・七聖人説…㉑177, ㉓386　舜堯…㉕306→堯舜
　～を含む五帝…②374, 549, ㉕152
　～と堯　堯による抜擢…⑩471, 472, ⑪101, ⑳6　譲位…⑦187, ⑳6, ㉓76　娘との婚姻…⑩472, ⑪101, ⑯532, ⑰98, 100, ⑱524
　～と孟子…⑬558, ⑰98, 100
　～の禹への譲位…②549, ⑳6
　～の弟…⑧11, ⑩470-472, ㉓21
　～の感化…⑩470-473, ㉑181, ㉓21
　限界…⑩471-473
　～の国・虞…②549
　～の語…①123, ⑳14, ㉑156, ㉗277, 343
　～の後裔…⑤86, 174
　～の史官の空想的記述・誇張的描写…①183, ⑧11
　～の死…⑪101, ⑯532
　死んだ場所…⑫221, ㉓442
　～の至孝…①225, ⑦551, ⑩471, 472, ⑰98, ㉓21
　父…⑧11, ⑩470-472, ⑰98, ㉓21
　母…⑩470, 471, ㉓21
　～の時代の音楽…⑤85, 155, ㉓411, ㉗80, 81→「韶」
　～の説話…⑰98, ⑳6
　～の容貌…㉕151
　重瞳…㉕150-152
稕…⑮95, 96
駿奔…⑦388
巡軍…⑮135
巡狩…⑥144
巡撫…②470, 511, ㉒307, ㉓164, 205, 213, 217, 218, 221-223, 279, 705, 706
准三后…㉒54
笋条児…⑭472
純鈞の剣…㉑167
荀彧（いく）…⑦35, 77, 96
荀悦…⑥4, 27, ㉕77, 78　「漢紀」→その項　注「漢

書」…㉕371 「申鑒」…⑦526, ⑮329（雑言下…⑦526）
荀偃…⑳397
荀晞→苟晞
荀勗（きょく）…⑰344, ㉑16
荀子・荀況・荀卿…①37, ②138, ⑥222, ㉒457, ㉓345, 493, ㉕429, ㉗171→孫卿子
～における見解・思考　雅儒…②238, 239　世俗と古之人…②240　俗…②248, 249　俗儒…②238, 239　俗人…②238, 241　大儒…②238, 239　蕩…②255　飛耳長目…⑰50　不俗…②248
～の思想…②253, 254
古今一度…②254, 255, 257　古代尊重…②255　後王尊重…②239, 253-255, 259　性悪説…②478, ⑯391, ⑰140, ㉓545
～の先王尊重…②253-255
～の人間の段階分け…②238, 239
～の人相見評…②237, 251, 254, ㉕150, 151
「荀子」…①270, ②270, 478, 479, 481, ③9, ⑰559, ㉒356, ㉓277, ㉗28, 29, 173, 177
～と「儀礼」…③483
～と士人の読書…②456, 474, 481, ㉒356
～と清朝学者　王念孫…②482　銭大昕…②482　盧文弨…②479
～と日本漢学…②456, 474, ㉒356
～と「文心雕竜」…②485
～における語彙・事項　学問尊重…⑤39　偽…②482, ㉔318　婚礼の季節…⑦178　水の属性…㉕217, 218　離縦跂訾…②249
～の刪定（方苞・姚鼐）…②491
～の使用字数…⑱420
～の授業（佐藤広治）…㉒344
～の「書」の引用と解釈…⑦265
～の尊重（方苞）…②490, 493
～の復刻（現代中国）…㉕429, ㉖473, ㉗29
～の文章…②239, ㉓289, ㉕329
対偶…③495
「荀子」（注釈）
訓詁・兪樾…②483
注・久保愛「荀子増注」…②239, 475, ㉓562　楊倞…②253, 479, ㉔318
「荀子」（テクスト）
王道焜・鍾人傑刊本…㉗28　謝墉刊本…②478, 479　世徳堂刊本…②478, ㉗28　明刊本…②478　楊倞注本…②479　和刻本…㉕280
「荀子」（篇名）
哀公…⑪216　王制…②253　王覇…⑥316　楽論…③483　勧学…②254, ③495, ㉗171　儒効…②236, 238, 253　正論…②237　性悪…㉔318　大略…㉒296　非十二子…②237, 248　非相…②237, 251, 253-255　宥坐…㉕217
「荀子集解」…②483, ㉓562
荀淑…⑫378
荀済…⑫668, 669 「贈陰涼州（大詩）」…㉒80
荀昶（ちょう）…⑦489, 491
淳于意・太倉公…⑥258, ⑦501
「淳化閣帖」…㉑89
淳和天皇…②172, 220
淳仁天皇…㉖81
淳樸の古風…㉓216
循王（宋）…⑭177
筍虡（簴）…⑦275, ㉓424
筍輿…⑬97
順康の世→順治康熙朝
順時秀…⑭71→郭芳卿
順昌…⑬344
順宗（唐）…①465, ②551
順治康熙朝…⑯545
～の詩…⑯655
～の詩人と高郵の風光…⑯574
順治通宝…㉓174
順治帝（清）…⑮289, ⑯177, ㉓167, 172, 176, 269→フリン→世祖
順帝（元）…④14, ⑭56, 61, 72, 383, ⑮243, 265, 289, 435, 461→トガンチムール→ドゴンテムル→庚申帝
～をめぐる墨縁…⑮286
～漢人説…⑮288, 289, 418
～と元朝廷の漢化…⑮283, 286, 295, 298, 306, 307, 312
～と文宗…⑮283
～の一代記…⑭62→「庚申外史」
～の漢文…⑮312
作文力…⑮287, 288　読解力…⑮293, 304
～の翰墨…⑮234
御書（九霄…⑮276, 277　慶寿・明良…⑮278　賢卿・方谷…⑮277　山斎…⑮279）　書法…⑮276, 279, 293
～の旧臣…⑮288
～の在位…⑮276, 433, 458
～の詩…⑮292
～の失徳…⑮287
～の書画の所蔵数…⑮255
～の書画への嗜好…⑮304
～の性向…⑮283, 289
～の善画…⑮288
～の即位…⑮276, 281, 283
～の太子…⑮289
太子の翰墨…⑮234　太子の詩…⑮292
～の父…⑮283, 288, 418→明宗
～の寵妃・奇氏…⑮289
～の文弱…⑬603
歌舞への耽溺…⑭72
芸文への理解・興味…⑮236, 287, 295
～の文臣…⑮279
～の蒙塵…⑬603, ⑮276, 287, 458

～の世　漢文の書の蒙古訳…⑮297, 304　宮廷文学…⑮307　教坊司儀鳳司…⑭73　奎章閣のなりゆき…⑮281, 314　詐馬宴…⑭65　雑劇作者…⑭163, 164, 170, 383　賜本…⑮264　真金の倣書…⑮237　前代史の纂修…⑮237, 298, 307　南方諸地域の反乱…⑮433, 458
順帝（後漢）…②543, 550, ⑥372, ⑦47, 49, 50, 53, ㉕223→劉保　皇后・梁氏…⑦49
順天郷試…②442, ⑯173, 177, 244, 246, 247
「順天時報」…㉒411
順天時報社…㉓621
順天の万戸…⑭70, 161, 205→張柔
順法闘争…㉕136
順烈梁皇后（後漢）…㉑89
準（隆準）…㉕86-89, 92-100, 109-112
潤州刺史…⑪214
潤物…⑫488, ㉖157, 158
醇糯酤…⑮145
醇親王（清）…⑮305, ㉖462
醇醪糯…⑮110
鶉衣…⑬184
且…②146, 155, 175
且休説…⑭423
且復…⑫86
且略之辞…⑫526
処…⑪153
処士…②429, ⑮606
処処…⑬98
処女懐胎伝説…⑤146
「処世奇術」…⑯583
「初学記」…⑬578, ㉑11
～と馮惟訥…⑥259
～の引用記載する作品　「逸人伝」丁蘭伝…⑥390　陰鏗詩…⑫656　応瑗「雑詩」…⑦161　応璩「百一詩」…⑦149, 150, 157, 159　「河図」…㉒307　「玉燭宝典」…⑦555　「荊楚歳時記」…⑫344　「史記」高祖本紀・大風歌…⑥27　「七略別録」…⑥396　「釈名」…⑲22　「長門の賦」…⑥210　「迢迢牽牛星」…⑥285　陰鏗「新成長安宮詩」…⑫661　杜台卿「淮賦の序」…⑦553　司馬相如「美人の賦」…⑥210　陸機「鼓吹の賦」…⑥348
～の史書引用…⑬576
「初学記」（篇名・項目）
器用部・香爐…⑥333, 334, 336-338　居処部・宮…⑫661　歳時部…⑥285　人部（師…⑦159　美婦人…⑥292　貧…⑦161　諷諫…⑦157）　天部・雲…⑥27
「初学集」…⑯11, 21, 37, 63, 84, 116, 117, 655, ㉖430
～所収の詩文　「頤志堂記」…⑯96　「一樹庵の仏殿を造ることを募る疏」…⑯53　『永遇楽』…㉖453　「瀛国公事実」…⑮289　「袁祈年の字は田祖なる説」…⑯69, 73　「王元昭集序」…㉖454　「王淑士墓誌銘」…⑯129　「王損仲の詩文の後に書す」…⑯95　王図行状・王図文集序…⑯31　「華山雪浪大師塔銘」…⑯41　「華聞修詩集序」…⑯106, ㉖437　「嘉議大夫…謚文恪傅公神道碑」…⑯48, 103　「開元寺のための疏」…⑯53　「葛端調の編次せる諸家の文集の序」…⑯90, 124　「憨山大師五乳峰塔銘」…⑯44　「憨山大師真賛」…⑯44, 58　「翰林院編修趙君室黄孺人墓誌銘」…⑯25　「嚮言三十首」…⑯38　「曲阜道中」…㉖453　「金陵旧刻法宝三書の後に書す」…⑯49　「瞿元立伝」…⑯93, 131　「虞山詩約序」…⑯106, ㉖437　「刑部郎中趙君墓表」…⑯25　「湖広提刑按察使司僉事晋階朝列大夫管公行状」…⑯93　顧大章墓誌銘…⑯30, 130　「顧端文公淑人朱氏墓誌銘」…⑯21-23　「顧端文公文集序」…⑯21, 23　「顧仲恭伝」…⑯30, 130, 131　「顧母王夫人寿序」…⑯22　「顧母張太宜人墓誌銘」…⑯30　「孔廟に謁しての一百韻」…㉖453　「江上にて繆西渓の従野堂に宿し…」…⑯28　「江母金孺人墓誌銘」…㉖454　高攀竜神道碑…⑯23　黄尊素墓誌銘…⑯30　「閶門忠孝記」…⑯32　「刻鄒忠介公奏議序」「四川叙州府知府趙君墓誌銘」「孺人趙氏墓誌銘」…⑯25　「周忠介公夫人六十序」…⑯30　「重修維揚書院記」…⑯99, 102　「春秋匡解序」…⑯78　「春秋私考」跋…⑯90　「書瀛国公事実」…⑮289　「徐元歎詩序」…⑯112, ㉖441　「書雪浪師書黄庭経後」…⑯42　「邵幼青詩草序」…㉖432　「嘗熟県教諭武進白君遺愛記」…⑯67, 72, 75, 94　「新刻十三経注疏序」…⑯77, 79, 83, 86, 128, 132　「瑞芝山房初集序」…⑬273, ㉖437　「西渓の済舟長老の冊子に書す」…⑯46　「請誥命事略」…⑯26　「説文長箋」序…⑯95　「銭湛如先生祠堂記」…⑯84, 128　「蘇州府重修学志序」…⑯74, 77, 81　「蘇門六君子文粋序」…⑯77　曹于汴祭文・神道碑…⑯32　「増城集序」…⑯112, 114, ㉖435　「贈別方子玄進士序」…⑯71, 96　孫承宗行状・奏議序…⑯32　「大事狂言跋」…⑯48　「題徐陽初小令」…㉖454　「卓去病に与えて経学を論ずる書」…⑯83, 99, 131　「卓去病の為に飯を募る疏」…⑯83　「忠烈楊公墓誌銘」…⑯26, 124　「張異度文集序」…⑯128　「張益之先生墓表」…⑯21, 24　「張元長墓誌銘」…㉖454　「趙叙州六十序」…⑯24, 25　趙用賢神道碑…⑯24　「通議大夫…梅公神道碑銘」…⑯99　「鄭孔肩文集序」…㉖451　「天台山天封寺修造募縁疏」…⑯41　「都察院司務無回沈君墓誌銘」…⑯83　「陶仲璞の遯園集の序」「陶不退閬園集の序」…⑯98　「湯義仍先生文集序」…⑯107, 110, 111, 115, 116, ㉖434　「特進光禄大夫…孫公行状」⑬273, ⑯32　「読左伝随筆五則」…⑯92, 116　「読蘇長公文」…⑬265, 275, ⑯54　「読杜小箋」…⑫222, ⑯119, ㉒

84 「読杜二箋」…⑯119 「南京刑部…李公神道碑銘」…⑯88 「南京礼部尚書李公墓誌銘」…⑯124 「梅長公伝」…⑯17, 26 「跋一笑散」…㉖454 「跋憨山大師大学綱領決疑」…⑯44 「跋傅文恪公大事狂言」…⑯48, 103 「范璽卿詩集序」…㉖431 「繆采壁墓誌名」…⑯29 繆昌期行状…⑯27 「武林寺の報国院を修むる記」…⑯46, 53 「馮嗣宗墓誌銘」…⑯129 「馮定遠詩序」…㉖442 「仏海上人の巻に題す」…⑯40 「聞谷禅師塔銘」…⑯41, 53 「彭城道中」…㉖453 「亡児寿耈壙志」…⑯33 「明故陜西鞏昌府通判銭君墓誌銘」…⑯88 「名山蔵」序…⑯95 葉茂才墓誌銘…⑯23 「楊滄孺詩稿序」…⑯27 「李君実恬致堂集序」…⑯71 李卓吾行状…⑯87 「李衷純墓誌銘」…⑯26, 30 「劉咸仲雪庵初稿序」…㉖431 「林太史玉署初編序」…⑯83, 103
～の記載事項・主張　東林党庇護者…⑯31 仏教への関心…⑯38, 48 文学論…⑯111 古文辞排撃…⑯65, ㉓358 俗学の指摘…⑯92 有物の文学の主張…⑯106
～の版式…⑬273, ㉖434
～の文章の特徴…⑬272
～「有学集」への禁令…⑯58
初月…⑳51, ㉖144
初盛中晩…①608, ⑪4, 551, 563, 564, ⑬186, ⑮474, ㉒6, 7, ㉖439, 451
初唐…①74, ⑪14, 551, 552, 563, ㉒6, ㉓118, 300, 352, ㉗18
～詩…①143, ⑪24, 45, 548, 564, ⑮503, 530, 631, ⑰71
初唐詩から盛唐詩への転換…⑪24, 27, 564
初唐詩的機智…⑪31 初唐体の宮廷詩…⑪22
律詩・絶句…⑪5
～詩人…⑪22
宮廷詩人…⑪22, 27, 29, 33, 39, 40
初唐の諸家は正始…⑮474
～の詩体と南北朝の詩文…⑫33
南北朝的残滓…⑪14
～の詩風と「懐風藻」「文華秀麗集」…⑰71-73
～の詩風と庾信…⑰71, 73
～の時代と山上憶良…⑰66
～の書→書の芸術（初唐）
～の文…⑦538
文人…⑫14, 18 駢文…⑦535, ㉗132
～風の小楷（書法）…㉖475-476
初唐四傑…⑪14, 552, ⑫14, 15, ⑮468, 504, ⑰71, ㉗299
初不…⑰503
所…⑭392-394
所以…②87
所以者何…㉗45
所以然…②250
所謂…②87
所央…⑭393
所見の世…⑥370, ⑰616
所向…⑫567, ㉖32
所在・所有…㉖32
所算・所傷・所生…⑭393
所除…⑭393, 394
沮洳…⑮414
沮溺（長沮・桀溺）…⑮471
胥吏…①299, ②459, 461, ⑮4, 6, 114, ㉖413
～出身の雑劇作者…⑭172
～と人妻の密通…⑮166
～に対する蔑視・憎悪…①296, ②459, 460, ⑮5, 6, 9, 10, 359, 360
～の株（世襲）…②459, ⑮6, 10
～の元祖…⑮114
～の産地（清）…⑮10
～の種別…⑥45
～の職務…⑮4, 5
行政の末端業務…①295, ②458, ⑮4, 5 刑法把握…②455, ⑮359, 361 裁判業務…②459, ⑮5
～の生活…②460, ⑮4, 7, 8, 11
～の性格…⑮362
～の勢力増大…②408, ⑮359
～の作った雑劇…⑮362
～の作った小説…①625, ⑮362, ㉖385
～の妻の称号…⑮24, 25
～の詰める六房…⑮21
～の文集…⑮7
～の文章…②460, 472, ⑮361-363
「元典章」の文…⑮358, 359, 362, 363 裁判用語…②460, ⑮361, ㉖408 蒙古語直訳体の文章…⑮362
～の弊…⑮6, 7
～の身分・地位…①295, 296, ⑮9, 25, 359
～の優遇（元）…⑮9, 25, 359
胥吏から出発する士人…⑭130, ⑮7, 9, 359, 360
胥吏出身者の厚遇…⑭132, 141, ⑮359
書…②504-506, 523, 527-529, 533, 534, 539, ㉕300→書の芸術
書（紀伝体正史の篇名）…⑰557
書（近世古文・書簡）…①162, ②18, 181
書（四術）…㉓283, 284, 290, 332, 336, 349, 384-386, 448, ㉕302
書（文語）…②11-13, 134, 135, ㉓347, ㉕35, 36, 39, 40, 44-47, 50, 52, 54, 58, 59
～の言語…㉕40, 41, 43-47, 49, 52, 54
～の文章…㉕35, 36, 40, 43, 44
～の文体…㉕43, 44, 46, 47, 58
「書」→「尚書」
書淫…㉕379, 380
書画社（中国）…㉖476
書会…⑭87, 178

「書紀」→「日本書紀」
「書紀集解」…⑰174, 634, ⑱63, ㉓6, ㉔239, ㉕384, 385, 471, ㉗48, 60, 104
書記…㉒80
書儀…㉗12, 13, 16
「書経」→「尚書」
「書契」…⑦525
書剣…⑭401
書後（近世古文）…②181
書香の家…①298, 299
「書斎夜話」…㉖393
「書史会要」…②568, ⑮236, ⑯607
アユルシリダラ…⑮234, 291　英宗（元）…⑮234, 242　虞集…⑮256　庚申帝（元）…⑮234, 276　鮮于去矜…⑭163　盛熙明…⑮241, 286　趙期頤…⑭113　トクタ…⑮282　班惟志…⑮261　文宗（元）…⑮234, 263, 267　劉楨…⑭183
書誌家…㉕53, 492, 496, ㉗67
書誌学…②405, ㉕499, 500, ㉖466
～的業績…①621, 627
～的研究…①600, 615, 620
～的論考…①627
「書誌学」…⑮317, 323
書誌学家…㉔254
書誌学者…⑥245, ㉕276, ㉗244
書生語…⑭287, 288, 555
書聖…②284, ㉔235, 236, ㉗147→王羲之
書誓符檄…②257
「書疏」…㉗65→「尚書正義」
書と礼楽射御数→礼楽射御書数
書道…①3, 60, 193, ②455, 499-501, ㉑87, ㉔290, ㉕100, 300→書の芸術
～の書…⑳56
「書道全集」中国宋一…㉖396
書道代表団…②597
書道博物館…㉔270
書の芸術…②503, 533, ⑳56, ㉔290→書→書道
書の芸術（中国）…②505, 532, 535, ㉕300→書法
～と演奏…②529, 531, 532, 535, ㉔235
～の素材…②505, 529, 532
～の大家　王羲之…②284, 504, 524, 529, 531, ㉔235　顔真卿…②506, ㉔235　蘇東坡…②506, 526, ㉔235　智永…②504
～の道理…②284
書の芸術（漢）…②523, 524
～の萌芽…②523
書の芸術　三国…②524　初唐…②506　宋以後…②527　東晋…②524　南北朝…①281　明…②505, 535　六朝…②524
書の芸術（日本）…②506, 533
書法…②455, 499-501, ㉑87-89, ㉒13, ㉕100, 300→書の芸術
書法甚妙…②499
書坊…㉓259
書本…㉕278, ㉗67→写本
書物の言語…㉕72, 82
書問…⑳413, ㉔68
書友…⑯653, ㉒474, 492
書吏…⑮22, 45
「書和人」（雑誌）…㉔399
庶・庶民…①206, ②238, 398, ㉕305
～と士…①291, 293, 295, 297, ②399, 400, 402, 435, 460, 461, 470, 472, ⑥172, ⑳126
士のみの特権　政治的発言権…①296, ②400, 401　文学的発言権…①297　法律的特権…①295, 297　礼の実行…①294
庶と士の生活理念…②288, 289
小人・君子…①294, 297
小人・大人…①294
身分的区別…①298, ②382, ㉖480, 481（中世期の特殊性…②404　非世襲的身分…①298, 299, ②403, 435, ⑳126, ㉕304, ㉖480）
身分的区別の尺度…①299, ②400, 409（科挙…①300-302, ②405, 409, ⑳121　経学の知識…①299, 300　書画の能力…②409　読書能力…②382, 401, ㉕304　文学制作能力…①300, ②409, 460, 470, 471, ⑳120, ㉕304）
～と宗教…②384
～と胥吏…①295, 296, ②458-460, ⑮359, 361
～と生産活動…②403, 461, ⑳120
～と俗人…②238
～の一揆…①296, ②406
～の文化（小説戯曲）…①206, 297, ②406, ㉕9
庶幾…②143, 179, ㉓309
庶吉士…㉓157, 159, 163, 168, 172, 175, 182, 186, 189-193, 198, 224, 278, 704
庶子…⑦124
庶常…㉓704, 706
庶姓…⑥348
渚宮…⑪314-316
黍…⑬19
署理湖広総督…㉓279
鉏麑…㉖366, 367
雎鳩…②8, 9, 14, 216
雎景臣…⑭164
緒…㉓39-41
緒微・緒密…⑪198
翥…⑱454
諸…②129
諸夏（中国）…⑤247, 248, ⑥76, 375, ㉕192, ㉗71, 292
諸葛恪…⑰330
諸葛高…⑬208
諸葛長民…⑦430
諸葛武侯祠…㉕439
諸葛亮・孔明…①46, 412, ⑦3, ⑬579, ⑭475, ⑯362,

㉓173, ㉖136, ㉗254
～と真田幸村…⑦4
～と周瑜…①413, ⑮59
～と「靖献遺言」…⑮415, ⑰40
～の遺跡…㉖195
～の「出師の表」…⑮411, ⑰40
諸宮調…⑭555, 565, 566, 577-579, 581, 582, 608, ㉖387→宮調→諸般宮調
～うたいの能事としての九条件…⑭571
～を歌う歌妓…⑭80, 120, 121, 177, 566-568, 571-574, 576
～と元朝廷…⑭570
～と雑劇…⑭32, 66, 120, 121, 127, 274, 567
歌曲…⑭31, 120, 201　歌辞…⑭323, 326
～と南宋の士人…⑭176
洪邁…⑭568
～に関する元人の記事…⑭567
王惲…⑭81, 573　胡祗遹…⑭569, 572　李治…⑭76, 568
～の韻法…⑭31, 325, 326, 566-567
～の沿革…⑭567
～の鑑賞者…⑭15
～の研究…⑭567
～の作者…⑭120, 121
～の成句成語…⑭304
～の題材…⑭201, 203, 575
教訓書・「蒙求」「列女伝」…⑭208
軍談…⑭203, 572
伝奇…⑭207-208（「任氏伝」「離魂記」…⑭208「柳毅伝」…⑭208, 222, 575）
～の作品例　「西廂記」「双漸小卿」「天宝遺事」「劉知遠」→各項
～のテクスト…⑭10, 31, 274, 566, 567
～の体裁…⑭31, 32, 120, 201, 215, 566
～の『定風波』…⑭76, 568
～の伴奏楽器…⑭576
～の『緑腰催』…⑭77
「諸宮調風月紫雲庭」雑劇…⑭567, 572, 574, 579, 581
諸錦…㉓168
「諸君」（雑誌）…㉒458, ㉗416
諸孤…㉖132
諸侯淫乱の事（左伝）…⑬247
諸侯王（漢）…⑥174, 193-195, 200
諸侯の畳…㉗79
諸侯の礼…②304
諸子…①270, ②124, 270, 604, ③549, ⑦78, ㉒295, 356, 363→諸子百家
～と異端の呼称…②491
～と古典…②294
～と儒家…②488-490
～と日本人　荻生徂徠…②495, 496, ㉓307, 317, 345, 350-351, 377, 474, 702　武内義雄…㉗276
日本漢学と諸子…②271, 475, ㉒356（江戸漢学…②456, 474, 475, 480, 483, 488, 495, 497　諸子の和刻本…②480, ㉕280　明治期の普及率…②480）
～と北京大学…㉒403
～の主張…②295, ③11
原理と動機…①281　背後の地方的対立…①281
～の書を読まぬことによる不便（中国）…②497
～の書と科挙…②456, 474
～の書と近世中国　関心の冷却…②486　許容…②488, 490, 491　士人と諸子…②474, 481, 484, 487, 492-494, 497　疎外…②474, 475, 477, 481, 485, 487, 491, 492, 497　宋学と諸子…②490-491
～の書と清朝漢学…㉓350-351, 474
諸子の書の復刻（嘉慶期…㉒292　乾隆期…②479, 480, ㉒292「四庫全書」…②480　叢書の刊行〔清末〕…②480　畢沅…②479, 482, 491, ㉒292）
流布の寡少…②478, 480, 481
～の書と文学…②492, 493
寓言…⑥237　詩文の能力…②492, 494　典故…②493, 494, ㉑252
～の書における背景設定…①184
～の書の資料的価値　言語資料的価値…②480, 496, ㉓474　歴史資料的価値…②480
～の書の主題…⑥205
～の書の疎外と「老子」「荘子」の扱い…②480, 481, 492
～の書の尊重…③17
～の書の注釈…②476, 480, 491
～の書の道蔵本…②479, ㉒292, 303
～の書の読者…②271, ㉒356
～の書の筆録者…③12
～の笑話利用…①230
～のテクスト…②479, ㉒303
～のテクストの普及…②480
～の哲学…㉓345
～の排斥…②488
～の文章…①608, ②493, 496, ③520, ㉑7, 152, ㉓345, ㉕329
言語表現形式の統一…①281　政治への関心…③11　対偶…③492　文章としての価値…㉓599
文体…①281, ②123, 173, ㉗6　文と行…③11, ⑥219
～への関心　清…②481, 490　清末以後…②475, 480　宋…②484　唐…②484, 485　明…②484
明末…②605　六朝…②485
～への言及　「困学紀聞」「朱子語類」「諸子弁」…②484　「文心雕竜」…②489
～への言及・態度　王応麟…②484　王念孫…②482, 496　韓愈…②484, 489-491　高似孫…②484　朱子…②484, 489　銭大昕…②482　宋濂…②484　方苞…②490, 493　兪樾…②483　柳宗元…②484, 492

～冷遇の歴史（中国）…②483
諸子学（中国）…②483, 485
　～と道蔵本…㉒293
　～の歴史…②477
諸子学（清末以後）…②475, 480, 483, 485
　～の興起…②482
諸子学（宋）…②484
諸子学（日本）…②475, 480, 483, 495
諸子百家…①183, ②475, 497, ③10, ⑭517, ⑳357, ㉓340, 345→諸子
　～の書…②168, 477→百氏
　～の書と科挙…②456, 474
　～の説の出現時期…㉓81
　～の輩出…②497
　～の忘却（宋以後）…②497
諸色伎芸人…⑭565
諸生…㉓262
諸孫…⑬158, ㉕484
諸天…①535
諸同年…㉓186
諸般宮調…㉖387→諸宮調
諸番国…②156
諸比部…⑮513
諸馮…㉓442
諸餘裏…⑭321
覷得…⑮335
女…②153, ⑪308
女艷嬌・女艷姝・女艷粧…⑭535
女媧…⑥396
女楽…⑤234, 235
女几山…⑪244
女嬌娃・女嬌姿・女嬌姝…⑭535
女圭（星）…①96
女児…⑭311
女真…⑬323, ⑮106
　～の商品…⑬162
女真王朝…①283→金
　～の詩人の再評価（銭謙益）…㉖434
　～の通代詩集…㉖434
女真語…①284, ⑭63, 278, 288, 343, ㉓187
女真字…①283, ⑮376
女真人…⑬162, ⑭64, ⑮376, ㉕53
　～の漢字の知識…⑮377
　～の君主…⑭63, ⑮376, ㉒106
女真族…⑮375
　～と北宋による遼の滅亡…②551, ⑬6, 600
　～の歌舞愛好…⑭64
　～の完顔氏…㉒98
　～の旧地の巡幸…㉒101
　～の国家…②551, ⑬600, ⑭6, 8, 379, ⑮373, 375, 376, ㉔249→金
　～の中国書翻訳…①286
　～の北宋侵略…②551, ⑬6, 600, ⑭8, ⑳456, ㉕233,

㉖241
女性韻…㉔80
「女仙外史」…㉗287
女多嬌…⑭535
女直人…⑭64, 88→女真人
女娉婷…⑭535
女蘿…⑥297
女郎の詩…⑬138
如…②110, 112, 117, 123, ⑪220
如何…②112
如金紙…⑮183
如慶…⑩428
如皐知県…⑯26
如今…⑮144
如先…㉗195
如〜則〜…②115
如法…㉖407
『如夢令』　納蘭性徳…㉓179　李清照…①576, 577
汝州…⑬269
汝州葉県尉…⑬291
汝南（河南）…⑦45, 52, 91, 124, 543, ⑫344, ⑭360, ⑯22, ⑰593, ㉕91
「汝南先賢伝」…①166
汝南六俊…㉒300
汝陽斎…⑭580, 581
助字…①601, ②83, 95, 110, 113, 121, 122, 505, ⑤125, 126, ⑦456, 460, 470, 595, ⑭308, 309, ⑱391, ㉓95, 307, ㉕41, 42, ㉗196
　～と漢詩…㉗249
　～と「世説新語」　新しい助字…⑦462-464, 468　助字過剰の文章…⑦467　助字の増加…⑦464, 469　助字ばかりで成立する句…⑦456　装飾的使い方…⑦467
　～とてにをは…②9, 10, 84-86, 92, ⑦595, ⑱115, 391, ㉓144, 556, ㉕45, 46, ㉗197, 248
　～とリズム…②89, 95, 97, 109, 121, ⑱115, 117, ㉕44, ㉗248
　～の一字一訓の例外となるもの…②89
　～のおき字となるもの…②88
　～の押韻…⑮150
　～の多い文章…⑦458-460, 464, 466-470, 472, ⑭284, 285, 308, 309
　～の多い文体と清談…⑦468-470
　～の研究書…㉗249
　～の元曲特有のもの…⑭309
　　言語性の低さ…⑭310, 311, 371　助字の挿入による文章の波動…⑭310, 311　襯字…⑭318, 319　頻繁な使用…⑭308, 309
　～の実用的使い方（史記・漢書）…⑦467
　～の省略…②92, ㉕41, 44, 45
　～の他の語の上に添うもの・下に添うもの…⑦500, ⑭309
　～の訳法（荻生徂徠）…㉓309

助字異読…②90
序…②257
序（近世古文）…①162, ②181
序跋（近世古文）…②18
抒情詩（極東）…㉒19
抒情詩（中国）…①5, 23, 48, 62, 68, 70, 86, 87, 123, 190, 210, 321, 706, ②487, 520, 534, 536, ③23, 24, ㉖480
　～から散文への移行…①41, 53
　～と現代中国…⑰419
　～と自然…①23, 65, ㉒19
　～と政治的関心…③15, 23
　～と日常性…①5, 58, 80, 81, 84, 144, 251, ②471, ③23, ㉑150, ㉒19, ㉕297, 298, ㉖480
　～と人間の微小さへの敏感…①65
　～と友情の重視…①5, 65
　～の価値の確立（曹氏父子）…①65, ⑦138
　～の価値への自覚（楚辞）…①14
　～の古代の二つの文学（詩・楚辞）…①13
　～の最古のもの…①6, ⑦138
　～の始祖…①64, ③6
　～の書物…①242
　～の題材…①5, 58, 65, 84, 144, ②536, ㉕297, 298
　～の伝統…①144, ⑥331
　～の伝統の頂点…①80
　～の普遍的性質…①84
　～の凡人の哀歓…①58, 639, ㉒19
　～の隆盛の源…①73, ③5
抒情詩的詠嘆（シェリ）…⑫692, ㉗325
叙…⑩83, ㉓60, 70
叙景詩…①23
叙事…㉓336, 345
叙事詩…①5, 80, 182, 183, ㉕297
叙事詩（西洋）…①4, 58, 144, 639, ⑥331, ㉑145, ㉕297
叙事詩（中国）…①73, 190, 607, ③23, ㉑146, ㉖480, 484
　～が文学の主流たりえなかった理由…①321
　～の伝統…①4, 58, ③15
叙事の文章…②135-137, 151, 184, ㉓320, 332, 333
叙述の文学…㉑5, 6
徐渭・文長・青藤…⑮526, 533, ㉓440
　「青藤山人路史」…⑰560　「南詞叙録」→その項
徐寅「勾践の西施を進めし賦」…㉑10
徐琰・子方・中丞…⑭106, 184, 185
徐家匯…⑯417
徐霞客…⑱367, ㉗348
徐鍇…⑰591
徐東…㉓325
徐幹・偉長…⑦91, 92, 102, 110, 122, 124, 127, 128, 452
　「室（おみな）の思い」「玄き猿の賦」「橘の賦」…⑦120　「中論」…⑦117-119（芸紀・爵録・智行…⑦119）「円き扇の賦」「漏るる巵の賦」…⑦120
　～の死…⑦109, 118, 119, 126
　～の美文…⑦120
徐璣・文淵・霊淵…⑬177　「夏の日の閑座」…⑬176　「吾が廬」…⑬175
徐夔…⑯155
徐居正　注「聯珠詩格」…⑮427
徐君の墓…⑥260
徐敬業…㉕68, 70
徐景賢…㉒443, 445, 490, 491, 494　「党的児子穆漢祥」…㉒492（穆漢祥…㉒492）
徐乾学…⑯199, ㉓178, 179
徐堅…⑥27, 210, ⑦555, ⑪20, 33, 37, 41, ⑫344
徐賢妃…㉒82
徐顕「稗史集伝」→その項
徐元瑞…㉖412　「吏学指南」…㉖415
徐彦　疏「春秋公羊伝」→「公羊伝」（注釈）
徐彦伯…⑪20
徐鉉…⑬60
徐広…⑦486, 488, ⑬574
　注「史記」…⑥204, ⑪216　「史記音義」…㉕85
徐光耀「平原烈火」…①626
徐賡…⑬309, 311
徐鴻宝…⑯268, ㉒399, 403, 449, ㉖468
徐再思・甜斎『水仙子』…⑭166
徐朔方…⑮193, 209, 214, 217, 225, ⑯111
　「馬致遠的雑劇」…⑮192
徐志摩…①609, ⑯331　訳・ヴォルテール「カンディッド」…⑯314
徐師曽「文体明弁」…⑰561
徐州（江蘇）…⑦46, ⑪342, ⑬34, 134, 136, ⑭247, 363
　～の安山県…⑭252, 253
　～の知事（蘇軾）…⑬111, ㉔128
　～の東岳廟…⑭246
徐州（九州）…㉖78
徐充「暖姝由筆」…⑰560
徐昌祚「新劇徐比部燕山叢録」明刊本…⑲317
徐松「唐西京城坊考」…㉒481　「登科記考」→その項
徐照・道暉・霊暉…⑬175-177
徐申…⑭363
徐畛…⑭257　「殺狗記戯文」→その項
徐世昌…⑯173　「晩晴簃詩匯」→その項
徐世溥・巨源…⑯85, 124
徐世隆…⑭130, 158, ⑮232, 328
徐錫麟…①521
徐祖正　訳・島崎藤村「新生」…㉒434
徐乃昌…⑬501, ⑯251, 252, 267
徐倬「全唐詩録」…㉒7
徐摛（ち）…⑦533
徐中行…⑮512, 522, ㉓325, 326

徐長子…①511
徐肇…㉒78
徐鼎「毛詩名物図説」…③43, ⑦31
徐禎卿・昌穀…⑮503, 508, 511, 518, 632　「談芸録」→その項
徐度「郤掃編」…⑰559
徐東…⑭368, 369
徐東泰…⑯650, ⑳247, ㉒319, 381, 382
徐徳可「甜斎楽府」…⑭385
徐白林「芭蕉俳句選釈」…⑱389
徐伯陽…⑫657, 633, 665
徐博雅…㉒305
徐賁・幼文…⑮468
徐福…⑬12, 13, ⑲25
徐炳昶…㉑88
徐夢莘「三国北盟会編」…㉒99
徐陵…⑥332, ⑦533, ⑪371, ⑫641, 669, ㉑16, ㉒80, ㉓593
～と陰鏗…⑫653, 660
～の伝…⑫657
恕…①273, ㉒311, ㉓382, ㉕356, 359
茹…③485
茹毛…㉕378
除一害…㉖409
除夕…⑰385
～の詩…⑰387, ㉕461
除夜…①423
舒王李元名（唐）…⑫26
舒元輿…㉔292
舒穆祿氏→シュムロ氏
滁州の知事（欧陽修）…⑬63
漵浦…⑥414
小…㉓282, 380, 383
小アンチレス諸島…㉔133
小意児…㉖405
「小尉遅」雑劇・「～将闘将認父帰朝」…⑭37, 43, 202, 219, ⑮76
～の『清江引』（第二折）…⑭343
小雲石海崖（ハイヤ）…⑭75, 90, 161, ⑮317, 319, 455→貫酸斎
小王…㉗147→王献之
小夏侯氏…②243
小家女…⑪308
小閣…㉔292
小学…⑦287, ⑯225, ⑳334
～の三部門…②203
小学（清）…①285, ⑯4, 6, 60, 645, 647, ⑰211, ㉔276
皖派…⑯7, 8　呉派…⑯6, 7
～と経学…②211
～と日本人　狩野直喜…㉒361, ㉗294　倉石武四郎…㉒361, ㉗294, 295　水野清一…㉓637
～における引申の義…②211
～の最高峰の書…②211
～の最盛時…⑩448
～の集大成者…⑯645
小学（北京大学）…⑯644, 645, ㉒392, 419
「小学」（朱子）…⑬564, ⑭297, ⑮237, ⑯353, 356, 370, 372, ⑰559, ㉒329, ㉓145, 292, ㉗108-113, 129
「小学」（テクスト）
江戸和刻本…㉗109　江永集注本…⑯353
「小学」（篇名・項目）
嘉言・敬身・稽古…㉗111　序…㉗108, 109　題辞…㉗109　善行…㉗111, 112　明倫・立教…㉗111
小学家…⑳75, ㉒301
小学家（清）…⑭594, ⑯645-647, ⑳75, 79
小官…⑭311
小漢卿…⑭89, 116, 124→高文秀
小祇林…⑮522
小喬…①412, 413
小見…⑥321
小姑…⑮438
小功…⑩440
小山堂書画印…⑰596
小ジューマ…⑯308
小子…⑤253, 311
小厮…⑭311, ⑮335
「小爾雅」…⑯264
小謝…⑪95→謝朓
小春月…⑮425
小女童像生叫声社…⑮16
小祥…②312
小上坟（山東）…⑯333
小乗禅…㉖439
小娘子…⑭428
小食…⑬250
小臣…①452, ⑬120
小人…①294, 297, ⑤266, 267, 275, ⑬123, ⑮30, ㉓283, 287, 303, 383, 385, 483
小人小事…①71, 86
小水滸伝…①380
小生…⑭311
小西湖…⑰386
小青…⑬346, 354
小媳婦…⑮113
小説…①159, 181, 213, 214, 229, 321, 706, ②276, 448, ③534, ⑳26, 27, ㉖385
～による文学の可能性…①55
～の伝・不伝…㉔242
～の用（紫式部）…⑱34
～の歴史に対する特権・優位性…㉔10
小説（西洋）…②348, ⑥236-238, ㉗378
～の地位…①201, 210, 290, ⑥238, ⑯310
～の翻訳（清末）…⑯311
～の翻訳の文体（日本）…⑬627
小説（中国）…①41, 47, 48, 53, 59, 62, 76, 201, 205, 206, 594, 595, 598, 600, 601, 607, 706, ②334, ⑥237,

㉔8, ㉕10, ㉖385
～・説話の研究…①636
～と荻生徂徠…⑭592
～と胡適…⑯359, 360
～と士大夫…①201, 204-209
　士大夫の作る小説…①207, 208
～における空想的文学発達の遅れ…①175, ⑥243
　虚構の文学の軽視…㉓462, ㉗279（銭大昕の見解…①202　皮錫瑞の見解…①203, 206）
～における好色小説のマネリズム…㉗288
～の面白さと歴史記録の面白さ…⑤11
～の起源と仏教…①71
～の研究…①213, 214, ②221
　狩野直喜の研究…㉓605-606
　日本・大正期…⑰409
～の古典不在…①205
～の古版本発見の土地…①211-212
～の娯楽性…①213, 216, 223, 226
　娯楽として成り立つ条件…①215, 216, 228（委曲な叙述…⑬542, 543, 547　異常な事件…⑥236　架空談への興味…①226　偶然性…①215-217, 221, 223　誇張の面白さ…①227, ②276　市井の常人の登場…⑬537　真相を最後まで伏せる…⑬513, 538, 539　日常生活模倣の面白さ…②276　枕の面白さ…⑬540, 541　論証の興味…①216, 218, 220, 221, 223, 225, 228, 229, ⑬539）
　表現の新鮮…⑬542, 547
　描写の興味…①222, 223
～の作者…①207, 208, 209, ②19, ⑥236
　作者の努力の重点…②265
　論証への敏感…①220, 224, 225
～の資料…①615
～の辞書…②221
～の出現…①4, 45, 58, 69, 76, 85, 165, 175, 200, 206, ②161, 348, 406, 411, ⑥238, ⑪544, ⑱42, ㉕9
～の成熟…①45, ⑪548
～の制作過程（形成過程）…①212, ③516
～の地位…①69, 165, 201, 210-212, 246, ②221, 265, 448
　消極面…⑳368（空想の非倫理性…①203, 212　小説の伝聞の否定…⑭206, ㉒109, 110　否定的性格…①203, 204, 212, ②334　文学の主流になり得なかった原因…①321　蔑視…①181, 182, 203, 206, 212, 214, 223, ②18, 19, 276, ⑬504）
　人生読本的効用…①214, 215（鑑戒之資・刻画人情…①214）
　是認の思想の弱体…①210
～の登場人物の穏和な性格…②413
～の読者…①207-209, 212
　庶民…①206, 208, 209　穿鑿好き…⑬539　婦人…①208　ヤングチャイニーズ…①212
～の批評尺度となる小説…①205
～の文学的意義の反省…①213
～の文章・用語…①53, 59, 69, 76, 204, 212, ②18-20, 196, 199, 221, ⑭591
～の萌芽…①606, ⑬552
～の本来の語意…①181-183, 190
～の翻訳（日本）…⑬627, ⑰59, 398
小説（漢）…①190, 192
小説（中国・近世）…①199, 200, 211, 213, 214, 223, 226, 228, 246, 297, ②221, 260, 265, 334, 406, 411, 412, 487, ⑥236, 238, ⑬504, 505
　～に対する通念…⑬505
　～の文章…②19, 20
　～の架空談の面白さ…①226-229, 265
　～の思想…⑥237
　～の精神…①221, 228
　～の不健全さ…②260, 276, 348
　～の矛盾の興味…①227
小説　金…⑭207, ㉒110　元末明初…①200　元明…㉕283
小説（中国・現代）…①53-56, 70, 71, 86, 181, 210, 253, ②393, ⑯292, ㉕10
　～の政治小説…⑯292
　～の尊重…①71, 213
小説　中国・古代…①181-183, 190　清…①47, 76, ⑰409　宋…①69, 76（～への興味…①199）　宋以後→小説（中国・近世）　宋明…⑭555
小説（唐）…①180, 195, 226, 265, 483
　～の画期…①195, 196
　～の空想・虚構…①196, ⑬272
　～のシノプシス性…⑰357
小説　唐以後…①175, ②447　南宋…⑬504　南宋の講釈小屋の種類…⑬502, 504　民国…⑯439, 440, 608　民国以後…①210, ⑰409, 464（～の作者の弱点…②348）
小説（民国以前）…①210, 221
　～と現代の小説…①214, 229, ②348
　～の性格…①221
小説（明）…①45, 69, 76, 180, 231
　～と日本の小説…①47
　～の野性の賛美…①45, 47
　～の露骨な描写…①231
小説（明以後）…①175, 201, ②195
　～と銭大昕…①201-203, 206
　～の盛行の害…①202
小説　明清…⑬567, ⑰408, ㉑74　明末以後…①211
小説（中国・六朝）…①190, 193, 195
　～の記録した逸話…①191-193
　～の記録した神秘…①191-193
　～の特権…①190-192
　～の非虚構…①194
小説（朝鮮・現代）…①181
小説（東洋）…㉖385
小説（日本）…①47, 87, 190, 630, ②393, ㉔8
　～と明の小説…①47

～の出現…②161
小説　日本・現代…①181, 201, ③23　明治…②348
小説家（漢書・芸文志）…①182, 190
「小説三国志」有朋堂文庫…㉗391
「小説詞語匯釈」上海版…㉖417, 421, 423
小説林書店…⑯311
小蘇…⑬99→蘇轍
小宗伯（官名）…⑦544
小倉山房…㉓195
小太太…⑮113
「小戴記」…⑯234
「小張屠焚児救母」…⑭212
小底…⑮335
小棣…⑯333, ⑰523
小摘…⑪67
小杜…⑫7, 581→杜牧
小奴…㉖205
小桃源…⑬300
『小桃紅』「酷寒亭」…⑮77, 82　「老生児」…⑭236
小堂…㉖92
小読杜会…⑳360, ㉕506, ㉗423
小二…⑮95
小日中…㉖423
小扒頭…⑮110
小番子…㉖398, 411
小品文…②48, ⑯298, 651
『小梁州』「老生児」…⑭235
『小梁州覷篇』「老生児」…⑭235
小令（散曲）…⑭31, 512
～套数…⑭31, 90
小令（劉時中）…⑮126-127
小郎…㉖407
升官発財→陞官発財
升豆区釜鍾（斉の枡）…⑤77
升平…⑥375, ⑬4
少…⑪153, ⑭310
少翁・文成将軍…⑥139, 145
少吃…⑭310
少昊…⑩467
少昊金天氏…⑫220
少秋官…②186
少正卯…⑤225, 226, 233, ⑦178
少壮…⑦304
少東無西…⑮75, 76
「少年進徳録」…⑯584
「少年中国学会叢書」…⑬326
少府…⑥367, ⑫243
少府監…①39, 40, ⑪408-411
少婦…⑪159
少傅…⑦548
少陵（漢宣帝の皇后の陵）…⑫7, ㉒484
少陵原（京兆府万年県）…②16, ⑪396, 406, ㉒484
「少陵先生年譜会箋」…⑫585, 672, ㉕489
少陵の忠臣…㉕434
少牢…②304
召…㉗261
召公（周）…⑩477, ⑮454
召平・東陵侯…⑦228, 245→邵平
正月…⑳422, 423
～の作詩…⑰387
正金銀行…⑯636
正午…⑯169
正倉院…⑪279, 558, 560, ⑫106, ⑯540, ⑰15, ⑱458, ㉑96, ㉒38, ㉗12
正田美智子…⑱523-526
正徹…㉔273
正統帝（明）…⑮476, 477→英宗
正徳帝（明）…⑮491, 493→武宗
生類憐れみの令…㉓368, 369
匠石…⑫421
向秀…⑦188, 239
向平…⑮525
庄内藩…㉓376, 438, 478, ㉕204
庄野満雄　共訳・林語堂「北京好日」…⑰411
床…⑪130
抄…⑬133
声聞辟支果…⑬186, ㉖439
肖像画…②530
妾身…⑭311
妾婦の道…⑤215, ㉕207
尚…②36
尚古思想…②285
尚古自…⑭321
尚古主義…⑯586
尚古主義者…⑥231
尚古集成館…㉔254
尚兀自…⑭321
尚子平…⑪488
尚志…⑰306
尚志斎…⑯237
尚書（官名）…②436, 511
～の六曹…⑮21
「尚書」（書・書経）…①157, 236, ②270, 302, 316, ⑤122, ⑦256, 273, ⑧4, 20, 502, 506, ⑩466, ⑯236, 237, 246, ⑰554, ⑳203, ㉑156, ㉓304, 451, ㉔196
～とアリストパネスの時代…⑲45
～とエロス…⑲45
～と易詩礼楽春秋→易書詩礼楽春秋→六経
～と易詩礼春秋→易書詩礼春秋→五経
～と王莽の「大誥」…⑦529
～と科挙…⑧501, 510, ⑬564, 565
～と孔子→その項
～と「詩」→詩書
～と詩礼楽→詩書礼楽
～と儒家…②293, ⑦265
～と中国人　王国維…③554-555　王陽明…⑳7

韓愈…⑬555, ㉑148　胡適…⑬565, ⑯354, 360, 381　黄生…㉓276　司馬遷…①179　朱子…⑬571, ⑰181, ⑳15, 16, ㉓78, 552, ㉖244　孫鉱…⑯81, 91, 93-94　段玉裁…⑬569, ㉗191, 192　耶律履…㉒110
～と中国の皇帝　英宗（元）…⑮244　世祖（元）…⑮244, 295　万暦帝（明）…⑮330
～と日本人　伊藤仁斎…⑰79, 129, 164, ㉗172, 175　荻生徂徠…⑤302, ⑱532, ㉓346, 347, 366, 384, 464, 466, ㉗70, 152, 157, 172　推古朝奈良朝の大学…⑰16　本居宣長…㉗81, 126, 127　山井鼎…⑨484, ⑰583, 585, ㉗73
～と弁偽の学…③18, ⑰637, ⑳6
～と北周・蘇綽…③9, ⑦528-531, 535, 536, ㉕342
～における語彙・事項　殷の記述…②290　偃武…⑨482　塩梅…⑨482, ㉓228　鍰…②243　五福六極…⑤111　死刑の布告…⑤315-317　時…⑤125, 126　弱水…⑭444　舜の結婚…⑱524　舜の孝行…㉓21　湯湯…⑱453　青黎…㉕440　聖人…⑩466, 468, 469　知人則哲…②213　長寿の条件…①106, ⑤111, 112, ⑨480, ⑩476, ㉑156　天…②307, 362, ③465, ⑤110, 111, 279, 280, ⑲64　天従人願…⑰435　東郊…⑫257　万物の霊…②395　比喩…③7　辟…②311, 312　穆王…⑫232　道…㉓391, 467
～の引用…⑦537, 538, ⑨483, ㉑157, ㉓347, 349
「経史百家雑鈔」…㉑149　「左伝」…②290　「荀子」…⑦265　「制度通」…⑰554　「大学」…㉓349　「中庸章句」…㉓78　「墨子」…②294　「孟子」…⑦265
～の解釈…②312, ⑤317, ⑦268, 270, ⑧507, ⑳336, ㉓22
規範性の論証…①223
説き方（孔氏伝…⑦273　鄭玄…⑦273, 275　前漢…⑦265, 266）
～の学者（漢）…⑥148, 182
～の学問（漢）…⑥118, ⑦265
官学…②315, 316, ⑦265, 266, ㉕335（今文尚書・今文説…⑦265-267, ㉕332　政治への隷属〔前漢〕…⑦266　天人相関説と呪術性…②314, ⑦266）
民間の学者（後漢）…⑦267, ㉕335（古文尚書への関心…⑦267, ㉕332）
～の学問（清）…㉕346
～の学問（北朝）…⑦537
～の偽篇・偽古文篇…⑦270, 271, 282, 283, 535, ⑧15, 16, ⑨480-483, ⑩470, ⑯247, ㉑157, ㉓346, 391, 399, 467, 475, 483
伊藤仁斎・閻若璩→各項　荻生徂徠の態度…㉓346, 391, 399, 403, 467, 475, 483　黄宗羲…㉓79　朱子…⑦270, 282, ⑧25, ⑨481, ㉑157, ㉓78, 475, ㉔285　変造者の意図…⑨483, ㉔286
～の「堯典」の制作年代…③511
～の「堯典」の天象記事…③512, 516
～の経の価値と注釈の価値…③558, 559, ⑧13, 14, 352, 504, 505, ㉗83
～の現存する部分…②302, ㉑157, ㉓346
最古の部分…①278, ③3, ⑧507, ⑨182, ⑳6
真篇…⑨483
～の構成と配列の意味…㉕323
～の史官…②54, ㉑156, 201
著者の不明…③12
～の字体（漢）…⑦265
～の書経という呼び方…⑧4, 20, 501
～の小説的記述…①183, 186, ③18, ⑳6
神話的記載への冷淡…③19, ⑱40
歴史的事実とする意識…①183, ③18, ⑱10, ㉑91
～の疏への朱子の評価…⑧22
～の総字数…②407, 444, ⑱420
使用字数…⑱420
～の注釈の萌芽（先秦）…⑦265
～の日本流出伝説…⑬13
～の非規範性…②308
～の文章…㉑156, 160
口語性…②54, 104, 302, ⑭11
支配者の言語…②308
対偶句…②34, 42, ③492（「大禹謨」の文体…⑯91）
断片的言語…㉓464
難解…②104, 106, 302, ③10, 20, 555, ⑨182, 483, ㉓304
文体…②256, ③9, 10, ⑤126, ㉑156
用語…②9
リズム…⑤126
連語の少なさ…②217
「論語」の文章との比較（堀景山）…㉗170-172, 175
～は政治的文献…①63, 72, 115, 238, ②104, 270, ③6, ⑤40, 302, ⑱532, ⑲54, ㉑151
～は強気の言語…⑤112, ⑨480, ⑩476, 477, ㉑156-158
～は文学の祖…①115, 275, ㉑149
後世散文の文学…①115　前文学史的様相…③5
歴史文学…㉑150
～は歴史叙述…①72, ③21, ⑬553, ⑱10, 532, ㉑33, 92
言を記す…①157
「尚書・周書」と「春秋」…㉑156
～発展の経路…⑨483
「尚書」（注釈）…③558, ⑤317, 321, ⑦266, 271-273, 281, 282, ⑧4, 5, 10, 14, 15, 20, 501, 504, ⑩465, ⑳14, 357, ㉑73, ㉕274, ㉗73
古注…⑧510, ⑰555
新注・王安石「書経新義」…㉕234
正義・孔穎達→「尚書正義」
注・王粛…⑦270, 271, 275, ⑧15, ⑯244

禹貢…⑦275　堯典…⑦275
賈逵　堯典…⑦275　呂刑…②243
蔡沈「書経集伝」…⑧510, ⑭363, ⑯223, 354, ⑰556, 604, ㉓142, 292, ㉗191
堯典…㉗191　舜典…㉓141
鄭玄…⑦268, 271, 273-275, 280, 281, 537, 538, ⑧15, 25, ⑯224, ㉔242, ㉕336, 339
禹貢…⑦275　益稷…⑦273-275　堯典…⑦275
金縢…⑦276　洪範…⑤111
段玉裁→「古文尚書撰異」
中世…⑦271, 281, 282, ⑧15
唐人…①224, ③558
馬融…①224, ②172, 173, ⑦271, 275, 281, ⑧15, 25
益稷…⑦275　堯典…⑦275, 276, ⑩474　金縢…⑦276　康誥…⑦276　酒誥…②243
直解・「書経直解」…⑮329, 330（経廠本…㉒277）
趙秉文「尚書直解」無逸…⑮329
伝・孔安国（偽孔伝）…⑤111, ⑦269, 537, ⑰555, ㉕36, ㉗64→「孔氏伝」
禹貢…⑦275　益稷…⑦273, 275, ⑧508, ㉗82
咸有一徳…⑦275　堯典…②258, ⑩471, ⑱453, ㉗191　金縢…⑦276, ⑩473, 476　梓材…⑨484
召誥…⑩477　多方…⑩468　大禹謨…⑩471
仲虺之誥…⑱455　無逸・序…⑩467
「尚書」（テクスト）…⑦267, 277
王粛本…⑦276, 277　熹平石経…⑤328　偽古文篇→「尚書」（～の偽篇）　偽孔本…⑦535-537（孔安国本…⑦537, 538　「孔氏伝」本…⑦276, 277, 535, ㉗191）　清原氏訓点本…㉗128　今文尚書…②243, ⑦265-270, 276, ⑯360　古文尚書→その項　蔡沈注本…⑯354　鄭玄本…⑦276, 277, 538　唐写本…⑦277　馬融本…⑦276, 277　藤原惺窩点本…㉗128　六朝写本…⑦277　流布本…㉓46, 78
「尚書」（篇名・項目）
夏書…③4, ⑧16, 507, ㉑156, ㉕323
胤征…⑦282, ⑧16, 25, ⑨480, 481
禹貢…⑥160, ⑧16, 352-354, 511, ⑭444, ⑯223, ⑰554, ㉗38
冀州…⑯223（至于衡漳…⑦275　鳥鼠同穴之山…⑫439）　揚州…⑯221, 223　梁州…㉕440
甘誓…①122, ⑧16
五子之歌…⑧16, ⑨480, ⑩475, ⑯360, ⑰554, ㉑157, ㉒456-457
虞書…①224, ③3, ⑧11, 15, 507, ⑮330, ⑯93, ㉑156, ㉕323
益稷…⑤125, ⑦273-275, ⑧15, 17, 508, ⑰554, ㉗80, 81
堯典…①157, ②39, ⑧15, 507, 511, ⑰554, ㉓346, 386, ㉔276, ㉕324
曰若稽古帝堯…②33, 250, ⑦275, ㉓347, ㉕334　敬授人時…⑦553, ㉓114　光被四表格于上下…②34, 42, ㉗191　克諧以孝烝烝乂不格姦…⑦276, ⑩470, ㉓21　湯湯洪水方割…⑱453　日短星昴…⑦287　日中星鳥…②349　百姓昭明協和万邦…②40　黎民於変時雍…⑤125
皐陶謨…⑧15
載采采…㉓276
舜典…⑤125, ⑦287, ⑧15, ⑰554, ㉓114, 346, 386, ㉕324, ㉖451
詩言志…①62, 123, ⑯112-114, ㉖234, 435, 441
大禹謨…⑦536, ⑧15, ⑨480, ⑩469, 470-473, ⑯91, ㉗343
人心惟危道心惟微…⑦280, 282, 538, ⑧16, ⑨481, ⑩480, ㉓78, 79, 346-347, 391, 467　満招損謙受益…⑦224
周書…③3, ⑧16, ⑨479, ⑩84, 477, ㉑156, ㉕323（五誥…⑨182）
金縢…①157, ⑧16, ⑩473
我之弗辟…②311, 321, ⑦276
君牙…⑧16, ⑨481
君奭…⑧16
君陳…⑦537, ⑧16, ⑨481
冏命…⑧16, ⑨481
顧命…⑧16
洪範…②314, ⑤110, 126, ⑦266, ⑧16, ⑩432, 433, 475, ⑰554, ㉑149
王道…⑰439, ㉓391　五福…⑤111, ⑪388　皇極…㉗254　六極…⑤111, ⑩478
康王之誥…⑧16
康誥…①315, ②54, ③3, ⑦276, ⑧16, ⑨182
蔡仲之命…⑦536, ⑧16, ⑨481
皇天無親惟徳是輔…⑨482
梓材…③3, 7, ⑧16, ⑨182
酒誥…②104, ③3, ⑧16, ⑨182, ㉔199
周官…⑦282, ⑧16, 25, ⑨481, ㉓483
召誥…③3, ⑧16, ⑨182, ⑩477
秦誓…⑧16, ㉓346
多士…③3, ⑧16
多方…③3, ⑤126, ⑧16
克念作聖…⑩468, 470, 479, ㉓22
大誥…③3, 7, ⑤126, ⑦529, ⑧16, ⑨182, 480, ⑰554
泰誓…⑦536, ⑧16, ⑨481, ㉑157, ㉓407
万物之霊…②395, ⑨482, ㉗376　民之所欲天必従之…⑨482, ⑩476
費誓…⑧16
微子之命…⑧16, ⑨481
畢命…⑧16, ⑨481, ⑰554
武成…⑧16, ⑨481, 482, ㉑157
無逸…③3, ⑤112, ⑧16, ⑩85, 477, ㉑157
序…⑩467
文侯之命…⑧16
牧誓…①122, ⑧16, ⑨480
洛誥…③3, ⑧16, ⑨182, ⑰554
立政…③3, ⑧16
呂刑…②243, ⑧16, ⑫232
旅獒…⑧16, ⑨481

玩物喪志…②518, ⑨482
序（孔安国）…⑦269, 270, ⑧15, 17
序（孔子）…㉑157, ㉓347, ㉗87
商書…③4, ⑦529, ⑧16, ⑨479, ㉑156, ㉕323
伊訓…⑧16, ⑨481
説命…⑦536, ⑧16, ⑨481-483, ⑰554, ㉓228
惟斅学半…⑨482
咸有一徳…⑦536, ⑧16, ⑨481
高宗肜日…⑤111, ⑧16, ⑨480, ⑩476, 477, ㉑157
西伯戡黎…⑧16, ⑨480, ㉑157
太甲…⑧16, ⑨481, ⑰585
仲虺之誥…⑦536, 537, ⑧16, ⑨481, ⑰554, ㉓467
以義制事…㉓346, 385, 391, 403, 466, 475
湯誥…⑧16, ⑨481
湯誓…⑤125, ⑧16
盤庚…②54, ⑤126, ⑧16, ⑯360
微子…⑧16, ⑨480, ㉑157
「尚書旧疏考正」…㉕343
尚書兄弟（ハラバトル・シャンド）…⑮265
尚書刑部…⑫392, ⑮374
「尚書孔氏伝」→「孔氏伝」
「尚書考霊耀」…⑲22, 23
「尚書後案」…⑨483, ⑯234, ㉒491
尚書左丞…⑦553, ⑪28, ⑫66, 74, 273
尚書左僕射…⑫254
「尚書集注音疏」…②603, ㉕346
尚書省…⑪19
尚書省主事…⑪34
尚書省録事…⑪34
尚書水部郎中…②15, ⑪396-398
「尚書正義」…①399, ②319, ⑦594, ⑧4, 20, 501, 507, ㉓21, ㉖251, ㉗64, 65, 290→「書疏」「尚書疏」「尚書注疏」
〜と科挙…⑧501, 510
〜と経学の方法…㉕245
〜と「孔氏伝」…⑦272, ⑧4, 5, 8, 9, 15, 21, ㉕36
偽書に依拠した道徳的責任…⑧16, 22
「孔氏伝」への態度…⑦278-280
〜と中世支那人の思想…⑧11, 12
思考形式…③558, ⑧10, 12, 505, ⑩465
六朝経学の論理的精神…⑤321
〜と「万葉代匠記」…㉕245
〜と本居宣長…㉗80-83, 87
「正義」と「古事記伝」…㉑75, ㉕245
〜における引用　応璩詩…⑦150, ⑨480　鄭玄注とそれへの批判…⑦273, 274　「帝王世紀」…㉕125
〜における語彙・事項　曰若稽古…②258, ⑬554　下愚・上智…⑩465, 467-472, ㉓21, 22, 547　堯舜の性格…⑧11　後代之常法…②251　「韶」の感応…㉗80-83　文字の理…⑬560　梁柳辺…⑦516
〜の運命論的思考…⑩465
〜の価値…③558, ⑧10, 14, 16, 17, 22
依拠した伝・注の価値…⑧6, 7（古語解釈の信頼性…⑧6　礼解釈の詳細…⑧6）
思想史の資料としての価値…③558, ⑧10, ⑩465
精神史の資料としての価値…⑧5, 14, 352
注釈としての価値…⑧5-7, 9, 10, 14（経に関する思索の落ちつき…⑧7-9　最古の資料としての価値…⑧5, 501　伝・注の分析への没頭…⑧5, 9　六朝経学の集大成…⑧5, 7, 8, ㉓21, ㉕343）
〜の「虞書」への評価…⑧11
〜の欠陥・古代言語への知識不足…⑧7
〜の校定…⑧20, ⑨483
中国　阮元…⑧21　浦鏜…⑧20　盧文弨…⑧21
日本　東方文化研究所…②172, ⑦286, 596, ⑧17, 21, ⑩443, 446, ⑭602, ⑳391, ㉒58, ㉗307　山井鼎…⑧21, ⑨483, 484, ⑱58
〜の思考経過の記述…⑧12, 13
〜の成立の過程…⑧7
討論の堆積…⑧8, 10, 511　宋元小説に共通する強み…⑧511　六朝人の旧疏の踏襲…㉕343
〜の宋以後の地位…⑧510
〜のテクストの原型…⑧508, 509
〜の文章…⑧8
〜の編定…⑦272, ⑧4, 7, 20, 26, 501, ⑩446, ㉗64
〜の翻訳（吉川幸次郎）…②320, ③557-558, ⑤321, 322, ⑧17, 18, 501, 506, 507, ⑨479, ⑩446, 465, ⑬627, ⑯207, 654, 658, ⑳265, 283, 357, ㉑73, ㉒58, ㉓556, ㉕245, ㉗83, 195, 196, 307
翻訳の読者への要望…⑧14, 352, 506
〜の優秀性…⑧17, 22
〜の礼の説明の的確…⑧7
〜の論証の態度…①224, 225, ⑧9, 12, 14, 20, 352
「尚書正義」（注釈）
乾嘉近賢の注…⑧26
「尚書正義」（テクスト）…⑧17, 21, 351, 508, 509
足利学校遺蹟図書館所蔵宋淳熙刊注疏本（足利八行本）…⑧26, 510　足利学校所蔵宋刊本…⑨483-484　嘉靖刊本・閩本…⑨483　金沢文庫所蔵宋版本…⑧509, ㉗67　汲古閣刊本…⑧510　金版の残巻…㉒118　宮内庁書陵部所蔵宋版単疏本…⑧508-510, ㉗67　瞿家金源の刻・清宮九行本…⑧26　宋国子監第一・二次刊本…⑧509　宋版…⑩443　宋版単疏本…⑧508, ⑩452, ㉗67　宋版八行本…⑩452　単疏本…⑧508, 509　注疏本…⑧509, 510　南宋淳熙刊注疏本…⑧509　明清公私の刻…⑧26
「尚書正義」（篇名・項目）
夏書　禹貢…⑧351-354
虞書…①224, ⑩470, ⑯236, 259
益稷…⑧17, 508, ㉗80-82　堯典…②258, 259, ⑩471, 474, ⑬554, ㉓21　大禹謨…⑩471-473, 480
周書　金縢…⑨181, ⑩473, 474, 476　洪範…⑩475　梓材…⑨484　召誥…⑩478　秦誓・多士…⑩81　多方…⑩468, 479, ㉓22　無逸・序…⑩467　立

政…㉑670
序・孔穎達…⑦537
尚書序・孔安国…⑧17（疏…⑦519）
商書　伊訓…②220, ⑨479　序…㉗87　湯誓…⑨484　微子…⑦150, ⑧351, ⑨480
「尚書正義定本」…⑦287, ⑧18, 21, 354, 502, 503, 510, ⑩446, ⑱468, ⑲97, ㉒118
～の依拠したテクスト…⑧510
～の印刷ミス…⑧22
～の完成…⑧504, ⑩81
～の作成…⑧17, 26, 351, 502, 503, ⑩81-83, ⑰361, 379, ㉑669
作成の参加者…⑧17, 351, ⑩81, ㉑670　作成の目的…⑧351　作成の余業…⑧17, 351, 502, ⑩81
～の読者への要望…⑧20
「尚書正義定本」（篇名・項目）
夏書　禹貢…⑧351
虞書…⑧17, 18　益稷…⑧17
周書　金縢…⑨181　秦誓・多士…⑩81　立政…㉑670
尚書序（孔安国）…⑧17
商書　微子…⑧351
「尚書正義定本校勘記」…⑦286, 537, ⑧21, ㉑669
「尚書撰異」…⑯236
「尚書疏」…⑧4, ㉗65→「尚書正義」
「尚書大伝」…⑦276, ⑰556
洪範五行伝…③514, 515
尚書体の文書…⑦530, 532
「尚書注疏」…⑧510, ⑩425→「尚書正義」
汲古閣刊本…⑧510　金平水刊本…⑩453　金平陽刊本…⑭116
「尚書注疏挍纂」…⑯235, 236, 249
尚書都官員外郎…⑬75
尚書都官郎…①40, ⑪408, 412
尚書屯田員外郎…⑪513
「尚書某氏伝」…⑦282→「古文尚書孔氏伝」「孔氏伝」「尚書孔氏伝」
尚書右丞…⑪137, ⑫546
尚書右丞観文殿学士…⑬238
尚書右丞相…⑪36
尚書令…⑦476, 477, ㉕209
尚書礼部侍郎…②15, ⑪396-398
尚書郎…㉒78, 88
尚仲賢…⑭137, 162, 219, 221
雑劇「気英布」→その項　「崔護謁漿」…⑭209-210　「張生煮海」…⑭210　「柳毅伝書」→その項
尚白…⑳30
尚友…⑰306
招…⑮135, ㉖407
招安…⑮163
招遠将軍（官名）…⑫662
招魂…①542
招承…⑭312
招提…②527
招揺（星）…⑥290
承安体…⑭64
承応…⑭60
承歓…⑪240
承暉…⑮223
承旨学士…⑮250
承制学士…⑮261, 266
承制供奉…⑮247
承天院…⑬291
承頭…⑭484
承徳…⑯248
承望…⑭493
承明廬…⑦129, 143, 157, ⑳350, ㉗415
承露盤…⑥145, 415
昇…⑰150
昇州…⑬338
昇仙橋…⑭520, 522
昌谷…⑰310
昌州…⑦541
昌平学…⑯252, ⑱358
昌平郷（魯）…㉕75, 78
昌平県…⑮489, ㉒472
昌平黌…⑤124, 129, ⑰23, 58, ㉓564→昌平坂学問所
～の官版…⑪447, ⑰26, ㉓564, 574, 575, ㉕280, 281
「孝経鄭氏解」…⑯252　「杜詩偶評」…㉕435　「童蒙訓」…⑬313, 314　「李長吉歌詩」…⑪447, ㉓575, ㉕281
～の購書…⑰24
～の儒官…⑥245, ⑪447, ⑰23, 291-292, ㉑96, ㉓596, ㉗244, 293
昌平坂…㉓301, 302
昌平坂学問所…⑤129, ⑰23, 608, ⑳219→昌平黌
「昌平叢書」…⑪447, ㉕280
昌邑の哀王髆（漢）…⑥162, 168
昌黎…⑪514
松筠庵…①511
松筠閣…⑯561
松雨蒼汰（巣松・一雨・蒼雪・汰如）…⑯47
松雲…㉓150
松雲堂主人（大阪）…①397, ㉑60→鹿田静七
松雲堂主人（東京）…⑥245, 249, 252, 253→野田文之助
松莚子…②65, 66→市川左団次
「松花箋」…⑲210, 212→ Fir-Flower Tablets
序…①4, 5, ⑲208, 209　訳「塞下曲」…⑲212　駿馬似風飈…㉕100　「載老酒店」…⑪108　「旅夜書懐」…㉖176
松会堂刊本　「晋書」「宋書」…㉓312, 572　「陳書」「南斉書」「梁書」…㉓312
松喬（赤松子・王子喬）…⑦229, 230, 243, 347
松源…⑭166
松江（江蘇）…⑦379, ⑭75, 166, 208, 289, 383, ⑮

439, 440, 469, 532, ⑯218-220, 222, ㉓270
松江府署…⑭56
松滋県（江陵）…⑭161, ㉗57, 59
松樹子栽…⑫523
「松漠記聞」…⑰594, ㉒99
炒…⑮104
炒刺・炒炒七七…⑮79
牀…⑫166
牀榻…⑮57
邵遠平「元史類編」文翰伝…⑭89
「邵氏聞見前録」…⑦498, ⑭345, ㉓137→「河南邵氏聞見前録」
「邵氏聞見後録」…㉕448, 455→「河南邵氏聞見後録」
邵晋函…⑯226
邵長蘅…⑬288
邵道士…⑬29, 30
邵道人…⑮629
邵伯温「邵氏聞見前録」→その項
邵博…㉕456　「邵氏聞見後録」→その項
邵傳「杜律五言集解」「杜律七言集解」…⑫710
邵武府教授…㉓707
邵復孺…⑭84, 174, 182
『賀新郎』（沙徳潤と任以南と相い与に…）…⑭180　『浣渓沙』「丁酉早春の試筆，銭南金に柬す」…⑭169　「蟻術詞選」→その項　「蟻術詩選」「銭素庵錬師を挽す」…⑭166　『渡江雲』（庚戌臈月，郗仲義と同に江陰に往く）…⑭181　『風入松』（白仁甫の集中の木蘭花幔の結句に云う）…⑭103
邵文荘公…㉒51→邵宝
邵平・東陵侯…⑦424, 425, ⑭404, ㉑43→召平
邵平瓜…⑭350-352, 402, 404
邵宝・二泉・文荘公…㉒47, 50, 51, 62, ㉕504
「泉斎勿薬集」…㉒53　「杜少陵先生詩分類集注」→その項　「冬の夜に樹の影を見る」…㉒52　「容春堂先後集」…㉒53
邵友濂…⑯347
邵雍・堯夫・康節先生・邵子…⑬85, 87, 322, 439, 519, ⑭105, 369, ㉒114, ㉓137
「安楽窩の前の蒲柳の吟」「歓喜吟」…⑬86　「撃壌集」…⑬31, 86　「太平吟」…⑬31　「花の咲くのは…」…⑬332　「病の亟かなる吟」…⑬86
俏…⑭421
庠序…②118
庠生…㉔280
昭王（春秋・楚）…㉑167
昭王（戦国・燕）…⑮431
昭応県…⑪508
昭君…⑭215, 216→王昭君→王嬙→明妃
昭君村…㉖197, 202
「昭君変文」…⑮212
昭慶・漳南道人…⑬308-312→林昭慶
昭公（春秋・魯）…③527, ⑤85, 176, ⑦195, ⑨480, ⑰136, 137
昭晰…⑦526
昭宗（唐）…②551, ⑪391, ⑫320, ⑬575, ⑰19, ㉕34
昭宗（北元）…⑮234, 292→アユルシリダラ
「昭代経師手簡」…⑯232, 245, 248
昭定哀三公（魯）…⑥370
昭帝（漢）…②550, ⑥170, 176, 195
昭明太子・蕭統（梁）…②260, ⑦533
～と陶潜…⑭83, 569
「閑情の賦」評…⑦453　「陶淵明集の序」「陶淵明伝」…⑦324
～の弟…①438
～の旧跡（太子湯）…⑬310
～の「錦帯書」…㉗13
～の子孫の後梁国と南朝文化の北伝…⑳336
～の「銅博山香爐賦」…⑥337
「昭明文選」…㉕460→「文選」
昭陽殿…⑪111, 112, 190, 195-198, 208, 209, 264, 274, ⑫142, 274, 372, 373, ⑭26, ⑮173, 174, 196, 469, 505
昭陵…㉒82, 83, 84, ㉕439, 448, 456, 473-475
昭陵六駿…⑲305, 327
昭烈皇帝（蜀）…⑦4→劉備
昭和（年号・日本）…⑳505, 506
昭和元禄…㉔182　昭和詩史…①432　昭和の日本人…①598
昭和署（天楽署）…⑭72
昭和女子大学光葉会…①634
相官…㉖416
相見の礼…㉒464, 486
相県（沛）…⑦46
相公…⑬518
相公衙…⑮50
相公軍…⑫196, 254, ㉒30, 31
相州…㉖98
相州刺史…⑪30
相声…⑮15
相待…㉖410
省…㉖200
省可裏…⑭321, 502
省試（科挙）…㉒116
省睡…㉖424
省部員外郎…⑭89, 136
倡家…⑥291
倡披…⑮482
倡優…⑬4
『倘秀才』「金銭記」…⑭444, 463　「殺狗勧夫」…⑭297, 316, 317, 324　「謝天香」…⑭228　「青衫泪」…⑭298　「陳州糶米」…⑭245　「老生児」…⑭235
『哨遍』　高安道…⑭55, 155　銭霖…⑭166　楊立斎…⑭121, 574, 576, 577
『哨遍么篇』　楊立斎…⑭577
宵…⑪239

将（助字）…②128, 129, 208, ⑦485, 493, ⑫352, ⑭313, ⑮343-345
将棋…㉔8
将軍…㉓492
将軍（黄河の神）…⑯368
将就…⑭313
将惜・将息…⑭312
将非…⑦490, 491
将不…⑦489-491
将無…⑦486-493, ⑰146
将無見敗…⑰145, 146
将無同…⑦469, 484-486, 488, 489, 492, 493, ⑰145
「従容庵録」…⑮89
悄促促…⑭320
捎帯・捎搭・捎馬子…㉖410
消防…⑳112
浹辰…⑪512
祥符…②218
祥和署…⑭66
称心…⑭466
称徳天皇…㉖220, ㉗23
笑隠…⑯40
「笑苑千金」…①230
『笑和尚』…⑭344
「笑海叢珠」…①230
笑楽院本…㉖414
笑呷呷…⑭413
「笑林」…①230, 231
「笑林広記」…⑰26, 608
笑話…①230, 232
笑話書…⑯358
陞官発財…①301, ②428, 429, 469, ㉓231
唱…⑭593
唱唱…⑭579
商（王朝）…②289, 290, 549, ③4, 533, ㉑156, ㉓449, ㉕63→殷（王朝）
～初期・後期の青銅器…㉖483
～と周…㉓341
周の商征伐…⑬430
～の彝…㉓422
～の歌…②303, ⑦371
～の始祖・契…㉔265
～の始祖・湯…②289
～の滅亡…②549, ⑦97
商衍鎏「清代科挙考試録」…②452, 454
商於…㉒392
商鞅…②549, ㉒457, ㉔234, ㉕429
商丘…⑫47
「商君書」…㉖473
商君の国…⑲396, 426
商工会議所…㉒388
商工中学（東京）…㉗283
商衡・平叔…⑭120
商山…②188
商山四皓…①198, ⑥41, 387, ⑬566→四皓
商子…⑥222
「商子」…②485（訓詁・兪樾…②483）
商州団練副使…⑬219
商周の詔誥…⑦533
商周之不敵…⑥368
商調（雑劇の音階）…⑭20, 125
商調（俗曲）…⑮512
『商調定風波』「西廂記」諸宮調…⑭568
商挺・左山・文定公…⑭120, 135
商と商於の関係…㉒392
商衜（どう）・正（政）叔…⑭75, 120, 121, 128, 136, 574-576, 581
商南の層峰駅…②188
商人…②290→殷人
商務印書館…⑯534, ⑰219, ⑳251, ㉒364, 368, 493, ㉖467
～顧問・長尾雨山…⑰219
～総経理・張菊生…⑫233, ⑳296, ㉕499
～・中山文化教育館企画「中山大辞典」…②222
～の東方図書館…⑳296, 297, ㉔257
日本軍の爆撃…⑯653, ⑳298, ㉔256, 257
～版書籍　「近代詩鈔」…⑯267　「元曲選」石印本…⑮227, ㉗281　「四庫全書珍本初集」…⑯227　「四部叢刊」景印版・「辞源」→各項　「新華辞典」（北京）…㉑76　「続古逸叢書」…㉕484　「中国人名大辞典」…㉔312　「杜工部集」宋版王洙本覆製→その項　「百衲本二十四史」…⑦595, ㉒413　「分門集注杜詩」…㉕495　「法言義疏」…㉔256, 257　「論語正義」宋版…⑳297
～編集局…㉒493
商謎…⑭88, 178
商洛…⑪510, 513
商旅…②461, ㉕328
商量…㉖169, 170
娼妓…㉓340
娼戯…⑭121
娼夫…⑮18
徜徉…⑮484
接輿…⑤205, ⑥18, ⑦393→楚狂接輿
梢…⑭422, ㉖410
「渉園墨萃」…①141, ⑱361
渉猟該博…②236
淞城…⑯251
章…②44, ㉖59
章（材木の単位）…⑫155
章回小説…⑬507
章懐太子…㉑168→李賢
「後漢書」注→その項
章学誠・実斎…⑰221, 231, ㉒361, ㉓597, ㉗255　「文史通義」…⑯9

章仇兼瓊…⑫56
章丘…⑭34
章鈺…㉔257
章句…⑯79, ㉕229
章句家の義…⑥370
章句家の説…⑥371
章句の学…⑯77, 80
章句の儒…⑯81
章献明粛太后（宋）…⑬233, 236, 240
章潢…⑰560, ㉗25
章克斎…㉒428
章子卿…⑯246
章宗（金）…⑭75, 109, 133, 205, ⑮386, ㉒111, 117→マダクー
～朝の女真語への翻訳…⑮305
～朝の名臣…⑭176
蔡桂…⑮381　蕭貢…⑭176　張行簡…⑭128, 176
～と音曲…⑭64
～と耶律履…㉒110
～の兄…⑮386
～のころの士人と演劇…⑭128, 176
～の正朔…⑭64
～の性格…⑭132
徽宗の外孫とする風説…⑭132, ⑮289, 377, 385, ㉒106　好文…⑭133, ⑮236　風流天子…⑬596, 601, ⑭63, ⑮377, 385
～の誕生日…㉒102
～の母…⑭63
章宗祥…㉒391
章台の柳…⑪515-516
「章台柳伝」…⑪549, ⑭399（韓翊…⑪514-517, ⑭399）
章泰…⑯195
章沢…㉒480
章帝（後漢）・孝章帝…②550, ⑤119, ⑥183, 367, ⑦46, ⑭220, ⑰556, ㉒78, ㉕84
章表書記…⑦109
章炳麟・太炎…②564, ⑤183, ⑯10, 568, 570, 644, ㉒401-403, ㉖459→国学大師
～と古代言語学…①382, ②204, ⑯645, ⑲416
～と古文派…㉒394
～と中世語の使用…㉕382
～と兪樾…①382, ⑯265
～における言語の起源…⑳71, 74, 75
～の漢字観…㉔166
～の黄宗羲批判…㉒360
～の「左伝」解釈…㉒394
～の著述　「国故論衡」語言緣起説…⑳71　「新方言」…⑭511　「太炎文録」「東夷詩十首」…①382　「非黄」…㉒360
～の弟子…①384, ⑯644, 645, ⑳292, ㉒360, 387, 394, 398, 399
四天王…㉒394　北京大学の学者…㉒360, 386, 387
～の東京亡命…①382, 383
日本嫌い…①382, ②564　日本の学者との関係…①382, ㉒360
～の反清朝…①382, ⑯645
笙簧…㉖144
紹興（浙江）…⑥77, ⑦368, 379, ⑩450, ⑫625, ⑮435, 491
～との関わり　喬夢符…⑭385　倪元璐の故宅…⑯640　秋瑾…①521　杜甫…⑫43　陸游…①199, ⑬148, 161
～地方の講談・芝居の浸透（南宋）…①199-200
～地方の俚諺の書…⑮23
～の故事・風物…⑫43
～の郊外の蘭亭…㉑236
～の商人と日本刀…⑬11, 12
～の浙東の学（清）…⑯5（章学誠の学…⑯9）
～の東山…⑪98
～の南宋六帝の陵の発掘破壊…⑮419, 490
～の南の若耶渓…⑪127
～は胥吏の産地（清）…⑮10
紹興酒…⑯552, ㉑236, ㉖24
「紹興府志」…⑭385
紹興路総管…⑭187
舂…②152
舂陵…⑦541, ⑮388
逍遥…⑫251
勝覚寺…㉓457, ㉗32
勝国…㉓37, 149
勝国…⑯68→元
～儒者の学…⑯69
～と明初の儒者の旧学…⑯75
～の諸家の文…⑯70
～の季の三大儒…⑯68
勝事…⑪138
勝跡…⑫458
「勝鬘経」…㉓10, ㉕277
掌禹錫…⑬249
掌故…㉓186, 196, 227
～の学…㉓182
～の学者…㉓183
～の書…㉓185
椒房…⑪255, ⑫106
湯湯（しょうしょう）…⑱453
湘陰…⑯191
湘郷…②448, 449
湘君・湘娥・湘妃・湘夫人…①127, ⑥409, ⑪100, 101, ⑫124, 239, ㉒79
湘裙…⑭415
湘源…⑬579
湘江…①572, ㉓177
湘水…⑪514, 518, ⑬199, ⑮595, 596, ㉑46, ㉒488,

489, ㉓250, ㉕209, ㉖221-223
　〜における屈原の死…⑮380
　〜のあたりでの杜甫の放浪…㉖220
　〜の舟中における杜甫の死…⑫584
　〜の女神…⑪101, ⑫612
湘南（中国）…⑰535
湘南（日本）…⑦49
湘南電車…⑱538
湘妃竹…⑯532
湘夫人「祠南夕望」…㉒79
湘浦…①304
「湘霊鼓瑟」（科挙の詩題）…①304, ⑱84
焦其氏の楽器…⑭80
焦慶安…⑮255
焦竑・秣陵…⑯103, 124, ㉔175
　「国史経籍志」…⑯144　「国朝献徴録」…㉒51
焦氏蔵書・焦循私印…⑰592
焦循・里堂…②351, 439, ⑯245, 260, ⑰592
　〜の著述　「易余籥録」…⑭206, 597　「劇説」…⑭205, ⑮25　「節孝臧君墓表」…⑯233, 242, 244　「雕菰集」…⑯253　「道聴録」…⑰592　「揚州足徴録序」…⑯245, 246
　〜の「類音」に対する識語…⑰592
焦先…㉓270
焼春（酒）…⑪108
焼燭短…⑫150
焼餅…⑮111
硝…㉓217
稍…㉖410
粧么…⑭542
粧涙…⑪288
翔鳥…⑦195
葉（国名・春秋）…⑤91, 122, 169
葉県尉…⑬291
「証類本草」…⑫497
詔誥教令…②257
象…⑩470, 472
象（易）…②301
象教…⑫219
象山会…⑰201
象胥…㉓194
象人…㉖444
象徴…㉖112, 114, 115, ㉗307
象徴詩…①619
象徴派（フランス文学）…⑯308
象翟…㉓194
象の舞…㉔275
象物…㉖444, 445
鈔…①544, ⑮111
鈔本…⑩444, 445
傷…㉕228
傷懐抱…㉖133
傷神…⑬120

傷多酒…㉖91
摂山…⑪490
照古王（百済）…⑳448
照山…㉓708
照証…⑭313
「照世盃」…⑰254
照夜の宝玉…⑪524
聖護院…⑲4, 5
聖徳太子…⑤164, ㉒326, ㉓8, 11, 16, ㉔190, ㉕277, ㉗162, 246→厩戸皇子→豊聡
　〜と「管子」…㉔231, 239
　〜と「鄭玄「易」注…㉔241, 242
　〜に対する荻生徂徠の檄文…㉓294
　〜の画像と服装…⑰15
　〜の「三経義疏」…㉓10, 11, 21, ㉕277, ㉗414
　〜と中国中世の聖愚の哲学…㉓19, 22
　〜の「十七条憲法」→その項
　〜の文章…㉓9, 10, 13-16, 23
　〜の「法華義疏」の真筆…㉓10
聖徳太子憲法→「十七条憲法」
聖武天皇…②501, ⑪165, 168, 554, ⑫39, 546, 563, ⑰15, ⑱457, ㉖8, 498　「雑集」…㉑88
詳察・詳也波察…⑮55
頌（六義）…②257, ③33, ㉓348
像生…⑮15, 16
像生貨郎旦…⑮16
甞…㉗122
嘗新…⑫504
彰考館…㉗30
彰徳…⑭77, 122
漳河…⑮514
漳州…①466, ⑬173, 308
漳水…⑦275
裳…⑪162
誦経…⑬250, 251
障礙…㉗46
障車…⑮343
「韶」（音楽）…②521, ⑤42, 85, 155, 158, 174, ㉓411, ㉗80-82
憔悴…⑦227, 236
殤帝（後漢）…②550
漿紗…⑯219
蔣彝・仲雅・啞行者…㉖504
蔣一葵「堯山堂外紀」…⑭144, 146
蔣介…㉗102
蔣介石・中正…①466, ⑫7, ⑰435, ㉒395
　〜時代の文化人と京劇…⑯589
　〜と王大楨…⑳270, 271
　〜とキリスト教…②389
　〜と「三国演義」…⑦4
　〜と西安事件…⑳271
　〜と台湾…⑯615
　〜と「論語」…⑤137, 140, 141, 206

～の支那…⑰458
～の政権…⑯10
～の北伐…⑲230
～の廬山会議…⑦327
蔣景祁…⑯152
蔣顕…㉕340
蔣光煦「東湖叢記」…⑮229
蔣士銓・心餘…⑭595　「四絃秋」…⑪296
蔣子正「山房随筆」…⑭119
蔣捷…⑯146, 147
蔣清翊（せいよく）「王子安集注」…②31
蔣済…⑥29
蔣廷錫…㉓167
蔣冕「瓊台先生詩話」…⑲317　「広西通志序」…⑰596
蔣鳳…⑪20
蔣防「霍小玉伝」→その項
蔣養庵蔵書記…⑰596
蔣礼鴻…㉕450, 457　「敦煌変文字義通釈」…㉕449, 456
衝州撞府…⑭58-60
「請来目録」…㉕278
賞…㉕383
『賞花時』…⑭217, ⑮36
「漢宮秋」…⑭22, ⑮219　「酷寒亭」…⑮35, 36
「老生児」…⑭234
『賞花時么篇』…⑭217, ⑮35, 36
「酷寒亭」…⑮35-37
賞花釣魚の宴…⑬91, 254
賞賜・賞識…㉕383
銷…⑬53
銷魂…㉑148
「墻頭馬上」雑劇・「裴少俊～」…⑫523, ⑭43, 92
「嘯余譜」…㉓367
橡栗…㉖127
歙県（安徽・清末まで徽州）…⑮426, 633, ⑯252, 438, ㉔276, 278, 280
瘴…①468
瘴煙…⑪300, ⑮437
瘴江…①468, ⑪365, 367
瘴癘…⑬30, ㉖120
蕉心…⑬53
閶門…⑫42
瞧科…㉖409
蕭繹・世誠・湘東王…⑫24, 659, ⑰506, ㉖401→元帝（南朝梁）
蕭衍…⑦528, ㉕102→武帝（南朝梁）
蕭王（蕭子雲・王僧虔）…㉗381
蕭何・相国…⑦46, ⑮85, 112-114, ㉓234, ㉕75-77, 79
「蕭何追韓信」雑劇　『新水令』（第二折）…⑭34
蕭該…⑯239
蕭閑…⑮483, 484
蕭県（沛）…⑦46
蕭広済「孝子伝」…⑥388, 389, ⑦550
蕭貢…㉒107　「楽府崔生」…⑭176
蕭綱…⑦533, 592→簡文帝（南朝梁）
蕭索…㉑72
蕭詧・岳陽王…⑦541, 544, ⑫24→宣帝（南朝後梁）
蕭山…⑯249
蕭士贇（しいん）…㉓575
蕭子顕…⑦169　「南斉書」→その項
蕭子良・竟陵王…⑦591, ⑪13, ⑯374, 375
蕭氏（南朝梁武帝の後裔）…⑫27
蕭瑟…⑬151
蕭実…⑫523
蕭脩・宜豊侯…⑫24
「蕭淑蘭」雑劇・「～情寄菩薩蛮」…⑭47, 219, 439, 440→「菩薩蛮」雑劇
蕭蕭…⑦306, ⑫97, 103, ⑬224
蕭条…⑬15, ⑮451
蕭森…㉖184
蕭嵩…⑪33, 36, 499
蕭済…⑫657
蕭詮（せん）…⑫665
蕭選…㉒75, 76→「文選」
蕭滌非（できひ）…㉕447, 454
蕭統→昭明太子（梁）
蕭徳祥…⑭167, 172, 173, 257, 370
蕭徳藻…⑬170
蕭方略…⑦542
蕭穆「敬孚類稿」…⑯172
蕭摩訶…⑫663
蕭綸・邵陵王…⑦543
膲棉…⑯214
鍾王（鍾繇・王羲之）…㉒13, ㉗255, 256
鍾敬文「現代歌謡引言」…①618
鍾輿・次文…⑥367, 369
鍾嶸・記室…⑦73, ⑫670, ㉖444
「詩品」→その項
鍾山…⑪511-513, ⑬451
「鍾山語録」…⑬95
鍾子期…⑦110
鍾氏…㉒487
鍾嗣成・継先・大梁…⑭75, 152, 157, 160, 162, 167, 175
～と方今才人との関係…⑭165
～と「録鬼簿」下巻の作者…⑭151, 156, 157, 159, 173, 180, 224
～の居住地…⑭151, 156, 157
～の行年…⑭157, 164
～の雑劇と散曲　「偽（詐）遊雲夢」「斬陳餘」「章台柳」「銭神論」「鄭荘公」『罵玉郎感皇恩採茶歌』「蟠桃会」「馮驩焚券」「馮諼収券」…⑭165　「四福」…⑮145
～の出身地…⑭152, 156, 157, 159
～の竹馬の友…⑭160

～の父…⑭156
～の父の友人…⑭151, 156
～の挽詩…⑭173, 224
～の幼年時代の師…⑭156
～の「録鬼簿」→その項
鍾人傑…㉗28
鍾惺・伯敬…⑯56, 114→古文辞（明）
～・譚元春の竟陵派→竟陵派
～・譚元春「古詩帰」→その項　「唐詩帰」…⑮540, ㉒52
～の作品・著述　「江行排体」…⑮539　「左伝評本」…⑯91, 92　「山月」…⑮539　「諸子文帰」…②605
～の批評　「嬌女の詩」…⑦260　「左伝」…⑯81, 92　邵宝…㉒51-52　「大風歌」…⑥39
～批判　荻生徂徠…㉓440　顧炎武…⑯92, 126　銭謙益…⑯71, 91, 92, ㉖441
鍾譚（鍾惺・譚元春）…㉖433
鍾楓…㉒445, 485, 487→大鍾
鍾繇…②524, ⑪457, ⑳242, ㉗256
鍾離意…⑥392
鍾離県（安徽）…⑫306-308, 331, ⑬436, ㉖130-132
鍾離権（八仙）…⑭87, 218, ⑮109
鍾陵…⑪509
聶夷中…⑪201　「田家」「詠田家」…⑮271
聶壱…⑥81, 83
聶紺弩「水滸伝的怎様写成的」…①637
觴…⑮420
蹤跡…②155
簫…⑥346, 348, 349, ⑪92, ㉖144
簫笳の声…⑥347
簫史…⑫413, ⑭522, 534
譙（沛）…⑦45, 46, 53, 57, 75, 79
譙周「益州志」…㉓28
譙令雍…㉒102
「瀟湘雨」雑劇・「臨江駅瀟湘秋夜雨」…①631, ⑭42, 217, 247, 270, 595, 598, 603, ⑮13, 18, 73
～の『哭皇天』（第二折）…⑭346
～の『梁州』（第二折）…⑭299
瀟湘八景…㉖223
鐘鼓…⑪255
鐘鼓司…⑭36
上…②147, ⑭313, ⑮344, ⑰150
上（君主）…②142
上官儀…①305
上去入…②28, ⑭19, ⑳88→仄声
上下（漢書・古今人表）…⑩466, ㉓20
上京会寧府…⑭63, ㉒101
上計…⑥256
上県中県下県…⑪397
上元節…⑬4, 163
上行する者…㉓588
上皇天帝…⑫309→玄宗（唐）
上蔡（河南）…②137, 138, ⑮165, 166, ㉗132
上三下四の七字句（雑劇）…⑭322, 372
上巳…⑫602, ㉑238, ㉖95
上巳の祭り（日本）…㉑238
上四下三の七字句…⑭322
上日…㉒40
上州中州下州…⑪397
『上小楼』…⑭505
「漢宮秋」…⑮207　「金銭記」…⑭329, 502
『上小楼么篇』「金銭記」…⑭328, 503, 505
上声（四声）…②27, 28, 37, 38, ⑭19, ⑳88, 89, ㉕104, ㉖212, 221
上上（漢書・古今人表）…⑩466, 467, ㉓20
上津…⑦548
上水・上水頭…㉖391
上世の士…⑦231
上清の書…㉓195
上截…⑮345
上荘…⑯334, 336, 339, 343, 345
上代の口語（日本）…㉕46
上知・上智…⑦521, ⑩466-472, 479, 480, ㉓20, 21, 547
上中（漢書・古今人表）…⑩466, ㉓20
上庁行首…⑮49, 110
上帝…⑥14, ㉔265, 266
上哲…⑦521, 522
上都（元）…⑭65, 67, 69, ⑮248, 293, 294, 353, 448→開平→ドロンノール
上都（人名）→シャンド
上都護…㉗23
上東門…⑥308, 309, 329, ⑦240, ⑪218, 219
上棉…⑯216
上孟…㉓85
上諭…㉓266
上陽殿…⑭24, 431, 435
上雍…⑥138
上留田…①371
上林苑…⑥126, 133, 135, 147, 164, 212, 215, ㉕163
上林の狩猟…⑥212
丈・丈人…⑫74
丈八溝…㉕437
丈六の金身…㉒113
仍…⑫435
冗散の官…⑬222
丞…⑪212, 397
丞尉…⑪497
丞相…①299, ⑥55, 57, 102, 103, 105, 110, 112, 113, 121, 125, 126, 138, 162, 163, 218
「丞相魏公譚訓」…⑬583
成就…㉗46
成住壊空…㉓473
条支…⑥131, 132
状…②257

状元…②441, ⑭403, 505, 530, ⑮404
帖括…⑯72, 75
帖経…①306→科挙の試験科目
帖書…①304, 307→科挙の試験科目
「乗」（晋の春秋）…⑦255, ㉓111
「貞観政要」…①286, ⑮232, 254, 296, 297, 308, 329, ⑰26, ㉒59
「貞観政要」仮名抄…㉒59
城…①465
城闕…⑪245
城隍廟…②370
城漕…②319
城南に舟を放つ…⑮513
「城南柳」雑劇・「呂洞賓三度～」…⑭46, 207, 217
城門郎…㉖85
浄…㉗45
浄（京劇・元曲）…⑦8, ⑭16, 17, ⑮4, 44, 171, 177, ⑯595
浄花…⑯216, 217
浄琴…㉖23, 26
浄琴張…⑫149
浄慈寺…⑬393
浄土教…⑤303, ⑪187
浄土宗…㉗286
浄土真宗…㉗343
「浄土論注」…㉓334
浄瑠璃…①209, ⑭373, 374, ㉓588
娘…⑮26
娘子…㉗8
烝烝…㉓21
常…⑰503
常…②271, 336→典
常（阮籍の思想）…⑦226-229, 233-236
常歓喜尊者…⑬374
常璩…㉓28
常建…②65, ⑥330, ⑪154, 158, ⑮474
「古意」…⑪155　「江上琴興」…⑪157　「題破山寺後禅院」…⑪155, ㉒91
常元旦…⑪20
常言道…⑭301, 321
常山の太守…⑮411
常子是・常只是…⑭321
常侍…⑪499
常識…⑥232
～と事実の尊重…①183, 188, 189, 191, 193, 198, 199
～と日常の尊重…①86, ②532, ⑰36, 124, ㉑27
～の暴力…⑥232-234, ㉕155
～への反抗　伯夷…⑥232　六朝…①193　老子…③500, ⑤192, 194, 198, 199
常州（江蘇）…①423, 424, 426, ⑯236, 240
～における宮天挺の死…⑭156, 172
～における蘇軾の死…⑬102
～の知事（楊万里）…⑬164
常州刺史…⑪212
常州詞派…⑯152, ㉔141
常州書院…⑯239
「常州府志」…⑯248
常州府無錫県…⑯21
常熟県（江蘇）…⑭385, ⑮570, ⑯27, 63, 125
～との関わり　翁同龢…①519, ⑬288　帰有光…②190　教諭白紹先…⑯67　顧大韶…⑯130　黄公望…⑮442　銭曽…⑯151　桑悦…⑮484　曽樸…⑯306　趙琦美…⑭40　趙用賢…⑯24　陳原嗣の娘…⑮580　馮復京…⑯129　牧雲通門…⑯51
～と無錫県…⑯21
～の瞿氏鉄琴銅剣楼…⑭39, ⑯238
～の虞山…⑮585, 590
～の詩人の選集…⑯106
～の銭謙益…⑯12, 20, 37, 55, 136
常熟への帰郷と挫折…⑯14, 15, 33, 43, 57
～の破山寺…⑪155
～の毛氏汲古閣…⑧510, ⑯145, ㉒313
常熟県知県…⑯26
常照寺（京都鷹ヶ峰）…㉓707
常坦…⑬303, 306, 307, 311, 312
「常談」…①228
常道…㉓81
常念岳…㉔263
常平倉…⑬89, ⑮45, 575, ⑯131, 132, ㉖82
常鳳哥…⑭384
常邑の士…⑯259
常羊の山…⑦438
常楽院…⑩458
情…⑬558, ⑮528, ㉓352, 354, 397
～と意…㉓352, 440
～と応…㉓315
～と景…①155-156, ⑬185, 202, ⑮426, ㉓116, ㉔208, ㉖18, 19, 184
～と性…㉗245, 260
～と欲…②238, ㉓72, 73, ㉗260
～の句…①156
情語…㉓352
情志既動…①629
情信…⑦524
情性…⑫250
情態…㉓484
情報局（日本）…㉗112
情友…①544
情話…㉔229, 230
畳韻…⑪197, ⑫231, 503, ⑯158, ⑳79, ㉑72, ㉕484
～の語による“俗”の解釈…②237
～の雑劇用語…⑭313, 341, ⑮95, 128
～の詩的効果…⑫145, ㉕121
～の連語…⑥334, 336, ⑦516, ⑪197, ⑫463

畳韻（次韻）…⑬44, 101, 120
畳字…⑥293
　～の運用…⑥293, 294
嫋嫋…⑪437
嫦娥…①485, 486, ⑫266, ⑬391, ⑭416, 418, 419, 429, 430, ⑮506, ⑳44
鄭玄・康成…②51, 172, 173, ⑦254, 505, ⑯240, 241, ⑰344, ⑳220, ㉑201, 229, ㉔241, ㉕16, 335, 497→後鄭
　～以前の学者のテクスト固執…㉕228
　～と後漢の学者・政治家　何休…⑲153　許慎…㉕222　孔融…⑦94　趙商（弟子）…⑩473　馬融→その項　盧植…⑰539
　～と五天帝説…⑤118
　～と後人　孔穎達…③515　朱子…②318, 327, ③40, ⑦268, ⑳16, ㉑229, ㉔241, ㉕225, 335　銭謙益…⑯87, 96, 130
　～と酒…㉒71, ㉔241, 242
　～と日本　荻生徂徠…㉓328, 329, ㉗71　狩野直喜…⑰258, 267, 279, 282, ㉓603　海保元備…㉗243　清原氏…㉗95　契沖…㉓29　聖徳太子…㉔241　中原氏…㉗95　服部南郭…㉗73　本居宣長…㉓552
　～の解釈（語彙・事項）・学問の態度
　　曰若稽古…②250, ⑦275　王朝の始祖の出生…⑬325, ㉔266, ㉕229　我之弗辟…⑦276　学問の任務…②318　「月令」の月名…③513-515　願言則嚔…②241, ㉕338　凶短折…⑤111　興…③483　古曰名今曰字…㉕25, 26, ㉗95-99　吾党之小子…㉑229, 230　昏旦…②345　婚礼の季節…⑦178　祭如在…㉑229　至于衡漳…⑦275　逝者如斯夫…㉕227, 228, 230, 232, 238　俗人…②241, 242, 246, ㉕338　鳥獣蹌蹌…⑦275　帝王の先祖の廟数…⑰283　天・上帝…㉔266　天尊地卑…㉔241　万邦…⑦273, 274　緑衣黄裳…②317, ㉕336
　～の学説の信不信…㉒397
　～の学問…②318, ⑦254, ⑯87, ⑰258, 532, ⑳14, ㉕327
　　漢代経学集大成…②315, ⑦177, ⑰282, ㉑229, ㉕225, 228, 230, 335, 336, 341
　　今文説の導入…⑦268, ㉔266, ㉕336（呪術的解釈の導入…⑦268, 269, 275）
　　古代言語の研究…②315, 333
　　古文の学…②315, ⑦268, ㉔266, ㉕335, 336, 340
　　五経テクスト（今文古文）融合…⑦268, ㉕228, 229
　　五経統一解釈…②316-318, ⑦177, 268, 273, 274, ㉕225, 228, 336, 337（異代の制…㉕337　牽強付会…㉕336, 337）
　　諸学説融合…㉕229
　　前儒の説への態度…㉕228, 230, 339
　　礼の研究…③42, ⑦268, 274, ㉔241, ㉕340（「礼記」評…⑰537, 538）
　～の学問と中世経学…②318, ㉗80
　　鄭玄学への反撥…⑦177, 268, ㉕340（王粛…⑦177, 178, 269, 270, ⑯130, ⑰282, 283, ㉕340　王弼・何晏…㉕340）
　　北朝経学における継承…⑮181, ㉕341
　～の学問の権威…㉗95
　　権威の後退…㉕340, ㉗98
　　権威の復活…㉕226, ㉗98
　～の頃の経書…②316
　～の出身…㉑229, ㉕335, 338
　～の生日…②543, ⑯263
　～の注釈…②316, 317, ③42, ⑦177, ㉔241, ㉕190, 225, ㉗80
　　古をもって今を批評する態度…㉕338
　　今をもって古を説く方法…㉕338（漢制引用…②247, ㉕338, 339）
　　曲砕…⑦274
　　「詩」毛伝の採用…③40
　　「尚書孔氏伝」との対立…⑦271, 273-276
　　「尚書」の説き方…⑦273, 275
　　清朝学者の態度…⑯60, ㉓328
　　先儒の説の尊重…㉕339
　　注釈の伝来…②318, ⑦178, ㉔242, ㉕336（亡佚書の輯佚…㉕226）
　　当為・読為・読若…㉕337, 338
　　文明の非連続批判…㉕338
　　法則的数理的傾向…⑦268, 273, 274, ㉔242, ㉕337
　～の注釈（著述）「易」注→その項　易緯注…⑦520　「儀礼」注→その項　「孝経」注…⑰16, 175, ㉕336　「左伝」注…㉕336　三礼注→その項　「詩」注→その項・鄭箋　「周礼」注→その項　「春秋」注…②317　「尚書」注→その項　「中庸」注…⑯79, 109, ㉓29　「鄭志」…③483, ⑦254　「礼記」注・「礼」注・「論語」注→各項
　～の没年…⑳16, ㉑229, ㉔241, ㉕225, 335
　～の「六芸論」…⑥369
　～派　非鄭玄派の争い…⑦271
　～本（経書テクスト）「公羊伝」…⑩436　「尚書」…⑦276, 277, 538　「論語」…㉕229
「鄭玄別伝」…②543
蕘公「梁山泊故事的発生和演変」…①637
襄陰（河北弘州）…㉒111
襄王（戦国・楚）…⑪70, ⑭418, 464, 483, 505, 512, 514-516, ⑱22, ㉑9
襄王（戦国・梁）…①273, ③531, ⑲215, 393
襄公（春秋・晋）…⑥371
襄公（春秋・秦）…㉗92
襄公（春秋・斉）…⑥157, ㉓29
襄公（春秋・宋）…②259
襄公（春秋・魯）…⑤144
襄州…⑬323

襄邑…⑦92
襄陽（湖北）…⑦541, ⑫16, 27, 382, ㉓203, ㉖402
～における韋済の家系…⑫75
～における岳陽王蕭督…⑫24
～における杜甫の家系…⑫16, 19, 23, 25, 27, 29, 75
～の杜氏・杜甫…⑫25, 389→杜甫
～の人　杜崱…⑫670　米芾…⑬138　孟浩然…⑪153, 212　羅友…⑦463, 477
穣城…⑦540, 544
譲…⑤236
鑲黄旗人…㉓232
鑲白旗人…㉓212
鑲藍旗人…㉓223
饒介…⑮464
饒固庵「詞籍考」…⑯544
饒陽県尉…⑪16
瓤花…⑯216
髭…⑮444
色…⑤244-247, ⑮496, 501, 528
色過時期…㉓581, 587
食…②118, 119, 174
「食貨志」への関心（荻生徂徠）…㉓343
食指…①158
食人肉…㉔133-136, 196
食力…⑬124
属目の興…③478
飾詞…⑮338
「続日本紀」…⑥246, ⑰468, ㉑111, ㉒14, ㉓146, ㉗20
「続日本後紀」…㉗20, 23, 226
蜀（五代十国）…②551, ⑩458
蜀（国名・地名）…⑪250, 497, ⑫498, 693, 694, ⑰500, ㉗326, 327
～を出た時の紀行詩の序（蘇軾）…⑬273
～との関わり　玄宗の行幸…⑫174, ㉒24, 27, 32　杜甫…①81, ⑫496, 522, 674, ㉒89, ㉕437, 438, 465, ㉖126, 152, ㉗14, 423　楊国忠…⑫174, ㉒24　李寿…⑦165　呂不韋…㉕157
～における杜甫の作詩総数…㉖152, 232
～の学…⑥204
～の玄宗の政府…⑫329
～の三辺…⑬323
～の産物　枸醬…⑥80　錦…㉓28　布…⑥94
～の出身の人物…⑥204
宇文虚中…㉒108　魏了翁…⑬321　厳君平…⑥393, ㉔315　司馬相如…⑥201-204　揚雄…⑥254　楊得意…⑥203　李白の生地…⑪169
～の新開地的風土（漢）…⑥202, 204
～の天険…⑦480
桟道…⑪249, ⑫536, 534
～の富民（漢）…⑥202
蜀（三国）…②585, ⑦3, 185, 589
～の遺臣（陳寿）…⑦10
～の支配地域…②550, ⑦3, ㉖136
～の首府…㉖136
～の諸葛孔明と周瑜…①413
～の先主の馬…㉖32-33
～の曹操への敵対…⑦7
～の滅亡…⑦480
～への好意（陳寿）…⑦10
蜀郡…⑥201, ⑭113
蜀郡守…⑥204, ⑦53
蜀江…⑫489
～の錦…⑫490
～の水…⑪250, ⑳462, ㉔29
蜀魂…⑮420
蜀山の色…⑪250, ⑳462, ㉒102, ㉔29
蜀州司戸…⑪235
蜀都の綺…⑭70
蜀党…㉒108
蜀本の朱子の書…⑬321
稷（穀物神）…㉕265
稷（堯の臣）…⑫181, ㉒28, ㉓221
燭…⑫150, ㉖24
『燭影揺紅』　白仁甫…⑭100
燭竜…⑪499
織女…⑭419, ⑮506, ㉖192
織女星…⑥284, ⑪266, ⑫478, ㉔7, ㉖403
織豊二氏勃興の地…⑰174
「職員録」（日本政府印刷局発行）…㉓226
「職官志」…㉓343
「職原鈔」大蔵省・刑部省・宮内省・式部省・兵部省…㉕348
職当…⑦517
白井宗因…㉗103, 104
白石研究員（東京研究所）…⑱536
白髪の講釈（志誠張主管）…⑬406, 527, 540
白川静…③482　「西周期における東南地域の政治と文学」…①632
白河次郎・鯉洋…⑰394
白河城主…②439
白河の関…㉖48
白河法皇…②426, ㉔259
白木直也…⑧18, 354, ⑨181, 182, ⑩81, ㉑670, ㉖252　「遊仙窟注引書考」…①620, 634
白つか組…⑭448
白鳥庫吉…③554, ⑰217, ㉓606, ㉗250
～と京都の学者　桑原隲蔵との貴山城論争…⑥156　内藤虎次郎…②585, ③533, ⑳7, 289, ㉕324, ㉗188　羽田亨…⑰329, ⑲417
～と邪馬台国論争…②585
～の疑古の学…③533, ⑰637, ⑳7, ㉕324, ㉖507, ㉗188
～の方法…⑰217, ⑲417
新羅…⑪230, ㉖82, 97
識り易し…㉖214, 219
尻尾嘗麿守…⑳107

白柳秀湖…㉗283
城見畷（松江）…⑥249, 250
城山（鹿児島）…㉔254
心…⑯79, ㉒311, ㉓72, 389
　～と形…⑦391
　～と言…②12
　～と性…⑰158
心意…⑥315
心印…㉓607, ㉗262
心華元棣…㉒63　「杜詩臆断」…㉒60
心学（明）…⑮460, ⑯88
心肝脾肺腎…㉖407
心歓…①544
「心経」…⑭93
心死…⑫377
心性…㉓54
心喪…⑳305
心得…㉓591, 595, 599
　～の学…⑰282-284
心坌…⑭475
伷…㉕221
申（地名）…③477, 478
申涵光…㉓255, 263
申韓（申不害・韓非）…⑲174, ㉓469, ㉗254
申韓刑名…⑰208
申公…⑥54, 56
申子…⑥222, ㉓57, 58
「申子」…②485
申之…②118
申時行…⑮330, ⑯24, ㉒277
申叔舟…㉓246
申商の法術…⑦10
申屠蟠…①479
申包胥…㉓90, 91
伸…⑮157
岑之敬…⑫657, 666
岑参・嘉州…⑫122, ⑮474, ⑰10, ㉖94, 432
　～と高適に与えた詩（杜甫）…㉕490
　～の官職…⑪212
　～の詩　「王昌齢が江寧に赴くを送る」…⑪213　「高適，薛拠を同じく慈恩寺の浮図に登る」…⑫218, 220, 225, 226　「岑嘉州集」…⑫225　「中書舎人賈至の早に大明宮に朝すに奉和す」…㉒481, ㉓118, ㉖420　任地の王昌齢によせる詩…⑪213
岑参兄弟…⑪212, ⑫121, 122, 611
岑仲勉…㉗386
『沁園春』　張翥…⑭103　白仁甫…⑭98, 100　毛沢東…①570, 572, ㉒461
沈亜之「湘中怨辞」…①197
沈尹黙・君黙…⑲242, ㉒328-330, 387, ㉗109, 110, 112
沈客卿…⑫658
沈括…㉒457, ㉕442, ㉖474　「夢渓（沈存中）筆談」→その項
沈岸登…⑯152
沈雁冰…㉒444, 466, 489, ㉖471→茅盾
沈既済…⑪510, ㉒87　「任氏伝」…⑪501　「枕中記」…①196, ⑪498, ⑭207
沈起鳳「才人福」「伏虎韜」「文星榜」「報恩縁」…⑰376
沈義父…⑭178
沈拱之…⑭153, 154
沈欽韓「李壁注勘誤補正」…⑬306
沈吟…⑥322
沈兼士…㉒329, 387　講義「文字学」…⑯645　「右文説在訓詁学上之沿革及其推闡」…⑳78
沈公路…⑮636
沈溝…㉑18
沈皞日…⑯152
沈士遠…㉒330（あだ名・沈天下…㉒329, 330）
沈氏兄弟（士遠・尹黙・兼士）…㉒329, 387→三沈
沈摯…⑯152
沈周・啓南・石田…①542, ⑮518, 562, 569, 601, 602, 613, 635, 636
　～以前の処士への尊敬…⑮606
　～中心の市民文学…⑮477, 484, 563, 613, 619
　～と下僕…⑮607, 610-612
　～と後人　銭允治…⑮570　銭謙益…⑮563, 570　瞿式耜…⑮570
　～と土木の変…⑮580
　～との関わり　阿同…⑮607-610　王鏊…⑮570　汪滸…⑮582　韓襄…⑮602　呉寛→その項　崔恭…⑮579　周富…⑮610　沈徳韞…⑮598, 599, 601　徐有貞…⑮579, 582　陳寛…⑮578, 584　陳蒙…⑮580　卞退之…⑮594　楊循吉…⑮563　李東陽…⑮563, 606　李夢陽の反撥…⑮494　陸徳蘊…⑮578
　弟子…⑮480, 484（祝允明・唐寅・文徴明→各項）
　～の家…⑮571, 579, 582
　～の妹の婚家…⑮582
　～の画…⑮479, 543, 562, 584-586, 593, 613　藍色の蟹…②510　「菊花文禽図」…⑮562　三百本の松…⑮598　「桃源の図」…⑮593　「廬山の図」…⑮584
　～の家族　弟・沈召…⑮583　長男・沈雲鴻…⑮580, 602　妻・陳氏…⑮580, 601　母・陳氏…⑮577, 605　父祖…⑮567-568, 576（伯父・沈貞吉…⑮572, 573, 576, 578　祖父・沈孟淵…⑮571-573, 576, 578, 579, 583　曽祖父…⑮571　父・沈恒吉…⑮572-579, 583, 602, 610）
　～の家庭教師…⑮578
　～の芸術の原動力…⑮594, 596
　～の三十代の事跡…⑮583
　～の四十・五十代の芸術…⑮585

～の詩集　銭允治編…⑮570, 580, 581, 583　序・呉寛…⑮563　跋・李東陽…⑮563
～の詩文　散文…⑮563 「盲の（周）富の父母を祀ること」…⑮610, 611　楊循吉の批評…⑮563
詩…①542, ⑮478, 563, 578, 581, 585, 586, 590, 592, 593, 597-599, 613
「雨に感ず」…⑮589　弟に糧長の任務をゆずる詩…⑮583　感懐の詩…⑮602 「己巳秋興」…⑮581　虞山に遊ぶ詩…⑮590　下僕・阿同の死を悼む詩…⑮607　光福山の画の題詩…⑮594 「盒子会の詞」…①542　崔恭への百韻詩献上…⑮579 「市隠」…⑮598　自分の画に題する詩…⑮584　自分の山水画に題する詩…⑮593　朱沢民の山水画に題する詩…⑮586 「十八隣」…⑮594　沈徳韞の祝宴に招かれた時の詩…⑮599 「水悶」…⑮594 「退役即興」…⑮580 「低田婦」…⑮478, 587 「堤決行」…⑮586 「桃源の図」に題する詩…⑮593 「稲割」…⑮588　農村の詩…⑮586-592, 594　卞退之の依頼に応えた画の題詩…⑮594　松の画に題する詩…⑮598
～の「石田先生詩文集」（銭謙益編）…⑮570, 586, 613, ⑯124
～の時代の教養人の政治的地位…⑮606
～の伝記…⑮480, 563, 565-567, 569, 570, 576, 582, 636
生没　出生…⑮569, 570, 577　出生地…⑮569-571　没年…⑮570, 605, 612
伝記・文章 「沈石田」鄭景珊…⑮570 「石田先生行状」文徴明…⑮570, 582 「石田先生事略」銭謙益・墓誌銘〔王鏊〕…⑮570
～の身分（処士）…②429, ⑮478, 479, 565, 567, 577
市民としての誇り…⑮577, 598, 601
市民として得た社会的尊敬…⑮597, 605, 606
科挙拒否・任官拒否…②429, ⑮576, 577, 582（糧長…⑮478, 575, 579, 580, 583, 589, 605）
沈充の小銭…⑪566-567
沈峻…㉕340, 341
沈佺期…⑪20, 27, 552, ⑫15, 655, ⑬177, ㉒86, 87, ㉖432
沈宋（沈佺期・宋之問）…⑫654-656, 662, ㉖432
沈曽植・子培…⑯306, ⑰243
沈廷芳…②493, ⑩462, ⑯168, ㉕381
沈廷揚…⑯18
沈東美…㉒86-88, ㉕482
沈徳寿の印…⑰595
沈徳潜　～との関わり　銭謙益…⑯12, 59　銭大昕…㉒294　高階暘谷…⑰109, ㉒294, ㉓709
～の著述 「古詩源」「国朝詩別裁集」→各項 「国朝六家詩鈔」…⑱130 「説詩晬語」…㉗301 「杜詩偶評」…⑫192, 730, ㉕435 「唐詩別裁集」…㉖472 「明詩別裁集」…⑱130
～は格調派…①52
沈徳符…⑮532 「顧曲雑言」…⑮92 「野獲編」…⑭35, 138, ⑮92, 103, 502
沈文阿…⑥403, 404
沈約・休文…⑪442, 566, ㉒87, ㉕102, 104, 112, ㉖439
～注・阮籍「詠懐詩」…⑦241
～と「鼓吹鐃歌」…⑥340, 344, 351
～の詩における年芳…②207, 208
～の時代の美文の爛熟…㉕105
～の声律論の整備…①66, ⑦591, ㉕102
言語音楽論…㉕105, 106　四声八病の説…㉕102
切響と浮声…⑦591, ㉕104, 112
～の作品・著述 「王中丞思遠の月を詠ずるに応ず」…⑫640 「三月三日率爾成篇」…㉒79 「斉故安陸昭公碑文」…⑫625, ㉒78, ㉕174 「斉書」…⑬575 「宋書」→その項
沈郎銭…⑪442, 443, 446, 566
沈和…⑭124, 171, 172, ⑮104→蛮子関漢卿
臣…②146
「臣寿周紀」…①182
身已・身軀・身首…⑭312
身後…㉖124
身死…⑮344
身心性命…⑯79
身世…⑬21, ⑮498
身世の拙…㉖71
身沈浮…⑬305
身投餓虎…⑳359
身毒…⑥94, 95, 131, 132, ㉓485, ㉔65, ㉗46→インド
身波浮…⑬305
辛夷…⑬20
辛亥革命…②433, ⑯649, 657, ⑳293, 505, ㉒320, ㉓583, ㉔255, ㉗235
～以後　呉士鑑…㉓182　傅増湘…㉖467　北京大学…㉒386, 387, 396　辮髪消滅…㉓174
～以後の学芸　疑古の学…㉗188　現代文学…①77　諸子の学…②475　銭謙益著作への禁令廃止…㉖429　中国文学史の叙述…㉑149, ㉓590
～以前　科挙廃止…⑰611　中国文学の形態…①70　読書人の役割…②428
～以前以後の郭沫若…⑰540, ㉖489
～以前以後の陳三立…⑯268
～以前の旧体制と維新以前の日本の旧体制…②443
～以来の内戦の終熄…⑯648
～と章炳麟…⑯644, ⑳292, ㉒386, 387, ㉔165-166
～と同時期の日本…⑰613
～と李根源…⑳294, ㉒415
～による学者の京都亡命…⑯634, ⑰218, ⑳286, 452, ㉑237, ㉒337, ㉓604
～による世襲王朝の終熄…①70, ②436
～の担当者の出身…㉕305
辛棄疾…①514, 637, ⑬10, ⑮381, ⑯146, ㉒100
辛愿・渓南詩老「山園」…⑮383

辛哈恩的…⑭60, 61
辛寨社乱山里（撫寧県）…⑮350
辛氏「三秦記」…⑫387, 439
辛漸…⑪211, 213, 214, 217, 218, 220, ⑫85
辛文房「唐才子伝」→その項
辰（星）…⑥292
辰韓…②585
辰水眼…㉖383
辰竜関…⑯192
参（星）…③512, ⑥292
参差…⑪260
信…⑬558, ⑯79, ㉓60, 70
信義本神楽歌…⑩451
信鏡・湖月・簔庵・楠渓豊阜…⑰593
信口開河・信口開合…⑮118
信行…⑫542
信州（日本）…⑫436, ㉔260, ㉕194, ㉗417
信宿…⑫246
信西入道通憲（みちのり）…⑤135, ⑰20
信馬帰…⑪252
信美…㉖144
信陽（日本・信濃）…㉕203
信頼の哲学（荻生徂徠）…㉓333, 452-456, 475, 476
怎下的・怎不的…⑭321
怎生…⑮335-336
怎知俺…⑭320
「津逮秘書」…㉒313, ㉔54, ㉕234, ㉗301
津逮秘書本　「山谷題跋」…⑬289　「東坡題跋」…⑬264
津浦鉄路…⑥411, ⑯651, ⑳293, ㉒462
津吏…①523
津梁…⑱454
神…⑫78, ⑮496
神（怪力乱神）…⑤28, 147, 210
神（鬼神示）…②371
神（「形影神」）…①388
神（仏教の考え）…②377
「神異経」…⑫277
神意…①531
神韻…⑮468, ⑯164, 167, ㉓196, ㉖449
神韻派…①51, 52, 137, ㉑148
神怪談…①226
神学…①269, ㉗368, 371
神学（本居宣長）…㉗205
神居山…⑬309
神権鎮（江西・貴渓県）…⑯399
神行法…㉖392
神鰲…⑭387
神国の玄妙…⑰18, 19
神主…㉓389
神女…⑭418
神助…⑬166
神将…⑬402, 403
神水眼…㉖383
神仙…①31, ②370
～の世界へのあこがれ…⑦237
～の生活…⑦228, 232, 237-239, 241
～の尊重…⑥147, 148
神仙鬼趣の図…②531, 533, 534
神祖…⑰27, ㉓132, 135, 136, 288, 369, 416, 425, 426, 436→徳川家康
神宗（宋）…①451, ②551, ⑬37, 120, 134, 276, 277, 625, ㉕503
～と王安石…①307, 424, ⑫327, ⑬93, 96, 229, 257, 431-433, 518, ⑳454, ㉕427
新法→その項
～の死…⑬98, 102, 586, ⑳455, 456
～の実録検討官…⑬586
～の即位…⑬93, ⑳454
～への「資治通鑑」献上…②161, ⑬585
～への「李鄴侯家伝」進講…⑫327
神宗（明）…②542, 552, ⑮511, ⑯14, 16, ⑳224, ㉒288, ㉔166→万暦帝
～の宰相…⑮460
～の死…⑯15, 25
～の治世…⑮493, 531
～の定陵…㉒472
「神宗皇帝実録」…⑬127
「神奴児」雑劇・「～大鬧開封府」…⑭37, 44, 204, 217, 219, ⑳92
～の『那吒令』…⑭412
「神童詩」…⑯351, 353
神道（中国）…②370→神仙
神道（日本）…⑳488, ㉓449, 451, 452, 485, ㉗104, 128, 153, 157, 158, 162, 246, 372, 374
～と荻生徂徠…㉓458, ㉗156, 158, 161-163
敬天の主張…㉓399, 417, 444, 445, 447, 449, 451
先王の道との対比…㉓417, 447, 449, 450, 480
中国の神道…㉓399, 449, 451, 452, ㉗152, 153, 156, 162, 163
～と知識の否定…②386
～と天理教…⑱517, ㉖464
～の大学…⑲5, ㉗372
神道家（日本）…㉓447, 499
神道者…㉗104
神道説（荻生徂徠）…㉓555, ㉗152
神道説（日本）…㉓417, 447, 452
神道碑…②185, 470, ⑪373
神農…②549, ⑦344, 345, ⑩467, ㉑177, 178, ㉓292, 386, 387, 467→農
～の知らぬ植物…⑫156, 157
～の人身牛首…②264, ㉕151
～の人面竜顔…㉕124, 150
神農虞夏…⑥233
「神農本草」…⑥311
神秘への関心の抑制…⑤147

神秘への冷淡…㉔258, 260, 264, 267
神武門…①431
神仏混淆…㉔248
神明台…⑥135, ㉕163
「神滅論」…②362, 377, 380, ⑯373-375
神話…②263, 276, 374
神話（インド）…①174
神話（ギリシャ）…①88, 174, ③548, 562, 563, ⑰638, ⑱40
神話（西洋）…①88, ㉗369
神話（中国）…①607, ②554, ③4, 549, 563
～を拒否する態度…①190, ③19
孔子…①188　司馬遷…①189, ②275, 276, 374, 375, ③19, ⑥230, ㉗369
～的記載への冷淡…①174, 175, ②275, 276, ③19
～伝承の乏しさ…①73, 88, 188, ②263, 275, 374, 375, ③19
～の開闢伝説…②374
～の消滅と聖人の概念の成立…③27
～の中の怪物…②523, ⑥33, 34
神話（日本）…①88, 174, ②375, ㉗369
～と歴史の混在…③18
籾盆…⑬524
晋（王朝）…②391, ⑥221, ㉒86, ㉕376, ㉗131, 255→西晋→東晋
～以後の文学　晋の短簫鐃歌の替え歌…⑥350
晋の文学の代表者…㉑9
晋宋の文学…①66（晋宋小楽府…㉑19, 20　美文…①66, ⑰249）
晋唐の小説…⑰402
～楽…⑥317
～代の故事の引用（任昉）…㉑253
～と南宋…㉗139
～唐の間の「史記」注…㉓578
～の旧都（洛陽）…⑦432
～の三国統一…②550
～の山川の再現への喜び（陶淵明）…⑦383
～の字…⑭13, 554
～の正史…㉗130→「晋書」
王朝を圧迫しつづけた北方民族の記述…㉗130
王朝を特色づける人物の伝記…㉗135
～の南渡…②550, ⑦590, ⑯615, 616→東晋
～の滅亡…⑦488, ㉗130→東晋
簒奪者劉裕…⑦433, 434, 597　徐広流涕…⑦488
～の盧循の反乱…⑦480
～は簒奪による王朝…⑰283
司馬炎への魏の天子の譲位…⑦186
～人の風…㉗141-143, 145
～人の文…㉕380
晋季以後の文章…⑦528
晋人の文における将無…⑰146
晋（五代）…②551, ⑬595, 597
晋（国名・春秋）…③525, ⑤185, ⑥371, 373
～と蒯聵…⑤49
～と驪姫…⑦311
～の家老の家の祈禱…⑤80
～の君主の夢と死…①186, 233, 250
～の賢臣…⑤80, 83, ㉖366
～の乗…⑦255
～の戦争　晋軍宋へ進攻…⑦481　斉との戦い…⑤66　楚との戦い…③525
～の大使の范会論…⑤80
～の年代記…①168
～への晏嬰の派遣…⑤83
「晋紀」…①191, 193, ⑦183, 497
晋公護（北周）…⑦546, 547, 549
晋江（泉州）…⑬308
晋灼　注「漢書」…㉕87, 88
「晋書」…①177, ②154, ⑦484, 594, ⑬577, 578, ⑰503, ㉗130→「御撰晋書」
～と「世説新語」…㉗136
～と「唐韻」…⑬576
～と日本人　伊藤東涯…⑦486　荻生徂徠…㉗135　河村秀根…⑰175　本居宣長…㉗140-143　堀塾の会読…㉗118, 119, 121, 122, 126, 127, 129, 130, 133, 135-137, 143, 145（会読のテクスト…㉗131, 135）
～における語彙・事項　王導の対話…②494　音楽の六分類…⑥346　挙目…⑱381　阮籍評…㉗134-136　謝安と王羲之の会話…②494　書淫・明慧…㉕380
～の再編修（唐）…①160, ⑦455, ㉗130
～の史臣の「論」と「賛」…㉗131
「論」の文章…㉗131, 132, 134
～の資料源…㉗136
～の神怪な説話…⑪545-546, ⑬552, ⑭9
～の晋王朝を特色づける人物の伝記…㉗135
「列伝」の二種の人物…㉗133
～の唯美的なものの尊重…㉗134, 135
「晋書」（注釈）
点・荻生徂徠…⑳219（陸機伝論…㉗131　王羲之伝論…㉗132）　志村楨幹…⑳219, ㉓572, 574, ㉖473, ㉗131（隠逸伝…㉗138　王衍伝…⑦503　阮籍伝…㉗133　阮瞻伝…⑦489）
「晋書」（テクスト）
日本某氏所蔵残巻…⑬576　平安期宮廷所蔵…⑬575　北宋国子監本…⑬581　和刻本…⑳219, ㉗131, 133, 135（荻生徂徠志村楨幹訓点元禄刻本…⑳219, ㉓309, 317, 343, 574, ㉖473, ㉗131, 133, 135　松会堂版本…㉓312, 572　汲古書院覆刻元禄刻本…㉑248, ㉓312, 572, ㉖473, ㉗131）
「晋書」（篇名・項目）
載記…㉒81, ㉗130, 132
李寿の条…⑦165
賛…㉗131
志…㉗130, 132

楽志…⑥346　刑法志…㉗130　食貨志…⑪566　職官志…⑦153　天文志…㉗130　礼志…⑦253
帝紀…⑦127,㉗130-132
安帝紀…⑦493　恭帝紀・宣帝紀…㉗130
列伝…①160,㉗130-133
隠逸伝…⑦324,㉗138　王衍伝…⑦503　王羲之伝…①160,㉑245,248,㉔233,237　王献之伝…㉗147　王述伝…⑦477　王祥伝…⑦490　夏侯湛伝…㉖455　嵆康伝…㉗133　芸術伝…②519,㉗60　阮籍伝…⑦181,192,484,㉗133,134,136　阮瞻伝…⑦489　顧栄伝…⑦498　后妃伝…㉕380,㉗130　孝友伝…⑮73　荀晞伝…⑦486,487　謝安伝…⑦492　謝万伝・王羲之の謝万評…⑥256　周処伝…⑦483,㉖409　徐広伝…⑦488　張軌伝…⑫22　鄭袤伝…⑦118　裴秀伝…⑦175　孟嘉伝…⑦486,487　庾亮伝…⑦478　陸雲伝…⑦476　列伝第五十二…⑬574
論…㉗131,132,134
王羲之伝論…㉗131,132　宣帝紀論・武帝紀論・陸機陸雲伝論…㉗131
「晋書」(王隠)…⑦184,⑬575
「晋書」(南北朝期の旧著述)…㉗130
「晋蜀郡太守李彪撰百一詩」…⑦150
晋雪…⑭384
晋宋小楽府…㉑19
晋代の間…⑥347
晋陽…⑦545,546
晋陵太守…⑫662
真…⑦344-349,⑮620,㉒77,㉓405
真意…①156,⑦344,349
真金→チンキム
真箇…⑪201,⑭313
真紅…⑬524
「真誥」…㉒297,306,307
真言宗…㉔247,248
真山民…②410
真珠湾(襲撃)…⑬627,⑲437,㉑671,㉓616,㉔188,192,㉗185,196,335
真宗(仏教)…㉗374
真宗大谷派…㉗286
真成…⑪201-203
真成薄命…⑪203,207,209
真性…⑪226,⑬129
真宗(宋)…②541,542,551,⑩428,⑬58,238,254,581,582,⑮21
～の臣　丁謂…⑬255　楊億…⑬52,243　魯宗道…⑬231-233
宰相　寇準…⑬56,242,253,⑳303　李沆…⑬244
～の時代　科挙…①307,㉑182　「西崑酬唱集」…⑬52　「唐文粋」…⑬60
～の時代までの宋文明の未成熟…⑬51,597
～の神仙尊重…⑥147,⑬62
～の唐の酒価に関する問…⑫633
～の年号…⑬51
「真宗皇帝勧学文」…⑭296
真相院…⑬310
真想…⑦346,348
真定(河北)…⑭93,151,⑮393
～の人　侯正卿…⑭104,105　史九散仙…⑭108,137　史天沢…⑭93,95,98,⑮391　尚仲賢…⑭137　白仁甫…⑭92,93,102　白文挙…⑭93,95　蘇天爵…⑭159　戴善夫…⑭137　董君瑞…⑭155　李治…⑭75　李文蔚…⑭101,137
～の優肆倡門…⑭56,365
真定府背後の河…⑮349
真定路…⑭56　～の南門…⑭56
真徳秀・西山・文忠公…⑬323　「大学衍義」→その項　「文章正宗」…㉓320
「真如島」…⑯399,400,404(虞善仁…⑯399　孫紹武…⑯400　程正・鄭先生・翼華・翼璜…⑯404)
真如無明…㉓473
真柱…㉒280,㉔54,㉕410
真福寺(名古屋)…⑥303
真福寺本　「古事記」…⑦293　「琱玉集」…⑥303
真篇(尚書孔氏伝)…⑨483
真臘…㉓485
秦(王朝・帝国)…①63,②136,293,⑥194,347,⑳379,383
～以後の字と秦以前の文・名…㉗98
～以後の中国の文学・哲学…㉓439
～以前の時代と文学…①63,72
～以前の歴史…③549,553
～帝国の政治と漢帝国…①281,②296,③13,⑥51,174,181,193,195
秦の相続者…②136,⑥51,72,174,181,⑦266(制度の踏襲…②296,⑥51,174,193　統一の継承…①63,73,281,②296,⑥174,193)
法律重視の非継承…②296,⑥174
～庭に入る…⑦436
～の官名の大尉…②242
～の匈奴防備…⑥71,72
長城建設…⑥71,72,303
～の宰相(李斯)…②137,⑮165
～の書物として「月令」を考える説…②242
～の中央集権・封建制廃止…⑥173,193
～の統一…①72,281,②136,295,550,③553,⑥71,180,199
～の文化否定…⑥195
挟書の禁…⑥195　儒学抑圧…②295,⑥51　焚書→その項　文学抑圧…③13
～の蔑称　狂秦…⑦357　暴秦…⑥399
～の崩壊…①281,②136,139,295,550,⑥35,51,72,174,181,193,㉔234
秦を亡ぼした宦者…⑩467　秦滅亡後の邵平…⑦424　亡国の君…⑥203

秦（国名・十六国）…⑦432
秦（国名・春秋）…①187, 233
秦（国名・戦国）…②549, ③20, 26, ㉕415
　～楚斉燕韓魏趙…①281, ②110, 549
　～と韓非…㉕157
　～と張儀…⑭227
　～の苛法…⑭277
　～の宰相（范雎）…⑥233
　～の長城建設…⑥71
　～の巴蜀広漢の併合…⑥204
秦（地名）…①439, ⑪492, 506, 510, ⑫83, 100, ㉕328, ㉖72
秦瀛…⑯247, 256
秦王…⑪161, 162
秦王…㉕149→始皇帝
秦恩復「三唐人文集」…⑪391
秦火…㉓423, 424
秦家…㉔217
秦檜…①527, ⑬140
秦漢…⑦593, ㉗381
　～以後の制度（荻生徂徠説）…㉓439
　～以後の弊壊（朱子説）…②261
　～諸子の書…②211, 604, ㉒292
　～と魏晋南北朝…⑦554, 589
　～と青銅器…㉖483
　～と六朝における賞の字義…㉕383
　～の楽…㉓366
　～の漢と漢魏の漢…⑥429
　～の古書→その項（秦漢）
　～の文章…㉓330, ㉕377, 384
　　荻生徂徠の説…㉓322, 330, 332, 345, 351, ㉓356
　　（秦漢の原典の把握…㉓328, 377）
　　狩野直喜の関心…⑰249
　　韓愈の古文…①276, ②253,
　　韓柳以後の古文の模範…⑦466
　　宋以後の古文…㉕377, 382
　　古文辞派の説…⑮492, 494, 495, 512, 526-528, 614, 618, 631, ㉓322, 345, 351
　～の文体…⑦466
　　助字…⑦460-463
　　中世との用語の断層…㉕384
　　二字の聯語の稀少…㉕378, 380, 381, ㉗11
　　否定形…②52
秦漢三国晋南北朝隋唐五代…②391
秦簡夫…⑭154, 155, 166, 172, 600
　雑劇「趙礼譲肥」「東堂老」→各項
秦観・少游・淮海…⑬33, 138, 331, 384, 624
　～と蘇軾…⑬19, 21, 127, 137-139, 210, 309, ⑯146
　　金朝廷における愛重…㉒110
　～のあだ名・髯秦…⑬138
　～の恵済院訪問…⑬309, 310
　～の交遊　黄庭堅…⑬138　昭慶…⑬308-311　徐庚…⑬309　鄒放…⑬210　銭勰…⑬21　孫覚…⑬309, 311　道潜（参寥子）…⑬210, 309, 311
　～の死…⑬139
　～の詞…⑬138, 624, 631, 632, ⑯146
　　雨打梨花深閉門の句…⑭489
　　朱竹垞の態度…⑯148
　　作品『水竜吟』…⑱89　『南歌子』…⑭483　『満庭芳』…⑱88　『夜遊宮』「など春の神また去りて」…⑬384
　～の詩文…⑬138
　　「温泉に遊ぶ記」…⑬309　「温泉に題す」「温泉の賦」…⑬310　「慶禅師塔銘」…⑬308　「乾明開堂の疏」…⑬311　戸部尚書に送る絶句…⑬21　「徐君主簿行状」…⑬311　「莘老の初めて温泉に至るに次韻す」…⑬310　鄒放におくる詩…⑬210, 211　「田居」…⑬19, 138　「弥生の花は…」…⑬331　「淮海集」…⑬308-311
　～の出身地…⑬19, 137, 210, ⑯575
「秦記」…㉕341
秦軍（五胡十六国）…⑦291
秦元の大変革…⑭5
秦皇…①570, ⑬579, ㉖496→始皇帝
秦皇漢武…⑥412
秦国夫人（唐）…⑪241, 247, ⑫55, 106, 109, 175, ㉒25, 78
秦山…⑫164, 165, 215, 217, 220, 222→終南山→秦嶺
秦士鉉…⑦454→秦鼎
秦始皇陵…㉒443, 484
秦樹…㉒86
秦州（甘粛）…⑫453, 457, ㉕464
　～益州へ薛奎の赴任…⑬245
　～旧家の蟹の干物・夢渓筆談…⑬262
　～と杜詩→その項
　～と杜甫→その項
　～の馬政の役所（南使）…㉒93, ㉕449, 456, 473
秦州雄武軍…⑬344
秦城…⑥31, ⑪506
秦晋…⑭524, 530
秦声…⑯604
秦川…㉖154
秦川道…⑮14
秦川の景…⑳42
秦箏…㉓367
秦東亭…⑫115, 116
秦党…⑯31
秦の王子（博山香爐）…⑥335
秦兵…⑥263
秦郵…⑯575
秦嶺…⑪365, 367, 368, ⑬121, 220, 221→泰山
秦楼…⑯149
「秦楼月」…⑯143（袁武士・陳楚楚・呂貫…⑯143）
秦隴…⑫484
針線之密…⑭528
清（王朝）…②449, ⑯657, ㉒356, ㉓273, 429, 578, ㉔

140, 150, 221, 296, ㉕499
～初の抵抗運動…㉒288
顧炎武…㉒287　黄宗羲…㉒287, 288
抵抗放棄者　呉偉業…①137, ⑯166　銭謙益→その項
～初の六大画家…①495
～中期以後の書物の増加と減少…㉕271
～中期までの書物の増加…㉕269
～朝時代の北京…①489
～朝と「清史稿」…⑯570, ㉓161
～朝と日本
江戸期の中国書輸入…⑰24, 25, ⑱38, ⑳429, ㉕278, 279, 282
清国への江戸時代人の認識…㉓246, 247（新井白石…㉓161, 248　伊藤東涯…②552, ㉓160, 161, 247　高階暘谷…⑰108, ㉓247）
清国貿易船からの情報収集（幕府）…㉓269
清朝学と日本人　江戸末期の学者…㉓604　狩野直喜→その項　海保元備…㉓604, ㉗243　倉石武四郎…㉗294　内藤虎次郎→その項　松崎慊堂…㉓604　本居宣長…㉓552, 556, ㉗51, 63, 64, 193, 194　安井息軒…㉓604
清朝と日本江戸期の学界の業績　足利古本の評価…⑩441, 442　「七経孟子考文補遺」への反応…㉗74　根本伯修刊本「論語義疏」への驚き…㉕191　「論語徴」の影響…④643, ㉓88, ㉗429
清朝と日本明治以後の学界…㉒361
清末以後の日中の接触…㉒433
日本人の明尊重と清軽視…㉓594
日本へ冷淡な中国…②566, 590, ㉓155, 159, 160, 246, 247
～朝と琉球…㉓154, 155
～朝の異民族による統治…①70, 283, ②436, ⑤248, ⑱471, ㉒312, ㉓440, ㉕9, 283
異民族統治と外国語への関心…①287
異民族統治と言語科学の発展…⑯586
禁書…㉔280, ㉕272, 283, ㉖429, ㉗272（銭謙益の書への禁令→銭謙益　「明文授読」の扱い…㉒290, ㉔399）
軍事からの漢人遮断…②455, 463
習俗強制…㉓174, 277
清朝の明征服…①428, 442, 496（統治のはじめ…⑮531　入関…㉓162, 269）
清人と夷狄の朝廷…㉔281
統治民族が中国文明へ同化…①284, ㉓175, 176（満州貴族と満州語…①284, ㉒382, ㉓180, ㉕386）
統治民族の言語・音標文字…①283, 284, ㉓173（国字〔満州文字〕の学習強制…㉓186）
満州語の強制…㉓172, 174, 175, 185, 191, ㉕386（清書・漢文を併記した文書碑文…①287, ㉓174, 175, ㉕386　清書庶吉士…㉓172, 175, 185-187, 191, 192）
文字の獄…⑮218, ⑯200, 203, ㉒312, ㉓167-169, 212, 232
～朝の円丘…⑪400
～朝の学者・清儒…①202, 582, 706, ⑯273, ⑲143, ㉔205, ㉕247, 254, ㉗269
漢代の学問の尊重…⑯130, ㉑79（漢儒崇拝…⑦281　古注再解釈…③41, ④9　古注尊重…⑧510, ㉕220, ㉗72　輯佚本鄭玄注…㉕226　鄭玄と王粛に関する議論…⑯130, 131　鄭玄評価…⑯130, ㉗98　鄭箋の評価・毛伝の尊重…③41）
経学尊重…⑯62（経学の対象…⑯117, 118　経学の文学性への傾斜…⑯134　「五経正義」考証…㉕343　清朝学の主流は経学…⑯13, 59, 61）
経書新注…㉕347, 453（新疏の弱点…㉕347）
考拠家・考証家→各項（清）
史学の大家→銭大昕
集部に対する閑却…⑯61
初期の学者…⑯13（清初の学術の巨人〔黄〕…⑯55　清初の三大儒〔顧黄王〕…②481, ⑯13, 170, ㉑148, ㉓471　清初の三大儒〔顧黄銭・閻若璩説〕…⑯13　清初の二大儒〔顧黄〕…⑯13, ㉒287　清朝学の始祖…①475, ②481, ⑯61, ㉓459, ㉗98）
諸子冷遇…②481-483, 497（諸子の書の復刻…②478　道蔵と諸子…㉒292, 302）
「尚書孔氏伝」偽造の考証…⑧15, ⑨483, ㉑157, ㉔285
「尚書孔氏伝」の評価…⑦281-282, ⑨483
「尚書正義」の評価…⑧7
清儒に対する評価（文革後）…㉒495
清儒の原稿本焼失（日本軍爆撃）…㉔257
清儒の書…⑯260, 654, 655, ⑰210, ㉗191（考拠の書…㉖467　自分の学説を集約的に説く著述…⑰210, ㉓465　自分の学問の方法論を説く著述…⑰115, 211　常言を考うるの書…⑯231　人間認識とその叙述…⑰211　文集…⑳381　方法論についての寡黙…⑰211　「毛詩」注釈書…⑩462, 463）
西洋への関心…②347（西洋の技術への崇拝…①290, ⑯310　西洋の渡来…②336, 347　西洋文学への無知…①289, 290, ⑯310　西洋への抵抗と文天祥の詩…⑮423　文学は中国のみ有すという確信…①289）
宋学批判…⑯130（過度の思弁性への反省…⑧510　新注の是正…④9　宋儒の注釈への態度…㉗191　「論語集注」への初期の認識…④10　「論語集注」への反発…④8）
中期の学者　漢学と宋学の対立…㉔303　熹平石経への注目…⑤328　古代語と古注の研究…㉕231　鄭玄学の再評価…㉕226　鄭玄の生日…②543
注疏校訂の事業…⑩448
伝・注の古語解釈の真意の闡明…⑧7（伝・注

の評価…⑧6)
陶淵明の家系の考証…⑦406
「道蔵」への関心…㉒292-294, 297-304
標語　実事求是…⑰203, ⑳64, ㉕464　不誤不漏…②604, ⑯120, 133, ⑰282　無証の語を為さず…⑯6, 118, ㉗243
仏教無視…⑯36（李純甫評…㉒111）
末期の学者…④8, 739, ⑥265, ㉒337, ㉓182, 183（三家詩研究…③41　小学の集大成者…⑯645　李枝青とアルファベット…①288）
唯心論からの脱出…㉑194
～朝の学風…①705, ②465, 468, 601, ㉒47, ㉔276
博学の意欲…②366, 464, 466, ⑯654, ㉒295
末期の学風…②464, 465, ㉓592
～朝の学問…①495, 705, ②332, 333, 481, ⑯227, ㉒348, 402, 419, ㉖468
「易」注釈の堆積…㉕35　金史研究…㉒107　公羊学…㉗261
訓詁学…㉔256, ㉗276（訓詁の方法による「法言」注…㉔255）
言語学的業績…③43（言語の様相の熟視…㉕464）
古代語研究…②332, 333, 465, 481, ㉖506（古代音韻研究…⑯117, ㉗275　古代語研究とカールグレン…②333, ㉖506）
語彙研究　加…⑥40　偽と為…㉔318　後王…②253　真・真意…⑦349　不亦乎…㉔307
助字研究…㉗249
掌故の学と「養吉斎叢録」…㉓182, 185
清朝学・清詩の主知主義的傾向…①499, ②464, ⑯133
清朝学と江南三省…⑯3-5（皖派・安徽の学…⑯5-9, 60, ㉔276, ㉕346　呉派・蘇州の学・浙西の学…⑬161, ⑯5-9, 60, 63, ㉒287, 294, 414, 415, ㉕346　江北の学・揚州の学…⑯5　浙東の学〔紹興・寧波〕…⑯5, 9, 10, ㉒287　浙派…⑬161, ㉒414, 415）
清朝学と六朝訓詁学…②333
清朝学の実証性…㉒348
清朝学の方法…⑭596, ⑯134, 654, 657, ⑰187, ㉒420, ㉓474, ㉕245, 462, ㉗268, 394（荻生徂徠の方法…㉓474, 475　契沖の方法…㉓27, 29）
清朝学の満蒙の学…㉓187
漢学・経学・古韻の学・古代言語学・古典学・考拠学・考証学・校勘学・史学・実証学・小学・文献学→各項（清）
～朝の官僚…⑯266
学政の地位…㉓211
官職への任用…②439-443（科挙…②437, 442　最初の科挙…㉓162　第二回目の科挙…㉓255）
官僚の住宅…②415-416, ㉒377
官僚の出世双六…㉓198
官僚の富…①300, 301（賄賂…㉒454）
胥吏…⑮9（胥吏の産地…⑮10）
～朝の宦者の夫人…⑦54
～朝の宮廷…㉑11, ㉓155, 255, ㉕387
漢化抑制の運動…⑮301
宮廷の中国文献翻訳…①286
故宮の構造…㉒465（六部の建物…㉒478）
～朝の刑法「大清律」…②455
～朝の皇帝…②437, ⑤248, ㉓196
権力の強大…②326, ⑥181　皇帝の漢化…①284, ⑮312, ㉓176, 180　皇帝の筆蹟…㉓202　勅撰の書（佩文韻府）…㉕383　最も厳格な皇帝…㉓171
～朝の士人
旧体制と士人…②474（市民社会と士人…②426, 427　政治家の資格と士人…②401）
士人の家集…②454
士人の胡祗遹の散曲制作への非難…⑭83
清末の士人…②466, 474（思想…②471　生活…②469）
～朝の詩人→清朝詩人
～朝の出版活動
宮廷の出版活動（九行本「尚書正義」覆刻…⑧26　「四庫提要」編纂…⑱471, ㉕268, 269　殿版「硃批諭旨」刊行…㉓202　「論語義疏」覆刻…④7, ㉕283, ㉗97, 271〔「八佾」書き変え…⑤248, 249, ㉕192, ㉗272〕）
清朝の版木の保管機関…㉒313
注疏本出版…⑧510（「九家集注杜詩」復刻…㉕495）
～朝の先祖の金と岳飛廟…㉓270
～朝の大官…②443, ㉕232
宰相・内閣大学士兼軍機処大臣…②436, 439
初期の重臣（王熙・王崇簡…㉓255　魏裔介…㉓251, 254　龔鼎孳・曹溶…㉓255　李蔚…㉓254, 255　梁清標…㉓255）
末期の大官…⑯268, ㉓183, ㉖466-469, 481（高官の邸…②469　重臣・名臣…①519, ②441, 563, ㉒313　張之洞…⑬569）
～朝の杜詩注釈…㉒74, ㉕435, 448, 455, 459, 483, 487-489, 493, 496
一流人の書の杜詩言及…㉕489
初期の杜詩研究…㉔279
～朝の旗本…㉒382, ㉓212
～朝の富豪の文明への貢献…㉒312
清朝第一の蔵書家（黄丕烈）…①394　叢書の刊行…㉒313　揚州の塩商たちの援助…㉗312
～朝の文学…⑯166, 633
古文の宗師（方苞）…㉕381
載道派の文学…①603
散文…⑯635（中世語の使用…㉕382）
詩文…①285, ⑯635, 644, 645, ㉒320, 362, ㉗344（狩野直喜の提唱…⑰251, 259　初期の巨頭〔銭謙益〕…⑯11, ㉓244　大家…①48）

小説 怪談小説…①228 才子佳人小説…①600 諷刺小説…⑰409
碑誌伝状…①164
駢文作者…②172
末期の文学…⑯266
～朝の編年史（東華録）…㉓164, 170, 197
～朝の滅亡…①551, ②433, 538, ⑬62, 550, ⑯58, ㉓184, 243
学者の日本亡命…⑯277, 281, ⑰244, 266, 279, ⑳390, ㉒359, ㉓605
世襲王朝制の終熄…②436
打倒の旗がしら…①382
末期の動乱…①138, ②423（教匪の叛乱…②389, 390, 423, 438）
滅亡後 遺臣…②538, ⑯273, 281, 645 遺老…⑯570, ㉒374, 387, 388, ㉓183 王国維…①387, ⑭599, 601, ⑯281 旗人の生活…㉒381, 382 滅亡後の満州の習俗…㉓174
滅亡までの五経を規範とする生活…②313
～朝風の漢詩文…②495, ㉗272
～朝風の文献学…①707→目録版本の学
～朝までの制度の変遷史（制度通）…⑰149
～朝までの注釈家の態度…㉗428
～帝国と詩人 龔自珍…①138 顧炎武・呉偉業…⑮542 黄生…㉔280
～と宋元明→宋元明清
～と唐宋元明→唐宋元明清
～と遼金元→遼金元清
～末以前の中国小説の総量…⑱464
～末における中国文学史の著述…㉓590, 591
～末の彝器伝承…㉖469
～末の巨公…㉖248
傅増湘…㉖466, 467, 469 陳宝琛…㉖469 李盛鐸…㉖467, 468
～末の今文家皮錫瑞の「経学歴史」…⑯645
～末の京師大学堂の学生…㉒386
～末の経書暗記…㉕320
～末の湖南農民と四書…①319
～末の三家詩研究…③41
～末の「周礼」偽造説…㉕333
～末の進士（蔡元培）…①299
～末の名批評家（譚献）…①561
～末の洋務の雰囲気…㉕470
～末民初の元曲研究…㉗280
～末民初の知識人の拠点（上海）…⑰219
清軍…㉒490
清賢の印記…㉒432
清賢の詩…⑳390
「清国行政法」…⑰240, 258, 266, 278, ㉓599
清国警察…①382
清国公使館（在日本）…⑰218, 219
～員黄遵憲…①514, ⑱50
清国駐日公使…㉕220, 496, ㉖467
清国の日本ブーム…②164
清国の日本留学生…㉓277
「清史稿」…⑯229, 570, ㉑94, ㉓161, 164, 236, 253, 268, 270, 271
疆臣年表…㉓164 憲徳伝…㉓222 徐元夢伝…㉓216 曽国藩伝…②441 張鵬翮伝…㉓274 徳宗本紀…①177 邁柱伝…㉓223 李紱伝…㉓221
清詞…①456, ⑯144, ⑰350
常州詞派…⑯152, ㉔141 浙派…⑯144, 152
清詩…①134, 152, 455, 499, 609, ⑪474, 564, ⑯656, ⑰218, ㉓154
～と銭謙益の主張…㉖439, 449
～と宋詩…①75, ②464
～と日本人 荻生徂徠…㉓440 狩野直喜…⑰253, ㉓605 神田喜一郎…⑯641 夏目漱石…⑱130
～と明詩…⑮542
～とロゴス…㉖449
～の音調…⑯163, ㉑56
～の学人の詩と詩人の詩…①499-501
～の詩風…②464, ㉓239, 243
新しい題材・着想…①501 感情の微妙…㉑56 機知…⑮631 軽快な風趣…①444 新感覚…①441, 442
～の主張…①51
～の総集…㉓170, 184, 224, 253
～の文学革命以後における閑却…⑯166
～の歴史における「秋柳」詩…㉓241
清詩（初期）…⑯654, 657, ㉒285, ㉓265
～の好色の詩…①477
～の詩業の総括…⑯11
～の新詩風…①525（朱竹垞…①441, 442, 444）
清詩（末期・道光咸豊以後）…①69, ②451, ⑯266, 271, 656
～の詩集…①518
～の詩風…②464, 465, ⑯267
宋詩の排他的祖述…⑮367
～の選集…⑯267
～の清末民初の作…⑯269
「清詩匯」…㉓258→「晩晴簃詩匯」
清詩概説…⑮542, 558, ㉕11
「清詩別裁集」…⑱130, ㉖472, ㉗440→「国朝詩別裁集」
重訂本…㉖472 第一次刊本…㉖472, 477
「清実録」…㉓170
「清初僧諍記」…⑯40, 49, 50, 52
「清代家譜」…⑲313
「清代学術概論」…⑯390, ㉒318, ㉓474-475
「清代郷会試録」…⑲313
清代史学の第一人・銭大昕…⑰231
清代搢紳全書・清代地志・清代地方総集…⑲313
「清代文学評論史」…①613, ⑯105, ⑰338, ㉓622, ㉖449

清朝学→清
清朝学術史…②477, 554, ⑯61, 645, ⑰211, ㉒300, ㉓482
　～研究の盲点…⑯58
清朝史…①455, ⑯268, ㉑95, ㉓161, 268
　～の資料…㉓266
　　基本資料…㉓236　中期の資料…㉓202
「清朝史通論」…⑰229, 233
清朝詩史…㉓241
清朝詩人…①609, ②538, ㉓189, 258
　～初期の詩人…①442, 443, ⑯166, 634
　　詩壇の元詩愛好…⑮230
　　清初の詩家の地方別の列叙…㉓243
　　清初の大家（四大家〔銭呉朱王〕…⑯11, 166　朱王…①442, ⑯11, 166　銭呉…⑯11, 166　第一の詩人〔王〕…①137, ㉑148）
　　抵抗派詩人…㉓265（惲格…①496　顧炎武…①475　黄生…㉔280　銭秉鐙…①427）
　～中期の詩人・張問陶…①499
　～の女性詩人…①577
　～の抒情的詩人　王漁洋…②410　納蘭性徳…㉓176
　～の正宗…⑯153, 164, 165
　～の蘇軾的楽観の継承…①110
　～末期の詩人…⑯266
　　旧詩の二大家…㉖469
「清朝制度と文学」…⑭601, ⑯633
清朝政治史…②538
清朝政府・清国政府…①476, 515, 516, 521, ⑳290, ㉒386, ㉖467
　～の外交…②443
　～の職員録…㉓236
　～の西洋文献翻訳…①287
　～の中立宣言（日露戦争）…⑯384
清朝文化史…②538, ㉖429
清朝文学史…②554, ⑰240, ㉒362, ㉓196, 253, 605
　～研究の盲点…⑯58
「清朝文学史」…⑯633, ㉓594
清朝文明…②463, 464, ⑮460, ⑯133, 134, 643, ㉓242
　～の京都支那学における祖述…⑯634
　～の中心地（江南）…㉓617
清朝文明史…㉓620
清朝法制研究（狩野直喜）…⑰238
清人…⑬626, ⑯657, ㉓147, 329, 351, 709, ㉔303, ㉕347, 461, 493, 494, ㉖468, ㉗274, 361
　～と元曲…⑭594
　～と「水滸伝」の難解語…㉖332
　～の元史書き直しと雑劇作者…⑭89
　～の言語生活…②497, 605
　～の雑筆…㉗243
　～の詩集…⑬187, 197
　～の七子（古文辞）無視…⑮510
　～の書（著述）…①705, ②603
　～の随筆…⑰24, ㉕282
　～の生没の日…②542
　～の伝記…㉓191, 278
　　伝記集（碑伝集補）…㉔280
　～の范成大評…①407
「清百家詩選」→「皇清百名家詩」
「清文鑑」…㉓188
「清文評注読本」…㉒345, ㉓190, 191
深見月…⑪195
深切著明…㉑124, ㉕182, 186, 188, 189
深沢県（祁州）…⑮351
深沈の思い…㉕219
紳士の勢力…②423
莘（国名・春秋）…⑥374
進化論…⑯609
進御…②158
進業坊…⑫216
進士　金…㉒108, 114, 118, ㉕53
　元…①538
　清…㉓161, 168, 169, 185, 192, 212, 216, 220, 222, 232, 254, 255
　　翰林院採用者…㉓161, 163, 169, 189-191, 197
　　合格者の平均年齢…㉓197
　　清朝最後の試験…㉓162
　　清朝最初の試験…㉓162, 254
　　進士試験の拒否者…②439
　　進士・庶吉士・翰林要員・地方長官・中央の大臣…㉓198
　　進士と詩賦…②454-455
　　進士と清書…㉓175, 180, 181, 185-192, 196, 197
　　生員挙人進士を経た者…①301, ②405, 438, 440, 441, ㉕320
　　成績優秀な者と優秀でない者…②441-442, 470, ㉓161
　　成績優秀な者の名簿…㉓162
　　鄭仁籥…㉓155, 157, 161, 185, 197, 212, 224, 236, 278, 704, 706
　　雍正帝の進士出身漢人官僚への反感…㉓220, 221
　清末…①299, ②441, 538, ㉓182, 184-186, ㉔255, ㉖466, 469
　　進士試験の難しさ…②468
　宋…⑬63, 88, 99, 583（瓊林の宴…⑭403）
　朝鮮…㉓150
　唐…①39, 40, 488, ②5, 6, 15, ⑪399, ㉕452, 457, 459
　　詩賦の課程重視…⑬580　詩賦の合格者…①303
　　李徳裕の進士批判…①306
　明…㉓255, 261, ㉖441
　　宮花を挿す…⑭403
　　生員挙人進士を経た者…②463
進士科→科挙
進士試験…⑬233, ⑰610, ㉓172, 175, ㉕476, 478
進士の党（唐）…⑫321

進奏院…⑬80
進藤英太郎…⑪561
森惨戚…⑫252, 253
寝衣…⑤223
「慎子」…②485
新（国名・王莽）…⑬430
新下城的旦色…⑭58
「新華月報」…①628, 631, 636
「新華字典」…㉑68, 76, 77, ㉔399, ㉕89, 91, 260, ㉖476
新華書局…⑯531
新華書店…⑮634, ㉒446, 457, 484, 493, ㉕442, ㉖475-477
　～上海本店…㉒493, ㉖476
新画山水…㉒80
新楽府…①117, 132, ③483, ⑪229, 298, 413, 436, 437, ⑰71, ⑱38, ㉑17, 48
「新刊五百家註音弁唐柳先生集」…⑰601
「新刊出像音注五代劉知遠白兎記」冨春堂本…㉖368
「新刊全相成斎孝経直解」…⑮317, 323
「新刊ニュース」（東京出版販売）…①712
新堪…㉓155-157, 171→新井白石
新幹線…㉔183, 277, ㉕136, ㉗17, 330
新鬼…①385
「新旧五代史」…①153
新旧「唐志」（新唐書芸文志・旧唐書経籍志）…⑦162
新旧「唐書」…⑪22, 41, 214, 399, ⑫18, 53, 75, 148, 299, 323, 324, 392, ⑬580, ⑯584, ⑳359, ㉒82, 87, 89, ㉕15, 65, 398, 449, 488, ㉗19-21, 23→「旧唐書」「新唐書」
新京…㉖469, 470
新教の宣教師の中国観…⑲229
新橋（旌徳）…⑯347, 429
新橋（石門湾）…⑯456
新疆（省）…⑥88, 155
　～のアスタナ墓地の写本…㉕226
　～の地名・国名　于闐…⑫126　高昌…⑯224　カシュガル…⑥407　イリー盆地…⑥89, 92, 129　トルファン（吐魯番）…⑪150, ⑫128, ⑯224, ㉕226　東部の楼蘭・車師…⑥132, ⑫444　天山南路…⑥93, 98, 156, ⑫126　天山北路…⑥93, ⑫128
　～の哈剌火の葡萄酒…⑭497
　～への甘粛からの入口・陽関…⑪151
　～への甘粛からの路線…⑥133
新京阪…⑰171
新月…⑪77
「新月」（雑誌）…⑫672, ⑯331
「新建設」…①636, ⑮192
「新元史」…①177, ②154, ⑭93, 100, 105, ㉖466
　赤老温伝…⑮267
「新古今集」→「新古今和歌集」
「新古今集美濃の家づと」…⑱74, ⑲97, ㉗89, 91
　（跋・秦鼎…㉗89, 90）
「新古今和歌集」…②464, ⑮378, ⑰182, ⑱28, ⑳67, ㉑85, ㉓638, ㉖236
　～と本居宣長…⑰187, 622, ㉓504, ㉗53, 199, 356
　～の「恋歌」…⑱28
　～の「序」…⑰618
　～の選者の「万葉」評価…⑰618
「新五代史」…①177, 599, ②154, ⑬75, ㉑94, ㉖401→「五代史」「五代史記」
新興地主階級の時代（中国史）…㉖483
「新刻出像音注五代劉智遠白兎記」…⑲317
「新刻全像袁文正還魂記」金陵唐錦池刊本…⑲318
「新支那論」…㉒359, ㉓582, 583
「新史」…㉕57, 253→「新唐書」
新四軍…㉒455
「新詩」…⑦149, 151, 155, 170, 172, 174-176, 200→「応璩百一詩」
「新詩」（北堂書鈔・政恤部・勧賞）…⑦174
新資料の尊重（中国古代史）…①707
新時代の車輪…⑯294, 295
新式標点…㉒316-318, 364
新儒学…②486, 588, ⑬318, 599, ⑮367, ⑰158, ㉔175, ㉕225→宋学
　～と「易」…㉕34, 35
　～と古文…㉕382
　～と諸子…②484, 486
　～と日本…⑰21, ㉑161-162
　　藤原惺窩の天理人欲論…⑰29
　～と仏教…①284, ⑬318, ㉑146, ㉕235
　～とルネッサンス…⑲35
　～における逝者如斯夫…㉕169, 233
　～による古注の衰退…③40
　～による新注→新注
　～による哲学尊重の主張…⑮528
　～の孔子その人への尊重…⑤124, ⑬318, ㉑161
　　孔子像礼拝の忌避…②462
　　孔子の教えの簡易化…⑤123
　～の四書選択…②107, ⑬318
　～の成立と新しい楽観…①110
　～の大成者…①239, ②484, ⑬318, ㉕233
　～の六朝時代否定…⑬599, ㉑18
　～批判・銭謙益…⑯75
新儒学（元明清）
　～の国定化…①309, ㉗66
　～の市民の哲学としての普及…⑮367
「新儒林外史」…⑯608
新書（清朝版本）…⑯561
新書（日本）…㉔57
「新書」「旧書」→「新唐書」「旧唐書」
「新小説」（雑誌）…⑳295
新庄店…⑭265
新城新蔵…③511, 516, ⑰262

新秦中…⑥143
新人民…㉖142
『新水令』「金銭記」…⑭531　「酷寒亭」…⑮143
　「蕭何追韓信」…⑭34　「老生児」…⑭237
「新生日本」（雑誌）…⑳246
新制京都大学…⑰490
新制大学…⑱477, ⑳116, 118, 129, 493, 502, ㉕307
新制大学院…⑳497
「新青年」（雑誌）…①54, ⑯282, 312, 326, ⑳251, ㉒337, 387, 412, ㉓612, 613, ㉔312, ㉕472
「新鐫京本通俗演義按鑑三国志」…㉖403
「新鐫古今名劇」「酹江集」…⑭41, 50, 365　「柳枝集」…⑭41, 365, 380, 401, 409, 433, 434, 444, 448, 450, 456, 464, 472, 477, 509, 525, 539, 550→「古今名劇合選」
「新鐫時用通式翰墨全書」…㉗13
　喪祭門…㉗13　寛政和刻本…㉗13
「新鐫全像評釈古今清談万選」金陵周近泉刊本…⑲317
新疏（清人経書疏）…㉕347
新相知…⑥273
「新続古名家雑劇」…⑭39, 457→「古名家雑劇」
　～の良否…⑭412
　～本「金銭記」…⑭380, 388, 400, 412, 434, 437, 441, 450, 456, 471, 477, 509, 523, 549
　～本「酷寒亭」…⑮13, 30, 38, 43, 53, 55, 73, 82, 92, 94, 102, 119, 142, 144, 147, 150, 151, 153, 154
新大陸…㉔164, 165, 167
「新大陸自然文化史」…㉔130, 163, 165
　「いかなるインディオたちも，文字の使用を発見しなかったこと」「シナ人の大学と学問について」「シナ人の用いる文字，および書籍について」…㉔165
新体詩…⑱120
「新体制国民講座」…②267, 583
「新中国」（雑誌）…②223, ㉓621
新中国の印象…㉒452
新注　元…⑰556　清…㉕453
新注（宋）…⑧510, ⑬318, ⑰556, ㉓29, 328, 329, 386, 603, ㉔239, 303, ㉕190, 206, 453, 496, 497, ㉗65-69, 127, 128, 191, 243, 262
　～の権威と弱点…③41
　～への反撥（清）…⑯652
「新潮」（雑誌）…①622, ⑤319, 323-325, ⑦133, ⑫558, ⑱346, 402, 409, ⑲227, 423, ⑳368, ㉓278, ㉗428
新潮社…②427, 517, ⑰63, 105, 414, ⑱361, ⑲423, 426, 471, ⑳55, 360, ㉓353, ㉔122
　～版　「川端康成全集」…㉔24, 25　「新潮世界文学」…㉔88　「新潮叢書」…⑤99, 319, ⑦444, 598, 604　「新潮文庫」「中野重治詩集」…⑱364　「日本文化研究」…⑰105, ㉓557
新亭…②494, ⑱381
新都…⑭40
新到雁…⑬152
新唐を詠ず…㉒476, 477
「新唐書」「唐書」…①177, ②154, ⑫261, 324, ㉑94, ㉒87, ㉕47, 488, ㉖473
　～と伊藤東涯…⑰557
　～と「旧唐書」…㉕47, 62, 65, 82
　　記載事項数…㉕64-67（「新唐書」にのみ掲載される事件…㉕65-67　新書の旧書より増して関係有る処・新書の旧書より増せる瑣言砕事…㉕66）
　　総巻数の比較…㉕65（列伝の総巻数…①161, ㉕65　列伝の総字数…㉕65）
　　文章・文体…㉕52, 57, 70（我且死…㉕51, 52, 59　奇士…㉕57-59, 252, 253　「旧唐書」批判…㉕62-64　字数の比較…㉕58, 59, 64, 67　新旧「唐書」と「資治通鑑」…㉕15, 54, 57, 252, 253　唐王朝の公文の扱い…㉕67　文の省…⑬543, ㉕64, 67　駱賓王の檄文…㉕68-70）
　～の刊行…⑬582
　～の事件・事項　安倍仲麻呂…㉗19, 22　安禄山軍と王維・鄭虔…⑫415, 416　集賢院と張説…⑪40, 41　則天武后・褚遂良…㉕66　太宗と房玄齢魏徴…㉕65　張易之兄弟の魏元忠誣告…⑪22　狄仁傑と則天武后…㉕57　馬嵬坡の訣別…⑫311　父子による同一女性共有…⑪236　李益のやきもち…①434　呂太一の叛乱…㉕398
　～の総巻数…①177, ㉕47, 60, 62, 65
　～の著者…㉕59, 67
　　欧陽修・宋祁→各項
　　時代の文章観…㉕59, 60, 67　著述の動機…㉕62
　～の杜甫評…⑫67
　～の唐の「国史」批判…㉕62, 63
　～の堀正脩による訓点…㉓574
「新唐書」（篇名・項目）
　志　芸文志…⑦150, 162, ⑪20, ㉒305, 311, ㉕498, ㉗10（子部農家…⑦555　子部類書類…⑪20）　選挙志…①305, ⑬580　地理志…⑪214　百官志…⑫404, ⑰557, ㉕449, 456, 473（諸牧監の条…㉒93）　礼楽志…㉗172
　曾公亮上表…㉕63, 64
　表…㉕65　宰相世系表…⑪17, 399, 406, ⑫34, ⑬562
　本紀　高祖本紀…⑰557　太宗本紀…㉒82　代宗本紀…㉕398
　列伝…①161, ㉕65　韋思謙伝…⑫74, 75　韋嗣立伝・韋済伝…⑫74　宦者伝…⑫320-322（李輔国伝…⑫322, 323）　魏元忠伝…⑪22　逆臣伝…⑫270, 364（安禄山伝…⑫57, ㉕47, 51, 52, 59）　許敬宗伝…㉕66　孔穎達伝…⑧3　后妃伝…⑫53, 260, 271, 313, 324, ㉒82　朱敬則伝…⑪22　徐敬業伝…㉕69　薛播伝…⑪398, 399　宋璟伝…⑪22　褚遂良伝…㉕66　張説伝…⑪15, 18, 19, 22, 30, 39, 40　張東之伝…㉕57　張鎬伝…⑫392　狄仁傑伝…㉕

57,㉖401　東夷伝・日本…②575,587,⑬12,㉗19-23　文芸伝…⑪393,⑫78（王維伝…⑫299,303,415,㉒89　王翰伝…⑫78　王昌齢伝…⑪189,198,211　崔信明伝…⑯169,⑰557　鄭虔伝…⑫402,405,411,415　杜審言伝…⑫18,㉒87　杜甫伝…⑫17,67,204,283,585,㉒32,㉕502　駱賓王伝…㉕70　李観伝…⑪391,393　李白伝…⑭530　李邕伝…⑫78,㉒75）　房玄齢伝…㉕65　李勣伝…㉕69　李泌伝…⑫326　陸元方伝…⑭550　柳仲郢伝…⑬580
新道教…㉒301→全真教
新南地箕沢（千葉県茂原市）…㉗38,39
新日本製鉄…㉗374
新年（中国）…⑯489-496
「新風土」（雑誌）…㉓555,㉗185,196
　～の「世界的日本人」…㉓555,㉗185,196
新文化書の出版社（上海）…㉒493
新文化書の書店（北京）…㉒403
新文学…①628,631,632,635,637
新文学家…⑯644
「新文詩」（雑誌）…⑰346,350,351
新聞への注文…⑳430
新平県（関内道邠州）…㉒81,82
「新編五代史平話」…⑭203
「新編酔翁談録」…⑭207
新法（宋）…①307,⑬74,93,101,229,257,434,437,439,443,447,448,450,⑳457,㉕426
　～と「周礼」…⑬555,598,⑯77-78,㉕345
　～と年号　建中靖国…⑬102,139,㉕456　紹聖…⑬102　崇寧…⑬139
　～と「捫蝨新話」…㉕234
　～の成功・王安石の引退…⑬96,101
　～の停止・司馬光…⑬98,⑳455,㉕428
　～の内容…⑬433,⑳454,㉕427
　　均輸法…⑬433,444,㉕427　差役法…⑳454　市易法…⑬433,㉕345,427　助役法…⑬444,448　水利法…⑬433　青苗法…⑬309,433,434,444,447,⑳454,㉕345,427　農田法…⑬433　保甲法…⑬433,444,㉕427　保馬法…⑬433,444　方田法…⑬433　免疫法…⑬433,448,㉕235　免行法…⑬433
　～の反対者…⑳455,㉕427
　　欧陽修…⑬93,245,㉕235　韓琦…⑬93,433,445　黄庭堅…⑬133,139,㉕235　司馬光→その項　秦観…⑬139　蘇軾…⑬101,102,139,245,257,445,⑳455,456,㉕235,345,428,429　蘇轍…⑬102,㉕235,345　孫覚…⑬309　唐介…⑬453　富弼…⑬93,445　文彦博…⑬433　呂誨…⑬445
　～の反対者の追放…⑬139,⑳456
　～の評価（現代）…⑬518,⑳454,㉕234,428
　～の不評…⑬518,⑳454,㉕234,235
新法党…⑬98,102,137,139,588,598,⑳455,456,㉒65,㉓138,㉕240,428
新法派…㉕345
新豊…⑪117,118,147,148,298,299,303,⑫230
新町（松阪）…㉗114
「新万葉集」…⑱72
新民・新民子…⑯388
新民主主義…①632
「新民説」…⑯388-390
　叙論…⑯388,389　「新民議」…⑯388　「論進歩」…⑯389　「論精神力」…⑯390
「新民叢報」…⑯388,390
新村出・重山…⑦286,557,596,⑱51,⑳260,㉔48
　～と「学海」…㉔67
　～と象山会…⑰201
　～と東方文化協会…㉓632
　～と本居宣長…㉗116,117
　～の師・交遊　上田万年…㉗350　エリセフ…⑲217　中山正善…㉖464
　～の死…⑰300
　～の南蛮学研究…⑰301
　～の命名の由来…⑰301
　～の「私の信条」…⑱409
新野（南陽）…⑫658
「新約聖書」…⑤12,114,200,⑰43,⑲28
　マタイ伝…⑤38,200,207,㉓112　マルコ伝・ヨハネ伝・ルカ伝…㉓112
新喩州（江西行省）…⑮356
新陽県（汝南）…⑰593
「新倫理講座」月報（創文社）…⑤323
滲瀬…㉖376-379
　～人…㉖378
甄宇…⑥369
甄世良…⑮277
瞋恚…㉗46
箴…②257
震沢の王鏊…⑯124,㉑202
震旦…㉕180
「縉紳全書」…②458,㉓226,227,230-232,235,278
　天下輿図…㉓231　内閣衙門…㉓232
　～京都大学付属図書館所蔵近衛家熙旧蔵本…㉓227,230,235
縝密…⑪198
親…㉓60,70,72
親義別叙信…㉓60,61,70
親迎…⑱524
親儒重道…⑮240
親秦派と親斉派（戦国・楚）…③26
親戚の情話…㉔229
親切…⑰425
親鸞…⑰20,⑲84,㉔9,㉖245
「教行信証」…㉑101　「歎異鈔」…⑰11,⑳224,㉓454,455
　～と道元と日蓮…⑰111,⑲9,㉑112,㉗369
　～の思想…㉑102
簪…⑪60

襯字→雑劇（～の歌辞）
襯䞋字…⑭19→雑劇
讖緯…㉕151
人…⑰19, ㉒311
人間…⑪88
人間の孤本…㉑165
人偽…㉔318
人客…⑫287, ㉒90
人極…㉓63
人皇氏…⑥396
人日…①549, ⑳294, ㉒415
人寿有限…⑦199
人心…⑩480, ㉓78, 79
人身牛首…②264, 265
人生への懐疑…①65, 66
人彘…②148, 149, 153
人道…①188, ㉓68
人不知…⑤304
「人文」（西京大学）…①625, 630
人文科学…⑳166, 179, 183, 186, 195, 424, ㉕438, 461, ㉖506
　～と言語の法則…⑳159
　～と自然科学…⑳151-154, 157, 158, 166, 184, 185, 439
　　自然科学の人文科学への協力…⑳160-162
　　人文科学の自然科学への協力…⑳162, 163
　～と社会科学…⑳166
　～と人類の幸福…⑳153, 154, 157
　～と歴史…⑳184
　～における書物…⑳183, 184
　～の研究対象…⑳154, 157, 158, 183, 184
　～の研究の進歩のテンポ…⑳157, 159
人文科学（日本）…⑳179
　～系学生と政治運動…⑳152
　～研究支援と三島海雲…㉗313
　～と財界・政治家…⑳152
　～の過去と現在…⑳177
　～の教室　研究人員…⑳179, 185　研究費…⑳179, 183-185, 439　教授の俸給…⑳310
　～の実証性具体性の乏しさ（抽象的観念的傾向）…⑳177
　～の冷遇…⑳151-153, 157
　　部門の縮小の意見…⑳152, 153
人文科学研究所（京都）→京都大学人文科学研究所
人文科学研究所（北京）…⑯228, ⑰589, ⑳289, ㉒374
「人文研究」（小樽商大）…①635
人文書院…㉔43
人文の淵藪…⑯168, ⑰372, ㉓211, 258, 617
「人文論究」（函館人文学会）…①620
人本主義…⑤29
人民…㉖142
人民会堂（桂林）…㉒490
人民解放軍…㉒455, 486, ㉖475, 479
人民公社…㉒490-492
人民出版社…㉒442, ㉗429
人民大厦…㉒449, 452, 480
人民大会堂…㉒444, 466, 475, 478, 495, ㉕416, 470, ㉖487, 490, 491, 493, 494, 497
人民中国…⑯591, 602
「人民中国」（雑誌）…①636, ⑳459, ㉒330
「人民日報」…㉑193, ㉒452, 454, 460, ㉔166, ㉕234, 419, 444, ㉖474
人民の知恵と知識人…㉒456
人民文学…①625
「人民文学」（雑誌）…①618, 622, 628, 636, 637, ⑯531, 532
人民文学出版社版本　「古今小説」…㉖404, 407, 411　「水滸全伝」→その項　「水滸伝」修改附注七十回本…㉖398　「楚辞集注」…㉑165　「曹操詩文選読」…㉖475　「魯迅全集」…㉒330
人欲…②252, 253, 255, 261, ⑤303, ⑬557, 558, 561, ㉓395
　～と天理の対立…⑤300, ⑰86, ㉓77, 531, 533, 534, 535, 570, ㉖243
　　伊藤仁斎の批判…⑰33, 35　人心と道心…⑩480, ㉓78　藤原惺窩の説…⑰29
　～と夜気…㉖243
　～の肯定…⑤301, ⑰136
　～否定…②249, ⑤300, ⑰34, 136, ㉓513, 531, 533, 570
　　克服の方法…㉖243　セーブ…⑤301, ⑰34, 86
　～も天理…⑰86, 363, ㉓513
人力車…㉒368, 371
人力車夫の蜂起（北京）…㉒412
人倫…②361, 385, ㉕303
人類の運命…⑤22-24
人類の教師…⑤114, 120, 287
人類の歴史…⑳112
刃…②112
仁…②182, ⑤165, 178, ⑳223, ㉔204
　～を中心とする孔子の主張…⑤25, 26, 103, 287, 324, ㉓50
　　愛情の義務…⑤39, 103, 139, 212, 263, 324
　～と柔・弱…⑤308
　～と人の発音…②372
　～と知…⑤43, 44, 104, 324
　～と日本人　伊藤仁斎…⑰118, ㉓49-52, 57, 76, 570（仁と義…㉓50, 51　仁の完全型…㉓49　仁の端…㉓39, 40　仁の反対概念…㉓49, 57　仁は愛…㉓49　孟子と仁…㉓50）
　　伊藤東涯…㉓90（仁と貪欲・残忍刻薄・仁と無欲清浄…㉓90）
　　荻生徂徠…⑰54, ㉓282, 391, 465（仁と義…㉓385　仁と礼楽刑政…㉓391）
　　狩野直喜…㉗258, 259

～と勇…⑤229
～と「論語」…④13, ⑤308, 309, ㉓49
我欲仁斯仁至矣…⑤25, 26, 207, 208, 211, 263, 264, 267, 309, 310, ⑳222　罕言利与命与仁…⑤209, 210, 308, 309, ㉕206　若聖与仁則吾豈敢…⑤26　仁以為己任…⑤103　仁遠乎哉…⑤25, 207, 208, 211, 263, 267, 309　当仁不譲於師…⑤168　未見蹈仁而死者也…⑤264　民之於仁也…⑤263, 264
～の字形の論…⑤103, 165, 308, ⑳222
～の出発点…⑤103, 165, 166, ⑳222
～の前提…⑤26, 43, 121, 122
学…⑤39, 44, 104, 121, 122, 287, 307, 324, ㉓49
（文学音楽の重視・礼の重視…⑤104　礼は仁の表現…⑤122）
政治の重視…⑤104, 121, 159, 212, 324
超自然への関心の抑制…②372, ⑤26, 121, 210
努力…⑤26
人間への信頼…⑤26, 263, 324
～の定義…⑤25, 103, 307, ㉓49
朱子・宋儒の説明…⑬558, 560, ⑰103, ⑳15, 50, ㉓392, ㉖245（愛之理…⑤307, ⑬558）
人を愛する…④13, ⑤25
孟子の説明…⑮501
仁義…⑬106, ㉓50, 51, 346, 385, 466, 492
仁義道徳…⑬553
仁義礼智…②344, 345, ⑬558, 570, ㉓39-41, 50, 54, 59, 65, 70, 84, 91
仁義礼智信…⑬558, ㉓90
仁斎学…㉓309, 372
仁斎・徂徠・宣長→伊藤仁斎
仁者…⑤43, 229, 230
仁弱…②142, 149
仁寿宮…①178, ②158
仁人…⑩466
仁人の言…㉓82
仁政…㉗34
仁宗（元）…⑭99, 102, 130, ⑮233, 237, 240, 325, ㉕114→アユルバリバトラ→バトラ
～以後の諸帝の漢文能力…⑮304
～以前の諸帝の漢文能力…⑮299
～自身の漢文能力…⑮236, 325
～朝の史館の臣…⑮452
～朝の重臣・名臣　袁桷…⑮448, 449　王結…⑭57, 70　貫酸斎…⑮321　虞集…⑮231, 307　趙孟頫…⑮447, 448　ナンヂャタイ…⑮296, 308　李孟…⑮239
～と俳優…⑭70
～の科挙復活…⑬603, ⑭131, 179, 184, 268, ⑮9, 240, 293, 433, 449
科挙復活と雑劇作者…⑭174
科挙復活と南北詩文の盛衰…⑭159
科挙復活の内容…①309, ㉒119
～の子シトバラ（英宗）…⑮234, 240, 244, 321, 325
～の時代の文学…⑮454
～の宸翰…⑮235, 236, 238-240
～の知識…⑮296, 308
～の避暑…⑮448
仁宗（清）…⑯60, ⑰57, ㉔221, ㉗243→嘉慶帝
仁宗（宋）…①445, 447, ②541, 542, 551, ⑪391, ⑬11, 62, 65, 75, 99, 261, 280, 305, 585, ⑭222, ㉕502
～朝の重臣・名臣　王洙…㉕492, 498　王曽…⑬244　欧陽修…⑬62, 63, 71, 75, 228　郭勧…㉑18　韓琦…⑬62, 63, 82　薛奎…⑬245　杜衍…⑬254　范仲淹…⑬62　富弼…⑬62　文彦博…⑬62, ㉑10
～と賈昌朝「左伝」講義…⑬246
～の嘉祐二年の科挙…⑬7, 99, 282
～の在位…⑥198, ⑬61
～の死…⑬63
～の時代に確立した文学の理想…⑬62
宋詩の展開…⑬50, 61　文章の意識…㉕59
～の時代の開封府尹…⑭205, 223
～の時代の史書校定・編纂・刊行　「新唐書」編集…⑬582, ㉕47, 62　「隋書」校勘…⑬581　「前漢書」改刊…⑬582　「南北史」校勘…⑬581
～の時代の中国史の展開…⑬226, 550, ㉕60
～の時代の文明…⑬61, 598, ㉕60, 498
～の親政開始…⑬63
～の摂政…⑬233
～の治世…⑥191, ⑬61, 63, 598, ㉕59, 60, 498
党争の兆し・死後の党争…⑳454
～の治世下の王安石…⑬88, 91, 92, 257, 306
～の父…⑬231
～の年号…⑬238-241, 308
在位中の改元…⑬62, 239-241
～の傅育官…⑬231
～の末年…⑬63
首都の伝染病…⑬75　政治の沈滞…⑬24, 93
～の養子…⑬74, 100
仁宗（明）…②552, ⑮476→洪熙帝
仁智孝悌中庸…㉓282
仁智孝悌忠信恕誠中庸…㉓382
「仁の研究」…⑤307
仁和（地名）…⑯250, 252, 256
仁和県署…⑭169
仁和酒…⑬231
仁和場…⑯246
「壬寅新民叢報彙編」…⑯383
壬辰の難（天輿元年）…⑭94
壬旬…⑮223
任安・少卿…②136, ⑥99, ⑲253, ㉕158
任以南…⑭180
任淵…⑬137
任華「送杜正字暫赴江陵拝観叔父序」…㉒90

任継愈「中国哲学史簡篇」主編…㉖475
任大椿「字林考逸」…⑯243　「小学鉤沈」…⑯247, 248
任忠…⑫658
任訥…⑭165
「任風子」雑劇・「馬丹陽三度～」…⑭48, 595, ⑮148, ⑳92
　～の『金盞児』（第一折）…⑭332　『煞尾』（第三折）…⑭303　『油葫蘆』（第一折）…⑭332, ⑮148
　～の作中人物　任風子…⑮148　任屠…⑳92
任昉・彦昇「王文憲集の序」…㉑253　「斉竟陵文宣王行状」…㉒76, 77　「宣徳皇后の令」…⑥274
尽…⑦404
尽君歓…⑫350
尽心…②108
甚…⑭310, 313
甚不…②52
甚麼…⑦499, 502-509, ⑭275, 310, 313
甚末…⑦508, ⑭275
甚模…⑭275
神英法師…㉒81
神祇伯…㉗157
神功皇后…②550, 585, ㉗218→息長足姫
神宮皇学館…⑰342, ㉓516, 517
「神皇正統記」…⑯583, ⑰21
神武天皇…②587, ⑤144, ⑳449, ㉑175, ㉓450, ㉗56→神日本磐余彦の天皇
　～の死後…⑤316, ⑰189
恁…⑭541
恁時節…⑭320
恁的般…⑭321
陳…⑤228
尋花…㉖161
尋牛…㉓116
尋思…⑪202, ⑭312
尋常…⑪54
尋常百姓家…⑭428
尋前程…⑭535
潯陽…①17, 34, ⑦326, 373, 376, 429, ⑪277, 287-291, 295, ⑮501
潯陽楼…㉖395
C 教授…⑯550-553, ㉗440→銭稲孫
C 教授（北京大学）…⑲203
Shimizu Osamu…⑲327→清水治

す

スイス…①558, ⑲351, 352, 354, 426, ㉔171
スウキントン…⑰234
スーニオン…㉔181
スエーデン…②204, ③554, ⑲196, 371, 391, 400, 416, 426, ㉔171, ㉗275
　～の皇帝と考古学…⑳451
スエーデン語…⑲196
スエーデン人…②333
スエズ…①551, ⑲428, 429
スオミ語…⑲343, 355
スカンジナビア…⑫708, ⑲340, 398
スコット…⑯311
スターリン…㉒457
　～時代の高層建築…⑲362, 380, 381, 386
　～時代の生活…⑲387, 389
　～暴風のいけにえ…㉗352
スタール…㉓520
スタイン（A）…⑩457, ⑲416, ㉒335, ㉕227, 285, ㉗259
スタットラー・ホテル…⑲246
スタンダール…⑲71　「パルムの僧院」…㉒557, ㉔175　ジュリアン・ソレル…㉗348
スタンフォード氏…⑲302
スタンフォード大学…⑬631, ⑲302, 322, ⑳332
スチューアート…㉒474, ㉖474→司徒雷登
スチルネル将軍…⑲231
スティーヴンス陸軍長官…⑲273
スティーヴンスン（R. L.）…⑪54, ⑱368, ㉔187, 204, 205
スティーヴンスン候補…⑲6, 268-272
ストックホルム…⑲194, 342, 343, 355, 391, 395, 399, 400, 417, 426
スノウ（エドガア）…⑫196, 197, ㉖66
スパア神父…⑰120　「徳川時代における哲学者…伊藤仁斎」…⑰133
「スバル」（雑誌，明治42～大正２）…㉔18
「すばる」（雑誌，昭和50・12月）…㉗15
スペイン…⑲440, ㉔128, 130, 135, 148, 150-153, 156, 171, 182, 206, ㉗353
スペイン語…⑲199, ㉔143, 145, 147, 151, 156, 157, 223
スペイン国王…㉔149
スペイン人…㉔137, 138, 147, 163, ㉕139
　～と中国…⑲229
スペンサー（ハツリック）…⑰392
スミス（アダム）…㉕282
スミス「大代数学」…⑯407
スミス「支那的性格」…⑲223
スラブ民族…⑲387, ⑳459
スルラ…⑥43
司徒雷登（ストレイドン）…㉒474→スチューアート
周防…㉓299, 358, 359, 363, 434
相撲…⑳420
素盞烏尊・須佐能男命…㉓540, 541, ㉗75, 102, 106
　～の歌…㉕180
崇峻天皇・崇徳天皇…②551
陶山冕「忠義水滸伝解」…㉖377

須須許里（すすこり）…⑳448→仁番（にほ）
須田禎一　訳・郭沫若「屈原」…①626　同「虎符」…①635
須原屋新兵衛…㉕203, 205→小林延年
須磨…⑱27, 429, 534
諏訪山公園…㉔324
諏訪山小学校…⑳236, 239, ㉔324
図書寮→宮内省図書寮
「図説世界文化史大系」ギリシャ…③548
水居…㉓248
「水経注」…①461, 599, ②604, ⑦76, 280, 537, ⑳336, ㉕381（沭水の条…⑥273）
水庫…㉒472
水滸戯…㉓606
「水滸研究論文集」…㉖403, 404
「水滸後伝」…⑰390→「後水滸」
水滸三十六天罡（山東）…⑱550
「水滸志伝」…⑮136
「水滸伝」…①45, 48, 114, 617, ⑤127, ⑯293, ⑰187, ⑲53, 314, ⑳232, ㉒437, ㉕49, 296, 298, 310, ㉖370, 454, ㉗384
　～以来の小説の伝統…①53
　～「金瓶梅」「紅楼夢」の声価の根拠…①221
　～「紅楼夢」…⑭598, ⑯290, 291
　　いじけたところ…②276, ⑪376
　　人民共和国の態度…⑰4
　　長篇口語小説と宋元明清の話本…⑬512
　　文学革命の歴史的根拠…①213, ②21, ⑪376, ⑫560, ⑭598, ⑰417（文章…②19, 21）
　～「三国志」→「三国演義」
　～と胡適…⑯357, 358, 431, 644, ⑰510, ⑳251
　～と雑劇…⑳62, ㉓606
　　江戸期学者の知識の貧弱…⑳218
　　口語性の比較…⑭283, 285, 591, ㉗279
　　小水滸伝を題材とする雑劇…⑭203, ㉖371
　～と「史記」…①599, ⑤11, ㉔8
　～と「宣和遺事」…①634, ㉖402, 403
　～と中国人の読書…⑱415, ㉖373
　～と南宋短篇小説…⑪548
　　言語…⑬501　章回小説の萌芽…⑬507　留文・詞…⑬545
　～と日本人　伊藤仁斎…⑰130　伊藤東涯…⑰130, 150, 561　荻生徂徠…⑭592, ⑱446, ㉓299, 462, ㉔8, 13, ㉖377, ㉗183　狩野直喜…⑰254　幸田露伴…⑰391　陶山冕…㉖377　鳥山石丈…㉖387　平山高知…㉖377　森鷗外・森槐南…⑰391
　～と日本江戸期　難解語読解の努力…㉖377　流行したテクスト…㉖372　和刻本…⑰26, 608, ㉕281, ㉖377
　～と日本文学　「源氏物語」「南総里見八犬伝」→各項
　～と民衆の倫理…①203
　～と李贄…㉓459→「李卓吾批評忠義水滸伝」
　～における事項　井戸と釣瓶の譬え…⑮46　占いの言葉…⑭491　官階地里…㉖390　胥吏の生活…⑮7　邵康節杜鵑…㉒138　地方小都市の句欄・俳優を殺さぬきまり…⑭59
　～に先立つ小水滸伝の堆積…⑭203
　～の英雄に譬えられた東林党人…⑯31
　～の面白さ…㉖373
　～の巻数の編成…㉖404
　～の金聖歎の批…①599
　～の研究家 Richard G. Irwin…⑲329
　～の語句解釈　一窩風…㉖421　一交攧将出来…㉖398　一就探聴…㉖425　一帯三間…㉖418　一仏出世二仏涅槃…㉖396　一面…㉖416　一力…㉖417　雲樹…㉖413　影射…㉖399　越法…㉖407　押禁…㉖405　押後掠陣…㉖421　押床…㉖409, 410　鞝鞋…㉖405　下榭梯響…㉖422　加辣点紅白魚湯…㉖394　加料麻辣爊豆腐…㉖396　花腔鼓擂…㉖389　花児…㉖422　花石綱…㉖402　河漏子…㉖399　哥哥前脚下得山来…㉖398　掛一小勾子…㉖399　裏合…㉖417　㨪車䟝…㉖409　回買…㉖424　快依我口便罷…㉖393　皦皦…㉖413　外日…㉖401　捱光…㉖399　革争…㉖393　隔夜…㉖419　看軍了当…㉖420　間深裡…㉖425　閒漢…㉖398, 402　監伴過了一夜…㉖423　環眼…㉖403　鴈台…㉖413　既是出名奈何了他只是一怪…㉖415　鬼頭靶…㉖403　棊子布捎児…㉖394　却被合下水裏去…㉖421　脚登䟝…㉖409　挙口…㉖398　夾七夾八・夾七帯八…㉖400, 401　筋重膏…㉖391　苦無甚深傷…㉖395　屈膝…㉖406　訓練衆軍頭目揀選身材長壮之士…㉖423　荆湖…㉖397　擎天手…㉖421　月黒夜…⑳49　月終…㉖425　献勤的売科…㉖417　虎形…㉖397　榭梯…㉖422　五明…㉖420　護頭…㉖425　口裏開科道…㉖391　口裏只吐白水…㉖395　光着眼…㉖391　好漢…㉕55　好小哉相…㉖391　好滲瀬…㉖377　行食…㉖397　匣床…㉖410　咬虫…㉖415, 416　洪都…㉖397　皇城…㉖417　紅絹抓髻児頭巾…㉖400　紅串…㉖392　香綿…㉖422　黄巣…㉖395　榼脳児…㉖414　靠背…㉖413　号帯…㉖424　江州車…㉖399　忽律…㉖396　乂・快…㉖393　乂袋…㉖397　左辺的…㉖399　左右群刀手…㉖421　細糖果子・在逃無獲…㉖416　策立不定…㉖389　三停…㉖422　山根…㉖403, 404　参倣…㉖413　子弟門弟…㉖415　使道児…㉖418　使命…㉖420　自古謀逆之人決不待時…㉖396　七月七日…㉖403　七事件…㉖407　漆拝䟝…㉖409　実落・車家…㉖387　取出両錠蒜条金重二十両…㉖422　珠子頭鬚…㉖417　収買…㉖421　祝家店…㉑192　出色…㉖388　出人…㉖397　出姓…㉖418　出尖…㉖391　出没…㉖397　諸般宮調…㉖387　如法…㉖407　除一害…㉖409

小意見…㉖405　小番子…㉖398, 411　小郎…㉖407　省睡…㉖424　捎搭・捎帯…㉖410　笑楽院本…㉖414　瞧科…㉖409　上水…㉖391　常切雲樹之恩…㉖413　蒸天仮紅…㉖394　滲瀨…㉖377　審録明白…㉖416　水洩不通…⑭483　吹筒…㉖417　翠花…㉖392　生…㉖391　生世…㉖388　征進梁山泊失利的…㉖425　青竜席…㉖414　精肉…㉖395　川弩…㉖417　先頭行李…㉖391　宣牌…㉖392　穿心紅一点鬌児…㉖394　扇圏也似坐下…㉖411　閃肭了腿…㉖422　銭驢…㉖421　選軍…㉖423　鮮眼睛…㉖422　祖是軍班子弟出身…㉖408　蘇黄米蔡…㉖396　壮麵…㉖418　抓角…㉖400　相官…㉖416　草帚児…⑮96　戧柱…㉖421　存孝…㉖401　村人…㉖409　打閙裏…⑮126　大白棹船…㉖389　太保…㉖392　但有門戸…㉖417　短命相…㉖391　着衣亭…㉖419　停半…㉖424　狄梁…㉖401　添助…㉖424　転背…㉖423　伝点馬歩軍二千…㉖425　都押回県来…㉖416　土居在此…㉖408　怒気於心…㉖389　東郭門…㉖422　東府…㉖413　登時・登場…㉖406　等来相待…㉖410　頭口…㉖423　頭銭…㉖393　頭脳…㉖414　頭目…㉖423　道児…㉖418　道度牒…㉖405　銅鈴雉尾…㉖421　撞天屈…㉖418　那条大江…㉖398　那兜駄的与我背起来…㉖391　二停多…㉖424　把手綰了…㉖418　抜去葱管…㉖407　犯由牌…⑮159　琵琶亭…㉖394　百十余箇水軍…㉖421　不好…㉖393　不相登…㉖406　不曽再展再撲…㉖401　不聴我口…㉖393　不禿不毒・不毒不禿…㉖404　汊…㉖395　浮橋…㉖425　無礼喏…㉖395　舞鮑老的…㉖388　分際…㉖395　平日中…㉖423　平川…㉖420　平南一望…㉖424　並無難意…㉖416　便自招了酒銭…㉖407　便収科道…㉖391　便有利害…㉖396　抱腰…㉖399　掤扒…㉖415　報暁頭陀…㉖405　鮑老…㉖388　房面前…㉖395　傍猜…㉖393　撲復…㉖387　没事自把鬌児提做甚麼…㉖407　没出豁…㉖393　未委虚的…㉖389　無為軍…㉖396　無私有意…㉖408　門戸…㉖417　門人…㉖420　也会収小的…㉖399　也不計利害…㉖392　吏道…㉖412　竜符宮…㉖422　了事環…㉖389　了当…㉖420　両箇甲馬四箇甲馬…㉖392　両套…㉖388　緑雲頭…㉖422　臨後・臨了…㉖410　驢筋頭…㉖415　老咬虫…㉖415, 416　老郎…㉖401　六和湯…㉖395　勒死…㉖406

～の作者確定の困難…㉖372
　作者胥吏説…⑮362　羅貫中説…㉖372
～の挿絵…②533
～の思想…⑥237
～の時代の社会不安…⑲228
～の成立の時期…②161, ⑬225, ⑱10, 11, 42, 415, ㉑150, ㉓462, ㉕296
～の題材…㉖371
　三十六人の遊侠の講談…㉖371
　百八人の長編物語への集成…㉖372
～の登場人物　鄆哥（鄆坊）…㉖383, 399　燕青（浪子～）…⑯31, ㉖417　閻婆惜…⑮46, ㉖393, 405-407, 416　王英…㉖387, 413　王押司…㉖405　王慶…⑭491　王太尉…㉖422　王婆…㉖383, 399, 415　何九叔…㉖383　花栄（小李広～）…⑯31, 362, ㉖388, 389, 402　解珍…㉖409　郭盛（賽仁貴～）…㉖389　関勝（大刀～）…⑯31, ㉖402　急三千・牛筋…㉖387　牛二…㉖379　玉蘭…㉖387　呼延灼…㉖420, 421　胡正卿…㉖384　胡道…㉖405　扈三娘…㉖413　呉用（智多星～）…⑯31, ㉖378　公孫勝（入雲竜～）…⑯31, ㉖401　孔太公…㉖388　沙小生…㉖387　柴進（小旋風～・柴近衛師団長）…⑯31, ㉖393, 402, 411, 417　崔道成…㉖425　蔡九…⑮159, ㉖396　史進…㉖411　屎裡蛆・施恩…㉖387　時遷…㉖423　朱貴（旱地忽律～）…㉖396　朱仝…㉖411, 416　朱武（神機軍師～）…⑯31　祝氏…㉑192, ㉖408　徐寧…㉖402, 423, 424　小張一…㉖393　焦挺（没面目～）…⑯31　鍾離氏…㉖408　秦明…㉖389, 416, 425　西門慶…⑮126, ㉖381, 383, 409　石秀…㉑192, ㉖406, 407　薛永（病大虫～）…㉖391　宋江→その項　宋清…㉖388　孫二娘（母夜叉～）…㉖384　孫立…㉖402, 410　戴宗（神行太保～）…⑮159, ㉖391-393　長王三…㉖387　晁蓋…⑮46　張横（船火児～）…㉖391　張三郎…⑮46, ㉖405　張順…㉖394, 395, 418　張青…㉖384　張清…㉖402　鳥上刺…㉖387　趙元帥…㉖394　趙大尽…㉖405　趙仲銘…㉖384　唐牛児…㉖409, 416　湯隆…㉖423　童威・童猛…㉖397　笆上糞…㉖387　裴如海…㉖405　飯内屁…㉖387　潘金蓮…①47, ②196-198, ⑮126, ㉖381, 382（亭主毒殺…⑳346, ㉔11, ㉖415）　潘巧雲…㉖403　武松・武大→その項　米中虫…㉖387　慕容彦達…㉖389, 425　穆弘…㉖402　穆の隠居…㉖393　慢八百…㉖387　孟康（玉旛竿～）…⑯31　木伴哥…㉖387　姚文卿…㉖384　楊志（青面獣～）…⑯31, ㉖380, 390, 402, 411　楊雄（病関索～）…㉖402, 403　雷横（雷都頭）…㉖411, 415, 416　李応…㉖402　李逵（黒旋風～）…⑮28, 143, ⑯31, 357, ㉖378, 394, 395, 397, 400, 418　李俊（混江竜～）…㉖391　李助…⑭491　李立…㉖391　劉高…㉖388　劉唐…㉖398　呂方（小温侯）…㉖389　林冲…㉖380, 396, 402, 423　魯智深（花和尚～・魯達）…①46, ⑬312, ⑮96, ⑱545, ㉔237, ㉖376, 377, 380, 384, 390, 405, 411, 425　盧俊義…㉖378-379, 402　矮李四…㉖387
　蔭の存在としての侠…⑥178
～の登場人物のあだ名…⑮28, ㉖389, 402, 403
　関索の由来…㉖402, 403

～の入話…㉖397
～の文章…②19, 21, 196, ⑭285
中国現代語との距離…㉕38
～の文体…①53, ②199
～批判…㉖472
「水滸伝」（注）…㉖377
作家出版社…㉖405, 406　陶山冕「忠義水滸伝解」…㉖377　鳥山石丈「忠義水滸伝解」…⑰398, ㉖382　平岡竜城注「標注訓訳水滸伝」…⑰398, ㉖377, 385, 388, 392-394, 415　平山高知「評論出像水滸伝」…㉖377　物茂卿（署名）「水滸伝解」…㉖377
「水滸伝」（テクスト）
江戸期刊行訓点本・岡島冠山訓点本…㉖377
作家出版社版「水滸」…㉖397（序…㉖399　注…㉖393, 396, 405, 406, 414, 415）
人民文学出版社版「水滸全伝」…㉖397, 407, 408, 410, 412, 415, 420, 423
七十回本　金聖歎本…㉖372, 373, 378, 382, 387, 389, 391, 393, 396, 398, 408, 413, 417, 420, 423（貫華堂本…㉖408　人民文学出版社版修改附注本…㉖398）
百回本…㉖392, 394-398, 404
明版…㉖376, 377, 388, 397（内閣文庫所蔵容与堂本…㉖372-374, 377, 381, 386, 409, 410, 412, 413, 419-422　覆刻本…㉖386　吉川幸次郎所蔵…⑱520, ㉖376, 377　李卓吾批評忠義水滸伝…㉖372, 376）
百二十回本…㉖381-383, 387, 388, 391-398
楊定見本…㉖372-374, 413, 419, 423
明版本…㉖378, 385, 404
嘉靖刊本…㉖372, 397, 410, 412, 413, 419-421
天都外臣序刻明刊本…㉖407, 419, 420, 423
武定侯郭勛校刊本…㉖412
「水滸伝」（篇名・項目）
李逵が殷天賜を打ち殺すこと…⑯357
「水滸伝」（翻訳）…②223, ⑦263, ⑲417
岡島冠山「通俗忠義水滸伝」…⑰398, ㉖377, 385
幸田露伴「国訳忠義水滸全書」…㉖377　佐藤春夫「新訳水滸伝」…①634　久保天随…⑳255　鳥山石丈「水滸伝抄訳」…㉖387, 389　有朋堂文庫「新編水滸画伝」…②603, ㉒343, ㉖377, ㉗391
「水滸伝と支那戯曲」…⑭203, ⑰395, ㉓606, ㉖379
水国…㉔232, ㉗329
水車…①505, ⑯501
水精の簾…⑪115
『水仙子』　喬夢符…⑭187, 385　「金銭記」…⑭537　徐再思…⑭166　張明善…⑭168　「百花亭」…⑭299　「老生児」…⑭237
水仙太保…㉖393
水調…①443, 444
『水調歌頭』　蘇軾…㉖387　宋・大曲…⑭325-326　白仁甫…⑭101, 102　毛沢東…㉕240　李道純…⑭101
水答餅…⑮103
水部郎中…⑪398, ⑫415
水平と垂直…㉖26
水墨画…②525, 527, 534, ⑬594, 595, ㉕302
水面亭…⑯153
『水竜吟』　王惲…⑭80　秦観…⑱89　白仁甫…⑭67, 98, 100, 101
西瓜の種…⑯444-452
吹・吹楽…⑥26
吹台…⑫49
吹筒…㉖417
垂加神道…⑰40, ㉓499
垂死…⑫423
『垂楊』　白仁甫…⑭96-99, ㉒104
垂老…⑫423
炊鼻（地名）…⑱82
帥…⑰94
倕…㉑181
衰謝…⑫525, 527
衰世の士…㉕63
衰年…⑪72
彗星…⑤79
推移の感覚…①361, ⑪48, 49, 93, ⑳418, ㉑220, ㉒42
推移の歓喜…㉑223-226
推移の悲哀…⑥267, 277, 283, 285, 338, ⑫600, ㉕115
漢…①107, ⑥338, ㉑214, 215　「古今集」…㉑216, 217, 225, ㉕115　「古詩十九首」…⑥267, 275, 277, 280, 281, 283, 285, 306, 330, ㉑204-206, 208, 210, 213, 215-217　「詩経」…㉑226　西洋…㉑216, 227　「楚辞」…㉑212　杜甫…⑫600, ㉒42　「万葉集」…㉑205, 216, 220-223　李白…⑪93　六朝・唐…㉑210, 215　「論語」…⑤291, ㉑212
～季節の推移…⑥287, 288, ㉔6, 7
～幸福の喪失…⑥285, 287, 306, ⑦204, 205, 208-210, 212-214
～幸福の不幸への転移…⑥267, 268, 285, 287, 291, 293, 304, 306
～死後の時間の推移…⑥328
～死に至る推移…①107, ⑥267, 268, 306-308, 312, 318, 321, 323, 328
～自然の推移…①83, 361, ②261, ⑥277, 281, 287, ㉖19
～時間の推移→時間の推移
～世界の推移・人間の推移と自然の推移…①361
～不幸な時間の持続…①107, ⑥267, 270, 272, 279, 280, 283, 285, 296, 298, 305-307
～不幸の幸福への転移…⑥304
推移への敏感…①361, ㉔6-8, 11
推恩の制…⑥174
推激…⑫622
推古天皇…①516, ②551, ㉔190
推古朝と中国文化…⑰16

推古仏…②539, 540
推阻・推側…⑮147
推陳出新…⑯591
捶鉤…⑫621
畦盂…⑥369
酔翁椅…⑯484
「酔翁談録」…①214, ⑪547, ⑭222
酔翁亭…⑬68
『酔花陰』 侯正卿…⑭104 「天宝遺事」諸宮調…⑫268
『酔春風』…⑭18-21, 319, 484
「金銭記」…⑭19, 20, 481, 484 「合汗衫」…⑭19, 20 「天宝遺事」諸宮調…⑫269
酔石…⑦329-332
酔仙…⑮108, 109
酔仙錦旆…⑮108
『酔太平』「金銭記」…⑭449 張可久…⑭166
『酔中天』「漢宮秋」…⑭30, ⑮175 「金銭記」…⑭425 「酷寒亭」…⑮56
『酔亭楼』 劉使君…⑬406, 527, 528
酔八仙…⑮109
『酔扶帰』「漢宮秋」…⑭30, ⑮175 「金銭記」…⑭420, 422
酔和春…⑪241
睢（地名）…⑪37
萃美亭…㉔250
遂…②130, 149, 150, 160, 187, ⑪403
「遂昌山樵雑録」…⑭111, 113, 114, 179, 184, 369
睡些…⑭284
睢景臣…⑭164, 172
睢陽…②208, ⑬483, 486, 522, ⑮411
綏遠省…⑥85
翠…⑫106
翠花…㉖392
翠荷葉…⑫265
翠華…⑪246, ⑭410
翠翹…⑪248
翠駮…⑫623
翠微宮…㉒82, 85
翠盤…⑭408
翠釜…⑫106
翠屏山…⑭489
翠擁紅遮…⑭408
翠嵐子 訳「西廂記」…⑰391
誰説起…⑭320
誰不知…⑭409
誰和恁…⑭534
雖然…⑭313
邃雅斎…⑯560
「邃雅斎叢書」…⑯254
騅…①93, 106, ②140, ⑥3, 4, 6, 7, 10, 11, 42, 251, ㉑36, ㉒59
騅不逝…⑥6, 7
隋（国名・王朝）…②391, ⑦553, ㉕376, ㉗255→大隋
～以前の北方への「古文尚書」の流伝…⑦537
～時代の偽書「古文孝経孔氏伝」…⑤164, ㉕365
～と推古朝…⑰16（蘇因高の派遣…⑰162）
～による陳の併呑…②157, 550, ⑦589
～の君主…⑱461
～の国号…⑦545
～の創始者…①173
～の短命…⑦589
～の統一…①282, ②157, 550, 551, ⑦589
～の文学…⑪551
～の駢文…⑦535
～人の旧疏…㉕343
～人の琴譜…㉓411
～末之災…㉒84
隋喜文…㉖479
隋氏…㉒85
「隋志」→「隋書経籍志」
隋珠…⑥135
隋樹森「古詩十九首集釈」…⑥269, 318
「隋書」…②154, ⑬575, 576, 578, ㉑93, ㉕267
～と欧陽修…⑬585
～と李商隠…⑬580
～における南北儒学の比較…⑮385
～の校勘の勅令（仁宗・宋）…⑬581
～の総巻数…①177
～の美的文辞…①599
「隋書」（篇名・項目）
志 音楽志…⑥346, 348（短簫鐃歌楽…⑥346） 経籍志→「隋書経籍志」 百官志…⑰557
列伝 西域伝…⑫127 杜台卿伝…⑦552, 553 杜弼伝…⑦553 東夷伝・倭国…②586 楊素伝…⑬580 李徳林伝…⑦553 劉炫伝…⑥404
「隋書経籍志」「隋志」…⑥366, 390, 396, 403, ㉒305, 311, ㉕267, 331, ㉗10
～以後の書物の減少…㉕268, 273, 274
～の記載書名総数…㉕267, 268
～の史書の記録…⑬574
～の分類法…①194, ㉑149
「隋書経籍志」（篇名・項目）
「陰鏗集」…⑫662 「易」…⑱466, ㉕34 「応璩書林」…⑦167 「魏衛尉卿応璩集」…⑦150 「魏陳思王集」…⑦83 「魏武帝集」…⑦15 「古史」…①168 「後漢書」…⑱466 「孝子伝」…⑦550 子部・雑家「玉燭宝典」…⑦555 子部・小説家「世説新語」…①194 史部・雑伝「捜神記」…①194, ⑪545, ⑭9
隋唐 ～時代 古代生活復帰の志向…⑬552, 553（日中関係…㉒325, 326）
～の家柄重視…②404
～の軍談…⑭202
～の僧の書…㉓482

～の統一…⑫28, ⑬552
～の文章の模擬（万葉集）…㉗6
～の和声…㉓614
「隋唐演義」…①154, 212
随意なり…⑪140
随喜…⑭507
随郡…⑦541
随国公…⑦545
『随煞』「漢宮秋」…⑮208 「天宝遺事」諸宮調…⑫265
『随煞尾』…⑭327 「単鞭奪槊」…⑭319
随手…㉖75
随州刺史…⑪212
随州諸軍事…⑦540
随処…⑮338, 341, 342
随所致…⑫127
「随身宝」…⑭295, 296
随朝…⑭391
随筆（支那現代文学）…⑯442
随筆的散文…②534
随風…⑫488, ㉖156
随陸の土豪…⑦543
瑞応寺…⑫483
瑞興泰茶舗…⑯406, 415
瑞昌県尹（江州路）…⑭101, 117, 137, 162
瑞聖寺…㉓310, 313, 361, 431
蕤賓（六律）…㉗86
足恭（すうきょう）…⑤151
枢密院…⑭161
枢密院判官…⑭92, 95, 96
枢密使の罷免…⑬238
崇観以来在京瓦肆伎芸…⑭565
崇禎年間の時代相…⑳435
崇禎帝（明）…⑮531, ⑯16, 18, 82, 100, 102, 170, 178, 179→毅宗→思宗
崇徳君…⑬128
崇寧寺…⑫458
崇文院…㉗244
崇文監（元）…⑮284, 285
崇文館校書…㉗20
「崇文叢書」…㉕244
陬邑（魯・昌平郷）…㉕75, 78
嵩原…②5, ⑪382, 383, 386
嵩山…⑥144, ⑪489, ⑮595, 596
嵩山房…㉕203, 205, ㉗164, 174
数…②114, 118, ⑬15
数を基底にする経書…㉕323→「周礼」
数学…②351, 481
数口の家…②117
数次家・数番家…⑭321
鄒衍…⑫685, ⑬579, ㉗318
鄒君（蘇州の本屋）…⑯572
鄒鎡…㉖430
鄒升恒・泰和…㉓192, 193
鄒泉「経世格要」…⑰560
鄒徳溥「春秋匡解」…⑯77
鄒百耐…⑳294, 297
鄒放…⑬210, 211
鄒漫堂…①510
鄒容「革命軍」…⑯383
鄒陽…⑥199, 202, 208, 214, 218, 220
鄒魯（孟子・孔子）…⑰168, ㉓35, 607
趣…⑦397
趨織…⑥287
趨前退後…⑭509
騶…⑤141, 144, ㉑187
騶人の子…⑤141, 144, 282
雛鳳…⑭573
「騶子」…②485
騶氏に放（なら）える鏡…⑥394
末川博…⑯538
「末摘花」…㉑82
末松謙澄…⑰388, 389, 393, 394 「支那古代文学略史」…⑰390, 395
菅在親・菅在貫・菅在豊…⑩459
菅春雄「中国の民間信仰」…①636
菅田…⑰585
菅谷軍次郎「白楽天とその長恨歌について」…①630
菅原氏…㉓143, ㉗167
菅原清公（きよとも）…⑰70
菅原道真…⑰414, ⑱63, ㉓567, ㉗67→菅公
～以後の漢文力低下…⑰20
～と中国の政治哲学…⑰17, 18, ⑲188
～と白居易…①33, 129, ⑪228, ⑰18
～と賦…①563, 564, ⑰201
～と「論語」…⑤135
～の漢詩…①33, ⑰18, ㉑104
～の漢文…㉓563
～の行動と孔子…⑤213, 234
～の自筆本 「詩経」…③44 「論語」…⑤135
～の失脚…⑤33, 213, 234, ⑰19
～の中国語学力…⑲188
～の著述 「菅家遺誡」…⑰18, ㉓709 「菅家文草」…㉒80, ㉗137 「近院山水障子詩」…⑳80
～の流罪…⑤213, ⑬37
～の和魂漢才説…⑰18, ㉓709
～評・章炳麟…①383
透屁嗅正之守…⑳107
杉捷夫（としお）…㉔295, ㉗196
杉浦重剛（しげたけ）「倫理御進講草案」…⑯583
杉村邦彦「王羲之試論」…㉔233, 234
杉村勇造…㉓636
杉本直治郎…②586, ㉗19, 20, 22 「阿部仲麻呂伝研究」…②587, ⑪131, ㉗18
杉本行夫「詩歌における興趣の美的本質」…①622

「詩歌における品隲の美的理念」…①624
杉森正弥…①635
杉山彬（あきら）…①515, 517, ⑳289
頗る…⑪66, 138
鈴が森…⑮142
鈴鹿三七…⑩461
鈴川支局長（朝日新聞）…⑲245
鈴木朖（あきら）…㉗77　「論語参解」…㉕363
鈴木修次…⑥347, 348, 350, ⑳399
「短簫鐃歌と横吹曲」…①633, ⑥345
鈴木俊…②554, ㉗294
鈴木信太郎…⑰285
鈴木先生（神戸第一中学校教諭）…㉔327
鈴木大拙…⑯437, ⑲327, 418, ㉕99, 185
「鈴木大拙全集」…㉔220
鈴木択郎　共訳・老舎「四世同堂」…①621, 626
鈴木惕軒（てきけん）…⑰311
鈴木虎雄・豹軒…⑰294, 310, 311, ㉗401, 402
～学士院会員…①430
～京都大学教授…⑰265, 275, 278, 293, 294, 306, 314, ⑳256, 259, 286, 390, ㉒345, ㉓597
漢文直読論への態度…㉒350, 351
京都大学退官…①430, ⑰302, 314, 418, ㉓621
～第三高等学校講師…⑯637, ㉒344, 345, ㉓189
～と胡適…⑯432
～と「国訳漢文大成」…⑫585, ⑰401
～と戦争…①430, 431, ⑰317
～と宋詞…⑬623, ㉗401
～と宋詩…⑬624, ⑰317
蘇東坡…⑰316　陸放翁…⑬624, ⑰302, 316, 317, ㉗265
～と中国詩人　王漁洋…⑯162, 638　呉梅村…⑯167, 638　陶淵明…⑰302
～と中世美文学…⑰307, ㉓593
～と唐詩…⑬624, ⑰317
杜甫…⑫729, ⑰302, 306, 307, 317（「九家集注杜詩」入手…㉕495　「成都府」…㉖138　杜詩注釈…⑫585, 723, ⑰302, 306, ㉒72, ㉕447, 454, 489-490, 495, ㉖104, ㉗315）
白楽天…⑰302, 306
李白…⑰306
～と傅玄「和班氏詩」…⑥262
～と文学の尊厳…⑰305
～と明詩…⑮557, ⑯634
～と森槐南…⑰305, 306
～と「文選」…⑦562, 594, ⑰284, 307
～の汪精衛演説誤訳の指摘…⑰434
～の学問…⑰302, 305, 311, 312
～の交遊　青木正児…⑰335, 337, 338, ㉓621, 629　伊藤左千夫…⑰303　岩田正三…㉔287　狩野直喜→その項　夏目漱石…⑰305　正岡子規…⑰303, 305, 315　三木克己…㉗286
～の講義・演習　「芸苑卮言」演習…⑳259, ㉕328　呉梅村講義…⑯634　支那詩論史講義…⑰302　「清文評注読本」講義（三高）…㉒345, ㉓190　中国文学史講義…⑪563, ㉓590　「文心雕竜」演習…⑦527, 596　「駢文史序説」講義…⑰314　「文選」講読…⑦593, ㉑250　李夢陽講義…⑮557, ⑯634
～の死去…⑰304, 310, 314
～の詩…①430, ⑰302, 315
「雑詩」…①430　「続竹槍行」「行槍行」・東条辞職の日の七絶・二十年三月の七律…①431　二十年八月の七律…①432　「無題」…①431　「陸放翁詩解の後に題す」…⑰317
～の出身…⑰305, 311
～の宋時代への不機嫌…⑬626
～の題簽揮毫　狩野直喜「中国哲学史」…⑰264　「京都大学文学部五十年史」…㉔46　「元曲選釈」第一集…㉒556
～の短歌…⑰303, 315
～の中国文学研究…⑰311
「玉台新詠」注…⑰307, 310　楚辞説…①619, ③487, ⑰302　中国詩注解…⑰314, 315　中国文学史研究…⑰337　中国文学に関する理論的著述…⑰314　中国文学批評史研究…⑰311, 312, 338, 417, ㉖507　「文鏡秘府論」研究・「文心雕竜」研究…⑰307
～の著述　「禹域戦乱詩解」…⑰314, 317, 405　「業間録」…⑰314　「玉台新詠集」（訳解）・「支那詩論史」「支那文学研究」→各項　「杜詩」…⑰305　「杜少陵詩集」（注解）…⑫728, 736, ⑰314　「唐の試験制度と詩賦」…①303　「陶淵明詩解」「白楽天詩解」→各項　「豹軒詩鈔」…①430, ⑰302, 315　「豹軒退休集」…①430, 432, ⑰303, 314, 315, 317　「賦史大要」…⑰314, 405, ㉑11　「駢文史序説」…⑰314　「葯房主人歌草」…⑰303, 315　「李長吉歌詩」…⑰314　「陸放翁詩解」→その項
～の唐の科挙に関する説…①303, 305, ㉑10
～の文化勲章受章…⑰310, 312
～の文化功労者選出…⑰302
鈴木直治…㉑670
鈴木文台…⑰311　「鈴木文台先生遺書」…⑰305
鈴木三重吉…①344, ⑯443
鈴木茂三郎…⑲369
鈴木隆一…㉓101
鈴の舎・鈴の屋…㉓517, ㉗75, 134
鈴の屋大人（うし）…⑰184, ⑱378, 437→本居宣長
～の学問…⑰157, 166
薄田泣菫「茶話」…⑱477, ⑳277
雀ヶ丘（モスコウ）…⑲386
住友吉左衛門…③44
住友家…㉓637
住友氏…⑱512
～の荘…㉒285

角倉了以…㉗25
隅田川…㉓361
墨染（京都）…㉑226
摺本…⑩428, ㉕278
寸心忌…②544
駿府…⑰300

せ

セイラーズ・ホーム…⑲398
セイロン…⑲371
セヴィリア…㉔163
セーヌ川…⑲358
セーラム…⑲287
ゼスイット…②347
　～宣教師…①285
セリウキア…⑥132
セミティック語…①629
セルヴァンテス…㉔156, ㉗384
セルベローニ山荘…㉒557
セント・エリザベス病院…⑲68, 257, 317
セント・クロア島…㉔129-130, 133-139, 142, 220→St. Croix
セント・ジョン島　セント・トマス島…㉔134
セント・ペテルブルグ…⑲385, 415
世…㉓345, 346, 350, 352, 354
世阿弥…⑰617, ⑲321, 322, 325, 328, ㉓239
「世界」（雑誌）…①622, 634, ⑳359, ㉓445, 557
　～所載の川端康成「再会」…⑳73
　～所載の文章のかなづかい…⑱402, 409, 412, 413
　～所載の正宗白鳥の梅蘭芳公演批評…⑯598
世界医師会…㉕356, ㉗434
「世界戯曲全集」印度支那劇集…⑰406, 409
世界銀行ビル…⑲244
世界国家…①245
世界史という教科…㉔221
世界史と日本人…⑳175
「世界童話大系」支那童謡集…⑰402
世界の古典…①270, ⑤295, 298
「世界評論」…①614
世界文学…⑲456, ㉔328
　～の課題…①86
「世界文学」（雑誌）…⑳368
「世界文学辞典」（研究社）…㉒330
「世界文学大系」（筑摩書房）…㉒7
　「トルストイ」Ⅰ…㉔222　「中国古小説集」…⑳372, ㉗137　「中国散文選」…①164, ㉑248, ㉔237　「ゲーテ」…㉗332, 333
世繫の論…⑯130
「世語」…⑦11
世溷濁…⑥20
世綵堂…㉖474
　～本　「昌黎先生文集」…⑪382　「柳河東集」…㉖474
世儒…⑥367
世襲貴族…②434, 435
世襲身分制　中国…②425, 436, ⑥116　日本…②164, 425, 426, 435
「世説」→「世説新語」
「世説新語」…⑦454, 455, ⑬129, ㉔254, ㉖251
　～と小説史の前史…①200
　～と「世説新語補」…㉗138
　～と宋の道学…㉗136, 142
　～と中国文学史…①599
　～と唐の知識人…⑬578, 579
　「世説」による典故…⑬579
　～と日本…⑦454, ㉑235, ㉗136-138
　　荻生徂徠・本居宣長→各項
　～と六朝風の小説…①191-194
　～における語彙・事項　烏樏・笑話…①230　常識に反抗する生活…①193, ⑦182, 184, 188　青梅止渴…⑦11　曹丕・曹植…⑦74　著…⑫378　赴仮…⑦370　文弱…㉗235
　～による典故…⑬579
　～の魏晋名士…②240, 262, ⑦289, 454, 591, ㉗136　衛玠・楽広…⑱23　王衍…㉗137　王含…⑦481　王羲之…㉔234　王献之…㉗147　王戎…㉕209　王述・王坦之…⑦476, 477　王祥…⑦489　華歆・王朗…⑦456　賈充の夫人たち…⑦503, 504　阮咸…⑦181, 475　阮脩（宣子）…⑦484　阮籍→その項　顧栄・張翰…⑦497　支遁・許詢・王濛…⑦458, 494　司馬道子・謝重…㉗144　謝安…⑦289, 455, 458, 491, 492, ⑰366, ㉔234, ㉗103　荀隠（鳴鶴）・陸雲…⑦476　石崇…⑦262　宗世林…⑦495　竹林七賢…⑦188, 454　褚裒…⑦487, 488, 502　陳寔…⑦496, ⑫378　陳蕃…⑯172　杜預…⑫31　孟嘉…⑦488　庾亮…⑦478, 488, ㉗137　羊権…⑦505　羅友…⑦477　陸機・陸雲…⑦504
　～の時代…⑦468, 469, 482
　～の助字…⑦456, 458-462, 464, 466-470, 472　阿…㉗103　阿堵…⑭439　亦…⑦469, 470　何物…⑦502-505, 508　竟…⑦483, 484　固…⑦469　故復…⑦465, 469　是…⑦461, 462, 465, 468-470　自…⑦467, 469, 470　将不…⑦489, 490　将無…⑦469, 484, 489, 490-493, ⑰145　正…⑦469, 470　相…⑦460, 462, 465, 467, 468, 470　定…⑦482　定佳…⑦481　定是…⑦463, 476-478, 480, 482　定将…⑦475　定不如…⑦477　都不・都無…②51, ⑦462, 465, 469　得無…⑦488　頗…⑦496, 497　復…⑦461, 462, 464, 470　便…⑦461, 462, 468　不…⑦494　本…⑦469, 470　未…⑦495
　～のセミナー（堀塾）…㉗121, 129, 136, 142, 143
　～の続作…①195, ㉗138
　～の二音の複合語…⑦465, 468, ㉕381

～の文章…⑦454, 455, 458-460, 462-468, 470-472
清談の言語…⑦469, 470
中国語発展の方向…⑦464-466
理想とした文章…⑦470, 471
～の文体…⑦455（四字句六字句…⑦470）
～風の六朝の文…⑦461
「世説新語」（注）…㉑242
日本人によるもの…㉗144
劉孝標「世説新語注」沈家本…⑦455, ⑬576
言語…㉗144　識鑒…⑫351, 359, 479　賞誉…⑦493, 497
「世説新語」（テクスト）…㉗137
江戸期刊行和点本…⑦463, 478　袁褧嘉靖刊本…㉒300　陸游刊宋版本…㉗137
「世説新語」（篇名・項目）
雅量…⑦491, 492, 502　簡傲・仇隟…㉗137　軽詆…⑦505　賢媛…⑦503　言語…⑦471, 482, 490, 505, ⑰366, ㉔234, ㉗137, 143　自新…⑦370, 483　識鑒…⑦488, ㉗137　夙慧…⑦496　傷逝…⑦496, ㉕209　賞誉…⑦461, 482, 495, ㉗137, 235　政事…⑦489, ㉗137　徳行…⑦454, 455, 489, ⑫378, ㉗103, 137　任誕…⑦182, 463, 475, 477, 492, ㉔399, ㉗136, 137　排調…②236, ⑦476　紕漏…㉗137　品藻…⑦482, ㉗137　文学…⑥263, 325, ⑦458, 462, 469, 484, 494, ⑱23, ㉗137　方正…⑦476, 481, 495, 504　尤悔…㉗137　容止…⑦478　惑溺…㉗137
「世説新語補」…㉑235, ㉗138-140
和刻本…㉗138, 140, 147
「世説新語補」（篇名）
雅量…㉗147　仇隟…㉗138　言語…㉑235, ㉗138　夙慧…㉗138　序・王世貞…㉗139　徳行…㉗138　文学…㉗226
「世説新語補觽」…㉗144
「世説新書」…⑦454, ㉗137
平安朝写本　京都神田氏・山田氏蔵…⑦454
「世説箋本」…⑦454, ㉗89
「世善堂書目」諸子百家類各家伝世名書…⑦556
世祖（元）…⑬603, ⑭55, 60, 61, 72, 78, 98, 115, 123, 145, 147, 156, 164, 183, 185, 206, 278, 383, ⑮189, 237, 282, 284, 286, 433, 454, 458, ⑯536, ㉒104, 293　→フビライ
～以後の朱子学の興隆…㉒99
～以後の諸帝の漢文能力…⑮233, 309, 312
～以前の雑劇…⑭66
～以前の統治…⑭140
～以前の蒙古朝廷と中国文化…⑮306
～朝所蔵の書画の数…⑮255
～朝における南人の登用…⑮259
～朝の臣　顧問…②356, ⑭75　侍医…⑮308　儒臣…⑭569, ⑮301, 326, ㉒119（儒臣の講説への関心…⑮295）
人材　アハマド（阿合馬）…⑮300, 310　アリハイヤ（阿里海涯）…⑮299, 310　アントン（安童）…⑮241, 299　エスダル（也速觧児）…⑮299, 310　王惲…⑭80　許衡→その項　元淮…⑭148　胡祗遹…⑭80, 554, 569　サングウ（桑哥）…⑮138　商挺…⑭120　張思明…⑮300, 310　趙阿哥潘…⑮301, 312　テゲ（鉄哥）…⑮299, 310　程鉅夫…⑮259, 300, 311　八思巴…⑮232, 233　耶律鋳…⑭66　葉李…⑮104　李治…⑭75　劉秉忠…⑭118　盧摯…⑭111
文臣…⑭111, 130, ⑮104, 259, 300, 301, 311
～とウイグル字…⑮299, 300, 310
～と漢語の生活…⑮300, 310
漢文…⑮299, 310, 311
漢字の生活への洞察…⑮301, 310, 311, 312
経書への興味…⑮308（「尚書」翻訳…⑮244）
～との関わり　元好問・張徳輝…⑮393　杜仁傑…⑭119　李宮人…⑮224
～の漢人の士人への要求…⑭131, 132
科挙の拒否…①309, ⑭131, 183, ㉒119（王鶚らの上奏…⑭369　科挙復興の提議…⑭131, ㉒119）
漢人登用…⑬603
～の漢（中国）文化への態度…①309, ⑭131, 178, 183, ⑮311, 393, 402, ㉒119, ㉕53
中国的生活への理解…⑮301
～の儀鳳司・教坊司設置…⑭66
～の宮禁造営…⑮293
～の勲臣への諡…⑮311
～の皇太子の漢文能力…⑮233, 236, 328
～の死…⑮433
～の至元期と雑劇…⑭32, 66, 150, ⑮189, 224
雑劇作者…⑭151, 163, 170
詩文集と雑劇…⑭78, 150
～の時代の西域との交渉…⑮294, 306
～の聖旨…⑭297
～の曾孫…⑮238, ㉒119
～の即位…⑬603, ⑭66, ⑮299
～の即位初年の辞賦の余習…⑭134
～の側近の漢人の素朴主義の主張…⑭132
～の治世と北人の詩文…⑭158
～の治世末期までの士人と雑劇…⑭84
～の南宋遠征軍の江西平定…⑮101
～の南宋併呑…②552, ⑬603, ⑭99, 130, 161, 178, ⑮401, 458
併呑後の雑劇の南進…⑭155　併呑後の全真教…⑬516　併呑前の雑劇…⑭30
～の年号…⑮454
～の孫…⑭67, 183, ⑮238, 295
～の万寿節…⑭65, 570
～の蒙古帝国首長から中国皇帝への転換…⑮293, 294, 312, 401-402
～の礼楽制定…⑭117
～への信頼と忠誠…⑮301, 311

世祖（後漢）…②53→光武帝
世祖（清）章皇帝…⑯168, 177, ㉓167, 172, 241, 255 →順治帝
世祖（南朝・陳）…⑫660, 662, 663, 665-667→陳蒨 →文帝
世祖（北斉）…⑦553→武成帝
世宗（金）…⑭57, 365, ⑮375, 377, 381, ㉒99, 106, 116→ウル
～以来の金の文学の結実…⑭133
～以来の北人の文学の結実…⑭158
～と孝宗（南宋）…⑬600, ⑮377
～と琴…⑭63
～と蘇軾…⑭206, ㉒109
～と耶律履…⑭206, 207, ⑮399, ㉒109
～の皇太子…⑬601, ⑮377, ㉒106
～の儒学的教養…⑬601, ⑮377
～の善政　小堯舜…⑭63, ㉒100　虜中の堯舜…⑬601, ⑮377, ㉒106, 109
～の即位・即位以前の封爵（葛王）…㉒100
～の大定期の律賦…㉒117
～の統治…⑬149, ㉒100, 101
～の女真族旧地巡幸…㉒101
～の孫…⑭63, ㉒102, 106
～の喪…⑭63
世宗（清）憲皇帝…②552, ⑮298, 299, ⑯59, ⑰57, ㉓165, 171, 196, 210, 402, 705, 706, ㉔138, 221→雍正帝
世宗（明）…②191, 542, 552, ⑮493, 500, 511, ⑯169, ㉔138→嘉靖帝
「世宗憲皇帝硃批諭旨」…㉓202→「硃批諭旨」
～の「自序」…㉓200, 202
～のテクスト・四庫全書本と殿版…㉓202
～の「提要」…㉓202
世俗…②236, 237, 239, 240, 251, 253
世俗之楽…②236, 237, 240, 251
世尊…㉕237, 238, ㉖496→釈迦
世尊寺の大夫…㉔292-293→藤原行成
世徳堂…②478, ㉖365, 368, ㉗28
刊本　「荀子」…②478, ㉗28　「趙氏孤児記」…㉖365, 368　「六子全書」…②478
世廟（清）…㉓705→雍正帝
世風…㉓598, 599
世法…㉔24
「世本」…⑰558
世務…⑯68
世与身…⑪334
世良晃志郎「中世法の理念と現実（偽文書の横行）」…㉔284, 286
瀬尾源兵衛…⑫432, ㉓251
瀬戸内晴美…㉔247
瀬戸内海…②565, ⑪47, 99, ⑯619, ⑱534, ⑲240
是非…⑭550, ㉖215, 216
是非の心…㉓39, 40, 54, 58
是非不善…⑭550
「井底引銀瓶」諸宮調…⑭575
井亭橋…⑬338, 506
井伯明…㉓365
正（助字）…⑦469, 470
正嘉（正徳・嘉靖）以還の剿襲伝訛…⑯75
正格…㉖36
正気…⑮408-412, 414, 415
正義…②241, ⑧4, 501, 509, 510, ⑩437, ⑰555, ㉓594, ㉗64, 68, 71→疏
～の学問（六朝）…②333
～の形式…⑩437, 451, 455
正義を欠く人間…②238-240→俗人
正義本…⑩456→孔穎達依拠の経注
「正誼堂書叢」…⑯391
正九品下…⑪386, 394, 401, ㉗20
正九品上…⑪397
正宮（雑劇の音階）…⑭20, 125, 235
『正宮端正好』「金銭記」…⑭438, 441　「殺狗勧夫」…⑭315, 324　「陳州糶米」…⑭244　「老生児」…⑭235
『正宮叨叨令』…⑭292
「金銭記」…⑭293　「秋胡戯妻」…⑭292
正卿…⑤77, 78
正劇…⑯333
正五品…⑫303, 616, ⑭73, ⑮249
正三品…⑭102, ⑮239, 247, 248, ㉓164, 217, ㉗23
～式部の官…㉓152
正史…㉒307, ㉓161, 411, ㉕54, 64, 267, 488, ㉖402
～以外の史書の不伝…㉕274
選択した意思…㉕273
～が収載を拒否する人物…①163, 164
～との関わり　科挙…②407　小説…②155　碑誌…①163
～における王昭君…㉖196
～における口語史の資料…㉕47
～における二字の新語…㉕381
～における呂太一の反乱…㉕398
～の官修…①161
次王朝による編集…①170, ③483
～の巻末の評論…㉕102
～の虞山毛氏刊本…⑰557→「十七史」
～の形式・紀伝体…①160, ②157, ⑰557, ㉗130
～の継続…㉕273, 274
～の校訂復刻（人民共和国）…㉒457, ㉖473
～の再整理（資治通鑑）…①172, ②157, 280
～の叙述の精彩…①160, 161
～の成立…㉕273
～の創始者…①171
～の総数…①171, 177, ②154, 407, ㉕267, 273, ㉗387
～の「地理志」による戸数口数の統計…㉗233
～の注釈（コロンビア大学）…㉗387

～の唐時代の書…㉕47
～の南北朝時代の書…②602, ㉓312
「宋書」の「論」…㉕102
～の日本に対する関心…②588, ㉗19
～の藩蔵版刊行計画（柳沢吉保）…㉓312
～の文章…①161, ②154, 603, ㉕47
～の篇名の書・志…⑰557
～の列伝…①160-163, 173, ②17, 602, ⑪374
宦者列伝・列女列伝…⑫316
正史家…㉕75
正始の玄言…⑦148
正是…⑪54, ⑭301
正字…㉒90
「正字通」…②209, ⑮73, ⑰556, ㉓191
正七品…⑮247, ㉓163, 197
正心…㉓73, 74
正心誠意…⑰37, ㉑78, ㉓391
～の学…⑯100
正則中学校…⑰265, 278, ㉓598
正旦…⑭16, 17, 218, 219, ⑮17, 171
正途出身…①301, ②468
「正統蔵」…㉒301
「正統蔵」義字号…㉒307　正一部・郡字号…㉒294
退字号…㉒307
「正徳皇帝下江南」…⑯358
正二品…⑫319, ⑮248, ㉓207, ㉔289
正八品下…⑪404, ⑫178, ㉒28
正風正雅…⑥16, 17
正・変…⑥17
正房…②416, ㉒377
正末…⑭16, 17, 22, 25, 218-220, ⑮4, 11, 17, 99, 171, 173, 177, 190, 214
正夢…⑱22
正名…㉗97
正陽の月…⑬241
正了本…㉖375
正六品…⑫404, ⑮248
生…㉓68
～の哲学…⑤300
生（助字・雑劇）…⑭310, 313
生（動詞・雑劇）…⑭393
生員（科挙）…②438, 441, 442, 462, 463, ㉓211, 262, ㉔280, ㉗116
～から挙人を選ぶ郷試…②438
～と知県…②459
～になるための準備教育…②462
～の試験の及第者…①301, ②405
～の試験の詩作の課題…②468
～の試験の受験者…②438
～の試験の落第者…②438, 470
～の定員…②438, 468
生各支…⑭320
「生活」（杜甫「百憂集行」の現代中国語訳）…①402
生活詩…㉖41, 46, 51
生活詩人…㉖41, 43
「生活総書目」…①277
生活の規範とすべき時代…②291
生活の法則…②277, 291, 294, 295
生扢察…⑭320
「生金閣」雑劇・「包待制智賺～」…⑭48, 217, 219, 220, ⑮97, 99, 108, 109, ⑳93
生香玉…⑭415
生祠…㉓706
生日…②543
生日の礼…②544
生受…⑮104
生住異滅…㉕166, 168
生辰綱…㉖380
生世…㉖388
生拆開…⑭540
生紐倣…⑭290
生動…②524, 526
生吞活剝…⑮526
生魄…⑦276
生物学…⑳135, 162
生別…㉖119, 120, 129
生別離…⑥272, 273
生盆…⑬524
生李俊…㉖391
成…⑤302, ⑫135, ⑰501, ㉖31
成琬…㉓151
成王（周）…②243, 311, ⑤112, ⑩467, 468, 477, ⑬430, ⑮268
成化帝（明）…⑮477→憲宗
成化の陶器…⑯639
成格…①307
成均の司業…㉗361
成親…⑮113
成人の日…⑳423
成精…⑮90
成祖（明）文皇帝…②155, 552, ⑮476, ⑯36, 78, ㉗246→永楽帝
成宗（元）…⑭30, 67, 69, 80, 99, 105, 107, 115, 145, ⑮448, 450, 455→チムール→テムル
～以後の西域との交渉…⑮294, 306
～以後の蒙古の政治力の弛緩…⑭184
～と翰墨…⑮238
～と韓麟の講説…⑮295, 308
～の元貞大徳期からの南人の詩文…⑭159
～の元貞大徳期の雑劇作者…⑭151, 170
～の侍医…⑮296, 308
～の治世…⑭150
～の中国嫌い…⑮303
～の年号…⑮454
～の八百媳婦征伐…⑮306

成中英…㉔206
成長往…⑫111
成帝（漢）・孝成帝…①485, ②550, ⑥254, 393, ⑪112, 190, 191, ㉕163, 334
成帝（晋）…⑦165
成都…⑪249, 250, ⑫498, ⑬298, ⑭23-25, ⑮189, ㉕436, 438, 463, 464, ㉖135, 136, 144-146, 153, 170, 502, ㉗347, 424
～刊本「語孟集注」…⑬321
～と関わりを持つ人々　宇文虚中…㉒108　魏了翁…⑬322　厳遵…㉔315　厳武…⑫51, 531, 583, 633, ㉕458, ㉖160　司馬相如…⑥95, 201-203　房琯…⑫327, 392　揚雄…⑥254　楊国忠…⑫66　陸游…①404, 406, ⑬14, 15, ⑱315
～と錦官城の由来…⑫490, ㉖157
～と玄宗…⑪245, 246, 249-251, ⑫177, 204, 241, 309, 319, 326, 329, 330, 343, 365, 371, 392, 401, 415, 551, 569, ㉒27, ㉖48, 136
～と西安間の宝成鉄路…㉕437
～と杜甫→その項
～の雨…㉖159
～の古寺の壁画…⑬14, 15
～の諸葛武侯祠…㉕439
～の織錦…⑫490, ㉓28
～の西郊…⑪65, ⑫496, 506, ㉕437
～の存古書局…⑩459
～の大観堂のおやじ…①510→鄒漫堂
～の土の色…㉕440
～の繁昌…⑫625, ㉒78
～の盆栽…㉒486
～不守（三国志）…⑦480, 483
「成都日報」…㉕470
成都府…⑫245, ⑬406, 527, 528, ㉖135, 138, 143
成湯…②549, ③16, ⑰198, ㉑99, ㉕151, ㉗87, 277→湯（殷）
成徳…㉓49
成伯璵…⑬325
成武県（東平路）…⑭284, ⑮353
成渝鉄路…㉕438
西安…②147, 293, ⑫216, ㉒14, 439, 443, 445, 448, 456, 468, 479, 480, 485, 487, 495, ㉕436, 437, 439, 463, 464, ㉖471, 502, ㉗424
～から延安への道…⑫196
～から成都への宝成鉄路…㉕437
～と慈恩寺塔…⑫216, ㉒483, ㉕404
～と長安…⑫216, ㉒14, 15
～東郊の道路…㉒482, 484
～の案内書…㉒461
～の旧暦年末の気候風物…⑫418
～の新華書店…㉖475-477
～の人民大厦…㉒449, 452, 480
～の博物館…㉒443, 449
～への逃亡（清朝政府）…①515
西安市革命委員会・西安市城壁…㉒480
西安事変…⑲231, ⑳271, ㉒484
西安碑林…⑩456, ㉒11
西安盆地…㉒481
西夷…㉓91, 486
～の人…㉓442
西院（大慈恩寺）…⑫216
西掖…㉗22→中書省
西園八校尉…⑦102, 103
西王母…⑫111, 222, ⑭64, ㉒79, ㉕405
～と王東公…⑫277
～と羿…①486
～と武帝（漢）…⑫275
～と穆王…①158, ⑫221, 222, 232, 233, 236
～と楊貴妃…⑫222, 236, 275, ㉕405
～の使者…⑦439, 440
～のすみか…⑫221
～の仙薬…①486
～への伝言（陶淵明）…⑦440
西欧・西ヨーロッパ…⑲34, 35, ㉕312
～を価値の基準とする態度…⑰13
～崇拝への批判者…㉖489
～と極東の精神的伝統…㉕246
～とソ連・ロシア…⑲349, 387, 389, 421, ㉔252　雨…⑲395-396　恋人たち…⑲395　高楼…⑲391　市民の服装…⑲339, 378　噴水…⑲396
～におけるキリスト教…㉗372　一神教的信仰の風土…⑲3　カソリシズム再評価…⑯652　都市の抹香臭さ…㉗432
～におけるヒューマニズム…㉗371
～の近代文学…⑥238, ㉔161, ㉗287
～の欠乏…㉓583
～の錯覚…⑲34
～の識者…⑲35
～の社会と歴史の難解さ…㉗354
～の中華主義…⑲35
～の東方研究者…⑲412　宋以後の社会の研究…⑮568
～の風土とヴェルレーヌの詩…⑲396
～の文学精神との接触…①614
～の歴史…⑲214
～遊記（狩野直喜）…㉓605
～旅行（吉川幸次郎）…⑲337
西欧人…⑲34
西夏…⑬3, 62, 80, 82, 240, 599, 601, ⑭72
西華県（汝南）…⑰593
西華頂…㉑57
西華門…㉓164
西海…⑰384, ㉓306, 398, 408, 444, 480-481, 484, 486, 538→西洋
西街（潼関）…⑫172
西郭門…⑬309
西閣…㉔189

西学…⑯96, 607-609, ㉓485, ㉗433
西岳…⑥144, ⑪533, ⑫63, 380→華山
西鄂（南陽）…㉕223
西畿…㉗165, 168
西義陽郡守…⑦540
西魏（北朝）…②550, ⑦540
　～と宇文泰…⑦528, 534, 539
　～の昌州…⑦541
　～の風俗改革…⑦534
西客…㉓363
西宮（長安）…⑪190-192, 198, 200, 205, 254, 272, ⑮216
西極…⑫445
西京…㉓345, 351→前漢
　～の儒者…⑥368→儒者（前漢）
西京（漢）…⑫20→長安
西京（宋）…⑬65, 75, 87, 252→西都→洛陽
西京（唐）…⑪323, 405, ⑫17, 59, 399, ㉒86, ㉔291, 292, ㉖78→長安
西京（日本）…⑰244, 290, ⑲319, 321, ⑳390, ㉑203, ㉒75, ㉓486, ㉔55, ㉗164, 176, 362→京都
　～第一の儒者…㉓317
　～の学…⑰347
　～の冠冕…⑰351
　～の国学…⑱379
　～の国庠…⑰310
　～の大師（京都大学の教授）…⑬624
　～の浮屠…⑬287
「西京雑記」…①485, ⑥26, 41, ⑫276, ⑮190, 212, ⑯540, ㉖403
西京留守…㉒89
西湖…⑪322, ⑫727, ⑬6, 173, 601, ⑭99, 384, ⑮376, ⑯241, 242, 408, 464, 465, 483, 485-487, 489, ⑲359, ⑳19, ㉓183, 619
　～をよんだ小唄…⑭384
　～とアルスター湖…⑲400
　～と西子…①136
　～と琵琶湖…㉓431
　～と霊隠寺…⑬509
　～の岳飛廟…㉓270
　～の孤山…⑬55, ⑮437, ⑯243, 546, 547
　～の山水…⑮444
　～の酒楼…⑭385
　～の聚英旅舎…①513, ⑫727, ⑯546
　～の招賢寺…⑯506
　～の西冷橋畔の秋瑾の墓…①521
　～の僧舎…⑭35
　～の俗悪化…㉓619
　～の南高峰・北高峰…⑮437
　～の風景…①704, 705, ⑬140, 188, ⑭383, ⑯488, ⑳19, ㉒355, ㉓313, 620
　～の船…⑭518, ⑯483-489, 548, ㉒366
　　船頭…⑯485-489, ㉒366
　～の夕陽…⑲396, ⑳19-21
　～の夜市…㉓619
　～の楊柳の風…⑭369
　～の雷峰塔…⑯546-549, 659, ⑳19
「西湖佳話」…⑰130
西湖書院…⑭169（版本「元文類」…⑮229）
「西湖遊覧志余」…⑬524, ⑭169, 510
『西江月』　郭沫若…㉒445, 475, ㉖487　黄山谷…⑱86
西江体（宋詩）…㉖248, 462
西岡…⑬21
西興…⑬44
西崑体…⑪450, 452, ⑬53, 58, 62, 63, 82, 93, 95, ⑳337
「西崑酬唱集」…⑬52, 56, 597
西山（駝献嶺）…⑬395, 405
「西山一窟鬼」…⑬502, 503, 507, 511-516, 520, 523, 538, 627, ⑭418
　王七…⑬393　王七三…⑬393-401, 513　王ばば…⑬388-390, 399, 401, 404, 513　甘真人…⑬404, 516　錦児…⑬389-391, 393, 398, 399, 401, 404, 513　呉洪…⑬387-390, 392-404, 513, 516　三通判…⑬389, 404　朱小四…⑬397, 404　沈文述…⑬376, 387　秦太師…⑬389, 403　陳おば…⑬389, 390, 399, 401, 404, 514　李楽娘…⑬389, 391, 403, ⑭418, 419
西山巡検…⑬235
西山専門学校…㉗286
「西山日記」…⑮515
西山の寇盗…⑬198, 199
西山の薇…⑬224
西使…㉒93, ㉕449, 472, 473
西枝村（秦州）…⑫451
西施・西子…①136, 455, ⑦262, 263, ⑪127, ⑱53, ⑳225
西珠の数珠…⑬423
西儒…㉓485, ㉕465, 467
「西儒耳目資」…⑳571
西州…㉕226
西周…①609
　～後期春秋前期の社会変動と詩…③480
　～時代の歌…③29, 480
　～初期の古銅器…㉒474
　～の青銅器…㉖483
　～の遷都…③480→周（王朝）
西周封建制の没落…③480
西戎…⑥347, ⑫448
西戎　共著「白樺天皇行状記」「東洋鬼敗亡記」…①626
「西書字母」…①288
「西廂記」雑劇・「崔鶯鶯待月～」…⑬565, ⑭37, ⑮185
　～とエロス…⑲47
　～と元稹「鶯鶯伝」…⑪547

～と東大図書館…⑰395
～と李贄…㉓459
～における事項　紅娘の役割…⑭538　崔鶯鶯・張君瑞の詩の応酬…⑭489　思夢…⑱25
～の訓詁…⑭594, 602
～の語句　黉夜入人家非姦即盗…⑭454　我死也…㉕50　月暗西廂…⑭505　僂角…㉔276　三世無犯法之男五世無再婚之女…⑭514　赸…⑮126, 127　使道児…㉖418　書剣…⑭401　随喜…⑭507　全不・並不…②50　待月…⑭489　張羅…⑮109　藤箱…⑭433, 434　納合…⑮134, 135　亡化…⑮48
～の作者…①617, ⑭126, 144, 227, 367
～の作中人物　紅娘…⑭538, ⑮126　崔鶯鶯…⑫263, ⑭243, 433, 489, ⑮126, 135, ㉕50　張安…⑬395　張洪（君瑞）…②50, ⑭401, 433, 489, 507, ㉕50, 126　張生…⑱25　鄭生…⑫263　法聡…⑭507
～の心理描写…⑭243, 260
～の折数…⑭38
～の『麻郎児么』（第三折）…⑭329
～の藍本「西廂記」諸宮調→その項
「西廂記」雑劇（注釈）
解証・淩濛初…⑭421, 560, 594
校注・王伯良…⑭560, 594, ⑮109, 126, 127, 135
参釈・毛西河／箋疑・閔遇五…⑭560, 594
注・王季思（上海版）…㉖418　明人…⑭555
「西廂記」雑劇（テクスト）
明版閔刻本…⑳288
「西廂記」雑劇（翻訳）
～日本語訳　岡島泳舟…⑰390, 391　金井保三・宮原民平…⑭598, ⑰398　塩谷温…①612（跋…⑰391）　翠嵐子…⑰391　深沢暹…⑰406
～フランス語訳　ジュリアン…⑭594, ⑲413
～満州語訳（清）…①286, ⑮296, 297, 308
「西廂記」諸宮調…⑫263, ⑭10, 31, 127, 128, 201, 566, 567, ⑮113, ㉖425→「董西廂」
～の『商調定風波』…⑭568
～の『柘枝令』…⑭575
西城（北京）…①489, 490, ②538, ⑯551, 643, 645, ㉒409, 464, ㉓635, 636, ㉖467
西蜀…②513, ⑫498, ⑳562
西晋（王朝）…②550, ㉕87, 103→晋（王朝）
～と東晋…⑦289
～の賈充と二十四友…⑦591
～の偽造書…㉔285
～の五言詩…①74
～の詩人…①438
～の統一…⑦589, ⑬551, ㉗139
～の老荘哲学の盛行…⑦590
「西晋文紀」…⑲317
西人…②515, 531, ③495, 497, 503, ㉗300→西洋人
西陲…⑮73, 625, 630
西禅院（大興善寺）…㉒15
西荘…⑫295, 296, 303, 346, ㉒90→輞川荘
西蔵→チベット
西太后（清）・慈禧皇太后…①519, 520, ⑪560, ⑯268, ⑰611, ⑳296, ㉕499
～の正式称号・慈禧端裕康頤昭豫荘誠寿恭欽献崇熙皇太后…②440
～の亡命の日…①170
～の満州語能力…㉓180
西台御史…⑭187, 385
西台中丞…⑭185
西帝（戦国・秦）…⑲49-51, 433-435
「西諦書目」…㉖412（序・趙万里…㉖412）
西都（漢）…⑥309, ⑲396→長安
西都（宋）…⑬252→洛陽
西都（唐）…⑫213, 241, 303, 304, 308, 343, 679, ㉒89, ㉗21→長安
西都（日本）…②510, ⑳561→京都
西独→西ドイツ
西南アジア…⑰8, ⑲395, 428, ⑳486
西南夷…⑥80, 95, 96, 105, 196, 203, ㉒93, ㉕449, 456, 472
西南山岳地帯（中国）…①568
西南師範学校…㉕441
西南戦争…⑯178, ⑰243, 389
西南中国…①428
西伯…⑰513, 514, ㉓341, 426, ㉕157→文王（周）
西蛮…⑥144
西風…⑬150
西服…㉒380
西方→西洋
西方諸国（漢）…⑥129→西域
～との交通…⑥127, 132, 136
～の馬…⑥130, 154
～の入貢…⑥142
～の物資の輸入…⑥131, 134, 136, 198
～への玄関…⑥128
～への情熱（武帝）…⑥127, 128, 131, 133
西方との接触の始め…⑥172
西方の天の神（白帝）…⑤118
西法の輸入研究…①285
西北大学…㉕437
西北眄…①359
西明寺…①490
「西門行」…⑥316, 317
西門の猟場…⑪509
西洋・西方…①81, 707, 711, ⑤311, ⑮570, ㉒349, ㉓597, ㉔126, 147, 208, 209, 215, ㉕289, 487, ㉖12, 506, ㉗250, 255, 306
～音楽の交響楽…⑤155
～とキリスト教・虚構の文学・自然科学…⑲105, 106, ㉗367-368, 378
～と中国…②426, 431, 496, 591, ⑯609, ㉖210

印刷術…㉕270
経学の方法と西洋…㉗431
古代語と近世語の距離…㉕361
司馬遷の時代と西洋…②375
自然科学史…㉗368
宗教性…㉗375, 376（人間への自信…㉗375, 376　無神論…②578）
清朝廷の態度…㉓160（康熙帝…㉓276）
西方の中国研究…⑲416-418
西洋の圧迫…①69, 71, ⑮423, ⑲229, ㉕412（清末の西洋崇拝…①290, ⑯310　西洋勢力の渡来と五経の限界…②336, 346）
西洋の公務員試験と科挙…㉕423
西洋の文物受け入れ…②347, 389, 560-563, 566（軍事・政治体制・技術への関心…①55, 71, 290, ⑯284, 310　西為中用と全盤西化…㉕444　西洋の学問受容の態度…②346, 347　西洋の精神文明への理解…⑯284　西洋への屈伏…②560　留学…②563）
中国の市民社会の進展…②426, 427
中国の叢書…㉒313, ㉗308
中世のあり方…㉑94, ㉒442
トマスと朱子…①606, ④643, ⑰110, ⑲11, 12, ㉑164, ㉔259, ㉖241, ㉗369, 433
非日常への関心と日常重視…㉗368
「文心雕竜」の評価…㉗300
歴史記録のあり方…㉕273, 274, ㉗378
「論語」と「聖書」…⑤313
～と東洋…①567, ⑤46, ⑲37, ㉗378, 383→極東
悪への意識…⑲460
合理主義…③529
西方の東方への態度の変化…⑱43, ⑲418（東方の文明としての価値評価…⑲419-421）
西洋と禅…⑲418, ㉗433
西洋と東洋の比較　西洋の芸東洋の徳…①566, 567, ㉗433　西洋は物質東洋は精神…㉖246, ㉗433, 434　西洋の歴史と東洋の歴史…㉗378　和声の芸術旋律の芸術…㉓614
西洋の東洋学→東洋学（西洋）　西洋の東方学者への希望…⑲442　西洋の東方研究者の数…⑲412
東方の西方文明への関心の中だるみ…⑲421
～と日本…①564, ⑳226, 227, ㉗368-369, 376, 377
「古事記伝」を持たぬ西洋…㉔399, ㉗186, 332
西洋との接触と幕末・明治の漢文…①562
西洋のキリスト教と日本仏教…⑰12, ⑳489
西洋の基準による日本文明批評…⑲442, ㉔11
西洋の暴風への江戸末期の無知…⑮401
西洋文物の受け入れ…②563, 564, ㉔18, 19, 183（漢学から西洋学術への移行…⑰397　西洋書の輸入…㉕282, 410　西洋の猿まね・直訳…①383, ②558, 561-563, 596, ㉒437, ㉖479　西洋の代用物…②563-565, 568　西洋の雰囲気への冷淡…㉔18, 19　洋行無用論…㉔17　留学…㉒336）
西洋への追従と反撥…⑲39（研究者の外国への傾斜…⑰11, 12　西洋を価値として生きる態度…⑰12, 13, ㉕290, 291　西洋からの隔絶・日本主義…⑲108）
日本の西洋学…⑲103, ㉒349, 423, ㉔33, 209, 243, ㉗307
日本の西洋学者　社会科学者への不満…㉕305, 425, ㉖481　西洋を訪れ得なかった西洋学者…⑲369　西洋学者の中国文学研究…①614　西洋学者の東方への関心…㉔170
日本の西洋学のあり方…㉒423
～と日本人…⑰12, 13, ㉒349
新井白石…㉓484, 485　伊藤仁斎…㉓61　伊藤東涯…㉓91, 486　荻生徂徠…㉓394, 484-486（聖人を生まぬ地域…㉓286, 408, 444, 484, 538）
狩野直喜…⑳281, 283, 284　西田幾多郎…⑲369
福沢諭吉…㉓533, 534, 561　松本文三郎…㉔268
本居宣長…㉓486, ㉔221　森鷗外…㉔18
～とハワイ…㉔193, 195
～におけるアリストテレスの地位…㉗300
～における海…⑲20
～における Confucius…⑤121
～における聖書…⑲104
～における森…⑲20-22
～の階級闘争史観…②288
～の学者…①706, ②606, ③549, 554, ⑤198, ⑰459, ㉔128, 175, 207
～の学問…①594, 597, ②572, ⑰214, 543, ㉔18, 207, ㉕148, ㉗263, 373
インド学…⑲36　シナ学…⑲36, ㉓604, ㉔207
西洋の学問と中国の学問…㉗433（言語の様相への敏感〔中国〕…㉕148　清朝の学問…㉒348　西学と張之洞…⑯507, ㉗433）
西洋の学問の恩恵…①214（中国小説史研究の勃興…①213, 214　東洋史研究〔日本〕…③534, ⑰12）
西洋の学問の方法と支那学（日本）…①594, ⑰444, 450, 453
～の雲…⑲400, 401
～の賢者の言葉…⑤38
～の古代→古代（西洋）
～の古典→古典（西洋）
～の古典という言葉…①269, 270
～の暦の正月と旧正月…②546
～の四書五経の訳…㉑162
～の寺院と流血…⑤313
～の社会史家の「詩経」の読み方…③483
～の書物→西洋書
～の堕落…⑲262
～の大学…㉗308
中国人教授…②122　日本文学講座…②597

～の中世→中世（西洋）
～の天文暦術…②347, ㉓244
～の富…⑲345
～の parallelism…③503
～のヒューマニズム…㉗432
～のフール…⑤224
～の文学→西洋文学
～の文房具に関する書物…②341
～の矛盾した信念…③546
～の文字…①288, 289, ②562
～の歴史書…⑤316
～の歴史の祖先…⑥229
西洋（南方海域）…②155
西洋かぶれ…②578
西洋鬼…①515
西洋近世社会…①201
西洋近代文学史…①213
西洋語…②443, ㉔92, 308, ㉕387
～と中国人…②347, 561
～と日本語…⑱392
～の叙事詩的性質…⑱434
～の文学…①287, 288
西洋史…②431, ⑥179, 429, ⑰12, ㉒441, ㉔222, ㉕273, ㉗378
西洋史家…②435
西洋自然科学史…㉗368
西洋思想史…②368, ⑰367, 370
西洋思想とハックスレイ…②368
西洋詩→詩（西洋）
西洋資治通鑑補正…⑲97
西洋書…①262, 706, 707, ③534, ㉗184
～と中国人…②347, 561
～と天理図書館…㉕410
西洋人・西方人・西人…⑰420, ㉒463, 464, 493, ㉓276, 523, ㉔81, 168, 171, ㉕443, ㉗332, 352
～と王安石…㉕422
～と押韻…㉔92
～と漢文…②122
～とキリスト教…⑤114, 211, 212, ㉖210
～と疑古派…㉔241
～とクラシカル・アリュージョン…㉖60
～と東洋人…③537, ㉔127
～と東洋文明…⑲459
～とハワイ…㉔184, 195
～と「文心雕竜」…㉗300
～における antithetic parallelism…③497
～における climactic parallelism…③495, 496
～における synonymous parallelism…③494, 499
～におけるネオ・コンフューシアニズム…㉔303
～による中国文学史…⑰393
戯曲小説の重視…①290, ⑯310（元曲翻訳…⑭375　雑劇への関心…⑭594）
～の「易」研究…㉕35
～の関心　鬼仙の図への嗜好…②515, 531, 533　書の芸術…㉕100　女流作家について…①606　著者の稿料…①606, 607
～の考え方と中国人の考え方…①5
～の草花好き…⑳466, 467
～の言葉…②486, 493
～の支那学…⑲205
古代史研究…③534　中国研究の最初の成熟…⑱43　中国文学研究…⑲413, 414　中国文法書における助字への拘り…②122
～のための西洋史…㉔222
～の東方研究…⑱43, ⑲332, 447, ㉔169
日本研究…⑱43, ㉔5　蒙古史著述…②443
～の parallelism の標本…③503
～の meaningless particle…㉕19
西洋中世史…㉑94
西洋哲学…①379, ②412, ⑰361, 364, ㉒350
西洋哲学史講座（日本の大学）…⑰11, ㉗308, 405
西洋の古美術…⑲300
西洋美術と中国美術
書の芸術…②533
王羲之を持たぬ西洋…②536　カリグラフィーと書…㉕300
西洋画と中国画…②531, 533
肖像画…②530　墨絵…㉓614　模写…②531, 532　流血…②533, ⑤313
西洋における中国美術
「女史箴図」…②509, 510　鬼仙の図…②531, 533
西洋風近代小説の理想…⑥236
西洋風芸術意識…②527
西洋風文明…②519
西洋風暦算…②351
西洋文化…①261, 262, ②559-563, 569, 576, ⑯274, 328
～への日本人の意識…㉒423
西洋文学…⑥236, ㉒344, ㉔215, ㉕281, ㉗357
～とギリシャ文学…①79, ㉑150
～と「聖書」…㉑150
～と中国文学…①5, 165, 620, ㉑92, ㉔208, 230
エッセーと文の文学…㉕298
戯曲史…㉗279
虚構と常識・非虚構…①86, 707, ⑮370, 371, ⑰417, ㉑91, ㉔170, ㉖480, ㉗367-368, 426（虚構と列伝…㉗133　超人と凡人…①639, ㉕454, ㉗377　シェイクスピアを持たぬ中国…①71, ②536, ㉔398, ㉖480, ㉗368, 377　司馬遷・杜甫を持たぬ西洋…①71, ②536, ㉔398, ㉖480, ㉗368　ホメーロスの文学と「詩経」…①79, ㉗368, 376-377）
象徴詩の方法と「詩」の興…①619
西洋の小説と「三国」「水滸」…㉖373
西洋の小説と茅盾・巴金…②348

西洋文学に無知無関心…①285, 286, 290, ⑯310
楚辞における時間の悲哀…㉔161, 208
蘇軾・陸游の時代と西洋文学…㉗384
典故の使用…㉖60
杜詩と西洋文学…⑫687, ㉕454, ㉖236, ㉗320
杜甫の時代の西洋文学…㉖43
日本人による比較考察…⑰399（西洋の方法…⑰396, 399, 408　西洋文学の基準…①594, 706, ⑰399）
文学革命…①52, 71, 77, 165, 210, ㉕10
～と日本文学…㉑34, ㉔170
超自然への関心と人間自身への関心…㉗376
～の虚構の文学…①707, ⑮370, 371, ⑰417, ㉔170
～の近代文学→近代文学（西洋）
～の研究論文（日本）…㉔43
～の文学観念と明治の日本…⑰388, 391, ㉗279
～の翻訳（清末）…⑯311
西洋文学研究（日本）…⑲102, 103, ㉗425
西洋文学研究者（日本）…㉒445, ㉓147, ㉔43, 122, 126, ㉕291, 298, 305, 471, ㉖236, ㉗316
～の弱点…⑲102
西洋文学史…①213, 214, ⑱42, ⑲53, ㉑91
西洋文明…①562, ⑲78, 420, ㉒348, ㉗133, 378
～と神さま…⑱448, ⑲3, ㉔169, ㉗367, 378, 434
西洋文明の伝統…㉗367, 378, 434
～と辜鴻銘…⑯272
～と東洋文明…⑥93, ⑲39, 419, 459
～の渡来（中国）…①70, ②261, 336, 347, 566-567, ⑤11, ⑰465
神を信ずる文明への軽蔑…⑤114, 120, 212
西洋文明と経…⑬569, 570
西洋文明への関心のあり方…①71
～の輸入（日本）…⑤132, ⑰465, ⑲78, ㉒423
西洋文明への態度…⑲39, 420
西洋没落説…⑲419, 420
西洛…②50
西陵…⑦543
西陵峡…㉖184
西泠印社…⑯547
西魯特氏→シルト氏
声…㉔278
声・辞・艶…⑥344
声色…⑮538
声調…㉗242, 243
声と色…⑮501
声符…⑳77
声律の論（劉勰）…㉗299
制（勅書）…⑬238, 247, ㉗131
制芸…①310
「制言半月刊」…㉖457, 459
制限漢字…㉔170
制氏疇人…㉓410
制多迦童子…⑬408
制と麻…⑬238, 247
「制度通」…⑰126, 149, 155, 161, ㉓89, 247
～と平田篤胤…⑰165, ㉓89
～における瓊林の御宴…⑭403
～の引用書…⑰130, 554
経の解釈書…⑰556　正史のテクスト…⑰557　制度の書・宋儒議論・増入議論…⑰558　俗語小説…⑰130, 561　地理書…⑰559　類書…⑰560
～の院本雑劇への認識…⑭593, ⑰131, ㉗279
～の校訂出版…⑰39
～の周の学制への認識…⑰166
～の「周礼」への認識…㉓86, ㉕348
～の清朝制度への認識…㉓160, 247
～の正確…⑰150
～の著作の動機…⑰161, 163
～の著作の年代…㉓160
「制度通」（テクスト）
岩波文庫本…②552, ⑰39, 167, 561, ㉓89, 556　東涯自筆草稿本・東涯浄写本・東所寛政刊本・東所寛政刊本手校本…⑰167
「制度通」（篇名・項目）
楽ノ事…⑭593, ⑰561　元年改元ノ事…⑰166　経籍ノ事…⑰554, 556　自序…②552　州県郡国の事…⑰167　十三経注疏図…⑰556　斗斛ノ事…⑰166　唐三省本朝太政官の事…⑰165-166　年号改元ノ事…㉓247　譜録の書…⑰560　奉禄ノ事…⑰162
舎密局…⑱492
征…㉖142
征衣…⑬150
征進…㉖425
征西将軍…⑦87, 548
征西大将軍桓温…⑦360, ⑫359
征狄…⑫257
性…⑪156
性（伊藤仁斎）…㉓40, 53-65, 69, 72, 74
～・道・教…㉓52, 53, 55, 61-63
性　伊藤東涯…⑰158, ㉓90　荻生徂徠…㉓315, 396, ㉕199　狩野直喜…㉗260　海保元備…㉗245　「春秋繁露」…⑯66
性（宋学）…②364, ⑩480, ⑬318, 558, 561, ⑰158, ㉑113, 114, ㉓39, 40, 52-54, 57, 62, 66, 69, 72-75, 77, 90, 291, 315, 387, 389, 395, ㉔304, ㉖242, ㉗260
性（中庸）…⑯79, ㉓52-55, 59-63, 396
性（孟子）…㉓56, 57
性（論語）…⑤24, 209, 271, ㉓57
性愛賛美…㉖443, 449
性悪説…②478, ⑮6, ⑯391, ⑰140, ㉓545
性三品の説…㉗260
性情…⑮504, ⑯113, 133, ㉗248, 249
性善説…②108, 460, 461, 478, ③465, ⑬558, ⑮6, ⑯391, ⑰140, ⑱13, ㉑79, ㉓19, 545, 548, ㉗110, 198,

205
性命…⑭313
性命の学…⑬318, ㉗139
性欲…②387
性理学…②364, 486, ⑬25, ㉒98, 110, 113, 114, 116, ㉔304
～者…㉗274
「性理字訓」…⑬564
性理説…㉓373, 472
性霊・格調・神韻…⑮468
性霊説（袁枚）…㉗301
性霊派…①52, ㉓195
青…⑥320, ⑪47, ㉖16, 20, 121
『青哥児』「老生児」…⑭234
青海…⑥93, ⑫101, 127
青海驄…⑫127
青蓋…①372
青函連絡船…⑫541
青間紫…⑭345, ⑮184
青眼・白眼…⑦181, ⑯262
青丘…⑫46, 47
『青杏子』 趙秉文…⑭511-512
青衿…⑦31
「青衿集」席の詩・天の詩…⑭298
『青玉案』 元好問…⑭77
青吟社…⑮425
青江浦…⑳297
青黄赤白黒（五色）…㉕103
「青瑣高義」…⑫261, ⑭395
青衫…⑪291
「青衫泪」雑劇・「江州司馬～」…⑪296, ⑭45, 83, 217, 220, 595
～の『倘秀才』（第二折）…⑭298
青山白雲人…⑮425
「青史子」…①182, ②485
青磁…⑳469
青州…⑫39, ㉖390
青春（魯迅）…⑯317
青徐（青州・徐州）…㉖78
青青…⑥294
青驄…⑫127
青蛇…⑪312
青鳥…①484, ⑫108
青塚…㉖197-199, 202
青帝…⑥138→蒼帝霊威仰
青天白日旗…㉒388
青道…㉓234, 240
「青銅」（雑誌）…①624, 626, 633, 635
青墩渓…⑬144
青梅止渴…⑦7, 11
青坂…⑫366
青壁・丹崖…⑱453
青浦…⑯17
青冥…⑫81, 248
青陽…㉒326
青陽左个…③514
青竜寺…⑪330
青竜席…㉖414
青黎…㉕440
青蓮郷…⑪90, 170
「青楼集」…⑭75, 83, 367, 383, 384, 566
一分児の伝…⑭188　賈固…⑭187, 385　国玉第…⑭73　朱簾秀…⑭80　順時秀…⑭71　序・朱経…⑭123, 136, 138, 145, 146　秦玉蓮…⑭571　宋六嫂（同寿）…⑭77, 78, 101　曹娥秀…⑭81　趙真真…⑭571, 574, 582　天然秀…⑭101　般般醜…⑭183　樊事真…⑭211, 212　楊玉娥…⑭121, 574　李芝儀…⑭383, 385
青楼薄倖の名…①348
斉（国名・漢）…⑥139, 369, ㉒76
～の紈素…⑥312
斉（国名・春秋）…⑤73, 94, 155, 169, 171, 174, 177, 283, ⑥370, 372, 404, 405, ㉕349
～と孔子…⑤84-90, 156, 161, 162, 176, 224, 225, ㉓341
晏嬰と孔子…⑤88, 162　景公と孔子…⑤85-87, 91, 158-163, 170, 224　「韶」…②521, ⑤42, 86, 155, 158, 174　斉の家老への仕官…⑤85, 121, 155　陳恒討伐の提起…⑤93, 258, 262, ㉗258
～と晋…⑤66
重耳斉へ亡命…⑦513
～と楚…㉕351, 352
～と鄭の盟約…②127
～と孟子…㉓341
～と魯…⑤85, 88-90, 224, 225, 234, ⑱81, ㉗258
昭公斉へ亡命…⑤176　斉の女サーカス…⑤90, 91, 234, 235　斉のフール…⑤89, 224, 225, 233
～のお家騒動…⑤76, 171, 173, 174
慶舎殺害慶封亡命…⑤72-76, 173　崔杼一族殺害…⑤70-72, 173　荘公弑逆（崔杼）…⑤65, 67, 171, 172（史官の抵抗…⑤69, 173, 174）陳氏による弑逆…⑤92, 93, 257, 258, 262（簡公弑逆…⑤257, 258　欒氏・高氏殺害…⑤83, 84）
～の王室…⑤64
王室の衰弱…⑤257（王位をねらう帰化人…⑤76, 77, 86　主権の陳氏への移動…⑤83, 85, 174, 262）
桓公の覇業…⑤65
景公の凡庸…⑤78, 84, 158-160, 194, 257
始祖…⑤64, 69
～の四進法…⑤77
～の重臣…⑤65, 69, 70
王室との関係…⑤76, 174　賢人宰相晏嬰→晏子
陳文子の亡命…⑤44
～の商業主義…⑤65, 88
～の彗星…⑤79

～の枡…⑤77
～の勇士杞梁の妻…⑥302
～の領土・歴史…⑤64
～人の馬車の遊び…㉕350-351
斉（国名・戦国）…①281, ②110, 549, ③26, ㉓341, ㉕414
～から魏への茶の進貢…⑭220
～楚燕韓魏趙…②549→六国
～と靖郭君…⑱86
斉（地方名）…㉕91
～の気…⑦120
斉（南朝）→南斉
斉（北朝）→北斉
斉一の方向…②364, 367, ⑰368
斉燕の方士…⑥139, 146
斉化門…⑭211
斉桓晋文（春秋斉桓公・晋文公）…㉓111
斉魏（地方）…㉖371
斉姜…㉗19
斉景→景公（春秋・斉）
斉侯（春秋）…②106, 126, 127, ⑥369, 372, 373, 404
斉興郡…⑦540
斉山…⑬33
斉思和…⑥242, 243　「史記の生れた歴史的条件と…」…⑥241
斉詩学派…③38
斉州…⑫39, ㉒461
「斉書」（沈約）…⑬575
「斉書」（李百楽）…⑬575, 576→「北斉書」
斉如山「国劇出場進場的分析」…①617
斉召南…⑥404, ⑧26, ⑩447, 454
斉太倉女…⑥259
「斉東野語」…⑥387, ⑬179, ⑭178, ⑰594
斉の懐王閎（漢）…⑥162, 168
斉白石…⑫604
斉物の哲学…②492, ⑦245, 246, ⑱22, ⑲15
「斉民要術」…⑫128, 136
斉梁（南朝）
～の詩…①74, ⑪5, 6, ⑯164
～の時期の四声分類…⑦591
～の時期の棉の生産…⑯221
～の生日の礼…②544
～の体と初唐四傑の詩文…⑫14
～の批評…⑥257
～の美文…①66, ⑰249, 250
音律偏重…①66, ⑦592　魏晋の故事…㉑252
斉梁書…⑬589
斉魯…⑥204, 205, 395, 411, 412, ⑭110, 120, 134
斉魯韓の詩説（漢）…⑥14
「斉魯二篇本」…㉗274
「斉論」（今文「論語」テクスト）…㉕229
「斉論語七篇」…㉗274
政…㉕411
政教社…㉗40
政治…⑤86, 104, 159, 190, 226, 227
～重視…⑤193, ㉓469
孔子・儒家…⑤30-32, 38, 40, 104, 121, 186, 193, 201, ㉓391, 469
中国文学…①117, 119, 145, ③26, 27, ⑤123, ㉑164
～的議論文…①595, 597, 598
～哲学文学への参与の義務…①60-62, ⑪421
～と学問…⑳134-136
～と倫理への関心（先秦）…①157, 183
政治と哲学に関する散文…③21, 24
美の価値の従属…①193
～否定…①119, ⑤191, 193, 195, 200
～批判…①118, 119
政治家への注文…⑳425
政治協商会議…㉒464
～全国委員会副主任…㉒466
「政談」…㉑173, ㉓137, 290, 296, 298, 302, 359, 364, 390, 402, 409, 410, 413, 426, 485, 486, ㉗30, 32, 35
星河…⑪256
星吉…⑭72
星子県…⑦327, 329
星軺…①533
星垂…㉖180
砌末…⑭17
郕…⑫348
凄…㉖154
凄涼…⑬150, ㉖57
埶風堂蔵書…⑰594
悽傷…㉒87, 88
旌旗…㉖132
「旌徳県志」…⑯264
清…⑤44
清安…⑬30
清渭…⑫459, 460
清遠…㉓162
清河（川名）…⑮514, 515
清河（河北）…⑥50, ⑪496, 499, 526, 530, ⑭159, ⑯223, ㉕379
清河王（後漢）…⑦50, 51
清華学校…⑯426
「清華学報」…⑬631
清華大学…⑯268, 281, 550, 552, ⑱536, ㉒388, 393, 399, 429（経済学系…㉒430　中国語文系…①637）
『清角』…⑦22
清官…②459
清閒…⑮109
清輝…⑫337
清議…①296　後漢…⑳354, ㉓350　東林党…⑯24
清客…⑬174, 184
清興…②417
清曲…⑥322

清勁…⑮382, 383
清潔・不潔…㉔24
清言…⑦468, ㉗139→清談
清湖河…⑬351, 352, 355
清光閣…⑪524
『清江引』「小尉遅」…⑭343　「老生児」…⑭237
清時…⑮513
清秀于鱗…⑯164
清秋…⑫220
清書…㉓163, 172-175, 179-182, 185-187, 189, 192, 193, 195, 196
清書庶吉士…㉓157, 159, 163, 171, 172, 175, 180, 181, 185, 189, 193, 196, 197, 236
清少納言…①35, ⑦562, ⑪228, 319, ㉓113, 420　「枕草子」→その項
『清商怨』　晁補之…⑬380
清・晴・精・情・請…㉔278
清静…⑥114
清絶…⑫238, ㉒79
清泉場司令…⑭137, 162
清談…⑦188, 362, 468-470, 489, 591, ㉓350, ㉗137, 139→清言
清池県…⑪515, ⑮356
清白草廬…⑰594
清発…⑪95
清貧…⑳317
清風荘…⑪137
清文…㉓191
「清平山堂話本」…①211, ⑬520, ⑭10, 201, 206, 208, 222, ⑱518→「雨窓欹枕集」
「戒指児記」…②240（阮三…②240　簡帖和尚…⑭204, ⑮135）
清平の乾坤…②263
『清平楽』　柳永…⑬381
清明節…⑬379, 380, 393, 424, 535, ⑭235, ⑯204, 212, ⑲315
清流県知事…⑪526
清涼大師…㉒112→澄観
清麗…⑬40
清和天皇…⑥247, ⑦556, ㉕114
済王竑（宋）…⑬178, 323
済水…②127, ⑭59
済済蹌…⑰265, 277, ㉔61
済北…⑥371
済陽…⑦479
盛昱・伯羲…⑯306, 643, 659, ㉓636
盛姫…⑫239
盛熙明「図画考」…⑮241　「法書考」…⑮241, 286
「盛世新声」…⑭49-52, 562
盛度・文粛公…⑬247
盛唐…⑪227, 415, 552, 563, ㉒6, 326, 327, ㉓120, 351
～と初唐・中唐・晩唐→初盛中晩
～における阿倍仲麻呂…㉗18
～における任子挙子の党争…㉕476
～の開元の詩…㉓178
～の諸家は正宗・大家・名家・羽翼…⑮474
大家…㉒6
～の新詩風と「懐風藻」…⑰71
～の新詩風と「文鏡秘府論」…㉗18
～の文は高華明亮（荻生徂徠）…㉓300
～は詩の最盛期…①23, 74, ⑫560, ㉓118
～は詩の転換期…⑪14
盛唐詩…①74, ⑪44, 169, 189, 194, 548, 552
～以後の詩…⑪26
～と荻生徂徠…㉓289, 322, 351-353, 356, 379
盛唐詩と「詩経」…㉓353, 354　盛唐詩の中心は格…㉓352　盛唐詩の調…㉓352
～と唐以前の詩…⑮474
～と「唐詩選」…⑪4, ⑮530, ㉒6
～とマーラー「大地の歌」…㉔215
～と明人　王世貞…㉓240, 351　何景明…⑮503　古文辞派（七子）…⑮492, 493, 527, 528, 614, ㉓119, 131, 239, 322　高啓…⑮467　高棅…⑮474　李攀竜…⑮512, ㉒6, ㉓239, 351　李夢陽…⑮494, 495, 528, 631
～に合する李王の近体詩…㉓400
～の実感の表出…⑪31
～の評価　厳羽の評価…⑪3, ⑬186, ⑮474, ㉖439, 451　中国詩のもっとも健康なもの…⑮528　唐詩の絶頂…⑪169, ⑬186, ⑮474, 495
～の模擬　新井白石…㉓116, 118, 119, 240, 353　王世貞…㉓240　木下順庵…㉓119, 131　七子（明）…⑪4, ⑮493, 526, 527, ㉓240, 241　李攀竜…㉓240, 241　李夢陽…⑮618
盛唐詩人…⑪169, 228, 552, 564, ⑫560, ㉓116, 351, 353
～との関わり　七子…㉖431　初唐…⑪45　李夢陽…⑮497, 499
～の悟り（厳羽）…㉖439, 440
盛唐人…㉓152
～と同じ感情を盛唐人の言語で歌う…㉓116, 119
盛徳…㉕250
盛明…⑫236
逝…②353, 354, ⑤98, 277, ㉕191-193, 208, 214, 219, 224, 227, 231, 232, 243
逝者…㉕174, 211
逝川…㉕174, 212
逝川の嘆・川上の嘆…㉑212, ㉓29, ㉕168, 172, 173, 190, 193, 210, 212, 224, 235, 241, 243
晴霞…①579
棲雲寺…㉓412
棲託…⑮429
棲鳥…㉖84
勢海の濱…㉗90
勢況…⑭312
勢剣銅鏣…⑭434

「勢語」…㉓462→「伊勢物語」
勢沙…⑭312
勢州（日本）…⑰593
靖郭君…⑱85
「靖献遺言」…⑬323，⑮415，423，432，476，⑰40
靖康（年号・宋）…⑬323
　～紹興の籍の優人…⑭7
　～の不幸…⑬453，482
靖州…⑬323，⑯192
靖辺県…⑫204
聖…⑤192，⑩468-470，479，㉓17-20，22，386
聖（酒）…⑫119
聖安を請う…㉓213
聖王…③16，㉓94，98，99，103，110
聖経賢伝…㉔286
聖賢…②370，⑥395，㉓473，㉗271
　～の文…⑥221，㉗128
　～の障子（京都御所）…⑥254
　～莫能度…①107，⑥309，311，312
「聖賢像賛」…⑰559
聖旨の文体（元）…⑮326
「聖旨碑」…⑭275，276，283
聖主…①452，⑪250，⑬120
「聖書」「バイブル」…①271，⑰88，⑱342，⑲29，299，⑳147，500，㉖474，㉗375
　～・キケロ・ホメーロス…②496
　～・コーラン・五経…㉗246
　～的 parallelism…③503，⑲30，31
　～と西洋社会…⑲104，274
　～と西洋文学…㉑150
　～と西洋文学研究者…㉕291
　～と東洋人　蔣介石…②389　永井荷風…⑱326，327　ホーチミン…⑤207
　～と「論語」…①272，⑤12，114，207，208，211，312，313，⑱32，⑲106，⑳210
　～における人間観…⑤207，312
　～の説話…⑰102
　～の文献学的研究（小塩力）…⑱515
「聖書」（翻訳）
　英訳…⑱415，⑲31　漢訳…⑲28，㉓112（「馬可伝・馬太伝・約翰伝・路加伝」…㉓112）　呉語訳…⑰375　日本語訳…⑲28，31，㉓112　ハワイ語訳…㉔203　ルター訳…⑲149
「聖書・旧約」…⑰43，⑱326，327，㉗329
　「アモス書」「イザヤ書」…㉗329　「詩篇」…⑲31　「伝道之書」…⑥232
「聖書・新約」…⑤12，⑰43，⑲28
　「四福音書」…⑤114，119，⑳223，224，226
　「マタイ伝」…⑤38，200，207，㉓112　「マルコ伝」「ヨハネ伝」「ルカ伝」…㉓112
聖清…②448，449
聖人…①88，89，②284，384，385，490，③27，⑥222，⑫560，⑰29，383，㉓15，19，344，540，545，546，㉔397，㉕65，74，328，429，㉗72，214，367
～を生んだ時代…㉓343
～を出さぬ西海…⑰44，384，㉑99，㉓286，306，398，408，444，480，484，538
～を出さぬ東海…⑰43，44，384，㉑99，㉓286，305，306，398，408，443，444，477，478，480，484，538
～を出した国…⑰44，384，㉑99，115，㉓286，305-307，354，363，377，381，399，408，409，414，441，443，479，484，538，539
～涵容の意味…⑲174
～・上智・上哲…⑦521，⑩466，467，469-471，㉓20，21，547
～というあだ名（中国）…⑰383
～という敬称（日本）…⑰384，㉑100
～と「易」（意・言・書）…②11-13，134，135，㉕33，35，36
～と怪力乱神・鬼神…⑰139，㉓87，475
～と狂・愚・下愚…⑩465-472，㉓17-22，547
～と「古今人表」…⑩466，467，㉓20，390
～としての孔子…①250，②291，354，385，⑤32，123，154，213，327，⑦135，520-523，526，㉑99，181，㉓284，346，390，406，513，545，㉕303，367，㉖243
　最後の聖人…①89，③17，㉓284　殺人…⑤225，⑦179　天命・死…⑤10
～としての先王…㉑181，㉓81，82，384，387，406，454，㉕303，㉖243
　禹…①88，②384，⑤32，⑳488，㉑99，㉓19，406，438，447，545　堯…①88，⑤32，⑩474，475，⑳488，㉑99，㉓19，406，438，447，545，㉗188　周公…①88，②284，291，303，321，385，⑤32，⑦135，522，523，526，⑩473，475，⑳8，㉑99，㉓19，438，447，545　舜…①88，⑤32，⑳488，㉑99，㉓19，21，406，438，447，545，㉗188　聖人七人説…㉑177，178，㉓282，346，386，438，447，467，550　湯…①88，②384，⑤32，㉑99，㉓19，406，438，447，513，545　武王…①88，②385，⑤32，㉑99，㉓19，406，438，447，513，545　文王…①88，②385，⑤32，㉑99，㉓19，406，438，447，545
～と「史記」…②487，㉕78，79
～と儒学…②361-363，385，⑰104，⑳156，488
～と順古…②258-259
～と庶民…⑩475
～と中・中庸…㉓77
～と天…②361，362，⑩472，473，㉓286，395，399，447，㉗365
～と普通人との連続…㉓307，342，395-397，545，547，㉕303，㉗366，367
　人倫の至り…②385，㉕303　聖人に到達する可能性（宋儒）…⑬559，561，㉓288，396，472，545，㉖243　聖人に到達する方法…②363，㉖243
～と「法言」…②12，13
～に対する孔子の態度…②291，⑳8

～に対する信仰（荻生徂徠）…⑰44, ㉓438, 454, 455, 514, 539
聖人と神道…㉓447, 449, 450, ㉗152, 153
～に対する荘子の態度…⑥325, ㉕23
～に対する反撥（本居宣長）…㉓513, 547, 561
～による王朝…①88, 90, ②289, 290, ③16, 17, ⑳488, ㉓82, 340, 341, 546
完全善の社会…⑳488, ㉓513, 540, 545, ㉗205
完全善否定説…㉓546, 547　三代の制…⑰164
～による経…①224, ②284, 363, 385, ⑬559, ㉓80, 306, 392, 466, 475, ㉗111
規範…①204, 223, 280, ②384, ⑤123, ⑰113, ㉑28, 99, ㉔304, ㉕303, ㉗366
「詩」の刪定の意図（本居宣長）…㉗228
～の過ち（伊藤仁斎）…⑰138, 140, ㉓44
～の怒り（伊藤仁斎）…㉓74
～の教え…⑰44, 194, 469, ㉓63, 79-81, 373, 438, 455, 481
惟聖之謨…㉗111, 112　刻酷（本居宣長）…⑤130　風雅文采→先王の道（荻生徂徠説）
～の音楽…⑤174
～の学と道家の学…㉒296, ㉓340
～の学と仏老の学…㉓46, 47, 373, 388
～の気質之性と本然之性…⑬559, 561, ㉓395, 396
～の権宜の説…②378
～の心…②286, ㉓395, ㉕320
逝者如斯夫…㉕192, 209, 249
～の言葉…②48, 330, ⑤275, ⑰45, ㉓381, 382, 466, ㉕36, ㉖244
～の子孫…㉓270, 271
～の四術…㉓284, 374, 384
～の全能…①224, 225
～の喩（契沖説）…㉕170, 171, 251
～の智…①289, ㉓481, ㉗231, 232
～の文章…⑦523, 524, 526, 527, ㉕36
観察力と文章…⑦523
～の道→先王の道→道
～は空しく生まれず…⑥375, 376
聖人（天子の呼称）…②326, ⑫327
聖人等質説…㉓82, 83, 396
聖人無謬説…㉓44, 83, 547
「聖蹟図」…④15
聖祖（清）仁皇帝…②542, ⑥198, ⑯59, 177, 211, 222, 223, ⑰41, ㉑11, ㉓161, 176, 197, 198, 268, 293, 323, ㉕194→康熙帝
「聖武親征録」…⑮223
聖明…⑦520-523
聖門の学…㉓46, 74
『聖薬王』…⑮86　「酷寒亭」…⑮82, 85　「謝金吾」…⑭302
誠…③518-521, ㉓382
誠実…⑥300, 305-307, 318
～の高潮…⑥305
～の持続…⑥305, 306
精衛鳥…⑦437, 438, 440, ⑮435, ㉖462
精工…㉓113, 114, 116, 120, 124, 130, 131, 145-147
精神文明と物質文明…①566, 567, ⑳138, 140
精誠…⑪257
精専…⑭313
精磚…⑮120
精爽…①450
精肉…㉖395
精微…⑫621, 622, ㉓373
精明…㉓198, 202, 205, 212, 213, 237
精養軒…⑰285
蜻蜓…㉖94
製述官…㉓151, 152
誓…㉑6
静…②207, ⑤300, 301
静安学社…⑯280
静嘉堂文庫…㉒75, 431
蔵本　「九家集注杜詩」宋版…⑫206, ㉕495　「近光集」「扈従詩」明版…⑮285　「古文尚書孔氏伝」鈔本…⑦286　「皇朝編年備要」宋版…⑰594　「杜工部集」宋版王洙本…⑫234, ㉕484, 502, ㉖233　「物屈論文書　全」写本…㉗201, 202　「明文海」写本…⑯124　「毛詩」経注・清原宣賢手校本…⑩461　「毛詩」経注・皇朝旧刊本…⑩460
静観書屋…⑥248
静・敬…⑤300, 301
静止…㉓67, 372
静女…⑰550
「静惕堂宋元人集書目」長沙葉氏観古堂刻本…⑯145
静・動（童子問）…㉓68
静法寺…⑯238
請…②111, 150
請謁…⑬91
請酒…㉖382
整寿…②543
整然たる体系（荻生徂徠）…㉓464-466, 468-470, 481
整理文化遺産…①617
醒睡…㉖424
「醒世恒言」…①220, ⑬502-504, ⑭207, ⑰60, ㉓37
顧学頡注・作家出版社本…㉖408
「勘皮靴単証二郎神」…⑬547, ⑭201　「十五貫戯言成巧禍」…①216, ⑬503, 520　「仏印師四たび琴娘に調むる」…㉖404, 408　「呂洞賓飛剣斬黄竜」…⑭204
齎…②156
躋攀…⑫246, 247
芮城の令…⑪487
脆…⑫163
税金…⑳315
筮竹…②298, ㉕30-32

「説苑」…②485, ⑥237, ⑦513, ㉕218
雑言…㉕217　指武…⑳131　修文…㉓450　善説・立節…⑥302
贅沢…㉗312
夕顔巷（東武寓所）…㉗127
夕殿…⑪255
尺牘…②102
斥跑之士…㉓296, 320, 358, 359
石印本…㉔311, 312
石介・徂徠先生…㉓294, ㉖433　「慶暦聖徳の詩」…⑬63
石灰橋…⑬340
石涵橋…⑬357
石季竜…㉗60
石君宝…⑭137, 370　雑劇「曲江池」→その項　「唐明皇御断金銭記」…⑭388, 389（題目「韓飛卿勅賜錦花袍」…⑭388）
石経　正始年間…⑦277　洛陽出土…㉗277
石経堂…⑯89
石慶…⑥101, 125, 161, 166, 197
石鯨…㉖192
石顕…⑮199
石虎…㉔203
石鼓山竹林聖寺…⑭471
石国…⑲406
石子章…⑭137, 367, 370　「竹塢聴琴」雑劇→その項
石首…⑯191
石州（日本）…㉗208
石城…⑦542
石崇…⑦262, 592, ⑭453, ㉓639
「王明君の辞」…⑥292, ⑮212　「思帰引の序」…⑥312
石竹…⑪113
石鼎の詩…⑭107
石天基「伝家宝」成功之路…⑯584
石涷春（酒）…⑪108
石頭…⑮342, 345
石濤・道済…㉓611-613　「画語録」・黄山八勝の冊…㉒285
石徳…⑥166
石馬（昭陵）…㉒81-84, ㉕487, 488
石碑丕…⑭472
石仏…①404, 405
「石墨鐫華」…㉓187
石抹宜孫…⑮470
石曼卿…㉖433
石門（斉）…②106, 126, 127
石門（禅）…⑯40
石門（魯）…⑤251
石門県主簿…②440
石門山…⑫679
『石榴花』「金銭記」…⑭495
石林道源…⑯47　注・李義山詩…⑯47
石勒…㉔200, 203
赤（赤畿望緊上中下）…⑭33, 555, ⑮155
赤瓦不剌海…⑭343
赤脚…⑫435
赤緊地・赤緊的…⑭33, 290, 321, 555, ⑮155
赤軍（新左翼）…㉔22
赤県…㉒80, 81
赤県神州…㉒81
赤甲山…㉕438
赤山湖…⑯638
赤子…㉖243
赤松子…⑦229, 230, 347
赤城…㉓235
赤色広場（モスコウ）…⑲395
赤帝・赤帝赤熛怒…⑤118, ⑥138, 376
～の子…⑤117, 118
赤莵…①207
赤道…㉔130
赤眉の賊…②421
赤壁（湖北）…①411, 413, ⑦28, 36, 80, ⑬339, ⑲453, ㉕439
赤壁の戦…①412, 414, ⑦28, 36, 37, 80, 114, ㉑15
「赤壁賦」雑劇・「蘇子瞻酔写～」…⑬511, ⑭207, ㉒109
赤竜…⑤147, ⑪521
赤竜の子…⑤117, 147
射策…⑫115
席…②188, ⑰91, 92, ㉓526
席啓宇「唐百名家詩」…⑪377
席佩蘭…①577, ㉓520
席帽…⑬51
寂寞…①492, ⑮451, ㉖124
『惜奴嬌』　宋・大曲…⑭326
戚学標「鶴泉文鈔」…⑱459, 550　「東岳の神会を序す」…⑱550
戚継光…⑮524　「紀効新書」…⑰560, ㉖424
戚戚…⑥315
戚南塘「武備志」…⑰258, ㉓576
戚法仁「“漢宮秋”雑劇主題的探究」…⑮192
淅瀝…⑫248
媳婦…⑮113
「摭青雑説」…⑬523
関が原…⑲384
関が原の役…⑦38, ㉑96, ㉓530, ㉔163, 190
関儀一郎「続日本儒林叢書」…㉓487
関書院（東京）…㉗166
関野貞…⑳290
関本迅「竜鬟溝について」…①626
瘠…⑮413
積陰…⑬91
積古斎…⑯238
積水…②256-258
積漸的…⑭321, 483

纘渓県…⑯256, 337, 348, 361
籍貫…㉒414
籍談…⑰659
切…②213
「切韻」…②203
「切韻指掌図」…②204
切響…㉕104, 106, 112
切磋琢磨…㉓42
切実…②213
折…⑤111
折桂枝…⑭524
『折桂令』　喬夢符…⑭167, 187, 385　趙天錫…⑭115
折枝…㉓339
折衷学…㉗262
折末…⑭313
拙…⑦410
拙速（曽樸・新文学不振の因）…⑯313
契…⑤117, ⑫181, ㉒28, ㉓221, ㉔265, 266, ㉕229, ㉗87
　～の母…⑤117, ⑬325, ㉔265
洩声子…⑱81, 82
窃聞…②146
殺生関白秀次…㉔283
浙…⑯152
浙河…⑯68
浙江（省）…⑥78, 106, 134, ⑬144, 251, ⑮435, 439, 567, 585, ⑯246, 653
　～杭州版「資治通鑑」…②161
　～出身の労働者（第四病室）…①256, 257
　～訛り…㉒384
　～における清朝への抵抗運動…⑯170
　～における張念一・朱三の反乱…㉓169
　～における杜甫の放浪…⑫41
　～における東甌国（前漢）…⑥76
　～における倭寇の記憶…②566
　～に対する日本軍の侵略…①256
　～の花石綱…㉖402
　～の学術…⑯3, 5
　　詁経精舎への反応（清）…⑯9　浙江系の教授（北京大学）…⑯433, 644, 645, ㉒384, 394　浙江出身の教員（中国公学）…⑯396　読書人の増加（明以後）…②429
　～の芸術家…⑯443
　～の穀倉…①442
　～の紹興　市の南の名勝若耶渓…⑪127　胥吏…⑮10　商人と日本刀…⑬12　附近の農村における講談・芝居の浸透（南宋）…①199, ⑬156　附近の農村への陸游の隠居…⑬148
　～の地理　永嘉→その項　温州…⑮406, 419　嘉興…⑮442, ⑯26, 148, ㉕434　嘉興府…①442, 443　嘉善・会稽・海塩・海寧県→各項　海寧州…⑯168　帰安県…⑱50　金華…⑬298, ⑭162, ⑯68　慶元府…⑬432　厳州…⑮426　故章県…⑫662　湖州・呉興・杭州→各項　黄巌…⑬179　山陰→その項　四明…⑭166, 398, ⑮448, ⑯93　若耶渓（耶渓）…⑪126-128, ㉔212　諸曁…⑮435　紹興→その項　瑞安…⑭385　青田…⑭385, ⑮470　石門県…②440, ㉓169　石門湾…⑯442, 444, 456, 522　曹娥江…⑪96　台州・長興→各項　定海県…⑯10　桐郷県…⑬144　桐廬県…⑮418　徳清県…⑭385, ⑯265　寧波→その項　富春山…⑮418　富陽県…㉓262　平陽…⑮419　浦江県…⑮425　鄮…⑬304, 306　余杭…⑯10　余姚県→その項　楽清…⑬357, 360, ⑭385　竜遊…⑮532
　～の地理の総志…⑰559
　～の釣台書院山長・宮天挺…⑭156
　～の東部の百姓一揆（東晋）…⑦368
　～の風景とアメリカの風景…⑥408
　～の風景と豊後の風景…㉓414
　～の文学的風土…①77, ⑮475
　　作詩人口…⑮366, 426　詩人による「宋詩鈔」編纂…⑬188　詩の懸賞付き募集・呉渭（元）…⑮425　東部の農村と陸游の詩…①199, ⑬7, 157
　～の余姚県の景氏と盧文弨…②479
　～は人文の淵藪…⑯168, ㉓258, 617
　～版中字本「漢書」…⑬583
　～富陽知県…㉓262
浙江（銭塘江）…⑪490
浙江学政…⑯239
浙江郷試…⑯15, 71
浙江巡撫…⑯241, ㉒307, ㉓212
浙江書局…②480
浙江省掾・浙江省務官・浙江省務提挙…⑭137, 162
浙江省立図書館…⑯547
浙江人…⑯443, ㉒388
　～と江蘇人の対立…㉒414
　～と東林の不和…⑯30
　～と北京大学国文系…⑯644, 645
　～の学者…⑯3, 10, 433, 644, 645, ㉒383, 384, ㉖466
浙江第一師範…⑯442, 520
「浙江通志」…⑰559
浙江派…⑬161→浙派
浙江弁…⑳292
浙州…⑦540
浙西…⑯145
浙西按察司…⑭184
浙西の学（清）…㉒287
浙西六家…⑯152（注・近藤元粋…⑰392）
「浙西六家詞」…⑯148, 152
浙省の掾…⑭160
浙東史学（清）・浙東人の政治活動・浙東人の宋明の歴史における活躍…⑯10
浙東の学（清）…①208, ⑯5, 9, 10, ㉒287
浙東の民族意識…⑯10

浙東路茶塩司…⑩451
浙派…⑬161, ⑯144, 152, ㉒414, 415
接伴副使秘書少鑑…⑭278
接羅…⑪104, ⑫165
雪葦「論文二集」…①637
雪児（猫）…⑬158
雪舟…②591, 593, ㉓421, 583, ㉔221
雪舟禅師遺跡…⑱542
雪窓…②509
雪擁藍関（山車）…⑱550
雪梨…㉖383, 386
雪嶺永瑾「杜詩抄」→その項
雪浪洪恩…①532, 534, 535, ⑯41, 42, 47, 53
摂政…㉓228, ㉕330
摂政太政大臣…㉓228
摂津（富田）の酒造家…㉓132, 363, 418
楔子→雑劇
準（隆準）…㉕86-88, 92, 93, 96
節…⑫486, ⑮403, ㉓315, 316
節庵方鱗…⑱512, 513　妻・朱氏…⑱512
節気…⑫486
節族…②254
節度使…⑪401, 499, 500, ⑫56, 57, 247, ⑬595, ㉓554, ㉕48, 66, 398, 399, 451, 458
　～の罷免…⑬238, 247
節度の哲学（儒学）…⑱324, 325
節分…㉗124
截搭題（清代科挙）…①315
説…②114, 181, ㉗45
説教節…㉖197, 201
「説元室述聞」…㉓196
説公案…⑭204, 205
「説三分」…⑬565
説参請（講釈師の小屋）…⑬502
説書秀才…⑮321, 325
説笑話…⑯358
「説唐全伝」…①122, 154, ⑭202, 490, ㉓173
「説郛」…⑦485, ⑰560, ㉒106, ㉖452（明鈔本…㉖452）
「説文」→「説文解字」
説文会（狩谷棭斎）…㉗295
「説文解字」…①383, ②209, ⑳100, ㉕221, 222, 224, 411, ㉗79
　～と章炳麟…①400
　～における意内言外…⑰350
　～の最古のテクスト…①400
　～の字解　侃…㉕221　荊…⑥375　古…②250　顥…⑥399　雑…⑳657　施…⑳76　詞…⑰350　仁…⑲140　楚…⑥375　俗…②237　籀…⑲92, 93, 151, ㉕256　朕…㉗92　読…⑲92, 93　日…⑳422　辟…⑦276　邁…⑥324
　～の字数…①318, ②209, 219, ⑱395, ㉕221
　～の増補…②209
　～の本義説明偏重の態度…②210
　～の六書…⑳77
「説文解字」（注）…㉕411
　段玉裁→「説文解字注」
「説文解字」（テクスト）
　汲古閣本…㉒300, ㉔54　真本…㉔54　宋版…①400
　唐写本…①396, 400　毛刻…⑰592→汲古閣本
「説文解字」（篇名・項目）
　川部…㉕221　馬部…⑳100
「説文解字注」…②212, 482, ⑰190, 210, ⑲143, ⑳212, ㉑68, ㉕222, 413, ㉗193
　～と安徽の学風…⑯7
　～と倉石武四郎…㉗290, 294, 295
　～と形音義相関説…⑳75
　～と桂馥「説文解字義証」…⑪476
　～と乾嘉の学風…⑯118
　～と元雑劇…⑭360, 555
　～と杜詩…㉕489
　～と水野清一…㉓637
　～における引申の義…②211
　～の字解・語句解　詛…⑭360, 555　僅…②209, 211, 212　故…②250　顥…⑥399　昨…⑳422　雑…⑳406　息…③485, 486　籀・抽・読…⑰626, 627, ⑲92, 93, 151, ㉕256　臂…⑫337, ㉒38　隆準…㉕86, 88　論…④4
　～の双声の概念…⑰211
説文学…㉗92
「説文段注」→「説文解字注」
説話…⑬545, ⑭201, 208, 209, 214, 215, 224, 608
説話待詔…⑭371, ㉒109
薛（地名）…⑱85, 86
薛允…⑮271
薛応旂「憲章録」…⑯129　「宋元通鑑」…⑰558
薛季宣…⑯323
薛居正…㉖401
薛奎・簡粛公…⑬245
薛蕙…⑮501, 508
薛公達・大順…⑪396-402, 405, 408
　～の家系　伯父・挸…②15, ⑪396-399, 406, ⑫218, 431　伯父・揔…⑪399　弟・公幹／公儀…②16, ⑪406　親類のおじ・彦偉／彦雲／彦国／彦輔…⑪399　祖父・元暉／曽祖父・希荘…②15, ⑪396, 397　父・播…②15, ⑪396-399　同族・稷／振…⑪399　夫人・韋氏／王氏…②16, ⑪396, 406
　～の胡馬と円丘の詩…②15, ⑪400
薛校書…⑭82
薛子衡…⑯256
薛氏…⑪399
薛燭…㉑167
薛仁貴…⑭220, ㉖389
「薛仁貴」雑劇・「～栄帰古里」…⑭37, 43, 202, 217,

219, 220
「薛仁貴征東」…⑯359
薛宣…⑧27
薛綜　注「西京賦」…㉗60
「薛丁山征西」…⑯359
薛濤…⑲208
薛道衡…⑬580
薛能「逃戸に題す」…⑪9
薛覇（雑劇中の邏卒）…⑮25
薛駙馬家…⑪535
薛復…⑫369, ㉒40
「薛包認母」雑劇…⑭393, ⑮67
薛夢符　杜詩注…㉕494
薛用弱「集異記」…⑱85
薛曜…⑪20
舌人…㉓186
絶影（馬）…⑦76
絶海中津…⑰22, ⑱125　「蕉堅稿」…⑱126, ㉒58
絶境…⑬107
絶句…①53, 74, 123, 132, 145, ②78, ⑬8, 42, 47, ⑱330, 332, ㉖65, 168
　～の完成者・名手…①67, ㉑45
　～の平仄の配置…①59, 127, ㉑37, ㉖19, 20
絶芸…⑭77
絶塞…⑪72
絶対の　悪人…⑩465, 470　愚者…⑩465　賢者…⑩469　善人…⑩465-467, 469, 470　智者…⑩466
絶望…①103, ⑯316
絶望の歌…①95, ③466
絶望の哲学…①65, 67
「千家詩」…⑪464, ⑮244
「千家注」→「杜詩千家注」
千官…⑫387
千巌園…㉔254
千戸（官名）…⑭172
千古の師儒…①400
千光院…㉗32
千載…㉖201
千次…㉕449, 456
「千字文」…⑯351, ㉒301
　～と童蒙の教育…⑭293, 294
　～の智永の書…②504, ㉗253
　　元朝廷の翻刻…⑮280, 285（田氏献上…⑮280）
　～の日本伝来（古事記）…⑤134, ⑰413, ⑳448, ㉑96, ㉓563, ㉕276
　　「日本書紀」の狭量…⑳448, 449, ㉕276, 277
　～の満州語訳…㉓191
千秋節…⑫40
千秋楼…⑪211→芙蓉楼
千乗の国…㉕208
千乗万騎…⑪246
千利久…㉓421
千福寺…⑪506
千篇一律…①62, 324, 327, ⑮498, 527, 614
千門万戸…⑥146
千里…①461
「山海経」…①179, 189, 461, 465, ②264, ⑥231, ⑦422, ⑫232, ㉒301
　海外西経…⑦438　海外北経…⑦439　西山経…⑦440　大荒北経…⑦439　北山経…⑦438
山海の図…⑦423
川…②70
川原…⑫463-465, 573
川沙（地名）…⑯347
川済之「明七才子伝」…⑮524
川上の嘆→逝川の嘆
川芎…㉖417
『川撥棹』「漢宮秋」…⑮204　「酷寒亭」…⑮153, 154　「抱粧盒」…⑭346
仙音院…⑭66, 67
仙楽…⑪290
仙観…㉓261
仙居（台州）・「仙居叢書」…⑮258
仙山・仙子…⑪259
仙台（日本）…⑦508, ⑫540, ⑭371, ㉔29, 67, 68, ㉕222
　～伊達家所蔵「酔翁談録」…①214, ⑪547, ⑭207
　～との関わり　青木正児…㉓620, 621　滝川亀太郎…⑥248, ㉓578　田中省吾…㉓313, 370, 377　香国禅師…㉓376, 379　佐久間洞巌…㉓116, 157, 375
　～の第二高等学校…⑥246
　～の東北大学…⑭602, ㉗273
　～の風景とワシントンの風景…⑲244
　～の松島とヘルシンキ…⑲398
仙台藩…㉗354
仙洞への思慕…①620
仙人…①390, 391, ⑥139, 145
仙人掌…⑥145
仙仏…㉒293
仙袂…⑪263
仙遊（地名）…⑮532
仙遊寺…⑪275
仙呂（雑劇の音階）…⑭20, 21, 26, 234, 400, ⑮48, 173
『仙呂賞花時』…⑭217, ⑮36
　「漢宮秋」…⑭22, ⑮219　「酷寒亭」…⑮35, 36　「老生児」…⑭234
『仙呂賞花時么篇』…⑭217, ⑮36
　「酷寒亭」…⑮35-37
『仙呂端正好』…⑭217
『仙呂端正好么篇』…⑭217
『仙呂点絳唇』…⑭21, 26, 400, ⑮48, 173
　「漢宮秋」…⑭25, ⑮173, 177　「金銭記」…⑭400　「金線池」…⑭401　「酷寒亭」…⑮47, 49　「老生児」…⑭234

占城…②156
占排場…⑭290
先王…㉓282, 346, 386, 387, 406, 447, 452, 454, 469, ㉕196, 198, ㉗88, 231, 232
　〜以後先秦西京の文章…㉓345
　〜と後王（荀子）…②239, 253-255, 259
　〜における徳と法律…②231, 232
　〜の遺言…②254
　〜の教え…㉓345, 356, 383
　〜の楽…②236, 237, 240, 251, ㉓290, 315, 470, 471, 478
　〜の居（書序）…㉗87
　〜の古典…⑬13, ㉕209
　〜の語…㉓382, 384, 466
　〜の詩…㉓462, 470
　〜の時代の復活（宋儒）…㉓292
　〜の辞…㉓448, 468
　〜の政治…②251, 252, ㉓373
　　政治と教育の標準…㉓355
　〜の徳行…②274, 349
　〜の文献…㉓448, 449, 464, 468, 473
　〜の方法…㉕205
　〜の法言…②274, 348-349
　〜の法服…②274, 349
　〜の封疆…①279
　〜の未有宮室（礼記）…㉕378, ㉗88
　〜の礼…㉓389, 390
先王の道・聖人の道…①289, ⑥183, ㉓89, 329, 331
　〜荻生徂徠説…⑰44-46, ㉓287, 290, 340, 345, 354, 377, 392, 408, 409, 443, 445, 448, 460, 464, 470, 480, 481, 550, ㉕196, ㉗33, 70, 71, 166
　　義と道…㉓346, 381, 384　義と礼…㉑172, ㉓346, 349, 385, 391, 403, 465-467　君子と道…㉓283, 383-385　孔子と先王の道…㉑180, 181, ㉓284, 287, 346, 354, 378, 382, 390, 406, 443, 448, ㉗70　祭政一致…㉑176（敬天…㉓281, 393, 417, 447, 449, 450, 453, 467　神道と先王の道…㉓447, 449-452）
　　詩書礼楽…⑤302, ⑰42, 50, ⑱532, ㉑99, 180, 181, ㉓283, 290, 332, 336, 349, 373, 380, 384-386, 388, 390, 391, 393, 408, 410, 413, 438, 448, 453, 467, 471
　　事実の提示・議論の排除…㉓283, 284, 287, 334, 337, 345　事と辞…㉓283, 332, 336, 384, 385, ㉗177　事・物と道…㉑178, ㉓283, 287, 384, 468　辞と道…⑰194, ㉑178, 179, ㉓331, 336, 337, 355, 448　政治の方法…㉓282, 283, 383, 447, 448（政治による救済…㉓298, 388）
　　先王の作為…⑤32, ⑰42, ㉑99, ㉓92, 282-284, 374, 381-383, 386, 387, 389, 438, 447, 448, 467, 481, 484, 550, ㉗231（作者七人…㉑177, 178, ㉓282, 283, 346, 386, 438, 447, 448, 467, 468, 550　先王の礼…㉓390, ㉗231）
　　先王の道の用語…㉓381, 466
　　宋学的理解の段階…㉓293, 332
　　中国の先王の道喪失…㉓290, 363, 437, 439, 441, 443, 448, 480（始皇帝の破壊…㉓438, 448　宋儒の歪曲…㉓288, 388, 439, 448, 449, 453, ㉕199）
　　天と道…㉓398, 446, 447, 449, 450
　　徳と道…㉓282, 283, 290, 346, 382-384, 387, 388, 391, 448, 465, 466, 469
　　日本における先王の道…②476, ㉓417, 418, 423, 425, 437, 441（武士道と道…⑰51, ㉓305, 408, 478）
　　風雅文采…⑰43, ㉓290, 337, 388, 448, 470, 471, 478
　　仏教との差違…⑤32, 213（仏教者と先王の道…㉓334, 423, 454, 457　仏道と神道〔広義〕…㉓452）
　　封建制と先王の道…㉓287, 288, 377, 438, 439, 448, 453, 483（士農工商の設定…㉓134, 483, 537）
　　道の後継者だという自信…㉓363, 441, 443
　　孟子の誤謬…㉓287, 334, 438, 448, 453, ㉗228
　　六経と先王の道…㉑179, 181, ㉓284-286, 289, 337, 346, 350, 550
　　礼楽刑政…⑤32, ㉓373, 391, 410, 423
　　和と道…㉓315
　〜本居宣長説…㉓513, ㉗141
　〜による天下統一…②295
先凶後吉…⑭491
「先賢行状」…⑦119
先斬後聞…⑭434
先施百貨店…⑯459
先儒…③555, ⑥399, ㉓391
　〜の説…④643, ㉕339
　〜未了の公案…㉓59, 547, 553
先儒（日本）…㉓112
先秦（時代）…③16, 549, 550, 553, ⑧505, ㉔285, 286
　〜西京の文章は古文辞…㉓345
　〜と以後の時代との違い…③18, 553
　　漢六朝との違い…⑥430
　〜と桑原隲蔵…⑰291
　〜と生日…②544
　〜に関する「史記」の記載…③18, 19
　〜の栄光…③16-18
　〜の芸術観…②522, ③21
　　音楽尊重…②520, 521, ③21, ⑬594
　〜の思想…③539
　　思想家たちの関心事…①157
　〜の時代と文学…①63, 72
　　歌・叙情詩…①72（漢の短簫鐃歌との差違…⑥351, 354　政治への関心…③23, 26　善意の回復への期待…③26）
　　小説の萌芽…①606　"小説"の地位　①182
　　前文学史の時代…①72, ③20, 21, 559, ⑥429

日本人の研究業績…①619, 624, 630, 632
夢…⑱20-23, 26
～の書物…①266, 606, ②239, 495, ③558, 561, ㉑252
経書…㉓599
現代の学者の態度…③18
故事…㉑252
「左伝」の神秘にむかう空想…①188
書物の注釈…③557
絶望の語…③521
日本漢学…㉕311
日本人の中国観と先秦の書…③557, ㉕311
～の諸子…㉒403
寓言…⑥237　笑話…①230　「文心雕竜」の言及…②485
～の人物の分類一覧表「古今人表」…⑩466
～の政治形態・封建制…③20
～の政治と哲学の散文…③21, 24
～の政治と哲学への関心…③20
～の政治と倫理への関心…①63, ②520, 522
～の伝記…①157, 158
～の道化師…⑭7
～の人間観…①106
～の文献…①63, ③21, 549, 553, 559, ㉕380
オーサーシップ…③19
古代史資料としての利用…③560-561
「周礼」の引用…㉕330
制作年代…①265, ③511
天象記事…③511
文学の文献…③21
文献の尊重…③17, 555, 557
歴史の文献…③18, 21
～の文献の言語…③554, ⑥273
開悟…㉕380　言語資料である諸子…②480, 495, 496　言語の調和と均斉の技巧…⑥218　言語の難解…③20, ⑨483　孔子の言葉…㉓108　楚辞の修辞性…⑥214　都無…②52　逝者如斯夫…㉕213
～の文章…②32, ㉕329
助字…㉗249　対偶使用…③492, 493, 495, 502　第一の名文…㉑152, 162　「中庸」の文章のリズム…③520
～の文章の古を失った時代（両晋）…㉗44
～の文体…①195, ⑪553（四字句…⑦512, 513）
～の楽観…⑥427, 430
～は前歴史の時代…③18, 19
先秦言語史…③20
先秦政治史…③19
先秦文学史…③20
“先秦文物の研究”グループ…㉕348
先生…⑯557
先聖…②255, ㉕380
～の道…⑥110
先帝貴妃…⑫273, 279
先鄭…⑦254, 255, ㉕339→鄭衆
注「周礼」喪祝…⑦254
「先哲遺著漢籍国字解全書」…⑳254
「先哲叢談」…⑰38, 107, 108, 152, ㉓249, 250, ㉔251, ㉗250（源君美の条…㉓112）
「先哲叢談後編」…⑰108, 109
「先哲叢談続編」…⑰108, ㉒48
先頭…㉖391
先鋒…⑫618, 619
先例を支配するもの…②281-283
先例尊重…②268, 276-279, 281, 284-286, 288, 293, 358
阡…⑦33, 125
串数…⑦517
宣慰…⑭80, 101
宣慰司令史…⑭158, 168, 172
宣王（周）…②379
宣王（戦国・斉）…⑯244, ⑰99
宣化の蕭雲挙…⑯31
宣華殿（金）…⑭63
宣徽院（元）…⑭60, 66, 73
宣義郎安在左拾遺…⑫389
宣教師（ハワイ）…㉔132, 191, 194, 195, 203
宣公（春秋・衛）…㉓460
宣光（宣王・光武帝）…㉖79
宣皇帝（唐）…⑪515→粛宗
宣差…⑮102
宣氏（「春秋」の学派）…㉕229
宣室（未央宮）…⑥54
宣州…⑪95
宣政殿（唐・長安）…㉒15, 465, 481, ㉖80, 84
宣聖廟…㉒106
「宣戦の大詔」…⑯605, ㉔272
宣宗（金）…⑭55, 59, 105, 133, 145, ⑮374, 386, 387, ㉒112, 117→ウップー
宣宗（清）…①514, ②448, 449, ㉗243→道光帝
宣宗（唐）…②551, ⑪327, ⑬580
宣宗（明）…②552, ⑮476, 478, 569, 577→宣徳帝
宣帝（漢）…②550, ⑥171, 182, 196, 225, 343, 369, 391, ⑦412, ㉗236
～の皇后の陵…⑫7, ㉒484
～の陵…⑫7, 71, ㉒484
宣帝（南朝・後梁）…⑫24→蕭詧→岳陽王
宣帝（南朝・陳）…⑫665, 666→陳頊→高宗
宣統帝（清）…㉓180→愛親覚羅溥儀
師傅・陳宝琛…㉖469　即位…⑰611　退位…⑰613　大清皇帝…⑯634
宣徳の陶器…⑯639
宣徳帝（明）…⑮476→宣宗
宣徳門…⑭220
「宣和遺事」…①216, 634, ㉖402, 403
王雄（賽関索～）…㉖402, 403　花栄・関勝・柴

進・徐寧・孫立・張青・穆横・楊志・李応・李進義・林冲…㉖402
宣和の悪政…⑬482
宣牌…㉖392
宣武将軍…⑮300, 317
宣文閣…⑮276, 278, 280, 281, 284-287, 290, 314
宣文閣宝…⑮280, 285
宣命…②270, ⑧4, 20
専…②128
専言…㉓392
「専修大学論集」…①631
専諸…㉑167
専門服習…⑯68, 72
泉屋清賞…③44, ㉓637
泉州の晋江…⑬308
泉涌寺…⑱493
泉声…⑫248
浅緑疎黄…⑮537
洗光…⑰520
洗塵…⑭399
洗脳袋…㉒444
洗剝…⑮73
洗沐…⑬311
染人…⑬184
穿鑿の見…㉕152
穿針…⑭69
穿楊葉…⑫115
倩…⑫352, 353
「倩女離魂」雑劇・「迷青瑣～」…⑭44, 207, 210, 217, 266, 413
剡渓…⑪96, 97
剡中…⑪96-98
扇・扇子…⑳465, 466
「扇墳」…⑯309
旃裘…⑮376
荃…㉕26
荈…⑱455
陝甘一帯の馬匹管理の役所…㉕456
陝州の長官…⑪499
陝西（省）…⑥24, 89, ⑪499, ⑬262, ⑮509, ⑯417, ㉓275, ㉖154, 476
　～を中心とする黄土高原の地形…⑲224
　～からの徴兵…⑫101
　～出身の詩人（王昌齢）…⑪158
　～出身の兵士…⑫100
　～と杜甫→その項
　～における安禄山軍の支配…⑫241, 308, 367
　　北部における粛宗の支配…⑫308（郭子儀・李光弼軍の制圧…⑫325）
　～における匈奴の跳梁…⑥86
　～における顧炎武…①475
　～における後秦の皇帝…⑦432
　～における長城…⑥72, 86
　　秦の長城構築…⑥71
　～の一之日の寒さ…⑫185, ⑲452, ㉒29
　～の延安への大長征（毛沢東）…⑫535
　～の飢饉による流浪民の詩（流亡に感ず）…⑬59, 218
　～の高原の大都市の繁栄（唐・長安）…⑪330
　～の秦と山東の斉と楚の鼎立…③26
　～の地震（明）…⑮514
　～の地理　下邽…⑪483, 530, 533, ⑬57　河南との境の太華山…⑦230, ⑫380　華山・華州→各項　甘粛との境の隴の山脈…⑫439　漢中県…⑫24　韓城県…②440, ⑪483　莒…㉓442　慶陽県…⑫327, 374, ⑮494, 625, 630　三川県→その項　商県…⑬219　商州…⑬59　西安→その項　盩厔県…⑪232, 275　長安・杜陵→各項　同官県…⑫324　潼関・白水県・鄜州→各項　武功県…⑫386, 387, ⑮503, 508　蒲城県…⑫179, 241, ㉒28　奉先県→その項　奉天県…⑫17, ⑭135　鳳翔→その項　礼泉県…㉕473　醴泉県…⑫13, ㉒84, ㉕439
　～の土の色…㉕439-440
　～の二之日の寒さ…⑲452
　～への移民（漢）…⑥415
　～への曹操の遠征…⑦16, 80, 89, 106, 113, 114
　～への劉裕の遠征…⑦432, ⑫23
　～北部の見聞（スノー）…㉖66
　～北部盆地の風景と安曇野…㉔262
陝西郷試…②442, ⑮494
陝西行台治書…⑭113
陝西巡撫…②479
陝西省博物館…㉒443, 480, ㉖471
陝西省文物委員会…㉒481, 482
陝西督学…⑮514
陝東…⑪487
「剪燈新話」…⑮475, ⑰130, ⑳452
「剪燈余話」…①209, ⑮477, ⑰130
船居…㉔248
孱陵の令…㉗112, 113
「戦国策」…①72, 606, ②135, 493, ③10, 11, 18, ⑮495, 631, ⑳398, ㉒113, ㉓325, 350, ㉕275, 328
　～における海大魚…⑱85
　～における眉目準頞権衡…㉕87, 93
「戦国策」（篇名・項目）
　斉策…⑱85　中山…㉕87
戦国時代（中国）…①72, ②110, 293, 295, 549, ③5, 9, 17, 18, 20, 24, ⑥173, 231, ㉖483
　～以後の異端邪説…㉓81
　　陰陽家の盛行…②314　諸子の主張…②295
　～以後の言語…㉓78
　～以来の諸学派の理念と古注…③475
　～・漢初の春秋三伝の成立…②317
　～・秦始皇時代と司馬遷…⑳477
　～・唐末五代間の通史…②157

～の権変…⑥231
～の書…①72, ㉓350
～の推歩の術…⑦553
～の戦国七雄…①281, ②110, ③20, 531, ⑥173, 180
～の長城構築…⑥71
～の文章…②126, ③20
議論文…①37, ②107　叙事の文章…②135
～の文体…②107, 126
戦国時代（日本）…⑮494, ㉓532, 533
～の武将…㉕262
戦国人（中国）…㉓490
戦争…①122, ③532
戦争抛棄…⑳319
煎…⑮104
羨門子…⑦230, 244
詹事…⑯15, ㉓221
詹事府少詹事…⑯15
跣…⑮73
僝僽…⑭312, 484
銭…⑳411
銭惟演・思公…⑬53, 251
銭允治…⑮570, 580, 581, 583
銭栄世…㉓167, 168, 170
銭裔文…⑯35
銭学源…⑳391
銭萼孫…①515　箋注「人境廬詩草」…①514, 516
銭衎石（かんせき）…⑳391
銭眼…⑭493
銭起…①303, ⑪378, 552, ⑱84, ㉓156, 161, ㉔211
「豹舃賦」…①304
銭儀吉…①582, ⑯263　「碑伝集」…㉓254, 274
銭吉甫…⑭210
銭緦…⑬21, ⑭204
弟・龢／祖父・易／曽祖父・倧／父・彦遠…⑭204
銭慶曽…①551　「竹汀居士（銭大昕）年譜続」…㉒307
銭謙益・受之・牧斎・蒙叟・聚沙居士・宗伯…①76, ②481, ⑯37, 55, 134, 167, 656, ⑰387, ㉓353, ㉔150, 175→虞山→北京（明）
～以前の反古文辞…①525, ⑮526, 533, ⑯56, 69, 98, 102, 107, 126, ㉒51, ㉓322, ㉖430
～を研究した人物・朱東潤…㉖449
～を尊敬した人物…⑯59
閻若璩…⑬271, ⑯59, 120-122, 125　何焯…⑯59
～を批判した人物…⑯59
汪琬…⑯59　顧炎武…⑯59, 92, 97, 125, 126, 134
顧苓…⑯34　沈徳潜…⑯59
人格への非難…⑯12, 20, 34, 58, 125, ㉖429
～が嫌悪した竟陵詩（派）…⑯49, 69, 71, 76, 92, 102, 104, ㉖430, 441
鍾惺…⑯69, 71, 91, 92, 102, 126, ㉒52, ㉖441　譚元春…⑯69, 102
～が推賞した人物　王通…⑯84, 128　管志道（東溟）…⑯87, 93　韓愈…⑬271, ⑯70　帰有光…⑮533, ⑯80, 126, 127　虞集…⑯70　元好問…⑮397, ⑯114, 115, ㉖434　胡瑗（安定）…⑯74-76　呉萊…⑯68, 70　高啓…㉖430　黄溍…⑯68, 70　徐渭…⑮533　邵宝…㉒51, 52　鄭玄…⑯130　沈周…⑮563, 570　蘇東坡…⑬264-275, ⑯54, ㉖434　宋濂…⑯68, 69, 75　趙貞吉…⑯103　唐順之…⑯69, 94　湯顕祖…①525, 527, ⑮533, ⑯107, 108, 110, 111, ㉖434　梅国楨（克生）…⑯99　傅新徳…⑯48, 103, 104　李贄…⑯87, 94, 97-99, 103, 126　李商隠…⑪450　李東陽…⑮491, ㉖430　柳貫…⑯68, 70　劉基…⑮472, ㉖430
～が批判した人物　王世貞…⑯12, 25, 55, 71, 110　何喬遠…⑯95　郝敬・季本…⑯89, 90　厳羽…㉖439, 440　朱弁…⑬267-269　孫鉱…⑯91, 94　趙宧光…⑯95, 96　陳献章…⑯85, 88　劉辰翁…⑯97
～と袁氏（公安）…⑯69, ㉖430
袁祈年…⑯69, 70　袁宏道…⑯98, 101　袁宗道…⑯70, 102　袁中道…⑯69, 98, 99, 101　公安派頓服論…⑯102
～と王守仁の学…⑯80, 85, 88, 89, 97, 99, 104, 113
泰州学派推奨…⑯101, 103　陽明学頓服論…⑯99-102
～と「嘉興蔵」刊印…⑯48
～と汲古閣刊行書…⑯132
「十三経注疏」…⑯77, 132　「十七史」…⑯132
～と乾隆の官儒…⑯90
～と古文辞→その項（明）
～と呉偉業…⑯11, 12, 166, ㉓255, 259→銭呉
～と呉偉業・朱彝尊・王士禛…⑯11, 166→銭呉朱王
～と「清百家詩選」…㉓255
～と政治…⑬265, ⑮542, ⑯14, 16-19, 32, 34, 57, ㉖429
軍事の才…⑯17-19, 33　清への降伏…⑫305, ⑮542, ⑯12, 14, 16, 34, 55-58, 122, 125, 136, ㉒289, ㉓244　明季の政局…⑯19
官歴と挫折…⑯14-17
浙江郷試問題漏洩事件…⑯15, 71
東林党…⑮542, ⑯15, 19-25, 28, 30-34, 37, 57, ㉖429
王治（臨邑）…⑯26　王淑汴・王象晋…⑯32　王図（耀州）…⑯31, 32　郭正域（江夏）…⑯32, 124　魏大中…⑯30, 31　顧憲成…⑯19, 21-23, 137　顧大章…⑯30, 31, 130　顧大韶…⑯30, 130, 131　侯震暘…⑯32　高攀竜…⑯19, 23, 31, 32　黄尊素…⑯30-32, 55, 122　黄道周…⑯32, 33　周順昌…⑯30, 31　徐良彦…⑯32　蕭雲挙…⑯21, 31, 45　鄒元標…⑯25, 31, 100　成基命…⑯32　曹于汴（安邑）…⑯31, 32　孫承宗

（高陽）…⑬273, ⑯17, 31-33, 45　孫慎行…⑯32　趙用賢（汝師・文毅公）…⑯24, 25, 35　梅之煥（長公）…⑯17, 26, 52　范景文…⑯32　繆昌期…⑯25, 27-32　文震孟・方震孺・房可壮・姚熙孟…⑯32　葉向高…⑯31, 32　葉茂才…⑯23　楊漣（応山・野猫頭・忠烈公）…⑯15, 25-27, 29-33　李応昇（次見）…⑯25, 29-31　呂維祺・鹿善継…⑯32
～と蘇州府学…⑯74
～と蘇轍の語…⑬266, 269, 270
～と杜甫…⑫62, 305, 585, ㉔279, ㉕447, 483
金蝦蟆の解釈…⑫227, 229, 237　「行次昭陵」制作時期…㉒83, ㉕448, 455, 473, 501, 503　銭謙益本「杜工部集」…㉒49, 51, 88, ㉕501, ㉖502　杜甫の系図（「元和姓纂」利用不可能）…⑫21　杜甫の時代と銭謙益の時代…⑫305　利用した杜詩注釈書（呉若本「杜工部集」…⑫299, 300, 303, ㉕500, 501　宋版「杜工部草堂詩箋」…㉕496）
～と日本人　青木正児…㉖449　新井白石…㉓241, 244　狩野直喜…⑰253
～と日本の文献…㉖502
～と仏教…⑬265, 267, 272, 275, ⑯37-43, 48, 53, 54, 58
三大和尚…⑯41, 45, 46　四高僧…⑯41, 46
禅宗批判…⑯40, 46, 96（偽禅…⑯46　狂禅…⑯46, 48　三峰禅…⑯49　魔外…⑯46, 48　魔禅…⑯40, 48, 49　盲禅…⑯46　臨済禅への嫌悪・曹洞禅への好意…⑯50, 51）
僧人との関係…⑯46
一雨通潤…⑯47　雲棲袾宏…⑯40, 41, 45, 46　覚浪道盛…⑯40, 50, 52　漢月法蔵…⑯43, 49-51　憨山徳清…⑯40-45, 53　金堡（道隠）…⑯52　藕益智旭…⑯52, 53　継起弘儲（夫山和尚）…⑯50, 51　紫柏真可…⑯40, 41, 44, 45, 53, 98　秀初…⑯49　聖可…⑯44　石林道源・雪山法杲…⑯47　雪浪洪恩…⑯41, 42　宗宝道独…⑯52　巣松慧侵…⑯47　蒼雪読徹…⑯47, 54　汰如明河…⑯47　太空性融…⑯53　天然函昰…⑯51, 52　道開自扃…⑯53　聞谷広印…⑯48　木陳道忞…⑯44, 50, 51　牧雲通門…⑯51　密雲円悟…⑯50, 51　密蔵開…⑯48　無異元来（博山）・無明慧経…⑯52
「伝灯録」続修への態度…⑯40, 52
逃禅…⑯39, 126
仏教界における地位…⑬265, ⑯37, 43, 48, 50, 53, 54, 58, ㉖429
文章と仏経…⑬272, 275, ⑯38, 39, 54
～と仏教史…⑯40, 41, 54
明代仏教史…⑯40, 41
～と明代文明…⑯134
明散文の総録…⑯123, ㉒289
明代史研究…⑯122, 123
～の愛人（柳如是）…①578
～の家族　祖母・卞氏…⑯25, 42　父・銭世揚→その項　妻・陳氏…⑯26
～の学術…⑯13, 14
漢学尊重…⑯62-68, 76-80, 83, 84, 88, 104, 116, 117, 126, 127, ㉖452（漢注研究…⑯131　経の教養と世務〔漢唐以来〕…⑯68）
経学尊重…⑯62, 63（経学の方法…⑯62, 117　経研究…⑯65-66, 116, 117　経尊重…⑯62-70, 83, 104, 107, 116, 117, 135〔経を諸学の本とする態度…⑯62, 104　蘇州府学における経の注疏の尊重…⑯74〕）
経学論…⑯62, 63, 72, 74, 77, 127（経学三謬…⑯93, 95　自是批判…⑯85, 86, 120　自反…⑯86, 87　反経…⑯82, 86）
経と史…㉖432　史学の三謬説…⑯94, 95
元儒尊重…⑯68, 81
考証学…⑯134
実証的訓詁…⑯117-119
集部の業…⑯61, 62, 120, 134（経を文学の基礎とする意識…⑯65, 69, 104　経を文学の祖先とする意識…⑯63, 65, 69, 70　言語の重視に基づく文学論…⑯107, 111, 114　言語の背後の真実を求める態度…⑯119　集部の学と経学との方法論的連関…⑯63, 117　不誤不漏…⑯120　無証の言を為さず…⑯118）
書誌学…⑫300
清朝学術と銭謙益　清朝学術史…⑯13　清朝経学…⑯13, 59, 62, 63, 72, 74, 76, 77, 86, 87, 117, 119, 120, 126, 127, 134　清朝文学史…⑯13, 58, 59, 135　清朝文明…⑯134
宋儒批判…⑯62-64, 65, 68, 72, 74, 79-81, 88, 128（王安石…⑯77, 78　朱子…⑯72, 78, 130, 131　周敦頤…⑯79　儒林と道学の区別…⑯74-77, 80, 81, 84, 85, 127）
文献学の方法…㉖429
明の学者への批判…⑯61, 62, 90, ㉖434（明学の謬り…⑯93　明学の空虚…⑯76）
～の金元文明再評価…⑯68
～の嫌悪したもの　経書評点本…⑯90　俗学…⑯62, 69, 72, 81-83, 85, 86, 88, 92, 95-97, 104, 105　天主教…⑯49, 53　明儒学…⑯62, 64, 88
～の故郷…⑯21, 24, 26, 63, 67, 136
～の交遊　閻修齢・閻世科…⑯121　王惟倹…⑯71, 95　王志堅…⑯129　瞿汝稷…⑯93, 131, 132　顧与渟…⑯22　顧与沐…⑯21, 22　呉之振…⑯125　黄毓祺…⑯16, 51　黄宗羲→その項　周亮工…⑯93　徐世溥…⑯85　鐘惺…㉒52　卓爾康…⑯18, 83, 131　趙琦美・趙士春・趙祖美・趙隆美…⑯25　陳瑚…⑯85　程嘉燧…⑯71, 74, ㉒52　鄭妥娘…⑰386　陶珽・陶琰…⑯98, 99　董其昌…⑯71　白紹先…⑯67, 69　繆純白…⑯29　馮復京…⑯129　方以智…⑯87　方子玄…⑯71,

74　李日華…⑯71　呂留良…⑯125　盧象昇…⑯18, 19
～の講経・講道の用語…⑯80, 128
～の座主…⑯31, 45
～の死…⑯37
～の資料の蒐集…⑯117, 119, 132
蔵書…⑯119
取り上げた古書　「庚申外史」祖述…⑮288　「春秋」…⑯66, 166　「春秋繁露」…⑯66, 67　「全唐詩」原本…㉖502　「中州集」…⑬273, ⑮383, 397, ⑯68, 115, 119, ㉖434　趙琦美写本元雜劇…⑭40　「趙飛燕外伝」…㉖452　「春秋私考」批判…⑯90
～の生誕…⑯37, 136
～の性愛賛美…㉖443, 452
袁枚への影響…㉖449
～の著述　「永遇楽」…㉖453　「汪母節寿序」…⑯124　「漁洋山人精華録」序…⑯12　「金陵雜題」…⑯185　「瞿元初墓誌」「耦耕堂記」…⑯124　「試拈詩集」…⑬273　「似虞周翁八十序」…⑯124　「秋槐詩集」…⑫305　「十七史」汲古閣本・序…⑯132　「初学集」→その項　「書沈伯和逸事」「徐霞客伝」「邵茂斉墓誌」…⑯124　「神宗実録」…⑯15　「斉孝廉墓誌銘」「石田詩鈔序」「曽房仲詩序」「贈侯朝宗序」…⑯124　「大仏頂首楞厳経疏解蒙鈔」…⑯37, 38, ㉕236　「題劉司空同年会巻」「忠烈楊公墓誌銘」…⑯124　「注杜詩略例」…⑫32　「杜工部集箋注」→その項　「東征二士録」「答唐訓導汝諤論文書」…⑯124　「湯顕祖集序」…⑯111　「読杜初箋」…㉕448, 455　「梅村家蔵藁」序・書簡…⑯12, ㉖453　「般若心経略疏小鈔」…⑯39　編刻「夢遊集」…⑯44　編「石田先生詩文集」…⑮586, 613, ⑯124　編「石田先生事略」…⑮570　「牧斎外集」李笠翁伝奇序…⑯140　「有学集」「有学集補」→各項　「劉司空詩集序」…⑯124　「列朝詩集」→その項
～の著書への禁遏…②481, ⑬274, ⑯12-14, 16, 20, 37, 54, 58, 59, 167, ㉒290, ㉖429
～の弟子　王士禛…⑯12, ㉖449　帰荘…⑯56　瞿式耜…⑯131, ㉒490, ㉖430　朱鶴齢…㉕435, 489　鄒鎡…㉖430　銭遵王…㉕495, ㉖502　馮舒…⑯129　毛晋…⑯92, 132
～の童年の追憶…⑯136-138
～の文学…①525, ⑬265, 275, ⑯138
散文…⑯11, 55（欠点…⑯62）
詩…①443, ⑮542, 557, ㉓353, 440, ㉖449, 453（「感旧集」所収の詩…⑬275, ⑯12　「国朝詩別裁集」所収…⑯12, ㉖472　万暦帝への挽詩…②589）
詩学…㉖444, 454
詩人としての地位…⑮542, ⑯11, 12, 37, 55, 166
詩文…⑯14, 34, 55, 56, 59, 65, ㉖429
詩文集…㉓358
詩論…㉖436, 438, 440-442, 445, 447, 449（気の読法…㉖446　「古詩十九首」評…⑥330, ㉑213　古典からの典型…㉖444, 445　匂いの読法…㉖445, 449　牡丹の美の論…㉖442, 452）
文学理論の確立…⑯64（文学史家としての方法…⑯135　文学的主張…⑬272, 274, ⑯105　文学的地位…⑬265, ⑯12, 13, 16, 57）
文学論…⑬273, ⑯67, 69, 70, 85, 104-111, 115, 657, ㉔141, 208, ㉖430, 450（言有物…⑯11, 108, 109, 112, ㉖434　詩言志…⑯112, 114, ㉖435　修詞立其誠…⑯108, 109, 112, 114　通経汲古…⑯105, 114　不誠無物…③520, ⑯109, 110, 112, 115, ㉖434　有詩…㉖436　有物…⑯65, 106, 107, 110, ㉖435　有本…⑯115, ㉖435）
～の文集の引用…⑯92, 126
～の文章…⑬272, ⑯39, 67
自己過大評価癖…⑯19, 43
～の文明史三区分説…⑯84
銭玄同…㉒385, 387, 394, 397, 402, 403, 449
～（疑古玄同）と疑古派…㉒414
～と銭稲孫…⑱50
～と段玉裁…㉒419
～の講義　「古今声韻沿革」…⑯644　「中国声韻沿革」…⑳292, ㉒384, 385, 407
銭呉（銭謙益・呉偉業）…⑯11
銭呉朱王（銭謙益・呉偉業・朱彝尊・王士禛）…⑯11, 166
銭行道…①537→等慈広潤
銭恂「史目表」…⑱50
銭順化…⑯48
銭鍾書…㉕444　「囲城」…㉕471　「宋詩選注」…⑬144
銭振倫…⑱50
銭世揚…⑯14, 24, 42　「謦隅子自伝」…⑯21
銭曽・遵王…⑬500, ⑭40, ⑯151, ㉒84　「読書敏求記」→その項
銭存訓…⑲328
銭孫保…⑯35
銭大尹（雜劇中の各判官）…⑭204, 228, 229, ⑮21→銭可・可道
銭大昕・暁徴・竹汀・少詹・詹事…①202, 549, 706, ⑭560, 594, ⑯237, 248, 647, 652, ⑰187, 214, ⑲143, 315, ㉒298, 310, 311
～と清朝史学…①201, 545, 549, ②482, ⑯6, ⑰231, ㉑201, ㉒293, 491, ㉓459, ㉔232
～と日本人　安積澹泊…⑰144　高階暘谷…㉒294
～と仏教…⑯36
～の学問…①201, ②482, ⑯7, ⑰212
呉派の学…⑯6-8　史学…②482, ⑰211, 212, 532, ㉒419, ㉔221　実証学・考証学…⑯9, 60, ⑲97　諸子への言及…②482　「太上感応篇」への態度…㉒304, 305, 307　「道蔵」への関心…㉒

293, 294, 297-299, 302, 303　道蔵本諸子への批判…㉒303, 304　博学…㉓474
学説（「古詩十九首・第十五首」偽作説への反論…⑥318　ドルジバラに関する説…⑮279　陶淵明の家系に関する説…⑦406　南宋滅亡に関する説…⑳320）
～の帰田…㉒298
～の交遊　恵棟…その項　阮元…㉒307　呉中七子…㉗193　黄丕烈…①395
～の死…①551, ㉔221
～の出身地…㉒443, 491
～の如夫人…①549, ㉔232
～の小説観…①201-203, 206, 207, ㉓459
～の「松崖筆記」校訂…㉒297
～の誕生…①549, ⑰231, ㉒307, ㉔221
～の著述　「河豚の歌」…①545, 549　「疑年録」→その項　「恵先生棟伝」…㉒295, 297　「元史芸文志」…㉒298, 299　「元史氏族表」…⑮265, 298　「元詩紀事」…㉒298　「古詩十九首説」序…⑥318　「五硯楼記」…㉒300　「後漢書補表」「広雅疏義」…⑯239　「恒言録」…⑭560, ⑯231　七十歳の生日を自祝する七律…①549　七十三歳の元日の五律…①550　「周書攷異」…⑦541, 546　「十駕斎養新録」…①551, ⑳320（宋の季のひと和を議するを恥ず…⑳320）「正俗」…①201　「潜研堂金石跋尾続」…㉒305, 311（「太上感応篇附注」…㉒305）「潜研堂詩集」…①545, 549　「潜研堂文集」→その項　「竹汀居士自訂年譜」…㉒294, 298, 310, ㉗116　「長春真人西遊記」跋…㉒299　「唐石経攷異」…⑯237, 242　「廿二史考異」→その項　「跋袁氏清芬世守冊」「跋袁氏先世石刻五種」「跋袁氏貞節堂巻」「跋袁胥台父子家書」…㉒300　「跋荀子」…②482　「跋道蔵闕経目録」→その項　「跋抱朴子」…㉒303　「跋呂氏春秋」…⑯234　「布衣臧君墓誌名」…⑯232, 234, 236, 239　「補元史芸文志」…⑭383, 384（釈道類・別集類…㉒299）
～の弟子　袁廷檮…㉒294, 300, 301　臧在東…⑯233, 236, 237, 239, 259　臧礼堂…⑯238
～の同時代人　カント…㉔221　ビュフォン…⑳39　本居宣長…㉔221
～の北京仕官…㉗116
～の婿・瞿中溶…①396
銭大昭…⑯239　「邇言」…⑯231
「銭注杜詩」洋装本…㉔313
銭天祐「孝経直解」…⑮327
銭天祐（天一閣本録鬼簿の誤記）…⑭153→鮑天祐
銭坫「浣花拝石軒鏡銘集録」…⑥394
銭東壁・飲石…⑯238
銭唐亭…⑦502
銭塘「淮南子天文訓補注」…②482
銭塘・銭唐（地名）…⑪521, ⑬141, ⑮269, 317, ⑯175, 176, 180
～何氏夢華館…⑯250
～景物の盛…⑭160
観潮（朱竹垞）…⑯148　山水…⑭161
～丁氏嘉恵堂蔵明鈔本「楚昭王疎者下船」…⑭53
～丁氏「八千巻楼書目」…⑰594
～との関わり　江之浙…㉖454　銭大尹（雑劇作中人物）…⑭204　卓爾康…⑯18　陳堅…㉒305　劉濩…⑭157　厲鶚…⑯152
「銭塘記」…①216
銭塘県庁…⑬368
銭塘江…⑫43, ⑬161, 333, ⑮380, 381, ⑯408, ㉒368
～以西の学・以東の学…⑯5, 9, 10, ㉒287
～と揚子江に挟まれたデルタ地帯の学術…⑯5
～と揚子江に挟まれたデルタ地帯の言語…⑰372
～の下流地帯…⑬246, ⑯3
～の主…⑪521
銭塘門…⑬334, 338, 357, 388, 396, 401
銭稲孫…②569, ⑯648, ⑱50, 51, ⑳293, ㉖509, ㉗440→C教授
～と北京大学外国文学系日文組…②568
～の死…②598, ㉒434
～の泉寿東文書蔵…㉒434, 437
～の日本古典文学翻訳　「漢訳万葉集選」…②597, ⑰68, ⑱40, 50, ㉒434, ㉔7　「伊勢物語」…⑯294　「源氏物語」…⑯550, ㉒434
～の夫人…⑯444
銭南揚「宋元南戯百一録」…⑭209, ⑮18
銭文（銭の銘）…⑬239
銭文子・文季…⑬324
銭秉鐙・澄之・飲光…⑯186　「査浦詩鈔序」…⑯174　「荘屈合詁」…①427　「田園雑詩」…①427-429　「田間易学」「田間詩学」…①427
銭穆…⑳490
銭名世…㉓167, 168
銭翊之…⑯88
銭劉（銭起・劉長卿）…㉓156, 238
銭鏐・婆留・武粛王…⑮26, ⑰525, ㉓37
銭林「文献徴存録」…⑯248, ㉓191（袁枚…㉓191）
銭霖・抱素・子雲・素庵…⑭168, 174, 208　『哨遍』…⑭166
銭驢…㉖421
潺湲…⑬70
潜…⑫488, ㉖156
潜景殿…⑪525
「潜研堂文集」…①201, ②482, 603, ⑯253, 652, ⑳381, ㉒293, 295, 299, 300, 303, 304, 310
題跋・答問・碑・墓誌銘…㉒300
箭橋…⑬457
線装（本）…㉔311-314
賤…㉖224
遷次…㉕449, 456
選印宛委別蔵…⑭368
選学の妖孼…⑯644

選軍…㉖423
選刷…⑮220, 221
「選詩定論」…⑥270, 309, 317, 330, ⑦196
選択…⑮219, 220
選剝…⑮73
選抜…⑮221
「選仏詩伝」…⑯184
選良制度…①293-295, 299, ②401, 403, ⑥172, 192
～の最初の公認者…①298, 300
「薦福碑」雑劇・「半夜雷轟～」…⑭44, 217, 595
～の『寄生草』（第一折）…⑭296
～の『金盞児』（第一折）…⑭584
～の作中人物・張鎬…⑭584
繊月…⑫149, ㉖23
纎嗇の俗…㉓427
纖纖…⑥294
鮮于去矜・必仁・苦斎…⑭163
鮮于枢・伯機…⑭75, 161, 163, 384
鮮于仲通…⑫56, 66, ㉕452, 459, 478
鮮眼睛…㉖422
鮮卑族…②585, ⑦475
鮮眉亮眼…㉖422
濺涙…㉒91, 92
瞻望弗及…⑰550
顓頊（せんぎょく）…②374, 549, ⑩467
顓孫師…④3, ⑥405→子張
蟾宮…⑭503, 505, 531, 532
『蟾宮曲』　馬致遠…⑭124
鏇鍋児…⑮98
顫欽欽…⑮121
籤児…㉓231
冉求・冉子…⑤17, 283→冉有
冉有…⑤17, 26, 47, 328, ㉑177, ㉓475→冉求
全学連…⑳458
「全漢三国晋南北朝詩」…⑥28, 265
「全漢文」…⑥337
「全金詩」…⑮372, 383
全句語…⑭287, 288, 293, 555
「全国総書目」…⑯314
「全三国文」…⑦167
「全釈漢文大系」（集英社）「文選」…㉑253
全集を編む行為…⑳658
「全相三国平話」…⑮323
虞氏刊本…⑮317　内閣文庫蔵本（「至治新刊～」）…①154
「全上古三代秦漢三国六朝文」…⑥265, ⑮634, ㉒456, ㉖472
全真教…⑬516, 604, ⑭59, ㉒301
～の「道蔵」…㉒301
全真派の道書…㉒299
全祖望…⑯9, 647, ㉒112
「宋元学案」→その項　「鮚埼亭集」…②603, ⑯652, ㉒112　「鮚埼亭集外編」…⑰594, ㉒112　「杭堇浦に与えて金史を論ずる帖子」…⑰594　査初白墓表…⑯168　「劉屏山の鳴道集説に跋す」…㉒113
「全宋詞」…⑬11, ⑰348
「全陳詩」…⑫655
「全唐詩」…①434, ⑪212, 214, 398, ⑫403, ㉒7, 87, ㉖398, ㉗20
～所収の詩人数…⑬8, 9, ⑮372, ㉒7
～と清朝宮廷…⑬8, ㉑11, ㉒7, ㉓176, ㉖498, 502
～の御製序…㉖502
「全唐詩逸」…⑰348
「全唐詩集」…㉖502
「全唐詩選」…㉓178
「全唐詩録」…㉒7
「全唐詩話」…⑪211, ⑭527
全盤欧化…⑰4
全不…②50-53, 55
全米工学会…⑲304, 330
全面講和要求と署名…⑳319
「全梁文」…⑦166
前家児…⑮113
前漢（王朝・帝国）…②315, 550, ⑥429, ㉓99, ㉖59→西漢
～以前を古代とする中国史三区分説…⑥428, ㉓599, ㉕60, 376, ㉗255
～以前の言語（繫辞伝）…㉕33
～以前の古文辞…㉓289, 335
～以前の散文に用いられなかった新語…㉕377
～以前の文学の語彙…㉕378
～以前の文献…㉓345, ㉕378
～以前の文体…⑥428, ㉕59, 375, 376, ㉗6, 254
～以前の世と先王の道…㉓345
～時代と経書…㉓99, 100
陰陽説による解釈…②315, 332　経を実際政治の原理として扱う態度…⑧5, 9　古文の経書の出現…㉕332　「詩経」注釈…③38, 39　「周礼」の地位…㉕331　「礼記」の集録…㉑159　「論語」解釈…㉓100
～時代と五言詩…㉑215
古詩の制作年代…⑥266, 275, 430, ㉑213-215
～時代の悲哀・不安・放胆さ…㉑214
～中葉の文明担当者…㉕219
～と後漢…⑥429, ⑰281, ㉑214, ㉓599
長安と洛陽…⑥314
～における開悟の用例…㉕380
～の歌物語…⑥237
～の歌謡…①352, ⑥355, ㉑214, 215
～の社会の文化主義…⑥226
～の社会の遊俠の気風…⑥178, 201, 226, 227, ⑦44, ㉑214
～の政治の理想…⑦266
～の勢力範囲…㉑93
～の創始者…⑦43, 46

～の大学の学問…㉕331
講義…㉕333 「尚書」の説き方…⑦265, 266
テキスト…㉕332
～の大儒（董仲舒）…㉕216, 217, 219
～の著述家評（揚雄）…㉕197
～の帝室…⑦43
～の繁栄…⑥430, ㉑214, 215
～の文献…㉕380
～の文章…②32
代表「史記」…⑦471
～の文明の代表者たち…㉕222
末期の文明担当者…㉕219
～の歴史…㉕267
匈奴との対立…①283 簒奪（王莽）…②550, ⑥254, ⑦43, ㉓137, ㉖64 滅亡…②151, ⑥120
～の歴史と班固…①160, 241, ②151, ㉕84
～末の学者…⑥254
～末の言語観…②12
～末の讖緯の書…⑦554, ㉕151
～末の人口密度…③547
「前漢書」…①177, ⑬581, 583→「漢書」「前書」
「前漢」諸宮調…⑭203, 572, 579
前虚後実…⑬185, ㉓116
前軒…⑫254
前言往行…①153, 212, 223, 224, 240, ②251
前五子（明）…⑮522
前後漢…㉕225, 230→漢→両漢
～川上の嘆は楽観語とする解釈…㉕216, 223, 224
「前後漢書」…⑬577, 581, ⑯584→「両漢書」
前後七子（明）…⑮617, 618, ⑯36, 160, ㉓120, ㉔150, ㉖450→七子（明）
前項（水滸伝用語）…㉖384
前七子（明）…①151-152, ⑮492, 503, 508, 509, 529, 614, ⑯160, ㉓119, 322, ㉖450
～中の最長命者…⑮511→王九思
～の偽古典主義…㉒51
～の後継…⑮512→後七子
～の第一人者…⑮493, 511, 518→李夢陽
前実後虚…⑬185
「前書」…⑥367, 369→「漢書」「前漢書」
前蜀（国名・五代）…⑬596
前進座…㉕416, ㉗17
前政…㉕458
前則…②218
前村…⑬162, ⑯362
前段（詞）…㉖488
前置詞…⑫689, 691, ㉗322-324
前趙（五胡）…㉗130
前程…⑭535
前度の劉郎…㉒460, 463, 464, 472
前年…⑫287
前輩の収儲…①401
前文学史的時代（中国）…③5, 13, 15, 21, 559, 562
前右司諫直集賢院…⑬309
前歴史時代（中国）…③19
単于…⑥72, ㉒101, ㉕387
単不厂（ふかん）…⑯520
単父（地名）…⑫50, ⑱85
善…②367, 368, ㉓68
～の大家…⑥392
善意の回復への期待…①106, ③24, 26
善謔…⑭134, 135
善光寺平…㉔174
善才…⑪285
善珠「因明論疎明燈鈔」…㉑187
「善書」…㉒314
善大家…②512, ⑥392
善珍「蔵叟摘稿」…⑰348
善罵…⑭135
喘未蘇…㉒85
然を伴う熟語（元曲）…⑭313
然而…②118, 121
然・燃…②79, ⑪47
然明…⑤152
髯…㉕135
禅…⑭131, ㉓340, ㉕262
～と二程子…⑯104
～と日本人…⑰545, ㉔170, ㉗433
足利期の関心…⑰21, ㉓423 伊藤仁斎…㉓87
荻生徂徠…㉓421, 423 鎌倉期の関心…⑰21
夏目漱石…⑱549
～にたとえた唐詩（厳羽）…⑮474
～の盛行（宋）…⑰20, ㉓423
宋詩と禅…⑬188 宋儒と禅…㉓67
～の不立文字…⑤303, ㉕28
禅学…⑯95, ⑰22, ㉓33
～と趙貞吉…⑯103
～と良知の説…⑯88
禅家…⑬308, ⑰35, ㉓86, ㉕209
～の語録…②195, 447, ⑭12, 275, ㉕38
禅宗…②386, ⑯104, ㉓310, 403, 410, 423, ㉖439
～批判（銭謙益）…⑯40, 46, 48, 49, 50, 51, 96
禅宗（日本）…②386
禅書…⑤303, ㉓42
禅荘の語…㉓42
禅僧…②447, ㉓420, 423, 473
禅智寺…⑬279
禅榻…①351
禅坊主…㉕200
禅門の五宗…⑯104
禅理…㉗158
漸漸…⑮536
漸漸裏…⑭321
漸台…㉕163
膳部・膳部員外郎…㉒87, 88

そ

ソヴィエト・ソヴィエト聯邦・ソ連…②193, ⑲231, 344, 398, 433
～厚生省…⑲377
～製の飛行機…㉒457
～と宗教…⑲3, ⑳489, 490
～と秦…⑲49, ㉕415
～と中国　対立…⑲459, ㉒456, 457（技術者の中国引き上げ…㉒457　ソ連修正主義…㉒456, 479）
学界の中国文化遺産重視…⑥241（司馬遷への敬意…⑥241　司馬遷生誕二千百年を記念する会…⑥241　中国古典翻訳…⑰631, ⑲417　楽府翻訳・白居易翻訳・李白翻訳・中国詩選ロシア語版…⑲417）
中華人民共和国への敬意…⑥241
中国問題研究所…②596
～と日本　歌舞伎公演…㉗284
ソ連のマルクス研究と日本のマルクス研究…㉑139
ソ連のマルクス主義日本のマルクス主義…㉔302
日本哲学史…⑤301（伊藤仁斎への評価…⑤216, 301, ⑰128, 134　ツァトロフスキーの評価…⑰78, 120, 133, 134）
日本の左派…⑰13
～における国際東洋学者会議…⑲337, 338, 371, 375, 377, 386, ㉔171, 252
中国不参加…⑲371, 372, 376
ミコヤン演説…⑲372, 375
～におけるスパシーボとパジャーストリ…⑲349
～による外国のロシア語教師招待と講習…⑲440
～のアジアアフリカ諸国の独立への援助…⑲372
～のインツーリスト…⑲378, 379, 387, 388
～の医療設備…⑲377
～の印象と社会主義…⑳458-459
気むずかしさ…⑲370
サービスの不活発…⑲379, 380, 388, ⑳459
～の外国語教育…⑲195
英語…⑲194, 340
～の学者…⑲371, 373, 374, 376
～の原爆実験…㉔152
～の混合文化…⑰61-62, 106, ⑱32
～の市民の私生活…⑲385-387
汽車…⑲346　ニュー・エージ…⑲362　バア…⑲397　百貨店…⑲388　ホテル…⑲378-380, 387, 388, 406　墓地…⑲384, ㉗432
～の指導者…⑲380
～のスターリン時代の高層建築への批判…⑲362
～の戦勝記念塔（東ベルリン）…⑲363
～の月の裏側写真撮影…⑳487
～の東洋学…⑰631
中国研究…⑰631, ⑲373　日本研究…⑲374, ㉒436　日本史家…⑲382, 386
東方研究者数…⑲412　東方民族研究所…②596
～の百科全書…⑥241
～の不戦への責任…⑲390
～の冬…⑲50, 51, 433
～の兵隊…⑲390
～の夜とヘルシンキの夜…⑲354
タバコ…⑲344
～の旅客機…㉔172
鄭振鐸の旅客機事故死…⑭365, ㉑165
～の領土と漢時代における関わり…⑥88, 89
西トルキスタン…⑥129, 130（ソグディアナ…⑥92, 129, 130　バクトリア…⑥93, 94, 128, 130　フェルガーナ…②136, ⑥92, 94, 130, 154, ⑫135, ㉑93, ㉖31）
～旅行…⑰106, ⑲337, 377, 385, 386, 421, 426, ⑳499, ㉔171, 252
ソ連・西欧紀行…⑳398
ソヴィエト革命…②389
そえ歌（風）…③33
ソーロー…⑲282
ソグディアナ…⑥92, 129, 130
ソグド族…⑫255, 441
ソクラテス…⑳222
ソニー…㉔173
ゾラ…⑯308, 315, 442
ソルジェニーツィン…㉒443
ソルボンヌ大学…⑳347
ゾレン…㉕294, 322, 324
ソンゴトウ（満州人貴族）…⑯140
十河国鉄総裁…⑲347, ⑳438
衣通姫（そとおりひめ）…㉖195
「徂来荻生先生伝」…㉓402
徂徠学…⑰57, 60, 114, 307, ㉓514, 544, 553, 605, ㉗73, 74, 77, 97, 140-143, 164, 173
「徂徠学と宣長学との関係」…㉓555, ㉗198
徂徠学派…㉒5, 6, ㉗28, 107, 135, 137, 231
徂徠観…㉗154
徂徠研究…㉗154, 155, 181
「徂徠研究」…㉓298, 312, 315, 407, 451, ㉗32, 160
徂徠研究者…㉗178
「徂徠集」…㉓135, 357, ㉕140, ㉗233
～から除去された詩文…㉓300, 319, 357
～所収の詩文…㉓357, 401
詩　「留恵阿剌吉酒，所盛亦西洋玉壺」…㉓486　「蘐洲新歳」…㉓433　「古風五解」…㉓434　「春日上楼」…㉓432　「正月十日作」…㉓357, 416, 432　「送海上人還崎陽歌」…㉓458, ㉗47　「題画三首」…㉓435　「晁玄洲の為に仇実父の画の後に題す」…㉓407　「田家即興二首」…㉓297　「望岳」…㉓432　「墨君徽画岳陽楼跋」…㉓412　娘の死を悼む七絶…㉓379　「麗奴戯馬

歌」…㉓364, 430
書簡…㉗164
「答崎陽田辺生」…㉓352, 440 「答屈景山」→「屈景山に答う」「答卓上人」…㉓368 「答松子錦問神主制度」…㉓390 「答中文山」…㉓368 「答稲子善」…㉓352 「再復屈君燕書」…㉗181 「復安澹泊」…㉓309, 317, 327, 353, 367, 371, 378, 389-390, 402, 419 「復于士茹」…㉑173, ㉓402 「復谷大雅」…㉓439, 466 「復水神童」…㉑181, ㉓332, 336, 350, 397, 438, ㉗163 「復芳幼仙」…㉓319, 368 「復柳川内山生」…㉓346, 413, 441 「与伊仁斎」…㉓44, 45, 300, 318, 371, 372 「与猗蘭侯」…㉓324, 368, 369, 376, 379, 439 「与于士新」…㉓424 「与悦峰和尚」…㉓313, 361, 364, 367, 431 「与朽土州」…㉓296, 359 「与県雲洞」…㉓294, 319, 419 「与県次公」…㉓344, 359, 364, 369, 370, 400, 416, 431 「与玄海上人」…㉓413 「与江若水」…㉓328, 352, 363, 365, 366, 368, 410, 416, 424 「与香国禅師」…㉓379 「与香律師」…㉓401 「与左沕真」…㉓420, 435 「与佐子巌」…㉓379, 400 「与佐生」…㉓375 「与爽鳩子方」…㉓367 「与藪震庵」…⑰194, ㉑173, ㉓293, 315-316, 331-333, 336, 350, 351, 366, 375, 378, 395, 396, 402, 410, 411, ㉔11, ㉗163 「与竹春庵」…㉓330, 333, 334, 338, 342, 345, 386, 423 「与晁玄洲」…㉓407 「与都三近」…㉓299 「与滕東壁」…㉓324, 360-362, 365, 367 「与富春山人」…㉓370, 378, 401, 407 「与平子彬」…㉓336, 338, 350, ㉗201 「与平子和」…㉓301, 365 「与墨君徽」…㉓344, 401
文 「賀香国禅師六十叙」…㉓458, ㉕236 「学則」…㉓408 「記義奴市兵衛事」…㉓297, ㉗34 「記松浦塩谷飫浦事」…㉓419 「崎陽大音寺伝誉上人碑」…㉓485 「峡中紀行」…㉑109, ㉓296, 313, 320, 357, 364, 369, 412, 434, ㉗31, 33, 34, 103 「旧事本紀解序」→その項 「稽古釈義」…㉓347 「皇和通暦序」…㉓430 「国思靖遺稿序」…㉓484 「七経孟子考文補遺叙」…㉓329, ㉗70 「舎利記」…㉓394, 485 「驟雨説」…㉓421 「叙江若水詩」…㉓132, 353, 418, 425 「送慧寂序」…㉓457 「送岡仲錫徙常序」…㉓295, 427, ㉗30, 233 「送香洲師序」…㉓353, 457, 473 「送釈玄海帰崎陽序」…㉓485, ㉗46 「送野生之洛序」…㉓313, 427 「贈于季子序」…㉓422, 424, 427, ㉕200, 202 「贈菅童子序」…㉓425, 469, ㉗167 「贈善暹羅語人」…㉓485 「贈対書記雨伯陽叙」…㉓419 「対問」…㉓452, 457, ㉗201 「題孔子真」…㉓405 「題詩学三種合刻首」…㉓344-345, 351 「題唐後詩総論後」…㉓440 張良の賛…㉓430 「南郭初稿序」…㉓418, 443 「跋阿林字」…㉓412 「跋管子」…㉓474, ㉗28 「復軒板君六十序」…㉗31 「福島妙音廟碑」…㉓395 「豊公族大夫養拙君二亭記」…㉓414 「訳社の約」…㉓365, 367, 369 「楽楽堂記」…㉓410, ㉗163 「わが家の大連の檄に擬す」…㉓294
～と西周…㉓403
～における徂徠の四言詩…㉓354
～における徂徠の日本史観…㉓417
江戸と京都…㉓426, 427, 200, 201 徳川王朝賛美…㉓425
～における富士山…㉓363, 431-437
～の刊行…㉓357, 358, ㉗174
四十七士論削除…㉓297 版型…㉓358
～の鬼神論…㉓475
～の編次…㉓132, 357
散文の編次…㉗174 詩の編次…㉓431
「徂徠集拾遺」…㉓360, 364, 367, 370, 371, 376, 379, 380, 457, ㉗32
～所収の文 「永慶公を祭る文」…㉓312 「上総国武射郡…満徳山勝覚寺の釈迦堂並びに四天王の像を興復する縁起」…㉓298, 300 「県次公に与うる書」…㉓321 「香国禅師に与うる書」…㉓312 「佐子巌に復する書」…㉓375 「時人十篇の跋」…㉓486 「徳夫に与うる書」…㉓400 「嬪三宅氏の墓」…㉓323
～日比谷図書館井上文庫蔵写本の記事…㉓297
～広島大学蔵写本の記事…㉓297, 366
「徂徠集補」…㉓357（「得請罷採経」…㉓316, 358）
「徂徠書牘二首」…㉗203
「徂徠先生学則」…㉓484, ㉗164, 173, 174, 181, 182, 200→「学則」
「徂徠先生答問書」…㉓354
漢詩文の実作…㉓354, 550 鬼神論…㉓447, 475 堯舜…㉓386 「旧事本紀」批判…㉓451 愚老が懺悔物語…㉓316 君子と政治…㉓383 敬天の説…㉓447 「蘐園随筆」への不満…㉓371 米は米, 豆は豆…㉓396, ㉗173 四民…㉓483 詩…㉓354 詩歌の比較・日本と中国…㉓477 諸子評…㉓469 人材探し…㉓395 政治重視…㉓469 聖人の道…㉓387-389, 481 聖人への信仰…㉓454, 455 先王の道と小人…㉓483 宋儒の注釈…㉓392 宋儒批判…㉓337, 471 大豪傑…㉓446-447 天地の妙用…㉓398 天地も人も活物…㉓397, 447 博学…㉓473 武士道…㉓374, 451, 478, 479 風雅文采…㉓337, 471 仏教批判…㉓455 文武二道…㉓478 封建制讃美…㉓483 文字の会得…㉓550 輪廻転生説…㉓438, 455 歴史の重視…㉓551
「徂徠著述考」…㉗159→「物夫子著述書目記」
「徂徠豆腐」（講談）…㉓301
「徂徠, 宣長とフーコー, デリダ」（副題）…㉕70, 71
俎豆…⑤76, 228
怎・怎生…⑭310, 313
怎下的・怎不的…⑭321

怎知俺…⑭320
怎麼…⑭313, ⑮355
祖詠「終南山に余んの雪を望む」…⑱84, 94
祖己…⑤111, ⑨480
祖甲（殷）…⑤112, ⑩477
祖考…㉗81, 82
「祖国十二詩人」…①514, 637, ⑳426
祖是…㉖408
祖制…㉓180, 185
祖先の祭祀…②377, 381
～の倫理性…②362
祖孫登…⑫663, 665
祖庭…⑬516
祖逖…⑮411
租庸…㉖225
租庸徴（調）…⑰166
素王…⑤35, 118, 119, 123, ㉓105, 109, 111, 112
素華禅師…⑯40, 52→藕益智旭
素慶…⑦287
素餐…①379, ⑬59, 222
素髪…⑬85
「曽我会稽山」…㉑167
「曽我物語」白帝社大山寺本…⑮213
　若君失ひ奉りし御事…⑮213
曽雌甚右衛門…㉗41
曽野綾子…㉒442, 459, 475, 490, ㉗440 「中国・一九七五年春」…㉒477
曽莫・曽不…②54, 55
曽良→河合曽良
疏…①399, ⑧4, 5, 509, ⑩430, 432, 434-438, 444, 449, ㉗64, 65→義→正義
　～と古注…⑩433, ⑰555, 556
　　荻生徂徠…㉗70-72　狩野直喜…㉓603, 607　京都堂上の儒学…㉗68, 72
　～における討論…㉕344
　～の校定…⑩442, 443, ㉓328, 329, ㉗73, 74
　～のテクスト（十三経）…⑩425, 426
　～の標題…⑩439-441
　～の論証法…㉗78-81, 87-89
　　本居宣長…㉗75-77, 81, 87, 89
疏家…㉗80, 89
疏広・疏受…⑪93
粗獷…⑰249
粗剛の詩（李夢陽）…⑮501, 508
疎快…⑪66
疎鐘…⑱314
疎放…①504
疎剌剌…⑭318, 320, 341, 342, 371-372
楚（桓玄の国号）…⑦372
楚（国名・春秋）…⑤80, ⑥374, 375
　～王（漢篋図像）…⑥394
　～王と晏子…㉕351, 352
　　土地柄と泥棒…㉕352
　～王と慶封…⑤75, 76
　～が鄭に献上したすっぽん…①158
　～苦県厲郷曲仁里…②83, 85, ㉕79
　～才…㉗131
　～囚…⑮412
　～との関わり　伍子胥…①173, ⑤94, ⑥377, 378, ㉑167　郤至と「詩」…③35　孔子と楚狂…⑤251　宰相令尹子文…⑤43
　～の戦い　呉王闔閭との…㉑167　蔡侯との伯莒の…⑥377　晋との鄢陵の…③525
　～の檮杌…⑦255
　～より出土の剣…㉑168
楚（国名・戦国）…①11, 185, ⑦314, 397, ㉕414
　～王宮と杜詩…⑪69-71, 204, ㉔189
　～王と屈原…①11, ③26, ⑥18, 414, ㉔217
　　重臣…①11, ③26, ㉕414
　　政府の主流派と屈原…①92, ③26, ㉕414
　～王と巫山の女神…⑪70
　～斉秦の鼎立と楚の外交政策…③26, ㉕414
　　楚をめぐる情勢と現在との類似…㉑163, ㉕414
　～秦斉燕韓魏趙…①281, ②110, 549, ③20→戦国時代（～の戦国七雄）
　～の歌声→楚辞
楚（楚漢時代）…②139, ⑥3, 9, 10
　楚歌…②139, ⑥3, 5　楚人…②139, ⑥4
楚（叢木）…⑥375
楚（地名）…⑪217, ⑯176, 191, 193, 194, 238, 239, ㉓250, 705, ㉖225, 228
　楚雲…⑪217　楚夏…⑭274, ㉕36, 341　楚客…①303　楚境…⑯190　楚江…①127, ⑪99, 100　楚山…⑪210, 215, 217, 218, 221, ㉒102　楚蜀…⑮397　楚天…㉒469, ㉕241　楚人…㉖221, 222, 225, 227
楚狂接輿…⑤205, 206, 251, ⑦393, ⑰355, 356, ㉓386, 627→接輿
「楚国先賢伝」…⑥392, ⑦149, 151, 159, 165, 495
楚才禅師…⑬308
楚詞…⑥330→「楚辞」
「楚辞」…①242, ②458, ⑥18, 107, ⑫606, ⑭7, ⑰596, ㉑163, ㉒306, 325, 326, 437
　～以来の古典文学復刻（文革以前）…㉕417
　～を生む条件…③488
　～と科挙…⑬564
　～と後世の文学…①93, 242
　　韓愈…⑬555 「帰去来辞」…⑦405　古詩十九首…⑥268, 272, 330, ㉑213　短簫鐃歌…⑥354　杜詩…②493, ⑫124, 239, 347, ㉖150　賦…①14, 74, 242, ③14, 15, ⑥199, 200, 213, ㉑5, 6, 8, 9, ㉕7 「文心雕竜」…㉗300
　～と「詩経」…①73, ③5, 12, 21, 25, 26, ⑪10, ⑫622, ㉑14, 164, ㉕103
　　押韻法研究…②204
　　古典としての地位…①242, ⑦562（叙情詩の始祖…①64）

政治への関心…①64, 73, ③12, 26, ㉒440, 470
鳥獣草木と比喩…③25, ⑪136
人間観　限定性…①94, 106　死への恐れ…①107　人間による救済…③27　人間の不安定に関する感情の希薄…⑥21, ㉑213　人間の不幸…①93　楽観…①92, 93, 106
夕陽を歌わず…⑳53
～と日本…⑰26, 608, ㉕280
荻生徂徠…㉓332　柿本人麿…㉕161　契沖…㉕161, 162, 179　「古今集」…㉑219
～に現れた時間の悲哀…㉑211, 212, ㉔161, ㉕212
主観的時間の意識…㉔208
～における事項　エロスへの関心…㉑9　神神の世界…①179, 188, ③19, 563　菊のはなびら…⑬91　虚構…㉑8　堯舜…③16　三后…③17　湘君…⑪101　戦争の悲惨…⑥354　宋玉の悲秋…②493, ⑫347, ⑬151, ㉑212　滄浪の歌…㉖452　夢…⑱21, ㉖125
～の感情の強烈さ…①13, 73, ③25, 26, ㉕6
～の関係書数…⑱467
～の研究　鈴木虎雄…①619, ③487, ⑰302　西洋の研究者…⑲405, 413, 415, 417　藤野岩友…③487
～の語句　王孫…⑪140　我独醒…⑭405　回風…①462　軺軻…⑥327-328　兮…③25　桂樹叢生兮山之幽…⑲119　光風転蕙…㉕469　皇天…㉔267　浩蕩…⑫613　魂…㉖120　察察…⑬89　秦相知…⑥273　生別離…⑥272-274　戚戚…⑥315　草木変衰…㉖150　長夜…⑥310　帝子…②30, 31　突梯…⑭343　浮雲…⑥277　杳杳…⑥310　磊磊…⑥313
～の作者…①11, 92, ③488, ㉑163, ㉕414, ㉖195
作者名…③12, 13, 19, ⑦138, ㉕147
～の作品→屈原・宋玉
～の詩形…③12, 25, ⑥199, 205
押韻…㉑7　長編…①92, ③12, 25, ㉑5　リズム（韻律）…①13, 14, 17, ③12, 25, ⑥214, ㉑5, 7, 14
～の伝統の秦以後の中断…③13, ⑥199
～の内容…③488
憤りと悲哀…①92, 106, ③26　懐疑と絶望…①106, ③26　清絶…⑫239, ㉒79　善意の回復への期待…①92, 106, ③26　憂愁と快楽…③12　楽観的人間観の動揺…㉑40
～の発生した時代…①11, 92, 242, ③12, 24
～の発生地域…①11, 73, 92, ③12, 20, 24, ⑥199
～の文学…③12, 27
感動の原因…③487　叙述の文学…㉑5, 6　楚の国のとなえごと…①11　祝詞の文学…①92　列挙の文学…㉑6　朗誦のための韻文…①11, ③25
～の文学史的地位…①242, ③13, ⑦562
最初の純文学…①242　美文の始祖…①64
～の用語…③12, 25, ⑥214, 215
修辞性…③12, ⑥214（選択された語彙…①13, 14, ③25　比喩…③25, ⑱29　美文的表現…①73, ㉕6　文と行…⑥219）
楚のシャーマンの言語の形式…①619, ③487
「楚辞」（注釈）
王逸→その項　朱子→「楚辞集注」
「楚辞」（テクスト）
王逸本…㉕161　和刻本…⑰26, 608, ㉕280
「楚辞後語」…⑥10, 27, 38, 39
「楚辞集注」…⑬318, ㉑163, 164, ㉒325, ㉓552
「九章」「哀郢」…㉔267　「卜居」…⑭343　「離騒」…②545
楊氏海源閣所蔵宋版本…㉑165, ㉒495, ㉕415, 430, ㉖474（人民文学出版社覆刻本…㉑165, ㉒495, ㉕414, 415, ㉖474）
楚囚…㉖462
「楚昭公」雑劇・「～疎者下船」…⑭37, 43, 202, 247, 281
丁氏嘉恵堂所蔵明鈔本…⑭53
楚上蔡人…②137
楚石梵琦…⑯40, 41, 44, 52
楚騒…⑥222, ㉔161→「離騒」
～漢賦六代駢語唐詩宋詞元曲…⑭599
楚服…⑥63
楚陽台…⑭440
鉏…⑱86
『醋葫蘆么篇』「灰闌記」…⑭330
蕎麦打ち（遊戯）…⑯512
蘇→ソヴィエト
蘇埃士→スエズ
蘇安節…⑬277
蘇夷簡…⑬80
蘇威…⑪17
蘇我馬子…㉓294
蘇学…⑮376, 382, 394, 403, 430, ㉒108, 110, 113, 116
蘇寛…⑥403
蘇家（蘇綽の家）…⑪485, 486
蘇源明・預・司業…⑫46, 47, 405, 430, 431, ㉗14
「小洞庭五太守讌籍序」…㉒90
蘇公堤…⑬394
蘇杭（蘇州・杭州）…⑭107
蘇黄→蘇軾と黄庭堅
蘇黄米蔡（北宋書法四大家）…㉖396
蘇綽…⑦532, 536, ⑪17, 485, 486, ㉗241　「大誥」→その項
蘇州（江蘇）…⑦379, ⑪213, 214, ⑮494, 519, 602, ⑯176, 237, 307, 573, ⑰376, ㉓263, 264, ㉖459
～を中心地とする呉語…⑰374
～を中心とする呉派の学…⑯5, 63→呉派
～からの阿倍仲麻呂の舟出…⑪131, ㉗17, 22
～郊外　高啓の荘園…⑮461
農村生活…⑬163, ⑮478, 586（低湿の地形…⑮586　糧長…⑮574, 613）
～・松江地方の紡紗…⑯218

～人…①394, 407, 542, ⑮508, ⑯571
王君九…⑳295　王佩諍・王大隆…⑳294　許重熙…⑯107　顧瑛…⑮572　呉寛…⑮563, 574, 577, 590, 606　洪鈞…②441-443, ⑯306, ⑳295　徐有貞…⑮579, 582　沈恒吉・沈貞吉・沈孟淵→沈周　鄒百耐…⑯572, ⑳294, 297　杜瓊…⑮579　范仲淹…①299, ⑬562　潘景鄭…⑳294, ㉖459　潘氏…②405, 511, ⑳294, ㉒415, ㉕499　潘世恩・潘祖蔭…⑳294, ㉒415　潘博山…⑳294　李根源…⑳294, 295, ㉒415　陸居仁…⑭289　劉珏・劉溥…⑮579
画家　呉湖帆…②511, ⑳294　沈周→その項　陶冷月…②511, ⑳294
学者　恵棟…⑯6, 7, 63, ⑳294　顧炎武…⑯6, 7　呉梅…⑯570, 571, ⑳294, ㉒415　銭大昕…⑯6, 7, ㉒300, ㉗193　陳奐…③43, ⑳294
詩人…⑮461, 619
袁景休…⑮531　王肆…⑮572　王行…⑮462　金天羽…⑯267, ⑳295　呉中四傑…⑮468　呉中四才子…⑮508　呉中七子…㉗193　高啓…⑮461-463, 466, 468, 606　祝允明…⑮480, 502, 508, 601, 607　徐禎卿…⑮503, 508　徐賁…⑮468　沈周→その項　蘇舜欽…⑬75, 80, 81, 85　張羽…⑮468　鄭思肖…⑮420, 421　唐寅・范成大・文徴明→各項　北郭十友…⑮461, 462, 465, 468　楊基…⑮468　楊循吉…⑮484, 486, 563
女性…㉒369
賽金花…②443, ⑯306
蔵書家　袁廷檮…㉒300　黄丕烈…①394, ㉒312
～人と官吏の地位…②429, ⑮576
～人の諺…⑰378
～人の読書人…②429
～人の富民…⑮477, ㉒300, 302
富民の家庭教育…②405, ⑮571
～地方と朱元璋…⑮466, 477, 478, 574, 576
高税率…⑮477, 478, 574
詩人と朱元璋…⑮461, 468, 477
張士誠の抵抗…⑮461, 466, 477
～と相城里間の交通…⑮570, 571
～との関わり　袁宏道（知事）…⑮537　王世貞…⑮521（倭寇からの避難…⑮522）　喬夢符…⑭385　胡適…⑯407　高倉正三→その項　段玉裁…㉗193　趙天錫…⑭114　杜甫…⑫42, 43　道壱道人…⑦471　白居易（知事）…①337　兪樾…⑯265
～における日本人の書道展覧会…②501
～の画舫の場面（孽海花）…②467
～の学…⑯9→呉派
～の学者の邸宅…②417, ⑳294
～の学術の衰退（清末）…⑯10
～の学術の衰退（明末）…⑯76
～の市民文学…⑮468, 469, 477, 518
作詩人口（明）…⑮484
～の施設・学院・居宅・寺院など　元（玄）妙観…⑮256, ㉒297-301, 303　紫陽書院…①549, ⑯242, ㉒294, 298　瑞光寺…⑯137　滄浪亭…⑬80　懶雲窩…⑭385
～の詩人（南宋）と元好問…⑮384
～の上空の飛行…㉒461
～の地名　懸橋…①395　虎丘…⑮542, ⑯143, ㉓256　呉県…⑪219, ⑯30, ㉒300　三峰…⑯43, 49　南濠…⑮485　南十字街…⑳294　南石子街…⑳294　盤門内新橋巷…⑰377　劉家河…②156
～の地名・郊外　光福鎮…⑮479　相城里…⑮478, 569-571, 577, 581, 586, 610　楓橋…①395
～の発展の素地と東晋の南渡…⑯615
～の風景…⑮481, 484
北寺の塔からの展望…⑲245
～の文化との関連　艶体の詩…⑮578　習俗・生活…⑰378　沈周の芸術…⑮479
～の文人による「秋柳詩」の模擬…⑯156
～の保守性…⑳294, ㉒415
～の荸薺…②191
～版王琪刊本「杜工部集」…㉕499→「杜工部集」王洙校定本
～旅行（吉川）　昭和六年…②511, ⑯571, 651, ⑳294, 297, 391, ㉒415　大正十二年…⑯546, 637, ⑱534, ㉒345, 368
蘇州語…①279, 280, ⑮34, 62, ⑰377-379, ⑳294, ㉖380, 401
～の資料…⑰376
～訳の文学作品（高倉正三）…⑰374
蘇州語辞典…⑰375, 379
蘇州刺史…⑪212, 222, 323, ㉔112
蘇州病院…⑰377
蘇州府　常熟県…⑯21, 63　長官汪鼒…⑮582
蘇州府学…⑯74
蘇州風俗史…⑬163
蘇舜欽・子美…⑬75, 85　「晩に犢頭に泊して」…⑬81　「覧照」…⑬80
蘇洵・明允・老泉…⑬91, 99, 100, 273→蘇老→老蘇
～の散文…②177, ③11　「弁姦論」→その項
蘇小妹『蝶恋花』「わたしは銭塘川べりそだち」…⑬333
蘇昌齢…⑭157, 168
蘇頌…⑬583, 584　「蘇魏公文集」…㉑18　「本草図経」…⑫497
蘇軾・子瞻・東坡居士・文忠公…①134, 136, ⑬99, 261, 287, 331, 445, ⑯106, 298, ⑰187, ㉕446, 454, ㉗36, 360→大蘇→長公→坡公・坡仙→眉山
～以後の詩人…①141, ㉓440
～以後の詩の緩緩帰の典故…⑰526
～以後の読書人…②430
～家柄…①103, ②404, 426, 456, ⑬23, ⑮366, ㉑244
弟・蘇轍→その項　子供・蘇過…⑬17　祖父・蘇序…㉒109　父・蘇洵→その項

～を含む唐宋八家…①85, 243, ②177, ⑪429, ⑬99, 264
～と金人…⑮376, ㉒108-110
宇文虚中…㉒108　衛文仲…㉒108　元好問…⑮394, ㉒104, 108　呉激…㉒108　高憲…㉒108
施宜生…㉒108
～と後人　袁氏兄弟…⑮534, ⑯99　査初白…⑯199, 201, ㉑76, ㉔129　朱子…㉒108, ㉗244　朱弁…⑬267-269　辛棄疾…⑯146　銭謙益…⑬264-275, ⑯54, ㉖434, 437, 438　耶律履…⑭206, 207, ⑮399, ㉒109, 110　李東陽…⑮491　陸游…①102, ⑬38, 41, 152-156, ⑰316, ⑲359
古文辞派…⑬272-273, ⑮534（王世貞…⑮525　蘇軾以後の文学への反動…⑰47）
～と酒…⑬103, 278
～と三国の辻講釈…⑦9, 37
月明星稀の歌と赤壁の戦いの認識…⑦36, 37
～と先人　韓愈…㉕375, 376, 382　釈僧伽…㉖400
杜甫…①117, ②461, ⑪3, ⑫4, 206, 585, 704, 721, ⑬46, 111, 124, 144, 598, ⑯286, ㉒64, 110　陶淵明詩への次韻…⑬45, 114, 125, ⑮382, 403, 430, ㉒109　陶淵明発掘・尊重…⑬46, ⑮394, ⑰67, ㉑18, 119, ㉗256　李白…⑬46
先人評　王維…②525, ⑳67, 68　韓愈…⑬254　陶淵明…①20, 119, 388, ⑦338, 339, 341, 356, 452, 563, 593, 599, ⑳17　白居易…⑪433　李白「悲歌行」…㉔218
～と「荘子」…②492, ⑬270, 271
～と唐詩…⑪3
杜詩「自平」注釈…㉕398
杜牧「九日」演繹…⑬633
～と日本人　青木正児…⑬624　江戸時代の漢文家…㉓289, 362　荻生徂徠…㉓371, 440　狩野直喜…①425, ⑰251, 252　鈴木虎雄…⑰316　宮崎市定…㉕429
蘇軾の全集の日本の蔵書…⑰25
～と仏教…②383, ⑬129, 271, 275
仏書…⑬264, 265, 267, 270　仏印和尚との接触…⑭220, ㉖404（不禿不毒の説…㉖404）
～と minor poets…⑳44
～と明の詩風…⑮495
～と遼の使者…⑬100
～と「老杜事実」…㉒74
～における絶望の克服…⑮415
地上の哀歓をみつめる文学態度…㉑85
人間の微小を熟知すること…①68
悲哀（人生は悲哀のみでないとする認識…①110, ⑬104, 153　悲哀からの離脱…⑬47, 104, 112　悲哀の止揚…⑬104, 110, 113, 117, 119, 121, 122　悲哀の遮断…⑬122, 177, ⑮368, 527　悲哀の遍在の主張…①110, ⑬110-113, 152　悲哀への執着の否定…⑬110, 113, 122）
～における別離…①587, ⑬109, 110, 112
～における法律…②455, ⑮5
～に関する小説の伝聞…⑭206, 207, ㉒109, 110
講釈…⑭206（王詵夫人との伝聞…⑭207, ㉒109）
雑劇…⑭206（王安石夫人との伝聞…⑭207, ㉒109）
～についての関係書…⑱467
～の愛情のひろさ…⑬122
～の一生の浮沈…⑬102, 119, ㉔129
科挙受験…⑬282, 283（進士及第…⑬7, 99）
御史台の獄（拘禁…①101, 451, ⑬101, 120, ⑳455, ㉔129, 246　釈放…①452, ⑬44, 113, 120, 273, 625, ⑳348, ㉔246, 247　死の覚悟…①451, ⑬44, 119-121）
死後の追放…⑬99, 139, ⑳456
名誉回復…⑬147（おくりなの追贈…⑬99, 147）
流罪（海南島→その項　恵州…⑫579, ⑬102, 117　黄州→その項）
～の画…②526, 527, ⑬103, 129, 130, 594
絵画論…②527, ⑳68
朱竹画…②510, 527, 535, ⑬594
～の怪談好き…①234
～の海外（嶺外）の文・和陶詩…⑫579, ⑬102, 125
～の学→蘇学
～の「行状」（蘇轍撰）…⑬270
～のころの市民詩人…⑬174
～のころの西洋文学…㉗384
～のころの天下の範囲…㉔163
～の故郷…②426, ⑬99
～の交遊　王安石…①80, 424, ②177, ⑬17, 88, 99, 102, 124, 257, 598, ⑳455, ㉓138　王安石の科挙政策に反対（経義重視…⑬101, ㉓128　策論重視…⑬101, ㉑11　詩賦廃止…㉒116, ㉓138）
「雪後書北台壁」へ王安石の畳韻…⑬44, 101
欧陽修…⑪429, ⑬74, 88
欧蘇のおくり名…⑬237　欧蘇の文と荻生徂徠学説…㉓293, 324, 332, 338, 371　欧陽修試験委員長…⑬7, 63, 99, 282-284　欧陽棐と共に「欧陽文忠公全集」編集…⑬64　散文の大家…㉒290, ㉓292, 324, ㉗241, 254　師弟関係…②177, ⑬99, 110　出身…②404, ⑪13
黄庭堅…①136, ⑬43, 127, 128, 131-133, 289, 292, ㉕469, ㉗300
詩…⑬129（金の科挙受験生と蘇黄の詩…㉒117　散文性…⑬599　生活に密着した詩…⑰21, ⑱445　蘇軾の肆・黄庭堅の強…⑬144　宋詩の代表…⑬137, ⑱34, ㉓292　題材の拡大…①328　杜甫の祖述…⑬130, 144, ⑮495）
詩人の任務…①75, ⑬598-599
失脚…⑬130
書…⑮447, ㉑244
禅…⑬25, 129

蘇黄と日本…⑯139, ⑱39（五山文学への影響…①134, 143, ⑫585, ⑬48, 133, ⑰21, 22, ㉑134, ㉓353, ㉗67 蘇新黄奇〔芭蕉〕…⑬133 和刻本…㉓576, ㉕280）
蘇黄に代表されるエリート…②426, 427
その他の人々 王詵…⑭206 司馬光…②383, ⑬265, 266, 598 陳慥…⑬268 梅堯臣…①445 米芾…⑬138, ⑮380, ㉒108
弟子…⑬137, 138
参寥…⑬22, 126, 138 秦観→その項 蘇門四学士（四大弟子）…⑬19, 34, 127 晁冲之…⑬5, 137 晁補之…⑬127, 137, 139 張耒…⑬127, 137, 139 趙徳麟…㉒108 陳師道…⑫426, ⑬34, 127, 134, 137-139, 302 文同…⑬21, 138
～の散文…①59, 85, ②181, 458, 492, ⑪429, ⑬102, 264, 266, ⑲53, ㉑33, ㉒290, ㉓289, 292, 324, 332, 338, ㉕375, 382, ㉗178
散文と華厳経…⑬267, 268, 271 散文と「戦国策」…③11 散文と銭謙益…⑬265-267 散文と仏経…⑬264, 265, 267, 269, 271, 272, 275 散文と六経…⑯70, ㉑148
古文文学継承…①75, 162, 243, ②177, 447, ⑪372, 429, ⑬9, 266, 598, ㉗241, 254（長編の古文…⑬266）
文体…⑬266
～の思考のおもしろさ…②181
人生を長い持続とする意識…①110, ⑬29, 38, 113-115 虎の食人についての解釈…②179
～の詞…⑬9, 10, ⑭502, ⑯146
『水調歌頭』…㉖387 『定風波』「重陽括杜牧詩」…⑬633 『念奴嬌』…㉒108, ㉖397 『薄薄酒』…⑦174 『満庭芳』…⑬511, ⑭207
～の詩…①75, 101, 110, 243, 425, ⑫4, ⑬74, 103, 115, 127, 156, 264, 288, ⑯402, ⑱42, ㉑53, ㉒64, ㉓289, 292
詩と街談市語…⑬43
詩における語句・事項 鴉尾…⑮561 雨…⑬50 亀…⑬280 緩緩帰…⑰525 金山寺の夕陽…⑬49 吾生如寄耳…①110, ⑬112-115, 119, 154, ⑳397 身行万里半天下…㉔128, 163 鼠…⑬279, 280, ⑮527 夜雨対床…⑬50, 216, ⑯202
詩の欠点…⑬124, 129
詩の散文性…⑬598-599, ⑮452（論理過剰…⑮439, 452）
詩の自然の擬人化…⑬49
詩の時間への展望…⑬38
詩の主題と陶淵明詩…①610
詩の生活との密着…⑬16, 277, ㉗368（農民の善意と勤労への感謝…②461）
詩の政治批判…⑯286
詩の総数…⑬9
詩の大胆さ…⑬144
詩の年齢に伴う成長の乏しさ…⑫4, 206, 561, 580
詩の冷静による熱情の抑制…⑬203（意の重視…㉓353 感情の抑制…㉑53 激情の寡少…⑬200）
～の詩集…⑬187, 197
～の詩人の立場との関係 学者の立場…⑬142
政治家の立場…①61, 80, ②401, 426, 428, 456, ⑪13, ⑬8, 88, 99, 203, 598, ⑮365, 441, 606, ⑯34, ㉕428, 429
政治家としての立場・地位…⑬102, 245, 598, ⑳455, 456, ㉓566（党争…⑬8, ⑳455）
哲学者の立場…②428, ⑬25, ⑮441
～の詩文の文学…①48, ㉒109, ㉓293
「雨の前に見つけたは…」…⑬331 「飲湖上初晴後雨」…⑬49 「鬱孤台」…⑬114 「潁州にて初めて子由と別る」…①587, ⑬107 「越州の張中舎の寿楽堂」…⑬49 「鄢陵の王主簿が画きし所の折枝に書す」…⑳68 「甥の安節，遠く来たり，夜坐す三首」…⑬277 「過淮」…⑬114 海南島の村塾の詩…⑬6 「寒食雨」…⑬36, 101, 276 「韓文公の廟の碑」…㉕375 「亀山」…㉔128 「熙寧中軾通守此郡除夜直都庁…」…⑬122 「魚鮇（枕）冠頌」…⑬268 恵山泉の詩…⑯106, ㉖437 「江上看山」…⑬99-100 「司馬温公行状」…⑬263, 273, ⑳456 「泗州僧伽塔」…㉖400 「自評文」…⑬264, 266 「黄子思の詩集の後に書す」…㉓13, ㉗255 「次韻江晦叔」…⑬118 「次前韻寄子由」…⑬117 「十二月二十八日，恩を蒙りて黄州団練習副使を責授せらる」…①452, ⑬120, ㉑54 「出潁口初見淮山是日至寿州」…⑬115-116, 204 「春夜」…⑬5 「初秋寄子由」…⑬117 「小児」…⑬16, 214 「徐州を罷めて南京に往かんとし馬上に筆を走らせて子由に寄す」…⑬111 「除夜野宿常州城外」…①421-423, 425, 426 「上元，楼上に侍飲して同列に呈す」…⑬4 「勝相院経蔵の記」…⑬267, 268 「常潤道中有懐銭塘」…①425-426 「辛丑十一月十九日既与子由別…」…⑬287 「石鼓歌」…⑬103 「赤壁の賦」…②428, ⑦36, ⑬101, ⑰514, ⑲453, ㉑11, ㉕240, ㉗239 「雪後書北台壁」…⑬101 「大悲閣の記」…⑬267, 268 「題西林壁」…⑬27 張平陽に酒を献ずる詩…⑭498 「糴米」…⑬123 「東坡八首」…⑬123 「東欄梨花」…⑳351 洞庭暮色という酒の詩…⑭498 「南行前集叙」…⑬273, ㉖473 「日喩」…㉓128, 138 「富鄭公神道碑」…⑬265, 266 「方山子伝」…⑬268 「宝絵堂記」…㉒103 「鳳翔八観」…⑬103 「望海楼晩景」…⑬43 「孟郊の詩を読む」…⑬279 「孟徳の伝の後に書す」…②177, 178 「予以事繫御史台獄…」…①451, ⑬44, 119-120 「夜，起きて月に対し…」…⑬29 「遊金山寺」…⑬49, 103 「臨皐亭に遷居す」…⑬104 「和王晋卿」

…⑬114 「和陶飲酒」…⑬125 「和陶擬古」…⑬114 「和魯人孔周翰題詩」…⑦474
～の詩文と現代中国語との距離…⑱431
～の詩文と「源氏物語」…⑲60
～の自由…⑰316
自由人的性格…⑬102, 276, 598
～の社と康熙帝…㉓270
～と儒家古典…⑬25
「礼記」檀弓の文章の評価…㉓348, ㉕328 「書伝」「東坡易伝」…㉒108 「論語解」…㉒108, ㉕240（逝川の章への言及…㉕240）
～の書…②506, 526, ⑬103, 594, ⑮447, ㉑244, ㉔235, ㉕300 「寒食帖」…㉒97
～の徐州知事離任…⑬111-113
～の肖像…㉗237
～の生没の日…②542
死…⑬137, 138
生日（東坡生日）…②542, 543, ⑬99, 280
～の斉安滞在…⑬269
～の「奏議」の刊行（金）…⑭206, ㉒109
～の聡明…①151
～の父と王安石…⑬91, 258
～の中世文学認識…㉕376
「文選」否定…⑦563, 593, ㉑18
六朝文学嫌悪…㉑18, ㉕376, ㉗255, 300
～の著作集 「東坡楽府」…㉒108 「東坡後集」…㉗255 「東坡志林」…㉖400 「東坡七集」…⑬266 「東坡集」…⑬266, 268, 273（宋版…⑬273 七集本…⑬266）「東坡題跋」…⑬264, ㉔218（津逮秘書本…⑬264）
～の弟子たちの文集の銭謙益序…⑯77
～の哲学…⑬25, 27, 37, 153, ⑳397
巨視の哲学…⑬104, 107, 109, 110, 113, 117, 152, 156
循環の哲学…⑬107, 110, 113, 114
斉物の哲学…⑬107, 109, 110
抵抗の哲学…⑬101, 118, 132, 152, 155, 156（人生を主体の抵抗の持続とする見解…⑬29, 117, 154-155）
認識論…⑬27（人の認識も流転するという思想…⑬205）
反道学…⑦593（程氏兄弟との対立…⑬25, ㉑18, ㉒108, 112）
楽観の哲学…①68, 101, 110, ⑬29-31, 133（邵雍における楽観…⑬31, 85-87）
～の比喩…⑬100, 103, ⑱29
日喩…㉓128, 138
～の人柄…⑬102, ㉒97
～の福祉への関心…⑬23
～の文学と政治の関係についての主張…㉓129
～の文学の画期性…⑬122
～の文学の尺度としての役割…①322
～の文章→～の散文
～の文体史三区分説…㉕376
中世から近世への転移に関する説…㉗255, 256
～の墓誌銘…⑬270
～の妾・朝雲…⑬273
～の和刻本…⑰608
～への反感と詩作の禁止…⑬139, 588
「蘇軾」（小川環樹）…①136
～上冊…⑬27, 37, 44, 50, 101, 103, 116, 117, 123, 127, 277, 280（解説…⑬23, 49）
「蘇軾」（山本和義）…㉕240
蘇軾（子瞻・東坡）兄弟…②178, ⑯222, ㉒111, 112, ㉕234
～と金…㉒106, 108
「蘇軾詩選」中華人民共和国版本…②426
蘇晋…⑪33, 36, ⑫119
蘇秦…①179, ②135, ⑥222, 230, ⑦215, ⑭572, ㉓364
蘇雪林「楚辞国殤新解」…①628
蘇則…⑦499
蘇端…⑫369, ㉒40
蘇仲翔…㉕447, 454
蘇頌・許国公…⑪17, 32, 33, ⑫30, ㉖433
蘇轍・子由・潁浜・黄門…②178, 181, ⑬99, 102, 273, 287, 289, ㉔246→次公→小蘇
～と王安石…⑬107
～と蘇軾…⑬50, 103, ㉒112
金の孔子廟への従祀…㉒106
蘇軾評…⑬269, 270
「亡兄子瞻端明墓誌銘」…⑬266, 270
「望海楼晩景」（蘇軾）への次韻…⑬44 「欒城後集」…⑬270
～の散文…②177
～の死…⑬139
～の「詩集伝」…㉒108
～の「周礼」を疑う議論…㉕345
～の生没の日…②542
～の陳州左遷…⑬107
～の孟徳についての文章…②117-118
～の遼における文名…⑬100
蘇天爵…⑭84, 159
～と奎章閣…⑮247
～の「元文類」編集…⑮229, 453
～の文章・著書 「恭跋御書奎章閣記碑本」…⑮247, 264 「元故資政大夫中書左丞知経筵事王公行状」…⑭70 「元故僉浙東海右道粛政廉訪司事甄君墓碣銘」…⑮277 「元故徴士贈翰林学士謚文献杜公行状」…⑭133 「故承務郎杞県尹閻侯墓碑」…⑭161 「皇元故昭文館大学士…耶律文正公神道碑銘」…⑭134 「国朝名臣事略」…⑭76, 120, 568, ⑮229, ㉕52 「資善大夫太医院使韓公行状」…⑮295, 308 「滋渓文稿」…⑭70, 103, 133, 134, 161, 367, ⑮247, 264, 270, 295, 308（序・趙汸…⑭182）「馬文貞公墓誌銘」…⑮270 「白太常が三歳の時に書せる字巻に題

す」…⑭103
蘇東坡→蘇軾
蘇東坡詩注…⑬270, ㉑73
井口駒北堂…⑰392　王文誥「蘇文忠公詩編注集成」…⑬269, 288　査慎行「蘇詩補注」…①423, 426, ⑪447, ㉑76, ㉔129　施徳初父子「施注蘇詩」…①423, ⑪447, ⑬287, 288　趙次公「蘇詩佚注」（倉田淳之助・小川環樹輯）…⑬287, ㉕493
蘇惇元「方望渓先生年譜」…㉕381-382
蘇武…①517, 518, ⑥197, ⑦137, ⑫427, ㉗256
～と李陵の友情の歌…⑦137
李陵の詩…⑥273　李陵の説得…⑥311, ⑦29
～の雁書…⑫288, ⑮403
～の詩…⑥21, 266
「古詩四首」…⑥273, 274, 276, 292, 304
～の節…⑫413, ⑮410
～の典属国の官…⑫444
「蘇武の書」…⑥274
蘇舞秦周…⑭116
蘇忿生…⑯244
蘇味道…⑫18, ㉕55-57, 252
蘇明仁「白仁甫年譜」…⑭92, 99
蘇門…⑬127, 142
～の四学士・四大弟子…⑬19, 34, 127
蘇李（蘇武・李陵）…㉗256
蘇老…⑬441→蘇洵
双鴉を簇らす…⑭422
双鑑楼…①396, ⑰589
双鬢…②191
双鏡院…⑯553
双闕…⑫478
双簧…⑮134
～の鎖…⑮135
「双珠鳳」…⑯358, 359
双杵…⑪77
「双女奪夫」諸宮調…⑭575
双照…㉖52
双照楼…㉖463
双声…②237, ⑥336, ⑦495, ⑪197, ⑫145, 232, 503, ⑭341, ⑯158, ⑳78, ㉑72, ㉕133, 484, ㉖33
～に対する段玉裁の概念…⑰211
～の元曲用語…⑭312, 422, ⑮157
～の俗語…⑦516, ⑪201, 202, ㉕55
双声畳韻語…⑭287, 312, 555
「双漸小卿」諸宮調…⑭120, 128, 136, 578
～の作中人物　黄召（肇）…⑭580, 581　蘇小卿…⑭121, 574, 576, 580, 581, ㉖414　双漸…⑭121, 574, 575, 580, 581, ㉖414　馮魁…⑭576, 580, 581
「双漸小卿恕」…⑭121, 574
「双漸豫章城」諸宮調…⑭575
双調（雑劇の音階）…⑭20, 237, ⑮146
『双調』　劉廷信…⑭182
『双調新水令』「金銭記」…⑭531　「酷寒亭」…⑮143　「老生児」…⑭237
『双調風入松』　侯正卿…⑭104
双擺手…⑭290
「双楳景闇叢書」…⑭75, ㉒396
双眉の鎖…⑮135
双木半林（林家・木下順庵門下）…㉓370
爪哇→ジャバ
壮士…㉗8-10
壮志…⑯180
壮思…⑪95
壮麵…㉖418
早衙…⑭425, ⑮21
早寒…⑬151
早婚の慣習…③483
早則是…⑭321
早則波…⑭443
争…㉗232
争気…㉗171, 173
争些個・争些児・争些的…⑭321
争差…⑮51
争如我…⑭290
争心…②232, ㉗177, 179, 232
「争報恩」雑劇・「～三虎下山」…⑭37, 42, 203, 217, ⑮8, 38
～の　徐寧…⑮38　『禿厮児』…⑮84
宋（王朝・帝国）…①198, ②551, ⑬3, ㉑85, ㉓221, 329, 566, ㉕58, 226, 253, 311, 448→南宋→北宋
～以後→宋以後
～以前の子在川上章の読み方…㉕173, 227
宋代の読み方…㉕233
～以前の非世襲の読書人…②430
～以前の不俗の生活…②248
～以前の文学…⑮369
～王朝　創業…⑬50（創業の君主…⑮458　天下統一…①160, ②551, ⑬562　天子の姓…⑬3, ⑭475, ⑮420　兵権の掌握…⑬597）
帝室…㉖381, 417（名臣…②262）
文弱…⑤318, ⑬597
～初までを中世とする説…②313
～代を中国のルネサンスとする説…㉓292
中国文明の画期…⑬625（中国の人道主義の画期…⑬23）
～代と五経
五経を規範とする思想…②327（経を道徳的実践の規範とする態度…⑧9）
経の注釈…⑧6, 8, 9（古注への反撥…⑧510　新注→その項〔宋〕　宋初の疏…㉗65）
～代と杜甫…㉖233
杜詩注…㉕492, 493（書賈による杜詩注釈書…㉕492　杜詩注釈資料…㉕495, 496）
杜詩テクスト…㉕503
杜詩の時代考証…㉕502

～代の演劇の成立…⑭8
～代の雅楽…⑬252
～代の改元…⑬51, 241
～代の学者…②287, 333, ⑧5, 6, ㉑78, ㉓294, 533, ㉕482→宋儒
熹平石経…⑤328　経儒先生…㉗139　四書…②328　自然…⑱13　道学先生…㉗255
～代の学問→宋学
朱子学・新儒学・道学・理学→各項
～代の社会経済史…⑬627
～代の出版活動　印刷術…⑬198, 581　宋初の出版活動…⑬581, ㉕276　宋代の版本→宋版　地方庁の出版事業…㉕499
～代の新法と王安石…㉓138, ㉕426, 428→新法
「周礼」を疑う議論…㉕345
「周礼」と新法…㉕345
～代の制度…①307, ⑬51, ㉕425, 426
官階地里と「水滸伝」…㉖390　官吏登用制度…⑬222, 590, 591　官僚・宰相…②404, ⑬562　中央集権化…⑬591
～代の政治家・詩文家…②401
詩文の実作を必須とする伝統…㉑292, ㉓471
～代の禅僧・儒者の語録…⑭12
～代の禅僧の優遇…㉓473
～代の禅の高潮…⑲359
～代の蔵経目録…㉒301
～代の代表的知識人…②404
道学者…⑦593　博学者…②484　文学者…⑦593
～代の哲学…㉕238
系譜…⑬25　古代的楽観の恢復…⑬31　諸子への関心…②484　中国哲学の大成期・大成者…⑬25, 31, 170, ㉑85　哲学者…⑤136　哲学者と文学者の距離…①61, ⑬25　哲学の高潮…⑲358　哲学のテーゼ…⑨481
～代の批評家…㉕404, ㉖101-102, 439
～代の仏教→仏教（宋）
～代の文化…⑬559
初期の文化的ちぐはぐ…⑬597
新文化の結実…⑬598, 599
～代の文学…①608, ⑬9, ㉑85, ㉓289, 291, 319, 321, 322, 332, 375
講談…㉖367, 371（講談説話の筆録…①200, 211, ②20, ⑬526, 527, 546, 592, ⑭201, 204, ㉖371　講談の評論…①214　説話の最盛期…⑬545, 546）
詩文…⑬592, ⑮492, ⑰560, ㉓289, 292, 321
詩→宋詩　詩余→宋詞
文・散文…①41, ⑬14, 266, ⑰284, ㉓289, 291, 292, 324, 325, 564, 605（古文…①68, ⑬9, 592, 598, ㉕382, ㉗239, 241, 243　口語文…⑦494　雑筆…⑬626, 627, ㉕233, ㉗243, 421　詩話…①454, ⑬185, ㉕233, ㉗301　随筆…①300, ②603）
～代の文学と明の詩文…㉓322
～代の文献の増加…①445
～代の「文心雕竜」への言及…㉗299
～代の文体　古文家…①243, ⑬264, 266　新文体の完成者…①454, ⑬598　八股文の萌芽…①311
～代の「文選」への言及…⑦593
～的文学と荻生徂徠…㉓319, 322, 332, 356, 363, 371
～的文体と荻生徂徠…㉓331, 448
～と唐との差異…⑬41, 42, 50, 51, 57, ㉕425
印刷と写本…⑬198　宮殿の植木…⑬42, ㉒465, ㉖84　人物の伝記…⑬625　政治的社会的機構…⑬51　対外関係の変化…⑬599　文明の比較…①198, ⑬41, 51, 301, 597
～の遺民→南宋遺民
～の諱…⑰592
～の政治的社会的機構と雰囲気…⑬51, ㉕425
官僚構成要素の変化…⑬590, 591（貴族の消滅…⑬51, 590, ㉕425, 426　市民の進出…①41, 199, ⑬590）
市民の娯楽…①42, 199（寄席・劇場…①42, 200）
市民の文学参加…㉕270, 301, 492
天子の権力の強化…⑬591
内政の安定…⑬3, 7　農村の変化…⑬22
～の対外関係…⑬599, 600
外国への関心…②587, 588, ⑬3
金…㉕428, 600（金への使者…㉒102　宋金の乱…㉗74　宋の南渡…①76, 200, ②551, ⑬581, 600, ⑭8, ⑯40, ㉓138　宋へ出奔した白文挙…⑭94）
周辺民族の脅威　西夏…⑬599　遼…⑬599, 600
日本についての記載…②587, 588
～の党争…㉓138, ㉕345, 428
～の文明…①198, ⑬41, 301, 588, ⑰20, ㉓371
江戸期の価値の中心…㉓293
建築・庭園と室町期の禅寺…⑬48
～の滅亡→南宋滅亡
～は頽靡の極み（張居正）…⑮332
宋（国名・春秋）…⑤48, 80, 122, 154, 240, 249, ⑥373
～のお家騒動…⑦481
宋（南朝）…②551, ⑦433, ⑫23, ㉕376, ㉗255→劉宋
～斉梁陳…②550, ⑦589, ⑬551
～の王族…⑥269
～の皇帝の先代の陵への参詣…㉕474
～の正史…㉕102
～の創始者…⑦359, 378
～の代表的詩人…㉕102
～の短簫鐃歌の替え歌…⑥350
宋以後・宋元明清…②381, ⑥172, 191, 428, 429, ⑦589, ⑬550, ㉗71→近世（中国）
～が近世・中国史三区分説…⑬626, ㉕60, 376, ㉗7

～における五経…①238
「易」注釈…㉕35 「周礼」…㉕321 「尚書」の呼び方…⑧4, 20, 501
～における鄭玄「論語注」…㉑229
～に最も広く読まれた書物…①205, 211, ⑤140
～の科挙→科挙（宋以後）
～の学術…㉓439
学問の思弁性…⑯67-68 個人的な思索…⑧11 道学批判・銭謙益…⑯74
～の官箴の書（郷紳・胥吏対策）…②460
～の宮廷の蔵書…⑮635
～の宮殿の変化…㉒465, ㉖84
～の芸術…⑬593
音楽…②527
絵画…⑬594（肖像画…②530 水墨画…②527, ⑬594, 595, ㉕302 文人画…②409, ⑬595 絵画の作者・絵画への意識…⑬594）
書…⑬594 篆刻…⑬595
～の士人・読書人…②402, 411, 427, 428, 430, 492, 493, ⑮566, 568, 606
士人の著述…⑬514 士人の読書…②487 士大夫の文章…⑬543 政治的経済的優位…⑮566, 567 読書人の出身…⑮568, 606 読書人の精神的物質的生活…⑮568, 569
～の思想…②381, 490
古代尊重…②256 史実の尊重…①212 儒学の権威と道仏の衰退…⑬62 無神論的傾向…②382
～の詩人…①130
作詩作文人口…①61, 62, ⑬628, 629, ⑮366, 564, ㉕270, 301 市民詩人…⑬606, 607, 629, ⑮366, 601, ㉕270, 300-302, ㉗368
～の詩文…①631, ②487, ⑬592, 628, 629, ㉑252
歌謡と先例尊重…②278
散文の時代…①48, 75, ⑬592, ㉕8-10
詩…①48, 75, 135, 141, 582, 608, 609, ②527, ⑲373, ㉕302（新しい楽観…①110 市民としての自信…⑮601 生活に密着…①134, ⑮592, 601 千編一律…②431, ⑬607, ⑮564 典故と諸子…②494 悲哀の抑制…⑮527, ㉗426）
文章…①212, ㉑251-252, ㉕52（古文…①68, 69, 75, 153, ②4, 32, 181, ⑦466, ⑬592, ㉕375, 381, 382, ㉗7 文集の題材の固定化…①328）
～の社会…②383, ⑦466, ⑮366
官と吏…②460, ⑮6（通俗文学中の胥吏の生活…⑮7 読書人の行政官…②401, 428）
官僚制の強化…①161（科挙合格者による政府組織…㉕425）
貴族制度消滅…②425, ⑮366, 567, ㉕304, 425
市民社会…①161, ⑮568, 605（市民の娯楽…①122, 199 庶民生活…㉖371 商業の発達…①321, ②402, 469 市民文化の結実…⑬604）
庶民勢力の伸張…⑬512, 596, 628, ⑭62, 143, 255（富裕な家庭の子弟教育…⑮567, 571, 578）
天子の君権強化…②326, ⑬591（中央集権国家…⑬591 天子と官僚…⑬591）
非世襲的身分制…②430, 460, ⑮567, ㉓532, ㉕304, 423, 425, ㉖480
～の制度の研究（伊藤東涯）…⑰157
～の俗…⑦554（俗の字の用い方…②242, 246）
～の地方軍閥の弊害の除去…⑬597
～の中国 心理…①162 進歩…⑬606, 607, 632 停滞…⑬605-607, 627, 628, ⑮564 倫理…②431, ⑪548
～の著作・出版活動…㉕270
書物の増加…㉕269 「正義」の版本…⑩427 著述の意識…㉓11 版本時代…⑧509, ⑬593, ㉕275, 278, ㉗268
～の哲学…①71, ③21, ⑬593, ㉑101, ㉓531
朱子学・新儒学の国定化…㉗66
諸子の忘却…②485, 497（明末における関心の高まり…②605）
新哲学と徳川家康…⑰27
～の杜詩注釈…㉕447, 454, 455, 482, 491
～の人々と悲哀…⑮527
～の百姓一揆…②406
～の譜録…⑥395
～の仏教…②363, 382, 383, 480, 532, ⑬593
異端と考えられたもの…②491
～の文学…①68, 69, 75, 608, ②431, 527, ⑥221, ⑬592, 593, 623, ⑮564
戯曲…⑬592, 605, ⑮564 虚構の文学の発生…①75, 165 研究…①621, 625, 631, 634 思夢の文学…⑱25 詞→宋詞 小説…⑪547, 548, ⑬592, 605, ⑮564 伝記文学…①162 美文の排除…⑬592 文学の尺度…①322 文学の地位…③21 文学の中心…②487 文学の背景と古文辞派…⑮631 歴史小説…①153-154 話本…⑬511, 512
～の文学制作者…①121, ⑬592
～の歴史…②360
経済史・社会史・儒学史・政治史…②431
哲学史…②428, 431
文学史…②428, 431, ⑳393（文学史と虚構の文学…①165）
文明史…㉕492
歴史認識…㉗253（道学者の揚雄批判…⑥254）
「宋会要」…⑮45
宋学…②364, 486, ⑬593, 599, ⑰240, ㉑78, ㉓31, 88, 392, ㉗63→新儒学→道学→理学
～以後のイデオロギー先鋭化…②476, 486
～以後の漢代美文文学の否定…⑥224
～以後の儒学史…②431
寛容主義…②431
儒学の伝承への市民の参与…⑬593, ⑮564
～と狩野直喜…⑬624

〜と旧来の儒学…⑬599
簡素…⑬604　儒林と道学の分岐…⑯75
〜と古文…㉕382
〜と諸子…②476, 486-490
〜と清朝漢学…①400, ⑯4, 6, 36, 60, 61, 76, ㉑78-79, ㉔303-305, ㉕382
〜と俗学と漢学…⑯61
〜と道流の書…㉒310
〜と仏教→仏教（中国・宋）
〜における語彙・語句・事項　感於物…㉗224　気…②329, 366, 380, 381, ⑮408, ⑰103　気質の性…㉓395, 396, 398, 446, ㉕199, ㉗230　喜怒哀楽…㉓493　窮理尽性…㉕35　敬…㉓69, 393, 467　吾道一以貫之…㉓472　光被四表…㉓191　克己復礼…㉓90　此心同此理同…⑲422, ㉔194　心…⑰158, ㉓389　人心惟危道心惟微…⑦538, ㉓346, 467　人倫の至…②361, 385-386　仁…⑰103, ㉓392　仁義礼智…㉓39, 50　仁と孝弟…㉗259　世界の本質…㉕170, 194　生と死…⑰102　性…②364, ⑰158, ㉑114, ㉓39, 52-54, 57, 62, 66, 69, 73, 90, 315, 389　性心の説…⑰158　性と情…㉗245, 260　性と天…㉓54　性と道…㉓62　性と理…㉓53, 54, 66, 69, 77, 291, 387, 389　逝者如斯夫…②353, ㉓29, ㉕169-171, 173, 176-178, 190, 210, 213, 219, 220, 231, 233, 239, 249, 250　先王の道…⑰42, ㉓387　中…㉓75, 77　天…②362, ⑰103　道…②364, 365, ⑬32, ⑰42, ㉓52, 62, 387　道体…㉕209　道理…②396　徳…②364　徳と道（道徳と政治）…㉓387, 391　人間の同一性…㉓57, 395, 396, 446　非人也…㉓58　分殊…②365, 366　本然の性…㉓395, 396　未発・已発…㉓75　無欲清浄…㉓90　明徳…㉓74　欲…⑰47
〜における聖人…②385-386, ㉓395, 545
聖人と怒り…㉓74　聖人と天…②362, ㉓395　聖人等質説…㉓82　聖人の実在への信仰…㉓545　聖人の世への到達の可能性…㉓545　聖人は人倫の至り…②361, 385　聖人への到達の可能性…⑩470, ㉓288, 545　聖人無謬説…⑰140, ㉓44, 83
〜における理…②183, 234, 329-331, 364-366, ⑰36, 47, 194, 208, ㉑116, 137, ㉓39, 42, 43, 46, 53, 66, 68, 69, 77, 288, 291, 387, 389, 393, 446, 448
理一…②365, 366　理一分殊…⑲422, 443
〜の学（読書）重視…②386
〜の学説　格物致知の説…㉑78, ㉓73, 393, 446, ㉔137, ㉗54　古代無謬説…㉓82　四端の説…㉓39, 40, 66　正心の説…㉓73　正心誠意…⑯100, ㉑78
完全善への可能性の主張…㉓395, 545（絶対の愚者の存在の否定…㉓19-21）
性善説論証…②396, ⑰103
性理学…②364, 486, ⑬25, ㉒98, 110, 113, 114, 116, ㉔304
天理人欲説…⑬558, 561, ⑰33, 34, 136, 363, ㉓77, 467, 513, 531, 533, ㉗224（人欲…②252, 253, 255, ⑩480, ⑰35, 86, ㉓395　人欲否定…②249, ⑤300, 301, ⑰136, ㉓77, 533　天理…②252, 253, 255, 261, ⑤300, 301, ⑩480, ⑬571, ⑰35, 86, ㉓69）
道学・道統の説→各項
無神論…㉓446, 447, 449, 452, ㉔259, 264（鬼神否定…①198, ②362, 380-382, ㉓446　神秘否定…㉓394, ㉗155　超自然への関心の一掃…①198, ⑥148）
理学・理気の説→各項
〜の学説の演繹（明）…⑯61, 88, ㉓329
〜の学説の根拠・性道教…㉓52
〜の学説の提示・断片的言語の集積…㉓464
〜の研究者…㉓43
〜の市民哲学としての普及…⑬593, ⑮367
〜の盛行・後退と鄭玄の権威…㉗98
〜の先駆・韓愈…②489, ㉓337
〜の創始者…②366, ⑬599
〜の大成者…①239, ②380, 484, 486, ⑬318, ㉕233, ㉖219
〜の中心者…②331
〜の調和性…②488
〜の北伝…⑭369
〜の末流…⑰204
〜の優位の確定…①76, ⑬61, 318, ㉕60
戒律化…①198, 199　国定化（元明清）…⑬604, ㉗66
〜の用語の陰鬱…㉓551
〜の歴史書重視…②486
宋学均・師鄭…⑯246
宋学者…②490, 491, ㉔303, 304, 309, ㉗68
〜と「文選」…⑦593
宋学者（江戸期）…⑦593
宋咸熙…⑯240　「宋呂氏古周易音訓」…⑯242
宋祁・景文…⑫321, 322, ⑬237, 582, ⑯239, 240, ㉕47, 51, 57, 65, 501, ㉖401
共著「新唐書」→その項　「宋景文公筆記」…㉕67　杜詩注…㉕494
宋宜…㉕501
「宋旧宮人詩」…⑮418
宋躬「孝子伝」…⑦550
宋玉…③13, ⑥18, 21, 199, 214, 220, 222, ⑫18, 406, ⑭463, 464, ㉓345
〜の秋を悲しむ歌…②493, ⑥288, ⑫347, ⑬151, ⑮198, 501, ㉑212, ㉖150
〜の家の跡…㉖195
〜の作品　「九弁」…⑥7, 277, 288, 289, 293, 310, ⑫347, 641, ㉑212, ㉓28, ㉖150　「高唐の賦」…⑭418, ⑱22, ㉑9　「招魂」…③12, ⑥216, ⑪72, ㉑6, 8, 9　「神女の賦」…⑱22, ㉑9　「登徒子が

好色の賦」…⑥210 「諷の賦」…⑫250
～の修辞…⑥214
～の賦へ揚雄の評…⑥225
～への杜甫の弔意…⑪204
宋玉柱「試談“漢宮秋”的主題思想」…⑮192
宋璟・開府…⑪23, 32, 33, 36, 302, 303, ⑫38
宋元（宋金元）…⑦554, ㉖387
～以来の孔孟の学と禅学…㉓33
～の旧詩と朝鮮使…㉓363
～のころの雑劇 宋元の諺語と雑劇…⑭300 俗間の教訓書と雑劇…⑭293-296, 475 俗謡の旋律と雑劇の歌辞の旋律…⑭323
～のころの日中の交通…⑱38
～の口語…㉖374
以後の口語文…⑦514
～の詩論と景・情の対比…㉔208
～の小説…⑧511, ⑬549
講談小説…⑧511, ⑭418 小説戯曲…㉑8
～の小品の稀書…㉒313
～の新文化…㉗67
「宋元学案」…⑬315, 323, ⑰298, ㉒102, 110-114, 119, 289, ㉓404, ㉗294
「慶元の偽学を攻めし者」…㉒102
「宋元戯曲史」…⑭85, 138, 145, 163, 201, 566, 598, 599, 604, ⑯280, ⑰404, ㉓606, ㉗280
「元雑劇の淵源」…⑭201
「宋元戯文本事」…⑮18
「宋元書式」…⑩453
「宋元南戯百一録」…⑭209, ⑮18
宋元版…①394, ②417, ⑰602, ㉒426, ㉓640, ㉔257
～の収蔵家…㉒312, ㉖466
～の杜詩→その項（テクスト）
宋元人の儒家古典の解釈…㉓178
「詩経」解釈…③43
宋元文明と禅宗…㉓410, 423
宋元明 逓刻「千家注」…㉒74, ㉕493 短編講談…⑬502 唐詩尊重…⑮367
宋元明人の皇宋・皇元・皇明の呼称…㉓430
宋元明清→宋以後
宋公劉裕の軍…⑦432
宋公和（春秋）…②106→穆公（春秋・宋）
宋江…⑬140, ㉖371
宋江（街談巷語中の人物）…⑭203
宋江（水滸伝）・呼保義～…①203, ⑧11, ⑬140, ⑭203, ㉖371, 388, 390-396
～を主人公とする部分…㉖380, 386, 390
～と閻婆惜…⑮46, ㉖393, 406
～と葉向高（東林点採録）…⑯31
～のあだ名…⑮28
～の王英と扈三娘を結婚させる段…㉖413
～の古典の教養…㉖398
～の出身階級…㉖385
～の犯由牌…⑮159
～への晁蓋の密書…⑮46
「宋高僧伝」…㉖400
宋綱「栄河県志」…⑰595
宋国子監本 「五経正義」…⑧509, ⑩427, 428 「毛詩」経注本…⑩460 「礼記正義」…⑩427, 428
宋槧…①399, 400→宋版
宋士宗の母…⑪544
「宋子」…①182
宋子貞「中書令耶律公神道碑」…⑭64, ⑮220, 221, 328, 400
宋之問…⑪20, 27, 37, 552, ⑫15, 18, 655, ㉖432
「宋史」…①153, 177, ②154, ⑰363, 466, 594, ㉑94
本紀 徽宗本紀…⑮21, ㉖371
志 刑法志…⑬510, ⑮32 芸文志…㉒305, 311（子部・農家…⑦555） 選挙志…⑬562 地理志…⑬4
列伝…①161
王安石伝…⑬520 王洙伝…㉕498 韓世忠伝…⑬521 蹇周輔伝…⑰363 侯蒙伝…㉖371 儒林伝…⑯75, 80, 81（魏了翁伝…⑬320, 323 田敏伝…㉒304） 孫子秀伝…㉖392 道学伝…⑯75, 80, 81（朱熹伝…⑬319） 文苑伝・陳師道伝…⑬302
李孝寿伝…⑮33
「宋史紀事本末」…⑭363, ⑰594
宋史の学者 全祖望…⑯9 宮崎市定…㉗298
宋詞…①275, ⑬9, 10, 326, 623, 624, 631, ⑭13, 38, 597-599, ⑮169, ㉕446, 454, ㉗48, 401
～元曲…⑭13
～と鈴木虎雄…⑬623
～に交じる口語…⑭12
～の詞人…⑬624
～の詩形…①568
雑劇の歌辞との差異…⑭19, 314（押韻法…⑭324, 325 上三下四の七字句…⑭322, 372）
～の助字押韻…⑮150
～の悲哀…⑬631, 632
～の偏重…⑬632
「宋詞研究」…⑬326, 623
宋詞人評伝・宋詞通論…⑬326
宋詩…①134, 151, 455, ⑦562, ⑬187, 197, 216, 630, ⑮558, ⑯267, 268, ㉒69, 324, 495, ㉓440, ㉕9, ㉖462
～以前の詩における悲哀…⑬104, ㉑210, 215
～以前の詩における悲哀の抑制…⑬632
～と後人 元人 袁桷…⑮449, 461
清人 呉之振…⑯125 銭謙益…⑯57 宋詩祖述…①75, ②464, ⑮367, ⑯267, 656 呂留良…⑯125
明人 古文辞派（七子）…⑬272
～と西洋人…⑬631
～と唐詩…①134, ⑪3, 10, ⑬11, 14, 174-176, 181, 186, 279, 301, 606, ㉑215, ㉖248
元明清詩の態度…⑬32, 47（宋詩祖述〔清末〕…⑬47 宋詩離脱〔元明〕…⑮452, 495）
対照的性質…⑬32, 33, 36-43, 49, 202, 218, 599

（雨と夕陽…①102, ⑬50　苦渋と高華…⑬289　厳羽の議論…⑬186　個人の作品数…⑬197, 198　作詩態度…⑬198　宋詩と晩唐詩…⑬181　宋詩は茶・唐詩は酒…⑬41, 208, ㉖248　題材…⑬208, 209　熱情と冷静…⑬203, 208）
唐詩的抒情への復帰…⑬137, 174（緻密さの祖述…⑬137　晩唐詩の祖述…⑬47, 49, 52, 54, 56, 57, 175, 176, 186　唐詩の再認識…⑬186）
李杜韓白（韓愈…⑬46　杜甫…⑫614, ⑬14, 20, 32, 46, 47, 137, ⑰255, ㉒65　白居易…⑬20, 32, 46, ⑮367　李白…⑬46）
連続的性質…⑬45-47
～と陶淵明…⑬46
～と日本人…⑱39, ㉓353
江戸時代　江戸時代における権威…㉓292　江戸末期における愛好…①134, ⑬170, ⑮427　荻生徂徠…㉓289, 353, 421, 440　山本北山…⑬48
現代　小川環樹…⑬630　鈴木虎雄…⑬624, ⑰317
室町時代　五山の禅僧…⑦562, ⑬48, ㉓289, 353
雪舟の画…㉓421
～と仏教道教…⑬188
仏教史的資料…⑬303
～における自然…①156, ⑬48, 49
自然の擬人化…⑬49, 60
～における次韻…⑬43, 44
～における社会経済史的資料…⑬303
～における集句…⑬45
～の新しさ…①102, ⑬45
～の歌う言葉に感情を託す傾向の少なさ…⑯164
～の現実的詩風…①134, 135, 151, ⑬24, 64, 65, 74, 213, 218, 225, ⑮614, 615
感覚的要素の欠乏…⑮495, 496　議論…⑬45　逆説性…⑬131, 201, 202　巨視的態度…⑬27, 152, 156　激情の寡少…⑬201　硬…⑮447, ㉒64　視線の細かさ…⑫614, ⑬203　詩の散文化…⑬592　自己への傍観的態度…⑬203, 204　静かな熱情の持続…⑬207　社会的政治的関心…①598, ⑬22, 27　渋…⑪474, ⑬41, 201, ⑮447, ㉒64　叙述性…⑬11, 14, 15, 32, 45, 59, 64, 65, ⑮367, 461, ㉒64　生活への密着…①134, ⑬16, 22, 27, 32, 45, 208, 223, 277, ㉒64　政治的批判精神…⑬213, 223　多角的視線…⑬27, 156　知的表現…⑬203　哲学的論理的叙述…⑬24, 27, 33, 37　日常的感興…⑬201, 203, 214, ㉒64　人間（人生）への興味…⑬48, 49, 152, 592　熱情の抑制…⑬202, 203　悲哀の止揚…⑬27, 33, 47, 104, 122, 630, ㉑215　悲哀の抑制…①100, ⑬28, 34, 65, 146, 171, 202, 203, 632　微細な描写…⑬20　無作法な詩…㉒64　平静・冷静…⑬36-41　平淡…⑬39, 40　憂愁の象徴…①102　楽観…①110　理屈っぽさ…⑬87, 137, 174, 212, 213, 592, 599, ㉒64　冷静の美…⑬203, 461　連帯感…⑬22, 32, 45　論理過剰…⑮461, 495, 615, ㉒64
～の詩人…①103, 117, ㉑53, ㉕11, ㉖449
作詩態度…⑬198, 200, 201　詩人数…①61　詩人と楽府…㉑18　詩人の出身…①103, ⑬23, 222, 606　詩人の伝記…⑮426　制作への市民の参加…①103, ⑬606　政治的地位…⑬203　多作…⑬15, 197, 198　大家…①404, ⑬9, ⑮372, ㉕407（最初の大家…㉒64, 65　最大の詩人…①136　大宗…②492　代表者…①101, ⑬203, 264, 277, ㉓289, 292　二大家…⑬25, ⑰316）
～の助字押韻…⑮150
～の人生観・人間観…⑬29, 35, 36, 203, 207
～の盛…㉒64（第二の頂点…⑬147）
～の題材…⑬14, 64, ⑮368
雨…①102, ⑬50　医師…⑬209-211　絵画…⑬14, 15　亀…⑬280　しらみ…⑫614, ⑬78, 132　散文的題材…⑬11　新素材の開拓…①68　日常的題材…⑬208　猫…⑬158, 159, 280　鼠…⑬279, 280, ⑮527　筆…⑬208　珍しい器物…⑬14, 64　夕陽…⑬49, 50　友情…⑫14　旅行…⑬14
～の注釈…㉑73
～の停滞…⑬606
～の副次的祖述（元明）…⑮367
～の用語…⑬42, 43
硬語・口語俗語…⑬43, 166　リズム欠落…⑮495
～の流行（清末）…⑯164
～の歴史…⑮426, ㉒65
宋詩史と江西派…⑬142
～風の詩…㉖461
宋風の詩のはじまり…⑬50（「政治的議論」詩…①598　「物語り風ならぬ史」詩…①598）
宋風の抒情詩と唐宋八家風の随想…②487
詩風の終焉…⑬172, 186
詩風の創始者…⑬11, 16, 39（先駆け・王禹稱…⑬58, 218　地盤設定・欧陽修…⑬64, 74, 75, 208）
～への明代の尊敬…⑮495
～への明代の反発…⑦14
全面否定（李夢陽）…⑮495
「宋詩紀事」…⑬8, 139, 188, ⑮372, ㉗256
徽宗…⑬139　張舜民…⑬139　陳師道…⑬139
「宋詩鈔」（呉之振・呂留良）…①407, 422, 425, ⑬188, ⑯125, 135, ⑰252, ㉓471
宋慈「洗冤録」…⑮24, ㉖406
宋磁と南画…⑲360
宋寿香…⑭101
宋綬・宣献公…⑬250
宋儒…⑬320, ⑰104, 558, ㉔194
～を儒林と道学に区別する「宋史」…⑯75-77, 80, 81
～と漢儒…⑯66, 67, 77, 127, 130, ㉕169, 170

古注の評価…⑧510
～と講学…⑯88
～と講道…⑯80
～としての蘇東坡…㉒108
～と大義名分思想…⑰438
～と日本人　足利期の関心…⑰21　伊藤仁斎→その項　伊藤東涯…⑰156, 158, ㉓89, 90　江戸儒学の厳粛主義…②431, ㉓320, 470　荻生徂徠（宋儒擁護…㉓371, 380　風雅文采否定批判…⑰43, ㉓337, 388, 471）　狩野直喜…⑰267, 279, ㉓594, 603, ㉔303, ㉗258, 259, 262　海保元備…㉗243, 245　京都の学問…㉓569, ㉕201　契沖…㉕176, 182　慶応大学…㉔303　東京大学…㉔303　内藤虎次郎…㉔303　長尾雨山…⑰228　本居宣長…㉓45, 514, ㉗194　安井息軒…⑰203
～と仏教…①285, ②381, 383, ㉑116, ㉔259
禅…⑰35, ㉓33, 67
排撃…①284, ②287, 363, 380, 381, 484, 490, ⑬312, 318, 593, ⑯36, ⑰28, ㉑146, ㉕235
利用…①284, ②380, ⑬593, ⑯36, ㉓472, 473（一旦豁然の論…⑰35, ㉓86, 472）
～と仏老の学…②365, ㉓42, 57, 31
～と老荘…㉓69
～にして最も実証重視の学者（朱子）…⑯7
～の運動論…⑰103, ㉓299
～の王通に対する態度…⑯128
～の改革…②329, ④5, ⑤136, ㉓531, ㉖244
経を中心とする古代生活の指示…②247, 260, 486　孔子自身を尊重する…②328, 329, ⑤124, 136, ㉑161　四書選定・尊重…①205, 309, ②107, 328, ⑤136, ⑬318, 593, ㉓29, 288　四書と五経…②107, 328, 386, ⑬593　四書の筆頭…㉓80　程子朱子による再編成…⑰20　ルネサンス…⑲35, ㉓292
～の寛容…㉓470
～の議論の言語…㉑179, ㉓333, 388-389, ㉗178
宋儒議論（制度通）…⑰558
～の現代を以て古代を解する態度…⑯6, ㉓377
～の厳粛主義…②183, ⑬320, ⑮530, ⑯229, ⑰36, 267, 279, ㉓288, ㉔221, ㉗262
禁欲主義…⑰133　厳格派…②603, ㉗136　個人道徳の重視…㉓47, 288　情・欲の軽視…㉓73, 75　精神主義…㉓388
～の語録…⑰559, ㉕382
～の孔子演繹…⑰33, ㉓31
孔子歪曲…⑰156, ㉓89
～の史観…㉓82, 57
～の思弁性…①400, ⑧510, ⑯60, 62, 65, 76, 79, ⑰133, ㉔305
抽象論・理想論…⑰35, 36, 39
卑近な事物の軽視…⑰158, ㉓71
～の儒家古典解釈…②481, ⑬593, ㉓32, ㉗178
「楽記」…㉗224　「詩経」…㉓348　「春秋」説…⑯66, 67　「大学」…㉓73, 74, 348　「中庸」…㉓29, 52, 75, 348, 493　「論語」…②107, 328, ⑤136, ㉓288
～の清談非難…㉗139
～の精微…㉓373
～の静止による運動の束縛…㉑115
静座の尊重…㉓67　静止への復帰の要求…㉓66
静寂の主張…㉓372
～の俗・欲の語源的関係の自覚…②249
～の代表者…㉗224
～の注釈…②479, ⑧510, ⑰46, 358, ㉓33, 291-292, 327, 328, 339, 377, 392, 441, 443, ㉕190, ㉗65, 72, 127, 128, 191, 243, 262→新注
～の哲学…⑦538, ⑯36, ㉓453
哲学の基本的観念…⑩480
～の独断の学…⑯3, 4
～の内面への復帰の要求…㉓66, 69, 90
～の人間観…⑳159
下愚…㉓59　人間の善意に関する論証…⑰103, 104　偏狭な人生観…①202
～の倫理説…②249, ㉓395
～への反撥（元明清）…㉗66, 139
銭謙益…⑯61, 63, 68, 88, 128
戴震…⑯229, ㉓46, 57
「宋書」…①177, ②154, ⑬575, 576, 585, ⑰557, ㉑93, ㉕274
～と河村秀根…⑰175
～の文章と「世説新語」…⑦455
～の北宋の校刊者…⑥344, ⑬582, 583
「宋書」（注釈）
点・荻生徂徠…⑰608　志村楨幹…⑥345, ㉓572
「宋書」（テクスト）
荻生徂徠志村楨幹訓点和刻本…⑳219, ㉖473（汲古書院覆製元禄刊本…㉓312　柳沢吉保刊・松会堂版本…㉓312, 572）
「宋書」（篇名）
志　楽志…①618, ⑥344-347, 351, ⑦25, 150, 164, ㉑16, ㉓572（「漢鼓吹鐃歌十八曲」→その項　「西門行，古詩，六解」…⑥317）　礼志…⑦253
本紀　武帝紀…⑦480
列伝　夷蛮伝・倭国…②586　隠逸伝…⑦324　王弘伝…①297, ⑳301　王鎮悪伝…⑬510　謝霊運伝・論…㉕102, 105　徐広伝…⑦488　沈約の叙伝…⑬583　杜驥伝…⑫22, 23
宋翔鳳　重集「帝王世紀」…㉕151　「亡友臧君誄」「論語鄭注序」…⑯248
宋織…⑱453
宋祖…①571→太祖（宋）
「宋蔵」…㉒301
宋拓「東方朔画像讃」…②498
宋朝…⑤48, 241, 262
～の美…⑤48, 241
「宋徵士陶潜詩」…⑦169

414　固有名詞事項索引

宋通元宝…⑬238, 239
宋奴伯と婦・王氏…⑭67, 101
宋唐…②510, ㉒479
宋版…①394, 399, ㉒493, 494, ㉓583, ㉔54, ㉕276, ㉖232, 233, 467
　～以後の資料…⑩448
　～以前の写本…⑩448, ㉕275, 284
　　古写本の正史（日本伝承）…㉖473
　～以前の「正義」の形…⑩442
　～覯覯本…㉑165, ㉕266
　～と国立北京図書館…㉕430
　～と日本古写本活字本による経注疏校訂（山井鼎）…⑱549, ㉗73
　～と藤原頼長…㉕284
　～の権威とテキスト統一…㉕275, 283-284
　　経伝…⑧21　経文…⑩456
　～の蒐集（天理図書館）…㉕410
　～の蘇東坡著述…㉖434
　～の総字数標記…㉕65
　～の尊重…㉕276
　～の杜詩「示従孫済」…㉕450, 457
　～本　「王荊公詩注」（北京図書館所蔵）…㉒495, ㉕430, ㉖474　「王文公文集」…⑬305, 307　「欧陽文忠公集」…⑰126, ㉒431, ㉖467　「儀礼」…①394, 396　「九家集注杜詩」…⑫206, ㉕495　「旧五代史」…㉒413　「急就篇」…⑯238　「玉台新詠」…⑥261　「京本春秋左伝」…⑬502　「古文尚書孔氏伝」…⑦286, 288　「五経正義」…⑧509, ⑩427-429, ⑱468, ㉗67　「後漢書」…⑰592, ㉕371　「左氏音義之六」…⑯237, 238　「左伝」不全本…⑩241　「史記」→その項　「爾雅」…⑯240, 241, 257　「周書」…⑦539, 540, 548　「春秋繁露」…⑯66　「尚書正義」→その項　「説文解字」…①400　「楚辞集注」…㉑165, ㉒495, ㉕415, 430, ㉖474　「太平御覧」東福寺本…⑥28, 29　「通典」…㉖466　「杜工部集」…⑳298, ㉗75, ㉕460, 499, 500　「杜工部草堂詩箋」…㉕496　杜詩（北京図書館所蔵）…㉖474　「東坡集」…⑬273　「陶淵明詩集」…①394, 396　「白氏六帖事類集」…㉖466　「文苑英華」…㉕501　「碧雲集」…①396　「毛詩」経注本…⑩458, 460, 461　「毛詩正義」…①398, 399, ⑩450-455, 458, 460, ⑰603, ㉗67　「毛詩要義」…⑰602-604　「文選」…㉖472　「礼記正義」…⑩438, 439　李群玉詩集…①396　「李長吉歌詩」（北京図書館蔵）…㉒495, ㉕430, ㉖474　「論語正義」…⑳297
　～の覆刻…①395, ㉒313, 314
　～の輸入…㉕286
宋披雲「道蔵闕経目録」…㉒293, 301
宋美齢…②389
宋人（王朝時代）…⑬623, 628, ㉒114, ㉓600, ㉖28
　～経書新注…㉕453→新注（宋）

～と荻生徂徠…㉓129, 305, 319, 331, 352
～と唐人…⑬41, 198
　韓愈…㉒65
杜甫…㉒64-66, 70, 76
　杜詩制作年次の説（「九日藍田崔氏荘」…㉒88, 89　「行次昭陵」…㉒83）
　杜詩説…㉒75, ㉕495（「春望」…㉒91, ㉔310　「秦州雑詩」…㉒93）
　杜詩注→杜詩（～の注釈者）
～と本居宣長…㉗194
～と「文選」…⑦563, 593
～の花卉の絵…①495
～の校刊を経たテクストの危険性…⑩444, ㉒304
～の校語…㉒399, ㉖459
～の詞話…⑬623
～の書法…⑮447
～の書物…②603, ⑬625, ⑮493
　詩集…⑬187, 197　別集…①607　旅行日記…①169
～の情熱…①103
～の「正義」詳記…⑩429, 433, 436-438, 442
～の生活環境の画期…⑬20, 301, 625
～の伝記…⑬625
～の伝統拒否の態度…⑧6
～の文章…⑰250, ㉓307, 331, 333, 336, 353, 453, ㉗180
　韓柳と宋人…㉓319
～の文章認識…㉕62
～編集の総集所伝の「垓下歌」…⑥10
宋人（春秋）…㉓106
「宋人話本七種」…⑬501
「宋人話本八種」…⑬501（校読後記・汪原放…⑬501, 511　序・胡適…⑬501, 507）
宋敏求…⑫216, ①395　「長安志」…㉒461
宋無（母）忌…⑬339, 505, 506, ㉖390
「宋文鑑」…⑮229, ⑯123, ⑰561, ㉖413
宋・汴地方…⑪490
「宋本杜工部集」上海商務印書館覆製本…⑳298, ㉕484, 489, 497, 498, 500, ㉗329
　近体詩の部分…㉕500　古詩の部分…㉕484, 500　跋・張菊生…⑳298, ㉕484, 499　律詩の部分…㉕484
宋明　～以後の天子独裁政治…㉓165
　～を史と浙東人…⑥10
　～の学…⑯5, 61, 64
　　主観の学…⑯5　主観偏重…⑯3　性理学者…㉗274　哲学…㉒403　理学…⑯391, ㉓641
　～の間の詩人…㉑54
　～人の考え方…②332
宋門…⑬231
宋遼金三史の纂修…⑮286, 287, 298, 307
宋遼金の世に堆積した演劇の源流…⑭143
宋濂・景濂・金華・文献公…⑯69

～と黄宗羲…⑯124
～と銭謙益…⑯68, 75, 124
～と日本人…⑮470, ㉓125
～と明太祖…①296, ②422, ⑮440, 470, 472, ⑯68
～の散文…①164, ⑮470, ⑯124
～の著述 「諸子弁」…②484 「日本建長禅寺古先源禅師道行の碑」「日本瑞竜山重ねて転法輪蔵禅寺を建つる記」…⑮470 「日本僧汝霖の文稿の後に跋す」…⑮470, ㉓125 「日本夢窓正宗普済国師の碑銘」…⑮470
～の楊維楨に贈る詩…⑮440
～の楊維楨墓誌銘…⑮439
「宋六十名家詞」…㉗401
汲古閣刊本…⑬623, ⑯145　上海博古斎書店景印本…⑬623
抓角・抓角児…㉖400
皂櫪林…⑫46, 47
走…⑮126, 127
走一遭…⑭281, ⑮27
走開…⑮127
走将来…⑮64
走南瞭北…⑮75
走馬灯…㉓67
宗…②190
宗祇…㉓421, ㉔150
宗工…㉓241
宗周…㉒79, ㉖440
宗臣・子相…⑮512, 522, ㉓456
宗正（官名）…⑥167
宗沢…㉓270
宗懍「荊楚歳時記」→その項
宗魯…⑥405
奏差（胥吏）…⑮45
奏摺…㉓199, 201
奏疏…㉓199, 203, 206, 209, 213-215, 217, 221-223
相…⑦456, 460-463, 468, 470, ⑫379, 499, ㉖120
相引…⑫379, 380　相棄…⑦458, 460, 465, 467　相許…㉖46　相思…⑦460　相照…⑪146　相信…⑦460　相贈…⑫499　相望…㉖105　相問…⑪218
相州金沢…㉗67
相対の原理…②265
「相馬経」…⑫128
相聞の思夢の歌（日本）…⑱25
相楽郡（京都府）…①397
相和…⑥26
相和曲…⑦13
相和の歌…⑦13, 25
荘…㉖21
荘王（春秋・楚）…⑭7
荘顔の徒…⑥370
荘季裕「鶏肋篇」…⑭300, ⑮90, 132
荘炘・逹吉「淮南子」復刻…②479, ㉒292, 302
荘語…㉔236
荘公（春秋・衛）…⑤55→蒯聵
荘公（春秋・斉）…⑤65-67, 69, 171-173, ⑥302
～の最期…⑤67, 172
荘公（春秋・鄭）…⑥310, ⑯91
荘公（春秋・魯）…③523, ⑯261
荘厳…㉗46
荘子・荘周…①37, ⑦316, ⑪363, ⑰394, ㉒113, ㉕293, 294→荘生
～を含む五聖人…㉒111
～的な生活をする人物…⑤201
～とアリストテレスの比較…①629
～と王安石…⑬18
～と恵施の問答…②494, ⑫154, ⑬90
～と蘇軾…②492, ⑬270, 271, ㉒113
～と老子→老荘
老子祖述…⑤193
老子は荘周の寓言に出づとする説…㉓492
～による儒家経典の定義…②489
～の学は子夏に出るとする説…②490
～の孔子・蘧伯玉への態度…⑦393
～の思想の根幹…⑦310
～の常識に対する逆説…⑤198
～の夢…⑱22, ⑲73, 74
胡蝶の夢…⑪105, ⑱22
～への人物評・朱子…②489
「荘子」…①72, 264, ②107, 124, ③10, 21, ⑦229, ⑰559, ⑱47, ⑲116, ㉓345, 362
～を含む三玄…⑦188, 324, 468
～と科挙…②456, 474
～と詩文の文学…②492
韓愈の古文…⑬555　杜詩の浮生…㉖213　方苞…②493　柳宗元…②485
～と笑話…①230
～と読書人…㉒356
～と文学史…①595, 599
～と六朝時代…①193
阮籍「達荘論」…⑦244
清談・玄談…⑦188, 289, 468（謝安らの議論…⑦289, 458, 459, 494）
陶淵明…⑦317, 410
「文心雕竜」「文選」の言及…②485
～と「論語」…⑤199, 200
～における距離の感覚…⑥273
～における生と死…⑦310, 311, 313, 315, 401, 402, ⑲15, ㉑241, ㉔249, ㉖213, 214
子桑戸の死…⑦311, 315　妻の死…⑦313　髑髏との対話…①185, 186, ⑦314, ⑲73
～の空想…①184, ⑲73, 74
鯤と鵬…①184, ②494, ⑦510
～の寓言…⑥237, ⑦279, ㉕22, 23
鷗と少年…⑬90　材木の不幸と雁の不幸…⑪363　刀鍛冶と鉄…㉕293, ㉖218
～の訓詁の業績 「経典釈文」…②480 「諸子平

議」「荘子集解」「荘子集釈」…②483
～の語句　畏影…⑦490　陰陽四時…⑥311　邯鄲学歩…②450　虚室…⑦410, ⑳341, 342　君子之交淡若水…㉓554　涸轍鮒魚…⑪93　吾生也有涯…⑤98, ⑪363, ⑳335　三淵…⑬128　山林…⑫158　散木…⑫421　自然…㉓469　至人無己神人無功聖人無名…㉕23　主者天道也臣者人道也…㉔240　秋駕…⑦229　松柏…⑥313　身在江海之上心居乎魏闕之下…⑦391　真…⑦349, ㉒77　人之生也与憂倶生…⑥316　捶鉤…⑫621　俗学…②236　樗…⑫421　朝菌…㉒304　陳人…⑥310　帝郷…⑦403　天之蒼蒼…①586　天地一指也…⑲422　天理…㉓69　吐故納新…㉒322　得意忘言…㉕27, 28　得魚忘筌…⑦339, ㉕26　夫子貪生失理…③488　物化…⑥325　方将四顧…⑥324　忘言…⑬129　名者実之賓也…㉕21, 22, 24, 26-28　迷陽…㉓627　冥…⑲21, 25　理…㉓69　六合之外…⑲422
～の使用字数…⑱420
～の主張　価値の序列の無視…①272, ②492, ⑤193-195, 200（愛の忘却…①63　消極的な生き方…㉕293　政治否定…⑤191, 195, 200）
言語不信…㉕21, 26-28（名目と実質…㉕22, 24, 27　名目的なものへの不信…㉕27）
～の情景の設定（虚構）…①185, 186
～の尊重（三代の古書）…③17
～の著者名…㉕147
～のテクストの流布…②478, 479
盧文弨の体験…②479, 481
～の哲学…⑦313, 315-317, 321, ⑬18, ⑲15, ⑳341, ㉑241, 246, ㉕192
斉物の哲学…②492, ⑬107, 110, ⑱22, ⑲15
相対の哲学…①185, ⑦402, ⑲15
～の文章…㉑152, 162, ㉕27
契沖の引用…㉕164　朱子の評価…②489, ⑥222
太宰春台の態度…㉗45
～の篇名のつけ方…⑤12, 188
「荘子」（注）…②476, ⑥250
郭象…⑥310, ⑦315, 469, ⑫621　崔譔…⑳342　司馬彪（逍遥游…㉒304　人間世…⑳341）　姚鼐「荘子章義」…②490, 491　呂恵卿…㉒112
「荘子」（テクスト）
世徳堂本…②478　和刻本…⑰608, ㉕280
「荘子」（篇名・項目）…⑤188
外篇…⑦310, 313, ㉕27
刻意…⑥325, ⑦313, ㉒322　在宥…㉔240　至楽…⑥316, ⑦313, 314　秋水…②494　繕性…②236　知北遊…⑥311, ⑦313, ⑫158, 621　天道…⑬248　田子方…⑥324, ⑫377
雑篇…⑦310, ㉕27
外物…㉕26　漁父…⑦289, 459, 494　寓言…⑥310, ⑧25, ㉓492　則陽…⑥311, ⑦393　天下…㉒329
内篇…⑦310, 311, ⑳341, ㉕22, 27
逍遥游…①184, 586, ②494, ⑤12, 188, ⑥273, ⑫421, ㉒304, ㉕22　斉物論…②492, ⑤12, 188, ⑦310, ⑬107, 109, 110, ⑱22　大宗師…⑦311, 312, ㉕293　徳充符…⑥313, ㉑241　人間世…⑫421, ⑳341, ㉓627　養生主…⑬248
「荘子」（福永光司）…①271, ②124
荘氏の史獄…⑯174-175, ㉒312
「荘周夢」雑劇・「花間四友～」「破鶯燕蜂蝶～」…⑭108, 111
題目「去酒色財気滲園春」…⑭108
～の『南呂柳揺金』（第二折）…⑭111
荘述祖…⑥341, 354, ⑯234, 253
「漢鼓吹鐃歌曲句解」…⑥345
荘親王（清）「九宮大成南北詞宮譜」…⑭498, 567
荘生…⑫125, ⑬248, ㉑52, ㉓610, ㉖454→荘子
荘宗（後唐）…⑭7, 64, 70, 592
荘彭祖…⑥369
荘列の学…⑭108
荘老（荘子・老子）…㉓388, ㉔232, 233, ㉗133, 134, 329→老荘
草帚児…⑮96
草稕…⑮95-97, 109
草聖…⑫120
草茶…⑬246
草堂…⑫149, ㉖24
草堂→杜甫草堂
「草堂詩箋」→「杜工部草堂詩箋」
「草堂詩余」…⑯145, 147, 151, ⑲317, ⑳573
余氏滄泉堂刊本…⑰348, 349
草木…⑬91
「草木子」…⑭13, 554, ⑮109, 238, 272, ⑰560
草木深…㉒91
草木変衰…㉖150
草蔓…㉒42
草明「原動力」…①621
送（断送）…⑭448, 536
送序…②181
送霊車…⑮70
倉惶…②179
「捜采異聞」…⑮96
「捜神記」…①188, 191-193, 200, ⑦455, 550, ⑱24, ㉒306
～を事実の記録とする意識…①191, 194, 226, ⑪544, ⑭9, ㉕381
「隋志」の分類…①194, ⑪545, ⑭9
～と唐代伝奇…①195, 196, 226, ⑪545
～の自序…①191, 194
～の記事　孔子を黒帝の子とする説…㉑187　孫休と巫女…⑦479　丁蘭…⑥391　動物の報恩…⑬228
～の語彙・助字　何物…⑦506　定…⑦479, 480
「捜神記」（句道興）…⑥391

桑懌…①164
桑悦…⑮484
桑哥→サングウ
桑景舒…⑬262, 263
桑扈…⑥18
桑弘羊…⑥119, 127, 161, 197, ⑪307, 309
桑世昌「蘭亭考」…㉑249
桑土既蚕…⑯223
桑門…①406
桑楡…①550, ⑦158, ㉖141
牂牁江…⑥80, 134
蚤…②148
爽鳩子方…㉓367
爽鳩氏…⑤82
爽籟館…⑮258
崢嶸…⑬129, 278
掃愁箒…⑭498
掃・掃却…㉒80, 81
掃葉山房…⑳251, ㉔311, 312
掙閩・掙挫・掙扎…⑭312
掙揣…⑮335
曹（国名・春秋）…⑤122
曹安民…⑦76
曹寅・楝亭…⑰603　「楝亭十二種」…⑭86
曹叡…⑦132, 148→明帝（三国・魏）
曹柯の手柄…⑪517
曹学佺…⑭35, 364, ㉓243
曹鑑・克明・以斎…⑭156, 157, 184, 185　「石倉十二代詩選」…㉓257, 263
曹魏…㉔65
曹禺…①609　「雷雨」…①635, ⑰411　「北京人」…⑰411
曹渓塔院…⑯44
曹渓の禅…⑪187
曹県…⑮620
曹元弼「復礼堂文集」…②242
曹元用・光輔・子貞…⑭100, 101, 159, 184
曹交…⑩470
曹咬住…⑭70
曹国舅（八仙）…⑮109
曹策…⑫24, 25
曹参・平陽侯…⑥54, ⑦46, 57, ㉕75-77
曹子桓…㉖439
曹氏兄弟（丕・植）…⑦68, 92
　～と建安七子…⑦92, 101, 127
　　王粲…⑦127　応瑒…⑦124, 126　阮瑀…⑦117　孔融…⑦101　徐幹…⑦126, 127　陳琳…⑦108-110　劉楨…⑦127
　～と他の兄弟たちとの関係…⑦75
　　曹彰の突然死…⑦129
　～の愛情…⑦82-85
　～の袁熙の妻（甄氏）との関係…⑦96, 132, 139
　～の母…⑦58, 75, 76
　～の反目・対立…⑦84, 85, 89-91, 96, 127
　　政治的対立…⑦58, 72-74, 127, 139
　　文学的対立…⑦58, 59
　～の文学…⑦11, 59, 66-68, 71, 73
　　詩への鍾嶸の評…⑦168
　　銅雀台の賦…⑦89, 90
　　文学的徒党・友人…⑦90-92, 127
　～への曹操の態度…⑦75, 89, 90, 128
曹氏父子（操・丕・植）…⑦593
　～と建安七子…⑦14, 138, 591, ㉑15
　～の家庭の不幸…⑦90
　～の周囲の時代の雰囲気…⑦92
　～の帝国…⑦80
　～の伝記…⑦11, 12
　～の文学愛好…⑦91
　　楽府…㉑16　五言詩…①65, ⑦14, 138, ㉑9　サロン…⑦180, ⑪13　四言詩…①65　七言詩…①65, ㉑9　叙情詩…①65
曹爾堪・子顧…⑯144, 145
曹寿（曹大家の夫）…⑮331
曹寿（平陽公主の夫）…⑥124
曹汝霖…㉔256　「一生の回憶」…㉒391
曹昭「格古要論」…⑭498, ⑰560
曹植・子建…⑦82, 594, ⑬279, ⑭453→陳思王
　～以後唐までの詩人の「詩経・風」の祖述…㉕11
　～と漢無名氏の古詩…⑦69-70
　～と警跡人（元曲）…⑭454, 455
　～と建安の文学…⑦25, 136, ⑪95
　　今世の作者…⑦92, 109　陳琳への評…⑦109, 110
　～と阮籍…⑦194, 195
　～と楚辞…①242
　～と曹操の詩…⑦25, 73
　～と曹丕→曹氏兄弟
　～と曹丕と曹操→曹氏父子
　～と杜甫…⑦135, ⑫78, 218
　～と日本人…⑦135
　～との関わり　王粲…⑦92, 109, 640　応璩…⑦124, 148　応瑒…⑦92, 109, 124, 126　阮瑀…⑦117　徐幹…⑦92, 109, 118, 121, 122, 124, 126　陳琳…⑦92, 108-110　丁儀・丁廙…⑦127　楊修…⑦109, 127　劉楨…⑦73, 92, 109, 127, ⑫45, ⑮384, ㉖432, ㉗256
　～と「洛神賦図」…⑦134, 139
　～における游夏の徒…㉕178
　～に対する評　王夫之…⑦71　鍾嶸…⑦71, 73, 135, 138, 168, 200
　～の経歴の悲劇性…⑦139
　　失意…⑦124, 128, 139（馳道走行…⑦128）
　　曹丕からの圧迫…⑦128, 129（国替え…⑦128　平原侯…⑦124　臨淄侯…⑦118）
　　「七歩詩」…⑦74
　～の月夜の宴…⑫640

〜作品 「寡婦賦」…⑦117 「亀賦」…⑦108（「神亀賦」…⑦109） 「魏曹子建集」「魏陳思王集」…⑦83 「客問」…⑦145 「求通親親表」…⑱47 呉質に与うる書…⑦212 「雑詩」…⑦66, 67 「七哀」…⑦68, 144, ⑫641 「七啓」…⑥321 「述行賦」…⑦82 「聖皇篇」…⑥347 「静思賦」…⑦452 「送応氏」…⑦124, 137 「贈徐幹」…⑦121 「贈白馬王彪」…⑦129, 144 「名都篇」…⑥312 「野田黄雀行」…⑦70, 136, 137, ⑫218, ㉑43 楊修への書簡…⑦92, 109, 117, ㉕178 「洛神賦」…⑦130, 139, ⑭415 「離思賦」…⑦82-84 「霊芝篇」…⑥390
〜の死…⑦132, 148, ㉑252 おくりな・思王…⑦132
〜の詩 家族への愛…①129 感情の噴出…⑦66, 68, 70 棄婦の口吻への仮託…⑦144, 194 市民の口吻への仮託…⑦195 熱情…⑦136 悲観…①108 明月…⑫599, 641 友情…①65, 74, 129, ⑦137, ㉑42 歴史的意義…⑦138, 139
〜の詩（叙情詩）…①65, 74, ⑦138
楽府…⑦14, ㉑15, 16 五言詩…①15, 65, 74, 242, ⑦14, 138, 194, ㉑9, 15 七言詩…①65, ㉑9
〜の詩人としての地位…⑦11, 71, 73, 135
現代中国の関心…⑦136 古文辞派の関心…⑦136 詩聖・詩神とする評価…⑦71, 73, 135, ㉑15 「祖国十二詩人」…①514, 637
〜の詩人としての能力の勝利…⑦59
〜の生年…⑦82
〜の西征従軍…⑦82-84, 89
〜の文才…⑦82
「曹植」（伊藤正文）…①131, ⑦130, 133, 135, 139, 604, ㉑44
曹申吉…㉓256
曹爽…⑦148-150, 186, 219
曹操・孟徳…①131→太祖（三国・魏）→武帝（三国・魏）
〜注「孫子」…⑦41
〜と淵明・李杜の文学…⑦14
〜と軍事 何進の宦官打倒計画失敗の予言…⑦55-57, 103 故郷への脱出・挙兵…⑦5, 7, 53, 56, 75, 76 董卓暗殺失敗…⑦5
小説の潤色（赤壁における横槊賦詩…⑦27, 28, 36, ㉑15 南征軍の動機〔二喬獲得〕…①412-414）
戦争…⑦37, 38（烏丸族討伐…⑦106 延津の戦い…⑦37 官渡の戦い…⑦38 黄巾の賊との戦い…⑦55, 75, 76, 82, 87 赤壁の敗北…①411-413, ⑦36, 80, 114 陝西遠征…⑦16, 80, 89, 113, 114 張魯討伐…⑦106 遼東遠征…⑦28）
〜と後漢末の混乱…⑦53-56
〜と後漢末の風気…⑦98
〜と叙情詩…⑥332, ⑦14, 59, 597, ㉑15
楽府…⑦13, 14, ㉑15 五言詩…⑦14, 138
〜と政治 為政者としての抱負…⑦20 華北（北中国）支配…⑦3, 35, 73 禁酒令…⑦35, 97, 100 肉刑復活…⑦100
〜と曹丕と曹植→曹氏父子
〜と曹丕の魏…⑦185, 186
〜との関わり 袁熙の妻（甄氏）…⑦96, 132 袁遺（伯業）…⑦77, 78 王昭儀…⑦128 何晏…㉕225 関羽…⑦38 阮籍…⑦185, 186 後漢末の皇帝…⑦7, 73, 76, 95, 105, 186 宗世林…⑦495
臣（何夔）…⑦39, 127 賈詡…⑦41, 127 郭嘉…⑦39 魏种…⑦40 許緒…⑦35 邢顒…⑦40, 127 荀彧…⑦35, 77, 96 陳羣…⑦39 丁斐…⑦40 程昱…①438 典韋…⑦35 畢諶…⑦40）
曹操が裏切った旧友 韓遂…⑦82, 114 許攸・婁圭…⑦36 崔琰…⑦36, 41, 127
曹操の従弟・曹洪…⑦106, 112
対立者 袁術…⑦87 袁紹→その項 周瑜…①412, 413, ⑦36 孫権→その項 馬超…⑦80, 83 劉備…⑦3, 4, 7, 28, 80 劉表…⑦7, 28, 79, 87, 98
夫人…⑦74, 75（環夫人…⑦75 丁夫人…⑦57, 58, 75 杜夫人…⑦75 卞夫人…⑦58, 75）
文学の士 建安の七子…⑦14, 91, 101, 102（王粲…⑦102, ㉑9 応瑒…⑦102, 124 阮瑀…⑦102, 112-114, 185 孔融…⑦35, 36, 92, 94-98, 100-102 徐幹…⑦102, 118, 119, 127, 128 陳琳…⑦40, 102, 103, 106, 107 劉楨…⑦102, 138）
〜に対する表現 京劇の演出…⑯539 三国時代の史官の曹騰伝の曲筆…⑦45, 53 「中国文学簡史」の解釈…⑳478, 479
〜に対する評 「魏書」（王沈）…⑦37, 38 「三国志」（陳寿）…⑦10, 36, 37, 40 曹操自身による評…⑦86 魯迅の尊敬…⑦12
生前からの評判…⑦10
評価の変化…⑦11
〜に対する評 悪意ある記載・表現…⑦10
詐術…⑦5, 7, 82
「三国志演義」…⑦3-5, 7, 8, 12, 27, 57（漢王朝乗っ取り…⑦3, 8 仮病で父と叔父を騙す…⑦8 青梅止渇…⑦7 董貴妃絞殺…⑦8 兵糧係処刑…⑦7 伏皇后殺害…⑦8 麦畑での断髪…⑦7 呂伯奢一家の殺害…⑦5, 6）
「三国志」注・裴松之の引用…⑦10, 11（呂伯奢一家殺害説〔「魏書」「雑記」「世語」〕…⑦11）
「世説新語」（青梅止渇）…⑦11
「曹瞞伝」…⑦10, 41（仮病で父と叔父を騙す・兵糧係処刑・麦畑での断髪…⑦11）
大衆演劇 禰衡による罵倒…⑦8, 9 呂伯奢一家の殺害…⑦8
陳琳の檄文…⑦40, 56, 104-106（家柄の汚さ…⑦40, 56, 105 文化人殺害…⑦40 陵墓の発掘…⑦40, 105）

町講釈…⑦9
～の家の歴史…⑦56, ⑳418
家柄…⑦40, 42, 43, 56, 57, 96, 133, 597
祖父・曹騰（季興・費亭侯）…⑦42, 44, 45-53, 56, 105
父・曹嵩…⑦43, 52, 53, 55-57, 105
子供たち…⑦57, 74, 75（曹恭…⑦75　曹昂…⑦57, 75, 76　曹彰…⑦75, 129　曹植・曹沖・曹丕→各項　曹彪〔白馬王〕…⑦129, 144）
本籍地…⑦46
～の宦者の勢力に対する態度…⑦56
幼少年期の政変と宦者の勢力…⑦53-55
～の魏…㉖136
魏王朝の短命…⑦12
魏王の太子選定…⑦74, 128（跡目争い…⑦58, 73, 127, 128, 139）
～の公爵の爵位要求…⑦35
～の才幹…⑦12
～の実力尊重主義…⑦40, 85, 86, 88, 106
嫌悪する文化人…⑦35
実力尊重主義と子供たち…⑦88, 89
人材招致への熱意…⑦31-36, 85, 86（人材の用い方…⑦39, 85, 106　人物の好み…⑦36, 95）
文学の士招致への熱意…⑦91
名士招致への熱意…⑦35, 495
～の首級に対する懸賞金（袁紹）…⑦105
～の儒学的教養…⑦14, 41
～の生年…⑦53
～の性格…⑦35, 36, 41, 42, 85
詩人としての側面…⑦13, 14, 16, 27
政治家としての側面…⑦13, 14, 38
武将としての側面…⑦16, 37, 38
文化人としての側面…⑦41, 77, 185
～の地位（官位）魏王…⑦8, 74, 90, 91, 128, 186　魏公…⑦90, 113, 186　議郎…⑦14　孝廉…⑦86　司空…⑦117, 495　丞相…⑦8, 27, 124　典軍校尉…⑦87, 103　都尉…⑦87
～の銅雀台…①412, ⑦89
～の文学愛好…⑦91
詩…⑦15, 16, 25（下品の序列〔鍾嶸〕…⑦71, 73, 114　仙人の世界への思慕…⑦20, 237　悲観…①108, ⑦29　兵士の悲しみ…⑦16）
詩（作品）→楽府（三国六朝）
詩文集「魏武帝集」…⑦15, 28（詩文の注〔北京内燃機工場理論組〕…㉒446, 455　詩文の復刻…㉖473）
～の文学史への影響…⑦13, 14
三国の詩の創始…①108, ㉑15
中国詩史における地位…⑦11
～の文学的才能とその継承者…⑦12
「曹操詩文選読」…㉖475
曹大家（たいこ）…⑫607→班昭
「女誡」…⑮331　「東征賦」…⑫194, 608, ㉑7, ㉒76, 77
曹沖・鄧哀王…⑦39, 75, 88, 89
甄氏との冥婚…⑦39
曹籀（ちゅう）…⑯256
曹鼎…⑦52
曹唐…②278
曹洞…⑯40, 50-52, ㉖439→洞山
～禅への好意（銭謙益）…⑯50, 51
曹南…⑭135
曹南湖…⑭95
曹伯啓・士開…⑭185
曹丕…⑦82, 89→文帝（三国・魏）
～を思う曹植の「離思の賦」…⑦83, 84
～と楽府…⑦14
～と五言詩…⑦138
～と曹植→曹氏兄弟
～と曹植及び曹操→曹氏父子
～と曹操→その項
～との関わり　袁熙の妻（甄氏）…⑦96, 132, 139　王昭儀…⑦128　応璩…⑦147, 148, 168　呉質…⑦127　曹沖…⑦75, 88
今の文人（七子）…⑦91, 101（王粲…⑦116　応瑒…⑦124, 126　阮瑀…⑦109, 114-117, 198　孔融…⑦101　徐幹…⑦118-120, 126-128　陳琳…⑦108, 109, 114　劉楨…㉕174, 210）
～と武術…⑦77, 78, 82
～における人生如寄…⑬115
～における文章経国大業…①62, ⑦78, 146-147, 192
～に対する悪評と「三国志演義」…⑦3
～に対する陳寿「三国志」の叙述…⑦75, 78
～の漢の帝位簒奪…⑦3, 59, 128, 186
魏皇帝への即位…⑦74, 186
～の魏王の位…⑦128
～の魏王の太子の位…⑦74, 128
跡目争いの勝利…⑦58, 73, 74, 127, 128, 139
～の五官将文学…⑦118, 119, 124
～の五官中郎将の位…⑦80, 118
～の死…⑦148
～の詩…⑦59-62, 66, 67, 168
感情の噴出…⑦68　阮籍の詩との対比…⑦198　曹植との優劣…⑦59, 66, 71　中品の序列（鍾嶸）…⑦71, 73, 168
～の詩文「寡婦の賦」…⑦115　「感離賦」…⑦81, 84　「魏文帝集」…⑦59, 78　「呉質に与うる書」…②168, ⑥316, ⑦92, 109, 114, 119, 497　「雑詩」…⑥278, ⑦198　「述征の賦」…⑦79　「正情賦」…⑦425　「中論」評…⑦119　「典論」→その項　銅雀台の賦…⑦89　「芙蓉池の作」…⑥315　「瑪瑙の賦」…⑦108　「迷迭の賦」…⑦108　「物に感じての賦」…⑦79　「柳の賦」…⑦108　「劉勲の妻なる王氏に代りての雑詩二首」…⑦168　「淮に浮かぶ賦」…⑦80→楽府

（三国六朝）
　〜の生地…⑦76
　〜の生年…⑦75
　〜の曹彰謀殺…⑦129
　〜の曹植圧迫…⑦128, 129
　〜の得意とする文学…①62
　〜の賦の断片…⑦78
　〜への曹洪の書簡の代作（陳琳）…⑦106
曹芳・斉王…⑦148, 219, 227
曹沫…⑥395
「曹瞞伝」…⑦10, 41
曹溶…⑯145, 148, ㉓255
曹劉（曹植・劉楨）…⑦73, 92, 109, ⑫45, ⑮384, ㉕174, 210, ㉖432, ㉗256
巣父…①479, ⑫184
曽…⑭313
曽異撰・弗人…⑯124
曽紆…⑬524
曽鞏（がく）…㉒74
曽幾・茶山・茶山居士…①527, ⑬146, ㉗264
　「坐睡」「茶山集」…①530　「曽茶山集」…①527, 530（河内屋覆刻乾隆版本…①527）「晁侍郎より芍薬三種を折りて贈らる」…①528-530
曽鞏・南豊…①267, ②177, ⑬582, ⑯107, ⑰250, ㉓289, 292
　〜との関わり　王安石…⑬432　欧陽修…⑬282, ㉖444　陳師道…⑬302
　〜の「元豊類稿」…⑬582
　〜の「陳書」校定本の序…⑬582
　〜の文章に対する田山花袋の評…②64
曽極…⑬179
曽公亮…㉕47, 62, 63
曽国藩・文正公…①48, ②401, 402, 409, 440, 449, ㉗312
　〜と狩野直喜…⑰251, 267, 279
　〜と清末の詩風…②464, ⑯267
　〜と太平天国…②423, 441, 448, 455, ㉑148
　〜と兪樾…⑯265
　〜と李鴻章…②441, 448, 470
　〜の家柄…②441, 468, ㉖481
　　父…②405, 440-441
　〜の学問文学…②401, 409, 470
　　家集…⑯656　「経史百家雑鈔」→その項　五経…㉑148, 149　「漫与」…②464
　〜の神道碑銘…②448, 470
　　翰林出身…②470
　〜の進士及第…②441
　〜の日記…①169
曽子・曽参…④3, ⑥395, ⑮324, ㉓115
　〜を含む二十四孝・石刻画像（武梁祠）…⑦551
　〜と河間七篇本「論語」…㉗274
　〜と孔子…⑤10
　　吾道一以貫之への答え…㉓472
　〜と「大学」…㉓287, 453, ㉖244, ㉗271
　〜の言葉　君子人…⑤20　吾日三省吾身…①248, 249, ⑤11, 292, ⑲348, ㉕295　士不可以不弘毅…⑤103, ⑳300, ㉔307, ㉕365　慎終追遠…⑱93　臨終の語（啓予足…⑦512　鳥之将死…⑦512, ㉔230）
　〜の子張批判…⑳423
曽氏父子（樸・煦伯）…⑯314
曽祝…⑤236
曽城…㉖143, 145
曽瑞・瑞卿・褐夫…⑭160, 172, 173, 188, 367
曽晳…㉓391, 476→曽点
曽慥…⑭325　「楽府雅詞」…⑬524, ⑭325, ⑯147
曽点…㉑176, 177, ㉗259, 260→曽晳
曽莫・曽不…②54, 55
曽樸・孟樸・東亜病夫…②471, ⑯306, 310, 314, 315
　〜とフランス語…⑯307
　〜とフランス文学…①289, ②466, ⑯307-310
　〜と文学革命…⑯312
　　新文学批判・懶惰拙速…⑯312, 313
　〜の学校経営…⑯311
　〜の「孽海花」→その項
　〜の交遊　胡適との往復書簡…①277, ⑯307　江建霞…⑯308　陳季同…⑯308-310　林紓…⑯311, 312
　〜の小説林書店…⑯311
曽無党の讌史…⑭203
曽両府「花咲けば今し色めく…」…⑬332
涑頭…⑦542
窓…②70-72
創業と守成…㉕65
「創元支那叢書」…⑯578
創元社…⑯559, ⑲470, ㉒278, ㉔68
「創造季刊」（雑誌）…①512, ⑳252, 256, 566, ㉒319, ㉖490
創造社…⑯535, ㉒327, 342, 364, 402
創文社…⑤323, ㉒119, ㉓429
喪家の犬…⑤33, 122, 237, 249
喪孝…⑮57
　〜の服…⑮16
喪門…⑮89
喪乱…①106
装衣架…⑮70
装綿…⑫161
葬式と日蝕…⑤197
僧伽→サンガ
僧鑒暁青…⑯650→碓庵上座
僧桀…⑫620
僧住（雑劇中の息子）…⑮25, 26
僧正遍照の歌…㉔9
僧祐「出三蔵記集」…㉕387, 388
僧録…⑬229
僧録司…⑬360

剿襲伝訛…⑯75
想玉珂…㉖85
搔頭…⑪248
搶帯の字…⑭318
滄海…①279, ㉗18
滄江…⑫235
滄洲…⑮513, ㉑45
滄泉堂…⑰348, 349
滄浪…⑫497, ⑮616
「滄浪詩話」…①123, 454, ㉓344, ㉗300
～における青青河畔草の畳字評…⑥293
～に対する銭謙益の批判…㉖439, 451
～の楽府古辞の難解に関する記述…⑥344
～の詩有別才の説…⑯287, ㉖439, 451
～の盛唐詩尊重…⑪3, 10, ⑮474, 528, ㉒9, ㉖439, 451
唐詩を禅家の悟りに譬えた分類…⑬186, ⑮474, ㉖439
唐・宋詩の差異に関する認識…⑬32, 186
「滄浪の歌」…㉖447, 452
腠理…⑦155
葱葱…⑬98
葱嶺…⑥130
嘈雑…⑭313, 425
層天…㉒43
層巓…㉒42
層峰駅…②188
戧柱…㉖421
漕（地名）…②319
漱石忌…②544
漱石山房…①344, ⑪369
漱石門…㉗306
箏…②169, ⑭489
箒秆…⑮96
総管府…⑭161
総監使…⑪509
総合…㉗51, 52
総合の言葉と本居宣長…⑰192-194, ㉗50, 51
総じていふ…㉗85, 86, 89
総社（岡山県）…⑱542
総州（日本）…㉗35
総集…⑰560
総商会…㉒388
総提轄…⑬492, 494
総督…②470, ⑯192, ㉓205, 217, 220
総評（日本労働組合総評議会）…⑳458
総理衙門・総理各国事務衙門…②443, ⑯307
総領（胥吏）…⑮45
聡慧（日本人）…㉓459-462
臧玉林・琳…⑥366, ⑯232, 248, 252, 253, 259
「経義雑記」→その項 「困学鈔」…⑯234, 239 「尚書集解」…⑯234, 257 「水経注纂」「大学考異」「知人篇」…⑯234 「六芸論」（原輯）…⑯239, 242
「臧孝子伝」…⑯233, 236, 242-244, 254
臧洪…⑦107, 108
臧克家…①568
臧在東・鏞（庸）堂・庸・東序・用中・西成・拜経…⑯232, 235, 236, 238, 240, 241, 244, 248, 249, 252, 259, 260
～の著述 「賈唐国語注」…⑯255 「楽記二十三篇注」…⑯251 「月令雑説」…⑯234, 251 「漢書音義」…⑯240, 254, 257（刻序…⑯240） 「漢太尉南閣祭酒考」…⑯241 「韓詩遺説」…⑯250（序・趙之謙…⑯248, 250） 「儀礼喪服馬王注」…⑯251 「漁隠小圃文飲記」…⑯237, 238, 240 「華厳経音義録」…⑯240, 257（刻序…⑯238-240） 「経義雑記叙録」…⑯241, 253（跋…⑯234, 241） 「経籍纂詁後序」…⑯240 「阮孝緒七録」…⑯244, 256 「古韻臆説」…⑯254 「孔子年表」…⑯244, 255（自序…⑯244） 「孝経考異」…⑯252 「孝経鄭氏解」…⑯242, 252（題辞・阮元…⑯232, 242） 「孝節録」…⑯244, 256 「挍影宋経典釈文」…⑯237（書後…⑯237） 「挍宋槧板爾雅疏書後」…⑯242 「挍鄭康成易注」…⑯249 「皇清日講官…盧先生行状」…⑯234, 239 「皇例贈文林郎…蘇景程先生行状」…⑯234, 246 「皐陶謨増句疏証」…⑯247 「刻庚午落巻跋」…⑯248 「刻呂氏古易音訓序」…⑯242 「左氏音義之六挍本」…⑯237, 238（書後…⑯237） 「祭王西林文」…⑯237-239 「蔡氏月令章句」…⑯241, 247, 251, 257（「月令問答」「月令論」…⑯241 刻序…⑯234, 241） 「三礼目録」…⑯237, 239, 242, 252, 257 「纂十三経集解凡例」…⑯250, 251 「子夏易伝」…⑯244, 245, 248（序…⑯244, 245） 「尸子」…⑯256 「四庫全書通俗文字跋」…⑯240 「試芸偶存」…⑯257 「詩経小学録」…⑯241, 250, 251, 257（刻序…⑯236, 241） 「詩考異」…⑯250 「爾雅漢注」…⑯235, 243, 254（録序…⑯235） 「七十子表」…⑯255 「周礼賈馬注」…⑯251 「周易注疏挍纂」…⑯236, 249（序…⑯236） 「周易鄭注叙録」…⑯239, 249 「重雕宋本爾雅書後」…⑯240, 241 「書宋槧左伝不全本後」…⑯241 「書劉端臨先生遺書目録後」…⑯235, 238, 243, 246 「尚書注疏挍纂」…⑯235, 236, 249（序…⑯235, 236） 「上王徳甫少司寇書」…⑯238 「上王鳳喈光禄書」…⑯234, 236 「上阮雲台侍講書」…⑯247, 248 「上銭暁徴少詹書」…⑯239 「上銭莘楣少詹書」…⑯255 「上畢纕蘅制府書書後」…⑯241 「新訳大方広仏華厳経音義録」…⑯256 「聖証論」…⑯253 「説文旧音考」…⑯254 「節孝項母葉安人小伝」…⑯244, 246 「先師漢大司農北海鄭公神坐記」…⑯234 「双桂小圃記」…⑯241, 248 「送姚文渓大令還済南序」…⑯242, 243 「臧氏述録」…

⑯257 「臧氏文献録」…⑯255 「霜哺遺音書後」…⑯242, 243 「孫太恭人六十序」…⑯243, 245 「題汪孝嬰北湖訪焦君図」…⑯245 「題厳忍公小像并誡子書」…⑯242 「題慈竹居図」…⑯241, 244 「題孫葆年中丞遺像」…⑯243 「題淩次仲教授挍礼図」…⑯246 「中州文献考」…⑯247 「通俗文」…⑯235, 240, 254（序・林慰曽…⑯240, 254　自序…⑯235, 236, 241）「丁小雅教授六十序」…⑯239 「帝王世紀」…⑯255 「鄭氏論語注」…⑯235, 252 「答翁覃谿鴻臚卿書」…⑯247, 257 「答洪稚存太史書」…⑯235 「答銭暁徴少詹書」…⑯238 「答陳恭甫太史書」…⑯246 「答陳恭甫編修論冠昏辞韻書」…⑯245 「読淇県典史汪府君行述」…⑯242 「馬王易義」…⑯244, 249 「馬鄭王書義」…⑯249 「拝経堂文集」「拝経日記」→各項 「跋汪鋭斎員外題孝節遺書後」…⑯244, 245 「跋宋虞廷会試巻後」…⑯232 「跋長興臧氏族譜」…⑯245 「別鈕匪石序」…⑯237, 238 「輔行記録」…⑯256 「亡弟和貴割肱記」…⑯239, 242, 244, 245, 248 「毛詩注疏挍纂」…⑯235, 250（序…⑯235）「毛詩馬王微」…⑯244, 245, 250（序…⑯244, 250）「孟子編年略」…⑯255 「与王懐祖観察書」…⑯235, 247, 254 「与王懐祖観察論小学鉤沈書」…⑯248 「与王氏引之書」…⑯248 「与王氏念孫書」…⑯232, 245 「与王伯申学士書」…⑯246 「与王伯申学士論挍小学鉤沈書」…⑯247 「与汪漢郊書」…⑯245 「与秦小峴少司寇書」「与宋芷湾太史論刻愛日居遺文書」…⑯247 「与孫淵如観察論挍管子書」…⑯246 「与段若膺明府書」…⑯236 「与趙味辛舎人書」…⑯235 「与姚姫伝郎中書」…⑯242, 246 「与葉保堂書」…⑯235 「与劉氏台拱書」…⑯238, 239, 243, 244 「礼記王粛注」…⑯251 「六芸論」（補詳）…⑯252, 257 「陸機草木虫魚疏」…⑯250 「礼部儀制司員外郎汪君徳鉞行状」「列女伝補注序」…⑯247 「盧氏礼記解詁」…⑯235, 236, 241, 251, 257 「録唐釈湛然輔行記序」…⑯243
～の家系（姓を略す）　季弟・屺堂…⑯232, 243, 244　子・相→その項　高祖父・玉林→その項　三弟・礼堂→その項　次弟・鱣堂…⑯232　祖父・若彩（兆魁）…⑯232　祖父の兄弟・兆元…⑯232　曽祖父・晋…⑯232　父・継宏（世景・厚庵）…⑯232, 234, 239　母・章氏…⑯232　夫人・許氏…⑯248　孫・熙（仲金）…⑯248
「臧氏元曲選異文表」…⑭49
臧晋叔・懋循…⑭22, 138, 381, 387, 550, ⑮12, 82, 154, 227
～以前の元雑劇の形態…⑭49, 441
～と王世貞…⑭364
～の引用・歌辞と白は別人の作とする説…⑭227, 230, 231
～の頃の元曲…⑭388
～の事蹟…⑭360
～の著述 「王元美を哭す」…⑭364 「感往篇」…⑭362 「元曲選」→その項 「元曲選後集の序」…⑭361 「元史紀事本末」補訂と序…⑭362-364 「黄貞父に寄する書」「謝在杭に寄する書」…⑭361 「唐詩所」…⑭362 「負苞堂詩選」…⑭35, 360, 362, 364 「負苞堂文選」…⑭35, 360-364 「姚通参に寄する書」…⑭362 「李孟超に復する書」…⑭360
臧晋叔本（雑劇）…⑭51, 52, 387, 388, 434, ⑮43→「元曲選」
「漢宮秋」「金銭記」「酷寒亭」「趙氏孤児」→各項（テクスト）
～と原作との距離…⑭388
～と他のテクストとの距離…⑭387, 388, 441
～と他のテクストとの白の異同…⑭232
～の作者署名の信頼性…⑭219, 221, 388
～の楔子の独立…⑭217
～は最も整理されたテクスト…⑭388
～流布の理由…⑭388
臧相・木斎…⑯248
臧孫紇・武仲…⑩439, 441
「臧拝経別伝」…⑯232-234, 237-239, 242, 244-250, 254-256
臧礼堂・和貴…⑯232-234, 236, 238, 240, 242, 244, 252, 254, 256
「愛日居遺文」…⑯247　妻・胡氏…⑯239
「臧和貴別伝」…⑯233, 238, 242, 244
蒼海郡…⑥135
蒼頡…㉕257, 259, 387
蒼梧…①304, ⑪131, 132, ⑫215, 217, 221, ㉗17
蒼梧江…⑬29-31
蒼黄…㉖102
蒼惶…⑫424
蒼鶻…①418
蒼帝霊威仰…⑤118
蒼頭…⑪308, ⑮406
蒼茫…⑫611-613, 625, ㉕407, 490, ㉖67
蒼冥…⑮409
遭…㉕156
遭逢…⑮407
騣娑宮…㉕163
槽房…⑮144
槽櫪…②174
痩金体…⑬139
痩骨…㉖31, 35
箱…⑮138, 139
操…⑮435
糟房…⑮145
霜吹…⑮535
霜天…①444
『霜天暁角』　朱竹坨…⑯149

霜余…②67
叢菊…㉖184
叢書…㉒313, ㉗308
雙鳳玦…⑱361
騒（楚辞）…②257, ㉖444
騒雅…㉖445
繰棉…⑯216
藪震庵…㉓379
～へ荻生徂徠の書簡　音楽について…㉓315　雅楽…㉓366, 410　「学則」…㉓380　議論…㉓333　琴曲…㉓411　熊沢蕃山・伊藤仁斎…㉓375　辞…㉓336　辞と理…⑰194　辞の道の汚隆…㉓331　聖人の個性…㉓396　徂徠の娘の死…㉓378　程朱の学と欧蘇の辞…㉓293, 332　吉宗への拝謁…㉓402
蹭蹬…⑫81
顙…㉕91
颼颼…㉖40
鬷戻…⑱81, 83
藻縟…⑭389, 390
竈（七祀）…㉒306
竈神…㉒305-307, ㉓604
驄…⑫127
造化…⑬70
造次…⑫512
増入議論…⑰558
増冰…②256-258
蔵鉤の遊び…①481, ⑬158
蔵閃…⑮336
贈和…㉓151
副島種臣…②472
仄起格…㉖36
仄声…①126, ②28-30, 60, 451, ⑭19, ㉖19, 25, 36, 88, 150, 203, 212, 229, 230
即…②138, 180, 189
即興の文学…①603
即事…⑫624
即時…㉗45
即身即仏…㉗158
即漸的…⑭321, 483
即漸裏…⑭321
束広微…⑬288
束修…⑯235
束身…⑮62
束髪…⑭391
足…⑫434
足志…②43
足羞…②237
促織…⑥287, ⑮20
促柱…⑥322
則（助字）…②83, 110, 112, 116, 117, 123, 138, 180, ⑭543, ⑮349
則我這…⑭401　則管裏…⑭321　則今日…⑭543　則你這…⑮64　則您那…⑭423　則除是・則除非…⑭321　則他那…⑭409　則波…⑭443　則麽…⑮355　則落地・則落得…⑭321
則（法則）…①105
則天去私…①473, ⑱15
則天武后（唐）・武后・武則天…②551, ⑫274, 420, ⑲34, ㉒88, ㉕15, 457
～と宦者…⑫318
～と皇族との関わり　韋皇后…⑫9, 11　一族の娘（武氏）のスキャンダル…⑫273　玄宗…⑫11　実子（中宗・睿宗）…⑪9　実の娘（太平公主）の叛乱…⑪10　太宗・高宗…⑪236, ⑫11, ㉕65　皇族圧迫・陰謀…⑫12（王皇后への陰謀…⑫11　義陽王圧迫…⑫26　章懐太子殺害…㉑168　中宗幽閉…⑫9, ㉕68）
～と「三教珠英」…⑪20, 21, 40
～と文学改革…⑫14, 15, 31
時代の詩人…⑫14, 17, 29, 94, 138
北門学士…⑪14, 552
～と陽道壮偉…⑫12, 318
～と駱賓王…⑫15, ㉕68-70
挙兵の檄文…㉕68-70
～の怨霊恐怖と洛陽滞在…⑫17
～の死…⑪23, ⑫8
～の時代…⑫11, 13, 15
～の臣・側近　懐義…⑫12, ⑰15, ⑱457　魏元忠…⑪22, ⑬589　蘇味道…㉕55, 56　張易之兄弟…⑪20, 22, ⑫12　狄仁傑…⑫27, ⑲34, ㉕54-58, 67, 252, 253, ㉖401　杜審言…⑫18　房融…⑫390, ㉕451, 458　李嶠…㉕55, 56
～の人材抜擢…⑪18, 19, ⑫12-14, ㉕54-57, 252, 253
家柄軽視…⑪18, ⑫12, 30（侯思止…⑫13　周興…⑫12　張説…⑪20, 22, ⑫13　張東之…㉕54, 56, 252, 253　来俊臣…⑫12）
天子親臨の試験…⑪19, ⑫14
～の政治…⑫8, 11-15
恐怖政治…⑫12　司馬光の評…⑫13　新制度の採用…⑫14　政治の要諦…⑫13　張翼の評…⑫12
～の即位…⑫12
～の年号（長安）…⑪21
～の洛陽の大仏と東大寺の大仏…⑫13, ⑰15
息…③485
息機子…⑭13, 365
「息機子古今雑劇選」…⑭39-41, 365, 562, ⑮43, 227
→「雑劇選」万暦刊本
～北平図書館本…⑭39, 380
～本と雑劇の原型…⑭53
～本の「漁樵記」雑劇…⑭52, 217, ⑮43
～本の「玉壺春」雑劇…⑭52
～本の臧晋叔本との距離…⑭52, 388
～本の他のテクストとの白の異同…⑭232

捉蔣亭…㉒484
側…⑮147
側手…⑬514
側出…⑯85
喞喞…⑪288
惻隠羞悪辞譲是非の心…㉓40, 54
惻隠の心…⑬558, 559, ㉓39, 54, 58, 65, 66
惻隠の説…⑯101
惻惻…㉖119
測頼…㉖377
俗…②236-238, 240, 241, 244-249, ⑳123, 125, 126, ㉓71, ㉗46
　～の価値…②247
　～の軽蔑の強化…②247
　～の軽蔑の軽減…②246
　～の生活…②238, 240, 246
　～の尊重…②246, 247
　～の否定…②248, 249
俗易…⑭490
俗学（朱子）…②236
俗学（銭謙益）…⑯62, 64, 69, 72, 73, 81-83, 85, 86, 88, 92, 95-97, 100, 104, 105, 129
俗学（荘子）…②236
俗学・宋学・漢学（顧広圻）…⑯61
俗語…②246, 247, ⑭287, 288, 555, ㉖166, ㉗45, 46
「俗語解」…㉖425
俗語文学の研究・翻訳…①612
俗士・俗主…②236
俗儒…②236, 238-240, 243, 244, 246, 248, ⑥365, ㉕259
俗儒学…⑯73
俗書…②236
俗人…②236, 238-242, 244, 246, 248
俗に従う…②238
俗物…②236, 240
俗本…②236, 244-246
「俗話解」…⑳285
族望…⑫16
属…②146, ⑮20
属国（官職）…⑫444
粟…②175
粟粟…⑬224
賊…⑤44
賊臉…⑭480
「続彙刻書目」…⑭40
「続漢志」…①177, ⑬582, ⑰592
「続虞初志」四巻明刊朱墨套印本…⑲317
「続群書類従」…⑫282
「続古逸叢書」…㉕484
続五子（明）…⑮522
「続国訳漢文大成」…⑪328, 369, ⑫585
「続四庫全書」…⑰267, 279, ㉕271
「続四庫全書提要」…⑯642, ㉕35
「続資治通鑑長編」…⑬520
「続修四庫全書提要」易類…㉕35
「続斉諧記」…⑫344, 357, ⑬509, ㉒78
「続説郛」…⑰560
「続蔵」…⑯438
「続封建論」…㉖474
「続録鬼簿」→「録鬼簿続編」
卒…②179, 187
卒業論文…㉗401
卒明…⑪216
捽兀…⑦302
袖ひじてむすびし水…⑱100, 387, 388, 393, 396
外の中州…㉓415
外は坦蕩…㉗135
其材を尽くす…②176
其の真を聴く…⑥327
其道を以てす…②176
園頼三の講演…㉓611
橇…⑰300
存古書局…⑩459
存在と運動…⑤300, 301, ㉓57, 66-68, 72, 82, 372, 553, 558
存書…①708
存生…①391
存済…⑭312
存目…㉕269
村居…㉓248
村人…㉖409
村夫野人…㉖409
邨…㉖199
孫詒譲…⑯10, 569, ⑰257
　「周礼正義」…㉕346, 347　「墨子間詁」…②483
孫郁「閩中の魏惟度，補石倉詩選を以って恵まる」…㉓263
孫毓…⑯244
孫一元・太初・太白山人…⑮522, 523
孫炎…⑲23
孫恩…⑦368, 369, 379, 407
孫何…⑬233, 234
孫科…②222
孫過庭…㉔235
孫嘉淦（かかん）・文定公…㉓704, 706
孫楷第…⑭356, 571, ㉒449
　～の考証…⑭36, 39, 370, 441
　～の校本…⑭39-41, 49
　～の著述　「元曲家考略」→その項　「元曲家考略続編」…①617, ⑭356　「呉昌齢与雑劇西遊記」…⑭441　「釈兀的」…⑭439　「述也是園旧蔵古今雑劇」→その項　「水滸伝旧本考」…㉖404　「中国短篇白話小説的発展与芸術上的特点」…①618　「中国通俗小説書目」…⑱464, 471
孫覚・莘老…⑬280, 309, 311
孫寛の講史…⑭203

孫季昌「集雑劇名詠情」…⑭471
孫機「対雪葦『野草的題辞』的意見」…①628
孫議事…⑭130
孫休…⑦479
孫玉珊　共訳・傑克「改造太太」…①635
孫銀槎…⑯641
孫卿子…⑥316, ㉒77→荀子
「孫月峯評語」…⑯91
孫剣冰「阿詩瑪試論」…⑪461
孫権…①411, 412, ⑦4, 7, 28, 80, 88, 97, 106, 114, 185
孫原湘…①577, ⑲405
孫孝哲…⑫364
孫康…⑰198
孫暠…⑦541, 542
孫纊…⑭34
孫策…①413
孫子…②125, ⑥222, ㉕157
～呉子の兵法…⑥88, 100, ⑦37, 57
「孫子」…①348, ②107, 125, 476, ⑦41, ⑬77, ㉓289, ㉕280
～の「始計」…②125
孫子羽…⑭153, 167, 168, 173
「孫子算術」…⑰560
孫子秀…㉖393
孫氏（高密の豪族）…㉒90
孫氏（汝聴）の説…⑪400
孫思邈…⑲319
孫綽・興公…⑦491, ㉑239, 247, ㉕192, 193
「天台山に遊ぶ賦」…⑫250, 613　「列仙商丘子賛」…⑦506
孫寿…⑦52
孫十五の講史…⑭203
孫升「孫公談圃」…⑬519
孫紹武…⑯399, 400
孫詳…㉕340
「孫莘老先生事略」…⑬309
孫人和・蜀丞…⑯568, 643, 645, ㉒397, 400, 401, 449, ㉓635
孫崧…⑦140
孫成…⑪510
孫星衍・淵如…⑯233, 241, 246, 247, 259, 634, ㉒292
～と道蔵本諸子…㉒292, 293, 303, 304
～の学説・著述　「孔子集語」…⑤116　「史記天官書考証」…⑯246　「尚書古今文注疏」…⑯247　「尚書皐陶謨義疏」…⑯246　「蘭亭序」偽物説…㉑242　「続古文苑」…㉑242, 249
孫盛…⑦360, ⑫351, 360, ⑬574　「逸人伝」…⑥390　「雑記」…⑦11　「晋陽秋」…⑦149, 151
孫奭・宣公…⑬237, 582　「孟子正義」…㉓40, 42, ㉗65
孫楚「鷹の賦」…⑫146
孫大雅…⑭93, 95, 99, 104, 136
孫鐸…⑭299
孫仲章…⑭367　「勘頭巾」雑劇→その項
孫鎮…㉒108, 109
孫逖…⑪37
孫殿起・麻子「叢書目録拾遺」「販書偶記」…⑯561
孫梅哥…⑭384
孫馮翼・彤…⑯243, 248, 254　「易義攷逸」…⑯249
「刻毛詩馬王微序」…⑯244, 245, 250
孫文・逸仙・中山…⑤183, ⑫7, ⑰434, 613, ⑲232, 322, ⑳420, ㉒361, 403, ㉕305
～を土匪の頭目とする誤解…②471, ⑳121
～と犬養毅…㉒361
～と貝塚茂樹…㉗297
～と章炳麟…①382
～と檀香山…㉔198
～と「論語」…⑤141
～における革命尚未成功…②201
～における行易知難…⑨483
～の言語の通快…⑯274
～の三民主義…①118, ②336, 342, 343, ⑯443
「三民主義」…㉒403
～の死…①170
～の第一革命…⑯617, ⑲230
～の徒における天下為公…⑯608
～の文章…⑳121
～の民族主義…⑰81, ⑲216
「孫文学説」…⑰461
孫汶…⑳121
孫平化…㉒441, 480
孫無終…⑦378
孫愐「唐韻」…⑬576, ㉒303
孫蘭…①511
孫犂「文学短論続編」…①637
孫蓮哥…⑭384
尊経閣文庫…⑦596, ⑰24, ⑱537, ㉒431, ㉕279
～本「玉燭宝典」…⑦552, 556, 596, ⑫344, ⑱537
～本「古今小説」…②589
尊周攘夷…⑯66
尊生館…⑭40
「尊前集」…⑭298
尊法反儒…㉖473
噂沓…⑫85

た

ダーウィン…⑯319
ダーシー神父…⑳489
タイ…⑭63, ⑰491, ⑱16, ⑲244, 323, ⑳321, ㉑95
だいせん（急行）…⑱540
「タイムズ」…⑲246, 436
タイムズ・スクェア…⑲246, 292, ㉔159
ダ・ヴィンチ（レオナルド）…⑲115　「モナ・リザ」…②531
たおやめぶり…㉗9

タゴール「園丁」…⑲82　「文明の危機」…⑲80
タシチムール（達識帖睦邇）…⑭169, ⑮283, 287
タシマン（答失蛮）…①538, ⑮455
タシュケント…⑲377, 378, 386, 406, 426
タシュケント・ヴォダ…⑲406
タシュケント・ホテル…⑲378
ただごと歌（雅）…③33
たつた山…⑰617, ⑱4, 69, 379
タッパン…㉔158
たとえ歌（興）…③33
ダハイ（達海，満州聖人）…㉓173
ダラス…⑲295
ダルクワシ（達魯花赤）…⑭69, 72, 206
ダルマ（達磨）…①535, ㉒112
ダレス…⑱424
タワー・ホテル…⑳359
ダン（ジョン）…⑲44
タンキシ（唐其勢）…⑮282
タンクー（塘沽）…⑯642, ㉒375, 376
タングート族…⑫441, 446, ⑬3, 62, 240
ダンテ…①144, ⑫692, 693, ⑯291, ⑱10, 44, ⑳224, ㉑140, ㉖509, ㉗307, 325, 326, 368, 377, 433
「神曲」…①271, 272, ⑲104, ㉔259, ㉗384（地獄篇…⑲19　浄罪篇…⑲71）
ダンテ賞…⑱44
ダンヌンチオ…㉓626
太郎冠者と張千…⑭436
他…①308, 541
他日…㉖185
他道是…⑭320
他年…⑬120
田岡嶺雲・佐代治…⑰394
田口鼎軒…⑱126
田中角栄…㉑163, 165, ㉒325, 462, 495, ㉕107, 414, 415, 430, ㉖474
田中克己「狐の詩情」…①612　「李太白」…⑰407　「李白」…①32, ⑪87
田中義一内閣…⑯649
田中慶太郎…①397, ④15, ⑯654, ⑱518, ㉑60, ㉒280, ㉕226, ㉖466, 490
田中謙二…㉒324
〜と元雑劇研究…⑭5, 555, 563, 602, ㉖252
池田大伍の元雑劇翻訳の校訂補注…㉗280, 282
concordance 作成作業・会読（東方文化研）…②223, ⑭374, 602, ⑰404
「金銭記」会読…⑭378　「金銭記」の作者に関する指摘…⑭389　「酷寒亭」会読…⑮11, 128
語法・用例・故事等に関する指摘…㉖426（一杖起一層皮・一下起一層皮…⑮47　活撮…⑮114　休休似淹淹不断流・煩悩似長江不断流…⑭502　警迹人…⑭457　捽…⑭396　蔡中郎と趙氏…⑭516　所央・所生…⑭393　想韓信儉瓜手生扭做了元戎将…⑭456　打呆歌…⑮123　掿殺不成団…⑭579　吐吐麻食…⑮103　唐代変文における上三下四の七字句…⑭372）
雑劇の題材…⑭201（「蒙求」…⑭208　弄玉蕭史の雑劇の不存在…⑭522）
臧晋叔本と他本の得失…⑭54
同一語を反復する強意表現…⑭500
〜と「尚書正義」会読（東方文化研）…⑩81
訳本校正…⑧354
〜と「水滸伝」研究…㉖374
〜と読杜会…㉕505
〜の「元典章」注…⑮348, 349, 352, 355, 363
〜の著述　「龔自珍」…①137　「元雑劇の題材」…⑭201　「元人の恋愛劇における二つの流れ」…㉖414　「西廂記諸本の信憑性」…①621　「西廂記版本考」…①614
共著　「元曲選釈」…⑭357, 603, ⑮228（第一集…①298, 621, ⑭603　第二集…①631, ⑭603）
「史記」…①271, ②139
〜の北京留学…⑭603, ⑰364
田中広四郎…⑬634
田中耕太郎…②389, ⑳318
田中従吾軒　講義「西廂記」…⑰395
田中正造…㉗355
田中省吾・富春山人…㉓296, 313, 320, 369, 370, 377, 378, 407, 412, 442, ㉗32
田中震二…㉒478, ㉖490
田中神社（京都）…⑳267
田中萃一郎「田中萃一郎史学論文集」「元の官吏登庸法」…⑮9
田中青山…⑦286
田中清一郎…①631
田中大壮「世説講義」…⑦454
田中徳雄…⑱537-539, ㉔325
田中豊蔵…⑮262
田中秀央（ひでなか）…⑲28, ㉔66
田中美知太郎…⑳379, 380　「自由について」…⑳383　「哲学入門」…㉗263
田中頼庸（よりつね）…⑦462
田辺元…⑰331, 360, 361, 363, ⑱477　「マラルメ覚書」…⑫609, ⑱53
田沼意次…㉔132
田能村竹田…⑰58, ㉑107
田村実造…①714, ㉒332
田山花袋…②56, 64
多…㉖85
多学と博学…⑰36, ㉓86
多管是…⑭290, 321
多虧…⑮34
「多胡国造碑」…㉓124
多咯是…⑭321
多治比真人県守…⑪131
多治比莫宗（まむね）…②163, 164
多少…⑱332, ⑳16, ㉑69

多曽…⑭313
多田研究員（東京研究所）…⑱536
多田なにがし（修験者）…⑱454
多読書…⑯120
多能…⑤154
多福文庫…⑩452
多摩川…㉖146
多様性に敏感な世界観…②277, 279
拕と駄…㉖392
拖刀計…㉖375
拖翻…⑭404
蚍雀の報に効う…⑬228
大宰権帥…⑤213
大宰帥…⑱45
大宰府・太宰府（日本）…⑬37, ⑯535, ⑱45, 47, ㉕286, ㉗14
「大戴礼」…⑰556→「大戴礼記」
「大戴礼記」…⑤10, 39, ⑳363, ㉕217, 218, 243
　王言…⑤10, ㉕243　夏小正…⑦553　勧学…㉕217
大辣酥…㉖383
太宰施門…⑲148, ⑳260, ㉒353　「仏蘭西文化の移入」…⑲85, 143
太宰春台・純・徳夫・弥右衛門・紫芝主人…㉕194, ㉗72
　～安藤東野・山井鼎の鎌倉旅行…⑱56, 57, ㉑108
　～校定「古文孝経孔氏伝」…②590, ⑤165, ⑥244, ⑯225, ⑰467, ⑱471, ㉓329, ㉕283
　～と荻生徂徠…㉓380, 400, ㉕194, ㉗45
　　荻生徂徠批判…㉕195, 196, 198-200, 202, 203（好奇の癖…㉕197, 198, 207）
　　蘐園派…㉓290, 370
　　儒学説の継承・批判…㉕203, 204（子罕言利与命与仁…㉕206　事君能致其身…㉕207　逝者如斯夫不舍昼夜…㉕208-210, 212-214, 219, 221, 224, 238, 248, 250　道千乗之国敬事而信…㉕208）
　～と湯浅常山…②135
　～の大名批判…㉕194, 195, 198, 199
　～の著述・著書　「猗蘭藤侯に上る書」…㉕194　「鎌倉の賦」…①564　「蘐園録稿の後に書す」…㉕199　「子遷に与う」…㉕202　「子和に与うる書」…㉕195　「紫芝園後稿」「紫芝園前後稿」「修刪阿弥陀経」→各項　「湘南紀行」…⑱57　「徂徠先生の遺文の後に書す」…㉕196　「増注孔子家語」…㉕205　「高野子式に与うる書」「東野遺稿を刻する序」…㉕195　「文の論」…㉕196　「水野明卿に与うる書」…㉕203-204　「李于鱗の文を読む」…㉕198　「論語古訓」「論語古訓外伝」→各項
　～の平野金華批判…㉕195
　～の賦…①564
　～の和刻本「周礼」推奨…㉓576
打…⑮526, 631
打呵喝・打𩓐歌…⑮122, 123
打孩歌・打呆歌…⑮123
打攪…⑮87
打死…⑮343-345
打死平人…⑮28
打畳…⑭290
打擾…⑮87
打心…⑯213
打水的道児…⑰425
打倒孔家店…⑤124, ⑰3
打鬧処・打鬧裏…⑮126
打罵…⑮344
打悲阿…⑮116
打刺蘇…⑭343
伊達家文庫…①214, ⑪547, ⑭207
朶頤…①547
朶来（だらい）…⑮261, 266
陀羅尼…㉕99, 106, 107
柁楼・柂楼…⑪309, ⑫155
唾手…⑭472
駄…㉖391, 392
駝献嶺…⑬395, 396, 403, 404
儒・糯…㉗236
懦弱…㉗235
大と小…㉓282, 380, 383
大アンチレス諸島…㉔133
大阿羅漢…㉗45
「大安」（雑誌）…⑰548
大安閣…⑮281
大依…㉓256
大尉…②242
大員…①300
大雨雪…⑬221
大雲寺…⑫438
大英博物館…②509, ⑰266, 279, 417
大宛…②136, ⑥92, 94, 130, ⑫135, 565, ㉑93, ㉓578, ㉖29-31, 36→フェルガーナ
　～の漢使殺害…⑥154
　～の名馬…⑥154, 156, ⑫134, 135, 567, ㉖31
　～へ李広利の遠征…⑥155-157
大衍之数…②298, 344
大燕（安禄山の国号）…⑫173, ㉒23
大王（黄河の神）…⑯38
大王（周）…㉓341
大王小王（王羲之・王献之）…㉗147
大王の旗…①385
大化の改新…⑰15
大河…⑮514, 515
大夏（国名）…⑥92-94, 128, 130
大夏侯氏…②243
大夏の舞い…㉔275
大家…⑥392, 393
大雅堂の南画…⑰58

大雅楼…⑱536, 537
「大楷字帖」…㉕442
大学…⑳184, 185, ㉑69, 70
～の教育…⑳182
演習…⑳181, 195　教師の職務…⑳181　研究と教育…⑳181, 195　講義…⑳181, 195
入学試験…⑳431
～の自治…⑳195, 196, 200
～の制度の改善・変更…⑳188, 190, 200
～の責任…⑳195, 196
大学（唐）…⑪405
「大学」…⑭297, ⑰186→「礼記」大学
～を含む四書…①239, ②107, 328, ④8, ⑬560, ⑰186, 556, ㉑159, ㉓32, 73, 288, ㉕364, ㉖244, ㉗271
～と科挙の準備勉強…⑬564, ⑯354
暗誦…②444
～と「大学診解」…㉓298, ㉗33
～と日本人　伊藤仁斎・荻生徂徠→各項　本居宣長…㉗108, 112, 211
～における語彙・語句・関連事項　格物致知の説（荻生徂徠説…㉓284, 288, 344, 345　朱子・宋儒説…㉓73, 288, ㉖243）　止…㉓466　心不在焉視而不見を主題とする八股文（姚鼐）…①311　正心誠意…㉑78　正心の説…㉓73, 74　即物窮理…⑬559　治国平天下…⑰123, ㉓75, ㉗211　致知在格物…②330　又日新康誥曰を問題とする截搭題…①315
～の維民所止出題による文字の獄…⑯200, ㉓169
～の偽石経…⑯93
～の総字数…②444
～の著者　伊藤蘭嵎説…㉓493　曽子とする説…㉓287, 453　武内義雄説…㉗271
「大学」（注釈）
講義・許衡「大学要略」…⑭278, 282, 283, ⑮36, 326, 327
注・朱子「文学章句」…⑬564, ㉓74（序…㉒101, ㉓292, 387　小序…㉓314）
直解・許衡「大学直解」…⑭278, 283, 291, ⑮318, 326, 327　張居正…⑮329-331
「大学衍義」…⑬323, ⑮233, 244, 296, 308
「大学解」…㉓344, 349, 376, 466, 472
大学教授の勤務評定…⑳201
大学教授の待遇…⑳458
大学教授の俸給手当明細…⑳310
大学教授連合近畿支部…㉗406
「大学診解」…㉓298, 310, ㉗33, 37, 38
大学講座（NHK）…㉖6, 237
大学士…⑮247, 250, ㉓167, 216, 221, 264
「大学・中庸」（島田虔次）…①271
「大学定本」…㉓32, 42, 45, 74, 317
大学の頭…㉕283
大学紛争…㉔287
「大学要略」…⑭278, 282, 283, ⑮36, 326, 327（直説序跋…⑮327）
大旱による改元（北宋）…⑬240, 241
大漢…㉓429→漢（王朝・帝国）
～の文章…⑥225
大漢皇帝…⑥47, ⑭23
大漢帝国…⑥60, ㉕72
「大漢和辞典」…②71, ⑱442, 443, ⑳443, ㉔121
大漢和辞典完成祝賀会…㉔121
大韓の宝…㉗381
大観園…①221
大観堂…①510
大雁塔…㉒443, 482, ㉕404→慈恩寺の塔
大義…㉕196
大義名分の学…⑰438
大喬小喬…①412, 413→二喬
大堯舜…㉒100→堯舜
大曲（唐宋）…⑭7, 325, 326, 554
「大金国志」…⑭63, ⑰594
大工の手本…⑬230
大訓大法…㉓346
大月氏…⑥94
大元→元
～の皇后…⑮417
～の皇帝…⑮312, ㉕53
～の国号の出典…⑮311
～の書家の列伝…⑮234
～への公主の人身御供（金）…⑮223
大元楽府…⑭13, ⑮169→雑劇（元曲）
「大元通制」…⑮283
大古是…⑭451
大古来…⑭321, 450, 451
大古裏…⑭321
大姑・大家…⑬128
「大公報」…㉒411
大功…⑩440
大江…⑦387, ⑪211, 213, 215, 217, 221, ⑬436, ⑰378, ㉖139, 140, 142, 143, ㉗36→揚子江
～以北の臨済の徒…⑬309
大江流…⑫689, 690, 692, ㉕441, ㉖172-175, 177, 179, 181, ㉗322, 323, 325
大行山…⑬299
大行首…⑮110
大荒…①465, 499
大航海時代…㉔162, 197
「大航海時代叢書」…㉔130, 133, 162, 163, 220, 223
「航海の記録」…㉔134　「新大陸自然文化史」→その項
「大誥」…③9, ⑦528-531, 533-535, 537, 538
大興善寺…㉒15
大興の曽瑞…⑭160
大興府尹…⑭205
大興府判…⑭116

大剛来…⑭321
大豪傑…㉓446
大渾家…⑮71, 113
大宰（官名）…⑤154
大寨…㉖475
大散関…⑫439
大蒜…⑮103
大司空（官名）…⑦545, ㉕319
大司寇（官名）…⑤33, 219, ㉕319
大司徒（官名）…㉕319
大司農（官名）…⑥403, ⑮259
大司馬（官名）…⑥99, ⑦505, ㉕319
大司馬印…㉒432
大厮八…⑭578
大ジューマ…⑯308
大慈恩寺→慈恩寺
大射辟雍…⑥346
大謝…⑪95→謝霊運
大若の塘…⑬300
大寿…②543
大儒…②238-240
後漢…②242, ③40, ⑤118, ㉓101, ㉔241, ㉕193, 222, 225, 228　清・乾嘉…㉒302, 311　清初…㉒287, 289, ㉗97　清末…①380　前漢…④7, ⑥103, 137, ㉓101, 102, 116, ㉔255, ㉕217, 219, 230　唐初…㉕85　南宋…②409, ④644, ㉒98, 101　江戸期…㉓229, ㉗25　明…②409
大樹…⑱546
大樹寺…⑱545, 546
大修館「中国語」編集部…㉗295
大春（酒）…⑪108
大舜…⑦551→舜
大助…㉗10, 11
大小白鈴…⑯216
大正学術史…㉗348
大正癸丑の蘭亭会…㉑237
大正時代…⑫684, ㉗317
～以後の日本と漢文…①268
～と明治…⑰615
～における内藤湖南…⑰234
～の皇陵巡拝団…㉕474
～の中国観…㉒336, 339, 446, ㉓561, ㉕291, ㉖478, ㉗270, 435
大正期の日本人と「論語」…㉗428
～の中国文学研究…⑰306, 411, ㉗315
大正末期の中国学界の空気…①265, ⑭598, ㉗430
大正末期の中国戯曲の研究…⑭591, 598
「大正新修大蔵経」…⑲409
「大正蔵経」…⑯224
大正大震災…⑰300→関東大震災
大正デモクラシー…⑱493, ㉓561, ㉕290
～の中の青年の心理…⑳172, 173
大正天皇…⑰613
大将軍（官名）…⑥87, 98, 101, 110, 113, 120, 124, 162, 372, 393, ⑦545, 548
大祥…②312
大焼餅…⑮111
大詔奉戴日…⑫283, ⑰422
大乗寺…㉓708
大乗仏教…⑱32
大常丞…⑪500
大食…⑬249, 250
大食（国名）…⑯222, 224
大織冠鎌足の後裔…②403
大心・大体・大意・大知…㉓372
大秦…⑲14, 410, 411
大清…㉓269, 274, 429→清（王朝・帝国）
～皇帝…⑯634
「大清一統志」（四部叢刊続編本）…㉓278, 280, 708
～の「福建福州府」…㉓278
大清会典館総裁…㉗116
「大清会典事例」…㉓181, 182, 217
翰林院…㉓181, 182　吏部・除授…㉓181
「大清実録」…㉓171, 266
「大清律」…②455
大人・小人…①294
大臣執政の心得…⑬244
大頭脳…②366
大隋…㉕343→隋（王朝・帝国）
大西…㉓485
大西洋…㉔133
大青（刀）…⑬346
大晟府…⑬139
大清河（大河・清河）…⑮515
大石調（雑劇の音階）…⑭20, 125
大山（伯耆大山）…⑱543
大全…⑰556
大蘇…⑬99→蘇軾
大宋…㉓429→宋（王朝・帝国）
大宗伯（官名）…②370, ⑦547, ㉕319, ㉗157
大嫂…⑭311
大総統…㉒387, ㉓170, 184, 224, 253, 258
「大蔵経」中国版…②268, 588, ⑯438, ⑰17, ⑳357, ㉒292, 301, ㉓707, ㉔312（支那撰述…②268）
大簇（六律）…㉗86
大太太…⑮113
大沢…②140, ⑦439, ㉑187
大地の沈浮…①573
大知…㉓372, 373
「大智度論」…㉑179, ㉓334, 454
大虫…㉖416
大長秋（官名）…⑦52
大長征…㉕463
大冢宰…⑦547
大通学校…①521

大通書局…㉕434
大定寺…⑫124
大定府…㉒106
大抵…⑦523
大泥…㉓708
大臺…⑬160
大典禅師…⑪215 「詩家推敲」「詩語解」…⑪474, ㉗249 「世説鈔撮」…⑦454, ㉗144 「世説鈔撮集成」「世説鈔撮補」…⑦454 「唐詩解頤」…⑪207, 213 「文語解」…⑰504, ㉗249
大都（元）…⑬173, ⑭607, ⑮247, 250, 253, 272, 293, 314, 321, 355, 356, 402, 428, 448
　～を中心とする北方語…⑭279
　～との関わり　喬夢符…⑭385　虞集…⑮231　張炎…⑭177
　雑劇作者…⑭151
　　王仲文…⑭162（金華移住）　関漢卿…⑭89, 136　張国賓…⑭122, 246　馬致遠…⑭89, 124, 136, ⑮224　庾吉甫…⑭89, 136　楊顕之…⑮13　李寛甫…⑭137　李子中…⑭136　梁進之…⑭116（梁退之…⑭116, 137）
　～における雑劇の制作上演…⑭32
　～における雑劇の勃興…⑭155, 176, 379, 380
　～における平話の販売…⑭203
　～における話本の販売…⑭207
　～の句欄…⑭55, 56
　～の厮罵…⑮57
　～の正陽門…⑮191
大都護（官名）…㉗23
大都督（官名）…⑦541, 548
大都来…⑭290, 321
大東亜…⑳485, ㉖463
大東亜共栄圏…②337, ⑭378, ⑯586, ⑰463, ⑲291
大東亜建設…⑭380
大東亜次賞…⑯301
大東亜省…㉔272
大東亜戦争…②193, 194, 337, ⑰421
大東亜文学者大会…⑯296
大東文化大学…㉔257
大唐…㉓429→唐（王朝・帝国）
　～帝国…㉕58, 437
「大唐西域記」　婆羅痆斯国・烈士池の話…⑬271
　フランス語訳…⑳573
「大唐三蔵取経詩話」…⑭207, ⑮24
「大唐新語」…①195, ⑪18, 34, 37, 40, 41
　匡賛…⑪41　識量…⑪40　文章…⑪18, 34, 37
「大唐六典」…⑨481, ⑰558, ㉒93, ㉕344
　～における官位・組織　県尉の官等…㉒28　国子祭酒…①487　左拾遺…⑫389, 390, 393　左補闕…⑫390　左右衛府冑曹参軍事…㉒28　集賢殿書院…⑫63　南使…㉒93, ㉕449, 473　右衛率府冑曹参軍…⑫178
　～の校定・近衛家熙…㉓227-230
　　新井白石所蔵本への跋文…㉓233
　　校定本　刊行…㉓227, 235　序…㉓227, 229, 280
「大唐六典」（篇名・項目）
　三師…⑨481　諸牧監…㉕449　兵部…㉕449, 473
　門下省の条…⑫389
大纛高牙…⑭352
大同郡（平安南道）…⑥395
大同江…②512, ⑥135
大同江面（平安南道大同郡）…⑥395
「大同書」…⑰81, ⑲51, 216
大同殿（唐・長安）…㉖79
大道…㉓81
大徳寺（京都）…⑲4
「大南実録」…①177, ②161
「大日」（雑誌）…⑰434
大日本国…㉓429
「大日本史」…①166, 177, ②161, 162, 326, ⑯583, ⑰31, 142, 144, 145, ㉓146
　神武天皇本紀…②163　列伝…㉗20（阿倍仲麻呂伝…㉗20-22）
大日本雄弁会…⑭597
大寧路利州…⑮357
大念仏寺…③44, ⑩458
大白棹船…㉖389
大漠…①279
「大般涅槃経」…⑮536, 559
大比丘…㉗45
「大百科事典」（平凡社）…①605
大廟…⑤141
大不…②52, 54
大夫…①295, ②304, ⑥370-372, ㉑6, ㉕48, 51
　～の罍…㉗79
　～の礼…②304
大布…⑬157
大府寺（官名・唐）…㉕348
大婦…⑮438
大傅（官名）…⑦546
大傅右丞相楚国公（ハラバトルの父）…⑮265
大廡…②138
大風…⑥32-36
大風（怪物）…⑥33, 34
大風起…⑥31, 32, 34-37
大仏（奈良）…⑪165
大仏開眼…㉕405, ㉖10
大仏頭…⑬357
大病…㉕199
「大方広仏華厳経音義」…⑯238→「華厳経音義」
大泖…㉓262
大樸未散…②357
大丸（デパート）…㉗119
大明…⑰55, ㉓139, 429→明（王朝・帝国）
　～の軍法…㉓409, 410
「大明会典」…⑰558

「大明律」…⑰55, ㉓402, 428, 429
～注・荻生徂徠…⑰55→「明律国字解」
大明宮（唐・長安）…⑪561, ⑫174, 495, 502, ⑲363, ㉒24, 480, 481, ㉖80, 82, 85→蓬萊宮
大明湖（済南）…⑯153, ㉓241
大明殿（元）…⑭74
大文字の送り火…⑭358, ㉕480, ㉗76
大雄殿（西安）…㉕437
大猷院・猷廟…⑩447, ㉓416, ㉗69→徳川家光
大里黄公…⑥399
大理卿…②15, ⑪396, 397
大理寺…⑫392, 418
「大陸雑誌」…①617, 627, 628, 631, 636, 715, ⑳372, ㉖453
「大陸文学叢書」…⑰410
大呂（六呂）…㉗86
大梁（戦国・魏の首都）…②108, ⑪534, ⑬21, ⑭113, 152, ⑳172→開封→南京
大僚…①300
大暦の十才子…⑪552
大連…⑯643, ⑲240
大輅…②256-258
「大魯迅全集」（改造社）…⑰409
大郎…⑱457
大和（日本）…㉓429
「大和律」…㉓423
太…⑮64
太医院…⑭146
太医院尹…⑭124, 136, 144, 146
太医院戸…⑭89, 146
太尉…⑥55, 57, ⑪40, ⑭169, ⑯241, ㉑261
太尉祭酒・太尉南閣祭酒…⑯241
太一…⑥165→泰一
太乙宮…⑭160, 383
太陰月…③513-515
太陰暦…⑥172, ㉑238
太液池…⑪253, 271, ⑮210, ㉒481, ㉕163
太華山…⑦230, ⑫380
太学の官…②16
太官…⑦154
太監…②154, 155, ⑫315
太極…②282, ⑦231, 520
太極無極陰陽乾坤八卦五行…㉗111
太原（山西）…⑥74, ⑫325
～出身の人物　王昌齢（郡望）…⑪212　王雄…⑦548　元好問…⑭135, ⑮385　孫盛…⑫360　傅新徳…⑯103　羅貫中…㉖372
雑劇作者（喬夢符…⑭160, 383, 384, 387　劉唐卿…⑭136, 150）
～の居酒屋の山水画（金）…㉒103
～の王宙（離魂記）…⑪496
～の葡萄酒…⑭497
～へ西太后の亡命…①177
太古の生活…②283
太湖…⑪90, ⑮62, ⑯143, ㉖393
「太公家教」…⑭293-296
太公望…⑤64, 69, 74, ⑪416, 514, ⑮296, 308, ㉓173→姜太公→呂尚
太行山脈…⑦16, 17, 244, ⑫308, 325
太昊神農黄帝顓頊堯舜…②549
太昊伏羲氏…㉕151
太閤秀吉…⑰611→豊臣秀吉
太極殿（唐の長安）・太極殿（平安神宮の俗称）…㉒15
太歳…⑮89
太子会…⑯332, 347, 362
太子校書…②5, 6, ⑪18, 19, 386, 394
太子校書郎…⑪18, 19
太子左春坊司経局…⑪386
太子舎人…①39, ⑥392, ⑪408, 409
太子庶子…①492
太子少師…⑫392
太子少傅…①39, 40, ⑪36, 408-412, ㉒13, ㉔299
太子少傅分司…㉔289
太子神…⑯333, 347
太子詹事…⑫669, ㉒80, 86
太子太傅…⑬265-266, ㉓232
太子丹（燕）…⑥230
太子中允…⑯15
太子湯…⑬310
太子賓客…㉔299
太子諭徳…⑯15
太史公…①95, 179, ②138, 150, ⑥157, ⑭454, ⑰234, ⑲93, ⑳577, ㉑124, ㉕156, 158, 198, ㉖444→司馬遷
「太史公書」…②485, ⑥242→「史記」
太史之章…㉓158, 159
太史令…⑯169
太師（官名）…①39, ⑪408, 409
太師椅子…⑯484
太師中書右丞相上柱国監脩国史…⑮281
太上…㉒306
「太上感応篇」…⑲414, ㉒295, 296, 304-307, 311
「太上感応篇箋注」…㉒304-306, 311
嘉定県刊本…㉒304, 310　朱錫庚刊本…㉒310
「太上感応篇附注」…㉒305, 307（跋・仇遠…㉒305）
「太上三尸中経」…㉒307
太常…⑪42, 103, 510, ⑬236, 252, ㉕341
太常卿…⑪17
太常寺…⑪404
太常博士…⑪513
太常礼儀院…⑭102
太常礼儀院使…⑭73
太真…⑪235, 260, 273→楊貴妃
太真宮…⑫54
太清…⑦231
太清宮…⑫62, 63

太祖（金）…⑭57, ㉒100→アクタ
太祖（元）…⑬602, ⑭59, 62, 367, ⑮223, 232, 233, 253, 273→チンギス汗
太祖（五代・後漢）…⑫263
太祖（五代・梁）…⑬596→朱全忠
太祖（三国・魏）…⑦10, 36, 73, 119, 124→曹操
太祖（宋）…①571, 575, ②551, ⑬233, 238→趙匡胤
～を主人公とする軍談・雑劇…⑭202
～と儒者…⑬239
～に関する稗史とヌルハチ…㉓173
～の科挙…⑬562
～の宰相の無学…⑬239, 562
～の時代の楽律…⑬252
～・太宗・真宗時代は文化的過渡期…⑬50, 597
～の重臣　郭進…⑬235, 236　趙普…⑬51, 562
～の政治…⑬597
～の年号…⑬51
～仏を拝せず…⑬229
太祖（北周）…⑦528, 539, 541, 543→宇文周
太祖（明）高皇帝…②424, 552, ⑮272, 542, 570, ㉕114→朱元璋→洪武帝
～が抬頭を欲した階層…⑮487, 493
～と教匪…②422
～と読書人の採用…①296, ②422
～との関わり　袁凱…⑮469　燕王…㉓274　張士信との戦い（杭州）…⑭169　楊維楨…⑮440
皇子（周定王…⑭68, 72, ⑮629　寧献王…⑭18, 33, 64, 121, 387, ⑮16）
皇孫（周憲王…⑭72, 349, ⑮477　封丘温和王…⑮629）
臣（危素…⑮491　宋濂…①296, ②422, ⑮440, 470, 472, ⑯68　劉基→その項）
～と仏教…⑮458, ⑯36
～に関する稗史とヌルハチ…㉓173
～の出身階層…②422, ⑬604, ⑮458
～の素朴主義…⑬604, ⑮458-460, 476
一帝一年号…⑮476　科挙…⑮459, 477, ⑯78
～の蘇州への憎しみ…⑮477, 574, 576
～の宋の徽宗欽宗の陵墓の再埋葬…⑮490-491
～の文学者への苛酷…⑮440, 459, 461, 466, 468, 470, 606
～の北邙の陵寝…⑯186
～の蒙古追放…⑬603, ⑭6, ⑮276, 458, ⑯616
～の「六諭衍義」翻訳（荻生徂徠）…㉓401
太祖（清）高皇帝…㉓172, 173, 176→アイシンギョロ・ヌルハチ
太宗（金）…⑭57, ⑮380, ㉒116→呉乞買
太宗（元）…①308, ⑬602, ⑭30, 65, 77, 145, ⑮220, 222, 374, 392, 399, 401, ㉒99, 115→オゴタイ
太宗（宋）…②541, 551, ⑬58, 250, 597, ㉕498
～と奝然…②587
～の時代に始まる瓊林の宴…⑭403
～の時代の版本　淳化年間の三史…⑬581, 584　端拱年間の「五経正義」…⑧509, ⑩427（「礼記正義」…⑩427）　勅撰「文苑栄華」…⑬61
～の臣　賈玄…255　趙普…⑬51, 562　李至・李昉…⑬56　呂蒙正…⑬51
～の太平興国三年の李煜毒殺…⑪456
～の殿試…⑬233, 234
～の年号…⑬51
太宗（唐）・文皇帝…②551, ⑪37, ⑭277, ⑮244, ㉒85, ㉗130, 131→李世民
～と「五経伝」定本に関する説…②244
～と「説唐全伝」説話における人物　袁天罡・李淳風…⑭490　程鮫金…㉓173
～と則天武后…⑪236, ⑫11, 13, ㉕65, 68
～と冥府の鬼門関（西遊記）…⑮156
～に対する杜甫の情…⑫399, ㉒61, 82, 85, ㉔80, 448, ㉕439, 448, 455, 473, ㉖79
～に対する批評　伊藤仁斎…②182　朱子…②261　程頤…⑫311　毛沢東…①571
～の愛馬の死…⑯155
～の諱…⑩450, 451
～の永懐の二字…⑮268
～の科挙の策論（貞観二）…①305
～の言行録・説話集…①286, ⑮296, 308→「貞観政要」
～の死…㉒82, ㉕487
～の時代を含む初唐期…⑪14, 552
～の昭陵…㉒82, ㉕439, 448, 455, 456, 473, 474　駿馬のレリーフ…⑲305
～の貞観年間のトルコ人の投降…⑲34
～の貞観の治…⑬213
～の臣　温彦博…⑲34　顔師古…②244　魏徴…⑲34, ㉕39, 65　孔穎達…⑦271, 272, ⑧3, 4, 20, 501, ⑩427, 446, ㉕43　十八学士…⑪14, 552　杜如晦…㉕39　房玄齢…㉕39, 65　姚思廉…⑫657, ⑬575
～の創業と守成についての問い…㉕65
～の即位・兄殺し…⑫311
～の勅撰の書・詩文　御撰「晋書」…①160, ⑬575, ⑭9, ㉑93, 248, ㉗60, 130, 131, 136　「五経正義」編定…⑦271-272, ⑧4, 20, 501, ⑩427, 446（「周易正義」…⑧4, 20, ⑱466　「春秋正義」…⑧4, 20　「尚書正義」…⑦272, 280, ⑧4, 5, 20, 501, ⑩446　「礼記正義」…⑧4, 20, ⑩427　「毛詩正義」…⑧4, 20）「晋祠の碑」…⑮263　「大唐三義聖教序」…㉒11　「陳書」…⑫657, ⑬575　「文思博要」…⑪20　「遼城望月」…⑫643
～の日常会話の言葉…㉕39, 43
～末年の日食…㉒85
太宗（清）文皇帝…㉓173, 176→ホンタイジ
太倉県（江蘇）…①578, ⑮518, 521, 522, ⑯219, 222
太倉の鼠…⑬229
太倉の令…⑥258
太息…②159

太中大夫…⑥391
太白金星…①197, 340, 341, ⑪170, 341, ⑭530, ㉒85, ㉕130, ㉗381
太白山…⑫62, 386, 387, ㉖62
太平…⑤254, 259, ⑥142, ⑰640, ㉓94, 98
「太平楽府」「朝野新声太平楽府」…⑭118
～所収の作品 『鴈児落帯過清江引碧玉簫』趙天錫…⑭115 「妓門庭」朱庭玉…㉖415 「牛訴寃」姚守中…⑭117, 119 『耍孩児』杜善夫…⑭55, 119, 120 「四福」鍾継先…⑮145 『鷓鴣天』楊立斎…⑭120, ⑭574 「集雑劇名詠情」孫季昌…⑭471 『哨遍』高安道…⑭55, 155 『哨遍』楊立斎…⑭120, 574 『蟾宮曲』馬致遠…⑭124 『端正好』鄧学可…⑭205, ㉖412 『南呂一枝花』関漢卿…⑭162 『罵玉郎感皇恩採茶歌』鍾嗣成…⑭165 『菩薩蛮』侯正卿…⑭104 「喩情」杜善夫…⑮145 「柳営曲」無名氏…⑮123
～の刊本 元刊小字本・国学基本叢書本・四部叢刊本・鉄琴銅剣楼所蔵明活字本・武進陶氏影印本・明刊大字本…⑭574
「太平寰宇記」…⑦76, 98, ⑪210
「太平記」…⑪369, ⑫272, 280-282, ㉓302, 420
玄慧文談の事…⑪368 畠山入道道誓謀叛ノ事・付楊国忠ノ事…⑫268, 280 無礼講の事…⑪368
「太平御覧」…⑥259, ⑪20, ⑬576, 597, ⑱538, ㉗299
～における語彙・事項 烏鱗・文縟…⑯224 海…⑲22 四内・壮士…⑥28 楊之水…③481
～における作品・引用 応璩詩…⑦149, 150, 152-155, 158-164 「軍礼」…⑥347 班固詩…⑥260, 261 北朝「周礼」の学…㉕341 劉向(「孝子伝」…⑥396, ⑦550 「列女伝」…②512, ⑥396)
～における人物・逸話 郭訥と石崇…⑦263, ㉑235 桓玄と鼓吹…⑥350 魏湯…⑥388-389 邢渠…⑥388 阮瑀…⑦112 丁蘭…⑥390, 391 鄭樸…⑥393 李善と李続…⑥392
「太平御覧」(テクスト)
張金吾校刊本…⑥29 東福寺蔵宋版…⑥28, 29 鮑崇城校刊本…⑥28
「太平御覧」(篇名・項目)
飲食部 醢…⑦154 飯…⑦162
器物部 鋤…⑦160, 161
皇王部…⑥10, 46, 47
香部…⑥338
資産部 罾…⑦155 売買…⑦154
時序部 寒…⑦154 三月三日…㉒78 秋…⑦161
疾病部 癡…⑦164
職官部 中正…⑦152
人事部 師…⑦159 寿老…⑦160, 161 癡…⑦164 頂…⑦163
桑部…⑤119
治道部 臣…⑦158
虫豸部 蟻…⑦153
跋・銭大昕…㉒302
布帛部 繡…⑥261
服章部 帯…⑦162
服用部 香爐…⑥333, 335, 336, 338 幔…㉕341
兵部 戟…⑦153 剣…⑥260
礼儀部 宴会…⑥28 葬送…⑦163
太平公主(唐)…⑪28, 30, 36, ⑫10, 11, 318
「太平広記」…①629, ②543, ⑪549, ⑬597, ⑭546, ⑯263, ㉒86, 88, ㉖386, 482
狐…㉒86 算術…②543 鄭会…㉖386
太平興国伝法寺…⑬509→伝法寺
太平天国…①138, ②423, 438, 441, 448, 451, 455, 464, 465, ⑯261, 337, 349, ⑲229, 328, ㉑148, ㉖485
太平道…⑦55
太平洋…⑯332, 435, ⑲209, 254, 324, ㉔131, 133, 205, ㉗382
太平洋のナポレオン…㉔190, 193, 195→カメハメハ大王
太平洋戦争…⑦596, ⑧502, 503, ⑫569, ⑬627, 628, ⑭603, ⑯654, ⑰403, 412, ⑱493, ⑲240, ⑳271, 285, ㉓555, 556, 602, ㉔67, ㉕254, ㉖464, ㉗316, 386, 430
～以前の学者の暮らし…⑳316
～中の軍人の漢詩…⑱123
～中の大東亜省からの予算(東方文化研)…㉔272
～中の日本の学術の鎖国状態…㉗385
～直後の食料難と杜詩…㉖46
～へ至った暗い時代への予感・原敬暗殺…㉕290
太平洋問題調査会…⑲214
『太平令』…⑭147, 329, 549
「金銭記」…⑭147, 548 「周公摂政」…⑭329 「趙礼譲肥」…⑭147, 548 「麗春堂」…⑭144, 147, 548
太保…⑦547, 549, ㉖392, 393
太保兼太子太傅…㉓232
太末…⑭114, 115
「太陽」(雑誌・明治)…㉔171
太陽月…③513-515
太陽道士…⑪520
太陽暦…③512
「太和正音譜」…⑭34, 142, 211
～における行家生活と戻家把戯…⑭121, 122
～における「金銭記」…⑭390
第一折の曲の扱い…⑭389
第一折の「那吒令」「鵲踏枝」…⑭52, 412
～における元雑劇の数…⑭33
元五百三十五…⑭33 古今無名氏雑劇一百一十本…⑭33, 257 「国朝三十三本」…⑭264 娼夫不入群英四人共十一本…⑭33, 122
～における用語・事項 今定楽府体一十五・承安体…⑭64 次本・二本…⑭209, 210, ⑮17 鼎足対・三句対・三鎗…⑭328 四人合作の雑劇…⑭153-154 緑巾の詞…⑭123

～の雑劇の旋律の目録…⑭18
～の諸名家評「古今群英楽府格勢」…⑭213, 273, ⑮176
～の著者…⑭18, 33, 64, 121, ⑮16
花李郎…⑭122, ⑮18　関漢卿…⑭144, ⑮176（俳優論…⑭122, 124）　喬夢符…⑭387, 389　紅字李二・張国賓・趙敬夫…⑭122　楊顕之…⑮16, 17　楊文奎…⑭158, 264
台閣体…⑮476, 617, 618
「台記」…⑥247, ⑦556, 557, ⑩428, ⑰20, ⑱468, ㉕278, 348, ㉗67
台州（浙江）…⑫417, 426, 429, ⑭154, ⑮258
台州司戸参軍…⑫417, 419, 429, 430
台静農「論両漢散文的演変」…①631
台東直隷州（台湾）…⑯348
台徳院・台廟…㉓416→徳川秀忠
台南（台湾）…⑯347
台北（台湾）…⑭599, 611, ⑮636, ⑯438, ㉓202, ㉔130, 166
台北師範大学…②594
台北帝国大学…⑭35, ⑰403, 406, 418, ㉒437
台湾…⑭387, ⑮165, ㉔184
～出身の学生との対話…⑱99, 386
～との関わり　胡承珙…③43, ⑯263, 264　胡適とその父…⑯347, 348, ⑯350, 351　鄭成功…⑯614, 615　長尾尚正戦死…②501, ⑰227
～への国民政府退却…②433, ⑪466, ⑯614
台湾（国民政府退却以後）…②598, ⑯615, 616, 619, ⑲391, ㉔166, 399
～所蔵蘇東坡寒食詩…⑬276
～所蔵楊守敬コレクション…㉕285
～とアメリカ…⑲325, 433, 445
～の学界の業績…①617, 628, 636, ②594
～の古書覆刻…⑮165, ㉓229, ㉔313, ㉕271, 282
台湾海峡…⑮635, ⑯615, 616
台湾旧慣調査会…⑰240, 258, ㉓599
台湾出身者の日本語の文章…②47-48
台湾巡撫…⑯347, 348
台湾総督府…⑰266, 278
～の国語政策…⑱386
台湾民主国…⑯348
体骨…㉗248
体態…⑭313
体探…⑭312
体貼…②367
体物の工・妙…⑫454
「対玉梳」雑劇・「荆楚臣重～記」…⑭47, 217, 349, ⑮127
対偶…③490-495, 497, 499-504, ㉕68, 454
～における尻取り式の句法…③496, 497
～における同一語の反復…③502
～による主題の展開…③495-497
主題の反復…③493-495, 497, 499, 502
主題の反面からの強調…③498, 499
～の祖…③504
対支文化事業…⑳289, ㉒374, 399
事業委員…⑭601, ⑯642, ⑰250, ⑳291
事業費…⑥249, ⑳290
対支文化事業部…㉔271
対酌…⑪89
対頭…⑮92
対頭踏…⑮70
対宕書屋…⑥248
対文…㉗88, 89
対話体の歴史…㉗287
対話篇…④4
汰如明何…⑯47
岱山…㉓364→泰山
待…②180, ⑭310
待月…⑭489
待詔…⑬255
「待詔臣安生未央術」「待詔臣饒心術」…①182
待不得…⑭321
殆…⑤305, ㉕263, 264, ㉗248
退屈…⑯508, 509, 511, 514, 517, 518
帯…⑫149, 158
帯緩…①331
帯甲…⑫257
帯上門…⑮134
帯方郡…②584
泰一…⑥140, 141→太一
泰国…②571→タイ
泰山…⑤85, 143, 144, ⑥411, ⑦92, ⑫435, ㉒462, 494→東岳
～との関わり　王若虚…㉔250　孔子…④645, ⑤8, 9, 115, 260, ㉓342（栄啓期と孔子…⑦296, ⑫348　寡婦と孔子…⑤7, ㉒354）　史九散仙…⑭110
帝王と封禅　（漢武帝…⑥142, 144, 411, 412, ㉕154　秦始皇…⑥411, 412　唐玄宗…⑪34, 37, 42, ⑫39）
～と富士山…⑤143, ㉒476, 477, ㉓364, 431, 437
～の阿…⑥297
「泰山東岳十王宝巻」…⑲319
泰山東岳廟…⑭212
泰山府君…⑪544
泰州学派…⑯101, 103
泰西…①288
～の学…①567
～の博物（館）…⑧27
泰西人…①289
泰川道…⑮14
泰定帝（元）…⑭276, ⑮245, 256, 640→イスンテムル
泰と否…⑰173
泰東書局…㉒364

泰伯…①157
泰不華…⑮320
泰厲（七祀）…㉒306
堆案…⑫432
袋中庵…①387, ⑯281
啀…⑮46
態濃意遠…⑫105
頽唆…⑮113
頽廃…⑯487, 507, 508
擡頭…②453, ㉓204
戴愛蓮…⑯602
戴何（戴宏・何休）…⑥375, 378
戴冠郎…⑪490
戴其員…㉓265
戴君仁「蔡琰悲憤詩考証」…①628
戴宏・元襄…⑥371-378, 399　「解疑論」→その項
戴叔倫・容州…㉕209, ㉖448, 453
戴震・東原…⑯229, 260, 652, ⑲174, ⑳39, ㉒310, ㉕259
～・銭大昕の実証学…⑯9
～と伊藤仁斎→その項
～と皖派の学…⑯7
江永・戴震…⑯7, ㉕346
江永・戴震・段玉裁・王念孫…②77, 601, ⑯7, 645, ⑲416
戴震・段玉裁…②333, 482, ③41, ⑯647, ㉒293, ㉔150, ㉕256（賀茂真淵・本居宣長との比較…⑰207, ㉓25）
戴震・段玉裁・王念孫…⑯7, 60, ⑰207, 210, 211, 213→皖派
戴震と王念孫…②482, ⑯8
～と恵棟…㉒294
～と黄生…㉔276, 281
～と清朝の学問…②333, ⑲416
漢学（考証学）…②490, ⑯60, 229, ⑰39, ㉓46, ㉕255, ㉖246　古代言語学…②77, 204, 482, ③41, ⑯60, 229, ⑲416　文献学…③41
～に詩作無し…⑯60, 647, ㉓471
～に対する現代中国の評価…㉑116, 194, ㉓88
～の学の求其是…㉒294
～の古代尊重…⑬554
～の故郷…㉔276
～の「四庫全書」編纂参加…⑯226, 229
～の「詩」研究…③41, ⑩462, ⑯226
～の朱子批判…⑬319, ㉓472, 535, 570, ㉔221, ㉖246
～の「小爾雅」偽作説排撃（胡承珙）…⑯264
～の生年…㉔221
～の著述　「屈原賦注」…㉗116　「考工記図」→その項　「考工記図注」…㉗116　「杲渓詩経補注」…⑩462　「策算」「爾雅文字考」…㉗116　「声類表」…②204　「続天文略」…②604　「戴東原集」…⑯237, ㉕256, 260（序・段玉裁…⑯237, ㉕260）「籌算」「転語二十章」…㉗116　「毛鄭詩考正」…⑩462　「孟子字義疎証」→その項　「六書論」…㉗116
～の同時代人（カント・銭大昕・本居宣長）…㉔220, 221
～の人間の認識の価値の主張…㉑85
～の仏教無視…⑯36
～の文理の説…⑯8
～の没年…㉔132, 221
～の輿夫の喩え…㉕255, 256, 260
戴聖…⑰555, 556
戴善夫…⑭137, 162　「風光好」雑劇→その項　「柳耆卿詩酒翫江楼」…⑭206
戴善甫…⑭206
戴唐器…⑯121
戴侗「六書故」…⑮98
戴表元…⑭84, 173　「伍典蒙求の序」…⑭294, 476　「左氏蒙求の序」…⑭294　「昌国応君が類書蒙求の序」…⑭294, 476　「剡源戴先生文集」…⑭294
戴復古・式之・石屛…⑬179-182, 186　「放翁先生の剣南詩草を読む」…⑬161
戴望「管子校正」…②483
戴望舒「読李娃伝」…①617
戴笠…②594
戴良…⑭84
鯛の浦…①474
鯛の鯛…⑬268
乃…②138, 140, 145, 146, 153, ⑦475, 481
乃是・乃将去…⑦476
代耕…⑦418
代宗（唐）…②551, ⑪370, 391, 409, 552, ⑫310, 313, 321, 426, ㉕398→李俶
台省…⑫406
台上吹簫…⑭534
迺…②146, 149
迺賢…⑮455
第…②166, ⑥315
第一革命・第一次政治革命（中国・1912年）…①386, ⑯617, ⑰3, ⑲230, ⑳478
第一劇場（北京）…⑯319
第一高等学校…⑰305, 416, ⑳60, ㉒348, ㉓198, 595, 597, ㉔259, 270, ㉕288, ㉗307
第一高等中学校…⑰265, 277, ㉓592
「第一才子」…⑯358→「三国演義」
第一次世界大戦…⑰490, ⑱493, ⑲371, ⑳505, ㉒463, ㉔134, 154, 207, 255
第五琦…⑫330
第五元先…⑰593
第五高等学校…㉔61
「第五才子」…⑯357, 358→「水滸伝」
第五氏…⑫153
第五師団（日本）…①518
第五倫・伯魚…㉑253

第三高等学校（吉川幸次郎）…⑯272, 633, ⑰298, 324, ⑳259, 281, ㉒320, ㉕288-292, 299, 307, ㉗267, 416
～時代・青木正児との接触…②508, ⑰336, ⑳103, 262, ㉒316, 346, ㉓611, 615, 618, 627
沈尹默の話…㉒328
中国語学習…⑳103, 249, 390, ㉒345, ㉗392
通信販売による上海からの購書…⑪563, ⑫727, ⑯636, ⑳251, 390
～時代・狩野直喜との接触…⑳17, 264
～時代・雑書との接触…⑯635, ㉒363
～時代・中国文学への決心…⑥428, ⑭591, ⑳249
杜詩への尊敬…⑫727
～時代・友人…㉒341, 356, 357
出口常順…㉓8, ㉔50
中野好夫…㉒341, 363, ㉔52, ㉕291, ㉗316
～創立七十周年記念式…⑱492
～卒業直後の中国旅行…⑫727, ⑯546, ㉒317, 345, ㉗392
～対一高野球戦…㉔52
～同期生物故者を祭る…⑱493, ㉔50
～入学…⑳261, ㉗306, 310
入学時の「支那学」創刊…⑭598, ⑰381, ⑳255, ㉒337, 346, ㉓612
～の漢文授業集団脱走…㉒345, ㉓189
～の教師　小島祐馬…⑰323, ㉒351, ㉔43, 246　金子銓太郎（校長）・佐藤広治…㉒344　阪倉篤太郎…㉗310　鈴木虎雄（出講）…㉒344, 345, ㉓189　高木貞二…⑱65, 66　林久男…㉓621　福永亨吉…㉒342, 344　森外三郎（校長）…㉓189, ㉔43　山内晋卿…㉒342
～の校長排斥運動…㉒344
～の中国人留学生…㉒339, 341, 342
～文科…㉔50
甲類…㉒315, 339, 341, ㉔52　丙類…㉒342
～理科…㉔50
第三高等学校創立記念会…㉗310
第三高等学校卒業四十周年記念同窓会…⑳36
第三高等学校大正十二年卒業生卒業五十周年記念会…㉔50
第三高等学校同窓会…⑳359
第三次近衛内閣…⑰547
第四高等学校…⑳284
第二芸術…⑮371, ⑳38
第二芸術論…⑱367
第二高等学校…⑥246
第二次革命…⑲230→北伐
第二次世界大戦…⑰490, ⑱43, ⑲324, 371, 412, 413, 444, ⑳506, ㉒422, 423, ㉗378
第二十九回世界医師会総会特別講演…㉗379
第八高等学校…⑰360
第六高等学校…㉖489, ㉗333
第六師団…⑱503
醍醐…⑤95
醍醐天皇…②551, ⑥247, ⑮214, ㉗147
題…㉕406
題詩…⑭489
題名児…⑮113
題目正名…⑭227, 322, 382, ⑮14, 163
平清経・左中将…㉔15, 282
平清盛…⑦378
平忠度…㉗245
平知盛…⑭17
平将門…⑬489, ㉓129
高市皇子…㉖498
高雄（京都）…①387, ⑰296, ㉗244
高木正一…①140, ⑥58, ⑦370, 477, ⑪428, ⑫492　「唐詩選」…①271, ㉒6　「白居易」→その項　「六朝における律詩の形成」…①633
高木貞二…⑱65, 66
高木貞治…㉔168
高倉正三…⑧17, 351, 354, ⑩85, ⑯444, ⑰375, 376, ㉑670, ㉖252
～の死…⑨181, ⑰374　戒名・秀学黙道清居士…⑰377
～の蘇州留学…⑰374, 377, 378
～の著述　「王子安年譜」…⑰379　「蘇州話訳稿」…⑰374, 379　「蘇州日記」…⑰377-380（享…⑰378）「本邦伝鈔尚書釈文校理序録」…⑰379
高倉テル…㉒434, ㉓516　「蒼空」…⑳277, 279（山科君…⑳279, 280）「阪」…⑱477, ⑳277　「箱根用水」…㉑140
高倉克己（よしみ）…⑰375-377　「人民文学の現段階」…①622　「趙樹理と林語堂」…①626
高志鎮雄…⑰563
高階暘谷…⑰108, 109, ㉒294, ㉓247, 709
高島アジア局長…㉒459
高瀬武次郎…⑰265, 277, 278, 293, ㉓590, 597, ㉗273　「支那文学史」…⑰394
高園（日本・遠州）…㉓125
高田三郎…⑤60, ⑲12, ⑳198, 265, 283, ㉒338, ㉔46, 232, 233, ㉗329, 330, 334
高田宏「言葉の海へ」…㉗353, 354
高田峰尾…㉗330
高谷伸…⑭598, ㉗280, 281
高千穂・高千嶺…㉔137, ㉕61
高槻（大阪）…⑳359
高槻藩…㉓47
高野清雄・竹隠…⑰349-351
高梁（岡山県）…⑱542
高梁川…⑱542, 543
高橋猪之介…㉔46
高橋景保（かげやす）…㉓191
高橋和巳…①132, ⑦376, 561, ⑪449, 451, ⑰307, ⑳42, 407, ㉑53, 80, ㉒8, 490, ㉓639, ㉔161, ㉕255, 402　「高橋和巳著作集」…㉑252　「王士禛」→その項

「中国文学論集」…㉑252, ㉕105 「表現者の態度」…㉑252 「六朝美文論」…㉑252, ㉕105 「陸機の生涯と文学」…㉕105
高橋健三…㉓583
高橋是清…⑥125
高橋峻…⑩81, ㉑670
高橋誠一郎…⑯588
高橋道男…㉖465, 466
高橋盛孝…⑬506
高橋康也「何も意味しない音」…㉕107, 108
高天原…⑰195
高松（香川県）…㉓707
高松宮…⑩81, ⑭373, ⑲247, ㉔291
高松宮家…⑪53
高見王…②163, 164
高皇産霊神…㉑110
高村光太郎…⑲260
高望王（たかもちおう）…②163, 164
高安月郊「東西文学比較評論」…⑰399
高山校長（神戸高校）…㉗413
高山樗牛・林次郎…⑰265, 275, 278, ⑳255
宝井其角…⑰55, ㉓401
宝塚…①329
滝川亮…⑥248, 250, 253 「楚辞九歌の篇章について」…①633 「父の思出」…⑥245
滝川一益…⑥245
滝川亀太郎・資信・君山…⑥245, 248, 252, 253, ㉓578, ㉕371
「史記会注考証」→その項
～の家族　嗣子・滝川亮→その項　父・滝川李之丞…⑥245
～の法名・亀鏡院殿君山自秀居士…⑥250
滝川事件…㉗405
滝沢馬琴…①47, ⑭591, ⑰59, ⑱34, 518, ㉒280, ㉓575, 588 「南総里見八犬伝」→その項
滝精一…⑰286
沢州…⑭158, 565
「沢風堂杜詩批解」…㉖149
卓王孫…⑥202, 203, ⑭522
卓氏の婿（司馬相如）…⑥203
卓爾康・去病…⑯18, 19 「易説」「詩学」「春秋弁義」…⑱83 「十五国風論」…⑯131
卓然…⑦342
卓素…⑳448
卓文君…⑥64, 142, 202, 203, 205, ⑭467, 470, 472, 520-522, 535, 536, ⑮524, ㉑71
拆銭…⑭492
拓跋族…②550
度宗（南宋）…②551, ⑬173
柝裏…⑮521
涿郡…⑭110
涿州…⑫263, ⑭158, 264, ⑯243, 245
琢刻…⑬40
跅弛…⑬308, 311
濯錦江…⑪527
謫居…⑪288, ⑬219
謫仙人…②410, ⑪90, ⑮439, ⑰168→李白
諾冉二尊…㉗195
竹内照夫「放翁私議」…①625 「放翁私議補遺」…①631
竹内実…㉒369, 373, 425　訳・陳登科「活人塘」…①631
竹内好…①614, ⑯435, ㉒336, 337, ㉔312
～と中国文学研究会…⑰408
～の著述 「世界の文学・中国」「日本に於ける中国文学研究の現状の問題」…①622 「魯迅」…①56, 613, ⑰410 「魯迅雑記」…①613 「魯迅入門」…①634
～の翻訳　林語堂「嵐の中の木の葉」…①621 魯迅「魏晋の風度と文章，その薬と酒との関係」…⑦12　葉紹鈞「小学教師倪煥之」…⑯439, 440, ⑰411　魯迅「野草」臘葉…①537 「魯迅作品集」…①635 「魯迅選集」（共訳）→その項 「魯迅評論集」…①635, ⑦12
竹馬…①417-418, ⑪121, ⑯458
竹添進一郎・井井・光鴻…②467, 472, ⑩450, ⑯265, ⑰265, 277, 351, ㉓596, ㉗244→竹添箋「左伝」「毛詩」「論語」…⑰351
竹田春庵…㉓423, 434→竹春庵
「竹田博士還暦記念中国文化研究会論文集」…①634, 636
竹田復…①611 「諸宮調中に於ける劉知遠の地位」…⑭567
「竹取物語」…⑱11
竹中伸　訳・老舎「牛天賜伝」…①635　同「駱駝王子」…①613, ⑰411　同「離婚」…①631
竹治貞夫「風雅の伝統と白詩」…①634
竹本義太夫…㉑13
竹本劇…⑯590
竹山道雄「セーロンの仏僧」…⑱409
武井氏（臨川書店）…⑱518, ㉒280
武内義雄…⑰149, ㉓556, 618
～撮影の「毛詩音」…⑩457-458
～撮影の「毛詩」敦煌本…⑩457
～と狩野直喜…⑰239, 240, 322, ㉓599, ㉗258, 262, 266, 267, 276
～と内藤虎次郎…⑰322
～の京都大学教授就任…⑰335, 620
～の死…⑰322
～の中国古典の歴史性の検討…㉗266
～の著述 「燕京読書記」「易州一瞥」…㉗270 「桓譚新論に就いて」…㉗271 「漢石経論語残字考」…㉗277（「後記三則」…㉗277） 「曲礼考」…㉗271 「湖南先生の追憶」…㉗268 「校論語義疏雑識」「『子思子』に就いて」…㉗271 「支那学研究法」…⑦596 「支那思想史上より

見たる釈道安」「先秦学術上に於ける中庸の位置」「『曽子』考」「孫子十三篇の作者」「大学篇成立年代考」…㉗271 「武内義雄全集」…㉗266-268, 270, 272, 276 「唐広明元年刻老子道徳経に就いて」…㉗270 「南北学術の異動に就きて」「孟子と春秋」「礼運考」…㉗271 「列子寃詞」…㉗271, 276 「老子原始」…㉗272 「老子の研究」…③490, ㉓493 訳注「論語」…④737, ㉗276, 277 「論語原始」…㉗273 「論語之研究」→その項
～の「列子」研究…㉔286, ㉗276
～の老子研究…⑤198, ㉓493, 599, ㉗266, 270, 272, 275, 276
～の「論語」研究 解釈…④737-739, ㉗276 熹平石経研究…⑤328 注…④737, ⑤297, ㉗276 編纂の研究…⑤102
武内義範…⑰370, ㉓618
武川（甲斐）…㉓313
武川鋭…㉔59
武田信玄…②165, ⑰52, ㉔150
武田泰淳…①611, ⑯429, ⑰408
「異形の者」「『経書の成立』と現実感覚」…㉗336 「才子佳人」…①614, ⑯17, ㉗336 「司馬遷—史記の世界」…②137, ⑥158, ㉗336 「詩をめぐる風景」…㉗337 「閃鑠」…⑯17 「中国小説集」「十三妹」…㉗337 「風媒花」…①385, ㉗336, 337（蜜枝…①385, ㉗336）「森と湖のまつり」…㉗336
武田恒子「旧白話小説の限界」…①634
武田祐吉…②162
武田龍児…㉕400
武部利男…①524, ⑪181
「白楽天詩集」…㉕393 「リ・ハク」…①625 「李白」→その項
武見太郎…㉗370, 371
建速須佐之男命…⑰195
嵩山（松江）…⑥245
霊けを乞う…㉕463
立川文庫…⑦4, ⑳254, ㉒343
橘瑞超…㉗418
橘積蔵印…㉒48
橘高広…㉗283
橘千蔭…㉗245
橘曙覧（あけみ）…⑬225, ⑮368
橘逸勢…⑬13
橘小門…㉑111, ㉓496, 497, 540
橘明神…⑪519, 520
立つ…㉔7
立野春節（はるとき）…㉓575
辰馬重役（大阪ガス）…⑳137, 140
辰年うまれ…⑳234
竜川清…①633 「詩経を中心とした北中国の風土について」…①630
竜田…②162, 163
竜田川…⑱28
竜野（播州）…㉗286
竜野熙近（ひろちか）「神国決疑論」…㉗104
達…⑭135, ⑮636
達意…㉓335, 337
達観真可…⑯98→紫拍大師
達奚珣…⑫418
達奚武…⑦539, 544-546
達士…⑪92
達人…⑳224
達達…⑮105, 106, 348, 349
達磨→ダルマ
妲己…⑦96, ⑩467, ㉒60, ㉖78→殷后
脱簡…㉓76
脱気…⑮93
脱手…⑮345
脱稍…⑭511
脱稍児…⑮509, 511
『脱布衫』「老生児」…⑭235
脱葉…㉗393
『奪錦標』 白仁甫…⑭98, 101
韃子…㉓306
韃靼…⑬323
韃靼人…⑯614
立野信之「落陽」…⑳446
館林侯…㉓293, ㉗30→徳川綱吉
谷川士清（ことすが）淡斎…㉓23, ㉗58, 61, 102, 105, 177, 183 「日本書紀通証」→その項
谷口元淡…㉓466
谷崎源氏…⑱430
谷崎潤一郎…②596, ⑯547, 600, ⑰9, ⑱44, 404, 405, ㉑24, ㉒346, 437, 440, ㉔24
「鍵」…⑱346, 348, ⑲445, ⑳445 「麒麟」…⑤37, 242 現代語訳「源氏物語」…⑱52, 430, ㉔14 「細雪」…①113, ⑦595, ⑲445 「蓼喰う虫」…⑲445 「痴人の愛」…㉔25
谷田閲次「紅楼夢の汝窯美人觚について」…①634
谷喬（たかし）…⑰389
谷友幸…①707, ⑫730, ⑱517, ㉔67, 209, ㉗316
谷本富（とめり）…⑰266, 278, 612, 615, ⑱476, ⑳276, ㉔269
楽しめる君子…⑥13
旅の詩人…①255
玉井是博…⑯268, 650, ㉒390, 399, ㉓636
「玉勝間」…⑰178, 191, 192, 628, ⑳18, 218
～における「明月篇の序」…③24, ⑮508, ㉗219
～の改革論（政治・学問）…㉓512
～の神への尊敬の主張…㉓511, 512
～の契沖論…㉓25, 45
～の顧炎武への好意…㉗194
～の語源の穿鑿不要の説…⑰631, ㉗186
～の後世尊重…㉓506

～の儒学・儒者批判　古学は儒学と無縁の説…㉓45, 515　儒者批判…⑰58, ㉓504
～のすり本と写し本の比較論…⑩445, ⑱468
～の中国批判　うはべをかざる偽批判（王商・車胤・周公旦・成湯・孫康・武王・丙吉）…⑰198　孔子批判…⑤130, 131, ⑰198, ㉗228　「論語」批判…⑤129, 130
～の土佐におけるつ・すの濁音の区別の説…⑱432
～の文章の明晰…㉗242
～の道を考へ尋ぬることをつとむる態度…㉒448, ㉓511
～の欲望肯定…㉓504, ㉗193
「玉勝間」（篇名・項目）
ある人のいへる事…㉓45, 515　古よりも後世のまされる事…㉓506　うはべをつくる世のならひ…⑰198, 625, ㉓504, ㉗135　おのれとり分て人につたふべきふしなき事…㉓512　おらんだといふ国のまなび…㉓486　鄂羅斯といふ国また控噶爾といふ国…㉗194　音学五書といふゝみ…㉗97, 194　からごころ…⑰193　から人のおやのおもひに身をやつす事…㉗113　神のめぐみ…㉓511　唐の国人あだし国あることをしらざりし事…⑰6　漢意…⑰193, ㉗110, 111　漢籍と神御典とのけぢめ…㉗219　金銀ほしからぬかほする事…㉓504　国を治むるかたの学問…㉗68　契沖が歌をとけるやう…㉓25　古書どもの事…⑩445, ⑱465, 468　言のしかいふ本の意をしらまほしくする事…㉗186　しづかなる山林をすみよしといふ事…㉓504　師の説になづまざる事…㉓512　儒者の皇国の事をば知らずとてある事…⑰58　性情の切なること夫婦の間にしくはなしといへる漢人の詞…㉗219　宋の代明の代…㉗194　業平ノ朝臣のいまはの言の葉…⑰199, ㉓25　業平ノ朝臣の月やあらぬてふ歌のこゝろ…㉕116　人のうまるゝはじめ死て後の事…㉔249　仏経の文…㉔65　仏の前のもり物のたとへ…㉗111　皇国の学者のあやしき癖…㉗220　道をおこなふさだ…㉒448, ㉓511　道にかなはぬ世中のしわざ…㉓512　もろこしの老子の説まことの道に似たる所ある事…㉓505　論語…⑤129-131, ㉗124　わすれ草…㉗186
玉上琢弥…⑯654　「源氏物語評釈」…⑱52
玉川…⑫206
玉川大学出版部…㉔216
玉木葦斎…㉗60, 61　「神武巻藻塩草」…㉗58, 59
玉貫公寛…⑪550, 565, ⑰563
「玉くしげ」…㉓498, 503, 511, 513, ㉗49, 232, 235
玉田継雄…㉓630
玉の井…⑱325
「玉鉾百首」…⑰196, 625, ㉓496, ㉗196, 218, 230, 234
戯れ草…㉓616
丹（燕の太子）…⑦436
丹阿弥…⑱412
丹崖…⑱453
丹後（日本）…⑰170
丹青…⑮410
丹那トンネル…⑰260
丹波…⑳30
丹波市（大和）…⑱517, 519, ㉑132, ㉕134, ㉖406
丹陽県…⑬429
丹陽城…⑪217
旦（雑劇の女方）…⑭16, ⑮171, 177
旦本…⑭209-211, 220, ⑮17, 18　旦本二本・旦末二本…⑭210, ⑮17
旦公…⑮242
旦・昏…②345, ③511, 512
但…㉖133, 134, 142
坍壚圏…⑯455
坦庵…㉓149
坦腹…⑫576
担…⑮108
単音節語の基礎語彙少数の性質…㉑66
単語…⑰629, ㉓542, ㉕462
単銭…⑭492
単疏本…①399, ⑧508, 509, ⑩437, 438, 449, 451, 455
「五経正義」…⑧509　「周礼疏」…㉗68　「尚書正義」…⑧509, 510, ㉗67　「毛詩正義」…①399, ⑩450, ㉗67　「礼記正義」…⑩437, ㉗67
単則是・単注着…⑭321
「単鞭奪槊」雑劇・「尉遅恭～」…⑭46, 202, 217, 484, ⑮62
～の『越調闘鵪鶉』（第三折）…⑭49
～の『随煞尾』（第二折）…⑭319
耽・耽閣…⑮82
耽待…⑭312, ⑮82
探…⑭428
探身…⑮345
探頭探脳…⑭428
聃…②340
蛋片…⑯492
郯…②340
郯（国名・春秋）…⑥375
湛盧の剣…㉑167
短…⑤111
短歌…①104, 145, ②555, ⑱4, 74, ⑳28
～と現代…⑱71-73
～と音声（月やあらぬの歌）…㉕114
～と市民…⑱71-73
～と恋愛…⑱4, 12, 71, 72
～の一センテンスの流れ…⑱69, 71, 87, 100, 387
中国詩との比較…⑱71
俳句との比較…⑱70, 71, 87, 88, 100
～の音律と用語…⑱66-68
～・俳句…②555, ⑳28, 29, 38
イマジストの関心…⑰489　限界…①52
現代との繋がり…①53, 62, 70　淡白さ…①145

日常性の文学…①104, 144, ③23
「短歌研究」…⑱330
短墼…⑫435
短褌…㉔102
短後急装…㉓421
短簫鐃歌→楽府（漢）
「短簫鐃歌楽」（隋書）…⑥346
「短簫鐃歌十八首」…⑥354
「短簫之楽」（晋書）…⑥346
短長…⑳398, 399
「短長」…⑳398→「戦国策」
短長亭…⑳399
短棹…⑬206
短髪…⑫352
短命相…㉖391
覃谿…㉓617
嘆辞…㉗85
塘沽→タンクー
端…㉓39-41, 54, 61, 66, 551
端楷…②500
端渓の硯…⑲432
端午節…⑬358, 361, 372, 509, 510, ㉔27
端州刺史…⑪499
端詳…⑭32
『端正好』…⑭217
「金銭記」…⑭438, 441　「殺狗勧夫」…⑭315, 317, 324, 341　「陳州糶米」…⑭244　鄭学可…⑭205, ㉖412　「老生児」…⑭235
『端正好么篇』…⑭217
端的…⑭313
端的是…⑭423
端方・午橋…⑯306, ⑰244
端木賜…④3, ⑤19→子貢
端本堂…⑮290
端明殿学士…⑭206, ㉒109
端門…⑥376, ⑬418, 419, 517
褖衣…②317, ㉕336
儋耳…⑱475
憚…㉓308
歎惜…㉒89
潭渡…㉔280
潭北（百花潭北）…㉕469, ㉖502
誕生日…②541-545
澹然…⑬107
禫…②312, 313
「賺蒯通」雑劇・「随何賺風魔蒯通」…⑭37, 42, 202, 219
『賺煞』「漢宮秋」…⑭30, 50, ⑮175
『賺煞』の押韻…⑭50
『賺煞尾』「玉鏡台」…⑭338, 344　「金銭記」…⑭430　「合汗衫」…⑭319　「酷寒亭」…⑮69　「老生児」…⑭234
簞瓢庵…㉖500
蟫隠廬書店…①513, ⑳567
譚儀「漢鐃歌十八曲集解」…⑥345
譚献・仲儀・復堂…⑯250　評「日本外史」…①561, 562, ②164, ⑰468, ⑱39　「復堂日記」→その項
譚元春・友夏…⑮539, ⑯49, ㉖433, 441→古文辞（明）
鍾惺との共著（「古詩帰」→その項　「唐詩選」…⑮540, ㉒52）「夏の夜，古の意にまねて」…⑮540
譚嗣同…⑯267, 268, 308, ⑳296　「仁学」…⑳164
譚正壁「支那文学史」…⑰407
団…⑫476, ㉖112
団花…⑬524
団掿…⑭579
団団…⑬90
団搭…⑭579
男女共学…⑳240, 440
男女争差…⑮51
男性韻…㉔80
段…②83, 85, 89, 105, 305, ㉓106
段干木…⑯240
段季展…⑪387
段祺瑞…⑰244
段熙仲…⑦602
段玉裁・若膺・茂（懋）堂・大令…①706, ⑪478, ⑯248, 250, 259, 260, 647, ⑰187, 259, ⑲143, 315, ⑳14, 39, 64, 552, 571, ㉒293, 300, 421, ㉕160
～を含む乾嘉の学者・学術…⑯60, 118, ㉗51, 199
江永・戴震・段玉裁・王念孫…②77, 601, ⑯7, 645, ⑲416
戴震・段玉裁・王念孫…⑰207, 211, 213, ㉗116
～注　「尚書」→「古文尚書撰異」「説文解字」→「説文解字注」
～と郭沫若…㉖490
～と諸子…②482
～と「尚書某氏伝」…⑦282
～との学問上の関連　王念孫…②482, ⑦282, ⑯7, ⑰210, 211, 213, ⑳220, ㉕16, 159, 160, 245, ㉗195（音義相関の説…⑳77　胡承珙との関係…⑯261）阮元…⑰209　黄丕烈…①395　臧在東…⑯233, 236-240, 242　戴震…②333, 482, ⑰207, ㉓25, ㉔150　陳奐…③43
～と仏教…⑯36
～と本居宣長…⑯657, ⑰190, 207, ㉓25, 637, ㉕413, ㉗51, 192, 195
～における挍書の昉まり…㉑201
～に対する批評　倉石武四郎…㉗295　銭玄同…㉒419　銭大昕…⑯8　水野清一…㉓637
～の解釈　加…⑥40　詒…⑭360, 555　僅…②209, 211, 212　権…㉕86　故…②250　光被四表…㉗191, 192　昨…⑳422　雑…⑳406　息…③485, 486　俗儒…②243　籀書・抽書・読書…⑰

626, 627, ⑲92, 93, 151, ㉕254, 256, 259　南山四顋…⑥399　臂…⑫337, ㉒38　隆準…㉕86, 88
論…④4
～の学問の方法…⑯657, ⑰190, 207, 211, ⑱104, ㉒421, ㉕245, 413, ㉗51
漢注重視…⑯60　経注釈…⑬569, 571　「詩」研究…③41
～の協力者寂寥の嘆き…⑰214
～の古代言語学…②482, ③41, ⑬569, ⑰532, ⑲416
古韻の学…②204　古代には去声無し…③545
双声…⑰211
～の詩作…㉗193
～の著述…①709
「経韻楼集」…⑦400, ⑯246, ⑳381, ㉕260　「古文尚書撰異」→その項　「周礼漢読考」…㉕338, 347　「説文解字注」→その項　「臧孝子伝」…⑯233, 236, 242-244, 247, 254　「戴東原集序」…⑯237, ㉕260（覆挍札記…⑯237）「戴東原先生年譜」…⑯237, ㉗116　「毛詩故訓伝定本小箋」…⑩462, ㉒77　「与阮梁伯書」…⑯241　「与章子卿論加字書」…⑯246　「与張涵斎書」…⑦400　「六書音均表」…②204, ㉖490
～の杜詩への言及…㉕489
段玉立…⑯236
段継昌…⑭95
段孝玄…⑬589
段秀実…⑮411
段成式…⑫676　「酉陽雑俎」→その項
段仲温…⑥369
「段注」→「説文解字注」
段珍宝…⑦543
段楊爾…㉗71
断崖（人名）…⑯40
断橋…⑭518, ⑮437
断章取義…㉓348
断絶の文体…⑱112
断然…⑭313
断送…⑭312, 448, 536
断代の歴史…②151, 154
断腸…⑳398, 399, ㉗8
断腸亭…⑳399
断頭鬼…①234
断棒…⑬514
断爛朝報…⑯78, ㉑160, ㉓107
弾碁…②168, ⑦77
弾詞…⑯358, 359
弾射…⑫249
煖溶溶…⑭413
談愷…⑰595
談経…⑬502
「談芸録」…①455, ⑥342-343, ⑯112, ㉓344, ㉕471
談遷「棗林雑俎」…㉖403
談林…⑫33, 289, 562, ㉓568
～俳句…㉑128
壇の浦…⑮407
檀香山…㉔198
檀道済…⑦302

ち

チーフー（芝罘）…①553
チウ・ヂヌ→秋瑾
チェコ…⑬630, ⑲373, 376
チェホフ「桜の園」…⑳227
チェルニシェフスキー「芸術論」…⑪461
チェンゲル（城根児）…⑫88
チェンバレン…⑰489
「ちくま」（雑誌）…㉒352, ㉓29, 553, 703, ㉕15, 128, ㉗185, 200
チ・スホ（斉思和）…⑥241-243
チ・ヂェヌホァイ（季鎮淮）…⑥242, 243
チベット…⑫40, 98, 101, 175, 313, 326, 444-448, ⑬173, ⑱15, ⑲223, ㉕399, ㉖35, 109, 126→吐番
チベット征伐（清）…㉓166, 275
チベット僧の宋皇帝陵発掘…⑮419, 490
チムール（鉄穆耳）…⑮238, 448, 454→成宗（元）
ヂムサ（済木薩）…⑭59
チャイコフスキイ…⑰547　「胡桃割り人形」…⑰546
チャイナ・タウン（ニュー・ヨーク）…⑲293, 294
チャタレー事件…⑱348
チャニ（察尼）…⑯192
チャハン（察罕）…⑮167→佟鎖住
ヂャラル（扎剌爾）…⑮278→ドルヂバラ
「治原通訓」…⑮279
チャンカ博士「航海の記録」…㉔134, 136, 137
チャンゲリ…⑭584
チュートン人…⑯389
チューリッヒ…⑲426
チョゲブラ（琱哥不剌）…⑮260
チョンガー（ハンガリー人）…⑲373
チラウン（赤老温）…⑮267
チンギス汗（成吉思汗）…①136, 571, ②442, ⑬6, 172, 173, 602, 603, ⑭59, 367, 379, 497, ⑮223, 373, 374, 386, 399, 401, ⑲225, ⑳22, ㉒115, ㉕53→テムジン→太祖（元）
チンキム（真金）…⑮233, 235, 236, 245, 328, ㉒119→裕宗（元）
「倣書」…⑮237, 238, 244, 292, 293
千田九一…⑳214, ㉖385　共訳・「金瓶梅」…①47, 612, ㉖382, 385　趙樹理「登記―結婚登記―」…①635　訳・落華生「巣の中の蜘蛛」…①613　老舎「東海巴山集」…①635
千葉県…㉒327, 478, ㉓295, 457, ㉖489, ㉗35, 36
千葉県教育委員会…㉗37
地…②70, 265

地（助字）…⑭313
地獄…⑯372, 403
地才（杜甫）…㉕405, 406, 446, 454, ㉖12, 190
地煞星…㉖372
地質学…②347, 561
地上世界と理想世界…②369
地大物博…⑥415
地動説…⑰204, 206
地方大学の役割…⑰206
地方文化（中国）…①279, 280
地理学…㉕17
「地理志」（正史）…㉗233
地理的決定論…①290
地炉…⑬160
「池北偶談」…⑯145, ㉑148
　関索の考証…㉖403　杜甫批判…㉕478
知…㉓284, 344, 393
　～孔子…②371, 372, ⑤13, 15, 16, 28, 43, 44, 273, ⑰110, ㉔258
「知慧」（雑誌）…⑳368
知易行難…⑰461, 462
知恩寺…⑭599
知行…㉓473
知行合一…⑰461, ⑳109
知経筵事…⑮281
知県…①300, ②437, 459, 470, ㉓190-192, 194, 195, ㉖394
知江寧府…⑬247
知貢挙…⑪386, ⑬63
知識人（中国）…②400-405, 408, 409, 411-414, 518, ④15, 736, ㉔44→士・士人
　～の資格…①60, ②427
　　必読書…②106, 107　文学能力…②405, 408, 409, 410, 427, 517　政治能力…②409, 410
　～の地位…②401, 402
　　責任…②177　特権…②411, 414
　～の知識教養…②400, 407, 410-413
　　生活感情…②517　知識教養の方向・知識の規格…②410　知識の独占…②411-413　知識の煩瑣性…②412, 413
　～の伝統的信念…①41
　～の文章…②19, 413
　　記載言語…②412　八股文…①317
知識尊重…②363, 386, 401, 404, ⑤40, 43-47, 104, 324
知者…⑤43, 229
知州…②437, ⑭116, 137, 172
知潤州…⑬309
知人…②213-215
知仁勇…⑤229
知制誥…⑬231, ⑮317
「知性」（雑誌）…⑬503, 511, 627
知多少…⑪154, ⑳16
知大興府事…⑭205
知難行易之説…⑳420
知日派…①516
「知不足斎叢書」（刊・鮑廷博）…⑬626, ⑯252, ㉑249, ㉒313, ㉓261, ㉕192, ㉗44
　「帰潜志」…㉒111, 112　「孝経鄭氏解」…⑯252
知府…②437, 470, ㉖396
知和州…⑭116
治安維持会（北京）…⑯611
「治安維持法」…②157, ⑳283
治書侍御史…⑮283
治人…㉓470
治世の音…㉓133
治世の語言…㉕235
治生…⑮626
治道の要…㉓479
茅渟の里…㉓113
郄曇…⑫660
致…②188, ㉓284, 393
致館…㉒462
致語…⑬524
致身早…㉖133
郗愔…⑦367
郗鑒…⑫378
郗超…⑦367, ⑰366
笞杖徒流…⑭523
智…⑬558, 570, ㉓39, 50, 54, 59, 65, 70, 84, 282, 382, ㉗46
智慧…㉗46
智永…②504, ⑮279, 280, 285, ㉑242, ㉗253
智匠「古今楽録」…⑥344, 350
智人…⑩466
智儇…⑬68
智曇・古堂・曇首座…㉓37, 149
智命…⑩478
遅緩…㉓215, 219, 221, 237
遅遅…⑪25
遅暮…⑫441, ⑮387
痴…㉖132
稚子…㉖40
絺衣…⑫167
置酒…②160, ⑪340
馳道…⑥165, ⑲358
踟躕…⑪127
「癡漢騎馬歌」…⑯408
癡叔…⑦495
癡鈍…⑬278
近松門左衛門…㉒328, ㉖509
　～・井原西鶴…⑰129, ⑱44, 478, ⑳500, ㉑141, ㉒440, 470, ㉔170
　～・井原西鶴・松尾芭蕉…②352, ⑰4, 5, 37-38, 133, ⑲322, ㉔150
　～とシェイクスピア…㉔87
　～と滝沢馬琴の比較…㉓588

～に関する外国人の研究・講義
アメリカの大学…⑲322　周作人…②569　西洋の学者…⑱44
～の歌舞伎の写実性…⑱43
～の作品「国姓爺合戦」…⑯614,㉔231（錦祥女…⑯614　順治大王・李蹈天…㉔231）「時雨の炬燵」…㉔231「心中天の網島」…⑲328「曾根崎心中」…㉓35　忠兵衛（冥土の飛脚）…⑭440
～の作品における恋愛…⑰465,㉒440,470
～の浄瑠璃と元雑劇…⑫262,⑯536
～の心中物におけるいちずな追求…㉔9
力への愛好…⑥416
「竹塢聴琴」雑劇・「秦修然～」…⑭37,47,217,270
～の『叨叨令』…⑭466
～の『闘鵪鶉』（第二折）…⑭501
竹雲亭…⑭228
竹屋…①503
竹君先生…⑰591
竹渓の六逸…⑭529,530
「竹枝」…⑮437,443
竹春庵…㉓330,333,334,338,342,345,386,423→竹田春庵
「竹書紀年」…①168
竹馬の友…①418
「竹譜」…⑰132
竹苞楼（京都・寺町）…⑯639,⑰142,㉒58,59
「竹葉舟」雑劇・「陳季卿悞上～」…⑭37,45,207,217,219,⑮244
竹林…⑫154
竹林寺…⑭467,468,470,471
竹林七賢…①15,118,②169,⑦117,180,188,404,454,475,⑲15,㉗133,137
「竹林七賢論」…⑦180
逐客…㉖120
逐臣棄婦の歌…⑥21,⑦202
逐臣の歌…⑥21,276
筑…⑥23,26
筑後…㉓420
筑前の国守…⑱45
筑摩書房…①711,712,⑯210,⑱362,⑳385,394,399,659,㉑206,㉕485
～校閲部…⑩465,㉔401
～本「学問のすすめ」…㉕255「河上肇著作集」…⑰325,⑱319,321「魏晋学術考」→その項「近代日本思想史講座」…⑱450「現代日本思想大系」第一巻「近代思想の萌芽」…㉔237「現代日本評論選」「自由について・儒者の言葉」…⑳383「講座中国」→その項「国語通信」（雑誌）…㉕71「詩の本」…⑱345,434「世界古典文学全集」（「詩経国風・書経」…⑧507「陶淵明・文心雕竜」…㉑147）「世界の歴史」別巻「世界史の諸問題」…①180,②161「世界文学全集」…㉑147,㉒8,㉗288「世界文学大系」「ちくま」（雑誌）→各項「中国詩文選」…㉕240「中国の社会思想」…㉔240「展望」（雑誌）→その項「敦煌学五十年」…㉒337「内藤湖南全集」→その項「日本詩人選」…㉕113「日本の思想」→その項「日本の文学」…⑲448「文化の将来」…⑲102,469,㉕254「本居宣長全集」「両漢学術考」→各項「私の教育論」…㉗437「私の古典」シリーズ…㉗429
～の社員　井上達三…⑤326,⑳385,394,659,㉑188,㉔401　内田文夫…⑳659,㉔401　大西寛…㉔401,㉗437　風間元治…㉗440　哂名昇…㉗77,200　鈴木兼吉…⑳659,㉔401　竹之内静雄…⑫733,⑬511,627,⑯207,⑳385,659,㉔401,㉗197　中島大吉郎…⑳399,㉔401　古田晁…⑯207
～版文学全集・斎藤茂吉の仏法僧の文…⑬263
～編集部…⑳379,㉗77
「筑摩叢書」「司馬遷」…①160,②137「中国書画話」…②472,⑰228「唐詩選」…㉒5「論語」（武内義雄）…④737
父の喪…⑯179
乳薬師…⑱460
秩父宮…②157,⑪53
秩序尊重…⑤191-193
秩宗…⑮240
粽と端午節…⑬357-360,362,374,509
搽旦…⑮40
茶飯…⑮417
茶坊主と宦者…⑫316
著…⑫378
着…⑭313
着衣亭…㉖419
嫡親…⑮24
邾（国名・春秋）…㉓106
丑（雑劇の道化役）…⑭16,⑮95,⑯595
丑（方角・年）…㉑237
中…⑬558,560,㉓75-77,314
「中英大辞典」編集部…⑲326
中央アジア…①284,②378,⑥71,74,419,420,⑪242,330,⑫547,⑮375,⑲221,415,㉖31
～の馬…⑫134
中央アジア史…⑱477
中央教育審議会…⑳188,190,433
中央研究院（台湾）…⑯438
中央研究院歴史語言研究所…①616
「中央公論」…⑱121,350,402,417,⑳359,㉓487,㉕289
中央公論社…㉔313,㉕236
「世界の名著」…④738「大乗仏典」…㉕536「日本の名著」…㉓587
中央刻経院…㉓162

中央大学（南京）…⑯568, ⑳293, ㉒400
中央の天の神…⑤118
中夏…⑰162, 163, ㉓153
　～の礼俗と日本…⑰162
中華…①512, ④15, ㉒451, ㉓413, 423
　～意識…①70, ⑳466
　　中華至上主義…⑲88　中華思想…②471, 569, 588, ⑤114, ⑯608, 609, ⑰467, ⑲34, ㉒458, ㉓246
　　中華主義…①706, ②443, ⑯586, ⑰5, 7, ㉕386, 387
　～と三韓（徂徠・白石）…㉓363
　～と荻生徂徠…㉓416, 428
　　中華と日本…㉓306, 363, 415, 441, 450, 484（言語…㉓307, 409　古楽の伝承…㉓411, 413　刻本の精巧…㉖503　神道…㉓451　徳川王朝の優越…㉓441　奈良平安王朝…㉓367　富士山…㉓364, 431　木彫…㉓412）
　　中華の聖人（聖人の邦）…㉓305, 377, 381, 408, 409, 441, 443
　　中華の人と夷人…㉓407, 442, 443
「中華諺海」…⑮40
中華書局…⑮634, ⑳251, ㉒364, 368
　～上海編輯所…⑭368
　～出版物　校点本「漢書」…㉕371　「辞海」…②219, ㉑74　「秋瑾史跡」…①521　「宋詞研究」…⑬326, 623　「湯顕祖集」…⑯111　「読封建論」…㉖474　二十四史復刻…㉖473
　～編集部…㉖475
中華人民共和国・中国大陸…①103, ⑲372, 442, 445, ⑳458, ㉗95
　～とアメリカの対立…⑤211
　～とウィリアム・エンプソン…⑲265
　～と演劇　京劇…⑯588, 596, ㉕309　「古本戯曲叢刊」…㉔313　古本戯曲叢刊編輯委員会…⑭364　梅蘭芳…⑯589
　～と郭沫若…㉒325, ㉖489
　～と学習…⑯596, 599-600
　～と日本…⑳479
　　市川猿之助一座…⑯587　対日感情（エンプソン）…⑲266　日本の左派…⑰13　日本学術文化代表団の派遣…㉖471　日本人の中国出版物購入…㉕282　日本に関する大学講座の欠如…②598　日本文化への関心…②593, 594
　～における吐故納新…㉒322
　～の漢字の数…⑱441
　～の簡体字…㉖367
　～の建設…⑳492
　～の古書覆刻…⑮634, ㉖472, 473
　　口語小説校注本の出版…㉖411　「史記会注考証」…⑥243, 244, 250, 253　「楚辞集注」→その項　「蘇軾詩選」…②426　「文苑英華」宋本の複製…㉕501
　～の古人に対する評価…⑳478
　　王安石…⑳454, ㉕234, ㉖474　韓柳…㉒489, ㉖474　朱子…⑬319, ㉖246, ㉗366　沈括…㉖474　戴震…㉑116, 194, ㉓88　李杜…㉕404　劉禹錫…㉖474
　　洪昇死去二百五十年記念…⑪555
　　司馬遷生誕二千一百年記念事業…⑥243（ソ聯邦の敬意…⑥241）
　　陶淵明と桓玄についての研究…⑦602
　～の国際東洋学者会議不参加…⑲371, 372, 376
　～の新聞の欧米語漢字標記…㉔166
　～の「人民中国」…⑳459
　～の成立…②433, 472, ⑯559, ㉕305
　　革命の意義とエリート…㉕306　政治と農民…㉗368
　～の政治重視の主張の根源…⑤186
　～の政治と「論語」…㉕367, ㉗429
　～の杜詩宋版本の発見…㉖233
　～の東南アジアへのダンピング…⑳485
　～の文化大革命…②595, ⑤291
　　批林批孔…㉕262
　～の文学論と政治性・芸術性…②519
　～の民族文化遺産の再評価の気運…①636, ⑰4, 5
　　「管子」…㉗28　古典尊重…㉕309, ㉖472　古典文学研究…⑪455, ⑰4, 419, ⑳478, ㉑192　古文の文学の再評価…①165　「荀子」尊重…㉗28　木版本輸出禁止…㉕286
　～の唯物主義…⑲64
　　無神論…㉔259
　～の「蘭亭序」偽物説…㉑242
　～のローマ字標記方式…④14
「中華人民共和国憲法」…㉒440, 460, 471
中華人民共和国古代青銅器展…㉓710, ㉖483
中華人民共和国主席…⑱424, ㉑163
中華人民共和国文化部…㉖412
中華帝国…②136
中華民国・民国…②358, ⑥175, ㉖374
　～以後の雑誌の専門店…⑯561
　～以前の中国文明の窮屈さ…①239
　～以前の文学…①53
　　胡適の態度…⑳478　文章の装飾性…②32, 45
　～以来の新文化…⑯585
　　改革者たちの欧化論…⑯608
　　新文化のキリスト教への冷淡…②363, 389
　　新文学…①603, ②46（小説家の好む題材…⑯296　新詩…①606　白話文学作家と文語の鍛錬…⑭127　文学理念の転換…①210）→中国文学（民国）
　～人との接触…⑯636
　～政府…②154, ⑮635, ⑳289
　　「清史稿」禁書…⑯570　台湾退避…②433　駐日代表部…㉗385　日本の二十一箇条要求…㉔255
　～とアメリカ…⑲445

～と過去の文物…㉒456
～と国際東洋学者会議…⑲371, 372
～と溥儀…⑯634
～の Academia Sinica…㉗386
～の学者たちの誇り…⑰8
～の学者との「続四庫全書」編纂…⑰267, 279
～の教育…⑰474
～の元老・呉稚暉の孫文評…②471, ⑳121
～の「国語辞典」…㉖376
～の事象とその淵源…⑰443
～の正月…②546
～の成立…②433, ㉒359, 387, ㉕8
元年…⑰541　共和制への革命…⑰3　共和政治の成立と中国精神文化…⑯312　成立後の学者の亡命…⑯277, 281　成立後の章炳麟…①382　成立と浙東の民族意識…⑯10
～の大臣の避暑地…⑦327
～の知識人…②21　文学者…②22, 23,
～の中級官吏の住宅…②416
～の美術品略奪に関する調査…②515
～の人々と「水滸伝」…㉖373
～の文章…②21, 22, 45-47
擬古文排撃…①596
～版「故宮名画三百種」…⑮584
中学（中国の学問）…㉗433
中岳（嵩山）…⑥144
中巌円月…⑰22, ㉓563
中気・節気…⑫486
中記室…⑫665
中貴人…㉓321
中魚…⑰597
中共…①617, ②424, 472, ⑯612, 618, ⑲320
～の活力の源泉…②424
～の洗脳…⑲266
～の党服…⑲265, 320
中共軍…⑯531, 611
中京大定府…㉒106
「中経新簿」…⑰344
中月而禫…②312, ⑰283
中県（上県中県下県）…⑪397
中原…⑤94, 202, ⑦428, ⑭176, ⑮514, ㉖127, 140, 141, 144, 147
～から蜀への徒刑囚の子孫…⑥202
～と広東広西を隔てる五嶺山脈…①466, ⑬30
中原から最遠の地帯（大荒）…①465　中原から嶺南への交通・旅人…㉒488
～に還る旅人（蘇軾）…⑬119
～の主となった異族　愛親覚羅…⑰349　胡族…⑦428　女真…①286　北族の朝廷…⑮305　満州…①70, 286　蒙古…①70, 286, ⑭30, 145
～の言の普及（元）…⑭279
～の豺虎（明末）…①533
～の騒がしさ（南宋）…⑬488
中原を定むる日（陸游）…①136, ⑬148, 161, ⑮420　中原回復（朱子）…㉒100
～の士大夫…⑦528, ㉒115
～の史事と「日本外史」…②165
～の諸国の殺戮と陰謀（春秋）…⑤94
～の碩儒（元）…⑮270
～の地帯での活動　安禄山…⑫308　五代の大乱と文化…⑬596　孔子の遊説…⑤202, 249　朱全忠…⑬595
～の典型（黄侃）…⑯570
～の百姓の主…㉒27
～の譜…⑭180
～の風物　蜀の風物との比較（杜詩）…㉔29, ㉕463, ㉖153　中原・天地の語の愛用（李夢陽）…⑮498　納蘭容若…㉓179　嶺南の風物との比較（柳宗元）…①466
～の文学（古文辞）と王世貞…⑮519
～の民族の危機と文学（金・宋・明）…①69
中原（結束赴中原）…⑬19
「中原音韻」…⑭13, 325, 498, 541, ⑮79, 83, 93, 128
～と銭玄同…㉒385
～における記載事項　音尾の種類（韻法）…⑭21, 49　家麻韻…⑭401　襯墊字…⑭19　『駐馬聴』隔句対の規定…⑭50
～の瑣非復初による出版…⑭188
～の散曲の用語の論…⑭287
～の作られた年…⑭165, 168
～の北語流通区域の論…⑭279
「中原音韻」（篇名・項目）
作詞十法（造語…⑭287　六字三韻…⑭329, 549）序…⑭166（瑣非復初…⑭188　羅宗信…⑭13, ⑮169）　小令定格…⑭165, 166（『紅繍鞋』『山坡羊』『酔太平』…⑭166　『罵玉郎感皇恩採茶』…⑭165　『満庭芳』…⑭166）　定格（『水仙子』…⑭166）
「中古史訳叢」…⑦535
「中公新書」…⑫315
「中興間気集」…㉖452
「中興羣公吟稿戊集」…⑭177
中国…①245, 706, 711, 713, ②445, 450, 496, 536, ③531, 533, ④3, ⑤232, 295, ⑥75, 76, 82, 242, 374, 375, ㉒81, ㉔8
～をおおう氷雪（清末）…①520
～を武力的に支配した北方部族…①283
異民族による全面支配（元清）…⑬568　中国の法式への追随…①284
～を唯一の文明地帯とする意識…①70, ⑤248
周辺民族の文字・言語・文学…①283, 286, 287
泰西人との接触（明以後）…①289
中国外の地域への関心（宋）…②588, ⑬568
（外国に対する意識の変化…②587）
中国にのみ文学は存すという意識…①283, 285-290
～外の地域との接触（漢）　帰順の匈奴への恩威

…⑥114　西方諸国…⑥94, 172　西方物資の輸入…⑥131　大宛国への関心…⑥154　内戦の技術と匈奴との戦い…⑥85　南方部族…⑥77　入貢…⑥142
〜関係の文化事業…⑥249→対支文化事業
〜で最も広く読まれた「論語」…①239, 248, ④5, 6, ⑤136, 138-140
最も広く読まれた「論語」注釈書…⑤297
〜とアメリカ　国土面積…⑥414　対立…⑤211　中国の野とアメリカの野…⑥408
〜とナポリ…①553
〜と日本…②593
中国　中国人の日本侮蔑…②598　中国の名家と日本の名家…②403　日本芸術の書の出版…②594　日本書コレクション…㉒437　日本文化への影響（梁容若）…②594　平等観…⑳479　侮日抗日…⑳322　明治期以前の日本は中国の模倣…②596, ㉒437
江戸期　鎖国による中国の雰囲気の遮断…㉔18, 19　中国法制と伊藤東涯…㉓247, ㉔19　中国法制と荻生徂徠…㉔19　唐本流布状況…㉗24
荻生徂徠　中国への日本の優越…㉓428（経済…㉗233　中国古楽と日本の雅楽…㉓290, 366, 411　中国古今の首都と江戸…㉗33, 233　富士山…㉓437, 445, 480　先王の道の獲得…㉓437）
日本への中国の優越…㉓409, 428, 437, 445, 480
本居宣長　中国への反撥…①704, ⑰193, ㉗228（中国の教訓書・詩の比喩的批判…㉗221「論語」批判…⑤129-132, 220）
近江奈良朝　中国の文物の輸入…⑥246
鎌倉期以後　宋の新文明への関心…⑰20, 21
昭和期　中国を好奇心の対象とする態度…㉑82
中国から引揚げた学生（戦後）…①611　中国紹介の難しさ…⑳413　中国に対する巨視の目の問題点…②496　日本が掠奪した美術品調査（戦後）…②515　日本人の中国侮蔑…②598
日本の暴虐（戦時）…⑳321, 322
大正期　中国の文物からの遠隔化…⑫685, ㉗317
明治期以後　日中の正式の接触…㉒433
〜とローマ…⑤3
中国と交通した皇帝…①556
〜における外交官殺害（義和団）…①515, 517
〜における考え方・生活習慣　貴賤の解釈…㉔239　皇太子の地位…⑥160, ⑫314　実名の扱い…⑤142　生活の尺度としての古典…①204, ③553　旋風の言い伝え…⑬260　法則への不安…②233
〜のいかめしさとやさしさ…㉒355
〜の衣食住の記述（舜水朱氏談綺）…㉔19
〜の印刷術の発明…⑥244, ⑬593
〜の王安石司馬光蘇軾認識の変化…㉕428, 429
〜の火葬…⑳346
〜の海岸地方…⑥109
〜の外国文明への関心…㉒433, ㉕386
外国文化の受容…①284, 285　外国文学翻訳の不振（民国）…①277　翻訳の歴史…①627
〜の学界…①616, ④7, 15, ⑥250, ㉖482, 507, ㉗385, 386
学界に影響を与えた日本人…②594　学界の巨人（章炳麟）…①382　学界の業績（1950年代初期）…①616, 627, 631, 636　唐代文学への関心…①616
〜の学者…①706, ④9-11, ⑫686, ㉔196, ㉕159, 254, ㉗261, 319, 382, 394
学者と古典…⑳293（漢詩注解…⑫686, ㉗318-319　国故整理の主張…①615）　学者と諸子…㉓474　学者の天国…②399　朱子の伝統と諸子…②488　唐以前・唐以後の中国第一の学者…③40
〜の学者と日本の学者…⑰231
狩野直喜（学習の心得…⑰296　中国学への動機…㉒349　哲学の概念…㉗267）　自己の学問を集約的に語る著述…⑰209, 210　集約的凝集…⑰212　武内義雄…⑤198, ㉗270　林羅山…⑳238
〜の学者と日本の復刻本逆輸出…⑤165
「古文孝経孔氏伝」→その項（テクスト）「七経孟子考文」→「七経孟子考文補遺」「論語義疏」→その項（テクスト）「論語徴」…④11, 643, ⑤214, 217, ㉑110, ㉓88, 481
〜の学者の自国文明への態度…㉖506→中華主義
〜の学人との交流…②497
〜の学人の文集…⑳381
〜の学生…⑰465, ㉒385, 393, 395, 405-408, 410
〜の学風…①705
〜の学問…①705, ②450, ⑤19, ⑥428, ⑳13, ㉒348
演繹的方法…㉒421　学問と都市生活…②417-418　学問の祖師としての鄭玄・朱子…㉔241　学問の中心…㉕245　学問の伝統…③7, ㉕21, 148, ㉗193　学問の方法…②366, ㉒420, 422, ㉓552, ㉕16, 71, ㉗204, 356　主要分野…②399, 412, ⑳13, 15, ㉓552　重要問題とその回答…㉕323　穿鑿の見…㉕152　中国の学問と西洋の学問…㉗433　中国の学問のヒューマニズム…⑰212　哲学的性質の乏しさ…②399, ⑰465　発明…①708
〜の記載の歴史…⑥199
〜の貴族→貴族（中国）
〜の技術性…㉗341
〜の旧体制…②433, 434, 436, 443, 446, 448, 450, 469-475, 477, 478, 487
旧体制の中の詩…②449, 461（お座なりの作詩…①474）　教養人優位・非世襲の体制…②430, 431　士の選出体制…②406　市民社会…②426　士庶→その項　世襲身分制…②425, 436, ⑥116

大官の子の任用…⑥113 特権者のあり方…②434, 435, 456
～の旧文明の終熄・進士試験廃止…⑰611
～の旧約（五経）と新約（四書）…①239, ②107
～の宮殿…㉖84
～の近代化…㉕443, 444
近代化への希求…①138 近代の立ち遅れ…②47 後進性…①554 資本主義の不成熟…②266
～の近代世界への寄与…③546
～の銀の暴落…㉒371, 397
～の寓言…⑥237
～の警察…⑯563-565
～の芸術意識の歴史…②526-529, 539, ⑬593-595
画…⑬594, ⑮584, ⑳444（肖像画…②530, ㉗237 大家の画材…②529 中国近代画のコレクション…㉓583 中国の友人の画…②507, 511）
書法…②455, 499-501, 529, ⑬594, ㉑87-89, ㉒13, ㉕100, 300（書家…㉒436）→書の芸術
彫刻…①60, ②527, 528, 539
～の剣…⑪312
～の言語…②522
言語革命…②227 言語生活と表意文字の採用…②91, 446 言語の歴史…㉕361 言語美学とNew Critisism…①623 口語→その項（中国）
～の言論の自由…⑥184
～の戸数口数の統計…㉗233（漢代の人口…⑥414）
～の古鏡銘…①372
～の古・今の観念…①205
～の古史における人身御供…㉔196
～の古蹟保存の貧弱…①556-557
～の古礼の煙…㉔204
～の個我発見の歴史…⑥172
～の更生と文学革命…②47
～の皇帝（天子・王）…⑥98, 181, 416, ㉖80
一王による統治…⑥173, 174, 179, 194 皇帝の陵墓…㉕474 すぐれた天子…①24 全中国の支配者…②118
～の合理主義の伝統…③529
～の暦…①255, ⑥172, ㉖115
正月・旧正月…②546-548（家の門と春聯…②547）
～の今日の中国までの脱皮の過程…①136
～の死刑執行…⑫418
～の自然…⑥407, 408
川…①246, ⑥408, 410 雲…⑲401 月光…㉖121 四方をかぎる天然の垣根…①278, 279, 281-283, 287 空…⑤187, ⑲401, ㉖111 大地…①571 地形…①278
～の自然科学→その項（中国）
～の思考…③557, ⑤311, ㉓59, 468, 469, ㉗205
支配的思想…②393 正統の思想…⑫693, ㉗326 正統の哲学…㉗366 最も人間的な思想…③539
～の思想家…⑥231, ⑰12
思惟の代表者…㉕265
哲学文学の主宰者…㉓176
～の師弟関係…⑤168, ㉓527
～の詩集…⑫686, ㉗318
詩集の序文…㉓239
～の詩神…⑦73, 135, ㉑15
～の詩人→その項（中国）
～の詩文集は実作の集積…㉓324
～の詩話…①454, 455, ⑬185, ㉗300, 301
～の事象に内在するもの（個別と普遍）…①710
～の辞書の歴史と性質…②209
～の芝居…①325, ㉒409
～の弱点を暗示するもの…②234
～の宗教…②369, ③562
教匪・基督教…②389, 390 呪術愛好の終焉…⑥147 宗教生活…②388 宗教性の希薄…㉗375, ②265, 432 中国の神様…②369, 370, 376 巫俗…①540 民間信仰…②423
～の修辞学・装飾的文章表現…②42, 100, 101
～の出版（文革以前）…㉕417
～の所伝の「垓下歌」…⑥10
～の書の文体・言の文体…㉕44-47
～の書物→中国書
～の庶民のひけ目的感情…①209
～の女帝否定…⑥49
～の女流詩人…①575, 577
～の小説→その項（中国）
～の商人の家と知識人…②402
～の情勢（民国革命以後）と文学革命…②414
～の神祇とギリシャの神…③562
～の進歩…②268
～の新文明（宋）…⑰20, 21
宰相（宋以後）…②456 試験制度…⑬281→科挙 中国のルネサンス…②49, ⑲35, ㉓292
～の新聞の文章と「論語」の難易…㉗393
～のすべてを知る…㉒362, 363
～の性格と十の太陽の話…②266
～の政治…⑥172, ㉕9
最近の政治…①71 政治思想の非民主性…③557 政治の理想…②233 中国の政治哲学の理想と菅原道真…⑰17, 18
～の政治家…②400
政治家の詩…①565, 567
政治担当者と文化担当者の一致…⑬591
～の税制…②415
～の先賢の言葉…㉔397
～の前文学史的状態…③5, 11, 13
～の僧…①534
～の叢書…㉓313, ㉗308
～の蔵書家…①394, 396
～の大学…㉒384
大学教授…②417, ⑯551（外国文学の教授…⑰

10　国立大学教授の俸給…㉒398）
大学と宗教…㉒403　日本学…㉒435
日本文学講座…②597, 598　文学院国文系…⑰10
〜の太鼓…①410
〜の竹馬…①417, 418
〜の地名の変化…①459
〜の知識人→その項（中国）
〜の治水の神…㉗201
〜の近い過去の文学…①48
散文の始祖（韓愈）…①37
〜の中世と近世を画する安史の乱…㉖63
〜の注釈…③560, ㉖44, 150, 202
注釈学…㉑72, 75, ㉗430　注釈の方法…㉗86
注釈の論理…㉗84
〜の著述の総字数標記…㉕64, 65
〜の著述の倫理…㉓11
文章の剽窃…②153
〜の直観と儒家の経…③556
〜の天子の服…⑮375
〜の天地創造神話の乏しさ…②374
〜の天文学…㉖85
〜の伝統…①24, ㉓458, 459, 471, 473, 480, ㉔221, 250, ㉖444, ㉗130
伝統的考え方…①259, 260, ②49, 397　伝統的思想…②376　伝統的思想と戦争…①122　伝統的詩想…①573　伝統的批評基準…①706
〜の図書目録…㉕267, 268
〜の都市…①357, ㉖138
都市商業の発達…②406　都市生活…②415, 417-419, 424, 457, 472　都市生活と農村生活…②415, 418, 419, 421-423, 472　都市の住民…②418　都市の城壁…⑲363　都市の文化…②418, 420
〜の同姓名…㉗419
〜の道徳律の基礎（事実に立脚）…①203
〜の道路と車の旅（清朝）…①503
〜の夏…①435
〜の日常的なものの重視…㉑27, ㉗368
日常生活の中にある快楽…①232
〜の人間観…②395
人間尊重の歴史…⑬259
〜の年号…⑥121, 122
〜の農村生活…②415, 418, 419
農家…①408　農村勢力の進出…②423　農村の従順…②419　農民…②422, ⑤124, ㉒492
〜の版図の蜀への拡大（秦）…⑥204
〜のヒューマニズム…①582, ㉒354
〜の批評家…①23, ③556, ㉖442, ㉗170
〜の悲哀の歴史…⑥416
〜のフロンティア・屈原時代の湖南…⑥414
〜の富強の誇示（成祖・明）…②155
〜の風景…①704, ㉑239, ㉒355, ㉓620
〜の風化・欧州の物華…①560
〜の筆…②498
〜の文科万能…②3-4, 409
〜の文学者の条件…①61, 62, ㉕482
天才たちの新文学創始の源泉…①276
〜の文学書軽視…㉕401, 413, 488, 489
〜の文章史…②21, ㉗169
散文文体の三変…⑥428　文語文学の語彙源…㉕326　文章道の衰弱期…㉔65
〜の文人が友人から受ける援助…㉖160
〜のホテル…㉒452-454
〜の封建制…①103, 173-175
〜の民主主義思想家の先駆…①208
〜の民族性…㉑27
〜の民話と近東の民話…①629
〜の無神論…①117, 231, 234, 259, ②360, 369, 373, 376-378, 445, ⑤26, ⑯433, ⑲3, 6, 17, 18, ㉑27, ㉔259
〜の文字　漢字と中国語…②228　簡体字化…②229, ㉗419　常用漢字数…②458　新字体のための字典…②229　中国の文字の法則と西洋の字…①288, 289　ローマ字…⑳441
〜の文盲…②457, ⑳441（女性の文盲率…②457）
〜の山…⑥411, ⑯619, ㉖16
第一の名山…⑤143, 144
〜の夢…①186, 187, ⑤54, 183, 260, ⑱18-26, ㉕163, ㉖116, 124
思夢と愕夢…㉖125
〜の料理屋（北京）…㉒409, 410
〜の陵墓の石獣…㉖92
〜の倫理…①511, ②427, 431, ⑫694, ㉗327
倫理観…②18, 19　倫理思想…㉓19　倫理の基礎…①299
〜の礼法…㉖469, 491
〜の歴史→中国史
〜の歴史家…②441, 586, ⑥243, 244
中国のヘロドトス…①234, 241, ⑥44, 158, 241
民衆と歴史家…㉕310　歴史家の古典…①241
歴史家の父…①158　歴史家の日本への関心…②586-588　歴史家の方法…①172
〜の歴史学…㉕82
歴史の概念とその結果…①174
歴史的著作に対する考え方…①171
〜の歴史学史…⑬573
〜の歴史書　正史の古写本…㉔248
編年の歴史書…②161
歴代史書の記述と和書の女性描写…㉗150
〜の列車…㉒369
〜の若もの…㉒473
〜への好奇心…③536
〜への尊敬の復活…㉓561
〜への日本研究の注文…②595, 596
〜留学（吉川幸次郎）…①708, ②546, ②511, ⑤

168, ㉒331, 332, 334-336, ㉕93
「中国（小史）」…⑲234-236, ⑳127
「近代中国」「現存最古の文明」「中国と近代世界」…⑲234
中国演劇→演劇（中国）→戯曲（中国）
中国音…②60, 61, 70, 94, 95, 114, 118, ⑤142, ㉖229, 230, ㉗235
～による読み方…①705, 709, ③519
中国音（現代）…②77, 114, 130, ③43, ㉖14, 16, 229, 230
中国音（古代）…②77, 204
中国音韻学…②203, ㉒399
中国音韻学史…㉕102
中国科学院…㉒442, 457, 464, ㉖471
～自然科学部門…㉒442, ㉖471
～社会科学研究所・文学研究所…㉖471
中国歌舞団…⑯602-604
「中国画家叢書」…⑮570
中国絵画史…②514, 533（元以後…⑮606）
中国革命（二十世紀）…②433, ㉕310
～の父…⑤183
中国学…㉗396→支那学
～専攻博士課程…㉗113
～における京都の学風…㉒333
中国学（江戸期）…⑰23, 28, 33, 57
中国学者（欧米）…①622
中国学者（日本）…㉗99
中国学術…㉑23, ㉒106, ㉔166, ㉕401
～の中心…⑥171
中国学術史…②477, 484, ⑬592, ㉓474, ㉔176, 221
中国学術思想史七区分説…⑯390
中国学術代表団…㉒438, 478, ㉖490
中国官制史…㉓227, 229
中国戯曲→戯曲（中国）
中国戯曲史…㉓592
宋以後…①608　～の資料…②603
「中国戯曲理論叢書」…⑭356
中国戯劇家協会…⑯535
中国戯劇研究会…⑯588
中国宮殿風の建物（東方文化学院東京研究所）…⑥252
中国共産党…②423, ⑫569, ⑯649, ⑰435, ⑲231, 232, ⑳466, ㉒395, ㉕419
～員…㉔79
中国近世演劇史…⑯588
中国近世口語小説…⑬525
中国近世史…②261
中国近世社会史資料としての元曲…⑮4
中国近代経済史…㉒430
中国近代文学…①122, 246, ②199, ㉒434
中国銀行…⑲390
～香港支店…⑯425
中国系市民（トリニダド）…㉔149
中国経済史の最初の劃期…⑥43
中国芸術→芸術（中国）
中国芸術院…②519, ⑯588
中国芸術史…②518, 523, 534, 536, 537, ⑬593, ㉓623
中国研究…①229, ③537, ㉕314, ㉖506
日本…⑲36, 218, 247, ㉒471, ㉓701, ㉖236, 505-507
研究史の画期…㉗268　研究の弱点…②357, ㉒473, ㉖505, 507　研究の動機…⑰479, ㉕312, 314　清朝学研究…㉑195　中国語の習得…②224　中国史研究…㉕439　唐文明学習…②586, 587　独自の発見…㉗238　日中交渉史研究…②594
中国研究者（日本）…②472, 598, ㉒425, ㉗108
漢学能力…㉓563, 564　漢文能力…①269, ②69, 74, 171, ㉓125, ㉗10, 123　研究態度…㉒424　中国語作文能力…㉕314　留学…㉒473, ㉖505, 507, 509
中国研究者参観団…㉖495
中国現代文学→中国文学（現代）
中国古代史…①293, ②374, 497, ③549, ⑤144, ㉓540, ㉖490, ㉗188, 253, 386, 430
～学者…③547, 554, ⑤125
～の研究　王国維…⑯280　中国…③534, 554　日本…③534, 550, 556
～の再構成…③549, 554, 555
～の資料…①707, ③475, 561
～の新解釈…①707, ③555
中国古代社会史の資料…③561
「中国古代版画叢刻」…④15
中国古代文明…①72, 236, ⑱532, 533, ㉔244
～と虚構の言語…①182, 183, 188, 190
中国古典…①244, 249, 263, 264, 266, ②165, ⑰492, ㉓526, ㉕291, ㉖385
～研究（中国）　唐以前の学風…⑤134, 135　古典研究の変革と日本への影響…⑤136, 137
～時代の笑話…①230
～時代の文明…㉗63
～時代の礼楽…⑳353
～とエロス…⑲46, ㉒440
～と清朝の皇帝…㉓176
～と西洋の古典…①270
～と戦争…①122, ⑤227
～と日本人…①272, ⑤134, ⑰492, ㉕361, ㉗266
伊藤仁斎…㉓538, ㉗266　荻生徂徠…㉓306, 538, ㉔10　本居宣長…㉓513
日本人の研究（江戸時代…⑤132, 137, ⑰311　研究方法の先見性…㉔19　古写本の保存…㉕283-286　奈良朝以後…⑤134, 135　明治時代…⑤132）
～と毛沢東…②432
～と理（伊藤仁斎・戴震）…㉑114, 116
～における事項
鬼神…㉓538　叙事詩・戯曲の欠落…①251
～の空想と仏典の空想…⑦511
～の思想…②495

完全な政治…㉖8, 13　日常性中心…①248, 268, 270　人間肯定の思想…①246, ㉕367, ㉗375, 376　万物の霊長…②395, ㉗375
～の復刻　共和国における復刻…㉕417, 418　コロタイプ複製本（羅振玉）…㉒337
～の名文性…①246, 273, 274
～文献の解釈…㉖484
中国古典学…㉕462, ㉗95
中国古典詩…①137, 254
中国古典小説…①205
「中国古典選」…①264-267, 270, ②107, ⑳404, ㉑85, 162, 188, ㉓557, ㉖503, ㉗339, 428, 435
「易」「古詩選」「三体詩」「史記」「荘子」「大学・中庸」「唐詩選」「唐宋八家文」「孟子」「老子」→各項
中国古典文学…㉕355, 417, ㉖506
「中国古典文学研究叢刊」…①631, 637
中国語…①705, ②226, ㉑24, 71, ㉓16, ㉔193, ㉖231, 378, 400, ㉗370, 391, 394, 395→支那語
～と漢字…②228
識字数と読書力…②458
実字と助字…⑦456, 459（てにをは的な語…②9, 81-83）→助字
新聞の欧州語固有名詞の表記…㉔166
～と漢文…②76
～と他の言語組織…①287, ㉕387
英語…②81, ⑲199, ㉕111　日本語…①709, ②8-10, 39, 81, 85, 86, 90, 111, 225, 228, 386, ⑳87, ㉑106, ㉓306-307, 565, ㉔7, 8, ㉕41, 42, 45, 46, ㉗197, 393　ヴェトナム語…㉖217　梵文・佉楼…㉕387　満州語…㉕386, 387　蒙古語…㉕387
～における語彙　違…㉖214　教と学…②386　減却…㉖91　古典…①235, 269　困・倚…㉖165　定…②474, 483　白と然…㉖20　名と字…㉗95, 96
～における ha 音…㉕130
～による論文執筆…⑳414
～の曖昧さ…⑤306, ⑦343, ⑫690, 691, ㉖174-178, 180, ㉗323, 324
～の暗示性→中国の文章
～の idiom…②212-219, 221, 222
～の教え方（江戸期）…②224
～の音韻学…②203
音数調節作用…②41（句の安定した形…②39, 41　句の短さ…②39, 42）　音節…㉑66　音調形成の最初の素材…②40　音調の調和…②34, 233　音の相似と意味の相似…②80, 372　言葉の流れと平仄…②28
～の改良…⑱392
～の学習…㉒318-320, ㉗392
字引…②72, ㉑65, 66, 68, 70, ㉒318, ㉗392　声調の教育…②225　中国語辞典…㉑73, ㉓89, ㉖376「中国語初級教本」…②224　英語との併修…⑲199
～の簡潔と明快・暗示…①63
～の基礎語彙…㉑66-68, ㉗392
～の疑問文…②225
～の訓読…②79-90
～の語源的解釈…㉕411
～の語序…②79-81, ⑦500, 502
～の詩…㉑104-106, 127
～の詩の言語としての美点…⑦343, ⑪480
～の書簡の贈答…②497
～の新語発生の困難…②13, 22, 91
～の先天的性質…②42, ㉔110, 111
擬音性…③545, ⑳87, 88, ㉑69, 72, ㉕110
擬態性…③545, ㉕110
言語構造…①207, 291, ②8, 22
孤立語…②92, ⑱80, ㉕41（装飾性…②36, 42, 47→中国の文章　音律による装飾…②37, 42　切響と浮声…㉕112　断絶の意欲…⑱81, 87, 101, 103　対句→その項）
多義性…⑦483, ㉑68, 72, ㉗290
単綴性…①13, 63, 125, 127, 128, 246, 607, ②10, 25, 27, 39-41, 92, 94, 101, 140, 170, 209, 214, 228, 302, 310, 345, ③9, 29, 30, 491, ⑥218, ⑦459, 465, 512, ⑱80, ㉑5, 35, 38, 66, ㉓307, 408, ㉔80, 92, ㉕97, 110, 138, 387, 446
中国語はピアノ…②9, ⑪480, ㉔8, ㉗357
尾韻…㉔80, 92
抑揚（四声・平仄）…①17, ②27, 37, 39, ⑳87, 88, ㉓13, ㉔326, ㉕97, 110, ㉖19, 229, ㉗241
～のテクストを読む正確さ（倉石武四郎）…㉗291
～の南北への分裂…①279
～の二字の複合語→二字の連語
～の発音…②77, 79, ㉕72
～の発達の方向と「世説」の文章…⑦465, 466
～の否定語…②50-55, 80
魏晋…②51, 53, 55　後漢以前…②52-55　先秦…②52　六朝…②51
～の非暗示的方向…②19, 22
～の文学…⑤295, ㉔100
～の文章…②76, 87, 90, 121
喋るとおりには書けない…⑳119
文語と口語…②227, ⑳418（乖離…①59, 319, ②13, 19, 54, 91, 92, 133-135, 202, 446, 573, 606, ⑳418, ㉕37-41, 43, 46, ㉖166）　文語の記載言語としての共通性…①280
～の文法の特殊さ…㉕37
文法成立の困難…②233
～の優越性（荻生徂徠説）…㉓307, 409
～のリズム…②214-216, ⑤307, ⑰143-145, ㉒449, ㉔326, ㉕97, 137, ㉖508, ㉗241
中国語（近世）
～の辞典…⑰151

中国語（現代）…②73, 77, 91, 93, ③42
　～の現代の口語…②73, 93
　　表記法…②91（注音符号…②224　ローマ字表記…①402, ②224-225, 228）
　～の助字…⑦464
中国語（古代）…②77, ⑦461
　～の音調…②34
　～の古代語から現代語への変化…㉗392, 393
　　古代の用法と後代の用法…③544, ㉔274（無と麼…㉔292）
　　上代の発音…③544
　　唐代の音と現代音との比較…㉖188, 229, 230
　～の古代の記載の営み…②92
中国語学（日本）…㉖508
　江戸期…⑤307, ⑰143, 412
中国語学者…②224, ㉔277
中国語教育充実の課題…㉖508
中国語通事…㉓485
中国語の日本文学史（中世の部）…㉔30, 31
　韻文…㉔30（歌謡・連歌…㉔30　和歌…㉔30, 31）　戯曲…㉔31（狂言・能楽…㉔31）　散文…㉔30（故事集…㉔30　人的記録…㉔30-31　戦記物語…㉔30）　時代与文化…㉔30
中国語法の書…㉓89
中国口語→口語（中国）→唐話→白話
中国口語史…㉕37, 38, ㉖375
　～の資料…⑦516, ㉕47
中国口語小説の文章→小説（中国・近世）
中国工芸…①141
中国公学…⑯379, 393-396, 398, 406-408, 411-420, 434, ⑰510
「中国公論」…⑯584
中国後代　～の思考…③557
　～の注釈…③556, 557（注釈家…③557）
　～の文化…③547
　～の文学　政治重視…⑤123　対偶…③502-504　不安の感情…⑥22　「論語」の引用…⑤19
　～の無神論哲学…⑤121
中国国民党…②423, ⑯403, 534, 566, ⑰5, 613, ⑲230-232, 265, ㉕418-419, 444, ㉖474, 489
中国最古　～の小説論…①215
　～の文学…①114　散文…③3　散文集…⑤315　詩集…①128, 130, 155, 361, ②7, ③3, 22, 28, 472
　～の文献…①278, ③3-5
　　完存する「論語」注釈…④7　辞書…①400, ②209　図書目録…④4, ㉕34　版本…①394
　～の文章…②33
中国最初　～の近代小説…①54, 276
　～の皇帝…⑥52
　～の詩話…①454
　～の長編小説…②596
　～の統一…③532
　～のフランス文学研究者…①289
　～のフランス文学読者…②466
　～の文学の効用の確認者…⑤41, 290
　～の歴史書…②231
中国作家代表団…②595, ⑯538, ⑰611, ㉑140, ㉒435
中国山脈（日本）…⑱540
中国散文史…①37
中国散文文学→散文（中国）
中国散文文体史の三区分…⑥428, ㉕375
中国史…①133, ②471, ③19, ⑥428, ⑲234, 235, ㉒456
　～を貫く伝統…⑥147
　～を貫く理念…⑥104
　～学の伝統（中国…⑬317　日本…㉖508）
　～上の特徴的事項　外国と多く接触した時代…①277　貴族制度…②425, ㉕304, 305, 422, 425　最初の大転換期（漢武帝）…⑥171　士となる機会均等の実現…②403　市民社会の出現…②426, ⑮568　史上最多の読者を持つ書物…④4　停滞期…⑬605, 627, 628　二十世紀の革命…②433　百年以上平和の続いた時代…㉗378　最も輝かしい時代…⑥43　遊侠の気風盛んの時代…⑥227
　～と神の否定・神の容認…②376
　～と地名の変化…①459
　～とローマ史…⑤3
　～における日本への関心…②586
　～の過去から現在への発展…⑮612
　　春秋時代までの堆積…⑤18　成熟…⑥176, 194
　～の画期　市民勢力伸長の画期…⑮606, 607
　　始皇帝…②136, ⑥173　唐中葉後北宋初期…⑥191, ⑬590, 591　武帝（漢）…⑥43, 44, 171, 173, 175, 177, 181, 185, 191, 192, 198, 200, 223
　～の時代区分…㉕301
　　中国史三区分説…⑥172, 191, 428, 429, ⑰234, ⑳287, ㉓583, 599, ㉕60, 376, ㉗7, 253
　～のはじめ　殷王朝…③533, ⑥195　五帝の時代…③533　周王朝中期…⑥173, 176　先秦の時期…③553
　　叙述のはじめ（「史記」…⑥171, ⑯288　「春秋」「左伝」…⑯288）
　～への日本人の誤解…②425, 427, 496, ⑮568
　　学者の誤解…②443
「中国史研究」（雑誌）…㉖417
中国史書の文学性…⑥430
中国史部会（国際東洋学者会議・中国部会ａ）…⑲376, 382
中国自然科学史…㉗368
中国自然詩…①243, ㉔330, ㉗426
中国思想…②495, ⑤26, 165, 325, ㉓544, 545, 555, ㉕293
　軍事蔑視…②455　常識尊重…⑰368　政治重視…①117, 119, 145, ③26, 27, ⑤30-32, 38, 40, 104, 121, 123, 186, 193, 201, ㉑164, ㉓391, 469　政治否定…①119, ⑤191, 193, 195, 200　楽観主義…㉖209, 210

～における絶対の悪人と絶対の善人…⑩470
～の非宗教性…②384
神秘性嫌悪…⑰368　無鬼の論…⑰111
～の論理性の不足…⑰368
～・文学の解釈と和習…㉗153
中国思想史…①270, ②411, 484, ⑥22, 103, ⑰369, 370, ㉓489, 547
～の研究…⑰360, 362, 367
～の最初の画期…⑥43, 171
～の方法…③542
中国思想史三区分説…⑳287
中国詩→詩（中国）
中国詩歌史…①124, 567, ③29, ㉑26, ㉓154, ㉕103
画期…⑥351　中断…③12
「中国詩人選集」…①523, 524, ②59, 69, ③472, 474, ⑬24, 64, ⑱361, ⑳497, ㉑40, 215, ㉓119, 137, ㉗92
「王維」「寒山」「韓愈」「曹植」→各項　「総索引」…①142, 523　「杜甫」「唐詩概説」「陶淵明」「白居易」「李煜」「李賀」「李商隠」「李白」→各項
「中国詩人選集二集」…①133, ⑬277, 630, ㉒64, ㉓323, ㉔249, ㉕60, 61, 431, ㉖450
「袁宏道」「王安石」「王士禛」「龔自珍」「元好問」「呉偉業」「高啓」「黄遵憲」「黄庭堅」「蘇軾」「梅堯臣」「陸游」→各項
中国社会…②409, ⑥172, 179, 192, 221, ㉕312, 313
～と西洋社会…②426, 427
～と日本社会…②403, 426, 427, ⑤299, ㉓134
～における文学の生活…⑥198, 200
～の安全弁…②419
～の下僕と俳優の地位…⑮607
～の固定…⑥240
～の中心原理と武帝（漢）…⑥178
～の読書人の優位…②427-432, ⑥172, 192
選良制度…①293-295, 298-300, ②401, 403, ⑥172, 192　文化人への尊敬…⑮605
～の武人蔑視…①301, 321, ②399, 401, 402
～の暴民の発生…①203
土匪…②420, 421
～の遊侠の気風の後退…⑥178
中国社会科学院…㉕438, 439, 445, 447, 455, 464, ㉗424
～院長・胡喬木…㉕470
～文学研究所…㉕438, 444, 461, 470, 471
～文学研究所長・沙汀…㉕471
中国社会科学院代表団…㉖506
中国社会史…⑥22, 103, ⑮567
～の画期…⑥43, 172, 191, 192
中国社会史研究…㉗387
中国趣味…㉒364
中国儒学史…④8　～の画期…⑬592
中国宗教史・中国宗教史研究室（東方文化研究所）…②388
中国出土文物展…㉑167
中国出土文物展覧工作委員会…㉖483
中国書…①705, ②230, 391, 507, ⑤295, ㉕95, 367, 387, ㉗356
～購入の思い出…①512
～と日本人…①246, 261, 262, ㉕276
三木克己…㉗287　本居宣長…⑤132, ㉗99, 194, 216　頼山陽…②164
「源氏物語」への影響…⑤135
写本尊重…㉕284（伝承写本の価値…㉕284, 285, ㉗269, 271）
推薦書・最少の書目…①247
中国書を逆方向へ利用しようとする目論見…①263
中国書を読む方法…①709, ㉗195
図書館蔵本…㉕261, 286, 287（足利学校・金沢文庫…㉕284　京都大学人文科学研究所蔵本…㉕266, 267, 271　尊経閣文庫…㉕279　天理図書館…㉕410　内閣文庫・陽明文庫…㉕279　読者〔江戸期〕…④5, ㉕278, 279）
日本関係の記述…②584, 591
覆刻（江戸期）…⑰25, 26, 28, 607-609, ㉒470, ㉓564, 572, 574, 575, ㉔312, ㉕251, 280, 281
覆刻（鎌倉室町期）…⑰607
翻訳・訓点（江戸期）…④12, ⑰528, 546, ㉓572, ㉖173, 174, 378（講史の翻訳…①122, 154　中国小説翻訳…②603, ⑰59, 390, 398, 546, ㉓606）
輸入（日本）…⑤134, ⑥244, ㉕276-279, 281-283（最も早く渡来した書物…⑤133, 134, ㉕276　江戸期の輸入…⑰24-26, ⑱38, ⑳429, ㉑119, ㉕278, 279, 281, 282　平安初期の輸入書…㉕268, 278）
「論語」…④5, 6, ⑤127, 132, ㉕364
～の書物の地位…㉕261, 271
～の総数の変遷…㉕267-269, 271
書物の増加と減少…㉕267-274
滅びた書物…⑤165
～の特徴的事項　会心の句への記憶…㉕140　寛容の精神…①262　最古の文献…⑧507　諸子の書…②475　彫刻への冷淡…②527, 539　人間の死に関する思考の乏しさ…㉔286　非中国的な言葉…⑤164, 168, 298, ㉔300, ㉕364
～の最も美しいもの…①192
中国書家代表団…㉒435, 436
中国書画…④644
中国書店（北京）…㉖476
中国女性…㉒395
「中国女報」…①521
中国小説史…①608, ⑬526, ⑱52, ㉓592, ㉕283, ㉖368, 370
～開幕・小説発生…①45, 58, 59, 69, 76, 85, 165, 175, 200, ②161, 411, ⑪544, ⑱42, ㉕9
～研究の勃興…①214

学者…①414 資料…①206, 417, ㉔280
「中国小説史略」…⑬502, 513, 523, ⑯322, 323, ⑰406, ㉓606, ㉕283
中国上代の思想家の言語…③542
中国新公学…⑯379, 411, 414-420, ⑰510
中国新文学…①610
「中国新文学事典」…㉒330
「中国新文学大系」…①613, ⑭128, ⑰410
「文学論集」「文学論争集」…⑭128
中国新文明の領袖（胡適）…⑯432
中国人…②378, ⑥133, ㉔302, ㉗100, 123, 297, 300, 338, 391, 394→支那人
～学者と十七世紀思想家…㉔207
～客員教授と日本の中国語教育…㉖508
～教授と助字への質問…②122
～と古典…㉗398
古典解釈…③555, 560 古典注釈…③560, 561
古典の文体・内容との距離感…①268
～と「資治通鑑」 最高の中国史…②392 必読書…①242
～と書法…②499-501, 548, ㉓412
～と諸子…②493, 604, ㉒356
～と西洋人の押韻の相違…㉔92
～と日本人…⑰3
伊藤仁斎の書物…⑤161, 217, 218
中国人の文学論の翻訳…①613-614
夏目漱石の詩文…①470, 472, ②61, 95
日本人の平仄修得の努力への驚嘆…②60
～と日本人と米国人（ラチモア）…㉕444
～と「論語」…④5, ⑤137, 138, 140, 206
～による中国文学史研究の開拓者…①470
～の挨拶におけるリズム…②41
～のいう悪口…㉒419
～のいだく孔子のイメージ（聖蹟図）…④15-16
～の以鬼為戯という批評…①228
～の意識における諸事項 絵画…②533 五経…⑤256 世界…⑥43 聖人…②384 彫刻…②519 武帝（漢）の時代…⑥43, 177, 181, 185 礼…②522
～の演劇観…②519
～の価値観…㉒418
～の過去の自国文化への自信…⑰3
～の外国観…⑤217, ㉑30, 139, 140
西方世界との接触…⑥172（アコスタと中国人…㉔165-167 西洋文明不尊重…⑤114, 120, 211, 212, ⑰465）
日本研究…②598, ㉖509（日本研究の発展…㉒471 日本認識…①287, ②268, 540, ㉑139-142, ㉒448）
日本への関心…②591, 593（「日本外史」評…②164, 165 日本記載…②587 日本語熱…㉕444 日本侮蔑…②597, 598, ㉗435 日本文化への関心…②593, 594 日本文学への関心…㉒435, 436 日本文明への関心…㉒433, 435, 436 日本文明への冷淡…②595）
～の顔…㉒369
～の学問と日本人学者との接触…㉖507
～の空想力の価値の自覚と伝奇…①196
～の空想力の乏しさ…②263, 265
～の言語観…②17, 18, 22, 44
外国語観…①287, ㉕386
～の言語生活…②18, ㉗394
言語生活と古典…②273, 274, 277, 278, 605 言語生活の三階層…①320 言語への敏感…②266
～の現実主義的精神…①129
～の古代宗教思想と道徳性…③562
～の国土地形への意識…①279
～の作画…②511
～の残虐性…②496, ③557
～の使用漢字数…㉔167
～の思惟 現実の過度の重視…③546 代表者…㉕265 思索に対する儒学の枠…⑥225
～の書簡と書不尽言・言不尽意…㉕28
～の推移の感覚…①361, ⑪48, 49, 93, ⑳418, ㉒42
～の推移の悲哀→推移の悲哀
～の世界観…①5, 361, ②17, 18, 366, ⑰171
実践と伝統的世界観…②366, ⑥171 儒学受容の必然…③538 世界国家建設の気運…⑥180
中国即世界…①70
～の生活…②3, 44, 268, 367, 605, ③546
過去との不連続…②45 生活感情…㉖219 生活と文学製作…⑥106 生活の原理…①280 生活の根本…⑤29
～の性格…⑲221-223
思慮深さ…⑤47 事物に対する慎重さ…②266
誠実・勤勉…㉒446, 450, 453
～の性格と仏教…⑰17
～の精神…①223, ②42
～の杜詩注釈…㉔12
～の杜甫を詩聖とする感情…①116, 117
～の道理の尺度・人間…②396
～の読書…㉕265, ㉗398
読み方…②76-79, ⑤314, ㉗8
読んできた書物のテクスト…①707
～の肉食…⑤155
～の人間観と朱子学…⑤301
～の仏教者による“支那”の国称…②268
～の文学…⑤295
詩の重要さ…①128 詩の常識…①455 長編小説…②393 文学史認識…㉗425, 426 文学に関する確信…①283 文学理念…①613, 619
～の文章観…②18, 44
暗示の意欲と装飾の意欲…②45 文章生活…②3, 18, 21, 44 文章論…②43
～の方法…②602, ㉒403, 422
考え方…①259, 260, 262, ②393, ⑰360, ㉒332,

336, 337, 424, ㉓526　感じ方…②497, ㉒332, 422
生活…①705, ②497, ㉗394　生活感情…②605
～の法則観…②231-235
～の法律観…②231-233
～の歴史への意識…①170, 171, 175, ⑥412
歴史記述の態度…②585, 586
歴史への冷淡…②486
～留学生…①325, 472, ㉒338-342, 391
中国人民銀行…㉒492
中国人民の文化遺産…⑥241
「中国人名大辞典」上海版…⑳251, ㉔312
中国崇拝…㉓413, 416, 417
中国政治史…②407, ㉕422
～の画期…⑥43, 172, 173, 191, 192
中国精神史…⑥106, 192
中国精神文化…⑥171, 172
中国説話史家…㉗61
中国俗語による「大学」解釈…㉗33
中国尊重…㉒358
中国大学（北京）…⑯643, 645, ⑳391, ㉒394-396, 398, 409
中国大使館…⑲293, ⑳270, ㉒459
中国大辞典編纂処…②221, 222, ⑬506, ㉖401, 402
中国大陸…㉔133, ㉗7
中国大陸→中華人民共和国
中国対外友好協会…㉒441, 449, 462, 464, 479, 490, ㉖471, 483
中国地理…②265, ⑤143, ⑥407
西南地帯…①255　中央部…⑤202　中部平原…⑤33, ⑥411
中国中心意識…①284
中国中心の世界史…②586
中国中世史…①616, ㉗298, 386
中世言語史…⑰635　中世思想史…⑩479
「中国中世文学研究」（雑誌）…㉕376
中国通の日本人哲学者…⑤3
中国的な特色　学者…㉗194　近世精神と小説…①228　古代精神と詩経・楚辞…③26　思考…①638, ②490, ㉓533, ㉗213, 221　思想家…㉓469, 477, 480　人格…㉗236　中国的思想への反撥…⑤129　中国的生理学による説明…㉖445　中国的なものへの誤認…⑤322　伝達方法・認識方法…⑲41-43　仏教…㉕262　文学の理想…②555　歴史…⑥240
中国哲学…㉓526, 593, 594, ㉔303, ㉕355, ㉖214, 219
～における自然と人間…①22, 156, 261
～における聖と愚…㉓19
～の課題…①352
～の起源…⑲215
～の即物性…①60
～の伝統…⑯616
日常性重視…②555　人間尊重…①703, ②532
～の名称・日本人の命名…①379
～の楽観的人生観…⑯437
中国哲学史…②471, ③518, ⑥419, ㉔220, ㉗273
～研究…㉗266
～と人心惟危道心惟微…⑦538
～と文章…⑦472
～における学者と作詩…㉓471
～における停滞期…⑬606
～の講座（日本の大学）…⑰11, ㉒435, ㉓589, 590
～の時代区分…㉕60
道統の説…㉗253　朱子…㉗254
「中国哲学史」（狩野直喜）…①377, 379, ⑰238-240, 264, 277, ㉒353, 361, ㉓589, 602, 603, ㉗257, 261, 262, 269
「孔子の仁」…㉗258　上代の部分・孟子の条…㉗260　「清の学術と思想」乾嘉の遺風を脱せぬ漢学者…①380　宋代の部分・程頤と朱熹の条…㉗260　中国古代宗教思想の特質…③562　「中国古典の研究法」…㉗257　唐代の部分・韓愈と李翺の条…㉗260
中国哲学史文学史不可分論（狩野直喜）…㉒362, ㉓594, 589, 605, ㉗259, 270
中国伝統文学批評研究会…㉔129, 134, 141, 207→中国文学評論史研究会
中国統一…②136, 144, ⑤37, 63, ⑥74, 180
～の創始者…①170
「中国童話」…⑯309→ Contes chinois
中国南方音…㉕176, ㉖381
中国南方の講釈小屋…㉖380
中国南方の雑貨屋…㉒363
「中国の書道」…㉒330
中国の文章…②4, 19, 78, 79, 86-88, 186, 194, ⑦472, ㉕37, 52, 244, ㉗175, 213
～と「六国史」の文章…⑥240
～におけるイメージの移動…㉔111
～における役割　欧陽修…㉕59　韓愈…②17, 32, 46, ⑥240
～に関する西洋人の文法書…②122
～の暗示性…①63, ②4, 7, 13, 14, 17, 19-22, 44, 45, ⑱388, 389, 391
暗示の意欲…②44, 45　旧来の文章の暗示への練達…②22, 23　切り詰めた表現の可能性…㉖53　将来の文章における活用…②23　頂点の指摘…②4, 7, 8, 11, 14, 18, 34, ⑫690, 691, ㉖175, 177, ㉗239, 243, 324
～の意識の変革　文学革命…㉕37, 40　北宋古文運動…㉕59
～の音楽性…②37
韻律…①63, 73, 113, ②36, 37, 39, 42
音数律…②41, ㉕6
～の過去と現在の文章の不連続…②45, ㉕37, 43
非暗示的方向…②19-22　非装飾的方向…②46
～の簡潔の美…②93, 94
～の技法と日本語の表現…⑳416

～の常用字数…②71, ㉑67, ㉓466, ㉔167
～の衰退期（六朝時代）…㉗44
～の装飾性…②23, 32, 36, 42-46, 48
古今の文章の装飾的傾向…②32, 40　四六文の装飾性…②31, 32, ㉗6　出典による装飾…②31　装飾の意欲…②44, 45　対句…②45
～の手本としての経書…㉕327, 329
～の読書人による独占…②234
～の流れと言語発達の方向…⑦465, 471
～の文気の美…㉗248
～の文体…①267, ②74, 107, 194, 199, 201, ⑦514, ⑳416, ㉑70, ㉕138, 244, ㉗6
支配的文体…②74, 94　断絶の文体…⑱84　文語文…②69, 199, ㉗248, 279　文体の変革…②21, ㉕8　短い句を積み重ねた文章…⑱81
～のリズム…①59, ②35-36, 94-102, 121-123, 125, 132-134, 446, 449, ⑦512, ⑰360, ㉓14, ㉔326, ㉕137-140
基調（四字句）…②39, 40
中国の文章語…②86, 91-95, 107, 126, 170, 199, 227
～と口語の乖離…①59, 319, ②13, 19, 54, 91, 92, 133-135, 202, 446, 573, 606, ⑳418, ㉕37-41, 43, 46, ㉖166
～と口語の比較…②13
～の完全性…①204
～の記載言語としての共通性…①280
～の古代と中世の間の用語の断層…㉗12
～のテニヲハ…②82
中国之新民…⑯388→梁啓超
「中国白話小説語釈索引」南方篇…㉖411
「中国白話報」…⑯405
中国版画史…④15
「中国版刻図録」増訂本…㉖412
中国びいき…㉔255
中国美術…②517, 518, 532, 536
中国美術史…②520, ㉖484, 504
中国美文学の発端…⑥106
中国東海岸…①460
中国評論史…㉖449
中国部会（国際東洋学者会議）…⑲372, 374, 376
中国風な思索…②368
中国風の思考への反撥（福沢諭吉）…⑤132
中国風の人道主義…⑤212
中国風文学…②517
中国風文明（金）…㉔250
中国風文明（日本）…①566
中国仏教…②383, ㉓410, 454, ㉖245, ㉗369, 374
～と親鸞…㉑102, ㉔9
中国仏教史…㉔271
中国仏教代表団（1978年）…㉕467, ㉖498
中国文化…②413, 418, 538, 540, ㉒350, ㉕5, ㉗382→支那文化
～と外来民族…①283, 284
～と西洋文化…①262, ⑯274, ⑰426, ㉖210, 236
～と日本　接触の歴史…⑱38　日本からの貢献…④7　日本人の態度…②234
～と武帝の時代（漢）…⑥44, 80, 98, 160
司馬相如を中心とする文学…⑥221
～における一流と二流以下との差…⑳44
～における自然科学の不発達…②366, 412
～の諸芸術への態度　音楽…①60, ②520, 521, ㉕302　絵画…②523-527, 529-536, ㉕302　建築…②523, 527, 536, 539　書…②523, 524, 529-536　彫刻…②522, 523, 527, 528, 536, 539
～の事実の尊重…⑥238
～の主智的性質…⑪199, ㉓593
～の精神…②364
～の停滞性・封鎖性…①324
～の伝統…①3, 4, ⑯616
～の都市中心の性格…②417, 418, 422
～の煩瑣な性格…⑳43
～の非宗教性…②388
神秘的より合理的なものへ…②375
神話の乏しさ…②374
～の普遍性への確信…①284
～の文学への関心…①11, ⑥106, ㉖236
～へ蒙古人の冷淡…①284, 298, 308, ⑬102, 103, 603, ⑮232, 314, 375, 378, 416, ㉒118
中国文化（中世）…⑥227
中国文化圏…⑥134
中国文化史…①279, ②554, ③517, ⑮555
～の画期…⑥191, ⑬591
中国文学…①150, 606, 614, 703, 704, 713, ⑭591, 600, ⑱3, ㉓544, 630, ㉗391, 396→支那文学
～と外国人　西洋人…⑭594（フランス人…⑭594　ベトゥゲ…㉔209）
接壌諸民族・中国文学への追随…①286, 287
日本人…①287, ㉓568, 598, ㉕384（契沖…㉑135-137, ㉓575, ㉕162, 164　田山花袋…②64　中国文学研究の興味…①139　中国文学研究者の増加…①639　中国文学読者の増加…㉓574　夏目漱石…②56, 57, ㉓567　服部南郭…⑰414　松尾芭蕉…㉓567, 568　本居宣長…㉑135-137, ㉓560　頼山陽…⑰414, ㉓593）
～と外国文学…①276-278, 285, ㉔43
西洋文学…①86, 165, 290, 639, 706, 707, ②536, ⑥238, ㉒45, ㉔161, 230, ㉕454, ㉖236（中国的文学精神と西欧の文学精神…①614）
朝鮮・安南の文学…①286, ㉔78
日本文学→その項
～と自然…①22, 23, 155, 156
～と辞書の不備…②209
～と諸芸術の関係…②533
音楽優先の時代…①60, ②520, 521
文学は諸芸術の首位…①3, 60, 80, ②520, 523
文明の中核…①703, ㉖236

～と中国社会…①3
知識人の資格　文学制作への参与…①3, 60-62, 68, 80, 321, ②408, 520, ③21　文学・政治・哲学への参与…①60-62, ②410, 411　文学への能力と関心は知識人の義務…②517
文学制作能力が身分決定の尺度…①291, 292, 321, 324, ②408, 410, 411（尺度の更改…①291, 324　尺度となりうる文学の条件…①322, 323　天才出現による文学尺度動揺の忌避…①322）
文学に対する尊敬…①3, 318, 703（文学の教訓的性質…①607　文学の地位の優越…①60, ⑥226）
文学の責任…①62
～と哲学と政治…①62, ⑮441, 442
～と仏教…⑬271, 272, 275
空想力のふくらみ…①285, ⑬272
～における特徴的事項　感動の表白の使命（詩）・世界の描写の使命（散文）…①292　絶望の詩（漢以後）…①95　友情と恋愛…①5, ⑯286, 287　夢…⑱19-21, ㉕163, ㉖124, 125
～に志した動機（吉川幸次郎）…㉑24
中国文学の学習と中国語の学習…㉗392（中国人と同じ言語生活…①705, ②497, ㉗394　中国人と同じ生活…②497　中国人になる…⑰296, 297, ㉒417, 421-424）
～の五つの性格（陳世驤）…①607
～の黄金時代…①616
～の価値…⑲438, ㉑24
～の回帰性（典故）…㉑252
～の規格　型…①328, 329, ②411　五経…②411, ㉑150
～の虚構の文学…①706, 707, ②520, 534, 536, ⑭591, ⑱445, ⑲60, ㉑8
小説の発生の遅さ…①4
～の系譜…①113, 114
～の言語…①53, 59, 69, ②535
委曲な文字…⑬543　規格ある言語…①59, 69, ②412, 535　虚構の文学の言語…①59, 69, ②412, ⑭591　言語の美…㉑24　成語の利用…⑬545　文学の表現における高次の言語…①60, ⑳366, 367　用典の煩…⑫688, 689
～の源流…①609
～の古典…①242, 243, ③463
～の古文擬古文の扱いと文学の定義…①595-598
～の最高峰（杜甫）…㉖7, 12
～の最初の完成（楚辞）…③12
激烈な感情…①13
～の作品の難解の語…②206, 207
～の主流…①321, ⑰416, ⑳348, 371, 479
～の性質…①21, 78, 85, 87, 113, 607, ②518, 535
関係の遠いものを関係させる面白さ…⑬541
鑑賞者と実作者の一致の原則…①3, 60, 61, ②408, 412, 520, ⑲438　高度の修辞性…⑰419　常識の尊重…①86　即興の文学…⑯298　中国語系言語の代表的文学…⑱15-16　非専門的文学者の文学…⑯298　凡人の文学…①639, ㉑24
政治への関心…①6, 113-121, 565, ③15, ⑮441, ⑯287, ⑰419, ㉒440, 444, 470（政治への奉仕…①71, ⑪456, ⑯286）
素材・題材…①5, 36, 58-60, 65, 67-69, 144, 328（体制批判…㉕163　地上の問題への熱心…㉕446　日常性重視…①69, 78, 80, 86, 251, 291, 607, ②412, 535, ⑫588, ⑱15, ⑲438, ㉑24, 81, ㉒343, 344, 354　農民への感謝…②461）
～の精華…㉒325
～の精神・人間の善意への信頼…①55, 111, ③463
～の静と調和（詩経）…①13
～の“旋律”と“和声”…㉒346
～の総括的解明…①613
～の地理的環境…①278, 324
～の定型化…②411, ⑰113
千篇一律性…①324, 327　停滞性…①324　飛躍の拒否…①321　マネリズム…①62　行きづまり…①52, 55
～の伝統…①10, 22, 24, 76, 79, 80, 119, 155, 278, 290, ②461, ③7, ㉕446, 454
～の二流の作品に対する分析演繹考証…⑧506
～の人間観…①6, 24, 55, 104, 258, 259, ⑥22
人生観…③468　人間の善意への信頼…①110, 707, ③463　人間への忠実…①6, 21, 22, 55
～の非虚構の文学…①60, 251, 706, 707, ⑲90, 438, ⑳348, 371
現実への密着…②471（事実記載の尊重…②265, ㉑33, ㉒344　中国文学の独自性…①165　人間の事実への興味…①164, ⑯291　歴史文学の実体験尊重…⑯291）
体制としての虚構排斥…⑮211
～の非専門家による「杜甫」…③536, ⑫684
～の分野…①58, 59, 62, 65, 124, 139, ②536, ㉕296
散文…①321, ⑰113, ㉖166（雑文…㉓616, ㉔28　史伝の文学・碑誌伝状の文学…⑥238　歴史散文…①706, ②520, 534, 536, ⑭591, ⑲60）
叙情詩…①4, 321, 706, ②520, 534, 536, ⑭591, ⑰113, ⑲60, ㉖166
～の文学観…㉗280
言語表現技術重視…①59, 60　中国と西洋の文学観…⑰388, 390, ㉗279　文学を生むもの・余裕か苦悶か…㉕157　文学の社会的効用…⑤41
～の文学評論…⑫594, ㉗301
～の平和愛好の精神…①607
戦争否定…①122
～の変遷の歴史…①57, 103, ⑮371
～の翻訳・注解…①57, 286
～のリアリズム…⑥220
～への態度…③536
中国文学（漢）…①14, 608

ちゅう　中　457

　　武帝の時代・文学の定立
　　　儒学の定立…⑥106, 147, 148, 223, 225, 226（文学の重視〔儒家〕…⑥104, 223）
　　　遊俠の気風…⑥226, 227
　　文学の発足…⑥171
　　　文学の価値の確立…①64, ③559　文学の士の任務…⑥105　文学の生活の確立…②523, ⑥171
中国文学（近世）…①48
　～の散文の始祖…①37, 38
　～の詩から散文への主軸移動…①41
　～のジャンル…①133
中国文学（現代）…①63, 610, ⑯601, ㉗336
　～と過去の文化…①260
　～と過去の文学…①120, 603, 607, ⑯287, 288, 658
　～と外国文学…①277
　～と随筆…⑯298, 442
　～と小説…①4, 53, 55, 86, ⑯298, ㉕10
　　作品の不振…⑯298　政治重視…①56, 113, 120, ㉒440　凡人中心…①86
　～と日本人…①614, ⑯600
　　日本文学と中国文学…⑯296, 299, ⑲373, ㉒440, ㉖482　日本への紹介者…⑰335, 339　翻訳…①613, 614, 621, 626, 631, 635, ⑯600
　～に関する討論（国際東洋学者会議）…⑲373
　～の大衆文学…①618
　～の転換…②205
　～の人間中心の立場…①111
　～の用語…①53
中国文学（清）
　～と文学のための文学…②464
中国文学（先秦）
　～と孔子…①64, ⑤123
　　文学と音楽…②521, 522, ③22　文学と芸術への関心…⑤40　文学の価値の確立…③22, 37　文学の尊重…②526, ⑤47, 122, 123, 290
　～における象徴的言語としての「詩経」と「楚辞」…①13, 64
　～における文学尊重思想（儒家）…③539, 540
　～における文学軽視…①63, ②520, ③20-22
　～における歴史的散文としての「左伝」…①64
中国文学（宋以後）…⑥221
中国文学（中世）…⑥221, ㉕210, 376-379, 382, 383, 389
　～の詩の文学の発展…①37
中国文学（唐）…①608, 616
　～における伝奇…⑭10
　～の研究…①620, 624, 630, 633
中国文学（唐中期以後）…①196
中国文学（北朝）…①608
中国文学（民国）…⑯293, 294, 297, 440, ㉒337
　～の翻訳（日本）…⑰540, 542, 543
　～の恋愛の扱い方…⑰464
中国文学（民国以後）…①53, ⑯282, 283, 297, 302

　～の研究…①625, 631, 634
中国文学（民国以前）…①53, ⑯282, 283
中国文学（六朝）
　～と写実…⑯287
　～と湯顕祖…⑯107
　～の講義（周作人）…⑰10
「中国文学」（イタリアの新版百科全書）…①610
「中国文学」（雑誌）…①612, ⑯276, 435, ⑰410, 412, 524, 527, ⑲207
中国文学簡史…①605, 609
「中国文学簡史」上海版…⑳478
中国文学芸術研究会…①621
「中国文学月報」…⑰410
中国文学研究…②517, ㉑27
　中国　集部研究の軽視…㉕488
　　八股文研究の必要性（周作人説）…①596
　　民国初期の国故整理的方法…①615
　日本…①615, 703, ⑰420, ㉒445, 477, ㉓629, ㉕439
　　研究の興味の向く分野…①139　研究の歴史…⑰413, 415　現代文学研究…①613, 622, ⑰403, 408-411, 418, ㉒336, 337　鈴木虎雄…⑰311, 417　西洋学者による研究…①614　中国・西洋・日本文学の比較…⑰420
　　昭和初期・語学重視…⑰418
　　戦後…①611, 612, 618, ③487, ⑰418
　　　戯曲小説偏重　現代文学偏重の反省・資料万能語学万能主義への反省…⑰419
　　大正期…⑰306, 397, 411, 415, ㉗315
　　　戯曲小説文学重視…⑰306, 416　詩論史研究・新資料の重視…⑰417　中国文学と西洋文学の比較…⑰399, 403
　　明治以前…⑰418
　　　足利期・五山文学…⑰414　江戸期…⑰311, 413-416
　　明治期…⑰415
　　明治後期…⑰390, 397, 416
　　　「支那文学史」刊行…⑰416　西洋文学の方法による作家論…⑰392　文学のみを対象とする分析的研究…⑰415
　　明治前期…⑰388, 415
中国文学研究会（昭和10）…⑰403, 408, 410, ⑱537
中国文学研究者…①639, 640, 713, ㉗10
中国文学研究者訪華団（1979年）…㉕439, 470, ㉗424
中国文学史…①52, 135, 292, 605, ㉕71
　～研究…①470, ②223
　　虚構の文学…②536, ⑮371, 372, ㉕296, ㉗368
　　詩…⑮371, 372, 555　小説…①213, ㉕296
　～と中国の地形…①278, 279
　～と哲学史の不可分…㉓605
　～と日本文学史…①104
　～と文章史の不可分…⑦472
　～における特徴的事項　言語（書の言語・言の言

語）…㉕49　古詩…⑦561-562　五経の時代…㉑151　清末の詩の位置…⑯266　新文学形式の誕生（近世）…⑬605　絶望と希望…①103　陶淵明の位置…㉑118-119　唯美主義的詩（十七世紀）…㉔175　唯美主義的詩人（十世紀）…⑪456　「老子」の対偶…③501
～の開幕…①64, ②522, ⑥106, 171, 198-200, 331, ㉑7, 8
司馬相如の文学…①64, ②522, ③15, ⑥171, 205, 220, 223, 429, ㉑7, ㉕7　儒学の定立…⑥225, 226
～の解明すべき宿題…⑬271
～の画期　最初の画期…⑥43, 198　北宋期の転換…㉕421　民国初頭の転機→文学革命
～の系統的叙述の開始…⑮370
西洋人の著述…⑲30　中国人の著作…⑯266, ㉓590
～の資料…②205, 206
最古の文献…①278, ③3, ㉕296
～の時代区分
五区分説（小川環樹…①609　陳世驤…①608）
四区分説（吉川幸次郎）…①72-75, 77, ⑥428, 429, ⑳287, ㉕5-8, 10, 60, 376, ㉗7, 254, 255, 425
～の主流（詩文）…②471, 536, ⑮371, 372, ⑯298, ㉖480, ㉗368
～の正統となる詩人…⑪456
～の性質　形態の独自性…①58, ㉖480　孤立的展開の歴史…①275, 278, 324　停滞性…①324, ②411, ⑬605, 628　二大特長…①60
～の方向…⑳366
中国文学者…①582, 622, ㉕292, ㉗252, 255
「中国文学発展史」…㉒445, 493, ㉖475
中国文学批評史…⑰311, 312
中国文学評論史研究会…㉒557→中国伝統文学批評研究会
「中国文学報」…②64, ⑥251, 299, 427, 430, 432, ⑦597, 604, ⑬119, ⑭371, ⑰67, ⑳386, 393, 497, ㉑206, ㉒322
「中国文芸」（大阪外大）…①626, 631
中国文教史…㉗373
中国文献…①445, 606, 704, ③3-5, ⑤134, ⑥172, ㉕47
～における外国語…⑥72
～における古典という語…①235
～における古典の引用…①268
～における詩の定義…①123
～における恋愛の記録…⑥205
～の最古のもの→中国最古
～の伝達する事実…①710
～の翻訳…①286
～の歴史…③4, 5, ⑥199
中国文献学…⑱515
中国文献学部会（国際東洋学者会議・中国部会 b）…⑲375, 376, 382
中国文章史…⑦472, 511, 528
中国文体史…③501, ⑦511
～三区分説…⑥429, ㉕375, 376, ㉗6, 7
第一期…㉗6, 7, 9, 12, 254　第二期…⑤428, 429, ㉕375, ㉗6-9, 12, 13, 254　第三期…㉗7-13
中国文明…①703, 713, ②497, 518, 537, ㉒439, 449, ㉔398, ㉕416, ㉗188, 236, 312
～研究者…②597, ㉗435
～と漢字…㉔165
～と規格…⑱469
～と元末南方の文人…⑮441
～と五経・四書…①239, ㉕303
経学の意義…③555, ㉑73, ㉕245, 488　人間肯定の思想…①240　窮屈さ…①239
～と司馬遷的態度（神話拒否）…⑲59
～と宗教…⑳402, ㉑101, 247
禅宗…㉓410, 423, ㉕261-262
～と線装本…㉔312
～と叢書…㉒313, ㉗308
～と他の文明…①710, ㉒433, ㉓595
アメリカ文明…⑲323　インド文明…⑤11　ギリシャ文明の雄弁尊重…⑲41　キリスト教文明との差違…⑤114, 120, ⑲7, 29, 469, ㉗367　西洋の基準による評価…②536, ⑤120　西洋文明…①52, 70, ⑤120, ㉒46, ㉔230, ㉗367, 368　日本文明…②555, 597, ⑱445, 469, ⑲215, ㉒433, 437, 439, 440, 470, ㉕261, ㉗368　ヨーロッパ文明…②555, ⑲28, 34, 35
～と他民族・他国民の態度　女真族…⑮376, ㉕53
日本…⑰14, 15, ㉑95, 118, 134, 139, ㉓152
江戸時代における関心…①704, ⑰15, 57, 60, 414, 609, ㉑134, ㉒433, ㉓147, 247, 482, 557, 564　摂取…㉑95, 96, 117, ㉓247　大正期の中国文明観…㉕291, ㉗270, 435　中国文明に批判的な人々の孔子批判…㉓560, 561　輸入…②572-574, 577, 591, ⑲78, ㉕276-279, 282
日本人…②555, ㉒471, ㉓563, ㉗440
青木正児…㉓619, ㉗270　狩野直喜…⑳287, ㉒362, ㉓589, 594, 606　内藤虎次郎…⑳287, ㉗188　西田幾多郎…㉗341　本居宣長…①704, 712, ㉓514, 560, ㉗188, 228, 236　和辻哲郎…㉗307
満州族…㉓176
蒙古人…⑮375, 390, 402, ㉓176
フビライ…⑮402, ㉕53
～における一流と二流の落差…㉒419
～における詩…①128, ⑪475, ㉓563
～における集部の書の軽視…㉕401, 413, 488, 489
～における明時代と清時代…⑮460
～における歴史書の完備…㉕274
～の意義…①712, 713
～の価値…②555
～の画期　宋…⑬625　唐…①67
～の環境…①245
最初の領域・北中国…①11

〜の基礎と周公の制礼作楽…㉕330
〜の言語…㉒448
〜の古典…①267
〜の孤立性…㉔93
〜の地色への認識…㉖505, 507, 509
〜の叙事の文章の地位確立…②136
〜の精緻…㉒450
〜の早熟…①145, ㉒45
〜の創始者・孔子…⑤47, 98, 106, 120, 121
「論語」…⑤105, 325, ⑲7, ㉕265
〜の体制と知識人の教養…②517
書の芸術…②532-535
彫刻への意識…②519, 527
〜の知識人による独占…②517, ㉒450
〜の伝統…⑮378, 402, 434, 446, ⑲338, ㉑27, 164, ㉓459, 565, ㉔169, 258, ㉕272, 276, ㉗301, 367, 425
寛容の精神…①272　感性の尊重…㉓594　虚構の文学軽視…⑮370, ㉓459　空想的文学の遅い発達…①175, ⑱445, ⑲28　個別による普遍の示唆…①703, 704, 710, ㉗425　自然科学の不発達…⑲28, ㉗368　事実（現実）の尊重…①183, ②268, ⑱445, ㉑122, ㉓459, ㉕265, ㉗287, 301, 368　実証主義…⑤47　書物の尊重…⑲41, ㉕272, 276　常識の尊重…①183, ㉑27, 28　神話の早い喪失…①174, ⑲59　政治重視…①115, ⑦590　即物性…①60, ㉗301　知識の尊重…⑤47　抽象より具体…①703, 704　超自然的存在への冷淡…㉔258　哲学文学の不可分…⑮441, ㉒362, ㉓589, 594　読書…㉕261-266　日常性重視…①268-270, ②532, 535, 555, ㉑27　人間尊重…①111, 117, 703, ⑲7, ㉔169, ㉗368　人間への信頼…③27, ⑤120　文学学問の尊重…⑮378　文学尊重…①703, ⑤47, ⑮402, 441　文学と政治の一致…⑮446, ㉑164, ㉓565　凡人の尊重…㉕296, ㉗368　無神論…②555, ⑰110, ⑲7, ㉑27, ㉗367　歴史尊重…①183, ⑬573, ㉓459
〜の人間観…②395, ⑨482
〜の始まり…⑲215, ㉑122
音楽重視…②520　虚構の文学の欠如…㉑91　世界国家への意欲…①245, ⑲215　政治・倫理への関心…②520, ③21, ㉑151　文学・芸術への関心の乏しさ…①63, ②520, ③21, ㉑151
〜の発展…①240, ⑮365, 564, ㉑168
〜の必読書の注釈…㉑72-73
〜の保持者としての金の文化人…⑮390
〜のマルクス・レーニン受容…⑱447
〜の理想…②154
〜のルネッサンス…⑲35
中国文明史…②528, ③29, ⑱464, ㉑91, ㉓478, ㉕266, ㉖484, 505, ㉗235, 299
〜を対象とする学問の創始…㉓606
資料としての儒家古典…㉓603
〜と漢代神秘思想…㉔264
〜における演劇…㉖485
〜における「尚書正義」の意義…⑧504
「中国文明選」…㉑85
「朱子集」…㉖242, 246　「政治論集」…㉓246
「戴震集」（「孟子字義疏証」他）…㉑115, ㉓88
中国法制史…㉓89, 160
中国本土と台湾の対立…⑲391
中国本部…①245, ⑲215
中国民航…㉒485
中国民俗の研究…①636
中国民族
〜における文学…②265
伝統思想と小説蔑視…①212
〜の意識における理性と感覚…②251
〜の古典…①115
〜の世界観…①318（非宗教性…②390）
〜の性癖…②373, 375, 381
〜の斉一への感覚…⑰368
中国問題…②595-597, ㉗440
中国問題研究家…②596
中国問題研究所（ソ連）…②596, ⑲376
中国留学生取締規則…⑯393
中国料理…㉗410
中国領土の拡張…⑥43, 134
「中国歴史小叢書」…①627
「中国歴代詩選」…①618
中国労働者慰霊法要…㉕468, ㉖500
中山国（国名・戦国）…㉕87
「中山大辞典」…②222
「中山大辞典一字長編」…②222, ㉖419
中山府判…⑭89, 136
中山文化教育館…②222
中支…⑯209, ⑳471
中使…⑮489
中州…⑬303, ⑮379, ㉒102, 103, 113, ㉓708, ㉖495
〜の士夫の南方に定住する者（元）…⑭161
〜の人による侏儒伎楽（ビシバリク）…⑭59
〜の文明（金）…㉒107
中州…㉓416→京都
中州（上州中州下州）…⑪397
「中州楽府」…⑭300
「中州集」…⑮379, 392, ㉒104, 107, 108, 118
〜所収の作品…⑮379
「楽府崔生」蕭貢…⑭176　「己酉歳書懐」宇文虚中…⑮379　「沙漫漫」劉迎…⑮381　「山園」辛愿…⑮383　「青塚」王元節…⑭298　「送李経」李純甫…㉒114　「題宗之家初序瀟湘図」呉激…⑮380　「題中州集後」元好問…⑮384, ㉒104　「暮帰」趙秉文…⑮382　「竜門石仏」劉中…②527
〜と銭謙益…⑬273, ⑮383, 542, ⑯68, 115, 119, 120, ㉖434

～と「全金詩」・室町の禅僧…⑮383
～における章宗朝の作者…⑭132, 176
～の朱子への言及…㉒113
～の総詩人数…⑮379
「中州集」（テクスト）
江戸初期刊本…⑮561　元版…⑬273　五山版…⑮383, ⑳452　天理図書館蔵本…⑰601, 602　南北朝覆刻和刻本…⑮383
「中州集」（篇名・項目）小伝を略す
宇文虚中・衛文仲…㉒108　王脩…⑭205　呉激・高憲…㉒108　史粛…㉒114　施宜生…㉒108　周昂…㉒114　祝簡…㉒74, ㉕492　辛愿…⑮383　孫鐸…⑭299　孫鎮…㉒108　李純甫…㉒111, 113　劉汲…㉒114　劉昂…㉒118
中秋の翫月…⑫643
中秋の名月…⑳49, ㉔16, 180
中書…⑬234, 237, 242, 244, 247, ⑮267
中書（中国書）…②164
中書黄門侍郎…⑦552
中書左参政事…⑭187, 385
中書左司郎中…⑮266
中書左丞…⑮259
中書参知政事…⑭71, 181
中書侍郎…⑦553, ⑫389
中書侍郎兼雍州長史…⑪28
中書舎人…⑪40, 517, ⑬581
～執筆の制…⑬238, 247
中書省…⑫390, ⑭68, ⑮220, ㉖80, ㉗22
主事・録事…⑪34
中書門下平章事…⑫254
中書右丞相…⑮266
中書令…⑪28, 30, 33-35, 499, 500, ⑫38, 51, ㉕450, 457
中省の掾…⑭188
中条山…①459
中人…⑩466-469, 474, 479, ㉓20
中世（西洋）…⑤299, ⑳223, ㉑168, ㉕273
～の史料の真偽性…㉔285
法令の偽造…㉔285, 286
歴史叙述の中断…③19, ㉕273
～の歴史…㉑94→西洋中世史
～ヨーロッパ…㉗316
中世（中国）…②246, 256, 260, 261, 313, 323, ㉑17, 94, ㉗7, 11, 13, 253-255
～語…㉕384, ㉗11
研究…㉕383, 384　使用…㉕382
～史…①616, ㉗298, 386
～中国人的思考・表現…㉗11
～と近世…②260, 261
貴族の政治と市民出身官僚の政治…⑬561-562
俗の評価…②247（中世の“俗”尊重…②246, 247, 249　中世の注釈における俗人…②242　中世の注釈における俗儒…②243　中世の不俗の思想…②248）
中世から近世への転換…②323, ⑬550, 553（詩の転換・字〔書法〕の転換…㉗256　修辞の転換…①307）
中世の否定・経への復帰…⑬561, 563
中世の倫理と近世の倫理…⑬563
～の考えにおける過去と現在…⑬555-556
現在尊重の思想…②256-259（古代復帰思想の弱化…②261　近い古を尊重する傾向…⑬553-554）
～の貴族　貴族勢力の抑制…⑬562　教養…⑬563　没落（五代）…②406, ⑬562　倫理…⑬567
～の貴族の生活…②338
貴族生活と庶民生活…⑬567
～の経書解釈の否定（道学）…⑬555
～の散文の文体…②23, 167, 338, ㉕138, 376-378, ㉗7
対句…②101, 167（萌芽〔老子〕…②125）
文章の煩瑣…②325, 335, ⑬552, 555（駢文…②173, ㉗13　四字句…②102）
用語…㉗9（古代語の用法…㉕384, ㉗9, 13　新語…㉕377-383　二字の連語…㉕377-380　否定語…②158）
～の士の身分の世襲的傾向…②404
～の史学と神怪説話…⑬552, 568
～の史書の異民族の記事…⑬568
～の史書の再検討（司馬光）…⑬555
～の思想…②258, 259, ⑧11, 12, ⑬553
～の思想史資料・「尚書正義」…⑩479
～の詩・楽府…㉑17
～の儒学…⑬556, ㉕53, ㉗63
経学…②318, 319, 321, 322, ⑦271, 594, ⑰284, ㉕446, 454, 462, ㉗63（経の煩瑣な解釈法…⑬552　逝者如斯夫〔論語〕の解釈…②353）
注釈…⑬556（注釈家における上智と下愚…㉓547　注釈書…②602, ㉗63, 191, 194）
～の生活…②333, 338
生活と経…②322　生活の混乱…②260, 323-325, 327, ⑬551, 553, 554　生活の煩瑣…②325, 327, ⑬552
～の政治…②325
貴族政治・小国分立…⑬551　政治形態…②322, 326　政治の混乱…②326, ⑬551
～の措辞と「万葉集」の漢文…㉗14
～の仏教・仏教信仰…②323, 324, 363
仏教流行…②376, 380
～の文学→中国文学（中世）
～の文献・文書…①386, ㉕379, 381, 382, ㉗9
～の唯美的文明…㉕382
中世主義（清朝考拠の学）…⑯652
中世の口語（日本）…㉕46
中正（官名）…⑦152, 153
中星…②261

中・ソ対立…⑤114
中宗（殷）…⑤112, ⑩477
中宗（唐）…②551, ⑪14, 15, 23, 28, 399, 552, ⑫9, 18, 165, ㉕56, 68, 69, 227, ㉖400
　皇后・韋氏…②553, ⑫9, 11, 15, 274, 318
中大夫…⑥391
中帯…⑥322
中朝・朝鮮・平秀吉…②566, 589
中腸…⑮520
中都（金）…⑬600, 601, ⑭57, ⑮223, 377, 386, 399
中都の宰（魯）…⑤219
中都路…⑮346
中土…㉓126, 127
　～の風化…①560
中唐…①74, 75, ⑪228, 415, 552, 563, ⑮508
　～以後の詩…⑮495
　～以後の伝奇…⑪546
　～と初唐・盛唐・晩唐→初盛中晩
　～における牛李の争い（党争）…㉕450, 457, 476
　～における文学史の転機…⑪432
　～の散文…⑪553
　～の詩…⑪44, ⑮530, ㉓306
　　厳羽の評価…⑬186, ⑮474　大暦の詩…㉓178
　　中心は情…㉓352
　～の詩人…①339, ⑪227, 415, 477, 552, 553, ㉑48, ㉒6
　　詩僧…⑬311
　～の諸家は接武…⑮474
　～・晩唐…㉓351
　　永嘉四霊の関心…⑬175　詩…⑪563, ⑳44, ㉒6, ㉓300, 352　詩の選本…㉓292, 306　詩風…㉓301　中晩唐詩祖述（南宋）・「三体詩」編纂…⑬185
　～文学と日本人　中唐新詩風と「文華秀麗集」の断絶…⑰71, 72
　　中唐の文は瀟洒清暢（荻生徂徠）…㉓300
　　中唐文学と空海「文鏡秘府論」…⑰72
中屯…⑯334, 336, 337, 339, 340, 345-347, 376-378
中二千石…⑥103
中日辞典…㉒318
中日の文明の関係…②591
中日文化研究所…①635
中日友好協会…㉒441, 449, 462, 466, 473, 480
中日友好協会名誉会長…㉖491
中文出版社…㉑11, ㉕434
　影印本「登科記考」…㉑10　「通徳遺書所見録」…㉕226　「礼書綱目」…㉕346
中米・中米地峡…㉔130, 133, 152, ㉕444
中・米対立…⑤211
中・米友好…㉕471
中奉大夫…⑭72, ⑮317
中奉大夫侍御史…⑮267
中峰（禅）…⑯40, 44
中峰（山）…⑯47
中牟県令…⑱48
中夜…②159
中庸…⑤282, 283, 286, ⑥226, ㉓77, 282, 283, 382, 383
「中庸」…①239, ③518, ⑤282, ⑫488, ⑰186, ㉑159, ㉒112, ㉗266
　～を含む四書…②107, 328, ④8, ⑬560, ⑰125, 556, ㉑159, ㉓73, 75, 288, ㉖244
　　総字数…②444
　～と科挙の準備教育…⑬564, ⑯354
　～と日本人　伊藤仁斎→その項　荻生徂徠…㉓334, 348, 387, 392, 396, 449（議論による誤謬の始まり…㉓287, 288, 453）　契仲…㉓29　本居宣長…㉗108, 112　山井鼎の校勘…⑰584
　～における事項　性善の論証…⑤24　性道教…㉓52, 55, 59, 62, 63　誠…③518-521
　～の言葉　喜怒哀楽之未発謂之中…⑬558, ㉑78, ㉓75, 76, 493　君子之道造端乎夫婦…㉓71　君子之道費而隠…㉒456　故大徳必得其位…⑥376　故天之生物必因其材而篤焉…㉓56　修道之謂教…㉓52, 55, 59, 63, 79, 373　書同文…①280　率性之謂道…㉓52, 55, 59-63, 69, 387, 392　天命之謂性…⑬558, ⑯79, ㉓52-55, 59, 63, 396　道不遠人…①269, 273, ⑱12, ㉓60, 70, 76　道也者不可須臾離也…㉓60, 76　不誠無物…③520, ⑮397, ⑯109, 110, 115, ㉖451　明乎郊社之礼禘嘗之義…㉓449
　～の思想・朱子の解釈・絶望の語…③521
　～の直解（許衡）…⑮326
　～の文章…③519, 520
「中庸」（注釈）
　正義…⑥376　注・朱子→「中庸章句」　鄭玄…⑯79, 109, ㉓29
「中庸解」…㉓349, 376, ㉗159
中庸語孟…⑭90
中庸主義…②419
「中庸章句」…⑩480, ⑬564, ⑯79, 109, ㉓53, 59, 62, 75, 77, 78, 373, 391（序…⑩480, ㉒101, ㉓59, 77, 78）
「中庸直解」…⑭278, 283, ⑮318, 327
「中庸発揮」…㉓32, 53-56, 60, 62, 63, 76, 78, 82
中陽里（沛・豊邑）…㉕72, 74, 76-78, 81, 149
中流…①574
　～の砥柱…⑱379
中霤（七祀）…㉒306
中呂（雑劇の音階）…⑭20
中呂（六呂）…㉗86
『中呂粉蝶児』「漢宮秋」…⑮206　「金銭記」…⑭481　「謝天香」…⑭331
「中露大辞典」…⑲373
中録事参軍…⑫660
「中和月刊」…⑯632, 659
仲簡…⑬249

仲虺…㉓384
仲算「聖賢略問答」…⑩428
仲子…⑯90, ㉓106
仲尼…②43, 133, 134, ⑤8, 121, 142, 143, 153, ⑥313, 372, 404, 405, ⑦252, ⑩467, ⑮324, 464, ⑰584, ㉒45, 91, ㉕170, 196, 197, 206, 213, 216, ㉗47, 70→孔子
～という字と尼丘…⑤116, 119
仲殊…⑯147→密殊
仲秋…⑦389
仲孫玃（そんかく）…⑥405
仲長統「昌言」…②485
仲明同知…⑭385
仲由…④3, ⑤13-17, 29, 47, 52, 184, 185, 203, 231, 232, ⑦551, ⑳565, ㉖401, ㉗97→子路
冲覚寺…⑥304
冲帝（後漢）…②550
扭揑…⑭312
沖末（雑劇のツレ）…⑭16, 17, 437, ⑮19, 171, 177
忠…①273, ⑤189, ㉓34
忠…⑦549→王雄
「忠義水滸全書」…⑰130
「忠義水滸伝」…㉖412
忠顕校尉魏県五星鎮酒官…⑭97
忠州…㉕440, 441, ㉖171
忠信…⑤305, 326, ㉓52, 382
「忠伝」…⑭283
抽繹…⑲93
抽象的なものへの嫌悪…②309
注…⑧5-7, 9, ⑩433, 437, ㉗73, 75→伝
注音符号…②224, ⑮302, 309
注釈…⑰627, 628, ㉓542, 552
～の学…⑰627, 629-631, 635
注疏…②602, ⑯74, ⑰556, ㉗65, 66, 72, 75, 93, 294
～の校定…⑩425, 443, 447, ㉗69
～の散文と対文…㉗89
注疏本…⑧509, 510
冑曹参軍（官名）…⑫178, ㉒28
冑曹参軍事（官名）…㉒28
昼夜昏旦…②345
柱国（官名）…⑦544, 548
柱国大将軍（官名）…⑦545, 548
柱促…⑥322
种嵩…⑦53
紂王（殷）…②549, ⑦96, 100, ⑩467-469, ㉖368
紂帝（漢筺図像）…⑥389
惆悵…⑪144, ⑬60
厨顧…㉗361
鈕樹玉「送臧拝経詩跋」…⑯237, 238 「匪石日記鈔」…⑯237, 240 「文昌星考」…⑯238
綢繆…⑭493, ⑮520
駐日清国公使…㉕284
駐日中国公使…㉔255
『駐馬聴』…⑭50
「漢宮秋」…⑭50, ⑮203 「㑳梅香」…⑭299 「天宝遺事」諸宮調…⑫267
「鮦陽居士復雅歌詞」…⑯147
籌…⑬153
籀書・抽書…⑰626, 627, ⑲92, 93, 151, ㉕254, 256, 259
躊躇…⑪252
杼軸…㉖225
猪…②180
著…㉖179
著作郎…⑦552, ⑪485
著者の心理への省察…①710
著者の態度…㉕73, 83, 147-149
著述の倫理…㉕277, 343
著明…㉕186, 188, 189
著雍困敦…⑬274
著録…㉕268
筯頭…㉖415
褚家堂…⑬467
褚玠…⑫657, 663, 666
褚少孫「史記補」…⑥57, 169
褚遂良…㉓178, ㉕66
褚大…⑥369
褚琢…⑫666
褚褒…⑦487, 488, 502
褚老五…⑯456
樗散…⑫421, 422, 425
儲光義…②586, ⑪131, 552, ⑮474, ㉗21, 22 「洛中ニテ朝校書衡ニ貽ル…」…㉗20
刁逵…⑦378
弔場…⑭435, 525
吊梢…⑭511
長…⑥320
長安（漢）…⑥50, 58, 63, 89, 116, 123, 131, 137, 140, 165, 170, 261, 309, ⑮191, ⑱443→西京→西都
～から離れ住む皇子たち…⑥48
～から甘粛への旅（班彪）…⑫607
～帰還　霍去病・匈奴征伐…⑥98　高祖・黥布撃破…⑥37　張騫・鑿空…⑥93　趙王如意…②147, 152　唐蒙・南越への勅使…⑥79　武帝・巡幸…⑥143, 144
～近郊における事項　匈奴の出没…⑥75　王昭君の送別…⑮190　司馬相如の晩年…⑥203　豪族（杜氏・韋氏）…⑫75　上林苑造営（武帝）…⑥147（昆明池開鑿…⑥133, 135, ㉖191）　東南覇陵に陳皇后の埋葬…⑥68
～市長処罰と汲黯の直諫…⑥114
～と洛陽…⑥314, ⑲396, ㉑8
江戸の豪華との比較（荻生徂徠）…㉓295, 427, ㉕201, ㉗233
～における儒学の浸透…②56
～に高楼巨像の建築（武帝）…⑥145, 146, 415

銅狄…⑯592, ㉒460
～に在住する内親王たち…⑥49, 56
～の宮廷　宮廷での儒学の士の試験…⑥81　生活の豪奢…⑥134　朝廷と儒者の勢力…⑥52, 56, 57
～の俠客…①353, ⑥178
博徒…⑥163, 178, 226
～の書記…⑥116
～の商人の枸醬の情報…⑥80
～の大疑獄事件と李広利…⑥158, 159
皇太子の反乱と市民の判断…⑥167
～の地理に関する記載…⑰559
～の南山…⑥334
～付近の人物の記載…⑰559
～への上京　江充…⑥164　公孫弘…⑥109　司馬相如…⑥202　朱買臣…⑥107　淳于意の護送…⑥258, 259　揚雄…⑥254
～への遊学奨励（蜀の文翁）…⑥204
～来朝　渾邪王の帰順…⑥98, 115　南越国王・王子…⑥78, 133, 134　夜郎国王…⑥133　梁孝王…⑥202
長安（魏晋）…⑦82, 429, 432, ⑫608
長安（隋）…⑪483, 489, 492
長安（宋）…⑬148, 220, 221, ⑰559, ⑳42
長安（唐）…⑪8, 166-169, 346, 530, 538, ⑫41, 128, 172, 176, 204, 391, ⑭67, 467, 470, 537, ⑯150, ⑰385, ⑱453, ⑳69, 316, ㉑52, ㉒14, 22, 27, ㉖21→西京→西都
～から鳳翔への行程…⑫376
～占領（チベット）…㉕399
～と安禄山…⑫58, 170, 171, 270, ㉒21, ㉕48
楽人の洛陽拉致…⑫304, 415　士人の鳳翔への脱出…⑫374, 377　長安恢復（内乱平定）…⑪251, ⑫301, 325, 366, 399, 414, 572, ㉒40, ㉕458, ㉖10, 64, 81　長安攻略…⑪178, 245, ⑫171-173, 241, 268-270, ㉒21, 24　長安占領…⑫196, 270, 307, 308, 320, 329, 331, 343, 364, 367, 410, 411, 415, 551, 569, ㉒31, 89, ㉕405, ㉖10, 48, 56, 136, ㉗22　潼関の勝利…⑫173, 241, 365, ㉒23, 24, 31
～と王維…⑫546
賊軍の監禁…⑫295, 303, 304　長安での登高…⑪152, 153　乱後の逮捕…⑫415, 416
～と韓愈…⑪335-337, 367, 412
韓愈・侯喜…①487, 488　韓愈・張籍…①345, 490-492　上京…⑪410　長安交遊者…⑪329-331　馬隧に謁見…①38, ⑪410　流罪…⑫417
～と玄宗…⑪168, 176, ⑫40, 266, 546, 548, ⑮216
帰還…⑪251, 253, ⑫265, 270, 325, 401, 415, ⑯119, ㉖137　脱出…⑪42, 245, 246, 249, 556, ⑫174, 241, 268, 309, 323, 498, 551, 569, ㉑94, ㉒24, ㉖48, 136, ㉗22　幽閉…⑪254, 264, 556, 557
～と粛宗…⑪251, ⑫325-327, 331, 399, 415, 437, 572, ㉖10
～と諸都市　後世の西安…⑫216, ㉒14, 15, 480, ㉕404, 437　成都…⑫498, ㉖146　洛陽…⑪323, ⑫17, 59, 563
～と杜甫…⑪72, 77, ⑫16, 40, 43, 195, 242, 409, 418, 437, 438, 478, 543, 546, 552, 575, 578, 630, ㉒66, 92, ㉕463, ㉖144
科挙受験…⑫44, 45, 61, 546, 547, 564, 679, ㉕476, ㉖8　帰年への思い…⑪48, 49　夔州からの思い…㉖192-194　江南からの思い…⑪54　慈恩寺塔…⑫214, 216, 220-222, 226, 549, 613, 706, ㉒482, ㉕404, ㉖44　城壁沿いの土地の寓居…⑫88, 90, 631　賊中の詩→杜詩　賊中の軟禁→杜甫　長安から奉先へ…⑫179, 185, 191, 241, 242, ㉒28-30, ㉖48, ㉗399　長安卿相批判…㉖133　長安政府への仕官…⑫178, 213, ㉖80, 97　長安と鄜州…⑫284, 285, 288, 332-334, 337, 370, 569-571, 637, ㉒35-37, ㉖49-52, 54-56, 230, 231　長安の落魄時代…⑫4, 50, 61, 63, 65, 69, 73, 83, 84, 94, 244, 531, 680, ㉕437, ㉖13　長安の落魄時代の詩→杜詩　長安布衣…⑫91, 92, ㉖38, 39　長安復帰（乱後）…⑫400, 415, 551, 554, 572, 583, ㉒40, ㉕487, ㉖81　鄭虔との別れ…⑫419, 420　東方の放浪から長安へ…⑫50, 59, 403, 679, ㉕476, ㉖8, 13, 116　東方の放浪時代…⑫563, 564, ㉕476, ㉖8, 116　鳳翔への脱出…⑫374, 380, 389, 415, ㉒32, 60, ㉕486, ㉖10, 56, 65, 81
～と杜牧…㉕475
「街西長句」…①493　黄州からの思い…①350
～と日本　江戸…㉓295, 427, ㉕201, ㉗233　京都…⑪166, 167, ㉒15　奈良…⑪165-167
～と日本人…⑱38
阿倍仲麻呂→その項　粟田真人…㉗19, 20　円珍…㉒15　大伴古麻呂…㉒14　吉備真備…㉒15　空海→その項　慈覚円仁…㉒15　藤原清河…㉗19
～との関わり　王昌齢…⑪212　高力士の菩提寺建立に集う官僚…⑫319　鮮于仲通…⑫66, ㉕478　則天武后…⑫17　張説…⑪28　鄭虔…⑫403, 405, 409, 411, 415-419　楊貴妃…⑪264, ⑫53, 260, 279, 548, ㉑49　楊国忠…⑫56, 170, 240　李観…⑪385　李商隠…①484　劉禹錫…㉒460
～と白居易…⑪316, ㉔292
甘露の変…㉔288-290, 292
江州からの思い…①36, 320, 321, ㉑50
～と李白…⑪175, 176, ⑫119, ⑭529, 530
宮廷追放…⑪178, ⑫49, 676　「相逢行」…⑪163
～と柳宗元　永州流罪…①462, 463, 465　長安復帰と柳州流罪…①465　柳州からの思い…①466
～の色街…⑪162, 506
～の宮廷　宮廷を詠じた詩の模擬…㉓118　宮廷と宦官の市舶使…㉕398　宮殿…⑪176, 315, ㉒465, ㉖80　政争…⑪324, ⑫71, ㉕476, 477, ㉖10
朝正使…⑫307

～の首長（京兆尹）…②189, ⑫66, ⑭391, ㉕478, ㉗21
～の樹木の緑と蜀山の緑の違い…⑳462, ㉔29
～の女性　霍小玉と李益…①433, 483, ⑪535-542　妓女…⑪276, 277　上流女性の放恣…⑫273, 274　水辺の麗人（杜詩）…⑫105, 273, 700, ㉒78, ㉕403
～の石刻十三経…⑯89
～の大学…①487, ⑪167, 405
～の地理…①617
安邑里…①40, ⑪408, 411, 413　市の南門外…⑪305　延康坊…①489　蝦蟇陵…⑪284, 294　懐遠坊…⑫370　街西…①489, 492-494　街東…①489, 493　御宿原…⑪542　曲江→その項　金光門…⑫374　京城…⑪284, ㉒89　慈恩寺→その項　朱雀大街…①489, ⑪166　春明門…㉒15　章台…①536, ⑪162　勝業坊…⑪535, 536, 541　昇平の北門…⑪502　晋昌坊・進業坊…⑫216, ㉒482　新昌里…⑪502, 534　崇敬寺…⑪540　西街…①491, 492　西宮→その項　西市…⑪539　西門・横門…⑫128, 129　青門…⑫274, 275　宣平門…⑪502, 504　宣陽里…⑫415, 416　泰東亭…⑫116　丹鳳門…㉒480, ㉖80　東山の北寺…⑫295, 303, ㉒89　東市…⑪411　東門…①487, ⑪93, ⑫116　武定堡…⑪533　平康坊…⑫299　楽遊園…⑪502, 602, 612, ⑫602, ㉒14, 483, ㉕475　竜首岡…㉒14, ㉕405
周辺の地理
渭城・渭水→各項　華子岡…⑪144, 145, ⑫296　華州→その項　咸陽県…⑫328, 366　玉山→その項　鄠県…⑫122, 124, ⑮226, 503　昆明池→その項　細柳営…⑪147, 148　子午谷…⑦548, ⑫110-112　少陵…⑫7, 581　新豊→その項　青泥坊…⑫294, 295, 346, 635　第五橋…⑫152, 153, 409, 427　長楽坡…⑪483, 513, ⑫673, 674　定昆池…⑫164, 165　杜曲…⑫71, 93, 94, 626, 627, ㉖501　杜陵→陝西　南山・終南山・泰山→各項　南塘…⑫152, 153, 409　覇陵…⑥68, ⑪212　白鴉谷…⑫294, 295, 345, 635　渼陂…⑫121, 122, 611, ⑮509, ㉖94　鳳翔→その項　孟城…⑪142, 143, ⑫296　輞川…⑪137, 138, 295　楊柳渚…⑫164, 165　藍関…⑪365-368, ⑬121, 220, 221　藍田・驪山→各項
都市構造…①489, ⑪166, 330, ⑫216, ㉒14
～の月…⑮504, ㉑19
～の漬物…㉒67, 69
～の年末風物…⑫418
～の繁栄…⑪167, 330, ⑫547, 548
戸数…⑪330　人口…⑪330, ㉖37, 88, 135　牡丹…⑪166, 168　富貴の家…①493　富民…⑫60, 80, ⑫548　米価の安定…⑫59-60　貿易商人…⑪242, ⑫548
～の鳳城の呼称…⑪77, ⑫578
～の本屋…㉖233
～の夜間外出禁止…⑪62
長安（日本の京都の比擬・荻生徂徠）…㉓433
長安（北周）…⑫28
「長安志」…⑫216, ㉒461
長安の刺促と屏居（銭謙益）…⑯30, 71
長安府尹…⑭392, ⑳412
長安丸…㉒375
長河…①485
長歌…㉑222, ㉔8, 113
長勤…⑦374
長衢…⑥315
長涇…⑪527
長涇赤岸…⑯29
長慶天皇…⑭6, 32
長慶の故事…⑭94
長慶の体…㉓183
長頸…㉕90
長公…⑬99, 265, ㉖454→蘇軾
長工…㉒90
長江…①151, ⑦28, 222, 435, ⑪73-75, 210, 539, ⑫455, 521, 584, ⑬35, 167, 323, ⑭499, 500, 502, ⑮389, 403, 450, ㉑48, 167, ㉒469, 488, ㉓705, ㉕240, 241, 439-441, ㉖131, 136, 209, 220→揚子江
長江航運局…㉕428
長江丸…㉒375
長興（浙江）…⑭35, ⑮227, 512, ⑯232, 244, 245
長谷真逸「農田餘話」→その項
「長恨歌」（白居易）…⑥22, ⑪4, 228, 232, 276, 281, 303, 310, 431, 436, ⑫286, ⑬14, ⑰71, ㉑49, ㉒6, ㉔215
～と長安の歌い女…⑪276
～と日本人…①33, ⑪231, ⑱38, ㉓566
石川啄木…②64　映画「楊貴妃」…⑪558, 559　「源氏物語」…①34, 129, ⑪556, ㉑118　紫式部…⑰414　謡曲「楊貴妃」…⑪556
～における空想…①197, ⑮211
～における玄宗の悲哀…⑪333, ⑮210, 211, 216, ⑳462, ㉖137
～における不安の感情…⑥22
～における楊貴妃…⑪235, 236, 554, ⑫265, ㉕90
仙界の楊貴妃…①197, ⑪556, 557　楊貴妃の醜聞の無視…⑫237, 261, 271
～の甘さ…①330
～の換韻…㉔80
～の語彙　九重の城闕…⑪245, 366　此恨…⑪268　私語…⑪281　展転…⑪258, 333　馬前…⑫280-281　茫茫…⑪278　闌干…⑪263, 288　梨園…⑪254, 299
～の作中人物　小玉・双成…⑪260, 261, 273
～の主題…⑪296, 297
～の制作の由来…⑪275
～の題名の由来…⑪268

～の勅版（後水尾天皇）…⑰26, 608
～への作者の自己評価…①34, ⑪231, 297, ㉒440
「長恨歌伝」…①197, ⑪234, 236-238, 240, 243, 257, 260, 267, 275, 549, ⑬502
長沙…①572, ⑥79, ⑦429, ⑪31, 100, 101, ⑮489, ⑯649, ㉒102, 334, 395, 469, ㉕240, ㉖419
長策…⑫257
長三州…⑰349
長衫…⑮378
長子県尉…⑪16
長史（官名）…⑥372, ⑫665, ㉕252
長者…⑫100
長州…②31
長州（中国）…⑫42, ⑯261
長州（日本）…⑤129, ⑬56
長秋宮…⑪191
長秋門…⑥166
長春真人…⑬604→丘処機
「長春真人西遊記」…⑭59, 497, ㉒299
長準…㉕87, 93, 94
長沮…⑤202, 203, 251, ⑦418, ㉓386, ㉔315, 317
長城…①570, 571, ⑦110-112, 547, ⑯30, ㉒472→万里の長城
～と漢と匈奴　漢の匈奴討伐…⑥85, 87, 91　漢の朔方郡設立…⑥86, 91　長城と匈奴…⑥71, 74, 90　長城内へ匈奴の進入…⑥74, 83, 86　武帝の巡幸…⑥143, 144　李広利の遠征…⑥157
～の建設　始皇帝…⑥71, 72, 303, ㉒488　戦国時代…⑥71
～の外の古代史…⑥89
長城丸…⑯642, ㉒375
長信宮…⑪190, 191, 209, ⑮505, ㉓117
長水校尉…⑥367
長生郡（上総）…㉗41
長生殿（元）…⑭70
長生殿（唐）…①34, ⑪266, 274, ㉑49
「長生殿」…⑯166, ⑰402
「長生殿伝奇」…⑪555, ⑫237, 271, ⑯199, ㉔280
長征…㉒445, 487
長清県・「長清県志」…⑭119
長相思…⑥281, 282
長則是…⑭321
長孫無忌…⑪40　共撰「唐律疏義」…⑰596
長蛇…②264
長太息…⑬110
「長綢舞」…⑯603
長男権…㉖481
長白…⑯144
長髪賊の乱…②389, 390, 423, ⑯226, 337
長阪橋…①417
長風沙…⑪121, 123, ⑲210
長平県（汝南）…⑰593
長暮…⑥310
長毛…⑰522
長門宮…⑥63-65, 68
長門殿…⑪182
長夜…⑥310
長楊宮…⑥203
長楽宮…②144
「長楽県志」列伝・名臣国朝の条…㉓704
長楽老…⑬275
長吏…⑥392, ⑦386
長淮…⑬205, ㉖131, 132
挑…⑮108
挑剔…⑭312
「苕渓漁隠叢話」…⑦173, 174, ⑫222, ⑬95, 185, 259, ⑰351, ㉒60, 83, 314
重午…⑬374
重耳…⑦513
重畳…㉗8, 11
重瞳…㉕150-152
重陽節…②15, ⑦360, ⑪402, ⑫292, 344, 371, 602, ⑬33, 34, ⑮455, ㉖95
重簾…②58
冢…②66
冢宰（官名・周）…㉕319, 329
凋傷…㉖183
晁阿…②340→阿倍仲麻呂
晁説之・以道…⑬269, ㉕501
晁公武…㉕268, 273, 492　「郡斎読書後志」…⑫656　「郡斎読書志」→その項
晁衡・仲満・補闕・秘書監…②340, ⑪131, 175, ⑫720, ㉓363, 418, ㉗17-19, 21, 22→阿倍仲麻呂
晁錯（そ）…㉓345
晁冲之・叔用…⑬137, 138, 141　「夜行」…⑬5
晁陳（晁公武・陳振孫）…⑯545
晁補之・無咎…⑬127, 137, 139　『清商怨』「風はゆらぎ」…⑬380
晁瑮…⑭34
鬯然…②587, 588
張安世…⑥120, ⑱48
張晏　注「漢書」…⑰557
張以仁…⑭153
張昱「張光弼詩集」「輦下曲」…⑭71
張蔭桓・樵野…⑯306, 307
張羽・来儀…⑮467　「僧の日本に還るに贈る」…⑮468
張雨…⑭84, 174
張雲…⑦92
張永…㉑16
張詠…⑬53
張瑩華…⑰374
張易之…⑪20-23, 27, 41, ⑫12
～兄弟…⑪20-23, 27, 41
～の弟・昌宗…⑪20, 22, ⑫12
張掖県…⑮288

張説・説之・道済・燕国公・文貞公…①299, ⑪14-43, 552, ⑫13, 38, 41, 51, 65, 66, 111, 112, 230, 231, ㉕450, 451, 458, 465, 477, ㉖433, ㉗18, 21
～の家系（姓を略す）　遠祖・華→その項　五世の祖・子犯…⑪17　高祖父・俊…⑪17　次男・埱…⑪17　祖父・恪…⑪16　曽祖父・弋（嵩之）…⑪16, 17, ㉕457　長男・均→その項　母・馮氏…⑪25, 28, 42　夫人・元氏…⑪36　六世の祖・隆…⑪17
～の著述　「潁川夫人陳氏碑」…⑪42　「宴に袞荷亭に侍す」…⑪21　「恩ある制もて食を…賜わりしときの林の字のうた」…⑪33　「還りて端州の駅に至る…」…⑪26　「岳州の晩景」…⑪30, 564, ⑫492　「欽州にて歳を守る」…⑪25　「景竜の応制」（「奉和春日出苑」「奉和春日幸望春宮」）…⑪29　「高六戩に贈る」…⑪23　「詞は文の苑に標き科の策」…⑪19　「聖制の驪山に登りて矚眺するに和し奉る応制」…⑫229　「刺史先府君碑」…⑪26　「周故通道館学士張府君墓志」…⑪16　「送梁六自洞庭山作」…⑪32　「贈広州大都督馮府君神道碑」…⑪42　「端州にて高六戩に別る」…⑪24　「長安のころの応制詩」…⑪21　「張説子文集」…⑪33, 36　「桃花園の馬上にて」…⑪21　「唐故高内侍碑」…⑪42　「唐処士張府君墓誌」…⑪16　「唐贈丹州刺史先府君碑」…⑪15　「南中にて蔣五の青州に向かうに別る」…⑪25　「府君墓誌」…⑪15　「馮潘州墓誌」…⑪42　「嶺南にて使いを送る」…⑪26
張越…⑫22
張炎・玉田・楽笑翁…⑭103, ⑯146-149, 151, 152　「山中白雲詞」…⑭177　「詞源」…⑭177, ⑯147　『蝶恋花』「末色褚仲良の写真に題す」…⑭177
張綖「杜工部詩通」…㉒56
張戈・嵩之…⑪16, 17, ㉕457
張果老（八仙）…⑮109
張家口…⑥407
張家店…⑯339, 340, 342, 345
張華・茂先…⑦476, 592, ⑪17, 483, 530, 545, ⑰344　「永懐賦」…⑦452　「女史箴」…②509　「詩情」…⑫641-642　「博物志」→その項　「励志」…㉕211
張戒「歳寒堂詩話」…㉗300
張海鵬…㉒313
張楷…㉓220, 222
張鶴齢・寿寧侯…⑮496
張学良…⑳271
張奐…⑥310, ⑦600
「張漢儒疏稿」…⑯33
張翰・季鷹…⑦496-498, ⑪97, 98, ⑬299, ⑯34
張鑑…⑯241　「雷塘庵主弟子記」…⑩454, ⑯245, 246
張垍…⑪17, 42, ⑫66, 313, ㉕451, 452, 458, 459, 477
張軌…⑫22
張既…⑦499
張儀…②135, ⑥222, ⑭227, 572, ⑮45, ㉓364, ㉗242
張菊生・元済…⑫233, 242, ⑯330, 651, ⑳296-298, ㉒493, ㉔257, ㉕371, 484, 499, 500, ㉖467
張九韶「理学類編」…⑰559
張九成・横浦・無垢「孟子」「論語」解…㉒104, 111, 112
張九齢・曲江公…⑪33, 35-38, 552, ⑫51, 58, ㉕450, 451, 457, 458, 476-478, ㉖433　「唐故開府儀同三司…張公墓誌銘並びに序」…⑪15
張休…㉕398, 399
張居正・江陵…⑯24, 25, 35　「講章を進むる疏」…⑮330　「雑著」…⑮460　「書経直解」…⑮229, 330　「女誡直解」…⑮331　「大学直解」…⑮329-331　「張太岳文集」…⑮331, 332, 460　「通鑑直解」…⑮329, 330
張敔（ぎょ）・莔園…⑯238
張杏浜「賦鈔箋略」…①624
張協・景陽「詠史」…⑥263　「雑詩」…⑥274, 320, ㉕211, ㉖159　「七命」…⑥322
「張協状元」戯文…⑭567, ⑮86, ㉖414
張旭…⑫120, ⑳442
張玉穀「古詩賞析」…⑥271
張均…⑪42, 564, ㉕451, 452, 458, 459, 477
張金吾…㉖466　校刊本「太平御覧」…⑥29
張君房…㉒89, 297, 306
張群…㉓632
張恵英…⑭80
張恵言・茗柯…⑯152, 155, 250, 259, 655, ⑰350　「七十家賦鈔」…⑥210
張珪…⑭70
張敬忠…㉒87, 88
張景桓…⑯650, ⑱534, ⑳103, 247, 252, 390, ㉑75, ㉒339-341, 345, 347, 381, ㉗392　「紅楼夢」→その項
張継…⑪465, ㉔211
張建封…⑪342-344
張倹…⑦55, 93
張権…①325
張謙斎…⑭385
張騫…①189, ⑥88, 90-96, 128-132, 197, 230, ⑫157, ㉑76, ㉒93, ㉕449, 456, 472, 473, ㉖31
～の鑿空…⑥93
張玄…⑥369, ㉕229
張玄陽…⑪513
張彦遠…㉒80　「法書要録」…㉒82　「歴代名画記」→その項
張祜…⑫55
張五牛…⑭120, 121, 128, 574, 575, 581
張孔孫・夢符…⑭106
張弘範・淮陽忠武王…⑭161, ⑮406, 407
張弘略…⑭161, ⑮395, 407

張光年…⑯538, 539
張行簡…⑭128, 176, ㉒117
張孝祥「于湖詩」…⑬507, 524
張洽（こう）…⑯66
張紅蘭…㉓520
張紘…⑦102, 108
張衡・平子…⑥221, 331, ⑦120, 452, ㉕223
「怨詩」…⑥280 「応間」…⑦145 「帰田賦」…㉑8, ㉕223 「司徒呂公誄」…⑥310 「四愁詩」…⑥262, ⑫130, ㉕223 「思玄賦」…⑦172, 200, ㉑8, ㉕223 「西京賦」…①183, ⑯593, ㉑8, ㉕223 「定情賦」…⑦451 「東京賦」…②258, ⑥314, ㉒76, ㉕223 「同声歌」…⑲46, ㉕223 「南都賦」…⑥314, ㉒76, ㉕223 「両京賦」…⑥331, ㉑8, 9 「霊憲」…⑫622
張鎬…⑫389, 392, 393
張国維…㉕470
張国賓・酷貧…⑭88, 122, 146 雑劇「合汗衫」「薛仁貴」「羅李郎」→各項
張左丞…⑮138, 139
張載「七哀」…⑥292
張載・横渠・張子…⑬313, ⑳300, ㉑177, ㉒111, 113, ㉓386, ㉔259, ㉗254
張在…⑭299
張作霖…⑯648, ⑰244, ⑳291, ㉒383, 387, 407, 410
～の衛兵…⑯648, ㉒387
～の北京撤退…⑯611, 648, ⑳291, ㉒383, 387-389
～爆死事件…⑯648, 649, ⑳291, 446, ㉒388, 395
張三李四…⑭437
張士信…⑭169
張士誠…⑭169, ⑮461, 464, 466, 477
張之洞・文襄公…②472, ⑬569, ⑯607, ㉗433
～と狩野直喜…⑰94, 95, 243, 266, 278
～の著述 「勧学篇」→その項 「書目答問」…⑲108, ㉓641 「輶軒語」…㉒313
張之万…②507
張氏兄弟（張均・張垍）…⑪42, ㉕451, 452, 458, 459, 477
張氏の学（張覇）…⑥367
張芝「陶淵明伝論」…①637
張志和「漁歌子」…⑰347
張背児…⑭77
張耳…㉓325, 326
張自烈「正字通」→その項
張時起…⑭117, 137 「賽化月秋千記」…⑭216
張爾田…⑰218, ㉖507
張鎡・功甫…⑭177
張式…⑫666
張隲…⑪15, ㉕457
張若虚「春江花月の夜」…⑫130
張守珪…⑫58
張守節「史記正義」→「史記」（注釈）
張寿卿…⑭137, 162 「紅梨花」雑劇→その項
張澍…⑫669 「二酉堂叢書」…⑫655
張習孔「雲谷臥餘」…⑰560
張輯…⑯147
張繡…⑦76
張柔…⑭56, 70, 95-97, 161, 205, ⑮391, 395→順天の万戸
夫人・毛氏…⑭96, 97, 205
張叔…⑥390
張俊…⑬492
張俊生・邦傑…⑯417
張春橋…㉒490
張浚…⑬492
張巡…②208, ⑫330, ⑮411, ⑯347
張所…⑬492
張翥（しょ）…⑭299, ⑮259, ⑯147 『沁園春』「白太素の天籟集を読み…」・「蛻厳詞」…⑭103
張小山・可久・久可…⑭174, 213, 214
『紅繡鞋』『山坡羊』『酔太平』『満庭芳』…⑭166
張尚友…⑭24
張弨…⑲305
張昌…㉗130
張昭…⑦102, 108, ⑰330
張相「詩詞曲語辞匯釈」…⑦146, ㉖420
張紹南「孫淵如先生年譜」…⑯246
張敞（漢）…⑭415, 524, ⑱48
張敞（晋）「東宮旧事」…⑦477
張僬僥…①506-508
張條山…⑭130
張栻（しょく）・南軒…㉒111
張心泰…⑯256
張滑…㉒90
張正見…⑫641, 657, 659, 663, 665
「張生煮海」雑劇・「沙門島～」…⑭37, 48, 209, 210, 219, 220
張斉賢・僕射…⑬249
張聖弼…㉓217
張静…㉓492, 493→小沢（おざわ）某
張籍・太祝…②278, ⑯151, ㉔211
～詩 「祭退之」…①344-347 「酬韓庶子」…①491 「張司業集」…①491
～との関わり 韓愈…①344, 345, 347, 489, 491, 492, 494, ⑪351, 553 白居易…①344
～の家…①345, 489, 490, 494
～の病気…①492
張千（雑劇中の従者）…⑭243, 244, 390, 436, 437, ⑮19, 27, 31, 42, 68, 137-141
張先…⑭372
張船山・問陶…①499, 512, ⑰253→北京（清）
～と高鶚…①512
～の官職 翰林院検討…①503 翰林院庶吉士…①501, 503
～の下男…①505, 506, 508
～の詩…①499, 501, 503, 509

「嘲りを解く一首，胡子言に示す」…①500
「官菜園の寓斎の即事」…①504　馭者に与えた詩…①508, 509　下男を詠じた詩…①506, 509
「車中にて内に贈る」…①501　「除夕懐人」…①509, 510　「船山詩草」…①500, 501, 504, 505, 508, 509, 511, 512　「梅花」…①499, 500
～の詩集…①499, 500
張宗昌…⑳268, ㉒486
張宗祥　校定「越絶書」…㉑167
張聡咸…⑯263
張打油語…⑭287, 288, 555
張泰…⑯193
張大経…⑭100
張大復・元長…⑯124　「先世事略」…㉖454
張湛　注「列子」…⑦469
張知白・文節公…⑬237
張仲軻・牛児…⑭63, 202
張忠…⑦92
張兆期…㉒89
張長弓「対於楽府詩選序的意見」…①618
張趙（張敞・趙広漢）…⑱48
張澄…⑭119
張通…⑫416
張通儒…⑫295, 303, ㉒89
張廷玉…㉓167
張廷珪…⑪23
張鼎…⑭206
張鼎思「瑯琊代酔編」…⑰560
張天香…⑭384
張天師…⑭67, ⑯400, ⑰598, ⑳563, ㉓270, 271
「張天師」雑劇・「～断風花雪月」…⑭42, 217, 219, 270
～『喜江南』（第四折）…⑭299
張湯…⑥63, 115-121, 125, 127, 197
張道陵…㉒297
張徳輝・頤斎…⑭130, ⑮393
張敦仁…⑩458
張敦復・太史…⑳571
張南史「和崔中丞望月」…⑫643
張覇…⑥367
張伯行「小学集解」…㉒329
張溥「漢魏六朝百三名家集」…⑦150, 164
張文成…⑫35　「遊仙窟」→その項
張鳳翼「文選纂注」…⑥322
張穆…㉒299　「顧亭林先生年譜」…⑯125
張明善（輟耕録）『水仙子』…⑭168
張鳴善・択（梧渓集）…⑭167, 168, 174
張鳴善（曹本録鬼簿）…⑭153, 167, 168, 172, 174, 370　「党金蓮夜月瑤琴怨」「包待制判断煙花鬼」…⑭158
張鳴善・頑老子（録鬼簿続編）…⑭158　「英華集」…⑭157, 168　「十八公子大鬧草園閣」…⑭157
張野狐…⑪244, 250
張兪…⑫261, 262
張有誉・静涵・司農…⑯50
張養浩・文貞公…⑭84, 159, 173, ⑮45, 167
～の胥吏の経歴…⑮7, 9
～の著述　「雲荘小楽府」…⑭184　「駅卒佟鎖住の伝」…⑮166（劉氏…⑮167）「帰田類稿」…⑮7, 166, 359　「三事忠告」…⑮359　「風憲忠告」…⑭45
張羅…⑮109
張耒・文潜・宛丘先生・右史…⑬127, 137, 139, ㉒110
「張右史文集」「鉄牌道者に贈る」…㉖405
張良・子房・留侯…①296, ⑥9, 195, 227, ⑦245, ⑪216, 514, ⑭283, ⑮114, 410, ㉓123, 173
～と朱子…㉗254
～の恵帝擁立…②144, ⑬566
～の肖像画…㉕148
「張良の賛」（荻生徂徠）…㉓430
～の伝記…⑥41, ㉕75-77, 148
司馬遷の評…㉕148, 149
張礼「城南に遊ぶ記」…㉒484
張礼孫…⑭363
張魯…⑦106, ㉗105
彫刻…①60, ②412, 519, 522, 523, 527, 528, 534, 536, 539, ③562, ㉖484
悵焉…⑬124
掉罨子…⑭509-511
掉眼子…⑭509
掉包児…⑭510
掁撥…⑫524
「釣竿」（曲名）…⑥350
釣詩鉤…⑭498
釣台書院…⑭156, 160, 172
頂格…㉓204
頂首…⑮6
頂点の指摘→中国の文章
頂老…㉖387
鳥（星）…②349
鳥呼…⑫249
鳥語…㉔230, 237, 264, 273
鳥獣…㉗82
鳥獣行…⑫56, 273
鳥獣草木の名…①155
鳥獣蹌蹌…⑦275
鳥身竜首…②264
鳥性…⑪156
鳥鼠…⑫439, 440, 453, 456, 540
鳥道…㉖193
朝雲…⑬273
朝会…㉖84, ㉗21
朝回…㉖94
朝菌…㉒304
朝元閣…㉒484

朝衡…②586, ⑬13, ㉖498, ㉗18-20, 22, 23→阿倍仲麻呂
朝散大夫…⑭204
朝正使…⑫307
朝鮮…⑮427, ⑯222, ⑰28, ⑳175, ㉓231, 578
～刊本黄山谷詩集…⑬292
～と中国…②565, ㉒368, ㉓273
漢武帝の領土拡張…②136, ⑥133, 135, 136, 160, 196
康熙帝と朝鮮…㉓271-273
銭遵王の日本・朝鮮の識別力…④15
唐の都と朝鮮人…⑪167, 168
日本関係記述の渉猟（松下見林）…②591
楽浪漢墓…②512, ⑥431
～と中国文学…①286, ㉔78
唐詩の学習…㉓118, 240
～と日本…⑲110, 190, 458, ⑳450, ㉑95, 96, 101
申叔舟の日本記述…㉓246
朝鮮使節と日本…⑰59, ㉓150, 363, 364, 431, 433, ㉔19（新井白石→その項　上田秋成…⑰59, ㉓150, 151　荻生徂徠…㉓363, 364, 430, 431　林羅山…⑰31, ㉓37, 150）
豊臣秀吉の出兵→その項
律令国家の体制…㉖82
倭学及第…㉓127
～とヴェトナムを含む極東…㉑95
アメリカの関心…⑲439, 440, 446
五経「論語」の尊重…㉑147（最古の詩集「詩経」…①90, ③22, 28 「論語集注」の地位…④643 「論語」の普及…①248, ④6, ⑤138, 139）
中国人の歴史記述の影響…①170, 177, ②161
中国の古文の文体の普及…②74, 177, 181, ⑰491, ㉗242
非白人の地帯…㉔223
～の音文…㉓306
～の新羅による統一…㉖82, 97
～の津卒…①352
～の巫俗…①540
朝鮮音…㉖189
朝鮮古蹟研究会…②512, ⑥395
朝鮮語…⑱16, ⑳449, ㉔53
～専攻者養成の大学…⑳450
～と雨森芳州…⑲99
～と伊藤東涯…⑰150, ㉓89
朝鮮史専門家…⑳450, ㉓268
朝鮮人…⑱31, ㉒368, 409, ㉓271, 409, 431
～による漢の将軍殺害…⑥135
～の漢文…②76
～の将軍（唐）…⑪168
～の日本漢詩文批評…⑲95, ㉓36, 124, 125-127, 130, 151-153, 238
～の日本語学習と和歌の能力…㉓127
～編纂の元代の会話教科書…⑭203, 283, ⑮292
朝鮮戦争…⑲323, 445
朝鮮半島…⑤133, ㉖211
朝鮮部会（国際東洋学者会議）…⑲376
朝鮮文学史専門家…⑳450
朝廷（荻生徂徠）…㉓416, 485
朝廷の旧章と史学（唐人）…⑬581
『朝天子』「蝴蝶夢」…⑭292
朝服…⑤221
「朝野新声太平楽府」→「太平楽府」
「朝野僉載」…⑪42
朝露の如し…⑥311
「琱玉集」…⑥303, 392（真福寺本…⑥303）
超自然の存在への関心の抑制（孔子）…⑤121, ㉔258
超自然の存在の否認（宋儒）…㉔259-260
跳神…①541
徵…⑤302, ㉓474
徵科…⑬7
徵実…⑯262
徵書…①478
暢諸の鸛鵲楼の詩…①459
暢道…⑮161
趙（国名・戦国）…①281, ②110, 549, ⑥71, 264, ⑮431, ㉕87
～の宰相・藺相如…⑥201
～の璧…㉓422
趙（地方）…②141, 143, 146, ⑭102
～から蜀への移民（漢代）…⑥202
～の陰謀家・江充（漢代）…⑥164
～の相・周昌（漢代）…②146, 147, 153
趙阿哥潘（あこぱん）・桓勇…⑮301, 312
趙威…㉓265
趙宧光（いこう）・寒山・凡夫…①578, ⑯54 「説文張箋」…⑯95, 96（序・銭謙益…⑯95）
趙詒琛（いしん）「顧千里先生年譜」…⑯242
趙壱…⑥256 「友人に謝する書」…㉒307
趙蔭棠…⑭21
趙王の王子（漢）…⑥164
趙王（戦国策・中山国篇）…㉕87
趙王遷（淮南子・泰族訓）…㉖452
趙王如意→高祖（漢）
趙可…⑭31
趙驊…⑪131, ㉗21, 22 「晁補闕ノ日本国ニ帰ルヲ送ル」…㉗19
趙戒…⑦51
趙懐玉…⑯245 「臧処士詩」…⑯234 「与志館総裁盧学士書」…⑯235 「論語東修説序」…⑯235, 236（自序…⑯235）
趙官家（宋の皇帝）…⑮349
趙岐…⑦55, ㉕215, 216, 219
「三輔決録」…⑥393, ⑰559 「孟子章句」→「孟子」（注釈）
趙希弁「読書附志」…㉒297

趙紀彬「論語新探」…㉗429
趙期頤・子期・子奇…⑭111-113
趙琦美…⑭39, 48, 111, ⑯25
写本（雑劇選本）…⑭40, 41, 365→「孤本元明雑劇」
趙宜之・愚軒…⑮394
趙佶…⑮377, ㉖402→徽宗（宋）
趙匡胤…⑬50, 229, 597→太祖（宋）
趙均…⑯95
趙敬夫…⑭59, 88, 91, 122　「錯立身」雑劇…⑭210
趙景深…⑫263, ⑭581　「元曲的二本」…⑭209　「小説閒話」…⑭204　「小説戯曲新考」「双漸和蘇卿」…⑭580　「宋元戯文本事」…⑮18　「読曲随筆」…⑭209
趙献可…⑭568
趙元昊の叛乱（元氏と改姓）…⑬240, 241
趙元任…⑲329　「現代呉語的研究」…⑰373
趙彦衛「雲麓漫鈔」…⑬522, 524
趙彦法…⑫18
趙公輔…⑭136, 146, 209　雑劇「倩女離魂」…⑭116, 210　「東山高臥」…⑭116, 119
趙広漢…⑱48
趙后姉妹…㉖453→趙飛燕姉妹
趙昻…⑪391
趙竑…⑬178, 323
趙高…⑩467
趙構…㉖241→高宗（南宋）
趙鴻謙…⑰597
趙才…①508
趙朔…㉖366, 367
趙士春…⑭25, 35
趙子固・孟堅…⑮447, ⑳562　「水仙図」…②513
趙子祥…⑭137, 146, 367　雑劇「害夫人」…⑭209, 211　「石守信」…⑭209
趙子櫟…⑫8, ㉕503
趙之謙…⑯250
「趙氏孤児記」…㉖365
～の作中人物　周堅…㉖366, 367　張維…㉖368　程桀（嬰）⑭270, 271, ㉖366, 367
～の世徳堂刊本・冨春堂刊本…㉖365, 368
「趙氏孤児」雑劇・「～大報讐」…①45, ⑭47, 202, 217, 219, 270, 271, 594, ⑮37, ⑯309, ⑲413
～の四折形式と五折形式…⑭216
～の趙氏孤児…㉖366, 367
「趙氏孤児」雑劇（テクスト）
京都大学覆刻元刊「古今雑劇三十種」本…⑭216, ㉖367　臧晋叔本…⑭216, 217, 219, ㉖367
趙師秀・紫之・霊秀…⑬175, 178, 186　「移居，友人の過われしを謝す」…⑬176　編「衆妙集」…⑬177
趙次公・彦材…⑫655, 656, ㉕488
～注・杜詩…㉒74-77, 80-83, 85, 87, 92, ㉕434, 447, 459, 483, 493-495, 503
～注・東坡詩…⑬287, ㉕493
趙時春・浚谷…⑯124
趙執信…⑯199　「談竜録」…⑯151
趙瑟秦声…⑯604
趙樹理…①614, ⑯600　「登記」…①635　「李有才板話」…①626
趙周…⑥125
趙充国…⑱48
趙汝愚・忠定公…⑬321
趙昭儀…①485, ⑪195
趙商…⑩473
趙信…⑥99
趙真真・真・真卿…⑭121, 571, 574, 581, 582
趙衰…㉓349, 384
趙世安・伯寧…⑮253, 259, 267, 269
趙世延…⑮247, 253, 255
趙正平「東遊誌感」…⑯610
趙姓（宋王室の姓）…⑬3, ⑭475, ⑮420
趙靖…㉒474
趙銭孫李（百家姓）…⑭474
趙善慶…⑭166, 172
趙総把家…⑭111, 114
「趙太祖飛竜記」…⑭203
趙泰億…㉓152
趙坦…⑯240　「哭臧在東先生文」…⑯241, 242, 246
趙著…⑮328
趙貞吉・大州…⑯36, 103, 124, ⑳577, ㉕236
「趙貞女蔡二郎戯文」…⑭516
趙挺之…⑬137
趙鉄寒「黄山谷的謫居生活」…①636
趙天錫・祐・宛丘公…⑭111-115, 130, 137, 141, 162, 367
雑劇「賈愛卿金銭剪燭」「試湯餅何郎傅粉」…⑭111　『雁児落帯過清江引碧玉簫』「河南王を笑う」・『折桂令』「金山寺」…⑭115
趙天錫・受之…⑭115, ⑮391
趙殿成「王右丞集箋注」…⑫299, 304, ㉒90
趙殿成（文圭堂番頭）…⑯562, 647, ㉒404, 474, 492, ㉓637
趙徳麟…①609, ㉒108　「侯鯖録」…⑮21, ㉗256
趙盾…⑮35, 37, 410, ㉖366, 367
趙破奴…⑥132
趙万里…⑭41, 49, 86, 368, ⑯650, ㉒397, 449, ㉖412
「水滸伝双漸趕蘇卿故事考」…㉖414
趙飛燕…①485, ⑪111, 112, 190, 195, ⑫142, ⑮505, ⑯592, 593, ㉖195
～姉妹…⑪190, 195, 205, ㉖453
「趙飛燕外伝」…㉖452, 453
～の顧氏文房小説本・明鈔本説郛三十二…㉖452
趙武…㉖451
趙復・江漢…⑭132, ㉒99, 104, 118
趙文殷…⑭79, 367→趙文敬
趙文益…⑭79, 367

趙文敬…⑭367→趙文殷
趙文子…⑳334
趙文宝「教女兵」雑劇…⑭154, 210
趙秉文・閒閒…⑭93, 96, 133, ⑮381, 386, ㉒113, 117, 118
「閑閑外集」…㉒114 「閑閑老人滏水文集」…⑮329, 382, ㉒114, 115 「暮れに帰りて」…⑮382 「原教」…㉒115 「性道教の説」…㉒114 『青杏子』「風雨替花愁」…⑭511-512
趙汸…⑫484, ⑯116 「高則誠が永嘉に帰るを送る序」「東山先生存稿」…⑭182
趙樸初・晋…㉒460, ㉕467-470, ㉖492, 494, 495, 497, 502 「一九七八年四月十日飛んで日本に抵る作」…㉖499 「片石集」…㉖498, 499
趙明誠「金石録」→その項
趙明道…⑭137, 146
趙孟…⑳352
趙孟頫・子昂・松雪・文敏公…⑬603, ⑭75, 84, 121-123, 159, ⑮300, 311, 448, ㉑83, 98, ㉓202, ㉕300 「出でしを罪す」…⑮447 「長江畳嶂の図」…⑮450 ペキン宮廷での七絶…⑮447
趙翼・甌北…⑲414
～による曹操の人材登用方針の考証…⑦86
～の袁随園評…㉓196
～の著述 「甌北詩話」「廿二史箚記」→各項
趙隆美…⑯25, 35
趙良弼・君卿…⑭156, 160, 162, 170-172
「趙礼譲肥」雑劇・「宜秋山～」…⑭45, 435, ⑮56, 104
～の『太平令』(第四折)…⑭147, 548
趙綰…⑥56, 57, 104
輒…⑦457, ⑭541, ⑰504
輒…⑤262→出公(春秋・衛)
銚子(千葉県)…㉗36
澄観「華厳経疏」…㉓456→清涼大師
澄心堂…⑪457
澄心堂紙…⑪457, 566, ⑬596
澄衷学堂…⑯379, 384-387, 391-393, 396, 404
「嘲歌」…⑭281
潮州(広東)…②185, 187, ⑪366, 368, 369, 414, 420, 430, ⑫418, ⑬121
潮州刺史…⑪365
「潮州白話報」…⑯405
『蝶恋花』 欧陽修…⑬386, ⑮148 司馬槱…⑬333, 524 張炎…⑭177
調…⑮495, 499, 528, ㉓352
調罨子…⑭509, 510
調揜子・調侃子…⑭511
『調笑令』「酷寒亭」…⑮80, 82 「老生児」…⑭236
調発…⑮62
調和と同調…⑤82
調和の感覚…⑳413
調和の哲学…②488
雕胡…⑫250
雕題…㉔199
雕虫篆刻…⑥220, 225
雕文…⑥335
聴…⑫467
聴我口…㉖393
聴朝…②158
寵辱…①378
直…⑰140
直(助字)…②112
直解…⑮327-331
直吃的…⑮145
「直斎書録解題」…⑦555, ⑫656, ⑰596, ㉕268
史部・時令…⑦555
直這般…⑭321
直釈…⑮328
直娘賊…㉖380, 381
直情径行…⑤304, ⑳494, 495
直恁地・直恁般…⑭321
直説…⑮327
直泉…㉒76
直不疑…⑭453, 455-457, ㉑253
直隷…⑯3, 208, 209, 214, 215, 222, 224, 247, ⑰595
～人と織布…⑯220, 222
「直隷河渠志」…⑯209
直隷正定府…⑮629
直隷総督…⑯208, 211, 223, ㉓220
勅版(江戸期和刻本)…⑰608
植棉…⑯212
塵紙で口をふく(年末行事)…⑯492
塵と灰と…⑪120, 122
沈吟…⑪284
沈香…⑪19
沈香亭…⑪177, ⑭529, 530, ⑯593, ⑳555, ㉕436
沈思…⑪202, ㉑251, 252
沈思洞…㉓627
『沈酔東風』「金銭記」…⑮533 「酷寒亭」…⑮146
沈年…㉒70
沈烈…②218
「枕中記」…①196, ⑪498, ⑭207
位・倚・倹・伝・倜…⑪500 崔家の娘・莽布支…⑪499 呂翁…⑪498, 501 盧生(燕国公)…⑪498-501(～の夢…⑪499-501)
青島…⑥407
青蔀…㉖467
「珍珠衫」…⑰130
酖…②148
陳…⑥310
陳(国名・春秋)…⑤76, 122, 249, 250, ⑰136, ㉑229-231, ㉓83
陳(曹植の封地)…⑦132
陳(南朝)…②550, 551, ⑦539, 589, 591, 592, ⑫23, 660, 665, 666, ㉕376, ㉗255

～の王室の系図…⑫666
～の王朝の滅亡…⑫665
隋による併呑…②157, 550, ⑦589
～の文学の最盛期…⑫663
陳以仁…⑭171-173, ㉖401
陳煒…⑦93, 489, 491
陳維崧・其年…⑯146, 148, 152, 249, ⑰350, ㉓178
陳允平…⑯147
陳寅恪…⑯269, ㉒399, ㉗386 「元白詩箋証稿」…①616, ⑯268 「隋唐制度淵源略論稿」…①616 「唐代政治史述論稿」…①616, ⑯268
陳羽「鑑湖望月」…⑫643
陳禹謨…⑥262, 263
陳栄捷（Wingtsit Chan）…㉔206
陳繹「新たに東府を修つる記」…㉖413
陳繹曽「文筌」…㉓320
陳円円…⑯178
陳垣…⑬317, ⑯54, 647, ㉒407, 413, 414, 419, 449, ㉕437, ㉖507
～の「正史要略」（北京大学講義）…⑯645
～の著述 「元西域人華北考」…⑮320, 323, 455 「元典章校勘記」…㉒408 「清初僧諍記」…⑯40, 49, 50, 52 「正史要略」…⑯645 「南宋初河北新道教考」…⑬317, 516 「二十史朔閏表」→その項
陳衍…⑮272, 292, ㉓226, 243, 706 「近代詩鈔」→その項
陳介祺・寿卿・簠斎…㉖469
陳奐…⑯264, ⑳294 「師友淵源記」…⑯263 「詩毛氏伝疏」→「詩」（注釈）
陳季同…⑯309, 310 「黄衫客悲劇」「支那童話」…⑯308
陳季方…⑦496, ⑫378
陳起・宗之・道人…⑬178, 179, 185, 606, ⑯594, ⑳556, 577, ㉓259
陳基 「夷白斎藁」「金佗粹編序」「杭州路重脩仁和県記」「西湖書院書目序」「精忠廟碑」…⑭169
陳毅…㉕300, ㉗398
陳宮…⑦5, 6
陳橋駅…⑬50
陳尭佐…⑬231
陳尭咨・康粛公…⑬247, 248
陳頊…⑫665, 666→高宗（南朝・陳）→宣帝
陳均「皇朝編年備用」…⑰593
陳錦…①496
陳矩…⑩459
陳愚・元朴…⑯26
陳群…⑦39, 153 注「論語」…④7
陳経…⑮573, 578
陳景玄「上清大洞真経玉訣音義」…㉒303
陳敬璋「査他山先生年譜」…⑯168
陳敬仲…⑤76, 77
陳建「皇明通記」…⑯129, ⑰558
陳堅・君実「太上感応篇附注」…㉒305, 307
陳暄…⑫665
陳元靚…⑦555, ⑰560
陳元贇…②594, ⑮538, ⑰31
陳元方…⑦496, ⑫378
陳元竜…㉓167
陳玄祐「離魂記」→その項
陳玄礼…①177, ⑪247, 248, ⑫174-176, 268-270, 281, 323, 372, ㉒24-26, ㉖79
陳言…㉖436
陳原嗣…⑮580
陳瑚…⑯85, 128 「確庵文稿」…㉒313
陳午…⑥45, 68
陳亢…㉑182, 183
陳弘謀…㉓168
陳沆…⑥341 「詩比興箋」…⑥345
陳昂・白雲先生…⑮531 「城破れたれば，老妻を領れ…」…⑮532
陳恒・成子…⑤93, 257, 258, ㉗258
陳浩然…㉒49, 53, ㉕501
陳黄（陳師道・黄庭堅）…⑬216
陳澔「礼記集説」→「礼記」（注釈）
陳鴻…⑪276 「長恨歌伝」→その項
陳克・子高『謁金門』「柳の糸は…」…⑬376, 524
陳蔡…㉕157
陳三立・伯厳…⑯270, 271, 413, ㉖469 「散原精舎詩集」…⑯268, 269
陳子壮…⑯52
陳子直…⑦485
陳子竜…⑮542, ⑯144, ㉓244, 494
陳之綱…⑭130
陳氏（春秋・斉）…⑤76, 77, 83-86, 92, 93, 174, 257, 262
～の先祖…⑤174
陳氏書棚本（陳起）…⑬178
陳思王…①131, ⑦58, 71, 73, 132, 135, ⑪6, ⑫78, ⑭455, ㉑15→曹植
陳師道・履常・無己・後山居士…⑬134, 138, 142, 302, ⑮90, ⑯197, ㉒64, ㉕501
～と後人 江西詩派…⑬141, 142 楊万里…⑬164, 165 陸游…⑬161
～と黄庭堅と陳与義（三宗）…⑮426
～と唐詩…⑬137
杜甫…⑫426, ⑬134, 136, 137, 302, ㉒65
～における蘇新黄奇…⑬133
～の交遊 黄庭堅…⑬134, 137, 138, 142, 216, 302, ㉒65 蘇軾…⑫426, ⑬127, 134, 137 曽鞏…⑬302
～の死…⑬137, 139
～の詩 「寒夜」…⑬136 「九日登高」…⑬34, 35 「三子に別る」…⑬134, 136
～の詩句の諺語…⑭300, 301
～の著述 「後山詞」…⑬302 「後山詩集」…⑬

134, 302 「後山詩話」…②248, 249, ⑪545, ⑬302, ⑮132
陳二叔…⑬174
陳執中…⑬238
陳寿…②513, ⑬574
～の厳密主義…②585
～の「三国志」→その項
～の陸抗評…⑰330
陳寿祺・恭甫…⑯245, 253
「五経異義疏証」…⑥371 「孝節処士臧君墓表」…⑯244 「先考行実」「与臧拝経弁皐陶謨増句疏証書」…⑯247
陳州（河南）…①445, ⑤250, ⑬107, 109, 482, 522, ⑭57, 111, 112, 158, 243, 245→宛丘
「陳州糶米」雑劇・「包待制～」…⑭37, 42, 204, 217-219, 243, 473
～の曲目 『隔尾』（第三折）…⑭302 『滾繡毬』（第二折）…⑭244, 245 『倘秀才』（第二折）…⑭245 『正宮端正好』（第二折）…⑭244 『梁州第七』（第三折）…⑭292
陳叔宝（南朝・陳の後主）…⑫658, 665 「立春の日，舟を玄圃に汎かべて」…⑫666
陳述桂「略談“漢宮秋”的主題思想」…⑮192
陳舜臣「阿片戦争」…㉗352 「海山仙館記」…㉒312 「敦煌の旅」…㉗352
陳淳…⑲319, ⑳563 「蓮花図」…②516
「陳書」…⑦595, ⑫658, 667, 670, ⑬575, 576
～を含む二十四（五）史…①177, ②154, ㉑93
～校定の序・曽鞏…⑬582
「陳書」（テクスト）
荻生徂徠・志村楨幹訓点元禄刊本…⑳219, ㉓572, ㉖473（松会堂刊本…㉓312） 宋版…⑫657 古写本残巻（日本）…㉖473 守屋氏蔵本…⑦539, ⑬576
「陳書」（篇名・項目）
楽志…㉓572
列伝…⑫657
顧野王伝・江総伝…⑫657 侯安都伝…⑫662 徐陵伝・蕭済伝…⑫657 沈衆伝…⑦539 沈文阿伝…⑥403 世祖九王伝…⑫660 傅縡伝…⑫657 文学伝…⑫657, 659, 662（陰鏗伝…⑫655, 657-660, 662, 666, 667 何之元伝・顔晃伝・許亨伝…⑫657 阮卓伝…⑫657, 659 江徳藻伝・蔡凝伝…⑫657 徐伯陽伝…⑫657, 665 岑之敬伝・褚玠伝…⑫657 張正見伝…⑫657, 659 杜之偉伝・庾持伝・陸琰伝…⑫657） 毛喜伝…⑫665 姚察伝…⑫657, 669, ㉒80 陸瓊伝…⑫657
陳女士（シェンノート夫人）…⑲240
陳祥道「論語全解」…㉕240, 241
陳渉・呉広…⑮555, ⑯165, ⑳371
陳掌…⑥100
陳寔・太丘…⑦54, 55, 496, ⑫378
陳振孫…㉕269, 273, 274 「直斎書録解題」→その項
陳深「諸子品節」…②605
陳仁濤所蔵中国名画展…⑳444
陳子昂・拾遺…②500, ⑪5, 477, 552, ㉓156, 161, ㉖433
～と朱子…⑬171
～の詩文 「感遇」…⑦201, ⑫94, ⑮473 「修竹篇序」…⑪38
陳隋の疏家…⑥405
陳瑞華…㉒473, 480
陳世驤…⑲241, 329, ㉒557, ㉔160, 207, 208, ㉖450
～の China—Literature…①605-607, 609
陳済川→朱薫閣琴書店
陳蒨…⑫660, 665→世祖（南朝・陳）→文帝
陳鱣…⑰596, 597
陳善・子兼…㉕239 「孔子の説は楞厳経と合す」…㉕236 「捫蝨新話」→その項
陳善 刊本「三礼目録」「六芸論」…⑯252 「刻六芸論三礼目録書後」…⑯242
陳祚明「古詩選」…⑥345
陳素素…⑯143
陳楚…㉒459
陳倉県…⑪248
陳慥・季常・季嘗…⑬267-269
陳乃乾…⑩458 「元人小令集」…⑭115 「清代碑伝文通検」…㉓253
陳第…②204, ⑦556
陳仲魚…⑰593
陳仲儒…㉓444
陳長文…⑫378
陳長方「歩里客談」…⑫505
陳寵…⑦46
陳鼎「東林列伝」…⑯20 「黔游記」…㉖402
陳霆「渚山堂詩話」『酹江月』（弔詞）…⑭102
陳徹…⑪492
陳天華…⑯393, ㉒339
陳田「明詩紀事」…㉓262
陳杜（陳子昂・杜審言）…㉖432
陳杜（陳子昂・杜甫）…㉓156, 238
陳陶…⑫328, 331
陳登科「活人塘」…①631
陳濤斜の戦い…⑫327, 328, 366, 391
陳独秀…①609, ⑯282, 330, ㉒337, 364 「文学革命論」…㉒315
陳寧甫…⑭137 「風月雨無功」雑劇…⑭225
陳覇先…⑫660, 662→高祖（南朝・陳）→武帝
陳白沙…⑰370
陳伯将…⑭185 「晋劉阮悞入桃源」雑劇…⑭181
陳伯宗（南朝・陳の廃帝）…⑫660, 665, 666
陳伯茂・始興王…⑫660, 662, 667
「陳摶高臥」雑劇・「西華山～」…⑭44, 202, 595, 602, ㉖252
～の『滾繡毬』（第三折）…⑭300
～の『牧羊関』（第二折）…⑭297

陳蕃…⑦54, ⑯172
陳文若…⑫378
陳平・丞相…⑥9, 52, ㉓173, ㉕75-77
陳璧君…㉖463
陳璧城・文述…⑯641
陳邦瞻・徳遠…⑭35, 362-364 「元史紀事本末」→その項
陳宝箴…⑯268
陳宝琛・文忠公「滄趣楼詩集」…㉖469, 470
陳某…⑲414
陳懋学「事言要玄」…⑰560
陳本礼「漢詩統箋」…⑥345
陳無妄・彦実…⑭160, 162, 170
陳夢雷「古今図書集成」…㉓226
陳蒙・育庵…⑮580
陳庚…⑭135
陳友諒…⑮459
陳与義・去非・簡斎…⑬8, 142, ⑮426
「簡斎詩集」和刻本…⑬143 「詩を尋ねて」…⑬146 「春雨」…⑬145 「中牟の道中」…⑬143 「福建山中の作」…⑬145 「牡丹」…⑬144 「墨梅」…⑬143
陳与郊…⑮4, 13 編「古名家雑劇」→その項
陳余…㉓325, 326
陳用光…⑯263
陳涌「文学評論集」…①637 「暴風驟雨」…①628 「魯迅文芸思想的幾個重要方面」…①618
陳耀祖…①288
陳留…⑦53, 91, 92, 112, 115, ⑫48, 172, 608, ⑬131, ㉒21, ㉗133
「陳留耆旧伝」…①166
陳留郡公…⑦542, 547
陳留神仙の伝…⑥396
陳竜川…⑰251
陳旅…⑮453
陳亮…㉖473
陳琳・孔璋…⑦40, 56, 91, 92, 101-112, 114, 117, 119, 124, ⑫102
「為曹洪与魏文帝書」…⑦106 「飲馬長城窟行」…⑦110, ⑫102 「止欲の賦」…⑦452 「神女の賦」…⑦106, 110 「神武の賦」…⑦107 「譏りに応ず」…⑦104, 108 「答東阿王牋」…⑦108 「武軍の賦」…⑦104, 108, 110 「瑪瑙の賦」「迷迭の賦」「柳の賦」…⑦108
陳老蓮…㉓613
椿樹胡同…⑯243
鎮…⑯190
鎮軍参軍…⑦346, 365
鎮軍将軍…⑦365
鎮江（江蘇）…⑦363, 378, ⑪210, 211, 214, 217, ⑮405, ⑯88, 89, 185, 225, 235, 572, 637, ㉒345, ㉔277
鎮江府判…⑭111, 113, 137
鎮城…⑦544

鎮西の教授竹君…㉓434
鎮南大将軍…⑫20
鎮南府司馬…⑫662

つ

ツァー…②466
ツァトロフスキー（ラドウル）…⑰78, 120 「伊藤仁斎の唯物論哲学」…⑰133
ツィッギー…⑱448
ツオアキウ（紙毬）…⑭584
つばめ（特急）…⑱536, 539
つぶし屋…⑰609
ツュキヂデス…⑤316, ⑲58, 59, 442
津（伊勢）…⑰81, 174
津軽家…㉑189
津阪孝綽「杜律詳解」…⑫722, ㉒56 「夜航詩話」…⑪474, ⑫150
津田左右吉…③543, 554, ⑰633, 634, 637, ㉓9, 10, 561, ㉗48, 188 「思想, 文芸, 日本語」…②541 「文芸に現はれたる我が国民思想の研究」…㉗309, 421
津田大夫…㉓486
津田鳳卿「韓非子解詁全書」…②475, ㉓562
津田穣　訳・ルナン「イエス伝」…⑤120
「通鑑」→「資治通鑑」
「通鑑考異」…⑪41→「資治通鑑考異」
「通鑑綱目」「資治通鑑綱目」…②486, ⑥254, ⑫312, ⑬319, 588, ⑭592, ⑰51, 79, 145, ㉕279, ㉗168, 293
「通鑑纂要」…⑰208, ⑲174, ㉓57
「通鑑直解」…⑮329, 330
「通典」…⑬576, ⑰558→「杜氏通典」
宋版…㉖466　明李元陽刊本…⑰558
都留春雄…⑯231, ⑱361, ㉗238 「王維」…①131, ⑪164 共編「王維詩索引」…①630, ⑪118, ⑱420 「明文授読」解題…㉒289
対句…①123, 129, 601, ㉕6, ㉖230-232
〜と古文…②32, 36
〜と司馬相如の賦…③14, ⑥105, 217, 218
〜と四六駢儷文…②26, 34, 36, 41, 101, 167-170, ㉕59, 61, 62, ㉗6, 7, 254
「古事記」序…㉕61 詔勅の文体…㉖68 「水滸伝」…㉖373 平仄の配置…②29, 30, 37 「万葉集」…㉗6-8, 12, 14 「文選」序…㉕378 駱賓王の檄文…㉕68
〜と詩…②100, ⑰621, ⑱92, ⑲30, ㉔92
五言詩…⑦167 律詩…②100, 101, ㉖23, 25, 33, 90-92, 110, 149, 154, 170
〜と詩賦・八股文…①316, ②452, 454
〜と中国語の先天的性質…②42, 170, ⑲29, ㉔92, ㉕446（装飾の意欲…②45）
〜と杜甫…⑰621, ⑲30, ㉕446, ㉖13, 18, 20, 23, 25, 26, 32, 33, 41, 42, 51, 55, 90, 91, 96, 110, 149, 150,

154, 170, 178, 185, 195, 219, 230, 231
～とヘブライ文学…⑲30, 31
～と六朝人　応璩…⑦166, 167　建安の詩人・蕭子顕の論・陸機…⑦167
～の否定・文学革命…②46
～の萌芽…②99-101, 115, 117, 170, ③10, ⑥218　「尚書」堯典…②34, 42　楚辞…③12　「老子」…②124　「論語」…②99-101
追胥…⑬299
椎輪…②256-258
墜粉…㉖193
通家之子…㉒88
通快…⑯274
通学斎…⑯561, ㉒404
通恵…⑭363
通経汲古…⑯105, 114
「通考」…⑰558→「文献通考」
「通航一覧」…㉗74
通事…㉓286, 428
通儒…㉗183
～をほめる言葉…⑲142
「通証」…⑦493→「日本書紀通証」
通人…㉕498
「通制条格」…①298, 319, ⑭73, 123, 275, 276, 283, 295, 297, 540, ⑮102, 191, ㉒123
戸令…⑭60　田令…⑭61
通草…⑮90
「通俗漢楚軍談」…⑰59
通俗語原学…⑤165
「通俗三国志」…⑦27, ⑭591, ⑰59, 398, ㉒343
葛飾北斎挿絵本・元禄本…⑦5　原本…①414　天保本…⑦5, 8
通俗小説（中国）…③516, ⑥236
～(宋元以後)…⑥238
「通俗二十一史」…①154, ⑰396
「通俗仏教新聞」…⑭595
「通俗編」…⑭33, 555, 560, 594, ⑮15, 46, 55, 79, ⑯231（芸術…㉖392）
「通俗編直語補証恒言録方言藻邇言総合索引」…⑯231
通徹…㉓49
通天台…⑥135, 146, 415, 416
通天の紅葉（東福寺）…㉗125
通典の学…㉒107
通道館学士…⑪16, 17
通道観…⑪16
通弁…⑲150-152, 171, 172
「通霊記」…⑪191
通霊台…⑦231
痛快…⑯274
杖下隆之「荀子の詩説」…①633
塚原卜伝…⑳284
塚本善隆…⑬275, ⑮242, ⑯644, 650, ㉒390, 402, 403, ㉓636　「北周の廃仏について」…⑪16
仕えを筮する…⑬222
月…⑪341, ㉖51, 151, 153
月に陰有り…⑬5
月の裏側の写真…⑳487
月神…㉕61, 62
月乃舎秋里「通俗絵本三国志」…⑰390
築地小劇場…㉗278
月読命…⑰195, ㉓540
竺紫の日向の橘の小門の阿波岐原…⑰195
筑波…㉕114
筑波山…⑫254
「筑波問答」…㉕113, 114, 118, 119, 125, 128
辻寛治…⑯643, ㉓635
辻善之助…㉓310, 311, 314, 410
辻聴花…㉒411
辻晩庵…⑭492
辻久一…⑪560
対馬…⑰341, ㉓151, 152, 276
対馬国…②584
対馬藩儒…⑲99, ㉓152, 419
土一揆…㉔137
土田麦僊…⑳237
土屋竹雨…⑰397
土屋文明…㉑136, ㉓26
堤精二…㉗246
角田柳作…⑲313, 327
「椿姫」…⑯583（椿姫…①433）
燕岳…㉔261, 262
坪内逍遥・雄蔵…①636, ㉗283, 284
～と森鷗外…⑱354, ㉔17
～訳「沙翁全集」…⑳255
露が野草をうるおす…⑥288
鶴井牧場…⑳263
鶴田知也　訳・林語堂「北京好日」…⑰411
鶴見祐輔「思想・山水・人物」…㉒434
鶴屋南北…㉕418
Tsunoda Ryusaku…⑲327→角田柳作

て

ディケンズ「二都物語」…㉔122
デイヴィス（ジョン・フランシス）英訳・雑劇「漢宮秋」…⑭594, ⑲413　「老生児」…⑭594
デイヴィス（ハロルド・E.）「ラテン・アメリカ史」…㉔148, 153
ディレッタンティズム…㉒349
テーヌ…①615, ⑯308, ⑳15, ㉓598
デーボン…⑲347
テームズ河…⑲5
デカダン…㉖89
デカルト…⑰78, 134, ⑲106
テキサス　小麦…⑥415　高原…⑥410　油田…⑥

418
デグナイ（迪古乃）…⑮376, ㉒100, 106, 116→海陵王（金）
テゲ（鉄哥）…⑮299, 310
デニ（デルヴエ・サン）訳「唐詩」…⑲413
てにをは（弖爾袁波）…②8-10, 81-86, 92, 93, 120, 310, 313, ⑤306, ⑦595, ⑫689-691, ⑰464, ⑱76, 77, 91, 98, 115, 371, 372, 374, 391, 392, 394, ㉓144, 173, 286, 307, 330, 513, 556, ㉔53, ㉕41, 42, 45, 46, ㉖175, 176, ㉗197, 248, 322-324
てふ…⑱339
テヘラン…⑮640, ㉔172
テムジン（鉄木真）…⑬602, ⑮373→チンギス汗
テムル（帖木児）…⑮299→エスダル
テムル（鉄穆耳）…⑮238, 448, 454→成宗（元）
デュ・アルド「支那悲劇集」…⑯309
デューウイ…⑯404
デラウェア川…⑲306-308, 312
デリー…⑲426
デリンテムル（篤麟鉄穆爾）…⑮243
テレビ…⑲42, 43, ⑳154, 481-483
〜の番組 「首相との時間」…㉑141 「太閤記」…⑳236
テングリ湖…⑥87
デンマーク…⑲196, 400, 426, ㉔134, 138-141, 171, 207
デンマーク国王・デンマーク領西印度…㉔140
手塚富雄…⑯598, 599
手塚良道…⑩458
手毬岩…⑰475, 476, 544
出口常順…㉓8, ㉔50
出羽庄内…㉕204
銭司（です）…⑫558
丁晏…⑰282
丁謂・晋公…⑫633, ⑬53, 238, 242, 247, 254, 255
丁鶴年…⑮455, ⑯171
丁儀…⑦127
丁恭…⑥367, 368
丁杰…⑯233, 248 「周易鄭注案語」…⑯239
丁氏嘉恵堂…⑭53
丁指揮…⑭188
丁廙（し）…⑦127
丁西林「一隻馬峰」…⑰406
丁祖蔭…⑭40
丁伝靖「宋人軼事彙編」…⑬188
丁福保…⑯385 「説文解字詁林」…㉔256 「全漢三国晋南北朝詩」…⑥28, 265 「全陳詩」…⑫655
丁闓…⑥390, 391
丁蘭…②512, ⑥390, 391, 396, ⑦551, ⑳562
丁令威…⑮523
丁玲…①55, ⑭396, ⑯283, 600
「太陽は桑乾河を照らす」…①621 「丁玲作品集」…①635 「文学と生活」…①626
汀州…①467
低昂…⑬116
廷尉…⑥116, 391, ⑫360
廷尉監…⑦552
弟…㉕195
弟子（元曲）…⑮50, 65
弟子孩児…⑮50
定…⑬129
定（助字） 魏晋…⑦475-482 魏晋以前…⑦481-483 現代…⑦473, 474 唐以後…⑦463, 474, 483
定海知県…㉓262
定害…②221, ⑭312
定攪…⑭312
定型による文学…②411
定公（春秋・魯）…③492, ⑤89, 90, 221, 224, 234, 235, ⑨479
定昆池…⑫164, 165
定策の国老…⑫320
定子皇后（日本）…①33
定是…⑦463, 476, 478, 480
定将去…⑦475
定情…②467
定場詩…⑭17, 23, 126, 391, 392, ⑮20-22, 97
定然…⑦474, ⑭313
定陶…②141, 151
定盤星…⑮90
『定風波』 蘇軾…⑬633
『定風波』の曲数…⑭76, 568
定陵…㉒472
定林寺…⑬126
底…⑦146, 508
底下…㉓5
底処…⑦508
底物…⑦508, 509
抵…⑪59
抵死…②66
抵死的・抵死裏…⑭321
抵触…②179
抵多少…⑭289, 290, 320, 321, 440, 451
抵突…⑦516
邸店…⑬22
邸報…①478
亭午…⑬83, ⑰600
亭侯…⑱48
亭子院天皇…㉗149→宇多天皇
貞節堂…㉒302
貞祐（年号・金）…⑮386
貞亮籌幹…⑰330
帝…⑬160, ㉔265, ㉗87, 88
帝王…⑥395
〜の術…②138
〜の先祖の廟数（鄭玄・王粛）…⑰283
「帝王世紀」…⑯255, ㉕125, 151

「帝京景物略」…①599
帝郷…⑦403
帝劇・帝国劇場…㉗278, 283
帝国学士院…⑰267, 279
帝国大学…⑳116, 117
「帝国百科文庫」…⑦5, ⑰390
「帝国文学」（雑誌）…⑰275
帝国ホテル…⑫491, ㉓522
帝嚳…②374, ⑩467, ㉗87, 88
帝子…②24, 30, 31
帝師…㉕230
帝室博物館…①487, ⑯540
帝政ロシア…㉗351
「帝範」…⑭277, ⑮244
　～の口語化…⑭276, ⑮326
牴突…⑦517
訂害…②221
悌…㉓282, 283, 383, 465
挺生…⑳79
逓信大臣…㉓580
釘…⑮86
停当…⑭313
停半…㉖424
第…⑥315
堯…②117
提学御史…⑮629
提関列窖…⑮108
提壺…①507
提心吊胆…⑪59
提督江南学政…㉓708
提要（四庫全書）…㉓202, ㉕269
程頤・伊川…⑫309, 311, ⑬25, 313, 318, 556, 561, 587, 599, ⑮376, ⑯369, 404, ㉒107, 111, 113, 114, ㉔271, ㉖245, ㉗253, 260, 366
　「易伝」…⑰556, ㉕34　注「詩」…㉓317　「程氏遺書」…⑬588, 627
程雲…㉓261
程艶秋…⑳246, ㉑87
程恩沢「程侍郎遺集」…⑳361
程可則…㉓263
程嘉燧・孟陽…⑯71, 74, ㉒51, 52, ㉖443, 452
程課…⑬158
程学…⑮376, ㉒108, 114
程鉅夫・文海・雪楼…⑭84, 159, ⑮259, 300, 311, 422, 447
　「故平陽路提挙学校官陳先生墓碑」…⑭135　「孝経直解」（銭天祐）序…⑮327, 328　「雪楼先生文集」…⑭135, ⑮320, 327（武進陶氏覆明洪武本…⑮320）「跋酸斎詩文」…⑮320
程暁…①438　「熱客を嘲る」…①435
程俱「麟台故事」→その項
程継善…⑭188
程行諶…⑪33
程顥（こう）明道…⑪464, ⑫309, ⑬25, 313, 314, 318, 556, 599, ⑮376, 432, ㉒107, 111, ㉓74, ㉖245, ㉗253, 366
程子　～と侯正卿…⑭105, 369
　～と司馬光…㉓317
　～と朱子を「道学伝」に収める（宋史）…⑯75
　～と朱子の学問→程朱の学
　～と朱子の「文選」嫌悪…⑦593
程子・程氏・伊川兄弟…②327, ⑬262, ⑰20, ㉒108, 112, ㉓292→二程子
程子益…⑬324
程子上…⑯122
程氏…⑬588→程子
「程史」…⑬523, 626, ⑰594（金陵無名詩…⑬523）
程朱の学…①227, ⑯608, ㉕239, ㉗65, 366
　～と胡適…⑯404
　～と胡適の父…⑯369, 370
　～と日本人　江戸期（安積澹泊…⑰145　荻生徂徠…⑰53, ㉓291, 293, 317, 332, 338, 371, 373, 374, 392, 439　徳川綱吉…㉓317）
　　鎌倉期の関心…⑰20, 21
　～に依拠する元の科挙…㉒119
　～における鬼神…㉔259
　～における逝者如斯不舎昼夜…㉕169, 170, 233, 238, 239
　～に対する清朝漢学の批判…⑯60
　　銭謙益…⑯78
　～の「易」注…㉓292
　～の講義・東林書院…⑯19
　～の仏教利用と排撃…①284, ㉕235
「程朱語録」…⑯391
程曽…⑥369
程大昌「演繁露」…⑪52　「雍録」…⑫371, ⑰559
程端礼「読書分年日程」…⑬564
程廷珙…⑰596
程廷祚…⑰282
程鄭…⑥202
程邈…㉗98
程飛卿…⑮300
程瑤田「通芸録」…㉕464
隄防…⑫524
鼎革…㉓359, 360
鼎鑊…⑮413
鼎湖…①179, ⑯33, 640, ㉕473
禘嘗の義…㉓449
緹縈…⑥258, 259, 261-264
鄭（国名・春秋）…①187, ②127, ③36, 528, ⑤33, 152, ⑰588, ㉖451
　～と魯の戦い…①187
　～のお家騒動…②127
　～の宰相・子産…③528, 529, ⑤150, 152
　　閭僚・然明の郷校を毀つ提案…⑤152　孔子の子産評…⑤153　国都の大火と城門の堀の竜…

③529　法律…②231, 233
鄭衛の音…①477
鄭王（鄭玄・王粛）…⑧25
鄭恩沢…⑯656
鄭賈（鄭衆・賈逵）…⑥405
鄭学…⑯262→鄭玄学
鄭諫議…⑫616, 617, 619, 623
鄭環…⑯234
鄭暁「吾学編」…⑯129
鄭玉「師山先生文集」「任公の祠を修復する記」…⑭166
鄭欽悦…⑪510, 511, 513, 514
鄭県…⑪540, 542
鄭県主簿…⑪538
鄭景珊…⑮570
鄭虔・広文…⑪26, ⑫151-154, 402-407, 409-431, 466, ㉗14　「閨情」…⑫402
鄭騫…⑭574　「董西廂与南北曲的関係」…①617
鄭元祐・遂昌…⑭112, 185　「僑呉集」…⑭114　「遂昌山樵雑録」→その項
鄭元和…⑭511, ⑮123, ㉖391
鄭玄→じょうげん
鄭公の故郷…⑮596
鄭孔（鄭玄・孔安国）…㉖444
「鄭孔目風雪酷寒亭戯文」…⑮18
鄭交甫…⑦215, 216
鄭孝胥・蘇堪・蘇戡・蘇龕…⑭382, ⑯267, 412, ⑰219, 220, 224, 243, ㉓226, 243, ㉖469　「海蔵楼詩」…㉖462
鄭昂・子頫・恪斎…㉓155→鄭善述
鄭興…㉕339
鄭克「折獄亀鑑」包拯の条…⑭204
鄭克鈞…⑪513
鄭谷「雪の詩」…⑭297
鄭子尹・柴翁…⑰341, 342
「鄭子遇妖狐」諸宮調…⑭208, 575
「鄭氏論語注」…⑯235, 252
鄭芝竜…⑯614, 615
鄭思肖・所南・憶翁…⑭179, ⑮420
「錦銭余笑」「春日偶成」…⑮421　「心史」…⑮301, 421（江戸末期覆刻本…⑮421）
鄭州（河南）…②83, 127, ⑤152, ⑫17, 34, 35, 75, 172, ⑬484, 486, 487, ⑮21, 47, 48, 97, 100, 101, 129-131, 143, 149, 150, ⑯368, ㉒21
鄭州府尹…⑮19, 137, 138
鄭衆・司農…⑥404, ⑯234, ㉕335, 339→先鄭
「左氏長義」…⑥368　注「周礼」…⑦254　「春秋左氏伝条例」…⑥403, 405
鄭緝之「孝子伝」…⑥391, ⑦550
鄭汝諧「東谷易翼伝」「論語意源」…㉒102
鄭汝器…⑯122
鄭小同…③483, ⑳568
鄭章仲…㉓704
鄭娘…⑰386
鄭振鐸…㉒493
～蔵書　孔子の絵伝…④15　元曲テクスト…⑭49　「新鐫古今名劇酹江集」…⑭41
～・趙万里・馬廉の天一閣本「録鬼簿」写本…⑭86, 368
～の考証　三国の講談・芝居…⑦9　「董西廂」開巻『柘枝令』…⑭575　「柳毅伝」…⑭208
～の死…㉑165, ㉖412
～の著述　「劫中得書続記」上海版…㉖412　「屈原伝」…①636　「元明以来雑劇総録」…⑭13, 41　「古本戯曲叢刊」序…⑭365　「詩余画譜」…①638　「痀僂集」…⑭567　「宋金元諸宮調考」…⑭567　「楚辞集注」覆製本序…㉑165　「中国版画史図録」…①638　「忠義水滸伝」…㉖412
鄭真…⑥389, 393
鄭深…⑮290, 291
鄭任鑰・惟啓・魚門・翰林…⑳360, ㉓153-163, 169, 182, 192, 198, 206, 218-227, 232, 233, 235-239, 278, 703, 707, 709
～と北京…㉓170, 211
先輩との接触…㉓704, 706　白石詩稿の序文→「白石先生余稿」　雍正帝との関係…㉓210-216, 237, 705
～の官職　翰林院清書庶吉士…㉓172, 175, 180, 181, 185, 196, 197, 236　湖北巡撫…㉓171, 203, 205, 207, 221（解任…㉓164, 168, 199, 209, 212, 216, 217　在任期間…㉓164, 199, 279, 705　任命…㉓164, 166, 167, 198, 210, 212, 214, 279, 705, 706）
～の著作　「古文正宗」…㉓706　「自治要纂」…㉓279, 706　「借柳軒詩集」…㉓193　「朱子或問小注」…㉓279, 706　「春蚕詩」…㉓224　「大日本国平安城乾隅…卍山白老和尚禅師塔銘并序」…㉓708　「白石先生詩序」…㉓153, 157, 197, 244　「非翼軒集」…㉓224, 226, 243　「萊川詩集」「楽善述略」…㉓706　纂修「治河方略」…㉓708　「方輿路程」→その項
鄭任鑰印…㉓158, 159
鄭成功…⑯614-617, ㉓244→国姓爺
鄭清之・安晩…㉒305, 307
鄭清茂…①715, ⑭611, ⑳372, ㉖248
鄭箋→「詩」（注釈）
鄭潜耀…⑫65, 403, 411, 412
鄭善述・孚世・恪斎…㉓155→鄭昂
鄭祖琛…⑯263
鄭妥孃…⑯155, ⑰386
鄭大郁「経国雄略」…⑰559
鄭覃…㉔288
鄭注…㉔289
鄭珍…⑯656
鄭廷玉…⑭53, 137　雑劇「後庭花」「楚昭公」「忍字

記」→各項
鄭徳輝・光祖…⑭366, 558
　～を含む四大家…⑭218, ⑮11, 189, 227,
　～と「元曲選」…⑭218, ⑮227
　～の作品　「王粲登楼」→その項　「虎牢関三戦呂布」…⑭210　「哭晏嬰」…⑭210　「細柳営」…⑭209　「傷梅香」→その項　「周公摂政」…⑭186, 269, 329, 349　「倩女離魂」→その項
　　作品の傾向　奇を求める意識の過剰…⑭267　市井的言語への興味喪失…⑭349　読書人的感情…⑭186, 269
　～の地位…⑭90　杭州路の吏…⑭160
鄭念盥・鄭念栄兄弟…㉓707
鄭伯（春秋）…②83, 85, 89, 105, 106, 126, 127, 305, ㉓106
鄭伯奇…㉒342
鄭伯突…②128, 131-133
鄭樸・子真…⑥393, ⑫154
鄭和…②154-156→三保太監
鋌…⑯218
蹄…㉕26, 27
蹄道…①408
嚏…②241, ㉕338
鵜信之…㉒48→鵜飼石斎
泥金獣…⑭489
泥馬…⑬522
禰衡・正平…⑦8, 97, ⑫427, ⑭461, 462, ⑲320, ㉑252
　「鸚鵡の賦」…㉕380
狄君厚…⑭137, 146
狄仁傑・梁公…①279, 282, ⑫27, ⑬299, ⑲34, ㉕54-59, 67, 252-253, ㉖401
的…⑭310, 313, ⑱388, 389, 391, 392
的這…⑭292, 464
的親…⑮24
迪古乃→デグナイ
剔透…⑭313
剔騰…⑭312
荻徂徠…㉓301→荻生徂徠
摘句…⑦602
『滴滴金』　周美成…⑬385
滴溜撲…⑭320
翟灝（こう）「四書考異」…㉗261　「通俗編」→その項
適…㉓456, 457, ㉕103
適莫…㉑173
敵対…⑭312
敵頭…⑭312, ⑮92
敵鬪…⑭312
踢毬子…⑭584, 585
擲卦仙郎…⑭490
覿…⑫251
躑躅…⑥322
哲…⑩477
哲学…②399, ③518, 520, ⑤294, ㉕279, ㉗190, 199, 308, 316, 353, 366
　～という言葉・日本人の命名…①235, 379
　～という言葉と衾樾…①380
　～と自然科学の振興（中国）…②350, 351
　～と文学…①639, ②411, ㉗53, 193
　　哲学と文学（中国）…②411, 418, ⑤123, ㉗426（宋以後の哲学復興…③21　読書人の資格…②428, 431）
　　哲学と文学と歴史（中国）…①269
　～の概念（中国）…㉗267
　～の言語と文学の言語…⑳27, 31, ㉕185, 189, 462
　～の任務…①78
　～の能力（中国）…②427
　～の不振（中国）…②266, 412, 561
　～用語と日常語…⑳118
哲学概論…㉗308
「哲学雑誌」…①380
哲学史家…②292, ⑤193, ⑥288, ㉗259, 270
哲学者…①380, 381, ②266, 428, 432, ④10, ⑤3, 98, 136, 142, ㉗54, 190, 433
　～の本の読み方…㉕462
哲宗（宋）…②541, 542, 551, ⑬4, 29, 102, 136, 174, 284, 586, ⑳455, 456, ㉕502
哲婦…⑫238
掇将来…⑮145
鉄哥→テゲ
鉄拐李（八仙）…⑭207, ⑮109
「鉄拐李」雑劇・「呂洞賓度～岳」…⑭43, 207, 217, 516, ⑮8（孫福…⑮23）
鉄琴銅剣楼→瞿氏鉄琴銅剣楼
「鉄琴銅剣楼書影文集」…⑯238
鉄眼…㉓707
鉄道旅館…⑱536
鉄馬…㉒83-85
鉄馬児…⑭487
鉄砲焼け…⑰613
「綴泊裘」…⑰375
「輟耕録」記載事項
　～演劇関係　院本の名目…⑭8, 201　曲牌の目録…⑭18　諸宮調…⑭566
　～演劇関係・歌妓と作者
　　関漢卿…⑭123　喬孟符…⑭383, 387　朱仲誼…⑭182　珠簾秀…⑭80　順時秀…⑭71　銭霖…⑭166　張明善…⑭168　連枝秀…⑭289
　～奎章閣関係…⑮247-249, 255, 256, 262, 314
　　柯九思…⑮258　文宗の画才…⑮269
　～雑　河南王卜憐吉歹…⑭115　吾衍の逸事…⑭114　勾欄崩壊事件…⑭56　杭州人の隠語…⑭510　黄道婆…⑯220　徐寿輝の党の江南侵寇…⑭169　「唱論」…⑭64　婆娘…⑮64　蛮子秀才…⑮104　蒙古軍の奴隷取得…⑮102　楊完者軍の乱暴…⑭169

寺川氏（国際東洋学者会議日本部会）…⑲374
寺子屋の教科書…⑤129, 298, ㉗112
寺田鳳翼…㉓150
天…②70, 191, 282, 307, ⑤109, 271, ⑯401, ㉑145
～と君主の比喩…㉔266, 267
君臣関係（林羅山）…㉔231, 237-241, 243, 245, 273
～と乾の卦…㉑154, ㉔238
～と古…②250
～と孔子批判…㉑193, ㉗367
～とする所…㉔240
～と聖人…②361, 362, ⑤23, 27, 113, ⑩472, 473, ㉓286, ㉗365, 366
～と人との連続（朱子）…㉗365-367
～に対する考え方
伊藤仁斎…㉓53-55（「易」…㉑154） 荻生徂徠…㉓281, 283, 286, 289, 290, 374, 393, 398, 399, 446, 447, 449, 450, 453, 467, 475, 482, 489, ㉗28, 156 「菅家遺誡」…⑰19 漢以後の詩…③466 漢儒…㉔267 胡適…⑯401 高祖（漢）…⑥34-38, 42 項羽→その項 司馬遷…⑥9, 232, 234 「詩」…①105, 106, ②307, 362, ③465, 466, ⑤109, ⑥12-19, 21, 35, ㉔265-267 朱子学…⑤300, ㉓53, 482, 570, ㉗365-367 「尚書」…②307, 362, ⑤109-112, 280, ⑩472, 473, 476, 477 鄭玄…②250 楚辞…①106, ⑥18-21, 267 「中庸」…㉓53-55 陶淵明…⑦348, ⑮394 「孟子」…⑥6 六朝の詩…③466 「論語」→その項（語彙）
～の意思…③466, ⑤21, 22, 110, 208-210, 242, 252, 253, ⑥6, 8, 14, 15, 17-19, 37, ㉓281, 286
荻生徂徠と天の意思…㉓290, 393, 398, 399, 446（敬天・天への尊敬…㉓281, 283, 374, 393, 399, 446, 447, 449-451, 453, 467, 475, 489, ㉗154-156 天と人との分離…㉓482 天の寵霊…⑮530, ㉓119, 289, 290, 321-323, 327, 377, 378, 440, 444, ㉗28）
天が人間に賦有した法則…⑤110（人間に与える性…㉓53-55）
天の延長としての人間…①105, ③465, ⑤109, 113, ㉗365
天の下す罰…①105, ⑥14, 19
天の原則を阻む悪人の跋扈…⑥19
天の善意…①105, ③465, ⑤109, ⑥18（人間の善意の保護者…③465, 466, ⑤27, 110, 279, ⑥13, 15, 18, 19, 21, 232）
天の法則…⑤110, 209（自然の法則…⑰19）
天への信頼…⑥15-19, ㉓453（天の意思への楽観…⑤239, 240, 270, 279, 312, ⑥15, 17, 19）
人間に与える運命・使命…⑤23, 209, 275, 276, 280, 281, ⑩473, 477（五福六極…⑤111 上智と下愚…⑩472 人寿の長短…①448, ⑤112, 280, ⑩473, 476, 477 命…③466, ⑤23, 209, 210, 274, 275, ㉓55, 281, 398, 399, 446→天命）
～の神（漢）…⑤118, 147, ㉔265
～の神（道教）…②382
～の恣意…③466, ⑤113, ⑥6, 10, 11, 14, 17, 18, 20, 21, 34-39, 42, 234
天の支配と人間…②307, ⑥7, 11, 17, 18, ㉔266, 267
人間へ不可解な運命の賦与…①106, ③466, ⑤273, ⑥7, 8, 12, 13, ㉔266, 267（漢高祖の死…⑥37 顔回の死…①106, ⑤112, 113, 208, 278, 279 項羽の敗戦…⑥6-12 天の不可知…⑥21, 232 伯牛の疾…⑤275, 276）
～の西北への傾斜…②265
～の数（易）…②344
～の秩序…②395, ③465, ⑤109, 253, 300, 311, ㉗365
自然…⑦348, ⑮394, ㉑145, ㉓53
～の時…⑥6
天威…㉓416
天一笑…⑫277
天一方…㉖142
「天乙」…①182
天演…⑯387
天王…②106
天王殿（成都）…㉕437
天下…①281, 562, ②164, ㉔163
～の至慎（阮籍）…⑦188, 190
～の通語…①280, ⑭287, 288, 555, ㉖381
～の統一…①281, ⑥180
統一の紐帯…②337
～の徳…㉓64
～の文…①280
～は大器…㉓277
天下為公…⑯608
『天下楽』…⑭291, 410, ⑮55
「漢宮秋」…⑭29, ⑮175 「救孝子」…⑮360 「金銭記」…⑭52, 291, 292, 409, ⑮55 「合同文字」…⑮59 「酷寒亭」…⑮54, 97 「謝天香」…⑭295 「老生児」…⑭234
天下太平の時代と土匪…②421
天下第二泉…㉒51
天下和洽…⑥196
天海僧正…⑮472, ㉕283
天涯…⑥273, ⑪288, ⑮513, 514
天楽署…⑭72
天寒…②191
天漢…⑥290
天顔…㉖396
天金（東京・銀座）…㉗278, 282
天恵…⑤111
「天啓崇禎両朝遺詩」…㉓265
天啓帝（明）…⑮531→熹宗
天慶観…⑬427

天慶寺…⑮260
天闕…⑮449
天呉紫鳳…⑫398, ㉖73, 74, 441
『天香引』　喬夢符…⑭187
天罡星…㉖372
天才（李白）…①322, ㉕405, ㉖12, 190
天才の出現を忌避する文学…①322
天塹の険…⑯615
天子…⑤118, ⑥138
　～に関係する事項　玉座…⑤9　権力…②326　天子の事…㉓110　天子の礼…②304　罍…㉗79
　～の家と特権…②425
　～の駕は六…⑥370
天子享宴…⑥346
天師…⑦367
天師道…㉑248
天竺…②519, ⑮161, ⑰6, ㉓26, 306, 433, ㉔65, ㉕180, 247→インド
天竺山…⑪321, 322
天主教…⑯49, 53, ㉓485
天寿院…⑬249
天寿節…㉒102
天従人願…⑰435
天章閣学士…⑭243
天象記事…③511-513, 515-517
『天浄沙』「酷寒亭」…⑮80, 82, 83
天壌…①399, ⑬30
　～の孤本…①399, ⑩450, ㉑165
天津…②340, 420, ⑯142, 206, 278, 561, ⑲429, ⑳270, ㉒374-376, 411, ㉓180, 635, 640, ㉖468
　～の行宮…㉖469
天津橋…⑬439, 519, ⑭67, ㉓137
天津租界…㉖468, 469
天津図書館…㉓641
天人…②24
天人感応…㉒311
天人相関説…⑦266, 553, ㉔258, 260, 264
天神…⑦4, ⑱323
　～祭…㉔177
天水県（甘粛）…⑫437, 457, 461, 472, 482, 496, 540, 680, ⑬262, ㉒43, ㉕473, ㉖116, 126, 137
「天水図経」…⑫483
天枢…⑫13
『天仙子』　朱竹垞…⑯151
天孫降臨…㉔137
天台山…①131, ⑪96, 490, ⑫111, 250, ⑭444-446
「天台論集」…⑩450
天択…⑯387
天地（君臣の比喩）…㉔231, 237-241, 243, 245, 273
天地（李攀竜）…⑮517
天地（李夢陽）…⑮498
「天地陰陽交歓大楽賦」…⑰74, ⑲47
天地自然の道…㉓448
「天地人」（雑誌）…①634, 636
天地の祀…⑥136
天地の正気…⑮409
天地の物を生む心…⑬558
天地は一大活物（伊藤仁斎）…⑰34, ㉓67, 372, 385, 397
天地否の卦…⑭490, 491
天地未剖…㉓6
天智天皇…⑰15, ㉕171, 172
天長節…⑭583
天朝使命…㉖420
天丁…⑬403
天帝…⑤117, ⑥14, 138, ⑦403, 438, ⑪521, 523
天堂…⑫13
天童…⑯44
天道…①188, ⑤209, 271, ⑥232, ㉓68, 513, ㉗110, 111
天道人心…㉓473
天熱…②191
天の一方…⑱342
天王（日本）…①562, ②164
天皇（昭和）…⑱485
天皇家…㉔322
天馬…⑥130, ㉕472, 473
天馬書店　「随筆二十篇」…⑯441
「天馬の歌」…⑦203
天罰…⑤111
天平歌壇…①626
天府の国…㉖136
天兵…⑮102
天亡我…⑥9, 10, 12
天方・大食…⑯222, 224
天宝　～の改元…⑫213, 548
　～の君王の駕…⑭407, 409
　～末の戸数…⑫177
「天宝遺事」諸宮調…⑫237, 262-272, 280, 282, ⑭567, ⑮226
　「哭香嚢」…⑫265, 270　「十美人賞月」「太真閉酒」「長生殿慶七夕」「明皇撃梧桐」…⑫264, 266　「明皇告代楊妃死」…⑫264, 269　「楊妃上馬嬌」…⑫264, 266　「楊妃訴寃」…⑫265, 271　「楊妃病酒」「楊妃捧硯」…⑫264, 266　「力士泣楊妃」…⑫264, 270　「禄山憶楊妃（雍熙楽府巻十二）」…⑫264, 267, 269　「禄山戯楊妃」…⑫264, 267　「禄山泣楊妃」…⑫264, 269　「禄山偸楊妃」…⑫264, 266, 272　他の段→⑫264-265
「天宝故事」…㉒83
天宝之乱…㉒84
天武天皇…㉕172, ㉖498
天命…⑤149, 184, 275, 276, ⑥37, ⑪337, ⑬558, ㉓55, 281, 351, 398, 399, 446, 481, 483, 513, ㉗110, 367→天
　～を知る…⑤97, 149, 275, 323, ㉓378, 380, 399, 446
天明の俳諧復興…⑰55

天網恢恢…㉖123, 134
天目山…㉓412
天文学…②343, 349, 351, 481, ③511, 513, 514, ⑤287
天文学史…③516
天文算法（四庫全書・子）…⑯225
「天文図」「天文正義」…⑧511
天也…⑮80
天雄書院…㉓264
「天籟集」…⑭67, 92
序・王博文…⑭93-95, 98　朱彝尊…⑭99　孫大雅…⑭93, 99, 104
『永遇楽』（至元辛卯春二月三日…）…⑭99　『玉耳墜金環』…⑭97　『春従天上来』（至元四年，恭しく聖節に遇う…）…⑭98　『燭影揺紅』（前事、呂東牕の韻を用う）…⑭100　『沁園春』（至元丙子、予道山を九江に識る）…⑭98, 100　（十二月十四日、平章呂公の為に寿ぐ）…⑭100　（呂道山左丞の覯に回り…）…⑭100　『水調歌頭』（丙戌夏四月八日の夜…）…⑭102　（夜る西楼に酔い、楚英の為に作る）…⑭101　『水竜吟』（雲和署の楽工宋叔伯の婦王氏…）…⑭67, 101　（史総帥の西川に鎮するを送る…）（壬戌の秋、鴛鴦灘に泊して寄贈す）…⑭98　（張大経御史を送り…）…⑭100　『垂楊』（壬子の冬、薄か順天に遊ぶ…）…⑭96-99, ㉒104　『奪錦標』（庚辰、建康に卜居す）…⑭98　（友人王仲常と季文蔚の書を得たり）…⑭101　『念奴嬌』（僧仲璋、俗姓は閻…）…⑭101　『満江紅』（庚戌の春。燕城に別る）（呂仙の祠の飛吟壁に題す…）…⑭98　『摸魚子』（七夕、厳柔済の韻を用う）…⑭97　『木蘭花幔』（歌者の樊娃より索められて賦す）（楽府宋生の為に賦す…）…⑭101　（丙子の冬に隆興の呂道山左丞に寄す）…⑭100
「天籟集」（テクスト）
九金人集本…⑭92, 99　四印斎所刻詞本・六安楊氏刊本…⑭92
天理（宋学）…②255, ⑤301, 311, ⑰34, ㉓534, 535, ㉖243, 244, ㉗110
道心…⑩480, ㉓78, 467　本然之性…⑬558
天理人欲説…⑤300, ⑬558, ⑰29, 33, 86, 136, 363, ㉓77, 467, 473, 513, 531, 570, ㉗224（天理の滅亡人欲の盛行…②252, 253, ⑬561, ⑰35, ㉓77, 78）
天理と六経…②253, ⑬571
天理の復活…②253, 255, 261, ⑬561, ㉓533
天理（礼記）…㉓69
天理外国語専門学校…⑰403
天理教…⑰598, ⑱517, ㉔54, ㉕410, ㉖464, 465
～の真柱…㉒280, ㉔54, ㉕410
天理女子専門学校…㉖251
天理大学…⑮640, ⑰420, ⑳450, ㉕124, ㉖399
出版部…㉓494　「崑崙」…①635
「天理大学学報」…①622, 625, 627, ㉓401
天理図書館…⑩462, 463, ⑰122, 125-127, 130, 167, 598, ⑱517, ㉒59, 412, ㉓40, 494, 556, ㉔54, ㉕372, 410, ㉖466-468, ㉗440
天理図書館善本…⑱519
「天理図書館善本叢書」…㉑60, ㉕410, 413
天理図書館長…㉖464
天竜寺…⑮470
天暦太后（元）…⑮225
天暦之宝…⑮262
典…①267, 269, 270, ②271, 336, ⑫689, ㉓81, ㉗321
典（入質）…㉖94
典軍校尉…⑦87, 103
典刑…⑮415
典型…⑦98
典故…①601, ②36, 37, 42, 465, ⑦147, 167, ⑲177, ㉕327, ㉖59, 60→出典
～と詩…②493, ㉕327
杜詩…⑬579, ㉖59, 63　唐詩…⑬578, 579　道光の詩風…②464
～の語彙源…㉑252, ㉕326
経書…㉕326, 327　史書…②494, ㉕326　諸子…②493-494　「文選」…㉑252
～の排撃…②46, ㉖60
典策…⑦253
典臬…⑯221
典瑞院都事…⑮258
「典籍便覧」…⑮97
典籤…⑮250
典属国…⑫444
「典論」…⑦109, 114, 120, 147
自序…⑦76-78　論文…⑦78, 91, 101
店…⑬162, ⑮95
店小二…⑮95
沾衣…⑪252
点行…⑫98
点紅…㉖394
『点絳唇』…⑭18, 21, 26, 400-402, ⑮48, 173
「漢宮秋」…⑭25, 26, ⑮173, 177　「金銭記」…⑭400, ⑮48　「金線池」…⑭401　「酷寒亭」…⑮47, 49　「老生児」…⑭234
展…㉖401
展脚伸腰…⑮157
展脚輪腰…⑮156
展転・輾転…①8, ⑪258, 333, ⑮497
「展望」（雑誌）…⑫285, 339, 732, 735, ⑬587, ⑮226, ⑰622, ⑱349, ⑳404, ㉒555, ㉔87, ㉕431, ㉗316
「展覧会の画」…㉕107
添助…㉖424
添丁…⑬184
淟涊…㉕106
転庁…⑮22, 142
転背…㉖423
転蓬…⑫504, 505, 642
奠…⑮70

腆支…⑰162→直支
塡…㉖143, 144
塡委…⑫257
塡詞…⑭182, 226
塡然…②111
滇（国名・漢）…⑥80
滇河…㉕163
滇緬公路…⑥95
碾磑…⑫158
「碾玉観音」…⑬502-508, 515, 520, 523, 530, 538, ㉖390→「警世通言」（崔待詔生死寃家）
郭立…⑬345, 346, 351-356　璩じいさん…⑬335-337, 349　崔寧…⑬338-353, 355, 356, 524　秀秀（璩秀娘）…⑬337, 340-342, 345-348, 352-356
春の小唄　季春…⑬330　仲春…⑬329, 507, 524
孟春…⑬329
篆烟…⑭489
篆刻…⑬595
霑勃辣駭…⑭343
邅回…⑬118, 294
鄽居…㉓248
顚狂…⑫516
顚倒…㉓365, 366
顚倒爛熟…⑭475
顚不剌…⑭555
纏…⑭438
纏鬧…⑮83
纏頭…⑪285
纏令…⑭176, 178
田園詩人…⑬156
田横…①360, 518
田禾尚…⑭65
田家…⑬72, ⑮478
田漢…①635, ②595, ⑯536
「カフェの夜」…⑯535　「関漢卿」…⑯535, 537（あとがき…⑯535）「田漢劇作選」…⑯535　「名優の死」「蘆溝橋」…⑯535
田喜…⑮374
田况…⑬238
田弘…⑦545
田舎漢…㉕498
田秀井…⑭61
田従典…㉓167
田汝成「西湖遊覧志余」→その項
田饒…⑫223
田敏…㉒304
田父…②140
田文鏡…㉓220
田蚡…⑥55, 57, 60, 61, 63, 77, 81, 84, 105, 138, 224
田拗驢…⑭61
伝…⑤292, ⑪402
伝（注釈・講義録）…③39, ⑧4, 12, 13, 509, ㉑5, 6, 160, ㉕229
～・注（後漢魏晋）…⑧5-7, 9
伝（碑誌伝状）…①163, 166, ②18, 185
伝奇（元）…⑭232, 256, 288, 592→元曲→雑劇→北曲
伝奇（元末・明）…①76, 124, ⑭6, 13, 16, 89, 269, 280, 285, 323, 528, 593, ⑮185, ㉖365→戯文→南戯→南曲
伝奇（宋）…①196, 199
伝奇（唐）…①75, 180, 199, ⑥238, ⑭566, ⑮369, ⑱10, 41, ㉖370
～という名称…⑪545
～と宋以後の口語小説…①199, ⑪547, 548
講釈師…①199, ⑪547
～と「太平広記」…⑪549
～と唐詩…①197, 265, ⑪547, 548
～と日本文学…⑪549
「源氏物語」…⑰464
平安朝の物語への影響…⑪549, ⑰467, ㉗151
～と六朝神怪談との区別…①226, ⑪544, 545, ⑭9
～における男女の交情…⑪548
裴航雲英の故事…⑭546
～に取材した雑劇…⑪547, ⑭207, 546
～の構成・主人公の無名…⑪545
～の作者…⑪547
作者の輩出…⑪546（王度…⑪546　元稹…①197, ⑪547　沈亜之…①197　陳玄祐…⑪546　陳鴻…①197　裴鉶…⑪545, ⑭546　白行簡…①197）
～の制作の始まり…⑪546
作られるに至った契機…⑪545
～の総集…⑪549
～の体裁…⑪545, ⑭10
～の内容の空想性…①195, 196, 226, 285, ⑪544-547, ⑭9, ㉖371
～の文学史的意義…①195, ⑪545, 547, ⑭10
最初の空想文学…①197, ⑪553
～の文学的価値…⑪547, 548
～の文章・篇末のモラル附記…⑪546
～の明朗さ…⑪548
伝奇（明）…⑭6, 285, ⑮11→南曲
伝奇（明清）…①76, 124
伝奇と胡適…⑯359
伝記（中国）…①156-158, 162, 163, 166, 167, 243
～の文章…②184, 185, 199
伝教大師…⑤135, ⑰17, ㉑102, ㉕270, 278, ㉖233→最澄
伝車…⑮412
伝授…㉓33
「伝習録」…②196, ⑬568, 569, ⑯113, 391, ⑳7, ㉓82
伝生（奈良朝）…⑥246
伝説（中国）…③548-550, ⑥176, 179, 180, 195, 196, 230
伝注…㉓327, 330

伝点…㉖425
「伝灯録」…⑯40, 52
伝統…①235, ⑳308
「伝統と革新」（討論テーマ）…㉔258
伝聞する所の世（三世）…⑰616
伝法寺…⑬367, 509→太平興国伝法寺
甸服…⑪512
殿閣体…②455
殿中侍御史…⑪23, 406, 510, 514
殿中少監…①39, 40, ⑪408-412
殿中省…⑪410
殿庭…⑬42
殿版…㉓202
鈿合…⑪265
鈿頭雲篦…⑪286
電気冷蔵庫…⑳154
電信電話大楼（西安）…㉒483

と

ドイツ…①553, ②194, ⑪167, ⑬630, ⑯525, ⑰285, ⑲37, 121, 341, 347, 377
～イタリーとの三国同盟…②193, ⑱324
～観念論…⑰465
～潜水艦…㉔134
～と義和団　八国連合軍出兵…①177, 515
ドイツ公使殺害…①515　天文機器略奪…㉒463
～とヴェネゼラ・ゴメッ将軍…㉔154
～など四国へ洪鈞の出使…②442, 443
～における歌舞伎公演…㉗284
～の栄光凋落とビスマルク…㉗422
～の音楽…⑯473
～のコンメンタール…㉕246
～の国鉄…⑲347
～の車掌…⑲348
～の大学の自国文学の講座…⑰10
～の大学の東洋学部…㉔252
～の東洋学者…⑲351, ㉔175, 206, 207
～の南北の風土とミュンヘン…㉔253
～留学…⑯467, 472, 473, 476, 481
宇野哲人…㉒335　塩谷温…⑭597, ⑰396　森鷗外…㉒366, ㉔18, ㉗19
ドイツ学…⑲96, 107
ドイツ語…⑯467, ⑲121, 199, ㉔33, 179, ㉕291, ㉗331
～と西洋古典研究…⑲218, 247
～と日本人　池田大伍…㉗283　大山定一…⑲177, ㉔33, ㉗331　佐久間象山…①562　阪倉篤太郎…㉗310　松本文三郎…㉔268
～の性質・特色　数のかぞえ方…②75, ⑱437　重量感…⑲177　叙事詩的性質…⑱434, 435　男女中性名詞の区別…⑱440, ⑲199
～の「大地の歌」の歌詞…㉔209
～訳中国詩　韓愈詩…①629, 632　杜詩…①632
李白詩…㉔210
ドイツ人…①560, ②418, ⑲150, 177, ㉔179, 206, ㉕259, ㉗333
ドイツ文化…①279
ドイツ文化研究所…㉔66, 67
ドイツ文学…②509, ⑰341, ㉒72, ㉓595, ㉔34, 253, ㉗321, 335, 401
ドイツ文学概説・ドイツ文学史…㉗332
ドイツ文学者…㉔33
ドイツ文献学の方法…⑳357
ドイツ聯邦…㉔253
トインビー（アーノルド）…②555, ⑱448, ⑲33, ⑳489, ㉔182, 183, ㉗369
～と日本の学者…⑲35-38
～における基督教と共産主義…⑰61, ⑲65
～における中国のルネサンス…⑲35
～の異なる文明間の相似点への着眼…⑲35, 39
～の複数文明の相互刺激による発展説…⑱445, 446, ⑲412, 419, ⑳217
～の「歴史の研究」…⑲35
ドウリットル（ヒルダ）…⑲211
ドーソン「蒙古史」…②443
ドーデ…⑯308
トガンチムール・ドゴンテムル（妥懽貼睦爾）…⑮276, 418, 433, 458→順帝（元）
トクタ（脱脱）…⑮282-284, 286-290
ドゴール…⑫415
ドストエフスキー…⑤294, ⑪465　「罪と罰」…⑳146（ラスコーリニコフ…㉔11）
ドス・パソス…⑥416
トハン（脱歓）…⑮220, 221
ドブソン…⑲373
トプチムル（図帖穆爾）…⑮231, 245, 246, 433, 450, 454, 456→文宗（元）
ド・ベリ（de Bary）…⑲440, 441, ㉔128, 158, 159, 206, 207
トマス・アキナス…①606, ⑰110, ㉑164, ㉔233, 259, ㉖241, ㉗369, 433
「神学大全」…④643, ⑲11（神の一体性・永遠性・完全性・単純性・不変性・無限性について…⑲12）
ドミエヴィル…①610, ⑲373, ㉔180
ドミニカ…㉔130
トラファルガー・スクェア…⑲362
トリニダド・トバゴ共和国…㉔149
トリニダド島…㉔140, 149
トルキスタン…⑲223
トルコ…⑲34, 346
トルコ人…⑪168　トルコ族…⑫255
ドルゴン（多爾袞）…㉓167, 172
トルストイ…①247, ⑤294, ⑰9, 83, 496, ⑲191, 389, ⑳174, 224
「アンナ・カレーニナ」…㉔222, ㉖509　「クロイ

ツェル・ソナタ」…⑳226, ㉓586 「戦争と平和」…⑰82, 362, ㉔222 「復活」…⑯583
トルチ（鐸爾直・朶児只）…⑮261, 262
ドルヂバラ（朶爾直班）…⑭74, ⑮278, 279, 287, 304 →惟中→チャラル
トレビの泉…㉗374
トレヴェリアン（R. C.）…⑱9, 15
ドレン（マーク・ファン）「世界の詩」…⑲323
ドロンノール…⑭65, 67, 69, ⑮293, 448, 449→開平→上都（元）
ドン・キホーテ…①99, 116, ⑤17, ⑪136, ⑫554, ⑬199, ⑯273
土岐哀果…⑱331
土岐善麿…⑱330-332, ㉒56, 63, ㉔276, 281, ㉗342
～と「杜詩説」…㉔277, 279
～の黄生への関心…㉔277-279
～の著述 「斜面逃禅記」…㉔277 「斜面彼岸抄」…㉗342 「寿塔」…㉗347（学園抄・東征抄…㉗346） 訳詩集 「鶯の卵」…⑱328, 329, 332
～訳杜詩…⑫724, ㉒62, ㉗345
土佐（日本）…⑯656, ⑰323, ⑱423, 432, 433
土地廟…②370
戸叶里子…㉔173
戸川芳郎…⑰277, ㉗429
戸田海市博士邸・戸田正三…⑳262
戸田長門守忠利…㉓144
戸田浩暁（ひろあき）「文心雕竜校勘記補」…①620
戸田山城守忠真…㉓401
斗（星座）…⑪77, ⑫578
斗酒…⑥314
斗筲器…⑭352, 404
斗帳…⑭489
外山軍治「金朝史研究」…㉒103
吐下…⑭309, 313
吐吐麻食…⑮103
吐納導引…⑫319
吐蕃…⑪410, 499, ⑫40, 98, 101, 175, 326, 444, 448, ㉒25, ㉖109, 111→チベット
吐谷渾国…⑫127
多武峰…㉔248
兎糸…①370, ⑥297, ⑪81, ㉖99
兎児頭…⑮90
兎牀手挍…⑰597
「図書」（雑誌）…①455, 474, 581, 625, 633, ⑥333, 431, ⑨483, ⑱402, 550, ⑲49, ⑳4, ㉓458, ㉔206, 298, ㉕281
図書館学…㉒455
「図書季刊」…㉖404
「図讖」…⑥375, 376
杜夷「幽求」…②485
杜位…⑫66
「杜意」…㉒494
杜瑛…⑭133
杜延年…⑫21
杜衍・祁公…⑬63, 80, 254
「杜家立成」（正倉院蔵）…㉗12
杜驥…⑫22, 23
杜許…⑦476, 477
杜喬…⑦51
杜欽…㉗254
杜瓊…⑮579
杜鵾…⑭444
杜顧…⑫12
「杜工部詩集輯注」…⑫125, 221, ㉕434（康熙九年刊本…㉕435）
「杜工部集」…⑫533, 578, 710, 721, 734, ㉒74, 75 涵芬楼景印宋本…㉒75 旧本…㉒84 汲古閣蔵本宋版…㉕499, 500（毛氏跋…㉕500） 現行本（二十巻本）…⑫32, 73 呉若本→呉若 上海商務印書館張菊生覆刻本…⑫233, 242, 243, 292, ⑳298, ㉒50, ㉕484, 497-501, ㉗329 上海図書館蔵本…㉕484, 499 静嘉堂文庫蔵影写本…㉕484, 502 銭謙益本…㉒49, 51, 88, ㉕501, ㉖502 宋版…⑳298, ㉒75, ㉕460, 499, 500 宋本（吉川・杜詩注の標記）…㉕500→「宋本杜工部集」（覆刻の底本…㉕499-501） 杜甫自編本（六十巻本）…⑫32
「杜工部集」王洙校定本…⑫242, 248, 251, 581, ㉒50, 74, ㉕480, 484, 492, 500
～以後の杜詩の時代考証…㉕503
～王琪版本…㉒75, 79, 83-85, 88, ㉕397, 455, 460, 499, 500, ㉗329
王琪自記…㉕500
～にさきだつ杜詩の資料…㉕501
～の異文の注記…㉕500, 501
～の王洙自記…㉕499
～の「元日」…⑫307
～の原型…㉕497, 498, 500
～の古体詩と今体詩を分けた編集…⑫292, 300, ㉕494, 503
～の古体詩の部の編次…⑫243
～の詩の編次…⑫243, 292, 299, 300, ㉕494, 502 「九日藍田崔氏荘」…⑫292, 299 「月夜」「遣興」…⑫286, 303 「崔氏東山草堂」…⑫294, 299 「対雪」…⑫302 「白水県崔少府十九翁高斎三十韻」・奉先の詩…⑫243
～の「序」王洙…⑫8, 299
～の杜甫自注…⑫233, 242, 243, 296, ㉒89, ㉕497, 498
「杜工部集箋注」…⑫74, 99, 299, 300, 304, 305, 343, 389, 483, ⑯117-119, ㉒74, 75, 83-89, ㉕473, 488, 501, 503
「杜工部草堂詩箋」…⑫300, 486, ㉒50, 83, 84, 93, ㉕448, 455, 483, 488, 496, 501, 503
自序・蔡夢弼…㉒83, ㉕496, 503 年譜（趙子櫟…⑫8 魯訔…⑫343, ㉒88）
「杜工部草堂詩箋」（テクスト）

古逸叢書本…⑫300, ㉒74, ㉕434, 496　広文書局景印本…㉕434　高麗版・宋版…㉕496
「杜工部草堂詩箋補遺」（テクスト）
古逸叢書景宋刊本・杜詩又叢本…㉕434
「杜工部年譜」…⑫343, ㉒88
杜高「戦門和戦門者」…①637
杜康…⑦30
杜黄裳…①420
杜鴻漸…⑫323
杜子…㉖67→杜甫
杜子春…㉕335, 339
「杜子春伝」…⑬271
杜之偉…⑫657
杜氏釈例→「春秋釈例」
杜氏註孔穎達疏（附釈音春秋左伝註疏）…⑰590
「杜氏通典」…⑰558→「通典」
杜嗣業…⑫8
杜詩（杜甫の詩）…①74, ②450, ⑦596, ⑪45, 227, 452, 461, 563, ⑫505, 727-732, 734, 736, ⑬199, ⑳141, 146, 223, 360, 369, ㉑23, 25, 27, ㉒85, 555, ㉕297, 401, 444, 446, 454, 461, 462, 467, 479, ㉖7, ㉗330, 423, 424
～以後の詩…⑪552, ⑫5, 6, 103, 562, 599, 704
雨の詩…㉖158　近体詩と古体詩の役割…①123　写実的な詩…⑬550　杜甫以後における詩の画期…①136　杜甫の祖述…①48, ⑫103, 562, 704, ⑬605　文化・詩の規格としての杜詩…⑬606
～以前の詩…⑫5, 6, 131, 562, 564, 599, 601, 606
雨の詩…㉖158, 159　馬の詩…⑫138, 139, ㉖34　遠征の兵士をあわれむ詩…⑫102　宮廷の詩…㉖86　五言律詩…⑫141　自然詩…⑫148, ㉑130, 132, ㉕406　詩と賦の比較…⑫607　七言詩…⑫130　初唐詩…⑪45　人事描写…⑫162　長詩…⑫194　月…⑫599, 601, 639-642　道士に贈る詩…⑫111　風雲月露…⑫601　律詩…㉑143
～を含む抒情詩の伝統…⑲53
～を読む会…⑫730, ⑳402, ㉒47, ㉔31, 33, 67, 114, 193, ㉕401, 407, 505, 506, ㉖5, ㉗316, 331→読杜会
ハワイ大学における読杜会…㉔193
～を読む方法…㉕462
～からの科挙の出題…㉕496
～と安禄山→その項
～と欧米…⑲413
アメリカの大学…⑲322
～と元曲の成語成句…⑭297
～と後人…①117, 205, ⑫4, 6, 399, ⑬605
近・現代…⑪455, ⑰4, 5, ㉕417（王瑤…⑫672, 673　汪元量…⑮418　郭沫若→～に対する評価　胡適…⑯406, 410, 433　簫滌非・蘇仲翔…㉕447　巴金「第四病室」…①254, 256, 260, ⑰5　傅庚生…㉒445, 495, ㉕447　馮至→「杜甫伝」　文学革命期…㉒71　聞一多→その項　林庚…⑫672, ⑳478）
金　金朝廷…㉒110　元好問…⑮385, 386, 388, 397
元　馬致遠…⑮210　方回…⑮426　楊維楨…⑮437
五代　李煜…⑪461, 465
清人…㉕488, 489（閻若璩…㉕489　王士禎…㉕478　紀曉嵐…⑫426　仇兆鰲→その項　顧炎武…㉕489　顧宸…⑫279　黄生…⑫150　朱彝尊…①441, 445　朱鶴齢…⑫125, 585, ㉔279, ㉕489　沈徳潜…⑫192　銭謙益…⑫21, 222, 585, ⑮491, ⑯73, 74, 97, ㉔279, ㉕447, ㉖429, 432　段玉裁…㉕489　潘徳輿…⑫3）
宋人…⑰255, ㉒64-66, 70, ㉕492（王安石→その項　王禹偁…⑬58, 59　王応麟…⑫66, ㉕452, 459, 478, 489　王洙…⑫299, ㉕498, 499, 502　欧陽修…⑬74, 94, 95, ㉒65　郭知達…⑫585　韓琦…⑬85　胡仔…⑫222　呉若…⑫299, 300　黄鶴…⑫300, 301　黄庭堅…①117, ⑪3, ⑫584, 585, 721, ⑬46, 47, 130, 144, 302, 599, ⑮495, ㉒65, ㉕407　朱子→その項　秦観…㉒110　蘇軾→その項　曽幾…①527　張耒…㉒110　陳師道→その項　陳与義…⑬144　丁謂…⑫633　文天祥…⑮415, 416　方回…⑫301　楊億…㉒65　楊万里…⑫585　陸游→その項　劉辰翁…⑯97, ㉖452　呂大防…㉕502　魯訔…⑫300）
唐　韓愈…①243, 322, ②411, ③15, ⑪415, 419, 424, 425, 429, ⑫585, 704, ⑬45, ⑯288　元稹…⑫585　杜牧…⑫7, 581　白居易…①117, 129, 145, 243, ②65, 461, ⑪456, ⑫585, 704, ⑬20, 22, 45, ⑮597, ⑯286, 288, ⑱6, ㉑48, 49, ㉕404, ㉖51　孟棨…⑫674　李商隠…⑪450, 452, ⑫585, ⑬95
明　王世貞…⑮514　何景明…⑮504　古文辞派…⑮492, 526　高棅…⑮474　康海…⑮509　李東陽…⑮491　李攀竜…⑮514, ㉒6　李夢陽→その項
～と斎藤勇…⑫684, 732, ㉗314, 315, 317
occasional poem の性質…⑫687, ㉗320
支那詩の精髄・杜詩研究と中国民族理解…⑫684, ㉗317
杜詩のおもしろさ…⑫684, 686, 687, ㉗317, 319（杜詩の特色は熾烈・緊張…⑫686, ㉗319）
杜詩の難解…⑫687, ㉗319, 320（アンビギュイティ…⑫689-691, ㉖174-176, 178, ㉗322-324　用事用典の煩…⑫687, 688, ㉗320, 321）
杜詩への不満…⑫693, ㉗326（悲哀の浄化の欠如…⑫692, ㉗325, 326）
日本の杜詩研究へ助言…⑫685, 686, ㉗318, 319
～と詩型…⑫511, 561, 565, 566, 582
楽府体…㉖97（楽府体の表現…⑫77　楽府題の詩…㉑17, 21）
古詩…①123, ⑫289, 566, 583, 699, 701, ㉖161（五言古詩…①150, ⑫511, 582　七言古詩…⑫

96, 112, 125, 129-134, 143, 147, 511, 582, 672, ⑮504, ㉖203 長い詩…㉗399）
近体詩…㉖370（絶句…①123〔五言絶句…⑪5, ⑫511, ㉖15, 27 七言絶句…⑪5, ⑫511, ㉖161, 166〕 排律…⑫414 律詩…①28, 67, 123, 126, 127, 276, ⑪70, 111, 552, ⑫6, 143, 144, 145, 288, 289, 375, 502, 511, 566, 582, 583, 696, ⑬42, ㉑47, ㉒19, ㉖53〔五言律詩…⑪5, ⑫133, 134, 139-141, 143, 147, 148, 293, 374, 482, ⑯410, 433, ㉖33, 108, 133, 161 七言律詩…⑪5, 70, 73, 78, ⑫133, 143, 148, 293, 425, 426, 432, ㉖133, 161, 179 杜甫の律詩は一祖…⑮426〕）
～と慈恩寺の塔…⑫216, 218-222, 226, 549, ㉒482, 483, ㉕404, ㉖44
不安・不吉…⑫214, 221, ㉕405, 406
～と世界文学…①277, ㉖236
極東地域の文学…⑫586（朝鮮と杜詩…㉖113）
国際性…㉕440, 444
西洋文学…⑫586, 687, ㉒45, ㉖43, ㉗320, 368, 384（イマジスト…⑰489, ⑲208 ゲーテ…①144, 247 シェイクスピア…①247, ②536, ⑰496, ⑲459, ⑳210, ㉔398, ㉖480, ㉗368 杜甫・司馬遷を持たぬ西洋…①71, ②536, ㉔398, ㉖480, ㉗368 杜甫・芭蕉とダンテ…㉓433 ホーマー…㉖480, ㉗368 ミルトン…⑰399）
～と前人の文学…①276, ⑫132
陰鏗…⑫29, 653-657, 662, 664, 670, 671 何遜…⑫654, 655, 671 顔延之…⑫132 屈原→その項 阮籍…①121 江総…⑫655 司馬相如…③15 「詩」→その項 謝朓…⑫654 謝霊運…⑫148, 654 沈佺期…⑫655 宋玉…②493, ⑫250, 347 宋之問…⑫655 曹植…⑦11, 71, 73, 135, ⑫78, ㉑15 曹大家…⑫607 孫楚…⑫146 張説…⑪15, 31, ⑫111, 112, 230, 492 陶淵明…①121, ⑤320-323, ⑦293, 445, 559, 598, 599, ⑫589, 613, 645, 647-652, 706, ⑯406, ⑰66, ㉑119, ㉒71 南朝文学…⑫29 班彪…⑫607 潘岳…⑫608, 612 鮑照…⑫29 「文心雕竜」…㉗299 「文選」→その項 庾信…⑫29, 595, 655 揚雄…⑫78 李嶠…⑫139, 144 陸機…⑫618
～と宋詩…⑫103, 584, 614, ⑬32, 33, 45-47, ⑰255, ㉒64-66, 69, 70
杜甫の地位の確定…⑬46, ㉒65
杜甫の地位の不安定…⑬94, ㉒65
～と中国文明の年齢…㉒45
～と「杜子美遊春」雑劇…㉖94
～と杜詩を生んだ存在…㉕463
～と日本人…①130, 144, 247, ⑫594, 720, 721, ⑰71, ㉑139, ㉖234, ㉗315
阿倍仲麻呂…⑫720, ㉗18, 20, 21 青木正児…⑫733 新井白石…㉓118, 156, 161, 238 伊藤仁斎…㉓86 石川啄木…②64, 65, ⑫723 江戸期…⑫721, 722, ㉑134 大山定一…㉗331 狩野直喜…⑫730, ⑰251, 252, 255, ㉒65 川田茂一…㉔232, ㉗329 木村熊二…②63 空海…㉕404, 420, 421 黒川洋一…②64, ⑫723 桑原武夫…㉕438, ㉗348 五山の僧侶…①134, 143, ⑫585, 721, ㉑133, 134, ㉒54, 63, ㉕491 島崎藤村…②63, 64, ⑫585, 723 鈴木虎雄・雪嶺永瑾→各項 大正期の日本…㉒72, ㉗315 武田泰淳…㉗337 近頃の専門家…㉗318 津阪孝綽…⑫150, 722 土岐善麿…⑫724, ⑱331, ㉒56, 62, ㉔277, ㉗345, 346 徳富蘇峰…⑰399 夏目漱石…⑱118 平安人…⑫585, ⑰71, 72, ㉑133, ㉕404 正岡子規…⑱332 松尾芭蕉→その項 万葉人…①143 三好達治…⑱359 森槐南…⑫727 山上憶良…⑰66, ㉖43
戦後日本の状況と杜詩…⑫572
～と仏教…①277, ⑫219, ㉖207
仏教的世界観と儒学的世界観…㉖207, 208
竜門の石仏…②527
～と minor poets…⑳44
～と楊氏一族…⑫103, 106, 213, 549, ㉕403
虢国夫人…⑫55, 108, 273 楊貴妃…⑫222, 236, 238, 259, 260, 273, 274-276, 279, 282, 283, 371, 582, 664 楊国忠…⑫66, 108, 189, 273, ㉕403, 452, 459, 477, 478
～と歴史事実…㉕397, 488
曲江の宮殿…㉔288, 289 酒の値段…⑫633 詩史という呼称…①212, ⑫131, 366, 674, ⑮418, ㉕397 チベットとの戦争…⑫444, 446, 448 天宝十五載・至徳元載…㉒20 呂太一の反乱…㉕398-400 流罪人の旅立ち…⑪26 歴史把握と典故…⑬579
～における愛情…⑫555
家族への愛情…①116, ⑪60, ⑫333, 399, 536-539, 701, ⑬134 兄弟愛…㉖151 友情…⑪63, ⑫109, 116, 419, 701（鄭虔との交遊における解放感…⑫410）
～における官名…㉓229
～における自然現象・自然物…⑫148
雨…⑬199, ㉖158, 159 鶯…⑫513, ⑬200, ㉖168 雷…⑬199 寒蟬・独鳥…⑫468, 469 雲…⑥417, ⑫489, ⑬199, ⑲401, ㉖151, 153, 154 魚…㉖214 猿…㉖127, 132 四川（蜀）の描写…⑳462, ㉔29, ㉕420, 447, 463, 464 茱萸…⑫356-363, ⑳408 清渭…⑫460 桑楡日…㉖141, 142 竹…⑫506 中秋翫月…⑫642, 643 月…①102, ⑫455, 476, 507, 590, 599-601, 637-639, 642, 643, ⑬49, ⑱14, ⑳50, 51, ㉒35, 36, ㉔6, 7, ㉖51, 110, 144, 151, 153 土の色…㉕440 燕…⑫514, ⑬200 露…⑫508, 601 転蓬…⑫504, 505, 642 鳥…⑪74, ㉖17, 130, 181, 214 鶏…㉖205, 206 春…⑫512, 516 火…⑫489 星…⑫508 蛍…⑫317, 318, 480, 481, 509 松…⑫523 落日…①102, ⑦558, ⑫377, 614, ⑬49, ⑳22, 54 柳絮…⑫

516, 518
～における人事の題材　何将軍の山林…⑫151, 169, 414, 635, ⑳69　公孫大娘…⑳442　崔翁高斎…⑫246-251, 256, 257, 260　神仙・遊侠…⑫673　人事の情景…⑫148, 151, 162　童年の追憶…⑯136　夜宴の詩…⑫147, 148　「論語」…①319, ②457, ④5, ⑤136, ⑭296, ⑳120
～に対する評価…①117, ⑫3, 66, 67, 561, ㉒65, ㉕404, 414, ㉖7, 233
偉大さ…⑫596, 597（完全性…⑫560　今体詩の最初の結晶…①204, ⑭13, 256, ⑮170, ㉕7）
肯定的評価…①115, ㉕421, 498, ㉖233（「新唐書」…⑫67　人民共和国…⑫594, ⑰4, ㉒72, ㉕437　宋人による価値の確定…㉕492　北宋人の評価…①115, ⑪3, ⑬46, ㉕421〔愛好者の増加…㉕499　仁宗時代…㉕498〕）
消極的評価…㉕404, 420, 421, 430, 498（郭沫若…㉒72, 477, 478, ㉕404, 416, 419, 420, 441, 464, ㉖12, 491　五代・宋初…⑬58, ㉕420, 498　文学革命…⑫560, ㉒71　楊億…⑫721, ⑬58, ㉒65, ㉕498）
地才…①322, ㉕405, 406, 446, 454, ㉖12, 190
中国詩の革命・画期…⑫6, 7, 33, 96, 131, 562, 581, 582, 606, 624, 716
杜甫を中国第一の詩人とする評価…①23, 28, 115, 243, 322, ②285, ⑪3, 45, ⑫3, 6, 560, 561, ⑯287, ㉑140, ㉕10, 409, 420, 428, ㉖12
詩神…㉑15　詩聖…①116, 131, 132, ②284, ⑦71, 73, 135, ⑫560, 561, 585, 721, ㉖11　代表的抒情詩人…①80　中国詩の古典…①204, 205, 243, ⑫706, ㉒437　中国詩の代表者…⑫581, ㉓568, ㉕298, ㉖236　中国抒情詩の完成…①27, 75, 115, 251, ⑫15, 33, 143, 289, 461, 469, 562, 588-590, ㉕7, 10
唐詩人の代表者…①115, ⑪45
同時代の評価…㉑133, ㉕420, 421, ㉖233
～の遺跡…㉕436-439, 447, 461, 479, ㉖502
～の活力の源泉…①27, 100, 116
～の関係書数…⑱467
～の共感困難なもの…⑫208
～の句による集句（文天祥）…⑮415, 416
～の研究…㉕403, 439, 488, 489
訓読と原詩との距離…⑰553
経学の方法の応用…⑫729, ㉖429
研究に関する中国の条件…㉒72, ㉕489（研究の回避・閑却…②536, ⑪455, ⑫685, 686, 729, ㉒72, ㉕488, ㉗318, 319　清初の研究…㉔279　人民共和国における研究…①128, ⑪455）
コンコーダンス（引得・索引）…②222, 223, ⑫423, ㉑76, ㉕489, 494
周囲の人物への研究の不足…⑫686, ㉗319
同一文字の使い方調査…㉗319
本文批評の不足…⑫685, ㉗318
～の語彙・詩句　阿翁…⑫87　哀歌歎短衣…⑫553　愛客満堂尽豪傑…㉒40　愛汝玉山草堂静…⑫295, 302, 473　握節漢臣回…⑫413　安得健歩移遠梅…⑫369, ㉒40, 41　安得広廈千万間…①100, ⑪85, ⑫702, ㉕90　安得赤脚踏層氷…⑫435　暗水流花径…⑫149, ㉖23, 26　暗飛蛍自照…①29, 82, ⑫508, ㉗377　暗満菊花団…⑫476, 638, ㉖111, 112, 115　已隠暮雲端…㉖111　已映洲前蘆荻花…⑫455, 584, 610, 643, ⑬205　衣露浄琴張…⑫149, ㉖23, 36　為人性僻耽佳句…⑫584, 703　畏我復却去…㉒55　畏人嫌我真…⑫707　迤迤白霧昏…⑱29　尉…⑫250　渭北春天樹…㉒86, ㉖413　意惬関飛動…㉕490　遺構絶壁下…⑫727　一去紫台連朔漠…⑰472, ㉖199, 202　一挙累十觴…⑫635　一県葡萄熟…⑫441　一歳四行役…㉖137　一寸荒田牛得耕…㉗329　一片花飛減却春…㉖88　因人作遠遊…⑫438　因風想玉珂…㉖85, 88　殷殷…⑫252　茵蔯…⑫163　陰火煮玉泉…⑫231, 232　陰房鬼火青…⑫727　隠淪…⑫79　羽林…⑫187　雨声颼颼催早寒…⑫92, ㉖40, 41　鬱鬱回剛腸…⑫707　雲雨荒台豈夢思…⑲303　雲鬟…⑫337, 338, ㉒38　雲軽処処山…⑫543　雲在意倶遅…⑪68, ⑫455, 576, 583, 722, ⑬48, ⑱14, ⑳143　雲台引棟梁…㉒88　雲逐度渓風…①197, ⑫459, 698, 699, 704, ㉑131, ㉕406　雲物…⑫618　雲門…⑫161　永訣…⑫425　永夜角声悲自語…⑫639　永夜月同孤…⑫455, 715, ⑬95, ⑰621, ⑱14　映竹水穿沙…⑫452　栄華有是非…㉖215-217　影斜輪未安…⑫476, 638, ㉖110　影静千官裏…⑫387, ㉖63　翳翳桑楡日…㉖141　役夫敢伸恨…⑫100, 129　易識浮生理…①109, 588, ⑫528, 529, 584, 591, 596, 598, ⑬33, ㉑26, ㉒19, ㉖213, 214, 216, 218-219　炎方…⑫279　駅樹出城来…㉒86　苑辺高塚臥麒麟…㉖92, 96　宴慰…㉒87, ㉕482　焉得鋳甲作農器…㉗329　焉能弁皇州…⑫550, 706　煙火軍中幕…⑫447　煙氛靄崒崒…⑫252　筵…㉒40　遠鷗浮水静…⑫706　遠愧梁江総…⑫655　遠水兼天浄…⑫473　於今為庶為清門…㉗43　嗚咽涙霑巾…⑫386, ㉖60　嗚呼二歌兮歌始放…㉖128　王翰願卜隣…⑫78, ㉒56　王母不遣収…⑫236, 238　応悉未帰情…⑫538　応手看捶鉤…⑫621　往往似陰鏗…⑫653, 655, 656　往日用銭捉私鋳…㉖225　往者災猶降…㉒82, 84, 85　往者十四五…⑫34, 629　桜桃…⑫498　鸚鵡啄金桃…⑫483　憶渠愁只睡…⑫291, ㉒37　憶昨賜霑門下省…⑫502　憶昔好追涼…㉒55　憶弟看雲白日眠…⑥417, ⑫455, ⑲401, ㉖149, 151, 153, 154
可愛深紅愛浅紅…㉖168　可惜歓娯地…①109, ⑫649, ⑳351　何以拝姑嫜…㉖101　何以有羽翼…⑫682, ㉖121　何為西荘王給事…⑫295, 303, ㉒89　何時倚虚幌…⑫338, 571, ㉒38, ㉖52, 463

何時一樽酒…㉒477 何時詔此金銭会…⑳412 何日是帰年…②87, ⑥293, ⑪48, 480, ㉑126, 127, ㉖17, 18, 20 何日沾微禄…⑫582 何日兵戈尽…⑫538 何曾風浪生…⑫478 何得空裏雷…⑫252 何用浮名絆此身…㉖93 花隠掖垣暮…㉖79, 84, 86 花遠重重樹…⑫542 花重錦官城…⑪31, ⑫490, 492, ㉖157, 160 花飛有底急…⑫649 花覆千官淑景移…⑬42 花柳更無私…⑫455, 543 河漢声西流…⑫220, ㉒483 河漢不改色…㉖111, 231 家纔足稲粱…⑰530 家書抵万金…⑪59, ⑫697, ⑰621, ⑲30 家中厭鶏食虫蟻…㉖205 家貧仰母慈…㉒37 驊騮…⑫114 我何苦哀傷…⑫545, ㉖145, 146 我何随汝曹…⑫536 我行山川異…㉖142, 145 我衰太平時…⑫707 我生無根蔕…⑫526 画図省識春風面…⑭472, ㉖199, 200, 202 蝦蟆…⑫236, 237 会看根不抜…⑫524 回首白雲多…⑫169 回首涙縦横…⑫538, ⑮416 快意八九年…⑫47, 50, 51, 61, 69 廻首叫虞舜…⑫221, 550 海図拆波濤…⑫398, ㉖74 海内風塵諸弟隔…⑫543 皆是王忠勤…㉗344 開筵上日思芳草…㉒40 階前樹払雲…⑫166, ⑲242 解水…⑫165 壊道哀湍瀉…⑫727 邂逅無端出餞遅…⑫423, 424 各有稲粱謀…⑫222 濩落…⑫181 割慈忍愛還租庸…㉖225 滑且柔…⑫235 干謁…⑫184 干戈知満地休照国西営…⑫638 甘受雑乱聒…㉖76 甘露…⑫235 官応老病休…⑫553, 583, ㉖178, 179 官雞…⑫72 看剣引盃長…⑫150, ㉖24, 28 患気…⑪65 寒衣処処催刀尺…㉖186, 188 寒月照白骨…⑫637 寒城朝煙淡…㉒45 敢為故林主…⑫525 敢近太陽飛…⑫317, 480 敢忘帝力勤…㉗344 間道暫時人…⑫384, 385, 387, ㉖58, 59 勧客駝蹄羹…⑫635 寛心応是酒…⑫629, 650 感時花濺涙…⑪59, ⑫697, ⑲30, ⑳17, ㉑105, ㉒59, 90, ㉔92, 310, ㉗397 関雲常帯雨…⑫441, 456, 467, 540 関山空自寒…㉖111, 115, 231 関塞極天唯鳥道…㉖193 澗水空山道…⑫291, 336, ㉒37 諫官非不達…⑫616 還家少歓趣…㉒55 還家尚黒頭…⑫655 環珮空帰月夜魂…⑫637, ㉖200, 202 艱難苦恨繁霜鬢…⑪75, ⑫634, ㉕121 観国賓…⑫77 観者如山色沮喪…⑳442 含情空激揚…㉒87 含星動双闕…⑫478 岸風翻夕浪…⑫532 紈袴不餓死…⑫76, ㉔101-103 眼見…⑫512 眼穿当落日…⑫377 危階…⑫248 危檣独夜舟…⑫583, ㉕441, ㉖173, 180, 181 肌理細膩骨肉匀…⑫105, 106, 700 季冬樹木蒼…㉖145, 146 帰雲擁樹失山村…⑪71, ⑫583, ⑬48 帰山独鳥遅…⑫464, 468, 540, 574 帰山買薄田…⑫582 帰舟応独行…⑫642 鬼…⑫101 鬼神…⑫618 寄書長不達…①256, 258, ⑪62 喜遇武功天…⑫387 喜心翻倒極…⑫386, ㉖60 稀星乍有無…①28, 82, 84, ⑫508, 601, 609, ㉗377 覬豁…⑫181 騎驢三十歳…⑫80, 582 驥子好男児…⑫287, 335, ㉒36, 90 驥子最憐渠…⑫334, ㉒36 驥子春猶隔…⑫290, 371, ㉒37, 90 宜人独桂林…㉒487 宜憂阮歩兵…⑫616 疑…⑪204 却去…㉒55 客居媿遷次…㉕449 客子入門月皎皎…㉖153 客愁…⑫512, 513 客裏何遷次…㉕449 九重春色酔仙桃…⑫502 九重泉路尽交期…⑫424, 431 久致羅襦裳…㉖104 及茲慰凄涼…⑫525 旧繡移曲折…⑫398, ㉖74 旧俗疲庸主…㉒85 休明…⑫257 岌嶪土嚢口…㉒60 泣血迸空廻白頭…⑫701, 711 救汝寒懍慄…⑫398, ㉒61 裘馬…⑫47 窮愁但有骨…⑫707 牛女年年渡…⑫478 牛尽耕蚕亦成…㉗329 牛羊嶺上村…⑫447 去年米貴闕軍食…㉖224 去馬来牛不復弁…㉖46 虚幌…⑫339, 340, 571, ㉒38, ㉖52 魚竜寂寞秋江冷…⑫439 御厨…⑫106 御榻…⑫187 漁人網集澄潭下…⑫583 漁父天寒網罟凍…㉖224 凶問一年俱…㉗14 況乃秋後転多蠅…⑫434 況乃粉黛仮…㉒81 況乃未休兵…①256, 259, ⑪62 況聞処処鬻男女…㉖225 峡谷落葉赤…㉒45 恐作窮独叟…⑫396 恐非平生魂…⑫681, ㉖120, 125 羌女…⑫441 強自寛…②493 郷党皆莫記…⑱420 嬌児不離膝…㉒55 興来今日尽君歓…②493, ⑫301, 350, 351, 354, 360, ⑲103 仰穿竜蛇窟…⑫219, ㉒483 暁看紅湿処…⑪31, ⑫490-492, ㉖157 驍騰有如此…⑫137, 567, ㉖33 曲江…⑫551, 602, 603, 630 曲江蕭条秋気高…⑫602 局促…㉖123 棘樹寒雲色…⑫163 玉衣晨自挙…㉒82, 83 玉山高並両峰寒…⑫355, 356, 360, ㉒89 玉臂…⑫337, 338, ㉒38 玉露凋傷楓樹林…㉖183, 187 近供生犀翡翠稀…㉕398, 399 欣欣物自私…⑪68, ⑫576 芹…㉗344 金魚…⑫160 金盤玉箸無消息…⑫503, 504 衾裯稍羅列…⑫398, ㉒61, 62 勤…㉗344 僅…②211 錦江春色逐人来…⑰252 銀漢遥応接鳳城…⑪77, ⑫578, 714 倶過阮宅来…⑫413 空山独夜旅魂驚…⑪77, ⑫578 空念禹功勤…㉗344 空悲清夜徂…①29, 82, 83, ⑫509, ㉗377 偶携老妻去…⑫537 窟宅…⑫250 君意人莫知…⑫623-625 君看随陽雁…⑫222 君見途窮哭…⑫616 君行雖不遠…㉖100 君今在羅網…⑫682, ㉖121 君不見・君不聞…⑫99, 116 君不見管鮑貧時交…⑫209 君不聞漢家山東二百州…⑫99, 129 群山万岳赴荊門…㉖197, 199, 202 群盗尚如毛…⑫707 群雄問独夫…㉒85 恵養…⑫127 桂林…㉒487 渓廻松風長…㉒61 渓辺春事幽…⑫532 経営上元始…⑫523 頃…⑫122, 155 軽燕受風斜…⑫706 軽薄…⑫516 閨中只独看…⑫303, 333, 337, 410, 571, 637, ㉒35-37, ㉖50 鶏狗亦得将…⑭300, ㉖101 鶏虫得失無了時…⑫521, 584, 704, ㉖206 鶏被縛急相喧争…㉖203, 205 鶏鳴風雨交…⑫369 驚風翻河漢…⑫600 撃柝可憐子…⑫455, 545, 707, ⑱

29　血汚遊魂帰不得…⑫260, 274　血作陳陶沢中水…⑫366, 391　決明…㉖45　契濶…⑫181　結髪為妻子…⑮416, ㉖100　月過北庭寒…⑫639　月支…⑫156　月是故郷明…①255-257, 261, ⑪62, ⑫637　月傍関山幾処明…⑫641, 721, 727　月傍九霄多…㉖84, 85, 87　月明垂葉露…①197, ⑫459, 698, 699, 704, ㉑131, ㉕406　月湧大江流…⑫583, 643, 689, 690, 692, ㉕441, ㉖173-175, ㉗322, 323, 325　県官…⑫101　兼天…⑫473　乾坤含瘡痍…⑫397, ㉒49, 50　乾坤震蕩中…⑫177, ㉒27　健歩…㉒40　喧然名都会…㉖144　堅坐看君傾…⑫584, 627, 634　検書焼燭短…⑫150, ㉖24, 28　遣興莫過詩…⑫629, 650　賢…⑫119　懸崖置屋牢…⑫484　弦初上…⑫476　減米散同舟…⑫707　呼婢取酒壺…㉕481　孤雁不飲啄…⑫713　孤月浪中翻…⑫643　孤舟一繫故園心…①156, ②63, 64, ㉖184, 188　孤城隠霧深…⑫473　故繞池辺樹…㉒55　故国霜前白雁来…⑫544　故索苦李餐…⑫336, ㉒37　故人入我夢…⑫681, ⑱25, ㉖120　故飛飛…⑫611　故物独石馬…㉒81　故林…⑫525　故林帰未得…⑪69, ⑫576　胡羯豈強敵…⑫255　胡雁翅湿高飛難…⑫92, ㉖40　胡騎長駆五六年…㉖148, 150, 153　胡児…⑫441　胡青驄…⑫126　胡馬大宛名…⑫134, 135, 567, ㉖31, 36　鼓角縁辺郡…⑪206, ⑫462-465, 470, 573　賈客船随返照来…⑫583, ㉔187　五渓衣服共雲山…㉕463　五更鼓角声悲壮…①150, ⑳69　五夜漏声催暁箭…⑫502　五嶺皆炎熱…㉒487　吾意独憐才…⑫683　吾叱奴人解其縛…㉖206　吾笑汝身長…⑫539　吾生亦有涯…⑫707　吾生後汝期…⑫650　吾道竟何之…⑫456, 469, 574　語不驚人死不休…⑪46, ⑫333, 584, 703, ⑮397, ㉒36　広原延冥捜…㉒79　交流空湧波…㉒76　光細弦初上…⑫475, 638, ㉖110　后土…⑫92　好雨知時節…⑫486-488, 712, ㉖156, 169　好悪不合長相蒙…㉖226　江間波浪兼天湧…①156, ⑫473, 544, ㉖184, 187　江月去人只数尺…⑪56, ⑫643　江月満江城…⑫642　江湖満地一漁翁…㉖193　江山故宅空文藻…⑲303　江山如有待…⑫455, 543　江山非故園…⑫544, 638, 733　江上形容我独老…⑫455　江上小堂巣翡翠…㉖92　江上徒逢袁紹杯…⑬579, ㉒71, ㉔242　江上被花悩不徹…㉖162　江色映疎簾…⑫583　江船火独明…⑫489, ㉖157, 160　江亭…⑫512　江東日暮雲…㉒86, ㉖413　江頭宮殿鎖千門…㉔288　江南瘴癘地…⑫681, ㉖120, 121　江碧鳥逾白…①109, 441-442, ⑥293, ⑪47, 250, 480, ⑳462, ㉑126, 130, ㉔29, ㉕437, ㉖15, 18, 20　江辺正寂寥…㉕449　江令錦袍鮮…⑫655　行人弓箭各在腰…⑫97, 130　行人但云点行頻…⑫98, 130　更秉燭…㉒63　幸因腐草出…⑫317, 480　侯伯知何算…㉕452　恰恰…㉖168　恍惚寒江暮…⑱29　洪河左瀅瀯…⑱420

皇州…⑫221　皇帝二歳秋…㉔79　紅綻雨肥梅…⑪31, ⑫160, 492, 582　紅（香）豆啄残鸚鵡粒…⑫534, 558, 559, 712　紅入桃花嫩…⑫494　荒歳児女痩…㉒30　香芹碧澗羹…⑫155, 635　香飄合殿春風転…⑬42　香霧雲鬟湿…⑫337, 382, 454, 535, 571, ㉒37, ㉖51, 53, 55, 231　浩歌溕水曲…㉒79　浩蕩…⑫244, 245, 439, 513, ㉕407, 490　高岳前嵂崒…⑱420　高秋爽気相鮮新…⑫294, 473　高枕遠江声…⑫638　高馬達官厭酒肉…㉖224　高標跨蒼天…⑫218, ㉒482　黄鵠去不息…⑫222　黄知橘柚来…⑫494, 534, 558, 711　黄独…㉖128　黄門…⑫107　煌煌太宗業…㉔80　横門…⑫129　膠葛…⑫187　澒洞不可掇…⑫195, 213, ㉒30　曠原…⑫233, ㉒79　曠士…⑫218, 219　合…㉒50　毫髪無遺恨…⑫618　豪傑…㉒40　濠梁…⑫154　告帰…㉖123　谷口…⑫154, 409　刻泥為之最易得…㉖226　国破山河在…⑪58, ⑫289, 371, 411, 582, ⑲30, ㉑105, ㉖56, 235, ㉗397　哭声直上干雲霄…⑫98, 130　酷見凍餒…㉒70　汩汩避群盗…⑫583　忽在天一方…㉖142, 145　兀…⑫71　今夏草木長…⑫389, 394　今許鉛鉄和青銅…㉖226　今春看又過…②87, ⑥293, ⑪48, 480, ⑬35, ㉑126, 127, ㉖16, 18, 20　今上岳陽楼…㉕438　今朝漢社稷…⑫388, ㉖63　今日西京掾…㉒86　今年米賤太傷農…㉖224　今年臈日凍全消…⑫419　今夜鄜州月…⑫303, 333, 410, 571, 637, ㉒35, ㉖50　昏鴉已満林…⑫474　昆明池水漢時功…㉖191　恨別鳥驚心…⑪59, ⑫697, ⑲30, ⑳17, ㉑105, ㉒59, 90, 91, ㉔92, 310, ㉗397　混茫…㉕407, 408, 491　渾欲不勝簪…⑪60, ⑲30　魂返関塞黒…⑫682, ⑱24, ㉖121　魂来楓林青…⑫682, ⑱24, ㉖120

左相日興費万銭…⑫118, 313　坐久風頽愁…⑫251　才名三十年…⑫405　再使風俗淳…①99, ⑫79, 178, 214, 390, 548, 582, ㉒28　柴扉永不関…㉗331　柴門空閉鎖松筠…⑫295, ㉒89　柴門老樹村…⑫291, ㉒37　細葛含風軟…⑫454　細推物理須行楽…㉖92　細草微風岸…⑫583, ㉕441, ㉖173, 180, 181　細柳新蒲為誰緑…㉔288　塞上不成河…⑫441　塞上風雲接地陰…①156, ⑫544, ㉖184, 187　塞水不成河…⑫441, 456, 540　歳云暮矣多北風…㉖223　灑面若微霜…⑫525　削跡…⑪63　数問夜如何…㉖86, 88　三月三日天気新…⑫105, 700, ㉒78　三峡楼台淹日月…㉕463　三歎…⑫259　山園細路高…⑫483　山河戦角悲…⑫288, 290　山虚風落石…⑫638, ⑯269, ⑱29, ㉓568, ㉔189　山空鳥鼠秋…⑫439, 453, 456, 540, 583, ㉕465　山迥日初沈…⑫473　山青花欲然…②81, ⑥293, ⑪47, 250, 480, ⑳462, ㉑126, 130, ㉔29, ㉖16, 20　山精…⑫163　山東…⑫99　惨淡凌風煙…⑫537　惨澹蟠穹蒼…⑫527　残盃与冷炙…⑫550　暫時相賞莫相違…㉖94　暫酔佳人錦瑟傍…⑳412　巉絶…⑫254　司

徒急為破幽燕…㉖150 司隷章初覩…⑫385, ㉖59, 60, 63 只益丹心苦能添白髪明…⑫638 只恐花尽老相催…㉖169 只独看…⑫333, 334, ㉒36 四海八荒同一雲…㉖46 四松初移時…⑫523 四万義軍同日死…⑫366, 391 此意陶潜解…⑫650 此曲哀怨何時終…㉖226 此時驪竜亦吐珠…⑫124, 612 此日嘗新任転蓬…⑫503, 504 此身飲罷無帰処…⑫612, ㉕407 此道今人棄如土…⑫209 此輩杼軸茅茨空…㉖224 死別已呑声…⑫680, ㉖119, 124 至理…⑫188 始出枝撐幽…㉒483 始知賢主人…⑫247 枝撐…⑫220 咫尺但愁雷鳴至…⑫125, 612 思家歩月清宵立…⑫455, 637, ⑬49, ⑲401, ⑳50, ㉖148, 149, 153 思飄雲物外…⑫618 指麾安率土…㉒82, 85 蚩尤…⑫187 紫駝之峰出翠釜…⑫635 紫鸞…⑫623 詞賦工無益…⑫158 詩義…⑫616, 617, 619 詩是我家事…⑫19, 291, ㉕481 詩尽人間興…⑫553 詩罷聞呉詠…⑫151, ㉖25 詩律群公問…㉒86, 87 賜名大国虢与秦…⑫106, 109 鷙鳥…⑫114 自寛…⑫348, 349 自古有羈旅…⑫545, ㉖145, 146 自称臣是酒中仙…⑫120, ⑭530 自笑燈前舞…⑫169, 414 自傷遅暮眼…⑫441 自嗟貧家女…㉖104 自非曠士懐…㉒482 自平宮中呂太一…㉕398 似欲忘飢渇…⑫399, 699, ㉖75 事迹可両忘…⑫526, 527 時…⑪206, ⑫287, 288, 465, 466, 470 時危関百慮…①156, ⑫701, 707, ⑱29 時危思報主…⑫584 時能点客衣…⑫317, 481 七月六日苦炎熱…⑫434 七星在北戸…⑫220, ㉒483 疾悪懐剛腸…⑫39, 67, 96, 102, 549 日晏崑崙丘…⑫221 日月低秦樹…㉒86 沙頭宿鷺聯拳静…⑪57, 183 車轔轔馬蕭蕭…⑫97, 129 舎影漾江流…⑫338 炙背俯晴軒…⑫291, ㉒37 麝香眠石竹…⑫483 若負平生志…㉖123 手自移蒲柳…⑰530 朱炎…⑫245 朱桜…⑫279, 497 朱門酒肉臭…⑫189, 213, 214, 550, ㉒29, ㉕419, 420, ㉖224, ㉗399 殊方日落玄猿哭…⑫544 珠圧腰衱穏称身…⑫106, ⑭486 茱萸…⑫356-363 酒酣懶舞誰相拽…⑫427 酒後常称老画師…⑫422 酒債尋常行処有…㉖93 酒闌却憶十年事…㉗347 戍鼓断人行…①255, ⑪61 儒冠多誤身…⑫76, ⑭527, ㉔101, 102 樹羽…⑫231 樹立甚宏達…㉔80 収珠南海千余日…㉕398, 399 州図領同谷…⑫442, 453 舟雪灑寒灯…⑫532 秋山苜蓿多…⑫441 秋至輒分明…⑫477 秋草遍山長…㉒93 秋聴殷地発…⑫464, 467, 573 秋風吹几杖…㉖215 秋風病欲蘇…⑫553, ⑬49, ⑳333 秋来未曽見白日…⑫92, ㉖41 修竹不受暑…㉒78 終然振撥損…⑫524 終能永夜清…⑫478 羞将短髪還吹帽…⑫351-354, 360 啾啾棲鳥過…㉖84, 87 衆人貴苟得…⑳356 衆星尚争光…⑫638, ㉖145, 146 愁胡…⑫140, 146 愁思胡笳夕…⑫384, ㉖57 聚斂…⑫188 繡仏…⑫119 十月清霜重…⑫317, 481 十口…⑫192 戎王子…⑫156, 157 戎馬・重対秦簫発…⑫413 重与細論文…㉒477 従孫…⑫84 鷘金…⑫106 蹴踏…⑫187 熟精文選理…⑫29, 291, ⑮366, ㉒75, ㉕453, 481 出師未捷身先死…㉗315 出遊翰墨場…⑫34, 39 春酒漸多添…㉕449 春酒盃濃琥珀薄…⑫426 春星帯草堂…⑫149, 158, ㉖23, 26 春草満空堂…⑫525 春風啜茗時…⑪206, ⑫288, 466, 470 春流岸岸深…⑯212 閏八月初吉…㉔79 潤物細無声…⑫488, ㉖156, 159 且看欲尽花経眼…㉖91 且復…⑫86 処処逢正月…⑫538 初月出不高…⑫638, ㉖145, 146 所愧為人父…⑫555 所向無空闊…⑫136, 137, 144, 567, ㉖32, 34 所親驚老痩…⑫383 所挿小藩籬…⑫524 汝休枉殺南飛鴻…㉖225, 227 汝曹催我老…⑫538, ㉔159 汝啼吾手戦…⑫539 小駅香醪嫩…⑫532 小児学問止論語…①319, ②457, ④5, ⑤136, ⑭296 小児強解事…⑫336, ㉒37 小奴縛鶏向市売…㉖203, 205 生涯独転蓬…⑫532 尚経矰繳勤…㉗344 牀上書連屋…⑫166, ⑲242 牀前両少女…⑫336, 398, ㉒37 昭陽殿裏第一人…⑫274, 373 相公軍…⑫196 将軍魏武之子孫…㉗43 笑倩旁人為正冠…⑫351-354, 360 商量…㉖169, 170 梢林莽…⑫625 章…⑫155 逍遥…⑫251 勝跡隗囂宮…⑫458 椒房…⑫106 詔従三殿去…㉒481 照我征衣裳…㉖141 誦得老夫詩…⑫287, ㉒36 縦被微雲掩…⑫477, 478 瀟湘洞庭白雪中…㉖223 上日…㉒40 上方重閣晩…⑫484 丈・丈人…⑫74, 77 杖藜歎世者誰子…⑫646, 701, 710 乗興遣画滄州趣…㉒80 城春草木深…⑪58, ⑫411, 582, ⑲30, ㉑105, ㉖56, 235 城上撃柝復烏啼…㉖153 常時任顕晦…⑫477 情性…⑫250 織女機糸虚夜月…㉖192 心死著寒灰…⑫377, 378 心折此淹留…⑫440, 456 心折此時無一寸…⑳69, 95 心蘇七校前…⑫387, ㉖63 身病戎馬後…⑫707 辛苦賊中来…⑫383 信宿漁人還泛泛…⑫611 信宿遊宴闃…⑫246 信美無与適…⑫245, ㉖144 神…⑫78 真堪託死生…⑫136, 137, 144, 567, ㉖32 秦山忽破砕…⑫220 秦州城北寺…⑫458 新月猶懸双杵鳴…⑪77, ⑫544, 578, 638 新人民…㉖142 新炊間黄粱…⑫635 新数中興年…⑫388, ㉖63 親朋無一字…⑫344 人間月影清…㉔7, 8 人間夜寥闃…⑫623, 625 人事多錯迕…㉖105 人生七十古来稀…①109, ⑦600, ⑪327, ㉖93, 95 人生半哀楽…⑫249, 255, 258 人猶乞酒銭…⑫430 尽君歓…⑫350 塵埃不見咸陽橋…⑫97, 130 水宿鳥相呼…①29, 82, ⑫508, ㉗377 水浄楼陰直…⑫475 水深魚極楽…㉖214 水深波浪闊…⑫683, ㉖121 水精之盤行素鱗…⑫635 水竹会平分…⑫452 水落魚竜夜…⑫439, 456, 540, 583, ㉕464 水流心不競…⑪68, ⑫455, 576, 583, 722, ⑬48, ⑱14, ⑳

143　吹簫間笙簧…㉖144　垂死・垂老…⑫423,
㉖215　衰颯正摧顔…⑫456　衰謝不能休…⑫
584　衰老甘貧病…㉖215, 217　推激…⑫622
捶鉤…⑫621　酔把茱萸仔細看…⑫302, 356,
357, 360, 362, 734, ㉔103　酔把青荷葉…⑫165
遂却廻…⑫377　翠…⑫106　翠金…⑫107　翠
駮…⑫623　誰家搗練風凄凄…㉖153　誰能即嗔
喝…⑫399, 700, ㉖75, 76　誰憐一片影…⑫713
誰憐酔後歌…⑫169, 414　随所致…⑫127　随風
隔幔小…⑫481　随風潜入夜…⑫488, ㉖156, 159
数回細写愁仍破…⑫500, 502, 503　世人皆欲殺
…⑫683　世乱憐渠小…㉒36　世路雖多梗…⑫
707　正是江南好風景…⑪54, 55　生還今日事…
⑫384, 385, 387, ㉖57, 58　生還対童稚…⑫599,
607, 699　生前相遇且銜盃…⑫410　生長明妃尚
有邨…㉖197, 199, 202　生別常惻惻…⑫680, ㉖
119, 124, 129　生離与死別…⑮416　西営田…⑫
99　西憶岐陽信…⑫377, ㉖62　西帰到咸陽…⑫
50, 61, 69　西行過此門…⑫447　西蜀桜桃也自
紅…⑫498, 500　西征問烽火…⑫440　征狄…⑫
257　性豪業嗜酒…⑫40, 629　青帰柳葉新奇…
⑫494　青春作伴好還郷…⑫382　青惜峰巒過…
⑫493, 534, 558, 711　青鳥飛去銜紅巾…⑫108,
273　青冥…⑫81, 248　星垂平野闊…⑫583,
643, 689-691, ㉕441, ㉖173-175, 177, 178, ㉗322-
324　星臨万戸動…㉖84, 85, 87　凄涼漢苑春…
⑫384, ㉖57　悽傷…㉒87, 88　清渭…⑫460　清
輝玉臂寒…⑫337, 382, 454, 535, 571, ㉒37, ㉖51-
53, 55, 231　清秋燕子故飛飛…⑫611　清秋聴者
愁…⑫220, ㉒79　清秋便寓直…㉒87　清心聴鳴
鏑…⑫621　清新庾開府…⑪184, ⑫655　清絶…
⑫239, ㉒79　清風為我起…⑫525　清夜沈沈動
春酌…⑫408, 414　晴看稚子浴清江…⑫537　晴
天巻片雲…⑲401　聖…⑫119　聖朝無棄物…⑫
552　精微穿溟涬…⑫621, 622, ㉕259　蜻蜓立釣
糸…①150, ⑳69　静…②207　静夜分…⑫167
請看石上藤蘿月…⑫455, 584, 610, 643, ⑬205
醒酒微風入…⑫166, 410　躋攀…⑫246, 247　脆
添生菜美…⑫163　夕陽薫細草…⑫583　石鯨鱗
甲動秋風…㉖192　石泉流暗壁…⑫706　石馬…
㉒81-84, ㉕487, 488　赤岸水与銀河通…㉗18
赤脚…⑫435　昔聞洞庭水…㉕435　射策…⑫
115　席不煖君牀…㉖100　寂寂春将晩…⑪68,
⑫576　寂寞身後事…㉖124　寂寥開国日…㉒
82, 84　惜哉瑤池飲…⑫221　淅瀝…⑫248　雪
嶺日色死…⑭704　千家山郭朝暉静…⑫610　千
載琵琶作胡語…⑮212, 222, ㉖200　千秋万歳名
…㉖124　川原欲夜時…⑪206, ⑫288, 462-465,
470, 573　川光雑鋒鏑…⑫196, 254, ㉒30　先鋒
孰敢争…⑫618, 619　泉声聞復息…⑫248, 258
穿楊葉…⑫115　船尾跳魚潑剌鳴…⑪57, 183
遷次…㉕449, 456　鮮鯽銀糸膾…⑫155, 635　濺
涙・驚心…⑪59, 565, ⑫585, 697, ⑳17, ㉑105, ㉒
59, 91, 92, ㉔310, ㉗397　前軒…⑫254　前年学
語時…⑫287, ㉒36　膳部黙悽傷…㉒57　疏鑿控
三巴…⑱454　疎柯亦昻蔵…⑫524　疎灯自照孤
帆宿…⑪77, ⑫544, 578　楚王宮北正黄昏…⑪
70, 71, ㉔189　楚人重魚不重鳥…㉖225, 227, 228
双照涙痕乾…⑫338, 339, 571, ㉒38, 39, ㉖52, 53,
463　壮士悲陵邑…㉒82, 85, ㉕455, 473　壮節初
題注…⑫532　宗之瀟洒美少年…㉗21　相許寧
論両相直…㉖46　相失万重雲…⑫714　相対十
丈蛟…⑫251　相対如夢寐…㉒63　相留可判年
…⑰530　草閣臨無地…㉗331　草聖…⑫120
草蔓已多露…㉒42　草木変衰行剣外…㉖148,
150, 153　草露滴秋根…⑫706　送節向河源…⑫
447　倉皇避乱兵…⑮416　崢嶸赤雲西…㉔262,
㉕490　曽宮憑風廻…㉒60, 61, ㉕490　曽城填華
屋…㉖145, 146　装綿…⑫161　層巓余落日…㉒
42　聡慧与誰論…⑫291, ㉒37, 90　蒼梧雲正愁
…⑫221, 550　蒼黄…㉖102　蒼惶已就長途往…
⑫423, 424　蒼生喘未蘇…㉒82, 85　蒼鼠…⑬
279　蒼苔濁酒林中静…⑫517　蒼茫…⑫611-
613, ㉕407, 490, ㉖67　蒼茫不暁神霊意…⑫125,
612　蒼茫問家室…㉔79　痩男独伶俜…㉔279
霜黄碧梧白鶴棲…㉖153　霜鴻有余哀…⑫704
霜橙圧香橘…⑫635　叢菊両開他日涙…①156,
②63, ㉖184, 185, 188　蹭蹬…⑫81　擻身思狡兎
…⑫140, 145　造次…⑫512　即事非今亦非古…
⑫624, 625　即従巴峡穿巫峡…⑫382　束帯発狂
欲大叫…⑫434　足為送老資…⑫526　足可追冥
捜…⑫219, 613, ㉒482　側身望川梁…㉖144, 145
側目似愁胡…⑫140, 145, 146　属国帰何晩…⑫
444　続児誦文選…㉒75, ㉕481　噂沓…⑫85
樽酒家貧只旧醅…⑫541

柂楼…⑫155　大江東流去…㉖142　大児結束随
商旅…④5, ⑭296　大小必双翔…㉖104　大抵三
尺強…⑫523　大庇天下寒士倶歓顔…⑪85, ⑫
702, ㉕90　対君洗紅粧…㉖104　対食暫餐還不
能…⑫434　苔蘚山門古…⑫458, 698　退朝花底
散…⑬42　退朝擎出大明宮…⑫502　帯雨傍林
微…⑫481　帯甲…⑫257　帯晩花…⑫158　態
濃意遠淑且真…⑫105, 700　第五橋…⑫152　啅
雀争枝墜…⑪68, ⑯269　脱身得西走…⑫389,
394　脱落…⑫40　丹心一寸灰…⑫413　丹青野
殿空…⑫458, 698　但逢新人民…㉖142　但話宿
昔傷懐抱…㉖134　坦腹江亭暖…⑪67, ⑫576
短褐…⑫435　端復得之名誉早…㉒40　歎息謂
妻子…⑫536　男殼女糸行復歌…㉗329　断手宝
応年…⑫523　弾射…⑫249　知是相公軍…⑫
196, 254, ㉒30　致君堯舜上…①99, ⑫79, 178,
214, 390, 547, 582, ㉒28　致身早…㉖133　遅廻
度隴怯…⑫439　遅暮…⑫441　稚子敲針作釣鉤
…⑫537　稚子無憂走風雨…⑫92, ㉖41, 48　絺
衣掛蘿薜…⑫167, 643　置屋牢…⑫484　癡女饑
咬我…⑫336, ㉒37　竹光団野色…⑫338　竹批

双耳峻…⑫135-138, 567, ㉕406, ㉖31　竹涼侵臥内…①28, 81, 83, ⑫506, 507, ㉗377　逐客無消息…⑫681, ㉖120　中原杳茫茫…㉖147　中自誅褒妲…㉒60　中天月色好誰看…⑫639　中天懸名月…⑫637　仲尼甘旅人…㉒45　虫鶏於人何厚薄…㉖206　注目寒江倚山閣…⑫521, 584, 704, ㉖206　昼引老妻乗小艇…⑫537　長安市上酒家眠…⑫119, ⑭530　長安水辺多麗人…⑫105, 700, ㉒78　長安布衣誰比数…⑫91, ㉖39　長吟野望時…⑪68, ⑫288, 576　長者雖有問…⑫100, 129　迢迢滞遠方…⑫538　重巌細菊斑…⑫532　重露成涓滴…①28, 81, 82, 84, ⑫508, 601, 609, ㉗377　振撥…⑫524　鳥呼…⑫249　鳥雀夜各帰…㉖147　朝叩富児門…⑫550　朝正使…⑫307　朝野歓娯後…⑫177, ㉒27　雕胡…⑫250　聴詩静夜分…⑫167, 410　沈思歓会処…⑫396　沈年…㉒70　底物…⑦508　庭前有白露…⑫476, 638, ㉖111, 115　啼痕満面垂…⑫306, 331　隄防…⑫524　鼎湖…㉕473　鄭公樗散鬢成糸…⑫421, 422　泥汚后土何時乾…⑫92, ㉖41　覿…⑫251　鉄馬雲霧積…⑫196, 254, ㉒30　鉄馬汗常趨…㉒82, 83, 85　天下郡国向満城…㉗329　天涯涕涙一身遥…⑫543　天涯風俗自相親…⑫455, 456　天子呼来不上船…⑫119, ⑭530　天上秋期近…㉔7, 8　天地黯惨忽異色…⑫122, 611　天地一沙鷗…⑫583, ㉖180　天地軍麾満…⑫288, 290　天地有順逆…⑫249, 256, 258　天然二寸魚…⑫713　天馬…㉕473　天路牽騏驥…㉒88　点行…⑫98　転益多師是汝師…⑮366　転蓬…⑫504, 505, 642　碾渦深没馬…⑫158　顛狂…⑫516　田家敢忘勤…㉗344　伝語風光共流転…㉖94　伝声看駅使…⑫447　兎糸附蓬麻…①370, ㉖99　杜子将北征…㉔79　都非少壮時…①109, ⑫649, ⑳351, 352　当時侍金輿…㉒81　当春乃発生…⑫487, 488, 712, ㉖156　彤庭…⑫188　東柯谷…⑫451, 452　東郊…⑫257　東山気濛鴻…⑫231　到此応嘗宿…⑰530　到処潜悲辛…⑫550　桃花一簇開無主…㉖166　盗賊爾猶存…①109, 156, ⑫701, 707, ⑱29　陶謝…⑫622　陶潜避俗翁…⑫652　登茲翻百憂…㉒482　條鏇光堪摘…⑫140, 338　頭白昏昏只酔眠…⑫334, 583, ㉒36　盪潏撫洪鑪…㉒82, 85　動静随所撃…⑫248, 249, 258　堂…⑫86, ㉒40　道旁過者問行人…⑫98, 130　得恡千葉黄…⑫524　独鶴帰何晩…⑫474　独座親雄剣…⑫553　独顦顇…㉖123　独立蒼茫自詠詩…⑫612, 625, ㉕407　独留青塚向黄昏…⑰472, ㉖199, 202　嫩蘂商量細細開…㉖169
那無囊中帛…⑫398, ㉒61, 62, ㉖75　南菊再逢人臥病…⑪77, ⑫578　南使…㉑76, ㉒93, ㉕449, 456, 472, 473　南渡桂水闕舟楫…㉖154　南望青松架短壑…⑫435　南陽気已新…⑫385, ㉖59, 60, 63　難教一物違…①109, 588, ⑫528, 529, 584, 591, 596, 598, ⑬33, ㉑26, ㉒19, ㉖213, 214, 216, 219　二毛…⑫603, 605　日脚下平地…㉔262　日日江楼坐翠微…⑫610　日夜更望官軍至…⑫331　入河蟾不没…㉔6　入簾残月影…⑫638　任転蓬…⑫504　年過半百不称意…⑫553, ㉖154　年芳…②207, 221　燃臍郿塢敗…⑫413　農務村村忙…⑯212　囊空恐羞澁…①145, ⑫633　巴陵洞庭日本東…㉗18　波濤満頃瑠璃堆…⑫122, 611　波漂菰米沈雲黒…①197, ⑫489, ㉕406, ㉖192　波瀾独老成・破的由来事…⑫618, 619　頗随…⑫165　肺気…⑫431　肺病…⑪65　配爾亦茫茫…⑫526　排悶強裁詩…⑪69, ⑫576　白衣蒼狗…㉒489　白鷗没浩蕩…⑫84, 244, 613　白日…⑫220　白日放歌須縦酒…⑫382　白小群分命…⑫713　白石…⑫604-606　白石素沙亦相蕩…⑫604, ㉒77　白接䍦…⑫165　白帝城…⑫645-647　白帝城高急暮砧…㉖186, 188　白帝城西過雨痕…⑪69, 70, ㉔189　白頭掻更短…⑪60, ⑲30　白髪千茎雪…⑫413　白也詩無敵…⑪184, ⑫680　薄雲巌際宿…⑫643　莫厭傷多酒入唇…㉖91　莫計枝凋傷…⑫524　莫徭…㉖225, 227　莫徭射雁鳴桑弓…㉖224, 227, 228　八極…⑫40　八珍…⑫107　発生…⑫487, 488　反畏消息来…⑪60, ⑫396　反照…⑫254　反鏁衡守環堵…⑫92, ㉖39　伴月落辺城…⑫478　返照入江翻石壁…⑪71, ⑫583, ⑬48　泛舟慙小婦…⑫539, 583, ⑲109　飯煮青泥坊底芹…⑫635, ㉗344　万顆匀円訝許同…⑫500-503　万国…⑫257, ㉖226　万事干戈裏…①29, 82, 83, ⑫509, ㉗377　万方声一概…⑫469, 574　万里可横行…⑫137, 567, ㉖33, 35　万里橋西宅…㉕469, ㉖152　万里傷心厳譴日…⑫422　万里誰能馴…⑫84, 244, 613　万里悲秋常作客…⑪75, ⑫543　万里流沙道…⑫447　盤渦…⑫251　盤飧市遠無兼味…⑫541　盤剝白鴉谷口栗…⑫635　比屋豪華固難数…⑫625, ㉒78　披写忽登台…⑫413　肥男有母送…㉔279　飛星過水白…⑫638　飛虫満院遊…⑪68, ⑯269　飛動意…⑪64　飛動摧霹靂…⑫621, 622　飛鳴声念群…⑫713　飛揚…⑥36　悲秋…⑫347, 348　閟…⑫278　翡翠鳴衣桁…①150, ⑳69　罷如江海凝清光…⑫36, ⑳442　避賊今始帰…⑫525　美人為黄土…㉒81　微升古塞外…㉖111　微風倚少児…⑫275　百花潭北荘…㉕469, ㉖152　百祥奔盛明…⑫236　百年垂死中興時…⑫422　百年多病独登台…⑪75, ⑫543　百憂…⑫219　百里見繊毫…⑫484　冰漿碗碧瑪瑙寒…⑫426　飄然思不群…⑪184, ⑫680　飄泊損紅顔…⑫539, 583, ⑲109　飄飄何所似…㉖180　飄飄愧老妻…⑫538　飄飄青瑣郎…⑫238, ㉒79　飄零何所似…⑫583　飄零何処帰…⑫317, 481　廟謀蓄長策…⑫257　賓従…⑫108　不愛入州府…⑫707　不厭北山薇…㉖216, 217　不愜…⑫168　不見朝正使…⑫307, 331　不作為…⑫520

不識南塘路…⑫152, 153　不寝聴金鑰…㉖85, 88　不尽長江袞袞来…①151, ⑪74, 75, ⑫455, 521, 584, ⑬35, ⑭502, ㉖209　不知何王殿…⑫727, ㉒61　不知鶏売還遭烹…㉖205　不薄今人愛古人…⑫625, ⑮366　不聞夏殷衰…㉒60　不夜月臨関…⑫444, 456, 583, 639, ㉕464　不労烈士涙滂沱…㉗329　夫家…⑫188　巫山巫峡気蕭森…㉖183, 187　俯視但一気…⑫550, 706　浮雲終日行…㉖123　浮雲連陣没…㉒93　浮客転危坐…⑫642　浮生有屈伸・浮生有蕩汨…⑫529　浮生理…㉑26　鄜畤…㉖72　武定禍乱非公誰…㉒61　武帝旌旗在眼中…㉖192　葡萄…⑫441　風雨不動安如山…⑪85, ⑫702　風急天高猿嘯哀…⑪73, ⑫634　風月自清夜…⑫544, 638, 733　風散入雲悲…⑫464, 467, 573　風騒…⑫622　風入四蹄軽…⑫135-138, 454, 567, 574, ㉕406, ㉖31, 32　風飄万点正愁人…㉖88, 91　風飄律呂相和切…⑫721, 727　風林繊月落…⑫149, ㉖23, 26, 36　風連西極動…⑫639　楓…㉖120, 183, 187　伏櫪…⑫127　復恐征戎干戈密…㉕398, 399　勿矜千載後…⑫527　粉黛亦解苞…⑫398, ㉒61, 62　紛紛軽薄何須数…⑫209, 211　噴薄漲巌幽…⑫232　分明怨恨曲中論…⑮212, ㉖200　文采珊瑚鉤…㉒79　文章実致身…㉕452　文章有神交有道…㉒40　聞君掃却赤県図…㉒80　聞道河陽近乗勝…㉖150　平昔…⑫259　平明跨驢出…⑫85, 707, ㉕450　兵戈阻絶老江辺…㉖148, 150, 153, 160　兵気漲林巒…⑫196, 254, ㉒30　碧梧棲老鳳凰枝…⑫534, 558, 559, 712　碧水春風野外昏…⑫517　別来忽三歳…⑫524　別離驚節換…⑫291, ㉒37　別離経死地…⑫413　片雲天共遠…⑫715, ⑬95, ⑰621, ⑱14　辺秋一雁声…①255, ⑪61　扁舟意不忘…⑫151, ㉖25　篇終接混茫…①124, ㉕407, 408, 490　便下襄陽向洛陽…⑫382　便教鶯語太丁寧…⑫513　便与先生応永訣…⑫424　楩柟枯崢嶸…⑱420　歩簷倚杖看牛斗…⑪77, ⑫578, 714　暮随肥馬塵…⑫550　暮途涕泗零…㉒30　簿書何急来相仍…⑫434　方知象教力…⑫219, 613, ㉒482　芳洲…⑫516　抱葉寒蟬静…⑫464, 468, 540, 574　放蕩斉趙間…⑫47　烽火連三月…⑪59, ⑫697, ⑰621, ⑲30, ㉒92, ㉕503　蓬萊宮闕対南山…㉒14, 481　鋒鏑…⑫254　鋒稜痩骨成…⑫134, 135, 567, ㉖31, 36　北轅就涇渭…⑫191　北帰秦川多鼓鞞…㉖154　北書不至雁無情…⑪77, ⑫578　北防河…⑫98　本亦有隄防…⑫524　翻思在賊愁…㉖76　翻手作雲覆手雨…⑫208

毎愁夜中自足蝎…⑫434　毎日江頭尽帰…㉖94　未暇申宴慰…㉒87　未怪老夫潜…㉕298　未解憶長安…⑫285, 334, 337, 571, ㉒36, 37, ㉖51, 54, 55, 230, 231　未休関西卒…⑫101, ㉕484　未須料理白頭人…㉖163, 170　未足臨書巻…⑫317, 481　未知適誰門…⑫707, ㉕450　未卜見故郷…㉖142　明朝有封事…㉖85, 88　明日看雲還杖藜…⑫553, ㉖154　明年此会知誰健…⑫302, 356, 358, 360, 735　無衣何処村…⑫455, 545, 707, ⑱29　無家問死生…①256-258, ⑪62, ⑫544　無使蛟竜得…⑫683, ㉖121, 124　無食致夭折…⑫555　無心雲…⑫248　無人遂却廻…⑫377, ㉒55, ㉖62　無乃太怱忙…㉖100　無地…㉗331　無東西…⑫99　無風雲出塞…⑫444, 456, 583, 639, ㉕464　無辺落木蕭蕭下…①151, ⑪74, ⑫455, 521, 584, ⑬35, ㉖209　無有一城無甲兵…㉗329　無与適…⑫245　霧樹行相引…⑫378-382　名園依緑水…⑫153, ⑳69　名豈文章著…⑫553, 583, ㉖178-181　名都会…㉔262　明我長相憶…⑫681, ⑱25, ㉖120, 123　明月照我膝…⑫590, 599, 643　明光…⑫70　明眸皓歯今何在…⑫260, 274　冥捜…⑫219-221, 233, 244, 613, 619, ㉕407　瞑涬…⑫622　瞑色赴春愁…⑳54　孟冬十郡良家子…⑫366, 391　猛将紛塡委…⑫257　網恢恢…㉖123, 134　魍魎森惨戚…⑫252　苜蓿…⑫441　問事競挽髭…⑫399, 700, ㉖75　問知人客姓…⑫287, ㉒36, 90

也自紅…⑫498, 501　夜雨剪春韮…⑫635　夜深経戦場…⑫637　夜深坐南軒…⑫590, 599, 643　夜深露気清…⑫642　夜闌更秉燭…㉒63　耶嬢…⑫103　野径雲倶黒…⑫488, 489, ㉖157　野月満庭隅…①28, 81, 83, ⑫506, 507, ㉗377　野航恰受両三人…⑯485　野曠天清無戦声…⑫366, 391　野寺残僧少…⑫483　野人相贈満筠籠…⑫499, 500　野竹上青霄…⑫153, 158, ⑳69, 95　野老…⑫514, ㉖47　由来万匹強…㉒93, ㉕449, 456, 472　庾信文章老更成…⑫655　庾信平生最蕭瑟…⑫579, 655　又逢君…⑪55　有時自発鐘磬響…⑳69　有情且賦詩…⑫526, 527　有弟皆分散…①256-258, ⑪62, ⑫543　幽意・幽興…⑫154, 168　幽色幸秀発…⑫524　幽人拝鼎湖…㉒82, ㉕448, 455, 473, 474　幽明…⑫258　幽霊斯可桂…⑫234　悠悠委薄俗…⑫707　悠悠経十年…⑫583　湧波…㉒76, ㉕482　猶疑照顔色…⑫637, 682, ⑱24, ㉖121　猶瞻太白雪…⑫387　遊衍…⑫620　遊子久不至…㉖123　遊子空嗟垂二毛…⑫603, 605　遊子日月長…㉖143　熊児幸無恙…⑫334, ㉒36　憂虞何時畢…⑫397, ㉒49　憂端斉終南…⑫213, ㉒30　与君永相望…㉖105　要津…⑫108　揺落深知宋悲…⑫347　葉稀風更落…⑫478　楊花雪落覆白蘋…⑫108, 273　瑤池…⑫221, 235　遥憐小児女…⑫334, 337, 571, ㉒36, 37, ㉖51, 54, 55, 230, 231　欲語羞雷同…⑳356

羅襦不復施…㉖104　来如雷霆収震怒…⑫36, ⑳442　洛城一別四千里…㉖148, 150, 153　落花時節又逢君…⑪54, 55　落月…⑫639, ㉖121　落月動沙虚…⑫638　落月満屋梁…⑫637, 682, ⑱24, ㉖121　落日在簾鉤…⑫532　落日照大旗…㉓179　落日心猶壮…⑫552, ⑬49, ⑳22, 54, 333

と 杜　495

落日平台上…⑪206,⑫466,470　落日邀双鳥…⑲401　落日留王母…⑫275,664　落杵光輝白…⑫338,542,㉒38　駱駝…⑫441　乱石通人過…⑫484　乱挿繁花向晴昊…㉔241　覧物嘆哀謝…⑫525　闌風伏雨秋紛紛…㉖46　藍水遠従千澗落…⑫355,360,㉒89　懶困…㉖165,166　懶慢…⑫517　吏隠…⑫250　李公有佳句…⑫653,655,656　李白一斗詩百篇…⑫119,636,⑭530　李邕求識面…⑫78,㉒56,75　離立如人長…⑫524　離辺老却陶潜菊…㉒71　律中鬼神驚…⑫618,619　柳絮…⑫516,518　流恨満山隅…㉒82,84,85　流沙…⑫127　留得一銭看…①145,⑫633　留連春夜舞…⑫414　竜門横野断…㉒286　呂太一…㉕398　旅食京華春…⑫80,582　閭里…㉖128　梁棟已出日…⑫600　涼月白紛紛…⑫167,643　聊待僕蓋張…⑫526　緑垂風折笋…⑪31,⑫160,492,582　林茂鳥知帰…㉖214　涙落強徘徊…⑫414　令厳夜寂寥…⑫637　茘枝…⑫279　黎庶猶未康…⑫525　烈風無時休…⑫218,㉒482　連朔漠…⑰472　連峰望忽開…⑫378,380-382　路遠不可側…⑫681,⑫120,125　路難思共済…⑫707　路有凍死骨…⑫190,213,214,550,㉒29,㉕419,420,㉖224,㉗399　露下天高秋気清…⑪77,⑫578　露従今夜白…①255-257,261,⑪62,⑫637　露冷蓮房墜粉紅…①197,⑫489,㉕406,㉖193　老去願春遅…⑫649　老去漸細於詩律…⑮397　老去悲秋…②493,⑫299,300,302,303,304,344,346,349-352,354,360　老妻画紙為棊局…⑫537　老妻書数紙…⑫538　老人因酒病…⑫584,627,634　老成…⑫619　老夫…㉖647　老夫不出長蓬蒿…⑫292,㉖40,41　老病已成翁…⑫552　老病有孤舟…⑫544　楼静月侵門…⑫638,⑯269,⑱29,㉓568,㉔189　楼蘭斬未還…⑫444　潦倒新停濁酒盃…⑪75,⑫634,㉕121　閭風入轍跡…⑫232,㉒79　臘月常年暖尚遥…⑫419　腕促蹄高…⑫128

～の作品　「哀王孫」…⑫150,⑫283,292,300,343,364,384,㉒33,88,㉖64　「哀江頭」…⑫150,⑪275,⑫7,274,283,292,371,372,384,582,㉒33,㉔288,289,㉖64　「移居公安山館」…⑫533　「飲中八仙歌」…⑫116,313,636,⑭498,530,㉗21　「雨過蘇端」…⑫369　「禹廟」…⑱454　「曳裾置體地」…⑫70　「詠懐」…㉒30　「詠懐古蹟」→その項　「塩井」…㉖138　「王十五司馬弟出郭相訪兼遺営茅堂貲」…㉒456　「憶昔」…㉖138　「憶幼子」…⑫289,290,335,371,㉒37,90　「可惜」…⑫629,649　「夏日李公見訪」…⑫88　「暇日小園散病」…㉗344　「画鷹」…⑫139,145,338,㉒38　「解悶」…⑪399,⑫279,653,655　「閣夜」…⑳69　「官定後戲贈」…⑫178　「寒硤」…㉖138　「元日」…⑫74,289,306,307,331　「元日寄韋氏妹」…⑫74,307　「甕月呈漢中王」…⑫642　「寄賀蘭銛」…⑫177「寄薛三郎中」…㉗344　「寄題江外草堂」…⑫523　「喜晴」…⑫370　「喜達行在所」…⑫374,732,㉒55,㉖56,58,65,81　「喜聞官軍已臨賊寇」…⑳359　「戲為六絶」…⑫595,625,655　「戲題画山水図歌」…㉗271　「桔柏渡」…㉖138　「客夜」…⑫638　「九日」五首…⑫430　「九日楊奉先会白水崔明府」…⑫196,㉒30　「九日藍田崔氏荘」…②493,⑫292,293,299,301,342,360,730,734,㉒88,485　「九成宮」…⑫60,61,㉔12,㉕490　「漁陽」…㉕397　「狂夫」…⑫496　「羌村」…⑫63,㉔262,㉕490　「橋陵詩三十韻因呈県内諸官」…㉒30,81　「曲江」…㉖87-90,94,97　「曲江三章章五句」…⑫94,95,129,601-603,624-626,㉒77　「曲江対雨」…②207,⑫19,⑳412　「玉華宮」…⑫727,㉒61,81,㉕487　「近聞」…㉕397　「苦雨奉寄隴西公兼呈王徴士」…⑫65　「寓目」…⑫440,467　「敬贈鄭諫議十韻」…⑫616,619,623　「螢火」…⑫317,318,479　「月」…⑫396,638,642　「月夜」→その項　「月夜憶舎弟」…①254,⑪61,⑫637　「倦夜」…⑪28,81,83,⑫506,600,㉒398　「剣門」…㉖138　「乾元中寓居同谷県作歌」…⑫701,㉖126,130,131　「遣懐」…⑫47,48,474,678　「遣興」…⑫286,289,303,335,652,⑯118,㉒36,90　「玄都壇歌寄元逸人」…⑫109,112,⑳359　「孤雁」…⑫713,⑮209　「故武衛将軍挽詞三首」…㉒88,㉕480　「五盤」…㉖138　「江漢」…①591,⑫714　「江亭」…⑪589,⑫67,68,⑫575　「江南逢李亀年」…⑯52　「江畔独歩尋花七絶句」…㉖160,164,165,171　「行次昭陵」…㉒82,84,㉕439,448,455,473,501,503　「後出塞」…⑪79,⑫555,637,㉑17,21　「高都護聽馬行」…⑫126,131,132　「黄河」…㉕397　「哭台州鄭司戸蘇少監」…⑫430　「今夕行」…⑫210　「恨別」…⑫637,㉖143,147,148,153,154,160-161,171　「沙苑行」…⑫129,㉒93,㉖34　「崔氏東山草堂」…⑫294,299,301,345,635,㉖69,㉒89,㉗344　「崔駙馬山亭宴集」…⑫65　「最能行」…①319,④5,⑭296　「歳晏行」…㉑47,㉖220,222,223,227,234,235　「三川観水漲二十韻」…⑫197,㉒31　三吏三別…⑫529,555,583,702,㉒71,㉔279,㉕441,㉖98,108　「山館」…⑫533　「山寺」…①583,⑫483　「蚕穀行」…㉗329,330　「四松」…⑫522　「示従孫済」…⑫84,85,635,㉕450,457　「示宗文宗武」…⑮416　「自京赴奉先県詠懐五百字」…⑫25,⑫179,194,213,242,243,634,700,701,㉒28,80,㉗399　「自平」…㉕397　「写懐」…⑫599,600,643　「収京」…⑫399　「秋雨嘆」…⑫291,㉖37-39,44,47,48,53　「秋興八首」→その項　「秋日夔府詠懐奉寄鄭監審李賓客之芳」…⑫654,655　「秋日荊南述懐三十韻」…㉒19　「秋野」…①588,⑫528,530,591,596,㉖207,208,211-213,216　「十七夜対

月」「十六夜翫月」…⑫642 「重過何氏」…⑪206, ⑫466, 470 「重経昭陵」…㉒83, 84, ㉕439 「宿江辺閣」…⑫643 「宿昔」…⑫274, 275 「宿府」…⑫639 「述懐」…⑪60, ⑫389, 394 「春日憶李白」…⑫680, ㉒86, ㉖413 「春宿左省」…㉖79, 82, 83, 88, 89 「春望」→その項 「春夜喜雨」…⑪31, ⑫485, 492, 712, ⑳354, ㉑37, ㉖152-155, 161, 171, ㉗399 「初月」…⑫475, 638, 639, ㉖108-110, 112, 113, 126, 137, 144, 188, 211, 231 「所思」…⑫429 「諸将」…⑰252 「承沈八丈東美除膳部員外阻雨未遂馳賀奉寄此詩」…㉒86 「上章左相」…⑫66 「蜀相」…㉗315 「秦州雑詩」…⑪206, ⑫438, 440, 442-452, 457-466, 572-574, 639, 698, ㉑76, ㉒93, ㉕449, 456, 472 「新安吏」…⑫555, 702, ㉔279, ㉖98 「新婚別」…①370, ⑪79, 159, ⑫555, 702, ⑭300, ⑮416, ㉖96, 98, 99, 102, 106, 108, ㉗399 「水回渡」…㉖138 「吹笛」…⑫641, 721, 727 「垂老別」…㉖98 「酔歌行」…⑫113, 116, 630 「酔時歌」…⑫405, 630 「成都府」…⑫638, 700, ㉖135, 138-140, 143 「西閣夜」…①251, ⑫638, ㉔189 「青糸」…㉕397 「青陽峡」「石龕」「石櫃閣」…㉖138 「石壕吏」…㉖98 「赤谷」…㉖138 「昔遊」…⑫49, 206, 678 「積草嶺」…㉖138 「絶句」(江碧鳥逾白)…①109, ②78, 86, ⑪46, ⑳417, ㉖14, 15 「絶句」(遅日江山麗)…⑪50 「洗兵馬」…①122 「前出塞」…⑪79, ⑫555, ⑳356, ㉑17, 21 「壮遊」…⑫33, 34, 39, 41, 43, 69, 73, 629 「早秋苦熱堆案相仍」…⑫432 「早春」…⑫486 「早朝大明宮」…㉓118 「宗武生日」…⑫291 「送鄭十八虔貶台州司戸傷其臨老陥賊之故闕為面別情見於詩」…⑫419 「遭田父泥飲」…⑫499 「驄馬行」…⑫129, ㉖34 「贈韋左丞丈済」…⑫66, ㉒75 「贈衛八処士」…⑫635, 701 「贈王二十四侍御契四十韻」…㉗344 「贈翰林張四学士垍」…⑫65, ㉕458 「贈高式顔」…⑪62 「贈特進汝陽王」…⑫65 「贈李白」…⑫677 「即事」(百宝装腰帯)…⑪51 「即事」(暮春三月巫峡長)…⑬199 「促織」…⑫478 「対雪」…⑫302, ㉒33 「題鄭十八著作丈故居」…⑫427 「題壁上韋偃画馬歌」…㉒81 「中宵」…⑫638 「鄭駙馬宅宴洞中」…⑫65 「鄭駙馬池台喜遇鄭広文同飲」…⑫412 「泥功山」…㉖138 「鉄堂峡」…⑫700, ㉖138 「天育驃騎歌」…⑫129 「天河」…⑫477 「杜位宅守歳」…⑫66 「徒歩帰行」…㉒61 「冬至」…⑳69 「冬日洛城北謁玄元帝廟」…㉒83 「投贈哥舒開府翰」…⑫66, 241, ㉒86 「東楼」…⑫447 「登高」…⑪72, 73, 152, ⑫521, 634, ⑬35, ㉑48, ㉕121 「登楼」…⑬198 「闘鶏」…⑫277, 278 「同谷七歌」…⑫453, ⑬31, ㉖137 「同諸公登慈恩寺塔」…⑫214, 218, 223, 244, ㉒54, 482, ㉕404-407 「堂成」…⑫353 「潼関吏」…㉖98 「得家書」…⑫334, 396, ㉒36 「日暮」…⑫637 「入宅」…㉕449, 456 「能画」…⑫276 「破船」…⑮416 「陪鄭広文遊何将軍山林」…⑪31, ⑫151, 409, 492, 635, 643 「陪李北海宴歴下亭」…㉒76 「白沙渡」…㉖138 「白小」…⑫713 「白水県崔少府十九翁高斎」…①590, ⑫196, 243, 260, ㉒30 「白水明府舅宅喜雨」…㉒30 「白帝城最高楼」…⑫253, 645, 710 「縛鶏行」…⑫521, 703, ㉖203, 204, 213, 216, 223 「八哀」…⑫79, 325, 402, 403, 430, ㉒75, ㉕451, 458, ㉗344 「八月十五夜月」…⑫642 「発秦州」…⑫453, ㉖138 「発潭州」…㉒91 「発同谷県」…㉖137, 138 「返照」…⑪69 「晩行口号」…⑫655 「飛仙閣」…⑫536, ㉖138 「悲青坂」…⑫366 「悲陳陶」…⑫300, 328, 366, 391 「渼陂行」…⑫121-125, 582, 611, ㉖94 「百憂集行」…①403, ⑫37 「病後遇王倚飲贈歌」…㉒66 「貧交行」…⑫208-211 「賓至」…⑪64, 65 「兵車行」…①122, ⑪79, ⑫96-103, 109, 129, 131, 213, 549, 555, 582, ㉕403-406, 484, ㉖203 「屏跡」…⑫338 「別賀蘭銛」…⑮416 「別蔡十四著作」…㉗344 「暮帰」…㉖153 「奉寄河南韋尹丈人」…⑫66, 74 「奉酬李都督表丈早春作」…⑫494 「奉先劉少府新画山水障歌」…⑫243, ㉒80, ㉕496, 503 「奉贈韋左丞丈」…⑫66, 74, 75, ㉒56, 75, ㉔101, ㉕490 「奉贈鮮于京兆」…⑫66, ㉕458, 459, 478 「奉贈太常張卿垍」…⑫65, ㉕458 「奉同郭給事湯東霊湫作」…⑫227, 244, ㉒79 「奉陪鄭駙馬韋曲」…⑫65 「奉和賈至舎人早朝大明宮」…㉓118 「放船」…⑫494, 558, 711 「法鏡寺」…㉖138 「彭衙行」…⑫198, 204, 291, 336, 701, ㉒31, 37 「鳳凰台」…㉖138 鳳凰の詩…⑫35 「房兵曹胡馬」…⑫134, 137, 143, 144, 564-568, ㉕406, ㉖29, 30, 53, 234 「茅屋為秋風所破歌」…①26, 100, ⑪79, 82, 84, ⑫555-557, 701, ⑬85, ㉕90 「北征」→その項 「卜居」…⑫496 「漫興」…⑫511, ⑮437 「漫成」…⑪56, ⑫643 「無家別」…㉖98 「夢李白」…⑫637, 680-683, 701, ⑱24, ㉖116-119, 121, 124, 126, 129, 137 「木皮嶺」…㉖138 「夜」…⑪76, ⑫577, 638, 714 「夜宴左氏荘」…⑫148-151, 158, ㉖20-22, 29, 33 「夜聴許十一誦詩愛而有作」…⑫619-625 「野人送朱桜」…⑫495, 497 「野望」…⑫472 「又於韋処乞大邑瓷盌」…①627 「有懐台州鄭十八司戸」…⑫429 「与李十二白同尋范十隠居」…⑫653 「楽遊園歌」…⑫612, 614, 625, ㉕490 「李監宅」…⑫65 「竜門」…㉒86 「竜門閣」「竜門鎮」…㉖138 「旅夜書懐」…⑫643, 689, ㉕440, ㉖170-172, 179, 183, ㉗322 「両当県呉十侍御江上宅」…㉒45 「麗人行」→その項 「臘日」…⑫400, 418, 419 「鹿頭山」…㉖138
～の思想性…⑪5, ⑫511, 700, 702, ㉑105, ㉕446, ㉖

13
世界観…②492, ⑫596, 597, ㉖218（鶏虫の得失…㉖206-210, 216　浮生の理への確信…⑫529, 530, 597, ㉖214, 216, 219　矛盾と調和…㉖208, 210, 214, 218）
戦争否定…①122, 259, ⑪79, ⑫96, 98, 100, 103
哲学…⑬33, ㉖205, 206, 211, 216, 219（儒家哲学…②492, ⑫150, ㉖218　古代儒学への関心と信頼…⑫214, 582　古代的楽観の回復…①97, 99, 109, ⑪425, ⑫703, ⑬28, ㉖209）
人間観…⑪7, 8, 424, ⑫596（人間の幸福への確信…①97, 99, 100, ㉑46, 53　人間の心情の美しさ…⑪136　人間の生命力…⑫579, 635, 694, 707, ㉗327　人間の善意への確信…③468, ⑪425, ⑫210, 211, 700-704　人間の能力への自信…⑫521, 694, ㉗327　人間の歴史の運命…㉖96　人間への広い関心…①259, 260, ⑪86, 87, ⑫571, 579, ㉕446）
理想社会の可能…①67, 109, ㉖12
理想主義…①109, ⑫67, 597, ㉖8, 13, 15
～の詩的技巧…①29, 116, 117, ⑰419, ㉖12, 26, 27, 59
韻律的技巧…①28, ⑪5, ⑫6, 144, 145, 566（押韻…㉔79, 80, ㉖36　双声・畳韻…⑫144, 145, 503, 611, ⑯158　平仄…㉖19, 25, 33, 36, 42, 47, 58, 88, 90, 168, 203）
擬人…⑫506, ㉒91
対句…③502, ⑪5, ⑫136, 138, 288-291, 334, 354, 381, 382, 387, 464, 483, 502, 503, 506, 529, 582, 598, 616, 619, 696-698, 703, ⑯162, ⑰621, ⑲29, 30, ㉒71, ㉔92, ㉕446, ㉖13, 20, 23-26, 32, 33, 41, 42, 51, 55, 88, 90-92, 110, 149, 150, 157, 195, 219, 231
典故…②493, ⑫146, 584, 604-606, 687, 688, ⑬579, ⑭300, ㉒71, ㉕492, ㉖59, 60, 63, ㉗319-321
比喩の使用…⑱29
～の詩風…⑫129
曖昧さ…㉒71, ㉖133, 178-181, 184
新しさ…①27, ⑪552, ⑫133, 521, 554, 687, 702, 704, ㉗319（革新性…⑫28, 31, 624　発見…㉗398）
エロティシズム…⑪237, ⑫519（女性の描写…⑪52, ⑫105）
遠心的・発散の方向…⑫132, 568（激烈さ…①102, 149, ⑫133, 194, 218, 597, 645, 646, 648, 686, ⑬151, 152, 199, ⑮498, ㉗319　饒舌…⑫121, 129, 133　壮大…⑫133, ⑮498, 526　おおしさ…⑫435, 436）
応酬贈答の詩…㉗320
感情の集中と屈折…①74
求心的・凝集の方向…⑫132, 133, 569
芸術性…①149, ㉕441, 446, ㉖13, 20, 41
幻想…⑫124, 582, ㉖190, 192-194（幻想とリアリズム…㉖194　フィクション…⑫469）
現実性…①149, ⑫102, 635, ⑬32, ㉕464, ㉖190, 235, 236（眼前実在の人名地名を詠み込む…⑫109, 112　写実・写生…⑫116, 139, 338, 564, 571, ⑯287, ㉕464　食物への関心…⑫635　南北朝詩人との比較…⑫102　リアリズム…⑫95, 132, 454, 564, ㉖194）
孤独感…⑫625-627
個性的表現…⑪10（静に動を与える…㉒60, ㉔11, ㉖18, 26）
自然…①27, 116, 129, 150, ⑪9, 46, 47, ⑫148, 150, 508, 582, 584, 600, 604, 703, 706, ⑱14, ㉑129-131, ㉕447, 463, 465, 467, ㉖18, 130, 134, 159, 214, 215（新しい自然の創造…①100, ⑪10, 52, ⑫584, 646, ㉑131, 132, ㉕406, 440, 441, 447, 464, 465, ㉖18　空想による虚構の風景…①196-197, 406, ㉑131, ㉕406　自然と人間…①83, ⑪49, 58, ⑫150, 151, 290, 498, 509, ⑬48, ⑳143, ㉖18, 19, 71, 95　自然の斉一…⑫501　自然の善意…①83, ⑫455, 507, 518, 519, 575, 576, 583, ㉖71, 157, 165　自然の秩序…㉖130, 134, 159　自然への不従順…㉕406, 440　叙景の句と人事の句…①156　象徴の素材…①243, ⑪10, ⑫318, 590, 591, 715, ⑬199, ⑯269, ㉑33, 130, 131, ㉒19, ㉓568　情と景…①156, ㉓116　調和…⑪50, ⑫591　杜甫自身の象徴…①29, 102, ⑫468, 508, 509, 716　悲愴な自然…⑫455　不気味な風景…⑫517, 610, 704　不調和な風物…⑫453, 461, 484, 540, 572, 575, 604, ㉔189　風景の背後にあるもの…⑫608-611, 613　風景への自己投入…⑬205　無窮の生命…㉖170）
社会性…⑫478, 702, ⑬22, 32, ⑰419, ㉕7, 441, ㉖151, 227, ㉗399（経済問題への関心…㉖225, 226, 234　時代の良心…㉕403, 404, ㉖228, 234　農民の苦しみ…①116, ⑫96, 98, 101, ㉖224　農民への感謝…②461　反逆のエネルギー…㉔104　批判の詩…⑪456, ⑫99, 102, 131, 190, 555, 582, 597, ㉕405, 407, 419, ㉖234　不幸な人々の悩みを歌う…⑮597, ⑱6　不正不合理への憤り…①116, 129, ⑪46, ⑫61, 102, 103, 190, 223, 255-257, 549, 584, 707, ⑳479, ㉔103, ㉕441, ㉖224）
熟視…⑪9, 46, ⑫95, 105, 147, 155, 158, 212, 288, 399, 500, 567, 568, 571, 583, 597, 676, ㉒33, ㉕405-407, ㉖34（思索性…㉓568　視線の細かさ…⑫600, 601, 614）
抒情性…⑬95, ㉖234, 235
叙事性…⑫131, 132, ⑬32（散文性…⑬599, ⑯287　精細な叙述…⑫131, ㉖234）
推移の感覚…①83, ⑪48, 49, ⑫476, 508, 600, ㉒7, 42（時間の流れと人間…①83, 84, ⑫519）
正大の気象…⑫489
政治的情熱…①24, 61, 82, 114-117, 121, 145, ②410, ③23, ⑪7, 78, 86, 456, ⑫180, 194, 436, 508,

546, 547, 549, 552, 554, 728, ⑯286, ⑰419, ㉒440, ㉕298, ㉖151（時代への不満と政治への自負…①24, ⑫66, 435, 552, 563, 646, 650）
誠実…①24, 27-30, 116, 149, 258, ⑦598, 599, ⑪46, 87, 439, ⑫3, 555, 686, ⑮397, ⑲30, ㉗319（誠実と典雅と野性…⑱359）
尖鋭・鋭敏…⑫226, 454-457, 459, 461, 467, 468, 572, 574, 579, 583, 706, ㉒97, ㉕490, ㉖109, 114（悽愴な詩…⑫472）
多様性…⑫561
体物の工…⑫454, 481, 488, 608, 615（縁情の靡へ…⑫454, 615　犬の描写…①408　馬の詩…⑫125, 129, 132, 134, 565, 608, ㉕405, 406, ㉖29, 30, 34, 35　絵画的な句…⑳68-69　題画の詩…②525, 526, ⑫140, 608, ⑬14）
対象と自己との融合…⑮209
題材…①276, 328, ⑫95, ㉕439, 440, 447, 461, 463-465（紀行の詩…⑫194-195, ⑬14, ㉖138　身辺の小事から社会・政治へ…㉗399　生活の詩…㉖41-43, 46, 51, 190, 235　妻…㉖54, 55　日常的題材…①84, 251, ⑪66, ⑫585, 588-590, 687, ㉑25, 33, ㉒19, ㉕298, 299, ㉖12, 190, 206, 211, ㉗368, 399　友情…⑯286　恋愛の寡少…⑯286）
緻密…⑫133, 506, 507, 509, 585, 597, 603, 604, 606-608, 615, 617-619, 621-624, 627, 699
超越・飛躍…⑫608, 609, 614, 615, 617-619, 621-623, 627
沈静・寡黙…⑫133
強気と弱気（晩年）…⑫522, 526, 527
人間の事実の直写…①75, ㉔7（人間くささ…㉖218　人間は幸福でありうるとの確信…㉑16, 53）
熱情…①30, ⑪78, 86, 87, 231, ⑫68, 69, 584, 645, 646, 651, ⑬202
濃厚さ…⑲140
反俗の精神…⑫402, 670, 707
飛動と混茫…㉕491
悲哀・憂愁…①30, 99, 109, 116, 149, 258, ③468, ⑥22, ⑪7, 45, 47, 49, 69, 73, 86, 87, ⑫195, 239, 256, 257, 396, 455, 456, 508, 546, 561, 562, 579, ⑬33, 111, ㉒32, 33, 50, ㉖76, 157, ㉗327（ヒューマニズム…⑫456　悲哀の根底の楽観…①99, 100　悲愁の最高潮期…⑫694, ㉗327）
表現の判りやすさ・発見…㉗398
描写力…⑪8, 9, ⑫212, 374, 399, 529, 699, ㉕464（光線の描写…⑫338, ㉒38　微細な描写…⑫408, 454, 589, ⑬20, ㉖173, ㉗399　表現の的確…⑫374, ㉗398　雰囲気の中核の把握…⑫507　農民の諺…㉖102）
風と骨…⑫147
文学の尺度としての常識性…①322
無限定なものへの敏感…①124, ⑫294, 609, 611, 613, 614, ㉕407, 490
予言性…⑫212, 626, 627, ㉕404（懐疑と不安…⑫302, 703, 704, ㉖44　危機への予感…⑪242, ⑫213, 344, ㉖43, ㉗226）
論理性…⑯287, 288
～の詩論…⑫594-596, 614-616, 623, 624, 627
～の自注…⑫34, 47, 179, 197, 218, 233, 242, 243, 289, 295, 296, 301, 303, 370, 429, ㉒28, 30, 31, 89, 79, ㉕497, 498
～の時代考証…㉕502, 503
～の時代の王昭君物語…㉖196, 201, 202
～の時代の中国語の発音…㉔80, ㉖14, 16, 155, 157, 184, 188, 189, 212, 229, 230
日常語…㉕39, 43
～の成長…⑫4, 133, 561-563
初唐の詩体からの離脱…⑫33　早年の詩と後年の詩…⑫33, 133　表現力の成長…⑫194
～の成長の四つの時期…⑫4, 531
第一期・安禄山の乱以前の時期…⑫4, 5, 212, 292, 301, 343, 531, 564, ㉕448, 473, 502
早年の詩…⑫32, 33, 35, 68, 133, 212, 213, 555, ㉕407　長安時代の文学的成熟…⑫94　長安の不遇時代の詩…⑫68, 69, 73, 94, 147, 148, 213, 218, 616, 635, ㉒66, 69, ㉕403, 486, ㉖37, 39
第二期・安禄山の乱以後放浪の始まりの時期…⑪60, ⑫5, 343, 531, 674
安禄山の乱と疎開の時期…㉕486→鄜州と杜甫
華州時代の詩…㉒66, ㉕502, ㉖98, 108
甘粛淹留期…⑫453, 454, 531, 583, ㉒45
秦州時代の詩…⑫317, 429, 450, 453, 454, 456, 457, 459, 461, 467, 472, 482, 540, 572, 579, 680, 694, ㉒43, ㉕458, 490, 505, ㉖108, 109, 116, 137, ㉗327（詠物の詩…⑫475　懐疑・絶望…⑫456, 574）
作品「螢火」…⑫317「遣興」…⑯118-119「初月」…㉖108-110, 126「所思」…⑫429「発秦州」…⑫453「秦州雑詩」…⑫457, 461, 572「有懐台州鄭十八司戸」…⑫429「野望」…⑫472「夢李白」…⑫680, ㉖116-118, 126
題材・心情（月色…⑫637, 638　詩の先鋭…⑫454, 456, 457, 459, 461, 467, 572, 579, 694, ㉗327　心情の悽愴…⑫472, 579）
秦州より同谷への行程を歌った杜詩…㉖138
同谷県における詩…⑫453, ㉖126, 137
反乱以後成都に至るまでの詩…㉖152, 161（秦州より入蜀までの詩…⑫522, ㉖138　成長の画期・鄭虔流罪…⑫425　賊中の詩…⑪58, ⑫274, 283, 285, 286, 289, 292, 294, 295, 299, 300, 303, 305-307, 328, 331, 333, 335, 343, 364, 369, 371, 384, 410, 411, 456, 569, 582, 637, ⑳359, ㉒32, 33, 59, 88, ㉕486, ㉖49, 50　大転機・長安拘禁…⑫204, 283, 289, 375, 456, 568, 569, 571）
第三期・成都の草堂の時期…①81, ⑪65, 70, ⑫5, 496, 511, 531, 575, 577, 583, ㉕297, ㉖152, 160,

161, 171, 232
成都時代の詩…①26, 28, ⑪67, 69, 73, 84, ⑫5, 37, 60, 338, 430, 486, 496, 511, 522, 555, 575, 595, 638, 683, ㉕297, 456, 458, ㉖15, 135, 153, 160, 161, 171, 232
第四期・夔州時代から死までの時期…①150, ⑫5, 531-532
晩年の詩…①150, 151, ⑫521, 522, 526, 528, 579, ㉑25, ㉕407, ㉖220, 232（夔州以後の詩…①150, ⑫522, 579　夔州以前の詩…⑫522）
夔州時代の詩…①150, ⑪70, 73, ⑫430, 521, 522, 526, 528, 577, 579, 583, 599, 637, 638, 653, 694, ㉔188, 189, ㉕458, 506, ㉖11, 153, 183, 192, 195, 204, 213, 220, 232, ㉗327（飲酒の詩…⑫634　完成期・夔州時代…⑫455, 461, 577, ㉖186　夔州の小児の学問と「論語」…①319, ②457, ⑭296　夔州の叢菊…㉖184, 185　古体詩…⑫583　五言律詩…⑫274, 642　七言律詩…⑪70, ⑫583　月の詩…⑫642　農作業の詩…⑫338, 541　李十二娘の舞を見ての詩…⑫36）
夔州時代の詩作品題名（記載頁→杜詩）「詠懐古蹟」「解悶」「九日」「月三首」「写懐」「秋興八首」「秋野」「十七夜対月」「十六夜翫月」「宿昔」「西閣夜」「壮遊」「中宵」「登高」「日暮」「入宅」「縛鶏行」「八哀」「八月十五夜月」「暮帰」「夜」
夔州時代の詩・特色（詩と月…⑫642　詩の自然…⑫455, ㉕463　詩の風俗…㉕463　詩の憂愁…⑫5, 455, 579, 694, ㉗327　長安の幻想…㉖192, 194）
四川時代の詩…⑪60, ⑬130, ⑳462（詩の数…㉖153, 213）
～の総使用字数…②71, ⑱420, ㉑67, ㉔167, 170
～の総数…①80, ⑪46, 309, ⑫511, 584, ⑬9, 198, ⑱420, ㉑25, 76, ㉒73, ㉕462, 485, 487, 499, ㉖11, 12, 15, 232, ㉗396
安禄山の乱以前の詩…⑫212
五言絶句・七言絶句…⑫511
～の注釈…⑫304, ⑯118, ㉑22, 25, 73, ㉒72, ㉕409, 434, 435, 447, 454, 480, 484, 487, 488, 491
注釈の蒐集…㉔277, ㉕434
注釈の不完全…⑫605, ㉕401, 413
～の注釈者…㉕479, 482, 487, 488, 497
最初の注釈者…㉕453, 482, 488, 493, 497
清人の注釈…㉒74, ㉕435, 448, 455, 459, 483, 487-489, 493
宋以後の注釈…㉕401, 482, 491, 494
宋人の注釈…⑫490, ㉒76, 81, 85, 90, 92, ㉕452, 459, 483, 487, 488, 491-497（学者の注…㉕488, 492, 493　集部の書軽視の影響…㉕488　書賈の営利の書の注…㉕488, 492, 496　宋人杜詩注と漢魏の経注…㉒74, ㉕452-453, 459, 496, 497　南宋人注…㉕493）
杜詩ばかり読む人の杜詩解釈…⑳44
～の長詩…⑪78, ⑫96, 549, 700, 701, ㉖15, 66, ㉗399
最長の詩…⑫194, 701, ㉖15　二番目の詩…㉖65
～の調…⑮499
～の伝承の経過…㉖232, 233
～の排列…⑫685-686, ㉕502, ㉗318
制作年次による排列…㉕502
「全唐詩」の排列…㉖502
～の文学…⑫593
中国詩のエリート…㉕298　典型とする文学…⑮366　杜詩と六朝民謡…①276　杜甫の衛星…①243　非虚構の文学…⑲53, ㉔170　文学的成長と環境…⑫735　文明批評…①75　北方的性格…⑫28, 29　魅力の根源…①116, 260　野性…⑫31
～の軟らかな作品…㉖95
デカダンス…⑫551, 631, ㉖89
～の夢の詩…⑱24, ㉖124, 125
～の用語…⑫103, 132, 133, 160, 161, 507, 521, 687, ⑬42, 137, ㉕482
言葉の再生の魔術…⑫147　使用の先例（佩文韻府）…㉑76, ㉕473, ㉖159　俗語…㉖166, 170
陶淵明詩との比較…⑦445
～の romantic なもの…⑫373
～・「論語」への感動…①247, 266, ⑤20, 295, 323, ⑳141, 143, ㉑25, ㉕462
杜詩「論語」「資治通鑑」…⑳215-217
杜詩（注釈）…⑫304, ⑯118, ㉑73, ㉒72, ㉕409, 413, 447, 454, 480, 484, 487, 488, 491
王洙（北宋某氏）→その項　郭知達→「九家集注杜詩」　偽蘇東披…㉒75, 82, ㉕483→「老杜事実」　仇兆鰲→「杜詩詳注」　黄鶴→その項　黄生→「杜詩説」　蔡夢弼→「杜工部草堂詩箋」　朱鶴齢→「杜工部詩集輯注」　邵宝→「杜少陵先生詩分類集注」　鈴木虎雄→その項　雪嶺永瑾→「杜詩抄」　銭謙益→「杜工部詩箋注」　趙次公・「杜詩千家注」「分門集注杜工部詩」→各項　浦起竜→「読杜心解」　楊倫→「杜詩鏡銓」
吉川幸次郎…①708, 709, ⑫736, ⑳349, 350, 359, ㉑22, 23, 25, 76, 251, ㉒48, 59, 63, 66, 72-74, 420, 421, 424, 555, 556, ㉓701, ㉔12, 101, 164, 219, 233, 296, 310, 315, 400, ㉕15, 160, 165, 243, 245, 401-403, 407, 409, 411, 446, 447, 453-455, 462, 469, 485-487, 491, 497, 505, ㉖5, 237, 502, ㉗105, 186, 197, 314, 329, 330, 356, 397, 415, 423
杜詩（テクスト）…⑫206, ㉕282, 498, ㉖15, 232, 233
鵜飼和訓本…㉒48, 50, 51　王安石本…㉕501　王洙本・王琪版本→「杜工部集」王洙校定本　九家注本…㉒50, 83-85, 88　五山版…㉑133　五代後晋官書…㉕501　呉若本…⑫74, ㉒49, 75, 84, ㉕500, 501　黄庭堅本…㉕501　黄伯思本…㉕503　上海商務印書館本「宋本杜工部集」…㉕498-500　銭

謙益本…⑫396, ㉒49, 51　宋祁本…㉕501　宋版本…㉖233, 474　宋元版本…㉕504　宋本の古近体通編のテクスト…㉕503　晁説之本…㉕501　趙氏本…⑫380　陳浩然本…㉒49, 53, ㉕501　陳師道本・樊晃本…㉕501　分門集注本…㉒50, 53　「文苑英華」集録分…㉕501　魯訔本…⑫300, ㉕503　和刻本…⑰608, ㉕280
「杜詩引得」哈仏燕京学社刊本…②222, ⑱420, ㉑76, ㉒74, ㉕494, ㉗344
「杜詩鏡銓」…⑫219, 728, ⑯406, ㉒66, ㉔313, ㉕489, 495, ㉗315
「杜詩偶評」…⑫3, 192, 730, ㉕435
昌平黌刊本…㉕435
「杜詩諺解」…㉖113
「杜詩黄鶴注」（元版）…㉕504
「杜詩講義」（森槐南）…⑫727, ⑰391
「杜詩抄」（雪嶺永瑾）…㉒54-63, ㉕491
足利学校遺蹟図書館所蔵旧写本・建仁寺両足院写本…㉒59　五山版…㉑134
「杜詩詳注」・仇兆鰲杜詩注…⑫585, ㉒74, ㉔279, ㉕447, 495
〜が開元年間の作とする杜詩…⑫32
〜と鈴木虎雄…㉕490
〜の解釈　王母不遣収…⑫238　花濺涙・鳥驚心…㉒92　騎驢十三載…⑫80　詩律群公問…㉒87　中自誅妹妲の説…㉒60　南使宜天馬…㉒93, ㉕449, 456, 472　飛揚跋扈…⑥36　浴赤日の比喩…⑫232
〜の「行次昭陵」乱後の作説…㉒84, ㉕448, 455
〜の資料引用…㉕483, 489
王嗣奭…⑫32　「玉台新詠」…㉒92　黄生「杜詩説」…㉔281　「北史」…⑥36
〜の杜撰・杜詩本文の恣意的更改…㉕489
〜の説と黄鶴の説…㉕504
九日藍田崔氏荘は賊中の作か…⑫300
「螢火」の比喩に関する説…⑫318
〜のテクスト　活版洋装本…㉔313　石印本…⑫727
〜の天宝十五載年頭に杜甫長安滞在説…⑫195
「杜詩説」（黄生）…⑫150, ㉒56, 81, 84, 85, ㉔276, 277, 279-281, ㉕487（自序…㉔277）
「杜詩千家注」…㉕493-495, 503
許自昌刊本…⑱360　五山版…㉕493　内閣文庫分類本…㉒56, ㉕504　南宋版・元版・明版…㉒74, ㉕493　復旦大学図書館蔵本…㉒494　北京図書館蔵本…㉒495
「杜詩叢刊」（大通書局影印本）…㉕434
杜摯「笳の賦」…⑥347
杜周…⑫21
杜秋娘…⑪285, 287, 294, ⑭82
杜修可…㉕434
杜襲…⑦165
杜濬・于皇…⑯122
杜荀鶴…⑬510
杜如晦…⑮243, 245, ㉕39
杜少陵…①23, 149-151, ⑪187, ⑫7, 360, 581, 656, 720-723, 733, ⑬94, ⑰251, ⑱331, ⑲242, ⑳356, ㉑251, ㉒74, 76, 88, 98, ㉔159, ㉕256, 434, 454, 480, 503, ㉖502, ㉗99, 344→杜甫
「杜少陵詩集」…⑫728, 736, ⑰314, ㉗315
「杜少陵集」…⑬198
「杜少陵先生詩分類集注」…㉒47, 62, ㉕504
紀行類…㉕504　五言古紀行類・七言律送別類…㉒47　述懐類…㉕504
「杜少陵先生詩分類集注」（テクスト）
鵜飼石庵点和刻本（万暦明版の版式）…㉒48, 50, 51, ㉕504
杜審言…⑫15, 17, 20, 26, 30, 31, 64, 79, 581, ㉒87, ㉖432
「秋の日に荊南にての述懐三十韻」…⑫19　「歓喜の詩」…⑫18　「康五の月を望みて懐うことあるに和す」…⑫339-340　「杜審言集」…⑫18
杜仁傑・仲梁・止軒・善夫・善甫・散人・文穆公…⑭77, 90, 124, 134, 136, ⑮387, 398
『要孩児』「荘家不識勾欄」…⑭55, 119, 120, 135
「泰安阜上張氏の先塋の記」…⑭120　「喩情」…⑮145
〜白仁甫・関漢卿…⑭123, 136, 138, 146
杜蕤…⑦553
杜蹟訪問…㉕461, 467, 469
杜宣…⑯538, 539
杜崱…⑫23, 24, 670, 671
杜遜…⑫21, 23
杜台卿・少山…⑦554
杜田・時可…㉕494
杜唐児…①420
杜惇…⑫22
杜伯原…⑭113
杜弼…⑦552
杜富…⑫389
杜甫・子美・拾遺・工部・文貞公…①23, ⑧506, ⑫7, 272, 491, 557, 579, 581, 593, 643, 656, 706, 736, ⑬58, ⑮416, ⑯640, ⑰187, 553, ⑱338, ⑳52, 378, 565, ㉑26, 140, ㉒8, 59, 74-93, ㉓116, ㉔69, 170, 228, 329, ㉕442, ㉖233, 444, ㉗256→杜少陵→杜陵→老杜
〜以後の文学批評の尺度…①205, 322
〜以前の詩神…⑦11, 71, 73, 135, ㉑16
〜以前の詩人の絶望…⑫703
〜以前の儒学の地位…⑫214
〜・欧陽修・韓愈・李白（四家詩選）…⑬95
〜と安禄山→その項
〜と河南…⑫8, 37, 40, 437, 438
郾城県における剣器渾脱の舞…⑫36, 37, ㉗20
出生地・鞏県…⑫16, 563, 581, ㉕436（鞏県の洪水…⑫38　曽祖父以来の居住地・鞏県…⑫16,

17, 19, 25, 27, 35 曽祖父の官職・鞏県県令…⑫16, 19 幼年時代…⑫38）
埋葬地・偃師県首陽山…⑫17
～と甘粛 甘粛河西へ遠祖杜耽の移転…⑫22
甘粛流浪→～の流浪
～と貴顕の門…⑫65, 550
韋見素…⑫66 哥舒翰…⑫66, 241 岐王…⑪53 崔滌…⑪54 崔恵童…⑫65 鮮于仲通…⑫66, ㉕452, 458, 459, 478 張垍…⑫66, ㉕451, 452, 477 張均…㉕451, 452, 477 鄭潜耀…⑫65 杜位…⑫66 李瑀…⑫65 李璡…⑫65, 118 李令問…⑫65
～と挙子派…㉕451, 452, 476, 477
～と玄宗…⑫8, 10, 16, 20, 31, 39, 63, 68, 204, 563, ㉕451
玄宗の政治と杜甫…①24, ⑫99, ㉕419（拡張政策批判…⑫96, 99, 218, 582, ㉑21, ㉕403）
玄宗への思慕…⑫10, 182, 279（献賦→～の賦 詩「憶昔」…⑫60, 547 「闘鶏」…⑫277 「能画」…⑫276）
玄宗の死への悲憤…⑫325（粛宗の仕打ちに対する義憤…⑯119, ⑰252）
～と玄宗の時代…①24, ⑪45, ⑫4, 10, 16, 31, 38-40, 59, 61, 241, 546, 549, 551, 563, 581, 720
危機への予感…⑪242, ⑫60, 61, 212, 213, 222, 226, 239, 549, 582, ㉒482, ㉕405, ㉖43, 44（玄宗を周穆王へ比喩…⑫232, 234, 236, ㉒79 玄宗と安禄山…⑫53, 57-60, 226, ㉒29 玄宗と楊氏…⑪242, ⑫53-56, 60, 222, 278, 549, 568, ㉒29）
玄宗治世後半期・政治の下降…⑫548, 549, 568（軍事動員・農村疲弊…⑫548 李林甫の登用…⑫51-53, 60, 61, 67, 548 天宝年間の作品…⑫213, 564, 581, ㉕486〔怒りと批判…⑫549, 582, ㉕403-405, 419 写生…⑫564 熟視…㉕405-407〕）
玄宗治世前半期の繁栄…⑫547, 568（開元年間の作品の亡失…⑫213）
仕官への腐心…⑫61, 65-68, 546, 550, ㉕477, 478（集賢院待制任用…⑫63 右衛率府兵曹参軍任用…⑫242, ㉒28, ㉕452, 459, 478, ㉖10）
～と狩猟…⑫47
～と乗馬…㉖35
～と「祖国十二詩人」…①514, 637
～と天宝十三載の長雨…㉖37, 47
～と唐王朝の宮殿…㉒465, 480, 481, ㉓118
～との関わり 阿倍仲麻呂…㉗18, 20, 21 公孫大娘…⑫36, ⑳442, ㉗20 粛宗…⑫312, 392, ㉖86, 87 李亀年…⑪53-55
～と洛陽→その項
～と李白→李杜
～の家の歴史…⑫22
韋氏との関係…⑫74, 75 移転…⑫19, 22, 23, 25, 75 出自の地…⑫16, 71, 94, 581 住んだ土地…⑫16, 17, 19, 35 華北系統の家系…⑫27, 28, ㉖28 儒学の家…⑫30 中級士族…⑫19, ㉕8 唐帝室との関係…⑫26, 27 非文人的家系…⑫30, 31 武人的性格…⑫22, 24, 29, 30, 150 南朝臣属…⑫23, 24, 27 北朝臣属…⑫24, 25, 581
～の飲酒…⑫40, 517, 629-636, 650, 651, ㉑81
～の家系…⑫17, 21, 27, 28, 30, 31, 66, 670→杜預 妹…⑫74, ㉖131, 132（婚家・韋氏…⑫74, 289, 306, 307） 遠祖・杜耽…⑫21, 22 甥（王砅…⑫202 杜勤…⑫112, 630 杜佐…⑫438, 451） おじの妻王氏・魏氏・鄭氏…⑫27 弟…①256, ㉖129, 134 外祖母…⑫26 京兆の杜氏…⑫20, 21 五世の祖杜叔毘…⑫23-25, 27, 29, 671 高祖父杜魚石…⑫19, 25 七世の祖杜乾光…⑫23 従孫杜済…⑫84-87, 635, ㉕457 叔父杜并…⑫30 祖父杜審言→その項 祖母盧氏…⑫27 曽祖父杜依藝…⑫16, 19, 25, 27 父杜閑…⑫17, 26 父の姉妹…⑫38, 43 母・博陵の崔氏…⑫25-27, 35, 195, 243, 295, 346, ㉒30 母・范陽の盧氏…⑫26, 27 表弟王司馬…㉕449 母系…⑫26, 27 六世の祖杜漸…⑫23
～の家族…㉖108, 138
子供たち…⑫92, 193, 284, 398, ㉖48, 73, 137
杜宗武（驥子）…⑫285-287, 289-291, 303, 334-336, 371, 396, 535, 537, 539, 555, ㉒36, 37, 90, ㉕481 杜宗文（熊児）…⑫285, 291, 334, 336, 396, 535, 555, ㉒36, 37
幼子の餓死…①119, ⑫192, 193, 242, 555, ㉒29, 30 妻・弘農の楊氏…⑫195, 242, 284, 285, 333, 337, 535, ㉒30, ㉖48, 205（晩婚…⑫285, ㉖40）
～の家族の奉先県滞在…⑫195, 242, ㉒28, 30, ㉖48, 49
～の交遊 韋済…⑫66, 74, 75, 82 王維…⑫295, 296, 298, 303, 415, 416, 720, ㉒481, ㉓118 王翰…⑫78 賈至…㉒481, ㉓118 賀知章…⑫118, ⑭498, 530 魏啓心（豫州）…⑫34, 35 許氏（江寧の人）…⑫43, 44 許十一…⑫619, ㉕259 元丹丘…⑫109, 112 厳武→その項 高式顔…⑪63 高適→その項 左氏…㉖21 崔国輔…⑪161 崔十九翁…⑫243, 245-247, 249 崔尚（鄭州）…⑫34, 35 崔宗之…⑫119, ㉗21 賛上人…⑫370, 438, 451, ㉒43 朱氏（成都の隣人）…⑫632 汝陽王…⑫118, ⑭498 焦遂…⑫120 岑参→その項 薛拠…⑪398-399, ⑫218, 431 薛復…㉒40 蘇渙…⑫402 蘇源明…⑫47, 405, 430, 431 蘇端…⑫369, ㉒40 孫宰…⑫198, 201, ㉒31 張旭…⑫120 鄭虔→その項 鄭審…⑫655 房琯→その項 李公…⑫88, 631 李光弼…⑫325, 326 李之芳…⑫655 李適之…⑫119, 313, ㉕477 李白→李杜 李邕→その項
～の左遷…㉖95-97
～の散文…⑫68
「祭遠祖当陽君文」…⑫20 「祭外祖祖母文」…

⑫25, 26 「唐故万年県君京兆杜氏墓誌」…⑫19, 38 「唐興県客館記」…㉕483 房琯弁護に関する謝状…⑫393
～の仕官 河西尉拝辞…⑫178, ㉒28 華州司功参軍…⑫301, 432, 437, 472, ㉒88, ㉕458, ㉖97, 108, 126 工部員外郎…⑫7, 581, 583, ⑬199, ㉖178, 179 集賢院待制任命…⑫63 右衛率府冑曹参軍…⑫178, ㉒28, ㉕452, 478
～の仕官 左拾遺（侍従職）…⑫390, 392, 393, 400, 502, 551, 554, 581, 583, ㉒45, 465, 480, 481, ㉕487, ㉖80, 81, 85, 89, 97, 178
罷免と左遷…㉕451, 458, ㉖81, 97 鳳翔において任用…⑫283, 389, 393, 551, ㉕486, ㉖65, 81 房琯弁護事件…⑫390, 392, 393, 554, ㉕451, 458
～の仕官願望…⑪45, ⑫61, 65, 66, 68, 82, 550, 552, 554, 555, 564, 582, 616, ㉓566, ㉕477-479, ㉖8
一芸の士を求める詔による試験落第…⑫61, 81, ㉕476 観国の賓…⑫77 科挙落第…⑫45, 51, 61, 547, 564, 581, ㉕476, ㉖8, 9 詩文の奇古…⑫68 有力者の知遇…⑫65, 66, 69 李林甫の妨害…⑫61, 62, ㉕451, 457, 476-478
～の詩→杜詩
～の詩文の全集…⑰25, ㉔101, 103, ㉕282, 498
現存の詩集…⑫213, 581, ⑯618, ㉕430 重編者…㉕492, 498, 500
～の自称…㉖47
少陵の野老…⑫7, 372, 671 杜陵の遠客・書生・布衣…⑫7 杜陵の翁…⑫7, ㉗345 杜陵の野客…⑫7, 407
～の持病…⑪65, 72, ⑫64, 431, 629, 634
～の時代…①24, ②527, ⑫4, 151, 305, 720, ㉕450, 479, 549
科挙制度確立…⑫546 開元時代…⑫213 外征…①24, ⑫99, 549 外国との接触…①277 宦者…⑫318-322 胡馬…⑫135 詩の最盛期…⑫560 生活環境…①145, ⑫28 太平と社会不安…①24, ⑫569, 582 天宝時代…⑫61, 72, 73, 96, 151, 195, 213, 568 任子と挙子…⑫320, 321, ㉕450-452, 457-459, 475-478 非宮廷的詩人の時代…①74, ⑪14 李林甫の権勢…㉕450, 451, ㉖9
～の肖像…㉖9, ㉗236
～の荘園…㉒484, ㉕419, ㉖148, 213
～の成都の草堂→杜甫草堂
～の性格…⑪70, 78
強情我慢…⑫68 執念…⑫584 反発…㉓108, 126, 137, ㉔103 非妥協的性格…⑫554 不安…⑪69 不平の癖…⑫158, 210, 554, 629, 630, 650 偏屈…⑫40, 257, 298, 583, 629, ㉖9 理屈っぽさ…⑫514
～の政治家的素質…①24, ⑫67, 554, ㉖97
「新唐書」の評価・政治的関心の冷却…⑫67
～の伝記…⑪45, ⑫8, 204, 411, 528, 687, 735, ⑬625, ㉕450, 475, 489, 502, 506, ㉗320
死…⑦293, ⑪49, 370, ⑫8, 11, 532, 563, 584, ㉖220, ㉗23 書生時代の不遇…⑪45 生年…⑪45, ⑫8, 10, 16, 18, 31, 546, 563, 581, 588, ㉒28, ㉕227, ㉖8 杜甫生誕千二百五十年記念会…⑫592, ⑳50 「杜甫生誕千二百五十年記念展」…㉒19
～の日本への意識…⑫42, ㉗18
～の年譜…㉕502, 503
～の白髪…⑪60, ㉖127
～の非専門的文学者の立場…⑯298
～の貧乏…⑫629, 633, ㉖127-129, 215
寒士の文学…⑳478
～の賦…⑫62, 63, 68, ㉕451, 457
「三大礼賦」と上表…⑫62, 68, 70, ㉕451, 457（「朝献太清宮賦」…⑫62 「朝享太廟賦」…⑫62, ㉒84, 85 「有事于南郊賦」…⑫62）
「鵰賦」と上表…⑫20, 32, 35, 64, ㉕451, 457
「封西岳賦」と上表…⑫63, 64, ㉕452, 459
～の名声の根源…①116
～の懶慢…⑫517
～の流浪…⑫543, 545, 708, ⑲108, ㉕438, ㉖108
後半生の流浪…①26, 116, 254, ⑪45, 60, ⑫532, 535, 536, 539-542, 584, 674, ㉕463, ㉖10, 11, 13, 15, 108, 137, 138, 146
華州（陜西）への左遷…⑫432, 572, ㉖97
華州から甘粛（秦州）へ…⑫437, 482, 496, 535, 540, 552, 572, 575, 680, ㉒43, ㉖108, 116, 126, 137, 146 甘粛への隴の山脈越え…⑫245, 439, ㉕463
甘粛での流浪…⑪61, ⑫5, 453, 531, 539, 583, 674
甘粛の秋色…⑫439 甘粛の夕暮の憂鬱…⑫288 風物の不調和…⑫453, 583, ㉕463
秦州漂泊…⑫437, 453, 461, 472, 482, 496, 540, 552, 572, 575, 680, ㉖10, 108, 116, 126, 137（秦州の自然人事と杜甫…⑫437, 450, 461, 484, 540, 572, 575, 680, ㉖109, 111, 115, 126, 146 賛上人の僧房訪問…㉒43 麝香・鸚鵡・金桃…⑫483-484 秦州退去…⑫452, 453, 482, 540 秦州の荒れ寺の深夜の景…⑫458, 459, ㉑131, ㉕406 秦州の異様な風物…⑫437, 461, 540, 572, 680, ㉖109, 116, 126）
秦州漂泊時代と詩→杜詩
秦州から同谷県への旅…⑫452, 453, 482, 496, 540, ㉖126, 137, 138, 143
同谷県漂泊…⑫453, 482, 496, 540, ㉖126 両当県における詩…⑫245 両当県の呉郁訪問…㉒45
甘粛から四川湖北湖南への流浪…①81, ⑪45, 60, ⑫437, 535, 575, ㉖10-11
甘粛から四川への流浪…⑫536, 540, 674, ㉕463, ㉖126（四川への杜甫の違和感…㉕420, 464 同谷県から成都へ…①26, ⑪65, 70, ⑫245, 320, 453, 454, 496, 523, 537, 541, 575, 583, 632, 633, ⑳

316, ㉕297, ㉖126, 135-138, 143, 146, 148, 160, 170）
成都と杜甫…①26, ⑪65, 70, ⑫5, 51, 453-455, 496, 523, 531, 537, 540, 541, 554, 575, 577, 583, 632, 633, 683, ⑳316, ㉔262, ㉕297, 440, 447, 451, 458, ㉖10, 126, 135, 137, 138, 143, 144, 146, 148, 152, 159-161, 170, 171, 178（草堂→杜甫草堂　内乱と避難…⑪70, ⑫522-524, 531, 537, 583, ㉖152, 170-171　閬州への避難…㉖15）
成都から夔州へ…⑪70, ⑫531, 541, 575, 583, ㉔189, ㉕438, 440, ㉖171, 183-185, 205, ㉗337（忠州の舟どまり…㉕440　夔州と杜甫…①150, ⑪70, ⑫5, 528, 531, 575, 577, 583, ㉕438, 463, ㉖11, 171, 183, ㉗337〔杜甫の成長の極致…⑫461, 694, ㉗327　農園経営…⑫541, 583, ㉖213　養鶏…㉖205〕）
四川から湖北への旅
夔州から湖北へ…⑫437, 575, 584, ㉕438, ㉖220（湖北湖南流浪…⑪45, 60, ⑫437, 532, 535, 575, 584, ㉖220）
湖南流浪…⑫202, 239, ㉒32, 79, ㉕458, ㉖220（杜甫の死…⑪49, ⑫5, 8, 532, 584, ㉖11, 220, ㉗23　李亀年との出会い…⑪53, 55）
前半生の流浪・旅…⑫41, 50, 59, 213, 563, 581, ㉕476, ㉖13
河南河北山東放浪…⑫45, 47, 50, 51, 563, 581, 653, 677-679, ㉖8, 116　江蘇浙江地方…⑫41-44, 151, 164, 165, ㉖25, 27　長安放浪（不遇時代）…⑫50, 59, 61, 68, 73, 80, 84, 88, 296, 531, 680, ⑰71, ㉕437, ㉖13　長安からの避難…㉒31, 32　長安拘禁（鄜州から霊武へ・失敗）…⑪58, ⑫204, 283, 289, 298-303, 306-308, 327, 331, 343, 364, 375, 377, 389, 410, 551, 569, 583, 598, 735, ㉒32, 59, ㉕486, ㉖10, 49, 56, ㉗22　長安拘禁脱出・鳳翔へ…⑪60, ⑫283, 374, 379-381, 389, 415, 582, 735, ㉒32, 60, ㉕486, ㉖10, 56, 65, 81　白水県（奉先から）…⑫195, 243, 244, 291, ㉒30　鄜州（白水から）…⑫196, 204, 336, ㉒32, ㉖48　鄜州（鳳翔から）…⑫397, ㉕486, ㉖66, 72　奉先県（長安から）…⑫179, 184, 185, 191, 195, 241-243, ㉒28　乱後の長安…⑫400, 401, 415, 572, 583, ㉒40, ㉕486, ㉖81, 87, 89→鄜州と杜甫
遊歴の足跡の地図…⑫686, ㉗319
～の驢馬…⑫80, 84, 91, 94, 296, 680, ⑰71, 69, ㉕437, ㉗18
「杜甫」（黒川洋一）…①131, ⑪164, ⑫530, 699, 711, 723, ⑬33, 95, ㉑48
～解説…⑫696　「春望」…⑫697
～上冊跋・小川環樹…⑫698
「杜甫」（斎藤勇）…①30, 614, ③536, ⑫684, 732, ㉖174, 175, 178, ㉗314, 316（はしがき…⑫684, ㉗317）
杜甫草堂（浣花草堂）…①28, ⑫5, 288, 321, 453, 454, 496, 497, 506, 512, 537, 539, 557, 583, ㉔277, ㉕442, 458, 469, 470, ㉖149, 152
～の建設と四松植樹…⑫523
～の時代の杜詩…⑫5, 531, ㉕449, ㉖171
「戯為六絶」…⑫595　「倦夜」…①28, ⑫506, 600　「江亭」…⑪67　「江畔独歩尋花七絶句」…㉖160, 171　「哭台州鄭司戸蘇少監」…⑫430　「恨別」…㉖148, 153, 160, 161, 171　「四松」…⑫522　「春夜喜雨」…㉖153, 154, 161, 171　「賓至」…⑪65　「茅屋為秋風所破歌」…⑪82, 84, ⑫555　「漫興」…⑫531　李白をおもう詩…⑫683
～の庭…⑳50
～の復元保全…⑳50, ㉕437, ㉖149, 152
～の隣人…⑫632
「杜甫伝」…①637, ⑰10, ㉒445, 495, ㉕471, 489
杜牧・牧之・樊川…①347, ⑪563, ⑭82, 510, ⑯640, ⑱336, ㉔329→小杜
～家系　従兄杜悰…①350　祖父杜佑→その項
～と後人　金宮廷…㉒110　蘇軾…⑬633　陳師道…⑬34
～と杜甫…⑫7, 581
～の官歴…①347, 349
～の研究・松川渓南…⑰392, 393
～の散文…①348, ㉒290
～の詩　「街西長句」…①493　「漢江」…①350　「寄揚州韓綽判官」…①444　「九日斉山登高」…⑬33, 632　「遣懐」…①347, 348　「将赴呉興登楽遊原一絶」…㉕475　「斉安城楼」…①349　「赤壁」…①411-414　「贈別」…①348, ㉑51　「題僧院」…①350
～の詩境と吉井勇…①351
～の詩句　贏得青楼薄倖名…⑪450　牛山何必独沾衣・古往今来只如此…⑬632　今日鬢糸禅榻畔…⑪450　借問酒家何処在…⑭412　十年一覚揚州夢…⑪450, ㉖125　深秋簾幕千家雨…⑬49　多少楼台煙雨中…⑯186　替人垂涙到天明…①483　茶煙軽颺落花風…⑪450　南朝四百八十寺…⑯186　牧童遥指杏花村…⑭412　落日楼台一笛風…⑬49　蠟燭有心還惜別…①483
～の詩風　虚無主義…⑪553　蹙金結繡…⑫106　薄倖落拓…①347, 348　悲哀絶望…⑬33-35, ㉑51
～の時代と三国の講談…①413, 414
～の政治への関心…①348
～の夢の詩…㉖125
～・李商隠…①74, 415, ⑪450, 451, ⑮474, ㉓352
杜門（長安城）…⑥167
杜佑…①347, 350, ⑰221　「通典」→その項
杜預・元凱・当陽君…⑫20
～注「左伝」→その項（注釈）
唐人疏の態度・凡例を周公の垂法とする説…⑦

253　范文子の死…③526, 527
～注「左伝」（項目）
謂之礼経…⑦252　言以足志…②43　周氏之汪…②131　備物典策…⑦253　不殯于廟…⑦254　有窮后羿…⑱86　与天地並…⑦519
～の家系　京兆の杜氏…⑫20　祖父・杜畿…⑫21　父・杜恕…⑫21, 30, 64　杜延年・杜周…⑫21　杜甫との繋がり…⑫20-25, 30, 64, 66
～の著述　「春秋経伝集解」「春秋釈例」→各項
～の武功…⑫20
「杜律評叢」…⑫432, 433, ㉒56, ㉕435（序・北村可昌…⑫432）
杜良娣…⑫312
杜陵…⑫581, 724, ⑬32, ⑰310, ⑲315, 394, ㉔194, 232, ㉗329, 342→杜甫
～の詩…⑫730, ⑮556, ㉔262, ㉗345→杜詩
～の老詩人…⑪199, ⑮509→杜甫
杜陵（陝西）…⑫7, 20, 22, 63, 71, 180, 181, 581, ㉒28, 484
杜林の簡…②515
杜 Wei-ming…㉔206
肚腹…㉖395
直支（とし）…⑰162→腆支
徒歌…㉑13
徒事…⑳353
徒爾…⑬222
徒単公履・顒軒…⑭95, 118, 131, ㉒119
徒単氏（考懿皇后・金）…⑭63
兜率国…⑬374
都（間投詞）…⑰181, ㉓552
都（助字）…⑭313
～の事態の分量を示す…⑭310
都是…⑭309, 310, 313
～の否定の強調…②51, ⑦462, 463
都不…②51-53, 55, ⑦462, 465, 469　都無…②51, 52, 55, ⑦462, 465
都尉…⑦87
都押…㉖416
都官員外郎…⑪412
都管…⑬510
都護…㉗23
都護将軍…⑦112
都察院…⑯19, ㉓164, 217
都士…⑦152, 153
都昌…⑦92
都省…⑮138
都城…①504
「都城紀勝」…⑬502, 601, ⑭56, 176, 178, 565, 575
～における荒鼓板…⑭578
～の閑人・社会の条…⑮16
都仙太史…㉖419
都統…⑯192
都統制…⑬495
都頭…㉖382
都督…⑦548
都督兗青冀幽并徐揚州晋陵諸軍事…⑦364
都穆「南濠詩話」…⑦174, ⑯112
都冶…⑦229
都料匠…⑬230
屠岸賈…⑮37, ㉖366, 368
屠者…①287
屠赤水…⑱356
屠蘇…①424, ②548
屠用明…⑭230
富樫…⑯588
富山の薬売り…①357
渡月橋（嵐山）…⑫153
『渡江雲』　邵復孺…⑭181
渡江の楫…⑮411
渡唐天神…⑮457
登呂遺蹟…㉒482
菟糸…①370→兎糸
菟園冊子…⑬562, ⑳39
塗…②119, ⑦549
賭気…⑭546, ⑮93
賭不得…⑭546
礪波護（となみまもる）…㉕400
蠹…⑬222
土…②70
土井虎賀寿…㉔67
土居…㉖408
土居光知…㉕145
土江澄男…㉕371, ㉗238
土窟春（酒）…⑪108
土豪劣紳…②429, 459
土国…②319
土呰…⑯193
土肥源四郎…㉓126, 139, 144
土肥春曙…㉗283, 285
土肥原賢二…⑯653
土匪…②420, 421
～の頭目…②471
土木の変…⑮580
奴…㉖451
奴児部…㉓277→満州
奴隷…②419
奴隷主貴族の時代（中国）…㉖483
奴隷貿易…㉔146
奴隷貿易廃止令（デンマーク）…㉔140
度周卿…⑬322
度牒…⑬360, 368, 369, ㉖405
「度柳翠」雑劇・「月明和尚～」…⑭47, 217
度遼将軍…⑦54
怒…㉗46
荼蘼…⑭415
都々逸…②279, ⑭18

鶩…⑥314
冬瓜…⑮104
冬瓜瓠子…⑯95
冬宮（レニングラード）…⑲396, 397
冬穴…㉕378
冬至…③514
冬嶺…㉓149
『叨叨令』…⑭292, 293, 466
「誶范叔」「岳陽楼」「救孝子」…⑭466 「金銭記」…⑭293, 464 「黄粱夢」…⑭466 「秋胡戯妻」…⑭292, 466 「竹塢聴琴」「桃花女」「留鞋記」「連環計」…⑭466
灯…⑫150
灯宵…①543
当…②190, ⑮142
当為・読為・読若…㉕338, 347
当歌…㉒76
当戸…⑥322
当今皇上…⑭147
当事者の苦心（学問・政治）…⑳424, 425
当場…㉖406
当朋…⑯362
佟鳳彩…㉓256, 262
彤庭…⑫188
投壺…⑫276, 277
投至得…⑭409
豆…⑤148
豆盧寧…⑦537
沓・沓烏樑…⑦477, ㉔399
東亜…①287, ⑥131, ⑯209, 348, ⑰466, ㉖461
東亜考古学会…㉒332, ㉓634, 640
「東亜時論」…⑯571
「東亜論叢」…⑯165, 654, ⑳369
東亜新秩序…⑯328
東亜的新体制…⑯304
東亜同文書院…⑰441
東安州…⑮283
東夷…①328
～の人…㉓290, 377, 407, 408, 442, 443
東越…⑥196
東園公…⑥387
東王公…⑫277
東欧諸国…⑲3
東甌（国名・漢）…⑥76, 144
～の王…⑥77
東瓜…⑮104
東河…⑭40
東柯谷…⑫438, 451, 452
東夏…⑥372
東家（資本主）…⑯561
東家（隣家）…⑫159
「東華録」…⑯178, 191, 192, 195, 196, ㉓164, 170, 171, 197-199, 210-212, 217, 218, 220, 221, 232, 237, 266
東海…①460, ⑥139, 144, 369, ⑰384, 586, ㉒325, ㉓159, 306, 398, 408, 443, 444, 480, 484, 538, 607, ㉖462
東海（日本）…②165
東海道…⑥252
東海銀行…㉓709
東海散士「佳人之奇遇」…⑲307, 310-312（紅蓮・幽蘭…⑲310）→柴四朗
東海大学図書館（台湾）…㉖453
東海道新幹線…⑳463
東海道線…⑫383, ⑰303, ⑲295, ⑳492
東海楼…㉒319, 341
東郭偃…⑤65, 70, 71
東郭咸陽…⑥119
東郭門…㉖422
東岳…⑥144, ⑦158, ⑯242, ㉒477→泰山
東岳嚇魂台…⑮50
東岳廟…⑭212, 246, ⑱550
東漢…㉗44, 255→後漢
～魏晋宋斉梁陳隋…㉕376→八代
東観…㉒451
「東観漢記」…⑥246, 392, ⑬575
東儀鉄笛…㉓283, 285
東魏（北朝）…②550, ⑦528, 533, 534, 540
東宮・東朝・長信宮…⑪191
東京（日本）…①258, 527, ⑦331, 350, 445, ⑬506, ⑮262, ⑯444, 472, ⑰236, 335, 349, ⑱336, 340, 503, ⑲70, 175, 291, 321, 322, 344, 387, ⑳338, 464, ㉒374, 490, ㉓631, 642, ㉔143, 163, 215, 293, ㉖146, 413, 449, ㉗289, 295, 371, 417
～を発引する明治天皇霊柩…⑰612
～から京都に移った学者たち…⑱476, ㉗404
～から下関間と鸛鵲楼から黄河河口間…①460
～から名古屋間と洛陽から長安間…㉔288
～から日光那須間と長安・奉先県間…⑫241, ㉖48
～からの日本語学校への配慮…㉔158
～から博多間と東京から北京間…㉒468
～からひきかえす土肥原参謀…⑯652
～と外国の都市　浅草と汴京の盛り場…①42　ニュー・ヨーク…⑲49, 455　馬場先門にあたる門（長安）…①487　敗戦直後の姿と洛陽の廃墟…⑦124　ホンコン…⑲391
～における学会・シンポジウム　学士院例会…⑰322　国際哲学人文科学連合（ICPHS）のシンポジウム…①177, ②161, ⑱429　世界医師会総会…㉕356　日本中国学会年次大会…㉗40
～における学者・知識人　滝川亀太郎…⑥245, 250, ㉓578　長尾雨山…⑰218, 219　森鷗外の東京転勤…㉔17　和辻哲郎…㉗307
～における「古典への道」対談…㉗435　京都における対談の誤記…㉗340
～における「支那学」の読者…㉓614

～における中華人民共和国古代青銅器展…㉓710
～における中国人　王大楨…⑳270, 271　辜鴻銘…⑯272　黄遵憲…①514　秋瑾…①521　章炳麟…①382, 383, ㉒398　沈雁冰…㉒466　C教授…⑯550, 552, 553　曹汝霖…㉒391　中国人留学生…②339, ⑱535, ㉒339　陳済川…⑯557　鄭孝胥…⑰219　田漢…⑯535　馬巽…⑯579　豊子愷…②594, ⑯442, 457, 477, 480, 483　黎庶昌…㉕496
～におけるフェドレンコ…⑲415
～における米国人文科学顧問団…⑳177
～の朝日賞授与式…㉗17, 340
～の忙しさ…⑳499
～の音楽研究会での所見…⑯468, 476
～の街路と高足駄の必要…②67
～の学士会館…㉗336
～の学者…⑰296, ㉓571, 625, ㉔269, ㉗280, 294
～の学問…㉓582
疑古の学…㉗188　東洋史学…㉗296
～の西園寺公望の老子偽書説に関する書簡…㉓48, 490, 491
～の斯文会…⑰408, ㉔293
～の出版社　岩波書店→その項　鳳書院…㉗244　汲古書院→その項　啓文社…㉗77　光風社書店…㉕491, 504　清水書院…㉑248　春秋社…⑭598, ㉓622, 624, 630, ㉖365, ㉗288　崇文院…㉗244　政教社…㉗40　関書院…㉓298, ㉗166　創元社…⑫733　創文社…㉒119　筑摩書房→その項　冨山房…㉑11, ㉗245　平凡社・みすず書房→各項
～の出版物　英訳石川啄木…①715　「漢訳万葉集選」…㉒434　「崔東壁遺書」…㉓492　「支那古文学略史」…⑰389　「史記会注考証」…⑥249, ㉓578　「中国法制史研究　刑法」…㉖403　「民報」…⑯395
～の書庫・文庫　岩崎文庫…⑱536　静嘉堂文庫・尊経閣文庫・東洋文庫・内閣文庫→各項
～の書店　覆刻古書専門書店…⑮635　文求堂→その項　八木書店…㉕410　山本書店→その項　琳琅閣…⑱536, ㉒48
～の書道博物館…㉔270
～の大学…⑱476, ㉔248
～の地名関係　青山…①521, ⑰588, ㉓310　赤坂…⑱346, ⑲71　赤坂見附…⑳463　浅草…①42, ⑱325, ⑲246, ㉖201（～の観音…⑬79）　麻布…②67　飯田町…⑱324　飯田橋…㉗131　池の端…⑰386, ⑱325　池袋駅…⑱538, 539　入谷…㉕59　上野→その項　江古田…㉗307　荏原郡入新井村…㉓491　尾張町…⑱539　大川端…⑱361　大塚…⑥249, 252, ⑪478, ⑳290　大森…⑱538（～海岸…㉒339）　音羽…㉒368　神楽坂…⑱346　春日町…⑯478, 483（～のヴァイオリン教室…⑯478, 481, 483）　霞が関…㉔255　雷門・雷門駅…⑱539　亀戸天神…㉗417　神田…⑮635, ㉒58, ㉔277, 314　神田神保町…①527, ⑥249, ⑯559　宮城…⑰612　宮城前…⑲248　京橋区…㉗282, 285　銀座…①536, ⑰9, ⑲71, 246, ㉕442, ㉗282, 285, 340　蔵前の高等工業…⑯642, ㉒377, 378, ㉓634　小石川…㉓588, ㉔23　麹町区富士見町…⑦286　駒込…㉓269　駒場…⑰24, ⑱537　志村…㉔257　渋谷…⑱538　下落合…⑥250　新小川町…①383　新宿…①385, ㉗330　新宿御苑…㉖57, 92　新橋…①536, ⑱413, 539　駿河台…⑱536, ㉔295, ㉗336　世田谷…㉖135, 146, 152　千駄木…⑪369　浅草寺…㉖164　築地…㉔93　豊島区長崎東町…⑱537　虎の門…⑰324, ⑲243　西神田…㉗250　錦町…⑱536　根岸…㉔270　練馬…㉔259, ㉗307-309　馬場先門…①487　白山…⑱346　原宿…㉔293　深川…⑱340　本郷…⑱362, ㉒478, ㉖490　本所…⑱340　三田…㉗330　三鷹市…⑦326　美土代町…⑱538　向島…②66　目白…⑲258　山の手…⑰386, 614　有楽町駅…⑱538　早稲田…⑪369
～の中華民国駐日代表部…㉗385
～の帝国ホテル…⑫491, ㉓522
～の東方学会事務局…㉗361
～の東方文化学院…①611, ⑥249, 250, 252, ⑪478, ⑯257, ⑰236, 403, 408, ⑱536, 538, ⑳290
～の道路建設…⑳463
～のビル群…⑲360, 363, ⑳463
～の水・北京の魚…㉒445, 469
～の夜…⑳50
～の旅舎（ホテル）…①251, ②202, ⑰232, 365, ㉔132, 162, 220, 240
～行の交通機関　汽車（戦争末期）…㉗420　三等寝台（東京～京都）…⑳438　ジェット機（ハワイでの見聞）…㉔187　新幹線…㉔277　日航機（北京）…㉒496　日航機（ローマ）…㉔172　旅客機（東京～ホノルル）…⑲428
東京（日本・明治期）…⑰385, 386, 615
～の明治政府と東北諸藩…⑮466
東京駅…⑱536, 539, ㉕290, ㉗36, 38, 283, 330
東京オリンピック…⑳463, 485
東京音楽学校…⑯469
東京外国語専門学校…⑰265, 278, 403
東京外国語大学中国語学科…⑰420
東京教育大学中国文学科…⑰420
東京芸術大学…㉗359
東京高等工業学校…⑯642, ㉒377, 378, ㉓634
東京高等師範学校…⑯535, ㉓492, ㉗286
東京裁判…⑳322
「東京支那学会会報」…①622, 625, 631, 633
東京市　京橋区銀座四丁目…㉗282, 285　麹町区富士見町…⑦286
東京市長…⑲243
東京出版販売株式会社…①712

東京書籍…⑳214
東京書籍館（湯島聖堂）…⑱121, ㉔13
東京女子大学…⑤135, ⑰69
「東京新聞」…⑱346
東京大学…⑰300, 330, ⑳276, 278, ㉒324, 389, ㉓198, 525, ㉗295, 407
～学生部…㉗307
～教授　井上哲次郎→その項　池内宏…㉗250　宇野哲人…㉒335, ㉓610, ㉗250　上田万年→その項　岡田正之…㉗252　倉石武四郎…①611, ②224, ㉗295　黒川真頼…⑰265, 277　駒井和愛…①372, ㉒390　塩谷温…⑭597, ⑰395, 396, 399, 400, 406, 416, 418, ㉒334, ㉗280　島田重礼…⑥245, ⑰239, 265, 275, 277, ㉓595, 596, ㉗244, 293　白鳥庫吉…③533, ⑰329, ⑳289, ㉓606, ㉗250　高橋康也…㉕107　竹添進一郎…⑰265, 277, ㉓596, ㉗244　竹田復…①611　坪井九馬三…⑳275　中野好夫…㉔52　仁井田陞…⑮135, ⑳452　根本通明（羽岳）…⑰265, 277, ㉓596, ㉗244　芳賀矢一…⑲217, 333　服部宇之吉…⑳289, ㉒334, ㉓606, ㉗250　福島正夫…⑲371　増田義郎…㉔130　松枝茂夫…①611　松島栄一…㉗42　三上次男…㉒379, 390　森本和夫…㉕70　矢内原忠雄…⑳433　矢吹慶輝…㉒335　和辻哲郎…㉗307
～工学部造船学研究室…⑳482
～支那哲学研究室・支那文学研究室…⑰408
～大学院…㉗289
～図書館…⑰395
所蔵写本「蘐園雑話」…㉓293, ㉗27, 161, 181
～東洋文化研究所…①611, ⑥252
教養講座…②390
～における Sir George Sansom の講演…⑲214
～における夏目漱石…㉓595, ㉔269
～における中国研究の位置…㉒357
～に寄贈された昌平黌の版木…㉕280
～の恩師と吉田茂…②442
～の外国人教師…㉒334
William Empson…⑲267　ケーベル…⑰265, 277, ㉗309　ブッセ…⑰265, 277
～の外国人留学生セルゲ・エリセフ…㉗351
～の学問…②601, ㉓581
～の学風への反撥…⑦594, ⑱476, ⑳275, 279, ㉒334, ㉗269, 350, 404
啓蒙学者…⑳275
～の漢学…㉔303
孔子への態度…㉒353　国学との争い…㉒358
大正期中国文学研究の傾向…㉗315
～の漢学会…⑪476
～の漢学大会…⑭603
～の教官人員の不足…㉗406
～の競争相手…⑰293, ⑱476, ⑳198, 257, 275, ㉒333, 334, ㉓580, ㉔48, 303, ㉗269, 270, 404
～の卒業生…⑳275
狩野直喜…⑰239, 275, ㉒348-350, 361, ㉓595, 598, 606, ㉗269　久保得二…㉓590　佐伯定胤…②538-539　笹川種郎…㉓590
～の卒業生の中国留学…㉒332
～の文学部学科　英文学科…②57　考古学科…㉒390　国語学科…㉗350　国文学科…⑲217　宗教学科…㉕410, ㉖464　中国文学科…①611, ⑰420　東洋史学科…㉒390
～の予算不足…㉗407
図書費…㉒437
～法学部…⑳309, ㉔325
「東京大学教養学部外国語科研究紀要」…㉕70
「東京大学支那学会報」…①620
東京帝国大学…⑥245, ⑭595, ⑰391, 400, 401, 403, 406-408, 418, ㉒330, ㉔18, 48
～全学会中央事業部教養部…②267
～第一工学部・第二工学部…⑱486
～の学生の思想…⑯476
～の教養特殊講義…②267, 359, ㉗307
～文科大学…⑰388, ㉓596, ㉗244
漢学科…⑰238, 239, 265, 277, 289, 291, 305, 388, 391, 396, 397, 415, 416, ㉒334, 349, ㉓592, 596, 604, ㉗244, 293（支那哲学科独立…⑰396, 397　支那文学科独立…⑰396, 397, 416）
古典科…⑥246, ⑰388, 415, ㉒358, ㉓596（開設当時の古典科・古典科漢書課…⑥246）
～文学部心理学科講師…⑯476
～法学部二十二番教室…②267
東京電機会社…⑱538
東京都…㉖480
東京都立大学中国文学科…⑰420
東京堂…⑯559
東京美術学校日本画科…㉗359
東京府荏原郡入新井村根岸…㉓491
東京文理科大学…①611, 634, ⑰403
漢学科…⑥251
「東京文理科大学漢文学会会報」…①633, 634, 636, ⑥345
「東京文理科大学国語」…①622
「東京文理科大学中国文化研究会会報」…①620, 621
東宮…①331, ㉓274, ㉗21
東宮職…㉗20, 21
東京（漢）…①477, ⑥256, 365, ⑳354→洛陽
～左史家の説…⑥405
～の耆旧…①477
～の史…⑳354→「後漢書」
～の世風…㉑201
東京（宋）…⑬407, 435, 482, 492, 517, 529, 530, ⑭222, 491, ㉖421→開封
東京（唐）…⑪323, 405, ㉔292→洛陽
「東京夢華録」…①199, 211, ⑬4, 140, 517, 524, 601, ⑭10, 56, 88, 201-203, 565, ⑮108, 109, ⑰355, 356,

㉖388, 416, 422
京瓦伎芸…⑬517, ⑭10, 88　州橋夜市…㉖416　東角楼街巷…⑬517
東原里（江陰）…⑯29
東胡…⑥73, 74, ㉖68
東五路（西安）…㉒480
東呉…⑭515
「東光」（雑誌）…①612, 614, ⑥39, 268, ⑫733, ⑭551, ⑰393, ㉓623, ㉖414
東郊…⑫257
東閤…⑥111, 112
東郷平八郎…⑥123, ⑰76
東国…②164, 165→日本
「東国通鑑」…⑳449
東西…⑮75, 132, ㉑69-71, ㉓313
東西交渉史…㉖506
東西哲学者会議（ハワイ）…⑰8
東西の間隔…㉔169, 178
東西の古典注釈の差違…㉔69
東西比較文学会…⑲320
東三省…①515
東山（会稽）…⑦290, 471, 491, ⑪98, 171, ⑭405, ㉓234
東山…⑫230, 231→驪山
東山雨過…㉒278
東山草堂…⑫473, ㉒90
東使…㉒93, ㉕473
東寺（京都）…㉖164
東周を為す…⑤182, 183
東周時代の歌（周王朝東遷以後）…③29, 480
東周七国の軍談…⑭572
「東周列国志」…⑭202, ㉓173
東周列国の軍談…⑭572
東昌…⑯246
東照公・神君…⑱545, ㉓135, 136, 369, 425, 436, 588→徳川家康
東条琴台「先哲叢談続編」…⑰108, ㉒48
東条内閣辞職…①431
東条英機…①431, ②193, 194, ⑯605, ⑰76, 82
東蜀節度使…⑬580
東晋（王朝）…②550, 551, ⑦359, 589, ⑮405, ㉕103
～以後の政治史…⑦589
～初期の「尚書孔氏伝」の出現…⑧15
～初期の「尚書」注…⑧15
～・宋以後の文学…①74
～と南宋（清言と経生）…㉗139
～・南北朝・唐初の「尚書」注釈…⑦271
～に対する南燕の侵略・苻堅の軍の脅威…⑦429
～の永和九年蘭亭の会…㉑236
～の王朝の衰弱…⑦358, 366, 380
孝武帝殺害…⑦367
～の貴族…⑦289, 429, 590
宰相　王導…⑦367　謝安…⑦290, 429, ㉑239
～の貴族の合議政治…⑦367, 376, 589, ㉑244
政治家の資格…⑦367　陶淵明の失望…⑦370
～の国都…⑦359, 366, 376-379, 381, 382, 429, 430
～の失地回復の課題…⑦428, ㉑245
先祖の領有地域…㉑245　東晋の統治地域…⑦428, ㉑245　北方非漢族統治国への対処…㉑245, ㉔234　北伐（殷浩）…㉑245
～の実力者　桓温…⑦359（帝位簒奪の野心…⑦291, 359-361　北伐…⑦359, ㉑246）
桓玄…⑦359, 362（建康攻略と失敗…⑦363, 364　勢力伸長…⑦366　帝位簒奪…⑦372, 375, 377, 379, 380　天子幽閉…⑦376　野心…⑦361）
劉裕…⑦378, 428（王室の主権回復…⑦381-383　桓玄追討…⑦381, 382　皇帝の殺害…⑦432, 434　皇帝の譲位の署名…⑦433　帝位簒奪…⑦293, 359, 369, 378, 428, 433, 434　北伐…⑦428, 429）
～の政治情勢と「蘭亭序」…㉑246, ㉔234
～の天子…⑦359, 376, 381, 382, 432-434
～の南渡…⑦428, ⑯615, ㉗138→南渡した王朝
～の滅亡…②550, ⑦433, 434→晋（王朝）
滅亡の可能性…⑦376, 380, 429
～の右軍将軍会稽内史…㉑236
～の流行思想　新興宗教の流行…⑦367　荘子・列子の流行…⑦317　仏教の受容…⑦590　老荘哲学の流行…㉑246, ㉔233
東人…①380→日本人
東川節度使…⑫86
東大寺…⑫13, ㉓707
東大出版会…㉕115
東中郎将…⑥29
東朝・東宮・長信宮…⑪191
東帝…⑲49, 51, 433, 434
東哲…①560
東都（漢）…⑥309, ⑲396, ㉑8→洛陽
東都（唐）…⑪346, ㉕56→洛陽
～と安禄山の反乱…⑪245, ⑫171, 172, 240, 242, 308, 331, 343, 364, ㉒21
安禄山殺害…⑫367　王維の護送・監禁…⑫303　凝碧池の管弦…⑫304
～との関わり　阿倍仲麻呂…㉗21　王昌齢の親友…⑪218　韓愈…①40, ②15, ⑪356, 408, 412　薛公達…②16, ⑪405　張説…⑪28　杜甫…⑫50, 213, 677　白居易…⑪323, ㉔291, 292, 299　李益…⑪538, 539　李杜の出会い…⑫672, 676
～南郊の竜門の石仏…②527
～の官署…⑪405
～の国子監…②15, ⑪405
～の米価…⑫39, 59
～の暴雨（開元八年）…⑫38
～の凌波池…⑭395
～北郊の温水…⑪356
東都（元）…⑭137
東都（日本）…②590, ㉓131, 132, 135, 297, 415, ㉕

203, ㉗30, 160, 164, 166, 176, 233→江戸
「東堂老」雑劇・「～勧破家子弟」…⑭42, 58
～は楔子を有する劇…⑭217
東南（揚子江下流地方）…⑯222
東南アジア…②553, ⑰3, 8, ⑲428, ⑳175, 485, 486
～諸語…㉔53
東坡（地名）…⑬123
「東坡杜詩事実」…㉕492→「老杜事実」
「東坡年譜」…⑬288
「東坡夢」雑劇・「花間四友～」…⑭37, 46, 206, 219, 282, ㉗282
東藩…㉒76
東陴…⑦544
東閭…⑬488
東府…㉖413
東富西貴…①489
東武寓所…㉗127
東武電車…⑱539
東風…⑥325, ⑬144, ㉑72
東福寺…⑰593, ⑱511, ㉓563, ㉗125
東平（山東）…⑥369, ⑦91, 182, ⑪534, ⑭77, 78, 95, 97, 117, 119, 130, 137, 151, 160, 233, ⑮391, ⑳390
東平忠献王…⑮243→パイジュ
東平府…㉔250
東平府学…⑭117
～生員…⑭89, 116, 117, 126, 137
東平路…⑭284, ⑮353
東方→オリエント
～の詩…⑳45（詩の長所と短所…⑳369）
東方…⑱397→東洋
～的なもの…㉗378
～の学問…①708, ㉕71
～の基準による他文明研究…㉔11
～の事象への関心…㉔170
～の生活…㉔5, 164, 168
～の悲哀…⑱397
～の文学…㉔126, 170, ㉗426（詩…㉔36）
～の優越…㉔179
～の理解者…㉔183
～の歴史の祖先…⑥229
～への冷たさ…㉔168, 178
東方（日本）…㉓449
～の楽…㉓410
東方委員会…⑰267, 279, ㉒387
東方学…㉓610, ㉗250, 360
「東方学」（雑誌）…①620, 621, 624, 625, 633, 634, ⑫491, ⑮193, ㉑18, ㉓280, 325, 642, ㉗144, 250, 361
東方学会…⑰329, ㉓280, ㉗250, 296, 423
会長…㉓609, 610, ㉗251　京都支部長…㉓632　事務局長…㉗359　東京支部長…㉗296　理事長…㉓609, 610, 642
～京都支部…㉓632, 633
～事務局…㉒557, ㉗251, 359, 361
～東京支部…㉓632
～の Acta Asiatica…㉓557
～の眼目…㉗360
～の設立…⑰328, ㉓610, 631
設立30年…㉗359　設立25年…㉓642
～の名称…㉓632
「東方学関係著書論文目録」…㉓642
東方学研究日本委員会…⑳360
「東方学報」…⑲207
～京都…①614, 621, 625, 636, ⑥431, ⑦472, 595, ⑧18, 354, ⑩446, 450, ⑪16, ⑬576, ⑭49, 201, 358, 575, 603, 605, ⑮170, 259, 359, ⑯20, ⑰276, 363, 375, 376, 379, 403, ⑳367
～東京…⑰403, 408
東方言語研究所（ソ連）…⑲376
東方朔…⑥106, 197, 200, 220, 225, ⑫427, ㉒322
「皇太子生賦」…⑥70, 200　「七諫」（怨世）…⑥328　「答客難」…⑥254, 299, ⑦144
「東方史論叢」…⑲227
「東方宗教」…①632
東方人の習性…⑥412
東方図書館　上海…⑳296-298, ㉔257　北京…⑰267, 279
東方独尊主義…①707
「東方に於ける人と歴史の概念」（シンポジウム）…②160, ⑱429
東方の天の神…⑤118
東方文化援護会…⑰264
東方文化学院…⑰267, 279, 403, ⑳290
～京都研究所…⑦594, ⑧502, ⑭601, ⑯206, 210, 260, 433, 651, ⑰240, 244, 267, 279, 403, 404, ⑳290, 391, ㉑670, ㉓638, 640, ㉗294→東方文化研究所
～東京研究所…①611, ⑥249, 250, 252, ⑪478, ⑯257, ⑰403, 408, ⑱536, 538, ⑳290
東方文化学院長…⑰236
東方文化協会…㉓631, 632
東方文化研究所…③559, ⑥431, ⑦557, ⑩479, 480, ⑪471, ⑫732, ⑭54, 550, ⑮303, 557, ⑯540, 586, ⑰262, 370, 373, 379, 422, 564, 590, ⑱312, 550, ⑳263, 280, 367, ㉓557, ㉔66, 270, ㉖463, ㉗43, 281, 290, 297→東方文化学院京都研究所
～所長…⑭602, ⑰236-239, 244, 246, 276, 288, 328, 332, ⑳280, ㉓631, ㉔268, 270-273, ㉖251
松本所長の研究所葬…㉔272
～と外務省…㉓632, ㉔271, 272
～図書館…②570
～における開戦のニュース…⑯605
～の研究室　経学文学研究室…⑧17, 18, 27, 351, ⑨182, ⑩81, 85, 425, 446, ⑭5, 49, 374, 381, 602, ⑮12, 186, ⑯210, ⑰170, ⑳364, ㉖251, 374　地理研究室…⑧354　中国宗教史研究室…②388
～の元曲共同研究…①611, ⑬503, ⑭357, 374, ⑮

246, ⑰253, 404, ㉓622, ㉖251, ㉗282
元曲辞典編纂…①612, ②223, ⑭5, 304, 374, ⑰404, ㉖251 「元曲選釈」作製…①621, ⑭357, 603, ⑮12, 187, ⑲97, ㉒556, ㉔313 「読元曲選記」…⑭603
～の「五経正義」校訂…⑲97, ⑳14
「尚書正義」共同研究…⑧502, ㉒58, ㉗307
「尚書正義定本」作製…⑧18, 502, ⑲97, ㉑669, ㉒118
～の人文科学研究所へ改称…①611, ⑦596, ⑰404, ㉔271
～の設立…⑰332
～の蔵書…⑰583
継志斎本…⑭41 「元明雑劇」転写本…⑭39 「顧曲斎元人雑劇選」写真…⑭40 山井鼎手校本…⑨484, ⑰583, ㉗74 「新続古名家雑劇」写真・「息機子古今雑劇選」写真…⑭39 「杜少陵先生詩分類集注」…㉒47, 48 容与堂本「李卓吾批評忠義水滸伝」写真…㉖373, 374
～への改称…⑦595, ⑭602, ⑯653, ⑰404
～来訪者 郭沫若…㉒478, ㉖490 斎藤勇…㉗316 武田泰淳…㉗336 富永牧太…㉖465 中山正善…㉖464, 465
「東方文化研究所漢籍分類目録」…⑰223, ⑳357, ㉓641（史部地理類雑地志之属広西の項…㉓641）
東方文化事業総委員会…⑰244, ㉓636
「東方文化叢書」…⑩450
「東方文芸会報」…①635
東方文明…⑲35, 38, 39, 372, 412, 419, 421, ㉔5, 168, ㉗434
～と西方文明…⑥93, ⑲39, 419
～と西洋人…⑲372, 421
トインビー…⑲35, 412
～と日本知識人…⑲38
～の歴史…㉗256
東方民族研究所（ソ連）…②596, ⑲376, 397, 415
東北（中国）…⑲220, 223, ⑳290, ㉓341
東北（日本）…⑤223, ⑳483, ㉓394, ㉔143
～諸藩…⑮466 ～人…⑱423
東北大学…⑯553
～教授 阿部次郎…⑰335, ㉓620 青木正児→その項 小川環樹…①611, ⑮557, ㉖380 岡崎文夫…⑰335, ㉓620, ㉗270, 273 金谷治…㉕227 桑原武夫…㉔67 小宮豊隆…⑰335, ㉓620 世良晃志郎…㉔284 武内義雄…㉓620, ㉗266, 270, 272, 273 村上哲見…㉕255
～蔵「史記」古写本…⑥247
～と滝川亀太郎…⑥249
～とプリンストン大学…⑲330, ㉔252
～文学部中国文学科…⑰420
～文学部日本思想史講座…⑰11, 637, ⑱448, ㉓525
「東北大学文化」…①620
東北帝国大学…⑥249, ⑰403
～法文学部…⑥246, ⑰335, ㉓620, ㉗273
支那文学科…⑰401, 418, ㉗273 西洋学科…㉓620 東洋史学科…㉗273
東蒙峰…⑫110-112, ⑳359
東門…⑫366
東野畢…⑦229
東豫州…⑦552
東洋…①263, ②420, ㉑90, 117, ㉖385, 462, ㉗408
～的淡白…㉗265
～的停滞…②532, ⑮365, 555, ㉕291
～とアメリカ…⑲323, 324
～と西洋…①262, 567, ③529, ⑲459, ㉕314, ㉗383
芸術における旋律と和声…㉓614 合理主義…③529 シェークスピア・ダンテ・ゲーテを持たぬ東洋…⑲459, ㉗377, 433 西洋人の偏見…⑲323, 372 精神と物質…㉖246, ㉗433 素朴と文明・直観と分析…⑤46 道徳と芸…①566, 567 楽観主義と罪の意識…①262 歴史叙述による人生批判…㉗378
～と夏目漱石…㉗305
～とパール・バック…㉗382, 383
～におけるインドと中国…⑰490, ㉑90
～におけるヒューマニズム…㉗370, 371
～の遺産の継承…①639
～の小説…㉖385
～の人口の今昔…⑥414
～の政治哲学…②572
～の道徳…⑤108
～のルソー…⑯170, ㉒290→黄宗羲
～流の策謀…⑥134
東洋画と光沢の再現…⑫140
東洋学…㉗385, 387
～の国際会議…㉓633
～の新資料の発見…①386, 707
東洋学（西洋）…⑰12, 132, 396, ⑲323, 372, 442
アメリカ…⑰132, ⑲322, 323, 438-441, ㉗386 ソ連…⑰631 フランス…⑰12, ⑲322, ㉔180 ヴェネゼラ…㉔156
東洋学（中国）…㉗385
東洋学（日本）…①386, 714, ⑰133, 490, ⑳177, ㉓632, ㉗385
京都…⑰396, ㉓631
東洋学研究所 ストックホルム…⑲417 ヴェニス…⑲408
東洋学雑誌（ハーヴァード大学）…⑰132
東洋学者…①422, ③536, ⑥90, 250
「東洋学の創始者たち」…㉗250
「東洋学報」…①619, ⑬501, ⑲207
東洋汽船…㉔178
東洋語…㉔183
東洋史…⑲458, ㉒435, ㉕421, ㉗267, 298
～の教科書…㉖81
東洋史家…②474, ③534, ⑤5, ㉕375, 400

～の王安石評…㉕428
東洋史学（日本）…③534, ⑰12, 289, 292, 637, ㉒413, ㉗296
「東洋史研究」（京都大学）…②486, ⑬631, ⑭358, 569, 605, ⑮314, 433
東洋史研究会（京都）…⑮68, ㉒103, ㉓182
東洋思想と危機の克服…⑲460
東洋社会と学問…⑰214
東洋趣味への　嫌悪…⑰253, ㉒350　固執…⑲39
東洋諸国の年号…⑥121
東洋人…①639, ㉔127, 135, 147, ㉗383
～をあやまる思想…③529
～と西方人…①606, ③537
～の樹の花好き…⑳466, 467
～の生活…⑤106
～の理解者パール・バック…㉗382
東洋精神家…①707, ㉗434, 437
東洋精神の復活…②234
東洋大学…㉗40
東洋的隠者への嫌悪…⑰253
「東洋的社会倫理の性格」…②421
東洋的ディレッタントへの嫌悪…⑰253
「東洋の人文学」…⑲440
「東洋の文化と社会」（雑誌）…①625
「東洋の歴史」…⑲451
東洋美術…⑲300
東洋文化研究所…⑥252
東洋文化と西洋文化…①262, ③537
東洋文学…①277, 278
「東洋文学研究」（早稲田大学）…①633, 634
東洋文庫…⑩428, 458, ⑱536, ⑳359, ㉒431, ㉓173, 247, 269, ㉖201
「東洋文庫」…㉓475, 621, 707
東洋文明…⑤11, ⑲459, ㉑90, 117
東洋文明概説の講座（アメリカの大学）…⑲418
「東洋文明と日本」（朝日ゼミナール）…㉑90, 95
東陽…⑬378
東沃沮…②585
東横電車・東横百貨店…⑱538
東籬…⑭342
東流（中国の川）…⑰494
～の水…㉕184
東流県（池州路）…⑮352
東梁州…⑦548
東陵…⑦227, 245, 424, ㉑44
東陵門…⑭350, 351, 402, 404
東林寺…⑭282
東林書院…⑯19, 21, 22, 27
東林党…⑮532, 542, ⑯15, 19-28, 30-35, 37, 38, 57, 88, 100, 107, 130, ㉓139, 244, ㉖429→銭謙益
「東林党人榜」…⑯20, 26, 31, 32
東林八君子…⑯23
到（助字）…⑭489, ⑮147
到大来…⑭290
到底来・到的来…⑭321
到頭…⑭290
到頭来…⑭321
逃戸…⑪9
逃遁…㉒101
倒疾…⑮83
倒床…①531
倒大…⑭313
倒大来…⑭321
倒断…⑭493
倒賠縁房…⑭540
党懐英…⑮381
党錮（後漢）…⑦12, 54, ⑳320
党人（後漢）…⑦54
党人碑…⑬275
党争（北宋）…⑳454-456
党大尉…⑭316-318
「凍蘇秦」雑劇・「～衣錦還郷」…⑭37, 43, 202, 217, 270, 294, 429, ⑮45
凍的我…⑭320
唐（王朝）…②313, 391, ㉒479, ㉓429, ㉕63, ㉖235, ㉗386→李唐
～以後の官庁の六部の行政組織…②272
～以後の口語文献…②195
～以後の書を読まず（古文辞派）…㉓322
～以後の中国第一の学者…③40, ④8
～以後の中国の統一国家…①198
～以後の文学…①100, ⑪12, 13, ⑬605, ㉓590
詩文の典型…①322
～以後の文章家の祗の愛用…②174
～以前の家柄の権威の優先（貴族制）…⑪13, ⑬590, 596, ⑮366
学術・文学の煩瑣…⑬592, 593
貴族の家による天子への掣肘（陰謀による弑逆）…⑬591
地方軍閥の不服従…⑬591
～以前の魏晋六代之君…㉒86
～以前の芸術…⑬593
音楽（先秦）…⑬594　絵画…⑬594, ㉕302　書…⑬594　彫刻…㉓412-413, ㉕344
～以前の古典研究　「易」注釈書…㉕34　学風…⑤134　孔子尊重…⑤134　「尚書」の呼び名…⑧501　鄭玄注の権威…㉕225　第一の学者…③40　「論語集解」の地位…④7　「論語」の位置…⑤135
～以前の詩文…㉓293
散文…⑥265, ㉓605
詩…①351, 582, ⑥265, ⑦560-562
～以前の写本時代…⑬60, 198, 575, 593, ㉕269
巻子本…⑬575　古写本（敦煌）…⑬575, ㉓604
写本時代の著作者…㉕270
～以前の説話

杞梁妻説話…⑥302　丁蘭説話…⑥391
～以前の大帝国（漢）…㉖59
～以前の知識人と読書の不便…⑬574
史書を読むことの不便…⑬577, 578
～以前の中世的時代…⑬626, ㉕60
中世的時代の認めうる人物（朱子説）…㉗254
～以前の著作で宋人の校刊を経由した書物の危険性…⑩444
～以前の伝記…②541, ⑬625
～以前の仏教と士人…⑬311
～以前の文学…⑪12
貴族のサロンの文学…⑪13, ⑬592　詩を中心とする文学…⑬592　尺度となる作家…①322　絶望の文学…①95　文学形式…⑥221
～以前の文献　小説の萌芽…㉖370　文体…②195
写本で流伝…⑬593　文章の用語例・用法…㉗9
～以前の文明との訣別（宋）…⑬62, ㉕60
古注への反撥…⑧510
～以前の揚雄評価…⑥254
～以前の歴史書…㉕274, ㉗130
歴史書の文章…㉕61, 62
～王室　王朝の創業者…⑫10, ⑮458, ㉕65, 439, 473, ㉗130　玄宗の唐室再造…⑪28, ⑫9, 10, ㉒85　北朝の系統…⑪235, ㉕344, ㉖28
～王朝から北族への宮廷女性の人身御供…⑮223
～王朝と五代の衰世…㉕63
～王朝の詔勅の文体…㉕67, 68
～時画業…㉒81
～時尚書郎…㉒88
～時謡俗…㉒78
～初の科挙の五経注釈の指定…㉕274
～初の絶望の歌…①95
～初の大儒…㉕85
～初の文人…㉒92
～初の文選学の大家…㉕481, 493
～初までの経学…⑧5→経学（六朝）
「周礼」研究…㉕342　「尚書正義」…⑩465
「論語」鄭玄注の権威…㉕227
～初までの書籍数の増加…㉕267
～宋元明清→唐宋元明清
～代石刻「老子道徳経」…㉗270
～代と楽府…㉑17
～代と賦…㉑10
～代における孔子の地位…㉖482
～代における曲江…㉖95
～代における昆明池…㉖191
～代の隠居の服装…㉔291-292
～代の王昭君の画姿…㉖201
～代の音…㉖229, 230
音韻組織…㉖188, 189
～代の科挙→科挙（唐）
～代の貨幣…㉖226
～代の外国との接触…①277
～代の官制…①487, ②186, 551, ⑰162, 163, 166, ㉓227, ㉕344
官制の書「大唐六典」→その項
～代の官僚…②326, ⑫320, 330, ⑮5, ㉓133, ㉕475, ㉖82, 84, 89, ㉗20, 22
官僚の章を姓とするもの…②553　勤務時間…㉖89　白楽天…㉓566, ㉔289
～代の宦官…⑫318-322, ㉔288, 289
～代の漢の騶氏に放える鏡…⑥394
～代の貴族…②326, ⑬51, 562, ㉕8, 422, 425
科挙制度との併存…⑬591　貴族的文化…⑬597
六朝社会から宋以後の無貴族社会への過渡期…②425, ⑬590
～代の宮廷　花木…⑬42, 48, ㉒465, ㉖84　宮廷文庫目録…㉕34　御苑…㉖57　宮殿の配置…㉒465, 480, 481　古注の権威…㉗65
～代の郡県の差等…⑭33
～代の経学→経学（中世）
～代の言論の自由…㉕404
～代の呉詠演奏の風俗…㉖27
～代の語義　顔の字義…㉕90, 91　聖人の概念…②326　他日…㉖185
～代の口語…②31, ㉕38, 39, 43
阿与我死也…㉕50　委…㉕457
～代の国定教科書…㉕34, 36
～代の盃…㉖24
～代の散文…①243, ⑬9, ㉖433
儀礼的書簡の文範…㉗13　言語文化と四六駢儷文…②24, 32, 167, ㉓13, ㉕61　古文…①195, 243, ㉓14, ㉕8, ㉗239, 241　古文家の文章…②35
古文の先駆者…㉕61, 375　雑筆…㉗421
～代の史実と元雑劇の扱い…⑭83, 396
～代の市舶使…㉕400
～代の首都…①489, ㉒14, 480, ㉔290, ㉖8, 48
～代の書儀…㉗12, 13
～代の諸子への関心…②484, 485
～代の昭陵・有冤者の参拝…㉕448, 456, 474
～代の政治と文化の担当者…㉕8
～代の送別の歌…⑪151
～代の僧堂生活…㉓527
僧の師弟の戒律…⑤298
～代の大学…①487
～代の旅…㉖11
～代の長安城…㉒480
～代の杜甫の評価…㉖233
～代の東都…㉖8, 48
～代の党争…⑥113, ⑫320, 321, ㉔288, 289, ㉕450-452, 457-459, 476-478
～代の二大詩人…㉖116
～代の日中の関係…⑱38, ㉒325, 326
阿倍仲麻呂…㉗17-23　粟田真人の派遣…⑰162
客死した人人への贈位（日本）…㉗23　宮殿の京都御所への影響…⑬48, ㉖84　遣唐使→その

項　唐の官制と日本の制…②551, ⑰166, ㉖82　唐の詩文と日本…⑰491　唐の服装と奈良朝の服装…㉑96　唐の礼と日本…⑰162　唐文明への日本人の憧れ…②587　唐末の輸入書目録…㉕268　長屋王…㉖498　日中の交通…②586, 587　律令格式と近衛家熙…㉓228, 229
～代の女人の生活…⑪159
女人の衣服・髪型…㉒38, ㉖52
～代の馬政の役所…㉕449, 456, 473
～代の仏教…①70, 74
仏教者…㉕365
～代の「文心雕竜」への言及…㉗299
～代の兵制…⑫257
～代の本の古字…⑧27
～代の「文選」の地位…㉕481
～代のライム・テーブル…㉒385
～代の流罪人の旅立ち…⑪26, ⑫417, 418
～代の歴史記述…②587, ㉕58, 62, 64
王朝の歴史編修局による「国史」…㉕62, 63
正史…①161, ㉕47, ㉗19（「新唐書」著述の動機…㉕62-64）
唐代史家の文章…㉕61, 62
～中期　古文の提唱…②32, 173, 177, 218, ㉕61, ㉗254　「史記」の注釈書…㉕85
～中期以後　水墨画…㉕302　中期以後千年を散文の時期とする中国文学史四区分説…①75　文体…②172
～中期までの文学の典型…③14-15
～帝国成立期の図書目録…㉕267
～帝国成立前の群雄…㉕66
～帝国と安禄山の叛乱…①82, ㉕463, 486, ㉖10, 48, 63
王朝の再興（粛宗）…㉖59, 63, 64　王朝の長安帰還…㉖64　王朝滅亡の実感（杜甫）…㉖63-65　斜陽へのエポック…㉖48　唐の社稷の中興（杜甫）…㉖63　亡命政府へのウイグル族の援助…㉖77
～帝国の拡張政策批判（杜甫）…㉑21
～帝国の統一…①195, ②313, 326, 551, ⑦589, ⑬562, ⑱461
天子の権力強化・統一国家の形態…②326
～帝国は中国の国勢の最盛期…①23
当時の地上最強の帝国…①70, ㉒14, ㉖8, 10
～帝国滅亡…②551, 587, ⑬562, 590, 595, ㉕47, 425
軍人の専横…⑬595, 596　最後の天子…⑬595, ㉕34　帝国の斜陽…㉔288　崩壊の過程…⑬595
～と宋との差異→宋
～の風骨と「三体詩」…㉓305
～の文学→中国文学（唐）
詩→唐詩
俗文学（演芸の台本…⑭8, 11　「王昭君変文」…㉖201　三国の講談…①414, 417, ⑦9　小説・伝奇→各項〔唐〕　ポルノ小説…㉕282）
中国文学史における特色（古文の文学の創始・重量ある言語の要求…①195　中国詩の黄金時代・climax…①23, 66, 74, 195, 242, ③21, ⑪12, 468, 469, ⑫560, ⑬606　中国小説史の画期…①195　中国文学の転換期…⑪12, 14）
唐文学史の主流（詩・古文）…①195
文学の地位…③21
～の文献…㉕398
文献の整理編纂（宋初）…⑬598
～の文明と北朝の文明…㉕344
～風の書（最澄・空海）…㉔290
～風の律令国家（日本・新羅）…㉖82
～までを抒情詩・美文の時期とする中国文学史四区分説…①73, 74, ㉕6, 376
～までを駢文の時期とする中国文体史三区分説…㉕375, 376, ㉗6, 254
～までを中世とする中国史三区分説…㉕60, 376
～末五代以後の印刷術…⑬60, 593, ㉕492
～末五代の紛乱…⑭10, ㉕498→唐宋
反乱の指導者…㉖395
～末宋初期敦煌に封じこめた文書…㉕285
唐代の俗書…㉗11
～末の詩人と市民の詩…⑮435
唐（堯の国）…②549, ㉓340
唐（五代）…②551, ⑬595
唐（中国を指す呼称）…㉒445, 475, ㉓315, ㉖487, 488, 490
～人…⑰59, ㉓150, 269, 272, 274, 275, 305, 315, 503
～人議論ノカタギ…㉗214
～土…⑥11, ㉓131, 307, 409, ㉗233
～土ノ詞…㉓306
～話…㉓308-310, 365→口語（中国）
「唐逸史」…⑭395
唐寅・伯虎・子畏・六如居士・解元…⑮483, 502, 508, 518, 601, 607, 613, 619, ⑰392, ⑳294
「短歌行」…⑮482
「唐韻」…⑬576, ㉒303
唐音…⑰49, ㉓298, 308-311, 313, 314, 365, 400, 458, ㉔309, ㉕140, ㉗7, 8, 153
～直読…㉓142, 143
唐家璇…㉒473, 480
唐介・子方…⑬452, 453
「唐会要」…⑩456, ⑪20, 405, ⑫34, ⑳242
修撰…⑪20　制科挙…⑫34
唐珏（かく）・玉潜…⑮420, 490
「唐月令」石経拓本…③517
「唐官鈔」…⑪386, ⑫303, 390, ⑰126, 162, ㉓230
「唐鑑」…⑫312, ⑮238
「唐紀」…⑫262
唐挙…㉕93, 149
唐暁文…㉑194　「孔子是“全民教育家”嗎」…㉑193
唐虞…⑥396, ⑰168, ⑳544, ㉓35, 340, 451→堯舜

～の治…⑥227　～の世…⑭146
唐虞三代…㉓340
～の礼…㉓451, ㉗157
唐君毅…㉔206, 207
唐景崧…⑯348
唐賢…㉓238
「唐語林」…⑦508, ⑪17（文学…⑪17）
唐庚…⑬95
「唐国史補」…⑪108
「唐才子伝」…⑪18, 189, 196, 198, 211, 212, 398, ⑫18, ⑮457（江戸末期覆刻佚存叢書本…⑮457）
唐三彩…⑬42, ㉑168, ㉖30
「唐三蔵西遊演義」…㉒299
「唐三蔵西遊記」…⑭207
唐氏（延英舎主人）…⑳343, ㉒377, 378, 380, 381, 473, ㉓634, 635, 637, 638, ㉗289
～宅（北京の下宿）…⑯642, 649
唐氏之棄地…⑱110
「唐志を読む」…③15, 562, ⑥222, ㉗172
唐志大・伯剛…⑭182
唐詩…①151, 195, 351, 455, 592, ⑦594, 596, ⑪44, 222, 474, 475, 563, 564, ⑫728, 729, ⑬187, ⑯267, 268, 644, ㉑85, ㉒8, 318, 320, 555, ㉕311, ㉖452, 508
～以後の詩…①141, ㉑37, ㉓400, ㉖445
唐詩以後の詩と唐詩…⑪10, ⑬32, 605（元詩…①75, ⑬47, ⑮366-368, 434, 452, 453　清詩…⑬32, 47, ⑯163, 267, 656　織艶な部分の模倣〔元〕…⑮452　宋詩→その項　南宋詩…⑬47, 146, 174-177, ⑮382, 452　明詩…①75, ⑬47, ⑮366-368, 434, 452, 453, 461, 473, 495, ㉖248）
唐詩祖述（宋以後）…⑬47, ㉕9（元末…⑮453, 473　元末明初…⑮452, 473　南宋…⑮452　明…⑮453, 473）
唐詩尊重…⑪3, 4, 474, ⑮367, 452, 474（元明詩の唐詩祖述…①75, ⑬174, ⑮473　詩の停滞…⑬605, ⑯287　唐詩追随・模擬…⑬605　唐詩的抒情復活の努力…①75）
～以前の詩…①351, 582, ⑥265
唐以前の詩と唐詩…⑦560-562, ⑪5, 10, ⑮474（「詩経」…③42, 472, ㉑148　曹植の詩…⑦139　六朝詩…⑪6, 10, ⑫614, 657）
唐以前の詩の総録…⑮528　熱情表現の模索と完成…⑬202　悲哀の感情…⑬630, ⑮527
～以前の詩人…⑪565
最大の詩人…①131
～を古典とする態度…⑪3, ⑭13
漢賦唐詩宋文元曲…㉑9　漢文晋字唐詩宋理学元北楽府…⑭554　漢文唐詩…⑯133　漢文唐詩宋詞元曲…⑭13, 125, 597　漢文唐詩宋理学元詞曲…⑭13　楚騒漢賦六代駢語唐詩宋詞元曲…⑭599　唐詩宋詞元曲…⑭38　唐詩宋詞大元楽府…⑭13, ⑮169
～を中国詩の最盛期・王座とする認識…①23, ⑪3, 14, ⑬605, ⑮495, ⑯641, ㉑85, ㉒8, ㉔215
盛況の基盤…③21　中国詩の再出発…⑫585　唐詩の高潮…①109, ㉔6　唐詩の最盛期を盛唐とする認識…①23, ⑪14, 228, ⑮474, ㉒6, ㉔215
～と後人　近・現代　郭沫若…㉒327
金人　元好問…⑮397
元人　袁桷…⑮449, 453　虞集…⑮450, 452, 453, 473　元詩の四大家…⑮452　元の宮廷詩人たち…⑮446, 447, 473　趙孟頫…⑮447　楊維楨…⑮435, 452
清人…⑪4（王夫之…㉑148）
宋人…⑪3（永嘉四霊…⑬175-177　王安石…⑬95　厳羽…㉒9　朱子…⑬171　陳起…⑬178　陳与義…⑬144　南宋人…⑬165, 174, 185　梅堯臣…①135, ⑬40　北宋詩人…⑪3　楊万里…⑬164, 165, 168　陸游…⑬152　呂好問…⑬313）
明人…⑪4（古文辞派…⑮367, ⑯133, ㉓119, 131, 358, 440　胡震亨…⑬215　高啓…⑮467, 473　高棅…⑮473　七子…⑬47, 48　鍾惺・譚元春…⑮540　李攀竜…㉒5, 6, ㉓440, 479, 564　李夢陽…⑬47, ⑮495　劉基…⑮473）
～と雑劇の成語成句…⑭297
～と伝奇…①197, 265, ⑪547, 548
～と日本　漢学における唐詩尊重…⑰284　漢文の授業…⑰494　白居易への傾倒…⑫720, ⑬48「万葉集」…①129, ⑱3, 40, ㉔6
～と日本人…①272, ②496, ⑦562, ⑪434, 475, ⑯267, ㉑85, ㉗7, ㉓479, 561
新井白石…㉓116, 118-120, 131, 135, 159, 239, 240, 353　江戸時代の日本…①134, 244, ㉓292, 564　荻生徂徠…⑬48, ⑮475, ㉓300, 353, 418, 421, 440　木下順庵…㉓131, 135, 353　契沖…㉕164　五山の僧侶…⑬48　鈴木虎雄…⑬624, ⑰317　大典禅師・津阪孝綽…⑪474　豊田穣…①611, ⑪476-478　中根貞彦…⑪481　平安朝人…⑬48　六如上人…⑪474
～と日本人の漢詩…②465, ㉓239, 400, 418
唐詩と榑桑の詩…㉓131, 135　唐詩の模擬…㉓131　唐調の詩（江戸期）…㉓136
～とベトゥゲ…㉔209
～とマーラー…㉔209, 215
～と「文選」…⑦562, 563
～に至って始めて顕著な風物…①67
～における語彙・事項　秋風…①67　倚…㉖165　馬…㉖34　看…㉖92, 157　顔の字義…㉕90　凶問…㉗14　紇梯紇榻…⑭343　山光…㉔184　春風…①67, ⑪566, ㉒9　浄…㉖26　逝川…㉕174　草蔓…㉒42　月…①67, ⑬49　鼠…⑬279, ⑮527　夕陽・落日…①67, ⑦558, ⑪566, ⑫614, ⑬49, ⑳54, ㉒9　柳絮…⑪441, 566, ⑫614, ㉒9　涼州の葡萄酒…⑭497
～における自然…①67, 74, 155, ⑦511, ⑬48, 146
虚実の交錯…⑬202　自然と人間…⑬48, 202

情と景…①155-156, ⑬202
～における題材…①328
為政者批判…③483　花鳥風月…⑬32　鸛鵲楼の詩…①459　器物の詩…⑬64　子供を歌ったもの…①420　妻への抒情…㉖55　哲学的表現…⑬33　人間の微小…①66, ⑬35
～による集句…②278
～のイメージ…①67, 74, ㉖145
イメージの空想によるふくらみ…①196　イメージのふくらみと仏教…①70, 277, ⑦511, ⑪566, ⑬272, ㉒9, 555
～の歌唱されたもの…⑪158, 161
～の活力の基盤…㉕8
～の忌避（清末）…②464, 466
～の言語　音調の美…⑯163　助字…①133　四声…⑭19, ㉖229, 230　典故…⑬579, ⑲120　唐詩に用いられる口語…⑭12
～の現代中国語訳…①401
～の源流…①633
～の思夢の詩…⑱24, 25
～の詩型　古詩・律詩・絶句…⑪4, 5, ⑬42, 47, ⑮364, 366
古体詩…①610　七言絶句の名手…⑪159
長詩…⑪6, ㉖65
～の詩人…①74, 109, 115, 151, 243, ②410, ⑦561, 562, ⑬578, ㉔211, ㉕7, ㉖12, 34, 431
作品数…⑬198　四大家…⑪328, ⑬198, ㉒6　詩を作る人の範囲…㉕301　詩人数…①61　詩人の時代区分…①133　詩人の代表者…①115, ⑮365　出身・官吏…⑬606　多作の詩人…⑬9　悲観…①109, ⑬35　悲観からの離脱…①109, ⑬28　方岳の関心…⑬184
～の詩風　委曲な描写…㉒6　鋭敏…⑦562, 563　おおしさ…㉓440　形無きものへの敏感…㉒12　激情…⑬36, 40, 49, 198-200, 202　古代的楽観の回復…①97, 109　高華…㉒5, 6　詩の伝統の結実…①133　社会的連帯感…⑬32　集中…⑬36　抒情性…①68, 80, 134, ⑬95, 174, ⑮367, 447　叙述性…⑬32, 64　生活への密着…⑬20, 32, ㉖42　積極性…⑪6, 7, 565　絶望と楽観の葛藤…⑬28　繊細な感情…㉒6　人間の可能性への信頼…①66　人間の事実の直写・文明批評…①75　燃焼…⑦558, ⑬36　悲哀…①100, 109, ⑬33, 35, 47, ⑮368, ㉑51, 210, 215　無限定なものとの接触…①67, 68, ⑪566, ㉒8, 9　無限定の世界への敏感…⑫614, ㉒555　楽観主義…㉑44　ロマンチシズム…①285, ⑬599
～の時代区分と価値の序列…⑪4, 563, ⑬186, ⑮473, ㉓352, ㉖439, 451
～の叙述を孟浩然から始める軽率…①610
～の選本…⑪3, 4, 563, ⑮473, 540, ㉗7, ㉓300, 305, 564
～の総集…㉒7
～の大暦以後の作品…⑮467, ㉓351
～の注釈…⑪191, ㉑73
～の伝承…㉖232
～の美…⑪475
新しい美の発見…⑳54
～の表現の美文性・用語の華麗…⑬42
～の“本”…⑮397, ⑯115, ㉖451
～の優越…⑪5, ㉒8
韻律の完成…⑫4（五言古詩・七言古詩…⑫4 律詩・絶句…⑫5）
現実描写…⑪8-10（情景相生…⑪10）
古典性…①243, 264, ⑭13
個性的表現…⑪10
思想性…⑪5, 10（賢人政治の実現…⑪7）
～の歴史…⑪477
唐詩史と寒山…⑪453　唐詩史と李攀竜…㉒6
～の和刻本…㉓576
～は酒…⑬41, ㉖248→宋詩
～評「滄浪詩話」…⑪3, ⑮474, ㉒9　高橋和巳…㉒8
～風の漢詩人…㉓132
～風の詩…㉔242, ㉖461
～風の抒情詩…②487
～までの詩の祖述（宋元明清）…㉕9
～までの詩人…⑮365
～までの詩人の「風」の祖述…㉕11
「唐詩概説」（小川環樹）…①133, ⑬8, ⑮364, ㉑38
「唐詩紀事」…⑪41, 196, 197, 212, ⑫34, ⑱84, ㉒87
「唐詩帰」…⑮540, ㉒52
「唐詩訓解」…㉓300, 301, 323, 324
「唐詩三百首」…①254, ⑫721, ⑯527, ㉗398
「唐詩正声」…⑪4, 197, ⑮474, 475
「唐詩正声箋注」…⑪191, 192, 194
「唐詩選」…①254, 274, ⑪27, 563, ⑫727, ㉒5, 7, 440, ㉕461
～所収作品「怨情」…⑪116「還至端州駅前与高別処」…⑪26「玉華宮」…⑫727「重経昭陵」…㉕439「春江花月夜」…⑫130「吹笛」…⑫721, 727「西宮秋怨」…⑪191「西宮春怨」…⑪191, 196, 197「送秘書晁監還日本国」…㉗18「帝京篇」…⑫130「登鸛鵲楼」…①459「登柳州城楼寄漳汀封連四州」…①465「南澗中題」…①462「与高適薛拠同登慈恩寺浮図」…⑫226
～と日本…①254, ⑤127, ⑪563, ⑫721, ⑰26, 55, ⑳281, ㉒5, 6, ㉓400, 479, 482, 571
昭和期の研究…⑰407, 408
服部南郭訓点本→服部南郭
明治大正期の評釈…⑰392, 397
～の唐詩選択の偏狭…⑪4, 231, 329, 432, ⑮530, ㉒5, 6, ㉓479, ㉗236
「唐詩選」（高木正一）…①271, ㉒6
「唐詩選」（筑摩叢書）…㉒5, 7

「唐詩品彙」…⑪4, 197, ⑮473-475, 495, 528, 561, ㉖440, 451
「唐詩別裁集」…㉖472, 473（康熙刊本・重訂本…㉖473）
唐児…①420
唐時昇・叔達…⑯124
唐写本…㉕284, 285, ㉖232, 233, 468
経注・経注の転写本…⑩456　「春秋正義」（敦煌本）…⑩426　「尚書孔氏伝」…⑦277, 286-288　「説文解字」…①396, 400　「毛詩正義」…⑩451　「礼記正義」…⑩429, 441
「唐釈湛然輔行記」…⑯243
「唐摭言」…⑫674, 675（自負…⑫74）
唐順之・荆川・毘陵…⑯96, 124
「荆川稗編」「史纂左編」…⑯69, 94　「武編」「右編」…⑯94
「唐書」→「旧唐書」→新旧「唐書」→「新唐書」
唐招提寺…㉖81
「唐人集七種」「唐人集六種」明刊本…⑲317
「唐人説薈」…⑪549
唐石経…⑩455, 456, ⑯89（「毛詩」…⑩456）
「唐船風説書」…㉓269, 270, 273, 274
唐宋…㉕222, ㉖496
〜以後　古文…②184, ㉕46　詩…①103, ㉕397, 399　生日の礼…②544　文章…②17　文体…②447
〜以前の古文（韓柳に至る前史）…㉗243
〜間の過渡的時代…⑬595, 597, ㉕58
「公羊伝」テクストの変遷…⑩436　中国史の画期…⑬590-592, ㉕301　非連続…⑬595, 596, ㉕60, 301　紛乱…②404, 406, ㉕425　文学の方向の変化…①307
〜交代期の歴史的転換…⑥172, 221
〜の宮廷の大曲・宮廷の道化師の政治風刺…⑭7
〜の古文…①265, ⑮526, ㉖433
荻生徂徠の排斥…㉗168, 170, 176, 177
大家の作品…②492
夏目漱石と唐宋数千言…②61
〜の講談・小説　軍事講談…①154　短編小説…㉗195　仏教文学…⑰393
〜の詩の用語…㉓309
是処…⑦508　等…⑦146
〜の字母家の説…⑰372
〜の書の「垓下歌」…⑥10
〜の諸儒の説と郡県制…㉓483
〜の制度…①307
〜両文明の差違…㉒465
唐宋戯劇史…⑭554
唐宋金元の話（世説新語補）…㉗138
唐宋元明清　宮殿の変化…㉒465　統一国家形態…①68, 75, 282, ②326, ⑦589　碑誌伝状…①164
唐宋元明の積染の習い…㉓221
「唐宋千家聯珠詩格」…⑮427→「聯珠詩格」
「唐宋伝奇集」…①196, 199, 200, 434, ⑪549, 550, 565
唐宋八家…①85, 243, 265, 595, ②177, 190, 487, ⑦594, ⑪429, ⑬99, 227, 264, 541, ⑯126, 442, 652, ㉓292, 310, 319, 320, 333, 469, ㉕234, 384, ㉖433, ㉗315
「唐宋八家文」…①166, 244, 264, 267, 274, 601, ②64, 493, 496, ⑦593, ⑯635, ⑰389, 392, ㉓292, 365, 593, 605, ㉔111, ㉕8, ㉖166, ㉗48, 239
「唐宋八家文」（清水茂）…①271, 488, ②190, ⑱112
唐宋人…⑥396
〜の詩文集…②487
〜の摩崖の石刻…㉒487
唐宗宋祖…①571
「唐大和上東征伝」…㉕468, ㉖498, 502
唐代小説史…①195
唐代文学史の主流…①195
唐仲言…㉒85
唐通事…㉓269
唐帝の孔子への王号追贈…㉓405
唐鄧…⑦474
唐得…⑦517
唐人…②212, ㉒91, ㉓118, 119, 153, 238, 319, 418, ㉕343, ㉖23, 28, 30, 31, 158, 206
〜的力強さ（王維）…①131
〜における語彙・成句の解釈　僅…②208, 211　思還古里閭…⑥330　逝者如斯夫…㉕177, 224, 233
〜における女性美…⑫105, 106
〜の呉道子（絵画）尊重…②524, 525
〜の詩→唐詩
〜の詩事…㉕66
〜の詩文…⑦494, ⑰560, ㉕190, 279
賢人政治実現の目標…⑪7　詩集…⑬197, 198　唐詩の熱情表現と宋詩…①151　唐人の文と狩野直喜…⑰250　唐人の文明の画期の自覚…①67
〜の写本→唐写本
〜の書における日本記載…②587
〜の生活の不分明と宋詩…⑬301
〜の疏（義疏・正義）…③516, ⑥377, ⑦519, ⑯657, ⑰259, ㉓594, 603, 607, ㉕343, 344, 347, ㉖459, ㉗26, 65
唐人の思考の研究…③558
〜の伝奇→伝奇（唐）
〜の伝記の不明確と宋人…⑬625
〜の読書…㉕483
史学への認識の貧弱…⑬581　諸子への態度…②484　唐人と歴史書…⑬578, 579, 580（温庭筠…⑬580　魏元忠…⑬589　杜甫…⑬579　李商隠…⑬179, 180）
〜の晩婚…⑫285, 286
〜の野性味…㉖23, 28
馬への関心…㉖30, 31, 34　屋外の宴…㉖23, 28

剣の鑑賞…㉖28
唐夫人…⑦551
唐墓出土家屋模型…㉕506
「唐卜天寿抄写鄭氏注論語」…㉑229
唐本（中国版原書）…㉓311, 312, ㉕261, 279, 280, ㉗24-26, 28, 109, 420
「唐文粋」…⑪391, ⑬60, ⑮229, ⑯123, ⑰561
「唐六典」…⑪386, ⑰558, ㉕347, 456→「大唐六典」
「唐律」…②233, ⑮270, ⑰596, ⑲36（賊盗…⑫416）
「唐律疏義」（付釈文）…⑰596
呉県潘氏蔵宋本・孫氏岱南閣刊本
胡居敬「唐律序」（傅霖「刑統賦解」序）　王元亮・劉有慶「唐律纂例序」　張従革「唐律釈文序」「唐律疏義釈文纂例序」　柳贇「唐律疏義序」　長孫無忌等「律疏を進むる表」　王元亮「釈文」
唐令…⑲36
唐勒…⑥199, 225
套数…⑭31, 32, 117, 205, 471
島夷卉服…⑯223
桃園亭…⑯538, ㉒319, 340, 363
桃花源・桃源…⑭438, 440, 446, 448, ⑮479, 593, ⑯191, 192, ㉓122, ㉖71
桃花山…㉖390
「桃花女」雑劇・「～破法嫁周公」…⑭37, 45, 217
～の『煞尾』（第二折）…⑭319
～の『叨叨令』…⑭466
「桃花扇」…⑯166, 186, ⑰402
桃花潭…⑪109, 172
桃華龕珍蔵…⑰589
桃渓先生…㉓252
桃源瑞仙・禅師「史記鈔」…⑥6, 11, ㉒59
桃符…①424
桃葉…⑮437
桃李無言…⑭444
桐岳寺…⑥250
桐城の謬種…⑯644
桐城派…①595, ⑯635, 641
～古文…②493, ㉖466
桐柏村…⑥167
嗜哈…①436, 437
桶子帽…⑮104
盗跖…⑤194, ⑫408, ⑯20
盗賊の批評（朱子語類）…⑬140
淘金千戸…⑭117, 137
淘汰…⑯387
逗漏…⑭313
陶佚…⑦395
陶淵明・潜・元亮・靖節・五柳先生…①17, 131, 133, 149, ⑤320-323, ⑦356, 372, 383, 416, 429, 559, 594, 598, 601, 602, ⑪6, 423, ⑬279, 295, ⑰174, 183, 187, ⑳497, ㉔228, ㉕454
～とアウグスティヌス…⑱363, ⑲13, 14, 17
～と伏義…㉔199
～と仏教…⑦317, 604, ⑲17
～に関係ある同時代人　慧遠…⑦317, 326, 603, 604, ⑲17　王弘…⑦441-443, ㉓28　桓温…⑦359-361　桓玄→その項　顔延之…⑦443　謝霊運→その項　陶夔…⑦386　劉敬宣…⑦382, 384　劉裕…⑦369, 378, 379, 382, 384, 428, 431, 434, 441, 597, ⑲16　劉牢之…⑦364-366, 369, 370, 378, 379, 382
～の隠遁…①20, 22, 66, 119, 131, 388, ⑦309, 322, 358, 384, 385, 407, 408, 425, 427, 428, 440, 441, 559, 602, ⑫652, ⑲14, 17, ⑳348
隠遁と政治…⑦318, 442, 443, ⑫648, ㉓566　隠遁と抵抗…㉔219　貴族のサロンとの隔絶…①66, ⑦324, 592, ⑪13, ㉕8
～の家系　妹（婚家・程氏）の死…⑦295, 388, 389　外祖父・孟嘉…⑦360, 487, 490, ⑫351, 359　長男阿舒・次男阿宣・三男雍・四男端…⑦421　五男通子…⑦422
軍閥との関係…⑦406　出身・南朝士族…①17
～の散文…⑦591
～の死…⑦293, 319, 327, ⑲14, ㉓566（墓…⑦331）
～の詩→陶淵明詩
～の肖像…⑦444, 604, ⑱360, ㉗236
～の真実・形と影…①394
～の生活基盤と文学…⑯298
～の生地・故郷…①17, ⑦326, 327, 331-334, 382, 387, 429, ⑬318
朱子の訪問…⑦329　酔石…⑦329, 331, 332　諸橋轍次の追憶…⑦331
～の伝記…⑦324
江陵旅行（辛丑歳）…⑦345, 370　自伝…⑦324, 353, 355　前半生…⑦358, 405, 406
役人としての経歴…①18, 120, ⑦353, 385, 387, 406, ⑪454, ⑬296（軍閥の幕僚…⑦365, 366, 382, 406, 407　政治との関わり…⑦359, 361, 369, 406　彭沢県知事辞任…①119, ⑦358, 385, 388, 389, 407, ㉔228）
～の人柄・志　脂っこさ…①20, 119, ⑦329, ⑬319　固窮の節…⑲17　心のゆたかさ…⑫706　猛志…⑦407
「陶淵明」（一海知義）…①131, 141, ⑦447, ⑬46, 125, ⑲14, ㉑44
「陶淵明作品繫年」…①617
陶淵明詩…①131, 610, ⑦559, ⑯615
～と寒士の文学…⑳478
～と後人　近・現代中国…①128, ⑪455, ⑫594, ⑰4, ㉕417（胡適…⑯406　「祖国十二詩人」…①514, 637　陳世驤…①608　豊子愷…⑯441　林庚…⑳478　魯迅…①119, 388, ⑲16）
金人　元好問…⑮387, 394, 397　趙秉文…⑮382
元人　郝経…⑮403, 430　劉因…⑮430
清人　査慎行…⑯183　銭謙益…㉖433
宋人…⑬46（黄庭堅…⑬296　朱子→その項

徐璣…⑬175, 176　蘇軾→その項　李格非…⑦405　陸游…⑬156）
唐人　初唐期の評価…⑰66, 67　杜甫…⑦445, 558, 598, 599, ⑫389, 589, 613, 622, 645, 647-652, 706, ⑰66, ㉑119, 133, ㉒71, ㉖86, 217, 218　白居易→その項
南朝梁　昭明太子蕭統…⑦453, 593, ⑭83, 569　鍾嶸…⑦142, 169, 170, 176
明人　査遺…⑯171　沈石田…⑮479, 593　銭秉鐙…①427　李攀竜…⑮515
～と諸子の哲学　「淮南子」…⑦316, 317　「荘子」…⑦310, 315, 317, 321, 349, 393, 402, 403, 410　「列子」…⑦316, 317　「老子」…⑦349
～と西洋人…⑲413
アメリカの大学…⑲322　エイドリン（ソ連）…⑲373　ハイタワー（アメリカ）…⑲316
～と先人の文学　応璩…⑦142, 169, 170, 176　楽府古辞…㉑16　屈原…⑦338, 405　嵇康…⑦404　阮瑀…⑦114　阮籍…⑦201, 228, 238　楚辞…①242　曹植・曹操・曹丕…⑦11, 14
～と日本人…㉑139
青木正児…㉓626　浅見絅斎…⑮415, ⑰40　井口駒北堂…⑰392　漆山又四郎…⑰407　近藤元粋…⑰392　斯波六郎…⑦341　鈴木虎雄…⑦341, ⑰302　万葉人…①143　諸橋轍次…⑦331　山上憶良…⑰66, 67, 69, ㉑118, 119
和刻本出版…⑰26, 608, ㉕280
～と「文選」…⑥314, ⑦593, ⑰69
～における自然…①22, 23, 74, 129, 156, 242, ⑦384, 427, 558, 559, 591, ⑪137, ⑫647, ⑱14, ㉑130
自然と人生…①108, 608, ⑦401
～の英訳・William Acker…①632, ⑦342, 349
～の語彙・事項　学語…⑫287　帰鳥…㉔227-230　菊…⑦338, ⑮387, ⑲119, ㉒71　荊軻への同情…⑦436　酒…⑦238, 325, 355-357, 440, ⑫650, 651, ⑬126, ⑲14　将・将非…②208, ⑦485, 490　真・真意…①156, ⑦339, 344-349, 604, ⑫613　桃源…⑫438, 440, ⑮479, 593, ⑯191　人生実難…⑦309, 318, 600, ㉔229　天・鬼神…⑲17　鳥…⑦350-356, 358, ㉔227　南山…⑦337, 338, 341-344, ⑭342　日夕…⑦338, 344, 558, ⑳53　貧乏…①17, ⑦228, 297, 309, ⑰66　松…⑦337, 342, 355, 398, 441　逝きて反らざるもの…㉕209
～の作品・著述の題名　「飲酒」→その項　「詠貧士」…⑰66, 69, ㉑118　「乙巳歳三月為建威参軍使都経銭谿」…⑦382　「閑情賦」…⑦318, 448, 451-453, 603, ⑳386　「勧農」…⑦345　「癸卯歳始春懐古田舍」…⑦373　「癸卯歳十二月中作与従弟敬遠」…⑦374　「帰園田居」…①19, ⑦408, 410, 412, 413, 415, ⑮394, ㉔228　「帰去来辞」→その項　「帰鳥」…⑦352, ㉔227, 229　「擬古」…⑦431, 435, 440, ⑬114　「形影神」→その項　「五柳先生伝」…⑦324　「庚子歳五月中従都還阻風於規林」…⑦445　「庚戌歳九月中於西田獲早稲」…⑦416　「乞食」…①17, ⑦419　「歳暮和張常侍」…⑦351　「雑詩」…⑦402, 406, 418, 425, 426　「始作鎮軍参軍経曲阿」…⑦365　「自祭文」…⑦293, 308, 312, 317, 319, 331, 601, 602, ㉔229　「時運」…⑦333　「述酒」…①119, ⑦434　「諸人共遊周家墓柏下」…⑦336　「辛丑歳七月赴仮還江陵夜行塗口」…⑦370　「神釈」…②208, ⑦485, 490　「晋故征西大将軍長史孟府君伝」…⑦360, ⑫359　「責子」…⑦420　「捜神後記」…①191, ⑦479　「停雲」…⑦335　「桃花源記」…⑫162, ⑭420, 438, ⑯191, ㉓181, ㉔159　「陶淵明詩集」…①388, 394, 396　「陶淵明集」…⑦488, 597, 604, ⑫359, ⑯406, ⑰66（序・昭明太子…⑦324　注・何孟春…⑦452　湯漢…⑦604）「陶淵明集」（王瑤編）…㉔228　「読史述」…⑰40　「読山海経」…⑦422, 437-439, ⑫389　「挽歌」…⑦114, 319　「連雨独飲」…⑦346
～の四言詩…㉓354
～の思想性…⑦560, ⑪5
運命と人間意思の調和…①608　懐疑…㉑43　苦悩…⑫652, ⑲14-16, ⑳135　兄弟の広がり…⑳480　個人と社会の矛盾の超克…①66　人生の幸福…①610　人生の有限・死…①66, 108, 391, ⑦315, 317-319, 401, 402, 404, 408, ⑲14, 15　政治への関心…①119, 121, 145, ⑦318, 427, 428, ⑯286, ⑲14, 15　人間の微小と尊厳…①66
～の詩風　鋭敏な神経…⑦445　古代の詩としての距離感…①27　孤独…⑦427, 444　社会への熱情…①20, 145, 388　熟慮…⑦592, ⑫622　人生のための詩…①129, 156　醒覚…⑦323　日常生活の哀歓…⑫589, ⑬20, ㉗368　非美文的言語…①66, 74, ⑮394, ⑳134　悲傷…⑦415　不安…⑦412, 413, ⑫648　複雑さ…①131, 140, 149, ⑲16　平静…⑦405, 408-410, ⑫647, 648　平静と苦悩…⑦651, ⑲16　平静と激烈…①21, ⑦427　平静と濃厚…⑦339, 343, 601　平淡と豪放…⑦437
～の哲学…⑦332, 603
逆旅・本宅（生と死）…⑦294, 312, 315, 317, 408
古代を理想とする生き方…⑦345
矛盾…⑦318, 599, 601（達観と不安…⑦318, 320, 427, 601）
～の文学史的地位…①74, 322, ⑰67, ⑳134, 135, ㉑16, 119, 130, 133, ㉒437
「陶淵明詩解」（鈴木虎雄）…①23, 612, 620, ⑦341, ⑰314
「陶淵明詩訳注」（斯波六郎）…①23, 620, ⑦341
陶淵明図巻…⑱360, 361, 551
陶学士の風流…⑭316-318, 324
陶侃・長沙公…⑦406, ⑯34, ㉓116

陶器…⑯639
陶夔…⑦386
陶儼…⑦395
陶弘景…①431, ②602, ⑫169, ㉓365 「協昌期」…㉒297 「真誥」…㉒297, 306, 307 「肘後百一方」…⑦166
陶穀…⑬239
陶俟（し）…⑦395
陶朱公…⑬297
陶晶孫「革命と文学」…①628
陶湘・蘭泉・渉園…⑯142, ㉓640, 641, ㉕234 「喜咏軒叢書」…⑯208
陶姓の人…⑦328, 332
陶宗儀・南村…⑭84, 113, ⑮64, 234, 235, 240, 242, 276, 282, ⑯607, ⑰563 「輟耕録」→その項
陶佟…⑦395
陶陶室…①394, 396
陶份…⑦395
陶風楼…⑰596, 597
陶方琦…⑯250 「漢孳室文鈔」「孝子邢渠考」…⑥388
陶望齢・周望…⑯103, 104
陶孟和…⑳124
陶令…⑮515
陶冷月…②511, 606, ⑳294, 561
棹歌…⑪128
棠無咎…⑤71
棠梨…⑬60
湯（殷）…①88, ②289, 384, ⑦523, ㉒111, ㉓19, 545, ㉕303, ㉖243, ㉗253→履→成湯
～と仲虺…㉓384
～に関する見解・態度　伊藤仁斎…㉓81, 82　荻生徂徠…⑤32, ㉑177, 178, ㉓282, 386, 387, 396, 406, 438, 447, 467　韓愈…⑬553 「古今人表」…⑩467　孔子…⑤121, ㉗87　フビライ…⑮232, 328　孟子…⑬561　本居宣長…㉓513
～の詔勅…⑤315, 317
湯陰…⑭159
湯顕祖・義仍・若士…①527, ⑭34, 35, 361, 595, ⑮526, ⑯107, 108, 110, 111, ⑰394, ㉔166, ㉖431, 434 「玉茗堂四夢」…⑭35, ⑮533 「訣世語」…①525 「湯顕祖集」…⑯111
湯志鈞「戊戌変法人物伝稿」…⑳298
湯舜民…⑭210
湯水児…⑮118
湯泉山…⑬309-311
湯仲…㉒79
湯の盤の銘…①315
湯父（漢篋図像）…②512, ⑥388
湯北村…㉒305
「登科記考」…①303, 306, ⑪18, 386, ㉑10
登顕…②218
登高…⑪73, 75, 152, ⑬33
登時…㉖406
登時間…⑭320
登州…㉖410
登・上・昇…⑰150
登場…㉖406
登竜門…⑭532→竜門
荅失蛮→タシマン
等（助字）…⑦146
等因奉此…②460
等韻の学…②204
等我・等我講…⑭478
等閒間…⑭321
等持院…⑰169, 170
等慈広潤…①536, 537→銭行道
等道…⑦508
等来…㉖410
統属…⑮20
統鋑…⑮45
嗒然…②70, 71
塘沽→タンクー
搯…⑭418
搗練…㉖153
『搗練子』　黄庭堅…⑬385　朱竹垞…⑯150
董永…⑦551
董説…⑥345
董解元「董西廂」→その項
「董解元西廂記」…㉖425
董其昌・元宰…⑮637, ⑯54, 71, ⑱360, ㉑98, ㉓202, 270, ㉕300 「容台集」…⑮636
董貴妃（漢）…⑦8
董金榜…⑯254
董遇…⑰477
董君瑞…⑭155, 168
董狐…⑮410
董康・綬経・誦芬室…⑫261, ⑭203, ⑯142, ⑳452
～の日本亡命…⑯277, 634, ⑰244, 266, 279, ⑳452, ㉒337, 338, ㉓605
董参政…⑮138
董俊…⑮391
董晋…⑪401
「董西廂」…⑭208, 566, 567, 575, 576, ⑮113→「西廂記」諸宮調→「絃索西廂」「搊弾西廂」
～の『柘枝令』…⑭575
董卓…⑦5, 12, 56, 94, 103, 104, 499, ⑫413
董仲舒…⑥369, ⑬216
～との関わり　嬴公・眭孟・胡母生…⑥369　公孫弘…①300, 306, ⑥171（董仲舒不遇の因…⑥112）　司馬遷・司馬相如…㉕222
～と公羊学…⑥375, 376, ㉓105
厳顔の学…⑥369, 373
～と「史記」…㉗297
～と武帝…⑥197, ㉓103, ㉕218, 219
策問・登用…①300, 306, 317, ⑥103, 104, 109

儒学定立の進言…⑥171, 192, ㉓103, 104, ㉕216
文章の能力…①317, ⑥222, 225
～の学説の呪術的要素…⑥137, 148
天人相関説…㉔258
～の「春秋繁露」…㉕217, 218　「対策」…㉓103
「山川の頌」の逝川の説…㉕216-220, 224, 228, 230-232, 238
銭謙益の評価…⑯66
～における性…⑯66, ㉓56
～における鳳鳥不至河不出図…㉓102, 103
孔子の帝王への意思…㉓103-105, 109
～の墓…⑪284, ㉓116
～の社…㉓270
董超（雑劇中の邏卒）…⑮25
董庭蘭…⑫391, 393
董必武…㉒496, ㉕300, 437, ㉗398
董文忠…⑭131, 132, 140
墖…㉖164
稲粱…⑫222, 223
撞…⑭438
撞見…⑮139
搒犁…①287
撑翻…⑭404
椿…⑮27
滕安上「史宣尉章を挽す」「東庵集」…⑭110
滕王閣…②24
「滕王閣記」…②18
滕賓・玉霄…⑭75
『踏莎行』 欧陽修…⑬9
鄧以讃・文潔公…⑯89
鄧穎超…㉑82
鄧艾…①416, 417, ⑦482
鄧凱…①510
鄧学可『端正好』「楽道」…⑭205, ㉖412
鄧元錫・南城「皇明書」…⑯94
鄧広銘…⑬259
鄧鏗「陰梁州の雑怨に和す」…⑫669　「月夜閨中詩」…⑥291
鄧山房…⑭184, 185
鄧粲…⑦497, ⑬574
鄧子儀…⑬92
鄧之勉「清詩記事初篇」…㉓243
鄧氏（皇太后・後漢）…⑦47, 48
鄧隲…⑦47
鄧小平…㉒444, 449, 495, ㉕307, 438
鄧紹基…㉕470
鄧析…⑲100
鄧忠臣・慎思…㉕492
鄧通…㉖404
鄧展…⑦77
鄧文原・善之…⑭84, 156, 164, ⑮240
「翰林侍読学士貫公文集序」「巴西集」…⑮320
「奉題延祐宸翰」…⑮239
鄧林…⑦208, 223, 230, 246, 439
蕩…②253, 255, ⑤44
「蕩寇志」…㉖419
蕩子…⑥291
糖堆…⑮118
縢…㉗92, 93
頭（助字）…⑭313
頭韻…㉔77, ㉖36
頭口…㉖423
頭銭…㉖393
頭抵…⑭312, ⑮92
頭敵…⑮92
頭踏…⑮70
頭脳…㉖414
頭目…㉖423
頭領…⑮104
盪滌…㉒84
穜稑…⑱530
謄録…⑬282
「檮杌」（楚の春秋）…⑦255, ㉓111
藤三娘…㉖167→光明皇后
藤箱…⑭433, 434
藤冬嗣（藤原冬嗣）…㉓418
藤堂明保…㉔278, ㉗292　「漢字語源辞典」…㉔277
藤堂家…②391
藤堂高猷　伊勢版「資治通鑑」序…⑰81
藤堂藩…⑰81
藤万里（藤原万里）…㉓418
藤間生大（せいた）「埋もれた金印」…②585
『闘鵪鶉』…⑭500, ⑮76
「金銭記」…⑭499　「伍員吹簫」「昊天塔」…⑭501　「酷寒亭」…⑮74, 75　「単鞭奪槊」…⑭49　「竹塢聴琴」…⑭501　「来生債」…⑭500　「柳毅伝書」…⑭221　「老生児」…⑭235
『闘蝦蟆』「漢宮秋」…⑭344, ⑮200
闘蟋蟀…⑬173
闘争と対立の過剰…⑳155, 157
闘草…⑬158
「竇娥冤」雑劇・「感天動地～」…⑭17, 47, 217, 219, 220, 594, 595, ⑮132
蔡婆婆・賽盧医・竇端雲・竇天章…⑭17
竇建徳…㉕66
竇太后（漢）…⑥49, 52, 55-57, 59-61, 76, 77, 91, 104, 108, 109, 114, ⑦471
～の儒学ぎらい…⑥52, 53, 137
竇廷英…㉓217
竇武…⑦54
竇黙…⑮233, 244
竇融…㉓37
騰…㉗92
騰化の術…①390
同…⑤82
同家窪…⑫198

同華等二十州諸軍事…⑦549
同学会委員長…㉒390
「同賢記」…⑥303
同谷県（甘粛）…⑫442, 443, 453, 482, 496, 540, ㉖126, 137, 138, 143, 146
同朔等十三州諸軍事…⑦547
同志会（伊藤仁斎）…㉓33
同志社女子高校…①582
同志社女子大学生会…⑳359
同志社大学…⑰24, ⑱487, ⑲313, ㉒353, ㉓611, 620
　～文学部…⑰420, ㉓617
同志社幼稚園…⑲28
同州…⑦548, ㉒93
　～の長官…⑪499
同州刺史…⑦547, 549
同脩国史…⑮317
同心学舎…⑰265, 277
同姓不婚…⑤66, 72, ⑬567, ⑮626, ㉑83→同族不婚
同席…⑰92
同族不婚…⑤171, ㉔322→同姓不婚
同泰寺…⑪511
同知経筵事…⑮304
同治光緒期の詩（清）…②465
同治帝（清）…①519, ㉓180
同中書門下三品…⑪32
同中書門下平章事…⑪28, 499, ⑫327
同調と調和…⑤82
同天…②250
同文…⑰422, 425, 426, 448, 449, 470, 473
　～同種…②352, 355, ⑯328, ⑰449
同文館…⑯307
同傍…⑬85
同盟会…⑯395
同羅部族…⑫240
同楽園…⑭396
洞山…㉓708→曹洞宗
洞庭王…⑪520-524, 529
洞庭君の歌…⑭221
洞庭湖…①304, ⑪518-520, 527, 528, ⑮85, ⑱534
　～と河川　沅江…⑯192　湘水…⑪101　揚子江…⑪100
　～と詩人　査慎行…⑯188, 191　謝荘…⑫639　沈周…⑮595　張説…⑪32　杜甫…㉑46, ㉕438, ㉖221-223, ㉗18　李商隠…㉖124　李白…①127, ⑪99-101, ⑳54, ㉖124
　～と范蠡船…⑭350, 351, 402, 404
　～の湖賊・楊么…⑬497
　～の蛟竜…㉖124
　～の白雪…㉑46, ㉖221-223
　～の竜王…⑪520-524, 529
　　竜王の弟…⑪521-529　竜王の夫人…⑪525　竜王の娘…⑪518, 524, 526
洞庭春色…⑭498
洞天福地…⑱511
洞房…⑭530
洞門…㉓708
動（助字）…⑰503, 504
動・静…㉓68
動但…⑮335
動憚…⑭312
動不動…⑭321, 523
動有皆模…⑰503
堂…⑪263, ⑫86, ㉒40
堂下…㉗82
堂兄弟…㉓37, 149
堂上…㉗81
堂堂…⑳423, 424
童関高…⑭73
童子…⑤265
「童子問」…④10, ⑰34, 119, ㉓32, 556, 557
　～と西方の思索…⑲39
　～と「孟子字義疏証」…⑰40, ㉓57
　～における律暦・医薬…㉓87
　～の語彙・事項　以義制事…㉓403　教…㉓63　情と欲…㉓73　仁…㉓49-52　性…㉓62, 64　俗…㉓71　中…㉓77　道…㉓62, 70, 71　卑近…㉓70, 71
　～の主張　隠遁否定…㉓46, 47　学者と鷹の比喩…㉓43　学問の家法…㉓33（孔孟の正学への志…㉓43）　経典の評価（五経…㉓85　「礼記」…㉓78　「論語」…⑤96, ⑰34, ㉓80）　軽率な死による忠誠の否定…㉓34　古義堂の講義方法…㉓33, 44　後世の知己への期待…㉓44, 570　儒者の責務…⑰152-153　常識の尊重…⑰36　天人相関・万物一体…⑰115　読書論…㉓86（野史稗説・詞曲雑劇の評価…⑰129, 152-153, 164, ㉓86　歴史書を読む効用…⑰79, 152-153, 164, ㉓86）　博学主張多学否定…㉓86　武の否定…㉓34, 479　文学論…⑰78, ㉓86　欲望肯定…㉓570
　～の主張（学説批判）
　　王陽明批判…㉓86　禅家批判…㉓86
　　宋儒批判…㉓43, 47, 71（一旦豁然の論否定…㉓86　厳格主義批判…⑰208, ⑲175, ㉓43, 57, ㉗141　正心誠意の説批判…㉓391　性・道の説批判…㉓62　禅荘の語使用批判…㉓42）
　　伝統的学説の是正　運動のみを存在とする説…㉓67, 68　救済の可能性のない人間…㉓59　古代無謬説の是正・聖人等質説の是正…㉓82　天地は一大活物の説…㉓67
　　仏老の学批判…⑰36, ㉓46, 71
　～の中国書の引用…㉓37
　～のパトスへの郷愁…⑰116
　～の方法論世界観の概説…⑰115, 209, ⑳10, 329
　～の文章…②181-184, ⑲189, ㉓149, 374
　～の明治における復刻…⑰628
　～への伊藤仁斎自身の評価…⑰210, 628, ⑳10

童寿「司馬遷報仁安書」……①636　「張継楓橋夜泊詩」…①628
童心の哲学…㉔167
童心の文学…㉓459
童世綱…⑲327
童年の追憶…⑯136, 639
「童蒙訓」…⑪203, ⑬313, 315
　～昌平黌刊本…⑬313, 314
道→道（みち）
道（助辞）…⑭489
道宅道人…⑦471
道院…①476
道衍…⑮476, ⑯36　「独庵集」…⑮468
「道園学古録」…⑭70, 118, 276, ⑮231, 241, 242, 250, 251, 254, 257, 261, 264, 266, 269, 272, 450, ⑰601
　応制録…⑮256
道家…③540, ㉕293, 302
　～的な絶望の懐疑…⑰368
　～と儒家→その項（～と諸子）
　～と戦争…①122
　～の学（魏晋以前）…㉒296
　～の現実主義と漢初の政治…③538
　～の自然主義…⑥223
　　価値の序列の否認…⑤194, 195　自然の善意の重視…①281, ⑥180　人為否定…③22, ⑤123　政治否定…⑤191, 195　文化否定…⑥223　文学否定…③539
　～の書…②107
　　死の問題…⑦310　世俗否定…②237　独善の排除…①323
　～の祖…②124, ⑤191
　～の道・道徳…②252, 253, ㉓374, 388, ㉕293
道家（四部分類・子部）…⑯225, ⑰559
道戒…㉒305, 307
道学…②364, 486, ④8, ⑬25, 563, ⑭131, ⑯74, 76, 77, 84, 100, ㉔24, ㉗366→宋学
　～と「易」…㉕35
　～と「資治通鑑」…⑬587, 588
　～と儒林の分岐…⑯75-77, 80, 81, 84, 85, 127
　～と柔情…⑬314
　～と「世説新語」…㉗136
　～と俗学…②236, ⑯81
　～と不伝の学…⑯81
　～と孟子尊崇…⑬556, 557
　～における道体…㉕238, 239
　～に対する態度　青木正児…⑰338　王安石…㉕239　王陽明…⑦120　小説家の態度…①227　銭謙益…⑯81　徂徠学…㉗141, 143　蘇東坡…⑦593　陳善…㉕239　呂本中…⑬313-315
　～による伝統思想の体系化…⑬557
　　朱子→朱子学　周敦頤…②486, ⑬555, ⑯79　程子兄弟…②327, 486, ⑦593, ⑬25, 556, 587, 588, ㉕239, ㉗366
　～の系譜…⑬25
　～の現実との調和…⑬556, 557, 561, 569
　～の語録…⑬566, ⑯72
　～の主張…②327, 486, ⑬555-557
　～の書…㉒113
　～の大家…⑬313, 556
　～の否定（清朝経学）…⑬569
道学（河上肇）…⑱317, 319
道学者…⑥222, 254, ⑦593, ⑭131, ㉕190
道学先生…①202, ②446, 501, ⑰51, ㉖468, ㉗136, 140, 255
道咸（道光咸豊）…⑳391
道観…㉒299
道義…⑮412
『道宮薄媚』（宋・大曲）…⑭325
道教…②382, ㉒307, ㉓340, ㉖504
　～を奉ずる匪賊・盧循…⑦480
　～研究家・大淵慧真…㉒390
　～者のパンフレット「善書」…㉒314
　～・釈（仏）…②382
　　道釈と士の生活…②382　道釈と儒の違い…②385-387　道釈と宋詩の関係…⑬188　道釈と六朝文明…⑬62, ㉕60　道釈の書と王世貞…②484　道釈排撃…②362（康熙帝…②384　司馬光…②382　朱子…②365　銭大昕…①550, ㉒293）
　～・儒・釈（仏）…②360, 388
　　儒釈道と小説…①201, 202　儒釈道と陶淵明…⑦603　儒釈道三教人の強制移住（蒙古）…⑮390
　～と恵棟…㉒295
　　道教と「易」…㉒296　道釈…㉒297　「道蔵」への関心…㉒293-297
　～と胡適…⑯400
　～と真宗（宋）…⑬62
　～と李白…⑫676　高天師との交遊…⑫677
　～の神…㉖419, 482　女神…⑫111
　～の寺院…①476, ②387
　～の修験者…⑪257
　～の書→道書
　～の大蔵経…②479, ㉒292→「道蔵」
　　学者の関心…㉒302（銭大昕→その項　孫星衍…㉒292, 293, 303　畢沅→その項）
　～の大本山・竜虎山…⑰598, ㉖504
　～の法主・張天師…⑯400, ⑰598, ㉓271
　～流派　全真教…⑬516, 604, ⑭59, ㉒301（道教の宋学…㉒301）
　　天師道…㉑248
道鏡…⑰15, ⑱457
道元…②588, ⑰21, 111, ⑲9, ⑳224, ㉑112, ㉓707, ㉗369　「正法眼蔵」…⑰11, ㉑102
「道古堂外集」…㉓261
道光咸豊　詩…②464, ㉓184
道光咸豊以後　経学…㉕160　詩…⑯656, 658

「道光県志官師表」…⑯235
道光壬辰歳武原馬氏漢唐斎収蔵書籍…⑰594
道光帝（清）…㉓180
「道山清話」…⑭220
道士…①488, ②382, 387, ⑪257, ㉒293
　～果報の説…㉒310
　～の書物…①550
道児…㉖418
道春点…⑰30, ㉗69, 93
道書…㉒295, 297, 299, 301, 303, 305-307, 310
道場（地名・中国）…⑮523
道心…⑩480, ㉓78, 79
道真…⑦232
道世…⑰560
道政里…⑪516
道千乗之国…㉕208
道宣「教誡律義」…⑰96　「広弘明集」…⑫668, ㉒80
道潜…⑬138, 309, 311, ⑭515, ㉖398→参寥子
道宗（遼）の位に登るのを賀する国信使…⑬305
「道蔵」…②479, ⑳357, ㉒292-294, 297-299, 302-305, 307
　以字号・海字号…㉒292　競字号…㉒302　群十…㉒299　太玄部・竟字号…㉒302　太平部・儀字号…㉒303　洞神部…⑭119　洞真部・蔵字号…㉒303
「道蔵」（所収書）「淮南子」…②479, ㉒292, 302　「甘水仙源録」…⑭119　「黄帝竜首経」…㉒292　儒書…㉒294, 302, 310　諸子…㉒292, 303　「長春真人西遊記」…㉒299　「墨子」…②479, ㉒292
「道蔵」（テクスト）
　袁廷檮本…㉒300, 302　元蔵…㉒301　玄妙観本…㉒298, 299, 303　正統蔵…㉒294, 301　全真教の「道蔵」・宋蔵…㉒301　朝天宮本…㉒298, 299　明蔵…㉒301
「道蔵闕経目録」…㉒293, 301
「道蔵闕経目録に跋す」…㉒293, 297, 300-302, 310
道体…㉕209, 233, 238, 239, 250
道聴途説者…①182
道度牒…㉖405
道統の説…②489, ㉓292, 312, 387, 472, ㉗253
道統擁護…⑯403
道徳…②253
道不的…⑭525, ⑮53
道祐居士…④14, 15, ㉕65, ㉖503
道理…②347, 366, 396, ⑳57, ㉖440
　～の学…⑬172
　～の尺度…②396
道流…㉒301
　～の書→道書
道籙…⑫677
閙炒炒…⑭413
働…㉗9
銅斉…⑬252
銅駝小学校…㉓228
銅雀台…①411-414, ⑦89
銅鑼太鼓…⑯493
撞天・撞天屈・撞天婚…㉖418
潼関（陝西）…⑦432, 530, ⑫172, 173, 196, 241, 253, 255, 259, 365, 394, 398, ㉒22-24, 31, 83, ㉕440, ㉖71, 72
鐃…⑥350
鐃歌→楽府（漢）
曩…②178
遠江の国…⑱547
時無し…⑬183
時に遇う…⑥234
常盤大定「続支那仏教史研究」…㉒120
忒…⑮64
禿穎…①496
『禿厮児』…⑮84　「挙案斉眉」…⑮84　「酷寒亭」…⑮82, 83　「争報恩」…⑮84　「柳毅伝書」…⑮85　「老生児」…⑭236, ⑮85
禿禿茶食…⑮103
特故地・特故来・特故裏…⑭321
特高警察…⑥183
特煞…⑭313
特進（位階）…⑦52
特牲…②304
特地…⑭313
得…⑪394, ㉖384
得（助字）…⑭313, 489
得意忘言…㉕27
得魚忘荃…㉕26
得失…㉖206, 208, 216
得這…⑭292
得勝葫蘆…⑳421
得勝頭廻…⑬540
『得勝令』…⑭546　「金銭記」…⑭544, 546　「虎頭牌」…⑭343, ⑮47　「老生児」…⑭237
得無…⑦488
得了…㉖405
督…㉓205
督郵…⑥372, ⑦389
徳…②194→ドイツ
　～奥美法英義日俄八国の聯兵…①177
徳…②231, 232, ⑬553
　伊藤仁斎…㉓64, 74　荻生徂徠→その項　宋儒…②234, 364, ㉓387　論語…㉓74
徳安府…㉓203
徳を正す…㉓386
徳川王朝…㉓288, 425-427, 432-433, 437, 441
徳川皇帝…㉕201
徳川氏…⑪447, ⑱546, ⑲384, ㉓413, 416, 417, 425, 426, 483, 533, 582, 588
　徳川家…㉓132　徳川侯（紀伊）…⑰583, ㉓494

徳川時代→江戸時代
「徳川実紀」…㉓314, 369, ㉕273, 398, ㉗434
常憲院御実紀…㉓314, 369　有徳院殿御実紀…㉓401, 402
徳川将軍…③28, ⑪233, ㉓106, 151, 417, ㉕474
家重・長福（ながとみ）…㉓402, ㉕194, ㉗116
家継…㉓120-122, 132, 143, 266, 291, 315, 360, 375
家綱…⑰33, ㉓293, 416, ㉕194→厳廟・厳有院　家斉（いえなり）…②439, ⑳225　家宣…⑭142, 592, ⑰24, ㉓120, 122, 123, 132, 136, 144, 151, 163, 197, 233, 266, 274, 291, 315, 359, 360, 363, 368, 376, 417, 430, 431　家治…⑳225　家光…⑰31, 122, ⑱545, ㉓162, 172, 416, ㉗69→大猷院・猷廟　家康…⑤124, 137, 138, ⑦4, 38, 41, ⑮472, ⑰26-30, 33, 608, ⑱57, 545, 546, ⑲49, 455, ⑳224, ㉑113, ㉒119, ㉓31, 132, 288, 416, 425, 511, 532, 588, ㉔150, 163, 168, ㉗33, 68, 246（東照神御祖命…㉓511, ㉗68　照公…㉓588）→神祖→東照公　綱吉…④10, ⑰28, 33, ㉑98, ㉓35, 118, 136, 163, 290, 291, 293, 295, 296, 301, 311, 312, 314-317, 321, 356, 357, 359-361, 368, 376, 390, 392, 416, 417, 426, 431, 432, 473, ㉗30, 33, 37, 38→憲廟・常憲院→館林侯　秀忠…㉓416→台徳院・台廟　吉宗…②439, ④10, ⑰28, 41, ⑱56, 58, ㉑98, 173, ㉓120, 121, 136, 158, 165, 199, 274, 290, 291, 296, 302, 315, 328, 360, 375, 376, 401, 402, 409, 428, 481, ㉔138, ㉕284, 411, ㉗73, 74, 116, 166, 168→有徳院
霊廟…㉒377
徳川幕府→江戸幕府
徳川光圀…②162, ⑰31→水戸光圀
徳川夢声「色と欲の戒め」…⑱409
徳川義直…⑰174
徳島県…⑳440
「徳島大学学芸学部紀要人文科学」…①634
徳宗（清）景皇帝…①514, ②440, ⑰351, 610, 611→光緒帝
徳宗（唐）…①305-307, ②15, 551, ⑪378, 382, 386, 391, 400, 409, 410, 414, ⑫12, 417, ㉒87
徳富蘇峰・猪一郎…⑮24　「杜甫と彌耳敦（ミルトン）」…⑰399
徳冨蘆花…㉔21
徳能…⑭312
徳聯邦→ドイツ連邦
篤麟鉄穆爾→デリンテムル
犢鼻褌…①446
独…㉖157
独…②193, 194→ドイツ
独看…㉖54
独孤及・常州…⑪212, ⑭328, ㉖433
独孤后（隋）…①178, ②157-160
独行の人…㉑22
独山莫氏銅井文房蔵書印・独山莫祥志図書記…⑰596
独断の学…⑯3, 4
独夫…㉒86
独文学→ドイツ文学
独歩…㉖161
独立…⑰424
独立閣…⑲307, 310, 311→インディペンデンス・ホール
「独立宣言」（アメリカ）…㉔132, 148
「独立評論」…⑯467, 476
独流…㉗8
独留青塚…⑰472
独露墺蘭四国への出使…②442, 443
読為…㉕338, 347
「読曲小記」…⑭146
読若…㉕338, 347
読書…⑳3, 17, 211, 213, ㉕260, 261, 263-265
～と思索…⑤289
～の方法…⑳16, 211-213
読書山（忻州）…⑮391
読書人…①293, 320, 513, ②3, 287, 288, 291, 382, 384, 398, 399, 401, 402, 418, 434, ⑮4, ⑳3, 4, 203, ㉕378, ㉗312→士・士人
～研究とマックス・ウェーバー…②418, 432, 434, ⑮568
～研究と宮崎市定…⑮568
～の義務…①204, 293, ②19, 385
政治…②428, 431, ⑭14, ⑮5
～の資格…②427, 434, ⑭14, ㉕304
古典の暗誦…②427, 434, ㉕319, 320　哲学の能力…②427, ⑮566　文章力・文学の能力…①204, 328, ②234, 423, 427, 434, ⑭14, ⑮566, ⑳120
～の生活…②289, 335, 338, 339, 341, ⑮568, 569
生活原理…②421　生活理念…②288, 338　都市生活…②418, 422
～の生活への反抗（百姓一揆）…②421
～の伝記の必要性…②432
～の文章…②19, ⑮8, 10
言語認識…②20
～の優位の体制…②427, 430, 432, ⑥172, 192
読書人と胥吏…⑮5-7, 9　読書人と庶民…②288, 289, 382, 435, ⑬566, ⑳120, ㉕304
読書人（近世）…②335, 338, 339, 428, ⑬563, 566, ⑮566, 573
～と経…⑬571, ㉕326, 329
～と元朝廷…⑮9
～と「四書集注」…⑬566
～と小説…②19, 20, ⑬565, 567
～と俗…②247, 249
～による哲学・文学…②428, 431
～の官吏にならぬ者…②429, ⑮576, 577
～の経済的優位…②428, 429, 431
～の言語文化と太平天国…②423
～の非世襲…②430, 435, ⑮5, ㉕304

読書人（中世）…②327
　～と俗…②246, 247, 249
　～の貴族による世襲…②322, 323, 327, ⑮5
「読書人」（雑誌）…⑯559
読書の家…①298, ⑬563, 567
読書の学…㉕15, 16, 94, 141, 160, 182, 183, 189, 243, 245-247, ㉗186, 343
「読書敏求記」…④15, ⑦192, ㉕495, ㉖502, 503（日本受領之事…㉖503）
読誦…②325
読徹…㉓256
読杜会…⑫730, 736, ⑰252, 255, ⑳360, ㉒47, ㉔31, 67, 193, ㉕505, ㉗316, 331, 423
「読杜心解」…①513, ⑫425, 727, ⑳566, ㉒66, 93, ㉔313, ㉕449, 456, 472, 489, 495
読未見書斎…①396
所武雄…④735, ⑯436
年を越しての即位…⑨479
栃木県…⑧510
突厥…⑦545-547, ⑪41, 160, ⑫58, 172, 255, ⑲34
突梯…⑭343
訥殷富察氏…㉓212
鳥取県…⑳440
「鳥取大学学芸学部研究報告」…①633
止まるを知るの賢名…⑬229
舎人親王…⑦493, ⑰636
主殿寮（宮内省）…①38
殿騰戸…㉗92, 101
鳶の巣文殊山…㉗437
飛ぶ虎…⑲240
富岡家…⑰589, ⑱518, ㉒279, 280
富岡謙蔵・桃華…⑰243-244, 266, 278, 589, 590, ⑱518
　～コレクション…①374, ㉒279
　～所蔵本「毛詩正義」…⑩450
　～と王国維…①386, ⑯277
富岡鉄斎…②509, ⑱518, ㉑107, ㉒279
富岡文庫…⑩450, ⑰594, 595, 597, ⑱518, ㉒279
富田鉄之助…⑪447, ㉕280
富永惣一…⑰285, 287
富永仲基…⑰230, 231　「翁の文」…⑰232
富永牧太…⑰148, 167, ㉖464-466
友野霞舟「錦天山房詩話」…㉓150
朝永振一郎…②468, ⑱44, ㉔168, 183, ㉕403
豊葦原…⑲99
豊国の宇沙…㉗56
豊聡（とよさと）…㉓294→聖徳太子
豊島与志雄…⑯619
豊田神尚…⑳268
豊田四郎…⑲383
豊田穣…①611, ⑪476-478　「唐詩研究」…①612, ⑪474, ⑰408
豊臣氏…㉓533
豊臣秀吉・木下藤吉郎・羽柴氏・豊公・豊太閤…②182, ⑦4, 379, ⑪169, ⑰466, 611, ㉓588, ㉔150, 283, ㉗246→平秀吉
　～とホセ・デ・アコスタ…㉔163, 168
　～の秘書たちの漢文能力…⑰22, 23
　～の謡曲制作…⑦25
　～への章炳麟の批評…①383
　～への明の関心…①287, ②588, 590
　　朝鮮出兵…①287, ②566, 567, 589, ⑦25, ⑮493, 522, 562, ⑰22, 466, ⑱56, ㉒433, ㉓246（秀吉の死…②566, 589　明軍の軍法…㉓409）
豊臣秀頼…⑦4
虎と人間（蘇軾）…②178-181
虎の門事件…⑰324
寅年うまれ…⑳234
鳥居市之丞…㉗41
鳥居久兵衛…㉗40
鳥居忠救（ただすけ）…㉓36
鳥居長左衛門…㉗41
鳥居久靖…㉖399
鳥居兵助・鳥居富士右衛門・鳥居又市…㉗41
鳥居水右衛門忠重…㉗37, 39-41
鳥居六右衛門…㉗41
鳥養利三郎…⑱491, ⑳424
鳥毛の屛風…㉒38
鳥山喜一…⑯650
鳥山芝軒…㉓132
鳥山石丈「水滸伝抄訳」…㉖387, 389　「忠義水滸伝解」…⑰398, ㉖382
豚・彘…②117
敦…②246
敦煌…⑤296, ⑥89, 155, ⑫729, ⑰266, ㉕285, ㉗352
　～の壁画…㉗352, 418, 419
敦煌文書…①707, ⑰443, ㉕285, ㉗268, 269, 352
　～蔵・日本…㉕285　竜谷大学図書館…㉕227
　～蔵・パリ→パリ
　～蔵・北京…⑭600, ⑰266, 278, ㉓604, ㉕285
　～蔵・レニングラード…⑲376, 397, ㉕285
　～蔵・ロンドン…⑩444, 457, ⑰266, 279, 417, ⑲397, 416, ㉒335, ㉓596, 604, ㉕227, 285
　　「論語」鄭玄注残葉…㉕227
　～と狩野直喜…⑭600, ⑰221, 238, 239, 266, 278, 279, 286, 417, ㉓596, 604, 605
　　最初の研究者…㉕285, ㉗259, 268
　　「論語」鄭玄注判定…⑤296, ⑰266, 279, 286, ㉓102, 604, ㉕226
　～と京都大学人文科学研究所…㉕285
　　「尚書正義定本」作成…⑧21, 502
　～と西洋人　スタイン…⑩457, ⑰266, 278, ㉒335, ㉕227, 285, ㉗259
　　ペリオ…⑤296, ⑩456, ⑰238, 266, 278, 332, ㉒335, ㉕226, 285, 286, ㉗259（「論語」鄭玄注への判断…⑤296, ⑰286, ㉓102, 604）

～と中国人学者　王国維…①386, ㉕285　羅振玉…⑯278, ㉒337, ㉕226, 285, 286
～と「日本書紀」の語法…㉗11
～と日本人　大谷光瑞…㉕227　武内義雄…㉗272　富岡謙蔵…⑰266, 278　内藤虎次郎…⑰266, 278, ㉕285, ㉗268　羽田亨…⑰332, ㉒335, 336　矢吹慶輝…㉒335
～の韻書…⑭476
～の西域諸言語による古文献…㉒335
～の写本の資料価値…⑩448, 456
「書儀」の写本…㉗16　唐写本…⑦277, 286, ⑩426, ⑫476, ⑭295, ⑰243, 266, 278, ⑱468, ㉖468　六朝写本…⑦277, ⑰266, 278, ⑱468
～の通俗文学資料…⑬505, 545, ㉕449, ㉗11
唐代演芸の台本…⑭8, 11　変文…①154, ⑭11, 127, 325, 372, ⑲397, ㉕449, 456, ㉖201
～の歴史書…⑬575
敦煌本…㉒426
「漢書」…⑬575　「孝子伝」…⑦551　「史記」…⑬575　「字宝砕金」…⑮128　「珠英学士集」…⑪21　「春秋正義」…⑩426　「尚書孔氏伝」…⑦277, 286, 287, ⑧21　「昭君変文」…⑮212, ㉖197, 201, 202　「切韻」…②203　「太公家教」…⑭295　「天地陰陽交歓大楽賦」…⑰74, ⑲47, 48　「毛詩」…⑩456-458, ⑫476, ㉒77　「隷古定尚書」…⑯322-323, ㉗420　「老子河上公注」…⑲397　「論語」注・鄭玄…④643, ⑤296, ⑰266, 279, 286, ㉑229, ㉓101, 102, 604, ㉕226, 227, 231, 232
「敦煌石室砕金」…⑩457
「敦煌零拾」…⑥391
頓悟の説…⑰35, ㉓86, 472
頓挫の呼吸…⑳95
頓山県…㉒297
呑声…㉖119
貪死…㉗8, 10
貪欲…㉗46
鈍…⑬278
嫩蘂…㉖169
曇陽子…⑮522

な

ナイアガラ…⑥407, 410, ⑲274, 295
ナイアガラ・リヴァー…⑥410
ナインフチャ（訥殷富察）氏…㉓212
ナカムラ教授（カリフォルニア大学）…⑲241
ナザイン（捺殺因）…⑮222
ナショナリズム…㉗348, 354
ナショナル・プレスビテリアン・チャーチ…⑲298
なずらえ歌（比）…③33
ナチス…⑫302, ㉖49, 50
ナチズム…①262
なにはの浦…㉓36
なにはのくに…⑱78
ナネノミコト…㉗103, 104
ナポリ…①551, 553, 554, 556, ⑲364, 365, 426
ナポレオン…⑪169, ⑯526, ⑲362, ⑳206, 207, 225, ㉔150, 152, 153, 190, 193, 195
ナポレオン戦争…㉔150
ナラン・シンド（納蘭性徳）…⑯144, 544, ⑰349, ㉓176
『憶王孫』…㉓177　「乾清門にて制に応ずる詩」…㉓179　『采桑子』…㉓177　「詞韻正略」…㉓178　『如夢令』…㉓179　「全唐詩選」「通志堂経解」「通志堂集」「納蘭詞」…㉓178
ナランダ…⑰17
ナンヂャタイ（嚢加歹）…⑮296, 308
名…㉗94-99
名古屋…⑥303, 399, ⑪211, ⑮586, ⑯139, 557, ⑰74, 174-176, ⑲311, 347, 348, ㉓158, 709, ㉔174, 288, ㉕363, ㉗77, 89, 233
名古屋学…⑰176
名古屋工業大学…㉗203
名古屋市立蓬左文庫…⑰28→蓬左文庫
名古屋大学…①611, ⑰385, 420, ⑲304, 330, ㉔252
「名古屋大学国語国文学」…㉗203
名取洋之助…⑫483, 484, ⑬188　「麦積山石窟」…①582
名和修…㉓228
名和童山…⑱503
那…⑭309
那珂通世（みちよ）…①201, ㉓492　「支那通史」…⑥245, ⑰212　「成吉思汗実録」…①286
那堝児・那堝裏…⑭321
那其間…⑭321, ⑮36
那其中…⑭321
那些…⑭313
那須…⑫241, 254
那吒太子…⑮63, 65, ㉖440
『那吒令』…⑭412　「金銭記」…⑭52, 411　「神奴児」「范張鶏黍」…⑭412　「老生児」…⑭234
那搭児・那搭裏…⑭321
那波（なば）活所…㉗176
那波道円…㉓148
那波利貞…⑭593, 610, ㉒336, ㉗310
那壁廂…⑭321
那無…㉒62
那裏毎…⑭321
那裏有…⑭455-457
奈何橋…⑯372
奈良…⑪165, ⑯546, ⑰599, ⑱454, ㉓620, ㉕407→南都
～を訪れた中国人　中国作家代表団…⑯538　楊雪橋…②538
～とウォーナー博士・エリセフ博士…⑲218
～と外国の都市　長安…⑪166, 167, ⑫546, ㉖82

ローマ…⑲5　ワシントン…⑲243, 316
～と芭蕉の句…⑫558, ⑱28, 53, 54, 69, 88, 100, ㉑129, ㉔113, ㉕133
～の古社寺の文物…㉗374
古建築…②528, 597　興福寺蔵「経典釈文」…㉕286　正倉院遺存の器物…⑪558　大仏殿…⑥412
～の慈恩会と六朝の講釈法…⑧8
～の天理大学と天理図書館→その項
～の博物館…②587, ⑳469
奈良博物館…②587　大和文華館…⑱360
～の仏像…②528, ㉑129
大仏…⑪165
～の仏典と忍澂上人…⑱549
～の平城宮跡…⑱457
～の若草山の芝生…⑲349
奈良公園…㉔182
奈良女高師…⑯553
奈良朝（寧楽朝）…⑤134, ㉔78
～以来の日本文明と中国文明…②593, ㉒440
～以来の「論語集解」の地位…④7
～と中国文化…㉑96, ㉔78
学校制度…⑤135　中国学習…⑰16　中国文学…⑰491, ⑱38　奈良朝官吏の服装と唐の服装…⑰16, ㉑96　奈良朝法制と中国の法制…㉑96
～の律令国家という用語…⑲36
奈良朝廷…⑥246
奈良朝平安朝・寧平の際
～の王室…㉓417
～の王朝の礼楽…㉓367
～の中国学習…⑰16
漢詩漢文の実作…㉓147（漢詩…⑱125, ㉓133, 136, 400, 418　漢文…②26, ㉕384）
中国古典研究…⑤134, 135（「論語」…⑤134, 135　漢人「論語」注…㉓101）
中国文学…⑰63（旧鈔単疏本「毛詩正義」…⑩450　「文選」…⑦562）
～の中国文化輸入…②572
～の法律書「大和律」…㉓423
奈良電車…⑰599
奈良博物館…②587
南無阿弥陀仏…②285
南無妙法蓮華経…②386
「南留別志」…⑭17, 379, 592, ㉓413, 462, ㉗160, 161, 279
納蘭（ナラン）容若…㉓179→ナラン・シンド
内閣学士兼礼部侍郎…㉓232
内閣大学士…②439, 440, 468
内閣大学士兼軍機処大臣…②436
内閣大庫…㉒426
内閣票籤房…㉗116
内閣文庫…①141, ⑰400, ㉒290, 431
～の中国書…⑰24, 25, ㉕267, 279, 283
元明の小説…㉕283　「古今小説」…②589, ⑮26　「皇清百名家詩」…㉓254　「事物紺珠」…⑮103　「七国春秋平話」…⑮159　「諸子彙函」「諸子品節」「諸子文帰」…②605　「笑苑千金」「笑海叢珠」…①230　「水滸志伝」…⑮136　「清平山堂話本」…⑭222, ⑮135　「全相平話」…①154, ⑭203　「杜詩千家注」分類本…㉒56, ㉕504　「東莱先生詩集」…⑬142, 313　「李卓吾批評忠義水滸伝」容与堂刊本…㉖372-374, 377, 381, 386　話本集…⑬504, 512
～の日本書　「華夷変態」…㉓269
内閣蒙古堂拉体訥字…①288
内学…②376
内供奉左拾遺…⑫393
内教…①284, ②376, ⑦590, ⑬552
内計…⑯28
内江…⑯103
内黄（鄴郡）…㉒86
内侍監…⑫175, ㉒25
内聖外王の道…⑮251
内藤乾吉…⑰150, 151, ⑱455, ⑳269, ㉓581
「内藤湖南全集」…⑧507, 509, ⑨483, ㉒45, 333, ㉓192, 232, 403, 580, 581, 585, 586, ㉔27, ㉕60, 158, ㉗67, 269
内藤史学…⑰217, 221, ㉕321
～と清朝史学…㉒361
呉士鑑の掌故学…㉓182　満蒙史の学…㉓187
～における古代史再検討…③533, 554, ⑧507, ⑰637, ⑳7, ㉕324, ㉗188, 267
～における東洋史…㉗267
～における邪馬台国論争…②585
～の史観…⑰221, ㉖507
～の中国史三区分説…⑥172, 428, 429, ⑬626, ⑰234, ⑳287, ㉓583, 599, ㉕60, 376, ㉗7, 253, 255
近世…②485, 486, ㉗254
唐宋間の文明的断絶…⑬301, ㉕60, 301
内藤耻叟…㉗159
内藤虎次郎・湖南・炳卿・炳翁…②514, ⑬623, ⑲217, ⑳296, 390, 562, ㉒342
～と川端康成…㉔26, 27
～と漢文直読論…㉒347
～と「京都帝国大学文学部景印旧抄本」…⑯278, ㉕286
～と京都に亡命した中国人…⑯277, 281, ㉒359
王国維→その項　王大楨…⑳268, 269　夏泉…⑯639, ⑳268-270　董康・羅振玉→各項
～と「困学紀聞」…㉕323
～と白鳥庫吉…⑳289
～と政治…⑳288, ㉓579-582
～と先人
中国人　呉梅村…⑯639, ⑳569　章学誠…⑰221, 231, ㉒361, ㉓597　銭大昕…①201, ⑰231, ㉒293　孫星衍…⑯634　張載…㉗254

日本人　新井白石…㉓232, 233, 235　伊藤仁斎…⑰231, ㉒347, ㉓597　伊藤蘭嵎…㉓490, 492, 493　市橋下総守…⑰231　荻生徂徠…⑰231, ㉒347, ㉓191, 403, 487, 597　海保元備…㉗244　空海…㉓583　兼好法師…㉓586, 587　近衛家熙…㉓229, 232, 233, 235　斎藤拙堂…㉗244　慈雲尊者…⑰230, 232　滝沢馬琴…㉓588　竹添井井…⑰351　近松門左衛門・徳川家康…㉓588　富永仲基…⑰230-232　豊臣秀吉…㉓588　中井履軒…⑰230, 231　平田篤胤…⑰232　藤原頼長…㉕278　本居宣長…⑰232　山片蟠桃…⑰231　山崎闇斎…⑰230-232, ㉑138　山梨稲川…⑰231, 232
～と梅蘭芳…⑯594
～と楽羣社…⑰275
～と蘭亭会…㉑237
～と「論語」暗誦…④736, ⑤296
～における疏…㉕344
～の朝寝…⑰230, ⑳287
～の学問・学風…⑦594, ⑰217, ⑳287
江戸漢学への反撥…⑰220, 221, ⑳287, ㉒333, 334, 347, 348, 350　江戸文学研究…㉓588　疑古の学…③533　啓蒙的折衷主義の排斥…㉗268　研究資料…㉗269　史学→内藤史学　実証学…①399　清朝学の祖述…⑯634, 646, ⑰228, ㉒348, ㉓187, 594, 605, ㉔303, ㉗243, 255, 268, 294　清朝の詩文の提唱…⑰259, ㉒362　西方支那学の影響…⑲417, ㉒348　浙派の学…㉒415　中国研究の立場…⑰220, 221, ⑳287, ㉒333, 337　敦煌文書研究…⑰243, 266, 278, ㉕285, ㉗268　博学…②601, ⑰217, 229, 234, ⑳287, ㉒362　美術史の科学性…㉒349, ㉓583　文献学…㉓604
～の恭仁山荘…①397, 399, 400, ⑰603
～の交遊　犬養毅…①398, ⑳288, ㉒361, ㉓580　小川琢治…⑰275, ㉗297　狩野直喜→その項　桑原隲蔵…⑰293, 294, ⑳257, ㉖478, ㉗250　小泉策太郎…㉓583　高橋健三…㉓582　中国学人…㉓605　張爾田…⑰218, ㉖507　陳宝琛…㉖469　富岡謙蔵…①386, ⑯277, ⑰278　長尾甲…⑰216, 217, 220-223, 275　長沢別天…①397　羽田亨…⑰329　藤代禎輔…②509　矢野仁一…⑰293
～の後進　青木正児…㉓627　小島祐馬…⑰322　貝塚茂樹…③534, ⑯281, ⑰323, ㉓583, ㉗297　神田喜一郎…①397　倉石武四郎…⑳288, ㉗294　「支那学」同人…㉓625　武内義雄…⑰322, ㉗266-270　宮崎市定…㉓583, ㉕376, ㉗7
～の作詩作文能力…②472, ⑰229, ㉒348
～の詩作品・著述・講演　「影印秘府尊蔵宋槧単本尚書正義解題」…⑧509, ㉗67　「易疑」…㉗271　「燕山楚水」…⑰234, ㉒337, ㉓586　「概括的唐宋時代観」…㉕60　「学変臆説」…㉓583　「帰省記」…㉓587　「旧鈔本礼記正義」跋…㉓597　「玉石雑陳」…①397, ㉗254　「近世文学史論」…⑰234, ㉓586-588（序論…㉓587）　「近代支那の文化生活」…㉓582　「苦熱顚語」…㉓586　「恭仁山荘四宝詩」…①397-401　「研幾小録」…⑯659　「現今の文学」…㉓581　「坐右記」…㉓588　「支那絵画史」…②514, ③469, ⑳277　「支那学変」…㉓583　「支那古代史」…⑰229, ⑳277, ㉗267, 268　「支那史学史」…⑬573, ⑰233, ⑳277　「支那史の価値」…㉓403　「支那上古史」…㉗269　「史記の話」…㉓403　「爾雅の新研究」…㉗271　「重贈渡米僧言」…㉓583　「諸葛武侯」…㉓586　「小紋抄」…㉔27　「尚書稽疑」…⑧507, ⑨483　「尚書編次考」…㉗271　「清朝史通論」…⑰229, 233　「新支那論」…㉒359, ㉓582, 583　「盛伯羲遺事」「盛伯羲祭酒」…⑯659　「先哲の学問」…⑰230, 232　全集→「内藤湖南全集」「創才と学殖」…㉓583　「続涙珠唾珠」…㉓586, 587　「台湾日報・万朝報・日本人所載文」…㉓586　「中国近世史」…⑰233　「白石の一遺聞について」…㉓232　「宝左盦文」…⑰231, ㉒293　「昔の満州研究」…㉓191, 403　「目睹書譚」…①397, ㉓580　「山梨稲川先生遺事」…㉓580　「涙珠唾珠」…㉓581, 583, 586, ㉔27
～の室名　宝許盦・宝左盦・宝馬盦…①396
～の所説　王道…⑰439　関西文運の説…⑰234　関西へ大学設置の主張…㉒333, ㉗269　女性論…㉓587　絶子孫論への共感…㉓586　天皇制…㉕158　明治政府の漢学者への反撥…㉒350
～の書風…⑰221
聖武天皇・光明皇后の書の批評…㉑88　智永「千字文」推薦…㉗253
～の職業　大阪朝日新聞記者…①398, ⑱399, 476, ㉒333, 349, ㉓579, 580　京都大学東洋史学教授…①396, 398, ②601, ⑦594, ⑰216, 240, 293, 294, 322, 323, 381, ⑱476, ⑳257, 275, 286, 289, ㉓580-582, 593, 597, 604, 606, 631, ㉔268, ㉖478, 490, ㉗250, 266, 269, 402, 404　万朝報記者…①398
～の清国訪問・学者との交流…⑰266, 278, ㉒337, ㉓604
～の早年と晩年…㉓586
～の蔵書…①396, ⑬317, ⑰234, ⑳288, ㉓583
「禹跡図」拓本…⑧355, 511　「左伝」博多版…①401　「左伝」平安朝古写本…①396, 401　「史記」宋版…①396-398　書画…㉓583　「西廂記」明版…⑳288　「説文解字」唐写本…①396, 400, ⑳268　「稲川詩草」…⑭472, ⑳288, ㉓579, 580　「毛詩正義」宋版…①398, 399, ⑩450, 460, ⑰603
～の田中野神町の家…⑳267, ㉓605
書斎…⑰294, ⑳266, 268, 287, 288, ㉓579
～の父・内藤十湾…④736, ㉒350　子・内藤乾吉→その項
～の中国観…㉒359

清朝滅亡の予言…㉒359　中国近世の天子評…②326　中国文明早熟説…㉒45
～の墓…㉑83
郭沫若の墓参…㉖490
～の夫人・田口氏…⑳288, ㉑83
～の話術…⑰229
講演・講義…⑰230　論文の書き方…⑳415
～への評　小島抱甕…⑬320　桑原武夫…⑰230, ㉗348　「支那学」による批判…㉒353
「内藤博士還暦祝賀支那学論叢」…⑰294
内蒙古…⑥89, ⑮393
内陸アジア…⑳175
毳毼…①436
直江兼続・山城守…⑦562, ㉕371
直江津…㉔175
直日神…㉗205
「直毘霊」…⑤327, ⑰209, 210, 213, ㉓496, 497, 511, 513-515, ㉗81, 110, 145, 199, 203
中井正一…②157, ㉗347
中井信三　訳・田漢脚色「阿Q正伝」…①635　共訳・魯迅「阿Q正伝」…①631
中井竹山・積善…㉗269　「非徴」…㉓38, 468, ㉔251
中井履軒…⑥247, ⑰230, 231, ㉗269
中江丑吉…㉒391, ㉔256　「中国古代思想研究」…㉒392
中江家と曹汝霖…㉒391
中江兆民…①273, ⑰616, ⑱448, ㉒391
～と堯舜の治…③17, ⑳7, 8
～の漢文と西洋語学力…①562, ⑲189, 190, ㉒349
～のルソーの漢訳…①562, ㉒349
「三酔人経綸問答」…⑰616
中江藤樹…⑰108, 383-385, 659, ⑳227, ㉑99, 100, 108, ㉔150→近江聖人
中折帽と婚礼…⑯523, 524, 526
中川薫「建安文学の主流と…」…①633
中沢信三　訳・老舎「竜鬚溝」…①631, 635
中沢希男「河岳英霊集考」…①620, 625　「国秀集攷」…①625
中島敦…⑦29, ⑱34　「山月記」…⑬549, ⑱368　「弟子」…⑤184　「中島敦全集」…⑱368, 369　「光と風と夢」…⑪54, ⑱368　「李陵」…⑥157, ⑱368, 369
中島長文（おさふみ）…㉒369, 425, ㉕482
中島一男「清廿四家詩」…⑰389
中島健蔵…㉒448, 472, ㉗338
中島孤島…⑰398
中島純…㉒115
中島利郎…㉑183
中島みどり…㉒369, 425, ㉕506, ㉖491
中仙道…㉓434
中田勇次郎…⑭551　「詞選」「宋代の詞」…⑰405　「草堂詩余版本の研究」…①621
中つ州…②162, 163
中津浜渉…㉑20　「楽府詩集の研究」…㉑8（引用書考…㉑16-18）
中塚先生（神戸第一中学校教諭）…㉔327
中西亀太郎…①378
中西信太郎…㉔48
中根貞彦…⑪481
中根淑「支那文学史要」…⑰394
中根千枝…㉒490, ㉗440
中野撝謙（きけん）…㉓427, 428, 433
中野重治…⑫730, ⑱338, ㉔221, ㉕241, ㉗339, 435
「あけびの花」…㉗341　「鷗外その側面」…⑱362　「甲乙丙丁」…㉗340　「楽しき雑談」「中野重治全集」…⑱363　「眺め」…㉗340　「梨の花」…⑱362　「文学講話」…⑱363　「レーニン素人の読み方」…㉔28, ㉗341（うしろ書き…㉔28）
「中野重治全集月報」…㉔28, ㉗339
中野好夫…①614, 707, ⑰75, ⑳221, 227, 255, 328, ㉒341, 363, ㉔52, ㉕108, 113, 291, ㉗316
「英国小論」…⑲469　「学者という集団の愚劣さ」…⑳327　「言葉の魔術」…⑱409　「蘆花徳冨健次郎」…㉔21
中原氏…⑩456, ⑱59, 468, ㉔301, ㉗68, 95
中房温泉…㉔261, 262
中御門三位宣顕…㉓252
中宮小学校…⑳239, ㉔324
中村鴈治郎…⑳245, 428, ㉔231, 283, 284
中村吉右衛門…①325-328, ⑳129, ㉔93
中村敬宇・正直…①562, ⑰112, ⑲189
「敬宇文集」…⑱323　「西国立志伝」…⑱323, ㉒349
中村研究員（東京研究所）…⑱536
中村星湖…㉗283
中村扇雀…㉔231
中村喬（たかし）…㉓630
中村忠行…①626　「儒者の姿勢」…㉓401　「晩清における演劇改良運動」「晩清における文学改良運動」…①625
中村梅玉…㉔284
中村不折…㉔233, 270
中村福助…㉔284
中村光夫…㉒442, 475, ㉗440
中村靖子…㉗42
中村幸彦…⑰130, ㉓151　「古義堂の小説家たち」…①626
中村良淳（よしあつ）…㉗115, 117
中谷宇吉郎…⑰75, ⑱414, ⑲239, ⑳165
中山久四郎「唐時代の広東」…㉕400
中山樵夫（そまお）　訳・謝冰瑩「女兵」…⑰411
中山正善…⑰598, ⑱517, 519, 520, ㉒280, ㉔54, ㉕410, ㉖464, 465
中山善衛…㉔55
永井荷風・荷風散人…⑰397, ⑱358, 419, ⑳399, ㉒437, ㉓586, ㉗278

～と江戸文明…⑱325, ㉔25
～と漢学…②56, 65, 67, ⑱324, ㉗242
岩渓裳川…②66　王彦泓「疑雨集」…⑮541　漢詩…②65, 66, 74　漢文読書力…②65「敬宇文集」…⑱323　作詩作文力…②74, ⑱324　父永井禾原と漢詩・母方の祖父と漢学…②65, ⑱322
～と儒学…⑰77, ⑱322, 324-327
軍務局長殺害事件…⑱326　明治嫌悪…⑱325
～の作品・著述「あめりか物語」…⑲450「腕くらべ」…⑰77, ⑱325, ⑲445, ㉔14（菊千代・駒代…⑱325　吉岡…⑰77, ⑱325）「荷風全集」…⑱322, ㉗242「下谷叢話」…②65, ⑱322「小説作法」…②67, ⑱324, ㉗242　日記（断腸亭日乗）…②65, ⑱322, 326, ⑳398, 505
永井竜男…㉒442, 475, ㉗440
永井徳鄰「通俗演義三国志」…⑰390
永井直二　訳・林語堂「有閑随筆」…⑰411
永尾竜造「中国陽春の民俗」…①636
永田軍務局長…⑱326
永田広志「日本哲学思想史」…㉒435
永野重雄…㉗374
永山翁（尊経閣文庫）…⑱537
長尾雨山・甲…①495, ②498, 513, ④644, ⑯639, ⑰216-226, 253, 275
稿本「何遠楼詩文集」「古今詩変」…⑰228「続演雅, 和吉川善之見贈詩韻」…⑰227「中国書画話」…②472, ⑰228
長尾雅人…⑲175, 470, ㉒441, ㉔48, 268, ㉕236, ㉗440
長尾尚正…②498, 501, ⑰223, 227, 563
長尾正和…⑰227, 228
長崎…⑭584, ⑱534, ㉓275, 427
～からの上海航路…⑯619, 636, ⑱535, ㉒365
～経由の中国書輸入…⑰24, 25, ㉕279, 281
～人（江戸期）岡山林叟…㉓132　玄海上人…㉓413, 433, ㉔65, ㉗46　伝誉上人…㉓485　中野撝謙…㉓427, 428
～と黄宗羲…㉒288
～の大音寺と天主教徒…㉓485
～の別称・崎陽…㉓416
～は中国への窓口（江戸期）…㉔19
～来航者（江戸期）外国船…㉓485, ㉗46　中国人…⑰108, ⑱58, ㉓159, 266, 269, 272, 274, 275, 709　琉球人…㉓126
長崎県　五島…⑰341　対馬…⑰341
長崎税関…㉓286, 428, 484, 536, ㉕279
「長崎大学学芸学部研究報告」…①630
長崎通事…㉓303, 314, 428, 485, 536
岡島冠山…⑤307, ⑭596, ⑰49, 624, ⑲189, ㉑108, ㉓365, 536　高階暘谷…⑰108, 109, ㉒294, ㉓247
～以来の中国語教授法…②224
～の南方語学…⑰373
長崎図書館…㉕279
長崎奉行…㉓269
長崎丸（船）…⑱535
長沢規矩也…①602, ⑩460, ⑮561, ㉗252
～と汲古書院版和刻漢籍…㉓572, 575, ㉗131
～の支那文学史研究法…①594, 595
扱い方…①595, 600, 601（書誌学的研究の先行…①600）
対象…①595, 600（古文・擬古文…①595-598　非文学と文学…①595, 597-599　美的内容文辞の有無…①595, 597）
～の日本伝承新資料の発見…⑰417
～の著述　安倍本「毛詩正義」跋…⑩451「漢文学概説」…①630「京本通俗小説と清平山堂」…⑬501「支那学術文芸史」…①594, 602, ⑰406「支那文学概説」…①618「支那文学史研究法私説」…①594　共著「支那文学史綱要」…⑰406「書誌学論考」…⑬526　共著「全相成斎孝経直解」解題…⑮317, 323「和漢書の印刷とその歴史」…①627「和刻本漢籍分類目録」…㉕281, 287
長沢別天…①397
長髄彦（ながすねひこ）…②162, 163
長塚節…⑮605, 606
長門…㉗160
長皇子（ながのみこ）…㉕161
長浜（近江）…⑪121
長広敏雄…②539, ⑦134, 605, ㉖252
長屋王・左相…㉕468, ㉖492, 493, 497-500, 502
「於宝宅宴新羅客」「元日宴応詔」「袈裟の衣縁に繡う」「初春於作宝楼置酒」…㉖498
長与善郎「相憐」…⑱349
長柄郡二宮庄本能村（上総国）…㉓295, 457, ㉗30
長柄の橋…㉑217, 220
鳴き渡る…㉔7
投げ節…㉓36
梨本宮…⑱517, ㉖464
灘のこもかぶり…⑥248
夏の神…⑤118
夏目鏡子「漱石の思い出」…㉔269
夏目漱石・金之助…⑰9, ⑳255, ㉒315, 424, ㉓639
～と漢籍…①274, ②56, 57, 74
「易」…⑱118「呉梅村詩」「国朝六家詩鈔」…⑱130　左国史漢…②56, 137, ㉑33「左伝」鄢陵の戦い…③525, ㉑34, 161「詩」北門…②58, 59, 105「明詩別裁」…⑱130「論語」…⑤132, 140
～と先人　荻生徂徠…⑱121, 125, 446, 447, ㉓403, 487, 488, ㉔13　義堂周信・絶海中津…⑱126　与謝蕪村…⑱122　頼山陽…⑱121, ㉓487　良寛…⑱126
～と松山・熊本…⑱122
～と魯迅…⑯323, ⑲373, ㉒433
～における漢文と英文学…②56, 57, ⑱121, 122, ㉑

33, 34, ㉓595
英文学…⑰255, ㉒422, 423
～に関する西洋人の研究論文…⑱44
～に関する中国人の知識…②596, ⑯587, ㉖509
清華大学銭稲孫・講義…⑯550
北京大学日文組・講義…②568
～に対する批評　狩野直喜…⑰253, 255　鈴木虎雄…⑰305　福原麟太郎…㉒423
～の画「一路万松図」「匡臨山水園」…㉗305
～の英国留学…⑱122, ㉑33, ㉒422
～の漢詩漢文…⑲189
～の漢詩…②59, 74, ⑰305, ⑱118, 120-123, 126-130, ⑳219, ㉑34, 104, ㉒58, ㉔78, ㉗305
「草枕」主人公の詩…⑱127
語法の正確…⑱123, 124（対句…②100　典故…⑱124　平仄…②60, ⑱119）
三分の説…⑱130
思索者の詩としての優秀性…⑱124-126, ㉑105（漱石文学における比重…⑱120, 124　晩年の詩…①473, ⑱122, 124, 128　風流…⑱127-129）
中国人による批評…①472, ⑱126（謝无量…①470　傅仲濤…①472）
明清詩への興味…⑱130
～の漢文…①472-474, 562, ②59-61, 74, 95, 472, ⑱129, ⑳219, ㉓567
漢文好き…㉓487
漢文読解力…②57, 65, 74, ⑳219
～の交遊　池辺三山…①471, 472, ⑱120, 125　岩波茂雄…⑱122, 130　国分青厓…⑱120, 121, 125　セルゲ・エリセフ…⑲217　橋口貢…⑱130　藤代禎輔…⑳278　正岡子規…②67, ⑱123　松本文三郎…㉔269
～の死…⑳505, ㉒315
～の修善寺の病臥…⑱127, 128
喀血…①471, 472, ⑱120, 122, ㉔13
～の書…⑱126, ⑳40, ㉗305
～の小説と悪…㉔9
～の小説における山道…⑪346
～の則天去私…①473, ⑱15
～の著作・詩作品　「思ひ出す事など」…①471, ⑱120, 121, 123, 127, 128, 130, 446, ㉓403, 487, ㉔13　「懸物」「クレイグ先生」…㉒433　「虞美人草」…⑪346（甲野・宗近…⑪347）「草枕」…⑪346, ⑱121, 127, ㉓403, 487　「こころ」…⑱118, ⑳227　「三山居士」…①472　「三四郎」…⑲217, ㉒378（小川三四郎・里見美禰子…㉒378）「山路観楓」…⑱122　「それから」…⑳227（代助…⑳227）「創作家の態度」…⑱125「漱石詩集」…⑱122　「漱石書画集」…㉗305「漱石全集」…①470-472, ②60, ⑰616, ⑱121, 123, 129, 130, ⑲217, ⑳275, 453, ㉔269　「題自画」（起臥乾坤一草亭）…⑱118　「艇長の遺書と中佐の詩」…⑱123　「二百十日」…⑪346「入社の辞」…⑳275　「文学評論」…⑰626「文学評論の方法」…⑱353　「文学論」→その項　「文学論ノート」…⑰313　「文芸の哲学的基礎」…⑱127　「木屑録」→その項　「無題」（遺却新詩無処尋）…①470, ②59, 70, 71, 80, 82「無題」（英国留学に際して）…⑱122　「無題」（眼識東西字）…⑱126　「無題」（詩人面目不嫌工）…①473　「無題」（淋漓絳血腹中文）…①472　「明暗」…①473, ⑱122, 124, 128, 130, ㉑34, ㉓567（お延・津田…⑱130）「夢十夜」…①112, ⑲373　「予の愛読書」…⑱121, ㉓487「余が文章に裨益せし書籍」…⑱121, ㉓487「我が輩は猫である」…⑰611, ⑳27
～の東大辞職・朝日新聞入り…①471, ⑱122, ⑳275, ㉓581, ㉔269
京都大学に招聘する案…⑱476, ⑳275, ㉔269
～の俳句…⑱120-123
～の文章と辜鴻銘の議論…⑯274
～の門下生　阿部次郎…㉓620　芥川龍之介…①344, ⑱122　久米正雄…⑱122　小宮豊隆…㉓620　鈴木三重吉…①344　和辻哲郎…㉗306
夏目漱石・森鷗外…②568, ⑤132, 140, ⑯587, ⑱34, 337, ㉒423, ㉔295, ㉕509, ㉗10
～と江戸期漢学の伝統…②56, ⑰76, ㉗242
中国詩…①129, 144
～と外国文明…①276
外国語の修得…⑲190　西洋の学問芸術…⑰216, 217　日本文学の欧化…⑰397
～と韓愈・白居易…①344
～と現代日本人の古典…⑯585
～の偉大さ…⑰626
～の大正末における未来予想…⑳505
～の文章…⑱425, ㉗242
～の文体…⑱419
夏目漱石・森鷗外・中江兆民…⑰616
夏やすみ…⑳332, 333
七つ打ち（遊戯）…⑯515
浪花節…②500, ⑭566, ㉒454
浪華…①431, ㉓493→難波
～の賈人…㉓493
浪津…①563
難波…㉖501→浪華
「波」（雑誌）…㉔122
並河功…㉓632　共著「中国の作物目録」…㉖386
並木弘子…㉗360→遠藤弘子
双が丘の法師…⑳224, ㉔27→吉田兼好
成田空港…㉕298, 299
成島柳北…⑭136
鳴滝…⑩458
「何でも見てやろう」…⑫624
南夷…⑥204
南越（国名・漢）…⑥76-80, 133, 134, 144, 146, 196, ⑯183

～の王室…⑥134
王…⑥78, 79, 133, 144　王子…⑥78, 133, 134　南越王尉佗…㉔200
～の平定（漢武帝）…⑥135, 136, 149
～の都…⑥95
～の滅亡…⑥134
～への交通路…⑥95
南燕（慕容氏）とその国都…⑦429
南欧…㉔135, 177, ㉗116
南化和尚…㉕371
南華の寓言…⑪549
南訛…⑱510
南画…⑲360, ㉑98, ㉓619
南海…②187, ⑥136, ⑪528, ⑯240, ㉕399
南海（日本）…⑰585-587
南海の観音…⑬391
南蒯（なんかい）…⑪388
南学…⑦254
南岳…②241
南葵文庫…⑰583
南戯…⑭257-264, 323, 364, 371, ⑮475, ㉖365→戯文
「南戯拾遺」…⑭209, ⑮18
南宮清漏…⑪207, 208
南宮に捷つ…㉓155
南曲…⑭6, 35, 36, 226, 230, 260, 323, ⑮227, ㉖27, 365→伝奇（明）
～と狩野直喜…⑰254, 267, 279
～と北曲の差異・折数…⑭259
～の言語…⑭280
南京…⑯567, 637, 651, ⑰595, ⑳391, ㉒345, 401, 412, 415, 417, ㉖131
～を陪都とした明（永楽帝以後）…⑮482, 521, ⑯17
～を都とした王朝・国・政権　汪精衛政府…⑳249　国民党政府…⑯648, 649, ⑳271, 293, ㉒389, 395, 412, ㉓635　南唐…⑪456, 457, ⑬596　南明亡命政府…⑯14, 16, 57, 170, 186　明（初期）…⑮458, 466
六朝…②551, ⑦359, ⑪102, 118, ⑫23, ⑯615（殷仲堪・桓玄の進攻…⑦363　謝安の秦軍撃退…⑦291　東晋の南渡…⑯615　南北朝文化の中心…⑫28）
～からの各地　水路　安慶…⑦326　横江…⑪99　海寧…⑯185-186　岳州・漢口…⑪100　九江…⑦326　京口…⑦363　采石磯…⑪179　常州…①423　潯陽…⑦326　蘇州…⑮466　鎮江…⑦363, ⑪211, 214　洞庭湖…⑪100　鄱陽湖…⑦326　武昌…⑮539　武進県…①423　蕪湖…⑦326, ⑯186　浦口…⑯566）
近郊　下関（南京の入り口）…⑯566, ㉒417　高淳…⑬162　労労亭…⑪102
鉄道　上海への鉄道…①423　北京への津浦鉄道…㉒462
～撤退と入城（国府軍・中共軍）…⑯612
～と江戸（荻生徂徠）…㉓295, 427, ㉕201, ㉗233
～と関係した人物　永王璘の謀叛…⑫330　袁枚…㉓190, 195　王安石の隠棲…⑬96, 259, 518　王羲之一族の墓地発掘…㉑243　王昌齢…⑪211　王世貞…⑮521　王大楨…⑳271　魏惟度…㉓263　菊池寛…⑰424　胡小石（光煒）…⑯568, ㉒400, 401　高啓…⑮466　黃侃…①708, ⑭601, ⑯568, ⑳293, 294, ㉒399-401, 413, 415　査遺…⑯174, 186　査慎行…⑯185　蔣彝…㉖504　銭謙益…⑯14, 16, 57, 89, 120　銭澄之…⑯174, 186　武内義雄…㉗270　張之洞…⑰243　陳昂…⑮531　陳三立の邸宅…⑯270　鄭成功…⑯614　鄭妥娘…⑰386　杜甫…⑫43, 44　唐寅…⑮482　鄧氏群碧楼…①396　白仁甫…⑭99, 162　夫子廟の書店の主人…⑯567, 653　方観承…⑯208　李白…⑪178, ⑫330
～における文壇・詩社　清初の文壇…⑯185　北宋市民の詩社…⑬174　明代の文壇…⑭364
～の漁船の対馬漂着と辮髪…㉓276
～の芸者細見の和刻本…⑰608
～の戸部（明）…⑮574, 579
～の古名　金陵…⑪220, ⑬174, ⑭99, ⑯208, ㉒297, 298, ㉖365　建康…⑦359, 363, ⑪102, ⑫28, ⑬522, ⑭98　江寧…②538, ⑪211, 214, ⑫43, ⑬96, 518, ⑰595, ㉓190　白下…⑯157, ㉓263
～の公的機関　国子監（明）…⑯89　国民政府教育部…㉒389　国立中央研究院歴史語言研究所…㉗385　史部（清）…㉓273　中央大学（民国）…㉒400　府学（宋）…㉕500
～の江南郷試…⑮482, ⑯185-186
～の市街計画（国民政府）…㉒412
～の小学校校長…②560
～の正月…②547, ⑯567, ⑳293, ㉒401
色街の正月行事…①542
～の城内の田園地帯…⑫89
～の地名・建造物　下関…⑯566, ㉒417　蔣山…⑬96　鍾山書院…㉒298　秦淮…⑮531, ⑯186, 567, 568, 637, ⑰386　青渓…⑬92　石頭城…⑳20　台城…⑳559　対渓…㉖365　中央飯店…⑯566, ㉒417　長干…⑪119, 121, 123, 125　朝天宮…㉒292, 297-299　白下門…⑯154, 156-158, 162, ㉓242　白門…⑪117, 118　平康…①543　冶城山…⑦290
～の冨春堂…㉖365
～の雪…②547, ⑯567, ⑳293, ㉒401
南京陥落　南唐滅亡…⑪456, 457　日中戦争…⑯324, ⑲231, ⑳322, ㉗385　明滅亡…①442, ⑫305, ⑯16, 57, 170
南京国子博士…⑭362
南京船…㉓269, 274, 275
南京図書館…⑭39, 48, 53, 380, ⑮4
南薫殿…㉓157, 159, 164, 236

南郡公…⑦362
南郡生…①478
南京（金・元）…⑭246, 396, ⑮47-49→開封→汴梁
　～人氏…⑮49
「南荆賦」…㉗60
南阮…⑦180, 181
南交…㉓485
南高峰…⑮437
南港（台北）…⑯438
南国子博士…⑭35
南山…①365, ⑥333, 334, ⑪29, 138, 304, ⑫93, 627, ㉒481, ㉔214, ㉕192→終南山
南山…⑦337, 338, 341, ⑭342→廬山
南山（魯）…㉑187
南山四皓…②512, ⑥387→四皓→商山四皓
南山四顥…⑥399
「南山俗語考」…㉔254
南山路…⑫153
南子（衛王妃）…⑤35-37, 48, 241-244, 262, ⑩467
「南史」…①177, ②154, ⑬578, ㉑93, ㉕274
　～と「陳書」…⑫667
　～と「梁書」…⑫668
　～における陰子春・陰鏗の扱い…⑫667, 668
　～の引用（制度通）…⑰557
　～の会読（堀景山塾）…㉗129
　～の著者とその文体…㉕379
「南史」（篇名・項目）
　夷貊伝・高昌伝…⑯224　陰鏗伝…⑫655, 667　陰子春伝…⑫658, 667, 668, 670　隠逸伝・陶潜伝…⑦324　恩倖伝（施文慶伝・沈客卿伝…⑫658）胡僧祐…⑫670　荀伯子伝…⑦490　徐広伝…⑦486, 488　賊臣伝・王偉伝…㉒80　文学伝…⑫667　劉峻（孝標）伝…㉑253, ㉕379, 380　列伝…⑥269
南使…㉑76, ㉒93, ㉕449, 456, 472, 473
「南詞叙録」…⑭516, 542, ⑮70, 102, ㉖387
南社…①499, ⑯642, ⑳270, 390, 574
南朱北王…⑯639, ㉓242
南州…⑰593
南宗画派…⑰222
南巡（康熙帝）…㉓270, 271
南書房翰林…⑯199
南昌（江西）…②24, ⑬127, ⑯95, ㉕186, ㉖397
南省…㉒86→尚書省
南清留学（狩野直喜）…⑰243
南新路…⑬395
南人と元時代　南人の雑劇作者…⑭85　南人の詩文（元初）…⑭159　南人の進出（元末）…⑭184, ⑮293　南人の朝臣の詩…⑮446　南人の登庸…⑮259, 314（伯顔の妨害…⑮282）　南人の文臣（元末）…⑮294
南人と明朝廷…⑮576
南人の気風（金末元初）…⑮181
南人は約簡（南北朝）…⑮385
南井里（平安南道大同郡大同江面）…⑥395
南斉・斉（南朝）…②550, 551, ⑦589, 591, ⑫23, ㉕376, ㉗255
　～の音楽史家…⑥351
　～の宮殿の門…①431
　～の簒奪（蕭衍）…㉕102
　～の書家…⑥351
「南斉書」…①177, ②154, ⑬575, 576, 585, ⑰175, ㉑93, ㉕274
　～校定者曽鞏の序・諸臣の序…⑬582
　～の文学伝…⑦167
「南斉書」（テクスト）
　荻生徂徠・志村楨幹訓点元禄刊本…⑳219, ㉓312, 572, ㉖473（松会堂刊本…㉓312）　百衲本…⑬582
南船北馬…㉖25
南船の地…⑮380
南禅寺…⑱336
南祖の薛氏…⑪399
南宋（王朝）…②551, ④643, ⑬3, 600, ⑭8, ㉒74, 75
　～を正統とする意識（劉因）…⑮432
　～金元明清の注疏本出版…⑧510
　～元明の口語…㉖375
　　南宋の口語…⑰373
　～朝廷…㉖241
　　南宋帝室と呉七郡王…㉖380　南宋の天子…⑬140, 147, ⑮376
　～と演芸・演劇　講釈・講談…⑬516, ㉑119（講釈演芸小屋の繁盛…⑬601　講釈師と京師老郎…⑬547　講釈師の種本…⑭207, 222　講談人情噺の筆録…①216, ⑬500, 504, 511, 526, 527　講談の台本…⑭10　南宋から元に伝わった講釈…⑭202　梁山泊の豪傑の講釈…⑭203, ㉖371）
　　説話定着の時期…⑬501
　　南宋の演劇の発展…⑭176（金の演劇への関心との差違…⑭143, 175　士人と演劇…⑭143, 176, 177　詩文随筆の演芸への言及・社会の演劇を要求する力…⑭176　南宋の雑劇と金の院本…⑭8）
　　南宋の戯文…⑭32, 209, 215, 379, ⑮18, 169, 185
　　南宋の雑劇…⑭8, 10, 176
　　南宋の話本…⑬511, ⑭202
　～と金　金との対峙…①136, 282, 308, ②551, 587, ⑬6, 516, 600, ⑲401, ㉒99, ㉗264（金に対する挑戦…⑬147, ⑮386　金に対する賠償…⑮377　金の海陵王〔デグナイ〕の進軍…⑬141, ⑮376　金への蔑視…⑮375, 377, ㉒105　使節交換…⑮377, ㉒99　朱子の名声の北伝…㉒101-103　鉄のカーテン…㉒98-101, 103　平和条約…⑬140, 600　半壁の天下・偏安の国家…⑬6, ㉒98, ㉗139）
　　金との貿易・書物…㉒103-105（出版物の阻隔…㉒103, 105　南宋の山水画と朱子賛…㉒103　南宋の著述の北方流入…㉒104, 105）

金に関する情報源…⑮377,㉒99（外交使節の金での所見…⑮377,⑲401,㉒99　金への関心・帰投者の情報・世宗ウルの評判…⑭100　金への手さぐり…㉒100,101　南宋人の帰朝報告…⑭99,㉒106）
南宋と金の文明…⑮377,㉒107（消費生活…⑮377　南宋の程学と金の蘇学…⑮376,㉒107,108,111,112　南北文化情勢の差違…①282「鳴道集」と「鳴道集説」…㉒111,115）
～と蒙古　元との対峙…①282,⑬6　国信使派遣（フビライ）…⑮402　朱子学北伝…㉒99　南宋市民の蒙古への無関心…⑬172　南宋社会の雰囲気の持続（元）…⑭179　南宋の地域的太平と蒙古…⑮373,401　南宋の辺境への蒙古騎兵の出没…⑮401　南宋の蒙古に対する挑戦…⑳320　蒙古の侵略（オゴタイ）…㉒99　蒙古の侵略（フビライ）→南宋滅亡→蒙古
～における王安石の評価…⑬88,㉕234,346
王安石王雱父子の扱い…㉒106,111,112,㉕239
王安石の主張と南宋の科挙…①308　詩文の尊重…㉕234　著書の禁書扱い…㉕234,239,346
～における「玉燭宝典」…⑦555
～における日本僧の渡航…②388
～における北宋文化の祖述…⑬600
～の学問　学問の中心（朱子）…⑯72
思弁の哲学と南宋文明…㉒108（文学哲学政治の三位一体をよしとする通念…⑮442　道学・理学の完成…②327,⑬600,㉒98　理学家…①608　理学の名臣…⑬323）
朱子学と蘇学…㉒108,112
逝者如斯夫の解釈…㉕233,238
～の官人の胡通判（俘虜）…⑭112
～の経儒先生批判（荻生徂徠）…㉗139
～の戸数…⑬6
～の宰相　賈似道と戴復古…⑬180　賈似道の郝経抑留…⑮402　賈似道の虚偽報告…⑮401　韓侂冑の朱子学抑圧…㉒98　韓侂冑の首級の金への送付…⑬172,323,⑮386　史弥遠の理宗擁立…⑬172,323　秦檜の岳飛殺害…⑬140　文天祥のバヤン説得…⑮405
～の詩文の大家…①48,㉗300
～の首都…⑬6,600,⑮377,381,401,444
杭州…⑬140,141,600,601,⑭161,㉖380,381（都繁昌記…⑬601,㉖402,405）
首都の陥落…⑬6,173,⑮403,432（帝后宮人の北京への護送…⑬173,⑮225）
～の出版活動　営利出版…⑬584,593,㉕492,㉗65
書賈…㉕495,496　坊本…⑬584
南宋版「史記」…①397,㉑201,㉕371「爾雅」…⑯240　初期刊本「宋本杜工部集」…㉕500「大唐三蔵取経詩話」…⑭207「陶淵明詩集」…①394「毛詩」経注…⑩460「毛詩正義」単疏…⑩450
～の胥吏の文章…⑮363
～の蔵書家…㉕268
～の知識人と史学の教養…⑬588
～の始まり…⑬6,140,521,㉕233
主和派主戦派の対立…⑬140,142
南宋建国と経済的発展…⑬601
～の版図…⑬6,㉖381
～の風俗の記録…⑮15-16
～の文化の代表者…⑬600,㉒98
～の文学者…①48
～の文学の衰弱からの恢復…⑮453
～の滅亡→南宋滅亡
～初めの蘭亭記念の会…㉑237
～末と江戸末期…⑬172,174,185
～末の政治史…⑬172
南宋遺民…①513,⑭107,178,179,419,423
～の文学…⑭370
詩…⑮419,427　筆力…⑭159
～の蒙古への感情…⑮428
南宋遠征軍（元）…⑭161,162,⑮101
南宋詞（詩余）…㉒105
南宋詞人…⑮381
南宋詩…⑮383,㉖158,241
～以来の市民の詩…⑮434,462,463
～以来の唐詩祖述の意識の完成（元）…⑮434
～と金の詩…⑮384（元好問の自負…㉒104）
～の唐詩へ郷愁…⑬146,147,174-176,185,⑮474
晩唐詩祖述…⑬49,175,⑮382,405,435,452
～の終焉と激情…⑬186
～の繊弱…⑬601
～の頂点…⑬147
南宋詩人…①243,⑬600,⑮385,㉑53
～の愛国詩人…⑮375
～の市民詩人のための作詩教本…⑬185,⑮426
～の大家…①407,⑮381,452
第一の詩人…①136,⑬6
～末期以後の詩人の出身…⑬174,⑮365
～末期の詩壇…⑬173
永嘉の四霊…⑬175,434,435　市民詩人…⑬174,175,185,⑮382,424,440,452　小詩人…⑬172,174,186
「南宋書」…⑰557→「宋書」
南宋人…㉕455,474,㉖468
～と金人との差異…⑭178
～と北方の風物…⑮381
～の議論文と狩野直喜…⑰251
～の生没の日…②542
～の蒙古への意識…⑬172,⑮401
～への蒙古の支配…⑮416
南宋平定（元）→南宋滅亡
～後の北人の南方移住…⑭32,161,179,384
～時の蒙古の統治…⑭178
～の遠征軍と白仁甫…⑭162

～の功臣…⑭161
南宋滅亡…①200, ②552, 588, ⑬6, 180, ⑭6, ⑮169, 403, 421, 458, ㉒98
～以前の雑劇勃興…⑭30, 379
～後の杭州の繁栄継続…⑭161
～後の雑劇の南侵…⑭32
～後の市民の詩の盛況…⑮424, 434, 440
市民詩人の増加…⑮428, 435
市民詩の懸賞募集…⑮425
～後の南方士人　科挙廃止…⑭139, 179, ⑮416, 424, ⑯139　鄧山房…⑭184　南方の士大夫と雑劇…⑭180　北京宮廷に仕えた南人の詩…⑮446　北方の事物への反感…⑭179
～後の北人の大量南下…⑭32, 179
～後の六帝の陵のラマ僧による破壊…⑮419, 490
～とフビライ汗…⑮401
併呑後のフビライの人材発掘…⑮447
～と北方漢人の態度…⑮225, 428
～に関する銭大昕の説…⑳320
～は杭州市民には寝耳に水の亡国…⑬186
～への抗議（漢宮秋）…⑮192, 225
～への抗議（劉因）…⑮225
～への抵抗…⑮373, 404, 416, 422, 423
抵抗詩…⑮373, 416, 421, 423, 427
抵抗詩人…⑮426（汪元量…⑭370, ⑮403, 417, 418　謝翺…⑮418, 420, 426　謝枋得…⑮422, 423　鄭思肖…⑭179, ⑮420, 421　文天祥…⑬173, 187, ⑭370, ⑮373, 404-408, 415　林景熙…⑮419, 420）
文学的熱情の回復…①69
南総…㉓295, 296, 298, 300, 309, ㉗30, 31, 33→南予章
～の頑童（荻生徂徠）…㉓298
「南総里見八犬伝」…⑰60, ⑱3, ⑳231, 255, ㉑106, 107, 119, ㉒343, ㉗391
南内…⑪253, 254, 272→興慶宮
南台御史…⑭183
南朝（中国）…①17, ⑦528, 533, ⑫23, ⑱461
～宋の文士…㉕163
～陳の併呑（隋）…②550, ⑦589
～と唐の文明の非連続…㉕344
～の学問　経学→経学（南北朝・南朝）「史記」注釈…㉕85 「周礼」の学…㉕340, 344 「尚書孔氏伝」の偽篇…⑦535, 537　鄭玄学の後退…㉕340, 341 「礼記」疏…㉕343
～の貴族…⑦590, ㉗147
～の新語…㉕383
～の文化…①281, ⑦534
～の文章…⑦534
宮体の詩文…⑦533　美文…①74　文体…①633, ⑦533　文体変遷の研究…①633
～の歴史書…㉕381
～人と公輸魯班…⑥337
～梁の元帝の宮廷文庫の焼失…㉕272
～梁の文壇の巨頭…㉕102
南朝（日本）…㉒490
南朝の朱先生…㉒102→朱子
南通北不通…⑯3
南鄭…⑫24
南都…⑫13→奈良
南都北嶺（日本）…㉔259
南渡した王朝　金…㉒117　晋…②550, ⑯615, ㉗138　宋…⑬161, ㉒89, ㉓138
南渡の風流（明）…⑯186
南唐（五代十国）…①132, ②551, ⑪456, ⑬596
～の宮廷の風流豪華…⑪457
～の後主・中主…⑱25
「南唐近事」…⑮55
南塘路…⑫153
南八…⑮422, 423
南伐（元）…⑯161
南原繁…②389
南蛮…㉓91, 114, 306, 486
南蛮寺…⑱459
南皮県…②168
南部（アメリカ）…⑲295
南米…㉔128, 131, 133, 136, 141, 143, 144, 146-149, 151, 152, 155, 162, 163, 169, 197, 206, 219, 223→南アメリカ
南浦…⑬378
南方官話…⑯398
南方支那文化…⑰373
南方諸国の入貢（漢）…⑥142
南方諸国の物資の輸入（漢）…⑥134
南方の小都市とその邸宅（中国）…②417
南方の天の神（赤帝）…⑤118
南方の巫（漢）…⑥146
南方方言（中国）…㉖27, 381
南北アメリカ→アメリカ州
南北士風の差違（元）…⑭178, 183
南北史（李延寿）…⑬581, 584, 585
～の佻巧の語…㉕381
～の文体…㉕379
南北詩文の盛衰（元）…⑭159
南北宋…㉕236
～の国内的平和…⑬7
～の詩話…㉗300
～の社会体制…②430
～の哲学…㉕238
「南北宋志伝」…㉓173
南北朝（中国）…①17, 23, 281, 283, 284, ②391, 551, ⑥221, ⑬551, ㉕342, ㉗130
～における「尚書孔氏伝」…⑦280
～における中国文化の伝統…⑳335
南北文化の差違…①281, 282（学問の差異…㉕341　政権の対立…①282）
礼の学問の継承…⑳335

～に校定されたテキスト…②244
～の史書の古鈔本…⑦539
～の正史…②602, ⑦455, 595, ⑬582
～の文化担当者の出身…⑫14, 15
～の文化の中心・華北の文化的後進性…⑫28
～の文学…①17, ㉕7
五言詩→五言詩（南北朝）
作家と文学批評…①608
南北朝の詩人と杜甫…⑫102
南北朝の詩文と初唐の詩…⑫33
～の文体…⑦528
～の門閥政治…⑫12, ⑬551
世襲貴族の官僚…⑬590
～の歴史叙述…①285
～末期　詩文…⑫14　儒仏の混乱…②260　生活の混乱…⑬552
南北朝時代（日本）…㉒490, ㉕65
～の覆刻和刻本「雁門集」…⑮457「中州集」…⑮383「毛詩」経注本…⑩460
南北朝唐　～貴族文化の否定（北宋）…⑬598
～の西域音楽受容…①285
～の儒家経典尊重・仏教は私生活の規範…⑬592
～の文学…①285
～の仏教輸入…①284, 285
南明（亡命政権）…⑯170, 175, 179, ㉒490
南面…㉓109
南予章…㉗31→南総
南洋…⑪242
南洋公学…⑯359
南陽（河南）…⑥314, 392, ⑦45, 102, 495, 513, ⑫383, 385, 658, ⑬253, 430, ⑮387, ㉕223, ㉖57, 59-61, 63
南陽王（南朝・梁）…⑪510
南雍…⑪447
南雍諸軍事…⑦540
南瑤湾…㉕436
南呂（雑劇の音階）…⑭20
南呂（六呂）…㉗86
『南呂一枝花』「漢宮秋」…⑮197　関漢卿…⑭162「酷寒亭」…⑮105
『南呂柳揺金』「荘周夢」…⑭111
南陵…⑬501, ⑯251, 252
南林里（海寧路）…⑯424
南倭…㉓126
軟答剌…⑭354, ⑮183, 184
難教違…㉖219
難道…⑳58, 59, ㉖382
難道～不成…⑳58-63
難波先生（神戸第一中学校教諭）…㉔327
難波大助…⑰324
難問…㉓314
Nakamura Susumu（W）…⑲329

に

ニーダム…㉗368
ニーチェ…⑯311, 318
ニクソン…㉒63, ㉔160, 166, 170
ニ・ハイシュ…①401, 402, 404→倪海曙
ニュー・アムステルダム…⑲455
ニュー・イングランド…⑲212, 220, 280, ㉔193
ニュー・オルリーンズ…⑥407, 409, 417, ⑲263, 295, 324, 330
ニュー・クリティシズム…⑳14, 15, 358
ニュー・ジーランド…㉔199
ニュー・ジャーシー州…⑲310
「ニューズ」…⑲436
ニュー・ディール…㉕345
ニュー・デリー…⑲366, 368, 392, ㉔130
ニュートン「光学」…㉓35
ニュー・ヘイブン…⑲282, 314
ニュー・ヨーク…④643, ⑮558, ⑲275, 311, 314, 316, 432, 437, 441, ⑳398, ㉑67, ㉒490, ㉔160, 162
～からセント・クロア島…㉔135
～から羽田…㉔220
～と世界の各地　青森…⑲449　ストックホルム…⑲391　日本…⑳499　北京…⑲220, 449
～とパール・バック「郷土」…⑲237, ㉗382
～における極東学会…⑯437, ⑲218, 246
エリセフ博士…⑲218, 247
～における見聞　アジア人…⑲287, 323, 431　アムステルダム・アヴェニュー…⑲450, 451, 454　赤帽…⑲246　インターナショナルハウス…⑲288, 289　カソリック教会…⑲299　河畔教会…⑲297　観光バスのインド紳士…⑲292, 293, 356　胡適訪問…⑯437, 438　五番街…⑲432, 445　交通地図…⑲246　高層ビルの夕陽…⑳53　新聞のストライキ…⑲436　スタットラーホテル…⑲246　タイムズ・スクエア…⑲246, 292, ㉔159　チャイナタウン…⑲293, 294　日本の進出…⑲431, 432, 445　ハーレム…⑲450, 453　ブロードウェイ…⑲246　服装の乱雑…⑳459　ホテルの盗難注意…㉒453　ポルノグラフィ…㉔157, 159　ラジオ・シティ…⑲324
～における中山正善…⑱517
～における訃報（鈴木虎雄）…⑰304
～の雨…⑥417, ⑲395
～のコロンビア大学→その項
～の高層建築と漢の巨大建築…⑥415, 416
～の生活…⑲431, 449
クリスマス…㉔158, 159
～の黄昏…⑥416
～の地形…⑲453
～のノートン書店…⑲219
～の冬の寒気…⑲49, 449, 452, 454
郊外コニーアイランドの冬…⑫603　暖房…⑲

49, 433, 449-452, 454
～の命名…⑲49, 455
～のユニオン神学院…⑰88
～・ワシントン間の急行…⑥407, ⑲307
ニュー・ヨーク・シティ・バレー…⑯604
「ニュー・ヨーク・タイムズ」…⑲283
ニュー・ヨーク・ヤンキーズ…⑲280, 281
「ニュー・リパブリック」…⑲446
ニロープ（Nyrop）…⑭501
ニンキアスー（寧甲速）…⑮378, 387→哀宗（金）
ニンクダ（寧古塔）…㉓178
ニンフ…㉔37
二郢…⑦540
二王（王羲之・王献之）…㉓583, ㉗381
二気…②261
二喬…①411-414
二九重三四百壊る…⑪511, 512
二股…①312, 314
二鼓…㉓201
二公と周公…②311
二広…⑦540
『二煞』「漢宮秋」…⑮201　「天宝遺事」諸宮調…⑫266
二字対…②454
二字の連語…②40, 214-219, ⑦465, 468, ㉑69-73　元曲…⑭311, 313　元典章…⑮340-342　古代…②217, ③30　六朝…②217, 218, ⑦465, ㉕377-379, 381, 382　六朝以前…②218
～の音読み…②86
二謝（謝朓・謝霊運）…⑫654
二十一箇条（大隈内閣）…㉔255
二十一史…㉓309, 312（柳沢藩蔵版…㉓312）
二十五寒…②203
二十五史…①171, 177, ②154, ⑦539
「二十五時」…⑯531
「二十史朔閏表」…②542, ⑦98, ⑫240, 307, 392, ⑬82, 310, ⑮223, ㉑249
二十四気…⑫486, ㉖115　～の象形…⑪482
二十四孝…⑦551
二十四史…①153, 171, ②602, ⑥171, ⑳212, 357, ㉒442, ㉕267
～以外の史書の不伝…⑱466, ㉕274
～と江戸期の藩校…㉕279
～における「芸術伝」…②519
～の書名…①177, ②154
～の整理の方向・史補…②279, 280
～の選択・保存…⑱466-467, ㉕273
～の日本への関心…②588
～の文章…㉕47
～の方法…②279
～の本紀・世家・列伝…㉕75
～の列伝…①160, 166, ②602
～は乾隆以後の呼称…㉗130
二十四史（テクスト）
乾隆殿版・人民共和国の活版復刻…㉖473　百衲本…㉒413, ㉕371　和刻本…⑰26, ⑳219, ㉓572, ㉕280, ㉖473
二十四友…⑦591
二十州諸軍事…⑦549
二十世紀の学問…③554, ㉓9, 10, ㉗55
二十世紀の中国
～と諸子の書…②475
～の最高の学者…②172
～の最高の歴史家…①386, ③554
～の文学…①70（詞…①568）
～の文章…②199
～の最も誠実な人格…①386
～の歴史…②433
二十世紀の東洋学…①386
「二十二子全書」…②480
「二十年目睹之怪現状」…⑯511
二十六史…⑥171
二書（論語・孟子）…㉓86
二松学舎大学…㉗40
二条関白…⑰201
二条后…㉓460, ㉕114→藤原高子
二条家（和歌の家元）…⑳193
二条良基…㉕114-116, 121　「筑波問答」→その項
二襄…⑦540
二世皇帝（秦）…②550, ⑥193, 203
二聖環…⑭7
二千石…⑥103
二疏（疏広・疏受）…⑪92, 93
二蘇（蘇軾・蘇轍）…⑬269
二創…⑥366, 368
二尊院…⑰126, 128, ㉓48
二停多…㉖424
二程子（程顥・程頤）…②486, ⑪376, ⑬588, 599, ⑯78, ⑰123, ㉓291, 464, ㉔271
～と禅…⑯104
～と司馬光…⑫311, ㉓317
～と蘇軾…㉑18, 112
～の対立者…㉒112
～の「程氏遺書」…⑬627　「二程外書」…⑫311
二南（「詩」周南・召南）…⑩458, ⑲427
二・二六事件…⑳506, ㉕290
二宮庄本能村（上総国長柄郡）…㉓295, 457, ㉗30
二宮尊徳…⑳227, ㉖481
二馬三沈…㉒330
二百五十沓烏摽…⑦477
二百銭…⑮110
二品…㉓237
二弁（弁道・弁名）…㉓381
二本（元曲）…⑭209, 210, ⑮17
二本足の学者…⑱126
二毛…⑫603, 605

二李（李夢陽・李攀竜）…⑯65,㉓494
「二李唱和集」…⑬56
二劉（劉焯・劉炫）…⑧8,26
二劉三孔…㉖433
「二郎神話本」…⑭202
仁井田陞（たかし）…①79,②554,⑥252,⑮135,⑱536
～と董康…⑳452
～の「中国法制史研究研究」刑法…㉖403,410
～の「唐令拾遺」…㉓229
仁王…①46
仁番（にほ）…⑳448→須須許里
丹羽文雄「壁の草」…⑱409,413
尼克森…㉔166→ニクソン
弐臣…⑯12
似て非なる者…⑯72,82,86,96
新居格　訳・林語堂「我国土我国民」…⑰411
新潟県…①430,⑰305,309,313,㉔287
新島襄…⑱487
新見（岡山県）…⑱543
新美寛…⑦554,557,⑩451,㉑670,㉓101
「陸善経の事蹟について」…⑥32
匂いの読み方…㉖445,449
肉（煎肉豆腐）…⑮104
肉刑復活案と孔融…⑦100
「肉蒲団」…⑯139,⑰26,㉒363
西アジア…①189,494,②553,⑳234,㉕387
西周…⑰60,112,216,⑱447,㉓487　「百一新論」…㉓403
西印度諸島…㉔133,㉕49
西尾末広…⑲369
西大谷本廟…㉓636
西沢一鳳…⑳244
西嶋定生「碾磑の彼方」…⑫158
西順蔵…㉗236
西田幾多郎・寸心…⑯585,⑲150,㉔26,㉗348
～と伊藤仁斎…⑰41,108,㉓534,541
～と狩野直喜…⑰256,265,278,⑳264-266,282-284,㉓597
河上肇の釈放運動…⑳265,283,㉓598
～と京都大学教授団…⑰293,⑱476,⑳257,276,277,㉔268
河上肇（経済）…⑰234,⑳260,㉒357,㉓569
内藤虎次郎…⑰232,⑳287　藤井乙男…⑳284,285　松本文三郎…㉔269　和辻哲郎…㉗306,308
～と京都の学問…㉓569
～と西洋…⑱476,⑲369
～と中国…㉒358,㉗341
～における物にゆく道…㉗199
～の井上哲次郎への反撥…㉒334
～の交遊　川田茂一…㉔232,㉗329　藤岡作太郎…⑳284,285
～の講義…⑳347,㉗308,404
～の死…⑳286
～の自宅…⑳264,266,282
～の書…⑳40
～の著述…⑳277,㉕184
「自覚における直観と反省」…⑳285　「善の研究」…⑯583,⑳44,278　「西田幾多郎全集」…⑭604,⑳284（日記…⑳284）
～の哲学→西田哲学
～の批評・感想　「公羊伝」…⑳282　「元曲金銭記」評…⑭604　武内義雄「論語」訳…㉗276　蓑田胸喜批判…⑳265
～の風貌との相似　倉石武四郎…㉗290　黄侃…⑯568　徐鴻宝…㉒399
～の翻訳論…⑳265,283,284
西田さん（東方文化研究所）…⑯605
西田太一郎…⑩81　「荻生徂徠」訳注・解題…㉓357,380,㉗163,164,175　共著「漢文入門」…②90
西田哲学…⑯636,⑱477,⑳257,260,㉒334,357
西田直次郎…㉗268
西韃靼…㉓274,275
西谷啓治…⑳284,402,403,㉑95
～と読杜会…⑫730,⑳402,㉒47,㉔67,㉗316
～と芭蕉を読む会…⑰342,⑳402,㉔67
西谷登七郎「五行志と二十巻本捜神記」…①620
西ドイツ・西独…⑲194,340,371,372,426,⑳492,㉔171
西トルキスタン…⑥129,130
西野貞治…⑦551
西ベルリン…⑲402,426
西本願寺…⑪205,⑫636,⑯277,⑲363,㉒115,㉕227,468,㉖500
西村金三郎…⑳262
西村天囚・時彦・碩園…⑥246,⑰275,⑱399,㉗269,272　訳「琵琶記」…⑰398
西山順泰…㉓151→阿比留
西ヨーロッパ→西欧
西脇順三郎…㉔114
錦町小学校…㉗283
「廿二史考異」…①201,549,⑪15,⑰144,211,212,⑲143,㉑201,㉒491
「廿二史箚記」…①524,⑫274,⑮101,㉒106,107,㉕68
元の天子の漢文学力評…⑮232,233,235,236,297,298,305　新旧「唐書」比較…㉕65,66　則天武后評…⑪18,⑫12
日…②150
日已…⑥272,275,329
日以…⑥329
日下雲間…⑦476
日華事変…⑫569,⑯590,⑲240,⑳124
日華の学界の状況…①622

日華の学者の国故整理…①619
日華の陸放翁注釈…㉗265
「日華報」…①636
「日漢英露四国合璧」…㉒319
日韓条約調印式…⑳447
日韓併合…⑰612
日観峰…⑭110, ㉒462, ㉓437
日記文学（中国）…①169
日及…㉒304
日系市民・日系米軍部隊（ハワイ）…㉔192
日経連…⑲370
日光（日本）…⑥413, ⑫241, ⑰206, ㉖48, ㉗69
　日光山…⑩447, ㉕283　日光廟…⑰206, ㉕474
日光准后宮…㉗245
日航…㉔145
　アメリカ線…⑯435, ㉔172-173　南まわり線…㉔172
　～機…⑲428, ㉒439, 455, 459, 496, ㉔160, ㉕436, 470
日在…③512
日支両国　～の事態…②356, 557（相互の誤解…②557）
　～の文化…②352, 355
　　共通の文化…②572, 576, 577　同質の文化とする考え…②352, 357, 571, 572, 577, 578
　～の友情…②582
日章旗…①385, ㉗336
日常を素材とする思考…①268, 269, ⑤139
日常性の尊重…①69, 71, 73, 76, 80, 86, 248, 251, 269, 270, ②532, 555, ㉑27, 30
日常性の文学…①5, 10, 34, 36-38, 58-60, 78, 104, 144, ②535, 536, ③23, ㉑24, 33, 81
日常と隔離した芸術・密着した芸術…①144
日食…②106, ③475-476, ⑥370, ㉕359
　～と葬式…⑤197
　～による改元…⑬241
日清戦争…②441, 443, 471, 511, 563, 591, ⑯307, 348, ㉔121, 191, ㉖467, 468
日趣…⑥275
日ソ交渉…①140, 141, ⑳425
日蘇中立条約…②193
「日知録」…①477, 627, ②603, ⑳426, ㉗98
　～と閻若璩…②553
　～と狩野直喜…⑰251, 282, ㉓598, ㉗294
　～と文学史…①599
　～における語彙・事項・論評　紀梁妻説話の演変…⑥303　士庶胥吏…①296　士大夫と仏教…⑯37, 125　写…⑫505　謝霊運王維…⑪187, ⑯125　胥吏之弊…⑮6　世風の説…㉓598　政治論…①480　銭謙益…⑯92, 125, 126　杜詩…㉒60, 84, ㉕489　平旦…⑪216　李贄…⑯126, ㉓459
　～の演習（京都大学）…②601, ⑯646
　～の漢学と諸子…②481
　～の材料の豊富さと法則化への慎重…⑯6
　～の札記の形式…⑯7
「日知録」（テクスト）
　通行本・黄侃「日知録校記」本…⑯92
「日知録」（篇名・項目）
　経術…①480　士大夫晩年の学…⑯125　詩に用いし畳字…⑥293　詩不必人人皆作…①377, 474　鍾惺…⑯92, 126　生日…②544　治道…①480　杜子美詩注…㉒84　博聞…①480　文辞もて人を欺く…⑯125
日中関係改善のための要望…②596, 598
日中研究者の往来…㉖477
日中交渉史…②584, ㉖503
日中国交正常化…㉒477
日中星鳥…②349
日中戦争…㉒372, 379
日中の儒者の地位…㉗179
日中の文学者の論争…㉒422-444
日中の文学の政治性の比較…①565, 566, 581
日中文化交流協会…㉖506
日中友好…㉒467, 470, 471
日中友好条約…㉕298, 469, ㉖501
日中友好仏教協会…㉖494, 495
日中両国の文明…㉒437, 439, 469-471
日注（草茶）…⑬246
日柱清…⑦540
日唐の交通…②587
日独伊同盟…②193, ⑱324, 326
日仏学館（京都）…①422, ⑰255, ⑳281
日仏学館（東京）…㉔295
「日仏文化」…⑲143
日米交渉…②193
日豊線…㉔254
日本…①564, 706, 713, ②420, ③533, ⑤45, 232, ⑥410, 418
　～を研究する外国人…㉔5, ㉖506
　～からの団体客（欧州）…㉔178, 182
　～・中国・西洋の絵画と流血…②533, ⑤313
　～的極端（荻生徂徠の朱子悪罵）…㉓472
　～的趣味（俳句的趣味）…⑰296
　～的儒学→儒学（日本）
　～的心情と漢語の文学…㉔78
　～的歪曲…⑰88, ⑲108
　～と Imagist の詩人たち…㉔5
　～と韓国…⑳447
　～とギリシャ…⑤3
　～と隋煬帝…①517
　～と中国人学者…②570
　　王国維→その項　康有為…①551, ㉒361　黄遵憲…①514, 516, ⑱50　黄宗羲…㉒288　周作人→その項　徐鴻宝…㉒399　章炳麟…①382, ②564, ㉒360　清朝の学者…⑰210, 212　銭稲孫・董康→各項　皮錫瑞…㉒360, 401　兪樾…①380

楊守敬…⑰218　羅振玉→その項
～と中国文明…②357, 358, 555, 556, ㉑95
ある歌よみと魯迅…①385
からようで書く三代目…②402
漢武帝の暦法と日本…⑥172
漢文への強迫観念…①268, ②69-72, ⑱544
貴族…㉗147
行事・風習（正月…②546, 548　太鼓…①410
竹馬…①418, ⑪121）
国家試験受験生と科挙の受験生…②407
国故整理…①615
司馬遷生誕二千一百年記念事業…⑥243
芝居の演出法…①325
書道と書法…②499-501, 506, 529, ㉓412（蘇州
の書道展覧会…②501　書の芸術への誤解…②
535　日本人の字の弱点…②499　日本人の法書
法帖への意識…②500　筆蹟重視のあり方…②
409　明人の書…②505）
情緒の意義の重視・先例の尊重…②358
中国画愛好…②514（南画…②529, ㉒285）
中国の学問と日本（中国言語科学の方法…②
582　中国諸子学…②475　中国風文明の祖述…
①566　中国歴史学の方法…②582　日本人の清
朝考証学理解…㉒420）
中国風歴史書…①171, 177（「史記」の祖述者…
②163）
中国文化への貢献（古書復刻…④7　日本から
の逆輸入語…①235, 379）
日中接触の歴史…⑱38
日本社会と中国社会…②426, ㉓134（都市の住
宅…②416, 417　日本の雷族と中国の自転車族
…㉒473　ホテルとチップ…㉒454）
日本の体制と中国の旧体制…②443, 473, ⑯304
（官制…②272, ⑰166, ㉕347　官庁・企業の体制
…㉖482　旧体制の中国と日本人…②450, 472,
517　教育制度…②560　日本の郡と中国の県…
②458　日本の世襲身分制…②404, 425, 427,
431, 435, ⑤138　日本人の知識…②443　農家…
②418　服喪の制度…②273　法科万能と文科万
能…②3, 409　賄賂…㉒454）
能の芸術と中国の文言…②446
翻訳文学…㉒433
無神論的生き方…②555, ⑰12, ㉑28
物語・書物の人情自然の描写…㉗216
～と北清事変…①515, 516, 518
～における「全集」の編集方針（ヴァレリ全集）
…⑳453
～における中国書…④5, ⑱38, ㉕276, 284, 285
遺存する中国書…②538, 597, ⑤165, ⑥11, ⑱38,
㉕284, 285（中国俗書〔遊仙窟〕の保存…㉗10
日本の宮廷文庫目録…㉕34　日本の近代化と中
国書…①263　毛利高標の中国書輸入…⑳429）
中国古典…①244, 246, 260, 261, 264, 268-270,
272（「史記」→その項　四書五経への予想…②
602　日本人の中国古典解釈…④643　「孟子」
…②575　最も読まれた中国書…①248, ④5, 6,
⑤127, 137-140　「論語」…②575, ④5, ⑤127,
134, 298, 313　「論語」テクスト…㉗273　日本
人の「論語」注釈…④9）
～にとっての文化的栄養…①260-262
～の油絵とフランス人の油絵…㉒285
～の印刷技術　活字本（江戸期）…㉗73　木版技
術…㉕280
～のエリート…㉕288, 289
～の音楽・歌…②354, 355, ③28, ㉓513, ㉔113, ㉗
208, 220, 221, 227
宴席での謡曲…③35　歌謡…②278, 279　雅楽
…㉓290, 349, 389, 410　琴曲と荻生徂徠…㉓411
日本のオーケストラと欧州…㉗308
～の過去の思想家…⑰11, 12, 128, ㉓526
～の学界…④10, ㉒441, 445, 472, ㉓528, ㉗394, 431
日本の高官の学界認識…㉒445
～の学者…①706, ②594, 605, ⑤165, ㉒360, 394, ㉓
593, 618, ㉕254, 413, 417, ㉖506, ㉗193, 194, 261,
262, 269
社会科学者…㉔169　社会史家…③485　宗教学
者とキリスト教・仏教…⑰104
新しい批評基準…①706
江戸と明治の関係に対する閑却…⑰112
外国人学者への伝達力…⑲35, 36（日本の学者
とトインビー…⑲35, 38）
学者と中国…㉒424, 425（江戸期の学者の清朝
認識…㉓160　学術の鎖国状態…㉗385, 406　芸
術史家と神仙鬼趣図…②533　元曲研究…㉗280
孔子批判…㉓560　士人の資格の理解…②444
実証的古典研究の祖…㉓473　宋学の影響と
「論語」…⑤137　中国思想の演繹…⑤165　中
国の虚構の文学の研究…㉓605　杜甫研究…⑫
686, ㉗318-319　日本の中国学者の研究とエリ
セフ博士…⑲218　「論語集注」是正…④9）
集約的な著述…⑰209, 210, 212, ㉓465
十七・八世紀の学者…㉕159
哲学者の外国への興味…⑰11, 12（ローマ史・
中国史への見解…⑤3）
日本の学者の窮乏…⑳309
日本の学者への不満…⑳328-331
文化科学者…㉔169
～の学生（豊子愷評）…⑯468
～の学生の結婚式…②467
～の学問…④736, 740, ㉒333, 348, ㉕245
学問の長所…⑳330　学問の伝統…㉕148　学問
の発達と文教予算…⑳439　学問のヒューマニ
ズム…⑰212　学問の方法…㉒422, ㉕16, 71, ㉗
86　観念的な方向…⑳178　形而上への敏感…
②357, 581　自然科学…②351　抽象的なものへ
の好み…②574　哲学…②351, ⑰11, ㉓529, 539

物理学…②467　マルクス主義の純粋性…㉔302
～の教育と中国人留学生…②564
～の軍人と西洋の過去…㉗378
～の現代作家の悪の文学への努力…㉔10, 11
～の固有の文化…②558, 559, 568, 569
～の故人を忌日に祭る習慣…②544
～の皇太子…⑥409
～の財界・企業　学生の窮乏と資本家…⑳130　学生への奨学金と資本家…⑲302　企業への批判…㉔182　航空会社…㉔177, 178　財界と中国への無償援助…㉕443　学問への好意…㉗313
～の侍…㉓374, ㉔44
～の散文…㉗238, 239, 404
候文と中国の文言…②446　日本の古書の文章と漢文…①269　文章の改善…⑳432
～の散文（漢文）　漢文家と賦…①564　史家の漢文と四六文…㉕62　古い漢文と四六文…②26
～のジャーナリズムと学者…⑳315
～のジャーナリズムの文学革命無視…㉒315
～の風景…⑥413, ㉓414
日本の雨とアメリカの雨…⑥417　日本の海の色・広重の絵・オアフの海…㉔186　日本の風景と中国の風景…①704, ㉒355, 366
～の社会の断層…⑳433
～の宗教　キリスト教…⑰88, ⑲300　市民の心情と宗教…⑰104　日本人の宗教観…㉗372　日本的新仏教…⑰20　日本の神と荻生徂徠…㉗155, 156　日本仏教→仏教（日本）　仏教渡来…②376, ⑳447, ㉑101　仏像観の変化…②528
～の宗教と思想の外国の研究者…㉒436
日本の邪教とキリスト教（アコスタ）…㉔165
～の出版物の輸出…⑳443
～の女子大学の卒業生（戦前）…②457
～の清貧主義…⑤285
～の僧侶の師弟関係…⑤168
～の僧侶の渡航（宋）…②588
～の総理と北京大学教授の月給…㉒398
～の俗語表現と古文辞表現…㉗35
～の大学…㉒398, 455, ㉓525, ㉔156, ㉗308, 406
銀杏並木…⑳353
外国文学講座…⑰9-11（イタリー文学・インド文学・英文学・ギリシャ・ラテン文学…⑰9　中国文学…②597, ⑰9, 420　ドイツ文学…⑰9　フランス文学…⑰9, 420　ロシア文学…⑰9）
国文科…㉒386（国文学冷遇…⑰9-11）
国文科以外の講座　中国学…㉒435, 471　朝鮮語講座…⑳450　哲学の講座…⑰11　日本思想史の講座…⑰11, 637, ⑱448, 449, ㉓525　ラテン・アメリカに関する講義…㉔156
大学進学…②430, 437（入学試験…㉕424）
大学と宗教施設…⑲5
大学図書館…㉒443
大学の学長と外国語能力…②449
大学の先生…①332, ②340, 402
大学の歴史…㉒358
～の代議士の会社役員兼業…②429
～の代議士と中国の生員の逮捕手続き…②438
～の知識人　“雅”の意識…⑳124　知識人と東西文明…⑲38, 39　知識人の議論…⑳424　中国認識の歪み…②427　中国の日本学研究への冷淡…②569　特権階級意識…⑳116-118
～の中国への文化政策の誤り…②570
～の中国への優越（荻生徂徠）…㉓428, 437, 445, 480
～の中国理解の歴史…㉑31
～の鉄道…⑲346, 347（車掌…⑲348）
～の伝統…㉒423, ㉓458, 459, 464, 469, 480, ㉗157
～の特権階級…㉕288
～の TVA…⑱542
～の年号…①575, ⑥121
～の古い文化意識と法隆寺…②539
～の文化人…⑬607
～の文化的能力…②558, 559, 565, 575
～の文学→日本文学
～の文学者の芸術性と「文芸講話」の芸術性…②519
～の文学者の中国認識…⑯300
～の文人趣味…㉒349
～の文字…②561, 562
漢字…②228　漢字音→その項（日本）　漢字と仮名の併用…②195　漢字への常識…②577　文字の生活の始まり…㉕277
～の倫理と「古文孝経孔安国伝」…⑤165, ㉔301
～の歴史ブーム…⑥235
～の若い作家への希望…㉔328
～への Sidotti の印象…㉔8
～への中国人の関心…②567, 591
「三国志」魏書の記述…②565, 585, 586　清朝の冷淡…②566, 590, ㉓160, 247　中国人の冷淡…②561-567, 586, 598　日本を中国へ紹介した書物…①514, ②568　日本文化と中国人…②561, ㉑139-141　明代の関心…②565, 566, 588, 589
～への不満…②595
「日本」（雑誌）…⑯584
日本育英会…⑳152
日本音韻学…㉕122
日本歌学史…㉓463
「日本歌学大系」…⑫281
日本歌学の古典…⑰617
日本楽府…⑮490
日本海…⑫708, ㉔175
日本絵画史…㉓412, 420-421
「日本外史」…⑥240, ⑯583, ⑱63
～と中国の歴史記述の方法…②161, ⑰468
「漢書」…⑰468, ⑱39, 436　「史記」…②163
～と譚献…①561, 562, ②164, 165, ⑰468, ⑱39

記述のおかしさ…①562, ②164
～の中国覆刻本…⑥245
～の文学的真実への意欲…⑳170
～の文章…①561, ②164, 165, ⑰58, 154, 468, ⑱39, 436, ⑲189, ㉑109, ㉓564, 571
和習…②166-167
～は江戸期のベストセラー…⑰26, 414, ㉓530, 564, 571
「日本外史」（篇名）
源氏…②163　信玄謙信紀…①561, ②165　平氏…②163　北条氏…②163, 165
日本学…⑰468, 470
日本学の提唱（中国）と日本側の冷淡…②569
日本学士院…⑰322, 336, ㉓624, ㉗309
～会員…⑰238, 239, 322
日本学術会議…⑬630, ⑲371, 375, ⑳189, 190, 199, 326, 332, 439, ㉓11, ㉔29, 261, ㉗309, 339, 406
～近畿地方区…⑳163
～東洋学研究連絡委員会…⑲375
日本学術会議法…⑳326
日本学術史…㉓629, ㉖490
日本学術振興会…⑱51, ㉒434
日本学術文化代表団…㉒466, 476
日本漢学史…㉓701
日本漢文…①561, ②164, ㉑109, ㉓124, ㉔290, ㉗10
日本漢文学…⑤295, ㉓701
「日本漢文学史」　岡田正之…⑰411, ㉗252　芳賀矢一・牧野謙次郎・山岸徳平…⑰412
日本漢文学史の研究…⑰411, ㉕384
「日本紀」→「日本書紀」
「日本紀纂疏」…⑰634, ㉕384, ㉗104
「日本紀私記」…㉓499
日本共産党…⑳458, ㉗353
日本銀行…⑪447, ㉕280
日本ロ…㉓126
日本軍…⑯532, 534, 590, ⑲240, ㉔79, 256, ㉗386
～憲兵隊長…㉔79
～と国民政府軍との衝突（済南）…⑳291
～の侵略…①256
～の占領下の中国…⑳321, 322
～の東方図書館爆撃…⑳298
～の北京入城…⑯294
日本軍閥…⑯617, ⑰479, ⑳316, ㉒449
日本経済…⑲445, ㉔173, 178, ㉗233
日本芸術…②594, ㉒486
日本言語史…①268
日本現代文学…①120, ㉖482
「日本古学派之哲学」…⑰140, ㉓407, 451, 553, ㉗160
日本古典…①245, 263, ②575, ⑲46, ㉓542
「日本古典全集」…⑰171
「日本古典文学大系」…⑫716, ⑰74, ⑱62, 63
「宇津保物語」…⑮214　「上田秋成集」胆大小心録…㉓151　「折たく柴の記」…⑭592　「近世思想家文集」童子問…④10, ㉓32　「近世随想集」槐記…㉓280　「源氏物語」…⑮213　「古事記」…㉗61　「今昔物語集」…⑫281, ⑮213　「太平記」…⑫280　「近松浄瑠璃集」…㉔231　「日本書紀」…⑰636, ⑱63, ㉓24, ㉔239, ㉗61　「連歌論集」筑波問答…㉕114
日本語…②23, 339, ㉔36, 65, ㉗246, 370
現代・古代…②77　明治以後…①235
～と外国語…⑲197
英語…⑱103, 106-108, ㉗393（言語の変化の速さ…㉗393　日本の外国語教育と英語…⑲199）
外国語の影響…⑲198
～と西洋の中国研究者…⑲218
～と中国語…②73, 111, 575, ⑱39, 80, 94, ⑲235, ⑳87, 88, ㉓565, ㉕361
音節の違い…㉗235
活用語尾の有無…②86, ㉔8
漢字と日本語…②562（漢語の音声的効果…⑱434　漢語の受容と擬音性の低下…⑳87）
訓読の日本語と中国語…①709, ②76, 79, 81, 86, 92, ⑱81（所謂・以為・所以…②87　置字…②88　居…②149　自…②90）
訓読の語法と日本語の語法…㉗195（国典の訓読…②162　白話の訓読…②200, 201）
古代音と現代音…②77
語義の違い（空…㉖232　古典…①235, 269, ⑰640　好漢…㉕54）
語序の違い…②79-81, ⑱97, 109（疑問文の語序…②225）
主格の有無…②40
叙情と知的叙述…⑱87, ㉑127
中国語の優越（荻生徂徠）…㉓306, 307
てにをはの有無（中国語のアンビギュイティ…⑫690-692, ㉖175-178, ㉗323, 324　中国語の暗示的性質…②11, ⑤306　てにをはと助字…②10, 82-86, 120, 121, ⑦595, ⑱76, 77, 91, ㉓307, ㉕41, 42, 45, 46, ㉗197, 248　ヴァイオリンとピアノ…②9, ⑪480, ⑱101, ㉑127, ㉔8, ㉗357　連続性と断絶性…⑱81, 87, 101, 103, 110, ㉗357）
日本語に借りた四声の音調…②27
日本語の口語史・中国語の白話史…㉕37-38（日本の古文・中国の漢文…②72, 73）
日本語の小説と漢文の素養…②67
複綴と単綴…②10, 39, 228, 310, ⑱79-80, 98, ㉓306-307, ㉕38
抑揚…②37, ⑱93, 99, ㉓307
～とハワイ社会…㉔192, 193
～とミクロネシア…㉔192
～における音調の平板…⑳88
～における音声的顧慮…②47
音律の調和…②48　三シラブルの語…㉕124, 126　nu 音の効果…㉕122　ha 音の効果…㉕129, 130

～における“儒教”…②386
～における不自由…㉕244
～による論文…⑳357, 414, 415, 417
～の散文…㉗242
曽鞏の文章の示唆（田山花袋）…②64
定格的表現の乏しさ…⑳416
～の詩…⑱77, 87, 88, 94, 100, ㉗357
尾韻を持たぬ詩…㉔78
～の新語発生…②13, 310
～の性質…⑱99, 101, 102, ㉔78
敬語…⑱438-440　口語と文語の乖離…②91, ㉕38, 41　構造的柔軟さ…⑲198　膠着語…⑱42, 76, 77, ㉗197　喋るとおりに書ける…⑳119　修飾句の特徴…⑱97　てにをは…②8, 9, 81, 313, ⑱98, ⑲197, ㉖175, 176, ㉗324　長いセンテンスの可能性…⑱42, 69, 71, 77, 78, 99, 103, 106, 107, ㉔8, 9　非叙事詩的性質…⑱434　平淡柔軟な性質…⑱68, ㉔7　三好達治の詩における利用…⑱102　連続の意欲…⑱76, 81, 87, 96-98, 100, 101, 103, 107-109, ㉑127, ㉔7-8　連用形の存在…⑱96
～の促音と入声…②27
～の特権…㉑222
～の表記・かなづかい…⑱402, 403
～の文学…⑱42, 101, ㉓566
～の明晰…⑳415-417
～の優秀性…㉓513
～のリズム…②81, ㉕137
翻訳の日本語のリズム…㉔104
「日本語」（雑誌）…⑲144
日本語講習所（留学生会館）…①521
日本語放送（ハワイ）…㉔185, 189
日本公使館（北京）…①515, 518, ⑰265, 278, 286, ㉒335, ㉓592
「日本考」…①287, ⑯607, ⑱49
「日本後紀」…㉕272
日本降伏の原因…㉒441
「日本高僧伝要文抄」…㉗22
日本国…㉓429, 443
日本国　欧陽修叙述…⑬11-13　荻生徂徠記…㉓429　四庫全書記…㉗74
日本国夷人（荻生徂徠）…⑰54, ㉓377, 405-407, 428, 442, 443
日本国王（徳川将軍）…㉓151
「日本国憲法」…⑰552, ⑱484, ㉒460
「日本国現在書目録」…⑥246, ⑦83, 454, ⑫18, ⑬575, ⑰66, ㉕34, 268, 278, ㉗10
「易」…㉕34　雑家…⑦556　正史家…⑬575
日本国際協会…⑯584
「日本国志」…①514, 517, ⑱50, ㉓247（学術志…⑱50）
日本国大君（徳川将軍）…㉓151
日本三大祭り…㉗117
日本史…②435, ⑤144, 237, ㉓247, 268, ㉔254, ㉕425
～と中国の史書…②586
～の教科書…㉔221
～への朱彝尊の関心…㉓246
日本史学…⑰12
～の研究　アメリカ・中国…㉖509　欧米ソ連の大学…⑰436　台北帝国大学…㉒437　中国の大学…㉒435, ㉓247
日本思想史…④9, ㉓88, 525, 528, 703, 709, ㉔237, ㉗217
～研究…㉓525, 528, ㉗309
～研究者…⑰112, ㉓471, 576, ㉗309
丸山真男…②477, ⑰112, ㉓482, 528
～における思想家…㉓526　伊藤仁斎…②184, ㉓544　伊藤東涯…㉓544　荻生徂徠…㉓471, 481, 482, 484, 544　本居宣長…㉓544, 546, ㉗205, 217　山片蟠桃…⑰111
～日本の大学の講座…⑰11, 637, ⑱448, 449, ㉓525
～の資料・江戸時代漢学者の著述…㉓229
「日本思想大系」…㉓557, ㉗436
「伊藤仁斎・伊藤東涯」…㉓51, ㉗436（伊藤仁斎年譜…㉕249　「古学先生文集」「古今学変」「語孟字義」→両者の著述　補注…㉓32, 76）「荻生徂徠」…㉗436（解題…㉓357, 380　「学則」「政談」「徂徠集」「弁道」「弁名」→各項）「近世武家思想」…㉓297　「聖徳太子集」…㉓24　「徂徠学派」…㉕200　「富永仲基・山片蟠桃」…㉓493　「本居宣長」…㉗200, 204, 237
日本詞…㉓306
日本詩歌選の訳者…⑲405, 406
日本詩史…㉑216
「日本詩話叢書」…㉓150
日本写本・古写本…㉕284-286, 410, ㉖112, ㉗269-271
日本写本コレクション（楊守敬）…㉕285
日本社会党…⑳455, 458
日本主義…⑰40, ⑲108
日本儒学→儒学（日本）
日本儒学史…㉑76, ㉒435, ㉓471, 605, ㉔259, ㉗66, 164, 266
「日本儒林叢書」…㉓402, ㉔13, ㉗244
日本書…②569, 570
～の中の中国古書の佚文…㉓101
～のコレクション（中国）…㉒437
「日本書紀」…②270, 352, ⑯583, 585, 586, ⑳170, ㉓5, 701
～と「源氏物語」…①176, ⑱11, 52, 430, 446, ㉑121, 124, ㉔10
～と「古事記」…⑱63, ㉓496, 498, 509, ㉕277, ㉗106
～と中国の史書…②161, ⑰632
「淮南子」の開闢伝説…②374　巻数…②161, ⑱11　編年体形式…②161　名称…②161, ⑱11

～と邪馬台国論争…②585
～における十七条憲法…㉓9, 23
我必非聖　彼必非愚…⑩479, ㉓18　君則天之臣則地之…㉔239　是以五百歳之後乃今遇賢…㉓15, 16, 23, 24
～における煬帝の親書…①517
～の歌謡…③29, ㉓146, 508
～の紀年…⑤144, ⑰189, ⑲13
～の訓読…⑰505
清原氏…②9, ⑦462　田中頼庸…⑦462　武田祐吉…②162
～の研究者
足利期　一条兼良…⑰634, ㉕384, ㉗104
江戸期…⑰634, ㉕384（賀茂真淵…⑲90, ⑳204, ㉓502　河村秀根・谷川士清→各項　水戸史館衆…㉓146　本居宣長…⑰184, ⑱63, ⑲90, ⑳204, ㉓496, 498, 509, 556, ㉗194, 195）
近・現代　津田左右吉…⑰633, ㉗48
明治　飯田武郷…⑰635, ⑱63, ㉗61　敷田年治…㉗61, 76
～の語句　一柱騰宮…㉗58-62　“字”の訓…㉗94, 95　将無見敗…⑦493, ⑰145, 146　上瀬是太疾…⑦462　跋渉…㉗103　宝祚之隆, 当与天壌無窮…㉗235　流例…②220
～の注釈の学…⑰174, 631, 634, 635
明治以後の衰退…⑰631, 635, ⑱63
～の文章…②161, 172, ⑦493, ⑰174, 632-635, ㉓5, 6, ㉕62, ㉗102
六朝史書の文体…⑰175, 634, ㉕61, 62, 384, ㉗48, 60
～の「論語」「千字文」渡来の不記載…⑳448, 449, ㉕276, 277
「日本書紀」（テクスト）
朝日新聞社「六国史」本…⑰146, ㉓24　岩波文庫・黒羽本・小寺本・国史大系…⑰146　天理図書館善本叢書本…㉕410　日本古典文学大系本…⑰636, ⑱63, ㉓24, ㉔239, ㉗61
「日本書紀」（篇名）
神代巻…②90, ⑦462, ⑰632, 636, ⑱11, ㉓5, ㉗102
応神紀…⑰162　神武紀…②161-163, ⑰184, ㉗59
崇峻紀…⑦493, ⑰145　崇神紀…⑰633　天武紀…㉗95　敏達紀…㉗94　雄略紀…㉗48
「日本書紀集解」…⑱63, ㉗48, 60, 103, 104
「日本書紀神代巻」法蔵館景印卜部兼方本…㉓5
「日本書紀通釈」…⑰635, ⑱63, ㉗61
「日本書紀通証」…②220, ⑦493, ⑰146, 174, 634, ⑱63, ㉔239, ㉕384, ㉗48, 60, 103, 104, 231
序…㉗59　神武紀…㉗59　瑞珠盟約章…㉗48　雄略紀…㉗48
日本小説史の創始…⑱34
日本商工会議所会頭…㉗374
日本新歌劇…㉗284
日本人…①71, 522, ⑳323, ㉗17
～研究…㉔21
～と外国文明…㉑134, 139
アメリカへの想像…⑥418
インド研究…⑲36
外国語能力…②347, 561（外交官の外国語…②564　外国語の発音…⑳178　外国語の話し方…⑱109）
外国書の読書…①271, 272, ⑤313
外国人への遠慮…②596
外国祖述…㉑139（外国を価値の基準とする態度…⑰13　西洋を価値として生きる態度…⑰12　西洋学…㉒423, ㉔33　西洋書理解力…②561）
外国文学研究…㉒423, ㉕439（英文学と福原麟太郎…⑱352　外国文学研究者と日本文学…⑱3, 8, ⑲38　ゲーテ研究家とゲーテの東方観…㉔179　中国文学研究…㉒423, ㉕439）
外国文学読者…⑰9
西洋文化輸入…②67, 562, 563, 576（日本の洋学への憂慮〔森鷗外〕…㉔18）
西洋理解と中国理解…㉑31
東洋諸民族への優越感…③560, ⑳322
日本の基準による他文明の研究…㉔11
～とギリシャ人…⑤3
～と神話…②375
～と中国・中国人…②567, ⑲223, 234, ㉕444
中国人の日本侮蔑…②559, 598　中国への協力…②337, 350, 351　日本人の感情…②558　日本人の誠実の必要性…②356　日本人の中国への関心…②586-588, 591, 599　日本人の暴虐…②393, ⑳321, 322　明人の日本恐怖・嫌悪…②566, 588, 589
中国観・中国認識…②496, 558, 571, ③557, ㉒440, 448（お手軽な中国観…②579　過去の中国と現在の中国は別物とする錯覚…②577-579　過去の文化への態度…②234, 268　幻影的中国観…②580　世襲身分制への錯覚…②425　中国を隣人とする意識…②593　中国観察の欠陥…⑯328　中国の西洋文明蔑視への認識不足…⑤114　中国蔑視…②579, 596-598, ㉒315, 336, 339, 341, 344, 424, ㉗435　中国倫理への誤解…②427　日中を同質とする錯覚…②357, 572, 577, 578, 582　無神論的傾向への誤解…②578）
中国研究…⑲36, 218, 247, ㉒471, ㉓701, ㉖236, 505-507（研究史の画期…㉗268　研究の弱点…②357, ㉒473, ㉖505, 507　研究の動機…⑰479, ㉕312, 314　清朝学研究…㉑195　中国語学の充実…㉖508　中国語の習得…②224　中国史研究…㉕439　唐文明学習…②586, 587　独自の発見…㉗238　日中交渉史研究…②594）
中国研究者…②472, 598, ㉒425, ㉗108（漢学能力…㉓563, 564　漢文能力…①269, ②69, 74, 171, ㉓125, ㉗10, 123　研究態度…㉒424　中国語作文能力…㉕314　留学…㉒473, ㉖505, 507,

509）
～と中国文学…①260, ⑱38
漢文…②76, 79, 122　軍談（日本）と宋以後の講史…①122　「水滸伝」の旧訓…㉖378
中国詩…①129, 139, 143, 144, 455, ⑱39, ㉓400（「垓下歌」の伝承…⑥10　現代の短歌俳句と宋以後の詩文…①62　七子の古文辞…㉒291, ㉗35　宋人詩選…①598　中国詩鑑賞と「唐詩選」…①144, ⑮530, ㉒5　杜詩…②493, ㉗315　日本人の好む中国詩…①426　日本の十八世紀詩壇と魏惟度…㉓253　日本の生活詩と杜詩…㉖42　白居易…①151, ⑪228　李杜…①116, ⑱39）
中国文学研究→その項（日本）
中国文学模倣…㉑19　日本人と平仄…②60　日本の物語と中国書…㉗216　賦…①563, 564
～と日本文学の独自性…⑱42, 43
～の伊藤仁斎評価…⑤216
～の恩人・黄遵憲…①514
～の寛容の精神の不足…㉑28
～の漢詩→その項（日本）
～の漢文→その項（日本）
～の気質…②558, 574
嫌いな言葉…⑤308　潔癖主義…⑰87　厳粛主義…⑰53　羞恥感…②354, 355　特権意識…㉒369
～の言語生活…②562
相手の言葉への吟味不足…②581
言葉の使い方のぞんざい…②357
～の個性と外国風文学…㉔78
～の個物の価値への冷淡…②235
～の自国文化への自信の弱さ…⑰3
～の儒学観…③539, ⑤163, 285, ⑥50, ⑰89
教養としての儒学…⑰75
倫理的背骨であった時代…⑰75
～の秀才性…⑳450, 486, ㉓534
新井白石の主張…㉓126, 127　「伊勢物語」の方法…㉓459, 461, 462, ㉔8, 13　伊藤仁斎の学説…⑤218, ㉓534, 535, 570　荻生徂徠の学説…㉓535　「源氏物語」…㉓462, ㉔8, 13　佐久間象山の詩文…①564　聖徳太子の憲法…㉓15
～の書（著述）…①705, 706, ⑤295, 297
～のスパイと中国農民…②471
～の精神…②353, ⑤47
～の組織力（徂徠学説の整然）…㉓465
～の葬式…㉗373
～の短編小説…②393
～の特権と義務「アジア歴史事典」編纂…②553
～の日本研究…⑲36
～の文法への冷淡…㉗310
～の倫理道徳の依帰…①704
～の歴史への態度…①176
～評アーサー・ウェレー…⑰17
～評荻生徂徠…⑰54
～へのいましめ…⑤45
～留学生…㉒372, 377, 390, 408, ㉓635
～留学生専用宿舎（北京）…㉒377
「日本随想全集」…②167
「日本随筆大成」…㉓469, 479, ㉗24, 205
「日本政記」…⑯583
日本政治史…⑲314, ㉓132, 136, ㉕479
「日本政治思想史研究」…㉓482, 528, ㉗353
日本政府…①521, ②569, ⑰286, ⑲365, 441, ⑳318, ㉒441, 467, ㉓632, ㉗354, 373, 434
～派遣の学術文化訪中使節団…㉒439, 448, 452, 467, ㉖471, 483, 490, ㉗439
日本精神…㉗284
日本製の漢語…①235
日本総領事館（ニュー・ヨーク）…⑳53
日本大学…⑰420
日本男児…②501
日本中国学会…⑯655, ㉔264, ㉗40
日本中国学会大会…⑥427, ⑬187, ㉔257
「日本中国学会報」…①614, 624, 625, 632, 633, 638, ②125, ⑫272, ⑬265, ⑮226, ⑯57, ⑳372, 393
日本朝廷への中国書献上…⑤134
日本通の中国人…⑤3
日本帝国主義…⑯649, ㉒372
日本哲学史研究（ソ連）…⑤301
日本哲学史講座（日本の大学）…⑰11
日本刀…㉖28
「日本読書新聞」…⑲28
「日本における中国文学」I—日本塡詞史話上—…⑰346
「塡詞の復興者加藤明友」…⑰348　「塡詞の濫觴」…⑰347　「森槐南の出現」…⑰349
「日本の思想」…⑱449
「荻生徂徠集」…⑤327　「本居宣長集」…㉑80, ㉓557, ㉗84, 187, 198
「日本のバックボーン（日本の新しい愛国独立の精神）」（座談会）…⑰75, ⑱414
日本農業…②347
日本比較文学会…㉑118, ㉗338　～大会…⑰69
日本美術院…②509
「日本風土記」…②568
日本婦人…③546
日本武士道の厳格主義…①273
日本風景論…㉓414
日本仏教→仏教（日本）
日本仏教史…㉖497, ㉗373
日本文化…②561-563
～と異なる文化…①260, 261
中国文化…②352, 357, 358, 559, 570, 574, 594
ヨーロッパ文化…①262
～と中国人…②558, 559, 561, 563, 567, 593
研究・紹介（中国へ）…②568, 569
～の将来…①260, 580

～の進出…②351, 352
～の断層…⑱405, ⑳433
～の独自性…②354, 559, 568
～へのアンチテーゼ…⑤320, 322
「日本文化研究」…⑰62, 105, 414, ㉓557
日本文化研究国際会議（ペンクラブ）…㉗281, 337
日本文学…⑱3, ⑳358, ㉔12, 43, ㉕181
～と悪…㉔9-11
～と荻生徂徠…㉓463, ㉔8
～と外国文学…①277, 278
～と川端文学…㉔23, 25, 27
～と京都…⑯538
～と中国…㉑118, 141, ㉒436, 437
研究者…㉖509 大学の関心…㉑141, ㉒435, ㉓247 翻訳…㉑140, ㉒433, 434, 457
～と中国文学…①146, 614, 622, 626, 635, ⑱17, 42
江戸時代の熱心…㉒470, ㉓564, ㉕384（契沖…⑱18-20, ㉕162, 180 契沖と「文選」…⑱19, 20, ㉕389 中国通俗文学と徳川文芸…⑰334 中国歴史小説の影響…①154）
中国文学の日本文学への影響…⑰411, ⑱15, 49, ㉑120, ㉕180（王昭君伝説…⑮226, ㉖197 大伴家持と「遊仙窟」…⑱18-20 白楽天…①151）
中国文学への協力…⑯296
日本文学を中国文学の支流とする認識…⑱43
日本文学の中国文学への影響…①625, 626, ㉒433, 434
両者の共通性 抒情詩に始まる伝統…⑱9 日常性の尊重…①104, ⑱15 和歌俳句と中国抒情詩…①87, 104
両者の対蹠性…①113, ⑪480, ⑱39, ⑲438（哀傷の態度…⑱41 情緒的と意志的…⑪480-481 花鳥風月の詠じ方…①261 雅と俗…㉓568 思夢の詩…⑱17, 18, 20, 25, ㉕163, ㉖125 神話への態度…①104, ⑱39, 40, ⑲438 長編小説出現の時期…⑱41, 42, ⑲438, ㉒470 文学的系譜の対蹠性…①114 恋愛と政治…㉒440, 444, 470, ㉓560）
～と日本語…⑱42, 99, ㉔7, 9
～と日本の外国文学研究者…①614, ⑱3, ⑲38
～と傅仲濤…①472
～と私小説…①113, ⑱3, 15
～の欧化…⑰397
～の欧米の研究者…㉔5, ㉖509
欧米の大学の講座…㉒436
～の虚構の文学と日本人の聡慧…①87, 175, ㉓462
～の近代詩…⑱338
～の現状と曽樸の意見…⑯315
～の紹介者…㉒433, 434
～の中心的ジャンル…⑰113
～のテクストの多様さ…㉕275
～の伝統と思索…⑱125
～の特殊さ…㉔6, 9, 11, 78
いちずさ…㉔8, 9, 11 季節の推移への敏感…㉔6-8, 11 まろやかさ…㉔8, 9
～の独自性…⑱17, 42, 43, ⑲438, ㉒470
個性の強さ…㉔78 抒情性…⑳479, ㉑125
～の花…㉖18
～の矮小性…⑱3
～はウラルアルタイ語系文学の代表…⑱16
「日本文学」（雑誌）…①635
「日本文学研究」（雑誌）…①633, 636
日本文学史…②464, ⑱4, ㉒435, 437, ㉓471, ㉔30
～と東洋文学…⑱15
中国詩…①129
中国文学史…①104, ⑱39, 49, ㉔78
～の独自性…⑱42
～への中国人の認識…⑯538
～への日本の外国文学者の認識…⑱3
日本文学者への希望…⑱15
「日本文学大辞典」…㉗284
「日本文芸研究」（関西学院大学）…①624
「日本文庫」…㉗159, 160
日本文典…㉗354
日本文明…⑤297, ㉑137, ㉓423, 471, ㉔312, ㉗133
～を中国文明の一部分とする態度…⑱43
～と外来の刺戟…㉔8, 9
～と漢字…②67
～と中国文明…②555, 596, ㉑89, 100, 125, ㉒437, 439, 440, 470, 471, ㉕261, ㉗133, 369
宗教…㉑101, 102 中国の研究者…㉒434, 435 日本文明の優越…㉓437 文献の量と質…⑱469 無神論的傾向…②555 明治以後の中国研究…㉗250 律令格式…㉓418 「論語」の普及…⑤134
～とハワイ…㉔185
～の宗教への関心…⑰111, ㉑102
～の主宰者（江戸期）…㉓425, 426
～の代表者（江戸期）…㉓124, 245
～の伝統…⑳224, ㉗368
～の独自性…⑤129, 132, ㉑125, ㉒440, ㉔6, ㉖482
いちずさ…㉔8, 9
～の中で中国的要素の強いもの…②597
～への西洋の関心…㉑140, 141, ㉒436, 471, ㉗369
外国人研究者…㉔5, ㉗352
～への中国の冷淡…②268, 595-597, ㉑139-141, ㉒433, 435, 436
日本文明史…②596, 598, ⑱445, 447, ㉒433, ㉓132, 247, 417
日本放送協会…①149→ NHK
「日本訪書志」…⑰218, ㉕284
日本本土…⑥413
日本郵船…㉔178
日本ライン…⑲347
日本留学（中国人）…②339, 340
日本領事館（サン・フランシスコ）…⑲240

「日本倫理彙編」…④10, ⑰628, ㉗160
「日本歴史叢書」（至文堂）…㉓158
日本列島の花信…㉔287
日蓮…⑰11, 20, 111, ⑲9, 84, ⑳224, 227, ㉑102, 112, ㉖245, ㉗67, 369
日蓮宗…②386, ㉗374
日露戦争…⑯383, ⑰75, 610, 614, ⑱476, ⑲229, ㉒338, ㉓592, ㉔191, ㉖489, ㉗267（開戦…㉔121）
「日露戦争戦地早見地図」…①522
入声…②27, 28, 37, 38, ⑭19, 279, 326, 566, ⑳88, ㉕104, ㉖189, 230
鈍色の喪服…⑰613, 615, 639
若耶渓…⑪126-128, ㉔212→耶渓
入学試験…⑬262, 281
入関（清）…㉓162, 172-177, 254
入銀…㉕204, 205
入呉…⑪213-215
「入唐求法巡礼行記」…②587, ⑪327, ⑰17, 73, ⑲322, 326, ㉒15
入話…⑬540, ㉖397
女人高野…㉔247
如是我聞…㉗45
如来…①227, ⑯39, ㉓473
韮崎市（山梨県）…㉓313
人間…①261, 456, ㉗365-367, 375, 376
　～を信ずる文明…㉔170
　～肯定の思想・精神…①246, ⑤21
　～尊重（重視）…①250, 703, ②445, ⑤104, 211, 324, ⑥104, 137, ㉕296
　　人間尊重の文明…①250
　～と自然の法則…①273, 361
　　人間における推移と自然の推移…①361
　～の悪意の深刻さ…②140
　～の生き方についての考え方…①88
　～の運命…⑤149, 280, 309, 313, ⑥7, 9
　　運命の枠…③466-468
　～の可能性…⑤207
　　可能性への信頼…⑤170, 211, 212, 263, 266, 267, 270, 271, 274, 278, 280
　～の感情生活の重視…⑤104, ㉕6
　～の救済…①88, 104, 110, ③26, 27, ⑤208
　～の教養の順序…③34, ⑤43, 291
　～の研究…③537
　～の言語…㉔397, 398
　～の限定…①94, 102, 103, 107, ⑤149, 280, 287, ㉗332-334
　　一生の有限…①94, 107, 108, ⑤98, 272　孔子の思索…⑤96, 271, 272, 276, 287　社会と個人の矛盾…①95　不可解な運命による限定…③466, 467, ⑤109, 276
　～の死・寿命…②380, ⑤111, 280
　～の事実…⑤11, 39, 287
　　事実を知る材料…⑤40　事実から帰納される法則を知る材料…⑤40　事実の熟視…⑥229, 230　事実への興味…①164
　～の性格…⑤263
　～の性質…⑤264
　～の善意…③465, 466, ⑥18
　　善意の動物…②393, ③465, ⑤24, 41, 46, 94, 96, 97, 104, 324, ⑰102, 103, ㉓540, 545　善意を越えるもの…⑤273　善意と政治…①115, ②108, ⑤186　善意の美的表現…②521, 522, ⑤40, 104, 148, 156, 302　善意の保護者…⑤279　善意への期待…③27, 464　善意への楽観…①105, 106, 108, 109
　～の善意への信頼…①260
　　孔子の信頼…⑤24, 26, 28, 46, 47, 100（「論語」を貫くもの…⑤21, 24, 104, 324）
　　儒家の主張…②393, ⑥51, ㉓529, ㉗198, 205（伊藤仁斎・荻生徂徠の主張…㉑79, ㉓540, 545　人間の善意と自然の善意〔儒家と道家〕…①281, ⑥180　法律の軽視〔儒家〕…②408）
　　中国文学を貫くもの…③463（「詩経」の文学…③463-465, 468）
　～の多様性への敏感…⑤104
　　行為の多様さ…②231　事実の多様さ…①250　生活の多様さ…⑤104
　～の任務・使命…⑤97, 104, 149, 280, 309, 313, 324
　　音楽…⑤42, 104　古代生活への復帰…②252　五経読書…②287, ⑤121　仁・愛情の義務…⑤39, 45, 121, 139, 287　政治…⑤31, 40, 104, 121　文学芸術…⑤40, 104
　～の微小さ…①65, 66, 68, 93, 97, 105, 107, ⑤113
　～の文化…⑤22, ⑥137, 223
　　文化の可能性…⑥148
　～の文明のための努力…⑤149
　　人間は文明の動物…⑤46, 104, 324
　～の変化の四段階（列子）…⑦304
　～の法則…①157, ②385, ⑤39, 122, 135, 273, ㉕294, 295
　　法則を知る方法…⑤39, 287
　　法則の基礎…①183, 186
　～の理想…⑤11
　～の歴史…⑤292, 310
　～は万物の霊長…②395
　～への愛情…⑤103, 324
　　人間への愛情を基礎とする道徳…⑤25, 30
　～への関心…①259, 260, ㉕8-10
　～への郷愁…③536
　～への信頼…①260, 262, ⑤26, 28, 47
　　人間への期待…①707　人間への自信…㉗375
　　能力への信頼…①110, ⑤24, 26, 28, 31
　～への呼びかけを拒絶する詩…③464
　～への呼びかけの詩…③463
　～への楽観…⑤278
「人間」（雑誌）…⑫293, 359, 732

人間学…②321, 322, 333, 342
人間国宝…⑳437, 442
人間社会への忠実…①6, 22, 24
「人間世」辜鴻銘特輯号…⑯273
人間生活…②252, 254, 294, 296, 373
〜における言語・事実…②341
〜における情緒の意義…②342, 358
〜における先例の支配…②358
〜の規範…②293, 307, 314, 407
〜の規範となる時代…②291, 292
〜の法則…②321, 330, 387, ⑤107
〜の理想的形態…③533
〜への悲観…②348, 349
人間精神…③540, ⑥223
〜の美的表現…②518-521, 524, 532, 539
〜の歴史…①710
人間中心主義…①318, ⑥137
人間中心の文化…①116
人相学…㉕93, 150, 151
人相見評（荀子）…②237, 251, 254
仁徳天皇…⑦293, ⑲13, ⑳449, ㉓36→大雀（おおさざき）の命
仁徳天皇陵…⑲363
仁和寺（京都）…㉗296
仁明天皇…㉔290, ㉕114, ㉗23
任侠…⑥201
任子・任子党・任子派…⑥113, ⑫321, ㉔288, ㉕450-452, 457-459, 475, 476, 478
「任氏伝」…⑪501, ⑭208
韋崟…⑪501-510　呉王家の六姫…⑪504　信安王禕…⑪501　刁緬…⑪506, 507　張十五娘…⑪506　張大…⑪508　鄭六郎…⑪502-510　任氏…⑪501-510
任使…㉕57
任守幹…㉓153
任昇之…⑪510, 511, 513
任転蓬…⑫504
任訥（とつ）…⑮320
任昉…⑯128, ㉑253
忍看…①385
「忍字記」雑劇・「布袋和尚〜」…⑭46, 217, 595
忍澂上人…⑱549
恁…⑭534
寧波…⑥407, ⑬306, ⑭398, ⑯578, ㉓231, 275, ㉖372, ㉗17
〜人…⑯522
袁桷…⑮448　汪元浩…㉓178　裘開明…⑲315　周生有…⑯384　全祖望…⑯9　馬裕藻…㉒384　万斯同…⑯9
〜船…㉓274
〜と浙東の学…⑯5, 9
〜の僧…⑬304, 306
〜の知県…⑬306
〜風の生活…⑯522
寧波紹興汽船…⑯457
「寧波白話報」…⑯405
寧波范氏天一閣…⑭86, 368
寧波府鄞県…⑬306
認識の習慣・方法…㉕20

ぬ

ヌルハチ→アイシンギョロ・ヌルハチ
布目潮渢「明朝の諸王政策とその影響」…⑮629
沼田藩主…㉓449, ㉗162
沼田六平太…㉔122

ね

ネイビー・カット…㉒345
ネール…⑲393
ネオ・コンフューシアニズム…㉔303
ネヴァ河…⑲396, 397, ⑳20
ネフスキー（ニコライ）…㉗352
ネフスキー通り…⑲397
ネルソン…⑲362
ネルソン美術館…②515
子年うまれ…⑳234
泥洹…⑬118
根国…㉗102
根本遜志・伯脩…⑰584-586, ⑱56, 57, ㉕231, 232（根伯脩…⑰585）
〜本「論語義疏」→その項（テクスト）
根本誠…㉔315, 318
根本通明・羽岳…⑰265, 277, ㉓596, ㉗244
「涅槃経」…㉗60（正行品…㉗205）
寝覚の床…⑲347
佞…㉗259
佞者…㉕265
佞仏…㉒113, 114
甯戚「飯牛の歌」…⑫606, ㉒78
寧夏省…⑫204, 323
寧献王（明）…⑭18, 33, 64, 121, 153, 213, 257, 264, 328, 387, 389, ⑮16, 176→朱権
寧州…⑮626
寧昌郷（西州高昌県）…㉕226
寧宗（元）…⑮276→イリンチンバラ
寧宗（南宋）…②542, 551, ⑬6, 38, 147, 148, 164, 172, 175, 178, 180, 320, 323, 509, ⑲358, ㉒98, 112, ㉔241, ㉖241
寧耐…⑭312
寧平の際→奈良朝平安朝
鼠と中国詩…⑬279, 280
熱河…⑯225, 226, ㉒426
熱帯…㉔130, 131, 163, 186-188
熱鬧…⑭581

爇…②191
年画…⑭418
年賀状…⑳324
年貴妃…㉓166
年軽…㉑72
年糕…②548
年羹尭…㉓166, 167, 212, 215
年号…⑥121
年号廃止（元）…㉔250
年代記…①168, 172
年芳…②207, 221
年命…⑥311
『念奴嬌』 沈文述…⑬376　蘇軾…㉒108, ㉖397　白仁甫…⑭101
捻頭…⑬250
然…㉖16, 20
燃焼への興味…⑦558, 560

の

ノートル・ダム…⑲4, 358-361, 410
ノーベル賞…②441, ⑱44, ㉔25, 183, 298, ㉕288, 292
ノーマン（E. H.）…②495, ⑰625
ノルウェー…⑯501, ⑲342
ノルマン…㉔78　～人…㉔77
乃木大将批判（谷本富）…⑰612, 615, ⑳276
乃木希典・大将…⑰76, 82, 83, 612
之…㉗196
野上俊静…⑦512
野上素一…⑱44, ㉔48
野上豊一郎…⑲155-158, 160, 161, 171, 173, 187
～夫人（野上弥生子）…①260, 262, 263
野口寧斎…⑱120
野口米次郎…⑱335→ヨネ・ノグチ
野崎誠近（まさちか）…⑮164
野田宇太郎…⑪471, ⑫730, ⑬503
野田文之助…⑥245, 249, 252, 253→松雲堂主人
野田又夫…①411, 412, ㉗405
野原四郎　共訳・郭沫若「中国古代の思想家たち」…⑰4
野間光辰…①409, ⑱480, ⑳286, ㉓132, ㉕204, ㉖388, ㉗24
野間賞…㉗340
野村恵子…⑱404, 405
野村貴次…㉓280
衲衣…㉕196
納…⑭434, ⑮135
納合…⑮134, 135
納新…⑭56→葛邏禄（カルルク）迺賢
納納…⑮480
納蘭性徳→ナラン・シンド
能（楽）…⑯590, ⑱42, ㉒91, ㉔170, 282, 283, ㉕229→謡曲
～と荻生徂徠…⑭17, 592, ㉓315, 413, 423, ㉕200
～と京劇…②597, ⑯587, 595, 597-599
～と元雑劇…⑭17, 18, 373, 379, 474, 592, ㉓413, ㉖375, ㉗279
新井白石…⑭17, 592　空間の移動…⑮59
～と徳川綱吉…㉓314, 315
～における修羅・恋・霊…㉔15
～の間狂言…⑭474, ㉔272
～の現在物…㉔15
～の非日常…㉔16（非日常と文言…②446）
～の放送…㉑32
～舞台…㉔15, 281, 282, 284
「能改斎漫録」…⑫662, ⑬127, ⑰559
能楽部（京都大学）…㉔15
能田忠亮…②604, ⑰223, ⑱536-539, ⑳537
「周髀算経の研究」…③517
能力…⑰425
脳門子…㉕92
農…⑦344, 357→神農
農家（四庫全書・子）…⑯225
農協…㉔178
農工商賈と小説…①201, 207-209
農時…②113
農田法…⑬433
「農田餘話」…⑭61, 159, 582, ⑮270
農夫…②437, ㉕328
儂…⑮437
濃尾…①432
囊…⑳354
残んの年…⑬278
延岡…㉓416
宣長学…⑰114, ㉓544, ㉗50, 142, 186
宣長研究家…㉗185
宣長伝…㉗108（高倉テル…㉓516）
宣長論…㉗52, 128, 197

は

バー…㉔139
バークレイ…㉔161
ハーヴァード・燕京学社…②222, ㉑76, ㉓253
～版「九家集注杜詩」…㉒74, ㉕494, 495 「杜詩引得」→その項
ハーヴァード・燕京研究所…⑲217, 325, ㉓632
ハーヴァード大学…⑯438, ⑲241, 272, 276, 301, 315, 321, 322, 448, ㉖248
～教授　エリセエフ（Elisséeff）→その項　クリーブス（Cleaves）…⑲315, 326, 331, ㉓173　ハイタワー（Hightower）→その項　Hagerty…⑰132　バビット…⑲210　Fairbank…⑲326, ㉕129　ライシュアワー（Reischauer）→その項　Wright…⑰132
～教授（中国人）…⑲331, ㉕141

王儀通…⑲326　洪業…⑲315, 326, 331　方志彤…⑲261, 326　楊聯陞…⑲315, 326　労幹…⑲331
～系の留学生（中国学）…⑲204
～と京都大学…⑲248, 249, 330, ㉔252
～とスタンフォード氏…⑲302
～と東洋学　中国語教程…⑲207　東洋学関係予算…⑲332　東洋学研究所…⑲248, 249, 325-326　東洋学雑誌…⑰132
～の卒業生…⑲281
～の大学院の学生寮…⑲301
ハーヴァード・ブリッジ…⑲277
ハーヴァード・プレス…⑳418
パーリ…㉗373
バーリン…㉖480
ハーン…⑰489
バイエルン（湃認）…①559, ㉔253
バイエルン王宮…㉔253
ハイサン（海山）…⑮238, 454→武宗（元）
ハイタワー（ジェイムズ）…①451, 452, ⑭358, ⑲211, 249, 250, 254, 316
～の著述　英訳「韓詩外伝」…①629, ⑲326　「韓詩外伝と三家詩」…⑰132　「中国文学小史」…⑲326
～の子供　季女ジョシー…⑲250, 253　次男サミイ・長男ジェイムズ…⑲250
ハイチ…㉔130, 133, 135, 148, 149, 218
バイヂュ（拝住）…⑭73, 74, 184, ⑮231, 241, 243, 245, 279→東平忠献王
ハイデッガー…⑰11, ⑱480, ⑳429
「バイブル」→「聖書」
ハイレ・セラシエ…⑥409
バイロン…⑲457, ㉔179　「マンフレッド」…②61
ハウプトマン…⑰10　「沈鐘」…㉕471
パウンド（エズラ）…⑰489, 617, ⑲209, 212, 258, 259, 262, 263, 472, ㉕100
「詩の素材としての漢字」…⑲260　「詩の用途と批評の用途」…⑳25　訳・四書…⑲257　「詩経」…③44, ⑲261, 417, ㉑162　「大学」…①632, ⑲257　「中庸」…①632
パオヅ（包子）…⑯572
パオトウ（包頭）…⑥87, 144
ハオ・リーヅ（好日子）…②543
パキスタン…⑰8, ⑲293
バクーニン…①252
バクスター（グレン）…⑬630, ⑲296, 297, 316
バクトリア…⑥93, 94, 128, 130→大夏
バザン（エネ・Antoine）　仏訳・元劇「貨郎旦」「合汗衫」「傷梅香」「竇娥寃」…⑭594　「平山冷燕」…⑲413
バシ（抜実）…⑮284　蒙古訳「君臣政要論」…⑮297
パシコフスキ…⑲374
はずかしいこと…⑳436
パスカル…⑯324, 325　「随想録」…⑯308
パステルナク…⑲50
パスパ（八思巴）…⑮232, 233, 297, 309
パスパ文字…㉓187
バック（パール・S.）…⑲209, 237　「郷土」→その項　「現代に於ける中国文学」…③546　「大地」…⑲225
ハックスレイ（オルダス）…②368, ⑯404, ⑱480　「天演論」…⑯386, 545
バッファロ市…⑲256, 295
パトス…㉖439, 449
ハドソン河…⑰88, ⑲288, 297, 395, 449, 450, 452, 453, ㉔159
「ハドソン・リヴュー」…⑲261
バトラ…①309, ⑮231→仁宗（元）
バトラー…⑲450
バトラー・ホール…⑲449, 450, 453
バトル（把都児）…⑮222
パナマ…㉔133
パナマ運河…㉔134
バニヤン「天路歴程」…⑲28, ⑳254→バンヤン
バビロニア地方…⑳234
ハフ（エリザベス）…⑲241
ハフトン・ミフリン社…⑲208
パミール…⑥128, 130, 154
ハミルトン（アレキサンダー）…㉔139
バヤン（伯顔）太師秦王…⑬173, ⑭61, ⑮225, 263, 266, 281-283, 287, 288, 403-405, 640
ハラ（合剌）…⑮376, ㉒106→熙宗（金）
ハラ（哈喇）…⑮222, ㉕130
パラオ人…㉔192
ハラバトル（哈剌抜都児）…⑮264, 265, 268
パリ…⑪167, ⑱315, ⑲355, 381, 413, 416, 426, ㉔172, 178, 181, 182, 253, 270, ㉗349
～近郊…⑲25
～市民の服装…⑲339, ⑳459, 499
～占領（ナチス）…⑫302, ㉖49, 50
狩野直喜の弔意…⑰255, ⑳281
パリ脱出（抵抗運動）…⑫415
～で修業したフィンランドの看護婦…⑲343
～と狩野直喜…⑤296, ⑰285, 286
～と黒人…⑲341
～と中国人　康有為…①558, 559　曽樸…⑯309　趙詒璹…⑯380　陳季同…⑯308
～と森鷗外…㉔18
～における第一回国際東洋学者会議…⑲371
～の石の舗装…⑲357
～の画室（コロー）…㉓626
～の高等学院のD君…㉔180
～の高等学院のH教授…㉔174, 180
～のシモン・ボリヴァール…㉔153
～の建物…⑲407

ヴェルサイユ・ルーブル・凱旋門への反撥…⑲362　オペラ座…⑲401, ㉔182　ノートルダム寺院…⑲358, 410　ルーブル…⑲407
～の地下鉄…⑳499
～の地下鉄の駅名…⑲3, 4, 13, 361
～の中国人と元雑劇…⑭595
～の日本製商品…㉔173
～のビブリオテク・ナショナル（国家図書館）の敦煌文書…⑩444, 456, ⑰266, 279, 286, 417, ⑲397, ㉒335, 336, ㉓596, 604, ㉕285, ㉗272
「春秋正義」唐写本断片…⑩426　「論語」注鄭玄…⑤296, ⑰266, 279, 286, ㉓102, 604, ㉕226, 227　「毛詩正義」唐写本…⑩456, 457
～のホテルの不親切…㉔177
～のポルノグラフの氾濫…㉔157
～の抹香臭さ…⑲4, 361, 410
～の水と玉露…⑲406
～の夜…⑳50
パリア半島…㉔149
パリ講和会議…⑱493
パリ大学北京漢学研究所…①617
ハル国務長官…⑲207
パルティヤ…⑥94→安息→ペルシャ
ハルト（Francis Bret）「洪水」…㉔218
ハルナック　要約・アウグスティヌス「告白」…⑲12
ハルピン（哈爾賓）…㉕130
ハルピン駅…⑰611
ハワイ…⑲322, ㉑669, ㉔127, 128, 133, 148, 153, 154, 160, 162, 169, 171, 194, 197, 205, 219, 223, ㉕49, 290
～攻撃（日本）…⑯605, ㉔188, 192
～と白人による制圧…㉔131, 190, 194, 204, 220
ハワイ共和国の米国併合…㉔191
～におけるシェンノート…⑲240
～におけるスティーヴンスン…㉔204, 205
～のカメハメハ王朝…㉔132, 189, 190, 195, 200, 201, 220
～の漢字表記…㉔197, 198
～の気候…㉔131
風…㉔188, 198　通り雨…㉔188, 203　陽光…㉔188, 198
～の地名・建物　イオラニ宮…㉔189, 191　オアフ島…㉔186, 196, 201　ダイアモンド・ヘッド（レアヒ）…㉔188, 189, 194-196, 201, 202, ㉖186　ヌアヌ・パリ（風の谷）…㉔190, 195, 201　ハナウマの入江…㉔196　ハワイ島…㉔196, 201　パンチボールの丘…㉔186, 188　プナホウ…㉔193　ププケア…㉔197　ホノルル…⑯437, ⑲428, ㉔129, 145, 160, 183, 184, 186, 188, 201, 203, ㉖186　マノアの谷…㉔188, 202, 203, 205　モロカイ島…㉔186　ワイキキ…㉔185, 191, 193, 202, 205
～の東西哲学者会議…⑰8
～の日系市民…㉔192
～の人身御供…㉔195
～の風景…㉔131, 184
雲…㉔131, 186, 187　夜の虹…㉔188
～の物価…㉔192
～はこの世の極楽…㉔184
ハワイ語…㉔132, 195, 201, 203
「ハワイ歳時記」…㉔186
ハワイ大学…㉔128, 171, 183, 193, 205, 206
～の学部・施設　アジア太平洋言語学部…㉔127　人類学部…㉔191　図書館…㉔148
～の教授…⑯437　上原征生…㉔186　日本文学教授…㉔186　楊覚勇…㉔127, 193
～理事会…㉔191
パワーズ（ジョン・Z.）…㉗372　「日本における医学教育」…㉗371
パワーズ（フォービオン）…⑲446
パン・アメリカン航空…⑯435, ㉔135
ハンガー・ストライキ…⑤56-62
ハンガリー…①553, ⑯316, ⑲373, 376, ㉖196
ハングル…㉖113
バンコック…⑲366, ㉔172
パンテオン…①557
ハント（T. H.）…⑲377, 378
パンパン英語…㉕387
ハンブルク…⑲351, 400-402, 426, ㉔252
ハンブルク極東自然人類学会…⑮569
ハンブルク大学…⑲351
バンヤン…⑳212→バニヤン
巴丘…⑫359
巴峡…⑫382
巴金…①55, ②603, ⑯283, 314, 315, 585, 600, 644, ㉒320
～の作品「愛情三部曲」…⑰519　「家」…①613, ⑰411　「寒夜」…①252, 626, ⑯534　「憩園」…①635, ⑯534　「第四病室」…①252, ⑯534, ⑰5（朱雲標…①253, 254, 256-258　楊女医…①254）「滅亡」…①621　「雪」…⑯534
～の小説に関係する事項　小人小事…①71, 86　旧小説…⑯586　西洋の小説への意識…②348　人間の善意…⑯534　杜詩…①256, 260
～のフランス留学…⑯314, 315
～のペンネームの由来…①252
巴郡…⑥388
巴蜀…⑥203, 217, ⑯183, 189
巴蜀広漢…⑥204
巴不得…⑭321
巴渝・都盧・海中・碭極・漫衍・魚竜・角抵…⑥135
巴里・巴黎→パリ
叵耐・頗奈…⑮60
羽館易（はだちえき）…②498, ⑦286
羽渓（はだに）了諦…㉔268

把…⑮66, 72
把市郭…⑮135
把筆司吏…⑮26
芳賀唯一…⑪188
芳賀紀雄…㉗10, 15
芳賀矢一…⑰412, ⑲217, 333, ㉗252
坡公・坡仙…⑬99, 216, ⑲322, ㉔246→蘇軾
怕不…⑮155
怕不待…⑭321, ⑮53
怕不的・怕不道・怕不有・怕不要・怕不来…⑭321
杷欖・芭欖…㉒278
波（助字）…⑭309
波斯→ペルシャ
波斯匿王（はしのくおう）…㉕236-238, ㉖495, 496
波磔…㉔236
波多野鹿之助「日本と中国における近代文学」…①636
波多野太郎…⑮192, 218, 221, 225
「漢宮秋の主題について」…⑮193 「中国現代文学と土地改革」…①625 「棠隠比事の諸本について」…①621 「老舎のレアリズム」…①635
波波…⑮79
波瀾…⑫618
波浪…㉖184
長谷川如是閑…⑰255
長谷寺…㉔247, 248
～宝物館…㉔248
哈喇…⑮222, ㉕130
破瓜…⑭422
破壊活動防止法案反対闘争…⑤56-61
破砕…⑫221
破山寺…⑪155
破陣楽…⑪523
破題…⑬572
破的…⑫618, 619
破門…⑳193
蛤蟆…㉕130
頗…⑦259, 495-498, ⑰432
頗随…⑫165
頗奈…⑮60
鄱陽湖…⑦326, 334, 393, ⑬298
鑿鑿…⑮79
簸箕星…⑮349, 350
覇者…⑤65
覇主…㉓422
覇上・覇水…②147
灞河…㉒484
灞橋…⑮190, 201, 204, ⑲403, ㉒484
灞水…⑥58, ⑫345, ㉒484→覇水
灞陵橋…⑮177
芭蕉忌…②544
馬彙…⑪409
馬永卿…⑦486, ⑰146 「嬾真子録」…⑦485, ⑭439, ⑰559
馬曰琯・馬曰璐…㉒312, ㉗312
馬援・伏波将軍…⑥263, ⑮156, ⑯194
馬王（馬融・王粛）…⑯244, 249
「尚書」注…⑦271, 275
馬会伯…㉓223, 238
馬嵬陂…⑪246, 248, 251, 252, 268, 271, 509, ⑫54, 175, 176, 260-262, 264, 268, 270, 272, 274, 280, 309-312, 314, 322-324, 331, 371, ㉒25, 26
馬韓…②585
馬蜞…⑮86
馬吉甫…⑪20
馬玉堂…⑰594
馬継祖…①38, 39, ⑪408, 409, 412, 414
馬衡…⑤328, ⑯580, ⑱518, ⑳292, 293, ㉒329, 449, 463, ㉓637 「金石学」（講義）…⑯645
馬三俊…⑯261
馬士英・貴陽公…⑯17, 18
馬子侯…⑦164, 166
馬氏一門…⑯578, 580
馬氏兄弟（裕藻・衡・鑑）…⑯578, 580, ㉒329, 387
馬少游…⑯194
馬紹…⑮300, 310
馬臻「霞外詩集」「大徳辛丑…試みに賦せる絶句」…⑭67
馬燧・北平荘武王…①38-40, ⑪408-414
馬瑞辰…⑯263 「毛詩後箋序」…⑯264 「毛詩伝箋通釈」…③41, ⑩462, ⑯261
馬枢…⑫663, 665
馬斉…㉓232
馬棲霞…㉓520
馬仙期…⑪244
馬祖常…⑭84, 159, 173, ⑮233, 263, 270, 320, 450, 455 「恭題御書雪月二字」「賛御書雪林二字為趙伯寧中丞作」…⑮267 「石田先生文集」…⑮262, 267
馬巽…⑯578-580
馬端臨「文献通考」→その項
馬致（智）遠・馬寅・東籬老…⑭148, 226, 299, ⑮168
～を含む四大家…⑭218, ⑮11, 189, 227→関白馬鄭
～と王伯成…⑫272
～と関漢卿…⑭123-125, 146, 147, 226, 351, 380, 607, ⑮3, 184
王昭君を題材とする雑劇…⑮214
対蹠的な作風…⑮178
～と関漢卿・王実甫・鄭徳輝の地位…⑭90
～と関漢卿・白仁甫…⑭554, ⑮424→関白馬
～と元王朝…⑮224
～と「元曲選」…⑭218, ⑮227
～と鄭徳輝・関漢卿・喬夢符…⑭558→馬鄭関喬
～と杜甫…⑮210
～と南宋の亡国…⑮225
～と白仁甫…⑮217

～の歌辞の雅語…⑭286
～の雑劇 「岳陽楼」「漢宮秋」「黄粱夢」「任風子」「青衫泪」→各項 『蟾宮曲』…⑭124 「薦福碑」「陳摶高臥」→各項
～の地位…⑭89, 123-125, 136, 162
俳優との雑劇合作…⑭124, 125, 218, 231
～の伝記…⑭89, 136, ⑮189
馬暢…①39, ⑪408, 409, 411-414
馬廷鸞…⑮418, 423
馬鄭（馬融・鄭玄）…㉗71
～の学…㉕335
馬鄭王（馬融・鄭玄・王粛）
～の「古文尚書」テクスト…⑦277
～の「尚書」注…⑦271, 275-276, ⑧15, ⑯244
馬鄭関喬（馬致遠・鄭徳輝・関漢卿・喬夢符）…⑭558
馬頭嬢…㉓225
馬伯符…⑦540
馬烽 共著「白樺天皇行状記」「東洋鬼敗亡記」…①626
馬防…⑥263
馬某（マッカーサー）…②194
馬茂元「古詩十九首探索」…⑥269, 273 「古典文学作品解析」…⑥273, 276
馬邑（山西）…⑥81, 83, 84, 97, ⑯118
～の役…⑥84
馬邑城…⑥83
馬岫…⑦541, 542
馬裕藻・幼漁…⑯578-580, 648, ⑱518, ⑳292, ㉒384, 387, 449
～と今文派…㉒394, 402
「左氏伝」否定…㉒394 劉歆批判…㉒405
～と公羊学…⑳292, ㉒396, 424
～と呉承仕の論戦…㉒397
～と黄侃…⑯568
～の講義 「経学史」…⑯645, ㉒383 「古韻源流」…⑯645 「古韻標準」…㉒406 「中国文学声韻概要」…㉒383
～・馬衡・馬鑑…㉒329→三馬
馬融…⑯96, ㉕340
～と鄭玄…②242, ⑦268, ⑰538, 539, ㉕335, 336, ㉗71
馬融を俗人とする呼称…②242
～における俗儒…②243, 244
～の古文テクストの研究…⑦267
古文家の神秘主義への冷淡…㉔264
古文尚書…②244, ⑦277
古文派の学問…㉕335
～の注釈…㉓329
「易」…⑯244 「儀礼」喪服…⑯251 「左伝」…⑥403-405 「尚書」「論語」→各項（注釈）
～の「長笛の賦」…②523, ㉑8
「馬陵道」雑劇・「龐涓夜走～」…⑭37, 44, 202, 217, 220, ⑳93（孫臏…⑳93）
馬麟…㉖398
馬霊官…㉖394
馬驌「太平類」…②419, ⑳421
馬廉・隅卿・馬九先生…⑭86, 368, ⑯578-581, ⑱518, ⑳292, ㉖372
～蔵本 「清平山堂話本」…⑭208, ⑯578 「平妖伝」…⑱518, ㉒279, 280
～の平妖堂蔵書印…⑱518, 519, ㉒279
婆娘…⑮64
『罵玉郎』「気英布」…⑭292 「酷寒亭」…⑮46, 118
『罵玉郎感皇恩採茶歌』 鍾嗣成…⑭165
螞蝗・螞蟥…⑮86
沛…⑥23-25, 27, 31, ⑦45, 46, 57, ㉕72, 74-79, 81, 149
～の宮…⑥24, 25
沛乎…⑮409
沛の詩…⑥25
沛の令…⑥31
「佩文韻府」…②219, ⑳105, ㉑70, 74, 75, ㉗105
～と康熙帝…⑯199, ㉑70, ㉓176, ㉖159
～と査初白…⑯199, ㉑76, ㉕383
～の収載語 中世の新語…㉕383 杜甫・白居易の使用語…㉑76
収載語彙の例 哀慟…㉗9 異書・開悟…㉕380 祈借…㉕379, 383 元始・玄風…㉕378 厳顔…㉗105 古典…①235 好雨…㉖159 才流…⑥256 書淫…㉕380 南使…㉕473 明慧…㉕380, 383
収載語数…②219, ㉑70, 71
「佩文斎書画譜」…⑮268, 279, ㉓176
拝経家塾…⑯240, 241
拝経堂…⑯232, 255
「拝経堂叢書」…⑯257, 259
「拝経堂叢書総目」…⑯256
「拝経堂文集」…⑯241, 247, 256, 257
序・呉士模…⑯248 薛子衡…⑯232
「拝経日記」…⑯236-239, 247, 248, 253-255, 257
「言韻」…⑯253 「論韻」…⑯253, 254
自序…⑯232, 237 序・王念孫…⑯243, 247, 253 呉士模…⑯257 跋・臧相…⑯248
「拝月亭」（南曲）…㉖365
拝手稽首…㉓406
拝西訶阜公園…①557
拝田村足上…㉗61
背花棒…⑬355
背閣板…⑮82
背書人…⑬184
背地裏…⑭321
背・北…⑭541
肺気の疾…⑫64
肺病…⑪65
俳諧…⑰55, ⑱7, 11, ㉓588

～の運座…⑫151, ㉖25
俳句…①52, ⑲331, ⑳29, ㉗377
～人口…㉕301, ㉗368
～・短歌…②555, ⑮371, ⑱71, ⑲86, ⑳28
音数律…②449
今日の状況…①53, 62, 70
第二芸術論…⑳38
短詩形と淡白さ…①145
断絶と連続…⑱70, 87, 88, 100, 101, ㉔8, 113
日常性の文学…①87, 104, ③23
ピアノとヴァイオリン…⑱70, 100
～的趣味と狩野直喜…⑰296
～と Imagist の詩人…㉔5
～の神様…⑳29
～の季題…㉔6
～の二つの中心…⑱70
「俳優考」…⑭592, ⑮169, ⑰24, ㉓161
元雑劇と謡曲…①42, ⑭17, 379-380　元雑劇勃興の原因…⑭142　武宗（元）の好劇…⑭69　優孟の故事…⑭7
俳優の結婚に関する規制（元）…⑭60, ㉒123
俳優の地位（中国）…⑭91
俳論…㉔126
排印本…㉔311
排難解紛…⑯564, 565
排日…②569, ㉒372, 390
排日運動…⑳292, ㉒339, 449　排日思想…⑯10
排日侮日…②559
排仏の書…㉒111
敗績…⑥366
敗戦の際の儀式…⑳301
廃而返…⑰462
廃仏毀釈…㉔248
牌榜…⑬209
稗官小説…㉓86
「稗史集伝」…⑭113, 183, ⑮258
裴煜…⑬77
裴逸民…⑦482
裴駰「史記集解」→「史記」（注釈）
裴栄期…⑫27, 38
裴楷…⑦190, ⑭475
裴冀…⑪510
裴鉶…⑪545, ⑭546
裴光庭…⑪36, 499, ⑫273　妻・武氏…⑫273
裴興奴…⑭83
裴子野「雕虫論」…②222
裴子烈…⑫663
裴秀「新詩」…⑦174, 175
裴世清…①516
裴迪…⑪143, ⑫304
裴冕…⑫323
裴愈…⑬584
裴倖度…㉓220, 222
憊頼…⑭313
擺佈…⑭312
貝…⑯221
貝聿銘…㉔205
貝葉…㉗46
貝勒…⑯192
『売花声』　朱竹坨…⑯149
売科…㉖417
売詩の銭…⑬180
売酒の壚…⑪64
売油翁の熟練…⑬248
枚皐…⑥105, 106, 197, 200, 225, ⑫64　「皇太子生まれたもう賦」…⑥70, 200　「平楽館の賦」…⑥200
枚蔡曹劉（枚乗・蔡邕・曹植・劉楨）…㉖432
枚乗…⑧25
～と辞賦…⑥220
辞賦をもって仕えた宮廷…⑫69（呉王濞…②31, ⑥199　武帝の招聘…⑥53, 200　梁孝王…⑥199, 202）
宋玉・賈誼・鄒陽・枚乗…⑥214
枚馬（枚乗・司馬相如）…⑥221, ㉗131
～の死…⑥53, 200
～の作品・文章　呉王の陰謀を諫める文書…⑥218　「雑詩」…⑥269, 278-280, 284, 285, 294, 304, 322, ⑦150　「七発」…⑥214（呉客・楚王の太子…⑥214）
～の文からの典故・長州の苑…②31
～への揚雄の批判…⑥225
梅雨田…⑯589
梅花居士…⑮578
「梅花三弄」…⑯464, 465
『梅花酒』「漢宮秋」…⑭337, 344, ⑮201　「酷寒亭」…⑮157
梅家橋…⑬390, 401
梅堯臣・聖兪・宛陵・都官…①135, 151, 445, ⑬75, ㉒81, 82, 92
～注「詩経」「孫子」…⑬77
～と悲哀…⑬104
～による北宋詩の創始…⑬16, 39, 49, 61, ㉒64
～の交遊　欧陽修…①135, 445, ⑬15, 16, 61, 65, 71, 75, 79, 81, 99, 127, 208, 284, ㉒64（欧陽修に贈った筆…⑬208, 209　欧陽修による墓誌銘…⑬40, 77, 79　詩集の欧陽修序…⑬76　詩の欧陽修による批評…⑬40, 43, 76, 131　詩風の差…⑬74　宋の新詩風の創始…⑬16, ㉒64）　韓維…⑬85　黄庭堅…⑬133, 142　蘇舜欽…⑬75, 80, 81　蘇軾…①445, ⑬99
～の作品　「宛陵集」…①445　「懐悲」…⑬76　「岸貧」…①446, ⑬77　「汝墳貧女」…⑬77　「師厚云蝨古未有詩邀予賦之」…⑬78　「秀叔頭蝨」…⑬78　「小村」…①446, 447　「設膾示坐客」…⑬223　「聞雁」…⑬76　「聞進士販茶」…⑬77　「田家語」…⑬77　「悼亡」…①448-

450, ⑬76 「南隣蕭寺丞夜訪別」…⑬78 「聞雁」…⑬76
～の作品数…⑬9, 79, 197
～の詩における銭驢…㉖421
～の詩の王曙による評価…⑬75
～の詩の逆説性…⑬131
～の詩の生活への密着…⑬16, 78, 133
家庭生活の瑣事…⑬223
～の詩の多作…⑬15
～の詩の題材拡充・態度拡充の意欲…⑬78
蝨の詩…⑫614, ⑬77, 133　鼠の詩…⑬280　河豚の詩…①545
～の詩の平淡…⑬39-41, 76, 79
～の妻・謝氏の死…①446, 447, ⑬76
～の唐末の詩人への態度…⑬49, 77
～への王安石の挽詩…⑬76
「梅堯臣」（筧文生）…①135, ⑬39, 76-78
梅渓学堂…⑯379, 380, 383, 384, 386
梅渓書院…⑯359, 380
梅渓小学…⑯383
梅巧玲…⑯589
梅香（雑劇中の腰元）…⑭215, 414, 425
梅轂成…㉓167-168
梅鷟（さく）…㉓78
梅山七聖（山車）…⑱550
梅娘「動手術之前」…⑯295
梅清…㉓263
梅滄然…⑯99
梅竹芬…⑯589
梅鼎祚…⑳573 「古楽苑」…㉑20 「皇覇文紀」「三国文紀」「西晋文紀」…⑮317 「字彙」→その項
梅幼石…㉔207
梅膺祚…⑰556, ㉓40
梅蘭芳→梅蘭芳（メイ・ラヌファン）
陪京（南京）…⑯17
煤頭紙…⑯444, 445
邁柱…㉓223, 238
好…⑳93
博士家（日本）…㉕347, ㉗93, 266
博多…①401, ㉒468
博多人形…⑲293
博多版…①400, 401
萩（山口県）…⑤129
萩野由之…⑥246
萩原朔太郎…①274, ③508, 509, ⑳191, ㉑117
「青猫」…⑱339, 341, 343（「青空」…⑱343 「恐ろしく憂鬱なる」…⑱339 「寝台を求む」…⑱343 「夢に見る空家の庭の秘密」…⑱339）「郷土望景詩」…⑱435 「詩の原理」…⑱434 「蝶を夢む」…⑱339, 344（「蟾蜍」…⑱339 「陸橋」…⑱344）「月に吠える」…⑱336, 340, 342（「かなしい遠景」…⑱340 「すえた酒」…⑱342 「竹」「地面の底の病気の顔」…⑱340 「笛」「冬」…⑱342）「萩原朔太郎詩集」…⑱336-338 「氷島」…⑱344, 345（「帰郷」…⑱345 「漂泊者の歌」…⑱344）
萩原淳平…㉔46
白…⑳341, 342, ㉖394
白（院本雑劇）…⑭593
白衣蒼狗…㉒489
白羽扇…⑪89
白雲庵…⑰363
白雲寺…㉓192
白雲洞…㉓260
白永盛…⑭102
「白猿伝」…⑪549
白下…⑯157, ㉓263
白華・文挙・寓斎・枢判…⑭89, 92-96, 103
白芽（草茶）…⑬246
白河…⑯642, ㉒376
『白鶴子』…⑭487 「漢宮秋」…⑮207, 209 「金銭記」…⑭486
『白鶴子么篇』「金銭記」…⑭486, 487
白眼・青眼…⑦181, ⑯262
白雁池…⑬389, 401, 404
白芨…㉒304
白居易・楽天・香山居士・学士・賛善・少傅…①32, 133, 338, ⑪10, 278, 378, ⑫593, ⑯167, ㉒8, ㉔287, ㉕454, 505, ㉖433, 435, 439
～を中心とするグループ…⑪553
～とイマジスト…⑰489
～と甘露の変…㉔288-290, 292
～と韓愈…①36, ⑪438, 454, ㉔329
穏やかさと闘志…⑪328
思想性…⑪5（自覚された人間愛…⑪329　主張を伴った詩…⑪329　人事への関心…⑪329）
詩人としての地位…①61, ⑪13, 328, ⑮365
詩の表現…⑪329, 430-432, 552-553, ⑬42, ⑰71, ㉑50, ㉒6
政治的地位…①61, ⑪7, 13, 328, 419, 454, ⑫320, ⑮365
批評　小乗禅とする批評…⑬186, ⑮474　接武とする批評…⑮474
中唐の代表的詩人…①339, 344, ⑪228, 415, 429, 552
弟子…①344, ⑪351
貧乏書生としての出発…⑪330
李杜の時代と韓白の時代…⑪415, 419, 429, 552（杜甫と韓白…①243, ⑫585, 704, ⑯288　李杜韓白は唐詩四大家…⑪328, 415, ⑬198, ㉒6）
～と後人　近現代（現代中国…①128, ⑫594, ⑰4　胡適…⑯408）
古文辞派（明）…⑮534（王世貞…⑮524　徐禎卿…⑮508　李攀竜…⑪231, 432, ㉒6　李夢陽…⑮495）
清人　袁氏兄弟…⑯99

宋人…⑬46（王禹偁…⑬58　欧陽修…⑬65　蘇軾…⑪433, ⑯99　趙師秀…⑬177　楊万里…⑬168　陸游…⑬168, ㉔230）
明人　高棅…⑮474, 495　査慎行…㉑76　李贄…⑯99　李東陽…⑮491
～と「青衫泪」雑劇…⑭83
～と先人　古詩十九首の詩人…⑱6　杜甫…①117, ⑮597, ㉑48, ㉕404　陶淵明…⑦327-329, 332, ⑰67, ㉑119　李杜への認識…⑬203
～と「祖国十二詩人」…①514, 637
～と日本人…①32, 33, 130, 143, 151, ②587, ⑪228-230, 434, ⑫720, ㉑139, ㉓566
伊藤仁斎…⑪434, ㉓71　石川啄木…②64, 65　円仁…⑪327　大江維時…㉕404　片山哲…⑪439　桑原武夫…⑪227　近藤元粋…⑰392　菅原道真…①33, ⑪228, ⑰18　鈴木虎雄…⑰302, 306　清少納言…①33, ⑦562, ⑪228, 229, 319　武部利男…㉕393　平岡武夫…㉑76　平安朝人…①143, ⑪440, ⑬48, ⑱38, ㉕404　平安末期…⑰20　松尾芭蕉…⑪228　紫式部…⑪228, 556, ⑰414　室鳩巣…⑪434　与謝蕪村…⑪228
～と「文心雕竜」…㉗299
～とホイットマン…⑪434, 439
～の家系…①617（弟・白行簡→その項）
～の官職…①331, ⑪7, 229, 323, 419, ⑬168, ⑰18, ㉓566, ㉔289, 299
江州左遷…①33, 34, 333, 335, ⑦329, ⑪276, 317, 318, 321, ⑬65（閑適の生活・草堂…⑪319）
～の寒士としてのエネルギー…⑳478
～の現実主義的精神…①129
愛情…⑪231, 329, ㉑49　社会的連帯感…⑬22, 32, 45　人間の可能性への信頼…①66　老人の戒め…⑪438
～の交遊　王質夫…⑪275　元稹→その項→元白　張籍…①344　陳鴻…⑪275
～の詩→白詩
～の肖像…㉗236
～の全集…⑰25（元稹の序…⑪230）「白氏後集」…⑪438, ㉔289　「白氏長慶集」「白氏文集」→各項　「六帖」…㉗299
～の伝記…⑪229, 328
死…⑪327　白髪…①333, 335, 337　晩婚…⑫286
評伝（ウェレー）…⑲415
～の文体…⑪400
「白居易」（高木正一）…①132, ⑪431, ㉑51, ㉓148（上冊跋・小川環樹…⑪431）
白魚湯…㉖394
白玉楼…⑭540
白敬甫・恪…⑭93, 97, 100, 101, 103, 130, 179
白堅…②513, ⑳562
白行簡…⑲47, 48　「李娃伝」…①197, ⑭207
「白香山詩選」…⑯406
「白香詞譜」…⑯527
白溝河…⑮625
「白骨観法」…㉓32
白子通…⑭93
「白氏長慶集」…⑪434, ⑫376, ⑬168, 520, ⑯408, ㉖494
四部叢刊本…㉖496　那波本・馬元調本…①630
「白氏文集」…⑦562, ⑪229, 440, 566, ⑰20, ㉓576, ㉔112, 292, ㉕181, 404
点本・立野春節…㉓575　点本・林羅山…㉓148
跋・伊藤仁斎…⑪434
「白氏文集」（篇名）
閑適…⑪230, 231, ㉔288　感傷…⑪230, ㉔288　諷諭…③23, ⑪229-231, 312, ㉔288
「白氏六帖事類集」宋版…㉖466
白詩（白居易詩）…①617, ⑪7, ⑬45, 288
～と韓愈詩→白居易
～と元明詩…⑮367
～と後人の書　「滄浪詩話」…⑬186, ⑮474　「唐詩選」…⑪432, ⑮530, ㉒6, ㉓479　「佩文韻府」…㉑76
～と日本文学…①33, 228, 229, ㉓566
詩集の日本輸入…⑫720
詩の平俗と日本文学…①626
白詩への関心　「千載佳句」…㉕404　「和漢朗詠集」…①32, ㉓28
白詩への無関心　「文華秀麗集」…⑰71, 72　「文鏡秘府論」…⑰72
平安朝の読者…①32, 33, ⑪228, 229, 440
～と平安朝書法…⑪440
藤原行成の書…㉒13, ㉔290-292
～の閑適の哲学…⑪318, 323, 324
傍観…㉔288
～の言語…⑪432, 433, ㉑76
～の古跡（水滸伝・琵琶亭）…㉖394
～の語彙・句　雲和…⑪566　狐隠蘭菊叢…⑲119　周公恐懼流言日…⑬520　月…⑫333, ㉒35, ㉖51
～の懇切…①195
～の作品　「塩商婦」…⑪287, 306　「桜桃花下嘆白髪」…①335　「官宅」…㉔110, 111　「閑居自題」…⑪323　「感鏡」…⑪312　「感時」…⑬115　「寄江南兄弟」…⑪433　「九年十一月二十一日感事而作」…㉔289, 292　「閨婦」…①331　「香炉峰下新置草堂即事詠懐題於石上」…⑪432-433　「香炉峰下新卜山居草堂初成偶題東壁・重題」…①35, ⑪320, ㉑50　「嗟髪落」…①337　「三年為刺史」…⑪321　「思婦眉」…①330　「自感」「自歎」…①332　「舟中読元九詩」…⑪317　「秋山」…⑬115　「秋日」…⑪437　「初見白髪」…①333　「食後」…①35, ⑪318　「秦中吟」「新楽府」…⑰71　「新豊折臂翁」…⑪242, 298　「折剣頭」…⑪311　「草堂重題」「草堂の記」…⑪320　「送元八帰鳳翔」…⑫376

「贈内子」…⑪322 「贈売松者」…⑪310 「贈友」…③483,⑫285 「即事重題」…㉒13,㉔291,292 「続座右銘」…㉕181 「対鏡吟」…①337 「中隠詩」…⑬288 「長恨歌」→その項 「売炭翁」…⑪304,308 「白牡丹」…①331 「白鷺」…①333 「八月十五日夜禁中独直対月憶元九」…⑪314 「八月十五日夜同諸客翫月」…㉔291 「琵琶行」→その項 「別元九後詠所懐」…⑪433 「戊申歳暮詠懐」…⑪438 「放言」…⑬520 「与元九書」…㉗226 「欲与元九卜隣先有是贈」…㉖494 「羅子」…①336 「覧鏡喜老」…⑪325 「老成」…⑪437
〜の作品集の古写本…⑱38
〜の詩形の長短に関わる特徴 小詩…①330 短詩…⑪434 長詩…①330,⑪434
〜の社会批評…①117,⑪229,㉑48
新楽府…③483,⑪229,298,413,⑱38,㉑17,48
〜の主張…⑪229,230,297,432
私生活の幸福…⑪230 政治への寄与…①114,117,132,145,③23,⑪229,230,276,297,439,456,⑯286,㉒440 平易な表現…⑪230,231,329,430,431,434,552,⑬42,㉑50,㉔57,㉕393
〜の叙述の詩…⑬14,32,45
〜の饒舌と理屈っぽさ…⑪230,231,329,431-434,⑬45,⑰71-72
委曲な描写…⑪431,㉒6 説教癖…①330
〜の総数…⑪309,436,⑬9,198,㉖12,232
〜の俗…⑪434,㉓71
〜の題材(日常生活への密着)…①34,36,⑪13,⑬20,45,㉗368
〜の中心は情(荻生徂徠)…㉓352
〜の注釈・研究…①128,⑪455,⑰4,302,392,⑱467,㉕417
〜の特徴的事項 エロティシズム…⑪237,262 古代的政治・倫理への関心…①74 散文化…①75,⑪231 弱者への同情…⑪296,329,⑮597,⑱6-7 朱陳村の話…㉔320 人生の短促への嘆き…⑬115 戦争を憎む心…⑪303 唐代の現実…⑬32 唐代の晩婚…③483,⑫285,286 童年の追憶…⑯136 農民への感謝…②461 恋愛賛美…⑪240
〜の分類…㉔288
〜の平淡の魅力…⑪436
〜の翻訳 ウェレー…⑲417 ゴーチェ…⑰489 ソヴィエト…⑲417
〜の最も甘美な作品…⑪232,556
〜の柔らかな感情の作品…㉓566
〜の李景倹に与えた詩…⑦473
〜の和刻本…⑰608(誤読…㉓575)
〜ばりの諷刺(沈周)…①545
白日…①460,⑥276,⑫220,㉖134
白首…①398
白酒…㉖11
白獣闥…㉖79
「白娘子」…⑯548
白畳…⑯222,224
白仁甫・忱または恆・樸・太素・蘭谷(若)…⑭67,75,104,107,109,111,120,145,148,367,⑮225,㉒105
〜を含む四大家…⑭218,⑮11,189,227→関白馬鄭
〜と科挙の学…⑭134
〜と関漢卿・杜仁傑…⑭124,136,138,146
〜と関漢卿・馬致遠…⑭554,⑮424
〜と「元曲選」…⑮227
〜と後期の作者の比較…⑭179,188
〜の家系 伯父・賁(君挙)…⑭96,⑯217 弟・敬甫(恪)→その項 兄弟又は従兄弟/嗣隆・常山・中山…⑭93 祖父・善人…⑭93 祖母・南陽県太君李氏…⑭93,96 父・華(曽孫・子通…⑭93)→その項 孫・湨(子南)…⑭99
〜の玩世滑稽…⑭136
〜の金の遺民としての矜持…⑭104,123,124,130,138,⑮224
〜の交渉のあった人物 元好問…⑭94,97,98 厳実…⑭97 史天沢…⑭95,98,103,130 張柔の夫人…⑭96,97,205 呂文煥・呂師夔…⑭100
〜の交遊…⑭103,119,188
閻仲章…⑭101 王惲…⑭100 王氏(宋奴伯婦)・王仲常・奥敦周…⑭101 胡祗遹…⑭100 侯正卿…⑭105,107,119,174,188 黄公望…⑭103 宋寿香…⑭101 曹元用…⑭100,101 天然秀…⑭101 楊果…⑭100 李道純…⑭101 李文蔚…⑭101,117 盧摯…⑭100,101
〜の作品・著述 「梧桐雨」→その項 「崔護謁漿」…⑭210 「墻頭馬上」「天籟集」→各項 「董秀英花月東墻記」…⑭505
〜の地位・身分…⑭89-92,102,115,124,137,172,174
〜の伝記…⑭89,92-102
生年…⑭146
南宋遠征軍従軍と江南定住…⑭99,100,162
〜評・「太和正音譜」…⑭213
「白仁甫年譜」…⑭92,99
白水…①12,14
白水県…⑫195,198,200,204,243,244,249,250,254,336,㉒30,31,37
白水黒山…⑯33
白崇禧…⑯611,612,648,⑳291,㉒388
白石…⑫604-606,㉒77,78
白石「対『短篇小説剖析』的意見」…①637
白石源公…㉓152,153→新井白石
白石神君…㉒78
「白石神君の碑」…⑫606
「白石先生余稿」…㉓112,113,116,233,244,248,250,260,709

新井清氏所蔵本…㉓158, 709　国書刊行会本・木版本…㉓158
書後・高玄岱…㉓155, 162
序・鄭任鑰「白石先生詩序」…⑳360, ㉓170, 171, 181, 224, 225, 236, 278, 703, 707
序の文字の能書…㉓157, 159, 709
序文を書いた時代の清朝の詩風…㉓243
白石の詩風への違和感…㉓243, 244（清朝の詩風との違い…㉓239, 242-244）
白石の詩への讃辞の大雑把…㉓238, 239, 243
序文を書いた時代の北京の陰鬱…㉓170
序文を冠したテクスト…㉓158, 233
序文に記す肩書…㉓157, 163, 164, 172, 175, 185, 196, 197, 236
序文の全訳…㉓154-157
鄭任鑰の進士登第の年…㉓161
白石が序文を得た経過…㉓153, 154（江戸への序文の到着…㉓154, 159, 236　序文を公表しない理由…㉓157, 158）
白石を琉球人扱い…㉓154, 155, 159, 160, 171
白石と鄭任鑰の年齢差…㉓161-162, 197, 198
白石の感激・珍重…㉓157, 159, 161, 235-238
題辞・室鳩巣…㉓153, 155
白石道人「揚州慢」…⑯149
白接䍦…⑫165
白雪楼…⑮514, 517, ㉓370
白川廬…⑳269-271
白蘇斎…⑮534
白俗…⑪433
「白沢図」…⑬506
白段子両上領布衫…⑬505
白仲章…⑭114
白帝…⑤117, ⑥138, ㉖186→白帝白招拒
～の子…⑤117
白帝城…⑪69-71, ⑫647, ㉔189, ㉕438, ㉖182, 183, 186-189
白帝白招拒…⑤118→白帝
白斑…⑭84, 159, 370, ⑮426
白堤（西湖）…⑯547
「白兎記」…⑫263, ⑲317, ㉖365
白馬駅（中国）…⑬596
白馬城…⑦37
白描…②42
「白描玉干高会周瓊英」…⑭582
白敏中「息夫人のもの言わざる賦」…㉑10
白芳…㉓130
白木匣…⑮62
白楊赤鯉…①540
白落的…⑭321
「白楽天詩解」…①36, ⑪298, ⑰306, 314, 405
「白楽天と日本文学」…②587, ⑪229, ⑰412
白竜…㉓708
白竜廟…㉖397
白蓮池…⑫120
白露節…①255, ⑪62, ㉒42, 307, ㉖115
白鷺村（蠡州）…⑭264
白話運動…㉕314
白話詩…㉒316
白話文…①53, 268, ②21, 199, 201, 227, ⑬62, ⑳124, ㉑70, ㉕10, 375, ㉗6, 242
白話文学…㉒315
「白話文学史」…⑦511, ⑯285, 608→「国語文学史」
伯夷…①85, ⑥231, 232, 239, 389, ⑮422, 423, ⑯289, 290, ㉖474
～と盗跖…⑤194, ⑯20
～の辞世の歌…⑥233
伯夷叔斉…①157, ⑤91, 159, 194, ⑥231, 233, 234, ⑬224, ㉓341, ㉔103, ㉖216
伯牙…⑦110
伯顔→バヤン
伯挙・伯莒…⑥377
伯氏…⑬292
伯備線（国鉄）…⑱542
伯有…㉖245
伯庸…②545, ㉑5, 14
伯陽…⑦232
伯楽…②174, 176, 177
刟劃…⑭313
帛…⑯217
帛勒…⑬443, 519, 520
怕恐…⑭312
怕不待…⑭321, 502
怕不的・怕不道・怕不有・怕不要・怕不来…⑭321
怕没…⑭505
「拍案驚奇」…⑰130, 561
拍毽児…⑭585
泊園書院…①89
柏梁体…㉓265
柏梁台…⑥145, 146, 148
柏霊→ベルリン
陌…⑦33, 125, ⑪160
陌上…⑯159
亳…㉗87
栢戸…㉒89
趵突之泉…㉒76, ㉕482
博弈…⑤285, ㉕296
博学…②234, 287, 330, 366, 464, 466, ⑰50, ㉒295
～と多学…⑰36, ㉓86
博学宏詞科…⑪189
博学宏辞科…②5, 6, ⑪386, 394
博学鴻詞科…①476, ⑯178, 183
博古斎書店…⑬623
博山爐…⑥334, ⑪119
～によせて思いをのべた歌…⑥332
博士（中国）…⑥52-54, 109, 110, 367, 369, ⑬577, ㉕332

～の旧説…⑥368, 370
～の業…⑥365
～の弟子…⑥118
博通…②601, ⑦120
博通法師…㉑221
博物館法…㉔47
「博物志」…②586, ⑬506, 568, ⑰602, ⑲22, 23, ㉖390, ㉗57, 59-62
～士礼居刊本…⑬506, ⑲22　地理攷…㉗60
博物者…㉓340
博文館…⑰390, ⑳244
博望苑…⑥123, 160
博陵…②5, ⑪382, 383, 386
博陵郡曲陽県…⑦552
博労…②174
撲復…㉖387
魄…⑪256, ㉖445
薄…㉖206
薄言…⑰550
薄倅…①348
薄暮…②153
薄命…⑪201, 203
「麦秀」…⑳379, 383
麦積山…⑫483, 484
莫…⑮147, ㉓456, 457, ㉖91
莫厭…㉖91
莫敢…②158
莫猜…⑮156
莫愁…⑫109
莫縄孫…⑰590
莫棠・莫棠之印…⑰596
莫非…㉖384
莫不是…⑦488
莫邪…㉑168
莫友芝・郘亭…⑰603, ⑳268
莫友芝図書印…⑰590
莫徭…㉑46, ㉖221, 222, 224, 225, 227, 228
幕藩時代…㉔254
幕末維新史…㉗355
幕末の時代　国学と漢学の争い…㉒358　儒者…㉒361　中国小説の翻訳…⑰56
幕末明治初の漢詩の大家…②65
幕末明治初の漢文…①562
幕僚…②469
漠南…⑥99
漠北…①283, ⑥99, ⑮247, 248
～への遁帰（金の状況の誤伝）…⑬149, ㉒101
「曝書亭集」…①442, 443, ⑥318, ⑯144-148, 177, 639-641, ㉓246, 259
光緒重刊本…㉗420　四部叢刊本…⑯641, ㉗420
曝書亭鈔本…⑰596
爆竹…②548
鏌鋣…㉕293
函館人文学会「人文論究」…①620
箱根…⑫296, ㉓92
箱根山…㉕439
狭間直樹…㉕439, 470
筈…⑯444
橋川時雄…⑯280, ⑱455, ㉒390, 411, ㉓636, ㉖467
「楚辞」…⑰407　「陶淵明文学の源流を探る」…⑦170
橋口貢…⑱130
橋本関雪…⑳237
橋本貞夫…㉔156
橋本循…③21, ⑫657, 671　「楚辞」…①15　「中国文学思想論考」…①613, ⑦86　「陶淵明の守拙について」…①624
「橋本博士古稀記念東洋学論叢」…⑮503, 557, ⑳393
橋本増吉…③475
秦鼎…⑮383, ㉗91→秦士鉉
「国語定本」「春秋左氏伝校本」…㉗89　「世説箋本」…⑦454, ㉗89
幡梭皇后（はたひのきさき）…㉗218
機の形式…⑯219
八佾の舞…㉑172
八音…㉕103, 104, 112
八韻の賦…①304
八下裏…⑭321
八卦…②299, ㉕29
八月踊り（奄美大島）…③480
八旗…⑯190, ㉓212
「八旗通志」…㉓221
「八旗文経」…⑯659
八居…㉓248, 267
「八居題詠」…㉓251, 252
八功徳水…㉗46
「八犬伝」→「南総里見八犬伝」
八股文…①599, ⑬571→科挙（明清）
～と中国文学史…①596, 598
～に対する軽蔑…①317, ②454
末梢的技巧…①315　遊戯性…⑬572
～の形式…①312-314, 316
八荒…㉖45, 46
八国聯合軍（義和団事件）…①515
八索九丘…㉗47
「八史経籍志」…⑪447
八使…㉒93
八思巴文字→パスパ文字
八指頭陀…⑯527→寄禅上人
八字（誕生日時）…②542
八丈島…㉔135
八陣図…㉕438
『八声甘州』…⑭18
「八千巻楼書目」…⑰594
八仙…⑪369, ⑭207, ⑮109
八大山人…⑯530, ㉒285, ㉓611→朱耷

山水花鳥の冊…㉒285
八代…②253, ㉕376, 382, ㉗254, 255→東漢魏晋宋斉梁陳隋
八達嶺…㉒442, 472, 495
八珍…⑤95, ⑫107
八都…⑯334, 339, 362
八百媳婦征伐（元）…⑮306
八分の名家…⑭113
八柄…㉓710
八文字屋…⑳285
八力士…⑬339
八路軍…㉒455
八老会…⑬85
馸…⑳100
初瀬の山…㉔248
服部宇之吉…⑳289, 291
～と義和団事件…①518, ⑰239-240, 243, 265, 278, ⑳289, ㉒335, ㉓592
「北京籠城日記」…①518, ⑳289, ㉒335
～と倉石武四郎・島田重礼…㉗294
～と東京大学…⑳289, ㉒334, ㉓606, ㉗250
支那哲学史講義…⑳289
～の学問の方法…⑰217, ⑲417, ㉓606
～の「孔子及び孔子教」…⑳291
～の死…⑰236
～の中国語…⑳290, ㉓592
～の役職　京師大学堂総教習…⑳290　東方文化学院東京研究所長…⑥249, ⑱536, ⑳290（「史記会注考証」出版…⑥249）　東方文化事業委員会委員…⑰244, 267, 279, ⑳289, ㉒374, ㉕271
服部英次郎　訳・アウグスティヌス「告白」…⑲12
服部峻治郎…⑤57, ⑳424
服部中庸「三大考」…㉗199, 200
服部藤九郎・寛斎…㉓252
服部南郭…㉗46（服南郭…⑰54, 55, ㉓415）
～訓点本「唐詩選」…①144, ⑮530, ⑰55, 414, ㉒5, 6, ㉓400, 479, 530, 564
～考訂「唐詩品彙」…⑮561
～撰と伝える「唐詩選国字解」…⑪193, 215
～と荻生徂徠…㉒5, ㉓290, 370, ㉕194, 201
「蘐園談余」と「為学初問」…㉗159, 161　古文辞…⑰55　「四家雋」訓点…㉓456　「四家雋」編纂…㉓400　「徂徠集」刊行…㉓405, ㉗174　中国風の名乗り…⑰54, ㉓415　「南郭初稿の序」（徂徠）…㉓418
～と湯浅元禎…㉓492
～の「儀礼」の会…⑰259, ㉗72, 73
～の著述・詩文　「唐後詩」序…㉓418　「唐詩品彙」序…⑮475　「徳夫に答う」…㉕203　「南郭先生文集四編」…㉓305, ㉗159　「南部先生文集二編」…㉕203　「物夫子著述書目記」→その項　山県周南墓碑…㉓358　「論語徵集覧」序…⑰135
～の和刻本の訓点への推奨　「周礼」寛永版本訓点…㉓576　「唐書」堀正脩訓点…㉓574
～は漢詩人…⑰414
～は京都人…㉕201, 203
～への太宰春台の書簡…㉕202, 203
服部南郭からの返書…㉕203
服部靖「厲鶚悼亡姫詩研究序説」…①631
服部隆造　訳・曹禺「北京人」・巴金「家」…⑰411
発…②119, 120, 190
発科打諢…⑭290
発丘中郎将…⑦105
発語の辞…②98, ㉕18
発興…㉒77
発生…⑫487, 488, ㉖156
発付…⑭312
発憤著書の説…㉕157
発明の学と発見の学…①708, ㉒420, ㉖459
発露…㉖440
撥車…⑯219
『撥不断』…⑮138
潑烟花…⑮54, 159
潑弟子…⑮50
潑剌…⑪57
抜実→バシ
妺喜…㉒60
跋…②181
跋渉…㉗102, 103, 105
鳩山一郎…⑳425
鳩山失言…⑳430　鳩山内閣…①140
花…㉖18, 23
花火…⑯494
花房英樹…⑰130, ㉕389, 484
「岑忠勉氏の白氏長慶集研究について」…①630　「白居易の文学」…①620　「白氏文集の成立」…①625　訳・ウェレー「白楽天」（原題・白居易の生涯と時代）…⑪566
花蠟燭…⑬253
羽田記念館…⑳359
羽田空港…⑯435, ⑲428, ㉒439, 459, 496, ㉔128, 172, 220
羽田亨…⑰328, 331, ⑱517, 550, ⑲217, ⑳286
～主宰の東方文化援護会…⑰264
～と白鳥庫吉…⑰329
西方シノロジーの影響…⑲417
～の趙翼「廿二史箚記」の説への同意…⑮233
～と東方学会創立…⑰328, ㉓631, ㉗250
～と三島海雲・上野精一…㉗313
～と羅振玉の京都亡命…⑯278
～の性格　慎重と果断…⑰329　手堅さ…⑰331
～の説　アメリカ東洋学評…⑰133　胡をタングート族とする説…⑫441　晩唐文学に関する説・李杜の詩に関する説…⑰328
～の著述　「元朝の漢文明に対する態度」…⑮

294, 302, 305 「西域文化史」…⑥93, 428, ⑰328, 329, 331 「隋唐時代の文化」…⑰328, 331
～の役職　京大総長…⑰331, ⑱475, 486-490, 492, 494, 495, 497, 498, 550, ㉓631, ㉖201　図書館長・文学部長…⑰331　東方文化研究所長…⑰246, 328
～のヨーロッパ留学…⑱477
敦煌文書調査…㉒335, 336, ㉖201
～への陳垣の賛辞…㉒413
「羽田博士頌寿記念東洋史論叢」…⑮639
浜一衛「支那芝居の話」…⑯588
浜口雄幸内閣…⑯647, 649, ⑳343
浜作…㉗308
浜田（石見）…㉗208
浜田敦…⑱550, ㉗93
浜田耕作・青陵…②512, ⑥387, 431, ⑯579, 594, ⑰361, ⑳562, ㉔66
～と京大考古学…⑰326, 660, ⑳451
～と東方文化学院京都研究所のデザイン…⑳290
～と水野清一…㉓636, 637
～と安田二郎…⑰360
～のギリシャ紀行…㉔181
～の自宅…⑳266
～の読書…⑳213
～の役職　京大総長…⑰326, 331　文学部長…⑰360
～の敦煌文書調査…⑰243
～のヨーロッパ留学…⑱477, ⑳213
浜松…⑥249, 252, 249, ⑳331, ㉓707
早川光三郎「白詩摂取雑考」…①636
林鵞峰・恕・春斎…㉓150, 314　父・羅山の「年譜」…㉗69 「本朝通鑑」…①168
林義卿…㉗160
林九兵衛…㉖377, ㉗140
林健太郎…㉒441, ㉗440
林秀一…⑮326, ⑰358　共著「全相成斎孝経直解」解題…⑮317, 323
林述斎「佚存叢書」→その項
林先生（神戸第一中学校教諭）…㉔327
林泰輔「周公とその時代」…㉕330
林大学頭…㉓301, 314, 365
林に帰りし鳥…㉔227, 229, 230, 232
林鳳岡…㉓301
林巳奈夫…㉕348
林屋永吉　訳・チャンカ「航海の記録」…㉔134, 136, 137
林雪光「中国の新歌劇白毛女について」…①622
林羅山・道春…④12, ⑰41, ㉓293, 473, 534, 535, 541, 710, ㉗93, 127, 176
～と足利学校…⑱57, ㉗69
校訂作業…⑩447, ⑰57, ㉗69
～と江戸時代の儒学…②495, ⑰33, 123, 414, ㉓533, ㉔150
古注の熟読…㉗69
朱子学…⑤137, ⑰30, ㉑113, ㉒119, ㉓31, 148, 288, 291, 532, 533, 546, ㉔245, ㉗68（伊藤仁斎の反撥…⑰38, 115, ㉑79, 113, ㉓31, 34, 288, 540, 546　荻生徂徠の反撥…⑰115, ㉑79, ㉓288, 439, 540, 546, ㉗33　君臣関係と天地の比喩…㉔231, 237-241, 245, 273　朱子学自己分解の過程…⑰113　新注の推奨…㉗68, 69　正心誠意…㉑78　本居宣長による否定…㉓540, 546）
～と「図書編」…㉗25
～と徳川家康…⑤137, ⑮472, ⑰27, 30, ㉑113, ㉒119, ㉓31, 288, 532, ㉗33, 68
～と藤原惺窩…㉓532, ㉗25
～と「論語」…⑤129, 137
～における天命之謂性…㉓55
～の漢詩文…①561, ⑰37, 116, 348, 623, ㉓38, 147, 468
韓客との筆語…㉓150　中国語学力…⑰31, 123, ㉓37, 148
～の子　林鵞峰→その項　林読耕斎…㉓150
～の作品・著述 「吾妻鏡」…②590 「阿倍仲麻呂伝」…㉗20 「韓客筆語」…㉓37 「公羊伝」「穀梁伝」の和訓…㉗69　四書の道春点…㉓148, ㉗69 「十三経註疏」朱点…㉗69 「春鑑抄」…㉔237, 241, 243, 273 「諸親送余到三条橋」…㉓147 「大学諺解」…㉓298, ㉗33, 37, 38 「羅山先生詩集」…㉓147 「羅山先生文集」…㉓37, 147, 148, 150 「論話」訓点…④12
～の子孫の学問…㉓314
～の弟子たちによる訓点 「儀礼」…㉓576, ㉗69 「周礼」…㉓576, ㉕347, ㉗69
～の博学…⑰30, ㉓533
原泉…㉗340
原勝郎…⑰265, 278, 293, ⑱476, ⑳277, ㉒358, ㉓597, 600
「貢院の春」…②456 「日本史序説」「東山時代に於ける一縉紳の生活」…⑳276
原善「先哲叢談」→その項
原田慶吉…⑳309, 310, 312, 316, ㉔325
原田梧郎…㉒337
原田憲雄「白玉楼中の人」…①634
原田政七…⑩460
原田淑人（よしと）…㉓636
原敬…⑰76, 615, ⑲322, ⑳505, ㉕290
原富男…⑯650
原内閣…⑯272
春がいぬ歌…⑬330-334
春たつけふ…⑱100, 388, 390
春の神…⑤118
凡例…⑦252-254, 256
反共産主義…⑤212
反経…⑯82, 86
反経正学…⑯82

反元思想（漢宮秋）…⑮192
反古文辞…㉓494
　反古文辞派…⑮533　反七子…㉖430, 434, 436
反孔子・反儒学　青木正児…㉒352, ㉗271　漢初の王室…③538　諸子…②488, ③17　北京大学系の反孔論…㉖490
反獄在逃…㉖416
反左氏の有力者…③526
反鎖…㉖39
反照…⑫254
反蔣介石…㉒395
反鄭玄…㉕340
反戦デー…㉔297
反徂徠論者…㉓402, 444
反宋学…②490, 491, ㉓317, 319
　反朱子…②490, ⑬319, ㉓29, 137, 139, 514, 538, ㉕173, 175, 250, ㉗136, 139, 142, 269　反朱子学…㉓137, 464　反宋儒…㉓327, 328, 371, ㉕173, 250, ㉗155, 262
反北京大学…㉒397
反米感情…㉔151
反李林甫…㉕451, 478
反累…㉖123
半空裏…⑭320
半合児…⑭320, ⑮155
半山堂…⑬451
半晌家…⑭320
半霎児…⑭320, ⑮155
半坡…㉒443, 483
半坡遺跡…㉖471
半坡博物館…㉒482
半臂…①420
半瓶の濁酒…⑬200
半壁の天下…⑬6, 141
半路裏…⑭321
氾水県尉…⑪189
犯不着…⑰542
犯由牌…⑮159
帆丘山…㉗31
判任官…⑮4
扳…⑮32
返照…⑪71
阪急夙川駅…㉗49, 184
阪急電車…⑦595, ⑰177, ⑳18, ㉗50, 117, 192
板（印刷書の頁数）…⑬583, ⑭476
「板橋雑記」…⑯186, ⑰26, 608
泛泛…⑬154, ⑮538
版本時代（中国）…㉕273, 275, 278, 282, 284
胖高麗…⑮109, 110
范寅…⑮24　「越諺」警世之諺…⑮23
范雲「古意、王中書に贈る」…⑥300　「慟古」…⑥293
范匄（かい）…③525
范会…⑤80
范晞文…⑬202
范居仲「対牀夜話」…⑭153
范康・子安…⑭171, 172　「竹葉舟」雑劇→その項
范氏の福…③526
范史…⑯241→「後漢書」
范寿銘「循園金石文字跋尾」…⑫30
范書…⑥367→「後漢書」
范雎…⑥222, 233, ⑭220
范升…⑥367, ㉑202
范縝…②378, 388, ⑯401, 402　「神滅論」→その項
范成大・致能・石湖居士…①411, ②401, ⑬8, 9, 141, 147, 216, ⑮377, 381, ⑰252, ⑱39, ⑲402, ㉒486
「桂海虞衡志」…㉒461, 468, 485　「呉船録」「呉中の節物を紀す」…⑬163　「高淳の道中」…⑬161
「驂鸞録」…㉒461　「四時田園雑興」…①407, 409, ⑬163　「秋日田園雑興」…①410　「真定舞」…⑭365　「石湖居士詩集」…⑬161, ⑭365　「村田の楽府」…⑬163　「春日田園雑興」…①408, ⑬163　「冬日田園雑興」…①409　「范石湖詩鈔」和刻本…⑬170　「晩春田園雑興」…①408, 410　「攬轡録」…⑬162, ⑲401, ㉒99
范冉…⑰67
范祖禹・蜀公…⑬586, ⑰558　「唐鑑」…⑫312, ⑮238
范丹…⑰67
范仲淹・希文・文正公…①299, ②404, 541, ⑪545, ⑬62, 63, 82, 562, 591, ⑭243-245, 568, ⑮432, ⑯74, ⑳121, ㉑10, ㉓270
「范張鶏黍」（講談）…⑭208, ㉑120
「范張鶏黍」雑劇・「死生交～」…⑭45, 404, 405, ⑮99
　～と「菊花の約」…㉑120
　～と「蒙求」…⑭208, 476
　～の作中人物　第五倫…⑭405　張・范…㉑120
　～の読書人的勘定…⑭186, 269
　～の楔子…⑭217
　～の『那吒令』…⑭412
范鎮…⑬79
范伝正「李白新墓碑」…⑫120
范なる隠者…⑫679
范甯…⑰591, ㉗65
范寧「宋元明清口話小説選の序」…⑪461
「范氷壺」雑劇…⑭154
范文子…③525, 526→士燮
范文瀾…⑦518, 520, 521, 526
　注「文心雕竜」…①630, ⑦166
范桴（ほう）…⑭84, 159, 173, ⑮231, 452
范陽…⑦505, ⑪15, 526, ⑫27, 58, 170, 171, 173, 240, 308, 326, 329, 569, ⑭205, ㉒20, 21, 23
　～節度使…⑫58
范曄…⑦592
　～の「後漢書」→その項（范曄）

～の死…㉓639
～の新造語…②218
范陸（范成大・陸游）…⑬147, 216, ⑰252
范蠡…⑥394, ⑭404, ㉔217
范蠡船…⑭350-352, 402, 404, 406
班惟志・恕斎…⑭184
班壱…⑥347
班姫…⑮505→班婕妤
班固・孟堅…①183, 205, ⑥222, ⑯87, 91, ⑱436, ⑲396
～と後人　陶淵明の終返班生廬との思い…⑦366　班固・揚雄と同位に孔融がいるとする曹丕の評…⑦101　班固・揚雄に杜甫の詩文が似るとする崔尚魏啓心の評…⑫34
～と先人　屈原…⑰68　司馬遷批判…②487, ㉑202, ㉕78
～・司馬相如・揚雄の賦…①74
賦に関する班固の議論…㉑5, 6
～における語彙・事項　虖…⑪387　上智下愚中人…㉓20　絶外内…①282
～の妹・班昭→その項
～の「漢書」→その項
～の「漢書」以外の作品・著述
詩文　「詠史詩」…⑥256-264, ⑦172, 199　「竹扇詩」…⑥264　「答賓戯」…⑥299, ⑦144
著述　「白虎通」…⑤119（三教…㉓450）
賦…①74, ⑥221, 224, 237（「西都賦」…⑰561, ㉑8　「東都賦」…⑥314　「幽通賦」…⑦172, 200, ㉑8　「両都賦」…⑥238, 331, ㉑7-9, ㉔123, ㉕114〔序…⑥224　西都の賓…⑥237, ㉑8, ㉕114　東都主人…⑥237, ㉕114〕）
～の婚姻の意義の重視…⑱524
～の先祖…⑥347
班行…⑪438
班女…⑲245
班昭…⑮331, ㉑7→曹大家
班婕妤…⑪190, 191, 200, 206→班姫
「怨歌行」…⑥312
班馬（班固・司馬遷）…⑭401
班彪…⑮331　「北征賦」…⑫194, 607, ㉑7
般…③523, ㉑181
般唱・搬唱…⑭61
「般若心経」…①471, ㉗380, 381
斑毛…⑬85
番禺…⑥95
飯顆山…⑫673-675, ⑱314
掷…⑮32
煩瑣哲学…②412, 418
煩砕…㉕37, 39, 40, 42-47
煩憂…⑪95
頒白…②118
樊侯の学…⑥367
樊晃「杜工部小集」…㉕501
「樊事真金篦刺目」雑劇…⑭211, 212
樊儵（しゅく）…⑥367
樊城…⑦541
樊宗師…②35
樊遅…②371, ④13, ⑤25, 28, 273, ㉓97, ㉔258
樊通徳…㉖453
樊籠…㉔228
潘安…㉖404
潘岳・安仁…①438
～と擲果の故事…⑭521
～と范成大…⑬216
～と陸機…㉓566
～の作品　「哀永逝文」…⑥310, ⑫612　「夏侯常侍誄」…㉕174　「寡婦賦」…⑱19, ㉑135, ㉕164　「閑居賦」…⑪196, ⑳41, 42　「秋興賦」…⑪197, 566, ⑫605, ㉓28, ㉕211, 232, ㉖182　「西征賦」…⑫194, 608　「悼亡」…⑪197, ㉖55
～の作品における語彙　洪流…⑱453　逝者不追…㉕174　蒼茫…⑫612　曈曨…⑪566　二毛…⑫605　朦朧・朧朧…⑪197
～の死…⑦592, ㉑252, ㉓566, 639
～の事大主義…⑳41
潘景温…⑬209
潘景鄭…②511, ⑳294, 561, ㉖459
潘元明…⑭169
潘子義…⑮47
潘氏（蘇州）…②405, ㉕499
～兄弟（博山・景鄭）の邸…⑳294, 295
～蔵宋本「唐律疏義」…⑰596
潘思榘…㉓704
潘是仁「宋元名公詩集」…⑮320
潘重規…㉒401
潘世恩・文恭公…②511, ⑳294, 561, ㉒415
潘祖蔭・伯寅・文勤公…②405, 467, 469, ⑯306, ⑳294, ㉒415
潘徳輿「養一斎詩話」…⑫3
潘惇・子真…⑦173, 174　「潘子真詩話」…⑦173
潘博山…⑳294
潘邠老…⑪203, ⑫350
潘明訓…⑳297, ㉒493
潘耒「遂初堂集」「杜詩銭箋の後に書す」…⑯119
「類音」…⑰592
潘陸陶謝（潘岳・陸機・陶潜・謝霊運）…㉖433
潘驢鄧小閑…㉖404
潘閬…⑭220　「吟を叙す」…⑬54
繁杵…⑬150
藩校…⑤129, ㉓564, ㉕279
藩札学問…⑱59
藩儒…②435, ㉓47, 572
攀話…⑭495
鞶…㉔274
万悪の叢…②460
万安山…⑪36

万化…⑦443
万花筒…⑯494, 495
万戸…⑭172
万戸侯…①574
万国…⑫257, ㉖226
～の大都会…㉓427
万国博（大阪）…㉔172, 178
万歳山（開封）…⑬139→艮岳
万歳山（北京）…⑮247, 270
万歳楼…⑪210, 211
万斯同…①161, ⑯9, 122, 123, 170, ㉒288
万松…㉒115
万松嶺…⑬393
万章…㉗261
万勝門…⑬425
万震「南州異物志」…⑯224
万世の下…㉓406
万人の参与し得る芸術…①321-323, ②533, 534
万福華…⑯384
万物の霊…②395, 397
万物の霊長…②395, ⑱13
万方多難…⑬199
「万宝全書」…①231
「万有文庫」…㉖477
万里…⑥273, ⑮500, 514, ㉖33, 35
～の江山…⑮483
～の外…㉓406
万里橋…⑫496, 497, ㉕469, ㉖152, 502
万里の長城…⑥71, ⑫102, ⑯335, ⑲363→長城
万柳堂…⑯263
万暦の陶器…⑯639
万暦帝（明）…②589, ⑮330, 331, 460, 493, ㉒277, 472→神宗
～の母后…①532
坂東秀調（歌舞伎役者）…㉓587
挽歌…①94, 107, 362, ⑳354
晩…⑬267
晩荷…⑭425, ⑮21
『晩芝田』…⑥351
晩生…㉗314, 316
「晩晴簃詩匯」…⑯172, ㉓170, 184, 224, 253, 258, 260
詩話…㉓259
晩唐…㉒7, 80, ㉖439
～詩…⑪44, 553, 564, ⑮578, ⑯164, ㉒318, 355, ㉓292, 301, 306
傾向　虚無主義…⑪553　散文期へ転換の予告…①74　自然と人間…⑬48　絶望の詩…⑬33, ㉑51　頽廃美…⑪553　小さな生活へ傾斜…⑬54, 77　南北朝史に関心…⑬580　悲哀へ執着…⑬54, 57　唯美主義的傾向…①74, ㉒118　理屈っぽさ…①411
後人の評価　王安石…⑬95　荻生徂徠…㉓300, 351, 352　厳羽…⑬186, ⑮474　高棅…⑮474
後人の態度　戴復古…⑬181　「唐詩選」における選択…⑮530　楊万里…⑬165　劉克荘…⑬182
後世の祖述　金詩…⑮382　宋詩…⑬47, 49, 52, 54, 56, 57, 175　南宋詩…⑮382, 435, 452
～詩人…①610, ㉒6
温庭筠…⑪553, 563, ⑬580, ⑱25　韓偓…⑬95　許渾…⑬95　杜牧→その項　姚合…⑮382　李群玉…①396　李商隠→その項
～体…㉒118
～の散文家　皮日休…⑪553　陸亀蒙…⑪553
～の時代相　希望の無い時代…①132, 347, ⑪553　享楽への傾斜…⑪553
～の諸家は正変・余響…⑮474
～の賦…㉑10
～文学は修辞主義への逆行…⑰328
晩棉…⑯212
番国…②156
番子手…㉖411
番匠谷英一　訳・シュニッツラァ「ギリシアの踊子」…⑬515
蛮夷…②586, 588, ⑥78, ㉕282
蛮語…⑭287, 288, 555
蛮子…⑮16, 104
蛮子関漢卿…⑭124, ⑮104→沈和甫
蛮子秀才（葉李）・蛮子前蛮子後…⑮104
蛮字…㉓306
～の伝…②586
蛮社の獄…㉓191
蛮貊…㉓61
幡随院長兵衛と子・長松…①326, ㉔93
播州（日本・播磨）…㉗286
盤渦…⑫251
盤桓…⑦398
盤古伝説…②374, ㉗267
盤子…⑮119
盤石の固…⑥289, 305, 308
蕃字…㉓306
蕃族…㉖196

ひ

ピアソン教授（エール大学）…⑲257, 258
ピータース・ホフとピーター大帝（露）…⑲396
ビートルズ…⑱448
ピカソ（パブロ）…⑫197, ⑲397, ㉖66
ピサロ…㉔138
ビシバリク（鼈思馬）…⑭59, 497
ビショップ…⑲331
ビショップ（チャールス・リード）とビショップ博物館…㉔191
ヒストリ・オブ・アイディア…⑲338
ビスマルク…①554, 555, ㉗422

ヒッピー…㉔160, 191
ヒットラー…⑲231, ⑳281, 506　「わが闘争」…⑯584
ヒッポリタ…㉔153
「ひと」（雑誌）…⑭233, 598, ㉗280, 281
「ビブリア」（雑誌）…①614, ⑰125, ㉒279, 281, ㉖464, 470
ビブリオテク・ナショナル…⑤296, ⑩456, ㉒335, ㉓102, ㉕226, 227, 285
ヒベット（ハワード）…⑲446, ㉔48
ヒューズ教授…⑲211
ヒューマニズム…①261, ㉔307, ㉗370, 371, 379, 432
ヒューマニテイ…㉗371
ヒューム（詩人）…⑰489
ビュフォン…⑳39
ひよどり越え…⑳21
ピランデロ…⑱480
ビル（バトラーホール・担当員）…⑲450, 451, 454
ピルー…㉔165, 166→ペルー
ビルマ…⑥95, ⑯170, 175, 179, ⑱16, ⑲220, ⑳321, ㉑95
ビンガム（宣教師）…㉔203
ビンディング…⑲149
ヒンドゥー語…⑲292
一二三館…㉒390, ㉓626
日出づる邦…㉓443
日立…㉗38
日夏耿之介…⑰399
日の神…②162, 163
日之大御神…㉗234
日野川…⑱543
日野資朝（すけとも）…⑪369
日原利国…⑱545, ㉔257, 258, 260, 264, 267
日比野丈夫…⑮305, ⑯659, ⑳359, ㉕506
日比谷図書館…㉓297
日向…㉗56
日向康「果てなき旅」…㉗354, 355
比（六義）…②257, ③32, 33, 37, ⑮621, ㉓348
比叡山延暦寺会館…㉕431
比屋…⑫625, ㉒78
比較言語学者…㉗235
比較文学…㉑118, 129, ㉕180
　～的研究…①626
「比較文学研究」…㉔216
比干…⑥18, ⑬579
比似…①503
比部…⑫665
比部郎中…⑪406
比喩…③7, 12, 25, 32, 497
　～と象徴…㉗307
比翼の鳥…⑪267, 268
比良野貞固…㉑189
皮貨所提挙…⑭136, 150
皮日休…⑪553, ⑮243, 245, 271, ㉖439　「七愛詩」「房杜二相国」…⑮244
皮錫瑞…①206, ㉒401　「鑑古斎日記」…①203　「経学通論」…㉓360　「経学歴史」→その項　「師伏堂筆記」…⑥303
皮仲容…⑬248, 249
皮幣…⑥118
妃…②141
妃呼豨…⑥342
否・泰…⑰173
否・不…⑦495
批…⑫136, 567
批孔…㉒450, 480, 484, ㉓562, ㉕234, 262, 429→孔子批判
批評…㉔126
「批評」（雑誌）…⑫283, 732
批評学（夏目漱石）…⑱127
批林批孔…㉒450, ㉕262, 429
呸…⑭516
肥後…⑰119
肥後侯…㉕195
肥遁…⑦304
非漢族国家との対立（東晋）…㉔234
非漢族朝廷の時代…①309
非漢族の統治と市民社会…②426
非キリスト教的地域…⑤114
非虚構の散文…⑮370, 371
非虚構の文学…①707, ⑮371, 372, 453
　～の素材の尊重…①60
　～の尊重…①71, 706
　～の伝統…㉔170
非災・飛災…⑮158
非儒家…②488, ㉒440
　～の書…②491
非進士派…㉓220, 221
非政治性…⑯657
非俗…②240
非中国的な教え…⑤168, 169
非中国的な時代（南北朝）…㉗130
非必…㉓18
非ヨーロッパ的文明…⑲323
卑汚…⑬89
卑近…㉓70, 71, 79, 80, 87
卑高…㉔239
卑湿…⑪316
卑職…㉓192
卑弥呼（ひみこ）…②584, 585
毘耶…⑮508
毘陵之学（清）…⑯259
「毘陵六逸詩鈔」…①495
「飛燕外伝」…⑪549
飛騨…㉓33
飛騨の匠…㉓298

飛天…⑱460
飛動の意…⑪64
飛蓬…⑬113
飛揚…⑥35, 36
飛竜廐…⑫177, 310, 322, 323, ㉒27
「飛竜全伝」…⑭202
飛廉桂館…⑥146, 415
匪賊…②420, 422
秘校…⑪499
秘書監…⑪131, ⑫65, ㉗19, 21, 22
「秘書志」…⑮237, 238, 244, 255, 292
秘書省…㉗19, 21
　～校書郎…⑪189, ⑬586
　～正字…⑬137
秘府…㉕498
「秘府略」…⑱443
被花…㉖162
被我…⑮145
被議…㉓707
被服…⑥312
婢…⑪308
悲阿…⑮116
悲哀…⑥306-308
　～を生む意識…⑥306
　～からの逃避…⑥308
　～の歌…⑥306, ⑦202
　～の救済…⑥306-308, 312, 323
　～の浄化…⑫692, 694, ㉗325, 327
　～の歴史の堆積…⑥416
悲観の祖…⑥305
悲観の文学…①106, 108, 109
悲合…⑮116
悲秋…⑫347-351, 358
棐…①530
費（地名）…⑤181, 183, 185, ㉕264, ㉗261
　～の宰…㉕264
費隠通容「五灯厳統」…⑯52
費学曽…②467
費君祥…⑭88, 137, 151
費士璣…⑯237, 240
費淳（地名）…⑦92
費長房…⑫344
費唐臣…⑭88, 137, 151　雑劇「韋賢籯金」「斬鄧通」…⑭225　「蘇子瞻風雪貶黄州」…⑭225, 443
費念慈「清故光禄大夫兵部左侍郎洪公墓誌銘」…②441
辟悪…⑬53
閟…⑫278
碑…①162, ②18, 257, 448
碑誌…⑪373
碑誌伝状…①163, 164, ②18, 181, 185, 190, 192, 194, 199, ⑥238, 240
「碑伝集」…㉓254, 274
「碑伝集補」逸民…㉔280
碑林…㉒443, 480
翡翠…㉖92
翡翠衾…⑪256
鄙介の性…⑪312
鄙事…⑤154
鄙直…⑦168, 169
韠…㉗93
樋口一葉…㉒436
樋口秩山…㉓316
罷黜…②296
避不得…⑭321
臂…⑫337, ㉒38
臂鞲…⑪51
髀中疾…①437
靡麗の賦…⑥219
「譬喩経」…⑤6
未央宮…⑥54, 145, 146, 166, ⑲363
　～の柳…⑪253, 271, ⑮210
未之有也…②118, 119
未・不・無・勿…②118-119
尾（星）…③512
尾韻…㉔77-80
尾生…⑪122
『尾声』「天宝遺事」諸宮調…⑫269
尾藤正英「中江藤樹論」…⑰383-385　「太宰春台の人と思想」…㉕200
尾藩水川進徳堂記（印）…⑩460
眉山…⑪447, ⑬274, 275, ㉖248, 433, 454→蘇軾
眉山県（四川）…②426, ⑬99, 277, 278, ㉖248
眉目準頬権衡…㉕87, 93
美…㉖194
　～の価値…①192, 193
美育…②389
美学…㉗308
美学者…②503, 506
美国…②194, ⑲319→アメリカ
　～人…⑲319→アメリカ人
美姿姿…⑭423
美須髯…㉕84, 135
美術史…②520
美術史家…②518, 530, ⑥333, ㉗419
美人香草…③25
美人図画…⑭418
美的内容文辞の有無…①595, 597
美的文辞…①599-601
美孚…⑯357
備前…㉗160
備中…⑱542
備物典策…⑦253
「琵琶引」…⑪276→「琵琶行」
「琵琶記」淩延喜刊本…⑲317
「琵琶記」雑劇…⑭126, 182, 364, 516, ⑮40, 445, 473,

475,⑯142,359,⑰395（趙貞女…⑭512,514,516）
琵琶湖…⑰116,⑱534,㉓431
「琵琶行」（白居易）…①330,⑥22,⑦329,⑪228,291,310,365,431,436→「琵琶引」
～制作時の失意…⑪276,317
～と「水滸伝」…㉖394
～と日本人…㉓566
石川啄木…②64
～における事件の顚末の叙述…⑬14
～の愛誦…⑪297
～の虚構…①197
～のはしがき…⑪276,277（曹・穆…⑪277）
～の排除（唐詩選）…㉒6
～の舞台…①333
～への白居易の評価…①34,㉒440
琵琶亭…㉖394
琵琶と王昭君…㉖200,202
微…②141
微言…㉑177
微言大義の書…②466
微子…⑨480,㉔217
微波…①536
微風の岸…㉖180
蘼蕪…①363,②66
東アジア…㉖37
東インド諸島…㉕49
東大谷本廟…㉔268
東聚（けい）…⑪195,⑮475　「唐詩正声箋注」…⑪191,192,194
東支那海…⑰377
東ドイツ…⑲376
東トルキスタン…⑪150
東の五条の大后の宮…㉕114
東ベルリン…⑲363,402
東本願寺…⑲363,㉔272
東山天皇…㉓35,36
東四番丁二一（仙台）…㉓621
光源氏（源氏物語）…⑥247,㉔8,㉗210,215
～と何晏…④7,⑤296
～と元帝の悲愁…⑮213
～と玉鬘姫の会話…①175,176,⑱11,430,㉑121,122,㉓507,㉔10,247
～と物のあはれ…㉗207
～の海辺の住居への嫌悪…⑱429
久松潜一　解説「契沖全集」…㉕249
「膝栗毛」…①227,②568
常陸…⑰135
左甚五郎…①366
必…②70,⑦473,474,481,482
必将去…⑦475
必然…⑭313
必定…⑦474,481
必非…㉓18
必有忠信…⑤305
畢（星）…⑥67
畢郢…㉓442
畢沅…②491,⑯238,239
～校本「釈名」…⑲22,23
～と荘逵吉復刻道蔵本「淮南子」…②479,㉒292
～と「道蔵」…②479,㉒292,293,303
～と揚州の塩商…㉗312
～の「関中金石記」→その項
～の道蔵からの諸子復刻…②482,㉒292
「墨子」…②479,491,㉒292　「呂氏春秋」…②479,491,⑯235（新挍正序…⑯234）
畢卓・吏部…⑭456
畢蘭慶…⑯238,244
筆語…㉓150,313
「筆算数学」…⑯381
觱発…⑲452
謐如…㉓424
人…⑤31,⑯607
人を知る…⑬237,246
人と為り…㉕83
人の人…㉓415
人の道…⑯607
人の物…㉓415
人ノ世…㉗156,157
人之天性…⑤326,327
人身御供…㉔132,190,195,196,204
姫路…⑱541
冷水さん（「周辺」編集部）…㉗342,345
百越…①467
百王の大法…⑰163
百花…⑪192
百花生日…②544
百花斉放…⑯591,㉖472
百花潭…⑫496,497,㉕469,㉖152
「百花亭」雑劇・「逞風流王煥～」…⑭37,47,201,217
～の作中人物・王煥…⑭201
～の『水仙子』（第四折）…⑭299
百科全書…①605,㉔150
「百家」…①182
「百家姓」…⑬157,⑭294,295,474,⑯351,㉓187
百戯…⑭65,⑯593
百工…②461,⑬12,㉕327
「百子全書」…②480
百氏…②168
『百字令』　朱竹垞…⑯148
「百種曲」→「元曲選」
百十余箇…㉖421
百姓一揆（中国）…①296,②406,414,421,422,⑥242
百祥…⑫236
百姓…⑤31,㉕192

「百川学海」…⑭492, ㉑175
百川東注…①246, ⑰484
百宋一廛…①394, 395, ⑰598, ㉒312, ㉔54→黄丕烈
百二関…⑮500
「百人一首」…①287, ②568, ⑯607, ⑱4, 5, ㉑125, ㉒5, ㉗398
　～漢訳（明）…①287
百年…⑮513, 514
百年の豪傑…②68
百衲本二十四史…⑬582, ㉒413, ㉕371, 372
　「漢書」…⑬582, ㉕371, 372　「魏書」…⑬582　「旧五代史」…㉒413　「周書」…⑦540, ⑬582　「陳書」「南斉書」…⑬582
　～上海商務印書館本…⑦595
百畝の田…②117
百宝…⑪51
百忙裏…⑭321
百名…㉕25
百憂…⑫219
百憂薫…⑮388, 389
百絡…①543
「白虎通」…②252, ⑤119, ⑰556, ㉓450
　三教…㉓450　崩薨…⑥329
白蓮教匪…②390
白蓮精舎…⑰586, 588
繆日芑…㉓168
繆荃孫・筱珊…⑬500, ⑯257, 306, ㉒302
　輯本柯九思集…⑮258　「蕘圃蔵書題識」…㉒303　覆刻本「京本通俗小説」…⑬500, 501, 504（跋…⑬500, 501, 506, 507）　繆本「敬斎古今黈」…㉒314, ㉕53, 54
平起格…㉖36
平声…①126, ②27-29, 37, 38, 60, 203, 451, ⑭19, ⑳87, 88, ㉕104, ㉖19, 25, 36, 88, 150, 203, 212, 221, 229, 230
平上去入…②27, 28, 37, 38, 203, ⑭19, ⑳88, ㉖189
平仄…①123, 126, 133, ②37, 454, ⑭19, ⑮172, ⑳88, ㉓13, ㉖157, 229, 230
　～の配置　曲…①127, ⑭20　「堯典」…②34　近体詩…①127, ②60, 449-451, ㉑37, ㉖33, 47, 53, 58, 79, 90, 108, 138, 168, 170　古詩…㉖42, 135　古文…②32, 34, 35, 38　四六文…②28-30, 38, 172, ⑰633, ㉕68　詞…①127, 568　詩賦…①316
平仄通押…⑭32, 325-327, 347, 566, 609
氷紈…⑭576
氷心…⑪220
兵庫県立神戸第一中学校…㉗414
兵庫港…⑳236
表意文字…②70, 91, 446, 562
表音文字…②91, 194, 195, 446, 562
表現の困難の原因…②13
表奏牋記…②257
表白…⑭312
票騎将軍…⑥97, 98, 121, 162（驃騎将軍…⑦548）
評林…㉓573
評論…⑳379, 383
評話…㉖368
馮夷…①303, ⑫612
剽…㉖451
剽賊…⑯523
嫖姚の兵…⑥293
漂亮…⑰523
標起止…⑩437
標題…⑩437, 439-441
憑…㉒61
縹緲…⑪259, ⑬100
飄飄…㉖181
飄風…①462
飄颻…⑥327, ⑪263
飄零…⑬176
飈…㉕100
「飈風」（雑誌）…㉒328, 445, 478, ㉖491
飆塵…⑥327
驃騎大将軍…⑪501, ⑫319
苗族…⑯131, 132, ㉓217, 218
苗族軍…⑭169
眇覿…㉕378
病肺…⑪72
「病劉千」雑劇…⑭473
屛風が浦…㉗36
廟…②370, 373, 388, ⑦254
「廟学典礼」…①298
廟謀…⑫257
平井毓太郎…㉗437
平井氏（下宿）…⑳261
平泉…⑥413
平泉澄（きよし）「忠と義」…⑯583
平岡武夫…①141, ⑦286, ⑭474, ⑱51, 66
　～所蔵「尚書注疏」金平水刊本…⑩453, 463
　～と元曲会読…⑭378, 602, ⑮11, ㉖252
　～と「尚書正義」…⑧17, 354, ⑨181, 182, ⑩81, 84, 85, ㉑670
　～と白居易…㉑76
　～の「全唐詩」と銭謙益に関する説…㉖502
　～の長安市街の考証…①489
　～の「長安と洛陽」…㉒481
平岡竜城…②197, ㉖388, 392-394　「標注訓訳水滸伝」→「水滸伝」（注釈）
平賀房父「世説新語補策解」…⑦454
平賀元義…⑬225, ⑮368
平沢和重…㉑141, 142
平田篤胤…①382, ⑱63, ⑳216, ㉕160
　～著述　「古史徴解題記」→その項　「皇典文彙」…㉑111　「西籍慨論」…㉗199　「平田篤胤歌文集」…⑯583　「平田篤胤全集」…㉗199, 421
　～と本居宣長…⑰213, 232, ㉗199, 200

～の伊藤東涯評…⑰155, 165, 440, ㉓89
～の中国嫌い…㉑111
～の博学と能弁…㉗199
平田昌司…㉖460
平田東助…㉓582
平田派（国学）…㉒358
平中苓次…㉕371
平沼騏一郎…⑰76
平野（大阪）…⑩458
平野金華…㉓290, 301, 365, 370（平金華…⑰54, ㉓415）
～と釈玄海…㉗46
～と松平頼寛…⑰135
～における愚老…㉕195
平野正雄…⑰327
枚方（大阪）…⑱79, 404
広川弘禅…⑳318
広島…⑰354, ⑲344, ㉑250, ㉓416, ㉔233, ㉗122, 169
広島支那学会…①620
～の「支那学研究」…①620
広島大学…⑥427, ㉗10
～浦廉一教授校訂「唐船風説書」…㉓269
～蔵写本「徂徠集拾遺」…㉓297, 366
～中国文学科…⑰420, ㉑250
～中国文学研究室…①630, ⑦518
～の「文選」研究…⑦596, ⑰307, ㉕389
「広島大学文学部紀要」…①620, 634
広島藩…㉗165
広島文理科大学…①611, ⑰403
広瀬惟然…㉓611
広瀬川（仙台）…⑥248, ㉓621
広瀬武夫…⑱123, 130
広野姫皇后…㉗218
弘前大学…㉓149
「邠詩」…⑦524, 525→「詩」豳風
邠州…⑫397, ⑮626, ㉖69
邠州新平県…㉒82
品彙…⑮474
品級石…㉒464
「品梅記」…⑯593, 594, ⑳556
品物…⑦383
『品令』　清照…⑬377, 524
貧…⑦297
貧（六極）…⑤111
貧僧・貧道…⑭311
賓従…⑫108
賓白…⑭593
賓朋…⑬224
賓礼…②303, 304
豳州…⑦546
豳土…㉔263
殯に奠をしての即位…⑨479, 480
岷山…⑫73
旻上人…⑫44
旻天…⑥14
敏警…㉓113
敏沢「対『三千里江山』的幾点意見」「評小説『不疲倦的鬥争』」…①637
備後…②192, ㉓708
湣王（戦国・斉）…⑯244
閔遇五　「西廂記」箋疑…⑭560, 594
閔子騫・損…⑤47, ⑦551, ⑭453, 455-457
閩粤…⑬308
閩越（国名・漢）…⑥76, 78, 81, 105
閩越王…⑥77, 78
「閩侯県志」列伝…㉓706
閩浙庸蜀の出版物…⑬322
閬中…⑯124, ㉓707, 708
閬本…⑨483, ⑩453, 454
憫忠寺…⑮346
鬢如糸…⑬21
鬢有糸…①385
BC 五世紀の詩…㉗377

ふ

ファー・イースタン・アソシエイション…⑲246→遠東学会
「ファー・イースタン・クォタリ」…⑭358
ファーブル…⑤313　「昆虫記」…⑳205
ファウスト・コンメンタール…㉕246
ファシズム…①262, ③546, ㉗353
フィクションの文学…①41, 45, ㉑91, 131, ㉕296→虚構の文学
フィラデルフィア市…⑲273, 304, 310, 311, 330, 439
フィラデルフィア大学…㉔128
フィリッピン…⑯209, ⑰491, ⑲291, ㉔133, 184
～における日本の暴虐…⑳303, 321
～への賠償…⑳425, 446
フィレンツェ…㉔172, 174, 180
フィロゾーフ…⑤294, ㉗290
フィロゾフィー…⑤307
～とフィロロギー…⑤295, ㉕182, 255, 256
フィロソフィ・ホール（コロンビア大学）…⑲451
フィロローグ…⑤294, 295, 306, 312, ⑳283, ㉖374
～とフィロゾーフ…⑤294, ⑳282
フィンランド…⑲196, 343, 344, 354, 355, 398, 400, 426, ⑳459, ㉔171
プーシキン「オネーギン」…⑳225
フーヴァー（大統領）…㉔160
フーリエ…⑯310
フェドレンコ…⑲415
フェノロサ…②528, 539, 540, ⑲260, 442, ㉕100
フェルガーナ…②136, ⑥92, 94, 130, 154, ⑫135, ㉑93, ㉖31→大宛
フェルヂナンド（イサベラの夫）…㉔135

プエルトリコ…㉔133
フェルミエ・ゼネラアル…⑮574
フォークナー…⑳500
フォード大統領…㉓522
フォール…⑱424
フォング上院議員…㉔191
ブダシリ（不答失里）…⑮283
フツクチキ…㉖230
ブッセ…⑰265, 277
ブッチャー「ギリシャ精神の様相」…⑲41
ブトオエ…㉔139, 140
フトハイヤ（忽都海涯）…⑮321
フトフ（胡土虎・忽覩虎）…⑮222, 400
フドルトルミシ（忽都魯禿児迷失）…⑮244, 247, 251, 253, 254
フビライ（忽比烈）…⑬173, ⑭383, ⑮189, 328, 401 →世祖（元）
～と漢人　元好問…⑮393　文天祥…⑮408, 415　李宮人…⑮224, 226
漢人の文臣…⑮402, 428（王惲…⑮428　郝経…⑮402, 403　許衡→その項　趙孟頫…⑮447　程鉅夫…⑮422, 447　李治…㉕53　劉秉忠…⑮428）
～と漢文化…⑮393, 402, ㉕53
科挙拒否…①309, ⑭131, 132, ⑮402, ㉒119　漢字…⑮312　朱子学…⑭132, ⑮402, ㉒99, ㉕53　儒教大宗師…⑮393　文学への冷淡…⑮402
～とサングウ（桑哥）…⑮138, 139
～と南宋…⑮401, 402, 416
南宋王室の扱い…⑮417, 418　南伐…②552, ⑬6, 173, ⑭99, ⑮101, 401, 403, 458
～の元寇…⑯536
～の子孫　玄孫…⑮433　皇太子…⑮328, ㉒119　曾孫…⑮433, ㉒119　孫…⑮448
～の死…⑮433
～の時代の文学…⑮454
～の時代までの雑劇…⑮453, ⑯536
関漢卿…⑯536
～の即位…⑬603
～の年号…⑮402, 454
フホホト市…㉖196, 197
フラ…㉔199
ブラウニング…⑳278, ㉗315
プラグマチズム…㉓533
プラトン…⑰7, ⑲191, ⑳224, 266, 284, 500, ㉑140, ㉔181, ㉖481
～の対話篇…①184, ㉑8（「饗宴」…⑳222）
フランク…⑱437
フランクリン（ベンジャミン）…⑲311「フランクリン自伝」…⑳227
フランケ…㉔208
フランケル…⑲242
フランス…②596, ⑪167, ⑲37, 376, 426, 432, ㉔171, 173, ㉖50
～を含む八国聯兵（義和団事件）…①177
～王朝時代のフェルミエ・ゼネラアル…⑮574
～とセルゲ・エリセフ…⑲217
～と日本…⑱44
～と日本人　狩野直喜…⑰238, 255, ㉗268（Société asiatique 名誉会員…⑰267, 279）桑原武夫…⑰341, ⑯654（フランス文学研究…㉗348　フランス留学…㉗348）　森有正…㉒422
～とヴェトナム…⑤206, 207
ヴェトナム語ローマ字表記強制…②228, ⑤206
～とヴェネゼラ…㉔154
～ドイツ・オーストリハンガリとの争い…①553
～における歌舞伎公演…㉗284
～における外国語…⑲194, 340
～の学士院のジュリアン賞…㉔295
～のコーヒー…㉔183
～のサロン…②469
～のサンボリスト…⑰489
～の初夏の花…⑳467
～のセント・クロア他二島の売却…㉔138
～の対支文化事業・孔徳学院…㉒392
～の大学　講義…⑳347　自国文学の地位…⑰10, ⑱8
～の中国承認…㉒358
～の中国文学研究…①623, ⑯309, ㉔180, 296
グラネーの古典研究…③475, 554　シャバンヌ訳「史記」…⑥44, 158　ドミエヴィル（「中国文学」の項〔百科全書〕…①610　中国口語文学資料研究…⑲373）　フランス訳「詩経」→クーヴラール→Pauthier
中国戯曲研究…⑭594, 595（ヴォルテール「中国の孤児」…①45, ⑭594, ⑯309, ㉖367　元雑劇研究…⑭594-596, ⑰396　ジュリアン〔改訳「趙氏孤児」…⑭594　訳元雑劇…⑭594, ⑯309〕　バザン訳元雑劇…⑭375, 594　プレマール訳「趙氏孤児」…①44-45, ⑭594, ㉖367）
～の駐日大使…㉔295
～の東洋学…⑰12, ⑲322, ㉔180
考証的歴史学…⑲416　支那学…⑰238, ⑲206, 207, ㉖506, ㉗268　東洋学者…⑲206, 397, ㉔180, 208
～の敦煌文書…⑤296, ⑰266, 278, 417, ㉒335, ㉕226, 285, ㉗268
狩野直喜の調査→その項　羽田亨の整理…⑰332, ㉖201
～の比較文学…㉑118, ㉕180
～留学　中国人　陳季同…⑯308, 309　巴金…⑯314, 315
日本人　小島祐馬…㉒335　西園寺公望・中江兆民…㉒391　羽田亨・矢吹慶輝…㉒335
フランス（アナトール）…⑯309, 310「笑史」（Histoire Comique）…⑯308

フランス革命…②433, 435, 439, 595, ⑳225, ㉒436, ㉔150
フランス革命史…②435
フランス学…⑲96, 107
フランス語…①279, ②564, ⑯325, ⑰456, ⑲199, 397, ⑳107, ㉕291
　～教育の方法…⑲148
　～と日本人　池田大伍…㉗283　狩野直喜…①422　佐久間象山…①562
　～における語彙　エクストレミスト…㉓525　エリート…㉕289　AEIOU…㉕101　オノマトペ的単語…⑭501
　～における言葉の繰り返し…⑭501
　～の音韻体系におけるéの音…㉕130
　～の数のかぞえ方…②75
　～の旧かな固執的体制…㉔53
　～の名詞の男女中性の区別…⑱440, ⑲199
フランス人…②564, ⑤296, ㉒463, ㉔43, 138, 183, ㉗259, 268, 272
　～ウォーター君と狩野直喜…①422, 425
　～と同じように考える…㉒423
　～の油絵…㉒285
　～のサルトル…⑳24
　～の中国文学評…⑯309
フランス文化…①279-280
フランス文学…⑳107, ㉓595, ㉔295, ㉗306, 338, 348, 401
　～研究…⑲85, 86
　　日本における研究の通弊…⑲143
　～講座（日本の大学）…⑰9, 420
　～と曽樸…②466, ⑯307, 308, 315
　～と日本文学…⑱44
　～の古典劇…⑳101, 224
　～の詩…㉕101, 130
　　象徴詩…①606, ⑲209, 457, ㉖114
　　フランス近代詩論…⑯654
　～の推理小説…㉗298
　～の中国語訳…⑯314
フランス文学者…①289, ㉕130, 438, ㉗196
フランス文明…⑰9
フリア美術館…②515, 531, ⑦133, 139
フリーゼ（ハンス）…⑲351, 401
ブリストル大学…⑮558
ブリティッシュ・コロンビア大学…⑬631
ブリティッシュ・ミュジアム…⑩457, ㉒335, ㉕227, 285
ブリュッセル…⑱315
ブリュヌティエル…⑯308
フリン（福臨）…㉓172→順治帝（清）
プリンストン市…⑥412
プリンストン大学…⑮558, ⑯438, ⑲301, 307, 330, ㉔252, 399
フリント…⑰489
フルーシェク…⑬630, ⑲373
プルースト…⑲191, ㉔43
ブルーミントン…⑲256
ブルーミントン大学…⑲303
フルシチョフ…①140, ⑳507
プルターク…⑲55, ⑳500, ㉗368
「プルタルコス英雄伝」…⑥242
ブルックリン…⑲209
フルブライト研究教授…㉔48
フレッチャー（John Gould）「東洋と現代詩」…⑰489, ⑲209
フレッチャー（W. J. T. B.）「チャイニーズ・ヴァース」…㉖175
フレデリックステッド…㉔139
プレマール…①44-45　仏訳「趙氏孤児」…①45, ⑭594
フロイス（ルイス）…㉔164
ブロードウェイ…⑰88, ⑲246
フローベール…⑯308, 315, ⑰9（ボヴァリ夫人…⑳39, 40）
プロテスタンティズム…⑯652
プロテスタント…㉓531, ㉗255
プロフェッサー・オブ・プロフェッサーズ…㉔193
プロフェッサーズ・イングリッシュ・スピーキングソサエティ…⑲202
フロリダ半島…㉔142
プロレタリア独裁…㉖471
プロレタリア文化大革命→文革
プロレタリア文学と中国文学…⑰402, 409, 410
フン族…㉖196→匈奴
不為変…⑪402
不亦～乎…②216, ⑤102, ⑳12, ㉔305-308
不可作の語…⑭287-289
不可勝～也…②113
不可知…㉓87
不餓死…㉔103
不覚…⑦478
不刊之書…②251
不敢…②146
不其～乎…⑳12
不宜…②187
不共食…⑰92
不愜…⑫168
不潔…②138, ㉔24
不賢達…⑮64
不顧返…⑥275
不誤不漏…②604, ⑯120, 133, ⑰282
不好…㉖293
不合…⑭450
不索…⑭534
不自是…⑯120
不取義の輿…⑯130
不受…㉒76

不周山…⑦246, ⑰484
「不修春秋」…㉓105
不肖…②138
不祥…②187
不勝春…⑪444, 445
不信到…⑭489
不仁…③560
不斉一の方向への敏感…②364, 367, ⑰368
不誠無物…⑯115
不善…⑭550
不相登…㉖406
不曽…⑭313
不俗…②240, 248, 249
不耐煩…㉓313
不知他…⑭320
不隄防…⑭321
不伝の学…⑯79, 81, 128
不登大雅之堂…㉒280
不動…⑭310
不得見用…㉓102
不佞…㉓293, 407
不比其他…⑮109
不甫能…⑭321
不妨事…⑭522
不・麼・否・未…⑦494, 495
不問馬…⑤131, 132
不由…⑭421
不由我・不由喒・不由你・不由人・不由的…⑭321
不羊…①372
不要…㉖384
不立文字…②386, ⑤303, ㉓86, ㉕28
不倫の恋…㉓507　～の歌…㉓502
不惑…⑤149
夫…⑫257
夫（助字）…②191, ⑰501, ㉕157, 192, ㉗248
夫家…⑫188
夫子廟…⑤124　～の書店…⑯567, 653
夫主…⑭311
夫人県君…⑮25
夫婦別姓…㉑82-84
夫余…②585
父母の死…⑳301
布哇…㉔197→ハワイ
布衣…⑮480, 565, ㉖39　～の交…㉕477
布縷縷紵…⑯223（布糸縷紵…⑯221）
布施知足「文学革命の話」…⑰411
布政使…②470, ㉓198, 199, 211, 217, 222, 223, 279
佈擺…⑭312
巫…①540, ㉓604
　～の言語の形式…①619, ③487
　～の文学…①609
巫娥…⑭464
巫峡…⑫382, ⑬199, ㉖182-184, 187, 189
　～を出でたる神女…⑭416, 418, 419
「巫系文学論」…①619, ③487-489
　設問文学…③488
巫蠱…⑥63, 163-166
巫山…⑪70, ⑭483, ⑮437, ㉖182, 183, 187, 189
　～の神女…⑪70, ⑭418, 419, 464, 483, 505, 515
　～の夢…⑱22, ㉑9
　～窈窕娘…⑭515
　～洛浦の楽しみ…⑪537
巫山十二峰…㉕438
巫祝…㉓340
巫祝陰陽僧修験…㉓452
巫陽…⑬52, 53
扶起…⑪238
扶乩…⑯404
扶溝…⑮625
扶策・扶攙…⑮156
扶桑（日本）…㉓353, 426→榑桑
扶桑県（汝南）…⑰593
扶桑の木…⑫42, 253, 645, 646, ⑬83
「扶桑略記」…⑥247
扶風県…⑪248
扶荔宮…⑯161
扶老…⑦397
汥…㉖395
府学…②462, ㉓211
府君…⑥372
府試（科挙）…㉒116, ㉕320
府兵…⑫257
斧斤…②114
芙蕖（富士山）…㉓431
芙蓉（花）…⑪146, 239, 253
芙蓉…㉓363, 364, 369, 431-437→富士山
芙蓉苑…⑫371
芙蓉帳…⑪238
「芙蓉亭」雑劇・「韓彩雲糸竹～」…⑭467, 470
芙蓉白雪…㉓363, 364, 370, 431, 432, 434, 435, 437
芙蓉楼…⑪210, 211, 213→千秋楼
阜城県…⑮334, 335
阜平県・阜平県学訓導…⑮629
阜陽県（潁州）…⑯354
苻堅…⑦429, ⑫22, ㉒81, 82, ㉕341
訃聞…㉗13
負夏…㉓442
負荷…②166
赴…㉖199
赴仮…⑦370
「風土記」…㉒78
浮雲…⑥275-277, 302
浮華…⑥222
浮休…⑯205
浮橋…㉖425
浮生…⑫528, 596, ㉖213

～の理…⑫528-530, 596, ㉑26, ㉖214
浮声…㉓260, 261, ㉕104, 106, 112
浮図…⑬162
浮図の書…㉒305
浮屠…⑦173, ⑬143, ⑱323, ㉒111, 114, ㉓454
浮名…㉖93
冨山房…㉑11, ㉗245
「冨山房百科文庫」…⑰408, 411
冨春堂…㉖365, 368
婦功…②461, ㉕150, 328
「婦人公論」（雑誌）…①635
婦徳・婦言・婦功・婦容…㉕150
符貴…⑦541
符契…⑦524
符定一「聯綿字典」…②219
符吏…⑬403
傅緯…⑫666
傅芸子（うんし）…②538, ⑯605, ⑰142, 147, 366, ⑳391 「支那語会話篇」…㉓432 「正倉院考古記」…⑯540
傅説…⑪514
傅介子…⑫444
傅会…②165
傅咸「五経」「孝経詩」…⑦167
傅嵓・逸人…⑮21
傅巌の原…⑪514
傅毅…⑥300 「舞の賦」…②523, ⑥321, ㉑8, 9, ㉗103, 105
傅玄・休奕…①438, ⑦152 「雑詩」…⑫642 「四愁詩」…⑥262 「短歌行」…①439 「馬防に擬す」「班氏に擬す」…⑥263 「班氏の詩に和す」…⑥261, 262 「傅子」…①438, ⑦153
傅庚生…㉒445, ㉕447, 454, ㉖471 「杜詩散釈」…⑳495
傅縡…⑥335, 337, ⑫657, 666
傅氏双鑑楼…⑰589
傅若金「憶昔行送雅琥正卿」…⑮270 「送奎章典書王可賓帰陳」…⑮275 「傅与礪詩集」…⑮269, 270, 275
傅新徳…⑯103, 104 「大事狂言」…⑯48
傅惜華…⑭41, 48 「宋元話本」…⑬523 「宝巻総録」…①617
傅増湘・沅叔…①396, ⑩453, ⑯267, ⑰593, ㉖467, 469 「蔵園蔵書題跋記」「蔵園東遊日録」…㉖466
傅楽成「杜甫的死」…①636
傅亮…⑦433
傅霖「刑統賦解」序…⑰596
富（五福）…⑤111
富嘉謨…⑪20, 37
富岳…㉗169→富士山
富貴の語…⑬255
富士川英郎（ひでお）「西東詩話」「李太白とドイツ近代詩」…㉔216
富士川游「日本疾病史」…㉔273
富士五湖…⑥413
富士山…②69, ⑱436, ⑲71, 332, ㉑220→富岳→芙蕖→芙蓉
～と外国の山　峨嵋山…㉓437　シャスタ山…⑥411, ⑲321, ⑳20　泰山…⑤143, ㉒476, 477, ㉓431, 437, ㉔250
～と日本人　石川丈山…㉒477　荻生徂徠→その項　佐久間象山…①563　藤田東湖…⑮415
富士谷御杖（みつえ）…㉓518
富士正晴…③537, ㉔41, 42
富水春（酒）…⑪108
富荘駅…⑯245
富弼…⑦498, ⑬62, 63, 81, 93, 266, 294, 445, 449
富民…⑥202, 205, ⑫548
富陽知県…㉓262
富麗…㉓117, 120
『普天楽』「金銭記」…⑭488
普仏戦争…㉗378
普六如氏…⑦543
溥儀→愛新覚羅溥儀→宣統帝
凫鷖…⑮465
凫氏為鐘…㉓114
榑桑…㉓426→扶桑（日本）
詩…㉓131, 135, 240　文明…㉓132, 425
腐刑…②136, ⑥232, ⑫317
腐景…⑭464
腐儒…㉓586, ㉕322
蒲団…①532
誣害…⑬235
鄜畤…㉖71, 72
鄜州と杜甫…⑫288, ㉒83, 84, 88
～家族の疎開…⑫204, 291, 331, 333, 370, 394, 569, ㉒32, ㉖48, 65
「憶幼子」…⑫289, 335 「月夜」…⑫284, 303, 332, 410, 570, 637, ㉒35, ㉖49-52, 56
～家族との再会…㉕486, ㉖66
「北征」…㉖65-67, 72
～三川県…⑫204, 284, 336, 343, 394, 395, 398, 399, ㉒32, 35, 37
賦（韻文）…①608, ②256, 257, ⑥219, 222, 225, 416, ㉑7-9, ㉓351, ㉕7→辞賦
～と五言詩と修辞的散文…⑥221
～と「詩経」…⑥224
～と楚辞…①14, 74, 242, ③14, ⑥199, 205, 214, 215
～と敷・鋪…⑥216
～と武帝の要求…①74, ⑥64, 200, 201, 203, 223, ㉑7, ㉕7
賦の制作と儒学的実践…⑥223-225　文学の士の任務…⑥105
～と駢文の歴史の叙述（G. Margoulliès）…①623
～のエロスへの関心…㉑9

～の虚構性…㉑8
仮託の問答による展開…⑥214, 237, ㉑8　戯曲的構成…⑥214
～の作者…⑥199-201, 220, 221, 224, 225, 331, ㉑7, 8（賦の大家…⑥254）
賈誼…⑥224　蔡邕…⑦451, 452　司馬相如→その項　武帝（漢）…⑥64, 201　曹丕…⑦78, 79　張衡…⑥331, ⑦451, 452　陶淵明…⑦448, 451-453　班固…⑥224, 331, ㉑5　揚雄…⑥219, 220, 225, 254, 331, ㉑7　陸機…⑬543
～の作者のパトロン（漢）…⑥199
～の詩形…⑥215
句形…⑥215　長大な篇幅…㉑5
～の主題…⑦172, 200
～の修辞性…⑥214-216, 218, 221
美文性…①64, 74
～の叙事的要素…③15, ⑥331, ⑫131, 132
叙述性…①64, 65, 74, ㉑5, 6　本来の使命…㉑6
羅列性…⑥216, 331, ㉕7（列挙の形式…⑥215, 216, 416, ㉑6, 7）
～の盛況（漢）…㉑7, 9
賦への努力の集中…⑥331, ⑦13, 138
～の創始…㉓351
最初の作品…⑥216, ㉑5
～の文学史的地位（漢）…⑥416, ㉑7, 8, 15, ㉕7
～の文学の下り坂…⑦14
退屈さ…①15
～の朗誦…⑥216, ㉑5
賦（科挙の試験科目）　詩賦…②454, 455　律賦…㉑10, 11
賦　漢魏風…㉑11　三国…⑥221, ㉑9　周漢魏晋六朝…②257, ㉑11　宋…㉑11　唐…㉑10　六朝…⑥221, ⑫607, 659, ㉑9
賦（日本）…①563, 564, ⑰201, 202
賦（六義）…②257, ③32, 33, ㉒91
～・比・興…③32, 33, 37, ㉓348
賦家…⑥199, 201, 225, ㉑8
賦閑…⑯506
「賦史大要」…⑰314, 405, ㉑11
賦詩歌頌…⑥222
賦詔誥章表（科挙）…①309
賦得の文学…①603
駙馬都尉…⑫411, ⑭206, 207, ㉒109
賻…②106
毋・不・無…②144
侮日…②559, ⑳322
武…①321
～事の能力…②455
～人蔑視…①301, 321, ②399, 401, 402
～と文…①607, ⑳133
～の否定（伊藤仁斎）…㉓34
～力…②401, 402
『武』（音楽）…⑤42, ㉓411
武安（磁州）…⑭78, 158, 569
武夷…㉖444→朱子
武威郡公…⑦548
武章之禍…㉒85
武英殿…⑩447, 454, 460, ㉔254, ㉗271
～本「周書」…⑦540, 548「毛詩」経注本…⑩460「論語義疏」…㉗271
武英殿聚珍版書…⑯227
武衛将軍…⑦548
武王（周）…⑦96, 553, ⑩475, ㉕329
～周公と孟子…㉓109
～と「漢書」古今人表…⑩467
～と箕子…⑤110
～と堯舜禹湯文王周公→堯舜禹湯文武周公
～と曹操…⑦96
～と伯夷…①85, ⑥231, ㉖474
～と文王→その項
～と文王周公→文王
～と本居宣長…⑰198, ㉓513
～における天…⑤110
～の革命と孟子…⑬561, ㉓108
～の死と管叔・周公…②311, ⑬430
～の病気と周公…⑩473, ⑬430
武王（戦国・秦）…②549
武科挙…②455
武漢…⑯188, ㉕436, 438, ㉗424
武漢臣…⑭137, 264
～の雑劇「玉壺春」…㉖418「虎牢関三戦呂布」…⑭210「生金閣」→その項「曹伯明錯勘臓」…⑭210「抱侹携男魯義姑」…⑮114「老生児」→その項
～評・賈仲明…⑭225
「武漢大学文哲季刊」…⑯105, ㉖449
「武鑑」…㉓226
武戯…⑯593
「武経七書」…⑨481, ⑰26
武劇…⑯599
武元衡「錦楼望月」…⑫643
武功山…㉖62
武三思…⑪21
武士道…⑤164, ⑰51, 75, 77, 80, 82, 83, ㉓374, 408, 417, 419, 478, 451, ㉗220
～倫理への抗議（本居宣長）…㉗213
武氏の子（「春秋」隠王三年）…②106
武氏の前石室・左石室…⑥388, 392, 396
武州江戸…㉗40
武州勝沼…⑰584
武昌…⑮539, ⑯191, 238, 239, 244, 270, ㉒469, ㉕240
～・漢陽の穀物価格（清）…㉓203
～興国…⑮512
～との関わり　夏煜の刑死…⑮459　陶淵明の妹の死…⑦388　庾亮…⑦478　劉廷信の死…⑭183

～の湖広総督衙門…⑰94
～の黄鶴楼…⑮459
武昌大学…⑬326
武昌鎮守…⑭72
武昌万戸…⑭108
武松・行者武松・武二・武二郎（水滸伝）…①357, ②199, ㉖382, 384, 395
～と施恩…㉖387
～と潘金蓮…②196-198, ㉖382, 415
～の護頭…㉖425
～の物語…㉖380, 386
安平塞到着…㉖391　虎退治・武大西門慶潘金蓮との物語…㉖381　梁山泊入り…㉖411
武進（江蘇）…①423, 495, ⑭385, 574, ⑯132, 142, 232, 252, ㉓167
武成帝（北斉）…⑦553
武川…⑦546
武宗（元）…⑭102, 115, ⑮232, 240, 265, 299, 454→ハイサン
～と翰墨…⑮238
～と杜仁傑…⑭119
～の演劇愛好…⑭606
沙的の厚遇…⑭69　撒剌児の厚遇…⑭72
～の弟妹・子孫　妹…⑮260→皇姑魯国大長公主→シャンゲギラ　弟…⑭70→仁宗　子…⑭70, ⑮234, 245→文宗　皇太子…⑭70→仁宗
～の聖旨・俳優との結婚の禁止…⑭60
～の中国嫌い…⑮303
武宗（唐）…②551, ⑪327
武宗（明）…②552, ⑭34, ⑮478, 487, 491, 493, 508, 570, 605, ㉔137→正徳帝
武大・谷（穀）樹皮・三寸釘谷樹皮（水滸伝）…⑮126, ㉖381, 383
～殺し…㉖415
～のあだ名…㉖382, 386, 399
武丁…⑮278→高宗（殷）
武帝（漢）・孝武皇帝・武皇…②315, 550, ⑥45, ⑫99, ㉑214, ㉕337, ㉗254, 271→劉徹
～以後唐宋交代期まで…②313, ⑥172, 191, 221
～以後の儒家哲学の支配…②411, ③538
～以後の中国皇帝…⑥181
～以後の武帝への尊敬…⑥184
～以後の部分の「漢書」の記述…②154
～以後の文学生活…②411, ③5, ⑥106
～以後の遊俠の気風の衰退…⑥178, 179
～以前の漢の国家…⑥196
経学…②314　匈奴対策…⑥71-76　統一国家への気運…⑥180, 181, 193, 194　文化的要望…⑥196　暦法…⑥288
～以前の前文学史的状態…③5, ⑥199
政治と倫理への関心…⑥106, 199
～以前の歴史叙述の文献…③10
～をめぐる婦人たち…⑤45
衛皇后→その項→衛子夫
王夫人…⑥101, 124, 162
拳夫人（趙婕妤）…⑥168, 169
小玉・双成…⑪261
陳皇后（阿嬌）…⑥45, 47, 48, 55, 57, 59, 61, 62, 69, 146, 164, ㉔200（婚姻…⑥46　失脚…⑥63, 64, 68, 109, 116, 201, 206, ⑱19）
李姫…⑥162
李夫人…⑥124, 150-155, 159, 162, 201, 310, ⑪234, 237, ⑮211
～と烏孫公主…⑥132
～と海…⑲25
～と玄宗…⑪233, ⑫99
～と黄老の学…⑥114
～と儒学…①189, ②296, 297, ⑥50-53, 223→～の時代
「公羊春秋」…⑥123, 161　儒学的文化主義…⑥115, 148　儒と俠…⑥178, 226, 227　礼楽の復活…⑥224
～と西王母…⑫275
～と徳川綱吉（荻生徂徠）…㉓357, 416
～における金屋…⑥46, 146, ⑪113, 241
～における斥跪之士…㉓358
～の受け継いだ国家・財力…⑥173, 175, 192, 193
～の楽府（役所）…㉑13
～の宮廷の廷臣・臣下…⑥197
衛青・衛綰・王褒→各項　郭舎人…⑫276　霍去病→その項　霍光…⑥170, 198　韓安国・汲黯→各項　金日磾…⑥170, 198　児寛→その項　厳青翟…⑥120, 125　公孫賀・公孫弘・孔安国→各項　孔臧…⑥225　江充…⑥164-166　司馬遷→その項　司馬談…㉕156　蕭望之…⑥225　石慶→その項　石建…⑥197　蘇武・桑弘羊→各項　張安世…⑥120　張騫・張湯→各項　趙禹…⑥119, 197　鄭当時・唐都…⑥197　唐蒙…⑥79, 80, 95, 134　董偃…⑥49, 68, 69　董仲舒・卜式・毛延寿→各項　楊得意…⑥203　洛下閎…⑥197　李延年・李広利・李陵・劉向→各項
宮廷の文人・詩人…③14, ⑥200, 201, 221, ⑪13
厳安…⑥200　厳助→その項　厳葱奇…⑥200　吾（虞）丘寿王…⑥200, 225　膠倉…⑥200　司馬相如→その項　主父偃…⑥105, 112, 200　朱買臣・終軍→各項　徐楽…⑥200, 222　東方朔・枚皐→各項
～の近親　姉・平陽公主…⑥57, 58, 61, 123, 150, 151, 278
おじ　呉王濞…⑥199　田蚡…⑥55, 60, 61, 84, 224　竇嬰…⑥55, 57, 61　梁の孝王…⑥49, 199, 202, 208　淮南王劉安…⑥78, 105, 174, 199
おば・館陶長公主…⑥45-49, 55, 60, 61, 63, 64, 68, 69
兄弟…⑥47, 48（河間献王劉徳…⑥47, 225, ⑳64, ㉕330, 331, 464）

皇太子（戻太子）…⑥101, 122, 123, 159, 160, 162, 170, 171, 182（太子冊立…⑥47, 48, 174　皇太子と江充…⑥164-166　皇太子反乱…⑥166-168）
祖父…⑥49, 174, 175, 177, 193, 194→文帝
祖母…⑥49, 50, 53, 55, 60, 76, 137（祖母の死と政治の転機…⑥59）→竇太后
曽祖父…⑥50, 51, 72, 74, 113, 157, 173, 174, 193→高祖
曽祖母…⑥157→呂后
曽孫…⑥182→宣帝
父…⑥46, 48, 55, 174, 175, 193, 194, 196, 199, 202→景帝
母・王太后…⑥55, 57, 60, 84, 224, ⑦97
～の近親勢力の消滅…⑥61
～の権力…⑥179, 181
一王統治への時代的要求…⑥174, 179, 194
文化の主催者としての権威…⑥181
～の昆明池と杜甫の幻想…㉖190-193
～の在位年数…⑥44, 149, 198
政策の一貫性…③14, ⑥44
～の死…⑥149, 170
～の詩賦…⑥419
「郊祀歌」…⑥273　「秋風辞」…⑫278, ㉕167
李夫人の死を悼む賦…⑥153, 201, 310, ⑮211
～の時代…⑥43, 44, 70, 177-179, 229, 242, ⑬574, ⑲55, ㉑214, ㉕73, 153
衛青・霍去病の活躍…⑥99, 120
麒麟の出現…㉓394
郡県制確立…⑥175, 192, 193（諸侯王勢力の弱体化…⑥174, 194　推恩の制…⑥174）
経書のテクスト…②297, ㉕332（「易」十翼…②301　「孝経」…②308, 309　「周礼」…㉕330, 331, 345　「尚書」…⑦265, 269　「大学」〔武帝以後の書とする説〕…㉗271　「論語」…②309）
倹約な葬式の標本…⑦307
史学…②136, ⑥171（歴史伝説…⑥176, 195, 196）
塩の専売制度…⑪309
儒学の定立…②293, 296, ⑥44, 147, ⑥148, 171, 192, ⑦43, ㉓103, ㉕7, 216（「公羊春秋」…㉓104, 105, 111　経学…②314, ⑥171　五経を規範とする生活…②296, 297, 309, 313, 314, ⑤123, ⑥171, ㉑146　五経の教養が官吏の資格…①238, ⑥103, 104, 192　五経博士…⑥103　五経必読…①238, ④5, ⑤123, ㉑146　士庶の区別…①294, 295, 298, ⑥172, 192　士となる機会の均等…①298, ②403　「詩経」の地位…③38　儒学国教化の必然性…①295, ③537-539, ⑧104, ㉓104　儒学定立と文学…⑥106, 223, 225, 226, 429, ⑳418　儒学的実践と美文制作…①73-74, ⑥105, 148, 223-225, 429　儒学の神秘主義的傾向…②314, ⑥137, 148　常識と事実の排他的尊重…①189
選良の制度と儒学…①295, 300, ②403, ⑥80, 104, 172, 192　理念への関心…②296　六経の表章…⑥184, 192, ⑬551, 570, ⑱466, ㉑146, ㉓106　礼楽の再生…⑥224　「論語」の地位…④5）
人材抜擢…⑥60, 62, 102-104, 109, 119, 184, 197（策問…①300, 306, ⑥81, 103, ㉓103　初期の新人登用…⑥56, 104, 105, 108, 227　文学の士の任務…⑥105　文学能力…①317, ⑥104）
大建築…⑥44, 66, 143, 145-149, 415, 416
転換期・画期…⑥43, 44, 171-173, 175, 177, 181, 185, 191, 192, 198, 200, 223（中国史三区分説との関係…⑥172, 191　中国文学史三区分説との関係…㉗254　唐の開元時代との比較…⑫547）
文学史の開幕→中国文学史
文学の定立…①64, ③13, 539, 559, ⑥147, 148, 171, 221, 223, 225, 226, 429（著者名を示す文献…⑥172　美文…①64, 631, ㉕6　賦の文学…①242, ②522, ③5, 14, ⑥199-201, 220, 221, ㉑7, ㉕7　文学の興隆…③14, ⑥106, 198, 199, 225）
封禅…②371, ⑥142-144, 159, 184, 411, 412, ㉕154
遊侠の精神…⑥178, 179, 226, 227（長安の侠客…⑥178）
暦法改正…⑥172, 184, ㉕154
～の狩猟…⑥203, 219, ㉕163, ㉗12
～の巡幸…⑥143-145
～の生涯　第一期…⑥69, 122（建元元光期…⑥69, 122　初期の時代の雰囲気…⑥158　初期の大臣…⑥55, 224）
第二期…⑥70, 102, 122（元朔元狩期…⑥70, 122　家庭生活…⑥70）
第三期…⑥102, 122, 149（元鼎元封期…⑥122, 136, 140, 143, 149, 150, 162　弛緩と頽廃…⑥122, 136）
最後の時期…⑥149, 158, 162
～の神秘への興味…⑥136, 137, 140
行幸　甘泉行幸…⑥141, 165　上雍行幸…⑥138
后土のほこら造営…⑥140, 143
史家や儒家による批判・呪術愛好…⑥147
神仙愛好…①189, ⑥44, 143, 145, 147, 148, 197, 203
側近の方士　公孫卿…①179, ⑥140, 141, 145　少翁（文成将軍）…⑥139, 145　欒大…⑥140　李少君…⑥138-140
～の性格…⑥46, 177, 178, 184, 196, 197, 227
快楽への熱心…③13-14, ⑥197, 200, 227, ⑪233
文学的嗜好…③14, ⑥200, 223　遊侠…⑥178, 227　雄才大略…②297, ③13-14, ⑥121, 184, 185, 196, ㉕218
～の即位…⑥48, 50, 173, 177, 193, 194
～の対外政策…⑥76, 94, 114, 177, 196, 197
匈奴征伐→匈奴
西南夷経略…③14, ⑥80, 95, 96, 133, 196（夜郎

国…⑥80, 95, 133）
西方世界との接触…⑥127, 128, 131, 132, 136, 149, 172, 196（西方諸国の漢への理解…⑥419　西方の馬への関心…⑥129, 130, 154, 156, ⑫134, ㉕472, 473, ㉖31　西方物資の輸入…⑥131）
征伐（大宛…⑥154-157　朝鮮…⑥135, 136, 196　南越…⑥133-136, 149, 196）
紛争（閩越と東甌…⑥76, 77　閩越と南越…⑥60, 77, 78　福建地方…⑥107）
領土拡大…⑥43
～の馳道…⑥165, ⑲358
～の朝廷…⑥101
酷吏…⑥115　任子・挙子…⑥113, 114
～の年号…⑥69, 70, 121, 122, 149
～の批判者…⑤123, ⑥182, 183
夏侯勝…⑥182　後漢の学生…⑥183, 184　人民共和国の批判…㉑193　斉思和…⑥242　班固…⑥184, 185　毛沢東…①571
～の封建帝国・中央集権化…⑥242
～末年の時代…⑥158
土匪蜂起…⑥149, 182, 242　文学（司馬相如・司馬遷）…⑥158
武帝（三国・魏）…①108, 131, 438, ⑥272, 311, ⑦3, 4, 53, 73, 138, 180, 185, 495, ⑪13, ⑮132, ⑳418, ㉑15, 16, ㉒76, ㉕225→曹操
～と蕙草…⑥338
～の寒士のエネルギー…⑳478
～父子→曹氏父子
武帝（晋）…⑦153, 175, 177, 261, 277, 495, 503, ⑫20, ㉒78→司馬炎
武帝（南朝・宋）…⑦369, 378, 480, 488, ⑫668, ⑳418→高祖→劉裕
武帝（南朝・陳）…⑪496, ⑫660→高祖→陳覇先
武帝（南朝・梁）…④7, ⑥149, ⑦528, 533, ⑫24, ㉒112, ㉕191→蕭衍
～と儒学…①284
～との関わり　陰子春…⑫658, 668　荀済…⑫668, 669　沈約…⑦591, ㉕102　劉峻…㉑253
～と仏教…①284, ②186, 187, ⑫668, ⑰15
聖武天皇による模倣…⑰15, ⑱457
銭謙益の論…⑯39
～の「河中之水歌」…⑫109　「相逢行」…㉑16
～の楽府古辞擬作…㉑16
～の後裔　皇太子蕭綱…⑦533→簡文帝　皇太子蕭統…⑦324, 533, 593, ㉑16, ㉕163→昭明太子　子・蕭繹…⑫24　孫・蕭詧…⑫24→宣帝
～の後裔と杜甫の家…⑫27
～の在位年数…⑥198
～の斉王朝簒奪…㉕102
～の大同四年…⑪511, 512
～の文学能力…①61
～父子とクーデター…⑦592, ⑫660
～父子のサロン…⑦591, ⑪13
武帝（北周）…⑦532, 552, ⑪16→宇文邕
武道専門学校…㉓625, ㉗286
武平一…⑫18
武平学教諭…㉓707
武野…㉗169→武蔵野
「武陽志餘」…⑯256, 257
武梁祠堂（山東）…⑥388, 389, 392, 393, 395-397, ⑦551
武陵…⑭420, 438-441, ⑯191, 192
「武陵太守星伝」…㉒306
武陵桃原…⑯192, ㉓122
武林…⑭162, 368, 369, ⑯83, 131, 241
「武林旧事」…①211, ⑬502, 504, ⑭8, 56, 176, 518, 565, ⑮16, ㉖402, 403
官本雑劇段数…⑭8, 176
武霊王の死…⑦481, 483
部居…①381
無…②144, 158
無射（六律）…⑦294, ㉗86
珷玞石…⑭350, 352, 404
葡萄（李夢陽）…⑮500
葡萄酒…⑭497
豊山派（真言宗）…㉔248
豊前…㉓414, ㉔282
廡…②138
撫…㉓205→巡撫
撫軍参軍…⑦505
撫州・撫州刺史…②15, ⑪396, 397
撫順…⑮541
撫寧県（永平路）…⑮166, 350
舞鮑老的…㉖388
舞踊（日本）…㉕229
蕪村→与謝蕪村
蕪村忌…②544
夫子…⑤121, ㉔316
風（六義）…①123, ③482, ⑬46, ⑮620-622
～雅頌…③6, 28, 29, 482, ⑤256, ⑯113, ㉑38
～雅頌賦比興…③33, ㉓348
～賦比興雅頌…②257, ③33, 37, ⑫617
風雲…㉖184
風雲月露…⑫601, ㉑131
風化…①560
風花雪月の詩文…①597, 598
風華…①574
風雅…㉓333, 345
風雅三百篇…㉗227→「詩」（詩経）
「風雅」の詩…①624
風雅文采…⑰43, ㉓290, 337, 388, 448, 470, 471, 478
「風角」…⑥369
風気…②238
風起…⑥31, 32
風景…⑪54
「風月紫雲庭」雑劇…⑮123

風月庄左衛門…⑬503, ⑳285
「風光好」雑劇・「陶学士酔写～」…⑭44, 126, 203, 600
風高老…⑭289
風情…⑬55, 81
風神…㉓594, 600, 601
風塵…⑮513
「風雪当站兀刺赤」…⑮15
風騒（国風・離騒）…⑫622
風俗…②238
風度（魏晋）…㉗136, 142
風灯…⑪57
『風入松』　侯正卿…⑭104　兪国宝…⑭518　邵復孺…⑭103
風峪…㉔200→ハワイ（ヌアヌパリ）
風馬牛…⑬153
風流…⑱127-129
風流画眉…⑭524
風流罪過…⑮46, 47
風流罪犯…⑮46, 119
風流話欄…⑭428
風力…⑰425
風林…⑫149, ㉖22, 23
風輪…⑬106
風簾…⑬137
馮惟訥（いとつ）
　～と「芸文類聚」「初学記」「太平御覧」…⑥259
　～の「詩紀」→「詩紀」「古詩紀」
馮衍…㉓600
馮家昇…㉗387
「馮玉梅団円」…⑬503, 523
　王進奴…⑬484, 486, 487, 522　崔氏…⑬482, 483, 487　徐信…⑬482-487, 521-523　范希周（鯨の范・盲鯨の范・范鰍児・賀〔范〕承信）…⑬490-498　范汝為…⑬489-493, 497, 521, 522　馮玉梅…⑬490-496, 498, 521　馮忠翊…⑬492, 494-498, 521（福州赴任…⑬488, 490）　劉俊卿…⑬487
「馮玉蘭」雑劇・「～夜月泣江舟」…⑭37, 48
馮沅君…⑭146　「金瓶梅詞話中的文学史料」…㉖414　「古劇四考」…①627, ⑭87　「古劇四考跋」倣場考・戯衣…㉖414　「古劇説彙」…①627, ㉖413, 414　共著「南戯拾遺」…⑭209, ⑮18
馮子振・海粟…⑭75, 90　『鷓胡天』…⑭80
馮至…㉒72, ㉕447, 454, ㉖471　「杜甫伝」→その項
馮舒…①483, ⑯129　「詩紀匡謬」…⑦192
馮紹正の鷹…⑫277
馮拯…⑬242
馮西巌…⑭96
馮星実…⑬287, 288
馮雪芳…⑭184
馮雪峰　「太陽照在桑乾河上在我們文学発展上的意義」…①628　「中国文学中従古典現実主義到無産階級現実主義的発展的一個輪郭」…①631　「魯迅回想」…①635　「魯迅生平及他的思想発展的梗概」…①618　「魯迅和果戈理」…①628　「論阿Q正伝」…①618　「論文集」…①637
馮宗伯…⑭363
馮唐…⑬151, ㉒86
馮登府…⑯148, ㉓259
馮道・長楽翁…⑬234, 235, 562, 596, ⑭297, 298
馮班・定遠…⑯121
馮武「唐音戊籤」…⑳573
馮復京「遵制家礼」「明右史略」「六家詩名物疏」…⑯129
馮夢禎…⑯45
馮夢竜…⑭371, ⑱517, 518　「笑府」…①231
馮友蘭…⑲304, 327, ㉒445, 495, ㉖471, 474　「新理学」…⑯608　「論孔丘」…㉗429
楓…⑪277, ㉖183, 187
楓林…㉖120
諷喩詩（白居易）…③23
深尾雑貨店…⑳261
深草の元政…⑮538
深沢一幸…㉕450, 457, 470
　～「杜甫詩抄」の協力…㉕5, 7, 9-236
　～の沈尹黙解説…㉒328, 330
深沢暹　訳「西廂記」…⑰406
深瀬基寛（もとひろ）…㉔104
深安郡（広島県）…⑱500
伏羲・宓犧…②365, ⑥395, ⑩467, ⑫406→羲皇
　～を「易」作者とする伝説…②301, ㉑154
　～神農黄帝…㉑177, 178, ㉓386, 467
　　堯舜との比較…㉓386
　～神農黄帝堯舜…㉓387
　～神農黄帝堯舜禹湯…㉑177, ㉓386
　～神農黄帝堯舜及び三代の道統…㉓292
　～の時代と陶淵明…⑦344, ㉔199
　～の時代の河図の出現…㉓98
　～は蛇身人首…㉕151
　～は鱗身…⑥396
伏敬遠…⑦544
伏皇后（漢）…⑦8
伏生…㉓609　「尚書大伝」→その項
伏櫪…⑫127
宓妃…⑦130→洛水の女神
宓不斉…⑯244
服虔・子慎…⑥377, ⑭564
　注「漢書」→その項　「春秋左氏伝解誼」→「左伝」（注釈）
服食…⑥312
服杜（服虔・杜預）…⑯116
服喪の制度…②273, 442, ⑦182
副君…㉒80
副職…⑪212
副都御史…㉓279, 705, 707
復…⑦460-462, 464, 468, 470

復古（古文辞派）…⑯73, 76, 104
「復古和尚年譜」…㉓708
復古思想　中国…②253　近世…②259-261　戦国…②255
復古の学（荻生徂徠）…㉓287
復号…㉓151
復次…㉗45
復社…⑮532, 542, ⑯177
復真…⑦348
復旦公学…⑯421
復旦大学…⑯384, ㉒443, 491, 493, 494, ㉖471
復旦大学図書館…㉒443, 494
「復堂日記」…①561, ②164, ⑰468, ⑱39
複辟党…⑯273
復礼…⑤105, 325, ㉓90
復盧贅媥滬上所得…⑰597
福井県…⑱412
福井康順…⑬272
「福井康順博士還暦記念論文集」…①532, ⑯58, 98, 655　「福井康順博士古稀記念論文集」…⑳359　「福井康順博士頌寿記念東洋思想論集」…⑬265, ⑯54
福井利吉郎…②509
福王（明）…⑯155
福岡…⑯535, ㉖489
福岡藩儒…㉓423
福建（省）…②156, ⑬447, 489, ⑮476, ⑯3, 615, ㉓170, 231, 257, 414, 706
～地方へ漢の進出…⑥107, 134
武帝の遠征軍派遣・閩越王の不正膺懲…⑥60, 76-78
～と陳与義…⑬144, 145
～における海外貿易（唐宋元）…㉕399
～における南宋の抵抗…⑬173, ⑮406
～における明の皇族の抵抗…①496, ⑯170
～の高棅の「唐詩品彙」（明初）…⑮473-475
～の詩社の活動（明初）…⑮475
～の出身の詩人（明末以後）…㉓226, 243
～の出身の大官（清・康熙時代）…㉓226, 704
～の地名　厦門…⑯614　安渓県…⑭385, ㉓226, 704　威武軍（福州）…⑬387　建安…⑬522, ⑮427, ㉕434　建甌県…⑬522　建州→その項　建寧…①496　建陽…⑮422　五虎門…②156　侯官県→その項　長渓…⑮418　長楽県…⑪492, ⑮473, ㉓278, 704　閩県…㉓265　福州（現代）…㉓162　福州（南宋）…⑬488, 490, 492, ⑮406　福州府（明以後）…㉓236, 238, 257, 278, 704　福清県…㉓257, 259, 260, 262　浦城…㉗256　莆田県…⑬182, ⑮531, ⑰601　羅源県…㉕233　羅浮山…⑮436　連江県…⑮420
～の地理書…⑰559
～の地理風物芸文…㉓261
～の雕師兪良甫の渡来…⑰31, 601, 607
～の民間書肆の出版活動（南宋・元）…⑬593
「史記」「漢書」「後漢書」劉元起黄善夫刊本…㉕371　「毛詩正義」宋刊十行本…⑩453　「毛詩正義」閩本…⑩454
福建郷試…㉓261, 262, 704
福建語…①279, ⑰456, ㉒344
～の音のｍの響き…㉖188
福建江西荆湖宣撫福使…⑬522
福建行省参政…⑭183
福建市舶提挙…⑬181
福建省人・福建巡撫…㉓704
福建船廠学堂…⑯306
福建提刑…⑬182
福建分巡延建邵道…⑯263
福沢諭吉…⑰547, 615, ⑱56
～と江戸期の思想家…⑰112
仁斎徂徠宣長と諭吉…⑰127　林羅山…⑰41, ㉓533, 541
～と漢学…②556, ⑤132
伊藤家の学問…⑰60, 120, ⑱447　孔子…⑤124, ㉓561　「論語」…⑤132, 140, ㉑189
～と漢文…①562, ⑲189
～と西洋文明…⑤132, ㉓533, 534
西洋語の学習…⑲190
～と西田幾多郎…㉓534
～と丸山真男…㉗353
～と明治文明…⑤132, ⑰216, 626
～の著述　「学問のすすめ」…⑤307, ㉑189, ㉔307　「脱亜論」…㉓561, ㉖478　「福翁自伝」…⑳221, 227　「福翁百話」…⑯583
～の文語文と現代日本人…①268
福児街（神権鎮）…⑯399
福島の弁財天の奇瑞…㉓394
福島正夫…⑲371, 375
福島正則…㉓310
「福州府志」…㉓280
福州路儒学教授…⑭368
福昌善禅師…⑬306
福泉庵…⑰170
福田恆存（つねあり）…⑱346, 347, ⑳500, ㉔88
福田内閣…㉕298, 299, ㉖480
福田屋（旅館）…㉔23
福田陸太郎…⑲472
福地…⑫111
福地桜痴…⑭136
福徳…⑮243
福永亨吉…㉒342, 344
福永光司…⑱545, ㉕505　「荘子」…①271, ②124　「老子」…①271
福原麟太郎…⑰285, ㉔77, 81, 121-123
～と英文学…⑱353, 354
～の温顔…⑱352, 353, ㉔121
～の人物論　岡倉由三郎…⑱353, ㉔121　夏目漱

石…⑱353, ㉒423　森鷗外…⑱353, 354
～の随筆…⑱352
～の著述「シェイクスピア」…⑱354-355, ㉔87（「近松とシェイクスピア」…⑱355）「旅・人」…⑱354, 355, ㉔87（「ギリシャ語」…⑱355「春興倫敦子」…⑱355, ㉔87「ナポリ出港」「メリ・イングランド」…⑱355）「野方閑居の記」（「一九三〇年代」「一九二〇年代」「英文学に老いて」「叡智の文学」…⑱352「限りなき浪曼」「交友について」「この世に生きること」「日本よ、よき国となれ」「八月の日記から」「文学評論の方法」「文学論」「わが読書」…⑱353）「福原麟太郎著作集」…㉔86, 87
～の「唐代の詩と散文」書評…㉗431
～のラム研究…⑱353
福敏・竜翰…㉓212-218, 222, 223, 237
福本雅一「呉偉業」→その項　共訳「唐詩選」…㉒7
福山…⑰129
福山藩…㉓47
複合語（中国語）…㉑69-76
複道…⑪205, 206
複道奉恩…⑪206, 207
輹…②300
覆車山…㉗106
伏見天皇・伏見宮…㉔291
伏見陸軍病院…⑱379
藤井乙男・紫影…⑳260, ㉒358
～の交遊　狩野直喜…⑰265, 278, ⑳276, 286, ㉓597　西田幾多郎…⑳284, 285　藤岡作太郎…⑳284
～の「近松全集」校訂…⑳284, 285
～の杯泣老の号…⑳286
藤井健治郎…⑳284
藤井善三郎・藤井有鄰館…㉕506
藤江熊陽…㉓494
藤枝晃…⑭5, 497, ⑮45, 59, 69, 102, 103, 303, 640, ㉓710
～と「酷寒亭」共同研究…⑮11
～の「三経義疏」考証…㉕277
～の「征服王朝」…⑮639
藤岡作太郎…⑳284「国文学全史」平安朝篇…㉗421
藤岡由夫…⑳284
藤沢市…㉔319
藤沢東畡…①89
藤沢令夫…㉒441, ㉗440
藤重藤俊（ふじとし）…㉗114
藤代禎輔…②509, ⑱476, ⑳276, 278, 279, ㉒334, 353
～と大山定一…㉔34, ㉗332
～と狩野直喜…⑰265, 278, ⑱476, ⑲66, ⑳276, 278, 279, 282, 283, ㉓597, 598, ㉔209
～と中国文学…㉔209
～とドイツ文献学…⑳356
～の健康…⑲66, ⑳278, 279
～の文学概論講義…⑲66, ⑳260, 279, ㉔33
藤田中国課長（外務省）…㉒459
藤田東湖「詩鈔」…②164「正気の歌」…⑮415
藤田徳太郎…㉔31
藤田豊八・剣峯…⑥146, ⑰265, 277, 392, ㉕400「魏晋文学の源流」…⑰394「支那文学史稿先秦文学」…⑰393「東西交渉史の研究」西域篇・「両漢文学」…⑰394
藤谷みさを「日本二千六百年史」…⑯584
藤塚鄰「物徂徠著論語徴の清朝経師に及ぼせる影響」…㉓481「論語総説」…㉓481, ㉗429
藤壺（庭）…㉔112
藤波鑑（あきら）…⑱500, 501
藤野岩友「楚辞天問の原型及び類型」…①624「中国民俗文芸」…①636「巫系文学論」→その項
藤間の踊…⑲217
藤村の羊羹…㉗330
藤本先生（諏訪山小学校訓導）…㉔324
藤原玄成…⑮559-561
藤原定（さだむ）…⑲82
藤原氏…①192, ②425, ⑤213, 234, ⑦590, ⑫21, ㉖167
藤原時代…㉕425
藤原惺窩…⑰27, ㉓530, ㉔150
～・家康・羅山・舜水…⑰33
～と朱子学…⑰28-30, 38, 113, 115, ㉑78, 79, ㉓34, 148, 531, 532, 546
天理人欲論…⑰29, ㉓531, 534
～と林羅山…⑰30, 38, 113, 115, 123, ㉑78, 79, ㉓34, 148, 532, 534, 546
漢文の和習…⑰116, ㉓468
羅山購入の「図書編」…㉗25
～と横井小楠…⑰41, ㉓533, 541
～の訓点…㉓309, 709, 710, ㉗127
～の「十八史略」筆写…㉗24-25
～の中国渡航計画の挫折…⑰30
～の弟子…㉗176
藤原高男…㉓707
藤原元典（もとすけ）…⑱540, 541, 544
藤原清河…㉗17, 19, 22
藤原高子（こうし）…㉕114→二条后
藤原伊衡（これひら）…㉗149-151
藤原定信…㉔291
藤原俊成…⑱12, ㉖241「古来風体抄」…㉕115
藤原順子（じゅんし）…㉕114→五条のきさい
藤原佐理（すけまさ）…②501, ㉒13, ㉔290
藤原佐世（すけよ）…⑥246, ⑦83, 454, 556, ⑫18, ⑬575, ㉕34
藤原常嗣（藤常嗣）…㉓133, 418
藤原定家…⑱28, 60, ⑳193, ㉓48, ㉔13, ㉖114（藤定家…㉓463）
藤原時平…㉗147

藤原仲実「古今和歌集目録」…㉗20-23
藤原仲麻呂…㉖81→恵美押勝
藤原長能（ながとう）…㉗85
藤原英房「史記鈔」…㉑202
藤原道長…⑩428　「御堂関白記」…㉓230
藤原行成…②501,㉒13,㉔290-292→世尊寺の大夫
藤原頼長…㉕278→悪左府頼長
～の「台記」→その項
～の中国書への関心…⑰20,㉕278,㉗67
「玉燭宝典」…⑦556　「礼記正義」…㉕278,㉗67
藤原頼業（よりなり）…㉕348
二葉亭四迷…①636,⑲144,146,㉒436
二山伯養・弥三郎…⑰108
淵在寛「毛詩陸氏草木疏図解」…③469
仏→フランス
仏印…②571,⑲220
仏文学→フランス文学
払塵…⑭399
仏…①406,418,②59,376,382,⑦516,㉕99,㉖396,443,㉗45,309,381
～を揚げ儒を批する（揚仏批儒）…㉒111
～と儒→儒仏
～と儒と老→儒仏道
～と日本人　荻生徂徠における仏と聖人…㉓305,455　親鸞…㉓454,455　卍山…㉓708　本居宣長…㉗207　和辻哲郎…㉗306
～に対する態度　韓愈（夷狄の一法…⑪420　仏は夷鬼…②186-187）　銭大昕の反撥…㉒293　庾亮の警句…㉗137　李純甫の佞仏…⑮32,㉒111-114
～の伽藍蘭若塔廟楼閣…⑯39
～の言葉と川上の嘆…㉕238
～への信仰と仁の無視…㉖245
～への信心（四十自述）…⑯370,371
仏家…②196,⑯375,⑰33,36,㉓305,438,454→釈家
～の語録…㉕43
～の書…⑯38,⑰96,560,㉒301,㉔312
仏画…⑰503
仏海上人…⑯40
仏界…㉔10
仏学…⑫219,⑰253,367,㉒58
～と儒学の関係（金の性理学）…㉒110
～と儒書の関係（陳善）…㉕235
～との関わり　慧遠…⑯615　憨山徳清…㉔167　銭謙益…⑬267,⑯54,103　趙樸初…㉖494
～に対する異端の呼称…②491
～への荻生徂徠の造詣…㉓315
仏学者…⑯48
仏教…①335,②376,377,⑫219,613,⑬271,⑯38,⑱516,㉒58,㉓10,11,529,㉖205,207,㉗373
～と極東社会…⑫588,⑳489
～と死後の生活…②362,369,376,378,⑰102
孔子の教説との差異…②373
理想世界の設定…②369
～と小動物への憐憫…㉖205
～の空想尊重…①194,198,284,285,⑯291
～の書→仏書
～の聖職者の結婚の禁止…⑱524
～の殺生戒…②445
～へのキリスト者の非難…㉓583
仏教（インド）…①284,②323,⑥95,⑰7,⑱32,446,㉑95,㉔9
仏教（西域）…⑮418
仏教（中国）…②324,377,⑪420,⑰110,⑱32
～思想と古詩十九首…⑰333
～と荻生徂徠…㉓410,454
～と儒学→儒仏
～と儒教と道教→儒仏道
～と中国文学…⑬271,272,275
～と杜甫（象教の力・冥捜）…⑫219
～と道教→仏道
～と日本仏教…⑰17,21,⑱32,⑳224,㉔9
日本仏教との友好…㉖493
～と「列子」…⑦317
～における禅…㉓410,㉕262
～における人間の死…②377
～の果報輪廻の説…⑯375
～の学者…㉑102
～の僧侶…②383,㉗374
～の寺（和尚廟）…②370
仏教（元）　～排撃（拝住）…⑭184
仏教（後漢三国以後）…⑥95,⑱446,㉕387
仏教（清）　～と康熙帝…②384
～と章炳麟…㉒403
～の政治による否定…②384
仏教（清末民初）
～と徐鴻宝・湯用彤・北京大学…㉒403
仏教（宋）…⑬312
～信不信による人物判断（司馬光・蘇軾）…②383
～が死後の霊魂の存在を説く虚妄…㉖245,㉗366
～が物質を超えた他世界に道理を求める誤謬…㉖244,㉗366
～と王安石…㉕235
～と宋学…②383
虚構の排斥…①198
朱子と仏教…⑬318,560,㉓62,㉖244-246,㉗366,369
宋学への影響…①284,285,②329,380,⑬557,593,㉓31,42,57,388,㉕235,㉖245（仁の無視への反撥…㉖245　聖人人間論の強調…②362,385　宋学における仏と聖人…②362,385　宋儒の対抗の理論…②362,㉑116　仏教排撃…①284,②287,363,380,381,484,490,⑬312,318,593,⑯36,⑰28,㉑146,㉕235　無神論の徹底…②362,

㉔259）
～と宋詩…⑬188, 303
～の禅の盛行…⑰20
～の僧の出身…⑬312
仏教（宋以後）…②382
～的偶像崇拝…②462
～に対する異端の呼称…①284, ②491
～の衰落…①71, 198, ②383, 532, ⑬62, 318, ⑰6, 110, ㉖245, ㉗369
衰落の原因…②363, 383
仏教衰落と貴族社会の没落…②383
～否定の理想と現実（仏僧による葬式）…②382
仏教（中国・中世）…②323, 333, 363, ⑬311, 551
～とインド仏教…②323
～とインド文明への関心…⑰6
～と士人…⑬311
皇侃…②324, 325　顔之推…②324, ⑬552　仏教的読誦法…②325, ⑬552
～と俗間信仰の習合（道教）…②363, 382
～と武帝（梁）…①284, ②186, 187, ⑫668, ⑯39, ⑰15, ⑱457
～の受容と中世の思想…②258
五経…①238, ②323, 324　私的生活の規範…⑬592　仏教を内学・内教とする価値判断…①284, ②376, ⑦590, ⑬552
～の盛行と絵画の発達…③562
～の来世の存在についての説明…②324, 378
～の流行…①70, 284, ②287, 376, 378, 380, 383, ⑦590, ⑲228, ㉔259
流行の理由…②376, ⑱447
仏教（唐）…⑪365
～と小説…①71, 285, ⑯291, ⑱10
～と「大唐三義聖教序」…㉒11
～と「杜詩抄」（雪嶺永瑾）…㉒54
～と唐詩…①70, 74, ⑪566, ㉒9, 555
杜甫…㉖207, 208　柳宗元の山水詩…①608
～の唐人の理の概念への影響…⑬560
～排撃（韓愈）…②187, 489-491, ⑪364, 419, 420, 430, ⑬305
仏教衰弱の始まり…⑪365, 420
仏教（明）…⑯36, 40
～と趙貞吉…⑯36, 103
～の歴史→明代史
～復興の巨人…⑯54
～への明人の興味…②484, ⑯36
仏教（明末清初）
～界の宗派の争い…⑯49-50
～と銭謙益…⑯37-40, 42, 48, 53, 54, 58
銭世揚・卞淑人…⑯42
～と南方士大夫晩年の学…⑯37, 125
～の居士としての文化人…⑯37
仏教（六朝）…②376, 377, ⑦472
～と儒学の併存…①193, 194, ⑤123, ⑦590, ㉖244
～と蕭子良…⑯375
～と陶淵明…⑦317, 603, 604
「帰去来の辞」…⑦604
～の輸入→仏教渡来（中国）
～の六朝儒学への影響…②361, 378
仏教否定の思想…②377（神の否定の思想の強化…②378　仏教排撃〔范縝〕…②377, ⑯373, 375）
～への興味…㉑247
～への耽溺…⑦593
仏教（六朝唐）→仏教（中国・中世）
仏教（日本）…②572, ⑰11, 12, ⑱32, ㉗246, 372-374
～的方法と記紀の読書…㉓499
～と玄奘の目的の継承…⑰17
～と中国仏教の友好…㉖493
～と日本人…⑳489, 490
伊藤仁斎・荻生徂徠→各項　河上肇…⑱317　聖武天皇…⑰15　親鸞…㉓454, ㉖245　内藤虎次郎…⑳287　日蓮…㉖245　仏教界の三偉材…㉓707　法然…㉓454, ㉖245　物部氏…㉓294
～と日本の宗教学者…⑰11, 104
～における善悪併存の思考…㉗205
～の影響の軽さ…㉗374
～の学問的分野における役割…㉗373
～の空…㉓60, 71
～の誤謬（本居宣長）…㉓495
～の興隆…㉖245
～の信頼を基本とする主張（荻生徂徠）…㉓334, 444, 453-455
～と信頼…㉓454
～の僧侶…㉓452, ㉗373, 374
～の大学…⑲5, ㉔248, ㉗372
～の寺…㉗374
～の寺へ全ての家族が所属する制度…㉗373
～の渡来→仏教渡来（日本）
～の無力…⑳489
仏教（鎌倉期）…⑰20
仏教学…㉒390
仏教学者…②604, ⑦604, ㉑102
仏教嫌い…①550, ②383, ㉓294, ㉗307
仏教経典…㉗375→仏典
仏教史…⑯38, 40, 52, 54, 438, ㉒12, 54
仏教者…②183, ⑤213, ⑪364, 420, ⑳154, ㉓340, 394, ㉔249
～と儒者…⑤299
～と老子…⑬553, ⑰35
～の三宿の戒め…①406
～の殺生全面否定…㉓51
仏教者（中国）　～が自国を呼ぶ言葉…②268
～の師の影を踏まぬ戒め…⑤168, 299, ㉕365
～の剃髪…⑦173-174
～への批判（銭謙益）…⑯40
仏教者（日本）…㉑101, ㉓353

～の仏典校訂…⑱549
～の訪中団…㉖492
仏教信者…㉗375
王維…②525, ⑪137, 138　皇侃…④7　銭謙益…㉖429　杜甫の妻…㉖205
～と儒家の教説との討論（中国）…②378
～の神の認め方（中国）…②378
仏教信者（日本）…⑰104, ㉗373
仏教徒…㉓539, ㉗373
仏教渡来（中国）…①238, 284, ②376, ⑥95, ⑱446, ㉑247, ㉓292, ㉔260, ㉕387, ㉗44
～以後の神滅論の強調…②362, 378
～以後の聖人人間説の強調…②362, 385
～の影響（儒学・文学）…①284, 285
仏教渡来（日本）…②376, ㉑101
～と韓国…⑳447
仏教美術…⑲300
仏教文学…⑰393
仏経…㉓457, 458, ㉔65, ㉕236→仏典
～と中国語の口語…⑦516
～と銭謙益の文章…⑬272, 275, ⑯54
比喩の借用…⑯39
～と蘇軾…⑬264, 265, 267, 270, 271
～による実践の規範（六朝）…⑧9
～の寓言…⑦279
～の偈頌（繰り返しの表現）…㉕180
～の講じ方（六朝）…⑧8
～の文体（漢訳・四字句）…⑦513
仏語…⑯39, ㉖492, 493, 497, ㉗344
仏光寺（京都）…⑰201, 613, ⑱511
仏国…⑯39　～の最上層…①535
仏子…⑯39, ㉕468, ㉖498, 499
仏事…⑯375
仏舎利…②185, ⑪419, 430, ⑫418
仏者→仏教者
仏書…②484, ⑤298, 300, ⑩428, ⑮241, ㉑102, ㉒113, ㉓87, ㉕381, ㉗46→仏典
～の五山版…⑰601, 607
仏身…⑯39
仏神…㉓447
仏斉…㉓485
仏説…⑯39, 104, ㉓455, 472, 473, ㉕235
「仏説無量寿経」「無量寿経」…⑲73, ㉑173, ㉕99
～の空想…⑦510, 511, ⑲74
～の文章…②170, 171, ⑦511, 513, 514, ⑲74, ㉔65
語彙…⑦516, 517, ㉓456
仏僧…①71, ㉓452
仏像…①405, ②528, 539
仏陀…㉕236→釈迦
仏陀寺…㉓628
仏誕の異…⑦554
「仏頂尊勝陀羅尼経」（関中金石記）…㉒303
仏印…⑭220, ㉖404
仏弟子…㉓581
仏典…㉑173, ㉔65, ㉕166, 236, 238, 295, ㉖496→仏経→仏書
～と徂徠…㉓299, 300, 454-457, 473, 498, ㉗34
仏典の注釈からの発見…㉓376, 457
～の空想…①194, ⑦510, 511, ⑲73, 74
唐詩のイマジネイション…①277, ⑦511
～の原語・サンスクリット…㉕387
～の大量移入（六朝）…㉒433
仏典漢訳…①286, 287, ⑦511, ㉓458, ㉕387, ㉗44-46（漢訳仏典の日本輸入…㉕277　太宰春台の漢訳…㉗44, 45）
仏典と五経の併存（中世）…①238, ㉑146（陳善「捫蝨新話」の態度〔宋〕…㉕235）
～の排撃（宋以後）…②490
～への言及（明人）…②484
仏図…㉓261
仏図澄…②519, ⑰132, ㉔203
仏徒…㉗44, 45
仏土…②170, 171
仏道…㉓452, 485
仏道（仏教・道教）→釈道→釈老→仏老
～と儒学の差異…②365, 385
～による儒学の優位の阻害…⑬62, ㉕60
～の衰微…⑬62
～の寺…②387
～の発達阻害…②386
～排撃…②363, 384
仏如来…㉒111
仏菩薩…②370
仏法…①534, ⑯42, 375, ⑰6, 53, ㉓334, 370, 454, 457, ㉗47
仏法僧…⑬263
仏留（雑劇中の息子）…⑮26
仏老…⑬553, ⑰35, ㉒114, ㉓46, 373→仏道
～家…⑯239, ㉒115
～諸子と儒家（荻生徂徠）…㉓340
～と儒家（伊藤仁斎）…㉓373
～の学…②365, ㉓46
～の緒余…㉓388
仏狼…㉓485
勿・無・不…②117-119
勿勿勿…⑭303
物…㉕103, ㉖435, 436
～を含む語句　因物以賦形…⑬25, 26　何物…⑦506, 507　格物致知…㉓284, 344, 393　活物…㉓396, 397　言有物…⑯108, 109, ㉖434　潤物…⑫488, ㉖156　不誠無物…⑯109, 110, ㉖434, 435　物以群分…㉕184　物我…⑫488　無物・有物…⑯110　有物有則…①105
～と荻生徂徠の説…㉓398, 553, ㉕347
物と先王の道…㉑178, ㉓283, 355, 384, 385, 468
物と道と辞…㉑178　物とは教えの条件…㉓

355, 384　物とは事実…㉓283, 339, 340, 373, 380, 384　物とは事と辞の総括…㉓332　六経とは物…㉓320, 332, 373, 380, 468
物役…㉒76, 77
物化…⑥325
物華…①560
物外楼…㉓228, 233
物観…②590, ㉓160, ㉗37, 39, 74→荻生玄覧
物競…⑯387
物競天択…⑯386
物屈（物茂卿・屈景山）…㉗202
「物屈論文書」静嘉堂文庫蔵写本…㉗201, 202
物自私…⑪68
物事…⑰372
物質…㉗365, 366, 433
物質文明…①566, 567, ⑳138, 140, 146
「物数称謂」…⑰175
物徂徠・物茂卿→荻生徂徠
「物夫子著述書目記」…㉓305, 317, 331, 408, ㉗159
物門（徂徠派）…㉗72
物理…㉖92
物理学…⑳162, ㉕292
物理学者…㉕292
舟橋清賢（きよかた）…⑦550, ㉗68
舟橋家（宮廷儒者）…㉕347
舟橋聖一「こころ変り」…⑱350（御堂…⑱350）
船坂峠…⑱542
船津先生（諏訪山小学校訓導）…㉔325
船津富彦…⑭366, ㉗301　「詩式校勘記」…①634　「中国詩話の研究」…㉗299
船附（岐阜県笠郷村）…⑰365
冬の神…⑤118
古垣鉄郎「ロンドンの憂鬱」…⑯583
古河精一…⑬506
古さを価値基準とする思想…⑳476
古島琴子「愛国詩人顧炎武」…①631　「陸放翁の愛国心について」…①625
古橋広之進…⑰133
古谷綱武「生活の心情」「若き日の思索」…⑯583
刎頸の友…㉕478
坌…⑭475
汾河…㉓120
汾水…⑦230, ⑪486
「汾陽家伝」…⑫325, 366
忿懥…㉓73, 74
「粉粧楼」…⑯359
粉墻東…⑭443
粉飾…㉓205
『粉蝶児』「漢宮秋」…⑮206　「金銭記」…⑭481　「梧桐雨」…⑭149　「謝天香」…⑭331
粉鼻（猫）…⑬159
粉壁…⑮191
紛…⑪348, ⑫257
紛然…⑬18
紛紛…⑬112, ⑰521, 522
棼緼…㉓397
焚書…⑤123, ⑦265, ⑨483, ⑱465, ㉑157, ㉓346, 423, ㉔286, ㉕272, 330, 331, 334, ㉗70
　～坑儒…②295, ③13, ⑥51, 195, ㉑193
噴典…①478
噴薄…⑫232
墳…㉓81
墳籍…②165
墳素…㉓425
濆泉…㉒76
糞雑衣…㉕195
分課…㉓186
分宜…⑬167
分際…㉖395
分殊…②234, 365, 366, ⑳57, 63, 65, 406
分付…⑭312, 525
分府少傅…①40, ⑪408, 412
分明…⑪205-206
「分門集註杜工部詩」…㉒50, 53, 74, 75, 81, 89, 90, 92, ㉕434, 459, 483, 495, 496
　序・宋宜…㉕501
「分門集註杜工部詩」四部叢刊本…㉒53, 74, ㉕483, 495, 504
　雨雪門・雲雷門・花門・魚門・月門・雑賦門・獣門・星河門・草門・竹門・虫門・鳥門・木門…㉕504
「分類集注」（邵宝）→「杜少陵先生詩分類集注」
「分類補註李太白詩」…㉓575, 576
　許自昌刊本・四部叢刊本・山脇重顕点・和刻本…㉓575
分裂…②367, 368
文…①165, ②254, ⑦526, 527, ⑮180, ⑯273, ⑱531-533, ⑳132, 133, ㉑33, 179, 180, 251, ㉓337, 345, 370, 388, ㉕104
　～と言…①319, ②43, 44, 134, 135, ③11, ⑥219, ㉑152, ㉓335, 336
　～と行…③11, ⑥219
　～と詩…①165, ㉓352, ㉖166
　～と質…⑳132, 133
　～と実…⑥222
　～と章…②44
　～と武…①607, ⑳133
　～の概念…⑭354, ⑮179
　～の起源…⑦518, 519
　～の原理…⑦520
　～の儒学に本づく者・釈教に通ずる者…⑬271
　～の省…㉕67
　～の文学…㉕298, 299, 304
文…㉗239→古文（近世の文体）
文…⑳132, ㉗98→字
文…⑥335→紋

文惟簡…㉒106
文移…⑮82
文穎　注「漢書」…㉕86, 88, 90, 91
文瑩「湘山野録」…⑬57, ⑮26
「文苑英華」…⑬61, 597-598, ㉒456, ㉕501
　～の載録する作品　阿倍仲麻呂「銜命還国作」…㉗20　陰鏗詩…⑫656　陰鏗「新城安楽宮」…⑫661　綦毋潜「題沈東美員外山池」…㉒86　浩虚舟「陶母截髪賦」…㉑10　荀済「大詩」…⑫669, ㉒80　徐寅「勾践の西施を進めし賦」…㉑10　上官儀の策論の答案…①305　沈東美「奉和苑舎人宿直曉翫新池亭寄南省友」…㉒87　宋之問の杜審言を祭る文…⑫18　張説「詞は文苑に標き科の策」…⑪19　趙驊「送晁補闕帰日本国」…㉗19　杜詩…㉕501　杜甫「行次昭陵」…㉒84　任華「送杜正字暫赴江陵拝覲叔父序」…㉒90　裴子野「雕虫論」…⑥222　白敏中「息夫人不言賦」…㉑10　包佶「送日本国聘賀使晁巨卿東帰」…㉗19　李観「高宗の夢に説を得たる賦」…㉑10　李令琛「書史百家対」…⑥396
　～の載録する唐代の律賦…㉑11
　　進士及第者の賦…⑫68　李元賓の作品…⑪391
　～の復刻…㉖472
「文苑英華」（テクスト）　宋版・明版…㉕501
「文苑英華」（篇名・項目）　詩四十二楽府一…⑫661
文苑伝…⑲141, 142, 144, ⑳391
文を散ず（散文）・文を対す（対文）…㉗87-89
文王（周）…⑦500, 501, ⑮198, ㉑161→姫文→西伯
　～と殷の王室…⑦87
　～に関わる書　「易」…②301, ⑭491, ㉑154, 156, ㉓89, ㉕32　「漢書」古今人表…⑩467　「詩」大雅…⑥13, ⑲393
　～と姜太公…⑮296, 307, 308
　～と堯舜禹湯武王周公→堯舜禹湯文武周公
　～の継承者孔子の自信…⑤21, 22, 183, 239, 270, ⑰483, ⑳132
　～の在位年数…⑩477
　～の西伯の地位…㉓341, 426
　～の祖父…㉓341
　～の竜顔虎肩…㉕151
　　竜顔柔肩望羊…㉕125
　～は西夷の人…㉓442
　～武王…②243, 253, ⑳503, ㉕145
　～武王周公…①90, ②290, 291, 385, ③16, ⑤182, ⑬430, ㉕329
文翁…⑥204
文化…①261, ⑳111-115, 131-133
「文化運動の大衆路線」訳・中国文学芸術研究会…①621
文化科学…②561, 581, ㉗307
文化勲章…⑳129
文化功労者…⑳356, 360, ㉔86, 296
「文化交流促進のための日本国政府と中華人民共和国政府との間の協定」…㉖508
文化大革命→文革
文化庁…㉔158, ㉕371
文化の日…⑳129, 423
文化臉…⑳321
「文科大学叢書」…⑰257
「文華秀麗集」…⑰70-73, ㉑104, 110, 127
　艶情・雑詠…⑰70　春閨怨…⑰70, 72, 73　闘百草…⑰72, 73
「文会雑記」…②135, ⑰258, 259, ㉓380, 477, 492, 574, 576, ㉗72
文会堂…⑭595, ㉓318
文懐沙「屈原九歌今釋」…①618, 631, 637　「屈原集」（離騒・九歌・九章の注）…①637
文革…②473, 478, 537, 597, ㉒450, 456, ㉖473
　～以前からの韓愈批判…㉖474
　～以前からの無神論の文明…㉑27
　～以前の事業　古書復刻…⑮634, ㉑165, 193, ㉒456, ㉔313, ㉕417-419, ㉖472, 475　中国学術代表団との交流…㉒438　中国作家代表団との交流…㉑140, ㉒435　文化遺産の扱い…㉑192, ㉕309
　～後の出版　「李白と杜甫」…㉒477, ㉕416, 419, ㉖472　「臨川先生文集」復刻本…㉕239
　～後の中国　外国語教育…㉒458　教育制度…㉒455　古書復刻停止…⑮634, 635, ㉑165, ㉔313, ㉕417-419, ㉖472　上海…㉒443, 455　商王朝の巨鼎発掘…㉖483　中国科学院…㉒442, ㉖471　中国文学…㉒436, 455　批林批孔…㉕429　北京大学…㉒442, 455
　～中発掘の魯王朱檀の墓…㉕504
　～直前出版「清詩紀事初篇」…㉓243
　～と「三家村札記」…㉒456
　～と詩文の文学…⑬629
　～と明治の廃仏毀釈…㉔248
　～と「論語」…⑤291
　～の目標…㉒450, 454, ㉕292, 306, ㉖481
文学…①639, ②411, ⑤291, 294
　～を生んだ周辺の条件…㉗36
　～を資料とする民俗学の書…①619
　～を読むということ…②207
　～的言語…⑤291
　～的真実と虚構（アリストテレス）…⑲53
　～的分析と虚構…㉔20
　～と好色本の差違…⑳445
　～と社会との連関…⑭3
　～と読者の人生経験…⑳462
　～に尊敬を払わぬ思想…③539
　～の生む個性的感動の研究…③488
　～の概念（中国・西洋・日本）…①235, ⑰388
　～の機能と事態の描写…⑳66, 67
　～の芸術と音楽の芸術の相違・絵画彫刻の芸術と

の合致…⑳67
～の言語…⑱75, ⑳31, 32, ㉕183, 189
～の言語と辞典…⑰630
～の使命・任務　個による普遍への示唆…①63, 703, ㉗426　世界の描写…①292　無限定な世界の示唆…⑫609
～の職掌・任務…①78, ㉔10, ㉕185
～の定義（文学とは）…⑲139, ⑳24-26
言語による芸術…⑱75, ⑲147, ⑳67　言語によるたわむれ…⑲147　言語の連続・堆積…⑳67　個別的言語・個別による普遍の顕現…①63, 703　高次の言語…⑳366　作品の言葉…⑳55　象徴的言語…①63, ⑳26, 30, 32, 33, 37　分析…㉔20
～の人間生活における意義…①713
～の発達の地域性・分散性…㉗384
～への愛…③488
文学（中国）→中国文学
「文学遺産」（雑誌）…⑮192, ㉒400
「文学遺産増刊」…⑮192
「文学改良芻議」…①54, ②46, 48, ⑯155, 165, 283, 312, 326, ㉒315, ㉓612
「文学界」（雑誌）…①628, 635, ⑳364, 367
文学革命…①52, ⑭5, ⑯282, 312, ㉑58, 74, ㉗110
～以後の旧戯曲小説研究…②221, ⑭598
虚構の文学の評価…①165, ②205（元雑劇の評価…⑭13, ⑮370, ⑰417, ㉒71　小説の評価…⑫560, ⑮370, ⑯644, ⑰417, ㉒71　直後の京劇否定…⑯588）
～以後の旧中国の生活の全面否定…⑮612, ⑰3
孔子崇拝遮断…⑤124　儒学継承停止…㉑147
～以後の文学…①53, 618
旧文学との断絶…⑯283, 285, 644, ⑱68, ㉖449（小説中心…①53, 55, 77, 210, 213, ⑯283, 288, 292, ㉕10, ㉗242　随筆の文学…⑯442　政治への関心の尊重…①56, 113, ⑯285-287　尾韻を踏まない詩…㉔79　翻訳の後退…⑯313　恋愛文学の寡少…⑯286）
旧文学との繋がり…①603, ⑯285-288
～以後の文学史…①625
～以後の李贄評価…㉓459
～以前の記載言語…①121, 319, ②414, ⑱465, ㉕38, 40, 41, 43, 47, 49, ㉗6
読書人の資格…⑳119-120　律賦…㉑11
～以前の文学を巡る条件…①278-281, 288-290, 297, ⑳366
欧陽修の文体…⑬227　韓愈の文体…②17, ⑦466, ⑪370, 376, 415, 429　戯曲小説の地位…⑮371, ㉓458　碑誌伝状の文学…①162, 163, ⑪429
～以前の文章の句の長さ（元曲）…⑭318
～を中国のルネッサンスとする説…⑲35
～時代の新劇開拓者・田漢…⑯535
～前後の時代…①625
～と疑古の学…㉗188
～と士の階級…①121
～と西洋文明…⑯284
西洋文学の影響…①71, 165, 276-278, 290, ⑪376, ㉕10
～と中国近代の立ち遅れへの反省…②47
～に関わった人々　胡適→その項　蔡元培…①299　陳独秀…⑯282, ㉒315　魯迅→その項
～に始まる現代（中国文学史四区分説）…①77
～の旧文学評価…①609, ⑪455, 467, 471, ⑫6, 560, ⑬629, ⑮370, ⑯635, ⑰419, ⑱10, ⑳123, ㉒71
韓愈の評価…⑦466, ⑪376, 471, ⑫6, 560（文学革命の先駆…⑪376, 471, 565）
杜甫の評価の不変…⑫6, 560
～の先駆としての「人間詞話」…①456
～の日本における研究…⑰411, 418
日本の学界…⑪471（青木正児…㉒315, 316, 337, 352, ㉓615　「支那学」…⑰381, ㉒315, 316, 337, 352, ㉓615　中国文学研究会〔昭和10〕…⑰408, 410）
～の白話文の提唱…②21, ⑪370, ⑮370, ⑯283, 292, 312, ⑰417, ⑱407, ⑲231, ⑳123, ㉑70, ㉕10, 37, 40, 375, ㉗6, 242
白話文学の確立…①53, 55, 59, 213, ②205, 414, ⑪376, ⑭598, ⑯283, ⑱407, ㉒315
文章の装飾性の拒否…②46, 47, 414
「文学季刊」（雑誌）…⑭41
文学研究…③488, ⑫627, ⑲176, ㉑32, ㉗430
～と語学研究…②606
～の第一資料…㉗36
～の方法…①615
「文学研究」（九州文学会）…①624, 633
「文学研究」（中国）…⑦602
「文学研究集刊」…⑪461
文学古籍出版社…⑥243, ㉒329
文学史…②205
～の学者…㉗259
～の資料…②205, 206
～の資料の整備…①615
～の職掌…②206
「文学史大綱」…⑰394
文学侍従の臣（翰林院）…②470
文学辞典…⑳55
文学者の地位…㉓565
「文学週報」…⑯519
文学書…①242, 243
～の重視…①240, 242
文学地理学…①630
「文学における彼岸表象の研究」（共同研究）…⑰385
「文学年報」（燕京大学）…⑭92, 146, 567, 574
文学の士（漢武帝期）…⑥105
文学の臣…㉓312, ㉗22
文学能力…②408, 427, 517

～と貴族…①317, 320, 321
～による士の選抜…①310, 318, 323, ②405, 408, 409, 427
「文学部紀要」（京都大学文学部）…㉔47
文学報告会…㉔30, 31
「文学論」（夏目漱石）…②56, 57, 105, ③525, ⑱121, 353, ㉑33, 161, ㉓595
～の漢詩の引用…②57
「文学論」（篇名・項目）
間隔論…㉑161　序…②56　文学的内容の基本成分・嗅覚…②57
文翰…⑬222
「文館詞林」…⑳452
文気…㉕178, ㉗248, 261
～の美…㉗248, 249
文求堂…①397, ④15, ⑯654, ⑱518, 536, 537, ㉑60, 75, ㉒280, 478, ㉕226, 286, ㉖466, 490
文杏館…⑪145
文姜…㉓29
「文教政策の傾向に関する声明」…⑳433
文教予算…⑳439
「文鏡秘府論」…⑫585, ⑰72, 307, ㉒401, ㉕404, 420, 421, ㉗18, 299
文奎堂…⑯561, 562, 647, ⑳343, ㉒404, 474, 492, ㉓637, 641
「文芸」（雑誌）河出書房…⑪471, ⑫730
「文芸」（雑誌）新華書局…⑯531
「文芸学」（雑誌）…③545
文芸協会…㉗283, 285
文芸協会演劇研究所…㉗283
「文芸講話」…②519, ㉑164, ㉒441
「文芸講話十周年紀念論文集」…①631
「文芸春秋」…⑰421, ⑲423, ⑳359
～所載の文章「学者という集団の愚劣さ」…⑳327「中国・一九七五年春」…㉒477「日本のバックボーン」…⑰75, ⑱414
～等の雑誌のかなづかい…⑱402
～の池島信平…⑥253
～「別冊」…⑬301, ㉒312
文芸春秋新社…⑲471
文芸復興…⑯308, 313
「文芸報」…①628, 637, ⑥242, ⑯531
魯迅先生誕生七十周年記念号…①618
文献学　朱子以後…㉖244　清…①707, ③41, ⑯645, ⑱59, ⑳281, ㉕492, ㉗394　宋…㉕492　明…㉕504
文献学者…㉕363, ㉖429, ㉗259
文献偽造者の心理…㉔286
「文献叢書」…㉓167
「文献通考」…⑪194, ⑮423, ⑰558, 591, ㉑182, ㉕239
楽考・絲之属・俗部…⑪195　選挙考…①307
文献の価値と伝不伝…①707-708, ㉔242
文献の言語…①708
文献の心理…③512, 513
文言…②199, 201, 227, 446, 447, 452, 460, 466, ⑰373, ㉑70, ㉒317
～体小説・文学の翻訳・研究…①612
～と白話…②199, 202, 227, 606
文彦博…⑬62, 81, 432, 433, ㉑10
文語と口語の乖離…①59, 319, ②13, 19, 54, 91, 92, 133-135, 202, 446, 573, 606, ⑳418, ㉕37-41, 43, 46, ㉖166
文語の記載言語としての共通性…①280
文公（春秋・衛）…③23
文公（春秋・晋）…①157, ③550, ㉓111
文公（春秋・宋）…⑦481, 483
文公（春秋・魯）…③36
文弘績…㉓150
文侯（六国・魏）…㉕331
文采派…⑭286, 299
「文士伝」…⑦112-114
「文子」…②237, 485, ⑥276（精誠…②237）
「文史哲」（雑誌）…⑮192
「文思博要」…⑪20
文辞…㉓550
～の美の研究…①599, 601
文弱…⑤308, ㉔61, 327, ㉗200, 213, 235, 236
文儒之士…㉕451, 457, 459, 477
文集（中国）…⑳381
文醜…⑦38
文昌殿…⑦121, 122
文祥…②440
文陞閣…㉓231
「文陞閣縉紳全書」…㉓230, 231
文章…⑤209, ⑦466, ⑭4, ⑱96
～を愛する…③518-519
～と儒学的文化…⑥225
～の正統（古文）…⑦472
～のリズム…②114-116, 119, ③519, 520, ㉓14, ㉕247, 248
～の連続と断絶…⑱96
文章（文学）…㉒287-289, ㉖179
文章（紋様）…⑪225, 226
「文章」…⑦525
「文章規範」…⑮423, ⑰389, ⑳281, ㉓593, 605, ㉗239
「文章叙録」…⑦147, 150, 167, 170
文章甚俗…②236
「文章世界」（雑誌）…⑱121, ㉓487
文章の四友…⑫18
文縟…⑯222, 224
「文心雕竜」…③7, ⑦518, 596, ⑲262, ㉑147, 149, ㉔81, 126, 161, ㉕388, ㉗299
～とエリザベス・ハフ…⑲241, 329
～と「詩学」（アリストテレス）…㉗300
～と日本人　青木正児…⑦596, ㉓624　空海…㉗299「古今集」序…⑱15　興膳宏…㉕388　斯波六郎…⑦518, 596, ⑰354　鈴木虎雄…⑰307

～における応璩「百一詩」評…⑦151
～における語句・事項　睿哲惟宰・孔子…⑦526　作者・述者…⑦520-523　山水方滋…㉔233　諸子への関心…②485, 489　昭晰…⑦526　上哲…⑦521　「冉冉孤生竹」の作者…⑥300　対偶の祖としての「易」…③504　賦は鋪…⑥216, ㉑9, 10　風と骨…⑫147
～に対する後人の評価…㉗300
黄庭堅…㉗299, 300　西洋人…㉗300　盧照隣…㉗299
～に対する中国人の関心…㉗299
～の英訳…⑲418
～の儒家経典尊重…②489, ③7, ㉑147
～の著者→劉勰
～の班固「詠史詩」無視…⑥257
～の文学に対する尊敬…①318, ⑰483
～の余裕こそ文学を生むとする説…㉕157
「文心雕竜」（注）　范文瀾…①630
「文心雕竜」（テクスト）　明清刊本…㉗299
「文心雕竜」（篇名）
楽府…㉑17　原道…②489, ⑦518, ㉑147　雑文…⑦144-145　時序…⑦521　諸子…②485, 489　序志…⑦526　神思…㉗300　正緯…⑦526　詮賦…㉑9　宗経…②489, ③7, ㉑147　徴聖…②489, ⑦520, 526, ㉑147　程器…⑦521　風骨…⑦524　弁騒…㉗300　明詩…⑥257, 300, ⑦151　養気…㉕157　麗辞…③504
文臣の謚…⑬237
文身…①467
文津閣…⑯226, ㉒426
文人…⑮441, 442, 444-446, 480, 502, 528, ㉗170, 172
～の生活…②335
文人画…②409
文人趣味…㉒349, 350
文星楽宿…⑭579
文宣帝（北斉）…⑦552
文宗（元）…⑭85, 150, ⑮241, 306, 454→懐王
～朝の宮廷文学…⑮307
～と冶亭…⑮257
～の印記…⑮262
～の御書の跋…⑮264
～の好文…⑭71, ⑮236, 245, 246, 295, 312
柯九思→その項　画才…⑮269, 270　漢法尊重…⑮251　巙巙子山…⑮268, 269, 284　虞集→その項　虞集代作「奎章閣記」…⑮250, 251, 261　奎章閣創建…⑭71, ⑮231, 234, 246-251, 255, 262, 314　「経世大典」纂修…⑮250, 253　掲傒斯・黄溍→各項　作文作詩力…⑮272　薩都剌…⑮456　書画愛好…⑬603, ⑭71, 184, ⑮255, 259, 260, 304, 433, 450　書法…⑮234, 235, 251, 257, 261, 263, 266-268, 293　「貞観政要」蒙古訳…⑮254, 296, 297　趙期頤…⑭113　読書力…⑮270, 271, 293, 304
～の御書　永懐…⑮268　奎章玄玉…⑮269　雪月…⑮267　雪林…⑮267, 268
～の雑劇愛好…⑭70
順時秀…⑭71　朝廷での俳優の地位…⑭73, 74
～の死…⑮276（死後の奎章閣…⑮281, 284）
～の親族　兄明宗を弑逆…⑮248, 283　叔母皇姑魯国大長公主…⑮254, 259, 260, 275　甥…⑮283→順帝　皇后…⑮260, 283　父…⑮238→武宗
～の正式称号　欽天統聖至徳誠功大文孝皇帝…⑮235
～の即位…⑮247
文宗（清）…②448, 449, ㉗243→咸豊帝
文宗（唐）…①305, 306, ②551, ⑪20, 438, ㉔288, 289
文宗閣…㉔277
「文体論研究」（雑誌）…㉔111
文徵明・徵仲・衡山…⑮483, 584, ⑳577
～と蘇州…⑳294
～との関わり　王世貞…⑮518　呉中の四才子…⑮508　沈周…⑮607, 613, 619, 636
～の書と日本人…②500, ㉑98, 107
～の著述　「石田先生行状」…⑮570, 582　「語林」序…㉗139, 140　「停雲館法帖」…⑮543　「独坐」…⑮483　「早く起きて」…⑮484　「甫田集」…⑮483
文廷式・芸閣…⑯306
文帝（漢）・孝文帝…②550, ⑥182, 258, ⑦265, 551
～以来の賢良推挙…⑥103
～以来の封禅希望の声…⑥42
～・景帝…⑥50, 52, 227
匈奴対策…⑥75, 82　郡県制の完成…⑥175, 194　内政重視…⑥75, 181, 184, 185, 194　反儒学的空気…③538, ⑥52-54　文化への冷淡…⑥196
～と関わる人々　賈誼→その項　皇后…⑥49, 50→竇太后　新垣平…⑥57　慎夫人…⑥175　緹縈…⑥258, 259　竇公…㉕331
～の質素…⑥175
～の陵・霸陵…⑪212
文帝（三国・魏）…①61, 62, 608, ②168, ⑥29, 278, 313, 315, 316, ⑦58, 73, 138, 139, 146, 168, 169, 180, 198, 452, 497, 499, 592, ⑬115→曹丕
文帝（隋）…①173, 303, ②157-160, 551, ⑦539, 547, 552, ⑪551→楊堅
文帝（西魏）…⑦531, 533
文帝（南朝・宋）…⑦293→劉義隆
文帝（南朝・陳）…⑥348, ⑫660, 662, 665→世祖→陳蒨
文天祥・宋瑞・信国公…⑬8, 45, 173, ⑮373, 404, 408, 417, 422, 423, 432, ㉖462→北京（元代）→蒙古
海岸に落ちのびての五律…⑮405　「吟嘯集」…⑮415　「虎頭山」…⑮543　獄中の集句詩…⑮416　「指南録」…⑭370, ⑮405, 406, 418　「指南後録」…⑭370, ⑮406, 415, 418　若年の詩…⑮405　「正

気の歌」…⑬187, ⑮408-414　敵陣での七絶…⑮405　敵将に示す七律…⑮407　「南海」…⑮407
文同・与可…⑬21, 138　「西岡に居を僦る」…⑬22
　～の家主・王氏…⑬22
文徳皇后（唐）…⑫216, ㉒54
文徳堂…⑯561
文筆峰…⑮404
文賦（宋・文学形式）…㉑11
「文賦」（陸機）…①123, 292, 623, 628, ⑦170, 519, 594, ⑫114, 607, 618, ⑬543, ⑱109, ⑲418, ㉑9, ㉒321, ㉕105, 106
文武→文王・武王（周）
文武二道…㉓478
文部尚書…⑫327
文風整頓…⑳124
「文物」（雑誌）…㉑249, ㉒56, ㉕504, ㉖472, ㉗418, 419
文物委員会…㉒464
文物国…㉓409
文物出版社…㉗418
文法…⑳158, 159
文法の学…①708-710
文脈の学者…㉕462
文明…⑳140, 141, ㉑27, ㉔5, 6, 169, 205
　～という語…⑳132
　～と危機への意識…⑲460
　～の定義…⑳138, 140
　～の伝統…⑤239, 240
　～の伝統と他文明の接触…⑲412, 419, 422, ⑳217
　～の法則…⑤239
文明書局…⑯381, ⑳251
文明尊重（孔子）…⑤104, 192, 324
文有忌…⑬137
文妖…⑮439
文楽…㉔170
文瀾閣…⑯547
「文瀾学報」浙江文献展覧会専号…⑰596
文理の説（戴震）…⑯8
文林館…⑦553
文話…㉕233, ㉗242
汶水…⑫680
豊後…②193, 194, ⑰25, 584, ㉓414
聞一多…①616, 619, ⑫676, 677, ⑰10, ⑲313, ㉒72, ㉖474　「楽府詩箋」…⑥341, 345　「少陵先生年譜会箋」…⑫585, 672, ㉕489　「杜甫」「聞一多全集」…⑫672
「聞見後録」…㉕448, 455→「河南邵氏聞見後録」
聞国新「睡着的人」…⑯294
聞山「評歌劇李順達」…①628
聞衆…㉒446, ㉖475
聞人倩（せん）「春日」…㉒92
聞道…㉖150
聞宥「屈原作品在国外」…①637

へ

ベイ・ブリッジ…⑲241
ペイン（ロバート）「白駒」…⑲212
ヘエガールド（アンナ）…㉔140
ヘーグ…⑲353, 426
ヘーゲル…①710, ⑲106, 191, ㉒403, ㉕291
　「歴史哲学」…⑲62, ⑳402
ベーコン…⑯405
ベーツ課長（国務省）…⑲244
ベートーベン…⑤46, 158, ⑯465, 482, ⑰546, 547, ⑳50　「運命」「英雄」「田園」…㉕107
ペテルブルグ…⑯307
ベトゥゲ（ハンス）…㉔209-214
　「中国の笛」…㉔209（「大地の悲しみによせるうたげの歌」…㉔210　「陶器の亭」…㉔212　「友を待ちて」「友の別れ」…㉔213　「渚にて」…㉔212）
ベトナム→ヴェトナム
ペトフィ・シャンドル…⑯316, 317
ペトラルカ…①137
ペトロヴァ…⑲374
ペナン…①551, ⑯272
ヘヌハオ（很好）…⑰515, 516
ヘネシー…⑳448
ベネズエラ→ヴェネゼラ
「ベネディクトゥス・レウィタ」…㉔285
ベノスアイレス…㉔156
ヘブライ…①245, 246, ⑰492, 495, ⑲3, 30, 31
　ヘブライ語…㉕361　ヘブライズム…①5, ⑱15　ヘブライ文学と対句…③503, ⑲30, 31　ヘブライ文明…⑲3
ヘミングウェイ…⑱480, ⑳500
ベラジオ…㉔175
ペリオ…⑩456, ⑰238, 286, 332, ⑲217, 416, ㉒335, ㉓102, ㉕226, 285, 286, ㉗259
　～・コレクション…㉕227
ヘリオクレス…⑥93
ペルー…㉔130, 137, 151, 153, 163
ベルギー…⑲351, 354, 370, 376, 377, 426, ㉔171
　～駐在公使・銭恂…⑯550, ⑱50
　～と英語…⑲340
　～における有色人種の希少…⑲341
　～のサン・ユーベール寺院…⑲352
　～の人口に対する土地の余裕…⑲353
　～のスパア神父…⑰120
　～の道路…⑲352
　～のリエージュ…⑲353, 402, 403, 426
　　近代語近代文学国際連合大会…⑲338, 352, 402
　～へ行く中国人兄弟…⑲367, 370
　～訪問の日本人　狩野直喜…⑰266, 279　河上肇…⑱315

ペルシャ…⑥94, 132, ⑫127, ⑲440, ⑳223, ㉗298→安息→パルティヤ
ペルシャ人…⑪167, 330　ペルシャ文学…⑲442（詩…⑳43, 369）
ヘルシンキ…⑲343, 344, 354-356, 385, 398, 426, ⑳459
ヘルシンキ大学…⑲344
ヘルダァリン…⑲140, ㉔67
ベルツ…㉔18
ベルニス・パウアヒ…㉔191
ペルリ…㉔193
ベルリン…①559, ⑪167, ⑯307, ⑲217, 381, 402, ㉒463, ㉔17
ベルン…⑲426
ヘロドタス…①186, 234, 241, ⑤316, ⑥44, 158, 229, 241, ⑲53, 59, 442, ⑳500, ㉑85
ペロポネソス戦争…⑲58
ペン（ウィリアム）…⑲307
「ペンギン文庫」…㉔174
ペンクラブ…㉔23, ㉗281, 337
ペンシェラタン・ホテル…⑲306
ペンシルヴァニア大学…⑲330, ㉔206, 251, ㉖450
大学病院…⑲304　附属博物東洋部…⑲304, 305, 327　ベネット・ホール…⑲304
ペンシルヴァニア停車場…⑲275
ヘンドリ（亨得利）…㉒463
ヘンリー（パトリック）…⑲311
平群ノ山…⑰198
北京…⑥407, ⑰516, ⑳294
～とニュー・ヨーク…⑲220, 449
～版「宋元書式」…⑩453
北京（元代　大都）…⑬173, ⑭361, 362, ⑮57, 402, 428, ㉒388
～から開平への避暑…⑮448
～宮廷　科挙の実施…⑮435, 449　虞集の出仕…⑮231, 450　奎章閣学士院…⑮231, 314　最後の天子と反乱…⑮458　謝枋得への出仕強要…⑮422, 423, 427　西宮興聖殿の西廊…⑮247
～近郊の古蹟の詩「南城詠古」…⑭471
～と雑劇…⑭32, 379
句欄…⑭55　大都の口語と雑劇の言語…⑭279
～との関わりある人物　汪元量…⑮417, 418　貫酸斎…⑮321, 322　喬夢符の交遊…⑭385
～と文天祥…⑮408
護送…⑮405, 408, 412, 417, 543　処刑…⑮415
入獄…⑬187, ⑮408, 415, 417　蒙古の厚遇…⑮408
～の建築物　燕塞…⑮418　興聖殿…⑮247　正陽門…⑮191　白雲観の塑像…②528
～の燃料源…⑮448
～へ出仕した南方出身者の詩…⑮434, 446, 473
袁桷…⑮448, 449, 454　虞集…⑮231, 450, 451, 473　薩都剌…⑮455　趙孟頫…⑮447, 450
～へ南宋貴族の護送…⑮225, 417
宮女と北京の大工たちとの結婚…⑮418
北京（清）…㉒388
～を舞台とする小説「孽海花」…⑯307「紅楼夢」…①47
～から漢口へ赴任　福敏…㉓213
～から揚州へ赴任　王漁洋…⑯575
～刊行物「縉紳全書」…⑯236「毛詩正義」武英殿刊本…⑩454, 460
～故宮文淵閣本「四庫全書」…⑯225, 226
～と江戸…㉓295, 427, ㉕201, ㉗233
～と科挙　会試…②438, ㉓162　郷試…②442　紫禁城における殿試…②438, 441　北京の督学官による地方の生員資格確認試験…②462　博学鴻詞科受験（朱竹垞…⑯178　陸嘉淑…⑯183）
～と京劇…⑯587, 595
～における康熙帝と対人関係　胤禩…㉓273, 274　衍聖公…㉓270, 271　張鵬翮…㉓273, 274　朝鮮使節…㉓271, 272　琉球使節…㉓271
～における東富西貴…①489
～に関係する士人　魏憲と魏裔介…㉓262, 263　査慎行…⑯176（宮廷への出仕…⑯200　辞職帰郷…⑯169, 200　出獄…⑯202　順天郷試落第…⑯173　入獄…⑯167, 200, 201　北京護送…⑯201）
曽樸…⑯307, 311（林紓訪問…⑯311）
曽国藩の翰林院時代…②465
張問陶　故郷から帰任…①501, 503　松筠庵の懐人書屋…①511　宣武門外官菜園上街の寓居…①503-504　北半截胡同の宿舎…①504, 508
鄭任鑰→その項
～の学者　閻若璩…㉓165, 166　王安国…㉗116　王引之…⑯576　王国維…⑰244　王念孫…⑯576, ㉗116　胡承珙…⑯263　徐枋…⑰244　銭大昕…㉒298, ㉗116　端方…⑰244　宝煕…⑰244
～の義和団の変→義和団
～の刑部の獄…⑯201, 203
汪精衛入獄…㉖462
～の国子監…②462
～の紫禁城…⑥416, ⑪315, ⑰611, ⑲363, 407, ㉒465
宮殿　三希堂・慈寧宮…㉒465　太廟…㉒496　太和殿…㉒464, 465　中和殿・保和殿…㉒465　養心殿…㉒209
溥儀と紫禁城…⑫315, ⑯634
門額の清書…㉓174-175
～の清政府と銭謙益…⑯16
～の清政府と台湾…⑯614
～の政府高官の邸宅…②469
～の地名・建造物　外城…①504　官菜園上街…①503　顧炎武の祠堂…②544　地安門外…⑯263　朝陽門…①518, ⑳539, ㉒463　天壇…⑪

400, ⑲363　東華門…①509　東交民巷…㉒335
東城と西城…①489, ⑯659　保安寺…㉓186　北半截胡同…①504, 508　楊梅竹斜街…⑯576
～の敦煌文書…㉕285（狩野直喜の調査→その項）
～の雍正帝への奏疏と硃批諭旨…㉓199, 200, 212
宜兆熊・李紱関係…㉓220, 221　憲徳・鄭任鑰関係…㉓221, 222　邁柱・鄭任鑰関係…㉓223, 238　福敏・鄭任鑰関係…㉓213-218, 237
～へ呉世璠の首級送付…⑯197
～へ清朝の入関…㉓162, 167, 172-177, 254
～へ琉球の使節による白石詩稿送付…㉓154
北京（人民共和国）…⑯560, ⑲372, 429, ㉒455, 456, 480, 490, 491
～刊行物　「警世通言」校注本…㉖402　「古劇説彙」…㉖413, 414　「古今小説」校注本（人民文学出版社）…㉖402, 404, 407, 411　「古本戯曲叢刊」…⑱464, ㉖472　「光明日報」…⑥241, ㉖479　「周書」（中華書局）…㉖473　「新華字典」（商務印書館）…㉑68, 76, 77, ㉔399　「水滸」（作家出版社）…㉖414, 415　「水滸研究論文集」…㉖403, 404　「水滸全伝」（人民文学出版社）…㉖407, 408, 410, 412, 415, 420　「水滸伝」七十回本（人民文学出版社）…㉖398　「西諦書目」…㉖412　「醒世恒言」（作家出版社）…㉖408　「宋金雑劇考」…㉖414　「曹操詩文選読」（人民文学出版社）…㉖475　「中国古代版画叢刻」（古典文学出版社）…④15　「中国版刻図録」…㉖412　「陶淵明集」（王瑤編）…㉔228　「読封建論」…㉖474　「日本的朱子学」…㉒435　「文物」（文物出版社）…㉒56, ㉖472, ㉗418, 419　「北京図書館善本書目」…㉖412
～政府…⑰5
政府要人との関係　詩…㉓566　孔子評価…⑰4
台湾との関係…⑯614　日本との国交回復…㉑119（田中角栄訪中…㉑163, ㉒325, 326, 462）
～と桂林…㉒487
～と日本　歌舞伎公演…②593, ⑯587　雪舟展覧会…②593　東京・北京…㉒468, 469, 496
日本学術文化訪中使節団…㉒439, 441-445, 448, 459, 460, 462, 464, 468, 474, 479, 485, 489, ㉒494, 495, ㉓710, ㉖471, 487, 490, 494（中国科学院訪問…㉒442, 457, 464, ㉖471　鄧小平との会見…㉒444, 495　北京近郊遺跡訪問…㉒442, 449, 472　北京大学訪問…㉒442, 474, ㉖471　北京図書館訪問…㉒495, ㉖471, 474）
中国文学研究者訪華団…㉕436, 438, 439, 470, 471, 479, ㉗424（中国社会科学院の招待…㉕438, 439, 445, 447, 455, 464, ㉗424）
山本敬太郎中国訪問…⑯559-562
～に関わる事項　京劇…⑯587, 589　古書店の倒産…⑯558, 559　甲辰の科の進士の健在…⑰611　朱・墨の購入の不便…㉖477　地方出版物の入手難…㉖476　溥儀の死…㉓180
～の学界と孔子…⑰7
～の新聞の簡体字表記…㉗419
～の「人民日報」と外国固有名詞表記…㉔166
～の地名・建造物　頤和園…㉒442, 449, 495　王府井…㉒463, ㉕442, 443, ㉖475　臥仏寺…㉒495　海王村公園…㉖476　海淀…㉕471　故宮博物院…㉒464, ㉖471　新華書店・人民大会堂→各項　西郊…㉒474, ㉕471　西城…①490, ②583, ⑯551, 643, 645, ㉒464　正陽門駅…⑲429　静宜園…㉒495　中国社会科学院文学研究所→その項　中南海…㉑163　長安街…㉒387, 412, 463　天安門…㉒466, 478, 496　天竺（東都）…㉒463　天竺空港…㉕470　東単市場…㉒463　東風市場…㉕442, 445　北京飯店・北京ホテル→その項　北海公園…㉕444　北郊…㉒472, 473　万寿山…㉒495　労働文化宮…㉒496　琉璃廠→その項　隆福寺…⑫523, ㉒474（炸温…⑯560）
～のホテル…㉒452, 453, 462
～の町の人通り…㉒453
～訪問・外国の賓客…㉕386
アメリカ学術代表団…㉕444　ウィリアム・エンプソン…⑲265　ニクソン…㉒63
北京（宋代　金の中都）…⑬172, 600, 601, ㉒101, 388
～から汴梁へ国都移転…⑬172, 602, ⑭59, 133, ⑮373, 377, 382, 386, ㉒117, ㉕53
中都陥落…⑮373, 386, 399, ㉒115, 117
～と耶律楚材…⑮399
編修所設立…⑮399-400
～の消費生活…⑮377
～の老舗…⑮375
～へ韓侂冑の首級送付…⑬172, 323, ⑮386
～へ使節范成大の訪問…⑮377
北京（宋代　遼の領土）…⑬3, 599, ㉒388
北京（唐代　范陽・幽燕）…⑫58
～と安禄山…⑪178, 244, 245, ⑫170, 171, 240, 308, 326, 569, ㉕51, 405, ㉖10, 48, 136, 151
安禄山左遷（「天宝遺事」諸宮調）…⑫267　勢力拡大…⑫171, 549
～より安禄山の参覲…⑫237
北京（民国時代）…⑭374, ⑯324, 444, 566, 573, 653, ㉒416
～から天津への鉄道…㉒376
～から南京への鉄道…⑯566, ㉒462
～からの購書…⑯640, ㉓641, ㉕286, ㉗124
～刊行物　「宦門子弟錯立身」（古今小品書籍印行会）…⑭58　「芸文」（雑誌）…⑯294, 297, ⑱389　「杜詩引得」…㉑76　「人間詞話」（樸社）…㉖456
～と関わりを持つ知識人・文化人　エロシェンコ…②200, 201, ⑯319　胡適…⑯379, 426, 427, 433, 644　傅芸子の帰国…⑯605　梅蘭芳…⑯589, 592　李盛鐸…㉖468　魯迅…⑯644, ㉒384,

402
～と長安…①491
～と日本　日本学資料…②570, ㉒437
日本軍による占領…⑫302, ⑳293（重慶への脱出…⑫415, ⑳322　南京陥落祝賀行事の強制…⑳322　日本軍入城…⑯294）
一二三館（日本旅館）…㉓636
本願寺別院…㉓620, 636
～と日本人　狩野直喜（対支文化事業委員）→その項　中江丑吉…㉒391, 392, ㉔256（汪栄宝訪問への同行…㉔256）　留学生→北京留学
～における特徴的事項・風物　下層階級の口喧嘩…⑮57　旗人…㉒381, 382　市中の道…⑲358　紙毬…⑭585　正月…②547　城内の城壁沿いの土地…⑫88　城内の田畑の存在…⑫89　新文化書の書店…㉒403　新文学…㉒402, 403　人力車…㉒371　清潔・蠅のいなかった町…㉒450, 453　葬式と雪柳花…⑮62　打擾・打攪という言葉…⑮87　古道具屋…⑯563　町のさまざまな音…㉒447, 453　満漢餑餑の看板…⑮79　歴代宮廷蔵書の相続…⑮635
～の歌　北大窮／燕大闊／清華俊／師大老…㉒393
～の汪精衛・閻錫山の政府…㉒395
～の華北棉産改進会…⑯207
～の学界…⑯650, 651
学界の主流…⑯644　疑古派…㉒414　清朝考拠学の祖述…⑯643-645, 647, ㉒419　清朝小学の祖述…⑯644, 645, 647, ㉒419
～の学界と江南三省出身者…⑯3
安徽人…⑯433　江蘇人…⑯645, ㉒414　浙江人…⑯3, 433, 644, 645, ㉒384, 394
～の学者・教授…⑯648
王国維→その項　王式通…㉒387　王樹枏→その項　王東…㉒387　汪栄宝…⑯267, ㉔255, 256　柯劭忞…㉒387　顧頡剛…⑯647, ㉒414　呉虞…㉒352　呉承仕→その項　江瀚…⑯267, ㉒387　黄侃…⑯568　朱希祖・周作人・徐鴻宝→各項　沈尹黙…㉒387　沈兼士…⑯645, ㉒329, 387　銭玄同・銭稲孫→各項　孫楷第…㉒449　孫人和→その項　張鳳挙…⑯642, ㉒329, 377, 392　趙万里…⑯650, ㉒397, 448　陳寅恪…㉒399　陳垣→その項　湯用彤…㉒403　馬鑑…㉒329　馬衡・馬裕藻・馬廉・傅増湘→各項　兪平伯…㉒398, 399　余嘉錫…⑯645　楊鍾羲→その項　劉復…㉒419　倫明…⑯645
～の学風と京都の学風…⑯646, 647
～の学風と江南の学風…⑳294
～の警察…⑯563, 564
南京へ派遣されて来た警官…㉒417
～の古書肆…⑳316
陶湘と本屋…㉓640　番頭…②419, ㉒404　本屋との付き合い…⑯555-557, ⑳343, 344, ㉒404
～の住宅…㉒377
清朝官僚の住宅…②415-416, 469, ㉒377, ㉔256, ㉖467　西城の大学教授宅…①489, 490, ⑯551, 643, ㉓635　盛伯羲の故宅…⑯643, 659, ㉓636　大官の住宅…⑯574　中流階級の住宅…②416, 417, 420　平屋構造…⑳294
～の新聞…㉒411
～の人文科学研究所…⑯228, ⑰589, ⑳289, ㉒374
～の西郊の寺院で会った宦官夫人…⑦54
～の地名・建造物・商店など　延英舎…㉒377, 379, 390, ㉓635, 638　演楽胡同→その項　王府井…㉒403, ㉖468　海王村…㉒380, ㉖476　外城…⑯555　漢花園…㉒392, ㉓636, ㉕471　観象台…㉒463　協和医院…㉒371　玉泉山…㉒410　景山書社…㉒403　警察局…㉒478　故宮博物院…㉓167　孔徳学院…㉒392, 396　紅楼（北京大学文学院）…㉒392　紫禁城→その項　沙灘（漢花園）…㉕471　臭皮胡同…㉒434　絨線胡同…⑯643, 659, ㉓636　正陽門…⑮191, ⑲429, ㉒478, 479　正陽楼…㉒410　西山…⑯281, ㉒410　西城…①489, ㉒409, ㉓635, 636, ㉖467　宣武門…①503, ⑯268, 592　泉寿東文書蔵（日本書図書館）…㉒434, 437　船板胡同…㉓636　前門…⑯649, ㉒372, 410, 478　中央飯店…㉖468　中海公園…⑪443　中南海長安街…㉒387, 412　東安市場…⑯572, ㉒403, 409, ㉕442　東四牌楼…⑯563, 642, ㉒377, 473, ㉓634, ㉗289　東車站…⑯651, ㉒375, ㉓635　東廠胡同…㉓636　東城…①489, ⑯295, 659　東単牌楼…㉒371, 463　東長安街…㉒463, ㉖468　陶然亭…⑫89, ⑳539　同仁病院…⑯643, ㉒371　内城…⑯555　西停車場…㉒375　南苑…㉒388　南海…⑯648　八道湾…⑯324　東停車場…⑳283, ㉒375, ㉓635　東便門・ヘンドリ時計店…㉒463　北京飯店…⑲392　方家胡同…㉒426　北河沿…㉒392　北海公園…⑮247, ⑯612　北城…㉓620, ㉔256　ロックフェラー病院…⑲238, ㉒371　六条胡同…㉓620, 636　和平門…⑯555
～の張作霖時代…⑯648, ⑰244, ⑳291, ㉒383, 387, 407, 410
張作霖撤退…⑯611, 648, ⑳291, ㉒383, 387-389（撤退後の治安…⑯611, ㉒388）
～のビズネス・センター…㉒372
～へ「支那学」の送付…㉒352
～へ中共軍入城…⑯611
～へ北伐軍入城…⑯611, 612, 648, ⑳291, ㉒388
以後の北京…⑯649, ㉒407（学潮と女子学生の文字…㉑88, 89　平穏…⑯649　北平への改称…⑯648, ⑳293, ㉒389, ㉓634-635）
～琉璃廠…⑯267, 555, 557, 559, 561, 580, 647, 649, ㉒380, ㉓640, ㉖476, 493
賀蓮青…㉒411　翰文斎…⑯561　厚徳富…⑯580　松筠閣…⑯561　邃雅斎…⑯560　通学斎

…⑯561, ㉒404 文徳堂…⑯561 来薫閣琴書店→その項
～隆福寺…⑯555, 561, 647
廟会…⑫523 文奎堂・趙殿成→各項
北京（明）…⑮512, 521, 628
～刊「毛詩正義」（国子監）…⑩454
～朝廷 永楽帝（燕王）…②155（秘書官陳経…⑮573 北京遷都…⑮476）
閹訟…⑯15, 19 顧憲成…⑯21 蘇州への冷厳…⑮576 文徴明…⑮483
～と詩人・哲学者 袁祈年…⑯70 袁宏道…⑮534, 536 袁中道…⑯98 王惟倹…⑯71 王世貞…⑮512, 513 王守仁…㉔137 汪本鈳…⑯98-99 何景明…⑮503 徐禎卿…⑮508 程嘉燧・董其昌…⑯71 北京宮廷の詩・李東陽…⑮487, 489 方時化…⑯98 李日華…⑯71 李攀竜…⑮512, 513
～と銭謙益 極楽寺の下宿…⑯98 辞職…⑯14-16 出獄…⑬273, ⑯16 鄒元標との邂逅…⑯25 長安の屏居…⑯71 入獄…⑯16, 19 任官…⑯14-16, 70, 74 北京退去…⑯26, 57
～における獄死・刑死 魏大中・顧大章・黄尊素…⑯30 紫柏真可…⑯45 周順昌…⑯30 繆昌期…⑯27, 28, 30 楊漣…⑯26, 30 李応昇…⑯29, 30
～の科挙試験問題漏洩事件・唐寅の連座…⑮482
～の陥落…①496, ⑮531, ⑯17, 18, 57, 102, 170, 178, 179, 186, ㉒288
清軍誘導・呉三桂…⑯178 明政府滅亡…⑯14, 16, 57, 640, ㉖430
～の北 昌平県の先帝陵…⑮489
～の仕立屋の秘訣…⑳435
～の戍籍…⑮487
～の城南の小湖水…⑮513
～の地名・建造物 九衢…⑮534, 535 瓊楼…⑮490 十刹海（シチャハイ）…⑮487, 489
～の暮春の情景…⑮536, 537
～の蒙古警戒…⑮514
土木の変…⑮580, 582 英宗の復辟…⑮582
～の吏の頂首の値段…⑮6
～汴京間「水滸伝」の距離感覚…㉖390
北京駅…⑯642, ㉒375, 376
北京音…②77, ⑤190, 192, ㉖27, 155
～のnとngの区別…㉒381, 382
～の気の音と上代の音…③544
～のローマ字標記…④14
北京汽車製造廠工人理論組…㉒446, 468, ㉖474, 475
北京空港…㉒441, 462, 479, ㉕470
北京語・官話…①280, ⑯398, ⑰371, ⑲205, ㉖469
～を話す北京外出身の学者 銭玄同…⑳292, ㉒384 陳垣…㉒413 陳宝琛…㉖469
～から消えた雑劇の言葉…⑭280, 282
北京語の四声と雑劇の時代の標準音…⑭19
～学習（吉川幸次郎）…⑯643, ⑳273, 390, ㉒345, 381, 382
教授 奚待園…⑯650, ㉒381, ㉗289 徐東泰…⑯650, ㉒381, 382 張景桓…⑯650, ⑳103, ㉒381 傅芸子…⑳391
～と江蘇・福建・広東語…①279, ⑰456
北京語・広東語・蘇州語の“日”の音…①280
北京語と広東語…②337
北京語と呉語（蘇州語）…⑰372-375, 377, 378（杭州における北京語使用…⑯546）
～における文字のない言葉…⑱407
～による国語統一の主張…⑳292, ㉒383
～の語彙 応当…⑦515 事情…⑰372 東西…⑰372 等我…⑭478 得…㉖383 爺…①523
北京市警察局…㉒478
北京市建委…㉖479
北京師範大学…①489, 632, ⑯555, ㉒388, 393, 396
北京師範大学文芸学習社…①632
北京女子学院…㉑88
北京女子師範学校・北京女師大…⑯427
北京城…㉒463, ㉖378
北京人…㉒318, 341
北京大学（民国）…㉒280, 407
～を中心とする新思想・新文化運動…⑳294, ㉒386, 389
～刊行物 「国学季刊」…㉒386 天一閣本「録鬼簿」趙・鄭・馬手写本影印…⑭86
～教授…①705, ⑭476, ⑯558, ⑰244, ⑲203, ⑳292, ㉒329, 383, 386, 387, 399, 407, 474
胡適（教授辞任・上海へ…⑯433, 644 教授就任…⑯282 校長就任…⑯430 文学院長…⑯327） 辜鴻銘（英文系主任教授…⑯273） 朱希祖→その項 周作人…⑰244, ⑱8 沈尹黙…㉗110（京都滞在…㉒328 女弟子・フランケル夫人…⑲242, ㉒329） 銭玄同→その項 陳独秀（文学部長…⑯282） 馬衡…㉒463（泉屋清賞贈呈…㉓637） 馬裕藻（国文系主任…⑳292）
疑古派…㉒414
教授の給与…㉒398 教授の住宅…①489, 490, ②416, ⑯551, 643, ㉒407, ㉓635
国文系の教授…⑯644, 645, ⑳292（狩野直喜との関係…⑯642, 648, ㉒389 今文派支持…㉒394, ㉕333 黄侃との関係…⑯568, ㉒400）
蔡元培への尊敬…㉒402
三馬三沈…㉒329
浙江人の教授…⑯433, ㉒383, 384, 388, 394
日本人留学生への親切…①705, ⑯648, 650, ⑳292, ㉒372, 449, 450, ㉖478
北伐軍歓迎…⑯611, 612, ㉒388
夜の宴会…㉒409
～系の雑誌 「新青年」…①54, ⑯282, 312, ㉒387「莽原」…㉒412
～系の出版社・亜東図書館…⑳251

～系の反孔論への反撥・郭沫若…㉖490
～と京師大学堂…㉒386
～と中国大学…㉒394-397
～と南京政府…㉒395
北平大学への改称拒否…⑯648, ㉒389
～図書館…㉒408
～の学院・学科
人文科学系…㉒384
文学院…⑯644, ㉒383, 384, 392, ㉕471（外国文学系…②568〔英文系…⑯273　日文組（日本文学科）…②568, ⑫362〕 国文〔中文〕系…⑯644, ⑳292, ㉒386, 449, ㉓475, 636, ㉕472〔外国文学専攻学者による講義…⑱8　中国文学史教研室…⑥288〕 哲学系…㉒403）
法学院・理学院…㉒392
研究院（大学院）…㉒405
～の学生…㉒385, 406
学生運動…⑳292, ㉒386, 390, 396　女子学生…㉒394　貧乏…㉒393
～の学風…㉒392, 419, ㉕472
古代語の研究（小学）…⑯644, 646, ㉒392, 419
十八世紀清朝学の継承…㉒419
～の魏敷訓…⑭584
～の教壇のない教室…㉒406
～の授業・講稿・講義…⑯655, ㉒384, 406
諸子の講義・宗教への無関心…㉒403
～の所在地…㉒392
～の卒業生・李田意（エール大学）…⑲314
～の北伐成功後の状況…⑯433, ⑳291-292, ㉒383, 387, 388, 407
～派…㉒387
非北京大学からの批判・非北京大学への批判…㉒396　論争…㉒397
北京大学（人民共和国）…③485
～革命委員会…㉒442, 455, 456
～刊行物「文学研究集刊」…⑪461「両漢文学史参考資料」…⑥320
～教授　魏建功・周一良・周培源→各項　馮友蘭…㉒495
～考古学陳列館…㉒474
～社会科学代表団…㉒474, ㉓560
～哲学系工農兵学員…㉗429
～と中国文学研究者訪華団…㉕439, ㉕471, 475
～と日本学術文化訪中使節団…㉒442, 475, 495, ㉕386, ㉖471
～の講義…㉒455
～の所在地…㉒393
～の日本語の授業…㉒458, ㉕386
～の日本文書…㉒437
～の「封建論」注…㉒446, 455
～文学研究所…⑪461
～編集の中国文学史における古詩…⑦561
「北京大学五十周年記念論文集」…①627
北京図書館…⑮247, ⑯140
～館長…㉒455
～蔵書　雑劇の選集…⑭380　嘉靖刊本「水滸伝」…㉖412　金平水刊本「尚書注疏」…⑩453　世徳堂刊本「趙氏孤児記」…㉖368　宋版「京本春秋左伝」…⑬502　天一閣本「録鬼簿」…⑭368　文津閣本「四庫全書」…⑯226
～と日本学術文化訪中使節団…㉒444, 495, ㉕430, ㉖471, 474
「北京図書館善本書目」…㉖412
北京特別市内左二区警察…⑯564
北京内燃機総廠工人理論組…㉒446, ㉖475
「北京日報」…㉒452
北京飯店・北京ホテル…⑲392, ㉒442, 449, 452, 453, 462, 463, 475, 479, 480, 496, ㉕470
北京放送…㉖479
北京留学　アメリカ人…⑲205
日本人…⑰374, ㉒390, 408, ㉓635, 636
青木正児…㉓630　入矢義高…⑫504, ⑭603, ⑰364　江上波夫…⑯650, ㉓635, 636　小川環樹…㉒332　小島祐馬…㉒332, ㉓635　大淵慧真…⑯563, 643, 650, ㉒390, 403, ㉓636　奥村伊九良…⑯650, 659, ㉓636　加藤常賢…⑯650, ㉒390, 399, ㉓636　狩野直喜→その項　外務省留学生…㉒379, 380, ㉓635　木村英一…㉒332　楠本正継…⑯650, ㉒390, ㉓636　倉石武四郎→その項　駒井和愛…⑯650, ㉒390　佐藤広治…㉒332　杉村勇造…㉓636　田中謙二…⑭603, ⑰364　田村実造…㉒332　武内義雄…㉗270　玉井是博…⑯650, ㉒390, 399, ㉓636　塚本善隆…⑯644, 650, ㉒390, 402, 403, ㉓636　鳥山喜一…⑯650　橋川時雄…㉓636　服部宇之吉…①518, ⑰240, 243, 265, 278, ⑳289, ㉒335　原富男…⑯650　三上次男…⑯650, ㉒379, 390, ㉓635　水野清一→その項　安田二郎…⑰364　陸軍留学生…⑯649, ㉒379, ㉓635　和田清…㉓635
日本人留学生と中江丑吉…㉒391
北京留学（吉川幸次郎）…⑭601, ⑯255, ⑳246, 391, ㉒331, 336, 370, 374, ㉔121, ㉕416, ㉗439
～以来変わらぬもの…㉒446, 450
～後…⑳357, 414
「化粧と口笛」の記憶…㉔23　経学への関心…⑪564　元曲との疎遠…⑭601　雑学時代…⑭601, ⑯652　宋人雑筆の乱読…⑬626　東方文化研究所員…⑭601, ㉓640, ㉗417　京大文学部講師…㉔66, ㉗306
～生活・北京大学…⑯650, ⑳273, 343, 391, ㉒389, 408
教授の私宅訪問…⑳292, ㉒396, 398, 408, 413
聴講生…⑯644, ⑳292, ㉑87, ㉒383, 390, 405, 446, 449, ㉓636, ㉕471　聴講生証…⑯659, ㉒383
入浴…⑳281
～生活・中国大学…㉒395
～中に接触した人々…⑯644, ⑳292, ㉒360, 384,

420, 449, 453, ㉖466-468
～中に接触しなかった人々　王大楨…⑳270　汪栄宝…㉔255　夏泉…⑳270　胡適…⑯433　辜鴻銘…⑯272　周作人…⑯324　魯迅…⑯644, ㉒384, 402
～中の学界…⑯644, 646
旧詩への冷淡…㉕479
～中の京都市電開通…⑳263
～中の下宿…②415, 420, ⑯642, 643, ⑳343, ㉒377-379, 450, 453, 473, ㉓634, 635, ㉗289
～中の京師図書館蔵書の撮影…⑱519
～中の警察との接触…⑯563
～中の語学学習…①705, ⑯643, 650, ⑳106, 273, 356, ㉒373, 378, 380-383
西服…㉒380　煙草のカードの美人画…⑭418
難道一不成…⑳61
～中の購書…①518, ⑯555-557, 559, 561, 647, ⑳343, 344, ㉒329, 372, 397, 404, 474, 494, ㉓182, 636, 637, ㉔313
～中の散策…㉒410
～中の紙毬子遊びの見落し…⑭585
～中の七律「故宅」…⑳237
～中の所見・体験　旧北京市警察局の建物…㉒478　掲示板の女子学生の書…㉑87, 88　観象台参観…㉒463　故宮参観…㉒464　師弟関係…⑰95　書店の番頭の手紙の代筆…⑳120　沈尹默の風貌…㉒328　東城と西城…①489　陶湘の風貌…㉓640　敦煌文書断片写真の発見…⑭476　馬廉の平妖堂の印…㉒279　面会した詩家…⑯267　夜の暗さ…⑰477　柳絮…⑪443　隆福寺の廟会…⑫523
～中の所聞　市政府下級吏員の出身地…⑮10　男女の会話への戸惑い…⑱439, ㉑87　馬氏兄弟の母君の思い出…⑯580　文書の満文訳文添付の廃止…⑮305　方観承に関する故老の話…⑯209
～中の生活　食事…㉒379, 380, 409, ㉓635　生活費…㉒371　病気…⑬625, ⑯433, 643, ㉒371, ㉓635, ㉔219
～中の西安方面訪問の困難…㉒485, ㉕463
～中の「戴宏解疑論考」初稿…⑥431, ⑯651
～中の中国の転換期…㉒389
銀の暴落…⑯647, ⑳343, ㉒371　初期の世相…⑯648, ⑳291　排日…⑯649, ⑳292, ㉒372, 390, 449　北伐軍北京入城…⑯611, 648, ⑳291, ㉒388
～中の日本研究資料の不足…②569
～中楊雪橋への師事…②35-36, 538, ⑳391, ㉓710
漢文習作…②35-36, ⑯651, ⑳391
～で得た知恵…㉒418-421
学問の雰囲気の吸収…㉗396
考証学への理解…⑯643, 647, ㉒420, 421（小学への関心…⑯646）
書籍弁別の能力…⑯652, ㉗396
中国人の価値観への理解…㉒418
～の北京到着…⑯642, ⑲392, 429, ㉒376
～の帰途の江南旅行…⑯267, 651, ⑳293, 297, 344, 391, ㉒331
黄侃との接触…①708, ⑭601, ⑯568-571, ⑳293, 294, ㉒399-401, 413, 415, 420
訪問地　杭州…㉓182　高郵…⑯573, ⑳297　上海…⑯267, ⑳296, ㉒491, 493　蘇州…②511, ⑯267, ⑳294, 297　南京…⑭601, ⑯566, ⑳293　揚州…⑯572, ⑳297
～の目的…①705, ⑯646, ㉒373, 380
～前に立てた二つの戒…㉒408
～前の蔵書整理…⑲28, ㉒320
北京留学と上野奨学資金…⑳291, ㉒332
「北京籠城日記」…①518, ⑳289, ㉒335
丙吉…⑰198
平安京（日本）
～と京都の地域のずれ…⑫216, ⑲277, ㉒15
～と唐長安の都市計画…㉒15
～の制度…⑰162
～の美女…㉓420
平安京（日本・江戸期）…㉓419, 490, 492, ㉗165, 168
平安時代→平安朝
「平安時代文学と白氏文集」…⑪229, ⑰412
平安神宮…㉒15
平安朝…⑦540, ㉗246
～以来の京都（荻生徂徠）…㉓427
～以来の伝統の学問…㉗68
読み癖…②315, 324, ㉓104, ㉔241, ㉕225
～後半期の絵画…㉓421
～史　建築史…㉕397　服飾史…㉕321, 397　恋愛史…㉕397
～写本　「春秋左氏伝」…①401　「世説新語」…⑦454　「毛詩」経注…⑩458　「毛詩正義」…⑩451　「文選」…⑦350　「礼記正義」…⑩428
～初期の高僧…⑰17, ⑳330
～と奈良朝→奈良朝平安朝
～の王室…㉓417
院政末期の京都朝廷…⑦368　王朝の中華の礼楽…㉓367
～の貴族の挙止・容姿の美への関心…⑦591
～の牛車…㉖31
～の曲水の宴…㉑240
～の具注暦と「春秋」…㉑160, ㉓107
～の口語と室町期の口語…㉕38
～の書道…㉒13
～の世襲制…②383
～の政治は文柔…㉓420
～の鈍色の喪服…⑰639
～人と中国　中期の朝廷の収蔵書籍…⑦83　中国古典研究…⑤135　中国書籍目録…⑫720　藤原氏と南北朝（中国）の貴族…①192, ⑦590
中期以後，中国への関心の低下…⑰19, 20（関

心の低下とかな文学開花・中国書の読書家〔頼長・信西〕…⑰20　末期から鎌倉期の漢学能力低下…②69, ㉓563　末期から鎌倉期の中国への関心の低下…②69, ⑰20）
中国文化輸入…②572（初期の輸入中国書…㉕268　末期以後の中国書版本輸入…㉕278）
～人と中国書　ヲコト点…㉑250　公卿による訓読…㉓304　「史記」…⑥246, 247　「文選」…①242, ②170, ⑦562, ⑰307, ㉕481　「文選集注」（平安人による）…⑥260　「論語」…⑤134, 135　「論語集解」…④7　「論語」注（漢人）…㉓101
～人と中国文学…⑰414
杜甫…㉑133, ㉕404　白居易…①32, 33, 143, ⑪434, 440, ⑱38　平安朝の物語と王昭君…㉖195
平安朝の物語と唐の伝奇…⑰467
～人の漢詩漢文の実作…㉓147
漢詩…⑱125, ㉓136, 400, 418　漢詩の盛況と政治…㉓133　漢文…⑰348　初期の漢文の大家…㉓563　第一の漢詩人…①33　和習…⑰73
～人の文学　歌…①66, ⑬607（虚構…㉗357　閨秀の歌…③561　恋の歌…⑱72）
女性の作者…㉒470
平安文学と川端康成…㉔25
～末期ごろの中国市民社会…②426
平安南道…⑥395
平王（周）…②549
平家の都落ち…⑪245
平家の滅亡…⑮407
平原（地名）…㉒78
平江軍節度使…⑬238
平江県…⑫389
平江路…⑭113
平江路吏…⑭117
「平山堂図志」…⑰608
平氏…②163, 164, ⑫21
平治の乱…⑬6
平州…⑦540
平秀吉…②589, ⑮493, ⑱56, ㉓246→豊臣秀吉
平章政事…⑭69
平城…⑥74, 75, 82, ⑦546
～の恥…⑥74
平城京（日本）…㉒15
平壌…⑥135
平津館…⑯246
平津侯（漢）…⑥110
平人…⑮28
「平水韻」…②203
平生…⑪64, ㉓186
平姓…㉗40
平昔…⑫259
平川…㉖420
平楚…⑰599
平旦…⑪216
平淡…㉗229
平淡（梅堯臣）…⑬39, 40, 76, 79
平地上青霄…⑭532
平陳…⑳79
平帝（漢）…②550, ⑬430, ㉕151
平南将軍…⑪492
平白地…⑭321
平八茶屋…⑲281
平鋪直序…⑬266
平凡社…㉗282
「アジア歴史事典」…②553　「書道全集」…㉖396　鄭玄注「論語」覆製…㉕227　「世界大百科事典」…①605, ㉒343　「世界美術全集」…⑰328, 331　「東洋文庫」…㉓475, 621, 707　「東洋歴史大辞典」…②553
平明…⑪215-217, ⑫85
「平妖伝」…⑱517, 518, ㉒279, 280
平妖堂…⑱518, ㉒279
平陽（山西）…⑥85, ⑭116, 136, 151, 160, 497, ⑮400, ㉒293
平陽公主（漢）…⑥57, 58, 61, 123, 150, 151, 278
平陵…⑮514
平盧…⑪515, ⑫58, 171, 240, ㉒20, 21
平盧范陽河東節度使…⑫58, ㉒20, 21
平盧兵馬使…⑫58
平和憲法…㉒327
平和問題談話会…⑳319
平話の三分…⑳572
平淮…⑬116, 205
兵…②111
兵家（四部分類・子部）…⑯225, ⑰560
兵家言…⑯33
兵家の書…②107, 125, ⑦282
兵曹…⑫134, ㉖29
兵曹参軍…㉕452, 459, 478, ㉖33
兵曹参軍事…㉖29
兵部…②186, 272, 436, ⑮21, ㉒88, ㉕348
～の牒…⑪300
兵部員外郎…⑪23
兵部左侍郎…②443
兵部侍郎…⑪28, 369, ⑫416
兵部尚書…⑪32, ⑬269, 273
兵部尚書参知政事…⑬238
兵房…⑮21
坪…⑯193
并…②146
并州…⑦545, 547, ⑪41, ⑮385
并州都督…⑪32
并州大都督府長史…⑪41
「秉燭譚」…⑤6, ⑦469, 486, ⑫7, 492, ⑭492, ⑰130, 146, 150, 152, 158, ⑲95, ㉓37, 54, 149
並…⑦463
並行究治…⑮338, 342

並不…②50-53, 55, ⑦462, ⑰516
並没有…②53, ⑦462
並無…②51
苹…⑦31
郱原…⑦39, 94, 140, 141
病…㉕199
陛見…㉓214
閉…㉗93
睥睨…⑮514
餠肆…⑬234
蔽于俗学…⑯85
鞞鼓…⑪245
米英…⑲88, 98→英米
米英学…⑲96
米英人…⑲87
米英に対する宣戦の大詔…②267, ⑰421
米英派…⑲87, 470
米価審議会…㉖224
米軍→アメリカ軍
米国→アメリカ
米寿…㉖469
米芾・元章…⑬138, ⑮380, ⑰295-297, ㉒108, ㉓270, ㉖396
米麪児…⑮118
米友仁…⑰295
辟…②311, 312, 321, ⑦276
辟雍…㉕326
碧…⑪47, ㉖16, 19, 20
「碧巌録」…②195-196, ⑭532, ⑯583
『碧玉簫』「老生児」…⑭237
碧茸茸…⑭413
碧桃花…①535
「碧桃花」雑劇・「薩真人夜断〜」…⑭48, 217, 219, 270
碧落…⑪258
僻…②248, 249
僻典…②465
劈破…⑭290
壁垓下…②139
擘手・劈手…⑮115
汨羅…①11, ⑬509, ⑭405, ⑯169, ⑱326, ㉑163, ㉕414
冪冪…⑬82
憋・鷩…⑭541
別…⑭541, ㉓60, 70
「別下斎叢書」…①495
別国方言…⑳549, 566
別していふ…㉗86, 89
別集…⑯639, ⑰248, 560
別離の悲哀…①102, 328
別了姐姐…⑭541
撇…⑭290
蔑（地名）…㉓106
襪…⑪115
辺…⑦516
辺貢…⑮503, 615
辺秋…⑪62
辺愁…⑮581
辺城…⑫478, ⑱47
辺防…⑰559
辺令誠…⑫172, ㉒22
扁鵲…⑥37
扁舟…⑪96, ㉖132
変…⑥17
変易…㉔245, ㉕32
変格（詩）…㉖36
変幻大王旗…㉕469
変体…⑮524
変風変雅…⑥16, 17
変文…⑭15, 127, 274, 325, ㉑10, ㉕450, 457, ㉖201
〜（敦煌文書）…①154, ⑦551, ⑭11, 127, 325, 372, ⑲397, ㉕449, 456, ㉖201
偏奇館…②66
偏言…㉓392
偏生…㉓313
偏不得…⑭321
徧行…⑮220-221
篇…②257
編修（官名）…㉓163, 224
編年体…①168, ②157, 161, ⑰558, ㉗130
「編年日本外史」の序…⑱323
「編年」の項目に収める書物…①168
「編類運使復斎郭公敏行録」…⑭368, 370
卞和（べんか）…⑦123→和氏
卞仲謀…⑬85
弁（議論文）…②181
弁（地名）…㉕294
「弁姦論」…⑬92, 258, 432, 441, ㉗171
弁韓…②585
弁偽の学…㉗188, 190
弁偽派…㉓491, ㉗191
「弁疑録」…⑰158
弁慶…⑯588
弁才天…㉓394
弁辰…②585
「弁道」…㉓376
〜と「尚書」偽篇…㉓346, 347, 391
〜と「弁名」…㉓379, ㉗163
古言の定義…㉓381　集約的叙述…⑰212-213, ㉓465　仁と刑…㉓391　体系的叙述…㉓464, 465　中国における覆刻…⑥245　文章…⑲189, ㉓376　文の価値…㉓337　方法論世界観の叙述…⑰115, 209, ⑳10　明治以来の覆刻…⑰628
〜と「弁名」と「論語徴」…⑰42, 210, ㉓290, 375, 381, 465, ㉗55, 166
敬天…㉓380, ㉗154
〜と本田忠統…㉓376

～における語句・事項　義…㉓346　近畿の伊氏…㉓375　行事…㉓356　詩書礼楽…㉓373, 388, 391　序における韓愈評…㉓337　序における天の寵霊…㉓322　人心惟危道心惟徴…㉓347, 391　物…㉓398　道…㉓381, 382, 387, 391　人間と党類…㉓382　礼楽刑政…㉓373, 391
～における郡県制批判…㉓439
～における「史記」…㉓350
～における抽象論の叙述…⑳329
～の奥書き…㉓376
～の著述の動機…㉓444
弁の人…①322
「弁亡論」…⑥29
「弁名」…㉓376
～と「孟子字義疏証」…㉓465
～における語の概念の固定…㉓381, 392, 465
一字多義の現象の無視…㉓466　孤証による立論…㉓466, 467
～の項目・事項　義…㉑172, ㉓384-385, 391, 466, 467　敬…㉓393, 467　孔子の地位…㉓390　孝悌…㉑172　序言…㉓381　仁斎先生…㉓375　聖…㉓346　大と小…㉓383　天…㉓398　天命…㉓378　徳…㉓382　物…㉓355, 384, 553, ㉕347　文…㉓337　礼…㉗231
「弁命論」…⑥34, ㉑253, ㉕379
汴河…⑬223
汴京→開封
汴州…⑪490, 499, ⑬407, 517, 529, 530
汴水…⑪441, 444
汴梁…⑩455, 458, ⑭56, 59, 78, 88, 111-113, 115, 133, 137, 212, 222, 246, 261, 396, ⑮49→汴京
沔曲…⑦544
沔水…⑦540
拚命著書…①380
便…②192, ⑦460-463, 468, ㉗45
便好道…⑭301, 321
便索長行…⑭303
便旋…①452, ⑬625
便利堂…㉒286
眄…⑭422
勉強…⑬71
勉之「聞一多」…①637
冕…㉕359, 360
駢…②26, 168, 174
駢四儷六の文章…⑦528, 591→四六駢儷文
「駢字類編」…㉓176
駢体文…②26, 167
駢文…①595, ②168, 173→駢儷文
～が普遍な文体であった唐中期…②177
作者の減少（唐中期以後）…②172
～肯定の沈尹黙の説…㉒328
～と司馬光の書儀…㉗13
～の勢力の後退（北宋）…②177
～の反動…②173
韓愈の古文…②173, ㉕376（蘇軾の判断…㉕376）
～の歴史（G. Margoulliès）…①623
駢文（初唐）…⑦535, ㉗132
駢文（清）…②172, ㉗255
～の作者　汪中…②172, ㉗255　洪亮吉…㉗255
駢文（隋）…⑦535
駢文（六朝）…㉗132
～と宇文泰蘇綽の文体改革…⑦528, 530-534
尚書風文体の短命と簡易化された駢文の復活…⑦532, 534, 535
王褒庾信の北周への帰順と駢文復活…⑦532
駢儷文…②26, 168, ㉕59→駢文
鞭身教徒…㉕107
瓣…⑯214
辮子先生…⑯273→辜鴻銘
辮髪…①476, ㉓174, 176, 277

ほ

ボアロー…⑯308
ホイットマン…①606, ⑥416, ⑪434, 439, ⑰79, ⑲312
～の故宅…⑲307-309, 312
～の「草の葉」…⑲309
～の息子（ハーバート）…⑲312
ホイホイ（回回）…⑮100, 102, 104-106, 348, 349, ㉒299
ほうそう神…⑯319
ポエトリー…㉑122
ポー（E. A.）…①276, ⑲311-313
～の故宅…⑲311, 312
ボーイ・スカウト…㉓619
ホークス…㉒338　英訳「楚辞」…⑲417
ホーチミン…⑤206, 207
ボードマン…⑲246, 289, 298
ボードレール…①276, ⑱27, ⑲20, ㉗354
ボーナス教授…⑲418
ホーマー→ホメーロス
ポーランド…⑲374
ポーランド人…㉕139
ボールディンガー教授…⑲267, 268, 273
ポーロ（マルコ）…⑬6, 504, ⑭161, 384, ⑲225, 409
ホオヂ（夥計）…①358
ボストン…⑥407, ⑲252, 277, 278, 297, 316
～からナイアガラへの鉄道…⑥410, ⑲274, 295
～郊外　オーボンデイル村…⑲249, 316　近郊の鉄道…⑲346　古蹟…⑥412　北方海岸へのドライブ…⑲281, 282
～とチャールズ・リヴァー…⑲277, 281
～とマサチューセッツ工科大学…⑲277
～の雨…⑥417, ⑲276
～の隠者・William Acker…⑦342

～の下町の人と山の手の人…⑲281
～の諸施設　オペラハウス…⑲255　クリスチャン・サイエンスの親教会…⑲299　ハーヴァード大学東洋学研究所…⑲248, 249　ボイルストン・ホール…⑲249　ボストン美術館…⑲328
～のセルゲ・エリセフ…㉗351
～の煙草商会…⑲276, 279
～の伝道会社の宣教師とハワイ…㉔132, 190, 203
～の百貨店の売り子の不親切…⑲296
～の野球見物…⑲276, 280
～料理　魚料理…⑲276　豆の甘煮…⑲279
ボストン・レッドソックス…⑲280, 281
ボッカチオ…㉔170　「デカメロン」…㉗384
「ポツダム宣言」…⑲110
ボディ（ダーク）…⑲304-306
ボティチェリ…⑲263
ホテル・バッカニーア…㉔138, 142
ホテル・ペンシャーウッド…⑲306
ホトトギス…⑱120
ポトマック河畔の桜…⑲243
ホトワ（胡土瓦）…⑮377, ㉒106→允恭太子（金）
ポノー…①422
ほのかな美…㉔24, 25
ポピュラー・エティモロジー…⑤165, 308
ホプキンズ…㉔77
ポ・マン（白莽）…①384
ポムペイ…⑱458, ⑲364
ホメーロス…①58, 86, 144, ②496, ③15, 22, 29, ⑫586, ⑮370, 371, ⑯291, ⑱9, 10, ⑲26, 53, 59, ㉑91, ㉔79, 243, ㉖480, ㉗368, 377, 433
「イリアッド」「オデュッセイ」…①79
ポラ・アルト…⑲302
ボリショイ劇場…⑲395
ポリネシア…㉔132, 185, 187, 188, 190, 193
ボリヴァール（シモン）…㉔147, 148, 150, 152, 154, 156
乳母ヒッポリタ・家庭教師ロドリゲス…㉔153
ボリヴィア…㉓153
ホルデーバーレー…⑲312
ポルトガル…⑭501
ポルトガル人と中国…⑲229
ホワイトハウス…⑰530
ポン・コメルス…⑲403
ホンコン（香港）…⑪151, ⑭380, ⑯531, 619, ⑲426, 428, ㉔166, 184
～から来たコック…⑲367
～からの学会出席　国際東洋学者会議…⑲371, 372　十七世紀中国思想研究会…㉔206　中国伝統文学批評研究会…㉔207
～刊・雑誌「学原」…①617
～購書「散原精舎詩」…⑯268
～在住の中国市民…⑲368
黄兆傑…㉔207　唐君毅…㉔206　潘重規…㉒401　労思光…㉔206
～とカラカスの夜景…㉔145
～と航空機　西へ行く航空機…⑲366, ㉔172　香港行きの航空機…⑳453, ㉔172
～とセント・クロア島…㉔135
～の古典復刻…㉔313
～の高楼…⑲390, 391
～の中立性…⑲391
～の陳仁濤所蔵中国名画…⑳444
～の人人との握手…⑲368
～の陽光…㉔130, 184
～へ入国するときの注意…㉒452
～への脱出（蘆溝橋事件以後）…㉗385
～留学　尾崎雄二郎…④643　清水茂…⑯268
ホンコン大学…⑲390, 442
ホンタイジ（皇太極）…㉓173, 176→太宗（清）
ポンチャントレインの湖…⑥409
ボンベイ…⑲367
ポンペイの遺跡…⑲357, 364
火遠理命（ほおりのみこと）…⑦462
父…㉖221
帆足万里…㉓493
甫能勾…⑭321
歩兵校尉…⑦181, 190
歩兵廚…⑭352, 405
歩揺…⑪238
歩離可汗…⑦546
歩輦…⑪113
保坂幸治…㉗283
保信軍節度使…⑬247
保津川…⑰475, 544
保定（河北）…⑭56, 97, 205, ⑮374, 391, 428, ⑯208, 220, ㉖466→順天
捕巡軍…⑮135
浦起竜…⑦256, ⑫419, 425, 585, ㉒84, ㉕447, 449
「読杜心解」→その項
浦二田（じでん）…①513
浦鏜…⑧26, ⑩462　「十三経注疏正字」→その項
畝…⑯212, 213
逋戸…⑬156
補闕…㉗22
補史亭…⑰594
蒲庵見心…⑯40
蒲姑氏…⑤82
蒲州…⑮625
蒲陝地方…⑪487
蒲の王現…⑮633
蒲坂…⑦544
輔広・漢卿…⑬320-322
「輔行記」…⑯256
輔国将軍…⑦550
輔臣…㉗157
「輔仁学誌」…⑭441

輔仁大学…①603, ⑬317, ㉒388, 407
舗張繡艶…⑭409
餔餮…⑬311
戊戌変法…①138, 519, 551, ⑫233, ⑯308, ⑳296, ㉒387, ㉕499
「戊戌変法人物伝稿」…⑳298
母闍羅…⑮123
母舅…⑬508
母鶏…⑮123
母親…⑭311
「牡丹亭還魂記」…①525, ⑭466, ⑮533, ㉖454
～「驚夢」（第四折）…⑭487
姆…②189
菩薩…②370, ㉓473
「菩薩蛮」…⑬356, 502, 508, 520, 538, ㉖381
印鉄牛上人…⑬357-359, 361, 364, 366-369, 373, 374, 509, 510　乙（陳義〔可常〕）…⑬357-374, 508-510　己・癸…⑬357, 358　呉七郡王…⑬357-374, 508, ㉖380　甲…⑬357-359　庚…⑬357, 358　藁大恵上人…⑬367, 368, 509　辛…⑬357, 358　新荷…⑬363, 365, 367-372, 374, 524　壬…⑬357, 358　銭原…⑬369, 371, 372　張じいさん…⑬370　丁・丙・戊…⑬357, 358
『菩薩蛮』…⑬508
侯正卿…⑭104　陳可常（上記「菩薩蛮」の作中人物）…⑬361-364, 374, 508
「菩薩蛮」雑劇…⑭47→「蕭淑蘭」雑劇
『菩薩梁州』「酷寒亭」…⑮116, 117
菩提寺…⑫299, 304, 319
墓碣…①162, ②185, ⑪273
墓誌…①166, ②18, ⑪273, ⑰250
墓誌銘…①37, 162, 243, ②185, 448, ㉕299
墓地の木…⑥309, 329
墓碑…①37, 166
墓表…①162, ②18, 185
墓銘…②6, ⑪383, 387
慕容延…⑦545
慕容氏（胡族）…⑦429
摹印…⑬585
暮春…㉑238
暮砧…㉖186
模規…①559
簿書…⑫435
簿領…㉗360
方…②159
方（方形の板）…㉕25
方以智・密之…⑯87, ㉔175
方維甸（いでん）…㉒293
方円…⑮396
方華・安遠侯…⑫666
方回・虚谷居士…⑭107, 159, 370, 568
～と仇遠の確執と侯正卿…⑭107, 369
～に関する人物評…⑮426
～の「瀛奎律髄」…⑮426, ⑰561→その項
「江湖集」の筆禍事件…⑬178-179　情と景…⑬185, 202　蘇軾嶺外の文を夔州以後の杜詩に比する説…⑫579-580
杜詩説　「九日藍田崔氏荘」の乱前作の可能性…⑫301, 343, ㉒89　「月夜」と杜審言詩の影響…⑫339　陸游の月の詩の寡少…⑬50
～の「三体詩」序…㉓38
～の戴復古評…⑬180
方塊…㉕96
方岳「唐律」（註）…⑬184
方観承…⑯223　「述本堂詩集」「直隷河渠志」…⑯209　「棉花図」→その項
方紀生…㉒324
「方言」…②246, 247, ⑥254, 325, ⑲92, ㉒77, 87, ㉗275
方壺…⑪131
方語…⑭287, 288, 555
方広寺…㉓169
「方向」（雑誌）…①634
方孝孺…⑮476, ⑯124　「絶命の辞」…⑰40
方国珍…⑮470
方今才人…⑭165, 168
方山亭…⑰502
方士…⑥138-140, 168
方子玄…⑯71, 74
方子嘗…⑬321
方志彤…①606, ⑲261, 326　英訳「資治通鑑」三国の部分…①628
方時化…⑯98
方勺「泊宅編」…⑬519
方丈の島…⑲25, ㉕163
方成珪「韓集箋正」…⑪400
方東樹「漢学商兌」…⑯247　「昭昧詹言」…⑥271
方・物・類・群…㉕184
方便…⑮40, ㉗45
方鳳…⑮426
方苞・望渓…②190, 490, 491, 493, ⑯167, 168, 655, ㉓168, 220, ㉕381, 382
「獄中雑記」「望渓先生集外文」…⑯203
「方輿路程」…㉓157, 159, 164, 236, 708
方檪…⑦477
包…⑦526, 527
包咸…④7, ㉓100
～の逝者如斯夫解釈…⑤98, ㉕191, 208, 230-232
～の伝記…㉕230
包希魯「説文補義」…⑰591
包佶「日本国ノ聘賀使晁巨卿ノ東帰ヲ送ル」…㉗19
包孝粛…⑯114
包子（点心）→パオヅ
包拯・希文・竜図・待制・府尹…①299, ⑭204, 205, 223, 243-245, 417, 580, ⑮25, 26, ⑯335, ⑳93
包弾・褒弾…⑭417

包頭→パオトウ
包蒙…⑫620
北条氏康…②165
北条貞時…⑰21
北条実時…⑧509, ⑰21, ㉗67
北条氏…⑳192, ㉓417, 419, 420, 423, 425, 478
北条時宗…②165, 166, ⑰21→相模太郎
北条時頼…②166, ⑰21
伯耆…⑱542
伯耆大山…⑱543
『呆骨朶』「金銭記」…⑭451　「老生児」…⑭235
芳州…⑫516
芳千閣…⑱536
「芳草」…⑬98
芳菲…㉒278
奉恩…⑪206, 207
奉化…⑯10
奉誠園…⑪413, 414
奉先県（陝西）…⑫179, 191, 192, 195, 241-244, ㉒28-30, 81, ㉖48, ㉗399
奉朝請…⑦552
奉天…⑯225, 226, 643, 648, ⑳291
奉天県令…⑫17
宝鋆（いん）…②440
宝応県（江蘇）…②417, ④9, ⑯243, 576, 577, 651, ⑳297, ㉒415-417
宝絵堂…㉒102
「宝顔堂秘笈」…⑭61, 62, 159, 582, ⑮270, 277
宝許龕…①396
宝玉大弓…⑤181
宝雞…⑬148
宝月禅師『柳梢青』「そぞろなる春の思い」…⑬379
宝元の銭…⑬239
宝左龕…①396
宝慈殿…⑮275
宝成鉄路…㉕437, ㉖126
宝宅…㉖498
宝天炉…⑬339
宝馬龕…①396
宝文閣待制…⑬318
宝琳…⑮256, 257
抱雲和…⑪194
抱金…⑬305
抱経堂…⑯237, 251
「抱粧盒」雑劇・「金水橋陳琳～」…⑭37, 47, 203, 217, 219, 270, 271
　～の『黄鍾尾』（第二折）…⑭319
　～の『川撥棹』（第三折）…⑭346
　～の作中人物　寇承御…⑭271　陳琳…⑭270, 271
　　劉皇后…⑭270
抱柱の信…⑪122
「抱朴子」…①475, ㉒302, 305-307, ㉕380
　内篇…㉒305　論仙…㉒303, 304
「抱朴子」（テクスト）
　孫星衍等刊本…㉒293, 304　流布本…㉒304
抱腰…㉖399
抱攤…㉖388
抛卦童子…⑭490
抛却…㉓186
抛繡毬…⑭534
抛撇…⑭312
放着…⑮51
放亀…⑱48
放送局の客あつかい…⑳470-472
放逐…⑬222
放蕩…⑫47
朋…②216
朋輩…①385
朋友書店…㉕371, ㉗238
法…②231, ㉓315, 337, ㉗52
法印覚眼…㉓300, 310, 457, ㉗32, 34
「法苑珠林」…⑥390, 391, 396, ⑭471, ⑰560
法家…③540, ⑤123, ⑥180
　～思想の評価　王安石…㉕234, 429　人民共和国（文革後）…㉓562, ㉕234, ㉖471　日本人の研究…㉓562, ㉗28　柳宗元…㉒468, 489, ㉕429
　～と漢以後の中国…㉒351
　～と漢の政治…②296, ③13, 538
　～の快楽否定…③12
　～の主張…①281, ②294-296, ⑥223
　　論理…①63
　　秦の天下統一の立場…②295, 296, ③13
　～の儒家攻撃…②294
　～の書物…②107, 294, ㉓57
　　「管子」「荀子」尊重・方苞…②490, 491
　　法家古典と荻生徂徠…㉗28
　～の書物の注釈…②476, 491, ㉓562
　～の文学否定…③539
法家（四部分類・子部）…⑯225, ⑰559
法界寺…⑱460
「法華義疏」…㉓10
「法華経」…⑬250, 251, ⑯53, ⑱454, ㉒112, ㉓10, ㉕277
「法言」…②485, 478, ⑥225, 254, ㉓342, ㉔255, ㉕219, 231→「揚子法言」
　訓詁・兪樾…②483　注・汪栄宝／司馬光…㉔255
「法言」（篇名・項目）
　学行…㉕219　君子…㉕197　吾子…⑯97　重黎…⑥9　問神…②12, 13, ⑥393
「法言義疏」…㉔255-257, ㉕220
法眼…㉗39, 167
「法三章」…⑭277
法式善「臧和貴行状書後」…⑯244
法秀道人…⑯147
法書法帖…②500
法性院（清水寺）…㉖492

法場…⑮135
法身応身…㉓473
法制局…⑥246
法曹参軍…⑫659
法則と中国人…②231-235
　法則への不安…②233
法典調査会副総裁…㉓491
法刀…㉖403
法然…⑰20, ㉓454, 455, ㉔9, ㉖241, 245, ㉗252
法然院…⑱549, ㉑83
法服…②274
法律…①639, ②231-233
　～への軽蔑…②408, 455
　～への不安…②233
法隆寺…②538, 539, ⑯281, ㉓10, ㉔190
　～の中門…②538-540
法霊寺…⑪515
保元平治…㉓422
保元の乱…⑬6, ㉕278
保残守欠…①398
保平の際…㉓422
保和殿大学士兼戸部尚書…㉓232, 254
保和殿大学士兼吏部尚書…㉓263
封豨…②264, ⑥34
封疆の大臣…㉓199
封建制度（中国）…③20, ⑥173-175, 193
　～の清算（漢）…⑥173, 175, 192, 193
　～の評価・荻生徂徠…㉓287, 373, 377, 438, 439, 448, 453
封建制度（日本）…㉓288, 483
「封建論」…㉒446, 455, 468, ㉖474
封侯…⑪161
封事…㉖86
封常清…⑫171, 172, ㉒21, 22
「封神演義」…①154, ㉓173
「封神榜」…⑯402
封人…⑤252
封禅…⑥139, 142-144, 204, 411, ⑪34, 42, ㉕154
「封禅方説」…①182
封面…㉓231
封門…⑯365
「倣書」…⑮237, 238, 244, 292, 293
峯・峰…②70, ⑬74
崩心…㉗8, 10
拚命著書…⑯265
烹…㉖205
逢祈…⑦92
逢丑父…⑥369, 370, 372-374
逢伯陵…⑤82
逢蒙…⑬450
報曉頭陀…㉖405
報条…⑭382
「報李陵書」…①638
掤扒…㉖415
彭汪・仲博　注「左伝」…⑥403, 404
彭衙…⑫198, 200, ㉒31
彭際清「居士伝」…⑯54
彭士望…⑥345
彭叔夏「文苑英華弁証」…⑪390, ⑬502
彭紹升…⑯36
彭祖…⑤197, ㉑241
彭孫遹（そんいつ）…⑯144
彭沢県令…⑦358, 385, 387, 389, 393, 407, ㉔228
彭伯成…⑭137
棚・楽棚…⑭579
蜂衙…⑭425
蜂準長目…㉕150
蜂目…㉕94
蜂目長準…㉕87, 93
豊（沛）…㉕75-77, 79→豊邑
豊官…⑯456
豊元草…⑯452-455
豊鎬…⑱546
豊山（滁州郊外）…⑬70
豊子愷（しかい）「縁々堂再筆」…⑯441　「縁々堂随筆」→その項　「子愷画集」…⑯444, 521, 522, 524-526　「子愷漫画」…⑯518-522, 524-526　「児童漫画」…⑯525　「車廂社会」「随筆二十篇」…⑯441　「雪舟の生涯と芸術」…②594　「人間相」…⑯444
豊城県・豊城県尉…⑪491
豊水…㉖448
豊姓…⑯456, 457
豊清敏…⑯114
豊盛胡同…⑯243-244
豊沛の子弟…⑦46
豊坊…⑯93
豊邑（沛）…⑥31, ㉕72, 74, 76, 77, 78, 81, 149
豊楽亭…⑬70
鳳凰…⑤96, 254, ㉓246, ㉖443, ㉗82
鳳凰山…⑬522
鳳凰台…⑮579
『鳳凰台上憶吹簫』…⑭534
鳳凰堂…⑱454
鳳閣舎人…⑪22, 23
鳳闕門…㉕163
鳳州…⑪249
「鳳将雛」（楽曲）…⑦150, 164
鳳翔（陝西）…⑫283, 327, 374, 376, 377, 380, 381, 385, 389, 397, 399, 414, 415, ⑬100, 103, ⑮374, 389, ㉒45, 49, 60, 83, 84, ㉕458, 486, 502, ㉖56, 62, 65, 69, 72, 75, 81
鳳翔軍…②16, ⑪396, 401
鳳翔軍節度使…②15, ⑪401
鳳城…⑪76, 77, ⑫714
鳳台門…⑭35

鳳潭僧濬「扶桑蔵外現存目録」…⑱549, 550
鳳鳥…⑤254, ㉓94, 98, 99
鳳林…⑫445
蓬瀛問学…②339
蓬嶠…⑱314
蓬壺…⑪131, ㉕163, ㉗17
蓬蒿…㉖40
蓬左文庫…⑥399, ⑰28, 176
蓬山…①482-484, ⑬54, ⑳558, ㉖492, 493, 497
蓬萊…①483, ⑦20, 21, ⑪131, ⑮437, ⑲25, ㉓158, ㉕163, ㉖501
～弱水三千…⑭441-444
蓬萊宮（仙宮）…⑪264, 274
蓬萊宮…⑫274, 275, ㉒481→大明宮（唐）
蓬萊山…⑥139, ⑭410, 444, ⑱314, ㉓158
～の灯籠…⑬419
蓬萊の文章…⑦136, ⑪95
蓬萊・蓬萊山（日本の称）…①387, ㉒327, ㉖493
蔀落衣…⑭300
褒姒…⑫238, ⑬339, ㉒60, ㉖440
褒妲（褒姒・妲己）…㉖78
褒弾…⑭417
褒貶…②308
鋒鏑…⑫254
鋒稜…⑫135, ㉖31
鄷都山…⑬401
鮑吉甫　雑劇「宋弘不諧」「班超投筆」…⑭210
鮑子…⑤92
鮑謝（鮑照・謝霊運）…①407
鮑叔…⑫209
鮑照・明遠・参軍…⑥315, ⑦592, ㉒87, ㉓639
～と楽府古辞の擬作…㉑16
～と後人　銭謙益…⑯128　銭振倫…⑱50　杜甫…⑪184, ⑫29　李白…⑦66, ⑪6, 184
～と曹丕…⑦66
～における語彙・事項　宴慰…㉕482　懐疑・絶望…⑪6　玉壺の氷…⑪220
～の作品　「詠史詩」…⑥263　「園中秋散」…㉒77　「翫月城西門解中」…⑫640, ㉒87　「京洛篇」…⑪6　「上大雷岸与妹書」…⑪370　「出自薊北門行」…⑥33　「代君子有所思」…㉕163「代東武吟」…⑥292, 334, ⑫77　「東門行」「白頭吟」「別鶴操」…⑪6　「放歌行」…㉒76　「門有車馬客行」…⑪6
～は活発な詩人…⑪6
鮑城…⑮514
鮑宣…①503
鮑荘子…㉒92
鮑廷博・知不足斎…⑦193, ⑯242　「知不足斎叢書」「論語義疏」覆刻→各項
鮑天祐…⑭172　雑劇「王妙妙死哭秦少游」…⑭502「史魚屍諫衛霊公」…⑭68　「曹娥泣江」…⑭153
鮑彪・文虎…㉒90　杜詩注…㉕494　「杜詩譜論」…㉒89
鮑老…㉖388
龐涓…⑭572
龐元英「文昌雑録」…㉒465
龐籍…⑬238
龐統を弔う詩…①207
龐徳公…⑫288
鵬…①184, ②494, ⑦510
亡化…⑮48
亡秦…㉔236
亡羊…⑤194
忙併…⑭408
牟潤孫「折可孫墓誌銘考証兼論宋江結局」…①617
邙山…⑦549
坊刻本・坊本…⑬185, 584
忘言…⑬129
忘昏・忘魂…⑭312
忘之…㉕362, 363
防山…㉖453
房琯…⑫51, 327-330, 366, 390-394, ㉕451, 458, 477
房元陽…⑪20
房玄齢…⑮243, 245, ㉕39, 65
房州（千葉）…①472
房総半島…㉓295, ㉗31, 242
房大年…⑮270
房中の楽…③48
房仲楹…㉔206
房兵曹…⑫134, 565, ㉖29, 31, 35, 36
房面前…㉖395
房陵…㉖452
罔…㉕263, 264
昴（星）…⑥67
某甲氏…㉓319
茅…⑬154
茅宇…⑪66
茅居…㉓248
茅衡…⑮483
茅坤…㉓292
茅山…⑯638
茅盾…⑰410, ⑱40→沈雁冰
～と学術文化訪中使節団…㉒444, 466, 489, ㉖471
～の著述　「子夜」…⑯293-294, 608, ⑰523, ㉒466「大過渡期」…⑰410　「東洋のリアリズム」…⑮617　「路」…⑰519　「夜読偶記」…⑮502, 617, ㉒466
～の李夢陽評価…⑮502, 617-619, ㉒466, ㉕471
～・巴金…②348, ⑯314, 644, ⑰519
～・巴金・周作人…㉒320
～・巴金・魯迅…②603, ⑯585
～・巴金・老舎・丁玲…①55, ⑯283
～・巴金・老舎・丁玲・趙樹理…⑯600
茆泮林…⑩462
旁…②210, 211, ⑮89

旁州例…⑮89
旁人…⑫353
旁聴生…⑯644, 645, ㉒383, 394, ㉓636, ㉕471
旁薄…⑮412
紡紗・紡車の製法…⑯218
耄…⑪413, ㉗344
茫茫…⑥324, 325, ⑪278
『望月婆羅門引』　許有壬…⑭187
望賢宮…①177, ⑫174, ㉒24
「望江亭」雑劇・「～中秋切鱠旦」…⑭48, 220, 595
望子…⑮97
望帝…㉑52
望夫台…⑪120, 122
傍州例…⑮89
傍猜…㉖393
榜眼…㉓169
髦士…㉕326
暴虎馮河…⑤45, 47, 230
北…⑭541
北夷…⑥144
北欧…⑲341, 351, 377, 381, 400, ㉔177, 263
北楽府…⑭13, 554→雑劇（元曲）
北海…⑦91, 92, 94, 95, 97, 99, 118, ⑲396
北海郡開国公…㉗23
北海道（日本）…⑥202, 204, ⑪160, ⑫437, 541, ⑱432, ⑲400, ⑳332, 461, ㉒365, ㉔29
「北海道学芸大学社研会報」…①635
北海道大学…①611, ⑰420, ㉔29, 30, ㉗336
北海の白塔…⑪443
北郭十友…⑮461, 462, 465, 468
北郭先生…⑦397
北学…⑦254, ㉕341→経学（南北朝・北朝）
　～は深蕪…⑮385
北漢国…⑬235
北関（臨安）…⑯201
北関門（臨安）…⑬347
北魏…①283, ②550, ⑦589→魏（北朝）→後魏
　～から帰化した学者・崔霊恩…㉕341
　～の百年の国祚…⑦589
　　胡人の君主…⑱461　朝廷の漢化…⑮312
　～の仏像のような顔…⑯556, 560
　～の歴史書の劉裕の記載…⑦378
　～北周の文学の沿革…⑦530
　　北魏の文の浮華…⑦533
　～北斉北周の交替…⑬551
　　北魏末の頽廃堕落の是正…⑦535
北客…⑭179, 180
北曲…⑭6, 32, 259, 279, 280, 323, ⑮170, 227, ⑰267, 279, ㉖27→雑劇（元曲）
北極星…⑤187, ㉗113
北極まわり航空路…㉔172
北阮…⑦180, 181
北語（北方の口語）
　～と雑劇の言語…⑭279-281
　　這的と這個…⑭282　白の言語…⑭281　北語の普及と雑劇の普及…⑭280
　～の中で北京語から消滅した言葉…⑭280
　～の標準語化（元末）…⑭279
　　官場の用語（元）…⑭279　入声の脱落…⑭279　北語を綴る南人の雑劇作者…⑭280　明清における官話の地位…⑭279
北高峰…⑮437
北山の薇…㉖216
北山路…⑫153
北支…⑭584, ⑯206, 209, 582
「北史」…①177, ②154, ⑬578, 581, 584, 585, ㉑93, ㉕274
　～における飛揚跋扈…⑥36
　～における南北儒学の比較…⑮385
「北史」（篇名）
　王雄伝…⑦549　儒林伝…⑦537, ㉖453　隋本紀…⑦540, 546　蘇綽伝…⑦528　文苑伝…⑦530, 535, ⑫668　劉懋伝・論…⑥257
北使…㉒93, ㉕473
北寺の塔…⑲245
北周…②550, ⑦539, 589, ㉕457→宇文周→周（北朝）
　～と唐王朝…㉕344
　～における「周礼」準拠…㉕342
　～における杜台卿…⑦553
　～に帰順した駢文の大家（王褒・庾信）…⑦532
　～による北斉の併呑…②550, ⑦552
　～の胡人の君主…⑱461
　～の最初の天子・宇文覚…⑦531
　～の大誥…⑦528
　～の帝位の楊堅による簒奪…②157, ⑦539, 552
　～の文学…⑦530
「北周書」…②154, ⑦539, ㉔248→「周書」
北渚…㉒76
北辰…⑤33, 187, 191, ㉗112
北清事変…①516, ⑯386
　～の賠償金…⑥249→義和団賠償金
北人（元）…⑭159
　～の気風と元雑劇…⑮181
　～の雑劇作者…⑭85
　～の南方移住…⑭160-162, 384
　～の文学活動の盛衰…⑭158
　　元初の活躍・北人文学の結実…⑭158　元末の北人の歌辞・雑劇・北人文学の頽勢…⑭159
「北征」（杜甫）…⑪4, ⑫397, 583, 589, 634, ㉒49, 60, 83, 84, ㉕490, ㉖65-67, 161, 234
　～という題名の由来…⑫607, 608
　～と宋詩の叙述…⑬14
　～における家族への愛…⑫701
　～における善意への信頼…⑫700
　～の押韻…㉔79
　～の細かな描写…⑫598, 699

～の詩句　牀前両少女…⑫336,㉒37　那無囊中帛　救汝寒凜慄　粉黛亦解苞　衾裯稍羅列…㉒61-63　不聞夏殷衰　中自誅褒妲…㉒60　夜深経戦場　寒月照白骨…⑫637
～の自注（帰至鳳翔墨制放往鄜州作）…㉕497-498
北斉・斉（北朝）…②550,⑦539,543,545,589,㉔275
～後主…⑧3
～における杜台卿・杜弼…⑦552,553
～の胡人の君主…⑱461
～の北周による併呑…②550,⑦552
～人と楊忠…⑦544-546
「北斉書」…①177,②154,⑬585,589,⑰557,㉑93
儒林伝…㉖453　杜弼伝…⑦552,553　文苑伝・序…⑦553　郎基伝…⑮47
北祖の薛氏…⑪399
北宋（王朝・帝国）…②551,⑬3,7,㉒83,㉕422→宋（王朝）
～以後　講釈の流れ…⑭202,203　士人…②456　史書の外国記述…⑬568　詞…⑬601　商業発達…②402　新儒学の大成…⑬600　人物の生没の日…②541　杜詩注…㉕401,487,500　版本時代…⑬60　非世襲体制…①456　北宋以来の詩風と納蘭性徳…㉓179　無貴族社会…②425,426,㉕422
～時代の洛陽…⑬87
～第一の人格者（司馬光）…㉓138
～における演劇の成立…⑭8
演劇の内容・体裁…⑭8　雑劇…⑭8,10
～における俗語・事項　九伯・九百…⑮132　京師の老郎の伝流…⑭201,202　省可裏…⑭502
～の科挙…㉓128,138,㉕422
～の革新派…㉓137,㉕234,422
王安石派と陳善…㉕235
王安石父子の著書の権威…㉕239
～の技芸　歌曲…⑭565　軍談…⑭203　説話…⑭201　末期汴京の寄席の技芸…⑭565
～の経への復帰の運動…⑬555
～の戸数・人口…⑬4
～の古文…②177,⑬555,㉕59
～の史事の雑録（涑水記聞）…㉕253
～の首都…⑬600,601
旧都の盛り場…⑬162,517　上元節の夜…⑬4　人口…⑬4　都繁昌記…⑬517,㉖422
～の宿敵・北方部族　女真による侵略…⑬6,600　遼…⑬6
～の出版事情…⑬185
営利出版…㉕492　官版の校定の不正確…⑬585　「資治通鑑」刊行…⑬585-587　出版印刷の係官…⑬584　政府出版物…⑬185,584　版本…⑬584　歴史書の刊行…⑬581-585
～の政治・文学の大立者（蘇軾）…②426
～の宋学と歴史書…②486,⑬588
～の知識人と歴史書…⑬585
～の程子兄弟と蘇軾…㉒108
～の程子兄弟と南宋の朱子の学…②327
無神論の確立…㉔259
～の杜詩の評価…①115,㉕421
～の党争…⑳454,455
～の文化の祖述（金）…⑬601
蘇軾尊重…㉒108-110
北宋からの捕虜と金の文学…㉒108
～の文化の祖述（南宋）…⑬600
～の文学者…①48
詩人→北宋詩人　詩文の大家（欧陽修・蘇軾）…①48　第一の散文家（欧陽修）…㉓140　文壇の巨頭…①454,③40
～の文章家…㉕64
～の闢仏の語への駁論…㉒111
～の名宰相…①454,⑬563
～の名判官…①299
～の名歴史家…①454
～の滅亡…①576,②551,⑬6,140,143,147,269,600,⑮376,⑳456,㉕428
最後の天子…⑬600　首都の陥落…⑬6,600,㉕233　北宋政治の終局…⑬139
～版本…⑬584
「史記」…①397,㉑202（監本…㉑202）「周書」…⑦539　「杜工部集」…㉕499　杜詩…㉖233　「陶淵明詩集」…①394　「毛詩正義」→その項（テクスト）「毛詩」伝箋刊本は不存…⑩460　「礼記正義」国子監本…⑩427,428
～末の内政不安…㉖402
北宋詞…⑭297
北宋詩…⑬142,⑮439,452
～と自然…⑬49
～と楊万里…⑬164
～と陸游…⑬150-152
～の詩風の確立…⑬61
～の創始者…⑬49
～の大家…⑬49,142,㉓138,㉕234,㉗299
～までの詩人…⑮365
北宋詩人…①243
～の代表…⑮365,441,㉑53
北宋書法の四大家…㉖396
北宋人…⑬261,262,㉕501
～の杜詩注…㉒74,㉕493
北宋某氏注杜詩…㉕459,488,493,494
～の文章認識…㉕62
北族…㉖28
～の中国侵略…⑮375
～の朝廷の最も漢化しなかったもの…⑮312
～の天子の漢化…⑮312
北朝（中国）…⑦528,533,㉔275
～から帰化した学者…㉕340

～軍による江陵陥落…㉕272
～と唐王朝の経学・彫刻…㉕344
賈公彦の疏…㉕342-344
北朝の学継承「儀礼」の学…㉕344「周礼」の学・鄭玄学…㉕341, 344　北周と「周礼」…㉕342
～の貴族…⑦590
～の経学→経学（南北朝・北朝）
～の新語…㉕383
～の政権…①283
胡人の君主…⑱461　最後の継承者・隋…⑦589
～の仏像の銘の拓本蒐集（魯迅）…㉒402
～の文化　中国文化への追随…①284　南朝文化との差違…①281
～の文学→中国文学（北朝）
～の文明と唐の文明…㉕344
～の歴史書…㉕381
～人…⑥366
～人と「尚書孔氏伝」…⑦535, 537
～人の南朝への意識…⑳335
北朝（日本・南北朝）…㉕114
北庭…㉒21
北庭書…⑮310
北庭都護…⑫171, ㉒21
北庭都護府…⑫445
北庭文定王…⑮279→沙剌班
北斗（神）…㉒305, 306
北斗（星）…①496, ⑥286, 288, 289, ⑫220, ㉕405
「北堂書鈔」…⑥350, ⑦149, 150
「北堂書鈔」（注）　南海孔氏…⑥263
「北堂書鈔」（テクスト）
陳禹謨本…⑥262, 263　南海孔氏本…⑥263　兪安期本…⑥263
「北堂書鈔」（篇名・項目）
衣冠部・貂…⑦157　飲食部・飯…⑦162　楽部（竿…⑦164　倡優・古詩…⑥292）　芸文部・筆…⑦159　酒食部・酒・総…⑦163　政術部（勧賞・振恤…⑦174　掊克…⑥262）　設官部（孝廉…⑦151　散騎常侍・侍中…⑦157　中正…⑦152）　帝王部・至治…⑦158　武功部（禦辺…⑥263　剣…⑥260）　論政・応璩…⑦153
北馬の地…⑮380
北発の国…⑥83
北伐…⑯433, 612, ⑲230, ⑳292, ㉑88, ㉒327, 383, 387, 403, 407, 411, ㉓634, 635, ㉖489
北伐軍…⑯648, ㉒388
北碑…⑰218, ㉓619
～南帖…①281
北平…①319, ②398, ⑮13, ⑯254, 255, 430, 648, ⑱536, ⑲325, 331, ⑳246, 293, ㉒20, 389, ㉓635, 638, ㉗385, 410→北京
北平山…㉒297
北平師範大学…⑥366, ⑳391
北平出兵・烏丸族討伐（曹操）…⑦106
北平大学…⑯648, ㉒389→北京大学
北平図書館…⑪443, ⑭39-41, 48, ㉖372
「北平図書館善本書目」…⑭35
北米…㉔128, 131, 148, 151-153, 161-163, 169, 197, 206, 219, 223
北米合衆国…㉔139, 140, 147
北方官話…⑯398
北方中国→北中国
北方の口語→北語
北方の天の神・黒帝…⑤118
北方部族と中国…①283, ②588
北方部族の歌曲の辞と漢の鐃歌…①610
北邙…⑥309, ⑦125
北門学士…⑪14, 552
北雍州…⑦534
北陸（日本）…㉓131
北流州（嶺南道）…⑮156
卜児（雑劇中のふけ役）…⑭17
卜式…⑥125, 126, 197, 299, ㉔218
卜商・卜子夏…④3, ⑯244, 249→子夏
卜筮…⑩432, 434, 475, ㉓87
卜天寿…㉕226-227
卜老橋店（清池県）…⑮356
木華「海の賦」…⑫231, ⑲26, ㉑9
木汗可汗…⑦546
「木経」…⑬230, 231
木匣児…⑮62
「木屑録」…①472, 473, ②60, 74, ⑱129, ㉗242（序…⑱122）
木鐸…⑤252
木門（木下順庵）…㉓239
木履観…㉗57
朴安期…㉓150
「朴通事諺解」…⑭203, 207, 301
京城帝国大学影印本…⑭283　奎章閣叢書本…⑮292
「牧斎初学集」…㉖430→「初学集」
「牧斎有学集」…㉖430→「有学集」
牧・野…⑱453
『牧羊関』「漢宮秋」…⑮199「陳搏高臥」…⑭297
冒頓単于…⑥72-76, 81
睦親坊（杭州）…⑬177
僕夫…⑮381
僕射…⑬238
墨家…②294→墨子
～の書…②107
～の祖師…②294
「墨娥小録」…⑮126
墨子・墨翟…②294, ⑪514, ㉓43, 109, ㉗244
～と規矩…⑯427
～と孔子…③11, ⑤156, 227, 228, 290
韓愈の評…②489

～と俗儒…②239
～と白糸…⑳165
～と楊子→楊墨
～と「呂氏春秋」の評…⑰385
～の教説の後世における不振…②380
～の主張…①281, ②489
鬼神の肯定…②379, 380, ⑰110（権宜の説…②380　耳目による存在の確認…②379, ⑰110）
「書」の尊重…②294
非楽説…③11-12, 22, 539, ⑤123, 156, 290, ⑥223
非戦論…⑤227, 228, ⑰616, ㉒460
服喪の習慣への冷笑…⑳302
無我の愛・無差別愛…①63, 281
「墨子」…①72, ②107, 478, ③10, 13, ㉒302
～と士人…②481, ㉒356
王念孫…②482　宋濂…②484　孫詒譲…②483
兪樾…②481
～と「道蔵」…㉒292
～と「文心雕竜」…②485
～の芸術否定…②522
～の出版（明清）…②479, 491, ㉒292
～の総字数…⑱420
～の文章…③540, ㉕329
「墨子」（版本）…②479
道蔵本…②479, ㉒292　畢沅復刻道蔵本…②479, 491, ㉒292　明刊本…②479
「墨子」（篇名・項目）
兼愛・尚賢・尚同…②489　非楽…③11, ⑤156, ⑥223　非攻…⑤228, ㉒460, ㉖495　明鬼…②379, 489
墨水書房…㉔290
「墨美」…①625
撲簌簌…⑮121
撲騰騰…⑭413
撲売…⑬583, 584
樸社…㉖456
穆亜平「一個簡単的心」…⑯295
穆王（周）…①158, ⑫221, 222, 232, 233, 236, 239, ㉒79
『穆護沙』…⑭76, 77
穆公（春秋・秦）…⑭522, 534
穆公（春秋・宋）…②106→宋公和
穆脩…㉖433
穆彰阿…⑯640, 641
穆生…⑫69, ㉓316
穆占…⑯192
穆宗毅皇帝（清）…②440
穆宗（唐）…②551, ⑪370, 412, ⑬580, ㉔288
穆宗（明）…②552, ⑮493, 511, 517→隆慶帝
穆帝（東晋）…⑦253, 479, ⑯155, ㉑236, 245
～の皇后・何氏…⑦253
穆天子…⑫139
「穆天子伝」…①158, ⑫222, 232-236, 239, ㉒79, 292, 303
穆陵…⑮490
濮（地名）…㉕186
濮州…⑮345
濮水…⑦223
濮陽太守…㉒90
繆公（春秋・秦）…②54, ⑥82, ㉕350
鉾…⑱459
星亨（とおる）…㉓582
細井広沢・次郎大夫…㉓314, 488
細井徳民…⑰175
細川氏（熊本）…⑰119, ㉓34, 46, 595, ㉕195, ㉗43
細川氏（弘文堂編集部）…⑳118, 119
細川氏（室町時代）…⑤176, 177
細川書店…⑳373, 384
「細川新書」…⑳379, 384
細川政元…㉔137
細川護貞（もりさだ）…②193, 194
細田三喜夫「詩経東山詩著作考」…①630
発句…⑰489, ⑱12
発端…㉓41
堀田善衛…㉕241　「ゴヤ」…㉗353
餑餑…⑮79
没価値説…⑤195, 200, 201
没脚蟹…㉖384
没宮中…②158
没揣的…⑭321
没出豁・没出息…㉖393
没誠実…⑭434
没地…㉖382, 384
没地裏…㉖382
没得…㉖384
没福消…⑭405
没包弾…⑭417
没羅…⑮128
没来由…⑭321
勃落衣…⑭300
孛薺…②191
渤海…⑫124
渤海郡公…⑫319
渤澥…⑫123, 124
渤泥…㉓485
鵓鴣…⑬283
仏さま…②382, 385
仏たち…②528, ㉔113, ㉕133, 134
仏の国の実在…⑰110
番仁岐命（ほのににぎのみこと）…㉕61
品陀和気命…⑳448, ㉕276→応神天皇
堀江氏（京都大学付属図書館長）…⑳344
堀江薫雄（しげお）…㉒444, ㉗440
堀尾博士（京都大学化学研究所長）…⑳424
堀川（京都）→京都（地名関係）
～の学問…⑰148, 157-159, 163, ㉕173, ㉗141

新井白石の態度…㉓139, 144
古義堂の学…④9, ⑰37, 126, 161, ㉓33-35, 48
　古義堂の蔵書…⑰130, 148
　堀川の東の塾…⑰40, 79, ㉑138, ㉓33, 48
〜の染屋を舞台とする映画「夜の河」…⑳46
〜の町人に徹した伊藤仁斎…②435, ㉓34
　堀川の商家の子…⑰33, ㉓569　堀川の宅の江戸桜…㉓47
〜の西の山崎闇斎の塾…⑰40, 79, ㉑138, ㉓34
堀杏庵・正意…㉗144, 165, 169, 175, 176, 180
堀口九万一…㉓192
堀口大学…㉓192
堀景山・正超・禎助…㉓252, ㉗129, 164, 166→屈景山
　〜塾…㉗120, 129
　　古義堂との関係…㉗172, 175
　　塾生・本居宣長→その項
　〜と伊藤東涯…㉓253
　〜と荻生徂徠…㉗74, 128, 135, 164
　　荻生徂徠宛の書簡…㉗165-175, 200 (「物徂徠に与えて文を論ずる書」…㉗168, 174 「物徂徠に復する書」…㉗180　古ハ文人無キ論…㉗170, 172, 182, 202　古文辞批判…㉗169, 170, 176　個性不可変の説…㉗171, 173　推奨する文章…㉗170-171, 179　文章における気の貫通…㉗170, 171, 182　「論語」を上上の古典とする立場…㉗170, 172)
　　荻生徂徠からの書簡…㉑174, ㉓326, 328, 336, 337, 343, 395, ㉗129, 164, 165, 167, 168, 172-182, 200-202, 230-232 (古文辞と経学…㉗178　景山推奨の文章への批判…㉗179　文章における修辞の重視…㉗178　平子彬宛の形にした書簡…㉗181, 182)
　　荻生徂徠との相見…㉗182 (「源氏物語」談義…㉓463, ㉗34, 182, 183)
　〜と南川維遷…㉗182-183, 203
　〜と山田正行・正朝父子…㉗167, 176
　〜の江戸入り…㉗165, 166, 168, 174, 176, 180, 182, 183
　〜の学風…㉗128, 135, 172
　　朱子学との関係…㉗172, 173
　　能文…㉗167, 172, 173, 175, 176
　〜の家族　次男・蘭沢 (正亮・采卿)…㉗127　曽祖父・杏庵→その項
　〜の広島下りを送る門弟の集い…㉗122
　〜の「不尽言」…㉗179
　〜の本姓・菅原氏…㉗167
　〜の門下生　井上伊四郎・岩崎栄令・岡本周治・草深丹立…㉗122　武川幸順…㉗116, 122　福永源兵衛・安田図書…㉗122　山田周蔵 (孟明)…㉗122, 125　横ушка…㉗122
堀米庸三…㉔284
堀正脩・習斎　魏惟度「八居」詩へ和韻…㉓252

「五代史記」校勘…㉖473 「新唐書」校勘…㉓574, ㉖473
堀辰雄…⑱412
堀正人…⑳24, 36, 244 「オルダス・ハックスレイ研究」…②367
堀蘭沢・正亮・采卿…㉗127
本…㉕214, 215, 250
本 (助字)…⑦469, 470
本因坊…⑮395, 396
本歌取り…②494, ㉕181
本貫…⑪299
本願寺…②426, ⑰613, ⑲5
本願寺別院 (北京)…㉒390, ㉓620, 636
本紀…⑰557, ㉗130
本義 (許愼の態度)…②210
「本行経」…⑤6
本穴世界…⑮420
本始…㉓42
「本事詩」…⑪111, 549, ⑫675, ⑭208, ㉗151 (高逸…⑫674)
本州 (日本)…㉓415
本庄桂輔…㉑65
本色…⑭37
　〜派の雑劇作者…⑭286
本然の性…⑬558, 559, ㉓395, 396
本田蔭軒…⑰258
本田成之 (しげゆき)…㉗270
　〜と京都大学の先人　狩野直喜…⑰240, ㉗262　木下広次…㉓581　内藤虎次郎…㉒359
　〜と考槃社…②509
　〜と「支那学」…⑭598, ⑰322, 335, 381, ⑳255, ㉒315, 316, 346, 353, ㉓612, 617, 623, 625, 626, ㉗270
　〜と支那学社…⑰322, 381, ㉓612, ㉗270
　〜による守拙廬の額…㉓625
　〜の「作易年代考」…㉗271
　〜の死…⑰322, ㉓623
　〜の「春秋」は孔子と無関係とする説…㉓107
本田済「易」…①271 「曹植とその時代」…①624
本田義英…⑭610
本多忠統・伊予守…㉓324, 368, 369, 376, 379, 410, 413, 439, 554, ㉕194, 195, 198, 199 (猗蘭侯…㉓368, 376　藤予侯…㉓413)
本朝之制と唐の制 (伊藤東涯)…②551
「本朝文粋」…⑬60, 61, ⑰70, 74, ⑱63
本阿弥光悦…㉓707
本能村 (上総国長柄郡二宮庄)…㉓295, 457, ㉗30, 35
本納郷・本納町・本納村…㉗35-42
本文批評…⑫685, ㉗318
奔…⑫236
笨…⑭475
翻…⑭404

翻翻…⑭404
翻訳…⑰500, ⑲122, 143, 145, 150, 151, 173, 176, 177, 191, 192, ㉔99-101, 104
～と作者の心理の省察…⑰539, 540, 542, 543
～と通弁…⑲150-152, 171, 172
～における逐語訳…⑲121, 139
～における日本的歪曲…⑲146
～の鷗外・二葉亭の場合…⑲144
～の出来の悪さ…⑰543, 545, 546
～論・曽樸…⑯313
翻訳（中国語→日本語）…⑰500, 508, 511-513, 517, 525, 528, 529, 545, 547
～の訓読書き流し体…⑰501, 502, 505, 551-553
王朝時代の訓読…⑰505
訓読の欠陥…⑰502, 511-513（訓読を唯一正確な直訳法とする認識…⑰518, 552　原文の語気への省察不足…⑰506　詩のリズムの無視…⑰526, 527　一つの訳語しか用意せぬ欠陥…⑰502, 511）
～の誤訳と支那への無関心…⑰530
～の民国文学に対する仕事…⑰540-543
「翻訳名義集」…⑯224
凡人の尊重…①639, ㉕296
凡人の文学…①639
凡俗…②236
凡夫…㉓19
盆栽…㉒486
「盆児鬼」雑劇・「玎玎璫璫～」…⑭37, 47, 204, 217, 219, 270, ⑮68, 76
梵筴…㉗47
梵字…㉓306
梵文…㉕387
梵文学…㉗43
梵坊…⑬311
湓口…⑪277
湓江…⑪289, 295

ま

マーシャ・H…⑲281-284, 286
マースランド…㉔149 「歴史を通じてのヴェネゼラ」…㉔148, 152
マーティン教授…⑳177
マーラー…㉔209, 211, 214, 215
「大地の歌」（「美しきものについて」…㉔212 「告別」…㉔213 「青春について」…㉔212 「大地の悲しみによせる宴の歌」…㉔210 「春に酔いて」…㉔212）
マイアミ市…㉔142-144
マインツ…⑲347, 348
マウント・ヴァーノン…⑲290
マガゴト（凶悪）…㉓496, 497, 546, ㉗205, 218
マキァヴェリズム…②138
マクス・ウエバー…㉓632
マケドニア…⑥92
マサチューセッツ・アヴェニュー…⑲277
マサチューセッツ工科大学…⑲277
マスペロ…⑲217
ますらおぶり…㉗9
マタイ…⑳223
マダクー…⑮377, 381, 385, ㉒102, 106, 117→章宗（金）
マッカーサー（馬某）…②193, 194, ⑱408
マッカーシー…⑲273-276
マッカーシー委員会…⑲307
マックネア…⑲210
マドリッド…㉔156, 172, 173
マニキュアの材料…⑮438
マホマシャ（馬合謨沙）…⑮102
マホメッド（馬合麻）…⑮100, 102
マヤ帝国…㉔152, 163
マライ…⑯616, ⑰491, ⑲291
マラカイボ…㉔144
マリア（聖母）…⑤146
マリウス…⑥43
マルカリイタ…㉓276
マルクシスト…⑯273, ㉒316, 391, ㉕292, ㉗271
マルクシズム…⑯635, ㉒351, 391, ㉕291, 305
マルクス（カール）…⑤313, ⑱447, ⑲115, 191, ㉑139, ㉒336, 457, ㉔28, 302, ㉕292, 305, 417, 430, 442, ㉖475
マルクス手稿…㉒495, ㉖474
マルクス主義…⑰631, ㉑165, ㉔9, 302
～経済学…⑳460
～者…⑬630, ⑱317, 319
「マルクス主義の旗の下に」…㉒391
マルクス・レーニン主義…⑤140, ⑪466, ⑯589, ⑰4, ⑳432, ㉕417, 437
マルコ…⑳223
マルセイユ…⑲429
マレンマ…⑲69
マン（トーマス）…⑱480
マンハッタン…⑲449, 450, 452-454
馬王堆帛書…㉒465
馬島（尾張）…㉓517
麻革・信之…⑭77, 119, 135, ⑮387, 398
麻渓…②66, 67
麻子英…㉒474
麻・制（詔勅）…⑬238, 247
麻達葛→マダクー
『麻郎児么』「西廂記」…⑭329
間野潜竜…㉔46
嗎…②225
麼（助字）…⑦494, 495, ⑭309, 310, 313
麼麼…⑮79
摩侯羅児…⑬506

摩登伽女…㉖443
鑣鑣・饜饜…⑮79
魔界…㉔10
魔外…⑯46, 48, 53
「魔合羅」雑劇・「張孔目智勘～」…①357, ⑬506, ⑭47, 205, 217-219, 270, 282, ⑮8, 64, 140
　～の張鼎・張平叔…⑭205, 206
魔禅…⑯40, 48, 49
毎…⑭309, 399
毎常家・毎日価・毎日家・毎番家…⑭321
「毎日新聞」「大阪毎日新聞」…⑯654, ㉔104, ㉕254, ㉖491, ㉗424
　～のかなづかい問題の扱い（「鏡」「現代文化の断層」）…⑱404
　～の書評…㉗382
　～の「茶話」…⑳277
毎日新聞社・大阪毎日新聞社…⑧509, ⑯659, ㉕124, ㊲67
「毎日ライブラリー」…①622
米原…⑦445, ⑱539
昧旦…⑬24
舞子駅長…⑱413
邁…⑥324
前尾繁三郎…㉕409, 415, 416, 423　「牛の歩み」…㉕410-411　「政の心」…㉕411, 413
前川六左衛門…⑰135
前田家（加賀）…⑰24, ㉕279
　景印本「玉燭宝典」…⑦557　尊経閣文庫本「玉燭宝典」→その項（テクスト）
前田侯爵…㉒431
前田青邨…②509, ⑳561
前田綱紀…⑰24, 25, ㉕279
前野直彬…①625, ⑰660, ㉖386　「李滄溟の文体」…㉓325
茅台酒…㉒444
凶悪（まがごと）…⑰195, 196
禍津日神（まがつびのかみ）…㉗205
牧野研究員（東京研究所）…⑱536
牧野謙次郎…⑰42
牧野富太郎…㉔103　「植物記」…⑫361
「枕草子」…①146, ②72, ⑤296, ⑲415, 446, ⑳34, ㉕275
　～と「雑纂」…⑪549
　～における香炉峰の雪…①33
　～における「白氏文集」…⑪229
　～の文章…⑱78
正岡子規・子規居士・竹の里人…①52, ⑪351, ⑰620, 621
　～と鈴木虎雄…⑰303, 305, 315
　～と夏目漱石…⑱123
　～の漢詩…②67-69, ⑰305
　～の著述　「歌よみに与ふる書」…⑰618　観画の歌…⑪206, ⑫471　「岐蘇雑詩」…②67　西行を詠じた五絶…②68　「読杜詩」…⑱332　歌訳「秋興八首」…⑪481　「新婚別」…㉖99, 101-103, 105
正宗白鳥…⑯598, ⑳129
政寛…㉒49
枡儀（株式会社）…㉗115
増田清秀…㉑20　「郭茂倩の楽府詩集編纂」…①625, ㉑18　「文選李善注引古楽府逸句考」…①633
増田義郎…㉔130, 163, 164
増田渉…⑰408, 410, ㉒332
　～著「魯迅の印象」…①613
　～訳　「阿Q正伝」…①613　「中国小説史」…①48, ⑦9, ⑰407　「聊斎志異」…①612　「魯迅選集」（共訳）…①56, ⑰409
増村先生（神戸第一中学校教諭）…㉔327
又た作る…㉓81
股野琢・藍田…㉔294
町儒者…㉓291, 302, 360, 363, 443, 582, ㉔300
町版和刻本…㉕281
末学膚儒…②258
末五子（明）…⑮522, 529
末世瀆乱不験の書…㉕345
末旦頭折次本…⑭210
末本（雑劇）…⑭209-211, 220, ⑮17, 18
末盧国…②584
抹…⑭422
松井元興…⑱474
松居松葉…㉗278
松浦嘉一…⑲53
松浦霞沼…㉓152
松浦珪三　訳「阿Q正伝」…⑰409
松浦五郎…㉓420
松浦嘉三郎…㉒411, ㉓621
松江市…⑥245, 249, 250, ⑱540, 544, ㉓578
松江藩士…⑥245
松枝茂夫…①611, ⑱537, ㉒332
　～著「中国の小説」…①613
　～と中国文学研究会…⑰408, ⑱537
　～における很好…⑰515
　～等訳　「大陸文学叢書」…⑰410　「大魯迅全集」…⑰409
　～訳　周作人「瓜豆集」「結縁豆」…⑰411　「紅楼夢」…①47, 612, 621, ⑰408　李圭「思痛記」…①612　「周作人随筆集」「周作人文芸随筆抄」…⑰411　周作人「中国新文学之源流」…①603, ⑬572, ⑰407　魯迅「朝花夕拾」…①613「墳」「写真のあれこれについて」（魯迅選集）…⑯599
松尾芭蕉…①114, ②352, ⑱415, 451, ㉔150
　～を読む会…⑰342, ⑳402, ㉔67, ㉗331
　穎原退蔵…⑰342, ㉒7331
　～・西鶴・近松…⑰37, 133
　～とアメリカの大学…⑲322

～と尚白…⑳30
～とそれ以前の俳句…⑫591, ㉑128, 129
談林俳句…⑫33, 289, 562, ㉑128, ㉓568
～と中国文学…㉑128, 135, ㉓568, 575
「詩人玉屑」…⑬133-134
蘇軾・黄庭堅…⑬133
杜甫…①129, ⑫533, 558, 592, ⑰496, ⑱3, 15, ⑲459, ㉑133, ㉒19, ㉕437, ㉖198, ㉗433（天の川…⑪78, ⑫578, 714, ⑳225, ㉑132　「憶老杜」…⑫710, 722　旧詩からの出発・発展…⑫33, 289, 562, 591　黒川洋一の集録…⑫711-714　仕官への執着の有無…⑫552　自然の象徴性…⑫591, 715, 716, 722, 723, ㉑33, 128, 129, ㉓568, ㉗377　自然への虚構…⑫699, ㉑132, ㉕406　「春望」…㉒34, ㉖56　旅…①116, 255, ⑫532, 534-536, 539, 545, 575, 709, ⑲108, ㉖11, 108, 137　「杜工部集」…①23, ⑫533, 578, 710　杜甫の発見者…⑫585, ㉑133, 134　倒装法…⑫558, 559, 712　日常性…㉑33　比喩の使用の少なさ…⑱28, 29）
白居易…⑪228　李杜…⑫710, ㉑129, ㉓568
～と仏たち…②528, ⑱54, ㉑129
～における語戯…⑱53
～における二者の提出と結合…⑱28, 29, 70, ㉑129
～のあとの俳諧中衰期…⑰55, 624, ㉓529
～の「奥の細道」…⑫533, 708, 714, ⑱53, ⑳225, ㉓301
閑さや岩にしみいるの句…⑰630, ⑱54, ㉑128, ㉗377　一家に遊女も寝たりの句…⑱54, ㉑132
平泉の句…⑥413, ⑱55
～の句　アラキチンタの句…㉓486　くたびれて宿かるころや…㉑132, ㉕134　文学の画期と古池の句…⑱54　行く春を近江の人と…⑳29, 30, 33
～のこの一筋…⑳110
～の他の著述　「笈の小文」…⑬133　「虚栗」…⑫710　「蓑虫説跋」…⑬133
～の体制批判の抑制…㉗399
～の深川の草堂…㉖149
～の文学と「古今集」…⑱15, 55
～の文学と中国…②410, 596
北京大学外国文学系日文組の講義…②569
～の文学と日本人…⑰4, 5（日本語の特質…⑱390　日本文学の自然観…㉒470）
～の文学の成長…⑱53
～の文学の非虚構…⑲53, ㉔170
松尾義海（よしみ）…㉔268
松岡譲…⑱129
松岡洋右（ようすけ）…②193
松方正義…㉓582
松川渓南・奇「美的生活の権化」…⑰392, 399
松隈内閣…㉓582
松阪との関わり　小津家…㉒279　梶井基次郎…㉓517　桜屋町・新町…㉗114
本居宣長…②436, 439, ㉓514, ㉗125, 136, 146, 183, 208, 211（「十三経注疏」所蔵者不在…㉗77　松阪の一夜…㉗219　村田清兵衛…㉗114, 122　本居宣長記念館…㉗163　幼時の漢籍学習…㉗108, 129）
本居春庭…㉓517
松阪牛…㉔183
松崎慊堂…⑰203, ㉒361, ㉓604, ㉗245, 268
松崎明復「三経三伝校譌」…⑩456
松下見林「異称日本伝」…②591, 592
松下巷…⑰123
松下忠「祇南海と李白」…①636
松島…⑲398, 399
松田道雄…㉔274-276, ㉕403　「育児の百科」…㉔231, 273　「私の教育論」…㉗437
松平甲斐守吉里…㉓401, 402→柳沢吉里
松平定信…②439, ⑰57, ㉓34
松平頼寛・守山侯…⑰135, ㉗140→源頼寛
松平周防守康定（浜田藩主）…㉗208, 212, 217
松平能登守乗賢…㉗168
松平美濃守吉保…㉓314, 361→柳沢吉保
松谷村（上総国武射郡山辺荘南郷）…㉓298, ㉗32
松永弾正…⑤177
松村謙三…㉒472
松村昂（たかし）…㉒290
松村博司「栄華物語における中国文学の典拠について」…①636
松本（長野）…⑲347, ㉔174, 260, 261
松本幸四郎…⑳244, ㉗278
松本三之介…㉔237, 238, ㉗55
松本大円…㉖492, 494, 495, 497, 500, 501
松本敏三…㉔59
松本信広…⑤294
松本博…⑱540
松本文三郎・亡羊…⑰564, ㉔268, 269
～とインド哲学…⑱476, ㉓597, ㉔268
～と狩野直喜・藤代禎輔・藤井乙男・深田康算…⑳276
～の「景徳伝灯録」評…㉔271
～の交遊　青木正児…㉔270, 271　岩波茂雄…⑧503, ㉔270　狩野直喜…⑰265, 266, 278, ⑱476, ㉓597, ㉔268, 269, 273　中村不折…㉔270　夏目漱石…㉔269
～の支那哲学史講義…㉔271
～の死…㉓631, ㉔272
研究所葬…㉔272　弔辞…⑰262, 288, ㉔272　二十五回忌…㉔268
～の程伊川評…㉔271
～の役職　京都帝国大学文化大学開設委員…⑰266, 278, ⑱476, ㉔269
東方文化研究所長…⑩84, ⑭602, ⑰236, 237, 288, ㉓631, ㉔268, 270-272, ㉖251（「尚書正義」出版への尽力…⑧18, 503, ㉔270　安田二郎採用…⑰361）

文科大学長…㉔269, 270
松本雅明 「国風および万葉集にみえる渡河」…①624 「詩経修辞における賦比興の分類」…①619 「詩経諸篇の成立に関する研究」…③475 「詩経に見える梁」…①624 「周代における婚姻の季節について」…①632 「春秋戦国における尚書の展開」…⑧507 「未見君子考」…①630
松本亦太郎…⑳276, ㉔269, 270
松山（愛媛）…⑱122
松浦河の歌…⑱45, 46, 48, ㉓26
秣陵…⑯637, 638
秣陵の書…㉕199
靺鞨宝…⑪533, 534
丸尾庄三郎…⑫710
丸善…⑲208, ㉕281, ㉗414
丸ビル…⑲248
丸山キヨ子…⑤135, ⑰69
丸山真男…②476, 477, 483, 487, 488, 491, ㉓135, 489, 528, 539, 544, ㉗55 「戦中と戦後の間」…㉗353 「日本政治思想史研究」…㉓482, 528, ㉗353
万年県少陵原（京兆府）…②16, ⑪396, 406
万年県尉…⑪500
万年倉…⑮45
万福寺…⑰31, ㉓458
「万葉」（雑誌）…㉑187
万葉学…㉕176
「万葉集」…⑯583, 585, ⑱40, 74, 78, ⑲39, ㉓703, ㉔263, ㉕166, 415, ㉗6
～「源氏」・西鶴・芭蕉・近松と日本人…⑰4, 5
～「源氏」・西行・芭蕉・西鶴の系譜…①114
～「古事記」「吾妻鏡」の表記…②76
～「古事記」「日本書紀」の地位…②270
～と「懐風藻」…㉓563
～と「古今集」…⑰617-622, ㉑85, 216, 220, 225, 226, ㉓504, ㉗357
霧の歌…㉕181, 182　叙情性…㉖236　推移の悲哀…⑰620　日常性の文学…⑫588, ⑲53　非虚構の文学…㉔170 「万葉」「古今」に先立つ歌…③29, ㉑227　恋愛…㉒440, 470
～と時間の推移…⑰620, ㉑205, 216, 220-222, ㉔6
推移の歓喜…㉑223-226
～と鈴木虎雄の短歌…⑰303
～と中国人…②569, 596, ⑯587, ㉑141
～と中国文学…⑰413, ⑱19, 20, 41, 49
古詩十九首…㉑205, 220 「詩経」…①114, ②302, ⑰618, ㉑216, 226　楚辞…㉑164　中国の詩…①143, ⑰413, ㉔6　唐詩…①129, ⑱3, 40, ㉔6, ㉕164 「遊仙窟」…⑰413, ⑱18-20, ㉕164, 282
～と日本歌学…⑰617
～と日本の若者…⑳500
～と万葉旅行…㉕463
～における語彙　愛河…㉖492　後の句へ連続を求める語尾変化…㉔8　都不の用例…②51　しの用法…㉗15
～における自然現象の運動のとらえ方…㉔7
～における月のイメージ…㉔7
～に関する意見・仕事　新井白石…㉓146
賀茂真淵…⑰171, 618, ⑲90, ⑳204, ㉓502, ㉕411（女歌…⑰171, ㉗217 「爾比末奈妣」…㉗217 「万葉考」序…⑰618）
契沖→「万葉代匠記」 土屋文明…⑱45, ㉑136
中野重治…⑱363　正岡子規…⑰303, 618, 620, 621
本居宣長…⑰618, ⑳204, ㉓502, 555（記・紀・万葉…⑰180, 187, 624, ⑲90　記・紀・万葉の歌…㉓508, 509　万葉・古今・新古今と歌の盛り…⑰187, 619, 620, 622, ㉓504, ㉗53, 356）
～による日本文学の開始…⑱11
～の仮名の発音…㉓95
～の漢文…㉗5-7, 9-11, 15
漢文の序…⑰16, ⑱48, ㉗5, 11, 15
～の講義（北京大学）…②569
～の時代と西洋…㉗384
～の時代と杜甫（唐）の時代…①133, ⑳141, ㉒45, ㉖43, 82
～の所収作品 「詠天」…㉔6 「近江の荒れたる都を過ぎし時の歌」…⑱390, ㉑127, 221　大伴家持が坂上大嬢に贈った歌…⑱18, ㉕163 「柿本朝臣人麿従近江国上来時至宇治河辺作歌」…㉓29, ㉕165, 167, 171, 172, 177, 183, 248 「鴨君足人香具山歌」…㉕164 「沙弥満誓歌」…㉑221 「讃酒歌」…㉕164 「大宰帥大伴卿報凶問歌」…㉕384, ㉗5 「丹比真人笠麿下筑紫国時作歌」…⑱99 「沈痾自哀文」…⑱19 「長皇子遊猟路池之時柿本人麿作歌」…㉕161（「或本反歌」…㉕162 「反歌」…㉕161, 179, 181）「博通法師往紀伊国見三穂石室作歌」…㉑221 「悲世間無常歌」…㉑222 「貧窮問答歌」…⑰63, ㉑118, ㉒45 「山部宿禰赤人詠故太政大臣藤原家之山池歌」…㉑221 「遊松浦河序」…⑱45
～の尊重　江戸期の尊重…⑮367, ⑰618-620, 624
明治期の排他的尊重…⑮367, ⑰617, 618, 620, 622, ㉗357
～の中国への翻訳・紹介…②352, ⑯586
～の長歌のセンテンス…⑪480, ⑱77, 87, 99, ㉑127, 222, ㉔8, 113
英語の長いセンテンスとの違い…⑱106, 107
長歌の漢訳…⑱80
～の洋装本…㉔312
「万葉集」（篇名・項目）
秋雑歌…㉑224　雑歌・詠天…㉔6　春雑歌…㉑224　家持家集…㉑222
「万葉集古義」…㉕246, ㉗332
「万葉集大成」…⑱101
「万葉代匠記」…⑰619, ㉑166, ㉒73, ㉕182, 183
～と荻生徂徠…㉕175

～と「古今」「新古今」選者の万葉評価…⑰618
～と「古事記伝」の地位…⑤297, ⑫243
～と中国の経学…㉕245（朱子学…㉕179）
～と比較文学…㉕180
～と「論語古義」…㉕15, 249-251
～における奥義…㉕246, 247
～における禍故重畳凶問累集…㉕384, ㉗11-14
～における「万葉」尊重の理由・「万葉」と「毛詩」…⑰618
～の同じ発想の和漢の文学の引用…㉓25, 26, ㉕160, 163, 164, 177, 179, 180
後世の類似の歌の引用…㉕162, 181
～の完成…⑰618, ㉕173
～の漢籍の引用…㉓26, ㉕160, 163
「易」…㉓26　「漢書」・五経・「史記」…㉕164　楚辞…㉕161, 179　「荘子」・唐詩…㉕164　「孟子」…㉕170, 175, 214　「文選」…⑱19, 20, ㉑135, ㉓25, 575, ㉕163, 164, 178, 251, 389, 482　「礼記」中庸…㉓29　「列子」…㉕164　「論語」…㉓29, ㉕164-178, 193, 210, 212-214, 219, 221, 224, 227, 238, 243, 248-251　「論語集注」…㉕169, 170
～の起稿…㉕249
～の精緻な注釈…⑰627
注釈の方法…㉓25
～の松浦河の歌を大伴旅人作とする説…⑱45, ㉓26　吉田宜の書状を大伴旅人宛とする説…⑱45, 48, ㉑136, ㉓25, 26
～の夢の歌に関する指摘…⑱18-20, ㉑135, ㉕163
～のリズムへの敏感…㉕176-178
「万葉代匠記」（テクスト）
岩波版…㉕165　木村正辞本…㉓26, 27　三手文庫本…㉓29　初稿本…㉕162, 165-168, 172, 246　精選本…㉕161, 162, 165-168
「万葉代匠記」（篇名・項目）
序説…⑰618　惣釈…㉓26, 27, ㉕165, 246
万葉人…①143, ㉗6, 15
卍山禅師…㉓707, 709　「開居録」「大乗録」「東林前後録」「洞門衣裓」「遼白一滴」…㉓708
父・藤井氏／母・田辺氏…㉓708
曼殊（まんじゅ）…㉖51
満漢餑餑…⑮79
満漢両文の併用（清）…㉓175, ㉕386
『満江紅』　郭沫若…㉒485-486, 488　朱竹垞…⑯148　白仁甫…⑭98
満支要人の詩…㉖462
満州…⑲220
～移住（三国時代）　管寧…⑮411　邴原…⑦140
～から中国本部へ侵入した王朝・国家
金…①283, 286, ⑬6, 521, 600, ⑮375, ⑳456, ㉓187（徽宗・欽宗の満州拉致…⑬6, 140, 521, 600, ⑮490, ⑳456　満州の国都…⑮380　満州旅行の詩…⑮381　蒙古の暴風と金滅亡…⑮373）
清…①283, 286, ②436, ⑤248, ⑫305, ⑮531, ⑯614, ⑲228, ㉒287, ㉔150, ㉕272
遼…⑬3, 599
～進出・匈奴…⑥71
～との戦い・王忬…⑮518
～の海東青…㉓43
～の部族　契丹…⑬3, 599　女真…⑬6, 600, ⑮375, ⑳456　韃靼…⑯614　東胡…⑥73
～は文学的不毛地帯…①286
～へ袁紹軍残党の駆逐（曹操）…⑦79
満州（王朝）…㉓172, 440→清（王朝・帝国）
～を夷狄とする軽蔑…㉓167, ㉔280, ㉕283
禁書…㉔280, ㉕272, 283　文字の獄…⑮218, ⑯200, 203, ㉒312, ㉓167-169, 212, 232
～王朝の創業者…⑮531, ㉓172
～軍　王族の八旗軍…⑯190, ㉓212　呉三桂の先導…⑯178　将軍・呉六奇…①175　将軍の兵法の教科書…⑦4　孫承宗一族の虐殺…⑯32　南京陥落…①442, ⑯16, 57　撫順占領…⑮541　満州族のみによる軍事担当…②455
～政府・朝廷　軍事から漢人遮断…②463　清書の強要…㉓174, ㉕386
銭謙益…⑯17（降伏…⑯16, 55, 57, ㉓244　礼部右侍郎…⑯16　満州非難の詩文…⑯12）
抵抗者　顧炎武…㉒287　黄宗羲…㉒287, 288　査大綽・査遺…⑯170　鄭成功…⑯614, 616, 617　鄭芝竜降伏…⑯614　鄭成功降伏…⑯615
辮髪の強要…①476, ⑯170, 180, ㉓174, 176（新井白石の感想…㉓277）
満州服のおしつけ…⑯170, ㉓174, 176
～の中国統治…①70, ②436, ⑮542, ⑯168, 180, 616, ㉓440, ㉕9
明の滅亡…⑮421, 531, 562, ⑯616, ⑲228, ⑳435
～の帝国の終焉（第一革命）…②436, ⑯617
排斥の気運増大（清末上海）…⑯384
～の入関…㉓162, 172, 176, 177, 254
～への帰順者の詩集…㉓254
満州語…⑮296, 309, ⑱16, ㉓172
～辞書…㉓188, 191
～と王煕…㉓255
～と女真語…①284, ㉓187
～と日本人…㉓191
荻生徂徠…㉓89, 191　高橋景保…㉓191
～におけるアキナ・サスヘ…㉓166
～の研修生…㉓163, 172, 175, 180, 181, 185, 189, 192, 197
翰林院清書庶吉士→翰林院
～の清帝国における地位…㉓185
～の複綴…㉕387-388
～の文学能力…㉓180
～の忘却（清）…⑮305, ㉒382, ㉓175, 180
貴族の情況例　乾隆帝…㉓181, 196　清末の諸帝…⑮305　西太后…㉓180　納蘭性徳…㉓179

溥儀…㉓180
通暁する満州貴族の稀少…①284, ㉓175, 180, ㉕386
～訳（清）…①286, 287, ⑮296
「金瓶梅」…①286　「三国演義」…⑦4, ㉓174　四書五経…①286　「西廂記」…①286, ⑮296, 297, 308　「千字文」…㉓191　「桃花源の詩」翁方綱…㉓181　稗史…㉓174, 175
～訳と徐元夢…㉓216
～訳文の添附廃止（清末）…⑮305
満州国…②347, ⑯206, ⑰219, ㉒394, ㉓189→偽満
～皇帝…⑯606
～と日本　日本の不法行為…⑲231（関東軍…⑱414, ㉓189　張作霖爆死…⑳291, 446）
満州事変…②415, ⑧503, ⑬628, ⑯649, 652, ⑳260, 297, ㉒370（事変以後の中国への関心…⑰403　事変以後の武人専制…⑳506　事変前三年間の日中学界…⑯653, ㉒372-373　立野信之「落陽」…⑳446　土肥原参謀…⑯653　「道理の感覚」発売停止…⑱477　満州事変から支那事変へ…⑲84, 85, ⑳293, ㉕290　満州人民の抵抗…㉔79）
～の作家・古丁…⑳421
満州字…㉓172, 185, 186, 191-193, 195, 403
満州人・満州族…⑯586
～・漢人の官僚…㉓170, 175
～の漢化…⑲228, ㉓175, 216
旗人の漢人化…㉒381, 382, ㉓216　皇帝の漢化…㉓175, ㉕386（最優秀の家族と漢文学…㉓180）　納蘭性徳…㉓176-179
～の貴族の生活…㉒381
～の旗人の世襲…②436, 437
～の皇帝…②437, 439, ㉓165
皇帝と「論語義疏」…㉕192　皇帝の漢人評…㉓216　康熙帝の巡幸…㉓274　康熙帝の日本での評判…㉓268, 270-275　最優秀の家族と漢文学…㉓180　家格にこだわらぬ高官任用…②440　軍機処への任用…②439, 440
～の淳樸の古風…㉓216
～の抒情詩人（納蘭性徳）…㉓176-178
～の大官　アグイ…②439　アクトン…②440　オルタイ（鄂爾泰）…㉓193, 194　憲徳…㉓217, 221, 222　徐元夢…㉓216　馬斉…㉓232　邁柱…㉓223, 238　福敏…㉓212, 215, 217, 223, 237　満州聖人・ダハイ…㉓173　ミンジュ（明珠）…⑯199, ㉓176, 178　ロンコド（隆科多）…㉓166　和珅…②439, 440
～の中国文明への柔順…㉓176
～の長官と清書…㉓175
～の特技…㉓178
～の武力による危機と文学（南宋・明）…①69
侵掠批判の戯曲「鴛鴦絳」（明末）…⑯142　南宋末期の抵抗詩の回顧…⑮423　明の滅亡と抵抗詩…⑮368
～の武力の危機と農民暴動（明末）…②406, ⑯82
満州占領（ロシア）…①515
満州文…㉓163, 191, 193, 236, ㉕386, 387
満州文芸春秋社…⑭605
満州棉花協会…⑯206, 211
～本「棉花図」…⑯207, 208, 224
満誓（まんぜい）…㉑221
『満庭芳』「漢宮秋」…⑭51, 52, 300　「金銭記」…⑭506　「梧桐雨」…⑮216　秦観…⑱88　蘇軾…⑬511, ⑭207　張可久…⑭166
満鉄…㉒335→南満州鉄道
満徳山勝覚寺…㉗32
満文老檔…㉓173, 180
満蒙史の学…㉓187
満蒙文の書…⑲315
満臉横肉…㉕86
漫画…⑯518-520
「漫叟詩話」…⑭298
漫漫…⑬30
『蔓青菜』「漢宮秋」…⑮207
鏝…⑮45

み

ミーニングレス・パーティクル…㉖128, 223, ㉗275
ミクロネシア…⑰482, ㉔192
ミケーネ…㉔181, 197
ミケランジェロ…⑮570, ㉔174, 221
ミコヤン…⑲372, 375, 378
ミシガン大学…①630, ⑲301, 303, 322, 330
ミシシッピー…⑲220, ㉔160
～の河口…⑥407, 410
ミシシッピー州…⑥409
ミシュレ…⑯308
みすず書房　出版「荻生徂徠全集」→その項「支那学文藪」…㉓329, 482, 602, 608, ㉗73, 236, 257「支那文学史」…㉓601, 602, ㉗257　「史論集」…㉓298　「政論雑筆」…㉔43　「白楽天」（花房英樹）…⑪566　「論語孟子研究」…㉗245, 257, 263, 267
～の小尾俊人…㉗165, 182, 200, 201
ミッション…㉒393
ミュンヘン（免恨）…①559, 560, ㉔252-254
～の国際東洋学者会議…⑲371, 372
ミュンヘン大学…㉖450
ミュンヘン博物館…①559
ミラー教授…⑱59
ミラノ…㉔174-176
ミルトン…⑫692, 693, ⑰399, ㉗325, 326
ミンジュ（明珠）…⑯199, ㉓176, 178, 264
三井寺…㉕301
三浦大助（おおすけ）…①373

三浦観樹…⑮24
三浦国雄…㉒111, ㉖246
三浦子彬…㉗174
三浦先生（神戸第一中学校教諭）…㉔326
三浦周行（ひろゆき）…⑳276, 277
三重県…㉗203
三ヶ尻浩…㉒59
三上次男…⑯650, ㉒379, 390, ㉓635
三河の国…⑱547, ㉓433, 437
三木克己…㉗286 「西遊記覚書」「『女仙外史』と幸田露伴の『運命』」「中国小説に於ける性」「中国文学瑣談」…㉗288 「班固」…㉗287（漢書の文学性…㉗287） 妹・高井夫人…㉗286
三木清…⑱477, ㉗286
三熊花顛…㉓709 「続近世畸人伝」…㉓707（僧卍山…㉓707）
三島海雲…㉗313
三島由紀夫…⑱44, ㉑141, ㉔41, 156, 157, 159, ㉕289, 290 「宴のあと」「金閣寺」「潮騒」…⑲445 「豊饒の海」…㉔220
「三田評論」…⑤326
「三田文学」…⑰355
三田村泰助…⑮296, 308 「宦官」…⑫315
三井文庫…⑲329
三ツのから国…㉗218→三韓
三穂石室…㉑221
三村漸（すすむ）…㉔326
三宅正堅・澹庵…㉗144
三次館…①472
三好清海入道…㉒343
三好達夫…⑦604, ⑱360
三好達治…①474, ⑫733, ⑳378, ㉔68
～校訂「萩原朔太郎詩集」…⑱336, 338
～と「九日藍田崔氏荘」…⑫293, 359, 730, 732
～と都留春男…⑱361
～との交遊（吉川幸次郎）…⑫359, 730, ⑯435, ⑱103, 337, 338, 359-361
遺品…⑦604, ⑱360, 361, 551
神戸高校校歌評…㉗413
～の軍人批判…⑰76
～の詩と日本語の性質…⑱102
～の著述 「艸千里」「紅花一輪」…⑱341 「測量船」…⑱102 「杜甫ノート」解説…⑫733-735 「なつかしい日本」「花筐」「三好達治全集」…⑱359 「駱駝の瘤にまたがって」…⑱103, 338, 359 「私の信条」…⑱409, 412
～の死…⑪164, ⑱102, 359
～の萩原朔太郎評…⑳191
～・吉川共著「新唐詩選」…①625, ⑪44, 164
中国の自然の規模…⑪47
杜甫と高適の友情…⑪63
三好一 共訳・草明「原動力」…①621 馬烽・西戎「白樺天皇行状記」「東洋鬼敗亡記」…①626
三善清行…㉗67
三輪の寺…㉔248
壬生忠岑…⑱27
水戸…②326, ⑤129, ⑰135, 142, 143, ㉓146, 268, ㉔19, ㉗30, 33, 233
水戸学…⑰438, ㉓484
水戸光圀…②162, ⑰348, ⑳224→徳川光圀
未…⑦495, 498, 499
未委…㉕450
未時…⑮252
未須…㉖163
未遂馳賀…㉒87
未曾有…㉗45
未到…②147
未発…㉓75, 76
「未来」（雑誌）…㉓702
未練…㉗213, 215, 217, 235
身延山…㉗67
身びいき…⑳436
身分決定の尺度（中国）…①121, 291, 292, 299, 300, 317, 318, 324
身分制 中国…①293, ⑰32, ㉖480 日本…⑰33, ㉖480
弥陀…㉓454
皇国言…㉗95, 102
皇国の古の心…㉗62
皇国の歌…㉗220, 227
皇国の音…㉗235
皇国の語…㉗196
眉間尺…㉑168
美知…㉓497
美斗能麻具波比…㉓496, 540
御影師範学校…㉔324
御国の優越（本居宣長）…㉗234
箕沢（千葉県茂原市）…㉗38, 39
瓶の原村（京都府相楽郡）…①397, ⑳266
水崎忍…㉗288
水沢利忠…⑥250-253, ㉒59 「史記会注考証校補」…⑥252, ㉑202
水の属性…㉕216-218, 220
水野壱岐守忠定…㉗168
水野清一…①141, ㉓634
～人文科学研究所教授 雲崗石仏群紹介…②539 「資治通鑑」読書会…②391
～と浜田耕作…㉓637
浜田耕作の読書の話…⑳213
～に対する倉石武四郎の評価…㉓634
～に対する塚本善隆の評価…㉓636
～の漢鏡の銘の説…⑥393
～の人物評 狩野直喜・松本文三郎…㉔273 段玉裁…㉓637
～の中国人学者訪問 陳宝琛…㉖469 馬衡…㉓637 李盛鐸…㉖468

～の中国語…㉓637
～の東方文科学院京都研究所入所…㉓638
～の北京留学…⑯650, ㉒332, ㉓634-636
延英舎（下宿）…㉒377, 379, 390, ㉓634, 635　下宿の食事…㉒380, ㉓635　骨董屋…⑯563, ㉒411, ㉓636, 637　中海公園と柳架…⑪443　陶湘氏蔵書の購入…㉓640　馬裕藻・馬廉兄弟…⑯579　服装…㉓637　北京大学聴講…㉒390, ㉓637
～の北朝彫刻に関する説…㉕344
水野忠之…㉓433
水野平次「白楽天と日本文学」→その項
水野元朗（もとあきら）・明卿・弥兵衛…㉓376, 438, ㉕203-205
水野屋敷…①326
道…②282, 283, 341, 395, ㉓392
道（江戸期の学者）
～伊藤仁斎説…⑰42, 118, 138, ㉓52, 55, 59-66, 68-71, 79, 84
～伊藤東涯説…㉓91, 92, 387
～荻生徂徠説→先王の道
～本居宣長説…⑰193, ㉓497-499, 501, 502, 505, 508-512, 514, 550, ㉗52-54, 199
道（韓愈）…⑪337, ⑬553, ㉓381
道（五経）…㉓467
「易」…㉓392　「詩経」…㉓392　「書」…㉓391, 467
道（孔子）…⑤23, 24, 266, ㉓60, 61, 63, 69, 74, 288, 293, 332, 346, 354, 382, 388, 441, 443, 448, 472, ㉕193, 295
道（四書）「大学」…㉓392　「中庸」…㉓52, 55, 59-63, 69-71, 79, 387, 392, ㉕295　「孟子」…㉓61　「論語」…⑤266, ㉓392, 467
道（儒家）…②253, ⑬553, ㉓340, 408, 472
宋儒…②364, 365, ⑰42, ⑳57, ㉓52, 62, 387, 439, ㉕35（朱子…⑬31, 32, ㉓62, 373, 439）　明儒…⑯80
道（諸子）…㉓340
「淮南子」…②253, ⑳658, 659　「荀子」…②253　「老子」…②253, 282, 283
道（先王・聖人）→先王の道
夏殷…㉓450　堯舜…㉓386, 450　周王朝…㉓449
道（蘇軾）…㉓128
道（道教）…②365, ㉓340, 387, 388
道（仏教）…②365, ㉓340, 388
道端良秀…㉖500
三井（富豪）…㉖481
密…㉒70
密教…㉕128
密殊…⑯147→仲殊
密切…②213
水口藩…㉓36
皆川淇園…⑥247　「虚字解」…⑰501
南アメリカ…㉔130→南米
南一郎…⑪436
南川維遷…㉗25, 26, 183　「閑散余録」…㉓469, 479（序…㉗24）「金渓雑話」→その項
南座…①325, ⑳243, ㉔231
南支那海…⑯223, ㉔133
南次郎…⑰76
南太平洋…㉔194, 199
南中国・南支那…②157, 324
～の変遷（六朝）…②550
～の憂慮（義和拳）…①520
南ドイツ…㉔253
南満州鉄道…⑳344→満鉄
南山城（京都）…⑳266
南ヨーロッパの僧院…⑳290
源顕兼…㉗146
源実朝…⑮378
源順（したごう）…㉓400
源博雅…㉗146, 147, 149
源吉保入道保山…㉓426→柳沢吉保
源義家…㉓129
源義経…㉓420, ㉕349
源義朝…⑱28
源頼朝…④643, ⑤136, ⑦378, ⑰52, ⑲11, 358, ㉑164, ㉔259, ㉖241
源頼信…㉓129
源頼寛…⑰135→松平頼寛
源頼義…⑬11, ㉓129
源了円…㉔175, 206
蓑田胸喜（むねき）…⑳265
耳成山…㉔247
宮居道設…㉓146
宮入慶之助…⑱500
宮川尚志「六朝史研究政治社会編」…⑦153
「宮城学院研究論文集」…①630
宮越健太郎「支那現代独幕戯劇集」…⑰409
宮崎市定…②554, ⑳360, ㉓171, 203
～と「京都大学文学部五十周年記念論集」編集委員会…㉔48
～と宋人　王安石…⑬520, ㉕428　司馬光・蘇軾…㉕429　宋人の雑筆…⑬627
～と内藤虎次郎…㉓583
～の研究　科挙…①302, ②468　元代胥吏…⑮359　宋以後の社会…⑮568
～の所説　条支はセリウキア…⑥132　沈郎銭…⑪567　中国史三区分説…㉕376, ㉗7　「宋史地理志」の人口記録…⑬4　宋文明とルネッサンスの対応…⑲35　雍正帝時代は天子独裁政治の絶頂期…㉓165
～の著述　「アジア史研究」…㉓182　「アジア史論考」…㉗298　「アジア歴史辞典」第一巻・官制の項目…②554　「科挙」…①302　「九品官人法の研究」…㉗298　「古代中国の都市国家」…⑲376　「清朝における国語国字問題の一面」…

㉓182 「水滸伝的傷痕—現行本成立過程の分析—」…①634 「宋詩概説」評…⑬631 「日出づる国と日暮るる処」…⑯303 「明代蘇松地方の士大夫と民衆」…⑮607 「雍正帝」→その項 「論語の新研究」…㉗274, 276
～の鄭任鑰の湖北布政使転任の指摘…㉓232
～の鄭任鑰の江南学政在任の指摘…㉓210
～の「日本の動静を探り聴く摺」(李衛) 紹介…㉓246
宮崎課長(外務省文化事業部)…⑱538
宮崎研究員(東京研究所)…⑱536
宮崎県…㉔137, 254
宮崎大学…⑰203
宮崎滔天「三十三年の夢」…⑳295
宮崎道生(みちお)「新井白石」…㉓158 「新井白石の研究」…㉓149 「定本折りたく柴の記釈義」…㉓151
宮沢喜一…㉒439
宮沢正順「陶淵明と仏教について」…⑦604
宮島大八「急就篇」→その項
宮津(丹後)…⑰170
宮原将平…⑭598
宮原民平…⑭602, ⑰401, 406 「支那小説戯曲史研究」…⑰400 共訳「西廂歌劇」…⑭598, ⑰398 訳「竇娥寃」…⑰402 訳注「元曲選」…⑮228
宮本武蔵…⑳284
宮本百合子…②597, ㉑140, ㉒434, 435
宮良当壮(宮内省図書寮)…⑩459
「都新聞」…⑱375, 397
都ホテル…㉓632, ㉖500
妙…⑦523, 526, 527, ㉔294
妙喜…⑯40
妙義金洞の勝…⑰205
妙義山…㉕27
妙心寺…㉕371
妙荘王・「妙荘王経」…⑯370
妙宝真符…⑫62
明眼院…㉓517
「明星」(雑誌)…⑱335
明神山…⑲269
明礬の涙…⑮63
民…②371
民国→中華民国
民国革命…⑲224→辛亥革命
～以後 以後の文学と以前の文学…①53 旧体制変革の努力…①414 西洋の政治組織輸入…⑯284 中華至上主義…⑯608, 609, ⑲88 中国と日本…②593
～以前の中国近世…②381, 404, ⑥172, 191
科挙…①300, ⑬591 (文学力中心…①317)
経学・文学・史学の地位…⑥171 (古典尊重…①236, 239, 243, 244, ②297, 313 文献…⑳357 文体…⑪553, ⑬592)
士庶の区別…①298, ②400, 404, 405, ⑳121 (読書人…②398, 399, 401, ⑥192, ⑳203, 204)
儒家哲学の地位…②411, ③538, ⑥192, ⑳202 (宋学の地位…⑬593)
～直後の文学革命…①54, ②414, ⑯284, 285→文学革命
～と汪精衛の出獄…㉖462
～期の康熙乾隆帝の漢文能力批判…⑮306, ㉓176
～の余波と阿Qの村…①54
民主個人主義…㉖474
民主主義…㉗261
民主党(米国)…⑲6, 268, 269, 271, 272, 274, ㉔191
民俗学…③487, ⑳204, ㉕17
～を利用した文学研究…③487
～的資料(礼)…②522
～的叙述…③487
～的立場…①624
～的方法…①619, 624
～の知識…③487
「民俗台湾」…⑭584
民族学…㉕17
民族性…㉑27, 28
民族の古典…⑤127, 134, 137
民族の伝統…①706
民族文化遺産の再評価…①636
民賊…②252
「民報」…⑯395
民報社…①383
民本主義…㉗261
民友社 「荻生徂徠」(山路愛山)…㉓298
明(王朝)…①477, ②552, ⑮557, 562, ㉒356, ㉓172
～以後の県知事…②429
～以後の社会と「水滸伝」…㉖373
～以後の処士…②426, 429
～および宋・元→宋元明
～および宋・元・清→宋元明清
～および唐・宋・元→唐宋元明
～写本「録鬼簿」…⑮14
～初および元末→元末明初
～初の朝貢国の言語の辞典…①287
～初の文臣…㉒107
～鈔本「説郛」…㉖452
～代における雑劇…⑭34
宮廷の雑劇収蔵・元雑劇の刊行・元雑劇の叢書…⑭34 雑劇上演の断絶(明末以後)・雑劇の制作上演の継続(明初)…⑭32 雑劇の総数の記録(明初)…⑭33 雑劇の流伝の模様…⑭34 士人の戯曲制作…①297 民間の雑劇収蔵家…⑭34
～代第一の画家…①542, ⑮477, 562
～代の古典言語学…⑮526
～代の鉤棘の辞…㉓469
～代の事功・文章・理学…㉒287, 288

黄宗羲の資料…㉒288
～代の選集…㉗236
～中期以後の揚子江下流地方…⑮567
～中期の八股文成立…①311
～朝の琴譜…㉓411
～帝国と高啓…⑮461, 465, 466
～帝国と劉基…⑮472
～帝国の政治体制強化と文学の不振…⑮476
～帝国の創始者…②422, ⑮458, 570
蘇州嫌悪…⑮574, 576
～と日本　江戸漢学…⑯634, ㉒289, 347, 348, ㉓247, 605（明の学問の祖述…⑰218, ㉒347）日本への関心…②565, 566, 591, ㉓246
～と日本人…㉓594
伊藤東涯…㉓247　狩野直喜→その項　鈴木虎雄…⑯634　内藤虎次郎…⑯634, ㉒348, ㉓594
明治大正の漢学者…⑯634
～と琉球…㉓276
～における王朝の尊称…㉓429, 430
～における元好問の詩…⑮397
～における「周礼」の地位…㉕346
～の遺臣の懐柔…①476
～の遺民…①137, 475, 476, 496, 497, ②481, ⑯122, ㉒287, 288, ㉗194
日本亡命…②162, ⑰30-31
～の一帝一号…⑮476, ㉓247
明以後の年号…⑥121
～の海禁…②275
～の開国の元勲…⑭182
～の学者…㉖434, 435, ㉗194
～の学問→明学
～の宮廷の宦官…⑦46, 54, 57, ㉒314, ㉓200, ㉗420
～の市民社会…②426
官吏にならぬ読書人・庶士…⑮576, 582, 606
庶民出身の大官…⑮567　庶民的精神横溢…⑮619　無官の市民に一流文化人たる尊敬…⑮605, 606
～の時代精神…⑮491
漢人主権恢復の誇り…⑮460　主情主義…⑯133
尚武…㉓479　素朴・率直・奔放…⑮460
～の首都の北京移転…⑮476
～の庶王…⑮629
～の制度…⑮459
官吏の処罰…⑮576　明の制度による清の制度の類推…㉓161
制度の書…⑰558（刑書「大明律」…㉓376, 402, 428, 429　「大明会典」「明律纂注」…⑰558）
～の政治家と知識人…②401
～の政治は元の素朴の継承…⑭362, 363, ⑮331
～の注疏本出版…⑧510
「直解」…⑮329-331
～の天子の最長の治世…⑮531
～の典章と朝鮮通信史の服装…㉓364
～の文学→明文学
～の文献の禁書となったもの（清）…㉕283
～の文体…②32
古文の正統…⑯124
～の滅亡…①137, 428, ②552, ⑮531, 562, ⑯14, 16-18, ⑳435, ㉓255, ㉔150, ㉖430
皇族の抵抗…①496　最後の根拠地…①442　北京陥落…①496, ⑮531, ㉒288　滅亡後の「心史」発見…⑮421　滅亡後の「明史」編纂…②589
滅亡と人々の足跡　顧炎武…①476　呉偉業…①76, 137　黄生…㉔280　黄宗羲…㉒288　査氏…⑯169　銭謙益…⑯14-19　銭秉鐙…①428
陳子竜…㉓244　東林党…㉓139, 244
滅亡と詩文の熱情…①69（満州へ抵抗と文天祥以下の詩の回顧…⑮423）
滅亡による佚書…㉕283
～の歴史…②588, ㉒288
野史の叢書…⑮557　歴史の決定版…②589
～版本「芸文類聚」晋府版…⑯561, ⑱519, ㉗440
「三遂平妖伝」二十巻本…⑱517　「詩経」…㉒493　「荀子」明刊本…②478　「水滸伝」明版百回本→その書（テクスト）「太平楽府」活字本…⑭574, 577　「太平楽府」明刊大字本…⑭574
「杜少陵先生詩分類集注」…㉒48　「魯斎全書」正統版…⑮327
～への冷淡（京都大学）…㉒289
～までの髪型…㉓277
～までの中国研究資料…㉗268
～末・帝国最後の時期…⑮531, 636
曲学…㉓139　自由主義思想…①137　笑話集…①231　墨の拓本…①141　代表的人物…②484
党争…⑮531　日本への亡命者…②594　版画…㉖386, 388　満州非難の文字…㉔280, ㉕283
～末の生員（黄生）…㉔280
明学…⑮460, ⑳281, ㉓603
学風…②601　学問の中心…②331　学問の方法…㉕461, ㉗394　国定の学問…⑯78
明曲…①70, ⑭600, ⑮557
明史→明代史
「明史」…①153, 177, ②154, ㉑94
～湖州荘氏刊本…㉒312
～と黄宗羲・万斯同…⑯123, 170, ㉒288
～における東林と浙江人の不和…⑯30
～の底本…⑯122
系列・銭謙益から黄宗羲・万斯同まで…⑯123
～の日本への関心…②566, 588, 589, ⑰466
平秀吉の記事…②566, 589, ⑰466
～の副総裁・銭謙益…⑯16
新井白石の疑問…㉓244
～の文体…②156
～の列伝…①161
～編定の時期…②156, 589

「明史」（篇名・項目）
紀　太祖紀…⑭169
志　食貨志…⑮574
表　宰輔年表…⑮330　諸王世表…⑮629
列伝　査秉彝…⑯169　沈一貫…⑯30　繆昌期・楊漣・李応昇…⑯25　李文忠…⑭169　陰逸伝・沈周…⑮562, 613　外国伝・日本…②589　奸臣伝・温体仁・周延儒…⑯17　宦官伝・鄭和…②154　儒林伝・邵宝…㉒51　文苑伝（高啓…⑮462　文徴明…㉒300　唐寅…⑮483　楊循吉…⑮486　李夢陽…⑮614）
明詩…①134, 151, 427, 455, ⑮556-558, ⑯163
～と清詩…⑮542
～と日本…㉓605
荻生徂徠…㉓400　狩野直喜…㉓605　鈴木虎雄…⑮557
～と「列朝詩集」…⑮542, ⑯125, ㉖430
明詩の整理…⑮542, ⑯122　明詩の総集…①578, ⑮542, ㉒51　明詩の歴史…⑮543, ⑯57, 655
～における台閣体…⑮618
～における日本への関心…②589
～の改革…⑮618
～の詩風…⑮461, 467, 495
簡易率直…⑮461, 467　情熱の賛美…㉑54　粗暴…⑮509　宋詩との断絶…⑮461　唐詩祖述…①75, ⑮367, 434, 452, 453, 461, 473, ㉖248　膨張・市民参加…⑮461, 492, 531
～の正統…⑯160
～の選本…㉓324
～の反動…㉑56
～の変遷…⑯655
～末期の僧の詩…①532, 534
明詩人…①110, 609, ⑦14, ⑮365, 467, 486, ㉓353
～詩人の状況　市民層の参加…⑮461, 531, 605-607, 619　初期の詩人の代表者…⑮606　第一の詩人…⑮461　中期第一の詩人…⑮491　末期の山人…⑮532　末期の詩人…①439, ㉔280
～への朱元璋の苛酷な態度…⑮459, 466
「明詩綜」…①427, ⑭35, 182, 364, 387, ⑮461, 543, ⑯13, 151, 169, 172, 544, 545, ㉒52, ㉓258, 262
「明儒学案」…⑯122, 170, ㉒287, ㉓404
甘泉学案…⑯89　江右王門学案…⑯89, 100　諸儒学案…⑯90　浙中王門学案…⑯89
明清…⑦597
～における日中の鎖国…⑱38
～における北語の地位…⑭279
～の画家…②532
～の公私の刻（尚書正義）…⑧26
～の市民勢力の伸張…①577
～の新刊の漢籍…㉓230
～の選本の「垓下歌」…⑥10
～の叢書のコレクション…㉓640
～の読書人優位の体制…②431
～の日本関係資料…②592
～の文学芸術と江浙地方…⑰372
明清革命・明清鼎革…⑬265, ⑯12, 16, 29, 33, 37, 85, ⑰386, ㉓244
明清戯曲史研究…⑰335, 338
明清人　「詩経」解釈…③43　寿序…②543
明清文学…①582, ⑯136
～の戯曲→戯曲（明清）
伝奇形式の戯曲…①76
～の古文…①609
～の詩…①582, ⑮557
詩壇と楊維楨…⑮440　詩話…①455, ㉗301　女性詩人…①577　俗謡…⑭129　夏目漱石と明清詩…⑱130
明蔵…㉒301
「明代芸術家集彙刊」…⑮635
「明代劇作家研究」…①525, ⑭360
明代史…⑯122, ㉒289→明史
詩による呈示（列朝詩集）…⑮542, ⑯41, ㉒289
万斯同…⑯9
～経済史…㉒430
～政治史…⑮531
～哲学史…⑯122, ㉒287
代表…①61, ⑮460
～仏教史…⑯40, 41
～文学史　戯曲史…⑮529, ㉖507　戯曲小説の文学の盛行…⑮460　散文史…㉒289-291
明代仏教復興の巨人…⑯54
明天…②215
明人…㉓332, 600, ㉕346
～と元日の詩…㉕461
～と「金銭記」…⑭390
～と元　元代軽蔑…⑮454　元末の文運評価…⑮455　明は元の継承者だとする主張…⑮460　明人による元人の唐詩祖述評…⑮452
～と日本　日本漢文評…㉓125　日本の学問と明人…㉒348　日本への関心…②566, 589
～と仏教…⑯36
～と文献学…㉕504
～による明の歴史書…②589
～の雑劇→雑劇（明）
～の詩論…⑮543
～の詩論と「唐詩品彙」…⑮473
～の寿序…②543, ㉖466, ㉗43
～の書（書籍）…㉒47, 431
～の書（書法）…②505　狂草…②535
～の図章…㉒432
～の「世説新語補」と清朝人…㉗138
～の生没の日…②542
～の直情径行…⑮557
～の「唐三蔵西遊演義」と毛奇齢…㉒299
～の「唐宋八大家文」と新井白石…㉓365
～の日記…①169

～の反逆精神…②505
～の文学の方法…㉕461, ㉗28
～の話本集…⑬504
～への許与（本居宣長）…㉗194
明人総集…⑲313
「明文案」…⑯122-125, 170, ㉒289, 290
「明文海」…⑯122-124, 170, ㉒289
明文学…⑯133, ⑰348
～以後の戯曲と元曲…⑬604, ⑭233, 608
～以後の市民の文学…⑮563
～初期の盛と十五世紀前半の不振…⑮475-477
十五世紀後半の復活…⑮477, 487, 491
初期の文学者…⑮470
～中期の古典主義文学運動…⑦136, ⑮492, 614
古文辞運動→古文辞（明）→七子（明）
～と日本人　江戸文学…㉓594　頼襄「日本外史」と王世貞の詩文…②164　狩野直喜…⑳281, ㉓594
～の研究者と「列朝詩集」…㉖430
～の散文…㉒289, 290
～の散文家…㉒290
～の詩→明詩
～の詩文…⑮619, ⑰251, ㉒362, ㉓322, ㉕195
大家…①48　明の作家と「滄浪詩話」…㉖439
～の庶民的文学の発展…⑮619
戯曲小説の文学…⑮491, 529, 532
戯曲→戯曲（明）
小説…①45, 47, 69, 76, ⑬605, ⑮557, 619, ㉑91（初期・中期の小説…①76　短篇小説…①47　短篇小説集…⑭10　長編小説…①45, 47）
散曲→その項
伝奇→その項（明）
～の批評家…㉖433, 454
～の文学者…①48
～の文学評論…㉕328
～の文学理論…㉖450
～末期　竟陵派…⑮539　言志派…①603　公安派…⑮534　文学至上主義…㉗139　明末文学講義（周作人）…⑰10　明末文学の混乱…⑮533
「明文授読」…⑯122, 124, 170, ⑳435, ㉒289
京都大学文学部所蔵本…⑯124, ㉒289
明文明…⑮460, ㉒289
～と銭謙益…⑯134
～による元の素朴の継承…⑮331, 460
～の素朴・率直…⑮460
～の代表者…㉒282
～への反動としての清文明…⑯133
明末清初　画人…㉒285　思想…㉔175　蒐書家…④14　西法輸入…①285　銭謙益の事蹟…⑯37　仏教→その項（明末清初）　文学…⑯55（詩…①474-475）　文壇…㉓323　「論語集注」是正…④9　「論語」注釈の権威…㉕173
「明律」…②233, ⑰258, ㉓312, 376, 429
「明律国字解」…⑰55, ㉓402, 428
名例律・謀叛…㉓429
「明律纂注」…⑰558

む

ムカリ（木華黎）…⑭65, ⑮241, 279, ⑳22
ムッソリーニ…⑲231, ⑳506
ムッチョーリ教授…⑲365
ムラット…㉔147
无…②104
武射郡（上総国）…㉗32
武蔵…⑰21→武州
武蔵野…㉗307
武者小路実篤…⑯299, ⑳40
武者小路千家…⑯553
武藤（直治）…㉗284
武藤会員（学術会議）…⑳201
産巣日神…⑤327, ㉓497, ㉗110
「務成子」…①182
「務成の曲」…⑥350
務頭…⑭288
陸奥…㉗140
無（助字）…㉔292
無（老荘哲学）…㉓60, 71
無衣…⑥296
無為軍…㉖394, 396, 397
無為の道…⑥54
無影無形…⑭471
無価…⑭433
無過蟲…⑭74
無我の愛…①281
無学祖元…⑰21
無眼涙…⑮63
無忌憚…㉓308
無鬼の論（山片蟠桃）…⑰111
無饑無飽…⑭480
無極法師…⑯42
無形…⑦231
無形文化財保持者…⑳437
無血入城…⑯612
無限なる完成の理想…⑳226
無弦琴…⑦299
無後主義…⑯405
無糸有線・無私有意…㉖408
無思想の思想…⑳406
無錫（江蘇）…⑭181, ⑮439, 442, 446, ⑯19, 21-23, 42, 137, 144, 146, 380, ㉒51, ㉓178, 192
無心雲…⑫248
無信…㉓373
無神論…①6, ②555, 578, ⑤6, 26, 300, ㉓528, 538, ㉔259, ㉗369
無神論哲学…④643, ⑤121

無尽（人名）…㉒112
無正事…⑮113
無生…①335
無乃…⑦488
無端…⑮64
無地…㉗331
無知…㉓373
無適無莫…㉓376, 457, 482
無東西…⑫99
無倒断…⑭493
無病の呻吟…⑮181
無物の文学（古文辞）…⑯65, 106, 110
無名会…㉗283, 285→演劇無名会
「無名氏慨世の作」…⑬438
『無悶』　朱竹垞…⑯150
無有是処…㉗45
無欲清浄…㉓90
無量寿…㉗343
「無量寿経」→「仏説無量寿経」
無量寿寺（伊勢）…⑰593
無量寿の国…⑲74
無隣庵…⑪137
無礼喏…㉖395
夢華館…⑯250
「夢渓筆談」…①459, ⑬45, 261, ⑰559, ⑳77
楽律…⑬261, 263　雑誌…⑬262　象数…⑬261　謬誤…⑬262　薬議…⑬261
夢見君王…⑪203
夢窓国師…㉓125
「夢粱録」…①199, 211, ⑬6, 173, 504, 601, ⑭176, ⑰355, 356
～と「中国小説史略」…⑬502
～における記述事項　「王媽媽茶肆」一名「一窟鬼茶房」…⑬512　関索…㉖402, 403　杭州の句欄…⑭56　荒鼓板…⑭578　諸宮調…⑭565　太平興国伝法寺…⑬509　端午の日の記述…⑬510　張五牛…⑭121, 575　報暁頭陀…㉖405
向井去来…㉓35　「去来抄」…⑳30
昔と今の比較…⑥291, 292
空しく自ら知る…⑪138
宗政五十緒…㉓707
村岡典嗣（つねつぐ）…⑰196, 637, ㉓544, ㉗55, 199　「国文学の注釈的研究について」（続日本思想史研究）…㉓553, ㉕245, ㉗198　「徂徠学と宣長学の関係」（日本思想史研究第三）…㉓555, ㉗198　「日本思想史研究」…㉗198　「本居宣長」…⑰192, 195, ㉗198
村上華岳…⑳236, 237
村上哲見…㉕255, 256　「三体詩」…①271, ⑬633　「張子野の詞について」…⑭372　「李煜」→その項
村上天皇…①575, ②551
村上知行…②565
村上直次郎…㉔164
村上漫甫…㉓318
村上利三郎…㉖504
村上六郎兵衛…⑳236
村田伊兵衛・十郎兵衛…㉗114
村田清兵衛…㉗114, 122
村田春海（はるみ）…㉗245
村田与次兵衛…㉗114
村松暎…①621, ⑤303　「杭州綺談」（京本通俗小説）…⑬523
村山槐多…㉓630
村山勇三　訳・ギボン「ローマ帝国衰亡史」…⑤4
紫式部…⑱34, 445, ㉑127, ㉒470, ㉔14
～と荻生徂徠…㉓462, ㉔8, 13
～と漢学…⑤135
「史記」…⑤135, ⑥247, ⑱446, ㉑124, 125, ㉓420, ㉔8, 11　「長恨歌」…⑪231, 556, ⑰414　白居易…⑪228, ⑰414　「論語」…⑤135, 136
～とダンテ、ラブレー…⑱44
～と老舎の関心…㉒435
～の意識した「源氏物語」の読者…⑱31
～の時代の口語…①59
～の物語観…①175, ⑱11, 429, 430, 446, ⑲60, ㉑124, ㉔10
アリストテレスの主張…㉑122　中国の認識…㉑122, 124, ㉓462
室生寺…㉔247, 248
室鳩巣・直清・師礼…㉓132, 470, ㉗179
～と新井白石…㉓121, 122
魏裔魯「八居」詩の和作（「鳩巣先生和韻」…㉓252　「白石先生和韻」…㉓251, 252）
～と「六諭衍義」翻訳…㉓401
～の唐うたとやまと歌の説…⑪480
～の詩文は学問の余事の説…⑰78
～の著述　「湖亭渉筆」序…⑰143　「駿台雑話」…⑪434, 480, ⑰79（詩文の評品…⑰78）「白石先生余稿」題辞…㉓153, 155　「文公家礼通考」…㉗44
～の白居易評…⑪434
室伏高信…⑯466
室町氏…㉓423→足利氏
室町時代…⑤176
～における「史記」…⑥247
～の五山の禅僧→五山の僧
～の五山文学…①134, ⑦562, ⑬287, ⑰22, 63, ⑱126, ㉑134, ㉒58, 119, ㉓353, 563, 576
～の口語…㉕38, 46
～の国学者…㉕384
～の詩僧…㉗242
～の俗謡…㉓316
～の尊皇思想…㉗308
～の中国書覆刻…⑰607
～の文学作品…㉓575

〜の文学と「古今集」…⑰617
室町時代写本「礼記」経注…⑩441　竜谷大学所蔵「毛詩」経注…⑩451, 460
室町幕府…⑤147, 237→足利幕府

め

メーソン「惟神道」…⑯583
メキシコ…⑲220, ㉔130, 137, 163, 165, 166
メキシコ・シティ…㉔156, 184
メキシコ人…⑲319
「めざまし草」(雑誌)…⑰391, ㉓606
メスチゾ…㉔147, 148
メタファー…⑱27
メディチ(ロレンソ・デ)「酒の神にささげる」…㉔174
メトロポリタン美術館…⑲328
めめしさ…㉗213, 215, 217, 219-221, 235
メモリアル・デイ…⑲285
メンゲ(蒙哥)…⑬173, ⑮393, 401, 402→憲宗(元)
メンシコフ…⑲415
女鳥羽川…㉔262
目加田誠…①611「王維—安史の乱と詩人たち—」…①624「楽府についての一考察」…①633「詩経」…①11, 612「初唐宮廷詩人の群」…①620「新釈詩経」…㉑40「唐代小説について」「文心雕竜」…①620
目崎徳衛「在原業平・小野小町」…㉕113
売豆留…㉗223
妻…⑳224
名…㉕23-26
〜と実…⑰446, ㉕21, 22, 24, 26-28
名　実名…⑦46　名声…㉖179
名宦…㉓279
名教罪人…㉓167, 168
名士　後漢…⑦35, 44, 49　清末…②466
名儒…㉗176, 177
名場…①398
名臣…⑬62, 81, 87, ⑱48
「名臣言行録」…②262, ⑬62
名神高速道路…⑳52, 464
名都会…㉔262
名物…㉗63, 65, 66, 75, 77, 78, 80, 93
名物の学…㉓622, ㉗63, 69
「名物六帖」…⑭457, ⑮96, 97, ⑰126, 130, 150, 151, 155, 157, ㉓89
器財箋・盒盤盆鉢…⑦477　人事箋・行住坐臥門…㉖425
名目(院本)…⑭8
名目的なものへの不信(荘子)…㉕27
名目と実質…㉕22-24, 27
名理…⑧505
命(宋儒・身心性命)…⑯79
命(天命)…①378, ③466, ⑤210, ㉕206
〜矣夫…⑤275
〜と荻生徂徠…㉓398, 399, 483
〜の概念　運命…⑤97, 149, 209, 274-276, 308, 309, 313, ⑬80, ㉓483　使命…⑤97, 149, 209, 276, 308, 309, 313
命(命名)…②149
明…⑩83
明(聖と明)…⑦520-523
「明夷待訪録」…①208, ⑭4, ⑮6, ⑯170, ㉒287
明経科→科挙
明慧…㉕379, 380, 383
明月…⑫641
明月峡…㉕438
明光殿…⑫70
明皇…㉒85, ㉖499→玄宗
明鎬・参政…⑬245
明治維新…⑰310, 350, ⑱518, ㉒333, ㉓533, ㉕426
〜以後の旧物破壊と中国の文章…②595, ㉒436
〜以後の日支の文化関係…②576
清朝書輸入…㉒348
日本人と中国人…⑱56, ㉓246
〜以後の日本…⑯468, 476, ⑰415
大阪舎密局設置…⑱492　国民皆教育の実施…⑳239　薩長の横暴・政党の堕落…㉓582　西洋への関心…②576, ⑰60, 399, 415, ㉔18　賄賂の否定…㉒454
〜以後の日本人と杜甫…⑫723
〜以後の日本と「論語」…⑤292
〜以前の漢学と国学…⑳204
〜以前のキリスト教禁止…㉗373
〜以前の元雑劇の仏訳・英訳…⑲413
〜以前の暦…②546, ⑥172, ㉑238
〜以前の日支の鎖国関係…②566, 591, ㉓160, 246
「海国図志」…㉓160, 247
〜以前の日支の文化関係…②576, ⑰469
日本の中国文明摂取…㉑96(日本儒学史…㉒435　日本と中国古典…①244, ②576, ㉑147　日本の儒者と漢詩漢文の能力…㉓470)
〜以前の日中の旧体制…②435, 441, 443, ㉕422
〜以前の日本の文化意識と法隆寺…②539
〜を支えた文化的堆積…⑱447
〜直前の時期　アイオワ州都移転…㉔160　海保元備の死…㉗243　佐久間象山暗殺…⑰201　セント・クロアの黒人反乱…㉔140　曽国藩の「経史百家雑鈔」…㉑149　ハワイへ宣教師団進出…㉔132
〜と京都大学教授団の批判…⑰615
〜と辛亥革命…②433
〜と西洋文学全盛期…⑳226
「戦争と平和」執筆の時期…㉔222
〜と森鷗外…㉖489
〜の元勲とその子孫の変化…①38, 39

～の年における清国政府の宰相…②440
～の裏面…㉔22
「明治維新三十年史」…⑯383
明治開国…⑯304, ⑰216, 220, 234
「明治学院論叢」…①621
明治憲法…㉔322
明治時代…⑬52, ⑰610-617, ㉔295
～以後の日本…②562, ⑤292
学問…㉓589（国語学…⑰637　国語国文学…⑰192　支那学→その項〔明治以来〕 中国研究・中国文学研究…⑰415　哲学の盛行…⑰465　東洋史学…⑰12, 637→その項〔日本〕 歴史学…⑰189, 635, 638）
教育…㉑29
和歌・俳句人口…㉕301
～以前の日本…㉓543
歌学の古典…⑰617　漢文学習…①269　思想家…㉓528　日本文学…⑱3, 11　文化意識…②539
～以前の日本と以後の日本　以前と以後の漢字の使い方…②577　以前と以後の文化…②357, 558, 561-563, 596, ⑱31
～以来の文学…㉔9
小説の発達…⑰465　文学史…㉔170
～初期の思想家の思想の系譜…⑰112
～に創出された古代的形式を装ったもの…⑰638
～に対する感じ方・心理…⑰614
偉大さ…⑰615, 616, 638　偉大な人物…⑰616, 626　明治の記憶…⑰611　明治の権力…⑰615
～の学問　啓蒙…㉗268, 404　元曲研究…⑭595, ⑰391, 398, ㉗279　孔子批判…㉓561　国学の興味…⑰631　辞典の学…⑰629, 637　注釈の学の衰微…⑰629, 631, 635
～の漢詩…①470, ②465, ⑰351, ⑱120, 126, ㉔78
～の社会と文化人への尊敬…⑮606
～の人物　学者…⑰415, 416, 628, ㉔271　戯曲作者…⑮170　軍人…⑰76　小説家…⑯608　中期の官僚…㉔294
～の体制と中国の体制…②431
同時期の中国の状況…②440
～の知恵…⑰639
新語…①235（漢語の創出・明治漢語…⑰639, 640）
～の東京…⑰385, 386, 614, 615
～の「唐詩選」の盛行…㉒6
～の得失…⑰616
～の文語文…①268
～の洋画…㉔253
明治人と高啓…①539
明治人と「論語」…⑤132, 140, ㉗427-428
明治政府…②65, ⑯178, ㉔22, 294
～と東北諸藩…⑮466
～と森鷗外…㉔295
～に仕えた漢学者…㉒350
～の功利的欧化主義…⑰13
～の大官と香川景樹風の歌…⑬56
～の東京大学設置…⑰415
明治大学…㉓426
明治大正期　華族…⑥86　官制…⑪410　儒学者の変化・儒学の没落…⑰83
明治大正昭和期の徂徠評…㉓405
明治天皇…⑪168, ⑰612, 613, 615, ㉔324
～と東京大学古典科…⑥246, ㉒358
明治天皇陵…㉕439, 474
明治百年…㉔253, 254
明治百年記念光雲海如和上展…㉔248
明治文学…②568, ⑯314
明治文明…⑤132, ⑰622, 626
～のきめの荒さ…⑰617, 623, 627, 638
学術の文章の美の喪失…⑰623
「古今集」軽視…⑰617, 618, 620, 622, 623
注釈の学の喪失…⑰627, 629, 631, 635
「日本書紀」の文章の理解衰退…⑰635
美と真の一致の破棄…⑰626
「万葉集」偏重…⑰617, 618, 622
～の辞典の学の獲得…⑰629
～の歴史学の獲得…⑰635
～の担当者…⑤132
～の中国文学受容の態度…㉒6
明珠…⑦224
明珠（人名）…⑯199, ㉓176, 178, 264
明州長史…⑪513
明州観察使…㉒102
明仁殿…⑮279
明宗（元）…⑮247, 248, 254, 271, 276, 283, 288
明帝（魏）…⑦148→曹叡
明帝（後漢）…②550, ⑥95, 346, ⑦46, ⑱446, ㉕230
明帝（北周）…⑦532→宇文毓
明庭…⑥140
明堂…⑥56, ⑫13, ㉒466
明堂六甲…⑪491
明徳…⑰29, ㉓74, 314
明妃…㉖197-199, 202→王昭君
明府…⑥372
明明…②217
明倫館…⑤129
明暦の大火…⑩447, ㉗69
迷魂陣…⑭290
迷陽…㉓627
冥器…⑮70
冥婚…⑦39
冥捜…⑫219-221, 613, 619, ㉕407
梅蘭芳（メイ・ランファン）…⑬260, ⑯600, ⑳246
～と井上八千代…⑯596, ⑳442
～に対する文学革命後の攻撃…⑯588
～の演目　「貴妃酔酒」…⑫266, 590, 593　「覇王別姫」…⑯590　「牡丹亭還魂記」…①525　「洛

神」…⑯589, 590, 592
～の女形の演技…⑯588-590, 596, 598, ㉒409
魯迅の批評…⑯598, 599, ⑰5
～の書…㉑87
～の地位・中国芸術院長…②519, ⑯588, ⑰5
～の努力・演劇改良・日本軍への抵抗・俳優の地位向上…⑯590
～の「舞台生活四十年」…⑯589
～の来日…②593, ⑯589, 591, 594, 597, 599
一主婦の投書…⑯597, 598
京都の学者たちの「品梅記」…⑯594
茗（茶）…⑬176, ⑱455
茗渓…㉓610
茗渓会館…⑱536, 538
溟…⑲21, 25
溟涬…⑫622
酩子裏…⑭321
酩酊…⑬18, 34
銘…②185, 190, 257
鳴珂巷…⑮109
「鳴沙石室遺書」…⑭295, ㉕226
「鳴沙石室古籍叢残」…⑩457
鳴条…㉓442
「鳴道集」…㉒111, 115
「鳴道集説」…㉒104, 111-113, 115, 120
滅満興漢…⑯10, 570
免不得…⑭321
面訊…㉖416
面没羅…⑮127, 128
面薬…⑫401
面陽山…⑦331
棉…⑯212, 217, 221, 222
～の価…⑯215
「棉花図」…⑯206, 208, 210, 211, 653
軋核…⑯216　灌漑…⑯209, 212　拘節…⑯207, 217　耕畦…⑯213　採棉…⑯214　採曬・収販…⑯215　上機…⑯219　織布…⑯220　弾華…⑯217　摘尖…⑯213　挽経…⑯218　布種…⑯212　布漿…⑯219　紡綫…⑯218　練染…⑯220
「棉花図」華北棉産改進会本・満州棉花協会本…⑯207, 208, 224
綿…⑯212
綿州…⑭184
綿密…②214, 215
緜…⑯221, ⑱454

も

モアナ・ホテル…㉔187, 205
モーニング・サイド…⑲450
モーツァルト…⑳439
モーパッサン…⑯308, ⑳50　「女の一生」…⑳221, 226（ジャーヌ…⑳226）
モーム…⑲191
モーロア（アンドレ）「精神の哲学」…⑱409
モスコウ…⑲49, 382, 386, 396, 398, 413, 426
～での見聞・体験　雨…⑲375, 383, 391, 395　市民の服装…⑲339, 340, 378, 381, 387, 389, ⑳459, 499　少年…⑲194　タクシー…⑲389　道路…⑲389　百貨店…⑲387, 388　ホテル…⑱517, ⑲344, 379, 380, 387, 388　墓参…⑲383, 384, 386
～とロンドンの比較…⑲339, 381
地下鉄…⑲381
～の印象…⑲386
クレムリン…⑲361, 362, 395
～の歌舞伎公演…㉗284
～の国際東洋学者会議…⑲337, 371, 372, 375, 377, 381, 386, ㉔171, 252
～の司馬遷生誕二千百年記念会…⑥241
～の社会主義国の首都としての性格…⑲339
～の東方民族研究所…⑲376, 415
～の摩天楼…⑲362, 380, 381, 386, 391, 433
～まわりの空路…㉔172
～・レニングラード鉄道　寝台車…⑲346　窓外の田舎の道路…⑲388　乗車した農民一家の服装…⑲389
モスコウ川…⑲383, 384, 386, 395, 433
モスコウ大学…⑬630, ⑲362, 372, 375, 380, 381, 386, 391
ものいひ（言語）のさま…㉓498, 509, 515, 549-552, ㉕254
モノノフノヤソ…㉕165, 167
もみじ（宿屋）…㉔23
モリエール…⑯308, ⑳500, ㉔150　「タルチュフ」…⑳224, 225
モリス（アメリカ人日本文学者）…⑲446
モリス（イギリス人日本文学者）…⑲374
モリソン博士…⑲264
もろこし…⑲99, 100, ㉗98, 227
～の科挙…②4, ⑲100, 101
～の学…㉗233
～の書…㉗216
～の神道…㉗156, 163
～の礼…㉗231
モロン（ギレルモ）「一つのヴェネゼラ史」…㉔148
「モンゴル社会経済史の研究」…㉒123, ㉔220
「モンゴルの西征—ペルシャ知識人の悲劇」…㉒278, ㉔220
モンテーニュ…⑯308
モンテスキュー…③17, ⑤313, ⑳7, 8, ㉔150
モントリオール…⑲432
茂原駅…㉗38
茂原市（千葉県）…㉓295, 457, ㉗35, 39, 41
～教育委員会…㉗39
茂陵…⑥102, 203, ㉓357
門司…⑯206

最上川…⑫715, 722, ⑲395, ⑳225
『摸魚子』　白仁甫…⑭97
摸金校尉…⑦105
摸倣…㉓344, ㉗178
摸稜宰相…㉕56
毛延寿…⑫275, ⑭17, 22-25, ⑮171, 177, 189, 190, 209, 218-221, ㉖196, 199-201
毛家歩…⑬395
毛玠…⑦127
毛岳生…⑮259
毛奇齢…㉒299　「論定西廂記」…⑭227
毛居政・正卿…⑭96, 97
毛遇順…⑮277
毛亨…③39→毛氏
毛氏汲古閣…⑧510, ⑩454, ㉒75, 313, ㉔54→汲古閣→毛晋
毛氏・毛公（毛亨・毛長）…②316, ③39, ⑯130, ⑳78, ㉗64
「毛氏伝」→「毛伝」
毛師柱「魏惟度を訪い賦し贈る」…㉓264
「毛詩」→「詩」
「毛詩音」…⑩457
「毛詩故訓伝定本」…⑩462, ㉒77
「毛詩後箋」…②603, ③41, 43, ⑩462, ⑯261, 262, 264, 648
　序・馬瑞辰…⑯264　斉風「猗嗟」…⑦181, ⑯261
　魯頌「泮水」…⑯264
「毛詩鈔」…①11, ⑩461
「毛詩正義」…②319, ③43, ⑧4, 20, ⑰555, ㉕245, ㉗64
　～鈔本断片の伝承…⑩426
　～と倉石武四郎…㉓634, ㉗290
　～と五代国子監本…⑩455
　～と清朝学者　顧広圻…⑩462　浦鏜…⑩461　盧文弨…⑯235
　～と「毛詩要義」…⑬324, ⑰603
　～における疏　金罍…㉗78-80　詁…②245　竹閉緄縢…㉗93　跋渉…㉗103
　～の依拠した経注…⑩455
　～の巻数…⑩450-451, ㉗64
　～の校定・東方文化研究所…②245, ⑦596, ⑩85, 446, 449, ⑰361
　～の校定・山井鼎…⑰583, 587, 588, ⑱58, ㉗73
　～の編定…⑧4, 20, ㉗64
「毛詩正義」（テクスト）
　経注疏附釈音本…⑩452, 453, 455
　　足利学校遺蹟図書館所蔵宋刊十行本（足利学正徳本・山井鼎）・監本（明・北京国子監本）…⑩453, 454
　　金刊本…⑩453
　　金版残葉…㉒118
　　阮元所蔵宋刊十行本経注疏附釈音本・阮元覆刻本…⑩454
　　宋刊蜀本…⑩453
　　殿本…⑩454, 458
　　南宋福建刊経注附釈音本（宋刊十行本）…⑩453
　　閩本…⑩453, 454　（山井鼎手沢本…⑩454）
　　傅増湘所蔵本…⑩453
　　毛本・毛氏汲古閣刊本…⑩453, 454
　経注疏本…⑩451, 452, 455
　　安倍本…⑩451, 455（佐佐木信綱影印本…⑩451）
　　宋刊八行本…⑩451, 452, 455（狩谷望之所蔵本…⑩452　浙東路茶塩司刊本…⑩451）
　　唐写本…⑩451
　経注本…⑩455, 456
　　蜀石経…⑩458
　　宋刊本　岳本…⑩458, 460　宋刊巾箱本（四部叢刊影印虞山瞿氏鉄琴銅剣楼蔵本）…⑩460
　　敦煌古写本…⑩456
　　　小島祐馬筆録撮影部分・武内義雄撮影部分・羅振玉影印部分…⑩457
　　日本所伝古写本…⑩456
　　　足利本（古本）…⑩459　岩崎本…⑩458　京大図書館所蔵清原氏所伝本…⑩460　九条本…⑩459　古梓堂文庫所蔵清原宣賢手鈔本・静嘉堂文庫所蔵清原宣賢手校本…⑩461　大念仏寺本…⑩458　陳本・秘府本…⑩459　竜谷本…⑩460
　　和刻本　慶長活字本…⑩461　皇朝旧刊本…⑩460
　単疏本…①399, ⑩449-452, 455
　　旧鈔単疏本（小島祐馬所蔵本・狩谷望之所蔵本・京都帝国大学文学部景印唐鈔本・富岡謙蔵所蔵本）…⑩450
　　阮本（阮元所蔵宋刊十行本覆刻）…⑩454
　　呉興劉氏嘉業堂刊本…⑩451
　　宋刊単疏本…①399, ⑩450, 452, ㉗67
　　　金沢文庫所蔵宋紹興刊単疏本…⑩450, ㉗67
　　　「東方文化叢書」景印本・北宋国子監第一次刊本・南宋刊北宋国子監単疏本覆刻本…⑩450
　　　竹添光鴻旧蔵・内藤虎次郎蔵宋版本…①398, 399, ⑩450, ⑰603, ㉗67
「毛詩正義」（篇名・項目）
　詩譜疏…⑦519　詩譜序疏…⑩454　周南関雎詁訓伝第一…②245　周南（「関雎」…②9　「巻耳」…㉗78-80）　序・孔穎達…⑩451, ⑬560　小雅（「何人斯」…⑫413　「巷伯」序・「天保」…②244）　秦風（「蒹葭」…⑩450　「小戎」…⑩450）　斉風「猗嗟」…⑯261　邶風（「撃鼓」…②319, 320, 322　「谷風」…⑩453　「匏有苦葉」…⑦555　「緑衣」…⑥320）　魯頌「閟宮」…⑥376
「毛詩伝箋通釈」…③41, ⑩462, ⑯261
「毛詩唐風図巻」…③469
「毛詩名物図説」江戸刊本…③43, ⑦31
「毛詩要義」…⑩452, ⑬324, 325
　江蘇書局光緒覆刻本・上海郁氏旧蔵宋版…⑩452
　遵義唐氏光緒刊本宋版…⑩452, 463　宋版…⑰

602-604
毛首席万寿無疆…㉒464
～の英語教材…㉒458
毛晋・鳳苞
～と銭謙益…⑯77, 92, 132
「隠湖毛君墓誌銘」…⑯132
～の汲古閣刊本→汲古閣
～の汲古閣蔵宋本「杜工部集」…㉕499-501
毛生（亀の化け物）…⑪489
毛星…⑪461, 462, 464, 466
毛沢東…①576, ⑱424, ⑳506, ㉖508, ㉗297
～思想…㉕437
～と識字運動…㉕306
～と先人　王夫之…⑦66, ㉑148　韓愈…⑪421　孔子批判…㉔28　戴震…㉑116　李賀…㉕430
～と田中角栄…㉑163, 165, ㉒325, 495, ㉕414, 415, ㉖474
～と中国古典…①267, ②432
「三国演義」…⑦4　「資治通鑑」…①242, ②157　「楚辞集注」…㉑163-166, ㉒325, 495, ㉕414, 415, ㉖474　「論語」（暗誦…⑤137, 206　引用…⑤140, 141, ㉕240, 361）
～と杜甫草堂…㉕437, ㉖149
～とニクソンの会談…㉔170
～と文化大革命…㉕306（エリート否定…①121, ㉕306　ソ聯修正主義批判…㉒456）
～の研究・アメリカの大学…⑲322
～の詞　『十六字令』「山」…①568, 569　『沁園春』「長沙」…①572-574　「雪」…①569-572, ㉒461, ㉕467　『水調歌頭』「游泳」…㉒444, 468, ㉕240
～の詩…①565, 567, ⑰202, ⑲417, ㉒461, ㉓471, 566, ㉗426
六億の神州尽く堯舜…㉕306
～の詩集…①568, ㉕300
～の手稿…㉒495, ㉖474
～の書…㉒436, 461, ㉕430
～の書斎…㉑165
～の推陳出新百花斉放…⑯591
～の生地…㉖220
～の大長征…⑫535, ㉕463
～の著作…㉒457, ㉕417, 442, ㉖472
「為人民服務」…㉒446, ㉖475　「現段階における中国文芸の方向」…①613　「実践論」…①621, ㉒441, 467　「星星の火、以って原を燎く可し」…㉒445, ㉓66　「文芸講話」…②519, ㉑164, ㉖441　「文芸の問題を論ず」…⑳124　「別了、司徒雷登」…㉖474　「本本主義に反対す」…⑤140　「矛盾論」…㉒441　「毛主席詩詞十九首」…①568, 572　「毛沢東選集」…㉒441, 484
～の哲学…⑳495
～の日本語訳…⑲191, ⑳500
～の夫人…㉑82
～の文風整頓…⑳124
～の北京の居住区…㉒387
～への信頼…②432
「毛沢東語録」…⑮635, ㉑70, ㉒462, ㉔181, ㉕419
毛沢東来訪記念堂…㉕437
毛長（萇）…①399, ③39→毛氏
毛鄭…③483, ⑥19→毛伝鄭箋
「毛鄭詩考正」…⑩462, ⑯118
「毛伝」「詩毛氏伝」「毛氏伝」…①399, ③39, 42, 475, ⑬324, 325, ⑯155, ⑳78
～と後人　欧陽修…③40　朱子の新注…③40, 43, 473　鄭玄…③40, ㉕229, 336, 339, ㉗64
清朝学者…③41, ⑩462（王念孫・王引之…③41　胡承珙→「毛詩後箋」　徐鼎…③43　銭謙益…⑯130　戴震・段玉裁…③41, ⑩462　陳奐→「詩」〔注釈〕　馬瑞辰…⑯263, 264→「毛詩伝箋通釈」）
～と三家詩…③39
～における語釈　噦噦…㉖413　害…㉗90　金罍…㉗78, 80　君子好逑…②8　契濶…⑫181　古…②250　汜…⑱454　時…⑤125　収…⑫238　淑…⑳78　湯湯…⑱453　団…⑫476　嘒…②241　天・上帝…②266　登高能賦…㉑6, ㉓134　読…⑲92　跋渉…㉗103, 104　觱発・栗烈…⑲452　物…⑯108　邁…⑥324　目上目下…⑯261　悠悠…⑥324　流…⑳78, 79　聊…⑫526　戻止…⑱455
～の音声と意義の連関…⑳78, 79
～の政治的解釈…③23
～の地位…③39, 40
「毛伝」（篇名・項目）
衛風　「氓」…⑱453
王風　「黍離」…⑥324　「揚之水」…③481
周南　「葛覃」…㉗90　「関雎」…②7, ⑳78　「巻耳」…㉗78
小雅　「黍苗」…⑥324
小序…③39, 40, 42, ⑬324, 325, ⑯130, ㉓348, 460-464, ㉔13（「漢広」…③39　「巷伯」…②244　「小戎」…㉗92　「新台」「桃夭」…㉓460, 461　「伐木」…⑯130　「麟之趾」…⑩457）
召南　「江有汜」…⑱454
商頌　「玄鳥」…㉕229
秦風　「駟驖」…⑤125　「小戎」…㉗93
斉風　「猗嗟」…⑯261
大雅　「巻阿」…㉖413　「烝民」…⑯108　「生民」…㉕229　「瞻卬」…⑫238　「板」…㉔26
大序…①62, 123, 292, ③6, 8, 12, 33, 39, 468, 475, ⑫617, ⑭515, ⑯113, ㉓133, 627, ㉖234, 431
鄭風　「野有蔓草」…⑫476
鄭風及び唐風　「揚之水」…③481
邶風　「終風」…②241　「泉水」…⑫526
豳風　「七月」…⑲452
鄘風　「載馳」…㉗103, 104　「牆有茨」…⑲92

「定之方中」…㉑6, ㉓134
魯頌 「泮水」…⑱455
毛伝鄭箋…③40, ⑥14, 19, ㉕339→毛鄭
～の再注釈…③43
～の尊重…③40
毛伯朋…⑭97
毛文竜…㉓173
毛利高標（たかすえ）…⑰25, ⑳429
毛利高翰（たかもと）…⑦556, ⑳429
妄…⑮526
孟夏…⑫389
孟嘉・万年…⑦360, 361, 487, 488, 490, ⑫351, 352, 359, 360, 479
「孟嘉伝」…⑦487, 490→「孟府君伝」→陶淵明「故晋征西大将軍長史孟府君伝」
孟漢卿…⑭137 「魔合羅」雑劇→その項
孟起…⑥303
孟祺…⑭130
孟僖子…⑥405
孟姜女…⑥303, ⑭451
孟卿…⑥369
孟棨…⑫674, 675, ㉗151
孟元老「東京夢華録」→その項
孟皇后（宋）…⑮446
孟郊・東野…①344, 490, ⑪331, 351, 553, ⑬26, ⑭540
「達子」…㉕174
孟浩然・襄陽…⑪153, ⑭83
～を含む盛唐の諸家は正宗…⑮474
～と王維と韋応物と柳宗元→王孟韋柳
孟浩然・韋応物の幽玄沖淡…㉓156, 161　孟浩然・王維…⑪223, 552, ⑫279, ㉖432, ㉗20（注釈・近藤元粋…⑰392）
～と王昌齢の交遊…⑪158
～と Giles 及び Latourette…①610
～と杜甫…⑫279
江清月近人と江月去人只数尺…⑪56　非宮廷的詩人…⑪14　微雲淡河漢と縦被微雲掩…⑫478
～における抱琴…⑪194
～の「宿業師山房待丁大不至」…㉔213
～の「春暁」…⑪153, ㉑69
宋詩との比較…⑬37　多少…⑪154, ⑱332, ⑳16
～の生地…⑪212
孟子・孟軻…①37, 557, ②107, ⑲394, ㉖241
～荀子晁錯賈誼の議論…㉓345
～と孔子→孔子→孔孟
～と後王思想…②255
～と諸子　荀子…②478　楊墨…㉓43, 109, ㉗244
～と Lattimor…⑲224
～の言行録…①239, ⑳203→「孟子」
～の孔子に及ばぬ点…②365, 366, ⑤18, 19
～の思想の重点・善意…⑰98
～の時代　道…㉓84　貨幣…⑰493　政治…③531, ⑥180（君主への批判…②119）
～の諸国歴遊…⑳316
斉の国…㉓341（去斉…⑪514　宣王…⑰99）
梁恵王…②108, 236, 255　梁襄王…③531
～の世界知識の制約…⑰493
～の弟子…㉗261
公都子…㉓107　徐子…㉕170, 213
～の詖辞淫辞邪辞遁辞批判…⑯82
「孟子」…①43, ②476, 602, ③9, ⑮423, ⑰79, 458, 459, ㉒112, ㉕364
～を教科書とした元時代の村塾…⑭297
～を教科書とした民国の村塾…①319
～を積んだ船は沈むとする伝説…②574
～を含む先秦の書物の尊重…③17
政治的哲学的内容…③21
～を含む中国の古典…①264, ⑰493, ㉓76
四書…①239, ②107, 328, 444, ④8, ⑬560, ⑭297, ⑰125, 186, 556, ⑳203, ㉓73, 288, ㉖244　十三経の注疏…㉗26, 65
～と伊藤仁斎…⑰210, ㉓32, 43, 45, 318, 322
王道…㉓46　拡充と学…㉓65, 66, 84　鬼神・占いへの態度…㉓87　権…㉓77　孔孟は流水へ注目…⑰124　上孟・下孟の区分…㉓85　情と欲の重視…㉓73　仁と義…㉓50, 51　性…㉓52-57　性と道…㉓64, 65　逝者如斯夫…㉕171, 175, 190, 215, 249-251　聖人等質説否定…㉓82, 84　聖人の過ち…⑰138, 140　精神的不具者…㉓58, 59　宋儒の「孟子」演繹批判…㉑114, ㉓39-42, 57, 58, 62, 66, 77　戴震との符合…㉓46, 57　端…㉓40, 41, 54, 65　弟子たちとの討論…㉓44　孟子の隠遁否定…㉓46, 47　孟子の原意の回復…㉓31　孟子の行動の記述に関する指摘…㉓85　「孟子」の重視…⑰125, 153, 164, ㉓33, 84, 288, ㉔9　孟子は孔子の最良の演繹者…㉓31, 32, 50, 80, 81, 84, ㉕215　「孟子」「論語」と五経…㉓85, 86　「孟子」「論語」の相補…㉓84　「孟子」「論語」の本文しかない空間…㉓33, 316　「孟子」「論語」は画法…㉓80, 85, 86
～と荻生徂徠…㉓318, 339, 347, 442, ㉗73
文章としては古文辞…㉓289
孟子批判…㉓288, 448, ㉔9, ㉕198, 214, ㉗72, 228（議論好き…㉑179, ㉓334, 345, 438, 453, 454, 489, ㉗177, 232　仁と義の併称…㉓346, 385, 466　性善説…㉓287, 446, 489　天もまた活物…㉓397　孟子を越える自信…㉓442, ㉕196, ㉗33, 72, 166　利を否定する態度…㉑175）
～と後人　王陽明…⑯101, 133, ㉗260　胡適…⑯391, 392　崔瑗…㉕224　司馬光…㉓314, 317　銭謙益…⑯102　趙岐…㉕215, 216, 219　董仲舒…㉕216-220　耶律履…㉒110　揚雄…㉕220　柳宗元…②485
～と高校の漢文…⑰494, 496
～と宋儒…㉓39, 40, 58, 66, 446
四端と学…㉓66　朱子・朱子学…⑬559, 561, ㉑

113, 114, ㉓31, 39-42, 53, 72, 292, 339, ㉕175, ㉖244　周程の学…㉒114, ㉗253　情…㉗260　性の属性は静止…㉑114, ㉓53, 54, 57, 66, 73　性への詳説・政治説への冷淡…⑬561　逝者如斯夫…㉕169, 170　明鏡止水…⑰123, ㉓66　「孟子」の重視…②328, ⑬556, ⑰555　孟子の学問の復活…⑬557　孟子没後の人欲盛行の説…②252, ⑬561　孟子没後の道統の中断…㉓292, 312, ㉗253　理の字義…㉓42
～と日本人　安倍能成…⑰97　新井白石…㉓143　石川淳…⑱357　江戸期の儒者の注釈…㉑112　狩野直喜…㉗257, 259-261　海保元備…㉗242　契沖…㉕170, 171, 175, 214, 249-251　太宰春台…㉕196, 214　内藤虎次郎…㉓582　本居宣長…㉗108, 112　山井鼎…⑨484, ⑰583, ⑱57, ㉗73　吉田松陰…⑰100
～と「文心雕竜」「文選」…②485
～における語彙・事項　洿池…②113, 114　亦…㉗261　焉耳矣…②109　王道…㉓46　杞梁の妻…⑥302　規矩…⑯427　逆志・尚志・尚友…⑰306　莒…㉓442　郷原…⑯86　喬木…㉔261　原泉…㉕214　吾党之小子狂簡…㉑231　孔子と陽貨…⑤177　孔子と流水…⑰124, ㉕170, 171, 175, 190, 213-220, 224, 238, 239, 248, 250, 251　浩然之気…③543, ⑬560, ⑮409　数罟…②113, 114　子…②130　四端…㉓39-41, 50, 54, 58, 65, 66　而…②121, 145　「春秋」…㉓109-111　舜の父母弟…⑩471, 472, ⑰98　仁…㉓50, 51　仁義…㉓51, 346, 385, 466, 492　世俗の楽…②236, 240　性…⑬561, ㉑114, ㉓52-54, 56, 57, 64-66, 73, ㉗260　聖人…③27, ⑳488, ㉕303　赤子…㉖243　折枝…㉓339　千里…⑥273　滄浪の歌…㉖452　惻隠…⑬558, 559, ⑯101, ㉓39, 40, 54, 58, 65, 66　斧斤…②114　未之有也…②118, 119　道…㉓61, 84　夜気…⑬560, ㉖243　離婁の明…⑥336　良知…⑯101, ㉗260
～における孔子の引用…㉓108, 109, 111
～における「春秋」…㉑160, ㉓107-109, 111
～における「尚書」の引用…⑦265
～の訓読と日本の古典に準ずる扱い…②575
～の言葉　盈科而後進…㉕170, 213, 216, 220, 224, 250　亦将有以利吾国乎…⑲441, ㉗261　王好戦請以戦喩…②111　王者之迹熄而詩亡…㉓110　王如知此則無望民之多於鄰国也…②112, 115　可以死可以無死死傷勇…⑰496　可以取可以無取取傷廉…①587, ⑤62, ⑰493, 495　可以与可以無与与傷恵…①587, ⑰493, 495　我亦欲正人心…⑯82　外人皆称夫子好弁…㉓108　其義則丘窃取之矣・其事則斉桓晋文其文則史…㉓111　挙一而廃百也…㉓77　君子以仁存心以礼存心…㉒311, ㉓73　君子遠庖厨…⑱541, ⑲393　君子反経而已矣…⑯82, 86　君子必自反也…⑯87　君之視臣如手足則臣視君如腹心…⑰99　言不必信…⑬572　原泉混混不舎昼夜…㉕170, 213-215, 218, 220, 250　古之君子仕乎…㉓183　古之人未嘗不欲仕也…㉓47　五十者可以衣帛矣…⑯223, 224　公孫衍張儀豈不誠大丈夫哉…㉗242　孔子懼作春秋…⑥376, ㉓108　孔子之謂集大成…⑬271　孔子成春秋而乱臣賊子懼…㉑160, ㉓109　狗彘食人食而不知検…②120, 122, 174, ⑫72, 214　今之楽猶古之楽也…②255　罪我者其惟春秋乎…㉓108　是禽獣也…㉗259　詩亡然後春秋作…⑮620, ㉓110　自以為是而不可与入堯舜之道…⑯86　自生民以来未有盛於孔子也…②255, ㉓80, 81　自反而縮雖千万人吾往矣…⑳507　執中無権猶執一也…㉓76　春秋天子之事也…㉓108, 109　舜生於諸馮遷於負夏卒於鳴条東夷之人也…㉓442　所悪執一者為其賊道也挙一而廃百也…㉓77　諸侯危社稷則変置…⑰99　頌其詩読其書不知其人可乎…㉗258　晋之乗楚之檮杌魯之春秋一也…⑦255, ㉓111　人皆可以為堯舜…①294, ②255, 461, ⑩470, ㉓545, ㉕303, ㉖243　人死則曰非我也歳也…②122　人性之善也猶水之就下也…⑤24, ⑯392, ㉓56　仁人之安宅也義人之正路也…㉓51　仁人心也…⑮501　尽信書則不如無書…㉓347　水哉水哉…㉕170, 213　世衰道微邪説暴行有作…⑥376, ㉓81, 82, 108　聖人人倫之至也…②361, 385, ㉕303　叟不遠千里而来…⑲441　曾不知以食牛干秦繆公之為汙也…②54　惻隠之心仁之端也…㉓39, 40　知我者其惟春秋乎…㉓108, 110　知皆拡充之矣…㉓65　天之高也星辰之遠也…①586, ⑳487, ㉓397　天時不如地利…⑥6　道若大路然…㉓61　万物皆備於我矣…⑯133　不以文害辞…㉓339　不嗜殺人者能一之…①273, ③531, 532, ⑥180, ⑭278, ⑲215, 393　夫子賢於堯舜遠矣…㉓82, 87　文王生於岐周卒於畢郢西夷之人也…㉓442　凡有四端於我者…㉓65　民為貴社稷次之…⑰99, ㉓37, ㉔239　由今之道無変今之俗…②252　有性焉君子不謂命也…⑲154　有大人之事有小人之事…①293, ②460　有本者如是…㉕170, 213, 215, 250　有命焉君子不謂性也…⑲154　楊墨之道不息孔子之道不著…㉓43　欲見賢人而不以其道…㉓48　労心者治人労力者治於人…①294
～の主張　君臣父子関係の説…⑰99
君臣関係…⑬561, ⑰99　舜への態度…⑰98, 100
性善説…②108, 176, 478, ③465, ⑤24, ⑬558, ⑮6, ⑯392, ⑰98, 103, ⑱13（人性皆善…①294, ⑤207, ⑮6, ⑰483, ㉓57, 489, ㉖242, ㉗376）
政治説…②119, ⑬561（革命の是認…⑬561　税制…②415　戦争否定…③531, ⑰616　選良による政治…①294　土地政策…②117　人間の善意と政治…②108　福祉政策…②113, 116　民本主義…㉗261　理想の政治形態…②119）
～の政治と倫理の法則…①63, 72, ②108
～の総字数…②444, ⑱420

～の注釈…③554（注釈者…⑤18）
～の美的なものへの関心の寡少…③12
～の筆録者の不明…③12, ㉕147
孟子の自著とする理由…㉗261
～の文章…②32, 107, 123, 489, ③540, ⑰357, ㉓289, ㉕328, ㉗261
議論の文章…②107, 108, 126, 167（意識的拡張解釈…㉗259　強調的傾向…②109, 122）
故意の重複…②116
条件と結果…②115
比喩…②111（五十歩百歩…②108, 111, 112　孺子将入於井…②396, ㉓39）
文学的価値…①595, 599
文章の難解さ…②72
文体…②32, 73, 108, 123（対偶句法…②115, 117, ③495　文章語の成立…②94）
リズムの整備…②109, 122
～の篇数…②108
～の民本主義…㉗261
～の黙読暗誦（科挙準備）…⑬564
「孟子」（注釈）
解・張九成…㉒104
疏・孫奭…㉓40, 42, ㉗65
注・伊藤仁斎→「孟子古義」　朱子「孟子集注」…⑬564, ⑯353, ㉒98, 104, ㉓53, 72（公孫丑…⑥6〔四端…㉓39, 40〕　滕文公…㉓83, 109　梁恵王…㉓442）　趙岐「孟子章句」…⑰555, ㉕215, ㉗65, 73（公孫丑…⑥6　滕文公…㉓109　離婁…⑥337, ㉓111〔章指…㉕215〕）　安井息軒…⑳218
「孟子」（篇名・項目）
公孫丑…⑥6, ⑯82, ⑰138, ㉓39, 50, 58, 65, 81, 85　告子…⑥302, ⑩470, ㉓50, 56, 85, 545　尽心…④645, ⑯82, 86, ⑰99, ㉓76, 77, 85, ㉔239　滕文公…⑥376, ⑯82, ㉑160, ㉓47, 81, 85, 107, 110, ㉗259　万章…②54, ㉓48, 85　離婁…①586, 587, ③495, ⑯87, ⑰99, ㉓50, 85, 110, 442, ㉕170, 213, 215, 248, 250, 251, ㉖452　梁恵王…②108, 251, ㉓85, 442
「孟子」（金谷治）…①271, ②123
「孟子古義」…⑰124, ㉓32
～と「論語古義」 隠遁否定の主張…㉓47　学・性・道の関係…㉓64　形而下の言・物尊重の態度…⑳329 「古事記伝」との酷似…㉓552　両著を主著とする意識…⑰210, 628, ㉓32, 465
～における在野の市民としての誇り…㉓48
～における主張　拡充の説…㉓65, 66　権と中…㉓77　四端の心の無い人間の存在…㉓58　仁が価値の第一…㉓50　逝者如斯夫は楽観の語…㉕215　端は本也…㉓40
～における朱子説と老荘仏の関係の指摘…㉓62
～における春秋天下之事也の注釈…㉓109-110
～における竇融・銭鏐の挙例…㉓37
～の解題・安井息軒…㉓84
～の人の性の多様への関心…㉓56
～の「孟子」の構成分析…㉓85
「孟子古義」（篇名）
公孫丑…㉓58, 62, 65　綱領…㉓84　告子…㉓56, 62　叙由…㉓85　尽心…㉓77　滕文公…㉓47, 48　離婁…㉓50, ㉕215　梁恵王…㉓37
「孟子字義疏証」…②184, ⑯229, ⑰40, 144, 208-210, 363, ㉑115, ㉓57, 88, 465, ㉔276
～の宋儒と理に関する指摘…⑲174
～の目次（理・天道・性・才・道・仁義礼智・誠・権）…㉓46
「孟子大全」…⑰556
「孟子編年略」…⑯255
斉宣王取燕十城考・孟子先見梁恵王考…⑯255
孟氏（春秋・魯国）…⑤160→孟孫氏
孟周…⑮192, 193
孟春之月…③512, 513, 515
孟荀晁賈（孟子・荀子・晁錯・賈誼）…㉓345
孟荀二家の説…⑯67
孟称舜「酹江集」「柳枝集」→「新鐫古今名劇」
孟嘗君…⑬358, 360, 509
孟城坳…②513, ⑪143, 144
孟津…⑭532
孟旃（優孟・優旃）…⑭554
孟宗…⑦551
孟宗振…⑮446
孟孫氏（春秋・魯）…⑤160, 176, 180→孟氏
孟仲姿…⑥303
孟昶（ちょう）…⑩458
孟冬…⑥288
孟徳…②177, 178
「孟府君伝」…⑦488→「孟嘉伝」
盲史…①401
盲禅…⑯46, 48, 53
罔…⑤305, 310
猛可里…⑭290
猛可裏…⑭321
猛士を得る…⑥39, 40
猛志…⑦407
猛然…⑰425
猛然間…⑭321
猛探身…⑭428
猛地裏…⑭321
「莽原」（雑誌）…㉒321, 412
莽撞…⑭313
網恢恢…㉖123
網罟…㉖224
「蒙学読本」…⑯381
「蒙求」…⑬578, ⑭208, 293, 294, 296, 475, 476, 521, 522（趙盾扶輪…⑮37）
蒙古…⑮105, ⑲223, ㉖433
～時初期の北方礼楽の中心…⑭117
～時初期の四の万戸…⑭56, 95, ⑮391, 395, ㉔250
漢人軍閥への民政委任…⑮391

土豪勢力の協力…⑬602
～時代と臧晋叔…⑭35
～地帯で見た転蓬…⑫504
～地帯と匈奴…⑥71, 90, ㉖196
王昭君の墓…㉖196
～と金…⑬601, ⑳22
蒙古と金の政治の差異…⑭132
蒙古の金侵略…⑬172, 602, ⑮373-375, 377, 386
開封陥落…⑮378, 390, ㉔249　開封陥落と崔立の裏切り…⑮390, ㉔250　開封への遷都…⑬602, ㉒117, ㉕53　金征服と統治の態度…⑭178
金の宮廷女性の人身御供…⑮223, 224　元好問の蒙古宰相への書簡…⑮390　周嗣明の殉難…㉒114　ペキン陥落…㉒117　鳳翔占領…⑮374, 389　末期南渡の時期…⑮382　耶律楚材の降伏…⑮399　蒙古による金滅亡…②551, ⑬323, 602, ⑭6, 384, ⑮169, 368, 382, ㉔249　哀宗の自殺…⑮391　オゴタイ汗による攻略…⑬173, ⑮374　金の科挙廃止…⑭130, 138, ⑮378, ㉒118
金滅亡以後の雑劇勃興…⑭30, 379　金滅亡と科挙停止…㉒118　金滅亡と北方の漢人…⑮225
金滅亡と李治…㉕53　金滅亡八十年後の科挙再開…㉒119　金滅亡までの金詩の総集…⑮379
元好問の悲歌…①136, ⑮373, 374, 390
～と南宋…⑬6, 601, ⑮401, ⑳22
蒙古騎兵の南宋宮殿の包囲…⑮404
蒙古騎兵の南宋辺境への出没…⑬323, ⑮401（江西平定…⑮101　四川・湖北攻撃…⑬173）
蒙古に対する文天祥の抵抗…⑬173, ⑮405, 406（処刑…⑮415　文天祥の詩…⑬187, ⑮373, 405-416　捕虜としての文天祥…⑮406-408, 415　蒙古軍との交渉…⑮404）
蒙古による杭州陥落…⑬6（杭州入城…⑬173, ⑭384, ⑮403, 404　占領下の西湖の山水…⑮444　方回の節操…⑮426）
蒙古による南宋滅亡…⑭6, 30, 379, 384, ⑮169, 192, 368, 373, 401（南宋滅亡と北方の漢人…⑮225）→南宋の滅亡
蒙古の南宋征服と市民の詩…⑬186, ⑮424（抵抗の詩…⑮368-369, 373, 416　劉克荘の詩…⑬183）
蒙古の南宋征服と統治の態度の緩和…⑭178, ⑮416
～と明　蒙古人を追放した明帝国…⑮460, ⑯616, ⑲228　蒙古人の押しつけた素朴の利用…⑬604, ⑮460　蒙古との国境の要害…⑮499, 500
蒙古との戦いへの王忬の従軍…⑮518　蒙古との土木の変…⑮580　蒙古と明の和議…⑮582
蒙古にそなえる北京の戒厳状態…⑮514　蒙古の捕虜となった英宗…⑮580, 582
～の雲南・チベット・ヴェトナム制圧…⑬173
～の活力喪失　漢人の抬頭・漢文化への降伏…⑭184　政治力の弛緩…②357, ⑭184　中国的体制の進出…⑮433　中国伝統文化の復活…⑬603, ⑮433　内部統一のゆるみ…⑮401
中国統治の終了…⑬603, ⑭6, ⑮458（中国からの退却…②357, ⑬603, ⑲228）
～の貴族　漢文化の理解者…⑮393　貴族と雑劇…⑭72, 73　子弟の教育…②356-357, ⑮247, 255, 277, 285, 314, ㉒119　最も文学ある者…⑮279
～の旧俗の保持と上都への御幸…⑮293
～の興和…⑮167, 168
～の西域文化との接触…⑬602, ⑮294, 295, 305-307, 375
中国統治への冷淡…⑬602
～の勢力と結びつく百姓一揆…②406
～の祖宗の成訓…⑮251
～の中国占領…②528, ⑬602
華北占領…⑬602, ⑭384, ⑮328, 386
～の中国統一…②355, 552, ⑭384, ⑲228
～の中国統治…⑭6, ⑮373, 433
教学行への課税…⑮222　統治下の元末の文人…⑮480　統治下の江南の文人…⑭139, ⑮445
北方漢人の融和的感情…⑮218, 428
～の中国統治と漢人の生活　漢人の生活の変貌…⑮302, 312
漢人の政治参与制限…⑮365, 424, 433, 440（科挙廃止…②355, 356, ⑬602, ⑭130, 138, 607, ⑮378, 424, ㉒105-106, 118）
漢人の精神生活…⑭3（精神の変革…⑭140　倫理の転換…⑭140-143, 178, 183）
士人の特権…①298（士人の文学の才への冷淡…⑭130　南北士風の差…⑭178）
市民的生活の伸張…⑬603　胥吏の抬頭…⑭133
庶民勢力の抬頭…⑬603
～の中国統治と戯曲の文学…①42
院本から雑劇への進化…⑭55
虚構の文学の画期…⑫271（演劇活動の結晶…②356, ⑬603, ⑮191, 302　士人を雑劇の聴衆とした背景…⑭141　士人の雑劇作者を生み出した背景…⑭142, 143, 178, 607）
雑劇作者（至元一統以前）…⑭145（初期までに生まれた雑劇作者…⑭151）
雑劇の中心地（初期・後期）…⑭56
～の中国統治と中国への態度…⑬602
漢人の伝統文化の破壊…①308, ②355, ⑭140, 178, 607, ⑮170（漢人社会の秩序破壊…⑮182
古典的教養尊重の慣習の軽視…⑮359　生活の伝統への冷淡…②355, ⑬602　中国文明への冷淡…⑬603, ⑮314, ㉓176　伝統的観念の無視…⑭255　年号否定…㉔250　文明の伝統の遮断…⑮434）
実務の知識技能の重視…⑮359（胥吏歓迎…⑮9）
蒙古の政治力の強烈…⑭140, 143, 178, 183

～の中国統治と「直解」の制作…⑮328, 329
～の中国統治への抵抗…⑮431, 432, 502
～の日本侵寇…⑬173, ⑮373
～の風俗と南宋の使者の目…⑳22
～の暴風…⑬173, ⑮373, 374, 378, 386, 390, 399, 401, 416, 433, ㉔250
侵略による文明絶滅…⑮375, 390（住民虐殺…⑮374, 386）
民族の危機と文学…①69
～のヨーロッパ侵略…⑬172, 602, ⑮373
～は文化的に白紙…⑮294, 305
文学的不毛地帯…①286
文字の生活に白紙…⑮233, 297, 309
～風な生活…⑮253
～風な素朴主義の文化主義圧伏…⑬603
～への嫌悪（鄭思肖）…⑮421
～への報復に関する誣告…⑮349, 350
蒙古馬…㉓364
蒙古軍…⑬6, ㉔249
～人の娘…⑮444
～に降伏した都市と抵抗した都市…⑮374
～に敗れた将軍の遺言…⑮349
～による強制移住…⑮390
～の将領の奴隷私有…⑮101
占領地民の拉致奴隷化…⑮101, 102, 167
俘虜となった南宋の士人…⑭112
～への反感（劉因）…⑮432
蒙古語…①287, ⑮296, 308, 334, 444, ⑱16, ㉓187, ㉕130, 387, ㉖200, 201, 383
～の挿入（雑劇など）…⑭288, 343
挿入による揶揄の効果…⑮221, 222
～と鄭思肖…⑮421
～の漢籍翻訳能力…⑮296, 308
～の生活（蒙古の皇帝）…⑮433
蒙古史…⑳22
「蒙古史研究」…⑭65, ⑮9, 106
蒙古人…②440, ⑮106
～を漢人の仇とする言説…②355, ⑮301
～と色目人の江浙の科挙合格者…⑮449
～と声色狗馬…⑮252, 307
～と中国の口語・口語文　雑劇歌辞の言語…⑭83　詔勅法令の文体は口語文…⑬604　中国統治における文語の無視…⑭276, ⑮325　蒙古語翻訳の一過程としての口語の漢文文書…⑭276　蒙古人の圧力による口語の流行…⑮326（蒙古人の政治と口語文…⑭275, ⑮325　蒙古人のための口語の経解…⑮326）
～と文字の生活　ウイグル字…⑮233, 297, 299, 309, 310
漢字漢文…⑮233, 295, 297, 299, 302, 309（漢字文明への疎略…⑮218　漢文に長じたもの…⑮320　漢文の生活の影響…⑮302）
蒙古字（パスパ文字）…①283, ⑮232, 233, 297, 309, ㉓173, 187
～に対する南方士人の感情…⑭179
～の圧死事件と方回…⑮427
～の倔強…⑮301, 302, 312
倔強さの限界…⑮302, 313
～の酒盛り・接待…⑳22
宴会料理・茶飯…⑮417
～の刺激による動揺と漢人の歴史自体の孕む動揺…⑭4, 359
～の儒者…⑭73, ⑮283
～の人名（長春真人西遊記）考証・銭大昕…㉒299
～の生活の漢人の生活への影響…⑮302
～の生活への漢人の生活の影響…⑮302, 312
～の誠実…②356, 357（青年の大樸未散…②357）
～の代金不払い…⑮106
～の天子　好文の天子治下の漢化への反動…⑮640　順帝の性格…⑮288, 289
世祖の洞察力…⑮301, ㉒119（年号・国号制定…⑮301, 402　蒙古の首長から中国皇帝へ…⑮294, 312, 402）
太祖…⑬602, ⑭59, 62, 367, ⑮223, 232, 233, 253, 273→チンギス汗
中国統治への意識…⑮401, 402　中国文化への関心・能力（漢字漢文の習得…⑮295, 307　漢字漢文への無能力…⑮232　漢籍進講…⑮640　翰墨の能力…⑮260　大根への刻字…⑮268　中国演劇愛好…⑭62, 63　中国説話への興味…⑮295, 307　帝室と漢化…⑮312）
天子の恒居…⑮293　文宗の好文…⑭71, ⑮314
～の同名の人間の多さ…⑮102
～の馬賊…⑮356
～の持つ昔話・物語…⑮295, 307
蒙古族…①70, 298, 308, ⑯586, ⑲228, ㉓187, ㉕9, 386, 387
～の酋長ヤセン→その項
～の武力の世界史的猖獗…⑮373
蒙古朝廷…①283, 286, 308, ②298
～の皇子の教科書…⑮321, 325
～の漢化の可能性…⑭184, ⑮294, 295, 302, 305
漢化の体制…⑮446, 448　漢文読書力…⑮325
末期の好文の空気…⑮287（科挙の再開…⑬603　漢文化軽視の修正…⑮231）
～の宮廷詩人…②528
～の雑劇愛好・支持…⑭62-64, 74, 75, 143, 607
俘虜の俳優の芸…⑭65
～の士の処遇…①298
～の処女徴集の停止…⑮221, 400
～の暴政の連想と「漢宮秋」…⑮220, 221
漢人の抗議の感情…⑮192, 193, 217, 218, 222
美女徴発の連想…⑮220, 221　蒙古人を匈奴に比喩…⑮218　蒙古朝廷を意識する用語…⑮220, 221

～の翻訳の設置…⑮304, 305
中国書の翻訳…①286, ⑮304
～の要人…⑮433
蒙古人と色目人の好学の大臣…⑮287
蒙古人臣僚の勢力…⑮287, 293
蒙古帝国…⑬602
～初期の史実の記録…②442
～と葡萄酒…⑭497
蒙古ひげ…⑮404
蒙古文…⑬604, ⑮326, ㉓187
～からの翻訳…⑭276
～直訳体でない「元典章」の文体…⑮334, 336
～直訳体の官文書…⑮302
～直訳体の「元典章」の文…⑮333, 334, 336, 362
～直訳体の口語文…⑮326, 327
～への漢籍の翻訳…①286, ⑭276, ⑮296, 297, 305, 314, 326, 329
～への漢籍の翻訳の底本…⑮326
～・満州文からの漢訳文献…①286
「蒙韃備録」…⑳22
輞川の別墅…②513, ⑪137, 138, 140, 141, 143, ⑫295, 296, 298, 345, 346, ㉒485
濛鴻…⑫231
濛朧・朦朧…⑪196, 197
濛朧樹色…⑪195
魍魎…⑫252, 253
木火土金水…㉓90
『木斛沙』…⑭77
木星…㉑236, 237, ㉖252
「木犀軒叢書」…⑯254, ㉖467
木波講師…⑮418→恭帝（南宋）
木母寺…②65, 66
木綿庵（漳州）…⑬173
『木蘭花』　康伯可…⑬384
『木蘭花慢』　王惲…⑭80　胡祗遹…⑭572　白仁甫…⑭100, 101, 103
木驢…⑮135
目上・目下…⑯261
目成…①536
目連…⑯370
「目連救母」…⑯372
目録版本の学…①707, ⑰626
牧渓（もっけい）…⑳287
「黙記」…⑪457
没骨傅彩の花卉…①495
茂木（もてき）信之…㉕482, 506
元田永孚…⑰112
元箱根…㉔175
本居大平…㉓517, ㉗200, 236　「恩頼」の図表…㉗152
本居清造…㉗108, 114, 123
本居宣長・弥四郎・健蔵…①706, ②603, ⑦595, ⑰115, 177, 178, 659, ⑱449, ⑳18, 19, ㉑80, ㉒347, ㉓145, 404, 516, 703, ㉔150, ㉗49, 70, 184, 185, 188, 196-198, 356, 437（秋津彦美豆桜根大人…㉗99）
～が中国に生まれていたら…②436, 439, ㉖481
～と伊藤仁斎…⑰33, ㉓44, 45, ㉗141, 229
～と伊藤東涯…⑰157, ㉓465
～とオランダ語…⑱392, ⑲197
～と荻生徂徠…⑰57, 82, 113, 127, 178, ㉓91, 550, 551, ㉗55, 70, 74, 77, 83, 131, 154, 162, 163, 173, 174, 198, 229-234
学を人の天性とする説…⑤327
学者の地位の低さへの不満…㉗179
学問の方法の理論的説述…㉕21, 71, ㉗155
完全善社会を否定…㉓482, 513, 540, 546, 547, 560
感性の尊重…㉓483, 514（詩人と哲学者…㉓129, 514）
漢文訓読の言葉…⑧18, ㉓129, 549, ㉗234
言語の研究の重視…㉗155（言語と事実の関係への認識…㉕21, 71　言語の音声と心に関する主張…㉓539, 542, 549）
古人の言による作歌…⑰180, 182, 624, ⑲94, 142, ㉓119, 127-129, 502, 506, 549-551
古典を価値の基準とする態度…㉗155
皇和の呼称…㉓430
合理主義の根底には論理を超越したもの…⑰44（鬼神の存在の肯定…④11, ⑰628, ㉓514　超越的な者への信仰, 超自然・神秘の肯定…㉓452, 514, 539, ㉗81, 155, 229-230　日本の神道と中国の神道…㉓399, 451, 555, ㉗152-158, 162, 163　不語怪力乱神について…②354）
「詩経」観の一致…㉗228
実証的古典研究…㉓473
人心之不同如其面焉…㉑26, ㉗177, 183, 230, 231
西洋への関心…㉓486
徂徠学と宣長学…⑮530, ⑰48, 114, ㉓514, 539-542, 544, ㉗77, 142, 143
徂徠の影響（「排芦小船」…㉗230, 231　「石上私淑言」…㉗228, 232）
徂徠の著書の抄録…㉗198（「蘐園談余」と宣長…㉓451, ㉗152-154, 158, 159, 161, 162）
徂徠への反撥…㉗183（晋人ノ風の評価…㉗141-143）
日本経済と中国…㉗233
パトスへの郷愁…⑰114, 116, 624
美と真の共存…⑰624, 625
礼…㉗231
論争の否定…㉗232
～と祇園祭…㉗118, 119
～と「源氏物語」…⑰180, ㉓506, 507, ㉕246, ㉗207-212, 215-217, 226, 229
青表紙本と河内本…⑯323　「源氏物語」の総合の書…㉗51　「源氏物語」の性質の規定…⑱430
～と後人　飯田武郷…㉗61　亀井勝一郎…⑰637

唐木順三…⑰637　小林秀雄…㉗209　今日の西洋研究者たち…⑲38　今日の哲学者たち…⑰11　敷田年治…㉗76　平田篤胤…⑰213　福沢諭吉…⑰127　松本三之介…㉗55　丸山真男…㉓539, 544, ㉗55　村岡典嗣→その項
～と「尚書正義」と宋元小説…⑧511, ⑬547-548
～と仁斎と徂徠→伊藤仁斎
～と先人　新井白石…㉓128, 129, 144, 146　契沖…㉓25, 27, 499, 512, 552, 701, ㉕117, 118, 245, ㉗356　徳川家康…㉗68　山崎闇斎…⑰232, ㉓499
～と先人（中国）　何景明…③24, ㉗219　顧炎武…㉗97, 98　段玉裁（水野清一評）…㉓637
～と日本の歌・小説　歌は言にあやをなしてととのへいふ…⑰620, ㉓505　虚構性…㉗357
三木三鳥の伝授批判…⑳193
政治・倫理からの独立…㉓503
月やあらぬの歌…㉕116-118, 127
日本の歌の優秀性…㉓513, ㉗227, 230
「万葉集」の尊重…⑰618, 619, 624, ㉓502, 508, 509, 703（「古今集」「新古今集」との比較…⑰619, 620, 622, ㉓504, ㉗53, 356　後世風の歌の尊重…㉓504, 505）
雅の趣を知る…㉓499, 501, 504, 506, 510
めめしさの価値…⑰188, ㉓503, ㉗200, 213, 215, 217, 219, 220, 235（男らしさ・ををしさの否定…㉗214, 217）
物のあはれを知る…⑰199, 625, 628, ㉓499-501, 507, 510, ㉗52, 84-86, 88, 205-213, 216, 221-223, 226, 227, 234（感於物…㉗222-228　総じていふと別していふ…㉗85, 86, 89）
欲望の自由の肯定…㉓503, 504, 514
恋愛の価値…②355, 570, ⑰73, 465, ⑱12, ㉓502, 507（異性のなかに神を認める態度…②355, ⑰465　不倫の恋の歌…㉓502, 507）
～と明人…㉗194
～と邪馬台国論争…②585
～における天照皇大神…㉗219
～における訓読と漢籍の語句
「古事記」…②171, ⑦595（其矢羽者其鼠子等皆喫也…㉗76, 81, 83　作足一騰宮而献大御饗…㉗56　天皇既所以思吾死乎…⑰197　都不得一魚…⑦462　僕者無邪心唯大御神之命以…㉗106）
「詩経」（竹閉緄縢…㉗92, 93）
「周礼」鄭注（古曰名今曰字…㉗95, 96, 98, 99）
「日本書紀」（臣是国神名為井光…⑰184　乃有金色霊鵄飛来止于皇弓弭…⑰184）
「論語」鄭注（古者曰名今世曰字…㉗97）
～における語彙・発音の説明　足一騰宮…㉗56-58, 61-63, 75, 77, 80　貽貝…㉗76, 101　諱の説…⑰470　一柱観…㉗57　一柱騰宮…㉗58, 59　宇沙川…㉗56　仮字…㉗94, 95　十二律…㉗86　太平…⑰640　つ・すの濁音の区別…⑱432　縢…㉗92　殿騰戸…㉗92　夜さり…㉔7
～におけるすり本と写し本…⑩445, ⑱468
～の偉大さへの理解の不十分さ…⑰183
～の家族・親戚
子・春庭→その項　美濃…㉓518
母・おかつ（恵勝大姉）…㉗11, 211
母方の親族…㉗114, 122
養子・大平→その項
～の学問…⑤132, ⑰157, 178, 193, 213
寛容の哲学…㉑29
漢学…⑤129, ⑰659, ⑳220, ㉑135, 136, ㉗70, 99, 100, 107, 108, 186, 233（中国解釈の的確さ…⑰178　和刻本漢籍…㉓575, ㉗97, 127-129, 131, 135, 140）
漢学から和学へ…㉗125, 186
古学派儒学との繋がり…⑰207, ㉓45, 465, 514, 552, 701, ㉗107（仁斎徂徠の主張の集大成…⑰195）
「古事記」尊重…㉑29, ㉓514, ㉗102（「古事記」と「日本書紀」…⑱63, ㉗102　「古事記」の読解…⑰189）
国学…⑤129, ⑮530, ⑰207, ⑳204, ㉑29, ㉓514, ㉗116, 233
心をわきまへしる…㉓500
言の学者…㉗199
実証学…⑰178
注釈の学…⑰630, ⑲97, ㉑75, ㉓552-553
読書の学…㉕160
「日本書紀」批判（神武即位記載の論駁…⑰189
「論語」「千字文」渡来の不記載…⑳448, 449, ㉕276-277）
日本が万国に優越するという主張…㉗234（日本語の優越…㉗235　日本文明の独自性の主張…⑤132）
人間の総合的認識…㉗51, 52
宣長学と漢籍…㉗75, 99, 101, 107, 108, 113, 129, 148, 186, 195（「易」…㉗126-128, 152, 153　「音学五書」…㉗97, 98, 194　「漢書」…㉗226　「左伝」…㉗118, 127, 230, 231　「西域聞見録」…㉗194　「史記」…㉗118, 119, 121, 122, 126, 127, 129, 130, 135, 136　「詩経」…㉗92, 93, 126-128, 227, 228, 236　「詩集伝」序…㉗224, 226　「爾雅」「爾雅注疏」…㉗75, 77, 101, 102　「十三経注疏」…㉗75, 77, 83, 84, 87, 89, 91, 93, 107　「春秋」…㉗127, 128　「書経」…㉗81, 126-128　「小学」…㉗108-112, 129　「尚書正義」…㉗80, 87　「晋書」…㉗118, 119, 121, 122, 126, 127, 129-131, 133, 135-137, 140, 142, 143, 145, 147　「世説新語」…㉗121, 129, 136, 137, 140, 142-145, 235　「世説新語補」…㉗138-140, 147, 226　「説文解字」…㉗92, 101　「大学」…㉗108, 112, 211　「中庸」…㉗108, 112　「南史」…㉗129　「孟子」…㉗108, 112　「与元九書」…㉗226　「礼記」…㉗118, 126-128, 222-224, 226　「論語」…㉗108,

112, 124, 128, 192 「論語義疏」…㉗97）→漢籍
宣長学の帰結…⑰199
宣長学の出発点　儒学…㉑29　総合の言葉への不安…㉗50, 51　物のあはれを知る…㉗84
道…㉓497-499, 505, 508, 510-512, 514, ㉗52-54, 199（道をしると道をおこなふ…㉓510, 551　道の学者…㉗199）
老荘の学との違い…㉗145
～の学問の方法…①710, 712, ⑰157, 177, 178, 180, 187, 190, ⑳18, 213, ㉑137, ㉓512, 702, ㉕413, 462, ㉗50, 184
外国研究の方法…⑲96
感性の尊重…㉗53（感動による認識…㉗234　文学の重視…①713, ⑰180, ㉗53, 54）
現在の言葉で古い言葉を解く…⑰157, ㉗192
古典の記載のうけとり方…⑰636
個別的言語の重視…⑰193-196, 198, 199
五経正義の方法…㉕245, ㉗184, 186, 194
合理主義…㉗58, 62, 63, 75
総論各論の記述法…⑱447
多読の勧め…⑰187, ⑳216
中国人の注釈の方法…①704, ㉗86, 194, 204（段玉裁の方法…⑰207, ㉓25, ㉕413, ㉗51, 192）
名物の学との関係…㉗63, 69, 75, 77, 78, 80
～の京都遊学…㉗145, 146, 208→～の師堀景山
上京…㉗114　日記…㉗108, 121　母の書…㉗114　堀塾入門…㉗114, 115, 135, 180, 183
～の言語観…⑰178, ㉗192
外国語の発音と日本語…㉗235
漢文翻訳用語の不適当…⑧18, ⑩83, ⑰184, 188, 514, 547, 551, ㉓556, ㉗195, 196（漢文と国語の語序の相違…⑰513　皇国言と漢字の義…⑧18, ⑰503, ㉗195, 196）
言語そのものが歴史的事実…①713, ⑰178, 181, 187, ㉓542, 548, ㉗192, 204
言語と人間…⑰189, 636
語源穿鑿不要論…⑰631, ㉗185-186
言と史…⑰179, 181
言のさまの重視…⑰180, 181, 189, 545, 636, ⑳18, ㉓509, 515, 542, 549-552, ㉕254, ㉗184, 185, 194, 204, 234, 343
言・事・心…⑰178-182, 636, 636, ⑲90, 91, ⑳18, ㉓45, 508-510, 539, 548-550, ㉗184, 185, 204
てにをはと助字…②8-10, 85, 95, ⑦595, ⑱76, 77, 98, 100, 391, 392, ⑲197, ㉓144, 513, 556, ㉕45, 46, ㉗197, 248
～の交遊　市川多門…㉓514, ㉗232　清水吉太郎㉗128　鈴木朖…㉗77　谷川士清…㉗58, 59, 177, 183, 231　服部中庸・平田篤胤…㉗199, 200　南川維遷…㉗203　山田周蔵…㉗126
～の雑記帳と抜書き（堀塾時代）
「群書摘抄」…㉗146, 149　「雑鈔」「摘腴」「松の落葉」「漫識」…㉗107　「和歌の浦」→その項
荻生徂徠書の抄録…㉗198（「蘐園談余」　神道説…㉓399, 451, 555, ㉗152-154, 156-159, 162, 163　「訳文筌蹄」…㉓430）
漢籍抄録　「世説新語」…㉗143, 144, 148　劉孝標注…㉗144
和本の抄録　「古事談」…㉗146, 149　「今昔物語」…㉗149-151
～の仕事（町医者）…②405, 436, ㉓514
～の思想…㉑29, ㉓495, 512, ㉗110
悪も人間の必然とする指摘…㉗198（性善説批判…㉗205）
死後についての考え…㉔249
儒家との親近…㉗110
封建制の是認…⑰113（日本の身分制の肯定…㉓134）
凶事と吉事…⑰195, 196, ㉑29, 79, ㉓496, 497, 540, 541, 546, 560, ㉗205, 218
～の師　賀茂真淵…⑫736, ⑰189, 207, 213, ⑲90, ⑳193, 204, ㉓25, 146, 465, 499, 507, 512, 552, ㉕117, 339, 411, ㉗62（古言をしらでは古意はしられず…㉓128, 502, 507　松阪の一夜…㉗219）
武川幸順…㉗116
堀景山…⑰178, ㉑174, ㉓253, 326, 399, 463, 513, ㉗34, 74, 83, 107, 113, 116, 122, 128, 129, 135, 144, 200, 203, 221, 230, 242（漢籍会読…㉗77, 118, 119, 121, 122, 126, 129, 130, 133, 135-137, 140, 142, 143, 148　屈物書簡…㉗164, 168, 173, 174, 180, 181, 183　修学之地…㉗115, 117　堀蘭沢…㉗127）
～の詩人としての能力…⑰625
～の時代（十八世紀）…⑱363, ⑳220, ㉓9, ㉕16, ㉗63, 99, 100
清儒の学と宣長…⑯657, ㉕159, 160, 413, ㉗64, 116, 194, 195（戴震・銭大昕・カント…㉔221）
中国と「七経孟子考文補遺」…㉗74
宣長の時代におけるハワイ…㉔190
～の肖像…㉗200, 236
～の世界的日本人たる所以…⑰178
～の生家の家業（呉服屋）…②405, 436, ㉗211
～の生没…⑰57, ㉔221
誕生…㉗74, 165, 183　葬儀…㉓517
～の戦乱による古書喪失の嘆き…⑱465
～の中国の事象への解釈…⑰178
～の中国嫌い…①712, ⑰198, ㉑135, ㉓129, 555, ㉗186, 213, 214, 228
漢意の排斥…①704, ⑰193, ㉗110, 111, 188
漢籍の排撃…㉗51, 216
孔子嫌い…⑤179, 220, 283, ㉓547, 561, ㉗228（孔子への親しみ…㉕367　孔子への尊敬…㉗228）
儒学への反撥・否定…⑰114, ㉓512-515, 539, 544, ㉗198, 236

晋人の風批判…㉗142, 143, 145
宋儒嫌悪…㉗194（朱子批判…⑬319, ㉕179, ㉗141　宋学嫌いと評価の一面…㉗68）
中華主義（外国認識不足）批判…⑰6, 7, 14
中国の文弱の面への冷淡…㉗236
「論語」批判…⑤129-132, 220, 283
～の著述…⑳216
系統的総括的に叙述した書…①709, 712, ⑰177, 187, 192, 209, 210, 212, ⑱447, ⑳18, ㉓465, 552, ㉗50-52, 431
主著…⑰191, 195, 199, 200, 625, 628, ㉓465, ㉗49, 55
「排芦小舟」→その項　「家のむかし物語」…㉗211　「石上私淑言」「うひ山ぶみ」→各項　「詠歌疑条」…㉗212　「大祓詞後釈」…㉗62　「漢字三音考」…㉗235　「馭戎慨言」…⑰23, ㉓511, ㉗220　「くずばな」→その項　「源氏物語玉の小櫛」「古今和歌集遠鏡」「古事記伝」→各項　「在京日記」…㉗108, 114, 121, 124, 125, 129, 135, 136　「紫文要領」→その項　「蕣庵随筆」…㉗143　「真暦考」…⑰189, ㉗233　「新古今集美濃の家づと」「玉勝間」「玉くしげ」「玉鉾百首」「直毘霊」→各項　「秘本玉くしげ」…②436, ㉓512, ㉗205, 233
～の豊臣秀吉の秘書団の漢学力不足の指摘…⑰23
～の批評　うはべをかざる偽批判…⑰198, 625　「古事記」評…⑧511, ⑬548, ㉑29, ㉓496-498, 509　「古事記」序評…㉗70　日本の儒学批判…⑰81　日本の儒者批判…⑰58　仏経評…㉔65　「名月篇」序評…⑮508, ㉗219
～の文章…⑯274, ㉗187, 242
漢詩…㉗120, 121, 123, 124（『烏夜啼』「山居」…㉗120）　漢文…㉗119, 121-124
～の理と「古事記」…⑰195
「本居宣長」（村岡典嗣）…⑰192, 195, ㉗198
本居宣長翁遺蹟顕彰会…㉗116
「本居宣長翁書簡集」…㉗77
「清童子に復する書」…㉗179　「与清水童子書」…㉗192
本居宣長記念館…㉗163
「本居宣長稿本全集」…㉗108, 114, 121, 125, 127
詩文稿…㉗120　日記「万覚」…㉗108
本居宣長先生修学之地…㉗115, 117
「本居宣長全集」（筑摩書房）…⑰190, 191, 199, ㉓703, ㉗70, 91, 187, 197
第一巻…㉓498-502, 504-506, 509-512, 515, ㉕116, ㉗68（解題・大野晋…㉗70, 100, 101, 106, 107）　第二巻…㉓500-503, 505, 513, 514, 556, ㉗81, 84, 86, 206-208, 215, 220, 223, 227, 228, 230-232, 234　第三巻…㉕117, ㉗89, 90　第四巻…㉓507, ㉗206-209, 211, 212, 215, 217, 226, 228, 229　第五巻…㉗235　第八巻…㉓495, 498, 503, 505, 511-514, ㉗145, 232, 233, 235　第九巻…⑤327, ㉓496, 497, 509, 511, 513, 515, 556, ㉗92　第十巻…㉗235　第十一巻…㉗143　第十三巻…㉓399, 452, ㉗140, 141, 143, 146, 148, 149, 152, 153, 155, 156, 158, 161, 163（解題・大久保正…㉗146）　第十四巻…㉓430, ㉗143, 212, 226　第十六巻…㉗114　第十八巻…㉗219, 234
「本居宣長全集」（吉川弘文館）…⑰178, 191, ⑱430, ㉗49, 193, 208
本居春庭…㉓518　「詞の八衢」…㉓516　「後鈴屋集」…㉓517
物…㉗199, 206, 224, 231
物語風ならぬ史書…①595, 597-599
物に即いて理を窮める説…⑬559, 570, 571
物にゆく道…㉗199
物のあはれ…⑰199, 625, 628, ㉗52, 206, 208, 210, 211, 351
～をしる…㉗84, 206-208, 212, 216, 217, 222, 226
物の心…㉗206, 207, 209
物部氏…㉓294, 415
物部茂卿…㉓399, 451, ㉗152-154, 156, 159, 161-163 →荻生徂徠
物部守屋（もりや）…⑰145, ㉓294
楓山文庫…⑧509, ⑰344, ⑳429
桃井白鹿「世説新語補考」…⑦454
桃園天皇…㉗116
桃山陵…⑰612, ㉕439, 474
守口（大阪）…⑱79
守屋典郎（ふみお）…⑲371, 375
森有正…㉒422
森於菟（おと）…⑱409
森鷗外・林太郎…⑳227, ㉗19, 418
～と郭沫若の比較…㉖489
～と貸本屋…⑦5, ⑰59
「三国志演義」…⑦5
～と韓愈…①487, ⑪351
～と幸徳事件…㉔295, ㉖489
～と西洋文明…㉖489
洋学無用論批判…㉔17-19
～と先人　小島宝素…㉔304　渋江抽斎…㉔304
～と坪内逍遥の論争…⑱354
～と白居易…⑪231
～と山県有朋…㉓314
～と露伴と槐南の「水滸伝」研究…⑰391, ㉓606
～における一本足の学者…⑱126
～に関する研究・中野重治…⑱363
～に対する感想・態度　狩野直喜…⑰255　河上肇…⑱313　福原麟太郎…⑱353
～の官職　軍医総監…㉔295　小倉師団軍医部長…⑱413, ㉔17　帝室博物館長…①487
～の観潮楼…⑪351, ⑰387
～の小倉左遷…⑱413, ㉔17, ㉖489
～の交遊・弟子　芥川龍之介…①344　石川啄木…②65　奥野信太郎…⑰387　鈴木三重吉…①

344 股野藍田…㉔294
～の作品 「あそび」…㉒434 「キタ・セクスアリス」…㉒434,㉔293 「鷗外全集」…㉓403,㉔17,218 「仮名遣意見」…㉗351 「灰燼」…㉔293（谷田滋…㉔293 山口節蔵…㉔293,294）「雁」…⑰255,㉔293（お玉…㉔293）「魚玄機」…⑪231 「小倉日記」…⑱409,413 「小嶋宝素」…㉗245 「細木香以」…⑦5,⑰59 「渋江抽斎」…⑰255,626,㉑189,㉓226 田口鼎軒を弔う文…⑱126 「沈黙の塔」…㉒434,㉔294 「西周伝」…㉓403 「普請中」「蛇」…㉔293 「舞姫」…㉒366,㉔218,㉗19 「椋鳥通信」…㉔18 「洋学の盛衰を論ず」…㉔17
～の作品とかなづかい…⑱413
～の作品の中国語訳・魯迅…㉒434
～の史伝の文学…⑰626,㉖489
～の死…⑳505
～の責任感…㉒423
～の「武鑑」蒐集…㉓226
～の翻訳 キョルネル「伝奇トーニー」・クライスト「悪因縁」・ハルト「洪水」…㉔218 漢訳・バイロン「マンフレッド」…②61 高啓詩…①134,137,539 ゲーテ「ファウスト」…㉗333
～・長谷川二葉亭の翻訳…⑲144,146
森鷗外・夏目漱石…⑯585,⑱337,㉒423,㉗10
～石川啄木・里見弴の講義（北京大学）…②568
～を知らぬ中国人…⑯587
現代中国…㉖509
～幸田露伴・島崎藤村・田山花袋・石川啄木と漢文の教養…②56
鷗外・露伴と漢文…②61
～と海外文学…①276
中国文学の影響…①129,㉗242（漢詩の制作…①144）
～と韓愈・白居易…①344
～と儒学…⑰76
「論語」の暗誦…⑤132,140
～と西洋文明紹介…⑰216,217,⑱34
～と日本文学の欧化…⑰397
～における未来予見能力…⑳505
～中江兆民と明治時代…⑰616
森鷗外の位置…㉔295
～の時代と外国語の修得…⑲190
～の読者…⑰9
～の美と真の一致追求…⑰626
～の文章へ追随の意識…⑱425
～の文体…⑯419
「森鷗外集」…㉔293
森槐南・泰二郎…①470,⑪116,⑰305,306,349-351,390,395,397,398,659,⑱120,126,㉓243,606 「韓昌黎詩講義」…⑰391 「作詩法講話」…⑭595,⑰391 「杜詩講義」…⑫727,⑰391 「唐詩選評釈」…⑰391,408 「補春天伝奇」…⑭595 「李義山詩講義」「李詩講義」…⑰391
森外三郎…㉓189,㉔43
森川許六「和訓三体詩」…①350
森口繁一…㉗440
森鹿三…②554,⑧354,⑬576,⑮63,㉓634 「正月十五日の行事」…①636 「律令と日本」…㉑96
森茂 訳・柳青「銅牆鉄壁」…①635
森島黎吉 訳・哈華「日本兵」…①626
森春濤・魯直…②65,⑰351,㉓243 「清三家絶句」…⑰389
森末義彰…㉗246
森田光次…㉔15,282
森田陽三…㉓630
森についての西洋の意識…⑲19-22,24,25
森英恵（はなえ）…㉕444
森雅之…⑪558
森本和夫「〈古文辞〉と〈アルケオロジイ〉」…㉕70 「国語国字問題のために」…㉕71（ともに副題「徂徠，宣長とフーコー，デリダ」）
森本達雄…⑲80
森亮「アーサー・ウェーリーの中国詩賦英訳」…①624
諸橋轍次…⑦331 「大漢和辞典」→その項
文字学…②203,㉒387
文字の起源…⑦519
文字の獄…⑮218,⑯200,203,㉒312,㉓167-169,212,232
文字の生活…㉔165,195,197
文字の理…⑬560
文殊…㉖443
文殊院（五台山）…①46
文殊塔（京都黒谷）…⑰238,267,280
「文集」…⑪229→「白氏文集」
「文選」…②602,⑥340,⑦113,593,594,597,⑫604,㉗384
～作品の年代…①242,②44,⑦593,⑫604,㉑11
～注における州都…⑦153
～という書名の意味…㉑251
～と元雑劇 王昭君伝説…⑮212 巫山神女と楚襄王の故事…⑭418
～と後人 王闓運…⑦563,594,⑰307 汪中・阮元・洪亮吉…⑯652 黄節…⑦594 銭謙益…⑯91 蘇軾…⑦563,593,㉑18 宋人…⑦593 孫鑛…⑯91 白居易…⑪431 李白…⑦563 李邕…㉒75,㉕453,460,481,493 劉師培…⑦563,594
～と士人の読書…②458,487
～と杜甫…⑦562,⑫29,607,㉑76,251,㉒75,76,㉕453,460,480-482,493,497
熟精せよ文選の理…⑫291,⑮366,㉒75,㉕453,460,481
杜詩の語彙と「文選」…⑫29,234,604,605,

639, ㉕482, 484, 493（陰火…⑫231-232　蘊真…㉒76, 77　宴慰…㉒87, ㉕482　華屋…㉖146　窟宅…⑫250　交流…㉒76, 77　浩湯…⑫613　修竹…㉒76　梢林莽…⑫625　悽傷…㉒87　蒼茫…⑫611-613　層巓…㉒42　即事…⑫624　振撥…⑫524　月…⑫639-643　当歌…㉒76　二毛…⑫605　白石〔文選に不在の語〕…⑫604-606, ㉒77, 78　比屋…⑫625, ㉒78　不受…㉒76　物役…㉒76, 77　北渚…㉒76　冥捜…⑫613　幽霊…⑫234　湧波…㉒76, 77, ㉕482）
杜甫の馬の詩と「文選」…⑫608
「文選」暗誦…⑫604（李善注の暗記…⑫604, ㉕482）
～と唐詩　個性・思想性…⑪10　題材と語彙…⑫614（隠…⑪196　夕日…⑫614　柳絮…⑫614）
文選詩の叙述的平面さと白詩…⑪431
～と日本人…⑰284, ㉕389
伊藤仁斎…㉓469　伊藤東涯…⑰561, ㉓469　江戸時代人…①244, ⑦562, 593, ⑰307　荻生徂徠…㉓345　河村秀根…㉗103　契沖…⑱19, 20, ㉑135, 136, ㉓25, 27, 28, 575, 576, ㉕163, 164, 168, 174, 178, 210, 212, 213, 251　谷川士清…㉗48, 104　「日本書紀」…㉓6　平安朝人…①242, ②170, ⑦562, ⑰19, 307　山上憶良…⑰69
～と日本人（明治以後）　小尾郊一…㉑251, 253　狩野直喜…⑦594　⑰284, ㉓605　斯波六郎→その項　鈴木虎雄…⑦562, 593, 594, ⑰284, 307, ㉑250　内藤虎次郎…⑦594, ⑰284
～における語彙・事項　過故…㉗12　苦心…⑥321　厳顔…㉗103, 104　混沌…㉓6　逝…㉕174, 212, 213　昔一，今一の構文…⑥292　幽人…㉕456　夢…⑱22, 23, ㉑135, ㉖125　洛中…⑥315
～の古詩十九首選択と陸機の選択…⑥270
「十九首」以外の古詩の存在…⑥269, 270
鍾嶸の「詩品」の言及…⑥268-270
～の講義（北京大学）…㉒405
～の作品　魏文帝…⑦78　傅玄…①438　揚雄…⑥255
～の詩の読者…⑦562
～の詩の部類わけ…①327
～の昭明太子の「序」…②44, 492, ㉑251, ㉓627
五経への態度…㉑149　今昔の文の関連・比較…②256-258（文章の起源の説…②256, 257）
四六文・二字の連語…⑰535, ㉕377-379　序文要旨…②257　「文選」編集の意図…②257, ㉑149　老荘管孟の書への態度…②485, ③11
～の不採用詩　袁宏「詠史詩」…⑥263　阮瑀詩…⑦114　陳琳詩…⑦110, 114　班固「詠史詩」…⑥257（李善注に引用あり…⑥259, 264）
～の文章…②44, 170, ⑦455, 471, ⑭354, ⑳67, ㉕46, 61, ㉗6, 8
随筆的性格…⑯442
二字の連語…㉕377-381, ㉗8
～の編者…①438, ②44, ⑥29, 68, 266, 269, ⑦192, 533, 593, ⑫29, ㉑205, 251, ㉓345
「生年不満百」偽作説（朱彝尊）…⑥318　基準・クライテリオン…㉑251, ㉕222, 381, 383（沈思と翰藻…②44, ⑦593, ㉑251, 252, ㉓627, ㉕389）
「文選」（注）…⑥34, ㉑73
原本…⑥29（「漢高祖歌」…⑥29）
五臣…⑥32, 269, 271, 278, 294, 311, 314, 317, 329
李周翰　「漢高祖歌」…⑥31-34, 36　去者日以疎…⑥329　西北有高楼…⑥301　「頭陀寺碑文」…⑫219
劉良　行行重行行…⑥276　「蜀都賦」…㉓28　青青陵上柏…⑥314
呂延済　駆車上東門…⑥311　行行重行行…⑥278　「文賦」…⑦170
呂向　「詠懐詩」…⑦195　生年不満百…⑥317　青青河畔草…⑥294
薛綜　「西京の賦」…㉗60　「東京の賦」…⑪196
李善…⑥32, 210, ⑫604, ⑬576, ⑱381, ㉒75, ㉔180, ㉕381, 481, 482
「哀永逝文」…⑥310　「永明九年策秀才文」…⑥259, 260　「詠懐」…⑥309, ⑦201　「怨歌行」…⑥312　「王撫軍庾西陽集別作」…㉕212　「鸚鵡賦」…⑥275　「夏侯常侍誄」…㉕174　「閑居賦」…⑪196　「漢高祖歌」…⑥28, 30-36　「翫月城西門廨中」…㉒87　「帰去来辞」…⑥314　「擬殷東陽」…㉒77　「九歎」…⑥320　「景福殿賦」…⑥336　「古意贈王中書」…⑥300　「古詩十九首」…⑥269（迴車駕言邁…⑥324, 325　去者日以疎…⑥329　駆車上東門…⑥310, 311　行行重行行…⑥271, 272, 274-276　今日良宴会…⑥325, 327　渉江采芙蓉…⑥278, 280　生年不満百…⑥316, 317　西北有高楼…⑥301, 303　青青河畔草…⑥294　青青陵上柏…⑥313-315　東城高且長…⑥319-322　明月皎夜光…⑥287-289　孟冬寒気至…⑥281　凜凜歳云暮…⑥296）「恨賦」…⑥310　「雑詩」（王粲）…②220　「雑詩」（曹植）…⑥322　「雑詩」（張協）…⑥274, 320　「祭古冢文」…⑫524　「思帰引序」…⑥312　「七命」…⑥322　「秋興賦」…㉕232　「出自薊北門行」…⑥33　「嘯賦」…⑥275　「上林賦」…⑪196　「蜀都賦」…㉒76, 77, ㉕482　「斉竟陵文宣王行状」…㉒77　「斉故安陸昭王碑文」…㉕174　「雪賦」…⑥322　「宣徳皇后令」…⑥274　「善哉行」…⑥313　「送応氏」…⑥304　「贈士孫文始」…⑥280　「贈徐幹」…⑥272　「褚淵碑文」…㉕174　「東京賦」…⑪196　「東征賦」「登江中孤嶼」…㉒77　「百一詩」…⑦146, 149, 151, 165　「舞賦」…⑥321　「文賦」…⑦170, ⑫607, ㉕106　「弁亡論」…⑥29　「弁命論」…⑥34　「望荊山」「北征賦」…⑥284　「名

都篇」…⑥314 「猛虎行」…⑥321 「与呉質書」…⑥316 「豫章行」…⑥313-314 「養生論」…⑥312
李善注における引用句・引用作品　安得猛士守四方…⑥29 衣帯日趨緩…⑥275 維憂用老…⑥278, 280 「易」…⑥320 「淮南子」高誘注…⑥34 「易通卦験」…⑥33 宛洛少年…⑥314 音響何太悲…⑥322 「河南郡図経」…⑥309 賀言出遊…⑥324 寒暑易節…⑥288 「翰林論」…⑦151 「韓詩外伝」…⑥274, 314 「韓非子」…⑥325 願為双鳴鳥奮翼起高飛…⑥304 「魏王奏事」…⑥315 急弦促柱変調改曲…⑥322 去白日之昭昭襲長夜之悠悠…⑥310 「琴操」…⑥303 君戚戚而不可解…⑥315 「熏鑪銘」…⑥336 恵而好我携手同車…⑥289 玄室冥冥修夜弥長…⑥310 「古歩出夏門行」…⑥272 「古楊柳行」…⑥276 胡馬依北風…⑥275 「広雅」…⑥294, 314, ㉒77 「左伝」服虔注…⑥310 歳聿云暮…⑥320 「尸子」…⑥313, 314, 320, 321 史書…⑬576 「詩」鄭箋…⑥314 「字林」…⑥313 「爾雅」…⑥327 蟋蟀傷局促…⑥321 釈興馬於山椒奄修夜之不暘…⑥310 秋草萋以緑…⑥320 「春秋命暦序」…⑥33 「荀子」…⑥316 順彼長道…⑥324 「神農本草」…⑥311 「晋陽秋」…⑦151 晨風懐苦心…⑥321 「新語」…⑥276 人生如朝露…⑥311 石磊磊兮葛蔓蔓…⑥313 「説文」…㉒77 賤妾擬何為…⑥300 「楚国先賢伝」…⑦151, 165 「楚辞」王逸注…⑥320, 324, 328 「荘子」…⑥310, 311, 313, 324, 325, ㉒77 「荘子」郭象注…⑥310 「孫卿子」…⑥316, ㉒77 代馬依北風…⑥274 地底冥冥長無暁期…⑥310 昼短苦夜長何不秉燭遊…⑥316 「長門賦」…⑥210 同心離居絶我中腸…⑥280 道路阻且長…⑥274 二之日栗烈…⑥281 年既過太半然轗軻不遇也…⑥328 班固歌詩…⑥259, 260, 264 悲莫悲兮生別離…⑥272 「美人賦」…⑥210 「白虎通」…⑥329 服食求神仙多為薬所誤…⑥312 「文子」…⑥276 「方言」…⑥325, ㉒77 無衣無褐何以卒歳…⑥296 孟秋月白露降…⑥288 孟秋月涼風至…⑥296 悠悠南行…⑥324 「礼記」…⑥287, 288, 296 離家日趨遠…⑥275 「呂氏春秋」…⑥329 「呂氏春秋」高誘注…⑥317 涙下沾裳衣…⑥284 「列子」…⑥288, 314 「論語」…㉕174 「論語」馬融注…㉒77 「論語」包咸注…㉕232
李善注における語句説明　逶迤…⑥320 隠隠…⑪196 蘊真…㉒77 盈盈…⑥294 奄・化…⑥325 賀言…⑥324 轗軻…⑥327 紈素…⑥312 金石…⑥325 苦心…⑥321 交流…㉒77 黄泉…⑥310 四顧…⑥324 茲…⑥317 逝者…㉕174 大風…⑥34 中帯…⑥222 振…⑫524 陳…⑥310 澳漻…㉕106 駑…⑥314 等…⑦146 飆…⑥327 茫茫…⑥324 孟冬…⑥288 湧波…㉕482 磊磊…⑥313 離婁…⑥336 流例…②220 聊…⑥314
李善注における比喩解釈　西北有高楼…⑥301 大風起兮雲飛揚…⑥30-36 飆塵…⑥327 浮雲蔽白日…⑥275, 276
六臣…⑪476, ㉕163
陸善経…⑥32
小尾・花房…㉕389
「文選」（テクスト）…⑥27, 28
汲古閣本…⑥30 汲古書院影印和刻本六臣注…㉓28, 576, ㉕252 九条家本原本…⑥29, 32, 266, 274, 294, 296, 304, ⑦350 原本…⑥27, 29 五臣注本…㉗12 平安朝写本原本…⑥29 李善注本…⑥27, 266, ㉓28, ㉕163, ㉗12（胡克家刊宋版李善注本…㉖472 同文書局石印本・上海…㉖476 尤延之刊宋版李善注本影印本…㉖472） 李善の見た本…⑥28 六臣注本…⑥27, 30, 266, ㉓28, ㉕163 和刻本…㉓576（江戸期刊行和点本…⑰26, 608, ㉑250, ㉕251, 280 寛永版和刻本…㉓575 慶安版和刻本…㉑250, ㉓575, ㉕252 和刻六臣注本…㉓28, 576, ㉕252）
「文選」（篇名）作品→各作者
詩…①327, ⑦593（哀傷・詠懐…①328 詠史…①327, ⑥257, 263, ⑦172 楽府…①328, ㉑16 勧励…①327 軍戎…①328 献詩・公讌…①327 行旅・郊廟…①328 雑歌…①328, ⑥27 雑擬…①328, ⑥270, ㉕163 雑詩…①328, ⑥266, 285, ⑰69, ㉑205 述徳…①327 招隠…①328 祖餞…①327 贈答…①328, ㉕168 反招隠・挽歌…①328 百一…①328, ⑦172 補亡…①327 遊仙・遊覧…①328） 書…⑦142, 594 設論…⑦144, 173 賦（畋猟…㉕163） 論…⑦594
文選家…㉗12
文選学…㉕453, 460, 481, 493
「文選索引」…⑱23, ㉑76, 250, 251, ㉕164, 174, 383, 482
「文選集注」…⑥30-32, 260, ⑯278
金沢文庫所蔵本…⑥260 京都帝国大学文学部景印旧鈔本…⑥32, 260, ⑯278 渡辺昭蔵本…⑥32
文部省…⑥252, ⑱51, 476, ㉒335, 336, 396, ㉓580, ㉔121, 170, ㉕261, 305, ㉗407
〜留学生…⑭596, ⑰95, ㉒332, 334-336, 371, 376, 390, ㉓592, 604, 620, 640
文部大臣賞…㉓518
門下省…⑫273, 303, 390, 502, ㉒480, 481, ㉖80-82, ㉗21, 22→左省
門外漢（斎藤勇）…⑫684-686, ㉗317-319
門戸…㉖417
門功…⑪409
門巷…⑬7
門子・門上・門人…㉖420
門生天子…⑫320, 322
門庭…㉖415

門吏…㉖420
門聯・春聯…⑭382
們…㉓37, 148
紋…⑥335
問…㉔122
問経堂刊本 「儀礼喪服馬王注」…⑯251 「子夏易伝」…⑯248 「馬王易義」…⑯249 「毛詩馬王微」…⑯250
「問経堂叢書」…⑯243, 249, 250, 254
「捫蝨新話」…㉕233, 235, 236, 238, 240, ㉖496（自跋…㉕233）
「蒙兀児（モンゴル）史記」趙柔伝…⑮267

や

や（係助詞）…㉕120, 122-124
ヤク（雅古・雅琥）…⑮270
ヤスメコトバ…㉕46
ヤセン（也先）…⑮476, 477, 580, 582
ヤソ（耶蘇）教…⑰88, ⑱327→キリスト教
ヤポノロギー…⑲439
ヤホントフ…⑲373
やまと歌…㉗225
ヤング氏の日本語研究…⑲374
ヤング・チャイニーズは日本へ冷眼…㉒446, ㉖478
八木駅（近鉄）…㉔247
八木沢元…①527, ⑭362, 364
「陳与郊伝」…①625 「湯梅先生卒年月日考」…①631 「梅鼎祚とその戯曲」…①621 「明代劇作家研究」…①525, ⑭360
「八雲」（雑誌）…⑫470
八坂浅次郎…⑰382, ㉓617
八坂浅太郎…①430, ⑰382, ㉓617
八坂神社…⑱459, ㉗117, 118
八坂の塔…⑳52, ㉖164
八束清…⑰341, 342, ⑳364, ㉔67-69, ㉗331
八またの大蛇…②264
八幡禧江（よしえ）…㉔46
也…②89, 97, 109, 175-177, 191, 575, 576, ⑫498, ⑭309, ㉗248
也阿弥…⑱312
也已…②192
也強似…⑭420
也強如…⑮108
「也是園雑劇」…⑭393, 571
也自紅…⑫498, 501
也者…⑪388
也這・也則…⑭292
也那…⑭292, 410, 446, 464
也波…⑭291-293, 410, ⑮55, 84, 85
也波哥…⑭293, 466
也不索…⑭534
也麼…⑭292, 293, ⑮85
也麼哥…⑭293, 466
矢板重山「詩体の研究と唐朝の詩壇」…⑰407
矢口先生　講演「近世大阪の町人」…①103
矢嶋玄亮「支那文学年表」…⑰406
矢代幸雄…⑲263
矢野仁一…⑯274, ⑰293, 300, ⑳266, 286, ㉒386, ㉓597
矢野俊行…㉔399
矢橋（やばせ）紅亭…㉓520, 521
冶亭…②494, ⑮256, 257, ㉔234, 236
冶遊郎…⑮481
「夜雨秋灯録」…⑯359
夜雨対床…⑬50, 216
夜気…⑬560, ㉖243
夜月…㉖192
『夜行船』「劉千病打独角牛」…⑭302
夜合花…①331
夜台…⑪108
「夜譚随録」…⑯359, 635
夜入湖…⑪215
夜入呉…⑪213-215
夜分…⑫167
『夜遊宮』 秦観…⑬384
夜郎（国名）…⑥80, 95, ⑪179, ⑫680, ⑱24, ㉖117
王…⑥133　夜郎自大…⑥133, ⑲153
弥永千歳（ちとし）…⑲314
弥彦山・弥彦神社事件…⑳423
弥生時代のころの中国…㉑92
邪…②153, 176
邪馬台国…②584, 585
耶…②153, ㉖73
耶蘇…⑯501, ⑱323→キリスト
耶蘇会士…①286, ⑲413, ㉓266, ㉔130
耶律楚材・晋卿…⑮399, 400, ㉒115
～の家族　子・耶律鋳…⑭66　父・耶律履→その項
～の経籍所設置…⑭116, ⑮400
～の交遊　元好問…⑭119, ⑮390　万松老師・李屏山…㉒115
～の詩…⑬173, ⑮399
～の神道碑・宋子貞…⑭64, ⑮220, 221
～の著述 「雲漠より遠く新詩四十韻なるを寄せぬれば…」⑭65 「河中府」…㉒278 「金剛経別解の後に書す」…㉒115 「西遊録」…⑮400 「湛然居士集」…⑭65, ⑮400, ㉒115 「屏山居士の金剛経別解の序」…㉒115 「鳴道集説序」…㉒115
～の美女徴発停止措置…⑮220, 221
耶律鋳 「双渓酔飲集」「仙音院の楽籍の侍児に贈る」…⑭66 「俳優の諸相を閲せしが為に…」…⑭67 「初めて仙音を閲す」…⑭66
耶律有尚…⑭134
耶律履（移刺履）…②554, ⑭206, 207, ⑮399, ㉒109,

110
野…①81, ⑱453, ㉖213
野王（地名・河内）…⑥390, 391
「野客叢書」…⑦150, 161, 169, 174, ⑭417
野興…⑬59
野禽…⑮480
野合…⑤146
野史亭…②603, ⑮392
野史稗説…⑰129, 131
野寺…⑫483
野州…⑩441, ⑰586-588, ㉗67→下野
野人…⑫499
野性の賛美…①45, 47
野殿…⑫458
野馬…⑬20
野夫…⑮430
野老…㉖47
「野老子」…②485
爺…①523, 524
爺爺…⑭312
箭内亙「蒙古史研究」…⑭65, ⑮9, 106　「蒙古の詐馬宴と只孫宴」…⑭65
「役者論語」…⑰362
役人…⑳116, 117
訳…㉓303, 304, 308, 309
訳学…㉓342→訳文の学
訳社…㉓365
「訳文筌蹄」…⑲188, ㉓369, ㉗34, 35
　～の引用・本居宣長…㉓430
　～の漢和辞典的性格…⑰631, ㉓308, 474
　　動詞・形容詞に関するもの…㉓308, 309（過と悪・改…㉓308　閑散…㉓321　経…㉓309　憚…㉓308）
　　唐話・唐音への言及…㉓308, 309
　～の公刊…㉓305, 362, 363, 365, 430
　～の皇和の呼び方の主張…㉓430
　～の成立時期と公刊の時期…㉓305
　　加筆修正…㉓309　思考の発展…㉓306, 307
　～の「題言」…㉓305, 362, 365
　　荷蘭・西洋の言語と中華・日本…㉓306, 484
　　荻生徂徠の読書の歴史…㉓294（句読ヲ受ケズ…㉓294, 311　「大学諺解」…㉓298, ㉗33）
　　荻生徂徠の南総流落…㉗30
　　韓愈・柳宗元評価…㉓320, 337
　　議論より叙事重視…㉓332, 333（達意と修辞…㉓335）
　　古言と今言の非連続の説…㉓330, 331
　　古代の事実の含蓄…㉓339, 342
　　古文辞学の目的（結語）…㉓342, 343, 358, ㉗35
　　古文辞の含蓄…㉓338, 339
　　朱子学の歴史観への言及…㉓292
　　儒書講釈批判…㉓302
　　「題言」執筆時期…㉓305（執筆時期の思考…㉓306）
　　中国語がテニヲハを持たぬこと…㉓307
　　「訳文筌蹄」の筆録者…㉓305
「訳文筌蹄」（篇名・項目）
　初編・和…㉓429　訳準一則…㉓310
訳文の学…⑰49, 505, ㉓143, 304, 305, 308, 310
薬師さま…⑱460
薬師寺…⑫337
安井小太郎…⑥245, 246, ㉓84, ㉗294
安井御門…㉗122
安井曽太郎「桜と鉢形城跡」…⑳444
安井息軒・衡…⑳281, 317, ㉓604, ㉗268
　「管子纂詁」→その項　「衣笠仲敬を送る序」「元版伝灯録の跋」…⑰204　「江山余情」…⑰206　「左伝輯釈」…⑰203　「洗痾日乗」…⑰205　「息軒遺稿」…⑰203, 204　「息軒先生遺文集」「息軒先生遺文続編」…⑰203　「泰西兵鑑の序」…⑰204　注「孟子」「論語」…⑳218　「兵学小識の序」「洋熕図に題す」…⑰204
安居香山「巫婆類型の一考察」…①636
安岡秀夫「小説から見た支那の民族性」…⑰402
安田火災海上保険株式会社…⑥250
安田二郎…⑧354, ⑨181, ⑩81, ⑭375, 378, 602, 604, ⑮11, ⑰359-366, 370, ㉑670
　「朱子の気について」「朱子の存在論に於ける理の性質について」…⑰363　「中庸について」…⑰360　「陳白沙の学問」「陽明学の性格」…⑰363　訳・戴震「孟子字義疏証」…⑰363, 366, ㉑115, ㉓88
安田豊子…⑰264
安田安昌…㉓710, ㉗127
八代（熊本県）…⑱503
柳ヶ瀬…⑫708
柳川…㉓346, 413, 441
柳瀬広…㉗251, 360
梁川星巌…⑰659, ㉑104, 117　「梁星巌全集」…㉓520
梁田蛻巌…㉗252
柳ヶ浦（豊前）…㉔282
柳沢淇園…㉗35
柳沢家…㉕202
柳沢侯…㉗166
柳沢藩…㉓318, 367, , 421
柳沢藩邸…㉓317, 320, 321, 357, 359, 362, 365, 367, 407, 433, 443, 473, 572, ㉗33
柳沢吉里・刑部侯…㉓312, 363, 367, ㉗41→松平甲斐守吉里
柳沢吉保・出羽守→松平美濃守吉保→源吉保入道保山
　～刊本正史…⑳219, ㉓309, 312, 574, ㉗131, 135
　～郡山侯…⑳219
　～とお染の方…㉗41
　～と黄檗宗…㉓310, 313, 410

～と荻生徂徠→その項
～と妻・町子…㉗41
～と徳川綱吉…㉓136, 311, 314, 315, 359, 376
～の漢学好き…㉓311（唐音の知識…㉓310, 311）
～の死…㉓368
～の失脚・隠居…㉓136, 291, 312, 356, 360, 361, 367, 432
柳田学…㉕338
柳田国男…⑱375, ㉓638, ㉗352
「柳多留」…㉗288
藪内清…①177
山浦貫一「人物」…⑱409
山鹿素行…⑰113, 659, ㉓534　「山鹿語類」士道…⑰82
山片蟠桃…⑰111, 231　「夢の代」…㉓493
山形県令…⑰301
山形大学…①525
「山形大学紀要」…①621, 631
山形直「唐詩翻訳」…⑰584
山県有朋・狂介…⑤132, ⑪137, 409, ⑰76, ㉓314, 582
山県周南（県次公）…㉓321, 380, 416
～と荻生徂徠…㉓290, 299
「蘐園談余」周南著作説…㉓451, ㉗159-163　徂徠からの書簡…㉓321, 344, 360, 363, 364, 368-370, 380, 400, 416, 431　徂徠からの詩「古風五解」…㉓434　徂徠への書簡…㉓359　徂徠への入門…㉓358
～の故郷…㉓363
帰郷の旅…㉓434, ㉗160
～の父・良斎（県雲洞）…㉓294, 319, 419
～の著述「為学初問」…⑰27, 28, ㉓451, ㉗159-161　「周南先生文集」…㉓299
～の朝鮮使節接待役…㉓431
～の徳川家康評価…⑰27, 28
～の墓碑・服部南郭撰…㉓358
山県初男　訳・夏敬渠「野叟曝言」…⑰408
山川菊江「覚書幕末の水戸藩」…㉔22, 44（実家・青山家…㉔44）
山岸徳平…⑰412, ㉗252　「唐詩評釈」…①633
山口県…⑰300, ⑱491
山口県民・山口県立医学専門学校…⑱491
山口県令…⑰301
山口益（すすむ）…㉔268, 295
山口誓子…㉗405　「山口誓子全集」…㉗405
山口大学…①230, ⑰336, 420, ㉓623
「山口大学文学会誌」…①621
山口剛（たけし）…㉗281　訳「桃花扇」…⑰402
山口博邦…㉗362
山崎闇斎…②382, 488, ⑰659, ⑳216
～と江戸期の学者　伊藤仁斎…⑰36, 40, 79, ㉑137, 138, ㉓34, 44　荻生徂徠…㉓374, 389, 427, 470, 472　弟子・浅見絅齋…⑮415, ⑰40　谷川士清…⑰634　本居宣長…㉓499
～と講釈…㉓285, 302, 427, 472
～と内藤虎次郎…⑰230, 231
朱子学…⑰231, ㉑138　神道…⑰232
～の学風　厳格主義…⑰40, 61, ㉑137, 138, ㉓34, 470, ㉗135（朱子学と厳粛主義…⑰36, ㉓470）垂加神道…⑰40, ㉓499　日本主義と規範を中国に求める態度…⑰40　文学無視…⑰79, ㉓551（詩をよくしない学者…㉓471）
～の塾…⑰79, ㉑138
～の「論語」訓点…④12
山崎巌「日本小説年表」…⑱464
山崎紫紅…㉗278
山崎忠…⑮640
山路愛山「荻生徂徠」「史論集」…㉓298
山階宮家…⑰201
山田慶児…㉒369, 425
山田正朝・大佐（助）・麟嶼…㉓425, 468, ㉗168（菅童子…㉗167, 176）
山田元準（もとのり）…⑱379
山田孝雄（よしお）「漢文の訓読によりて伝えられたる語法」…⑦460
山名氏（室町期）…⑤176, 177
山中信天翁…①401
山中峰太郎…⑯583
山梨稲川…⑰231, 232, ㉗252　「稲川詩草」…⑭472, ⑳288, ㉓579, 580
山に依りて尽き…①460
山根対助…㉔30-32
山井鼎・善六・君彝・崑崙・重鼎・匪夷閣主人…⑯225, ⑰583-586, 589, ⑱56, 57, ㉑108, ㉖507（山重鼎…⑰585-588）
～手校本「十三経注疏」（嘉靖中福建刊本）…⑰583　「尚書正義」…⑨483　「毛詩正義」…⑩454
～と伊藤仁斎…㉓362
～と林羅山…㉗69
～の死…⑱58, 59, ㉗74
～の「七経孟子考文補遺」→その項
～の伝記…②594
「山井鼎と七経孟子考文補遺」…②590, ⑩462, ㉓329, 482, 605, ㉗73
山井氏図書記…⑰583
山井璞助…⑰583
山上憶良…⑱331, ㉓239
～と中国文学…①143
「後漢書」「詩経」…⑰67　陶淵明…⑰66, 67, ㉑118, 119　「文選」…⑰69　「遊仙窟」…㉕282
～と杜甫…㉑119, ㉒45, ㉖43
～と松浦河の歌…⑱45, 46, ㉓26
～と吉田宜の書状…⑱45-48, ㉑136, ㉓25, 26
～における愛河…㉖493
～の漢文…⑱46
～の遣唐使随員としての渡航…⑰66, ㉑119

〜の「沈痾自哀文」…⑱19
〜の「貧窮問答歌」…⑰63, 66-68, ㉑118, ㉒45
山内晋卿…㉒342
山の辺の皇女（ひめみこ）…㉗218
山辺荘南郷（上総国武射郡）…㉗32
山部赤人　藤原家之山池歌…㉑221
山室山…㉓517
山本和義「蘇軾」…㉕240　「蘇軾詩論稿」…⑬119
山本敬太郎…⑯559-562, ㉔277
山本健吉…⑫732, ㉒442, 444, 475, ㉗15, 440
山本権兵衛…⑰324, ㉓580
〜内閣の逓信大臣…⑳288
山本書店（東京）…①527, ⑯559, ㉒58, ㉔277, 314
山本達郎…②554
山本北山・信有…⑬48, ⑮427, ㉒5　「范石湖詩鈔序」「楊誠斎詩鈔序」「陸放翁詩鈔序」…⑬170　蔵「郾城県志」…⑰595
山本証道（まさみち）「尚書孔伝の研究」…⑦275
山本良吉…⑳284
山脇重顕…㉓575
大和…②585, ⑱390, ㉓517, ㉕134→倭
大和絵…㉔31
大和心…②568
「大和文華」…①634
倭…⑰198→大和
倭建命・日本武尊…⑰196, 198, 199, ㉕114, ㉗84, 218
倭比売命・倭姫命…②585, ⑰197
槍ガ岳…⑥411, ㉔263
Yamagiwa（Joseph K.）…⑲328
Yanaga Chitoshi…⑲326→弥永千歳

ゆ

「ユーカラ」…⑪461
ユークラチデス…⑥128
ユークリッド幾何学…①286
ユーゴー…⑯307, 308　「エルナニ」…①289, ⑯314　「ルュイ・ブラス」「ルュクレエス・ボルジア」…⑯314　「レ・ミゼラブル」…㉖509
ユージーン（オレゴン州）…⑲267
〜市聖公会堂牧師…⑲271
〜市民主党フォーク・ダンス倶楽部…⑲269
「ユージニー・グランデ」…㉖509
ユダメ…㉗93
ユダヤ人…㉕185
ユニオン神学院…⑰88
ユネスコ…②160, ⑱429, ⑲372
ユングフラウ…⑲368
由良先生（諏訪山小学校訓導）…㉔324
油滑…⑮536
『油葫蘆』「燕青博魚」…⑭336, 343　「漢宮秋」…⑭28, ⑮175, 195　「漢鍾離度脱藍彩和」…⑭87　「金銭記」…⑭407　「胡蝶夢」…⑭334, 345, 353, ⑮182　「酷寒亭」…⑮51　「任風子」…⑮332　「老生児」…⑭234
油燈…⑬253, 254
兪…⑰181, ㉓552, ㉔274
兪安期「唐類函」…⑰560
兪樾・蔭甫・曲園…①380, ⑯265
〜と王漁洋「秋柳詩」…⑯156
〜と曽国藩…⑯265
〜と日本人　小柳司気太…①380　狩野直喜…①380, ⑰257　島田翰・竹添井井…⑯265
〜における自遠方来の訓…④739
〜に対する拚命著書の評…①380, ⑯265
〜の詁経精舎山長…①382, ⑯265
〜の詩…①380, 384
「別兪樾詩」「別兪楼詩」…①381
〜の著述　「群経平議」…②483, ⑯265　「古書疑義挙例」「春在堂全書」…⑯265　「諸子平議」…②483, ⑯265　「小浮梅閒話」…⑯265　「続鈔」…㉖405　「茶香室叢鈔」…⑮25, ㉖405　「東瀛詩選」…⑯265, ⑳568　「右台仙館筆記」…⑯265
〜の弟子・章炳麟…①382, 384, ⑯265
〜の孫・兪平伯…⑯265
兪琰…⑯87
兪国宝…⑭518
兪石磵…⑰589
兪徳鄰「困学斎記」「佩韋斎集」…⑭161
兪文豹「清夜録」…⑰594
兪平伯…①418, ⑯265, ㉒336, 398, 399　「後三十回的紅楼夢」…①618　「紅楼夢研究」…①631　「紅楼夢辨」…①618, 631　「冬夜」…㉒317, 320
兪良甫…⑰31, 601, 607, ⑳564
「喩世名言」…⑭201
庾易…㉗112, 113
庾家…㉔234
庾吉甫・天福…⑭89, 136, 224　雑劇「裴航遇雲英」…⑭546　「麗春堂」→その項
庾肩吾…⑦533　「望月」…⑫643
庾黔婁…⑦551, ㉗112, 113
庾持…⑫657
庾信・子山・開府…②525, ⑦532, 533, 535, ⑪184, 201, ⑫28, 29, 595, 655, 656, ⑬579, ⑰71, 73, ㉓593　「哀江南の賦」…㉑9　「画屏風を詠ずる詩」…②525　「鏡の賦」…⑪201　「舟中望月」…⑫640, 643
庾新婦…㉔234
庾登之…㉕212
庾翼…⑫359
庾亮…⑦478, 480, 486, 487, ㉗137
湯浅巡査…⑳103, ㉒319, 340
湯浅幸孫「鏡花縁についての覚書」…①621
湯浅常山・元禎…②125, ㉓490, 493　「常山紀談」…

㉓492 「文会雑記」→その項
湯浅廉孫…⑱130
湯川秀樹…②468, ⑱398, ⑲301, ⑳312, ㉔168
～とアメリカの大学…⑲330, ⑳316
～と京都の学問…㉓569
～と「古典への道」対談…㉗435
～と東方学会…㉓632
～と文学 「源氏物語」…㉔13 芭蕉を読む会…㉔67 「有朋堂文庫」版中国小説…㉒343
～における微視的な見方…㉓528
～の自国文化批判…⑰8
～の父・小川琢治…⑰293
～のノーベル賞受賞…⑱44, ㉔183
～の「本の中の世界」…⑳4
湯島聖堂…⑰408, ⑱121, ㉓301, 403, 487, ㉔13
渝州…⑲316, ㉖171
逾…㉖20
熊野…㉕405
諭旨…㉓216
諭徳…⑬231
諛墓の文…①163
輸…⑮156
「唯識」…㉒403
唯心主義・唯物主義者…㉖473
唯心論・唯物無神論…㉗367
唯物論…㉒495, ㉖246
維摩詰…⑪91, 137, ⑫44, ㉒479, ㉖492, 493, 497, 500
「維摩詰経講経文」…⑭372
「維摩経」…⑯53, ㉓10, 458, ㉕236, 277
遺言…⑳334, 337
又日新康誥曰…①315
友協→中国対外友好協会
友松軒…⑭110
友情の詩…①5, 65, 74, 129, 144, 606, ⑦137
友人…⑱337
友朋…㉔309
尤延之…㉖472
尤侯韻…⑭482
尤蕭范陸（尤袤・蕭徳藻・范成大・陸游）…⑬170
尤物…㉓420
尤袤…⑬170 「遂書堂書目」…⑦555
尤楊范陸（尤袤・楊万里・范成大・陸游）…⑬170
右衛率府冑曹参軍…⑫178, ㉒28
右衛率府兵曹参軍…⑫242, ㉕452, 459, 478
右軍将軍…㉔234
右散騎常侍…㉗23
右賛善…㉓708
右史…㉑201
右史記言…②54
右拾遺…⑪510, ⑫390
右春坊…㉓708
右春坊仲允…⑯70
右省…⑫390
右丞相…⑪36, ⑫170, 173, ㉒23
右文説…⑳77, 78, 96
右補闕…⑪19, 510, 514, ㉗22
右補闕集賢殿直学士…⑪513
右僕射…⑬56
由→仲由
有…⑰434
有意思…⑰425
有韻之文…㉔79
「有学集」…⑯11, 34, 37, 63, 85, 106, 117, 655, ㉑213, ㉖430
～所収の詩文 「愛琴館評選詩慰序」…㉖438, 439 「隠湖毛君墓誌銘」…⑯132 「王侍御遺詩賛」…⑯128 「華仲通詩文集序」…⑯23 「海印憨山大師遺事記」…⑯44 「海印憨山大師科経総義或問」…⑯39, 44 「覚浪和上挽詞八首」序…⑯52 「憨山大師曹渓肉身塔院碑」…⑯44 「憨山大師託生弁」…⑯44, 51, 52 「憨山大師夢遊全集序」…⑯44, 45 「己亥夏五十有九日…即事奉呈四首」…⑯50 「季滄葦詩集序」…㉖443 「帰玄恭恒軒集序」…⑯124 「古史談苑摘録後記」…⑯45 「胡致果詩序」…⑯124 「鼓吹新編序」…⑯39 「後香観説 書介立旦公詩巻」…㉖446 「香観説書徐元歎詩後」…㉖445 「黄庭表忍庵詩序」…㉖446 「蔡大美集序」…⑯33 「紫柏尊者別集序」…⑯40, 45 「首楞二十五円通揀法解」…⑯39 「周元亮頼古堂合刻序」…㉖435, 440 「従遊集序」…⑯85, 88 「書憨山大師十六観頌後」…⑯44 「書瞿有仲詩巻」…㉖436 「徐巨源哀詞」…⑯85 「心経箋」…⑯52 「申比部詩序」…㉖442 「新刻震川先生文集序」…⑯124, 126 「水亭撥悶」…㉖453 「銭令人趙氏墓誌銘」…⑬35 「宋子建遥和集序」…㉖445 「贈雲間顧観生秀才」…⑯17 「贈太孺人趙氏墓表」…⑯35 「贈別胡静夫序」…⑯86, 119 「族孫遵王詩序」…⑥330 「大報恩寺修補南蔵法宝募縁疏」…⑯54 「題金陵丁老画像四絶句」…㉖453 「題十八祖道始頌」…⑯53 「題費所中山中詠古詩」…⑯33 「卓去病全集序」「卓去病墓誌銘」…⑯18, 83 「注李義山詩集序」…㉖452 「趙景之宮允六十寿序」…⑯35 「陳確庵集序」…⑯128 「陳古公詩集序」…⑯39 「唐詩英華序」…⑯124, ㉖439, 440 「唐詩鼓吹序」…㉖439 「答王于一論文書」…⑯95 「答山陰徐伯調書」…⑯105, 450 「答徐巨源書」…⑯85, 96, ㉖432 「答杜蒼略論文書」…⑯64 「読宋玉叔文集題辞」…㉖436, 451 「読梅村宮詹艶詩有感書後四首」…㉖453 「梅仙族孫詩序」…㉖445 「梅村先生詩集序」…㉖447, 452 「跋紫柏大師手札」…⑯45 「跋春秋繁露」…⑯66 「跋文中子中説」…⑯128 「范勛卿文集序」…⑯32 「武林湖南浄慈寺募建禅斎室延請禅師住持宗鏡唱導文疏」…⑯53 「復徐巨源書」…⑯

64 「復方密之館丈」…⑯87 「復李叔則書」…⑯124, ㉖433 「報李叔則書」…㉖433 「密蔵開禅師遺稿序」…⑯40, 53 「明故南京国子監祭酒贈詹事府詹事翰林院侍読学士石門許公合葬墓誌銘」…⑯107 「与厳開正書」…⑯66, 116 「楊明遠詩引」…⑯39 「頼古堂文選序」…⑯93, 95, 96, 123, ㉖444 「李貫之先生存余稿序」…⑯128 「李緇仲詩序」「李滄葦詩集序」…㉖443 「李忠毅公遺筆跋」「李忠毅公墓誌銘」…⑯29 「李忠文公文水全集序」…⑯124 「劉文端公墓誌銘」…⑯28 「嶺南刻憨山大師夢遊全集序」…⑯44 「婁江十子詩序」…⑯79
～における仏教への関心…⑯38, 39, 48
～の文章の特徴…⑬272
～への禁令…⑯58
「有学集補」…⑯38, 50
「憨大師の曹渓塔院に住持する諸上座に致す書」…⑯44 「坐脱比丘尼潮音塔銘」…⑯49 「松影和尚報恩詩草序」「天界初録題詞」…⑯52
四部叢刊本…⑯38
有閑…⑯506
有窮后羿…⑱86
有扈氏…⑩467
有些…⑭310
有若・有子…④3, ⑤103, 128, 165, ⑱93, ⑳494
有神論…②555
有職故実…㉓227
有正書局…⑳251
有宋の南渡→宋の南渡
有相氏…㉓419→北条氏
有竹居…⑮585
有徳院殿…㉗168→徳川吉宗
「有徳院殿御実紀」→「徳川実紀」
有那等…⑭320
有那無…⑮350
有苗…㉔25
有物の文学…⑯65, 106, 107, 110
有朋…⑤132, 133, 314
「有朋堂文庫」…②570, 603, ⑦5, ⑳231, 244, ㉒343, ㉗391
有本…⑯115
有名な詩の非凡さ…①458
有熊氏…㉕151→黄帝
攸…②104
攸好徳（五福）…⑤111
攸州…⑭80
邑…㉓190
邑宰…⑤326
酉…⑯217
「酉陽雑俎」…①211, ⑪368, ⑫401, 675, ㉒307
呦呦…⑦31
勇…⑤229-233
勇決…⑬106
勇之…⑥146
勇者…⑤43, 229
囿…㉓70
幽意…⑫154, 168
幽燕…㉖147, 148, 150, 151
幽王（周）…⑫238
幽客…⑬311
幽興…⑫154, 168
幽契…㉗196
「幽閨記」（南戯）…⑭364
幽薊（幽州・薊州）…⑪517
幽妍…⑮387
幽篁…⑪145
幽州…⑦546, ⑮375
幽州都督…⑪32
幽深孤峭…⑮539
幽人…①530, ⑪89, ⑮430, ㉕448, 449, 455, 456, 473-475
幽僻…①492, ⑮429
幽霊…②381
羑里…㉕157
挹婁…②585
悠…⑥274
悠悠…⑥324, ⑮471
悠揚…⑪437
湧泉…㉒76
湧波…㉒76, 77, ㉕482
游夏（子游・子夏）…㉕177, 178
游国恩 「紀念祖国偉大的詩人屈原」…①637 「屈原作品介紹」…①636 「読秦中吟的『傷宅』『立牌』二詩」「白居易及其諷諭詩」…①637 「柏梁台詩考証」…①627
猶…②36, ⑫387
猶古自・猶兀自…⑭321
猶与…⑩438
結城蓄堂…⑰397
裕宗（元）…⑮233, 235-238, 244, 284, 292→チンキム
遊衍…⑫620
遊宴…⑫246
遊宦…⑬7
遊騎…①494
遊戯法…⑯509-517
遊侠…⑥178, 226, 227, ⑦44
～のむれ（漢）…①353-354
遊月宮の山車…⑱550
遊子…⑥275, ⑫602, ㉖123, 143
遊糸…⑬68, ⑮525
遊女…⑬70
遊人…①468, ⑱455
「遊仙窟」…①612, ⑫35, ⑰413, ⑱18-20, 24, 25, ⑲47, 48, ㉕164, 282, ㉗10
遊走…⑦406

遊民…㉓340
遊冶…⑮471
雄渾社…⑳402
雄材大略…②297, ③13-14, ⑥121, 184, 185, 196, ㉕218
雄武皇帝…⑫173, ㉒23→安禄山
熊過…⑯87, 116
熊開元・魚山相国…⑯50
熊南沙…㉖454
熊保保…⑭565
憂（六極）…⑤111
憂患…㉓73, 74
憂愁…⑫338
憂心…⑥321
牖…②70-72
融通念仏宗…⑩458
優楽…⑭57
優柔…⑳495, ㉗236
優柔不断…⑳495, ㉗213, 235
優勝劣敗…⑯386
優旃・優孟…⑭7
優孟の衣冠…⑧25, ⑮526, 617, ㉓476
優游・優游不断…⑳495, ㉗236
所以…②87
雪の下（鎌倉）…⑱56
去辺…㉕167
逝く者…㉕169, 170, 174, 214, 243
弓を射る場合の伴奏（周礼）…③37
弓試合の儀式（儀礼）…③36
夢…⑤54, 183, 260, ⑱18-26, ㉕163, ㉖116, 124, 125
　～の予言…①186, 187
夢殿観音論…㉗306

よ

ヨーロッパ…⑪150, ⑲288, 290, 353, ㉒428, 495, ㉓708, ㉔135, 145, 155, 169, 294, ㉕430
　～遠征（蒙古）…⑬172, 602, ⑮373
　～から南米への移住…㉔150
　～的世界と中国世界…①279, ⑲26, 229
　　悪魔…⑲25, 26
　　海と森　海（中国）…⑲20-25　森（西洋）…⑲19-22, 24, 25
　　学問の基盤となる社会の相違…⑰214
　　貴族対商人と士と町人と百姓一揆…②406
　　小説の発生とその地位…⑳366
　　清朝末期の接触…⑲229
　　全盤欧化のスローガン（中国）…⑰4
　　地形的相違…①279（文化的多様性と単一性…①279, 282, ⑥180　面積…①279, 282, ②337, ⑥180, ⑰494）
　　中世のあり方の違い…㉑94, 95
　　中流階級の住宅…②416
　　都市商業の発達…②406
　　ハンブルクの中国料理屋…⑲401
　　ヨーロッパ的美と魯迅…⑯318
　　ヨーロッパの衰弱と唐帝国の繁栄…⑪330
　　ヨーロッパの文物の取り入れ…②560
　～とアジア…⑲458
　　ヨーロッパ的考え方と東洋文化…①261, 262
　　ヨーロッパの宿アジアの宿（ルソー）…⑳225
　～とアメリカ…⑥419, ⑲65, 323, 339, 343, ⑳489
　　学問の後援者…⑳318
　　荒涼たる自然の有無…㉔162
　　西洋文明の伝統からの自由…⑲323, 439, 447
　　東洋学講座…⑲440　東洋研究の比較…⑲438, 439, 447　東洋との関係…⑲323, 341, 343, 439
　　富の蓄積…⑲360
　　日本への関心…㉑141（日本文明史研究…㉒471）
　　白人多数の人種構成…㉔147
　　服装の差異…⑲339, 340, ⑳459
　～とシモン・ボリヴァール…㉔153
　～と宗教　アウグスチヌスの役割…⑲13
　　キリスト教…⑲13, 60, 65, ⑳489, ㉑94（カトリック…⑲229　ギリシャ的信仰と一神教的信仰…⑲3）
　　寺院…⑲352, 361, 410
　　都市の抹香臭さ…⑲4, 5, 13, 361, 410
　～と曽樸・金天羽の小説…⑯315, ⑳295
　～と中国人　康有為の亡命旅行…①551-560（印象の総括…①560　見学の感想…①554, 556）
　　銭稲孫留学…⑯550　李鴻章の使節旅行…②466
　～と日本…⑱449, ㉔183
　　伊藤仁斎研究…⑰133　歌舞伎人気…⑯587　日本経済の進出…㉔173　明治維新…⑳239
　～と日本人　姉崎嘲風…㉔17　生島遼一…㉔43
　　狩野直喜の調査旅行…⑰218, 266, 278, ㉓596
　　坪内逍遥…㉔17　浜田耕作の派遣…⑱477　宮崎市定…㉗298　森鷗外…㉔17, 18　矢吹慶輝の調査旅行…㉒335
　　日本人の留学…㉒335, 336（宇野哲人…㉒335　小島祐馬…㉒335, 336　島村抱月…㉔17　那波利貞…㉒336　羽田亨…⑱477, ㉒335, 336　福原麟太郎…㉔121）
　　留学と西洋の遠さ…⑲429
　～におけるイタリー…㉒367
　～における北欧…⑲400
　～の音楽…⑰485
　　オーケストラ…㉗308　オペラ…⑲401
　～の回復・経済成長…㉔181
　～の外国語教育…⑲194, 196
　～の学生の国外旅行…⑲368
　～の汽車…⑲346
　～の宮廷のフール…⑪53
　～の共有する詩人…⑰553

～の教会風の東方文化研究所…㉗316
～の芸術尊重…①557
～の元雑劇紹介…①44, ⑲413
～の言語→ヨーロッパ語
～の現代詩人…①132
～のこよみ・正月…②546
～の古蹟尊重…①556
～の侯国…㉔254
～の自然　雨・川の水量…⑲395　イタリアの空…⑲407, 408　海…⑲20　雲…⑲400, 401, ㉔181　山容…㉔181　地質…⑲352　ヨーロッパの川と南米オリノコ川…㉔149　緑野…⑲349-351
～の小国…⑲351-357, 391
～の人口と平地面積の余裕…⑲353, 354, ㉔182
～の人材…①554
～の人文と自然…①560, ⑲338
～の生活…⑰484, ⑳175, ㉔139
～の大学…⑱50, ⑲439, 440, ㉒436, ㉗372
　大学の自国文学の講座…⑰10
　日本人留学生招聘…⑲370
～の誕生日への意識…②554
～の天文数学…①285
～の電話…㉔177
～の都市…⑲355, 360, 363, 381
　モスコウとヘルシンキ…⑳459
～の東方への冷たさ…㉔178-180
　ホテルの不親切…㉔177, 178
～の東洋学者…⑥250
　学会の最長老カールグレン…⑲417
～の東洋研究…⑲438, 441
　シノロギー・ヤポノロジー…⑲439
　戦後の中国文学研究…⑲417
　戦前の西方シノローグ…⑲415-417, 439, 447
　（異種の生活への好奇心…⑲418, 419, 439, 447
　中国文学史研究…⑲414, 415）
　東洋学研究論文目録…㉒47
　古本屋の目録のアジア・アフリカの項…⑲323
～の富…⑲351, 358-360
　権威の象徴…⑲361　小国の富…⑲351-354　蓄富と保存の知恵…⑲358-360　道路…⑲349, 351-353, 357-359
～の日系米軍部隊…㉔192
～の農村…㉔182（農奴制度…②419）
～の文学→ヨーロッパ文学
～の文字…⑳97（文字組織…①288）
～の余暇のゆたかさ…㉔182, 183
～の旅行者…⑲342, 364-366, 368, ㉔182
　日本人旅行者…⑲340, 364, ㉔178
～の歴史…⑥191, 413, ⑲458
　近代史のはじまり…②406　宗教改革からナポレオンに至る時代と南米…㉔150　文芸復興の成功…⑯313
～の歴史区分…⑥191, ㉔150
～旅行（吉川幸次郎）　一九七〇年…㉑669, ㉔128, 171, 172, 180, 181, 183, 197, 206, 219
　一九六〇年…⑦540, ⑬215, 630, ⑲337, 344, 369, 407, 411, 413, 421, 425, 471, ㉔121, 122, 127, 171, 172, 206
ヨーロッパ学…⑲107
　ヨーロッパ人と同じに考える…㉒423
ヨーロッパ語…⑱394, ⑲102, ㉕422
～と漢文読解法…②72
～と辜鴻銘…⑯272
～と中国語の難易…⑰427, 429
～と日本語…⑲198, ⑳329
　柔軟さ…⑱372　明晰さ…⑱371
　ヨーロッパ語の固有名詞表記の可能性…㉔166
　ヨーロッパ語の語序の影響…⑲198
～と安田二郎…⑰362
～におけるエリートという言葉…㉕289
～における複数語族の相互影響…⑳87
～の学習と中国語の学習…⑲199
～の諸方言…⑲199
～の話し言葉と書き言葉…⑳119
～の one word と漢字…②209
～訳・四書五経…⑰631
ヨーロッパ人…⑲13, 343, ⑳176
～と中国文学…⑲414（李杜…①116）
～と北方…⑫708
～の中国研究…㉖506
～の皮膚の白さ…①560
ヨーロッパ線（ヴェネゼラ国営航空）…㉔145
ヨーロッパ大陸…①551
ヨーロッパ文化と支那文化…⑰426
ヨーロッパ文学…①278, ⑫586, ⑱9, ⑳368, ㉑91
～作品の翻訳（日本）…⑰543, ⑲28
～と極東の文学…⑫586-587
　十三・十四世紀のヨーロッパと中国…⑯291
　中国文学との比較文学的研究…①626
～の性質　キリスト教の影響…⑫586-587
　叙事詩に始まる文学…⑫586, ⑯291
　非日常の文学…⑫586
～の理想…②555
ヨーロッパ文学史…①324
　近代小説…⑳27　近代文学…㉒348　古代文学…①73　詩…⑱445　十九世紀の小説…⑯600　十六七世紀の文学的冷淡…①286
～の始まり…③15, ⑫586, ⑱9
ヨーロッパ文明…②555, ⑲28, 323, 338, 412, 447
ヨーロッパ文明（近代）…①278
～と明治文明…⑰626
ヨネ・ノグチ…⑱336-337, ⑲111→野口米次郎
「岩野泡鳴」…⑱335
ヨハネ…⑳223
ヨブ…⑫692, ㉗325
ヨモツクニ…㉗92→黄泉国

与…②180, ⑤308
与謝野源氏…⑱52, 430, ㉔14
与謝蕪村…⑱122, ⑳225, ㉔150
　〜と范成大…①407-409, ⑬163
　〜と松尾芭蕉…①52, ⑫715
　　芭蕉と蕪村の間の時期…⑰624, ㉓529
　　白居易の読者…⑪228
　〜における月と梨花…⑮148
　〜の俳諧と宋詩の流行…⑬170
　〜の墓・法要…⑱61
「与蘇武書」…①638
予…㉗275
予章（江西）…⑥79, ⑪491, ⑬127, ⑭580, 581, ⑮241, 258, 286, ⑯144
「予章城双漸趕蘇卿」…㉖414
予章太守…⑦487, ㉕212
予定調和…⑤311, 312
予母都志許売（よもつしこめ）…㉗195
世の餘事…⑥366
世仁（よひと）…②220→後宇多天皇
四字句…②32, 345
　〜と漢文の文体　「漢書」…⑦472　漢訳仏典…②170, ⑦511, 512, 514　韓愈の文…②34, 35, 102, 177　古文…②34, 102　「国語」…⑦513　「左伝」…②102, 133, ⑦513　「詩経」の句形…②217, 302, ③6, 8, 29, 30　「資治通鑑」…②158, 159　「十七条憲法」…㉓12, 13, 18　「尚書」…②33, 34, 39　「世説新語」…⑦470, 472, 514　「孫子」…②125, 126　中世の美文…②102, 168-170　「風俗通義」の文体…⑦513, 514　「孟子」…②117　劉向の文体…⑦513　「老子」…②125, 170　「論語」…②33, 94, 101, ⑦512, 513
　〜と現代口語文…②48
　〜は中国の文章の基調…②39, 40, 102, 170, ⑦512
四ッ足門…㉗57, 62
四人組（文革期）…㉕464, 469
吉善・ヨゴト…⑰195, 196, ㉓496, 497, 546, ㉗205, 218
余嘉錫「目録学」講義…⑯645
余懐「板橋雑記」→その項
余冠英…①366, 637, ⑥336, 337, ㉕471　「楽府詩選」…⑥345（序…①618）
余闕…⑮320　「御書賛」「青陽先生文集」…⑮277
余志安…⑮317, 323
余照「詩韻珠璣」…⑰389
余蕭客「古経解鉤沈」…㉗260
余仁仲…⑰591
余年の楽事…⑳348, ㉔246
余姚（浙江）…②479, ⑭34, ⑯9, 30, 94, 170, ㉒287
依田義賢（よしかた）…㉗17-20
夜さり・夜渡月…㉔7
預浩…⑬230, 231
豫…⑩438
豫譲…⑦471
餘事…⑥366
輿…②188
「輿地志」…⑪210
輿夫の喩え…㉕255, 260
歟…②179
宵の明星…㉕130
么篇…⑭487, ⑮36
夭…⑪388-390
「幼学瓊林」…⑯356, 584
「幼学詩」…⑭480, 527
「幼学須知」…⑰560
幼字…②166
「幼童詩」…⑭296
用…㉖383
用韻法…㉔77
用語による古典研究…㉗275
用光…⑰520
「用字格」…⑰150, ⑲188, ⑳12, ㉓309, ㉔308, ㉗249
用事用典の煩…⑫688, ㉗321
用典の拙なるもの…⑯155, 165
用典の煩…⑫689, ㉗322
羊侃…⑬580
羊欣…⑰502
羊祜…⑰330
羊思達…⑦543
羊秉…⑦505, 507
妖韶…⑬41
拗…⑬518
「拗相公」…⑬503, 518, 519, 523, ㉗287
　〜の江居…⑬435-438, 440-442, 445-449, 451
杳杳…⑥310
姚安…⑯98
姚英杰…⑭378, 428
姚泓（おう）…⑦432
姚寛「西渓叢語」…⑫656, ⑭299
姚姫伝…㉓191　「惜抱軒文集」…㉓190
姚鉉「唐文粋」→その項
姚興…⑦432
姚合…⑬186, ⑮382
姚察…⑫657, 658, 665-667, 669, ⑬575, ⑰344
姚之駰…㉓168
姚思廉…⑫657, 662, 665, 667, ⑬575　「梁書」→その項
姚守中…⑭137　「牛訴冤」…⑭117, 119　「逢萌掛冠」雑劇…⑭117, 225, 476
姚汝能…⑫57, 237, 260-262, ㉒83
姚振宗「隋書経籍志考証」…⑦150
姚燧・端甫・牧庵…⑭75, 90, 106, 117, 158, ⑮317, 321, 325, ㉒290, ㉖433
　「湖広行省左丞相神道碑」…⑮299, 310　「牧庵集」…⑮310
　元の韓退之…⑭82

姚枢・公茂・雪斎…⑭106, 117, 119, 131, 135, 158
姚崇…⑪30, 32, 33, 41, ⑫38, 52
姚鼐…②491, ⑯242, 353 「心不在焉…」…①311
「荘子章義」「老子章義」…②490
姚桐寿「楽郊私語」…⑭162
姚文溪…⑯243
姚冐（べん）…⑪511
姚孟長…⑯54
洋学（日本）…㉔18, 21, 220, ㉗354
～者…㉗354
洋学洋行無用論（日本・明治）…㉔17
洋上の大伽藍…㉔187→島の前なる大伽藍
洋装本…㉔312, 313
洋澄湖…⑮570, 585
洋暦…⑯490
要…⑦527
要津…⑫108
要路の津…⑥327
容…⑥294
容安軒…⑰351
容庚「論列朝詩集与明詩綜」…①617
容容の福…①548
涌…⑱454
窈窕…②8, 216, ⑭515, 516
庸…⑮526, ㉖225
庸国公…⑦548
庸主…㉒85, 86
庸妄人…⑮526
揺装…⑮204
揺揺…⑦394
揺落…⑮432
揚…③481, ⑥375
揚之水…③477, 478, 481, 482
揚州（江蘇）…⑭492, 493, ⑮508, ⑯604, 651, ⑳391, ㉒415
～からの旅　北へ通ずる運河…④9, ⑪211, ⑯573
西行した真州…⑯638　北上した高郵県・宝応県→江蘇
～近傍地方の医家・鄒放…⑬211
～と関係ある人物　王士禛…⑯575　丘紹周…⑯572, ⑳297　阮元…⑯9, 245　蘇軾…⑬102　宗臣…⑮512　張鳴善…⑭158, 168　陳琳…⑦102　杜牧…①347, 444　馬曰琯・馬曰璐…㉒312　梅尭臣…①445　文天祥…⑮405　李芝義…⑭383
～の維揚書院（明）…⑯100
～の塩商…②404, ㉓166, 583, ㉔278, ㉗312
～の学…⑯5, 8-10→江北の学
～の古名・広陵…⑦102, 381
～の芍薬…①528
～の小家女（白居易）…⑪306, 308
～の商家の道楽息子への意見（東堂老）…⑭58
～の地名　海陵県…⑰466　江都県高士坊…⑦98　興化…⑮512
～の南牌楼…⑯572, ⑳297
～の包子…⑯572
～の夢（杜牧）…①347, ⑪450, ㉖125
～へ「四庫全書」分置…⑯225
揚州（九州の一）…⑥374, 375, ⑯223
「揚州図経」…⑯245, 246
揚州僉判…⑬432, 519
揚州太守…⑬432
揚州都督監修国史上柱国趙国公…⑰596
揚州八怪…⑯641
「揚州府志」…⑯246
揚州府推官…⑯154, 575
「揚州夢」雑劇・「杜牧之詩酒～」…⑭45, 217, 349, 382, 383, 389, 428, 433, 471, 498, 502, 509, 510, 595
～の牛太守・張好好…⑭510
揚州路摠管…⑭187, 385
揚子江…⑦46, ⑫160, ⑮594, ㉒461→大江→長江
～以南の地域…⑦334, ⑯223, ㉑236
歙県出身の学者（明末以後）…㉔276
呉・蘇州近傍の地…⑪214
瘴癘の地…⑫681, ㉖120
長髪賊の乱の拡大…②389
南方開発　漢代…⑥415, ⑲227　南北朝…⑯615
鄱陽湖の入口・潯陽…⑦326, 334
風景…⑦591, ⑪54, 179, ⑲220, ㉑239
～を境とする南北
対立（三国・南北朝）…②322, ⑦589, ⑯616, ㉑245
魏と呉…⑦3（曹操と孫権・赤壁の戦い…①412, ⑦28, 80　曹操の再挑戦・安徽出兵…⑦80）
建康を首都とした六王朝…⑦359, 589
晋による呉の併呑…⑫20
晋の南渡…②550, ⑦428, ⑫22, ⑯615, 616, ⑱381（苻堅軍から東晋の防衛〔謝安〕…⑦291, 429）
中国文明の南方進出…⑯615, ⑲227, 228
東晋以後の中国文明の中心（南北朝期）…①74
東晋王朝の衰弱…⑦358
東晋の軍閥／桓温・桓玄・劉裕…⑦359（桓温・上流地帯の支配…⑦359, 362　桓玄・建康へ攻め下る…⑦363　上流地帯占有・西上し殷仲堪討伐…⑦366　デルタ地帯で劉牢之・劉裕の転戦…⑦379）
東晋の失地回復の命題…⑦428, ㉑245（殷浩の北伐…㉑245, 246　桓温の北伐…⑦359, 429　劉裕の北伐…⑦429, 432, ⑫23）
東晋の清言と南宋の経儒…㉗139
南朝文化　上流地方と下流地方…⑫27　情緒的…①281　南朝文化とその継承…⑳335　南北対峙期における文化の中心…⑫28
対立（南宋・金元）…⑬6, 173, 600, ⑭8, ㉒98
海陵王の北岸への進軍・暗殺…⑮376-377　朱子学の南宋限定…㉒98, ㉕53　朱子学北伝・許衡による尊重…㉕53　宋帝室への勤王談…㉖

381　宋の南渡…②551, ⑬6, 482, ⑭8, ㉖241
言語的相違…⑭279, ⑯572, ㉖27
～を上海から潯陽へ遡る…⑦326
～を南京から遡る…⑪100
西行して行った夫（長干行）…⑪122
～下流デルタ地帯…①279
漢帝国創業者の出身地…⑦46, ㉕72, 73
言語・呉語…⑰372
清朝文明の中心地…㉓617（学問…⑯3　皖派の学〔安徽〕…⑯5, 7-10　呉派〔蘇州〕の学…⑯5-10　江北の学〔揚州〕…⑯5, 8-10　浙東の学…⑯5, 9, 10）
唐時代　安史の乱と玄宗の処置・穀倉地帯の支配と物資の集積…⑫330　永王璘の反乱…⑫330, 680　水運と商業の発達（長干）…⑪121
杜甫の放浪生活…⑫151, 563, 581　李白の放逐…⑫330, 680, 681
文学（元時代）…⑮445（元末明初の市民文学〔松江…⑮469　蘇州…⑮468〕　文人のパトロン…⑮445）
文学（南宋以後）…①77（市民詩人数の増大…⑮366, 428　市民詩の成熟…⑮434）
明中期以後の読書人の増加…②429, ⑮567（蘇州近傍・沈周の例…⑮567, 570-573）
～・黄河の東流…②265, 349, ⑰493
揚子江東流…㉖142-144（揚子江とミシシッピイ川…⑲220）
～上流地方の軍事勢力・大国
楚王・楚（戦国）…⑪70, ㉕414　陳友諒（元）…⑮459　劉表（三国）…⑦28, 79
～ぞいの江西平野の陰暦九月…⑦294
～ぞいの地名　安慶…⑦326　夷陵県…⑬65　雲陽県（雲安県）…㉖171　灩澦堆…⑪122　横江…⑪99　下関…⑯566, ㉒417　夏口…⑯191　岳州…⑪100　漢口…⑪100, ⑯191（漢口と揚子江中流地帯の平野…⑯190）　漢陽…⑯191　規林…⑦445　夔州…⑪70, ⑫5, 577, ㉔188, ㉖153, 171　九江（潯陽・江州）…⑦326, ⑪277　竟陵…⑯191　金山…⑮498　瞿塘…⑪122　京口…⑦379, 381　荆州…⑦79　荆門…⑪96, 97　公安県…⑮534　江州…⑬65　采石磯…⑪179　三峡の険…⑫5, 577, ⑬99　四川…⑪330　上海…⑦326, ㉖131　重慶（渝州）…⑯534, ㉖171　鍾離…㉖131, 132　真州…⑮402　成都…⑪250, ㉖142, 144, 153, 171　西江…⑪308　赤壁…①411　忠県（忠州）…㉖171　鎮江…⑪210, 211, ⑯185, 572　南京（建康・江寧）…⑦326, 359, ⑪100, 179, 211, 214, ⑫28, ⑯614, 615, ㉒417, ㉖131　沛…⑦46, ㉕72　武昌…⑯191, 270, ⑰94　蕪湖…⑦326　浦口…⑯566　無為県…㉖396　揚州（広陵）…⑦381, ⑪211, 308, 490, ⑯5, 572, ⑳297
～と関わりを持った人人　王昌齢　万歳楼・芙蓉楼…⑪210, 211　寒雨連江夜入呉…⑪213, 214
欧陽修　夷陵への遷謫…⑬65　江州における悲傷…⑬65
漢武帝　蛟退治…⑥144
韓愈と江東…⑪385
黄庭堅…⑬293
査初白　鎮江から西へ遡る…⑯185, 186, 188
謝朓の風景詩…㉒70
鍾惺　武昌から南京へ下る…⑮539
常建　江上琴興…⑪157
祖逖　渡江の楫…⑮411
蘇軾…⑬106（海南島からの帰還…⑬118　黄州流罪…⑬101, 104, 106　眉山県から黄州へ蘇安節来訪…⑬277　眉山県から父弟と共に都に下る旅…⑬99）
陳三立…⑯270
鄭任鑰　堤防の修築…㉓206
鄭成功　河口から南京へ攻め上る…⑯614
杜甫…⑪47, 74, ⑫646, ㉖179（夔州・注目寒江…㉖204, 206　月湧大江流…㉖172-175, 179　江南好風景…⑪54　成都・大江東流…㉖142-144　成都・老江辺…㉖153　成都から夔州へ下る…⑪70, ⑫5, 531, 577, 583, ㉔188, ㉖10, 153, 171, 179　返照入江〔白帝城〕…⑪71, ⑫583　不尽長江…⑪74, 75）
杜牧　斉安の城楼…①349　赤壁古戦場…①411
陶淵明…⑦383（潯陽柴桑人…⑦326　彭沢県から帰郷の旅…⑦393　都から帰郷の旅…⑦445　劉敬宣の使者として建康へ下る…⑦382）
白居易　江陵卑湿…⑪316　蜀の地方の水の色…⑪250　潯陽江頭…⑪277
范成大　「呉船録」…⑬163
馮魁　「双漸小卿」諸宮調…⑭580
李白…⑪100（沿岸各地の放浪…⑪86　横江館…⑪99　荆門を下る…⑪96, 97　江南採蓮の娘…①353　采石磯の月…⑪179　宣州の謝朓の高楼…⑪95）
陸游　「入蜀記」…⑬163
～の支流…①350, ⑤28, ⑪289
～の幅…⑪47, 99, 211
～のひろさ…⑯619
～流域地方　カロライナの風景との相似…⑲220
河口…⑯614, ⑱534, 535（河口から遡る旅…⑦326　柳…⑯619, ㉒355, ㉓618）
義和団事件への反応…①519
古代文明の北方からの拡大…①72
山水の美…⑯615
新興国家群の様相（春秋期）…⑤94
土地の不健康さ・卑湿…⑪316
文学（楚辞…①11, 73, 92, ③24, ⑥199　南朝の美文…①74）
「揚子江」（毎日新聞社）…⑯10
揚馬（揚雄・司馬相如）…⑥221, 254, ⑪133, 135→楊馬

揚仏批儒…㉒111
揚雄・子雲・揚子…⑥254, ⑭564, ⑮276, 277, ㉓345
→楊雄
～とE. R. Hughes…①629
～と後人 韓愈…⑬555 呉振棫…㉓189 孔融（曹丕評）…⑦101 朱子…⑥222 張衡…㉕223 杜甫…⑫34, 64, 78, 353
～と司馬相如…⑥221, ㉑7, ㉓351, ㉕219→揚馬
司馬相如に対する評…⑥219, 220, 225
～と「詩」…⑰591
～と同時代人 王莽…⑥254, ㉕219, ㉗293 包咸…㉕230 劉歆…①491
～と「礼記」…⑭90
～における語彙・事項 言・書…⑳41-42 儒…㉓342 抽・読…⑲92 沈思…㉓627, ㉕219 水…㉕219, 220 有是哉…㉕220 川上の嘆解釈…㉕218-220, 224, 228, 230-232, 238
～の後継者出現への期待…⑯111
～の子雲投閣…①387, ⑥255
～の寂寞…①492
～の賦…①74, ⑥222, 225, 331, ㉑7, ㉓351
官箴の文学…⑦173 後継者…㉕223 詩人の賦・辞人の賦…⑥222 自分の賦作品についての反省…⑥254, ⑪37, 38, ㉑7 宋玉から揚雄に至る流れ…⑥222
～の賦作品・著述 「羽猟の賦」…⑥254, ㉑7, ㉕219（序…㉕163）「河東の賦」…⑥254 「解嘲」…⑥254, 299, ⑦144 「解難」…⑥254 「甘泉の賦」…⑥254, 331, ㉑7, 8, ㉕219 「訓纂篇」…㉑7 「劇秦美新」…⑥254 「太玄経」…②483, ⑥254, ⑦529 「大僕の箴」…⑰591 「長楊の賦」…⑥254, 331, ㉑7, ㉓194 「反離騒」…⑥254 「百官の箴」…⑥255 「方言」「法言」→各項
～は前漢文明の代表者…㉕222
～は前漢末の文明担当者…㉕219
葉嘉瑩…㉔141, 207
葉揆初…⑰596
葉兢耕「短篇小説剖析」…①637
葉景葵…⑯330
葉慶炳「朱敦儒与樵歌」「北詞広正譜般渉三煞糾謬」…①628
葉広堂…⑭38
葉向高・福清…⑯14, 31, 32, 124
葉子奇「草木子」→その項
葉昌熾・鞠裳…⑯306, ㉒302-303 「蔵書紀事詩」…㉒300
葉紹鈞「倪煥之」…⑯439, 440, ⑰411（毅公・金小姐・倪煥之…⑯439 蔣士鑣…⑯440）「古代英雄的石像」「稲草人」…⑰374
葉燮…⑪378 「原詩」「唐百名家詩」序…⑪377
葉盛「水東日記」…①209, ⑬522, ⑮455
葉靖…⑫266
葉卓如…㉕470, 479
葉廷琯「吹網録」…⑩454
葉適・永嘉…⑬177, ⑮6, ⑯127 「習学記言」…⑦532, 534 「水心奏議」…⑮6
葉濤…⑬447, 451, 452
葉徳輝…⑯253
～観古堂刻本 「金主亮荒淫」…⑬500, 501 「静惕堂宋元人集書目」…⑯145 「曝書亭刪餘詞」…⑯148
～殺害…㉒396
～輯本「蔡氏月令章句」…③517
～と塩谷温…⑭597, ㉒334
～の「書林清話」…⑬581 「郋園読書志」…⑯253
葉方藹…㉓258
葉夢得…⑦370, 486 「玉澗雑書」…⑦485, 490 「石林燕語」…⑬519 「石林詩話」…⑦169 「避暑録話」…⑰559
葉李…⑮104→蛮子秀才
葉林宗…⑯237
陽烏…⑬83
陽関…⑪150, 151, ⑭76
陽関三畳…⑪151, 158
陽関の曲…⑬374
陽九…⑮412
陽虎・陽貨…⑤17, 21, 176-181, 239, ⑩467
陽剛の文…⑪379, 380
陽穀県…㉖382
陽朔県…㉒488, 489
陽山県令…⑪364
「陽春奏」尊生館万暦刊本…⑭40, 365, 380
「陽春白雪」…⑭64, 145, 166, 168→「楽府新編陽春白雪」
選中古今姓氏・散曲叢刊本…⑭168
陽城…⑩458
陽羨…⑯142
陽道壮偉…⑫318
陽氷…⑫231
陽平声…⑭19, ⑳88
陽明学…⑯19, 61, 67, 74, 76, 89, 100-102, 104, ⑰438, 439, 545, ⑳282, ㉒282
「陽明学大系」…㉒282
陽明文庫…⑱495, ㉒340, ㉓230, 235, ㉕279
～主事・名和修…㉓228
～所蔵新井白石書簡…㉓232-233
～所蔵本 「孝子伝」…⑦551 「縉紳全書」…㉓230, 235 「毛詩」経注…⑩460
陽明門（京都）…㉓234
陽明門流の書…㉒282
陽里（沛・豊邑）…㉕74, 77, 78
陽暦…⑯490, 495
陽和門（真定路）…⑭56
傭耳剽目…⑯97

騰…②190
楊維楨・廉夫・鉄崖…⑭157, 168, ⑮435, 439, 475, 606, ⑯171
～を中心とする南方の文人…⑮441, 442, 445, 480
芸術至上主義…⑮441, 502
～と松江…⑮469
～と同時代人 倪瓚…⑮443, 445, 480, 502 顧瑛…⑮445 薩都剌…⑮456 朱元璋…⑮440 北郭の十友…⑮465
～と北京の詩人たち…⑮446
～と明清詩壇…⑮440
～の市民詩人としての存在…⑮435, 439, 440, 463
～の詩…⑮435, 440
応璩詩（古有行道人）の擬作…⑦161, 174 「宮詞」…⑭68, 144 「香奩八題」…⑮438, 440 「三叟者訣」…⑦161 「成配」…⑮438 「西湖竹枝歌」…⑮437 「精衛操」…⑮435 「染甲」「続奩集二十詠」…⑮438 「漫興」…⑮437 李商隠「無題」の擬作…⑮438 「老客婦の謡」…⑮440
～の著述 「鉄崖先生古楽府」…⑦161, ⑭144, ⑮435 「東維子文集」…⑭84, 167, 174, 175, 183 「復古詩集」…⑮438
～の文章…⑮440
演劇・俳優に関する文章…⑭84 「沈生が楽府の序」…⑭183 「優戯録の序」…⑭167, 174
～の李白・李賀の祖述…⑮435, 452, 463
～への王禕の批評・文妖…⑮439
楊一清…㉒51
楊允孚「灤京雑詠」…⑭69 「灤京百詠」…⑮285
楊瑀「山居新話」→その項
楊惲…⑦412, 416 「孫会宗に報うる書」…⑥314
楊雲翼…⑭133, ⑮382, ㉒117, 118
楊栄…⑮476
楊栄国 主編「簡明中国哲学史」→その項
楊鋭…⑳296
楊王孫の葬式…⑦306, 307
楊応竜…①533
楊億・大年・文公…⑫721, ⑬53, 54, 231, 243, ㉒65, ㉕498, ㉖433 「獄に重き囚有り」「民の牛多く疫もて死す」…⑬58 「無題」…⑬52
楊恩寿「詞余叢話」…⑭38, 311, ⑳92
楊花…⑪118
楊果・正卿・西庵…⑭90, 100, 130, 134
楊河…⑮500, ㉑55
楊家一捻紅…⑭394-397, 399, 414, 437
「楊家将伝北宋志伝」・楊家将の軍談…⑭203
「楊家府演義」…⑭202
楊華・白華…㉔200, 202
楊覚勇…㉔127, 193
楊完者…⑭169
楊奐…⑭135
楊簡…⑯9
楊鑑資…②538
楊沂中・和王…⑬344, 506
楊基・孟載…⑮468, ⑯144, 147
楊貴妃・太真・玉環…⑫106, ⑭395, 418, ㉖195
～と吾妻徳穂の踊り…㉔215
～と華清の第二湯…㉒484
～と玄宗…①24, ⑪232, 275, 556, 559, ⑫261, 264～266, ⑮226, ⑳150
玄宗の耽溺…⑪239-241, ⑫222, 227, 265, 549, 568, ㉕405
玄宗の楊貴妃追放と後悔…⑫54
入内…⑪235, 244, 554, 556（女道士楊太真…⑪235, 260, ⑫54 息子の妃の取り上げ…⑪235, 236, 260, 554, 558, ⑫54）
白居易「長恨歌」…①33, ⑪232, 554, 556, 558, ⑫261, 265, 271, 286（作詩に至る経過…⑪275 作者の共感…⑪313, ⑫261 主題…⑪296 楊貴妃の出身…⑪235, 236〔楊家の女…①33, ⑪234-236, 269〕 楊氏一門の繁栄…⑪241, 242 楊氏一門へ市民の批評…⑪243 亡き楊貴妃への思慕・悲哀…⑪250-253, 256, 333, 556, ⑮210, 216, ⑳462 美貌…⑪237, 238, ㉕90 楊貴妃の死後の消息…①197, ⑪257, 260, 557, ⑫271 楊貴妃の幻影…⑪250）
李白 「宮中行楽詞」…⑪110-112, ⑫664 沈香亭の花見…⑪177, ⑯593
～と玄宗と安禄山→安禄山
～と皇太子（粛宗）…⑫313
～と高力士→その項
～と乗馬…⑫266, ㉖31
～と杜甫…⑫259, 273, 664
危機の予感…⑫226, 549, 582（慈恩寺塔からの眺望…⑫220-222, 549, ㉕405 朱門酒肉臭路有凍死骨…⑫189, 213, 214 戦況停滞への焦燥と危惧…⑫257 楊貴妃と金蝦蟆…⑫227, 236-238, 274）
杜詩 「哀江頭」…⑪275, ⑫274, 283, 371, 372, 582 「解悶」…⑫279 「宿昔」…⑫274 「北征」…㉒60 「麗人行」→その項
杜甫の前半生の時代…⑪45, ⑫59（玄宗・楊貴妃・李林甫・楊国忠・安禄山・高力士の時代…⑫119 玄宗・楊貴妃・高力士から粛宗・張妃・李輔国の時代へ…⑫325）
楊貴妃への追憶…⑫274-276, 278, 279, 372（芙蓉苑の回遊…⑫371）
楊氏一門批判…⑫103, 213, 273, 582（楊貴妃死へ玄宗の決断の賛美…㉒60）
～と梅蘭芳の演技…⑯590, 593
～の家族・親戚 兄・楊錡…⑫55, 56 楊銛…⑫54-56 姉たち→虢国夫人・韓国夫人・秦国夫人 従兄→楊国忠 父・楊玄琰…⑪235, 554
一門の増長…⑪241, ⑫55, 56（五楊の驕奢…⑫56）

～の事蹟…⑫53
～の聡明…⑪40
～の独占欲…⑪240, 554, 555
～の茘枝取り寄せ…⑫279, 548
～は哲婦…⑫238
楊輝斗…㉓265
楊恭懿…⑭131, 132, 140
楊玉娥…⑭120, 121, 574, 576, 581, 582
楊駒児…⑭231
楊恵之…⑬79
楊烱…⑪14, 552, ⑫14, ⑬578, 579, ⑮468
楊景賢…⑭210, 367, 392　雑劇「劉行首」「児女団円」→各項
楊棨「京口山水志」…⑪211
楊継盛…②463, ⑮518, 519, 567
楊慧…⑦547
楊傑…㉑182
楊堅…⑦539, 545, 547→文帝（隋）
楊暄…⑫175, ㉒25
楊謙「朱竹垞先生年譜」…⑯148, 149　「曝書亭詩注」…⑯640, 641
楊顕之…⑭137, 210, 211, 219, ⑮10, 12, 16, ⑯536
雑劇「酷寒亭」「瀟湘雨」→各項　「蕭県君托夢秦川道」…⑮14, 17
楊元成…⑮269
楊衒之「洛陽伽藍記」→その項
楊弘道→楊叔能
「小亨集」…⑮397（序・元好問…⑮397）「優伶語録」…⑭59
楊香…⑦551
楊康恵公…⑭162, 163
楊衡…⑫357
楊国材…⑭162
楊国忠・釗…⑫56, 60
～と安禄山→その項
～と玄宗
玄宗長安脱出に随行…①177, ⑪246, ⑫174, ㉒24（蜀への避難を主張…⑫174, ㉒24　馬嵬陂で近衛兵に惨殺される…⑪247, ⑫175, 268, 280, 323, 372, ㉒25）
宰相への抜擢…⑪241, ⑫57, 281, 313, ㉕477（業者との結託…⑪242　失政による混乱…⑫281　戦争政策への迎合…⑪303）
庶民宰相登場への期待…㉕477（挙子派の期待…㉕478　人事促進…㉕452, 459, 478　銅貨私鋳の解禁…㉕478）
楊貴妃の姉たちの推挙…⑫56（収斂の臣としての手腕…⑫57）
～と皇太子…⑫313
～と杜甫　杜詩における批判　一族の奢り…⑫189, ㉒29, ㉕478　楊国忠をめぐる頽廃…⑫700, ㉕404, 452, 459　楊国忠・安禄山を衛青・霍去病に比擬…⑫189
楊国忠政府への期待…㉕452, 459, 477（推薦懇願・鮮于仲通への献詩…㉕452, 459, 478）
～と朝廷の諸臣　韋見素…⑫328　哥舒翰不信…⑫173, ㉒23　高力士…⑫318, 319　李泌…⑫326　李輔国…⑫175, 323, ㉒25　李林甫…⑫57, ㉒85
～の出身…⑫56
不良少年あがり…⑪241, ⑫56, ㉕459　鮮于仲通との関係…⑫56, 66, ㉕452, 459, 478
～の鳥獣行…⑫56, 57, 108, 273, ㉕403-404
楊載…⑮231, 452
楊纂…⑦545, 546
楊士奇・東里…⑮476, 618, ⑯124
楊士勛　疏「穀梁伝」…⑥365, 377, ⑰591
楊士弘「唐音」…⑪197
楊子…⑰385, ⑳165, ㉓109, ㉗244, 259→楊朱
楊之水…③481
楊思勗（しきょく）…⑪42
楊梓・康恵公…⑭180, 185
雑劇「霍光鬼諫」…⑭162, 163, 181, 450　「敬徳不伏老」…⑭162, 163　「豫譲呑炭」…⑭162, 163, 181, 476
楊賜…⑦94
楊時・亀山…⑯21, ㉒111
楊時喬・端潔公…⑯89
楊守敬・惺吾・隣蘇老人…⑦556, ⑰220, 224, ㉕285, 286, 496
「晦明軒集」…⑥265　「古詩輯存序」…⑥265
「日本訪書志」…⑰218, ㉕284　「留真譜」…⑩452（吉川幸次郎所蔵本…⑱519）
楊朱…㉓43, ㉔287→楊子
楊朱学派…㉓491
楊修…⑦92, 109, 117, 127, ㉕178
楊叔能…⑮397→楊弘道
楊循吉…⑮486, 563　「書厨の上に題す」…⑮484
楊少中…⑭162
楊相如「君臣政要論」…⑮297
楊蕭二…㉓575
楊鍾羲・雪橋…②36, 539, 540, ⑯267, 645, 650, 651, 659, ⑳290, 291, 391, ㉓183, 710
「雪橋詩話」…①455, ②538
楊慎・用修…⑯144, 145, ⑲317, ㉖448
「升庵外集」…⑮79　「丹鉛総録」…⑰560
楊震（関西の孔子）…⑦48
楊崇義…⑫61, 80, 548
楊嵩…⑦547
楊姓の地方官（奉先県）…㉒30
楊斉賢…㉓575
楊斉哲…⑪20
楊清…⑯27
楊整…⑦547
楊石漁…㉒310
楊素…①178, ②159, 160, ⑬580
楊宗仁…㉓219

「楊太真外伝」…⑪236, 238, 248, 250, 251, 254, ⑫53
楊達…⑦547
楊智積…⑦547
楊仲弘…⑭84, 159, 173
楊忠…⑦539-548
楊朝英…⑭64, 166　「楽府新編陽春白雪」…⑮320
楊廷和…⑮489
楊定見　増補「水滸伝」→「水滸伝」（テクスト）
楊馬（揚雄・司馬相如）…㉓188→揚馬
楊八老…②589
楊万里・廷秀・誠斎…⑫354, ⑬187, 216, ⑯145, ⑳386
　～と江西詩派…⑬142
　～と儒学…⑬25, 167
　～と先人　王安石…⑬164, 165　陳師道…⑬164, 165　杜甫…⑫585　李白…⑬46, ⑳386
　～と山本北山…⑬170
　～と李純甫…㉒104
　～と陸游…⑬141, 147, 164, 167-170, 173, ⑮452→楊陸
　～と陸游・范成大…⑬147, 170, ⑮381
　　江戸時代の愛好…⑬170, ⑱39
　～と陸游・范成大・尤袤…⑬170→尤楊范陸
　～における作撻…⑮55
　～の故郷…⑬163, 169
　～の詩…⑬164
　　高宗の時代の詩作…⑬141, 147　詩集の編集原則…⑬164, ⑳386　早年の詩の破棄…⑬164　総数…⑬9, 164　俗語口語の使用…⑬43　唐詩への嚮往…⑬164, 165
　～の詩集　「荆渓集」…⑬164, 197, ⑳386（「臥治斎にての晩の坐ぎ」…⑬168　自序・「唐人及び半山の詩を読む」…⑬164　「白と元の長慶二集の詩を読む」…⑬168）
　　「江湖集」…⑬165, 197, ⑳386（「秋に感ず」…⑬165　自序…⑬164　「神助の橋亭を過ぎて」…⑬166　「百家渡を過ぎての四絶句」…⑬165　「分宜の逆旅にて同郡の客子に逢いて」…⑬167）
　　「江西道院集」…⑬165, 197（「秋に感ず」…⑬166）
　　「江東集」…⑬164, 197（「道傍の店」…⑬167）
　　「西帰集」…⑬197
　　「退休集」…⑬164, 197, ⑳386
　　「朝天詩集」…⑬169, 197（「雲竜歌」…⑬169　自序…⑬164）
　　「朝天続集」…⑬165, 197（自序…⑬164）
　　「南海集」…⑬165, 197
　～の著述　「誠斎易伝」…⑬167　「誠斎詩話」…⑫360　「誠斎集」…⑫18, ⑬197　「杜必簡詩集」序…⑫18, 19　「楊誠斎詩鈔」…⑬170
「楊妃全伝」…⑫271
楊飛卿…⑮397
楊溥…⑮476
楊復吉「元文選」…⑮229
楊復恭…⑫320, 322
楊文奎…⑭158, 219, 264　「両団円」雑劇…⑭264
楊方達「玉林家伝」…⑯232
楊宝…⑪483
楊奉先…⑫195
楊墨（楊朱・墨翟）…⑯82, ㉓43, 109, ㉗244
楊明叔…⑬132
楊友直…⑭113
楊雄…⑥255, ㉗293→揚雄
楊么（よう）…⑬497
楊雍建…⑯176-178, 191-198
楊陸（楊万里・陸游）…⑬147
楊立斎…⑭572, 582　『耍孩児』「対江山満目真堪画」…⑭121, 574, 577　『耍孩児么篇』「莫将愁字児眉尖上挂」…⑭577, 578　『鷓鴣天』「烟柳風花錦作園」…⑭120, 121, 574-576　『哨遍』「世事摶沙嚼蠟」…⑭120, 121, 574, 576, 577　『哨遍么篇』「好向名利場中」…⑭577
楊柳青（駅名）…㉒376
楊倞　注「荀子」…②253, 479, ㉔318
楊倫…⑫585, ㉒84, ㉕447　「杜詩鏡銓」→その項
楊璉真伽…⑮419
楊聯陞（蓮生）…①632, ⑲315, 326
「楊六郎」…①216
煬帝（隋）…①516, 517, ②160, 551, ⑦535, ⑪441, 444, 446, 551, ㉒85, 86, ㉔190
猺族…㉓217, 218
腰身…⑭312
「雍熙楽府」…⑭380, 562, ⑮3
　～記載の曲　「括詈旦」…⑮16
　　「金銭記」…⑭380（第一折…⑭390, 401　『鵲踏枝』…⑭52, 412, 413　『賺煞尾』…⑭433, 434　『天下楽』…⑭410　『那吒令』…⑭52, 412　『油葫蘆』…⑭408）
　　「子弟収心」…⑮53, 63
　　「天宝遺事」諸宮調…⑫263, 264, ⑭567
　　「揚州夢」…⑭498
　　「柳耆卿詩酒翫江楼」の佚文…⑭206
　～と「元曲選」との相違…⑭50-52
　～における恣意的更改…⑭53
　～の形式…⑭49
雍糾…②128, 129, 131-133
　妻・雍姫…②129, 133
雍県…⑥60, 137, 138, 140, 141, 143
雍州…⑱452, 453
雍州刺史…⑦541
「雍州府志」…⑱453
雍正元年・八年ごろの世界の人々…㉔221
雍正乾隆朝の大臣…⑯574
「雍正実録」…㉓210-212, 217, 218, 237
「雍正硃批諭旨」…㉓165

雍正朝時代の学問と仁斎徂徠の学問…⑰56
雍正朝時代の日本調査…㉓247
雍正帝（清）・愛親覚羅胤禛・雍親王…㉓165, 180→世宗→世廟
～と閻若璩…㉓165, 166
～と漢人官僚…㉓216, 220, 221
鄭任鑰…㉓165, 171, 182, 196-198, 203-223, 237, 279, 705　李成竜…㉓205, 207　李紱…㉓220
～と清書庶吉士…㉓180, 181
～と満人官僚　徐元夢…㉓216　福敏…㉓212, 216
～の兄弟　胤禩（アキナ〔阿其那〕・十四男殿）…㉓106, 274, 275　胤祁（癈太子）…㉓170, 273, 274　胤禟（サスヘ〔塞思黒〕）…㉓166
～の猜疑心…⑯200, ㉓165
年羹堯粛清…㉓166　名教罪人…㉓167, 168　文字の獄…⑯200, ㉓167-169, 212, 232　隆科多粛清…㉓166, 169, 275
～の硃批諭旨…㉓165, 199, 200, 202-209, 212, 215, 216, 222
～の政務の編年史…㉓210
～の精明…㉓198, 202, 205, 212
～の「大義覚迷録」…⑮298
～の帝位継承…⑯200, ㉓165, 170, 275
競争者への復讐…㉓166
「雍正帝」…㉓165, 166, 198, 202, 219, 275
雍陶…⑭435
墉…㉒278
榕湖…㉒486, 489
榕湖飯店…㉒449, 452, 486
「榕城詩話」…㉓253, 257, 260, 261（自序…㉓261）
瑤池…⑫215, 217, 221, 222, 228, 235, ㉒29
瑤池の瓊泉…㉓338
遥遥…⑦394
踊…⑤79
「養吉斎叢録」…㉓174, 181-183, 185, 196（余録…㉓181）
養生…②238, ⑦239
養心斎刊本…⑯255
養真…⑦348
養正小学校（京都）…⑳264, 266
養徳社…①714
「養徳叢書」「孟子字義疏証」訳・安田二郎…⑰363
養由基の弓術…⑫115
養廉…㉓705
養老・養老線（日本）…⑰365
養老の礼…㉕327
「養老律令」…㉖81
謡曲…③35, ⑮634, ㉓619, ㉕418, ㉗108→能
～と荻生徂徠…㉓315, 316, 367, 413
～と元雑劇…①42, ⑮171, ㉓413
～と「古今集」…⑰617
～における白居易の詩句…①32
～二百番…⑭374
～の曲目　「井筒」「杜若」…⑰617　「砧」…㉖186　「清経」…㉔15, 282　「俊寛」…⑫585, ㉒91　「昭君」…⑮218　「猩猩」…㉗18　「隅田川」…②66, ⑲245（梅若丸…②66）「田村」…㉔15　「道成寺」…㉔282　「羽衣」…⑲325　「鉢の木」…㉓113　「舟弁慶」…⑭17（静・平知盛…⑭17）「三輪」…㉗108　「八島」…㉔15　「楊貴妃」…⑪556, 557, ㉗108　「弱法師」…㉔15
～のシテと雑劇の正末・正旦…⑭17, ⑮171
～の詞章と雑劇の歌辞…⑭303, 593
耀華里（天津）…㉖469
抑没…②218
沃野…⑦547
浴堂巷…⑬231
欲…㉗46
欲（伊藤仁斎の説）…⑰47, ㉓72, 73
欲（助字）…㉖16, 20
欲（宋儒の説）…②249, ⑰47
欲捲珠簾…⑪192, 193
欲残碁…⑬152
欲と俗…②238, 249
欲然…⑪47
慾…㉗260
横井小楠…⑰41, ㉓533, 541
横川村（上総）…㉓298
横地（上総）…㉗32
横浜…⑥428, ⑯185, 449, ⑱538, ㉔173, ㉗278
「横浜大学論叢」…①621, 625
横山弘…⑧504, ⑩465, ⑮561, ⑳360, 659, ㉒330, ㉔401
吉井勇…①351, ⑳48　「形影抄」…⑳47
吉岡中将…⑯606
吉岡求馬（もとめ）「帰去来の辞について」…⑱28
吉岡義豊…⑦604
吉川英治…①46
吉川小一郎…㉗418, 419
吉川弘文館…㉓149, 554
「日本随筆大成」…㉓469, ㉗24, 205　「本居宣長全集」…⑰191, ㉗49, 193
吉川幸次郎・善之…②102, 557, ⑥399, ⑦540, ⑮16, ⑯253, 255, 256, 259, 261, ⑰170, ⑱77, 513, ⑲331, ⑳392, ㉑203, ㉒311, 432, ㉔55, 61, ㉗417-419
～・青木正児・入矢義高・田中謙二の元曲研究…②223, ⑭555, 563, ⑮228, ㉖252
～・入矢義高・田中謙二の元曲研究…⑰404
～「徂徠学案」校畢…㉓403
～蔵書　明晋府版本「芸文類聚」…⑯561, ⑱519, ㉗440　明版百回本「水滸伝」…⑱520, ㉖376, 377　明版毛氏汲古閣刊本「毛氏正義」…⑩454「毛詩後箋」（吉川幸在北平所得書）…⑯648「留真譜」…⑱519
～という名前による禍福…㉗417-419

～と馬細香・張紅蘭…㉓520, 521
～とかなづかひ…⑱376, 437
～と京都大学文学部五十周年…㉔46, 49
～と神戸高校校歌…㉗414
～とシェンノート…⑲240
～と詞…⑯544, 545
～と「世界文学」アンケート…㉔329
～と先人・先輩　安倍能成…㉔302　青木正児…㉓611　宇野哲人…㉓609, 610　荻生徂徠…㉓702　黄季剛…㉖459, 460　臧在東…⑯259, 260　滝川亀太郎…⑥250, ㉑201, ㉓578　張元済…⑳297　土岐善麿…㉗347　羽田亨…㉓631　本田成之…㉗262　山井鼎…㉑202
～と鄭伯奇の小説…㉒342
～と天理図書館…㉔55
～と杜詩…㉒74, 78
「曲江三章章五句」という題名…㉒77　濺涙驚心の解釈…⑪59, ㉒91　杜甫研究（三好達治記）…⑫733-735　杜甫と「文選」…㉒75
～と東方学会創立二十五周年…㉓642
～と東洋学の創始者たちに関する座談会…㉗251
～とニュー・クリティシズム…⑳358
～との関わり（書籍）　内野本「古文尚書孔氏伝」…⑦286　英紹唐「日本小説訳選」…⑱34　「王維詩索引」…⑪187　「荻生徂徠全集」（みすず版）監修…㉓489　「元史紀事本末」…⑭362　「蘇詩佚注」…⑬287, 288　「通俗編直語補証恒言録方言藻邇言綜合索引」…⑯231　「杜詩鏡銓」…⑫728　「杜詩叉叢」…㉕434　「東方文化研究所漢籍分類目録」…⑰563, 564　「拝経堂叢書」…⑯259
～と仏教…⑪188
～と来薫閣…⑯555, 556
～と淮安の本屋…㉒416
～における儒者と諸子…②476, 491
～における破山寺（常建詩）…⑪155
～の字・善之の由来…㉓710
～のアメリカ旅行…⑲322
アン・アーバー／インディアナ大学…⑲320　オレゴン大学…⑲321　カンサス・シティ…⑲319　シアトル…⑲321　シカゴ…⑲319-320　ダラス…⑲318　ナイアガラ…⑲316　ニュー・オーリーンズ…⑲318　ニュー・ヘイヴン／ニュー・ヨーク…⑲314　ハーヴァード…⑲315　ワシントン…⑲317　ワシントン大学…⑲321
～の小倉正恒を弔う…⑱513
～の家族　兄・益太郎／叔母・濱子（森半之助夫人）…㉔401　次男・忠夫→その項　従弟・吉川逸治…⑲358　祖母・ちか／父・久七／母・幾子…㉔401　孫・可名子…⑳359
～の学位請求論文…⑭605
文学博士の学位…⑭610
～の韓国美術五千年展への感想…㉗381
～の共著　「元曲選釈第一集」入矢義高・田中謙二・魏敷訓と共注…①621　「元曲選釈第二集」入矢義高・田中謙二と共注…①631　「殺狗勧夫雑劇注」入矢義高・田中謙二と共注…①298　「新唐詩選」三好達治と共著…①625, ⑪44　「新唐詩選続篇」桑原武夫と共著…⑪227　「水滸伝」清水茂と共訳…㉖400, 426　「二都詩問」福原麟太郎と共著…㉔76, 86, 99, 110　「洛中書問」大山定一と共著…①614, ⑲117
～の交遊　生島遼一…⑰296, ㉒357　ウィリアム・シュルツ…⑥432　内田道夫…㉒357　エズラ・パウンド…⑲472　王冶秋…㉓710　大野熊雄…㉔61　カール・シーザー…①714　貝塚茂樹…②476, 477　河盛好蔵…⑰296, ㉒357　神田喜一郎…⑰345, 352, ⑱376　クリーブス…⑲249　倉石武四郎…⑰410, 563, ㉗295　桑原武夫…②476, 477, ⑭501, ⑰296, ㉒357　古原宏伸…⑦605　胡適…⑯436-438, ⑲240　斯波六郎…⑰354　田中美知太郎…㉗263　高倉正三…⑰374　趙樸初…㉖494　鄭清茂…①715, ⑭611, ⑳372, ㉖248　中島健蔵…㉗338　中野重治…⑱362, ㉗339　中野好夫…㉔52　中山正善…⑱520, ㉖464　長広敏雄…⑦605　難波準平…㉒362　ハイタワー…⑲249　バートン・ワトソン…①714, ③563, ⑥432, ⑦605, ⑫736, ⑭611, ⑰660, ㉖248　パリ高等学院のＨ氏…㉔174　藤枝晃…⑮640　丸山真男…②476, 477, 491, ㉓489　三好達治…⑱361, 551　水沢利忠…⑥251, ㉑202　水野清一…㉓634　吉村正一郎…⑭501, ⑰296
～の斎名　箋杜室…㉓518, ㉔55, 401, ㉕398, ㉖248, ㉗345, 358, 434　唐学斎…㉑203
～の史書の校勘に関する説…㉑201-203
「史記」項羽本紀・垓下歌の異同…⑥251
～の師…㉒357
狩野直喜…⑰239, 240, 284, 296, ㉒362, ㉗262, 310, 393, 404（「魏晋学術考」跋…⑰284　「君山詩草」跋…⑰275　「君山夫子華甲記念帖引」…⑰242　「君山文」跋…⑰273　「支那学文藪」再刊本解説…㉓602　「中国哲学史」はしがき…⑰264, 268　「中国哲学史」跋…⑰268　「徴刻狩野君山先生文集啓」…⑰271　「両漢学術考」原稿整理…⑰277　「論語孟子講義」整理…㉗263）
阪倉篤太郎…㉗310　鈴木虎雄→その項
北京の諸教授との師弟関係…⑰95
～の終戦より1949年に至る国内中国文学研究活動の纏め…①611-614
～の中国好き…㉒342
～の中国文学史講義（京大）…⑱480
～の「棉花図」翻訳…⑯206
榎本中衛との協同…⑯206, 207, 210, 211　出版…⑯207　直隷地方の方観承の伝聞…⑯209　陳済川の協力…⑯206, 209
～の毛沢東贈与本「楚辞集注」への意見…㉑166

～の役職　京都大学文学部教授…①611, ⑯545, ⑱34　京都大学文学部長…㉔46, 49　京都帝国大学文学部講師…⑯206, 210　芸術院会員…⑱34　東方学会会長…㉗251　東方学会理事長…㉓609, 642　東方文化学院京都研究所研究員…⑯206, 210
～未見書　「阮孝緒七録」…⑯256　「史記天官書考證」…⑯246　「四庫全書通俗文字」…⑯240　「先哲遺書正続集縁起」…⑯257　「論語束修説」…⑯236
吉川幸次郎（京都大学・哲学科学生）…㉗417
「吉川幸次郎学位請求論文審査要旨」…⑭605
「吉川幸次郎全集」索引…①712, 714, ㉔400, ㉗423　著作目録・篇目索引…㉔401
吉川重蔵…㉒380, ㉓635
吉川忠夫…㉕439, 470, ㉖495, 500　「王羲之」…㉑248
「吉川博士退休記念中国文学論集」…⑭372
吉沢義則…⑳260
吉田兼好…①118, 137, ②410, ⑳224, ㉓587, ㉔27, ㉗148　「徒然草」…①119, ⑳221, 224, ㉓638, ㉗144（絶子孫論…㉓586）
吉田健一…㉔113
吉田山荘（京都）…㉒338
吉田茂…②442, 468, ⑲325
吉田松陰…⑲189　「講孟余話」…⑰100　「吉田松陰全集」…⑯583, ⑰100
吉田神社（京都）…⑳263
吉田先生（神戸第一中学校教諭）…㉔327
吉田町（新潟県）…⑰313
　～教育委員会…⑰309, 313
吉田藤八郎（舟橋半右衛門）…㉓144
吉田富夫…⑱41
吉田秀和…⑬630　「吉田秀和全集」…㉔22
吉田行範…⑨181, ㉑670
吉田幸寿…㉗361
吉田宜（よろし）…⑱45-48, ㉑136, ㉓25, 26
吉永為己・大叔・松江…⑱503
　母・西浦氏…⑱503
吉野…㉔66, ㉕61, ㉗306
吉野川…㉑220
吉野源三郎…①139, 142, 456, 581, ⑥428, ⑳227
吉野先生（神戸第一中学校教諭）…㉔327
吉野太夫…㉓707
吉村公三郎…⑳46-48
吉村正一郎…⑭501, ⑰296, ⑳125, ㉔66, ㉕407, 408　訳・林語堂「支那のユーモア」…⑰411
四日市市小古曽…⑰322
四つの近代化…㉕307
四つの万戸…⑭56, 77, 95-97, ⑮391, 395, ㉔250
淀城…㉗124
淀野隆三…⑫730
米子…⑱540, 544

米川正夫…㉔222
米沢…⑥252, ㉕371
　～の三史…㉕371
米田賢次郎…㉔46
呼びかけを拒絶する詩…③464
呼びかけの詩…③463-465, 467
黄泉国…㉑111, ㉓496, 540, ㉗92, 99→ヨモツクニ
「読売新聞」…⑯598, ㉒316, 325, 327, 445, 477
読売新聞社出版局…㉑166
読本…②348, ㉓588
夜の虹…㉔188
夜は日の余…⑰477, 478
「万朝報」…①398
Yoshoto…⑲432

ら

ラァオバイシン（老百姓）…②435, 460-462, 470, ㉒446, 450, 453, 481
「ラーマーヤナ」…⑲81, ㉖509
ライシュアワー…②587, ⑲209, ⑳177, ㉖509
ライデン…⑲204, 426
ライプニッツ…㉓266
ライン川…⑲347, 402
ラシーヌ…⑯308, ⑱367, ⑳500
　～の悲劇…⑳101
ラジオ…⑯605, ⑲42
　～の番組「陽気な喫茶店」…⑳125
　～の名曲鑑賞の時間…⑰546
ラジオ・シティ…⑲324
ラチモア夫妻…⑲219, 222, 227, 234
　「近代中国の成立」…⑲219　「中国（小史）」→その項
　オウエン…⑳127, ㉕444　エリノア…⑲235
ラッセル「哲学史」…㉗353
ラテン…②562, ⑲103, 104
ラテン・アメリカ…㉔156
ラテン化ローマ字（新文字）…①402, ②224, 225, ㉓286
ラテン語…①270, 288, ⑲116, 420, ㉕291
ラファエル…①557
ラブレー…⑱44　「ガルガンチュワ」…⑯308
ラブレー賞…⑱44
ラマ寺院…⑳290
ラム…⑱353
ラムボオ（ジャン・アルチュール）…㉕105, 129
　「母音」…㉕101, 147
ラリーズ・ハウス…⑮558
ラングランド（ウィリアム）「農耕者ピアス」…⑲44
ランブル…㉒338
「裸者と死者」…⑯531
裸祖…⑪89

羅貫中・湖海散人…⑥240, ⑦3, 4, 9, ⑮475, ⑰561, ㉖372, 404, 454
　～本　「三国志演義」…①154　「水滸伝」…⑱34
羅玘…⑯124, ㉒51
羅綺…㉔320
羅継祖…⑮11, 62, 293
羅公遠…⑪244
羅公福「春日田園雑興」…⑮425
羅根沢…⑰306, ㉗301
羅子…①336
羅襦裳…㉖104
羅生門…⑪118
羅昭諫（羅隠）…㉖435
羅振玉…㉒401
　～と王国維…㉒360
　～と辜鴻銘…⑯273
　～と日本人　狩野直喜…⑭596, ⑯277, 281, 634, ⑰238, 243, 244, 266, 279, ⑳286, ㉑237, ㉒337, 359, ㉓605　神田香巌…㉒337　小林忠治郎…⑯278, ㉒337　内藤虎次郎…⑭599, ⑯277, 278, 281, 634, ⑰238, 244, 266, 279, ⑳286, ㉑237, ㉒337, 359, ㉓605, ㉕285
　～による復刻・影印　周憲王雑劇…⑭231　陳宗彝「蜀石経残字」…⑩458　「礼記子本疏義」…㉕343　活版本正倉院蔵「王勃集」残巻…⑱361　「敦煌石室遺書」…㉕286　「鳴沙石室遺書」（「太公家教」…⑭295　唐写本「論語」残巻…㉕226）「鳴沙石室古籍叢残」（「毛詩」経注写本）…⑩457
　～の弟の蟫隠廬書店…①513
　～の学風…⑯277, ㉒420
　　新資料の重視…⑯277（敦煌文書…⑯278, ㉒337, ㉕285　日本伝承の古写本…⑯278）
　～の熹平石経の考証…⑤328
　～の蔵書　「元刊雑劇三十種」…⑭39（狩野による覆刻…⑭596）
　～の著述　「海外貞珉録」…⑥388　「雪堂金石文字跋尾」…⑫30　「続彙刻書目」…⑭40　「読易草堂文集序」「丙寅稿」…⑯272
　～の日本亡命…⑭599, ⑯277, 281, ⑰244, 266, 279, ⑳286, ㉑237, ㉒337, 359, ㉓604
　　京都大学教授陣の協力…⑯277, 278, 281, 634, ⑰238　京都大学へ古写本複製基金の寄贈…⑯278, ㉕286　浄土寺馬場町の住居…㉒338　大正二年蘭亭会出席…㉑237　敦煌文書の共同研究…⑯278, ㉓604-605, ㉕285
　～跋「毛詩正義」富岡本…⑩450
羅振常…①513, ⑳567
羅真真…⑭384
羅宗信「中原音韻序」…⑭13, ⑮169
羅大経…②588, ⑪251, ㉒91, 92
羅泰「鉄槌伝」…⑰74
羅帕藤箱玉納…⑭433
羅敷…⑫109
羅福頤（ふくい）…㉓710
羅襪…⑪115
羅馬→ローマ
羅網…⑫682, ㉖121
羅友…⑦463, 477
「羅李郎」雑劇・「～大鬧相国寺」…⑭47, 57, 217, 219, 247
　～の宜時秀…⑭58
　～の『混江竜』（第一折）…⑭345
羅両峰…①234
邏媽…㉓276→ローマ
籮…⑮108
「礼記」…②306, 317, 521, 602, ③10, 508, 556, ⑰537, 555, ⑲104, ㉑159, 160, ㉒354, ㉓526, ㉕24, 340, ㉗70
　～を含む七経…㉗73
　～を含む十三経…⑰583
　～「月令」における事項　禹域上世の俗…⑦554　月名…③514, 515　嘗新…⑫504　天象記事…③512, 513, 516, 517　蛍…⑫317, 480
　～「月令」に関すること　「月令」類似の書…⑦554　作者…②242　杜台卿「玉燭宝典」…⑦552, 554, 555
　～「儀礼」「周礼」→三礼
　～「玉藻」と笏の由来…⑱517, ㉖464
　～経注の孔穎達本と宋人の五代版本…⑩437, 438
　～「内則」における一生の時間表…㉔275
　～「中庸」における中…㉓76, 77
　～「中庸」の文章のリズム…③519, ㉕247
　～と科挙…⑬564, ㉕320, 321
　～と元雑劇　作者…⑭90　成語…⑭514
　～と胡適…⑬565, ⑯354, 381
　～と銭謙益…⑯130
　～と日本人　伊藤仁斎の評価…㉓78, 85（鬼神への言及個所の排斥…⑰140, ㉓87）
　　荻生徂徠の評価（歩き方…㉓374　「曲礼」と武家の諸礼…㉓304　文章への評価…㉓338, 348, 349）
　　狩野直喜…㉓604　堀景山塾の会読…㉗118, 126, 127　山井鼎…⑰584, 587, ⑱57, 58, ㉗73
　　律令時代の大学…⑰16
　～と文学作品の典故…㉕326, 327
　～における孔子説話…⑤10, 115, ㉕294, 295
　　孔子の死…⑤8, 10, 115, 260, 261
　　老子へ礼に関する質問…⑤196, 197
　～における事項　閣…⑮82　紀梁の妻…⑥302　君臣関係…㉔245, ㉕207　婚姻…③481　山罍・山尊…㉗79　儒と俠…⑥226　席…㉓526　褖衣…㉕336　名…㉕24　老聃…⑤198　老夫…㉕327
　～の経に準ずる位置…②317, ㉗65, 70
　「儀礼」の注釈…①166, ②306, 317, ③10, ㉑159,

㉕24　鄭玄の評価…⑰537-539　信頼性への疑問（伊藤仁斎）…㉓69
～の言葉…③509
哀則哀矣…①322　愛而知其悪憎而知其然…⑦263, ⑨482　已発…㉓76　一張一弛…㉔205, ㉕145　殷人尊神率民以事神先鬼而後礼…㉓450　殷朝而殯於祖…⑦254　陰陽相摩天地相蕩…㉕245　飲其血茹其毛…㉕378　王太子王子群后之太子卿大夫元士之嫡子国之俊選皆造焉…㉓384　音之起由人心生也…㉔244　温柔敦厚詩教也…③468, ㉓347, ㉗236
格物致知…㉓73　楽者為同礼者為異…㉔244　楽者音之所由生也…㉗223, 224　楽勝則流礼勝則離…㉔244　楽正崇四術立四教…㉓384　楽統同礼弁異・楽也者情之不可変者也…㉔244　感於物…㉗222-226　感於物而動故形於声…㉔244, ㉗223　感於物而動性之欲也…㉓72, 77-78, ㉗224　観者如堵墻…⑤4　其哀離其室也故至於祖考之廟而后行…⑦254　其愛心感者其声和以柔…㉗223, 224　其為物不弐則其生物不測…③518　其楽心感者其声嘽以緩…㉗223, 224　其気発揚於上為昭明焄蒿悽愴…③344　其喜心感者其声発以散・其敬心感者其声直以廉・其怒心感者其声粗而厲・其本在人心之感於物也…㉗223, 224　喜怒哀楽之未発謂之中…㉓75, 76　丘也東西南北之人也…㉑71　去国三世爵禄有列於朝…⑩439　魚上負水…⑦555　共食不飽…⑰92　共飯不沢手…②445　今人与居古人与稽…②252　具曲植籧筐…⑦555　君子不尽人之歓…②494, ⑫350, ⑲103　君命召雖賤人大夫士必自御之…⑩435　賢者過之不肖者不及也…③521　言有物…⑯108, ㉖434　言有物而行有格也…⑯108, ㉖451　戸開亦開戸闔亦闔・戸外有二屨言聞則入言不聞則不入…③508　故哭踊有節…①322　故至誠無息…③518, 519　故時措之宜也…③518　鼓之以雷霆奮之以風雨…㉔245-246　五十不従力政…②319　孔子過泰山側…⑤7　孔子之衛遇旧館人之喪…⑤6　好学不倦好礼不変…⑤5　行偽而堅言偽而弁学非而博順非而沢…⑯81　後世雖有作者虞帝弗可及也已矣…㉓467　高明所以覆物也…③518　国亡大県邑公卿大夫士皆厭冠哭於大廟三日君不挙…⑳301　骨肉帰復于土命也…⑦321
在牀曰尸…⑳76　在天成象在地成形…㉔245　作而曰哀未忘也先王制礼而弗敢過也…⑳303-304　作而曰先王制礼不敢不至焉…⑳304　作者之謂聖…⑦520, 522, 523, ㉑177, ㉓386, 467　三賜不及車馬…⑥371　士無故不徹琴瑟…②521　子壱不知夫喪之踊也…②53　子夏既除喪而予之琴…⑳303　子張既除喪而予之琴…⑳304　子能食食教以右手…③509, ㉔274　四十曰強而仕…㉗166　是以生則不可奪志死則不可奪名…⑯108　是故其哀心感者其声噍以殺…㉗223, 224　是故君子誠之為貴…③518, ⑯109　是故夫政必本於天殺以降命…㉓399, 449　詩之失愚…③468　而丘也殷人也予疇昔之夜夢坐奠於両楹之間…⑤9　而難為継也…①322, ㉕294　七年男女不同席不共食…③509, ⑤167, 299, ⑰85, 90-92, ㉓526, ㉔274, ㉕364, 365　蟋蟀居壁…⑥287　若魂気則無不之也…⑦321　授坐不立・授立不跪…③508　周朝而遂葬…⑦254　拾級聚足連歩以上…㉗59　修身在正其心…㉓73　修道之謂教…㉓63, 79, 373　衆生必死死必帰土此之謂鬼…⑦320　十年学幼儀十有三年額楽誦詩舞勺…⑯78　宿離不忒無室経紀以初為常…⑦555　述者之謂明…⑦520, 522, 523　春秋教以礼楽・順先王詩書礼楽以造士…㉓384　所以使民決嫌疑定猶与也…⑩438　所以成物也…③518, 519　如此者不見而章不動而変無為而成…③518　如此則楽者天地之和也…㉔246　如此則礼者天地之別也…㉔245　将上堂声必揚…③508, ㉒354　将入戸視必下・城上不呼…③508　人歓…⑲104　人之為道而遠人不可以為道…㉓60, 61, 69-70, ㉕295　人心之動物使之然也…㉔244, ㉗223　人生而静天之性也…㉗224　人莫不飲食也鮮能知味也…③521　正心…㉓73, 74　正名百物…⑳82, ㉕24　生不交利死不囑其子焉…⑳334　成己仁也成物知也…③518, 519, ⑯109　声相応故生変…㉔244　性之徳也合外内之道也…③518, ⑯109　誠者非自成已而已也…③518, 519, ⑯109　誠者物之終始…③518, ⑯109　昔者先王未有宮室…㉕378, ㉗88　喪之朝也順死者之孝心也…⑦253　率性之謂道…㉓60-63, 69
大功小功不諱…⑩440　大夫七十而致事…㉕327　大夫七十而有閣…⑮82　大夫七十・適四方…②466　泰山其頽乎…⑤8, 115, 260　泰山其頽則吾将安仰…⑤9　逮事父母則諱王父母…⑩430, 433　戴勝降于桑…⑮20　託於鬼神卜筮惑衆者誅…⑯402　男鞶革女鞶絲…㉔274　地気上斉天気下降…㉕245　知者過之愚者不及也…③521　知礼楽之情者能作…㉓467　治国其如示諸掌乎…㉓449　致中和天地位焉万物育焉・中也者天下之大本也…㉓75　仲尼之畜狗死…⑤8　徴則悠遠悠遠則博厚博厚則高明…③518, 519　趙文子与叔誉観乎九原…⑰250　聴於無声視於無形…⑳301　哲人其萎乎…⑤9, 115, 260　天下為公…②343, ⑯608　天降時雨山川出雲…㉖445　天子乃以雛嘗黍羞以含桃先薦寝廟…⑫504　天尊地卑君臣定矣…㉔245　天地之道可一言而尽也・天地之道博也厚也高也明也悠也久也…③518, 519　天命之謂性…⑯63, 79　天理…㉓69　登城不指…③508　冬夏教以詩書…㉓384　冬則居営窟夏則居橧巣…㉕378　東風解凍…⑳354　同則相親異則相敬…㉔244　動之以四時暖之以日月而百化興焉…㉔246　動静有情小大殊矣…㉔245　童子不衣裘裳…㉔274　道其不行矣夫・道之不行也我

知之矣・道之不明也我知之矣…③521　道不遠人…①325,㉓60,76,㉕295　道也者不可須臾離也可離非道也…㉓60,70,76　読賵読書…⑲93
入戸朋友之墓有宿草而不哭焉…②494　能言男唯女兪…㉔274　農乃登穀天子嘗新先薦寝廟・農乃登麦天子乃以彘嘗麦…⑫504
白刃可踏也…㉓29　白露降…⑥288　博厚所以載物也・博厚配地高明配天悠久無疆…③518　発而皆中節謂之和…③75　比音而楽之及干戚羽旄謂之楽…㉔244　卑高已陳貴賤位矣…㉔245　不誠無物…③518,520,⑯109,㉖434　不息則久久則徴…③518,519　不逮事父母則不諱王父母…⑩430,433　夫子殆将病也…⑤9　夫明王不興而天下其孰能宗予…⑤9,261　夫礼為可伝也為可継也…①322,㉕294　父子不同席…⑰92　父之讎弗与共戴天…⑥378　弗与同席而坐…⑰92　僨軍之将亡国之大夫与為人後者不入…⑤4　兵革並起…⑦555　変成方謂之音…㉔244　弁人有其母死而孺子泣者…①322　方以類聚物以群分則性命不同矣…㉔245　凡音之起由人心生也…㉔244,㉗223　凡卜筮日…⑩431,432,434
未発…㉓76　未有火化食草木之実鳥獣之肉…㉕378　無苛政…㉒354　命大尉賛桀俊…②242　明乎郊社之礼禘嘗之義…㉓449　明則有礼楽幽則有鬼神…⑫258　孟春之月日在営室昏参中旦尾中…③512
有直情而径行者戎狄之道也…⑤304,⑳494　悠久所以成物也…③518　予殆将死也蓋寝疾七日而没…⑤10　幼子常視毋誑…㉔274　幼壮孝悌耆耋好礼不従流俗修身以俟死者…⑤5
離坐離立…⑫524　律中大蔟…⑦555　梁木其壊乎…⑤8,115,260　梁木其壊哲人其萎則吾将安放…⑤9　礼楽刑政…㉓373　礼道則不然…⑤304　礼必本於太一…⑦520　礼不下庶人刑不上大夫…①294　礼也者理之不可易者也…㉔244　六者非性也感於物而后動…㉗223-224　六十不与服戎…②319　六年教之数与方名…③509,㉔274
和之而不和弾之而不成声…⑳303　和之而和弾之而成声…⑳304　和也者天下之達道也…㉓75
～の使用字数…⑱420　総字数…②407,444,⑱420
～の注疏における名物の考証…㉗78
～の文章…②493,③509
詩文の文学の典型…②492
「檀弓」の文章…㉕328
～の編集・編集者…⑤5,⑦553,⑭172,⑰555,556,㉑159,㉓85,348
～は前漢の儒者の言葉…㉔244
「礼記」(注釈)
正義・孔穎達→「礼記正義」
注・王粛…⑯244,251
鄭玄…③515,⑰538,539,⑲140,㉓29,㉕225,336,340,㉗64,78
楽記…㉔243　月令…②242,③512-516,⑦555　曲礼…⑩435,436,439,⑫524,㉔274　祭法…㉒306　内則…⑮82　檀弓…⑤7,10,119,⑦254,⑳301,304　明堂位…㉗79
陳澔…⑯354,⑰556,㉓292
「礼記」(テクスト)
足利学校遺蹟図書館所蔵旧写本…⑦555　足利学校所蔵室町時代写本経注本(足利古本・清原氏家本)…⑩441,442,444　清原氏家本経注本…⑩441　清原宣賢手鈔本(宮内省図書寮蔵本)…⑱536　孔穎達本経注…⑦555,⑩437-439,441　五代版本経注…⑩437,438　宋人の用いた経注…⑩437　宋本紹熙版経注…⑩438,439　唐鈔本…⑩441　藤原惺窩点本…㉗128
「礼記」(篇名・項目)
王制…②319,320,③37,509,⑦274,⑯81,402,⑰537,555,㉓349,384　学記…⑰555　楽記…②306,⑦520,522,523,⑫258,㉑177,㉓69,72,77,78,349,373,386,467,㉔243-245,㉗222-224,226　月令…②242,③512-517,⑥287,288,296,⑦552,554,555,⑫220,317,480,487,504,⑮20,⑯234,⑰555,⑳354　冠義…㉓385　郷飲酒義…㉓385　曲礼…①294,②237,③509,⑥371,378,⑨482,⑩428,⑪413,⑫350,520,524,⑰92,㉑159,㉒354,㉓304,㉔274,㉕327,㉗59,166　玉藻…⑰584,⑱517,㉖464　経解…③468,㉓347,㉗236　昏義…⑰555,㉓385　祭義…③544,⑦320　祭法…⑳82,㉒306,㉕24　緇衣…⑯108,㉖451　射義…⑤4,㉓385　儒行…②252,⑥226,⑦524,525　曽子問…③481,⑤196-198　喪服小記…⑰555　大学→その項　大伝…⑰555　内則…③509,⑤167,299,⑭514,⑮82,⑯79,⑰90,92,㉓526,㉔274,275　檀弓…①322,②53,493,⑤6,8,115,119,260,261,⑥302,⑦253,254,321,⑰250,555,⑳301,303,334,494,㉑71,159,㉒354,㉓348,㉕328　中庸→その項　表記…㉓450,467　文王世子…⑰555,㉕327　明堂位…⑰584,㉗79　礼運…②343,⑦520,⑨482,⑯608,㉓348,399,449,㉕378,㉗88,162　礼器…⑰584,⑱474
「礼記子本疏義」喪服小記…㉕343
「礼記正義」…③515,516,⑩426,427,444,㉗64,78
～を含む「五経正義」…②319,⑧4,20,⑩427,428,㉗64
～校勘・山井鼎…⑱58
「中庸」校勘…⑱57　跋…⑰587
～と日蓮…㉗67
～と「礼記子本疏義」の比較…㉕343
～における名物の考証…㉗78
～における礼の起源…⑦519
～の引用する鄭玄の「礼記」評価…⑰537
～の鈔本の標題…⑩441
～の宋人詳定の際の苦心…⑩442
～の宋版本　宋版本以前の正義の形…⑩442　宋版本と足利古本…⑩440,441　宋版本と旧鈔本

…⑩426, 427　宋版本と藤原頼長…㉕278, ㉗67　宋版本と日蓮…㉗67　宋版本の注と疏…⑩439, 441　宋版本の標題…⑩440, 441
～の標題特有の現象…⑩441
～の編定…⑧4, 20, ⑩427, ㉗64
～の「論語緯撰考」(孔子誕生説話) 引用…⑤119
「礼記正義」(テクスト)…⑩441
足利学校所蔵写本・所蔵宋版本…⑰584　旧鈔本…⑩425-434, 436-442, 444, ㉓597　孔穎達原本…⑩431, 436, 438　宋以後の版本…⑩428　宋元明清刊本…⑩427　宋版…⑩426-435, 438-444, ⑳297 (宋国子監本…⑩427, 428　宋版単疏本…㉗67　南宋紹熙本…⑩427, 428, 438　潘明訓蔵本…⑳297)　唐写本…⑩429, 441
「礼記正義」(篇名・項目)
楽記…㉔243
作者之謂聖疏…⑦523　述者之謂明疏…⑦523　天尊地卑君臣定矣…㉔241, 243
月令…③512, 513, 515, 516
宿離不忒無室経紀以初為常疏…⑦555　命大尉賛桀俊疏…②242
曲礼…⑲23, ㉑183
去国三世爵禄有列於朝疏…⑩439　君命召雖賤人大夫士必自御之疏…⑩435　三賜不及車馬疏…⑥371　所以使民決嫌疑定猶与也疏…⑩438, 439, 441　大功小功不諱疏…⑩440, 441　大夫七十・適四方疏…②466　逮事父母則諱王父母疏…⑩430, 433, 434　父之讎弗与共戴天疏…⑥378　凡卜筮日疏…⑩431, 432, 434
緇衣　言有物而行有格也疏…⑯108
題疏…⑦519, 520
檀弓…⑤119
国亡大県邑公卿大夫士皆厭冠疏…⑳301　子壱不知夫喪之踊也疏…②53　喪之朝也順死者之孝心也疏…⑦254
中庸…⑱57
耒耜…⑬124
来 (助字)…⑦390, ⑭309, 313, ⑮150
来季徳…⑦513
来薫閣琴書店…⑯555, 558-561, 579, ⑳343, ㉒380, 404, 474, ㉓641
～景印「孝経直解」…⑮318, 323
～店主陳済川…⑮318, 323, 640, ⑯207, 209, 555, 556, 562, 640, 649, 653, ⑳343, ㉒397, ㉓640
あだ名・蒙古人…⑯558, 559　死去…㉒474　出身…⑯206　人民共和国成立後の活躍…⑯558-560　日本人との交際…⑯557 (青木正児…㉓621　水野清一…㉓637)　文奎堂との関係…⑯562
～の二先生…⑯555　閉店…㉒474
来茲…⑥317
来者…⑥329, ⑦392
来新書屋…⑯355
来世の存在…②324
「来生債」雑劇・「龐居士誤放～」…⑭37, 43, 181, 217
～の題目「霊昭女顕花度丹霞」…⑭158
～『闘鵪鶉』(第二折)…⑭500
来孫…⑮420
「莱川詩集」…㉓706
莱蕪県令…⑪497
莱陽…⑯143
雷雨津の詩…⑬273
雷淵・希顔・御史…㉒113
雷苦斎…⑭184, 185
雷散…⑬84
雷州司戸…⑬242
雷瑨・君曜…⑱314
雷膺…⑭158
雷琳…①624
『酹江月』　陳霆…⑭102
酹江集→「新鐫古今名劇酹江集」
厲郷曲仁里 (楚苦県)…②83, 85, ㉕79
磊磊…⑥313
頼…②144
頼学…⑯355
頼杏坪…⑥248
頼山陽・襄・山陽外史…⑰414, 468, 659, ㉑117, ㉓520
～と長尾雨山への鄭孝胥の評…⑰219, 220, 224
～と「廿二史箚記」…㉕66
～と日本文学史…⑯266, ⑱478
～と賦・佐久間象山の評…①564, ⑰201
～の漢文…⑰154, ⑱381, 419, ⑳219, ㉑109, ㉓593
夏目漱石による批評…⑱121, ㉓403, 487　文体…㉗7
～の詩…㉑104, 109, ㉗399
～の書の屏風と桑原隲蔵…⑰291, 298
～の「日本楽府」…⑮490
～の「日本外史」…②163, ⑥240, ⑱63, ⑳170
江戸末期のベストセラー…⑰26, 414, ㉓530, 564, 571　構成・「史記」の祖述…②163　譚献による批評…①561, 562, ②164, ⑱39, 436 (「日本外史」のおかしさ…①562, ②164)　中国における復刻…⑥245　文章の巧さ…①561, 562, ②164, ⑰58, ⑱39, ⑲189, ㉑109, ㉓564, 571　文章の問題点…②165, 166 (和習…②166-167)
罍…③44, ㉗78-80
洛…㉓415, 422, 424, 427, ㉗179→京都
洛下…㉓300　洛中…㉓319　洛中洛外…㉗361　洛北…⑳285, ㉒472, ㉔220　洛邑…㉗381
洛…⑥313, 314→東都→洛陽
洛下…⑪324　洛中…⑥294, 313, 315, ㉔68, ㉗21
洛・洛水…⑦130, 155, ⑬144, ⑮376, ㉒76, ㉓97, ㉖78→雒
～の北・南…⑦545

〜の女神…⑦130
洛河…⑫196, ㉖501
洛子…⑮119
洛州司馬…㉕56, 252
洛城…㉖147, 148, 150, 153
洛神…⑭415
洛人…㉕201→京都人
洛水の女神…⑦130-132, 134, 139, ⑯589
洛川…⑪509
洛党…㉒108
洛の笙…㉓367
洛閩…㉖444
洛閩の学…⑯126
洛浦…⑥295, 296, ⑭429, 430
洛陽…㉕436, 440, 479, ㉗424→西京・西都→東京・東都・洛
〜を含む詩句　帰隠洛陽市…⑰226　手栽喬木洛陽城…㉓147　少年酔舞洛陽街…⑮519　也応強似洛陽花…①501　洛城一別四千里…㉖142　洛陽女児名莫愁…⑫109　洛陽城裏見秋風…①344　洛陽のやよいは錦なす花…⑬488　洛陽有曲陌…㉑16
〜から長安への旅・潘岳（晋）…⑫608
〜から陳留への旅・曹大家（漢）…⑫607
〜出身者　韓飛卿（金銭記）…⑭399　桑弘羊（漢）…⑥119　姚守中（元）…⑭117　楊友直（元）…⑭113　李徼（元）…⑭135
〜と江戸（荻生徂徠）…㉓295, 427, ㉗233
〜の青門外の召平…⑦228
〜の牡丹…⑬144, ⑯220, ㉕436, ㉖442
〜の都・魏　邪馬台国の使者来貢…②585
洛陽と曹植　国都からの帰途の洛水の女神の幻影…⑦139　国都から臨淄へ追放…⑦128　戦後の廃墟と曹植詩…⑦124, 125
洛陽の官界と阮籍の家柄…⑦181
〜の都・後漢…⑥314, ⑳354
享楽性…⑥314, 315
郊外の墓地…㉑207, 213
市長　何進…⑦94　李膺…⑦92
上京　孔融…⑦92　陳琳…⑦102
上東門…⑥309
兵力集中・宦者打倒計画…⑦55, 102
洛陽以南の地方出身の人材…⑦45
洛陽脱出　袁紹…⑦104　曹操…⑦5
洛陽の剣法と曹丕…⑦77
〜の都・周王朝…⑤147, 195, ㉓427
〜の都・晋王朝…⑯615
北狄による占領…⑯615, ⑱381　洛陽を去り帰郷した張翰の故事…⑪97
〜の都・南北朝時代北朝…⑦547
北魏…⑫28（末年の頽廃堕落…⑦535）
洛陽回復・劉裕（東晋）…⑦432
洛陽の後進の南朝の文章の模倣…⑦534
〜は西京・西都（宋）…⑬65, 75, 252
陰棲…⑬86, 87　欧陽修…⑬65, 75　司馬光と「資治通鑑」…⑬87, ⑳455　邵雍…⑬86, 87　陳与義…⑬144　梅堯臣…⑬75　ほととぎす…⑬439, ㉓137　洛陽譲道多才子…⑬51
〜は東京・東都（漢）…⑲396
石経…⑤328, ⑱443, ㉗277　大学…⑤328, ⑦54　遊俠のむれ…①353　「両京の賦」…㉑8　「両都の賦」…㉑7, 8
〜は東京・東都（唐）…⑪322, ⑫17, 563, ㉒14, ㉔292, ㉖8, 21
阿倍仲麻呂…㉗21
安禄山占拠→安禄山
王昌齢…⑪218（洛陽と辛漸の旅…⑪218　洛陽の親友…⑪210, 218, 220）
韓愈　温水における釣…⑪356　郊外の山寺…⑪346　都官員外郎…⑪412　馬暢を哭す…⑪412, 414　洛陽国子監の教授…②15, ⑪356　流浪…⑪412
玄宗の凌波池の竜女の夢…⑭395
市長・韋済…⑫66, 74→河南尹
則天武后…⑫17（南門における臨試…⑪19　白司馬阪の大仏…⑫13　駱賓王の檄文…㉕69）
大学…②15, ⑪405
張説　家の洛陽移転…⑪15　洛陽から欽州へ流罪…⑪23-26　洛陽づめ尚書左丞…⑪28
杜甫…⑫382, ㉖98, 144, 171, 502（長安洛陽を往来した不遇時代…⑫213, 582　東方放浪期…⑫50, 676, ㉖8, 116　洛陽東方の鞏県…⑫17, 563, ㉕436　洛陽の荘園…㉖148　洛陽への旅行〔四十八歳〕…㉖137　李白との出会い・交遊…⑫672, 676-678, ㉖116）
南郊の竜門の石仏…②527
馬暢　死…⑪412, 414　分府少傅…⑪412
白居易引退…①337, ⑪229, 323, ㉔288, 289, 292（甘露の変の消息…㉔288-290, 292　履道坊の宅…⑮323, ㉔299）
米価…⑫39, 59
夜間外出禁止…⑪62
洛陽近くの河陽…㉖100
李白の洛陽滞在…⑫676
老子の神社…②525
「洛陽伽藍記」…①599, ⑥304, ⑰559
「〜・城西冲覚寺」…⑥304
「洛陽三怪記」…①612, ⑬523
「洛陽牡丹記」…⑭396, ⑯220, ㉖452
落英…⑬68
落可便…⑭321
落花の時節…⑪55
落華生「巣の中の蜘蛛」…①613
落月…⑫639, ㉖121
落日…⑦558, ⑫377
落草為寇…⑮146

落拓…①347, 348
『落梅風』「漢宮秋」…⑮205 「酷寒亭」…⑮149, 150 「老生児」…⑭237 「天宝遺事」諸宮調…⑫267
落保…⑭536
落鳳坡…①207
落木…⑪74
楽…⑤304
楽安侯昉…⑦543
楽観的人生観…①105, 110
楽観的人間観…①89, 97, 99, 104-106
楽観の回復…①109
楽観の文学…①105, 106
楽羣社…⑰275
楽土・楽国・楽郊…③467
楽友会館…⑯432, 538, 579, ⑳269, 360, ㉗394
楽遊原…㉕475
　～の夕陽…⑳21
楽浪郡…⑥395
　～の漢医…⑥395, 399, 431, ⑦551
「楽浪彩篋冢」…②512, ⑥386, 431
駱駝の瘤…⑫107
駱賓王…⑪14, 552, ⑫14, 15, ⑮468, ㉕68-70
　「女道士王霊妃に代りて道士李栄に贈る」…②220
　「帝京篇」…⑫130 「吏部裴侍郎に上る書」…㉗10
剌王旦（漢）…⑥162, 168
乱…⑤44, 45, ⑥30, 31, 35
乱（怪力乱神）…⑤28, 147, 210
乱（反乱・起義）…②441
乱下風雹…⑭535
乱山里（撫寧県辛寨社）…⑮350
乱翠…㉒278
乱読…②602, 604, 605
嵐山（羌）…⑦154
覧明月…⑪95
闌干…⑪263, 288
藍蟹の画…②510
藍関…⑪365-368, ⑬121, 220, 221
藍橋…⑭440, 544, 546
藍彩和（八仙）…⑮109
藍水…⑫293, 342, 355, 356, 358, 360, ㉒89
藍鼎元…⑲414
藍田関…⑫124
藍田県…⑫292, 300, 301, 343, 345, ㉒88, 89, 484, ㉖448, 453
藍田崔氏荘…⑫345
懶雲窩…⑭385
懶困…㉖164, 165
懶惰（曽樸・新文学不振の因）…⑯312, 313
懶慢…⑫517
蘭→オランダ
「蘭畹集」…⑭298
蘭渓道隆…⑰21
蘭若…⑬15
蘭州…⑫445, ㉒93
蘭荘「駒陰冗記」…⑰560
蘭台…⑥65, 66
蘭台（唐・内閣記録局）…①482
「蘭苕館外史」…⑯359
蘭亭（会稽）…㉑236, 240, 243, ㉔234, ㉕131
蘭亭会（王羲之）…㉑236, 238, 243, 244, 246, 247, ㉔234, ㉕131
蘭亭会（葛勝仲）・蘭亭会（内藤虎次郎）…㉑237
「蘭亭序」（王羲之）…⑦289, ㉑236, 248, ㉓344, ㉔56
　～と書の鑑賞…②504, ⑲116
　～と日本人…㉕100
　　癸丑の年の会…㉑237
　～と「蘭亭集」の詩…㉑247
　～の書かれた時代…㉑244-246, ㉔234
　～の書き出し…㉑236, ㉔234
　～の偽作説（郭沫若）…㉑242, 243 孫星衍の疑問…㉑242
　～の四六文体…⑦591
　～の自然の風景への敏感…①155
　～の執筆時の年齢…㉑239
　～の石刻（宣文閣）…⑮285
　～の文章のわかりにくさ…㉑241, 243
　～の立派さと蘭亭詩のつまらなさ…㉑246-247
　～の臨書…②529, 531
蘭堂の酒…⑬386
蘭陵…⑥369, ㉑45
攔関…⑭313
攔門…⑭525
爛漫…②187, ⑪348
欒…⑬74
欒子…⑮16
欒氏（春秋・斉）…⑤83, 84
欒武子…③525
鸞…⑪412, ⑭489

り

リアリズム…㉖194, 385
リード（Herbert Read）…㉕139 「ギリシャ美術について」（講演）…⑱105
リール…⑯308
リエージュ川…⑲403
リケット…㉔128
「リゴレット」…⑲401
リシュリュー…⑯309
リチャーズ（I. A.）…⑱405, ⑲192, ⑳358
リチャードソン（サミュエル）「パメラ」…①606
リッジウェイ…⑱408
リッチ（マテオ）…①286, ⑯95, ㉒314, ㉔167 「幾何原本」…㉓486

リバーサイド・チャーチ…⑲297, 298
リベレーター…㉔148
リホリホ…㉔195, 196, 202, 203
リルケ…⑯600, ⑱480
リンカーン…⑲290
吏…⑮4-9, 19, 23, 26, 29, 31, 42, 44, 159
吏隠…⑫250
吏戸礼兵刑工…⑮21, 23
吏胥は狤猾…⑮6
吏道…㉖412
吏部…②186, 272, 436, ⑮21, ⑰604, ㉒88, ㉕348, 452, 459
　吏部侍郎…②467, ⑪369, 419, 429, 499, ⑬56, 184, ⑭83, ㉓220　吏部主事…⑯268　吏部尚書…⑭113, ⑯574, ㉒102, ㉓263
吏房…⑮21
利…②104, ㉗258, 261
利・命・仁…⑤209, 210, 308, ㉑175, ㉕206, 207
利州（大寧路）…⑮357
利渉…⑱454
利馬竇→リッチ（マテオ）
利用厚生…㉓386
「李娃伝」…㉖391
李爵・高陽相国…㉓254, 265　「心遠堂全集」…㉓255
李育…⑥367, 369
李煜（いく）・後主…①129, 133, 638, ⑪456-466, ⑬596
　『烏夜啼』…①126　「漁父の詩」…⑪462
　～の詩の英訳・ドイツ語訳…①638
　～の妻・小周后／皇后・大周后…⑪457, 460
「李煜」（村上哲見）…①132, ⑬9
李一氓「国殤今繹商権」…①618
李因篤「漢詩音注」…⑥345
李員外（李華）…㉖433
李瑀…⑫65, 642
李鋭…⑯237, 240
李衛「日本の動静を探り聴く摺」…㉓246
「李衛公問対」…⑦282, ⑨481
李延寿「南史」「北史」→各項
李延年…①362, ⑥150-152, 197, 210, ⑯593, ⑳555
李延明…㉖479
李淵…⑫10→高祖（唐）
李王・王李（李攀竜と王世貞）→古文辞（明）
　～を含む後七子…⑮492-493, 512, 614, ⑯160, ㉓119, 301, 322, ㉔150, ㉖450
　　呉国倫…⑮512　謝榛…⑮512, 513　徐中行…⑮512, ㉓335　宗臣・梁有誉…⑮512
　～と汪道昆…㉓324
　～と荻生徂徠…⑰220, ㉓119, 289, 301, 320, 324, 358, 400, 442, 494, ㉕471, ㉗171, 179→古文辞（徂徠の文学論）
　　荻生徂徠の刊行物と李王　「四家雋」（漢後文）刊行…㉒291, ㉓400, 456, ㉕471　「絶句解」…㉓456　「徂徠集」と李王の詩文集…㉓357, 358　「唐後詩」選録…㉓400, 418　「訳文筌蹄」における李王…㉓358
　　李王への傾倒　峨嵋山と富士山への比擬…㉓369, 370, 437　白雪楼・弇山園と蘐園…㉓370　李王と韓柳…㉓320, 337, 356, 400, 440, ㉗170, 171, 173　李王の反対者と徂徠…㉓353, 365, 440　李王の武人的雰囲気と徂徠…㉓479　李王への感謝…㉓378, 443
　～と「四先生文選」…㉒291
　～と銭謙益→古文辞（明）
　～と日本人　新井白石…㉓119, 239-241, 365　伊藤東涯…㉓469　伊藤蘭嵎…㉓494　大内熊耳…㉒291　木下順庵・祇園南海…㉓119　太宰春台…㉕195　堀景山…㉗169-171, 173, 176, 178, 179
　～に対する言及　「負包堂文選」「詩選」…⑭364　「明文案」序…⑯124
　～の亜流・六朝文学（湯顕祖説）…⑯107
　～の科挙及第…⑮512
　～の古文辞運動…⑮492, 511, 512, 518, 614, ㉓322
　　李樊竜死後の王世貞…⑮518, 521, 522
　～の交友…⑮512, 513, 519, 520, ㉓322
　　王世貞の「古今詩刪序」…⑯113　王世貞への七言律詩…⑮513　李樊竜の弓と王世貞の賛美…⑮517　李樊竜への五言古詩…⑮519　李樊竜への七言律詩…⑮521
　～の主張…⑯160, ⑰47, ㉓119, 239-240, 289, 322
　　近体詩は盛唐…⑯160, ㉓119, 239-240, 289, 322, 351, 440　古体詩は漢魏…㉓289, 322, 351　散文は秦漢…㉓289, 322, 327, 345, 351　宋代詩文の排撃…⑬272, ㉓321, 324
　～の文学の方法…⑮530, ⑯65, 160
　　典型の模倣…⑮515, 517, 522, 530, ⑯160, ㉓325（短簫鐃歌の模擬…⑥344）
　　明末の衰弱…⑯145, ㉓322, 476, ㉕471
　～の文学への批判…㉓476, ㉕471→古文辞（明）
　～の文章…㉓325-327, ㉗170, 171, 176, 177
　　成句…㉓325-327, 338-339, 343, ㉕195
　　武人的直截…㉓479
　～は後期古文辞指導者…⑮518, ㉓322
　～への今日の評価…㉓322
李応昇…⑯25, 29-31
李媼…⑮626
李何（李夢陽・何景明）…㉖433
李嘉祐「樊兵曹を送る」…㉕165
李賀・長吉…⑪442, 563, 566, ⑫728, ⑯640, ㉑73, ㉗105
　～と韓愈…①197, 344, ⑪351, 553
　～と後人　泉鏡花…①132　銭謙益…㉖435　毛沢東…㉕430, ㉖474　楊維楨…⑮435, 452, 463
　～と伝奇…①197
　～と鼠…⑬279

～と白玉楼…⑭540
～と李益…①434
～の錦嚢の佳句…㉕66
～の研究　欧米の場合…⑲413　デーボン…⑲347
～の作品　馬の詩…㉖34　「感諷」…㉑53　「唐児歌」…①420　「夢天」…㉒461
～の詩句　況是青春日将暮・今朝誰是拗花人…⑯151　遥望斉州九点煙…㉒461
～の詩集と注→「李長吉歌詩」
～の文学　可以有一不可有二…①322　悲哀…㉑52　フランス象徴詩との比較…①606
～は鬼才…①132, 197, ㉕405
「李賀」（荒井健）…①132, 141, ㉑53
李開先…⑭383, 384, 387　「詞謔」→その項　「張小山小令後序」…⑭34
「李開先改定元賢伝奇六種」瞿氏鉄琴銅剣楼蔵…⑭34, 39
李珏（かく）…㉔288
李格非…⑦405
李萼…⑯151
李諤…⑪551
李寛甫…⑭137, 162
李漢…⑪369, 382
李漢祚…㉔399
李憨子…⑬255, 256
李観・元賓…②4, 5, 35, ⑪382-385, 387-395　「高宗の夢に説を得たる賦」…㉑10　「李元賓文集」…⑪391（序・陸希声…⑪391）「梁補闕に上りて孟郊と崔弘礼を薦むる書…⑪395
李瀚「蒙求」→その項
李希凡…㉒443, ㉖474
李季…①319, ⑯332　「我的半生」…⑯273
李亀年…⑪53-55, 244, ⑭76, ⑮161, ㉕50, 51
李揆…⑫270
「李逵負荊」雑劇・「梁山泊～」…⑭47, 203, 303, 498, 512, ⑮97, 147, ㉖371
～の老王林…⑮97
李頎（き）…⑪220, 552, ⑮474
李誼…㉕470
李吉甫…①306, ⑪514　「元和郡県図志」…㉒82　「鄭欽悦が大同の古銘を解いたものを編訂して」…⑪510
李宮人…⑮224, 226
李漁・笠翁…⑭595, ⑯140, 141, 143, ⑰394, ㉓260　「芥子園画伝」…⑯139　「閒情偶寄」…⑰560　「十二楼」…⑯139　「笠翁十種曲」平出氏旧蔵本…⑯139, ⑰395
李匡乂（きょうがい）「資暇集」…⑥387
李嶠…⑪20, 37, ⑫15, 18, 138, 139, 141, 144, ㉕55, 57, 252　「雑詠」…㉕56　「百詠」…㉓28
李鏡池「詩経中的民歌新探」…①617
李業興…⑰236, ⑳549
「李鄴侯家伝」…⑫327
李顒（ぎょう）…①224, ⑩474
李玉…⑯143　「北詞広正譜」…⑭18
李玉真…⑭384
李金髪…⑯314
李遇孫「尚書隷古定釈文」…㉗420
李訓…㉔288
李群玉…①396　詩集…①396
李泂（けい）・溉之…⑭71, 75, 184　「輔治篇」…⑮259
李景安…⑭99
李景倹…⑦473
李景亮「李章武伝」…⑪529
李峴…⑫416
李健吾「モリエールの喜劇」…⑪461
李献卿…⑭135
李賢…⑯235, ⑰592, ㉑168→章懐太子
李謙…⑫324
李顕卿…⑭153, 154, 160, 162, 170
李礩…㉓152
李元…⑥392
李元嬰・滕王…②24
李元素・道純…⑭101, 102
「李元賓墓銘」（韓愈）…②4, 5, 14, ⑪382, 395, 407, 409
～序…⑪387, 393, 395
～の初稿…⑪384, 385
李元陽…⑩454, ⑰558
李言恭「日本考」…①287, ⑯607, ⑱49
李固…⑦50, 51
李公晦…⑬321
李公麟…⑬129, 130
李広・飛将軍…⑫94, 445, 627, ㉖389
李広田「引力」…①626
李広利…⑥152, 154-160
李光地・文貞公…⑯199, ㉓226, 704, 706, ㉔175, 207　「榕村語録続集」…⑭33
李光弼…②402, ⑪81, ⑫308, 325, 326, 329, ㉖150
李好古…⑭137, 209, 219, 367, 370　「張生煮海」雑劇…⑭210
李好文…⑮284, 290, 291
李行甫…⑭137　「灰闌記」雑劇→その項
李孝詳…⑭203
李沆・文靖公…⑬244
李鴻章・文忠公…②440, 441, 449, 455, 465, 466, 470, 471　「光禄大夫贈太傅…曽文正公神道碑銘」…②448　「丙辰の夏，明光鎮の旅店にて壁に題す」…②451
李鴻藻…②440
李翺・習之…①344, 347, ⑪351, 553, ㉒111, 112, ㉗260　「復性書」…㉗171
李克用…㉖418
李根源・印泉…⑳294, 295, ㉒415, ㉖459
李渾…⑫62

李さん（留学生）…㉒339, 341
李済之…②515, ⑲319
李賛元…㉓263, 264
李子中…⑭136 「韓寿偸香」雑劇…⑭521
李之儀・端叔…⑬43
李之芳…⑫655, ㉓173
李氏「増城集」…㉖435
李氏（朝鮮王室）…㉓272
李氏（唐の帝室）…⑪393, 457
李志光…⑮464, 467
李志常「長者真人西遊記」…⑭59, 497, ㉒299
李枝青「西雲文鈔」西書字母序…①288, 289
李師錫…⑪393
李斯…②137, 138, ⑥218, 222, ⑦215, ⑮165, 166, ㉓440, ㉔217, ㉗98 「上秦始皇書」…㉑252
李嗣業…㉒61
李緇仲…㉖443, 452
李贄・卓吾・温陵…㉔150, ㉗226
～と清人 顧炎武による排撃…⑯126, ㉓459 銭謙益による評価…⑯94, 97-99, 101, 103, 126（易学への評価…⑯87 傭耳剽目…⑯96, 97）
～と日本人 荻生徂徠…㉓440 本居宣長…㉗226
～と文学革命以後の評価…㉓459, ㉖473
著述の新印本（共和国）…㉒457
～と明末…⑮636, ⑱356
～における王守仁の学…⑯99
泰州学派…⑯101, 103
～の交遊 袁宏道…⑮535, ⑯98 袁氏兄弟・袁中道・陶琰・陶珽…⑯98, 99 梅国楨…⑯99
～の「水滸伝」「西廂記」激賞…㉓458, 459
～の著述 「史綱評要」「初潭集」…㉖473 「蔵書」「続蔵書」…⑯94, ㉖473 「読升庵集」…⑲314 「焚書」「続焚書」…㉖473 李批水滸→その項
～の童心の哲学…㉔167
李自成…⑯16, 18, 102, 178
李時中…⑭124, 125, 137, 146, 218, 367, 370
李時珍「本草綱目」…⑰560, ㉖386
李慈銘・蒓客…①169, ⑯306
李日華…⑯71 「紫桃軒雑綴」…⑭177
李取進…⑭137 「受禅台」雑劇…⑭209
李寿…⑦165, 166
李寿卿…⑭137, 367, 370 雑劇「伍員吹簫」→その項 「受禅台」…⑭209
李周翰…⑥31-34, 36, 301, 329, ⑫219
李十二娘…⑫36
李充「翰林論」…⑦149, 151
李叔則…㉖433
李俶・広平王…⑫177, 310, 314, 399, ㉒27→代宗（唐）
李純甫・之純・屏山居士…⑮32, ㉒110, 117
「重ねて面壁庵を修する記」…㉒104, 112 「西嵓集」序…㉒114 「雪庭西舎の記」…㉒112 「屏山翰林仏事」…㉒113 「鳴道集説」→その項 「李経を送る」…㉒114
李遵…⑭328
李処正…⑪20
李庶幾…⑬233, 234
李如圭「儀礼集釈」…⑯237
李少春…⑯593
李承之…⑬432, 441, 519
李昌齢…㉒305, 307
李商隠・義山…①581, ⑪448, 563, ⑬287, 288, ⑯640, ⑱336, ㉒8, 318, ㉔228, 329
～詩注…㉑73（石林道源…⑯47）
～詩復刻・人民共和国…㉕418
～と後人 王安石…⑪450, ⑬95, ㉔299 王彦泓…⑮541 荻生徂徠…㉓352 金王朝末期の詩人たち…⑮382, 386 高棅…⑮474 西崑体の詩人たち…⑪450, 452, ⑬95 銭謙益…⑪450, ㉖435 楊維楨…⑮438 楊億…⑬52, 53 李煜…①129 李攀竜…㉒6 呂好問…⑬313
～と「隋書」…⑬580
～と杜甫…⑪450, ⑫585, ⑬95
～と同時代人 温庭筠…⑪553, ⑬580 杜牧…①74, 415, ⑪553, ⑮474, ㉓352 柳仲郢…⑬580, ㉒10
～の作品・著述 「岳陽楼」…㉖124 「戯贈張書記」…⑪449 「驕児」…①415, 417 「錦瑟」…⑪448, ㉑52 「景陽宮井双桐」…⑬580 「行次西郊作」…⑪451 「哭劉蕡」…⑪478 「雑纂」…⑪549, ㉖425 「謝河東公和詩啓」…⑬580, ㉒10 「嫦娥」…①485 「隋宮守歳」「隋師東」…⑬580 「西渓」…㉒10 「斉宮詞」「陳後宮」「読任彦昇碑」「南朝」…⑬580 「晩晴」…㉒9 「牡丹」…⑪449 「北斉」…⑪449, ⑬580 「無題」（昨夜星辰昨夜風）…①481 「無題」（颯颯東風細雨来）…⑪449 「無題」（相見時難別亦難）…①482 「無題」（来是空言去絶蹤）…①484, ⑬53 「夜半」…⑬279 「楽遊原」…⑪451, ⑳21, ㉒9
～の詩…①484
題材 愛息…①415-419 雲母屏風…①485 「三国志」の町講釈…①417 竹馬遊び…①417, 418 南北朝末期の史事…⑬579 夕陽…⑳21, ㉒9-11 夢…㉖124, 125
特色 華麗な色彩…⑪448 甘美な悲哀…㉑52 神経の繊細なおののき…㉒6 耽美性…⑪448 不健康…⑪449-451 不健康でない要素…⑪450, 451
～の詩句 一春夢雨常飄瓦・一寸相思一寸灰…①415 可待昭陵石馬来…㉒83 賈氏窺簾韓掾少…⑪449 画楼西畔桂堂東…①415, 480, ⑲119 階前逢阿姉…㉗48, 104, 105 昨夜星辰昨夜風…①415, 480 只是近黄昏…⑪451, ⑬49, ⑳22, ㉒9 謝家柳絮沈郎銭…⑪566 春心莫共花争発…①

415　小憐玉体横陳夜…⑪449　嫦娥応悔偸霊薬…①485, 486　尽日霊風不満旗…①415　夕陽無限好…⑪451, ⑬49, ⑳21, ㉒9　滄海月明珠有涙…⑪448　池光不受月…⑪449, ⑬49, 95, ⑳51　天教李令心如日…㉒83　闘鼠上堂蝙蝠出…⑬279　宓妃留枕魏王才…⑪449　夢為遠別啼難喚…⑱25　夜気欲沈山…⑪449, ⑬95, ⑳51　藍田日暖玉生煙…⑪448, ⑫345, ㉖453
～の文学の持つ毒…⑪452
～の恋愛詩…①129, 132, 197, 415, 480, 482, 485, 486, 610, ⑪553, ⑫585
「無題」の詩…⑪450, 452, ⑬52, ⑮438
～駢文注・銭振倫…⑱50
「李商隠」（高橋和巳）…①132, ⑪448, ㉑53
「李章武伝」…①197, ⑪529, 549
王氏…⑪530, 531（息子の嫁…⑪530-533）　玉京夫人…⑪533　張元宗…⑪530, 533　楊果…⑪530, 531　楊六娘…⑪511, 532, 534　李飛（章武・十八郎）…⑪529-534　李助…⑪534
李照…⑬252, 253
李詳（後晋）…⑭366
李詳（民国）…⑯267
李璋…⑬98
李心心…⑭571
李心伝「建炎以来繫年要録」…㉒99
李辰冬「陶淵明作品繫年」…①617
李振声「郾城県志」…⑰595
李深源…⑱111
李紳…⑪553
李璡・汝陽王…⑫65, 118, ⑭495, 496, 498
李璲…㉗21→儀王（唐）
李崇賢…⑬287
李世民…①160, ⑧501, ⑫311, ㉕65, 439, 473, 487, ㉗130→太宗（唐）
李世熊・元仲…⑯124
李成竜…㉓205, 207
李西平…⑭110
李栖筠…①306
李清照・易安居士…①575, ⑦405, ⑬524　『如夢令』「昨夜雨疎風驟」…①576　「誰伴明牕独座」…①577　『品令』「散りがての花散れば」…⑬377, 527
李盛鐸・木斎…⑯254, 561, ㉖466-468
李誠…⑭328
李勣…㉕68, 69
李宣龔（倜）…⑯267
李選侍…⑯25
李善　注本「文選」→その項（テクスト）　注「文選」→その項（注）
～の息子・李邕と杜甫…⑫604, ㉒75, ㉕453, 460, 481, 482
李善・次孫…②512, ⑥392, 396
李善斎　注「太上感応篇」…㉒305
「李善与五臣同異」…㉖472
李素…⑦543
李楚儀…⑭384, 385
李宗謨・小樵「陶靖節紀年小像」…⑦604, ⑱360
李爽…⑫665
李悰・義陽王…⑫26
李総官…⑭187
李存「俟庵集」…⑮279
李存孝…⑬461, ㉖401, 414, 418→安敬思
李巽…⑪513, ⑬51
李尊師…②526
李廼揚（だいよう）…㉑11, ㉒310, ㉕226, 434
李卓吾→李贄
李卓吾先生評（一百回本水滸）…㉖376→李批水滸
「李卓吾批評忠義水滸伝」…㉖372
李聃齢…㉓151
李治・仁卿・敬斎・文正公…⑭75-76, 78, 95, 568, ㉕52, 53→李冶
～と同時代人　王惲…⑭76　元好問…⑭76, ㉕53　史天沢…⑭95
～の学風…㉕53
～の「敬斎古今黈」…⑭75, 76, ㉕52, 53
教坊の技芸に関する記事…⑭76（歌曲『定風波』の記事…⑭76, 568　才人の隠語…⑭76, 88, 178　西出陽関無故人の歌い方…⑭76　張行簡『教坊腔子』の記事…⑭128　無過蟲のいわれ…⑭76）
言語についての説　可愛と可憎…⑭415　好漢…㉕54, 55, 57, 59, 252, 253
古学（金末）…㉒117
版本　海山仙館叢書本…㉒314　聚珍版叢書本…⑭76, ㉕53　繆荃孫藕香零拾本…⑭76, 88, ㉒314, ㉕53, 54
～の詩文…⑭158
～の数学…⑭140
～の晩年…⑭76
李致遠…⑭367　「還牢末」雑劇→その項
李中「碧雲集」宋版…①396
李仲章…⑭137, 367, 370
李仲芳…⑭161
李忠霖…⑮11, 62
李衷一…⑯136
李衷燦…㉓264
李衷純・玄白…⑯26
李猪児…⑫368
李長吉→李賀
「李長吉歌詩」…⑪446
官板（昌平黌）…⑪447, ㉓575, ㉕281　宋版蜀本…㉒495, ㉕430, ㉖474
注・王琦…⑪447　呉正子…⑪447, ㉓575
李長之…⑦15, 370　「李白」…①627
李朝威「柳毅伝」…⑪518, ⑭207, 221
「李朝実録」…①177, ②161
李朝朝鮮…㉓150, 272

李肇「国史補」…①434, ㉗421
李調元「方言藻」…⑯231
李直夫…⑭59, 88, 137, 367, 370　雑劇「虎頭牌」「張生煮海」→各項　「錯立身」…⑭210
李廷諫…⑯88
李廷珪…⑪457
李廷珪墨…⑬596
李廷敬…⑯235
李禎…①208　「剪燈余話」→その項
李鼎祚…⑯87　「周易集解」…㉕34, 475
李天下…⑭7→荘宗（後唐）
李田意…⑲314, 326
李殿丞…⑭345
李刀自『浣渓沙』「かよわき薔薇は」…⑬378
李杜（李白と杜甫）…①115, ⑪181, 184, 185, 189, ⑱25, ㉓134, ㉕446, 454
〜以後の七言長篇…⑰72
〜以後の中国詩の下降…①32
〜以前の詩と李杜の詩…①97, ⑮621, ㉓440
新しい生活の歌の主張…㉗18　魏晋の詩との繋がり…㉒13　「詩経」の祖述…㉑150, 158, ㉓440, ㉖444
〜を生む可能性の消滅（宋以後）…⑮565, ㉕302
李杜は専門的詩人…②410, ㉕301, 302
〜を尊重する態度（宋人）…⑪3, ⑬46, 186
悲哀の遮断…⑬47
〜を含む盛唐有力詩人…⑪552, ⑫122, ⑮474
〜を含む中国古典文学の復刻注釈（人民共和国）…㉕417
李杜の研究書…①128, ⑪455, ⑫672, ⑰4, ㉕417（文学革命期の研究回避…⑪455）
〜を含む唐代有力詩人の注釈書…㉑73
〜を含む歴代詩人学者の肖像と刀…㉗236
〜韓白（韓愈・白居易）…①132, 151, ②602, ⑪228, 328, 329, 415, ⑫585, ⑬58, 59, ㉑6（円満と強烈…⑪329, 415　官僚世界との関係…⑪7, 13, 229, 328, 419, 454, ⑮365, ㉓566　思想性…⑪5　出身…⑪13, 229　詩数…⑪309, ⑬9, 198　人民共和国における復刻…㉕417　宋詩との関係…⑬46　趙師秀の敬遠…⑬177　杜甫の衛星…①243　「唐詩選」の態度…㉒6　人間愛の自覚…⑪329　人間の可能性の自覚・人間の微小への敏感の清算…①66　李杜以後の可能性の開拓…①339, ⑪415, 429, 552　歴史的状況の変化…⑪419）
李杜韓白と後人　寒山…⑪454　宋人…⑬46, 177, 186　李攀竜…㉒6
李杜韓白の関係書の数…⑱467
李杜と韓愈…⑪339, 419, 424, 429, 552, 553, ㉕465（悲哀の詩と悲哀の抑制…⑪424, 425　ますらおぶりの推進…⑪415　李杜の陵暴…㉕465, ㉗256）
李杜と白居易…①32, 36, 128, 133, ⑪229-231, 329, 552, ⑫593, ㉒8（石川啄木の評…②64　エロティシズム…⑪237　王禹偁による尊重…⑬58　寒士のエネルギー…⑳478　自覚的主張…⑪229, 230, 432　饒舌と理屈っぽさ…⑪231, 432　鈴木虎雄…⑰306　政治への奉仕…⑪456　「祖国十二詩人」の記載…①514, 627　熱情と愛情…⑪231　室鳩巣の評…⑪434）
〜元白…㉖433
〜元白皮陸…㉖439
〜時代の皇帝…⑪14, 168, 232, 552, ⑫546, 564, 581
〜・蘇軾と鼠…⑬279
〜とアメリカ・イマジストの詩人たち…⑰489
〜と安禄山の乱…⑫680, ㉖64, 116
〜と王維…①74, ⑪14, 136, 147, 164, 223, 552, ⑫122, 546, 720
阿倍仲麻呂との交遊…㉗18-20
自然の美への敏感…①129
〜と後人
清人　銭謙益…⑫585, ㉖432, 435　葉燮…⑪378
人民共和国　王瑤…⑫672, 673　郭沫若…㉒477, ㉕404, 416, 417, 419, 420, 441, ㉖12, 491　林庚…⑫672, ⑳478
宋人　王安石…⑫585, 721, ⑬46, 47, 94, 95, ㉕421　王禹偁…⑬58, 59　欧陽修…⑬74, 94, 95　厳羽…⑪3, ⑬186, ⑮474　黄庭堅…⑫585, 721, ⑬46, 47, 161　朱子…⑬171　朱松…⑬146-147　蘇軾…⑫585, 721, ⑬46　趙師秀…⑬177　陳師道…⑬161　楊億…⑫721, ⑬58　楊万里…⑫585, ⑬46　陸游…⑬46, 47, 95, 161
唐人　王定保…⑫674, 675　段成式…⑫675, 676　孟棨…⑫674, 675　李商隠…⑪452, ⑫585, ⑬95
南唐　李煜…⑪460
民国　聞一多…⑫585, 672, 676, 677
明人　高棅…⑮474　李攀竜…㉒6　李夢陽…⑮499, 503, 615, 616, 621
〜と四川…㉕420
〜と先人　陰鏗…②553, ⑫653-656, 664　王績…⑪5　屈原…⑪455, 456　曹操一党の文学…⑦14　陳子昂…⑪5, 38, 477, 552, ⑫94, ⑬171　陶淵明…①129, ⑦14, ⑪454, ⑰66　庾信…⑪184, ⑫655
〜と同時代人・友人　韋応物…⑪189, 223, 552　隠者范氏…⑫679　王昌齢…⑪189, 552　賀知章…⑭498, 530　元結…⑪552　高式顔…⑪63, 64　高適…⑪63, 64, ⑫47-50, 122, 210, 330, 402, 581, 678　崔宗之…㉗21　汝陽王…⑭498　岑参…⑫122　蘇渙…⑫402　鄭虔…⑫402, 431　孟浩然…⑪14, 223, 552　李頎…⑪552
〜と童年の追憶…⑯136
〜と日本人…①116, 143, ⑪434, ⑰71, 72, ㉑134, 139, ㉕420, 421, ㉗315
足利期…①143, ⑫585, 721, ⑱39, ㉑134　江戸期…①143, ⑫721, 722, ⑱39, ㉑134, ㉗315　荻生徂徠…㉓289, 352, 440　大正末期…⑯139　松尾芭

蕉…⑫585, 710, 722, ㉑129, 134, ㉓568
日本語訳注…⑰407　和刻本…⑰608, ㉕280
〜と「文心雕竜」…㉗299
〜と minor poets…⑳44
〜と「文選」…⑦562-563
〜とヨーロッパ人…①116
〜の英瑋と魏晋の高風絶塵（蘇軾）…㉒13, ㉗256
〜の会話の口語…㉕39, 43
〜の交友…①243, ⑪86, 173, ⑫94, 431, 676, 720, ㉖116
兗州滞在…⑫653　河南山東放浪…⑫653, 679, ㉖116　会話の用語…㉕39, 43　厳武への懸念…㉕66　最初の出会い…⑫47, 564, 581, 672, 676, 677, ㉖116　神仙・遊俠への関心…⑫673, 677　杜甫への詩（李白）…⑫675, 679, 680, 683, ⑱314, ㉕66, ㉖124（「飯顆山頭」の詩…⑫673-675）　不仲説…⑫673-676　友情…⑫676, ㉖116　李白評（杜甫）…⑪184, ⑫119, 653, 655, 656　李白への詩（杜甫）…⑥36, ⑫50, 119, 120, 636, 653, 675, 677, 678, 680-683, ⑭498, 530, ⑱24, 25, ⑳360, ㉒477, ㉖116, 121-124, 161　李白流罪…⑪86, ⑫680-683, ⑱24, ㉖117-121, 123, 124　梁宋の遊…⑫47, 48, 677-679
〜の詩…⑪461, ⑫560, 727, 728, ㉗384
英語訳（ローエルとエスカフ）…①4, ⑲208, 209
官吏に準ずる立場の詩人…⑬606
宮廷に依拠しない詩人…⑪14, ㉗18
古代的楽観の復活…①97, ⑪425, ⑬28
思夢の詩…⑱24, 25
詩形　楽府…㉑17, 21　古体詩…⑫582　七言歌行と律詩…①275, ⑪111, ⑫131, 672　七言絶句…㉖161
中国詩の絶頂…①131, ⑦561, ⑪3, 378, 552, ⑫585, ㉑134, ㉖116（中国詩の可能性…①339, ⑪429　中国詩の再出発…⑪552, ⑫585　「唐詩選」の選択…㉒6）
唐詩における地位…⑫560, 585, ⑬606, ㉖116（盛唐詩の代表…①23, 32, ⑪3, 169, 228）
唐人小説との比較…①265
南北文学の統一…⑰328
美文性…⑬42
ますらおぶり…⑪87, 136, 415（熱情表現の完成…⑬202　用語の華麗…⑬42）
落日の詩…⑳54
楽観への願望と絶望への誘惑…⑬28
六朝人に関する典故…⑬579
恋愛詩…⑯286
〜の詩と韓蘇の文を読める力…②458
〜の詩と韓柳の文…⑬59, ⑭116, ㉑168
〜の詩の時代と世界文学…㉗384
〜の政治への意欲…①61, ②410, ⑪7, 86, 137, ⑫546, ⑮365, ⑯286, ㉒440, 470, ㉓566
〜の全集エディション所蔵（日本）…⑰25, ㉕282
〜の対照性・共通性…⑫96, 585, ⑬74, 95, ㉕441, ㉖161
飲酒…⑫636, ㉑81, ㉖116　可能の哲学…①67　快楽と憂愁…①30, 31, ⑪7, 87, 429　瑰麗と豊腴…⑪223　個人生活の充実と理想社会の可能…①67　剛毅と奉仕…⑪87　死…⑫532　詩語の来歴…⑫146　詩仙と詩聖…①116, ⑫560　詩的幻想と熟視…⑪182-184, ⑫676　七言歌行の比較…⑫131　出身と詩壇における地位…⑪13　女性への態度…①30, ⑪52, 103, ⑫676　情熱…①30, ⑪86, 231, ⑬202　情熱の大きさと観照の深さ…⑪552　情熱への誠実と誠実への情熱…⑪87　神仙と遊俠…⑪132, ⑫673　人民の詩人の立場…㉕419　生命力の賛美と誠実の追究…①30　性格と雰囲気…⑪185　絶句の完成と律詩の完成…①67　前進への積極性…⑪7　壮大と厳粛…①195　壮大と緻密…⑫585　月への感覚…⑳51　天才と地才…①322, ㉕405, 406, 446, 454, ㉖12, 190　人間の行為の美しさと心情の美しさ…⑪136　発散と凝集…⑫133　悲哀…⑪424, ⑬28, 35　保守性と革新性…⑪552, ⑫96　奔放と謹厳…⑫676, ㉖116　無から有を生む詩人・有から有以上の有を生む詩人…⑪184, ⑫676　律詩の比較…⑫141, 143
〜への中国人の態度…①116, ⑫560, ㉗398
李東元…⑳447, 449
李東陽・賓之・西涯・文正公…⑮487, ㉒52, ㉖448
〜と後人　王士禛…⑮491　黄宗羲…⑯124　銭謙益…⑮491, ㉒51, ㉖430
〜と同時代人　沈周…⑮563, 606　門下生／何孟春・顧清・邵宝・石瑶・羅玘・魯鐸…㉒51　李夢陽…⑮494, 632
〜と日本人…⑮490
〜の作品・著述　「懐麓堂詩話」…⑯112, ㉗301　「懐麓堂集」…⑮491, ㉗301　「懐麓堂文後稿」…⑮632　「擬古楽府」…⑮490　「大明周府封丘王教授贈承徳郎戸部主事李君墓表」…⑮632　「捕魚図歌」…⑮487
〜の出身…②463, ⑮487（故郷…⑮487, 489）
〜は時代の士の典型・父の職業…①299
〜は時代の文学の尺度…①322
〜への反撥…⑮491
李洞玄…㉒54
李唐…㉒228→唐（王朝）
〜の経生…⑧27
李燾（とう）・巽岩「説文解字五音韻譜」…⑰591
李道純・元素　「清庵先生詞」…⑭101（彊村叢書本…⑭101-102）『水調歌頭』（白蘭谷に贈る）…⑭101
李徳裕…①306, ⑪327
李白・太白・青蓮居士…①133, ⑫7, 593, ⑯618, ㉔329, ㉕505→謫仙人

～以前の快楽追求の詩…①97
～・王維…②586, ⑪131, ㉓363, 431
荻生徂徠の比擬…㉓363, 431　非宮廷詩人的立場…⑪14　人の行為の美と自然の美…⑪136
～と安禄山の乱…⑪178, 179
～と「金銭記」雑劇…⑭398-400, 464, 518, 519, 529, 542-544, 546, 550
～と建安の文学…⑦14, 136, ⑪95
「大牆上蒿行」…⑦66
～と後人　王守仁…⑮510　蘇軾…⑬30, 31　范成大…①407　范伝正…⑫120　楊維楨…⑮435, 439, 452, 463　李攀竜…⑪116　李夢陽…⑮501, 616　劉基…⑮473
～と酒…①67, ⑪89, 91, 103-106, 172, ⑫636, ⑭530, ㉑81
酒造りの友人…⑪108, 109, 172　自然の混沌への融合…⑪106
～と先人　王羲之…⑬579　阮籍…⑦201　山簡…⑬579　謝朓…⑪95, ⑬579　曹丕…⑦66　張翰…⑪97　鮑照…⑦66, ⑪6, 184
～と中国詩…①131, ⑪136, 174
～と同時代人　永王璘・玄宗皇帝・高力士→各項　孟浩然…㉔213　楊貴妃…⑪177, 178, ⑫319, ⑯593
～と日本人…①116
青木正児…⑰335　新井白石…㉓117　田中克己…⑪87, ⑰407　武部利男→その項　豊田穣…⑪477　林羅山…㉓147　森槐南…⑪116
～とベトゥゲの詩…㉔210-213, 216
～と明詩における熱情の賛美…㉑54
～と「楊妃捧硯」…⑫266
～の嚇蛮（雑劇）…⑭227
～の交遊　阿倍仲麻呂→その項　王昌齢…⑪158, 159, 209　迦葉司馬…⑪90, 91　賈至…⑪100　賀知章…⑪90, 175, ⑭398, 530　元丹丘…⑫109　高天師…⑫677　叔雲…⑪95　儲光羲…②586, ⑪131　趙驊…⑪131　杜甫→李杜　李曄…②100
～の江南放浪…⑫680, ㉖116
～の詩→李白詩
～の詩仙の呼称…①116, ⑫120
～の時代と婦人の素足…⑪126
～の白いものへの好み…⑪130
～の生活態度…⑪87, 88, 92, 132, 173, 174
山中生活…⑪90　正しい詩復活の目的…⑪132, 174　超俗…①151　反俗…⑪87, 88
～の千秋万歳の名…㉖124
～の伝記…①30, ⑪86, 87, 169, 170, ⑬625
死…⑪179-180, ⑫532　出生地…⑪86, 169, ⑫29, ㉕420　少年時代…⑪170　生年…①30, ⑪86, ⑰66　評伝（ウェレー）…⑲415
～の人柄…⑪132, 174
剛毅…⑪87　壮大…①195, ⑪87　熱情…①30, ⑪86, 87
～の夜郎流罪と赦免…⑪179, ⑫330, 680, ㉖117
「李白」（武部利男）…①131, 523, ⑪164, 182, 183, 185, ⑫680, ㉑46
李白詩…⑰457, ⑲118
～と詩形…⑫143
古体詩…⑪4, ⑫582（七言古詩…⑪94, ⑫131, 672）
絶句の完成…①67, ㉑45（七言絶句の平仄…①127　七言絶句の名手…⑪159, 209, ㉖161）
律詩…⑫143（五言律詩…⑪110, ⑫141　七言律詩…⑫141）
～の語彙・詩句　阿誰…⑪104　鵶頭襪…⑪126　一叫一回腸一断…②278　一日須傾三百杯…㉔211　逸興…⑪95　映…⑪127　盈盈…⑪113　駅亭三楊樹正当白下門…⑯157　煙花宜落日…⑫664　可憐飛燕倚新粧…⑯592　何許…⑪118　花暖青牛臥…⑪183　我歌月徘徊…⑪173　我酔欲眠卿且去…⑪89, 194　我舞影凌乱…⑪173　塊然…⑪93　解釈春風無限恨…⑭530　鱠…⑪92　館…⑪99　岸上誰家遊冶郎…⑪126, 127, ㉔212　琪樹…⑪129　棄我去者昨日之日不可留…⑪94, ⑬35　却下…⑪116　宮花争笑日…㉒91　玉階…⑪115　玉潭…⑪129　金屋…⑪113　荊榛…⑪135　屐…⑪126　呉児…⑪125　江月照還空…⑪185　江湖…⑪96　江水東流猿夜声…㉔211　江蕩寄南征…⑫680　删述…⑪136　散髪…⑪96　思君若汶水…⑫680　紫微…⑪113　紫騮…⑪127　自愛名山入剡中…⑪98　日落長沙秋色遠…⑳54　借問…⑪105　春風…⑪566　駿馬似風飆…⑲212, ㉕100　且留琥珀枕…⑱24　床…⑪130　松高白鶴眠…⑪183　簫…⑪92　常随歩輦帰…⑫143　人間…⑪88　沈香…⑪119　塵与灰…⑪122　水精簾…⑪115　逝川与流光飄忽不相待…㉕174　清発…⑪95　石竹…⑪113　接䍦…⑪104　剡中…⑪97　選妓随雕輦…⑫143　壮思…⑪95　相迎不道遠…⑪121, ⑲210　太常…⑪103　大春…⑪108　達士…⑪92　但得酔中趣勿謂醒者伝…㉕164　池草暗生春…㉒91　踟躕…⑪127　竹馬…①418, ⑪121　長安一片月…㉑19　長干…⑪121　直到長風沙…⑪121, ⑲210　沈香亭北倚闌干…⑭530　棹歌…⑪128　若耶渓…⑪127　白羽扇…⑪89　白鷳…⑪129　博山炉…⑪119　飯顆山頭逢杜甫…⑫673, ⑱314　万戸擣衣声…②452, ㉑19　百年三万六千日…㉔211　不同珠履三千客…⑭450　布帆無恙挂秋風…⑪96, ⑲119　払床蒼鼠走…⑬279　別欲論交一片心…⑭450　扁舟…⑪96　歩輦…⑪113　抱柱信…⑪122　蓬萊文章建安骨…⑦136, ⑪95　望夫台…⑪122　明朝有意抱琴来…⑪89, 194　鳴鞭出渭橋…⑲212　夜台…⑪108　幽人・裸袒…⑪89　羅襪…⑪115　乱我心者今日之日多煩憂…⑪94, ⑬35　裏…⑪113　柳色黄金嫩梨花白雪香

…⑪176, 177, ⑫656　流鶯…⑪106　醴…⑪92　郎…①524　或有夢来時…⑱24
～の作品　「越女詞」其一…⑪125　其三…⑪128　「越中懐古」…⑬579　「怨情」…⑪116　「王右軍」…⑬579　「横江詞」其五…①523, 524, ⑪98　「憶東山」…⑪98, 171　「夏日山中」…⑪89　「過四皓墓」…⑬579　「擬古」…⑪91, 93　「客中作」…㉑45　「宮中行楽詞」…⑪110, 111, ⑫141, 656, 664, ⑭550, ㉒91　「玉階怨」…⑪115, ㉓117　「経下邳圯橋懐張子房」…⑬579　「月下独酌」…㉕164　「峴山懐古」…⑬579　「古風」其一…⑪38, 132, 133, ⑫94, ㉕174　其十一…㉕174　「江上吟」…㉑46　「哭晁卿衡」…⑪131, 175, ㉗17, 20　「沙丘城下寄杜甫」…⑫680　「採蓮曲」…⑪126, ㉔212　「塞下曲」…⑲212　「山中答俗人」…⑪88　「山中与幽人対酌」…⑪88, 173　「子夜呉歌」…②452, ㉑19, ㉖28　「秋下荊門」…⑪96　「秋浦歌」…⑪182, 185　「春日酔起言志」…⑪104, ㉔212　「春夜宴従弟桃花園序」…㉕138　「春夜洛城聞笛」…㉑37　「将進酒」…①97, ㉔210　「商山四皓」…⑬579　「襄陽歌」…㉔211　「蜀道難」…⑪4, ㉕66　「尋雍尊師隠居」…⑪183　「西施」…⑬579　「清平調詞」…⑭530　「静夜思」…⑪130, ㉑45　「宣州謝朓楼餞別校書叔雲」…⑪94　「戦城南」…⑥354　「蘇台覧古」「蘇武」…⑬579　「相逢行」…⑪163, ㉑17　「贈汪倫」…⑪109, 172　「贈黄山胡公求白鷴」…⑪128　「贈内」…⑪103　「戴老酒店」…⑪108　「長干行」…①418, ⑪119, 121, 125, ⑲210　「長門怨」…⑪182　「冬日帰旧山」…⑬279　「答湖州迦葉司馬問白是何人」…⑪90　「独座敬亭山」…⑪102, 171　「読諸葛武侯伝書懐」…⑬579　「陪族叔刑部侍郎曄及中書賈舎人至遊洞庭」其一…①127, ⑪99, 100　「白頭吟」…⑱24　「白鷺鷥」…⑪182　「悲歌行」…㉔216, 218　「望鸚鵡州悲禰衡」…⑬579　「望盧山瀑布」其一…⑦327, ⑪185　「沐浴子」…⑮616　「遊洞庭」…⑪99, 101　「陽叛児」…⑪117, 118　「魯郡東石門送杜二甫」…⑫679　「魯中都東楼酔起作」…⑪103　「労労亭」…⑪101
～の詩集　「李（太）白集」…⑫675, 680, ㉑7（懐古…⑬579　古風…⑦201, ⑪38, ⑫94, ⑬579, ⑮473）
～の性格・特徴　面白さ…①31　快楽主義と推移の悲哀…⑪93　詩的幻想…⑪182-184　天才性…①322　悲哀からの離脱…①109　不幸な人々の悲哀・憤り…①145　ますらおぶり…⑪132, 174, ⑫94, ⑰71→李杜　楽観性…㉑44
～の題材・内容　飲酒の詩→李白　快楽追求の詩…①30, 97, ⑪87, 96, 111, 174, 424, ㉑44　自然の美…①129, ⑪96, 97, 100-103, 170　思夢の詩…⑱24　仙界の詩…①197　月…⑪173, ⑬30　悲哀の詩…⑪115, 130, 424
～の注　王琦の新注…㉓575
　楊斉賢・蕭士贇の旧注…㉓575→「分類補注李太白詩」
～の典故（「漢書」「三国志」「史記」「世説新語」）…⑬579
～の翻訳　英訳・Ayscough & Lowell…⑪106, 108, 110, 114, ⑲210, 212, ㉕100　英訳・Ezra Pound…⑪117, 123, ⑲261　露訳…⑲417
「李白と杜甫」…㉒72, 327, 477, 478, ㉕416, 417, 419, 441, 464, ㉖102, 472, 474, 491（「新婚別」解釈…㉖102）
李伯禽…⑪179
李発愚…⑰595
李攀竜・于鱗・済南・滄溟…⑮511, ⑯102
～を含む前五子…⑮522
～と「易」繋辞伝…⑮515, ㉓344
～と王漁洋…⑯164
～と王世貞→李王・王李
～と荻生徂徠…㉒5, ㉓330, ㉕195
　「学則」の文体…㉓380
　李攀竜を模倣した文章…㉓344
～と「唐詩訓解」…㉓301, 323, 324
～における詩言志…⑯113
～の愛妾蔡姫…⑮517
～の古詩古歌謡の模倣…⑮526
　典型への依拠・模倣…⑮515, 517, 522
～の散文…⑮527（打の使用…⑮526）
～の詩　王世貞の批評…⑮514, 517, ㉓369, 437　王世懋の批評…⑮514　盛唐詩模倣…㉓241
　作品　擬古詩…⑮516　「建安の従軍と公燕に代る詩」の引…⑮517　「元美および諸比部と同に…」「元美と郡楼に登る」…⑮513　「古詩前後十九首」の引…⑮517, ⑯133　病後の七律…⑮513
～の著書・編書・文章　「古今詩删」→その項　「送宗子相序」…㉓456　「滄溟集」…⑯112, ㉓323-325　「長興徐公敬之伝」…㉓325　「比玉集序」…⑯113, ㉕198
～の伝記…⑮512
　王世貞による伝記・科挙及第…⑮512　死…⑮517　出身階層…②463, ⑮493, 512　出生…⑮512　陜西督学へ昇任と辞任…⑮514　父…⑮511, 632
～の「唐詩選」…⑪26, 197, ⑫721, ⑮530, ⑰26, ㉒5, ㉓400, ㉕461, ㉗18
　選択の偏狭…⑮530, ㉒5-7, ㉓479（杜詩採用の偏向…㉒6　白居易詩の不採用…⑪231, 432, ⑮530, ㉒6, ㉓479　山本北山による否定…㉒5　李白詩の採用…⑪116, ㉒6）
　和刻本…⑰26（服部南郭による復刻…⑮530, ㉒5, 6, ㉓400, 479, 564）
～の白雪楼…⑮514, 517, ㉓370
～の「比玉集序」批判・太宰春台…㉕198

～の文章…㉓325
～は結轖の邪気…⑯102
李攀竜派…㉒6
李批水滸…⑲314, ㉖372→李卓吾先生評（一百回本水滸）
李斐　注「漢書」…㉕86, 88
李微…⑭135
李泌…⑫326-329
李百薬…⑬575　「北斉書」→その項
李彪…⑦537
李頻「友人の揚州に之くを送る」…⑪8
李涪「刊誤」…②209
李符…⑯152
李富孫…⑯148　「曝書亭詞注」…⑯641
李紱（ふつ）・巨来・穆堂…㉓220-222
李文蔚…⑭137, 162, 367　雑劇「燕青博魚」→その項　「担水澆花旦」…⑭210　「東山高臥」…⑭116, 209
李文忠…⑭169
李文田・芍農…⑯306, ㉑242　「定武蘭亭跋」…㉑249
李平陽…⑪179
李壁…⑬306　注・王安石詩…⑬305, 307
李勉…㉕398
李輔国・護国・静忠・五郎…①524, ⑫175, 309, 313, 314, 322-326, 328, 392, ㉒25
李黼（ほ）…⑭113
李黼平「毛詩紬義」…⑩463
李方桂…⑲321, 328
李邦華…⑯88
李邦傑…⑭155, 168
李邦彦…㉓153
李封…⑫369
李豊…⑦503
李夢陽・空洞・献吉・北地…⑮494, ⑯144, ㉔150, ㉖454
～と王世貞…①76, ⑮519
～と何景明（李何・何李）…⑦120, ⑮503, 511, 632, ⑯11, 56
李何と黄宗羲…⑯124, ㉒291
李何と徐禎卿と辺貢…⑮503→弘正四傑
李何らの前七子…⑬47, ⑮492, 493, 503, 511, 614, ⑯11, 160, ㉒51, ㉓119, 322, ㉖450（王九思…⑮503, 509, 511, 529　王廷相…⑮503　康海…⑮503, 508, 509, 529, 557, 622　徐禎卿…⑮503, 508, 518, 632　辺貢…⑮503）
～と先人　王昌齢…⑮499　建安の文人たち…⑦136　司馬遷・「史記」…⑮492-495, 631, ⑯73, 74　杜甫…⑮497-499, 503, 615, ⑯72, 73　陶淵明墓修復…⑦331　李白…⑮499, 616
～と同時代人　皇甫汸・黄省曽…⑮518　祝允明…⑮502, 518　邵宝…㉒51　薛蕙…⑮508　唐寅…⑮502, 518　劉瑾…⑮509
～と日本人…㉒291
伊藤蘭嵎…㉓494　鈴木虎雄…⑮557, ⑯634, ⑰305
～と茅盾…⑮502, 617, 618, ㉒466, ㉕471
～の科挙及第…⑮494, 629
～の家系　伯父王慶（陰陽公）…⑮628　伯父李剛／王剛（主文公）・大叔父王敬（軍漢公）…⑮627, 628　弟李孟章…⑮630　祖父李忠／王忠（処士公・仏の王忠）…⑮626, 627　祖母李氏・曽祖父李恩／王恩（貞義公）…⑮626　曽祖父の養父王聚…⑮625　父李正（吏隠公）…⑮628, 629, 632
～の激情…⑮493, 496, 501
～の古文辞運動→古文辞（明）
古文辞と銭謙益→同上
～の交遊　王現…⑮633　王崇文…⑮502, 620, 621　王陽明…⑦120, ⑮503, 510　汪昂・佘育・佘存修・鄭作・鮑允亨・鮑崇相・鮑弼・鮑輔…⑮633　李東陽…⑮494, 632
～の散文…⑮496, 527
家族に関する叙述…⑮527　商人との交游の文…⑮633　打の使用…⑮631
～の詩　「嘉靖元年歌」…⑮500　「郭公謡」…⑮623　金山に遊ぶ詩…⑮498　「経行塞上」…⑮499　「郊斎にて人日に逢い辺と何の二子を懐う有り」…⑮615　「獄雨」…⑮501　「塞上」…㉑55　「歳暮」…⑮499　「述憤」…⑮496　「登臨」…⑮497　「汴城の東楼に夏に登りて」…⑮498「汴中元夕」…㉑55　「沐浴子」…⑮616
作品批評　現実との乖離…⑮615　千篇一律…⑮498, 527, 614　粗剛…⑮501, 508　壮大強烈への志向…⑮494, 498-500　大言壮語…⑮501
題材　鼠…⑮527　風呂桶…⑮616-617
～の出身…②463, ⑮493, 494, 518, 625, 626, 630
家系…⑮625-630　生育環境と文学…⑮630, 632
～の生没　死…⑮511, 614　生年…⑮614, 626
～の著述　「空同子」「空同子集」→その項
文章　「汪子年六十鮑鄭二生絵図為之序」「賈隠」「賈論」…⑮633　「乞休致本」…⑮632「祭鮑子文」…⑮633　「潜虬山人記」…⑮496, 633　「贈汪時嵩序」「贈豫斎子序」「梅山先生墓誌銘」「缶音序」「方山子祭文」「方山子集序」「鮑允亨伝」「鮑母八十寿序」「明故王文顕墓誌銘」…⑮633　「与徐氏論文書」「与李道夫書」…⑮632
～の哲学・感覚的要素と運動が世界の本質…⑮501, 502
～の投獄…⑮496, 509, 527
～の文学…⑮503, 624
庶民的文学の盛行との関連…⑮619, 624（虚構の文学との関連…⑮529, 624　風と雅頌…⑮621, 622）
李牧…⑥264

李穆…⑦545
李本深…⑯196
李万（雑劇中の従者）…⑭436
李孟・秋谷…⑮239, 240
李孟悊（もうてつ）注「儀礼」…㉕343
李治…㉕52→李治
李邕・補闕…⑫51, 78, 79, 312, 604, ㉒56, 75, 76, ㉕453, 460, 477, 481, 482, 493
李曄…⑪100
李膺…⑦54, 55, 92, ⑮521　「益州記」…㉒297
李流芳…⑯42, ㉖452
李隆基・臨淄王…⑫9→玄宗（唐）
李良年・武曽…⑯146　「秋錦山房詞」…⑯152
李陵…㉔217
　～と蘇武の詩…⑥266, ⑦137, ㉗256
　～の人生如朝露…①107, ⑥311, ⑦29
　～の「与蘇武詩」 仰視浮雲馳奄忽互相踰…⑥276　努力崇明徳…⑥278　風波一失所各在天一隅…⑥273
　～の敗戦…⑥157, 160
　　司馬遷受難…②136, ⑥157, 232, 243, ㉕156, 158
李陵台…⑮205, 206
李林甫・十郎…⑫319
　～と関わりを持つ人物　安禄山→その項　高力士…⑫318　粛宗の遺恨…⑫326　張説弾劾…⑪35　鄭欽悦…⑪514　杜甫…⑫61, 62, ㉕451, 457-459, 477, ㉖9　裴光庭の妻…⑫273　楊貴妃…⑫57, 59, 60　楊国忠…⑫57, 59, 60, ㉕452, 477, 478（李林甫の名誉剝奪…㉕478）
　～と玄宗…⑫52, ㉒85
　　玄宗の弛緩と李林甫重用…⑫52, 53, 319, 548
　　李林甫の専横…⑫53
　～に対する反対派…㉕451
　～の陰険…⑫51, ㉕477
　　口に蜜有り腹に剣有り…⑫51, ㉕477
　　考功の試妨害…⑫61, 82, ㉕477
　　皇太子への嫌悪・疑獄…⑫312, 313, 318, 323（韋堅殺害…⑫312　韋氏失脚…⑫324　王忠嗣拷問…⑫313　杜良娣の里方…⑫312）
　　張九齢失脚…⑫51, ㉕476
　　文儒の士へ憎悪…⑫51, ㉕451, 457, 459, 477, ㉖9（厳挺之…⑫51, ㉕451, 458　房琯…⑫51, 328　李適之…⑫313, ㉕477　李泌…⑫326　李邕…⑫51, 312, ㉕477）
　～の官職…㉕476
　　御史中丞…⑪35　中書令…⑫51, ㉕450, 457
　～の失脚・死…⑫53, 57, 313, ㉕450, 459, 477
　～の銅貨の私鋳の厳禁…㉕478
　～のむこ（杜位）…⑫66
李璘…⑫330, ㉖117→永王璘（唐）
李令…㉒83
李令琛「書史百家対」…⑥396
李連慶…㉒459
狸奴…⑬159
梨園…⑪254, 299
　～の弟子…⑪53, 168, 254, 255, 257, ⑫36, 38, 52
「梨園按試楽府新声」…⑭104
梨花醸…⑭345
理…②341, 395, ㉑114
理（宋儒）…②234, 364, ⑲174, ⑳57, ㉑114, 116, ㉓68, 69, 393, ㉖241
　～と気…②18, 329, 368, ⑬318, 557, 559, 560, ⑯369, ⑳164, ㉑113, ㉖241-244
　～と経書　五経…②283, 330, 331, 334, ㉖244（「易」…⑬560, ㉕35　五経否定の可能性…②330）　四書…㉖244
　～と後人　王陽明…②331, ⑬568, 570-571, ㉔137　清朝学者…②333　戴震…⑰208, ⑲174, ㉑115, 116, 137, ㉓46　李夢陽…⑮495
　～と朱子…②266, 282, 283, 329-331, 365, 368, ⑬318, 557, 559, 560, 568, 570, ⑯369, ⑳164, ㉑113, 137, ㉓39, 53, ㉖241
　　理の遍在の認識…㉖243
　～と仁…⑬558, ㉖245
　～と道…②364, ⑳57, ㉓387, ㉕35
　～と徳…②364, ㉓387
　～と日本人　伊藤仁斎…②183, ⑰36, 37, 47, 208, ⑲174, 175, ㉑114, 137, ㉓39, 42, 43, 46, 53-55, 66-69, 77, 446　荻生徂徠…⑰194, ㉑115, 137, ㉓288, 387, 389, 393, 394, 448, 535　林羅山…㉓291
　～と人間…⑬557-559, ⑳164, ㉑137, ㉓242
　　性…②364, ⑬318, 557-558, ㉑113, 114, ㉓39, 53-57, 66, 69, 291, 387, ㉔304, ㉖242　聖人…㉖243
　～と博学…②234, 330
　～と仏教…②329, ⑬560, ㉖244, 245
理　杜甫…⑫528-530　唐人…⑬560　本居宣長…⑰195
理一…⑳57, 63, 65, 406
理一分殊…②234, 330, 365, 366, ⑬558-560, ⑳406, ㉖242
理学（宋）…②233, 266, 364, ⑭13, 554, ⑯608, ⑰532, ⑳15, ㉓641, ㉕492→宋学
　～と荻生徂徠…㉓439
　～と経書　五経…②334, 342（「易」…㉕35　偽篇「大禹謨」…⑦282, ⑧16）　四書…⑤136
　～と後人　胡適…⑯369, 370, 391　顧炎武…㉑201　鄭任鑰…㉓704, 706
　～と蘇軾…㉑18
　～による経注…④8, ⑧5, 6
　～の創始…②327, 366, ⑬25, 318
　～の大儒の手稿…④644
　～の大成…②327, ⑬25, 318, 600
　～の六朝侮蔑…㉑18
理学（明）…⑯391, ㉒287, 288, ㉓641
理学家（宋）…①608, ⑯369, ⑳16
理学の名臣…⑬323, ㉓254

理気…㉓473
理気学…⑬318
理気説…②18, 329, 330, 332, ⑬560, 593, ㉕179, ㉗71
理勝時代…⑥429
理性…㉒114, ㉗52-55, 63
　～の学…㉒110, 114, 115
理宗（南宋）…②551, ⑬172, 173, 179, 182, 185, 323, 324, ⑮404, 419, 490, ⑯145, ㉑165, ㉒98, 99, ㉓439
「理想の歌」…㉒442
理想主義…⑤139
理論科学…②561
理論物理学…⑳135, 330
犂牛の子…⑤269
裏…⑪113, ⑭309
裏海…⑥130, 154
漓江…㉒443, 449, 488, 489
「貍首」…③37
履…㉗277→湯（殷）
犛軒…⑥131, 132
鯉魚の胎…⑮145
離御榻…⑭408
離経叛道…⑯311
離合の詩…⑦98, 99
「離恨倩女」諸宮調…⑭208, 575
「離魂記」…⑪496, 546, ⑭207, 208, 266（王宙・倩娘・張鎰…⑪496, 497　張仲覩…⑪497）
離縦跂訾…②249
「離騒」…①12, 242, ②545, ㉑5, ㉓177
　～と屈原…③19, 26
　　悪人への憎悪・悲しみの中心…⑥19　屈原の誕生日…②545　時間の推移への嘆き…㉑211　主題…③12, 26, ⑥216　代表作…⑥216, ㉑5　天の意思への信頼…⑥18, 19　発憤著書の説…㉕157　憂愁…⑥216
　～と後人　青木正児…㉓626　王恭…⑦367　銭謙益…㉖435, 454　方苞…②493　柳宗元…②485
　～と「詩経」…①12, ③12, 25-27, ⑫622
　～における語彙・事項　救済…③27　空想…⑲73, ㉑8　幸福な時期への回想・世溷濁…⑥20　道徳ある人への思慕の比喩…⑦452
　～のリズム…㉑5
「離騒」（注）
　現代語訳　郭沫若…㉕416
　注　王逸・朱子…②545　文懐沙…①637
離俗…②240
離離…⑮436
離立…⑫524
離婁・離婁の明…⑥336
麗姫…⑦311
灕水…㉒488, 489
驪…⑳100
驪宮…⑪243, 270
驪山…⑫191, 231, ⑬339, 579, ㉒484→東山
　～の温泉…⑫171, ㉒21, 443, 484
　　安禄山の賜浴…⑫368
　～の東・霊湫…⑫233
　～のふもとにおける幽王の死…⑫238
　～の道…⑫278
　～の南・藍田…⑫345
　～の離宮…⑪243, ⑫222, 227, 233, 235→驪宮
　　華清宮…⑪237, ⑫56, 261　華清宮造営…⑫327, 390　長生殿…⑪266　離宮と張説…⑫229　離宮と杜甫…⑫185, 186, 213, 222, 229, 230, 233, 235, ㉒29（陰火…⑫232　濛鴻…⑫231）
「驪山記」…⑫261, 262, ⑭395（田翁…⑫261, 262　楊勉…⑭395）
驪山陵…⑤117
驪竜…①533
力（怪力乱神）…⑤28, 147, 210
「力抜山操」…⑥10→「垓下歌」
六案…⑮21　～の都孔目…⑮23
「六家文選」…㉒300
六官（周礼）…㉕323
六義（詩）…②257, ③33, 39, 484, ⑫617, ㉓85, 348
六宮…⑪237, ⑭408
六極…⑤111, ⑩478
六君子（戊戌変法）…⑳296
六軍…⑪248
六経…①490, 491, ②168, ⑬227, ⑰501, 502, 554, ⑲54, ㉑182, ㉓76, ㉔244→六芸
　～と古文派の学（後漢）…㉕335
　～と三史…⑬580
　～と漢書と北斉の博士たち…⑬577
　～と儒学　絶対の規範…⑰113
　～と中国の意識…⑤256, ⑬573, ⑯610
　　王通…⑯128　韓愈…㉑147-148　帰有光…⑯126　元雑劇・臧晋叔…⑭287
　　孔子…⑤122, 254, 256, ⑬570, ⑰42, ⑲54, ㉓284, 329, 346, 378, 390, ㉗227（「春秋」著作の経過…㉕178）
　　司馬遷…⑲56, 57（「史記」…⑬587　黄老を先に六経を後に…②487, ㉕78　人間描写の態度…㉓286, 350）
　　朱子　三代以前の書…②253, ⑬554, 571　四書と六経…⑬560「資治通鑑」と六経…⑬588　天理…②253, ⑬571　文と実…⑥222
　　銭謙益…⑯81, 102（黄宗羲による評…⑯62, 116　六経は文の祖…⑯70, 71, 73）
　　宋儒　四書と六経…㉓288　武帝（漢）…⑥184, 192, ⑬570　李樊竜王世貞…⑰48　陸九淵…⑬569　柳宗元…㉑148
　～と典故…㉑252　（唐詩の典故…⑬579）
　～と日本人　新井白石…㉓128　伊藤仁斎…⑰43, 113（「論語」と六経…⑰43, ㉓80, 85, 288）　狩野直喜・「論語」の仁と六経…㉗258　本居宣長…㉗228

～と日本人・荻生徂徠…⑰42-44, 50, 61, 113, ㉓347, 489, ㉗128
六経と諸子…㉓289, 350, 351, 377, ㉕329
六経と先王の道…㉑181, ㉓282, 284, 286, 289, 337, 390, 449
六経と「論語」…㉓377, 391, ㉕198, ㉗128, 129, 192（君子のための政治方法…㉓383　使用抽象語の概念規定…㉓381　六経を「論語」以上に尊重…⑰43, ㉑181　六経は規範…⑰43　六経「論語」は古文辞…㉓345, 350）
六経の言語…㉓284, 285, 289（古文辞学の方法…⑰45, 46, 48, ㉓285, 289, 377, 378, 443, ㉕198, ㉗178）
六経の事実と後代の事実（悪の記載）…㉓286, 350, 546
六経の時代による差別…㉓346
六経の内容　史…㉓320　事…㉑178, ㉓320, 332, ㉗177　辞…㉑178, 179, ㉓337, ㉗129, 177　道…⑰45, 46, ㉑178, 179　風雅文采…⑰43, ㉓337　物…㉑178, ㉓320, 332, 373, 380, 385　文…㉑179, ㉓337, 346
六経の文章…㉑179, ㉓550, ㉕329（全て古文辞…㉓345, 346, 489, ㉗177　文章の祖…㉓320）
～における諸侯淫乱の事…⑬247
～にまさる文章なし…③556, ㉑148, 152
～の学…⑯83
～の虚構排斥…⑲54
～の残決…㉓398
～の編著者の不明・六経の方法…⑲55
～は漢以前の通常の呼称…②306, 307
六経子史…⑯74
六経秦漢の文章…②253
六経聖人の学…㉒113
六芸…②306, 307, ③11, 555, ⑤122, ⑥103, 171, 192, 213, 222, ㉕79→六経
六芸（礼楽射御書数）…㉓340, ㉔61
六元六蔽の章（論語・陽貨）…㉓84
六股…①314, 315
六甲…⑪491
六合…⑬310
六合県丞…⑪488
六国（戦国）…②549
～の君主…㉕331
六国陰謀の書…㉕345
「六国史」…⑰162, ㉕273, ㉗434
～講義・コロンビア大学…⑲313
清水治…⑲313, 326-327
～と安積澹泊…⑰145
～と阿倍仲麻呂…㉗20
～と応仁の乱…㉕272
～と中国の歴史記述…①177, ②161, ⑰468, ⑳170
～と文学的真実…⑳170
～の漢文…⑥240, ⑰468
～の資料的価値…⑱469
～の「序」…②172
～の退屈さ…⑥240, ⑰468
「六国史」朝日新聞社…⑰146（「日本書紀」…⑰146, ㉓24）
「六子全書」世徳堂刊本…②478
六師…㉒79
六詩…③37
六字三韻語…⑭287, 329, 549, 555
六書…①288, ⑳77, ㉕260
「六条詔書」…⑦533
六籍…⑰501, 502
六曹…⑮21
六代の重んずる所…⑥378
六代の経師…⑥366
六代の駢語…⑭599
六朝…①97, ②44, 551, ③14, ⑦359, ㉕267, 376, ㉖8, ㉗6, 254
～以後四六文の用いられる範囲…②32
～以後の字義…②210, 211
～以後の文献と字書…②212
～以前の文学と仮想の文学…⑭9
～以前の文献の連語…②218
～以来の音楽史家…⑥346
～以来の義疏と宋元の小説…⑧511
～初期の思想変動…②376
～と狩野直喜…⑰249, ㉗255
～と宗教…㉑247
仏教…①193, ②324, 363, 376, 378, 383（仏典移入…㉒433　六朝以前の仏教…②376）
六朝唐の仏教流行…①70, ②376, 383, ㉖244（漢訳仏典の尊重…㉑146　仏教否定思想…②377　仏典訓詁…㉓457）
～と内藤虎次郎…㉗255
六朝唐を中世とする説…⑬626
～における経…③7, ⑧9
偽作「尚書」…㉓78　「左伝」旧疏…⑥404　「周礼」…㉕340　「尚書孔氏伝」…⑧9　「文心雕竜」の視点…③7
～における語彙　阿堵…⑭439　将の字の用法…②208　二字の連語…②217, 218, ⑦465, ㉕377-379, 381, 382　老子（父の意）…⑮73
～における短簫鐃歌の難解…⑥344
～における日本との交通…②376, ⑱38
～に起源する四部分類法…⑯225
～の新しい価値の発見…①192, 194
異価値の併存…①192-194
美の価値の独自性…①192, 193
～の下愚解釈…⑩467, 478, ㉓20-22, 547
上智解釈…⑦521, ⑩467, ㉓547
～の画像石の拓本…㉓617
～の「漢書」注…㉕85, 88
～の経学…⑤321, ⑧5, 6, 9, ⑬577, ⑮181, ⑯652, ㉕

462
学問の立場・経の意義…⑧9 孔子の地位…⑦526 講釈法…⑧8 講説の蓄積…③516, ⑧7, 8 “正義”の学問…②333 北方の経学…⑮181 六朝経学史…⑦538
～の研究（日本）…㉗255
～の孝子伝…⑦550, 551
～の史書…⑥239, ⑦480, ㉕384
各王朝の正史…⑬578, ㉓574 神怪談…①226, ⑪544, 545, ⑭9 六朝の通史…⑬578
史書に施した荻生徂徠の訓点…⑰608
史書の文体…⑰175, ㉕61, 62, ㉗48（口語の語彙…⑭12 用語…㉓313, ㉗60 六朝以後の史書の文体の装飾性…㉗134）
～の時代精神と「世説新語」…①192
～の時代と宋人の侮蔑…㉑18
全面否定…⑦593, ㉗255
～の社会制度…②425
家柄尊重…①298, 300（士の身分…①298, 317）
貴族…①321, ②425, ⑮5, ㉕425（官僚の世襲…⑮5 貴族政治…①66, 192, ㉑244 貴族のサロンの文学…①66 政治権力の世襲制…②383）
～の政治史…①193, ㉑244, 245
政治勢力の分散…⑧9 天子に対する殺戮…⑮215 文学者の生命の危険…㉑252, ㉓639 無政府状態…①193
～の乗物・牛車…㉖31
～の文士の論・王通…⑯128
～の文と「日本書紀」の文…⑦493
～の歴史と「資治通鑑」…⑬587
～風の軽量の言語…①195
～末以前の詩の韻律…㉑36
～末のころのハワイ…㉔190
～末の知識人の読書の不便…⑬577
六朝詩人評 蘇軾…⑦563, ㉑18 高橋和巳…㉓639
六朝詩文→六朝唐の詩文
～における月…⑫640
～における牧馬・揚馬…⑥221
～の詩…①582（五言詩…①275 俗謡…⑰603 民謡…①276, ⑭472）
建安の詩と六朝詩…⑦146
自然詩…⑬48（山水詩…①155 自然は美の典型…⑫603 自然への受動的追随…⑰71, ㉑132 斜日…⑫664 夕暮れ…⑦558）
自然詩人…㉑130（謝霊運…①65, 155, ⑫603 陶淵明…㉑130）
「詩経」の詩と六朝詩…㉑148（運命の限定による不幸…③466 孤独者の独語…③464）
絶望の歌…①65, 95-97（人間の微小へ敏感…①65, 66 ペシミズム…⑪6）
典故…⑲119
唐以後の詩と六朝詩…①100, 103, 108（宋詩…①100-101 唐詩…⑦558, ⑪6, 10, ⑫614, 657, 664, ㉒42, ㉓352）
李夢陽と六朝詩…⑮621
～の美文…①59, 62, 65, 66, ⑪370, 379, ⑳134, ㉑147, ㉓292, 469, ㉕61, ㉗9
王羲之の散文と自然…①155 基本の句形…⑰535 口語の語法…⑧8 四六の文体→四六文 是…⑦462 写実の要素…⑯287 相・便・復…⑦460, 461 否定形…②51 碑誌の文…⑪373 美文家への評価…⑳135
賦…⑥210, ⑫606, 607（擬作の賦…⑥210）
駢文…①319, ㉗132, 240
六朝初唐人の隷書…④15
六朝精神史…⑦472
六朝体…㉕471
六朝帝王の都…⑬434
六朝唐初 史籍…②220 思考のあり方の「尚書正義」への反映…⑩465 詩神・曹植…⑦135
六朝唐における鄭玄注…㉕225
経書解釈の神…㉗95
六朝唐の詩文…㉕190, 501→六朝詩文
詩 悲哀の感情…⑮527（哀苦の詞…㉖248 人生短促の嘆き…⑬68 推移の悲哀…㉑210）
文 書翰文範…㉗12（書儀…㉗12, 13） 文章道衰弱（荻生徂徠）…㉔65（修辞偏重…㉓335）
文体…①162, ②23, 26, ⑪370, ㉓13（史家の文章…㉕62）
文の用語・用法…㉗9（禍…㉗12 才流…⑥257）
六朝唐の書の「論語」漢注引用…㉓101
六朝唐の川上の嘆解釈…㉕169, 175, 177, 190, 192, 193, 210, 213, 219-221, 224, 227, 233
六朝唐の文献の現存するもの…㉗10
「史記」伝写…㉑202 写本…㉕284, 285 六朝写本「尚書」…⑦277
六朝唐の文明…⑬62, ㉕60
六朝人…㉗138
～と五経歳遍…㉔243
～と谷川士清…㉗48
～における詩と賦の定義…⑫615
～の惟聖罔念作狂惟狂克念作聖の読み方…㉓22
～の旧疏と唐人の正義…㉕343
～の「大風歌」「大風詩」の呼称…⑥27
～の人間観…⑫521
決定的運命論・救済不能の悪人の存在…⑧506
～の文化の原理に関する考え…⑦519
～の歴史への関心の低さ…⑬577
「六朝美文論」…㉑252, ㉕105
六朝文学…⑪551
～と後人 周作人…⑰10 蘇軾…㉑18, ㉗300
～と日本人 小尾郊一…㉕376 狩野直喜…㉓594, 599 斯波六郎…⑦527
～の一時期の遊戯の文学…①62, 66
美辞麗句への耽溺…①66, ⑳134, ㉖12
～の研究…①620, 624, 630, 633

～は宮廷文学中心…⑪551
～への反撥…㉗300
末期の状態への反撥…①66
六朝文学史…㉕375, ㉗255
～と陶淵明…⑳134, 135
六朝文明…㉒301, ㉖8
六朝文明史…㉔242
六丁神…⑬339
六如上人「葛原詩話」…⑪474
六博…②168
六部…②268, 272, 436, ⑮21, 23, ㉒478
「六部成語」…⑮68
「六部成語注解」…㉖416
六房…⑮21, 41
六房司吏…⑮21
「六論衍義」…㉓401（訓点本…㉔166）
『六么催』…⑭77
六里（山）…⑬220, 221
六里黄公…②512, ⑥387, 399
六律・六呂…㉗86, 87
六和塔…⑯548
六和湯…㉖395
陸貽典（いてん）敕先…⑯106
陸羽「茶経」…⑱455
陸雲・士竜…⑦476, 504, 592, ⑫239, ㉖151, ㉗131, 235　「与兄平原書」…㉒79
陸栄顕・陸栄廷…⑰469, 470
陸琰…⑫657
陸賈…③538, ⑥222　「新語」…⑥276, ㉕380　「楚漢春秋」…⑥4　「典語」…②485
陸嘉淑・氷修・辛斎…⑯174, 183, 195, 198　「辛斎遺稿」…⑯172
陸玠…⑫666
陸侃如…⑮18　「左氏練都考」…①627　共著「南戯拾遺」…⑭209
陸希声…⑪391, 392, ㉖433
陸亀蒙…⑪553, ㉖439　「笠沢叢書」…⑬165
陸機・士衡…⑥282, 296, ⑫607, ⑬216, ⑰591, ⑳497, ㉒76, ㉖433, 439
～と「古詩帰」…①438
～と高橋和巳…㉑80, ㉓639, ㉕105
～との関わり　謝安…⑦504　杜甫…⑫113, 114　弟・陸雲→その項　盧志…⑦504, 505
～と潘岳の詩人としての地位…①438, ㉓566
～の楽府の擬作…㉑16
～の古詩の擬作…⑥262, 269-270, 278-280, 283, 285, 290, 294, 304, 315, 322
陸機の見たテクスト…⑥323
～の五言詩…①74
～の作品・著述　「演連珠」…②167, 168, ㉑80　「間懐賦」…⑦452　擬古詩…⑥270, 283, 285, 290, 294, 304, 305, 322　「鼓吹賦」…⑥348, 351　「招隠詩」…⑬299　「婕妤怨」…⑪198　「嘆逝賦」…㉑9　「弔魏武帝文」…㉒87　「挽歌」…⑥292　「赴洛道中作」…㉒76　「文賦」→その項　「猛虎行」…⑥321　「豫章行」…⑥313-314　「陸士衡集」…⑥348
～の作品の語句　安寝北堂上…⑥283　怨彼河無梁…⑥285　於是沈辞怫悦…㉒321　我行永已久…⑥283　諧合…⑦170　寒蟬鳴高柳…⑥283　歓友蘭時往…⑥279　寄世将幾何…⑥313-314　曁音声之迭代若五色之相宣…㉕105　傾群言之瀝液漱六芸之芳潤…⑱109　恒遺恨以終篇豈懐盈而自足…⑫618　高楼一何峻…⑥304　今成灰与塵・今託万鬼隣…⑥292　歳暮涼風発…⑥290　志士多苦心…⑥321　詩縁情而綺靡…①123, 292, 629, ⑫131, 607, 615, ㉑9　謝朝華於已披啓夕秀於未振…㉒321　招揺西北指…⑥290　照之有余暉…⑥283　上山采瓊蘂…⑥280　雖悲而不雅…⑦170　昔為七尺軀・昔居四民宅…⑥292　川閲水以成川・世閲人以為世…㉗416　冉冉高陵蘋…⑥315　踟蹰感節物…⑥283　佇中区以玄覧頤情志於典墳…⑱109　天漢東南傾…⑥290　日昃無停陰…⑥314　悲此年歳暮…⑥285　靡靡江離草…⑥294　謬玄黄之秩序故淟涊而不鮮…㉕105-106　賦体物而瀏亮…①292, ⑫131, 607, 615, ⑬543, ㉑9　望景揆日…㉑80　明月入我牖…⑥283　悠悠行邁遠…⑥278　遊宦会無成…⑥283　与天地乎並育…⑦518, 519　攬之不盈手・離思難常守・涼風繞曲房…⑥283　烈火流金…㉑80　或奔放以諧合務嘈囋而妖冶…⑦170
～の絶望・人間の微小さへの敏感…①65
～の祖父・父…⑦504, 505, 507
～の対句の使用…⑦167, ㉑252
～の美文…①65, 66
思想性の裏付け…①66
～の「文賦」英仏訳…①623, 628, ⑲418
～ら文学者の受難…⑦592, ㉑252, ㉓566, 639
陸居仁・宅之…⑭289, 290
陸軍参謀本部…㉒379
陸軍病院…⑲176, ㉔68
陸軍留学生…㉒379, ㉓635
陸羣圭…⑯96
陸卿子…①578, 580
陸瓊（けい）…⑫657, 666
陸顕之…⑭137
陸元方…⑭550
陸抗…⑦480, 504, 505, 507, ⑰330
陸子虡…⑬158, 160
陸子竜…⑬158, 169
陸贄…⑪18, 386, ⑫12, ⑬270, ㉒109, ㉗171
陸秀夫…⑬173, ⑮407, ㉓270
陸淳…⑪510
陸象山・九淵・金谿…⑬319, ⑭400, ⑯5, 127, ⑰362, ㉓78, 220, 440, ㉖241　「象山先生語録」…⑬569
陸象先…⑭400, 550

陸倕「新刻漏銘」…㉒461
陸績…⑦551
陸善経…⑥32-34　注「文選」…⑥32
陸遜…⑦504, 505, 507
陸琢…⑫666
陸澹安→何心
「小説詩語匯釈」…㉖417, 421, 423　「水滸研究」…㉖402, 417
陸佃…⑬156
陸登善・仲良…⑭152, 167, 172
陸徳蘊…⑮578
陸徳明…④739, ⑦287, ⑮32, ⑰590, 591　「経典釈文」→その項
陸費墀「四庫全書通俗文字」…⑯240
陸文奎…⑭84
「陸放翁鑑賞」…①404, 614, ⑱315, 319, ㉗264（放翁詩話…⑱316）
「陸放翁詩解」…⑰314-317, ㉗264（序文…㉗265）
陸法言…②203
陸瑜…⑫666
陸友「研北雑志」…⑭576
陸游・放翁・務観・鑑湖・剣南…⑬39, 148, 187, ㉖248, 454
～と韓侂冑…⑬172
～と古典　「詩」豳風…⑬159　「文心雕竜」…㉗300
～と後人　袁枚…㉔230　王漁洋…⑯197　王国維…①387　黄宗炎…⑯197, 198　査初白…⑯167, 197, 198　朱竹坨…⑯145　人民共和国…⑰4　戴復古…⑬161　趙翼…⑯167　傅庚生…㉒495　劉克荘…⑬184
～と成都の乾明院…⑬15
～と先人　王安石…⑬95　蘇軾…①102, ⑫4, 206, ⑬152-156, ⑰316, ⑲359, ㉑53, ㉗384（蘇軾・陸游以後の詩…①141）　杜甫…⑫4, 206, ⑬46, 47, 151, 152, 161, ㉑53　白居易…⑬168, ⑯167, ㉔230
～と「祖国十二詩人」…①514, 637
～と地方官としての勤務…①102, 404, ②410, ⑬7, 148, 152, ㉗137
～と土地の公平な分配の主張…⑬159
～と日本人…⑱39　江戸末期の人々…①134, ㉗264　河上肇…①134, 404, ②410, ⑱314-317, ㉗264, 265　鈴木虎雄…⑬624, ⑰302, 315-317, ㉗264, 265　山本北山…⑬170
～と尤袤・蕭徳藻・范成大・楊万里（尤蕭范陸・尤楊范陸）…⑬170
楊范陸と金の詩人たち…⑮381
～の故郷…⑬161
～の交遊　朱子…⑬25, 171, ㉖241　曽幾…①527, ⑬146, ㉗264　范成大（范陸）…①407, ⑬141, 147, 161, 163, 170, 216, ⑮377　楊万里（楊陸）→その項
～の作品・著述「雨中登楼望大像」…①404　「秋」…⑬150, 152　「己酉元日」…⑱314　「感菊枕」…⑬149　「金錯刀行」…⑬148　「偶得北虜金泉酒小酌」…㉒103　「憩黄秀才書堂」…⑬154　「剣南詩稿」…①102, ⑬148, 156, 158, 159, 161, ㉒101, 103　「乾明院観画」…⑬14　「五月十一日夜且半夢従大駕親征…」…⑬149　「歳暮感懐」…⑬159　「山頭石」…⑬155　「示児」…⑬160　「秋興」…⑮148, 375　「春愁」…⑬152　「送子竜赴吉州掾」…⑬158, 169　「贈猫」…⑬159　「村居書触目」…⑬6　「沈園」…⑬149　「冬夜思里中多不濟者愴然有賦」…⑬159　「東津」…①102　「桃園憶故人」…⑱315　「読唐人愁詩戯作」…⑬153　「南園記」…⑬172　「入蜀記」…⑬163　「農家」…⑬157　「梅花絶句」…⑬38　「白髪」…⑬156　「蟠竜瀑布」…⑬25　「悲秋」…⑬150, 152　「貧甚作短歌排悶」…⑬158　「聞虜酋遁帰漠北」「聞虜政衰乱掃蕩有期喜成口号」…⑬149, ㉒101　「放翁家訓」…⑮70　「夜坐」…⑬160　「陸放翁詩鈔」和刻本…⑬170　「臨安春雨初霽」…㉑54　「老学庵筆記」…⑬95, ⑮73, ⑰594
～の死…⑬148, 173, ⑮420
～の詩…⑬161, ⑲359
激情と悲哀…⑬38, 152（激情…⑬148, 151, 152, 156　慷慨…①151）
行動性…⑬148（感覚による現実の把握…⑬156　政治への関心…㉗264　積極的活動の喜び…⑱316）
詩の総数…①404, 430, ⑬9, 148, 197　詩の多角な目…⑬156　詩の年齢に伴う成長の乏しさ…⑫4, 206　青年時代の詩…⑬147
題材　雨…⑬50, ㉖158, 159　茶…⑬41　徴税される苦…⑬184　月の少なさ…⑬50　猫…⑬158, 159, 280　鼠…⑬280　夜深の事務室…⑮388
唐詩への復帰…⑮462
農村の日常…⑬19, 156-157（田園詩人…⑬156　農村の現実の複雑さ…⑬22　農村の講談・芝居…①199, ⑬156　農村の平和…⑬6, 7　農民生活への態度…⑬163）
農村への隠居と詩作の密度…⑬148
分身への願い…⑬39　平淡・休息の喜び…⑱316, ㉗265　夢の詩…⑬148, ⑱25
～の詩句　一朝出塞君試看且発宝雞暮長安…⑬148　纓冠束帯前身事散髪今慎勃落衣…⑭300　王師北定中原日家祭無忘告乃翁…①136, ⑬148, 161, ⑮420　何日重来此…⑱315　我生実多邅九折行晩途…⑬156　葛衫麦飯有即休…⑱314　共言単于遠逃遁一夕荆棘生燕台…㉒101　吾生如虚舟…⑬154　更堪衰病嬰…⑱314　細雨騎驢入剣門…①405　四方本是丈夫事安用一生無別離…①102　斜陽古道柳家荘負鼓盲翁正作場…⑭

516　酒似粥醲知社到餅如盤大喜秋成…①136　丈夫不虚生世間本意滅虜収河山…㉗264　千年史策恥無名一片丹心報天子…⑬148　道似香山実不同…⑬168　治道本耕桑…⑬159　灯前目力雖非昔猶課蠅頭二万言・読書本意在元元…⑬156　飯顆山頭痩拾遺…⑱314　又若楊誠斎清介世莫比…⑬169
～の詩集の跋・林景熙…⑮420
～の「世説新語」刊行…㉗137
～の抵抗…①136, ⑬148, 159, ⑮375-377, 420
愛国詩人…⑬159, ㉗264
情勢への無知…⑬149, ㉒101
～の哲学　巨視の哲学…⑬152, 156　幸福の存在…⑬153　詩と哲学…⑬25　抵抗の哲学…⑬152, 154-156　悲哀の遍在…⑬152　水に寄せる哲学…⑬25-27
～の唐詩的抒情復活の努力…①75
～の人柄…⑰316
志士道人としての面…⑱317
～の遺言…⑮420
葬式への遺言…⑮70
～は南宋詩の代表者…①48, 136, 243, ⑬600-601, ㉑53, ㉖241
「陸游」（一海知義）…①134, 136, ⑬148, 149, 155, 156, 158-160, 168, 169, ⑮375
陸容「菽園雑記」…⑭510
陸離…②214, 215
戮包児…⑭510
立…②142
立夏…③514
立秋…①435, ③514, ㉔290, ㉖115
立春…①549, ③514, ⑫486
立身…⑥325, 326
立仙憲一郎　訳・譚正壁「支那文学史」…⑰407
立地…⑮335
立冬…③514, ㉖115
立命館大学…⑯538, ⑰24, 335, 336, 420, 622, ⑱488, 489, ㉓624
「立命館大学説林」…①620, 621
「立命館文学」…①624, 633, ③482
律（音階）…㉗86
律詩…①28, 74, 81, 123, 127, 145, 275, ⑱330, ㉑37, ㉕7, ㉖168
～と科挙…②452-454
～と胡適…⑯406, 409, 410
～と宋詩…⑬8, 42, 47
～と中国現代文学…①53
～と典故…㉖60
～と杜甫…①132, ⑫582, ⑯410, ㉖25, 53, 86, 168
律詩の完成者…①28, 67, ㉑47
律詩の創始…①276, ㉖33-34
～と日本人…①145, ㉖65
～のきまり　押韻…②60, 449, 452　景情の組立…㉖184　対句…①123, ②100, 101, 449, 452, ⑫137-138, ⑯406, ㉑37, ㉖25, 33, 92, 154　平仄の配置…①59, 123, 126, 127, ②60, 449, 452, ㉖25, 33, 79
「律詩六鈔」…⑯353
律宗…㉓340
律賦→科挙
～の学…㉒118
律賦（唐・文学形式）…㉑10, 11
律呂…㉕103, 104
律令格式…㉓228, 229, 418, ㉗157
律令国家…⑲36, ㉓134, ㉖82
律令時代…㉓133, 134
律令制（日本）…㉖81
律暦…㉓87
栗里（柴桑県）…⑦327-329, 331, ⑰310
栗烈…⑭341, 342, ⑲452
溧陽路総管…⑭148
掠陣…㉖421
柳亜子…①569
柳暗花明楼図書章…⑱360
柳永・耆卿…⑬10, ⑭206, 568, ⑯146　『雨霖鈴』…⑭372　『清平楽』「晴曇なおも定めなく」…⑬381
「柳営曲」…⑮123
柳家荘…⑭516
柳開…㉖433
柳貫…⑭84, 159, 173, ⑮452, ⑯68, 70
「承直郎…位公墓碑銘」…⑭161　「上京紀行の詩」…⑮449　「鮮于伯幾の仇彦中に与えし小帖の跋」「柳待制文集」…⑭161
「柳毅伝」…①196, 620, ⑪518, ⑭207, 208, 221, 222
韓氏…⑪526, 527　涇川王…⑪518　涇陽王の妻…⑪524, 525　清河の張氏…⑪526　薛嘏…⑪528, 529　銭塘王…⑪521-529（～の歌…⑪523, ⑭221　～の破陣楽…⑪523）　鄭氏…⑪526　柳毅…⑪518-529, ⑭221, 222（妻・張氏…⑪526, 527）　盧浩…⑪526　盧氏…⑪526, 528
「柳毅伝書」雑劇・「洞庭湖～」…⑭48, 207, 217, 219, 221, 222, 433
～の『越調鬪鵪鶉』（第二折）…⑭221
～の『禿厮児』…⑮85
～の作中人物　涇河の小竜王・銭唐の竜王…⑭221　電母…⑭221, 222
「柳毅伝書」諸宮調…⑭208, 575
柳虯…⑦532
柳慶…⑦534, 535
柳公権…㉒13, ㉗255, 256
柳作梅…㉖453
柳子藎臣（しんしん）…㉓421
「柳氏伝」…①196, ⑪514
許俊…⑪516, 517　侯希逸…⑪515-517　沙吒利…⑪516, 517　楊度…⑪515　李王…⑪514, 515　柳氏…⑪515-517

「柳枝集」→「新鐫古今名劇柳枝集」
柳州刺史…①465
柳絮…⑪441-446, ⑫516, 518, 614
『柳梢青』　宝月禅師…⑬379
柳条溝…⑯652
柳城…⑭158
柳青「銅牆鉄壁」…①635
柳宗元・子厚…①581, ⑰601, ⑳564, 570, ㉔141, 208
　～と韓愈（韓柳）
　　韓柳以前の新文体の試み…㉗241, 243
　　韓柳を含む唐宋八家…①601, ②177, ⑪429, ㉓292, 319, 365
　　韓柳と日本人…㉒468, ㉓292（新井白石…㉓365　荻生徂徠…㉓319, 320, 335, 337, 356, 365, 400, 440, ㉕471　狩野直喜…⑰250）
　　古文…①67, 153, 462, 601, ②177, 447, ⑦466, ⑪375, 429, 546, 553, ⑬266, 592, ㉑148, ㉓400, ㉕46, 379, ㉖433, ㉗240, 241, 254（王禹偁の評価…⑬59　欧陽修・蘇軾の継承…⑬266, ㉗241, 254　銭謙益の評価…⑯70, 87, ㉖432, 444　達意…㉓335, 337　碑誌伝状…①163）
　　詩…⑪378
　～と諸子…②484, 492
　～と人民共和国…㉒446, 455, 457, 468, 489, ㉕429, ㉖473, 474
　～と陸游…⑬39
　～における僅…②211
　～の交遊　韋中立…②484, ㉑148　韓泰…①466　韓曄・陳諫…①467　劉禹錫…①467, ㉖474
　～の左遷　永州…①462, 465, ⑱112　柳州…①465-467, ⑬39, ㉒468
　～の左遷された友人たち…①466-467
　～の作品・著述「永州八記」…②18, ⑪375, ㉒468, ㉓337, ㉔111「黔之驢」…㉖474「鈷鉧潭西小丘記」…⑱112-116「三戒」…㉖474「訾家州記」…㉒489「種樹郭橐駝伝」…①163, ㉒468「石澗記」…①462, 464「登柳州城楼寄漳汀封連四州」…①465-467「南澗中題」…①462-464「弁晏子春秋」「弁鶡冠子」「弁鬼谷子」「弁亢倉子」…②484「捕蛇者説」…㉒468「封建論」…㉒446, 455, 468, ㉖474「柳河東集」…㉖473（世綵堂本…㉒495, ㉖474）「柳宗元全集」…㉒470, 471「嶺南江行」…①467「論語弁」…②484
　～の死…①465, 469, ㉒468
　～の自然詩…①461, 462, ⑬48
　　山水詩と仏教…①608　自然描写…⑪375
　～の詩句　桂州多霊山発地峭堅林立四野…㉒489
　　若為化得身千億…①469, ⑬39
　～の全集の足利初期の復刻…⑰31, 607, ㉒470
　～の文章…⑰250, ⑱101, 110
　　栄養源…②492（五経・「国語」…②485「穀梁伝」…②485, 492「荀子」「荘子」「太史公書」「孟子」「離騒」「老子」…②485）
柳荘…⑫666
柳沢…⑦538
柳仲郢…⑬580, ⑳10
柳仲礼…⑦541-543
柳如是…①578, ⑬273
柳冕…①308
『柳揺金』「荘周夢」…⑭111
柳隆卿（雑劇中の悪人）…⑭258, ⑮25
流…③481, ⑳78, 79
流鶯…⑪106
流渓県丞（果州）…②15, ⑪396, 397
流沙…①279, ⑥157, 160, ⑫127, 442
流觴の曲水…㉑240
流水可兀的泛桃花…⑭420
流水対…⑫334, ㉖493
流俗…②220, 236, ⑬90
流年…①469
流例…②220
琉球…⑦326, ⑯169, ㉑110, ㉓153-155, 231, 236, 271, 275, 276, 401
　～の使節…㉓154, 159, 197, 271
琉球引礼通官…㉓154, 155
琉球人…㉓126, 131, 154, 155, 159, 160, 171, 271
「留鞋記」雑劇・「王月英元夜～」…⑭46, 204, 217, 580
　～の『叨叨令』…⑭466
留学生会館…①521
「留学生取締規則」…①521, ㉒338, 339
留滞…⑬137
「留東外史」…㉒339
留文…⑬530, 544, 545
留連…㉖168
竜…③528, 529, ⑮420
竜安寺…⑱345
竜淵…⑰59, ㉓151
竜顔…㉕89-95, 109, 110, 112, 124, 125, 143, 145
竜宮…①534, ⑮85
竜虎闘（山車）…⑯333
竜亢県（沛）…⑦46
竜江…⑯186
竜興寺…㉓708
竜興路司獄…⑮356
竜谷大学…㉒353
　～図書館所蔵旧写本（竜谷本）「毛詩」経注…⑩451, 460
　～図書館所蔵敦煌文書…㉕227
　～仏教学研究室…㉔399
竜山…⑫351, 359, ⑯198
竜首岡・竜首山…⑪516, ㉒14, 480, ㉕405
竜舟…⑬141
「竜女伝」…①620
竜象…㉕468

竜鍾…①487, ⑬144
竜城…⑥85
竜城書院…⑯234, 236
竜身人面…②264
竜神…㉕89
竜井…⑬395
竜川南院…⑩428, ⑱536
竜泉…①522
竜髯…㉓416
竜蛇…⑭465
竜蛇窟…⑫219, 220
竜図閣待制…⑭244
「竜図公案」…⑭204, ⑰130, 150
竜尾山（海寧県花谿）…⑯168
竜尾壇…㉖80
竜符宮…㉖422
竜武大将軍…⑫174, ㉒24
竜門…⑭503-505, 532, ㉒86→禹門→登竜門
竜楡生…⑳568
竜陽君…⑦216, 236
竜湾…⑮449
隆慶帝（明）…⑮493, 519→穆宗
隆光大僧正…㉓315, 473
隆興…⑭100
隆興の和議…⑬147
隆準…㉕83, 86-89, 92-95, 109, 110, 134, 143-145
隆達節…㉓36
隆福寺→ロンフス
劉安→淮南王劉安
劉安世・元城…㉒111
劉郁…㉔250
劉毓崧（いくすう）「左伝旧疏考正」→その項
劉一璟…⑯28
劉因・夢吉・静修先生…⑭84, 158, ⑮225, 374, 428, ㉒109
「晨に起きて事を書す…」…⑮432　「易台」「燕歌行」…⑮431　「郭君夫人張氏墓誌銘」…⑭205　「秋郊」…⑮429　「静修先生文集」…⑭110, 205　「村居雑詩」…⑮430, 431　「田家に宿して」…⑮430　「半世」…⑮429　「保府の市閣に登る」…⑮432
劉筠…⑬53
劉禹錫・夢得…㉒460, ㉖495
～と後人　金の宮廷…㉒110　朱竹垞…⑯151　徐禎卿…⑮508　人民共和国…㉒460, ㉖474
～における莫徭の狩猟…㉖224
～における和州沸井…⑬310
～の交遊　元稹・白居易・李紳…⑪553　柳宗元…①466, ㉖474
～の左遷…①467
～の作品　「金陵懐古」…⑭428　「秋思」…⑱329　「楊柳枝」…⑪441, 444-446　「劉夢得文集」…㉒337
～の詩句　何許相逢緑楊路…⑯151　今逢四海為家日故塁蕭蕭芦荻秋…⑰487　前度劉郎今独来…㉒460　飛入宮牆不見人…⑪441-445
～の詩の訳・土岐善麿…⑱328
劉永福…⑯348
劉延…⑦37
劉延伯・承禧…⑭35, 36, 52, 53　多数の雑劇本所有…⑭360, 361
劉琰…⑭64
劉夏…⑥370
劉賈（劉歆・賈逵）…⑦256
劉賈許穎（劉歆・賈逵・許慎・穎容）の学…⑦257
劉牙児…⑭385
劉絵「詠博山香爐詩」…⑥335
劉開栄「唐代小説研究」…⑬272
劉珏（かく）…⑮579
劉濩・声之…⑭156, 157
劉咸仲…㉖431
劉桓温陶の業…⑯34
劉敢…⑥167
劉韓（劉禹錫・韓愈）…㉖432
劉昫…⑫666
劉希夷…①143
劉季述…⑫320, 322
劉祁…㉒111　「帰潜志」→その項
劉基・伯温・誠意伯・文成公…①296, ②422, ⑮473, 475, ㉓494, ㉖430
「感懐」…⑮470　「江上の曲」…⑮472　「高則誠の雨中三首に次韻す」…⑭182　「雑詩」…⑮471　「誠意伯文集」…⑭182, ⑮339　「呂周臣詩集序」…⑮339
劉淇…㉗249　「助字弁略」…⑪201, ㉗248
劉熙「釈名」→その項
劉熙載…⑭527
劉毅…⑦380, 381, ⑫211
劉錡・両府…⑬344, 345, 506　『鷓鴣天』「竹にからまる朝顔の」…⑬343
劉義慶・臨川王「世説新語」→その項
劉義隆…⑦293→文帝（南朝・宋）
劉汲・西嵓老人「西嵓集」…㉒114
劉向…⑥222, 225, ⑰344, ㉕334
～における短長…⑳398
～の作品・著述　「遠遊」…⑥20　「九歎」…⑥320（「怨思」…⑥20）「熏鑪銘」…⑥334-337　「孝子図」…②512, ⑥396, ⑦550　「孝子伝」→その項　「七略別録」…②512, ⑥396　「新序」…⑦513（雑事…⑪216）「説苑」→その項　「列士伝」…①166, ⑥397, ⑦550　「列女伝」「列仙伝」→各項
～の伝記…⑦513
～の文体・四字句…⑦513
～・劉歆父子　「漢書芸文志」の底本…①182　「列女伝」校訂…②512, ⑥396

劉恭晁…④9
劉勰（きょう）…⑫628,㉕388
　〜の出家…⑬311
　〜の徐幹評…⑦120
　〜の声律の論…㉗299
　〜の中国語認識…㉕388
　〜の同時代人　皇侃…⑦521　僧祐…㉕388
　〜の「文心雕竜」→その項
劉歆…㉒405,㉕334
　〜と王莽…㉕333
　〜と揚雄・問奇字…①491
　〜と劉向→劉向
　〜における保残守欠…①398
　〜の官職・黄門侍郎…②512,⑥396
　〜の古文テクスト尊重…㉕332
　「左伝」…⑥367,403（銭玄同・馬裕藻の評価…㉒394,405）「周礼」…㉕332-334　清末公羊学派の批判・北京大学教授陣の批判…㉕333
　〜の著述　「移書譲太常博士」…㉒405,406,㉕332　「三統暦」…⑦276　「七略」…⑯244,㉑149（六芸略…㉑149）「西京雑記」→その項　注「左伝」…⑥403
劉瑾…⑮491,509
劉昫…⑫321,⑬581,⑰557,㉕47,52,54,58,65,㉖401
劉屈氂（くつり）…⑥167
劉君錫・白眉翁…⑭185
　雑劇「賢大夫疏広東門宴」…⑭158,181　「石夢卿三喪不挙」…⑭158,181（題目「范堯夫全付麦舟」…⑭158）「来生債」→その項
劉勲…⑦77
劉敬叔…⑦550　「異苑」→その項
劉敬宣…⑦364,372,382,384
劉継元…⑬235
劉迎・無党「沙漫漫」…⑮381
劉建・江都王…⑥132
劉元…②528
劉元海…㉗130
劉元起…㉕371
劉元平…⑦485
劉阮（劉晨・阮肇）…⑭444-446
劉彦和…㉖444
劉炫・光伯…③527,⑥404,⑧7,8,⑰358　「孝経述義」…⑦550,㉗68　「春秋述義」…⑥403
「劉弘嫁婢」雑劇…⑭516
劉行首…㉖412
「劉行首」雑劇・「馬丹陽度脱〜」…⑭47,219,392,⑮75
劉行臣…㉒81
劉孝儀…⑥346
劉昂…㉒118
劉昂霄…⑭135
劉閎・斉の懐王…⑥162,168
劉克荘・潜夫・後村…⑬142,179,184,㉔263

「後村先生大全集」…⑬182　「濠を開る行」「歳晩書事」「出城」…⑬183　「薛師舒を哭す」…⑬182　「鄭君瑞と瀬渓に出でしときの即事」…⑬183　「南岳稿」…⑬178　「防江の卒に贈る」…⑬183　「落梅」…⑬178　「糧を運ぶ行」…⑬183
劉克明…⑫320,322
劉琨…⑯34
劉叉…㉖435
劉耍和（さわ）…⑭122,⑮18
劉山魁…①505-507
劉刪…⑫663,665
劉士昌…⑭188
劉子翬（しき）・屛山…⑬146
劉子才…⑭76,88,178
劉氏（漢王室）…⑥376,⑦97,㉕72,76,77,79,81,㉖479
劉氏（桂林の学者）…㉒487,488,490
劉氏彙刻伝奇…⑯142
「劉氏ヲ安ンズル者ハ必ズ勃ナリ」…㉖479,481
「劉氏新論」…㉒302
劉使君『酔亭楼』「そのかみからの生まれつき」…⑬406,527,528
劉師培…⑦563,594,⑳71,74,75,㉕382
　「古韻に於いて部を同じくせる字は義も多く相近き説」…⑳79　「左盦集」…⑳70　「中古文学史」…①616　「読道蔵記」…㉒303
劉師服…①488,⑪364,415,⑳306
劉詩孫…⑰378
劉摯…①316
劉次荘「楽府集」…㉑20
劉時中…⑭75,184,⑮126
劉焯…⑧3,7,8
劉鑠・南平王…⑥269　「擬明月何皎皎」…⑥284
劉若愚…⑬631,632　「酌中志」→その項　「内板経書紀略」…⑮329
劉寿之…㉒103
劉秀・文叔…⑦43,⑬430,㉑168→光武帝（後漢）
劉秀岩…⑮423
劉従益…㉒113
劉粛…⑭130
劉峻・孝標…⑦455,⑬576,㉓600　「広絶交論」…㉑253　注「世説新語」→その項　「弁命論」…⑥34,㉑253,㉕379
劉胥…⑥162,168
劉助…⑫665
劉恕・道原…⑬584
劉少奇…②432,⑤137,㉑194,㉒335
劉少府…㉒80,81
劉承籠「弔亡友臧木斉文」…⑯248
劉昭…⑰592
劉勝・中山靖王…⑦3
劉敞…⑬79
劉寔（しょく）…⑦179

劉臣…㉕500
劉辰翁・須渓…⑪447,⑯96,97,㉖439,452
劉信…⑭212
劉晨…⑭446
劉世珩・暖紅室…⑯142
劉世徳「三国演義に見えた正統観念の問題について」…⑪461
劉姓を功臣に与う…⑬567
「劉千病打独角牛」第四折の『夜行船』…⑭302
劉宣子…⑭154
劉然・簡斎「詩乗」…㉓265
劉禅…⑦4
劉宋…①297,②550,⑰557,㉑16,㉗136→宋（南朝）
劉大杰…㉒494,㉖471 「中国文学発展史」→その項
劉台拱・端臨・訓導…②238,253,⑯235,236,243,246 「劉氏台拱遺書」…⑯245
劉旦…⑥162,168
劉惔…⑦291,482,492
劉知遠…⑭567→高祖（五代漢）
「劉知遠」諸宮調…⑫263,⑭10,31,127,128,567
　～金版本…⑭11,128,567
　～の『角調定風波』…⑭568
劉知幾・子玄…㉒92,㉗299
　～と張説…⑪23
　～の官職　左史…⑪23 「唐会要」編集官…⑪20
　～の「史通」→その項
劉著「閨情」…⑭483
劉中「竜門石仏」…②527,528
劉昼「六合の賦」…㉖447,453
劉長卿・随州…⑪212,378,552,⑮491,㉓156,161
劉長楽…⑥167
劉澄卿「楽府詩集斠正」…㉒429
劉鉄木児（てむる）…⑭206
劉（鎦）廷信・廷玉…⑭75,182,183
　『双調』「枕頭痕一線印香腮」・『南呂』「金風送晩涼」「糸糸楊柳風」…⑭182
　～のあだ名　黒劉五・黒鎦五舎…⑭182,183
劉楨・公幹…⑦120
　～を含む建安七子…⑦91
　～・王粲と五言詩…⑦138
　～・王粲と曹丕曹植兄弟…⑦127
　～と曹植…⑦92,109,㉕174,210,㉖432,㉗256
　　元好問の比喩…⑮384　鍾嶸による批評…⑦73
　　杜甫の気負い…⑫45
　～と曹操…⑦91,102,138
　～の死…⑦109,119
　～の詩　鍾嶸による批評…⑦110 「贈五官中郎将」…⑦200,㉕174,210 「贈従弟」…㉒77
劉楨・廷幹（翰）…⑭183
劉徹…⑥45,㉑214→武帝（漢）
劉唐卿…⑭136,151 「博山銅細裊香風」…⑭150
劉統勲…㉓168
劉道衡…⑮271
劉徳…⑥225→河間献王
劉如意→高祖（漢）の子
劉伯熙・房山…⑭95
劉盼遂（はんすい）「高郵王氏父子年譜」…⑯574,576 「段王学五種」…㉗117
劉濞→高祖（漢）の兄の子
劉備…⑯362→昭烈皇帝
　～・関羽・張飛…⑦9
　～と孔融…⑦94
　～と「三国演義」…⑦3,9,185
　　英雄性…⑧11　善玉…⑦3,4,9
　　「立川文庫」の豊臣方との比擬…⑦4
　～と諸葛孔明…㉖136
　～と孫権と曹操…⑦7,28,80,185,㉖136
　～の馬…㉖32-33
　～の陵…㉕439
劉表…⑦7,28,79,87,98
劉攽（ひん）…㉕78 「両漢刊誤」…㉕77
劉復…②606,㉒419 「中国之下等小説」…⑭128 「敦煌掇瑣」…⑮128
劉文淇…⑥403,404,⑧3
劉文興「劉端臨先生年譜」…⑯238,239,242-244
劉秉璋「十三経注疏校勘記識語」序…⑰591
劉秉忠・仲晦・夢正・太保…⑭90,118,140,363 「蔵春居士集」…⑮428
劉邦・季…㉕72,76,79,81→高祖（漢）
劉宝楠…㉑176,㉒415 「論語正義」→その項
劉放…⑦154
劉保…⑦47→順帝（後漢）
劉逢禄「春秋公羊経何氏釈例」…⑯255
劉鳳…⑮525,⑯113 「続呉先賢伝」…⑮572
劉鳳誥「五代史記注」…⑯246 「存悔斎集」…⑫27
劉夢鸞…⑭384
劉懋（ぼう）…⑤257
劉穆之…⑦431,432
劉爚（やく）…㉒98
劉裕…⑦369,378-380,429,430→高祖→武帝（南朝・宋）
　～と関わりを持つ人人　殷仲文…⑦428　王弘…⑦441　王謐…⑦378,379,382　何無忌…⑦380,381　桓玄…⑦380,381　桓脩…⑦379　魏詠之…⑦379,380　諸葛長民…⑦430　檀道済…⑦302　鄭鮮之…⑦431　陶淵明…⑦369,378,379,429,441,597　傅亮…⑦433　劉毅…⑦380,381　劉穆之…⑦431,432　劉牢之…⑦372,378,379
　～と戦争　広東匪賊の北上撃退…⑦429,430　桓玄討伐…⑦381,382　孫恩征討…⑦379　北伐…⑦428,429,431,432,480,⑫23,668
　～と東晋天子　建康帰還・帝位回復…⑦381,382　東晋王朝簒奪…⑦293,359,369,378,428（皇帝絞殺…⑦433　東晋王朝支配…⑦428　廃帝零陵王弑逆…⑦434,435）
　～に関する史官の潤色…⑦378

～の悪筆…⑦431
～の官職・爵位　下邳太守・建威将軍…⑦379
九錫の礼請求　授与・宋公…⑦432
～の子・劉義隆…⑦293
～の国都支配…⑦381, 382, 384
～の人望…⑦380
～の生誕…⑦378
～の即位…⑦433
～の北伐に伴う南遷
陰鏗の曽祖父…⑫668　杜驥一族…⑫23
劉雄鳴…㉗105
劉陽生…⑭362, 363
劉墉…㉓598
劉駱谷…㉕48, 51
劉履「選詩補注」…⑥344, ⑦195
劉良　注「文選」…⑥276, 314, ㉓28
劉麟生「中国文学 ABC」…①619
劉伶…⑦188, 190, ⑬17, 214
劉老人（西安遺蹟管理員）…㉒481, 482
劉牢之…⑦364-366, 368-370, 372, 373, 378-380, 382, 407
劉郎…①484
駠…⑳100
呂（音階）…㉗86
呂安…㉓639, ㉔299
呂夷簡…①307, ⑬313, ⑭243, 245
呂諲（いん）…⑫416
呂延済　注「文選」…⑥278, 311, ⑦170
呂誨…⑬445
呂希哲…⑬313
呂向　注「文選」…⑥294, 317, ⑦195
呂恵卿・吉甫・福建子…⑬96, 101, 433, 447, 450, 519
注「荘子」…㉒112
呂公著…⑬313
呂后（漢）・高皇后…②140, 550, ⑥37, 157, 347, ㉖479→呂太后
～と恵帝…②149, 150
呂后の生んだ皇太子…②142-144, 151, ⑥41
～に対する「漢書」の記述…②151, 152
～の剛毅…②144, 145, 147, 150
～の命じた殺害　重臣…②144, ㉕187　戚夫人…②143-145, 148, 149, 152, 153, 496, ⑥26　趙王如意…②145-148, 153, ⑥26
呂好問…⑬313
「呂氏春秋」…③10, ⑯234→「呂覧」
～と応璩百一詩の室広致凝陰…⑦158
～と「制度通」…⑰559
～と銭大昕…②482, ⑯234
～と「文心雕竜」…②485
～における語句・事項　加…⑥40　雞跖…⑦156
公輸魯班…⑥337　豪士…⑰385　茲…⑥317
俗主…②236　立春…③514
「呂氏春秋」（注釈・引用）
引用・李善　節喪…⑥329
訓詁・兪樾…②483
注・高誘　愛類…⑥337　孝行…⑥40　任地…⑥317　孟春紀…③514
「呂氏春秋」（版本）
畢沅復刻本…②479, 491, ⑯235　盧文弨校刊…⑯234
「呂氏春秋」（篇名・項目）
孝行…⑥40　十二紀…⑦553　情欲…②236　節喪…⑥329　孟春紀…③514　用衆…⑦156　離俗…②240
呂師夔・道山…⑭98, 100
呂周臣…⑮339, 359
呂尚・呂望…⑤64, ⑭475, ⑮296→太公望
呂祖謙・東萊・成公…⑦329, ⑬324, ⑯132, ㉒112
「東萊左氏博議」…㉒104　「読詩記」…⑯250
呂大防…⑦288, ㉕502, 503
呂太一…㉕398-400
呂太后（漢）…②140, 141, 146-150, 152, 153, 496, ⑥50, 54, 74, 75→呂后（漢）
呂天成「曲品」…①625, ㉖369
呂東牕…⑭100
呂洞賓・純陽・呂祖（八仙）…⑭207, 220, ⑮109, ⑯404
呂伯奢…⑦5, 6, 8, 11
呂不韋…⑦553, ⑧27, ㉕157
呂布・温侯…㉖389
呂仏庭「杜甫草堂営建始末詩解」…①628
呂文煥…⑭100
呂勉…⑮464
呂歩舒…⑥369
呂葆中…㉓167, 169, 170
呂本中・居仁・紫微・東萊…⑪203, ⑬141, 142, 313, 315, ⑰561　「江西詩社宗派図」…⑬141, 142　「紫薇詩話」…⑬313, ⑰561　「東萊先生詩集」…⑬142, 313　「童蒙訓」→その項
呂蒙…⑬579
呂蒙正…②404, 463, ⑬51, 313, 591
呂留良・晩村…⑯122, ㉓169, ㉔175, 207　共編「宋詩鈔」→その項
「呂蒙正風雪破窰記」…⑭456
「呂覧」…㉓345, ㉕157→「呂氏春秋」
旅順…⑲240
旅進…⑬222
虜…②153, ⑬80, ⑮375, ㉒105
虜学…⑯432
虜人…㉒102
閭丘暁…⑪189
閭里…㉖129
瀘渓県…⑯192
了…⑭308-310, 313, ㉖206
了事環…㉖389
了当…㉖420

了不得…⑭550, ⑰521
「令」…⑤135, ⑰16, ㉕161（儀制令…㉕161, 162）
「令義解」序…②172, ㉑111
両韻対…⑭327, 328
両楹…⑤9
両下裏…⑭321
両河口…①510
両開…㉖184, 185
両漢…②550, ㉕228, 230→漢→前後漢
　～の軍談…⑭202
　～の故事…㉑252
「両漢演義」…①122, ⑭202, ㉓173, 174
「両漢学術考」…⑤116, 118, ⑥429, 431, ⑰276, 281, ㉒362, ㉓589, 599, 602, ㉕88, ㉗257
　「漢書補注補」…⑰276, ㉕88　「両漢学術考」「両漢文学考」…⑰276
　両漢書（漢書・後漢書）…⑬578→前後漢書
　～淳化版本…⑬581
　～に基づく唐詩の典故…⑬579
「両漢文学史参考資料」（北京大学）…⑥288, 320
両儀桟…⑯415
両宮…⑫301
「両京新記」…㉒88
両個…⑭309, 311
両江総督署理…⑰243
両晋…㉗44
「両世姻縁」雑劇・「玉簫女～」…⑭45, 266, 382, 383, 389, 422, 433, 540, 595, ⑮157
両斉書…⑬576
両浙（銭塘江下流）…⑬246, 489
両浙銭王子…⑭204
両総（上総・下総）…㉓296
両足院（建仁寺）…㉒59
両「唐書」→新旧「唐書」
両套・両料…㉖388
両淮…⑬323
両淮万戸府達魯花赤…⑮317, 321
両淮留守…⑬499
良…⑤236
良覚院丁三一（仙台）…㉓621
良寛…①52, ⑱126, ㉑104, 105, 107, ㉕100
良久…②159
良史（人名）…⑪223
良臣…②252
良人…⑮105, ㉖132
良知の説…⑯88, 89, 100, 101
良友図書公司　「車廂社会」…⑯441
凌煙閣…②530
凌霄…①510
『凌波仙』　天一閣本「録鬼簿」挽詞・賈仲明…⑭86, 224　「録鬼簿」挽詞・鍾嗣成…⑭85, 154, 173, 224
凌波池…⑭395
凌波の襪…⑭415
凌風樹…⑦236
料…⑮76
料高…⑬511
料理…㉖170
梁…㉖144
梁（五代）…⑬595
　～唐晋漢周…②551, ⑬595→五代
梁（戦国）…②110→魏（戦国）
　～の恵王…②108, 236, 251, 255, ㉗261
梁（南朝）…②550, 551, ⑤248, ⑥403, ⑦541, 542, 589, ⑪510, ⑫23
　～を含む八代…㉕376, ㉗255
　～魏崇仏の世…㉗381
　～陳間の人…⑥403
　～陳間文士の五百字詩…㉒80
　～と北周…⑦539
　～の使臣と東魏の文化人…⑦533
　～の時代と木綿…⑯221
　～の文壇の巨頭…㉕102
梁一成…㉔399
梁苑…⑮523
梁園…⑮398→開封（金の首都）
梁王…②119→恵王（戦国・梁）
梁冀…⑥372, ⑦49-53
梁九少府…⑱85
梁玉繩「瞥記」…⑭230
梁啓超・任公…⑯585, ㉒361, ㉔141, 208
　～と先人　王安石再評価…⑳454, ㉕234, 428　陶淵明の生年の説…⑦358, 604
　～の同時代人　胡適…⑯330, 383, 387-391　康有為の改革運動…①203　陳宝箴…⑯268
　～における中国の識字率…①320, ㉕305
　～の文章の青年層への影響…⑯383, 387
　～の著述　「飲氷室全集」…⑯584　「子墨子学説」…⑯391　「小説と民主政治」…⑯311　「清代学術概論」…⑯390, ㉒318, ㉓474　「新民説」→その項　「節本明儒学案」…⑯391　「中国学術思想変遷之大勢」…⑯388, 390　「中国積弱溯源論」…①320, ㉗235　「徳育鑑」…⑯391
梁権道…㉒88
「梁公九諫」…㉕54
梁孝王（漢）…⑥49, 199, 202, 208, ⑫48
梁貢父…⑭161
「梁高僧伝」…⑦514
梁鴻…⑮84
梁鴻志…⑯267, ⑰244
梁士詒…⑯330
梁山の劇盗…⑭561
梁山泊（山東）…①45, ⑮46, 143, 159, 163, ㉑192, ㉖371, 378, 386, 411, 425
　～の好漢…㉕55
　　好漢の香綿襖…㉖422　豪傑たちを主人公とし

た雑劇…⑭203, ⑮38　豪傑たちの侠…⑥178
豪傑たちの話す言語…㉕38
梁山濼…⑮322
梁氏・梁武…⑦540→武帝（南朝・梁）
梁主…①225, ⑦544
梁州（九州の一）…㉕440
梁州刺史…⑫668-670, ㉒80
『梁州』「瀟湘雨」…⑭299
『梁州第七』…⑭18, 344
「勘頭巾」…⑭346　「漢宮秋」…⑭327, 328, ⑮198
「酷寒亭」…⑮106　「陳州糶米」…⑭292
梁習…⑥263
「梁書」…⑬575
～を含む二十四史…①177, ②154, ㉑93
～と欧陽修「集古録」…⑬585
～と魏元忠…⑬589
～の語句・事項　哀慟…㉗9　皇侃の「孝経」読誦…⑬552　崔霊恩「三礼義宗」…㉕341　書淫…㉕380　范縝「神滅論」…⑯374
「梁書」（篇名）
陰子春伝…⑫658, 668, 670　元帝本紀…⑫24　孝行伝…㉗9　儒林伝…㉕340　胡僧祐伝…⑫670　杜崱伝…⑫23, 24, 670　劉峻伝…㉕380
「梁書」（テクスト）
荻生徂徠・志村楨幹訓点元禄刊本…⑳219, ㉓572, ㉖473（松会堂刊本…㉓312）　宋刊本…⑬582
梁汝元…⑯101→顔山農
梁商…⑦49
梁章鉅…⑯263　「称謂録」…⑮73　「制義叢話」…①311, 316
梁辰魚・伯竜…⑮523
梁進之…⑭116, 367
梁成…①451
梁清…①510
梁清寛…㉓264
梁清標…㉓255
梁節姑姉…⑥395
梁宋の遊…⑫677, 678
梁宗岱…⑯314
梁退之…⑭137　雑劇「于公高門」「進梅諫」…⑭116, 209
梁知微…⑪32
梁陟（ちょく）…⑮328
梁廷枏（ていなん）…⑭493, 528　「藤花亭曲話」…⑭320, 487, 494
梁同書…⑭594　「直語補証」…⑭560, ⑯231
梁補闕…㉖433
梁木…⑤9, 260
梁有誉…⑮512, 522
梁容若「中国文化東漸研究」…②594
梁履縄「左伝通」…⑯238
梁柳…⑦516
涼州…⑥89, ⑭495-497
涼風…⑥296
淩曙・曉楼…⑯61
淩稚隆「漢書評林」…⑰557
淩廷堪…⑮390, ⑯246
淩濛初
～解証「西廂記」…⑭421, 560, 594
～の「拍案驚奇」…⑰561
聊…⑥314, ⑫526
「聊斎志異」…①228, 234, ⑯166, 359-360, 633, ⑰395, ⑲414
「江城」「張鴻漸」「鳳仙」「蓮香」…⑯361
聊頼…⑦515
陵川…⑭135
『陵波仙』「録鬼簿」弔詞…⑭85, 86, 154
陵暴…㉕465
量…㉗343
量度…⑭312
量の文化…⑥416
量への愛好…⑥415, 416
「楞厳経」…⑬106, ⑯37, 39, 53, 103, ⑳577, ㉓458, ㉕235, 236, 238, 241, ㉖495, 496
稜…⑫135, ㉖31
僚（春秋呉王）…⑤94
寥廓…①573
寥落…⑪437
廖蔚卿（うつけい）「晋末宋初的山水詩与山水画」…①628　「南朝楽府与当時社会的関係」…①627
「劉勰的風格論」…①636
廖瑩中（えいちゅう）…⑬175
廖毅…⑭170
廖承志…㉒441, 444, 449, 462, 466, 469, 472, ㉗419
廖徳璠…⑯397
廖平…㉒360
憀頼…⑦515
暸…⑮76
獠奴の阿段…①150
遼（国号）…⑬3, 599
～・元と金代の文物…㉒107
～と宋の対峙…②551, 587, ⑬62, 80
外交と富弼…⑬266　軍事・外交と寇準…⑬56, 242　宋と女真の挟撃…②551, ⑬600　遼の使者と蘇軾の文名…⑬100　遼の滅亡…②551, ⑬6, 140, 600, ⑭132　遼への使者（王安石…⑬306　欧陽修…⑬304, 305）
～の君主の実名への抵触…⑬240
～の文字…⑬599, 601
～の領土…⑬3, 599
「遼海叢書」…⑭66
遼金以来の中国北方の異族統治…⑭143, ⑮431, 432
遼金元清の北京支配…㉒388
遼金宋三史の纂修…⑮286, 287, 298, 307
「遼史」…①177, ②154, ㉑94, ㉗387
「遼代社会史」…㉗387

遼東…⑦28, 140
　～の豕…⑦526, ⑳66, ㉔275, ㉕399, ㉗198
　～の帽…⑮411
　～の野人…⑳66
遼寧省…㉒442
遼陽…①331
遼陽行中書省平章政事…⑮278
瞭高児…⑬511
糧長…⑮478, 573-576, 578-580, 583, 589, 605
逯欽立「四声考」…①617
緑…⑥320
緑衣…②317
緑雲頭…㉖422
緑巾の詞…⑭123
緑珠（人名）…⑦262
緑醑…⑮513
緑水…⑫153
緑窗・「緑窗新語」…⑭489
緑風会…⑳438
「緑野仙踪」…㉗287
『緑么遍』　喬夢符…⑭385
『緑腰催』…⑭77, ⑮398→『六么催』
緑林雑劇…⑭73
林慰曽…⑯240
林雲銘「楚辞灯」…㉔280
林下…㉔319, 321
林海峰…㉔8
林喬…⑭282, ⑮27
林家（昌平黌）…㉓302, 370
林景熙・霽山…⑮420, 490　「冬青花」…⑮419
林駉（けい）「源流至論」…⑰560
林謙之…⑫360
林語堂…⑰448, ⑲111
　～と豊子愷…⑯518, 520
　～の辜鴻銘評…⑯273, 275
　～の著述　「我国土我国民」…⑰411, ⑲225　「子見南子」…⑤37, 242　「支那の知性」「支那のユーモア」…⑰411　「生活の発見」…⑯584, 585　「北京好日」…①621, ⑰411　「有閑随筆」…⑰411
林光動…⑮389
林孝存…㉕245
林庚…⑦15, ⑳478　「詩人屈原及其作品研究」…①631, 637　「詩人李白」…⑫672
林鴻…⑮474, 475
林紓・琴南・畏廬先生…⑯311, 312, 314
林昭慶・顕之・漳南道人…⑬308
林鐘（六呂）…㉗86
林西周…㉓218
林宗巾…⑦54
林則徐…⑯640, ⑲215
林長民…⑯329
林佩環…①502
林彪…㉑194, ㉕262, 429
林富…⑰595, 596
林逋・君復・和靖先生…②410, ⑬85, ⑯547, ⑱118
　「山園の小梅」…⑬55
林邑…㉓485
倫敦→ロンドン
倫明…⑯561　「版本源流」…⑯645
倫理学…②266, ㉗306, 308
倫理思想史家…㉗190
倫理的感動と美的感動未分化の時代…③7, 8, 15
倫理と史実…㉖370
淪落…⑪288
琳琅閣…⑱536, ㉒48
凜烈…⑮412
輪台国…⑥156
輪廻転生説…㉓438, 455
懍懍…⑪362
臨安…①217, ⑬6, 334, 349, 457, 492-494, 498, 511, 516, 600→杭州
　～の行在（南宋）…⑬6, 141, 387, 504
　～の陥落…⑭100
　～の風俗の記録…①211, ⑬512, 601
　　建築…⑲359　講釈…⑬502, 526　風景…⑬601
臨安府衆安橋…⑬357
臨安府奉行所…⑬346, 347, 366-368, 372, 471, 479
　～の僧録司…⑬360
「臨河叙」…㉑242
臨邛（四川）…⑥202, 203, ⑪257, 272, 557, ⑭520-522
臨江仙…㉖403, 409
臨江路（江西行省）…⑮356
臨後…㉖410
臨皐…⑪509
臨済…⑬309, ⑯40, 45, 49-52, ㉓176, ㉖439
臨書…②529
臨川県（江西）…⑪397, ⑬431, ⑭34, 159, 182, ⑮231, 533, ⑯107, ㉕434
臨川県令…⑭575
臨川書店…⑱518, ㉒280
　～復刻「書紀集解」…㉓7
臨池の道…②498
臨貞県伯…⑦548
臨洮…⑫442, 443
臨潼…⑬429
臨平山…⑬212, ⑯201
臨了…㉖410
轔轔…⑫97, 103
藺相如…⑥201, ⑪374
鱗甲…㉖192
麟…⑤123, ⑥376
「麟閣集」…⑭298
「麟台故事」…⑬581, 582, 584（四部叢刊本…⑬581）
　校讎…⑬581　書籍…⑬582

麟徳殿…㉒481
麟遊…㉒84

る

ルイジアナ…⑥409-410
ルイ十四世…②439, ⑲362, ⑳224, ㉔150
ルイのケニヒ（バイエルン）…①559
ルーブル…②531, ⑲360, 362, 407, ㉔181
ルーマニア…⑭501
ルカ…⑳223
ルクセンブルグ…⑲352, 353
ルソー（ジャン・ジャック）…⑯308, ㉔150, 154
～以前の西洋…⑲106
～と黄宗羲…⑯170, ㉒290
～と中江兆民…③17, ⑳7, 8
「民約論」の漢訳…①562, ⑳7, ㉒349
～の「孤独な散歩者の夢想」…⑳221, 225　「告白」…⑳225
～の没年…㉔132
～の“自然に帰れ”…⑤300
～の日本語訳全集…⑲191
～の「民約論」とボリヴァール…㉔153, 154
ロドリゲス…㉔153
ルター…⑲149, ㉔150
ルター聖書…⑲149
ルナン「イエス伝」…⑤120
ルネサンス…⑲262, ㉑18, ㉔174, ㉗298
～と対応する現象　イスラム世界…㉗298　中国…⑲35, ㉑18, ㉗253, 298　日本…㉓132　ペルシャ…㉗298
「ルバイヤート」…⑳43, 223
呂宋…㉓276
流伝の少ない書物の価値…①708
琉璃廠…⑯267, 555, 557, 559, 580, 649, ㉒380, 474, ㉖477, 493
～栄宝斎…㉒474
～賀蓮青…㉒411
～と隆福寺…⑯561, 647, ㉔313
～の書肆…⑯560, 561, ㉓640, ㉖476
翰文斎書店・松筠閣書店…⑯561　邃雅斎書店…⑯560　中国書店…㉖476　通学斎書店…⑯561, ㉒404　文徳堂書店…⑯561　来薫閣琴書店→その項
～の正月市…⑯581
屢常…⑮344
『縷縷金』「殺狗記戯文」…⑭262
累…②155
累集…㉗8, 11
累代書香の家…②430
誄…②257, ㉑6
「誄」…⑤273
縲…⑦477
類…㉕184
「類聚名義鈔」…㉗93
類書…⑬576, 578, 579, ⑰560, ㉗105
「類書纂要」…㉗104, 105
「類篇」…②209　～の漢字数…②219

れ

レアヒの丘…㉔195, 196, 201
レイン（リチャード）…⑲292
レインボー・ルーム（R. C. A ビル）…⑲454
レウィゾオン（フロレンス）…㉔136, 137, 139
レーニン…⑪464, ⑱447, ⑲191, ㉒457, ㉕417, 442, ㉖475　「社会民主党の可愛い女」…㉔28　「レーニン集」…⑱318　「列寧（レーニン）全集」…㉔28
レーニン廟…⑲395
レオナルド・ダ・ヴィンチ国際空港…㉔173
レオン（H.）…⑲278
レッグ（ジェームス）　英訳「詩経」…③44, ⑲261, 413, ㉑162　「左伝」「書経（尚書）」「大学」「中庸」「孟子」…㉑162　「論語」…㉑162, ㉕356, 357, 362
レッコ…㉔175
レニングラード…⑲377, 385, 386, 389, 396, 426
～と日本人　狩野直喜…⑰285　歌舞伎公演（市川左団次）…㉗284
～の市街…⑲387, 397
市民の服装…⑲387　少年の英語…⑲194　噴水庭園…⑲398
～の東方民族研究所支所…⑲376, 397
コズロフが持ち帰った資料…⑲376, 416, ㉕285
敦煌文書…⑲376, 397　メンシコフ…⑲415
～の夕陽…⑲396, ⑳20, 21
～への見学旅行（東洋学者会議）…⑲376, 396
モスコウ間の寝台車…⑲346, 349, 389　列車から見た道…⑲349, 389
レニングラード博物館…⑫263
レミュザ（アベル）「支那の言語と文学」…⑯309
仏訳「玉嬌梨」…⑲413
レムブラント…⑲245
令（助字）…②145
令（地方官）…⑪212
令狐徳棻（とくふん）…⑦530, 539, 549, ⑬575
令史…⑮9, 10, 60, 62, 360
令史（漢）…⑥256
令色…⑤151
礼…②521, ⑱532, 533, ㉓283, 348
殷の礼・夏の礼…㉓389, ㉗162　堯舜の礼…㉗162　周の礼…②290, 303, ㉑158-159, ㉓389, 390, ㉗162
～と楽→礼楽
～と孔子…⑤40, 282, ⑱532, ㉑159
礼を欠いた恭・慎・直・勇…⑤45

礼に関する老子への質問…⑤195-197
礼による教養の集約…⑱531-533（教養の定立〔立於礼〕…③34,⑤43,156,291,302,303,307 礼に復る…⑤105　礼の尊重…②292,521,522,⑤104,148,302,㉑159,㉗261）
礼は伝う可く継ぐ可きもの…①322,㉕294
～と詩・書・楽→詩書礼楽
～と書簡における自称…㉕195
～と清朝経学…⑧7,⑬569
～と仁・義・智→仁義礼智
～と中国文化…⑰259,⑱532,533
生活における美の追究…㉑159　政治性と芸術性…⑤40　人間の善意の美的表現…②105,521,522,③561,⑤40,104,148,156,302,⑱532,㉑159
礼の起原（左伝）…⑦519,520　礼の原則（儀礼）…㉓385　礼の象徴性…⑰445
～と日本人
伊藤仁斎　礼と仁…㉓52　礼と智…㉓50
荻生徂徠…㉓348,389,390,㉕200,㉗231（礼と義…㉑172,㉓346,348-349,385,391,465-467 礼と敬…㉓393　礼と事…㉓336　礼と文…⑱531　礼の時代による違い…㉓390）
狩野直喜…⑰249,㉗261　本居宣長…㉗231
～と「礼記」…㉑159,㉓385
直情径行の否定…⑤304
～における臨終の措置…㉓402
～に関する法則（鄭玄）…⑦268
～の女の字は門を出でずの掟…㉑83
～の端…㉓39,54
～の六朝時代における役割…⑧9
礼の尊重と老荘思想の流行（魏晋）…⑰283
～は士のみが実行を要求されるもの…①294
「礼」（礼経）…②105,303,521,③6,21,505,561,⑤122,⑰555
～を含む五経→五経
～注・朱子…㉖244
～注・鄭玄…②318,③42,⑦274,⑰539,⑱22,㉕336-340
異代の制…㉕337　経書の統一的解釈…㉕336
「周礼」尊重「礼記」軽視…⑰537,538
～と科挙（元以後）…㉕321
～と「楽」…②306,522,⑤122,⑥224,㉑159,㉓332,347,349,390
「礼」「楽」「詩」「書」→詩書礼楽
～と阮籍の礼否定…⑦189,㉗134,136,142,146
～と孔子…②292,293,521,③33,34,38,⑤40,135,㉑146,㉓80,107,348,390
儒家の礼重視…㉗261
～における事項　王后を逆えるきまり…⑥370,371　兄弟…③481　宗廟の制度…⑬577　大夫以上の馬車…⑥370　中月の解釈…②312　服喪の制度…②273,312　六部の制度…②272
～の学者の偏向…㉓89,㉕33
～の学問…㉗65
学問の継承（北朝・唐）…⑳335,㉕341　漢の官学の講義…②316　清朝学術における重視…⑯4（胡匡衷・胡培翬…⑯328）
～の学問と日本人…②574
伊藤仁斎…⑱532,㉓85　伊藤東涯…②316,⑰555,㉓85,89,㉕33　荻生徂徠…㉑176,㉓348,349,390　狩野直喜…⑰239,249,267,279,㉓599,604,㉗261,294　倉石武四郎・島田重礼・服部宇之吉…㉗294　鷲津毅堂…⑱322
～の規範性…②308
言語と倫理的感動…③6　道理を象徴した行為…⑰445　容儀の尊重…⑰283
～の研究資料　正義…②319,⑧7　伝・注…⑧6-7
～の現存の篇に対するノート…②306,317,㉑159,㉓348→「礼記」
現存の篇数…②304,316
～の差別…㉔244,245
～の作法の種類…②303
階級による分類　天子の礼・諸侯の礼・大夫の礼・士の礼…②304
五礼…②304（嘉礼…②304　吉礼・凶礼・軍礼・賓礼…②303,304）
～の三礼→その項→「儀礼」「周礼」「礼記」
～の制定・周公説…②303,304,316,⑦252,253,256,⑰555,㉑158,159,㉓86,㉕329,330
～の文章の記述の的確…②105,304,③505,㉑158
事実を如実に示そうとする精神…③7
～の編纂時期…③5,7
～の利用　古代生活研究資料…②522,③561　民俗学資料…②521-522,③561,㉑159
礼案…⑮41
礼緯…⑥371,⑰557
「礼緯含文嘉」…⑥371
礼楽…②306,⑳353,㉓403,439,㉔244,㉕302
～が完全に実行された時代…②292
～と荻生徂徠…⑱532,㉓337,438
孔子と周王朝の礼楽…㉓390　礼楽と天…㉓374 礼楽と奈良平安王朝…㉓367　礼楽と風雅文采…㉓388　礼楽による日本人の狭量の是正…⑰54　礼楽の一王朝限りという特殊性…㉓389,390　礼楽の尊重…⑱56　礼楽の道を創作した七聖人…㉑178,㉓467　礼楽は事…㉓283,332,336,384,385　礼楽は聖人の術…㉓337,374　礼楽は先王の教え…㉓345,㉗231
～と京都王室…㉓478
～と孔子…㉓390,406,476
礼楽尊重…②292,522　礼楽の書物化…②292,㉓284,347,390　礼楽は文明を楽しむための法則…①249
～と先王（聖人）の教…㉓345,356,388,㉗231
～と武帝（漢）の礼楽の再生…⑥224
～の教授時期は春秋（周王朝）…㉓384

～の邦…㉓415
～の最初の記載…㉓386
～の生活…⑤87, ⑥52
～の制定（周公）…②291, 306, ⑤182
～の尊重（儒家）…⑥51, 223
～は徳の則…㉓349, 384, 467
礼楽刑政…⑤32, ㉓373, 391, 410, 423
「礼楽志」と荻生徂徠…㉓343
礼楽射御書計…㉓593
礼楽射御書数…㉓340
礼楽征伐…㉓110
礼官…⑬237
礼義…③468
礼儀…⑳503, 504
礼教…①118, ⑬513, ㉓476
礼親王（清）「嘯亭続録」…㉖390
礼数…⑬181-182
礼俗…⑦181
礼智…㉓50
礼盃…⑬506
礼部…①306, ②186, 272, 436, ⑭66, 73, 74, 403, ⑮21, ㉓155, ㉖467
「礼部韻略」…②203
礼部左侍郎…㉓168
礼部侍郎…①305, ②437, 442, 448, 449, ⑪398, 399, ⑫45, 270, ⑭398, ⑯200, ㉓232
礼部主事…⑭73, ㉒386
礼部尚書…①80, ⑫305, 416, ⑬4, ⑭70, 74, 133, 205, ⑮239, 264, 265, 268, ⑯14, 16, 57, ㉓255, 566, ㉗116
礼部右侍郎…⑯15, 16
礼部郎中…⑭113
礼文…㉗153, 156, 157
礼房…⑮21, 41, 42
伶玄「趙飛燕外伝」→その項
冷酒店…㉖384
冷泉家…⑳193
冷泉某の描く大和絵（大樹寺）…⑱545
冷朝陽「与空上人宿華厳寺対月」…⑫643
冷僻…⑳296, 297
励精…㉕379, 380
戻家把戯…⑭121, 122
戻止…⑱455
戻太子…⑥168, 170, 171, 182
例…⑮42
冷任筅冥の学…⑥367
沴…⑮413
玲瓏…⑪259, ⑭313, ㉑72
荔枝…⑫279, 548, ⑮500
「荔枝の賦」…⑥314
翎毛…②529
犂明…②148
零丁洋…⑮407
零落…①335
零陵王（東晋）…⑦435
厲…㉖245
厲王（周）…㉔266
厲王胥（漢）…⑥162, 168
厲鶚・樊榭…⑯151, 637, ⑱329, 332　「春寒」…㉑57　「宋詩紀事」→その項　「樊榭山房集」…⑯152
厲公（春秋・晋）…③525, 526
霊隠寺（杭州）…①496, ⑬357, 361, 362, 364, 366, 368, 372, 373, 509
霊王（春秋・楚）…⑤75
「霊応泰山娘娘宝巻」…⑲319
「霊怪録」…⑫65
霊巌…⑭119, ⑯50
霊丘…⑦546
霊虚殿…⑪520, 522
霊元天皇…⑰161, ㉓293, ㉔291（法皇…㉓312）
霊公（春秋・衛）…⑤48, 49, 228, 238, 241, 243, 244, 262, ⑩467, ⑭68
霊公（春秋・鄭）…①157
霊州…⑦546
霊湫…⑫229, 232-234, 239
霊昌県…⑫172, ㉒21
霊台寺…㉓313
霊沢神…⑰604
霊輒（ちょう）…⑮35, 37, 38, ㉖366, 367
霊帝（後漢）…②550, ⑤328, ⑥310, ⑦54, 55, 75, 102
霊武県…⑫177, 203, 204, 241, 283, 309, 311, 312, 314, 319, 323-327, 329, 366, 367, 374, 569, ㉒27, 89, ㉖48, 49
霊宝県…⑫173, ㉒23
霊和殿…⑯161
黎字…㉓306
黎庶…⑫525
黎庶昌…⑦556, ⑫300, ⑰218, 224, ㉕284, 434, 496, 503
黎遂球…⑯52
黎波…㉖374　訳・老舎「竜鬚溝」…①635
黎平府…⑯192
黎民…②118
澧陽長史…⑫171, ㉒21
隷…⑮412
「隷古定尚書」…⑯323
隷書…㉕228, 332, 443, 444
嶺（五嶺山脈）…①466
嶺海…⑬114
嶺南…①467, ⑥79, ⑪23, 27, 410, ⑬519, ⑯190, ⑰341, ㉒488
「嶺南学報」・嶺南大学…①617
嶺南大学中国文化研究室…①616
嶺南道北流州…⑮156
藜床…①476
麗玉（人名）…①352
麗句…①497

麗辞の祖…③504
麗春園…⑭576, 580
「麗春堂」雑劇・「四丞相高会～」…⑭45, 147, 210, ㉖420
～の『太平令』(第四折)…⑭144, 147, 548
「麗情集京本台曲」…⑬502
麗人…㉒78
「麗人行」(杜甫)…⑫103, 213, 273, 529, 549, 555, 582, 603, 700, 702, ㉒78, ㉕403, 452, 459, 478
～の一韻到底…⑫130
～の眼前実在の人名を読み込む方法…⑫109
～の時事批判を詩の対象とする態度…⑫131
～の珠圧腰衱隠称身…⑭486
麗正書院…⑪33
麗容(人名)…①352
醴…⑪92
儷…②26, 168
儷句…①497
儷辞…㉑252
蠡吾侯…⑦50, 516→桓帝(後漢)
蠡州白鷺村…⑭264
暦学者…㉗233
暦算の学…㉒299
暦数家…⑮628
歴山…⑩471, ㉑181
歴史 歴史と文学…㉔20 歴史の尊重…②268 歴史の任務…⑥229 歴史の法則…⑳158 歴史は人間の鏡…①172-174, 176
歴史家…①710, ②604, ⑤312, ⑥235, 428, ⑳171, ㉕72, 243, 333, 342
～司馬遷 孔子の扱い…⑤157 合理主義…⑤144, ⑥230 「史記」と「史記会注考証」…⑥244 常識の暴力に抵抗する任務…⑥234, ㉕154, 155 生誕記念事業…⑥243 人間の事実の熟視…⑥230
～と五経・中国の詩…㉕397
～と「論語」…⑤314
～の仕事における批評家と俳優…㉕310
～の事実重視と言語への態度…①709, ③561, ㉕73, 159, ㉗184, 190, 395
～の批判者予言者としての任務…㉒288
旧法党(宋)への評価…㉕429
楊国忠政府評価…㉕452
～の文章(中国)…㉕82
班固の「詠史詩」…⑥256 班固の文賦に関する主張…⑥224 李延寿の文体…㉕379
～宮崎市定の博渉・良心と人の悪さ…㉗298
歴史学…②412, ⑥241, ⑳158, ㉕71, 82, 279, 310, ㉖244, ㉗188, 190
～と堯舜禹の事迹…①183
～と先秦の書物…③561
～と人間の研究…㉕73
～における考古学的資料…③533
～における盲点…㉕71
～の意義…⑳175
～の功績…㉕72
～の“行事”の叙述…㉕182
～の事実追求と文献の言語への態度…①708, 710, ③561, ㉕17, 72, 242
～の専門家への資料蒐集の期待…②592
歴史学(中国)…⑰233
～における中国人の方法…②582
歴史学(日本・明治以来)…⑰189, 635, 638
「歴史学研究」(雑誌)…⑫158
歴史学者…①710, ③540, ㉕159, 346, 462, ㉖489, ㉗54
歴史記録…⑳31
おもしろさ…⑤11 文学との関係…⑳31 歴史記録の言語…⑳31
歴史言語学…②204
歴史散文…①73, ㉖480
歴史主義…⑳167, ㉔287
歴史書…⑰233
歴史書(中国)…①177, ⑥158, ㉗132, 135, 387
～と五経…①241
～と典故…②494
～と紫式部…⑤135, ㉔8
～における先例(史記)尊重…②279
～における短命王朝の不評判(魯迅)…⑦12
～の記載の史補による複雑化…②280
～の重視…①240, ②486
～の叢書の普及(清初)…②478
～の対象者と韓愈の古文の対象者…①195, ②185
碑誌伝状…①195, ②185 列伝中の人物…②184
～の反儒家的要素(史記)…②487
～の必読…①243, ②475, 486, 494
筆頭…①241, ②487
～の文学性…⑥430→歴史叙述
史書の人間描写と小説…②161, ⑦12
人間研究の任務…①195
～の文章…②153, 161, 167, 184, 199, 603
紀伝体…②151, ㉗132 編年体…②161
～の文体…②161, 170, ㉕61, 68
～への冷淡からの転換(南宋)…②486
歴史書(朝鮮)…②161, 177
歴史書(日本)…①176, ②161, 586
中国史書の叙述と「六国史」…①177
歴史書(ベトナム)…②161, 177
歴史叙述(中国)…①174, 210, ②265, ③10, 18, 19
～と古文の叙述…①68
～の完成(司馬遷)…①64, 250
～の技術の発達の早さ…③533
～の古典(史記・漢書)…①204
～の使命…①153
～の尊重の伝統…㉗130
～の文学性…①84, ㉗287, 378→歴史書
～の文体 唐・六朝…㉕61, 62

〜の方法…②150, 161
歴史小説（中国）…①153-154
歴史小説（日本）…㉔10
歴史的散文…①75, 80, 84-86, 210, 706, ②520, 534, 536
歴史的真実と文学的真実…⑳170
歴史博物館（北京）…㉒396
「歴史評論」…①625, 631
歴史文学（中国）…⑥158, ㉖480, ㉗287
「歴代詩余」…㉑11
歴代書香の家…②468
「歴代小史」…⑭113, 183, ⑮258
歴代簪纓の家…①298, ②468
「歴代帝王年号歌訣」…⑯373
「歴代賦彙」…㉑11
「歴代名画記」…⑰500, 530, 551, ⑲204, ㉒80-81, ㉓556
顧愷之…⑰503　康昕…⑰502　叙画源流…⑰504　叙画興廃…⑰506　東都寺観画壁敬愛寺…㉒81
「歴代名臣言行録」…⑯584
「歴代名人生卒年表」…⑰231, ㉒300
「歴程」…①628
酈食其（いき）…②496, ③538, ⑮97
酈炎…⑥256
酈道元…⑦538, ⑧25, ⑳572, ㉒488　「水経注」→その項
列挙の文化…⑥416
列挙の文学…⑥416, ㉑6, 7
列侯…⑥110
「列士伝」…①166, ⑦550, ⑳562
列子・列禦寇…⑥222, ⑦316, 317, ⑰385, ⑱24, ⑲315, ㉒113, ㉗45
「列子」…①266, ②53, ⑥288, ⑦316, ⑬560, ⑱24, ㉔286
〜を含む諸子　「荘子」「列子」「戦国策」と蘇学…㉒113　「荘子」「列子」の寓言の流行（魏晋）…⑦279　「荘子」「列子」の哲学の盛行（東晋）…⑦317　日本・中国における分布状況…②478　「文心雕竜」の言及…②485　兪樾の「諸子平議」刊行…②483
〜と後人　石川淳…⑱356　荻生徂徠の評価…㉓350　契沖…㉕164　陶淵明…⑦295-297, 304, 306, 316, 317　李純甫…㉒113
〜の語彙・事項　栄啓期…⑦296, 297, ⑫348, 349　気…⑦295, ⑬560　愚公移山…㉓627　孔子と子貢と墓穴…⑦306　自寛…⑫348, 349　世…②230　都無…②52　人間の死に関する思考…㉔286　人間の変化の四段階…⑦304　夢…⑱24
〜の文章…㉗276
「列子」（注）　張湛…⑦469
「列子」（篇名）
周穆王…⑫221　天瑞…②230, ⑥314, ⑦316, 317, ⑫348, ⑬560　湯問…⑥288　楊朱…⑦316　力命…⑦317, ㉓627
「列子疏証」…⑦316, ㉒65, ㉗276
列女…⑥395, 397
「列女伝」…①166, ②512, ③39, ⑥237, 396, 397, ⑦513, 550
〜に取材した雑劇・諸宮調・話本…⑭208
〜の建安余氏刊行画入本…⑭208, ⑮317, 323
「列女伝」（篇名・項目）
於陵子妻…⑦397　杞梁妻…⑥302　珠崖二義…⑥389　弁通伝斉太倉女…⑥259　魯義姑…⑮114
列聖…㉓425
「列仙伝」…①166, ⑥396, 397, ⑦550, ⑭522, ㉔13
「列朝詩集」…⑮557, ⑯37, 38, 117, 122, 169, 655, ㉖430
〜所収の詩人　雲棲袾宏…①532, ⑯41　袁景休…⑮531　何孟春…㉒51　憨山徳清…①532, ⑯41-43　顧清…㉒51　高啓…㉖430　高明…⑭182　紫柏真可…①532, ⑯41, 45　朱妙端…①579　沈周…⑮563　石瑤…㉒51　雪山法杲…⑯47　雪浪洪恩…①532, 534, ⑯41, 42　臧晋叔…⑭35, 364, 387　陳昂…⑮531　陳蒙…⑮580　唐汝詢…⑮532　湯顕祖…①527　等慈広潤…①536　童珮…⑮532　聞谷広印…⑯48　羅玘…㉒51　李東陽…⑮491, ㉖430　陸卿子…①578　劉基…⑮472, ㉖430　魯鐸…㉒51
〜と伊藤蘭嵎…㉓494
〜と「宋詩鈔」…⑯125
〜と「中州集」…⑮383, 542, ⑯115
構成…⑮542, 543, ㉖434　版式…⑬273, ㉖434
〜と仏教…⑯41, 47, 48
〜における陋巷の詩人…⑮531
〜の古文辞への冷淡…⑮543, ㉒291, ㉖430
反古文辞の基準による明詩史の再整理…⑯57
〜の詩による明の歴史…⑮542, 543, ⑯41, 135, ㉒289
〜の「小伝」…①534, ⑮460, 543, ⑯25, ㉒289, ㉖430
〜のための資料的準備…⑯120
〜編集と絳雲楼の火事…⑯123
「列朝詩集」（篇名・項目）
乙集…⑮543, 572, 573, 578　乾集…⑮542　甲集…⑮543　甲集前編…⑮542
閏集…①532, ⑮543, ⑯41
異人三人…⑯97（卓吾先生李贄三首・万世尊五首…⑯98　彭仙翁幼朔一首…⑯27, 98）
閨秀…①578（「染甲」…①579　「短歌行」…①578）
四高僧…①532, ⑯41, 45（「雨過即事」…①535　「庚子の歳の書事」…①533　「率れに姫人の李五に贈る」…①537　「飯罷閑行」…①535）
序…⑯123
丁集…⑮543, ⑯103
袁稽勲宏道小伝…⑯102　王侍郎惟倹小伝…⑯

95　王提学志堅小伝…⑯129　金陵社集詩一十六人…⑭35, 364　黄輝小伝…⑯103　譚元春小伝…⑯49　趙貞吉小伝…⑯103　趙用賢小伝…⑯25　陶望齢小伝…⑯103
丙集…⑮543, 580, ㉒51
邵尚書宝一百三首…㉒51, 52　「冬夜観樹影」…㉒52
列伝…①158, 160-163, 166, ②17, 184, 185, 602, ⑰557, ㉗130, 132, 133, 287
「烈皇小識」…⑯17
烈士…⑥395, 397
鋝…②243
帘…⑮96
恋愛…②355, ⑥205, ⑳145
恋愛詩…①144, 197, 439, ㉓502
恋愛詩の大家…①132
「連筠簃叢書」…㉒299
連歌…㉓421, ㉕114
～論…㉔126, ㉕114
「連環計」雑劇・「錦雲堂暗定～」…⑭47, 202
～の『叨叨令』…⑭466
連語…⑥294
連語の索引・辞書…②219
連語発生の歴史…②216
「連合報」…㉔166
連朔漠…⑰472
連山…⑫380, 381
連枝秀・孫氏・空湛静慧散人…⑭289-291
連枝帯葉…⑭290
連州…①467
連忙…⑭312
連夢交褉…⑮48
連甕…⑮145
連理の枝…⑪267, 268
廉希憲・野雲…⑭75, 106
廉叔度…⑭110
廉頗…⑪374
楝…⑬300
憐…⑳354, 355, ㉖51
憐見…⑭312
蓮…⑪127
蓮華岩…⑰475
蓮岳…⑫380
蓮台精舎…⑰587
蓮池袾宏・蓮池大師宏公…①532, ⑯41, ㉔175, 207→雲棲袾宏
蓮池書院…㉖466
「蓮嚢記」…②589
蓮峰…⑫380, 381
蓮房…㉖193
輦…⑪113
斂…⑪386
斂曲…⑳79
殮儀…⑬182
聯…①125
聯拳・聯拳睡…⑪57
「聯語類編」…⑯372
聯合艦隊…⑱414
「聯珠詩格」徐居正注本…⑮427
臉…㉕89
簾…⑪193
孌童…㉓340, 457-458

ろ

ロウエル（エーミー）…⑪108, ⑰489, ⑲211, 213, ㉕100　共訳「松花箋」→その項
ローザンヌ…㉔172, 177, 180, 183
ローマ（市）…⑲364-366, 409, 426, ㉓276, ㉔172-174, 177, 179, 181
～と江南…㉒367
～におけるギリシャ哲学…⑲13
～における康有為…①556, 557
～の子供たちの外国語理解…⑲194
～の風物　遺蹟…①556, ⑲357, 407, 410　月…⑲411　辻馬車…⑲357, 411　天・風景・古蹟…⑲410　道路…⑲357　抹香くささ…⑲4, 5, 361, 410　旅行者とトレビの泉…㉗374
ローマ（帝国）…⑤4, ⑥43, 132
～と中国・歴史の類似…⑤3
～に伝えられた伝統
ギリシャ哲学の伝統…⑲13　キリスト教…⑲60
～の古代宗教…⑱351
～の古典…①245, ⑰492
～の三頭政治…⑯523
～の滅亡…①15, ⑦185, ⑪167
滅亡前の吐き薬の流行…⑯451
ローマオリンピック…⑲340, ⑳463
ローマ史…㉔174
ローマ字…⑤206, ⑳441, ㉕443
ローマ字の日とローマ字運動…⑳441
ローマ人…⑤4, ⑳163
ローマ大学…⑯550
ローマ文明…⑲13
ローマ法…㉔325
ローマ法王…㉑94
ローマ法王庁の使節シドチ…㉓197
ローマン・カトリックの大本山…⑲5
ローレライ…⑲347
ロココ芸術…②602, ㉔179
ロゴス…㉖439, 449
ロシア…⑱363, ⑳226, ㉖40→オロシヤ→オロス
～水兵の周生有斬殺（上海）…⑯384
～との戦争…⑰610→日露戦争
～・ドイツ・オーストリ・オランダ四国公使（洪鈞）…②442, 443

〜における革命と宗教の摩擦…⑪420, ⑲61
〜の Alekseev（V. M.）…⑰266, 279, ⑲415
〜の過去の巨大さの誇示…⑲386
〜のコズロフ探検隊…⑫263, ⑭11
〜のツァーの戴冠式祝賀使節…②466
〜の鞭身教徒の祈り…㉕107
〜の満州占領…①515
〜の盲詩人…②200, 201
〜への憎悪と満州排斥（上海）…⑯384
ロシア革命…⑳505
ロシア革命史…②435
ロシア語…⑤294, ⑱440, ⑲199, ㉔53, ㉕17, 18
ロシア・バレー…⑯595, 602
ロシア文学…㉒443, ㉕17
ロシア文学者…⑤294
ロス（ベッチイ）…⑲311
ロダン…⑰285, 286 「考える人」…⑲451
ロッキー山脈…⑥411, 413, ⑲321, ㉔162
ロックの自由の定義…㉗353
ロックフェラー財団…⑲29, 252, ⑳183, ㉔175, 206
ロックフェラー三世…⑲246, 247, 297
ロックフェラーセンター…⑲453
ロティ…⑯309
「ロビンソン・クルーソー漂流記」…⑳206（ロビンソン・クルーソー…⑳206, 207）
ロブノール…⑥98
ロマン語における言葉の繰り返し…⑭501
ロマンチック（フランス文学）…⑯308
ロレンス（D. H.）…⑲211, 436, ⑳500
ロンコド（隆科多）…㉓166, 169, 275
ロンサール…⑯308
ロンドン…⑪167, ⑲378, 405, 413, 426, ㉔162, 172, 173, 181, 182, ㉗349
〜とウィーン…①559
〜とモスコウ…⑲339, 381
〜におけるアジア・アフリカ　Asia Major 復刊…①623　異邦人…⑲341　敦煌文書→その項　夏目漱石の留学…㉑33
〜における見聞　雨…⑲395　ウェストミンスター…⑲5, 13, 410　市の中心のトラファルガー・スクエア…⑲362　市民の服装…⑳499　地下鉄…⑲346, 381　バス…⑳499　ホテル…⑲404　ロンドン大学の建物…⑲381
〜におけるペンクラブ大会…㉔23
〜におけるロウエル（エイミー）…⑲211
〜の大英博物館…②509, ⑩457, ⑰266, 279, ㉕227, 285
「ロンドン・タイムズ」…⑲377, 378, ㉔182
ロンフス（隆福寺・北京）…⑫523, ㉒474
路…⑫153
路工「試評小説火車頭」…①628
路粋…⑦97
魯（国名・春秋）…⑦253, 255, ⑳379, 383
〜を訪問した季札…③36
〜郊の薪…㉔203, 204
〜と衛の政…⑤64
〜と孔子
哀公十六年四月己丑（孔子の忌日）…⑤255
哀公へ陳恒討伐要求…⑤93, 258, ㉗258
孔子と公山弗擾の反乱…⑤181, 182
孔子の生国…②292, ⑤64, 94, 121, 143, 144, 147（魯の士族の子…⑤88, 116, 121, 144, 147, 148　魯の昌平郷の陬邑…㉕75, 78）
孔子の名声と陽貨…⑤179
青年期の孔子…⑤150, 153
中年期の孔子…⑤84
八佾の舞に関する発言…㉑172
晩年の孔子…⑤254, 255
魯を去り斉に滞在した孔子…⑤154, 176
魯から周へ旅行した孔子…⑤195
魯と斉の往来…⑤121
魯に巡歴の旅から帰った孔子…③34, ⑤34, 93, 122, 189, 226, 254-256, ⑦255
魯に斉から帰った孔子…⑤88, 177
魯の君主への態度…⑤221
魯の権力者への子路誣告…⑤23
魯の大司寇就任…⑤33（閣僚としての孔子…⑤33, 88, 122, 131, 212, 217-220, 224, 225, 233, 234, ⑦178　重臣少正卯の処刑…⑤225, 226　重臣と孔子の対立…⑤234　魯から巡歴の旅に出る孔子…⑤90, 91, 122, 219, 235, 238）
〜と周王室…⑤64, 147, 148, 176（魯の始祖…⑤64）
〜と斉…⑤64, 65, 85, 88, 155, 234, ⑥405, ㉗258
夾谷の会合…⑤89, 224, 225　斉のフールの処刑…⑤89, 224-226　魯と斉の戦い…⑱81-83　魯の重臣を堕落させる斉の誘惑…⑤90, 234, 235
〜と鄭の戦い…①187
〜に亡命した慶封…⑤75
〜の王室の衰退…⑤176, 213
昭公　斉へ亡命…⑤176　同姓婚…⑰136, 137
荘公　後継問題…③523
定公　実権喪失…⑤234
陰謀と殺戮…⑤64, 94　下剋上…⑤85, 176, 180, 234, 263　政治の堕落…⑤235　魯の衰弱と儒学（孔融説）…⑦97
〜の家老…⑤23, 75, 87, 90, 113, 121, 150, 153, 160, 176, 189, 226, 234, 254, 258, 316
王室の親戚（三桓）…⑤150, 234　三家…③524, ⑤93, 150, 176, 213, 219, 226, 234, 258→三桓
〜の麒麟捕獲→獲麟説話
〜の君　先祖を祀る歌…②303　先祖を祀る廟…⑤141, 282
〜の公族の死…③524, ㉓106
〜の国都…⑤4, 90, 121, 181, 219, 235
〜の暦…⑤259

〜の宰相　季康子…⑤189, 226, 254　宰相の俸禄…⑤33
〜の実力者陽貨（陽虎）…⑤177, 178
陽貨の反乱…⑤179-181　陽虎と匡人…⑤239
〜の十二公（君主・春秋）…⑨479
〜の「春秋」…②105, 127, 292, 305, ⑤122, ⑦253, 255, ⑳203, ㉓349
魯のウア春秋…㉓105, 110　魯の史記…㉓109→「春秋」　魯の年代記…①236, ②105, 305, ⑰555, ㉓105
〜の大師（音楽）…⑤42, 156
〜の兵隊の数…⑤230
〜の宝玉大弓…⑤181
〜の名山…④645, ⑤143, 144
〜の礼楽の伝統…⑤88（魯の音楽…③36）
魯（地方）…③540, ⑥54, 204, 205, 369, ⑦40, 91, 92
魯一同「王右軍年譜」…㉑248
魯義姑…⑮112-114
魯恭…⑱48
魯元太后（漢）…②141
魯扈…⑦517
魯侯の繁栄をことほぐ歌…㉓393
魯国大長公主…⑮254, 259, 260, 275→シャンゲリラ
「魯斎全書」 鵜飼石斎点・和刻本…⑮327　明・正統版本…⑮327
「魯斎郎」雑劇・「包待制智斬〜」…⑭45, 204, 217
「魯詩」漢石経…③481
魯粛…⑦4, ⑰330
魯峻…⑥395
魯迅…②603, ⑯585, 587, ⑰187, ⑱536, ㉒320, ㉕505→周樹人
〜以後の中国文学…⑯283, 293, ⑰418
〜以後の文壇…①277
〜以前の中国文学と虚構…⑮371
魯迅の父祖と小説…①208
〜と外国文学…①277
翻訳活動　「死魂霊」（ゴーゴリ「死せる魂」）訳稿…①277, ⑯319, ㉒434
〜と中国近代文学…①55, 246, 609
最初の近代小説…①54, 276, ⑯283, 285
〜と同時代人　王国維…①386, ⑯322　王冶秋…㉒465　胡適…①636, ②199, ⑯283, ⑳292　柔石・白莽の死…①384, 385　章炳麟…①384
〜と日本　日本研究…②598, ㉖509, ㉗369　日本人評…②579, 581
日本文学の翻訳・紹介…㉒433, 434（「現代日本小説集」刊行…㉒433, 434〔芥川竜之介「鼻」「羅生門」　有島武郎「お末の死」「小さき者へ」江口渙「峡谷の夜」　菊池寛「ある敵討の話」「三浦右衛門の最後」　夏目漱石「懸物」「クレイグ先生」　森鷗外「あそび」「沈黙の塔」〕　厨川白村「苦悶の象徴」「象牙の塔を出でて」　鶴見祐輔「思想・山水・人物」…㉒434）
日本留学…⑯284
魯迅文学と日本人…①613, ⑯321, 600, ⑰411, ⑲191, ⑳500, ㉓561, ㉖508（青木正児の注目…㉓613　倉石武四郎・塚本善隆の訪問…⑯644, ㉒402　倉石武四郎と魯迅の雑文…㉗291　桑原武夫…㉗348　中野重治の熱意…⑱363　日本プロレタリア文学運動による紹介…⑰409　翻訳における故事の扱い…㉒322　魯迅研究…①613, 614, 634, ⑰409）
〜と文学革命…①54, 55, 71, 276, ②199, ⑯283, 284, 285, ㉑74, ㉕37, 40, 314
打倒孔家店の主張…⑰4, ㉑192
〜と北京大学…⑳292, ㉒384
北京大学の講義…⑱8
〜と「論語」…⑤137, ㉓561
〜に関する国際東洋学者会議の討議…⑲373
〜の原稿（北京図書館）…㉒495, ㉕430, ㉖474
〜の国文学者としての素質…⑯322, 323
京劇批判…⑯598, ⑰5　阮籍評…⑦187　「笑林」の断片の集録…①230　曹操評…⑦12　唐末の三国の講談への言及…①414, ⑦9　陶淵明評…①119, 388, ⑦599, ⑲16, ㉔229　李益の嫉妬深さの指摘…①434
〜指摘・主張　隠遁についての解釈…①118, 119
西洋書を読むことの勧め…⑯318, 609, ⑰384, ㉒324　“絶望の虚妄”…①103, 151, ②201, ⑯316, 317, 321, ⑳506　短命王朝への酷評の指摘…⑦12　摘句批判…⑦602
〜の外への目…①113
政治への関心…①112, ⑯285, ㉒440, 470
〜の著作　「阿Q正伝」→その項　「兎と猫」…⑰409　「鴨的喜劇」…②200　「魏晋風度及文章与薬及酒之関係」…①616, ⑦12, 187　「狂人日記」…①54, 55, 276, ⑯283, 285, ⑰409, ㉑59, 74, ㉓613　「薬」…①521（夏瑜〔シア・ユ〕…①521）「古小説鉤沈」…⑯323　「故事新編」…①112, ⑯318　「孔乙己」…⑰409　「雑感」…①71, 79　「而已集」談所謂「大内档案」…㉖467（F総長…㉖467）「写真のあれこれについて」…⑯599　「且介亭雑文」儒術…⑭369　「小説旧聞鈔」…⑦4　「随感録」…⑯319　「中国小説史略」→その項　「鋳剣」…㉑168　「朝華夕拾（旧事重提）」…①613, ⑯318, ㉒321　「唐宋伝奇集」→その項　「頭髪的故事」…②199　「吶喊」…㉔312　「藤野先生」…㉒321　「墳」…⑯599「彷徨」…㉗434　「忘却の記念のために」…①113, 384, 385　「奔月」…①486　「門外文談」…②606, ⑳571　「野草」…①112, 537, ⑮457, ⑯316, 318, ⑲373, ㉕37, 40　「夢」（口語詩）…㉑59　「離婚」…②429, 459　「両地書第三集」…㉒330　「臘葉」…①537　「ロシア歌劇団のために」…⑯319
〜の登場したころ…㉒402

魯迅・兪平伯・胡適・陳独秀…㉒336
～の文学
雑感の文学…①71, 79　詩…①384, ㉕469, ㉗336
詩人としての素質…①112, 610, ⑯318, 319, 323
小説における郷紳…⑳121　寂寞…⑯320
魯迅文学とアメリカ…⑲413（翻訳・王際真…⑲327）　西方諸国における翻訳…⑲417
魯迅文学と過去の文学…①80, 120（「雁門集」…①537-539, ⑮457　「三国演義」…⑦4　清末の詩…⑯266, 267, 271）
～の文体…㉕37, 39-43
～の北朝の仏像の銘の蒐集…㉒402
～のヨーロッパへの理解…⑯318
～の歴史書の勧め…㉗353
魯迅記念館（上海）…㉒465, 492
「魯迅研究」…①613
魯迅故居…㉒443, 492
魯迅先生誕生七十周年記念「文芸報」…①618
「魯迅選集」訳・竹内好他…①537, ⑯321, 599, 600, ㉒321, 322
「魯迅全集」…①537, ㉒330
魯聖の約書…⑰18
魯宗道・粛簡公…⑬231, 236, 237
魯貞…①207
魯班…①366, ⑥333, 336, 337, ⑳421
魯人（漢）…⑥369
魯訔（べん）…⑫300, 301, ㉒83, ㉕434, 503　「杜工部年譜」…⑫343, ㉒88
魯曼…㉒484
魯両生…㉓638
魯連…⑬579
「魯論」（今文「論語」）…⑰355, 356, ㉕229
盧毓（いく）…⑦504
盧奐…㉕399
盧元昌「杜詩闡」…㉒56
盧士深…㉔275
盧氏（北朝の有力者）…⑦590, ⑪17
「盧氏礼記解詁」…⑯235, 236, 241, 251（序・盧文弨…⑯235）
盧志…⑦504, 505
盧摯・処道・疎斎…⑭75, 100, 101, 110, 111
盧循…⑦480
盧照隣…⑪14, 552, ⑫14, 15, ⑮468　「南陽公集の序」…㉗299
盧植…⑰538, 539
盧正鈞…⑫27
盧前…⑭574, 577　「八股文小史」…①311
盧祖皐…⑯147
盧多遜…⑬519, 523
盧斑…⑦504
盧仝…①344, ⑪351, 553, ㉖435
盧枏（なん）…⑮512
盧の盟（左伝）…②127
盧弼「三国志集解」…⑦101
盧文弨・抱経…②481, ⑧26, ⑯233-239, 248, 251, 254, 259, 260, ㉓562
「周易注疏輯正」…⑯236　「尚書注疏考正」…⑧21　「抱経堂文集」…②479, ⑰596　「梁孝廉処素小伝」…⑯238　「盧氏礼記解詁序」…⑯257
盧辯…⑦531
盧蒲癸…⑤72-74
盧蒲嫳（ほべつ）…⑤70-73
盧綸…⑫357
「潞史」…㉗168
潞州高平県…⑭222, 223
潞州大都督…㉗23
壚に当る…⑮438
廬江郡・廬江郡太守…⑦481
廬山…⑦327, ⑪491, ⑯142
～に関わりを持つ人々　青木正児…㉓618　慧遠…⑦317, 326, ⑲17　汪元量…⑮418　胡承珙の紀遊の詩…⑯263　処士蘇賓…⑪492　蘇軾の認識論…⑬27　陶淵明…⑦327, 331, 333, 337, 338, 341-344, 446（西麓の栗里…⑦327, 329, 331, 333）　白居易の草堂…⑪319-321　李白と瀑布…⑦326
～の麓の邸店…⑬22
「廬山志」…⑦331
廬州…⑭580
廬州通判…⑭112
廬陵王…㉕69→中宗（唐）
蘆溝橋…⑦327, ⑬627, ⑯535, ⑲230
蘆溝橋事件…①616, ⑧503, ⑭602, ⑯324, 431, 653, ㉒373
～以後の日中学界の隔絶…㉗385
～との関わり　郭沫若…㉒327, ㉖489　許世英…⑳271　近衛文麿…②193　田漢…⑯535　馬幼漁…⑳293
蘆子関…⑫201, 204, ㉒31
蘆笛岩…㉒486
蘆笛洞…㉒443, 449, 486
露→ロシア
露国学士院…⑭567
露日辞典…⑲374
露伴研究家…㉗288
露葉…⑭576
鑪…⑥334
鷺羽を樹つ…⑰599
鷺鷥・鷺鷥…⑮86
驢…㉖404, 415
驢筋頭…㉖415
老（七十歳）…⑪413
老（尊称）…㉕195
老（道家）…②365
～と仏→仏老
～と仏と儒→儒仏道・儒釈道・儒仏老

老家…㉒114, 115
「老学庵筆記」…⑬95, ⑮73, ⑰594
老漢…⑭311
老去悲秋…②493, ⑫299, 300, 302, 304, 344, 349
「老君堂」雑劇…⑭393（劉文静…⑭393）
老咬虫…㉖415, 416
「老残遊記」…⑰408
老子（雑劇用語）…⑮73
老子・老聃・李耳・伯陽・聃…②525, ⑳564, ㉒111, ㉕79
　～と孔子…⑤193, 195-200, ⑫672, ⑬553, ⑮520, ㉓491
　　孔子と老子の異同…⑦486, ⑰146　孔子の思想の逆説…①266　孔子より後の人物…①265, 266, ㉗272　孔融の機智…⑦93　肖像（ミュンヘン博物館）…①559, 560　礼に関する孔子の質問…⑤196, 197
　～と孔子と周公→周公孔老
　～と黄帝→黄老
　～と司馬遷…㉕78, 79
　～と戦国時代の思想家…①37, ⑰385
　～と荘子→老荘
　～と荘子と孔子と孟子→孔孟老荘
　～とラチモア夫妻の説…⑲224
　～と「老子道徳経」の関係…⑤198, ㉓491
　～と老聃…⑤198, ㉓492
　～と老彭…②490, ⑤197, 198
　～に関する説　神仙道の祖師とする説…⑫62　唐王室の始祖（玄元皇帝）とする説…⑫52, 62　老子と胡笳に関する伝説…⑥347　老子の実在を疑問とする説…⑤198, ㉓492, 493
　～の出生地…②83, 85, ㉕79
　～の祖述者　荘子…⑤193　道教…②365
　～の道家の創始…⑤191, ㉕293
「老子」…①72, ②270, ③10, 21, ⑤191, ⑯544, ㉕5→「老子道徳経」
　～偽書説…㉓48, 490-493
　～「荘子」…①63, 272, ②107
　　江戸期漢学における重視…②456, 474, 476（江戸期の出版…⑰608, ㉕280）
　　科挙における無視…②456, 474
　　玄談　謝安…⑦289　房琯…⑫390
　　三代の古書としての尊重…③17　真の字の記載…⑦349　他の諸子との区別…②480, 481, ㉒356　文の装飾…㉑152　六朝時代における尊重…①193, ㉑246
　～「荘子」「易」…⑦188, 324, 468
　～とエロス…⑲46
　～と漢王室（初期）…⑥52, 53, 55
　　黄老の書と竇太后（漢）…⑥52, 53, 114（轅固生…⑥53　汲黯…⑥114　竇嬰…⑥55）
　～と後人　殷仲堪…⑦363　韓愈…⑬553　胡適…⑯398　蘇轍…㉒112　張良…㉗254　兪樾…②483　柳宗元・劉勰…②485　盧文弨…②479, 481
　～と宋以後の中国…㉕311
　～と日本人　伊藤仁斎…⑰35　伊藤東涯…㉓90　小島祐馬…⑰325　荻生徂徠の評価…㉓289, 345, 350　河上肇…⑰325　武内義雄→その項
　～と Pauthier（M. Guillaume）…⑯309
　～と「論語」…①265, 266, ②493, ③493
　　「老子」の成立と「論語」の成立…③493, 500, ⑤198-201, 326, ㉗266　「論語」の文章との比較…㉑162
　～における語彙・事項　虚…⑰35　三公…㉓492　自然…⑤191, ㉓469　道…②253, 282, 283, ㉓374　無為の道…⑥54　理・天理…㉓69　老子の思想と「楽記」篇の天理…㉓69, 78
　～の言葉…①584, ⑤198, 201, ⑩475, ⑫219, ㉖466
　　唯之与阿相去幾何…①584, ③496, ⑤192, 193　曲則全枉則直…③499　故有無相生難易相成…③491, 493　故貴以身為天下者則可寄於天下…③498　故常無欲以観其妙…③490, 491　故善人者不善人之師…③498　五色令人目盲…③494, 501　吾言甚易知甚易行…③498　吾不知其名字之曰道…③496　巧成名遂身退…③492　合抱之木生於毫末…③497, 502　谷神不死是謂玄牝…③492, 501　載営魄抱一能無離乎…③488　三十輻共一轂…③494, 497　是以聖人処無為之事…③491　失道而後徳失徳而後仁…②252, ③496　修之於身其徳乃真…③496　小国寡民…⑲356　上士聞道勤而行之・信言不美美言不信・人之生也柔弱…③498　人法地地法天…③496, 500　生而不有…③491　聖人無常心以百姓心為心…③500　絶学無憂…①584, ⑤192　絶功棄利盗賊無有…⑤192-193　絶仁棄義民復孝慈・絶聖棄知民利百倍…⑤192　善之与悪相去何若…①584, ③496, ⑤192　大成若缺其用不弊…③503　大道廃有仁義・太上下知有之…③499　知其雄守其雌…③492, 494　知者不言言者不知…③498　知常容容乃公…③496　治人事天莫若嗇…③497　馳騁田獵…③494, 501　天下皆知美之為美…③491, 493, 494, 500　天地不仁以万物為芻狗…③497　天網恢恢…⑮497, ㉓90　道可道非常道…③490　道生一一生二…③496, 500　道生之徳畜之…③496　万物作焉而不辞・夫惟弗居…③491　報怨以徳…⑤201　無名天地之始…③490, 491　容乃公公乃王…③496, 497
　～の思想…③499, 500, ⑤191, 192, 195
　　価値の序列の厳しさ…③500　価値の序列の否認…⑤191-193, 195, 200, 201　自然の善意の重視…①281, ⑤191, ⑥180
　　常識の否定…⑤192, 194　常識への逆説…③500, ⑤198, 199, 326　人為の否定…㉓505（芸術の否定…②522　秩序の否定…⑤191-193　文明の否定…⑤192, ⑰483）

世界観の体系…③500 多様のままに放置せよ…①272 没価値説…⑤195, 200, 201（政治の否定…⑤191, 193, 195, 200）
～の総字数・使用字数…⑱420
～の地位（中国）…②476
～の著者の不明確…⑤198, ㉕147
～の文章…②124, 493, ③490, 492, ㉓492
押韻…③490, 492, 501
対偶句法…②124, 170, ③490-493, 500-504（主題の意志的な固執…③497, 499 主題の展開…③496, 497 主題の反復…③493-495, 497, 499, 502 主題の反面からの強調…③498, 499 尻取り式句法…③496, 497 同一語繰り返し…③502 老子的対偶とヘブライ文学…③503）
～の編集過程…①266
～の流布状態（中国・日本）…②478
「老子」（注） 姚鼐「老子章義」…②490, 491
「老子」（テクスト） 世徳堂刊本…②478
「老子」（篇名・項目）
下経…③499 上経…①584, ③499
「老子」（福永光司）…①271
「老子河上公」…⑲397
「老子是正」…㉓492, 493
「題老子巻首」「老子是正後序」「老子是正跋」…㉓492
「老子道徳経」…③490, ⑤194, 198, 199, 201, ㉓491→「老子」
～唐代石刻…㉗270
「老子の研究」…③490, ㉓493
老児村…⑭222, 243, 244, 580
老舎…①55, ⑯283, 600
～と文化大革命…②595
～における政治と文学…⑯539
～の作品 「桜海集」…⑯538 「牛天賜伝」…①635 「蛤藻集」…⑯538 「四世同堂」…①113, 621, 626, ⑯538, ⑳322 「趙子曰」…⑰411 「東海巴山集」…①635 「駱駝祥子」…①613, ⑯538, ⑰411 「離婚」…①631 「竜鬚溝」…①626, 635
～の日本訪問…⑯538, ㉑140, ㉒435
京都大学中国文学科における座談会…⑯538
中国作家代表団団長…⑯538, ㉑140, ㉒435
日本文学への関心…②597, ⑯539, ㉑140, ㉒435
老釈…㉓57
老朱子…㉖241, 246→朱熹→朱子
老酋…⑮375-377
老身…⑭311
「老生児」雑劇・「散家財天賜～」…⑭43, 212, 217, ⑮66, 70, 85
「合汗衫」との比較…⑭246, 252, 253 「児女団円」との比較…⑭264-266, 270
～における「太公家教」…⑭294
～の面白さ…⑭252
愚直さ…⑭242, 243, 252
～の曲目 『越調闘鵪鶉』（第三折）…⑭235 『鴈児落』（第四折）…⑭237 『鬼三台』（第三折）…⑭236 『寄生草』『後庭花』（第一折）…⑭234 『混江竜』（第一折）…⑭234, 253 『滾繡毬』『煞尾』（第二折）…⑭235 『紫花児序』（第三折）…⑭236 『紫花序』（第三折）…⑭235 『収尾』『小桃紅』（第三折）…⑭236 『小梁州』『小梁州么篇』『倘秀才』（第二折）…⑭235 『水仙子』（第四折）…⑭237 『正宮端正好』（第二折）…⑭235 『青哥児』（第一折）…⑭234 『清江引』（第四折）…⑭237 『仙呂賞花時』（楔子）・『仙呂点絳唇』（第一折）…⑭234 『双調新水令』（第四折）…⑭237 『脱布衫』（第二折）…⑭235 『賺煞尾』（第一折）…⑭234 『調笑令』（第三折）…⑭236 『天下楽』（第一折）…⑭234 『禿厮児』（第三折）…⑭236, ⑮85 『得勝令』（第四折）…⑭237 『那吒令』（第一折）…⑭234 『碧玉簫』（第四折）…⑭237 『呆骨朶』（第二折）…⑭235 『油葫蘆』（第一折）…⑭234 『落梅風』（第四折）…⑭237
～の語法…⑭280
～の梗概…⑭233-237
～の構成 合理性…⑭233, 237, 242, 252 緻密さ…⑭252 不合理…⑭246
～の作者 出身地…⑭233, 264, 280 伝記…⑭252 挽詞…⑭225
～の作中人物 院公…⑭266 興児…⑭234, 238, 239 小梅…⑭233, 234, 236-242, 246, 253 張老…⑭233-241 李氏…⑭233, 237 劉引孫…⑭233, 235, 236 劉引張…⑭233-236, 242 劉従善…⑭233, 236, 237, 266
～の白の反復の無いこと…⑭253
～は関目真…⑭225
老成…⑫619
老鼠嘴…⑮90
老蘇…⑬99→蘇洵
老荘（老子・荘子）…①270, ⑬308, ⑰285, ㉓469, ㉕294→荘老
～易と清談…⑦188, 468
～思想 愛情と文化の拒否…③521
隠遁と政治否定…①119（世俗への反抗と逃避…⑦188）
漢帝国崩壊後の盛衰 後退（五世紀）…㉔233 盛行（三・四世紀）…⑦118, 590, ㉑246
魏晋経学との関係…⑰282, 283（王弼…⑦188, ⑬552 「易」解釈…⑬552 皇侃…④7, ⑬552 何晏…④7, ⑦188, ⑰282, ㉕340 孫綽…㉕192）
阮籍の哲学…⑦188, 208, 238, 244, 590, ㉗133, 134
自然無為の教え…⑦188, ㉗145
儒家の教えとの異同…③521, ⑦469, 484, 486

（没価値説と「論語」…⑤201, ㉑188）
調和の尊重…㉖218
～思想と仏教…⑱447
儒家との差違…㉓373（伊藤仁斎…⑰36　荻生徂徠…㉓388, 455　朱子…②489, ㉓62　宋学…㉓31, 42, 57　姚鼐…②490）
無と空…㉓60, 71
六朝期における尊重…①193, ⑬551
老荘禅学による孔孟の学の注解…㉓33
老荘浮屠孔孟の合一の説…㉒111
～思想と本居宣長…㉓505, ㉗145
～的口吻と杜甫…⑫707
～の講義（アメリカの大学）…⑲207, 322
～の世界観と詩の文学…②492
～の文章…②485, ③11, 520
書中の用語と宋儒…㉓42
～の道…㉓387, 388
老荘者…⑤201, 205
老傖…①397, ㉑60
老大…⑪287
老杜…⑫7, 360, 489, 558, 581, 711, 722, ⑬144, ㉒65→杜甫
「老杜事実」…㉒74, ㉕492, 494, 495→杜詩（注釈）
老馬為駒…㉒70
老婆…⑭593
「老婆禅」…㉗282
老百姓→ラァオバイシン
老夫…⑫287, ⑬178, ⑭311, ㉕327, ㉖40, 47
老布衣…㉓48
老仏の法…㉓42
「老朋友」（雑誌）…⑯588
老彭…②490, ⑤197, 198
老耄…⑦304
老萊子…⑥313, ⑦551
老郎…⑬547, ⑭202, ㉖401
労…⑤45
労格「唐尚書省郎官石柱題名考」司勲員外郎…㉒86
労幹…⑲331, ㉗386
労思光…㉔206
労働人民の古典研究…㉒446, 468
労労亭…⑪102
弄玉…⑭520-522, 534
牢城…⑬510
牢墜鐿…⑭543
郎…①523, 524, ⑮437
郎（官職）…⑥203, ㉒86
郎官亭…⑥68
郎士元…⑯151
郎中令…⑥56
郎曄（よう）「経進東坡文集事略」…㉕376, ㉗255
陋儒…㉕322
浪漫主義…㉔41
浪蕊…⑦414
狼籍…㉖75
婁堅・子柔…⑯124
婁羅…㉓193
琅玕…⑫111
琅邪山…⑬68
琅邪の王氏…②16, ⑦489, ⑪396, 406, ㉗147
僂儸…⑭313
楼居…㉓248
楼台…⑬5
楼璹（とう）「耕織図」…⑯208
楼望…⑥369
楼鑰（やく）・攻媿…⑬163, ⑲402　「秋を悲しむ者に諭す」…⑬171　「北行日録」…⑲401, ㉒99
「瑯琊王歌辞」…⑰603
瑯琊大道王…⑯154, 161
潦倒…⑪75
鋃鐺…⑯203
閬風山…①12, 14, ⑫227, 232, 233, ⑬84, ㉒79, ㉓352
螻蟻…⑮420
臘月…⑬163
臘茶…⑬246
隴…⑫245, 439, 484, 693, 694, ⑭181, ⑰500, ㉕463, 465, ㉗326, 327
隴海線（鉄道）…⑫17
隴州刺史…⑪510
隴蜀…⑫674
隴西（甘粛）…②5, ⑥85, ⑪382-385, 393, 534, ⑫101, 442
隴畝の民…⑦374
朧朧…⑪196, 197
蠟塌…⑮116
蠟炬…①483
蠟渣…⑮116
蠟燭…㉖24
六字句…②40, 168, 169, ③12, ⑦470
六十干支…㉑236
「六帖」（古今和歌六帖）…㉕167
六丁壇…⑬403
六博…②168
「六法全書」…②407, ⑬577
『六么』…⑪281, 293→『緑腰』
『六么催』…⑭77→『緑腰催』
角里先生…⑥387
勒死…㉖406
鹿柴…⑪145
鹿門山…⑫288
禄隠…㉓368
禄児…⑫260→安禄山
禄食…⑮536
禄父…⑩467
碌碌…⑮538
『緑腰』…⑪281→『六么』
『緑腰催』…⑭77→『六么催』

「録鬼簿」…⑭32, 34, 68, 79, 85, 101, 218, 522, ⑮18, 214, ㉗285
　～に見える紀年（大徳七～至正五）…⑭164
　～の注記のあり方　書き改め…⑭154, 164　次本・二本の注記…⑭209, 210, ⑮17　上下巻の区分の条件…⑭151　上下巻の編纂過程の差異…⑭85, 152, 156, 170　題目正名の記載…⑭389　分巻と元雑劇の作風…⑭86　編録の時代…⑭164, 165　方今名公…⑭184
　～の書後の賈仲明の署…⑭150
　～の著者の社会的地位…⑭175
　～の出来た年…⑭151, 164
「録鬼簿」（テクスト）…⑭86, 368, ⑮14
　曹楝亭本…⑭86-88, 92, 102, 104, 108, 116, 117, 124, 152-156, 158, 165, 168, 170, 172, 174, 209, 210, 216, 231, 257
　中華書局刊本…⑭368
　天一閣旧蔵明写本…⑭33, 85-89, 92, 102, 104, 108, 116, 122, 125, 136, 146, 152-156, 158, 165, 168, 170, 209-211, 219, 231, 257, 368, 383, 388, 607, ⑮14, 15, 17
　　附記「諸公の伝奇にして名氏を失載せるものを並びにここに附す」…⑭33, 86, 211, 257
　　附記．上巻の作者への賈仲明の挽詞…⑭86, 106, 108, 116, 125, 146, 150, 224
　　附篇「録鬼簿続編」→その項
　流布本…⑭33, 86, 92, 383, ⑮14, 17
「録鬼簿」（篇名・項目）
　自序…⑭85, 151, 154, 156, 164, 173, ㉗285
　序・朱凱…⑭151, 154, 156, 165, 167
　前輩名公にして楽章を世に伝うる者…⑭85, 118
　　闞挙…⑭106　胡祗遹…⑭106　胡紫山…⑭100　史天澤…⑭106, 111　徐琰…⑭106　商正叔…⑭120　曹光輔…⑭101　張孔孫…⑭106　杜善甫…⑭119　姚燧…⑭106　姚枢…⑭106　楊西庵…⑭100　劉秉忠…⑭118　廉希憲…⑭106　盧疎斎…⑭100
　題詞・朱経…⑭164
「録鬼簿」下巻…⑭155, 173
　～に記載された作者…⑭86, 153, 170
　　活動年代…⑭151, 163, 170　活動の上限…⑭170　官歴…⑭172, 173, 180　後期の作者…⑭86, 152　雑劇の作者…⑭170, 179　散曲のみの作者…⑭85, 184　詩文家との没交渉…⑭173, 174, 179　社会的地位…⑭171-174, 180　社会的背景…⑭175　出身地…⑭151, 152, 155-157, 175　鍾嗣成の挽詞…⑭85, 173, 224　已に死せる才人にして相い知らざる者…⑭87, 153, 155, 163　早期の作者…⑭151　総数…⑭152, 153　南方人…⑭85, 151, 152, 155-157, 159　排列…⑭86　方今已に亡せし名公才人にして余の相い知れる者…⑭87, 153-155, 163　方今の才人にして相い知れる者…⑭87, 153-155, 163　方今の才人にして名を聞けど相い知らざる者…⑭87, 153, 155, 157, 163, 168　北方からの移住者…⑭160, 162　身分教養…⑭171, 173, 180　略伝…⑭85, 86, 171
　～に記載された作品の次本・二本と注するもの…⑭210
　～に記載された作品の総数…⑭33
　～の曹楝亭本と天一閣本の異同…⑭152-154
　～の編纂過程…⑭152, 156
　～の方今才人…⑭165, 168
「録鬼簿」下巻（篇名・項目）略伝を省略
　宮天挺…⑭156, 160, 171, 172　喬吉甫（夢符）…⑭160, 164, 382-384, 386, 388, 395　金志甫…⑭210　金仁傑…⑭172, 210, 231　屈子敬・呉仁卿…⑭172　高安道…⑭155　周文質…⑭154, 171　蕭徳祥…⑭173, 257　沈和…⑭171, ⑮104　睢景臣…⑭164　銭子雲…⑭208　曾瑞…⑭160, 173　張鳴善…⑭168, 172, 174　趙善慶…⑭172　趙文宝…⑭210　趙良弼…⑭156, 160, 171, 172　陳以仁…⑭171, 173　陳無妄…⑭160　鄭光祖…⑭160, 172, 210, 366　董君瑞…⑭155　范康…⑭171　鮑吉甫…⑭210　鮑天祐…⑭68, 172　李顕卿…⑭154, 160
「録鬼簿」上巻…⑭173
　～における「黄粱夢雑劇」…⑭124
　～に記載された作者…⑭86, 151
　　下限…⑭151　賈仲明の挽詞…⑭86, 116　活動年代…⑭144, 145, 147, 150, 151, 170　官歴…⑭136, 137, 172　雑劇の専門家的作者と余事とする作者…⑭179　散曲作者を兼ねた者…⑭118-119　士大夫の作者…⑭90, 91, 115-118　詩文家との関係…⑭174, 179　社会的地位…⑭91, 118, 171, 172　社会的背景…⑭175　出身地…⑭151, 155, 156, 175　前期の作者…⑭86, 88, 91　前輩已に死せる名公と才人にして編する所の伝奇ありて世に行わるる者…⑭86-87　前輩名公にして楽章を世に伝うる者…⑭85, 118, 119　総数…⑭88, 89, 145　俳優の作者…⑭91　排列…⑭86, 88　北方人…⑭85, 151, 155　北方人の南遷…⑭162　身分教養…⑭89-91, 118　名公貴紳との関係…⑭188　略伝…⑭85, 89, 115, 117, 171
　～に記載された作品の総数…⑭33, 88
　～に記載された作品の二本・次本と注するもの…⑭209-210
　～に記載された俳優とその作品…⑭91, 122, 219
　～の編録の過程…⑭86, 152, 156
「録鬼簿」上巻（篇名・項目）略伝を省略
　于伯淵・王実甫・王仲文…⑭137　王廷秀…⑭117, 137, 209　王伯成…⑫263, ⑭137　汪沢民…⑭137, 370　花李郎…⑭122, 211, ⑮14, 18　岳伯川…⑭137　関漢卿…⑭89, 123, 124, 136, 146, 366　紀君祥…⑭137, 209　顧仲清…⑭137　呉昌齢…⑭137, 211　孔文卿…⑭137, 209, 231　侯正卿…⑭104, 137　後記…⑭152　紅字李二…⑭122　高文秀…⑭89, 116, 137　康進之…⑭137　史九散僊

（散人）…⑭108, 137　尚仲賢…⑭137, 209, 221　石君宝…⑭137, 388, 389　石子章・戴善夫…⑭137　張国賓…⑭122, 246　張時起…⑭117, 137　張寿卿…⑭137　趙敬夫…⑭59, 122, 210　趙公輔…⑭116, 136　趙子祥…⑭137, 209, 211　趙天錫…⑭111-113, 137　趙明道・陳寧道・鄭廷玉・狄君厚…⑭137　馬致遠…⑭89, 124, 136　白仁甫…⑭89, 92-94, 96, 102, 137　跋…⑭152, 166　費君祥・費唐臣…⑭137　武漢臣…⑭137, 233, 264　彭伯成・孟漢卿…⑭137　庾吉甫…⑭89, 136　姚守中…⑭117, 137　楊顯之…⑭137, ⑮13, 14, 17　李寛甫…⑭137　李好古…⑭137, 209　李行甫…⑭137　李子中…⑭136　李時中…⑭137　李取進…⑭137, 209　李寿卿・李仲章…⑭137　李直夫…⑭59, 137　李文蔚…⑭101, 137, 209　陸顯之…⑭137, 208　劉唐卿…⑭136, 150　梁退之（進之）…⑭116, 137, 209

「録鬼簿校注」…⑭86, 101, 120

「録鬼簿続編」…⑭33, 75, 86, 152, 157, 168, 181, 182, 187, 188, 210, 264, 385, ㉖372

「録曲余談」…⑭53, 90, 115, 168

「録略」…⑰344

竜華の警備司令部…①385

隆福寺（北京）…⑯555, 560-562, 647, ⑳343, ㉒404, 474, ㉓637, ㉔313

論（動詞）…㉖201

論（文型）…①162, ②18, 181, 257

「論語」…①43, 270, ③556, 559, 561, ④6, 642, ⑤19, 295, 319, 320, ⑯236, ⑲116, ⑳141, 146, ㉑85, 150, 188, ㉒344, 353, 354, ㉓278, 569, ㉔243, 310, ㉗393, 428

～暗誦…④736, ⑤127-129, 132, 135, 137, 140, 206, 293, 296, ⑬564, ⑳215

～以外の文献の孔子の語…②134, ㉓108

～を取り上げた杜詩（最能行）…①319, ②457, ④5, ⑤136, ⑭296, ⑳120

～を含む四書…①239, ②107, 328, ④8, ⑤136, 137, ⑬560, ⑭297, ⑯353, ⑰186, 556, ⑳203, ㉓73, 288, ㉕320, 364, ㉖244

四書題・「論語」から出題する八股文…㉕320

～を含む先秦の儒書…③9

～を含む先秦の諸子…①72, ②107, ③21, ㉕5, 147

～を含む中国の古典…①264, 267, 268

七経…㉗73　十三経の注疏…㉗26→「十三経注疏」

～的思考…⑤165

～的な言葉…②216

～とアメリカの大学…⑲440

～と鴉片…⑰444

～という題名…④4, ㉑180

～と伊藤仁斎…④9, ⑤313, ⑰79, 153, 164, 627, ㉓33, 316, 318

隠遁の否定…㉓46, 47, 88

言語重視の思想…⑰47, 194, ⑳63-64, 95-96, ㉓45（話者の心理の追求…①704）

原典批判（本文批評）…⑤218, ㉗267（「論語」の正統篇に関する指摘…④4, 10, ⑤102, 218, 219, ㉓84, 85, ㉗273）

孔子評価…⑰34, ㉓80-84, 87

最上至極宇宙第一之書…④10, ⑤161, ⑰34, 36, 43, 47, 118-119, 125, 194, ㉑181, ㉓52, 79, 84, 372, 463, 551, ㉗172, 229（学問の最高基準…⑰124, ㉓79, 80, 84, 86　積極面の強調…⑤105, 325

人間平等の思想…㉓537　平凡無奇・常識性の価値の主張…⑤95, ⑰36, 124, ㉓79　無神論の立場…④11, ⑰140, ㉓87, 538　六経と「論語」…㉓80, 85, 288〔画法と画の関係の比喩…㉓80, 85, 86　「論語」の文と「書経」の文…㉗175〕）

朱子・宋儒の解釈への疑問・批判…④10, ⑤215, 300, 301, ⑰34, 36, 136, ⑳9, 10, ㉑112-114, 137, ㉓31, 42-45, 57, 551, 570（厳粛主義反対…⑰36, ㉑115, 137　正心への懐疑…㉓74　禅家の頓悟・儒家の豁然開悟…⑰35, ㉓86　中…㉓76, 77　仏老の語借用…㉓42　理への懐疑…㉓68, 69）

仁…㉓49-52　仁と義…㉓50, 51

性・道・教…㉓53, 57, 58, 63, 64, 74（俗の重視…㉓71）

聖人の道・天地自然の道…⑰43, ㉓62

聖人無謬説否定…⑰138-140, ㉓44, 83, 347（孔子の超人性の否定…④11, ⑰136, 137, 139）

絶対的愚者の存在…㉓547, 553

卜筮否定…㉓85, 87

門人との討論…㉓44

欲望肯定説…④11

「論語」暗誦…⑤129

「論語」を読めるとは…⑰627, ⑳63-64, 95

「論語」解釈…⑤161, 297, ⑰210, 220, ⑳10, ㉑112, ㉓31, 465, 535, ㉕366

古義による解釈…④10, ⑤215, ⑰47, 124

重視項目　性相近也習相遠也…㉓537　有教無類…⑤264, ㉑193, ㉓392, 537

允執其中…㉓76　下愚…㉓58, 59　観過斯知仁矣…⑰138　君子之過也…㉓83　君子成人之美…㉓57　吾従衆…㉓71　吾老矣不能用也…⑤161　好古敏以求之者也…㉓64　克己復礼…㉓90　子罕言利与命与仁…⑤309　子哭之慟…㉓74　子釣而不綱弋不射宿…㉓50, 51　斉景公待孔子章…⑤87, 161　中人以上可以語上也…㉓58　中庸之為徳也…㉓77　陳司敗章（苟有過人必知之）…⑰136, 137, 140, ㉓44, 83　天下有道庶人不議…㉓110　非道弘人…㉓63　不亦説乎…⑳12, 18　不亦楽乎…⑳12　不遷怒…㉓74　礼楽征伐自天子出…㉓110

「論語」「孟子」重要用語解説…㉓32, 39→「語孟字義」

「論語」「孟子」の相補…㉓84, 86, 288
～と伊藤仁斎・荻生徂徠
「論語」への態度…①704, ⑤215, 297, 313, 325, ⑰47, 136, 194, 220, 414, ⑳10
解釈の差異　子不語怪力乱神…⑰140　子欲居九夷…㉑175, ㉓417, 450　逝者如斯夫…②353-354, ⑤97-98, 277, ㉕171, 175-176, 190, 210, 212-215, 248-251　陳司敗章…⑰140　天下有道丘不与易也…⑤204　不知命無以為君子也…㉓537-538　文…⑱532　民可使由之不可使知之…⑤215-217, ⑰141, ⑳425　有教無類…㉑193, 194, ㉓392
解釈の水準…⑰220, 414　評価の差異…⑰43, 49, ㉓80, 288, 372
～と荻生徂徠…④10, ⑤32, 129, 313, ⑮530, ㉑182, ㉓318, 350, 464, 593
学説の清朝学者への影響…㉗429（中国学者による引用…④11, ⑤214, ㉑110, ㉓481　中国学者による盗用…⑤214　劉宝楠の注目…④11, ㉓481）
敬天の説…㉓381, 393, 399, 417, 445-447, 449-451, 467, ㉗154（儒学と神道説…㉓417, 444, 445, 449, 451　超自然的存在の肯定…④11, ㉓538）
言語重視の思想…⑰44-47, 49, 194, 624, ㉓542（言葉の音声を通じての理解の主張…㉓535, 536, 549, 550　中国語の発声と「論語」…㉓374, 536　文章のリズムの重視…⑰624, ㉓535）
古言と古義…④11, ㉓474, 551（古代語の確認…⑤214, 216, 302　古注への態度…㉗71, 72）
古文辞学と「論語」…㉑180, ㉓289, 350, 377, 381, ㉗35
孔子観→荻生徂徠
自己の学説への自信…㉓441（こはくるしき解釈批判…㉓354, 550　“詩を知らざる誤り”批判…㉓550　中華における先王の道喪失…㉓441）
自説に引き寄せた解釈…㉑171, ㉓381, 392, 452（宰予昼寝…㉓472　曽晳賞讃…㉓476　天命説…㉓483　仏典引用による注釈…㉓454, 456）
朱子・宋儒への批判→荻生徂徠
周王朝と徳川王朝の比較…㉓425
上論・下論の編録者…㉑181, 182, ㉓350
政治重視の儒学説…㉓383, 391-393, 399, 469
聖人の道・先王の作為…⑤32, ⑰42, 43, 46, ㉓92, 382-393, 438, 447-450, 467, 480, 483（五経の道・「論語」の道…㉓392, 467）
「論語」暗誦…⑤129
「論語」解釈…⑤297, ⑰135, 210, 220, ㉓381, 441, 465, 474, 535, ㉕366
已矣乎…㉑178　為礼不敬…㉓393　郁郁乎文哉…㉓425　焉不如丘之好学也…⑤306, 307, 326, ㉑173　可謂孝矣…㉑172　何有於我哉…㉑174, 176　過則勿憚改…㉓285, 302, 303　回也其心三月不違仁…㉓389　学而時習之…⑤327, ㉓389　顔淵問為邦…㉑177, ㉓390　九夷…㉑175, ㉓450　旧悪…㉓341　君子之於天下也無適也無莫也…㉑173, ㉓456, 482　君子信而後労其民…㉑179, ㉓334, 453　敬鬼神而遠之…㉓452　敬事而信…㉓393　見危授命…㉓392　賢者識其大者…㉓383　五十而知天命…㉓378, 399, 444　吾十有五而志于学…㉓378　吾未見好徳如好色者也…㉑176, 178　吾与点也…㉑177, ㉓476　行有余力則以学文…㉑172　興於詩立於礼成於楽…⑤302　宰我問三年之喪章…⑳359　宰予昼寝…⑲46, ㉓472　祭如在…㉑229, 230　斎必変食…⑤222-223　作者七人矣…㉑177, 178, ㉓386, 467, 468, 550　三年無改於父之道…㉑171, ㉗71　子罕言利与命与仁…⑤210, 309, ⑳230, ㉑175, ㉕206, 207　子不語怪力乱神…②354, ⑤271-272, ⑰139, 140, ⑲8, ㉑180　子路曽晳冉有公西華侍坐…㉓475-476　事君尽礼人以為諂也…㉑172　事君能致其身…⑤215, ㉕207　辞達而已矣…㉑178, 179　修己以安人…㉓388　修己以敬…㉓393　孰謂微生高直章…㉓354, 355　人而無信不知其可也…㉑179, ㉓334, 453　仁遠乎哉我欲仁斯仁至矣…⑤310, 327, ㉑174　逝者如斯夫…㉑212, ㉕173, 193-194, 208, 219, 221, 224, 238, 243　大徳不踰閑…㉓383　知天命…㉓399, 444　朝聞道夕死可矣…㉓354　当暑袗絺綌必表而出之…⑤221　道千乗之国…㉕208　伯夷叔斉不念旧悪…㉓341　八佾舞於庭…㉑172　必有忠信如丘者焉…⑤306, 307, 326, ㉑173　不亦説乎…⑤327, ⑳13　不知命無以為君子也…㉓398, 483, 537-538　不憤不啓…㉓385　暮春者春服既成章…㉑177　邦君之妻…㉑181　未能事人…㉓452　無適也無莫也…㉓376, 456, 457, 482　里仁為美…㉑173　或乞醯焉…㉓355
「論語」解釈の立場　鄭玄注との近似…㉑229, 230　信頼の重視…㉑179　整然たる体系への欲求…㉓467, 468　太宰春台の態度…㉕204, 206-208　日本人的な解釈…②354　欲望肯定説…④11, ⑤301, ㉓535　話者の心理を検討する態度…①704
「論語」という題名…㉑180
「論語」にも序を切望…㉓463（「先進」末章への評価…㉓463, 475-476）
「論語」の用語の概念規定…㉓381, 465, 466→「弁名」
「論語」評価　孔門のメモとする評価…㉑181, ㉓463　仁斎の評価への反駁…㉓372, 463　六経第一「論語」第二…⑰43, ㉑181, ㉗172　「論語」の地位〔辞として不完全〕…㉑180
～と柿本人麿の歌…㉕167
～とギリシャ…⑰487
～と堯舜…③550, ⑳6, 8
～と元曲の成語成句…⑭296, 297, 514

～と元の皇帝…⑮277, 278
～と孔子…①704, ②309, ⑤101, 142, 143, 261, ⑰118, ㉑180, 181, ㉓80
愛情の義務…⑤138, 139, 201, 263, 264　衣服の生活…⑤221, 223　音楽尊重…②521, ⑤42, 43, 155, 156, 291, 302　学問の重視…⑤287, 288, 289, 303-305, 307, ⑳202　虚構拒否の方向づけ…①188　殺人の否定…⑤191, 225-227, 316-318　食生活…⑤222　政治重視…⑤30-32, 37, 41, 104, 121, 186, 187, 191, 193, 201, 289, ㉓383　文学の確信・重視…①156, ⑤41, 122, 123, 290　理想主義…⑤139, 175, 180
夏殷の文献不足への嘆き…㉔199
言行録…①237, 239, ②107, 308, 309, ④3, 4, 8, ⑤11, 106, 114, 121, 128, 135, 287, ⑬318, ⑰34, 43, 136, 555, ⑳141, 168, 202, 203, ㉑146, 161, 181, ㉓79, 93, 100, ㉔285, ㉕356, ㉗366（語録…①13, ②92, ⑳141, ㉕262, ㉖244　孔子生前からの記録…④4　孔子の語気の記録…⑤102　「詩」に関する発言…③34, 35, ⑤123　斉の弑逆事件への態度…⑤257-259, 262　対話篇…④4, ⑤101, ⑳222　伝記資料…㉓107, ㉗258　未来に関する発言…⑳158　魯国政府在職期の言行…⑤217-220, 224, 225, 233　魯国亡命と諸国歴訪…⑤235, 238, 249）
吾已矣夫の解釈と董仲舒…㉓102-105, 109　自然の善意…⑱13　思夢…⑤183, ⑱26　師弟の結びつき…⑤250　詩書礼楽…⑤302　女性観…⑤247
神秘への冷淡…㉓93, 97, 452（神〔宗教〕の否定…②373, 378, ⑲7, 8, 85　鬼神に対する態度…㉓87　超自然の存在への態度…⑤273, ⑲8, ㉓93）
逝川（川上）の嘆…㉑212, ㉕168, 172, 173, 190, 193, 210, 212, 224, 235, 241, 243（王応麟…㉕239　皇侃…㉕192, 231, 232, 238　漢六朝…㉕170　許慎…㉕221, 224, 228　邢昺…㉕191, 231, 232, 238　崔瑗…㉕222-224, 228　朱子…②353, ⑤97, 276, 277, ㉕169, 170, 173, 175, 176, 190, 233, 238, 248　鄭玄…㉕225, 227-230, 232, 238　蘇軾…㉕240　宋儒…㉕169-171, 176, 190, 210, 213, 219, 220　趙岐…㉕216, 219　陳祥道…㉕241　陳善…㉕235, 236, 238, 239　程子…㉕233, 238, 239　董仲舒…㉕216-220, 224, 228, 230-232, 238　包咸…⑤98, ㉕191, 208, 230-232　毛沢東…㉕241　「孟子」…㉕213-218, 220, 238　「文選」…㉕174, 210-212, 213　揚雄…㉕219, 220, 224, 228, 230-232, 238　劉宝楠…㉕220, 231）
精神成長の歴史…⑤97, 149, 150　節度…⑤282-284　絶望の語…③521　戦争…⑤228, 230
秩序尊重…⑤138, 162（家庭内秩序の尊重…⑤138, 139　階級肯定…⑤138, 139　秩序ある愛…①63）
中国人の解釈…②309　中心的話者…①267, ②92, ④3　慟哭…⑤113, 279　隣組の付き合い…⑤217, 220, 223　日常を素材とする思考…①268, 269, ㉑25
日常についての言語…①248, 249, 269, ⑤139（日常生活の規範…㉕322）
人間の見方…⑤281（思いやりの哲学…㉕359-363　人間肯定の精神…⑤21, ㉕367　人間尊重・人間中心主義…⑤211, ⑱13, ⑲7, 8, ㉗326　人間の可能性…⑤207, 211, 263, 266, 267, 270, 271, 274, 278, 280　人間の限定…⑤271, 272, 276, 280, 287　人間の使命・任務…⑤276, 280-281, 287　人間の善意…⑤24, 26, 94, 104, 312, 324）
文化主義…⑤294, 302, 303（美的なものへの関心…③12）
婿選びの話…⑤143　楽観…⑤21, 312　恋愛感情への態度…⑤246
「論語」以外の孔子説話との連なり…⑤261
「論語」と孔子無関係説…㉓9
～と「孝経」…②308, 317, 328, ⑦526, ⑰555
～と「左伝」…⑤94, 95
～と「史記」…⑤158, 160, 161, 226, 235, 243
「論語」「史記」とトルストイ…①247
「論語」と「孔子世家」…⑤243
～と「春秋」…㉓107
～と清人　王引之…⑳12, 18　乾隆帝…⑤248-249　康有為…⑤183, ⑳215
～と「人生」の本十八冊…⑳222
～と「聖書」…①272, ⑤114, 207, 208, 211, 313, ⑱32, ⑲106, ⑳210
～と宋儒…④5, ㉑146, 161, ㉓68, 80, 441, ㉗71, 258, 259
王安石…㉒104, ㉕234, 239　朱子…④8, 10, ⑤136, 137, 214, 215, 297, 298, 302, ⑬318, ㉑113, ㉓534, 535, ㉖244, 245, ㉗366　蘇軾…㉒104　仏説剽窃…㉓472, 473
～と杜詩への愛着…①266, ⑤20, 295, 323, ⑳141, 143, ㉑25, ㉕462
「論語」・杜詩・「資治通鑑」…⑳215-217
～と日本人…①268, 269, ②107, ④5, 740, ⑤124, 127, 129, 137, 140, 285, 296-298, 302, 313, ⑰89, ⑱416, ㉓561
新井白石…⑤129, ㉓142　伊藤仁斎→別項　伊藤東涯…⑤129, ⑳12, ㉓90　宇野哲人…⑤297　荻生徂徠→別項　奥野信太郎…⑰355　狩野直喜…㉗257-261　貝塚茂樹…⑤297　各務支考…⑤3　契沖…㉕164-178, 190, 191, 193, 208, 210, 212-214, 219-221, 224, 238, 248-251　後藤芝山…④12　佐藤一斎…④12　澁江抽斎…㉑189　菅原道真…⑤135, 213, 234, ⑰18　太宰春台…㉕194, 203-210, 212-214, 219, 221, 224, 238, 250　大正期の学界…①265, ㉓561　武内義雄…⑤

297, 328, ㉗266, 267, 270, 272-276　津田左右吉…㉓9, 561　道祐居士…④14, 15　永井荷風…⑱322　林羅山…④12, ⑤129, 137　福沢諭吉…⑤132, 140, ㉑189, ㉓561　堀景山…㉗170-172, 175　本田成之…㉓107　村松映…⑤305　宮崎市定…㉗274　明治の知識人…⑤132, 140　本居宣長…⑤129-132, 179, 220, 283, ㉗108, 112, 128, 129, 192　山崎闇斎…④12　山井鼎…⑰583, 587, 589, ⑱57　和辻哲郎…㉗258
専門家の「論語」忌避…㉓561（日本伝来の伝説…④5, ⑤133, ⑳448, 449, ㉑96, ㉓563, ㉕276, 277　日本における普及…⑤129）
読まれ方の歴史…④5, ⑤133（江戸期…⑤129, ⑰80, ㉕173　奈良平安期…⑤134, 135, ⑰16「論語」「史記」唐詩への関心…㉑85　若者と「論語」…⑳500）
「論語」的な中国と日本人…②496, ③557, ㉒440, ㉕311　「論語」的なものへの誤解…⑤164, ㉓561, ㉕364-366　「論語」・唐詩・魯迅…㉓561
～と班固…㉓20
～と武帝政府（漢）…④5
～と「法言」…⑥225, 254, ㉔255
～と「孟子」…③17, 531, ⑰458, 493, ㉕217
伊藤仁斎の重視…⑰125, 138, 153, 210, ㉓84-86, 316, ㉕250, 251（堀川の学問の態度…⑰164）
占いの無視…㉓87　契沖の解釈…㉕251　聖人の概念の成立…③27　美的なものへの関心の違い・筆録者の不明…③12　文章の美…③540　編集過程の違い…㉗261　「論」「孟」「史記」唐詩…⑰494　「論」「孟」・トルストイの読書…⑰496　「論」「孟」と六経…㉓80, 85, 86　「論」「孟」の訓読…㉓143　「論」「孟子」の支那と現代支那…⑰458, 459
～と「老子」…①265, 266, ③493, 500, ⑤199-201, 326, ㉕340
老荘的没価値説への反発…㉑188
「論語」と老子伝説…⑤197（「論語」の思想への反撥…⑤198　「論語」への逆説…⑤199）
～における登場人物　哀公（魯）…⑤93, 112, 258　晏嬰…①157, ⑤67, 87　王孫賈…⑤27　桓魋…⑤23, 113, 240　簡公（斉）…⑤258　季桓子…⑤235　季康子…⑤46, 113, 189, 190, 224, 226, 227, 254, 316, 317　蘧伯玉…⑤14, 286, ㉔316　景公（斉）…⑤86, 87, 91, 158-163, 170-172, 189, 194, 224, 228, 257, 262　原壌…⑭456　呉孟子…⑰136, 137　公山弗擾…⑤181-184　公冶長…⑤143　孔文子…⑤50　左丘明…⑤107, 108, 151, 152　子禽…⑤235　子服景伯…⑤23　史魚…⑤286, ㉔316　師冕…⑤281, 282　孺悲…⑤17, 179　祝鮀…⑤48, 241　昭公（魯）…⑰136, 137　葉公…⑤20, 106, 169　楚狂接輿…⑤205, 251, ㉓386　宋朝…⑤48, 241, 262　長沮・桀溺…⑤202, 203, 251, ⑦418, ⑮471, ㉓386, ㉔317　直躬…⑤106　陳恒…⑤93, 258　陳司敗…⑰136, 137　陳文子…⑤44　南子…⑤36, 37, 48, 241-244, 262　南容…⑤143　甯武子…①157, ⑤286　微生高…⑤107, 129-131, 283, ㉓354, 355　仏肸…⑤185, 186　文公（晋）…③550　孟敬子…⑦512　陽貨（虎）…⑤17, 177-181, 239　令尹子文…⑤43　霊公（衛）…⑤48, 228, 238, 241, 243, 244, 262　老彭…②490, ⑤197, 198
～における貧乏の標本と陶淵明…⑦297
～の引用…①267, ⑤19, 135, 137, 140, 141
～の教えと仏教…⑤303-304
～のおもしろさ…⑤11
～の解釈…②353, ⑤175, 198, 214, 215, ⑰458
～の解題…⑤101
～の簡易さ・初歩的教科書…②457
～の考え方…⑤300
～の言語…②447, ③554, ④6, 642, ⑤305
記載言語としての整理…①267, ②73, 92, 94
新聞を読む力と「論語」を読む力…⑱395, 415, ㉕361, ㉗393
～の原典批判…㉗267, 270, 271, 273
～の語彙・助字　以…②97　夷狄…⑤248　矣…②88, 89, ㉑178, ㉓468, 550　異端…②491　慍…⑤304　亦…⑤102, ⑳11, ㉔305, 307, 308, ㉗275, 395　説…②76, 114, 304, ⑱400, ⑳11　焉…②88, 89, 306, 307, 327, ㉕264　怪…⑤28, 147, 210　誨…㉑193, 194　学…①257, ②216, 251, 291, 386, ⑤39, 44, 47, 121, 122, 288, 303-305, 327, ⑱400, ⑳11, 202, ㉓64, ㉕263, 265　罕…⑤308　鬼神…⑤211　義…㉓50, 51　九夷…㉑175　教…㉑193, 194, ㉓52, 53, 74, 80, 81　君子…①294, 297, ⑤274, ⑱531, ㉓303, 383　敬…㉓393, 467　語…⑤272, ㉑180　孝…⑤165, 166, ㉓383　幸…⑤310　斎…⑤222　作者…㉓386　三軍…⑤230　子…②130, ⑤121, 308, ㉓93　之…②82-84, 89, 92　思…①257, ②251, ⑤39, 47　師…㉑182　斯…㉕192, 208　斯文…㉕378-340　而…②34, 82, 84, 87, 89, ⑤304　自…②90, 216　時…②216, ⑤125, 126, ⑳11　辞…㉑178-180　質…⑳132, 133　社稷…㉕265　習…②216, ⑱400　諸夏…⑤248　小人…①294, 297, ⑤250, 266, 267, 275, ㉓303, 383　色…⑤244-247　心…㉓389　神…⑤28, 147, 210　仁…④13, ⑤25, 26, 43, 44, 103, 104, 121, 122, 139, 165, 168, 207-210, 212, 229, 287, 307-310, ㉓49-51, ㉖245, ㉗258　正名…㉗97　性…⑤209, ㉓52, 53, 57, 58　逝…②353, ⑤277, ㉕191-193, 208, 214, 219, 224, 227, 231, 232　清…⑤44　川…②38　殆…⑤305, ㉕263, 264　知…⑤28, 43, 44, 229, ㉔258　中…㉓76　中人…⑩466-468, 474, 479　中庸…⑤282, 283, ㉓77, 383　忠恕…㉗259　悌…㉓383　適莫…㉑173　天…⑤27, 113, 208-210, 239, 240, 242, 270, 271, 279, 300, 311, 312, ㉓393, 399　天命…⑤184, 275,

276, ㉓378, 398, 399　伝…⑤292　怒…㉓74　道…⑤24, ㉓52, 53, 59, 68, 74, 79, 381, 383, 386, 388, 389, 392, 467, 468, 550　徳…㉑176, ㉓74, 383, 388　読書…㉕265　畔…⑤183　夫…㉕192　文…⑱531, 532, ⑳132, 133, ㉑173, 180　朋…②216, ④738　名…㉕26　命…⑤24, 209, 210, 274-276, 308, 309, 313, ㉓398, 399　罔…⑤304, 310, ㉕263, 264　也…②89　有…④738　勇…⑤229-233　与…⑤308　欲…⑰47　楽…⑤304　乱…⑤28, 147, 210　利…⑤209, 210, 308, ㉑175　理…⑰47　力…⑤28, 147, 210　礼…⑤45, 104, 156, ⑱531-533

～の語句（「論語」における孔子の発言→孔子）

已而已而…⑤205, ⑦393　以其兄之子妻之・以其子妻之…⑤143　以季孟之間待之…⑤160　以就有道何如…⑤190, 227　以徳報怨…⑤108, 200, 201, 207　為孔丘…⑤203　為人謀而不忠乎…①248, ⑤11, 62, 292, 293, ⑲348, ㉕295　為仲由…⑤203　唯…㉓472　唯謹爾…⑤217, 220　惟酒無量…⑤222　異乎三子者之撰…㉑176　允執其中…㉓76　因不失其親…⑱93　韞匵而蔵諸…⑤236　衛霊公之無道…⑤48　衛霊公問陳於孔子…⑤228　亦可宗也・遠恥辱也…⑱93　往者不可諫…⑤205, ⑦393

可以寄百里之命・可以託六尺之孤…⑤20　可謂仁乎…⑤178, ⑳8　可謂知乎…⑤178　可得而聞也…⑤24, 209, 271, ⑦520-522, ㉔258　何為其莫知子也…⑤253　何其多能也…⑤154　何如斯可謂之士矣…㉑189　何徳之衰…⑤205, 251, ⑦393　何必公山氏之之也…⑤182　何必読書然後為学…①237, ㉓347, ㉕264, 265　過也人皆見之…㉕358　回何敢死…⑤250　皆雅言也…②292, ③34, ⑤123, ㉑146, 159, ㉓107　皆座…⑤282, ㉕360　懐其宝而迷其邦…⑤178　膾不厭細…⑤221　豈若従辟世之士哉…⑤203　豈不爾思…⑤246, 290　割不正不食…⑤222　敢問死…①188, ②373, ⑤16, 28, 272, ⑱13, ⑲7, 14, 29　顔淵後…⑤250　顔淵死…③521, ⑤113, 208, 278-280　顔淵問為邦…㉑177, ㉓390　顔淵問仁…⑤189　願車馬衣軽裘…㉔51　其為人也孝弟…⑤128, 166　其言也善…⑦512, ㉔230　其在宗廟朝廷…⑤217, 220　其諸異乎人之求之与…⑤236　其知可及也…①157, ⑤286　其父攘羊…⑤106　其鳴也哀…⑦512, ㉔230　季桓子受之…⑤235　季康子患盗問於孔子…⑤190　季康子問政於孔子…⑤189, 190, 227　季路問事鬼神…①188, ②101, ⑤16, 272, ⑱13, ⑲29, ㉓97　帰孔子豚…⑤177　儀封人請見…⑤252　及階…⑤282, ㉕359, 360　及席…⑤282, ㉕360　求之与・求善賈而沽諸…⑤236　廐焚…⑤131, 220, ㉗124　蘧伯玉使人於孔子…⑤14　魚餒而肉敗…⑤222　恭近於礼…⑱93　郷人儺…⑤223　遇諸塗…⑤177　君子亦有窮乎…⑤250　君子之過也…㉓83, ㉕358　君子之至於斯也…⑤252　君子思不出其位…⑳117　君子尚勇乎…⑤233　君子信而後労其民…㉑179, ㉓334, 453　君子人与君子人也…⑤20　君子務本…⑤128, 166　君使臣…③492　君視之東首加朝服…⑤221　君称之曰夫人…㉑181　君不君臣不臣…⑤87, 160, 262　君命召不俟駕行矣…⑤220, 221　奚自…⑤251　啓予足啓予手…⑦512　見得思義…⑰80　賢賢易色…②33, ⑤247　賢者識其大者…㉓383　言可復也…⑱93　言而有信…②33, 34, ⑤215, 247　言游過矣…⑬572　固天之縦之将聖…⑤154　沽酒市脯不食…⑤222　鼓瑟希鏗爾舎瑟而作…㉑176　互郷難与言…⑤265　吾日三省吾身…①248, ⑤11, 62, 292, ⑲348, ㉕295, ㉗259　吾知免夫小子…⑦512　吾党有直躬者…⑤106　吾得而食諸…⑤87, 160, 170-171　吾必謂之学矣…②33, ⑤215, 247　吾未嘗不得見也…⑤252　吾老矣不能用也…⑤160, 161　公山弗擾以費畔…⑤181, 183, 185, ㉗261　孔子謂季氏…㉑172　孔子於郷党…⑤217, 218, 220　孔子下…⑤205, ⑦393　孔子過之…⑤202　孔子行…⑤161, 235　孔子時其亡也而往拝之…⑤177　孔子辞以疾…⑤179　孔子不見…⑤177　孔子沐浴而朝…⑤258　孔子与之坐而問焉…⑤14　好従事而亟失時…⑤178　孝弟也者其為仁之本与…⑤128, 138, 166, ㉓95, 96, ㉗259　更也人皆仰之…㉕358　康子饋薬…⑤224, 227　告於哀公曰…⑤258　告朔之餼羊…㉓186　告夫三子…⑤258　今之従政者殆而…⑤205, ⑦393

宰我問三年之喪…⑳359, ㉓390　宰予昼寝…㉓472　祭如在祭神如神在…㉑229, 230　斎必変食…⑤222　在陳絶糧…⑤250　三月不知肉味…②521, ⑤42, 85, 155, 158, 174　三日不朝…⑤235　士見危致命…⑰80　士不可以不弘毅…⑤103, ⑰490, ⑳300, ㉔307, ㉕365　子為誰…⑤203　子畏於匡…⑤239, 250　子謂顔淵曰…⑤230, 231　子謂公冶長…⑤143　子謂仲弓曰…⑤269　子謂南容…⑤143　子亦有異聞乎…㉑182　子於是日哭…⑤281, ㉗342　子罕言利与命与仁…⑤209, 210, 308, 309, ⑳230, ㉑174, 175, ㉕206, 207, ㉗259　子禽問於子貢曰…⑤235　子見南子…⑤37, 242　子語魯大師楽曰…⑤42, 156　子行三軍…⑤230　子貢方人…⑤19　子哭之慟…⑤278, ㉓74, ㉗9　子在…⑤250　子在斉聞韶…②521, ⑤42, 85, 155, 158, 174　子在川上曰…①245, 274, 361, ②37, 353, ④644, ⑤97, 276, 291, ⑰484, ㉑212, ㉕166-168, 172, 190, 208, 216, 227, 241, 248, 249, 367　子在陳曰…㉑130　子之往也如之何…⑤185　子疾病…⑤272　子所雅言…②292, ③34, ⑤123, ㉑146, 159, ㉓107　子如不言…⑤252, 253, 311, 314, ⑱13　子食於有喪者之側…⑤281, 328　子退朝曰…⑤131, 220　子張学干禄…③495　子張問政…⑤189　子釣而不綱…㉓50　子慟矣…⑤279　子入大廟…⑤141　子不語怪力

乱神…①188, 234, ②354, 372, ⑤27, 114, 147, 210, 271, 272, ⑰139, 140, ⑱12, ⑲8, ㉑101, 180, ㉓97, ㉔258, ㉖245　子不子…⑤87, 160　子欲往…⑤181, 183, 185　子欲居九夷…㉑175, ㉓417, 450　子楽…⑤47　子路慍見曰…⑤250　子路行以告…⑤204　子路行行如也…⑤47　子路使子羔為費宰…㉕264　子路宿於石門…⑤251　子路請禱…⑤272　子路不説…⑤181, 184, 242　子路不対…⑤20, 169　子路聞之喜…⑤16, 232　子路問君子…⑤30　之三子告…⑤258　司馬牛問君子…④644, ⑤13, 274　四海之内皆兄弟也…⑰80, ⑲21, ⑳479　死而後已…⑤103, ⑳300, ㉔307, ㉕365　死生有命…⑦310　使子路問津焉…⑤202　使者出…⑤14　是知其不可而為之者与…⑤251　是知津矣・是也・是魯孔丘之徒与・是魯孔丘与…⑤203　師冕見…⑤282, ㉕359　師冕出…⑤282, ㉕360　斯謂之君子矣乎…⑤13, 274　詩云戦戦兢兢…⑦512　詩書執礼…②292, ③34, ⑤123, ㉑146, 159, ㉓107　而好犯上者鮮矣…⑤128, 166　而後和之…⑤281　而今而後…⑦512　而子証之…⑤106　而誰以易之…⑤203　而能済衆何如…⑳8　自孔氏…⑤251　自牖執其手曰…⑤275　似不能言者…⑤217, 220　事君能致其身…②33, ⑤214, 215, 247, ㉕207　事父母能竭其力…②33, ⑤214, 215, 247　時然後言…⑤126　失飪不食…⑤222　室是遠而…⑤246, 290　疾君視之…⑤221　日月逝矣歳不我与…⑤178　若季氏則吾不能…⑤160　取瑟而歌使之聞之・孺悲欲見孔子…⑤179　臭悪不食…⑤222　十世可知也…④14, ⑳168　従者見之…⑤252　従者病…⑤250　孰謂鄹人之子知礼乎…⑤141, 144, 282　恂恂如也…⑤217, 218, 220　且而与其従辟人之士也…⑤203　如殺無道…⑤190, 227, 316　如斯而已乎…⑤31　如日月之食焉…㉓83, ㉕358　如有博施於民…⑳8　如臨深淵如履薄冰…⑦512　小徳出入可也…㉓383　召子欲往…⑤181, 183　召門弟子曰…⑦512　昭公知礼乎…⑰136, 137　将命者出戸…⑤179　葉公語孔子曰…⑤106　葉公問孔子於子路…⑤20, 169　色悪不食・食饐而餲…⑤222　食不厭精…⑤221　臣事君如之何…③492　臣不臣…⑤87, 160, 262　信近於義…⑱93　信而後諫…㉑179, ㉓334, 453　信如君不君…⑤87, 160　慎終追遠…⑱93, ⑳302　人之将死…⑦512, ㉔230　仁以為己任…⑤103, ⑳300, ㉔307, ㉕365　誰能出不由戸…⑤263　雖曰未学…②33, ⑤215, 247　雖小道必有可観者焉…①182　雖有粟…⑤87, 160, 170　趨而辟之…⑤205, 206, ⑦393　斉景公待孔子曰…⑤160　斉景公問政於孔子…⑤159, 189　斉人帰女楽…⑤235　昔者由也聞諸夫子…⑤185　褻裘長…⑤223　冉有子貢侃侃如也…⑤47　然（子路曰）…⑤203　善哉…⑤87, 160　楚狂接輿歌而過孔子曰…⑤205, ⑦393　曽子有疾…⑦512　則小子何述焉…⑤252, 253, 311, 314, ⑱13　則誰与…⑤230　則不歌…⑤281, ㉗342

大宰問於子貢曰…⑤154　大徳不踰閑…㉓383　諾吾将問之…⑤328　短右袂…⑤223　致遠恐泥…①182　仲弓問仁…④643　長一身有半…⑤223, ㉒379　長沮桀溺耦而耕…⑤202　鳥之将死…⑦512, ㉔230　朝服而立於阼階…⑤223　陳亢問於伯魚曰…㉑182　陳司敗問…⑰136, 137　陳成子弑簡公…⑤258　弟子孰為好学…⑤112　天下之無道也久矣・天将以夫子為木鐸…⑤252　伝不習乎…①248, ⑤11, 62, 292, 293, ㉕295　当暑袗絺綌・東首加朝服拖紳…⑤221　唐棣之華…③484, ⑤246, 290　滔滔者天下皆是也…⑤203, 204　禱爾于上下神祇…⑤27　堂堂乎張也…⑳423　童子見…⑤265　徳行顔淵閔子騫…⑭455

難与並為仁矣…⑳423　二三子何患於喪乎…⑤252　肉雖多不使勝食気…⑤222　入大廟毎事問…⑤141　任重而道遠…⑤103, ⑳300, ㉔307, ㉕365

拝而受之…⑤224, 227　伯牛有疾…⑤275　莫能興…⑤250　樊遅問知…②371, ㉓97　仏肸以中牟畔・仏肸召…⑤185　必使反之…⑤281　必表而出之…⑤221　必聞其政…⑤236　必有寝衣…⑤223, ㉒379　閔子侍側誾誾如也…⑤47　不亦遠乎・不亦重乎…⑤103, ⑳300, ㉔307, ㉕365　不可（三子）…⑤258　不可得而聞也…⑤24, 209, 214, 271, ㉔258　不敢嘗…⑤224　不及乱…⑤222　不賢者識其小者…㉓383　不好犯上而好作乱者…⑤128, 166, ⑱381　不俟駕行矣…⑤220, 221　不時不食…⑤126, 222　不食・不撤薑食・不得其醬不食…⑤222　不得与之言…⑤205-206, ⑦393　不問馬…⑤131, 132, 220　不憂不懼…⑤13, 274　夫子為衛君乎…⑤328　夫子温良恭倹譲以得之…⑤236　夫子喟然歎曰…㉑176　夫子之求之也…⑤236　夫子之言性与天道…⑤24, 209, 214, 271, ㉔258, ㉗259, 260　夫子之文章…⑤24, 209, 271, ⑦520-522, ㉔258　夫子矢之曰…⑤242　夫子至於是邦也…⑤236　夫子哂之…㉗260　夫子聖者与…⑤154　夫子憮然曰…⑤204　夫子欲寡其過而未能也…⑤14　夫執輿者為誰…⑤202　父不父…⑤87, 160　富貴在天…⑦310　聞斯行諸…⑤17　敝之而無憾…㉔51　偏其反而…③484, ⑤246, 290　便便言…⑤217, 220　暮春者春服既成…㉑176　邦君之妻…㉑181　鳳兮鳳兮…⑤205, 251, ⑦393　本立而道生…⑤128, 166

毎事問…⑤141, 282　末之也已…⑤181　未之有也…⑤128, 166, ⑱381　未嘗飽也…⑤281, 328　未信則以為謗己也・未信則以為厲己也…㉑179, ㉓334, 453　明日遂行…⑤228　民徳帰厚矣…⑱93, ⑳302　孟敬子問之…⑦512　門人惑…⑤265　問於桀溺…⑤203

又多能也…⑤154　有一言而可以終身行之者乎…㉕356, 357　有之…⑤273　有是哉子之迂也…㉕97　有社稷焉…㉕264　有美玉於斯…⑤236　有民人焉…㉕264　耰而不輟…⑤204　与師言之道与…⑤282, ㉕360　与人歌而善…⑤281　与朋友共…㉔51　与朋友交言而有信…②33, ⑤214-215, 247　与朋友交而不信乎…①248, ⑤11, 62, 292, 293, ㉕295　予小子履…㉗277　陽貨欲見孔子…⑤177　弋不射宿…㉓50　抑与之与…⑤236　浴乎沂風乎舞雩詠而帰…㉑176　欲与之言・来者猶可追…⑤205, ⑦393
来予与爾言…⑤177-178　臨大節而不可奪也…⑤20　誄曰禱爾于上下神祇…⑤273　陋如之何…㉑175
～の言葉の特徴…⑤62, 298, 299
含蓄…⑲7　散文詩…⑳358　熟慮・慎重…⑤281, 287　人物批評…①157, ⑤13　人類の運命…⑤23　直接的教訓…⑤13　強い言葉…⑤20, 169, 170, 180, 239-240
とらまえにくさ…⑤11, 19（断片的言語…⑤11, 12, 128, 188, ⑰367, ㉓464　割り切らない言葉…⑤18）
読書と思索…①237　学問のすすめ…⑤39
平静な表現…⑤94, 95（平凡さ・常識性…⑤95, ⑰36, 124　ほがらかさ…②602, ⑤20, ㉕365）
～の索引…⑳427
～の四科…㉗137
～の思想→～と孔子
～の時代　記載言語…①267　口語…②73, 92, 93　社会…⑤169, 170, 175, 262, 312（歴史…⑤171）　没価値説…⑤200
～の正篇続篇…④4, 10, ㉓84, 85, ㉗273
議論体製の差違（伊藤仁斎）…㉓84
上論・下論…④735-736, ⑤102, 218, 219, ㉑181, ㉓350
～の成立…③493, 500, ⑤314, ㉗274
～の総使用字数（種類）…②71, 457, 458, ④6, ⑤138, ⑱420, ㉑67, ㉓466, ㉔167, 170, 171
～の総字数（長さ）…②444, ⑱420
～の総章数…⑤128, 140
～の地位…④5, ⑤135, 136, ⑰555, ㉑146, 147, 180, ㉗258
中華人民共和国と「論語」…㉕367（唐暁文論文…㉑193, 194　「論語」批判…㉕429, ㉗429）
～の注釈…③554, ④6-9, 735, 736, 740, ⑤37, 248, 306, 309, 319, ㉑112, ㉓441, ㉔306, ㉕173, 190, 193, 222, 362
注釈者…④736, ⑤18, 161, 309, ㉓547
注釈の集大成…㉕220
～のテクスト…④15, ⑤133
鄭玄による融合…㉕229
～の読者…①239, ②476, ④4, 645, ⑤137, 140, ⑯584, ㉕173
胡適…⑯353, 354, ⑱395, 415　曹丕…⑦78　ホーチミン…⑤206, 207　毛沢東…⑤140, 141, 206
愛読の歴史…②107, ㉑162（児童教育の教本…①319, ④5, ⑦47, ⑭296, 297, ⑳120　農民の教養…②457, ⑤136, 137　読み方…⑤291, 306, 308, 314）
東アジアへの普及…①248, ④6, ⑤138, 139, ㉑147
～の文学性…⑤103, 206, 291
～の文章…②92, 93, ③518, 520, ⑤134, 138, 158, ㉑180, ㉗35
エロスとの無縁…⑲46
対偶句法…②101, ③492, 493, 495, 496（対句的修辞…②99-101, ⑱92）
同一文の重出…⑤244, ⑱531
文章美・名文性…①274, ②107, 493, ③12, 520, 540, ⑤314, ㉑25, 162, ㉗274, 429
文体…①267, ②32, 73, 74, ④6, ⑤102, 126（現代中国人の距離感…①267, 268　口語的表現…⑤102, ⑭11　口語との乖離…①59, ②73, 92, 447, ㉗6　四六文との距離…②32　二字の成語…②215, 216　日本の古文との比較…①268, 269, ②72　四字句…②33, 34, 94, 101, 102, ⑦512, 513　読みやすさ…⑤134, 138　論理的文体…①267）
リズム①274, ②94-99, 101, 102, ③520, ④736-738, 739, ⑤126
～の編集…⑤102, 114, 205, 218, ㉗273
孔子自身による論定（荻生徂徠説）…㉑180
孔子没後の編集…④4, ⑤5, 101, 102, 201, ⑲45, ㉑180
最後の章…⑤12, 128, 140, 280　最初の章…㉔306
整理と定着…④4　筆録者・編集者…③12, ⑤131, ⑥172, ㉑182, ㉓93, 97, 98, ㉗189
編集過程…①265, 266　編集者の意図…㉓306（長沮桀溺との説話への意図…⑤205　篇名のつけ方…⑤12, 187, 188, 219）
編集のころの漢字音…㉓95
～の封建性…⑤167, 215
～の翻訳…④736, ⑤175, 296, ⑱399
～の身近な性質…⑤292, 293
～の矛盾…⑤309
～の Universal なもの…⑰487
～への誤解…⑤167, 298, 299（冤罪…⑤168, 169）
「論語」（注釈）
中国…④9, 736, ⑤296, ㉓441　三国・魏…④7
日本…④9, 736, ⑤297, ㉓98, 99
旧注…④739, ⑤277
古注…㉕206
王粛…④7　何晏→「論語集解」　何休…⑥369　漢儒…④7, 736, ㉓100, 101　孔安国…④7, ㉑231, ㉓100-102, ㉗71　周生烈…④7　周某…④7, ㉓100　鄭玄→「論語注」　陳群…④7　馬融

…④7, ⑥40, ⑰555, ㉒77, ㉓100　包咸→その項
箋　竹添井井…⑰351
疏　皇侃→「論語義疏」　邢昺→「論語疏」
注　伊藤仁斎→「論語古義」　宇野哲人…⑤297
荻生徂徠→「論語徴」　貝塚茂樹…⑤297, ㉓561
朱子→「論語集注」　武内義雄…④737, ⑤297, ㉗276　張九成…㉒104, 112　安井息軒…⑳218
吉川幸次郎→本全集第四巻
点　後藤芝山・佐藤一斎・林道春・山崎闇斎…④12
「論語」（テクスト）
皇侃義疏本…⑰589　大谷探検隊本…㉕227　何晏集解本…⑰589　河間七篇本…㉗274, 275　漢石経…㉗277　熹平石経…⑤328　北野学宮本・北野宮寺学堂版古写本…④12, ㉑175, 182　汲古閣影写正平版…④14, ㉖503　京都大学人文科学研究所蔵本熹平石経残石拓本…⑤328　清原家古写本…㉗260
古論本…㉕229　正平版…④14, 15, ㉕65　鄭玄本…㉕229（敦煌本…④643）　菅原道真自筆本…⑤135　斉魯二篇本…㉗274　斉論本…㉕229, ㉗274
津藩刊本…⑤326　日本写本…⑤326, ㉗270　北京図書館所蔵版本…㉕430　魯論本…㉕229
「論語」（篇名）
為政…②102, ③34, 492, 495, ④13, 14, ⑤12, 25, 149, 150, 187, 188, 191, 220, ㉑179, 229, ㉓334, 378, 453, 593, ㉕226
衛霊公…①585, ⑤168, 237, 244, 250, 266, 267, 269, ⑰85, ㉑177, 178, 182, 193, ㉓63, 335, 390, 392, ㉔316, ㉕357, 360, ㉗208
学而…②33, ④737, ⑤11, 12, 102, 125, 126, 187, 188, 214, 220, 235, 247, 267, 268, 292, ⑱400, ⑳427, ㉑108, 171, ㉓51, 84, 95, 285, 393, 593, ㉕207, 358, ㉗71, 259, 273, 275, 276
顔淵…④643, ⑤159, 189, 190, 226, 266, 274, ⑱355, 531, ㉓90
季氏…③35, ④13, ⑤25, 158, 245, 275, ㉑181, 182, ㉓110
郷党…④13, 643, ⑤25, 126, 217-220, 223, 224, ㉑229, ㉒379, ㉓84, 102, ㉕226, ㉗273
堯曰…⑤280, ㉓76, 84, ㉗273, 277
憲問…①157, ⑤108, 126, 200, 251, 253, 257, 258, 269, ㉑177, ㉓386, 388, 392, 393, 467, 550, ㉗258
公冶長…①157, 584, ⑤107, 108, 143, 209, 231, 326, ⑥233, ⑦520, ㉑173, 229, 230, ㉓341, 354, 389, 472, ㉕223, 226, ㉗259
子罕…①585, ③34, 484, ④644, ⑤21, 154, 209, 236, 239, 244, 246, 254, 255, ㉑174, 178, ㉓71, 93, 101, 102, ㉕166, 172, 206, 208, 215, 219, 220, 226, 227, 230, 231, 239, 248, 358, 379, ㉗48, 259, 275
子張…㉑179, ㉓334, 383, 453, ㉕358
子路…②230, ③34, ⑤106, ㉑189, 194, ㉕26, ㉗97
述而…②521, ③34, 496, ④12, 643, ⑤155, 197, 208, 231, 265, 281, 327, 328, ⑥233, 277, ⑯235, ⑰136, 139, 140, ⑱544, ⑳9, ㉑174, 176, 180, 229, ㉓44, 50, 64, 83, 97, 102, 105, 107, ㉕226, ㉗275
先進…②101, ④13, 642, ⑤25, 113, 250, 278, ⑳427, ㉑176, 182, 183, ㉓74, 84, 97, 347, 463, 475, ㉕178, ㉗259, 273, 275
泰伯…①157, ②101, ③34, 35, 557, ⑤156, ⑰141, ⑳8, ㉔230, 316, ㉕226
八佾…①157, 593, ③35, 492, 495, ④13, ⑤25, 141, 156, 247, 252, ㉑172, 229, ㉓393, ㉕226, ㉗272
微子…⑤160, 201, 205, 206, 235, ⑦393, ㉓47, ㉔317
陽貨…①587, ③34, ⑤177, 179, 181, 185, 232, 233, 247, 252, ⑦521, ⑩466, 468, ⑰85, ⑳359, ㉑189, ㉓58, 390, ㉗261
雍也…⑤112, 242, 269, 274, 283, ⑦521, ⑩466, ⑱531, ⑳8, ㉓58, 74, 77, 97, 389, ㉕361
里仁…①585, ⑤266, 268, 328, ⑰138, ㉑173, 231, ㉓354, 376, 456, 472, 482, ㉕226, ㉗259
「論語緯撰考」…⑤116, 119
「論語解」（王安石）…㉕234, 239, 240
「論語解」（蘇軾）…㉒108, ㉕240
「論語義疏」…②324, ④7, 9, 642, ⑤248, ⑰590, ⑳12, ㉕191, ㉗97, 272
〜における外教・内教…⑬552
〜の引用　鄭玄注…㉗97　六朝人の説…㉕192
〜「八佾」改竄・清朝宮廷…⑤249, ㉕192, ㉗272
「論語義疏」（テクスト）
足利学校蔵写本…④7, ⑰358, 589, ㉕191, 283, ㉗97, 271　旧鈔本…⑰272　武内義雄校定本…㉗271
清宮覆刻本（殿本）…④7, ⑤248, 249, ㉕192, 283, ㉗97, 271, 272　根本遜志本…②590, ④7, ⑤248, ⑰57, 358, ㉓329, ㉕191, 193, 233, 283, ㉗97, 271, 272
鮑氏知不足斎覆刻本…④7, ㉕192, ㉗271
「論語義疏」（篇名・項目）
子罕・子在川上曰章…㉕192, 193, 231, 232　八佾・夷狄之有君章…⑤248, 249, ㉕192, ㉗272　陽貨・唯上知与下愚不移章…⑦521　雍也・中人以上可以語上也章…⑦521
「論語研究の方法について」…㉓605, 607, ㉗258, 260
「論語古義」…④9, 10, 642, 643, ⑤96, 161, 215-217, 297, 327, ⑰34, 119, 124, 194, 210, 627, 628, ⑳10, 329, ㉓31, 32, 465, 515, 542, 552, 557, ㉕366
〜と荻生徂徠…④11, ⑤216, ⑰42, 49, 139, 141, ㉑175, ㉓42
〜と戴震の説…㉓535
〜と「万葉代匠記」…㉕15, 171, 175, 249
〜と「論語徴集覧」…⑰135
〜と「論語」の積極面の強調…⑤105, 325
〜における古代語研究…⑰47
〜の隠遁否定…㉓47
〜の朱子学批判…⑤300, 301, ⑰623, ㉓535, 570
〜の出版・写本の流伝…㉕249
〜の初稿…⑰125, 126
〜の聖人無謬説の否定…⑰136, 137, 139, ㉓44

～の論理的明晰…㉑112
「論語古義」（篇名・項目）
衛霊公・有教無類章…㉑193　学而・学而時習之章…⑳12　顔淵・克己復礼…㉓90　季氏・天下有道章…㉓110　綱領…㉓80, 84　子罕・吾従衆…㉓71　子在川上章…②353, ㉕175, 215, 249　子欲居九夷章…㉑175, ㉓450　鳳鳥不至章…㉓99　述而・我非生而知之者章…㉓64　子釣而不綱章…㉓50, 51　陳司敗章…⑰136, 137, ㉓44, 83　序…㉓322　叙由…㉓85　先進・子哭之慟…㉓74　泰伯・民可使由之章…⑳425　微子・斉景公待孔子曰章…⑤87, 161　陽貨・唯上知与下愚不移…㉓59　雍也・中人以上可以語上也…㉓58　中庸之為徳也章…㉓77　不遷怒…㉓74
「論語古訓」…㉕194, 203, 204, 206-208, 214（自序…㉕203, 204, 206）
「論語古訓外伝」…㉕194, 203-209, 214（自跋…㉕203-205）
「論語」索引…④643, 740
「論語集解」…④7, 8, 12, ⑤296, 297, ⑰16, 135, 137, 590, ㉑177, ㉓100, ㉕190, 225, 226, 340, ㉗65, 72, 259
～と「経典釈文」…㉑231
～と日本…④7（荻生徂徠…㉗71, 72）
～の再検討（清）…④9
～の再注釈…④7, 9, ㉕191, 231
「論語集解」（テクスト）
足利学校所蔵本…⑰589　汲古閣本…④14, 15, ㉖503　京都大学文学部所蔵本…④15, ㉖503　正平版…④14, 15, ㉖502（総字数の標記…㉕65）　銭遵王蔵本…④15　流布本…㉓102
「論語集解」（篇名・項目）
学而・三年無改於父之道…㉗71　憲問・作者七人矣章…㉓386　子罕・子在川上章…㉕191, 230-232　鳳鳥不至章…㉓100-102　序…㉕229
「論語集注」…②353, 452, ③484, ④8, 10, 12, 642-644, ⑤97, 128, 215, 297, 298, 307, ⑬564, ⑰49, 135, 137, ㉒98, 104, ㉓98, 316, 386, ㉕169, 170, 173, 175, 176, 178, 204, 233, 248, 250（手写原稿…④643）
「論語正義」（邢昺）…④7, 8, ㉔306, ㉕191, 193, 231（宋版…⑳297）→「邢疏」「論語疏」
「論語正義」（劉宝楠）…④8, 11, 642, ⑯576, ㉓481, ㉕220, 231
「論語疏」…④8, ㉓98, ㉗72→「邢疏」「論語正義」
「論語叢説」…㉓481, ㉗429
「論語注」鄭玄…④7, 11, 643, ⑤296, 297, ⑰16, 266, 279, 286, ㉑229, 231, ㉓100-102, 604, ㉕26, 193, 225, 226, 229, 231, 233, 336
～の唐初における権威…㉕227
「論語注」（テクスト）
アスタナ墓地出土唐写本…㉕226　原本…④11, ㉕227, ㉗97　敦煌本…④643, ⑤296, ⑰266, 279, 286, ㉑229, ㉓101, 102, 604, ㉕226, 227, 231, 232　平凡社復刻本…㉕227
「論語注」（篇名・項目）…㉓101, 102
為政・郷党…㉕226　公冶長…㉑230, 231, ㉕226　子罕…㉓102, ㉕193, 226, 227, 228, 230, 232, 233　子路…㉕26, ㉗97　述而…⑯235, ㉕226　泰伯…㉕226　八佾…㉑229, 230, ㉕226　里仁…㉕226
「論語注疏」…㉗65→「論語正義」（邢昺）
「論語徴」…④10, 642, ⑤297, 306, 325, 327, ⑰49, 135, 210, 627, 628, ⑳10, 329, ㉑171, ㉓290, 335, 350, 376, 392, 465, 535, 542, 555, 557, ㉕366, ㉗55, 166
～と伊藤仁斎への反発…④11, ⑤216, 217, ⑰42, 49, 139-141
宇宙第一之書への反発…㉓463, ㉗172　鬼神非実在説反駁…⑰140, 628　古文辞を知らず…㉓375　不識古言…㉓42, 551　欲居九夷解釈への反論…㉓450
～との関わり　金谷治…⑤327　契沖「代匠記」逝者如斯夫の解…㉕171, 173, 175, 176, 193, 210, 214　古注疏…㉗71, 72　太宰春台…㉕204, 206（子罕言利与命与仁…㉕206, 207　逝者如斯夫…㉕208, 210, 214）　中国の学者…④11, 643, ⑤214, 217, ㉑110, ㉓88, 481　中井竹山の「非徴」…㉓468　仏典…㉓453-457　明治の学者…⑰628-629
～と「古事記伝」…㉓552
～と個別的言語尊重…⑰194
～と「論語弁書」…㉓316
～における古言と古義…④11, ⑤302, ㉓381
古代語の習慣を徴証とする解釈…⑤215, ㉓474
～における語句・事項注釈　悪罵の言…㉓472　敬鬼神…㉓452　敬天…㉓380, 393, 399, 417, 451, 467, ㉗154　吾已矣乎…㉓99　祭神如神在…㉑230　作者七人…㉓467, 468　事鬼…㉓452　逝…②353　聖人と凡人…⑰139, ㉓307, 342, 397, 547　適莫…㉓456, 457　不亦～乎…⑳13　不念旧悪…㉓341　有教無類…㉑194
～における思索　新しい読み方…⑤306, 309　寛容主義…⑰628　こはくるしき解釈批判…㉓354, 550　孔子の礼楽制作の志…㉓390, 476　朱子・宋儒の学批判…④11, ⑤214, 300, 302, ⑰49, 136, ⑳329, ㉓535, ㉗71　信頼の哲学…㉓453, 454　説得への懐疑…㉓334　中国の封建崩壊後の学問批判…㉓377　「論語」の積極面の強調…⑤105, 325
～の漢文…⑰624, ㉑109, 110, ㉗123
～の逐語的注釈に託す主張…⑳10, ㉓381, 515
「論語徴」（篇名・項目）
衛霊公…㉓390　学而…㉓393, ㉗71　堯曰…㉓347, 483　憲問…㉓348, 389, 393, 550　公冶長…㉓341, 389, 472　子罕…㉓417, 450, 463　子張…㉓453, 454　子路…㉓347, 349　自序…④11, ⑤302, ㉓377, 381, 441, 474　先進…㉓391　泰伯…㉓342

八佾…㉓393　陽貨…㉓390　雍也…㉓389　里仁…㉓457, 472, 482
「論語之研究」（武内義雄）…④4, ㉗258, 267, 272-274, 276, 277
はしがき…㉗267, 273, 274　「論語の原典批判」…㉗273　「論語の原典批判・結論」…㉗274
「論語批注」（北京大学哲学系工農兵学員）…㉗429
「論語弁書」樋口秩山刊本…㉓316
「論語孟子研究」（狩野直喜）…㉗245, 257, 267
孟子研究…㉗257
序論…㉗257　「政治論」…㉗261　「孟子の伝」…㉗258, 259　「孟子の倫理思想・性善論」…㉗260
論語研究…㉗257, 267
序論・「論語作者について」「論語と六経との関係」…㉗258　「論語に見えたる孔子の事蹟」…㉗258, 261　「論語の受授と注解書」…㉗258　「論語本文の解釈に就きて」…㉗259
「論衡」…②482, ⑳234, ㉓342, ㉕380, ㉖473, 476
自記…②53　正説…㉗274　問孔…㉓100
論策→科挙の試験科目
論詩…㉓258
論証の興味…②216, 218, 220-223, 225, 228, 229
論定…㉑180
論程（人名）…⑬249
論文相与…㉒477
「論文の書き方」…㉗239
論孟…㉒112
論理…①713
論理学…①245
論理的精神…⑤321

わ

ワーズワス…⑫688, ㉗321
ワイルド（オスカー）…㉔186, 187, ㉕465
わきまへしる…㉓500
ワグナー…㉔254
わざ（術・荻生徂徠）…㉓337, 388
わざ（事・荻生徂徠）　事・言…㉓551　事・言・心…㉓549
わざ（事・本居宣長）…㉓509, ㉗194, 210
～・言…㉓509, 539, ㉗204, 234
～・言・心…㉓508-510, 516, 539, 548, 550, ㉗184, 185, 193, 204
～と物…㉗206
～と歴史家…㉗184
～の学者（平田篤胤）…㉗199
～の心…㉗206, 207, 209, 210, 222, 226
ワシントン…⑥417, ⑱105, ⑲242, 256, 275, 298, 304, 307, 316, ㉔191
～からニューオルリーンズへの急行列車…⑥409, ⑲263
～からニューヨークへの急行列車…⑥407
～におけるエズラ・パウンド…⑲257, 259, 263
～の暑さ…⑲256, 316
～の施設・機関　インターナショナル・ハウス…⑲289　近郊見物のバス…⑲289　国会図書館…⑲315, 316　国民長老教会…⑲298　フリア美術館…②515, 531, ⑦133, 139　ワシントン空港…⑲242, 246　ワシントン大学…⑲322, ⑳177
ワシントン（ジョージ）…⑥412, ⑲290, ⑳206, 207, ㉔139, 147, 148, 152
ワシントン・バス…⑥412
ワシントン・ブリッジ…⑲433
ワトソン（バートン）…⑦605, ⑫736, ⑬630-632, ⑯436, ⑰660, ⑲442, ㉒557, ㉖211
「司馬遷」…①160, ②137　訳「史記」「荘子」…①714
ワトソン博士…⑲298
ワルデンの池…⑲282
ワン・アルゴ→王二哥
ワンチャフド（王察忽都）…⑮248
王仁（わに）…⑳448, ㉗71
早稲田商業学校…㉔262
早稲田専門学校…⑰395
早稲田大学…⑰24, 403, 420, ⑳252, ㉒318, ㉔17, ㉗281
英文科…㉗283, 285　演劇博物館…㉗284
～刊行物　「漢籍国字解全書」…⑰396　「国文学研究」（雑誌）…①620　「史記国字解」…⑳212, 232, 255, ㉒344, ㉗391　「通俗二十一史」…①154, ⑰396　「東洋文学研究」（雑誌）…①633, 634　「唐宋八家文」…⑯635
～漢学科…⑰396
～支那哲学史講座…㉔271
～蔵「礼記子本疏義」…㉕343
～とコロンビア大学…⑲313, 330, 451, ㉔251
和韻…⑬44, ㉓248-250
和・応・節…㉓315, 316
和歌…②8, 494, 568, ㉔13, ㉕45, 121, ㉖114, ㉗245
～の家元の一子相伝…⑳193
～の漢詩への優越（排芦小船）…㉗230
～の文学…⑮367, 368, ⑰113
「和歌の浦」…㉓430, ㉗143, 144, 148, 222, 226
和歌・俳句…①87, ②449, ⑮371, ⑲86
～人口…㉕301, ㉗368
和歌山高等商業学校…⑯563
和歌山藩藩医の下働き…⑳236
和漢古今に卓絶する「源氏物語」…㉗208, 228
和漢混淆体…⑱465
和漢双方の碩学（本居宣長）…㉗233
和学への移行…㉗125
和漢の文学引用による「万葉」解説・契沖…㉕179
「和漢朗詠集」…①32, ⑪315, ㉓28
和熹鄧皇后（後漢）…㉑89

和凝…⑬234, 597
和訓批判（荻生徂徠）…㉓303, 304, 330, 353
和峴…⑬252
「和刻漢籍随筆集」…㉕239
和刻本…㉕261, 280, 281, ㉗26
～出版と足利時代…⑰31, 607
五山版…⑰348, 600-602, 607-609, ㉑133（「左伝」杜預注…⑰601　「中州集」…⑮383, ⑳452　「杜詩千家注」…㉕493　「毛詩」経注本…⑩460　兪良甫復刻本…⑰31, 607）
～出版と江戸時代…⑰25, 607, 608, ㉒433, 470, ㉓564, 572, 574, 575, ㉔312, ㉕280
家康の活字出版…⑰26, 28, 608　宇都宮遯庵訓点本…㉓311, 574　鵜飼石斎訓点本…⑰31, ㉒48, 50, 51, ㉓574　荻生徂徠訓点本…⑰608, ㉓572, 574, 576　官版…⑰26, 608, ㉓564, 574, 575, ㉕280, 281　元禄以後の営利出版…⑰26　志村楨幹訓点本…㉓572, 574　立野春節訓点本…㉓574　勅版…⑰26, 608　藩校の出版…⑰26, 608, ㉓564, 572, 574, ㉕281　堀正脩訓点本…㉓574　町版…㉓564, 574, ㉕281　山脇重顕訓点本…㉓575
訓点付き…⑰31, 608, ㉓311, 574, 575, ㉕281
分野の多様…⑰26, 608
和刻本漢籍　「漢書」…⑰608, ⑱518　「韓非子」…㉕280　「儀礼」…㉓576　「金詩選」…⑮383　「群書治要」…⑰26, 608　「古文孝経孔氏伝」…②590, ⑤165, ⑥244, ⑰467, ⑱471, ㉓329, ㉕283　「呉子」…㉕280　「孔子家語」…⑰26　「孝経」…⑰26, 608　「困学紀聞」…㉓576　「薩天錫妙選稿」…⑮457　「史記」…⑰608　「周礼」…㉓576　「舜水朱氏談綺」…⑰32　「荀子」…㉕280, ㉗28　「笑林広記」…⑰26, 608　「貞観政要」…⑰26　「心史」…⑮421　「晋書」…㉓572, 574　「水滸伝」…⑰26, 608, ㉕281, ㉖377　「世説新語」…⑦463, 478　正史…⑥26, 608, ㉓572, 576, ㉕280　楚辞…⑰26, 608, ㉕280　「宋書」…⑰608, ㉓572　「荘子」…⑰608, ㉕280　「孫子」…㉕280　「中州集」…⑮561　「長恨歌」…⑰26, 608　「陳書」…㉓572　「杜少陵先生詩分類集注」…㉒48, 50, 51, ㉕504　「唐才子伝」…⑮457　「唐詩正声」…⑮475　「唐詩品彙」…⑮475, 561　「唐書」…㉓574　「童蒙訓」…⑬313　「南斉書」…㉓572　「肉蒲団」…⑰26　「白氏文集」…㉓575, 576　「板橋雑記」…⑰26, 608　「武経七書」…⑰26　「武備志」…㉓576　「分類補註李太白詩」…㉓575, 576　「平山堂図志」…⑰608　「文選」…⑰26, 608, ㉑250, ㉓28, 575, 576, ㉕251, 252, 280　安田安昌刊五経…㉓710, ㉗127　「李長吉歌詩」…㉓575, ㉕281　「梁書」…㉓572　「聯珠詩格」関係書…⑮427　「老子」…⑰608, ㉕280　「論語義疏」…②590, ④7, ⑤248, ⑰57, 358, ㉓329, ㉕191, 193, 233, 283, ㉗97, 271, 272　和点本「旅夜書懐」…⑫689, ㉗322
和刻本漢籍のベストセラー　「四書集注」…⑰26　「唐詩選」…⑰26, 414, ㉒5, 6, ㉓400, 479, 530, 564, 571
～出版と鎌倉時代…⑰607
柳宗元全集…㉒470, 471
～出版と南北朝時代　「中州集」…⑮383
～のつぶし屋…⑰608
～の表紙…㉔312
～の復刻…㉓575, 576
～の保護・和刻本図書館…⑰609
「和刻本漢籍分類目録」…㉕287
「和刻本経書集成」…㉓710
「和刻本慶安版六臣注文選」…㉕252
「和刻本諸子大成」…㉗28
「和刻本正史」景印本…㉓572, ㉖473
和魂漢才の説…⑰18, 19, ㉓709
和山…⑬308
和州の沸井…⑬310
和臭…㉑97
和習…①561, ②167, ⑰58, 59, 74, ⑲113, ㉑97, 98, ㉓124, ㉗153
～と江戸期の漢詩文…①561, ②167, ⑰221, ㉓311
～と「懐風藻」「文花秀麗集」…⑰73
～と日本の学者詩人の詩文　新井白石…㉓124, 127, 130　伊藤仁斎…②184, ㉓38, 468　大伴旅人…㉗10, 11, 13　荻生徂徠…㉓300, 311, 412, 468, 477　武内義雄…㉗272　長尾甲・内藤虎次郎・狩野直喜…⑰217, 221　林羅山…①561, ㉓38, 468　藤原惺窩…㉓468　頼山陽…①561, ②166
～と「六国史」…⑰468
和柔…㉗236
和珅…②439, 440, ⑲205, 206
「和声の芸術と旋律の芸術」…⑰333, 336, ㉒317, 346, ㉓614
和青銅…㉖221
和装本…㉔311, 312
和田格…⑭584
和田清（せい）…②592, ⑮574, ㉓635
和田維四郎（つなしろう）…⑩458
和田利男…⑱129
「和田博士還暦記念東洋史論叢」…①624, 625
和辻家…㉗308
和辻哲郎…②528, ⑤114, ㉒313, ㉔66, 130, 166, 259, ㉗258, 276　「古寺巡礼」…㉗306　「孔子」…㉗273, 306　「尊皇思想とその伝統」…㉗308　「ホメーロス批判」…㉗309（序言…㉗309　「和辻哲郎全集」…㉗273, 309）
和帝（後漢）・孝和帝…②218, 550, ⑦44, 47, ⑮331
和闐県（新疆）…⑫126
和と大和…㉓429

和と中（宋儒）…㉓75
和と同…⑤82
和陶詩…㉒109
和銅開珎銀銭…㉒15
和邇吉師（わにきし）…⑤133, ⑳448
和板…㉗26→和刻本
和平地区…⑫569
「和名抄」…㉓101, ㉕162, ㉗75, 93, 101
調度部・服玩具…㉕161
和様の書（書道）…㉔290
倭（日本）…②566, 589, ㉓414
倭学及第…㉓127
倭皇…①516
倭寇…②565-567, ⑮493, 522, 531, 532, 636
～と日本への関心（明）…①287, ②588, 589, ⑰466, ㉒433, ㉓246
～との戦い　王忬…⑮518　胡宗憲…⑮533　戚継光…⑮524
倭国と日本を二国とする説…②587
倭人…①287, ②584, ㉓336, 412
～の朝貢…②586
倭仁…②440
倭奴…②575, ㉓423
話劇…⑯535
話者の心理…①704, 709
話靶…⑮70
話欛…⑭428, ⑮70
話本…⑬511, 512, 526, 527, 545, ⑭15, 206-208
宋…⑬520, 527, 538, 545-547, ⑭204, 222　宋元…⑬512　南宋…⑬511, ⑭202　明…⑬513, 514, 545, 546　明以後…⑬512
～と雑劇の比較（合同文字）…⑭222-224, 257
～における語句　看官聴説…⑬538　京師老郎伝流…⑬547, ⑭202　嫦娥離月殿…⑭418, 419　神女出巫峡…⑭418, 419
～の技巧　詞…⑬531, 544, 545　真相を最後まで秘めておく技巧…⑬515, 538, 539　枕の面白さ…⑬540　留文…⑬530, 544, 545
～の健康さの原因…⑬514
～の現存量…⑬512
話本集の現存するもの…⑭201
～の作者…⑬546, 547
～の生産…⑬511
～の伝承による洗練…⑬514
～の内閣文庫所蔵本…⑬512
～の南宋末の極盛…⑬546
～の日本語訳…⑬523
～の二つの傾向（宋）…⑬520
～の翻案作品（上田秋成）…⑬512
歪剌骨…⑮92
淮…⑬324
淮安（江蘇）…②417, 420, ⑯577, ⑳297, 391, ㉒416
淮陰（江蘇）…①159, ⑥200, ⑬137, 429, ㉕76, 79, 186, 187
淮陰太守…㉕186
淮河・淮水…①446, 447, ⑪510, 539, ⑬116, 205, 206, ⑯223, ㉖132
～以北と「四書集注」…⑭112, 369
～以北の枳と以南の橘…㉕352
～以北の政権（南北朝）…①283, ㉑245
～以北の政権（金）…㉒99, 101, ㉖381
～を境とする南北対立（南北朝）…①282
～の蛟竜…㉖132
淮海…⑬211
淮海世家…⑰591
淮漠…⑭64
淮泗…㉕91
淮南…⑥79, ⑬308, ⑭168
淮南王劉安（淮王）…⑥78, 105, 174, 199, ⑦316, ⑳658, ㉔200, ㉕197
「淮南万畢術」…⑦556
淮右…⑪526
淮陽忠武王張弘範…⑭161
匯豊銀行…⑯457
若槻礼次郎…⑥245, ⑰76
若林光夫…⑳262, ㉔67
「若者よ体をきたえておけ」…②467
若山牧水…㉑130, ㉖17
事（本居宣長）…⑰179-182
鷲尾雨工「吉野朝太平記」…⑯583
鷲津毅堂…⑱322　「来青閣集」…②65
度会（わたらい）末茂「杜律評叢」→その項
度会延佳（のぶよし）…㉗57, 60, 62
渡辺昭…⑥32
渡辺温（おん）「康熙辞典考異正誤」…㉓229
渡辺一夫…⑱44
渡辺幸三…⑧17, 351, ⑨181, ⑰563, ㉑670, ㉓641
渡辺子固…㉓318
渡辺庄治「測石站舎炎上」…⑯582
渡辺はま子…⑰477
私小説…①56, 113, 163, 253, ②555, ③23, ⑱3, ⑳400
童病…㉗144
余れ不佞…㉗176
腕促蹄高…⑫128

欧語固有名詞事項索引

A

"A Classified Catalogue of Current Chinese Books"…⑯314
'A Hawaiian Reader'…㉔204
A hint of truth (真意)…⑦349
"A note on Dramatism"…①627
"A Tale of Two Cities"…㉔122-123
Academia Sinica…㉗385, 386
accelerando…㉔112
Acker (William)…⑦349
  "T'ao the Hermit, Sixty Poems by T'ao Ch'ien"…①632, ⑦342
'Acta Asiatica'…㉓557, 642
AEIOU…㉕101, 129
Alas, alas…⑪334, 335
Aldebaran…⑥67
Alekseev (V. M.)…⑰266, 279, ㉓596
all or nothing…⑯612
allen…⑲147, 148
Alster…⑲400
AMERICA WANT STEVENSON…⑲269
American Oriental Society…⑲329, ㉗386
"An Introduction to the History of Japan"…⑳276
anarogy…㉔251
ancien régime…②433
Anderson (Ronald S.)…⑲328
Ann Arbor…①624, ⑲319, 320, 328, 334
antithetic parallelism…③497, 499
Apollo…⑯319
area studies…⑰482
Arnold (Matthew)…⑫627, ⑯273, ㉗378
'Asia Major'…①623, ⑮639
Association for Asian Studies…⑲439
assonance…㉑72
Aubaundale…⑲316
Auden (W. H.)…㉔77
  outgrow our madness…㉔104
  "The Age of Anxiety"…㉔77
Authorized Version…⑱415
Axt…⑲149-151
Ayscough (Florence)…⑫690, ⑲208, ㉗323
  "Correspondence of a Friendship"…⑲209
  "Fir-flower Tablets"→その項

B

Ba Jin…①86→巴金

Baldinger (Wallace S.)…⑲321, 328
Baltimore…⑲327
basic English…㉕129
Baum…⑲148-151
Baxter (Glen William)…①606, ⑦595, ⑲319, ⑳372
  "Chinese Literature"…①605
Bazin (Antoine)…⑭375, 594
BBC…⑲405, 418
belle lettre…㉑251
Berkeley…⑦535, ⑲328, 335
Bethge (Hans)…㉔209, 216
  'Am Ufer'…㉔212
  'Der Abschied des Freundes'…㉔213
  "Der asiatische Leibes Teufel"…㉔209
  'Der Pavillon aus Porzellan' 'Der Trinker im Frühling'…㉔212
  "Die chinesische Flöte: Nachdichtungen chinesischer Lyrik"…㉔209
  'In Erwartung des Freundes'…㉔213
betrayal…⑱117, ㉕129
Biggerstaff (Knight)…⑲327
biography…①166
Bishop (John I.) "Studies in Chinese Literature"…⑳372
Bloomington…⑲320
Blue Ridge Mountain Press…①632
Bodde (Dark)…⑲327
  "Tolstoy and China"…①624
Bolingbloke…⑱105
  "Spirit of Patriotism"…⑱105 (Corruption could not spread with so much success, redused into a system, some ministers…⑱106, 107 though, if…⑱107)
Bollingen series…①623
Boodberg (Peter A.)…⑲329
"Book of Change"…㉕32, 35
Books That Live…⑲219
Boorman (H. L.) "Biographical Dictionary of Republican China"…㉒330
Boq shia Men (白下門)…⑯157
Borton (Hugh)…⑲326, 327
Boston Museum of Fine Arts…⑲328
Boyd (Andrew)…①569
Boylston Hall…⑲326, 334
Boys, be ambitious…⑰490
bright…⑱411
brinded…㉕111, 113, 122, 123

Brock…⑲318
Buddhism…⑯275
Bull Mountain…⑬633
'Bulletin of the School of Oriental and African Studies'…①623, 638
Busch (Heinrich) "The Tung-ling Shu-yüan and Its Political and Philosophical Significance"…⑯20
Bussulman…⑬508
Butler Hall…⑲454
by the people…⑳127
Byron (Lord) …②63

C

Calcutta…①638
California…⑲320, 329, 335
Cambridge…③44, ⑬631, ⑲325, 334
Camel…⑲279
Campbell (Thomas) 'A soldier's Dream'…⑯410
Cannmann (Shuyler) …⑲327
Canterbury…⑱106
Capricornus…⑪77
Carmen…⑲318
Center for Japanese Studies (University of Michigan) …⑲328, 334
Chan (Wingtsit) …㉔206→陳栄捷
Chao Yuen-Ren…⑲329→趙元任
Chavannes (Edouard) …⑰266, 279, ㉓596
"Les Mémoires historiques de Se-ma Ts'ien"…①171, 178
Chen (David) …⑬631
Chen Shih-hsiang…①607, ⑲329→陳世驤
"In Search of the Beginnings of Chinese Literary Criticism"…①629
"China-Literature"…①605
Ch'en Shih-tao…⑬302→陳師道
Cheng Jên-Yüeh…㉓161→鄭任鑰
Chiang Yee…㉖504→蔣彝
Chicago…⑲320, 329, 334
Chinese Communist…⑲265
Chinese Dynastic Histories Translations…⑦535
Ch'iu Kai-Ming…⑲326→裘開明
Christianity…⑯275
Chu Hsi…⑬318→朱熹
civilization…⑳111, 132
civilized…⑲222
classical allusion…②493, ⑱124, ㉑252
classics…①269, ⑰640
Cleaves (Francis W.) …⑲326
climactic parallelism…③495, 496
climax…⑪468, 469
Collège de France…⑭594
Columbia University…⑲326, 334
Columbia University in the City of New York…⑲451
Columbia University Press…①178, ③563, ㉑12
combination (idiom) …②219
Como (コモ湖) …㉔206
comparative literature…⑰10
concordance…②222, 223
Conference on 17th Century Chinese Thought…㉔206
Conference on Traditional Chinese Literary Criticism…㉔206, ㉖450
Confucian…⑲260
Confucianism…⑯275
Confucius…⑤121
"Confucius Analects"…⑤295
Connecticut…⑲334
Conrad (Joseph) …⑱104
"Contes chinois"…⑯308, 309
Coombes (E. H.) "Literature & Criticism"…⑲67
Cornell University…⑲327, 334
Couvreur (S.) …③44
Creel (Herrlee G.) …⑲224, 319, 328
criterion…㉑251, ㉓553, ㉗357
criticism of life…⑫627
Crump (James I.) …⑲320, 328
"P'ing Huà and the Early History of the San-Kuo Chih"…①630
culture…⑳111
curiosity…①325

D

dai…⑱407
Dallas…⑲318
Dante…⑰553, ⑲71
"Inferno"…⑰553
Pia…⑲70, 71
Siena mi fe', disfecemi Maremma.…⑲70
d'Arcy (Guillard) …⑯309
das Buch…⑲199, ⑳159
Davis (A. R.) …⑬633
"The Double Ninth Festival in Chinese Poetry"…⑬632
Davis (Harold E.) "History of Latin America"…㉔220
Davis (John Francis) "An heir in his old age" "The sorrow of Han"…⑭594
Daylight…⑥407
de Bary (William T.) …⑲327, 440, ㉒557, ㉔206
Debon (Gunther) …㉔207
Degas…⑲319
Dehmel (Richard) …㉔216
d'Entre-Colles (P) "Histoire de la Dame à

l'éventail blanc"…⑯309
democracy…⑯273, ⑱394
democrazy…⑯273
Department of Chinese and Japanese (Columbia Univ) …⑲326, 334
Department of East Asia (Univ. California) …⑲335
Department of Far Eastern and Slavic Languages and Literatures (Univ. Washington) …⑲328
Department of Far Eastern Languages and Literatures (Univ. Michigan) …⑲328
Department of Far Eastern Studies (Cornell Univ) …⑲334
Department of Foreign Area Studies, China Japan (Yale Univ) …⑲334
Department of Health, Education, and Welfare…⑲471→HEW
Department of Oriental Languages and Literatures (Univ. Chicago) …⑲328, 334
Department of Oriental Literatures (Univ. Hawaii) …⑲335
Department of Oriental Studies (Univ. Pennsylvania) …⑲327, 334
destruction destructive…③562, ㉔25
Dialogue…⑱106
didactic…①607
dilettante…⑳109
dilettantisme…㉓600
diminutive…㉗103-105
'DIOGENES'…①180
disfecemi…⑲69
Division of Orientalia (Library of Congress) …⑲327, 333
Doré (Henri) "Recherches sur les Superstitions en Chine"…㉖392
Down Town…⑲319
du Halde "La tragédie chinoise"…⑯309
Dublin…⑱106
Dukedom…㉕357, 359
Dull (Paul.S) …⑲328
Dulles…⑱424

E

E. Leroux…①178
Eaden…⑱424
East Asian Institute (Columbia Univ) …⑲327
East Asiatic Library (Univ. California) …⑲329, 335
East-West Centre…㉔205
Eberhard (Wolfram) "The Girl that Became a Bird: A Comparative Study"…①629
Edwards (E) "A Classified Guide of the Thirteen Classes of Chinese Prose" "Chinese Prose Literature" "Liu Tsung-yüan and the Earliest Essays on Scenery"…①623
EEC…㉔182
Eisenhauer…⑱424
elaborate…②412, 418, 419, ㉔282
elegant…②412, 418, 419
Eliot (T.S) …⑲68, ⑳41, ㉕146
"Selected Essays"…⑰553 (French poetry…⑰553) "The use of poetry and use of criticism"…⑳25 (What is the poetry for?…⑳25)
Elisséeff (Serge) …⑲217, 326, 329
elite…①293
Empson (William) …⑲320
'Language and Criticism'…⑲264-265 "Seven Types of Ambiguity"…㉖112 "Wit in the Essay on Criticism"…①627
en in・eng ing…㉖381
"Encyclopedia Americana"…①605
"Encyclopedia Britanica"…①605
England…⑱106
English sunshine…⑲404
enjambement…⑫689, ㉗322
erigeron acris…⑫504
Ethical and Religious Classics of East and West…①623
etymology…②216
Eugene…⑲321, 328, 335
Eukratides…⑥128
Europe…㉔182
European sense…⑯275
"Evolution and Ethics"…⑯386
ewig…㉔214
exoticism…⑪442
expectancy…⑬199, ⑱117, ㉕129
extreme…⑫692, ㉗325

F

Fairbank (John.K) …⑲326, ㉕129
Fang (Achilles) …⑲326→方志彤
"Rhymeprose on Literature"…①628 "The Chronicle of the Three Kingdoms"…①628
Fang Guan-cheng…⑯208→方観承
Far Eastern and Russian Institute (Univ Washington) …⑲328, 334
Far Eastern Association…⑲329, ㉗386
'Far Eastern Quarterly'…⑪472, ⑱104, ⑲329, ㉗431
Faure…⑱424
Fenollosa (Ernest Francisco) …㉔5
fiction…②205, 411, 412
fictitious…㉑21
"Fir-flower Tablets"…①4, 292, ⑲208, 209

'A Parting Gift to Wang Lun'…⑪110 (Peach-Flower Pool…⑪110)
'A Statement of Resolutions after Being Drunk on a Spring Day'…⑪106
'On the Subject of old Tai's wine-shop'…⑪108 (Eternal Darkness, Great Spring wine…⑪109 Yellow Spring…⑪108)
'The Pleasures within the Palace'…⑪114
Fletcher (John G.) …⑫690, ⑱14, ⑲209, ㉗323
"The Orient and contemporary poetry"…⑰489
focus impression…②58
for the people…⑳127
Foreign Area Studies, China, Japan, Russia, Southeast Asia (Yale Univ) …⑲326
forest…⑲20, 24, 25
forest savage…⑲19
four tones…②27, ⑮172, ⑳76, 87
Francis (John de) …⑲327
Franke (Helbert) …㉔207, ㉖450
"Could Mongol Emperors Read and Write Chinese ?"…⑮639
Frankel (Hans S) …⑲329, ㉑20
freedom…⑦349
Freer Gallery…⑲328
French Quarter…⑲318
"From the Chinese"…⑱9

G

geil…⑲149
geistig…③543
Gentzler (Mason) …㉔208
George Allen & Unwin…①623
Gest Oriental Library (Princeton Univ) …⑲327, 334
Ghéquier (O. Kaltenmark) "La Littĕrature Chinois"…①623
Giles (H. A.) … ①605, 606, 610, 623, ⑪49, ⑰393, ㉑74, ㉓596
"Chinese Literature"…⑪50, 156, ㉓590-591
Gipfeln…⑲119, 120
Goethe…②209
'Auf dem See'…㉗331 (Die Welle wieget unsern Kahn…㉔38)
'Wandrers Nachtlied'…⑲117 (Über allen Gipfeln…⑲117, 120, 121, 147)
Golden House…⑪114
good English…⑲272
Goodrich (Carrington) …⑲313, 327
Goodrich (Chauncey S.) "Bibliography of Su Ch'o"…⑦535
gossamer…⑬68, ⑮525
Granĕt "La Pensĕe Chinoise"…⑰362
Greater China…⑲228
Greenwood…⑲286, 287
Griffis (William Elliott) …①605, 606
Grimm (Tilemann) …㉔206
Grube (Wilh.) …⑰393
"Geschichte der chinesischen Literatur"…⑰416, ㉓591
guang…㉗192

H

Hagerty…⑰132
Hall (John W.) …⑲328
Hamburg…⑳393
Han Iu…⑪429→韓愈
Harvard Journal of Asiatic Studies'…①623, 628, 629, 632, 638, ⑦596, ⑲326, ⑳372, ㉖509
Harvard University…①623, ⑱104, ⑲67, 219, 325, 327, 329, 334
～Press…①629, 632, ⑬630, 631
Harvard-Yenching Institute…⑲325, 334
～Monograph Series…①629, ⑬631
～Sinological Index Series…②222
～Studies…①623, 628, 629, 632, ⑳372
Hawaii…⑲335
Hearn (Lafcadio) …⑲318
Hele au la.…㉔203
Heliocles…⑥93
Henderson (Harold Gould) …⑲326
HEW…⑲471
hi-la-ha-la…⑱407
Hibbett (Howard) …⑲329
Hightower (James) …⑲316
Hightower (James. R) … ①632, 638, ⑪472, ⑰132, ⑱104, ⑲67, 316, 326, ㉖450, ㉗431
"Han Shih Wai Chuan—Han Ying's Illustrations of the Didactic Application of the Classic of Songs"…①629
"Topics in Chinese Literature—Outlines and Bibliographies"…①623
Hightower (Josie) …⑲316
Hightower (Summy) …⑲316
Hirth…⑬508
"Histoire Comique"…⑯308
"History of Chinese Society Liao"…㉗387
History of Ideas…①624
Hoffmann (Alfred) "Die Lieder des Li Yü" "Frühlingsblüten und Herbstmond"…①638
Holzman (Donald) …⑲320, 328, ㉔208
honest…⑲221
Honolulu…⑲329, 335
Hoover Library…⑲329, 335
Hotel on the Cay…㉔207, ㉖450
Hovenia dulcis…⑥80
however…⑤304

Hsia（C. T.）…㉖416→夏志清
"The Classic Chinese Novel"…㉖416
Huang tsong Chjuq（黄驄曲）…⑯158
Huff（Elizabeth）…⑲329
Hughes（E. R.）"The Art of Letters—Lu Chi's 'Wen Fu', A.D. 302 A Translation and Comparative Study"…①623, 628
"With Regard to Objectification of the Mind"…①629
Human being is bad by nature.…⑲65
humanism…㉕355, 358, ㉗370
humanity…㉗370, 371
Hummel（Arthur W.）…⑲327
"Eminent Chinese of the Ch'ing Period"…⑯140, ㉓161, 253
Hung（William）…⑲326→洪業
"Tu Fu—China's Greatest Poet"…①632
Hu Shih…①54→胡適

I

ICPHS（International Council for Philosophy and Humanistic Studies）…①176, ②160
idiom…②212-219, 221, 222
idiomatic…②215, 216
Illinois…⑲334
"Imagism and the Imagist"…⑲211
imagist…⑲209, ㉔5
in vain…⑪64
India and Far Eastern Languages and Literatures（Yale University）…⑲326
Indiana Univ.…⑲320
individuality…㉗414
Institute of Art（Univ. of Chicago）…⑲319
Institute of East Asiatic Studies（Univ. of California）…⑲329
Institute of Far Eastern Languages and Literatures（Yale Univ.）…⑲326
International Congress of Orientalists…⑲375
International Symposium on History of Eastern and Western Cultural Contacts…⑬272
invaluable…⑭433
Irwin（Richard G.）…⑲329
"Island Night's Entertainments"…㉔204
"isn't it so"…㉔308
Italian grammer…⑰553
Ithaca…⑲327, 334
iuq guan（玉関）…⑯159

J

Jansen（Marius）…⑲321, 328
'Japan Quarterly'…⑰660
Japanese…⑱108, 109
Jazz…②221
John Hopkin's（Univ.）…⑲327
John Jay Hall…⑲313
Johnson（Samuel）…③503
Jones（Daniel）…⑭480
'Journal of Asian Studies'…⑬631
'Journal of the American Oriental Society'…①630, ⑲329, ㉗73
Julien（Stanislas）…⑭594, ㉔296
"Les Deux Cousines"　"Les Deux Jeunes Filles Lettrées"…⑯309

K

Kanaka…㉔199
Kansas City…②515, ⑲319, 329
Kâsân…⑥156
Keats…⑲67
Keene…⑲318
Keesing（Fellix M.）…⑲329
Kennedy（George A.）…⑲314, 326
Khojent…⑥156
Klemperer（Otto）…㉔209
книга（kniga）…⑲199, ⑳159
knight…⑱403
Köln…①638
körperlich…③543
Kracke（Edward A.）…⑲319, 328
Krafft（Barbara）…⑳393
Kroebar（A. L.）"The Novel in Asia and Europe"…①630
Ku Hung-ming…⑯272→辜鴻銘
"The Spirit of the Chinese People"…⑯274
K'ueichang-ko hsüeh-shih-yüan（奎章閣学士院）…⑮314
Kultur…⑳111, 131
K'ung tzu…⑤121→孔子
K'ung Ying-ta…⑧3→孔穎達
Kyoto Inperial University…㉒330

L

"La Vie littéraire III—Conte chinois…⑯310
Lacoupérie…㉓596
Lady Murasaki…㉒436, ㉔8→紫式部
"The Tale of Genji"…②596, ⑱41, 44, 430, ⑲415, ㉑140, ㉒436
Lane（Richard）…⑲327
Latourette（K. S.）…①605, 606, 610
Lattimore（Owen）…⑲327
Lattimore（Owen & Elenor）…⑲219
"China, A Short History"…⑲219, 235（Border Lands…⑲223　How Dynasties Rose and Fell…⑲225　Nationalism…⑲228　Our China Policy…⑲233　Where Is China and What Does It Look Like・Who Are the Chinese…⑲221）

"The Making of Modern China"…⑲219
le livre…⑲199, ⑳159
Leavis (F. R.) …⑲68, 71
"New Bearing in English Poetry"…⑲67
"Revaluation : Tradition & Development in English poetry"…⑲67
legato…⑱100, ㉔8, 113-115, ㉗357
Legge (James) …㉑162, ㉓596, ㉕35, 357, 362
"Chinese Classics"…③44
"Confucian Analects"…㉕356
Leipzig…㉔209
Lessing (Ferdinand D.) …⑲329
"L'homme de la Robe Jaune"…⑯308
Li Chi…⑬631, 632
Li Fang Kuei…⑲328→李方桂
Li Po…⑪109, 110→李白
LI-T'ai-po…⑪106, 110, 114, 170, ㉔210→李太白
LI Tien-I…⑲326→李田意
Li yü (李漁) …⑯141
Library of Congress…⑲327, 333
Lieblichkeit…⑲146
"Light opera melodies"…⑯479
linnet…⑫688, 689, ㉗321, 322
literary criticism…⑱104, ㉗299
Literary Supplement (London Times) …⑬631
Literaten…②418, 434
literature…①235, 595, 597
Liu Yih-ling "Poems of lee Hou-chu"…①632, 638
logic…⑳96
London…①178, 623, ③563, ⑦342, ⑪328, ⑲31, ⑳276, ㉓192
'London Times'…⑬631
Long live, Chairman Mao…㉒458
Longfellow…⑲19
Los Angeles…⑦535, ⑲329, 335
Louisiana…⑲318
'Love and Larceny'…㉑67
Lovro von Matacic…㉔215
Lowell (Amy) …①4, ⑪106, 114, ⑲208
"Correspondence of a Friendship"…⑲209
"Pictures of the Floating World"…⑲212
Lu Hsün (Xùn) …①54, 79→魯迅
luft…③544
luftig…③543

M

MacArthur…⑱408
MacNair "China"…③546
Macmillan…①623
Mahler「大地の歌」…㉔216
'Das Trinklied vom Jammer der Erde'…㉔210 (Dunkell ist das Leben, ist der Tod…㉔211) 'Der Abschied'…㉔213 'Der Einsame im Herbst'…㉔211 'Der Trunkene im Frühling'…㉔212 'Von der Jugend' 'Von der Schönheit'…㉔212
Maki (John M.)…⑲328
mal du siècle…㉔241
Man and the Concept of History in the East…①177
Manfred…②63
"Mao Tsêtung, Nineteen Poems with notes and an appreciation"…①568
Maremma…⑲69
Margoulliès (G.) "Anthologie raisonnée de la littérature chinoise" "Histoire de la Littérature Chinoise—proseartistique"…①623
Martin (Helmut) …㉔207
Martinelli (Sheri) …⑲472
Massachusetts…③44, ⑬631, ⑲334
McKinnon (Richard N.) …⑲321, 328
meaningless particle…②122, 176, ㉕19, 264
Medicine…㉗371
meeting of East and West…㉔205
Memorial day…⑲315
metaphor…⑱12, 27
metaphysics…㉕35
Metropolitan Museum of Art…⑲328
mew'd…㉕111, 113
Michael (Franz) …⑲321, 328
Michigan…⑲319, 334
Mickle…⑲309
Mien…㉕359, 360→冕
Miller (Roy Andrew) "Some Japanese Influences on Chinese Classical Scholarship of the Ch'ing Period"…㉗73
minor poet…⑰253, ⑳44, 369
Miscellanea Kiotiensia…㉔48
M. I. T.…⑲277
modern languages…㉕361
Monet…⑲319
Mong-Hao-Jen…㉔213→孟浩然
mong long (朦朧) …⑪197
monosyllabic…②209, 214, ㉔92, ㉕38
Monumenta Serica…⑯20
Morison (Robert) …⑲229
morning twilight (平明) …⑪215
Morrill Hall (Cornell Univ.) …⑲334
Moulton (R. G.) "The Literary Study of the Bible"…③503
Murry…⑱117
Museum of Oriental Art (Univ. Oregon) …⑲328, 334
Muslim, Mussulman…⑬508
myriad minded…⑳110, 225, ㉒6, ㉕171

N

Nelson Gallery…⑲319
neo Confucian…⑫309
neo Confucianism…②486
'n'est-ce pas'…㉔308
New Criticism…①615, 623, ⑪472, 473, ⑯134, ⑱104, ㉗431
New deal（新法・王安石）…⑳454
New Haven…⑲326, 334, ㉗386
New Orleans…⑲317, 318
New York…①178, 623, ②137, 587, ③563, ⑦342, ⑲219, 326, 328, 334, ㉖416
Newton…⑲315
Niagara…⑲316
nice boy…㉕54
Nonconformist…⑲229
Norton…⑲219
nothing but…⑲198
novel…①181
Nyrop「歴史文典」…⑭501
bête, bête, bête, farces, farces, farces（Maupassant）, grand et grand（Malherbe）…⑭502　Joli, Joli, Joli（H. Monnier）, pâle, pâle（Pierre Loti）…⑭501　tristes, tristes, tristes（Maupassant）…⑭502

O

obsolete…②499
occasional poems…⑫687, ㉑20, ㉓324, ㉗320
occidental…⑰254, 255
OED…㉕111, 113
Oesterley…⑲31
Oklahoma…⑲319
Old English literature…㉔77
"On Liberty"…⑯387
one word…②209
onomatopoeia…②214, 216
Oregon…⑲335
Orient Longman Ltd.…①632
Oriental Humanities…⑲440
Ottomeir…⑯420
Ox Mountain…⑬632
Oxford…㉕356

P

PAA…⑯435
'Pacific Affairs'…⑬631
Palisade…⑲453
Palo Alto…⑲329, 335
Pantheon Books…①623
parallelism…③503
Paris…①178, 623
Pauthier（M. Guillaume）…⑯309
Payot…①623
peasants…⑲225
Pecon…⑲318
Pelican Book…⑲67
Pelliot（Paul）…⑤296, ⑪21, ⑰266, 278, 279, ㉓596, 604
Philadelphia…⑲327, 334
philologie…㉗309
philologue…⑰362, ㉓597
philology…⑮530
philosophe…⑰362
philosophical…⑲222
philosophie…㉗309
philosophy…①235, ⑮530
plausible…⑯437, ㉗339
Pleiades…⑥67
POD…㉔112, 113
poetry for poetry's sake…⑪229
Pollard（David）…㉔208
polysyllabic…㉕38
Popper（William）…①629
pose…⑯498, 499
Pound（Ezra）…③44, ⑲67, 72, 259, 263, 317, 471, ㉑162, ㉔5
"Cathay"…⑪117, ⑲68, 212, 257, 261　"Confucius—The Great Digest and Unwobbling Pivot"…①632　"Selected Poems"…⑲68　'Siena mi fe', disfecemi Maremma'…⑲69-71　"The Classic Anthology Defined by Confucius"…③44　'The Jewel Stairs' Grievance'…⑪117　'The River-Merchant's Wife: A Letter'…⑪123, ⑲261（Cho-fu-Sa…⑪125　Chokan…⑪123　Ku-to-yen, West garden…⑪124）
practice of humanity…㉗371
Prémare（R. P. de）…①45
"Tchao chi cou ell, ou le petit orphelin de la maison de Tchao, Tragédie chinoise"…⑭594
Princeton…⑲334
Princeton University…⑲327, 334
Princeton University Press…①624
provincial…⑰254, 483
"Psalm"…⑲31
Purple Hall…⑪114
Pyrus serotina Rehder var. culte Rehder…㉖386

Q

"Qu'est-ce que la littérature?"…⑳24
que sais-je?…①623

R

raffiné…⑳281, ㉓594, 600
Rahder（Johannes）…⑲326

Read (Herbert) …⑱104-106, 117, ⑳41
"English Prose Style"…⑱103, ㉕139 (The Sentence…㉕139)
RECIPROCITY…㉕357
Reifler (Erwin) …⑲321
Reischauer (Edwin O) …⑲219, 326
"Ennin's Diary"…②587
religion of humanity…㉗370
religious…③503
Rémusat (Abel) …⑯309
Renoir…⑲319
rhetoric…⑳96
rhyme…㉔88
rhyme table…㉔80
rhythm … ②214-218, ⑰550, 552, ⑱104, 105, 114, 115, 117, ㉕139
Richards (I. A.) …①623, ⑱117
"Principles of Literary Criticism"…㉕129
Ricket (W. Allyn) …㉔206, 208, ㉖450
Ricket (Adele) …㉔208
Ridgeway…⑱408
Robinson (T.) …⑲31
Rockefeller…③504, ⑲327
romance…①181
romantic…⑪442, ⑫372
romantique…㉓600
rough…⑰249
Rowe (David N.) …⑲326
Rowe Memorial Hall…⑲313

S

Sagittarius…⑪77
Saintsbury…⑱117
San Francisco…⑲328, 329
sandalwood…㉔199
Sansom (George) …⑲214, 327
Santa Fe…⑲319
Santayana (George) …⑱104
"The Sence of Beauty"…㉕139
savage…⑲19, 20, 22, 24
SAUL…㉗315
scarecrow…⑯409
Schafer (Edward H.) …①629
"Iranian Merchants in T'ang Dynasty Tales"…①630
scholar-gentleman…⑲225
scholar-gentry…⑲225, 226, 229, 230
Schultz (William) …⑥432
schweigen…⑲119
science…⑱394
seafarer…㉔77
Seattle…⑲320, 321, 328, 334
seele…③545
seelisch…③543
selva…⑲19, 20, 22, 24, 25
selvaggia…⑲19
semi-Chinese…⑯651
"Semitic and Oriental Studies—University of California Publication in Semitic Philology"…①629
Shakespeare…②209, ㉔110
"Romeo and Juliet"…㉔88 (Ethiop's ear…㉔88)
'Sonnet 24'…㉔110, 113
Shasta…⑲321
Shasta Daylight…⑥411, ⑲321
Shen Chou…⑮613→沈周
shen ma…⑦499, 508
Shen Yin-mo…㉒330→沈尹黙
'Shengxo' (生活) …①402
Shih (Vincent) …⑲328→施友忠
Shively (Donald H.) …⑲329
Sickman (Laurence) …②515, ⑲329
Sidotti (Juan Baptista) …㉔8
Siena…⑲69
Silent Traveller (啞行者) …㉖504
silva…⑲19
simile…⑱12
Sinology…㉓596
"Six Poems of Ts'ao Tzu-Chien"…①627
so important that…⑲199
société asiatique…⑰267, 279
society…①235
society and individual…⑪334
somewhat…⑪66
sonorous…⑯275
spürest…⑲119
St. Croix…㉔207, ㉖450
St. Elizabeth (hospital) …⑲68, 263, 317
staccato…⑱100, ㉔8, 112-115, ㉗357
Stanford University…⑲329
stanza…①7
Stein (A.) …⑪21, ⑰266, 278
story…①181
straight…⑱411
Strong man…⑲230
sub-commentary…⑧501
suddenly appear & disappear…⑫601
Suhrawardy (Shahid) "Poems of lee Hou-chu" …①632, 638
Sullivan (J. W. N.) "The Limitations of Science"…⑳163
"Summa Theologiae"…⑲11, 12
"Sung is to Tea", Sung Poetry…⑬631
Swift (Jonathan) "Letter concerning the Sacramental Test" (Archbishop of Canterburry,

Archbishop of Dublin, Drogheda, Higgins）…⑱106
syllable…②209, 214
synonymous parallelism…③494, 495, 499

T

Tai Chen…⑯229→戴震
Tang Wei-I…⑲414
Taylor（Jeorge E.）…⑲328
Teel（Roy Earl）“Through a Glass Darkly—A Study of English Translations of Chinese Poetry”…①624
temptation…⑳24
terror-stricken…⑱14
Texas…⑲318
Thames and Hudson…①632
that…⑱387, 389, 396
the appointment of Heaven…㉕361
‘The Asian Medical Journal’…㉕356
The Chinese Classics…㉕356
“The decline and fall of the Roman Empire”…㉕273
“The Greeks”…⑮558
the lumber capital of the world…⑲267
The Macmillan Campany…①623, 632
The North China Branch of the Royal Asiatic Society…⑰257, 266, 278, ㉓596
“The Oxford Book of Greek Verse in Translation”…㉑227
Palladas ‘Life a Voyage’（R. A. Furness 訳）…㉑227
Theognis ‘Weep for Youth's Passing’（T. F. Higham 訳）…㉑228
“The Science Readers”…⑯391
“The Western World and Japan”…㉓523
thought…①235
“Thought as the Manipulation of Language”…①627
three dogs' wind…⑲212, ㉕100
Thrice the brinded cat～…㉕108, 110, 113, 119, 122
TIMES…⑲246
Tian Han…⑯535→田漢
to be or not to be…⑲172
tone…①126
tradition…①235
Trevelyan（R. C.）…⑱9
Tschang-Tsi…㉔211
Ts'ien（T. H.）…⑲328→銭存訓
Tsze-chang…㉕360→子張
Tsze-Kung…㉕357, 358→子貢
Tu Fu…⑫581→杜甫
Tulip…⑲286, 287

U

u ie tsuen（烏夜村）…⑯158
übermütig…⑲149
unconscious…㉑246
undramatic…⑱9
universal…⑰254, 487, 488
University of California…①629, ⑲328, 335
University of California Press…⑦535
University of Chicago…⑲328, 334
University of Hawaii…⑲329, 335
University of London…①638
University of Michigan…⑲328, 334
University of Oregon…⑲321, 328, 335
University of Pennsylvania…⑲327, 334
University of Washington…⑲321, 328, 334
University of Wisconsin Press…⑬632
University town…⑲320
Utu…⑲305

V

‘Variétés Sinologiques’…㉖392
“Venezuela through its History”…㉔220
vers libre…⑲210
Versuch einer Interpretation…㉗332
Vierheller（Ernest）…㉔206
vigorous…⑰248, 260, ㉖465, ㉗262, 263
‘Viking’…①625
Villa Serbelloni…㉔206
Virgin Islands…㉔206, ㉖450
Voltair
“L'Orphelin de la Chine”…①45, 627, ⑭594, ⑯309, ㉖367
Vomineiri（大峰入）…㉔164
vowel…③545
‘Voyelles’…㉕101→「母音」

W

Wake…⑲322
Waley（Arthur）…⑤296, ㉑162, ㉔5, 13, ㉕362
“Notes on Mencius”…①623 “170 Chinese Poems”…⑲209 “The Analects of Confucius”…④643, ㉓94 “The Life and Times of Po Chü-i”…①623, 632, ⑪328 “The Poetry and Career of Li Po”…①623 “The Real Tripitaka”…⑱32 “Yuan Mei, Eighteenth Century Chinese Poet”…㉓192（At Peking…㉓192）
Walker（Richard A.）…⑲326
Wang An-shi…㉕422→王安石
Wang Chi-chen…⑲327→王際真
Wang Lun…⑪110→汪倫
Wang Wei…㉔214→王維
Warner…⑲268

Washington…⑲68, 327, 328, 333
Washington (State) …⑲334
Watson (Burton D.) … ③562, ⑥432, ⑬631, ⑭356, 611, ⑲318, 471, ㉓558, ㉖248
 "Chinese Rhyme Prose: Poems in the Fu Form the Han and Six Dinasties period"…㉑12
 "Early Chinese Literature"…③563 "Records of the Grand Historian of China, Translated from the *Shih chi* of Ssu-ma ch'ien" (Early years of the Han Dynasty, The Age of Emperor Wu) …①178 "Ssŭ-ma Ch'ien, Grand Historian of China"…②137
Wei Hsien…㉓253→魏憲
Wellek & Warren "Theory of literature"…㉔81
Wen-lim "Studies in the Chinese Humanities"…⑬632
what…⑦500
What had (would) happened…㉑122
"What is the literature?"…⑳24
What's in your heart let no one know…⑯520
which…⑱387, 389, 396
Whitaker (K. P. K.) "Some Notes on the Authorship of the Lii Ling Su Wuu Letters I"…①638
Whitman (Walt) …⑲310
 'To You'…⑲239
Wilbur (C. Martin) …⑲327
Wilhelm (Hellmut) …⑲321, 328
William Rockhill Nelson Gallery of Fine Arts…⑲329→ Nelson Gallery
Willis (Donald S) …⑲328
Wipfeln…⑲119
wonderful…⑰521
wood…⑲20
word family…②80, 89, 116-119, 158
Wordsworth (William) 'The Prelude'…⑱27
 'The Tables Turned'…⑫688, ㉗321
Wright (Arthur F) …⑰132, ⑲329

Y

Yale University…⑲326, 334, ㉑20
Yamagiwa (Joseph K) …⑲328
Yang Hsiung…⑥254→揚雄
Yang Lien-Sheng…①632, ⑲326→楊聯陞
Yantze…⑫690, ㉖175, ㉗323→揚子江
Ying Chü…⑦176→応璩
YMCA…㉗114

Z

Zach (Erwin von) "Han Yü's Poetisch Werke" …①629
 "Tu Fu's Gedichte"…①632

自著言及索引

あ

「アメリカと漢帝国」…⑥430, ⑲336, 471, ㉑215
「アメリカの支那学」…⑲470, ⑳364
「安積澹泊」…⑦493, ⑳377
「哀王孫　哀江頭　喜達行在所」…⑫283, 732, 735
「他山石語」(あだしやまのいしのさざめごと)…⑪481, ⑱7, 74, 100, ㉑127, ㉔113, ㉕124, ㉗357
「暖かい高楼にて」…⑲50
「新しい慟哭—孔子と天—」…①106, ③521, ⑨480, ㉕367
「新しい夕陽」…⑪566
「新井白石と清人魏惟度」…㉓280
"An Introduction to Sung Poetry"…⑬631

い

「伊藤東涯」…㉓89, 230
「伊藤正文氏『曹植』跋」…⑦604
「韋編三絶」…⑳214
「倚声通論」…⑬623
「意園懐旧録」…⑯659
「意地はり大臣」…㉓138
「遺書」…㉕341
「一冊の本—本居宣長『うひ山ぶみ』—」…⑰637
「乙亥の八月，雨山先生に円山の左阿弥楼に侍飲し…」…⑰227
「乙卯訪中日録」…㉒557, ㉖471, 495
「乙酉八月十五日」…⑫730
"Ito Jinsai"…㉓557

う

「雨窓欹枕集と私」…⑯653, ⑱518

え

「エリートと文明」…㉕288
「エロスの東西」…㉒440
「江戸儒学私見」…㉓528
「得手不得手」…⑲471, ⑳399

お

「小野勝年氏訳『歴代名画記』」…⑰530
「王昌齢詩」…①714, ⑤326, ⑧506, ⑪159, 469, 471, 565, 566, ⑳370, ㉗431
　「西宮春怨」…⑪381
「応璩の百一詩について」…⑦124, 176, 199, 200, 597, ⑳386
「桜桃」…⑫730→「杜甫桜桃詩釈」
「大山定一君哀辞」…㉗335
「思い出二つ」…⑯636
「折り折りの人」…⑰660, ⑳280, ㉔268, ㉗437
　狩野直喜…㉗404　金松岑…⑯651　張菊生…⑯651, ㉒493, ㉔257, ㉕499　内藤虎次郎…⑰294, ㉓579, 580　馬幼漁…⑯648, ㉒396

か

「かなづかい三論」…②71
「かなづかい論——古典学者の発言—」…⑱417
「狩野先生と中国文学」…㉒352
「我的杜甫研究」…㉕472
「改訳棉花図」…⑯207
「海商であった二人の僧」…⑬624, ⑳397
「外国研究の意義と方法」…②167, ⑲102, 469, ⑳216, 365, 377, 380, 407, ㉕254, 256, 259
「外国文学者と日本文学史」…⑥277
「郭沫若氏新年詩」…㉒477
「学事詩事」…②426, 431, ⑬96, 116, 187, 634, ⑰105, 393-395, 398
「学事詩事」…⑳394, ㉑100
「学者のいましめ—王粛について—」…㉔285-286
「学者のうったえ」…⑳331
「学生に与う」…⑳153
「学問のかたち」(書名)…⑳373, 376
「学問のかたち」…②184, 590, ⑤327, ⑰40, 115, ⑳177, ㉓46, 465, ㉗51
「神様のいない文明といる文明」…⑰111, ⑲469, ㉔259, ㉗434
「借りなかった部屋」…⑯636
「閑」…㉓585
「閑情の賦」…②171, ⑰105, ⑳161, 215, 386, 393, 398
「漢学者の弁」…⑳216
「漢魏詩史」(講義)…⑥427, 430, 431, ⑦133, 597
「漢宮秋雑劇の文学性」…⑫282, ⑭264, 610, ⑳372
「漢の高祖の大風歌について」…①107, ⑥427, 430
「漢の武帝」…⑥420, 428, 429, ⑦44, ⑪113, 161, 234, 241, 309, ⑫470, ⑰328, ⑲253, ⑳65, 171, 418, ㉑214, ㉓104
　匈奴…⑥428　賢良…⑦298, ㉓139　西域…⑥428
「漢文の話」…①59, 164, 268, 709, ②202, 446, 605, 606, ⑦595, ⑮369, 370, ⑱115, 324, ⑳217, 371, 418, ㉑109, ㉓144, ㉗7, 197
「韓昌黎集私記」…⑪471
「韓昌黎文」…⑪565
「韓退之の詩」…①634, ㉗432
「韓愈文」…①68, 163, 195, ②185, ⑤326, ⑧506, ⑪432, 469, 471, ⑳370, ㉗430-432
　韓愈の地位…⑪468, 469　「李元賓墓銘」…⑪471

「簡斎尚書を弔う」…⑱550

き

「己未の元日に志を言う，今年将に禹域杜蹟の行有らんとす」…㉕465
「帰田畳韻詩」…㉒415, 473
「帰林鳥語」…⑨483, ㉔15, 230, ㉕220, 229, ㉗329
「祇園祭」…⑱550
「魏鶴山先生『毛詩要義』跋」…⑩462
「吉右衛門の手」…②536, ⑰114, ㉔93
「九日」…⑫732, 734
「旧かなを主張する人人へ―かなづかい三論―」…⑱424
「旧鈔本礼記正義を校勘して」…⑩450, 479, ㉑670
「旧著のあとがき―「元雑劇研究」―」…⑭605, 610
「虚室生白」…⑳394
「漁洋山人の秋柳詩について」…⑬629, ⑮555, ⑯642, 654, ⑰113-114, ⑲122, 153, ⑳108, 369, ㉓242, ㉔69
「京都府立洛北高校校歌」…㉗414
「近世支那の倫理思想」…②486, ⑬61, 627, ㉒282, 450

く

「熊本市会議長吉永君碑記」…⑯641
「桑原隲蔵博士と私」…㉕400
「君山夫子華甲記念帖引」…⑯641
「君臣父子」…⑰105, ㉔302, ㉕365

け

「ゲーテ詩集・序」…㉗331, 335
「京本通俗小説」…①200, ⑳368, ㉓138, ㉖381, 390
「奎章閣学士院」…⑮450
「月夜」…⑫732, ㉒555
「倦夜」…⑫734→「杜甫小記」
「元曲金銭記」…①612, ②223, ⑤322, 326, ⑧506, ⑭228, 266, 267, 329, 357, 603, 604, ⑮21, 114, 165, 186, 187, 639, ⑲171, ⑳62, 411, ㉒123, 556, ㉗280
　はしがき…⑭610, ⑮3, 12
「元曲酷寒亭」…⑧506, ⑭211, 603, ⑮186, 639
　あとがき…⑮639　はしがき…①296, ②408, 460
「元曲選釈」…⑭357, ㉒556, ㉔313, 400
　第一集・序…⑭603
「元雑劇研究」…①70, 179, 309, 612, ②430, 603, ⑫272, ⑭604-605, ⑮13, 17, 18, 121, 186, 187, 189, 203, 217, 228, 302, 326, 362, 369, 399, 402, 424, 434, 453, 556, 639, 640, ⑱104, ⑳64, 336, 372, 408, ㉒109, 119, 556, ㉓414, ㉕49, 71, ㉖412-413, 485, ㉗279, 336
　第二版の序…⑭605, 606, 611
　漢訳…①715
　元雑劇の背景…⑭3, 357, 605, 606, 610, ⑮556
　　元雑劇の作者…①617, ⑭575, 605-607, ⑮171, 259, 302（前期の作者…⑮424〔白仁甫…㉒104〕）
　　元雑劇の聴衆…⑭573, 605, 606, ㉒123
　元雑劇の文学…⑭605, 608, 610
　　元雑劇の構成…⑭600, 605, 608, ⑮13
　　元雑劇の文章…①280, ⑭605, 608, ⑮302, 325
　序説…⑮639, ㉗279
　　元雑劇の資料…⑭605, ⑮222-223
　　元雑劇の文学史的意義…⑭605, 606, ⑮187
「元雑劇の文学」…⑮639
「元雑劇の用語」…⑭605
「元の諸帝の文学―元史叢説の一」…⑭184, ⑮314, 325, 433, 450, 639, 640
「元明詩概説」…①68, 69, 135, 583, 713, ②432, 456, 463, 487, ③24, ⑪564, ⑬45, 47, 173, 187, 629, 633, ⑭370, ⑮224, 225, 331, 555, 559, 636, 640, ⑯56, 104, 166, 655, 658, ⑰347, ⑱362, ⑲60, ⑳171, 337, 371, 395, 418, ㉒5, 8, 47, 105, 556, ㉓119, 125, 344, 370, 476, ㉔93, 249, ㉕71, ㉖450
　古文辞の時代…㉓323（李攀竜…⑯133）
「阮籍伝」…⑦193
「阮籍の詠懐詩について」…①108, ⑦171, 597, 605, ⑳386

こ

「古香炉詩」…①367, ⑥431
「古詩の読者」…⑦594
「古代への恐れ」…⑤315
「古典講座『論語』」…㉗428-429
「古典について」（書名）…⑱435, ㉓46, 83, ㉕254, ㉗185
「古典について―あるいは明治について―」…⑫611, ㉔295, ㉕254, 256
「古典への道」…㉗339, 340, 435→「中国文学雑談」
「居士としての銭謙益―銭謙益と仏教―」…⑬265, ⑯54, 58, 98, 655, ㉕236, ㉖449
「故宅」…⑯643, ㉔401
「故宅四首」…⑳237, 238
「胡適」…⑯658
「湖亭渉筆を読む」…⑰147
「辜鴻銘」…⑳364, 377
「鼓角」…⑫732→「杜甫の憂鬱」
「語感について」…⑱410, 550
「孔子も神の子であるという説」…㉕229
「神戸高等学校校歌」…㉗412, 413
「高郵旧夢」…⑯651
「黄宗羲『明文授読』影印本の序」…㉔399
「項羽の垓下歌について」…①107, ⑥427
「膠着語の文学」…①626, ⑪480, ⑱101, ⑳401, ㉔8
「購書懐旧絶句」…①512, 583, ⑯636, ㉒317, 319
「国語について」…⑱397, ⑳217
「国語の長所」…②91, ⑲145, ㉓557, ㉗197

さ

「左氏凡例辨」…⑯651
「査初白」…⑯656
「西園寺公望の伊藤輶斎に寄せた書簡および伊藤蘭嵎がこと」…㉓49
「崔寧の不運」…㉖388
「歳暮懐人」…①509
「雑感—『懐風藻』その他—」…㉑104
「三国志実録」…⑦138, ⑳418
　曹氏父子伝・曹植兄弟…⑦597　跋…⑦604
「三遂平妖伝　芸文類聚　留真譜」…㉒281, ㉖464
“The Introduction of Chinese Culture”…⑰660
“The Literature of Everyday Life”…①714, ㉗379
“The Progress of Chinese Poetry from the Sung Period”…⑬630
“The *Shih-shuo hsin-yü* and Six Dynasties Prose Style”…⑳372

し

「士人の心理と生活」…②474, 487, 492, ㉒454
「支那学の問題」…⑤322, 326, ⑰473, 529-530, ⑲83, ⑳94, 363
「支那語とその翻訳」…⑯429, ⑰520
「支那小説論」…⑬520-521, 565, ⑳368
「支那人と法則」…②235
「支那人の空想力」…②266, ⑳401
「支那人の古典とその生活」…①204, ②106, 267, 446, 490, 604, ③17, 38, 553, ④8, ⑤322, 326, ⑬574, ⑰106, ⑳363, 401, ㉑141, 146, ㉓106, ㉔330, 397, ㉗307（改版の序…②272, 605）
「支那人の日本観と日本人の支那観」…②267, 557, ⑱49, ㉑141, ㉓160
「支那朝代略説」…㉓160
「支那について」…⑫361, ⑯429, ⑳363, 365, 373（序…⑳375）
「支那の夜」…㉒453
「支那文章論」…②49
「司馬相如について」…②493, ③559, 562, ⑥429
「司馬遷史記の立場」…㉕155
「史伝の文学」…①177, 179, ②137, ⑥243, 430, ⑦12, ⑲56, ㉕188, ㉗133
「四十自述」訳…⑯431, 433, 436, ⑰410, 509, 510, 515, 516, 518, 520, 523（訳者序…⑯433）
「志誠張主管評」…⑧511, ⑬517, 627, ⑳368
「思夢と愕夢—日本文学のために—」…㉕163
「是」…⑰552, ㉓556, ㉗196
「清水茂氏『韓愈』跋」…①110, 487, ⑪7, ⑫704, ⑬64
「視角」…⑳364
「詩経国風」…①130, ②59, 69, 105, ③22, 24, 472, 553, 560, 561, ⑬24, 279, ⑰548, 550, 551, ⑳497, ㉗92（あとがき…①106, ⑳397）
「詩経と楚辞」…①106, ③553, ㉑151
「詩人と薬屋—黄庭堅について—」…②426, ⑬131, 634, ⑳393
「詩と月光」…③521, ⑳371, 398
「字音かな遣ひあらたまれりといふをききて」…⑱417, ⑳417
「朱子学北伝前史」…㉒556
「朱子集解説」…㉗437
「茱萸」…⑫360
「受容の歴史—日本漢学小史」…①566, ②69, 184, ⑮530, ⑰63, 105, 348, 414, 625, 660, ⑲190, 420, ⑳216, ㉒440, ㉓134, 150, 514, 557, 709, ㉔19
　伊藤仁斎…⑰125
「儒者の言葉」…①357, ②472, ⑤323, ⑰5, 105, ⑳214, 216, 379, 383, 398
「十七世紀中国文学における政治からの解放」また「十七世紀中国文学の非政治性」…㉒557, ㉔176
「述曝書亭詞」…⑯641
「春雨」…⑫730, 732→「杜少陵春雨詩釈」
「春秋正義書後」…⑥431, ⑯651
「書斎十話」…⑰637, ㉕254
「諸宮調瑣談」…⑭203, 208
「尚書孔氏伝解題」…⑦594, ⑧15, 22, 502, 511, ⑨481, ㉔242, 285, 287, ㉕274
「尚書正義」（翻訳）…①224, 399, ②105, ③557, ⑤321, 322, 326, ⑦274, 519, ⑩446, ⑪564, ⑭444, ⑯658, ⑰300, 518, ⑲172, ⑳14, ㉑669, 670, ㉓59, 467, ㉔270, ㉕245, ㉗64, 82, 83, 88, 307
　夏書…⑧503, 504, ㉑671（禹貢…⑧354, 503, ⑯223）
　虞書…⑦278, ⑧503, 504, ⑳408, ㉑671（益稷…⑧503　堯典…⑬554）
　周書…⑧503, ⑩81, 465, ㉑671（洪範…⑤111　秦誓・多士…⑧503　大誥…⑨182　泰誓・洛誥…⑧503）
　尚書序（孔安国）…⑧503
　商書…⑧503, ㉑671（伊訓…⑨479　微子…⑧503）
　訳者の序…③558, ⑧20, 501, 502, 504-507, ⑨479, 481, ⑬514, 515, 548, 552, 577, ⑰460, ㉕254, 344（第一冊の序…③516　第三冊の序…⑲145）
「尚書正義定本の序」…②172, ⑦537, ⑧502, 505, 510, 511, ⑨481, ㉗345
「象山先生の漢詩文」（講演）…⑰201
「聖徳太子の文章」…㉓8
「常識への反抗—司馬遷『史記』の立場—」…⑥430, ㉕155
「白ねずみ張番頭」…⑬524
「心喪の説」…⑳305
「沈石田」…②426, 432, ⑮480, 557
「秦州の杜甫」…⑫732
「清康雍詩説」（講義）
　漁洋第一・屈大均第十・呉嘉紀第八・蜀道第六・正銭第四・絶句第五・銭秉鐙第九・宗匠第七・白

門第三・揚州第二…⑯656
「清詩説」…㉔400
「清順康詩説」（講義）…⑯655
顧亭林第八・序説第一・陳子竜第七・南都第六・入燕第五・北都第二・松山第四・満州第三…⑯656
「清初詩説」（講義）…⑯655
「清代三省の学術」…⑯652, 654, ㉒414
「清末の詩―『散原精舎詩』を詠む―」…⑯656
「清雍乾詩説」（講義）　袁枚第五・査慎行第一・沈徳潛第四附呉中七子・趙執信第二・厲鶚第三附金農杭世駿全祖望…⑯656
「進歩の一形式―宋以後の中国の進歩について―」…②431, ⑬627, 630, 632, ⑮564, 565, 569, ⑳393
「新刊全相成斎孝経直解跋」…⑯653
「新中国の進路」…⑲88
「新唐詩選」…①109, 254, 370, 418, 523, 625, 709, ②69, 79, ⑧506, ⑪44, 163, 183, 481, 564, ⑫284, 714, ⑬35, 37, 48, 85, ⑮530, ⑱362, ⑲261, ⑳16, 17, 358, 417, 418, ㉑126, ㉒7, 8, 91, 477, ㉓530, ㉔23, 209, 212-214, 310, ㉗17
杜甫・李白…⑪181
「新唐詩選続篇」…①197, 338, 341, 456, 488, 516, 709, ②69, ⑧506, ⑪436, ⑫261, ⑬121, 278, ⑮530, ㉒7
白楽天…⑪436, 556, 559
「人民と詩」…⑪566
「仁斎・徂徠・宣長」…㉕140, 246, 254, 255, ㉗27, 38, 155, 159, 163, 169, 175, 177-179, 183, 187, 205, 431, 436（序…㉓24, ㉕254, ㉗205）
「仁斎と小説」…⑳365, 377
「仁斎と徂徠―論語古義と論語徴―」…④11, ⑰125
「仁斎東涯学案」…㉑79-80, 113, ㉓24, 316, 341, 346, 348, 349, 372, 387, 397, 475, 477, 479, 486, 547, 551, 553-555, 557, 701, 703, ㉗229, 436
仁斎の思想と学説…㉓493　仁斎の伝記…㉓490
「C教授」…⑯648

す

「水滸伝」（翻訳）…①612, ②199, ⑮96, ⑰551, ⑳659, ㉖374, 386, 390, 399, 411, 426
「推移の感覚」…㉑670
「推移の悲哀―古詩十九首の主題―」…①107, 108, ⑥430, ⑫600, ⑳393, 418, ㉑204
「芻議一篇―西洋文学研究者への注文―」…⑰298, 299, ⑲470
「隋唐時代・文学」…⑪565
「杉村邦彦の王羲之試論」…㉔233
「鈴舎私淑言―宣長のために―」…⑰200, ㉓703, ㉗185, 188, 197, 198, 200-202, 221, 229-232, 437

せ

「世界文学に親しむために」…⑲471
「世説新語の文章」…⑥288, ⑦477, 592, 595, ⑯654, ⑳367, 368, 415, ㉓557, ㉔399, ㉗8
英訳　Glen William Baxter…⑳372
「西山一窟鬼」（書名）…⑳372
「西山一窟鬼」（翻訳）…⑬627→「亡者の世界」
「西東間記」…㉒557, ㉔169, ㉖450
二つの研究会…㉖450
「西方からの関心」…⑱43, ⑳217
「西方からの関心」（書名）…⑱541, ⑲425, 426, 439, 471, ⑳398
「西洋のなかの東洋」…⑲337, 422, 471, ⑳398
「政治と学問」…⑳162
「清虚の事」…⑳404
「拙詩四首」…⑬630, ㉔399
「戦車の歌」（「兵車行」訳）…㉕403
「銭謙益と清朝『経学』」…③520, ⑯13, 656, 657, ⑳404, ㉒289, ㉕488, ㉖449-451
「銭謙益と東林―政客としての銭謙益―」…⑬265, ⑮542, ⑯37, 57, 655, ⑳393, ㉖449
「銭謙益の文学評論」…㉒557

そ

「徂徠学案」…㉑80, 171, 179, ㉓38, 45, 92, 404, 406, 408-410, 413, 416, 427, 431, 434, 435, 440, 443, 445-447, 449, 452-454, 457, 466, 467, 473, 478, 480, 482, 483, 487, 514, 546, 549, 551, 553-555, 557, 701, 703, 709, ㉕15, 140, 160, 195, 198, 201, ㉗27, 28, 32-36, 38, 154, 155, 159, 175, 177-179, 228, 232, 436
天の尊敬…㉗229
「徂徠の購書―徂徠余録―」…㉕281
「蘇綽の大誥について」…⑳393
「蘇東坡と鼠」…⑮527, ⑳397
「蘇東坡の文学と仏教」…⑯54
「宋詩概説」…①68, 110, 135, 200, 411, 583, 713, ②69, 177, 432, 456, 463, 487, ⑪564, ⑫206, ⑬208, 217, 218, 227, 277, 313, 624, 625, ⑮364, 365, 368, 372, 373, 377, 383, 401, 415, 424, 426, 434, 452, 474, 555, 558, 640, ⑱29, 362, ⑳171, 172, 337, 348, 371, 395, 418, ㉑215, ㉒8, 64, 465, ㉓137, ㉔93, 399, ㉕60, 71, 234, 431, 498
王安石…⑳455　序章…⑬215, ⑮367　蘇軾…⑬630, ⑳397　宋詩の人生観　悲哀の止揚…⑬630
「宋詩随筆」…⑬624
「宋詩について」…①625, ⑬187
「宋詩の立場」…⑬187
「宋詩の場合」…⑬116, 187
「宋詩二つ」…⑬59
「宋人小説」…⑳368, 372
「宋人の歴史意識―資治通鑑の意義―」…②486
「曾樸氏の翻訳論―フランス文学と中国―」…①70, 277, 290, ②466, 472, ⑯284, ⑳368
「漱石詩注」…⑱549（序…㉑105, ㉔78, ㉗305　補…⑱549）

「臧在東先生年譜」…⑯652
「俗の歴史」…⑳123, 659
「続人間詩話」…①581, ②59, 69, ⑦261, ⑫484, ⑬39, 53, 146, ⑮457, ⑱126, ⑳219, 253, ㉒293
王之渙・佐久間象山…①581　夏目漱石…⑱126

た

「対偶法の研究」（講義）…⑦597
「戴宏解疑論考」…⑥399, 431, ⑯651, ⑳414
「戴東原集序」…㉕260
「高倉正三氏『蘇州日記』跋」…⑨181
「竹内好氏への書簡」…⑯429
「玉の観音」（翻訳）…⑬506, 508, 524（後記…⑬503）
「短簫鐃歌について」…①377, ⑥431
「短長亭集」…⑰636, ⑳395, 398, 404
「短長亭日乗」…⑳398
「断絶の文体」…㉔111, 113
「檀香山雑詩」…㉔198

ち

「知識人への抗議」…②473, ⑳659, ㉕308
「知非集」…②173, ⑬624, ⑯642, ㉔313
乙・甲…⑳659　自序…⑳394
「知非続集」…⑳659, ㉒415
「筑摩叢書『唐詩選』序」…㉒555
「中国語に於ける否定の強調」…⑦463, ⑳368
「中国散文論」…①613, ②202, 466, ⑦512, ⑬517, 521, ⑰113, ⑳108, 118, 369, ㉔69
「中国詩史」…②471, ㉒8（序説…②448）
「中国詩人選集跋」…①523
「中国小説に於ける論証の興味」…⑬521, 525, 565, 627, ⑳368
漢訳・鄭清茂「中国小説論」…①715, ⑳372
「中国小説の地位」…①69, ⑮371, ⑳368, ㉓459
「中国人と宗教」…②421, ㉑101, 247, ㉓452
「中国人と法則」…②604
「中国人の古典と其の生活」…㉒324
「中国と私」…②406, ⑳373, 377, 379, 384, ㉗316
「中国における人間」…⑨482
「中国の知恵―孔子について―」…④13, ⑤115, 119, 308, 319-325, ⑳132, 171, 408, ㉑188, 191, ㉕243, ㉗334, 428
「中国の知識人」…⑲227
「中国の都市と農村」…②406
「中国の文学革命」…⑯658
「中国の文学とその社会」…①714, ⑲227, ㉒454
「中国の隣人としての日本」…⑱49
「中国文学研究史―明治から昭和の始めまで前野直彬氏と共に―」…⑰660
「中国文学雑談」「序」…㉗340→「古典への道」
「中国文学史」（講義）…⑥428, 429, ㉕376
「中国文学史」（書名）…㉓458, 462, ㉕298, 376, ㉗368, 427
「中国文学と外国文学」…⑪566
「中国文学に現れた人生観」…㉗427
「中国文学における希望と絶望」…㉔330, ㉗426
「中国文学入門」…①619, ②190, 530, ⑳395, ㉑669, ㉔330, ㉗426, 433
「中国文学入門―詩を中心として―」…㉑669
「中国文学の環境」…①324
「中国文学の四時期」…㉗425
「中国文学の諸問題」（コロンビア大学セミナー）…⑲437
「中国文学の性質」…①78, ㉔330, ㉗426, 427
「中国文学の政治性」…⑯658, ㉗426
「中国文学の日本における受け入れられ方」…⑰63
「中国文学の発生」…③559, ㉑151
「中国文学論集」…①71, ③27
序論…①57, ②517, 520, 522, 533, 536
「中国文章論」…①319, ②202, 605, ⑦470, 512, ⑳118, 364, 367
「中国文明と日本」…㉑90, 95, ㉔330
「中国への郷愁」…①177, 466, ②167, 590, ⑥243, ⑫361, ⑰114, 115, 551, ⑱7, ⑳213, 216, 377, 379（はしがき…⑳375）
「中庸断片」…⑳56, ㉕247
「中呂粉蝶児」…⑭594, 603, ㉒556
「著者の啓」…①711, 712
「著者再びの啓」…㉔400
弔辞　小川琢治・狩野直喜・新城新蔵・松本文三郎…⑰262
「張説の伝記と文学」…①620, ⑪564, ⑫491

と

「杜工部集」（講演）…⑫579
「杜詩講義」…⑫736
「杜少陵九日詩釈」…⑫359, 361→「九日」
「杜少陵月夜詩釈」…⑫339→「月夜」
「杜少陵月夜詩釈初稿」…㉒555
「杜少陵春雨詩釈」…⑫491, 730
「杜蹟行」…㉗424
「杜甫」…⑫558→「杜甫小伝」
「杜甫Ｉ」（世界古典文学全集）…⑫736, ⑳659, ㉑17, ㉒48, 66, 75, 556, ㉔400, ㉕121, 447, 487, 502
あとがき…㉗105
書生の歌下…㉕486（「行次昭陵」注…㉕501, 503）
書生の歌上…㉕486（「奉贈韋左丞丈」注・「楽遊園の歌」注…㉕490）
「杜甫II」（同上）…⑳659, ㉑72, ㉒59, 66, 75, 556, ㉔400, ㉕121, 447, 485, ㉗345
行在所の歌…㉕486, 506
帰省の歌…㉕487, 500（「九成宮」注…㉔12, ㉕490「羌村」注…㉕490　「玉華宮」…㉕487　「北征」注…㉕490）
疎開の歌…㉕486（「奉先劉少府新画山水障」…㉕

503〔題注…㉕496〕）
捕虜の歌…㉕486, 503（「春望」注…㉕503）
「杜甫桜桃詩釈」…⑫505, 730→「桜桃」
「杜甫私記」…①403, ②69, ⑤322, 325, ⑦599, ⑪45, 78, 242, 553, ⑫339, 528, 670, 671, 673, 733-735, ⑲253, ⑳65, 378, ㉕485, 506
家系…⑫733　胡塵…⑫241　七言歌行…⑪5, ⑫273　先天元年…⑪18　白水…⑫244, 291　奉先…①120, ⑫213, 242
「杜甫私記　続稿」…⑫735, ⑳404
元日…⑬587　慈恩寺塔…⑫735, ㉒482　天宝遺事…⑮226
「杜甫詩抄」…㉖5, 220, 237, ㉗424
「杜甫詩注」…⑪565, ㉕399, 401, 403, 408, 439, 447, 452, 454, 455, 462, 475, 476, 478, ㉖5, ㉗329, 397, 399, 423, 424, 437
「杜甫小記」…⑫510→「倦夜」
「杜甫小伝」…⑫494→「杜甫」
「杜甫と月」…⑪566, ⑫736, ⑳51
「杜甫と鄭虔」…⑫735
「杜甫について」…⑫732
「杜甫ノート」…①633, ②69, ⑤320, 322, 325, ⑫285, 293, 528, 716, 733, 734, ㉑48, ㉒555
「杜甫の家系」…⑫733
「杜甫の詩論と詩―京都大学文学部最終講義―」…⑫594, ㉒557, ㉕259
「杜甫の憂鬱」…⑫470, 732→「鼓角」
「杜甫友情」…⑫431→「杜甫と鄭虔」
「東涯先生の学問」…⑰148, 160
「東方における人と歴史の概念」…③19, ⑲56, ㉑122, ㉗133, 434
「東方文化研究所漢籍分類目録跋」…㉓641
「東方文化研究所経学文学研究室毛詩正義校定資料解説」…⑩479
「東方文化研究所善本提要」…㉗74
「東洋におけるヒューマニズム」…㉕356, ㉗370, 432, 437
「東洋におけるヒューマニズム」（書名）…㉕356
「東洋の文学―日本文学者に―」…①622
「唐詩の諸問題」（講義）…⑫613
「唐詩の精神」…⑪564, ㉒8
「唐宋伝奇集」（翻訳）…①180, 200, ⑪565, ⑭399, ⑰408, ⑳372（解説…①197, 226, ⑪553, 565）
「唐代の詩と散文」…①163, 612, 713, ⑤322, 326, ⑪159, 430, 469, 472, 553, ⑫85, 470, ⑱104, ⑲67, ⑳14, 369, 371, 415, ㉗427, 430
はしがき…⑪468　新版あとがき…⑪565
「唐代文学抄」…②185, ⑪432, ⑫711, ⑳371
「陶淵明伝」…①109, 388, ②69, ⑤320, 325, ⑦592, 597, 598, ⑫648, ⑲16, ⑳418, ㉔229
「道学と柔情」…⑬315
「読画絶句十五首―私と中国画―」…㉕244
「読書の学」…㉒352, ㉓553, 703, ㉕71, 397, 462, ㉗185, 200, 205, 239, 343, 423, 431, 437（補注…㉕15）
「読書力について」…㉕16
「読尚書注疏記」…⑧18, 352, 354, ⑩446, ㉑669, ㉔400
「読杜初籤」…㉒556, 557, ㉕447, 448, 455
「豊田穣氏『唐詩研究』跋」…⑪564

な

「なぜ外国語を学ぶか」…⑲470
「中島健藏君千古」…㉗338
「長尾雨山氏『中国書画話』解説」…②472
「南京懐旧絶句」…⑭601, ⑯651, ⑳294, ㉒401, 415, 417
“Nachrichten der Gessellschaft für Natur-und Völkerkunde Ostasiens”…⑳393

に

「ニュー・ヨーク雑記」…⑲49
「日中交渉史の資料」…②593
「日中諸子学釈疑」…②604, 605, ③557, ㉒292, 356, ㉓474, 562
「日本語の優秀性」…⑲145
「日本人の知恵―山井鼎と国文学―」…⑨484, ⑱549, ㉓329, 482, ㉕233, 284
「日本的思想家としての徂徠」…㉑173, 176, 179, ㉓391, 400, 403, 417, 550, 551, 555, 557, 558, 701, 702, ㉗163, 183
「日本的歪曲」…②427, ⑰61, 105, ㉔275, ㉕365
「日本の儒学」…⑱325
「日本の心情」…⑰105, 660
「日本の心情」（書名）…①566, ②69, 184, 427, ⑰63, 105, 348, ⑲190, 420, ⑳216
「日本の知識人へ」…㉕288, 289, 308→「知識人への抗議」
「日本文明に於ける受容と能動」…⑰62, 105, 414, ㉓557
「人間詩話」…①107, 581, 625, 633, 703, ②69, ⑥333, 431, ⑦9, 18, 603, ⑬77, 121, 163, 273, ⑲425, ㉑13, 42, 214, ㉔246
銭秉鐙…⑯174　「相逢行」…㉔320　杜牧…⑪451　内藤虎次郎…㉑60　李益…①483
「人間とは何か―文学研究への私の道―」…㉕255
「人間の尊重―王安石について―」…⑬96

ね

「燃焼と持続―六朝詩と唐詩―」…⑦594, 597, ⑪566, ㉔228

の

「宣長のために」（「鈴屋私淑言」副題）…㉗185, 186, 197

は

「はきちがえ」…㉒294, ㉓247, 709
「パスカルの葦」…⑯653
「はるかなる中国」…⑯658
「白川廬懐旧」…⑯642
「班固の詠史詩について」…⑥431, ⑦172, ⑳393
"Parallelism in Chinese Poetry"…㉔93

ひ

「非書道」…⑰227, ⑲424
「一つの中国文学史」…①57, 706, ②448, 471, 517, 520, 522, ③559, ㉗426
「一ふしの歌」（翻訳）…⑬524
「描写の素材としての言語」…③545, ⑳159, ㉔69, ㉕111, 244
"Humanism in the East"…㉕356

ふ

「父子君臣」…②427
「藤浪先生功徳碑」…⑯641
「二つの中国—中国の都市と農村—」…①357, ②406, 472, ⑯616, 643, ⑳659, ㉒377, 378, 415, 416, 450, 454, 473, 492
「仏説無量寿経の文章」…②171, ⑦605
「仏典への興味」…②171, ⑦511, ⑲469
「文学概論」（講義）…⑯656
「文学の効用」…⑳216
「文弱の価値」…㉗200
「文心雕竜研究」（講義）…⑦596
「文明の三極」…㉗434
「文明の三極」（書名）…㉕287, 356, ㉖500, ㉗255, 340, 424, 439
"Foreign Influences on Chinese Literature"…⑪566, ⑬272, ㉔93

へ

「べっぴんの歌」（「麗人行」訳）…㉕403

ほ

「訪中印象三則」…㉒479
「訪中機上口占」…㉒459, ㉖495, 497
「鳳鳥不至」…㉓701, 703
　新井白石逸事…㉓353
「北周の大誥について」…③9, ⑨483, ⑳417, ㉕342
「北征」…⑫732
「翻訳時評」…⑰547
「翻訳論の問題」…⑰524

ま

「『万葉集』の漢文—附，旅人凶問歌臆説—」…㉕385

み

「自ずから欧州遊記の後に題す」…⑲425
「三つの京大」…㉗437
「民族主義者としての徂徠」…㉓445, 480, 557, 558, 701, 702, ㉗169
明詩の講義（講義）…⑮557
「明代の精神」（講演）…⑮557

む

「無血入城」…⑯648

め

「めぐりあい」（翻訳）…⑬524

も

「亡者の世界」（翻訳）…⑬524
「本居宣長—世界的日本人—」…⑰636, ⑳213, 216, 401, ㉓549, 550, 552, 555, ㉕254, ㉗49, 184, 185, 188, 196, 204
「本居宣長」…㉗204, 221, 230, 232, 242, 423, 437（あとがき…㉕397, ㉗236）
「本居宣長の思想」…㉓546, 549-551, 557, 701, ㉗84, 187, 197, 200, 204
「森と海」…①466, ⑲469

や

「大和大神神社に蔵する周書の楊忠と王雄の伝の旧鈔本の考証」…㉖473
「山井鼎と国文学」…㉓482

ゆ

「遊華記録」…㉗424

よ

「吉川幸次郎全集」…①711, 712, 714, ④10, 736, ⑤325, 326, ⑥428, 431, ⑧504, ⑱550, ⑳404, ㉑23, ㉒445, 476, 477, ㉓701, 703, ㉔30, 31, 127, 330, 397, 398, 400, ㉕255, 289, 505, ㉗423, 427, 434, 437, 439
　自跋　第一巻…⑰659, ㉔398, ㉕159　第二巻…⑯652, ㉔398　第三巻…④739, ⑧505, ㉔398　第五巻…㉑173, 188　第六巻…㉑215, ㉔398, ㉕376, ㉗7, 255　第七巻…②602, ⑧511, ⑯652　第八巻…⑩465, ⑯657　第九巻…⑩476, ㉑157　第十巻…⑧506, ⑩465, ㉓24, 59, 547, ㉔154　第十一巻…⑯633, 636, ㉒8, 555　第十二巻…⑬624, ⑯636, ㉔398　第十三巻…⑬631, ⑯652, ㉔398　第十四巻…②603, ㉗280, 281　第十六巻…㉒390, ㉔398　第十七巻…㉔398　第二十巻…㉔398
　補篇…㉓701, ㉔401

ら

「礼記注疏曲礼篇挍記」…㉑670

は―わ　729

「来薫閣琴書店―瑠璃廠雑記―」…⑯559, 647, ㉒404
「雷峰塔」…⑯637
「雷峰塔」(書名)…②71, ③43, ④11, ⑰105, 125, ⑱101, ⑳385, 386, 398
「洛中書問」…①614, ②167, 206, 606, ⑲470, ⑳63, 363, 413, ㉔33, 68, 99, 101, 122, 399, ㉕244, 246, 254, ㉗186, 332, 395, 431

り

「李夢陽の一側面―『古文辞』の庶民性―」…②463, ⑮503, 557, ⑳393
「六朝助字小記」…②208, ⑦463, 469, ⑳367, ㉔399
「六朝文学史研究への提議一則」…㉗9
「柳絮のはなし」…⑪563, 564, 566
「留学まで」…㉒370
「留都」…㉔400
「緑楊唱酬記録」…㉖497
「隣人の感覚」…⑲471
"Literature of Everyday Life"…①714

る

「琉璃廠後記」…⑯647

ろ

「老子における対偶について」…②125, ③562
「論語」…①270, 709, ②107, ③553, 560, 561, ④736, 737, 740, ⑰49, 106, 628, ⑲46, ㉑162, 171, 188, ㉓94, 557, 561, ㉕264, 366, ㉖503, ㉗428, 435
　あとがき…④735　述而…㉓102　まえがき…②457, ④735, 739
「論語について」…⑤323, 324, 326
「論語のために」…⑤326, ㉗429

わ

「わたしの古典」…⑦598
「若い読者のために」…⑳214, 216
「忘れえぬ書物―礼記について―」…③508
「私と辞典」…㉑670, ㉖476
「私の信条」…②72, ⑳104, ㉑75
「私の好きな中国の詩人」…①149
「私の全集について」…①712
「私の杜甫研究」…㉕472
「私の杜甫詩注」…㉒556

吉川幸次郎全集校訂表

巻	頁	行	誤	正
〃	一九九	11	爾が…老いを促す	汝が…老いを催す
〃	二〇六	15	房仲楹	房兆楹
〃	二二二	2	夢に似たるに	夢に若たるに
〃	二四三	16	謝眺	謝朓
〃	二四七	13	耳無	耳成
〃	二四七	19	玉葛	玉鬘
〃	二七〇	5	仏教は輸入される	仏教が輸入される
〃	二七〇	7	史録夷齋節	史録夷齊節
〃	二七〇	7	傅芝生教授	馮芝生教授
〃	二七五	11	聖愚人表呈	人表聖愚呈
〃	二七六	（下段）10	夷斎の節	夷斉の節
〃	二八〇	（下段）13	傅芝生教授	馮芝生教授
〃	二八〇	（下段）9	聖愚　人表呈す	人表　聖愚呈す
〃	吾三	（上段）13	儒学における物と心	物と心—儒学における
㉕	六一	十三日	「朝日新聞」二	「朝日新聞」二十二日
〃	六一	13	経二歴于秋津嶋一	経三歴于秋津嶋一
〃	二六〇	14	「万葉集代匠記」	「万葉代匠記」
〃	二六三	17	「万葉集代匠記」	「万葉代匠記」
〃	二翌	18	「国文学の注釈的研究」	「国文学の註釈的研究」
〃	二翌	3	よろずの奥義	よろつの奥義
〃	二七七	3	此理ありと信じて、	此理ありと信して、
〃	二八六	13	「万葉集代匠記」	「万葉代匠記」
㉖	二六一	19	蘇惇元	蘇惇元
〃	二四七	6	李適之	李適之
〃	二四二	9	「万葉集代匠記」	「万葉代匠記」
〃	二五五	2	「杜工部詩箋注」	「杜工部集箋注」
〃	二六六	7	鉏霓	鉏霓
〃	二六六	6	寄書来宋太公荘上時、	寄書来孔太公荘上時、
〃	二五四	7	加紅	加辣
〃	二五九	14	掛一小鉤子	掛一小勾子
〃	四〇一	8	劉煦	劉昫
〃	四五二	21・22	「趙王は房陵に遷し流され、	「趙王遷は房陵に流さ
㉗	三二一	14	「本紀」	「帝紀」
〃	四四一	3	趙樸初氏	趙樸初氏
〃	四五二	2	趙樸初氏	趙樸初氏
〃	六六五	5	「論語解」	「論語徴」
〃	一七三	7	「争心」	「争気」
〃	五五一	10	諸冊二尊	諸冉二尊
〃	二六五	17	不亦悦乎、	不亦説乎、
〃	二五一	9	目眙きて	目眙きて
〃	四四〇	11	榊原忓	榊原忏
〃	四五九	（下段）3	通人の商権	通人の商搉

巻	頁	行	誤	正
⑲	六七	7	工業大学	工科大学
〃	四三	1	栖徨	栖徨(せいこう)
〃	四六	36	「栖」	「徨」
⑳	三六	8	「心」	「こころ」
〃	二五〇	6	関根貞氏	関野貞氏
〃	二六四	8	辜鴻銘について	辜鴻銘
〃	二六八	9	「中国小説論」	「支那小説論」
〃	二六八	8	司馬遷の「史記」	司馬遷「史記」
〃	五三	9	張敦復	張敦仁
〃	六五二（上段）	15	西戎	西充
㉑	六五二（上段）	11	張敦復	張敦仁
〃	五四	9	窮厚唯従命	籠厚惟従命
〃	二二五	16	「万葉集代匠記」	「万葉代匠記」
〃	五三	9	蓍	蓍
〃	一七三	3	「宇士茹に復す」	「于士茹に復す」
㉒	二六二	15 17 18	少皥	少皥
〃	五六	10	職方氏	大司徒
〃	六五一	1	至二十日冠者	至二十日弱冠者
〃	六五四	7	公羊傳	左傳
〃	六二〇	3	従者二人坐持之	姆加景乃驅御者代
〃	七一	11	清絶使人愁	清絶聴者愁
〃	全三	8	天放李令心如日	天敎李令心如日
㉓	六八	8	哥舒開府	哥舒開府翰
〃	八七	12	休澣自公日	休澣自公日
〃	二六一	15	太田錦城	大田錦城
〃	五三	20	房兆檢	房兆楹
〃	五四	3	Chi-tzu	Chi-tzu
〃	一〇二	11	「玉函山房輯逸書」	「玉函山房輯佚書」
*	三三	12	次子宜卿	次子宜卿
〃	二七	15	江蘇学政	江南学政
〃	二四三	9 10	岩波詩人選集	岩波中国詩人選集
〃	二九六	6	次男新井明卿	長男新井明卿
〃	三三三	5	伊藤裕之	伊藤祐之
*	三五二	5	中御門三位宜顕	中御門三位宜顕
*	三六八	7	四部叢刊続篇	四部叢刊続編
〃	三三五	14	安倍仲麻呂	阿倍仲麻呂
〃	四二七	12	仏教を悪みて	仏法を悪みて
〃	四五五	5	瓜哇	爪哇
〃	五五三	3	「…の註釈的研究…」	「…の註釈的研究…」
〃	五五三	5	全集外	全集二十五巻
〃	五五五	9	「旧事本紀解」	「旧事本紀解序」
〃	五五七	3	応仁天皇	応神天皇
〃	五五七	14	中巌円月	中巌円月
㉔	六二三	10	文ハ勢イヲ尽クスコト	文ハ変ヲ尽クスコト
〃	五一	11	爾曹促我老	汝曹催我老

吉川幸次郎全集校訂表

注	頁	行	＊	訂正前	訂正後
〃	四三	13・15		かの校人は王の…馬は六種」という。	校人は「王の…馬はいう。「晋の馬は六種」とある。
〃	四三	15		晋の文公は…引き帰した。	「晋の文公は…引き帰した」。
〃	四三	15〜四三 2		杞子が…鄭を伐たせた。（3）	「杞子が…鄭を伐たせた」。（3）
〃	四三	1・16		秦軍は…帰還した。	「秦軍は…帰還した」。
〃	四二	9・14		晋の文公の…余の過ちであった。	「晋の文公の…余の過ちであった」。
〃	四一	（訓読訳）1		己れ	己れに
〃	四一	（訓読訳）8		栄懐（えいけい）	栄懐（えいかい）
〃	四〇	19		邵旻	召旻
⑪	吾九	15	＊	京まち子	京マチ子
⑫	二九	2		李適之	李適之（再訂正）
〃	三三	1		李適之	李適之
〃	二九	4		能く嘖喝せん	能く即ち嘖喝せん
⑬	吾七	12		滲淡として（さんたん）	惨淡として（さんたん）
〃	六一	15		「近代支那の倫理思想」	「近世支那の倫理思想」
⑭	六六	18		…続篇」「三篇」	…続編」「三編」
〃	三一	1	＊	「気英布」	「気英布」をトル
〃	三元	2	＊	十三種	十二種
〃	三元	5		「周公摂政」	鄭徳輝の「周公摂政」
〃	二七	17		言う也	云う也
〃	二八	8		鄭天挺	鄭徳輝
〃	二八	14		…叢判	…叢刊
⑯	九一	14		剛述	刪述
〃	二八	8・14		工ならざる能わず。	工ならざる能わず。
〃	二六	14・15		恵山の詩	恵山泉の詩
〃	二六	6・7		之れ誠を	此れを持して誠を之れ
〃	三一	1		十七…「比玉の詩の序」	十八…「比玉集の序」
〃	三一	13		式粗の父	式粗の伯父
〃	二八	3		「朝花夕拾」	「朝華夕拾」
⑰	吾三	4	＊	復古齋文集	復初齋文集
〃	吾三	6	＊	復初斎文集	復初斎文集
〃	二八	1		一綫草堂	一綫草堂
⑱	六一	4		「万葉集代匠記」	「万葉代匠記」
〃	六一	11		「万葉集代匠記」	「万葉代匠記」
〃	七一	1		助字はなくとも	助字はなくとも
〃	二八	8		「余が文学に…」	「余が文章に…」
〃	三一	9		「心」	「こころ」
〃	三元	13		助字はなくとも	助字はなくとも
〃	三元	8		てにをは	てには
〃	三元	9		てにをはなきゆゑに、	てにはなきゆへに、

巻	頁	行	誤	正
⑩	一九	12	伯とか益など	伯益など
〃	一九	注(2)1	伯も益も	伯益は
〃	一九	注(3)	二八三頁。	二八五頁。
〃	二〇二	注(1)3	一一頁	四九頁
〃	二三三	注(1)23	言葉に基づく。八巻二九四頁。	言葉の伝に「代天理官」とある。八巻二九六頁。
〃	二二九	17 18	三年目に…十二年目に盟うのだ	「三年目に…十二年目に盟うのだ」
〃	二四	(訓読訳)17	安んずれば、	安んずべくんば、
〃	二四五	二度目の注(3)	一六八頁。	一六九頁。
〃	二四八	(訓読訳)20	教訓せよ。	教訓すべし。
〃	二五〇	(訓読訳)18	する無かれ。	すること無かるべし。
〃	二六〇	(訓読訳)29	呂侭	呂侭
〃	二六三	(訓読訳)1	牖間	牖間
〃	二六七	3 4	国家の…掌る役 戸牖	「国家の…掌る」役 戸牖
〃	二七二	14 15	斧扆を…背にする。	「斧扆を…背にする。」
〃	二八七	注(1)	治人の条。	冶氏の条。
〃	二九五	(訓読訳)19	同と冒	同と瑁
〃	三〇一	13	「次の篇には二伯が	次の篇には「二伯が
〃	三〇一	(訓読訳)12 13	以下	已下
〃	三〇五	14 15	白い額の…あとに続くのに、	「白い額の…あとに続く」のに、
〃	三〇六	11	東方の諸侯を引き具しているから、	「東方の諸侯を引き具している」から、
〃	三〇九	(訓読訳)13	謀れば、	謀るべし。
〃	三二五	15	太馭…戎僕	太馭……戎僕
〃	三三五	(訓読訳)20 21	得る無か	得ること無かるべし。
〃	三三九	5 7	「五刑」の掟…死罪が五百であって、	「五刑の掟…死罪が五百」であって、
〃	三四二	(訓読訳)8	三后	三君
〃	三六六	(訓読訳)16	敬むべし。	敬み、
〃	三六六	(訓読訳)3	以往、	已往、
〃	三六六	注(1)1～5	いつも八巻…説明とする。	八巻……説明とすることもある。
〃	三五五	(訓読訳)5	中正と為	中正と為すべき
〃	三五五	(訓読訳)6	せ使めよ。	せむべし。
〃	四〇〇	(訓読訳)3	治めよ。	治むべし。
〃	四〇二	(訓読訳)5 6	使めざる無かれ。	使めざること無かるべし。)
〃	四〇五	15	五帝を祭る	五帝を祀る
〃	四〇五	16 17	「牢とは閑である。	「牢とは閑である」と

吉川幸次郎全集校訂表

頁	箇所	訂正前	訂正後
三西	二度目の注(1) (冒頭に付加)		論語憲問篇。
〃	注(1)(2) (末尾に付加)		ただし六典の内容は天官太宰。
罢六	(訓読訳)3	行なえ。	行なうべし。
罢〇	(訓読訳)12	以上は	已上は
〃	(訓読訳)23 24	以ってし	以ってすべくして
八	18	百里を郊とし、	百里を郊とし、
三一	17	社稷を…神に過ぎぬ	社稷を…神に過ぎぬ
三三	4	社は…されるものだ	社は…されるものだ
五	18	若うべきを陳ねん	若うべきを旅ねん
三四	15	「上帝を継ぐ」	「上帝を紹ぐ」
元	14 場所の検分がすむと、		場所をお定めになると、場所の検分がすむと、
罢三	注(4)1 桓公二年		桓公二年と宣公三年
吾	(訓読訳)4	上を奉うる者	上を奉うる者
兵	(訓読訳)27	行なえ。	行なうべし。
壱	17	太暭	大暭
三三	注(2) 2 前巻一三六頁		前巻一三五—一三六頁
三五	5	隠公が…行った	隠公が…行った
三三	6	莊公が…行った	「莊公が…行った」曲礼篇また玉藻篇。
罢三	注(1)		玉藻篇。
奕	11	「剪」	「翦」
七七	(訓読訳)17	以上は、	已上は、
八	(訓読訳)5	越に帷れ胥い	惟れ胥い
九	(訓読訳)5	上帝	上天

頁	箇所	訂正前	訂正後
三六四	(訓読訳)12	以上は	已上は
三六○	(訓読訳)5	王室は	王室に
三六一	(訓読訳)14	惟だ	惟だに
三七一	(訓読訳)18	是の猶し矣。	猶お是くのごとし矣。
三六五	(訓読訳)5	以上は	已上は
三六七	(訓読訳)10	今の	今の翼日、
三六七	(訓読訳)7 8	三八八頁。	三七七頁。
三六七	注(3)		今のその翼日、
三六六	(訓読訳)10	今の	今のその翼日、
三六八	(訓読訳)11	得る所無かれ。	得ること無かるべし。
三六六	(訓読訳)18	敬すべき所	敬むべき所
三六七	(訓読訳)5	王室は	王室に
三六○	(訓読訳)10 (末尾に付加)		また四六八頁
罢六	注(2) (末尾に付加)		次巻六○頁。
罢六	18～罢六 3 后稷が…文王を生んだのが穆		「后稷が…文王を生んだのが穆」
罢四	注(1)		次巻五九頁。
罢三	17 君主の祭祀を助ける		「君主の祭祀を助ける」
罢五	(訓読訳)1 腥穢		腥穢

巻	頁	行	誤	正
⑧	三至	(訓読訳)6	強(きょう)	彊(きょう)
〃	三六	17	…ことである。…𪑺を…困ったからだという。	…ことである」となっており、…「𪑺を…困ったからだ」という。
〃	三六	19	詩に、	詩に、
〃	三六	注(2)	(番号訂正)	(3)
〃	三六	注(3)	(同右)	(4) 小雅の魚藻。
〃	三三	注(5)	(末尾に付加)	また離婁篇下
〃	三三	14	二千五百人が師	「二千五百人が師」
〃	三六	注(6)	堯典…一二三頁。	益稷…三〇四頁。
〃	三六	注(1)	(末尾に付加)	また離婁篇下
〃	三充	注(5)3	一五六頁	一五七頁
〃	三充	18	伯とか益	伯益
〃	三充	二行目の注(4)(冒頭に付加)		四三一頁及び
〃	翌	注(1)	四五六頁。	三三五頁また三六〇頁。
〃	翌〇	(訓読訳)3	六事(ろくじ)の人。	六事(りくじ)の人。
〃	翌究	(訓読訳)8	逸子して	逸豫して
〃	四六	(訓読訳)45	存せるを言うに、	存せるに、

⑨	四公	16 17	「礼には…その際盲人の楽官は、	「礼には…その際「盲人の楽官は、
〃	四公	17	祭り	祀り
〃	三公	6 7	九族とは…あるもののこと	「九族とは…あるもののこと」
〃	三五	5	父の…妻の族が二つ	「父の…妻の族が二つ」
〃	三五	注(5)	季子篇。	季氏篇。
〃	三三	注(4)2	一一七頁。	一二一頁。
〃	四三	(訓読訳)16	身を敬して	身を敬みて
〃	六穴	注(4)	太甲の序をさす。	実は太甲中篇の文。五頁。
〃	三三	(訓読訳)	大宗伯、「九儀の…位を正す」が、…九命は伯の…位となる」	大宗伯に、「九儀の…位を正す」とあり、…九命は伯となる」
〃	四三	10~12		四六頁
〃	一五	10	心に設けよ。	心に設くべし。
〃	二〇二	(訓読訳)9	穢徳(かいとく)	穢徳(あいとく)
〃	二〇六	(訓読訳)10	余小子発	予小子発
〃	三一	(訓読訳)	注(1)(冒頭に付加)	曲礼篇また
〃	二二	(訓読訳)16 17	以上。)	已上。)
〃	三一七~三二	1	文王は…崩じした。	「文王は…崩じた」としたとした。

吉川幸次郎全集校訂表

⑧

頁	箇所	原文	訂正
七	注(4)6	五常	五帝
云	11 12	三皇五帝の書を掌っている。	三皇五帝の書を掌っている。
云	17 18	五帝坐とは…唐と虞だ	五帝坐とは…唐と虞だ
元	13	その帝は太昊だ(4)	その帝は太昊だ(4)
元	注(4)	（文頭に付加）	この句は礼記月令篇の言葉。孔疏の牽混である。太昊は周書立政篇の…引かれている。十巻二〇二頁下注(1)参照。
咒	注(1)	のち十巻…思い当たらぬ。	
吾	3	飛べる竜が天に居る	「飛べる竜が天に居る」
푬	5	宣帝の…三篇を得た策書をやって	「宣帝の…三篇を得た」策書をやって
交	4	止めるとある(2)	止めるとある(3)
交	5	止めるとある(3)	止めるとある(4)
交	7	(注を補う)	(2) 恐らくは薛宣の、櫟陽令の游に与えた書簡の誤りであろう。
六	注(2)	（番号変更）	(3) 論語季氏篇…
六	注(3)	同右	(4) 孝経の言葉。

三	8	湯誓	湯征
三		圭妻	奎妻
三七	注(4)3	一四六頁参照。	二七三頁参照。
三七	8	昬も	「昬も允り若い」
奕	注(4)	毛伝（実は鄭箋）	鄭箋
奕	(訓読訳)9	升らしめ、	升し使め、
七	19	二二八頁。	二二七頁。
七	注(3)	周人は嗅を尊ぶ。	「廟で行のう」礼記冠義篇の言 周人は臭を尊ぶ。
充	注(8)	廟で行のう(文末に付加)	
六	7	予州	豫州
六	(訓読訳)1	名山大山	名山大川
九	(訓読訳)2	金を出して	金を出だして
五	10 12	真偽の証拠が…みな「疑罪」なのである。	真偽の証拠が…みな疑罪なのである(4)。
六	10 11	稷に百穀を…士にならせた	「稷に百穀を…士にならせた」
元	注(2)	三〇三頁。	三〇四頁。
三〇	注(2)	陽貨篇	陽貨篇また堯曰篇。
三四	(訓読訳)3	徳を以ってせば、	徳を以ってすれば、
三五	19〜三六1	晋の士匄が…引き返した	「晋の士匄が…引き返した」

吉川幸次郎全集校訂表

この表は、決定版第二十七巻巻末の校訂表の記載分以後、清水康志氏が索引作成・校正中に発見されたもので、前回同様の方針によって整理した。なお、一九九七年から九九年にかけて配本した版では、＊印以外はすべて本文を訂正した。

筑摩書房編集部

巻	頁	行	誤	正
①	五一	6	近代の散文	近世の散文
〃	四二六	4	東坡四十歳	東坡三十九歳
〃	六三七	15	孫犂	孫犂
②	八	19〜九 1	てにをはを以て	てにはを以て
〃	九	1	てにをはあるを以て	てにはあるを以て
〃	九	2	てにをはなき	てにはなき
〃	九	3	てにをはなき	てにはなき
〃	二七	3	four tone	four tons
〃	三九	1	仄字」	「仄字」
〃	九一	19	「国語のために」	「国語の長所」
〃	二九八	2	「著（き）」	「著（し）」
〃	四七八	13	「楊子法言」	「揚子法言」
〃	五九〇	12	「山井鼎と七経孟子考文」	「山井鼎と七経孟子考文補遺」
③	三七	4	「鐘師」	「鍾師」
⑤	八四	11	慶封（けいほう）	崔杼（さいちょ）
〃	二九七	7 8	「万葉集代匠記」	「万葉代匠記」
〃	三一四	18	富むは	富み且つ貴きは
〃	三三五	3	復（かえ）るは仁なり。	復るを仁となす。
⑥	四二	9	黄鵠歌	鴻鵠歌
〃	二五五	3 4	「揚雄と法言」	「楊雄と法言」
〃	二七七	3	全集日本篇	全集日本篇下
〃	二九二	3	人事部美婦人	人部美婦人
〃	三三二	4	謝荘	謝恵連
〃	三三三	1	全集通説篇	全集通説篇上
⑦	一五四	18	巻八百三十六	巻八百六十六
〃	一五七	10	「人事部」	「人部」
〃	一六一	15	「人事部」	「人部」
〃	五九五	17 18	助字はなくとも	故レ助字はなくても

文学を志す者へ――文学あるいは文学研究とは何か――

文学を志す者へ
―― 文学あるいは文学研究とは何か ――

文学の作用を芸術の領域に閉じ込めておくことは不可能であり、かつそのような文学は自己の現実に対する絶望を内包している故に批難されねばならないとしたら、文学することの意味はどこまで広がるのであろうか。そして文学研究という学問的領域は、この文学の作用を明らかにするという仕事をどの程度自己のうちに含んでいるのだろうか。また創作者については度々論じられてきた文学の責任は文学研究者については問われないのであろうか。本講演が文学に対する新たな認識の契機とならんことを期待したい。

（一九七三（昭和四十八）年十一月二十三日京都大学十一月祭パンフレット）

準によって、他の地域の文明の歴史を回顧し、うずもれ、みすごされてきたものを発掘するという仕事が可能になるのではないか。私の杜甫の研究体験からいっても、日本文学からの啓示が、他の文学史をさらに豊富にした例はある。そうした仕事を、それぞれの地域の文学あるいは文明一般にむかってなされる特権、それをこの会議に各国から集まってこられた方々はお持ちであると考える。

（一九七二（昭和四十七）年十一月二十一日「京都新聞」）

日本文学の特殊さ——日本文化研究国際会議の特別講演（要旨）——

現在の日本文学が悪を描くことに懸命なのは、こうした過去に対する補完であり反発であるとも見受けられる。過去の文学の継承者として自他ともに許した川端氏もその絶筆「たんぽぽ」のキーワードとなったものは、無邪気な花園のように思われて来た時代にも、イバラとトゲの豊富であったことを示唆しようとする努力だと思われる。私はひそかに考えるのだが、人間の悪を写すということは、歴史も哲学も十分にははたしえない、文学のみのもつ特権的な任務であり、またそうだからこそ文学は崇高なのだと。

荻生徂徠は、ある人に与えた手紙で、中国の古典を評して、「古典中の古典である"五経"に悪人があまり現われない。それは実際に悪人がいなかったからでなく、かえって感動は十分でない。十分な感動は、ややのちの史記に至って初めてえられる。なぜなら人間の種々相を委細に無選択に記録するから」と、いっている。紫式部は「史記」に不満だったかもしれないが、徂徠はそういうふうに「史記」を評価しているのだ。

この徂徠のことばを大胆に拡張して応用すると、過去の文学が描き足らなかったのは、何も日本だけではなかったということになる。たとえメフィストフェレスがファウスト博士を誘惑し、ラスコーリニコフが金貸しのばあさんを殺し、潘金蓮が西門慶とくっついて亭主を毒殺しようとも、なお十分の悪を描かなかったのではないか。日本だけが特殊でないということなら、最初に述べた、推移しゆくものへの美学、いちずな追求といったことも、みな普遍な人間の価値ではないか。私はいずれの文学にも存在するものが日本ではとくに強く表現されているにすぎないと思う。

こういうのも、最後に一つの希望を申し述べたいからである。従来はたしかに西方の基準によって私たちの文明を批評するという態度が、私たち日本人をも含めて有力であった。しかし、これからは日本あるいは東方の基

"いざよう月"ということばでよく表現されるが、みな中国詩にはまれなイメージといってよいだろう。このような自然の運動あるいは推移に敏感な視線が、人間に向けられたとき、源氏物語のような小説が生まれてくるのではないか。紫式部は中国の「史記」の読者であったそうだが、司馬遷が歴史の流れの中からとりあげた典型的な人物に焦点を合わせて、七十巻の列伝を作ったのに対し、紫式部は光源氏をとりまいて流れて行く女人の群像を詳細に追跡している。荻生徂徠は、「伊勢物語」「源氏物語」が中国の小説に先だって出現したことを指摘し、原則としては極端な中国崇拝者である徂徠が、日本人は何という頭のよい民族だろうと感嘆しているのは興味深いことだ。

これまで述べてきたことは日本文学のまろやかさについてだが、そのまろやかな日本文学ないし日本文明は、別の特殊さとして、いちずな直線をも描く。外からの刺激に反応するとき、とくにそうだ。その中で最も激しいのは、宗教だろう。「善人なお以て往生す、いわんや悪人をや」ということばがあるが、これはインドの仏教にも、中国の仏教にもなさそうなことばである。また、儒学の伊藤仁斎は孔子孟子のことばだけが真実であるとし、以後の中国の祖述を否定した。荻生徂徠にいたっては孟子さえも否定している。さらに現在の事態として、マルクス主義文献の整備は、社会主義国をも凌駕するときく。

以上のようなまろやかさ、いちずさ、といった性質は、一方また別の特殊さをも日本文学に生んだようだ。すなわち人間の悲しみは写しえても、人間の悪を写しにくいという傾向だ。「源氏物語」には下ざまの人物、階級的にもまた当時の倫理感からも下等な人物が現われることは乏しいし、明治以来の文学を考えても漱石の小説には自殺が現われても、殺人は現われない。キリスト教の文明のように、神の対立者として悪魔を考える機会に乏しかったということが、一つの説明にはなろうが、最もキリスト教国ではない中国でも十六世紀には「金瓶梅」が出現しているのに、それと対応する作品を日本に求めることは困難なのだ。

日本文学の特殊さ
——日本文化研究国際会議の特別講演（要旨）——

日本文学、ことに詩が季節の推移に敏感なことはしばしば指摘される通りで、春の歌、夏の歌、秋の歌、冬の歌で始まる「古今和歌集」の部立て、俳句の季題など、みな手近な証明になる。季節の推移への敏感とは自然を運動の形で見るということだ。

私は最近、「万葉集」を読んだが、そうした眼が小さな範囲でも作用していることを発見したように思う。たとえば巻七雑歌の冒頭に、「天を詠ずる」と題して、柿本人麻呂歌集出と左注する歌、「天海丹　雲之波立　月船　星之林丹　榜隠所見」（あめのうみに、くものなみたち、つきのふね、ほしのはやしに、こぎかくるみゆ）がある。

日本の詩よりも千年以上古い歴史をもつ中国の詩が、日本の詩へ与えた影響について、専門家の間でよく議論されるが、この歌に関する限り、少なくとも〝月の船〟という発想、船の航行のように大空を渡りゆくというイメージは中国にその雛形を求めても無理ではないだろうか。たしかに八世紀ごろ、高潮期にあった唐詩が、いろいろと万葉の歌人に影響を与えたが、中国の詩人に普遍なことは、月そのもの、あるいは月光の下に人間の喜び、悲しみを帯びる風景をある時間、ある空間に焦点を合わせてじっとながめることだと思う。それに対し、人麻呂歌集のこの歌は、月の動きをなだらかな視線で追っている。同じことが「万葉集」では、〝夜渡る月〟とか

v

く、中国現代文学は、周知のように政治のための文学であることが多いが、論考の態度は、その政治への寄与を重視しつつも、文学は政治の論文であってはならないという批判を失わないようにみえる。また昨年の論文は、古典文学に関するものが多かったが、アンティクとしてそれを論ずるのでなく、そのわれわれと共感する点を指摘するのに大わらわのようであった。これは、学生の努力の結果であり、また教官の努力の結果であろうが、そればかりも大きく学生たちの背後にある日本の社会がわれわれの若かったころよりは、やはり大ぶ進歩したということが、その原因としてあるのではないか。

文章のことを、私はもっと大きな事がらの一つの象徴としていっているのであり、またそれに一ばん判定しやすいめどだから、この文章でもしばしば文章のことをいうのだが、若い人たちの文章がうまくなったのは、日本の口語の文章というものが、一つの平均した文体に到達したからではないか。私どもの若いころには、そうではなかった。多分に自分で文体を工夫しなければならなかった。今はちがっている。

それと共に、問題はまだそこにあるであろう。はたちのころの私は、日本語を書くことは下手であっても、中国語を綴ることは今の諸君より上手であったように思う。また読書の範囲がせまかったのは、岩波文庫というもののさえなく、大ていの本は翻訳が、なかったからである。今はちと過剰と思える翻訳が、若ものの読書の範囲をひろげている。それはより結構であるけれども、翻訳による理論のうのみ、そうしたおそれは、たしかにあるであろう。しかし、楽天家である私は、おそれよりも希望の方を、やはりより多くもっている。

（一九五六（昭和三十一）年一月三十日「京都大学学園新聞」）

期待とおそれ
　——新制大学生の卒論をよんで——

新制京都大学の文学部は今度で四回目の卒業生を出す。新制の学生については、はじめ色々と危惧がいだかれ、その危惧は今もつづいている。ところで私は、さいしょ新制の学生の学年試験の答案を見るとき、大へん面白いことを発見した。旧制の学生の答案よりも、文章が平均としてうまいことであった。旧制の学生の答案の中には、ときどき、杜甫、憂愁の詩人、憂愁は性格と環境の所産、□書杜工部集、日本文学への影響、芭蕉、といったような、文章よりもむしろ数式に近いものがあった。むろん点はあげないわけにはいかない。点数に必要なだけの事からは、ちゃんと書いてあるからである。しかし読む方の身になってみればちっともおもしろくない。ところが新制の学生の答案はすこしちがっていた。なかなか個性のあるよい文章があり、或いは見当はちがっていても自分の意見が書き加えてあり、たのしく読めるものが往々にしてあった。以来、私は新制の学生に対する危惧をゆるめ、期待をもつようになった。

おなじことは卒業論文についても、大たいはいえるように思う。しかし文章は一年一年とうまくなっていく。考えてみるがいい。私のはたちのころをふりかえってみると、これだけ日本語の文章は書けなかったように思われる。技術的な知識は、必ずしも旧制時代の学生の如くではない。文章だけではない。良識もましているであろう。今年の卒業論文は、中国現代文学をとりあつかったものが多

以下の三編は、筧文生氏が発見、提供されたものである（著作年譜に補われたい）。なお、「日本文学の特殊さ」は、全集第二十四巻の冒頭に収録されている同様なタイトルの記録の要旨であるが、著者自身の文章だと思われる。

吉川幸次郎全集　補遺

決定版	吉川幸次郎全集別巻　総合索引

二〇一九年十一月二十五日　初版第一刷発行
二〇二〇年　四月　五日　初版第四刷発行

編　者　　清水康志
発行者　　喜入冬子
発行所　　株式会社　筑摩書房
　　　　　東京都台東区蔵前二―五―三　〒一一一―八七五五
　　　　　電話番号〇三―五六八七―二六〇一（代表）
組　版　　明和印刷　株式会社
印刷・製本　大日本印刷　株式会社

乱丁・落丁本の場合は送料小社負担でお取替えいたします。
本書をコピー、スキャニング等の方法により無許諾で複製することは、
法令に規定された場合を除いて禁止されています。
請負業者等の第三者によるデジタル化は一切認められていませんので、
ご注意ください。

ISBN978-4-480-74628-3 C1300　　©chikumashobo 2019 Printed in Japan